U0596351

中华经典名著

全本全注全译丛书

何汉杰◎译注

智囊全集 上

中華書局

图书在版编目(CIP)数据

智囊全集/何汉杰译注. —北京:中华书局,2024.3
(中华经典名著全本全注全译丛书)
ISBN 978-7-101-16575-3

Ⅰ.智… Ⅱ.何… Ⅲ.①《增广智囊》-译文②《增广智囊》-注释 Ⅳ.I242.1

中国国家版本馆 CIP 数据核字(2024)第 051642 号

书　　名　智囊全集(全三册)
译 注 者　何汉杰
丛 书 名　中华经典名著全本全注全译丛书
责任编辑　周　旻　胡香玉　刘树林　肖帅帅
责任印制　陈丽娜
出版发行　中华书局
(北京市丰台区太平桥西里 38 号　100073)
http://www.zhbc.com.cn
E-mail:zhbc@zhbc.com.cn
印　　刷　北京中科印刷有限公司
版　　次　2024 年 3 月第 1 版
2024 年 3 月第 1 次印刷
规　　格　开本/880×1230 毫米　1/32
印张 68⅜　字数 1600 千字
印　　数　1-20000 册
国际书号　ISBN 978-7-101-16575-3
定　　价　178.00 元

总目

上册

中册

下册

目录

前言

《智囊全集》，是明人冯梦龙编纂的子史经传与笔记丛谈中有关“智慧”的故事集，是一部反映了我国古代社会生活各方面“智慧”的“集锦”，代表了当时人们对“智慧”的全面认知。

冯梦龙（1574—1646），字犹龙，又字耳犹、子犹，自号龙子犹、茂苑外史、墨憨斋主人、顾曲散人、平平阁主人等，别署姑苏词奴、绿天馆主人、可一居士、无碍居士、茂苑野史氏、香月居主人、詹詹外史。其号、署之多，可见他对自身身份的多重认定。冯梦龙进学之后，久困场屋，曾与文震孟、姚希孟、钱谦益等结社为友，也曾流连诗酒，狂放不羁，然科考失意，落拓穷困，遂以坐馆及为书坊编书为生。1630年，冯梦龙五十七岁时始成贡生，次年授丹徒县学训导。1634年任寿宁知县，兴利除弊，颇有政绩。1638年辞官归里。1644年历“甲申之变”，刊行《中兴伟略》，冀寓中兴。1646年春于兵火中自浙江台州还苏州，途中感愤而逝，一说被清兵所杀。冯梦龙思想上受王阳明、李贽影响，强调真情，主张以“情教”取代“宗教”。在仕途上，冯梦龙鲜少值得称道的功业，但冯梦龙家多藏书，其毕生搜集、整理、编写、改订、出版的小说、戏曲和民歌有数十种。比较重要的，如改订《列国志传》为《新列国志》一百八回，增删长篇小说《三遂平妖传》为《新平妖传》，编刊民歌时调集《挂枝儿》《山歌》和散曲选集《太霞新奏》，还有取古今传奇删改更定的《双雄记》《新灌园》等传奇十四种，通称《墨憨斋定本传奇》，而其中以拟话本“三言”，即《喻世明言》《醒世恒言》《警世通言》，最为当时及后世所知。《智囊全集》是其“三言”之外，又一部深受广大人民喜爱的作品。

《智囊全集》，顾名思义，其核心是“智”，也就是人的智慧。关于“智”，冯梦龙有自己的解释。首先，“夫才者，智而已矣，不智则懵”（《闺智部总叙》）。“智”是对人的体察、对物的常识和对事的经验，是一种使人清醒的才能。其次，“智者，知也。知者，知仁、知信、知勇、知严也”（《兵智部总叙》）。所谓“智”，就是统领仁、信、勇、严这些品质的品质，是这些品质的总纲。再次，“智”还是一种面对事物的态度。冯梦龙在《智囊自叙》中说：“屑石出泉，润及万家……愚人见石，智者见泉。”在《上智部见大》引言中说：“一操一纵，度越意表。寻常所惊，豪杰所了。”对于同一种现象，不同的人看到的侧面不同，采取的措施也不同，只有能看透其最有利或最不利的一面，采取相应对策而获得最大利益，才可以称为“智”。最后，“智”也是一种洞穿本质的眼光。《智囊自叙》中说：“睹一人之溺，而废舟楫之用，夫亦愈不智。”《明智部总叙》说：“故夫暗者之未然，皆明者之已事；暗者之梦景，皆明者之醒心；暗者之歧途，皆明者之定局。”通过现象参透本质，通过目前预推未来，通过假象查知真相，才能达到“智”的境界。

关于“智”与人的关系，《智囊自叙》中说：“人有智犹地有水，地无水为焦土，人无智为行尸。智用于人，犹水行于地，地势坳则水满之，人事坳则智满之。”将人和智的关系比喻成地和水的关系，水能滋养土地，就像智慧能够滋养人。但是，就像土地有低凹处以盛水一样，人必须要有一种虚心的姿态去接纳智慧。那么人如何获得智慧呢？《智囊自叙》中说：“智犹水，然藏于地中者，性；凿而出之者，学。”智慧犹如藏于土地中的水，这是人所具有的天性，要想智慧像水一样从地表喷薄而出，则需要学习。即学习是人抉发人本性中所具有的智慧的途径。这与孔子在《论语》开篇便强调的“学”是有思想渊源的。

一直以来，学者对《智囊全集》是一本什么性质的书，有不同的认识。明人黄虞稷《千顷堂书目》将其列入小说类，王圻《续文献通考》将其列入杂家杂纂类；清人嵇璜、刘墉等《续通志》将其列入杂纂类，纪昀等《四库全书总目》将其列入杂家类；今人侯忠义《中国文言小说书目》将其列入小说类，宁稼雨《中国文言小说总目提要》将其列入小说杂俎类。概而言之，对其性质的认知主要是杂家类和小说类两种。《汉书·艺文志》说杂家"出于议官，兼儒、墨，合名、法"，小说家"出于稗官，街谈巷语，道听途说者之所造"。以此书为杂家者，是因为它"取古人智术计谋之事"（《四库全书总目》语）；以其为小说家者，因为它截出故事，确有街谈巷议的面貌。书目为分类之便，需将其归于某一类，但以今天的眼光看，这部书的取材是较为复杂的，兼具杂家和小说家的特色。

《智囊全集》编纂格局颇大。书中汇辑智慧故事1200余则，可以说包罗万象。涉及人物上到帝王将相，下到贩夫走卒；时间跨度从商周时期到冯梦龙的时代，上下三千年；内容上既有治国安邦的大智慧，又有机敏谲诈的小聪明。从引书范围看，据大致统计，这些故事采引自从《左传》到明代笔记的数百种书，大部分为正史和笔记，这一方面显示出冯梦龙的博览群书、取材广泛，另一方面显示出他求全、求尽的编纂理念。《智囊全集》编纂格局之大从本书的结构也有所反应。冯梦龙设立了十部二十八类，将这1200余则故事分门别类地纳入其中，颇有穷尽天下智慧品类之用意。十部是：上智、明智、察智、胆智、术智、捷智、语智、兵智、闺智、杂智，大致可分为三组：一是上智部，冯梦龙在这一部中为全部的智慧树立了一个标杆，他说："智无常局，以恰肖其局者为上。"（《上智部总叙》）能契合时局的为最高明的智慧。二是明智、察智、胆智、术智、捷智、语智、杂智七部，这七种智慧贯穿于为人处世的各个方面，具有普遍引导意义。其中杂智部，作者并非持肯定态度，而是强调识破和转化狡诈和小聪明，以凸显大智慧，使得狡诈归于正途，小聪明变成大智慧。这也可见作者的立意之正直及兼顾之通达。三是兵智、闺智两部，这是按照身份划分的类别，我们了解了冯梦龙的时代和为人，便可以理解他独立出这二部的用意。冯梦龙生活的时代，明朝已经到了崩溃的边缘，用兵是常事，专列兵智一部，自然带着他的用世思想；专列闺智一部，与商业经济繁荣时代妇女地位的变化密切相关，这在当时是颇有进步性的。

《智囊全集》不仅编纂格局大，而且编纂观念正。冯梦龙重视对正史材料的选用与裁剪，重视对笔记丛谈中史料的采选与类比，也喜欢对历史事件与人物做评论，这都是史笔的一种体现。从中可见，他编纂此书并非为了猎奇，而有着鲜明的以史为鉴的色彩。比如作为"上智部"也是全书的开篇，冯梦龙对"见大"卷的排布就颇费心思。他以太公和孔子起首，讲太公从国家道义出发诛杀华士、孔子从个人心性出发诛杀少正卯，并附评论说孔子为后世诛杀以学术乱国的人树立了典范。补充事例则说应该让官员中喜佛的出家，好道的做道士，也是剔除异端不使害政的意思。由此可见，"见大"之所谓"契合时局"的智慧是要从国事之大、心性之正来衡量，从顺应人心去引导，而这才是真正的"上智"。梅之焕《智囊补叙》言冯梦龙编纂《智囊》的动机，乃是"感时事之梦丝，叹当局之束手，因思古才智之士，必有说而处此，惩溺计援，视症发药"。书中常可以见到冯梦龙对于当时局势的隐忧与怒其不争的愤慨。如《制胜卷二十二》中"刘江（二条）"则中，永乐十七年（1419）刘江智擒倭贼，最后说了一句意味深长的话："此皆在兵法，诸君未察乎？"可见当时君臣对于兵法的生疏。"陶鲁"则中，讲述明天顺初陶鲁以三百精兵破贼的故事，评论中说："今塞下征兵，动数十万，其中岂无三百人哉？谁为鲁者？即有鲁，谁为用鲁者？"感叹当时没有陶鲁这样的人，而且当时已经不能重用陶鲁这样的人了。《智囊全集》每部前均有总叙，每卷前均有引言，不少条目后有材料补充和评论，共计600余条。这些叙言和评论，无不显示出冯梦龙在编纂过程中的思考。

《智囊全集》作为一种市民文学的代表，有不少采自"闻见所触"的民间街谈巷议或采自传说的故事。冯梦龙将这些素材从"口头传闻"转变成“书面故事”,应该说是延续了“三言”的精神。另外,冯梦龙在对材料的处理上是很讲究的,他对古籍材料很少一字不动地照抄,而是根据主题和情境加工内容,删削情节;有时会根据需要,把分散在几本书或一本书中几个部分的有关事实进行整合,连缀成一篇完整的故事。如《权奇卷十五》“王导”则,在《晋书·王导传》中截取王导奉命讨伐王敦的部分,但给王敦加上了“威望素著”的身份,又在王敦举兵向内时补充了“众咸危惧”的背景,如此,后面再说王导趁王敦病重制造王敦已死的假象,来鼓舞士气时,王导举重若轻、善于权变的形象就凸显出来。在内容和情节的加工之外,冯梦龙还对材料原文的语言进行了改造,多改写原文书面语言的艰涩难懂,而使之通俗易懂,简洁明晰而不乏文采,大大增强了语言的表现力,更适合普通市民的阅读。如《敏悟卷十八》“王戎”则,来源于《世说新语·雅量》,原文为:“王戎七岁,尝与诸小儿游。看道边李树多子折枝,诸儿竞走取之,唯戎不动。人问之,答曰:‘树在道边而多子,此必苦李。’取之信然。”冯梦龙将“多子折枝”改为“有子扳折”,将“取之信然”改为“试之果然”,改后文字更通俗易懂。

那么冯梦龙为什么要编这样一部书呢?这首先需要从冯梦龙生活的时代来看。明代最值得注意的文化现象是市民文学的兴盛。明代中叶,特别是嘉靖(1522—1566)以后,城市商业经济繁荣,市民阶层日渐壮大而统治阶层日趋腐朽,再加上王阳明新学的流行,文化突破传统藩篱,文学变革狂飙突进,中国文学进入面对市民、面向现实的新时代。这其中除了《三国志通俗演义》等书的刊刻和流行、《西游记》的写定和问世,以及汤显祖“临川四梦”的创作和传播,各类笔记小说数量繁富、品类齐全,更显示出这一时期市民文学的发达。其中,收集、汇刊类笔记丛谈蔚然成风,如《语林》《幽怪诗谭》等,其尚“趣”尚“智”的风气,给社会带来一股新的气息。从冯梦龙本人的生活经历看,他有着十分丰富的市民阶层的生活体验,这也对他钟情于市民文学提供了思想根基。但冯梦龙毕竟有着与传统文人一样的科举经历,因此他的身份认同和著述眼光还是文人的,而且他所处的时代正是明朝最为腐朽动乱的时期,他看到甚至也体验着官僚们的荒唐,也时时感受到来自各方面的危机。他的《智囊全集》是用"智"来与陈腐的观念对抗,也是希望用"智"来挽救沉沦的世事。

当然,冯梦龙在编纂《智囊全集》时,也存在一些问题。主要表现在两个方面。一是他对一些材料的编修,或错漏信息,或改变原意,造成了史实错误。如《灵变卷十六》"吴汉"则说:"吴汉亡命渔阳,闻光武长者,欲归。"吴汉于王莽末年为亭长,以其宾客犯法而亡命,到更始帝即位,派使者巡行河北,知吴汉为奇士,此时他已为渔阳郡安乐县令。这里冯氏处理时节略过甚,易生误解。对于史书有明确记载的人物,在编修材料时,不改变史实,才更可信,更具启发意义。二是他的按语在解读材料上,有些疏漏偏颇之处,需要明辨。如《武案卷二十四》"任瓌等"则说:"任瓌之策,即李密说杨玄感,魏思温说徐敬业者,特太原用之而胜,二逆不用而败耳。"据前段内容,可知李渊的成功,不仅有任瓌的计策,更主要的还是李世民的高远见解、深入分析、有力支持、坚决推动,李密说杨玄感、魏思温说徐敬业完全不能与此相比。故冯氏按语有误。虽然对于故事或文献的解读见仁见智,但是按语需要根据正文内容来下,误读正文内容,必然造成错漏和误会。

总之,这部《智囊全集》中,冯梦龙抱着以智应世的态度展示了形形色色的智慧类型,展示了中华民族古代智慧的浩大深沉。我们可以"对号入座",益智疗俗、趋吉避凶;也可以高卧闲读,增广见闻、周济身心。

《智囊》一书,编成于明熹宗天启六年(1626),冯梦龙时寓居蒋之翘三径斋。《智囊补自序》说"辑成《智囊》二十七卷",但目前所能见到的明刊本都是二十八卷。刊行之后,冯梦龙对这部书进行了两次修订,一次是冯梦龙做了"补遗",重印时附于原书各卷之后,仍名《智囊》。一次是冯梦龙新搜集了一些"智"的故事,在原书基础上补充了若干篇目,调整了部类,以及各部类中的篇目,并补充、修正个别篇目的内容、按语,于崇祯七年（1634）重刻发行于世，书名改为《智囊全集》或《智囊补》。《智囊补》相较于《智囊》，增补270余则，且增补内容质量较高，如《见大卷一》增补了11则，所补“诸葛亮”“光武帝”等则，都是很典型的“上智”故事，颇能启人神智。《智囊补》对条目部类的调整，也使全书的分类更加合理，如“唐文宗”则，《智囊》放在《见大卷一》中，而《智囊补》则放在了“通简卷三”中，此则讲述唐文宗赏赐相扑人和优人，表现唐文宗既不追求好名声来宣扬前人的过失，又不喜好嬉戏而打开奸人的阿谀之门，这与“通简”卷为人通达、处事简要的标准是十分契合的。

《智囊全集》在明末清初相当流行，所以流传的版本众多。其中以郑振铎先生所藏明末还读斋刻的《智囊全集》为最精，现存国家图书馆。此次我们正文校勘即以此本为底本，以明积秀堂本《智囊补》、明天禄阁本《智囊补》等参校，也吸收采纳了栾保群、吕宗力校注的《智囊全集》等当代学者的研究成果。需要说明的是，此书还有《增智囊补》（如清初十卷袖珍本）、《增广智囊补》（如《笔记小说大观》本）等名目，但都不过是书商的把戏，内容并无“增广”。

由于这部《智囊全集》是冯梦龙采掇众书而成，涉及史事较多，又多所节略改写，且其中时有讹误，我们在注释中除一般字词解释外，对这些地方做了较为详细的注解与辨析，但仍不免有遗漏或讹误，请有识之士不吝赐教。

何汉杰

2024年2月

智囊补自序

忆丙寅岁[1]，余坐蒋氏三径斋小楼近两月[2]，辑成《智囊》二十七卷[3]，以请教于海内之明哲[4]，往往滥蒙嘉许[5]，而嗜痴者遂冀余有续刻[6]。余菰芦中老儒尔[7]，目未睹西山之秘籍[8]，耳未闻海外之僻事[9]，安所得匹此者而续之[10]？顾数年以来，闻见所触，苟邻于智[11]，未尝不存诸胸臆[12]，以此补前辑所未备，庶几其可。虽然，岳忠武有言[13]："运用之妙，在乎一心。"善用之，鸣吠之长可以逃死[14]；不善用之，则马服之书无以救败[15]。故以羊悟马[16]，前刻已厌其繁；执方疗疾[17]，再补尚虞其寡[18]。

【注释】

①丙寅岁：明天启六年（1626）。冯梦龙生于1574年，卒于1646年，期间干支为丙寅的只有这一年。

②蒋氏：此指蒋之翘，字楚稚。浙江嘉兴府秀水（今浙江嘉兴）人。明末布衣，致力古学，好藏书刻书，曾刻《楚辞》《晋书》《韩昌黎集》《柳州集》等。清初又搜明人遗集数十种，辑为《甲申前后集》，辑刻乡邦人士诗为《槜李诗乘》四十卷。

③《智囊》二十七卷：今所见《智囊》皆为二十八卷，二十七卷者未见。

④明哲：指聪明睿智的人。

⑤滥蒙嘉许：得到过分的夸奖。此为谦辞。滥，过度的，难以胜任的。嘉许，夸奖，赞许。

⑥嗜痂：《宋书·刘邕传》："邕所至嗜食疮痂，以为味似鳆鱼。尝诣孟灵休，灵休先患灸疮，疮痂落床上，因取食之。灵休大惊。答曰：'性之所嗜。'"后因称怪僻的嗜好。此指爱好。

⑦菰（gū）芦中老儒：隐居水乡的老书生。菰芦，菰和芦苇，两者皆水生植物。借指隐者所居之处，民间。

⑧酉山：即小酉山，古荆州山名。《太平御览》引南朝宋盛弘之《荆州记》："小酉山上石穴中有书千卷，相传秦人于此而学，因留之。"后因以借指传世稀见的古籍。

⑨僻事：不习见常用的故实。

⑩匹：相配，相当。

⑪苟邻于智：只要与智有关。

⑫胸臆：内心。

⑬岳忠武：岳飞，字鹏举。南宋著名抗金名将。孝宗时追谥武穆，理宗时改谥忠武。

⑭鸣吠之长可以逃死：孟尝君用善学鸡鸣、善为狗盗之门客而逃脱秦人追杀。鸣，鸡鸣。孟尝君从秦出逃，夜半至函谷关，关门要等到鸡鸣才开，一个善学鸡鸣的门客学鸡鸣引得众鸡皆鸣，关门开，孟尝君得以摆脱秦追兵。吠，狗叫，此指狗。孟尝君在秦国被人陷害，秦王囚孟尝君，欲杀之，孟尝君门下善于狗盗的门客盗出狐白裘献给秦王宠姬，孟尝君方得以获释。

⑮马服之书无以救败：指赵括虽读其父马服君赵奢的兵书也难以避免在长平战败被杀。马服，战国时赵国名将赵奢，封马服君。

⑯以羊悟马：汉赵广汉善于辗转推问，究得情实，如欲知马价，就先

问羊价，再问牛价，参考推究可知马价。借指以此推知彼。

⑰执方疗疾：中医讲究药不执方，合宜而用，反言之，指拘泥常规不知变通而没有作用。

⑱虞：忧虑。

【译文】

回忆丙寅年，我住在蒋氏三径斋小楼近两个月，辑录成《智囊》二十七卷，向海内聪明睿智的人请教，常常得到过度的夸奖，而爱好者于是希望我能续刻。我只是个隐居水乡的老儒生，没有见到过酉山的稀有秘籍，没有听说过海外不常见的典故，从哪里得到能相匹配的事情续刻呢？然而几年以来，我耳闻目见所接触的，只要与智相关，从没有不记在心里的，用这些补充前书所缺，大概是可以的。然而，岳飞说过："运用的妙处，全在于心中谋划。"善于运用，鸡鸣狗盗的长处都可以帮助孟尝君逃命；不善于运用，就是读了马服君赵奢的兵书也不能挽救长平之战的失败。所以由此事推知彼事，前面所刻已嫌弃太繁；拿着同一个药方治疗不同的疾病，再次增补还是担心数量少没有用。

第余更有说焉①。唐太宗喜右军笔意②，命书家分临《兰亭》本③，各因其质④，勿泥形模⑤，而民间片纸只字，乃至搜括无遗⑥。佛法上乘不立文字⑦，而四十二章后⑧，增添至五千四十八卷而犹未已⑨。故致用虽贵乎神明⑩，往迹何妨乎多识⑪。兹补或亦海内明哲之所不弃，不止塞嗜痂者之请而已也。

【注释】

①第：但是。

②右军：王羲之，字逸少。东晋著名书法家。初为秘书郎，累迁至右

军将军、会稽内史。故人称王右军。后世尊为“书圣”。

③命书家分临《兰亭》本：唐太宗曾命供奉拓书人赵模、韩道政、冯承素、诸葛贞等四人，各拓数本《兰亭序》，以赐皇太子诸王近臣；还让虞世南、褚遂良、欧阳询等分别临摹。《兰亭》，王羲之所书《兰亭序》帖，后人称为“天下第一行书”。

④质：特点。

⑤勿泥形模：不要拘泥于原帖的样子。泥，拘泥。形模，形状，样子。

⑥搜括：搜求，搜集。

⑦佛法上乘不立文字：这一概念源自佛教禅宗，特别是在宋代释普济所著的《五灯会元》中有明确的记载。指在禅宗中，悟道并不依赖于文字或者经典，而是依靠师徒之间的心灵感应和理解上的契合来进行传承。上乘，即大乘。大乘佛教是佛教的一个派别，宣传大慈大悲，普度众生，把成佛度世，建立佛国净土作为最高目标。

⑧四十二章：东汉时，摄摩腾集小乘大乘经四十二章，译为汉文，号称《四十二章经》，为我国第一部汉译佛经。

⑨五千四十八卷：唐玄宗时期智昇的《开元释教录》中汉文大藏经的卷数。在禅宗影响下，渐渐用于一种表示佛教经典千言万语、非常之多的情况。

⑩致用：付诸实用。神明：谓人的精神心智高妙灵明。

⑪往迹：前人或过去的事迹。多识：博学广记。

【译文】

但我还有其他想法。唐太宗喜爱王羲之的书法风格、意趣，命书家分别临摹《兰亭序》真迹，各人随着自己的特点来临，不要拘泥于原帖的样子，而民间所存王羲之书写的片纸只字，全部搜集到手没有遗漏。上乘佛教讲佛法的参悟与传承不依靠文字语言，然而自四十二章经后，增加到了五千零四十八卷之多还没有停止。所以付诸实用虽然崇尚心智的高妙，但也不妨博学广记过去的事迹。这部《智囊补》也可能不会被海内聪明睿智的人所遗弃，不仅是满足爱好者的请求而已。

书成，值余将赴闽中，而社友德仲氏以送余故同至松陵[①]。德仲先行余《指月》《衡库》诸书[②]，盖嗜痂之尤者，因述是语为叙而畀之[③]。

【注释】

①社：冯梦龙在苏州曾组织“韵社”。德仲氏：张我城，字德仲。松陵：今江苏吴江。

②行：刊行。《指月》《衡库》：冯梦龙所著《麟经指月》《春秋衡库》。均为研究《春秋》的著作。

③叙：序，序言。畀（bì）：给予，付与。

【译文】

这部书编成后，正值我准备去福建，社友张德仲因为送我的缘故一同到松陵去。德仲先前已刊行过我的《麟经指月》《春秋衡库》等书，大概是特别爱好这类书的人，于是我记述这些话作为序言送给他。

吴门冯梦龙题于松陵之舟中[①]。

【注释】

①吴门：今江苏苏州的别称。

【译文】

吴门冯梦龙写于到松陵的船上。

智囊自叙

冯子曰：人有智犹地有水，地无水为焦土[①]，人无智为行尸[②]。智用于人，犹水行于地，地势坳则水满之[③]，人事坳则智满之。周览古今成败得失之林，蔑不由此[④]。何以明之？昔者桀、纣愚而汤、武智，六国愚而秦智，楚愚而汉智[⑤]，隋愚而唐智，宋愚而元智，元愚而圣祖智[⑥]。举大则细可见，斯《智囊》所为述也。

【注释】

①焦土：烈火烧焦的土地。此指干旱不长草木的土地。

②行尸：指徒具形骸，虽生犹死的人。

③坳（ào）：地面洼下处。

④蔑：无，没有。

⑤楚愚而汉智：西楚愚蠢而汉智慧。楚，项羽为西楚霸王。汉，刘邦建立汉朝。

⑥圣祖：此指明太祖朱元璋。

【译文】

冯子说：人有智慧就像地上有水，地上没有水就是干旱的土地，人没有智慧就是行尸走肉。智慧对于人的作用，就像水在大地流淌，地势下洼水就会灌满它，人事不足智慧就会填补它。遍观众多古今成败得失的事例，无不如此。用什么可以证明呢？过去夏桀、商纣愚蠢而商汤、周武王智慧，六国愚蠢而秦智慧，西楚愚蠢而汉智慧，隋愚蠢而唐智慧，宋愚蠢而元智慧，元愚蠢而太祖智慧。列举大的方面那么细小之处就可以显现，这就是编写《智囊》的原因。

或难之曰[①]：智莫大于舜，而困于顽、嚚[②]；亦莫大于孔，而厄于陈、蔡[③]；西邻之子，六艺娴习[④]，怀璞不售[⑤]，鹑衣觳食[⑥]；东邻之子，纥字未识[⑦]，坐享素封[⑧]，仆从盈百，又安在乎愚失而智得？冯子笑曰：子不见夫凿井者乎？冬裸而夏裘，绳以入，畚以出[⑨]，其平地获泉者，智也；若夫土穷而石见[⑩]，则变也，有种世衡者，屑石出泉，润及万家[⑪]。是故愚人见石，智者见泉，变能穷智，智复不穷于变。使智非舜、孔，方且灰于廪、泥于井、殍于陈若蔡[⑫]，何暇琴于床而弦于野[⑬]？子且未知圣人之智之妙用，而又何以窥吾囊？

【注释】

①难：责难，诘问。

②智莫大于舜，而困于顽、嚚（yín）：《礼记·中庸》："子曰：'舜其大知也与！舜好问而好察迩言，隐恶而扬善，执其两端，用其中于民，其斯以为舜乎！'"《尚书·尧典》言舜"父顽、母嚚"。传说舜的父母几次想要害舜，让舜修仓廪就撤掉梯子，放火烧禀；让舜浚井，舜下井后则以土填井。顽，愚妄，愚顽。嚚，暴虐，愚顽。

③亦莫大于孔，而厄于陈、蔡：孔子周游列国，居于陈、蔡之间。楚使人聘孔子，陈、蔡大夫商量说："孔子用于楚，则陈、蔡用事之大夫

危矣。"遂发徒役围孔子师徒于野,孔子绝粮,从者皆病不能起,而孔子弦歌不绝。陈,都今河南睢阳。蔡,都今河南上蔡。

④六艺:《周礼·地官·大司徒》:"六艺:礼、乐、射、御、书、数。"也指儒家的"六经",即《易》《书》《诗》《礼》《乐》《春秋》。娴习:熟习。

⑤怀璞(pú)不售:楚人卞和得玉璞于楚山中,献给武王。武王以为诈,砍其右脚。武王死,又献给文王。文王亦以为诈,又砍其左足。至成王时,他抱玉璞哭于郊外,三天三夜,泪尽血流。王闻知,使玉匠精心雕琢,终得宝玉。后指怀才不遇。璞,未雕琢的玉。不售,卖不出去,喻不能实现。

⑥鹑衣:破烂的衣服。鹑尾秃,故称。彀(kòu)食:仰人施舍的少量食物。彀,由母哺食的幼鸟。

⑦纥字未识:指文盲。《通俗编·文字》引《嫩真子》:鲁臧武仲名纥,纥音类"哈",而世人多呼为"核"。唐萧颖士闻人误呼武仲名,因曰:"汝纥字也不识!"

⑧素封:无官爵封邑而富比受有封邑的贵族。

⑨畚(běn):用畚箕装载。

⑩土穷:土挖完。穷,穷尽。

⑪"有种世衡者"几句:北宋名将种世衡打井遇到大石,工人说不可能打成井了,种世衡却说凿碎大石就能获得泉水。后果真打出了泉水。事见本书《识断卷十二·清涧城》。

⑫灰于廪、泥于井:指舜将在仓廪被烧为灰烬,在井底变为泥沙。廪,谷仓。殍(piǎo)于陈若蔡:指孔子将在陈、蔡之间饿死。殍,饿死,饿死的人。

⑬琴于床:舜淘井,他的父母填土掩井,以为他已死去,舜的弟弟象认为这是自己的主意,自取舜的琴和两个妻子,在舜的房里弹琴,舜从井里逃脱回家,象的诡计失败。弦于野:指孔子在陈、蔡之间

弦歌不绝。

【译文】

有人诘问说：智慧没有比舜更大的了，而舜被愚妄暴虐的父母所困窘；智慧也没有比孔子更大的了，而孔子在陈、蔡之间受阻厄；西边的邻居，六艺烂熟于心，但怀才不遇，穿得破衣烂衫吃不饱饭；东边的邻居，文盲不识字，却坐享富贵，仆人随从过百。这样看来哪里又表现出因愚蠢而失去、因智慧而获得呢？冯子笑着说：您没见过那凿井的人吗？冬天光着身子，夏天穿着皮衣，系上绳子下井，用畚箕装土出来，那在平地上凿出泉水的，是智慧；如果土挖到底遇到石层，则是变数，但种世衡让人凿碎石层泉水涌出，润泽了上万家百姓。由此可见愚蠢的人只看到石头，智慧的人则能看到泉水，变数能困窘智慧，智慧却不会受困于变数。假如舜、孔子不是智慧超群，早就成了仓廪里的灰烬、井里的泥土、陈蔡旷野里的饿殍，还有闲暇在床上弹琴、在野外弹琴唱歌吗？您还不明白圣人的智慧的妙用，又用什么窥视我的智慧锦囊？

或又曰：舜、孔之事则诚然矣。然而"智囊"者，固大夫错所以膏焚于汉市也[①]，子何取焉？冯子曰：不不[②]！错不死于智，死于愚。方其坐而谈兵，人主动色[③]，迨七国事起，乃欲使天子将而己居守[④]，一为不智，谗兴身灭[⑤]。虽然，错愚于卫身，而智于筹国，故身死数千年，人犹痛之，列于名臣。matchCondition近斗筲之流[⑥]，卫身偏智，筹国偏愚，以此较彼，谁妍谁媸[⑦]？且"智囊"之名，子知其一，未知二也。前乎错，有樗里子焉[⑧]；后乎错，有鲁匡、支谦、杜预、桓范、王德俭焉[⑨]；其在皇明，杨文襄公并擅斯号[⑩]。数君子者，迹不一轨[⑪]，亦多有成功竖勋、身荣道泰。子舍其利而惩其害，是犹睹一人之溺，而废舟楫之用，夫亦愈不智矣！

【注释】

①大夫错所以膏焚于汉市：汉景帝时御史大夫晁错建议削夺诸侯王封地，吴楚等七国因而叛乱，景帝将他斩于东市，讨好七国以求退兵。大夫错，汉景帝时御史大夫晁错。汉文帝时，以文学举为太常掌故。后历任太子舍人、太子家令等职，深为太子（即景帝刘启）器重，号"智囊"。景帝即位，迁内史，法令多所更定，迁御史大夫。膏焚，膏油为取明而焚烧自己，此处比喻晁错因智丧生。

②不不（fǒu）：不是这样。不，同"否"。

③方其坐而谈兵，人主动色：指晁错为抗击匈奴，先后上《言兵事疏》《守边劝农疏》《募民实塞疏》，提出"徙民实边"，得到文帝赞赏。

④迨七国事起，欲使天子将而已居守：七国之乱暴发，晁错建议景帝率兵亲征而自己留守京师，其本意是欲效汉高祖刘邦在外征战而萧何坐镇关中为后援，但景帝生性猜忌，遂成致死之因。七国事起，诸侯王不甘心封地被削减，吴王刘濞联合楚、赵、胶东、胶西、菑川、济南六国诸侯王，以诛晁错"清君侧"为名，发动叛乱，史称"七国之乱"。

⑤谗兴身灭：袁盎与晁错一向不和，向景帝进谗说七国之所以反叛都是因为晁错，只要杀了他，七国就可退兵。景帝遂杀晁错于东市。

⑥輓（wǎn）近：晚近。輓，通"晚"。斗筲（shāo）：斗容十升，筲，竹器，容一斗二升，皆量小的容器。喻指才识短浅的人。

⑦妍：美丽，美好。媸（chī）：丑陋，丑恶。

⑧樗（chū）里子：名疾，战国时秦惠王之异母弟。居于渭南阴乡之樗里，因号樗里疾。滑稽多智，秦人称为智囊。惠王时助魏章攻楚取得汉中，因功封严君。秦武王时为右丞相。

⑨鲁匡：王莽新朝时官吏。性聪颖，官至羲和，主工商食货。为王莽改制在经济上的重要助手。支谦：字恭明。三国时僧人，月支人。能通诸国语言，博览经籍。先后译出《维摩诘经》等佛经，为安世

高、支谶以后的译经大师。杜预：字符凯。少好学，博学有智谋。晋武帝泰始时拜度支尚书。在京七年，多所损益，朝野称美，号"杜武库"。后为征南大将军，都督荆州诸军事。平吴之役，预谋画指挥，功勋甚巨。好《春秋左氏传》，称己有"《左传》癖"。撰《春秋左氏经传集解》三十卷，为今存最早之《左传》注释。桓范：字符则。党附曹爽，司马懿目为曹爽之"智囊"。高平陵之变，与曹爽、何晏等皆被收捕，旋被杀。王德俭：字守节。为人多智善揣事，唐高宗永徽中，曾与李义府共谋立武则天为皇后。仕至御史中丞。为人瘿而多智，时人号曰"智囊"。

⑩杨文襄公：杨一清，字应宁。颖悟过人，八岁时以奇童荐入翰林读书。弘治末巡抚陕西，武宗立，受命总制三镇（延绥、宁夏、甘肃）军务，加强边防。以不附刘瑾，去官。刘瑾被杀，出任吏部尚书，兼武英殿大学士，参预机务。后以江彬擅权，辞官而去。嘉靖初，再起为兵部尚书，总制陕西诸地军务。回京后，加华盖殿大学士，为首辅，被人攻讦去官。卒谥文襄。杨一清历仕四朝，出将入相，晓畅边事，干才一时无两，又机敏善权变，人比之唐之姚崇，有"智囊"之称。

⑪迹不一轨：意谓事迹行为不相同。一轨，一种途径。

【译文】

那人又说：舜、孔子的事确实是这样。然而"智囊"，本来就是汉代御史大夫晁错在东市上被杀的原因，您从中有什么可取的呢？冯子说：不是这样，不是这样！晁错不是死于智慧，而是死于愚蠢。当他陪侍皇帝议论军事，皇帝为之感动，等到七国之乱发生，却想让天子亲征而自己留守，仅做了一次不智之事，谗言兴起自己就被杀了。即使是这样，晁错在保护自身时愚蠢，而为国筹划时明智，所以他死了几千年，人们仍为他痛心，将他列为名臣。晚近才识短浅的小人，保护自身很智慧，为国筹划很愚蠢，彼此比较，谁美谁丑？况且"智囊"这个称呼，您只知其一，不知其二。在晁错以前，有樗里子；在晁错之后，有鲁匡、支谦、杜预、桓范、王德俭；在大明，文襄公杨一清也有这个称号。这几位君子，行为事迹不同，也大多成就功业、树立勋名，身享尊荣、道路安泰。您舍弃好处而专责害处，这好比看到一人溺水，而废弃舟船的用途，是更不明智啊！

或又曰：子之述《智囊》，将令人学智也。智由性生也[①]，由纸上乎[②]？冯子曰：吾向者固言之：智犹水，然藏于地中者，性；凿而出之者，学。井涧之用，与江河参[③]。吾忧夫人性之锢于土石[④]，而以纸上言为之畚锸[⑤]，庶于应世有瘳尔[⑥]。

【注释】

①性生：天生具有。性，泛指天赋，天性。

②纸上：此指后天学习。

③与江河参：与江河并列。参，罗列，并立。

④锢：封闭，束缚。

⑤畚（běn）锸（chā）：泛指挖运泥土的用具。畚，盛土器。锸，起土器。

⑥应世：应付世事。瘳（chōu）：治，救。

【译文】

那人又说：您辑录《智囊》，是准备让人们学习智慧。智慧是天生的，还是从书上学到的呢？冯子说：我过去就已经说过了：智慧就像水，但藏在地下的，是天生的；从地下开凿出来的，是学习得来的。井水、溪涧的作用，与江河是相同的。我担忧人天生的智慧被封闭在土石之中，于是用书上的言语作为开挖土石的畚箕与铲子，也许对于应付世事有救治作用。

或又曰：仆闻“取法乎上，仅得乎中”[①]。子之品智，神奸巨猾[2],或登上乘,鸡鸣狗盗,亦备奇闻,囊且秽矣,何以训世?冯子曰:吾品智,非品人也。不唯其人唯其事,不唯其事唯其智,虽奸猾盗贼,谁非吾药笼中硝、戟[3]?吾一以为蛛网而推之可渔[4],一以为蚕茧而推之可室[5]。譬之谷王[6],众水同归,岂其择流而受!

【注释】

①取法乎上,仅得乎中:意谓取上等的为准则,也只能得到中等的。指做事要向高标准看齐。语出唐李世民《帝范》:“取法乎上,仅得乎中;取法乎中,只为其下。”

②神奸:奸诈狡猾的人。巨猾:大奸,极奸猾的人。

③硝、戟:皆中药中药性猛烈有毒者。硝,芒硝,中医学上称为“朴消”,味咸、苦,性寒,归胃、大肠经。用于治疗实热积滞,腹满胀痛,大便燥结,肠痈肿痛;外治乳痈,痔疮肿痛。戟,大戟,其味苦、辛,性寒,归肺、脾、肾经。多用于治疗水肿,胸腹积水,痰饮积聚,二便不利等。

④一以为蛛网而推之可渔:一看见蜘蛛网就联想到结网打鱼。

⑤一以为蚕茧而推之可室:一看见蚕茧就联想到盖房子给人住。

⑥谷王:江海的别称。以其能容百谷之水,故名。语本《老子》:“江海所以能为百谷王者,以其善下之,故能为百谷王。”

【译文】

那人又说:我听说“向上等的学习,只能得到中等”。您品评智慧,极其奸猾的人,有的升到上等,鸡鸣狗盗之徒,也充作奇闻,智囊已经脏了,靠什么教诲世人?冯子说:我品评智慧,不是品评人。不是因为他的为人而是因为他的行事,不是因为他的行事而是因为他的智慧,即使是奸贼大盗,谁不是我药箱中的芒硝、大戟?我一看见蜘蛛网就联想到结网打鱼,一看见蚕茧就联想到盖房子让人居住。譬如江海,所有河流都汇聚过来,难道会选择河流来接受!

或无以难,遂书其语于篇首。冯子名梦龙,字犹龙,东吴之畸人也[1]。

【注释】

①东吴:泛指古吴地。大约相当于现在江苏、浙江两省东部地区。冯梦龙是今江苏苏州人。畸人:指有独特志行、不同流俗的人。

【译文】

那人没有办法再诘难,我于是把这些话写在本书最前面。冯子名梦龙,字犹龙,是东吴一个特立独行的人。

上智部总叙

【题解】

上智部含“见大”“远犹”“通简”“迎刃”四卷，共204则。所谓“上智”，即上等智慧，恰好契合时局的智慧，表现为以小见大，谋略深远，为人通达而处事简要，处事经变而游刃有余。冯梦龙说，上等智慧是无心而暗合，并非上千次考虑所能达到的。如此，“上智”就像子贡感叹孔子的围墙，让人找不到大门进去。但智慧是渡人的舟楫，上等智慧也不例外，仔细分析便可明白其中奥义。“见大”卷作为上智部也是全书的开篇，冯梦龙在排布时颇费心思，以太公和孔子起首，讲太公从国家道义出发诛杀华士、孔子从个人心性出发诛杀少正卯，并附评论说孔子为后世因学术乱国而杀人的情形树立了典范，补充事例说应该让喜佛的出家，好道的做道士，各得其所。如此，契合时局的智慧是要从国事之大、心性之正来衡量，从顺应人心上去引导。

“见大”“远犹”“通简”“迎刃”各有表现。如“见大”卷“使马圉”一则中，孔子派马夫去说服农人，用农人听得懂的话去跟他交流，是体贴人情；“韩滉 钱镠”一则中，韩滉派不爱与人交流的人看守库门，钱镠派植树栽花很机灵的陆仁章进城传话，是知人善任；“贾彪”一则中，贾彪惩办杀子的妇人，引来盗贼自首，是守护人伦，等等。“远犹”卷“训储”一则中，商王小乙让太子久居民间以知民情，“宋艺祖”一则中，宋太祖命官中后苑养公猪以威慑施放妖术的人,是着眼长远;“李泌”一条中,李泌劝唐肃宗立长子广平王为天下兵马元帅,而不是立果敢有才略的三子建宁王,是维护正统;“王铎”一则中,王铎认为让江淮一带的人不再运米到京城,不仅消耗京城粮食也无法救济贫民,是顾全大局,等等。“通简”卷“曹参”一则中,曹参日夜喝酒,无所事事,延续萧何的法令,是明辨短长;“御史台老隶”中,老衙役劝范讽役使部下做事只需教给他法规而考察他的成绩,不必事事指点,是善抓大要;“王阳明”一则中,王阳明将两位宦官勾结宁王的证据交给他们,最终得到庇护免遭迫害,是巧息祸乱,等等。“迎刃”卷“子产”一则中,子产立子孔之子泄与良霄之子良止为大夫,来安抚亡魂与百姓,是顺势而为;“苏子容”一则中,苏子容出使北朝,以历法在算术上小有差异,来平衡宋朝比北朝冬至提前一天的龃龉,是随机应变,等等。

被看成上智的很多行为看起来不合常理,但其实是坚持了最基本的为人处世、为政谋国的道义规则,在道义规则中行事,并用计谋巧妙地拒绝不合道义规则的人和事,往往有好的结果。

冯子曰:智无常局①,以恰肖其局者为上②。故愚夫或现其一得,而晓人反失诸千虑。何则?上智无心而合,非千虑所臻也③。人取小,我取大。人视近,我视远。人动而愈纷,我静而自正。人束手无策,我游刃有余。夫是故难事遇之而皆易,巨事遇之而皆细。其斡旋入于无声臭之微④,而其举动出人意想思索之外。或先忤而后合⑤,或似逆而实顺。方其闲闲⑥,豪杰所疑;迄乎断断⑦,圣人不易。呜呼!智若此,岂非上哉?上智不可学,意者法上而得中乎?抑语云“下下人有上上智”⑧,庶几有触而现焉⑨?余条列其概,稍分四则,曰“见大”,曰“远犹”,曰“通简”,曰“迎刃”,而统名之曰“上智”。

【注释】

①常局:恒常不变的格局。

②肖:对应,契合。

③臻:到,达到。

④斡旋:运转,周旋。引申为处置。无声臭:无声无味。

⑤忤:违逆,触犯。

⑥闲闲:若无其事。

⑦断断:决然无疑。

⑧抑:助词,用于句首。

⑨触:触动,引起。

【译文】

冯梦龙说:智慧没有恒常不变的格局,以恰好契合时局的人最为高明。所以愚钝的人有时会实现一次成功,而聪明的人考虑了上千次反而失误。这是为什么?上等智慧无心而暗合,并非上千次考虑所能达到的。别人选择小处,而我选择大处。别人看到近处,而我看到远处。别人躁动而愈发纷乱,而我清静而自然合度。别人没有一点办法,而我解决问题毫不费力。因此遇到难事都能让它变得容易,遇到大事都能让它化为小事。智慧的人在无声无息的微妙境界中处理好事物的各种矛盾,而举动常常出乎人们意料。有时候先抵触而后迎合,有时候看似反对而实际顺从。起初他若无其事,被豪杰之士怀疑;等到他果断决策,圣人也不能改变。啊!这样的智慧,难道还称不上高明?上等智慧不可以学得,大概取上等智慧为准则只能得到中等的吧?俗话说,“愚笨的人也有高明的智慧”,或许其智慧是因偶然的机遇而呈现出来的吧?我按门类列出这种智慧的大体情况,分为四卷,分别是“见大”“远犹”“通简”“迎刃”,把它们共同命名为“上智”。

上智部见大卷一

一操一纵,度越意表[①]。

寻常所惊[②],豪杰所了[③]。

集《见大》[④]。

【注释】

①度越意表:超出意料之外。度越,超过。意表,意料之外。

②寻常:才智普通的人。

③了:明了。

④见大:见识远大。

【译文】

一收一放的控制,超出意料之外。

普通人为之惊异,豪杰之士却能轻易明了。

集为《见大》一卷。

太公　孔子

太公望封于齐[①]。齐有华士者,义不臣天子,不友诸侯。人称其贤。太公使人召之三，不至，命诛之。周公曰[②]："此人齐之高士[③]，奈何诛之？"太公曰："夫不臣天子，不友诸侯，望犹得臣而友之乎？望不得臣而友之，是弃民也[④]；召之三不至，是逆民也。而旌之以为教首[⑤]，使一国效之，望谁与为君乎？"

【注释】

①太公望：吕尚。吕氏，姜姓，名尚，字牙。《史记索隐》说："文王得之渭滨，云'吾先君太公望子久矣'，故号太公望。"助周武王灭商，封于齐，为齐国始祖。齐：周朝诸侯国，其地主要在今山东境内。

②周公：姬旦。周文王第四子，周武王弟，曾辅佐周成王。因其采邑在周，故称周公。

③高士：品行高尚的在野之士。

④弃民：不可驯服而被社会摒弃的人。

⑤旌：表扬。教首：榜样。

【译文】

太公望被分封在齐国。齐国有一个叫华士的人，认为不臣服于天子，不结交于诸侯是正当的事，人们称赞他贤明。太公三次派人召见他，他都不去，于是太公下令诛杀他。周公问："这个人是齐国品行高尚的在野之士，为什么要诛杀他呢？"太公说："他不臣服于天子，不结交诸侯，我还能使他臣服与他结交吗？我不能使之臣服与之结交的人，就是不可驯服而应被摒弃的人；三次召见他而不来，是叛逆不顺的人。人们赞扬他以他为榜样，假使一国之人都效仿他，那么我还能做谁的君主呢？"

齐所以无惰民，所以终不为弱国。韩非《五蠹》之论本此[①]。

【注释】

①韩非《五蠹》：韩非，战国末年法家学派代表人物，著有《韩非子》。《五蠹》为《韩非子》中的名篇，其中说道："智士退处岩穴，归禄不受，而兵不免于弱，政不免于乱，此其故何也？民之所誉，上之所礼，乱国之术也。"

【译文】

齐国因此没有怠惰的百姓，也始终没有沦为弱国。韩非子《五蠹》篇的观点就是本于此。

少正卯与孔子同时①。孔子之门人三盈三虚②。孔子为大司寇③，戮之于两观之下④。子贡进曰⑤："夫少正卯，鲁之闻人⑥。夫子诛之，得无失乎？"孔子曰："人有恶者五，而盗窃不与焉。一曰心达而险⑦，二曰行僻而坚⑧，三曰言伪而辩，四曰记丑而博⑨，五曰顺非而泽⑩。边批：尽画奸雄隐腹。此五者有一于此，则不免于君子之诛。而少正卯兼之，此小人之桀雄也，不可以不诛也！"

【注释】

①少正卯：春秋末期鲁国大夫，曾聚徒讲学，与孔子对立。少正，或为复姓或为官名。孔子诛杀少正卯事见于《荀子·宥坐》，《孔子家语·始诛》《史记·孔子世家》等采用。钱穆等以为少正卯之诛为战国时人所造，以倡"诛士"。

②三盈三虚：孔子几次聚集门徒都被少正卯的讲学吸引去了。三，多次。

③大司寇：官名。主管刑法狱讼。

④两观：宫门前两边的望楼，此处特指鲁阙。

⑤子贡：端木赐，字子贡。孔子弟子。

⑥闻人：有名望的人。

⑦心达：心思通达。险：阴险，邪恶。

⑧僻：乖僻。坚：固执，顽固。

⑨丑：怪异之事。

⑩泽：光润，润泽。此指对言辞加以润泽。

【译文】

少正卯与孔子生活在同一时代。孔子几次聚集门徒都被少正卯的讲学吸引去了。孔子做了鲁国大司寇，就在宫门之前杀了少正卯。子贡进言道："少正卯是鲁国有名望的人。您杀了他，是不是有过失呢？"孔子说："人有五种罪恶，盗窃不在这之列。一是心思通达而凶险，二是行为怪僻而固执，三是言辞虚伪而雄辩，四是记取怪异而广博，五是顺从非义而加以润饰。边批：完全描画出奸雄隐秘的心思。人若是这五条中占一条，就难免被君子所诛杀。而少正卯兼而有之，这是小人里的奸雄，不能不杀！"

小人无过人之才，则不足以乱国。然使小人有才，而肯受君子之驾驭，则又未尝无济于国，而君子亦必不概摈之矣。边批：大是通论。少正卯能煽惑孔门之弟子，直欲掩孔子而上之，可与同朝共事乎？孔子下狠手，不但为一时辩言乱政故，盖为后世以学术杀人者立防[①]。

【注释】

①防：范例。

【译文】

小人没有过人的才能，那么就不足以祸乱国家。但假使小人有才能，而肯接受君子的管理，那么对国家未尝没有好处，而君子也一定不会将他们一概抛弃。边批:大是通达之论。少正卯能够煽动蛊惑孔子的弟子,几乎要掩盖孔子而超过他,可以和他同立朝堂共事吗?孔子下狠手,不只是为了阻止当时因口才雄辩而扰乱政局的现象,也为后世诛杀以学术乱国的人树立了典范。

华士虚名而无用,少正卯似大有用,而实不可用。壬人佥士[①],凡明主能诛之。闻人高士,非大圣人不知其当诛也。边批:不知其当诛,鲜有不受其蔽。唐萧瑶好奉佛,太宗令出家。玄宗开元六年,河南参军郑铣阳、丞郭仙舟投匦献诗[②]。敕曰:“观其文理,乃崇道教,于时用不切事情。宜各从所好,罢官度为道士[③]。”此等作用[④],亦与圣人暗合。如使佞佛者尽令出家[⑤],谄道者即为道士[⑥],则士大夫攻乎异端者息矣[⑦]。

【注释】

①壬人:巧言谄媚的人。佥(xiān)士:邪恶谄媚的人。佥,通“憸”。

②投匦(guǐ):臣民向皇帝上书。匦,匣子。唐垂拱二年(686),置匦于朝堂,有进书言事的人,可投书于匦。

③度:佛教语。使人出家,意谓引其离俗出生死。后亦用以道教。

④作用:作为。

⑤佞佛:沉溺佛教。

⑥谄道:谄信道教。

⑦攻乎异端:攻击与儒家学说不同的学说。此特指佛教、道教。

【译文】

华士有虚名而无实用,少正卯看似有大用,而实际上不可用。邪恶谄媚的人,凡是贤明的君主都会诛杀他们。名人或品行高尚的隐士,除非是大圣人否则不知道他们应当被诛杀。边批:不知道他们应当被诛杀，很少有人不受他们蒙蔽。唐朝的萧瑶喜好尊奉佛教，唐太宗下令让他出家。唐玄宗开元六年，河南府参军郑铣阳、丞郭仙舟向皇帝上书献诗。玄宗下诏：“察看诗中的文辞义理，是在推崇道教，不切合于当世治理需要。应当遵从他们的喜好，罢免官职出家去做道士。”这样的作为，正与圣人的行为相契合。如果命令让沉溺佛教的人都出家，谄信道教的人都做道士，那么攻击佛教、道教的士大夫们就可以平息了。

诸葛亮

有言诸葛丞相惜赦者[①]。亮答曰：“治世以大德，不以小惠。故匡衡、吴汉不愿为赦[②]。先帝亦言[③]：‘吾周旋陈元方、郑康成间[④]，每见启告[⑤]，治乱之道悉矣，曾不及赦也。’若刘景升父子[⑥]，岁岁赦宥，何益于治乎？”及费祎为政[⑦]，始事姑息，蜀遂以削。

【注释】

①惜赦：舍不得发布赦令。惜，吝惜，舍不得。

②匡衡：字稚圭。西汉经学家。汉元帝时官至丞相。吴汉：字子颜。东汉开国功臣，官至大司马。

③先帝：指刘备。

④周旋：交往。陈元方：陈纪，字元方。东汉末累迁尚书令，后拜大鸿胪。名重于世。郑康成：郑玄，字康成。东汉末经学大师。

⑤启告：教诲。

⑥刘景升：刘表，字景升。汉宗室，曾为荆州刺史。死后子刘琮继任。

⑦费祎：字文伟。三国时蜀汉名臣。诸葛亮死后，为后军师，迁大将军，录尚书事，掌国政。

【译文】

有人批评诸葛亮舍不得发布赦令。诸葛亮回答说："治理天下用大德行，而不用小恩惠。所以匡衡、吴汉不愿轻易发布大赦。先帝也说：'我与陈纪、郑玄交往，经常受到教诲，治理国家之道都说到了，未曾谈到赦罪。'像刘表、刘琮父子，年年施行赦免，对治理国家有什么好处呢？"等到费祎掌国政，开始施行无原则的宽容，蜀国于是衰败。

子产谓子太叔曰[①]："惟有德者，能以宽服民，其次莫如猛。夫火烈，民望而畏之，故鲜死焉。水懦弱，民狎而玩之[②]，则多死焉。故宽难。"太叔为政，不忍猛而宽。于是郑国多盗，太叔悔之。仲尼曰："政宽则民慢[③]，慢则纠之以猛。猛则民残[④]，残则施之以宽。宽以济猛，猛以济宽，政是以和。"商君刑及弃灰[⑤]，过于猛者也。梁武见死刑辄涕泣而纵之[⑥]，过于宽者也。《论语》"赦小过"[⑦]，《春秋》讥"肆大眚"[⑧]，合之，得政之和矣。

【注释】

①子产：公孙侨，字子产。春秋时期郑国正卿，在简公、定公、献公、声公四朝执政，为政贤明。子太叔：游姓，名吉，字太叔。郑国正卿，接替子产执政。

②狎：轻忽。

③慢：轻忽，怠慢。

④残：残暴，残忍。

⑤商君：商鞅，曾辅佐秦孝公变法。弃灰：把灰倾倒在大街上。

⑥梁武：梁武帝萧衍，南朝梁开国皇帝。

⑦赦小过：不计较小过错。语出《论语·子路》："先有司，赦小过，

举贤才。”

⑧肆大眚（shěng）：赦免有罪。肆，赦。眚，过。语出《春秋·庄公二十二年》：“二十有二年春王正月，肆大眚。”

【译文】

子产对子太叔说：“只有贤德的人，能够以宽厚的政策使百姓服从，其次就没有比刚猛更有效的了。火猛烈，民众望见就害怕它，所以很少有人死于火。水柔弱，民众轻忽玩弄它，就有很多人死于水。所以宽政难以实施。”太叔执政，不忍心刚猛而施行宽政。郑国因此盗贼很多，太叔为此十分后悔。孔子说：“政策宽厚民众就怠慢，怠慢就要以刚猛纠正它。政策刚猛民众就凶暴，凶暴就要施行宽政。用宽厚来调剂刚猛，用刚猛来补充宽厚，政治因此和谐。”商鞅对把灰倾倒在大街上的人用刑，是过于刚猛了。梁武帝看见死刑犯就流着泪释放他们，是过于宽厚了。《论语》讲到“不计较小过错”，《春秋》讥讽“赦免有罪”，调和二者，就能求得政治的和谐。

光武帝

刘秀为大司马时①，舍中儿犯法②，军市令祭遵格杀之③。秀怒，命取遵。主簿陈副谏曰④：“明公常欲众军整齐⑤。遵奉法不避，是教令所行，奈何罪之？”秀悦，乃以为刺奸将军，谓诸将曰：“当避祭遵。吾舍中儿犯法尚杀之，必不私诸将也。”

【注释】

①大司马：《周礼·夏官》有大司马，掌邦政。汉武帝罢太尉置大司马，掌全国军政。更始帝刘玄曾拜刘秀为大司马。

②舍中儿：家中奴仆。

③军市令：掌管军中市场贸易的官员。祭（zhài）遵：字弟孙。从刘秀征河北时为军市令，后任征虏将军，封颍阳侯。为人廉约奉公，雅好儒术。格杀：击杀。

④主簿：主官属下负责文书簿籍、掌管印鉴的佐吏。

⑤整齐：有秩序。

【译文】

光武帝刘秀做大司马时，家中奴仆犯了法，军市令祭遵下令把他杀了。刘秀大怒，命令收押祭遵。主簿陈副进谏说："主公总希望众军士整齐有序，纪律严明。祭遵遵守军法、不避亲近，这是推行军令的表现，为什么要惩处他呢？"刘秀听后很高兴，于是封祭遵为刺奸将军，并对各位将领说："你们要避让祭遵。我家中的奴仆犯法祭遵尚且杀了他，他一定不会偏私各位将士。"

罚必则令行，令行则主尊。世祖所以能定四方之难也。

【译文】

刑罚果断，军令就能推行；军令推行，主公就能受到尊重。世祖刘秀因此能够平定四方战乱。

使马圉

孔子行游，马逸食稼[①]。野人怒[②]，絷其马[③]。子贡往说之，毕词而不得[④]。孔子曰："夫以人之所不能听说人，譬以太牢享野兽[⑤]，以九韶乐飞鸟也[⑥]。"乃使马圉往谓野人曰[⑦]："子不耕于东海，予不游西海也，吾马安得不犯子之稼？"边批：自是至理，安得不从？野人大喜，解马而予之。

【注释】

①逸：脱缰逃跑。

②野人：古时住在四郊之外的人。与“国人”相对。

③絷（zhí）：拴住扣留。

④毕词：用尽说辞。

⑤太牢：古代祭祀中，牛、羊、猪三牲具备谓之太牢。亦指规格最高的祭品。

⑥九韶：舜时乐曲名，一说帝喾时所作。被认为是最动听最盛大的音乐。

⑦马圉：养马的人。

【译文】

孔子出游，途中马脱缰逃跑吃了庄稼。农夫发怒，拴住扣留了孔子的马。子贡前去交涉劝说农夫放还马，用尽说辞农夫也不理他。孔子说：“用别人所不能听懂的话去游说别人，譬如把太牢这样最高规格的祭品进献给野兽，用九韶这样最盛大的乐曲去取悦飞鸟。”于是派马夫过去对农人说：“你不曾到东海之滨耕作，我不曾到西海之地游玩，我们生活在同一片土地上，我的马怎么能保证不偷吃你的庄稼呢？”边批：自然是至理，怎么能不听从呢？农人听了很高兴，解开缰绳把马还给了他。

人各以类相通。述《诗》《书》于野人之前，此腐儒之所以误国也。马圉之说诚善，假使出子贡之口，野人仍不从。何则？文质貌殊[1]，其神固已离矣。然则孔子曷不即遣马圉，而听子贡之往耶？先遣马圉，则子贡之心不服；既屈子贡，而马圉之神始至。边批：全神乎气机，岂浅鲜能知？圣人达人之情，故能尽人之用。后世以文法束人[②]，以资格限人，又以兼长望人，天下事岂有济乎？

【注释】

①文：文采。质：朴实。

②文法：法律条文。

【译文】

人各自因为类似的性情、经历相互沟通认同。在农人面前讲论《诗》《书》，这是酸腐的读书人之所以误国的原因。马夫的说辞很好，假如这番话出自子贡之口，农夫也不会接受。为什么呢？文采和质朴的样貌大不相同，彼此的心自然隔开了距离。然而孔子为何不当即派马夫去，而任由子贡先去呢？先派马夫，子贡内心必定不服气；子贡已经失败了，那么马夫的神奇作用才能表现出来。边批：完全是天地自然机能规律的神妙运用，哪里是浅显的人能理解的？圣人能通达人情，所以能充分发挥各人的才干。后世以法律条文束缚人，以资历限制人，又用兼有所长来期望人，天下的事情怎么能成功呢？

选押伴使

三徐名著江左[①]，皆以博洽闻中朝[②]，而骑省铉尤最[③]。会江左使铉来修贡[④]，例差官押伴[⑤]。朝臣皆以词令不及为惮。宰相亦艰其选，请于艺祖[⑥]。艺祖曰："姑退，朕自择之。"有顷，左珰传宣殿前司[⑦]，具殿侍中不识字者十人以名入。宸笔点其一[⑧]，曰："此人可。"在廷皆惊，中书不敢复请[⑨]，趣使行[⑩]。殿侍者莫知所以，弗获已[⑪]，竟往。渡江，始铉词锋如云，旁观骇愕。其人不能答，徒唯唯。铉不测，强聒而与之言⑫。居数日，既无酬复，铉亦倦且默矣。

【注释】

①三徐：徐铉，及弟徐锴、父徐延休。江左：江东。芜湖、南京以下长江南岸地区。此处指五代南唐。

②中朝：中原正统王朝，此处指宋朝。

③骑省铉：徐铉，字鼎臣。早年仕南唐，官至吏部尚书；后归宋，官至散骑常侍，世称“徐骑省”。骑省，散骑常侍的代称。

④修贡：按常规进贡。

⑤押伴：陪伴客使。南唐进贡，北宋派押伴使接应，二人一路谈论，各逞才学，有比试竞争意味。

⑥艺祖：文祖，有才艺文德之祖，用以为开国帝王的通称。此处指宋太祖赵匡胤。

⑦左珰：负责礼仪的太监。宋代礼部称左省。殿前司：殿前诸班直与步骑诸指挥统领机构。在内为皇宫禁卫，随驾出行为皇帝近卫。

⑧宸笔：御笔。

⑨中书：官署名。此指宋初设于禁中的中书，即政事堂，是宰相办公之处。

⑩趣（cù）：催促，督促。

⑪弗获已：不得已。

⑫聒：频繁地称说。

【译文】

三徐徐延休、徐铉、徐锴名声显扬于江东，都以学识广博闻名于宋室朝廷，而骑省徐铉最为著名。当江东派徐铉按常规向宋朝贡时，依例宋要派官员充任押伴使。朝中众臣都因为应对辞令不及徐铉而畏惧。宰相也很难选出这样的人，就请示太祖。太祖说：“你们暂且退下，我自己来选人。”不久，负责礼仪的太监传令宣召殿前司，准备十个不识字的殿前侍卫的名单入宫。太祖御笔圈点其中一人,说:“这个人能胜任。”朝臣都很震惊,中书不敢再去请示太祖,于是催促他上路。这个侍卫也不知道怎么回事,不得已,就去了。渡江之后,徐铉言辞如流议论锐利,旁观的人惊愕不已。那个侍卫不能答话,只能点头称是。徐铉不知道怎么回事,强行对他说个不停。过了几天,没有得到回应,徐铉也倦怠而沉默了。

岳珂云[①]:当陶、窦诸名儒端委在朝[②],若令角辩骋词,庸讵不若铉[③]?艺祖正以大国之体,不当如此耳。其亦“不战屈人,兵之上策”欤?

【注释】

①岳珂(kē):字肃之。岳飞之孙。与刘过、辛弃疾友善。曾以大司农丞权知嘉兴府,为江南东路转运判官、淮南东路总领等,并多次摄知镇江府。编撰有《桯史》十五卷,记两宋时杂事,可补史传不足。

②陶、窦:陶谷、窦仪。陶谷,五代时仕晋、汉、周,入宋历礼、刑、户三部尚书,通经史,善辞辩。窦仪,五代时仕周,入宋为工部尚书,学问优博。端委:礼服,此处指身着礼服为官。

③庸讵(jù):岂,怎么。

【译文】

岳珂说:当时陶谷、窦仪那些有名的大儒身着礼服在朝为官,如果让他们互相辩论尽情表达,难道不如徐铉吗?太祖正是以为大国的体统,不应当这样做。这就是“不通过战争就战胜对方,是兵家的上策”吗?

孔子之使马圉,以愚应愚也;艺祖之遣殿侍者,以愚困智也。以智强愚,愚者不解;以智角智,智者不服。边批:微言透理[①]。

【注释】

①徵（zhēng）言：验证言辞。

【译文】

孔子派马夫去说服农人，是以愚笨应付愚笨；太祖派遣殿前侍卫去应对徐铉，是以愚笨牵制才智。以才智去战胜愚笨，愚者不能理解；以才智去比试才智，智者不能诚服。边批：这是可以验证的言辞、透彻的道理。

白沙陈公甫访定山庄孔旸[①]。庄携舟送之。中有一士人，素滑稽，肆谈亵昵[②]，甚无忌惮。定山怒不能忍。白沙则当其谈时，若不闻其声；及其既去，若不识其人。边批：不睹不闻无穷。定山大服。此即艺祖屈徐铉之术。

【注释】

①白沙陈公甫：陈献章，字公甫。明代大儒，居白沙里，世称白沙先生。定山庄孔旸（yáng）：庄昶（chǎng），字孔旸。明成化进士。因反对朝廷铺张浪费，不愿粉饰太平而被贬谪，居定山二十余年，学者称定山先生。后起为南京吏部郎中。罢归，卒，追谥文节。

②亵（xiè）昵：过分亲近而态度轻佻。

【译文】

白沙陈献章拜访定山庄昶。庄昶携小船送行。船上有一个读书人，向来爱玩笑，言语放浪行为轻佻，没有顾忌。庄昶愤怒不能忍受，陈献章则在他谈笑时，似乎听不到他的声音；等到他走了，似乎不认识他一样。边批：不看不听，没有穷尽。庄昶大为叹服。这就是太祖制服徐铉的办法。

胡世宁

少保胡世宁[①]，为左都御史[②]，掌院事[③]。时当考察[④]，执政请禁私谒[⑤]。公言："臣官以察为名。人非接其貌，听其言，无以察其心之邪正，才之短长。若屏绝士夫，徒按考语[⑥]，则毁誉失真，而求激扬之[⑦]，难当矣。"边批：今日正犯此病。上是其言，不禁。

【注释】

①少保胡世宁：胡世宁，字永清。明弘治间进士，嘉靖中官至兵部尚书。性情刚直。卒赐少保。少保，官名。明朝少保是虚衔，为勋戚文武大臣加官、赠官。

②左都御史：明代中央监察机关都察院主管为都御史，都御史分左、右，左稍尊。

③掌院事：掌管都察院工作。

④考察：考核官吏政绩，根据优劣，决定升降黜免。

⑤执政：明朝内阁大臣的别称。私谒：被考察官员私下拜访都察院官员。

⑥考语：上级对下级官吏的考察评语。

⑦激扬：激励振奋。

【译文】

少保胡世宁，担任左都御史时，掌管都察院日常工作。当时正要考核官吏政绩，执政大臣请求皇上下令禁止私下拜访都察院官员。胡公禀告说："臣的官职以都察为名。了解一个人如果不观察他的外貌，倾听他的言谈，就无法考察他内心的正邪，才能的高低。如果拒绝会见官员，只是依照考察评语来判断，那么诋毁或称赞就容易失真，想要激励提拔官员，就难处理得当。”边批：今天正犯了这种病。皇上同意他的奏言，没有发布禁令。

公孙弘曲学阿世[①]，然犹能开东阁以招贤人[②]。今世密于防奸，而疏于求贤，故临事遂有乏才之叹。

【注释】

①公孙弘：字季，又字次卿。习《春秋公羊》学，汉武帝时为丞相。熟习文法吏事，而缘饰以儒术，不肯面折廷争，常逢迎帝意。曲学阿世：歪曲自己的学术，以迎合世俗之好。

②东阁：相府东向小门。指丞相款待宾客的地方。公孙弘为相时曾开东阁以延请贤人，与参谋议。

【译文】

公孙弘歪曲儒家学说以投世俗之好，然而还能开东阁招纳贤人。当今之世用力于防范奸人，却疏忽于求取贤人，所以遇事就有缺乏人才的慨叹。

韩滉 钱镠

韩滉节制三吴[①]，所辟宾佐[②]，随其才器，用之悉当。有故人子投之，更无他长。尝召之与宴，毕席端坐，不与比坐交言[③]。公署以随军，令监库门。此人每早入帷，端坐至夕，吏卒无敢滥出入者。

【注释】

①韩滉（huàng）：字太冲。性刚直俭约，明吏事。唐德宗贞元年间

拜相，封晋国公。节制三吴：韩滉在唐代宗大历年间曾为润州刺史（治今江苏镇江）、镇海军节度使（治今江苏苏州）。节制，此处指做节度使。三吴，有吴兴、吴郡、会稽，吴郡、吴兴、丹阳，苏州、润州、湖州等说法。指长江下游之江浙一带。

②辟：征召。宾佐：幕宾佐吏。

③比坐：相邻而坐的人。

【译文】

韩滉为镇海军节度使管辖三吴时，所征召的幕宾佐吏，依照各自的才干，都能任用得当。有个老朋友的儿子投靠他，没有任何专长。韩滉曾请此人参加宴席，他从头到尾端坐，不跟邻座人交谈。韩滉安排他随军，派他看守库门。这个人每天早晨进入帷帐，端坐到晚上，官吏士卒没有敢随意出入的。

吴越王尝游府园[①]，见园卒陆仁章树艺有智而志之[②]。边批：有人心。及淮南围苏州[③]，使仁章通言入城，果得报而还。镠以诸孙畜之[④]。

【注释】

①吴越王：钱镠（liú），字具美。唐末为镇海镇东军节度使，割据两浙，封越王，又封吴王。五代后梁时受朱温封，为吴越国王。

②树艺：植树栽花。

③淮南围苏州：吴越天宝二年（909），淮南兵围攻当时为吴越据守的苏州，围了七个月，最终苏州等来吴越援军，大破淮南兵。淮南，指五代十国中的吴国，也称南吴、杨吴、弘农。

④畜：养育。

【译文】

吴越王钱镠曾游府中花园，看见园丁陆仁章植树栽花很机灵就记住了他。边批：有人心。等到淮南兵围攻苏州时，就派陆仁章进苏州城传话，果然得到情报安全返回。钱镠把他当自己孙子般养育。

用人如韩滉、钱镠，天下无弃才、无废事矣。

【译文】

用人像韩滉、钱镠一样，天下就没有被遗弃的人才和被荒废的事情了。

按史，淮南兵围苏州，推洞屋攻城[①]。守将孙琰置轮于竿首，垂绠投椎以揭之[②]，攻者尽露。炮至则张网以拒之。淮南人不能克。吴越遣兵来救。苏州有水通城中，淮南张网缀铃悬水中，鱼鳖过皆知之。都虞候司马福欲潜行入城[③]，故以竿触网。敌闻铃声举网，福因得过。凡居水中三日，乃得入城。由是城中号令与援兵相应，敌以为神。疑即一事，姓名必有一误[④]。

【注释】

①洞屋：攻城器械，以木撑柱，蒙以牛皮，形状如洞。

②绠（gēng）：粗绳索。

③都虞候：唐中期以后，藩镇下置都虞候、虞候，掌管纠察及侦候等事。

④疑即一事，姓名必有一误：按，《资治通鉴》中司马福、陆仁章两事并书，不认为是一人所为。

【译文】

按史书记载，淮南兵围攻苏州，推着洞屋攻城。守城将领孙琰将轮子放在竹竿顶端，放下绳索投下木椎，揭开洞屋，攻城的敌兵就都暴露了。火炮射到就张开网来抵御。淮南兵无法攻克。吴越派援兵来救。苏州城有水道通向城中,淮南兵将挂满铃铛的网悬置在水中,鱼鳖通过都能知道。都虞候司马福想偷偷进城,故意用竿去触网。敌兵听到铃铛声就提起网,司马福趁机得以通过。他足足在水中待了三天,才得以进城。自此城中军队与援兵里应外合,敌人觉得很神奇。怀疑陆仁章和司马福的事为同一件事,两个名字必然有一个是错的。

燕昭王

燕昭王问为国①。郭隗曰②:“帝者之臣,师也;王者之臣,友也;伯者之臣③,宾也;危国之臣,帅也。唯王所择。”燕王曰:“寡人愿学而无师。”郭隗曰:“王诚欲兴道,隗请为天下士开路④。”于是燕王为隗改筑宫⑤,北面事之⑥。不三年,苏子自周往⑦,邹衍自齐往⑧,乐毅自赵往⑨,屈景自楚归⑩。

【注释】

①燕昭王:战国时燕国国君,前311—前279年在位。为国:治国之道。

②郭隗(wěi):燕国谋士。

③伯(bà):通“霸”。诸侯霸主。

④隗请为天下士开路:意即请从我郭隗开始。开路,开辟门路、途径。

⑤宫:古时称居室为宫。

⑥北面事之:古时以居北面南而坐为尊。昭王以郭隗居尊位,而自己坐南朝北,事之以师礼。

⑦苏子:苏代,战国纵横家。苏秦之兄(一说苏秦之弟)。

⑧邹衍:战国时齐国人,阴阳家代表人物。至燕后,昭王筑碣石宫师

事之。

⑨乐毅：战国时魏国人，军事家。自魏至燕，昭王用为上将军。率领燕、赵、魏、韩、秦五国军队伐齐，攻破齐都，下七十余城，几灭齐国。

⑩屈景：不详，当为楚人。

【译文】

燕昭王问治国之道。郭隗说："帝的大臣，是他的老师；王的大臣，是他的朋友；霸主的大臣，是他的宾客；危亡国家的大臣，只是征伐的统帅。要看大王您怎么选择。"燕昭王说："我很愿意学习但是没有老师。"郭隗说："大王如果真想振兴大道，我请求为天下士人开辟道路。"于是燕昭王为郭隗改建居室，待之以老师之礼。不到三年，苏代从周地而来，邹衍从齐国而来，乐毅从赵国而来，屈景从楚国而来。

郭隗明于致士之术[①]，便有休休大臣气象[②]，不愧为人主师。

【注释】

①致士：招致贤士。

②休休：器量宏大的样子。

【译文】

郭隗深明招致贤士的方法，颇有器量宽宏的大臣气象，不愧做王者的老师。

汉高封雍齿而功臣息喙[①]，先主礼许靖而蜀士归心[②]。皆予之以名，收之以实。

【注释】

①汉高：刘邦。西汉开国皇帝。卒谥高帝，庙号太祖，史又称高祖、高帝。雍齿：秦时为沛富豪。刘邦在沛县起义，命他守丰邑。后

受挑唆背叛刘邦，据丰地而投靠魏。刘邦攻破丰，他逃奔魏。楚汉战争时复归刘邦。刘邦称帝后分封诸侯，多时不定，诸将狐疑有怨言。刘邦遂听张良劝谏，先封雍齿为什方（一作汁方）侯，群情始定。息喙：闭嘴。

②许靖：字文休。东汉末名士，三国时蜀汉重臣。许靖少知名，与从弟许劭品评人物，人称“月旦评”。先为刘璋之蜀郡太守，成都被围，许靖欲翻越城墙投降刘备，未果。刘璋投降后，刘备鄙薄许靖之行。法正劝其礼遇许靖以示尊贤，刘备乃厚礼许靖，任为左将军长史。

【译文】

汉高祖封雍齿为侯而未受封的功臣就停止了议论，刘备礼遇许靖而蜀地士人都诚心归附。这都是给以名义，收回实际功用。

丙吉　郭进

吉为相[①]，有驭吏嗜酒[②]，从吉出，醉呕丞相车上。西曹主吏白[③]，欲斥之[④]。吉曰：“以醉饱之失去士，使此人复何所容？西曹第忍之，此不过污丞相车茵耳[⑤]。”此驭吏边郡人，习知边塞发奔命警备事[⑥]。尝出，适见驿骑持赤白囊[⑦]，边郡发奔命书驰至。驭吏因随驿骑至公车刺取[⑧]，知虏入云中、代郡[⑨]。遽归，见吉白状[⑩]，因曰：“恐虏所入边郡二千石长吏有老病不任兵马者[⑪]，宜可豫视[⑫]。”吉善其言，召东曹案边郡吏科条其人[⑬]。未已，诏召丞相、御史，问以虏所入郡吏[⑭]。吉具对。御史大夫卒遽不能详知，以得谴让[⑮]。而吉见谓忧边思职，驭吏力也。

【注释】

①吉:丙吉,又作邴吉,字少卿。汉武帝末年治巫蛊之狱,丙吉时为廷尉监,保护狱中的皇曾孙(即后来的汉宣帝)免于被杀。后任大将军霍光长史,建议迎立宣帝。宣帝即位,封博阳侯,为丞相。

②驭吏:为丞相驾车的小吏。

③西曹主吏:丞相掾属分东、西曹治事,西曹主吏即西曹主事之吏,即西曹掾。

④斥:驱逐。

⑤车茵:车上垫的席子。茵,车垫子。

⑥发奔命:征发奔命。奔命,应急出战的部队。当边事紧急时,常备兵不足,临时择精勇之士赴战。

⑦赤白囊:递送紧急情报的文书袋。以红白二色为十万火急标志。

⑧公车:汉代官署名。臣民上书、征召,及边郡县使者入朝,均先由公车接待。刺取:刺探。

⑨云中:云中郡。在今山西与内蒙古交界处,郡治在今呼和浩特南。代郡:在今河北西北部和山西东北部,郡治在今河北蔚县。

⑩白状:禀告情况。

⑪二千石长吏:汉代以俸禄代称官职,二千石为郡太守。

⑫豫视:预先检视。豫,事先准备。

⑬案:考核,查考。科条:分类整理成条款、纲目。

⑭问以虏所入郡吏:按,底本无“虏”字,据明积秀堂本补。

⑮谴让:谴责。

【译文】

丙吉为丞相时,有一个驾车小吏爱喝酒,一次随侍外出,喝醉了吐在丞相车上。西曹主事之吏告诉丙吉,想要驱逐他。丙吉说:“因为醉酒的过失而驱逐一个人,让这个人又何处可以容身呢?西曹姑且容忍他吧,他只不过是弄脏了丞相的车垫而已。”这个小吏是边境地区的人,熟悉边塞军事紧急调兵赴战、警戒防备等事务。他曾经外出，恰好碰到骑马送信的人拿着装紧急公文的赤白囊，就知道边塞征发应急出战部队的公文到了。驾车小吏于是随着送信的人到了公车探听，得知匈奴入侵云中郡和代郡。于是他急忙回来，拜见丙吉禀告情况，接着说："恐怕被入侵的边境地区的郡太守中有年老多病不能胜任打仗的，应该预先检视他们的资料。"丙吉同意他的话，召见东曹查考边境的官吏，分类整理他们的情况。尚未完成，就有诏书召见丞相、御史大夫，询问匈奴入侵地区官吏的情况。丙吉详细回答。御史大夫仓促间不能详知，遭到责备。于是丙吉被称赞为关心边塞、尽忠职守，这就是车夫的功劳。

郭进任山西巡检①，有军校诣阙讼进者。上召讯②，知其诬，即遣送进，令杀之。会并寇入③，进谓其人曰："汝能讼我，信有胆气。今赦汝罪，能掩杀并寇者，即荐汝于朝。如败，即自投河，毋污我剑也。"其人踊跃赴斗，竟大捷。进即荐擢之。

【注释】

①郭进：北宋初将领，初仕后周，入宋后为山西巡检。曾于石岭关大破契丹。巡检：官名，创置于宋。掌管训练甲兵、巡逻州邑、擒捕盗贼之职。

②上：此处指宋太祖赵匡胤。

③并（bīng）寇：并州之寇，指割据山西的北汉政权。北汉都太原，为汉唐以来并州州治，其领地也大致为并州之地。

【译文】

郭进担任山西巡检时，有一个军官进京到宫门外控告郭进。宋太祖召见问讯，知道他是诬告，就把军官遣送给郭进，让郭进杀了他。恰好赶上并州贼寇入侵，郭进对这个军官说："你敢控告我，一定很有胆气。现在我赦免你的罪过，如果你能杀败并州贼寇，我就向朝廷举荐你。如果失败了，你就自己投河，不要玷污了我的剑。"这个军官奋不顾身，努力赴战，最终大获全胜。郭进就向朝廷举荐提拔他。

容小过者以一长酬[①]，释大仇者以死力报。唯酬报之情迫中[②]，故其长触之而必试，其力激之而必竭。彼索过寻仇者，岂非大愚！

【注释】

①一长：一技之长。酬：报答。

②迫中：迫切于心。

【译文】

容忍小的过失，别人会用一技之长来酬谢；赦免大的仇恨，别人会以死来拼命报答。只要酬谢报答的情意迫切于心中，那么触发他的所长他就一定踊跃尝试，激发他的能力他就一定全力以赴。那些追过寻仇的人，岂不是太愚蠢了！

假书

秦桧当国[①]，有士人假其书谒扬州守[②]。守觉其伪，缴原书，管押其回。桧见之，即假其官资[③]。或问其故，曰："有胆敢假桧书，此必非常人。若不以一官束之，则北走胡、南走越矣[④]。"

【注释】

①当国：执掌政柄，即担任丞相。

②假其书：伪造秦桧的亲笔信。

③假其官资：授予他官吏的资格职位。假，授予。

④北走胡、南走越：秦汉时成语，胡指北方游牧民族匈奴，越指居于闽、越的几个小国。此语意谓逃亡外邦敌国，将为中国之患。

【译文】

秦桧当权时，有个读书人伪造秦桧的信去拜见扬州太守。太守发觉是假信，收缴伪造书信并押送他到秦桧处。秦桧见了，当即授予他官职。有人问秦桧这样做的原因，他说："这人胆敢伪造我的信，那一定不是普通人。如果不用一个官职来约束他，那么他将逃往外邦，为害中国。"

西夏用兵时，有张、李二生，欲献策于韩、范二公[①]。耻于自媒[②]，乃刻诗于碑，使人曳之而过。韩、范疑而不用。久之，乃走西夏，诡名张元、李昊，到处题诗。元昊闻而怪之[③]，招致与语，大悦，边批：元昊识人。奉为谋主[④]，大为边患。奸桧此举，却胜韩、范远甚，所谓"下下人有上上智"。

【注释】

①韩、范二公：韩琦、范仲淹。

②自媒：自荐。

③元昊：李元昊，党项族，西夏国主。1038—1048年在位。是西夏真正的建国者。

④谋主：主持定谋略的人。

【译文】

北宋与西夏作战对峙时，有姓张、姓李的两个书生，想要向韩琦、范仲淹献计。二人耻于自荐，就把诗刻在碑上，让人拖着经过韩、范府门。韩、范二人认为形迹可疑而不任用。过了很久，二人跑到西夏，化名张元、李昊，所到之处皆有题诗。西夏国主李元昊听说后觉得很奇怪，招他们来问话，谈罢十分高兴，边批：元昊能识别人才。尊奉他们为主持制定谋略的谋士，成为边疆大患。奸臣秦桧的这个举动，却远远胜过韩、范二人，这就是所说的“下下等人有时有上上等智慧”。

有人赝作韩魏公书谒蔡君谟①。君谟虽疑之，然士颇豪，与之三千，因回书遣四兵送之，并致果物于魏公。客至京，谒公谢罪。公徐曰：“君谟手段小，恐未足了公事。夏太尉在长安②，可往见之。”即为发书。子弟疑谓包容已足，书可勿发。公曰：“士能为我书，又能动君谟，其才器不凡矣。”至关中，夏竟官之。边批：手段果大。

【注释】

①赝（yàn）：伪造。韩魏公：韩琦，字稚圭。曾任枢密使，拜相。为北宋仁宗、英宗、神宗三朝执政。封魏国公。蔡君谟：蔡襄，字君谟。以龙图阁学士知开封府，后知福州、泉州、杭州。

②夏太尉：夏竦，字子乔。历仕太宗、真宗、仁宗三朝，官至枢密使。宋枢密使执掌兵政，故此以古代最高军事长官太尉称之。

【译文】

有人假造韩魏公的信去拜见蔡君谟。蔡君谟心中虽然怀疑，却觉得此人十分豪迈，就送他三千钱，于是写了回信并派四个士卒送他，同时送果物给魏公。此人到京城拜见魏公，当面请罪，魏公缓缓说道：“君谟做事缺少气魄，恐怕没办法完成你所求的事情。夏太尉在长安，你可以去拜见他。”说完立即为他写一封信。子侄们不解，认为对此人已经足够包容了，信可以不必再写。魏公说：“这个读书人会模仿我的信，又能说动君谟，他的才气格局必定不凡。”此人到关中,夏竦果然给了他官职。边批:果然手段高强。

又东坡元祐间出帅钱塘[①]。视事之初,都商税务押到匿税人南剑州乡贡进士吴味道[②],以二巨卷作公名衔,封至京师苏侍郎宅[③]。公呼讯其卷中何物。味道恐蹙而前曰[④]:“味道今秋忝冒乡荐[⑤],乡人集钱为赴省之赆以百千[⑥],就置建阳纱得二百端[⑦]。因计道路所经场务尽行抽税[⑧],则至都下不存其半。窃计当今负天下重名而爱奖士类,唯内翰与侍郎耳[⑨]。纵有败露,必能情贷[⑩],遂假先生名衔,缄封而来。不知先生已临镇此邦,罪实难逃。”公熟视,笑,呼掌笺吏去其旧封,换题新衔,附至东京竹竿巷,并手书子由书一纸付之,曰:“先辈这回将上天去也无妨[⑪]。”边批:真欲令人刻骨铭心。明年味道及第,来谢。二事俱长人智量者。

【注释】

①东坡元祐间出帅钱塘:指苏东坡于元祐年间做杭州太守。元祐,宋哲宗年号(1086—1094)。

②都商税务:掌收京城商旅之税,以输国库。南剑州:在今福建。治剑浦县(今福建南平)。

③苏侍郎:苏辙,字子由。苏轼弟。哲宗时拜尚书右丞,进门下侍郎。

④恐蹙:恐惧而局促。

⑤忝冒:犹言滥竽充数。忝,有愧于。常用作谦辞。乡荐:应进士试前,先要经过乡试,通过者称乡荐。

⑥赆:以财物赠行者。此处指所赠路费。百千:一百千,即十万。

⑦端:古布帛长度名,二丈为一端,二端为一匹。

⑧场务:宋代掌管征收茶盐酒铁等税的机构。

⑨内翰：苏轼元祐时曾为翰林学士、知制诰，故称内翰。

⑩情贷：根据实情给予宽恕。贷，宽恕，赦免。

⑪将：携带。

【译文】

又苏东坡在元祐年间到杭州任太守。上任之初，掌管收税的官吏抓捕到一个逃税的人，是南剑州乡贡进士吴味道，他冒用苏东坡的名衔，密封了两大巨大的卷轴送到京师苏辙府第。东坡问他卷轴里装的是什么，吴味道恐惧而局促地说："我今年秋天侥幸通过了乡试，同乡人筹集了十万钱作为赴省赶考的路费，我去置办了二百端建阳纱。因为想到沿路经过的税务官署都要抽税，那么到京城后只剩不到半数。我私下设想当今天下有大名望且爱奖掖读书人的，只有先生您和苏侍郎了。纵然事迹败露，您必能体谅而宽免，于是假借先生的名衔，把它封起来来到此地。却不知道先生已经来镇抚这里了，罪过实在难以逃脱。"苏东坡仔细一看，笑着呼唤掌管文书的官吏去掉旧的封条，换上新名衔，附上至东京竹竿巷字样，并亲手给苏辙写了封信，交给吴味道，说："前辈这回就是拿到天上去也无妨了。"边批：真欲令人刻骨铭心。第二年，吴味道考中进士，前来答谢。这两件事都是能增长人才智胸襟的。

楚庄王　袁盎

楚庄王宴群臣[①]，命美人行酒。日暮，酒酣烛灭，有引美人衣者。美人援绝其冠缨[②]，趣火视之[③]。王曰："奈何显妇人之节而辱士乎？"命曰："今日与寡人饮，不绝缨者不欢。"群臣尽绝缨而火，极欢而罢。及围郑之役[④]，有一臣常在前，五合五获首，却敌，卒得胜。询之，则夜绝缨者也。

【注释】

①楚庄王：春秋时楚国国君，前613—前591年在位。为“春秋五霸”之一。

②援：牵拉，拉。冠缨：帽带。结于颔下，使帽固定。

③趣（cù）火：催促点燃烛火。趣，催促。

④围郑之役：鲁宣公十二年（前597），楚庄王率师围郑，三月克之。郑君肉袒牵羊投降。

【译文】

楚庄王宴请群臣，命令美人前来斟酒、劝酒。到了晚上，大家喝得尽兴时蜡烛熄灭了，有臣子拉扯美人的衣服。美人则扯断他的帽带，催促楚庄王点火验视。楚庄王说：“怎么能为显扬妇人的节操而侮辱大臣呢？”下令说：“今天和寡人一起喝酒，不拉断帽带的人就不够尽兴。”群臣都扯断帽带才点上蜡烛，极尽欢乐而散。等到楚庄王率师围郑的战役时，有一位臣子总在敌前冲锋陷阵，五次交兵五次斩获敌人首级，击退了敌人，最终大获全胜。楚庄王询问他，原来是喝酒那天夜里被美人扯断帽带的人。

盎先尝为吴相时①，盎有从史私盎侍儿②。盎知之，弗泄。有人以言恐从史，从史亡。盎亲追反之，竟以侍儿赐，遇之如故。景帝时，盎既入为太常③，复使吴。吴王时谋反④，欲杀盎，以五百人围之。盎未觉也。会从史适为守盎校尉司马，乃置二百石醇醪⑤，尽饮五百人醉卧，辄夜引盎起，曰：“君可去矣，旦日王且斩君。”盎曰：“公何为者？”司马曰：“故从史盗君侍儿者也。”于是盎惊脱去。

【注释】

①盎:袁盎,字丝。西汉文帝时为中郎将,名重朝廷。曾任吴国相。景帝时与晁错不睦,吴楚七国之乱时劝景帝斩晁错。后因阻梁孝王请立为嗣之事被刺杀。

②从史:随从吏员。

③太常:汉官职名,九卿之一,掌宗庙礼仪。

④吴王时谋反:此时吴王实已反,兵至梁国睢阳城下。所以此次袁盎使吴,是使于吴王军中。见于《史记·袁盎晁错列传》。吴王,此指吴王刘濞。

⑤醇醪(láo):美酒。醪,酒的总称。

【译文】

袁盎先前担任吴国相时,有个随从小吏私通袁盎的侍女。袁盎知道后,没有泄露出去。有人将此事告诉了这个从史来恐吓他,从史就逃走了。袁盎亲自把他追回来,还把侍女赐给他。汉景帝时,袁盎担任太常,又出使吴地。吴王当时图谋造反,想要杀掉袁盎,派五百士兵围住他的住处。袁盎没有觉察。恰好从史担任看守袁盎的校尉司马,于是准备了二百石美酒,让五百个士兵尽情饮酒,直到都喝得醉倒,就趁半夜把袁盎叫起来,说:"您赶快离开吧,天亮吴王就要杀您。"袁盎问:"你是什么人?"司马说:"就是以前那个私通您侍女的从史啊。"于是袁盎惊起逃脱而去。

梁之葛周、宋之种世衡[①],皆用此术克敌讨叛。若张说免祸[②],可谓转圜之福[③]。兀术不杀小卒之妻[④],亦胡虏中之杰然者也。

【注释】

①葛周:当为葛从周,字通美。五代时后梁大将。种(chóng)世衡:

字仲平。北宋时边将,建青涧城扼守西夏军通道。官至环庆路兵马钤辖。善抚士卒。

②张说(yuè):字说之。唐朝宰相,封燕国公,善诗文。

③转圜(huán):斡旋,处事得宜。

④兀术:完颜宗弼,金太祖第四子,善骑射。是金攻伐宋朝的主要统帅。

【译文】

后梁的葛从周、宋朝的种世衡,都用这种方式战胜敌人讨伐叛逆。至于张说免除祸患之事,可以说是处事得宜的福报。金兀术不杀小卒的妻子,也算是胡人中的豪杰。

葛周尝与所宠美姬同饮,有侍卒目视姬不辍,失答周问。既自觉,惧罪。周并不言。后与唐师战[①],失利,周呼此卒奋勇破敌,竟以美姬妻之。边批:怜才之至。

【注释】

①唐师:此处指李克用的军队。李克用在唐朝被封为晋王,其子李存勖灭后梁,建立后唐,追封他为太祖武皇帝。

【译文】

葛从周曾与他宠爱的美姬一起喝酒,有个侍卒眼睛一直盯着美姬,以至于没有回答葛从周的问话。等到自己察觉后,担心被治罪。葛从周并没有说什么。后来葛从周带兵与后唐军队作战失利,葛从周命令这个侍卒奋勇反击,打败敌军,最后把美姬嫁给了他。边批:爱惜人才到了极点。

胡酋苏慕恩部落最强[①],种世衡尝夜与饮,出侍姬佐酒。既而世衡起入内,慕恩窃与姬戏。世衡遽出掩之,慕恩惭愧请罪。世衡笑曰:"君欲之耶?"即以遗之。边批:《三国演义》貂蝉事套此。由是诸部有贰者，使慕恩讨之，无不克。

【注释】

①苏慕恩：羌族部落酋长。

【译文】

胡人部落以苏慕恩部落最为强大，种世衡曾在夜里与他喝酒，叫侍女出来斟酒、劝酒。不久种世衡起身进内室，苏慕恩就偷偷调戏侍女。种世衡突然出来撞见了，苏慕恩自觉惭愧而谢罪。种世衡笑着说："你想要她吗？"就把侍女送给了他。边批：《三国演义》里貂蝉的事就是套用此事。从此各部落间有贰心的，就派苏慕恩去讨伐他，没有平不了的。

张说有门下生盗其宠婢，欲置之法。此生呼曰："相公岂无缓急用人时耶？何惜一婢？"说奇其言，遂以赐而遣之。后杳不闻。及遭姚崇之构①，祸且不测。此生夜至，请以夜明帘献九公主②，为言于玄宗，得解。

【注释】

①遭姚崇之构：张说与姚崇不睦，曾阻止姚崇拜相，未果。姚崇拜相后，张说害怕，私自拜会岐王李范，被姚崇告发。姚崇，字元之。在武则天朝及唐睿宗、玄宗时三度为相。在玄宗朝与宋璟并称贤相。尤其重用人，择百官各当其材。

②夜明帘：夜间能发光的帘幕。《松窗杂录》载张说有鸡林郡夜明帘。九公主：唐睿宗第九女玉真公主，唐玄宗同母妹，甚受宠爱。

【译文】

张说有个门生，私通他宠爱的婢女，张说想要用法律来处置门生。门生大叫说："相公您难道没有紧急用人的时候吗？何必吝惜一个婢女!”张说惊叹于他的言辞,于是把婢女赐给他把他打发走了。后来这个门生杳无音信。等到张说遭到姚崇的构陷,身处祸患难以自保。那个门生半夜临门,请张说将夜明帘献给九公主,让九公主为他在玄宗面前说好话,祸患才得以化解。

金兀术爱一小卒之妻,杀卒而夺之,宠以专房。一日昼寝,觉,忽见此妇持利刃欲向,惊起问之,曰:“欲为夫报仇耳。”边批:此妇亦奇。术嘿然,麾使去。即日大享将士,召此妇出,谓曰:“杀汝则无罪,留汝则不可。任汝于诸将中自择所从。”妇指一人,术即赐之。边批:将知感而妇不怨矣。

【译文】

金兀术喜欢一名小卒的妻子,就杀了小卒,夺走他的妻子,作为专宠。一日金兀术白天睡觉,醒来,突然看见这个妇人手持利刃对着自己,慌忙起来问她,她说:“我要为丈夫报仇。”边批:这个妇人也是奇女子。金兀术沉默不语,挥手叫她下去。当天金兀术大宴将士,并把这个妇人叫出来,对她说:“杀你而你无罪,留下你也不可能。任你在诸位将士中选择一位跟随他。”妇人指了一位,金兀术就把妇人赐给了他。

王猛

猛督诸军六万骑伐燕[①]。慕容评屯潞川[②]。猛进与相持,遣将军徐成觇燕军[③]。期日中,及昏而反,猛怒,欲斩成。邓羌请曰[④]:“贼众我寡,诘朝将战[⑤],且宜宥之。”猛曰:“若不斩成,军法不立。”羌固请曰:“成,羌部将也,虽违期应斩，羌愿与成效战以赎罪[⑥]。”猛又弗许。羌怒，还营，严鼓勒兵[⑦]，将攻猛。猛谓羌义而有勇，边批：具眼[⑧]。使语之曰：“将军止，吾今赦之矣。”边批：谁肯？成既获免，羌自来谢。猛执羌手而笑曰：“吾试将军耳。边批：不得不如此说。将军于郡将尚尔[⑨]，况国家乎？”

【注释】

①猛：王猛，字景略。十六国时前秦大臣。甚为苻坚信任，累迁司徒，录尚书事。统兵灭前燕，后入朝为相。燕：此指十六国之前燕。此时燕主为慕容暐。

②慕容评：前燕司徒，上庸王，受遗诏辅慕容暐，为太傅。潞川：即今山西之浊漳水。当时慕容评率三十万大军驻扎在今山西长治黎城至潞城之间的浊漳水东岸。

③觇（chān）：侦察。

④邓羌：前秦将领。骁勇多权谋，号称“万人之敌”。时为前秦洛州刺史。

⑤诘朝：明天早晨。

⑥效战：效力决战。

⑦严鼓：敲起急促的战鼓。勒兵：指挥军队。

⑧具眼：有识别事物的眼力。亦指有眼力的人。

⑨郡将：郡守属下军官。

【译文】

王猛总督各路骑兵六万攻伐前燕。前燕的慕容评屯兵于潞川。王猛进兵与慕容评对峙，派将军徐成前去侦查燕军情形。约定中午回营，结果到了黄昏才回来，王猛大怒，要杀徐成。邓羌求情道：“敌军多而我军少，明天早晨就要交战了，不如暂且宽恕他。”王猛说：“如果不杀徐成，军法威严不能树立。”邓羌再三请求说：“徐成是我的部将，虽然违背期限应当问斩，我愿意与徐成效力决战以赎罪。”王猛还是不答应。邓羌很生气，回到军营，急促敲起战鼓整顿军队，要来攻击王猛。王猛认为邓羌讲义气又有勇力，边批：有眼力。派人告诉他：“将军不要这样，我现在就赦免徐成。”边批：谁肯？徐成获得赦免后，邓羌亲自来道谢。王猛拉着邓羌的手笑着说：“我只是试探一下将军罢了。边批：不得不这样说。将军对待部将尚且如此重视，何况对国家呢！”

违法请宥，私也；严鼓勒兵，悍也；且人将攻我，我因而赦之，不损威甚乎？然羌竟与成大破燕兵，以还报主帅，与其伸一将之威，所得孰多？夫所贵乎军法，又孰加于奋勇杀敌者乎？故曰：圆若用智[①]。唯圜善转，智之所以灵妙而无穷也。

【注释】

①圆若用智：《唐书·李泌传》有“圜若用智”，圜、圆相通。

【译文】

违反法令请求宽恕，是偏私的表现；敲起战鼓整顿军队，是蛮横的表现；况且在别人将要攻击我时，我顺势赦免别人，不是大大损害了威严吗？然而邓羌最终与徐成大败前燕军，用以回报主帅，这与伸张将领的威严比起来，哪个所得回报更多呢？军法是重要宝贵，但有什么能超过奋勇杀敌的人呢？所以说：行事圆融好比运用智慧。只有圆融才处变灵活，智慧因此灵巧高妙而无穷无尽。

魏元忠

唐高宗幸东都[①]，时关中饥馑，上虑道路多草窃[②]，命监察御史魏元忠检校车驾前后[③]。元忠受诏，即阅视赤县狱[④],得盗一人,神采语言异于众。边批:具眼。命释桎梏,袭冠带[⑤],乘驿以从,与人共食宿,托以诘盗[⑥]。其人笑而许之,比及东都,士马万数,不亡一钱。

【注释】

①唐高宗:李治,唐太宗李世民之子,650—683年在位。东都:唐以洛阳为东都。

②草窃:草寇,出没于山林草莽的盗匪。

③魏元忠:原名真宰。唐高宗、中宗时曾为宰相。检校:查核察看。

④赤县:京都所治为赤县,唐赤县为万年县(今陕西西安西北)。

⑤袭冠带:穿上官员的服饰。

⑥诘盗:究查奸盗。

【译文】

唐高宗准备去往东都洛阳,当时关中地区正发生饥荒,高宗担心路上有很多盗匪,命令监察御史魏元忠查看出行队伍的前前后后。魏元忠接受诏令,立即巡视万年县监狱,找到一名盗贼,精神面貌和言语谈吐都与常人不同。边批:有眼力。魏元忠下令打开他的脚镣手铐,让他穿上官员的服饰,骑着驿马随从而行,与人同吃同住,委托他去究查奸盗。那个人笑着答应了,等到了洛阳,随从兵马数以万计,没有遗失一文钱。

因材任能,盗皆作使。俗儒以鸡鸣狗盗之雄笑田文[①],不知尔时舍鸡鸣狗盗都用不着也。

【注释】

①田文:孟尝君,战国时齐国人,以好养士著称。他在逃出秦国时曾得到门下善学鸡叫和盗窃的两位士人的帮助。王安石评论他为

“鸡鸣狗盗之雄”。

【译文】

按照资质才能任用人，盗贼都可以做使者。一般学者取笑孟尝君田文是鸡鸣狗盗的首领，不知道当时除了鸡鸣狗盗之徒其他人都派不上用场。

柳玭

唐柳大夫玭[①]，谪授泸州郡守[②]。渝州有牟磨秀才[③]，即都校牟居厚之子[④]，文采不高，执所业谒见[⑤]。柳奖饰甚勤。子弟以为太过。柳曰：“巴蜀多豪士，此押衙之子[⑥]，独能好文，苟不诱进，渠即退志[⑦]。以吾称誉，人必荣之。由此减三五员草贼，不亦善乎？”

【注释】

①柳大夫玭(pín)：柳玭，唐末人，僖宗时拜御史大夫。昭宗欲以为相，为宦官所谗，贬为泸州刺史。

②泸州：治今四川泸州。

③渝州：治今重庆渝中。

④都校：官名。唐朝末年，神策军及节度使属军以“都”为编制单位，都将为其长官，都校为都中军官。

⑤所业：指所作应试文字。

⑥押衙：唐时武官名，又称押牙。为节度使亲信武官，统管衙内诸事，也可统兵征讨。

⑦渠：他。

【译文】

唐朝御史大夫柳玭，贬谪为泸州郡守。渝州有位叫牟磨的秀才，是都校牟居厚的儿子，文采并不高，拿着所作应试文字上门拜见。柳玭殷勤地勉力夸赞他，子侄辈认为夸赞太过分了。柳玭说："巴蜀一带多豪侠之士，而这位押衙的儿子，独爱文学，如果不引导奖励，他就丧失这种志趣了。因为我称赞他，旁人必定以他为荣。由此能减少三五个小贼，不也很好吗？"

廉希宪

元廉公希宪礼贤下士[①]，常如不及。方为中书平章时[②]，江南刘整以尊官来谒[③]，公毅然不命之坐[④]。刘去，宋诸生褴褛冠衣，袖诗请见。公亟延入坐语，稽经抽史[⑤]，饮食劳苦，如平生欢。既罢，弟希贡问曰："刘整贵官而兄简薄之，诸生寒士而兄优礼之，有说乎？"公曰："非尔所知也。大臣语默进退，系天下轻重。刘整官虽尊贵，然背国叛主而来者；若宋诸生，何罪而羁囚之[⑥]？今国家崛起朔漠，我于斯文不加厚，则儒术由此衰熄矣。"

【注释】

①廉公希宪：廉希宪，蒙古人，布鲁海牙之子，因生时布鲁海牙适拜廉使，遂以廉为姓。他力劝忽必烈夺位，后受命镇关中，挫败叛乱，以功任中书右丞、平章政事。

②中书：中书省。元中书省总领百官，并负责地方行政。平章：平章政事的简称，相当于副宰相。

③刘整：字武仲。南宋降元将领。在元曾任行淮西枢密院事，行中书左丞。

④毅然：此指刚强坚韧的样子。

⑤稽经抽史：讨论研究经史。稽，考查。抽，用同“紬”，抽引，理出头绪。

⑥羁（jī）囚：囚禁。

【译文】

元朝廉希宪礼贤下士，唯恐落后。当他官居中书平章政事时，江南刘整以高级官员的身份来拜见，廉希宪强硬地没有请他就座。刘整离开后，有个衣帽破烂的南宋儒生，揣着诗文请求拜见。廉希宪连忙请他进来坐下谈话，与他讨论经史典籍，关心他的饮食生活，像是素来交好一样。事后，弟弟廉希贡问道：“刘整为高官而你轻视他，儒生是清寒的读书人而你却优待礼遇他，有什么道理吗?”廉希宪说：“这并非你能了解的。大臣言谈举止，关系到天下的准则。刘整的官位虽然尊贵，然而却是背叛国家君主归顺而来的人；若像南宋儒生这样，有什么罪过能拘禁他呢？现在国家从北方大漠崛起，我对这些文人如果不厚遇尊重，那么儒学从此就衰微了。”

范文正

范文正公用士①，多取气节而略细故②，边批：有气节才人决不庸庸拘鄙文。文正公所以具眼。如孙威敏、滕达道③，皆所素重。其为帅日，辟置僚幕客，多取谪籍未牵复人④。或疑之，公曰：“人有才能而无过，朝廷自应用之。若其实有可用之材，不幸陷于吏议⑤，不因事起之，遂为废人矣。”故公所举多得士。

【注释】

①范文正公：范仲淹，谥文正。

②略细故：不计小过失。

③孙威敏：孙沔，字元规，谥威敏。累官左正言。滕达道：滕元发，字达道。宋神宗时官御史中丞，除翰林学士，知开封府。

④谪籍：被贬斥废用的官吏。牵复：平反复职。

⑤吏议：指司法官吏关于处分定罪的拟议。

【译文】

范仲淹任用士人，多重气节人品而不计较小过失，边批：有气节才能的人决不昏庸拘泥于浅陋的条文礼节。这正是文正公有眼力的地方。如孙威敏、滕达道等人，都是素来被重用的。他为统帅时，征聘将帅幕府中的参谋，多取用被贬斥而未复职的人。有人质疑他的做法，他说："有才能而没有过失的人，朝廷自然应当任用他们。如果他确实有可用的才能，而不幸身陷处分官吏的拟议，不趁着有事起用他们，就变成荒废之人了。"因此范仲淹所举荐的多有才能之士。

天下无废人，所以朝廷无废事，非大识见人不及此。

【译文】

天下没有荒废的人才，所以朝廷没有荒废的职事，不是有大见识的人做不到这一点。

徐存斋

徐存斋由翰林督学浙中[①]，时年未三十。一士子文中用"颜苦孔之卓"[②]。徐勒之[③]，批云"杜撰"[④]，置四等。此生将领责，执卷请曰："大宗师见教诚当[⑤]，但'苦孔之卓'出《扬子法言》[⑥]，实非生员杜撰也。"徐起立曰："本道侥幸太早[⑦]，未尝学问，今承教多矣。”边批：何曾损文宗威重[⑧]。改置一等。一时翕然称其雅量。

【注释】

①徐存斋：徐阶，字子升，号少湖，又号存斋。明嘉靖进士。曾官礼部尚书，兼文渊阁大学士。督学：学政的别名。督导视察教育行政及主持考试的考职官员。

②颜苦孔之卓：扬雄《法言》：“或曰：‘请问屡空之内。’曰：‘颜不孔，虽得天下不足以为乐。’‘然亦有苦乎？’曰：‘颜苦孔之卓之至也。’”意为颜回对孔子学说的深奥大感苦恼。

③勒：勾抹。

④杜撰：没有根据的编造。

⑤大宗师：对学政的美称。

⑥《扬子法言》：汉扬雄著，仿《论语》而作。

⑦本道侥幸太早：徐阶在嘉靖二年（1523）以第三名进士及第，时年二十岁。侥幸，指取得功名。

⑧何曾损文宗威重：文宗，明朝称提学、学政为文宗。也指备受尊崇的文章宗伯。按，此边批底本无。据明积秀堂本补。

【译文】

徐阶以翰林的身份到浙江一带督查学政，当时年龄未满三十岁。一位应考的人在文章中引用“颜苦孔之卓”。徐阶勾抹这句话，批示说“杜撰”，置于第四等。这位考生要将领受责罚，拿着卷子请示说：“大宗师的指教确实非常恰当，但‘苦孔之卓’出自《扬子法言》，实在不是我捏造的。”徐阶站起来说：“本官侥幸取得功名太早，没有好好求学问道，今天承蒙你指教。”边批：哪里损害了文宗的威望尊重。于是改置于第一等。一时间大家一致称他有雅量。

不吝改过[1]，即此便知名宰相器识。闻万历初年有士作“怨慕章”一题[2]，中用“为舜也父者，为舜也母者”句[3]，为文宗抑置四等，批“不通”字。此士自陈文法出在《檀弓》[4]，文宗大怒曰：“偏你读《檀弓》?”更置五等。人之度量，相越何啻千里！

【注释】

①吝：羞耻，以之为耻。

②怨慕章：指《孟子·万章上》：“万章问曰：‘舜往于田，号泣于旻天，何为其号泣也?’孟子曰：‘怨慕也。’”

③为舜也父者，为舜也母者：意为舜父者，为舜母者。

④《檀弓》：《礼记》中的一篇，有“为伋也妻者，是为白也母。不为伋也妻者，是不为白也母”句，即上文句法所本。

【译文】

不耻于改过，从这便可以了解名宰相的器量与见识。听说万历初年有书生作“怨慕章”这个题目，文章中用了“为舜也父者，为舜也母者”的句子，被主考官贬抑放在第四等，批示为“不通”。这位书生自己陈述道，句法出于《礼记·檀弓》，主考官大怒说：“只有你读过《檀弓》吗！”又改在第五等。人的度量，相差何止千里！

宋艺祖尝以事怒周翰[1]，将杖之。翰自言：“臣负天下才名，受杖不雅。”帝遂释之。边批：好大胆，非圣主不能容。古来圣主名臣，断无使性遂非者[2]。

【注释】

①周翰：梁周翰，字元褒。五代后周进士，宋初为秘书郎，直史馆。

真宗时为翰林学士。

②遂非：坚持、掩饰错误。

【译文】

宋太祖曾因事生梁周翰的气，要处他杖刑。梁周翰自己陈述说："我享有天下才士的美名，受杖刑不雅观。"太祖于是释免了他。边批：好大胆，不是圣主则不能宽容他。自古以来圣主名臣，绝没有任性坚持错误的。

又闻徐公在浙时[①]，有二生争贡[②]，哗于堂下，公阅卷自若。已而有二生逊贡，哗于堂下，公亦阅卷自若。顷之，召而谓曰："我不欲使人争，亦不能使人让，诸生未读教条乎[③]？连本道亦在教条中，做不得主，诸生但照教条行事而已。"由是争让皆息。公之持大体皆此类。

【注释】

①徐公：指徐阶。

②争贡：争夺贡生的名额。明清从州县秀才中推选成绩优异者入国子监学习，称为贡生。

③教条：官署或学堂里颁布的劝谕性的法令或规章。

【译文】

又听说徐阶在浙江做学政时，有两位秀才为了争夺贡生的名额，在公堂下吵闹，徐公则镇定自若地阅卷。不久，有两位秀才推让贡生的名额，在公堂下吵闹，徐公也镇定自若地阅卷。过了一会儿，召见他们说："我不希望让人争夺，也不希望让人推让，诸位没有读过学规吗？连本官的职责也订在学规里，做不了主。诸位只需按照学规行事就好了。"于是争夺推让都平息了。徐公主持大局都是这样的。

屠枰石

屠枰石羲英先生为浙中督学[①]，持法严。按湖时[②]，群小望风搜诸生过失。一生宿娼家，保甲昧爽两擒抵署门[③]，无敢解者。门开，携以入。保甲大呼言状，屠佯为不见闻者，理文书自如。保甲膝行渐前，离两累颇远[④]。屠瞬门役[⑤]，判其臂曰[⑥]："放秀才去。"边批：刚正人，却善谑。门役喻其意，潜趋下引出，保甲不知也。既出，屠昂首曰："秀才安在？"边批：可称风雅宗师。保甲回顾，失之，大惊，不能言。与大杖三十，荷枷；娼则逐去。保甲仓惶语人曰："向殆执鬼[⑦]？"诸生咸唾之，而感先生曲全一酒色士也。边批：趣甚，快甚！自是刁风顿息，而此士卒自惩[⑧]，用贡为教官[⑨]。

【注释】

①屠枰石羲英先生：屠羲英，字淳卿，号枰石。明嘉靖进士，为浙江提学副使，累官太常卿掌南都国子监事。按，底本缺"英"字，今补。

②按湖：巡视湖州。湖州，治今浙江湖州。

③昧爽：拂晓，黎明。

④两累：两名被系者，此处指书生和妓女。

⑤瞬：眨眼。此指使眼色。门役：看门的人。

⑥判：分开。

⑦向：刚才。殆：大概。

⑧自惩：自我惩戒。惩，鉴戒，克制。

⑨教官：掌管学校的官员，主教诲生员。

【译文】

屠枰石名羲英先生在浙江一带做督学，执行法令很严格。巡视湖州时，有些小人看到动静趁机搜寻秀才们的过失。有个秀才夜宿在娼妓家，保甲天刚亮就擒住两人送到官府门口，没人敢为他说解。官府开门，带两人进去，保甲大声诉说事情经过，屠羲英假装没有听见的样子，照常处理文书。保甲跪着逐渐前行，离秀才和妓女越来越远。屠羲英朝看门的人使眼色，分开胳膊说："放秀才出去。"边批：刚正人，却善开玩笑。看门的人明白他的意思，悄悄走下去把秀才带出去，保甲还不知情。秀才出去之后，屠羲英抬头问道："秀才在哪儿？"边批：可称风雅宗师。保甲回头看，不见秀才，大吃一惊，说不出话来。屠羲英罚打他三十大板，戴上枷锁；妓女则被赶回去。保甲仓皇失措地对人说："刚才大概是捉到鬼了？"其他秀才都唾弃他，而感念屠先生曲意保全一个酒色之徒。边批：有趣极了，痛快极了！从此，刁蛮的风气立即平息，而那个秀才最终自我惩戒，以乡贡而为教官。

李西平携成都妓行[①]，为节使张延赏追还[②]，卒成仇隙。赵清献宰青城而挈妓以归[③]，胡铨浮海生还而恋黎倩[④]。红颜殢人[⑤]，贤者不免，以此裁士[⑥]，士之能全者少矣。宋韩亿性方重[⑦]，累官尚书左丞，每见诸路有奏拾官吏小过者，辄不怿，曰："天下太平，圣主之心，虽昆虫草木皆欲使之得所。今仕者大则望为公卿，次亦望为侍从、职司、二千石[⑧]，奈何以微瑕薄罪锢人于盛世乎？"屠公颇得此意。

【注释】

①李西平：李晟，字良器。唐名将、宰相，封西平郡王。

②节使：节度使的省称。张延赏：唐德宗时加授同平章事，拜相。曾历任淮南、荆南、剑南西川节度使。

③赵清献：赵抃，字阅道。北宋大臣，谥清献。弹劾不避权贵，有

"铁面御史"之称。曾知成都府。青城:此代指成都。

④胡铨浮海生还:胡铨,字邦衡,南宋人。任枢密院编修,曾上疏请斩秦桧,被编管新州(治新兴,今属广东),移吉阳军(治宁远,今海南三亚)近二十年。宋孝宗即位后起用。黎倩:侍妓名。胡铨曾为其作诗曰:"君恩许归此一醉,傍有梨颊生微涡。"

⑤殢(tì)人:使人沉溺难舍。

⑥裁士:用固定标准衡量士人。裁,裁量。

⑦韩亿:字宗魏。北宋大臣,执法不挠。仁宗时为同知枢密院事,参知政事。累官至尚书左丞。

⑧侍从:宋代称翰林学士、给事中、六尚书、侍郎为侍从。职司:主管某职的官员。二千石:指郡守、太守。

【译文】

李晟带着成都的妓女同行,被节度使张延赏追回,于是两人形成仇怨。赵抃做成都知府,走时带着妓女回去,胡铨贬官海外侥幸生还而思恋侍妓黎倩。美人让人沉溺难舍,贤能的人尚且不能避免,用这一项去裁量读书人,能保全自己的就很少了。宋人韩亿性情端方稳重,积功升官直到尚书左丞,每次见到各个地方有检举官吏小过失的,就很不高兴,说:"天下太平无事,圣主的心思,即使昆虫草木都想让他们各得其所。当今出仕做官的最大的愿望是做公卿,其次也是希望做侍从、职司、二千石,怎么可以用微小的瑕疵、罪过在盛世中禁锢人呢?"屠公很理解其中的深意。

李孝寿　宋元献

李孝寿为开封尹[①],有举子为仆所凌[②],忿甚,具牒欲送府[③]。同舍生劝解,久乃释,戏取牒效孝寿花书判云[④]:"不勘案[⑤],决杖二十。"仆明日持诣府,告其主仿尹书制,私用刑。孝寿即追至，备言本末。孝寿幡然曰[⑥]：“所判正合我意！”如数与仆杖而谢举子。边批：快甚！时都下数千人，无一仆敢肆者。

【注释】

①李孝寿：北宋末年人，徽宗时为开封府尹。

②凌：欺凌。

③具牒：写下诉状。

④花书判：用花体字签名的判决书。

⑤不勘案：不用审问。

⑥幡然：突然改变主意。幡，通“翻”，变动。

【译文】

李孝寿任开封府尹时，有个举人被仆人欺凌，十分愤怒，写下诉状想要送到开封府去。同舍的另一个书生劝导调解，很久才释然，他开玩笑地拿出诉状模仿李孝寿花体字签名的判决书写道：“不必审问，处杖刑二十大板。”仆人第二天拿着诉状到官府，控告他的主人模仿府尹的判决，私自用刑。李孝寿立即把举人追拿到案，举人详细讲述了事情的经过。李孝寿突然改变主意说：“所下的判决正合我的心意！”按照判决的数目杖责仆人并向那个举人道歉。边批：痛快极了！当时都城里数千仆人，没有一个再敢放肆的。

宋元献公罢相守洛[①]。有一举子，行囊中有失税之物[②]，为仆夫所告。公曰：“举人应举，孰无所携？未可深罪。若奴告主，此风胡可长也？”但送税院倍其税，仍治其奴罪而遣之。

【注释】

①宋元献公：宋庠，字公序，谥元献。宋仁宗时官至同平章事、枢密使。后被劾罢相出知河南府。英宗时封郑国公，以司空致仕。洛：指河南府，治今河南洛阳。

②失税：漏税。

【译文】

元献公宋庠被罢黜宰相之职出知河南府。有一个举人，行囊之中有漏税的东西，被仆人告发。宋公说："举人进京参加科举考试，谁不携带一些行李？不能深入追究。如若仆人控告主人，这种风气怎么可以助长呢？"只把举人送到税务部门双倍缴税，却治了仆人的罪后打发了他。

胡霆桂《姑苏志》载此为赵惪夫事[1]。

胡霆桂[2]，开庆间为铅山主簿[3]。时私酿之禁甚严，有妇诉其姑私酿者。霆桂诘之曰："汝事姑孝乎？"曰："孝。"曰："既孝，可代汝姑受责。"以私酿律笞之。政化遂行，县大治。

【注释】

①《姑苏志》载此为赵惪夫事：按，此句底本无。明积秀堂本在标题下。

②胡霆桂：字直翁。南宋开庆进士。

③开庆：南宋理宗年号（1259）。

【译文】

胡霆桂，南宋理宗开庆年间担任铅山主簿。当时私家酿酒的禁令很严，有个妇人控告婆婆私自酿酒。胡霆桂诘问她说："你侍奉婆婆很孝顺吗？"回答说："很孝顺。"胡霆桂说："既然孝顺，就可以代替你婆婆受责罚。”于是按私家酿酒的律法来鞭笞她。政令教化于是畅行无阻，铅山县自此政治清明。

尹源

尹源[1]，尹洙之兄也[2]，举进士。通判泾州时[3]，知沧州刘涣坐专斩部卒降知密州。源上书言：“涣为主将，部卒有罪不伏，笞辄呼万岁，涣斩之不为过。以此谪涣，臣恐边兵愈骄，轻视主将，所系非轻。”涣遂获免。

【注释】

①尹源：字子渐。博学强记，以文学知名。议论文章，切于实用。世称河内先生。

②尹洙：字师鲁。博学有识，文风简古，与欧阳修等同倡为古文。世称河南先生。

③通判：官名。宋时州、府中设通判，与知州、知府共理政事。

【译文】

尹源是尹洙的哥哥，举进士第。他任泾州通判时，沧州知州刘涣因为私自斩杀部卒而被将为密州知州。尹源上书说：“刘涣为主将，部卒有罪不肯受罚，鞭打他就大喊万岁，刘涣斩杀他并不过分。因为这个贬谪刘涣，为臣恐怕边塞的士卒更加骄纵，轻视主将，影响很大。”刘涣于是得到赦免。

禁诸生宿娼，法也，而告讦之风不可长[1]。效尹书判及失税、私酿、专斩部卒，皆不法也，而奴不可以加主，妇不可以凌姑，卒不可以抗帅。舍其细而全其大，非弘智不能。

【注释】

①告讦(jié):告发,揭发。讦,揭发、攻击他人的隐私、过失。

【译文】

禁止秀才夜宿娼妓,是法律明文规定的,而揭发阴私的风气不可助长。模仿府尹的判决及漏税、私自酿酒、私自斩杀部卒,都是不合法的,而仆人不可以僭越主人,媳妇不可以欺凌婆婆,部卒不可以抵抗将帅。舍弃小法而成全大义,没有大智慧是办不到的。

张耳

张耳、陈馀,皆魏名士。秦灭魏,悬金购两人。两人变姓名俱之陈,为里监门以自食[①]。吏尝以过笞陈馀。馀怒欲起,张耳蹑之[②],使受笞。吏去,耳乃引馀之桑下,数之曰:"始吾与公言何若?今见小辱而欲死一吏乎!"

【注释】

①里监门:闾里的守门者。

②蹑:以足轻踩。

【译文】

张耳、陈馀,都是战国时魏国的名士。秦灭魏国,悬赏捉拿这两个人。两人都改换姓名到了陈郡,做闾里的守门者来谋生。里中小吏曾因为小过失就鞭打陈馀,陈馀愤怒地想要起身反抗,张耳用脚轻踩他,让他先接受鞭打。等里吏走了,张耳带陈馀到桑树下,责备他说:"当初我对你是怎么说的?如今遭到小小的屈辱就要死在一个小吏手里吗?"

勾践石室[①],淮阴胯下[②],皆忍小耻以就大业也。陈馀浅躁，不及张耳远甚，所以一成一败[3]。

【注释】

①勾践石室：指春秋时越王勾践被吴王夫差打败，囚于石室。勾践忍辱负重，最终灭吴称霸。

②淮阴胯下：指韩信年轻时忍受钻裤裆的胯下之辱，终成刘邦大将，打下汉朝江山，封为王侯。淮阴，韩信，初封楚王，后贬为淮阴侯。

③一成一败：秦汉之际，陈馀为赵王歇相国，为韩信击杀；张耳投奔刘邦，立为赵王。

【译文】

勾践战败被夫差囚于石室，韩信受辱从别人胯下爬过，都是忍受小耻辱以成就大事业。陈馀轻浮急躁，远不及张耳，所以二人一个成功一个失败。

狄武襄

狄青起行伍十余年[1]，既贵显，面涅犹存[2]，曰："留以劝军中！"边批：大识量。

【注释】

①狄青：字汉臣。北宋名将。出身行伍，任延州指挥使时，为范仲淹、尹洙所赏拔，后以功擢升枢密使。谥武襄。

②面涅：面上刺字。宋时士兵在籍者面上俱刺字。

【译文】

狄青从军中发迹十多年，做官而身份显达之后，脸上的刺字依然留着，说："留下来可以鼓励军中士卒！"边批：见识度量弘大。

即不去面涅，便知不肯遥附梁公[①]。

【注释】

①不肯遥附梁公：狄青为枢密使时，狄仁杰的后代曾持狄仁杰的画像等诣见狄青，说狄仁杰是狄青远祖。狄青婉拒，不加攀附。梁公，指唐名相狄仁杰。狄仁杰死后追封梁国公。

【译文】

就不去除脸上刺字来看，便知道他不肯向上攀附自称唐代名相狄仁杰的后代。

邵雍

熙宁中，新法方行[①]，州县骚然。邵康节闲居林下[②]，门生故旧仕宦者皆欲投劾而归[③]，以书问康节。答曰："正贤者所当尽力之时。新法固严，能宽一分，则民受一分之赐矣。投劾而去何益？"边批：实心为国[④]。

【注释】

①新法：宋神宗熙宁二年(1069)，王安石任参知政事，推行变法。

②邵康节：邵雍，字尧夫，赐谥康节。宋著名学者。闲居林下：指隐居。

③投劾：呈递引咎自责的辞呈。

④实心为国：按，明积秀堂此处边批为"正论"。

【译文】

北宋熙宁年间，王安石的新法正在推行，地方州县一片骚动。邵雍隐居山林间，一些做官的门生旧友都想自呈引咎自责的辞呈回乡，写信问邵雍的看法。邵雍回答他们说："现在正是你们这些贤能的人应该尽力的时候。新法固然严厉，能宽松一分，那么百姓就得到一分恩惠。递辞呈辞官有什么好处呢?”边批:实心为国。

李燔朱晦庵弟子常言[①]:“人不必待仕宦有职事才为功业,但随力到处,有以及物,即功业也。”莲池大师劝人作善事[②],或辞以无力,大师指凳曰:“假如此凳,攲斜碍路[③],吾为整之,亦一善也。”如此存心,便觉临难投劾者亦是宝山空回[④]。

【注释】

①李燔:字敬子。谥文定。被朱熹认定为衣钵传人之一,一生讲学不辍。

②莲池大师:明高僧袾宏,俗姓沈,号莲池。先业儒,后为僧。因久居杭州云栖寺,又称云栖大师。

③攲(qī)斜:歪斜不正。攲,倾斜,歪斜。

④宝山空回:宋张方平《送僧南游雪窦》诗云“便从古道扬眉去,莫到宝山空手回”,遂为成语,意为本应有所收获却一无所得。宝山,佛典常以喻佛法。

【译文】

李燔朱熹弟子常常说:“人不必等到做官有了职事才建功立业,只要随着用力所到,对事物有作用,就是功业。”莲池大事劝人做善事,有人以无能为力推辞,大师指着凳子说:“假如这个凳子,倾斜而妨碍走路,我把它摆正,也是一件善事。”存着这种心思,便觉得面临困难而递辞呈辞官的人也是深入宝山却空手而回。

鲜于侁为利州路转运副使[①],部民不请青苗钱[②]。王安石遣吏诘之。曰:“青苗之法,愿取则与。民自不愿,岂能强之?”东坡称侁“上不害法,中不废亲,下不伤民”,以为“三难”。仕途当以为法。

【注释】

①鲜于侁(shēn):字子骏。宋神宗时曾上书论时政,指责王安石。转运副使:转运使副贰。转运使负责转运米粮、钱币、物资,宋时兼理民政。

②部民:所管辖的百姓。青苗钱:王安石新法之一。在青黄不接时官府贷款给农民。正月放而五月收,五月放而秋收。息二分。本名"常平钱",民间称"青苗钱"。

【译文】

鲜于侁任利州路转运副使,管辖的百姓不申请借贷青苗钱。王安石派官吏前来质问。鲜于侁说:"青苗法规定,愿意申请的人就贷给他。百姓自己不愿意,怎么能强迫他呢?"苏东坡称鲜于侁"对上不妨害法令,居中不舍弃亲人,对下不伤害百姓",认为这是三件难事。为官应该以此为标准。

杨士奇

广东布政徐奇入觐[①],载岭南藤簟[②],将以馈廷臣。逻者获其单目以进[③]。上视之,无杨士奇名[④],乃独召之,问故。士奇曰:"奇自都给事中受命赴广时[⑤],众皆作诗文赠行,故有此馈。臣时有病,无所作,不然,亦不免。边批:妙。今众名虽具,受否未可知。且物甚微,当以无他。"上意解,即以单目付中官令毁之[⑥],一无所问。

【注释】

①布政:明代分全国为十三布政使司,各管辖一方,其长官为布政使,简称布政。入觐:入朝觐见天子。

②藤簟(diàn):藤席。

③逻者:明代设厂卫特务机关,逻者即此机关所置暗探。

④杨士奇:杨寓,字士奇,谥文贞。明英宗初年,与杨溥、杨荣共同辅政,并称“三杨”。

⑤都给事中:明朝给事中分吏、户、礼、兵、刑、工六科,都给事中为其长官。

⑥中官:宦官。

【译文】

广东布政使徐奇入朝觐见天子,带来岭南的藤席,要赠送给朝中大臣。刺探情报的人先得到一份受礼的名单呈给皇上。皇上看了,没有杨士奇的名字,就单独召见他,询问原因。杨士奇说:“徐奇从都给事中任上受命去广东时,群臣都作诗文为他送行,所以有这样的赠礼。臣当时生病,没有作诗文,要不然,也免不了在名单中。边批:妙。现在众人的姓名虽然名单上有,但是否接受就不知道了。况且礼物很微薄,应该没有别的目的。”皇上的怀疑解除了,当即把名单交给宦官命令将它销毁,一概不予追究。

此单一焚而逻者丧气,省搢绅中许多祸[1],且使人主无疑大臣之心。所全甚大,无智名,实大智也,岂唯厚道!

【注释】

①搢(jìn)绅:插笏于大带之间,后用为士大夫代称。

【译文】

这份名单一焚毁,刺探情报的人就丧气了,减少了士大夫中很多祸患,而且使皇帝消除了对大臣的疑心。所顾全的方面很多,没有智慧的名号,实在是大智慧,难道仅仅是厚道!

宋真宗时，有上书言宫禁事者[1]。上怒，籍其家[2]，得朝士所与往还占问吉凶之说，欲付御史问状。王旦自取尝所占问之书进[3]，请并付狱。上意浸解[4]，公遂至中书，悉焚所得书。已而上悔，复驰取之。公对："已焚讫。"乃止。此事与文贞相类，都是舍身救物[5]。

【注释】

①宫禁：指皇帝后妃居住的地方。

②籍：查抄。

③王旦：字子明。宋真宗时知枢密院，进太保，卒封魏国公，谥文正。

④浸解：逐渐缓和。浸，逐渐。

⑤物：人，众人。

【译文】

宋真宗时，有人上书议论宫中事情。皇上大怒，查抄了他的家，得到朝中大臣与他交往占卜询问吉凶的文字，想交给御史审问。王旦拿着自己曾经占卜询问的信进呈，请求把自己一并送入监狱。真宗的心思逐渐缓和，王旦于是到了中书省，全部烧掉了查抄的资料。后来真宗反悔，又急忙派人去取。王旦回禀说："已经烧完了。"方才作罢。这件事与杨士奇的故事相似，都是舍身救人。

严震

严震镇山南[1]，有一人乞钱三百千去就过活。震召子公弼等问之。公弼曰："此患风耳[2]，大人不必应之。"震怒，曰："尔必坠吾门！只可劝吾力行善事，奈何劝吾吝惜金帛？且此人不办[3]，向吾乞三百千，的非凡也！"命左右准数与之。于是三川之士归心恐后[4]，亦无造次过求者[5]。

【注释】

①严震：字遐闻。唐代中期名臣，安史之乱后曾多次出资助边。建中初因治凤州政绩卓著，封郧国公，除山南西道节度使。后以救驾功，加户部尚书，封冯翊郡王，进同中书门下平章事。山南：山南道，唐太宗设十道之一，因在终南山之南得名，治襄州（今湖北襄阳）。玄宗分十道为十五道，山南道分为山南东道（治襄州）和山南西道（治梁州，今陕西汉中）此指山南西道。

②患风：发疯。风，同“疯”，癫狂。

③不办：此处指钱财不够。

④三川：唐以剑南东道、剑南西道、山南西道为三川。

⑤造次：轻率，随便。

【译文】

严震做山南西道节度使时，有一个人来借三十万钱用来生活。严震召集儿子严公弼等来询问意见。严公弼说：“这个人发疯了，父亲不必回应他。”严震生气地说：“你必然毁坏我家门风。只能劝我尽力做善事，怎么能劝我吝惜金帛钱财呢？况且这个人钱财不够，向我借三十万，的确不平凡。”让身边的人如数给他钱。于是三川的士人争先恐后地归附，也没有轻易提出过分要求的人。

天下无穷不肖事，皆从舍不得钱而起；天下无穷好事，皆从舍得钱而做。自古无舍不得钱之好人也[1]。吴之鲁肃[2]，唐之于頔[3]，宋之范仲淹，都是肯大开手者。

【注释】

①自古无舍不得钱之好人也：按，底本有边批“此昌黎所谓家无钱

十步不能行者之为恨事世上宁财虏安能做得好事也”等字，查无根据，语句不顺。明积秀堂本无。

②鲁肃：字子敬。三国吴人。在周瑜引荐下投奔孙权，提出鼎足江东的战略。鲁肃性好施与，曾将家中两囷米中的一囷赠予周瑜。

③于頔（dí）：历湖、苏二州刺史，唐德宗时拜山南东道节度使，专横一方。官左仆射、平章事，封燕国公。宪宗削除藩镇势力时，他入朝为相，因罪贬为恩王傅，改授太子宾客。宪宗讨淮、蔡，于頔献家财助国，宪宗不纳。

【译文】

天下有无穷不幸的事情，都是因舍不得钱财引起的；天下有无穷美好的事情，都是因舍得花钱而做成的。自古以来没有舍不得钱财的好人。东吴的鲁肃，唐朝的于頔，宋朝的范仲淹，都是肯大把花钱的人。

西吴董尚书浔阳公份[①]，家富而勤于交接。凡衣冠过宾，无不延礼厚赠者。其孙礼部青芝公嗣成[②]，工于诗字，往往以手书扇轴及诗稿赠人。尚书闻之曰："以我家势，虽日以金币为欢，犹恐未塞人望，奈何效清客行事耶[③]？且缙绅之家自有局面，岂复以诗字得人怜乎？将来破吾家者，必此子也！"后民变事起[④]，尚书已老，青芝公不谙世故，愿自处分。边批：只宜出示听民告官剖断为是。愚民望处一集千人，遂致破产。人始服尚书先见。

【注释】

①西吴：湖州府别称。董尚书浔阳公：董份，字用均，一字体化，号浔阳山人。浙江湖州乌程（今浙江湖州）人，明嘉靖进士，官至礼部尚

书。谄附严世蕃，被劾免官。

②礼部青芝公：董嗣成，字伯念，董份之长孙。曾任礼部员外郎。

③清客：旧时在富贵人家帮闲凑趣的文人。

④民变：湖州民变事见《万历野获编·卷十三》。董份资产过厚，怨满一乡，董嗣成思稍散之，以笼络人心，董份不以为然，而董嗣成依然行之。湖州民风剽悍，不以为恩，反而攻击董氏，说他们的财产都是白占，想要都夺回去，每天上千人闹事。董嗣成因此病忧而死，年不足四十，家产破半。

【译文】

西吴董尚书浔阳公名份，家境富裕而爱好交际，凡是名门世族往来的宾客，没有不以礼款待厚赠钱财的。他的孙子礼部员外郎青芝公董嗣成，擅长作诗、书法，常常将自己亲笔写的扇面卷轴和诗稿送给别人。董尚书听到此事说："以我们的家势，即使每天以金钱来结交朋友讨其欢心，还怕不能满足别人的期望，怎么能效仿清客来办事呢？况且做官的人家有自己的格局，难道还要用诗稿、字画去博人爱怜吗？将来败坏我家的人，一定是这个孩子！"后来民变发生，董尚书已经老了，而青芝公不懂人情世故，想自行处理此事。边批：只应该出示告示听凭百姓去告官，等官府裁断。无知民众一下聚集了上千人，最终导致他们家产破败。人们佩服董尚书有先见之明。

弘治间，昭庆寺欲建穿堂。察使访得富户三人，召之谕以共建，长兴吕山吴某与焉。吴曰："此不甚费，小人当独任之。"察使大喜。吴归语其父，父曰："儿子有这力量，必能承吾家。"此翁之见，与浔阳公同。

【译文】

明弘治年间，昭庆寺要兴建穿堂。负责的人寻访得知三户富人，召集他们商量共同出资兴建，长兴吕山吴某是其中之一。他说："兴建穿堂不会花费太多，我愿意独自负担。"负责人非常高兴。吴某回去告诉他父亲，父亲说："儿子有这种能力气量，一定能够承担我的家业。"这位老人的见识，和董尚书相同。

萧何　任氏

沛公至咸阳[①]，诸将皆争走金帛财物之府分之，何独先入收秦丞相、御史律令图书藏之[②]。沛公具知天下厄塞户口多少强弱处、民所疾苦者[③]，以何得秦图书也。

【注释】

①沛公：刘邦秦末起事于沛县，众立为沛公。咸阳：今陕西咸阳，时为秦朝都城。

②何：萧何，从刘邦举兵。楚汉战争中为刘邦镇守关中，保证战备供给不断。汉立，以功第一封酂侯，为相国。图书：图籍。指疆域版图与户籍等簿册。

③厄塞：险阻要塞。

【译文】

沛公刘邦进入咸阳城后，各位将领都争先恐后地去储藏金银财宝的府库掠夺瓜分，唯独萧何先去收集秦朝丞相、御史留下的律令图书保管起来。沛公能详细知道天下要塞、户口的多少强弱、人民的疾苦，都因为萧何得到了秦朝图书。

宣曲任氏[①]，其先为督道仓吏[②]。秦之败也，豪杰争取金玉，任氏独窖仓粟。楚汉相距荥阳[③]，民不得耕种，米石至万[④]，而豪杰金玉尽归任氏。

【注释】

①宣曲：其地解释不一。一说地近荥阳，在今河南濮阳西南，一说在今陕西西安西南汉昆明池西。任氏：佚名，为秦汉时大商人。

②督道：为秦时官府，负责督催四方诸道租赋者，设仓贮粮。

③荥阳：秦汉时县名。在今河南荥阳东北之古荥镇。项羽、刘邦争夺天下，曾相持于荥阳、成皋一线。

④米石至万：一石米价至万钱。

【译文】

宣曲任氏的祖先是官府督催租税、看管粮仓的官吏。秦朝败亡，豪杰之士争相夺取金银玉器，任氏唯独储藏粮食。楚汉在荥阳一带相持，人民不能耕种，米价涨到一石一万钱，而豪杰之士的金银玉器都归任氏所有了。

二人之智无大小，易地则皆然也。又蜀卓氏[①]，其先赵人，用铁冶富。秦破赵，迁卓氏之蜀，夫妻推辇行[②]。诸迁虏少有余财[③]，争与吏求近处，处葭萌[④]，唯卓氏曰："此地陋薄，吾闻岷山之下沃野，下有蹲鸱[⑤]，芋也。至死不饥，民工作布[⑥]，易贾。"乃求远迁，致之临邛[⑦]，即铁山鼓铸，运筹贸易，富至敌国。其识亦有过人者。

【注释】

①蜀卓氏：蜀郡卓氏，即卓文君的家族。

②辇：徒步推挽的车。

③迁虏：被迫迁徙的被掳掠者。少有：稍有。

④葭（jiā）萌：汉县名。在今四川广元西南。

⑤蹲鸱（chī）：大芋，状如鸱鸟蹲立。

⑥民工作布：《史记·货殖列传》作“民工于市”。

⑦临邛：在今成都西之邛崃。

【译文】

萧何与任氏两人的才智不分高下，易地而处，结果也还是如此。又有蜀郡卓氏，祖先是赵国人，从事冶铁而致富。秦国打败赵国，将卓氏迁到蜀地，夫妻二人推着辇车前行。众多奉命迁徙的人只要身边稍有余钱，就争相向督察官吏请求近处，安置在葭萌一带。唯独卓氏说：“这个地方狭小贫瘠，我听说岷山之下有肥沃的土地，地下生长蹲鸱，芋头。到死都不会挨饿。人们善于制作布匹，容易出售产品。”于是请求向远处迁移，到达临邛，靠近铁山开炉鼓风冶铁铸币，巧妙谋划，经营贸易，以致富可敌国。他的见识也有过人之处。

董公

汉王至洛阳[①]，新城三老董公遮说王曰[②]：“兵出无名，事故不成。故曰：明其为贼，敌乃可服。天下共立义帝，项羽放弑之[③]。大王直率三军之众，为之素服[④]，以告诸侯而伐之。”于是汉王为义帝发丧，兵皆缟素，告诸侯曰：“寡人悉发关中兵，收三河士[⑤]，南浮江、汉以下，愿从诸侯王击楚之弑义帝者！”

【注释】

①汉王：刘邦。灭秦后，项羽封刘邦为汉王。

②新城：在今河南伊川西南。三老：秦时所设乡官名，掌教化。遮

说:拦路进言。遮,阻拦。

③天下共立义帝,项羽放弑之:灭秦之后,项羽分封诸侯,将原先自己的主子楚怀王封为义帝,迁往江南,又派人在路上将其杀死。

④素服:穿丧服。

⑤三河:秦汉时以河内、河南、河东三郡总称三河。河内、河南约在今河南中部,河东约在今山西南部。

【译文】

汉王刘邦占据洛阳,新城三老董公挡在路上向汉王进言:"没有正当名义出兵,因此大事不成功。所以说:声明对方是叛贼,敌人才有可能被降服。天下共同拥立义帝,项羽却放逐然后杀死了他。大王您只需率领三军,为义帝服丧,来昭告诸侯共同讨伐项羽。"于是汉王替义帝发丧,士兵都穿白色的丧服,昭告诸侯说:"我将发动关中全部军队,聚集河南、河东、河内三郡的士兵,向南沿长江、汉水而下,希望跟着各位诸侯王攻击楚国弑杀义帝的人!"

董公此说,乃刘、项曲直分判处。随何招九江[1],郦生下全齐[2],其陈说皆本此。许庸斋谓沛公激发天下大机括[3],子房号为帝师,亦未有此大计。

【注释】

①随何:汉高祖军中谒者,主管传达禀报,曾说服九江王英布降汉。官至护军中尉。九江:此指英布(也称黥布)。始为项羽部将,以功封九江王。

②郦生:郦食其,秦末楚汉时期儒生,后投奔刘邦。曾劝齐王田广归汉。

③许庸斋:许仲翔,号庸斋。明代理学家。机括:弩上发矢的机件。比喻事物的关键。

【译文】

董公这种说法，正是刘邦、项羽是非曲直的分别之处。随何招降九江王，郦食其招降几乎整个齐国，他们的陈说都来源于这里。许庸斋说沛公刘邦激发了天下人叛楚归汉的关键，张良号称是皇帝的老师，也没有这样的大谋略。

蔺相如　寇恂

赵王归自渑池[①]，以蔺相如功大，拜为上卿，位在廉颇之右[②]。廉颇自侈战功[③]，而相如徒以口舌之劳位居其上："我见相如必辱之！"相如闻，不肯与会；每朝，常称病，不欲与颇争列[④]。已而相如出，望见廉颇，辄引车避匿。于是舍人相与谏相如[⑤]，欲辞去。相如固止之曰："公之视廉颇孰与秦王？"曰："不若也。"相如曰："夫以秦王之威，而相如廷叱之，辱其群臣；相如虽驽[⑥]，独畏廉将军哉？顾吾念之：强秦之所以不敢加兵于赵者，徒以吾两人在也。今两虎共斗，势不俱生，吾所以为此者，先国家之急而后私仇也。"颇闻之，肉袒负荆[⑦]，因宾客至相如门谢罪，遂为刎颈之交[⑧]。

【注释】

①赵王归自渑池：此指在秦赵渑池会上，蔺相如挫败秦国君臣，维护了赵王和赵国尊严，平安回国。渑池，在今河南三门峡市。周赧王三十六年（前279），秦赵会盟于西河外渑池。

②右：秦汉以前以右为上。

③侈：夸耀，炫示。

④争列：争比朝廷班次。

⑤舍人：此处指王公贵官的宾客。

⑥驽（nú）：才能低下。

⑦肉袒负荆：袒露上身，背负荆杖。表示愿受杖责。

⑧刎颈之交：可以共生死患难的朋友。

【译文】

赵王从渑池会上回来，认为蔺相如功劳最大，授予他上卿的官爵，官位在廉颇之上。廉颇自我夸耀战功卓著，然而相如仅仅凭借动动口舌就位居自己之上，就说："我见到蔺相如，一定折辱他！"蔺相如听说了，不愿意与廉颇见面；每到朝会，常常称病，不想和廉颇争比朝廷班列位次。不久相如出门，远远望见廉颇，就调转车子躲开他。在这种情况下蔺相如的门客一起来劝谏蔺相如，想要辞别离开。蔺相如坚决地制止他们说："众位看廉颇和秦王比谁更厉害？"门客回答说："廉颇不如秦王。"蔺相如说："那么以秦王那样的威严，我蔺相如还能在朝廷上叱责他，让秦国群臣受辱；我虽然才能低下，难道只畏惧廉将军吗？只是我想着：强大的秦国之所以不敢对赵国兴兵，只是因为我们两个人在罢了。如今两虎相争，势必不能都存活，我这么做的原因，是将国家的急难放在前面，将个人恩怨放在后面。"廉颇听说了，袒露上身，背着荆杖，通过宾客来到蔺相如门前谢罪，于是成为可以同生死共患难的朋友。

贾复部将杀人于颍川[①]，太守寇恂捕戮之[②]。复以为耻，过颍川，谓左右曰："见恂必手刃之！"恂知其谋，不与相见。姊子谷崇请带剑侍侧，以备非常。恂曰："不然。昔蔺相如不畏秦王而屈于廉颇者，为国也。"乃敕属县盛供具[③]，一人皆兼两人之馔。恂出迎于道，称疾而还。复勒兵欲追之，而将士皆醉，遂过去。恂遣人以状闻，帝征恂，使与复结友而去。

【注释】

①贾复：字君文。汉光武帝刘秀大将。刘秀即位，封胶东侯，为“云台二十八将”之一。颍川：汉郡名。治阳翟（今河南禹州）。

②寇恂：字子翼。初为王莽郡功曹，后劝太守耿况迎刘秀，拜偏将军，历仕河内、颍川、汝南太守，以功封雍奴侯。亦为“云台二十八将”之一。

③盛供具：准备丰盛的饮食。盛，使丰盛。供具，盛放酒食的器具。亦指酒食之类。

【译文】

贾复的部将在颍川郡杀了人，太守寇恂抓捕并处死了人犯。贾复把这件事当成耻辱，路过颍川，对左右部将说：“等我见到寇恂，一定亲手杀了他！”寇恂知道了他的谋划，不和他见面。寇恂姐姐的儿子谷崇请求带着剑侍奉在寇恂身边，以防不测。寇恂说：“不是这样。从前蔺相如不畏惧秦王却向廉颇妥协，是为了国家。”于是命令所属各县多多准备酒食，给每个人都准备两个人的酒食。寇恂出城到道路上迎接，然后称病返回。贾复指挥部队想要追他，但将士们都喝醉了，于是贾复只好离开。寇恂派人将情况告知皇帝，皇帝征召寇恂，让寇恂与贾复结为好友才离开。

汾阳上堂之拜[①]，相如之心事也。莱公蒸羊之逆[②]，寇恂之微术也。

【注释】

①汾阳：郭子仪，唐朝名将。平安史之乱时，收复长安、洛阳，封中书令，又进封汾阳郡王。德宗即位，尊为尚父。卒谥忠武。

②莱公：寇准，字平仲。宋太平兴国进士。宋真宗时为相。契丹南侵，他敦促真宗亲赴澶州督战，取得胜利，订立澶渊之盟。不久，

被王钦若排挤罢相。封莱国公。后贬雷州,死于贬所。谥忠愍。

【译文】

郭子仪和李光弼的结拜,是蔺相如心事的重现。寇准用蒸羊迎接丁谓,是寇恂微妙的办法。

安思顺帅朔方①,郭子仪与李光弼俱为牙门都将②,而不相能③,虽同盘饮食,常睇目相视④,不交一语。及子仪代思顺,光弼意欲亡去,犹未决。旬日,诏子仪率兵东出赵、魏⑤。光弼入见子仪曰:"一死固甘,乞免妻子。"子仪趋下,持抱上堂而泣曰:"今国乱主迁,非公不能东伐,岂怀私忿时耶?"执其手,相持而拜,相与合谋破贼。

【注释】

①安思顺:唐朝将领。曾任武威太守、河西节度使、朔方节度使。安思顺与安禄山有旧交,而与哥舒翰不睦。安史之乱中,哥舒翰诬陷其谋反,被杀。

②李光弼:唐中兴名将。世为酋长,天宝中袭封营州都督、蓟郡公。天宝十五载(756),经郭子仪推荐而任河东节度副使,东出井陉,参与平定安史之乱。乾元二年(759),指挥河阳之战,挫败史思明南下企图。封临淮郡王。安史之乱后,"战功推为中兴第一"。牙门都:唐节度使衙前亲兵队称牙门都。

③不相能:不能亲密友善。

④睇目:斜目。

⑤赵、魏:指战国时赵国、魏国的领地,大致包括今河北、山西一带。

【译文】

安思顺任朔方节度使时,郭子仪和李光弼都是牙门都将,却不能和睦相处,虽然同盘饮食,却常常斜眼看对方,不说一句话。等到郭子仪代替安思顺做了朔方节度使，李光弼就想要逃走，还没有下定决心。过了十天，皇帝诏令郭子仪率兵向东进军山西、河北。李光弼进入官衙见郭子仪说："我一死也甘心，乞求您赦免了我的妻子儿女。"郭子仪快步走下堂，拥着李光弼上堂，流着泪说："如今国家遭逢乱世，我们的君主也离京避乱去了，没有您，我不能向东讨伐，难道这是心怀个人怨恨的时候吗？"然后握着李光弼的手，二人互相扶持着结拜，一起商量打败贼寇的办法。

丁谓窜崖州①，道出雷州②。先是谓贬准为雷州司户。准遣人以一蒸羊迎之境上。谓欲见准，准拒之。闻家僮谋欲报仇，亟杜门纵博③，俟谓行远乃罢。

【注释】

①丁谓：字谓之。北宋大臣。因逢迎真宗助成封禅泰山，受到宠信，任参知政事。排挤寇准去位，为相。封晋国公，专擅朝政。仁宗即位，贬崖州。崖州：北宋州名。治宁远（今海南三亚崖城镇）。

②雷州：北宋州名。治海康（今广东雷州）。

③杜门：闭门，堵门。纵博：纵情赌博。

【译文】

丁谓被贬崖州，途经雷州。先前丁谓将寇准贬为雷州司户。寇准派人用一头蒸熟的羊在边境上迎接丁谓。丁谓想要见寇准，寇准拒绝了。听说家人谋划着想要为自己报仇，寇准急忙关门让他们尽情赌博，等到丁谓走远了才停止。

张飞

先主一见马超①，以为平西将军，封都亭侯。超见先主待之厚也，阔略无上下礼[②]，与先主言，常呼字[③]。关羽怒，请杀之，先主不从。张飞曰："如是，当示之以礼。"明日大会诸将，羽、飞并挟刃立直[④]。超入顾坐席，不见羽、飞座；见其直也，乃大惊。自后乃尊事先主。

【注释】

①先主：三国时蜀汉创建者刘备，史称为先主。马超：字孟起。东汉末为偏将军，据西凉，进军潼关，为曹操所败，奔汉中，投张鲁，继归刘备。

②阔略：言谈举止粗疏。

③常呼字：刘备字玄德。马超是刘备部下，称其表字很不尊敬。

④直：当值。

【译文】

刘备一见马超，就任命他为平西将军，封都亭侯。马超看刘备待自己优渥，言行就粗疏起来，对刘备也不讲究君臣礼节，和刘备说话，常常称他的表字玄德。关羽很生气，请求杀掉马超，刘备不同意。张飞说："像这种情况，应该将礼仪明白展示给他。"第二天，刘备会见众将领，关羽、张飞一同拿着武器在刘备身旁站着值勤。马超进来环顾座席，看不到关羽、张飞的座位；直至看到二人在一旁当值，才大惊。从此以后，才尊敬地侍奉刘备。

释严颜[①]，诲马超，都是细心作用。后世目飞为粗人，大枉！

【注释】

①释严颜：张飞入川，至江州，生擒严颜。严颜不降，张飞敬佩其勇气并释放他。严颜，原为刘璋部将，任巴郡太守。

【译文】

义释严颜，教诲马超，都是细心的行为。后世的人将张飞看作粗人，实在是冤枉张飞了啊！

曹彬　窦仪

宋太祖始事周世宗于澶州[①]，曹彬为世宗亲吏[②]，掌茶酒。太祖尝从求酒，彬曰："此官酒，不可相与。"自沽酒以饮之。边批：公私两尽。及太祖即位，语群臣曰："世宗吏不欺其主者，独曹彬耳。"由是委以腹心。

【注释】

①周世宗：后周世宗柴荣，954—959在位。赵匡胤曾是柴荣部将。澶（chán）州：北宋州名。治顿丘（今河南濮阳）。

②曹彬：字国华。初为后汉成德军牙将，仕后周为河中都监。归宋后伐蜀、破江南，封鲁国公。

【译文】

宋太祖赵匡胤起初在澶州侍奉周世宗柴荣时，曹彬是世宗的亲信官吏，掌管着茶酒。赵匡胤曾跟曹彬要酒喝，曹彬说："这是公家的酒，不可以给你。"然后自己买酒给赵匡胤喝。边批：对待公事和私人感情，两边都尽了心。等到赵匡胤即位，对群臣说："世宗的官吏中，不欺瞒君主的人，只有曹彬啊。"从此将重要的事情委托给曹彬办。

太祖下滁州[①]，世宗命窦仪籍其帑藏[②]。至数日，太祖命亲吏取藏绢[③]。仪曰："公初下城，虽倾藏取之，谁敢言者？今既有籍，即为官物，非诏旨不可得。"后太祖屡称仪有守[④]，欲以为相。

【注释】

①滁州：北宋州名。治今安徽滁州。

②窦仪：字可象。五代时，仕后汉、后周。入宋，官至工部尚书兼判大理寺事，后改任礼部尚书。因学问优博受宋太祖器重。籍：登记。帑（tǎng）藏：钱币、财产。此指滁州府库所藏金帛。

③藏（zàng）绢：府库中的绢。藏，储存东西的地方，府库。

④有守：有节操，坚持原则。

【译文】

赵匡胤攻占滁州，世宗命令窦仪登记滁州府库中的财产。过了一段日子，赵匡胤命令亲信官吏去取府库里的绢。窦仪说："您刚攻占城池的时候，即使将府库里所有东西都取走，谁敢说什么？现在已经登记在册，就是公家的东西，没有皇帝诏令是取不走的。"赵匡胤为帝后，多次称赞窦仪有操守，想让他做宰相。

鲁宗道字贯夫，亳州人

宋鲁宗道为谕德日[①]，真宗尝有所召。使者及门，宗道不在，移时乃自仁和肆饮归[②]。中使先入[③]，与约曰："上若怪公来迟，当托何事以对？"宗道曰："但以实告。"曰："然则当得罪。"宗道曰："饮酒，人之常情；欺君，臣子之大罪。"中使如公对。真宗问公："何故私入酒家？"公谢曰："臣家贫，无器皿，酒肆具备。适有乡亲远来，遂邀之饮。然臣既易服，市人亦无识臣者。"真宗笑曰："卿为宫臣[④]，恐为御史所弹。"然自此奇公，以为真实可大用。

【注释】

①鲁宗道：字贯之。宋仁宗时官至参知政事。刚正敢言。谕德：官名。东宫属官，执掌对太子的讽谏规劝。分左、右。

②仁和肆：汴梁酒楼名。

③中使：宫中派出的使者。多指宦官。

④宫臣：皇后、太子官属等。

【译文】

宋代的鲁宗道担任谕德这个官职的时候，宋真宗曾有事要召见他。使者上门时，鲁宗道不在家，过了一段时间才从仁和酒楼喝酒回来。进宫时，宫中使者先进去，和鲁宗道约定说："皇上如果嗔怪您来晚了，应该借口什么事来回答呢？"鲁宗道说："只要告诉皇上实情就好。"使者说："这样的话，会获罪的。"鲁宗道说："喝酒，是人的常情；欺瞒君主，却是臣子的大罪了。"使者按照鲁宗道的话禀告了皇帝。宋真宗问鲁宗道："为什么私自去酒家呢？"宗道谢罪道："臣家里穷，没有酒器，但是酒家器皿齐全。正赶上乡亲从远方来，于是邀请他到酒家喝酒。不过臣已经换了便服，市场上也没有认识我的人。"宋真宗笑道："你是太子官属，这么做恐怕要被御史弹劾。"然而从此宋真宗认为鲁宗道非同一般，觉得他真实不伪，可以重用。

吕夷简 二条[①]

一

仁宗久病废朝[②]，一日疾差[③]，思见执政，坐便殿，急召二府[④]。吕许公闻命[⑤]，移刻方赴[⑥]，同列赞公速行[⑦]，公缓步自如。既见，上曰："久病方平，喜与公等相见，何迟迟其来？"公从容奏曰："陛下不豫[⑧]，中外颇忧。一旦急召近臣，臣等若奔驰以进，恐人惊动。”上以为得辅臣体。

【注释】

①吕夷简　二条：按，实一为吕夷简事，一为吕居简事。

②废朝：停止朝会。

③疾差（chài）：病情痊愈。

④二府：宋时枢密院与中书省对掌军政大权，合称二府。

⑤吕许公：吕夷简，字坦夫。真宗宰相吕蒙正之侄。仁宗时三度拜相，执掌朝政二十余年，深受仁宗倚重。然反对庆历新政，指斥范仲淹、欧阳修等为朋党。欧阳修等劾其为相二十年，专事姑息，大坏纲纪，遂致仕。封许国公，卒谥文靖。

⑥移刻：过了一段时间。

⑦赞：告诉。此指催促。

⑧不豫：天子有病的讳称。

【译文】

宋仁宗生病很久没有上朝，有一天病情痊愈了，想见执政大臣，坐在便殿，急着召见枢密院和中书省二府长官。吕夷简接到诏令，过了一段时间才去，同僚催促吕夷简快点走，他依然慢慢走。见到仁宗后，皇上说：“我病了这么久刚刚好些，很高兴和你们见面，你为什么姗姗来迟？”吕夷简不慌不忙地回禀道：“陛下身体不适，宫内宫外都十分担忧。一旦忽然召见亲近大臣，臣等如果飞速赶来见您，恐怕人心受到惊动。”皇上听后认为吕夷简的表现与辅政大臣身份相称。

二

庆历中，石介作《庆历圣德颂》[①]，褒贬甚峻，于夏竦尤极诋斥[②]。未几，党议起[③]，介得罪罢归卒。会山东举子孔直温谋反，或言直温尝从介学，于是竦遂谓介实不死，北走胡矣[④]。诏编管介之子于江淮[⑤]，出中使，与京东刺史发介棺以验虚实。时吕居简为京东转运使[⑥]，谓中使曰："若发棺空，而介果北走，虽孥戮不为酷[⑦]。万一介真死，朝廷无故剖人冢墓，非所以示后也。"中使曰："然则何以应中旨？"居简曰："介死，必有棺敛之人，又内外亲族及会葬门生无虑数百，至于举柩窆棺[⑧]，必用凶肆之人[⑨]。今悉檄至劾问[⑩]，苟无异说，即皆令具军令状以保结之[⑪]，亦足以应诏也。"中使如其言。及入奏，仁宗亦悟竦之谮，寻有旨，放介妻子还乡。

【注释】

①石介：字守道。北宋大臣、学者，世称徂徕先生。宋仁宗庆历中为太子中允，直集贤院。仁宗推行庆历新政，进用韩琦、富弼、范仲淹等，他作《庆历圣德颂》诗，歌颂朝廷进贤退奸，不指名地斥权臣夏竦为大奸。

②夏竦：字子乔。仁宋天圣年间为枢密副使，参知政事。庆历三年(1043)，召为枢密使，以谏官反对，改制大名府。庆历七年(1047)入朝拜相，后封英国公、郑国公。卒谥文庄。夏竦为人急于进取，喜用权术，世人目为奸邪。

③党议：朋党之间的争论，非议。此指北宋朋党之争。

④北走胡：向北投奔辽国。

⑤编管：宋代官吏或平民得罪，谪放远方州郡，编入该地户籍，并由地方官吏加以监管。

⑥吕居简：按，底本原作"吕夷简"。据《宋史》，阻止开棺者为吕居简。且孔直温谋反事在庆历五年(1045)，吕夷简已于庆历四年(1044)去世。此为冯梦龙误记，据史籍改。京东转运使：按，时吕居简为提点京东刑狱，并非京东转运使。

⑦孥戮：为奴或处死。一说意谓诛及子孙。

⑧窆（biǎn）棺：穿土下棺。

⑨凶肆：专营丧葬的店铺。

⑩檄至：发檄文召来。

⑪军令状：接受命令后写的保证书，表示不能完成任务愿受严厉处分。保结：旧时写给官府的担保书。

【译文】

庆历年间，石介作《庆历圣德颂》，对当朝官员的褒贬很严厉，对夏竦尤其严厉斥责。没过多久，党议蜂起，石介获罪被罢官，归家后去世。恰逢山东举子孔直温谋反，有人说孔直温曾经跟着石介学习，于是夏竦就说石介其实没有死，是北逃到辽国去了。宋仁宗下诏流放石介的儿子到江淮地区，派出宫中使者，与京东刺史打开石介的棺材来查验石介是否真的已死。当时吕居简正是京东转运使，对宫中使者说："如果打开棺材是空的，那就是石介确实北逃了，即使杀掉他的子孙都不算严酷。万一石介真的死了，朝廷无缘无故掘开人家的坟墓，没法向后世交代。"使者说："这样的话，拿什么来回复皇上的旨意呢？"居简说："石介去世，必定有装殓的人，加上内外亲族和参加葬礼的门生恐怕也有数百人，至于抬棺下葬，一定用了凶肆的人。如今，你都发公文核查问询，如果没有不一样的说法，就都让他们写军令状来保证，也足够回复皇上诏令了。"使者按照吕居简的话做了。等到入宫奏报，仁宗也明白了是夏竦在诬陷，不久就下旨，释放石介的妻子孩子回到家乡。

不为介雪，乃深于雪。当介作颂时，正吕许公罢相，而晏殊、章得象同升[①]，许公不念私憾而念国体，正宰相度也[②]！

【注释】

①晏殊：字同叔。北宋大臣。以神童荐试，仁宗初为参知政事、枢

密使。庆历二年(1042)拜相,荐拔范仲淹、韩琦、富弼等。四年(1044)罢相。章得象:字希言。北宋大臣。仁宗宝元元年(1038)拜相,为相八年,不用亲党,但对庆历新政缄默不言。

②许公不念私憾而念国体,正宰相度也:按,冯梦龙误将吕居简事认为是吕夷简所为,故此评不当。所谓"私憾",指范仲淹为首的新政代表人物批评吕夷简掌权的二十年间专权乱政,胁制中外,人皆畏之,以致"坏了天下"。

【译文】

没有为石介洗雪冤屈,却比为他洗雪冤屈更有意义。当石介作《庆历圣德颂》时,正是吕夷简被免除宰相职务,而晏殊、章得象一同升迁的时候,吕夷简不计较私人恩怨,却顾念国家大体,这正是宰相的气度啊!

李太后服未除[①],而夷简即劝仁宗立曹后。范仲淹进曰:"吕夷简又教陛下做一不好事矣。"他日夷简语韩琦曰:"此事外人不知。上春秋高[②],郭后、尚美人皆以失宠废,后宫以色进者不可胜数,不亟立后,无以正之。"每事自有深意,多此类也。

【注释】

①李太后:当为刘太后。李太后即李宸妃,明道元年(1032)死。至明道二年,刘太后死,仁宗始亲政,方知自己为宸妃所生。

②春秋高:《韩魏公别录》作"春秋盛"。仁宗方亲政不久,不过二十余岁,"盛"为佳。

【译文】

为李太后服丧,期限未到,吕夷简就劝宋仁宗册立曹皇后。范仲淹进言道:"吕夷简又教陛下做了一件不好的事。"后来有一天,吕夷简对韩琦说:"这件事外人不明白。皇上正值盛年,郭后、尚美人都因为失宠被废，后宫以美色接近诱惑他的人数不胜数，不赶紧册立皇后，就没有办法纠正这种事情。”他做每件事自有深意，很多类似这样。

古弼　张承业

魏太武尝校猎西河①，诏弼以肥马给骑士②。弼故给弱者。上大怒，曰：“尖头奴，敢裁量我③！还台先斩此奴④！”时弼属尽惶惧，弼告之曰：“事君而使君盘游不适⑤，其罪小；不备不虞⑥，其罪大。今北狄南虏⑦，狡焉启疆⑧，是吾忧也。吾选肥马以备军实，苟利国家，亦何惜死？明主可以理干⑨，罪自我，卿等无咎。”帝闻而叹曰：“有臣如此，国之宝也！”弼头尖，帝尝名之曰“笔头”，时人呼为“笔公”。

【注释】

①魏太武：南北朝时北魏太武帝拓跋焘，423—452年在位。击走柔然，灭北燕、夏、北凉，降鄯善、龟兹等西域诸国，统一中国北方大部。西河：北魏置郡，治兹氏城（今山西临汾）。

②弼：古弼。少忠谨，善骑射，官至吏部尚书、尚书令。正直谨慎，数直谏，深受太武帝敬重。

③裁量：减少分量。

④台：南北朝时谓朝廷禁省为台。

⑤盘游：娱乐游逸。

⑥不虞：意料不到的事。虞，料想，防备。

⑦北狄南虏：时北魏外敌，北有柔然，南有刘宋。

⑧启疆：开拓疆域。

⑨可以理干：可以用有道理的事冒犯。干，干犯，冒犯。

【译文】

北魏太武帝拓跋焘曾经在西河打猎，下诏命令古弼给骑士安排肥壮的马。古弼故意给骑士们瘦弱的马。太武帝大怒，说："尖头奴，居然敢减少我的用度！回朝后先杀了他！"当时古弼的下属都惊惶害怕，古弼告诉他们说："侍奉君主，却让君主娱乐游逸得不舒服，这个罪小；不防备意外的变故，这个罪大。如今北有柔然，南有刘宋，他们狡猾地开疆拓土，这是我的忧虑。我选了肥壮的马来充实军备，如果能有利于国家，就是死又有什么可惜？圣明的君主可以用有道理的做法去冒犯，罪责我一人承担，你们没有过错。"太武帝听说了，感叹道："有这样的臣子，是国家的宝贝啊！"古弼的头尖尖的，太武帝常称呼他为"笔头"，当时的人尊称他为"笔公"。

后唐庄宗尝须钱蒱博[①]，赏赐伶人，而张承业主藏钱[②]，不可得。边批：千古第一个内臣[③]。庄宗置酒库中，酒酣，使其子继岌为承业起舞。舞罢，承业出宝带币马为赠。庄宗指钱积[④]，边批：意在此。语承业曰："和哥继岌小字乏钱，可与钱一积，安用带马？"承业谢曰："国家钱，非臣所得私。"庄宗语侵之，承业怒曰："臣老敕使[⑤]，非为子孙。但受先王顾命[⑥]，誓雪国耻。惜此钱，佐王成霸业耳！若欲用，何必问臣？财尽兵散，岂独臣受祸也？"因持庄宗衣而泣，乃止。

【注释】

①后唐庄宗：五代后唐庄宗李存勖（xù），晋王李克用之子，后唐的建立者，923—926年在位。善骑射，多谋略。909年嗣晋王位后北却契丹，东取河北，西并河中，灭后梁，灭前蜀，为中原主。在位

后期，疑忌大臣，亲信宦官，尤宠伶人，又贪财如命，任意杀戮，终致洛阳兵变被杀。蒱（pú）博：泛指赌博游戏。

②张承业：字继元。唐末宦者，后从晋王李克用。克用临终，以存勖托属承业。存勖与梁交战十余年，军国之事多委托他处理。后闻存勖将为帝，苦谏不听，绝食而死。谥贞宪。

③内臣：宦官，太监。

④钱积：钱堆，钱垛。积，堆子，垛子。亦用为量词，用于成堆之物。

⑤敕使：皇帝的使者。此指太监。

⑥顾命：皇帝临终遗命。

【译文】

后唐庄宗曾经需要钱赌博，赏赐乐官、戏子，张承业执掌府库钱财，不肯给。边批：千古宦官第一。庄宗在府库中摆酒设宴，喝到畅快时，让自己的儿子李继岌给张承业跳舞。跳完舞，张承业拿出用珍宝装饰的佩带和缯帛、马匹赠送给李继岌。庄宗指着钱堆，边批：本意在这里。对张承业说："和哥李继岌的小字缺钱，可以给他一堆钱，哪里用给他宝带马匹？"张承业拒绝道："这是国家的钱，不是微臣私有的。"庄宗又用言语欺凌他，张承业生气地说："微臣不过是一个老宦官，不必为子孙考虑。只是受了先王临终遗命，发誓要洗雪国耻。爱惜这些钱，是为了辅佐您成就霸业啊！如果您一定想用，何必问微臣？只是钱财耗尽军队离散，难道只有我蒙受灾祸吗？"于是就拉着庄宗的衣服哭泣，庄宗才终于作罢。

后唐明宗

秦王从荣性轻佻[①]，喜儒学，多招致后生浮薄之徒赋诗饮酒。一日，明宗问之曰[②]："尔军政之余，所习何事？"对曰："暇则读书，与诸儒赋诗谈道。"明宗曰："吾每见先帝好作歌诗[3],甚无谓。汝将家子,文章非所素习,必不能工[4],传于人口,徒作笑柄。吾老矣,于经义虽未晓,然尚喜闻之,余不足学也。”从荣卒败。

【注释】

①秦王从荣:李从荣,后唐明宗李嗣源之子,封秦王,曾任河南尹,兼判六军诸卫事,掌兵柄。后以谋弑逆伏诛。

②明宗:后唐明宗李嗣源。李克用养子,庄宗死,代立为唐帝。

③先帝:指后唐庄宗李存勖。

④必不能工:如果不能工巧。必,如果。工,巧,精。

【译文】

后唐秦王李从荣性格轻佻,喜欢儒学,常常招引轻浮浅薄的年轻人作诗饮酒。有一天,明宗问他说:“你在主持军政之外的闲暇时间,学习些什么?”李从荣回答说:“闲暇时就读书,与诸位儒生作诗论道。”明宗说:“我每每看见先帝喜好作诗,感到没什么意义。你出身武将家庭,文章不是平素学习的,如果不能精巧,传到人家口中,白白成为笑柄。我老了,在经典义理方面虽然没有通晓,却仍然喜欢学习,其余的都不值得学。”李从荣最终果然败亡。

李渊

李渊克霍邑[1]。行赏时,军吏拟奴应募不得与良人同[2]。渊曰:“矢石之间,不辨贵贱;论勋之际,何有等差?宜并从本勋授。”引见霍邑吏民,劳赏如西河[3],选其壮丁,使从军关中。军士欲归者,并授五品散官[4],边批:即汉高封四千户慰赵子弟之意[5]。遣归。或谏以官太滥,渊曰:“隋氏吝惜勋赏,致失人心，奈何效之？且收众以官，不胜于用兵乎？”

【注释】

①霍邑：今山西霍县。李渊于太原起兵后，南下长安，途中第一场大战即攻克霍邑。

②良人：平民，百姓。

③西河：古称今陕西、山西间黄河左右地区。此处当指今山西汾阳一带。

④五品散官：隋炀帝置散职九大夫，正五品为朝请大夫，从五品为朝散大夫。散官，有官名而无固定职事之官。

⑤汉高封四千户慰赵子弟：汉初陈豨（xī）在赵、代两地造反，刘邦率军前往镇压，封赵国四位军官每人一千户，借以安抚赵国子弟。

【译文】

唐高祖李渊攻克霍邑县。论功行赏时，军吏认为响应招募而来的奴隶不应该与普通百姓的待遇相同。李渊说：“在战场上，没有贵贱之分；论功的时候，有什么等级的差别？应该都按照本人的功劳来封赏。”李渊又和霍邑县的官吏百姓相见，按照西河旧例那样慰劳犒赏他们，选拔其中的壮丁，让他们到关中从军。想要回家的军士，都任命为五品散官，边批：这就是汉高祖刘邦用四千户的封赏抚慰赵国子弟的意思。让他们回家。有人劝谏李渊给官位太过分，李渊说：“隋朝舍不得论功行赏，以致失去人心，为什么要效仿他们？况且用官位来拉拢隋朝士兵，难道不比用兵更好吗？”

刘温叟

开宝三年①，刘温叟为御史中丞②。一日晚过明德门③，帝方与黄门数人登楼④。温叟知之，令传呼依常而过⑤。翌日请对，言："人主非时登楼[6]，则下必希望恩赏。臣所以呵道而过，欲示众以陛下非时不登楼也。"帝善之。

【注释】

①开宝三年：970年。开宝，宋太祖赵匡胤年号（968—976）。

②刘温叟：字永龄。历仕后唐、后晋、后汉、后周，入宋官至御史中丞，兼判吏部。御史中丞：御史台长官，掌纠弹百官，为皇帝耳目。

③明德门：北宋东京汴梁（今河南开封）内宫城南面中门。太宗太平兴国三年（978）改为丹凤门。

④黄门：指宦官。

⑤传呼：传声呼喊，喝道。

⑥非时登楼：明德门为宋大内正宫门，只有遇到大典，皇帝才登楼，此外登楼则为非时。

【译文】

宋太祖开宝三年，刘温叟任御史中丞。一天晚上经过明德门时，皇帝正和与几位宦官登上城楼。刘温叟知道了，命令侍从像平常那样喝道而过。第二天请求面见天子，说："君主在不恰当的时候登上明德门，那么臣下必定希望得到恩赏。微臣喝道而过的原因，是想要告诉众人，陛下在不恰当的时候是不应该登楼的。"皇帝肯定了他的做法。

卫青　程信

大将军青兵出定襄[1]。苏建、赵信并军三千余骑[2]，独逢单于兵，与战一日，兵且尽，信降单于，建独身归青。议郎周霸曰："自大将军出，未尝斩裨将。今建弃军，可斩以明将军之威。"长史安曰[3]："不然。建以数千卒当虏数万，力战一日,士皆不敢有二心,自归而斩之,是示后无反意也。不当斩。”青曰:“青得以肺腑待罪行间④,不患无威。而霸说我以明威,甚失臣意。且使臣职虽当斩将,以臣之尊宠,而不敢专诛于境外,其归天子,天子自裁之,于以风为人臣者不敢专权⑤,不亦可乎?”遂囚建诣行在⑥,天子果赦不诛。

【注释】

①大将军青兵出定襄:事在汉武帝元朔六年(前123)。大将军卫青率六将军,兵十余万北击匈奴。定襄,汉郡名,治成乐(今内蒙古和林格尔)。

②苏建、赵信:均在卫青所率六将军之列。苏建时任卫尉,为右将军;赵信本匈奴人,降汉封为翕侯,为前将军。

③长史安:长史名安,史失其姓。长史,大将军属下的诸史之长。

④肺腑:此处指亲近之臣。卫青之姊卫子夫为汉武帝皇后,故云。待罪行间:意即在军中任职,是一种谦卑的说法。行间,行伍之间,军中。

⑤风:风示,劝诫。

⑥行在:天子离都城所临幸的地方。汉武帝时居甘泉宫。

【译文】

大将军卫青出兵定襄。苏建、赵信一同率领骑兵三千余人,恰巧遇上了单于军队,汉军与匈奴军鏖战一天,士兵伤亡将尽,赵信投降单于,苏建独自一人回到卫青军营。议郎周霸说:“自从大将军出兵,从未斩杀过副将。如今苏建放弃军队,可以杀他来昭示将军的威严。”长史安说:“不是这样。苏建凭借数千士兵来抵挡匈奴数万兵马,鏖战一天,士兵都不敢有二心,自己归来却斩杀了他,这样展示给后来人,他们遇到这种情况就没有返回的意愿了。不应斩杀苏建。”卫青说:“我作为亲信的臣子在军中任职，不担心没有威严。周霸用昭示威严来劝我，实在有违我的心意。而且作为外派臣子，我的职权虽然能够斩杀将领，以我的荣宠，却也不敢在塞外擅自诛杀，还是送回京城，让天子来裁决，并用这件事来劝诫人臣不敢专权，不是也可以吗？”于是押解苏建到行在，天子果然赦免了苏建，没有杀他。

卫青握兵数载，宠任无比，而上不疑，下不忌，唯能避权远嫌故。不然，虽以狄枢使之功名[①]，犹不克令终[②]，可不戒欤！

【注释】

①狄枢使：狄青，曾任枢密使。

②不克令终：未能善终。狄青因功为枢密使，在军中极有威望。后受朝廷猜忌，被免去枢密使之职，出知陈州。第二年，狄青病死。

【译文】

卫青掌握兵权多年，受到无比的宠信，在上皇帝不怀疑他，在下部下不忌恨他，只因他能避免专用手中权力，而远避人主嫌疑的缘故。如果不是这样，即使以狄青枢密使那样的功勋，也还不能善终，怎能不常怀戒心呢！

狄青为枢密使，自恃有功，颇骄蹇，怙惜士卒[①]。每得衣粮，皆曰：“此狄家爷爷所赐。”朝廷患之。时文潞公当国[②]，建言以两镇节使出之。青自陈无功而受镇节，无罪而出外藩。仁宗亦以为然，向潞公述此语，且言狄青忠臣。潞公曰：“太祖岂非周世宗忠臣？但得军心，所以有陈桥之变[③]。”上默然。青犹未知，到中书自辨。潞公直视之，曰：“无他，朝廷疑尔！”青惊怖，却行数步。青在镇，每月两遣中使抚问。青闻中使来，辄惊疑终日。不半年，病作而卒。潞公之谋也。

【注释】

①怙惜：纵容，爱惜。

②文潞公：文彦博，字宽夫。仁宗时两次拜相，封潞国公。英宗时为枢密使。哲宗时为平章军国事。

③陈桥之变：后周显德七年（960），赵匡胤受命出兵御敌，行至陈桥驿，发动兵变，众将士拥立赵匡胤即帝位，建立宋朝。

【译文】

狄青任枢密使，自认为有功而骄傲自大，十分傲慢，放纵士兵。士兵每每得到衣服粮食，都说："这是狄家爷爷赐的东西。"朝廷上下都很担心这件事。当时文彦博执政，建议封狄青为两镇节度使，让他出京为官。狄青自己陈述说没有功勋却受封藩镇节度使，毫无罪责却要外放出京。宋仁宗也认为确实是这样，向文彦博转述了这些话，并且说狄青是忠臣。文彦博说："太祖难道不是周世宗的忠臣？只因为得了军心，才有了陈桥之变。"宋仁宗不说话了。狄青还不知道这里面的关窍，到中书省为自己辩白。文彦博当面正视着他，说："没有别的，朝廷怀疑你！"狄青惊讶害怕，向后退了好几步。狄青在节度使任上，仁宗每月两次派遣宫中宦官安抚慰问。狄青闻宫中差人来，就整天惊惶疑虑。不到半年，发病而亡。这都是文彦博的计谋。

休宁程公信为南司马征川贵时[①]，诏以便宜之权付公。公自发兵至凯旋，不爵一人，不杀一人。同事者以为言，公曰："刑赏，人主之大柄[②]，惧阃外事不集而假之人臣[③]。幸而事集，又窃弄之[④]，岂人臣之谊耶[⑤]？"论者以为古名臣之言。

【注释】

①休宁程公信为南司马征川贵：按，此处记载有误。程信征川贵时为兵部尚书，回师后才改任南京兵部尚书。程公信，程信，字彦实。明休宁（今属安徽）人。明正统间进士，授吏科给事中。成化三年至四年（1467—1468）以兵部尚书衔提督军务，率军讨平四川都掌蛮叛乱。回师后改任南京兵部尚书、参赞机务。南司马，南京兵部尚书。

②刑赏，人主之大柄：古以爵、禄、予、置、生、夺、废、诛为"人主八柄"。八柄归其要即刑、赏二柄。柄，权柄。

③阃（kǔn）外：指京城或朝廷以外。集：成就，成功。

④窃弄：盗用，玩弄。

⑤谊：同"义"，道义，正义。

【译文】

休宁人程信担任南京兵部尚书征讨川贵时，皇帝下诏给了他方便行事的权利。程信从出兵到胜利归来，没有为一人封爵，也没有杀一个人。共事的人议论这件事，程信说："刑罚与奖赏，是君主的大权，担心朝廷外的事情不能成功才暂时借给了臣子。万幸事情成功了，臣子却又盗用权力，难道是为人臣子该做的吗？"议论的人认为这是古代名臣能说出的话。

李愬

节度使李愬既平蔡[①]，械吴元济送京师[②]。屯兵鞠场[③]，以待招讨使裴度[④]。度入城，愬具櫜鞬出迎[⑤]，拜于路左。度将避之，愬曰："蔡人顽悖[⑥]，不识上下之分数十年矣[⑦]。愿公因而示之，使知朝廷之尊。"边批：其意甚远。度乃受之。

【注释】

①李愬：字元直。唐名将李晟之子。元和中为邓州节度使，率师雪夜袭蔡州，生擒吴元济，平淮西，以功封凉国公。蔡：蔡州，治上蔡（今河南汝南）。

②吴元济：淮西节度使，拥兵割据。与平卢淄青节度使李师道、成德节度使王承宗勾结，烧河阴仓，杀宰相武元衡，重伤裴度。元和十二年（817）被李愬袭破蔡州生擒，送京斩首。

③鞠（jū）场：军人蹴鞠场地。也作为屯兵、习武、集结的场地。

④招讨使：官名。掌招抚、讨伐之事，多以大臣、将帅及地方军政长官兼任。裴度：字中立。唐朝名相。贞元进士。宪宗时力主削藩，升为宰相。元和十二年（817）亲赴淮西督师破蔡州，河北藩镇惧而表示服从政府，唐藩镇割据局面暂告结束。以功封晋国公。晚年以宦官专权，辞官退居洛阳。

⑤具櫜鞬（tuó jiān）：即全副武装，以示庄重。櫜鞬，箭袋弓囊。櫜以装箭，鞬以装弓。

⑥顽悖：愚妄悖逆。

⑦分（fèn）数：法度，规范。

【译文】

邓州节度使李愬平定蔡州叛乱后，押解叛将吴元济送回京师。军队在球场驻扎，来等待招讨使裴度。裴度入城，李愬全副武装出迎，在路左侧拜见裴度。裴度想要避开，李愬说："蔡人顽劣叛逆，不识上下尊卑的法度有几十年了。希望您趁此机会向他们训示，让他们知道朝廷的威严。"边批：这一意见的意义非常深远。裴度于是接受了李愬的大礼。

冯煖

孟尝君问门下诸客谁习计会[①]，能为收责于薛者[②]？冯煖署曰“能”。于是约车治装[3]，载券契而行[4]，辞曰：“责毕收，以何市而反？”孟尝君曰：“视吾家所寡有者。”煖至薛，召诸民当偿者悉来，既合券，矫令以责赐诸民[5]，悉焚其券。民称“万岁”。长驱至齐[6]，孟尝君怪其疾也，衣冠而见之，曰：“责毕收乎？”曰：“收毕矣。”“以何市而反？”煖曰：“君云‘视吾家所寡有者’，臣窃计君宫中积珍宝，狗马实外厩，美人充下陈[7]，君家所寡有者，义耳。窃以为君市义。”边批：奇！孟尝君曰：“市义奈何？”曰：“今君有区区之薛，不拊爱其民，因而贾利之[8]。臣窃矫君命以责赐诸民，因焚其券，民称万岁：乃臣所以为君市义也。”孟尝君不悦，曰：“先生休矣！”后期年，齐王疑孟尝，使就国[9]。未至薛百里，民扶老携幼争趋迎于道。孟尝君谓煖曰：“先生所为文市义者，乃今日见之。”

【注释】

①计会：财务计算。

②责：同“债”，欠款。薛：孟尝君封邑，在今山东滕州东南。田文为薛公，后号为孟尝君。

③约车治装：置办车马，准备行装。约，置办配备。

④券契：债券。古时以木板书债券，分为两半，各执其一作为凭证，称契，亦称券。

⑤矫令：假托命令以行事。

⑥长驱至齐：一路不停地回到齐都临淄。长驱，向前奔驰不止。齐，指齐国都城临淄。

⑦充下陈：指古时统治者以财物、婢妾充实府库后宫。下陈，宾主相

接，陈列礼品之处，位于堂下，称下陈。

⑧贾利之：放贷于民而获利。

⑨就国：回到自己的封邑。

【译文】

孟尝君问门下各位门客谁熟习财务计算，能为他到薛地收债。冯煖写下姓名签署到“我能”。于是冯煖准备车辆，整理行装，载着债券就要出发，向孟尝君辞别时说：“债都收完后，买什么回来？”孟尝君说：“看我家少什么就买什么吧。”冯煖到了薛地，把欠债的百姓都召集来，合券完成，假托孟尝君命令把百姓欠债都免除了，把债券都烧掉了。百姓欢呼“万岁”。冯煖一路不停地赶车回到齐都临淄，孟尝君奇怪他回来得快，穿戴好礼服礼帽郑重地来见他，说：“欠的债都收回来了吗？”冯煖回答说：“都收回来了。”“你买什么回来了呢？”冯煖说：“您说‘看我家少什么就买什么’，我私心盘算您宫室中堆积着珍宝，狗马充实着外厩，美人都在堂下，您家缺少的东西，是义啊。我为您买回了义。”边批：奇！孟尝君说：“怎么买义？”冯煖说：“如今您只有小小的一个薛地，却不爱护薛地百姓，还通过放贷来获利。我私自假托您的命令把百姓们的欠债都免除了，于是焚烧债券，百姓呼喊万岁：这就是我为您买义的方式。”孟尝君不高兴，说：“先生算了吧！”一年之后，齐王怀疑孟尝君，让他回自己的封地。距离薛地还有一百里地的时候，百姓扶老携幼争着在路上迎接孟尝君。孟尝君对冯煖说：“您为我买的义，我今天见到了。”

煖使齐复相田文，及立宗庙于薛，皆纵横家熟套。唯“市义”一节高出千古，非战国策士所及。保国保家者，皆当取法。边批：姑息之爱，此所谓慈母之有败子也。有身家安得不知此。

【译文】

冯煖让齐国再次任命孟尝君田文为宰相，乃至在薛地设立宗庙，都是纵横家惯用的套路。只是“买义”这件事高出千古，不是战国那些普通谋略之士能赶得上的。保全家国的人，都应当效法学习。边批：姑息的爱，是慈母会有败子的原因。有身家的人怎能不知道这个道理呢？

王旦

王钦若、马知节同在枢府[①]，一日上前因事忿争[②]。上召王旦至，则见钦若喧哗不已，马则涕泣曰：“愿与钦若同下御史府[③]。”旦乃叱钦若下去。上怒甚，欲下之狱。旦从容曰：“钦若等恃陛下顾遇之厚[④]，上烦陛下。臣冠宰府[⑤]，当行朝典[⑥]。然观陛下天颜不怡，愿且还内，来日取旨。”上许之。旦退，召钦若等切责，皆皇惧[⑦]，手疏待罪[⑧]。翌日，上召旦曰：“王钦若等事如何处分？”旦曰：“臣晓夕思之，钦若等当黜，然未知使伏何罪？”上曰：“对朕忿争无礼。”旦曰：“陛下圣明在御，而使大臣坐忿争无礼之罪，恐夷狄闻之，无以威远。”上曰：“卿意如何？”对曰：“愿至中书，召钦若等，宣示陛下含容之意，且戒约之。俟少间，罢之未晚。”上曰：“非卿言，朕固难忍。”后数月，钦若等皆罢。

【注释】

①王钦若：字定国。宋淳化进士。真宗召为翰林学士，参知政事。契丹攻宋，密建南逃之议，为寇准谏止。后排挤寇准去职，勾结丁谓，迎合真宗之意，造为祥瑞之说，助真宗封禅泰山，礼成拜相。后出判杭州。仁宗初，复相。封冀国公。卒谥文穆。王钦若智数过人，善迎合帝意，然为人奸邪，时人将他与丁谓、林特、陈彭年、

刘承珪合称为“五鬼”。马知节:字子元。宋真宗时累拜宣徽南院使、枢密副使。遇事敢言。枢府:枢密院。

②上:此指宋真宗。

③御史府:掌纠弹丞相以下百官过失。

④顾遇:被赏识而受到优遇。

⑤冠宰府:中书省之长官,即首相。

⑥朝典:朝廷的法律。

⑦皇惧:惊慌恐惧。皇,通“惶”。

⑧手疏:亲手写奏章。

【译文】

王钦若、马知节同在枢密院为官,一天在宋真宗面前因为事情愤怒地争执。宋真宗召唤王旦来,王旦一来就看见王钦若吵嚷个不停,马知节却哭着说:“我愿意和王钦若一同到御史府接受审查。”王旦于是呵斥王钦若下去。皇上非常生气,想要把王钦若等人关进监狱。王旦不慌不忙地说:“王钦若等人倚仗陛下您对他们的赏识优待,竟冒昧烦扰您。微臣作为中书省长官,理应按朝廷的法律来处理。但是我看陛下您不高兴,请您暂且回宫,我明天再来领旨。”皇上答应了他。王旦退下后,叫来王钦若等人严厉责备,他们都很惶恐,亲手写奏章请罪。第二天,皇上召来王旦说:“王钦若等人的事情怎么处分?”王旦说:“微臣昼思夜想,认为钦若等人应当免职,但是不知道让他们承担什么罪名呢?”皇上说:“对我愤怒争执并且不讲礼数。”王旦说:“陛下圣明执掌天下,却让大臣因忿争无礼而获罪,恐怕夷狄知道这件事,就没有办法震慑他们了。”皇上说:“你打算怎么办?”王旦回答说:“希望您让我到中书省去,召来钦若等人,宣示陛下大度包容的心怀,并且训诫约束他们。等过一段时间,罢免他们也不迟。”皇上说:“不是你这些话,我实在难以容忍。”几个月后,王钦若等人都被罢免。

胡濙

正统中[①],宗伯胡濙一日早朝承旨[②],跪起,带解落地,从容拾系之,遂叩头还班。御史亦不能纠。十三年[③],彭鸣中状元,当上表谢恩之夕,坐以待旦。至四鼓,乃隐几而寤[④],竟失朝。纠仪御史奏[⑤],令锦衣卫拿[⑥]。已奉旨,胡公出班奏:"状元彭鸣不到,合着锦衣卫寻。"上是之。不然,一新状元遂被拘执如囚人,斯文不雅观。老成举措,自得大体。

【注释】

①正统:明英宗朱祁镇年号(1436—1449)。

②宗伯:原为古代六卿之一,掌邦礼祭事,故后代称礼部尚书为宗伯或大宗伯。胡濙(yíng):字源洁。建文帝时进士,官至礼部尚书,加少傅,历仕六朝。承旨:接受圣旨。

③十三年:正统十三年,1448年。

④隐几而寤:靠着几案睡着了。隐,凭依。寤,梦。

⑤纠仪御史:御史中专掌纠察不合朝仪者。

⑥锦衣卫:明官署名,洪武时置,初为皇宫禁卫军。成祖即位后,遂成皇帝心腹,掌侦缉、拷讯百官及百姓的特务机关。

【译文】

正统年间,礼部尚书胡濙有一天早朝在接旨的时候,跪拜站起时,朝服的革带松开落在地上,胡濙不慌不忙地拾起来系好,然后叩头退回朝班。连御史也不能弹劾他。正统十三年,彭鸣考中状元,应当上表谢恩的前一天晚上,他坐着等待天明。等到了四更天,竟然靠着几案睡着了,最终耽误了上朝。纠仪御史上奏,请皇上命令锦衣卫捉拿彭鸣。锦衣卫已经领旨,胡濙从众官行列里走出来上奏道:"状元彭鸣不到,应该派遣锦衣卫寻找。”皇上肯定了他的提法。不这样的话，一个新科状元就要像犯人一样被拘捕，是斯文扫地了。年高有德的人做事情，能够顾全大局。

孙觉

孙莘老觉知福州[①]，时民有欠市易钱者[②]，系狱甚众[③]。适有富人出钱五百万葺佛殿，请于莘老。莘老徐曰：“汝辈所以施钱，何也?”众曰：“愿得福耳。”莘老曰：“佛殿未甚坏，又无露坐者[④]，孰若以钱为狱囚偿官，使数百人释枷锁之苦，其获福岂不多乎?”富人不得已，诺之。即日输官[⑤]，囹圄遂空[⑥]。

【注释】

①孙莘老：孙觉，字莘老。与王安石友善。因条奏青苗法病民，与王安石有异议，被逐。历知湖、庐、润、苏、福、亳、扬、徐诸州。哲宗朝进吏部侍郎，擢御史中丞。

②市易钱：神宗熙宁时，行王安石之“市易法”。设市易务收购滞销货物，商贩行头购官物可以赊欠，或由官贷给款项，称市易钱。

③系狱：囚禁于牢狱。

④露坐：佛像露天而坐。

⑤输官：输送钱财于官府。

⑥囹圄：监狱。

【译文】

孙莘老名觉任福州知州时期，当时有百姓拖欠了官府市易钱，很多人被关进牢狱。正赶上有富人出钱五百万修葺佛殿，向孙莘老请示。孙莘老慢慢地说："你们施舍钱财的目的，是什么呢？"众人说："是希望得到福报。"莘老说："佛殿没有太过毁坏，佛像又没有露天而坐，哪里比得上用钱替牢狱中囚犯偿还官府的债，让几百人摆脱枷锁的苦楚，这样获得的福报难道不是更多吗？"富人们不得已，答应了孙莘老。当天输送钱财给官府，牢狱于是空了。

赵清献

赵清献公抃出察青州[①]，每念一人入狱，十人罢业[②]，株连波及，更属无辜；且狱禁中夏有疫疾湿蒸，冬有瘇瘃冻裂[③]，或以小罪，经年桎梏，或以轻系，迫就死亡；狱卒囚长，需索凌辱，尤可深痛。时令人马上飞吊监簿查勘[④]，以狱囚多少，定有司之贤否。行之期年，郡州县属吏无敢妄系一人者。邵尧夫每称道其事[⑤]。

【注释】

①赵清献公抃出察青州：宋神宗时，赵抃拜参知政事，因与王安石政见不合，乞去位，出知青州。青州，宋州名。治今山东青州。

②罢业：停业。

③瘇（zhǒng）：足肿。瘃（zhú）：冻疮。

④马上飞吊：迅速调取。吊，调取。监簿：州县监狱的花名册。

⑤邵尧夫：邵雍，字尧夫。北宋学者。

【译文】

赵清献公名抃做青州知州时，每每念及有一个人被关进大牢，就有十个人停止生计，受到株连波及的人，就更是无辜；而且牢狱里夏天有传染疾病、湿热熏蒸，冬天有足肿冻疮、寒冷干裂，有的人因为小的罪过，常年被囚禁，有的人因为一点牵连，就几乎死亡；狱卒囚长，对人勒索凌辱，尤其让人痛恨。当时命人迅速调取州县监狱花名册查看核对，以狱囚人数的多少，来判定当地官员是否贤明。实行一年后，郡、州、县各级官吏没有敢随便关押一个人的。邵雍每每称赞这件事。

贾彪

贾彪与荀爽齐名①，举孝廉为新息长②。小民因贫，多不养子，彪严为其制，与杀人同罪。城南有盗劫害人者，北有妇人杀子者，彪出案发，而掾吏欲引南。彪怒曰："贼寇害人，此则常理；母子相残，逆天违道！"遂驱车北行，案验其罪③。城南贼闻之，亦面缚自首④。边批：方知明伦可以化俗。数年间养子数千，佥曰⑤："贾父所长。"生男名曰"贾男"，生女名曰"贾女"。

【注释】

①贾彪：字伟节。东汉名士，太学生首领。评论朝政，褒贬人物，因党锢之祸被禁，卒于家。荀爽：一名谞（xū），字慈明。东汉大臣，经学家。遭党锢之祸隐居十余年，专心著述。献帝初，起为司空。后与司空王允共谋诛董卓，未及发难而病死。

②举孝廉：汉代选举官吏途径之一。孝子、廉吏合称孝廉。新息长：新息县长。新息，县名，治在今河南息县。长，一县之长官。大县称令，小县称长。

③案验：查询验证。

④面缚：双手缚于背后而面朝前。

⑤佥（qiān）：都，皆。

【译文】

贾彪与荀爽齐名,通过举孝廉的方式被任命为新息县长。当地百姓因为贫困,大多不养育孩子,贾彪严格制定法令,不养育孩子与杀人同罪。城南有强盗抢劫杀人,城北有妇人杀子,贾彪出门办案,手下官吏想要引领他去城南。贾彪生气地说:"强盗害人,这是常有的事;母子相残,是违逆了天道!"于是驾车向北走,查办妇人的罪行。城南的强盗听说了这件事,也将双手缚在背后前来自首。边批:这才知道彰明人伦可以教化风俗。几年间新息县新增人口数千,众人都说:"这是贾父抚育的结果。"当地生男孩就叫"贾男",生女孩就称"贾女"。

手段已能办贼,直欲以奇致之。

【译文】

贾彪的手段已经能够惩办盗贼,只是想用奇招来达到目的。

柳公绰

柳公绰节度山东[①],行部至邓[②],吏有纳贿、舞文[③],二人同系。县令闻公绰素持法,必杀贪者。公绰判曰:"贼吏犯法,法在;奸吏坏法,法亡!"竟诛舞文者。

【注释】

①柳公绰:字宽,小字起之。为书法家柳公权之兄。唐宪宗时官吏部尚书,文宗时官河东节度使,后授兵部尚书。以维护法律制度闻名。处事郑重,所荐士人成名者甚多。节度山东:据《新唐书·柳公绰传》,柳公绰为检校户部、山南东道节度使。山东,指

山南东道，驻襄州（今湖北襄阳）。

②行部：巡视所属郡县。邓：邓州，治在今河南邓州。

③舞文：玩弄法律条文以行奸诈。

【译文】

柳公绰担任山南东道节度使，巡视到所属的邓州，发现有两个吏员一收受贿赂，一玩弄法律，两个人同时被拘捕。县令听说柳公绰一向执法严明，猜想必定会杀掉贪污的那个人。柳公绰判决道："贪污的官吏违犯法律，法律还在；奸诈的官吏破坏法律，法律将会消亡！"最后杀的是玩弄法律的人。

天伦、王法，两者持世之大端①。彪舍贼寇而案杀子，公绰置赃吏而诛舞文，此种识力，于以感化贼盗赃吏有余矣。若丙吉不问道旁死人而问牛喘②，未免失之迂腐。

【注释】

①持世：维持世道。

②丙吉不问道旁死人而问牛喘：丙吉为汉宣帝时丞相。一次外出时见到道旁有死人，他不过问，见到有人逐牛，牛喘吐舌，使人问牛行几里。随从掾史询问原因。丙吉说，百姓争斗而有伤亡，是当地官员的事，宰相不必过问，而牛喘可能是天时不和，影响巨大，这才是宰相三公应该过问的。

【译文】

天伦和王法，二者是维系世道的两大要端。贾彪放过盗贼却查办杀子的妇人，柳公绰轻判贪赃的官吏却诛杀玩弄法律的官吏，这种见识和魄力，用来感化盗贼、贪官绰绰有余。像丙吉不理会路旁的死者，却过问牛的喘息，未免过于迂腐。

季本

季本初仕为建宁府推官[①]，值宸濠反江西[②]，王文成公方发兵讨之[③]。而建有分水关，自江入闽道也[④]。本请于所司，身往守之。会巡按御史某以科场事檄郡守与本并入[⑤]。守以书趣本[⑥]，本复书曰："建宁所恃者，唯吾两人。兵家事在呼吸[⑦]，而科场往返动计四旬。今江西胜负未可知，土寇生发叵测[⑧]，微吾二人，其谁与守？即幸而无事，当此之际，使试录列吾两人名，传播远迩，将以为不知所重，贻笑多矣。拒违按院之命，孰与误国家事哉？"守深服其言，竟不往。边批：此守亦高人。

【注释】

①季本：字明德。明正德进士。初为建宁推官，征授御史，以言事谪揭阳主簿，累迁长沙知府，落职归。师事王阳明。建宁府：治建安、瓯宁县（今福建建瓯）。推官：官名。明时各府置推官一人，专管一府刑狱。

②宸濠：朱宸濠，明太祖之子宁王朱权之玄孙，袭封宁王。以武宗无嗣，谋夺帝位。正德十四年（1519）起兵反叛，月余即被打败俘获，次年处死。

③王文成公：王守仁，亦称王阳明。明弘治时进士。因言忤权阉刘瑾，谪为龙场驿丞。宁王朱宸濠反，讨擒之，封新建伯。卒谥文成。创姚江学派，因曾筑室余姚阳明洞，学者称阳明先生。

④江：江西。闽：福建。

⑤巡按御史：明朝巡查政情民俗的官员。檄：发檄文征召。

⑥趣（cù）：催促。

⑦呼吸：一呼一吸之间，形容时机短促。

⑧叵（pǒ）测：不可度量，不可推测。叵，不，不可。

【译文】

季本初入仕途担任建宁府推官一职，正值宁王朱宸濠在江西谋反，王守仁正带兵征讨。建宁有分水关，是从江西进入福建的要冲。季本向主管的官吏请命，亲自前往分水关镇守。恰逢巡按御史某人因为主持科举考试的事情发公文给郡守和季本，让他们一同来。郡守写信催促季本，季本回信道："建宁府所依靠的，只有我们两人。战事就在呼吸之间，而往返科场估计要四十天。如今江西的胜负还不知道，地方贼寇是否会生事端也无法预测，没有我们二人，谁来守卫它呢？即使侥幸没有大事发生，在这个时候，让试录列上我们两个人的名字，远近传播，我们将被人们认为不知轻重，留下的笑话可就多了。再说拒绝了巡按御史的命令，和耽误国家大事比起来哪个更严重？"郡守深深佩服他的话，最终也没有去。边批：这个郡守也是高人。

科场美事[①]，人方争而得之，谁肯舍甘就苦？选事避难[②]，睹此当愧汗矣！

【注释】

①科场美事：为科场考官，可录取举人、进士为门人弟子，能收到大笔馈献，又能在官场广植声援。

②选事避难：指拈轻怕重、舍苦就甘的行为。柳宗元《试大理司直邓君墓志铭》云："行非选事，进不避难。"选事，谓自选差事。

【译文】

做科场考官是一大美差，别人正争着想获得，谁愿意舍弃美差选择苦差？做事拈轻怕重的人，看到这里应该惭愧汗颜啊！

上智部远犹卷二

谋之不远，是用大简[①]。

人我迭居，吉凶环转。

老成借筹[②]，宁深毋浅。

集《远犹》。

【注释】

①谋之不远，是用大简：《诗经·大雅·板》云"犹之未远，是用大谏"，郑玄笺"犹，谋也"。简，通"谏"。

②老成：此处指老练成熟的人。借筹：秦末楚汉相争，郦食其劝刘邦立六国后代，共同攻楚。张良以为计不可行，说："臣请借前箸为大王筹之。"后用"借箸"代指为人策划，借筹意同。

【译文】

谋划而没有远见，故而郑重来规劝。

人我的地位更迭，吉凶的处境轮转。

老成人筹划谋略，宁可深远不浮浅。

集为《远犹》一卷。

训储 二条

一

商高宗为太子时[1]，其父小乙尝使久居民间[2]，与小民出入同事，以知其情。

【注释】

①商高宗：殷商第二十三代王武丁。修政行德，在位期间是商朝鼎盛时期。

②小乙：殷商第二十二代王。

【译文】

商高宗武丁做太子的时候，他的父亲小乙曾经让他长时间住在民间，和老百姓共同生活做事，使他了解民情。

太祖教谕太子[1]，必命备历农家，观其居处、服食、器用，使知农之劳苦。洪武末选秀才，随春坊官分班入直[2]，近前说民间利害等事。成祖巡行北京[3]，使二皇长孙周行村落，历观农桑之事。论教者宜以为法。

【注释】

①太祖：明太祖朱元璋。

②春坊官：太子官属。太子官称春坊。

③成祖：明成祖朱棣。

【译文】

太祖教诲太子，一定让他都体验一遍农家生活，观察他们的房屋住所、衣服饮食、器皿用具，使他了解农民的劳苦。洪武末年选秀才，太子跟随自己属下官吏分组入宫供职，到太祖面前陈说民间利害之事。成祖巡视北京，派两位皇室长孙去巡视村落，逐一察看农桑事项。从事教育的人应该以此为准则。

二

张昭先逮事唐明宗[①]。明宗诸皇子竞侈汰。昭疏训储之法[②]，略云："陛下诸子，宜各置师傅，令折节师事之[③]。一日中但令止记一事，一岁之内，所记渐多。则每月终令师傅共录奏闻。俟皇子上谒，陛下辄面问，倘十中得五，便可博识安危之故，深究成败之理。"明宗不能用。

【注释】

①张昭：字潜夫，五代、宋初人。历仕五代唐、晋、汉、周四朝，入宋拜吏部尚书，封郑国公。逮事：侍奉。唐明宗：李嗣源，后唐皇帝，926—933年在位。

②训储：训教太子。储，储君，即太子。

③折节：屈己下人。

【译文】

张昭起先侍奉后唐明宗。明宗的几位皇子争相奢侈骄纵。张昭上疏陈述训教太子的方法，大略是说："皇上的各位皇子，应该各安排一位老师，让他们降低身份以师礼侍奉老师。一天只让他们记一件事，一年之内，所记的事情就会逐渐多起来。每个月终，让老师收集所记的事项向皇上报告。等到皇子入朝拜见时，陛下就当面提出问题，倘若十题中能回答五个，就可以通晓安危的原因，进一步研究考查成败的道理了。"唐明宗没有采用。

此可为万世训储之法，胜如讲经说书，作秀才学问也。

【译文】

这可以当作万世训教储君的方法，强过讲经说书，做习字为文等秀才学问。

李泌

肃宗子建宁王倓性英果[①]，有才略。从上自马嵬北行[②]，兵众寡弱，屡逢寇盗，倓自选骁勇居上前后，血战以卫上。上或过时未食，倓悲泣不自胜。军中皆属目向之；上欲以倓为天下兵马元帅，使统诸将东征。李泌曰[③]："建宁诚元帅才，然广平[④]，兄也，若建宁功成，岂使广平为吴太伯乎[⑤]？"上曰："广平，冢嗣也[⑥]，何必以元帅为重！"泌曰："广平未正位东宫[⑦]。今天下艰难，众心所属，在于元帅。若建宁大功既成，陛下虽欲不以为储副[⑧]，同立功者其肯已乎？太宗、太上皇即其事也[⑨]。"上乃以广平王俶为天下兵马元帅，诸将皆以属焉。倓闻之，谢泌曰："此固倓之心也！"

【注释】

①肃宗：唐肃宗李亨，756—762年在位。建宁王倓：李倓，肃宗第三子。后为张良娣、李辅国所诬陷，赐死。

②马嵬：马嵬驿，在陕西兴平西。玄宗奔蜀经此地，赐杨玉环死。

③李泌：字长源。唐名臣。玄宗时以翰林供奉东宫，太子李亨遇之甚厚，为杨国忠所忌。隐居颍阳。及李亨即位灵武，泌至以宾友自处。

④广平：广平王李俶，肃宗长子，后即位为代宗，改名豫。

⑤吴太伯：周太王长子。周太王欲传位于三子季历及孙昌。于是长子太伯、次子仲雍奔于荆蛮，以让季历。太伯入荆蛮，自号勾吴，为吴国始祖，称吴太伯。

⑥冢嗣：嫡长子。

⑦正位东宫：正式宣布为太子。

⑧储副：储君。

⑨太宗、太上皇即其事：李渊初起事，以次子李世民为元帅，得天下，李世民功最高。李渊以长子建成为太子，李世民为秦王。后李世民及其僚属发动玄武门之变，登帝位。韦后、安乐公主毒杀中宗，立少帝。李隆基时为临淄王，起兵杀韦后，奉其父相王为睿宗。后二年，睿宗以隆基功高，让位。太宗，李世民。太上皇，玄宗李隆基。

【译文】

唐肃宗的儿子建宁王李倓性情英勇果决，富有才能谋略。跟随唐肃宗从马嵬向北行军，随行士兵人少力弱，多次遭遇强盗，李倓亲自挑选勇猛的士卒护卫于肃宗前后，拼死战斗来保卫皇帝。肃宗有时过了吃饭时间还没有进食，李倓就悲伤哭泣不已。军中士兵都愿意跟着他；肃宗想要任命李倓做天下兵马元帅，让他统领各路将领东征。李泌说："建宁王的确是元帅之才。然而广平王是长兄，如果建宁王建立功业，难道让广平王做出奔的吴太伯吗？"肃宗说："广平王是嫡长子，何必以元帅之职为重！"李泌说："广平王没有正式宣布为太子。如今天下形势艰难，众人心之所向，在元帅身上。如果建宁王已经立下大功，陛下您即使想不让他做储君，但是一同立功的人肯罢休吗？太宗、玄宗就是这样的例子。"肃宗于是命广平王李俶为天下兵马元帅，各路将领都归属于他。李倓听说这件事，向李泌致谢说："这本来就是我的心意！"

王叔文

王叔文以棋侍太子[①]。尝论政至宫市之失[②]，太子曰："寡人方欲谏之。"众皆称赞，叔文独无言。既退，独留叔文，问其故。对曰："太子职当侍膳问安，不宜言外事。陛下在位久，如疑太子收人心，何以自解？"太子大惊，因泣曰："非先生，寡人何以知此！"遂大爱幸。

【注释】

①王叔文：唐顺宗时，任翰林学士，又兼充度支、盐铁副使。主导"永贞革新"，罢宫市，免进奉，惩贪污，反对宦官专权、藩镇割据。顺宗病废，宦官俱文珍拥立宪宗。王叔文被贬，次年被杀。余党被贬为边远诸州司马。太子：李诵，唐德宗长子。后即位为唐顺宗。

②宫市：唐德宗贞元末年，宦官到民间市场强行购物，付价甚微，甚至一文不付，称宫市。

【译文】

王叔文以棋艺侍奉太子。曾经一起谈论政事，谈到宦官到民间市场强行购物的弊病，太子说："寡人正想去劝谏这件事。"众人都称赞太子，唯独王叔文不说话。等众人退下，只留下王叔文，问他原因。王叔文回答说："太子的职责应该是侍奉皇上用餐和请安问候，不应该谈论朝廷政事。皇上在位时间很长了，如果怀疑太子收买人心，您怎么解释呢？"太子大惊，于是哭着说："没有先生的话，我怎么能明白这个道理！"于是十分宠幸王叔文。

叔文固憸险小人[①]，此论自正。

【注释】

①憸（xiān）险：奸邪险恶。

【译文】

王叔文固然是奸邪险恶的小人，不过这个主张是正确的。

白起祠

贞元中[①]，咸阳人上言见白起[②]，令奏云："请为国家捍御四陲[③]，正月吐蕃必大下[④]。"既而吐蕃果入寇，败去。德宗以为信然，欲于京城立庙，赠起为司徒[⑤]。李泌曰："臣闻：'国将兴，听于人[⑥]。'今将帅立功，而陛下褒赏白起，臣恐边将解体矣。且立庙京师，盛为祷祝，流传四方，将召巫风。臣闻杜邮有旧祠[⑦]，请敕府县修葺[⑧]，则不至惊人耳目。"边批：妥帖。上从之。

【注释】

①贞元：唐德宗李适年号（785—805）。

②白起：战国时秦国名将。事秦昭王，封武安君。与相国范雎意见不合，激怒秦昭王，被逼自杀。

③四陲：四方边境。

④吐蕃：我国古代藏族建立的地方政权，在今西藏。

⑤司徒：古代三公之一，唐时为赠官。

⑥"国将兴，听于人"：语出《左传·庄公三十二年》，史嚚曰："国将兴，听于民；将亡，听于神。"唐时避太宗讳，改"民"为"人"。

⑦杜邮有旧祠：秦昭王不许白起留咸阳，白起出咸阳西门十里，至杜邮。昭王派使者赐之剑，白起自杀。秦人于杜邮祭祀他。

⑧修葺（qì）：修理。

【译文】

贞元年间，咸阳人进言说看到白起，让人禀奏说："请为国家捍卫守护四方边境，正月吐蕃一定大肆举兵南下。"不久吐蕃果然入侵进犯，兵败而去。唐德宗认为白起显灵事可信，想要在京城建白起庙，追赠白起为司徒。李泌说："臣听说：'国家将要兴盛，就会听信于民。'如今将帅立了军功，而陛下您褒扬赏赐白起，臣担心边防将士要人心离散了。况且在京师建庙，大加祭祀，流传到天下四方，可能导致百姓迷信巫教的风气。臣听说杜郵有白起旧祠，请下令让府县加以修整，则不至于惊动天下人的耳目。"边批：妥帖。德宗听从了他的建议。

苏颂

苏颂执政时①，见哲宗年幼②，每大臣奏事，但取决于宣仁③。哲宗有言，或无对者；唯颂奏宣仁后，必再禀哲宗，有宣谕，必告诸臣俯伏而听。及贬元祐故官④，御史周秩并劾颂。哲宗曰："颂知君臣之义，无轻议此老。"

【注释】

①苏颂：字子容。早年为富弼、韩琦所称重，英宗时为度支判官，哲宗元祐年间拜右仆射兼中书门下侍郎。

②哲宗：赵煦，宋神宗子。1085—1100年在位。

③宣仁：宣仁太后。宋哲宗祖母太皇太后高氏，临朝听政。

④元祐故官：哲宗初即位，改元元祐，宣仁太后起用司马光一派，至元祐八年，哲宗亲政，次年改元绍圣，贬谪吕大防、刘挚、苏轼、苏辙，追夺司马光、吕公著赠谥。由于这批人均为元祐时所起用，故

称“元祐故官”。

【译文】

苏颂执政期间，见哲宗年纪小，每逢大臣奏报事情，都只听从于宣仁太后的意见。哲宗有话要说，有时无人应对；只有苏颂奏报宣仁太后以后，必定再禀告哲宗，哲宗有命令，必定告诉各位大臣使他们俯首听命。等到贬谪元祐时期的官员，御史大夫周秩一并弹劾苏颂。哲宗说：“苏颂懂得君臣大义，不要轻易议论这位老臣。”

戮叛　二条

一

宋艺祖推戴之初[①]，陈桥守门者拒而不纳[②]，遂如封丘门，抱关吏望风启钥[③]。及即位，斩封丘吏而官陈桥者，以旌其忠[④]。

【注释】

①宋艺祖：即宋太祖赵匡胤。艺祖，用以称呼开国帝王。

②陈桥：陈桥门，汴京外城城门。北城一边共四门，最东为陈桥门，其次为封丘门、新酸枣门，最西为卫州门。

③抱关吏：守城门的小吏。

④旌：表彰。

【译文】

宋太祖被推举拥戴为皇帝之时，陈桥门守门的人拒绝他不让他进去，于是到封丘门，守城门的小吏看到动静就打开了城门。等到太祖即位，斩杀了封丘门的官吏，而赐官给陈桥门的守门人，以表彰他的忠诚。

二

至正间[①]，广东王成、陈仲玉作乱。东莞人何真请于行省[②]，举义兵，擒仲玉以献。成筑寨自守，围之，久不下。真募人能缚成者，予钱十千，于是成奴缚之以出。真笑谓成曰："公奈何养虎为害？"成惭谢。奴求赏，真如数与之。使人具汤镬[③]，驾诸转轮车上。成惧，谓将烹己。真乃缚奴于上，促烹之；使数人鸣鼓推车号于众曰："四境有奴缚主者，视此！"人服其赏罚有章，岭表悉归心焉[④]。

【注释】

①至正：元顺帝妥懽帖睦尔年号（1341—1368）。

②何真：元朝官至广东行省右丞。明初为湖广布政使，封东莞伯。行省：行中书省。元时中央行政机构为中书省，又于各地建行中书省，为地方最高级行政机构。

③汤镬（huò）：烧热水用的大锅。

④岭表：五岭以外之地，即岭南。

【译文】

元顺帝至正年间，广东王成、陈仲玉发动叛乱。东莞人何真向行省请命，率领义兵，擒拿陈仲玉呈献朝廷。王成则建筑营寨防守，围攻他，很长时间攻不下来。何真招募能够擒获王成的人，赏钱一万，于是王成的家奴绑住王成出来。何真笑着对王成说："你怎么养了老虎来为害自己？"王成羞愧谢罪。家奴请求赏赐，何真如数给了他。何真让人准备了一口烧水的大锅，架在转轮车上。王成惊惧，以为要烹煮自己。何真却把家奴捆在上面，催促把他烹了；又让几个人敲着鼓推着车当众宣布："国境之内有捆绑主人的家奴，照此处理！"大家佩服他赏罚有原则，岭南全都诚心归附。

高祖戮丁公而封项伯[1]，赏罚为不均矣。光武封苍头子密为不义侯[2]，尤不可训。当以何真为正。

【注释】

①丁公：即丁固，为项羽将。刘邦兵败被追击，丁固引兵离去使刘邦脱险。项羽死，丁固谒见刘邦，刘邦以丁固不忠杀之。项伯：名缠，项羽叔父。曾与刘邦约为婚姻，劝说项羽勿击刘邦，在鸿门宴上又保护刘邦，后封射阳侯。

②苍头子密：东汉初，渔阳太守彭宠造反，自立燕王。彭宠家奴子密斩掉彭宠及其妻首归汉，光武帝封其为不义侯。苍头，家奴别称。

【译文】

汉高祖杀了背叛项羽的丁公而封赏保护自己的项伯，赏罚是不公平的。汉光武帝封赏奴仆子密为不义侯，尤其不能效法。应当以何真的做法为标准。

宋艺祖 三条

一

初，太祖谓赵普曰[1]："自唐季以来数十年[2]，帝王凡十易姓[3]，兵革不息，其故何也？"普曰："由节镇太重[4]，君弱臣强。今唯稍夺其权，制其钱谷，收其精兵，则天下自安矣。"语未毕，上曰："卿勿言，我已谕矣！"边批：聪明。顷之，上与故人石守信等饮[5]，酒酣，屏左右，谓曰："我非尔曹之力[6]，不得至此。念汝之德，无有穷已。然为天子亦大艰难，殊不若为节度使之乐。吾今终夕未尝安枕而卧也。"守信等曰："何故？"上曰："是不难知：居此位者，谁不欲为之？"守信等皆惶恐顿首，曰："陛下何为出此言？"上曰："不然。汝曹虽无心，其如麾下之人欲富贵何！一旦以黄袍加汝身，虽欲不为，不可得也。"守信等乃皆顿首泣，曰："臣等愚不及此，唯陛下哀怜，指示可生之路。"上曰："人生如白驹过隙，所欲富贵者，不过多得金钱，厚自娱乐，使子孙无贫乏耳。汝曹何不释去兵权，择便好田宅市之，为子孙立永久之业，边批：王翦、萧何所以免祸。多置歌儿舞女，日饮酒相欢，以终其天年；君臣之间，两无猜嫌，不亦善乎！"皆再拜曰："陛下念臣及此，所谓生死而骨肉也！"明日皆称疾，请解兵权。

【注释】

①赵普：后周时为赵匡胤掌书记。宋初以佐命功累官至枢密使，同中书门下平章事，后为太祖罢相，太宗时复为相，真宗时追封韩王。

②季：末，一个时期的末了。

③帝王凡十易姓：五代后唐三姓、后周二姓，后梁、后晋、后汉各一姓，共八姓，加上唐、宋两朝，共十姓。

④节镇：节度使。

⑤石守信：后周时为洪州防御使，与赵匡胤为故交。入宋，典禁兵。为天平节度使，拜中书令，加检校太师，封魏国公。

⑥尔曹：你们。

【译文】

起初，宋太祖对赵普说："从唐朝末年以来数十年间，帝王一共换了十个姓氏，战乱不止，这是什么原因呢？"赵普说："由于节度使太强大，君王实力弱而臣子势力强。如今只有逐渐削弱他们的权势，限制他们的钱财粮食，收回他们的精锐部队，那么天下自然就安定了。"话没说完，太祖说："你不要说了，我已经明白了。"边批：聪明。不久，太祖与老朋友石守信等人饮酒,喝到尽兴时,屏退侍从,对他们说:“我没有你们的协助,不能到现在的地步。感念你们的恩德,没有穷尽。然而做天子也很艰难,实在不如做节度使快乐。我如今整夜不曾安枕而眠。”石守信等人说:“为什么?”太祖说:“这不难明白:坐在这个位置上的人,谁不想做呢?”石守信等人都惶恐地叩头说:“陛下为什么说这样的话?”太祖说:“并非我非要这样说。你们虽然没有这样的心思,但对手下那些想要富贵的人能怎么样呢!有一天把黄袍披在你们身上,即使不想做,也不可能啊。”石守信等人于是都叩头而哭,说:“我们愚蠢而没有想到这些,希望陛下哀怜我们,指示一条保全性命的路。”太祖说:“人生如同白驹过隙,想要富贵的人,不过是多得一些金钱,多一些娱乐,使子孙不再贫穷匮乏罢了。你们为什么不放下兵权,购买良田美宅,为子孙建立永久的基业,边批:这是王翦、萧何得以免祸的办法。多安排一些歌儿舞女,每日喝酒为欢,一直享乐到老;君主和臣子之间,没有猜忌嫌隙,不是很好嘛!”众人都再次拜谢说:“陛下这样顾念我们,就像使死者复生,使白骨生肉,恩同再造!”第二天都宣称自己生病,请求解除兵权。

或谓宋之弱,由削节镇之权故。夫节镇之强,非宋强也。强干弱枝,自是立国大体。二百年弊穴,谈笑革之,终宋世无强臣之患,岂非转天移日手段!若非君臣偷安,力主和议,则寇准、李纲、赵鼎诸人用之有余①,安在为弱乎?

【注释】

①寇准:字平仲。太平兴国进士。景德元年(1004)为相,主张防御契丹。辽萧太后大举攻宋时,力排南迁之议,促真宗亲征,迫辽议和。后受王钦若谗言,罢相。李纲:字伯纪。政和年间进士。北宋钦宗时为兵部侍郎,金人来侵,因力主抗战被谪。南宋高宗即位后为相,后受黄潜善谗言,罢相。赵鼎:字元镇。崇宁进士。南

宋初累官至尚书右仆射,同中书门下平章事,兼枢密使,反对秦桧议和,被谪岭南,不食而卒。

【译文】

有人说宋朝的衰弱,是由于削弱节度使兵权的缘故。节度使的强大,并非宋朝的强大。加强主干削弱枝条,是立国的重要原则。二百年积累的弊病,谈笑间就革除了,整个宋朝没有擅权大臣的祸患,难道不是转天移日的好手段!如果不是君臣苟且偷安,竭力主张和议,那么寇准、李纲、赵鼎这些人被任用抗敌则绰绰有余,哪里会衰弱呢?

二

熙宁中[①],作坊以门巷委狭[②],请直而宽广之。神宗以太祖创始,当有远虑,不许。既而众工作苦,持兵夺门,欲出为乱。一老卒闭而拒之,遂不得出,捕之皆获。边批:设险守国道只如此。

【注释】

①熙宁:宋神宗赵顼年号(1068—1077)。

②作坊:宋建隆初置,是兵器制造机构。

【译文】

宋神宗熙宁年间,作坊的工人认为门巷弯曲狭窄,请求改直并拓宽它。宋神宗认为这是宋太祖所创始的,一定有长远的考虑,就不允许。后来很多工人因为工作辛苦,拿着兵器冲破大门,想要出去发动叛乱。一个老兵关门抵御他们,于是他们都出不来,抓捕他们就都抓到了。边批:设险守国之道只能如此。

三

神宗一日行后苑,见牧豭猪者[①],问:"何所用?"牧者曰:"自太祖来,常令畜。自稚养至大,则杀之,更养稚者。累朝不改,亦不知何用。"神宗命革之。月余,忽获妖人于禁中,索猪血浇之[②],仓卒不得,方悟祖宗远虑。

【注释】

①豭(jiā)猪:公猪。豭,或作"猳"。

②猪血浇之:一种迷信说法,以猪血浇妖人邪魅,可使其邪术失灵。

【译文】

宋神宗有一天在后苑里走过,看见放养公猪的人,问他说:"这是干什么用的?"放养的人说:"从太祖以来,一直让养着。从小猪养成大猪,就杀了它,再接着养小猪。几代都不变,也不知道有什么用。"神宗下令取消养猪。一个多月后,忽然抓到在宫中施放妖术的人,要找猪血来浇他,仓促之间找不到,这才领悟到祖宗的深谋远虑。

郭钦

汉魏以来,羌、胡、鲜卑降者[①],多处之塞内诸郡。其后数因忿恨,杀害长吏,渐为民患。侍御史郭钦请及平吴之威、谋臣猛将之略[②],渐徙内郡杂胡于边地,峻四夷出入之防[③],明先王荒服之制[④]。此万世长策也。不听,卒有五胡之乱[⑤]。

【注释】

①羌:原住以今青海为中心,南至四川,北接新疆的地区,东汉时移居今甘肃,东晋时建立后秦政权。胡:北方和西方的少数民族。

鲜卑：建立慕容氏诸燕、西秦、南凉等国，后拓跋部建北魏，统一北方，又分裂为东魏和西魏。

②及：承接，趁。

③峻：严厉。此处作动词用。

④荒服之制：中国古代有“五服”之说，王畿之外五百里为侯服，再五百里为甸服，再五百里为绥服，再五百里为要服，再五百里为荒服。荒服之地，不从王化。

⑤五胡之乱：西晋时塞外众多游牧民族趁西晋八王之乱，陆续建立数个非汉族政权，形成与南方政权对峙的局面。“五胡”主要指匈奴、鲜卑、羯、羌、氐五个少数民族大部落。

【译文】

汉魏以来，羌、胡、鲜卑等族来投降的人，多将他们安置在塞内各郡。他们后来多次因为愤怒不满，杀害长官，逐渐成为民间的祸患。侍御史郭钦请求趁着平定吴国的威势、谋臣猛将的策略，逐渐将塞内各郡杂居的胡人迁移到边塞地区，严格四夷人出入的防备，阐明先王对待边远荒服之地的政策。这是万世的长远策略。皇帝不听，最终爆发了五胡之乱。

只有开国余威可乘，失此则无能为矣。宋初不能立威契丹[①]，卒使金、元之祸相寻终始。我太祖北逐金、元，威行沙漠，文皇定鼎燕都[②]，三犁其庭[③]，岂非万世久安之计乎！

【注释】

①契丹：发源于东北的游牧民族，唐末，契丹首领耶律阿保机即可汗位，后称帝，国号契丹。大同元年（947）辽太宗改国号为辽。

②文皇：明成祖朱棣谥文皇帝。

③三犁其庭：犁庭，把敌人的巢穴犁为耕地。比喻彻底扫灭敌人。

【译文】

只有开国的余威可以利用，失去这个机会就无能为力了。宋朝初年没能够对契丹树立威严，最终让金、元的祸患自始至终接连不断。我朝太祖向北追逐金、元，威势流传于北边沙漠地区，成祖定都燕京，多次捣毁他们的巢穴，这难道不是万世长治久安的大计吗！

处继迁母

李继迁扰西鄙[①]。保安军奏获其母[②]，太宗欲诛之，以寇准居枢密，独召与谋。准退，过相幕[③]，吕端谓准曰[④]："上戒君勿言于端乎？"准曰："否。"告之故。端曰："何以处之？"准曰："欲斩于保安军北门外，以戒凶逆。"端曰："必若此，非计之得也。"即入奏曰："昔项羽欲烹太公，高祖愿分一杯羹。夫举大事不顾其亲，况继迁悖逆之人乎！陛下今日杀之，明日继迁可擒乎？若其不然，徒结怨，益坚其叛耳。"太宗曰："然则如何？"端曰："以臣之愚，宜置于延州[⑤]，使善视之，以招来继迁。即不即降，终可以系其心，而母生死之命在我矣。"太宗拊髀称善[⑥]，曰："微卿，几误我事！"其后母终于延州，继迁死，子竟纳款[⑦]。

【注释】

①李继迁：西夏主李继捧族弟，不受宋命，联聚豪族，至雍熙二年（985）连破宋银州、会州。次年，请降于契丹，受封为夏国王，不断侵扰宋朝西部边邑。

②保安军：宋置军州名，在今陕西榆林附近。

③相幕：宫中宰相的办公地。

④吕端：字易直。太宗时拜户部侍郎、参知政事，后拜相。为相持重，政尚清简。

⑤延州：治今陕西延安。与保安军相邻。

⑥拊髀（fǔ bì）：拍着大腿。

⑦纳款：归顺。

【译文】

宋朝时李继迁骚扰西方边境。保安军上奏说抓获了他的母亲，宋太宗想要杀了她，因为寇准任职枢密院，太宗单独召见与他商量。寇准退下后经过宰相的办公地，吕端对寇准说："皇上命令你不要对我说吗？"寇准说："没有。"就告诉了他原委。吕端问："准备怎么处置呢？"寇准说："想要在保安军北门外处斩，以惩戒贼寇。"吕端说："一定要这样的话，不是好的计策。"随即入宫上奏说："以前项羽想要烹煮汉高祖刘邦的父亲太公，刘邦还说要分一杯羹汤。办大事的人不顾及他的亲人，何况李继迁又是违背正道的人！陛下今天杀了他的母亲，明天就能擒拿李继迁吗？如果不能，徒然结下仇怨，更加坚定了他的叛逆之心罢了。"宋太宗说："那么该怎么做呢？"吕端说："依微臣的愚见，应该把她安置在延州，让人善加看待她，用以招来李继迁。即使他不马上投降，始终可以牵系他的心思，而他母亲的生死操纵在我们手中。"宋太宗拍着大腿叫好，说："没有爱卿，差点误了我的大事！"后来李继迁的母亲终老于延州，李继迁死后，他的儿子最终来归顺了。

具是依，则为俺答之款[①]；具是违，则为奴囚之叛。

【注释】

①俺答：鞑靼首领，早年受封蒙古土默特万户，嘉靖年间，所率部日益强大，多次侵扰明朝北境；隆庆年间，其孙把汉那吉投明，与明

朝订立盟约，通贡市，受封“顺义王”。

【译文】

同样是归顺，明朝则有俺答的归顺；同样是叛逆，则有奴囚之叛。

徐达

大将军达之蹙元帝于开平也①，缺其围一角，使逸去。常开平怒亡大功②，大将军言：“是虽一狄③，然尝久帝天下，吾主上又何加焉？将裂地而封之乎，抑遂甘心也？既皆不可，则纵之固便。”开平且未然。及归报，上亦不罪。

【注释】

①大将军达：徐达，字天德。朱元璋即位南京，以征虏大将军率师北定中原，灭元。蹙：逼近，追逐。开平：元上都，位于今内蒙古自治区锡林郭勒盟正蓝旗。

②常开平：常遇春，朱元璋北定中原时为副大将军，卒于开平之役，追封开平王。

③狄：对北方少数民族的泛称。

【译文】

大将军徐达在开平追逐元顺帝时，故意在包围中放开一角，让他逃走。常遇春很气愤失去了一大功劳，大将军徐达说：“他虽然是一个狄人，但曾经久居帝位号令天下，我们主上该怎么对待他呢？要割块地来封赏他吗，或者杀他以求甘心？既然都不可行，那么放走他就最合适。”常遇春并不认同。等到回京师禀报，太祖也不怪罪。

省却了太祖许多计较。然大将军所以敢于纵之者，逆知圣德之弘故也[①]。何以知之？于遥封顺帝、赦陈理为归命侯而不诛知之[②]。

【注释】

①逆知：预知。

②顺帝：元朝皇帝。元至正二十八年（1368），明军进攻大都，出逃退出中原，明洪武三年（1370）病死于应昌（今内蒙古克什克腾旗），明太祖诏以不战而奔，谥曰“顺帝”。陈理：陈汉主陈友谅次子。元至元二十三年（1363），朱元璋在鄱阳湖大败陈友谅，陈友谅部将张定边奉陈理还武昌，立为帝。朱元璋移师围武昌，至次年，陈理降，被封为归德侯。此处“归命侯”应为“归德侯”。

【译文】

省去了太祖许多麻烦。然而大将军徐达之所以敢放元顺帝走，是预知圣上德行的广大。为什么能知道呢？是从太祖遥封顺帝、赦免陈理为归命侯而不诛杀他们这些事情上得知的。

元旦日食

元旦日食，富弼请罢宴撤乐[①]，吕夷简不从[②]。弼曰：“万一契丹行之，恐为中国羞。”后有自契丹还者，言虏是日罢宴。仁宗深悔之。

【注释】

①富弼：字彦国。北宋仁宗、英宗、神宗三朝重臣，史称其公忠直亮，临事果断，功成退居。罢宴撤乐：古时以日食为上天示儆人主，人主当修德省过，所以富弼请求罢宴撤乐。

②吕夷简：字坦夫。咸平进士。数度为相。

【译文】

宋仁宗时，元旦发生了日食，富弼请求停止宴会、撤销音乐，吕夷简不赞同。富弼说："万一契丹人都这么做，恐怕让我们中原王朝蒙羞。"后来有个从契丹回来的人，说契丹当天停止宴会。仁宗听了十分后悔。

值华、虏争胜之日，故以契丹为言，其实理合罢宴，不系虏之行不行也。

【译文】

正值华夏、契丹争胜负的时候，所以用契丹来作比，其实按理应该停止宴会，不在于契丹是否这样做。

贡麟

交趾贡异兽[①]，谓之麟。司马公言[②]："真伪不可知。使其真，非自至不为瑞；若伪，为远夷笑。愿厚赐而还之。"

【注释】

①交趾：亦作"交阯"。古指五岭以南一带地方。汉置交阯郡，治所在今越南河内。

②司马公：指司马光，字君实。历仕仁宗、英宗、神宗三朝，著《资治通鉴》。

【译文】

交趾进贡怪异的野兽，称为麒麟。司马光说："真假不可得知。假使它是真的，不是自己来的不为祥瑞；如果是假的，则被远方的夷狄耻笑。希望朝廷重赏并把它送还回去。"

方知秦皇、汉武之愚[①]。

【注释】

①秦皇、汉武之愚：秦始皇、汉武帝都访求神仙、迷信祥瑞。秦始皇信秦文公获黑龙的传说，以秦得水德。汉武帝以郊得一角兽，认作麒麟，改元元狩。

【译文】

才知道秦始皇、汉武帝的愚钝。

契丹立君

边帅遣种朴入奏[①]："得谍言[②]，阿里骨已死[③]，国人未知所立。契丹官赵纯忠者，谨信可任。愿乘其未定，以劲兵数千，拥纯忠入其国，立之。"众议如其请，苏颂曰："事未可知，今越境立君，傥彼拒而不纳，得无损威重乎？徐观其变，俟其定而抚戢之[④]，未晚也。"已而阿里骨果无恙。

【注释】

①种（chóng）朴：宋代将领，种谔之子，以父荫累官知河州，后于河南蕃部叛乱中遇伏战死。

②谍：侦探。

③阿里骨：辽天祚帝耶律延禧，小字阿果，阿里骨为阿果的一种音译。1101年即位，伐金败绩，与金议和，金不从，取黄龙府。在位二十五年而辽亡。

④抚戢：安抚平定。

【译文】

宋朝时，守边将领派种朴入朝奏报：“得到侦探情报说，阿里骨已经死了，国中人不知道立谁为国君。契丹官员赵纯忠，为人谨慎可信能当大任。希望趁着局势尚未稳定，用数千名精兵，拥护赵纯忠进入契丹，立他为国君。”众人商议同意这个建议，苏颂说：“事情真相还不可知，现在要越过国境去立契丹君主，倘若他们拒绝而不接受，岂不是有损我国的威严吗？慢慢观察事情的变化，等到他们安定了再去安抚平定他们，也不迟。”不久得知阿里骨果然安然无恙。

地图　贡道

熙宁中①，高丽入贡②，所经郡县悉要地图，所至皆造送。至扬州，牒取地图。是时陈秀公守扬③。给使者欲尽见两浙所供图④，仿其规制供之。及图至，都聚而焚之，具以事闻。

【注释】

①熙宁：宋神宗赵顼年号（1068—1077）。

②高丽：古国名。在今朝鲜半岛北部。自五代至宋一直遣使朝贡不绝。宋初高丽人往返皆自登州（治今山东蓬莱），熙宁时改由明州（治今浙江宁波）。

③陈秀公：即陈升之，字旸叔。宋仁宗时历官知谏院、枢密副使。神宗立，王安石用事，升之附安石，为相。封秀国公。

④绐（dài）：欺哄。两浙所供图：高丽入贡北宋，须走海路至浙，然后北上入汴，因河朔为辽国所据。

【译文】

熙宁年间，高丽遣使朝贡，所经过的郡县都索要地图，所到的地方也都绘制奉送。到了扬州，也呈公文索取地图。当时陈升之镇守扬州。他骗使者说想要参考两浙地区提供的全部地图，仿照他们的规格绘制地图呈送给他们。等拿到地图，陈升之就把它们都聚集起来烧掉了，并详细向朝廷禀报。

宋初，遣卢多逊使李国主[①]。还，舣舟宣化口[②]，使人白国主曰："朝廷重修天下图经，史馆独缺江东诸州。愿各求一本以归。"国主急令缮写送之。于是尽得其十九州形势、屯戍远近、户口多寡以归，朝廷始有用兵之意。秀公此举，盖惩前事云。

【注释】

①卢多逊：后周进士，官集贤校理。宋太宗时拜中书侍郎同中书门下平章事，不久加兵部尚书。博涉经史，文辞敏捷，有谋略。李国主：南唐李氏。

②舣（yǐ）舟：停船靠岸。

【译文】

宋朝初年，派遣卢多逊出使李氏南唐。回来时，在宣化渡口停船靠岸，派人禀告南唐国主说："朝廷重新编修天下图籍，史馆中唯独缺少江东各州的。希望求得各州图籍带回去。"国主急忙下令缮写并送给他。于是得到了全部十九州的地理形势、驻防和戍所的远近、人口多少的情况带回去，朝廷才有了动兵的念头。陈秀公的举动，大概是有戒于之前的事情吧。

成化十六年[①]，朝鲜请改贡道[②]。因建州女直邀劫故。中官有朝鲜人为之地[③]，众将从之。职方郎中刘大夏独执不可[④]，曰："朝鲜贡道，自鸦鹘关出辽阳[⑤]，经广宁，过前屯，而后入山海，迂回三四大镇，此祖宗微意。若自鸭绿江抵前屯、山海路大径,恐贻他日忧。”卒不许。

【注释】

①成化十六年:1480年。成化,明宪宗朱见深年号(1465—1487)。

②请改贡道:注文说“因建州女直邀劫故”,因女真部落拦路抢劫,所以请求改变进贡道路。建州女直,即居于建州的女真部落,成化时,尚臣属明朝;万历时始盛大,称后金,后改清国,灭明。

③为之地:代为疏通说项。

④职方郎中:职方司主管官员。职方司属兵部,掌天下舆图,以周知险要。刘大夏:字时雍。明习兵事,成化年间任职方郎中,弘治年间为兵部尚书。

⑤鸦鹘关:在今辽宁新宾满族自治县苇子峪镇内。满语“鸦鹘”意为“秃老鸹”,关隘险要如同猛禽老鸹俯瞰。

【译文】

明成化十六年,朝鲜请求改变进贡道路。因为建州女真部落拦路抢劫。宦官中有个朝鲜人为此事疏通求情,众将领都同意这件事。唯独职方郎中刘大夏坚持不同意,说:“朝鲜进贡道路,从鸦鹘关出辽阳,经过广宁、前屯,之后进入山海关,曲折迂回绕过三四个大边镇,这是祖宗的微妙用意。如果从鸭绿江直接到前屯、山海关走大路,恐怕为他日留下忧患。”最终没有答应改道的事情。

陈恕

陈晋公为三司使[①],真宗命具中外钱谷大数以闻[②],恕诺而不进。久之,上屡趣之[③],恕终不进。上命执政诘之,恕曰:“天子富于春秋[④],若知府库之充羡[⑤],恐生侈心。”

【注释】

①陈晋公：陈恕，字仲言。太平兴国进士。官至参知政事，追封晋国公。曾整顿赋税，疏通货财，使国家财政收入大增，《宋史》赞为“能吏之首”。三司使：唐代以判户部、判度支及盐铁使为三司，各由一人担任；至五代后唐时始合为一职；宋沿此制，以三司使为最高国家财政主管官。

②真宗：宋真宗赵恒，997—1022年在位。

③趣（cù）：催促。

④富于春秋：年纪很轻。

⑤充羡：充足有余。

【译文】

晋国公陈恕为三司使时，宋真宗命令他将中外钱粮的大略数目上报，陈恕只是答应却不进呈。时间久了，真宗一再催促他，陈恕始终不进呈。真宗命令执掌朝政的大臣来责问他，陈恕说：“天子年纪尚轻，如果知道了官府仓库充足有余，恐怕生起奢靡之心。”

李吉甫为相[①]，撰《元和国计簿》上之[②]，总计天下方镇、州、府、县户税实数，比天宝户税四分减三[③]，天下仰给县官者八十二万余人[④]，比天宝三分增一，其水旱所伤、非时调发者，不在此数，欲以感悟朝廷。大臣忧国深心类如此。

【注释】

①李吉甫：字弘宪。唐德宗时任太常博士，悉知民间疾苦及藩镇之害；宪宗时，曾参与讨平刘辟、李锜二藩镇的叛乱；元和二年（807）及六年两度为相，先后更易藩镇三十六人，以削弱其势力。著有《元和郡县图志》。

②《元和国计簿》：李吉甫于宪宗元和二年所上记载唐宪宗时天下

藩镇、州县户口、租赋的统计材料。

③天宝：唐玄宗李隆基年号（742—756）。

④县官：朝廷。

【译文】

李吉甫做宰相的时候，编撰《元和国计簿》上呈给唐宪宗，总计天下方镇、州、府、县的户税实际数目，相比于天宝年间的户税减少了四分之三，天下由朝廷支付薪水的人有八十二万余人，比天宝年间增加了三分之一，其中受洪水旱灾侵害、非正常调拨发放的，还不包含在这个数目之内，想要以此让朝廷受到触动。大臣忧国的深切用心就是这样。

李沆

李沆为相[①]，王旦参知政事[②]，以西北用兵[③]，或至旰食[④]。旦叹曰："我辈安能坐致太平，得优游无事耶？"沆曰："少有忧勤[⑤]，足为警戒。他日四方宁谧，朝廷未必无事。语曰：'外宁必有内忧[⑥]。'譬人有疾，常在目前，则知忧而治之。沆死，子必为相，遽与虏和亲，一朝疆埸无事[⑦]，恐人主渐生侈心耳！"旦未以为然。沆又日取四方水旱、盗贼及不孝恶逆之事奏闻，上为之变色，惨然不悦。旦以为"细事不足烦上听[⑧]，且丞相每奏不美之事，拂上意"。沆曰："人主少年，当使知四方艰难，常怀忧惧。不然，血气方刚，不留意声色狗马，则土木、甲兵、祷祠之事作矣[⑨]。吾老不及见，此参政他日之忧也！"沆没后，真宗以契丹既和，西夏纳款[⑩]，遂封岱、祠汾[⑪]，大营宫殿，搜讲坠典[⑫]，靡有暇日。旦亲见王钦若、丁谓等所为[⑬]，欲谏，则业已同之，欲去，则上遇之厚，乃知沆先识之远，叹曰："李文靖真圣人也！"

【注释】

①李沆：字太初。宋真宗时为相多年。多远虑，性直谅。谥文靖。

②王旦：字子明。忠厚节俭，知人善任。宋真宗景德三年（1006）拜相，以"务行故事"为要。

③西北用兵：指北宋与西夏李继迁的战事。

④旰（gàn）食：因政务繁忙天晚了才进食。

⑤忧勤：此处指令人忧愁而劳苦的事。

⑥外宁必有内忧：《左传·成公十六年》晋范文子语。

⑦疆埸（yì）：疆土，边境。

⑧细事：小事。

⑨祷祠：向鬼神有所请求而祭祀。

⑩契丹既和，西夏纳款：宋真宗景德元年（1004），宋、辽定澶渊之盟，景德三年（1006）李继迁之子李德明纳款，宋封为西平王。

⑪封岱：景德四年（1007），真宗用王钦若言，造作天书，准备封禅。次年以"天书"下降，改元大中祥符，真宗封禅泰山，耗资八百余万贯。祠汾：汉武帝时于汾阴（今山西万荣西）建后土祠，祭祀后土；大中祥符四年（1011），真宗祀汾阴。

⑫坠典：已经废亡的典章制度。

⑬王钦若：字定国。宋真宗、仁宗时宰相，为人倾巧，敢为矫诞，与丁谓等制造"天书"，争言符瑞，东封西祀，劳民伤财，宋仁宗评价其"真奸邪也"。丁谓：字谓之，改字公言。宋真宗时排挤寇准，为宰相，党同伐异、暗通宦官。

【译文】

李沆为宰相时，王旦任参知政事，因为西北方的战事，有时到了废寝忘食的程度。王旦感慨说："我们怎么才能轻松获得太平，得以优游无事呢?”李沆说:“稍微有一些忧愁劳苦的事,就能起到警戒作用。有一天四方安宁了,朝廷未必无事。有句话说:‘外部安宁必然有内部忧患。’譬如人有疾病,常常在眼前,就知道忧虑而去医治它。我死后,你必然为宰相,就会与敌人和亲,有一天边疆没有战事,恐怕君主就会逐渐生出奢靡之心!”王旦不以为然。李沆又每天拿四方洪水旱灾、盗贼及不孝作恶行逆的事情上奏,真宗为此脸色大变,悲痛不悦。王旦以为“事情琐细不值得劳烦君主,况且丞相每次上奏不好的事情,违背君主的心愿”。李沆说:“君主年少,应该让他明白四方的艰辛,常怀忧虑警惕之心。不然的话,他血气方刚,不是沉迷声色狗马,就是大兴建造宫室、起兵征伐、求神祭鬼这样的事情了。我老了等不及见到,这是你参知政事今后的隐忧啊!”李沆死后,宋真宗因为已经与契丹议和,西夏来朝贡归顺,于是封禅泰山、祭祀汾阴,大肆修建宫殿,搜寻、恢复已经废亡的典章礼仪,没有闲暇的时候。王旦亲眼看到了王钦若、丁谓等人的所作所为,想要劝谏,则已经变成了同流,想要辞官,则真宗又待他优厚,于是明白了李沆的见识深远,感慨说:“李文靖真是圣人啊!”

《左传》:晋、楚遇于鄢陵,范文子不欲战[①],曰:“唯圣人能内外无患。自非圣人,外宁必有内忧。盍释楚以为外惧乎?”厉公不听[②],战楚胜之。归益骄,任嬖臣胥童[③],诛戮三郤[④],遂见弑于匠丽[⑤]。文靖语本此。

【注释】

①范文子:祁姓,范氏,名燮,谥号文,称范文子。春秋时晋大夫。

②厉公:晋厉公,前580—前573年在位。鄢陵之战后,以战胜而骄侈,后被大夫栾书等弑杀。

③嬖(bì)臣:受宠幸的近臣。胥童:晋大夫,为晋厉公出谋划策,攻灭郤氏。

④三郤：指郤锜、郤至、郤犨，均为晋大夫，时专晋政。

⑤见弑于匠丽：晋厉公杀三郤后，栾书、中行偃趁他在匠丽氏游玩抓住囚禁了他，随后将他杀死。匠丽，晋厉公宠幸的大夫。

【译文】

《左传》记载：晋军和楚军在鄢陵遭遇，范文子不想要开战，说："只有圣人能够做到内外都没有忧患。既然不是圣人，外部安宁必有内部忧患。何不放掉楚军，作为外患保留着让我们时时感到忧惧呢？"晋厉公不听他的劝谏，与楚军交战获胜。回来就更加骄纵，任用近臣胥童，诛杀郤锜、郤至、郤犨三郤势力，最终在匠丽氏被弑杀。李文靖的话来自这里。

韩琦

太宗、仁宗尝猎于大名之郊[①]，题诗数十篇，贾昌朝时刻于石[②]。韩琦留守日[③]，以其诗藏于班瑞殿之壁。客有劝琦摹本以进者，琦曰："修之得已，安用进为？"客亦莫谕琦意。韩绛来[④]，遂进之。琦闻之，叹曰："昔岂不知进耶？顾上方锐意四夷事[⑤]，不当更导之耳[⑥]。"石守道编《三朝圣政录》[⑦]，将上，一日求质于琦，琦指数事。其一，太祖惑一宫鬟，视朝晏[⑧]，群臣有言，太祖悟，伺其酣寝，刺杀之。琦曰："此岂可为万世法！已溺之，乃恶其溺而杀之，彼何罪？使其复有嬖[⑨]，将不胜其杀矣。"遂去此等数事，守道服其精识。

【注释】

①大名：大名府，治今河北大名，为宋之北京。

②贾昌朝：字子明。天禧年间赐同进士出身。仁宗时曾判大名府兼

北京留守、河北安抚使。

③韩琦留守日：神宗时韩琦曾为河北安抚使，又为大名路安抚使。

④韩绛：字子华。神宗时为韩琦所荐，后拜参知政事，又代王安石为相，封康国公。

⑤锐意四夷事：热心从事于拓边征伐之事。韩琦驻大名时，神宗正积极用兵西夏。

⑥不当更导之：太宗、仁宗写于大名之诗，均与辽国战事有关，其中多有侈夸武功之辞。韩琦反对用兵西夏，所以认为神宗锐意用兵，如献此诗无异于助长其错误。

⑦石守道：石介，字守道。北宋"泰山学派"创始人，称徂徕先生，与孙复、胡瑗并称"宋初三先生"。《三朝圣政录》：记宋太祖、太宗及真宗三帝政绩的书，久已佚失。

⑧晏：晚。

⑨嬖：宠幸的人。

【译文】

宋太宗、宋仁宗曾经在大名府郊野打猎，题写了数十首诗，贾昌朝当时刻在石碑上。韩琦留守大名府时，把这些诗碑嵌藏在班瑞殿的墙壁中。有门人劝说韩琦将摹本呈给皇帝，韩琦说："修缮保存着就行了，为什么要进呈上去呢？"门人也不明白韩琦的用意。韩绛来大名后，就把摹拓本进呈上去。韩琦听说了，感叹说："从前我难道不知道要进呈皇上吗？只是看到皇上正锐意平定四夷的事情，不应该更加助长这种情形。"石守道编《三朝圣政录》，将要进呈皇帝，一天来请教韩琦的意见，韩琦指出了几件事。其中一件是，宋太祖沉迷一个宫女，上朝晚了，群臣颇有微词，太祖醒悟，等到宫女熟睡时，刺杀了她。韩琦说："这难道可以为万世效法吗！已经迷上她，又厌恶这种沉迷而杀了她，她有什么罪过呢？假使又有宠幸的女子，将要杀不胜杀了。"于是删去这样的几件事，石守道很佩服韩琦这种精到的见识。

刘大夏 二条

一

天顺中[①],朝廷好宝玩。中贵言宣德中尝遣太监王三保使西洋[②],获奇珍无算。帝乃命中贵至兵部,查王三保至西洋水程,时刘大夏为郎[③],项尚书公忠令都吏检故牒[④],刘先检得,匿之;都吏检不得,复令他吏检。项诘都吏曰:"署中牍焉得失?"刘微笑曰:"昔下西洋,费钱谷数十万,军民死者亦万计。此一时弊政,牍即存,尚宜毁之,以拔其根,犹追究其有无耶?"项耸然,再揖而谢,指其位曰:"公达国体,此不久属公矣!"

【注释】

①天顺:明英宗朱祁镇年号(1457—1464)。时政治昏暗,宦官用事,奸邪横行。

②中贵:有权势的宦官。宣德:明宣宗朱瞻基年号(1426—1435)。太监王三保:王景弘,洪武年间入宫为宦官。乐永三年(1405)偕同郑和首下西洋,宣德五年(1430)与郑和同为正使,人称"王三保"。后又于宣德八年(1433)随郑和七下西洋。郑和去世后,宣德九年(1434)八下西洋。历经三十余国,获宝不计其数。

③郎:郎官,此处指刘大夏所任职方司郎中。

④项尚书公忠:即项忠,字荩臣。正统进士。成化间理都察院事,因镇压固原少数民族起义,累拜兵部尚书。故牒:旧时文书。

【译文】

天顺年间,朝中喜欢珍宝奇玩。一位有权势的宦官说宣德年间曾经派太监王三保出使西洋,获得奇珍异宝无数。皇帝就命令宦官到兵部,查看王三保到西洋的航海路线，当时刘大夏为兵部郎官，尚书项忠命令都吏查询旧时文书，刘大夏先找到，藏了起来；都吏查不出来，又让其他的都吏去查。项忠诘问都吏说："官署中的文书怎么能遗失呢？"刘大夏微笑说："当年下西洋，耗费钱粮几十万，军民牺牲了上万人。这是一时有害的政治举措，文书即使存着，尚且应该毁掉，以拔掉弊政的根基，怎么还追究它有没有呢？"项忠惊惧，一再拜谢，指着自己的位置说："先生通达国体，这个位置不久就是属于你的。"

二

又，安南黎灏侵占城地①，西略诸土夷，败于老挝。中贵人汪直欲乘间讨之②，使索英公下安南牍③。大夏匿弗予。尚书为榜吏至再，大夏密告曰："衅一开，西南立糜烂矣！"尚书悟，乃已。

【注释】

①安南黎灏：安南在今越南北部。明成化间，黎灏为国王。占城：古南海国名。在今越南南部。多次被安南侵掠，后成为安南附庸。

②汪直：本为大藤峡瑶人，后入宫，为宪宗所宠信。成化十三年(1477)，宪宗置西厂刺探臣下民间事，以汪直主之。威势遍天下。

③英公：即张辅，字文弼。因征安南有功，封英国公。牍：文件。此处指记载张辅征安南时所调兵力军需数目的文件。

【译文】

又，安南国黎灏侵略占城之地，向西侵略各土著部落，兵败于老挝。有权势的宦官汪直想要乘机讨伐他，派人索要英公张辅征服安南国的文书。刘大夏藏起来不给他。尚书为此打了查公文的小吏两顿板子，让他再去查，刘大夏暗地告诉说："战争一打起来，西南立即遭到严重破坏！"

尚书醒悟，中止了这件事。

此二事，天下阴受忠宣公之赐而不知[1]。

【注释】

①忠宣公：刘大夏谥忠宣。

【译文】

这两件事，天下暗中受了忠宣公的恩惠而不知。

辞连署　辞密揭

宪宗嘉崔群谠直[1]，命学士自今奏事必取群连署[2]，然后进之。群曰："翰林举动皆为故事。必如是，后来万一有阿媚之人为之长，则下位直言无自而进矣。"遂不奉诏。

【注释】

①宪宗：唐宪宗李纯，806—820年在位。崔群：字敦诗，号养浩。唐朝中后期宰相。柔儒温文，博览经史。谠（dǎng）直：正直。

②连署：二人以上在同一呈文上签名，以示负责。

【译文】

唐宪宗表彰崔群正直，命令学士今后奏事一定要取得崔群的联署签名，然后进呈。崔群说："翰林院的一举一动都会被后世引为根据而沿用。一定要这样做的话，后来万一有阿谀谄媚的人做长官，那么在下位敢于直言的人就无从进言了。"于是没有奉行诏令。

上御文华殿[1]，召刘大夏谕曰："事有不可，每欲召卿商権，又以非卿部内事而止。今后有当行当罢者，卿可以揭帖密进[②]。”大夏对曰：“不敢。”上曰：“何也？”大夏曰：“先朝李孜省可为鉴戒[③]。”上曰：“卿论国事，岂孜省营私害物者比乎？”大夏曰：“臣下以揭帖进，朝廷以揭帖行，是亦前代斜封墨敕之类也[④]。陛下所行，当远法帝王，近法祖宗，公是公非，与众共之，外付之府部，内咨之阁臣可也[⑤]。如用揭帖，因循日久，视为常规。万一匪人冒居要职，亦以此行之，害可胜言！此甚非所以为后世法，臣不敢效顺。”上称善久之。

【注释】

①上：指明孝宗朱祐樘，1488—1505年在位，年号弘治。

②揭帖：正式文书之外的附件。刘大夏任兵部，正式呈文应为兵部事，如有论及部外事，按例不得书于正式文书中，故有“揭帖”之说。

③李孜省：明宪宗好神仙方术，李孜省学“五雷法”，厚结宦官，以符箓进，授上林苑监副。益献淫邪方术，渐干预政事。孝宗立，下狱死。

④斜封墨敕：指不经由外廷，直接由皇帝亲自授官。

⑤阁臣：明太祖废宰相，以内阁主政务，大学士六人入阁办事，统称阁臣。相当于宰相、副宰相。

【译文】

明孝宗亲临文华殿，召见刘大夏告诉他说：“朕偶尔有办不了的事，常想召见你来商议，又因为不是你兵部分内的事而作罢。今后该实行、该罢除的事，你可以揭帖秘密呈上来。”刘大夏回答说：“不敢。”孝宗说：“为什么？”刘大夏说：“先帝时李孜省可以引为教训。”孝宗说：“你谈论国事，怎能是李孜省这种谋求私利害人的人能比的呢？”刘大夏说：“臣下用揭帖进言，朝廷以揭帖办事，是前代斜封墨敕之类的做法。陛下您所推行的，应当远取法于古代帝王，近效法于先人祖宗，公事的是非，与群臣共同商议，对外交给府部大臣，对内与内阁学士商量就可以了。如果用揭帖，延续的时间久了，就被视为常规。万一心怀不轨的人不适当地身居紧要职位，也实行这办法，危害就说不胜说了！这实在不能为后世效法，我不敢顺从。”孝宗称赞了他很久。

老成远虑，大率如此，由中无寸私、不贪权势故也。

【译文】

老成人谋虑深远，大概就是这样，这是由于胸中没有一点私心，不贪图权势的缘故。

辞例外赐

富郑公为枢密使①。值英宗即位，颁赐大臣；已拜受，又例外特赐。郑公力辞。东朝遣小黄门谕公曰②：“此出上例外之赐。”公曰：“大臣例外受赐，万一人主例外作事，何以止之？”辞不受。

【注释】

①富郑公：富弼，字彦国。与范仲淹等共同推行庆历新政。至和二年（1055）拜相。封郑国公。

②东朝：指太后。时太后与英宗同听政。

【译文】

富郑公为枢密使。正值英宗即位，依例赏赐大臣；已经受过赏之后，又例外特别赏赐富弼。富弼极力推辞。太后派小太监告诉富弼说：“这是皇上例外的赏赐。”富弼说：“如果大臣例外接受赏赐，万一君主例外行事，怎么去阻止他呢？”因此推辞不接受。

范仲淹

劫盗张海将过高邮[①]，知军晁仲约度不能御[②]，谕军中富民出金帛牛酒迎劳之。事闻，朝廷大怒，富弼议欲诛仲约。仲淹曰：“郡县兵械足以战守，遇敌不御，而反赂之，法在必诛。今高邮无兵与械，且小民之情，醵出财物而免于杀掠[③]，必喜。戮之，非法意也。”仁宗乃释之。弼愠曰：“方欲举法，而多方阻挠，何以整众！”仲淹密告之曰：“祖宗以来，未尝轻杀臣下。此盛德事，奈何欲轻坏之？他日手滑[④]，恐吾辈亦未可保。”弼不谓然。及二人出按边[⑤]，弼自河北还，及国门，不得入，未测朝廷意，比夜彷徨绕床，叹曰：“范六丈圣人也[⑥]！”

【注释】

①张海：宋仁宗庆历三年（1043）起事于商州，当年战败被俘杀。

②知军：军为宋代比县高一级的地方行政区划，知军即其长官。晁仲约：工文学，与王安石、苏轼等都有文字往来，有《文庙记》一篇存世。

③醵（jù）：众人凑钱。

④手滑：任意行事。

⑤二人出按边：庆历三年，范仲淹为参知政事，富弼为枢密副使。次年，党议起，富弼与仲淹恐惧，不自安于朝，都请求去巡视边防。先以仲淹为陕西、河东宣抚使，继以富弼为河北宣抚使。

⑥范六丈：范仲淹排行第六，长富弼十五岁，故尊称。

【译文】

宋朝时劫盗张海将要经过高邮，知军晁仲约预估无法抵抗，下令军中富有的人捐出金银、布帛、牛羊、酒菜欢迎慰劳盗贼。事情传出来，朝廷非常愤怒，富弼提议要杀晁仲约。范仲淹说："郡县的兵力足够战斗守城，遇到敌人不抵抗，而反过来贿赂他们，依法必须处死。而今高邮没有兵力与武器，况且小民的常情，众人凑钱拿出财物来免于被杀抢掠，一定很高兴。杀了他，不符合朝廷法度的本意。"宋仁宗于是释放了知军。富弼生气地说："刚想要严肃法纪，而遇到多方面的阻挠，怎么能整治军旅！"范仲淹私下告诉他说："从祖宗以来，未曾轻易杀大臣。这是有大德行的事，怎么能轻易破坏呢？假如他日任意行事，恐怕我们也不能自保。"富弼不以为然。等到两人出去巡视边防，富弼从河北回来，到了城门，不能进去，又不知道朝廷的意思，整夜彷徨绕于床边，感叹说："范仲淹真是圣人！"

赵忠简

刘豫揭榜山东[①]，妄言御医冯益遣人收买飞鸽[②]，因有不逊语。知泗州刘纲奏之。张浚请斩益以释谤[③]，赵鼎继奏曰[④]："益事诚暧昧，然疑似间有关国体。然朝廷略不加罚，外议必谓陛下实尝遣之，有累圣德。不若暂解其职，姑与外祠[⑤]，以释众惑。"上欣然，出之浙东。浚怒鼎异己。鼎曰："自古欲去小人者，急之，则党合而祸大；缓之，则彼自相挤。今益罪虽诛，不足以快天下，然群阉恐人君手滑，必力争以薄其罪。不若谪而远之，既不伤上意，彼见谪轻，必不致力营求；又幸其位，必以次窥进，安肯容其入耶？若力排之，此辈侧目吾人[⑥]，其党愈固而不破矣！"浚始叹服。

【注释】

①刘豫:字彦游。宋哲宗时进士。徽宗时除河北提刑。南宋高宗建炎二年(1128)任济南知府。金兵南下,杀抗金将关胜后降金。建炎四年(1130),金人册封为皇帝,伪号大齐,都大名府。后为宋将韩世忠等所破。揭榜:张贴榜文。

②冯益:宦官,宋高宗赵构为康王时,冯益即在王邸。及高宗即位,恃宠骄恣。

③张浚:字德远。宋徽宗时进士,高宗时曾知枢密院事。力主抗金,重用岳飞、韩世忠,举荐李纲。因秦桧主和议而被贬,孝宗时重起,督师江淮。符离之役,为金兵所败。

④赵鼎:字元镇。徽宗时进士。对策斥章惇误国。南渡后,累迁御史中丞,进尚书右仆射兼枢密使,与张浚并相。后因反对和议,为秦桧贬岭南,不食而死。谥忠简。

⑤外祠:宋时官员免职,往往给以祠禄之官,分京祠、外祠二种。外祠往往有贬谪之意。

⑥侧目:不敢正眼看,形容畏惧。

【译文】

宋朝时刘豫在山东张贴告示,散播谣言说御医冯益派人收买飞鸽,还说了一些不敬的话。泗州知州刘纲上奏此事。张浚请求斩杀冯益以释清谣言,赵鼎接着上奏说:"冯益的事确实难辨是非,然而若有若无之间关系着国家的体统。但朝廷如果忽略不施加惩罚,外面的议论一定说陛下确实曾派遣冯益做过这事,有损于圣上的德行。不如暂且解除他的职务,姑且给一个外祠的官职,以消除众人的疑惑。"皇帝欣然同意,将他外放到浙东。张浚很气愤赵鼎反对自己。赵鼎说:"自古以来想要清除小人,着急了,他们就会结党而造成大的祸患;放缓了,他们就彼此之间相互排挤。现在冯益的罪过即使诛杀,也不足以大快天下,然而众太监害怕君主任意行事,一定力争来减轻他的罪罚。不如贬谪外放他,既能不损害皇上的心意，他们看到贬谪惩罚轻，必然不会大力营救；他们又庆幸于空出一个位置，必然一个个图谋进用，怎么容得下贬谪的人再回来呢？如果大力排斥，这些人畏惧我们，他们的结党越发牢固不可破了！”张浚这才叹服。

文彦博

富弼用朝士李仲昌策，自澶州商胡河穿六塔渠[①]，入横陇故道[②]。北京留守贾昌朝素恶弼，阴约内侍武继隆，令司天官二人，俟执政聚时，于殿庭抗言：“国家不当穿河北方，以致上体不安[③]。”后数日，二人又听继隆上言：“请皇后同听政。”史志聪以状白彦博[④]，彦博视而怀之，徐召二人诘之曰：“天文变异，汝职所当言也。何得辄预国家大事耶？汝罪当族！”二人大惧。彦博曰：“观汝直狂愚耳，今未忍治汝罪。”二人退，乃出状以视同列，同列皆愤怒，曰：“奴辈敢尔，何不斩之？”彦博曰：“斩之则事彰灼，中宫不安矣[⑤]。”既而议遣司天官定六塔方位，复使二人往。边批：大作用。二人恐治前罪，更言六塔在东北，非正北也。

【注释】

①澶（chán）州：治今河南濮阳。

②入横陇故道：宋仁宗以治塞黄河决口为事。至和二年（1055），河渠司官员李仲昌建议，欲开六塔河，使黄河水经六塔河归于横陇之黄河旧道，以减黄河水势。

③以致上体不安：穿河之处位于汴京之北，贾昌朝认为施工就会破

坏风水,会不利于皇帝的健康。

④彦博:文彦博,字宽夫。天圣进士。仁宗时累官同中书门下平章事,封潞国公。至和间,与富弼排除宦官干扰政事。

⑤中官:此处指皇后。

【译文】

富弼采纳官员李仲昌的对策,从澶州商胡河打通六塔渠,使黄河水流入横陇的黄河旧道。北京留守贾昌朝向来厌恶富弼,私下约宦官武继隆,命令两名司天官,等执政官员集聚时,在大殿上高声说:“国家不应该在黄河北方穿渠,导致皇上龙体欠安。”之后几天,两人又听信武继隆指使上奏说:“请求皇后一同听政。”史志聪把这个情况书面报告给文彦博,文彦博看了以后把报告装入怀中,不紧不慢地召见二人并质问说:“禀奏天文变异情形,是你们这个职务应该说的。为什么要干预国家大事呢?你们的罪行应该诛杀全族!”二人十分害怕。文彦博说:“看你们不过是狂妄愚笨,现在不忍心治你们的罪。”二人退下,文彦博把史志聪的报告拿给同仁看,同仁都很愤怒,说:“奴才们敢这样做,为什么不杀了他们?”文彦博说:“杀了他们事情就张扬出来,皇后就会不安。”不久决议派司天官去测定六塔渠的方位,又让这两个人一起去。边批:大作用。二人害怕文彦博治他们之前的罪过,改口说六塔渠的方向在东北,不在正北。

王旦

王旦为兖州景灵宫朝修使[①],内臣周怀政偕行[②]。或乘间请见[③],旦必俟从者尽至,冠带出见于堂皇[④],白事而退。后怀政以事败,方知旦远虑。内臣刘承规以忠谨得幸[⑤],病且死,求为节度使。帝语旦曰:“承规待此以瞑目。”旦执不可,曰:“他日将有求为枢密使者,奈何?”遂止。自是内臣官不过留后[⑥]。

【注释】

①王旦:字子明。太平兴国进士。为相十二年,知人善任,善于化解政治纠纷。兖州景灵宫:宋真宗崇信道教,奉先祖赵玄朗为圣祖,其前身先为人皇九人中之一人,后为轩辕黄帝,至五代时始降为赵氏之祖。于是命于兖州(赵氏祖籍)建景灵宫,专祀“圣祖”。朝修使:主持祭祀朝拜的官员。

②内臣:宦官。周怀政:太宗时给事禁中,真宗朝领英州团练使,侍奉内廷,权势日盛。后因谋杀丁谓,事泄伏诛。

③乘间:乘公事之余的闲空。

④堂皇:办公的厅堂。

⑤刘承规:宦官,历事太祖、太宗、真宗三朝,掌内藏三十年,制定权衡法,好儒学,喜聚书。真宗时以左骁卫上将军、安远军节度观察留后退休。

⑥留后:官名。宋时全称为节度观察使留后。

【译文】

宋朝时王旦为兖州景灵宫朝修使,宦官周怀政随行。有时周怀政趁他公事之余请求拜见,王旦一定等侍从到齐,自己穿戴整齐后才在办公的厅堂正式接见,听他报告完事情后就退下。后来周怀政因事败露,人们才明白王旦的远虑。宦官刘承规因忠诚谨慎得宠,病重将死,请求封他为节度使。皇帝对王旦说:“承规要等到这个职位才能瞑目。”王旦坚持认为不行,说:“将来有人要求当枢密使,该怎么办?”于是作罢。从此宦官的职位不超过留后。

王守仁

阳明公既擒逆濠[①],江彬等始至[②],遂流言诬公[③],公绝不为意。初谒见,彬辈皆设席于旁,令公坐。公佯为不知,竟坐上席,而转旁席于下。彬辈遽出恶语,公以常行交际事体平气谕之[④],复有为公解者,乃止。公非争一坐也,恐一受节制,则事机皆将听彼而不可为矣。边批:高见。

【注释】

①阳明公:王守仁,字伯安,号阳明,因其曾筑室于故乡余姚之阳明洞,学者称阳明先生。明弘治时进士。正德初因论救言官戴铣等忤权阉刘瑾,杖阙下,谪为龙场驿丞。后累迁右佥都御史,巡抚南赣。宁王朱宸濠于正德十四年(1519)六月谋反,七月王守仁讨擒之。

②江彬:明武宗宠臣,狡黠强狠,统四镇军,威势莫比。武宗死后,皇太后恐彬反,擒杀于市。

③流言诬公:江彬、张忠等欲谋夺王守仁的功劳,诬蔑他曾依附朱宸濠,等知道他势败,然后擒拿朱宸濠领功。

④常行交际事体:正常的官场交际礼节。

【译文】

阳明公捉到叛逆朱宸濠以后,江彬等人才到达,于是散布谣言诬陷阳明公,阳明公不以为意。初次拜见,江彬等人把座位设在旁边,让阳明公坐下。阳明公假装不知道,直接坐了上席,而把旁席转为下座。江彬等人立即口出恶语,阳明公用例行的交际礼仪心平气和地晓谕他们,又有人为阳明公做辩解,才平息下来。阳明公并不是争一个座位,只是怕一旦受到牵制,那么行事谋划都将听任他们而无法有所作为了。边批:高见。

主婚用玺

郑贵妃有宠于神庙[①]。熹宗大婚礼[②]，妃当主婚。廷臣谋于中贵王安曰[③]："主婚者，乃与政之渐[④]，不可长也，奈何？"或献计曰："以位则贵妃尊，以分则穆庙隆庆恭妃长[⑤]，盍以恭妃主之？"曰："奈无玺何？"曰："以恭妃出令，而以御玺封之，谁曰不然？"安从之。自是郑氏不复振。

【注释】

①神庙：明神宗朱翊钧，1573—1619年在位。宠爱郑妃，言无不听。

②熹宗：明熹宗朱由校，光宗朱常洛子。当时其祖神宗尚健在，熹宗为皇太孙。

③王安：太监，此时为皇太子朱常洛伴读，有护持功。光宗即位，擢司礼秉笔太监，中外称贤。

④与政之渐：参与政事的发端。渐，开端，起始。

⑤分：名分，辈分。穆庙：明穆宗朱载垕，神宗之父。此时久死，而其恭妃尚在，比郑妃长一辈。

【译文】

郑贵妃深受神宗宠爱。熹宗大婚典礼，当由后妃担任主婚人。朝廷中的臣子与有权势的宦官王安商量说："主婚这件事，就是干预政事的开始，此风不可助长，该怎么办呢？"有人献计说："以地位论则贵妃尊贵，以长幼辈分论则穆宗隆庆的恭妃辈分高，何不让恭妃主婚？"有人说："没有印信怎么办呢？"那人说："以恭妃的身份出命令，而用皇帝御玺册封她，谁说不可以？"王安听从了他的意见。从此郑贵妃家族不再兴盛。

陈仲微

仲微初为莆田尉[①]，署县事[②]。县有诵仲微于当路[③]，而密授以荐牍者[④]，仲微受而藏之。逾年，其家负县租，竟逮其奴。是人有怨言。仲微还其牍，缄封如故。是人惭谢。

【注释】

①仲微：陈仲微，字致广，南宋末年人。由莆田尉至江西提点刑狱，颇有政绩。南宋亡，避走安南。学问淹博，通“六经”诸子。

②署县事：代理县令职务。

③诵仲微于当路：在当权人物面前称赞陈仲微。

④荐牍：荐举书信。

【译文】

宋朝人陈仲微开始做莆田县尉，代理县令的职务。县里有人在当权人物面前称赞他，并且私下给他一封推荐函，陈仲微接受并藏起来。过了一年，这个人家里欠县府租税，县府还是抓了他的家奴。这个人颇有怨言。陈仲微归还了他的举荐信，像之前一样封着口。这个人羞惭道歉。

陈寔

寔字仲举[①]，以名德为世所宗。桓帝时[②]，党事起[③]，逮捕者众，人多避逃。寔曰：“吾不就狱，众无所恃。”竟诣狱请囚，会赦得释[④]。灵帝初[⑤]，中常侍张让权倾天下[⑥]，让父死，归葬颍川[⑦]，虽一郡毕至，而名士无往者，寔独吊焉。后复诛党人，让以寔故，颇多全活[⑧]。

【注释】

①寔:陈寔,字仲举,东汉末名士领袖。少为县吏,有志好学。入太学,受太尉黄琼征召,选闻喜长,再迁太丘令。后受大将军窦武辟为掾属。年八十四卒,赴丧者三万余人。

②桓帝:汉桓帝刘志,146—167年在位。

③党事:桓帝时宦官专权,在朝官员与太学生、名士联合反对宦官。正直官僚相继被贬。宦官又诬陷官员领袖李膺与太学生等为党,诽谤朝廷,桓帝延熹九年(166),李膺、陈寔等二百余人相继下狱。

④会赦得释:延熹十年,桓帝接受窦武的谏言,大赦党人,但仍在三府登记,禁锢终身。这是第一次党锢之祸。

⑤灵帝:汉灵帝刘宏,168—189年在位。

⑥中常侍:官名。出入宫廷,侍从皇帝,东汉时专用宦官。张让:宦官。灵帝时为中常侍,封列侯,说帝令敛天下田每亩加十钱,以修宫室,百姓嗟怨。后袁绍捕杀宦官,张让投河自尽。

⑦颍川:治今河南禹州。

⑧全活:保全,救活。

【译文】

陈寔字仲举,以名望德行被世人推崇。汉桓帝时,发生党锢之祸,逮捕了很多人,人大多避祸逃难在外。陈寔说:“我不下牢狱,众人没有依靠。”竟然自己去监狱请求拘禁,赶上赦免得以释放。汉灵帝初年,中常侍张让权倾天下,张让的父亲去世,归家葬在颍川,虽然全郡的人都去祭吊,但名流雅士没有参加的,只有陈寔前去吊唁。后来朝廷又诛杀党人,张让因为陈寔的缘故,保全了很多人的性命。

即菩萨舍身利物,何以加此!狄梁公之事伪周[①],鸠摩罗什之事苻秦[②],皆是心也。

【注释】

①狄梁公之事伪周：狄仁杰，唐高宗初为大理丞，断积案万七千人，时称平恕。武则天时屡谪屡起，官至地官侍郎同凤阁鸾台平章事。武则天欲立武三思为太子，狄仁杰劝阻，唐祚赖以延续。伪周，指武则天的周朝。

②鸠摩罗什之事苻秦：鸠摩罗什，东晋十六国时高僧，天竺人。曾讲佛学于西域各国。后秦姚兴弘始三年（401）入长安，当时苻坚已死，前秦亦灭国七年。此处说鸠摩罗什事苻秦，应是姚氏后秦。姚兴待以国师礼，居逍遥园译经论三百余卷。姚兴赐以宫嫔，则纳之。

【译文】

就是菩萨舍弃身体以利于他物，也没有比这更好！狄梁公服事伪周武则天，鸠摩罗什服事前秦苻坚，都是这样的用心。

姚崇

姚崇为灵武道大总管[①]。张柬之等谋诛二张[②]，崇适自屯所还，遂参密议，以功封梁县侯。武后迁上阳宫，中宗率百官问起居[③]。五公相庆，崇独流涕。柬之等曰："今岂流涕时耶？恐公祸由此始。"崇曰："比与讨逆，不足为功，然事天后久，违旧主而泣，人臣终节也。由此获罪，甘心焉。"后五王被害[④]，而崇独免。

【注释】

①姚崇：字元之。初以门荫入仕。武后时官凤阁侍郎，参与迎立中宗；睿宗时为相，以奏请太平公主出居东都，被贬；玄宗时，复为

相，抑权倖，崇节俭。为相五年，引宋璟自代，并称“姚宋”。大总管：官名。督帅一方军事。

②张柬之：字孟将。武则天永昌元年（689）举贤良科，对策第一。为合、蜀二州刺史，狄仁杰荐其有宰相才，武后召为司刑少卿，拜同平章事，诛除二张，柬之为首谋。二张：张易之、张昌宗兄弟。俱美姿容，晓音律，得幸于武则天，宫中称为五郎、六郎。705年武则天病重，被杀。

③中宗：李显。高宗子，生母为武则天。683年即帝位，次年被废为庐陵王。705年，张柬之等趁武则天病重，拥立复位。710年被韦后、安乐公主合谋毒死。

④五王被害：张柬之等诛二张，立中宗，但武氏势力仍相当大。柬之屡谏剪除诸武，中宗不听。不久，武三思与中宗皇后韦后勾结，虚封张柬之、敬晖、崔玄𬀩、桓彦范、袁恕己等五人为王，而大权尽归武三思，后武三思诬五王以谋废韦后等罪，贬五人于岭南各地。张柬之、崔玄以忧死，余三人被害。

【译文】

唐朝姚崇任灵武道大总管。张柬之等人谋划诛杀张易之、张昌宗二人，姚崇正好从屯驻地回京，就参与这次秘密的谋划，后来因功封为梁县侯。武后迁往上阳宫，中宗率百官去问候生活起居。五王互相庆贺，唯有姚崇流泪。张柬之等人说：“现在难道是该流泪的时候吗？恐怕你的祸患要从此开始了。”姚崇说：“和你们一起讨伐逆贼，不足以称功劳，然而侍奉武后久了，离开旧主而哭泣，是人臣应尽的操守。如果因为这样获罪，我也甘心。”后来五王被害，只有姚崇幸免。

武后迁，五公相庆，崇独流涕。董卓诛[①]，百姓歌舞，邕独惊叹[②]。事同而祸福相反者，武君而卓臣，崇公而邕私也。然惊叹者，平日感恩之真心；流涕者，一时免祸之权术。崇逆知三思犹在，后将噬脐[③]，而无如五王之不听，何也？吁，崇真智矣哉！

【注释】

①董卓：东汉末年军阀，灵帝时为前将军，帝死，将兵入朝，废少帝，立献帝，弑何后，自为太师，凶残无比。司徒王允密诱卓将吕布杀之，陈尸于市，百姓欢庆。

②邕：蔡邕，东汉末文学家，善书法，通音律，尤精史学。董卓重其才学，相待甚厚。

③噬（shì）脐：后悔已晚。自噬腹脐，比喻不可及。

【译文】

武后迁入上阳宫，五王互相庆贺，只有姚崇流泪。董卓被杀，百姓载歌载舞，只有蔡邕惊叹。事理相同而福祸相反，因为武后是君而董卓是臣，姚崇为公而蔡邕为私。然而惊叹的人，是平日有感念恩情的真心；流泪的人，是一时免于祸患的权术。姚崇预料武三思还在朝，日后将后悔不及，但怎奈五王不听劝告，为什么呢？啊！姚崇真有智慧啊！

孔子

鲁国之法：鲁人为人臣妾于诸侯[①]，有能赎之者，取金于府。子贡赎鲁人于诸侯而让其金[②]。孔子曰："赐失之矣[③]。夫圣人之举事，可以移风易俗，而教导可施于百姓，非独适己之行也。今鲁国富者寡而贫者多，取其金则无损于行，不取其金，则不复赎人矣！"子路拯溺者[④]，其人拜之以牛，子路受之。孔子喜曰："鲁人必多拯溺者矣！"

【注释】

①为人臣妾于诸侯：成为别国的奴隶。

②让其金：不接受官府的赏钱。

③赐：子贡，姓端木，名赐，子贡为其字。

④子路：仲由，字子路，好勇力，善政事。

【译文】

鲁国的法令规定：凡鲁国人在别的诸侯国当奴隶，有能赎回他们的人，可以从官府领取赏金。子贡从别的诸侯国赎回一个鲁国人而不肯接受赏金。孔子说："子贡犯了错误。圣人行事，能够移风易俗，而且他们的模范带头作用可影响百姓，并非只为了适合自己的道德行为。如今鲁国富人少而穷人多，接受赏金并不损害自己的德行，不拿赏金，那么就不再有人愿意去赎人了。"子路拯救溺水的人，那人以牛答谢子路，子路接受了。孔子高兴地说："鲁国一定有很多人去拯救溺水者了。"

袁了凡曰[①]："自俗眼观之，子贡之不受金似优于子路之受牛。孔子则取由而黜赐，乃知人之为善，不论现行论流弊[②]，不论一时论永久，不论一身论天下。"

【注释】

①袁了凡：袁黄，字坤义，号了凡。明万历间进士。初任宝坻知县，有政绩，擢兵部主事。博极群书，有著作多种传世。

②流弊：沿袭下去的弊病。

【译文】

袁了凡说："从世俗的眼光来看，子贡不接受赏金的行为似乎优于子路接受牛的行为。孔子则称赞子路而贬损子贡，才知道人做善事，不能论当时的做法而应该论产生的流弊，不能论一时的功效而应该论永久的影响，不能论自身的得失而应该论对天下的利弊。"

宓子

齐人攻鲁，由单父[1]。单父之老请曰："麦已熟矣，请任民出获，可以益粮，且不资寇。"三请而宓子不许[2]。俄而齐寇逮于麦[3]，季孙怒[4]，使人让之[5]。宓子蹙然曰："今兹无麦，明年可树。若使不耕者获，是使民乐有寇。夫单父一岁之麦，其得失于鲁不加强弱；若使民有幸取之心，其创必数世不息。"季孙闻而愧曰："地若可入[6]，吾岂忍见宓子哉！"

【注释】

①单父：春秋时为鲁邑，时宓子贱为单父宰。

②宓子：宓不齐，字子贱。孔子弟子。曾为单父宰，鸣琴不下堂而治。

③齐寇逮于麦：齐国入侵军队行进至麦田。

④季孙：鲁国桓公之子季友的后裔，称季氏或季孙氏，世为鲁之上卿。

⑤让：责问。

⑥地若可入：如果地上有个缝可以钻进去。

【译文】

齐国人攻打鲁国，路经鲁邑单父。单父的父老请示说："麦子已经成熟了，请任凭民众去收割，可增加粮食，且不至于资助敌人。"数次请求而宓子都不准。不久齐国入侵军队行进至麦田，季孙很生气，派人来责问宓子。宓子皱着眉头说："今年这里没有麦子，明年可以种。如果让不耕种的人也能收获麦子，这会让民众乐于有贼寇入侵。单父一年所产的麦子，数量的多少不影响鲁国的强弱；如果使民众养成侥幸获利的心理，这种创伤一定几代人都不能止息。"季孙听了惭愧地说："地如果可以钻进去，我怎么好意思再见宓子呢！"

于救世似迂，于持世甚远。

【译文】

从拯救国家来看似乎有些迂腐，从经营国家来看眼光非常长远。

程琳

程琳字天球[①]，为三司使日，议者患民税多名目，大麦纩绢䌷鞋钱食盐钱。恐吏为奸，欲除其名而合为一。琳曰："合为一而没其名，一时之便。后有兴利之臣，必复增之，是重困民也。"议者虽唯唯，然当时犹未知其言之为利，至蔡京行方田之法[②]，尽并之，乃始思其言而咨嗟焉。

【注释】

①程琳：字天球。大中祥符四年（1011）举服勤辞学科。宋仁宗时任参知政事，拜大学士、同中书门下平章事，判大名府。为政持重，不扰于民。

②蔡京：字元长。熙宁进士。累迁至右仆射兼中书侍郎，四次出执国政，库储耗尽，亲党遍布，政治昏暗。方田之法：即方田均税法。宋神宗熙宁五年（1072）颁布，以东西南北各千步，当四十顷六十六亩一百六十步为一方，由有司据肥瘠分五等以定其税额。元丰五年（1082）因执行官吏借机扰民，罢行。蔡京擅国，复，至宣和年间又罢。

【译文】

宋朝人程琳字天球，任三司使时，有人议论担心民众的税收名目繁多，当时有大麦、织绢、绸鞋钱和食盐钱等名目。恐怕官吏有巧取的行为，想除去名目合为一项。程琳说："合为一项而隐没名目，只是一时的便利。以后有营求利益的官吏，一定又要增加税目，这是加重人民的困苦。"议论的人虽然口头应承，然而当时还不知道他这些话的益处，直到蔡京推行方田法，把所有税收合并为一，才想起程琳的话而感慨不已。

高明

黄河南徙，民耕于地[①]，有收。议者欲履亩坐税[②]，高御史明不可[③]，曰："河徙无常，税额不改，平陆忽复巨浸，常税犹按旧籍，民何以堪？"遂报罢[④]。

【注释】

①耕于地：在旧河道的闲地上耕种。

②履亩坐税：丈量闲地亩数，科派以租税。

③高御史明：高明，字上达。明景泰年间进士。授御史，以敢言著称。

④报罢：古代指批复所言之事作罢。

【译文】

黄河向南迁移，民众在旧河道的闲地上耕种，有收成。有人提议要丈量田亩收税，御史高明不同意，说："黄河迁徙无常，税收的数目不变，平坦陆地忽然又变为大河，日常税赋仍然按照旧的统计，民众怎么承受得住？"于是这个提议没被批准。

每见沿江之邑，以摊江田赔粮致困[①]，盖沙涨成田[②]，有司喜以升科见功[③]，而不知异日减科之难也。川中之盐井亦然。陈于陛《意见》云[④]："有井方有课[⑤]，因旧井塌坏，而上司不肯除其课，百姓受累之极，即新井亦不敢开。宜立为法：凡废井，课悉与除之，新井许其开凿，开成日免课，三年后方征收，则民困可苏而利亦兴矣。若山课多⑥，一时不能尽蠲⑦，宜查出另为一籍，有恩典先及之，或缓征，或对支，徐查新涨田，即渐补扣。数年之后，其庶几乎？”

【注释】

①摊江田赔粮：朝廷按一县地亩数征收赋税，江边沙涨而成的地往往难保收成，还常被江水淹没。把这种地计算在内，等于把没有收成的地摊入，百姓就要多交一部分税粮。

②沙涨：河沙淤积江边，地势抬高。

③升科：即新开垦的荒地，开始若干年不征收赋税，满期后按规定交纳赋税。

④陈于陛：字元忠。明隆庆年间进士。万历时累迁至礼部尚书，后官至文渊阁大学士，入参机务。《意见》为陈于陛所著论学、论政的札记体著作。

⑤课：赋税。

⑥山课：荒山新垦田的赋税。

⑦蠲（juān）：除去，减免。

【译文】

每见到沿江的县邑，因为江沙淤积成的新田要缴纳田赋而导致贫困，原来河沙淤积江边形成新田，官吏因增加新地赋税能表现政绩而高兴，却不知道将来减少赋税的艰难。四川一带的盐井也是如此。陈于陛在《意见》中说：“有盐井才有课税，因为有些旧盐井坍塌毁坏，而上级不肯免除他们的课税，百姓受到很大牵累，以致新井也不敢开凿。应该订立法令：凡是废井，课税都免除，新井准许他们开凿，从开成那天起免收课税，三年后才征收，那么民众的困苦可以缓解而收益也增多了。如果荒山新垦田的赋税太多，一时间不能都免除，应该调查另外编一名册，国家有恩典政策先惠及这些，或延缓征收，或缴纳半数，慢慢地再调查新生的田地，再逐渐补扣。几年之后，就差不多办好了。”

〇查洪武二十八年，户部奉太祖圣旨：“山东、河南民人，除已入额田地照旧征外，新开荒的田地，不问多少，永远不要起科，有气力的尽他种。”按，此可为各边屯田之法。

【译文】

查看洪武二十八年，户部奉行太祖的圣旨：“山东、河南的百姓，除了已经编入名册的田地照旧征收外，新开垦的田地，不论多少，永远不要征收课税，有力气的人随他耕种。”按，这可以作为边塞地区屯田的典范。

王铎

王铎为京兆丞时[①]，李蠙判度支[②]，每年以江淮运米至京，水陆脚钱斗计七百[③]；京国米价斗四十[④]，议欲令江淮不运米，但每斗纳钱七百。铎曰：“非计也。若于京国籴米[⑤]，且耗京国之食。若运米自淮至京国，兼济无限贫民也。”籴米之制，业已行矣，竟无敢阻其议者。都下米果大贵，未经旬而度支请罢，以民无至者也。识者皆服铎之察事，以此大用[⑥]。

【注释】

①王铎：唐武宗会昌年间进士。官至同中书门下平章事，拜司徒。京兆丞：唐代又称京兆少尹，为京兆尹的副职。

②李蠙：唐宗室。会昌年间进士。度支：为户部所属一司，唐代中期后往往特派大臣专判度支，称度支使。与判户部及盐铁使合称三司，共掌天下经济命脉。

③脚钱：搬运费。

④京国：京城。

⑤籴（dí）米：购米。籴，买粮食。

⑥大用：重用，指王铎擢为兵部尚书、盐铁转运使，后又为礼部尚书、同平章事。

【译文】

唐朝人王铎任京兆丞时，李蠙任度支使。每年从长江、淮河一带运米粮到京师，水陆运费每斗要七百钱；京城的米价每斗四十钱，有人建议命令江淮一带的人不再运米，只要每斗缴纳七百钱。王铎说："这不是好建议。如果在京城买米，就会消耗京城的粮食。如果从江淮一带运米到京城，则同时可以救济许多贫民。"然而在京城买米的决定已经推行了，竟然没有敢阻止这个决定的人。京城的米价果然大涨，不到十天李蠙就请撤除这一规定，因为百姓没有可以缴纳的粮了。有识之人都佩服王铎明察事理，因此他受到重用。

国初中盐之法[①]，输粟实边，支盐内地。商人运粟艰苦，于是募民就边垦荒[②]，以便输纳，而边地俱成熟矣。此盐、屯相须之最善法也。自叶侍郎淇徇乡人之请[③]，改银输部，而边地日渐抛荒，粟遂腾贵，并盐法亦大敝坏矣。"见小利则大事不成"[④]，圣言真可畏哉！

【注释】

①国初中盐之法：明朝初年的"中盐"之法，是军队守边，由商人运粮赴边塞之地，待粮入仓后，由官府给商人盐引。商人再赴产盐

所在之官署，仍按盐的场价，领盐赴销盐之地，照官方指定地点出售。由于此法是军守边，商供粮，而盐居中为报偿，故称“中盐”，又称“开中”。

②募民就边垦荒：明朝特有的“商屯”，选择军屯所不垦边区旷地，让商人兴屯种植，所获之粮，可就近输送边塞，换以盐引。这样商人无远道运粮之劳，而有就地营垦之利，是原“中盐”法的改进。

③叶侍郎淇：叶淇，景泰进士。弘治年间为户部尚书。徇乡人之请：弘治年间，盐商中多两淮人，所以给同为淮安人的户部尚书叶淇写信说：“商人赴边纳粮，价少而有远途跋涉之虞。不如在运司交纳银两，价多而易办。”叶淇请于内阁徐溥，下令两淮等盐引俱纳银解交户部太仓。由此虽太仓之银累至百余万，而赴边开中之法废，商屯撤业，粮粟翔贵，而边储日虚。

④“见小利则大事不成”：语见《论语·子路》。

【译文】

明朝初期实行中盐法，商人运粮食补给边境，边境再给以盐引，商人在内地销盐。商人因为运粮食很艰苦，于是招募民众在边境开垦荒地，以便于粮食运输，由此边境之地都能产粮食。这是卖盐和屯田相互依存的最好办法。从侍郎叶淇顺应同乡人的请求，改用银子缴纳官府，而边境的田地逐渐抛弃荒废，粮食价格于是高涨，连中盐法也遭严重破坏。“注重小利则不能成就大事”，圣人的话实在令人敬畏。

孙伯纯

孙伯纯史馆知海州日[①]，发运司议置洛要、板浦、惠泽三盐场[②]，孙以为非便。发运使亲行郡，决欲为之，孙抗论排沮甚坚。百姓遮县[③]，自言置盐场为便。孙晓之曰：“汝愚民，不知远计，官卖盐虽有近利，官盐患在不售，不患在不足，盐多而不售，遗患在三十年后。”至孙罢郡，卒置三场。其后连海间刑狱盗贼差役[4]，比旧浸繁，缘三盐场所置。积盐山积，运卖不行，亏失欠负，动辄破人产业，民始患之。又朝廷调军器，有弩桩箭干之类[5]。海州素无此物，民甚苦之，请以鳔胶充折。孙谓之曰：“弩桩箭干，共知非海州所产，盖一时所须耳。若以土产物代之，恐汝岁岁被科无已时也[6]。”

【注释】

①孙伯纯：宋人，余不详。史馆：史馆修撰，官名。海州：治今江苏东海。

②发运司：唐、宋设发运司，其长官为发运使，掌漕运、茶盐等政。洛要、板浦、惠泽：均在今江苏东北端。

③遮县：群集于县衙大门。

④连海间：沿海一带，指今江苏徐州东部沿海地区。

⑤弩桩：弩，用机械发射的弓，或用脚踏，或用腰开。用脚踏的弩须植桩于地。

⑥被科：被科派缴纳。

【译文】

史馆修撰孙伯纯任海州知州时，发运司决议设置洛要、板浦、惠泽三处盐场，孙伯纯认为不合适。发运使亲自到州郡来，决心要做这件事，孙伯纯抗议排斥十分坚决。百姓群集于县衙大门，说设置盐场有利。孙伯纯劝他们说：“你们这些愚民，不懂长远规划，官府卖盐虽然有眼前利益，但官盐的隐忧在于卖不出去，而不怕盐不够，盐太多而卖不掉，遗留的祸患三十年后就会显现出来。”到孙伯纯离开知州职位，最终设置了三处盐场。之后沿海一带刑犯、盗贼、差役，比之前增加许多，就因为三处盐场的设置。所产的盐堆积如山，贩卖运输不畅通，亏损欠债，动不动就让人产业破败，民众才忧心起盐场来。此外，朝廷征调兵器，要弩桩箭杆之类，海州向来没有这些东西，民众为此十分苦恼，请求用鳔胶代替。孙伯纯对他们说："弩桩箭杆，都知道不是海州所出产的，只是一时的需要罢了。如果用土产物品代替它们，恐怕你们年年都要被科派交纳没有停止的时候。"

张咏

张忠定知崇阳县[1]，民以茶为业，公曰："茶利厚，官将榷之[2]，不若早自异也。"命拔茶而植桑，民以为苦。其后榷茶，他县皆失业，而崇阳之桑皆已成，为绢岁百万匹。民思公之惠，立庙报之。

【注释】

①张忠定：张咏，字复之。北宋太平兴国年间进士。官枢密直学士。两知益州，恩威并用。谥忠定。崇阳县：在今湖北。

②榷（què）：专卖。

【译文】

宋朝时张咏任崇阳县知县，民众以种茶为业，张咏说："茶叶利润丰厚，官府将要实行茶叶专卖，不如早些自己变换产业。"命令拔掉茶树改种桑树，百姓深以为苦。后来官方实行茶叶专卖，其他县的百姓都失业，而崇阳县的桑树都已经成长，生产绢布每年达百万匹。百姓感念忠定公的恩惠，为他建庙来酬谢他。

文温州林官永嘉时[1]，其地产美梨。有持献中官者，中官令民纳以充贡。公曰："梨利民几何？使岁为例，其害大矣！"

俾悉伐其树。中官怒而谮之,会荐卓异得免。近年虎丘茶亦为僧所害[②],僧亦伐树以绝之。呜呼!中官不足道,为人牧而至使民伐树以避害,此情可不念欤!林,衡山先生之父[③]。

【注释】

①文温州林:文林,字宗儒。成化年间进士。任永嘉知县、温州知府。

②为僧所害:成为和尚们的祸害。指官府科派和尚献交虎丘茶。

③衡山先生:文徵明,因先世为衡山人,故号衡山居士,世称"文衡山"。明代书画家。

【译文】

文林在永嘉为官时,此地盛产上好的梨。有人拿去献给宦官,宦官命令百姓纳梨以充贡赋。文林说:"梨对百姓有多大的利益?假使每年按例进贡,危害很大。"就让百姓把梨树都砍掉。宦官发怒并诬陷他,正好有人推荐他表现优异而获赦免。近年来虎丘茶也成为僧侣们的祸患,僧侣们也砍光茶树以绝后患。唉!宦官不值一提,做父母官到了让百姓伐树来逃避祸害的地步,这种情意能不感念吗!文林,是衡山先生文徵明的父亲。

〇《泉南杂志》云[①]:泉地出甘蔗,为糖利厚,往往有改稻田种蔗者,故稻米益乏,皆仰给于浙直海贩。莅兹土者[②],当设法禁之,骤似不情,惠后甚溥[③]。

【注释】

①《泉南杂志》:明陈懋仁著,多记泉州山川古迹及郡县诸事。

②莅兹土者:在此地为官的人。

③惠后甚溥(pǔ):遗惠于后人很丰厚。溥,广大,普遍。

【译文】

《泉南杂志》说：泉州一带出产甘蔗，制成糖利润优厚，常常有人用稻田改种甘蔗，所以稻米越来越少，都依赖浙直的海上贩售。在此地为官的人，应该想办法禁止，乍看起来好像不近人情，对后人的好处却很丰厚。

李允则

李允则再守长沙[①]。湖湘之地，下田艺稻谷[②]，高田水力不及，一委之蓁莽[③]。允则一日出令曰："将来并纳粟米秆草[④]。"湖民购之襄州，第一斗一束，至湘中为钱一千。自尔竞以田艺粟，至今湖南无荒田，粟米妙天下焉。

【注释】

①李允则：宋仁宗时领康州防御使。为官常私访，洞知民情，颇有才略。

②艺：种植。

③一委之蓁（zhēn）莽：全部任其荒芜。蓁莽，杂乱生长的草木。

④粟米秆草：即小米及其茎秆。小米可于高旱处种植。

【译文】

宋朝人李允则再度任长沙太守。湖湘一带，低处田地种植稻谷，高处田地灌溉之水上不去，全都任其荒废。李允则有一天下令说："将来纳税要缴纳粟米及其茎秆。"湖边的农民从襄州买，每一斗米和一束草，到湘中一带就值一千钱。自此竞相在田地种粟米，至今湖南没有荒田，所产粟米天下称好。

论元祐事 二条

一

神宗升遐[①]，会程颢以檄至府[②]。举哀既罢，留守韩康公之子宗师[③]，问："朝廷之事如何？"曰："司马君实、吕晦叔作相矣[④]。"又问："果作相，当如何？"曰："当与元丰大臣同[⑤]，若先分党与，他日可忧。"韩曰："何忧？"曰："元丰大臣皆嗜利者，使自变其已甚害民之法，边批：必使自变，乃不可复变。则善矣。不然，衣冠之祸未艾也。君实忠直，难与议[⑥]；晦叔解事[⑦]，恐力不足耳。"已而皆验。

【注释】

①神宗升遐：宋神宗去世，时在元丰八年（1085）。升遐，皇帝死亡的敬称。

②程颢：字伯淳，世称明道先生，北宋理学家。以檄至府：由于上面有公文相召，故从县来到府城。时程颢任扶沟县知县。

③留守韩康公之子宗师：韩宗师，北宋大臣康国公韩绛之子。王安石荐为度支判官，累进集贤殿修撰，知河中府。是时为河中府留守。留守，古代皇帝巡幸、出征时，以亲王或重臣镇守京师，得便宜行事，称京城留守。其他行部、陪都亦有常设或间设留守者，多以地方长官兼任。

④司马君实：司马光，字君实。吕晦叔：吕公著，字晦叔。庆历进士。元祐初拜尚书右仆射兼中书侍郎，与司马光同掌国政。

⑤元丰大臣：神宗时以王安石为首的一批主张新法的大臣。

⑥难与议：难以说服他与元丰大臣合作。

⑦解事：懂得事理，顾全大局不计较于朋党利害。

【译文】

宋神宗去世后，恰好程颢因有公文相召到府城。哀悼完毕，留守韩康公的儿子韩宗师问他说："朝廷的情况怎么样？"程颢说："司马光、吕公著要做宰相。"韩宗师又问："他们真做了宰相，应该怎么办？"程颢说："应与元丰时期的大臣团结合作，如果先区分党羽，将来就要忧虑了。"韩宗师说："为什么忧虑？"程颢说："元丰时期的大臣都好利，假使他们自己改变那些残害百姓深重的法令，边批：一定要让他们自己改变，才不会再变。就很好。不然的话，官员们的祸患将没完没了。司马光为人忠诚正直，很难说服他与元丰大臣合作；吕公著为人明达事理，但恐怕力量不够。"不久这些话都应验了。

建中初徽宗年号[①]，江公望为左司谏[②]，上言："神考与元祐哲宗初号诸臣[③]，非有斩祛、射钩之隙也[④]，先帝信仇人黜之。陛下若立元祐为名[⑤]，必有元丰神宗改元、绍圣哲宗改元为之对[⑥]。有对则争兴，争兴则党复立矣。"

【注释】

①建中：建中靖国，宋徽宗赵佶初即位年号，仅一年（1101）。

②江公望：字民表。熙宁中举进士，建中靖国初由太常博士拜左司谏，抗疏极论时政。后蔡京执政，入元祐党籍，编管南安军。

③神考与元祐诸臣：宋神宗与反对变法的诸臣。元祐为神宗之子哲宗年号，由于神宗时反对变法诸臣如司马光、苏轼等，元祐年间陆续上台，故称"元祐诸臣"。

④斩祛（qū）、射钩之隙：斩去衣袖、射中带钩的仇恨。斩祛，春秋时，晋献公听宠姬骊姬之谗，杀逐太子申生、公子夷吾及重耳。重耳时居蒲城，献公令寺人披前往刺杀；寺人披斩重耳之衣袖，重耳仓皇逃亡。后寺人披又受晋惠公即公子夷吾之命杀重耳，未果。

后来重耳即位为文公，大臣吕甥等欲烧公宫杀文公。寺人披知其谋，求见文公。文公释斩袪之怨，于是寺人披告吕甥之谋，使文公得免于难，而终杀吕甥之党。射钩，春秋时齐襄公无道，其弟公子纠、公子小白出奔。纠奔鲁，管仲辅之。小白奔莒，鲍叔辅之。齐襄公死后，国人议立君，小白及纠分别从莒、鲁赶回齐国。管仲带兵埋伏在莒国通齐的道上，射中小白带钩。小白佯死，管仲方归。后小白被立为桓公，释射钩之怨而用管仲为相，卒成霸业。

⑤若立元祐为名：如果标出一个“元祐大臣”的名目。即把元祐大臣当成一个集团。

⑥元丰、绍圣：元丰为神宗赵顼年号，王安石在此期间变法。绍圣为哲宗赵煦年号，章惇、吕惠卿一派在此期间东山再起。

【译文】

建中初年徽宗年号，江公望任左司谏，上奏说：“神宗与元祐哲宗初即位年号诸臣，并没有斩去衣袖、射中带钩的仇恨，但哲宗却当仇人似的罢黜他们。陛下如果立一个元祐大臣的名目，一定会有元丰神宗改元的年号、绍圣哲宗改元的年号时期的臣子与之相对。一有对立那么纷争就兴起了，纷争起来则党派又出现了。”

二

司马光为政[①]，反王安石所为。毕仲游予之书曰[②]：“昔安石以兴作之说动先帝[③]，而患财之不足也，故凡政之可以得民财者，无不用。盖散青苗、置市易、敛役钱、变盐法者[④]，事也；而欲兴作患不足者，情也。边批：此弊必穷其源而后可救。未能杜其兴作之情，而徒欲禁其散敛变置之事，是以百说而百不行。今遂废青苗、罢市易、蠲役钱、去盐法，凡号为利而伤民者，一扫而更之，则向来用事于新法者，必不喜矣。不喜之人，必不但曰‘青苗不可废，市易不可罢，役钱不可蠲，盐法不可去’，必操不足之情，言不足之事，以动上意，虽致石人而使听之，犹将动也。如是，则废者可复散，罢者可复置，蠲者可复敛，去者可复存矣。为今之策，当大举天下之计[5]，深明出入之数，以诸路所积之钱粟，一归地官[6]，使经费可支二十年之用。数年之间，又将十倍于今日。使天子晓然知天下之余于财也，则不足之论不得陈于前，而后新法始可永罢而不行。昔安石之居位也，中外莫非其人，故其法能行。今欲救前日之弊，而左右待职司使者[7]，约十有七八皆安石之徒，虽起二三旧臣，用六七君子，然累百之中存其十数，乌在其势之可为也！势未可为而欲为之，则青苗虽废将复散，况未废乎！市易、役钱、盐法亦莫不然。以此救前日之弊，如人久病而少间[8]，其父子兄弟喜见颜色而未敢贺者，以其病之犹在也。”光得书耸然，竟如其虑。

【注释】

①司马光为政：宋哲宗初年，太皇太后高氏听政，用司马光为相。

②毕仲游：字公叔。熙宁间举进士。召试学士院，苏轼异其文，擢为第一，加集贤校理，提点河东路刑狱。徽宗时为吏部郎中，入元祐党籍，坎坷而终。

③兴作：富国强兵的改革。

④散青苗：熙宁二年（1069），王安石行青苗法。即于每年青黄不接之时，由官府贷钱与民，取息二分，正月放而夏敛，五月放而秋敛。散青苗即发散青苗钱。置市易：熙宁五年（1072），王安石行市易法，由朝廷设市易务（后改名市易司），根据市场情况估定物价，

收购滞销商品；商贩行头购官物可以赊欠，或由官贷给款项；官府所需物品，均由市易务供应。敛役钱：熙宁三年（1070），王安石在开封府试行募役法（又称免役法），使民出免役钱，本不服役者出助役钱，而由官府以钱雇人服役。此法于次年向全国推行。变盐法：熙宁八年（1075），重订陕西盐钞法，设置钞场"平买"盐钞，市易司以市价收买旧钞，以稳定钞价。

⑤大举天下之计：对全国经济状况进行大规模调查统计。

⑥地官：古代六官之一，此处指户部。

⑦待职司使者：担任司使的人，此处主要指掌握全国财政的三司使。

⑧少间：稍有好转。

【译文】

司马光当政时，推翻王安石变法的做法。毕仲游给他写信说："从前王安石以改革来富国强兵的言辞说动先帝，而担心财政不充裕，所以凡是可以取得民众财产的政策，无不采用。原来散发青苗钱、设置市易、敛收役钱、变更盐钞法的措施，不过是具体举措；而想要改革又担忧财力不足，才是他们的真实动机。边批：这些弊端一定要追溯源头而后才可以改正。不能杜绝改革的念头，而只是想禁止他散、敛、变、置的改革措施，所以怎么说怎么行不通。而今就要废除青苗、停办市易、免除役钱、废止盐法，凡是声称为国求利而伤害百姓的事，一概废除变更，那么一直以来在新法下办事的人，必定不高兴。不高兴的人，一定不只说'青苗不可废除、市易不可停办、役钱不可免除、盐法不可废止'，一定会持财力不足的想法，谈论财力不足的情形，去动摇皇上的心意，即使铁石心肠的人让他听了这话，也会动摇。这样的话，则废除的青苗钱可以再散发，停办的市易可以再设置，免除的役钱可以再收敛，废止的盐法可以再存续。当今之计，应当大规模调查天下的经济状况，彻底摸清支出收入的数目，把各路所积累的钱粮，都归户部，使经费可以支撑二十年的用度。几年之后，又将十倍于现在。使天子明白天下财物的余裕，那么财力不足的论调就不能在皇上面前陈说，然后新法才可能永久废除而不再实行。从前王安石居于相位，朝廷内外没有不是他一派的人，所以他的新法能够推行。现在想要挽救以前的积弊，而掌握财政担任司使的人，大约十之七八都是王安石一派的人，即使提拔二三个旧臣，任用六七个君子，然而每百人之中仅有十来个，哪会形成有所作为的局势呢！形不成废除新法的局势却要勉强去做，那么青苗钱即使废止也将再散发，何况没有废除呢！市易、役钱、盐法也无不是这样。用这种方法来补救之前的弊病，如同人久病而稍有好转，他的父子兄弟都面有喜色却不敢恭贺他，因为他的病还在。"司马光接到这封信十分惊骇，最终和他顾虑的一模一样。

陈瓘　四条

一

陈瓘方赴召命[①]，至阙，闻有中旨[②]，令三省缴进前后臣僚章疏之降出者[③]。瓘谓宰属谢圣藻曰[④]："此必有奸人图盖己愆而为此谋者[⑤]。若尽进入，则异时是非变乱，省官何以自明[⑥]？"因举蔡京上疏请灭刘挚等家族，乃妄言携剑入内欲斩王珪等数事。谢惊悚，即白时宰，录副本于省中。其后京党欺诬盖抹之说不能尽行，由有此迹不可泯也。

【注释】

①陈瓘：字莹中。元丰间登进士。绍圣初，章惇荐为太学博士，与惇忤，不复用。曾布为相，荐为谏官，又以为忤出之。瓘为谏官时，极言蔡京不可用，京深恨之，屡加窜责。方赴召命：刚被从贬所召回，任谏官。

②中旨：宫中之旨。

③三省：中书省、门下省、尚书省。缴进前后臣僚章疏之降出者：把以往臣僚们进给皇帝而由皇帝发下至三省的奏章，全部上交。

④宰属：宰相的官属。

⑤奸人图盖己愆（qiān）：奸人想掩盖自己的罪过。通过皇帝降旨收回奏章，从而把罪证销毁。

⑥省官：三省之官。

【译文】

宋朝人陈瓘刚赴召回之命就任，到宫门口，听说宫中有谕旨，命令三省上交以往臣僚们进呈给皇帝而由皇帝下发至三省的奏章。陈瓘对宰相的部属谢圣藻说："这一定是有奸人想要掩盖自己的罪过而出此计谋。如果把下发的奏章全部进呈皇上，那么将来发生是非变乱，三省之官怎么能为自己辩白？"接着举蔡京上疏请求诛灭刘挚等家族，奏疏中竟捏造刘挚带剑入宫想杀王珪等几件事。谢圣藻听了非常害怕，马上报告给当朝宰相，抄录副本留在三省中。之后蔡京的党羽欺诈诬蔑掩饰过失的种种谎言不能全部奏效，正是由于有这些副本而无法消除痕迹。

二

邹浩还朝[①]，帝首及谏立后事[②]，奖叹再三，询："谏草安在？"对曰："焚之矣。"退告陈瓘。瓘曰："祸其始此乎？异时奸人妄出一缄，则不可辨矣。"初，哲宗一子献愍太子茂，昭怀刘氏为妃时所生，帝未有子，而中宫虚位，后因是得立。然才三月而夭。浩凡三谏立刘后，随削其稿。蔡京用事，素忌浩，乃使其党为伪疏，言："刘后杀卓氏而夺其子[③]，欺人可也，讵可以欺天乎？"徽宗诏暴其事，遂再谪衡州别驾，寻窜昭州，果如瓘言。

【注释】

①邹浩还朝：邹浩，字志完。元丰进士。哲宗朝为右正言。章惇独相用事，浩上章数其不忠，并反对立刘氏为后，因削官，羁管新州。徽宗立，复为右正言，累迁兵部侍郎。

②谏立后事：宋哲宗第一任皇后为孟氏。至绍圣间，哲宗专宠刘婕妤。刘婕妤通过太监郝随等与章惇相勾结，诬构孟后，于是哲宗于元符元年（1098）废孟后，而于次年立刘婕妤为后。此时邹浩为右正言，上疏反对立刘后。章惇诋浩狂妄，除名勒停，羁管新州。及哲宗死，无子，其弟端王赵佶即位，为徽宗。当年诏复哲宗废后孟氏为元祐皇后，同时召还反对立刘后的邹浩，复官为右正言。

③卓氏：哲宗妃嫔。

【译文】

邹浩重回朝廷任职，宋徽宗首先言及他谏阻哲宗立刘皇后的事，再三夸奖称赞他，又问："谏书的草稿在哪里？"邹浩回答说："已经烧了。"退朝后邹浩告知陈瓘。陈瓘说："灾祸就要从这件事开始了吗？将来奸人随便捏造一封谏书，就无法分辨真伪。"起初，哲宗有一个儿子献愍太子名茂，是昭怀后刘氏做妃子时所生的，称帝后还没有儿子，而皇后之位还空着，昭怀后因此得以立位。然而太子茂才出生三个月就夭折了。邹浩曾三次上疏谏阻立刘氏为后，随后就把谏言稿子销毁。蔡京得势后，向来忌恨邹浩，就命他的党羽伪造邹浩的奏疏，说："刘皇后杀死卓氏而夺走卓氏的儿子，欺瞒人可以，怎么能欺瞒上天呢？"徽宗命令在朝中披露此事，于是再次贬邹浩为衡州别驾，不久流放昭州，果然如陈瓘所言。

二事一局也，谢从之而免谗，邹违之而构诬。"人无远虑，必有近忧"[①]，尤信！

【注释】

①人无远虑,必有近忧:语出《论语·卫灵公》。

【译文】

两件事是相同的局面,谢圣藻听从了陈瓘的话而免遭谗言,邹浩做了相反的事而遭诬陷。"人没有长远的考虑,必定有近前的忧患",的确如此。

三

徽宗初,欲革绍圣之弊以靖国[①],于是大开言路。众议以瑶华复位、司马光等叙官为所当先[②]。陈瓘时在谏省[③],独以为"幽废母后、追贬故相,彼皆立名以行,非细故也。今欲正复,当先辨明诬罔,昭雪非辜,诛责造意之人,然后发诏,以礼行之,庶无后患,不宜欲速贻悔[④]"。朝议以公论久郁,速欲取快人情,遽施行之。边批:无识者每坐此弊。至崇宁间[⑤],蔡京用事,悉改建中之政,人皆服公远识。

【注释】

①靖国:使国家平靖。徽宗赵佶初即位年号即为建中靖国。

②瑶华:宋时皇后所居宫殿名。此指哲宗时被废的孟后。叙官:根据他们的品德、功绩给以进职或奖功。

③谏省:谏官官署。陈瓘时为左正言。

④不宜欲速贻悔:不应该只想迅速地为皇后、大臣恢复名位而留下遗憾。

⑤崇宁:宋徽宗赵佶年号(1102—1106)。

【译文】

徽宗初即位,想要革除哲宗绍圣年间的积弊以安定国家,于是大开进言之路。众臣建议以让哲宗时被废的孟后恢复后位、根据品德功绩给司马光等故去大臣进职奖功为先。陈瓘当时在谏官官署，唯独他认为“哲宗时幽禁废黜国母，追贬故去宰相，他们都是立了名目才执行的，这不是一件小事。如今想为他们正名复位，应当先辨明他们遭到的诬陷毁谤，昭雪他们没有的罪名，诛罚捏造假罪名的人，然后发布诏令，按照礼仪来推行，才不会留下祸患，不应该只想快速解决而遗留祸根”。朝廷商议认为陈瓘的办法费时持久，想要尽快解决以顺应人情，就立即施行。边批：无知的人常生出这种弊端。到了崇宁年间，蔡京得势后，全盘改易建中年间政策，众人才都叹服陈瓘的远见卓识。

四

陈公在通州[①]，张无垢商英入相[②]，欲引公自助。时置政典局[③]，乃自局中奉旨，取公所著《尊尧集》[④]，盖将施行所论，而由局中用公也。公料其无成，书已缮写未发，州郡复奉政典局牒催促。公乃用奏状进表，以黄帕封缄，缴申政典局，乞于御前开拆。或谓公当径申局中，何必通书庙堂[⑤]。公曰：“恨不得直达御览，岂可复与书耶？彼为宰相，有所施为，不于三省公行，乃置局建官若自私者，人将怀疑生忌，恐《尊尧》至而彼已动摇也。远其迹犹恐不免，况以书耶！”已而悉如公言。张既罢黜，公亦有台州之命[⑥]，责词犹谓公“私送与张商英，意要行用”[⑦]。于是众人服公远识。

【注释】

①通州：宋朝州名。治今江苏南通。

②张无垢：张商英，以章惇荐，擢监察御史，攻击司马光不遗余力。宋徽宗大观四年（1110），拜尚书右仆射。

③政典局：大观四年，张商英请编神宗熙宁、元丰之事，为《皇宋政典》，诏就尚书省置局。此局因修《政典》为名，故称政典局。张商英修《政典》是为编撰神宗时王安石变法之真实历史，以黜蔡京之妄。

④《尊尧集》：陈瓘谓绍圣史臣依王安石《日录》所修的《神宗实录》变乱是非，不可传信，因撰此书以辨其妄。

⑤庙堂：此处指朝廷。

⑥张既罢黜，公亦有台州之命：实际情况是《尊尧集》将上而商英罢相，于是陈瓘乞进《尊尧集》于御前开拆，仍于奏牍中寓意，言王安石不宜配享孔庙。徽宗谓其语言无绪，并系诋诬，羁管台州。台州，治今浙江临海。

⑦责词：贬谪陈瓘的诏命中谴责他的话。

【译文】

陈瓘在通州时，张无垢名商英入朝为相，想引荐陈瓘来辅助自己。当时新设政典局，就从局中求得圣旨，去取陈瓘所著《尊尧集》，将要采用他的观点，然后由政典局任用陈瓘。陈瓘预料张无垢不会成功，书已缮写好还没寄出，州郡又奉政典局的文牒来催促。陈瓘于是用奏状的形式上表，用黄帕封好书，上交呈送政典局，请求在皇帝面前拆开。有人说陈瓘应当直接呈送政典局，何必还写信把书送到朝廷。陈瓘说："恨不得能直接呈给皇上阅览，怎么能再把书送给政典局呢？张无垢任宰相，想有所作为，不在三省公开施行，却设置政典局任用官员像是私下的行为，别人将会怀疑忌妒，恐怕《尊尧集》送到时他的地位已经动摇了。远离他们还怕不能免灾，何况送书呢！"不久事态全如陈瓘所言。张无垢被罢免，陈瓘自己也被贬台州，谴责之词还说他"私下送书给张无垢，想要被使用"。于是众人服膺陈瓘的远见卓识。

林立山

武庙《实录》将成时[①]，首辅杨廷和以忤旨罢归[②]，中贵张永坐罪废[③]。翰林林立山奏记副总裁董中峰曰[④]：“史者，万世是非之权衡。昨闻迎立一事[⑤]，或曰由中，或曰内阁；诛贼彬[⑥]，或云由廷和，或云由永。边批：各从其党。疑信之间，茫无定据。今上方总核名实[⑦]，书进二事，必首登一览，恐将以永真有功，廷和真有罪，君子小人，进退之机决矣。”董公以白总裁费鹅湖[⑧]，乃据实书：“慈寿太后遣内侍取决内阁[⑨]。”天子由是倾心宰辅，宦寺之权始轻。

【注释】

①武庙：明武宗朱厚照，年号正德。实录：专记某一皇帝统治时期的大事。

②首辅：明代不专设宰相，而内阁大学士掌管政务。内阁大学士概称辅臣，而其中为首者称首辅。杨廷和：字介夫，四川新都人。成化进士。武宗时历官至太子太师、华盖殿大学士。忤旨：杨廷和多次违背嘉靖帝追尊其生父兴献王为皇帝的旨意，被罢。嘉靖七年（1528），以杨廷和为议礼罪魁，削籍为民。

③张永：宦官，武宗初总神机营，与刘瑾为党，后恶瑾行事，上奏诛瑾。

④奏记：以书面形式向上级陈述意见。总裁：国史实录馆的监修官。

⑤迎立一事：关于决定迎立兴献王子为帝一事，有的说决定是由宫中（指皇太后张氏）做出，有的说是由内阁（首辅为杨廷和）做出。

⑥诛贼彬：江彬得武宗宠，甚骄横，其所部边卒，桀骜不可制，中外虑其旦夕反。武宗死，皇太后张氏与大学士杨廷和等定议，迎立兴献王长子嗣帝位，又恐江彬为乱，秘不发丧，以武帝命召彬入。彬

不知帝崩，与其子入，俱被逮。于是昭暴彬罪，磔于市。

⑦总核名实：此指综合事情的各种情况加以稽考。

⑧费鹅湖：费宏，铅山人，铅山有鹅湖山，故称费鹅湖。时为辅臣，兼任修《武宗实录》总裁。

⑨慈寿太后：即张太后。

【译文】

武宗《实录》将完成时，内阁首辅杨廷和因忤逆圣旨罢官归乡，宦官张永也因罪被废。翰林林立山向《实录》副总裁董中峰以书面形式报告说："历史是万世是非的衡量标准。昨天听到迎立之事，有人说是皇太后所为，有人说是内阁所为；诛杀逆贼江彬的事，有人说是杨廷和之力，有人说是张永之力。边批：各从其党。怀疑和确信之间，茫然没有确定的依据。现在皇上正综合事情的各种情况加以稽考，《实录》中有关这两件事写出后，必定先给皇上阅览，如果不这样，恐怕会以为张永真有功劳，杨廷和真有罪过，君子小人，任用或罢黜因着我们的举动就被判定了。"董中峰将此事报告《实录》总裁费鹅湖，于是据实写道："慈寿太后派宦官听取内阁的决议。"天子因此心向内阁宰辅，宦官的权力才变小了。

周宗　韩雍

烈祖镇建业日[①]，义祖薨于广陵[②]，致意将有奔丧之计[③]。康王以下诸公子谓周宗曰[④]："幸闻兄长家国多事[⑤]，宜抑情损礼[⑥]，无劳西渡也[⑦]。"宗度王似非本意，坚请报简示信于烈祖[⑧]。康王以匆遽为词。宗袖中出笔，复为左右取纸，得故茗纸贴[⑨]，乞手札。康王不获已而札曰："幸就东府举哀，多垒之秋[⑩]，二兄无以奔丧为念也。"明年烈祖朝觐广陵，康王及诸公子果执上手大恸，诬上不以临丧为意，诅让百端，冀动物听[11]。上因出王所书以示之，王靦颜而已。

【注释】

①烈祖：五代时南唐烈祖李昪，937—943年在位。镇建业日：此条引自《南唐近事》，地名实误。建业即金陵，义祖徐温镇此遥控朝政，而烈祖李昪实居广陵。

②义祖薨于广陵：李昪立宗庙，祀徐温为义祖。徐温实际死于金陵，广陵误。

③致意将有奔丧之计：写信表示要前往吊丧。

④康王以下诸公子：康王即徐温之次子徐知询，其余为知诲、知谏、知证、知谔等。知询被李昪封东海郡王，死后谥曰康，故曰康王。周宗：事李昪，娴于辞令，颇见信赖。

⑤兄长：李昪为徐温养子，在徐温诸子中排行第二，比康王等年长。

⑥抑情损礼：抑制悲痛的心情，减省一些服丧的礼节。

⑦西渡：由广陵往金陵，是向西渡江。

⑧报简：写封回信。

⑨茗纸贴：包茶叶的纸商标。

⑩多垒之秋：战垒林立的年岁。

⑪冀动物听：希图引起众人对李昪的不满。

【译文】

南唐烈祖镇守建业时，义祖徐温在广陵去世，写信表示将要亲往奔丧。自义祖的儿子康王以下多位公子对周宗说："听说兄长国事家事繁忙，应该抑制悲痛心情减省丧葬礼节，不必劳烦西渡奔丧。"周宗揣度康王说这话好像并非本意，坚持请他写信给烈祖呈示确切回音，以示信用。康王推托太忙，不愿写。周宗从衣袖里取出笔，又让左右的人拿纸，拿到包茶叶的旧纸贴，请求康王亲笔书写。康王不得已写下："将在东府举办丧事，正值多事之秋，二哥不必为奔丧之事挂心。"第二年烈祖到广陵朝拜,康王及诸位公子果然握住烈祖的手悲痛而哭,诬怪烈祖没有把奔丧放在心上,百般斥责他,希望引起众人对烈祖的不满。烈祖于是拿出康王所写的信给他看,康王羞愧不已。

韩公雍旬宣江右时[①],忽报宁府之弟某王至[②]。公托疾,乞少需,边批:已猜着几分。密遣人驰召三司[③],且索白木几。公匍匐拜迎,王入,具言兄叛状。公辞病聩莫听[④],请书。王索纸,左右舁几进[⑤],王详书其事而去。公上其事,朝廷遣使按,无迹。时王兄弟相欢,讳无言。使还,朝廷坐韩离间亲王罪,械以往。韩上木几亲书,方释。

【注释】

①韩公雍:韩雍,字永熙。明正统进士。授御史,巡按江西。景泰时擢广东副使,寻巡抚江西。旬宣江右:此处指韩雍为江西巡抚事。旬宣,周遍巡视各地,宣布德教。

②宁府:宁王府。

③三司:明代以各省之都指挥使司、布政使司、按察使司合称三司。

④聩(kuì):耳聋。

⑤舁(yú):抬。

【译文】

韩雍为江西巡抚时,忽然有报告说宁王的弟弟某王来了。韩雍称病,请求稍等,边批:已猜着几分。暗中派人急速去召三司有关人员,并且索要一张白木几。韩雍匍伏拜迎,某王进来,就详细说明兄长叛变的情状。韩雍推辞说耳聋听不见,请某王写下来。某王要纸,左右的人抬着白木几进来,某王详细地写下此事后就离去了。韩雍将此事上奏朝廷,朝廷派使臣调查,没有任何迹象。当时某王兄弟和好了,某王隐瞒着什么都没说。使臣回朝后，朝廷判处韩雍离间亲王的罪行，命人带着刑具要把韩雍押走。韩雍呈上白木几上某王亲笔写下的文字，才被释放。

喻樗

张浚与赵鼎同志辅治，务在塞幸门①，抑近习②，相得甚欢。人知其将并相，史馆校勘喻樗独曰③："二人宜且同在枢府④，他日赵退则张继之，立事任人，未甚相远，则气脉长。若同处相位⑤，万一不合而去，则必更张，是贤者自相悖戾矣⑥。"

【注释】

①塞幸门：塞堵侥幸干进的门路。

②抑近习：抑制皇帝幸臣干预政事。

③喻樗（chū）：字子才。南宋建炎年间进士。为人质直，好议论。以反对和议为秦桧出知怀宁。

④枢府：枢密院。时赵、张均知枢密院事。

⑤同处相位：高宗绍兴五年（1135），赵鼎、张浚同为宰相。

⑥悖戾：违逆，乖张。

【译文】

宋朝人张浚与赵鼎同心辅佐政务，专务阻塞侥幸求官的门路，抑制皇帝亲近习用的人干预政事，合作很愉快。人们预知他们将一起担任宰相，只有史馆校勘喻樗说："两人只适合同在枢密院，将来赵鼎退休则张浚继续留任，成就事业任用人才，相差不太远，那么这股气脉就可以长久。如果两人同处宰相之位，万一意见不合而辞官，那么原来的政策必然变动，这就是贤者自相背离抵触啊。"

曹可以继萧[1]，费、董可以继诸葛[2]，此君子所以自衍其气脉也。若乃不贵李勣，以遗孝和[3]，不贵张齐贤，以遗真庙[4]，是人主自以私恩为市[5]，非帝王之公矣。

【注释】

①曹可以继萧：曹参可以继萧何为相。萧何，汉相国，律令典制多出其手。曹参，惠帝时继萧何为相，遵萧何之所规，有“萧规曹随”之说。

②费、董可以继诸葛：费祎、董允可以继诸葛亮为相。诸葛亮死，以蒋琬为相，后费祎又代蒋琬为相，而以董允为其副。

③不贵李勣（jì），以遗孝和：唐太宗所以不重用李勣，是为了留给孝和皇帝。孝和，唐中宗李显，谥孝和皇帝。此处实误。李勣受遗诏辅佐高宗，仕至尚书左仆射，进位司空，转太子太师。卒于669年。

④不贵张齐贤，以遗真庙：张齐贤，宋初以布衣陈十策，太祖对晋王（后为宋太宗）说他将来可以做宰相。太宗即位，齐贤以大理评事通判衡州。至真宗时官至兵部尚书，同中书门下平章事。真庙，即宋真宗。

⑤以私恩为市：用个人的恩惠做交易。

【译文】

曹参可以继承萧何，费祎、董允可以继承诸葛亮，这是君子延续自己气脉的做法。至于唐太宗不重用李勣，是要将他留给中宗；宋太祖不重用张齐贤，是要留给宋真宗，这是人君用个人的恩惠做交易，不是帝王应有的公心。

杨荣

王振谓杨士奇等曰[1]：“朝廷事亏三杨先生[2]，然三公亦高年倦勤矣[③]，其后当如何？”士奇曰：“老臣当尽瘁报国，死而后已。”荣曰[④]：“先生休如此说。吾辈衰残，无以效力，行当择后生可任者以报圣恩耳。”振喜。翼日即荐曹鼐、苗衷、陈循、高谷等，遂次第擢用[⑤]。士奇以荣当日发言之易[⑥]。荣曰：“彼厌吾辈矣，吾辈纵自立，彼其自已乎？一旦内中出片纸，命某人入阁，则吾辈束手而已。今四人竟是吾辈人，当一心协力也。”士奇服其言。

【注释】

①王振：明宦官，英宗为太子时，侍东宫。英宗立，遂掌司礼监，威福刑赏俱由己出。

②三杨先生：英宗内阁成员杨士奇、杨荣、杨溥，合称“三杨”。

③倦勤：语出《尚书·大禹谟》：“朕宅帝位三十有三载，耄期倦于勤。”为舜言自己年老，不任政事辛劳，让位于禹。后因称皇帝懒于从政，或居高位之官员辞官告退。

④荣：杨荣，明成祖时入文渊阁。有才智，见事敏捷。

⑤擢用：选拔任用。

⑥易：轻率，不谨慎。

【译文】

宦官王振对杨士奇等人说：“朝廷政事多亏三位杨先生主持，然而三位先生也年纪大快要退休了，之后该怎么安排呢？”杨士奇说：“老臣当竭诚报效国家，到死为止。”杨荣说：“先生不要这样说。我们已经衰朽了，没办法再效力，按理应当选择可担当大任的晚辈来报答圣上的恩宠。”王振听了很高兴。第二天就推荐曹鼐、苗衷、陈循、高谷等人，于是他们先后被朝廷选拔任用。杨士奇认为杨荣当天说话不谨慎。杨荣说：“他很厌烦我们了，我们纵然能站住脚，他难道会罢休吗？一旦朝中传出只字片语，要某人入阁，那么我们将束手无策。现在这四个人毕竟跟我们志趣相同，会和我们同心协力的。”杨士奇服膺他的话。

李彦和《见闻杂记》云[①]：“言官论劾大臣，必须下功夫看见眼前何人可代者，必贤于去者，必有益于国家，方是忠于进言。若只做得这篇文字，打出自己名头，毫于国家无补，不如缄口不言，反于言责无损。”此亦可与杨公之论合看。

【注释】

①李彦和：李乐，字彦和。明穆宗隆庆年间进士。官至福建按察司佥事。所著《见闻杂记》四卷，前二卷全录董氏《古今粹言》及郑晓《今言》，后二卷自记所见所闻。

【译文】

李彦和《见闻杂记》说：“谏官要议论弹劾大臣，必须下功夫观察眼前哪个人可以接替职位，必须要比卸任的人贤明，必须有益于国家，才算是忠诚于进谏。如果只是写出一篇文章，打出自己的名头，对国家丝毫没有益处，不如沉默不说话，反而对谏言的职责没有损害。”这也可以和杨荣先生的观点放在一起来看。

赵凤　杨王司帑

初，晋阳相者周玄豹[①]，尝言唐主贵不可言[②]，至是唐主欲召诣阙[③]。赵凤曰[④]：“玄豹言已验，若置之京师，则轻躁狂险之人必辐凑其门。自古术士妄言致人族灭者多矣！”乃就除光禄卿致仕[⑤]。

【注释】

①相者：看相占卜的人。

②唐主：指五代后唐庄宗李存勖。

③至是：指李存勖称帝之时。

④赵凤：后唐庄宗时官至礼部员外郎，明宗时累拜门下侍郎、同中书门下平章事。

⑤光禄卿：唐以后为专管皇室祭品、膳食及酒筵之官。致仕：罢官，退休。

【译文】

起初，晋阳看相占卜的人周玄豹，曾经说后唐庄宗李存勖日后将十分显贵。后来李存勖称帝时想要召他到京师。赵凤说："周玄豹的话已经应验，如果把他安置在京师，那么轻浮躁动狂妄阴险的人必会集中到他那里。自古以来方术之士的胡言乱语导致别人灭族的情形太多了。"于是授他光禄卿的职位并随即退休。

杨王沂中闲居[①]，郊行，遇一相押字者[②]，杨以所执杖书地上作一画。相者再拜曰："阁下何为微行至此[③]？宜自爱重。"王谔然，诘其所以。相者曰："土上一画，乃王字也。"王笑，批缗钱五百万，仍用常所押字[④]，命相者翌日诣司帑[⑤]。司帑持券熟视曰[⑥]："汝何人，乃敢作我王伪押来赚物！吾当执汝诣有司问罪！"相者具言本末，至声屈[⑦]，冀动王听。王之司谒与司帑打合五千缗与之[⑧]，相者大恸，痛骂司帑而去。异日乘间白杨[⑨]，杨怪问其故，对曰："他今日说是王者，来日又胡说增添，则王之谤厚矣！且恩王已开王社[⑩]，何所复用相？"王起，抚其背曰："尔说得是。"即以予相者几百万旌之[⑪]。边批：赏得足。

【注释】

①杨王沂中：杨沂中，后改名存中，字正甫。善骑射，知兵法，为南宋初大将。卒封和王。

②相押字者：测字之一种，专以人所签押花名卜事者。

③阁下：原为对三公的敬称，唐以后对一般人亦可尊称为阁下。微行：皇帝以及官僚穿常人服游于民间。

④常所押字：平日所签的花押。

⑤翌（yì）日：第二天。司帑（tǎng）：王公贵族家专管钱库的官员。

⑥熟视：仔细看。

⑦声屈：高喊冤枉。

⑧司谒：即门官，专管接待来谒客人、禀报主人的官员。打合：拼凑。

⑨乘间：乘空闲时。

⑩开王社：封土立社，指封王。

⑪旌：表彰。

【译文】

宋朝时杨沂中闲居，到郊外游玩，遇到一位以人所签押花名卜事的人，杨沂中用他所拿的手杖在地上写了一画。测字的人拜了又拜说："阁下为什么穿便服巡行到此地？应该自爱自重。"杨沂中十分惊奇，问他为什么知道自己的身份。测字的人说："土上一画就是王字啊！"杨沂中大笑，批示给测字的人五百万钱，仍然用平日所签的花押，让测字的人第二天去找王府管钱库的司帑领取。司帑拿着票券仔细察看说："你是什么人，竟敢伪造我家王爷的花押来骗取财物！我应当抓你到官衙去治罪！"测字的人详细说出事情经过，并大声喊冤，希望引起杨沂中的注意。杨沂中的门官和司帑凑了五千钱给他，测字的人非常悲痛，大骂司帑之后离开。后来一天乘空闲告诉了杨沂中，杨沂中觉得奇怪就问司帑是什么原因。司帑说："他现在说你是亲王，将来又胡乱加些言辞，那样会使对大王的毁谤增多！而且恩王已经封王，还有什么能用到测字的人？”杨沂中站起来，抚着他的背说：“你说得很对。”就把准备给看相人的几百万钱赏赐给司帑。边批：赏得足够。

程伯淳

程颢为越州佥判[①]，蔡卞为帅[②]，待公甚厚。初，卞尝为公语：“张怀素道术通神[③]，虽飞禽走兽能呼遣之，至言孔子诛少正卯，彼尝谏以为太早，汉祖成皋相持[④]，彼屡登高观战。不知其岁数，殆非世间人也。”公每窃笑之。及将往四明[⑤]，而怀素且来会稽。卞留少俟，公不为止，曰：“‘子不语怪、力、乱、神’[⑥]，以不可训也[⑦]。斯近怪矣。州牧既甚信重，士大夫又相谄合，下民从风而靡，使真有道者，固不愿此。不然，不识之未为不幸也。”后二十年，怀素败，多引名士。边批：欲以自脱。或欲因是染公，竟以寻求无迹而止。非公素论守正，则不免于罗织矣[⑧]。

【注释】

①越州：治今浙江绍兴。佥判：即签判。全称签书判官厅公事。宋时为州府幕僚，其职为协助州官处理政务，总管文牍。佥，通“签”。

②蔡卞：字元度。蔡京之弟。王安石妻以女，遂从之学。哲宗元祐时迁礼部侍郎，使辽。还以龙图阁待制知宣州，徙江宁府，历扬、广、越、润、陈五州，为官清廉。帅：宋时知州兼管军政，故亦称帅。

③张怀素：徽宗时道士，因谋反事被诛。

④成皋：别称虎牢，在今河南荥阳。西楚霸王项羽和汉王刘邦在成皋进行过一场决定汉楚兴亡的持久争夺战，项羽实力削弱。

⑤四明：山名。在浙江宁波。

⑥子不语怪、力、乱、神：语出《论语·述而》。

⑦不可训：解释不清。训，解释。

⑧罗织：虚构罪名，陷害无辜。

【译文】

宋朝程颢任越州佥判，蔡卞为知州，待程颢颇为优厚。起初，蔡卞曾对程颢说："张怀素的道术可以通神，即使是飞禽走兽也能呼唤差遣它们，说到孔子诛杀少正卯，他曾劝说孔子认为杀得太早，汉王刘邦与项羽在成皋相持时，他多次登高观战。不知道他的岁数，大概不是世间的凡人。"程颢往往偷笑他。等程颢将要前往四明时，而张怀素正要来会稽。蔡卞留他稍候，程颢没有因此停留，说："'孔子不谈怪异、勇力、叛乱、鬼神'，因为不能解释清楚。张怀素这种近乎怪异了。州牧既十分信任器重他，士大夫又谄媚逢迎他，老百姓盲目跟风沉迷，假使他是真有道术的人，固然是不愿如此的。不然的话，不认识他未必是件不幸的事。"二十年后，张怀素谋反事败露，牵连了很多名士。边批：想借此脱罪。有人想借机诬陷程颢，最终因为找不到一点迹象而作罢。若不是程颢向来言论恪守正道，就不免被人虚构罪名了。

张让[①]，众所弃也，而太丘独不难一吊[②]；张怀素，众所奉也，而伯淳独不轻一见。明哲保身，岂有定局哉！具二公之识，并行不悖可矣。蔡邕亡命江海积十二年矣[③]，不能自晦以预免董卓之辟[④]；逮既辟，称疾不就，犹可也，乃因卓之一怒[⑤]，惧祸而从，受其宠异，死犹叹息。初心谓何[⑥]，介而不果[⑦]，涅而遂缁[⑧]，公论自违[⑨]，犹望以续史幸免[⑩]，岂不愚乎？视太丘愧死矣！《容斋笔记》云[⑪]：会稽天宁观老何道士，居观之东廊，栽花酿酒，客至必延之。一日有道人貌甚伟，款门求见[⑫]，善谈论，能作大字。何欣然款留，数日方去。未几，有妖人张怀素谋乱，即前日道人也。何亦坐系狱，良久得释。自是畏客如虎，杜门谢客。忽有一道人，亦美风仪，多技术，西廊道士张若水介之来谒。何大怒骂，合扉拒之。此道乃永嘉林灵噩⑬，旋得上幸，贵震一时，赐名灵素，平日一饭之恩无不厚报。若水乘驿赴阙，官至蕊珠殿校籍⑭，父母俱荣封。而老何以尝骂故，朝夕忧惧；若水以书慰之，始少安。此亦知其一不知其二之鉴也。

【注释】

①张让：东汉宦官，灵帝时倍受宠信，权势显赫。

②太丘：指陈寔。曾官太丘令，故称。

③蔡邕亡命江海积十二年：汉灵帝时，蔡邕上封事言灾异，为宦官程璜构陷，下狱，论减死一等，髡钳徙朔方。仇人阳球（程璜之婿）遣刺客，收买地方官府，欲加毒害，未遂。及赦归本郡，未成行，又为宦官王甫弟王智陷害，于是亡命江海，远迹吴会，积十二年。

④自晦：自己要收敛光芒，自掩才能。

⑤卓之一怒：董卓辟蔡邕，邕称疾不就。董卓大怒，邕不得已，到，署为祭酒，甚见敬重。

⑥初心：指蔡邕最初的志向和情操。蔡邕在灵帝时与宦竖为仇，董卓征辟而不就，都还是有一定气节的。

⑦介而不果：耿介刚直但不能坚持到底。

⑧涅而遂缁（zī）：《论语·阳货》有“涅而不缁”语，意为虽被黑色所染但并不因而变黑。涅，原为黑色染料，作动词用，即以黑染物。缁，黑色。

⑨公论自违：自己与公论相悖逆。公论，公众的评论。

⑩犹望以续史幸免：董卓既被诛，蔡邕在王允座中言之而叹，有动于色。王允大怒，即收邕付廷尉治罪。邕陈辞谢罪，乞黥首刖足，续成汉史。士大夫亦多为之言。而王允曰："昔武帝不杀司马迁，使作谤书，流于后世。方今国运中衰，更不可令佞臣执笔修史，使吾党蒙其讪议。"于是蔡邕死于狱中。后王允悔，欲止而不及。

⑪《容斋笔记》：即《容斋随笔》，南宋洪迈著。

⑫款：敲。

⑬林灵噩：即林灵素，少为僧，苦其师笞骂，去为道士，善幻术，往来淮、泗间。政和末，徽宗访方士，灵素为帝所幸，赐号通真达灵先生，赏赐无算。

⑭蕊珠殿：即蕊珠宫，道观名。校籍：为林灵素所置道教官名，以校籍比之于修撰。

【译文】

张让，是众人所摒弃的，而唯独陈寔不因吊祭他的父亲为难；张怀素，是众人所推崇的，而唯独程颢不肯轻易和他见面。明智的人保全自己，哪有一定的方式呢！兼具这两位先生的见识，同时奉行而不相违背就可以了。蔡邕被害流亡江海达十二年之久，不能自掩才能以避免董卓的征召；等被征召了，称病不去还可以，却因为董卓的一次发怒，害怕遭祸而顺从，受到董卓的宠幸，董卓死了还为他叹息。他最初的志向和情操是什么，耿介刚直却不能坚持到底，被抹黑于是自己也变黑了，自己与公论相悖逆，还希望继续修纂历史以求赦免，不是很愚钝吗？比起陈寔真是羞愧死了。《容斋笔记》说：会稽天宁观年老的何道士，住在观里的东廊，种花酿酒，客人来一定款待他。有一天有个道人容貌十分俊伟，敲门求见，善于言谈，能写大字。何道士很高兴地款待留宿，他几天后才离开。不久，有妖人张怀素发动叛乱，就是前几天那个道人。何道士也受连累坐牢，很久才被释放。从此他畏惧客人如同畏惧老虎，关起门来谢绝客人。

忽然有一个道人，容貌也很俊美，多才多艺，是住在西廊的道士张若水介绍他来拜访的。何道士发怒大骂，关起门来拒绝他。这位道士乃是永嘉的林灵噩，不久得到皇帝宠幸，显贵震动一时，赐名灵素，对平日里别人的一饭之恩无不加倍报答。张若水乘驿车到京城去，做官做到蕊珠殿校籍，父母都光荣受封。而老何道士因为曾经大骂他的缘故，早晚担惊受怕；张若水写信安慰他，才稍微安心。这也是只知其一不知其二的教训。

薛季昶　徐谊

张柬之等既诛二张、迁武后，薛季昶曰①："二凶虽诛，产、禄犹在②。去草不除根，终当复生。"桓彦范曰③："三思几上肉耳④，留为天子藉手⑤。"季昶叹曰："吾无死所矣！"及三思乱政，范甚悔之。

【注释】

①薛季昶：武则天时以布衣拜监察御史，后为洛州长史。参与诛锄二张，有功，进户部侍郎。及五王失柄，贬儋州司马，服毒而死。

②产、禄犹在：吕产、吕禄，为西汉吕后之侄。吕后时，产封梁王，为相国，领南军，禄封赵王，为上将军，领北军。及吕后死，周勃等诛诸吕，产、禄均死。此处以吕产、吕禄比喻武则天之侄武三思一党。

③桓彦范：武则天末年任司刑少卿，屡疏请昭雪冤滥。张柬之谋诛二张，引与定策。中宗复位，以为侍中。未几为武三思所谗，罢政。复诬其谋逆，谪岭南，矫制杀之。

④三思：武三思，武则天在位时贵幸，官至夏官、春官尚书，封梁王。中宗复位，三思与韦后、上官婉儿私通，大受中宗宠信，与武攸暨并加开府仪同三司。于是三思与韦后定计诛杀五王。又复谋废

太子李重俊。重俊矫制起兵杀三思父子。

⑤留为天子藉手：意思是留下三思让皇帝亲自处死，借之以示天子之威。

【译文】

唐朝时张柬之等人杀了武后宠幸的张易之、张昌宗，并迫使武后交出政权之后，薛季昶说："两个元凶虽然已经杀了，但像吕产、吕禄这样的武三思一党还在。斩草不除根，终究还要再长出来。"桓彦范说："武三思就像几案上的一块肉罢了，留给天子亲手去处死吧。"薛季昶感叹道："我将死无葬身之地！"到后来武三思扰乱朝政，桓彦范十分后悔。

赵汝愚先借韩侂胄力通宫掖[①]，立宁宗。事成，徐谊曰[②]："侂胄异时必为国患，宜饱其欲而远之。"叶适亦谓汝愚曰[③]："侂胄所望不过节钺[④]，宜与之。"朱熹曰[⑤]："汝愚宜以厚赏酬侂胄，勿令预政。"汝愚谓其易制，皆不听，止加侂胄防御使[⑥]。侂胄大怨望，遂构汝愚之祸[⑦]。

【注释】

①赵汝愚：字子直，宋宗室。早有大志，南宋孝宗时，擢进士第一。官至右丞相，为韩侂胄所忌，诬以罪，死于贬谪途中。韩侂胄：字节夫。韩琦曾孙。淳熙末，以汝州防御使知阁门事。后酿"庆元党案"，又与金求和，后被诛。宫掖：是指皇宫中的掖廷，是妃嫔居住的地方。此处指求得宪圣太后的同意，拥立宁宗。

②徐谊：字子宜。乾道进士。宁宗时累官工部侍郎，知临安府。赵汝愚雅重之，多所咨访。后与韩侂胄不合，谪官。

③叶适：字正则。淳熙年间进士。光宗时官尚书左选郎官。赵汝愚立宁宗，适预议。汝愚被陷，适亦黜罢。及侂胄将启兵端，而适

有"大仇未复"之言，于是侂胄重用之。而适劝侂胄审慎从事，欲北伐，先防江。侂胄不听。及侂胄被诛，适被劾附侂胄用兵，遂夺职。自后闭门著述，自成一家，人称水心先生。

④节钺：符节与斧钺，古代命大将时，天子授以节钺。

⑤朱熹：字元晦，一字仲晦。绍兴进士。历仕高、孝、光、宁四朝，而在朝不满四十日。宁宗即位时，熹为官长沙，赵汝愚荐为焕章阁待制、侍讲。熹忧侂胄害政，屡为上言，并数以手书启汝愚。

⑥防御使：唐时于大郡及要害之地置防御使，位在观察使之下而在团练使之上。宋时为虚衔，而其官秩亦不过州官而已。

⑦遂构汝愚之祸：绍熙五年(1194)七月汝愚立宁宗，至次年即庆元元年二月，侂胄使其私党右正言李沐奏汝愚"以同姓居相位，将不利于社稷"。当日汝愚出浙江亭待罪，遂以观文殿大学士出知福州。

【译文】

宋朝时赵汝愚先凭借韩侂胄的力量求得宪圣太后同意，拥立宁宗。事成之后，徐谊说："韩侂胄将来一定会成为国家的祸患，应该满足他的欲望且疏远他。"叶适也对赵汝愚说："韩侂胄企望的不过是大将军的名位，应该给他。"朱熹说："赵汝愚应该用丰厚的奖赏酬谢韩侂胄，不要让他干预政权。"赵汝愚认为韩侂胄很容易控制，全不听众人劝导，只封了韩侂胄一个防御使。韩侂胄非常怨恨，于是罗织赵汝愚的罪名，引发了祸患。

武三思、韩侂胄皆小人也。然三思有罪，故宜讨而除之；侂胄有功，故宜赏而远之。除三思，宜及迁武氏之时；远侂胄，宜及未得志之日，过此皆不可为矣。五王、汝愚皆自恃其位望才力，可以凌驾而有余，而不知凶人手段更胜于豪杰。何者？此疏而彼密①，此宽而彼狠也。忠谋不从，自贻伊戚②。

悲夫！

【注释】

①此疏而彼密：五王、汝愚疏于防范，而三思、侂胄辈策划阴谋甚周密。

②自贻伊戚：语出《诗经·小雅·小明》。意为自己给自己留下忧患。

【译文】

武三思、韩侂胄都是小人。然而武三思有罪，所以应该讨伐并除掉他；韩侂胄有功，所以应该奖赏并疏远他。除掉武三思，应该在武后退位之时；疏远韩侂胄，应该在他尚未得志之日，错过这两个机会就无能为力了。五王、赵汝愚都仗着自己的地位才能，以为能够凌驾小人之上而绰绰有余，却不知道恶人的手段更胜过豪杰之士。为什么呢？因为君子疏于防范而小人筹谋周密，君子宽容大度而小人心狠手辣。忠诚的劝导不能听从，只能自己给自己留下忧患。实在可悲！

李贤

李贤尝因军官有增无减[①]，进言谓："天地间万物有长必有消，如人只生不死，无处着矣。自古有军功者，虽以金书铁券[②]，誓以永存，然其子孙不一再而犯法，即除其国，或能立功，又与其爵，岂有累犯罪恶而不革其爵者？今若因循久远，天下官多军少，民供其俸，必致困穷，而邦本亏矣，不可不深虑也。"

【注释】

①李贤：字原德。明宣德进士。景泰中为吏部侍郎。英宗复辟，命

兼翰林学士，直文渊阁，进尚书。

②金书铁券：由皇帝颁赐给功臣世代享受某种特权的契券凭证。始于汉高帝。

【译文】

李贤曾经因为军官有增无减，进言说："天地之间的万物有生长就一定有消亡，如果人只生不死，就无处居住了。自古以来有军功的人，即使赐给他们世代享有特权的金书铁券，立誓让他们永远保存，但是他们的子孙如果一再犯法，就应该除去封邑，有能力立功的，再封他们爵位，怎么能屡次犯罪却不革除他们的爵位呢？如今如果因循旧的不变，时间久了，那么天下官多兵少，民众供给他们俸禄，必然导致困乏穷厄，而国家的根本也会受到亏损，不能不深入考虑。"

议论关系甚大！

【译文】

这议论关系的事非常重大。

刘晏

刘晏于扬子置场造船[①]，艘给千缗[②]。或言所用实不及半，请损之。晏曰："不然。论大计者不可惜小费，凡事必为永久之虑。今始置船场，执事者至多，当先使之私用无窘，则官物坚完矣。若遽与之屑屑较计，安能久行乎？异日必有减之者，减半以下犹可也，过此则不能运矣！"后五十年，有司果减其半。及咸通中[③]，有司计费而给之，无复羡余[④]，船益脆薄易坏，漕运遂废。边批：惜小妨大。

【注释】

①刘晏:字士安。唐肃宗、代宗两朝历任京兆尹、户部侍郎、吏部尚书同中书门下平章事及度支、盐铁、转运、铸钱等使。晏多机智,善理财。

②缗:一千个钱用丝绳贯成一串称为一缗。

③咸通:唐懿宗李漼年号(860—874)。

④羡余:剩余。

【译文】

唐朝时刘晏在扬州设置船厂造船,每艘船贴补一千缗钱。有人说所用的钱实际上不到一半,请求减少。刘晏说:"不对。做大事不可以吝惜一点小费用,凡事一定要为永久考虑。如今刚开始设置造船厂,办事的人很多,应当先使他们的个人用度不短缺,那么制造出来的官船才能坚固完善。如果突然跟他们斤斤计较,怎能长久地做下去呢?将来必然有减少的人,减一半以下还可以,超过这个数就不能维持了!"五十年后,有关部门果然减少一半的经费。到懿宗咸通年间,有关部门计算好费用才发给他们,不再有剩余,造出来的船越来越脆弱轻薄容易损坏,水道运输于是废止。边批:吝惜小钱妨害大事。

李晟

李晟之屯渭桥也[①],荧惑守岁[②],久乃退。府中皆贺曰[③]:"荧惑退,国家之利,速用兵者昌。"晟曰:"天子暴露[④],人臣当力死勤难,安知天道邪?"至是乃曰[⑤]:"前士大夫劝晟出兵,非敢拒也。且人可用而不可使之知也。夫唯五纬盈缩不常[⑥],晟惧复守岁,则吾军不战自屈矣!"皆曰:"非所及也!"

【注释】

①李晟之屯渭桥：唐德宗建中四年（783），泾原兵东征朱滔、田悦、李希烈等，过长安，拥朱泚反。德宗逃往奉天（今陕西乾县）。李晟、李怀光率援军至。怀光破朱泚，泚退守长安。至次年，德宗命浑瑊、李晟两军进逼长安，晟军屯于渭桥。

②荧惑守岁：荧惑，火星之别名，因隐现不定，令人迷惑，故名。古人视荧惑之出为上天示罚之预兆。守，停留。古代指某一星辰进入别的星辰的天区。岁，岁星，即木星，古人以为岁星所在，其国有福，而如荧惑相守，则为罚星，主其国有灾。

③府中：指李晟府中诸幕僚、佐官。

④暴露：此指流亡在外。

⑤至是：此处语意不清。按此条所载为李晟攻克长安之后的追述，故"至是"当解成"既克长安"。

⑥五纬：指金、木、水、火、土五星。盈缩不常：指行星在天宇中位置变化莫测。盈、缩均为星之失次，盈为位置偏前，缩指位置偏后。

【译文】

唐朝人李晟屯兵渭桥时，出现火星冲犯岁星，很久才退开。府中的人都道贺说："火星退去，是国家的大利，迅速用兵的人就能取得胜利。"李晟说："天子流亡在外，臣子应当竭力拼死去解救危难，哪里管什么天文之道呢？"攻克长安之后又说："以前士大夫劝我出兵，并非敢于拒绝。但是一般人可以任用但不能使他们了解为何如此。金木水火土五星在天空中的位置变化莫测，我担心火星又冲犯岁星，那么我的军队不作战就自己屈服了。"众人都说："不是我们能想到的！"

田单欲以神道疑敌见《兵智部》，李晟不欲以天道疑军①。

【注释】

①田单欲以神道疑敌：见本书卷二十三《兵智部·诡道》“田单”条。

【译文】

田单想用神道来迷惑敌人见《兵智部》，李晟不想用天道来迷惑士兵。

吕文靖

仁宗时[①]，大内灾，宫室略尽。比晓，朝者尽至；日晏[②]，宫门不启，不得问上起居。两府请入对[③]，不报。久之，上御拱宸门楼[④]，有司赞谒[⑤]，百官尽拜楼下。吕文靖端独立不动，上使人问其意，对曰：“宫庭有变，群臣愿一望天颜。”上为举帘俯槛见之，乃拜。

【注释】

①仁宗：宋仁宗赵祯，1022—1063年在位。

②日晏：天色不早。晏，晚。

③两府：此指中书省与枢密院的主管官员。

④拱宸门：北宋大内宫城之北门。

⑤赞谒：古代谒见帝王或上级时赞唱礼仪，引导进见。

【译文】

宋仁宗时，皇宫发生火灾，宫室几乎被烧完。到天亮时，上朝的大臣都到齐了；天色很晚了，宫门还不开，无法向仁宗请安。中书省与枢密院的主管官员请求入宫面圣，没有得到回话。过了很久，仁宗亲自来到拱宸门楼，有关官员唱礼，百官都在楼下跪拜。唯独吕文靖名端站立不动，仁宗派人问他何意，回答说：“宫廷发生变故，群臣都想看一眼圣颜。”仁宗拉开帘子俯靠栏杆向下看，吕文靖才跪拜。

掌玺内侍

赵汝愚与韩侂胄既定策，欲立宁宗，尊光宗为太上皇。汝愚谕殿帅郭杲[①]，以军五百至祥禧殿前祈请御宝[②]。杲入，索于职掌内侍羊驷、刘庆祖。二人私议曰："今外议汹汹如此，万一玺入其手，或以他授，岂不利害！"于是封识空函授杲，二珰取玺从间道诣德寿宫[③]，纳之宪圣[④]。及汝愚开函奉玺之际[⑤]，宪圣自内出玺与之。

【注释】

①殿帅：指殿前司都指挥使，掌护卫京师皇宫。

②御宝：皇帝印玺。

③珰（dāng）：宦官的别称。

④宪圣：宪圣慈烈吴皇后，宋高宗皇后。

⑤开函奉玺：献于新即位之宁宗。

【译文】

赵汝愚和韩侂胄已经商定计划，要拥立宋宁宗，并尊光宗为太上皇。赵汝愚命令殿帅郭杲，带五百士兵到祥禧殿前请求交出皇帝御玺。郭杲入宫，向掌管御玺的太监羊驷、刘庆祖索取。两人私下商议道："如今朝廷外的议论纷乱如此，万一御玺流入他们手中，或给了别人，事态岂不更严重了！"于是封好一个空函交给郭杲，两名宦官带着御玺从小路前往德寿宫，交给宪圣太后。等到赵汝愚打开封函要将御玺献给宁宗的时候，宪圣太后才从宫内拿出御玺交给他。

玺何等物，而欲以力取，以恩献？此与绛侯请间之意同[①]。功名之士，未闻道也，绝大一题目，而好破题反被二阉做去[②]。

惜夫！

【注释】

①绛侯请间：绛侯周勃等既诛诸吕，议召代王刘恒为帝（即汉文帝）。刘恒至长安北之渭桥，群臣拜谒称臣，刘恒下车答拜。太尉周勃进曰："愿请间。"意欲向无人之处，另有所陈，不愿于众前声张也。此时代国中尉宋昌曰："所言为公，则公开言之，所言为私，则王者无私。"周勃乃跪上天子玺符。

②破题：唐宋时应举诗赋和经义的起首处，须用几句话说破题目要义，叫破题。

【译文】

御玺是何等重要的宝物，想要用武力强取，用私恩来奉献？这与绛侯周勃请汉文帝刘恒借一步说话的意图相同。追求功名的人，不懂道义，绝好的一个题目，精彩的破题反而被两个太监做去了。实在可惜！

裴宽 李祐

裴宽尝为润州参军[①]。时刺史韦诜为女择婿[②]，未得，会休日登楼，见有所瘗于后圃者[③]，访其人，曰："此裴参军也。义不以苞苴污家[④]；适有人饷鹿脯，致而去，不敢自欺，故瘗之耳。"诜嗟异，遂妻以女。婚日，诜帏其女[⑤]，使观之。宽瘠而长，时衣碧，族人皆笑呼为"碧鹳"。诜曰："爱其女，必以为贤公侯妻，可貌求人乎？"宽后历礼部尚书，有声。

【注释】

①裴宽：唐玄宗时大臣。初历任藩镇，天宝中由范阳节度使入为户

部尚书。为李林甫构陷，贬睢阳太守。后入为礼部尚书。为政清简。润州：治今江苏镇江。参军：官名。全称为参议军务，为州郡属官。

②刺史：唐时一州之行政长官。韦诜（shēn）：为唐时望族，时官润州刺史。

③瘗（yì）：埋。

④不以苞苴（jū）污家：不让贿赂的财物玷污家门。苞苴，行贿的财物。

⑤帏其女：让自己的女儿藏在帏帐后面。帏，帏帐。

【译文】

唐朝人裴宽曾任润州参军。当时刺史韦诜正替女儿选女婿，没找到适当人选。一天休息时登楼，看见有个在后园埋东西的人，就派人打听这个人，那人回话说："那是裴参军。他为人高义不让贿赂的财物玷污家门；刚才有人送他鹿肉干，东西送到就走了，他不敢自欺接受，所以把它埋了。"韦诜赞叹惊异，就把女儿嫁给他。结婚那天，韦诜让女儿躲在帐幕后面，让她看裴宽的举动。裴宽瘦而高，当时穿着碧色官服，族人都取笑着叫他"碧鹳"。韦诜说："爱护自己的女儿，一定要让她做贤明公侯的妻子，怎么能以貌取人呢？"裴宽后来官至礼部尚书，有很高声誉。

李祐爵位既高[①]，公卿多请婚其女，祐皆拒之。一日大会幕僚，言将纳婿。众谓必贵戚名族，及登宴，寂然。酒半，祐引末座一将，谓曰："知君未婚，敢以小女为托。"即席成礼。他日或请其故，祐曰："每见衣冠之家缔婚大族，其子弟习于淫奢，多不令终[②]。我以韬钤致位[③]，自求其偶[④]，何必仰高以博虚望？"闻者以为卓识。

【注释】

①李祐:字庆之。原为淮西吴元济骑将,有勇略。李愬讨淮西,先擒祐,降之。愬平淮西,祐与有功。后统兵于夏、绥、银、宥诸州,治兵有法,羌戎畏服,终右龙武统军。

②令终:美好的结局。

③韬铃:兵书有《六韬》与《玉钤篇》,合称指用兵谋略。此处谦指军功。

④偶:同辈,同类。

【译文】

唐朝人李祐官爵已高,公卿贵族前来请求娶他女儿的有很多,李祐都拒绝了。有一天李祐召集所有的幕僚,声称自己将要招纳女婿。众人都说对方一定是名门贵戚,等到酒宴开始,并没见什么显贵人物。酒喝到一半,李祐引出在末座的一位小将,对他说:"知道你还没有成婚,所以敢把小女托付给你。"当场就举行婚礼。后来有人问他原因,李祐说:"我常常看见官宦人家跟达官贵人缔结婚姻,那些人家的子弟习惯过豪华奢侈的生活,多没有好结果。我以军功得到官位,自然要求取同类,何必攀附高门以求取虚无的名望?"听到这话的人都认为他见识不凡。

温公云[①]:"娶妇必不及吾家者,嫁女必胜吾家者。娶妇不及吾家,则知俭素;嫁女胜吾家,则知畏谨。"时谓名言。观韦、李二公择婿,温公义犹未尽。

【注释】

①温公:司马光,卒封温国公。

【译文】

司马温公说:"娶媳妇一定要选家境不如我们的,嫁女儿一定要选家境胜过我们的。娶的媳妇家境不如我们,才能懂得勤俭朴素;

嫁女儿的婆家胜过我们，才懂得小心谨慎。”这在当时是名言。看韦诜、李祐二公选女婿，温公的意思尚有未尽之处。

王文正

文正公之婿韩公[1]，例当远任[2]。公私以语其女曰：“此小事，勿忧。”一日谓女曰：“韩郎知洋州矣[3]。”女大惊，公曰：“尔归吾家，且不失所。吾若有所求，使人指韩郎妇翁奏免远，适累其远大也。”韩闻之，曰：“公待我厚如此！”后韩终践二府。

【注释】

①文正公：王旦，卒谥文正。韩公：韩亿，王旦长女之婿。咸平进士。历知永城、洋州、相州，有治声。仁宗时累官尚书左丞。

②例当远任：韩亿初由知县擢知州，照例先试以边远之州。

③洋州：治今陕西西乡。

【译文】

文正公王旦的女婿韩亿，依例应当赴偏远地方就任。文正公私下对女儿说：“这种小事，不要忧心。”有一天又对女儿说：“韩郎要任洋州知州了。”女儿大惊，文正公说：“你回我们家，还不致无处落脚。我如果向朝廷求情，让人指着韩郎说，是他岳父奏请，免于远调，只会拖累他远大的前程。”韩亿听到这话，说：“岳父对我如此厚爱！”后来韩亿果然履职枢密、中书两府。

古人自爱爱人，不争目睫[1]，类如此。

【注释】

①不争目睫：不争眼前的得失。

【译文】

古人自爱又懂得爱人，不争取眼前之利，就像这种情形。

公孙仪

公孙仪相鲁[①]，而嗜鱼，一国争买鱼献之，公仪子不受。其弟谏曰："夫子嗜鱼而不受者，何也？"对曰："夫唯嗜鱼，故不受也。夫既受鱼，必有下人之色[②]，将枉于法[③]；枉于法，则免于相；免于相，虽嗜鱼，其谁给之？无受鱼而不免于相，虽不受鱼，能长自给鱼。此明夫恃人不如自恃也！"

【注释】

①公孙仪：应是公仪休之误。鲁相有公仪休，无公孙仪。故后文说"公仪子"。

②下人之色：因受惠而低声下气。

③枉于法：曲解法律条文以谋利。

【译文】

春秋时公仪休任鲁国相国，他喜爱吃鱼，国人争相买鱼送给他，公仪休不接受。他的弟弟劝他说："你喜欢吃鱼又不肯接受别人的馈赠，为什么？"公孙休回答说："就是因为喜欢吃鱼，所以才不接受。接受了别人的鱼，一定会因为受人恩惠而低声下气，可能就会徇情枉法；枉法就会被罢相；罢了相，即使想吃鱼，谁还会给我呢？不接受别人送的鱼就不会被罢相，虽然不接受别人送的鱼，也能长久地自己供给自己鱼吃。这说明靠人不如靠己啊！"

孙叔敖

孙叔敖疾将死[①]，戒其子曰："王亟封我矣[②]，吾不受也。为我死，王则封汝。汝必无受利地[③]！楚、越之间有寝丘，若地不利而名甚恶[④]，楚人鬼而越人禨[⑤]，可长有者唯此也。"孙叔敖死，王果以美地封其子。子辞而不受，请寝丘。与之，至今不失。

【注释】

①孙叔敖：春秋时楚人。楚令尹虞丘荐于楚庄王，为令尹三月，施教于民，吏无奸邪。据说他三得相而不喜，三去相而不悔。

②亟（qì）：屡次。

③利地：美地，肥沃的土地。

④名甚恶：寝丘意为葬死人的荒丘，所以说地名不好。

⑤楚人鬼而越人禨（jī）：楚人迷信鬼神，而越人也迷信鬼神会带来吉凶。

【译文】

孙叔敖病重将死，告诫儿子说："大王屡次要封我土地，我都不接受。我死了，大王就会封你。你一定不要接受好土地！楚、越两国之间有个地方叫寝丘，土地贫瘠而名称又不好，楚人和越人都迷信鬼神，可以长久拥有的地方只有这里了。"孙叔敖死后，楚王果然以肥沃的土地封给他儿子。他儿子推辞不接受，请求封寝丘之地。楚王给了他，直到如今都没有失去自己的领地。

范蜀公

范淳夫言[①]：曩子弟赴官，有乞书于蜀公者[②]，蜀公不许，曰："仕宦不可广求人知[③]，受恩多，难立朝矣[④]！"边批：味之无穷。

【注释】

①范淳夫：范祖禹，字淳甫，范镇从孙。助司马光修《资治通鉴》。哲宗时因力阻章惇为相，被贬。

②蜀公：范镇，字景仁。宝元进士。仁宗时知谏院。后为翰林学士，反对王安石变法，因致仕。封蜀郡公。

③广求人知：到处乞求人家的知遇。

④受恩多，难立朝矣：受人之恩，则难于秉公直言，也就难于在朝廷立足了。

【译文】

范淳夫说：从前有子弟将赴任官职，有向蜀公请求写举荐信的，蜀公不答应，说："为官不能到处乞求人家知遇，受到的恩惠太多，就很难立足于朝廷了！"边批：余味无穷。

国朝刘忠宣公有云[①]："仕途勿广交、受人知，只如朋友，若三数人得力者，自可了一生。"呜呼，真老成练事之语！

【注释】

①国朝：本朝。刘忠宣公：刘大夏，谥忠宣。

【译文】

本朝刘忠宣公曾说："在仕途上不要广泛交游、受人知遇，就像朋友，如果有几个能鼎力相助的人，自然可以顺利过一生。"唉！真是老成练达的话！

汪公

王云凤出为陕西提学[①]，台长汪公谓之曰[②]："君出振风纪，但尽分内事，勿毁淫祠、禁僧道。"云凤曰："此正我辈事，公何以云然？"公曰："君见得真确则可，见之不真，而一时慕名为之，他日妻妾子女有疾，不得不祷祠，一祷祠则传笑四方矣！"云凤叹服。此文衡山说[③]，恨汪公失其名。

【注释】

①王云凤：字应韶。明成化进士。授礼部主事。因劾宦官李广而下狱，降知州。后官至右佥都御史，巡抚宣府。提学：明时各省提刑按察使司下设提学，巡察本省各州县学政。

②台长：御史台之长官都御史，或称台长。

③文衡山：文徵明，别号衡山，明代书画家。

【译文】

王云凤出任陕西提学时，御史台长官汪公对他说："你出任外官整顿风纪，只要尽力做好分内的事就行了，不要损毁滥设的祠庙、禁止僧侣和道士的活动。"王云凤说："这正是我们分内的事，您为什么这么说？"汪公说："你看得真确就可以做，看得不真确，而一时为了好名声去做这种事，将来妻子儿女有病，不得不祈福祭神，你一祈福祭神就会被各地传为笑话。"王云凤听了赞叹且佩服。这是文徵明说的，可惜佚失了汪公的名字。

见得真确，出自学问，狄梁公是也[①]。慕名者未有不变，仕人举动，当推类自省。

【注释】

①狄梁公：狄仁杰，字怀英。为江南巡抚使时曾毁吴楚淫祠一千七百余所。

【译文】

对事看得真确，要出于学问，狄梁公就是这样。爱慕名声的人没有不善变的，当官人的举动，应当依此类推自我反省。

华歆

华歆、王朗乘船避难[1]，有一人欲附，歆难之。朗曰："幸尚宽，何为不可？"后贼追至，王欲舍所携人。歆曰："本所以疑，正为此耳！既已纳其自托，宁可以急相弃耶？"遂携拯如初。

【注释】

①华歆：东汉末年名士，与邴原、管宁为友。曹操执国政，征拜议郎，迁尚书令。承操旨，勒兵入宫收伏后，歆亲牵后出，幽杀之。曹丕篡汉，歆拜相国，改司徒。王朗：汉末以通经拜郎中，除菑丘长。后为会稽太守，为孙策击破，投曹操，拜谏议大夫，参司空军事。曹丕称帝，官司空。

【译文】

华歆、王朗一起乘船避难，有一个人想搭载他们的船，华歆为此犯难。王朗说："幸好我们的船还很宽敞，有什么不可以呢？"后来贼兵追到，王朗想丢下搭载的这个人。华歆说："我原本所顾虑的，正是这种情况！既然已经接纳搭载他，怎么可以在紧急时抛弃他呢？"于是仍和开始一样带着这个人逃走。

下岩院主僧

巴东下岩院主僧[①]，得一青磁碗，携归，折花供佛前，明日花满其中。更置少米，经宿，米亦满；钱及金银皆然。自是院中富盛。院主年老，一日过江简田[②]，怀中取碗掷于中流。弟子惊愕。师曰："吾死，汝辈宁能谨饬自守乎[③]？弃之，不欲使汝增罪也。"出吴淑《秘阁闲谈》。淑，宋初人。

【注释】

①巴东：县名。在今湖北巴东。

②简田：查视僧院所属的田地。

③谨饬（chì）：谨慎小心。

【译文】

巴东下岩院的住持，得到一个青磁碗，带回寺里，折了花插着供奉在佛像前，第二天花开满了整个碗。又换一些米在碗里，过了一夜，米也满了；装钱和金银都是这样。从此下岩院里十分富裕。住持年老之后，有一天渡江查视寺院田地，从怀中拿出碗投掷到江中水。弟子们非常惊讶。住持说："我死以后，你们还能谨慎自守吗？丢弃这个碗，是不想使你们增加罪过。"出自吴淑《秘阁闲谈》。吴淑，宋初人。

沈万三家有聚宝盆[①]，类此。高皇取试之，无验，仍还沈。后筑京城[②]，复取此盆镇南门下，因名聚宝门云。

【注释】

①沈万三：本名沈富，因行三，且富甲江南，人称沈万三。

②京城：南京。

【译文】

沈万三家中有聚宝盆,与此类似。明太祖拿来试验,没有效果,又还给沈家。后来建筑京城,又取这个聚宝盆镇在南门之下,因而南门叫聚宝门。

东海钱翁

东海钱翁[①],以小家致富,欲卜居城中。或言:“某房者,众已偿价七百金,将售矣,亟往图之!”翁阅房,竟以千金成券。子弟曰:“此房业有成议,今骤增三百,得无溢乎[②]?”翁笑曰:“非尔所知也。吾侪小人,彼违众而售我,不稍溢,何以塞众口?且夫欲未餍者[③],争端未息。吾以千金而获七百之舍,彼之望既盈,而他人亦无利于吾屋[④]。歌斯哭斯[⑤],从此为钱氏世业无患矣!”已而他居多以价亏求贴[⑥],或转赎[⑦],往往成讼,唯钱氏帖然[⑧]。

【注释】

①东海:在今江苏北部。

②溢:价格高于实际价值。

③欲未餍者:指售房者仍望能比七百金更多一些,如仅按七百酬值,其欲望尚未满足。

④他人亦无利于吾屋:其他也想购此屋的人,见价已出到一千,如想加价争购,就要吃亏了。

⑤歌斯哭斯:歌于此,哭于此。指世代悲欢生死俱在此屋。

⑥求贴:要求补贴。

⑦转赎:把房屋赎回。

⑧帖然:安然无事。

【译文】

东海钱翁,从小家小户逐渐变得富有,想搬去城里居住。有人说:“有一栋房屋,人们已经还价至七百金了,就要出售了,赶紧想办法去买!”钱翁看过房屋后,竟然以一千金与屋主订约。子侄们说:“这栋房屋已经议好价,现在忽然增加三百金,不会太贵吗?”钱翁笑着说:“不是你们所了解的那样。我们小户人家,他拒绝了那么多人把房屋卖给我,不稍微加些钱,怎能堵住众人的嘴?况且如果屋主欲望未能满足,争端就会没完没了。我们用千金来买价值七百金的房屋,已经超出屋主的欲望了,别人也不会再用更多的价钱来买这处房子。以后不管开心苦恼,从此成为钱氏世代的产业而没有忧患了!”不久其他的房屋多有因为价钱亏损要求补贴的,有人还把房屋赎回,往往造成诉讼官司,只有钱氏安稳无事。

辞馈

刘忠宣戍肃州[①],贫甚,诸司惮逆瑾,毋敢馆谷者[②],三学生徒轮食之[③]。有参将某遣使致馈[④],敕其使不受勿返。公曰:“吾老,唯一仆,日食不过数钱。若受之,仆窃之逃,不将只身陷此耶?”寻同戍锺尚书橐资果为仆窃而逃,人服公先识云。

【注释】

①刘忠宣:刘大夏,谥忠宣。戍肃州:大夏为兵部尚书,议革“勇士”,节光禄寺无名供馈,岁省官府浮费数百万,为宦党所怨。大夏自知不见用,乞休归。至正德三年(1508),刘瑾复矫诏逮大夏至京

下锦衣卫狱，将坐以“激变土官”罪死。虽经大臣婉解，仍谪大夏戍肃州卫。

②馆谷：招待留宿与饭食。

③三学：唐以国子学、太学、四门学为三学。宋以太学之外舍、内舍、上舍为三学。此当指地方之府、州、县之学。

④参将：武官名。位次于副总兵。

【译文】

刘忠宣戍守肃州时，非常贫困，各部门官吏都怕得罪宦官刘瑾，没有人敢供他食宿，府、州、县学的学生轮流供养他。有位参将派人送来礼物，并告诉送礼物的人礼物不被接受不能回去。忠宣公说：“我老了，只有一个仆人，每天饮食花费不过几钱。如果接受礼物，仆人偷走逃跑，不就只有我一个人陷入窘困的境地吗？”不久同时戍守肃州的锺尚书的财物果然被仆人偷走并逃走，人们佩服忠宣公有先见之明。

本不欲受，虑患乃第二义也。曹公在官渡①，召华歆。宾客送者千余人，赠遗数千，皆无所拒，密各题识，临去谓诸君曰：“本无相拒之心，而所受遂多，念单车远行，将以怀璧为罪②。”乃还所赠，众服其德。忠宣盖本此。

【注释】

①曹公：曹操。

②怀璧：《左传·桓公十年》：“周谚有之：‘匹夫无罪，怀璧其罪。’”杜预注：“人利其璧，以璧为罪。”后以“怀璧”比喻多财招祸或怀才遭忌。

【译文】

忠宣公本来就不想接受，考虑后患是第二层意思了。曹操在官渡时，征调华歆。送行的宾客有一千多人，赠送的礼物有数千件，他都没有拒绝，私下写上送礼者的姓名。临行时对送行的人说："本来没有拒绝的心意，但是接受的礼物太多，想到单车远行，恐怕会因为财物众多而招致祸患。"于是退回所送的礼物，众人都钦佩他的美德。忠宣公的做法大概来源于此。

屏姬侍

郭令公每见客[①]，姬侍满前。及闻卢杞至[②]，悉屏去。诸子不解。公曰："杞貌陋，妇女见之，未必不笑。他日杞得志，我属无噍类矣[③]。"

【注释】

①郭令公：郭子仪。令公，凡任中书令的皆可称令公。郭子仪累官至太尉、中书令。

②卢杞：貌丑面蓝，有口辩。唐德宗奇其才，擢门下侍郎、同中书门下平章事。既得志，险贼渐露，小忤己，不置死地不休。后贬为新州司马，徙澧州别驾死。

③无噍（jiào）类：没有活人了。噍类，会吃东西的人。

【译文】

唐朝中书令郭子仪每回会见客人，都有侍女多人服侍于前。一次听说卢杞来了，就把侍女全部屏退。他的儿子们都不理解。郭令公说："卢杞容貌丑陋，妇人见了他，未必不会笑话他。将来卢杞得志了，我们家就会被他害得没有活口了。"

齐顷以妇人笑客，几至亡国[①]。令公防微之虑远矣！

【注释】

①齐顷以妇人笑客，几至亡国：春秋时，晋国派大夫郤克使齐。郤克跛，齐顷公母笑之。郤克归晋，会鲁、卫、曹之师伐齐。齐败绩，悉退以往侵鲁、卫地。

【译文】

齐顷公因为妇女嘲笑客人，几乎导致亡国。郭令公防患于未发的思虑深远啊。

王勉夫云[①]："《宁成传》末载[②]：周阳由为郡守[③]，汲黯、司马安俱在二千石列[④]，未尝敢均茵[⑤]。司马安不足言也，汲长孺与大将军亢礼[⑥]，长揖丞相，面折九卿，矫矫风力[⑦]，不肯为人下，至为周阳由所抑，何哉？周盖无赖小人，其居二千石列，肆方骄暴，凌轹同事[⑧]，若无人焉。汲盖远之，非畏之也。异时河东太守胜屠公不堪其侵权，遂与之角，卒并就戮[⑨]，玉石俱碎，可胜叹恨！士大夫不幸而与此辈同官，逊而避之，不失为厚，何苦与之较而自取辱哉！"

【注释】

①王勉夫：王楙，字勉夫。南宋时人，不仕，杜门著述。有《野客丛书》传世。下引即出自该书。

②《宁成传》：司马迁《史记·酷吏列传》中有《宁成传》，后附《周阳由传》。

③周阳由：复姓周阳，汉武帝时酷吏。为郡守，最为暴酷骄恣。所爱者枉法活之，所憎者曲法灭之。

④汲黯：字长孺，性倨少礼，尚气节。景帝时为太子洗马，帝惮其严。武帝时官至主爵都尉，面折人主之过。司马安：汲黯外甥，少与黯

同为太子洗马。而深文巧宦,四升至九卿,以河南太守卒。司马迁谓其“文恶”,即能以文法杀人。

⑤均茵:《史记》原文作“同车未尝敢均茵伏”。均,同,等。茵,车上之褥垫。伏,车轼,供乘者伏臂。言汲、司马二人与由同载一车,尚不敢与之同样地坐茵伏轼,谓低下一等。

⑥汲长孺与大将军亢礼:大将军卫青甚尊显,姐为皇后,而汲黯与之抗礼。亢礼,即抗礼,以同等礼节相待。

⑦矫矫风力:形容其刚直不阿的风神。

⑧凌轹(lì):欺凌折辱。

⑨“异时河东太守胜屠公不堪其侵权”几句:周阳由后来为河东都尉,时与其守胜屠公争权,相告讦。胜屠公当抵罪(当是为周阳由所揭露之罪),义不受刑,自杀。而周阳由则弃市。

【译文】

王勉夫说:“《宁成传》篇末记载:汉朝人周阳由任郡守时,汲黯、司马安都在二千石高官之列,和他同车时不敢同样地坐褥垫,扶车轼。司马安可以不谈,但汲黯和大将军以同等礼节相待,对宰相只行长揖之礼,可以当面指责九卿,刚直的风范,不肯屈居人下,但被周阳由压抑,为什么呢?周阳由实在是无赖小人,他居于二千石的高官之列,放肆骄横,欺凌折辱同事,旁若无人。汲黯其实是远离他,而不是怕他。后来河东太守胜屠公忍受不了周阳由的侵权,便和他争斗,最后一起被杀,玉石俱碎,令人叹息遗憾!士大夫不幸和这种人同朝为官,应谦逊地避开他,不失为上策,何苦和他争斗而自取其辱呢?”

唐肃

唐待制肃与丁晋公为友[①],宅正相对。丁将有弼谐之命[②]，唐迁居州北。或问之，唐曰："谓之入则大拜[③]。数与往还，事涉依附；经旬不见，情必猜疑，故避之也。"

【注释】

①唐待制肃：唐肃，字叔元。宋真宗时举进士。为秦州司理，决狱有声。官至龙图阁待制。丁晋公：丁谓，封晋国公。

②弼谐之命：任为辅臣之命令。弼谐，语出《尚书·皋陶谟》，后作天子辅臣之美称。

③大拜：任宰相。

【译文】

宋朝时待制唐肃与丁谓是朋友，住宅正好相对。丁谓有任为辅臣的命令，唐肃就迁居到州北。有人问他，唐肃说："丁谓入朝后就会担任宰相。经常和他来往，就涉嫌攀附他；十几天不见面，情感必产生猜疑，所以避开他。"

是非心不可不明，亦不可太明。立身全交，两得之矣！

【译文】

是非之心不能不明确，也不能太明确。立足安身与成全交情，两方面都做到了！

阿豺

吐谷浑阿豺疾[①]，有子二十人，召母弟慕利延曰："汝取一只箭折之。"慕利延折之。又曰："汝取十九箭折之。"慕利延不能折。阿豺曰："汝曹知乎？单者易折，众者难摧，戮力同心，然后社稷可固！”

【注释】

①吐谷浑：晋时辽西鲜卑徒河涉归（慕容涉归）之子名吐谷浑。涉归死，少子廆袭位。吐谷浑与廆不协，遂西度陇，止于甘松之南、洮水之西，建国，遂以吐谷浑为国名。其地相当于今青海北部和新疆东南部。

【译文】

吐谷浑首领阿豺病重，他有二十个儿子，召见同母弟弟慕利延说："你拿一支箭来折断它。"慕利延就折断了。又说："你再拿十九支箭来折断它们。"慕利延折不断。阿豺说："你们知道吗？一支箭容易折断，很多箭就难以摧折，必须同心协力，然后国家才能稳固！"

周大封同姓，枝叶扶疏[①]，相依至久。六朝猜忌，庇焉寻斧[②]，覆亡相继。不谓北狄中乃有如此晓人！

【注释】

①扶疏：枝叶茂盛，高低疏密有致。

②庇焉寻斧：语出《左传·文公七年》：宋昭公欲杀群公子，乐豫曰："不可。公族，公室之枝叶也。若去之，则本根无所庇荫矣。……此谚所谓'庇焉而纵寻斧焉'者也。"庇焉寻斧，义谓靠着枝叶来庇护本根，却又用斧子砍伐它。

【译文】

周朝大封同姓诸侯，宗室繁多，互相倚赖长久不衰。六朝人互相猜忌，靠宗室庇护而又屠灭他们，相继灭亡。想不到北狄之中还有如此明晓事理的人。

上智部通简卷三

世本无事，庸人自扰。

唯通则简[1]，冰消日皎。

集《通简》。

【注释】

①简：处事简要。

【译文】

世间本来没有烦心的事，平庸的人自己烦扰自己。

只有为人通达才能处事简要，如同太阳照耀冰雪自然消融。

集为《通简》一卷。

唐文宗

文宗将有事南郊[1]，祀前，本司进相扑人[2]。上曰："我方清斋[3]，岂合观此事？"左右曰："旧例皆有，已在门外祗候[4]。"上曰："此应是要赏物。可向外相扑了，即与赏物令去。"又尝观斗鸡，优人称叹[5]："大好鸡！"上曰："鸡既好，便赐汝！"

【注释】

①文宗：唐文宗李昂，827—840年在位。喜读《贞观政要》，有意太宗之道，无太宗之才。即位之初，励精图治。后宦官擅权，政治昏暗，酿成“甘露之变”。有事南郊：帝王在京城南郊祭天。有事，这里指祭祀。

②本司：指分管祭祀事务的官员。相扑人：表演摔跤的艺人。

③清斋：祭祀前，洁身静心、斋戒以示诚敬。

④祗（zhī）候：恭候，恭迎。

⑤优人：扮演杂戏的艺人。

【译文】

唐文宗将在南郊举行祭天大典，祭祀前，该司官员进献相扑艺人。唐文宗说：“我正在斋戒，怎么适宜观赏相扑之戏呢？”左右侍从回答说：“按以前的惯例都有这种观看相扑的活动，他们已经在门外恭候了。”唐文宗说：“这应该是想领取赏赐之物。可以让他们在外面表演完，就给一些赏赐让他们离开。”唐文宗又曾经有一次观看斗鸡，一旁扮演杂戏的艺人称赞：“这鸡又大又好！”文宗说：“这鸡既然这么好，就赐给你了！”

既不好名，以扬前人之过；又不好戏，以开幸人之端，觉革弊纷更，尚属多事。此一节可称圣主。

【译文】

唐文宗既不追求虚名，来宣扬前人的过失；又不喜好嬉戏，而开奸人的阿谀之风，看文帝行事，感觉为了革除弊端不断更改制度，还算是多事呢。从这一点来看，唐文宗可以称为圣主。

宋太宗

孔守正拜殿前都虞候[①]。一日侍宴北园，守正大醉，与王荣论边功于驾前[②]，忿争失仪[③]。侍臣请以属吏，上弗许。明日俱诣殿廷请罪。上曰："朕亦大醉，漫不复省。"

【注释】

①孔守正：随宋太祖击太原，随太宗征晋阳，俱有功。殿前都虞候：宋官名。掌殿前侍卫。

②王荣：少有膂力，善射。太宗亲信，但性粗率，不体恤士卒，侵占公田。

③失仪：违犯臣子在皇帝面前应守的礼仪。

【译文】

北宋初年，孔守正担任殿前都虞候一职。有一天在北园侍候宋太宗宴饮，孔守正大醉，与王荣在皇帝面前议论边塞战功的事，愤怒相争大失臣子礼仪。侍臣请求把他们交给官吏处置，宋太宗没有答应。第二天两人都到宫里请罪。宋太宗说："我也喝得大醉，记不得发生了什么事。"

以狂药饮人[①]，而责其勿乱，难矣。托之同醉，而朝廷之体不失，且彼亦未尝不知警也。

【注释】

①狂药：指酒。喝酒让人神思狂乱，故名。

【译文】

拿酒来让人喝，却责令他们不要因酒而乱，困难啊。宋太宗假托和臣子一同喝醉，而没有失掉朝廷的体面，况且臣子们也未尝不知道警惕。

宋真宗

宋真宗朝，尝有兵士作过，于法合死，特贷命[1]，决脊杖二十改配。其兵士高声叫唤乞剑[2]，不服决杖[3]，从人把捉不得，遂奏取进止[4]。传宣云："须决杖后别取进止处斩。"寻决讫取旨，真宗云："此只是怕吃杖；既决了，便送配所，莫问。"

【注释】

①贷命：饶恕性命，免于死罪。

②乞剑：乞求受剑而死。

③决杖：处杖刑。

④奏取进止：奏请皇帝颁下对某事的处理意见。

【译文】

宋真宗在位时，曾有士兵犯罪，按照法律应该处死，宋真宗特意饶恕了他的性命，改判为打脊背二十杖并流放。那个士兵高声叫唤要求受剑而死，对处杖刑不服，随从们无法决断，于是奏请皇帝下旨处理。殿上传达宣诏说："必须处杖刑后，另外奏请皇帝是否处斩。"不久杖刑结束来向宋真宗领旨，宋真宗说："这士兵只是怕挨脊杖；现在已经打完了，就发配他到流放地，不用再问了。"

曹参　二条

一

曹参被召[1]，将行，属其后相[2]，以齐狱市为寄[3]。后相曰："治无大此者乎？"参曰："狱市所以并容也，今扰之，奸人何所容乎？"参既入相，一遵何约束，唯日夜饮醇酒，无所事事。宾客来者皆欲有言，至，则参辄饮以醇酒；间有言，又饮之，醉而后已，终莫能开说。惠帝怪参不治事[4]，嘱其子中大夫窋私以意叩之。窋以休沐归[5]，谏参。参怒，笞之二百。帝让参曰[6]：“与窋何治乎[7]？乃者吾使谏君耳。”参免冠谢曰：“陛下自察圣武孰与高帝[8]？”上曰：“朕安敢望先帝？”又曰：“视臣能孰与萧何？”帝曰：“君似不及也。”参曰：“陛下言是也。高帝与何定天下，法令既明，今陛下垂拱[9]，参等守职，遵而勿失，不亦可乎！”帝曰：“君休矣。”

【注释】

①曹参被召：汉惠帝时，曹参为齐相国，相齐九年。汉相国萧何死后，召曹参入京为相。

②属（zhǔ）其后相：嘱托继他之后担任齐相国的人。属，委托，嘱咐。

③以齐狱市为寄：把齐国的刑狱和集市记挂于心。

④惠帝：汉惠帝刘盈，刘邦之子，前195—前188年在位。

⑤休沐：休息休浴，即休假。汉制规定，五日一休沐。

⑥让：责问。

⑦与窋（zhú）何治乎：与曹窋没什么相干，您何必责打他呢？

⑧高帝：指汉高祖刘邦。

⑨垂拱：垂衣拱手。《尚书·周书·武成》：“垂拱而天下治。”后常用来颂扬帝王无为而治。

【译文】

汉惠帝时，曹参被征召，将要赴京上任，嘱托继他之后担任齐相国的人，把齐国的刑狱和集市记在心上。将要继任齐相的人说：“关于治理，没有比这更重要的事情了吗？”曹参说：“刑狱和集市是容纳盗贼、奸人的地方，如果现在干扰他们，奸人在哪里容身呢？”曹参入京拜相后，一切事务都遵照萧何的旧规办理，自己只是日夜畅饮美酒，什么事都不干。来拜访的宾客都想规劝他，然而一到这里，曹参就给他们喝美酒；中间想说，又给他们喝酒，直到醉了才停止，最终没能有机会说话。汉惠帝责怪曹参不理政事，嘱咐曹参的儿子中大夫曹窋私下以自己的意思问曹参。曹窋休假回家，劝谏曹参。曹参大怒，打了曹窋二百鞭。汉惠帝责问曹参曰："这件事和曹窋有什么关系？是我让他去劝谏你的啊。"曹参摘下帽子谢罪说："陛下您自己觉得您的英明神武和高皇帝比怎么样？"皇帝说："我哪里敢和先帝相比？"曹参又说："那您看微臣的才能与萧何相比怎么样？"皇帝说："你好像不如他。"曹参说："您说的对。高帝与萧何平定天下，法令已经严明，如今陛下您无为而治，微臣等人谨守职分，遵循既定法令而不脱离，不是也可以吗！"汉惠帝说："你不必再说了。"

不是覆短，适以见长。

【译文】

这不是在掩盖自己的短处，恰恰是表现了自己的长处。

二

吏廨邻相国园[①]。群吏日欢呼饮酒，声达于外。左右幸相国游园中[②]，闻而治之。参闻，乃布席取酒，亦欢呼相应。左右乃不复言。

【注释】

①吏廨：指相国属吏的房舍。

②幸：希望，期望。

【译文】

曹相国属吏的房舍与相国的花园相邻。属吏们每天欢呼喝酒，声音传到外面都能听见。曹参的侍从希望曹参能到花园游玩，听到嘈杂的声音管一管属吏们。不料曹参听到后，竟命人设宴摆酒，也欢呼着与隔壁相应和。侍从们于是不再说什么了。

极绘太平之景，阴消近习之谗[①]。

【注释】

①近习：左右亲近的人。

【译文】

极力铺陈太平时期的景象，暗地里也消弭了亲近的人进谗言的机会。

李及

曹玮久在秦中[①]，累章求代[②]。真宗问王旦[③]："谁可代玮者？"旦荐李及[④]，上从之。众疑及虽谨厚有行检，非守边才。韩亿以告旦[⑤]，旦不答。及至秦州，将吏亦心轻之。会有屯戍禁军白昼掣妇人银钗于市，吏执以闻。及方坐观书，召之使前，略加诘问，其人服罪。及不复下吏，亟命斩之，复观书如故。将吏皆詟服[⑥]。不日声誉达于京师，亿闻之，复见旦，具道其事，且称旦知人之明。旦笑曰："戍卒为盗，主将斩之，此常事，何足为异！旦之用及，非为此也。夫以曹玮知秦州七年，羌人慑服。玮处边事已尽宜矣，使他人往，必矜其聪明，多所变置，败玮之成绩。所以用及者，但以及重厚，必能谨守玮之规模而已⑦。”亿益叹服公之识度。

【注释】

①曹玮：字宝臣，曹彬之子。十九岁同知渭州。宋真宗时知镇戎军，防卫西北。后知秦州，戍边近四十年，驻军严明，智勇有谋。累拜签书枢密院事。秦中：指秦州，治今甘肃天水。

②累章求代：屡次上表请求朝廷派人接替自己。

③王旦：字子明。太平兴国年间进士。迁著作佐郎，与编《文苑英华》。宋真宗出征澶渊，他为东京留守。真宗封禅泰山，他为仪仗使，进中书侍郎，兼刑部尚书，加兵部尚书。执掌政事久，才干明敏。

④李及：举进士，经寇准推荐，擢大理寺丞，知兴化军。累迁太常少卿、知秦州。

⑤韩亿：字宗魏。咸平进士。王旦之婿。宋真宗时累迁尚书屯田员外郎、知相州等职。宋仁宗时累官尚书左丞。

⑥詟（zhé）服：惧服。

⑦规模：规制，格局。

【译文】

宋真宗时，曹玮长时间任秦州知州，多次上表请求朝廷派人来接替自己。宋真宗问王旦：“谁可以替代曹玮呢？”王旦推荐了李及，皇帝听从了他的建议。众臣质疑李及虽然严谨宽厚，行事有操守，却不是守边的人才。韩亿把众臣的担心告诉了王旦，王旦没有回答。李及到了秦州，将吏也从心底里轻视他。恰逢有戍边士兵大白天在集市上抢夺妇人的银钗，官吏捉住他来报告李及。李及正坐着看书，召士兵上前，稍加审问，那个人就认罪了。李及不再将他交给属吏再审，立刻下令处死他，之后继续看书。经过这件事，将吏都敬畏服从他。不久李及的声誉传到京城，韩亿听说了，又来见王旦，详细地说了李及的事，并且称赞王旦有识人之明。王旦笑着说："戍守士兵做强盗，主将斩杀他，这是寻常事，又有什么值得惊讶！我用李及，不是这个原因。曹玮管理秦州七年，羌人敬畏屈服。曹玮处理边疆的事已经非常完美，派遣其他人去替代他，一定自恃聪明，改变曹玮定下的规章制度，败坏曹玮的政绩。我用李及的原因，只是因为他老成持重，一定能谨守曹玮的规制罢了。"韩亿更加叹服王旦的见识和气度。

张乖崖自成都召还①，朝议用任中正代之②，或言不可。帝以问王旦，对曰："非中正不能守咏之规也。"任至蜀，咨咏以为政之法。咏曰："如已见解高于法，则舍法而用已；如已见解不高于法，则当守法，勿徇已见。"任守其言，卒以治称。后生负才，辄狭小前人制度③，视此可以知戒。

【注释】

①张乖崖：即张咏，自号乖崖。宋太宗时，出知益州，对蜀地实行恩威并用的怀柔政策，鼓励蜀地士大夫参加科举，以稳定统治。真宗时以公直名望再知益州，均以政绩闻名。

②任中正：字庆之。累官至枢密直学士，代张咏知益州，在郡五年，遵张咏之旧规，蜀人倍感便利。宋仁宗时拜兵部尚书。

③狭小前人制度：将前人的规章制度看得浅陋。

【译文】

张咏从成都被召回京，朝廷决定用任中正接替他，有人说不可以。皇帝问王旦，王旦回答说："不是任中正的话，恐怕不能守住张咏的规矩。"任中正一到四川，就请教张咏处理政事的方法。张咏说："如果你自己的见解比常规高明，就可以舍弃常规用自己的见解；如果自己的见解不比谨守常规更高明，就应当谨守常规，不要一切顺着自己的见解行事。"任中正谨守这些话，最终因政绩优良被称道。后辈的年轻人自负才能，往往就会轻视前人的制度，看了这个故事应该知道警惕才对。

戒更革

赵韩王普为相[①]，置二大瓮于坐屏后，凡有人投利害文字，皆置其中，满即焚之于通衢。李文靖曰[②]："沆居相位，实无补万分，唯中外所陈利害[③]，一切报罢，聊以补国尔。今国家防制，纤悉具备，苟轻徇所陈，一一行之，所伤实多。佥人苟一时之进[④]，岂念民耶！"陆象山云[⑤]："往时充员敕局[⑥]，浮食是惭[⑦]。唯是四方奏请，廷臣面对，有所建置更革，多下看详[⑧]。其或书生贵游[⑨]，不谙民事，轻于献计，一旦施行，片纸之出，兆姓蒙害[⑩]。每与同官悉意论驳，朝廷清明，尝得寝罢。编摩之事[⑪]，稽考之勤[⑫]，何足当大官之膳[⑬]？庶几仅此可以偿万一耳。"

【注释】

①赵韩王普为相：赵普为北宋开国功臣，后周时为赵匡胤幕僚，策划陈桥兵变，助其推翻后周，建立宋朝。曾三次拜相。死后宋太宗追封他为真定王，宋真宗又追封为韩王。

②李文靖：即李沆，字太初。太平兴国进士。为相多年，遵守条制，不以密启奏事，常以民间艰难戒帝王，时称"圣相"。谥文靖。

③所陈利害：兴利除弊的各种条陈。

④佥（qiān）人：小人。佥，奸邪不正。苟一时之进：苟图自身一时之进取功名。

⑤陆象山：陆九渊，字子静。南宋乾道年间进士。淳熙年间迁敕令

所删定官，讲论武略，访求人才，慨然有洗雪靖康国耻之志。官至知荆门军。后还乡居贵溪之象山讲学，学者称象山先生。

⑥充员：任职的谦称。敕局：敕令所，掌修纂、审定法令条式。

⑦浮食是惭：为无所成就、尸位素餐而感到惭愧。

⑧多下看详：常常把奏章批给敕令所，由所内官员审查研究。看详，公文用语，即审定。

⑨贵游：无官职的王公贵族子弟。

⑩兆姓：犹言万姓，指普天下老百姓。兆，古以十万为亿，十亿为兆。

⑪编摩之事：指编写切磋法令条文的公事。

⑫稽考之勤：为了应付官吏考核而勤恳办公。

⑬何足当大官之膳：哪里能抵偿朝廷供给的膳食（即俸禄）。

【译文】

北宋时韩王赵普任宰相，在座位屏风后面放置两个大瓮，凡是有人送上建议兴利除害的文书，一概投入瓮中，瓮装满了就把文书堆在大路上烧掉。李文靖说："我任相国期间，对国事实在没有万分之一的补益，只是对朝廷内外兴利除弊的各种陈述，一概不予采取，这算是对国家有一点好处吧。当今国家的预备制度，已经非常详尽完备，如果轻易地顺从各方的建议，一一推行改革，必定会产生很多伤害。小人贪图自身一时之进取功名，难道会真正关怀老百姓的长远利益吗！"陆象山说："从前在敕令所任职，我也是白领薪俸的官员之一，实在很惭愧。只是天下的奏章，朝臣当面向皇帝的陈述，有关规章制度改革的事项，常常发给敕令所审定。其中有一些书生和贵族子弟，不熟悉民情，随便献计，一旦依计施行，一纸命令发出，却使万民受害。我常常和同僚尽心议论驳回，好在朝廷清明，常常接纳我们的意见而将献议作罢。我们编写法令的公事，为应付考核而勤恳办公，怎能抵偿朝廷供给的俸禄呢？但愿仅凭这件事还可以抵偿万分之一吧。"

罗景纶曰[①]:“古云:‘利不什,不变法[②]。’此言更革建置之不可轻也。或疑若是则将坐视天下之弊而不之救欤?不知革弊以存法可也[③],因弊而变法不可也;不守法而弊生,岂法之生弊哉!韩、范之建明于庆历者[④],革弊以存法也;荆公之施行于熙宁者[⑤],因弊而变法也。一得一失,概可观矣。”

【注释】

①罗景纶:罗大经,字景纶。南宋理宗宝庆年间进士。著有《鹤林玉露》十八卷。“戒更革”条摘录于此书。

②利不什,不变法:《史记·商君列传》杜挚反对商鞅变法,曰:“利不百,不变法;功不十,不易器。”意谓如新法无十百倍之利,则旧法不必变。

③革弊以存法:革除执行旧法时出现的一些弊病,而不废除旧法本身。

④韩、范之建明于庆历者:指韩琦、范仲淹在宋仁宗庆历三年(1043)实行的革新,史称“庆历新政”。

⑤荆公之施行于熙宁者:指王安石于熙宁二年(1069)开始陆续推行新法。荆公,即王安石。

【译文】

罗景纶说:“古人云:‘利益达不到十倍,不改变现行法规。’这说明改旧革新的事不可轻举妄动。有人怀疑像这样不就是坐视天下的弊病而不拯救吗?他们不知道革除旧法的弊病且同时保存旧法是可行的,因弊病而实施变法却不可行;不守法而产生弊病,难道是法律本身产生的弊端吗!韩琦、范仲淹在仁宗庆历年间实行的革新,就是革除弊病而保存旧法;王安石在神宗熙宁年间推行的新法,是因为弊病而改变旧法。一得一失,大概可看得十分清楚。”

御史台老隶

宋御史台有老隶[1]，素以刚正名，每御史有过失，即直其梃[2]，台中以梃为贤否之验。范讽一日召客[3]，亲谕庖人以造食[4]，指挥数四；既去，又呼之，叮咛告戒。顾老吏梃直，怪而问之。答曰："大凡役人者[5]，授以法而责以成。苟不如法，自有常刑，何事喋喋？使中丞宰天下[6]，安得人人而诏之[7]！"讽甚愧服。

【注释】

①隶：此指官府中的衙役。

②梃：官府衙役执勤时所持之木杖。

③范讽：字补之。以荫补将作监主簿。出知平阴县，存视贫弱，惩治豪强。官至龙图阁直学士、权三司使。

④庖人：官府的厨师。

⑤役人：差使部下。

⑥中丞：御史中丞，掌公卿奏事、举劾案章。宰天下：为宰相而管理天下。

⑦诏：发令。

【译文】

北宋时御史台中有一位老衙役，向来以刚强正直闻名，每逢御史有过失，就竖起他的梃杖，御史台中都以老衙役的梃杖是否竖起判断御史贤明与否。御史范讽有一天招待亲友，亲自指挥厨师如何烹煮食物，指挥了多次；厨师走了，又把他叫回来，叮咛告诫不已。回头看到这位老衙役竖起了他的梃杖，范讽很奇怪而问他为什么。他回答说："凡是要役使部下做事的人，教给他法规而责成他去办。如果他没有依法规完成，自然有常法来处置他，什么事需要如此喋喋不休？如果让你主宰天下之事，怎么可能每个人都这样去发令！”范讽非常惭愧佩服。

此真宰相才，惜乎以老隶淹也①！绛县老人仅知甲子，犹动韩宣之惜②，如此老隶而不获荐剡③，资格束人④，国家安得真才之用乎！若立贤无方，则萧颖士之仆⑤，颖士御仆甚虐⑥，或讽仆使去，仆曰：“非不欲去，爱其才耳！”可为吏部郎，甄琛之奴⑦，琛好奕，通宵令奴持烛，睡则加挞。奴曰：“郎君辞父母至京邸，若为读书，不辞杖罚，今以奕故横加，不亦太非理乎！”琛惭，为之改节。韩魏公之老兵⑧，公宴客，睹一营妓插杏花，戏曰：“髻上杏花真有幸。”妓应声曰：“枝头梅子岂无媒！”席散，公命老兵唤妓。已而悔之，呼老兵，尚在。公问曰：“汝未去邪？”答曰：“吾度相公必悔，是以未去。”可为师傅祭酒⑨，其他一才一伎，又不可枚举矣。

【注释】

①淹：淹滞，才能得不到任用。

②绛县老人仅知甲子，犹动韩宣之惜：《左传·襄公三十年》载，晋国绛县有一老人服役，人问其年岁，曰：“臣，小人也，不知纪年。臣生之岁为正月甲子朔，今已历四百四十五甲子。”当时赵武执政，知道老人为其属邑之民，于是召见他而道歉说：“使君辱在泥涂，武之罪也。”让老人助其为政，老人以老推辞，于是以为绛县师，而废其县之掌征徭役者。韩宣，当为赵武。此处为冯梦龙误记。赵武死后，韩宣继执晋国政。

③荐剡（yǎn）：荐举人才的公牍。剡，举荐。

④资格：指关于官吏按年资升迁的规定。自唐开元之后，始有限年升级的规定，宋以后成为定制。束人：束缚、压制人才。

⑤萧颖士:字茂挺。唐玄宗开元间,举进士,对策第一,补秘书正字,才名很大。后因故被劾免,客居濮阳,名士多从受业,称萧夫子。

⑥御仆:使用仆人。

⑦甄琛:字思伯。魏孝文帝时官至中书博士,宣武帝立,拜侍中。性轻率好嘲谑,而为官清白有干才。

⑧韩魏公:韩琦,封魏国公。

⑨祭酒:国子监祭酒的简称,指国子监主管官。

【译文】

这真是宰相的人才,可惜因身为老衙役而被埋没,一直没有被推荐!绛县老人仅仅知道"甲子",还牵动了赵武的怜惜之情,这样的老衙役却得不到推荐,年资限制人,国家怎么能得到真正的人才呢!如果任用贤人可以不受限制,那么萧颖士的仆人,颖士对待仆人很严苛,有人劝仆人让他离开,仆人说:"不是不想离开,只是爱惜他的才华罢了。"也可以做吏部侍郎,甄琛的奴仆,甄琛喜欢下棋,命令仆人通宵拿着蜡烛照明,睡着的话就鞭打。仆人说:"主人辞别父母到京师,如果是为了读书,我绝不逃避杖罚,现在因为下棋而打人,不也是太不合理了吗!"甄琛很惭愧,于是改过自新,开始苦读。韩琦的老兵,韩琦在宴客时,看见一名军营官妓头上插着杏花,就戏弄她说:"髻上杏花真有幸。"妓应声说:"枝头梅子岂无媒!"宴席散后,韩琦要老兵召唤那名妓女来伺候。过了一会儿又后悔,想叫老兵别去,不知道老兵走了没有。一叫,老兵还在。韩琦问道:"你没有去吗?"老兵回答说:"我猜想相公一定会后悔,所以没去。"都可以做师傅或祭酒,其他有才艺的人,实在多得不胜枚举。

汉光武

光武诛王郎[①],收文书,得吏人与郎交关谤毁者数千章[②]。光武不省,会诸将烧之,曰:"令反侧子自安[③]!"

【注释】

①光武诛王郎：指刘秀诛杀王郎。王莽末年，本为卜者的王郎诈称汉成帝之子刘子舆起兵，自称天子，都邯郸。郡国响应，声势甚盛。时刘秀以更始帝大司马徇河北。王郎悬赏抓捕刘秀。刘秀仓促奔命，聚敛兵马。后得耿况、彭宠之助，于巨鹿大破王郎军，复围邯郸，拔其城，杀王郎。

②交关谤毁：指与王郎相串通而毁谤刘秀的书信。

③反侧子：此指惶恐不安的人。

【译文】

光武帝诛杀王郎后，收集有关文书，得到属吏与王郎串通而毁谤自己的函件数千份。光武帝没有仔细审查，集合手下诸将当面烧毁信件，说："让惶恐不安的人安心！"

宋桂阳王休范举兵浔阳[①]，萧道成击斩之[②]，而众贼不知，尚破台军而进[③]。宫中传言休范已在新亭[④]，士庶惶惑，诣垒投名者以千数[⑤]。及至，乃道成也。道成随得辄烧之，登城谓曰："刘休范父子已戮死，尸在南冈下。我是萧平南[⑥]，汝等名字皆已焚烧，勿惧也！"亦是祖光武之智。

【注释】

①宋桂阳王休范：南朝宋之桂阳王刘休范。宋文帝第十八子，封桂阳王，为中书监、中军将军，出为江州刺史。宋明帝晚年杀诸弟殆尽，唯休范以凡庸得免，而常怀忧惧。宋后废帝元徽二年（474），休范举兵反，进至新林，朝廷震动。时萧道成守新亭，命张敬儿等诈降，刺杀休范，破其军。

②萧道成：字绍伯。仕宋，屡立战功。后为宋禁军将领，乘宋皇族内

战，掌军政大权，代宋自立，国号齐，为齐高帝。

③台军：朝廷军队。台，南朝时称朝廷。

④新亭：在南朝宋都城建业（江苏今南京）南十余里。

⑤投名：递上名帖，以示效顺。

⑥萧平南：即萧道成。其出屯新亭，加平南将军。

【译文】

南朝宋桂阳王刘休范在浔阳城举兵，被萧道成所杀，而刘休范的兵众不知情，还击破官军而前进。宫中传言刘休范已进军到达新亭，士大夫和百姓惶恐不安，到军营来投名的有上千人。等到大军抵达城下，才知道是萧道成。萧道成接到名帖就烧掉了，登上城楼对他们说："刘休范父子已经被杀死，尸体在南冈下。我是萧平南，你们的名字都已经烧了，不必害怕！"这也是效法汉光武帝的智谋吧。

薛简肃 二条

一

薛简肃公帅蜀[①]，一日置酒大东门外，城中有戍卒作乱，既而就擒。都监走白公[②]，公命只于擒获处斩决。边批：乱已平矣。民间以为神断。不然，妄相攀引[③]，旬月间未能了得，非所以安其徒反侧之心也。

【注释】

①薛简肃公：即薛奎，谥简肃。历任吏部郎中，权知开封府、御史中丞，受到弹劾，外放治理秦州、益州，政绩颇多。后官至参知政事、礼部侍郎。帅蜀：统领益州事务。

②都监：官名。宋于诸路、州、府，皆置兵马都监，省称"都监"。掌

本城屯驻、兵甲、训练、差使之事。

③攀引:指控牵连,招出。

【译文】

宋朝简肃公薛奎在蜀任统帅时,有一天在大东门外设宴请客,城中有士卒叛乱,不久就被抓住。都监跑来报告简肃公,简肃公命令就在擒住乱兵处将他斩首。边批:叛乱已平。民间都认为这是高明的判决。不然,叛贼胡乱指控牵扯,十天半月不能解决,就不能安定其他士卒想附和他反叛的心思。

稍有意张大其功,便不能如此直捷痛快矣。

【译文】

只要稍有张大功劳的意图,办事就不能这样简捷痛快了。

二

民有得伪蜀时中书印者[①],夜以锦囊挂之西门。门者以白,蜀人随者以万计,皆汹汹出异语,且观公所为。公顾主吏藏之,略不取视,民乃止。

【注释】

①伪蜀:指五代时孟知祥所建之后蜀,为“十国”之一,灭于北宋。

【译文】

有人获得后蜀时期中书省印信,夜里用锦囊装着挂在西门上。守门人禀告简肃公,后面跟着上万的蜀人,都口出怪话喧扰不已,想看简肃公将怎么处理。薛奎便回头命主管官吏将它收藏起来,也不拿过来看看,民众也便停止喧扰了。

梅少司马国桢制阃三镇[①]，虏酋或言于沙中得传国玺[②]，以黄绢印其文，顶之于首，诣辕门献之[③]，乞公题请。公曰："玺未知真假，俟取来，吾阅之，当犒汝。"酋谓："累世受命之符，今为圣朝而出，此非常之瑞，若奏闻上献，宜有封赏，所望非犒也。"公笑曰："宝源局自有国宝[④]，此玺即真，无所用之，吾亦不敢轻渎上听[⑤]。念汝美意，命以一金为犒，并黄绢还之。"酋大失望，号哭而去。或问公："何以不为奏请？"公曰："王孙满有言：'在德不在鼎'[⑥]。况虏酋视为奇货，若轻于上闻，酋益挟以为重。万一圣旨征玺，而玺不时至，将真以封赏购之乎？"人服其卓识。此薛简肃藏印之意。

【注释】

①梅少司马国桢：梅国桢，字克生。少以雄杰称，善骑射，万历进士。协助李如松讨平哱拜，以功擢太仆寺少卿。累迁兵部右侍郎。少司马，指兵部侍郎，兵部尚书或称大司马。制阃（kǔn）：统兵在外。三镇：梅国桢晚年为大同巡抚，后又以兵部右侍郎总督宣大、山西军务。

②虏酋：此指北方鞑靼族部落首领。传国玺：传说为秦始皇所制玉玺，汉以后历朝相传，至元灭，为顺帝携逃入于大漠。

③辕门：此指领军将帅的营门。

④宝源局：明时掌管铸造货币的官署，似与皇帝印玺无关。此处疑或有误。

⑤轻渎上听：轻易地以此事奏告皇帝。

⑥在德不在鼎：意谓鼎之大小轻重在于君王之德，而不在于鼎之本身。据《左传》，鲁宣公三年（前606），楚庄王伐陆浑之戎，至于洛水，遂陈兵示威于东周之郊。周定王使大夫王孙满犒楚师。楚

庄王问周之九鼎轻重大小，其意在取代周而有天下。王孙满曰："在德不在鼎。"

【译文】

梅国桢以少司马镇守边外时，有鞑靼族部落首领说在沙漠中拾获传国玉玺，把玺上的文字印在黄绢上，系在头顶，到军营来要献给朝廷，请少司马转奏他的功劳。梅国桢说："玉玺不知是真是假，等你拿来，我看完之后，如果是真的，一定会犒赏你。"首领说："历代承受天命的印信，现在为圣朝出现，这是不寻常的祥瑞，如果禀奏呈献给皇上，应当会有封赐，我期望的可不是犒赏。"梅国桢笑着说："铸造钱币的宝源局中自然有国宝，这个玉玺即使是真的，也没有用，我也不敢轻易劳烦皇上的圣听。感念你的一番好意，我命人给你一锭金子作犒赏，和黄绢一起退还给你。"首领非常失望，大哭着离去。有人问梅国桢："为什么不替他禀奏皇上？"梅国桢说："王孙满曾说：'天子在乎德行，而不在乎鼎的大小轻重。'何况胡人首领将它视为奇货，如果轻易地禀奏皇上，胡人更会挟持以自重。万一圣旨要征求玉玺，而玉玺不能准时送达，当真要用封赏来换取玉玺吗？"大家都佩服梅国桢见识卓越。这也就是薛简肃公藏印的意义吧！

〇天顺初[①]，虏酋孛来近边求食。传闻宝玺在其处。石亨欲领兵巡边[②]，乘机取之。上以问李贤[③]，贤曰："虏虽近边，不曾侵犯，今无故加兵，必不可。且宝玺秦皇所造，李斯所篆，亡国之物，不足为贵。"上是之。梅公之见，与此正合。

【注释】

①天顺：明英宗第二次登基后的年号（1457—1464）。

②石亨：出身将家，善骑射，数立战功，封武清伯。景泰八年（1457），

与太监曹吉祥迎英宗复辟，进爵忠国公，势焰熏天。以私憾杀于谦、范广等。独揽大权，恃功骄横。私蓄猛士数万，中外将帅半出其门，权倾人主。后为英宗下狱致死。

③李贤：时为大学士、吏部尚书。

【译文】

英宗天顺初年，鞑靼首领孛来边境请求粮食支援。传说宝玺在他那里，石亨想带领军队巡视边境，乘机向他索取。英宗问李贤的意见，李贤说："胡人首领虽然靠近边境，却不曾侵犯我们，现在无缘无故用兵，一定是不可以的。况且宝玺是秦始皇制作的，李斯篆写了文字，是亡国的不祥之物，没什么可宝贵的。"皇帝赞同这个看法。梅公的见识，正和这件事吻合。

张咏

张忠定知益州[①]。民有诉主帅帐下卒恃势吓取民财者，先是贼李顺陷成都[②]，诏王继恩为招安使讨之，破贼，复成都，官军屯府中，恃功骄恣。其人闻知，缒城夜遁。咏差衙役往捕之，戒曰："尔生擒得，则浑衣扑入井中[③]，作逃走投井中来。"是时群党汹汹，闻自投井，故无他说，又免与主帅有不协名。

【注释】

①张忠定：即张咏，字复之，自号乖崖。卒谥忠定。

②李顺陷成都：宋太宗淳化四年（993），蜀青城县民王小波率众起义，这一年王小波战死，李顺继为首领。次年初，李顺破成都，称大蜀王。宋命王继恩统兵入蜀，至五月，成都陷落。前云"主帅"，即指王继恩。

③浑衣：连带衣服而不脱掉。

【译文】

北宋忠定公张咏任益州知州。有百姓控诉主帅军中的士兵仗势恐吓搜刮百姓财产，先前叛贼李顺攻陷成都，朝廷诏令王继恩为招安使去讨伐他，打败了贼兵，收复了成都，官军屯兵府中，恃功骄纵放肆。那名士兵知道了此事，就在夜里用一条绳子从城墙缒下来逃出了。张咏派衙役前去捉拿他，并吩咐说："你活捉到那人后，就把他和衣投入井中，做出逃走投井的样子。"这时候群党本来喧扰不已，听说其人自己投井，再也没别的话说，张咏也避免了与主帅不和的名声。

按，忠定不以耳目专委于人[①]，而采访民间事悉得其实。李畋问其旨[②]，公曰："彼有好恶，乱我聪明[③]。但各于其党[④]，询之又询，询君子得君子，询小人得小人。虽有隐匿者，亦十得八九矣。"子犹曰[⑤]：张公当是绝世聪明汉！

【注释】

①不以耳目专委于人：不把对民间情况的调查全委托于部下。

②李畋：蜀人，张咏的门人，以学行为乡里所称。旨：用意。

③聪明：耳听曰聪，目视曰明。这里指代耳目的视听。

④党：偏私。

⑤子犹：冯梦龙自指。冯梦龙又字子犹。

【译文】

按，忠定公并不完全听信手下的调查报告，而是亲自探访民间的事所以能完全了解实际情况。李畋问他有何妙诀，忠定公说："他人都有主观好恶，会扰乱我的视听。我们只要再三询问他们的同党，问到君子就可以知道其人是君子，问到小人就可以知道其人是小人。即使有些隐瞒，也还是可以掌握得八九不离十。"我说：张公真是绝世聪明的人。

诸葛孔明

丞相既平南中[①]，皆即其渠率而用之[②]。或谏曰："公天威所加，南人率服。然夷情叵测，今日服，明日复叛，宜乘其来降，立汉官分统其众，使归约束，渐染政教。十年之内，辫首可化为编氓[③]，此上计也！"公曰："若立汉官，则当留兵；兵留则口无所食，一不易也。夷新伤破，父兄死丧，立汉官而无兵者，必成祸患，二不易也。又夷累有废杀之罪[④]，自嫌衅重[⑤]，若立汉官，终不相信，三不易也。今吾不留兵，不运粮，纲纪粗定[⑥]，夷汉相安。"

【注释】

①既平南中：蜀汉建兴元年（223），刘备死后，孟获与当地大族雍闿叛乱，杀死蜀汉地方官吏。建兴三年（225），蜀丞相诸葛亮至南中，与孟获战，凡七擒七纵，孟获乃服从。诸葛亮不留外人，全用当地渠帅治之。南中，本泛指国土南部，对蜀汉而言，则南中为川、黔、滇一带。以后遂以南中为这一地区之别称。

②渠率：渠帅，首领。多用于对少数民族首领或部族酋长之称。率，通"帅"。

③辫首：指未汉化的少数民族，他们习惯结发为辫，与汉人不同，故称。编氓：编入政府户籍的百姓。

④夷累有废杀之罪：夷人经常出现废掉、杀害其酋长而更立酋长的事。

⑤自嫌衅重：自己顾忌仇隙深重。

⑥纲纪：法制。

【译文】

诸葛亮平定南中叛乱之后，都就地任用当地部族酋长为官。有人规劝道:“丞相有上天威力相助,南人都已臣服。然而蛮夷的情况难以预测,今天顺服,明天又叛变,应该乘他们来降之际,设立汉人官吏分别统治他们,使他们受到管束,逐渐接受汉人的政令教化。十年之内,结辫夷狄就可以化为编户良民,这是最好的计策。”孔明说:“如果设立汉人官吏,就须留下军队;军队留下来却没有粮食供应,是第一个不易。夷人刚被我们打败,父兄死伤,设立汉人官吏而没有军队防守,一定造成祸患,是第二个不易。还有夷人经常出现废掉、杀害其酋长而更立酋长的事,自己顾忌仇隙深重,如果设立汉人官吏,最终不能取信于土著,是第三个不易。现在我不留军队,不运粮食,法制也大略商定,夷、汉之间能相安无事。”

晋史:桓温伐蜀①,诸葛孔明小吏犹存,时年一百七十岁。温问曰:“诸葛公有何过人?”史对曰:“亦未有过人处。”温便有自矜之色。史良久曰:“但自诸葛公以后,更未见有妥当如公者。”温乃惭服。凡事只难得“妥当”,此二字,是孔明知己。

【注释】

①桓温伐蜀:桓温平蜀事在晋永和三年(347)。桓温,东晋明帝之婿。初为荆州刺史,平蜀,进位征西大将军。

【译文】

《晋史》记载,桓温伐蜀时,诸葛孔明当年的小官吏还活着,当时年纪已经一百七十岁了。桓温问道:“诸葛公有什么过人之处吗?”史官回答说:“也没有什么过人之处。”桓温就有了自得的神色。史官过了很久又说:“只是从诸葛公以后,便不曾见过有像他那般妥当的人了。”桓温才惭愧心服。凡事就难得“妥当”,能说出这两个字,正是孔明的知己。

高拱

隆庆中[①]，贵州土官安国亨、安智各起兵仇杀[②]，抚臣以叛逆闻[③]。动兵征剿，弗获，且将成乱。新抚阮文中将行，谒高相拱[④]。拱语曰："安国亨本为群奸拨置[⑤]，仇杀安信，致信母疏穷、兄安智怀恨报复。其交恶互讦，总出仇口，难凭。抚台偏信智[⑥]，故国亨疑畏，不服拘提[⑦]，而遂奏以叛逆。夫叛逆者，谓敢犯朝廷，今夷族自相仇杀，于朝廷何与？纵拘提不出，亦只违拗而已，乃遂奏轻兵掩杀，夷民肯束手就戮乎？虽各有残伤，亦未闻国亨有领兵拒战之迹也，而必以叛逆主之[⑧]，甚矣！人臣务为欺蔽者，地方有事，匿不以闻。乃生事幸功者[⑨]，又以小为大，以虚为实，始则甚言之，以为邀功张本[⑩]，终则激成之，以实己之前说，是岂为国之忠乎！边批：说尽时弊。君廉得其实[⑪]，宜虚心平气处之，去其叛逆之名，而止正其仇杀与违拗之罪，则彼必出身听理。一出身听理，而不叛之情自明，乃是止坐以本罪，当无不服。斯国法之正，天理之公也。今之仕者，每好于前官事务有增加，以见风采[⑫]。此乃小丈夫事，非有道所为，君其勉之！"

【注释】

①隆庆：明穆宗朱载垕年号（1567—1572）。

②土官：又称土司。元朝在广西、四川、云南、贵州、甘肃等少数民族聚居地区，委派该族人为文武官员。子孙世袭。明代沿用此制。

③抚臣：当地巡抚。

④高相拱：高拱，字肃卿。嘉靖进士，累官文渊阁大学士。隆庆元年

(1567)罢相,至三年(1569)冬,复召以大学士掌吏部事。练达政体,负经济才,所建言皆可用,而为政专横。

⑤拨置:挑拨,指使。

⑥抚台:巡抚。

⑦拘提:拘拿传讯。

⑧主之:坐之以罪。

⑨生事幸功:无端生事,希望侥幸取功。

⑩张本:预为后来之事的依据和基础。

⑪廉:考察,查访。

⑫风采:此指为官之风度与才干。

【译文】

明穆宗隆庆年间,贵州土司安国亨、安智各自起兵互相仇杀,当地巡抚以叛逆的罪名奏报。于是朝廷发兵征伐,没什么结果,就要造成祸害了。新巡抚阮文中将要上任,先去拜见丞相高拱。高拱对他说:"安国亨本来是被奸臣挑拨,为了私仇而杀害安信,导致安信的母亲疏穷、哥哥安智怀恨要报仇。他们之间关系恶劣,互相攻讦,出口都是仇恨的话,难有依据判断是非。但前任巡抚偏信安智,所以安国亨疑虑恐惧,不服拘捕,于是前任巡抚以叛逆的罪名奏报上来。叛逆的人,是敢对抗朝廷,如今夷狄自相仇杀,和朝廷有什么关系?纵然不服拘捕,也只是违逆而已,竟然就奏报朝廷发轻兵围杀,夷民怎么肯束手就死呢?虽然各有伤残,也从未听说安国亨有领兵抵抗官兵战斗的事,却一定要以叛乱来加罪于他,也太过分了!为人臣的专力于欺骗蒙蔽的话,地方上有事,就隐匿不报。那些挑动事端想获得功劳的,又把小事说成大事,把假的说成真的,开始时把事态说得很严重,以便为邀功预留余地,最后将事情激成大乱,以证实自己先前所说的话,这难道就是对国家尽忠吗!边批:说尽时弊。你到贵州考察到实际情况后,应平心静气去处理这件事,去掉安国亨叛逆的罪名,而仅治他仇杀和违逆的罪过,那他一定会站出来听从审理。

只要一站出来听审理，那么他不是叛逆的情形自然就明晰了，就只判处他本来的罪，应当没有不服的。这才算是国法正大，天理公平。如今一些做官的人，每每喜欢在前任官吏的政事上增加新花样，以表现自己的风度才干。这是庸俗没见识之人的作为，不是有道人士所该做的，你好好努力吧！"

阮至贵，密访，果如拱言，乃开以五事：一责令国亨献出拨置人犯；一照夷俗令赔偿安信等人命；一令分地安插疏穷母子；一削夺宣慰职衔[①]，与伊男权替；一从重罚，以惩其恶。而国亨见安智居省中[②]，益疑畏，恐军门诱而杀之[③]，边批：真情。拥兵如故，终不赴勘[④]，而上疏辨冤。阮狃于浮议[⑤]，复上疏请剿。拱念剿则非计，不剿则损威，乃授意于兵部，题覆得请[⑥]，以吏科给事贾三近往勘[⑦]。边批：赖有此活法。国亨闻科官奉命来勘，喜曰："吾系听勘人，军门必不敢杀我，我乃可以自明矣！"于是出群奸而赴省听审，五事皆如命，愿罚银三万五千两自赎。安智犹不从，阮治其用事拨置之人，始伏。智亦革管事，随母安插。科官未至，而事已定矣。

【注释】

①宣慰：宣慰使司的简称，土司之武职，秩为从三品，为世袭土司中的最高官职。

②省中：指巡抚官府。

③军门：指巡抚。明代以文臣总督军务或提督军务，称军门。

④勘：审问，审理案件。

⑤狃于浮议：意指为流言所迷惑。狃，迷惑。浮议，缺少根据的流言。

⑥题覆：意谓题本奏覆。明代六部向皇帝进呈的一种公务文书，多用于回答垂询。得请：所请之事获得批准。

⑦吏科给事：明制，按六部设六科，各设都给事中、左右给事中及给事中。属门下省，掌稽查六部百司，与御史合称科道。其秩虽仅为正、从六品，而章奏必经其手，故权势尤重。贾三近：字德修，隆庆年间进士。官吏科左给事中。有建树。

【译文】

阮文中到贵州以后，私下探访，果然如同高拱所言，于是公布五项处理办法：一是责令安国亨献出挑拨他仇杀的人犯；一是依照夷人的习俗，为安信等人的性命作出相应赔偿；一是命令分两地安排疏穷、安智母子；一是削夺安国亨宣慰的职衔，让他的儿子接替权位；一是从重处罚安国亨，以严惩恶行。但是安国亨见安智还住在巡抚官府中，心中更加疑惧，怕巡抚诱杀他，边批：真情。所以依旧拥兵，始终不去接受审理，并上疏辩解冤屈。阮文中被流言所惑，又上疏请求用兵征伐。高拱心想征伐实在不是好办法，不征伐却又损害国家威严，于是授意兵部，为此上书并获得批准，让吏部给事中贾三近前往贵州去审问这件案子。边批：幸好有这一活路。安国亨听说有朝廷官吏奉命来审问，高兴地说："我是皇上派人审问的人，巡抚一定不敢杀我，我可以自己说明事情的经过了！"于是交出挑拨的奸人而亲自到官府听审，五件事都一一照办，并愿意罚银三万五千两赎罪。安智还不肯听从，阮文中又处理了那些挑拨安国亨的奸臣，安智才顺服了。安智也被革除管事之职，随母亲安排到外地。朝廷的官吏还没到，乱事已经处理定了。

国家于土司，以戎索羁縻之耳[①]，原与内地不同。彼世享富贵，无故思叛，理必不然。皆当事者或朘削[②]，或慢残[③]，或处置失当，激而成之。反尚可原，况未必反乎？如安国亨一事，若非高中玄力为主持[4]，势必用兵，即使幸而获捷，而竭数省之兵粮，以胜一自相仇杀之夷人，甚无谓也。呜呼！前事不忘，后事之师[5]。吾今日安得不思中玄乎！

【注释】

①戎索：指少数民族本族的法律和道德规范。羁縻：牵制束缚。羁，马笼头。縻，牛缰绳。

②朘（juān）削：搜刮，剥削。

③慢残：轻慢残害。

④高中玄：高拱，字中玄。

⑤前事不忘，后事之师：古谚语。语出《史记·秦始皇本纪》："野谚曰：前事之不忘，后事之师也。"

【译文】

国家对于土司，都用夷人的法令来牵制约束他们，原来就和内地不同。他们世代享受富贵，没有缘由就想叛变，按道理一定不是这样。都是当政者有的剥削，有的残害，有的处理不当，才会激发成乱事。反叛尚可原谅，况且未必是反叛呢？像安国亨这件事，如果不是高拱尽力主持，势必要用兵，即使侥幸获得胜利，但用尽数省的兵粮，去打赢自相仇杀的夷人，没有什么意义。唉！前事不忘，后事之师。我们今天怎能不怀念高拱先生呢！

倪文毅

孝宗朝[1]，云南思叠梗化[2]，守臣议剿。司马马公疏[3]："今中外疲困[4]，灾异叠仍，何以用兵？宜遣京朝官往谕之。"倪文毅公言[5]："用兵之法，不足示之有余。如公之言，得无示弱于天下，且使思叠闻而轻我乎？遣朝官谕之，固善；若谕之不从，则策窘矣。不如姑遣藩臣有威望者以往[⑥]，彼当自服，俟不服，议剿未晚也。”乃简参议郭公绪及按察曹副使玉以往[⑦]。旬余抵金齿[⑧]。参将卢和统军距所据地二程许[⑨]，而次遣人持檄往谕，皆被拘。卢还军至千崖，遇公，语其故，且戒勿迫。公曰：“吾受国恩，报称正在此，如公言，若臣节何？昔苏武入匈奴十九年尚得生还[⑩]，况此夷非匈奴比！万一不还，亦份内事也！”或谓公曰：“苏君以黑发去，白发还，君今白矣，将以黑还乎？”公正色不答。

【注释】

①孝宗：明孝宗朱祐樘，年号弘治。

②云南思叠梗化：弘治十四年（1501），云南孟密宣抚思叠与孟养宣抚思禄构怨多年，思禄越金沙江，夺孟密地十有三所。梗化，梗阻朝廷教化，即不服从明朝的法令。

③司马马公：即马文升。明景泰二年（1451）进士。成化十一年（1475）总制三边军务，入为兵部右侍郎，奉命整饬辽东军务，建言边计十五事及“御戎三策”。孝宗即位，历左都御史、兵部尚书。弘治十四年（1501）任吏部尚书。于屯田、马政、边备、守御等多有建策。

④中外疲困：弘治年间，国内农民起义频仍，外则有鞑靼、吐鲁番之侵扰，广西、贵州等地少数民族起义。

⑤倪文毅公：倪岳，字舜咨，卒谥文毅。弘治中为礼部尚书。后又为吏部尚书。诗文敏捷，博综经世之务，于政事多所建言。

⑥藩臣：藩国的官员，此指朝廷委派在云南的官员。

⑦参议：明代于各省布政司下设左、右参议。郭公绪：郭绪，字继业。

成化进士，弘治中任云南参议。调解孟养、孟密两宣抚争端后，升四川督储参政。按察曹副使玉：明代各省于按察使司下设按察使及副使。曹玉，字廷美。

⑧金齿：明时设金齿卫，在今云南保山。

⑨参将：明制，总兵官之下有参将，分守各地。此当是分守金齿卫者。

⑩苏武入匈奴：汉武帝天汉元年（前100），苏武以中郎将奉命持节出使匈奴，因副使张胜卷入匈奴内乱，苏武受牵连被扣，拒降。匈奴单于令苏武居北海牧羊。十九年后，汉昭帝始元六年（前81），匈奴始释苏武还汉。

【译文】

孝宗时，云南孟密宣抚思叠不服教化，守臣决议起兵讨伐。兵部尚书马文升上疏说："当今内外疲困，灾祸屡屡出现，拿什么出兵？应当派遣京师的官吏前去劝说他们。"文毅公倪岳说："用兵的方法，在兵力不足时要表现得很充足。如马公所言，岂不是向天下示弱，而且使思叠听到了而轻视我们吗？派朝廷的官吏去告谕他们，固然很好；但如果他们不肯顺从，那么这个计策就行不通了。不如姑且派有威望的云南官员前去告谕，他们应该就会服从，等不服从时，再讨伐也不迟。"于是朝廷选派云南参议郭绪及云南按察副使曹玉前往。十几天后抵达金齿卫。参将卢和所统率的军队距离思叠停驻的地方两程路左右，然后几次派人拿文书前去告谕，都被思叠拘禁起来。卢和撤军到千崖，遇见郭绪，说明事情的经过，并告诫郭绪不要靠近。郭绪说："我蒙受朝廷的恩惠，报答的机会就在此时，如你所言，做臣子的还有什么节操呢？从前苏武进入匈奴十九年尚能生还，何况这些夷人比不上匈奴！万一不能生还，也是分内的事。"有人对郭绪说："苏武黑发去白发回，你现在已经白发了，难道会以黑发回来吗？"郭绪神色严厉，没有回答。

是日，曹引疾[1]，公单骑从数人行。旬日至南甸[2]，路险不可骑，乃批荆徒步，绳挽以登。又旬日，至一大泽，戞都土官以象舆来[3]，公乘之；上雾下沙，晦淖迷蹠[4]，而君行愈力。又旬日，至孟濑[5]，去金沙江仅一舍[6]。公遣官持檄过江，谕以朝廷招来之意。夷人相顾惊曰："中国官亦至此乎！"即发夷兵率象马数万，夜过江，抵君所，长槊劲弩，环之数重。有译者泣报曰："贼刻日且焚杀矣[7]！"公叱曰："尔敢为间耶[8]？"因拔剑指曰："来日渡江，敢复言者，斩！"思叠既见檄，谕祸福明甚，又闻公志决，即遣酋长数辈来受令，及馈土物。公悉却去，邀思叠面语，先叙其劳，次伸其冤，然后责其叛，闻者皆俯伏泣下，请归侵地。公许之。皆稽首称万寿，欢声动地。公因诘卢参将先所遣人，出以归公。卢得公报，驰至，则已撤兵归地矣。

【注释】

①引疾：以有病为借口告退。

②南甸：南甸宣抚司，在今云南腾冲南，龙川江以西地区。

③戞都：当在今云南腾冲南之潞西县境内。

④晦淖（nào）迷蹠（zhì）：形容路途艰险，阴暗而泥泞，难辨而颠簸。

⑤孟濑：又作孟赖，在今云南镇康西南之孟定，毗近今中缅边界。

⑥一舍：一日之程。

⑦刻日：即日。

⑧间：挑拨离间。

【译文】

这天，曹玉以有病为借口告退，郭绪独自骑马带数名随从上路。十天后，郭绪到南甸宣抚司，山路险绝，不可骑马，于是披荆斩棘，徒步而行，拉着绳子攀登。又过了十天，到了一个大泽，戛都土司用象舆来接，郭绪骑上；空中是浓雾，地下是泥沙，道路阴暗而泥泞，难辨而颠簸，而郭绪走得更加卖力。又过了十天，到了孟濑，离金沙江只有一天的路程了。郭绪派官员拿着文书过江，告谕思叠朝廷有招抚的诚意。夷人相顾大惊说："中原的官也来到这里了吗！"立即出动夷兵率领数万象、马，连夜渡江，到了郭绪的驻地，他们手持长矛、劲弓，环绕了好几重。有个翻译的人哭着报告说："贼兵即日就要烧杀过来了！"郭绪大声叱责道："你敢挑拨离间吗？"又拔剑指着那个人说："他日渡江，有敢再这样说的人，处斩！"思叠看到告谕的文书，把祸福说得非常清楚，又听说郭绪的心意已决，就派几名酋长来接受诏令，并赠送土产。郭绪谢绝了土特产，只邀思叠前来面谈，先陈述他的劳苦，再为他申冤，最后责备他叛变，听到话的夷人都感动得俯首伏地哭泣，请求归还所侵占的土地。郭绪一一应许。夷民们都叩头称万寿，欢声动地。郭绪趁机问起卢副将先头派来的人，思叠都放出来交给郭绪。卢和接到郭绪的讯息，飞奔赶到，而思叠已经撤兵回去了。

才如郭绪，不负倪公任使，然是役纪录，止晋一阶[①]，而缅功、罗防功[②]，横杀无辜，辄得封荫。呜呼！事至季世，不唯立功者难，虽善论功者亦难矣！

【注释】

①阶：官阶。明文官分九品十八阶。郭绪原任参议，为从四品，后升任参政，为正四品。

②缅功：当指明万历间缅甸侵扰云南边境，为明军击退事。罗防功：明天启初，贵州安邦彦反，称罗甸大王，陷毕节，围贵阳，后平。防，疑当作"甸"。

【译文】

才能像郭绪这样的人，不辜负倪公的委任，然而这次和好夷族的纪功，郭绪却只晋升了一级，而在缅功、罗甸功的平定中，那些滥杀无辜的人，却得到封赏恩荫。唉！事情到了末世，不只立功的人难得，即使善于评判功绩的人也难得啊！

吴惠

吴惠为桂林府知府①，适义宁洞蛮结湘苗为乱②。监司方议征进③，请于朝。惠亟白曰："义宁吾属地，请自招抚，不从而征之未晚。"乃从十余人，肩舆入洞④。洞绝险，山石攒起如剑戟，华人不能置足，瑶人则腾跳上下若飞⑤。闻桂林太守至，启于魁，得入。惠告曰："吾，若属父母⑥，欲来相活，无他。"众唯唯。因反覆陈顺逆⑦，其魁感泣，留惠数日，历观屯堡形势，数千人卫出境，歼羊豕境上⑧。惠曰："善为之，无遗后悔！"数千人皆投刀拜，誓不反。归报监司，遂罢兵。明年，武冈州盗起⑨，宣言推义宁洞主为帅。监司咸罪惠，惠曰："郡主抚，监司主征，蛮夷反覆，吾任其咎！"复遣人至义宁。义宁瑶从山顶觇得惠使⑩，具明武冈之冤⑪。监司大惭，武冈盗因不振。义宁人德惠如父母，迄惠在桂林，无敢有骚窃境上者。

【注释】

①吴惠：字孟仁。明永乐进士。升桂林知府。"洞蛮"骚乱，吴惠入山抚谕，事即平息。在郡十年，升广东右参政。

②义宁：在今广西桂林北，距湖南省界不远。洞蛮：古代对南方少数民族的蔑称。

③监司：指监察州郡的官吏。

④洞：或作"峒"，广西、贵州等少数民族聚居的地方。

⑤瑶人：瑶族人。腾跣（xiǎn）：赤脚腾跃。

⑥父母：父母官，指地方官，多用于称县令。

⑦顺逆：顺昌逆亡的道理。

⑧歼羊豕：杀猪羊以盟誓。

⑨武冈州：在今湖南西南隅之武冈，毗邻广西。

⑩觇（chān）：观看，观察。

⑪武冈之冤：言义宁瑶族人并未与武冈联兵，所谓"推义宁洞主为帅"之说乃武冈妄言。

【译文】

吴惠任桂林府知府时，适逢义宁洞蛮联合湖南苗族人叛乱。监司正商议举兵征讨，请示朝廷。吴惠急速报告说："义宁属于我的辖区，请让我前去招抚，如果他们不顺从再征讨也不晚。"就带着十多个随从，乘肩舆去了洞蛮聚居处。洞蛮盘踞之处地势绝险，山石拔地而起有如剑戟，汉人无法立足，但瑶族人却可赤足上下跳跃如飞。他们听说桂林太守来到，就报告酋长，吴惠一行人才得以进入。吴惠告诉他们说："我是你们的父母官，想来救你们，没有恶意。"众人唯唯应诺。吴惠接着反复陈述顺从与叛逆的利害，酋长感动到流泪，留吴惠住了几天，考察屯兵堡垒的形势，又派数千人护送吴惠等人出境，在边境上杀猪宰羊以盟誓。吴惠说："好自为之，不要留下悔恨。"数千人都放下兵器拜谢，发誓永不反叛。吴惠回来报告监司，朝廷于是罢兵。第二年，湖南武冈州盗贼起兵，宣言推举义宁洞主为主帅。监司都怪罪吴惠，吴惠说："州郡主张安抚，监司主张征讨，所以蛮夷出现反复，我来承担罪过！"吴惠又派人到义宁。义宁瑶族人从山头上看见吴惠的使者到来，详细说明"推义宁洞主为帅”是武冈盗贼的妄言。监司非常惭愧，武冈的盗贼从此一蹶不振。义宁人感念吴惠的恩德如父母一般，从吴惠在桂林的任上到结束，边境上没有人敢来骚扰作乱。

龚遂

宣帝时[①]，渤海左右郡岁饥[②]，盗起，二千石不能制[③]。上选能治者，丞相、御史举龚遂可用[④]，上以为渤海太守。时遂年七十岁，召见，形貌短小，不副所闻。上心轻之，边批：年貌俱不可以定人。问：“息盗何策？”遂对曰：“海濒辽远，不沾圣化，其民困于饥寒而吏不恤，故使陛下赤子盗弄陛下之兵于潢池中耳[⑤]。今欲使臣胜之耶，将安之也？”上改容曰：“选用贤良，固将安之。”遂曰：“臣闻治乱民如治乱绳，不可急也。臣愿丞相、御史且无拘臣以文法，得一切便宜从事。”上许焉，遣乘传至渤海界[⑥]。郡闻新太守至，发兵以迎。遂皆遣还，移书敕属县：悉罢逐捕盗贼吏，诸持锄、钩田器者皆为良民[⑦]，吏毋得问，持兵者乃为盗贼。遂单车独行至府。盗贼闻遂教令，即时解散，弃其兵弩而持钩、锄。

【注释】

①宣帝：西汉宣帝刘询，前74—前49年在位。汉武帝刘彻曾孙。

②渤海左右郡：渤海及附近各郡。在今河北沧州地区。

③二千石：此处指郡守。

④龚遂：字少卿。初为昌邑王刘贺郎中令。宣帝初为渤海太守，缓法善诱，劝人农桑，有治绩。征为水衡都尉。

⑤赤子：幼稚无知的孩童。潢池：池塘。

⑥乘传：汉时以四匹良马拉的驿车为置传，四匹中等马拉的驿车为驰传，四匹下等马拉的驿车为乘传。传，传车，即驿站之车。

⑦钽：锄头。钩：镰刀。田器：指农具。

【译文】

汉宣帝时，渤海附近的州郡年岁饥馑，盗贼群起，俸领二千石的郡守无力制止。宣帝要选能治理的人，丞相和御史推举龚遂可堪重用，宣帝封他为渤海太守。当时龚遂已经七十岁，宣帝召见他，见他身材短小，与传闻有能力的样子不相称。宣帝心里轻视他，边批：年龄外表都不能判定一个人。问："用什么方法可平息盗贼？"龚遂回答说："海滨之地辽阔遥远，没有享受圣上的教化，当地百姓被饥寒所困而官吏又不加以抚恤，所以造成那里的百姓就像陛下的小孩偷拿您的武器在池塘边耍弄着玩的局面。如今派臣前往是想压制他们，还是安抚他们呢？"宣帝改变脸色说："选用贤良人才，自然是要安抚他们。"龚遂说："微臣听说治理乱民好似整理乱绳，不可心急。我希望丞相、御史暂且不要以条文法令来约束微臣，使得一切根据情形来灵活行事。"宣帝答应了他，派驿马送他到达渤海地界。郡吏听说新太守来到，派兵相迎。龚遂都将他们遣回，然后向所属的郡县发布文告：全部解除追捕强盗的役吏，凡拿锄头、镰刀等农具的人都是良民，官吏不得审问，拿兵器的人才是盗贼。之后龚遂单独乘车到郡府。盗贼听说龚遂的教令后，立即解散，丢弃兵器改持镰刀、锄头等农具了。

汉制，太守皆专制一郡，生杀在手，而龚遂犹云"愿丞相、御史无拘臣以文法"，况后世十羊九牧[①]，欲冀卓异之政，能乎？

【注释】

①十羊九牧：十只羊，九个人放牧。比喻民少官多，机构庞大，政令

不一。朝廷委任地方官，多置监司、同知，或分其权，或行监督，往往互相掣肘。

【译文】

汉制，太守都独自掌管一郡政事，生杀大权在握，而龚遂还说“希望丞相、御史不要以条文法令来约束微臣”，况且后世民少官多，想要期待卓越的政绩，可能吗？

〇古之良吏，化有事为无事，化大事为小事，蕲于为朝廷安民而已[①]。今则不然，无事弄做有事，小事弄做大事，事生不以为罪，事定反以为功，人心脊脊思乱[②]，谁之过与！

【注释】

①蕲（qí）：希求。

②脊脊：互相践踏。《庄子·在宥》：“天下脊脊大乱。”

【译文】

古代的优秀官吏，能化有事为无事，化大事为小事，只求为朝廷安定百姓而已。而今却不是这样，无事弄成有事，小事弄成大事，发生事情不认为有罪，劳民伤财地把事情平定反而认为有功，人心互相践踏而想要叛乱，这是谁的过错！

徐敬业

高宗时[①]，蛮群聚为寇[②]，讨之则不利，乃以徐敬业为刺史[③]。彼州发卒郊迎，敬业尽令还，单骑至府。贼闻新刺史至，皆缮理以待。敬业一无所问，处分他事毕，方曰：“贼皆安在？”曰：“在南岸。”乃从一二佐吏而往，观者莫不骇愕。

贼初持兵觇望，及其船中无所有，乃更闭营藏隐。敬业直入其营内，告云："国家知汝等为贪吏所苦，非有他恶，可悉归田，后去者为贼！"唯召其魁首，责以不早降，各杖数十而遣之，境内肃然。其祖英公闻之[4]，壮其胆略，曰："吾不办此。然破我家者，必此儿也！"

【注释】

①高宗：唐高宗李治，649—683年在位。

②蛮群聚为寇：此条出自刘悚《小说》。据徐敬业为柳州司马事，似为柳州之蛮。史书未载高宗时有柳州之蛮入侵，可作小说家言。

③徐敬业：即李敬业。唐初勋臣英国公李勣之孙，袭英国公爵。因事获罪贬柳州司马，后于扬州起兵反武则天，兵败，被部下所杀。

④英公：英国公徐勣，赐姓李，故又称李勣。字懋功，隋末为瓦岗军将领，归唐授黎阳总管。有战功，太宗时为并州都督，高宗时拜尚书左仆射，进司空。

【译文】

唐高宗时，蛮族人聚集为贼寇，朝廷出兵讨伐往往失利，就委任徐敬业为刺史。当地州府派兵到郊外迎接，徐敬业让他们全部返回城去，独自骑马来到州府。贼寇听说新刺史到了，都严阵以待。徐敬业一概不问，处理完别的事后，才说："贼兵都在哪里？"州吏说："在南岸。"于是便带着一两个佐吏前去，旁观的人无不十分惊惧。贼兵起初持兵器观望，等看见徐敬业船里没有其他人，就关起营门躲藏起来。徐敬业径直进入贼营内，告诉他们说："国家知道你们是被贪官污吏所害，没有其他罪过，你们都可以回去种田，后离开的人就真是贼寇了。"只召唤他们的首领过来，责备他不早点投降，各打数十杖后遣送回去，境内安定下来。他的祖父英国公徐勣听到这件事，认为他的胆识谋略真大，说："如果是我不会这么冒险做事。然而败坏我们家的，一定是这个孩子。”

朱博 二条

一

博本武吏[①]，不更文法[②]；及为冀州刺史[③]，行部[④]，吏民数百人遮道自言，官寺尽满[⑤]。从事白请“且留此县，录见诸自言者，事毕乃发”[⑥]，欲以观试博。博心知之，告外趣驾[⑦]。既白驾办[⑧]，博出就车，见自言者，使从事明敕告吏民：“欲言县丞尉者[⑨]，刺史不察黄绶[⑩]，各自诣郡。欲言二千石墨绶长吏者[⑪]，使者行部还，诣治所[⑫]。其民为吏所冤，及言盗贼辞讼事，各使属其部从事。”博驻车决遣，四五百人皆罢去，如神。吏民大惊，不意博应事变乃至于此。后博徐问，果老从事教民聚会，博杀此吏。

【注释】

①博：朱博，字子元。西汉时能吏，成帝时为县令，累迁冀、并二州刺史，治事如神，州郡畏其威严。入为左冯翊，敢于诛杀。封阳乡侯。

②更：经历，熟悉。文法：法律条文。

③刺史：汉武帝分天下郡国为十三部，每部设刺史一人，巡行郡县，刺举不法之事。为中央派出的监察官，位卑权重。

④行部：巡行视察本刺史部下之各郡。

⑤官寺：官衙。古称官衙为寺。

⑥从事：汉时刺史之佐吏，如别驾、治中、主簿、功曹等，均称为从事史。录见：接见。发：启行。

⑦趣（cù）驾：迅速准备车马起行。

⑧驾办：车马准备停当。

⑨言：控告。

⑩黄绶：县丞、县尉秩禄为四百石，佩黄绶。绶，以不同颜色标识官吏身份和等级的丝带。

⑪墨绶：黑绶。汉代秩比六百石以上至千石以下，均佩黑绶。长吏：地方行政的主管官员，如郡太守、郡尉。

⑫治所：部刺史驻地。

【译文】

西汉能吏朱博，本来是武官，不熟悉法律条文；等到他担任冀州刺史，到各郡巡行视察，有数百名吏民拦路告状，挤满了官衙。佐吏请他"暂且留在县里，接见这些告状的人，处理完事情再出发"，想试探朱博的本领。朱博心中明白这一点，告诉随从赶紧到外面给他准备车驾。随从说车驾已备好，朱博出来上车，看见告状的人，就命令佐吏明白地告诉他们："想控告县丞县尉的，刺史不负责受理这种佩黄色绶带的官吏，各自到郡县去。想控告二千石佩带黑色绶带的郡太守、郡尉的，等刺史巡视各郡回去后，都到部刺史驻地去告。被官吏冤枉的百姓，及有关盗贼诉讼的事，各自到所属的主政官吏处办理。"朱博停车裁决，四五百人都领命离开了，可谓神速。吏民大为震惊，想不到朱博应变事情的能力强到这种程度。后来朱博慢慢询问得知，果然是老从事教唆百姓聚众闹事，朱博处死了这个官吏。

二

博为左冯翊[①]，有长陵大姓尚方禁[②]，少时尝盗人妻，见斫，创著其颊。府功曹受贿[③]，白除禁调守尉。博闻知，以他事召见，视其面，果有瘢。博辟左右问禁："是何等创也？"禁自知情得[④]，叩头服状[⑤]。博笑曰："大丈夫固时有是。冯翊欲洒卿耻，能自效不？”禁且喜且惧，对曰：“必死[⑥]！”博因敕禁：“毋得泄语，有便宜，辄记言。”因亲信之，以为耳目。禁晨夜发起部中盗贼及他伏奸[⑦]，有功效。博擢禁连守县令。久之，召见功曹，闭阁数责以禁等事，与笔札，使自记：“积受一钱以上，无得有匿，欺谩半言，断头矣！”功曹惶怖，且自疏奸赃[⑧]，大小不敢隐。博知其实，乃令就席，受敕自改而已。投刀使削所记，遣出就职。功曹后常战栗，不敢蹉跌[⑨]。博遂成就之[⑩]。

【注释】

①左冯翊：汉承秦制，以内史掌治京师。汉景帝时分为左、右内史。汉武帝时又改右内史为京兆尹，左内史为左冯翊，而以都尉为右扶风，是为“三辅”，分治京师及所属县。左冯翊所辖在长安以北及东北地区。

②长陵：长陵县，西汉五陵县之一。以汉高帝陵墓长陵而得名，在长安城北十余里，为左冯翊属邑。

③功曹：汉时州郡佐吏，掌考课、记录功劳。

④情得：其被砍伤的事情原委为朱博所得知。

⑤服状：服罪。

⑥必死：定效死力。

⑦发起：揭发。伏奸：隐伏的坏人坏事。

⑧疏：分条记录或陈述。

⑨蹉跌：犯过失。

⑩成就：提拔。

【译文】

朱博任左冯翊时，有个长陵县的大族尚方禁，年轻时曾抢夺别人的妻子，被砍伤，砍伤的痕迹还留在脸上。幕府功曹受尚方禁贿赂，告诉朱博请求让尚方禁担任守尉。朱博听说以后，就以其他事由召见他，见他脸上果然有疤痕。朱博屏退左右的人问尚方禁："这是什么伤？"尚方禁心知自己的事情为朱博所得知，就叩头服罪。朱博笑着说："大丈夫本来时而会犯这样的错误。现在冯翊想为你洗清这个耻辱，你能效力吗？"尚方禁又惊喜又害怕，回答说："一定尽死效力。"朱博于是命令尚方禁："不可泄漏我们的话，见有该报告的事，就随时记下上报。"此后就亲近信任他，把他当作耳目。尚方禁每天早晚都会揭发县里一些盗贼及其他隐伏的坏人坏事，很有成效。朱博就提拔他为连守县令。过了很久，朱博召见功曹，关起门来数落责备他接受尚方禁贿赂的事，给他笔和纸，让他自己记录接受的贿赂："受贿一文钱以上的，都不能隐匿，有半句欺瞒的话，就砍头。"功曹非常惶恐，就自己分条陈述作奸受贿赂的事，大小都不敢隐瞒。朱博了解实情后，就让他就座，命令他改过自新而已。给他刀让他削毁刚才的记录，让他出去就任原职。功曹之后时常谨慎小心，不敢有丝毫过失。朱博于是提拔了他。

韩褒

周文帝宇文泰时[①]，韩褒为北雍州刺史[②]。州多盗，褒至，密访之，并州中豪右也[③]。褒阳不知，并加礼遇，谓曰："刺史书生，安知督盗？所赖卿等共分其忧耳。"乃悉召桀黠少年，尽署主帅，与分地界，盗发不获，即以故纵论。于是诸被署者皆惶惧首伏[④]，曰："前盗实某某。"具列姓名。褒因取名簿藏之，榜州门曰："凡盗，可急来首，尽今月不首者，显戮之，籍其妻子[⑤]，以赏前首者！"于是旬月间盗悉出首。褒取簿质对不爽，并原其罪，许自新。由是群盗屏息。

【注释】

①周文帝：即宇文泰，仕后魏，为关西大都督。魏孝武帝元修为高欢所逼，西走依宇文泰，为西魏。后宇文泰鸩杀之，立文帝元宝炬，总揽朝政。其子宇文觉代西魏建北周，追尊宇文泰为文帝。

②韩褒：字弘业。涉猎经史，深沉有远略。宇文泰为丞相，引为录事参军。西魏文帝大统年间为北雍州刺史。北雍州：在今陕西耀州。

③豪右：豪强大姓。豪族大姓称"右姓"。

④首：自首。

⑤籍：籍没，为官府没收。

【译文】

北周文帝宇文泰时，韩褒任北雍州刺史。州中有很多强盗，他到任后，就暗中查访，发现原来是州中的豪族。韩褒表面上装作不知情，并且很礼遇他们，对他们说："本刺史是书生，怎么了解督察强盗的事呢？要依赖各位共同分担这个忧患啊。"于是把州中凶猛狡黠的年轻人全都召来，让他们都担任主帅，分配给他们各自该管辖的地盘，若发生盗抢事件而不能查获，就以故意放纵论罪。于是这些被委任的少年主帅都惶恐招认伏罪说："以前的强盗其实是某某人。"把姓名都一一列出来。韩褒就把名单收藏起来，在州门贴上榜文说："凡是强盗，可赶紧来自首，过了这个月不来自首的，都处死刑，官府收没他们的妻子儿女为奴，以赏给前来自首的人。"于是一个月之间盗贼都出来自首。韩褒拿着名单核对无误，一并原谅了他们的罪过，允许他们改过自新。从此盗贼都平息了。

蒲宗孟

贼依梁山泺[①]，县官有用长梯窥蒲苇间者。蒲恭敏知郓州[②]，下令禁"毋得乘小舟出入泺中"。贼既绝食，遂散去。

【注释】

①梁山泺(pō):山东梁山泊。泺,同"泊",湖泊。

②蒲恭敏:蒲宗孟,字传正。卒谥恭敏。宋神宗时官集贤校理,擢翰林学士,拜尚书左丞。

【译文】

北宋时盗贼据守梁山泊,县官中有用长梯窥探泊中蒲苇之间盗匪动静的人。蒲宗孟任郓州知州时,下了禁令"不得乘小船出入梁山泊中"。盗贼断绝了粮食,于是各自散去。

吴正肃公

吴正肃公知蔡州[①]。蔡故多盗,公按令为民立伍保[②],而简其法,民便安之,盗贼为息。京师有告妖贼聚确山者[③],上遣中贵人驰至蔡[④],以名捕者十人[⑤]。使者欲得兵往取,公曰:"使者欲借兵立威耶,抑取妖人以还报也?"使者曰:"欲得妖人耳。"公曰:"吾在此,虽不敏,然聚千人于境内,安得不知?今以兵往,是趣其为乱也[⑥]。此不过乡人相聚为佛事以利钱财耳。手召之,即可致。"乃馆使者[⑦],日与之饮酒,而密遣人召十人,皆至,送京师鞫实[⑧],告者以诬得罪。

【注释】

①吴正肃公:吴柔胜,字胜之。卒谥正肃。南宋孝宗淳熙年间进士,曾为司农寺丞,出知随、蔡等州,官至参知政事。蔡州:南宋与金的边境,今河南驻马店一带。

②伍保:王安石所创保甲法。十家为一保,一人为长;五保为一大保,有大保长。家有两人以上者,推一人为保丁,自备弓箭,演习

武艺。保内百姓互相监督、检举。

③确山：在蔡州西，今河南确山。

④中贵人：宦官。

⑤以名捕者：按名单应抓捕的人。

⑥趣：通“促”，促使。

⑦馆：使居于馆舍。

⑧鞫（jū）实：审讯核实。

【译文】

南宋吴正肃公任蔡州知州。蔡州过去有很多强盗，正肃公按照政令建立伍保法，而精简管理办法，百姓便安定下来，盗贼也平息了。京师有人告发妖贼聚集在确山，皇上派宦官骑马赶到蔡州，按照名单应抓捕的有十人。使者想要带兵去抓人，正肃公说：“你是想要借出兵树立威信，还是想要捉拿妖人回去交差呢？”使者说：“想要捉拿妖人而已。”正肃公说：“我在这里任职，虽然不够聪慧，然而如果境内聚集了千余妖贼，怎么会不知情呢？现在如果派军队前往，是促使他们叛乱啊。这件事不过是乡人聚集做佛事以赚些钱财罢了。举手招呼他们，就可以把他们找来。”于是让使者在馆舍住下来，每天和他一起喝酒，而私下派人召唤十人，都来后，送到京师审讯核实，告发此事的人因为诬告而获罪。

万观

万观知严州[①]。七里泷渔舟数百艘[②]，昼渔夜窃，行旅患之。观令十艘为一甲，各限以地，使自守，由是无复有警。

【注释】

①万观：字经训。明永乐年间进士，授御史，改知严州，治行为天下第一。后任山东布政使。严州：治今浙江建德。

②七里泷：今浙江建德北严陵山西之富春江及沿岸，两岸山势壁立，连亘七里。

【译文】

万观任严州知州。七里泷的渔舟有数百艘，渔夫白天打鱼晚上偷盗，来往旅客为之忧虑不已。万观命令十艘船组成一甲，各自限定活动地段，让他们自己防守，从此再没有旅客报警。

能实行编甲之法，何处不可！

【译文】

能实行编甲的管理方法，什么地方不能治理呢！

王敬则

敬则为吴兴太守[①]。郡旧多剽掠，敬则录得一偷[②]，召其亲属于前，鞭之数十，使之长扫街路。久之，乃令举旧偷自代。诸偷恐为所识，皆逃走，境内以清。

【注释】

①敬则：王敬则，南朝人。仕宋为员外郎，与萧道成交好，倾心侍奉。后为越骑校尉，助萧道成代宋为帝，封寻阳郡公。吴兴：今浙江湖州一带。

②录：逮捕。

【译文】

南朝人王敬则任吴兴太守。郡中之前有很多抢掠偷窃的事，王敬则逮捕了一名小偷，把他的亲属叫到跟前来，打了他几十鞭，让他长时间打扫街道。时间久了，就让他检举以前的小偷来顶替自己。别的那些小偷恐怕被全郡人知道自己是小偷，都逃走了，境内得以清静。

辱及亲属，亲属亦不能容偷矣。唯偷知偷，举偷自代，胜用缉捕人多多矣！

【译文】

羞辱到亲属，亲属也不能容忍偷盗行为。只有小偷了解小偷，要他检举别的小偷来顶替自己，胜过任用缉捕的人太多了。

程明道

广济、蔡河出县境[①]，濒河不逞之民，不复治生业[②]，专以胁取舟人钱物为事[③]，岁必焚舟十数以立威。明道始至[④]，捕得一人，使引其类，得数十人，不复根治旧恶[⑤]，分地而处之，使以挽舟为业，且察为恶者。自是境无焚舟之患。

【注释】

①广济、蔡河出县境：广济渠、蔡河流经扶沟县境。程颢因反对王安石新法，出知扶沟县。

②生业：谋生之业。

③胁取：劫取，强取。

④明道：程颢死后，文彦博采取众议，题其墓曰明道先生，后世以此称之。

⑤根治：彻底追究。

【译文】

北宋时广济渠、蔡河流经扶沟县境，临河不守法的百姓，不再从事正当的谋生之业，专门以劫取船上人的财物为业，每年一定要焚烧十几艘船来树立威势。明道先生程颢刚到任，抓捕到一个人，要他引出同伙，抓到几十人，但程颢不再追究他们以往的罪过，只是分地段来安置他们，让他们以拉纤为业，并且侦察作恶的人。从此境内不再有烧船的祸患。

胁舟者业挽舟，使之悟絜矩之道[①]，此大程先生所以为真道学也[②]！

【注释】

①絜（xié）矩：法度。絜，度量。

②道学：儒家的道德学问。此指宋时理学。又作性理之学或心性之学，创始于周敦颐、程颢、程颐，集大成于朱熹。

【译文】

让劫取舟中财物的人以拉纤为业，使他们领悟法度之道，这是大程先生为真正的理学家的缘故啊！

王子纯

王子纯枢密帅熙河日[①]，西戎欲入寇[②]，先使人觇我虚实[③]。逻者得之，索其衣缘中，获一书，乃是尽记熙河人马刍粮之数[④]。官属皆欲支解以徇，子纯忽判杖背二十，大刺“番贼决讫放归”六字纵之[⑤]。是时适有戎兵马骑甚众，边批：难得此便人送信[⑥]。刍粮亦富，虏人得谍书，知有备，其谋遂寝[⑦]。

【注释】

①王子纯枢密：王韶，字子纯。宋神宗时献《平戎策》三篇，提出招抚西北各族部落，制服河湟，进迫西夏。累破羌兵，拜枢密副使。

熙河：熙州、河州，北宋西部边防重镇，而河州时为羌人所占。宋神宗志复河、陇，熙宁五年（1072）置熙、河路，命王韶以龙图阁待制知熙州。次年王韶收复河、洮、岷、宕等州。

②西戎：指居于甘肃、青海一带的羌人。

③觇（chān）：窥视。

④刍粮：供军队用的饲料和粮食。

⑤决讫：判决或施行完毕。

⑥便人：顺便受委托办事的人。

⑦寝：停止。

【译文】

北宋王子纯以枢密副使身份镇守熙州、河州时，西羌想要入侵，先派人来侦察我方的虚实。巡逻的人捉到了他，在他的衣缝中搜索，得到一封信，竟然全部记载着熙、河人马粮草的数目。官属都主张处以肢解之刑示众，子纯忽然判了杖打脊背二十下，在他脸上刺上“番贼决讫放归”六个字后放回去。这时正好西羌有许多兵马，边批：难得这一顺便受委托的人送信。粮草也很富足，敌人得到间谍的报告，知道有防备，入侵的阴谋于是停止了。

窃锁 殴人

元丰间①，刘舜卿知雄州②。虏夜窃其关锁去，吏密以闻。舜卿不问，但使易其门键大之③。后数日，虏谍送盗者，并以锁至。舜卿曰：“吾未尝亡锁。”命加于门，则大数分，并盗还之。虏大惭沮，盗反得罪。

【注释】

①元丰：宋神宗年号（1078—1085）。

②刘舜卿:字希元。神宗时为原、代等州知州,转西上阁门使、雄州知州。哲宗初为熙州知州,大破夏人与西羌兵。知书善政,料敌如神。名著北州。雄州:《宋史》载此条所为舜卿知代州时的事。雄州在河北,代州在山西,均为宋、辽边境。

③门键:相当于挂锁的门闩。

【译文】

宋神宗元丰年间,刘舜卿任雄州知州。敌人夜里盗走了州城门的锁,役吏暗中报告。刘舜卿也不查问,只是派人把挂锁的门闩改大。几天后,敌人的奸细把偷锁的人送来,并带来了门锁。刘舜卿说:"我不曾丢失门锁啊。"让人拿到城门上试,门闩竟大了几分锁不上,就把小偷和门锁一起还给他们。敌方非常惭愧沮丧,小偷反而被敌人按罪处治了。

民有诉为契丹殴伤而遁者,李允则不治[①],但与伤者钱二千。逾月,幽州以其事来诘,答曰:"无有也。"盖他谍欲以殴人为质验[②],既无有,乃杀谍。

【注释】

①李允则:字垂范。北宋真宗时为镇、定、高阳三路行营兵马都监。善筹策,多智谋,安抚士卒,清正廉洁。守河北二十余年,为巩固边防贡献巨大。

②他谍欲以殴人为质验:敌方间谍想用打伤人来证明自己曾深入宋境,从而证明他得到的情报是真实的。所以契丹来询问有无伤人事,以验证间谍之情报。

【译文】

北宋时有个人控诉被契丹人殴伤但对方逃走了,李允则不追究,只给受伤的人二千钱。过了一个月,幽州方面来问这件事,李允则回答说:

“没有啊!”原来契丹的间谍要以殴伤人作证验,证明他曾深入宋境,既然查证没有此事,就杀了间谍。

甲仗库火

李允则尝宴军,而甲仗库火[1]。允则作乐饮酒不辍。少顷火息,密遣吏持檄瀛州[2],以茗笼运器甲[3]。不浃旬[4],军器完足,人无知者。枢密院请劾不救火状,真宗曰:“允则必有谓,姑诘之。”对曰:“兵械所藏,儆火甚严。方宴而焚,必奸人所为。若舍宴救火,事当不测。”

【注释】

①甲仗库:储藏兵器盔甲的仓库。

②瀛州:治今河北河间,与雄州毗邻。

③茗笼:装茶的箱子。

④浃(jiā)旬:一旬,十天。

【译文】

李允则曾经在军中宴客,而兵器仓库失火。听到消息,李允则依旧饮酒作乐不停。不久火熄了,他暗中派役吏带着公文到瀛州,用装茶的箱子运回兵器。不到十天,兵器就充足了,没有人知道这件事。枢密院奏请弹劾不救火的事,宋真宗说:“允则一定有这样做的理由,姑且问问他。”李允则回答说:“贮藏兵器的仓库,对火的戒备十分严密。正在宴客时起火,一定是奸人所为。如果停止宴客去救火,可能就会发生更意料不到的事态。”

祥符末[1],内帑灾[2],缣帛几罄[3]。三司使林特请和市于河外[④]。章三上，王旦在中书悉抑之，徐曰："琐微之帛，固应自至，奈何彰困弱于四方？"居数日，外贡骈集[⑤]，受帛四百万，盖旦先以密符督之也。允则茗笼运甲亦此意。

【注释】

①祥符：大中祥符，宋真宗赵恒年号（1008—1016）。

②内帑（tǎng）：皇宫贮藏金帛的仓库。

③缣（jiān）帛：丝织物的泛称。

④林特：字士奇。五代时仕南唐。入宋，累迁三司使。官至尚书右丞。仁宗时进刑部尚书。性奸邪，然精敏善政，与丁谓相善。和市：由官府进行的边境贸易。河外：此处指西夏国。

⑤骈集：凑集，聚会。

【译文】

宋真宗祥符末年，宫中府库发生火灾，丝帛几乎被烧光。三司使林特奏请与西夏开通边境贸易。奏章上了三次，王旦在中书省都压住了，从容地说："这微少的丝帛，本来应该有人送来，为什么向天下表现自己的困弱呢？"过了几天，外面进贡的来了，共收到四百万匹帛，这其实是王旦事先用密函去督促的。李允则用茶笼运兵器也就是这个用意。

草场火　驿舍火

杜纮知郓州[①]。尝有揭帜城隅[②]，著妖言其上，期为变，州民皆震。俄而草场白昼火，盖所揭一事也，民益恐。或谓大索城中，纮笑曰："奸计正在是，冀因吾胶扰而发[③]，奈何堕其术中[④]？彼无能为也！"居无何，获盗，乃奸民为妖，遂诛之。

【注释】

①杜纮:字君章。宋哲宗时为大理卿,权刑部侍郎。加集贤殿修撰,为江淮发运使,知郓州,徙知应天府。

②揭帜:高插旗帜。

③胶扰:搅扰,纷乱不宁。

④堕其术中:落入他们的圈套中。

【译文】

宋哲宗时,杜纮任郓州知州。曾经有人在城角高插旗帜,在上面写着妖言,说将发生事变,州中百姓都震惊不已。不久草场白天失火,正是妖言所写的事件之一,百姓更加恐慌。有人说应该在城中大力搜捕造谣的人,杜纮笑着说:"奸人的计谋正在于此,希望借着我们纷乱之际而发动事变,怎么能落入他们的圈套中呢?他们没有能力做什么!"过了不久,捕获盗贼,供出正是奸民在作妖,于是将他们处死。

苏颂迁度支判官[①],送契丹使宿恩州[②]。驿舍火,左右请出避火,颂不许;州兵欲入救火,亦不许,但令防卒扑灭之。初火时,郡中汹汹[③],谓使者有变[④],救兵亦欲因而生事,赖颂不动而止。

【注释】

①苏颂:字子容。宋仁宗庆历二年(1042)进士及第,英宗即位,入为三司度支判官。神宗登基,出为淮南转运使,后拜相。

②恩州:北宋庆历中,改贝州为恩州,治今河北清河。

③汹汹:喧扰,骚乱不安。

④有变：发动变乱。

【译文】

北宋时苏颂升任度支判官，送契丹使者回国时借宿恩州。旅店失火，左右随从请苏颂出去避火，苏颂不肯；州兵想进来救火，苏颂也不允许，只命令守卫士卒扑灭火。火灾刚发生时，郡中喧扰不已，说是使者发动变乱，救兵也想乘机生事，全靠苏颂不动声色才得以平息。

文彦博

文潞公知成都[①]，尝于大雪会客，夜久不罢。从卒有谇语[②]，共拆井亭烧以御寒[③]，军校白之，座客股栗。公徐曰："天实寒，可拆与之。"边批：落得做人情。神色自若，饮宴如故。卒气沮，无以为变。明日乃究问先拆者，杖而遣之。

【注释】

①文潞公：文彦博，封潞国公。宋仁宗时曾以龙图阁、枢密直学士知益州。

②谇（suì）语：牢骚话。

③井亭：遮蔽水井的亭子。

【译文】

北宋时文彦博任成都知州，曾经在大雪天宴客，夜深了仍没有散席。随从的士卒颇有怨言，就一起拆了覆遮水井的亭子烧来御寒，一名军官禀告文彦博，座上客人吓得两腿发抖。文彦博镇静地慢慢说："天气确实很冷，可以拆了亭子给他们烧火取暖。"边批：落得做人情。他神色自如，饮酒宴乐如同之前。随从士卒的气焰受挫，就没有借口闹事了。第二天文彦博才追问先动手拆的那个人，杖刑后打发他走了。

气犹火也，挑之则发，去其薪则自熄，可以弭乱，可以息争。

【译文】

怒气就像是火，去挑拨它会越烧越旺，如果抽去木柴，就会自然熄灭，处置适当可以消弭祸乱，可以平息争端。

苏轼通判密郡[①]。有盗发而未获，安抚使遣三班使臣领悍卒数十人入境捕之[②]。卒凶暴恣行，以禁物诬民[③]，强入其家，争斗至杀人，畏罪惊散。民诉于轼，轼投其书不视，曰："必不至此！"悍卒闻之，颇用自安，轼徐使人招出戮之。遇事须有此镇定力量，然识不到则力不足。

【注释】

①密郡：即密州，治今山东诸城。宋神宗时，苏轼因与王安石政见不合，出为杭州通判，移知密州。

②安抚使：差遣官。宋代以知州直属中央。而知州职权甚小，不能应付较广大之地区，于是又以朝官兼任特区之安抚使，掌抚绥良民，察治盗贼、奸宄。三班使臣：宋代低级的供奉武官。三班，以供奉官、左右班殿直为三班。

③禁物：违禁物品。

【译文】

苏轼任密州通判。有盗贼暴露而未捕获，安抚使派三班使臣率领数十名凶悍士卒入境来捉捕。那些士卒凶暴横行，用违禁物品来诬赖百姓，强行进他们家中，甚至争斗以致杀人，事后畏罪散去。百姓向苏轼控诉，苏轼丢下诉状不看它，说："一定不会到这种地步！"那些凶暴的士卒听到这话，觉得很安心，苏轼慢慢派人把他们捉来杀掉。遇事就需要这种镇定的力量，然而见识不到就力量不足了。

张辽

张辽受曹公命屯长社[①]，临发，军中有谋反者，夜惊乱，火起，一军尽扰。辽谓左右曰："勿动！是不一营尽反，必有造变者，欲以动乱人耳。"乃令军中曰："不反者安坐！"辽将亲兵数十人中阵而立。有顷，即得首谋者，杀之。

【注释】

①张辽：字文远。东汉末年为吕布将，后降曹操，拜中郎将。屡立战功，封都亭侯。建安二十年（215），拜征东将军，封晋侯。长社：长社县，故城在今河南长葛。曹操平定河北袁氏后，命张辽屯兵长社，以备荆州刘表。

【译文】

张辽受曹操的命令屯兵长社，临出发时，军中有人谋反，夜里惊慌混乱，起火，全军都受到惊扰。张辽对左右将领说："不要妄动！这不是全营都造反，一定有制造混乱的人，想要以此来扰乱人心。"于是命令军中士卒说："没叛乱的人安心坐着！"张辽率数十名亲兵站立于军阵中。不一会儿，就抓到了带头谋反的人，处死了他。

周亚夫将兵讨七国[①]。军中尝夜惊，亚夫坚卧不起，顷之自定。吴汉为大司马[②]，尝有寇夜攻汉营，军中惊扰，汉坚卧不动。军中闻汉不动，皆还按部。汉乃选精兵夜击，大破之。此皆以静制动之术，然非纪律素严，虽欲不动，不可得也。

【注释】

①周亚夫：西汉名将。太尉周勃之子，封条侯。景帝三年（前154），吴、楚等七国反，周亚夫为太尉，带兵大破吴、楚，迁丞相，甚得景帝信重。

②吴汉：字子颜。衷心支持刘秀称帝，初为亭长，东汉建立后，拜大司马、广平侯。

【译文】

汉朝周亚夫率兵讨伐七国。军营中曾经发生夜惊，周亚夫坚决卧床不起，不久惊扰自然平定。吴汉任大司马，曾经有贼寇半夜攻击他的军营，军中受到惊扰，吴汉也是坚决卧床不动。军中士卒听说吴汉不动，都各回自己的部队。吴汉这才挑选精兵半夜出击，大破贼寇。这些都是使用以静制动的方法，然而如果不是纪律一向严明，即使想不动，也做不到。

薛长孺　王䝉

薛长孺为汉州通判[①]。戍卒闭营门，放火杀人，谋杀知州、兵马监押[②]。有来告者，知州、监押皆不敢出。长孺挺身出营，谕之曰："汝辈皆有父母妻子，何故作此事？然不与谋者，各在一边。"于是不敢动，唯本谋者八人突门而出，散于诸县，村野捕获。时谓非长孺则一城之人涂炭矣[③]。钤辖司不敢以闻[④]，遂不及赏。长孺，简肃公之侄也[⑤]。

【注释】

①汉州：宋时为汉州德阳郡，在今四川广汉。

②兵马监押：掌一州军队屯戍、训练、防务诸政令，位高资深的人称

都监,资历浅的称兵马监押。

③涂炭:比喻灾难困苦。涂,烂泥。炭,炭火。

④钤(qián)辖司:宋代统一路或一州之兵的武将为钤辖,其机构为钤辖司。

⑤简肃公:薛奎,字宿艺。淳化年间进士。入朝为龙图阁直学士、权三司使。官参知政事、户部侍郎等。谥简肃。

【译文】

北宋时薛长孺任汉州通判。戍守的士卒关起营门,放火杀人,还谋划杀害知州及兵马监押。有人来报告,知州和监押都不敢出面制止。薛长孺挺身走出军营,告诫他们说:“你们都有父母妻儿,为什么要做这种事?没参与谋反的人,站到一边去。”于是士卒都不敢乱动,只有主谋的八人冲出门去,散逃到各县,在村野被抓获了。当时人们都认为若没有薛长孺挺身而出,全城百姓都要遭灾了。但钤辖司怕被追责不敢向朝廷禀告,于是薛长孺没有得到赏赐。薛长孺,就是简肃公薛奎的侄子。

王忠穆公鬷知益州①,会戍卒有夜焚营,胁军校为乱者②。鬷潜遣兵环其营,下令曰:“不乱者敛手出门,无所问。”于是众皆出。令军校指乱卒,得十余人,戮之。及旦,人皆不知也。其为政大体,不为苛察③,蜀人爱之。

【注释】

①王忠穆公鬷(zōng):王鬷,字总之。卒谥忠穆。宋仁宗时以左司郎中、枢密直学士知益州。

②军校:任辅助之职的军官。

③苛察:以苛刻烦琐为明察。

【译文】

北宋时王鬷任益州知州,碰到有守兵在夜里放火烧军营,胁迫军校一起造反。王覈暗中派兵围住军营,下令说:"不造反的人收手走出营门,就不再追问。"于是众士卒都走出来。再命令军校指出叛乱的守兵,共十多人,全部杀死。等到天明,人们都不知道有这回事。王覈处理政事识大体顾大局,不把苛刻烦琐当作明察,蜀人都很爱戴他。

霍王元轨

霍王元轨为定州刺史时[①],突厥入寇,州人李嘉运与虏通谋。事泄,高宗令元轨穷其党与。元轨曰:"强寇在境,人心不安,若多所逮系,是驱之使叛也。"乃独杀嘉运,余无所问。边批:惩一已足警百。因自劾违制。上览表大悦,谓使者曰:"朕亦悔之。向无王,则失定州矣!"

【注释】

①霍王元轨:李元轨,唐高祖李渊之子,封霍王。多才艺,性谦慎。为寿州刺史。高宗时历绛、徐、定三州刺史。数次上疏陈述得失,多所裨正。

【译文】

唐朝霍王李元轨任定州刺史时,突厥入侵,州人李嘉运和敌人互相串通。事情败露,高宗命令李元轨穷究李嘉运的党羽。李元轨说:"强敌在边境上,人心不安,如果逮捕太多人,这就会促使他们叛乱。"就只杀了李嘉运,其余的人一概不追究。边批:惩一已足够警百了。接着自己弹劾自己违背了圣旨。高宗看了奏表非常高兴,对使者说:"朕也很后悔。如果没有霍王,那么定州就要失守了。"

吕公孺

吕公孺知永兴军[1]，徙河阳[2]。洛口兵千人[3]，以久役思归，奋斧锸排关[4]，不得入，西走河桥，观听汹汹。诸将请出兵掩击，公孺曰："此皆亡命，急之变且生。"即乘马东去，遣牙兵数人迎谕之[5]，边批：最妙。曰："汝辈诚劳苦，然岂得擅还之？渡桥，则罪不赦矣！太守在此，愿自首者止道左。"边批：不渡便易制。皆伫立以俟。公孺索倡首者，黥一人[6]，边批：尤妙。余复送役所，语其校曰："若复偃蹇者[7]，斩而后报！"众帖息。

【注释】

①吕公孺：字稚卿。吕夷简之子。宋仁宗时历知泽、颍、庐、常四州。宋神宗元丰初，知永兴军，二年，徙河阳。元祐初，加龙图阁直学士，为秘书监，迁刑部侍郎，知开封府。永兴军：宋时在京兆地区。

②徙河阳：迁移永兴军治所于河阳，河阳在今河南孟州西。

③洛口：在今河南巩义东北，洛水入黄河处。

④排关：砸击城门。

⑤牙兵：衙兵，将帅的卫兵。

⑥黥：在脸上刺字的刑罚。

⑦偃蹇（yǎn jiǎn）：本义为高耸，引申为傲慢不驯，不听军令。

【译文】

北宋时吕公孺知永兴军，将治所移到河阳。洛口的士兵有上千人，因为从军已久很想回乡，拿着斧头、铁锹等兵器砸击城门，进不去，又向西跑到黄河桥，看到和听到的场面喧扰混乱。各位将领请求出兵攻击，吕公孺说："这些都是亡命之徒，追急了容易发生变乱。"就骑马向东驰去，派几名衙兵迎向洛口士兵告谕他们，边批：最妙。说："你们的确很劳苦，但怎能擅自回乡？一渡过桥，就罪无可赦！吕太守在此，愿意自首的站到路左边。"边批：不渡桥便容易制服。这些人都站立一边等候。吕公孺追查出带头起事的，对一人处以黥刑，边批：尤其妙。其余的都送回原来服役的地方，对他们的军校说："如果再有傲慢不驯违犯军令的，先斩后报！"众人都服帖顺从了。

廉希宪

廉希宪为京兆、四川宣抚使①。浑都海反②，西川将纽邻奥鲁官将举兵应之③，蒙古八春获之④，系其党五十余人于乾州狱，送二人至京兆，请并杀之。希宪谓僚佐曰："浑都海不能乘势东来，保无他虑。今众志未一，犹怀反侧，彼若见其将校执囚，或别生心，为害不细。可因其惧死，并皆宽释，就发此军余丁往隶八春，上策也。"初八春既执诸校，其军疑惧，骇乱四出，及知诸校获全，纽邻奥鲁官得释，大喜过望，人人感悦。八春果得精骑数千，将与俱西。

【注释】

①廉希宪：字善甫，号野云。阿里不哥发动叛乱，受命出镇关中，任京兆、四川宣抚使，挫败叛乱，以功任中书右丞、平章政事。在任期间兴利除害，封魏国公，谥文正。性情刚直不阿。京兆：指今陕西西安一带。

②浑都海反：指浑都海依附阿里不哥欲进兵关右，起事之前，阿里不哥密约关中、陇、蜀等地元将响应。

③纽邻:蒙古将领。宪宗时,奉命攻蜀,屡有战功,授都元帅。中统元年(1260),世祖即位,入朝,仍令用兵四川。四年,为宋降将刘整诬告,征至上都(今内蒙古正蓝旗东北)验问,无罪释放,还至昌平卒。奥鲁官:本为管理奥鲁的军官。奥鲁为蒙古语音译,意为老小营。蒙古军占领中原后,置奥鲁官府管领军户,不受地方路府州县管辖。

④八春:元将领。中统元年(1260),任陕西、四川等路宣抚使。六月,浑都海奉阿里不哥命率军南下,他率军前往讨伐,大战于甘州(治今甘肃张掖)东,获胜,杀浑都海、阿兰答儿。

【译文】

元朝时廉希宪任京兆、四川宣抚使。浑都海造反,西川将领纽邻奥鲁官即将要举兵应和,蒙古大将八春捕获了他,抓捕他的党羽五十多人囚禁于乾州监狱,又送首犯两人到京兆,请一并杀了他们。廉希宪对属下说:“浑都海不能乘机向东侵犯,确保没有其他意外。现在他们大家心志不一,有人还有反叛之心,他们如果看见自己的将领受到拘禁,或许可能生出疑惧心,造成的危害不浅。可以借着他们怕死的心理,把这些将领都放了,然后派这支军队剩余的士兵去依附八春,是最好的办法。”起初八春已经抓捕了各军官,他们的士兵都疑惑恐惧,惊慌混乱四处逃逸,等到得知诸位军官都很安全,纽邻奥鲁官也释放了,都特别高兴,人人感动喜悦。八春果然得到了几千名精锐的骑兵,率领他们一起向西讨伐浑都海。

所以隶八春者,逆知八春力能制之,非漫然纵虎遗患也。八春能死之,希宪能生之,畏感交集,不患不为我用矣!

【译文】

让那些人依附八春的原因,是预知八春有能力制服他们,并不是随意纵虎归山遗留后患。八春能杀他们，廉希宪能救他们，畏惧与感念交集，不担心不被我所用。

林兴祖

林兴祖[①]，初同知黄岩州事，三迁而知铅山州。铅山素多造伪钞者[②]，豪民吴友文为之魁[③]，远至江、淮、燕、蓟，莫不行使。友文奸黠悍鸷[④]，因伪造致富，乃分遣恶少四五十人为吏于有司，伺有欲告之者，辄先事戕之。前后杀人甚众，夺人妻女十一人为妾，民罹其害，衔冤不敢诉者十余年。兴祖至官，曰："此害不除，何以救民！"即张榜禁伪造者，且立赏募民首告。俄有告者至，佯以不实斥去；边批：须得实乃服。又以告，获伪造二人并赃者，乃鞫之[⑤]。款成[⑥]，友文自至官为之营救，边批：若捕之便费力。兴祖并命执之。须臾来诉友文者百余人，择其重罪一二事鞫之，狱立具。边批：若事事推究，辨端既多，反足纾死[⑦]。逮捕其党，悉置之法，民赖以安。

【注释】

①林兴祖：字宗起。元代至治二年（1322）进士，知铅山州（治今江西铅山），除造伪钞之害。擢道州路总管，政绩显著。

②钞：钞票。元代应用范围广。

③豪民：不守法度，凌压百姓的人。

④奸黠（xiá）悍鸷：奸猾狡黠而凶猛暴戾。

⑤鞫（jū）：审问。

⑥款成：罪款确定。

⑦纾：延缓，解除。

【译文】

元朝人林兴祖，最初任黄岩州同知，三次升迁后任铅山知州。铅山向来有很多制造假钞的人，凌压百姓的土豪吴友文是他们的首领，远到江、淮、燕、蓟，没有不使用这些假钞的。吴友文为人狡黠暴戾，凭借制造假钞而致富，就分别派四五十名恶少到官府各部门当衙役，伺探到有想来告发他的人，就先杀害告状人。前前后后杀了很多人，抢夺别人的妻女十一名作妾，百姓深受其害，含冤而不敢申诉达十余年之久。林兴祖到任，说："这个祸害不除，如何救百姓！"就张贴榜文禁止制造伪钞，且悬赏给先来告发的人。不久就有人来告发，林兴祖假装认为事情不确实而给斥退了；边批：须得确实才服。后来又有人来告，查获两个伪造者和赃物，就详加审问。罪款确定，吴友文亲自到官府来营救，边批：如果先抓他就费力了。林兴祖命令衙役将他一并捉住。很快来控告吴友文的达一百多人，选择罪过重大的一两件事审问他，罪案马上判决。边批：若事事追究，狡辩的机会一多，反而延缓了死罪。又逮捕他的党羽，全都依法处置，百姓由此得以安心。

始以缓而致之，终以速而毙之。除凶恶须得此深心辣手。

【译文】

开始时缓缓引他上钩，最后迅速将他处死。除掉凶恶的人必须得有这样深沉的心思和老辣的手段。

李封

唐李封为延陵令，吏人有罪，不加杖罚，但令裹碧头巾以辱之[①]，随所犯轻重以日数为等级，日满乃释。著此服出入者以为大耻，皆相劝励，无敢犯。赋税常先诸县。竟去官，不捶一人。

【注释】

①碧头巾：绿头巾。用以裹有罪官吏之头作为处罚。

【译文】

唐朝时李封任延陵县令，吏人有罪，不罚以杖刑，只令他包着绿头巾来羞辱他，随所犯罪行的轻重决定戴绿头巾天数的等级，期限满后才拿下来。包着绿头巾出入的人认为是很大的耻辱，大家都互相劝勉激励，不敢犯罪。赋税也往往先于其他各县完成。一直到离任，李封不曾杖打过一个人。

耿楚侗

耿楚侗定向官南都[①]，有士人为恶僧侮辱，以告，公白所司治之，其僧逋。公意第进逐，不令复系籍本寺。士人心不释然，必欲捕而枷之。边批：士多尚气，我决不可以气佐之。公晓之曰："良知何广大[②]，奈何着一破赖和尚往来其中哉！"士人退语人曰："惩治恶僧，非良知耶？"或以告公，公曰："此言固是，乃余其难其慎若此，胸中盖三转矣。其一谓志学者，即应犯不较、逆不难，不然落乡人臼矣，此名谊心也[③]。又谓法司用刑，自有条格，如此类法不应枷，此则格式心也[④]。又闻此僧凶恶，虑有意外之虞，故不肯为已甚，此又利害心也。余之良知乃转折如此。"嗣姜宗伯庇所厚善者[⑤]，处之少平，大腾物议。又承恩寺有僧为礼部枷之致毙，竟构大讼。公闻之,谓李士龙曰:“余前三转折良心不更妙耶?”边批:唯转折乃成通简。

【注释】

①耿楚侗:耿定向,字楚侗。明嘉靖进士,擢御史。万历中累官户部尚书。理学家,其学本王阳明,亦倡“良知良能”之说。官南都:耿定向于万历中擢南京右都御史。

②良知:王阳明学说的核心概念。指先天分辨是非善恶的道德意识。

③名谊心:出于珍护名誉的考虑。

④格式心:出于遵守法律条文的考虑。

⑤姜宗伯:或为姜宝。嘉靖进士,任编修,不附严嵩,出为四川提学佥事,转福建提学副使。迁南京国子监祭酒,官至南京礼部尚书。明时称礼部尚书为大宗伯。

【译文】

耿楚侗名定向在万历中擢南京右都御史,有个书生被一个恶僧侮辱,来告状,耿楚侗交代有关部门处理,这名僧人却逃走了。耿楚侗的意思是只驱逐他,不让他再隶属本寺的僧籍。书生内心不乐意,一定要把他逮捕且上枷锁。边批:士人多使气,我决不可以气助长之。耿楚侗开导他说:“读书人的良知是何其广大,怎么让一个破赖和尚在其中干扰呢!”书生退下后对别人说:“惩治凶恶的僧侣,难道不是良知吗?”有人将此话告诉耿楚侗,耿楚侗说:“这句话固然很对,但我所以如此谨慎而难于下定决心,是因为我心中有三层顾虑。一是我认为立志向学的人,就应受人冒犯不予计较、遭受逆境不畏艰难,不然就落入一般人的窠臼,这是出于珍护名誉的考虑。又认为执法部门用刑,自有条律法规,像这类情况按法律不应上枷锁,这是出于遵守法律的考虑。又听说这名僧侣极为凶恶,担心那样处理有意外发生,所以不肯过分追究此事,这又是权衡利害的考量。我的良知就是如此反复斟酌的。”后来姜宗伯为了庇护自己私交亲密的人，处理得不太公平，引起一片舆论攻击。另外承恩寺有个僧侣被礼部施枷锁致死，结果构成大讼案。耿楚侗听到这些事，对李士龙说：“我以前凭良心再三反复斟酌不是更妙吗？”边批：唯有反复斟酌才成通简。

凡治小人，不可为已甚。天地间有阳必有阴，有君子必有小人，此亦自然之理。能容小人，方成君子。

【译文】

凡是处置小人，不可以做得太过分。天地之间有阳必有阴，有君子必有小人，这也是自然的道理。能容得了小人，才能成为君子。

向敏中　王旦

真宗幸澶渊[①]，赐向敏中密诏[②]，尽付西鄙[③]，许便宜行事。敏中得诏藏之，视政如常。会大傩[④]，有告禁卒欲依傩为乱者，敏中密麾兵被甲伏庑下幕中。明日尽召宾僚兵官，置酒纵阅，命傩入[⑤]，先驰骋于中门外。后召至阶，敏中振袂一挥，伏出，尽擒之，果怀短刃，即席斩焉。既屏其尸，以灰沙扫庭，照旧张乐宴饮。

【注释】

①真宗幸澶渊：宋真宗景德元年（1004），辽萧太后、圣宗大举攻宋，进至澶州（今河南濮阳）。宋宰相寇准力排王钦若南迁之议，促真宗亲征，遂进驻澶州。于是宋、辽议和，定“澶渊之盟”。

②向敏中：字常之。卒谥文简。太平兴国进士。太宗时拜右谏议大

夫、同知枢密院事。当时对西夏、北辽用兵,敏中明辨有才略,遇事敏速,莫不周知。真宗即位,拜兵部侍郎、参知政事。景德初,西夏赵德明纳款,命敏中为鄜延路都部署。是年遂有澶渊之役。

③尽付西鄙:指把对西夏国事务的处理权全部交给向敏中。

④大傩(nuó):古时在腊月举行的一种驱除疫鬼的宗教仪式,上自朝廷,下至民间,都要举行。

⑤傩:此指大傩时装扮神鬼以驱除疫鬼的人员。

【译文】

宋真宗亲征辽,进驻澶州,赐给向敏中一份密诏,把对西夏国事务的处理权全部交给他,特准他可以见机行事。向敏中得到密诏将它收藏起来,像往常一样处理政事。适逢当地举行驱鬼的大傩仪式,有人来报告禁军士卒想借驱鬼仪式作乱,向敏中秘密指挥士兵披上甲胄潜伏在屋下帷幕中。第二天向敏中把幕僚军官全部召来,置办酒宴阅兵,接着命令大傩队伍都进来,先在中门外表演。后来又召他们到阶前,向敏中一挥动衣袖,伏兵都跑出来,将他们全部逮捕,果然怀里都藏着短刀,于是当场斩杀他们。把尸体拖到一边后,用草灰沙土清扫庭院,照旧奏乐宴饮。

旦从幸澶渊[①]。帝闻雍王遇暴疾[②],命旦驰还东京,权留守事。旦驰至禁城,直入禁中,令人不得传播。及大驾还,旦家子弟皆出郊迎,忽闻后面有驺呵声[③],回视,乃旦也,皆大惊。

【注释】

①旦:王旦,时王旦以工部侍郎参知政事。

②雍王:赵元份,宋太宗第四子。累拜太傅。宋真宗北征,其为东京留守。

③驺（zōu）呵声：侍从仪仗喝呼开道的声音。

【译文】

王旦随宋真宗亲征至澶州。真宗听说雍王赵元份得了急病，就命令王旦快马赶回东京，暂且代理东京留守之职。王旦急驰到京城，径直到宫中，下令宫中的人不能传扬他回京的消息。等到真宗回朝，王旦家的子弟都到郊外迎接王旦，忽然听到后面有仪仗喝呼开道的声音，回头一看是王旦，大家都惊奇不已。

西鄙、东京，两人如券[①]。时寇准在澶渊，掷骰饮酒鼾睡，仁宗恃之以安[②]。内外得人，故虏不为害。当有事之日，须得如此静镇。

【注释】

①如券：如契券之吻合无间。

②仁宗：据文意，当为真宗。

【译文】

西鄙（向敏中）和东京（王旦），两个人如契券一样配合无间。当时寇准在澶渊，掷骰子饮酒作乐鼾睡，宋真宗依仗着他得以安宁。对内对外都能任用人才，所以敌人不会造成祸害。当面临急事的时候，必须要如此镇静。

乔白岩

冢宰乔公宇[①]，正德己卯参理留都兵务[②]。时逆濠声言南下，兵已至安庆。而公日领一老儒与一医士，所至游宴，实以观形势之险要，而外若不以为意者。人以为矫情镇物[3]，有费祎、谢安之风[4]。

【注释】

①冢宰乔公宇：乔宇，字希大，号白岩。明成化进士。朱宸濠反，乔宇严为警备，朱宸濠不敢东进。明世宗初拜吏部尚书，起用被权幸黜逐之臣，气象一新。官南京兵部尚书。冢宰，原为周代官名，为六卿之首。后人用以称吏部尚书。

②留都：指南京。明太祖建都南京，明成祖迁都北京，以南京为"留都"。

③矫情：违背常情。镇物：稳定人心。

④费祎：三国时蜀汉人。代蒋琬为相。延熙七年（244），魏军入寇，费祎率众御之。光禄大夫来敏至费祎处话别，求共围棋。当时羽檄交驰，人马严装待发，而费祎留意下棋，神色毫无烦倦。谢安：东晋孝武帝时为相。太元八年（383），前秦苻坚统步骑八十余万进攻东晋。东晋命谢石、谢玄率八万人拒敌，于淝水大破前秦部队。谢安得驿书，知前秦兵已败，时方与客围棋，置书一旁，了无喜色，围棋如故。客问之，谢安缓慢回答说："小儿辈已破贼。"棋罢，还内，过门槛时，心甚喜，不觉屐齿之折。其矫情镇物如此。

【译文】

吏部尚书乔宇，在正德己卯年间参与治理南京军务。当时叛乱的宁王朱宸濠扬言南下，军队已经到安庆。而乔宇每天领着一个老儒和一个医生，到处游乐宴饮，实际上是在视察城中形势险要处，而表面上好像一点都不在意。别人都认为他是故作安闲以稳定人心，很有费祎、谢安的风范。

即矫情镇物，亦自难得。胸中若无经纬，如何矫得来？

方宸濠反，报至，乔公令尽拘城内江西人[①]，讯之，果得濠所遣谍卒数十人。上驻军南都，公首俘献之。即此已见公一斑矣。

【注释】

①江西人：朱宸濠封宁王，镇江西南昌。故此处说拘捕“城内江西人”。

【译文】

即使故作安闲以稳定人心，也很难做到。胸中如果没有谋划，怎么假装得出来？当朱宸濠刚发动叛乱，消息传来，乔公下令把城内的江西人全数拘捕，审问他们，果然查得朱宸濠所派来的奸细几十人。皇上驻军于南京时，乔公就将这些俘虏先献上。从这件事就可以看出乔公处事之一斑。

韩愈

韩愈为吏部侍郎[①]。有令史权势最重[②]，旧常关锁，选人不能见[③]。愈纵之，听其出入，曰：“人所以畏鬼者，以其不能见也；如可见，则人不畏之矣。”

【注释】

①韩愈：字退之。唐代思想家，文学家。唐宪宗时参与平定吴元济之乱，迁刑部侍郎。因上表谏迎佛骨，贬潮州刺史。后召为国子祭酒，转兵部侍郎、吏部侍郎等。通六经百家之学，文章宏深博奥，后学取为师法。

②令史：唐代令史为吏职，以流外人员为之，是三省、六部及御史台之低级事务员。

③选人:等待选补任用的官员。

【译文】

唐朝韩愈任吏部侍郎。有位令史权势最盛,之前吏部经常锁着门,等待补选的官吏都不能直接来见面。韩愈上任后敞开门,听任候选官进出,他说:"人之所以怕鬼,是因为见不到鬼;如果可以见得到,那么人就不会害怕它了。"

主人明,不必关锁;主人暗,关锁何益?

【译文】

主人光明,就不必锁门;主人昏昧,锁门又有什么用?

裴晋公

公在中书[①],左右忽白以失印。公怡然,戒勿言,方张宴举乐,人不晓其故。夜半宴酣,左右复白印存,公亦不答,极欢而罢。人问其故,公曰:"胥吏辈盗印书券[②],缓之则复还故处,急之则投水火,不可复得矣!"

【注释】

①公:即裴度,字中立。封晋国公,世称裴晋公。

②胥吏:官府中办理文书事务的小吏。

【译文】

唐朝人裴度任职中书省时,随从忽然告诉他官印失窃了。裴公神色怡然,警告他们不要声张这事,当时正摆宴奏乐,人们都不知道这其中的缘故。半夜宴会正热闹时,随从又告诉他官印找到了,裴公也不回答,宴会尽欢而散。有人问他是什么缘故，裴公说："手下的小吏们盗去盖契券，不着急就会还回原处，着急了就会投到水火中毁掉，再也找不回来了。"

不是矫情镇物，真是透顶光明，故曰"智量"，智不足，量不大。

【译文】

这不是故作安闲以安定人心，实在是极其通透聪明，所以说"智量"，智慧不足，则度量也不大。

郭子仪 二条

一

汾阳王宅在亲仁里[①]，大启其第，任人出入不问。麾下将吏出镇来辞，王夫人及爱女方临妆，令持帨汲水[②]，役之不异仆隶。他日子弟列谏[③]，不听；继之以泣，曰："大人功业隆赫，而不自崇重，贵贱皆游卧内，某等以为虽伊、霍不当如此[④]。"公笑谓曰："尔曹固非所料。且吾马食官粟者五百匹[⑤]，官饩者一千人[⑥]，进无所往，退无所据[⑦]。向使崇垣扃户[⑧]，不通内外，一怨将起，构以不臣，其有贪功害能之徒成就其事，则九族齑粉[⑨]，噬脐莫追[⑩]。今荡荡无间，四门洞开，虽谗毁欲兴，无所加也！"诸子拜服。

【注释】

①汾阳王：即郭子仪，唐朝名将、宰相。安史之乱时，任朔方节度使，

奉命率军东讨叛军，在河北击败史思明。肃宗即位，任关内河东副元帅，联合回纥兵收复长安、洛阳，因功升中书令。后又进封汾阳郡王。代宗时仆固怀恩叛变，纠合回纥、吐蕃攻唐，他说服回纥与唐朝联兵，以拒吐蕃。德宗即位，尊为尚父。

②帨（shuì）：佩巾。此指洗脸所用手巾。

③列谏：极力劝谏。列，通“烈”。

④伊、霍：伊尹、霍光。伊尹，名挚，商汤之贤相，辅佐商汤伐夏桀。霍光，字子孟，受汉武帝遗诏，为大司马大将军辅佐汉昭帝。时人比之伊尹。

⑤官粟：由公家供给的马料。

⑥官饩（xì）：由公家供给的食用。

⑦进无所往，退无所据：指郭子仪官至极品，不能再升擢了，但位高易招人主之忌，虽欲退隐，亦不可得。

⑧崇垣（yuán）：把墙加高。垣，墙、城墙。扃（jiōng）户：关门。

⑨齑（jī）粉：粉末，碎屑。用以喻粉身碎骨。

⑩噬（shì）脐：自己咬腹脐，比喻后悔莫及。

【译文】

汾阳王郭子仪的府第在亲仁里，经常敞开大门，任人进出不查问。属下将官要出外为藩镇来王府告辞，郭子仪的夫人和女儿正要梳妆，就让他拿手巾打水，使唤他像对其他奴仆一样。有一天子弟们极力规劝郭子仪不要这样做，他不听；他们继续劝告甚至哭起来，说：“大人功业显赫，而如果不自我尊重，贵贱人等都可以在卧室里走动的话，我们认为即使是伊尹、霍光也不应当如此。”郭子仪笑着对他们说：“这不是你们所能料想到的。我有五百匹马吃官家的草料，一千人吃公家的米粮，官至极品不能再高了，想退隐以避妒忌也不可能。假使围起高墙、关闭大门，内外不通，一旦惹出怨恨，别人会构陷我不守臣子的法度，如果有贪图功名陷害贤能的人来促成其事，那么我所有的亲族都将粉身碎骨，后悔也来不及了。现在家中空荡荡没有阻隔，四边大门洞开，即使有人想进谗言诽谤，也挑不出什么借口。”子弟们听了都非常佩服。

德宗以山陵近[①]，禁屠宰。郭子仪之隶人犯禁，金吾将军裴谞奏之[②]。或谓曰：“君独不为郭公地乎？”谞曰：“此乃所以为之地也。郭公望重，上新即位，必谓党附者众，故我发其小过，以明郭公之不足畏，不亦可乎！”若谞者，可谓郭公之益友矣。

【注释】

①山陵近：此指唐代宗的丧事刚办完。山陵，代指皇帝的陵墓，又引申为皇帝的丧事。

②金吾将军：官名。掌管宫中及京城昼夜巡警之事。裴谞（xū）：字士明。礼部尚书裴宽之子。唐代宗时拜河东道租庸盐铁等使，累迁右金吾将军。

【译文】

唐德宗因为代宗的丧事刚办完，禁止屠宰。郭子仪的仆隶犯了禁令，金吾将军裴谞奏报皇帝。有人说：“你难道不为郭公留点余地吗？”裴谞说：“这正是为郭公留余地啊。郭公德高望重，皇上才刚即位，一定认为他党羽庞大，所以我检举他的小过失，以表明郭公是不足畏惧的，不是很好吗！”像裴谞这样的人，可以说是郭公的良友了。

〇看郭汾阳，觉王翦、萧何家数便小[①]。王、萧事见《委蛇部》。

【注释】

①家数：技法，手段。

【译文】

比起郭子仪来,就觉得王翦、萧何的避祸方式是小伎俩了。王翦、萧何事见《委蛇部》。

二

鱼朝恩阴使人发郭氏墓[①],盗未得。子仪自泾阳来朝[②],帝唁之[③],即号泣曰:“臣久主兵,不能禁士残人之墓[④],人今亦发先臣墓,此天谴,非人患也。”朝恩又尝修具邀公[⑤],或言将不利公,其下愿裹甲以从。子仪不许,但以家僮数人往。朝恩曰:“何车骑之寡?”子仪告以所闻,朝恩惶恐曰:“非公长者,得无致疑!”

【注释】

①鱼朝恩:宦官。唐玄宗末年,入内侍省,给事黄门。为唐肃宗宠任,屡监军事,加开府仪同三司。唐代宗避吐蕃东逃,朝恩悉军迎护,名为天下观军容宣慰处置使。后恃功骄横,贪贿无厌。被唐代宗下令缢杀。

②子仪自泾阳来朝:唐代宗广德元年(763),仆固怀恩叛变,诱回纥、吐蕃、吐谷浑等戎人十万众入寇,郭子仪屯泾阳(今属陕西)以拒之。

③唁(yàn):对遭遇非常变故者进行慰问。

④残人之墓:掘毁别人的坟墓。

⑤修具:准备宴席。

【译文】

唐朝宦官鱼朝恩暗地派人挖开郭氏的祖坟,结果什么也没偷到。郭子仪自泾阳来朝见皇帝,皇帝安慰他,他就哭着说:“微臣久掌兵权,不能禁止人掘毁别人的坟墓，别人现在挖开臣先祖的坟墓，这是上天的谴责，不是人为的祸害！”鱼朝恩又曾设宴邀请郭子仪，有人说恐怕不利于他，部下想穿上盔甲跟随他。郭子仪不同意，只带几个家僮前往。鱼朝恩说：“为什么随从这么少呢？”郭子仪把听到的传闻告诉他，鱼朝恩惶恐地说：“大人如果不是宽厚长者，怎么可能不产生怀疑呢！”

精于黄老之术，虽朝恩亦不得不为盛德所化矣。君子不幸而遇小人，切不可与一般见识。

【译文】

精通黄老保身之术，即使鱼朝恩这样的小人也不得不被郭子仪的盛德感化。君子不幸遇到小人，万万不可与他一般见识。

王阳明

宁藩既获[①]，圣驾忽复巡游[②]，群奸意叵测，阳明甚忧之。适二中贵至浙省，阳明张宴于镇海楼。酒半，屏人去梯，出书简二箧示之，皆此辈交通逆藩之迹也[③]，尽数与之。二中贵感谢不已。阳明之终免于祸，多得二中贵从中维护之力。脱此时阳明挟以相制[④]，则仇隙深而祸未已矣。

【注释】

①宁藩既获：指反叛的宁王朱宸濠被俘获。宁藩，即宁王。其在南昌建阳春书院，僭号离宫，自称国主。又以明武宗无嗣，谋夺帝位。正德十四年（1519）六月，起兵反叛，改元顺德，连陷九江、南康，欲顺江东下。七月，即为王守仁所败，被俘。次年处死。

②圣驾忽复巡游：正德十四年（1519），明武宗自宣府返京，又欲南巡游乐，为群臣死谏而止。及六月，朱宸濠反。七月，王守仁擒朱宸濠。至八月，捷书未至，武宗下诏亲征，实欲南游。方出师至良乡，王守仁捷书至，并云欲献俘阙下。明武宗坚持仍以南征为名而南游。

③交通：勾结。

④脱：连词。假使，万一。表示假设。

【译文】

宁王朱宸濠被擒拿后，皇上忽然又想南巡游览，众多奸宦心意难测，王守仁十分忧虑。正好京师有两位宦官来到浙江，王守仁设宴于镇海楼款待他们。酒喝到一半，王守仁把旁人屏退又移走楼梯，拿出两箱书简给他们看，都是这些奸宦勾结宁王的证据，王守仁全数交给了他们。两位宦官感激不尽。王守仁始终未遭祸害，多得这两位宦官从中的维护之力。假使此时王守仁持书简来挟制他们，那么仇怨便更深而祸害也将无穷了。

王璋　罗通

璋，河南人，永乐中为右都御史。时有告周府将为不轨者[①]，上欲及其未发讨之，以问璋。璋曰："事未有迹，讨之无名。"上曰："兵贵神速，彼出城，则不可为矣。"璋曰："以臣之愚，可不烦兵，臣请往任之。"曰："若用众几何？"曰："但得御史三四人随行足矣。然须奉敕以臣巡抚其地乃可。"遂命学士草敕，即日起行。黎明，直造王府。周王惊愕，莫知所为，延之别室，问所以来者。曰："人有告王谋叛，臣是以来！"王惊跪。璋曰："朝廷已命丘大帅将兵十万[②]，将至，臣以王事未有迹，故来先谕。事将若何？”王举家环哭不已。璋曰：“哭亦何益？愿求所以释上疑者。”曰：“愚不知所出，唯公教之。”璋曰：“能以三护卫为献[3]，无事矣。”王从之，乃驰驿以闻。上喜。璋乃出示曰：“护卫军三日不徙者处斩！”不数日而散。

【注释】

①周府：指周王朱橚，明太祖第五子，明成祖之同母弟。初封吴王，寻改封周王，建国开封。建文时，朱橚有异谋，贬为庶人，禁锢于京。明成祖即位，复爵归旧封。

②丘大帅：丘福。起于行伍，从成祖，授燕山中护卫千户。

③以三护卫为献：献出三支护卫军。明太祖封诸子为王，每年令他们训将练兵，有事皆得提兵专制。诸王兵权甚重。

【译文】

王璋是河南人，成祖永乐年间为右都御史。当时有人告发周王朱橚将有不轨的行为，成祖想趁周王还未起事就去讨伐他，就问王璋。王璋说：“造反之事还没有迹象，讨伐他没有正当理由。”成祖说：“出兵贵在神速，如果等对方军队出城来，就不好再压制他们了。”王璋说：“以微臣的愚见，可以不劳出兵，微臣请求前往处理这件事情。”成祖说：“你要用多少人？”王璋说：“只要三四个御史随行就足够了。但需要皇上的圣旨派臣为当地巡抚才行。”于是成祖命令学士起草敕令，当天就起程。黎明时，王璋径直拜访王府。周王很惊讶，不知道他要干什么，就请王璋到另一房间，问他为什么而来。王璋说：“有人告您谋反，我为此而来。”周王惊愕得跪下。王璋又说：“朝廷已经命令丘大帅率兵十万，快要到了，臣以为这件事情还没有迹象，所以先来告诉您。事情该怎么办呢？”周王全家人围聚着哭泣不已。王璋说：“哭有何用？希望您能有办法消解皇上的疑虑。”周王说：“我不知道怎么办，请您教我。”王璋说：“您能将三支护卫军献给朝廷，就没事了。”周王依此行事，王璋就命人乘驿马飞驰回朝廷禀奏成祖。成祖很高兴。王璋这才出示皇帝任他为巡抚的敕令，说：“护卫军三天之内不转移的处斩。”没几天就解散了。

罗通以御史按蜀[①]，蜀王富甲诸国[②]，出入僭用乘舆仪从[③]。通心欲检制之[④]。一日，王过御史台[⑤]，公突使人收王所僭卤簿[⑥]，蜀王气沮。藩、臬俱来见问状[⑦]，且曰：“闻报王罪且不测，今且奈何？”通曰：“诚然，公等试思之。”诘旦复来，通曰：“易耳，宜密语王，但谓黄屋、左纛故玄元皇帝庙中器[⑧]，今复还之耳。”玄元皇帝，玄宗幸蜀建祀老子者也。从之，事乃得解，王亦自敛。

【注释】

①罗通：字学古。明永乐进士。宣德时为右副都御史，景泰中进左都御史。

②蜀王：太祖子朱椿的儿子，名悦熷，又称和王。

③乘舆仪从：此指皇帝用的车舆仪仗。

④检制：约束。

⑤御史台：此指省级御史衙门。

⑥卤簿：帝王出行时用的仪仗。

⑦藩、臬（niè）：明时称一省之布政使为藩司，按察使为臬司。为一省最高官长。

⑧黄屋、左纛（dào）：均为皇帝专用车饰，诸王不得僭用。皇帝车盖以黄缯为里，称黄屋。左纛，皇帝乘舆的装饰物，用牦牛尾或雉尾制成，设在车衡之左，故称。玄元皇帝：唐朝皇帝冒认李聃（老

子）为其始祖，故追封为玄元皇帝。

【译文】

罗通以御史的身份按察四川，当时蜀王的财富超过其他各王，进出僭用皇帝用的车舆仪仗。罗通想要约束一下他。有一天，蜀王经过御史台，罗通突然派人收走蜀王所僭用的仪仗，蜀王气馁了。布政使和按察使都来拜见罗通询问情况，并说："听说此事奏报天子，蜀王的罪就不可预料，如今该怎么办？"罗通说："确实如此，你们想想看怎么办。"第二天早晨又来问，罗通说："很简单，应暗中告诉蜀王，就说那些天子的车驾和仪仗是原来玄元皇帝庙中的供器，如今是又把它们还回去罢了。"玄元皇帝，是唐玄宗到四川时建立庙宇祭祀老子的称号。蜀王依此而行，事情就解决了，蜀王也自己收敛了许多。

吴履　叶南岩

国初，吴履字德基[①]，兰溪人。为南康丞。民王琼辉仇里豪罗玉成[②]，执其家人笞辱之。玉成兄子玉汝不胜恚[③]，集少年千余人，围琼辉家，夺之归，缚琼辉，道捶之，濒死，乃释去。琼辉兄弟五人庭诉，断指出血，誓与罗俱死。履念狱成当连千余人，势不便。乃召琼辉，语之曰："独罗氏围尔家耶？"对曰："千余人。"曰："千余人皆辱尔耶？"曰："数人耳。"曰："汝憾数人，而累千余人，可乎？且众怒难犯，倘不顾死，尽杀尔家，虽尽捕伏法，亦何益于尔？"琼辉悟，顿首唯命。履乃捕捶者四人，于琼辉前杖数十，流血至踵；命罗氏对琼辉引罪拜之，事遂解。

【注释】

①吴履：字德基。通《春秋》诸史。为南康丞六年，百姓爱之。迁安化知县，擢潍州知州。

②里豪：乡里豪绅。

③恚（huì）：愤怒，怨恨。

【译文】

明朝初年，吴履字德基，兰溪人。为南康丞。平民王琼辉仇视乡里豪绅罗玉成，捉住他的家人加以鞭打羞辱。罗玉成的侄子罗玉汝非常气愤，聚集了一千多个少年，包围王琼辉家，把家人抢回来，绑住王琼辉，在路上捶打他，直到快打死了，才放了他。王琼辉兄弟五人一起跑到衙门控告，他们切断手指流血，发誓要和罗氏一起死。吴履考虑到如果讼案成立，将连累一千多人，情势有所不便。就召来王琼辉，对他说："只有姓罗的人包围你家吗？"回答说："一千多人。"吴履说："一千多人都羞辱你吗？"回答说："只有几个人。"吴履问："你恨几个人，而要连累一千多人，这样合适吗？而且众怒难犯，如果他们也不顾性命，杀光你全家人，即使把他们捉来全部伏法，对你又有什么好处？"王琼辉领悟了，叩头从命。吴履就把捶打王琼辉的四个人抓来，在王琼辉面前杖打数十下，打到流血至脚后跟；又命罗氏对王琼辉谢罪道歉，事情于是得到解决。

此等和事老该做，以所全者大也。

【译文】

这种和事佬该做，因为顾全了大局。

叶公南岩刺蒲时[①]，有群斗者诉于州，一人流血被面，经重创，脑几裂，命且尽。公见之恻然，时家有刀疮药，公即起入内，自捣药，令舁至幕廨[2]，委一谨厚廨子及幕官[3]，曰："宜善视之，勿令伤风。此人死，汝辈责也。"其家人不令前。乃略加审核，收仇家于狱而释其余。一友人问其故，公曰："凡人争斗无好气，此人不即救，死矣。此人死，即偿命一人，寡人之妻，孤人之子，又干证连系[4]，不止一人破家；此人愈，特一斗殴罪耳。且人情欲讼胜，虽于骨肉，亦甘心焉，吾所以不令其家人相近也。"未几，伤者平而讼遂息。

【注释】

①刺蒲：为蒲州（今山西永济）刺史，此指为知州。

②舁（yú）：抬，扛。

③廨子：衙役。

④干证：与案件相关的证人。连系：牵连。

【译文】

叶南岩任蒲州知州时，有一群打架的人到州府来告状，其中一人血流满面，受了重伤，脑袋几乎裂开，性命将尽。叶公见了心生怜悯，当时家中有刀疮药，他就起身进去，自己捣药，命人将伤者抬入官舍，交给一个谨慎忠厚的衙役及幕僚，说："要好好照顾他，不要让他伤风。这个人死了，就是你们的责任。"他的家人也不让靠近。于是略加审问，把伤者的仇家收押入狱而释放其余的人。有一个朋友问他为何如此处置，叶公说："凡是人们争吵打斗都没有好气，这个人不立即救护，必死无疑。这个人死了，就要一人偿命，会使那个人的妻子变成寡妇、儿子变成孤儿，又牵连与案件相关的证人，不止一人破家；这个人如果痊愈，只是一件斗殴的案子罢了。况且想胜诉是人之常情，为达目的即使骨肉死掉，也会心甘情愿，这是我不让他的家人接近他的原因。"不久，伤者痊愈而讼案也平息了。

略加调停，遂保全数千人、数千家，岂非大智！

【译文】

稍加调停，就保全了几千人、几千家，难道不是大智慧！

鞠真卿

鞠真卿守润州[①]。民有斗殴者，本罪之外，别令先殴者出钱以与后应者。小人靳财[②]，兼以不愤输钱于敌人[③]，其后终日纷争，相视无敢先下手者。

【注释】

①鞠真卿：字颜叔，在州县有威名，能直言。其知润州在宋神宗元丰年间。

②靳（jìn）财：吝啬钱财。

③不愤：不甘心，不服气。

【译文】

鞠真卿为润州知州。州民有互相斗殴的，除了按斗殴本罪之外，他还令先出手的人必须赔钱给后还手的人。老百姓吝惜钱财，同时也不甘心输钱给敌人，后来每天仍有纷争，双方瞪眼争吵却没有敢先下手打人的。

金坛王石屏都集初任建宁令[①]，谒府，府谓曰："县多'骡夫'[②]，难治，好为之！"王唯之，然不知"骡夫"何物，讯之，即吴下打行天罡之类[③]，大家必畜数人，讼无曲直，挺斗为胜，若小民直气凌之矣。王出示严禁，凡讼有相斗，必恕被打者而加责打人者。民间以打人为戒；骡夫无所用之，期月，此风遂息。此亦鞠公之智也。

【注释】

①王石屏都集：都集为名，石屏为号，其人不详。

②骡夫：旧时富豪为讼事而豢养在家的打手。

③打行（háng）：明清之际替人充当保镖、打手的行帮。天罡（gāng）：本指北斗七星的柄，此处当指其为首之人。

【译文】

金坛王石屏都集初任建宁县令，拜见知府，知府说："县里很多'骡夫'，难以管理，你好自为之！"王石屏谦恭称是，却不知"骡夫"是什么，打听之后，原来是吴地一带充当打手的一类人，大户人家一定会养几名打手，讼案不分曲直，只要挺身殴斗就算胜利，如对百姓小民就直接盛气欺凌他们。王石屏出示禁令，凡是诉讼中相斗的，一定宽恕被打的人而加重责罚打人的人。民间于是以打人为警戒；骡夫就没有什么用处了，一个月后，这种风气就平息了。这也是与鞠公一样的智慧。

赵豫

赵豫为松江府太守[①]，每见讼者非急事，则谕之曰："明日来！"始皆笑之，故有"松江太守明日来"之谣。不知讼者来，一时之忿，经宿气平，或众为譬解，因而息者多矣。比之钩距致人而自为名者[②]，其所存何啻霄壤[③]？

【注释】

①赵豫：字定素。明宣宗宣德五年（1430）为松江知府。为政清静，

百姓怀之。

②钩距致人:《汉书·赵广汉传》:"尤善为钩距,以得事情。钩距者,设欲知马贾,则先问狗,已问羊,又问牛,然后及马,参伍其贾,以类相准,则知马之贵贱不失实矣。"注引晋灼云:"钩,致;距,闭也。使对者无疑,若不问而自知,众莫觉所由以闭,其术为距也。"其意为欲调查某事实情,须广泛搜集有关情况,以相比较,去伪存真。此处似指用尽心机,致人于罪。

③何啻:何止。霄壤:天和地。喻二者差别极大。

【译文】

赵豫任松江太守时,每次见到不是很紧急的讼案,就告诉当事人说:"明日来!"起初大家都笑他,所以有"松江太守明日来"的歌谣。殊不知来诉讼的人,往往只是因一时的愤怒,经过一夜后气消了,也有很多是众人为之劝解,因而停止诉讼的。比起那些用尽心机致人于罪用来博取自己名声的人,赵豫的存心何止是天壤之别?

李若谷教一门人云[①]:"清勤和缓。"门人曰:"清、勤、和,则既闻命矣,缓安可为也?"李公曰:"天下甚事不自忙里错的?""明日来"一语,不但自不错,并欲救人之错。按:是时周侍郎忱为巡抚[②],凡有经画,必与赵豫议之,意亦取其详审乎?

【注释】

①李若谷:字子渊,谥康靖。宋真宗时累知亳、陕、梓等州,宋仁宗时累擢至尚书工部侍郎、龙图阁大学士、开封府知府,拜参知政事。性端重宽厚。在州郡压抑豪强,恺悌爱人。

②周侍郎忱:周忱,永乐进士。宣德初,迁工部右侍郎,巡抚江南,创"平籴法"。在任二十二年,政绩卓著。

【译文】

李若谷教导一个门人说:“要清勤和缓。”门人说:“清、勤、和,我已经听命,这个‘缓’字怎么可以做呢?”李公说:“天下有什么事不是从忙中出错的?”“明日来”这句话,不但本身没错,而且可以补救别人的错。按:这时侍郎周忱担任巡抚,凡是有需要经营筹划的事情,必定与赵豫商议,他的意思也是因为赵豫周详审慎吗?

○陆子静九渊知荆门军[①],尝夜与僚属坐,吏白老者诉甚急,呼问之,体战言不可解,俾吏状之,谓其子为群卒所杀。陆判“翌日至”。僚属怪之,陆曰:“子安知不在?”凌晨追究,其子盖无恙也。此亦能缓之效,然唯能勤而后能缓,不然,则废事耳。

【注释】

①陆子静九渊:陆九渊,字子静,号存斋。南宋光宗即位,除知荆门军,民有诉讼者,无早暮皆得造公堂,复令其自持状以追,为立期。如期而至,即为酌情决之,而多所劝释。唯不可训者,始置于法。

【译文】

陆九渊知荆门军时,曾夜里与僚属闲坐,仆役报告说一个老人非常急迫地来告状,叫那老人来问,他浑身颤抖话都说不清楚,让仆役帮他说,是说他的儿子被几个当兵的杀了。陆九渊断案说“第二天再来”。僚属觉得很奇怪,陆九渊说:“你怎么知道他的儿子是不是真出事了呢?”第二天早晨追查,原来老头的儿子果真没事。这也是能缓和的效果,但要能勤快然后才能缓和,不这样的话,就会耽误事情。

褚国祥

武进进士褚国祥，为湖州添设贰守[①]，宽平简易，清守不缁[②]。北栅姚姓者，妻以久病亡，其父告婿殴死。公准其词，不发行。下午，命驾北栅，众役不知所之，突入姚姓家，妻尚未殓也，验无殴死状，呼告者薄责而释之。不费一钱而讼已了矣。

【注释】

①添设贰守：特别添置的州同知。贰守，副守，在州指同知。

②清守不缁：廉洁有操守，不贪贿赂。缁，黑色。

【译文】

武进进士褚国祥，任湖州特置州同知，宽和平易，正直清廉。北栅有位姚姓的人，妻子因久病去世，她的父亲来控诉是被女婿打死的。褚国祥接受了他的诉状，却不审判。下午，命人准备车驾向北栅去，众仆役不知他要往何处去，他突然进了姚家，姚妻尚未入殓，查验没有被打死的情状，就把告状的人叫来责备一阵后释放了他。不费一文钱讼案就已了断了。

赵豫以缓，褚国祥以捷，其以安民为心一也。

【译文】

赵豫手法缓和，褚国祥手法敏捷，但他们安定百姓的心意是一致的。

程卓

休宁程从元卓守嘉兴时[①]，或伪为倅厅印纸与奸民为市[②],以充契券之用。流布既广,吏因事觉,视为奇货,谓无真伪,当历加追验,则所得可裨郡计不少[③]。边批:其言易入。公曰:“此不过伪造者罪耳,若一一验之,编民并扰[④],边批:透顶光明。吾以安民为先,边批:要着。利非所急也。”乃谕民有误买者,许自陈,立与换印[⑤]。陈者毕至,一郡晏然[⑥]。

【注释】

①程从元卓:程卓,字从元。南宋孝宗时进士第一。尝出使金国,议论不屈。后知泉州,民为立祠。召为同知枢密院事,进资政殿大学士。

②倅厅:州郡副职官员的办公场所。印纸:盖以官印的空白公文用纸。

③郡计:州郡的财政收入。

④编民:编户在籍之民。

⑤换印:换盖真的官印。

⑥晏然:太平,社会安定。

【译文】

南宋休宁人程卓做嘉兴知府时,有人伪造地方官府副职衙门的空白公文纸与奸民交易,以当作契券使用。这种假文书广为流布后官吏办公时发觉,当作奇货,认为不论真假,都要一一加以追验,所得收益对州郡的收入是颇有帮助的。边批:这话容易让人听从。程卓说:“这不过是伪造者的罪。如果一一追验,本地百姓也一并受到骚扰,边批:透顶光明。我认为安民最重要,边批:说到要点了。求利不是紧急的事。”于是告谕百姓凡是有误买假文书的人,准许自己说出来,立刻给他换真的官印。自陈误买的人都来更换了,全郡安然无事。

张文懿公

宋初，令诸路州军创天庆观[①]，别号“圣祖殿”。张文懿公时为广东路都漕[②]，请曰：“臣所部皆穷困，乞以最上律院改充[③]。”诏许之。仍照诸路委监司守臣，亲择堪为天庆寺院，改额为之，不得因而生事。

【注释】

①天庆观：宋真宗大中祥符元年正月三日，有“天书”见于承天门，下诏以是日为“天庆节”。这里说“令诸路州军创天庆观”，当与此事有关。至大中祥符五年，又下诏天下“天庆观”并增建“圣祖殿”。按，圣祖即赵玄朗，赵氏以为是其远祖。

②张文懿公：张士逊，字顺之。卒谥文懿。真宗时官侍御史，复历任广东、河北转运使。都漕：路之转运使。

③律院：寺院。

【译文】

北宋初，朝廷下令各路州军建天庆观，别号“圣祖殿”。张文懿公当时任广东路转运使，他向朝廷请求说：“微臣属下的百姓都很穷困，请准予用最好的寺院改建为天庆观，不再另建。”诏令同意了。张士逊于是通知各路委派监司守臣，亲自选择能够改作天庆观的寺院，改换匾额就成了，不得借此生出事端扰民。

一转移间，所造福于民多，所造福于国更多。

【译文】

稍作改变，就造福百姓极多，造福国家更多。

张永

张永授芜湖令[①]，芜当孔道[②]，使客厨传日不暇给[③]，民坐困惫。章圣梓宫南祔[④]，所过都邑设绮纨帐殿，供器冶金为之。又阉宦厚索赂遗，一不当意，辄辱官司，官司莫敢谁何。永于濒江佛寺，垩其栋宇代帐殿[⑤]，饰供器箔金以代冶，省费不赀，而调度有方，卒无讙呶于境上者[⑥]。

【注释】

①张永：明朝嘉靖年间人。

②当孔道：地当交通要道。

③使客厨传：对过往使者客人的供应。

④章圣梓宫南祔：明武宗无子，死后由其从弟兴献王之子朱厚熜继位，是为明世宗嘉靖皇帝。嘉靖三年（1524），明世宗为其生母蒋氏加尊号为“本生母章圣皇太后”。当时兴献王早死，葬于其封国安陆（今湖北安陆）。后章圣皇太后死，灵柩应南运至安陆，与兴献王合葬。祔，合葬。

⑤垩（è）：以白灰涂抹。

⑥讙呶（náo）：喧哗叫闹。

【译文】

张永任芜湖县令，芜湖地当交通要道，对过往使者客人的供应日不暇给，百姓因此疲于应对。章圣皇太后的灵柩要移往南方与兴献王合葬，队伍所经过的城邑要设置以华美丝绸装饰的殿堂，使用的器皿必须以黄金铸造。而宦官又要索取很多的贿赂，一不合意，就羞辱当地官吏，当地官吏也莫可奈何。张永在临江边的佛寺中，将殿宇涂成白灰色来代替装饰丝绸的殿堂，将使用的器皿包上箔金代替黄金制品，节省了不少费用,由于调度有方,从始至终没有一起喧哗叫闹的事发生在他管辖的境内。

范希阳

范希阳为南昌太守[①]。先是府官自王都院作势以来[②],跪拜俱在阶下蓬外,风雨不问。希阳欲复旧制,乃于陈都院初上任时,各官俱聚门将见,希阳且进且顾曰:“诸君今日随我行礼。”进至堂下,竟入蓬内行礼,各官俱随而前,旧制遂复。希阳退至门外,与众官作礼为别,更不言及前事而散。

【注释】

①范希阳:范湛,字希阳。明代人。

②都院:都察院官员,即都御史。此都院当指巡抚。作势:耍威风。

【译文】

范希阳任南昌太守。先前府官从王巡抚摆威风以来,跪拜都要在台阶下蓬子外,不论刮风下雨都如此。范希阳想恢复老规矩,就在陈巡抚初上任的时候,各级官员都聚集门前将拜见巡抚,范希阳一面前进一面回看说:“各位今天跟着我行礼。”他进入堂前,直接进入蓬内行礼,各级官员都跟着他上前,老规矩于是恢复。范希阳退到门外,和各级官员行礼道别,再不谈及刚才所发生的事就散了。

忍辱居士曰:使希阳于聚门将见时,与众参谋,诸人固有和之者,亦必有中沮而称不可者[①],又必有色沮而不敢前者[②],如何肯俱随而前?俱随而前者,见希阳之前而已不觉也。又使希阳于出门后庆此礼之得复,诸人必有议其自夸者,更有媒蘖于各上司者[③]。即抚院闻之[④],有不快者。如何竟复而上人不知?不知者,希阳行之于卒然,而后人又循之为旧例也。嗟乎!事虽小也,吾固知其人为强毅有识者哉!

【注释】

①中沮:心中畏怯。

②色沮:脸色、表情畏怯。

③媒蘖(niè):为酝酿之意。比喻构陷诬害,酿成其罪。媒,酒母。蘖,酒曲。

④抚院:巡抚。

【译文】

忍辱居士说:"假使范希阳在聚集门前将要拜见巡抚时,先与各官员商议,这些人中一定有些人赞同,也一定有些人因为心中畏惧而反对的,又一定有些人表情畏怯而不敢向前,怎么肯都随着范希阳一起做呢?他们都随着范希阳上前,是见范希阳上前而自己在不知不觉的情况下进行的。又假使范希阳在出门以后祝贺这种拜见之礼又恢复了,这些人中一定有人说他自夸,更有些人会向上司去报告构陷。假使巡抚听闻这件事,肯定不高兴。如何最后恢复旧例而在上位者还不知情呢?不知道的原因是,范希阳在仓卒间完成了这件事,而后面的人也顺着他按老规矩实行了。唉!事情虽小,我坚信他是一个强毅而有见识的人!

牛弘

奇章公牛弘有弟弼[①],好酒而酗,尝醉,射杀弘驾车牛。弘还宅,妻迎谓曰:"叔射杀牛!"弘直答曰:"可作脯[②]。"

【注释】

①奇章公牛弘：字里仁。北周时入仕，累至大将军、仪同三司。隋初为秘书监，上表请开献书之路，开皇三年（583）为礼部尚书，正礼乐，主撰《大业律》。拜吏部尚书，封奇章郡公。好学博闻，史称“大雅君子”。

②脯（fǔ）：干肉。

【译文】

隋朝时奇章郡公牛弘有个弟弟牛弼，酗酒成性，曾经酒醉，射杀了牛弘驾车的牛。牛弘回家时，妻子迎上来对他说：“小叔射杀了家里的牛。”牛弘直接回答说：“可以用来做肉干。”

冷然一语，扫却妇人将来多少唇舌！睦伦者当以为法[1]。

【注释】

①睦伦：使家庭关系和睦。

【译文】

冷冷的一句话，除掉妇人将来多少闲言碎语！希望伦常和睦的人应以此为准则。

明镐

明镐为龙图阁直学士[1]，知并州时，边任多纨袴子弟[2]。镐乃取尤不识者杖之，疲软者皆自解去，遂奏择习事者守堡砦[3]。军行，娼妇多从者，镐欲驱逐，恶伤士卒心。会有忿争杀娼妇者，吏执以白，镐曰：“彼来军中何邪[4]？”纵去不治。娼闻皆走散。

【注释】

①明镐：字化基。宋仁宗时人，官至参知政事。史称“安静有体，为世所重”。龙图阁直学士：宋职名。无职事，元丰改制后，为诸尚书、侍郎、御史中丞补外贴职。

②边任：边境军队中的官员。

③堡砦（zhài）：即堡寨。战守据点。

④彼：此处指娼妓。

【译文】

北宋时明镐为龙图阁直学士，任并州知州时，边境军队中有很多不学无术的富贵子弟。明镐就抓其中最没有学识的人来杖责他，那些软弱无能的人都自己解职离开，于是奏报朝廷选择熟悉军事的人防守城寨。军队出发时，很多娼妓跟着走，明镐想驱逐她们，又怕伤了士卒的心。正好碰上有因发怒纷争而杀了娼妇的士兵，役使他捉来报告，明镐说：“她们来军中做什么？”放了杀人的士兵不治罪。娼妓听了都离开了。

不伤士卒心，而令彼自散。以此驭众，何施不可，宁独一事乎？

【译文】

不伤害士兵的心，而让娼妇自行散去。用这种手段来驾驭众人，用在什么事情上不行呢，难道只是这一件事情吗？

上智部迎刃卷四

危峦前厄[①],洪波后沸[②]。
人皆棘手,我独掉臂[③]。
动于万全[④],出于不意。
游刃有余,庖丁之技[⑤]。
集《迎刃》。

【注释】

①厄:阻塞。

②沸:水波翻涌貌。

③掉臂:自在从容的样子。

④动于万全:在行动时已有充分把握。

⑤游刃有余,庖丁之技:《庄子·养生主》说庖丁为梁惠王解牛,技艺娴熟,庖丁自言其技云:“彼节者有间,而刀刃者无厚,以无厚入有间,恢恢乎其于游刃必有余地矣。”

【译文】

高耸山峦在前阻塞,汹涌波涛于后滚沸。
众人感到棘手难办,唯独有我从容不迫。

行前胸有万全之策，动身每在不意之间。

处事经变游刃有余，正可谓是庖丁之技。

集此为《迎刃》卷。

子产

郑良霄既诛[①]，国人相惊，或梦伯有良霄字介而行[②]，曰："壬子余将杀带[③]，明年壬寅余又将杀段[④]！"驷带及公孙段果如期卒[⑤]，国人益大惧。子产立公孙泄泄，子孔子，孔前见诛。及良止良霄子以抚之[⑥]，乃止。子太叔问其故[⑦]，子产曰："鬼有所归[⑧]，乃不为厉[⑨]。吾为之归也。"太叔曰："公孙何为[⑩]？"子产曰："说也。"以厉故立后，非正，故并立泄，比于继绝之义，以解说于民。

【注释】

①郑良霄：良霄，春秋郑简公时大夫，字伯有。刚愎专政，为诸大夫所恶。良霄曾强使子皙使楚，子皙怒，以驷氏之兵伐之。良霄奔许。郑国诸大夫相盟誓拒斥良霄，良霄怒，率众攻众大夫。驷带率国人伐良霄，良霄死于羊肆。

②或梦：有的人做梦梦到。此下所叙为前536年事，时距良霄死已七年。介：铠甲。

③带：驷带，郑大夫，与良霄都为郑穆公的曾孙。

④段：公孙段，郑大夫，帮助子皙、驷带攻良霄。

⑤果如期卒：驷带、公孙段二人果然在梦中良霄所说的日期死去。

⑥子产：郑大夫，良霄被诛后执掌郑国国政。博识多闻，为政贤明。公孙泄：子孔的儿子。子孔，前565年与诸公子谋诛子驷而代为国

相。后欲自立为国君,为郑简公诛杀。立:立公孙泄与良止为大夫,使能祭祀其父。

⑦子太叔:春秋郑卿。姓游,名吉,字太叔。简公、定公时为卿。

⑧鬼有所归:使死人之魂灵有所归宿。因子产命子孔、良霄之子为大夫,得祭其父,故曰子孔、良霄之魂受祭祀而有归宿。

⑨厉:古时称无主游魂为厉鬼,因其搅扰生人。

⑩公孙何为:意谓良霄之鬼为厉,故立其子为大夫,而子孔并未为厉,为何要立其子公孙泄呢。

【译文】

郑国大夫良霄被诛杀后,国人感到惊惧,有人梦到伯有良霄的字穿着甲胄行走,说:"壬子我将杀带,明年壬寅我又将杀段!"此后,驷带与公叔段果然在梦中良霄所说的日期死去,国人更加感到恐惧。子产执掌郑国国政,立公孙泄泄,子孔的儿子,子孔之前被诛杀。与良止良霄之子为大夫,来安抚亡魂与百姓,怪异的现象才不再出现。子太叔问子产这样处理的原因,子产说:"人死后灵魂有所归属,才不会化为厉鬼滋扰人们。我这是为他们的亡魂找一个归属啊。"太叔又问:"那么立公孙泄为大夫又是什么原因呢?"子产说:"这是为了向百姓有所交代。"因为厉鬼作祟而将良霄之子良止立为大夫,不是正当的理由,因此同时立因为作乱而被诛杀的子孔之子泄为大夫,理由是为了不让他们断绝后嗣,这样就可以向民众有所交代了。

不但通于人鬼之故,尤妙在立泄一着。鬼道而人行之,真能务民义而不惑于鬼神者矣。

【译文】

子产不仅通达人和鬼的事情,更妙的是立公孙泄这一计。鬼道由人来实行,真是能够一心为民而又不迷惑于鬼神。

田叔 二条

一

梁孝王使人刺杀故相袁盎[①]。景帝召田叔案梁[②]。具得其事，乃悉烧狱词，空手还报。上曰："梁有之乎？"对曰："有之。""事安在？"叔曰："焚之矣。"上怒，叔从容进曰："上无以梁事为也。"上曰："何也？"曰："今梁王不伏诛，是汉法不行也；如其伏法，而太后食不甘味，卧不安席，此忧在陛下也。"于是上大贤之，以为鲁相[③]。

【注释】

①梁孝王：汉景帝同母弟刘武。太后甚宠爱，仪仗拟于天子。景帝废太子，太后欲以梁孝王为帝嗣，为袁盎等所阻。袁盎：字丝。高后时，为吕禄舍人。孝文帝即位，拜郎中，旋任中郎将。以数直谏，不得久居中，调为陇西都尉。后迁齐相，徙为吴相。与晁错有宿怨，景帝初，错告发盎受吴王财物，抵罪，诏赦以为庶人。时吴楚谋反，盎乃上言宜"斩错以谢吴"。帝杀错，以盎为太常。吴楚已破，为楚相，病免家居。后梁孝王怨其阻挠景帝立己为嗣，使人将其刺杀于安陵郭门外。

②田叔：西汉官吏。战国齐王室后裔。曾学黄老术，高祖时为郡守、诸侯相。文帝时为云中守，后失官。案：通"按"，查办，办理。

③鲁相：鲁国国相。鲁国，诸侯王国名。汉景帝三年（前154）以薛郡置，封子刘余。治鲁县（今山东曲阜鲁故城）。

【译文】

梁孝王派遣刺客刺杀前国相袁盎。汉景帝诏命田叔审理梁王案件。田叔在详细了解案件经过后，就将供词悉数烧毁，空着手来向汉景帝汇报。汉景帝问:“梁王有没有背地里派遣刺客行刺袁盎?”田叔说:“确有其事。”“事情经过的记录呢?”田叔说:“已经全部烧毁了。”汉景帝十分生气,田叔接着从容进言道:“皇上您就不要追究梁王的案子了。”汉景帝问:“为什么呢?”田叔回道:“如今梁王不依罪伏法,这是法律无法推行;若将梁王依律治罪,那么太后就会寝食难安,这是陛下忧虑所在啊。”汉景帝于是认为田叔非常贤德,任命他为鲁国国相。

二

叔为鲁相,民讼王取其财物者百余人。叔取其渠率二十人[①],各笞二十,余各搏二十[②],怒之曰:“王非汝主耶?何敢言!”鲁王闻之,大惭,发中府钱[③],使相偿之。相复曰:“王使人自偿之。不尔,是王为恶而相为善也。”又王好猎,相常从,王辄休相出就馆舍,相出,常暴坐待王苑外[④]。王数使人请相休,终不休,曰:“我王暴露,我独何为就舍?”王以故不大出游。

【注释】

①渠率:指告状人中为首的人。

②搏:拍,击。

③中府钱:王府所藏的钱。

④暴坐:坐在日光下。

【译文】

田叔担任鲁国国相后,有百余名百姓状告鲁王侵占他们的财物。田叔抓住为首的二十人,每人杖打二十大板,其余各扇二十下耳光,并愤怒地跟他们说:“鲁王不是你们的主上吗?怎么能这么说!”鲁王听闻田叔的做法后,感到非常羞愧,拿出王府所藏钱财,让田叔来赔偿给众人。田叔又说:“鲁王您应当遣人亲自偿还。不这样做的话,是您承担了恶名,而我承担了善名。”鲁王还很喜欢打猎,田叔经常跟随他一起,鲁王总是要他到馆舍中去休息,田叔却走出馆舍,常常到鲁王打猎的园林外露天静坐。鲁王多次遣人请田叔回去休息,田叔始终不肯,他说:“大王露天晒着,我怎能独自回到馆舍中呢?”鲁王因此不再频繁出游。

洛阳人有相仇者,邑中贤豪居间以十数[①],终不听。往见郭解[②],解夜见仇家,仇家曲听解[③]。解谓曰:“吾闻洛阳诸公居间,都不听。今子幸听解,解奈何从他邑夺贤士大夫权乎?”径夜去,属曰:“俟我去,令洛阳豪居间。”事与田叔发中府钱类。王祥事继母至孝[④]。母私其子览而酷待祥[⑤]。览谏不听,每有所虐使,览辄与祥俱,饮食必共。母感动,均爱焉。事与田叔暴坐待王类。

【注释】

①居间:在中间调解。

②郭解:西汉时游侠。少常以睚眦杀人,及长重义恭俭。武帝时被诛。

③曲听解:勉强听从郭解的调解。

④王祥:魏晋人,事继母至孝,传说有卧冰求鱼事。

⑤酷待:虐待。

【译文】

洛阳有相互仇视的两家人,城邑中贤士豪杰居间调停数十次,但终究没能劝解。当事人前往拜见郭解,郭解夜间约仇家见面,仇家勉强听从了郭解的意见。郭解说:“我听说洛阳诸位贤达多次居间调停,你们都未听从。现在你们给我面子听从我的意见,我怎能从其他都邑的贤达手中夺走调停的权力呢?”于是当夜就离开了,嘱咐道:“等我离开后,请让洛阳的贤士豪杰来居间调停。”这件事同田叔发鲁王府库钱财的事情相类似。王祥侍奉继母非常孝顺。但是继母却偏爱自己的儿子王览,并虐待王祥。王览劝继母不要这样,但继母不听,每当继母虐待王祥,王览就与王祥一同承担,饮食起居也一定共同分享。继母因而受到感动,对他们一样喜爱。这件事与田叔露天静坐等待鲁王相类似。

主父偃

汉患诸侯强[①],主父偃谋令诸侯以私恩自裂地[②],分其子弟,而汉为定其封号。汉有厚恩而诸侯渐自分析弱小云。

【注释】

①汉患诸侯强:汉初刘邦大封同姓子弟,天下三分,诸侯王据其二。文帝用贾谊之议分齐、赵,景帝用晁错计削吴、楚,诸侯势力虽略削弱,但仍很强盛。故武帝患之。

②主父偃:汉武帝时人,学长短纵横术,晚乃学儒与百家言。上“推恩法”于武帝。令诸侯以私恩自裂地:让诸侯王自己申请把封地分给自己的子弟,建立侯国。

【译文】

汉朝以诸侯强大为隐患,主父偃谋划令诸侯按照自己的意愿申请划分自己的领地,分给子弟,再由汉廷来确定封号。汉朝因此在诸侯国间恩德厚重,而诸侯国逐渐离析而变得弱小。

裴光庭

张说以大驾东巡[①],恐突厥乘间入寇[②],议加兵备边,召兵部郎中裴光庭谋之[③]。光庭曰:“封禅,告成功也[④]。今将升中于天而戎狄是惧⑤，非所以昭盛德也。”说曰：“如之何？”光庭曰：“四夷之中，突厥为大，比屡求和亲，而朝廷羁縻未决许也。今遣一使，征其大臣从封泰山，彼必欣然承命。突厥来，则戎狄君长无不皆来，可以偃旗卧鼓，高枕有余矣！”说曰：“善！吾所不及。”即奏行之，遣使谕突厥，突厥乃遣大臣阿史德颉利发入贡，因扈从东巡⑥。

【注释】

①大驾东巡：唐玄宗开元十三年（725），自长安东行封禅泰山。时张说为宰相。

②突厥：北方游牧民族，隋、唐时期一度为中国边患。

③裴光庭：唐高宗时名将裴行俭之子。

④告成功：古代帝王有大功德者方行封禅礼，以告成功于天帝。

⑤升中于天：亦告成功于天之意。

⑥扈从：随侍帝王出巡。

【译文】

张说在唐玄宗准备东巡泰山的时候，担心突厥趁机进犯，建议加强边境军备，于是召见兵部郎中裴光庭来谋划这件事。裴光庭说：“封禅，是向天帝告成功。而今将要告成功于天，但却惧怕戎狄进犯，不是昭示帝王盛大德行的做法。”张说问：“那该怎么办呢？”裴光庭说：“四夷当中，突厥最为强大，近来屡次请求和亲，但朝廷一直犹豫不决没答应。现在派遣一位使者，征请一位突厥大臣跟从皇帝来封禅泰山，突厥一定欣然接受。突厥大臣到来后，那么其他少数部族的君长一定都会来到，这样就可以偃旗息鼓，高枕无忧了！”张说道：“很好！你的见解是我所不及的。”于是立刻上奏依计行事，派遣使者谕示突厥，突厥于是派遣大臣阿史德颉利发来进贡，并且跟从唐玄宗去泰山封禅。

崔祐甫

德宗即位[①]，淄青节度李正己表献钱三十万缗[②]。上欲受，恐见欺；却之，则无词。宰相崔祐甫请遣使[③]："使慰劳淄青将士，因以正己所献钱赐之，使将士人人戴上恩，诸道知朝廷不重财货。"上从之，正己大惭服。

【注释】

①德宗：唐德宗李适，779—805年在位。

②淄青：唐代藩镇之一，又名平卢军，驻节于青州（治今山东青州）。李正己：高丽人。初事淄青节度使侯希逸，得众心，寻代为节度使，拥十余州之地，为藩镇中最强者。

③崔祐甫：唐代宗时累官中书舍人，性刚直不阿。德宗初拜门下侍郎同平章事。

【译文】

唐德宗即位后，淄青节度使李正己上表进献钱财三十万缗。德宗想要接受，又担心有诈；想要推辞，又没有适合的理由。宰相崔祐甫奏请唐德宗派遣使者，他说："派遣使者慰劳淄青将士，借此用李正己进献的钱财赏赐将士，让将士对圣上感恩戴德，同时，全国各道也知道圣上不重财货。"德宗采纳了意见，李正己感到惭愧，又深深折服。

神策军使王驾鹤[①]，久典禁兵，权震中外。德宗将代之，惧其变，以问崔祐甫。祐甫曰："是无足虑。"即召驾鹤，留语移时，而代者白志贞已入军中矣[②]。

【注释】

①神策军使:唐玄宗始置神策军,为禁军之一。后权势在诸禁军上。掌军者为神策军使,全称为神策都知兵马使,多由有权势的宦官担任。王驾鹤:时为神策都知兵马使、右领军大将军。罢神策军使后为东都园苑使。

②白志贞:曾事节度使李光弼,唐代宗时擢为司马卿。

【译文】

神策军使王驾鹤,掌管禁军时间很久,权势炙手,震撼中外。唐德宗想要替换他,但也担心发生变故,因此来询问崔祐甫。崔祐甫说:"这件事不足为虑。"于是即刻召见王驾鹤,留他谈话时间很久,此间,代替王驾鹤的白志贞已经到达军中了。

王旦 二条

一

马军副都指挥使张旻[①],被旨选兵,下令太峻[②],兵惧,谋为变。上召二府议之[③]。王旦曰[④]:"若罪旻,则自今帅臣何以御众?急捕谋者,则震惊都邑。陛下数欲任旻以枢密,今若擢用,使解兵柄,反侧者当自安矣。"上谓左右曰:"旦善处大事,真宰相也!"

【注释】

①马军副都指挥使:全称为侍卫亲军马军副都指挥使。宋殿前司下设侍卫亲军马、步都指挥使,掌护卫京城。

②峻:严厉。

③二府:中书门下与枢密院之合称。

④王旦：北宋大臣。太平兴国进士。为相达十二年之久，以“务行故事”、遵行“祖宗成法”为治国原则。对辽、西夏主和，但拒绝辽、西夏增钱粟之求，对真宗、王钦若等搞“天书”、封禅等活动，不表异议，以固其权位。

【译文】

马军副指挥使张旻，奉皇帝之命来选拔士兵，但下令过于严厉，士兵都很恐惧，谋划叛变。皇帝召两府官员来商议处理此事。王旦说：“如果治张旻之罪，那么日后将帅如何统御属下？如果马上逮捕谋反的人，那么会引起京师震荡。陛下此前几次想要任命张旻为枢密使，如今提拔他，不仅可以解除他的兵权，那些密谋反叛的人也会自行安定。”皇上对左右说：“王旦善于处理大事，真是宰相之才！”

借一转以存帅臣之体，而徐议其去留，原非私一旻也。

【译文】

借一次迁职来保存将帅臣子之间的体面，而搁置去留问题，原本也非单单偏袒张旻。

二

契丹奏请岁给外别假钱币[①]，真宗以示王旦。公曰：“东封甚迫[②]，车驾将出，以此探朝廷之意耳。可于岁给三十万物内各借三万，仍谕次年额内除之。”契丹得之大惭。次年复下有司：“契丹所借金帛六万，事属微末，仰依常数与之，今后永不为例。”

【注释】

①岁给：宋与契丹（辽）于澶渊（今河南濮阳）议和，许每岁给辽银

绢三十万。

②东封：宋真宗景德四年(1007)，用王钦若言，准备东行泰山封禅事，次年封禅泰山。

【译文】

契丹奏请岁币之外再向宋朝借些钱币，真宗将这件事同王旦商讨。王旦说："东巡泰山的事情十分紧迫，皇帝的车驾即将出发，契丹是以此来试探朝廷的意向罢了。可以在今年三十万银绢额度的财物中额外各增加三万，但告诉他们所借的这些从第二年的岁币当中扣除。"契丹收到后感到非常惭愧。第二年，皇帝再次向负责岁币的官员下诏道："契丹所借用的六万金银布帛，事情属实微小，今年依照往常数目给予他们，但日后再不为例。"

不借则违其意，徒借又无其名，借而不除则以塞侥幸之望，借而必除又无以明中国之大，如是处分方妥。

【译文】

不借会违背契丹的意愿，但径直借给他们又没有道理。借给他们但不扣除无法阻塞契丹侥幸的期望，借给他们一定要扣除又无法彰显中国的宏大气度，如此处置才十分稳妥。

西夏赵德明求粮万斛①。王旦请敕有司具粟百万于京师，而诏德明来取。德明大惭，曰："朝廷有人。"乃止。

【注释】

①赵德明：西夏主李继迁之子。西夏接受宋朝册封，宋赐姓赵。

【译文】

西夏的赵德明请求粮食万斛。王旦请皇上命令负责此事的官员在京师准备米粟百万，然后下诏给赵德明，让他自己来取。赵德明感到非常惭愧，说："宋朝有人才。"于是就不再提及此事。

严求

烈祖辅吴[①]，四方多垒[②]，虽一骑一卒，必加姑息。然群校多从禽[③]，聚饮近野，或骚扰民庶。上欲纠之以法，而方借其材力，思得酌中之计，问于严求[④]。求曰："无烦绳之[⑤]，易绝耳。请敕泰兴、海盐诸县[⑥]，罢采鹰鹯[⑦]，可不令而止。"烈祖从其计，期月之间，禁校无复游墟落者。《南唐近事》。

【注释】

①烈祖：五代时南唐烈祖李昪，本名徐知诰。辅吴：指为杨氏吴国执政事。

②四方多垒：指四方战事不息。

③从（zòng）禽：指放鹰行猎。从，通"纵"。

④严求：当是严可求，此作"严求"，误。其人通敏有心计。

⑤绳：以法限制之。

⑥泰兴：今属江苏。海盐：今属浙江。

⑦鹯（zhān）：猛禽名。似鹞，羽色青黄，以鸠鸽燕雀为食。

【译文】

南唐烈祖为吴国辅政时，四方多有战事，所以即使是一兵一马，国家也十分珍惜，对他们宽容迁就。然而校尉当中多有放鹰行猎的人，他们经常在近郊聚集饮酒作乐，有人也会骚扰民众。烈祖想要用法度来制止这一现象，但国家还需要将士们出力，想要一个折中之计，于是问计于严可求。严可求说："不必耗费精力来法办他们，这种现象容易杜绝。请下令泰兴、海盐等县，不要再捕捉鹰鹞，就可以不用下军令就能制止了。”烈祖听从了他的计策，大概一个月后，军官们便不再到居民聚落附近纵恣游荡了。《南唐近事》。

陈平

燕王卢绾反[①]，高帝使樊哙以相国将兵击之[②]。既行，人有短恶哙者[③]，高帝怒，曰："哙见吾病，乃几吾死也[④]！"用陈平计[⑤]，召绛侯周勃受诏床下，曰："平乘驰传载勃代哙将[⑥]。平至军中，即斩哙头！"二人既受诏行，私计曰："樊哙，帝之故人，功多，又吕后女弟女媭夫，有亲且贵。帝以忿怒故欲斩之，即恐后悔，边批：精细。宁囚而致上，令上自诛之。"平至军，为坛，以节召樊哙[⑦]。哙受诏节，即反接载槛车诣长安[⑧]。而令周勃代，将兵定燕。平行，闻高帝崩，平恐吕后及吕媭怒，乃驰传先去。逢使者，诏平与灌婴屯于荥阳[⑨]。平受诏，立复驰至宫，哭殊悲，因奏事丧前。吕太后哀之，曰："君出休矣！"平因固请得宿卫中[⑩]，太后乃以为郎中令[⑪]，曰："傅教帝。"是后吕媭谗乃不得行。

【注释】

①卢绾：与刘邦同乡里，从刘邦起义，甚见亲幸。汉统一天下，封卢绾为燕王。

②樊哙：与刘邦同乡，共起事反秦，以功为列侯。刘邦定天下，封舞阳侯。其妻为吕后之妹，故为刘邦所亲信。

③短恶：陈其短失过恶。

④几（jì）：通"冀"。希冀，盼望。

⑤陈平:诸侯反秦,陈平初事魏王咎,受谗亡去,投项羽。后从刘邦,携黄金行反间计,灭楚有功,封户牖侯。后以计解平城之围,改封曲逆侯。惠帝时官至左丞相。

⑥驰传:四匹马所拉的驿车,有紧急使命时方用。

⑦节:天子授使臣之凭证,以竹为之,柄长八尺。汉初纯为赤色,武帝时加黄旄。

⑧反接:反手受缚。

⑨灌婴:汉开国功臣,封颍阴侯。后助周勃诛诸吕,立文帝,为太尉。后代周勃为丞相。

⑩宿卫中:住于宫中任护卫事。

⑪郎中令:官名。秦设,掌宫殿护卫,武帝时改名光禄勋。

【译文】

燕王卢绾谋反,高帝刘邦派遣樊哙以相国的身份带兵攻击他。出发后,有人在汉高帝面前说樊哙的坏话,高帝十分生气,说:“樊哙看到我生病,恨不得我马上就死去吧!”于是采用陈平的计策,召见绛侯周勃,在病榻前下达诏命,说道:“陈平乘坐驿车带着周勃去代替樊哙为将军。陈平到达军中后,即刻斩下樊哙的头!”二人接受诏命后出发,私下谋划道:“樊哙,是皇帝的老朋友,战功颇多,还是吕后妹妹吕媭的丈夫,跟皇帝有亲戚关系,而且地位显贵。皇帝因为一时愤怒想要处斩他,恐怕之后会后悔啊。边批:考虑精细。不如将樊哙囚禁交给皇上,让皇上亲自下达诛杀樊哙的命令。”陈平到达樊哙军中,摆设高台,以皇帝授予的节召见樊哙。樊哙接受节诏后,就被反绑双手,关进槛车带到长安。而后周勃代替樊哙成为将军,带兵平定了燕王的叛乱。陈平出发后,听到了高帝驾崩的消息,担心吕后和吕媭发怒,于是乘坐驿车先行离去。遇到传递诏书的使者,诏书让陈平和灌婴在荥阳屯兵。陈平接受诏书后,立刻赶到宫中,十分悲切地痛哭,就在灵柩前奏事。吕太后见了也感到悲伤,说:“您出去休息吧!”陈平于是坚持请求在宫中宿卫,太后于是任命他为郎中令，说："你还要教导、辅佐皇帝。"因此，吕婴的谗言未能得行。

谗祸一也[1]，度近之足以杜其谋，则为陈平；度远之足以消其忌，则又为刘琦。宜近而远，宜远而近，皆速祸之道也。

【注释】

①谗祸一也：同样的因谗而致祸。

【译文】

同样的是因为谗言而招致灾祸，考虑眼前的情况足以杜绝他人的阴谋，说的就是陈平；考虑事后的影响来消弭猜忌，说的就是刘琦。应当考虑眼前的时候却考虑之后的影响，应当考虑深远影响的时候却只看眼前，都是很快招致灾祸的原因。

○刘表爱少子琮[1]，琦惧祸，谋于诸葛亮，亮不应。一日相与登楼，去梯，琦曰："今日出君之口，入吾之耳，尚未可以教琦耶？"亮曰："子不闻申生在内而危，重耳在外而安乎[2]？"琦悟，自请出守江夏。

【注释】

①刘表：汉宗室，东汉末年为荆州刺史，趁天下乱而割据荆襄。少子琮：刘表少子刘琮，为后妻蔡氏所生，刘表以其貌像自己，十分喜爱。

②申生在内而危，重耳在外而安：申生与重耳都是春秋时晋献公之子。晋献公宠幸骊姬，骊姬为使其子奚齐成为继承人，便谗害申生和重耳。申生不愿出逃到外国，在新城曲沃自缢而死，重耳则出逃，后经十几年历练回国继位，是为晋文公。

【译文】

刘表偏爱少子刘琮，刘琦惧怕引来灾祸，同诸葛亮谋划此事，诸葛亮没有回应。一天，刘琦同诸葛亮相约登楼，随后撤去梯子，刘琦说："今天您说的话，只进入我的耳朵，仍然不可以教导我吗？"诸葛亮说："您不知申生在国内遭遇危亡，重耳在外流亡却得以保全吗？"刘琦幡然醒悟，于是请求外出镇守江夏。

宋太祖 曹彬

唐主畏太祖威名[①]，用间于周主[②]。遣使遗太祖书，馈以白金三千。太祖悉输之内府[③]，间乃不行。

【注释】

①唐主：指南唐元宗李璟，烈祖李昪子，943—961年在位。太祖：宋太祖赵匡胤，时仕于后周。

②用间：使用离间计。周主：指后周世宗柴荣。

③内府：指皇室的仓库。

【译文】

南唐元宗李璟畏惧太祖赵匡胤威名，于是对后周世祖柴荣使用离间计。派遣使者送给太祖一封书信，并馈赠白金三千。太祖将这笔财物悉数上交给皇室府库，离间计就没有成功。

周遣阁门使曹彬以兵器赐吴越[①]，事毕亟返，不受馈遗。吴越人以轻舟追与之，至于数四，彬曰："吾终不受，是窃名也。"尽籍其数，归而献之。后奉世宗命[②]，始拜受。尽以散于亲识，家无留者。

【注释】

①周：五代后周。阁门使：唐、宋之制，正殿朝会，百官从东西上阁门

入殿庭。唐末、五代遂设阁门使，掌供奉乘舆，朝会游幸，大宴引赞，引接亲王宰相百官藩国朝见，纠弹失仪。曹彬：后周太祖郭威甥，隶周世宗，从镇澶渊。入宋，谨事宋室。乾德二年（964）灭后蜀，开宝七年（974）统兵攻南唐，禁止将士杀掠，破金陵，俘李煜，以功授枢密使。太平兴国四年（979）助太宗决策灭北汉。吴越："十国"之吴越国，时国主为钱弘俶，向后周称臣为属国。

②世宗：后周世宗柴荣。

【译文】

后周派遣阁门使曹彬赏赐吴越国兵器，完成使命后曹彬急忙返回，不接受吴越国的馈赠。吴越人于是派遣轻舟追上曹彬，将财物送给他，如此反复到第四次的时候，曹彬说："我如果坚持不接受的话，就是窃取美名了。"于是将所有财物数目登记在册，返回后进献给朝廷。之后得到周世宗的允许，才拜谢接受这些财物。曹彬将这些财物全部散发给亲人与朋友，家中无所保留。

不受，不见中朝之大；直受，又非臣子之公。受而献之，最为得体。

【译文】

曹彬不接受财物的话，无法显示后周朝廷的大量；若径直接受，又不符合臣子的大公无私。接受财物后献给朝廷，如此处置才最为得体。

拒高丽僧　焚西夏书

高丽僧寿介状称"临发日，国母令赍金塔祝寿"[①]。东坡见状，密奏云："高丽苟简无礼[②]，若朝廷受而不报[③]，或报之轻，则夷虏得以为词[4]；若受而厚报之，是以重礼答其无礼之馈也。臣已一面令管勾职员退还其状[5]，云：'朝廷清严，守臣不敢专擅奏闻。'臣料此僧势不肯已，必云本国遣来献寿，今兹不奏，归国得罪不轻。臣欲于此僧状后判云：'州司不奉朝旨[6]，本国又无来文，难议投进，执状归国照会。'如此处分，只是臣一面指挥，非朝廷拒绝其献，颇似稳便。"

【注释】

①"高丽僧"句：宋哲宗元祐四年（1089），苏轼知杭州时事。杭州名僧净源死，高丽王子义天遂遣高丽僧寿介来宋，至杭祭净源。因持其国母二金塔，云祝两宫（指宣仁太后高氏及皇帝）寿。临发，临出发时。时中国北部为辽国所据，高丽遣使由海路至浙，然后北上汴京。

②苟简无礼：随便、简率而不合礼制。因高丽僧寿介来宋之主要目的是祭亡僧净源，却附带着行祝寿之礼。而且高丽久不入贡，今仅以二金塔祝寿搪塞之，是物轻且失礼也。

③报：报以赏赐。

④得以为词：得到有怨心的借口。

⑤一面：自行，自主。管勾职员：具体办事人员。

⑥州司：州郡的长官。

【译文】

高丽僧人寿介递交状书称："临出发的时候，高丽王后让带来金塔祝寿。"苏轼见状书，秘密上奏道："高丽僧人随意而不合礼制，如若朝廷接受金塔而不回报礼物，或回礼较轻，那么高丽国或许就会因此有微词；如若接受礼物但丰厚地回报高丽僧人，那么就是用重礼来答谢不合礼仪的馈赠。臣下已经自行让负责此事的官员退还僧人的状书，并告诉他说：

‘朝廷管理严格，这件文书我不敢擅自上奏给皇帝。’臣下预计僧人应该不肯就此罢休，一定会说金塔是高丽国的祝寿献礼，如果相关官员不上奏，他回国后一定会因此被重重治罪。臣下想要在僧人的状书后批道：‘州官没有接收到朝廷的旨意，高丽国又没有送来公文，实在难以上奏给朝廷，请拿着状书归国照会吧。’如此处理，只是臣下出面处置，并非朝廷拒绝进献，显得十分稳妥便宜。”

范仲淹知延州[①]，移书谕元昊以利害，元昊复书悖慢。仲淹具奏其状，焚其书，不以上闻。夷简谓宋庠等曰[②]：“人臣无外交[③]，希文何敢如此[④]！”宋庠意夷简诚深罪范公，边批：无耻小人！遂言“仲淹可斩”。仲淹奏曰：“臣始闻虏悔过，故以书诱谕之。会任福败[⑤]，虏势益振，故复书悖慢。臣以为使朝廷见之而不能讨，则辱在朝廷，故对官属焚之，使若朝廷初不闻者，则辱专在臣矣。”杜衍时为枢密副使[⑥]，争甚力，于是罢庠知扬州，边批：羞杀！而仲淹不问。

【注释】

①范仲淹知延州：宋仁宗康定元年（1040），范仲淹为陕西经略安抚副使，兼知延州，与韩琦专主对西夏战争。延州，治今陕西延安。

②夷简：吕夷简。康定元年再用为相，夷简与仲淹有矛盾。宋庠：当时以右谏议大夫参知政事。

③人臣无外交：语出《礼记·郊特牲》：“为人臣者无外交，不敢贰君也。”

④希文：范仲淹字希文。

⑤任福败：庆历元年（1041）二月，李元昊遣众寇渭州，逼怀远城。韩琦募勇士一万八千人，命环庆副总管任福将之，亲授方略。而任

福轻敌,误入埋伏,与诸将及士卒一万三百人战死于好水川,关西大震。

⑥杜衍:宋真宗朝进士,仁宗召为御史中丞,复拜枢密使。庆历时与富弼、韩琦、范仲淹共事,行新政。

【译文】

范仲淹在延州担任知州的时候,递交文书给李元昊陈述利弊,李元昊的回信充满忤逆与怠慢的话语。范仲淹只是奏报了大致情形,将书信悉数焚毁,不让皇帝知晓。吕夷简对宋庠等人说:“身为臣子不应该自行处理与外国交往之事,范仲淹怎么敢这样做!”宋庠料想吕夷简深深怪罪着范仲淹,边批:无耻小人!于是就说:“范仲淹应该被处斩。”于是,范仲淹上奏皇帝解释道:“臣起初听说西夏有意悔过臣服,所以用书信来诱导他们。但是正逢任福战败,敌人的士气得到了鼓舞,因而回信显得忤逆怠慢。臣下认为如果朝廷见到了书信却不能征讨西夏,那么朝廷就会因此受辱,所以对着同僚焚烧了书信,如若朝廷从一开始就不知晓此事,那么只有臣下蒙受耻辱。”杜衍当时担任枢密副使,奋力为此事争辩,于是皇上将宋庠贬为扬州知州,边批:丢脸!而对范仲淹不再问罪。

张方平

元昊既臣,而与契丹有隙,来请绝其使。知谏院张方平曰[①]:“得新附之小羌,失久和之强敌,非计也。宜赐元昊诏,使之审处。但嫌隙朝除[②],则封册暮下,于西、北为两得矣!”时用其谋。

【注释】

①张方平:字安道。少颖悟,为宰相吕夷简所看重。宋仁宗命直集贤院,知谏院;宋神宗时官至参知政事。曾为西夏事上《平戎十

策》，论和战安边之策。为人慷慨有气节，博览群书，能料事机。

②除：消除，去除。

【译文】

李元昊已经向宋廷臣服，但与契丹还有矛盾，便派使者来请求拒绝契丹的使臣入宋。知谏院张方平说："得到西夏小羌国的依附，却失去和平相处很久的强敌契丹，并非良计。应当给李元昊下诏书，请他自己谨慎处理同契丹的关系。只要他们同契丹的矛盾消除了，那么册封之书就能立刻送达，这对于西部边境和北部边境都是有帮助的！"当时朝廷采纳了他的计谋。

秦桧

建炎初[①]，虏使讲和，云："使来，必须百官郊迎其书。"在廷失色，秦桧恬不为意，尽遣部省吏人迎之。朝见，使人必要褥位，此非臣子之礼。是日，桧令朝见，殿廷之内皆以紫幕铺满。北人无辞而退。

【注释】

①建炎：南宋高宗赵构年号（1127—1130）。按：建炎仅四年，而秦桧于建炎四年十月始自金归宋，此处说"建炎初"，当误。此条所载当为绍兴八年（1138）事，且事仅见于《贵耳集》，或为小说家言。

【译文】

建炎初年，金国派遣使者前来讲和，说："使臣抵达的时候，一定要让宋朝百官到郊外迎接议和书。"当朝君臣无不感到惊慌失色，秦桧却安然不以为意，将省、部官吏都派遣出去迎接金使。金使朝见的时候，坚持要求座位必须铺上毯子，这不是臣子该有的礼数。当日，秦桧让金使前来朝见，殿廷内均以紫色幕布铺满。全国使者也不好说什么，于是就告退了。

吴时来

嘉靖时，倭寇发难[①]，郎、土诸路兵援至[②]。吴总臣计犒逾时[③]，众大噪。及至松江[④]，抚臣属推官吴时来除备[⑤]。时来度水道所由，就福田禅林外立营，令土官以兵至者各署部伍[⑥]，舟人导之入，以次受犒，惠均而费不冗，诸营帖然。客兵素犷悍，剽掠即不异寇。时来用赞画者言[⑦]，为好语结其寇长，缚治之，迄终事无敢犯者。

【注释】

①发难：兴兵侵犯。

②郎、土诸路兵援至：嘉靖三十三年（1554），倭乱愈烈，官军抵御不力，朝议调两广之郎（又作狼）、土兵至江南御倭。次年四月，广西田州（治今广西田阳）土官之妾瓦氏引郎、土兵至苏州。狼兵，明时称广西之东兰、那地、南丹、归顺诸土司之兵为狼兵。

③吴总臣：驻苏州之总兵，时为俞大猷。

④松江：明松江府，在今上海。

⑤抚臣：巡抚。推官：明时各府置推官一名，专管一府刑狱。吴时来：字惟修。嘉靖进士，为松江推官，擢刑科给事中。出使琉球，将行，上奏劾严嵩父子。严嵩陷之下诏狱，戍横州。万历中官至左都御史。除备：修治道路，预备供具。意为迎接款待。

⑥土官：即土司。

⑦赞画：协助筹划。

【译文】

嘉靖年间,倭寇入侵,朝廷调两广狼兵、土兵前来御敌。苏州总兵俞大猷因筹措犒赏之费逾期,导致军队不满喧闹。等军队到达松江,巡抚嘱托推官吴时来负责接待。吴时来根据河道的流向,在福田禅寺外设立营寨,让带领士兵抵达的土司各自带领部队,由船夫引导他们入营,按次第接受犒劳,赏赐平均且花费不多,各营都十分顺服。由外地调来的军队一向粗狂凶悍,劫掠百姓不逊于倭寇。吴时来用谋士的建议,好言结交他们的长官,约束管理他们,直至撤离也没有敢于犯事的人。

按,时来在松御倭,历有奇绩。寇势逼甚,士女趋保于城者万计。或议闭关拒之,时来悉纵人择闲旷地舍之。又城隘民众,遂污蒸而为疫[①]。时来乃四启水关,使输薪谷者因其归舟载秽滞以出[②]。明年四月[③],寇猝至攻城,雨甚,城崩西南隅十余丈,人情汹汹。时来尽撤屯戍,第以强弩数十扼其冲。总臣以为危,时来曰:“淖泞[④],彼安能登?”果无恙。时内徙之民薄城而居[⑤],类以苫盖[⑥]。时来虑为火箭所及,亟撤之而阴识其姓名于屋材[⑦],夜选卒运之城外,以为木栅,扞修城者[⑧]。卒皆股栗不前,时来首驰一骑出南门,众皆从之。平明栅毕,三日而城完。复以栅材还为民屋,则固向所识也。贼知有备,北走,时来建议决震泽水[⑨],断松陵道[⑩]。贼至平望[⑪],阻水不得进,我兵尾而击之,斩首三千余,溺死无算。此公文武全才,故备载之。

【注释】

①污蒸:污秽之气蒸腾。

②输薪谷者:由城外向城内运输柴草粮食的人。

③明年四月:此即嘉靖三十四年(1555)四月。

④淖泞:土城崩坍,雨天泥泞。

⑤薄城:挨近城墙。

⑥苫:用茅草编成的遮盖物。

⑦识(zhì):做标记。

⑧扞:保卫。

⑨震泽:古时太湖称震泽。

⑩松陵:今江苏苏州吴江区的别称。

⑪平望:在今江苏苏州吴江区。

【译文】

按,吴时来在松江抵御倭寇的时候,常有让人惊喜的战绩。倭寇进逼形势紧迫,有数万男女到城中避乱寻求保护。有的人建议关闭城门拒绝他们,吴时来让这些人悉数进入城中,在空旷闲置的地方安置他们。又因为城内狭隘而人口过多,污秽蒸腾容易造成瘟疫。吴时来于是开启四方水关,让运输谷物薪柴的船只带着城内积滞的污秽物出城。到了第二年四月,倭寇突然抵达攻城,雨势很大,城墙的西南角有十余丈都崩塌了,城里的人感到十分恐惧。吴时来却将周围的驻兵全都撤去,只用几十架强弩来扼守险要的地方。总臣认为这样做很危险,吴时来却说:"低洼泥泞的地方,倭寇怎么能登城呢?"果然并无险情发生。当时迁入城内的民众靠近城墙居住,并且大多用茅草编织的席棚作为遮盖。吴时来考虑到这是火箭的射程内,于是将房屋紧急撤去同时暗中在材料上标记主人的名字,夜间选派士卒将屋材运到城外,作为木栅栏,来护卫修理城墙的人。士卒都极其恐惧不敢前去,吴时来一马当先冲出南门,众人于是都跟着他出城了。黎明时栅栏修筑完毕,仅用三天城墙就修理完成。之后又将用作栅栏的木材归还民众复建民宅,还能根据此前的标记来分别。贼寇知道城中有所防备,于是撤退,吴时来建议开掘太湖湖堤放水，断绝松陵道。贼寇到达平望的时候，被水阻塞不能继续前进，我方军队追到发起攻击，斩首三千多级，落入水中淹死的贼寇更是难以计数。吴时来可谓文武全才，因而详细地记载他的事迹。

陈希亮等 四条

一

于阗使者入朝过秦州[①]，经略使以客礼享之[②]。使者骄甚，留月余，坏传舍什器[③]，纵其徒入市掠饮食，民户皆昼闭。希亮闻之[④]，曰："吾尝主契丹使，得其情：使者初不敢暴横，皆译者教之。吾痛绳以法，译者惧，其使不敢动矣。况此小国乎？"乃使教练使持符告译者曰[⑤]："入吾境有秋毫不如法，吾且斩若！"取军令状以还。使者至，罗拜庭下。希亮命坐两廊，饮食之，护出其境，无一人哗者。

【注释】

①于阗：汉时西域古国名，在今新疆和田一带。北宋历朝均朝贡不绝。秦州：宋秦州属秦凤路，治在今甘肃天水，为西域入中原之要路。

②经略使：唐初边州别置经略使，多以节度使兼任。宋代自仁宗对西夏用兵，始命陕西沿边大将皆兼经略。此后多以经略安抚使为总辖军民之方面要员。

③传舍：驿站馆舍。

④希亮：陈希亮，字公弼。宋仁宗天圣间进士，历任地方，有治绩。史称其治民"严而不残"。时为凤翔知府。

⑤教练使：宋州、府教练使为衙前吏人，掌军事训练。

【译文】

于阗使者来宋朝觐路过秦州，秦州经略使以待客之礼宴请他们。但是使者十分骄傲蛮横，停留时间有一个多月，损坏驿馆用具器物，放纵下属到市场上劫掠饮食，当地居民都害怕得白天闭门不出。陈希亮听说此事后，说："我曾经负责接待契丹使臣，了解其中隐情：使者初来不敢暴虐蛮横，都是随行的翻译教唆他们这样做的。我严厉地以法律惩办他们，翻译感到惊惧，他们的使臣就不敢轻举妄动了。何况是于阗这样的小国呢？"于是就让教练使手持符节警告翻译说："进入我们境内如若有丝毫不按照法律行事的行为，我将会处斩你！"而后，教练使带着翻译签署的军令状返回。使者到达凤翔后，纷纷于庭内叩拜。陈希亮让他们分坐两廊，给予他们饮食，并护送他们离境，再无一人滋事。

二

高丽入贡，使者凌蔑州郡。押伴使臣皆本路管库[①]，乘势骄横，至与钤辖亢礼[②]。时苏轼通判杭州，使人谓之曰："远方慕化而来，理必恭顺。今乃尔暴恣，非汝导之不至是！不悛，当奏之！"押伴者惧，为之小戢[③]。使者发币于官吏，书称甲子[④]。公却之，曰："高丽于本朝称臣而不禀正朔，吾安敢受？"使者亟易书称熙宁[⑤]，然后受之。

【注释】

①本路管库：宋代分全国府州为若干路。高丽使者由海路来宋，先至两浙路。管库为本路之小官。

②钤辖：宋时路或州级武官。

③戢：收敛。

④书称甲子：甲子，指计年的干支。高丽时为宋之属国，于礼应奉宋

之正朔,用宋之年号。

⑤熙宁:宋神宗赵顼年号(1068—1077)。

【译文】

高丽使者来进贡,使者沿途轻蔑欺辱州郡官吏。与高丽使者随行陪伴的都是本路的小官管库,趁机也十分骄蛮凶横,甚至越级以对等的礼节对待本路钤辖。当时苏轼担任杭州通判,派人告诉管库说:“远方的国家仰慕教化而来,理应十分恭顺。现在却这样凶暴恣虐,如若不是你的教唆不会成这样的局面!如果你不悔改,我一定上奏皇帝!”陪伴使臣的管库感到恐惧,开始稍加收敛。高丽使者向宋朝官吏发送礼物,但文书使用干支纪年,没有用宋朝的年号。苏轼看到后推辞了礼物,说:“高丽向宋朝称臣却不秉持宋朝的正朔,我哪里敢接受呢?”使者听说后急忙改为宋朝的熙宁,然后苏轼才接受礼物。

三

国朝北方也先杀其主脱脱不花[①],自称大元田盛大可汗,遣使入贡。上命群臣议所以称之者。礼部郎中章纶言[②]:“可汗,乃戎狄极尊之号,今以号也先则非宜。若止称太师,恐为之慚忿,犯我边邮。宜因其部落旧号称为瓦剌王,庶几得体。”从之。

【注释】

①国朝:此指明朝。也先:明瓦剌部首领。继其父脱懽为太师,兼并蒙古各部,在土木堡俘获明英宗。景泰二年(1451)杀脱脱不花。脱脱不花:明蒙古鞑靼部首领之一。为元室后裔。正统三年(1438)参与攻杀阿台汗。受瓦剌脱懽推为可汗,仅具空名。明称之为达达可汗。

②章纶：字大经。明英宗正统年间进士，景泰初为礼部仪制郎中，因灾异陈“修德弭灾”十四事。疏入，景帝大怒，下狱榜掠，逼招主使者及勾结南宫（指太上皇英宗）状，濒死无一语。英宗复辟，擢礼部右侍郎。

【译文】

我朝北方的也先杀害了他的君主脱脱不花，自称大元田盛大可汗，派遣使者来朝贡。皇上命令群臣讨论应当如何称呼他。礼部郎中章纶说：“可汗，是戎狄极为尊贵的称号，现在就以可汗来称呼也先并不适宜。如若只称呼也先为太师，恐怕会使他恼羞成怒，进犯我们的边境。应当沿袭他们部落旧有的称号称呼他为瓦剌王，这样差不多是得体的。”皇帝听从了他的建议。

四

大同猫儿庄[①]，本北虏入贡正路。成化初年[②]，使有从他路入者，上因守臣之奏，许之。礼部姚文敏公夔奏请宴赏一切杀礼[③]。虏使不悦。姚谕之云：“故事迤北使臣进贡，俱从正路，朝廷有大礼相待。今尔从小路来，疑非迤北头目，故只同他处使臣。”虏使不复有言。

【注释】

①猫儿庄：明代为北边军事重镇，在今山西阳高之北，内蒙古兴和之南，永乐时曾于此筑堡。

②成化：明宪宗朱见深年号（1465—1487）。

③姚文敏公夔：姚夔，字大章。景泰初为南京刑部右侍郎，不久改任礼部。天顺中为礼部尚书。卒谥文敏。史称才远器宏，表里洞达。杀礼：降低接待礼节的级别。

【译文】

大同府猫儿庄，原本是北方游牧部落进贡时候应走的正路。成化初年，北方的使者有从其他路线进京朝贡的，皇上顺着镇守当地的长官的奏议，许可了。礼部官员文敏公姚夔上书请求降低使臣宴会与赏赐的礼遇级别。使臣很不高兴。姚夔向他晓谕道："此前北方来的使臣都是从正路入京，朝廷因此以宏大礼仪相待。现在你从小路入京，怀疑你并非北方头领的使臣，因此待遇只同别国使臣。"使臣不再有话说。

四公皆得驭虏之体。

【译文】

四位先生都掌握了控驭夷狄的准则。

苏子容

苏公子容充北朝生辰国信使[①]，在虏中遇冬至。本朝历先北朝一日[②]，北朝问公孰是。公曰："历家算术小异，迟速不同。如亥时犹是今夕，逾数刻即属子时，为明日矣。或先或后，各从本朝之历可也。"虏人深以为然，遂各以其日为节庆贺。使还奏，上喜曰："此对极中事理！"

【注释】

①苏公子容：苏颂，字子容。其为北朝生辰国信使，在宋神宗熙宁间。生辰国信使：官名。属临时差遣，简称生辰使。宋、辽、夏互派的庆贺帝、后生日的使臣。

②本朝历先北朝一日：宋之历书冬至日比辽历书早一日。冬至古人为大节。

【译文】

苏子容充当北朝生辰国信使，在北朝的时候正好遇到冬至节气。宋朝的历法比北朝提前一天，于是北朝就问苏子容，两方历法谁的更为准确。苏子容说："历家的算法小有差异，或早或晚，有所不同。比如在亥时还是今天，过了几刻就属于第二天的子时了。或先或后，各依从本朝的历法就可以。"北虏认为十分正确，于是就各自依照两方的日期来庆贺冬至。出使返回后将此事向皇上禀告，皇上高兴地说："这是十分符合事理的！"

马默

宋制：沙门岛罪人有定额[①]，官给粮者才三百人，溢额则粮不赡；且地狭难容，每溢额，则取其人投之海中。寨主李庆一任[②]，至杀七百余人。马默知登州[③]，痛其弊，更定配海岛法，建言："朝廷既贷其生矣[④]，即投之海中，非朝廷本意。今后溢额，乞选年深、自至配所不作过人，移登州。"神宗深然之，即诏可，著为定制。自是多全活者。默无子，梦东岳使者致上帝命，以移沙门岛罪人事，特赐男女各一。后果生男女二人。

【注释】

①沙门岛：在今山东长岛西北大黑山岛，宋太祖建隆三年（962），索内外军犯律令者配沙门岛，此后遂为北宋定制。

②寨主：官名。多置于要冲或边境新寨。掌招收士军、阅习武艺，防盗、捕盗等。

③马默：字处原。曾从石介学，登进士第。张方平荐为监察御史里

行,遇事敢言。宋神宗时请更定配沙门岛法。官至宝文阁待制。绍圣初坐附司马光,落职。登州:宋登州治在今山东蓬莱。

④贷:赦免,宽恕。

【译文】

宋朝制度:沙门岛羁押罪犯有人数定额,官方配给粮食只限三百人,超出这个额度的人数就不供给粮食;而且沙门岛地势狭窄,人多了就无法容纳,羁押犯人人数每超出粮食配额的时候,就会将犯人投入海中。负责沙门岛的寨主李庆一在任的时候,以至于因此杀害了七百多人。马默到登州任知州的时候,十分痛恨这一弊端,于是更改发配到海岛上的法律,建议道:"朝廷既然宽恕了他们的性命,又将他们投入海中,实非朝廷本意。今后当人数超出定额的时候,请求选择在岛时间长、且自从登岛后并未有过错的犯人,移送登州。"宋神宗很认同他的意见,下诏赞同了他的提议,并著入律法成为固定制度。从此保全了许多人的性命。马默原先并无子嗣,有一次梦到东岳使者传达上帝的命令,因为迁移沙门岛罪犯的事,特意赐给他一男一女。之后,马默果然生下一儿一女。

于谦

永乐间降虏多安置河间、东昌等处[①],生养蕃息,骄悍不驯。方也先入寇时[②],皆将乘机骚动,几至变乱。至是发兵征湖、贵及广东、西诸处寇盗,于肃愍奏遣其有名号者[③],厚与赏犒,随军征进。事平,遂奏留于彼。于是数十年积患,一旦潜消。

【注释】

①永乐:明成祖朱棣的年号(1403—1424)。永乐年间,明成祖朱棣

五征漠北,塞外部落有来降者,安置在河间、东昌一带。河间:即河间府。治今河北河间。东昌:即东昌府。治今山东聊城。

②也先入寇时:明正统十四年(1449)也先在土木堡俘获明英宗,后挟英宗逼京师,为于谦等击退。

③于肃愍:即于谦,字廷益。永乐进士。宣德初授御史,迁兵部右侍郎,巡抚河南、山西,前后在任十九年,有惠政。正统末召为兵部左侍郎。土木之变后,为兵部尚书,率北京官民击退也先,论功加少保,总督军务。后英宗复辟,石亨等诬于谦谋迎立襄王子,被杀。弘治初追赠太傅,谥肃愍。万历中改谥忠肃。有名号者:指大小首领。

【译文】

永乐年间,投降的塞外部落多被安置在河间、东昌等地,虽然繁衍生息,但骄横凶悍并不顺从。在也先入侵袭扰劫掠之时,他们也趁机骚动,几乎演变成叛乱。及至朝廷准备发兵征伐湖南、湖北、贵州以及两广地区的匪寇,于谦便上奏皇帝建议派遣投降部落中有名的大小首领,并多给他们赏赐,让他们随军一同征讨。战事平息后,于谦又上奏皇帝把他们留在当地。于是烦扰朝廷数十年的积患,在一天之间得以消除。

用郭钦徙戎之策而使戎不知①,真大作用②!

【注释】

①郭钦徙戎之策:见本书卷二"郭钦"条。

②作用:用心,用意。

【译文】

用郭钦迁徙戎狄于边塞的策略,却不让戎狄感觉异样,真是用心良苦!

李贤

法司奏[①]:"石亨等既诛[②],其党冒夺门功升官者数千人[③],俱合查究。"上召李贤曰[④]:"此事恐惊动人心。"贤曰:"朝廷许令自首免罪,事方妥。"于是冒功者四千余人,尽首改正。

【注释】

①法司:掌管司法刑狱的官署。

②石亨等既诛:石亨为明朝将领,官至太子太师,封忠国公。明英宗天顺三年(1459),石亨从子石彪谋求镇守大同,与石亨握内外兵权。英宗觉其诈,将石彪下诏狱,令锦衣卫拷问,得其缝蟒龙衣及违式寝床等不法事。遂抄没石彪家。事连石亨,群臣弹劾石亨招权纳贿,肆行无忌,私与术士论天文。于是下石亨诏狱,坐谋反律应斩,抄没家资。次年,石亨死于狱,石彪戮于市。

③夺门:景泰八年(1457),景帝病。石亨、曹吉祥等定计,率子弟家丁乘夜破南宫城门,迎太上皇(英宗,时居南宫)入东华门复位。史称"夺门之变"。

④李贤:字原德。英宗复位后为吏部尚书、翰林学士。得英宗倚重,任首辅,出谋罢斥曹吉祥、石亨等人。整顿吏治,成化初建议昭雪于谦冤狱。

【译文】

主管司法刑狱的官署上书禀奏:"石亨等人已经伏法被诛杀,他的党羽冒领'夺门之变'的功劳而得到升迁的多达数千人,都应当予以追究查办。"英宗召见李贤说:"这件事恐怕会引起人心震动。"李贤说:"朝廷只要允许自首的人免罪,这件事就会得到妥善解决。"于是冒领功劳的四千余人都得以自首改正。

王琼

武宗南巡还[①]，当弥留之际，杨石斋廷和已定计擒江彬[②]。然彬所领边兵数千人，为彬爪牙者，皆劲卒也。恐其仓卒为变，计无所出，因谋之王晋溪[③]。晋溪曰："当录其扈从南巡之功[④]，令至通州听赏。"于是边兵尽出，彬遂成擒。

【注释】

①武宗：明武宗朱厚照，年号正德（1506—1521）。南巡还：明武宗于正德十四年（1519）以亲征朱宸濠叛乱的名义南游，十六年（1521）正月始返至京师。

②杨石斋：杨廷和，号石斋，时为首辅。江彬：字文宜。狡黠强狠，魁梧有力，善骑射。历官都督佥事等职，专事怂恿谄媚，为明武宗宠幸，擢都指挥佥事，出入豹房，同卧起。赐国姓，封伯爵，权倾一时，公卿大臣侧足事之。

③王晋溪：王琼，号晋溪。时为兵部尚书。为人有心计，厚事钱宁、江彬，因得自展，而阴与江彬不协。

④录：省察，甄别。

【译文】

武宗南巡返回京师后，病重濒死之际，杨石斋名廷和已经谋定计策来擒拿江彬。然而江彬统领边军数千人，都是他的亲信爪牙，个个都是勇劲的士卒。杨廷和担心江彬急迫之间发动变乱，束手无策之际，于是找到王晋溪谋划此事。王晋溪说："应当以审核江彬的部下随从皇帝南巡的功劳为名，命令他们到通州来接受奖赏。"于是江彬手下的边军尽数前往通州，江彬最终被捕。

刘大夏　张居正

庄浪土帅鲁麟为甘肃副将①,求大将不得②,恃其部落强,径归庄浪,以子幼请告。有欲予之大将印者,有欲召还京,予之散地者。刘尚书大夏独曰③:“彼虘,不善用其众,无能为也。然未有罪。今予之印,非法;召之不至,损威。”乃为疏,奖其先世之忠④,而听其就闲。麟卒怏怏病死。

【注释】

①庄浪土帅鲁麟:鲁氏本为元裔,明初归附,世守西陲。鲁麟袭父职为指挥使,进同知,充甘肃游击将军,擢左副总兵。庄浪,即庄浪卫。明庄浪卫治今甘肃永登。地当要冲,为军事要地。土帅,即土司之武职者。副将:副总兵。

②大将:指总兵。

③刘尚书大夏:刘大夏,字时雍。成化进士。弘治六年(1493)黄河决口,以右副都御史督理治河,功成,擢户部左侍郎。后督理宣府兵饷,总制两广军务,皆有政绩,迁兵部尚书,颇得孝宗信用,多有建树。正德初遭刘瑾迫害,遣戍。后复官,寻致仕。

④先世之忠:鲁麟的曾祖归附明太祖,四世捍御边境。他的父亲鲁鉴为庄浪都指挥佥事。成化中固原满四反,鉴以土兵千人参与镇压有功,又对边境事务有所建议,积官甘肃总兵。

【译文】

庄浪卫土帅鲁麟担任甘肃副总兵,想要谋求总兵的职位而不能,他依仗着自己的部族强盛,于是径直返回了庄浪卫,并以孩子年幼的理由请求告老还乡。对于此事,朝臣有的主张任命鲁麟为总兵,有的想要将其召还京师,分给他一些土地予以安抚。尚书刘大夏却主张道:“鲁麟暴虐，不能善待使用他的部众，不会有所作为的。但鲁麟也并未有罪过。如今赐予他大将印信，不符合法度；召他回京他却不来，会损害朝廷的权威。”于是上疏建议，褒奖他祖先的忠诚，而听任他赋闲返家。鲁麟最终闷闷不乐而病死。

黔国公沐朝弼①，犯法当逮。朝议皆难之，谓朝弼纲纪之卒且万人②，不易逮，逮恐激诸夷变。居正擢用其子③，而驰单使缚之，卒不敢动。既至，请贷其死，而锢之南京，人以为快。

【注释】

①黔国公沐朝弼：明初开国功臣沐英封黔国公，镇云南。子孙世袭爵位。沐朝弼为其七世孙，代兄朝辅镇云南，朝辅无后，遂嗣黔国公。后以骄恣被劾，禁锢于南京至死。

②纲纪之卒：指精选的亲兵。纲纪，即“纪纲”，原指统领仆隶之人，后引申为精选出来起主导作用的人。

③居正：张居正。字叔大。嘉靖进士。隆庆时与高拱并相，万历初逐高拱为首辅。锐意革新，整顿吏治，清丈土地，行一条鞭法。用戚继光等名将加强边防。执政十年，成效卓著。死后即遭弹劾，家被籍没，大受诋讦。

【译文】

黔国公沐朝弼，触犯法律应当被逮捕。朝臣讨论这件事，都认为很棘手，说沐朝弼有精选的亲兵近万人，不容易逮捕他，逮捕他恐怕会引起边民哗变。张居正提拔了沐朝弼的儿子，然后派遣一名使者前往捕捉，他终究不敢轻举妄动。沐朝弼被带来后，张居正请求赦免他的死刑，而把他禁锢在南京，当时人们皆拍手称快。

奖其先则内愧，而怨望之词塞；擢其子则心安，而巢穴之虑重。所以罢之锢之，唯吾所制。

【译文】

褒奖鲁麟的祖先则会使他自己感到惭愧，那些怨恨的话因而说不出口；提拔沐朝弼的儿子为了使其心安，而对老巢的顾虑因而更重。所以罢免他、禁锢他，全都由我决定。

刘坦

坦为长沙太守[①]，行湘州事。适王僧粲谋反[②]，湘部诸郡蜂起应之，而前镇军锺玄绍者潜谋内应[③]，将克日起。坦侦知之，佯为不省，如常理讼。至夜，故开城门以疑之。玄绍不敢发。明旦诣坦问故，坦久留与语，而密遣亲兵收其家书。边批：已知确有其书，故收亦以塞其口，非密遣也。玄绍尚在坐，收兵还，具得其文书本末，因出以质绍。绍首伏，即斩之，而焚其书以安余党，州部遂安。

【注释】

①坦：刘坦，字德度。南北朝时齐、梁间人。为官以干练著称。501年，萧衍起兵反萧宝卷，任他为长沙太守，兼摄湘州刺史。

②王僧粲谋反：501年王僧粲为始兴内史。刘希祖起兵反萧衍，僧粲响应，自称湘州刺史，引兵袭长沙。去长沙百余里，湘州郡县蜂起响应，唯临湘、湘阴等四县尚全。

③前镇军：前任湘州镇军。当时州府官属无“镇军”之称，疑误。

【译文】

刘坦担任长沙太守，兼摄湘州刺史。适逢王僧粲谋反，湘州各郡群起响应，而前镇军锺玄绍也在暗中谋划做内应，准备约定日期起事。刘坦暗中探知此事，假装并不知情，照常处理狱讼公务。到晚上的时候，故意打开城门迷惑锺玄绍。锺玄绍不敢轻易发兵。第二日，锺玄绍来拜访刘坦并询问原因，刘坦留下锺玄绍与他交谈许久，同时暗中派遣亲兵收缴锺玄绍家中书信。边批：已经确信存在书信，所以收缴起来让他面对罪证无话可说，不是暗中派遣。锺玄绍还在府中坐着，收缴书信的亲兵已返还，得到了他预谋内应的所有书信及事情本末，刘坦将书信拿出质问锺玄绍。锺玄绍俯首认罪，刘坦立刻斩杀了他，还焚烧了那些书信来安抚余党，各州部于是就安定了下来。

张忠献

叛将范琼拥兵据上流[①]，召之不来，来又不肯释兵，中外汹汹。张忠献与刘子羽密谋诛之[②]。一日遣张俊以千人渡江[③]，若捕他盗者，因召琼、俊及刘光世诣都堂计事[④]，为设饮食。食已，相顾未发。子羽坐庑下，恐琼觉事中变，遽取黄纸[⑤]，执之趋前，举以麾琼曰："下！有敕，将军可诣大理置对[⑥]。"琼愕不知所为。子羽顾左右，拥置舆中，以俊兵卫送狱，使光世出抚其众，且曰："所诛止琼，汝等固天子自将之兵也。"众皆投刀曰"诺"。悉麾隶他军，顷刻而定。琼伏诛。

【注释】

①叛将范琼：范琼，字宝臣。靖康元年（1126）金人破汴京，掳走徽、钦二帝，多为范琼之谋。金人欲立张邦昌，范琼为之侍卫，且乘时

剽掠。后虽在宋，而与金兵战辄退。至建炎三年（1129），自洪州入朝，悖慢无礼。时苗傅、刘正彦之乱方平，范琼又请免苗、刘之死。宋高宗畏其势，任为御营司提举一行事务。据上流：时范琼为湖北制置使，治今湖北荆州，于当时南京行在为上游。

②张忠献：张浚，谥忠献。时拥兵"勤王"至杭州，为知枢密院事。刘子羽：字彦修，抗金名臣刘韐之子。建炎三年时任枢密院检详文字，既合谋诛范琼，张浚奇其才。后有功于保全蜀地，为利州路经略使兼知兴元府。绍兴十一年（1141），知镇江府兼沿江安抚使，被秦桧论罢。

③张俊：字伯英。靖康中勒兵勤王。平苗、刘之乱有功，拜镇西军节度使、御前右军都统制，寻为浙东制置使。后与金人战，屡建奇功，与岳飞、韩世忠并称三大将。绍兴十一年，附合秦桧，拜枢密使。

④刘光世：字平叔。南渡后为制置使，与韩世忠讨平苗、刘之乱。迁太尉、御营副使。都堂：南宋时三省及枢密院聚议军政的官署。

⑤黄纸：皇帝诏谕用黄纸誊清颁下。此处假以黄纸冒充圣旨。

⑥大理：大理寺。掌断刑兼治狱。

【译文】

叛将范琼带领部队驻扎在长江上游，皇帝召他不来，来了也不肯放弃兵权，朝廷内外人心惶惶。张浚与刘子羽秘密谋划诛杀范琼。一日，他派遣张俊带领一支千余人的部队渡过长江，假装追捕其他匪盗，趁机邀请范琼、张俊以及刘光世来都堂议事，为他们准备酒宴。酒宴结束后，大家面面相觑，不知如何发难。刘子羽坐于堂下，担心范琼察觉他们的计划而导致事情生变，赶紧取来黄纸假装圣旨，拿着它到众人面前，举着它对范琼挥手说道："下来！皇上有命，将军有话可以到大理寺申辩。"范琼十分惊诧，手足无措。刘子羽示意左右，将范琼推挤到车中，用张俊的士兵将他送到监狱，并让刘光世出面安抚范琼的部众，说道："要诛杀的只有范琼一人，你们原本就是天子亲自统御的士兵。”范琼的部众都放下了兵器说：“遵命。”这些士兵后来悉数被编入其他部队当中，顷刻间事情就解决了。范琼最终被诛杀。

留志淑

中官毕贞，逆濠党也，至自江西，声势翕赫，拥从牙士五百余人，肆行残贼，人人自危。留志淑知杭州[①]，密得其不可测之状，白台察监司阴制之[②]。未几，贞果构市人，一夕火其居，延烧二十余家。淑恐其因众为乱，闭门不出，止传报诸衙门人毋救火。余数日，果与濠通。及贞将发应濠，台察监司召淑定计。先提民兵，伏贞门外，监司以常礼见，出。淑入，贞怒曰：“知府以我反乎？”应曰：“府中役从太多，是以公心迹不白。”因令左右出报监司。既入，即至堂上，执贞手与语当自白之状，边批：在我掌握中。众共语遣所不籍之人以释众疑。贞仓卒不得已，呼其众出。出则民兵尽执而置之狱。伪与贞入视府中，见所藏诸兵器，诘曰：“此将何为也？”贞不能答。乃羁留之，奏闻。伏诛。

【注释】

①留志淑：字克全。明弘治进士。后迁湖广布政使参政，为民兴利，有美声。

②台察：指都察院之监察御史巡行各道者。监司：指浙省之按察使。

【译文】

宦官毕贞，是叛王朱宸濠的党羽，自江西而来，声势显赫，随从拥护他的亲兵有五百多人，肆意横行，残害百姓，致使人人自危。留志淑任杭州知州，秘密查知了毕贞将要谋反的细节，向台察监司禀报并从暗中制约。不久后，毕贞果然勾结了几个市井小人，在一天晚上放火烧了自家的居所，大火顺势烧毁了二十余座民宅。留志淑担心他们聚众作乱，闭门不出，只是向各位衙役幕僚传达，不要去救火。过了几天，毕贞果然开始同朱宸濠串通。等到毕贞将要起事响应朱宸濠的时候，台察监司召见留志淑商定计策。他们先让民兵在毕贞家门外埋伏，监司以寻常的礼仪进见，再出来。之后留志淑进入，毕贞生气地说："知府认为我要造反吗？"留志淑应答道："府中的杂役太多了，因此您的心迹难以显白。"于是让左右出去禀报监司。监司进入后，一到堂上，就握住毕贞的双手告诉他应当为自己辩白，边批：一切都在我的掌控之中。众人也都说应当遣散没有录入名籍的人来打消大家的猜疑。毕贞仓促之间不得已，让他的亲兵都出去了。一出门就被民兵尽数抓起来送入监狱。留志淑佯装与毕贞到府中巡视，看到毕贞藏匿的兵器，质问他："这些兵器将要做何使用？"毕贞无言以对。于是将其羁押起来，上奏使皇帝知晓。毕贞不久便伏法被诛。

王益

王益知韶州[①]，州有屯兵五百人，代者久不至，欲谋为变。事觉，一郡皆骇。益不为动，取其首五人，即日断流之[②]。或请以付狱，不听。既而闻其徒曰："若五人者系狱，当夜劫之。"众乃服。

【注释】

①王益：字损之，改字舜良，王安石之父。宋真宗祥符八年（1015）进士。宋仁宗天圣间知韶州，改太常博士、尚书都官员外郎，后卒于江宁府（治今江苏南京）通判任上。后以子贵追封康国公，赠

太师中书令。韶州：治今广东韶关。

②断流：判决流放到外地。

【译文】

王益担任韶州知州的时候，州里驻军有五百人，轮替他们的人久久未来，军队计划哗变。事情有所察觉，整个州郡都感到惊骇。王益不为所动，逮捕带头的五人，当天就将他们流放。有的人请求将他们押入监狱，王益没有听从。事情过后听谋变的党羽说："如果这五人被押入监狱，当夜就会去劫狱营救他们。"众人于是服膺王益。

贾耽

贾耽为山南东道节度使[①]，使行军司马樊泽奏事行在[②]。泽既反命，方大宴，有急牒至：以泽代耽。耽内牒怀中，颜色不改。宴罢，即命将吏谒泽[③]。牙将张献甫怒曰："行军自图节钺，事人不忠，请杀之！"耽曰："天子所命，即为节度使矣。"即日离镇，以献甫自随，军府遂安。

【注释】

①贾耽：字敦诗。唐玄宗天宝中举明经。曾任鸿胪卿，后历任山南西道、东道节度使和工部尚书。德宗贞元九年（793）拜相，为相十三年。精通地理之学，著有《海内华夷图》及《古今郡国道县四夷述》。其罢山南东道节度使在唐德宗兴元元年（784）。

②行军司马：自汉以来，将军之开府者多有司马为其副职。至唐代则于节度使及出征将帅下皆置行军司马，为军中要职，地位几等于副帅。简称为"行军"。樊泽：字安时。有武力，善兵法，议者谓有将相器。代贾耽为山南东道节度使，加检校右仆射。襄汉之

间，服其威惠。行在：皇帝离京师所驻跸之处即称行在。时因朱泚之乱，德宗驻跸于奉天（今陕西乾县）。

③命将吏谒泽：命令原部下将官以见长官礼谒拜樊泽，这是移任的手续。

【译文】

贾耽担任山南东道节度使的时候，让行军司马樊泽到行在禀奏公事。樊泽返回复命后，正在举行盛大的宴会，有紧急公文被送到：让樊泽替代贾耽。贾耽将公文收入怀中，面容神色丝毫不变。宴会结束后，就请堂中将士官吏拜谒樊泽。牙将张献甫生气地说："这是樊泽自己谋求权位，他事奉尊长不忠诚，请杀了他！"贾耽说："这是天子的命令，他已经是节度使了。"贾耽当天就离开自己的任所，并且让张献甫跟随自己，军府于是得到了安宁。

处工孛罗等

万历年间[①]，女直虏人阿卜害等一百七员进贡到京[②]。内工孛罗、小厮哈额、真太三名为首，在通州驿递横肆需索。州司以闻。时沈演在礼部客司[③]，议谓本东夷长，恭顺有年，若一概议革，恐孤远人向化之心，宜仍将各向年例正额赏赐，行移内府各衙门关出给散[④]，以彰天朝旷荡之恩，止将工孛罗等三名，革其额赏。行文辽东巡抚，执付在边酋长，谕以骚扰之故，治以虏法。俟本人认罪输服，方准补给。

【注释】

①万历：明神宗朱翊钧的年号（1573—1620），为明朝使用时间最长的年号。

②女直：即女真。北宋时，辽国为避辽兴宗（耶律宗真）讳而改称，宋及后人亦沿用之。虏人：对女真族的侮蔑性称呼。因后来女真强大，与明为敌，故追叙时蔑称之。

③礼部客司：明礼部下设主客司，掌蕃客接待及各省土贡等事。

④行移：签发公文通知。内府：王室的仓库。关出：领出。关，领取。

【译文】

万历年间，女真人阿卜害等一百零七人进京朝贡。其中工孛罗、小厮哈额、真太这三人带头，在通州驿站骄横闹事，蛮横索要赏赐，州官将此事上报。当时沈演在礼部客司任职，提出女真本是东夷长，数年来恭敬顺从，如果因为此事将所有人不加区别进行革除处罚，恐怕会辜负他们归化顺从的心，应当仍旧将每年例行赏赐，签发公文通知内府各衙门领出散发给他们，以此来显扬我朝天恩浩荡，只要革除工孛罗等闹事三人的赏额即可。再向辽东巡抚发公文，让其将三人交付边地女真酋长，晓谕三人滋事扰民的原委，以女真的法度来惩治他们。等到他们低头认罪之后，再补发赏赐。

沈何山演云[①]：客司，古典属国[②]。邮人骚于虏[③]，不能不望钤束[④]，然无以制其命。初工孛罗等见告谕以罚服，骜弗受也。与赏以安众，革三人赏以行法。三人头目，能使其众者，且积猾也[⑤]，然离众亦不能哗，遂甘罚服。此亦处骚扰之一法。

【注释】

①沈何山演云：沈演，字叔敷，号何山。

②典属国：秦汉时官名，掌管归附诸少数民族事务。

③邮人：传递公文书信的人。

④钤（qián）束：管束，约束。

⑤积猾:一贯狡猾。

【译文】

沈演说:客司一职,犹如古时的典属国。驿站的驿卒被女真人骚扰,一定是希望对他们加以约束,然而却无法可依来制约他们。当初,工李罗等人被告谕是要通过处罚来让他们服从,但他们桀骜而不接受。给予赏赐是为了安抚众人,革除三人赏赐是为了明行法律。三人作为头目,能够驭使众人,而且一贯狡猾,然而没有众人支持,就不会有太大的动作,也就只能甘愿接受处罚。这也是处理滋事骚扰的方法之一。

王钦若

王钦若为亳州判官[①],监会亭仓。天久雨,仓司以米湿[②],不为受纳。民自远方来输租者,深以为苦。钦若悉命输之仓,奏请不拘年次,先支湿米。边批:民利于透支[③],必然乐从。太宗大喜,因识其名,由是大用。

【注释】

①王钦若为亳州判官:据《宋史》本传,王钦若中进士第后,为亳州防御推官。其履历未有任亳州判官事。王钦若,字定国。北宋淳化进士。景德元年(1004)契丹攻宋,密建南逃之议,为寇准谏止。为人奸邪险伪。

②仓司:提举常平司俗称。掌常平仓、免役、市易等事。

③透支:预支。

【译文】

王钦若担任亳州判官,监管会亭仓。当时下了很长时间的雨,仓司以米被淋湿为由,不接收粮米入仓。有很多百姓从远方前来缴纳租税,对此感到十分苦恼。王钦若让仓司悉数接收粮米，并上奏皇帝，请求不要拘泥年次，而是先支用被淋湿的仓米。边批：百姓可从预支中获利，必然乐于遵从。宋太宗感到十分欣喜，因此记住了王钦若的名字，王钦若由此得到重用。

绍兴间[①]，中丞蒋继周出守宣城，用通判周世询议，欲以去岁旧粟支军食之半。群卒恶其陈腐，横梃于庭，出不逊语。佥判王明清后至[②]，闻变，亟令车前二卒传谕云："佥判适自府中来，已得中丞台旨，令尽支新米。"群嚣始息。然令之不行，大非法纪，必如钦若，方是出脱恶米之法。

【注释】

①绍兴：南宋高宗赵构年号（1131—1162）。

②佥（qiān）判：为宋代各州幕职，协助州长官处理政务及文书案牍。王明清：字仲言。以史学知名，博学洽闻，有《挥麈录》《玉照新志》《投辖录》等传世。

【译文】

绍兴年间，御史中丞蒋继周外调任宣城太守，采用通判周世询的建议，意欲用去年的陈米支付一半的军饷。士卒们厌恶陈米的陈旧腐臭，在庭院横持兵器，语出不逊。佥判王明清稍晚赶到，听说发生了变乱，于是急忙下令让车前两位士卒传达命令："佥判刚刚从府中来，已经得到中丞的命令，全部支付新米。"士卒们的喧哗才平息。然而法令不能推行，就会大大损害法纪的威严，一定要如王钦若这样，才是脱手坏米的妙诀。

令狐绹 李德裕

宣宗衔甘露之事[①]，尝授旨于宰相令狐公[②]。公欲尽诛之，而虑其冤，乃密奏榜子云[③]："但有罪莫舍，有阙莫填，自然无类矣。"

【注释】

①宣宗：唐宣宗李忱，文宗叔父，846—859年在位。衔：怀恨。甘露之事：唐文宗时宦官专权，大和九年（835），宰相李训、舒元舆、凤翔节度使郑注等与文宗谋内外合势以除宦官。李训等诈称天降甘露。文宗升含元殿，命宦官仇士良、鱼弘志等往视，谋乘机一网打尽。士良等发现伏兵，奔回殿上，劫文宗还宫。于是宦官捕杀王涯、舒元舆、李训等宰臣，郑注亦为监军所杀。前后死者数千人，史称"甘露之变"。

②令狐公：令狐绹，字子直。宣宗初即位时为吴兴太守，白敏中称有宰相之器，召入知制诰，旋为翰林学士。大中四年（850）为宰相。

③榜子：奏折，札子。

【译文】

唐宣宗对甘露之变怀恨在心，曾给宰相令狐绹下旨。令狐绹想要将参与此事的人尽数诛杀，却也顾虑有所冤屈，于是秘密上奏宣宗说："只要有罪的就不要留用，有空缺的职位也不要补录，自然而然就没有同党了。"

今京卫军虚籍糜饩[①]，无一可用；骤裁之，又恐激变。若依此法，不数十年，可以清伍，省其费以别募，又可化无用为有用。

【注释】

①虚籍糜饩(xì):虚列兵籍,靡费军饷。饩,泛指粮食。

【译文】

而今京师戍卫部队虚列兵籍,靡费军饷,没有一个可堪大用;骤然裁撤他们,又担心激发兵变。如若依照此方法,不用几十年,就可以厘清行伍,省下军费来招募新军,又可以将这些没有用的部队转化为有用的部队。

先是诸镇宦者监军[①],各以意见指挥军事[②],将帅不得专进退。又监使悉选军中骁勇数百为牙队[③],其在阵战斗者皆怯弱之士。所以比年将帅出征屡败。李赞皇乃与枢密使杨钧义、刘行深议[④],约敕监军不得预军政,每兵千人听取十人自卫,有功随例沾赏。自此将帅得展谋略,所向有功。

【注释】

①诸镇宦者监军:唐代自开元、天宝间用兵吐蕃,已有宦者监大将之军。代宗时自鱼朝恩为观军容使,宦官监诸镇军遂成定例。杜黄裳、白居易、裴度皆曾奏请撤宦者监军。

②意见:个人的主张。

③牙队:贴身卫队。

④李赞皇:李德裕,字文饶。父吉甫为宰相,以荫补校书郎。历仕宪、穆、敬、文、武诸朝。牛、李党争,为李党首领。文宗大和七年(833)拜相,次年罢。武宗即位,复为宰相,甚得信任,力主削藩,固备关防。居相六年,威名重于时。宣宗即位罢相,累贬崖州司户参军。其祖李栖筠封赞皇县子,人称赞皇公。吉甫、德裕袭爵,故亦以"赞皇"称之。

【译文】

此先各军镇以宦官担任监军，宦官常以个人主张来指挥军事，将帅无权决定军队的进退。同时，监军从军队中选拔数百名骁勇的军士担任私人卫队，导致阵中战斗的士兵都是胆怯瘦弱的人。因此，往年将帅出征，每每遭遇失败。李德裕于是就同枢密使杨钧义、刘行深商议，下令约束监军不得干预军事，士兵每千人中只允许他们选取十人为卫士，如果取得军功，可依例分享恩赏。从此将帅得以施展谋略，经常取得战功。

吕夷简

西鄙用兵，大将刘平战死①。议者以朝廷委宦者监军，主帅节制有不得专者，故平失利，诏诛监军黄德和。或请罢诸帅监军，仁宗以问吕夷简②。夷简对曰："不必罢，但择谨厚者为之。"仁宗委夷简择之，对曰："臣待罪宰相，不当与中贵私交，何由知其贤否？愿诏都知、押班③，但举有不称者，与同罪。"仁宗从之。翼日，都知叩头乞罢诸监军宦官。士大夫嘉夷简有谋。

【注释】

①刘平：字士衡。刚直任侠，善弓马，读书强记。宋仁宗即位后，迁侍御史。宋真宗、宋仁宗朝历任殿前都虞候、环庆路马步军副总管、步军副都指挥使、静江军节度观察留后等职。宝元二年（1039）以鄜延、环庆两路副都统与西夏战。次年被俘，被杀于兴州。谥壮武。

②吕夷简：字坦夫。仁宗时三度拜相，执掌朝政二十余年，深受倚重。

③都知、押班：宋代设内侍省，为宦官的总机构。其职名有都都知、

都知、副都知、押班等。

【译文】

西部边疆发生战事，大将刘平战死。有议论这件事的人认为是因为朝廷委任宦官担任监军，主帅受到节制不能专于军事，因而刘平战败，请求皇帝下诏诛杀监军黄德和。有人请求裁撤各路监军这一职位，仁宗以这件事询问吕夷简。吕夷简对答说："不必裁撤，只需选择那些谨慎忠厚的人来担任。"于是宋仁宗委托吕夷简选人，吕夷简回答道："臣担任宰相，不应当与宫中宦官有私下交往，如何能知晓他们是否贤能呢？恳请您下诏请都知、押班来完成这项工作，如若人选不称职，与他们同罪。"宋仁宗听从了他的意见。第二天，都知前来叩头请求裁撤监军的宦官。当时的士大夫都赞许吕夷简有智谋。

杀一监军，他监军故在也。自我罢之，异日有失事，彼借为口实，不若使自请罢之为便。文穆称其有宰相才[①]，良然。惜其有才而无度，如忌富弼、忌李迪[②]，皆中之以小人之智，方之古大臣，邈矣！

【注释】

①文穆：即吕蒙正，谥文穆。其尝云："诸子皆不足用，有侄夷简，任颍州推官，宰相才也。"吕蒙正，字圣功。太平兴国二年（977）进士第一。太宗、真宗时三度入相。颇负重望，主"清静致治"，结好邻邦，常以"弭兵省财"为言。

②忌富弼：吕夷简因公事不悦富弼，会契丹屯兵境上，求关南地。朝内无人敢任报聘者，夷简遂荐富弼，有置人于死地之嫌。李迪：字复古。少为柳开所奇，以为公辅材。景德二年（1005）进士第一。累迁翰林学士。真宗天禧四年（1019），继寇准为相，以反对丁谓结党弄权，出知郓州。仁宗明道二年（1033），仁宗亲政，复入相。

景祐中，受吕夷简排挤出朝。立朝正直敢言，时称贤相。李迪素恶吕夷简。

【译文】

诛杀一位监军，其他的监军仍旧存在。由我来裁撤监军一职，将来如若出现过失，就会被当作把柄，不如让他们自己请命裁撤更为便宜。吕蒙正称赞吕夷简有宰相的才能，确实是这样的。可惜吕夷简有才能但无气度，像他嫉妒富弼和李迪，都只是符合小人的智能，与古代贤明的大臣相比，就差远了！

○李迪与夷简同相，迪尝有所规画，吕觉其胜。或告曰："李子柬之虑事过于其父[①]。"夷简因语迪曰："公子柬之才可大用。"边批：奸！即奏除两浙提刑[②]。迪父子皆喜。迪既失柬，事多遗忘，因免去，方知为吕所卖。

【注释】

①李子柬之：李迪之子李柬之，字公明。少受知于寇准，晓国朝典故，仁宗时官至龙图阁直学士。

②即奏除两浙提刑：此条取自《龙川别志》，然《仁宗实录》及《宋史》柬之本传皆不见其历两浙提刑，恐是误记。

【译文】

李迪同吕夷简同为宰相，李迪曾经有所规划，吕夷简觉得胜过自己。有人告诉他说："李迪的儿子李柬之考虑问题胜过他的父亲。"吕夷简于是对李迪说："您的公子柬之的才干可堪大用。"边批：奸诈。于是就上书奏请皇上，任命李柬之担任两浙提刑。李迪父子都很欣喜。李迪因为失去李柬之的帮助，事情多有遗忘，因而被免职，才知道是被吕夷简算计了。

王守仁 二条

一

阳明既擒逆濠，囚于浙省[①]。时武庙南幸，驻跸留都[②]。中官诱令阳明释濠还江西[③]，边批：此何事，乃可戏乎？俟圣驾亲征擒获，差二中贵至浙省谕旨。阳明责中官具领状[④]，中官惧，事遂寝。

【注释】

①浙省：此指杭州。

②留都：南京。

③中官：此指宦官张忠。

④具领状：写下领取朱宸濠的文书凭证。具，写。

【译文】

王阳明已经擒拿了逆贼朱宸濠，将他囚禁在杭州。当时明武宗南巡，在南京短暂停留。宦官张忠引诱王阳明释放朱宸濠回江西，边批：这是什么事，岂可儿戏？等到皇帝御驾亲征，再将其擒拿，并派遣两位宦官到杭州传达谕旨。王阳明命令宦官写下提取罪犯的文书，宦官感到惧怕，于是这件事也就终止了。

杨继宗知嘉兴日[①]，内臣往来，百方索赂。宗曰："诺。"出牒取库金，送与太监买布绢入馈，因索印券[②]："附卷归案，以便他日磨勘[③]。"内臣咋舌不敢受。事亦类此。

【注释】

①杨继宗：字承芳。明天顺进士，授刑部主事，擢嘉兴知府。性刚正

廉洁，时集父老问疾苦。弘治时官佥都御史、巡抚云南。

②印券：盖取私印的收条。

③磨勘：定期勘验官吏政绩，以定升降。

【译文】

杨继宗任嘉兴知府的时候，宦官往来，经常多方索取贿赂。杨继宗嘴上答应着："好的。"再发公文取用府库金银，送给宦官购买绢布入宫馈赠，然后向他们索要盖取私印的收据，说："这是为了在卷宗上留附，以便用作他日查验政绩的凭证。"宦官吓得不敢接受。这件事同王守仁的处置大致类似。

二

江彬等忌守仁功，流言谓"守仁始与濠同谋，已闻天兵下征，乃擒濠自脱"，欲并擒守仁自为功。边批：天理人心何在！守仁与张永计[1]，谓："将顺天意[2]，犹可挽回万一，苟逆而抗之，徒激群小之怒。"乃以濠付永，再上捷音，归功总督军门[3]，以止上江西之行，而称病净慈寺。永归，极称守仁之忠及让功避祸之意。上悟，乃免。

【注释】

①张永：字守庵。宦官。正德初总神机营，与刘瑾结党，居"八虎"之一。宁王宸濠反，率边兵从征江西。武宗至南京，先遣张永抵杭州。王守仁押送宸濠至杭时，张永已候有时。

②顺天意：武宗以征讨宸濠为名南游，且欲冒称亲擒宸濠以张威名。王守仁深知必须迎合、满足皇帝的这个愿望才能避免灾祸。

③军门：此指南赣巡抚（治今江西赣州）。

【译文】

江彬等人妒忌王守仁的功劳，于是散布流言说："王守仁原本是朱宸濠的同谋，听闻朝廷军队将要征讨他们，才先行擒拿朱宸濠来洗脱自己的罪责。"同时想要一起捉拿王守仁当作功劳。边批：天理人心何在！王守仁和张永一同计议此事，认为："如果顺从圣上的意思，那么这件事情还有挽回的余地，如果逆而对抗，那么只会激怒这些小人。"于是就将朱宸濠交与张永，然后再向皇帝报告胜利的消息，并将功劳归于总督和军门，来让皇帝取消江西之行的计划，同时，王守仁称病归养净慈寺。张永回到朝廷后，极力称赞王守仁对朝廷的忠诚，以及他出让功劳来躲避灾祸的意图。皇帝明白了事情的真相，王阳明因此得以免罪。

阳明于宁藩一事，至今犹有疑者。因宸濠密书至京，欲用其私人为巡抚，书中有"王守仁亦可"之语。不知此语有故：因阳明平日不露圭角[①]，未尝显与濠忤；濠但慕阳明之才而未知其心，故犹冀招而用之，与阳明何与焉！当阳明差汀、赣巡抚时[②]，汀、赣尚未用兵，阳明即上疏言："臣据江西上流，江西连岁盗起，乞假臣提督军务之权以便行事。"而大司马王晋溪覆奏[③]："给与旗牌[④]，大小贼情悉听王某随机抚剿。"阳明又取道于丰城[⑤]，盖此时逆濠反形已具，二公潜为之计，庙堂方略，已预定矣。濠既反，地方上变告，犹不敢斥言[⑥]，止称"宁府"，独阳明上疏闻，称"宸濠"。即此便见阳明心事。

【注释】

①圭角：圭为古代玉制礼器，上尖下方，圭角即圭之棱角，喻指正人君子的锋芒。

②差汀、赣巡抚时：正德十一年（1516）十月，以王守仁为都察院右

佥都御史，巡抚南赣、汀、漳等处，距宸濠之反还有三年。汀，汀州府，治今福建长汀。漳，漳州府，治今福建漳州。

③大司马王晋溪：兵部尚书王琼。见本卷“王琼”条。覆奏：详审事情，重行上奏。

④旗牌：由兵部颁下的指挥地方军队的凭证。

⑤丰城：今属江西。

⑥斥言：指名而言。

【译文】

王阳明于宁王反叛一事，至今仍有人怀疑他也参与其中。只因朱宸濠曾经秘密修书到京城，想要任用自己的亲信担任巡抚，书信中有“王守仁也可以”这样的话。不知这话是有其原因的：因为王阳明平素为人不露锋芒，未曾公开与朱宸濠有过矛盾。朱宸濠只是爱慕王阳明的才学而不知他的真实心意，所以想要招揽任用他，这又与王阳明有什么关系呢？当王阳明巡抚南赣、汀、漳等地时，汀、赣等地尚未发生战争，王阳明就上疏说：“臣据守江西上游地区，江西常年有盗匪发生，请给予臣提督军务的权力，方便处理。”而大司马王晋溪覆奏道：“授予旗牌，大大小小的贼情都听由王某随机剿灭或安抚。”王阳明又由丰城取道，大概此时逆贼朱宸濠谋反的形势已经可以确定，两位大人暗中为之谋划，朝廷之中，已经有了初步的应对预案。朱宸濠谋反后，地方向朝廷报告叛乱，犹且不敢指名而言，只称呼为“宁府”，独有王阳明上疏向皇上报告，直称其名“宸濠”。由此可见王阳明的心意。

朱胜非

苗、刘之乱[①]，勤王兵向阙[②]。朱忠靖胜非从中调护[③]，六龙反正[④]。有诏以二凶为淮南两路制置使，令将部曲之任。

时朝廷幸其速去，其党张达为画计，使请铁券⑤。既朝辞，遂造堂袖札以恳。忠靖顾吏取笔，判奏行给赐，令所属检详故事⑥，如法制造。二凶大喜。明日将朝，郎官傅宿扣漏院白急事⑦。速命延入。宿曰："昨得堂帖⑧，给赐二将铁券，此非常之典，今可行乎？"忠靖取所持帖，顾执政秉烛同阅。忽顾问曰："检详故事，曾检得否？"曰："无可检。"又问："如法制造，其法如何？"曰："不知。"又曰："如此可给乎？"执政皆笑，宿亦笑，曰："已得之矣。"遂退。

【注释】

①苗、刘之乱：南宋建炎三年（1129）三月，扈从统制苗傅及将领刘正彦以功大赏薄，心怀怨望。及王渊入枢密院，苗、刘疑其攀附宦官而升，遂定计杀王渊及宦官百余人。继而拥兵迫高宗退位，立皇子旉（年方三岁），请太后听政。史称"苗、刘之乱"。

②勤王兵向阙：张浚、吕颐浩率张俊、韩世忠、刘光世等部"勤王"兵逼杭州，声讨苗、刘。苗、刘忧恐不知所为。

③朱忠靖：朱胜非，字藏一，谥忠靖。崇宁进士。靖康间，权知应天府，迎立康王赵构。时为尚书右仆射兼御营使，位同宰相。绍兴二年（1132），再相，兼知枢密院事。与秦桧不和，秦桧专权，遂闲居至死。

④六龙：《周易》"时乘六龙以御天"。此代指皇帝，犹言圣驾。

⑤铁券：即铁契。皇帝颁赐大臣授以世代享受某种特权的凭证。铁制的契券上用丹砂书写誓词，从中剖开，朝廷和受赐者各保存一半。唐以后不用丹书，而是嵌金，并在券文上刻有免死等特权的文字。

⑥检详故事：查阅以往处理此等事之先例。

⑦漏院：即待漏院，官廨名。大臣等待早朝的朝房。

⑧堂帖：相府所下公文。

【译文】

苗、刘之乱，各地勤王的军队向京师进发。朱忠靖名胜非同苗、刘二人周旋，守护了皇帝的安全，并让皇帝得以重登皇位。之后诏命苗、刘二人担任淮南两路制置使，并让他们带领手下军队前往上任。当时朝廷希望苗、刘二人能够快速离去，他们的党羽张达为他们出谋划策，让他们向皇帝请赐免死铁券。苗、刘二人早上从朝堂告辞后，就到相府以袖中所藏密札恳求。朱胜非回头让小吏取来纸笔，准许赐给他们铁券，并下令让相关官员详细检视此前先例，依法铸造。两个元凶十分欣喜。第二天早朝前，郎官傅宿到漏院求见有急事相告。于是迅速将他请入。傅宿说："昨天得到相府命令，赏赐二人铁券，这是非同寻常的典仪，而今可以实行吗？"朱胜非取过傅宿手中的文书，回身和执政一同秉烛阅读。忽然回过头问："详细检阅此前的记录，可曾找到？"对方回答说："没有找到。"朱胜非又问："依法铸造，这个规制又是什么样的呢？"回答说："不知道。"朱胜非就说："这样的话，还可以赐给他们吗？"执政官都笑了，傅宿也跟着笑了，说："已经明白了。"于是就告退了。

妙在不拒而自止。若腐儒，必出一段道理相格，激成小人之怒；怒而惧，即破例奉之不辞矣。

【译文】

朱胜非高妙的地方就在于不明确拒绝就让这件事停止。如若是腐朽的儒生，一定会讲出一段大道理来辩论，激怒小人；小人发怒令人恐惧，就会破例赐给他们铁券而不推辞了。

停胡客供

唐因河陇没于吐蕃[1]，自天宝以来，安西、北庭奏事，及西域使人在长安者，归路既绝，人马皆仰给鸿胪[2]。礼宾委府县供之[3]，度支不时付直[4]，长安市肆，不胜其弊。李泌知胡客留长安久者或四十余年，皆有妻子，买田宅，举质取利甚厚[5]。乃命检括胡客有田宅者，得四千人，皆停其给。胡客皆诣政府告诉[6]，泌曰："此皆从来宰相之过，岂有外国朝贡使者留京师数十年不听归乎！今当假道于回纥[7]，或自海道，各遣归国。有不愿者，当令鸿胪自陈，授以职位，给俸禄为唐臣。人生当及时展用[8]，岂可终身客死耶？"于是胡客无一人愿归者，泌皆分领神策两军[9]，王子使者为散兵马使或押衙[10]，余皆为卒，禁旅益壮。鸿胪所给胡客才十余人，岁省度支钱五十万。

【注释】

①河陇没于吐蕃：唐天宝十四载（755）安禄山反，国内大乱，无力西顾。次年，吐蕃遂取石堡城，进取陇右、河西两镇。至代宗时，河、陇及京西不少州县俱为吐蕃占有。北庭节度使李元忠、四镇留后郭昕率将士守境，与朝廷联系中断。

②鸿胪：鸿胪寺，掌接待宾客与凶丧礼仪。

③礼宾：鸿胪寺下设有礼宾院，掌接待外宾。

④度支：掌管全国的财政收支的官署。不时付直：不按时付给商人货款，即拖欠货账。

⑤举质取利：以物质钱，计月而收利息。

⑥政府：称宰相治理政务的处所为政府。

⑦假道于回纥：河西路途既断，可经回纥所据之北边大漠绕行。此条所载为唐德宗贞元三年（787）事，在此之前六年，即德宗建中二年（781），北庭节度使李元忠及四镇留后郭昕，在与朝廷断绝音问十余年后，派使者经回纥入朝。

⑧展用：施展才能。

⑨神策两军：神策军分左、右两军。

⑩散兵马使：官名。唐朝设置。兵马使为一级领兵将领，散兵马使通常没有固定的部队统领，多由统帅根据需要指派其承担某项军事任务，领兵作战。押衙：官名。又称押牙。为唐节度使所属的亲信武官，统管衙内诸事，也可统兵征讨，位在都押衙之下。

【译文】

唐朝时因为陇右、河西等地被吐蕃攻陷，天宝以来，安西都护府和北庭都护府来朝中奏事的使者，以及西域滞留在长安的使者，返回的路途已经断绝，他们的供给都仰仗鸿胪寺。礼宾院委托县府来供养他们，但度支无法按时给付，经常拖欠，使得长安的市场、店铺，不堪承受弊害。李泌知晓这些胡人在长安客居时间长的已经有四十多年，都已娶妻生子，购买田宅，他们依靠抵押物品收取利息获利颇丰。于是就下令统计已经购买田宅的胡人，统计出四千余人，将他们的官府供给全部停发了。这些胡人到政府去诉讼，李泌说："这都是之前宰相的过错，哪有外国来朝贡的使臣居留长安几十年而不让他们返回的呢？现在可以从回纥借路返回，或者从海路，各自回国。有不愿返回的人，应当让他们去鸿胪寺自己说明原因，由官府授予官职，发放俸禄，成为唐朝的臣子。人生应当及时施展才用，怎么能终其一生在他乡做客等待死亡呢？"于是这些胡人没有一个愿意回国，李泌将他们都分派到神策军两军当中，王子一级的使者担任散兵马使或者押衙，其他人只能充当普通士卒，禁卫部队由此更加壮大。鸿胪寺供养的胡人仅有十余人，每年度支节省的开支多达五十万钱。

补儒士 袭土官

铸印局额设大使、副使各一员[①]，食粮儒士二名[②]。及满，将补投考者不下数千人，请托者半之，当事者每难处分。费宏为吏部尚书[③]，于食粮二名外，预取听缺者四人，习字者四人，拟次第补，度可逾十数年。由是投考及请托者皆绝迹。

【注释】

①铸印局：明始设铸印局，掌铸造印玺及官司印信。

②食粮儒士：领取官饷之儒士。

③费宏：字子充。成化二十三年（1487）进士第一，授修撰。正德年间，累进武英殿大学士、户部尚书，疏请勤政、务学、纳谏、报闻。被倖臣钱宁诬劾罢官。世宗即位，加少保，召入辅政。与杨廷和、蒋冕等同心协赞，革除武宗弊政。及杨廷和去位，任谨身殿大学士，为首辅。后复为张璁、桂萼所构陷，致仕。嘉靖十四年（1535）再起复故官。

【译文】

铸印局设置大使、副使各一名，领取官饷的儒士两名。等这些人任满时，想要补缺而报名考试的人不下数千，托人打点关系的有一半人，负责这件事的人每每感到难以处理。费宏担任吏部尚书时，在两个儒生名额之外，预先选取四人等待补缺，四人习字，计划按照次第来补录，这样估计超过十多年都不用补录。由此报名考试以及打点关系的人就绝迹了。

土官世及[①]，辄转展诘勘[②]，索赂土官，土官以故怨叛，轻中朝诸人。胡公世宁令土官生子即闻府[3]，子弟应世及者，年且十岁，朔望或有事调集，皆携之见太守，太守为识年数状貌；父兄有故[4]，按籍为请官于朝。土官大悦服。

【注释】

①世及：世袭。父死子继为世，兄死弟继为及。父传与子，无子，则兄传与弟。

②诘勘：勘问。

③胡公世宁：胡世宁，字永清。弘治进士。性刚直，不畏权势，知兵。历南京刑部主事，上书极言时政阙失，与李承勋等称“南都四君子”。迁江西副使，疏论朱宸濠反状，下锦衣狱，戍辽东。朱宸濠伏诛，起戍中，嘉靖中累拜兵部尚书。

④有故：有变故，此指死亡。

【译文】

土司世袭时，总会遇到相关官员刁难诘问，或是向他们索取贿赂，土司因此感到怨恨生出反叛之心，并轻视朝廷各种官员。胡世宁下令，土司生子要报知州府，应承袭其位的子弟，到了十岁，每月初一、十五，以及有事情调集的时候，土司都要带着他来见太守，太守记录下子弟们的年龄外貌；如其父兄过世，按照登记簿为这些子弟向朝廷请求官位。土司们十分高兴，纷纷臣服。

不唯省临时诘勘之烦，且令土官从幼习太守之约束，而渐消其桀骜之气，真良策也！

【译文】

胡世宁这样做不仅简省了临时审核诘问的繁琐，并且让土司从小得以习惯太守的约束,从而渐渐消弭他们桀骜不驯的习气,真的是好计策!

蒋恭靖

蒋恭靖瑶[1],正德时守维扬[2]。大驾南巡,六师俱发[3],所须夫役,计宝应、高邮站程凡六[4],每站万人。议者欲悉集于扬,人情汹汹。公唯站设二千,更番迭遣以迎,计初议减五分之四,其他类皆递减。卒之上供不缺[5],民亦不扰。时江彬与太监等挟势要索,公不为动。会上出观鱼,得巨鱼一,戏言直五百金。彬从旁言:"请以畀守。"促值甚急[6]。公即脱夫人簪珥及绨绢服以进,曰:"臣府库绝无缗钱,不能多具。"上目为酸儒,弗较也。一日中贵出揭帖[7],索胡椒、苏木奇香异品若干[8]。因以所无,冀获厚赂。时抚臣邀公他求以应,公曰:"古任土作贡[9];出于殊方而故取于扬,守臣不知也。"抚臣厉声令公自覆,公即具揭帖,详注其下曰:"某物产某处。扬州系中土偏方,无以应命。"上亦不责。又中贵说上选宫女数百,以备行在。抚臣欲选之民间,公曰:"必欲称旨,止臣一女以进。"上知其不可夺,即诏罢之。

【注释】

①蒋恭靖瑶:蒋瑶,字粹卿。弘治进士。正德时历南京御史,寻出知扬州。嘉靖间累官工部尚书。卒谥恭靖。

②维扬:扬州的别称。

③六师:即六军。周朝时天子有六军,后遂用以称天子统领的军队。

④宝应、高邮：即今之江苏宝应、高邮，均在大运河岸。武宗南巡乘舟，二地为必经处。

⑤上供：供应皇帝及其随从官员的各类物品。

⑥促值：催促蒋瑶付鱼钱。

⑦揭帖：一种公文。

⑧苏木：植物名，可作染料。产于岭南。又胡椒产于热带地区，均非扬州土产。

⑨任土作贡：《尚书·禹贡》："禹别九州，随山浚川，任土作贡。"意为因其土地所有而定贡赋。

【译文】

蒋瑶在正德年间担任扬州太守。当时皇上南巡，六军随驾一起出发，预计沿途经过宝应、高邮等共六站，每站都需要民夫万人。有人提议让这六万民夫都在扬州聚集，引起群情骚乱。蒋瑶在每站仅设置二千民夫，更迭轮番接待皇上南巡队伍，总计比最初的预算减少五分之四，其他类别的支出也都递减。最终皇上的供给没有缺少，民众也没有因此受到干扰。当时江彬与太监勾结，仗势勒索，蒋瑶不为所动。适逢皇上外出赏鱼，捕获一条大鱼，开玩笑地说这条鱼价值五百金。江彬在一旁说道："请交给太守。"并催促蒋瑶缴纳五百金。蒋瑶当即脱下夫人的发簪耳环和丝绸衣物进献给皇帝，说："臣府库绝无钱财，没法再多进献给皇上了。"皇上将他视为穷酸迂腐的儒生，也就没有计较。一日宦官出公文，索要胡椒、苏木等奇异的香料和其他珍异的物品若干。因为知道扬州没有这些物产，只是希望以此来获得丰厚的贿赂。当时的巡抚找到蒋瑶，想要从其他地区找来以应付，蒋瑶说："古时候根据各地物产不同而规定不同的贡品。这些物品出于异域而从扬州索取，我不知为何要这样做。"巡抚生气地让蒋瑶自行回复，蒋瑶随即出具公文，并在公文下详细备注："某物出产自某处。扬州是中原偏僻地方，没有可以承应命令的东西。"皇上也没有责怪他。又有一次，宦官说服皇上遴选数百名宫女，以备在行宫侍奉。巡抚想要在民间遴选，蒋瑶说："如若一定要按圣旨办的话，那么只有臣下的一个女儿可以进奉。"皇上知道不能改变他的心意，于是下旨停止了这件事。

汪应轸

汪应轸当武宗南巡[①]，率同馆舒芬等抗疏以谏[②]，廷杖几毙，出守泗州[③]。泗州民情，弗知农桑。轸至，首劝之耕，出帑金[④]，买桑于湖南，教之艺[⑤]。募桑妇若干人，教之蚕事。邮卒驰报，武宗驾且至。他邑彷徨勾摄为具[⑥]，民至塞户逃匿。轸独凝然弗动。或询其故，轸曰："吾与士民素相信。即驾果至，费旦夕可贷而集。今驾来未有期，而仓卒措办，科派四出，吏胥易为奸。倘费集而驾不果至，则奈何？"他邑用执炬夫役以千计，伺候弥月，有冻饿死者。轸命维炬榆柳间[⑦]，以一夫掌十炬。比驾夜历境，炬伍整饬反过他所。时中使络绎道路，恣索无厌。轸计中人阴懦，可慑以威，乃率壮士百人，列舟次，呼诺之声震远近，中使错愕，不知所为。轸麾从人速牵舟行，顷刻百里，遂出泗境。后有至者，方敛戢不敢私，而公复礼遇之。于是皆咎前使而深德公。武宗至南都，谕令泗州进美女善歌吹者数十人，盖中使衔轸而以是难之也。轸奏："泗州妇女荒陋，且近多流亡，无以应敕旨。"乃拘所募桑妇若干人："倘蒙纳之宫中，俾受蚕事，实于王化有裨[⑧]。"诏且停止。

【注释】

①汪应轸：字子宿。正德年间进士，以谏武宗南巡被杖，出知泗州。世宗立，召为户科给事中，岁余上三十余疏，切中时弊。后官江西提学佥事。

②同馆：时汪应轸为庶吉士，设馆于翰林院。同馆即同为庶吉士者。

③泗州：明时治今江苏盱眙西。

④帑金：官库中的钱财。

⑤艺：栽培植物。

⑥勾摄为具：拘捕百姓以备齐供应物品。

⑦维炬榆柳间：把火炬捆在路边榆树、柳树之间。

⑧俾（bǐ）受蚕事，实于王化有裨（bì）：周制，后妃于仲春率外内命妇祭先蚕，以劝农桑。后世帝王保留这一仪式，宫中往往设蚕房。故汪应轸言纳桑妇于宫中，使其为采桑养蚕之事，并言有助于王化。俾，使。裨，补益。

【译文】

汪应轸在武宗南巡之际，带领同馆庶吉士舒芬等人抗议力谏，被责以廷杖几乎丧命，随后被派出做泗州太守。泗州当地百姓，不知道农桑之事。汪应轸到任后，开始劝勉民众耕种，并拿出府库中的钱财，到湖南购买桑树，教给民众种植技术。又招募若干名桑妇，教给她们养蚕缫丝。邮卒飞报，武宗圣驾即将到达泗州境内。其他的城邑十分惊惶，拘捕百姓备齐供应皇帝的物品，以致百姓堵塞门户，逃亡藏匿。唯独汪应轸安然不动。有人问他原因，汪应轸说："我同士人、百姓素来互相信任。即使皇上果然来到，费用也可以很快筹集。而今圣驾到来并未有日期，如若仓促准备，四处派定捐赋，吏胥容易做不法之事。倘若费用筹集好了但圣驾却没有来到，那又如何处置？"其他的城邑用数以千计的执火炬的民夫，等候了整整一个月，甚至有人冻死、饿死。汪应轸下令将火炬系在路旁榆树和柳树上，让一个民夫掌管十个火炬。等到圣驾夜晚路过泗州的时候，执掌火炬的队伍反而比其他地方更加整齐。当时，一路上宦官络绎不绝，肆意勒索不知满足。汪应轸预计太监鄙贱怯懦，可以用威势震慑他们，于是就率领百名壮士，排列在船旁，大声呼喊应答，远近震撼，宦官们十分震惊错愕，不知该怎么办。汪应轸指挥众人快速牵引舟船行动，顷刻间驶出百里，很快离开了泗州境内。之后到达泗州的宦官，才收敛不敢私自勒索，而汪应轸又对他们以礼相待。这些人于是就责怪先前的宦官而非常感激汪应轸。武宗到达南都后，下令泗州进献数十名善于歌舞乐器的美女，大概是宦官记恨汪应轸而有意为难他。汪应轸上奏："泗州妇女野蛮粗陋，而且最近多数都流亡了，没有办法应承圣旨。"于是征召此前招募的若干名养蚕妇女，说道："如若可以将她们纳入宫中，从事养蚕工作，实在对圣上的教化有所帮助。"于是诏命就被终止了。

沈啓

世宗皇帝当幸楚[①]，所从水道，则南京具诸楼船以从。具而上或改道，耗县官金钱；不具而上猝至，获罪。尚书周用疑以问工部主事沈啓[②]，字子由，吴江人。啓曰："召商需材于龙江关[③]，急驿侦上所从道，以日计，舟可立办。夫舟而归直于舟，不舟而归材于商，不难也。上果从陆，得不费水衡钱矣[④]。"中贵人请修皇陵，锦衣朱指挥者往视[⑤]。啓乘间谓朱曰："高皇帝制[⑥]：皇陵不得动寸土，违者死。今修不能无动土，而死可畏也。"朱色慑，言于中贵人而止。

【注释】

①世宗皇帝当幸楚：世宗生父兴献王封国于湖北之安陆，死又葬于此。后其生身母章圣皇太后死，亦葬于此。故世宗欲往安陆祭陵。

世宗，明世宗朱厚熜，年号嘉靖（1521—1566）。楚，指湖北。

②周用：字行之。弘治进士，仕至吏部尚书。沈啓（qǐ）：嘉靖进士，官至湖广按察副使。精通水利之学。

③召商需材于龙江关：召商船泊于龙江关以待运木材。需，等待。龙江关，在今江苏南京西，明时设钞关于此。

④水衡钱：汉武帝置水衡都尉，掌上林苑，兼保管皇室财物及铸钱。后世无此官。此言“水衡钱”，指国库的金钱。

⑤锦衣：锦衣卫，明初本掌卤簿仪仗，统校尉力士。后遂成为皇帝之耳目爪牙。设镇抚司，永乐时增北镇抚司，于诏狱可任意处理，不经法司。设官有将军、力士、校尉，长官则为锦衣卫指挥使。

⑥高皇帝：明太祖朱元璋，谥高皇帝。制：皇帝的命令。

【译文】

世宗计划南巡湖北祭拜亲生父母，如果选择走河运，南京就需要准备楼船扈从。如若准备了楼船但皇上改变道路，那么白白耗费了州县的金钱；如若不准备楼船，皇帝猝然而至，就会因此获罪。尚书周用拿不准主意，询问工部主事沈啓，字子由，吴江人。沈啓说：“召集商船停泊在龙江关以待运输木材，立刻令沿途驿站探听皇上经过的道路，计算好日期，船就可以立刻造好。如果皇上走水路，那么就花钱造船；如果皇上走陆路，那么就将木材归还商人，这个不难处理。皇上如果从陆路走，就不用耗费国库的钱了。”宦官请求修缮皇陵，锦衣卫朱指挥前往视察。沈啓找机会对朱指挥说：“太祖的遗制：皇陵不得动寸土，违令者死。而今如若整修皇陵不可能不动土，而死刑又是十分可怕的。”朱指挥面露恐惧，对宦官讲了这番话，于是修缮工程就停止了。

范檟

景藩役兴[①]，王舟涉淮，从彭城达于宝应[②]，供顿千里[③]，舳舻万余艘，兵卫夹途，锦缆而牵者五万人[4]。两淮各除道五丈，值民庐则撤之。槚傍庐置敝船[5]，覆土板上，望如平地，居者以安。时诸郡括丁夫俟役[6]，呼召甚棘[7]。槚略不为储待[8]，漕抚大忧之，召为语。槚谩曰[9]："明公在，何虑耶？"漕抚怫然曰："乃欲委罪于我。我一老夫，何济？"曰："非敢然也。独仰明公，斯易集耳。"曰："奈何？"槚曰："今王船方出，粮船必不敢入闸。比次坐候，日费为难。今以旗甲守船[10]，而用其十人为夫。彼利得僦直[11]，趋役必喜。第须一纸牌耳[12]。"曰："如不足何？"曰："今凤阳以夫数万，协济于徐，役毕必道淮而反。若乘归途之便，资而役之，无不乐应者，则数具矣。"都御史大喜称服[13]。槚进曰："然而无用也！"复愕然起曰："何故？"曰："方今上流蓄水，以济王舟。比入黄，则各闸皆泄，势若建瓴[14]，安用众为？"曰："是固然矣，彼肯恬然自去乎？"曰："更计之，公无忧。"都御史叹曰："君有心计，吾不能及也。"

【注释】

①景藩役：指景王朱载圳就藩之役。明嘉靖时太子早死，次子裕王当立，久之四子景王有谋嫡之心，朝廷内外多有议论。嘉靖四十年（1535），景王最终被安排就藩，离开京师赴封地德安府（今湖北安陆）。由于景王在诸王中地位特殊，所以他的就藩极其铺张。

②从彭城达于宝应：两地由大运河相连。彭城，今江苏徐州。宝应，今属江苏。县有宝应湖，系淮河入江行洪必经之地。

③供顿：供应行旅沿途食用。

④锦缆：此指拉船的纤绳，纤绳而以锦制，是形容其船队之华丽。

⑤榎（jiǎ）：范榎，字养吾。嘉靖进士。

⑥括：搜求，征调。

⑦棘：急。

⑧略：完全。

⑨谩：通"漫"，随便。

⑩旗甲：漕船兵丁之长。

⑪僦直：雇金。

⑫牌：指牌文。明清时一种上行下的公文名称。

⑬都御史：巡抚、河道总督、漕运总督兼衔。此即前之漕抚。

⑭建瓴：即"建瓴水"之省，谓倾倒瓶中之水，形容居高临下、速度极快、难以阻挡的形势。

【译文】

景王就藩之役兴起后，景王的船队渡过淮河，从彭城前往宝应，沿途千里供给食品物资，船只首尾相接，有万余艘，士兵夹岸护卫，拉着锦制纤绳牵引船的船夫有五万人。两淮地区途经之处要各清理出五丈宽的道路，如遇民宅挡道就要拆除。范榎在房屋旁边停置破船，并在甲板上覆盖上土，看上去就和平地一样，岸边居民因此得以保全。当时各个郡县征调壮丁民夫等候参加徭役，催调十分急促。范榎却完全不为之做准备，漕抚感到十分担忧，于是就召见范榎谈话。范榎漫不经心地说："您在此坐镇，又有什么可以担心的呢？"漕抚生气地说："你要把所有的罪责推给我。我一个老头，能有什么帮助呢？"范榎说："我不敢如此。独仰仗您，是很容易召集民夫的。"漕抚问："如何处置？"范榎说："而今景王的船刚刚出发，粮船一定不敢过闸入河道。他们一艘接一艘地空坐等候，每日消耗钱粮，必定感到困难。现在我们用旗甲守卫粮船队，每艘粮船调用十人作为役夫。他们乐于获得佣金，一定十分欢喜地奔赴服役。只需发给他们一纸公文即可。"漕抚又问："倘若人手不足，又要如何处置?”范檟说:“现在凤阳征调数万民夫,在徐州协助完成此次徭役,待徭役结束后,一定会沿着淮河返回。如若趁着他们返归途中的便利,出资来雇佣他们服役,没有不乐意应召的,那么人数就会够了。”都御史十分高兴,表示十分佩服范檟。范檟接着进言道:“可惜这都毫无作用!”漕抚又惊愕地发问:“为什么呢?”范檟说:“如今上流在蓄水,来渡济王船。等到船行入黄河,各个闸门都泄水,势如建瓴,哪里还用得到这么多人来牵引船只呢?”漕抚说:“确实是这样的,那么王船会这样安静地自己离开吗?”范檟说:“到时我再重新谋划一下,请您不必担忧。”都御史感叹道:“您有心计,我不如您。”

先是光禄寺札沿途郡县具王膳,食品珍异,每顿直数千两。檟袖《大明会典》争于抚院曰[①]:“王舟所过州县,止供鸡鹅柴炭。此明证也。且光禄备万方玉食以办[②],此穷州僻县,何缘应奉乎?”抚按然之,为咨礼部。部更奏,令第具膳直每顿二十两,妃十两,省供费巨万计。边批:具直则宵小无所容其诈矣[③]。比至,檟遣人持锭金逆于途,遗王左右曰:“水悍难泊,唯留意。”于是王舟皆穷日行[④],水漂疾如激箭。三泊供止千三百。比至仪真[⑤],而一夕五万矣。

【注释】

①《大明会典》:简称《明会典》,是明代编修的一部以行政法为主要内容的法典。主要根据明代官修《诸司执掌》《皇明祖训》《大明集礼》《孝慈录》《大明律》等书和百司之籍册编成,以六部官制为纲,以事则为目,分述明代各行政机构的建置沿革及所掌职事,记载典章制度十分完备。

②万方:天下各地。玉食:美食。

③宵小：奸人。

④穷日：终日。

⑤仪真：今江苏仪征。

【译文】

在此之前，光禄寺向沿途郡县下达文书命为景王准备膳食，要求的食品珍稀奇异，一顿饭就价值几千两。范槚袖揣《大明会典》到巡抚衙门争辩道："王舟所经过的州县，只需要供给鸡鹅木柴炭火。《大明会典》就是明证。况且光禄寺备有天下各地美食可以备办，这里穷困偏僻的州县，为什么应该供奉呢？"抚按认为有理，为他咨询礼部。礼部再次向上申奏，下令只需准备膳食每顿景王二十两，妃子十两，由此节省的费用数以万计。边批：详细规定价钱，奸人就无法欺诈了。等到王船抵达，范槚派人拿着锭金在路中迎接，送给景王左右的人，说："这里水情凶险难以停泊，请多多留意。"于是景王船队都整日前行，船在水面上漂流急速如飞出的箭矢。总共在境内只停留了三次，花费只有一千三百。待王船一行抵达仪真，一晚就花费了五万。

多少难题目，到此公手，便是一篇绝好文字。

【译文】

多少困难的题目，到范槚手中，都成了一篇绝好的文章。

张瀚

张瀚知庐州府[①]，再补大名。庚戌，羽当薄都门[②]，诏遣司马郎一人[③]，持节征四郡兵入卫[④]。使者驰至真定，诸守相错愕[⑤]，且难庭谒礼[⑥]，踌躇久之。瀚闻报，以募召游食饥附饱飏[7]，不可用。披所属编籍[8]，选丁壮三十之一，即令三十人治一人饷，得精锐八百人。边批：兵贵精不贵多。驰谓诸守："此何时也，而与使者争苛礼乎？司马郎诚不尊于二千石，顾《春秋》之义，以王人先诸侯[9]，要使令行威振耳。借令傲然格使者[10]，其谓勤王何！"诸守色动，遂俱入谒。瀚首请使者阅师。使者毋然曰[11]："何速也！"比阅师则人人精锐，绝出望外，使者乃叹服守文武才。

【注释】

①张瀚：字子文。明嘉靖进士。由南京工部主事，出知庐州府、大名府。历陕西左布政使、总督两广军务等，进工部尚书。万历元年(1573)以其闻望素著，超次特简为吏部尚书。因不顺张居正意，被劾致仕。

②庚戌，羽当薄都门：明嘉靖二十九年(1550)八月，俺答越宣府走蓟州塞，入古北口，围顺义，长驱直入。逼通州，大掠密云、三河、昌平诸处，复进犯京师。羽当，为俺答之另一译音。俺答，又称俺答汗，为明蒙古右翼土默特部首领，自嘉靖初即不断侵扰明北部州县，为明中叶重要边患。

③司马郎：兵部郎中的古称。

④四郡：指畿辅南部真定(治今河北正定)、顺德(治今河北邢台)、广平(治今河北永年)、大名(治今河北大名)四个府。

⑤诸守：时兵部郎中至真定府，其余三府知府也赶来真定。守，郡守。明代知府相当于古时郡太守。太守古又称二千石。

⑥难庭谒礼：为不知如何行庭谒礼而感到为难。庭谒礼，下属见上司之礼。时兵部郎中至真定府，会见时要有礼仪。但兵部郎中品秩虽不高于知府，却为朝廷使者，故难于谒见之礼。

⑦募召游食：招募以充兵伍的游荡无业之民。饥附饱飏：饿的时候就来依附，吃饱了又远走高飞。

⑧编籍：指普通民户的户籍，即编户民籍。

⑨王人先诸侯：天子使者位居地方诸侯之前。兵部郎中持节至，相当于天子使者。知府为地方官，比于诸侯。

⑩格：相匹敌。

⑪쐈（huì）然：此指激动的样子。

【译文】

张瀚起先担任庐州知府，后担任大名知府。庚戌年间，羽当南侵迫近京师，皇上下诏派遣兵部郎中一人，持符节征调畿辅南部四郡的士兵进京护卫京师。使者紧急赶到真定，几个知府都仓促间感到惊愕，为不知如何行庭谒礼而感到为难，因此犹豫徘徊了很长时间。张瀚听闻此事，认为招募的散兵饥时则来饱后即走，不堪使用。于是披阅户籍名册，每三十人挑选出一名壮丁，让三十人一同供给这个人粮饷，由此得到精锐的八百人。边批：士兵贵在精良，不以人数多为宝贵。张瀚迅疾赶到真定告诉几位知府说："这是什么时候，还在跟使者争辩烦琐的礼仪？兵部郎中虽然不比知府尊贵，但《春秋》大义，君王的使臣先于诸侯，是为了使君王的命令执行威信显扬。假如傲慢地与使者争高下，又怎么说是勤王呢？"各位知府脸色改变，于是一同进入拜谒使者。张瀚首先请使者检阅军队。使者激动地说："怎么这样迅速啊！"等到检阅军队的时候发现军士个个精锐，不禁喜出望外，使者于是赞叹知府实属文武全才。

韩琦

英宗初即位[①]，慈寿一日送密札与韩魏公[②]，谕及上与高后不奉事[③]，有"为孀妇作主"之语，仍敕中贵俟报。公但曰："领圣旨。"一日入札子，以山陵有事[④]，取覆乞晚临后上殿独对[5]，边批：君臣何殊朋友！谓："官家不得惊，有一文字须进呈，说破只莫泄。上今日皆慈寿力，恩不可忘。然既非天属之亲[6]，但加承奉，便自无事。"上曰："谨奉教。"又云："此文字，臣不敢留。幸宫中密烧之。若泄，则谗间乘之矣。"上唯之。自后两宫相欢，人莫窥其迹。

【注释】

①英宗初即位：宋嘉祐八年（1063）三月，仁宗死，无亲子。前一年已立濮王允让之子宗实为皇子，赐名曙，是年即立曙为帝，即英宗。

②慈寿：仁宗皇后曹氏，英宗之养母，此时为皇太后。皇太后宫殿名为慈寿宫，故称。韩魏公：即韩琦，字稚圭。天圣进士。任右司谏，曾一次奏罢宰相、参政四人。宋夏战争起，与范仲淹同经略西事，并称韩、范。神宗即位后，拜司空兼侍中，旋出判相州、大名府等地。屡次上疏反对变法。封魏国公。

③高后：英宗皇后，其母为太后之姐。不奉事：不尽子道。时英宗病甚，性情暴躁，对宦者尤少恩。左右多不悦，乃进谗言于曹太后。两宫遂成隙。

④山陵有事：此指仁宗丧葬之事。时仁宗死已四月，尚未葬。山陵，帝王陵墓。

⑤取覆：谓禀告，请求答复。晚临：皇帝停灵未葬前，嗣君与群臣早、晚都要临哭。临，哭吊死者。

⑥天属之亲：指亲生母子关系。

【译文】

宋英宗即位之初，皇太后一日给韩琦送去密信，言及皇上与高皇后不尽孝道，甚至有"请为我这个寡妇作主"这样的话，并且让宦官等候韩琦的回复。韩琦只是说："领圣旨。"一天，韩琦上札子，以商议仁宗丧事的名义，请求晚上哭吊后上殿同皇上单独对话，边批：君臣跟朋友有什么区别！说道："皇上您不必惊慌，有一个文书需要进呈给您，说清楚不能泄露出去。皇上现今能够登上皇位都是依靠太后的帮助，这个恩情不能忘记。但是既然与您并非亲生母子关系，您只要加以承奉，就自然无事了。"皇上说："谨奉指教。"韩琦又说："这个文书臣不敢留。请陛下在宫中秘密烧掉。如果泄露了，饶舌小人又要趁机搬弄是非了。"皇上点头称是。自此以后太后与皇上相处甚欢，外人看不出有什么矛盾。

宋盛时，贤相得以尽力者，皆以动得面对故[1]。夫面对则畏忌消而情谊洽，此肺腑所以得罄，而虽宫闱微密之嫌，亦可以潜用其调停也。此岂章奏之可收功者耶？虽然，面对全在因事纳忠，若徒唯唯诺诺一番，不免辜负盛典。此果圣主不能霁威而虚受耶[2]，抑亦实未有奇谋硕画，足以耸九重之听乎？请思之。

【注释】

①面对：当面陈奏皇帝。

②霁威：收敛威怒。虚受：虚心接受。

【译文】

宋朝强盛时，贤明的宰相得以发挥才能，都是他们经常能够向皇帝当面陈奏的缘故。能够向皇帝当面陈奏，君臣之间就可以消除恐惧与忌惮，而且情谊更加融洽，由此肺腑之言也得以毫无保留，即使是后宫微妙隐秘的事情，也可以暗中加以调节。这哪里是奏章可以取得的功效呢？即使这样，向皇帝当面陈奏的功用全在于就事献纳忠心，如果只是唯唯诺诺一番，不免辜负了这种重大恩典。这真的是皇帝不能收敛威怒而虚心接受吗？或者是身为臣子实在没有非凡的谋略和远大的谋划，足以打动皇帝吗？请仔细考量。

赵令郯

崇宁初[①]，分置敦宗院于三京[②]，以居疏冗[③]，选宗子之贤者莅治院中。或有尊行[④]，治之者颇以为难。令郯初除南京敦宗院[⑤]，登对[⑥]，上问所以治宗子之略。对曰："长于臣者，以国法治之；幼于臣者，以家法治之。"上称善，进职而遣之。郯既至，宗子率教[⑦]，未尝扰人，京邑颇有赖焉。

【注释】

①崇宁：宋徽宗赵佶年号（1102—1106）。

②敦宗院：徽宗时置南外宗正司于南京，西外宗正司于西京，各置敦宗院，设官名知宗，处理在外之宗室事务。三京：指西京（河南府，治今河南洛阳）、北京（大名府，治今河北大名）、南京（宋州，治今河南商丘）。

③疏冗：亲缘关系较远且在官府空食俸禄的宗室子弟。

④尊行：辈分较高者。

⑤令郯：赵令郯。宋宗室，生平事迹不详。

⑥登对：上朝对答皇帝询问。

⑦率教：遵从教导。

【译文】

崇宁初年，在西京洛阳、北京大名、南京宋州分置敦宗院，来安置亲缘关系较远且在官府空食俸禄的宗室子弟，选拔贤明的皇室宗子到敦宗院中管理。有一些辈分较高的子弟，让管理者十分棘手。赵令郯刚被授予南京敦宗院之职时，上朝对答皇帝询问，皇帝问他如何管理院中的子弟。赵令郯回答道："比臣年长的，用国法来管理他们；比臣年幼的，就用家法来管理他们。"皇帝点头称好，授予他官职，派遣他赴任。赵令郯到达敦宗院后，宗子们都遵循教导，未曾袭扰他人，京城因此也颇仰赖他得以安宁。

明智部总叙

【题解】

明智部含“知微”“亿中”“剖疑”“经务”四卷，共164则。所谓“明智”，即洞明的智慧，表现为见微知著，料事能中，剖析疑惑，经国济民。

“知微”“亿中”“剖疑”“经务”各有表现。如“知微”卷“周公 太公”一则中，周公通过太公、伯禽治理齐、鲁的时间和方法，便预知了齐、鲁的发展方向，是深谙治理；“管仲”一则中，管仲告诫齐桓公远离不爱重儿子、自身、父亲，不笃信天命的四个人，桓公不听，结果四人作乱，是洞悉人性；“任文公”一则中，任文公卜知天下将要大乱，督促家人负重跑步锻炼，最终全家人在战争中脱险，是未雨绸缪，等等。“亿中”卷“子贡”一则中，邾子和鲁君相见，子贡通过他们高仰或卑俯的仪态预知他们的乱亡，是知面知心；“班超”一则中，班超告诫接替他镇守西域的任尚，要警惕蛮夷、宽简约束，任尚以为都是平常言语所以不听，而遭反叛，是知彼知己，等等。“剖疑”卷“隽不疑”一则中，隽不疑以《春秋》赞赏卫蒯聩出奔又被送回来而儿子卫辄拒绝接纳的事例，拒斥自称卫太子的人，是饱学明义；“西门豹”一则中，西门豹以派巫婆、三老等人去向河伯禀报为由，趁机打破河伯娶亲的迷信，是以恶除恶；“席帽妖 白头老翁”一则中，王曾夜里大开里门，有敢大叫的人就逮捕他，从而破除席帽妖怪的传言，是以威破谣，等等。“经务”卷“平籴”一则中，李悝向魏文侯献计，要慎重准确地观察估计收成，根据收成来收购农民的粮食，最终魏国富强，是取余补缺；“苏轼”一则中，苏轼任杭州太守时，平抑米价、疏通运河、修复六井，清除西湖水草淤泥，并以此修筑堤坝，是综合治理；“叶石林”一则中，叶梦得以凡是因为灾害而遗弃的小孩，亲生父母不能再认领回去的法令，救助了三千八百个遗弃的小孩，是稳定人心，等等。

明智的行为，需要有敏锐的洞察力和果断的执行力，善于从表面的现象发现根本的问题，根据经验对事物有一定的预测能力，采取合适的方式破除疑惑，以经国济民的措施惠及天下。

冯子曰：自有宇宙以来，只争明、暗二字而已。混沌暗而开辟明[①]，乱世暗而治朝明，小人暗而君子明；水不明则腐，镜不明则锢[②]，人不明则堕于云雾。今夫烛腹极照[③]，不过半砖，朱曦宵驾[④]，洞彻八海[⑤]。又况夫以夜为昼，盲人瞎马，侥幸深溪之不贾也[⑥]，得乎？故夫暗者之未然，皆明者之已事；暗者之梦景，皆明者之醒心；暗者之歧途，皆明者之定局。由是可以知人之所不能知，而断人之所不能断，害以之避，利以之集，名以之成，事以之立。明之不可已也如是，而其目为“知微”，为“亿中”，为“剖疑”，为“经务”[⑦]。吁！明至于能经务也，斯无恶于智矣！

【注释】

①开辟：开天辟地。宇宙的开始。

②锢（gù）：充塞，封闭。镜面被污物塞满封闭则不能照人。

③烛腹：萤火虫。

④朱曦：太阳。宵驾：遨游天际。

⑤八海:泛指天下。

⑥盲人瞎马,侥幸深溪之不贾(yǔn):此处用《世说新语·排调》典,桓玄等共同例举危险至极之事,一人说:"盲人骑瞎马,夜半临深池。"贾,坠落。

⑦经务:发展经济,治理国家。

【译文】

冯梦龙说:自从有宇宙以来,只是论争明和暗二字罢了。混沌时期昏暗而开天辟地后光明,乱世黑暗而治世昌明,小人阴暗而君子坦荡;水不清澈就会腐臭,镜子不亮就没有办法照影,人不聪明就如同陷入云雾之中。如今萤火虫发出的最大光亮,不超过半砖之地;太阳遨游天际,光芒遍及天下。更何况是那些把黑夜当作白昼的事,就像盲人骑着瞎马,想侥幸不坠落深渊,这怎么可能呢?所以,对于昏昧的人而言是未发生的、迷乱的、不知如何选择的现实困境,对于明智的人而言,却都是确定的、清醒的、简单易判的定局。因此明智的人可以洞见一般人无法知晓的事,能决断一般人无法决断的事,避开可能的灾祸,获取可能的利益,最终成就声名,建立功勋。由此可见,智慧之明是这样的不可废弃,分别编为"知微""亿中""剖疑""经务"四卷。唉!能把智慧之明用到经国治世方面,这是智慧最好的用处了。

明智部知微卷五

圣无死地，贤无败局。

缝祸于渺[①]，迎祥于独[②]。

彼昏是违[③]，伏机自触[④]。

集《知微》。

【注释】

①缝祸于渺：在祸患微小时补救。

②迎祥于独：在只有自己能发现征兆时接纳吉祥。

③是违：违背这个。指违背以上所说，不能及早洞察祸福的苗头。

④伏机：埋伏的机弩。

【译文】

圣人行事不会陷入绝境，贤者处世不曾遭遇败局。

补救祸患于情况微小时，接受祥福于发现苗头处。

那些昏聩的人恰恰相反，自己碰触埋伏好的机关。

集为《知微》一卷。

箕子

纣初立[①],始为象箸[②]。箕子叹曰[③]:"彼为象箸,必不盛以土簋[④],将作犀玉之杯。玉杯象箸,必不羹藜藿,衣短褐[⑤],而舍于茅茨之下[⑥],则锦衣九重,高台广室。称此以求,天下不足矣。远方珍怪之物,舆马宫室之渐[⑦],自此而始,故吾畏其卒也。"未几,造鹿台[⑧],为琼室玉门,狗马奇物充其中,酒池肉林[⑨],宫中九市[⑩],而百姓皆叛。

【注释】

①纣:商朝最后一个君主,名受,号帝辛,史称纣王。是历史上有名的暴君。周武王东伐,纣王兵败自焚。

②象箸:象牙做的筷子。

③箕子:纣王叔父,封于箕。与微子、比干被视为商末"三贤"。纣王杀比干后,他惧祸佯狂,被纣王囚禁。武王灭商后被释,咨以国事。

④土簋(guǐ):陶制的食器。

⑤羹藜藿(lí huò),衣短褐:以藜藿为羹,以短褐为衣。藜藿,野菜,比喻粗劣的食物。短褐,质料、缝制都很粗劣的衣服。褐,粗布衣。

⑥茅茨:用茅草铺顶的屋室。

⑦舆马:车马。渐:开端。

⑧鹿台:传说纣王建鹿台,七年而成,是贮藏珠玉钱帛之处。故址在今河南汤阴朝歌以南。

⑨酒池肉林:传说纣王掘池注酒,称酒池;又悬肉于树,称肉林。

⑩九市:古时买卖货物的场所。

【译文】

纣王刚继位的时候,命人制造象牙筷子。箕子叹息说:"他用象牙筷子吃饭，一定不会用陶碗盛食物，将来还会做犀角美玉的杯子。有了玉杯、象牙筷，一定不会吃野菜、穿粗糙的衣服，更不会住在茅草屋里，那时会穿着多重锦绣衣裳，筑起高大的台榭、深广的宫室。按照这个标准去追求，全天下的财富也不能满足。追求远方珍奇的物品、车马宫室的开端，就从这一双筷子开始了，所以我害怕他的下场会很惨。”不久，纣王修建鹿台，用美玉打造宫室门户，狗马和珍奇物品充满宫中，布置酒池肉林，还在宫中设立买卖货物的九市，百姓都背叛了他。

殷长者

武王入殷①，闻殷有长者②。武王往见之，而问殷之所以亡。殷长者对曰：“王欲知之，则请以日中为期。”及期弗至，武王怪之。周公曰：“吾已知之矣。此君子也，义不非其主。若夫期而不当③，言而不信，此殷之所以亡也。已以此告王矣。”

【注释】

①武王入殷：周武王姬发即位的第四年，以戎车三百，虎贲三千，甲士四万五千，率领诸侯伐商，与商军战于牧野，商军大败，纣王自焚而死。周武王灭商。殷，指殷商都城朝歌。

②长者：德高望重的人。

③期而不当：约会而不赴约。当，应验，应约。

【译文】

周武王攻克殷商，听说殷商有一位长者。武王亲自去见他，问他殷商灭亡的原因。长者回答说：“大王想知道原因，请约定中午见面。”到了约定时间，长者却没有来，武王觉得很奇怪。周公说：“我已经知道原因了。这个人是君子，不肯非议自己的君王。像他这样约定了却不应约，说话但不讲信用，这就是殷商灭亡的原因。他已经用这种方式告诉大王了。”

周公 太公

太公封于齐，五月而报政[1]。周公曰：“何族同速也？”曰：“吾简其君臣，礼从其俗[2]。”伯禽至鲁[3]，三年而报政。周公曰：“何迟也？”曰：“变其俗，革其礼，丧三年而后除之[4]。”周公曰：“后世其北面事齐乎[5]？夫政不简不易，民不能近；平易近民，民必归之。”周公问太公何以治齐，曰：“尊贤而尚功。”周公曰：“后世必有篡弑之臣！”太公问周公何以治鲁，曰：“尊贤而尚亲。”太公曰：“后寝弱矣[6]！”

【注释】

①报政：向周天子报告政绩。

②简其君臣，礼从其俗：齐原为东夷之地，相对而言制度原始，风俗朴野。吕尚简化君臣之礼，又不改变其风俗习惯，所以政治局面很快安定。

③伯禽至鲁：周公受封于鲁，没有去封国而留在镐京辅政，让长子伯禽去鲁国为君。

④丧三年而后除之：周礼，亲丧三年后才能除去孝服。除，除服。

⑤北面事齐：古时君主坐北面南，臣子则面北。这里是说鲁国后世会衰微，将臣服于齐国。

⑥寝：逐渐。

【译文】

太公受封于齐地，五个月后就来报告政绩。周公说：“为什么这么快族同速啊？”太公说：“我简化了君臣之间的礼仪，顺应当地习俗办事。”周公之子伯禽受封于鲁，到鲁地三年后才回来报告政绩。周公说：“为什么这么迟啊？”伯禽说：“我改变鲁地的风俗，革新他们的礼节，丧礼三年后才解除丧服。”周公说：“这样看来，难道鲁国后世将臣服于齐吗？国君处理政事不能简易，百姓就不能亲近；执政者平易近人，人民必定会归顺他。”周公问太公凭借什么办法治理齐国，太公说：“尊敬贤者，同时推崇有功的人。”周公说：“齐国后世一定会出现篡位弑君的臣子！”太公反问周公依靠什么治理鲁国，周公说：“尊敬贤者，同时重视亲族。”太公说：“鲁国以后会日渐衰弱啊！”

二公能断齐、鲁之敝于数百年之后，而不能预为之维①；非不欲维也，治道可为者止此耳。虽帝王之法，固未有久而不敝者也，敝则更之，亦俟乎后之人而已，故孔子有“变齐、变鲁”之说②。陆葵日曰：“使夫子之志行，则姬、吕之言不验。”夫使孔子果行其志，亦不过变今之齐、鲁为昔之齐、鲁，未必有加于二公也。二公之子孙，苟能日儆惧于二公之言③，又岂俟孔子出而始议变乎？

【注释】

①预为之维：预先为他们确立纲纪法度。维，纲纪法度。

②孔子有“变齐、变鲁”之说：《论语·雍也》：“子曰：‘齐一变至于鲁，鲁一变至于道。’”意思是孔子说如果有明君治理，齐国一改变，可以达到鲁国这个样子，鲁国一改变，就可以达到圣道畅行时的样子了。这是孔子认为齐、鲁两国有太公、周公的余教，虽然衰微，只要有明君治理，即可改变。

③儆（jǐng）惧：警戒畏惧。儆，戒备，防备。

【译文】

周公、太公能推断数百年后齐国与鲁国的弊病，却不能预先替后代确立纲纪法度；不是他们不想确立纲纪法度，而是治理政事可以做的也只能到这个程度了。即使是帝王的法纪，本来就不会有永久不凋敝的，凋敝之后再进行变革，也是等待后来人罢了，所以孔子有“变齐、变鲁”的说法。陆葵日说：“假使孔子的志向实现了，那么周公、太公的话就不会应验了。”假使孔子的志向果真能够实现，也不过是改变孔子时代的齐、鲁为往昔周公、太公时代的齐、鲁，孔子不一定能胜过周公和太公。周公、太公的子孙，如果能时时刻刻警戒畏惧祖先的预言，又哪里需要等到孔子出现后才开始议论改革的事呢？

辛有

平王之东迁也[1]，辛有适伊川[2]，见披发而祭于野者[3]，曰：“不及百年，此其戎乎？其礼先亡矣！”及鲁僖公二十一年[4]，秦、晋迁陆浑之戎于伊川[5]。

【注释】

①平王之东迁：周幽王十一年（前771），申侯联合犬戎破镐京，杀幽王。诸侯立太子宜臼，是为平王。前770年，因镐京残破，且为犬戎所逼，平王迁都于雒邑（今河南洛阳），是为东周之始。

②辛有：周朝大夫。适：往。伊川：伊河所经之地，在今河南嵩县与伊川一带。

③披发而祭于野：意谓像夷狄那样行祭礼。披发是当时夷狄风俗，祭于野是说先人坟墓在野外。

④鲁僖公二十一年：公元前639年。按，下文所记秦、晋迁陆浑戎事

《左传》记于鲁僖公二十二年(前638)。

⑤秦、晋迁陆浑之戎于伊川:陆浑之戎,允姓,原居于瓜州(今甘肃敦煌一带),被秦穆公、晋惠公诱至伊川。

【译文】

周平王东迁时,周大夫辛有到伊川,看见有人披散头发在野外祭祀,说:"不到百年,这里或许就会被戎人占领吧?中原传统的礼俗已先丧失了!"到了鲁僖公二十一年,秦、晋果然将陆浑之地的戎人迁到伊川。

犹秉周礼,仲孙卜东鲁之兴基[①];其礼先亡,辛有料伊川之戎祸。

【注释】

①犹秉周礼,仲孙卜东鲁之兴基:《左传·闵公元年》记载:齐桓公派大夫仲孙湫来鲁。仲孙归,桓公问他:"鲁可取乎?"他回答说:"不可,犹秉周礼。鲁不弃周礼,未可动也。"

【译文】

鲁国依然秉承周礼,因此仲孙湫预测鲁国的基业兴盛;伊川先失去了祖先的礼节,因此辛有预料伊川有西戎的灾祸。

何曾

何曾字颖考[①],常侍武帝宴[②],退语诸子曰:"主上创业垂统[③],而吾每宴,乃未闻经国远图,惟说平生常事,后嗣其殆乎[④]?及身而已,此子孙之忧也!汝等犹可获没。"指诸孙曰:"此辈必及于乱!"及绥被诛于东海王越[⑤],嵩哭曰[⑥]:"吾祖其大圣乎!"嵩、绥皆邵子,曾之孙也。

【注释】

①何曾：魏晋时人，仕魏累拜司徒。入晋拜太尉，进爵为公。性奢侈，依附贾充，为正直之士所讥。

②武帝：晋武帝司马炎，265—290年在位。曹魏时嗣位为晋王，后篡魏称帝，伐灭东吴，统一中国。大封宗室，尽去州郡武备，且侈靡无度，为此后八王之乱伏下危机。

③创业垂统：创建基业，并把基业传给后世子孙。垂统，把基业传下去。

④殆（dài）：危险。

⑤绥被诛于东海王越：八王之乱中，晋怀帝永嘉三年（309），太傅司马越除灭怀帝亲信大臣，时何绥为侍中尚书，与其他十余人同被杀。绥，何绥，何曾之孙，何遵之子。何曾日食万钱，犹云无处下箸，其子何邵（一作何劭）日食二万。至何绥与弟何机、何羡等，更为奢侈。到永嘉末年（永嘉共七年），何氏遂灭。

⑥嵩：何曾之孙，何遵之子。冯梦龙于此句下注云："嵩、绥皆邵子，曾之孙也。"误，何嵩、何绥之父为何遵，何邵是他们的叔父。

【译文】

何曾字颖考，经常陪侍晋武帝饮宴。他有次饮宴回家后对儿子们说："皇上开创基业，并要传给后世，但是我每次陪侍他饮宴，竟然从未听他谈过经略国家的远大计划，只说平生的日常琐事，恐怕他的子孙会很危险吧？太平基业仅到他自身就完了，这是子孙的祸患啊！你们还可以得到善终。"又指着孙子们说："这辈孩子必定有灾祸殃及！"等到何绥被东海王司马越杀害，何嵩哭着说："我的祖父实在非常圣明啊！"何嵩、何绥都是何邵的儿子，何曾的孙子。

管仲

管仲有疾[①]，桓公往问之，曰："仲父病矣，将何以教寡人？"管仲对曰："愿君之远易牙、竖刁、常之巫、卫公子启方。"公曰："易牙烹其子以慊寡人[②]，犹尚可疑耶？"对曰："人之情非不爱其子也。其子之忍[③]，又何有于君？"公又曰："竖刁自宫以近寡人，犹尚可疑耶？"对曰："人之情非不爱其身也。其身之忍，又何有于君？"公又曰："常之巫审于死生，能去苛病[④]，犹尚可疑耶？"对曰："死生，命也，苛病，天也[⑤]。君不任其命，守其本，而恃常之巫，彼将以此无不为也！"边批：造言惑众。公又曰："卫公子启方事寡人十五年矣，其父死而不敢归哭，犹尚可疑耶？"对曰："人之情非不爱其父也。其父之忍，又何有于君？"公曰："诺。"管仲死，尽逐之；食不甘，宫不治，苛病起，朝不肃[⑥]。居三年，公曰："仲父不亦过乎！"于是皆复召而反。明年[⑦]，公有病，常之巫从中出曰："公将以某日薨。"边批：所谓无不为也。易牙、竖刁、常之巫相与作乱，塞宫门，筑高墙，不通人，公求饮不得。卫公子启方以书社四十下卫[⑧]，公闻乱，慨然叹，涕出，曰："嗟乎！圣人所见岂不远哉！"

【注释】

①管仲：春秋时齐国政治家，辅桓公改革内政，富国强兵，九合诸侯，一匡天下，卒成霸业。桓公尊之为仲父。

②慊（qiè）：满足。

③忍：忍心，残酷。

④苛病：疾病。

⑤天：天时。指天气、季节等。

⑥朝不肃：齐桓公使卫公子启方执掌朝廷仪仗兵卫，启方被驱逐后，朝仪不再整肃。肃，整肃。

⑦明年：管仲死于鲁僖公十五年（前645），至僖公十七年（前643）而桓公死。本条所载时间则相隔四年，误。

⑧以书社四十下卫：一社二十五家，四十社凡千家。公子启方以齐之千户降归于卫国。书社，古制二十五家立社，把社内人名登录簿册，谓之“书社”。亦以指按社登记入册的人口及其土地。下，投降。

【译文】

管仲生病，齐桓公去探望他，问道：“仲父病重了，有什么可以教导寡人的？”管仲回答说：“希望国君您疏远易牙、竖刁、常之巫、卫公子启方四人。”桓公说：“易牙烹煮他的儿子来满足寡人，还有什么可疑吗？”管仲回答说：“人之常情，没有不爱儿子的。易牙能狠得下心杀自己的儿子，对您又有什么狠不下心的？”桓公又问：“竖刁阉割自己来亲近寡人，还有什么可疑吗？”管仲回答说：“人之常情，没有不爱惜自己身体的，能狠得下心残害自己的身体，对您又有什么狠不下心的？”桓公又问：“常之巫能卜知生死，为寡人去除疾病，还有什么可疑吗？”管仲说：“生死是因为天命，生病是因为天时。您不笃信天命，固守本分，而依靠常之巫，他将借此无所不为了！”边批：他将会制造谣言，蛊惑百姓。桓公又问：“卫公子启方侍候寡人十五年了，他父亲去世都不敢回去奔丧，还有什么可疑吗？”管仲说：“人之常情，没有不敬爱自己父亲的，能狠得下心不奔父丧，对您又有什么狠不下心的？”桓公说：“好吧。”管仲去世后，齐桓公将这四个人全部驱逐。但是，从此食物不好吃，宫室不整理，旧病又发作，朝仪也不整肃。经过三年，桓公说：“仲父的看法不也太夸张了吗？”于是把这四个人又召回来。第二年，桓公病重，常之巫从宫中出来宣布说：

“国君将在某一天去世。”边批：这就是所谓“无所不为”。易牙、竖刁、常之巫共同作乱，关闭宫门，建筑高墙，不准任何人进出，桓公要求饮水都得不到。卫公子启方带着四十个社共千户的人口及其土地归降卫国。桓公听说四人作乱，感慨地流着泪说：“唉！圣人的见识，难道不是很深远吗？”

昔吴起杀妻求将①，鲁人谮之②；乐羊伐中山，对使者食其子③，文侯赏其功而疑其心。夫能为不近人情之事者，其中正不可测也。天顺中④，都指挥马良有宠⑤。良妻亡，上每慰问。适数日不出，上问及，左右以新娶对。上怫然曰⑥：“此厮夫妇之道尚薄，而能事我耶？”杖而疏之。宣德中⑦，金吾卫指挥傅广自宫⑧，请效用内廷。上曰：“此人已三品，更欲何为？自残希进，下法司问罪！”噫！此亦圣人之远见也！

【注释】

①吴起杀妻求将：吴起是卫人，在鲁国做官，他的妻子是齐国人。齐国攻打鲁国，鲁君想以吴起为将，但因其妻子的原因而犹疑。于是吴起杀妻来表明立场。吴起，战国时军事家、政治家。

②鲁人谮（zèn）之：鲁人忌惮吴起，向鲁君进谗言，认为吴起残忍，鲁君罢免了他。谮，诬陷，中伤。

③乐羊伐中山，对使者食其子：乐羊是战国时魏国将领，为魏攻打中山国。乐羊之子在中山国为官。中山将破，中山君杀乐羊之子做成肉酱命使者送给乐羊，乐羊食之，然后挥师灭中山国。

④天顺：明英宗朱祁镇年号（1457—1464）。

⑤都指挥：官名。执掌京卫各营侍卫皇帝。

⑥怫（fèi）然：愤怒的样子。

⑦宣德：明宣宗朱瞻基年号（1426—1435）。

⑧金吾卫指挥：官名。掌管金吾卫的指挥使，正三品。金吾卫，掌管皇帝禁卫、扈从等事的亲军。

【译文】

从前吴起杀妻来求取鲁国将领身份，鲁国人说他的坏话；乐羊讨伐中山国，中山国君把乐羊的儿子烹煮了送给乐羊，乐羊对着中山国的使者吃了，魏文侯奖赏他的功劳却怀疑他的忠心。那些能做出不近人情的事的人，他们的内心确实是深不可测的。天顺年间，都指挥马良深得英宗恩宠。马良妻子去世，英宗常常安慰他。后来马良有几天不曾出现，英宗问及，左右的人回答说他刚娶了新妻子。英宗很生气地说："这家伙夫妻的关系尚且看得这么淡薄，还能忠心侍奉我吗？"于是处以杖刑并疏远了他。宣德年间，金吾卫指挥傅广阉割自己，请求在宫中效命。宣宗说："这人官位已到三品，还想要做什么？自残来谋求升官，交付法官判罪！"唉！这也是圣人的远见啊！

伐卫　伐莒

齐桓公朝而与管仲谋伐卫[①]。退朝而入，卫姬望见君[②]，下堂再拜[③]，请卫君之罪。公问故，对曰："妾望君之入也，足高气强[④]，有伐国之志也。见妾而色动，伐卫也。"明日君朝，揖管仲而进之。管仲曰："君舍卫乎？"公曰："仲父安识之？"管仲曰："君之揖朝也恭，而言也徐，见臣而有惭色。臣是以知之。"

【注释】

①卫：诸侯国名。周初管叔、蔡叔挑动纣王之子武庚作乱被讨平后，

成王封康叔于卫，管理殷之余民，都朝歌（今河南淇县）。

②卫姬：桓公宠姬。卫人，姬姓。

③再拜：古代的一种礼节。先后拜两次，即拜完又拜，表示恭敬。

④足高：举步高远。

【译文】

齐桓公上朝与管仲商讨攻打卫国的事。退朝后回到后宫，卫姬一望见齐桓公，就走下堂行再拜大礼，替卫君请罪。桓公问她原因，她回答说："妾看见您进来时，迈步高远，气势强盛，有讨伐他国的志向。看见妾后，脸色改变，一定是要讨伐卫国了。"第二天桓公上朝，向管仲拱手行礼让他进前。管仲说："您取消伐卫的计划了吗？"桓公说："仲父怎么知道的？"管仲说："您上朝时，态度谦让，说话缓慢，看见臣时面露愧色。臣因此知道了。"

齐桓公与管仲谋伐莒[①]，谋未发而闻于国。公怪之，以问管仲。仲曰："国必有圣人也！"桓公叹曰："嘻！日之役者，有执柘杵而上视者[②]，意其是耶[③]？"乃令复役，无得相代。少焉，东郭垂至。管仲曰："此必是也！"乃令傧者延而进之[④]，分级而立[⑤]。管仲曰："子言伐莒耶？"曰："然。"管仲曰："我不言伐莒，子何故曰伐莒？"对曰："君子善谋，小人善意。臣窃意之也。"管仲曰："我不言伐莒，子何以意之？"对曰："臣闻君子有三色：优然喜乐者[⑥]，钟鼓之色[⑦]；愀然清静者[⑧]，缞绖之色[⑨]；勃然充满者，兵革之色[⑩]。日者臣望君之在台上也[⑪]，勃然充满，此兵革之色。君吁而不吟[⑫]，所言者莒也；君举臂而指，所当者莒也。臣窃意小诸侯之未服者唯莒，故言之。"

【注释】

①莒:周武王封古帝少昊后裔于莒,故城即今之山东莒县。

②柘(zhè)杵:柘木所作之杵,版筑城墙时用以夯土。

③意:揣测。

④傧(bīn)者:引导宾客的人。延:引导。

⑤分级:区分等次位置。

⑥优然:安然。安泰的样子。

⑦钟鼓之色:欣赏音乐时表现出的欣喜面色。钟鼓,古时以钟鼓为乐器。

⑧愀(qiǎo)然:忧愁悲伤的样子。愀,忧愁悲哀。

⑨缞绖(cuī dié):丧服。此处借指有丧事。

⑩兵革:武器盔甲。此处借指有战事。

⑪日者:那一天。

⑫吁而不吟(yìn):形容发"莒"音的口型。吁,开口呼气。吟,闭口。

【译文】

齐桓公与管仲商讨攻打莒国,计划还没发布却举国皆知。桓公觉得奇怪,拿这件事问管仲。管仲说:"国内必定有圣人!"桓公感叹说:"哎呀!那天有一位拿着柘木杵向上看的杂役,我推测大概是这个人吧?"于是下令再找这个人回来干活,不可以找人顶替。不久,东郭垂来了。管仲说:"一定是这个人了!"于是命令引导宾客的人引导东郭垂进来,按等级位次站立。管仲说:"是你说我国要伐莒的吗?"东郭垂说:"是的。"管仲说:"我不曾说要伐莒,你为什么说我国要伐莒呢?"东郭垂回答:"君子善于谋划,小人善于揣测。这话是我私自揣测的。"管仲说:"我不曾说要伐莒,你凭借什么猜测的?"东郭垂回答:"小民听说君子有三种脸色:安然喜悦,是享受钟鼓音乐的脸色;忧愁清静,是有丧事的脸色;愤怒张扬,是将用兵的脸色。那天小民望见您站在高台上,愤怒张扬,这就是将要用兵的脸色。您开口呼气而不闭口,所说的是'莒';您抬手所指，是莒国的方位。我私自揣度，还没有归顺的小诸侯只有莒国，所以说我国要伐莒。”

桓公一举一动，小臣妇女皆能窥之，殆天下之浅人与[①]？是故管子亦以浅辅之[②]。

【注释】

①浅人：浅薄的人。

②以浅辅之：指辅之以霸道。

【译文】

齐桓公的一举一动，连小民妇女都能猜测得到，大概是相当浅薄的人吧？所以管仲也用浅近的霸道辅助他。

臧孙子

齐攻宋，宋使臧孙子南求救于荆[①]。荆王大悦，许救之甚劝[②]。臧孙子忧而反，其御曰：“索救而得，子有忧色，何也？”臧孙子曰：“宋小而齐大，夫救小宋而患于大齐，此人之所以忧也。而荆王悦，必以坚我也[③]。我坚而齐敝，荆之所利也。”臧孙子归，齐拔五城于宋，而荆救不至。

【注释】

①臧孙子：《韩非子·说林》作臧孙子，《战国策·宋策》作臧子，无“孙”字。而臧孙氏为鲁国人，所以此处或当从《宋策》。荆：楚国。

②劝：有力。此处指楚王答应救援很积极。

③坚我：坚定我们坚守的信念。

【译文】

齐国攻打宋国,宋国派臧孙子到南方向楚国求救。楚王非常高兴,答应救宋十分积极。臧孙子忧心忡忡地返程。他的车夫问:“您来求救兵,楚王也答应了,您却面带忧愁,是为什么?”臧孙子说:“宋国弱小而齐国强大,援救弱小的宋国而得罪强大的齐国,这是一般人都会忧虑的。但楚王却很高兴,一定是以这种态度坚定我们坚守的信念,我国坚守,齐国因而消耗疲敝,这对楚国是有利的。”臧孙子回国后,齐国攻占了宋国的五座城池,但楚国的救兵一直没来。

南文子

智伯欲伐卫①,遗卫君野马四百、璧一②。卫君大悦,群臣皆贺,南文子有忧色。卫君曰:“大国交欢,而子有忧色何?”文子曰:“无功之赏,无力之礼③,不可不察也。野马四百、璧一,此小国之礼,而大国致之。君其图之!”卫君以其言告边境。智伯果起兵而袭卫,至境而反,曰:“卫有贤人,先知吾谋也!”

【注释】

①智伯:此指智瑶。春秋末期,晋国六卿专政,前497年,荀、韩、魏三家攻灭范、中行二家。晋国荀、赵、魏、韩四家中以荀氏(即智氏)为最强。传二世至智瑶,专晋国政,称智伯,侵陵三家。前453年,赵氏联合韩、魏,擒杀智伯,灭智氏。

②野马四百、璧一:《战国策·宋卫策》或作“野马四、白璧一”。《说苑·权谋》作“遗之乘(shèng)马,先之以璧”,与《战国策》同。野马,骏马,良马。

③无力之礼:没有效力而获得礼遇。

【译文】

智伯想要攻打卫国,于是送给卫君四百匹良马、一块玉璧。卫君非常高兴,群臣都来祝贺,南文子却面带忧愁。卫君说:“大国与我交好,你为什么面带忧愁呢?”南文子说:“没有功劳而得到赏赐,没有效力而得到礼遇,不可以不警醒觉察。四百匹良马、一块璧玉,这是小国的礼物,而晋这样的大国用这些礼物送给卫国。您一定要慎重考虑啊!”卫君将这些话告诉边境的守军做好防卫。智伯果然起兵袭击卫国,到了边境却又退兵,说:“卫国有贤明的人,预先知道了我的谋略。”

韩、魏不爱万家之邑以骄智伯[①],此亦璧马之遗也。智伯以此蛊卫[②],而还以自蛊,何哉?

【注释】

①韩、魏不爱万家之邑以骄智伯:智伯好利而刚愎自用,向韩、魏索万家之邑各一,韩、魏给了他,以使他更加骄纵。

②蛊:蛊惑,迷惑。

【译文】

韩、魏不吝惜万家县邑来让智伯骄傲,这也是赠送玉璧、良马之类的事。智伯用这种手段来迷惑卫国,到头来自己反而被迷惑,为什么呢?

智过　绨疵

张孟谈因朝智伯而出[①],遇智过辕门之外[②]。智过入见智伯曰:“二主殆将有变[③]!”君曰:“何如?”对曰:“臣遇孟谈于辕门之外，其志矜，其行高[4]。”智伯曰：“不然，吾与二主约谨矣[5]。破赵，三分其地，必不欺也。子勿出于口。”智过出见二主，入说智伯曰：“二主色动而意变，必背君，不如今杀之！”智伯曰：“兵著晋阳三年矣[6]，旦暮当拔而飨其利[7]，乃有他心，不可。子慎勿复言！”智过曰：“不杀，则遂亲之。”智伯曰：“亲之奈何？”智过曰：“魏桓子之谋臣曰赵葭，韩康子之谋臣曰段规，是皆能移其君之计[8]。君其与二君约：破赵则封二子者各万家之县一。如是，则二主之心可不变，而君得其所欲矣！”智伯曰：“破赵而三分其地，又封二子者各万家之县一，则吾所得者少，不可！”智过见君之不用也，言之不听，出更其姓为辅氏[9]，遂去不见。边批：正是智过对手。张孟谈闻之，入见襄子曰：“臣遇智过于辕门之外，其视有疑臣之心，入见智伯，出更其姓，今暮不击，必后之矣。”襄子曰：“诺。”使张孟谈见韩、魏之君，夜期杀守堤之吏[10]，而决水灌智伯军。智伯军救水而乱。韩、魏翼而击之，襄子将卒犯其前，大败智伯军而擒智伯。智伯身死、国亡、地分，智氏尽灭，唯辅氏存焉。

【注释】

①张孟谈因朝智伯而出：智伯得韩、魏地，又求地于赵襄子。赵襄子不给他，智伯大怒，帅韩、魏之兵攻赵氏。赵襄子出奔晋阳，智伯决水灌晋阳。赵襄子急，派遣张孟谈以朝智伯之名而私会韩、魏，劝说二家背智氏。谋划既定，张孟谈复见智伯。张孟谈，赵襄子家臣。

②智过：又作智果、智国，智氏的族人。

③二主：指韩、魏两家的首领韩康子、魏桓子。

④其志矜（jīn），其行高：神色傲慢，迈步高远。矜，骄傲，自夸。

⑤约谨：约定得很谨密。

⑥兵著晋阳：军队停留在晋阳。著，通“伫”，滞留。晋阳，古邑名。为春秋战国之际赵氏都邑，战国时赵国都城。故址在今山西太原西南。

⑦飨（xiǎng）其利：享有利益。飨，通“享”，享受。

⑧移其君之计：改变其主人的主意。

⑨更其姓为辅氏：改姓就是脱离智氏之宗族，智氏族灭就可以不受连累。

⑩守堤之吏：智氏与韩、魏三家决水灌晋阳，以堤护己之营垒，堤上有官吏守护。

【译文】

张孟谈觐见智伯后出营，在辕门外遇见智过。智过进去见智伯说：“韩、魏两位主君大概将会有变化！”智伯说：“怎么回事？”智过回答说：“臣在辕门外遇见张孟谈。他意志骄矜，迈步高远。”智伯说：“不是这样。我和韩、魏二主很慎重地盟约。攻占赵国后，就三分赵地，彼此绝不欺骗。你不要这样说。”智过出来后拜见韩、魏二主，又返回劝说智伯：“韩、魏二主神色有变化，心意已经改变，一定会背叛您，不如现在杀了他们！”智伯说：“我们的军队围困晋阳三年了，很快就会攻占它享受好处，现在有其他的想法，不可以。你千万不要再说了。”智过说：“您实在不杀他们，就要亲近他们。”智伯说：“怎么亲近他们呢？”智过说：“魏桓子的谋臣叫赵葭，韩康子的谋臣叫段规，这都是足以改变他们主君计划的人。您可以和两位主君约定：占领赵国后，各封赵葭、段规一个万家的县邑。像这样，二位主君就不会改变心意，而您也能够实现您的心愿。”智伯说：“占领赵国后要三分赵地，又要各封给赵葭、段规一个万家的县邑，那我得到的太少，不行。”智过见智伯不采纳自己的计谋，又不听从自己的劝告，出去后将姓改为辅氏，立刻离开不再露面了。边批：正是智过正确的对策。张孟谈听到这件事后，进去见赵襄子说：“臣在辕门外遇见智过，他看我的神色已对我有疑心；进去见过智伯，出来后就更改姓氏，看来今天晚上我们不出击就太晚了。”赵襄子说：“好。”就派张孟谈去拜见韩、魏二主，约定晚上杀守堤防的官吏，放水淹智伯的军队。智伯的军队为救水而大乱，韩、魏军队从两侧攻击，赵襄子带兵从正面进攻，大败智伯的军队，擒住智伯。智伯被杀，家族灭亡，土地被瓜分，智氏被全部消灭，只有辅氏留存了下来。

按《纲目》[①]：智果更姓，在智宣子立瑶为后之时[②]，谓瑶“多才而不仁，必灭智宗”，其知更早。

【注释】

①《纲目》：此指《通鉴纲目》，朱熹根据司马光《资治通鉴》增损概括而成，内容简明扼要。

②智果更姓，在智宣子立瑶为后之时：智宣子要立智瑶为嗣。智果以为智瑶贤而不仁，如果立智瑶，智氏必灭。宣子不听，智果别族为辅氏。智宣子，春秋末期晋卿，名申。智瑶之父。

【译文】

根据《通鉴纲目》记载：智果改姓，是在智宣子立智瑶为后的时候，他认为智瑶“多才艺却不仁慈，必定会使智氏灭宗”，他的先知先觉更早。

智伯行水[①]，魏桓子、韩康子骖乘[②]。智伯曰：“吾乃今知水可以亡人国也。”桓子肘康子[③]，康子履桓子之跗[④]，以汾水可以灌安邑，绛水可以灌平阳也[⑤]。絺疵谓智伯曰[⑥]：

"韩、魏必反矣!"智伯曰:"子何以知之?"对曰:"以人事知之:夫从韩、魏而攻赵,赵亡,难必及韩、魏矣。今约胜赵而三分其地,城降有日,而二子无喜志,有忧色,是非反而何?"明日智伯以其言告二子,边批:蠢人[7]。二子曰:"此谗臣欲为赵氏游说,使疑二家而懈于攻赵也。不然,二家岂不利朝夕分赵氏之田,而欲为此危难不可成之事乎?"二子出,絺疵入曰:"主何以臣之言告二子也?"智伯曰:"子何以知之?"对曰:"臣见其视臣端而疾趋[8],知臣得其情故也。"

【注释】

①行水:智伯挖开河堤水灌晋阳,城墙仅余六尺还没淹没。智伯巡行以看水势。

②骖乘:陪智伯乘兵车巡行。骖,通"参",陪乘。

③肘:用肘碰。

④履:用脚踩。跗(fū):脚背。

⑤汾水可以灌安邑,绛水可以灌平阳:安邑,魏氏之都邑,在今山西夏县西北,临近涑水。《读史方舆纪要》:"绛水西流入闻喜县,涑水之上源。"则笼统而言,灌安邑的是绛水。平阳为韩氏之都邑,在今山西临汾西南,临近汾水。则灌平阳的是汾水。这里是沿袭了《说苑》《资治通鉴》等古籍之误。

⑥絺(chī)疵:智伯家臣。

⑦蠢人:按,此边批底本无,据明积秀堂本补。

⑧端:严肃。

【译文】

智伯巡视晋阳水势,魏桓子、韩康子陪同乘车。智伯说:"我如今才知道水可以让人亡国。"魏桓子用胳膊肘碰了下韩康子,韩康子踩了下赵桓子的脚背，因为汾水可以淹灌魏都安邑，绛水可以淹灌韩都平阳。絺疵对智伯说："韩、魏二主一定会反叛。"智伯说："你怎么知道？"絺疵回答说："从人情道理就可以知道：韩、魏两家跟着我们攻击赵氏，赵氏灭亡后，灾难一定殃及韩、魏。现在约定战胜赵氏以后三分赵地，成功在即，而韩、魏二主并不高兴，反而面带忧愁，这不是要反叛是什么？"第二天，智伯将这些话告诉魏桓子和韩康子，边批：蠢人。两人说："这是进谗言的臣子想替赵氏游说，使您怀疑我们两家并对攻击赵国的事懈怠。不这样的话，我们两家难道不喜欢早日分到赵氏的田地，反而想做这种危险困难又不可完成的事吗？"两人出去后，絺疵进来说："主君为什么把臣的话告诉这两个人呢？"智伯说："你怎么知道？"絺疵回答说："我看见他们见臣时目光严肃步伐急促，应是他们知道臣已揣测到他们的心意了。"

诸葛亮

有客至昭烈所①，谈论甚惬。诸葛忽入，客遂起如厕。备对亮姱客②，亮曰："观客色动而神惧，视低而盼数③，奸形外漏，邪心内藏，必曹氏刺客也！"急追之，已越墙遁矣。

【注释】

①昭烈：蜀汉先主刘备，卒谥昭烈皇帝。

②姱（kuā）：夸奖，夸赞。

③盼数（shuò）：屡次顾盼。数，屡次。

【译文】

有客人到昭烈帝刘备处，彼此谈论得很愉快。诸葛亮忽然进来，客人就起来上厕所。刘备向诸葛亮夸奖客人，诸葛亮说："我观察客人脸色骤变而神情恐惧，视线低垂且左顾右盼，奸诈的形貌已经外显出来，内心隐藏邪恶，一定是曹操派来的刺客！"急忙去追他，客人已经翻墙逃走了。

梅衡湘

少司马梅公衡湘名国祯[①],麻城人。总督三镇,虏酋忽以铁数镒来献[②],曰:"此沙漠新产也。"公意必无此事,彼幸我弛铁禁耳[③]。乃慰而遣之,即以其铁铸一剑,镌云:"某年月某王赠铁。"因檄告诸边:"虏中已产铁矣,不必市釜。"其后虏缺釜,来言旧例[④],公曰:"汝国既有铁,可自冶也。"虏使哗言无有[⑤],公乃出剑示之。虏使叩头服罪,自是不敢欺公一言。

【注释】

①少司马梅公衡湘:梅国祯,字克生,号衡湘。明万历进士。以善兵事著称。累迁兵部右侍郎,总督宣府、大同、山西军务。兵部侍郎古称少司马。

②镒:二十四两为一镒,或云二十两为一镒。

③幸:希望得到非分的利益,侥幸。铁禁:古代北方沙漠地区不产铁,为控制游牧民族,不准民间私自售铁塞外。

④旧例:旧时供应铁釜之条例。

⑤哗言:大声吵闹。

【译文】

少司马梅衡湘名国祯,是麻城人。总督宣府、大同、山西三镇时,北方部族酋长忽然献来几镒铁,说:"这是沙漠新生产的。"梅国祯猜想一定没有这种事,他们只是侥幸希图我们能放松铁禁罢了。于是梅国祯慰劳并送走了他,随即用这些铁铸成一把剑,剑上刻着:"某年某月某王赠铁。"于是以公文告谕边境:"北方部族中已能生产铁器,不必卖锅给他们。"后来北方部族中缺铁锅,来说请依照旧例卖锅给他们,梅国祯说:

“你们国家已经有铁，可以自己铸造啊。”北方部族使者吵闹着说没有，梅国祯于是拿出剑来给他看。使者叩头服罪，从此不敢欺骗梅国祯。

按，公抚云中[①]，值虏王款塞[②]，以静镇之。遇华人盗夷物者，置之法，夷人于赏额外求增一丝一粟，亦不得也。公一日大出猎，盛张旗帜，令诸将尽甲而从，校射大漠。县令以非时妨稼[③]，心怪之而不敢言。后数日，获虏谍云：虏欲入犯，闻有备中止。令乃叹服。公之心计，非人所及。

【注释】

①云中：此指明大同府，治所在今山西大同。

②虏王款塞：指塞外少数民族通好或内附。虏王，此指蒙古俺答汗之孙扯力克，自俺答归顺，三世受明封为顺义王。

③非时妨稼：非校猎之时，妨害农事。古时校猎在秋冬季。

【译文】

按，梅国祯总督大同军务时，正逢蒙古的顺义王到边塞来通好，梅国祯用平静镇抚他们。遇到盗取外国人财物的中原人，就依法处置；外国人如想在封赏的额度外多求一缕丝、一粒米，也不会给。有一天，梅国祯带大队人马出猎，大张旗帜，命令各将领都全副武装跟随，在大漠射猎。县令认为这不是打猎的时节，会妨害农事，内心觉得奇怪却不敢说。几天后，捉到敌方间谍说：敌人本想入侵，听说梅公有防备才中止了。县令于是感叹佩服。梅国祯的心计，不是常人能比得上的。

魏先生

隋末兵兴[①]，魏先生隐梁、宋间[②]。杨玄感战败[③]，谋主李密亡命雁门，变姓名教授[4]，与先生往来。先生因戏之曰："观吾子气沮而目乱，心摇而语偷[5]。今方捕蒲山党[6]，得非长者乎？"李公惊起，捉先生手曰："既能知我，岂不能救我与？"先生曰："吾子无帝王规模[7]，非将帅才略，乃乱世之雄杰耳。"边批：数句道破李密一生，不减许子将之评孟德也[8]。因极陈帝王将帅与乱世雄杰所以兴废成败，曰："吾尝望气[9]，汾晋有圣人生。能往事之，富贵可取。"李公拂衣而言曰："竖儒不足与计事[10]！"后脱身西走，所在收兵，终见败覆，降唐复叛，竟以诛夷。

【注释】

①隋末兵兴：隋炀帝大业七年（611），因攻高丽，天下骚动，山东邹平民王薄据长白山起义，又有刘霸道、孙安祖、张金称等在山东、河北起义，翟让、徐世勣则在河南瓦岗起义。

②魏先生：隋朝隐士，不知姓名。梁、宋间：今河南开封、商丘一带。

③杨玄感战败：隋大业九年（613），隋礼部尚书杨玄感在黎阳（今河南浚县东）率运夫起兵。李密劝其长驱入蓟（今北京西南），扼临渝（今河北山海关）之险，使率师攻高丽的炀帝不得归。玄感不听，攻洛阳，不克。炀帝闻讯急归。玄感西趋潼关，一日三败，为追兵所杀。

④李密亡命雁门，变姓名教授：据《隋书》和新、旧《唐书》之李密本传，李密在杨玄感败后曾流落淮阳（今属河南），变姓名为刘智远，教授诸生，未曾去过雁门。淮阳与魏先生隐居之地切近，故得往来。译文从之。李密，字玄邃。初为炀帝宿卫，后称病去职。杨玄感起兵，为主要谋士，因其策不用而败。投瓦岗军，称魏公，为王世充所败。归唐，拜光禄卿，为李渊逼反而被杀。雁门，指今

山西东北部代县一带。隋雁门郡治雁门县,即今山西代县。此处与魏先生隐居地相距甚远,必误。

⑤语偷:说话吞吐敷衍。偷,敷衍,马虎。

⑥蒲山党:李密之党。李密之父李宽在隋朝封蒲山郡公,李密袭爵。

⑦规模:心胸气度。

⑧许子将之评孟德:许劭评价曹操“子治世之能臣,乱世之奸雄”。许子将,许劭,字子将,东汉末名士。好品评人物。

⑨望气:古时相术。可望云气而预测吉凶。因为天子将相所在有异样云气,故可通过“望气”而判断其方位。

⑩竖儒:凡庸无志的书生。对儒生的鄙称。

【译文】

隋朝末年发生战乱,魏先生隐居在梁、宋之间。杨玄感战败,他的主要谋士李密逃亡到淮阳,改变姓名教书,与魏先生交往。魏先生于是开玩笑说:“我看您气色沮丧,目光慌乱,心志动摇而言语吞吞吐吐。当今正在追捕蒲山党人,莫非就是您吗?”李密惊惶地站起来,握住先生的手说:“既然能了解我,难道不能救我吗?”魏先生说:“您没有帝王的气度,也没有将帅的才略,只是乱世的豪杰罢了。”接着极力陈说自古帝王将帅与乱世豪杰兴衰成败的道理,又说:“我曾望气,知道山西汾阳一带有圣人气象。您前去侍奉他,就可以得到富贵。”李密挥动衣服激愤地说:“学识浅陋的儒生,不足以一起商议大计。”后来李密脱身向西逃走,所到之处招收士兵,最后还是失败,投降唐朝后又反叛,最终被杀。

魏先生高人,更胜严子陵一倍[①]。

【注释】

①严子陵:名光,字子陵。汉时隐士。本姓庄,避明帝讳改姓严。少与刘秀同学,及刘秀即位,子陵变姓名不见。后物色得之,除谏议

大夫，不就，耕钓于富春山中。

【译文】

魏先生真是见识卓越的人，比严子陵还要更胜一筹。

夏翁　尤翁

夏翁，江阴巨族，尝舟行过市桥，一人担粪，倾入其舟，溅及翁衣。其人旧识也，僮辈怒，欲殴之。翁曰："此出不知耳，知我宁肯相犯？"因好语遣之。及归，阅债籍，此人乃负三十金无偿，欲因以求死。翁为之折券[①]。

【注释】

①折券：毁掉债券，免去债务。因古代契券为木制，毁券则折之。

【译文】

夏翁是江阴豪门大族，曾经乘船经过市桥，有一个人挑着粪，倒入他乘的船，污物溅到夏翁的衣服上。这人还是旧相识，僮仆很生气，想打他。夏翁说："这是因为他不知情，如果知道是我，怎会冒犯我呢？"因而用好话把他打发走。等到回了家，夏翁翻阅债务账册，原来这个人欠三十金无法偿还，想借此来求死。夏翁替他毁掉契券，免除了债务。

长洲尤翁开钱典[①]，岁底，闻外哄声，出视，则邻人也。司典者前诉曰[②]："某将衣质钱[③]，今空手来取，反出詈语[④]，有是理乎！"其人悍然不逊[⑤]。翁徐谕之曰："我知汝意，不过为过新年计耳。此小事，何以争为？"边批：柔言折人，乃公亦滑。命检原质[⑥]，得衣惟四五事，翁指絮衣曰："此御寒不可少。"又指道袍曰[⑦]："与汝为拜年用。他物非所急，自可留也。”其人得二件，嘿然而去，是夜竟死于他家，涉讼经年。盖此人因负债多，已服毒，知尤富可诈；既不获，则移于他家耳。或问尤翁：“何以预知而忍之？”翁曰：“凡非理相加，其中必有所恃，小不忍则祸立至矣。”边批：名言。可以喻大。人服其识。

【注释】

①钱典：典当铺。

②司典者：负责典当的人。

③质钱：典当东西换钱。

④詈（lì）语：骂人的话。

⑤悍然不逊：蛮横，无礼。

⑥原质：所典当的东西。

⑦道袍：古代家居常服。

【译文】

长洲尤翁开着当铺，年底，听到门外有吵闹声，出门一看，原来是邻居。负责典当的人上前对尤翁诉说：“他用衣服典押借钱，现在空手来赎取，而且张口骂人，有这种道理吗？”这人还是一副蛮横不讲理的样子。尤翁慢慢地告诉他说：“我知道你的想法，不过是为新年打算罢了。这种小事何必争吵？”边批：用温和的言语让人折服，这老翁也是圆滑。就命人检查他原来抵押的物品，只有四五件衣服。尤翁指着棉衣道：“这件是御寒不可少的。”又指着长袍道：“这件给你拜年用。其他不是急需，还可以留在这里。”这个人拿了两件衣服，默默地离去，但是当夜竟然死在别人家，官司打了一年。原来这个人因为负债太多，已经服毒还没有发作，知道尤翁有钱可以讹诈；讹诈不成功后，就转移到别家了。有人问尤翁：“你怎么事先知道而忍让着他？”尤翁说：“凡有人不合常理地来欺凌你，一定有所仗恃。小事不能忍，灾祸就立刻降临了。”边批：名言。可以说明大事。人人都佩服他的见识。

吕文懿公初辞相位[1]，归故里，海内仰之如山斗[2]。有乡人醉而詈之，公戒仆者勿与较。逾年其人犯死刑入狱，吕始悔之，曰：“使当时稍与计较，送公家责治，可以小惩而大戒。吾但欲存厚[3]，不谓养成其恶，陷人于有过之地也。”议者以为仁人之言。或疑此事与夏、尤二翁相反。子犹曰[4]：不然，醉詈者恶习，理之所有，故可创之使改；若理外之事，亦当以理外容之。智如活水，岂可拘一辙乎[5]！

【注释】

①吕文懿公：吕原，字逢原。明正统进士，天顺初入内阁，与李贤、彭时相得甚欢。后因母丧辞相归里。卒谥文懿。

②山斗：泰山、北斗。比喻为世人所景仰的人。

③存厚：心存厚道。

④子犹：冯梦龙自指。冯梦龙又字子犹。

⑤一辙：同一车轮碾出的痕迹。比喻相同。

【译文】

文懿公吕原刚刚辞去相位，回归故里，国人景仰他如泰山北斗。有一个乡下人醉酒后大骂文懿公，文懿公告诫仆人不要与他计较。一年后，这个人触犯死罪入狱，文懿公才后悔说：“假使当初稍微和他计较，送去官府责问，可以用小小的惩罚给他很大的警戒。我只想到保持自己的厚道，没想到养成他的恶行，而将他陷入犯罪的地步。”议论的人认为这是仁者的话。有人认为这事与夏、尤二翁的做法相反。我认为：不是这样的。酒醉骂人是坏习惯，这是在情理之中的，所以可以惩治他让他悔改;但如果是没有道理的事,也应该在情理之外包容他。智慧就像活水一样,哪能只局限于同一种方法呢?

隰斯弥

隰斯弥见田成子[①],田成子与登台四望,三面皆畅,南望,隰子家之树蔽之,田成子亦不言。隰子归,使人伐之,斧离数创[②],隰子止之。其相室曰[③]:"何变之数也[④]?"隰子曰:"谚云:'知渊中之鱼者不祥。'夫田子将有事[⑤],事大而我示之知微[⑥],我必危矣。不伐树,未有罪也;知人之所不言,其罪大矣,乃不伐也。"

【注释】

①隰(xí)斯弥:春秋末齐国大夫。田成子:田(陈)氏,名恒,避汉文帝刘恒讳,作"田常"。春秋末期齐国权臣。杀简公,立平公,尽诛齐国大族鲍、晏等。后三世,田氏终代姜姓而有齐国。

②离:割,分隔。数创:砍树数下。

③相室:为卿大夫管理家务的人。为家臣之首。

④数(shuò):通"速",快。

⑤有事:指弑齐君或杀齐大族之类的事。

⑥知微:看出事物发生变化的隐微征兆。谓有预见。

【译文】

隰斯弥拜见田成子,田成子和他一起登台四面远望,三面都视野辽阔,只有南面被隰斯弥家的树遮蔽了,田成子也没有说什么。隰斯弥回家后,命人把树砍掉,但是才砍了几斧,隰斯弥又制止了。他的相室说:"为什么改变得这么快呢?"隰斯弥说:"俗语说:'能够了解深渊中的鱼的人是不吉祥的。'田子将谋划大事，如果事情重大而我却表现出能看出征兆，那我的处境必定很危险。不砍树，还没有罪；预知别人不说而将要做的事，罪就大了，所以不砍树。"

又是隰斯弥一种知微处。

【译文】

这又是隰斯弥一件从微小苗头预知事情发展的事。

郈成子

郈成子为鲁聘于晋①，过卫，右宰穀臣止而觞之②，陈乐而不乐，酒酣而送之以璧。顾反，过而弗辞③。其仆曰："向者右宰穀臣之觞吾子也甚欢，今侯渫过而弗辞④？"郈成子曰："夫止而觞我，与我欢也；陈乐而不乐，告我忧也；酒酣而送我以璧，寄之我也。若是观之，卫其有乱乎？"倍卫三十里⑤，闻甯喜之难作⑥，右宰穀臣死之。还车而临⑦，三举而归⑧。至，使人迎其妻子，隔宅而异之，分禄而食之；其子长而反其璧。孔子闻之，曰："夫知可以微谋⑨，仁可以托财者，其郈成子之谓乎！"

【注释】

①郈（hòu）成子：鲁国大夫。郈氏为鲁孝公之子惠伯华之后，封于郈，遂以邑为氏。后为鲁"三桓"所灭，郈于是为叔孙氏封邑。聘：诸侯之间的通问修好。

②右宰穀臣：卫大夫。觞：酒杯，此处指宴请。

③辞：告诉，告知。

④侯：何。渫（xiè）：重过。

⑤倍：通“背”，离开。

⑥甯喜之难：鲁襄公十四年（前559），卫献公为其臣孙林父、甯殖所逐，奔于齐。卫殇公立。至鲁襄公二十五年（前548），卫献公与甯殖之子甯喜约定，若甯喜叛殇公迎己，则将来“政由甯氏，祭则寡人”。甯喜遂杀殇公而纳献公。至鲁襄公二十六年（前547），卫献公患甯喜专政，乃用大夫公孙免余等攻甯氏，杀甯喜等人，陈尸于朝。

⑦临：哭吊。

⑧举：祭祀。

⑨微谋：密谋。

【译文】

鲁国大夫郈成子为鲁国去晋国聘问修好，经过卫国时，卫国大夫右宰穀臣请他留下来饮酒，陈设乐队奏乐却不快乐，酒酣后把璧玉送给郈成子。郈成子在归途经过卫国时，却不告知穀臣。郈成子的马夫说：“先前右宰穀臣请您喝酒喝得很高兴，如今为什么再次路过卫国却不告知他呢？”郈成子说：“把我留下来喝酒，是和我一起欢乐；陈设乐队奏乐却不快乐，是要告诉我他有忧愁；酒酣后送我璧玉，是对我有所托付。如此看来，卫国难道将有动乱发生吗？”离开卫国才三十里，就听说甯喜之乱发生，右宰穀臣被杀。郈成子立刻调转车头回到穀臣家哭吊他，再三祭拜之后才回鲁。到家后，就派人迎接穀臣的妻儿，将自己的住宅分出一部分给他们住，将自己的俸禄分一部分供养他们；等到穀臣的儿子长大后，又将玉璧归还。孔子听到这件事，说道：“有智慧可以提前密谋，有仁义可以托付财物，说的就是郈成子吧？”

庞仲达

庞仲达为汉阳太守[①]，郡人任棠有奇节，隐居教授。仲达先到候之[②]，棠不交言，但以薤一大本、水一盂置户屏前[③]，自抱儿孙伏于户下。主簿白以为倨[④]，仲达曰："彼欲晓太守耳。水者，欲吾清；拔大本薤者，欲吾击强宗[⑤]；抱儿当户，欲吾开门恤孤也。"叹息而还。自是抑强扶弱，果以惠政得民。

【注释】

①庞仲达：庞参，字仲达。东汉安帝时，邓骘讨羌，为樊准所荐，拜汉阳太守，有惠政。顺帝时累官至太尉。汉阳：东汉汉阳郡，治冀县（今甘肃甘谷东）。

②候：看望，拜访。

③薤（xiè）：一种草本植物，新鲜鳞茎可作蔬菜。本：量词。棵，丛。户屏：指照壁。

④倨：倨傲无礼。

⑤强宗：豪强士族。有势力的宗族。

【译文】

庞仲达担任汉阳太守时，郡中人任棠品性高洁，隐居教授门徒。庞仲达到任后先到他家拜访，见面后任棠不与庞仲达交谈，只是将一大丛薤、一盆水放在照壁前，自己抱着儿孙，蹲伏在门下。主簿认为任棠这种态度过于倨傲无礼。庞仲达说："他想暗示我这个太守罢了。水的用意，是要我清廉；一大丛薤的用意，是要我打击强势宗族；抱着儿孙伏在门口，是想要我打开大门抚恤孤寡。"于是叹着气回去。从此庞仲达抑制强权，扶持弱小，果然靠德政获得民心。

张安道

富郑公自亳移汝[①],过南京[②]。张安道留守[③],公来见,坐久之。公徐曰:"人固难知也!"安道曰:"得非王安石乎?亦岂难知者。往年方平知贡举[④],或荐安石有文学,宜辟以考校[⑤],姑从之。安石既来,一院之事皆欲纷更,方平恶其人,即檄以出,自此未尝与语也。"富公有愧色[⑥]。

【注释】

①富郑公:富弼,字彦国。庆历年间为枢密副使,助范仲淹推行新政。后被排挤。仁宗至和二年(1055)拜相,英宗时复为相,神宗时以反对王安石变法出判亳州。封郑国公。自亳移汝:富弼罢相判亳州,及青苗法出,富弼抵制不行,为赵济、邓绾所劾,乃以仆射判汝州。亳,亳州,治今安徽亳州。汝,汝州,治今河南汝州。

②南京:北宋应天府,后改称南京,即今河南商丘。

③张安道:张方平,字安道。神宗初拜参知政事。曾公亮议用王安石,方平以为不可。留守:官名。宋设南京留守司,掌行宫宫钥及京城修葺、守卫、弹压之事。

④知贡举:唐宋时特派主持进士考试。

⑤辟(bì):征召。

⑥富公有愧色:富弼当年也推荐过王安石。

【译文】

富弼从亳州移官汝州,经过南京。当时张方平为南京留守,富弼来拜访张方平,坐了很久,才慢慢地说:"人实在很难了解啊!"张方平说:"你说的莫非是王安石吗?这哪里有什么难了解的。往年我担任主考官的时候,有人推荐王安石有文学方面的造诣,应该举用他为科举考试的官员,我姑且听从了。王安石来了以后,企图改变整个贡院的工作方式,我很厌恶他，就下一道公文把他调出去，从此不曾和他说过话。”富弼颇为惭愧。

曲逆之宰天下，始于一肉[①]；荆公之纷天下，兆于一院。善观人者，必于其微。

【注释】

①曲逆之宰天下，始于一肉：曲逆，指陈平。陈平以功封曲逆侯，为汉丞相。《史记·陈丞相世家》记载，陈平还是平民百姓的时候，乡里祭社，陈平主持切割祭肉，分肉甚均。父老都说：“善！陈孺子之为宰！”平曰：“嗟乎，使平得宰天下，亦如此肉矣！”

【译文】

曲逆侯陈平成为汉朝的丞相，始于早年在乡里分肉很公平；荆国公王安石纷扰天下，起源于改变贡院的行政办法。善于观察人的，一定注意细微的地方。

○寇准不识丁谓，而王旦识之[①]。富弼、曾公亮不识安石[②]，而张方平、苏洵、鲜于侁、李师中识之。人各有所明暗也。

【注释】

①寇准不识丁谓，而王旦识之：寇准开始与丁谓交好，向李沆推荐，后丁谓挤陷寇准，至欲置之于死地。王旦则认为丁谓有才而无道，不能重用。

②曾公亮：字明仲。嘉祐间拜吏部侍郎、同中书门下平章事、集贤殿大学士。神宗即位，加门下侍郎兼吏部尚书。首荐王安石，同辅政。

【译文】

寇准不了解丁谓，而王旦了解；富弼、曾公亮不了解王安石，而张方平、苏洵、鲜于侁、李师中了解。人各自有他观察得到与观察不到的地方。

〇洵作《辨奸论》,谓安石"不近人情"[①],侁则以"沽激"[②],师中则以"眼多白"[③]。三人决法不同而皆验。

【注释】

①洵作《辨奸论》,谓安石"不近人情":苏洵作《辨奸论》,说:"衣臣虏之衣,食犬彘之食,囚首丧面,而谈《诗》《书》,此岂其情也哉?凡事之不近人情者,鲜不为大奸慝,竖刁、易牙、开方是也。"暗指王安石。

②侁则以"沽激":《宋史·鲜于侁传》:"初,王安石居金陵,有重名,士大夫期以为相。侁恶其沽激要君,语人曰:'是人若用,必坏乱天下。'"沽激,谓矫情求誉。

③师中则以"眼多白":《宋史·李师中传》记载,李师中曾评价王安石"今鄞县王安石者,眼多白,甚似王敦,他日乱天下,必斯人也"。李师中,字诚之。年十五即上书议论时政,由是知名,后中进士。范仲淹、杜衍、富弼等重臣都认为他有"王佐之才",但因批评王安石新政,支持反对新法的司马光、苏轼等人,所以屡屡遭贬。

【译文】

苏洵作《辨奸论》,认定王安石"不近人情"将为大奸大恶;鲜于侁说他故意表现特殊来求得名声;李师中则认为王安石眼睛多白,必乱天下。三个人判断的方法不同,却都很灵验。

或荐宋莒公兄弟郊、祁可大用[①]。昭陵曰[②]:"大者可。小者每上殿,则廷臣无一人是者。"已而莒公果相,景文竟终于翰长[③]。若非昭陵之早识,景文得志,何减荆公!

【注释】

①宋莒公兄弟:宋庠,初名郊,与弟祁俱以文学名,人称“二宋”。天圣初进士,累试皆第一。官至兵部尚书、同平章事。后以检校太尉、同平章事充枢密使,封莒国公。英宗即位,改封郑国公。宋祁,与兄庠同举进士,累迁龙图阁学士、史馆修撰,与欧阳修同修《唐书》。旋出知亳州。此后十余年,出入内外,常以史稿自随。《唐书》成,迁左丞,进工部尚书。

②昭陵:宋仁宗,死后葬永昭陵,故称。

③景文竟终于翰长:宋祁晚年官至翰林学士承旨,谥景文。翰长,宋以翰林学士承旨掌翰林院事。

【译文】

有人推荐宋莒公兄弟宋郊、宋祁可以重用。宋仁宗说:“哥哥可以重用。弟弟每次上殿,就认为朝廷中的臣子没有一个是好的。”后来,宋郊果然被举用为宰相,而宋祁最终也一直是翰林学士。如果不是仁宗皇帝了解得早,宋祁一得志,将与王安石不相上下。

陈瓘

陈忠肃公因朝会[①],见蔡京视日,久而不瞬[②],每语人曰:“京之精神如此,他日必贵。然矜其禀赋,敢敌太阳,吾恐此人得志,必擅私逞欲,无君自肆矣[③]。”及居谏省[④],遂攻其恶。时京典辞命[⑤],奸恶未彰,众咸谓公言已甚,京亦因所亲以自解。公诵杜诗云:“射人先射马,擒贼须擒王[⑥]!”攻之愈力。后京得志,人始追思公言。

【注释】

①陈忠肃公:陈瓘,字莹中。宋元丰进士。为人刚直,疏论蔡京、蔡

卞之罪不遗余力，屡遭贬谪而不回，于徽宗政和、宣和间极为士林推尊。靖康初追赠谏议大夫，谥忠肃。

②瞬：眨眼。

③无君：目无君王。

④居谏省：为谏官。徽宗初即位，召陈瓘为右正言，迁左司谏。谏省，谏院的别称，为言事机构。

⑤典辞命：执掌起草诏诰。徽宗即位，召蔡京为翰林学士承旨。

⑥射人先射马，擒贼须擒王：语出杜甫《前出塞》九首之六，后句原作"擒贼先擒王"。

【译文】

陈瓘因为曾在上朝时，见到蔡京盯着太阳看，直视很久而不眨眼，常常对人说："蔡京这种精神，将来必定显贵。然而他自恃禀赋超众，敢与太阳对抗，我怕此人得志以后，一定会专逞私欲，目无君王，飞扬跋扈，为所欲为。"后来陈瓘做了谏官，就检举攻击蔡京的过错。当时蔡京掌管皇帝诏命的草拟，奸恶尚未显露，众人都认为陈瓘的话太过分了，蔡京也通过亲近的人来为自己辩解。陈瓘诵读杜诗说："射人先射马，擒贼须擒王。"攻击得更加用力。后来蔡京得志，果然像陈瓘预言的那样，别人才想起陈瓘当时的话来。

王禹偁

丁谓诗有："天门九重开[①]，终当掉臂入[②]。"王禹偁读之[③]，曰："入公门，鞠躬如也[④]，天门岂可掉臂入乎？此人必不忠！"后如其言。

【注释】

①天门：皇宫之门。

②掉臂：甩动胳膊走。形容自在行游或傲慢放纵的样子。

③王禹偁（chēng）：字元之。宋太宗时进士，至道初为翰林学士。词学敏赡，遇事敢言，喜褒贬人物，为文著书多涉规讽，颇为流俗所不容。

④入公门，鞠躬如也：孔子朝见鲁君，弯腰屈体恭敬谨慎地进入朝门。语出《论语·乡党》。

【译文】

丁谓诗中有"天门九重开，终当掉臂入"的句子。王禹偁读了，说："进入君主之门，应当躬着身，表示恭敬，怎么可以甩着胳膊进去呢？这个人一定不忠心！"后来正像他所预料的一样。

何心隐

何心隐[①]，嘉、隆间大侠也[②]，而以讲学为名，善御史耿定向[③]，游京师与处。适翰林张居正来访，何望见便走匿。张闻何在耿所，请见之。何辞以疾。张少坐，不及深语而去。耿问不见江陵之故[④]。何曰："此人吾畏之。"耿曰："何为也？"何曰："此人能操天下大柄。"耿不谓然。何又曰："分宜欲灭道学而不能[⑤]，华亭欲兴道学而不能[⑥]，能兴灭者，此子也。子识之，此人当杀我！"后江陵当国，以其聚徒乱政，卒捕杀之。

【注释】

①何心隐：本姓梁，名汝元。嘉靖举人。慕王艮良知之学，遂弃科举，从王艮弟子颜钧学。倡建聚合堂，延师训乡子弟。因参与弹劾严嵩，被迫改名换姓逃离北京。后入京识耿定向。其思想当

时被视为“异端”，万历初因讲学被张居正下令逮捕，死于武昌狱中。

②嘉、隆：嘉，嘉靖，明世宗朱厚熜年号（1522—1566）。隆，隆庆，明穆宗朱载垕年号（1567—1572）。

③善御史耿定向：嘉靖三十九年（1560），何心隐之友程学颜擢太仆寺丞，遂同入京。而耿定向为程学颜同年，时官御史，遂相识。耿定向，字在伦。明嘉靖进士。曾任御史。得张居正赞赏，后终官户部尚书。谥恭简。其学本王守仁，出于泰州王艮。

④江陵：指张居正。张居正是江陵（今属湖北）人。隆庆元年（1567）入阁，万历元年（1573）任内阁首辅。明代好以籍贯称阁臣。

⑤分宜欲灭道学：严嵩为礼部尚书时指摘广东试录有“体存故可以厚本，用利故可以明微”等语，致兴狱，并斥广东贡士不得赴礼部试，故言“欲灭道学”。分宜，嘉靖年间权相严嵩，字惟中，分宜（今属江西）人。明弘治进士，世宗时累官太子太师，居首辅，恃宠揽权，亲信奸邪，斥戮正直。

⑥华亭欲兴道学：徐阶曾颂赞王守仁之学，故何心隐谓其“欲兴道学”。徐阶，字子升，松江华亭（今上海松江）人。隆庆初为首辅，代严嵩为相，尽反其行事，摒绝贿赂，招引士人。

【译文】

何心隐是嘉靖、隆庆年间的大侠，以讲学著称，与御史耿定向交好，他到京师游历时，便与耿定向在一起。正逢翰林张居正来拜访耿定向，何心隐看到张居正就躲起来。张居正听说何心隐在耿家，请求见一面，何心隐借病推辞不见。张居正稍坐了会儿，没有深谈便离开了。耿定向问何心隐为什么不见张居正，何心隐说：“这个人我很怕他。”耿定向说：“为什么？”何心隐说：“这个人将来会掌握天下的权柄。”耿定向有些不相信。何心隐又说：“严嵩想消灭道学却办不到，徐阶想扶持道学也办不成；决定道学兴灭的只有这个人。你记住，这个人一定会杀我！”后来张居正当权，以聚集门徒、扰乱朝政的罪名，最终捕杀了何心隐。

心隐一见江陵，便知其必能操柄，又知其当杀我，可谓智矣，卒以放浪不检，自蹈罟护[①]，何哉？王弇州《朝野异闻》载[②]，心隐尝游吴兴，几诱其豪为不轨；又其友吕光午多游蛮中[③]，以兵法教其酋长，然则心隐之死非枉也。而李卓吾犹以不能容心隐为江陵罪[④]，岂正论乎！

【注释】

①罟（gǔ）护：捕取禽兽的工具。

②王弇（yān）州：王世贞，字元美，自号弇州山人。嘉靖进士。其父王忬为严嵩所害，隆庆时替父昭雪。万历时官至南京刑部尚书。学博才雄，著述甚丰，是当时文坛领袖。《朝野异闻》：王世贞所著史料笔记，今不传。

③吕光午：沈德符《万历野获编》作曾光，言其在万历四、五年间，曾游湖广、贵州土司中，教以兵法，图大事。为官府察觉，有诏捕之。时张居正恰追捕何心隐，地方官府欲邀功，遂将心隐名窜入曾光党中，谓且从光反。于是心隐遇害。

④李卓吾：李贽，号卓吾。明代思想家。风骨孤傲。本宗王学，后以异端自居，不守绳辙。抨击假道学，聚徒讲学。后被诬以“惑乱人心”被捕入狱，自刎而死。

【译文】

何心隐一见到张居正，就知道他一定能掌握政权，又知道他一定会杀自己，可以算是聪明人了，最后还是因为放荡不检点，自己落入法网，为什么呢？王世贞的《朝野异闻》记载，何心隐曾在吴兴一代游历，几乎诱使当地的大族做出不轨的事；另外，他的朋友吕光午常到蛮族地区，教当地酋长带兵的方法，那么何心隐的死就不是冤枉的。而李卓吾还是认为不能容纳何心隐是张居正的罪过,这哪里是公正的言论呢?

李临川先生《见闻杂记》云[①]:陆公树声在家日久[②],方出为大宗伯[③],不数月,引疾归。沈太史一贯当晚携榼报国寺访之[④],讶公略无病意,问其亟归之故。公曰:"我初入都,承江陵留我阁中具饭,甚盛意也。第饭间,江陵从者持鬃抿刷双鬓者再[⑤],更换所穿衣服数四。此等举动,必非端人正士。且一言不及政事,边批:目中无人。吾是以不久留也。"噫,陆公可谓"见几而作"矣[⑥]!

【注释】

①李临川:李乐,字彦和,号临川。明隆庆年间进士,官至福建按察司佥事。著《见闻杂记》凡四卷。

②陆公树声:陆树声,字与吉。明嘉靖会试第一。累官至礼部尚书。性恬淡,入仕以来六十余年,在任不过十余年。

③大宗伯:周代六卿之一,执掌邦国祭事典礼,与后世礼部职分相同,因此后世称礼部尚书为大宗伯,礼部侍郎为少宗伯。

④沈太史一贯:沈一贯,字肩吾。明隆庆进士。曾为翰林院庶吉士、翰林院编修、吏部左侍郎兼侍读学士等,万历年间累官至户部尚书、武英殿大学士,为首辅。太史,三代时为史官及历官之长。明代史馆职务多让翰林承担,故也称翰林为太史。携榼(kē):携带酒食。榼,食盒。

⑤持鬃抿刷双鬓:古人为修饰容颜,以鬃刷抿鬓发使整齐。

⑥见几而作:语出《周易·系辞下》:"君子见几而作,不俟终日。"有道之人发现事情的苗头,就立刻采取行动。

【译文】

李临川先生《见闻杂记》里说：陆树声先生赋闲在家很长一段时间，刚出来担任礼部尚书，没几个月就称病归去。太史沈一贯当晚带着酒食到报国寺去探访他，很惊讶陆树声并没有生病的样子，就问他急着归乡的原因。陆树声说："我刚到京城时，承蒙张居正留我在阁中吃饭，心意很诚恳。只是在吃饭时，张居正的侍者拿着鬃刷两次抹刷他的双鬓，而且一再更换衣服。从这种举动看，张居正一定不是正派的人。而且席间一句涉及国政大事的话都不提，边批：目中无人。我因此不久留。"唉！陆树声先生可算是发现苗头立即行动了！

潘濬

武陵郡樊伷尝诱诸夷作乱[①]，州督请以万人讨之[②]。权召问潘濬[③]，濬曰："易与耳，五千人足矣。"权曰："卿何轻之甚也？"濬曰："伷虽弄唇吻而无寔才[④]。昔尝为州人设馔，比至日中，食不可得，而十余自起[⑤]。此亦侏儒观一节之验也[⑥]。"权大笑，即遣濬，果以五千人斩伷。

【注释】

①武陵郡：东汉武陵郡治临沅（今湖南常德），属荆州，故事发生时荆州已属孙权。樊伷（zhòu）：武陵郡部从事，诱导境内夷人，想要带着武陵投靠刘备。

②州督：统领荆州军事的人。

③权：孙权，字仲谋。东汉末年继承父兄之业，割据江东，建国称吴。潘濬（jùn）：字承明。不到三十岁就担任江夏从事。刘备占据荆

州，命他为治中从事，不久管理荆州事务。孙权杀关羽，占荆州，封潘濬为辅军中郎将。孙权立国，进封刘阳侯。孙权倚之为股肱，遇事咨之。

④弄唇吻：指有游说舌辩之才。唇吻，比喻议论、口才。寔（shí）：同“实”。

⑤十余自起：自己起身催促十余次。

⑥侏儒观一节：观一节骨骼，就知道是侏儒。

【译文】

武陵郡樊伷曾经诱导各少数民族部众作乱，州督请求派一万人前去讨伐。孙权召来潘濬询问，潘濬说：“这件事很容易，五千人足够了。”孙权说：“你怎么如此轻视他？”潘濬说：“樊伷虽然有口才，却没有实际才能，他从前曾经请州人吃饭，一直等到正午时分，饭食都还没上，自己起身催促十多次。这就像看侏儒只需要看他的一节骨骼就可以知道他整个人一样。”孙权听后大笑，就派潘濬前去。果然以五千之众斩杀樊伷。

卓敬

建文初[①]，燕王来朝[②]。户部侍郎卓敬密奏曰[③]：“燕王智虑绝人，酷类先帝[④]。夫北平者[⑤]，强干之地[⑥]，金、元所由兴也。宜徙燕南昌，以绝祸本。夫萌而未动者，几也；量时而为者，势也。势非至劲莫能断，几非至明莫能察。”建文览奏大惊。翌日，语敬曰：“燕邸骨肉至亲，卿何得及此！”对曰：“杨广、隋文非父子耶[⑦]！”

【注释】

①建文：明惠帝朱允炆年号（1399—1402）。

②燕王:朱棣,明太祖朱元璋第四子。初封燕王,守北平。建文初年,朝廷商议削藩。朱棣起兵造反,自称“靖难”。建文四年(1402)攻破京师(今南京),夺取帝位,年号永乐,即明成祖。

③卓敬:字惟恭。明洪武进士,官给事中。建文帝时立主削藩。成祖即位,派人劝卓敬出仕,卓敬不从,被夷三族。成祖曾叹息:“国家养士三十年,唯得一卓敬。”谥忠贞。

④先帝:此指明太祖朱元璋。

⑤北平:朱棣受封为燕王,遣藩于北平(今北京)。

⑥强干之地:强大主要的地区。

⑦杨广、隋文非父子耶:杨广,隋文帝杨坚次子,初封晋王。杨坚听信谗言,废太子杨勇,立杨广为太子。后杨广弑父夺位。

【译文】

建文帝初年,燕王来朝见。户部侍郎卓敬秘密奏报:“燕王智慧超人,酷似太祖皇帝。北平又是个强大重要的地方,金、元二朝都在那里发迹兴起。应该把燕王迁到南昌,来断绝祸患的根本。已有苗头却隐而不显的称为征兆,衡量时机再图作为的称为情势。情势不到强大的时候无法判断,征兆不到明显的时候不能察知。”建文帝看了奏本大惊。第二天对卓敬说:“燕王是朕的骨肉至亲,你怎么能说得这么严重!”卓敬回答:“杨广和隋文帝难道不是父子吗?”

齐、黄诸公无此高议[①],使此议果行,靖难之师亦何名而起?

【注释】

①齐、黄:齐泰、黄子澄。齐泰,字尚礼。明洪武进士,为兵部侍郎。受太祖朱元璋器重,临终嘱托辅佐建文。建文立,进兵部尚书。黄子澄,名湜,字子澄。洪武会试第一,授编修,伴读东宫,累官太

常卿。建文帝立，兼翰林学士。二人建议削藩。朱棣即位，二人不屈，被灭族。按，底本“黄”作“王”，据明积秀堂本改。无此高议：指齐、黄等人的削藩政策激反了燕王，不如迁徙封地，暗中消减燕王势力。

【译文】

齐泰、黄子澄等人就没有这种高妙的言论。假使这个奏议真的实行，那燕王的军队能用什么名义起兵呢？

朱仙镇书生

朱仙镇之败[①]，兀术欲弃汴而去。有书生扣马曰[②]：“太子毋走，岳少保且退[③]。”兀术曰：“岳少保以五百骑破吾十万，京城日夜望其来，何谓可守？”生曰：“自古未有权臣在内而大将能立功于外者。岳少保且不免，况成功乎？”兀术悟，遂留。

【注释】

①朱仙镇之败：南宋高宗绍兴十年（1140），金破坏和议，金兀术南渡黄河攻入汴京（今河南开封）。宋东京副留守刘锜在顺昌破金兀术，岳飞率部于郾城、颍昌复破金兀术，并进兵朱仙镇。因此朱仙镇并没有发生战役。“朱仙镇之败”，应是指金兀术郾城、颍昌之败。朱仙镇，在今河南开封西南。

②扣马：拉住马不使行进。

③岳少保：岳飞于绍兴十年（1140）授少保兼河南北诸路招讨使。

【译文】

朱仙镇之战失败后，金兀术想放弃汴京回北方去。有位书生拉住他的马说："太子不要走，岳飞就要退兵了。"金兀术说："岳飞用五百骑兵击败我十万大军，汴京的百姓日夜盼着他来，怎么说汴京可以守得住呢？"书生说："自古以来，不曾有过擅权的臣子在朝，而大将能在外建立战功的。岳飞自身都将不保，何况是建立战功呢？"金兀术听后省悟过来，于是决定留下。

以此书生而为兀术用，亦贼桧驱之也。

【译文】

这个书生会被金兀术所用，也是奸贼秦桧促成的。

沈诸梁

楚太子建废，杀于郑[①]，其子曰胜，在吴。子西欲召之[②]。沈诸梁闻之[③]，见子西曰："闻子召王孙胜[④]，信乎？"曰："然"。子高曰："将焉用之？"曰："吾闻之，胜直而刚，欲置之境[⑤]。"子高曰："不可。吾闻之，胜也诈而乱，使其父为戮于楚，其心又狷而不洁[⑥]。若其狷也，不忘旧怨，而不以洁悛德[⑦]，思报怨而已[⑧]。夫造胜之怨者，皆不在矣。若来而无宠，速其怒也。若其宠之，贪而无厌，思旧怨以修其心，苟国有衅[⑨]，必不居矣[⑩]。吾闻国家将败，必用奸人，而嗜其疾味[⑪]，其子之谓乎？夫谁无疾眚[⑫]，能者蚤除之。旧怨灭宗，国之疾眚也。为之关钥，犹恐其至也，是之谓日惕。若召而近之，死无日矣。"弗从，召之使处吴境，为白公。后败吴师，请以战备献，遂作乱，杀子西、子期于朝[⑬]。

【注释】

①楚太子建废,杀于郑:春秋时期,楚平王用奸臣费无极言,私纳为太子建所聘之秦女,又令太子建居于城父,复信费无极谗言,杀太子建之师伍奢。太子建逃于宋,伍奢之子伍员从之。宋乱,复逃于郑,而太子建与晋顷公通谋灭郑,为郑所觉,被杀。

②子西:公子申,楚平王之长庶子。楚昭王时掌军政大权,为令尹。楚昭王死,子惠王继位,子西仍为令尹,于是有召王孙胜之事。

③沈诸梁:字子高,为叶(shè)县尹,又称叶公。

④王孙胜:胜为楚平王之孙,故称。

⑤境:楚国邻吴的边境地带。

⑥狷(juàn):固执,褊急。洁:洁身自好。

⑦悛(quān)德:改变心意。德,心意。

⑧报怨而已:胜为太子建之子,如楚无乱政,胜当继嗣为王。而楚昭王则为平王与秦女(原为太子建所聘者)所生之子,惠王则为昭王之子。王孙胜必不甘心于是。

⑨衅:祸患,祸乱。

⑩必不居:言楚国如有乱,胜必不安居其位。

⑪嗜其疾味:嗜好那种易于引起疾病的食物。

⑫疾眚(shěng):病患。眚,疾病。

⑬子期:子西之弟,官司马,是楚国最高军事长官。

【译文】

楚太子建被废,被杀于郑国,他的儿子名胜,逃亡到吴国。楚令尹子西想召他回国。沈诸梁听说后,就去见子西,说:“听说您要召王孙胜回国,是真的吗?”子西说:“是真的。”沈诸梁说:“准备怎么安排他呢?”子西说:“我听说王孙胜正直而刚猛,想要他镇守边境。”沈诸梁说:“不可以。我听说王孙胜诡诈狡猾。他的父亲在楚国被杀,他的心又固执褊急不能洁身自好。像他那样固执褊急,他不会忘记旧怨,又不会通过正道来改变自己的心意，只想报怨而已。现在造成王孙胜怨恨的那些人都不存在了。如果他回来却不受宠，会更加激发他的怨怒。如果他受宠幸，就会贪得无厌，想着旧怨来报复，一旦国家有祸患，他一定不安其位。我听说国家将要凋敝，必用奸人，嗜好易于引起疾病的食物，说的不就是您吗？人谁不会有疾病呢，聪明人能早日除去它。因为旧怨而遭到灭族，是国家的疾患。为这件事锁紧大门，还恐怕它会来到，这就叫日日警惕。如果还召唤他到身边来，那就离灭亡不远了。”令尹子西不听，还是召王孙胜回国，让他镇守在吴楚边境，称为白公。后来王孙胜击败吴军，要求献上军事装备展示胜利，于是乘机作乱，在朝堂上杀了令尹子西和司马子期。

孙坚 皇甫郦

孙坚尝参张温军事①。温以诏书召董卓，卓良久乃至，而词对颇傲。坚前耳语温曰：“卓负大罪而敢鸱张大言②，其中不测。宜以召不时至③，按军法斩之。”温不从。卓后果横不能制。

【注释】

①孙坚：字文台。东汉末江东豪族，镇压黄巾起义起家。讨董卓，袁术表其为行破虏将军，领豫州刺史。后袁术使之征荆州刘表，为刘表部将黄祖射杀于岘山。次子孙权称帝后，追谥为武烈皇帝。张温：字伯慎。东汉灵帝时官司空。边章、韩遂起兵，朝廷以张温为车骑将军讨之。时董卓为荡寇将军，属张温。献帝初平二年（191）董卓入长安，张温被董卓所杀。

②负大罪：董卓屡与边章等战，均败。鸱（chī）张：像鸱鸟张翼一样。比喻嚣张，凶暴。

③不时至：不能按时赶到。

【译文】

孙坚曾为张温的参谋军事。张温用皇帝的诏书召董卓，董卓过了很久才到，而且言词对答颇为傲慢。孙坚上前在张温耳边低声道："董卓身负大罪还敢出言不逊，一定心怀不轨。应该以不遵从诏书按时到来的罪名，按照军法处斩。"张温不听。董卓后来果然蛮横得不能控制。

中平二年[①]，董卓拜并州牧，诏使以兵委皇甫嵩[②]，卓不从。时嵩从子郦在军中，边批：此子可用。说嵩曰："本朝失政，天下倒悬[③]，能安危定倾，惟大人耳。今卓被诏委兵，而上书自请，是逆命也。又以京师昏乱[④]，踌躇不进，此怀奸也。且其凶戾无亲，将士不附。大人今为元帅，仗国威以讨之，上显忠义，下除凶害，此桓、文之事也[⑤]。"嵩曰："专命虽有罪[⑥]，专诛亦有责[⑦]。不如显奏其事，使朝廷自裁。"于是上书以闻。帝让卓，卓愈憎怨嵩。及卓秉政，嵩几不免[⑧]。

【注释】

①中平二年：185年。中平，东汉灵帝刘宏年号（184—189）。

②皇甫嵩：字义真。灵帝时为北地太守，以镇压黄巾起义有功，领冀州牧，拜太尉。

③天下倒悬：指天下百姓处于极困苦危急的境地。

④京师昏乱：按，底本作"求师昏乱"，其语难解。《后汉书·皇甫嵩传》作"京师昏乱"，据改。

⑤桓、文之事：齐桓公、晋文公都曾匡扶王室。齐桓公曾扶立周襄王继位。晋文公杀王子带，彻底平定王子带之乱，稳定了周襄王的地位和统治。

⑥专命：不奉上命自主行事。

⑦专诛：不请命而擅行诛杀。

⑧嵩几不免：献帝初平元年（190），董卓欲杀皇甫嵩，征其为城门校尉。嵩至即下狱，赖嵩子救免。

【译文】

灵帝中平二年，董卓任并州牧，诏书命令他将军队指挥权交给皇甫嵩，董卓不服从命令。当时皇甫嵩的侄子皇甫郦在军中，边批：这个人可以重用。给皇甫嵩提建议，说："本朝朝政失当，天下百姓处于艰难危险的境地，能使这种危险局面安定下来的，只有大人您了。现在董卓接到诏书要他交出军队，他却上书自请保留军队，这是违抗君命。又以京城局势不明朗为理由踌躇不前，这是心怀奸诈。而且他暴戾不可亲近，将士们都不愿服从。大人目前是元帅，正可以依靠国威来讨伐他，如此上对君王显示忠义，下为士卒除去凶恶，这是齐桓公、晋文公的伟大功业啊！"皇甫嵩说："董卓不听命令擅自行动虽然有罪，而我擅自杀他也要承担责任。不如公开禀奏这件事，让皇上自己裁定。"于是上书禀奏皇帝。献帝下诏责备董卓，董卓更加憎恨皇甫嵩。等到董卓掌握朝政，皇甫嵩差点被杀。

观此二条，方知哥舒翰诛张擢[①]，李光弼斩崔众是大手段[②]，大见识。事见《威克部》。

【注释】

①哥舒翰诛张擢：哥舒翰的部将张擢擅自结交杨国忠，哥舒翰将其杖杀。

②李光弼斩崔众：唐肃宗派御史崔众接收太原节度使王承业的部队，然后移交给李光弼。崔众为人跋扈自负，欺侮王承业，又不肯将兵权交给李光弼。李光弼果断下令将其拘押，并不顾朝廷封其

为御史中丞的诏书斩杀了崔众。

【译文】

看了这两件事，才知道哥舒翰杀张擢，李光弼斩崔众是大手段、大见识。这两件事在《威克卷》。

曹玮

河西首领赵元昊反[①]，上问边备，辅臣皆不能对。明日，枢密四人皆罢[②]，王鬷谪虢州[③]。翰林学士苏公仪与鬷善，出城见之。鬷谓公仪曰："鬷之此行，前十年已有人言之。"公仪曰："此术士也。"鬷曰："非也。昔时为三司盐铁副使，疏决狱囚至河北，是时曹南院自陕西谪官初起为定帅[④]。鬷至定，治事毕，玮谓鬷曰：'公事已毕，自此当还，明日愿少留一日，欲有所言。'鬷既爱其雄材，又闻欲有所言，遂为之留。明日，具馔甚简俭，食罢，屏左右，曰：'公满面权骨，不为枢辅即边帅[⑤]，或谓公当作相，则不能也。然不十年，必总枢于此，时西方当有警，公宜预讲边备，搜阅人材，不然无以应卒。'鬷曰：'四境之事，唯公知之，何以见教？'曹曰：'玮在陕西日，河西赵德明尝使以马易于中国[⑥]，怒其息微[⑦]，欲杀之，莫可谏止。德明有一子，方年十余岁，极谏不已："以战马资邻国已是失计，今更以货杀边人，则谁肯为我用者！"玮闻其言，私念之曰：此子欲用其人矣，是必有异志！闻其常往来于市中，玮欲一识之，屡使人诱致之，不可得，乃使善画者图其貌，既至观之，真英物也！此子必为边患，计其时节，正在公秉政之日，公其勉之！'鬷是时殊未以为然，今知其所画，乃元昊也。”

【注释】

①赵元昊反：赵元昊，即李元昊，西夏国主。宋太宗时曾赐其祖李继迁姓名为赵保吉，故又姓赵。宋仁宗宝元元年（1038）称帝，屡兴兵攻宋边境。

②枢密四人皆罢：指知枢密院事王曙（zōng）、同知枢密院事张观、陈执中等同时被罢免。宋枢密院掌兵政边防之事。

③王曙：字总之。真宗时进士，后以枢密直学士知益州。仁宗时累迁工部侍郎，知枢密院事。元昊反，帝数问边事，曙不能对。及西征失利，商议征募乡兵，又久未决，与陈执中等同日罢。出知河南府。虢（guó）州：治今河南灵宝。

④曹南院：曹玮，字宝臣。宋开国功臣曹彬之子。丁谓逐寇准，憎恶曹玮不附己，指为寇准党，除南院使、环庆路都总管安抚使，复谪知莱州、青州、天雄军。后为真定府、定州都总管，故下文言“定帅”。

⑤枢辅：知枢密院事。

⑥赵德明：即李德明，李元昊之父。西夏建国，追庙号太宗。

⑦息微：获利微薄。

【译文】

宋朝时河西首领赵元昊反叛。皇帝问起边境上的守备情形，辅佐的大臣都回答不出来。第二天，枢密院四个人都被罢了官，王曙被贬到虢州。翰林学士苏公仪与王曙交情很好，出城送别他。王曙对苏公仪说：“我这次贬官之行，十年前就有人预言过。”苏公仪说：“那是江湖术士的胡说。”王曙说：“不是的。我从前担任三司盐铁副使，到河北判决囚犯。当时南院使曹玮从陕西贬官后刚起复为真定府、定州都总管。我在定州办完事以后，曹玮对我说：‘公事已经办完了，您要回去了。希望您明天再多留一天，我有话要和您说。'我既爱惜他的雄才，又听他说有话要讲，就留了下来。第二天，他准备简单的饭菜。吃完后，屏退左右的人，说：'您生有一副权贵的相貌，日后不是做枢密使就是做边境主帅。有人说您会当宰相，我看不可能。然而不到十年，一定在这里总揽军事。那时西方会有外敌，您应为边境的守备做好预备，广征人才，不然仓猝间无法应付突发事件。'我说：'边境上的事，只有您最清楚，请问有何指教？'曹玮说：'我在陕西的时候，河西的首领赵德明曾经让人带着马匹来中国交易，因为生气所得的利润微薄，而要杀他，没有人可以劝止此事。德明有一个儿子，当时年纪才十多岁，极力地劝谏说："用马匹去资助邻国已是失策，现在更要为钱杀守边人，那以后还有谁肯为我们效力？"我听了他的话，心想这个孩子想善用自己的族人，一定有不凡的心志。听说他常往来于市集，我很想认识他，一再派人诱使他来都没有办法做到，就找了个擅长画像的人去画他的容貌，画好拿回来一看，真是杰出的人物。这人一定成为我们的边患，算一算时间，正是您主持政务的时期，希望您好好注意。'我当时不以为然，现在才知道，他所画的人就是赵元昊。"

李温陵曰[①]："对王龢谈兵，如对假道学谈学也。对耳不相闻，况能用之于掌本兵之后乎？既失官矣，乃更思前语，滔滔者天下皆是也。"

【注释】

①李温陵：李贽，别号温陵居士。

【译文】

李温陵说："对王龢谈兵事，好像对假道学谈学问，对着他的耳朵讲都听不进去，更何况在掌管军队以后去运用呢？贬官之后才想起以前的话来，像这种人天下多的是。"

齐神武

齐神武自洛阳还[①]，倾产结客。亲友怪问之，答曰："吾至洛阳，宿卫羽林相率焚领军张彝宅[②]，朝廷惧乱而不问。为政若此，事可知也。财物岂可常守耶！"自是有澄清天下之志。

【注释】

①齐神武：高欢。初事葛荣，又叛归尔朱荣。尔朱兆弑北魏孝庄帝，高欢起兵讨伐，灭之，封渤海王。拥立孝武帝，为大丞相，专权。孝武帝西走依宇文泰，高欢别立孝静帝。于是魏分东西，相攻战不息。其子高洋篡东魏建北齐，追崇高欢为献武帝，庙号太祖。及后主高纬时，改谥神武皇帝，庙号高祖。

②焚领军张彝宅：孝明帝神龟二年（519），张彝之子张仲瑀因建议改选官法，排抑武人不入清品，激起羽林、虎贲之乱，焚其宅，屠杀全家，仅仲瑀一人走免。事后，胡太后仅诛首乱者八人，余不治。而选官法卒依旧。领军，官名。统率禁军。张彝，字庆宾。魏孝文帝时官散骑常侍，兼侍中，持节巡察陕东、河南十二州。后除安西将军、秦州刺史，除旧布新，颇有声誉。寻召为光禄大夫。孝明帝初，加征西大将军，冀州大中正。

【译文】

北齐神武帝高欢未登基前从洛阳回来，倾尽家产去结交宾客。亲友都奇怪地问他，他回答说："我这次到洛阳，宫中的禁军一起放火烧领军张彝的住宅，朝廷怕乱事扩大而不管。治理国家到这种地步，未来的事可想而知。财物难道能够长久守得住吗！"从此高欢便有了夺取天下的志向。

莽杀子灭后家[①]，而三纲绝[②]；宋不治宿卫羽林之乱[③]，而五刑隳[④]。退则为梅福之挂冠浮海[⑤]，进则为神武之散财结客。

【注释】

①莽杀子灭后家：西汉末年，王莽以外戚为大司马。哀帝立，打击王氏，王莽罢官归封邑。其次子王获杀奴，王莽切令自杀。哀帝死，平帝立，王莽复为大司马辅政。其长子王宇与平帝母家卫氏交通，王莽将王宇押送监狱，王宇服毒自杀。王莽篡汉后，其三子王安病死。四子王临谋杀王莽，事情败露，被逼令自杀。王莽姑母王政君为汉元帝皇后，其门十侯五司马，权倾天下。及王莽擅权，其叔父王立、诸兄王仁均因罪被莽逼令自杀。

②三纲：儒家学说以君臣、父子、夫妇之道为三纲。

③宋不治宿卫羽林之乱：按，据文意，不治宿卫羽林之乱的是北魏，“宋”疑当作“魏”。

④五刑：五种轻重不等的刑法，说法不一。此指法律。隳（huī）：毁坏，废弃。

⑤梅福之挂冠浮海：汉成帝时王凤擅朝政，京兆尹王章讥刺王凤，被诛，梅福曾为王章讼冤。至平帝时，王莽专政，梅福乃弃妻子，离开家乡云游天下。世传其成仙。挂冠，弃去官职。

【译文】

王莽杀死儿子、诛灭皇后的家族，于是三纲断绝；宋不治理宫中禁军之暴乱，于是五刑败坏。退守则像梅福辞去官职浮游海外，进取则像神武散尽家财交结宾客。

任文公

王莽居摄[①]，巴郡任文公善占[②]，知大乱将作，乃课家人负物百斤[③]，环舍疾走，日数十回。人莫知其故。后四方兵起，逃亡鲜脱者，唯文公大小负粮捷步，悉得免。

【注释】

①王莽居摄：汉元始五年（5），平帝去世。王莽假造符命，言上天命其当“居摄践祚，如周公故事”。王莽称摄皇帝，改元居摄。居摄，居天子之位而摄政。

②巴郡：汉巴郡治江州（今重庆北嘉陵江北岸）。占：占卜吉凶祸福。

③课：督促。

【译文】

王莽摄政时，巴郡任文公善于占卜，知道大乱将要发作，就督促家人背负一百斤重的物品，绕着房舍跑，每天几十次。人们不知道其中的原因。后来各地发生战争，逃亡者能脱险的人很少，只有任文公一家大小背负粮食轻松逃跑，全都幸免于难。

张觷教蔡家儿学走[①]，本此。

【注释】

①张觷（xué）教蔡家儿学走：蔡京请张觷作子弟的老师。他对蔡氏子弟说：“天下被而翁（指蔡京）破坏至此，旦夕贼来，先至而家，汝曹惟有善走，庶可逃死而。”张觷，字柔直。北宋政和进士。为考功郎，迁龙图阁，后为处州知州。又于建炎间破贼寇张彻，进秘阁修撰。走，跑。

【译文】

张觷教蔡京的子弟学跑步，来源于此。

东院主者

唐末，岐、梁争长[①]，东院主者知其将乱[②]，日以菽粟作粉，为土墼[③]，附而墁之[④]，增其屋木，一院笑以为狂。乱既作，食尽樵绝，民所窖藏为李氏所夺[⑤]，皆饿死。主沃粟为糜[⑥]，毁木为薪，以免。陇右有富人，预为夹壁，视食之可藏者干之，贮壁间，亦免。

【注释】

①岐、梁争长：岐王李茂贞，本名宋文通，唐僖宗时为武定军节度使，赐姓名。昭宗时封陇西郡王，把持朝政。宰相崔胤欲诛宦官，召梁王朱温率军至同州。李茂贞与宦官韩全晦劫昭宗赴凤翔。朱温围凤翔逾年，城中饿死无数。李茂贞被迫杀韩全晦，与梁约和。朱温解围，劫昭宗东迁，唐遂亡。李茂贞不敢称帝，自称岐王。

②东院主者：凤翔有天子行宫，此东院当指行宫之东院。主者，主持管理、维修的人。

③墼（jī）：砖，土坯。

④附而墁（màn）之：累在一起用泥涂饰，伪装成墙的样子。墁，涂饰墙壁。

⑤李氏：李茂贞。时茂贞劫昭宗被围于凤翔，是年冬大雪，城中食尽，冻饿死者不可胜计，市中卖人肉一斤百钱。茂贞粮亦尽，唯以犬彘供帝。

⑥沃：浸泡。糜：粥。

【译文】

唐朝末年，岐王李茂贞与梁王朱温互相争斗。凤翔行宫东院主者预知将要发生战乱，就每天将豆类、粟米磨成粉，作成砖块，垒成墙用黏土抹在墙面上掩盖，又增加屋里的梁木，全院的人都笑他疯了。战乱发生后，粮食吃完木柴也烧尽了，百姓储藏的东西全被李氏抢光，都饿死了。东院主者把他的粟米砖拿出来浸软煮粥，把梁木拆下来当柴烧，以此免于饿死。陇右有个富翁，预先做夹层墙壁，把可以收藏的食物晒干，储存在墙壁间，也因此免祸。

第五伦　魏相

诸马既得罪[①]，窦氏益贵盛[②]，皇后兄宪、弟笃喜交通宾客[③]。第五伦上疏曰[④]："宪椒房之亲[⑤]，典司禁兵，出入省闼[⑥]，骄佚所自生也。议者以贵戚废锢，当复以贵戚浣濯之[⑦]，犹解酲当以酒也[⑧]。愿陛下防其未萌，令宪永保福禄。"宪果以骄纵败。

【注释】

①诸马既得罪：东汉章帝即位，尊明帝马皇后为皇太后，又封马太后兄弟马廖、马防、马光为列侯。马太后去世后，章帝皇后窦氏骄妒乱政，建初八年（83），以"奢侈逾僭，浊乱圣化"之罪将马廖兄弟加以处分，使归封国，后又留马光于京师。

②窦氏：章帝皇后窦氏的家族。

③宪：窦宪，国初功臣窦融曾孙，章帝窦皇后之兄。马氏得罪时，宪为侍中、虎贲中郎将。及和帝即位，窦太后临朝，宪曾北击匈奴，拜大将军。后和帝与宦官郑众定计，收宪印绶，迫令自杀。笃：窦笃，窦皇后弟，时为黄门侍郎。

④第五伦：复姓第五，名伦。建武中举孝廉，拜会稽太守，以清节著称。章帝时擢司空，奉公尽节，言事无所依违。

⑤椒房之亲：指外戚。椒房为汉代皇后所居宫殿。

⑥省闼（tà）：宫中，禁中。古代中央政府诸省设于禁中，后作为中央政府的代称。

⑦浣濯：洗雪、清除耻辱、过恶等。

⑧解酲（chéng）：醒酒。酲，酒醉神志不清。

【译文】

东汉时，外戚马廖兄弟被判罪，窦氏一家更为显贵。窦皇后的哥哥窦宪、弟弟窦笃喜欢交往宾客。第五伦上疏说："窦宪是皇后的亲戚，掌管禁军，随意出入禁中，骄纵荒逸自此而生。议论的人认为废锢马氏兄弟等权贵，而以其他贵戚来洗刷耻辱，犹如拿酒来解醉。希望陛下在事情未发生前加以防范，使窦宪能够永保福禄。"窦宪果然因骄纵而败亡。

永元初[①]，和帝年号。何敞上封事[②]，亦言及此，但在夺沁水公主田园及杀都乡侯畅之后[③]，跋扈已著，未若伦疏之先见也。

【注释】

①永元：东汉和帝年号（89—104）。

②何敞上封事：永元元年，窦氏兄弟擅权骄纵，尚书何敞乃秘密上奏，劝帝稍削减窦氏之权，以保全之。封事，汉时百官上书奏机密事，为防泄露，用皂囊封缄呈进。

③夺沁水公主田园：沁水公主，汉明帝女。窦宪以贱价强夺沁水公主园田。后章帝知之，大怒，令以田还公主。杀都乡侯畅：章和二年（88），章帝死。齐殇王之子都乡侯刘畅来吊，窦太后数召见之。窦宪害怕刘畅分己之权，派人在屯兵宿卫处刺杀了刘畅。事情败露，太后怒，把窦宪禁闭在宫中。

【译文】

汉和帝永元初年，汉和帝年号。何敞上呈密奏，也谈及此事，但这是在窦宪抢夺沁水公主的田园，及杀都乡侯刘畅的事之后，跋扈情形已经显著，不如第五伦上疏的先见之明。

魏相因平恩侯许伯奏封事[①]，言："《春秋》讥世卿[②]，恶宋三世为大夫[③]，及鲁季孙之专权[④]，皆危乱国家。自后元以来[⑤]，禄去王室[⑥]，政由冢宰[⑦]。今霍光死，子复为大将军，兄子秉枢机[⑧]，昆弟、诸婿据权势、任兵官，光夫人显及诸女皆通籍长信宫[⑨]，或夜诏门出入，骄奢放纵，恐浸不制[⑩]。宜有以损夺其权，破散阴谋，固万世之基，全功臣之世。"又故事诸上书者皆为二封，署其一曰"副封"，领尚书者先发副封[⑪]，所言不善，屏去不奏。魏相复因许伯白，去副封以防壅蔽。宣帝善之，诏相给事中[⑫]，皆从其议。霍氏杀许后之谋始得上闻[⑬]。乃罢其三侯[⑭]，令就第，亲属皆出补吏[⑮]。

【注释】

①魏相：字弱翁。汉昭帝时举贤良，为茂陵令，迁河南太守，抑制豪强势力。宣帝即位，为大司农，迁御史大夫。后为丞相，封高平侯。大将军霍光去世，宣帝思其功德，以其子霍禹为右将军，兄子霍山复领尚书事。魏相为此奏封事。平恩侯许伯：许广汉。初为掖庭暴室啬夫。宣帝幼时养于掖庭，广汉厚待之，并以女妻之。后宣帝即位，立广汉女为后。封许广汉为平恩侯。霍光夫人欲以己女为皇后，乃毒死许皇后，而宣帝不得其实，故魏相借许广汉上书。

②《春秋》讥世卿：《春秋公羊传·隐公三年》："讥世卿。世卿，非礼也。"世卿，世代承袭为卿大夫。

③恶宋三世为大夫：三世，谓宋襄公、成公、昭公。《春秋公羊传·僖公二十五年》："宋三世无大夫，三世内娶也。"所谓"内娶"即娶本国大夫之女为妻。礼，不以妻之父母为臣。宋以内娶，故公族以

弱，妃党益强。按，为，当依《春秋公羊传》作“无”。

④鲁季孙之专权：季孙氏是鲁桓公的后代。鲁国自季友立僖公后，季氏权势日益增大，逐渐专擅鲁国政权。至季孙意如甚至驱逐了鲁昭公。

⑤后元以来：指昭帝即位之后，至魏相上封事之间的近二十年（前86—前68），时霍光执政。后元，底本误为“后世”。后元，汉文帝、景帝、武帝均有“后元”纪年，此处指汉武帝后元（前88—前87）。

⑥禄去王室：王室失去了封赐爵禄的权力。禄，禄位。

⑦冢宰：六卿之首。此处指执政的大将军。

⑧枢机：指中央政权的机要部门或职位。

⑨通籍：指宫禁之门皆有名籍备案，可恣意出入。长信宫：皇后所居，时皇后为霍光之女。

⑩浸不制：渐渐不可控制。浸，渐。

⑪领尚书：即领尚书事。汉兼官名。即以他官兼领尚书职务。始于霍光以大司马、大将军领尚书事。后权臣多兼此职。

⑫给事中：官名。侍从皇帝左右，备顾问应对，参议政事。三公、九卿皆为外朝，为给事中则可出入禁中，参与中朝之议。

⑬霍氏杀许后之谋：汉宣帝本始三年（前71），霍光夫人霍显为让自己的女儿霍成君为皇后，当许后怀孕生病时，贿赂宠爱的女医淳于衍投毒，许后当日即死。事后霍光方知，但掩饰此事，次年霍光女立为皇后。

⑭三侯：霍光子霍禹，嗣博陆侯；兄霍去病之孙霍山，封乐平侯；霍山之弟霍云，封冠阳侯。

⑮出补吏：出朝廷到郡县去任官。

【译文】

魏相借平恩侯许广汉上书奏事，说：“《春秋》讥讽世袭的卿大夫，厌恶宋国三世没有大夫之名，及鲁国季孙氏的专权，都是危乱国家的行为。

自汉武帝后元以来，王室失去封赐爵禄的权力，政权归于宰相。现在霍光死了，他的儿子又当大将军，哥哥的儿子掌管朝廷行政中枢，兄弟及女婿都掌握权势、掌管兵权，霍光夫人霍显和女儿们都登记在长信宫的簿籍中，有时夜间也有诏令进出，骄奢放纵，恐怕会逐渐难以控制。应该削减他们的权势，破坏他们的阴谋，巩固王室万世的基业，同时又保全功臣的后代。”另外，过去惯例上奏议的人必须写两份封成两封，在其中一封上写“副封”字样，领尚书者先拆副封，如果所言及的事不好，就摒弃不予奏报。魏相又借助平恩侯许广汉进言，去掉副封以防止谏诤被阻塞。宣帝认为很好，下诏任命魏相为给事中，都采纳了他的建议。霍氏杀许后的阴谋才能传报宣帝。于是罢去霍氏三位侯爵之位，让他们免职回家，亲属也都调往朝廷外的郡县任职。

茂陵徐福“曲突徙薪”之谋[①]，魏相已用之早矣。

【注释】

①茂陵徐福“曲突徙薪”之谋：在霍氏烜赫之时，茂陵人徐福即预见其必亡，乃上疏言抑制霍氏。后霍氏诛灭，凡揭发霍氏者皆受封。有人为徐福上书曰：“臣闻客有过主人者，见其灶直突，傍有积薪，客谓主人，更为曲突，远徙其薪，不者且有火患。主人默然不应。俄而家果失火，邻里共救之，幸而得息。于是杀牛置酒，谢其领人，灼烂者在于上行，余各以功次坐，而不以言曲突徙薪者为功。”突，烟囱。

【译文】

茂陵徐福“曲突徙薪”防患未然的谋略，魏相早已使用了。

〇《隽不疑传》云[①]：大将军光欲以女妻之，不疑固辞不肯当，久之病免。《刘德传》亦云[②]：大将军欲以女妻之，德不敢取,畏盛满也,后免为庶人,屏居田间。霍光皆欲以女归二公,而二公不受。当炙手炎炎之际,乃能避远权势,甘心摈弃,非有高识,孰能及此!观范明友之祸[3],益信二公之见为不可及。

【注释】

①《隽不疑传》:《汉书·隽不疑传》。隽不疑,字曼倩。治《春秋》,武帝未被荐,拜青州刺史。昭帝时,因收捕欲谋反的齐孝王孙刘泽有功,被提拔为京兆尹。为官严而不残,名重朝廷。

②《刘德传》:《汉书·刘德传》。刘德,字路叔,汉宗室。武帝誉之为"千里驹"。昭帝时为宗正。参与立宣帝事,赐爵关内侯,后封阳城侯。

③范明友:霍光之婿,官至未央宫卫尉,封平陵侯。霍氏败,坐谋反罪灭族,国除。

【译文】

《隽不疑传》说,大将军霍光想把女儿嫁给他,隽不疑坚决推辞不肯接受,不久就因病免官。《刘德传》也说,大将军想把女儿嫁给他,刘德不敢接受,怕过分显贵,后来免官成为平民,住在乡间。霍光想把女儿嫁给这两人,而两人都不接受。在对方地位显贵的时候,还能躲避远离权势,甘心放弃权位,不是有高远的见识,谁能做得到!看范明友的祸患,更坚信二人的远见不可企及。

马援 二条

一

建武中[1],诸王皆在京师,竞修名誉[2],招游士。马援谓吕种曰[3]:"国家诸子并壮[4],而旧防未立[5],若多通宾客,则大狱起矣,卿曹戒慎之!"后果有告诸王宾客生乱,帝诏捕宾客,更相牵引,死者以数千。种亦与祸,叹曰:"马将军神人也!"

【注释】

①建武:东汉光武帝刘秀年号(25—56)。

②竞修名誉:竞相在士大夫中培植树立自己的声誉。

③马援:字文渊。王莽时为新城大尹。王莽败,依隗嚣,后归刘秀。后拜伏波将军,征交趾,以功封侯。吕种:时为马援之司马。

④诸子并壮:刘秀诸子如东海王刘强、沛王刘辅、楚王刘英、济南王刘康等俱已成年。

⑤旧防:以往的法规制度。汉自武帝以来,诸侯王子不得常住京师,不许交通宾客。

【译文】

汉光武帝建武年间,各位王爷都住在京师,竞相培植声誉,招请游士。马援对吕种说:"皇上的儿子们都已值壮年,而以往诸侯王不得常住京师、不许交通宾客的制度尚未恢复,如果诸王都交通宾客,那么一定会出现重大案件,你要警戒小心啊!"后来果然有人秘告诸王的宾客作乱,光武帝下诏捕捉宾客,他们互相牵连,处死的有数千人。吕种也受波及,感叹说:"马将军真是神人!"

二

援又尝谓梁松、窦固曰[1]:"凡人为贵,当可使贱,如卿等当不可复贱[2]。居高坚自持,勉思鄙言。"松后果以贵满致灾,固亦几不免。

【注释】

①梁松：字伯孙。光武帝女婿，官虎贲中郎将。博通群书，明习礼仪。光武崩，受遗诏辅政。明帝初迁太仆，数为私书请托郡县，事觉免官。后以写匿名信诽谤下狱死。窦固：字孟孙。光武帝女婿，为黄门侍郎。明帝时任奉车都尉，与耿忠率军出酒泉塞，至天山，击北匈奴呼衍王，又出玉门，安定车师。章帝时任光禄勋，迁卫尉。明帝永平年间，曾因其从兄窦穆有罪，受牵连，废于家十数年。

②不可复贱：意谓二人身为帝婿，如由贵至贱，即是失势，则身家不保。

【译文】

马援又曾对梁松、窦固说："凡人可以显贵，也可以使他卑贱。但像你们却不能再恢复卑贱。身居高位要坚守自持，请好好想想我的话。"梁松后来果然因为显贵自满招来祸害，窦固也几乎不保。

申屠蟠

申屠蟠生于汉末[①]。时游士汝南范滂等非讦朝政[②]，自公卿以下皆折节下之。太学生争慕其风，以为文学将兴、处士复用[③]，蟠独叹曰："昔战国之世，处士横议，列国之王，至为拥彗先驱[④]，卒有坑儒烧书之祸，今之谓矣！"乃绝迹于梁砀山之间，因树为屋，自同佣人。居二年，滂等果罹党锢[⑤]，或死或刑，唯蟠超然免于评论。

【注释】

①申屠蟠：字子龙。少时家贫，佣为漆工，为郭泰、蔡邕所重。隐居精学，博贯五经，名重士林。大将军何进及董卓当政时，连征不出，卒于家。

②范滂：字孟博。东汉名士。少厉清节，慨然有澄清天下之志。为太尉黄琼掾属，劾奏刺史、二千石权豪之党二十余人。以时局动荡，自劾去。汝南太守请为功曹。范滂在职，抑制豪强不轨，并与太学生交结，反对宦官专权。延熹九年（166），因党事与李膺等同时被捕。及被释南归，汝南、南阳士大夫迎之者数千。建宁二年（169）于第二次党锢之祸中，范滂与李膺等俱下狱死。

③文学：指儒学。处士：本指有才德而隐居不仕的人。此处指在野之士。

④拥彗：指亲为洒扫道路以迎，以示敬意。彗，扫帚。

⑤党锢：东汉桓帝宦官专权，士大夫李膺、陈蕃等联合太学生郭泰等猛烈抨击宦官集团。宦官诬告他们结为朋党，诽谤朝廷，李膺等二百余人被捕，后虽被释放，但终身不许做官。灵帝时，李膺等复起用，与大将军窦武谋诛宦官。事败李膺等被杀，六七百人被囚禁、流徙、处死。

【译文】

申屠蟠出生于东汉末年。当时游士汝南人范滂等人非议攻讦朝政，自公卿以下都折节下交。太学生争相追慕他们的风范，认为儒学将再度兴盛，有才德的在野之士可以受到重用。只有申屠蟠感叹说："从前战国时代，处士到处大发议论，列国的君主也争着清扫道路为之引路迎接以示尊崇，最后却惹来焚书坑儒的灾祸，现在就是这样的情形！"于是隐居到梁国砀山之间，以树木作屋，自己像佣人一样劳作。过了两年，范滂等人果然遭遇党锢之祸，有的被杀，有的判刑，只有申屠蟠超然免于被论罪。

物贵极征贱[①]，贱极征贵，凡事皆然。至于极重而不可复加，则其势必反趋于轻。居局内者常留不尽可加之地，则伸缩在我，此持世之善术也。

【注释】

①征：预示着。

【译文】

物品贵到极点预示着要开始便宜了，贱到极点表示要开始要涨价了。凡事都是如此。到了极重而没有办法再增加时，情势必趋向于减轻。居于局内的人如果经常留有不盈满而可以增加的余地，那么是伸是缩就可以由自己掌握，这是处世的好方法。

张翰等

齐王冏专政[①]，顾荣、张翰皆虑及祸[②]。翰因秋风起，思菰菜、莼羹、鲈鱼脍[③]，叹曰："人生贵适志耳[④]，富贵何为！"即日引去。边批：有托而逃，不显其名，高甚。荣故酣饮，不省府事，以废职徙为中书侍郎。颍川处士庾衮闻冏期年不朝[⑤]，叹曰："晋室卑矣，祸乱将兴。"帅妻子逃林虑山中[⑥]。

【注释】

①齐王冏（jiǒng）：司马冏，字景治。晋文帝司马昭之孙，"八王之乱"参与者之一。密结赵王司马伦废杀贾后，迁镇东大将军。司马伦篡立，他起兵讨杀。惠帝复位，就拜大司马辅政，骄恣专制。后被司马颙、司马乂所杀。怀帝永嘉中，以首倡诛司马伦之功追赠侍中、大司马、齐王，谥号武闵。

②顾荣：字彦先。仕吴为黄门侍郎。吴亡，与陆机兄弟同入洛，时号三俊。"八王之乱"时惧祸醉酒不理公务，后以世乱还吴。司马睿镇江东，在王导推荐下出仕，为朝野所重。张翰：字季鹰。有清才，善属文，纵任不拘。时为齐王冏东曹掾。

③菰菜、莼羹、鲈鱼脍：皆江南美食。菰菜，即茭白。莼生水中，嫩叶可用以作羹，味美。鲈鱼以出于吴松江者佳，吴人以为脍。

④适志：适意。

⑤庾衮：字叔褒。少勤俭，笃学好问，事亲以孝称。

⑥林虑山：在今河南林州。

【译文】

晋朝时齐王司马冏专政，顾荣、张翰都忧虑灾害及身。张翰因为秋风吹起，想起家乡的菰菜、莼羹及鲈鱼脍，叹息道："人生贵在适意而已，富贵有什么用呢！"当天就辞官回乡。边批：有所借口地逃离是非之地，不显示自己的名声，非常高明。顾荣则故意沉溺于饮酒，不管政事，因怠忽职务被贬为中书侍郎。颍川处士庾衮听说齐王冏整年不理朝政，叹息道："晋室已经衰微，祸乱就要开始了。"于是带着妻子孩子逃进了林虑山。

穆生

楚元王初敬礼申公等[①]，穆生不嗜酒，元王每置酒，常为穆生设醴[②]。及王戊即位[③]，常设，后忘设焉。穆生退曰："可以逝矣！醴酒不设，王之意怠，不去，楚人将钳我于市[④]！"称疾卧。申公、白生强起之，曰："独不念先王之德与？今王一旦失小礼，何足至此！"穆生曰："《易》称：'知几其神。几者，动之微，吉凶之先见者也。君子见几而作，不俟终日。'先王所以礼吾三人者，为道存也。今而忽之，是忘道也。忘道之人，胡可与久处！边批：择交要诀。吾岂为区区之礼哉！"遂谢病去。申公、白生独留。王戊稍淫暴，二十年[⑤]，为薄太后服[⑥]，私奸，削东海、薛郡，乃与吴通谋。二人谏不听，胥靡之[⑦]，衣之赭衣[⑧]，舂于市。

【注释】

①楚元王:刘交,汉高帝刘邦之弟。少时尝与鲁穆生、白生、申公俱受《诗经》于浮丘伯。秦末从刘邦起兵,入关封文信君。又从击项羽,常侍刘邦左右。刘邦废楚王韩信,分其地为二国,立刘交为楚王。申公:鲁人,精于《诗经》,文帝时为博士。

②醴:味薄的甜酒。

③王戊:楚王刘戊,元王之孙。汉景帝削其东海、薛郡,遂与吴王刘濞通谋,起兵反汉,是为"吴楚七国之乱"。兵败自杀。

④钳:古时犯人以铁具束颈。

⑤二十年:刘戊为王的第二十年,当汉景帝前二年,前155年。

⑥薄太后:高祖刘邦之妃,文帝刘恒之母。服:服丧。

⑦胥靡:刑罚名。将囚徒用绳锁系在一起,使劳役。为汉代轻刑。

⑧赭衣:以赭土染成之衣,为罪囚之服。

【译文】

汉楚元王礼遇申公等人,穆生不爱饮酒,元王每设酒席,常为穆生准备甜酒。后来元王的孙子刘戊即位,刚开始也常准备甜酒,后来却忘记准备了。穆生退席说:"可以离开了。不备甜酒,表示大王的心意已经怠慢,再不走,楚人就要把我抓到市集上处刑了。"于是称病不起。申公、白生强行把他拉起来,说:"你难道就不念及先王的恩德吗?如今大王只是一次疏忽了细微礼节,怎么至于到这种地步!"穆生说:"《易经》上说:'能看出征兆者是神人。征兆是行动的征候,吉凶的先兆。君子见到征兆就行动,不稍迟疑。'先王之所以礼遇我们三人,因为道义尚存。今大王忽略了,是遗忘道义。遗忘道义的人,怎么能与他长久相处呢?我哪里是为了区区的礼节呢!"于是称病辞去。申公、白生仍留了下来。刘戊后来逐渐淫暴。称王二十年时,刘戊便因在为薄太后服丧期间,行淫乱之事,被削去东海郡和薛郡。于是与吴国勾结谋反。申公、白生二人劝谏都不听,于是将二人以绳锁系在一起,让他们穿上赭色囚服,在市集舂米。

列御寇

子列子穷[①]，貌有饥色。客有言之于郑子阳者[②]，曰："列御寇，有道之士也。居君之国而穷，君毋乃不好士乎！"郑子阳令官遗之粟数十秉[③]。子列子出见使者，再拜而辞。使者去，子列子入，其妻望而拊心曰[④]："闻为有道者，妻子皆得逸乐。今妻子有饥色矣，君过而遗先生食，先生又弗受也，岂非命哉！"子列子笑而谓之曰："君非自知我也，以人之言而遗我粟也。夫以人言而粟我，至其罪我也，亦且以人言。此吾所以不受也。"其后民果作难，杀子阳。受人之养而不死其难，不义；死其难，则死无道也；死无道，逆也。子列子除不义去逆也，岂不远哉！

【注释】

①子列子：列御寇，战国时郑人，道家代表人物。撰有《列子》一书，今佚。今传《列子》一书，一般认为系晋人托名伪作。

②子阳：郑国之相，为人刚毅而好罚。

③秉：古量词。一秉为十六斛，一百六十斗。

④拊心：拍胸。表示哀痛或悲愤。

【译文】

列子很穷，面有饥色。有宾客告诉郑相国子阳说："列御寇是个有道之士。住在您的国家却生活穷困，您难道不喜欢士人吗？"郑子阳就派官吏送他数十秉粟米。列子出门见使者，行再拜之礼后推辞了。使者走后，列子进入屋里，妻子望着他拍着胸口说："听说凡是有道之人，妻子儿女都可过得很安乐。现在你的妻子儿女面有饥色，国君派人送你食物，你又不接受，难道是我命该如此吗？"列子笑着对妻子说："国君并非自己了解我，而是因为别人的话才送我粟米。因别人的话而送我粟米，到时候加罪于我，也可能会是因别人的话。这就是我不接受的原因。”后来果然民众作乱，杀了子阳。接受别人的供养而不殉难，是不义；要殉难，却又死得不合正道；死得不合正道，就有叛逆之名。列子除去不义与叛逆之名，见识岂不很远大吗！

魏相公叔痤病且死，谓惠王曰①：“公孙鞅年少有奇才②，愿王举国而听之。即不听，必杀之，勿令出境。”边批：言杀之者，所以果其用也。王许诺而去。公叔召鞅谢曰：“吾先君而后臣，故先为君谋，后以告子，子必速行矣！”鞅曰：“君不能用子之言任臣，又安能用子之言杀臣乎？”卒不去。鞅语正堪与列子语对照。

【注释】

①惠王：魏惠王，战国时魏国国君。前369—前319年在位。

②公孙鞅：商鞅，卫国人，故称卫鞅。为卫君支系子孙，故称公孙鞅。少好刑名，事魏相公叔痤，为中庶子。秦孝公欲变法，鞅遂入秦，见孝公，卒定变法之计。秦由是强。封之商，号商君。孝公死，为贵族所杀。

【译文】

魏相公叔痤病重将死，对惠王说：“公孙鞅年轻又有奇才，希望大王把国事全部托付给他而听命于他。如果不能听从他，就一定要杀了他，不要让他离开国境。”边批：说杀掉他，是为了让他得到任用。惠王答应了他离开了。公叔痤又请公孙鞅来，向他谢罪说：“我先君主而后臣子，所以先为君主定谋略，然后才告诉你。你一定要赶快离开！”公孙鞅说：“如果国君不能采用您的话重用我，又怎么会听您的话而杀我呢?”最终没有离开。公孙鞅的话正足以拿来和列子的话相对照。

韩平原馆客

韩平原侂胄尝为南海尉[①],延一士人作馆客,甚贤,既别,杳不通问。平原当国[②],尝思其人。一日忽来上谒,则已改名登第数年矣。一见欢甚,馆遇甚厚。尝夜阑酒罢,平原屏左右,促膝问曰:“某谬当国秉[③],外间议论如何?”其人太息曰:“平章家族危如累卵[④],尚复何言!”平原愕然问故,对曰:“是不难知也!椒殿之立,非出平章[⑤],则椒殿怨矣。皇子之立,非出平章,则皇子怨矣。贤人君子,自朱熹、彭龟年、赵汝愚而下[⑥],斥逐贬死,不可胜数,则士大夫怨矣。边衅既开,三军暴骨[⑦],孤儿寡妇,哭声相闻,则三军怨矣。边民死于杀掠,内地死于科需[⑧],则四海万姓皆怨矣。从此众怨,平章何以当之?”

【注释】

①韩平原:韩侂(tuō)胄,字节夫。南宋宁宗时,以外戚执政十三年,封平原郡王,任平章军国事,权位居左右丞相之上。

②当国:执掌国政。

③当国秉:掌握国家大权。

④平章:开禧元年(1205),韩侂胄以太师兼领平章军国重事。在宰相之上。

⑤椒殿之立,非出平章:宋宁宗皇后杨氏初为贵妃时与曹美人俱有宠,中宫位缺,韩侂胄见杨氏任权术,而曹美人柔顺,劝帝立曹;而

杨氏用权术，得为皇后，故深恨韩侂胄。椒殿，后妃居住的宫殿，代指后妃。此指宁宗杨皇后。

⑥彭龟年：字子寿。南宋乾道年间进士。请益于张栻、朱熹，义理益精。在朝言事面折廷争，明辨是非。宁宗即位，擢中书舍人，除侍讲，吏部侍郎。韩侂胄兴“庆元党禁”，打击以朱熹为代表的道学，士大夫多附和，唯彭龟年特立不变。卒谥忠肃。赵汝愚：字子直。宋宗室。累官至知枢密院事。与韩侂胄共立宁宗，任右丞相。引用朱熹、彭龟年等。遭韩侂胄排挤出朝。“庆元党禁”中，被指为伪学罪首。后暴卒于衡州。

⑦边衅既开，三军暴骨：韩侂胄欲立奇功以自固，于宁宗开禧二年（1206）五月开始北伐，诸将多或败或降，南宋损失惨重。

⑧科需：科派捐税物资。

【译文】

宋朝时韩平原名侂胄曾任南海尉，延请一个读书人作门客，此人非常有才干，但分别后，就消失不通音讯。韩侂胄主持国政时，还曾想起这个人。一天他忽然来拜见韩侂胄，原来已经改名考取进士好几年了。韩侂胄一见到他就非常高兴，非常丰厚地款待他。有一次夜深喝完酒后，韩侂胄屏退左右，近坐密谈问道：“我才疏学浅而主持国政，外界对我的议论如何？”此人叹息道：“大人的家族危如累卵，还有什么好说的！”韩侂胄惊愕地问他为什么，此人回答说：“这不难明白！皇后的册立，不是出自大人的主意，那么皇后就会怨恨您。皇子的册立，也不是出自大人的主意，那么皇子就会怨恨您。贤人君子，从朱熹、彭龟年、赵汝愚以下，被贬官处死的，数都数不过来，那么士大夫就会怨恨您。边境发生战事，三军战死疆场，孤儿寡妇，哭声相闻，那么三军就会怨恨您。边境的百姓死于杀伤掠夺，内地的百姓死于科派捐税，那么四海之内的百姓都会怨恨您。积累这么多的怨恨，大人要怎么应对呢？”

平原默然久之，曰："何以教我？"其人辞谢。再三固问，乃曰："仅有一策，第恐平章不能用耳。主上非心黄屋[①]，若急建青宫[②]，开陈三圣家法[③]，为揖逊之举[④]，边批：此举甚难，余则可为，即无此举亦可为。则皇子之怨，可变而为恩，而椒殿退居德寿[⑤]，虽怨无能为矣。于是辅佐新君，涣然与海内更始[⑥]，曩时诸贤，死者赠恤，生者召擢；遣使聘虏，释怨请和，以安边境；优犒诸军，厚恤死士，除苛解慝[⑦]，尽去军兴无名之赋[⑧]，使百姓有更生之乐。然后选择名儒，逊以相位，乞身告老，为绿野之游[⑨]，则易危为安，转祸为福，或者其庶乎？"平原犹豫不决，欲留其人，处以掌故[⑩]。其人力辞，竟去。未几，祸作[⑪]。

【注释】

①非心黄屋：言无心于做皇帝处理政事。非心，无意。黄屋，帝王车盖，此代指皇帝。

②急建青宫：赶紧确定太子。青宫，太子所居，代指太子。

③三圣家法：指宋高宗、孝宗、光宗均行"内禅"，在世时就让位于太子。

④揖逊之举：指禅位于太子。

⑤德寿：德寿宫，太后的居所。

⑥涣然：更新的样子。更始：重新开始。

⑦除苛解慝（tè）：除去苛政，解除罪恶。慝，邪恶。

⑧军兴无名之赋：军事动员以来，无正当理由而征收的各种税赋。

⑨绿野之游：指辞官退位，养老自娱。绿野，绿野堂。唐裴度以宦官擅权，乃自请罢相，筑绿野堂别墅养老。

⑩处以掌故：任以掌故之官，即顾问。

⑪未几，祸作：开禧三年（1207），史弥远与杨后共谋，刺杀韩侂胄于宫内玉津园。

【译文】

韩侂胄沉默了很久，说："你认为我该怎么做？"此人推辞不说。再三坚持问他，他于是说："只有一个方法，但恐怕平章不肯采用。皇上无意于处理政事，如果赶紧确立东宫太子，陈述高宗、孝宗、光宗内禅家法，做禅让的准备，边批：这个做法很难，其他的是可行的。如果其他的可以施行，就是不做这件事也是可以的。那么皇子的抱怨，可转变为感恩，而皇后退居德寿宫为太后，即使怨恨也无计可施。于是大人辅佐新君，与天下臣民重新开始。以往的贤德人士，已死的追赠抚恤，活着的请回来任职；派遣使者与北方敌人聘问交好，放下怨恨求取和平，以安定边境；优待犒赏军队，优厚抚恤战死的士兵，除去严苛的法令，化解以往的罪孽，全部免除战争以来没有名目的赋税，使百姓有重生之乐。然后选择有名的儒者，把相位让给他，自己告老还乡，养老嬉游，就能转危为安，转祸为福，或者还有希望。"韩侂胄犹疑不决，想要留下此人，任以顾问的官职。此人极力推辞，最终离开。不久，祸患就发生了。

唐六如

宸濠甚爱唐六如[①]，尝遣人持百金，至苏聘之。既至，处以别馆，待之甚厚。六如住半年，见其所为不法，知其后必反，遂佯狂以处。宸濠遣人馈物，则倮形箕踞[②]，以手弄其人道[③]，讥呵使者。使者反命，宸濠曰："孰谓唐生贤？一狂士耳！"遂放归。不久而告变矣。

【注释】

①宸濠：朱宸濠，袭封宁王。以明武宗无子，谋夺帝位，兵败被杀。唐六如：唐寅，字伯虎，自号六如居士。明弘治中应天府解元。善书画诗文。

②倮（luǒ）形：裸体。箕踞：伸开两脚形似簸箕那样坐着。这是一种不合礼仪的轻慢坐姿。

③人道：男性生殖器。

【译文】

宁王朱宸濠很喜爱唐伯虎，曾派人携带百金，到苏州聘请他。唐伯虎到了之后，宁王让他住在别墅里，对他十分优厚。唐伯虎住了半年，见朱宸濠行事不法，知道他以后一定会谋反，就假装发狂来应对。朱宸濠派人送礼物给他，他就赤身裸体伸着两只脚叉开腿坐着，还用手玩弄自己的生殖器，讥骂使者。使者回去报告朱宸濠，朱宸濠说："谁说唐伯虎贤明？只是一个狂士罢了！"于是放他回去。不久朱宸濠公开叛乱。

万二

洪武初，嘉定安亭万二，元之遗民也，富甲一郡。尝有人自京回，问其何所见闻，其人曰："皇帝近日有诗曰：'百僚未起朕先起，百僚已睡朕未睡。不如江南富足翁，日高丈五犹披被。'"二叹曰："兆已萌矣！"即以家资付托诸仆干掌之[①]，买巨航载妻子，泛游湖湘而去。不二年，江南大族以次籍没[②]，独此人获令终。

【注释】

①仆干：主事的仆人。

②籍没：登记财产，加以没收。

【译文】

洪武初年，嘉定安亭有个人叫万二，是元朝的遗民，富甲一方。曾经有人从京师回来，万二问他的见闻，他说："皇帝近来作了一首诗：'百僚未起朕先起，百僚已睡朕未睡。不如江南富足翁，日高五丈犹披被。'"万二叹息道："征兆已经萌芽了。"就将家产托付仆人管理，自己买大船载着妻子儿女，到湖湘一带泛游去了。不到两年，江南的大族接二连三遭到查抄，只有万二得到善终。

严辛

分宜严相以正月二十八日诞[①]，亭州刘巨塘令宜春，入觐时，随众往祝。祝后，严相倦，其子世蕃令门者且阖门[②]。刘不得出，饥甚。有严辛者，严氏纪纲仆也[③]，导刘往间道过其私居，留刘公饭。饭已，辛曰："他日望台下垂目[④]。"刘公曰："汝主正当隆赫，我何能为？"辛曰："日不常午，愿台下无忘今日之托！"不数年，严相败，刘公适守袁州[⑤]，辛方以赃二万滞狱。刘公忆昔语，为减其赃若干，始得戍。

【注释】

①分宜严相：严嵩，字惟中。分宜（今属江西）人。明嘉靖时任内阁首辅十余年，贪污腐败，陷害忠良，败坏朝政。

②世蕃：严世蕃，严嵩之子。与严嵩同受嘉靖帝宠信，累官至工部左侍郎。招权纳贿，贪利无厌，卖官鬻爵，日纵淫乐。后以阴谋叛逆罪斩于市，籍其家。阖（hé）门：关门。

③纪纲仆：管家。

④台下：对官员的尊称。垂目：照顾，看顾。

⑤袁州：明朝时，分宜县隶属江西袁州府。

【译文】

严嵩的生日是正月二十八，亭州刘巨塘任宜春县令时，入京觐见皇帝，随同众人前去为严嵩祝寿。祝寿完毕，严嵩累了，儿子严世蕃命令看门的人把门关上。刘巨塘不能出来，饿得厉害。严辛是严府管家，带着刘巨塘走小路到他自己的住处去休息，还留刘巨塘吃饭。饭后，严辛说："将来希望台下多多关照。"刘巨塘说："你的主人目前正是显赫的时候，我能做什么？"严辛说："太阳不能长久处在正午，希望您不要忘记我今日的请求！"几年后，严嵩果然出事。刘巨塘当时担任袁州知府，严辛正因为收受贿赂两万而下狱。刘巨塘想起以前的话，为他减低所定贿赂金额，严辛才被改判戍守边关。

严氏父子智不如仆，赵文华、鄢懋卿辈智亦不如此仆[①]，虽满朝缙绅，智皆不如此仆也。

【注释】

①赵文华：字元质。明嘉靖进士，官至工部尚书。性险贼，认严嵩为父。诬杀尚书张经方、浙江巡抚李天宠。与倭作战屡败，反诈奏平定。后因失宠黜为民。鄢懋卿：字景修。明嘉靖进士，累迁左副都御史。阿谀严嵩，用为总理盐政，操纵天下财柄。市权纳贿，穷奢极侈。嵩败，被劾革职戍边。

【译文】

严氏父子才智不如这个仆人，赵文华、鄢懋卿等人，才智也不如这个仆人，即使是满朝的官吏，才智都不如这个仆人。

陈良谟

陈进士良谟，湖之安吉州人[①]，居某村。正德二年，州大旱，各乡颗粒无收，独是村赖堰水大稔[②]。州官概申灾[③]，得蠲租[④]。明年又大水，各乡田禾淹没殆尽，是村颇高阜[⑤]，又独稔。州官又概申灾，租又得免。且得买各乡所鬻产及器皿诸物[⑥]，价廉，获利三倍。于是大小户冒越宴乐[⑦]，无日不尔。公语族人曰："吾村当有奇祸！"问："何也？"答曰："无福消受耳。吾家与郁、与张根基稍厚，犹或小可；彼俞、费、芮、李四小姓，恐不免也。"其叔兄殊不以为然。未几，村大疫，四家男妇，死无孑遗[⑧]，惟费氏仅存五六丁耳。叔兄忆公前言，动念，问公："三家毕竟何如？"公曰："虽无彼四家之甚，损耗终恐有之。"越一年，果陆续俱罹回禄[⑨]。大抵冒越之利，鬼神所忌；而祸福倚伏，亦乘除之数[⑩]；况又暴殄天物，宜其及也！

【注释】

①湖：湖州府。明湖州府治乌程、归安（今浙江湖州）。安吉州：治今浙江安吉北安城镇。

②堰水：堤堰中所蓄的水。堰，低坝。稔（rěn）：庄稼成熟。

③概：全，一律。

④蠲（juān）：除去，减免。

⑤高阜（fù）：地势高起。阜，高。

⑥鬻（yù）：卖。

⑦冒越：过分，超出本分。

⑧孑（jié）遗：因兵、疫等大灾祸而残余的极少数人。

⑨回禄：传说中的火神名。后称火灾为遭回禄。

⑩乘除之数：祸福互为消长。

【译文】

进士陈良谟是湖州府安吉州人，居住在某个村子。明武宗正德二年，州中发生大旱灾，各乡一点收成都没有，只有这个村子依赖水坝的蓄水而大丰收。州官一律申报灾情，得以免除租税。第二年又发生大水灾，各乡的禾苗全被淹没，这个村子因为地势高，又独获大丰收，州官照样一概申报灾情，租税又得以免除。而且他们又买到各乡所卖的产业及器皿等物品，价钱低廉，获利三倍。于是大户小户人家都宴乐无度，没有一天不这样。陈良谟对族人说："我们村子将有大祸。"问："为什么？"陈良谟回答说："无福消受罢了。我们家及郁、张两家，根基稍厚，或者可以勉强度过；他们俞、费、芮、李四个小姓，恐怕无法幸免。"他的叔父、兄弟很不以为然。不久，村子发生传染病，那四家男女，全都病死，只有费家还剩五六个男丁。叔父、兄弟们想起陈良谟先前的话，很感慨，就问他："陈、郁、张三家究竟会如何？"陈良谟说："虽然没有他们四家那么惨重，损耗最后恐怕还是会有的。"经过一年，三家果然陆续都遭遇火灾。大概贪心所得的利益，是鬼神所忌妒的；而且祸福相依，也互为消长；何况又任意糟蹋不爱惜物力，所以应该会有这种结果！

东海张公

东海张公世居草荡[①]，既任官，其家以城中为便，买宅于陶行桥。公闻而甚悔之，曰："吾子孙必败于此！"公六子，其后五废产。

【注释】

①草荡：芦草丛生的水荡。

【译文】

东海张公世居芦苇荡边，担任官职以后，家人认为住在城里比较方便，就在陶行桥附近买下住宅。张公听了很后悔，说："我的子孙一定在此衰败。"张公六个儿子，后来五个倾荡家产。

陈眉公曰[①]：吾乡两张尚书[②]：庄简公悦、庄懿公鎣，宅在东门外龟蛇庙左。孙文简公承恩[③]，宅在东门外太清庵右。顾文僖公清[④]，宅在西门外超果寺前。当时与四公同榜同朝者，其居在城市中，皆已转售他姓矣，惟四公久存至今。信乎城市不如郊郭，郊郭不如乡村，前辈之先见，真不可及。

【注释】

①陈眉公：陈继儒，字仲醇，号眉公。明代松江华亭（今上海松江）人，隐居昆山之南。工诗善文，能书画。

②两张尚书：张悦，字时敏。明天顺年间进士，官至南兵部尚书，谥庄简。张鎣（yīng），字廷器。明正统年间进士，官至南兵部尚书，谥庄懿。

③孙文简公承恩：孙承恩，字贞甫。明正德年间进士，历官礼部尚书，兼掌詹事府，谥文简。

④顾文僖公清：顾清，字士廉。明弘治年间进士，嘉靖初以南京礼部尚书致仕，谥文僖。

【译文】

陈眉公说：我家乡有两位张尚书：庄简公张悦、庄懿公张鎣，他们的住宅在东门外龟蛇庙左侧。文简公孙承恩的住宅在东门外太清庵右侧。文僖公顾清的住宅在西门外超果寺前。当时与他们四位同榜同朝住在城市中的人，房子都已转卖给别人，只有他们四位的房子还保留到现在。真的是城市不如郊区，郊区不如乡村。前辈的先见之明，我们真比不上。

郗超

郗司空[①]愔，字方回。在北府[②]，桓宣武温忌其握兵[③]。郗遣笺诣桓，子嘉宾超出行于道上[④]，闻之，急取笺视，方欲共奖王室[⑤]，修复园陵。边批：痴人不知风色[⑥]。乃寸寸毁裂，归更作笺，自陈老病不堪人间，欲乞闲地自养。桓得笺大喜，即转郗公为会稽太守。

【注释】

①郗（xī）司空：郗愔（yīn），字方回，东晋名臣。袭父爵为南昌公，拜临海太守。后以疾去职。寻复征领徐、兖二州刺史，假节。后加镇军、都督浙江东五郡军事。卒后追赠侍中、司空，谥文穆。

②北府：郗愔时领徐、兖二州刺史，驻京口（今镇江）。晋人称京口为北府。

③桓宣武：桓温，字元子。东晋权臣。晋明帝司马绍女婿。姿貌伟岸，豪爽大度。穆帝时代外戚庾氏掌握了长江中游兵权。三次北伐，均败归。废海西公，立简文帝，以大司马镇姑孰（今安徽当涂），专擅朝政。封南郡公。意欲受禅，未成，病死。追赠丞相，谥宣武。后其子桓玄称帝，追尊宣武皇帝，庙号太祖。

④嘉宾：郗超，字景兴，小字嘉宾。历任抚军掾、征西椽、大司马参军、散骑侍郎、中书侍郎、司徒左长史等职。为桓温谋主，曾劝桓温废帝立威。桓温死后因母丧辞去职。

⑤奖：辅助。

⑥风色：形势。

【译文】

东晋郗司空名愔，字方回。在北府任职，桓玄武名温因他掌握兵权而猜忌他。郗愔派人送信给桓温，儿子嘉宾名超外出走在路上，听到这件事，急忙赶上去拿信来看，内容是想和桓温共同扶持王室，修复先帝陵墓。边批：痴人不明白形势。郗超于是立即将信撕成碎片，回去重写一封信，说自己又老又病不足以担负重任，想求一块空地养老。桓温收到信后非常高兴，就转派郗愔为会稽太守。

超党于桓，非肖子也，然为父画免祸之策，不可谓非智。后超病将死，缄一箧文书，属其家人："父若哀痛，以此呈之。"父后哭超过哀，乃发箧睹稿，皆与桓谋逆语，怒曰："死晚矣！"遂止。夫身死而犹能以术止父之哀，是亦智也。然人臣之义，则宁为愔之愚，勿为超之智。

【译文】

郗超为桓温党羽，不是好儿子，然而为父亲策划避免灾祸的办法，不能说不聪明。后来郗超病重将死，将一箱文书密封起来，嘱咐家人说："如果父亲过于哀痛，就把这个呈送给父亲。"后来郗愔为郗超痛哭十分伤心，就打开箱子来看文书，内容都是与桓温图谋叛逆的文字。郗愔生气地说："死晚了！"就不再伤心。自身死了还能以巧妙的办法止住父亲的哀痛，也算是一种智慧。然而论人臣的道义，却宁愿有郗愔的愚笨，不要有郗超的才智。

张忠定

张忠定公视事退后①，有一厅子熟睡②。公诘之："汝家有甚事？”对曰：“母久病，兄为客未归。”访之果然。公翌日差场务一名给之[③]，且曰：“吾厅岂有敢睡者耶？此必心极幽懑使之然耳，故悯之。”

【注释】

①张忠定公：张咏，字复之。宋太平兴国进士。曾受寇准等人推荐，擢湖北路转运使。后为益州、杭州知府，均有政绩。性刚直劲严。谥忠定。

②厅子：值勤官厅的差役。

③场务：宋时州郡掌盐、茶、酒、冶诸专卖的机构称“场”，与此相关的税收机构称“务”。此处则指场务中的差役。

【译文】

宋朝时忠定公张咏办公回来后，看见一个值勤的差役睡着了。忠定公问他：“你家发生什么事了吗？”差役回答说：“家母病了很久，家兄作客他乡没有回来。”忠定公派人去察访，果然如此。忠定公第二天派给他一个场务的名额，并且说：“我的官厅里哪有敢睡觉的人呢？这一定是内心极度忧伤烦闷才会让他这样，所以我怜悯他。”

体悉人情至此，人谁不愿为之死乎？

【译文】

能够体察人情到这种地步，谁不愿为他效死呢？

明智部亿中卷六

镜物之情[①]，揆事之本[②]。

福始祸先[③]，验不回瞬[④]。

藏钩射覆[⑤]，莫予能隐。

集《亿中》[⑥]。

【注释】

①镜物之情：察明事物的内情。

②揆（kuí）事之本：测度事件的根本。

③福始祸先：古代有成语“不为福始，不为祸先”。福、祸不断发展变化，福始，将来可能转为祸先。

④回瞬：转瞬，事件发展迅速。

⑤藏钩射覆：均为古代游戏。藏钩，多人分成两队做游戏，具体玩法不明。射覆，将物品覆盖起来，由对方猜测为何物。

⑥亿中：料事能中。语出《论语·先进》。

【译文】

察明事物内情，测度事件根本。

福祸发生之前，迅速预测验证。

藏钩射覆游戏，不能蒙骗藏隐。

集为《亿中》一卷。

子贡

鲁定公十五年正月[①]，邾隐公来朝[②]，子贡观焉。邾子执玉高[③]，其容仰[④]，公受玉卑，其容俯。子贡曰："以礼观之，二君皆有死亡焉。夫礼，死生存亡之体也：将左右、周旋、进退、俯仰，于是乎取之；朝、祀、丧、戎[⑤]，于是乎观之。今正月相朝而皆不度[⑥]，心已亡矣。嘉事不体[⑦]，何以能久！高仰，骄也；卑俯，替也[⑧]。骄近乱，替近疾[⑨]。君为主，其先亡乎？"五月公薨。孔子曰："赐不幸言而中[⑩]，是使赐多言也。"

【注释】

①鲁定公十五：前495年。

②邾隐公：鲁国附庸国的国君，名益。

③执玉：春秋时期诸侯相见礼仪，手执玉器。

④其容仰：邾子的面容上仰。邾子位卑，执玉应低。鲁君反是。

⑤朝、祀、丧、戎：朝会、祭祀、丧葬、兵戎。

⑥不度：不合法度。

⑦嘉事：指朝会。不体：不遵守礼制。体（體），与禮古通。

⑧替：废惰。

⑨替近疾：废惰则接近疾病。

⑩赐：子贡名。

【译文】

鲁定公十五年正月，邾隐公来到鲁国朝拜，子贡观摩会见礼仪。邾子持玉器姿势更高，仰头高视；鲁国国君接受玉器的时候更低一些，低头俯视。子贡说："从礼仪制度来看，两位君主都有死亡的迹象。礼仪制度，是关乎生死存亡的大事：关于左右、周转、进退、俯仰等动作，都有规定；朝拜、祭祀、丧葬、军戎，也都体现礼仪。而今正月两位国君的朝会却不符合礼法，是他们的神志已经昏乱了啊。这样嘉好的事情都不符合礼法制度，两位国君如何能够长久呢？仰头高视，是因为骄傲；低头俯视，是因为废惰。骄傲接近动乱，废惰就接近疾病。鲁国国君作为尊主国国君，那不是要先死吗？"五月，鲁定公去世。孔子说："子贡不幸说中了此事，这会让他成为更多话的人。"

希卑

秦攻赵，鼓铎之音闻于北堂[①]。希卑曰[②]："夫秦之攻赵，不宜急如此，此召兵也[③]，必有大臣欲衡者耳[④]。王欲知其人，旦日赞群臣而访之[⑤]，先言衡者，则其人也。"建信君果先言衡[⑥]。

【注释】

①鼓铎（duó）之音：击铎的声音。鼓，摇动，振。北堂：赵王及群臣理事之厅堂。

②希卑：赵大夫。

③召兵：击铎之音应为赵国内应发出的信号。

④衡：连横，山东六国与秦求和联盟。

⑤旦日：第二天。赞：见。此处指召集。

⑥建信君：赵王嬖臣，颇干预内政外交。

【译文】

秦国进攻赵国，击铎之音在赵王理政的北堂都可以听得到。赵国大夫希卑说："秦国进攻赵国，不应当如此紧迫，这应当是秦国在我国的内应发出的信号。赵国一定有大臣想要主张连横，同秦国结盟。大王如若想要知道谁是内应，第二天召会群臣来询问他们，首先主张连横的人，就是秦国的内应。"赵王嬖臣建信君果然率先提出要连横，主张同秦国结盟。

范蠡

朱公居陶[①]，生少子。少子壮，而朱公中男杀人，囚楚。朱公曰："杀人而死，职也[②]。然吾闻'千金之子，不死于市'[③]。"乃治千金装，将遣其少子往视之。长男固请行，不听[④]，以公不遣长子而遣少弟，"是吾不肖"，欲自杀。其母强为言，公不得已，遣长子，为书遗故所善庄生[⑤]，因语长子曰："至，则进千金于庄生所。听其所为，慎无与争事。"长男行，如父言。庄生曰："疾去毋留，即弟出，勿问所以然。"长男阳去[⑥]，不过庄生而私留楚贵人所。庄生故贫，然以廉直重[⑦]，楚王以下皆师事之；朱公进金，未有意受也，欲事成后复归之以为信耳。而朱公长男不解其意，以为殊无短长[⑧]。庄生以间入见楚王，言："某星某宿不利楚[⑨]，独为德可除之。"王素信生，即使使封三钱之府[⑩]。贵人惊告朱公长男曰："王且赦。每赦，必封三钱之府。"长男以为赦，弟固当出，千金虚弃，乃复见庄生。生惊曰："若不去耶？"长男曰："固也。弟今且自赦，故辞去。"生知其意，令自入室取金去。庄生羞为儿子所卖[⑪]，乃入见楚王曰："王欲以修德禳星[⑫]，乃道路喧传陶之富人朱公子杀人囚楚，其家多持金钱赂王左右，故王赦。非能恤楚国之众也，特以朱公子故。"

王大怒，令论杀朱公子，明日下赦令。于是朱公长男竟持弟丧归。其母及邑人尽哀之，朱公独笑曰："吾固知必杀其弟也。彼非不爱弟，顾少与我俱，见苦[13]，为生难，故重弃财[14]。至如少弟者，生而见我富，乘坚策肥[15]，岂知财所从来哉！吾遣少子，独为其能弃财也；而长者不能，卒以杀其弟。事之理也，无足怪者，吾日夜固以望其丧之来也！"

【注释】

①朱公居陶：范蠡先为越国大夫，与文种辅佐勾践灭吴。后更名从商。居于陶，自号陶朱公。

②职：常理。

③千金之子，不死于市：富贵人家的孩子，不应被屠戮于市。因其受辱。

④不听：不允许。

⑤庄生：楚人。《史记索隐》认为此庄生非庄子。按，此条虽见于《史记》，实似寓言。

⑥阳：佯装。

⑦廉直：清廉、正直。

⑧殊无短长：此言范蠡长子认为庄生在救人上根本起不到什么作用。短长，计策。

⑨某星某宿：《史记》原文为"某星宿某"。宿，停留，行至。

⑩三钱之府：古代钱库。

⑪儿子：小辈，晚辈。

⑫禳（ráng）：除去灾异。

⑬见苦：吃过苦。

⑭重弃财：看重钱财花费。

⑮乘坚策肥：乘坚车，驰肥马，表示生活富足。

【译文】

范蠡居住在陶邑的时候，生下了小儿子。小儿子长大后，范蠡的二儿子因杀人而被收押在楚国。范蠡说："杀人偿命，是常理所在。然而我听说'富贵人家的子弟，不应在市集当中行刑'。"于是筹备了千金，将要让小儿子携带到楚国去相机打点。范蠡的长子坚持要去，范蠡不让他去。长子认为范蠡派遣小儿子去楚国却不让他去，"是因为我没出息"，想要自杀。母亲也为长子求情，范蠡不得已，改派长子前往楚国，并让他带一封书信交给此前有交情的庄生，他对长子说："到了楚国以后，就将千金进献给庄生，然后听从他的安排，万勿与他争论什么事。"长子出发后，按照父亲的交代做了。庄生说："赶快离开楚国，不要停留。如果弟弟出狱了，不要问他是如何被释放的。"范蠡的长子佯装离开楚国，没再去过庄生家，而悄悄寄居在一个楚国贵族的家中。庄生一向清贫，但是以其廉洁正直而被人所敬重，楚国自国君之下，都以师长之礼待他；范蠡献金，庄生并没打算接受，想在事成之后退还范蠡，以表信义。然而范蠡的长子不明白庄生的想法，以为他对于救人没有什么办法。庄生找机会觐见楚王，说："某星行至某处对楚国不利，只有施行仁德之举才能化解。"楚王平素十分信任庄生，立刻就派遣使臣把钱库封了。楚国贵族得知后惊讶地告诉范蠡的长子说："楚王将要大赦了。每次楚国大赦的时候，楚王都会把钱库封起来。"范蠡的长子以为楚国将要大赦，自己的弟弟一定会被释放，送给庄生的千金相当于白白扔掉了，于是就再次求见庄生。庄生十分惊讶地说："你没有离开吗？"长子回答道："我一直就没走。现如今我的弟弟就要自己被赦出狱了，所以来向您辞行。"庄生明白了他的意思，就让他自行到室内取金离开。庄生为被小辈戏耍了而感到羞辱，于是就入见楚王，说："大王想要以进修德业来禳补天象，然而市井却有流言说陶邑的富人朱家公子，在楚国因杀人而被羁押，他们家带着许多财货贿赂大王左右，大王才因此大赦天下，并非是为了体恤楚国的民众，而仅仅是因为朱公子。"楚王十分气愤，因而下令论罪处死范蠡的次子，第二天才下达大赦的命令。于是，范蠡的长子只能带着弟弟的灵柩返回。他的母亲与同邑的人都为此感到非常哀伤，只有范蠡笑着说："我原本就知道他会害死他的弟弟。他并非不疼爱弟弟，只是他年幼的时候和我一起吃过苦，见识了为生活打拼的艰辛，因而把花费钱财看得太重。至于小儿子，一出生就只见到了我的富庶，乘坐坚实的车乘鞭策肥壮的马匹，哪里会知道财物得来的不易呢？我派遣小儿子前往，只是因为他能舍弃财物；然而长子却不能，最终导致弟弟被诛杀。这是事情的常理，没什么可奇怪的，我原本就日夜等候着儿子的灵柩回来。"

朱公既有灼见，不宜移于妇言[①]，所以改遣者，惧杀长子故也。"听其所为，勿与争事"，已明明道破，长子自不奉教耳。庄生纵横之才不下朱公，生人杀人，在其鼓掌。然宁负好友，而必欲伸气于孺子，何德宇之不宽也！噫，其所以为纵横之才也与！

【注释】

①移于妇言：为妇人之言而改变主意。

【译文】

范蠡既然能有真知灼见，不应当因为妇人的言语而改变主意，所以更改派遣的儿子，是惧怕长子自杀的缘故。"听任庄生的举措，不要同他争论什么事情"，已经十分明白地道破其中玄机，只是长子自己不奉行教诲罢了。庄生纵横之才不在范蠡之下，让人生让人死，都在他的掌控中。然而宁愿辜负好友，也一定要伸舒从小辈那里受到的怨气，他的德行气度何其不宽阔！啊，这就是他能够成就纵横之才的缘故吗？

范雎

王稽辞魏去，私载范雎[①]，至湖关[②]，望见车骑西来，曰："秦相穰侯东行县邑[③]。"雎曰："吾闻穰侯专秦权，恶纳诸侯客，恐辱我，我且匿车中。"有顷，穰侯至，劳王稽[④]，因立车语曰[⑤]："关东有何变？"曰："无有。"又曰："谒君得无与诸侯客子俱来乎[⑥]？无益，徒乱人国耳！"王稽曰："不敢。"即别去。范雎出曰："穰侯，智士也，其见事迟。向者疑车中有人，忘索，必悔之。"于是雎下车走，行数里，果使骑还索，无客乃已。雎遂与稽入咸阳。

【注释】

①范雎（jū）：战国时魏人。原为须贾家臣，后遭须贾迫害，化名张禄，匿于友人郑安平处。后秦王稽使魏，范雎随王稽入秦，封应侯，提出远交近攻之策，以弱六国。

②湖关：即湖县，治所在今河南灵宝西北。

③秦相穰侯：魏冉，楚人，秦昭襄王母宣太后之弟。武王死，诸弟争立，他拥立昭王。封于穰，号穰侯。东行县邑：向东巡察县邑。

④劳：慰劳。

⑤立车：停车。

⑥谒君：王稽为谒者，尊称谒君。

【译文】

王稽从魏国辞行而去，私自载范雎返回秦国。抵达湖关的时候，远远望见西方有车骑前来，说道："这是秦相穰侯向东巡视县邑。"范雎说："我听说穰侯在秦国专权，厌恶接纳诸侯宾客，恐怕会羞辱我，我姑且藏匿在车中吧。"不一会儿，穰侯抵达，慰劳王稽，就停下车说道："关东有什么变动吗?”王稽说:“没有。”又问:“谒君您莫非是同诸侯的宾客一同回来的吧?那样毫无益处,只会让国政混乱!”王稽说:“不敢如此。”于是二人辞别离去。范雎从车中出来说道:“穰侯,是很有智谋的人,他只是判断事情有些迟钝。刚才怀疑车中有人,忘记查看了,一定会感到后悔的。”于是范雎下车行走,走了几里后,穰侯果然派骑兵返回搜索,没找到宾客才罢休。范雎于是和王稽一同抵达咸阳。

穰侯举动不出雎意中,所以操纵不出雎掌中[①]。

【注释】

①操纵不出雎掌中:范雎入秦后,说秦昭王,使废太后,逐穰侯于关外,而最终拜相。指穰侯才能不如范雎。

【译文】

穰侯的举措没有出乎范雎的意料,因而他的才能不如范雎。

姚崇 二条

一

魏知古起诸吏[①],为姚崇所引用,及同升也[②],崇颇轻之。无何,知古拜吏部尚书,知东道选事[③]。崇二子并分曹洛邑[④],会知古至,恃其蒙恩,颇顾请托。知古归,悉以闻。上召崇,从容谓曰:“卿子才乎?皆何官也?又安在?”崇揣知上意,因奏曰:“臣有三子,两人分司东都矣。其为人多欲而寡交,以是必干知古[⑤],然臣未及闻之耳。”上始以丞相子重言之,欲微动崇意,若崇私其子,或为之隐。及闻所奏,大喜,且曰:“卿安从知之?”崇曰:“知古微时,是臣荐以至荣达。臣子愚，谓知古见德，必容其非，故必干之。”上于是明崇不私其子之过，而薄知古之负崇也，欲斥之。崇为之请曰：“臣有子无状，挠陛下法[⑥]，陛下欲特原之，臣为幸大矣。而由臣逐知古，海内臣庶，必以陛下为私于臣矣，非所以裨玄化也[⑦]。”上久之乃许。翌日，以知古为工部尚书，罢知政事。

【注释】

①魏知古：弱冠举进士，累授著作郎，兼修国史。唐睿宗时累官黄门侍郎，方直敢言。玄宗初即位，为侍中，封梁国公。与姚崇不合，后罢政。

②同升：一同提拔为相。

③东道：东都洛阳。选事：铨选官吏之事。

④分曹：犹分司。唐、宋朝时，中央官员在陪都（洛阳）任职的，称为分司。

⑤干：干谒。

⑥挠：扰乱。

⑦玄化：帝王教化。

【译文】

魏知古是从下层官吏被起用的，被姚崇引荐而被重用。待到二人同为宰相后，姚崇对魏知古颇为轻视。不久，魏知古官拜吏部尚书，负责东都洛阳选任官吏之事。姚崇的两个儿子在洛阳做官，待到魏知古抵达后，仗着他曾经蒙受过自己父亲的恩情，多有请托之事。魏知古回到朝中，将此一一奏明皇帝。皇帝召见姚崇，不经意地问他：“卿家的儿子有才能吗？现在都出任什么官职？又身居何处？”姚崇揣摩到了皇帝的心意，于是就回禀道：“为臣有三个儿子，其中两个儿子在东都洛阳官署任职。他们为人欲求很多但很少交游，因此一定会去拜会魏知古而有所请求，然而臣下还未来得及听闻此事。”皇帝开始因为是丞相的孩子而意味深长地这样说，想要试探姚崇，如若姚崇偏私自己的孩子，就会为孩子有所隐瞒。等到皇帝听到了姚崇的奏闻，十分欣喜，并且说：“卿家从何得知此事？”姚崇说：“魏知古还未显达时，是为臣推荐他，使他得以荣达。臣的孩子愚钝，认为魏知古如果记得我的恩德，一定会容忍他们的过错，因而才去干谒他。”皇帝于是知道姚崇并不偏袒儿子的过错，而看轻魏知古有负于姚崇，想要贬斥他。姚崇为他求情，说道：“为臣的孩子行事无状，扰乱陛下法度。陛下想要特赦他们的罪过，为臣已经感到十分幸运了。而因为臣下此事来驱逐魏知古，海内的臣僚与民众，一定会认为陛下偏私为臣，不会对皇上您的教化有所帮助的。”皇帝想了很久才允许了。第二天，任命魏知古为工部尚书，罢免了他作为丞相的职责。

二

姚崇与张说同为相，而相衔颇深。崇病，戒诸子曰：“张丞相与吾不协，然其人素侈，尤好服玩。吾身没后，当来吊，汝具陈吾生平服玩、宝带、重器罗列帐前。张若不顾，汝曹无类矣[①]。若顾此，便录致之，仍以神道碑为请[②]。既获其文，即时录进，先砻石以待[③]，至便镌刻进御[④]。张丞相见事常迟于我[⑤]，数日后必悔，若征碑文[⑥]，当告以上闻，且引视镌石。”崇没，说果至，目其服玩者三四。崇家悉如崇戒。及文成，叙致该详，时谓“极笔”[⑦]。数日，果遣使取本，以为辞未周密，欲加删改。姚氏诸子引使者视碑，仍告以奏御。使者复，说大悔恨，抚膺曰[⑧]：“死姚崇能算生张说，吾今日方知才之不及！”

【注释】

①无类：无有存类，指的是没有可以存活的。

②神道碑：立在墓道上的碑。上载死者生平及功德，多为谀辞。因墓道为死者神灵出入之所，故云神道。按，张说文章极好，时称“大手笔”。

③砻石：墓碑。

④进御：呈给皇帝看。

⑤见事：发现事物之机奥。

⑥征：索取。

⑦极笔：极精妙之文章。

⑧抚膺（yīng）：捶胸。

【译文】

姚崇和张说同为宰相的时候，相互衔怨很深。姚崇病重，告诫他的孩子们说：“张说和我有矛盾，然而这个人平素比较奢侈，尤其喜好服饰珍玩。等我死后，张说会前来祭吊，你们将我平生珍藏的服饰珍玩、宝带、宝器全部陈列在帐前。如果张说对这些看都不看一眼的话，你们大概就无法生存了。如若他顾盼这些，就记录下来送给他，并且请他为我写神道碑碑文。待他写好后，即刻就录进，提前准备好墓碑等待，一拿到碑文就尽快刻好请皇上御览。张说平日洞察事情经常比我要慢，几日后一定会后悔。如若来索取碑文，就告诉他已给皇上看过了，并且领他亲自看一看刻好的石碑。”姚崇过世后，张说果然来了，打量了好几次姚崇的服饰珍玩。姚崇的家人悉数按照姚崇的安排处置。等到张说写好了神道碑碑文，叙事文辞极为完备详尽，当时人称为“极笔”。几天后，张说果然派人前来索取稿本，认为文辞尚未周密，还要修改一下。姚崇的几个儿子带着使者来看碑刻，且告诉他已经呈进皇帝御览。使者返回后，张说十分悔恨，捶着胸脯说：“已经死去的姚崇还能算计活着的张说，我今日才知道我的才智不如他。”

王应

王敦既死[1],王含欲投王舒[2],其子应在侧,劝含投彬[3]。含曰:"大将军平素与彬云何,汝欲归之?"应曰:"此乃所以宜投也!江州彬当人强盛,能立异同[4],此非常识所及,睹衰危,必兴慈愍。荆州舒守文[5],岂能意外行事耶?"含不从,边批:蠢才。径投舒,舒果沉含父子于江。彬初闻应来,为密具船以待,待不至,深以为恨。

【注释】

①王敦:王导从兄,晋武帝之婿。东晋初,敦与导同心辅元帝。敦既得志,遂欲专制朝廷。元帝引刘隗、刁协为腹心。322年,敦以讨刘、刁为名,于武昌起兵,遥控朝政。324年,晋明帝任王导为大都督,讨王敦。时敦病重,其军败散于建康附近。

②王含:王敦之兄,凶顽刚暴。王舒:王敦之从弟。时为荆州刺史。

③彬:王彬,王敦从弟。王敦反时,王彬愤然指责他。时为江州刺史。

④能立异同:能标立己见,而不附势逐流。

⑤守文:谨守规范,不敢出格。

【译文】

王敦死后,王含想要投靠王舒,他的儿子王应在一旁,劝告王含应当投靠王彬。王含说:"大将军生前和王彬的关系怎么样?你想去投靠王彬吗?"王应说:"这正是应该投靠王彬的缘故啊!江州王彬在别人强盛的时候,还能标己立异,这不是一般见识的人能够达到的。他看到我们势力衰微,一定会生出慈悲哀愍之心。荆州王舒一向按照典章文法行事,哪敢越雷池一步?"王含没有听从王应的意见,边批:蠢才。径直投靠了王舒,王舒果然将他们父子沉入江底。王彬起初听闻王应他们将要前来,私下为他们准备了船等着他们，结果没有等到他们前来，为此深深感到遗憾。

好凌弱者必附强，能折强者必扶弱。应嗣逆敦[①]，本非佳儿，但此论深彻世情，差强“老婢”耳。敦每呼兄含为“老婢”。

【注释】

①应嗣逆敦：王敦以王应为后嗣。

【译文】

喜好凌虐弱者的人一定会攀附强者，能够折损强权的人也一定会帮扶弱者。王应做了王敦的后嗣，原本不是好儿郎，但他的言论深切世情，比他的父亲要强一些。王敦总是称呼他的兄长王含为“老婢”。

晋中行文子出亡[①]，过县邑。从者曰：“此啬夫[②]，公之故人，奚不休舍，且待后车[③]？”文子曰：“吾尝好音，此人遗我鸣琴。吾好佩，此人遗我玉环。是振我过以求容于我者[④]，吾恐其以我求容于人也！”乃去之。果收文子后车二乘而献之其君矣。蔺相如为宦者缪贤舍人[⑤]，贤尝有罪，窃计欲亡走燕。相如问曰：“君何以知燕王？”贤曰：“尝从王与燕王会境上，燕王私握吾手曰：‘愿结交。’以故欲往。”相如止之曰：“夫赵强燕弱而君幸于赵王，故燕王欲结君。今君乃亡赵走燕，燕畏赵，其势必不敢留君，而束君归赵矣。君不如肉袒负斧锧请罪，则幸脱矣。”贤从其计。参观二事，足尽人情之隐。

【注释】

①晋中行文子出亡：春秋末，晋定公十五年（前497），赵鞅杀其同族

邯郸午。邯郸午为中行文子（荀寅）之甥，而中行文子则为范昭子（范吉射）的儿女亲家。于是范、中行伐赵氏，赵鞅奔晋阳。韩简子与中行文子相恶，魏襄子亦与范昭子相恶，于是韩、魏二氏与荀跞奉晋定公以伐范、中行氏，不克。范、中行氏复伐晋定公，国人助公，二子败。中行文子与范昭子出奔朝歌。至晋定公二十年（前492），赵鞅围朝歌，中行文子突围奔邯郸。二十一年（前491），赵鞅破邯郸，中行文子奔鲜虞，复入柏人。二十二年（前490），晋人围柏人，中行文子奔齐。本条出自《韩非子》，未言究属哪一次出奔。

②啬夫：官名。此当指乡官。

③待后车：等一下后面的车。

④振我过：助长我的过错。

⑤蔺相如：战国时赵人，使秦，完璧归赵。从赵王会秦王于渑池，使赵不辱，任为上卿。又以理服老将廉颇，有刎颈交，使赵一时称强国。

【译文】

春秋时晋中行文子逃亡，经过一个县邑。侍从说："这里的啬夫是您的老朋友，为何不休整一番，等待后面的车呢？"文子说："我喜欢音乐，这个人就送我鸣琴。我喜爱美玉，这个人就送我玉环。这个人是助长我的过错来让我容纳他，我怕他也会用以前对我的方法去向别人求取好处。"于是迅速离开。后来这个啬夫果然扣下文子后面的两部车子献给他的国君。蔺相如曾为宦官缪贤的门客。缪贤犯罪，计划逃到燕国。蔺相如问他："您怎么知道燕王一定会接纳您呢？"缪贤说："我曾陪着大王在边境上和燕王会晤，燕王私下握着我的手说：'希望能交朋友。'因而想去燕国。"蔺相如阻止他说："赵国强盛而燕国弱小，您以前受赵王宠幸，所以燕王才想和您结交。现在您要逃离赵国到燕国去，燕王畏惧赵王，一定不敢留您，反而会抓您来献给赵王。您不如袒露身子、背着斧子向赵王请罪，也许还有机会免罪。”缪贤依计而行。看了这两件事,可以更深彻地认识人情。

陈同甫

辛幼安流寓江南[①],而豪侠之气未除。一日,陈同甫来访[②],近有小桥,同甫引马三跃而马三却。同甫怒,拔剑斩马首,边批:豪甚。徒步而行。幼安适倚楼而见之,大惊异,即遣人询访,而陈已及门,遂与定交。后十数年,幼安帅淮[③],同甫尚落落贫甚,乃访幼安于治所,相与谈天下事。幼安酒酣,因言南北利害,云:南之可以并北者如此,北之可以并南者如此,“钱塘非帝王居[④],断牛头山,天下无援兵,决西湖水,满城皆鱼鳖”。饮罢,宿同甫斋中。同甫夜思:幼安沉重寡言,因酒误发,若醒而悟,必杀我灭口,遂中夜盗其骏马而逃。边批:能杀马必能盗马。幼安大惊。后同甫致书,微露其意,为假十万缗以济乏。幼安如数与焉。

【注释】

①辛幼安:辛弃疾,字幼安。著名豪放词人,年轻时曾参与抗金运动。

②陈同甫:陈亮,字同甫。与辛弃疾为友,意气相投。而此条所载颇不实,已多为后人指其谬。

③帅淮:乾道八年(1172),辛弃疾曾知滁州。

④钱塘:指杭州,时为南宋都城。

【译文】

辛弃疾客居在江南,而他身上的豪侠之气并未消除。一天,陈亮来拜访他,附近有一座小桥,陈亮三次引马跳跃而马匹三次退却。陈亮十分愤怒,拔剑斩下马头,边批:甚有豪气。徒步行走。恰逢辛弃疾倚楼看见了，感到十分惊异，立刻派人询访此人是谁。此时陈亮刚好抵达门口，于是二人定交成为朋友。此后十几年，辛弃疾在滁州担任军事统帅。陈亮尚且贫困无名，于是就到治所拜访辛弃疾，与他谈论天下形势。辛弃疾酒酣之际，谈及南北利害，说：宋朝可以如此吞并金国，金国可以如此吞并宋朝，“杭州并非是帝王居所，阻断牛头山，那么天下就无援兵可至，决开西湖水，那么满城人民就会变成鱼鳖”。二人饮毕，让陈亮在家中留宿。陈亮晚上想到：辛弃疾沉稳持重少言，因为醉酒而误发言论，如若他酒醒后醒悟过来，一定会杀我灭口，于是在深夜就盗走辛弃疾的骏马逃亡而去。边批：能杀马就一定能盗马。辛弃疾十分惊诧。后来陈亮写信给辛弃疾，稍微透露了他这样做的原因，希望借十万缗钱来渡过困乏。辛弃疾如数给了他。

李泌

议者言韩滉闻乘舆在外[①]，聚兵修石头城，阴蓄异志。上疑，以问李泌，对曰：“滉公忠清俭，自车驾在外，滉贡献不绝，且镇抚江东十五州[②]，盗贼不起，皆滉之力也。所以修石头城者，滉见中原板荡[③]，谓陛下将有永嘉之行[④]，为迎扈之备耳[⑤]。此乃人臣忠笃之虑，奈何更以为罪乎？滉性刚严，不附权贵，故多谤毁，愿陛下察之，臣敢保其无他。”上曰：“他议汹汹，章奏如麻[⑥]，卿不闻乎？”对曰：“臣固闻之。其子皋为考功员外郎，今不敢归省其亲[⑦]，正以谤语沸腾故也。”上曰：“其子犹惧如此，卿奈何保之？”对曰：“滉之用心，臣知之至熟，愿上章明其无他[⑧]，乞宣示中书[⑨]，使朝众皆知之[⑩]。”上曰：“朕方欲用卿，人亦何易可保[⑪]，慎勿违众，恐并为卿累。”泌退，遂上章，请以百口保滉。

【注释】

①韩滉：字太冲，京兆长安（今陕西西安）人。唐德宗时任浙江东西道观察使。乘舆：皇帝乘驾。此指唐德宗。在外：唐德宗建中四年（783），泾原兵变，德宗逃往奉天（今陕西乾县）。

②江东十五州：浙江东西道所辖有润、升、常、湖、苏、杭、睦、越、明、台、温、衢、处、婺等十四州，另兼统宣州。

③板荡：社会动荡不安，政局变乱。

④永嘉之行：琅琊王司马睿于永嘉年间任安东将军、都督扬州江南诸军事，出镇建康，统治长江中下游及珠江流域。刘曜攻占长安，西晋灭亡，他在南方建立政权，史称东晋。

⑤迎扈：迎接扈从，指迎接圣驾。

⑥章奏如麻：形容章奏之多。

⑦不敢归省其亲：韩皋居官京师，不敢回江南觐省其父母。

⑧上章：上奏章。

⑨中书：中书省。

⑩朝众：在朝之百官。

⑪人亦何易可保：对别人怎能那么轻易地做保。古时被保者有罪，保者则连坐。

【译文】

唐朝时，有人议论说，韩滉听闻天子移驾出京，就聚集兵士修筑石头城，暗中怀有异心。皇帝听后有所怀疑，询问李泌的意见，李泌说："韩滉忠诚清廉。自皇上在外以来，韩滉贡献钱粮不断。而且他镇守江东十五州，盗贼绝迹，都是他的功劳。至于整修石头城，是因为韩滉眼见中原动荡，认为皇上可能会南下避乱，为迎接圣驾做准备。这是只有忠诚甚笃的人才会有的考虑，怎能当作罪责呢？韩滉性格刚烈严谨，不攀附权贵，因而有很多人诋毁诽谤他，希望陛下明察。为臣敢担保他绝无二心。"皇帝说："众人议论纷纷，奏章如麻，卿家难道没听说吗？"李泌说："为臣自然知道。韩滉的儿子韩皋担任考功员外郎,正因流言太多,都不敢回去看望父母。”皇帝说:“韩滉的儿子尚且忧惧如此,你为何还要为他担保呢?”李泌说:“韩滉的心意为臣最为熟悉,我愿意上奏章表明他没有二心,请皇上将我的奏章宣示中书省,让朝中官员都知悉。”皇帝说:“朕正想重用你,你怎能如此轻易为他人担保?要谨慎不要违背众人的意愿,恐怕连累你自己。”李泌退回后,就呈上一篇奏章,用全家上下百口性命来为韩滉担保。

他日,上谓泌曰:“卿竟上章,已为卿留中[1]。虽知卿与滉亲旧,岂得不自爱其身乎!”对曰:“臣岂肯私于亲旧以负陛下,顾滉实无异心。臣之上章,以为朝廷,非为身也!”上曰:“如何为朝廷?”对曰:“今天下旱蝗,关中米斗千钱,仓廪耗竭,而江东丰稔。愿陛下早下臣章,以解朝众之惑,而谕韩皋,使之归觐,令滉感激,无自疑之心,速运粮储,岂非为朝廷耶?”边批:此唐室安危之机,所系非细。上曰:“朕深谕之矣!”即下泌章,令韩皋谒告归觐[2],面赐绯衣,谕以“卿父比有谤言,朕今知其所以,释然不复信矣”,因言:“关中乏粮,与卿父宜速置之。”

【注释】

①留中:皇帝将臣子呈进的奏章留于内廷,不交办。

②谒告:请假。

【译文】

某天,皇帝对李泌说:“卿家竟呈上了奏章,我已将其暂扣。我虽知道你和韩滉过去有交情,但你怎么能不顾及自己的身家性命呢?”李泌说:“为臣怎么会偏私故旧而有负皇上呢?只是韩滉确实没有异心。微臣上奏章，专为朝廷非为自己。”皇帝说：“怎么说是为朝廷呢？”李泌说：“如今天下旱灾蝗害，关中一斗米价值一千钱，仓库也日渐空了，而江东却丰收富足。期望陛下将为臣的奏章早日下发，以解除群臣的疑惑，同时下诏给韩皋，要他回家探亲，使韩滉感激圣上的信任，消除心中的不安，尽快将江东的粮食运来，这难道不是为朝廷吗？”边批：此事关系唐室的安危，并非小事。皇帝说：“朕已经完全明白了。”即刻下发了李泌的奏章，命令韩皋请假回去探亲，当面赐予绯衣，并告诉他“你父亲近来遭到诽谤，如今我已明察始末，已经释然不会再相信流言”，趁机说道：“关中缺乏粮食，请卿家父子赶快处理运粮事宜。”

皋至润州，滉感悦流涕，即日自临水滨，发米百万斛，听皋留五日即还朝。皋别其母，啼声闻于外。滉怒，召出挞之，自送至江上，冒风涛而遣之。边批：至诚感人，可悲可泣。既而陈少游闻滉贡米[1]，亦贡二十万斛。上谓李泌曰：“韩滉乃能使陈少游亦贡米乎？”对曰：“岂唯少游，诸道将争入贡矣！”边批：有他套。

【注释】

①陈少游：长权变，能处事，贿交权幸。建中初累官淮南节度使。

【译文】

韩皋回到润州禀明父亲，韩滉感动高兴得泪流满面，当天就亲自到水边，发送米粮百万斛，让韩皋只留五天就立即回京。韩皋辞别母亲的时候，哭声传到屋外。韩滉气得把他叫出去鞭打一顿，亲自送到江边，冒着风浪把儿子送走。边批：至诚感人，可悲可泣。此后，陈少游听说韩滉贡米，也进贡二十万斛米。皇帝对李泌说：“韩滉竟能使陈少游也跟着贡米吗？”李泌说：“岂止陈少游，各道都会争着贡入米粮。”边批：有其他办法。

荀息

晋献公谋于荀息曰[1]:"我欲攻虞[2],而虢救之;攻虢则虞救之,如之何?"荀息曰:"虞公贪而好宝,请以屈产之乘与垂棘之璧[3],假道于虞以伐虢。"公曰:"宫之奇存焉[4],必谏。"息曰:"宫之奇之为人也,达心而懦[5],又少长于君[6]。达心则其言略[7],懦则不能强谏,少长于君,则君轻之。且夫玩好在耳目之前,而患在一国之后,唯中智以上乃能虑之[8]。臣料虞公,中智以下也。"晋使至虞,宫之奇果谏曰:"语云:'唇亡则齿寒。'虞、虢之相蔽[9],非相为赐[10]。晋今日取虢,则明日虞从而亡矣!"虞公不听,卒假晋道。行既灭虢,返戈向虞。虞公抱璧牵马而至。

【注释】

①晋献公:春秋时晋国国君,名诡诸,在位期间消灭了虢、虞两国。荀息:晋大夫。

②虞:国名。位于晋、虢之间,晋师伐虢,必假道于虞。

③屈产之乘:此言屈地所产之骏马。屈,古地名。在今山西吉县,盛产良马。垂棘:地名。以产美玉闻名。

④宫之奇:虞国之贤臣。

⑤达心:明达于心。

⑥少长于君:自小长养于虞公之宫内。

⑦达心则其言略:心中明达则言语简略。

⑧中智:中等智力水平。

⑨相蔽:互相保护。

⑩相为赐:指把对方当成礼物送给别人。

【译文】

晋献公与荀息谋划道："我想要攻取虞国，而虢国就会救援；进攻虢国，虞国就会救援，应当如何处置呢？"荀息说："虞公贪婪而喜好宝物，请您用屈地出产的良马与垂棘出产的玉璧作礼物，向虞国借路来讨伐虢国。"晋献公说："宫之奇还在世，一定会劝谏的。"荀息说："宫之奇这个人的为人，心中明达而为人怯懦，自幼在王宫中长大。心中明达，则他的言语就会比较简略，怯懦就无法强行劝谏，自幼在王宫长大，那么国君又会轻视他。何况喜爱的东西就在耳目之前，而灭国之灾又在另一个国家灭亡之后，这是需要中等智力水平以上才能考虑到的。臣估计，虞公的才智在中等水准以下。"晋国使臣抵达虞国的时候，宫之奇果然劝谏说："有言道：'失去嘴唇，牙齿就会感到寒冷。'虞国与虢国相互荫蔽，并非把对方当成礼物送给别人的那种关系。晋国今天攻取了虢国，明天虞国就会跟随着灭亡！"虞公根本不听，最终将道路借给晋国。晋国攻灭了虢国后，就反戈攻击虞国。虞公抱着玉璧牵着良马前来投降。

虞卿

秦王龁攻赵[①]，赵军数败，楼昌请发重使为媾[②]。虞卿曰[③]："今制媾者在秦[④]，秦必欲破王之军矣，虽往请，将不听。不如以重宝附楚、魏，则秦疑天下之合从，媾乃可成也。"王不听，使郑朱媾于秦。虞卿曰："郑朱贵人也，秦必显重之以示天下，天下见王之媾于秦，必不救王。秦知天下之不救王，则媾不可成矣！"既而果然[⑤]。

【注释】

①王龁（hé）：秦昭襄王时将领。攻赵：此当为上党之役，在长平之

战前。

②楼昌：赵国大臣。重使：负有全权重任的使臣。媾（gòu）：讲和，求和。

③虞卿：战国策士，说赵成王而为赵上卿。

④制媾者：掌握媾和之主动权者。

⑤既而果然：秦赵如虞卿言未能媾和，武安君白起后率大军败赵于长平。

【译文】

秦国的王龁率军进攻赵国，赵国军队连吃败仗，楼昌请求派遣重使同秦国讲和。虞卿说："如今决定是否讲和的主动权在秦国手中，秦国一定要击败王上的军队，即使过去向他们提出请求，他们也不会同意讲和的。不如赠送楚、魏重宝亲附他们，那么秦国就会疑虑天下各国会形成合纵之势共同抗秦，那样求和才可能成功。"赵王没有听从他的意见，而是派遣郑朱向秦国求和。虞卿说："郑朱是显贵之人，秦国一定会做出尊重郑朱的样子给各诸侯看。各个诸侯见到大王想要同秦国求和，一定不会再派兵前来营救大王。秦国知道诸侯不救大王，那样求和更不可能成功了！"之后事情果然如他所说。

战国策士，当以虞卿为第一。

【译文】

战国时出谋划策的士人，应当以虞卿为第一。

傅岐

侯景叛魏归梁[①]，封河南王。魏相高澄忽遣使议和，时举朝皆请从之。傅岐为始新令[②]，适在朝，独曰："高澄方新得志，何事须和？必是设间以疑侯景，使景意不自安，则必图祸乱。若许之，正堕其计耳。”帝惑朱异言[3]，竟许和。景未信，乃伪作邺人书[4]，求以贞阳侯换景[5]。边批：亦巧。帝答书，有“贞阳旦至，侯景夕返”语，景遂反。

【注释】

①侯景：南北朝时人。有膂力，善骑射。麾下部队十万众，在河南势力强大。高欢死后，侯景自知难保，降梁。后废梁帝自立，国号汉。

②傅岐：字景平。南朝梁臣，有智谋。死于侯景之乱。

③朱异：字彦和。涉猎文史，兼通杂艺。善揣摩君主心意，深受信任。

④邺人书：东魏都于邺，邺人书即指东魏之人所来之书信。

⑤贞阳侯：萧渊明，亦作萧明，梁武帝兄萧懿之子。547年率兵北上接应侯景，渡淮未几，为东魏兵大破，被俘。

【译文】

南北朝时期的侯景叛魏归附南朝的梁国，被封为河南王。东魏的国相高澄忽然派遣使臣前来议和，当时朝臣全都请求梁武帝同意议和。当时傅岐为始新县令，正好人在朝中，只有他说：“高澄方才新得志，为何要同我们讲和呢？一定是要施行离间计，来疑惑侯景，让侯景感到无法自安，则必然图谋叛乱。如若答应他们的求和请求，就中了他们的计了。”皇帝被朱异的言论迷惑，竟然答应议和。侯景起初并不相信，于是就伪造了一封东魏来信，信中要求以贞阳侯来交换侯景。边批：也是巧妙。皇帝的回信中，有“贞阳侯早上抵达，侯景晚上就会被遣返”的语句，于是侯景就反叛了。

策陕城　策魏博

德宗时，陕虢都知兵马使达奚抱晖鸩杀节度使张劝[①]，代总军务，邀求旌节[②]，且阴召李怀光将达奚小俊为援[③]。上以李泌为陕虢都防御水陆运使，欲以神策军送之。对曰："陕城之人不敢逆命[④]，此特抱晖为恶耳。若以大兵临之，彼闭壁定矣。三面悬绝，未可以岁月下也。臣请以单骑入。"边批：大言。上曰："朕方用卿，当更使他人往。"对曰："他人必不能入。边批：大言。今事变之初，众心未定，故可出其不意，夺其奸谋。他人犹豫迁延，彼成谋，则不得前矣。"上许之。边批：得先着。泌见陕州进奏官及将吏在长安者[⑤]，语之曰："主上以陕虢饥，故不授泌节而领运使，欲令督江淮米以赈之耳。陕州行营在夏县[⑥]，若抱晖可用，当使将，有功，则赐旌节矣。"觇者驰以告抱晖[⑦]，稍用自安。泌具以白上，曰："使其士卒思米，抱晖思节，必不害臣矣。"泌出潼关[⑧]，宿曲沃[⑨]，将佐皆来迎。去城十五里，抱晖亦出谒。泌称其摄事保城之功，曰："军中烦言[⑩]，不足介意。公等职事，皆安堵如故。"既入城视事，宾佐有请屏人白事者，泌曰："易帅之际，军中烦言，乃其常理，泌到自妥，不愿闻也。"泌但索簿书治粮储。明日，召抱晖至宅，语之曰："吾非爱汝而不诛，恐自今危疑之地，朝廷所命将帅不能入，故丐汝余生。汝为我赍版、币祭节使[⑪]，慎无入关，自择安处，潜来取家，保无他也。"边批：情法两尽，化有事为无事。泌之行也[⑫]，上籍陕将预乱者七十五人授泌，使诛之。泌既遣抱晖，日中，宣慰使至，泌奏“已遣抱晖，余不足问”。上复遣中使诣陕，必使诛之。泌不得已，械兵马使林滔等五人送京师，恳请赦宥。诏谪戍天德军⑬，而抱晖遂亡命。

【注释】

①鸩（zhèn）杀：以毒酒毒死。

②旌节：节度使的旌旗节钺。此代指节度使的任命。

③李怀光：唐朝蕃将。因战功赐姓李。建中二年（781）任朔方节度使。李怀光于784年叛变，唐朝派大将马燧、浑瑊等讨李怀光。785年，李怀光兵败被杀。

④陕城：陕州，治今河南三门峡西，为陕虢节度使驻地。时关中饥馑，江淮运粮必经陕州而后能达长安，故位置非常重要。

⑤进奏官：唐诸藩镇皆置进奏院于长安，由进奏官主之。

⑥陕州行营在夏县：时因讨李怀光，陕虢节度使建行营于夏县。夏县在陕州之北约百里。

⑦觇（chān）者：达奚抱晖所遣窥探朝廷动静之暗探。

⑧潼关：在今陕西潼关东北黄河南岸。

⑨曲沃：今属山西。

⑩烦言：闲言碎语。

⑪赍（jī）：持，带。版：祭祀所用之祝文。币：祭亡者所焚烧之帛。节使：指被杀之前节度使张劝。

⑫泌之行也：李泌出发离长安之时。

⑬天德军：在今内蒙古乌拉特前旗。

【译文】

唐德宗时，陕虢都知兵马使达奚抱晖用毒酒谋杀了节度使张劝，自己代理统领军中事务，向朝廷求取节度使的任命，并暗自召来李怀光的将军达奚小俊作为后援。德宗派遣李泌担任陕虢都防御水陆运使，想要以神策军护送他上任。李泌说:“陕城的军民不敢忤逆圣意,只是抱晖作恶罢了。倘若派遣军队,陕城必定关闭城门坚守。陕城三面悬崖,不经过一年半载难以攻下。为臣请求孤身骑马前往入城。”边批:大话。皇帝说:“朕正要起用卿家,应当改派他人前往。”李泌说:“别人一定无法入城。边批:大话。而今是变乱刚刚发生的时候,陕城军民心志尚未稳定,因而可以出其不意制胜,破其奸计。他人犹豫拖延,等到城内谋划好了,就再也不能前往了。”德宗于是答应了他。边批:抢占先机。李泌先去见了陕州进奏官以及在长安的将吏,告诉他们说:“皇上因为陕虢发生了饥荒,所以没有授予我节度使的职务,只让我担任水陆运使,想要让我督办江淮的米粮来赈济饥荒。陕州的行营在夏县,如果抱晖可以胜任,就会让他来率领行营,立下军功后,就会任命他为节度使。”暗探快马报告给抱晖,令抱晖安心不少。李泌将此事详细禀报给德宗,说:“使得彼地士卒想要米粮,而抱晖渴望担任节度使,一定不会加害臣下。”李泌出潼关,停宿于曲沃,将吏佐官们都出来迎接。在距离陕城十五里时,抱晖也出来拜见李泌。李泌称赞他代理军务、稳定陕城的功劳,说:“军中的流言不必介怀。大家的职务都和此前一样安稳。”既而入城办理公事,有宾佐请求屏退旁人来向李泌报告事情的,李泌说:“将帅更换期间,军中有闲言闲语是正常的,我来到以后自然平息,不愿多听。”李泌只是要来簿书,整治粮储。第二天,李泌召抱晖来到自己宅院,告诉他说:“我不是爱怜你才不诛杀你的,而是担心杀了你,以后再有危险疑难的地方,朝廷任命的将帅官员就进不去了,因而才乞求圣上不要杀你。你先替我带祭文、帛币去祭吊张节度使,千万不要入关,自己选一个安全的地方住下来,再偷偷回来带走家眷,保证不会有其他变动。”边批:情理、法理都照顾到了,化有事为无事。李泌离开京师时,德宗登记了可能要叛乱的陕西将领七十五人名册交给李泌,让杀掉他们。李泌遣走抱晖以后,中午,朝廷宣慰使抵达,李泌奏报:“已经遣走抱晖,其余的人不值得再加以追究。”德宗再次派遣宫中的使臣到陕州,指示一定要杀这些人。李泌不得已,只好将兵马使林滔等五人戴上枷锁押解送抵京师，恳请德宗宽赦。德宗诏令把他们贬到天德军戍守边区，而抱晖最终逃亡了。

传称邺侯好大言[①]，然才如邺侯方许大言。古来大言者二人，东方朔、李邺侯是也[②]。汉武好大之主，非大言不投。唐肃倚望邺侯颇大，不大言不塞其望，望之不塞，又将迁迹他人[③]，而其志不行矣。是皆巧于投主者也。荆公巧于投神宗而拙于酬相位[④]，所谓言有大而夸者耶？诸葛隆中数语[⑤]，不敢出一大言，正与先主局量相配。若卫鞅之于秦王，先说以帝道、王道，而后及富强[⑥]，此借所必不入以坚其入，又非大言之比矣。

【注释】

①邺侯好大言：李泌，封邺侯。《旧唐书》言其“放旷敏辩，好大言”。

②东方朔：字曼倩。汉武帝初即位，诏举天下贤良文学材力之士，朔初来。常以诙谐滑稽之言进谏。

③迁迹他人：转而奔求于别人。

④酬相位：以建功立德而酬所居之相位。

⑤诸葛隆中数语：诸葛亮于南阳，畅想的三分天下的格局。

⑥“若卫鞅之于秦王”几句：卫鞅即商鞅，闻秦孝公下令国中求贤者，遂离魏而西入秦。鞅先说以帝道，孝公时时睡，弗听，以鞅为妄人，不足用。再说以王道，仍未投孝公意。至说以霸道，孝公善之，以为“可与语”。然后卫鞅说之以强国之术，孝公闻之，不觉膝之前于席，语数日不厌。

【译文】

史传上称邺侯李泌爱说大话，然而才能如邺侯一般，才能说出如此大话。自古以来爱说大话的有两个人,一个是东方朔,再一个就是李邺侯。汉武帝是好大喜功的国君,不说大话不能投其所好。唐肃宗非常倚重邺侯,不说大话不能满足他的期望。期望不满足,就会转移到别人身上,邺侯的志向就无法施展。这都是善于投合国君的喜好。王安石善于投神宗的喜好,却无法干好宰相的工作,这才真是说大话而且自夸吧?诸葛亮隆中对,不敢有一句大话,也正与刘备气度相合。如商鞅拜见秦王,先讲帝道、王道,而后谈富强,这是先借不能投合的话来强化投合的话,又非是单单说大话所能比的。

李绛在唐宪宗朝[①],值魏博田季安死[②],子怀谏弱,李吉甫请兴兵讨之[③]。绛以为魏博不必用兵,当自归朝廷。吉甫盛陈不可不用兵之状。绛曰:"臣窃观两河藩镇之跋扈者[④],皆分兵以隶诸将,不使专在一人,恐其权任太重,乘间而谋己故也。诸将势均力敌,莫能相制;欲广相连结,则众心不同,其谋必泄;欲独起为变,则兵少力微,势必不成。跋扈者恃此以为长策。然臣窃思之,若常得严明主帅,能制诸将之死命者以临之,则粗能自图矣。今怀谏乳臭子,不能自听断[⑤],军府大权,必有所归;诸将厚薄不均,怨怒必起。然则向日分兵之策,适足为今日祸乱之阶也。田氏不为屠肆[⑥],则悉为俘囚矣,何烦天兵哉!但愿陛下按兵养威,严敕诸道,选士马以须后敕[⑦],使贼中知之,不过数月,必有自效于军中者[⑧]。至时,唯在朝廷应之敏速,中其机会[⑨],不爱爵禄以赏其人,使两河藩镇恐其麾下闻而效之以取朝廷之赏,亦恐惧为恭慎矣。此所谓不战而屈人兵者也。"既而田怀谏幼弱，军政皆决于家僮蒋士则，以爱憎移易诸将[10]，众皆愤怒。田兴晨入府[11]，士卒数千人大噪，环兴而拜，请为留后[12]。兴惊仆地，久之，度不免，乃谓众曰："汝肯听吾言乎？勿犯副大使，守朝廷法令，申版籍[13]，请官吏，然后可。"皆曰："诺。"兴乃杀蒋士则等十余人，迁怀谏于外。

【注释】

①李绛：字深之。贞元年间进士。唐宪宗时为宰相，言事切直。

②魏博：为唐代中期河北三镇之一，治魏州（今河北大名）。

③李吉甫：字弘宪。元和初累官同平章事，宪宗知其专，进李绛同为相。

④两河：指河南与河北，当时为藩镇跋扈的主要地区。

⑤听断：听取判断，指处理军政之事。

⑥屠肆：旧时肉铺兼屠宰事，故肉铺即为屠肆。此处言田氏当举家见杀。

⑦以须后敕：以待将到之敕命。须，等待。

⑧自效：自请效命于朝廷。

⑨中其机会：恰中而不错过事态变化的契机。

⑩移易：升降调动。

⑪田兴：为魏博镇牙内兵马使，有勇力，颇读书，性恭逊。田季安淫虐，兴数规谏，军中赖之。

⑫留后：唐中期，节度使、观察使因故缺任时，代行其职者，称节度留后、观察留后。

⑬版籍：户籍册。

【译文】

李绛在唐宪宗时，适逢魏博节度使田季安去世。他的儿子田怀谏年纪幼小，李吉甫建议宪宗派兵讨伐。李绛认为魏博不必用兵，就会归顺朝廷。李吉甫却极力陈说不可不用兵的情状。李绛说：“为臣私自观察，两河藩镇之跋扈者，都将兵士分属于各位将领，不专归一人统领，这是担心军权集中使得权任过重，他们会趁机谋害自己。结果各位将军势均力敌，谁也无法钳制谁；若要广泛地彼此联合，大家的心意又不相同，计谋一定会外泄；想单独起兵叛变，则兵少力弱，一定不能成功。于是跋扈的藩镇，就仗着这种微妙的平衡得以长存。然而为臣私下考虑，如若能常有一个严明的主帅，能够控制为他效死命的将领来管理，就粗略可以自治。现在怀谏幼小，不能自己决断事情，军府的大权一定会旁落他人手中；各将领待遇厚薄不均，怨怒一定会蜂起。以往分掌军队的做法，正好成为今日互相攻伐的祸乱起源。田氏不是被屠杀，就是全家被手下囚禁失权，何须麻烦朝廷出兵呢？希望陛下按兵不动，蓄养威严，严令各道选好兵马随时听候朝廷调用，让贼兵知道朝廷的准备，不过几个月，他们当中一定会有人自动出来为朝廷出力的。到时候，朝廷须迅速应付，把握时机，不加爱惜地以爵禄来赏赐那些人；两河其他藩镇害怕他们的部下为取得朝廷的赏赐起而效法，必定心怀恐惧，转为恭敬谨慎。这就是所谓‘不战而屈人之兵’了。”果然因为田怀谏年幼软弱，军政都由家僮蒋士则决断。蒋士则凭个人喜怒来调动变更将领，众人都很愤慨。有一天，田兴清晨时进入军府，数千名士卒忽然大声喧嚷，环绕着田兴礼拜，请田兴担任留后。田兴惊吓得仆倒在地，过了很久，心想躲避不了，就对众人说：“你们肯听我的话吗？一定不能加害副大使，遵守国家的法令，向朝廷申报魏博户籍，并请朝廷派任官吏，这样我就答应你们。”士卒都说：“可以。”田兴于是杀死蒋士则等十余人，把田怀谏迁移到外地。

冬十月，魏博监军以状闻，上亟诏宰相，谓李绛曰：“卿揣魏博若符契！”李吉甫请遣中使宣慰以观其变。李绛曰：“不可。今田兴奉其土地兵众，坐待诏命，不乘此际推心抚纳[①]，结以大恩，必待敕使至彼，持将士表来为请节钺，然后与之，则是恩出于下，非出于上，将士为重，朝廷为轻矣。”上乃以兴为魏博节度使。制命至魏州，兴感泣流涕，士众无不鼓舞。李绛又言：“魏博五十余年不沾皇化[②]，一旦举六州之地来归[③]，刳河朔之腹心[④]，倾叛乱之巢穴，不有重赏过其所望，则无以慰士卒之心，使四邻劝慕[⑤]。请发内库钱百五十万缗以赐之。”左右宦官以为太多，绛曰：“田兴不贪专地之利，不顾四邻之患，归命圣朝，陛下奈何爱小费而遗大计，不以收一道人心哉[⑥]！借使国家发十五万兵以取六州，期年而克之，其费岂止百五十万缗已乎！”上悦曰：“朕所以恶衣菲食[⑦]，蓄聚货财，正为平定四方，不然，徒贮之府库何为！”即遣知制诰裴度至魏博宣慰，以钱百五十万赏军士，六州百姓给复一年[⑧]。军士受赐，欢声如雷。成德、兖郓使者数辈见之[⑨]，相顾失色，叹曰：“倔强果何益乎！”

【注释】

①推心抚纳：推心置腹地招抚收纳。

②魏博五十余年不沾皇化：自田承嗣帅魏博，历四世四十九年。不沾皇化，指脱离朝廷，割据一方。

③六州之地：魏博镇统魏、博、贝、卫、澶、相六州。

④河朔：指河北。时河北藩镇俱不服朝廷政令。

⑤劝慕：指因受奖勉而有所企慕、向往。

⑥一道：犹言一方。

⑦恶衣菲食：粗劣的衣食。形容生活俭朴。

⑧给复：免除其赋税劳役。

⑨成德、兖郓：成德镇节度使为王承宗。兖郓，即淄青镇，节度使为李师道。时皆拒朝廷命。

【译文】

冬天十月，魏博监军向朝廷报告了这些情况，宪宗立即召来宰相，对李绛说："你预测魏博的事，就像符节的两部分相互吻合一样准确！"李吉甫请求宪宗派中使去魏博宣慰来观察情势的变化。李绛说："不可。如今田兴奉其土地民众，坐等朝廷诏命，不乘此机会推心招抚收纳，来施大恩，一定等到特使前去魏博，拿着将士请求节钺的表文，然后再授予他们，那么恩德就是出于下，而非出于陛下，这样就是将士的作用大，而朝廷的作用小。"宪宗于是任命田兴为魏博节度使。制命抵达魏州时，田兴感动得落泪，士众没有不欢欣鼓舞的。李绛又说："魏博已有五十多年不曾蒙受朝廷的教化，如今以六州的土地来归附，等于是剖开河朔的心腹，倾覆叛军的巢穴，如果没有超过期望的重赏，就无法抚慰士卒之心，来让四周的叛军有所企慕。请拨内廷的钱一百五十万缗来赏赐他们。"左右宦官认为花费太多，李绛说："田兴不贪割据一方的私利，不考虑四邻加以抵制的祸患，归附圣朝，陛下怎能吝惜小小的花费，从而妨害大计，而不收复一道的人心呢？假使国家出动十五万兵力去攻取六州，一年时间攻克，花费岂仅止一百五十万缗？"宪宗高兴地说："朕平日穿破旧的衣服吃简单的食物，储蓄聚集财货，正为了平定四方，不然，白白将它们储藏在府库又为了什么呢？"于是立即派知制诰裴度到魏博宣慰，用一百五十万缗钱犒赏军士，六州百姓免除赋税一年。军士受到犒赏，欢声如雷。成德、兖郓的好几个使者见了，相顾失色，叹息说："我们对朝廷强硬，到底得到了什么益处！"

李泌尝言："善料敌者，料将不料兵。"泌之策陕城，绛之揣魏博，皆料将法也。

【译文】

李泌曾说："善于预料敌情的人，是揣测将领而不是揣测士兵。"李泌谋划陕城、李绛谋划魏博，都是在揣测将领。

料吐蕃

唐德宗时，吐蕃尚结赞请和①，欲得浑瑊为会盟使②，谬曰："浑侍中信厚闻于异域③，必使主盟。"瑊发长安，李晟深戒之以盟所为备不可不严④。张延赏言于上曰："晟不欲盟好之成，故戒瑊以严备。我有疑彼之形，则彼亦疑我矣，盟何由成！"上乃召瑊，戒以"推诚待虏，勿为猜疑"。已而瑊奏："吐蕃决以辛未盟⑤。"延赏集百官，以瑊表示之⑥。晟私泣曰："吾生长西陲⑦，备谙虏情，所以论奏，但耻朝廷为犬戎所侮耳⑧！"将盟，吐蕃伏精骑数万于坛西，瑊等皆不知，入幕易礼服。虏伐鼓三声，大噪而至。瑊自幕后出，偶得他马乘之。唐将卒皆东走，虏纵兵追击，或杀或擒之。是日，上谓诸相曰："今日和戎息兵，社稷之福。"马燧曰⑨："然。"柳浑曰⑩："戎狄豺狼，非盟誓可结，今日之事，臣窃忧之！"李晟曰："诚如浑言！"上变色曰："柳浑书生，不知边计，大臣亦为此言耶！"皆伏地顿首谢，因罢朝。是日虏劫盟信至，上大惊，明日谓浑曰："卿书生，乃能料敌如此之审耶！"

【注释】

①尚结赞：吐蕃大相，有材略。

②浑瑊：善骑射，尝从李光弼定河北，从郭子仪复两京，败安庆绪，破

吐蕃,数有功。

③信厚:诚实敦厚。

④李晟(shèng):字良器。唐朝宰相、大将。

⑤辛未:时为贞元三年(787)闰五月之辛未。

⑥以瑊表示之:以浑瑊之表宣示百官,为诋毁李晟也。张延赏与李晟有私隙,故寻机报复。

⑦西陲:西部边陲。

⑧犬戎:即西戎,此言吐蕃。

⑨马燧:字洵美。初学儒,后学兵书。沉勇多谋。

⑩柳浑:字夷旷,襄州(治今湖北襄阳)人。天宝进士。贞元元年(785)任兵部侍郎,三年以本官同中书门下平章事。后为张延赏所嫉,挤罢政事。

【译文】

唐德宗时,吐蕃的尚结赞向唐朝请和,想要唐朝以浑瑊为会盟使,并假意说:"浑侍中以诚实敦厚闻名于异域,一定要让他来主持会盟。"浑瑊从长安出发,李晟恳切地告诫他说,会盟地点的守备不可以不严密。张延赏对皇帝进言说:"李晟不想要会盟成功,所以让浑瑊严加防备。我们有怀疑他们的情形,那么他们也一定会怀疑我们,如此会盟如何能够成功?"皇帝于是召来浑瑊,告诫他"对待吐蕃要推诚置腹,不要让他们心生猜疑"。不久,浑瑊上奏说道:"吐蕃决定在辛未这日会盟。"张延赏召集百官,将浑瑊的表文拿给他们看。李晟私下流泪说道:"我从小在西部边陲长大,对吐蕃的情况非常熟悉,所以才会有这样的论断和奏议,只是不愿意朝廷被犬戎欺辱啊!"将要会盟了,吐蕃在会坛西部埋伏了数万骑兵,浑瑊等人全然不知,进入帐幕更换礼服。吐蕃击鼓三声,伏兵大声鼓噪而至。浑瑊从帐幕后闯出,随手抢过一匹马骑上逃离。唐朝的兵将都向东逃去,吐蕃纵兵追击,唐兵将或被击杀或被擒拿。而这天,皇帝却还在和几个宰相说:"今日能够和吐蕃罢兵求和,实属社稷之福。"马燧说："是这样的。"柳浑说："戎狄豺狼，不是可以结盟的，今天的事情，臣暗自感到忧虑！"李晟说："确实和柳浑说的一样。"皇帝脸色一变，说："柳浑是一介书生，不懂边防大计，你作为一个大臣，怎么也能说出这样的话呢？"二人因而都伏地叩头认罪，也由此结束了朝会。这天吐蕃袭击盟会的信息传到了，皇帝大惊，第二天又对柳浑说："卿家作为书生，竟能料敌如此准确啊！"

初，吐蕃尚结赞恶李晟、马燧、浑瑊，曰："去三人则唐可图也！"于是离间李晟[①]，因马燧以求和[②]，欲执浑瑊以卖燧，使并获罪，因纵兵直犯长安，会失瑊而止。尚结赞又归燧之兄子弇，曰："河曲之役[③]，春草未生，吾马饥，公若渡河，我无种矣。赖公许和，谨释弇以报。"帝闻之，夺燧兵权。尚结赞之谲智，亦虏中之仅见者。

【注释】

①离间李晟：德宗贞元二年（786），尚结赞率兵入凤翔境内，无所俘掠，以兵二万直抵城下，曰："李令公（李晟时为中书令）召我来，何不出犒我！"

②因马燧以求和：尚结赞屯鸣沙，时羊马多死，粮运不继，又闻马燧、浑瑊各举兵临之，大惧，乃遣使卑辞厚礼求和于马燧。

③河曲之役：即指前注所言尚结赞屯鸣沙之事。

【译文】

起初，吐蕃尚结赞厌恶李晟、马燧、浑瑊三人，说："除掉这三人，那么唐朝就可以谋求了！"于是离间李晟，又借着向马燧求和之际，想捉住浑瑊且陷害马燧，由此来让他们一并获罪，再来纵兵进犯长安。结果因为浑瑊逃脱，计划没有得逞。尚结赞又归还了马燧的侄子马弇，说："河曲一战，春天的青草还未长出，我们的马匹还在忍受饥饿。您如果领兵渡河，我们就全都无法存活了。全靠您答应请和，才拯救了我们，所以释放马弃以报答恩情。”德宗听说了此事，于是剥夺了马燧的兵权。尚结赞的谲智，在胡虏当中是难得一见的。

王晋溪

嘉靖初年，北虏尝寇陕西[①]，犯花马池[②]，镇巡惶遽，请兵策应[③]。事下九卿会议，本兵王宪以为必当发[④]，否恐失事。众不敢异。王琼时为冢宰[⑤]，独不肯，曰：“我自有疏。”即奏云：“花马池是臣在边时所区画，防守颇严，虏必不能入。纵入，亦不过掳掠；彼处自足防御，不久自退。若遣京军远涉边境，道路疲劳，未必可用，而沿途骚扰，害亦不细。倘至彼而虏已退，则徒劳往返耳。臣以为不发兵便！”然兵议实本兵主之，竟发六千人，命二游击将之以往。边批：只是不深知晋溪故。至彰德，未渡河，已报虏出境矣。

【注释】

①北虏：指北方鞑靼部落。

②花马池：在今宁夏盐池。

③策应：配合作战。

④本兵：明代兵部尚书的别称。

⑤王琼：字德华，号晋溪。有心计，对条例、财政极熟悉。先后任户部尚书、兵部尚书。后督陕西三边军务，有军功。冢宰：吏部尚书。

【译文】

嘉靖初年，北方的胡虏进犯陕西，兵犯花马池，镇巡官十分惊惧，请求朝廷派兵援助。这件事被下达到九卿会议讨论，兵部尚书王宪认为，一定要派兵前去，不然担心会战败。时下众人不敢提出异议。王琼当时担任吏部尚书，唯独认为不应派兵，说："我自会上疏谈论此事。"于是他就上疏奏道："花马池是为臣当时戍守边关时营建的防区，那里守备森严，胡虏一定无法入侵。即使侵入，亦不过是劫掠一番后退去；那里的守备力量足以自保，敌人不久之后就会退走。如若派遣京师部队远涉边境，道路疲惫，也不一定会派上用场，而士卒沿途骚扰百姓，产生的危害也并不小。倘若军队到达边境，敌人却已经退却，那么只是徒劳往返而已。为臣认为，不派兵援助更为便宜。"然而，军事的事情实际还是由兵部尚书决定，最终还是派遣六千人的军队援助，命令两位游击率领他们前往。边批：只是因为太不了解王晋溪了。等军队到达彰德的时候，还未及渡河，前方就已通报敌人已经退出边境了。

按，晋溪在西北，修筑花马池一带边墙，命二指挥董其役[①]。二指挥甚效力，边墙极坚，且功役亦不甚费，有羡银二千余，持以白晋溪。晋溪曰："此一带城墙，实西北要害去处，汝能尽心了此一事，此琐琐之物何足问！即以赏汝！"后北虏犯边，即遣二指挥提兵御之。二人争先陷阵，其一竟死于敌。晋溪筹边智略类如此。又，晋溪总制三边时，每一巡边，虽中火亦费百金[②]，未尝折干[③]，到处皆要供具，烧羊亦数头，凡物称是。晋溪不数脔，尽撤去，散于从官，虽下吏亦沾及。故西北一有警，则人人效命。当时法网疏阔，故豪杰得行其意，使在今日，则台谏即时论罢矣。梅衡湘播州监军，行时请帑金三千备犒赏之需，及事定，所费仅四百金，登籍报部，无分毫妄用。虽性生手段大小不同，要亦时为之也。

【注释】

①指挥：军职名。明代内外诸卫皆置指挥使。董：主持，主管。

②中火：旅途中吃午饭。

③折干：卫卒向军官纳银行贿，以免戍役。在此指的是向部下索取贿赂。

【译文】

按，王晋溪在西北的时候，修筑花马池一带的边墙，命令两位指挥主持这件事。两位指挥十分卖力，边墙修筑得十分坚固，而且这项工程耗费也不昂贵，还余下白银两千两，两位指挥拿着剩余款项回禀王晋溪。王晋溪说："这一带的城墙，实属西北一带非常紧要的处所，你们能够尽心了却这件事，区区琐碎的两千两何足挂齿？就赏赐给你们了！"此后，北虏进犯边境，王晋溪即命此二指挥统兵抵御敌人。两人争先恐后冲入敌阵，其中一位指挥甚至战死沙场。王晋溪统筹边防的智略大致如此。还有，王晋溪总管制三边时，每次巡边的时候，即使一顿旅途中吃的午饭，也要耗费百金，他从不收受贿赂，每到一处都要求提供餐宴，宰杀羊也是几头，大概物供就是这样的水准。王晋溪自己吃得不多，余下的都会撤下分配给将领和士卒，即使是职位最低的小官吏也能分到。所以西北一带，一旦有战事，每个人都会乐于效命。当时法制尚有疏漏，因而豪杰尚能任气使强。假使在今日，负责谏议的官员就会马上弹劾，使他们因此被罢官。梅衡湘担任播州监军的时候，出发时请求帑金三千来犒赏部队，等到事情结束，花费却仅有四百金。于是他就将余款登记报部，丝毫不敢妄加取用。虽然性质手段大小各有不同，但是也要根据当时的实际情况来决定。

韦孝宽

韦孝宽镇玉壁[①]，念汾州之北、离石以南[②]，悉是生番[③]，抄掠居人，阻断河路，而地入于齐[④]。孝宽欲当其要处置一大城，乃于河西征役徒十万[5]，甲士百人，遣开府姚岳监筑之[6]。岳以兵少为难，孝宽曰："计成此城十日即毕，彼去晋州四百余里[7]，一日创手，二日魏境始知。设令晋州征兵，二日方集，谋议之间，自稽三日，计其军行，二日不到，我之城隍足为办矣[8]。"乃令筑之，又令汾水以南，傍介山、稷山诸村[9]，所在纵火。齐人谓是军营，遂收兵自固。版筑克就，卒如孝宽言。

【注释】

①韦孝宽：名叔裕，字孝宽。西魏时武官，累官骠骑大将军，入周拜大司空、上柱国。玉壁：玉壁城，在今山西稷山县。

②汾州：治今山西汾阳。离石：今山西吕梁离石区。

③生番：未接受中原文化的少数民族。

④齐：北齐。北周之敌国。

⑤河西：黄河以西，指今陕西北部。

⑥开府：府兵军职。西魏和北周时全国府兵分属于二十四军，每军设一开府，兵额约两千名。

⑦晋州：治今山西临汾。为东魏之军事重镇，与西魏玉壁相峙。

⑧城隍：城墙和护城池。

⑨介山：在山西介休。稷山：在山西稷山县。

【译文】

韦孝宽镇守玉壁，他考虑到汾州以北、离石之南都是尚未开化的游牧民族，经常劫掠当地民众，阻断河流道路，但这片土地又归属于齐。韦孝宽想要在要冲的地方设置一座大城，于是就从河西征调了十万役徒，穿戴盔甲的士兵百人，派遣开府姚岳监督筑城。姚岳认为士兵人数太少，感到十分为难。孝宽说："预计这座城十日之内就可建筑完成，此城距离晋州有四百多里，第一天我们开始动土，第二天东魏境内才会知道消息。假如下令晋州征调士兵，需要两天才能集合完毕。制定作战计划，又需要耗费三日时间，计算他们行军的速度，两日也不一定会赶到。这段时间足够我们修筑城池了。”于是就下令筑城，又下令汾水以南，依傍介山、稷山的诸村落，开始纵火。齐人以为这些地方是军营，于是收拢军队，自行防守。筑城的工作很快就完成了，就如韦孝宽所说一样。

刘惔

汉主李势骄淫[①]，不恤国事。桓温帅师伐之，拜表即行[②]。朝廷以蜀道险远，温众少而深入，皆以为忧，唯刘惔以为必克[③]。或问其故，惔曰：“以博知之[④]：温善博者也，不必得，则不为。但恐克蜀之后，专制朝廷耳！”

【注释】

①汉主李势：十六国时期成汉国主。

②拜表：上奏章。

③刘惔：字真长。东晋贤臣。

④博：赌戏。

【译文】

成汉国主李势骄纵且淫乱，不体恤百姓不关心国事。桓温统帅军队讨伐他，上表给君主就要出发了。朝廷上下认为前往蜀地道路险远，桓温军队人数少而且还是孤军深入，都感到十分忧虑。唯独刘惔认为桓温一定可以攻克蜀地。有人询问他原因，刘惔说：“通过赌博知道的：桓温是一个善于赌博的人，如果没有一定的把握，他是不会做这件事的。只是担心攻克蜀地之后，桓温会专制朝廷罢了！”

按，惔每奇温才，而知其有不臣之志，谓会稽王昱曰[1]：“温不可使居形势之地[2]。”昱不从。及温既克蜀，昱惮其威名，乃引殷浩以抗之[3]，由是浸成疑贰。至浩北伐无功，而温遂不可制矣。

【注释】

①会稽王昱：即晋简文帝司马昱，晋元帝少子，封会稽王。

②形势之地：位居冲要的军事重镇。

③殷浩：字深源。少负盛名，与桓温并称。

【译文】

按，刘惔时常对桓温的才能感到惊奇，并且知道桓温有不甘心做臣子的志向。他对会稽王司马昱说：“不可让桓温掌管形势险要的军事重镇。”司马昱没有听从。等到桓温攻克蜀地之后，司马昱忌惮桓温的威名，于是就引殷浩来抗衡他，由此桓温渐因猜忌而生二心。直到殷浩北伐无功而返，桓温的权势就开始无法制约了。

杨廷和

彭泽将西讨流贼鄢本恕等[1]，入问计廷和。廷和曰：“以君才，贼何忧不平！所戒者班师早耳。”泽后破诛本恕等，奏班师，而余党复猬起[2]，不可制。泽既发而复留，乃叹曰：“杨公之先见，吾不及也！”

【注释】

①彭泽：字济物。明弘治进士。以威猛称。正德间镇压河南刘惠等起义。鄢本恕：正德四年(1509)，廖惠称扫地王，蓝廷瑞称顺天

王，鄢本恕称刮地王，起义于川东北。

②余党复猖起：鄢、蓝被杀，其部将喻思俸仍坚持斗争。

【译文】

彭泽将要西行征讨流寇鄢本恕等，他前来找杨廷和询问计策。杨廷和说："凭借您的才干，贼寇何愁不能平定！需要引以为戒的是班师过早罢了。"彭泽之后攻破敌军，诛杀了鄢本恕等人，上奏班师，而敌军余党复起作乱，难以控制。彭泽已经出发要回朝了，不得不又留下来征讨，于是感叹道："杨公的先见之明，是我所不及的！"

张英国三定交州而竟不能有[①]，以英国之去也。假使如黔国故事[②]，俾英国世为交守，虽至今郡县可矣。故平贼者，胜之易，格之难[③]，所戒于早班师者，必有一番安戢镇抚作用，非仅仅仗兵威以胁之已也。

【注释】

①张英国三定交州：张辅三次出师平定交州。张英国，张辅，朱棣大将张玉之子，因平安南功封英国公。

②黔国：沐英，明太祖朱元璋养子，从征战有功。死后追封黔宁王。其子孙世守云南。

③格：纠正，匡正。

【译文】

英国公张辅三次平定交州却不能占有，就因为英国公每次平定后就离开交州。假设就如黔国公镇守云南那样，使英国公家世代担任交州太守，那么至今交州都还是明朝的郡县。所以平定贼寇，战胜他们很容易，匡正他们很难，之所以告诫不要过早回师，是因为一定要做一番安抚镇守的工作，并非仅仅依靠军事威胁就能使他们归心。

卜偃

虢公败戎于桑田[①]，晋卜偃曰："虢必亡矣。亡下阳不惧，而又有功，是天夺之鉴而益其疾也[②]！必易晋而不抚其民矣[③]，不可以五稔[④]！"后五年，晋灭虢。

【注释】

①虢公败戎于桑田：春秋鲁僖公二年（前658），虢公在桑田击败戎狄。桑田，今河南灵宝。

②天夺之鉴：上天夺去他的镜子，使他无法自省。益其疾：加重他的疾症。

③易：轻视。

④稔（rěn）：谷物成熟为稔，一稔为一年。

【译文】

虢公在桑田击败了戎狄，晋国的卜偃说："虢国一定会灭亡的。丢失了下阳不忧惧，反而又建立了武功，是上天夺取虢国的镜鉴而让他们加速灭亡的。虢国此后一定会轻视晋国而不抚恤自己的民众，不出五年一定会灭亡。"之后五年，晋国消灭了虢国。

士鞅

晋士鞅奔秦[①]。秦伯问于士鞅曰[②]："晋大夫其谁先亡[③]？"对曰："其栾氏乎？"秦伯曰："以其汰乎？"对曰："然。栾黡汰侈已甚[④]，犹可以免，其在盈乎[⑤]？"秦伯曰："何故？"对曰："武子栾书。黡之父，盈之祖。之德在民[⑥]，如周人之思召公焉，爱其甘棠[⑦]，况其子乎！栾黡死，盈之善未能及人，武子所施没矣[⑧],而黡之怨实章,将于是乎在[⑨]!”秦伯以为知言。

【注释】

①晋士鞅奔秦:晋悼公十四年(前559),晋人率多国联军伐秦。栾黡不听号令率军回国,其弟栾鍼与士鞅冲秦阵,栾鍼阵亡,士鞅得脱,因此获罪于栾黡,于是奔秦。

②秦伯:秦景公。

③晋大夫:春秋晋之卿族为十一家,即魏、赵、狐、胥、先、栾、郤、韩、智、中行、范。

④汰侈已甚:《左传》作“汰虐已甚”。已甚,太甚,过分。汰,骄奢。

⑤盈:栾盈,栾黡之子。

⑥武子:栾书,栾黡之父。

⑦周人之思召公焉,爱其甘棠:召公奭,周武王弟,听民讼,舍于甘棠之下。死后,周人怀念他,不害其树,作《甘棠》之诗,载在《诗经·召南》。

⑧所施:所施于民之德。

⑨将于是乎在:栾氏之亡将在于此。

【译文】

晋国的士鞅投奔秦国。秦伯问士鞅说:“晋国的大夫,哪一家会率先灭亡?”回答道:“大概是栾氏吧!”秦伯说:“是因为他们太过奢侈吗?”回答说:“是的,栾黡太过于奢侈了,但还不至于因此灭亡,灭亡的是栾盈吧。”秦伯问:“为什么呢?”回答说:“武子栾书,是栾黡的父亲,栾盈的祖父。对百姓有恩德,就如周人思念召公,对他的甘棠都很爱戴,更何况他的儿子呢!栾黡死后,栾盈所施恩德百姓还没有普遍获得,武子曾经布施的恩德也不存在了,而百姓对栾黡的怨恶也逐渐彰显出来了,所以,该到他这一辈灭亡吧。”秦伯认为士鞅很有见识。

楚𫇭贾

楚子将围宋[①]，使子文治兵于睽[②]，终朝而毕，不戮一人。子玉复治兵于𫇭[③]，终日而毕，鞭七人，贯三人耳[④]。国老皆贺子文[⑤]。𫇭贾尚幼[⑥]，后至，不贺。子文问之，对曰："不知所贺。子之传政于子玉，曰靖国也[⑦]。靖诸内而败诸外，所获几何？子玉之败，子之举也。举以败国，将何贺焉？子玉刚而无礼，不可以治民；过三百乘，其不能以入矣。苟入而贺，何后之有？"及城濮之战，晋文公避楚三舍，子玉从之，兵败自杀。

【注释】

①楚子将围宋：楚成王三十九年（前633），宋成公叛楚而投晋，故楚王兴兵以惩宋。

②子文：縠於菟，字子文，楚前令尹。治兵：出征前演练军队。睽：楚邑。

③子玉：成得臣，字子玉，此时楚之令尹。

④贯耳：古代刑罚之一。以箭穿耳。

⑤国老：楚国之卿大夫而致仕者。贺子文：子玉由子文荐为令尹，故贺其荐举得人。

⑥𫇭贾：字伯嬴，孙叔敖之父。

⑦靖国：使国家安定。

【译文】

春秋时期，楚王将要围攻宋国，派遣子文在睽这个地方演练军队。练了一个早晨结束了，没有杀一个人。后来子玉又在𫇭演练军队，练了一天才结束，鞭笞七人，贯穿三人的耳朵。国老们都来祝贺子文。𫇭贾年纪尚幼，稍晚抵达，没有祝贺子文。子文问他为什么不祝贺自己，𫇭贾说："不知道要祝贺您什么。您将政事传给子玉，说是为了安定国家。安定了国内但是对外打仗却失败了，得到了什么呢？子玉的失败，都是因为您的举荐啊。举荐子玉而使国家遭到失败，又要祝贺您什么呢？子玉刚愎而缺少礼度，无法治理民众；统率超过三百辆兵车，就会失败而无法返回国内。如果他能返回我再来祝贺您，那时候也为时不晚。"等到城濮之战的时候，晋文公退避三舍，子玉追击，兵败自杀。

班超

班超久于西域[①]，上疏愿生入玉门关[②]，乃召超还，以戊己校尉任尚代之[③]。尚谓超曰："君侯在外域三十余年[④]，而小人猥承君后，任重虑浅，宜有以诲之。"超曰："塞外吏士，本非孝子顺孙，皆以罪过徙补边屯，而蛮夷怀鸟兽之心，难养易败[⑤]。今君性严急，水清无鱼，察政不得下和[⑥]，宜荡佚简易[⑦]，宽小过，总大纲而已。"超去后，尚私谓所亲曰："我以班君尚有奇策，今所言平平耳！"尚留数年而西域反叛，如超所戒。

【注释】

①班超：东汉人，班彪之子，班固之弟。投笔从戎，出征西域，官至西域都护，封定远侯。

②玉门关：在今甘肃敦煌西，出玉门关则为西域。

③戊己校尉：西汉元帝时始在西域置戊己校尉，镇抚西域诸国。

④君侯：班超封定远侯，故尊称之。在外域三十余年：班超四十岁入西域，居三十一年。

⑤难养易败：难于教化而易于生事败政。

⑥水清无鱼，察政不得下和：《孔子家语》："水至清则无鱼，人至察则无徒。"水清则鱼不能匿形，为避网罟则远徙。为政苛察，则部下不能忍受，与上不和。察，苛察。

⑦荡佚简易：对部下约束要宽放而简易。

【译文】

班超镇守西域很多年，上疏说希望在活着时能够还入玉门关，于是皇帝就召回班超，让戊己校尉任尚代替他。任尚对班超说："您在外域驻守了三十多年，而我不辞鄙陋接替您的工作，责任重大，但是我智虑尚浅，希望您可以对我有所教诲。"班超说："塞外的官吏士卒，原本就不是孝子顺孙，都是因为犯罪被迁徙过来守边屯田的。而蛮夷怀有鸟兽之心，难以教化易于生事败政。现如今您的品性严苛而急躁，水至清则无鱼，为政苛察就不能团结手下，对部下的约束应当宽松简易，宽容小的过失，总领大的纲要就可以了。"班超离开后，任尚对自己亲近的人说："我以为班超有什么妙策呢，而今说的内容也很平常啊。"任尚在西域居留几年，西域果然叛乱了，就如班超所告诫的一样。

蔡谟

蔡谟字道明①。康帝时，石季龙死②，中原大乱③。朝野咸谓太平指日可俟④，谟独不然，谓所亲曰："胡灭诚大庆，然将贻王室之忧⑤。"或问何故，谟曰："夫能顺天而奉时⑥，济六合于草昧者⑦，若非上哲⑧，必由英豪。度德量力，决非时贤所及⑨，必将经营分表⑩，疲民以逞志。才不副任，略不称心，财殚力竭，智勇俱屈，此韩卢、东郭所以双毙也⑪！"未几，果有殷浩之役。

【注释】

①蔡谟:字道明。有名望,为“兖州八伯”之一。深谋远略,为时所重。晋元帝时累官至侍中。

②石季龙:石虎,字季龙,“十六国”之后赵主,淫暴凶残,中原涂炭。

③中原大乱:石虎死,石遵等争夺皇位,率赵人屠杀胡、羯,凡杀二十万人。

④太平指日可俟:当谓中原可指日收复。

⑤王室:指东晋朝廷。

⑥顺天而奉时:顺天意而乘时运。

⑦济六合于草昧:救济天下百姓于患难流离之中。六合,天地四方,此指天下百姓。草昧,原指天地初开时的混沌状态,此指混乱的世界。

⑧上哲:超众的贤哲。

⑨时贤:当世诸公。

⑩经营分表:指随自己所据地盘而分置营垒,画境自守,发展个人势力。

⑪韩卢、东郭所以双毙:犬兔拼死相争,双双毙命。韩卢,全称为韩子卢,韩国的名犬,黑色,善跑。东郭,全称为东郭逡,齐国的兔子,日跑五百里。

【译文】

蔡谟,字道明。晋康帝时候,石季龙死后,中原大乱。朝野都认为中原很快就可以收复了,只有蔡谟不这样认为,他对亲近的人说:“胡人灭亡的确值得庆贺,却会给王室带来灾祸。”有人问他为何这么说,蔡谟说:“凡是能顺应天理、乘时运来行事的,拯救天下百姓于患难流离之中,如若不是上哲,也一定是英豪。审度德行考量能力,一定不是现今的贤德之人所能达到的,他们一定会根据自己的地盘划地自守,发展个人势力,消耗百姓的财力与生命来达成自己的志向。才能不匹副自己的责任,谋略跟自己的心志不相称。财产耗尽能力枯竭,智力和勇气都用尽了，这就是韩卢和东郭为何双双毙命的原因。”不多久，果然有殷浩北伐之战。

曹操 四条

一

何进与袁绍谋诛宦官[①]，何太后不听，进乃召董卓，欲以兵胁太后。曹操闻而笑之[②]，曰：“阉竖之官[③]，古今宜有，但世主不当假之以权宠[④]，使至于此。既治其罪，当诛元恶[⑤]，一狱吏足矣，何必纷纷召外将乎？欲尽诛之，事必宣露，吾见其败也！”卓未至而进见杀。

【注释】

①何进：字遂高。东汉大臣。其妹为汉灵帝皇后。袁绍：字本初。灵帝末为中军校尉。桓、灵时宦官以“十常侍”为首专横朝廷，何进欲同袁绍谋诛灭之。

②曹操：此时在朝为典军校尉。

③阉竖：对宦官的蔑称。

④世主：指皇帝。

⑤元恶：罪魁祸首。

【译文】

何进与袁绍谋划诛杀宦官，何太后不听从他们的意见。何进只好召董卓进京，想利用董卓的兵权胁迫太后。曹操听说后嘲笑说：“宦官自古及今都有，但是国君不该给他们权力和宠信，导致今天这样的局面。如果要治他们的罪，只要诛杀首恶就可以了，如此一名狱吏也就足够了，何必还要大费周章召来外将？若想把宦官尽数诛杀，事情一定会泄露，我已经预见了他们的失败。”果然，董卓还未抵达，何进就被杀害了。

二

袁尚、袁熙奔辽东[①]，尚有数千骑。初，辽东太守公孙康恃远不服，及操破乌丸，或说操：“遂征之，尚兄弟可擒也。”操曰：“吾方使康斩送尚、熙首来，不烦兵矣。”九月，操引兵自柳城还[②]，康即斩尚、熙，传其首[③]。诸将问其故，操曰：“彼素畏尚等，吾急之则并力，缓之则相图[④]，其势然也。”

【注释】

①袁尚、袁熙奔辽东：建安五年（200），曹操于官渡大破袁绍。建安七年，袁绍病死，其少子袁尚为嗣。八年，曹操击败袁尚及其兄谭。谭、尚又相攻战。九年，谭击败尚，尚投其次兄袁熙。曹操继续进攻，尚、熙投辽西乌桓。十二年，曹操击破乌桓，尚、熙乃投奔辽东太守公孙康。

②柳城：在今辽宁朝阳西南，时为辽西乌桓地。

③传其首：以驿马递送其首级给曹操。

④相图：互相图谋对方。

【译文】

袁尚、袁熙两兄弟投奔辽东，手下尚有数千名骑兵。起初，辽东太守公孙康倚仗远离京师不服朝廷。等曹操攻破乌丸后，有人劝曹操：“应顺便征讨公孙康，袁尚兄弟也可以擒获了。”曹操说：“我正准备让公孙康斩杀袁尚兄弟，传来二人首级，不必动用兵力。”九月，曹操引兵从柳城返回，公孙康就斩杀了袁尚、袁熙，将首级送来。将军们询问曹操缘故，曹操说：“公孙康他向来畏惧袁尚等人，我急迫地进攻他们，他们就会团结并力，我放缓攻势，他们就会彼此图谋，是形势使然。”

三

曹公之东征也[1]，议者惧军出，袁绍袭其后，进不得战而退失所据。公曰："绍性迟而多疑，来必不速。刘备新起，众心未附，急击之，必败。此存亡之机，不可失也！"卒东击备。田丰果说绍曰[2]："虎方捕鹿，熊据其穴而啖其子，虎进不得鹿，而退不得其子。今操自征备，空国而去，将军长戟百万，胡骑千群，直指许都，捣其巢穴[3]。百万之师自天而下，若举炎火以焦飞蓬[4]，覆沧海而沃漂炭，有不消灭者哉！兵机变在斯须[5]，军情捷于桴鼓[6]。操闻，必舍备还许。我据其内，备攻其外，逆操之头必悬麾下矣！失此不图，操得归国，休兵息民，积谷养士。方今汉道陵迟[7]，纲纪弛绝[8]。而操以枭雄之资，乘跋扈之势，恣虎狼之欲，成篡逆之谋，虽百道攻击，不可图也！"绍辞以子疾[9]，不许。边批：奴才不出操所料。丰举杖击地曰："夫遭此难遇之机，而以婴儿之故失其会，惜哉！"

【注释】

①曹公之东征：曹操征讨刘备。时刘备据徐州，在许都之东，故云东征。

②田丰：袁绍重要谋臣，时为冀州别驾。

③捣（dǎo）：冲击，攻打。

④飞蓬：蓬草，甚轻而易燃。

⑤斯须：须臾，刹那间。

⑥军情捷于桴（fú）鼓：军事情况的变化要比大将的决策迅速。桴鼓，战场上指挥战争所用的战鼓，由主帅掌握。

⑦陵迟：衰败，败坏。

⑧纲纪：法度。

⑨子疾：儿子有病。

【译文】

曹操东征刘备时，有人担心军队出发，袁绍会背后袭击，导致前进无法作战，后退又失去了根据地。曹操说："袁绍个性迟缓而多疑，前来进攻也不会很快。刘备刚兴起，众人尚未全心依附，立刻紧急攻击一定能够击败他。这是生死存亡之机，不可失去。"最终向东进攻刘备。田丰果然劝说袁绍说："老虎在捕捉鹿的时候，熊占据了老虎的巢穴还吃掉了它的儿子，老虎进不得鹿，而后退不得保护虎子。如今曹操亲自征讨刘备，倾尽国内兵士而去，将军您手下士卒有百万，胡马骑兵千群，直指许昌，捣毁他的巢穴。百万之众的军队从天而降，就像举起火把焚烧蓬草，倾覆大海的水来冲熄炭火，哪有不消灭他们的道理？用兵时机稍纵即逝，军事情况变化比大将的决策还要快。曹操知道了，一定舍弃刘备退守许昌。我们据守许昌，刘备从外攻击他，逆贼曹操的头颅一定就会悬挂在您旗帜之下。丧失这个战机，曹操就能得以归来，休整军队抚恤百姓，积累粮草招募贤才。如今汉朝国运衰败，纲纪松散废绝。而曹操凭借枭雄的资质，乘着嚣张跋扈的势头，放纵虎狼般的贪欲，达成篡逆的谋划。即使百道一同攻击他，也难以击败他。"袁绍却因为儿子生病，没有听从。边批：这奴才果然如曹操所料。田丰气得拿手杖敲地说："遇到这种难得的时机，却为了婴儿而放弃，真是可惜啊！"

操明于翦备[①]，而汉中之役，志盈得陇，纵备得蜀，不用司马懿、刘晔之计[②]，何也？或者有天意焉？操既克张鲁[③]，司马懿曰："刘备以诈力虏刘璋，蜀人未附，今破汉中，益州震动，因而压之，势必瓦解。"刘晔亦以为言，操不从。居七日，蜀降者言："蜀中一日数十惊，守将虽斩之而不能安也。"操问晔曰："今可击否？"晔曰："今已小定，未可犯矣。"操退，备遂并有汉中。

【注释】

①翦：剪除。

②司马懿：字仲达。多智谋，善权变。初为曹操主簿，后任太子中庶子。刘晔：字子扬。任曹操主簿。随曹征张鲁，有功。

③张鲁：字公旗。东汉末汉中地区割据者，天师道首领。

【译文】

曹操明白一定要消灭刘备才能统一天下，然而汉中之役，却以得到陇地而满足，放纵刘备占有蜀地。曹操没有采用司马懿和刘晔的计谋，又是为何？或是真的有天意吗？曹操攻克张鲁之后，司马懿说："刘备以诈力擒得刘璋，蜀地的人尚未完全依附他；如今攻破汉中，益州震动，趁势进攻蜀地一定能击败刘备。"刘晔也这样说，曹操却并未听从。过了七天，蜀地投降的人说："蜀中一天有数十起变故，守将虽然斩杀叛乱者，也无法安定局面。"曹操问刘晔说："现在出击可以吗？"刘晔说："蜀地而今已略为安定，不可进犯了。"曹操于是退兵，刘备就占有了汉中。

四

安定与羌胡密迩[①]，太守毌丘兴将之官[②]，公戒之曰："羌胡欲与中国通，自当遣人来，慎勿遣人往。善人难得，必且教羌人妄有请求，因以自利[③]，不从，便为失异俗意[④]，从之则无益。"兴佯诺去，及抵郡，辄遣校尉范陵至羌。陵果教羌使自请为属国都尉。公笑曰："吾预知当尔，非圣也，但更事多耳[⑤]！"

【注释】

①安定：东汉郡名。治今甘肃镇原。密迩：接近。

②之官：上任。

③“善人难得”几句：好人是很难得的，你派去的人一定会教唆羌人提出非分的要求，他自己好从中取得好处。

④失异俗意：让外族人感到不满。

⑤更事：经历事情。

【译文】

安定郡和羌胡接近，太守毌丘兴将要前往任官，曹操告诫他说：“羌人若想与中国通好，自会派人来，你千万不要派人去。好使者不容易找，你派去的人一定会教唆羌人胡乱增加请求，他自己好从中谋求私利。不答应，就会使羌人不满意；答应了也不会有所益处。”毌丘兴假装答应后离去了，等他到了安定郡，就派遣校尉范陵到羌地。范陵果然教唆羌人提出让自己担任属国校尉。曹操笑着说：“我预测必会如此，我非圣贤，只是经历丰富罢了。”

郭嘉　虞翻

孙策既尽有江东[①]，转斗千里，闻曹公与袁绍相持官渡，将议袭许。众闻之，皆惧。郭嘉独曰[②]：“策新并江东，所诛皆英杰，能得人死力者也[③]。然策轻而无备，虽有百万众，无异于独行中原。若刺客伏起，一人之敌耳。以吾观之，必死于匹夫之手！”虞翻字仲翔[④]。亦以策好驰骋游猎，谏曰：“明府用乌集之众[⑤]，驱散附之士[⑥]，皆能得其死力，此汉高之略也[⑦]。至于轻出微行，吏卒尝忧之。夫白龙鱼服，困于豫且[⑧]，白蛇自放，刘季害之[⑨]。愿少留意！”策曰：“君言是也。”然终不能悛[⑩]，至是临江未济，果为许贡家客所杀[⑪]。”

【注释】

①孙策：孙坚子。坚死，策从袁术，术甚奇之，以坚部曲还策，南下平定江东。

②郭嘉：字奉孝。曹操帐下有名的谋士。

③能得人死力者也：指孙策所诛之豪杰皆能使人为己效命。

④虞翻：字仲翔。时为孙策功曹。

⑤乌集之众：即乌合之众。

⑥散附之士：游散而新附之兵。

⑦汉高：汉高帝刘邦。

⑧白龙鱼服，困于豫且：白龙化为鱼形而出游（比喻贵人微服出行），困于渔人之网。豫且，春秋时渔夫。

⑨白蛇自放，刘季害之：刘邦为亭长时，亡入大泽，遇大蛇当道。刘邦拔剑击斩之。

⑩悛（quān）：悔改，停止。

⑪临江未济，果为许贡家客所杀：孙策欲北上袭许都，已临大江而未及渡，为许贡家客所杀。许贡，故吴郡太守。

【译文】

孙策全部占领江东地区以后，转战千里。听闻曹操与袁绍在官渡相持，将要商议袭击许都。曹操的部众听说了，都十分惊惧。只有郭嘉说："孙策刚刚兼并江东，诛杀的都是地方的英雄豪杰，这些人都是能使手下以死效力的人。然而孙策轻漫而不加防备，虽然拥有百万之众，也同独自在中原行走无异。如若有刺客埋伏突起，一个人就可以对付他。以我观察，他一定会死于匹夫手中！"东吴的虞翻字仲翔也因为孙策喜好骑马游猎，劝谏他说："明府用乌合之众、指挥游散而新附之兵，而能让他们以死效力，这是汉高祖一样的才能。但您轻易微服出行，官吏士卒时常感到忧虑。就像白龙化作大鱼在海中遨游，渔夫也能轻易捉住它；白蛇挡路，刘邦一剑就能将其斩杀。还望您能稍加留意。"孙策说："你的话很对。”然而孙策终究没能改变这一习惯，等他准备北上袭击许都时，已临长江而未及渡，就被许贡的门客刺杀了。

孙伯符不死，曹瞒不安枕矣。天意三分，何预人事[①]！

【注释】

①天意三分，何预人事：天下三分是天意，孙策之死生又有什么关系。

【译文】

孙策不死，曹操不能安枕无忧。天意三分天下，人的努力是无法干预的。

黄权等

初，刘璋遣人迎先主[①]，主簿黄权怒而言曰[②]：“厝火积薪[③]，其势必焚；及溺呼船，悔将无及！左将军有骁名[④]，今迎到，欲以部曲遇之，则不满其心；欲以宾客待之，则一国不容二君。若客有泰山之安，则主有累卵之危，可且闭关以待河清[⑤]。”从事王累自倒悬于州门而谏[⑥]，曰：“两高不可重，两大不可容，两贵不可双，两势不可同。重、容、双、同，必争其功！”皆弗听。从事郑度好奇计[⑦]，从容说曰：“左将军悬军袭我[⑧]，兵不满万，士众未附，野谷是资[⑨]，军无辎重。其计莫若尽驱巴西、梓潼民，内涪水以西[⑩]，其仓廪野谷一皆烧除，高垒深沟，静以待之。彼至请战，勿许。久无所资，不过百日，必将自走。走而击之，此成擒耳！”先主闻而恶之，谓法正曰[⑪]：“度计若行，吾事去矣！”正曰：“终不能用，无可忧也。”卒如正料。璋谓其群下曰：“吾闻驱敌以安民，未闻驱民以避敌也。”边批：头巾话。于是黜度，不用其计。先主入成都，召度谓曰：“向用卿计，孤之首悬于蜀门矣！”引为宾客，曰：“此吾广武君也[12]！”

【注释】

①刘璋：东汉末益州军阀。初为奉车都尉，其父益州牧刘焉死后，继任益州牧。

②黄权：字公衡。任刘璋主簿。谏刘璋，为璋出为广汉长。后仕刘备为护军。

③厝（cuò）火积薪：把火放在堆积的柴草下面。

④左将军：刘备受汉封为左将军。

⑤以待河清：河水清澄之后可见底。意为稍待观察刘备其人。

⑥倒悬：头朝下而悬。

⑦奇计：出其不意的计谋。

⑧悬军：孤军深入，后无继援。

⑨野谷是资：唯靠在田未收之稻谷以自资。

⑩内：“纳”的古字。

⑪法正：字孝直。初仕刘璋，不受任用，遂与张松私通于刘备。此时正在刘备军中。

⑫广武君：李左车，楚汉间为赵王歇将，封广武君。

【译文】

起初，刘璋派人来迎接刘备入蜀，主簿黄权愤怒地说：“把火放在柴堆下边，一定会导致火灾；等到溺水了才呼唤船只，后悔也来不及了！刘备一向以骁勇而闻名，如今将他们迎进来，如若以部下的礼仪来接待他们，那么他们一定心有不满；如若以宾客的礼仪来接待他们，那么一国不容二主。倘若客人有泰山之安，那么主人就会有累卵的危险。我们可以暂且闭守关隘，以观其变。”从事王累将自己倒悬在州门劝谏道：“两高不能重叠，两大不能相容，两贵不能同时出现，两股势力不可同时存在。重、容、双、同，一定会争抢功劳！”刘璋都未能听从。从事郑度喜好出奇计，从容地说：“刘备孤军深入袭击我们，士卒不满万人，且民众尚未归附他们，只能依靠野外的谷物作军粮，军队也没有辎重。对付他，不如将巴西、梓潼两郡的民众驱赶集中在涪水以西，把那里的粮仓与野外的谷物一并烧毁，高筑壁垒深挖壕沟，静静等待。刘备军至请求交战也不应许。他们久无资补，不出一百天，就会自行退走。到时我们追击退军，一定能够擒获刘备！”刘备听闻郑度的计策后感到厌恶，和法正说：“郑度的计策如若施行，我的事业就无法成就了。”法正说：“这条计策最终不会被采用的，不用忧虑。”最终正如法正所说。刘璋和他的下属说：“我听说驱赶敌人来安保民众，未曾听说驱赶民众来躲避敌人的。”边批：迂腐话。于是罢黜了郑度，不采用他的计策。刘备入主成都之后，召见郑度说：“此前如果采用了卿家的计谋，我的头颅现在就要悬挂在蜀地的城门上了！”于是刘备将郑度引为宾客，说：“这是我的广武君啊！”

罗隐

浙帅钱镠时[①]，宣州叛卒五千余人送款[②]，钱氏纳之，以为腹心。时罗隐在幕下[③]，屡谏，以为敌国之人，不可轻信。浙帅不听。杭州新治[④]，城堞楼橹甚盛。浙帅携僚客观之，隐指却敌[⑤]，阳不晓曰：“设此何用？”浙帅曰：“君岂不知备敌耶？”隐谬曰：“若是，何不向里设之？”盖指宣卒也。后指挥使徐绾等挟宣卒为乱，几于覆国。

【注释】

①钱镠：字具美。唐末事董昌为裨将，昭宗拜镠为镇海军节度使。拥兵两浙、苏南，旋封越王，又封吴王。唐亡，受梁太祖朱温之封，称吴越国王，为“十国”之一。

②宣州叛卒：当指孙儒残部归于杨行密而复叛行密者。宣州，指宣州观察使杨行密。送款：投诚，归顺。

③罗隐：唐末著名诗人。为钱塘令，有善政。

④杭州新治：景福二年（893），钱镠发民夫二十万及十三都军士筑杭州罗城，十步设一楼，周七十里。

⑤却敌：城上敌楼。

【译文】

钱镠担任浙江主帅的时候，宣州反叛的士卒五千人前来投降，钱氏接纳了他们，并将他们视作心腹。当时罗隐在钱镠手下担任幕僚，屡次劝阻，认为敌国的人，不可以轻易信任。钱镠没有听从。杭州刚刚重筑完毕，城堞楼橹景况十分繁盛。钱镠带领幕僚和客人一起参观，罗隐指着敌楼，佯装不懂的样子问道：“这是做什么用的呢？”钱镠说：“您岂能不知道这是用来守备敌军的吗？”罗隐又假装不懂地说：“如若是用来守备敌军的，为何不向城内设置呢？”大概就是在说宣州的降卒。之后，指挥使徐绾等带领宣州士卒作乱，差点儿倾覆吴越。

迩年辽阳、登州之变，皆降卒为祟。守土者不可不慎此一着！

【译文】

近些年，辽阳、登州的变乱，都是降卒作祟的结果。守卫疆土的人不可以对此不加慎重。

夏侯霸

夏侯霸降蜀[①]，姜维问曰："司马公既得彼政[②]，当复有征伐之志否?"霸曰："司马公自当作家门[③]，彼方有内志[④]，未遑及外事也。公提轻卒，径抵中原，因食于敌，彼可窥而扰也。然有锺士季者[⑤]，其人虽少，有胆略，精练策数[⑥]，终为吴、蜀之忧。但非常之人，必不为人用，而人亦必不能用之，士季其不免乎?"后十五年而会果灭蜀，蜀灭而会反，皆如霸言。

【注释】

①夏侯霸：字仲权。夏侯渊之子。以其父死于蜀汉之手，有报仇之志。然嘉平元年(249)，司马懿发动政变，以丞相专魏政，以雍州刺史郭淮代为征西将军。夏侯霸素与郭淮不合，以为祸必相及，遂奔蜀汉。

②既得彼政：指控制魏国朝政。

③作家门：扩大本家的势力。

④内志：指夺取魏国政权。

⑤锺士季：锺会，字士季。魏太傅锺繇子，党于司马氏。后官至司徒，与邓艾分道伐蜀。

⑥策数：谋略计策。

【译文】

夏侯霸投降蜀国，姜维问他："司马公已经掌握了曹魏的政权，还有继续征伐的志向吗?"夏侯霸说："司马公自当有扩大本家势力的计划，他现在只有夺取魏国政权的计划，还未能来得及考虑外事。您率领轻锐部队，直接抵达中原，在敌境内获得补给，就可以窥探、袭扰他们。但是有一位锺士季,他虽然年纪尚轻,但很有胆略,精于计策谋划,最终会成为吴国、蜀国的忧患。但像他这种能力非常的人,一定不会甘心被人驱使,而别人也一定不会重用他。士季最后可能也很难幸免于难吧?”此后十五年,锺会果然攻灭蜀国。消灭蜀国后,锺会就反叛了,都如夏侯霸所说的一样。

傅嘏

何晏、邓飏、夏侯玄并求傅嘏交[①],而嘏终不许。诸人乃因荀粲说合之[②],谓嘏曰:“夏侯太初一时之杰士,虚心于子,而卿意怀不可。交合则好成,不合则致隙,二贤莫若睦,则国之休。此蔺相如所以下廉颇也。”傅嘏曰:“夏侯太初志大心劳[③],能合虚誉[④],所谓利口覆国之人[⑤]。何晏、邓飏有为而躁,博而寡要,外好利而内无关钥[⑥],贵同恶异,多言而妒前[⑦],多言多衅,妒前无亲。以吾观之,此三贤者皆败德之人尔。远之犹恐罹祸,况可亲之耶!”皆如其言。

【注释】

①何晏:字平叔。何进之孙。美姿仪。正始中,与夏侯玄、邓飏辈竞为清谈,士大夫效之,成一时风气。邓飏:字玄茂。汉功臣邓禹之后。夏侯玄:字太初。夏侯渊从孙。少知名,为正始中名士。傅嘏:字兰石。少知名,正始初为尚书郎,与曹爽、何晏等不洽,因事免官。爽诛,迁尚书。助司马氏讨毌丘俭、文钦,有功。

②荀粲:字奉倩。荀彧之子。所交皆一时俊杰,为傅嘏之友人。

③志大心劳:其志向超过了他的能力,故劳神费心。

④合虚誉:能够得到空虚的名誉。

⑤利口覆国:《论语·阳货》:"孔子曰:恶利口之覆邦家者。"意谓能言善辩使国家覆亡。

⑥外好利而内无关钥:在处世上好追求利益,而内心却不能控制自己。关钥,锁门的门闩和锁钥。

⑦妒前:嫉妒超过自己的人。

【译文】

何晏、邓飏、夏侯玄一起请求同傅嘏结交,而傅嘏始终没有应许。几人于是请荀粲来说合。荀粲对傅嘏说:"夏侯玄是一时的豪杰,虚心同您交友,然而您却不同意。如若结交就会成为朋友,不结交就会导致嫌隙。你们两位贤能的人如果和睦了,就是国家的福分。这就是蔺相如谦恭对待廉颇的原因。"傅嘏说:"夏侯玄志向超过了他的能力,故劳神费心,能够得到浮夸的荣誉,正是那种所谓的凭借口舌之利就让国家倾覆的人。何晏、邓飏有作为,但是却很急躁。他们涉猎广博却未得精要,在处世上喜好追求利益而内心没有准则,喜欢跟自己观点一致的人而厌恶持不同观点的人,言语过多而且妒忌超过自己的人。话多了就会多得罪人,妒忌比自己优秀的人就不会有真正亲近的人。以我来看,这三位所谓贤者都是道德败坏的人。远离他们尚且担心遭遇祸乱,何况还要亲近他们呢?"之后果然如傅嘏所说一样。

蔡邕就董卓之辟,而不免其身;韦忠辞张华之荐[①],而竟违其祸。士君子不可不慎所因也。

【注释】

①韦忠:字子节。好学博通,不交当世。

【译文】

蔡邕响应董卓的征辟,而不能免其罪祸;韦忠推辞张华的推荐,最终得以避免灾祸。士大夫君子不可以不谨慎考察事情的因由。

陆逊　孙登

陆逊多沉虑[1]，筹无不中。尝谓诸葛恪曰[2]："在吾前者，吾必奉之同升；在吾下者，吾必扶持之。边批：长者之言。君今气陵其上，意蔑乎下，恐非安德之基也！"恪不听，卒见死。

【注释】

①陆逊：字伯言。孙策之婿。以吕蒙荐，拜偏将军、右都督。刘备伐吴，逊为大都督，大败刘备。沉虑：思虑深沉周密。

②诸葛恪：字元逊。诸葛亮之兄诸葛瑾之子。少知名。孙权末年，命以大将军领太子太傅，诏有司诸事一统于恪。后被孙峻设谋杀死。

【译文】

陆逊思虑深沉周密，筹划事情没有不成功的。他曾经对诸葛恪说："比我职位高的人，我一定事奉他与他一同晋升；比我职位低的人，我一定会扶持他。边批：谨厚者之言。您如今对上盛气凌人，对下又瞧不起，恐怕不是立身修德的根基啊！"诸葛恪不听劝告，最终被杀害了。

嵇康从孙登游三年[1]，问终不答。康将别，曰："先生竟无言耶？"登乃曰："子识火乎？生而有光，而不用其光，果然在于用光；人生有才，而不用其才，果然在于用才。故用光在乎得薪，所以保其曜；用才在乎识物[2]，所以全其年[3]。今子才多识寡，难乎免于今之世矣！"康不能用，卒死吕安之难[4]。

【注释】

①嵇康：字叔夜。少孤，有奇才，博洽多闻，好《老》《庄》。与山涛、阮籍、阮咸等为竹林之游，号“竹林七贤”。孙登：魏晋时隐士。

②识物：此处指识别时世之治乱。

③全其年：保全善终。

④吕安之难：嵇康与吕安为友，吕安兄长吕巽诬陷吕安不孝，嵇康为吕安作证。锺会趁机向司马昭进谗言，杀害嵇康。

【译文】

嵇康跟随孙登游学三年，求问一直得不到回答。嵇康将要辞别，就问孙登：“先生终究没有什么要和我说吗？”孙登才说：“你知道火吗？一旦产生就会有光，如若不利用光，就会枉费它产生光；人生下来就有才干，如若不善加利用，也就枉费了才华。因而利用火光的关键在有薪柴，才能够得以保留火的光曜；利用才能在于能够识别时世之治乱，才能够得以全身终年。如今，你才华多而见识少，恐怕在当今的乱世中难以保全。”嵇康没能听从他的忠告，最终死于吕安之难。

盛文肃

盛文肃度为尚书右丞[①]，知扬州，简重，少所许可[②]。时夏有章自建州司户参军授郑州推官[③]，过扬州。盛公骤称其才雅，置酒召之。夏荷其意，为一诗谢别。公先得诗，不发[④]，使人还之，谢不见。夏殊不意，往见通判刁绎，具言所以。绎疑将命者有忤[⑤]，诣公问故。公曰：“无他也。吾始见其气韵清秀，谓必远器，今封诗，乃自称‘新圃田从事’[⑥]。得一幕官，遂尔轻脱[⑦]！君但观之，必止于此官——志已满矣。”明年，除馆阁校勘，坐旧事寝夺，改差国子监主簿，仍带原官。未几卒于京。

【注释】

①盛文肃度：盛度，字公量。宋真宗时曾官尚书屯田员外郎，奉使陕西，绘西域图以献，真宗称其博学。谥文肃。

②简重，少所许可：待人庄严持重，很少有被他称许的人。

③司户参军：宋代州一级官署下设司户参军，主管民户赋税。

④先得诗，不发：在夏有章写好诗但还未正式赠送之前，盛度已看到其诗，而在夏有章正式把诗呈上的时候，盛度并不把诗札之封打开。

⑤将命者：夏有章派往送诗札的人。

⑥圃田：《周礼》："豫州之泽薮曰圃田。"圃田在郑州，故可作郑州的代称。从事：汉时官名。以古地名古官名称人则可，自称则显骄矜。

⑦轻脱：轻佻。

【译文】

盛度担任尚书右丞，知扬州。为人庄严持重，很少称许他人。当时夏有章从建州司户参军改任郑州推官，路过扬州。盛公多次称赞他的才能和风雅，摆置酒宴来款待他。夏有章感念他的美意，特意作了一首诗歌来酬谢道别。盛公已经看过这首诗了，没有打开诗札，遣人送回去了，并且推谢不再见夏有章。夏有章特别不理解，前往拜会通判刁绎，将具体的情况一一讲明。刁绎怀疑是奉命前往的人触怒了盛度，于是前往盛公处询问原因。盛公说："没有什么其他原因。我开始见到夏有章时，觉得他气韵清秀，认为他一定有远大的气度，而今他封诗送我，却自称'新圃田从事'。得到一个幕僚职位，就如此轻佻。您但请观察他，一定就止于这个官职了——他的志向已经得到满足了。"第二年，夏有章被提拔为馆阁校勘，因为旧事情受到牵连被停职，改任国子监主簿，仍然出任原来的官职。不久后就在京师病故了。

邵康节 二条

一

王安石罢相，吕惠卿参知政事[①]。富郑公见康节[②]，有忧色。康节曰："岂以惠卿凶暴过安石耶？"曰："然。"康节曰："勿忧。安石、惠卿本以势利相合，今势利相敌，将自为仇矣，不暇害他人也。"未几，惠卿果叛安石。

【注释】

①吕惠卿：字吉甫。嘉祐进士。初与王安石论经义，意多合，于是安石荐之于朝。神宗熙宁七年（1074），吕惠卿为参知政事，时安石罢相。后与王安石有隙。

②富郑公：富弼，封郑国公。康节：邵雍，卒谥康节。

【译文】

王安石被罢免丞相后，吕惠卿担任参知政事。富弼见到邵雍，面有忧色。邵雍问他："难道是因为吕惠卿比王安石更加凶暴吗？"富弼说："是这样的。"邵雍说："不必烦恼。王安石、吕惠卿原本就是因为权势和利益才结合到一起的，现在他们的权势利益相当，将会自相为仇，没有空暇去谋害其他人。"不久，吕惠卿果然背叛了王安石。

按，荆公行新法，任用新进。温公贻以书曰[①]："忠信之士，于公当路时虽龃龉可憎[②]，后必得其力；谄谀之人，于今诚有顺适之快[③]，一旦失势，必有卖公以自售者。"盖指吕惠卿也。

【注释】

①温公：司马光，封温国公。

②龃龉（jǔ yǔ）：意见不合。

③顺适：顺意适心。

【译文】

按，王安石推行新法，任用新进人才。司马温公写了一封书信给他说："忠诚信义的人，在您当权的时候即使与您意见不合，让您生气，但是之后您一定会得到他们的帮助；谄媚的人，于今确实会让您有顺意适心之快，但是您一旦失势，一定会有人出卖您来为自己谋私利。"大概说的就是吕惠卿。

二

熙宁初，王宣徽之子名正甫[①]，字茂直，监西京粮料院。一日约邵康节同吴处厚、王平甫食饭[②]，康节辞以疾。明日，茂直来问康节辞会之故，康节曰："处厚好议论，每讥刺执政新法。平甫者，介甫之弟，虽不甚主其兄[③]，若人面骂之，则亦不堪矣。此某所以辞也。"茂直叹曰："先生料事之审如此！昨处厚席间毁介甫，平甫作色，欲列其事于府。某解之甚苦，乃已。"呜呼，康节以道德尊一代，平居出处，一饭食之间，其慎如此！

【注释】

①王宣徽：王拱辰，原名王拱寿，字君贶。宋仁宗天圣八年（1030）进士第一。反对庆历新政，为公议所薄，外放治理州郡。后拜御史中丞，论事强直。宋神宗时为宣徽北院使。反对王安石变法，迁中太一宫使、宣徽南院使。

②吴处厚：字伯固。皇祐进士。元祐间知汉阳军，后因揭发蔡确，为士大夫所恶。王平甫：王安国，字平甫，王安石之弟。对神宗言安石“知人不明，聚敛太急”。后为吕惠卿所陷，罢官。

③主其兄：赞成支持其兄。

【译文】

宋熙宁初年，王拱辰的儿子王正甫，字茂直，监西京粮料院。有一天，王正甫约邵雍、吴处厚、王安国一同吃饭，邵雍以生病为由推辞了。第二天，王正甫前来，问邵雍为什么推辞。邵雍说：“吴处厚喜爱议论别人，往往讥讽执政新法。王安国是王安石的弟弟，虽然不太赞同王安石的主张，但是当着他的面辱骂他的哥哥，确实也是很难忍受的。所以我推辞没有前往。”王正甫感叹道：“先生您料事真是准确！昨天吴处厚在席间诋毁王安石，王安国很生气，想将他的话一条一条记录下来送到相府，我苦苦调停才作罢。”唉！邵雍因其道德为一代人尊重，平常的举止行事，即便是一餐饭食这样的小事，都如此慎重！

邵伯温

初，蔡确之相也[①]，神宗崩，哲宗立。邢恕自襄州移河阳[②]，诣确，谋造定策事[③]。及司马光子康诣阙[④]，恕召康诣河阳。邵伯温谓康曰[⑤]：“公休除丧，未见君，不宜枉道先见朋友[⑥]。”康曰：“已诺之。”伯温曰：“恕倾巧，或以事要公休[⑦]，若从之，必为异日之悔。”康竟往，恕果劝康作书称确，以为他日全身保家计[⑧]。康、恕同年登科，恕又出光门下，康遂作书如恕言。恕盖以康为光子，言确有定策功，世必见信。既而梁焘与刘安世共请诛确，且论恕罪[⑨]，亦命康分析[⑩]，康始悔之。

【注释】

①蔡确:字持正。嘉祐进士。有智数。初附王安石,后叛安石。

②邢恕:字和叔。早从二程学,出入于司马光、吕公著之门。时任职方员外郎,谄事蔡确。

③谋造定策事:神宗病笃,时太子尚未立,邢、蔡遂谋立岐王或嘉王。及哲宗立,邢恕谋立岐、嘉事泄。此指谋划捏造事实证明哲宗之立出于二人之谋。

④司马光子康:字公休。官校书郎。

⑤邵伯温:邵雍之子,与司马光交。

⑥朋友:邢恕少从程颢学,出入司马光、吕公著门。故恕与康为朋友。

⑦要:要求。

⑧以为他日全身保家计:邢恕诓骗司马康说蔡确有定策功(指立哲宗),将来高太后去世,哲宗亲政,必用蔡确。故为保司马康身家前途,应写封信申明自己知蔡确有定策功,以博蔡确之欢心。

⑨既而梁焘与刘安世共请诛确,且论恕罪:梁焘于元祐四年(1089)为左谏议大夫。时蔡确在安州,因怀怨望,作诗有怨词,为吴处厚所揭发。于是梁焘与右谏议大夫范祖禹、右正言刘安世等上章乞正其罪。而当元祐二年,邢恕诓司马康书之后,又曾邀梁焘至河阳,日夜论蔡确"定策"功,且以康书为证。焘甚不悦。至是,梁焘于攻确之时,兼攻邢恕,且事连司马康。

⑩分析:解释。指让司马康说清楚写书信的事。

【译文】

当初,蔡确担任宰相的时候,神宗驾崩,哲宗继位。邢恕自襄州前往河阳,前来拜会蔡确,商议捏造事实证明哲宗之立出于二人的谋划。等到司马光的儿子司马康前往京师的时候,邢恕请他先到河阳。邵伯温对司马康说:"你刚刚除下丧服,还没有晋见新的天子,不应该绕道去拜见朋友。"司马康说:"可是我已经答应他了。"邵伯温说:"邢恕是个奸诈之人，可能会有求于你，如果你答应他，以后一定会后悔的。”司马康最终还是前往了河阳。邢恕果然劝司马康上书称许蔡确，作为他日后保全身家前途的计谋。司马康与邢恕同年登科，邢恕又出自司马光门下，司马康最终如邢恕所说的做了。邢恕大概认为司马康是司马光的儿子，他来说蔡确有拥立哲宗的功劳，世人一定会相信的。不久，梁焘与刘安世共同请求诛杀蔡确，并且论及邢恕的罪责，命令司马康解释写信之事，司马康才开始感到后悔。

范忠宣

元祐嫉恶太甚[①]，吕汲公、梁况之、刘器之定王介甫亲党吕吉甫、章子厚而下三十人[②]，蔡持正亲党安厚卿、曾子宣而下十人[③]，榜之朝堂。范纯父上疏[④]，以为“歼厥渠魁，胁从罔治”。范忠宣太息[⑤]，语同列曰[⑥]：“吾辈将不免矣！”后来时事既变，章子厚建元祐党，果如忠宣之言。大抵皆出于士大夫报复，而卒使国家受其咎，悲夫！

【注释】

①元祐：北宋哲宗赵煦年号（1086—1094）。嫉恶：指对王安石以及章惇、蔡确、吕惠卿一党的仇恨。

②吕汲公：吕大防，封汲郡公。梁况之：即梁焘，字况之。刘器之：刘安世，字器之。王介甫：王安石，字介甫。吕吉甫：吕惠卿，字吉甫。章子厚：章惇，字子厚。

③蔡持正：蔡确，字持正。安厚卿：当作安处厚，安惇，字处厚。曾子宣：曾布，字子宣。时范纯仁为右相，吕大防为左相，纯仁谓大防不可嫉恶过甚，以防反扑，大防遂不敢言。

④范纯父：范祖禹，字淳甫。

⑤范忠宣：范纯仁，仲淹次子，谥忠宣。

⑥同列：指吕大防。

【译文】

宋朝时，元祐党人仇恨政敌过甚，吕大防、梁焘、刘安世认定王安石的党羽吕惠卿、章惇以下三十余人，蔡确的党羽安惇、曾布以下十个人有罪，并且把名单公布于朝堂。范祖禹上疏，认为“只要处死党魁，从犯不需治罪”。范纯仁对同僚叹息说：“我们也将不保了。”后来形势变换，章惇又兴元祐党案，果然如同范纯仁所说的一样。大概都因为士大夫互相报复，最后受损害的还是国家，真是可悲！

王楙《野客丛谈》云[①]：“君子之治小人，不可为已甚[②]，击之不已，其报必酷。”余观《北史》[③]，神龟之间[④]，张仲瑀铨削选格[⑤]，排抑武人，不使预清品[⑥]。一时武人攘袂扼腕，至无所泄其愤。于是羽林武贲几千人至尚书省诟骂。直造仲瑀之第，屠灭其家。群小悉投火中，及得尸体，不复辨识，唯以髻中小钗为验。其受祸如此之毒！事势相激，乃至于此，为可伤也！庄子谓刻核太过[⑦]，则不肖之心应之[⑧]。今人徒知锐于攻击，逞一时之快，而识者固深惧之。

【注释】

①王楙（mào）：南宋人。所著《野客丛书》考证经史，多记文人逸事。

②已甚：过分。

③《北史》：唐李延寿所撰，记述北朝魏、齐、周和隋二百余年历史的史书。

④神龟：北魏孝明帝元诩年号（518—520）。

⑤张仲瑀：北魏征西将军张彝之子。神龟二年(519)，张仲瑀上封事，要求改变选举官吏之法，排斥武功出身的人，不许他们进入清品。铨削：衡量而修改。选格：选举官吏之法则。

⑥清品：清贵之官。

⑦刻核：切责逼促。

⑧不肖之心：不善之心。

【译文】

王楙的《野客丛谈》说："君子对付小人，也不能逼迫过甚，如若逼迫不已，很有可能会遭到残酷的报复。"我读《北史》，看到北魏孝明帝神龟年间，张仲瑀上疏要求改变选举官吏之法，排斥武官，不让他们进入清流的官品。武官们十分气愤，却又无处发泄。于是御林军勇士聚集了几千人，到尚书省谩骂。又到张仲瑀家里，杀害他全家。不论老小全都投入火中，等找到尸体时，已无法辨别，只能依靠发钗来识别。受祸如此惨烈！之所以会遭受如此报复，也是因为逼迫他人太过严苛，真令人难过。庄子认为，切责逼促太过，就会遭到恶意报复。现在人们只会猛烈地攻击，逞一时之快，真正有见识的人会很忧心这样的事情。

常安民

吕惠卿出知大名府[①]，监察御史常安民虑其复留[②]，上言："北都重镇[③]，而除惠卿。惠卿赋性深险，背王安石者，其事君可知。今将过阙，必言先帝而泣，感动陛下，希望留京矣。"帝纳之。及惠卿至京师，请对，见帝果言先帝事而泣。帝正色不答。计卒不施而去。

【注释】

①大名府:治今河北大名。北宋北疆重镇。

②常安民:字希古。熙宁年间进士。遇事敢言。

③北都:即大名府,北宋以为北京。

【译文】

吕惠卿出任大名府知府,监察御史常安民很担心他又被留在朝中,于是就上书说道:"大名府是北方的重镇,因而才选拔吕惠卿前往任职。但是吕惠卿品性深险,从他曾经背叛过王安石可知,他会如何事奉皇上。如今他要经过京都,必定会和您回忆先帝的过往而哭泣,以此来感动陛下,希望留在京师。"皇帝听从了他的意见。等到吕惠卿抵达京师的时候,他请求面见皇帝,果然见到皇帝后就开始说起先帝之事并哭泣。皇帝正色而不做回答。他的计谋最终无法实施,只好告退。

乔寿朋

嘉定间[①],山东忠义李全跋扈日甚[②],朝廷择人帅山阳[③],一时文臣无可使,遂用许国。国,武夫也,特换文资除太府卿以重其行[④]。乔寿朋以书抵史丞相曰[⑤]:"祖宗朝[⑥],制置使多用名将,绍兴间,不独张、韩、刘、岳为之[⑦],杨沂中、吴玠、吴璘、刘锜、王燮、成闵诸人亦为之[⑧],岂必尽文臣哉!至于文臣在边事,固有反以观察使授之者,如韩忠献、范文正、陈尧咨是也[⑨]。今若就加本分之官,以重制帅之选[⑩],初无不可,乃使之处非其据[⑪],遽易以清班[⑫],彼修饰边幅,强自标置,求以称此[⑬],人心固未易服,恐反使人有轻视不平之心。此不可不虑也!"史不能从。国至山阳,偃然自大,受全庭参,全军忿怒,因而杀之,自此遂叛。

【注释】

①嘉定:南宋宁宗赵扩年号(1208—1224)。

②山东忠义:南宋宁宗时以在金占领区坚持抗金而又归附宋朝的诸武装为“忠义军”。李全:义军首领,时号“李铁枪”。嘉定十一(1218)年,李全率众归宋,而不为宋廷所信。

③山阳:故治即今江苏淮安,为李全驻镇。

④特换文资:格外换授许国以文官官资。宋重文轻武。

⑤乔寿朋:乔行简,字寿朋。南宋朝臣。史丞相:史弥远,字同叔。淳熙进士。官至右丞相。开禧北伐既败,史弥远与杨后谋杀韩侂胄,寻代其位。

⑥祖宗朝:以往宋代各朝。

⑦张、韩、刘、岳:张浚、韩世忠、刘光世、岳飞。四人当时齐名,为“中兴”名将。

⑧杨沂中:即杨存中。南宋初年名将。吴玠:屡破金兵,为张浚、刘子羽识拔,破金军于汉阳。吴璘:玠弟,从玠攻战。刘锜:高宗初为陇右都护,屡胜西夏人。王燮:南宋初名将。成闵:曾从韩世忠追苗傅、袭金兀术。

⑨韩忠献:韩琦,谥忠献。范文正:范仲淹,谥文正。陈尧咨:字嘉谟。真宗咸平时进士第一。

⑩制帅:制置使。

⑪处非其据:所处官之地并非其旧时据有之镇。

⑫清班:清要之职。

⑬“修饰边幅”几句:故装文雅,硬把自己标榜成清要之官,以合其官称。

【译文】

嘉定年间,山东忠义李全日渐嚣张跋扈。朝廷选派人员统帅山阳,一时间没有适合的文臣可以担任这一职位,于是就选用了许国。许国是一介武夫，于是特意换授他文官官资，提拔为太府卿显示对他赴任的重视。乔寿朋带着文书抵达丞相府，对史丞相说："祖宗制度，多以名将担任制置使，绍兴年间，不仅是张浚、韩世忠、刘光世、岳飞曾经担任过，杨沂中、吴玠、吴璘、刘锜、王燮、成闵等人也担任过，哪里一定要用文臣呢？即使文臣出任边疆统帅，也都是以观察使的身份出任，就如韩琦、范仲淹、陈尧咨等等。而今如若想在他们本属的武职内加官，来表示对制置使的重视，原本也没什么不可以，然而却让他处在不属于他的位置上，仓促地调任清要之职，故装文雅，硬把自己标榜成清要之官，以合其官称。人心原本就不容易信服，恐怕这样反而会容易让人有轻视不服的想法。这是不得不考虑的啊！"史丞相没能听从。许国到达山阳的时候，已然狂妄自大，要求李全在公庭参拜他，李全军队愤怒不已，因而杀了许国，从此反叛朝廷。

曹武惠王

曹武惠王既下金陵①，降后主，复遣还内治行②。潘美忧其死③，不能生致也，止之。王言："吾适受降，见其临渠犹顾左右扶而后过，必不然也。且彼有烈心，自当君臣同尽，必不生降，既降，又肯死乎？"

【注释】

①曹武惠王：曹彬，五代后汉时为成德军牙将，归宋后伐蜀有功。取南唐，不妄杀一人。死后追封济阳郡王，谥武惠。

②还内治行：回宫预备北上的行装。

③潘美：仕后周为引进使，入宋后，颇有战功。平南唐时，潘美为曹彬之副。

【译文】

曹彬攻下金陵城后，李后主投降，又让其返回宫中准备北上的行装。潘美担心后主会自杀，无法将其活着带回京师，想要阻止。曹彬说："我刚刚受降的时候，看到他到水渠边仍然左顾右盼，有人扶他才过去的，他一定不会自杀的。况且，如若他有壮烈殉国的想法，自然应当君臣一同自尽，也不会生降，既然降了，又哪里肯自杀呢？"

或劝艺祖诛降王①，入则变生。艺祖笑曰："守千里之国，战十万之师，而为我擒，孤身远客，能为变乎？"可谓君臣同智。

【注释】

①艺祖：宋太祖赵匡胤。

【译文】

有人曾劝谏宋太祖诛杀投降的君王，担心他们进入京师会生出变故。太祖笑着说："镇守千里之国，有十万之众的军队为之战斗，而被我生擒，孤身一身在外为客，又如何能够生变？"可以说是君臣同智。

明智部剖疑卷七

讹口如波[①]，俗肠如锢[②]。
触目迷津，弥天毒雾。
不有明眼，孰为先路？
太阳当空，妖魑匿步[③]。
集《剖疑》。

【注释】

①讹口如波：散布谣言的嘴像波涛般积毁销骨。

②俗肠如锢：庸俗而猜忌的心如铁铸般禁锢。

③妖魑（chī）：妖魅，鬼怪。匿步：隐藏行踪。

【译文】

散布谣言的嘴如波涛，庸俗猜忌的心如铁铸。
目光所及处使人迷惘，那就像置身漫天毒雾。
没有明辨通透的眼睛，怎么知道哪里是前路？
因为有太阳当空朗照，妖魔鬼怪都隐匿不出。
集为《剖疑》一卷。

汉昭帝

昭帝初立[①],燕王旦怨望谋反[②]。而上官桀忌霍光[③],因与旦通谋,诈令人为旦上书,言:"光出都肄郎羽林[④],肄习军官。道上称跸[⑤],擅调益幕府校尉[⑥],专权自恣,疑有非常。"候光出沐日奏之[⑦]。帝不肯下[⑧]。光闻之,止画室中不入[⑨]。上问:"大将军安在?"桀曰:"以燕王发其罪,不敢入。"诏召光入,光免冠顿首谢。上曰:"将军冠。朕知是书诈也,将军无罪。"光曰:"陛下何以知之?"上曰:"将军调校尉以来未十日,燕王何以知之[⑩]?"。时帝年十四,尚书左右皆惊,而上书者果亡。

【注释】

①昭帝:前87年,汉武帝死,幼子刘弗陵八岁即位为汉昭帝。

②燕王旦:汉武帝第三子刘旦,汉昭帝异母兄。武帝长子刘据被逼反叛败死,次子齐王刘闳早死,按长幼当立燕王。武帝立昭帝,燕王有怨恨之心,与宗室谋反,事情败露,燕王未被治罪。而燕王不死心,仍与左将军上官桀父子勾结。

③上官桀:汉武帝宠臣,官至太仆。汉武帝临终,以霍光、金日磾、上官桀受遗诏辅政。

④出都肄郎羽林:外出集合操练郎官和羽林军等演习。都,集合。肄,习、操练。郎,指郎官。羽林,护卫皇帝的羽林军。

⑤道上称跸(bì):所行道上禁止官民通行。跸,古帝王出行时,禁止行人以清道。

⑥调益:征选增加。幕府校尉:霍光为大将军,置幕府,下设校尉若干人。

⑦出沐日：朝臣五日公休一次，以供洗沐，称沐日，即休假日。

⑧下：下诏其事于有关部门。

⑨画室：雕画的房屋。此处指古代官吏上朝前休息的朝房，壁上画有先贤故事。

⑩燕王何以知之：长安距离燕都数千里，十日书信不能往还。

【译文】

汉昭帝初即位时，燕王刘旦心怀怨恨图谋造反。而上官桀妒忌霍光权重，于是与燕王刘旦合谋，让人冒充燕王刘旦上书，说："霍光外出集合操练郎官和羽林军等官军演习，演习军官。所行道上禁止官民通行，并擅自增加大将军幕府的校尉，专权放纵，恐怕有突然的变故。"上官桀等到霍光休假回家的日子上奏，但昭帝不肯下诏有关部门治罪。霍光听说后，在朝房中不上殿。昭帝问道："大将军在哪里？"上官桀说："因为燕王揭发他的罪状，不敢上殿。"昭帝下诏召见霍光上殿，霍光脱掉帽子叩头谢罪。昭帝说："将军戴上官帽。朕知道这份奏章是假的，将军无罪。"霍光说："陛下怎么知道的？"皇上说："将军征选校尉到现在不满十天，燕王怎么会知道？"当时昭帝年仅十四岁，尚书及左右官员都很惊讶，而上书诬陷霍光的人果然畏罪逃亡。

张说

说有材辩[①]，能断大义。景云初[②]，帝谓侍臣曰："术家言五日内有急兵入宫[③]，奈何？"左右莫对。说进曰："此谗人谋动东宫耳[④]。边批：破的。陛下若以太子监国，则名分定，奸胆破，蜚语塞矣。"帝如其言，议遂息。

【注释】

①材辩：杰出的辩才。

②景云：唐睿宗李旦年号（710—711）。

③术家：方术巫卜之士。

④东宫：太子，此处指后来的玄宗李隆基。当时太平公主忌惮李隆基英武，想立弱者以长久维护自己的权力，所以多次以流言倾陷李隆基。

【译文】

唐朝人张说有辩才，能决断大是非。唐睿宗景云初年，睿宗对侍臣说："术士预言五天之内会有急兵入宫，怎么办呢？"左右的人不知怎么回答。张说进言道："这是进谗言的人阴谋动摇太子的地位罢了。边批：一语中的。陛下如果让太子监理国事，那么太子名分确定，奸人胆子吓破，流言蜚语就堵住了。"睿宗照他的话做，议论于是平息了。

李泌 二条

一

德宗贞元中[①]，张延赏在西川[②]，与东川节度使李叔明有隙[③]。上入骆谷[④]，值霖雨，道路险滑，卫士多亡归朱泚[⑤]。叔明子升等六人，恐有奸人危乘舆，相与啮臂为盟[⑥]，更控上马[⑦]，以至梁州[⑧]。及还长安，上皆以为禁卫将军，宠遇甚厚。张延赏知升出入郜国大长公主第[⑨]，郜国大长公主，肃宗女，适驸马都尉萧升[⑩]，女为德宗太子妃。密以白上。上谓李泌曰："郜国已老，升年少，何为如是？"泌曰："此必有欲动摇东宫者，边批：破的。谁为陛下言此？"上曰："卿勿问，第为朕察之。"泌曰："必延赏也。"上曰："何以知之？"泌具言二人之隙，且曰："升承恩顾，典禁兵，延赏无以中伤，而郜国乃太子萧妃之母，故欲以此陷之耳！"上笑曰："是也！"

【注释】

①贞元:唐德宗李适年号(785—805)。

②张延赏:字宝符。唐朝宰相。曾转三镇(淮南、荆南、西川)节度使,在西川时致力恢复经济。卒追赠太保,谥成肃。

③李叔明:鲜于晋,字叔明,赐姓李,又称李叔明。唐肃宗时擢明经,唐代宗时加检校户部尚书。唐德宗时破家资助军,加太子太傅,封蓟国公。

④骆谷:又名骆谷道,在今陕西周至西南,谷长四百余里。德宗由奉天逃往山南(终南山以南地区)时途经。

⑤朱泚(cǐ):唐德宗时,授太子太师、凤翔尹,后迁太尉。建中四年(783),泾原兵变后,被士兵拥立为帝,国号大秦,后改国号为汉国。率军围攻奉天,欲杀唐德宗,兵败,被部将所杀。

⑥啮(niè)臂:用牙齿咬破手臂,是歃血为盟的一种方式。

⑦更控:更换着驾驭。

⑧梁州:治今陕西汉中南郑区。唐德宗于兴元元年(784)到此,故改名兴元府。

⑨郜国大长公主:唐肃宗之女,初嫁裴徽,后嫁萧升,时寡居。唐时称皇帝之姑母为大长公主。

⑩萧升:字叔之,祖父萧嵩为唐玄宗宰相,伯父萧华为唐肃宗宰相,胞兄萧复为唐德宗宰相。与郜国大长公主成婚后,授官光禄卿,拜驸马都尉。

【译文】

唐德宗贞元年间,张延赏在西川任节度使,与东川节度使李叔明有矛盾。德宗由奉天逃往山南入骆谷时,正逢连绵大雨,道路又险又滑,很多守卫的士卒逃跑到朱泚那里去了。李叔明和儿子李升等六人,担心有奸人危害天子,互相咬破手臂立誓为盟,轮换着驾驭皇上的车马,护卫圣驾一直到梁州。等回到长安后,德宗任命六人皆为禁卫将军,宠遇有加。张延赏知道李升常常进出郜国大长公主的府第，郜国大长公主，肃宗的女儿，嫁给驸马都尉萧升，其女为德宗太子妃。就秘密告诉德宗。德宗对李泌说："大长公主已经老了，而李升还年少，为什么会这样？"李泌说："这一定是有人想动摇太子的地位，边批：一语中的。是谁对陛下说这些的？"德宗说："你不要管谁说的，只要为朕留意李升的举动就行了。"李泌说："一定是张延赏说的。"德宗说："你凭什么知道是他？"李泌详细说明张延赏和李叔明的仇怨，又说："李升承受圣上恩典，掌管禁军，延赏本来无法中伤他，而郜国大长公主乃是太子萧妃的母亲，所以想以此陷害他。"德宗笑着说："说得极是。"

二

或告主淫乱[①]，且厌祷[②]，上大怒，幽主于禁中[③]，切责太子。太子请与萧妃离婚。上召李泌告之，且曰："舒王近已长[④]，孝友温仁。"泌曰："陛下唯有一子[⑤]，边批：急招。奈何欲废之而立侄？"上怒曰："卿何得间人父子！谁语卿舒王为侄者？"对曰："陛下自言之。大历初[⑥]，陛下语臣：'今日得数子。'臣请其故，陛下言'昭靖诸子[⑦]，主上令吾子之'。今陛下所生之子犹疑之，何有于侄？舒王虽孝，自今陛下宜努力，勿复望其孝矣。"上曰："卿违朕意，何不爱家族耶？"对曰："臣为爱家族，故不敢不尽言。若畏陛下盛怒而为曲从，陛下明日悔之，必尤臣云：'吾任汝为相，不力谏，使至此！'必复杀臣子。臣老矣，余年不足惜，若冤杀臣子，以侄为嗣，臣未得歆其祀也[⑧]！"因呜咽流涕。

【注释】

①主：郜国大长公主。

②厌祷：以巫术诅咒人。

③幽：幽禁。禁中：帝王所居宫苑。

④舒王：即李谊，德宗异母弟李邈之子，李邈早死，德宗取李谊为己子。

⑤陛下唯有一子：德宗共十一子，除太子外，其他或为养子，或夭亡。

⑥大历：唐代宗李豫年号（766—779）。

⑦昭靖：指李邈，被封为昭靖太子。

⑧歆其祀：歆享人间的祭祀。歆，飨，祭祀时鬼神享受祭品的香气。

【译文】

有人揭发大长公主淫乱，而且以巫术诅咒人，德宗大怒，将大长公主幽禁于宫中，严厉地责备太子。太子请求和萧妃离婚。德宗召来李泌把事情告诉他，并且说："舒王李谊近来已经长大，为人孝顺友爱温文仁慈。"李泌说："陛下只有一个儿子，边批：急招。怎么会想废掉儿子而立侄子呢？"德宗生气地说："你怎么可以离间朕和舒王父子！谁告诉你舒王是朕侄子的？"李泌回答说："陛下自己说的。大历初年，陛下对臣说：'今天我得到好几个儿子。'臣请问其中缘故，陛下说'是昭靖太子李邈的几个儿子，主上命令我当作自己的儿子'。如今陛下对亲生儿子尚且怀疑他，怎么不会怀疑侄子呢？舒王虽然孝顺，但从今以后陛下应努力，不要再期望他孝顺了。"德宗说："你违背朕的心意，难道不爱惜自己的家族吗？"李泌回答说："微臣正是因为爱惜自己家族，所以不敢不把话都说出来。如果怕陛下大怒而曲意附和，陛下明天后悔，一定会责怪微臣说：'我任命你为宰相，你却不尽力劝谏，使情况到了这种地步！'必定连微臣的儿子也杀了。微臣老了，剩下的时间不足惋惜，如果冤杀微臣的儿子，只能以侄子为嗣，微臣就不能享受儿子的祭祀了。"说完痛哭流涕。

上亦泣曰："事已如此，使朕如何而可？"对曰："此大事，愿陛下审图之。臣始谓陛下圣德，当使海外蛮夷皆戴之如父，边批：缓步。岂谓自有子而自疑之？自古父子相疑，未有不亡国覆家者。陛下记昔在彭原，建宁何故而诛①？"边批：似缓愈切。上曰："建宁叔实冤，肃宗性急，谮之者深耳。"泌曰："臣昔以建宁之故辞官爵，誓不近天子左右。不幸今日又为陛下相，又睹诸事。臣在彭原，承恩无比，竟不敢言建宁之冤，及临辞乃言之，肃宗亦悔而泣。先帝代宗自建宁死，常怀危惧，边批：引之入港。亦为先帝诵《黄台瓜辞》②，以防谗构之端。"上曰："朕固知之。"

【注释】

①昔在彭原，建宁何故而诛：唐肃宗至德间，宠妃张良娣与宦官李辅国表里为奸。建宁王李倓数于肃宗前揭发二人罪恶。二人谮之于上曰："倓恨不得为元帅，谋害广平王（李俶，后为代宗）。"肃宗怒，遂赐李倓死。时正值安史之乱，肃宗等在彭原（今甘肃宁县）。

②《黄台瓜辞》：杂曲谣辞名。唐章怀太子李贤作。唐高宗时，武后生四子，立长子李弘为太子。据说武后因图谋临朝揽政，毒死李弘而立次子李贤，李贤惧而作此乐章。歌词谓："种瓜黄台下，瓜熟子离离。一摘使瓜好，再摘令瓜稀。三摘犹尚可，四摘抱蔓归。"

【译文】

德宗也哭着说："事情已经这样，要我怎么做才好呢？"李泌回答说："这等大事，希望陛下仔细考虑它。微臣开始以为陛下的圣德，应当让海外蛮夷都拥戴您如父亲，边批：先缓一步。难道说陛下自己有儿子还自己怀疑他吗？自古以来父子互相怀疑，没有不使国家灭亡家族倾覆的。陛下还记得从前在彭原，建宁王李倓为何被诛吗？"边批：看似舒缓其实更急切。德宗说:“建宁王叔实在冤枉,肃宗性情很急,诬陷他的人又特别狠毒。”李泌说:“微臣过去因为建宁王被杀的缘故辞去官位,发誓不再侍奉在天子左右了。不幸今天又担任陛下的宰相,又看到这样的事情。微臣在彭原,承蒙无比的恩宠,竟然不敢挺身申明建宁王的冤屈,直到辞官临走时才敢说明建宁王被冤杀的情况,肃宗也后悔得痛哭起来。先帝代宗自从建宁王死后,常心怀危疑恐惧,边批:引之入港。也为先帝(肃宗)诵读《黄台瓜辞》,以防备谗言构陷的恶习。”德宗说:“我本来就知道这些。”

意色稍解,乃曰:“贞观、开元①,皆易太子,何故不亡?”对曰:“昔承乾太宗太子。屡监国②,托附者众,藏甲又多,与宰相侯君集谋反③,事觉,太宗使其舅长孙无忌与朝臣数十鞫之④,事状显白,然后集百官议之。当时言者犹云:‘愿陛下不失为慈父,使太子得终天年。’太宗从之,并废魏王泰。陛下既知肃宗性急,以建宁为冤,臣不胜庆幸。愿陛下戒覆车之失,从容三日,究其端绪而思之,陛下必释然知太子之无他也。若果有其迹,当召大臣知义理者二三人,与臣鞫实,陛下如贞观之法行之,废舒王而立皇孙,则百代之后有天下者,犹陛下之子孙也。至于开元之时,武惠妃谮太子瑛兄弟⑤,杀之,海内冤愤,此乃百代所当戒,又可法乎?且陛下昔尝令太子见臣于蓬莱池,观其容表,非有蜂目豺声商臣之相也⑥,正恐失于柔仁耳。又太子自贞元以来,尝居少阳院,在寝殿之侧,未尝接外人、预外事,何自有异谋乎?彼谮者巧诈百端,虽有手书如晋愍怀、衷甲如太子瑛⑦,犹未可信,况但以妻母有罪为累乎?幸赖陛下语臣,臣敢以宗族保太子必不知谋。向使杨素、许敬宗、李林甫之徒承此者⑧,已就舒王图定策之功矣[⑨]！”上曰：“为卿迁延至明日思之。”泌抽笏叩头泣曰：“如此，臣知陛下父子慈孝如初也。然陛下还宫当自审，勿露此意于左右，露之则彼皆欲树功于舒王，太子危矣！”上曰：“具晓卿意。”间日，上开延英殿，独召泌，流涕阑干[⑩]，抚其背曰：“非卿切言[⑪]，朕今悔无及矣！太子仁孝，实无他也！”泌拜贺，因乞骸骨[⑫]。

【注释】

①贞观、开元：贞观为唐太宗李世民年号（627—649），开元为唐玄宗李隆基年号（713—741）。

②承乾：太宗时立为皇太子。好声色，后在与魏王李泰斗争中被废，徙黔州。监国：君主外出时，太子留守代管国政，称“监国”。

③侯君集：唐初大将，入凌烟阁功臣图。在魏王李泰与太子李承乾的斗争中，与太子联合，欲借太子以夺天下。事情败露，侯君集伏诛，太子承乾废为庶人。

④长孙无忌：字辅机。李承乾母长孙皇后之兄，以发动玄武门之变助李世民夺帝位之功，居凌烟阁功臣之首。与褚遂良同受太宗顾命。高宗时，反对立武则天为后，后被武则天诬为谋反而死。

⑤武惠妃谮太子瑛兄弟：唐玄宗为临淄王时，宠爱赵丽妃、皇甫德仪、刘才人。玄宗即位，宠武惠妃，惠妃生寿王李瑁，宠冠诸子。赵丽妃所生太子李瑛、皇甫德仪所生鄂王李瑶、刘才人所生光王李琚因为母亲失宠而有怨言。武惠妃多次向玄宗进谣言，说太子李瑛等结党，将害自己母子，最终玄宗杀太子及李瑶、李琚。

⑥蜂目豺声商臣之相：《左传》记载，楚成王将立太子商臣，令尹子上以商臣蜂目而豺声反对。楚成王不听，最终商臣杀成王。

⑦有手书如晋愍怀：指晋惠帝太子司马遹为贾后陷害，被灌醉后，抄

录潘岳草书所写的忤逆诏书,惠帝于是废太子为庶人。不久,贾后又命人以药杵椎杀太子。赵王伦起兵杀贾后,谥司马遹为愍怀太子。衷甲如太子瑛:武惠妃召太子李瑛等,说宫中有贼,需要穿铠甲捉贼,太子到来后,惠妃由此构陷太子等人谋反,太子等被废为庶人。衷甲,衣内穿着铠甲。

⑧杨素:为晋王杨广党羽,使隋文帝废太子杨勇而立杨广。许敬宗:为武则天党羽,逐褚遂良,杀长孙无忌。李林甫:玄宗时构陷张九龄,代为宰相。

⑨定策:确定策立太子。

⑩流涕阑干:涕泪纵横的样子。

⑪切言:直言。

⑫乞骸骨:告老退休。

【译文】

德宗神色稍微缓解一些,才又说:"贞观、开元时,也都换过太子,为什么没有灭亡?"李泌回答说:"从前承乾太宗太子。多次代理国事,依附他的人很多,私藏兵器又多,与宰相侯君集谋反,事情被察觉,太宗派太子的舅舅长孙无忌和朝中大臣数十次审讯他,谋反的痕迹都很明显,然后召集百官商议。当时有人还进言:'希望陛下不失慈父之心,使太子能终其天年。'太宗答应了,一起废了魏王李泰。陛下既然知道肃宗性急,认为建宁王是冤枉的,微臣非常庆幸。希望陛下把之前的失误当作前车之鉴,暂缓三天,探清事情的来龙去脉仔细思考,陛下必定放下疑虑发现太子没有异心。如果真有叛逆的迹象,应召集两三名懂义理的大臣,与微臣一起勘问事情的真相,陛下按照贞观的方法行事,废弃舒王而拥立皇孙,那么百代以后拥有天下的人,还是陛下的子孙。至于开元时,武惠妃进谗言陷害太子李瑛兄弟,玄宗杀了他们,天下的人为之喊冤发怒,这是百代应当引以为戒的,又怎么可以效法呢?况且陛下从前曾令太子在蓬莱池和微臣见面,观察太子的容貌仪表,并没有商臣那样蜜蜂眼睛豺狼声音的奸臣之相，反而正担心他过于柔顺仁慈。另外太子从贞元年间以来，曾住在少阳院，就在寝殿旁边，未曾接近外人、干预外事，从哪里产生叛逆的阴谋呢？那些进谗言的人用尽各种欺诈的手段，即使有像晋愍怀太子那样的反叛手书、像太子李瑛那样衣内穿甲入宫，还不可相信，何况只是因为妻子的母亲有罪而受到连累呢？幸好陛下告诉微臣，微臣敢以宗族的性命担保太子一定不会谋反。如果让杨素、许敬宗、李林甫这类人听到这样的话，已经去找舒王谋划确定策立太子的功劳了！"德宗说："为了你的话就把事情延缓到明天再仔细考虑。"李泌取出笏板叩头跪拜哭着说："既然这样，微臣知道陛下父子慈爱孝顺如初。然而陛下回宫后自己要留意，不要把这个想法透露给左右的人，如果透露那些人都想在舒王面前立功，太子就很危险了。"德宗说："完全明白你的意思。"隔天，德宗命人打开延英殿，单独召见李泌，眼泪纵横，抚摸着李泌的背说："没有你一番直言劝说，朕今天将后悔不及！太子仁慈孝顺，确实没有异心！"李泌跪拜道贺，顺便请求辞官归乡。

邺侯保全广平①，及劝德宗和亲回纥，皆显回天之力。独郜国一事，杜患于微，宛转激切，使猜主不得不信，悍主不得不柔，真万世纳忠之法②。

【注释】

①邺侯：指李泌。曾拜中书侍郎、同中书门下平章事，累封邺县侯。广平：指广平王李俶（后改名李豫）。

②纳忠：使皇帝接受忠言。

【译文】

李邺侯保全广平王，以及劝德宗与回纥和亲，都显露出回天的力量。只有郜国大长公主这件事，杜绝祸患于事情初露征兆时，宛转激切地劝谏，使猜忌的君主不得不相信，强悍的君主也不得不柔顺,真是使皇帝接受忠言的万世不变的好方法。

寇准

楚王元佐[①],太宗长子也,因申救廷美不获[②],遂感心疾,习为残忍;左右微过,辄弯弓射之。帝屡诲不悛[③]。重阳[④],帝宴诸王。元佐以病新起,不得预,中夜发愤,遂闭媵妾[⑤],纵火焚宫。帝怒,欲废之。会寇准通判郓州,得召见。太宗谓曰:"卿试与朕决一事,东宫所为不法,他日必为桀、纣之行。欲废之,则宫中亦有甲兵,恐因而招乱。"准曰:"请某月日,令东宫于某处摄行礼[⑥],其左右侍从皆令从之。陛下搜其宫中,果有不法之事,俟还而示之;废太子,一黄门力耳。"太宗从其策。及东宫出,得淫刑之器,有剜目、挑筋、摘舌等物。还而示之,东宫服罪,遂废之。

【注释】

①楚王元佐:赵元佐,宋太宗赵光义长子。少聪颖,深得太宗宠爱,加任检校太尉,进封为楚王。

②廷美:宋太祖和宋太宗之弟赵光美,因避讳改廷美。按宋太祖母杜太后遗嘱,太祖传位于弟光义,光义传弟廷美,廷美传太祖长子德昭。太宗即位后,以廷美为开封尹,封齐王。幸臣窥知太宗有违杜太后之意,就诬告廷美欲作乱,赵普又使亲信诬"廷美不悔过",廷美被流放于房州。大臣无敢言者,唯独楚王元佐申救之。两年后,廷美死于房州,元佐闻讯发狂。

③悛:悔改。

④重阳:廷美死于雍熙元年(984),这里是雍熙二年重阳。

⑤媵妾：姬妾和陪嫁丫头。

⑥摄行礼：由皇子代为主持国家大典。

【译文】

楚王赵元佐，是宋太宗的长子，因为上表救助赵廷美不成功，于是得了心病，性情变得残忍；左右随从稍有过失，就弯弓射杀他。太宗屡次教训他都不悔改。重阳节时，太宗宴请诸王。赵元佐因生病初愈，没能被召参加，半夜发怒，于是把侍妾关闭在宫中，放火焚烧宫殿。太宗大怒，想要废除他太子的身份。恰好寇准在郓州任通判，得到太宗的召见来京师。太宗对他说："你姑且和朕决议一件大事，太子所作所为不合法度，将来有一天一定会做出桀、纣般的行为。朕想废掉他，但东宫里也有自己的军队，恐怕因此招致祸乱。"寇准说："请皇上于某月某日，令太子到某地代理皇上主持国家大典，太子的左右侍从也都让他们跟着去。陛下趁机派人搜查东宫，果真有不法的证物，等他回来当面给他看；废除太子，只需一个黄门侍郎的力量就够了。"太宗采用他的计策。等太子出去后，搜到一些残酷的刑具，有挖眼、挑筋、割舌等器物。太子回来后给他看，太子服罪，于是废除了他。

搜其宫中，如无不法之事，东宫之位如故矣。不然，亦使心服无冤耳。江充、李林甫①，岂可共商此事！

【注释】

①江充：字次倩。汉武帝幸臣，以巫蛊术诬害太子刘据，太子起兵杀江充，兵败，太子也自杀。李林甫：小字哥奴。唐朝宗室、宰相。为相后期闭塞言路，排斥贤才，重用胡将，为导致唐朝由盛转衰的关键人物之一。

【译文】

搜查他的宫中，如果没有不法的事，东宫的地位依旧。不然，也使他心服而不觉冤屈。江充、李林甫之类的奸臣，难道可以共同商议这种事吗！

隽不疑

汉昭帝五年[①]，有男子诣阙[②]，自谓卫太子[③]。诏公卿以下视之，皆莫敢发言。京兆尹隽不疑后至[④]，叱从吏收缚，曰："卫蒯聩出奔，卫辄拒而不纳，《春秋》是之[⑤]。太子得罪先帝，亡不即死，今来自诣，此罪人也！"遂送诏狱[⑥]。上与霍光闻而嘉之曰："公卿大臣当用有经术、明于大谊者[⑦]。"由是不疑名重朝廷。后廷尉验治[⑧]，坐诬罔腰斩。

【注释】

①汉昭帝五年：汉昭帝始元五年（前82）。

②诣阙：来到朝堂。

③卫太子：汉武帝长子刘据，为卫皇后所生，故称卫太子。因江充诬陷而被迫起兵，兵败自杀，也有说太子并未真死。

④隽不疑：字曼倩。汉武帝末年为青州刺史。汉昭帝时，击破齐孝王之孙刘泽的阴谋反叛，升为京兆尹。因识破冒充卫太子的人，得到汉昭帝和霍光称赞，名声大振。

⑤"卫蒯聩出奔"几句：春秋时，卫太子蒯聩密谋杀害卫灵公夫人南子失败，被迫逃往宋国，后又投奔晋国赵氏。卫灵公死后，蒯聩之子辄立，为出公。同年，晋国赵鞅送蒯聩回卫夺位，其子辄不接纳他，蒯聩居于戚。

⑥诏狱：皇帝直接掌管的监狱。

⑦大谊：正道，正义，大原则。

⑧廷尉：汉九卿之一，掌管刑法。

【译文】

汉昭帝五年，有名男子来到朝堂，自称是卫太子。皇帝下令公卿以下的大臣去验明他的真假，都没人敢说话。京兆尹隽不疑最后才到，呵斥侍从拿下他，说："春秋时卫太子蒯聩出奔又被送回来，他的儿子出公辄拒绝接纳，《春秋》赞成这种行为。太子得罪先帝，选择逃亡而不立即自尽，如今来自请拜见，这是罪人啊！"于是将此人送入皇帝掌管的监狱。昭帝与霍光听说后嘉勉隽不疑说："公卿大臣应该任用饱学经术而又明于大义的人。"从此隽不疑的名声大振于朝廷。后来经廷尉查验，这名男子因犯欺骗冒名罪被腰斩处死。

国无二君，此际欲一人心、绝浮议，只合如此断决。其说《春秋》虽不是[①]，然时方推重经术，不断章取义亦不足取信。《公羊》以卫辄拒父为尊祖。想当时儒者亦主此论。

【注释】

①其说《春秋》虽不是：隽不疑用《公羊传》解释《春秋》，不合《春秋》本意。《春秋》只说"晋赵鞅帅师纳卫世子蒯聩于戚"而已，没有褒贬之辞。

【译文】

国无二君，此时要统一人心、杜绝谣言，只应这样决断。隽不疑提到《春秋》的说法虽然不妥，但是当时正推崇经学，不断章取义援引经书之说也不能取信于人。《公羊传》认为卫辄拒绝父亲是尊崇卫国的祖训。想必当时的儒者也主张这种说法。

孔季彦

梁人有季母杀其父者[①]，而其子杀之。有司欲当以大逆[②]，孔季彦曰[③]："昔文姜与弑鲁桓[④]，《春秋》去其姜氏，《传》谓'绝不为亲，礼也'[⑤]。夫绝不为亲，即凡人耳[⑥]。方之古义，宜以'非司寇而擅杀当之'[⑦]，不当以逆论。"人以为允。

【注释】

①梁：东汉梁国，治所在今河南商丘。季母：父亲的小妻，或当继母讲。

②大逆：臣子杀君父，是大逆之罪。

③孔季彦：东汉安帝时人，举孝廉，因时政混乱而不做官。

④文姜与弑鲁桓：齐襄公之妹文姜，为鲁桓公夫人。桓公十八年（前694），鲁桓公与夫人文姜赴齐。文姜与兄齐襄公通奸，被鲁桓公察觉，责怪文姜。文姜告齐襄公，齐襄公命大力士彭生杀死鲁桓公。

⑤绝不为亲，礼也：因文姜有杀夫之罪，庄公宜悲痛于父亲被杀而绝母子之亲情，即所谓"礼也"。鲁桓公死，其子庄公即位，同年文姜又去齐国。《左传》云："三月，夫人孙（同逊，出奔）于齐。不称姜氏，绝不为亲，礼也。"

⑥凡人：无亲无故之人。

⑦司寇：周时六官之一，掌刑法治安。

【译文】

东汉时有梁人因继母杀死父亲，而他就把继母杀了。有关部门想判决他大逆之罪，孔季彦说："从前文姜参与弑杀鲁桓公，《春秋》把姜氏的名号去除，《左传》说'庄公悲痛于父亲被杀而绝母子之亲情，是符合礼法的’。断绝了母子亲情，姜氏便成了与鲁庄公无亲无故的人了。按照古义，应该用‘不经过官府而擅自杀死有罪当杀之人’的罪名论处，不应当以大逆来论处。”大家认为这样很公平。

张晋

大司农张晋为刑部时[①]，民有与父异居而富者，父夜穿垣，将入取资。子以为盗也，瞯其入[②]，扑杀之；取烛视尸，则父也。吏议子杀父，不宜纵；而实拒盗，不知其为父，又不宜诛，久不能决。晋奋笔曰：“杀贼可恕，不孝当诛。子有余财，而使父贫为盗，不孝明矣！”竟杀之。

【注释】

①大司农：掌管钱谷。张晋：字德昭，元末人。历吏、刑、工三部尚书，官至司农大卿。明习律法，刚直不阿，被称为“铁虎张公”。

②瞯（jiàn）：窥视，侦伺。

【译文】

大司农张晋任职刑部时，有个与父亲分居而很有钱的人，他父亲夜晚翻墙，要进他家窃取财物。儿子以为是盗贼，看到那人进来后，就扑杀了他；等拿蜡烛一看尸体，才知道是他父亲。办案官吏议论儿子杀父亲这个案子，认为儿子不应该被宽恕；但实际上是儿子抵抗窃贼，不知道他是自己的父亲，这样为防盗而误杀父亲的人不应该被杀，这事儿拖延了很久不能决断。张晋提笔写道：“杀死盗贼可以饶恕，但因为不孝就应该诛杀。儿子有多余的财富，而让父亲穷困到做贼，这个人的不孝是很明显的！”最终还是杀了他。

杜杲

六安县人有嬖其妾者[①]，治命与二子均分[②]。二子谓妾无分法，杜杲书其牍曰[③]："传云：'子从父命'，律曰：'违父教令'，是父之言为令也。父令子违，不可以训。然妾守志则可[④]，或去或终，当归二子。"部使者季衍览之，击节曰："九州三十三县令之最也[⑤]！"

【注释】

①嬖（bì）：宠爱。

②治命：在死前神志清醒时留下的遗嘱。二子：正妻所生二子。

③杜杲：字子昕。宋理宗时官至刑部尚书、龙图阁学士。此时为六安知县。

④守志：守节不再嫁。

⑤九州三十三县：南宋时六安县属淮南西路，此路共九州三十三县，为季衍所巡视地区。

【译文】

宋朝时六安县有个人宠爱他的侍妾，头脑清醒时留下遗嘱财产由侍妾与两个儿子均分。两个儿子认为妾没有分财产的道理，杜杲在判决公文上写道："古书说'儿子应遵从父亲的命令'，律典说'违反了父亲的教令'，这就是说父亲的话就是命令。父亲的命令儿子违反了，不可认为是合规的。然而侍妾能守节不再改嫁就可分得财产，如果侍妾改嫁或去世，财产就归两个儿子所有。"刑部使者季衍看了，非常赞赏地说："这是九州三十三个县令中最优秀的！"

蔡京

蔡京在洛。有某氏嫁两家，各有子；后二子皆显达，争迎养其母，成讼。执政不能决，持以白京。京曰："何难？第问母所欲[①]。"遂一言而定。

【注释】

①第：只是，只要。

【译文】

北宋蔡京在洛阳为官。有一名女子先后嫁给两家，在两家各生了儿子；后来两个儿子都位尊而有声望，争着迎接母亲奉养，为此告到官府。执政官不能决断，拿来问蔡京。蔡京说："这有什么难断的？只要问那个母亲想去哪家就行了。"于是一句话就决断了。

曹克明

克明有智略[①]，真宗朝累功官融、桂等十州都巡检。既至，蛮酋来献药一器，曰："此药凡中箭者傅之[②]，创立愈。"克明曰："何以验之？"曰："请试鸡犬。"克明曰："当试以人。"取箭刺酋股而傅以药，酋立死，群蛮惭惧而去。

【注释】

①克明：曹克明，字尧卿。宋真宗景德年间，官至宜、融、桂、昭、柳、象、邕、钦、廉、白十州都巡检使兼安抚使。

②傅：通"敷"。

【译文】

北宋曹克明很有才智谋略，宋真宗时一再立功而担任融、桂等十州都巡检使兼安抚使。到任后，蛮夷酋长来献上一瓶药，说："这种药凡是中箭的人敷上，创伤立刻痊愈。"曹克明说："怎么验证药效呢？"酋长说："请在鸡狗身上试验。"曹克明说："应当用人来试。"取过箭刺伤酋长的大腿再用药敷，酋长立即死了，蛮夷们都惭愧而恐惧地离开了。

大水 二条

一

汉成帝建始中，关内大雨四十余日。京师民无故相惊，言"大水至"。百姓奔走相蹂躏，老弱号呼，长安中大乱。大将军王凤以为太后与上及后宫可御船[①]，令吏民上城以避水。群臣皆从凤议，右将军王商独曰[②]："自古无道之国，水犹不冒城郭[③]，今何因当有大水一日暴至？此必讹言也。不宜令上城，重惊百姓。"上乃止。有顷稍定，问之，果讹言，于是美商之固守。

【注释】

①王凤：字孝卿。汉元帝王皇后之弟，汉成帝之舅，嗣阳平侯。成帝即位，以王凤为大司马大将军，领尚书事，倚太后，以外戚辅政，王氏专朝政自王凤始。

②王商：字子威。宣帝舅王武之子，嗣乐昌侯。成帝为太子时，王商尽力护佑。成帝即位，由右将军徙左将军，后任丞相，与王凤不合。被谮罢相。

③冒：淹没。

【译文】

汉成帝建始年间，关内下了四十多天大雨。京师民众无缘无故互相惊扰，说“洪水来了”。百姓奔跑逃难导致互相践踏，老弱号哭呼喊，长安城里大乱。大将军王凤认为太后与成帝及后宫嫔妃可以乘坐御船，让官吏百姓上城墙躲避洪水。群臣都赞同王凤的建议，唯独右将军王商说：“自古以来无道的国家，洪水尚且不会淹没城郭，今天为什么会有洪水在一天之间就暴涨而来？这一定是谣言。不该让官吏百姓上城墙避水，再次惊扰他们。”成帝于是制止了王凤的建议。不久混乱稍微平息，一问，果然是谣言，于是大家都赞美王商的镇定固守。

二

天圣中尝大雨[①]，传言汴口决[②]，水且大至。都人恐，欲东奔。帝以问王曾[③]，曾曰：“河决奏未至，必讹言耳。不足虑！”已而果然。

【注释】

①天圣：宋仁宗赵祯年号（1023—1032）。

②汴口：汴水入黄河处。在今河南荥阳。

③王曾：字孝先。真宗咸平时由乡贡试礼部、廷对皆为第一。仁宗立，累拜中书侍郎、同中书门下平章事、集贤殿大学士。

【译文】

宋仁宗天圣年间曾经下大雨，传言汴口要溃决，洪水将到。京都人非常恐惧，想要东逃。仁宗以此事问王曾，王曾说：“黄河溃决的奏本还没到，一定是谣言。不值得忧虑！”不久果然证实是谣言。

嘉靖间，东南倭乱，苏城戒严。忽传寇从西来，已过浒墅[①]。

太守率众登城,急令闭门。乡民避寇者万数,腾踊门外,号呼震天。任同知环愤然曰[②]:“未见寇而先弃良民,谓牧守何!有事,环请当之!”乃分遣县僚洞开六门,纳百姓,而自仗剑帅兵坐接官亭,以遏西路。乡民毕入,良久,而倭始至,所全活甚众。吴民至今尸祝之。

【注释】

①浒墅:浒墅关,在苏州西二十余里。

②任同知环:任环,字应乾。嘉靖年间进士。迁苏州府同知,抗倭有功。

【译文】

嘉靖年间,东南倭寇作乱,苏州城戒严。忽然传说倭寇从西边来,已经过了浒墅关。太守率士兵登城,紧急下令关闭城门。躲避倭寇的乡民上万人,拥聚在城门之外,呼号声震天动地。同知任环愤怒地说:“还没见到倭寇就先舍弃百姓,称得上牧守吗!有什么事,我来担当!”于是就分派县吏打开六个城门,收容百姓,而自己则佩剑率领士兵坐镇接官亭,以阻断西边的道路。乡民都进了城,过了很久,而倭寇才到,此举救活了很多人。苏州人到现在还在祀奉他。

又万历戊午间,无锡某乡构台作戏娱神[①]。有哄于台者,优人不脱衣,仓皇趋避。观戏者亦雨散,口中戏云:“倭子至矣!”此语须臾传遍,且云“亲见锦衣倭贼”。由是城门昼闭,城外人填涌,践踏死者近百人,迄夜始定。此虽近妖,亦有司不练事之过也[②]。大抵兵火之际,但当远其侦探,虽寇果临城,犹当静以镇之,使人心不乱,而后可以议战守;若讹言,又当直以理却之矣。

【注释】

①构台：搭戏台。

②练事：练达事理。

【译文】

又万历戊午年间，无锡某乡筑戏台演戏娱神。有人在戏台上斗殴，演员来不及换下戏服，就仓皇逃避。看戏的人也像雨一般四散，嘴上开玩笑说："倭寇来了！"这话很快传遍全城，而且有人说"亲眼看见锦衣的倭寇"。因此城门白天就关闭起来，城外的人拥挤过来，践踏而死的有近百人，到深夜才安定。这虽然近乎妖言惑众，也是由于有关官吏处事不够练达的过失。大抵战乱的时候，应当在远方安置侦探，即使盗寇果真逼近城来，仍须镇静地处理，使人心不乱，然后才可以商议决定战或守的策略；如果是谣言，又应当直接以理拒绝它。

开元初，民间讹言"上采女子以充掖庭"[①]。上闻之，令选后宫无用者，载还其家。讹言乃息。语曰"止谤莫如自修"，此又善于止讹者。天启初，吴中讹言"中官来采绣女"[②]，民间若狂，一时婚嫁殆尽。此皆恶少无妻者之所为，有司不加禁缉，男女之失所者多矣。

【注释】

①掖庭：后宫中妃嫔的居所。代指后宫。

②中官：宦官之通称。

【译文】

唐玄宗开元初年，民间谣传"皇帝将采选女子以充实后宫"。玄宗听到这件事，命人挑选后宫无用的宫女，用车子载着让她们回家。谣言于是平息。俗语说"要停止毁谤不如自我修身",这又是善于平息谣言的做法。熹宗天启初年,江苏一带谣传"宦官要来选绣女",民间紧张得像疯了一样,一时之间女子几乎都出嫁了。这其实都是没有妻子的恶少的所作所为,有关官吏也不加禁止缉捕,男女仓促间嫁娶不当的情况就很多了。

西门豹

魏文侯时[①],西门豹为邺令[②],会长老问民疾苦。长老曰:"苦为河伯娶妇[③]。"豹问其故,对曰:"邺三老、廷掾常岁赋民钱数百万[④],用二三十万为河伯娶妇,与祝巫共分其余。当其时,巫行视人家女好者,云'是当为河伯妇',即令洗沐,易新衣。治斋宫于河上[⑤],设绛帷床席,居女其中。卜日,浮之河,行数十里乃灭。俗语曰:'即不为河伯娶妇,水来漂溺[⑥]。'人家多持女远窜,故城中益空。"豹曰:"及此时,幸来告,吾亦欲往送。"至期,豹往会之河上。三老、官属、豪长者、里长、父老皆会。聚观者数千人。其大巫,老女子也,女弟子十人从其后。豹曰:"呼河伯妇来!"既见,顾谓三老、巫祝、父老曰:"是女不佳,烦大巫妪为入报河伯:更求好女,后日送之。"即使吏卒共抱大巫妪投之河。有顷,曰:"妪何久也?弟子趣之!"复投弟子一人河中。有顷,曰:"弟子何久也!"复使一人趣之,凡投三弟子。豹曰:"是皆女子,不能白事。烦三老为入白之。"复投三老。豹簪笔磬折向河立待[⑦],良久,旁观者皆惊恐。豹顾曰:"巫妪、三老不还报,奈何?"复欲使廷掾与豪长者一人入趣之;皆叩头流血,色如死灰。豹曰:"且俟须臾。"须臾,豹曰:"廷掾起矣!河伯不娶妇也!"邺吏民大惊恐,自是不敢复言河伯娶妇。

【注释】

①魏文侯:战国初魏国国君,在位五十年,任用贤能,魏国国力强盛。

②西门豹:魏文侯时任邺令,曾立下赫赫功勋。邺:魏国北方重镇,治今河北临漳邺镇。

③河伯:民间流传的黄河河神,当时漳河为黄河支流。

④三老:掌管教化的官员。廷掾:官府属吏。

⑤斋宫:斋戒祭神的地方。

⑥漂溺:淹没,冲没。

⑦簪(zān)笔磬折:插笔备礼,身体像石磬一样弯腰作揖,表示恭敬。

【译文】

战国魏文侯时,西门豹任邺县长官,他会见地方上的长老询问百姓疾苦。长老说:"苦于为河伯娶亲。"西门豹问其中的缘故,回答说:"邺县的三老、廷掾每年向百姓收取几百万钱,用二三十万为河伯娶亲,再和祝巫分享其余的钱。当娶亲之时,巫祝到每户去,看到人家有漂亮女儿,就说'她应当作河伯的妻子',就命令她梳洗沐浴,更换新衣服。在河边搭建斋宫,布置红色的帐幕和床席,把女子安置在中间。选好日子,让床及床上的女子一起漂浮在河上,漂流几十里就沉没了。当地俗语说:'如果不为河伯娶亲,河水就会泛滥成灾。'很多人家都带着女儿逃到远处了,所以城里越来越空虚。"西门豹说:"到河伯娶亲的日子,希望你来告诉我,我也要去送亲。"到了那天,西门豹去河边跟他们见面。三老、官府属吏、地方豪富、里长、父老乡亲都到了。聚在一起围观的有几千人。那个大巫,是一个年老的女子,有十个女弟子跟在她后面。西门豹说:"叫河伯的新娘子过来!"看过以后,回头对三老、巫祝及父老说:"这个女子不好,劳烦大巫婆为我们去河里报告河伯:我们要再找更好的女子，后天送给他。”立即派吏卒一起抱起大巫婆投入河里。过了一会儿，西门豹说：“大巫婆为什么这么久不回来？弟子去催催她！”又投一个弟子到河里。又过了一会儿，又说：“怎么这个弟子也去这么久！”又派一名弟子去催她，前后共投了三个弟子。西门豹说：“这些都是女子，没能说明白情况。劳烦三老为我们前去说明。”又把三老投下河。西门豹插笔备礼弯腰恭敬地面向河中站立等待，过了很久，旁观的人都惊恐不已。西门豹回头说：“巫婆、三老都不回来汇报，怎么办？”又想要派一个廷掾和豪富前去催促；两人都跪下叩头到头破血流，脸色如一片死灰。西门豹说：“姑且再等一会儿。”过了一会儿，西门豹说：“廷掾起来吧！河伯不娶亲了！”邺县官民都非常惊恐，从此不敢再提河伯娶亲的事。

娶妇以免溺，题目甚大。愚民相安于惑也久矣，直斥其妄，人必不信。唯身自往会，簪笔磬折，使众著于河伯之无灵，而向之行诈者计穷于畏死，虽驱之娶妇，犹不为也，然后弊可永革。

【译文】

为河伯娶亲而避免被水淹，名目非常大。无知的百姓被这样的蛊惑愚弄得安于现状也很久了，直接驳斥这事是虚妄的，民众必定不相信。只有亲自去参加娶亲盛会，又做出恭敬的模样，使众人明白河伯根本不灵验，而先前那些行骗的人因畏惧死亡无计可施，即使赶他们去替河伯娶亲，也不敢再做了，然后弊病才可以永久革除。

宋均

光武时[①]，宋均为九江太守[②]。所属浚遒县有唐、后二山[③]，民共祠之。诸巫初取民家男女以为公妪[④]，后沿为例，民家遂至相戒不敢娶嫁[⑤]。均至，乃下教：自后凡为祠山娶者，皆娶巫家女[⑥]，勿扰良民。未几祠绝。

【注释】

①光武：东汉光武帝刘秀。

②宋均：字叔庠。光武帝建武中，为九江太守，迁东海相。明帝时为尚书令，后迁司隶校尉，为河内太守。在任政行大化，有治绩。

③浚遒：故治在今安徽肥东县东。

④公妪：男为山公，女为山妪。

⑤相戒不敢娶嫁：凡为山公、山妪的男女，无人再敢嫁为夫、娶为妻。

⑥皆娶巫家女：《后汉书·宋均传》无"女"字。因为不仅女要嫁，而且男要娶。

【译文】

汉光武帝时，宋均任九江太守。所属的浚遒县有唐、后两座山，百姓都立祠祭祀。诸位巫师最初多选百姓家的少男少女作山公、山妪，后来沿袭成为常例，民间凡为山公、山妪的男女，无人再敢嫁为夫、娶为妻了。宋均到任后，就向下传令：从此以后凡是为山神选为山公、山妪的，都与巫师家的男女婚配，不可骚扰百姓。不久山神祠就绝迹了。

圣水

宝历中[①]，亳州云出"圣水"，服之愈宿疾。自洛及江西数十郡人，争施金往汲，获利千万，人转相惑。李德裕在浙西[②]，命于大市集人置釜，取其水，用猪肉五斤煮，云："若圣水也，肉当如故。"须臾肉烂。自此人心稍定，妖亦寻败。

【注释】

①宝历:唐敬宗李湛年号(825—827)。

②李德裕:字文饶。历仕宪宗、穆宗、敬宗、文宗四朝,两度为相,封卫国公。时任浙西观察使。

【译文】

唐敬宗宝历年间,亳州一带传说出现"圣水",喝了可以治好久治不愈的顽疾。从洛阳到江西等数十郡的人,争着捐钱去取圣水,当地人获利上千万钱,人们口口相传愈发迷惑。此时李德裕在浙西任观察使,命令在大集市聚集人群放置大锅,取来圣水,用五斤猪肉放进去煮,他说:"如果是圣水,猪肉应该像之前一样。"不久肉就煮烂了。从此人心稍微安定,妖言也很快销声匿迹了。

佛牙

后唐明宗时,有僧游西域,得佛牙以献。明宗以示大臣,学士赵凤进曰[①]:"世传佛牙水火不能伤,请验其真伪。"即举斧碎之,应手而碎。时宫中施物已及数千,赖碎而止。

【注释】

①赵凤:好直言,时皇后及群小用事,言不见纳。后唐明宗时,官至门下侍郎,同中书门下平章事。

【译文】

后唐明宗时,有和尚游历西域,带回佛牙献给皇上。明宗将佛牙展示给大臣,学士赵凤进言说:"世间传说佛牙无论水火都不能破坏它,请求验证它的真伪。"就拿起斧头敲击它,佛牙随着手起斧落就碎了。当时宫中为佛牙而施舍的财物已达数千,因佛牙破碎而停止了施舍。

正德时，张锐、钱宁等以佛事蛊惑圣聪[1]。嘉靖十五年，从夏言议[2]，毁大善殿，佛骨、佛牙不下千百斤。夫牙骨之多至此，使尽出佛身，佛亦不足贵矣！诬妄亵渎，莫甚于此，真佛教之罪人也！

【注释】

①张锐、钱宁：均为宦官。

②夏言：字公谨。正德进士。明世宗时为给事中。嘉靖十五年(1536)，以礼部尚书兼武英殿大学士，后居首辅，意骄满，为严嵩所忌，陷以罪，落职。

【译文】

武宗正德时，太监张锐、钱宁等人用佛事迷惑武宗。世宗嘉靖十五年，依照夏言的建议，拆毁大善殿，发现佛骨、佛牙不下千百斤。佛牙佛骨多到这种地步，假使全都出自佛身，那么佛也不值得尊重了！蒙骗信众亵渎神明，没有比这更严重的了，这真是佛教的罪人啊！

活佛

滇俗崇释信鬼。鹤庆玄化寺称有活佛[1]，岁时士女会集，动数万人，争以金泥其面。林俊按鹤庆[2]，命焚之。父老争言“犯之者，能致雹损稼”。俊命积薪举火：“果雹即止。”火发，无他，遂焚之，得金数百两，悉输之官，代民偿逋[3]。

【注释】

①鹤庆：明朝为鹤庆府，在今云南鹤庆。

②林俊：成化进士。除刑部主事，进员外郎。弘治、正德间历官云南副使、南京右佥都御史、四川巡抚。嘉靖初，官至刑部尚书。

③逋：百姓所欠官府的租税。

【译文】

云南民俗崇尚佛教迷信鬼神。鹤庆的玄化寺声称有活佛，每逢年节，善男信女聚集，动辄几万人，争相用金粉涂饰活佛面部。林俊巡视鹤庆时，命人把活佛烧毁。父老争着说“冒犯活佛的人，会招致冰雹损伤庄稼”。林俊命人堆积干柴点起火：“果真下冰雹的话就停止。”火烧起来，没有其他事情发生，于是烧了活佛，得到黄金数百两，全部交给官府，替百姓偿还积欠官府的租税。

五斗米、白莲教之祸[①]，皆以烧香聚众为端。有地方之责者，不得不防其渐，非徒醒愚救俗而已。夫佛以清净为宗，寂灭为教，万无活理。且言“犯者致雹”，此山鬼伎俩，佛若有灵，肯受人诬乎？即果能致雹，亦必异物凭之，非佛所致也；况邪不胜正，异物必不能致雹乎？火举而雹不至，大众亦何说之辞哉？至金悉输官，佛亦谅其无私矣。近世有佛面刮金，致恶疮溃面以死；夫此墨吏[②]，亦佛法所不容也。不然，苟有益生民，佛虽舍身犹可也。

【注释】

①五斗米：五斗米教，道教之一派，起于东汉末之张鲁，受其道者须交五斗米。白莲教：假借佛教之名的民间秘密宗教组织。元时称白莲会、白莲宗。元明期间的多次农民起义皆以白莲教聚众起事。

②墨吏：贪官污吏。

【译文】

五斗米教、白莲教的祸害，都以烧香聚众为事端。负责地方的官吏，不得不防范他们的侵扰，不只唤醒愚民、挽救习俗而已。佛教以清净为宗旨，寂灭为教义，万万没有活佛的道理。况且说“冒犯的会招致冰雹”，这是山中怪物的伎俩，佛如果有灵，肯受人诬蔑吗？即使真能招致冰雹，也一定是因为怪物，不是佛招致的；况且邪不胜正，怪物一定不能招致冰雹吗？火烧起来而冰雹没有来，大众又有什么话可说呢？至于金子全都交给官府，佛也会原谅他的大公无私。近代有人从佛面刮金子，以致脸部生恶疮溃烂而死；这种贪心的人，也是佛法所不能容的。不然的话，假如有益于人民，佛即使舍弃身体也是可以的。

蔡仙姑

宋元丰中，陈州蔡仙姑能化现丈六金身[①]，常设净水，至者必先洗目而入。有廖县尉，一日率其部曲，约洗一目。及入，以洗目视之，宝莲台上金佛巍然；以不洗目视之，大竹篮中一老妪箕踞而坐。乃叱其下，擒之。

【注释】

①丈六金身：指佛像。指变化身中的小身，因其高约一丈六尺，呈真金色，故名。

【译文】

宋神宗元丰年间，陈州有一位蔡仙姑能变化现出一丈六尺的金身佛像，常准备净水，来的人一定要先洗眼睛才能进入。有位廖县尉，一天率领部下前去看蔡仙姑，事先约定只洗一只眼睛。等进入后，用洗过的那只眼睛看,宝莲台上的金佛高大雄伟;用没有洗过的那只眼睛看,一只大竹篮中一个老太婆傲慢地张开两腿坐着。县尉就呵斥她下来,捉拿了她。

程珦

程珦尝知龚州①。有传区希范家神降②,迎其神,将为祠南海。道出龚,珦诘之,答曰:"比过浔③,浔守不信,投祠具江中,乃逆流上。守惧,更致礼。"珦曰:"吾请更投之。"则顺流去,妄遂息。珦,明道、伊川之父④。

【注释】

①程珦(xiàng):字伯温。与周敦颐游。理学大师程颢、程颐之父。庆历年间判南安,累官太中大夫。龚州:治今广西平南,濒临黔江,沿江可至南海。

②区希范:宜州少数民族首领,因起义被杀。

③浔:浔州,治今广西桂平。

④明道:即程颢,字伯淳,号明道,世称明道先生。伊川:即程颐,字正叔,世称伊川先生。

【译文】

程珦曾任龚州知州。有传言区希范家神仙降临,迎到神仙,准备到南海立祠供奉。路经龚州时,程珦诘问区希范,希范回答说:"我们经过浔州,浔州太守不相信,把祭祀器具投入江中,祭器却逆流而上。太守害怕,就改变态度以礼相待。"程珦说:"我请再投一次。"只见祭祀器具这次顺流而去,谎言于是平息。程珦是明道先生程颢、伊川先生程颐的父亲。

石佛首

南山僧舍有石佛，岁传其首放光，远近男女聚观，昼夜杂处。为政者畏其神，莫敢禁止。程颢始至，诘其僧曰："吾闻石佛岁现光，有诸？"曰："然。"戒曰："俟复见，必先白。吾职事不能往，当取其首就观之。"自是不复有光矣。

【译文】

宋朝时南山寺院中有座石佛，每年都传言石佛的头部能放光，远近男女都来聚集围观，日夜杂处在一起。地方官员畏惧石佛真有神性，不敢禁止。程颢刚到，就质问和尚说："我听说石佛每年会出现光芒，有这回事吗？"和尚说："是的。"程颢告诫他说："等下次再出现光芒，一定要先告诉我。我有职务在身不能前去，应当取来佛首送给我看。"从此石佛的头不再有光芒出现。

妒女祠

狄梁公为度支员外郎①，车驾将幸汾阳②，公奉使修供顿③。并州长史李玄冲以道出妒女祠④，俗称有盛衣服车马过者，必致雷风，欲别开路。公曰："天子行幸，千乘万骑，风伯清尘，雨师洒道，何妒女敢害而欲避之？"玄冲遂止，果无他变。

【注释】

①狄梁公：狄仁杰，封梁国公。

②汾阳：在今山西阳曲西北。

③修供顿：预备皇帝沿途食用、休息的物品。

④妒女祠：祠名。传说此妒女为春秋晋人介之推之妹，妇人不得艳妆过其地，过则必兴云雨。

【译文】

唐朝狄仁杰任度支员外郎时，天子将驾幸汾阳，狄公奉命准备皇帝沿途食用、休息的物品。并州长史李玄冲因为皇帝的车舆要路过妒女祠，而民间传言有盛装车马经过的人，必定招致打雷刮风，打算另修一条路。狄公说："天子巡幸，有千万辆车马随行，风伯为他清理尘垢，雨神为他洗刷道路，什么妒女敢伤害天子而要避开她呢？"李玄冲于是打消念头，果然没有其他变故。

张昺 三条

一

成化中[①]，铅山有娶妇及门而揭幕只空舆者[②]。姻家谓娅欺己[③]，诉于县；娅家又以戕其女互讼[④]。媒从诸人皆云："女实升舆，不知何以失去。"官不能决。慈溪张进士昺新任[⑤]，偶以勘田均税出郊，行至邑界。有树大数十轮，荫占二十余亩，其下不堪禾黍，公欲伐之以广田。从者咸谏，以为"此树乃神所栖，百姓稍失瞻敬，便至死病，不可忽视也"。公不听，移文邻邑，约共伐之。邻令惧祸，不从。父老吏卒复交口谏沮，而公执愈坚。期日率数十夫戎服鼓吹而往，未至数百步，公独见衣冠者三人拜谒道左，曰："我等树神也。栖息此有年矣，幸公垂仁相舍。"公叱之，忽不见。命夫运斤[⑥]，树有血出，众惧欲止。公乃手自斧之，众不敢逆。创三百，方断其树。树颠有巨巢，巢中有三妇人，堕地，冥然欲绝。命扶而灌之以汤，良久始苏。问："何以在此？"答曰："昔年为暴风吹至，身在高楼，与三少年欢宴，所食皆美馔。时时俯瞰楼下，城市历历在目，而无阶可下。少年往来，率自空中飞腾，不知乃居树巢也。"公悉访其家还之；中一人，正舆中摄去者，讼始解。公以其木修公廨数处，而所荫地复为良田。

【注释】

①成化：明宪宗朱见深年号（1465—1487）。

②幕：指轿帘。

③姻、娅：婚姻以男家为姻，女家为娅。

④戕：杀害。

⑤张进士昺：张昺，字仲明，成化年间进士。授铅山知县，后累官四川按察副使，为官清廉。

⑥斤：斧头。

【译文】

宪宗成化年间，铅山有人娶亲，到家后揭开轿帘一看只有空轿子。男方认为女方欺骗自己，就告到县府；女方家又认为男方谋害了女儿而互相诉讼。媒婆及随嫁的人都说："女子确实上了轿，不知道怎么失踪了。"县官不能决断。慈溪进士张昺新上任，偶然因为勘察田地均税到郊外，一直走到县界。有一棵大树树身约几十人环抱，树荫占了二十多亩地，下面不能种植稻黍，张昺想砍了这棵树以增加耕地。随从都劝谏他，认为"这棵树乃是神仙所住的地方，百姓稍失敬仰，便会生病致死，不可轻易砍树"。张昺不听，发公文给邻县，约定共同砍伐大树。邻县县令怕有灾祸，不肯依从。父老乡亲和随从吏卒又都劝说阻止，但张昺的心意却更加坚定。到了砍树的约定日期，张咼率领数十名壮丁穿着军服吹奏鼓乐前往，离树数百步，张咼自己看见三位穿戴官服的人在道路左边拜见，说："我们是树神。栖息在这棵树上很多年了，希望大人降下仁慈放过我们。"张咼大声呵斥他们，三人忽然不见了。于是命令壮丁运斧砍伐，树身有血流出来，众人害怕要停下来。张咼就亲自砍树，众人不敢违逆。砍了三百斧，才砍断这棵树。树顶有一个巨大的巢穴，巢中有三位妇人，落到地上，神情恍惚要昏死过去。张咼命人将她们扶起灌以热水，很久才醒过来。张咼问："你们为什么会在树上？"她们回答说："以前被暴风吹到上面，发觉身处高楼之上，和三个少年一起饮酒作乐，吃的都是鲜美食物。常常向楼下俯瞰，城市都清晰地出现在眼前，却没有阶梯可以下去。少年往来，都是从空中飞来飞去，不知道竟然是住在树巢里。"张咼一一问清楚她们的家并把她们送回去；其中一个人，正是在轿子中被抓走的人，讼案才得到解决。张咼用这些木材修了好几处官府，而树遮蔽的地方又变为良田。

《田居乙记》载[①]："桂阳太守张辽家居买田[②]，田中有大树十余围，扶疏盖以数亩地，播不生谷。遣客伐之，血出，客惊怖，归白辽。辽大怒曰：'老树汗出，此何等血！'因自行斫之，血大流洒。辽使斫其枝，上有一空处，白头公可长四五尺，忽出往赴辽。辽乃逆格之，凡杀四头。左右皆怖伏地，而辽恬如也。徐熟视，非人非兽，遂伐其木。其年应司空辟侍御史、兖州刺史。"事与此相类。

【注释】

①《田居乙记》：明代方大镇创作的笔记。乃其居家读书时所作，所录皆前人格言善事。《自序》说读书遇有赏心处，辄乙其处，命儿

子抄录，故名乙记。乙，旧时读书记止处的符号。

②张辽：东汉末年人，字叔高。

【译文】

《田居乙记》记载："桂阳太守张辽在家乡买田，田中有一棵大树约十余人合抱那么粗，枝叶茂盛遮盖好几亩地，不能播种生长谷物。张辽派人砍伐它，有血流出来，砍伐的人非常害怕，回来告诉张辽。张辽很生气地说：'老树出汗，这哪里是什么血！'于是自己去砍伐它，血大股地流洒出来。张辽让人砍掉树枝，上面有一个空隙处，有白头公大约身高四五尺，忽然出来奔向张辽。张辽于是迎面击杀它，一共杀了四头。随从都吓得伏在地上，而张辽安然不惧。慢慢仔细看清楚，既不像人又不像兽，于是砍了这棵树。这一年，张辽应司空征辟，拔擢侍御史、兖州刺史。"张昺的事和这事相似。

二

县有羊角巫者，能咒人死。前令畏祸[①]，每优礼之。其法书人年甲于木橛[②]，取生羊向粪道一击[③]，羊仆人死。昺知之不发。一日有老妇泣诉巫杀其子，昺遣人捕巫。巫在山已觉，谓其徒曰："张公正人，吾不能避，吾命尽矣！"乃束手就缚。至，杖百数，无损，反伤杖者手。昺释其缚，谓之曰："汝能咒杖者死，复咒之生，吾即宥汝。"试之不验，遂收之狱。夜半，烈风飞石，屋瓦索索若崩[④]。昺知巫所为，起正衣冠，焚香肃坐。及旦，取巫至庭，众皆以巫神人，咸请释之。昺不许，厉声叱巫。巫悚惧，忽堕珠一颗，光焰烛庭；又堕法书一帙，如掌大。昺会僚属焚其书，碎其珠，问曰："今欲何如？"巫不答，即仆而死。众请舁出之。昺曰："未也。"躬往瘗于狱中[5]，压以巨石。时暑月，越二三日，发视，腐矣。巫患遂息。

【注释】

①前令：前任县令。

②木橛：短木桩。

③向粪道一击：将木棒对准羊肛门猛击。

④索索：犹瑟瑟。形容细碎之声。

⑤瘗（yì）：埋葬。

【译文】

铅山县有一个羊角巫师，能诅咒人死。前任县令怕招来祸害，往往很优待他。巫师害人的方法是将人的生辰年月写在一根短木棒上，取一只活羊将短木棒对着肛门一击，活羊倒地人也就死了。张昺知道了没有作声。一天有个老妇人来哭诉巫师杀了她的儿子，张昺派人去捉巫师。巫师在山上已经感知到了，对他的徒弟说："张昺是个正人君子，我不能逃避，我的寿命到头了。"于是束手就擒。到了县府，张昺派人杖打他数百下，没有损伤，反而伤到打他的人的手。张昺把他的绑松开，对他说："你能诅咒打你的人死亡，再能用诅咒让他复活，我就宽恕你。"巫师尝试了但不灵验，于是被关进监狱。半夜时，刮起大风、飞沙走石，屋瓦瑟瑟作响好像要崩裂。张昺知道这是巫师所为，起来穿戴整齐，焚香静坐。等天亮以后，将巫师带上公堂，众人都认为巫师是神人，都请求释放他。张昺不同意，大声叱骂巫师。巫师非常害怕，忽然掉下一颗珠子，光芒照亮整个公堂；又掉出一卷法书，像手掌一样大。张昺会集属下一起烧掉法书，击碎珠子，再问巫师说："现在还想要怎么样？"巫师不回答，立即倒地而死。众人请求将他抬出去。张昺说："还不行。"亲自将他埋在监狱中，用大石头压着。当时正值暑月，过了两三天，打开一看，尸体已经腐烂了。巫师的祸患于是平息了。

巫之术，亦乘人祸福利害之念而灵。昺绝无疑畏，故邪术自不能入。

【译文】

巫术，也会根据人祸福利害的念头而显现灵验与否。张昺完全没有疑虑畏惧，所以邪术自然不能入侵。

三

有道士善隐形术，多淫人妇女。公擒至，痛鞭之，了无所苦，已而并其形不见。公托以他出，径驰诣其居，缚归，用印于背[1]，然后鞭之。乃随声呼嗥，竟死杖下。

【注释】

①用印：盖以官印。迷信说诸鬼惧怕官印。

【译文】

有个道士擅长隐形术，经常奸淫别人家的妇女。张昺把他捉拿来，狠狠地鞭打他，他却一点痛苦也没有，不久连他的形体都不见了。张昺假借其他事外出，径直飞奔赶到道士的居处，将他捆绑回来，且在他背上盖了官印，然后鞭打他。道士就随着鞭打的声音大声号叫，最后死于杖下了。

孔道辅

孔道辅字原鲁。知宁州[1]。道士缮真武像[2]，有蛇穿其前，数出近人，人以为神。州将欲视验上闻，公率其属往拜之，而蛇果出，公即举笏击杀之。州将已下皆大惊，已而又皆大服。由是知名天下。

【注释】

①孔道辅:字原鲁。宋真宗时,初为宁州军事推官,迁大理寺丞、知仙源县,召为左正言。

②缮:修补。真武:传说中的北方大神。宋真宗时道教大盛,遂奉之为道教神,称玄武大帝,为避"圣祖"讳改为真武。其形象为龟蛇,后塑为人形,以龟、蛇为二将。

【译文】

北宋孔道辅字原鲁。任宁州知州。有个道士修补真武像,有蛇穿行在前,多次出来靠近人,人们都认为这蛇就是神灵。州将想观察验证后向上报告,孔道辅率领部属前去观看,而蛇果真爬出来,孔道辅立即举起笏板击杀了蛇。州将以下等人都大为惊讶,不久又都十分佩服。从此孔道辅闻名天下。

戚贤

戚贤初授归安县[①]。县有萧总管[②],此淫祠也[③]。豪右欲诅有司,辄先赛庙。庙壮丽特甚。一日过之,值赛期,入庙中,列赛者阶下,谕之曰:"天久不雨,若能祷神得雨则善,不尔庙且毁,罪不赦也。"舁木偶道桥上,竟不雨,遂沉木偶如言。又数日,舟行,忽木偶自水跃入舟中。侍人失色走曰:"萧总管来!萧总管来!"贤笑曰:"是未之焚也!"命系之。顾岸傍有社祠,别遣黠隶易服入祠,戒之曰:"伺水中人出,械以来。"已而果然,盖策诸赛者心,且贿没人为之也[④]。

【注释】

①戚贤：字秀夫。嘉靖进士，授归安知县。师事王守仁，有政声。

②萧总管：又称“萧公爷爷”，江南民间的水神。

③淫祠：不合礼义而滥建的祠庙。

④没人：善潜水且以之为生的人。

【译文】

戚贤初任归安知县。县中有萧总管庙，这是一座滥建的祠庙。地方上有权势的大族想诅咒有关官吏，就先举行祭神活动给神上供品祭祀。这庙非常壮丽。一天，戚贤经过萧总管庙，正逢举行祭神活动，他走进庙里，让祭神的人排列站在阶下，告诉他们说：“老天很久没下雨了，你们如果能祈求神灵下雨就是好事，如果做不到庙就要拆毁，你们的罪过也不会赦免。”派人把庙里的木偶抬到桥上，最终没有下雨，就如言把木偶沉入河里。又过了几天，戚贤乘船经过，忽然间木偶从水里跳入船中。侍从大惊失色跑着说：“萧总管来了！萧总管来了！”戚贤笑着说：“这是因为还没有将木偶烧毁！”命人把木偶绑起来。戚贤回头看见岸边有一座土神祠，另外派一个聪明灵巧的小吏换了便衣进入祠中，吩咐他说：“等到水中有人冒出来，上了枷锁把他带来。”不久果然抓到一个人，原来是那些筹划祭神仪式的人的主意，他们买通了一个善于潜水的人，指使他从水里把木偶扔上船。

黄震

震通判广德[①]。广德俗有自婴桎梏、自拷掠[②]，而以徼福于神者[③]。震见一人，召问之，乃兵也，即令自状其罪。卒曰：“无有也。”震曰：“尔罪必多，但不敢对人言，故告神求免耳！”杖而逐之，此风遂绝。

【注释】

①震：黄震，字东发。南宋宝祐进士，为人清介。宗朱熹之学，排佛老。著有《黄氏日钞》。广德：宋为广德军，在今安徽广德。

②婴：系，戴。拷掠：拷打，刑讯。

③徼（jiǎo）：求。

【译文】

宋朝人黄震任广德通判。广德习俗有自己给自己戴上镣铐、自己拷打自己，然后求福于神明的。黄震见一人正在做这事，就叫来问他，居然是个士兵，黄震就令他自己说明罪状。士兵说："没有罪。"黄震说："你的罪行一定很多，只是不敢对别人说，所以告诉神明请求赦免。"命人用杖打他并把他赶走了，这种风气于是绝迹了。

吾郡杨山太尉庙[①]，在东城，极灵，专主人间疮疖事，香火不绝，而六月廿四日太尉生辰尤盛。万历辛丑、壬寅间，阊门思灵寺有老僧梦一神人[②]，自称周宣灵王[③]，"今寓齐门徽商某处[④]，乞募建一殿相安，当佑汝"。既觉，意为妄，置之。三日后，梦神大怒，杖其一足。明日足痛不能步，乃遣其徒往齐门访之，神像在焉。此像在徽郡某寺最著灵验[⑤]。有女子夜与人私而孕，度必败，诈言半夜有神人来偶，其神衣冠甚伟。父信然，因嘱曰："神再至，必绳系其足为信。"女以告所欢，而以草绳系周宣灵王木偶足下。父物色得之[⑥]，大怒，乃投像于秽渎之中[⑦]。商见之，沐以净水，挟之吴中，未卜所厝[⑧]，是夜梦神来别。既征僧梦，乃集同侣舍材构宇于思灵寺，寺僧足寻愈。于是杨山太尉香火尽迁于周殿，远近奔走如骛。太守周公欲止巫风，于太尉生辰日封锢其门，不许礼拜，而并封周宣灵王殿。逾月始开，则周庙绝无肸蠁[⑨]，而太尉之香火如故矣。夫宣灵之灵也，能加毒于老僧，而不能行报于女子之父；能见梦于徽商，而不能违令于郡守之封；且也能骤夺一时之香火，而终不能中分久后之人心。岂神之盛衰亦有数邪？抑灵鬼凭之[⑩]，不胜阳官而去乎？因附此为随俗媚神者之戒。

【注释】

①吾郡：苏州。冯梦龙为苏州人。杨山太尉：江南民间所祭祀的神名。

②阊门：苏州城西门。象天门之有阊阖，故名。

③周宣灵王：民间所祭祀的神。姓周，名雄，生于南宋淳熙间。幼孤，事母孝。后因赴母丧，溺死，尸逆流至衢州，香闻数十里。众惊为神，肉身加漆以祀之。

④齐门：苏州之东北门。

⑤徽郡：今安徽歙县。

⑥物色：访求，寻找。

⑦秽渎：臭水沟。

⑧厝（cuò）：安置。

⑨肸（xī）蠁（xiǎng）：散布，弥漫。引申为连绵不绝。

⑩灵鬼凭之：指周宣灵王之木偶为其他鬼物所依凭。

【译文】

我家乡苏州有座杨山太尉庙，在东城，非常灵验，专门治疗人间疮疥之病，香火不断，而六月二十四日太尉生辰的时候香火尤其旺盛。万历辛丑、壬寅年间，苏州阊门思灵寺有一个老和尚梦见一个神人，自称是周宣灵王，对他说："现在寄住在齐门徽郡商人某处，请求你募款建一座庙安居，我会保佑你。"老和尚睡醒后，认为是梦里的妄想，把这事放在一旁。三天后，老和尚梦见神很生气，用杖打他的一只脚。第二天老和尚脚痛得不能走路，就派他的徒弟到齐门去访求，神像果然在那里。这座神像原来在徽郡的某寺最灵验出名。有个女子半夜和人私通而怀孕，料想一定败露，就谎称半夜有神人来与她交合，此神仪表端庄伟岸。父亲信以为真，于是嘱咐她说："神再来时，一定把绳子绑在神脚上为凭证。"女子将这句话告诉情人，而把草绳系在周宣灵王木偶的脚上。女子的父亲访求找到周宣灵王木偶，非常生气，于是将神像投进臭水沟里。商人见到了，用净水洗干净，带回吴县，尚未选好安置的位置，当天夜里梦见神来告别。既然验证了和尚的梦，就集合同伴捐赠建材在思灵寺建筑殿宇，老和尚的脚不久就痊愈了。于是杨山太尉的香火都转移到周宣灵王殿来，远近的人如群鸭般赶来。周太守想阻止这阵信巫之风，在太尉生辰那天封闭太尉庙门，不许百姓礼拜，也一并封闭了周宣灵王殿。一个月后才打开，此后周宣灵王殿不再有人供奉，而太尉庙的香火仍然如从前一样。周宣灵王的神灵，能加害于老和尚，而不能报复女子的父亲；能托梦给徽郡的商人，而不能违抗郡守封闭的命令；而且也能骤然抢夺一时的香火，而最终不能符合离乱很久之后的人心。难道神的盛衰也有运数吗？还是被其他鬼物依附，敌不过阳间官吏而离开呢？所以附上这段文字作为追随流俗谄媚鬼神之人的警戒。

席帽妖　白头老翁

真宗时，西京讹言有物如席帽[①]，夜飞入人家，又变为犬狼状，能伤人。民间恐惧，每夕重闭深处，操兵自卫。至是京师民讹言帽妖至，达旦叫噪。诏立赏格[②]，募告为妖者。知应天府王曾令夜开里门[③]，有倡言者即捕之。妖亦不兴。

【注释】

①西京:北宋以洛阳为西京。讹言:谣言。席帽:即草帽。

②赏格:悬赏所定的报酬。

③应天府:西京洛阳为应天府。王曾:字孝先。累官将作监丞、吏部侍郎,两拜参知政事。真宗制造天书时,有所规谏。仁宗即位,拜为宰相。里门:坊里之门。

【译文】

宋真宗时,西京洛阳谣传有妖物形状如草帽,夜晚飞到百姓家里,又变为狗狼的样子,会伤害人。民间十分恐惧,每晚关紧门藏起来,拿着武器自我保护。后来导致京师民众也谣传帽妖来了,通宵达旦地喧闹叫嚷。真宗下令规定悬赏标准,招募告发施妖术的人。应天府知府王曾下令百姓夜晚打开坊里之门,有敢大叫妖怪来的立即逮捕他。妖怪也就不再出现了。

张咏知成都[①],民间讹言有白头老翁过食男女。咏召其属,使访市肆中有大言其事者,但立证解来。明日得一人,命戮于市,即日帖然[②]。咏曰:"讹言之兴,沴气乘之[③]。妖则有形,讹则有声。止讹之术,在乎明决,不在厌胜也[④]。"

【注释】

①张咏:字复之,自号乖崖,曾知益州。

②帖然:安定、顺从。

③沴(lì)气:灾害不祥之气。

④厌(yā)胜:厌而胜之,用法术诅咒或祈祷以达到压制妖怪的目的。

【译文】

张咏任成都知府时,民间谣传说有个白头老翁经过哪里都会吃哪里的男女。张咏召集他的部属，让他们查访集市中故意大谈这件事的人，只要查证立刻逮捕。第二天抓到一个人，张咏下令在街市中公开处死，当天人们就秩序井然。张咏说：“谣言兴起，不祥之气就乘机而作。妖怪有形状，谣言有声音。阻止谣言的方法，在于果断处理，而不在于用法术来除邪。”

隆庆中，吴中以狐精相骇，怪幻不一，亦多病疠。居民鸣锣守夜，偶见一猫一鸟，无不狂叫。有道人自称能收狐精，鬻符悬之，有验。太守命擒此道人，鞫之，即以妖法剪纸为狐精者。毙诸杖下，而妖顿止。此即祖王曾、张咏之智。

【译文】

穆宗隆庆年间，吴郡一带因为狐狸精而互相惊骇，妖怪幻化为各种模样，也使很多人生病。居民夜间敲锣守夜，偶然看见一只猫一只鸟，无不狂叫一番。有个道士自称能收服狐狸精，卖道符给人悬挂，很有灵验。太守命人捉拿这个道士来，审问他，他就是用妖法剪纸变为狐狸精的那个人。当场用杖打死他，而妖法就立刻停止了。这位太守就是效法了王曾、张咏的才智。

钱元懿

钱元懿牧新定[①]，一日间里闾辄数起火，居民颇忧恐。有巫杨媪因之遂兴妖言，曰：“某所复当火。”皆如其言，民由是竞祷之。元懿谓左右曰：“火如巫言，巫为火也。宜杀之！”乃斩媪于市，自此火遂息。

【注释】

①钱元懿:字秉徽。钱镠第五子,官至吴越国太师、中书令。新定:治今浙江淳安。

【译文】

钱元懿任新定县令时,一天之间里巷发生了几起火灾,居民非常忧虑恐惧。有个姓杨的巫婆因此就宣传妖言,说:"某处又会失火。"都像她说的一样应验了,百姓因而竞相向她祈祷。钱元懿对随从说:"起火的地方像巫婆所说的一样,就是巫婆放的火。应该杀掉她!"于是在街市公开处死巫婆,从此火灾不再发生了。

梦虎

苏东坡知扬州,一夕梦在山林间,见一虎来噬。公方惊怖,一紫袍黄冠以袖障公①,叱虎使去。及旦,有道士投谒曰:"昨夜不惊畏乎?"公叱曰:"鼠子乃敢尔②!本欲杖汝脊,吾岂不知汝夜来术邪!"边批:坡聪明过人。道士骇惶而走。

【注释】

①紫袍黄冠:身披紫袍的道士。黄冠,代指道士。道士因戴黄冠,故称。障:遮挡,掩护。

②鼠子:卑微不足道的人,小人。

【译文】

苏东坡任扬州知州时,一天晚上梦见在山林之间,看见一头老虎来咬他。苏东坡正惊慌恐惧时,一个身披紫袍的道士用袖子遮挡他,大声呵斥让老虎离开。等天亮后,有个道士来拜访说:"昨天夜里你没受惊吓害怕吧?"苏东坡大骂说:"小人之辈竟敢如此!我本来要杖责你的脊背，我难道不知道你昨夜来施展邪术吗！”边批：东坡聪明过人。道士惊惶地跑掉了。

张田

张田知广州[①]，广旧无外郭，田始筑东城，赋功五十万。役人相惊以白虎夜出。田迹知其伪，召逻者戒曰：“今日有白衣出入林间者，谨捕之。”如言而获。

【注释】

①张田：字公载。北宋熙宁初直龙图阁、知广州。苏轼尝读其书，拟之于古廉吏。

【译文】

北宋张田任广州知州时，广州过去没有外城，张田任上才开始修筑东城，徭役工时需五十万。征发筑城的人以白虎夜晚出没而互相惊扰。张田根据有关迹象知道是假的，召来巡逻的人告诫他说：“今天要是有穿白衣服在树林中出入的人，要小心逮捕他。”如张田所说果然抓到一个白衣人。

嘉靖中，京师有物夜出，毛身利爪，人独行遇之，往往弃所携物骇而走。督捕者疑其伪，密遣健卒诈为行人，提衣囊夜行。果复出，掩之，乃盗者蒙黑羊皮，着铁爪于手，乘夜恐吓人以取财也。近日苏郡城外夜有群火出林间或水面，聚散不常，哄传鬼兵至，愚民鸣金往逐之；亦有中刺者，旦视之，藁人也[①]。所过米麦一空，咸谓是鬼摄去。村中先有乞食道人传说其事，劝人避之。或疑此道人乃为贼游说者，度鬼火来处，

②禁：一种能使对方武器失效的法术。

③劲木白棓（bàng）：硬木作的大棒。

【译文】

三国吴人贺齐为将军时，带兵讨伐山贼。山贼中有善用使对方武器失效法术的人，每次交战，官兵的刀剑都无法攻击，射出去的箭又都转回来射向自己。贺齐说："我听说有刃的金属兵器可因法术失效，有毒的虫子也可因法术失效。他们能以法术使我们有刃的兵器失效，必定不能施法术使无刃的兵器失效。"于是用硬木制造了很多木棒，选健壮的士卒五千人为先锋冲上贼寨。贼兵仗着善用法术，不设防备。官兵挥动木棒击打他们，法术果然不能施行，击杀的贼兵有上万人。

萧瑀

唐萧瑀不信佛法[①]。有胡僧善咒，能死生人。上试之，有验。萧瑀曰："僧若有灵，宜令咒臣。"僧奉敕咒瑀，瑀无恙，而僧忽仆。

【注释】

①萧瑀：字时文。好经术，善属文，不信神佛，然性褊急。在隋为内史侍郎，仕唐封宋国公，累拜尚书右仆射、尚书左仆射。贞观时房玄龄、杜如晦新进，萧瑀不能容，乘隙诋毁，所以数废而复起。

【译文】

唐朝人萧瑀不信佛法。有个胡僧善于施咒术，能让活人死亡。皇帝测试了，果然灵验。萧瑀说："胡僧的咒术如果有灵，应该让他诅咒微臣。"胡僧奉皇上之命诅咒萧瑀，结果萧瑀安然无恙，而胡僧自己却忽然倒地而死。

陆贞山

陆贞山粲所居前有小庙[①]。吴俗以礼"五通神"[②]，谓之"五圣"，亦曰"五王"。陆病甚，卜者谓五圣为祟，家人请祀之。陆怒曰："天下有名为正神、爵称侯王，而挈母妻就人家饮食者乎？且胁诈取人财，人道所禁，何况于神？此必山魈之类耳[③]！今与神约，如能祸人，宜加某身。某三日不死，必毁其庙！"家人咸惧。至三日，病稍间，陆乃命仆撤庙焚其像。陆竟无恙。其家至今不祀"五圣"。

【注释】

①陆贞山：即陆粲，号贞山。嘉靖进士，补工科给事中。劲直敢言，因此多遭贬谪。精于《左传》，多有著述。

②五通神：又名"五显神""五圣"，为民间淫祠所祀之五位神灵，传说为兄弟五人。

③山魈（xiāo）：传说中山里的怪物。

【译文】

陆贞山陆粲所住的房子前面有座小庙。吴地的习俗要敬拜"五通神"，称之为"五圣"，又称"五王"。陆贞山病重时，占卜的人说是"五圣"在作祟，家人请求去祭拜。陆贞山生气地说："天下有名号为正神、爵位称侯王，却带着母亲妻子去百姓家吃饭的吗？况且威胁诈骗别人的财物，人道都不允许，更何况是神？这必定是山妖之类作怪罢了！现在我和这神约定，如果能降祸给人，就降在我身上。如果我三天不死，一定拆毁他的庙。"家人都很恐惧。到第三天，病情稍微好转，陆贞山命令仆人拆毁神庙烧毁神像。陆贞山最终没事。他的家人至今都不祭祀"五圣"。

子云“智者不惑”[①]。其答问智，又曰“敬鬼神而远之”[②]。然则易惑人者，无如鬼神，此巫家所以欺人而获其志也。今夫人鬼共此世间，鬼不见人，犹人不见鬼，阴阳异道，各不相涉。方其旺也，两不能伤；及其气衰，亦互为制。唯夫惑而近之，自居于衰而授之以旺，故人不灵而鬼灵耳。西门豹以下，可谓伟丈夫矣！近世巫风盛行，瘟神仪从[③]，侈于钦差，白莲名牒[④]，繁于学籍[⑤]，将来未知所终也，识者何以挽之？

【注释】

①子云“智者不惑”：语出《论语·子罕》：“知者不惑，仁者不忧，勇者不惧。”

②其答问智，又曰“敬鬼神而远之”：《论语·雍也》：“樊迟问知。子曰：‘务民之义，敬鬼神而远之，可谓知矣。’”

③瘟神仪从：当指瘟神的随侍神鬼及仪仗。

④名牒：花名册。

⑤学籍：府、州、县学的生员名册。

【译文】

孔子说“聪明的人不会疑惑不决”。他回答樊迟问智时，又说“尊敬鬼神而远离它们”。那么最容易迷惑人的，莫如鬼神，这就是巫人用来欺骗人而达到目的的手段。当今人鬼共处于这世间，鬼见不到人，就像人见不到鬼一样，阴阳不同道，彼此不相干涉。当人气盛时，双方不能互相伤害；等到气衰时，也会互相牵制。只有困惑而接近鬼神的人，自己居于气衰的境地而给鬼神以气盛的机会，所以人不灵而鬼灵。从西门豹以下，这些破除鬼神迷信的人可谓是大丈夫！近代巫术之风盛行，瘟神的随从仪仗，比钦差大臣还奢华，白莲教教徒，比府州县的学员还多，将来不知道什么时候结束，有远见的人如何来挽救呢？

魏元忠

唐魏元忠未达时[①]，一婢出汲方还，见老猿于厨下看火。婢惊白之，元忠徐曰："猿愍我无人，为我执爨，甚善！"又尝呼苍头[②]，未应，狗代呼之。又曰："此孝顺狗也，乃能代我劳。"尝独坐，有群鼠拱手立其前。又曰："鼠饥就我求食。"乃令食之。夜中鸺鹠鸣其屋端[③]，家人将弹之，又止之，曰："鸺鹠昼不见物，故夜飞。此天地所育，不可使南走越、北走胡[④]，将何所之？"其后遂绝无怪。

【注释】

①魏元忠：唐朝宰相。高宗时吐蕃屡次侵边，元忠上书言命将用兵之要，高宗善之，累迁殿中侍御史。武周圣历中，同凤阁鸾台平章事。因奏请清除张易之、张昌宗兄弟，被诬下狱，贬官。中宗复位，为中书令，又为宗楚客所构陷。

②苍头：仆人。

③鸺鹠（xiū liú）：猫头鹰。

④南走越、北走胡：形容极远的南方或北方。

【译文】

唐朝魏元忠尚未显达时，家中一个婢女出去打水刚回来，看见老猿猴在厨房里照看烧火。婢女惊慌地告诉魏元忠，魏元忠缓缓地说："猿猴同情我没有人手，为我烧火煮饭，很好啊！"又曾经叫仆人，没有应答，而狗代他呼叫。魏元忠又说："这是孝顺的狗，才能为我代劳。"曾在家中独坐，有一群老鼠拱手站在他前面。魏元忠又说："老鼠饿了向我求食物。"就命人拿食物喂它们。夜里有猫头鹰在他屋顶鸣叫，家人想用弹弓赶走它，魏元忠又阻止他们，说："猫头鹰白天看不见东西，所以晚上飞出来。这是天地所孕育的生物，不可把它赶到极远的南方或北方，要它到哪里去呢？”从此以后，神怪之事都绝迹了。

鼓妖

范仲淹一日携子纯仁访民家[1]。民舍有鼓为妖，坐未几，鼓自滚至庭，盘旋不已，见者皆股栗。仲淹徐谓纯仁曰：“此鼓久不击，见好客至，故自来庭以寻槌耳。”令纯仁削槌以击之，其鼓立碎。

【注释】

①纯仁：范纯仁，范仲淹次子。

【译文】

范仲淹有一天带着儿子范纯仁去拜访百姓家。百姓家有鼓为妖，没坐多久，鼓自己滚到庭院里，不停打转，看见的人都两腿发抖。范仲淹不慌不忙地对儿子纯仁说：“这面鼓许久不敲了，看见好客人来到，所以自己来庭院找鼓槌。”就命纯仁削鼓槌击打它，这面鼓立即破碎。

李忠公

李忠公之为相也[1]，政事堂有会食之案[2]，吏人相传“移之则宰臣当罢”，不迁者五十年。公曰：“朝夕论道之所，岂可使朽蠹之物秽而不除？俗言拘忌[3]，何足听也！”遂撤而焚之，其下铲去积壤十四畚，议者伟焉。

【注释】

①李忠公:唐李吉甫,谥忠懿。

②政事堂:唐朝于中书省内设政事堂,为宰相议事的地方。

③拘忌:拘束畏忌。

【译文】

李吉甫为宰相时,政事堂里有一张聚餐的桌子,官吏之间相传“移动桌子宰相就会罢官”,因此这张桌子五十年不曾移动过。李吉甫说:“政事堂是早晚谈论政事的场所,怎么能让腐朽蠹蚀的东西污秽而不清除呢?这种俗言拘束畏忌,哪里能够相信!”于是命人搬走并烧毁这张桌子,并在桌下铲除了十四畚箕的积土,议论的人认为他了不起。

中华经典名著

全本全注全译丛书

何汉杰◎译注

智囊全集 中

中華書局

目录

明智部经务卷八

中流一壶，千金争挈[①]。

宁为铅刀[②]，毋为楮叶[③]。

错节盘根，利器斯别。

识时务者，呼为俊杰。

集《经务》[④]。

【注释】

①中流一壶，千金争挈（qiè）：河流中间的一个葫芦，虽价格达至千金也为众人争着要。语出《鹖冠子·学问》："贱生于无所用，中河失船，一壶千金。"这是说一件东西便宜是因为它无所用之处，葫芦价贱，但如果在河中间翻了船，那它就价值千金了，因为葫芦可以济人渡水。壶，通"胡"，指葫芦。挈，执，拿。

②铅刀：以铅做的刀，极软钝。班固《答宾戏》："搦朽磨钝，铅刀皆能一断。"是说朽钝的东西还自我磨砺，铅刀也能割断东西。

③楮（chǔ）叶：比喻工巧但不实用的东西。《韩非子》中说，宋国有造假楮叶的人，三年而成，可以乱真。列子听说之后说："使天地三年而成一叶，则物之有叶者寡矣。"楮叶虽然工巧，但对宋国人

没有实际用处。

④经务：经国济民的事务。

【译文】

河流中间的葫芦，虽千金也有人争着买。

宁做钝软的铅刀，不做工巧无用的楮叶。

盘根错节的东西，使用快刀斩断而分别。

能认清时代潮流，才可以被称呼为俊杰。

集为《经务》一卷。

刘晏 四条

一

唐刘晏为转运使时[①]，兵火之余，百费皆倚办于晏。晏有精神，多机智，变通有无，曲尽其妙。尝以厚值募善走者[②]，置递相望[③]，觇报四方物价[④]，虽远方，不数日皆达，使食货轻重之权悉制在掌握[⑤]；入贱出贵，国家获利，而四方无甚贵甚贱之病。

【注释】

①刘晏：字士安。唐玄宗时举贤良方正。历任户部侍郎、京兆尹、吏部尚书、同平章事，领度支、盐铁、转运、租庸等使，掌国家财赋达二十年。为官清廉。

②厚值：重价，优厚的雇金。

③置递：设置驿站。递，指传送公文或货物的驿站。

④觇（chān）报：察访报告。

⑤食货：泛指一切商品。轻重：指商品价格的高低。

【译文】

唐朝人刘晏任转运使时，正值安史之乱后，所有的费用都靠刘晏来筹措办理。刘晏有活力，富于机智，能够变通有无，曲尽其妙。曾经以重金招募擅长奔走的人，设置驿站相互传递信息，察访报告四方的物价，即使很远地方的消息，没几天也都传达到了，使得商品价格高低的制定权都掌握在自己手中；便宜时买入贵时卖出，国家从中获利，而天下四方没有物价很高或很低的弊病。

二

晏以王者爱人不在赐与，当使之耕耘织纴[①]，常岁平敛之[②]，荒则蠲救之[③]。诸道各置知院官，每旬月具州县雨雪丰歉之状。荒歉有端[④]，则计官取赢[⑤]，先令蠲某物、贷某户，民未及困而奏报已行矣。议者或讥晏不直赈救而多贱出以济民者[⑥]，则又不然。善治病者，不使至危惫；善救灾者，不使至赈给。故赈给少则不足活人，活人多则阙国用，国用阙则复重敛矣！又赈给多侥幸[⑦]，吏群为奸，强得之多，弱得之少，虽刀锯在前不可禁[⑧]，以为“二害”[⑨]。灾沴之乡[⑩]，所乏粮耳，他产尚在，贱以出之，易以杂货，因人之力，转于丰处，或官自用，则国计不乏；多出菽粟，资之粜运[⑪]，散入村闾。下户力农，不能诣市，转相沿逮，自免阻饥[⑫]，以为“二胜”。

【注释】

①织纴（rèn）：纺织布帛之事。

②平敛：不增不减地征敛赋税。

③蠲（juān）：除去，减免。

④端:原委。

⑤计官:掌赋税统计之官。取赢:取其所赢利。

⑥贱出:以贱价卖粮。

⑦赈给多侥幸:指救济时,有的灾情轻而救济的多,有的灾情重而救济的少,难于合理均等。赈给,以财物救济。

⑧刀锯:古代刑具,代指刑罚。

⑨二害:于国于民皆有害,故云"二害"。

⑩灾沴(lì):原指阴阳之气不和为害,泛指一切灾害。

⑪粜(tiào):卖粮食。与籴相对。

⑫阻饥:遭遇饥荒。

【译文】

刘晏认为君王爱护百姓不在于赏赐的多少,而应当使他们安心耕耘纺织,常规的年头正常地征敛赋税,饥荒之年则减免赋税来救助他们。各道分别设置知院官,每十天或一月详细报告各州县雨雪天气及收成的情形。荒年歉收有正当原因,则掌赋税之官取出赢余,先告诉他们哪些物可以免税、哪些户可以救济,百姓没有陷入困境而救灾的奏报已经呈上去了。议论的人有的嘲笑刘晏不直接赈济救助而多用贱卖粮食的方式来救济百姓,这种说法其实并不对。善于治病的医生,不会让病人拖到危急的地步;善于救灾的人,不使人民到需要依赖救助的地步。所以赈济少不足以养活人民,救济的人多了则会消耗国家财政,国家财政不足就又要加重赋税敛财了!而且救济之时多难于公平合理,官吏相互狼狈为奸,强横的人得到的多,弱小的人得到的少,即使刀锯之刑在前面也不能禁止,于国于民都是祸害。受灾的乡里,所短缺的只是粮食而已,其他的东西尚在,以低价卖粮给他们,交换日用杂货,借助人的劳力,再运到丰收的地方去卖,有的由官府自用,那么国家的经济就不会匮乏;国库多卖出粮谷,借助卖粮转运,分散入乡村闾巷。贫苦的农民,不能熟悉市场交易,转而相互直接交换,自然能够免遭饥荒,这样就有双重好处。

三

先是运关东谷入长安者[①]，以河流湍悍[②]，率一斛得八斗[③]，至者则为成劳受优赏。晏以为江、汴、河、渭，水力不同，各随便宜造运船，江船达扬州，汴船达河阴[④]，河船达渭口[⑤]，渭船达太仓[⑥]，其间缘水置仓，转相受给。自是每岁运谷至百余万斛，无升斗沉覆者。又州县初取富人督漕挽[⑦]，谓之“船头”；主邮递，谓之“捉驿”；税外横取，谓之“白著”。人不堪命，皆去为盗。晏始以官主船漕，而吏主驿事，罢无名之敛，民困以苏，户口繁息[⑧]。

【注释】

①关东：函谷关或潼关以东。

②湍悍：指水流湍急汹涌。

③一斛得八斗：一斛本为十斗，因途中水急船覆，平均运粮一斛损失二斗，故仅得八斗。

④河阴：唐时设粮仓，称河阴仓。在今河南河阴。

⑤渭口：渭水入黄河之河口。在今陕西华阴东。

⑥太仓：位于京都长安的官仓。

⑦漕挽：水陆运输粮食。水运曰漕，陆运曰挽。

⑧繁息：繁殖生息。

【译文】

之前运送关东的谷物进入长安城，因为河流湍急，大抵运一斛十斗能得八斗，运到的人因运送成功可得到优厚的赏赐。刘晏认为长江、汴水、黄河、渭水，水的运力各不相同，各自应根据不同的情况制造适合的运输船只，长江的船运到扬州，汴水的船运到河阴，黄河的船运到渭口，渭水的船运到京都长安的官仓，中间沿着河边设置仓库，转运接送。从此每年运粮谷多达一百多万斛，没有因沉船而使运粮受到升斗损失的。另外，州县起初找富人来监督运输粮饷，称之为“船头”；主持邮递工作的人，称之为“捉驿”；正常税收之外还强制索取敲诈，称之为“白著”。很多人无法承受课征和劳役，都离开做了盗贼。刘晏开始让州县官管理漕运的船只，用其属吏负责邮递驿站事务，并废除没有名目的征敛，百姓的困苦得到缓解，人口也逐渐增多了。

晏常言：“户口滋多，则赋税自广。”故其理财常以养民为先，可谓知本之论，其去桑、孔远矣[①]！王荆公但知理财，而实无术以理之，亦自附养民[②]，而反多方以害之，故上不能为刘晏，而下且不逮桑、孔[③]。

【注释】

①桑、孔：桑弘羊、孔仅，均为汉武帝时财政家。桑弘羊，出身巨商。汉武帝时任治粟都尉，领大司农，主持天下盐铁。后为御史大夫，与霍光等同辅昭帝。后因参与谋反，被杀。孔仅，以冶铁为业，为大农丞，领盐铁事，首倡国家对天下盐铁垄断。

②自附：自我标榜。

③不逮：比不上。

【译文】

刘晏曾说：“人口增多，那么赋税自然来源广。”所以他理财常常以休养百姓为先，这可谓是懂得根本的言论，他比汉代的桑弘羊、孔仅好太多了。王荆公只知道理财，而实际上没有理财的方法，他也自我标榜在养民，结果反而多方危害百姓，所以比上不如刘晏，比下也不及桑弘羊、孔仅。

四

晏专用榷盐法充军国之用[①]，以为官多则民扰，故但于出盐之乡置盐官，取盐户所煮之盐转鬻于商人，任其所之，自余州县不复置官。其江岭间去盐乡远者，转官盐于彼贮之；或商绝盐贵，则减价鬻之，谓之“常平盐”[②]，官获其利，而民不困弊。

【注释】

①榷（què）盐：国家对盐的专卖。榷，专卖。

②常平：政府调节市场粮盐供求的一种方法，能使物价保持稳定。

【译文】

刘晏用将盐收归政府专卖的方法充实军队与国家的日用，认为官吏多就会骚扰人民，所以只在产盐的乡邑设置盐官，收取盐户所煮出的盐转卖给商人，任凭他们转卖到各地，其余的州县不再设置盐官。在长江岭南一带离产盐之乡远的地方，转运国家收购的盐到当地贮藏起来；有时商人缺盐导致盐价昂贵，就将官盐减价卖给百姓，叫做“常平盐”，官府得到利润，而百姓也不再困顿，减轻了负担。

“常平盐”之法所以善者，代商之匮，主于便民故也。若今日行之，必且与商争鬻矣。

【译文】

“常平盐”的方法之所以好，是补充商人供应短缺，而满足人民需求的缘故。如果在当今推行，一定会造成政府和商人的争利。

平籴

李悝谓文侯曰[①]:"善平籴者[②],必谨观岁[③]。有上、中、下熟:上熟其收自四[④],余四百石;中熟自三,余三百石;下熟自一,余百石;小饥则收百石,中饥七十石,大饥三十石。故上熟则上籴三而舍一[⑤],中熟则籴二,下熟则籴一,使民适足,价平则止。小饥则发小熟之所敛,中饥则发中熟之所敛,大饥则发大熟之所敛而籴。故虽遭饥馑水旱,籴不贵而民不散,取有余而补不足也。"行之魏国,国以富强。

【注释】

①李悝(kuī):战国初期魏国政治家,法家代表人物。曾任魏文侯相,主持变法。政治上主张选贤任能,赏功罚过;经济上主张"尽地力",创"平籴法"平抑粮价。魏国因此成为战国初期最强大的国家。

②平籴(dí):官方于丰年时买米粮储存,荒年时卖出,以稳定粮食价格。

③谨观岁:慎重准确地观察估计收成。

④上熟其收自四:上熟收成是平时的四倍。《汉书·食货志》载,按李悝的计算,每一农夫全家五口,治田百亩。每亩岁收一石半,百亩则收一百五十石。除去十一之税十五石,则余一百三十五石。每人一年食用十八石,五口共食九十石。如此则可剩余四十五石。每石粮卖钱三十,四十五石共卖钱一千三百五十,这些钱用来交付里社公共费用和自用,最后竟欠四百五十钱,这还不算疾病死丧的费用以及官府的赋敛。按照这种计算,上等年成的收成是每百亩一百五十石的四倍即六百石,除去十一之税、自己食用,还能剩余大概四百石。中熟、下熟、小饥、中饥、大饥算法相同。

⑤籴三而舍一：上熟时每户余四百石，官府收三百石，而留给农民一百石。

【译文】

战国时李悝对魏文侯说："善于稳定粮价的人，一定会慎重准确地观察估计收成。年成可分为上熟、中熟、下熟三等：上熟收成是平时的四倍，一般农家可剩余四百石米粮；中熟收成是平时的三倍，可剩余三百石米粮；下熟收成是平时的两倍，剩余二百石米粮；小饥荒收成是一百石，中等饥荒收成是七十石，大饥荒收成是三十石。所以上熟时就由政府收购三百石留给百姓一百石，中熟时则收购二百石，下熟时则收购一百石，使百姓粮食正好充足，粮价平稳就可以了。小饥荒时就发售小熟时所收购的米粮，中等饥荒时发售中熟所收购的米粮，大饥荒时发售大熟收购的米粮。所以即使遭遇粮食歉收水旱灾害，买粮不会太贵而百姓也不致离散，这是取有余来补不足。"政策在魏国实行，魏国因而富强。

此为常平义仓之说[①]，后世腐儒乃以尽地力罪悝[②]。夫不尽地力而尽民力乎？无怪乎讳富强，而实亦不能富强也。

【注释】

①常平义仓：常平仓即为义仓，是政府为调节粮价、储备粮荒而设的粮仓。

②尽地力：《汉书·食货志》载，李悝认为地方百里，其封内面积为九万顷，除去三分之一的山泽邑居，还有田六万顷即六百万亩。治田勤谨，则每亩可多收三斗；不勤，则少收三斗。如此则百里之地或增或减为一百八十万石。如能勤谨治田，则可多收，是为尽地力。

【译文】

这是设常平仓的道理，后世一些迂腐儒者却以"尽地力"来责备李悝。不竭尽地力难道要竭尽民力吗？难怪他们不敢谈富强之道，而实际上也没能力让国家富强。

社仓

乾道四年[①]，民艰食，熹请于府[②]，得常平米六百石赈贷，夏受粟于仓，冬则加息以偿歉，蠲其息之半[③]，大饥尽蠲之。凡十四年，以米六百石还府，见储米三千一百石，以为"社仓"[④]，不复收息，故虽遇歉，民不缺食。诏下熹社仓法于诸路。

【注释】

①乾道四年：1168年。乾道，宋孝宗赵昚的年号（1165—1173）。

②熹：即朱熹，南宋理学家。乾道四年，居福建崇安，遇水灾。

③蠲（juān）：减免。

④社仓：积谷备荒的义仓。始于隋代，因为乡社所设，并自行经营管理，故名。此为官府所设，而沿用原名。

【译文】

宋孝宗乾道四年，百姓缺乏粮食，朱熹求救于官府，得到常平米六百石来救济，夏天从社里的谷仓借米粮，冬天则加利息偿还所欠米粮，减免一半利息，大饥荒时利息全免。这样持续了一共十四年，将六百石米还给官府，尚有储米三千一百石，设为"社仓"，不再收利息，所以即使遭遇歉收，百姓也不缺粮食。孝宗于是下诏使朱熹的社仓法在各路推行。

陆象山曰[①]：社仓固为农之利，然年常丰，田常熟，则其利可久；苟非常熟之田，一遇岁歉，则有散而无敛，来岁秧时缺本，乃无以赈之。莫如兼制平籴一仓，丰时籴之，使无价贱伤农之患；缺时粜之，以摧富民封廪腾价之计[②]。析所籴为二[③]，每存其一，以备歉岁[④]，代社仓之匮，实为长便也。

【注释】

①陆象山：即陆九渊，讲学于贵溪之象山，学者往来请教，自号象山翁，人称象山先生。与朱熹同时，而议论多不合。

②封廪腾价：封住米仓不出售，以抬高米价。廪，亦作“廩”，粮仓。腾，物价上涨。

③析：分开，分散。

④歉岁：荒年。

【译文】

陆象山说：社仓固然是为农民的利益着想，然而要年景常丰收，庄稼常成熟，那么它的利益才可以长久；如果不是常年丰收的田地，一遇到歉收，那么社仓的米只有借出而没有收回，来年插秧时缺少种子，就没有粮食来救济了。不如同时设立一个平籴仓，丰收时买入米粮，使得没有价贱伤农的祸害；歉收时卖出米粮，以摧折富民屯积粮食抬高价格的诡计。把买进来的米粮分存两个仓库，常保存其中一个仓库的存粮，为歉收的荒年做准备，以此来替代社仓的匮乏，实在是有长久的便利。

听民之便，则为社仓法；强民之从，即为青苗法矣。此主利民，彼主利国故也。

【译文】

听从百姓的方便，是社仓法；强制百姓听从的，则是青苗法。这是前者主张利民，后者主张利国的缘故。

〇今有司积谷之法，亦社仓遗训[①]，然所积只纸上空言，半为有司干没[②]，半充上官无碍钱粮之用，一遇荒歉，辄仰屋窃叹，不如留谷于民间之为愈矣[③]。噫！

【注释】

①遗训：遗留下来的规范。

②干没：吞没。

③愈：好。

【译文】

当今有关部门积存谷物的方法，也是社仓遗留的规范，然而所积的只是纸上的空言，一半被地方官吞没，一半充当了朝廷与钱粮无关的用途，一碰到荒年歉收，就仰望房梁暗自叹息，还不如把谷物留在民间为好。唉！

何良俊《四友斋丛说》云[①]："今之抚按有第一美政所急当举行者：要将各项下赃罚银，督令各府县尽数籴谷；其有罪犯自徒流以下，许其以谷赎罪。大率上县每年要谷一万[②]，下县五千。南直隶巡抚下有县凡一百，则是每年有谷七十余万，积至三年，即有二百余万矣。若遇一县有水旱之灾，则听于无灾县分通融借贷，俟来年丰熟补还，则东南百姓可免流亡，而朝廷于财赋之地永无南顾之忧矣。善政之大，无过于此！"

【注释】

①何良俊：字元朗。明嘉靖中以岁贡生入国学，特授南京翰林院孔目。好谈兵，以经世自负，弃官后与张之象、文徵明等交游。博学多闻。所著《四友斋丛说》三十八卷。本条所引在第十三卷。

②上县：粮赋多而富足的县份。北魏始分县为大、中、小三级，后代延续变易，至元代以前，多以户数为标准。到明代，始以粮赋的多寡定县的等级为上、中、下三等，粮十万石以下的县为上县。

【译文】

何良俊《四友斋丛说》说："当今巡抚有急需施行的第一美政是：要将各项赃款及罚银，督促各府县全都购买谷物；犯有流放以下罪行的，允许他们用谷物来赎罪。大致上等县每年要买谷一万石，下等县要买五千石。南直隶巡抚之下有一百个县，则每年就有七十多万石谷物，积累到三年，就有两百多万石了。如果遇到一个县有水旱灾害，就向无灾害的县通融借贷，等来年丰收补还，那么东南的百姓就可免于流离逃亡，而朝廷永远没有了对作为财政收入主要来源的东南地区的忧虑，最大的善政，没有超过这个了。"

预备

河东路财赋不充[①]，官有科买[②]，则物价腾踊，岁为民患。明道先生度所需[③]，使富家预备，定其价而出之。富室不失息，而乡民所费比旧不过十之二三。民税粟常移近边[④]，载往则道远，就籴则价高[⑤]。先生择富民之可任者，预使购粟边郡，所费大省。

【注释】

①河东路：宋至道三年（997）置十五路之一，治并州（今山西太原）。辖约今山西内长城以南，龙门山、稷山、绛县、垣曲一线以北。

②官有科买：官府征购民间物产。

③明道先生：指程颢，字伯淳。死后文彦博采众论，题其墓曰明道先

生。与弟程颐同为北宋理学奠基人。时为晋城县令。

④民税粟常移近边：百姓交纳粮税，常被要求运往接近宋辽边境处。

⑤就籴：携钱到近边境处买粟以交纳。

【译文】

北宋时河东路的财政税收不够充裕，官府征购民间物产，使得物价上涨，每年成为百姓的祸患。明道先生程颢估量政府的需求，让富裕人家预先做好准备，确定好价钱让他们去出售。如此富裕人家不损失正常的利息，而乡民所花费的比起以往不过十分之二三。百姓交纳税粮常常必须转运到边境，运送过去则路程太远，到边境地买粮食则粮价又会变高。明道先生选择可以任用的富民，预先让他们在边郡购买粮食，所花费用大大减省了。

用富民而不忧，是大经济，亦由廉惠实心素孚于民故[①]。不然，令未行而谤已腾矣[②]。

【注释】

①廉惠实心：廉洁和仁惠充满心胸。孚：信服，信从。

②谤已腾：毁谤之言已沸腾于民间。

【译文】

任用富民而不担忧，是远大的经世济民之策，也是由于程颢廉洁仁惠的人格一向受百姓信任的缘故。不然的话，政令尚未实施而毁谤之言已沸腾于民间了。

周忱

周文襄公巡抚江南[①]，时苏州逋税七百九十万石[②]。公阅牒大异，询父老，皆言吴中豪富有力者不出耗[③]，并赋之贫民,贫民不能支,尽流徙。公创为平米,官田民田并加耗。苏税额二百九十余万石。公与知府况钟曲算[4],疏减八十余万[5]。旧例不得团局收粮[6],公令县立便民仓水次[7],每乡图里推富有力一人名粮长[8],收本乡图里夏秋两税,加耗不过十一。又于粮长中差力产厚薄为押运,视远近劳逸为上下酌量[9],支拨京、通正米一石支三[10],临清、淮安、南京等仓以次定支[11],为舟樯剥转诸费。填出销入[12],支拨羡余[13],各存积县仓,号"余米"。米有余,减耗,次年十六征,又次年十五[14],更有羡。正统初,淮扬灾,盐课亏[15],公巡视,奏令苏州等府拨剩余米,县拨一、二万石,运贮扬州盐场,准为县明年田租,听灶户上私盐给米[16]。时米贵盐贱,官得积盐,民得食米,公私大济。公在江南二十二年,每遇凶荒,辄便宜从事,补以余米,赋外更无科率[17]。凡百上供,及廨舍、学校、贤祠、古墓、桥梁、河道修葺浚治,一切取给余米。

【注释】

①周文襄公:即周忱,字恂如。参与修《永乐大典》《性理大全》,授刑部主事,进员外郎。宣德初,擢工部右侍郎,巡抚江南,在任二十二年,多有建树,为地方所称,升户部尚书,改工部。卒谥文襄。

②逋税:因民户流亡而欠官府的赋税。逋,拖欠,积欠。

③耗:赋税除交纳粮食正额之外,还要交纳一些作为损耗,称"耗"。

④况钟:字伯律。初为掾吏,永乐中荐授礼部郎中,出苏州知府。针对赋重役繁,与巡抚周忱奏免苏州、松江重赋。除豪强,植良弱。兴利除害,为民所爱戴。曲算:细算。

⑤疏减:上疏请求准许减少。

⑥团局：乡里的一种组织，又称团户，往往由村中大户控制。

⑦水次：河边。

⑧图里：乡下有里，而图即是里，称图是因为每里册籍首列一图。

⑨酌量：大致估价。

⑩一石支三：每运一石支给三斗做沿途费用。

⑪临清：在今山东境内，时为商业中心之一，设大仓。

⑫填出销入：指对所支给的粮食使用时应详细登记账簿。

⑬支拨羡余：所支给的粮食在完成转运后的剩余。

⑭次年十六征，又次年十五：第一年每石加耗三斗，第二年则征原耗额的十分之六，即一斗六升，第三年则征十分之五，即一斗五升。

⑮盐课：盐税。

⑯灶户：从事盐业的民户。

⑰科率：官府在民间定额征购物资。

【译文】

文襄公周忱任江南巡抚，当时苏州因民户流亡而欠的官税达七百九十万石。周忱阅览公文后非常惊异，询问地方父老，都说苏州地方有财力的富豪不肯缴纳正常粮税外的耗米，并转移给贫民承担，贫民承担不起，都流离迁徙到其他地区。周忱于是首创平米的方法，官田民田一律加征耗米。苏州的税额有二百九十余万石。周忱与知府况钟详细计算，上疏皇帝请求准许减少八十多万石。依照旧例团局不可收粮，周忱下令各县于河边设立便民仓，每乡、图里推选一个家境富有、有影响力的人称为粮长，负责征收本乡、图里夏秋两季的税，加收耗米比例不得超过正额税的十分之一。又在粮长之中依力量财富的多寡选派押运，视路途的远近与劳力的强弱大致估价，运到京师、南通州的粮食正额一石支付三斗，临清、淮安、南京等仓按远近顺序来确定应支付费用，作为舟船转运的各种费用。详细登记粮食的支出和收入，支给的粮食在完成转运后的剩余，分别存积在各县仓，称之为“余米”。所存米粮有余，则可以减征耗米，第二年按十分之六征收，第三年按十分之五征收，米粮仍有剩余。英宗正统初年，淮扬发生灾害，盐税亏损，周忱巡视时，奏请朝廷诏令苏州等府拨付余米，每县拨一二万石，运到扬州盐场储存，折兑为该县第二年的田租，听任从事盐业的人家到官府缴私盐来换米。当时米价贵盐价贱，官府得到积存的盐，而百姓得到粮食，公私都得到很大好处。周忱在江南二十二年之间，每遇凶灾荒年，就以适当的方法行事，用余米来补救，除了正常田赋之外没有征收任何别的杂税。凡是各种进贡，及官署、学校、祠堂、古墓、桥梁、河道的修理整治，一切都从余米支付。

其后户部言济农余米，失于稽考[1]，奏遣曹属，尽括余米归之于官，于是征需杂然[2]，而逋负日多。夫余米备用，本以宽济，若归于官，官不益多而民遂无所恃矣。试思今日两税耗果止十一乎？征收只十五、十六乎？昔何以薄征而有余？今何以加派而不足？江南百姓安得不尸祝公而追思不置也[3]！

【注释】

①稽考：查考，考核。

②征需：征敛索求。杂然：杂乱。

③尸祝：祝祀以崇拜之。

【译文】

后来户部说救济农民的余米，失于查考，奏请派遣官吏，将余米完全收归官府，于是征敛索求杂乱，而百姓欠税的情形也愈来愈多。存余米以备用，本来是要救济百姓，如果完全收归官府，公家不见得增加多少存粮，而百姓却失去依靠。试想当今春秋两次征收的耗米，真的只有正额的十分之一吗？征收只有十分之五、十分之六吗？从前为什么征税少而有剩余？现在为什么税赋加重反而不够用？江南的百姓怎能不祭祀文襄公而对他怀念不已呢！

何良俊曰："周文襄巡抚江南一十八年，常操一小舟，沿村逐巷，随处询访。遇一村朴老农，则携之与俱卧于榻下，咨以地方之事。民情土俗，无不周知。故定为论粮加耗之制，而以金花银、粗细布、轻赍等项[①]，裨补重额之田[②]，斟酌损益，尽善尽美。顾文僖谓"循之则治，紊之则乱"[③]，非虚语也！自欧石罔一变为论田加耗之法[④]，遂亏损国课，遗祸无穷。有地方之责者，可无加意哉！"

【注释】

①轻赍：轻赍银。明以来，随漕粮征收的一种费用。在征漕粮时，于正耗粮米外，加征余耗米折银正兑，称为轻赍银。

②重额之田：租税定额很高的上等田。

③顾文僖：顾清，字士廉。弘治进士，授编修。正德时刘瑾专政，顾清独不附刘瑾，出为南京兵部员外郎。刘瑾被诛，累擢礼部右侍郎。嘉靖初以南京礼部尚书致仕。卒谥文僖。

④田加耗之法：把粮耗按田亩摊派征收之法。

【译文】

何良俊说："周忱任江南巡抚十八年，常常乘坐一艘小船，沿村逐巷，到处探访。遇到一个朴实的老农夫，就将他带回来和他都卧在榻下，询问他地方上的事。民情习俗，没有不详细知道的。因此定出按粮征收损耗的制度，而以金花银、粗细布、轻赍银等项，补益租税定额很高的上等田，斟酌损耗收益，尽善尽美没有缺点。顾文僖称"顺着民情就会安定，逆着民情则天下大乱"，绝不是假话！但是自从欧石罔改变为按田征收耗米的方法后，就亏损了国家的税收，留下无穷的祸害。治理地方的人，能不留意吗！"

樊莹

樊莹知松江府[①]。松赋重役繁，自周文襄公后，法在人亡[②]，弊蠹百出，大者运夫耗折，称贷积累[③]，权豪索偿无虚岁，而仓场书手移新蔽陈[④]，百计侵盗。众皆知之，而未有以处。莹至，昼夜讲画，尽得其要领，曰："运之耗，以解者皆齐民[⑤]，无所统一，利归狡猾，害及良善。而夏税军需，粮运纲费[⑥]，与供应织造走递之用，皆出自秋粮。余米既收复粜，展转迁回，此弊所由生也。"乃请革民夫，俾粮长专运，而宽其纲用以优之；税粮除常运本色外[⑦]，其余应变易者，尽征收白银，见数支遣；部运者，既关系切身，无敢浪费，掌计之人又出入有限，无可蔽藏，而白银入官，视输米又率有宽剩。民欢趋之，于是积年之弊十去八九。复革收粮团户[⑧]，以消粮长之侵渔；取布行人代粮长输布[⑨]，而听其赍持私货，以赡不足。皆有惠利及民，而公事沛然以集。巡抚使下其法于他州，俾悉遵之。

【注释】

①樊莹：字廷璧。明天顺进士，授行人，出使蜀，不受地方馈赠，百姓建"却金亭"纪念他。擢御史，出任松江知府、应天知府。官至南京工部侍郎。

②法在人亡：法规虽在，但无认真执法之人。

③运夫耗折，称贷积累：应付给漕运民夫的耗粮所折银两，赖着不给，以致债务相积。

④仓场书手：官府粮仓主管账目的文书小吏。书手，担任抄写的文

职人员。

⑤解:解运漕粮。齐民:平民百姓。

⑥纲费:运费。纲,运输船队或车队。

⑦本色:税目名。向政府缴纳的实物田赋称本色,折成钱币称折色。

⑧收粮团户:乡里大户代官府收粮,而从中取利者。

⑨布行人:经营布匹的商行之人。

【译文】

明朝人樊莹任松江府知府。松江的赋税徭役繁重,自从周忱巡抚江南以后,法规虽在,但无认真执法之人,弊病百出,其中较严重的是应付给漕运民夫的耗粮所折银两,赖着不给,以致债务相积,有权势的豪绅每年都向官府索取补偿,而主管粮仓账目的文书小吏用新的问题遮蔽旧的问题,想尽各种方法侵占窃取。众人都知道这种事,却想不出什么办法处理。樊莹到任以后,日夜了解筹划,完全把握了解决问题的要领,说:"运送时有所耗损,是因为解运漕粮的都是平民,无人统一指挥,利益都归狡诈之徒,危害的都是老实善良的人。而夏季征收供给军需,粮食的运费,与供应织造及运送的用度,都出自秋粮。刚收上来的余粮又被国家收购,辗转迂回运到粮库,弊病也由此发生。"于是樊莹请求撤除民间的运夫,使粮长专职运送,而宽减各种运粮的费用来优待他;税粮除了经常运输的实物田赋以外,其余应该折色的,一律征收白银,根据数量来派遣运输车船;被派遣专职运粮的人,因为与切身利害有关,都不敢浪费,而掌管收纳计算的人,因出入的数量都有明确限制,没有办法私藏,而以白银来纳税,比运粮的负担又有减轻。因此百姓也乐意配合,于是累积多年的弊病去了十分之八九。又革除乡里大户代官府收粮,以消减粮长的侵占渔利;又以经营布匹的商人来代粮长运送布匹,而准许其顺道携带私货贩卖,以补充不足。这些措施都有惠利普及百姓,而国家的赋税来源也很充足和易于征集。巡抚下令向其他州推行这个方法,使大家都遵循它。

可以补周文襄与况伯律所未满[①]。

【注释】

①况伯律：况钟，字伯律。

【译文】

樊莹的做法可以补充周忱与况钟不足的地方。

〇今日粮长之弊，又一变矣，当事何以策之？

【译文】

当今粮长的弊病，又为之一变，掌权的人该如何来应对呢？

陈霁岩　三条

一

陈霁岩知开州[①]，时万历己巳[②]，大水，无蠲而有赈。府下有司议，公倡议：极贫谷一石，次贫五斗，务沾实惠。放赈时，编号执旗，鱼贯而进，虽万人无敢哗者。公自坐仓门小棚，执笔点名，视其衣服容貌，于极贫者暗记之。庚午春，上司行牒再赈极贫者[③]，书吏禀出示另报。公曰："不必也。"第出前点名册中暗记极贫者，径开唤领，乡民咸以为神。盖前领赈时不暇妆点，尽见真态故也。

【注释】

①陈霁岩：陈允升，号霁岩。明隆庆二年（1568）进士。选知开州，治行为畿辅第一。开州：今河南濮阳。

②万历己巳：万历为明神宗朱翊钧年号（1573—1620），无己巳年，此处当为明穆宗隆庆三年，即1569年。

③行牒：发下公文。

【译文】

陈霁岩任开州知州，当时为隆庆己巳年，发生大水灾，没有减免赋税而放赈救济。知府让有关官吏商议救灾方法，陈霁岩倡议：极为贫穷的发一石谷物，次贫的发五斗，务必要让百姓得到真正的救济。发放救济物资时，对灾民加以编号让他们拿着号码旗，依次行进，虽然有上万人，没有敢喧闹的。陈霁岩亲自坐在粮仓门口的小棚下，拿着笔点名，观察他们的衣服容貌，把极其贫困的人偷偷记下来。第二年庚午年春，上级发下公文让再次救济极其贫困的人，文书官禀告是否再另外登记名册上报。陈霁岩说："不必了。"只是拿出以前点名册中暗暗记下的极贫户，直接通知他们来领救济，乡民都认为神奇。原来前次领救济时都来不及修饰，完全可以看出贫户真实容貌仪态的缘故。

二

陈霁岩在开州。己巳之冬，仓谷几尽，抚台命各州县动支在库银二千两籴谷[①]。此时谷价腾踊，每石银六钱。各县遵行，派大户领籴，给价五钱一石，每石赔己一钱，耗费复一钱，灾伤之余，大户何堪？而入仓谷止四千石，是上下两伤病也。公坚意不行，竟以此被参，以灾年仅免。至庚午秋，州之高乡大熟，邻境则尽熟，谷价减至三钱余。方中抚台动支银二千两，派大户分籴，报价三钱[②]，即如数给之。自后时价益减至二钱五分。大户请扣除余银，公笑应之曰："宁增谷，勿减银也。"比上年所买多谷三千余石，而大户无累赔。报上司外，余谷七百余石，则尽以给流民之复业者。先是本州土城十五，连年大雨灌注，凡崩塌数十处。庚午秋，当议填修，吏请役乡夫，公不许。会有两年被灾流民闻已蠲荒粮[③]，思还乡井。因遍出示招抚，云："亟归种麦，官当赈尔。"乃因前大户所籴余谷，刻期给散[④]。另出四五小牌于各门一里外，令各将盛谷袋装土到城上，填崩塌处。总甲于面上用印[⑤]，仓中验印发谷，再赈而城已修完。

【注释】

①抚台：巡抚。

②报价三钱：不管用银多少，上报用银均为每石三钱。

③蠲（juān）：除去，减免。

④刻期：限定日期。

⑤总甲：村里保甲之长。

【译文】

陈霁岩在开州任职。己巳年冬天，粮仓中的米谷几乎用尽，巡抚命令各州县动用公库的存银二千两买米谷。这时候谷价大涨，每石要花费银子六钱。其他各县都遵照办理，派地方大户供应官府所需购买的米谷，给价五钱银子一石，大户们每石赔一钱，损耗又费一钱，在灾害发生已受损伤之后，大户怎么能承受得了？因此收购入仓的谷物只有四千石而已，这样是官方与大户两方受损。陈霁岩坚持不肯执行，竟因这件事被弹劾，因逢荒年才幸免。到第二年庚午年秋天，开州之高乡大丰收，临近的地方也都丰收了，谷价降到每石三钱多。陈霁岩刚得到巡抚动用的官银二千两，派大户分头收购谷子，报价每石三钱，谷子一到就如数给付。后来谷物时价又降到每石二钱五分。大户请求官方从总额中减去超付的银两，陈霁岩笑着回应说："宁可多收购谷子，不减少银两。"结果比去年各县所买的谷物多出三千多石，而大户也不会一再赔钱。除了回报上级官府之外，多出七百多石谷物，则全都分给流民回乡复业。先前本州的土城有十五座，因连年大雨浇灌，共崩塌了数十处。庚午年秋天，应当商议修补土城，官吏请求在乡里征调役夫，陈霁岩不准。恰好有两年遭灾的流民听说已减免荒年的田赋，都想回乡。于是陈霁岩到处出告示招抚他们，说："赶快回来种麦子，官府会救济你们。"于是利用之前大户收购的余谷，按期发放给他们。另外于各城门一里外挂出四五个小告示牌，令领谷的人各用装谷的袋子装上泥土送到城上，填补崩塌处。总甲在袋子上面盖印章，谷仓管理人员查验印章后发放米谷，经过两次发放救济城也修好了。

三

北方州县，唯审均徭为治之大端[①]。三年一审，合一州八十八里之民，集庭而校勘之，自极富至极贫，定为九则[②]，赋役皆准此而派。区中首领有里长、老人、书手，官唯据此三等人，三等人因得招权要贿。公莅任，轮审均徭尚在一年后，乃取旧册，查自上上至下上七则户，照名里开填，分作二簿。每日上堂，辄以自随，或放告[③]，或听断[④]，或理杂务，看有晓事且朴实者，出其不意唤至案前，问是何里人，就摘里中大户，问其家道何如，比年间，何户骤富，何户渐消。随其所答，手注簿内，如此数次，参验之，所答略同。又一日，点查农民，本州概有二百余人，即闭之后堂，各给一纸，令开本里自万金至百金等家，严戒勿欺。又因圣节先扬言齐点各役[⑤]，至期拜毕，即唤里、老、书手到察院，分作三处，各与纸笔，令开大户近年之消乏者[⑥]，或殷厚如故，不必开也。以上因事采访，编成底册。审时一甲人齐跪下堂。公自临视，择其中二三笃实人，作为公正，与里长同举大户应升应降诸人。因底册甚明，咸以实举，遂从而酌验之，顷刻编定，一日审四五里。往往州官待百姓，不令百姓待州官也。边批：只此便是最善政。

【注释】

①审均徭：调查、审核徭役与居民贫富情况是否相当。均徭，明代三大徭役之一。按民户丁粮之多寡派充的各种经常性杂役。

②九则：九等，自上上至下下分九等。

③放告：开衙受理诉讼。

④听断：审理案件。

⑤圣节：此处指皇帝的生日。

⑥消乏：衰败。

【译文】

北方的州县，只以调查、审核均徭是否得当作为治理的主要方面。每三年审核一次，聚集一州八十八里的人民，集中到官府审核，从极富到极贫，定为九等，赋役都依这个标准来派定。区中的首领有里长、老人与书手，官府只依据这三种人所定的为标准，这三种人于是得以掌握大权向百姓索贿。陈霁岩到任后，轮到均徭的审查还有一年，他就把旧的登记册拿出来，查出从上上到下上等七家庭，依照名字里籍开列填写，分为两册。每天上公堂，就带在自己身边，或是受理诉讼，或是审判案子，或是处理杂务，看到有明白事理且朴实的人，就出其不意地把他叫到案前，问他是哪一里的人，就选择那一里中的大户，问他大户家道如何，近年来，有哪一户突然富裕，哪一户逐渐没落。根据他的回答，记在簿册上，这样反复几次，验证之后，所得的答复大致相同。又有一天，查点农民的基本情况，本州大概有二百多人，就把他们招到官府关在后堂，各发一张纸,令他们列出本里中拥有万金到百金的人家,严厉地警告他们不可作假欺骗官府。又借着皇帝的生日,事先宣布要查点全部各种隶役,到了那天大家行礼完毕,就把里长、老人、书手叫到都察院来,分为三处,分别给他们纸和笔,令他们列出近年来逐渐没落的大户,有些依旧富有的,不必列出。以上借事机所做的采访,编成底册。等到审查均徭的时候,一甲的人都跪在堂下。陈霁岩亲自到场检视,选择其中两三个忠厚老实的人,做为评判的公正人,与里长等人一起选出大户中该升级或降级的人。因为底册很详细,于是他们都按事实选出,于是照着参考验证,很快就把分等级的名册编定出来,一天之中审核四五个里。在审核过程中,往往是官府万事齐备等待百姓来,不让百姓等待审核的州官。边批:这样便是最善政。

平米价 二条

一

赵清献公熙宁中知越州[①]。两浙旱蝗,米价踊贵,饥死者相望。诸州皆榜衢路[②],立告赏,禁人增米价。边批:俗吏往往如此。公独榜通衢,令有米者增价粜之。于是米商辐辏,米价更贱。大凡物多则贱,少则贵。不求贱而求多,真晓人也[③]!

【注释】

①赵清献公:赵抃,字阅道。卒谥清献。宋景祐年间进士,仁宗时为殿中侍御史,弹劾不避权贵,时称“铁面御史”。神宗立,拜参知政事,与王安石政见不合,出知杭州、青州及蜀。后乞归,知越州。熙宁:宋神宗赵顼的年号(1068—1077)。越州:治今浙江绍兴。

②榜:张贴布告。衢路:重要的道路。

③晓人:通达事理之人。

【译文】

赵清献公在宋神宗熙宁年间任越州知州。两浙地区遭遇旱灾与蝗害,米价高涨,饿死了很多人。各州都在要道上张贴布告,对揭发哄抬米价的人给予奖赏,禁止有人增加米价。边批:俗吏往往如此。唯独赵清献公在四通八达的大路上贴出告示,令有米的人到官府来提高价钱出售。于是米商都聚集到越州来出售,米价就低了下去。大凡物多了价格就便宜,少了价格就昂贵。不求压低米价而想办法增加供应,赵清献公真是通达事理的人。

二

抚州饥,黄震奉命往救荒[①],但期会富民耆老以某日至[②],至则大书"闭粜者籍[③],强籴者斩"八字揭于市,米价遂平。

【注释】

①黄震:宋朝官员。以直言弊政,摧抑豪强著称。官至史馆检阅。以言事出通判广德军、绍兴府,升提举常平仓司,除知抚州兼本路提点刑狱。为文简当,持论侃直,如《平粜仓记》。

②耆(qí)老:年老德高的人。

③闭粜:闭仓不售,以抬高米价。籍:抄没家产。

【译文】

有一年,抚州闹饥荒,黄震奉命前往救灾,他只与当地的富人和长老约定某日见面,到了后就写"闭粜者籍,强籴者斩"八个大字张贴在街市上,米价于是平稳下来。

抚流民 三条

一

富郑公知青州[①]，河朔大水[②]，民流就食[③]，弼劝所部民出粟，益以官廪，得公私庐室十余区，散处其人，以便薪水[④]。官吏自前资、待缺、寄居者[⑤]，皆赋以禄，使即民所聚，选老弱病瘠者廪之[⑥]，仍书其劳，约他日为奏请受赏。率五日，遣人持酒肉饭糗慰藉[⑦]，出于至诚，边批：要紧。人人为尽力。山林陂泽之利，可资以生者，听流民擅取，死者为大冢埋之，目曰丛冢。明年，麦大熟，民各以远近受粮归，募为兵者万计。帝闻之，遣使褒劳。前此救灾者皆聚民城郭中，为粥食之，蒸为疾疫，或待哺数日，不得粥而仆，名救之而实杀之。弼立法简尽，天下传以为式。

【注释】

①富郑公：即富弼，字彦国。宋代名相。曾封郑国公，故称。宋仁宗庆历年间，与范仲淹共同推行庆历新政，失败后历知郓州、青州、郑州、蔡州等地，在青州时，尽力救济黄河以北流民，安抚五十余万人。

②河朔：泛指黄河以北地区。

③民流就食：百姓流亡到青州讨饭。

④薪水：柴薪、用水。这里指生活必需品。

⑤前资：已经去职的官员。待缺：等待补缺。

⑥廪：供给粮食。

⑦糗（qiǔ）：干粮。

【译文】

北宋郑国公富弼任青州知州时，黄河以北地区发生水灾，百姓流亡到青州讨饭，富弼劝导所管理的民众捐出一些米粟，再加上官府的粮食储备，又找到公私房屋十多处，分开安置这些灾民，以便供给他们的生活必需品。那些已经退休、等待补缺、暂时寄居的官吏，都发给他们俸禄，派他们到灾民聚集的地方，选择老弱疾病的人给予粮食，又记下他们的功劳，约定将来有一天为他们奏请朝廷封赏。一般每五天，就派人拿着酒肉干饭去慰劳流民，出于真心诚意，边批：要紧。所以人人都为此竭尽全力。山林湖泽中的资源，可以提供生活所需的，听凭灾民各自取用，为死去的人建筑大坟埋葬，称之为丛冢。第二年，麦子收成很好，灾民各依路途远近领取粮食回乡，从这些灾民中招募了上万名士兵。皇帝听到这件事，派使者前来褒扬慰劳富弼。以前救灾的人都把百姓聚集在城里，煮粥让他们吃，时间久了往往引发瘟疫，有的等救济等了几天，吃不上粥就饿死了，名义上是救人而实际上是杀人。富弼立法简便完善，天下都流传为救灾的典范。

能于极贫弱中做出富强来，真经国大手！

【译文】

能在极其贫弱的状况下一步步做出富裕强大来，真是治理国事的大能手！

二

滕元发知郓州[①]，岁方饥，乞淮南米二十万石为备。边批：有此米便可措手。时淮南、京东皆大饥，元发召城中富民，与约曰："流民且至，无以处之则疾疫起，并及汝矣。吾得城外废营地，欲为席屋以待之。”民曰：“诺！”为屋二千五百间，一夕而成。流民至，以次授地，井灶器用皆具。以兵法部勒[②]，少者炊，壮者樵，妇汲，老者休，民至如归。上遣工部郎中王古按视，庐舍道巷，引绳棋布[③]，肃然如营阵。古大惊，图上其事[④]。有诏褒美，盖活万人云。

【注释】

①滕元发：原名甫，字达道。宋神宗时拜御史中丞，除翰林学士、知开封府。因反对新法，出知郓州、定州诸郡。贬知筠州。宋哲宗时除龙图阁直学士，再知郓州。此条为再知郓州时事。

②部勒：部署指挥。

③引绳：指巷路整齐，如引绳之直。

④图上：绘图进呈。

【译文】

北宋滕元发任郓州知州时，正逢饥荒年岁，乞请得淮南米粮二十万石作救灾的储备。边批：有此米便可应付。当时淮南和京东都发生大饥荒，滕元发召集城中的富民，和他们约定说：“流亡的灾民就要来了，没办法安置他们就会导致瘟疫四起，也会波及你们。我找到城外的废弃营地，想用苇席搭建屋子来安置他们。”富民们说：“好！”于是建造二千五百间席屋，一夜就完成了。灾民来到之后，依次分配给他们住的地方，饮水做饭的器具都很齐全。滕元发用军队的规矩部署指挥他们，年轻人煮饭，壮丁砍柴，妇女打水，老人休息，灾民有宾至如归的感觉。皇帝派遣工部郎中王古来巡视，房舍巷道，方正整齐，星罗棋布，严整如军营布阵一般。王古大为震惊，绘图进呈此事。皇帝下诏表扬，因为救活了上万人。

祁尔光曰[①]：“滕达道之处流民，大类富郑公。富散而民不扰，滕聚而能整，皆可为法。”

【注释】

①祁尔光：祁承㸁，字尔光。万历进士，历江西右参政。著有《澹生堂集》。

【译文】

祁尔光说：“滕元发处置流民的方法，和富弼十分类似。富弼分散流民而让他们没有骚乱，滕元发聚集流民而能管理得很有秩序，都可以效法。”

三

成化初[①]，陕西至荆襄、唐、邓一路皆长山大谷，绵亘千里。所至流逋藏聚为梗[②]，刘千斤因之作乱[③]，至李胡子复乱[④]，流民无虑数万。都御史项忠下令有司逐之[⑤]，道死者不可胜计。祭酒周洪谟悯之[⑥]，乃著《流民说》，略曰：“东晋时，庐、松、滋之民流至荆州，乃侨置滋县于荆江之南[⑦]。陕西、雍州之民流聚襄阳，乃侨置南雍州于襄水之侧。其后松、滋遂隶于荆州，南雍遂并于襄阳，迄今千载，宁谧如故。此前代处置得宜之效。今若听其近诸县者附籍，远诸县者设州县以抚之，置官吏，编里甲，宽徭役，使安生理，则流民皆齐民矣[⑧]，何以逐为？”李贤深然其说。

【注释】

①成化：明宪宗朱见深年号（1465—1487）。

②流逋：指因灾荒或避税债而流亡的农民。为梗：梗阻道路，以拦路

抢劫等。

③刘千斤：刘通。成化元年（1465），刘千斤联合石龙率流民在房县起义，自称汉王，建国号汉。攻略襄阳、邓州、汉中等地，声势益壮。次年被俘失败。

④李胡子：李原。参加刘通、石龙起义，兵败后，于成化六年（1470）率荆襄流民再次起义，自称太平王。次年被俘遇害。

⑤项忠：正统进士。成化四年（1468）、六年（1470）赴湖广，总督军务，镇压开成满俊起义。官至兵部尚书。

⑥周洪谟：正统进士，任编修。博闻强记，精熟当代典故，喜谈经济之学。官至礼部尚书。时为国子监祭酒。

⑦侨置：六朝时南北分裂，诸朝遇有州郡沦入敌手者，往往暂借别处重置，仍用旧名。

⑧齐民：平民百姓。

【译文】

宪宗成化初年，陕西到荆州、襄阳、唐县、邓州一路上都是高山深谷，绵延千里。流亡到这里的人往往藏聚在一起拦路抢劫，刘千斤因此率流民作乱，到李胡子又率流民暴乱，流亡的人不下几万。都御史项忠命令官吏去驱逐流民，死在路上的人不可胜数。祭酒周洪谟心生怜悯，就撰写《流民说》，大略说："东晋时，庐、松、滋一带的百姓流亡到荆州，于是重置滋县于荆江之南。陕西、雍州的灾民流亡聚集到襄阳，就在襄水边重置南雍州。后来松、滋两地就隶属于荆州，南雍州于是并入襄阳，到如今已过了上千年，依然安宁如故。这是前代处理得宜的效果。现在如果让流亡灾民中靠近县城的人挂靠户籍，距离县城较远的人设置州县来安抚他们，设置官吏，编排里甲，宽减徭役，使他们安定生活，那么流民都可以成为正常的平民，为什么还要驱逐他们呢？"李贤认为他说得很对。

至成化十一年，流民复集如前，贤乃援洪谟说上之。边批：贤相自能用言。上命副都原杰往莅其事[①]。杰乃遍历诸郡县深山穷谷，宣上德意，延问流民，父老皆欣然愿附籍为良民。于是大会湖、陕、河南三省抚按，合谋佥议[②]，籍流民得十二万三千余户，皆给与闲旷田亩，令开垦以供赋役，建设州县以统治之。遂割竹山之地置竹溪县；割郧津之地置郧西县；割汉中洵阳之地置白河县；又升西安之商县为商州，而析其地为商南、山阳二县；又析唐县、南阳、汝州之地为桐柏、南台、伊阳三县，使流寓土著参错而居[③]；又即郧阳城置郧阳府，以统郧及竹山、竹溪、郧西、房、上津六县之地；又置湖广行都司及郧阳卫于郧阳，以为保障之计。因妙选贤能[④]，荐为守令，边批：要着。流民遂安。

【注释】

①原杰：字子英。正统进士。历任南京授御史、江西按察使，镇压荆襄流民起义。皆以治闻，召为户部左侍郎。安抚荆襄流民，采纳周洪谟《流民说》，于湖广、河南、陕西边界增设府县，让流民就地附籍。再迁南京兵部尚书。

②佥（qiān）议：共同商议。

③流寓：流落他乡，暂时居住的人。

④妙选：精心挑选。

【译文】

到成化十一年，流民又像之前一样聚集，李贤就引用周洪谟的说法奏报宪宗。边批：贤相自能用言。宪宗命副都原杰前去办理此事。原杰于是走遍各郡县的深山穷谷，宣扬宪宗施予流民的恩德之意，请教召问流亡灾民，父老都高兴地愿意挂靠户籍做良民。原杰于是会合湖广、陕西、河南三省的巡抚和按察使，共同商议，为十二万三千多户流民编定户籍，都分配给他们闲置空旷的田地，让他们开垦以供赋税，建设州县来统治他们。于是划分竹山的土地设置竹溪县，划分郧津的土地设置郧西县，划分汉中洵阳的土地设置白河县；又升西安的商县为商州，而划分商州为商南、山阳二县；又分唐县、南阳、汝州的土地设桐柏、南台、伊阳三县，使流亡到这些地方的百姓与当地居民参杂居住；又在郧阳城设置郧阳府，以统治郧县及竹山、竹溪、郧西、房、上津六县的地域；又在郧阳设湖广行都司及郧阳卫，驻军镇守以为保障之计。于是精选贤能的人，推荐为太守或县令，边批：关键所在。流民于是安定下来。

今日招抚流移，皆虚文也。即有地，无室庐；即有田，无牛种，民何以归？无怪乎其化为流贼矣！倘以讨贼之费之半，择一实心任事者专管招抚，经理生计，民其庆更生矣，何乐于为贼耶！

【译文】

现在安抚流亡移民，都是虚假说辞。即使有地，也没有房舍；即使有田，也没有牛来耕种，流民怎么安居？难怪他们要转变为流窜的盗贼！假使能用讨贼费用的一半，选一个忠实能担当大事的人专门负责招抚流民，经营他们的生计，百姓将欢庆重生，怎么会愿意做盗贼呢！

耕牛

治平间[①]，河北凶荒，继以地震，民无粒食，往往贱卖耕牛，以苟岁月。是时刘涣知澶州[②]，尽发公帑之钱以买牛[③]。

明年震摇息，逋民归[4]，无牛可耕，价腾踊十倍。涣以所买牛，依元直卖与[5]，故河北一路唯澶州民不失所。

【注释】

①治平：宋英宗赵曙年号（1064—1067）。

②刘涣：字仲章。为将作监主簿，监并州仓。掌管宫室建筑、金玉制作、纱罗刺绣等。后历知诸州，有治声。为人有才略，临事无所避，锐于进取。

③公帑（tǎng）：州府库银，公款。

④逋（bū）民：指逃亡的百姓。

⑤元直：原价。

【译文】

宋英宗治平年间，河北路发生大灾荒，接着又地震，百姓没有粮食，往往贱卖耕牛，以苟延度日。这时刘涣任澶州知州，把公款全拿出来买耕牛。第二年地震停了，逃亡的百姓都回来了，却没有牛耕田，牛价上涨十倍。刘涣将所买的牛，依原价卖给他们，所以河北路各州只有澶州百姓没有流离失所。

义船

先是制置使司岁调明、温、台三郡民船防定海[1]，戍淮东、京口，船在籍者率多损失。每按籍科调，吏并缘为奸，民甚苦之。吴潜至[2]，立义船法，令三郡都县各选乡之有材力者，以主团结。如一都岁调三舟，而有舟者五六十家，则众办六舟，半以应命，半以自食其利，有余资，俾蓄以备来岁用。凡丈尺有则[3]，印烙有文，调用有时，著为成式。其船专留江浒，不时轮番下海巡绰。船户各欲保护乡井，竞出大舟以听调发，旦日于三江合兵、民船阅之[④]，环海肃然。设永平寨于夜飞山[⑤]，统以偏校，饷以生券，给以军舰，使渔户为籍而行旅无虞。设向头寨，外防倭丽[⑥]，内蔽京师。又立烽燧[⑦]，分为三路，皆发轫于招宝山[⑧]，一达大洋壁下山，一达向头寨，一达本府看教亭。从亭密传一牌，竟达辕帐，而沿江沿海号火疾驰，观者悚惕[⑨]。

【注释】

①制置使司：负责经营谋划边防军务。宋初不常置，南渡后设置渐多。明、温、台：明州在宁波东，温州在今温州，台州在临海。防定海：防止蒙古军自海路攻定海。

②吴潜：字毅夫。南宋嘉定年间进士。理宗时入为参知政事，拜左丞相兼枢密使。宝祐间，除沿海制置使，时蒙古对南宋战事剧烈。

③丈尺：指船的大小。

④旦日：太阳初出时，天亮的时候。

⑤夜飞山：在今浙江镇海、定海一带。

⑥倭丽：日本与高丽。

⑦烽燧：即烽火，边防报警的信号。白天放烟叫烽，夜间举火叫燧。

⑧发轫：启行。轫，刹车木，行车必先去轫，故称。

⑨悚（sǒng）惕：恐惧，惶恐。

【译文】

先前制置使司每年征调明、温、台三郡的民船防守定海，戍守淮东、京口，被登录在册的民船大多损失掉了。每当按登记的名册进行征调，官吏便借此作奸索贿，百姓为此很苦恼。吴潜到任后，订立义船法，让三郡所属的都县分别选出乡中有材力的人，联合起来训练。如果一都每年要调三艘船，而有船的人有五六十家，则由这些船主共同准备六艘船，一半用来应付调命，一半用来自己谋利，有多余的利润，就储蓄起来预备第二年使用。凡船的长短有一定标准，烙有记号，征调都有定时，并形成固定模式。这些船专门留在江边，不定时轮流出海巡逻。船户都想保护自己的家乡，争着派出大船听候调发，天亮时在三江会合兵船、民船检阅，环海区域非常安定。吴潜又在夜飞山下设永平寨，以下级军官负责统领，用国家粮券为薪饷，由官方供给军船，使渔家都编有户籍而来往的旅客没有安全顾虑。又设置向头寨，对外防御倭寇及高丽海贼，对内保护京师。又设立烽火传递信号，分为三路，都从招宝山发出，一路到大洋壁下山，一路到向头寨，一路到本府看教亭。从看教亭秘密传出一道令牌，直到总部军营，而沿江沿海的信号烽火极速往来，看到的人都很恐惧。

海上如此联络布置，使鲸波蛟穴之地如在几席，呼吸相通，何寇之敢乘！

【译文】

在海上这样彼此联络精心布置，使海中鲸波蛟穴等险要地方如在几案坐席上一般，声息相闻，什么海贼还敢乘机作乱！

李邺侯

唐制：府兵平日皆安居田亩[①]，每府有折冲领之，折冲以农隙教习战阵，国家有事征发，则以符契下其州及府，参验发之，至所期处，将帅按阅。有教习不精者，则罪其折冲，甚者罪及刺史。军还，则赐勋加赏，便道罢之。行者近不逾时，远不经岁。高宗以刘仁轨为洮河镇守[②]，以图吐蕃，始有久戍之役。武后以来,承平日久,武备渐弛。开元之末,张说始募长征兵,谓之彍骑,其后益为六军③。及李林甫为相,诸军皆募人为之。兵不土著,又无宗族,不自重惜,祸乱遂生。边批:近日募兵皆坐此病。

【注释】

①府兵:西魏至隋唐时期军府统属下的士兵统称府兵。唐贞观以后称军府为折冲府,置折冲都尉(即文中的折冲)管理。府兵平时农耕、习战,战时出征,且须轮番入京宿卫。至玄宗天宝年以后,府兵名存实亡。

②刘仁轨:字正则,唐初名将。仪凤二年(677),为洮河道行军镇守大使,以抵御吐蕃。

③"开元之末"几句:唐玄宗时宿卫京师的府兵大量逃亡,开元十年(722),兵部尚书张说请招募壮士以充宿卫。次年,于京兆、蒲、同、岐、华等州选府兵和白丁十二万,称"长从宿卫",一年两番,免其杂役,即所谓"长征兵"。至十三年改称彍骑,分属京师十二卫,分为六番。按,开元共二十九年,此云"开元之末",误。

【译文】

唐朝的制度:府兵平日都安心耕作于田亩,每府有折冲都尉统领他们,折冲都尉利用农闲时间教导府兵作战布阵之法,国家有战事须征调兵力时,就颁下符节契券等信物到州府,核实无误后发兵,按规定日期到达约定地点,由将帅检阅征调的府兵。如果有战术学习不够精熟的府兵,就处罚领头的折冲都尉,严重的乃至降罪刺史。打完仗的军队回来,就赐予勋爵加以赏赐,然后在归途中解散他们。府兵外出作战,时间短的不超过一个季节,时间长的也不超过一年。高宗时,派刘仁轨为洮河镇守,谋划攻伐吐蕃,才有长期戍守的兵役。武后称制以来,太平的日子长久,军备遂逐渐废弛。唐玄宗开元末年,张说才开始招募长期服役的士兵,称为“彍骑”,后来扩充为六军。到李林甫为相时,各路军队都用募兵的方式组成。士兵既不是当地人,又没有宗族关系,不知自重自爱,祸乱于是发生。边批:近日募兵都犯这种毛病。

德宗与李泌议[1],欲复旧制。泌对曰:“今岁征关东卒戍京西者十七万人,计粟二百四万斛。国家比遭饥乱,经费不充,未暇复府兵也。”上曰:“亟减戍卒归之,如何?”对曰:“陛下诚能用臣之言,可以不减戍卒,不扰百姓,粮食皆足,粟麦日贱,府兵亦成。”上曰:“果能如是乎?”对曰:“此须急为之,过旬月不及矣。今吐蕃久居原、兰之间[2],以牛运粮,粮尽,牛无所用。请发左藏恶缯[3],染为采缬[4],因党项以市之[5],每头二三尺,计十八万匹可致六万余头。又命诸冶铸农器,籴麦种,分赐缘边军镇,募戍卒耕荒田而种之。约明年麦熟,倍偿其种,其余据时价五分增一,官为籴贮,来春种禾亦如之。关中土沃而久荒,所收必厚,戍卒获利,耕者浸多。边居人至少,军士月食官粮,粟麦无以售,其价必贱,名为增价,实比今岁所减多矣。”上曰:“卿言府兵亦集,如何?”对曰:“戍卒因屯田致富[6],则安于其土,不复思归。旧制戍卒三年而代,及其将归,下令有愿留者,即以所开田为永业[7],家人愿来者,本贯给长牒[8],续食而遣之[9]。据募应之数移报本道,虽河朔诸帅,得免代戍之烦,亦喜闻矣。不过数番,卒皆土著,乃悉以府兵之法理之,是变关中之疲弊为富强也!”

【注释】

①李泌：字长源，唐朝宰相。因获封邺县侯，故世称“李邺侯”。

②原、兰：原州，治今甘肃固原。兰州，治今甘肃兰州北之皋兰。

③左藏：唐朝国库之一，因在左侧而得名。唐代左藏掌钱帛、杂彩、天下赋调。

④采缬（xié）：染有彩纹的丝织品。

⑤党项：又称党项羌，居于甘肃、宁夏一带的羌人。

⑥屯田：自汉以来，政府利用戍守的军队或农民、商人垦种土地，征取收成以为军饷或税粮，称屯田。

⑦永业：永业田的省称。政府颁给农户世代经营的私有田产。

⑧本贯：户籍所在地。长牒：官府颁发给行远路者的一种证明文书。持长牒，沿途可由官府供给食宿。

⑨续食：沿途供给饮食。

【译文】

德宗与李泌商议，想恢复往日的府兵制。李泌回答说：“今年调动关东来防守京西的士兵多达十七万人，总计需要粟二百四十万斛。国家近来遭逢饥荒战乱，经费不足，暂时无暇恢复府兵制。”德宗说：“赶紧减少戍守的士兵，放他们回去，如何？”李泌回答说：“如果陛下真能采用臣的建议，可以不减少戍守的士兵，不骚扰百姓，使粮食充足，粟麦价格日渐低廉，府兵制也可以恢复。”德宗说：“果真能这样吗？”李泌回答说：“这需要立即去办，过十天一个月的就来不及了。现在吐蕃长久居住在原州、兰州之间，他们用牛运粮食，粮食运完后，牛就没有用了。请陛下派人取出左藏收纳的劣质布帛，染成彩色，通过党项人卖给吐蕃，每头牛只需花费二、三尺布，总计十八万匹可以购买六万余头牛。同时下令由公家冶铸农器，买入麦种，分配给边境的军队，招募戍卒耕种荒田。约定第二年麦子成熟后，加倍偿还麦种，其余的由官府以时价加五分之一买进，存放在官设的仓库，明年春天播种时也如此办理。关中地区土壤肥沃但荒废已久，耕种之后收成一定很好，戍卒获利后，愿意耕种的人必定越来越多。边境上的居民很少，军士每个月都吃官粮，粟麦无法出售，价格必定低廉，名义上是加价收购，实际上与今年的收购价格相比必定大幅下降。”德宗说：“你说府兵也可恢复是怎么回事呢？”李泌回答说：“戍卒因屯田而致富，就会安居于他们耕种的土地，不再想回到家乡。旧制戍卒服役满三年后要由新的戍卒替换，在这批老的戍卒服完役将要返回家乡的时候，由官方下令，有愿意留下来的人，就把他们所开辟的田地赐给他们作永业田，他们愿意迁来的家人，由原籍官府发长牒将他们送来，沿途由官方供给食物。再根据招募的人数上报本道，这样就算是河朔各路的元帅，也会因能够免去轮换戍卒的麻烦而欣喜。用不了几次，戍卒就都成了当地居民，就可以全部用府兵的方法来管理他们，这样就可以把关中的疲弊转化为富强了！”

屯田之议，始于赵充国[①]，然羌平，遂罢屯田，又置金城属国以处降羌[②]，则善后之策未尽也。邺侯因戍卒复屯田，因屯田复府兵，其言凿凿可任[③]，不知何以不行。

【注释】

①赵充国：字翁孙，西汉名将。善骑射，有谋略，熟知匈奴和羌族情况。汉宣帝时，带兵平定西羌起事，先上书屯田，平定羌乱后又罢去屯田。

②金城属国：西汉设于金城郡管理投降羌人的机构。

③凿凿：确确实实。形容话说得十分确定。

【译文】

屯田的建议，始于赵充国，然而在平定羌人以后就废除了，又设置金城属国来管理投降的羌人，但善后的策略未尽完善。邺侯借着戍卒来恢复屯田，又借着屯田恢复府兵，他的言论听起来确实十分可行，不知道为什么没有实行。

虞集

元虞集[①]，仁宗时拜祭酒[②]。讲罢，因言京师恃东南海运，而实竭民力以航不测[③]，乃进曰："京东濒海数千里，皆萑苇之场[④]，北极辽海[⑤]，南滨青、齐[⑥]，海潮日至，淤为沃壤久矣。苟用浙人之法，筑堤捍水为田，听富民欲得官者，分授其地而官为之限[⑦]：能以万夫耕者，授以万夫之田，为万夫长；千夫、百夫亦如之。三年视其成，则以地之高下，定额于朝，而以次征之。五年有积蓄，乃命以官，就所储给以禄。十年则佩之符印，俾得以传子孙。则东南民兵数万[⑧]，可以近卫京师，外御岛夷，远宽东南海运之力，内获富民得官之用，淤食之民得有所归[⑨]，自然不至为盗矣。"说者不一，事遂寝[⑩]。

【注释】

①虞集：字伯生。元成宗时为大都路儒学教授。文宗朝累迁奎章阁侍读学士。其诗文素负盛名，一时典策，皆出其手。

②仁宗：元仁宗孛儿只斤爱育黎拔力八达，1311—1320年在位。

③以航不测：元朝时海运东南粮米，比漕运减省许多，但风涛不测，沉船、坏船弃米的情况时有发生。

④萑（huán）苇：两种芦类植物。泛指芦苇。

⑤辽海：指今辽宁西部沿海地区。

⑥青、齐：指今山东北部。

⑦限：条例，规定。

⑧东南民兵数万：元时海运自平江刘家港（在今江苏太仓）入海，入海前东南粮米仍用漕运集中于刘家港，所以用数万兵民。民兵，指从事漕运、海运的民夫和兵士。

⑨淤食：或为“游食”。游手好闲，不劳而食。

⑩寝：止息，废置。

【译文】

元朝人虞集，在元仁宗时官拜国子祭酒。一次为仁宗讲学之后，顺便谈起京师仰仗东南一带海运输送粮食，而其实是耗损民力进行不可预测的航行，于是进言道：“京师以东临海之地有几千里，都是芦苇丛生的荒地，向北到辽宁西部沿海，往南靠近山东北部，海潮每天冲积，淤积为肥沃的土壤很久了。如果用浙江人的方法，修筑堤坝挡住潮水使成为耕地，听凭想做官的富人，分别配领这些田地而由官府对他们加以规定：能率领一万人耕田的，就给他一万人份的田地，让他做万夫长；一千人，一百人也如此办理。三年之内看他的收成，就以土地的肥沃贫瘠，确定向朝廷交纳赋税的额度，而依等级征收。五年之后能有积蓄，就任命他为官，就以所储存的粮米作为俸禄。十年后让他佩戴符节印信，使他得以流传给子孙。那么东南从事海运和漕运的士兵和民夫就达到数万，可以用他们在近处保卫京师，对外防御海贼，在远处可扩充东南海运的实力，对内获得富人得官的效用，四处游食的百姓能有归宿，自然不会做盗贼了。”但议论的人意见不一，事情于是息止了。

其后脱脱言[①]：京畿近水，地利，召募江南人耕种，岁可收粟麦百余万石，不烦海运，京师足食。元主从之，于是立分司农司[②]，以右丞悟良哈台、左丞乌古孙良正兼大司农卿，给分司农司印，西自西山，南至保定、河间，北抵檀顺，东及迁民镇，凡官地及元管各处屯田，悉从分司农司立法佃种，合用工价、牛具、农器、谷种，给钞五百万锭。又略仿前集贤学士虞集议，于江、淮召募能种水田及修筑圃堰之人各千人为农师。降空名添设职事敕牒十二道③，募农民百人者授正九品，二百人者正八，三百人者从七，就令管领所募之人。所募农夫每人给钞十锭，期年散归，遂大稔。

【注释】

①脱脱：元顺帝至元中为御史大夫，大振纲纪。后为中书右丞相，更新政治，时称贤相。至正四年（1344）罢相。后因镇压芝麻李、张士诚等起义无功而被弹劾，流云南，为哈麻矫诏鸩杀。主持修撰《辽史》《宋史》《金史》。

②分司农司：元代中央设大司农司，掌农田水利。分司农司，相当于第二大司农司。

③空名添设职事敕牒：写好官职但未填姓名的授官文书。

【译文】

后来脱脱曾说：京师近水，深得地利，招募江南人来耕种，每年可收粟麦一百多万石，不必仰赖海运，京师就有足够粮食。元主听从了他的话，于是设立分司农司，以右丞悟良哈台、左丞乌古孙良正兼任大司农卿，授给分司农司印，西自西山，南至保定、河间，北到檀顺，东到迁民镇，凡是官地及元朝朝廷所掌握的各处屯田，都听从分司农司立法办理租种，合用工价、牛具、农器、谷种，由朝廷投资五百万锭。又大略模仿前集贤学士虞集的建议，在江、淮之间招募能种水田及修筑园圃、堤堰的人各一千人担任农师。降下写好官职但未填姓名的授官文书十二道，招募农民一百人的授予正九品官，二百人的授正八品官，三百人的授从七品官，并让他们领导管理招募的人。招募的农夫每人给钞十锭，一年后解散回家，于是获得大丰收。

何孟春《余冬序录》云[①]："国朝叶文庄公盛巡抚宣府时[②]，修复官牛、官田之法[③]，垦地日广，积粮日多，以其余岁易战马千八百余匹。其屯堡废缺者，咸修复之，不数月，完七百余所。今边兵受役权门，终岁劳苦，曾不得占寸地以自衣食，军储一切仰给内帑[④]，战马之费于太仆者不资[⑤]，屯堡尚谁修筑？悠悠岁月，恐将来之夷祸难支也！"

【注释】

①何孟春：字子元。明弘治年间进士，正德七年（1512）擢河南左参政，入为太仆少卿，以右副都御史巡抚云南，迁南兵部右侍郎，拜吏部左侍郎。嘉靖初以议"大礼"被贬。所著《余冬序录》内外篇共六十五卷，体格仿王充《论衡》。

②叶文庄公盛：即叶盛，字与中。卒谥文庄。正统年间进士，景泰间擢右参政，督宣府，协赞军务。英宗复辟后以右佥都御史巡抚两广。成化时擢礼部右侍郎。

③官牛、官田之法：创于北朝十六国前燕，百姓用官牛耕种官地，官得收成六分，民得四分。耕官田而用私牛，收成对半分。

④内帑（tǎng）：指国库。

⑤太仆：秦、汉时为九卿之一，掌舆马及畜牧之事。历代因袭。

【译文】

何孟春《余冬序录》说："我朝文庄公叶盛巡抚宣府时，修复官牛、官田的法令，开垦的土地日渐广大，积存的粮食日益增多，用节余的钱粮每年交换战马一千八百多匹。残缺不全的城堡，也都加以修复，不到几个月，就整修好七百多所。如今边境的士兵受权贵之门的役使，整年劳苦，还不能占得一点土地来供给自己的衣食，军中所需的一切费用都依靠国库供给，养战马的费用由太仆支给还不够，城堡还依靠谁来修筑呢？时间漫长，恐怕将来夷狄的祸患很难应付了！"

樊升之曰："贾生之治安[①]，晁错之兵事[②]，江统之徙戎[③]，是万世之至画也[④]。李邺侯之屯田，虞伯生之垦墅，平江伯之漕运[⑤]，平江伯陈瑄，合肥人。永乐初董北京海漕，筑淮阳海堤八百里。寻罢海运，浚会通河，通南北饷道，疏清江浦以避淮险，设仪真瓜洲坝港，凿徐州吕梁浜，筑刀阳、南旺湖堤，开白塔河通江，筑高邮湖堤，自淮至临清建闸四十七，建淮徐临通仓以便转输，置舍卒导舟，设井树以便行者。是一代之至画也。李允则之筑圃起浮屠，事见《术智部》。范文正、富郑公之救荒[⑥]，是一时之至画也。画极其至，则人情允协，法成若天造，令出如流水矣。"

【注释】

①贾生之治安：贾谊为梁太傅时曾上《治安疏》陈述政事，其中多言及汉朝弊病，申述使天下既治且安之策。

②晁错之兵事：汉文帝时，晁错为太子家令。当时匈奴数犯边塞，文帝发兵御之。晁错上言兵事，说君善择良将，将则善知兵，要以中国之长制匈奴之短；又上言守边备塞、劝农力本为当世急务，提出徙民以实边的建议，为文帝所采纳。

③江统之徙戎：元康末，氐人反。江统曾著《徙戎论》，以为当徙戎、羌、匈奴等于边城。帝不能用。未十年而天下大乱，人服其远识。江统，西晋初年人，为山阴令。

④至画：极高明的谋划。

⑤平江伯：即陈瑄，字彦纯。明成祖永乐元年（1403）起，担任漕运总兵官，督理漕运三十年，改革漕运制度，以浚河有德于民，功绩显赫。后期亦兼管淮安地方事务。后病逝于任上，追封平江侯，赠太保，谥恭襄。

⑥范文正、富郑公之救荒：范仲淹救荒事见卷十四"范仲淹"条。富

粥救荒事见本卷“抚流民”条。

【译文】

樊升之说：“贾谊的《治安疏》，晁错的言兵事，江统的《徙戎论》，是千秋万代极高明的谋划。李邺侯的屯田，虞集的垦荒，平江伯的漕运，平江伯陈瑄，合肥人。成祖永乐初年主管北京海运，修筑淮阳海堤八百里。不久废除海运，疏浚会通河，打通南北运军粮的通道，疏通清江浦以避免淮河水灾，设立仪真瓜洲坝港，开凿徐州吕梁浜，修筑刀阳、南旺湖堤，开通白塔河沟通长江，筑造高邮湖堤，从淮安至临清建造水闸四十七座，建立淮徐临通仓以便转运输送，设置舍卒引导舟船，栽设井树以方便往来行人。是一代极高明的谋划。李允则筑园圃造浮屠，事见《术智部》。范仲淹、富弼救济饥荒，是一时极高明的谋划。谋划达到极致，那么人情就公正和洽，法令实现好似天成，命令执行有如流水。”

刘大夏

弘治十年，命户部刘大夏出理边饷[①]。或曰：“北边粮草，半属中贵人子弟经营，公素不与先辈合，恐不免刚以取祸。”大夏曰：“处事以理不以势，俟至彼图之。”既至，召边上父老日夕讲究[②]，边批：要着。遂得其要领。一日，揭榜通衢云[③]：“某仓缺粮若干石，每石给官价若干。凡境内外官民客商之家，但愿输者，米自十石以上，草自百束以上，俱准告[④]。”虽中贵子弟亦不禁。不两月，仓场充牣[⑤]。盖往时粮百石、草千束方准告，以故中贵子弟争相为市，转买边人粮草，陆续运至，牟利十五。自此法立，有粮草之家自得告输，中贵子弟即欲收籴，无处可得，公有余积，家有余财。

【注释】

①刘大夏：字时雍，号东山居士。天顺八年（1464）进士。弘治二年（1489）迁广东右布政使，五年转浙江左布政使，六年升都察院右副都御史。八年改户部右侍郎。史称其忠直有操守，清廉勤勉，提携后进。理边饷：整顿驻边士卒的军饷发放事宜。

②讲究：探讨。

③揭榜：张贴告示。

④准告：准许上报请运送。

⑤充牣（rèn）：充满。牣，满、塞。

【译文】

孝宗弘治十年，朝廷命令户部刘大夏到边境整顿驻边士卒的军饷发放事宜。有人说："北方的粮草，大半属于宦官的子弟经营，您一向与这些亲贵不合，恐怕免不了因刚直而招祸。"刘大夏说："做事要讲求道理而不能依靠势力，等我到那里再谋划。"刘大夏到任后，召集边境上的地方父老早晚和他们探讨，边批：抓到关键了。于是掌握了处理的要领。有一天，刘大夏在交通要道上贴出告示说："某仓库缺少米粮若干石，每石给官价若干元。凡是境内外的官吏、百姓或商人之家，只要愿意运送的，米十石以上、草一百束以上的，都批准。"即使宦官子弟也不禁止。不到两个月，仓库都装满了。原来以往运送米粮达一百石、草达一千束的才得批准，因而宦官子弟争相买卖，转买边境百姓的粮草，陆续运来，利润高达五成。自从这个办法订立，有粮草的人家自己得以运送，宦官子弟虽然想收买，也无处可买，于是公家有了节余的粮草，民家有了更多的利润。

忠宣法诚善[①]，然使不召边上父老日夕讲究，如何得知？能如此虚心访问，实心从善，何官不治？何事不济？昔唐人目台中坐席为"痴床"[②]，谓一坐此床，骄倨如痴。今上官公坐皆“痴床”矣，民间利病，何由上闻！

【注释】

①忠宣：指刘大夏，谥号忠宣。

②痴床：唐侍御史典故。唐杜佑《通典》中说，唐侍御史食座之南设横榻，谓南床，亦谓“痴床”，言处其上者皆骄傲自大，使人如痴。

【译文】

刘大夏的方法实在很好，然而假使不召见边境上的父老早晚来探讨，怎么能知道呢？能如此虚心调研查访，真心听从善言，什么官做不好？什么事做不成？从前唐朝人把御史台的座席看成“痴床”，说一坐上这个床，就骄傲自大如痴人一般。当今朝廷官员的公座都是这样的“痴床”，民间的利弊疾苦，怎么能上达皇帝呢！

董搏霄

董搏霄[①]，磁州人，至正十六年建议于朝曰[②]：“海宁一境不通舟楫[③]，军粮唯可陆运。濒海之人，屡经寇乱，且宜曲加存抚，权令军人运送。其陆运之方：每人行十步，三十六人可行一里，三百六十人可行十里，三千六百人可行一百里；每人负米四斗，以夹布囊盛之，用印封识，人不息肩[④]，米不着地，排列成行，日五百回，计路二十八里，轻行一十四里，重行一十四里，日可运米二百石，每运可供二万人。此百里一日运粮之数也。”

【注释】

①董搏霄：字孟起，元顺帝至正间官河南行省右丞，镇压江南农民起

义有功。至正十八年(1358),为红巾军将领毛贵杀死于南皮。

②至正:元惠宗孛儿只斤妥懽帖睦尔年号(1341—1368)。

③海宁:元海宁州,在今浙江海宁。

④息肩:卸下担子让肩膀休息,指休息。

【译文】

董抟霄,是磁州人,在元顺帝至正十六年建议朝廷说:"海宁一境不通船只,军粮只能陆运。临海的百姓,多次遭逢盗寇之乱,应采取委婉方式加以安抚,朝廷可暂且命令军人运送粮食。陆运的方法是:每人走十步,三十六人可走一里,三百六十人可走十里,三千六百人可走一百里;每人背米四斗,用夹布口袋装盛,盖官印加封作标记,人人肩上不离粮袋,米不着地,排列成行,每天五百回,总计路程二十八里,不背米走十四里,背米走十四里,每天可运米二百石,每次运米可供养二万人。这是一百里一天运粮的数目。"

按,夫长陵北征时[1],命侍郎师逵督饷[2]。逵以道险车载,民疲粮乏,乃择平坦之地,均其里数,置站堡;每夫一人运米一石,此送彼接,朝往暮来,民不困而食足,亦法此意。

【注释】

①长陵北征:指明朝初年,为加强北方统治,屡次出兵攻击元朝残余势力。长陵,此指明成祖朱棣。其死后葬南京,陵曰长陵。

②师逵:为官清廉。洪武中,官监察御史。明成祖即位,任兵、吏部侍郎。仁宗嗣位,任户部尚书。

【译文】

按,成祖北征时,命令侍郎师逵督运粮饷。师逵认为车辆运送道路艰险,百姓疲惫粮食也不够,于是选择平坦的路途,均分里程数,设置站堡;每一名运夫运一石米,这个送那个接,早上去晚上回来，百姓不会疲累而粮食也充足，正是效法董抟霄的做法。

刘本道

先是漕运京粮，唯通州仓临河近便。自通州抵京仓，陆运四十余里，费殷而增耗不给[①]。各处赴京操军[②]，久役用乏。本道虑二者之病，奏将通州仓粮于各月无事之时，令歇操军旋运至京，每二十石给赏官银一两；而漕运之粮止于通州交纳，就彼增置仓廒三百间[③]，以便收贮，岁积羡余米五十余万石，以广京储。上赐二品服以旌之[④]。

【注释】

①费殷：费用昂贵。殷，多。

②赴京操军：明兵制，有地方军轮番宿卫京师之役，宿卫期间，要操演阵法。

③仓廒（áo）：贮存粮食的仓库。

④上：指明英宗朱祁镇。

【译文】

先前从江南水运到京师的粮食，只有通州仓库临河比较方便。从通州仓到京师仓库，陆运四十多里，运费昂贵而运送过程增加的损耗也无法补充。各地都有轮番到京师宿卫操练的军队，长久服役军需用度不足。刘本道考虑到这两个弊病，奏请将通州仓库的粮食，在每月无事之时，由操练停歇的军士负责转运到京师，每运二十石赏赐官银一两；而从南方水运京师的粮食就在通州交付收纳，在通州增设仓库三百间，以便收存粮食，每年可积存余米五十多万石，以增加京师的存粮储备。明英宗因此赏赐二品官服以表彰他。

按，本道常州江阴人，由掾吏受知于靖远伯王骥[①]，引置幕下，奏授刑部照磨[②]，从征云南[③]，多用其策。正统中，从金尚书濂征闽贼[④]，活胁从者万余，升户部员外郎。景泰初，西北多事，民不聊生，本道请给价买牛二千头，并易谷种与之。贵州边仓粮侵盗事觉，展转坐连，推本道往治，不逾月，而积弊洞然。上嘉其廉能，赐五云采缎。天顺初，进户部右侍郎，总督京畿及通州、淮安粮储。本道固以才进，而先辈引贤不拘资格，祖宗用人不偏科目[⑤]，皆今日所当法也。

【注释】

①王骥：字尚德。善骑射，有胆略。永乐进士，累官兵部尚书。正统间三征麓川，南征北战，累积军功，封靖远伯。

②刑部照磨：官名。掌核对文卷，记录赃赎。

③征云南：明英宗正统二年(1437)，云南麓川宣慰司思任发反叛，侵占南甸州土司地。明廷谕其还地，侵扰益剧。正统四年(1439)，明廷遣黔国公沐晟等发兵讨伐，无功。六年(1441)，太监王振及兵部尚书王骥力主用兵，于是以王骥总督军务，发兵十五万，克麓川，思任发逃往缅甸。此后又两次发动麓川之役。

④金尚书濂：金濂，字宗瀚。永乐进士，累官刑部尚书。正统年间镇压福建农民起义。景泰初，改户部尚书，加太子太保。闽贼：明正统九年(1444)，处州(今浙江丽水)人叶宗留、陈鉴胡聚众数千至福建福安开矿，官府禁止，遂杀官反抗。至十二年(1447)，叶宗留聚众数万，称大王，攻建阳、建宁等地。十三年(1448)，邓茂七在福建沙县起义，称铲平王。

⑤科目：指科举功名。

【译文】

按，刘本道是常州江阴人，由掾吏而得到靖远伯王骥的赏识，招置幕下，奏请朝廷授予他任刑部照磨，随军征云南时，多用他的计策。英宗正统年间，本道跟随尚书金濂征讨福建叛贼，救活了一万多名胁从叛乱的百姓，因而升任户部员外郎。景宗景泰初年，西北方多战乱，民不聊生，本道请求拨款买二千头牛，并买谷种给他们。贵州边境上仓库的粮食被侵占盗窃的事揭发，辗转牵连很多人，朝廷派本道前往治理，不满一个月，积弊都清除了。英宗嘉许他清廉贤能，赏赐他五彩丝缎。天顺初年，升户部右侍郎，总督京师及通州、淮安的粮储。本道固然是凭着才干而受到重用，而朝中前辈大臣引荐贤才不拘身份资历，祖宗用人不偏重于科举功名，都是当今应该效法的。

苏轼

苏轼知杭州时，岁适大旱，饥疫并作。轼请于朝，免本路上供米三之一，故米不翔贵[①]；复得赐度僧牒百[②]，易米以救饥者。明年方春，即减价粜常平米，民遂免大旱之苦。杭州江海之地，水泉咸苦，居民稀少。唐刺史李泌始引西湖水作六井[③]。民足于水，故井邑日富[④]。及白居易复浚西湖[⑤]，放水入运河，自河入田，取溉至千顷。然湖水多葑[⑥]，自唐及钱氏[⑦]，岁辄开治，故湖水足用。宋废而不理，至是湖中葑积，为田一十五万余丈，而水无几矣。运河失河水之利，则取给于江潮，潮浑浊多淤，河行阛阓中[⑧]，三年一淘，为市井大患，而六井亦几废。苏轼始至，浚茅山、盐桥二河，以茅山一河专受江潮，以盐桥一河专受湖水，复造堰闸，以为湖水蓄泄之限，然后潮不入市，且以余力复完六井，民稍获其利矣。轼间至湖上，周视良久，曰："今欲去葑田，将安所置之？湖南北三十里，环湖往来，终日不达，若取葑田积于湖中，为长堤以通南北，则葑田去而行者便矣。吴人种麦，春辄芟除[9]，不遗寸草。葑田若去，募人种麦，收其利以备修湖，则湖当不复堙塞。"乃取救荒之余，得钱粮以万石数者，复请于朝，得百僧度牒，以募役者。堤成，植芙蓉、杨柳其上，望之如图画。杭人名之"苏公堤"。

【注释】

①翔贵：指物价上涨。翔，腾踊，多指物价上涨。

②度僧牒：由官府制造、专卖的僧尼剃度受戒证明书，也称度牒。有牒者得免徭役赋税。唐、宋由祠部发放度牒，又称"祠部牒"。官府可出售度牒，以充军政费用。

③六井：又称钱塘六井。唐代宗时，李泌做杭州刺史，因市民苦江水之恶，开六井，凿阴窦，引西湖水以灌之。

④井邑：城镇，乡邑。

⑤白居易复浚西湖：长庆初年白居易为杭州刺史，曾重修六井，蓄泄湖水以灌溉沿河之田。白居易，字乐天。贞元进士。元和初为翰林学士，迁左拾遗。因上表谏事，忤权贵，贬江州司马。后诏还，授太子少傅。

⑥葑（fèng）：菰根，即茭白根。湖泽中葑菱积聚处，年久腐化成泥，杂草丛生，则称葑田。故葑亦可概指水生各种杂草。

⑦钱氏：指五代时割据越地的吴越国，都杭州。开国国君为钱镠。

⑧阛阓（huán huì）：街市，街道。古代市道即在垣、门之间，故市肆称阛阓。阛，市垣。阓，市的外门。

⑨芟（shān）除：指除草。

【译文】

苏轼任杭州知州时，正逢大旱，饥荒和传染病并发。苏轼上奏朝廷，请求免除当地上供米的三分之一，所以米价没有上涨；又得到赏赐的僧尼度牒一百份，用来换取米粮救济饥饿的百姓。第二年春天，就减价卖出常平仓的米，百姓于是免遭大旱饥荒的痛苦。杭州由于地处江海，泉水咸苦，居民稀少。唐代刺史李泌才引入西湖的水建造六井。百姓用水充足，所以城邑日渐富裕起来。到白居易时又疏通西湖，引水入运河，再由运河引入农田，取水灌溉达千顷。然而西湖中长满水草，自唐代及五代吴越时期，每年都疏通治理，所以湖水还够用。宋代西湖荒废无人治理，到这时湖中尽是水草淤泥，淤出的田地有十五万多丈，而湖水所剩无多。运河失去河水运输的便利，只好依赖钱塘江潮水补给，潮水浑浊多淤泥，船舶要在市区通行，每三年要疏通一次，成为市区的大患，而六井也几乎废弃了。苏轼刚到任，就疏通茅山和盐桥二河，让茅山河专门接受钱塘江潮水，以盐桥河专门吸收湖水，又建造水闸，用作湖水储蓄与排泄的界限，此后江潮进来的水不流入市区，再以多余的财力修复六井，百姓稍稍得到一些好处。苏轼不时走到西湖，四处观察了很久，说："现在想要去除水草和淤泥，将安置在何处呢？西湖南北距离三十里，环湖往来一趟，一天都走不完，如果取出水草淤泥堆积在湖中间，筑成长堤以贯通西湖的南北，那么水草淤泥得以清除而行人也可以方便通行了。吴人种麦子，春天就会割除野草，一寸小的草也不漏掉。水草淤泥如果清除，招募百姓种麦子，收取利税以备修治西湖，那么西湖就不会再淤塞了。"于是取救济灾荒的节余，得到钱粮数万石，又求援于朝廷，得到一百份僧度牒，以招募役夫修筑西湖长堤。长堤筑成后，种植芙蓉、杨柳于堤上，远望堤坝景色如图画一般。杭州人将它称为"苏公堤"。

华亭宋彦云[①]："西湖蓄水，专以资运河。湖滨多水田，春夏间苦旱，秋间又苦涝，莫若专设一司，精究水利。湖宜开广浚深，诸山水溢则能受，诸田苦旱则能泄。闸司又俟浅深以启闭，则运无阻滞，而三辅内膏腴可相望矣。”按，此宋人为都城漕计，其实今日亦宜行之。迩来西湖渐淤，有力者喜于占业，地方任事者，不可不虑其终也！

【注释】

①宋彦：明朝人，著有《山行杂记》。

【译文】

华亭宋彦说：“西湖蓄水，专门供给运河。湖边有很多水田，春夏之间常苦于干旱，秋季又苦于多水，不如专设一个部门，精心研究水利。湖应该开得广挖得深，各山流下漫出来的水则能容纳，田地苦于干旱则能灌溉。管水闸的人又要看水的深浅来开关闸门，那么水运就无阻碍，而京师附近到处都可以看到肥沃的田地了。”按，这是宋人为都城漕运所作的计划，其实目前也适合推行。近来西湖又逐渐淤积，有势力的人喜欢侵占淤地，地方管事的人，不能不考虑这样下去的严重后果。

张需

张需长于治民[①]，先佐郧州[②]，渠有淤者，废水田数十年，守相继者莫能疏。需甫至，守言及此，惮于动众。需往看之，曰：“若得人若干，三日可毕！”守怪以为妄。需乃聚人得其数，各带器物，分量尺数，争效其力，三日遂毕。守大惊，以为神助。迁霸州守，见其民游食者多，每里置一簿列其户，每户各报男女大小口数，派其舍种粟麦桑枣，纺绩之具、鸡豚之数，遍晓示之。暇则下乡，至其户簿验之，缺者罚之。

于是民皆勤力，无敢偷惰。不二年，俱有恒产[3]，生理日滋[4]。

【注释】

①张需：明英宗正统间知霸州，中官牧马扰民，需笞其校卒，中官谮于王振，下锦衣卫，箠楚几死，戍边。

②佐郧州：为郧州州佐。州佐，州郡一级副职和佐吏的泛称。郧州，在今湖北安陆。

③恒产：固定的产业。如土地、田园、房屋等不动产。

④生理：生计，谋生之计。

【译文】

张需擅长治理地方百姓，先是担任郧州的佐吏，有一条淤积的河渠，导致水田废弃了几十年，历任太守都没能疏通。张需刚一到任，太守和他谈到这件事，担心疏理河渠惊动民众。张需前往察看，说："如果能找到若干人，三天就可以完成！"太守很奇怪以为他妄言自大。张需于是召集到需要的人数后，各自带着工具，分别量好地段的尺寸，争相出力，果然三天就完成了。太守大惊，以为有神相助。后来张需升任霸州太守，看见那里的百姓游手好闲的很多，就在每里置办一本登记册列出所有住户，每户各呈报男女老幼人口数目，让他们去种植粟、麦、桑、枣，纺织的工具、鸡猪的数目，都明白地展示出来。闲暇时张需就下乡，到乡里拿户簿一一查验，没完成任务的人就处罚他们。于是百姓都勤勉努力，没有敢偷懒的。不到两年，百姓都有了土地田园，生计日渐富足。

李若谷　赵昌言

安丰芍陂县[1]，叔敖所创，为南北渠，溉田万顷。民因旱多侵耕其间，雨水溢则盗决之[2]，遂失灌溉之利。李若谷知寿春[3]，下令陂决不得起兵夫，独调濒陂之民使之完筑，自是无盗决者。

【注释】

①芍陂(bēi):陂塘名。在今安徽寿县。又名安丰塘,因在安丰郡界,故名。古代淮河流域最著名的水利工程。传为楚相孙叔敖主持修造。

②盗决:偷偷决堤放水。

③李若谷:字子渊。历任宋太宗、宋真宗、宋仁宗,官至资政殿大学士、吏部侍郎。治民多智虑。寿春:今安徽寿县。

【译文】

安徽寿县的安丰芍陂,是孙叔敖主持修造的,为直通南北的河渠,可以灌溉万顷田地。百姓在干旱时多侵占河渠在其中耕种,雨水溢满就偷偷决堤放水,于是河渠失去灌溉的作用。李若谷任寿春知县时,就下令芍陂溃决不得征调士兵去修复,只能征调芍陂边上的百姓去修筑,从此再也没有偷偷决堤放水的人了。

天雄军豪家刍茭亘野[①],时因奸人穴官堤为弊[②]。咸平中[③],赵昌言为守[④],廉知其事[⑤],未问。一旦堤溃,吏告急,昌言命急取豪家所积,给用塞堤,自是奸息。

【注释】

①天雄军:即大名府。刍茭亘野:干草横亘山野。《宋史·赵昌言传》:“豪民峙刍茭图利。”刍茭,即干草。

②穴:挖,凿通。

③咸平:宋真宗赵恒年号(998—1003)。

④赵昌言:字仲谟。太平兴国进士。累官知制诰,参与修撰《文苑

英华》。他三次知天雄军，两次在太宗时，一次在真宗景德年间。此条所载在《宋史》本传属太宗时第二次知天雄军之事。而此言“咸平”，当误。

⑤廉：考察，查访。

【译文】

天雄军富豪家储备的干草遍布山野，当时引诱奸人挖掘官堤成为弊病。宋真宗咸平年间，赵昌言任太守，通过访查知道这件事，故意不过问。有一天河堤溃决，官吏来报告紧急情况，赵昌言命令紧急调取富豪家积存的干草，用来堵塞堤坝，从此这种故意破坏堤坝的奸行才停止。

近日东南漕务孔亟[①]，每冬作坝开河，劳费无算，而丹阳一路尤甚。访其由，则居人岁收夫脚盘剥之值[②]，利于阻塞；当起坝时，先用贿存基，俟粮过后，辄于深夜填土，至冬水涸，不得不议疏通。若依李、赵二公之策，竭一年之劳费，深加开浚；晓示居民，后有壅淤，即责成彼处自行捞掘，庶常、镇之间或可息肩乎[③]？或言每岁开塞，不独夫脚利之，即官吏亦利之，此又非愚所敢知也。

【注释】

①孔亟：事务非常紧急。孔，甚。亟，急。

②夫脚：搬运夫，也叫脚夫，夫役。盘剥：运输，搬运。

③常、镇：常州、镇江。息肩：卸下负担，指免除徭役负担。

【译文】

近来东南漕运事务非常紧急，每年冬季都要修筑堤坝疏通河道，耗费不计其数，而丹阳一带尤其严重。探访其中缘由，是附近居民每年收取做脚夫的搬用费用，运河阻塞对他们有利；每当修建水坝时，先行贿留存河道基础，等粮食运过之后，就在深夜去填土，到冬季水干涸了，不得不商议疏通。如果依照李若谷、赵昌言两位先生的计策，用一年的劳力费用，深入开掘疏通；然后明示居民，以后如果再有淤塞，就要求附近的居民自行挖掘疏通，或许常州、镇江之间可以免除劳役了？有人说每年疏通运河，不仅仅对脚夫有利，对官吏也有利，这就又不是我能知道的了。

屯牧

西番故饶马①，而仰给中国茶饮疗疾。祖制以蜀茶易番马，久而浸弛，茶多阑出②，为奸人利，而番马不时至。杨文襄乃请重行太仆苑马之官③，而严私通禁，尽笼茶利于官，以报致诸番。番马大集，而屯牧之政修④。

【注释】

①西番：亦作西蕃。泛指青海、西藏等地的藏、羌等少数民族。

②阑出：没有官府凭证擅自出边关贸易，即走私贩出。阑，擅自，任意。

③杨文襄：杨一清，字应宁，卒谥文襄。明成化进士。弘治末巡抚陕西，留心边事，加强战备。与张永谋诛刘瑾，为陕西三镇总制。累升至吏部尚书、兵部尚书、华盖殿大学士。为首辅，被人攻讦，落职。太仆苑马之官：苑马指国家蓄养的马，设官专司之，隶属于太仆卿掌管。

④屯牧：政府直接组织经营的一种蓄养军马的制度。

【译文】

青海、西藏一带少数民族地区过去盛产马匹，而仰赖中国茶饮治疗疾病。按照先朝的制度是用四川茶叶交换番马，年代久远这一制度逐渐废弛,茶叶多被走私贩出,被奸人用来谋利,而番马却不能按时送到。文襄公杨一清于是奏请重新设置专职交易马匹的官吏,严禁私自用茶叶交易马,把茶叶的利润全部收归官府所有,并通报各少数民族。于是番马大批聚集,而屯牧之制因而得以修复。

其托陕西,则创城于平虏、红古二地[1],以为固原援,筑垣濒河,以捍靖虏[2]。其讨安化,则授张永策以诛逆瑾[3]。出将入相,谋无不酬,当时目公为"智囊",又比之姚崇,不虚也!

【注释】

①平虏:平虏堡,在今甘肃张掖北。红古:红古堡,在今甘肃固原。

②靖虏:靖虏卫,在今甘肃兰州附近。

③张永:明朝正德年间宦官,明武宗的亲信。勤练武艺,颇有勇力。原为宦官刘瑾党羽,后因不满刘瑾作为而产生矛盾,后在平叛安化王朱寘镭叛乱时接受杨一清的建议,用计谋将刘瑾除掉。

【译文】

杨一清任职陕西时,就创建平虏、红古两座城堡,作为固原的后援,在河边修筑城墙,以捍卫靖虏卫。他讨伐安化时,则传授张永计策来诛杀宦官刘瑾。出将入相,谋略没有不成功的,当时把他看成"智囊",又把他比作姚崇,一点不错!

张全义 二条

一

东都荐经寇乱[1],其民不满百户。张全义为河南尹[2],选麾下十八人材器可任者,人给一旗一榜,谓之"屯将",使诣十八县故墟落中,植旗张榜,招怀流散,劝之树艺[3],蠲其租税[4];唯杀人者死,余俱笞杖而已[5]。由是民归如市。数年之后,渐复旧规。

【注释】

①东都:唐时洛阳为东都。荐:再,又,接连。

②张全义:唐末、五代将领。字国维,初名居言,唐昭宗赐名全义,后附朱温,入后梁,赐名宗奭,后梁灭亡后复名全义。早年参与黄巢起义,后投靠河阳节度使诸葛爽。光启三年(887)始任河南尹,割据洛阳。后梁时封魏王,后唐时改封齐王。后唐同光四年(926)卸任河南尹,改任忠武军节度使、检校太师、尚书令,同年去世,追赠太师,谥忠肃。

③树艺:种植庄稼。

④蠲(juān):除去,减免。

⑤笞(chī)杖:古代的笞刑与杖刑。笞,用竹板或荆条打人的刑罚。杖,用木棍打人的刑罚。

【译文】

唐末五代时东都洛阳接连遭盗寇侵扰,居民不满一百户。张全义为河南尹时,选了部下十八个才能器度可以任用的人,每人给一面旗子、一张榜文,称为"屯将",派他们到十八个县的废墟村落中,竖立旗子张贴榜文,招抚流离失散的百姓,劝他们回来耕种,并减免他们的租税;只有杀了人的人必须处死,其余的都处以笞刑或杖刑而已。从此百姓归来如市集一般。几年以后,逐渐恢复了旧日的模样。

二

全义每见田畴美者[1],辄下马与僚佐共观之,召田主,劳以酒食。有蚕、麦善收者,或亲至其家,悉呼出老幼,赐以茶采衣物。民间言:“张公不喜声妓,独见佳麦良蚕乃笑耳!”由是民竞耕蚕,遂成富庶。

【注释】

①田畴美者:庄稼长得好的田地。

【译文】

张全义每每见到庄稼长得好的田地,就下马与属下一起观看,并请来田主,用酒菜慰劳他们。有养蚕、种麦收成好的,张全义有时会亲自到他们家去,把老人小孩都叫出来,赏给他们茶叶和衣物。民间说:“张全义不喜欢声色,唯独看到好的麦田和良蚕才会笑!”因此百姓争着耕田养蚕,于是成为富庶之地。

全义起于群盗,乃其为政,虽良吏不及。彼吏而盗者,不愧死耶!

【译文】

张全义是盗贼出身,但他处理政事,即使贤能的官吏也比不上。而那些身为官吏却干盗贼之事的人,不羞愧至死吗!

○全义一笑而民劝,今则百怒而民不威,何也?

【译文】

○张全义一笑而百姓勤勉,现在的官吏发怒上百回而百姓也不敬重,这是怎么回事呢?

植桑除罪

范忠宣公知襄城[1]，襄俗不事蚕织，鲜有植桑者。公患之，因民之有罪而情轻者，使植桑于家，多寡随其罪之轻重，后按其所植荣茂与除罪。自此人得其利，公去，民怀之不忘。

【注释】

①范忠宣公：范纯仁，字尧夫。范仲淹次子，卒谥忠宣。范仲淹死后，范纯仁始出仕，以著作郎知襄城县。襄城：今河南襄城。

【译文】

北宋范纯仁出任襄城县令时，襄城的习俗不养蚕织布，很少有种桑树的。范纯仁很担忧，就派犯罪而罪行较轻的百姓，让他们在家里种植桑树，种多少随他犯罪的轻重而定，之后按照每个人所种桑树的繁茂来免除罪行。从此百姓得到种桑养蚕的利益，范纯仁离任后，百姓仍然感念他久久不忘。

愚于今日军、徒之罪亦有说焉[1]。夫军借以战，徒借以役，非立法之初意乎？今不然矣，或佯死，或借差[2]，或倩代[3]，里甲有佥解之忧[4]，卫所有口粮之费[5]，而罪人之翱翔自如，见者不得而问焉。即所谓徒者，视军较苦，故谚有“活军死徒”之说。然而富者买替，贫者行丐，即驿中牵挽之事，所资几何，又安用此徒为哉！然则宜如何？曰：莫若以屯法行之。方今日议开垦，未有成效，诚酌军卫之远近，徒限之多寡[6]，押赴某处开荒若干亩。俟成熟升科[7]，即与准罪释放；其或愿留，即为世业。行之数年，将旷土渐变为熟土[8]，且奸民俱化为良民，其利顾不大与[9]？若夫安插有法，羁縻有法，稽核有法，劝相有法，是又非可以一言尽也。

【注释】

①军：充军。徒：流放。

②借差：以钱雇人替自己服充军、流放之刑。

③倩代：请人代替。倩，同“请”。

④里甲有佥解之忧：乡里有签押、解送犯人的忧虑。佥，后多作“签”，在文书上写名字，画押。

⑤卫所：明朝时于险要关隘处驻军设置卫或所。

⑥徒限：服刑的年限。

⑦升科：开垦荒地满若干年限后，就按普通田地征收粮税。

⑧旷土：荒芜的土地。

⑨顾：难道。

【译文】

我对于当今充军、流放的罪行也有话要说。充军是为了战争，流放是为了徭役，这不是立法的本意吗？如今却不是这样，有人假装死亡，有人花钱雇人，有人请人代替，乡里有签押、解送犯人的忧虑，边关卫所有口粮的耗费，然而罪人却逍遥自在，见了也无法查问。所谓流放，比充军要艰苦，所以谚语有“活军死徒”的说法。然而富人花钱雇人代替，穷人行乞被收买，就是驿站中负责牵马的事情，需要几个人，又哪里用得着这些人呢！然而应该怎么办呢？说：不如推行屯田之法。当今每天商议开垦，还没有成效，实在应该衡量军队卫所的远近，服刑年限的多少，押送犯人到某地去开垦荒地若干亩。等到谷物收获可以征收赋税后，就准他们抵罪释放；有愿留下来的，就成为永久的产业。推行几年，将荒芜的土地逐渐变为宜于耕种开垦过的田产，而且乱法犯禁的人都化为良民，它的好处难道不是很大吗？如果安插方法得当，笼络控制方法有度，稽查复核方法合适，劝勉方法可行，这就又不是一句话可以说尽的了。

铅铁钱

楚王马殷[①]，既得湖南，不征商旅[②]，由是四方商旅辐辏[③]。湖南地多铅铁，军都判官高郁请铸为钱，商旅出境，无所用之，皆易他货而去，国用富饶。边批：只济一境之用，周流不滞亦足矣。湖南民不事蚕桑，郁令输税者皆以帛代钱。未几，民间机杼大盛[④]。

【注释】

①楚王马殷：五代十国时的楚国，所据在今湖南，都于长沙。始于马殷，历六主五十六年（896—951），为南唐所灭。马殷，字霸图。唐末从军，初随孙儒，后随刘建峰。建峰死，被推为帅，官潭州刺史，转武安军节度使。后梁时封楚王，后唐时建楚国。

②商旅：流动的商人。

③辐辏：车辐集于轴心。比喻人或物聚集一处。

④机杼（zhù）：纺织。

【译文】

五代时楚王马殷，占据湖南后，不向流动的商人征税，因此各地流动的商人都聚集而来。湖南盛产铅铁，军都判官高郁请求铸成钱币，流动的商人出境后，这种钱币无法适用，都换成其他货物离开，国家经费因而富足。边批：只补一境之用，周流不滞也足够了。湖南百姓不养蚕种桑，高郁下令缴税的人都用布帛代替钱币。不久，民间就大量种桑养蚕了，当地的纺织之风大盛。

官府无私，即铅铁尚可行，况铜乎？夫钱法所以壅而不行者，官出而不官入也[①]。以恶钱出而以良钱入[②]，出价厚而入价廉，民谁甘之？故曰："君子平其政[③]。"上下平，则政自行矣。

【注释】

①官出而不官入：官府发行钱币而不回收民间使用的官钱钱币。

②恶钱：铸工用料都粗陋轻薄的铜钱。

③君子平其政：言君子治国为政务必使其公平。见《孟子·离娄下》。

【译文】

官府无私，即使是铅铁钱也能通行，何况是铜钱呢？钱币法之所以雍闭不通，是因为官府只发行钱币而不回收。以工料粗陋的铜钱发行而回收质地良好的钱币，发行时价格高而回收时却价格低廉，百姓谁会甘心呢？所以说："君子处理政事务必公正。"上下公平，那么政令自然畅通无阻。

钱引

赵开既疏通钱引[①]，民以为便。一日有司获伪引三十万[②]，盗五十人，议法当死。张浚欲从之，开曰："相君误矣！使引伪，加宣抚使印其上，即为真矣。黥其徒[③]，使治币，是相君一日获三十万之钱而起五十人之死也。"浚称善。

【注释】

①赵开：字应祥。北宋元符年间进士。徽宗时除成都路转运判官。张浚宣抚川蜀，命总领四川财赋，改革酒法、钱引法与茶法，财利大增。南渡后，从张浚治兵秦州，经画费用充足。钱引：宋代的一

种纸币。赵开在秦州设发行纸币的钱引务，于兴州鼓铸铜钱，可以用来兑换金银铜钱。

②伪引：伪造钱引。当时钱引面额有五百、一千不等。

③黥（qíng）：古代刑罚，在犯人脸上刻字并用墨染黑。

【译文】

北宋赵开设钱引务鼓铸铜钱后，百姓都认为很方便。有一天，有关官吏查获伪造钱引三十万，罪犯有五十人，讨论之后依法当处死。张浚想按此办理，赵开说："大人错了！用伪钱引，在它上面加盖宣抚使印，就成为真的了。把制造伪钱引的人处以黥刑，派他们去印钱引，这样您一天可得到三十万钱而救活了五十人。"张浚认为很好。

不但起五十人之死，又获五十人之用，真大经济手段；三十万钱，又其小者。

【译文】

不只救活了五十人，又得到五十人可用，真是最划算的手段；三十万钱，相比起来又只是小事了。

益众

备依刘表[①]，尝忧兵寡不足以待曹公。诸葛亮进曰："荆州非少人也，而著籍者寡[②]。平居发调[③]，则民心不悦，可语刘荆州，令凡有游户[④]，皆使自实[⑤]，因录以益众可也。"备从其计，其众遂强。

【注释】

①备依刘表：建安十二年(207)，刘备为曹操所败，奔荆襄依附于荆州刺史刘表。刘表，字景升。早年受党锢之祸牵连，后被大将军何进辟为掾，出任北军中候。初平元年(190)，出任荆州刺史。后为荆州牧。称“刘荆州”。当时天下大乱，刘表爱民养士，从容自保。

②著籍者寡：登记于户籍的人少。当时中原连年战乱，人口大量流散于荆襄一带。

③平居发调：平安无战事时征发抽调百姓当兵。

④游户：未登记户籍的人家。

⑤自实：自报户籍。

【译文】

刘备依附刘表后，曾忧虑兵力太少不足以对抗曹操。诸葛亮进言说：“荆州人口并不少，只是登记于户籍的人少。平安无战事时征发抽调百姓当兵，则百姓心里不高兴，可以告诉刘表，令所有未登记户籍的人家，都让他们自报户籍，记录下来以增加兵力就可以了。”刘备按照他的计谋去做，他的兵众于是强大起来。

陶侃

陶侃性俭厉①，勤于事。作荆州时，敕船官悉录锯木屑②，不限多少。咸不解此意。后正会③，值积雪始晴，厅事前除雪后犹湿。于是悉用木屑履之，都无所妨。官用竹，皆令录厚头，积之如山。后桓宣武伐蜀，装船悉以作钉。又尝发所在竹篙，有一官长，连根取之，仍当足④，根坚可代铁足。公即超两阶用之。

【注释】

①陶侃:字士行。少孤贫,为县吏,后因击败杜弢反晋武装,升任荆州刺史。为王敦所忌,转广州刺史。苏峻叛晋,建康失守。温峤推陶侃为盟主,击杀苏峻,为靖难功臣。后任荆、江二州刺史,都督八州军事。

②录:收而登记。

③正会:皇帝元旦朝会群臣、接受朝贺礼仪。也指元旦这一天。

④足:撑船所用竹篙着地的一头。一般要用铁箍,防止破裂。

【译文】

晋朝人陶侃生性节俭严厉,对政事十分勤勉。任荆州刺史时,告诫船官把锯木屑都收集起来,不论数量多少。众人都不了解他的用意。后来元旦朝会,正值积雪天气刚放晴,官府厅前的雪清除后地仍很湿滑。于是都用木屑撒在地上,能通行不滑了。官用的竹子,陶侃都下令收集粗厚的竹子头,堆积如山。后来桓温伐蜀,造船时都用来做竹钉。又曾征调当地的竹子作船篙,有一个官吏,连着竹根挖起来,于是用来作为竹篙着地的一头,竹根坚硬可以代替铁作着地的一头使用。陶侃就提升两级任用他。

苏州堤

苏州至昆山县凡七十里,皆浅水,无陆途。民颇病涉,久欲为长堤,而泽国艰于取土[①]。嘉祐中[②],人有献计:就水中以蘧除刍藁为墙[③],栽两行,相去三尺;去墙六尺,又为一墙,亦如此;漉水中淤泥,实蘧除中,候干,则以水车汱去两墙间之旧水,墙间六尺皆土,留其半以为堤脚,掘其半为渠,取土为堤;每三四里则为一桥,以通南北之水。不日堤成,遂为永利。今娄门塘[4],是也。

【注释】

①泽国:沼泽遍布的地区。

②嘉祐:宋仁宗赵祯年号(1056—1063)。

③蘧(qú)除:用芦苇或竹篾编成的粗席。除,亦作“蒢”“篨”。

④娄门塘:苏州的东门为娄门,娄门塘在娄门之外。

【译文】

苏州到昆山县共七十里,都是浅水,没有陆路。百姓颇苦于涉水,很早就想筑长堤,但是沼泽地区很难取土。宋仁宗嘉祐年间,有人献计:在水中用竹席干草做墙,树立两行,相距三尺;离墙六尺,又建一面墙,做法也和之前相同;把水中的淤泥沥干,塞在竹席中,等干了,就用水车除去两墙之间的旧水,墙与墙之间六尺都是泥土,留一半作为长堤的基础,挖另一半做沟渠,用挖出来的土筑堤;每三四里建一座桥,以打通南北的水流。不久长堤建成,就成为百姓永远的便利。如今的娄门塘,就是这样。

丁晋公

祥符中[1],禁中火。时丁谓主营复宫室,患取土远,公乃命凿通衢取土,不日皆成巨堑[2]。乃决汴水入堑中,引诸道竹木牌筏及船运杂材,尽自堑中入。至公门事毕,却以拆弃瓦砾灰壤实于堑中,复为街衢。一举而三役济,计省费以亿万计。

【注释】

①祥符:大中祥符,宋真宗赵恒年号(1008—1016)。

②巨堑：大沟。堑，沟壕。

【译文】

宋真宗祥符年间，宫中发生大火。当时丁谓主持营建修复宫室，担心取土的地方太远，丁谓就下令挖开大道取土，不久道路都变成大沟。于是打通汴水流入沟中，引导各道的竹木牌筏及船只来运输各种建材，都由大水沟进入。到宫殿修复的事完成后，却把拆弃的瓦砾土壤填入沟中，又成为重要的街道。做一件事而三项工作得以完成，共计节省了亿万经费。

此公尽有心计，但非相才耳。故曰："小人不可大受，而可小知[①]。"

【注释】

①小人不可大受，而可小知：语见《论语·卫灵公》："君子不可小知，而可大受也。小人不可大受，而可小知也。"大受，授以大任。小知，知其才干而役使之。

【译文】

丁谓确实很有心计，但不是宰相人才。所以说："小人不能承担重任，而可以凭着才干被役使。"

郑端简公　三条

一

嘉靖丁巳四月[①]，三殿二楼十五门俱灾。文武大臣会议修建，海盐郑公晓时协理戎政[②]，率营军三万人打扫火焦。郑公白黄司礼[③]："砖瓦木石不必尽数发出，如石全者，半者、一尺以上者，各另团围，就便堆积。白玉石烧成石灰者，亦另堆积。砖瓦皆然。”不数日，工部欲改修端门外廊房为六科并各朝房，午门以里欲修补烧柱墙缺，又于谨身殿后、乾清宫前隆宗、景运二门中砌高墙一道，拦断内外。内监、工部议从外运砖、运灰、运黄土调灰，一时起小车五千辆，民间骚动。公告黄司礼曰：“午门外堆积旧砖石并石灰无数，可尽与工部修端门外廊房。其在午门以内者，可与内监修理柱空，并砌乾清宫前墙。”黄甚喜。公又曰：“修砌必用黄土，今工部起车五千辆，一时不得集，况长安两门、承天、端门、午门止可容军夫出入[4]，再加车辆，阻塞难行。见今大工动作，两阙门外多空地，可挖黄土，用却，命军搬焦土填上，用黄土盖三尺，岂不两便？”黄曰：“善！”公曰：“午门以里台基坏石，移出长安两门甚远。今厚载门修砌剥岸，若命军搬出右顺门，出启明门前下北甚近，就以此石作剥岸填堵，不须减工部估料，但省军士劳力亦可。”边批：若减估必有梗者。黄又曰：“善！”公曰：“旧例：火焦木，军搬送琉璃、黑窑二厂，往回四十里。今焦木皆长大，不唯皇城诸门难出，外面房稠路狭，难行难转，况今灾变各门内臣小房，非毁即折坏，必须修盖，方可容身。莫若将焦木移出左、右顺门外，东西宝善、思善二门前后，并启明、长庚两长街，听各内臣擘取焦皮作炭，木心可用者任便取去，各修私房。以皇城内物修皇城内房，不出皇城四门，亦省财力。”黄又曰：“善！”

【注释】

①嘉靖丁巳：即嘉靖三十六年（1557）。嘉靖，明世宗朱厚熜的年号

(1522—1566)。

②郑公晓:郑晓,字窒甫。嘉靖进士,时任兵部侍郎,总督漕运,后因抵御倭寇有功,官至兵部尚书。为严嵩所恶,落职。卒谥端简。

③司礼:明代内官设司礼监,简称司礼。由宦官任职,负责宫廷礼节,内外奏章。明中叶之后权势极重,刘瑾、魏忠贤皆以司礼监而权倾中外。

④长安两门:天安门两侧,东边有长安左门,西边有长安右门。承天:承天门,即今天安门。

【译文】

嘉靖三十六年四月,宫中有三座宫殿、两座楼和十五座门都被烧毁。文武大臣商议如何重新修建,海盐郑晓时任兵部侍郎,率领军营中三万人打扫火灾后的宫室。郑晓告诉黄司礼:"被烧的砖瓦木石不一定全部搬出去,如石材完好的,一半完好的、一尺以上完好的,各自分别围住,就近堆积起来。烧成石灰的白玉石,也单独堆积。砖瓦都这样处理。"没过几天,工部想改修端门外廊房为六科和其他官员的朝房,午门以内想要修补被烧的柱子和墙上残缺,又在谨身殿后、乾清宫前的隆宗、景运二门中砌一道高墙,以隔绝内外。宦官与工部商议从外面运砖、运石灰、运黄土调石灰,一时之间起用小车五千辆,民间为之骚动。郑晓告诉黄司礼说:"午门外堆积了无数旧砖石和石灰,可全部供给工部修建端门外廊房。在午门内的,可以给宦官修理墙柱,并砌乾清宫前的墙。"黄司礼很高兴。郑晓又说:"修补砌墙必定要用黄土,现在工部起用五千辆车子,一时之间无法凑足,何况长安左右两门、承天门、端门、午门只能容下部队士卒出入,再加上车辆,必定阻塞难行。如今大工程动工,宫阙两门外有很多空地,可以挖黄土,用完,命令军士搬运焦土填上,再用黄土覆盖三尺,岂不是两边都便利?"黄司礼说:"好!"郑晓说:"午门以内台基的损坏石块,搬出长安两门太远了。现在厚载门需修补剥落的石阶,如果命令士卒搬出右顺门,出启明门前向北很近,就用这些石块填补剥落的石阶，不须减少工部预估的材料，光是节省军士的劳力也可以了。”边批：如果减少预估的材料一定有阻碍的。黄司礼又说：“好！”郑晓说：“按旧例：火烧焦的木材，由军士搬送到琉璃、黑窑二厂，来回四十里路。如今焦木都又长又大，不只皇城各门很难出去，外面房屋稠密道路狭窄，既难行走又难转弯，何况现在火灾改变了各门太监的小房，不是损毁了就是折坏了，必须重新修盖，才能容身。不如将焦木移出左右顺门外，东西宝善、思善二门前后，及启明、长庚两条长街，听任太监拿取焦木皮作木炭，木心可用的木料随便拿去，各自修理自己的房间。用皇城内的东西来修建皇城内的房间，不出皇城四门，也是节省了官府的很多财力。”黄司礼又说：“好！”

二

锦衣赵千户持陆锦衣帖来言[①]：“军士搬出火焦，俱置长安两门外、大街两旁，四夷朝贡人往来，看见不雅。边批：体面话。庆寿寺西夹道有深坑，可将火焦填满。”公曰：“三殿灾，朝廷已诏天下，如何说不雅？谁敢将朝廷龙文砖石填罪废太平侯故宅[②]？况寿宫灾、九庙灾，火焦皆出在长安两门外！军士从长安大街重去空来，人可并行，官可照管。若从两夹道入，必从寺东夹道出，路多一半，三万人只做得一万五千人生活，岂有营军为人填坑！且火焦工部还有用处，待木石料完，要取火焦铺路，直从长安坊牌下填至奉天殿前，每加五寸，杵碎平实，又加五寸，至三尺许方可在上行大车、旱船、滚石，不然街道、廊道皆坏矣。见今午门外东西胁下数万担火焦积堆，若搬出，正虑不久又要搬入耳！”赵复语，公径出[③]。

【注释】

①锦衣赵千户：明锦衣卫设千户一官。陆锦衣：陆炳，其母为明世宗乳母，自幼从母入宫。嘉靖中授锦衣副千户，从明世宗幸次卫辉，行宫夜失火，陆炳背世宗逃出，由此大得宠幸。此时为锦衣卫帅。与严嵩、夏言均交好，官至太保，势倾天下。

②罪废太平侯：英国公张辅弟张軏，天顺初封太平侯，子张瑾袭位，于成化间以罪废。

③径出：径自走了。

【译文】

锦衣卫赵千户拿着陆炳的帖子来说："军士搬出被火烧焦的东西，都放置在长安两门外、大街两旁，四面八方的属国来朝贡的人往来，看了不雅观。边批：体面话。庆寿寺西边夹道上有深坑，可以用烧焦的东西去填满。"郑晓说："三座宫殿发生火灾，朝廷已经诏告天下，有什么不雅观可言？谁敢将朝廷的龙纹砖石填在因罪被废的太平侯故宅？何况寿宫、太庙都发生火灾，焦物都运到长安两门外！军士从长安大街负重而去空手回来，人可并行，官吏可以管理，如果从两个夹道进去，一定要从寺东的夹道出来，路程多了一半，原来的三万人只能用一万五千人在干活，哪有用军士为人填坑！况且烧焦的废料工部还有用处，等木块和石块用完后，要取焦土铺路，一直从长安坊牌下填到奉天殿前，每次增加五寸，都碾碎压平，再加五寸，到三尺左右才能在上面行走大车、旱船、滚石，不然街道、廊道都坏了。现今午门外东西两侧，堆积着数万担火烧的材料，如果搬运出去，正担心不久又得再搬进来。"赵千户还想说话，郑晓就径直走出去了。

三

会议午门台基及奉天门殿楼台基、阶级、石柱磉、花板、石面，纷纷不决。公欲言，恐众不肯信，特造大匠徐杲请教[1]。杲虽匠艺，亦心服公，即屏左右。公曰："今有三事：一午门台基，众议将前三面拆去一丈，从新筑土砌石；如此，恐今工作不及国初坚固，万一楼成后旧基不动，新基倾侧，费巨万矣。莫若只将台下龟脚、束腰、墩板等石，除不被火焚坏者留之，其坏者凿出烬余，约深一尺五寸，节做新石补入，内土令坚，仍用木杉板障之，决不圮坏，三面分三工，不过一月可完。唯左右掖门两旁须弥座石最大且厚[2]，难换，必须旁石换齐后，如前凿出约深二尺五寸，做成新石垫上，与旧石空齐，用铁创肩进，亦易为力。"徐曰："善！"公又曰："奉天门阶沿石，一块三级，殿上柱磉大者方二丈[3]，如此重大，不比往时皇城无门限隔[4]，可拽进。近年九庙灾[5]，木石诸料不能进，拆去承天门东墙方进得。今料比九庙又进三重门，尤难为力。莫若起开焦土，将旧阶沿磉石、地面花板石，逐一番转，尚有坚厚可用，番取下面，加工用之。至于殿上三级台基并楼门台基，俱如午门挖补皆可。公能力主此议，省夫力万万，银粮何至数百万，驴骡车辆又不知几，莫大功德也！"徐甚喜。后三日再议，悉如前说。

【注释】

①大匠：即将作大匠。主管皇家宫庙、陵寝营造的官。

②须弥座石：须弥座，本指佛座。此处指古建筑中的台座形石料。

③柱磉（sǎng）：柱下的基石。

④门限：门槛，门框下的横挡。

⑤九庙：皇帝的宗庙，即太庙。明世宗于嘉靖十四年（1535），尽改太庙同堂异室的制度，锐意复古，重建太庙为九庙。

【译文】

集会商议午门台基及奉天门殿楼的台基、阶级石、柱下石、花板、石面等等问题，各种意见很多，不能决定。郑晓想发表自己的意见，恐怕各方未必肯信，特地造访将作大匠徐杲向他请教。徐杲虽然技术高超，也从心里佩服郑晓，就屏退左右人员。郑晓说："现在有三件事：第一是午门台基的问题，众人商议将前三面各拆去一丈，重新筑土砌石；如果这样，恐怕现在的工程建造比不上开国之初坚固，万一新城楼盖好了旧地基屹立不动，新盖的地基发生倾斜，又要耗费巨万了。不如只将台基下龟脚、束腰、墩板等石材，除了未被大火焚坏的部分保留，其余损坏的地方挖凿出余烬，深约一尺五寸，订制新的石材补进去，填置到土中令其坚固，仍然用木杉板挡住，这样绝对不会塌坏，三面分为三个工程，不到一个月就可完工。只有左右侧门两旁的须弥座石最大且很厚，很难置换，必须等旁边的石料都已换齐后，按照先前的方式凿出深约二尺五寸的窟窿，做成新的座石垫上，与旧石的空隙位置齐平，用铁创把石头填进去，也容易用得上力。"徐杲道："好！"郑晓又说："奉天门的阶沿石，一块石头要跨越三级阶梯，还有殿上的柱下石，大的有两丈见方，如此重且庞大，又不比过去皇城没有门槛阻隔，可以拖拽进去。近年来太庙发生火灾，木石等材料无法进入，结果拆去承天门东墙才得以运进去。现在的材料与太庙比又要越过三重宫门，尤其难以用力运进去。不如起开焦土，将旧的阶沿石、柱下石、地面花板石，逐一翻转，如石材坚厚可用，翻起下面成正面，加工后再使用。至于殿上的三级台基以及楼门的台基，都像午门一样挖补就可以了。大人如能全力支持这些意见，可省却人力万万，钱粮何至几百万，驴骡车辆又不知少用多少，这是莫大的功德啊！"徐杲听了十分高兴。三天后再议论此事，意见都按照之前所说的一样。

徐杲

嘉靖间,上勤于醮事①,移幸西苑②,建万寿宫为斋居所。未几,万寿宫灾,阁臣请上还乾清宫。上以修玄不宜近宫闱,谕工部尚书雷礼兴工重建。礼以匠师徐杲有智,专委经营,皆取用于工部营缮司原收赎工等银③,及台基、山西二厂原存木料④,与夫西苑旧砖旧石,稍新改用,并不于各省派办。其夫力则以歇操军夫充之,时加犒赏,及雇募在京贫寒乞丐之民,因济其饥。是以中外不扰,军民踊跃,而功易成。杲历升通政侍郎及工部尚书职衔。

【注释】

①醮(jiào)事:此处指皇帝学道求仙而大行祭祀之事。明世宗好方士神仙,初即位,即在宫中建醮,即请道士设法坛做法事,日夜不绝。荒怠政事,政治昏乱。

②西苑:明时皇家苑囿,在北京城西。

③工部营缮司:掌坛庙、官府、城垣、仓库、营房等各项营缮工程。

④台基、山西二厂:明朝时为皇家采石及凿石料的工厂。

【译文】

嘉靖年间,世宗勤于学道求仙而大行祭祀,移驾西苑,兴建万寿宫作为斋戒的居所。不久,万寿宫失火,内阁大臣请世宗回乾清宫。世宗认为修道时不应接近后妃,谕告工部尚书雷礼要重建万寿宫。雷礼认为匠师徐杲很有才智,专门交付给他管理,财物都取用工部营缮司原先所收罪犯抵罪的银两,以及台基、山西二厂原来所存的木料,与西苑被烧的旧砖石,稍加翻新后使用,并不从各省摊派置办。其民夫力役就以暂歇操练的军士担任,不时给予犒赏;又招募在京师贫寒乞讨的百姓,以救济他们的饥荒。因此全国上下都不觉惊扰，军民踊跃参与，事情就很容易办成。徐杲后来升任通政侍郎及工部尚书等职位。

贺盛瑞 九条

一

嘉靖中，修三殿。中道阶石长三丈，阔一丈，厚五尺，派顺天等八府民夫二万造旱船拽运[①]，派府县佐贰官督之[②]，每里掘一井以浇旱船、资渴饮，计二十八日到京，官民之费总计银十一万两有奇。万历中鼎建两宫大石，御史亦有佥用五城人夫之议。工部郎中贺盛瑞用主事郭知易议，造十六轮大车，用骡一千八百头拽运，计二十二日到京，费不足七千两。又造四轮官车百辆，召募殷实户领之，拽运木石，每日计骡给直。其车价每辆百金，每年扣其运价二十两，以五年为率，官银固在，一民不扰。

【注释】

①顺天：顺天府，指今北京及附近各县。旱船：以圆木排于冰冻地面做"轮"，上放所运巨石，一面行走，一面将后面圆木移到前方，递相为轮。

②佐贰官：府、县的副职。

【译文】

世宗嘉靖年间，整修三大殿。中间通道的阶石长三丈，宽一丈，厚五尺，派顺天等八府二万民工制造旱船拉运，派府县副职监督，每里挖一口井以取水浇旱船、供民夫饮水，共计二十八天运到京师，官府与民间的花费总计银子十一万多两。神宗万历年间营建两座宫殿的大石块，御史也有调用五城民夫的提议。工部郎中贺盛瑞采用主事郭知易的建议，制造十六轮的大车，用一千八百头骡子拉运，共计二十二天到京师，花费不到七千两银子。又制造四轮官车一百辆，招募家境殷实的人家领去，拉运木石材料，每天计算骡子的数目付给报酬。车价每辆一百两银子，每年从运费中扣下二十两，以五年来计算，官银没有耗费，一个百姓也不惊扰。

二

慈宁宫石础二十余，公令运入工所，内监哗然言旧[①]。公曰："石安得言旧？一凿便新。有事我自当之，不尔累也！"

【注释】

①内监：宦官。哗然：人多声杂，吵闹。

【译文】

慈宁宫需要二十多块基石，贺盛瑞下令运入工地，宦官们吵嚷说石头太旧。贺盛瑞说："石头怎么能说旧？一凿就又是新的了。有事我自己担当，不会连累你们。"

三

献陵山沟两岸[①]，旧用砖砌。山水暴发，砖不能御也，年修年圮[②]，徒耗金钱。督工主事贺盛瑞欲用石，而中贵岁利冒被[③]，主于仍旧。贺乃呼工上作官谓之曰[④]："此沟岸何以能久？"对曰："宜用黑城砖，而灌以灰浆。"公曰："黑城砖多甚，内官何不折二三万用？"作官对以"畏而不敢"。公曰："第言之，我不查也。"作官如言以告内监。中官怀疑，未解公意，然利动其心，遂折二万。久之不言，一日同至沟岸尽处，谓中官曰："此处旧用黑城砖乎？"中官曰："然。"公曰："山水暴发，砖不能御，砌之何益？不如用石。"中官曰："陵山之石，谁人敢动！"公笑曰："沟内浮石，非欲去之以疏流水者乎？"中官既中其饵，不敢复言。于是每日五鼓点卯⑤，夫匠各带三十斤一石⑥，不数日而成山矣。原估砖二十万，既用石，费不过五万。

【注释】

①献陵：明仁宗朱高炽的陵墓。

②圮（pǐ）：毁坏，坍塌。

③中贵：皇帝宠幸的近臣、宦官。中官、内官、内监皆指宦官。岁利冒被：每年取利于冒领工银。

④工上作官：工地上掌修建宫室土木工程的官。

⑤五鼓：五更，天将亮时。点卯：旧时官衙查到班人数，因在卯时（早上五点到七点）进行，故称。泛指点名。

⑥夫匠：服役的工匠。

【译文】

仁宗献陵的山沟两岸，过去用砖垒砌。山洪暴发，砖不能防御，年年修理年年坍塌，白费很多金钱。督工主事贺盛瑞想改用石头，而宦官每年取利于冒领工银，主张仍然照旧。贺盛瑞就找来工地上的作官问他说："这个沟岸用什么修才能保持长久不坏呢？"回答说："应当用黑城砖，再灌入灰浆。"贺盛瑞说："黑城砖那么多，宦官为什么不折合二三万块来用呢？"作官答以"害怕不敢回话"。贺盛瑞说："你尽管说，我不追究。"作官如实地把话告诉宦官。宦官心中怀疑，不理解贺盛瑞的想法，然而利益扰动了他的心，就答应折出两万块砖。很久没提这件事，一天贺盛瑞和宦官一同到沟岸尽头巡视，贺盛瑞对宦官说："这里过去是用黑城砖吗?”宦官说:“是的。”贺盛瑞说:“山洪暴发,砖头无法防御,砌上去有什么用处呢?不如改用石块。”宦官说:“陵墓所在山的石头,谁敢动它!”贺盛瑞笑着说:“沟中漂来的石头,不是要清除掉以疏通流水吗?”宦官已经中了他的圈套,不敢再说话。于是贺盛瑞每天五更亲自点名,服役的工匠各带三十斤石块,不过数天就堆积成山。原来估计砖头费用要二十万钱,改用石头后,花费不过五万钱。

四

圹顶石,重万余斤。石工言,非五百人不能秤起。公念取夫于京,远且五十余里,用止片时,而令人往返百里,给价难为公,不给价难为私,乃于近村壮丁借片时,人给钱三文,费不千余钱,而石已合榫矣[①]。

【注释】

①合榫(sǔn):本指木头的榫头和榫眼相合。此处指位置放得正合适。

【译文】

皇陵圹顶用的石头,重达一万多斤。石工说,没有五百个人不可能抬起来。贺盛瑞心想要从京城里调取民工,有五十多里远,用他们只不过片刻时间,而让他们往返百里,给钱多了为难公家,给钱少了委屈个人,就在附近村子里调借壮丁片刻时间,每人给钱三文,花费不过一千多文钱,而圹顶石头已经按位置放好。

五

神宫监修造例用板瓦[①],然官瓦黑而恶,乃每片价一分四厘,民瓦白而坚,每片价止三厘。诸阉阴耗食于官窑久矣，民瓦莫利也。盛公督事，乃躬至监，谓诸阉曰："监修几年矣？"老成者应曰："三十余年。"公曰："三十余年而漏若此，非以瓦薄恶故耶？"曰："然。"公乃阴运官、民瓦各一千，记以字而参聚之。于是邀监工本陵掌印与合陵中官至瓦所，公谓曰："瓦唯众择可者。"佥曰[②]："白者佳。"取验之，民瓦也。公曰："民瓦既佳且贱，何苦而用官窑？"监者曰："此祖宗旧制，谁敢违之？"公曰："祖制用官窑，为官胜于民也，岂谓冒被钱粮，不堪至此！余正欲具疏，借监官为证耳。"遂去。监者随至寓，下气谓公曰："此端一开，官窑无用，且得罪，请如旧。"公不可。请用官民各半，复不可。监者知不可夺[③]，乃曰："唯公命，第幸勿泄于他监工者。"于是用民瓦二十万，省帑金二千余[④]。

【注释】

①神宫监：专管修建管理皇帝陵墓的官府，由太监掌握。神宫，神庙，神殿。板瓦：一种大瓦，瓦面较宽，弯曲度较小。

②佥（qiān）：都。

③夺：动摇，改变。

④帑（tǎng）金：国库的钱币。

【译文】

神宫监修造陵墓按惯例用板瓦，然而官窑生产的板瓦色黑质劣，而每片价钱一分四厘，民窑生产的板瓦色白质坚，每片价钱只要三厘。太监们私下谋利于官窑很久了，民瓦没有利润。贺盛瑞督工修建，便亲自到神宫监，对各位宦官说："你们监修陵墓有多少年了？"一位老成的宦官回答说："三十多年了。"贺盛瑞说："管三十多年而漏成这样，不是所用的板瓦薄而劣质的缘故吗？"宦官说："的确如此。"贺盛瑞便私下运了官瓦和民瓦各一千片，暗中用字做记号而将它们掺杂在一起。于是邀请监工本陵掌印与整个陵墓的太监来到放置瓦片的地方，贺盛瑞对他们说："板瓦只有众人选择的才行。"都说："白色的好。"取出白色的瓦验证，都是民瓦。贺盛瑞说："民瓦既好又便宜，何苦要使用官窑的瓦？"太监说："这是祖宗的老规矩，谁敢违背？"贺盛瑞说："祖宗的规矩是用官窑的瓦，因为官窑的瓦胜过民窑的瓦，难道是要冒领钱粮，恶劣到这种地步！我正要向朝廷上疏讲明这些详细情况，请在场的监官为我作证。"于是离开了。监工太监跟着他到了住所，低声下气地对他说："这个先例一开，官窑就没有用处了，而且得罪不少人，请按照旧例来办吧。"贺盛瑞不准许。又请求用官窑民窑各一半，还是不准许。监官知道贺盛瑞的态度不能改变，于是说："听从大人的命令，只是请您不要泄露于其他监工。"于是使用民瓦二十万片，节省国库钱银二千多两。

六

金刚墙实土[①]，而在工夫止二十余名，二人一筐，非三五日不可。公下令曰："多抬土一筐，加钱二文，以朱木屑为记。"各夫飞走，不终日而毕。

【注释】

①金刚墙：陵墓地宫四面内墙，隔绝潮湿及防盗穿凿者，以坚石砌成。

【译文】

陵墓地宫内墙的工程要填土，而在场工作的工人只有二十多人，二人抬一筐土，非要三到五天不可。贺盛瑞下令说："多抬一筐土，加发工资二文钱，用朱红木屑作为记号。"于是每个工人都飞快地运土，不到一天便完工了。

七

锦衣卫题修卤簿[1]，计费万金，公嫌其滥。监工内臣持毁坏者俱送司。公阅之，谓曰："此诸弁畏公精明[2]，作此伎俩，边批：谀使悦而后进言。以实题中疏语耳。不然，驾阁库未闻火[3]，而铜带胡由而焦？旧宜腐，胡直断如切？"内臣如言以诘诸弁，且言欲参。诸弁跪泣求免，工完无敢哗者；用未及千，而卤簿已焕然矣。

【注释】

①卤簿：指皇帝出行时用的车驾仪仗。

②弁（biàn）：此处指掌仪仗的武士。

③驾阁库：贮藏銮驾仪仗的仓库。

【译文】

锦衣卫上奏章提议翻修皇帝用的仪仗，预算费用一万两银子，贺盛瑞认为预算过高。监工的宦官拿着毁坏的仪仗都送到官府。贺盛瑞看了，说："这是各位掌仪仗的武士畏惧大人的精明，才故意弄些小伎俩，边批：说奉承话让他高兴，然后进言。以证实奏章中上疏的话。不然，贮藏銮驾仪仗的仓库没听说着火，而铜带为什么会烧焦？时间长的应该是腐烂，为什么直着断掉像刀切的一样呢？"太监依言来质问各位武士，并且说要参劾他们。各位武士跪着哭着请求饶恕，修理完没有一个敢再嚷嚷什么；花费不到一千，而仪仗已经焕然一新。

八

永宁长公主举殡[1]。例搭席殿群房等约三百余间[2]，内使临行时俱拆去。公令择隙地搭盖，以锹棍横穿于杉木缆眼下埋之，席用麻绳连合，在工之人，无不笑公之作无益也。

殡讫，内官果来取木，木根牢固，席复连合，即以力断绳，取之不易，遂舍之去。公呼夫匠谓曰："山中风雨暴至，无屋可避，除大殿拆外，余小房留与汝辈作宿食，何如？"众佥曰："便。"公曰："每一席官价一分五厘，今只作七厘，抵工价，拆棚日，席听尔等将去，断麻作麻筋用，木作回料，何如？"众又曰："便。"

【注释】

①永宁长公主：明穆宗的女儿。

②席殿：以席搭成的临时殿房。

【译文】

永宁长公主出殡。工部依惯例要搭建临时殡宫殿房等约三百多间，宦官在葬礼结束临行时都要拆除。贺盛瑞令选择空地搭盖，用揪棍横穿杉木缆眼埋入土中，每张席子用麻绳联结起来，在场劳作的人，没有不嘲笑贺盛瑞在做无用的事情。殡葬结束，宦官果然派人来拿杉木，结果杉木立柱埋得牢固，每张草席又联结在一起，即使用力割断绳子，拿取也不容易，于是舍弃而去。贺盛瑞便叫来工匠对他们说："山中一旦风雨突至，你们便无屋可避，除了将大殿拆除外，其余的小房子留给你们作起居之用，怎么样？"大家都说："好。"贺盛瑞说："每一张席子官价是一分五厘，现在只折价为七厘，用工钱抵扣，以后拆除棚子的时候，席子任由你们拿走，割断的麻绳可以作麻筋来用，搭棚的木材作回收料，怎么样？"大家又说："好。"

九

都城重城根脚下①，为雨水冲激，岁久成坑，啮将及城，名曰"浪窝"。监督员外受部堂旨②，议运吴家村黄土填筑，去京城二十里而遥，估银万一千余两。公建议："但取城壕之土以填塞，则浪窝得土而筑之固，城壕去土而浚之深，银省功倍，计无便此。"比完工，止费九百有奇。

【注释】

①重城：外城。

②部堂：明朝六部尚书之别称。

【译文】

京师外城的墙根下，因为雨水冲刷，时间久了形成一个大坑，侵蚀将危及城墙，名叫"浪窝"。监督员外接到尚书的旨意，建议运吴家村的黄土填充夯筑，离京城二十里远，估价花费一万一千多两银子。贺盛瑞建议说："只要取护城河底的泥土以填充，这样浪窝因得到土的填充而夯筑得很坚固，护城河挖去土而疏浚得也更深了，银子省了功效加倍，计策没有比这更便利的了。"等到完工，只花费九百多两银子。

按，两宫之役[①]，贺公为政，事例既开，凡通状到日即给帖[②]，银完次日即给咨[③]，事无留宿，吏难勒掯[④]，赴者云集，得银百万两。公每事核实，裁去浮费，竟以七十万竣役，所省九十万有奇。工甫完，反以不职论去，冤哉！然余览公之子仲轼所辑《冬官纪事》，如抑木商、清窑税，往往必行其意，不辞主怨[⑤]，宜乎权贵之侧目也！夫有用世之才，而必欲使绌其才以求容于世，国家亦何利焉！吁，可叹已！

【注释】

①役：工役，工程。

②通状：下级对上级所用的一种文书。帖：收支财物的登记票据。

③咨:用于平级官署的一种公文。

④勒措:又作"措勒",勒索,强迫。

⑤不辞主怨:不怕承担主事官员对自己的怨恨。

【译文】

按,兴建两宫的工程,贺盛瑞主持工作,成例已开,凡有公文来即日批复,银钱交割次日即入账后回复,公事没有留到第二天的,官吏难于勒索,各方款项纷纷聚集起来,筹得银子一百多万两。贺公对每一项开支都核实,减去不必要的开支,最终只花了七十万两就将工程完成,共节省了九十多万两的开支。工程刚完毕,贺公反而被加以不称职的名目而离职,太冤枉了!然而我浏览过贺公之子仲轼先生所辑的《冬官纪事》,里面提到如减抑木商、清算窑税等事,处理时往往坚持己见,不怕承担主事官员对自己的怨恨,难怪引起权贵之人的侧目!有积极用世的才能,而一定要减损他的才能以求包容于世俗,国家又有什么好处呢!哎,可叹啊!

徽州木商王天俊等十人,广挟金钱,依托势要,钻求札付[①],买木十六万根。贺念此差一出,勿论夹带私木,即此十六万根木,逃税三万二千余根,亏国课五六万两[②];方极力杜绝,而特旨下矣。一时奸商扬扬得意。贺乃呼至,谓曰:"尔欲札,我但知奉旨给札耳,札中事尔能禁我不行开载耶?"于是列其指称皇木之弊:一不许希免关税,盖买木官给平价,即是交易,自应照常抽分[③];二不许磕撞官民船只,如违,照常赔补;三不许骚扰州县,派夫拽筏;四不许搀越过关[④];五不给预支。俟木到张家湾[⑤],部官同科道逐根丈量,具题给价。于是各商失色,曰:"如此则札付直一空纸,领之何用!"遂皆不愿领札,向东厂倒赃矣[⑥]。又工部屯田司主事差管通济局、广济局[7]，局各设抽分大使一员、攒典一名、巡军十五名[8]，官俸军粮岁支一百三十余石，每年抽分解部银多七八十两，少五六十两，尚不及费。贺公盛瑞欲具题裁革，左堂沈敬宇止之。公查初年税入，岁不下千金，该局所辖窑座，自京师及通州、昌平、良、涿等处，税岁砖瓦近百万万，后工部招商买办，而局无片瓦矣。公既任其事，稍一稽查，即如木商王资一项漏银一百零九两，他可知已。嗣查窑税，而中贵王明为梗。公谓中贵不可制而贩户可制，即出示通衢，严谕巡军军民人等："敢有买贩王明砖瓦者，以漏税论。官吏军余卖放者，许诸人详告，即以漏出砖瓦充赏。"王明窑三十余座，月余片瓦不售，哀求报税矣。诸势要闻风输税，即一季所收，逾二十余万。一岁所积，除勋戚祭葬取用外，该局积无隙地，各衙门小修，五月取给焉。

【注释】

①札付：官府由上行下的文书，多指手谕。

②国课：国家赋税收入。

③抽分：按货物多少抽取税金。

④搀越：夹带私木，偷越关口。

⑤张家湾：在今通州南，以元时张瑄督海运至此而名。

⑥东厂：明代特务机关之一。明成祖创设，以特务手段监视官民，由亲信宦官掌管。倒赃：要求退还所送贿赂。

⑦通济局、广济局：两局大致管理运河、税收等事。

⑧抽分大使：负责征收租税的官吏。攒典：主管账目税务的小吏。

【译文】

徽州有木材商王天俊等十人，挟着巨额资金，依托权势显要的人，钻营求得官府文书，准许向王某等购买十六万根木材。贺盛瑞心想这个差事一出来，不说他们暗中夹带私人木材，光是这十六万根木材，逃税的有三万二千多根，亏欠国家税收五六万两；他正想极力杜绝这种事，但特旨下达准其所求。一时间奸商们都得意扬扬。贺盛瑞于是叫他们来，告诉他们说："你们想要官府文书，我只知道奉旨发给官府文书，文书中的事项你能禁止我不列载吗?"于是列举他们指称皇家木材的弊端：一不许请求免除关税，因为买木官方给出相对低平的价格，就是交易，自然应当照常抽取税额；二载运木材不许冲撞官方和民间的船只，如有违犯，须照常予以赔偿；三不得骚扰州县地方政府，派民夫拉筏子；四不许夹带私木通关；五官府不预支经费。等木材运到张家湾，六部官和科道官逐根丈量，题本上奏给价。于是各位商人大惊失色，说："这样的话那么公文不过是一纸无用的文书，领来干什么!"于是都不愿领取公文，而向东厂索回贿赂的赃款。另外工部屯田司主管官员兼管通济局、广济局，每个局又设负责征收租税的抽分大使一员、主管账目税务的攒典一员、巡军十五员，官俸军粮每年支出一百三十多石，每年征收上缴工部的税款多时有七八十两银子，少的时候只有五六十两，还不足以维持这两个局所需的花费。贺盛瑞想上奏裁掉这两个局，工部左侍郎沈敬宇阻止了他。贺盛瑞调查发现两个局初设时上缴的税款，每年不少于一千两银子，该局所管辖的窑场，从京师到通州、昌平、良、涿等地方，每年上缴砖瓦税近一百亿，后来工部招商买办砖瓦，该局就没有片瓦的收入了。贺盛瑞负责这件事后，稍微一稽查，就发现仅木材商王资一项漏税达一百零九两银子，其他可想而知了。后来清查窑税，而宦官王明从中作梗。贺盛瑞心想宦官不可制服但商贩可以制服，就命人在通衢大道上张贴告示，严厉警告巡查士卒及百姓："敢有买卖王明砖瓦的人，按漏税论罪。官吏或军中有受贿私卖的人，准许各人详细检举，即以漏税的砖瓦充作奖赏。"王明经营三十余座窑场，一个多月一片瓦都没卖出去，哀求着报缴税款。朝廷中各位权势显要的人听到风声都自动缴税，一个季度所收，超过二十余万两银子。一年积累的税收，除了有功勋的皇帝国戚的祭葬费用外，局里府库堆积得没有空地，于是所辖各衙门简单整修房舍，前后五个月的开支由该局补给。

陈懋仁

陈懋仁云[①]：泉州库贮败铁甚夥[②]，皆先后所收不堪军器也。余尝监收，目击可用，乃兵丁饰虚，利在掊饷[③]，不论堪否，故毁解还。余议堪者，官给工料，分发各营，修理兼用；不堪者作器与之，于军器银内，银七器三，照额搭给，解验查盘，一如新造之法。并散雨湿火药，而加硝提之，计省二千余金，即于饷银内扣库，以抵下年征额。节军费以纾民力，计无便此，乃当事者泛视不行，终作朽物，惜哉！

【注释】

①陈懋（mào）仁：字无功。官泉州府经历。著有《泉南杂记》。

②夥（huǒ）：众多，盛多。

③掊（póu）：搜刮，聚敛。饷：兵饷。

【译文】

陈懋仁说：泉州府库贮存很多废铁，都是先后收来不能用的破败兵器。我曾经负责监收，看着可用的，就知道是兵卒弄虚作假，为了搜刮兵饷，不论兵器还能不能用，故意破坏后交还回来。我建议将这些可以使用的兵器，由官府付工钱和材料，分发给各军营，修理后再用；不能再使用的，当作废铁发给他们，从军事器械费用中扣除，七成给银子，三成给旧兵器，依数量配给，验证盘查，完全按照新造兵器的标准。并分给他们被雨水淋湿的火药，加硝提炼，估计可节省二千多两银子，就在给部队的饷银内扣下缴到官府银库，以抵扣下一年征收的税额。节省军费而缓解民众的负担，没有比这么做更方便的办法了，但执政的人往往视而不见，认为不可行，最终使这些兵器变成废物，可惜啊！

叶石林

叶石林梦得在颍昌[①]，岁值水灾，京西尤甚，浮殍自唐、邓入境，不可胜计，令尽发常平所储以赈。唯遗弃小儿，无由处之。一日询左右曰："民间无子者，何不收畜？"曰："患既长或来识认。"叶阅法例：凡伤灾遗弃小儿，父母不得复取。边批：作法者其虑远矣。遂作空券数千，具载本法，即给内外厢界保伍。凡得儿者，皆使自明所从来，书券给之，官为籍记，凡全活三千八百人。

【注释】

①叶石林：即叶梦得，字少蕴，号石林。绍圣四年（1097）进士，徽宗大观二年（1108）迁翰林学士，政和五年（1115），起知蔡州，移颍昌府。南宋初，迁翰林学士兼侍读，除户部尚书，后任江东安抚大使、崇信军节度使等职。颍昌：即许州，在今河南许昌。

【译文】

宋朝人叶石林梦得在颍昌时，正逢水灾，京师西边一带尤其严重，浮尸从唐县、邓州等地漂来州境内，不计其数，叶石林下令把常平仓所储存的粮食全拿出来救济灾民。唯有被遗弃的小孩，不知如何处理。一天他问左右的人说："民间没有孩子的人，为什么不收养他们？"回答说："怕养大以后亲生父母又来认领。"叶石林翻阅法例：凡是因为灾害而遗弃的小孩，亲生父母不能再认领回去。边批：作法的人考虑得很长远。于是制作数千份空白的契券，都写上这条法令，就发给城内外乡里的保长、伍长。凡是领养小孩的，都让他们自己说明从哪里得来的，记录在契券后发给他们，并由官府登记在户籍里，如此一共救活了三千八百个遗弃的小孩。

虞允文

先是浙民岁输丁钱绢绌[①]，民生子即弃之，稍长即杀之。虞公允文闻之恻然[②]，访知江渚有荻场利甚溥[③]，而为世家及浮屠所私[④]。公令有司籍其数以闻，请以代输民之身丁钱。符下日[⑤]，民欢呼鼓舞，始知有父子生聚之乐。

【注释】

①丁钱：人口税。

②虞公允文：虞允文，字彬甫。南宋绍兴进士。出使金国，见其大举运粮造船，归请加强防御。后除中书舍人，直学士院。金主完颜亮入寇，允文大破金军于采石。孝宗时拜左丞相。

③荻场：产芦苇之地。溥（pǔ）：广大，大。

④浮屠：寺院。

⑤符：下行文书、命令、指示。

【译文】

宋朝时，先前浙江百姓每年都须缴纳丝绸为人口税，百姓生了儿子就丢弃，或是稍微长大点就杀掉。虞允文听说这个情况哀怜不已，查访到江边沙洲有产苇之地利润丰厚，皆被豪门世家及寺院所私占。虞允文于是下令手下官吏将这些人全数登录下来，并要求这些人代为缴纳百姓的人口税。命令下达的那一天，百姓欢呼鼓舞，这时才知道将有父子团聚的天伦之乐。

植槐　置鼓

韦孝宽为雍州刺史。先是路侧一里置一土堠[1]，经雨辄毁。孝宽临州，勒部内当堠处但植槐树，既免修复，又便行旅。宇文泰后见之[2]，叹曰："岂得一州独尔！"于是令诸州皆计里种树。

【注释】

①土堠（hòu）：古代记里程的土堆。

②宇文泰：字黑獭。先后追随过鲜于修礼、葛荣、尔朱荣、贺拔岳等。累官至关西大都督。魏孝武帝为高欢所逼，西走长安依泰，是为西魏。寻废杀孝武，立文帝，以丞相、尚书令、大冢宰专擅朝政。整顿吏治，推行均田制、府兵制，国力渐强。兴师东进，取成都、江陵，又扶持后梁。后病卒。其子宇文觉代西魏，建北周，追尊为文帝，庙号太祖。

【译文】

西魏时，韦孝宽任雍州刺史。先前在路旁每一里设立一个记里程的土堆，往往经过一场大雨就被冲毁了。韦孝宽到雍州后，下令在境内应该设置土堠的地方种植槐树，既免于修复，又方便行人旅客。后来宇文泰看到了这种措施，叹息道："哪能只有一州这样做！"于是下令各州都种树作为记里程的标志。

魏李崇为兖州刺史[1]。兖旧多劫盗，崇命村置一楼，楼皆悬鼓；盗发之处，乱击之。旁村始闻者，以一击为节，次二，次三，俄顷之间，声布百里，皆发人守险。由是盗无不获。

【注释】

①李崇：字继长。北魏孝文帝初为兖州刺史，村置一楼，楼置鼓，以防“盗贼”，诸州仿之。迁梁州刺史。宣武帝时都督淮南诸军事，后任扬州刺史。深沉有将略，宽厚善御众，然好财货，贩肆聚敛，为时所鄙。

【译文】

北魏李崇为兖州刺史。兖州原来有很多盗贼，李崇就下令每村建一座楼，楼上都悬挂着鼓；盗贼出现的地方，立刻击鼓警告。邻村开始听到鼓声的，先击一下为信号，再连击二下，再连击三下，顷刻之间，鼓声传遍百里，各村都派人据守险要之地。从此盗贼没有不被逮捕的。

袁了凡曰：宋薛季宣令武昌[①]，乡置一楼，盗发，伐鼓举烽，瞬息遍百里，事与李崇合。乱世弭盗之法莫良于此。独宋向子韶知吴江县[②]，太守孙公杰令每保置一鼓楼，保丁五人，以备巡警，盗发则鸣鼓相闻，子韶执不可，曰：“斗争自此始矣！”是亦一见也。大抵相机设法，顾其人方略何如，唯明刑、薄赋、裕民为弭盗之本。

【注释】

①薛季宣：字士龙，程颐再传弟子。宋高宗时曾为武昌令。与民行保伍法，练武事，以防金兵。宋孝宗时，为大理正，出知湖、常二州。

②向子韶：字和卿，北宋哲宗元符年间进士。累官京东转运副使。南宋建炎二年知淮宁府。金人犯淮宁，子韶率军民巷战，力屈被执，骂敌而死。

【译文】

袁了凡说：宋朝薛季宣任武昌县令时，每乡建一座楼，有盗贼出现，就敲鼓并举烽火为信号，瞬间传遍百里，做法和李崇相合。乱世消除盗贼的方法没有比这样更好的了。唯独宋代向子韶任吴江县令时，太守孙公杰命令每保设置一座鼓楼，驻守五个人，以负责巡逻警戒，盗贼出现就敲鼓相告，向子韶认为不可行，说："各保的斗争将从此开始！"这也是一种看法。大抵上相机行事实施不同的策略，要看主政者的策略怎么样，但唯有明晰刑罚、减轻赋税、富裕百姓才是消除强盗的根本之道。

分将

仲淹知延州[1]。先是总官领边兵万人，钤辖领五千人[2]，都监领三千人，寇出，则官卑者先出御。仲淹曰："将不择人，以官为次第，败道也！"乃大阅州兵，得万八千人，分六将领之，将各三千，分部训练，使量贼多寡，更番出御。

【注释】

①延州：治今陕西延安。

②钤（qián）辖：统兵官。掌军旅屯戍、营防、守御政令及将兵之事。

【译文】

宋朝范仲淹任延州知州。之前的惯例是总官率领边境士兵一万人，钤辖率领五千人，都监率领三千人，盗寇一出现，官位低的先率兵出去抵御。范仲淹说："将领的委派不从实际的能力去考虑，而以官位的高低为出兵的次序，这是必败的做法！"于是大规模检阅州兵，共得精兵一万八千人，分派六个将领来率领，每个将领各领三千名士兵，分别训练，让他们衡量贼兵的多寡，再轮流出兵抵御。

梅少司马克生疏云[①]:"古之诏爵也以功[②],今之叙功也以爵[③]。"二语极切时弊。夫临阵,则卑者居先;叙功,又卑者居后。是直以性命媚人耳,宜志士之裹足而不出也!分将选出之议固当,吾谓论功尤当专叙汗马[④],而毋轻冒帷幄[⑤],则豪杰之气平,而功名之士知奋矣!

【注释】

①梅少司马克生:即梅国桢,字克生。万历年间进士。以兵事著,官至兵部右侍郎兼都察院右佥都御史,总督宣府、大同、山西军务。

②诏爵:由皇帝颁赐爵位。古时爵位多以军功论。

③叙功:评定功勋的大小。

④汗马:谓劳苦征战。

⑤轻冒帷幄:指将帅为自己虚报冒取参与运筹之功。帷幄,即战争计划的制定与参谋工作。

【译文】

少司马梅克生上疏说:"古人颁赐爵位是按照实际的功劳,如今评议功勋大小依照的是爵位高低。"这两句话极其切中时弊。临阵作战,地位低的人在前;论功行赏,地位低的人又在后。这是用地位低的人的性命讨尊者欢心,难怪有志之士不愿出来为国效力!范仲淹分派将领轮流出兵的方法固然恰当,我认为论功行赏时更应当专门看实际战功,而不是虚报冒取参与运筹之功,这样豪杰之气才能平息,功名之士才知道奋发。

徐阶 二条

一

世庙时[①]，倭蹂东南，抚按亟告急请兵。职方郎谓[②]："兵发而倭已去，谁任其咎？"尚书惑之。阶相持不可[③]，则以羸卒三千往。阶争之曰："江南腹心地，捐以共贼久矣。部臣于千里外，何以遥度贼之必去，又度其去而必不来，而阻援兵不发也！夫发兵者，但计当与不当耳。不当发，则毋论精弱皆不发以省费；当发，则必发精者以取胜，而奈何用虚文涂耳目，置此三千羸卒与数万金之费以喂贼耶！"尚书惧，乃发精卒六千，俾偏将军许国、李逢时将焉。国已老，逢时敢深入而疏，骤击倭，胜之，前遇伏，溃。当事者以发兵为阶咎，阶复疏云："法当责将校战而守令守。今将校一不利辄坐死，而府令偃然自如；及城溃矣，将校复坐死，而守令仅左降[④]。此何以劝惩也！夫能使民者，守令也，今为兵者一，而为民者百，奈何以战守并责将校也！夫守令勤，则粮饷必不乏；守令果，则探哨必不误；守令警，则奸细必不容；守令仁，则乡兵必为用。臣以为重责守令可也。"

【注释】

①世庙：指明世宗朱厚熜，年号嘉靖。早期英明苛察，宽以治民，对外抗击倭寇，开创了嘉靖中兴的局面。

②职方郎：兵部的职方司郎中。掌舆图、军制、城隍、镇戍、征讨之事。

③阶相：徐阶，字子升，号少湖、存斋。嘉靖进士。以善事权相严嵩，精撰青词迎帝意，由礼部尚书进文渊阁大学士，参预机务。嘉靖

四十一年(1562),知帝有去严嵩意,指使御史邹应龙弹劾严嵩子严世蕃,致严嵩罢官,自为首辅。

④左降:降职,贬官。

【译文】

世宗时,倭寇侵犯东南,巡抚和按察使多次向朝廷告急请求援兵。职方郎中说:"援兵派出而倭寇已经逃走了,谁来承担这个责任?"尚书被他的话迷惑。宰相徐阶坚持不同意,最后派三千名弱兵前往。徐阶争辩道:"江南原是腹心之地,朝廷放任贼兵侵扰很久了。兵部大臣在千里之外,如何凭空揣测贼兵一定会离开,又揣测他们离开后一定不会再来,而阻止援兵不调派呢!调派援兵的事,只需考虑应不应该。如果不应派兵,那么不论精兵或弱兵都不调派以节省费用;如果应当派兵,那么一定调派精兵以取得胜利,怎么能用毫无意义的形式掩人耳目,让这三千名弱兵和数万金的军费去喂饱贼兵呢!"尚书惊惧,于是调派六千名精兵,命偏将军许国、李逢时率领。许国年岁已高,李逢时敢于深入敌境却疏于防备,突然袭击倭寇,战胜了,后来在追击时遇到伏兵,溃败了。朝臣认为调派兵将是徐阶的过错,徐阶又上疏说:"依法应当责令将帅作战而郡守、县令防守。如今将帅一次失利就要处死,而郡守和县令却安然无事;等到城池溃败,将帅又被处死,而郡守和县令仅仅是降职而已。这种不公平的惩罚怎么平息怨恨呢!能调派百姓的,只有郡守和县令,如今做士兵的人为一,而为百姓的人是一百,怎么能把作战与防守的任务都归责于将帅呢!如果郡守和县令勤勉称职,那么粮饷必定不会缺乏;如果郡守和县令行事果敢,那么打探消息的人必定不敢误事;如果郡守和县令保持警觉,那么敌方奸细必定不能得逞;如果郡守和县令对民仁厚,那么乡里的兵卒必定会为其所用。微臣认为要严厉责罚郡守和县令才对。"

汉法之善,民即兵,守令即将,故郡国自能制寇。唐之府兵,犹有井田之遗法[①],自张说变为彍骑[②],而兵农始分,流为藩镇,有将校而无守令矣。迄宋以来,无事则专责守令,而将校不讲韬钤之术[③];有事则专责将校,而守令不参帷幄之筹,是战与守两俱虚也。徐文贞此议,深究季世阘茸之弊[④]。

【注释】

①井田之遗法:上古井田制决定其兵制,但关于军事编制的说法不一。《国语·齐语》以为:五家为轨,故五人为伍,轨长帅之。十轨为里,故五十人为小戎,里有司帅之。四里为连,故二百人为卒,连长帅之。十连为乡,故二千人为旅,乡良人帅之等等。

②彍骑:唐代宿卫兵名。唐玄宗时因宿卫京师的府兵大量逃亡,开元十一年(723)用宰相张说的建议,以招募方式选京兆、蒲、同、岐、华等州府兵和白丁,每年宿卫两个月,免除其征镇赋役的负担,称长从宿卫。开元十三年更名彍骑。

③韬钤:古代兵书《六韬》《玉钤篇》并称,后泛指兵书;此处借指用兵谋略。

④季世:末世。阘(tà)茸:庸碌无能。

【译文】

汉朝法令的好处,在于百姓就是士兵,郡守和县令就是将领,所以郡国自己就能抵御贼寇。唐朝的府兵制度,还保存一些井田制留下的精神,自从张说改为彍骑之后,兵农才分开,后来遂演变为藩镇割据,有将帅而没有郡守和县令。自从宋朝以来,没有战事就由郡守和县令专权,而将帅不研究用兵谋略之术;有战事就把责任完全交到将帅身上,而郡守和县令又不参与军事谋划,因此战事和守备两样都虚空不实。徐阶有这种议论,深究了末世衰败的弊病。

二

阶又念虏移庭牧[①],宣、大与虏杂居,士卒不得耕种,米麦每石值至中金三两[②]，而所给月粮仅七镮[③]，半菽且不继[④]。时畿内二麦熟，石止直四镮，可及时收买数十万石，石费五镮，可出居庸，抵宣府；费八镮，可出紫荆，抵大同。大约合计之，费止金一两，而士卒可饱一月食，其地米麦，当亦渐平。乃上疏行之。

【注释】

①移庭牧：迁移部落往南游牧。

②中金：中等成色的银子。

③镮（huán）：铜钱，十钱为一两。多作钱币量词，表示价值很小。

④半菽（shū）：半菜半粮。泛指粗劣饭食。

【译文】

徐阶又顾虑蒙古人迁移部落往南游牧，宣府、大同一带百姓与蒙古人杂居，屯田士卒无法耕种，米麦每石价格涨到中等成色的银子三两，但发给士卒每月的粮费只有七镮钱，吃半菜半粮尚且不能为继。当时京畿之内的大麦、小麦已经成熟，每石只值四镮钱，可及时收买数十万石麦子，每石花费五镮钱，麦子可以运出居庸关，抵达宣府；每石花费八镮钱，麦子可运出紫荆关，抵达大同。大略合计这几项，只需花费一两银子，而士卒可以吃饱一个月的饭，当地的米麦，价格也将逐渐平稳。于是上疏朝廷推行这个办法。

习射　习骑

种世衡所置青涧城[①]，逼近虏境，守备单弱，刍粮俱乏。世衡以官钱贷商旅，使致之，不问所出入[②]。未几，仓廪皆实。又教吏民习射，虽僧道、妇人亦习之，以银为的，中的者辄与之。既而中者益多,其银重轻如故,而的渐厚且小矣。或争徭役轻重,亦令射,射中者得优处[3]。或有过失,亦令射,射中则免之。由是人人皆射,富强甲于延州。

【注释】

①种世衡:字仲平,北宋名将。时宋夏交战,他建议在原宽州废垒筑城,以阻遏夏军通道。受命建城,率军民且战且筑,城成,名为青涧,奉命知城事。迁知环州,抚慰边族,劝民习射,招募羌兵,州境稍安。擢任环庆路兵马钤辖。复奉命筑细腰城,日夜施工,城成而卒。青涧城:在今陕西清涧,种世衡筑此城,为防御西夏的要塞。

②出入:购价和销价的差额。

③优处:徭役较轻的优待。

【译文】

种世衡所建的青涧城,非常靠近敌人边境,守备军力薄弱,粮草都很缺乏。种世衡将官钱借给商人,供他们到内地买粮,不过问购价和销价的差额。没过多久,城里粮仓都满了。种世衡又教官吏百姓练习射箭,就连僧侣、妇人也都练习,用银子作靶心,射中靶心的人银子就给他。不久射中的人越来越多,当作箭靶的银子轻重跟原来一样,而箭靶逐渐变得厚而小。有人为徭役的轻重而争执,也让他们比赛射箭,射中的人获得徭役较轻的优待。有人有了过失,也让他射箭,射中的就可以免于处罚。从此人人都会射箭,清涧城财富充裕、兵力强大,居于延州第一。

杨掞本书生[1],初从戎习骑射,每夜用青布藉地,乘生马跃[2]。初不过三尺,次五尺,次至一丈,数闪跌不顾。孟珙尝用其法[3],称为“小子房”[4]。

【注释】

①杨掞：字纯甫。少能词赋，为书生，南宋末年入淮帅杜杲幕府，曾以奇计解安丰军之围。制置使孟珙辟其为幕宾，常用其策，呼为“小子房”。后登进士第，以战功升三官。官至潭州节度推官。

②生马：未驯服的马。

③孟珙：字璞玉，卒谥忠襄。少从军，累官京西兵马钤辖，驻襄阳，统忠顺军。宋理宗端平初，与蒙古军合围金人于蔡州，灭金。屡拒蒙古军，坐镇荆襄，以恢复中原为任。

④子房：指张良，字子房。

【译文】

宋朝人杨掞本是书生，起初从军学习骑马射箭，每天晚上用青布铺在地上，骑着未驯服的悍马跳跃。最初跳不过三尺，后来跳过五尺，再后来跳过一丈，屡次闪跌下马也不顾忌。孟珙曾经用他的计谋，称他为“小子房”。

按《宋史》，掞尝贷人万缗，游襄、汉间，入娼楼，箧垂尽。夜忽自呼曰：“来此何为！”辄弃去，已在军中费官钱数万。贾似道核其数[①]，孟珙以白金六百与偿，掞又费之，终日而饮。似道欲杀之，掞曰：“汉祖以黄金四万斤付陈平，不问出入。如公琐琐[②]，何以用豪杰！”似道姑置之。盖奇士也！其参杜杲军幕[③]，能出奇计，解安丰之围[④]。惜乎不尽其用耳！

【注释】

①贾似道：字师宪，南宋末权相。以父荫为籍田令，又依靠其姐贾贵妃，任宝章阁直学士、沿江制置副使等职。后为参知政事，知枢密院事。累官至太师、平章军国重事。德祐元年（1275），率精兵应战元军，大败。革职放逐，为监押使臣郑虎臣所杀。

②琐琐:繁琐细碎。

③杜杲:字子昕,号于耕。端平元年(1234),差主管官告院,知安丰军。明年,迁淮西转运判官,上奏反对出师河洛。端平三年(1236),再知安丰军,率众击退蒙古军。嘉熙二年(1238),再败蒙古军,以功升兵部侍郎,淮西制置使兼转运副使,权刑部尚书。后又拜工部尚书,迁刑部尚书,兼吏部尚书等。

④安丰之围:安丰军,在今安徽寿县西南。端平三年(1236),杜杲知安丰军,蒙古兵围城;杜杲坚守,蒙古军退兵。杨掞所献奇策不详。

【译文】

按《宋史》记载,杨掞曾经向人借钱一万缗,浪荡于襄、汉一带,去妓院,几乎把钱用光。有天夜里忽然对自己说:"我来这里要干什么!"于是离开妓院,后来在军中又花费官钱数万缗。贾似道审核官钱数,孟珙以白银六百两为他偿还,杨掞又把它花光,整天饮酒作乐。贾似道想杀他,杨掞说:"汉高祖以黄金四万斤交付给陈平,而不问他怎么花。像您这样繁琐细碎地计较,怎么能任用豪杰!"贾似道就暂且搁置了这件事。果真是奇异之士!后来他担任杜杲的幕僚,能献出奇计,解除安丰被围的困境。可惜不能完全任用他的才智!

曹玮

曹玮在秦州时[①],环、庆属羌田,多为边人所市,单弱不能自存,因没彼中。玮尽令还其故,以后有犯者,迁其家内地。所募弓箭手,使驰射较强弱,胜者与田二顷。边批:诱之习射。再更秋获,课市一马,马必胜甲[②],然后官籍之[③],则加五十亩。边批:官未尝不收其利。至三百人以上,因为一指挥,要害处为筑堡,使自堑其地为方田环之。立马社,一马死,众皆出钱市马。边批:马不缺矣。后开边壕,悉令深广丈五尺,山险不可堑者,因其峭绝治之,使足以限敌。后皆以为法。

【注释】

①曹玮:字宝臣。大将曹彬之子,沉勇有谋。宋真宗即位后,知渭州,驭军严明。知镇戎军时,散田护耕,蠲免租赋。大中祥符元年(1008),迁环庆路兵马都钤辖,兼知邠州。改知秦州。戍边四十年,驭军严明,沉勇有谋。天禧四年(1020),签书枢密院事。因宰相丁谓诬陷,连贬知莱州。官终彰武节度使,封武威郡公。卒谥"武穆"。

②胜甲:马力强壮,可乘以甲士。

③籍之:登记以备征用。

【译文】

曹玮任职秦州时,环、庆两州属于羌人的田地,多被边境的汉人所收购,羌人势力单薄不能生存,因而往往逃亡西夏。曹玮命令汉人全部归还羌人的原有田地,以后有违犯的,就将他们举家迁往内地。曹玮所招募的弓箭手,让他们骑马射箭比赛强弱,胜的人赏给二顷田。边批:引导他们练习射箭。如果秋天再获得丰收,就买一匹马,马力强壮可以乘胜任甲士之用,然后由官方登记以备征用,再加赏五十亩田。边批:官未尝不收其利。招募的弓箭手累积到三百人以上,就设立一个指挥,在地势险要处建筑堡垒,让他们自己挖壕沟形成方形的田,环绕于堡垒之外。设立马社,一匹马死了,由众人共同出钱买马。边批:不缺马。之后又在边境上挖掘壕沟,都要求壕沟的深度、宽度达到一丈五尺,山势险峻无法挖沟的,就利用峭壁来防御。后来很多州都以此为准则。

虞诩

永初四年[①]，羌胡反乱，残破并、凉[②]，大将军邓骘以军役方费[③]，事不相赡，欲弃凉州，并力北边[④]；譬如衣败，用以相补，犹有所完，不然，将两无所保。议者咸以为然。诩说太尉李修曰[⑤]："窃闻公卿定策，当弃凉州。夫凉州既弃，即以三辅为塞[⑥]，三辅为塞，则园陵单外[⑦]，此不可之甚者也！谚曰：'关西出将，关东出相[⑧]。'观其习兵壮勇，实过余州。今羌胡所以不敢入据三辅，为腹心之害者，以凉州在后故也。其土人所以摧锋执锐无反顾之心者，为臣属于汉故也。若弃其境域，徙其人庶，安土重迁，必生异念。如使豪杰相聚，席卷而东，虽贲、育为卒[⑨]，太公为将，犹恐不足当御。议者喻以补衣犹有所完，诩恐其疽食浸淫而无限极[⑩]。弃之非计！"修曰："然则计将安出？"诩曰："今凉土扰动，人情不安，窃忧卒然有非常之变，诚宜令四府九卿各辟彼州数人[⑪]，其牧守令长子弟，皆除为冗官[⑫]，外以劝励，答其功勤，内以拘制，防其邪计。"修善其言，更集四府，皆从诩议。于是辟西州豪杰为掾属[⑬]，拜牧守长子弟为郎，以安慰之。

【注释】

①永初四年：110年。永初，东汉安帝刘祜年号（107—113）。

②并、凉：并州、凉州，今甘肃、宁夏一带。东汉时并州包括今山西大部、陕西北部、内蒙古西南部及宁夏东部。凉州包括宁夏南部，甘肃全部。

③邓骘（zhì）：字昭伯，汉和帝邓皇后之兄。累迁车骑将军、仪同三

司。定策立安帝。永初元年（107），将兵出击凉州叛羌，大败，朝廷以其妹时为太后，仍拜大将军。军役方费：永初二年（108），汉朝镇压羌人叛乱后，三年南单于又反，发兵讨之，国用短缺。

④北边：此处指南匈奴。

⑤诩（xǔ）：虞诩，字升卿。东汉名臣。少孤，孝养祖母。后辟太尉李修府，拜郎中。安帝永初四年（110），羌胡叛，残破并州、凉州，大将军邓骘欲弃凉州保并州，虞诩认为凉州不可弃，上从之。邓骘妒忌虞诩，乃出虞诩为朝歌长，迁怀令，升武都太守，以计大败羌人，郡遂安。又开修船道，平抑物价，百姓争归之。

⑥三辅：汉代京兆尹、左冯翊、右扶风合称三辅。塞：边塞。

⑦园陵单外：皇帝陵墓在长安附近，以三辅为边塞，则诸陵墓将孤悬于塞外。

⑧关西出将，关东出相：汉代谚语。又作“山东出相，山西出将”。秦时白起、王翦，汉时公孙贺、傅介子、李广、赵充国、辛武贤等名将都为关西人。汉丞相萧何、曹参、魏相、丙吉、平晏、孔光等都为关东人。

⑨贲、育：孟贲、夏育，古勇士，秦汉时二人常并举，以此喻勇力超常的人。据说孟贲“水行不避蛟龙，陆行不避虎兕”，发怒吐气，声音动天。夏育有勇力，能举千钧。

⑩疽（jū）食侵淫：疽疮溃烂，不断扩展。疽食，疮毒侵蚀肌肉。比喻祸患蔓延。

⑪四府：指太傅、太尉、司徒、司空。九卿：指太常、光禄勋、卫尉、廷尉、太仆、大鸿胪、宗正、大司农、少府等。辟：征辟。汉代选拔官吏的一种办法。

⑫除为冗官：任以闲置冗余、空领俸禄的官职，如郎官等。

⑬西州：指凉州，因位于东汉版图的西部，故称西州。

【译文】

东汉安帝永初四年，羌胡反叛作乱，侵略并州、凉州，大将军邓骘因为军队作战正费钱粮，事情不能兼顾，打算放弃凉州，集中力量对付北方的边患；譬如衣服破了，用一件来补另一件，还有一件是完整的，不然的话，就两件全都不保了。议论的人都认为应该这样。虞诩劝太尉李修说："我听说公卿制定决策，要抛弃凉州。凉州放弃之后，就以三辅之地为边塞，三辅之地为边塞，那么历代天子的陵墓将孤悬于塞外，这是绝对不可以的。俗话说：'关西出将，关东出相。'看他们熟习军事雄壮勇武，确实已超过其他各州。现在羌胡之所以一直不敢入侵三辅之地，成为汉朝的心腹之害，是因为凉州在他们背后。当地人所以执兵器抗敌而无反顾之心，是因为他们归属于汉朝的缘故。如果抛弃他们的领地，迁徙当地百姓，百姓安居本土不肯轻易迁徙，必然产生变故。如果让当地的豪杰之士聚集，席卷向东攻汉朝，即使孟贲、夏育等武力高强之人为士卒，姜太公为将领，还恐怕不足以抵御。议论的人用补两件破衣服还能有一件完整的来作譬喻，我担心抛弃凉州会像疽疮溃烂不断扩展而没有极限。抛弃凉州不是好办法。"李修说："既然这样，那么要采用什么计策呢？"虞诩说："如今凉州骚动，民心不安，我担心突然有意外的变故，实在应当由四府九卿各自征召凉州数人授官，州牧、郡守、县令各级官员的子弟，都任命为散官，表面上劝勉奖励，回报他们的功勋劳绩，实际上约束牵制，防止他们不轨作乱的意图。"李修很赞许他的话，就召集四府，都依从虞诩的建议。于是征召凉州的豪杰之士担任属官，封州牧、太守的子弟为郎官，来安抚他们。

虞诩凉州之议，成于李修之公访；德裕维州之议，格于僧孺之私憾①。夫不为国家图万全，而自快其私，以贻后世噬脐之悔②，斯不忠之大者矣！河套弃而陕右警③，西河弃而甘州危[4]，太宁弃而蓟州逼[5]，三坌河弃而辽东悚[6]。国朝往事，可为寒心！昔单于冒顿不惜所爱名马与女子，而必争千里之弃地[7]，遂因以灭东胡、并诸王。堂堂中国，而谋出丑虏下，恬不知耻，何哉！

【注释】

①德裕维州之议，格于僧孺之私憾：唐宪宗元和三年（808），宰相李吉甫憎恶牛僧孺等直言时政得失，不加升迁，牛僧孺等不得已出仕方镇。后牛僧孺入相，极力排挤李吉甫之子李德裕一党。李德裕为西川节度使，接受吐蕃维州副使悉怛谋的投降，收复维州，上奏朝廷。朝中官员都支持李德裕的策略。牛僧孺力持异议，唐文宗听从了牛僧孺的建议，下诏令李德裕还维州于吐蕃，并把悉怛谋等来投降的人送还吐蕃。次年，文宗后悔维州之事，贬牛僧孺为淮南节度使。

②噬脐：自啮腹脐。喻后悔莫及。

③河套弃而陕右警：明英宗天顺年间，鞑靼毛里孩部占据河套地区，骚扰寇掠陕西。弘治、嘉靖间明廷屡次商议恢复河套。后严嵩以私诛杀力主恢复的夏言、曾铣，河套之议于是搁置。

④西河：今甘肃河西地区。甘州：今张掖，为总兵驻地。自明朝天顺年间以来，无力经营边塞，于是弃之不顾。正德年间鞑靼小王子据西河而屡犯甘州。

⑤太宁：亦作“泰宁”，今长城古北口以北一带。天顺以来明朝弃之。

⑥三坌河弃而辽东悚：天启二年（1622），广宁巡抚王化贞放弃三坌河守地，携辽西数十万民众入山海关，致使广宁失守，辽河以西尽归后金努尔哈赤，辽东暴露于后金铁骑之下，不久也被其蚕食。三坌河，或作“三岔河”，今辽宁铁岭附近。

⑦昔单于冒顿不惜所爱名马与女子，而必争千里之弃地：秦汉之际，

东胡强大，闻冒顿杀父头曼而自立为单于，于是派使者索要冒顿的千里马及王后，冒顿都赠予了他，于是东胡王越发骄纵，向西侵扰，想要占据东胡、匈奴之间的千里空地。冒顿以“地者，国之本也”拒绝东胡，又率众击灭东胡。

【译文】

虞诩保全凉州的建议，成于李修的公心寻访；李德裕收复维州的建议，破于牛僧孺的私人仇怨。不为国家谋求万全的利益，而只图满足一己的私利，留给后世人自啮腹脐而不及的悔恨，这是最大的不忠！河套弃置而陕西警戒，西河弃置而甘州危急，太宁弃置而蓟州进逼，三岔河弃置而辽东悚动。国朝的往事，足以令人寒心！西汉初年匈奴的单于冒顿不吝惜自己心爱的名马与女子，而一定要争得千里的荒地，因而能消灭东胡和北方各部落。堂堂中国，而谋略居然在胡虏之下，还安然不知羞耻，为什么呢！

○凉州之议，尤妙在辟其豪杰而用之，此玄德之所以安两川也[①]。嘉靖东南倭警，漕台郑晓奏：“倭寇类多中国人，其间尽有勇智可用者，每苦资身无策[②]，遂甘心从贼，为之向导。乞命各巡抚官于军民白衣中，每岁查举勇力智谋者数十人，与以‘义勇’名色，月给米一石，令其无事则率人捕盗，有事则领兵杀贼，有功则官之。如此，不唯中国人不为贼用，且有将材出于其间。其从贼者谕令归降，如才力可用，一体立功叙迁。不然，数年后或有如卢循、孙恩、黄巢、王仙芝者[③]，益至滋蔓，难拨灭矣！”愚谓端简公此策[④]，今日正宜采用。

【注释】

①此玄德之所以安两川也：刘备入主成都后，大量使用本地豪杰。

董和、黄权、李严等为刘璋所擢用，吴懿、费观为刘璋之姻亲，彭羕为刘璋所摈弃，而刘巴为刘备所忌恨者，刘备都处以显任，尽其器能，于是有志之士归附，益州之民大和。

②资身：立身。

③卢循：为孙恩妹夫。曾参加孙恩起义。孙恩败死后，统领其众，活动于东南一带。后多次为刘裕所败，投水死。孙恩：字灵秀。世奉五斗米道。其叔父新安太守孙泰被会稽王司马道子所杀，孙恩逃入海，于次年起兵，破会稽，杀内史王凝之，占有会稽、吴郡等八郡，统众数十万大肆烧掠，东南残破。黄巢：唐末起义军首领。盐贩出身，屡举进士不第。乾符二年(875)，率众响应王仙芝起义。三年，在蕲州阻止王仙芝降唐，并与仙芝分兵。五年，仙芝败死，会合余部，被推为首领，自称黄王，号冲天大将军。后兵败而亡。王仙芝：唐僖宗乾符元年(874)，聚众数千人起义，次年发布檄文，指斥唐朝吏贪赋重，自称天补平均大将军。黄巢聚众响应，掀起唐末农民大起义。乾符五年，仙芝败死。

④端简公：郑晓，谥端简。

【译文】

虞诩对凉州的建议，尤其巧妙在征召当地豪杰而任用他们，这也是刘备安抚两川的方法。嘉靖年间东南倭寇作乱，漕台郑晓上奏："倭寇中有很多是中国人，其中也有勇敢智慧可以任用的人才，往往苦于没有施展立身的机会，于是甘心跟着贼兵，做贼兵的向导。请命令各巡抚官在军民百姓中，每年查访推举数十名有勇力智谋的人，给予"义勇"的名号，每月供给一石米，命令他们平常没事时就率领百姓缉捕盗匪，有叛乱战事时就带领军队攻杀贼兵，立功后就授予官位。如此，不只中国人不会被倭寇所用，而且可以有将帅之人才发迹于其中。那些已经追随贼兵的劝导他们归降，如果才力可以任用，一律论功升迁。不然的话，数年之后可能有像卢循、孙恩、黄巢、王仙芝这样的反贼，势力更加滋长蔓延，难以拔除消灭！”我认为郑晓的这个计策，现在正适合采用。

款虏 二条

一

俺答孙巴汉那吉与其奶公阿力哥，率十余骑来降[1]。督抚尚未以闻[2]，张江陵已先知之[3]，边批：宰相不留心边事，那得先知！贻书王总督崇古查其的否[4]，往复筹之曰：“此事关系甚重，制虏之机实在于此。顷据报俺酋临边索要[5]，正恐彼弃而不取，则我抱空质而结怨于虏[6]；今其来索，我之利也。第戒励将士，坚壁清野以待之[7]，使人以好语款之。彼卑词效款，或斩我叛逆赵全等之首[8]，誓以数年不犯吾塞，乃可奉闻天朝，以礼遣归。但闻者酋临边不抢，又不明言索取其孙，此必赵全等教之，边批：看得透。诱吾边将而挑之以为质，伺吾间隙而掩其所不备。唯当并堡坚守，勿轻与战，即彼示弱见短，亦勿乘之。边批：我兵被劫，往往坐此。多行间谍以疑其心，或遣精骑出他道，捣其巢穴，使之野无所掠，不出十日，势将自遁，固不必以斩获为功也。续据巡抚方金湖差人鲍崇德亲见老酋云云[9]，其言未必皆实。然老酋舐犊之情似亦近真，其不以诸逆易其孙，盖耻以轻博重，边批：看得透。非不忍于诸逆也。乳犬驽驹，蓄之何用？但欲挟之为重，以规利于虏耳[10]。今宜遣宣布朝廷厚待其孙之意，以安老酋之心，却令那吉衣其赐服绯袍金带，以夸示虏使。彼见吾之宠异之也，则欲得之心愈急，而左券在我[11]，然后重与为市，而求吾所欲，必可得也！俺酋言虽哀恳，身犹拥兵驻边，事同强挟，未见诚款。必责令将有名逆犯，尽数先送入境，掣回游骑，然后我差官以礼送归其孙。若拥兵要质，两相交易，则夷狄无亲，事或中变；即不然，而聊以胁从数人塞责，于国家威重岂不大损！至于封爵、贡市二事[12]，皆在可否之间。若鄙意，则以为边防利害不在那吉之与不与，而在彼求和之诚与不诚。若彼果出于至诚，假以封爵，许其贡市，我得以间，修其战守之具，兴屯田之利，边鄙不耸[13]，穑人成功[14]。彼若寻盟，则我示羁縻之义，彼若背盟，则兴问罪之师，胜算在我，数世之利也。诸逆既入境，即可执送阙下，献俘正法，传首于边，使叛人知畏。先将那吉移驻边境，叛人先入，那吉后行，彼若劫质，即斩那吉首示之，闭城与战。彼曲我直，战无不克矣。阿力哥本导那吉来降，与之，必至糜烂。边批：牛僧孺还悉怛谋于吐蕃，千古遗恨。今彼既留周、元二人，则此人亦可执之以相当，断不可与。留得此人，将来人有用处，唯公审图之。"

【注释】

①俺答孙巴汉那吉与其奶公阿力哥，率十余骑来降：卫拉特蒙古奇喇古特部落首领哲恒阿哈之女三娘子，容貌艳丽，受袄儿都司之聘，被俺答夺娶。袄儿都司因此要攻打俺答。俺答将为孙子巴汉那吉所聘之女送给袄儿都司。明穆宗隆庆四年（1570）冬十月，巴汉那吉愤而携奶公阿力哥等十人南走，请降于明。俺答（1507—1582），蒙古族政治家、军事家，鞑靼土默特部首领，因有

汗号,故称“俺答汗”。巴汉那吉,俺答汗之孙。奶公阿力哥,巴汉那吉幼失父母,阿力哥奉俺答妻命,与妻子哺育巴汉那吉并充其家仆。奶公,乳母之夫。十余骑,原文作“十万余骑”,误,删“万”字。

②督抚:时大同巡抚为方逢时,总督为王崇古。

③张江陵:即张居正。时为内阁大学士。

④的否:确实与否。

⑤俺酋临边索要:巴汉那吉投降于明,俺答之妻忧心孙子而怨尤俺答,俺答也后悔不已,于是拥十万众压境,想要回孙子。

⑥空质:没有价值的人质。

⑦坚壁清野:加固防御工事,清除粮食房舍,使敌人无法久战。出自《三国志·魏书·荀彧传》。

⑧赵全:明朝雁北地区白莲教教首。跟随吕明镇起事,事情败露,吕明镇被杀,赵全等人率众叛投俺答,驻边外古丰州地,名曰板升。经常挑唆蒙古人入境,对明边疆进行烧杀抢掠。隆庆议和后,俺答汗将赵全等十多人献给朝廷,后在北京被杀。

⑨方金湖:大同巡抚方逢时,字行之,号金湖。

⑩规利:筹谋利益。

⑪左券:古代债券,债权人持左半片,债务人持右半片。因此以左半片债券比喻掌握主动权的一方。

⑫封爵:封俺答以爵位。贡市:俺答进贡于明朝,在边界互市贸易。

⑬耸:惊惧。

⑭穑人:农夫。穑,种植或收获谷物。

【译文】

俺答的孙子巴汉那吉和他的奶公阿力哥,率领十余人马来投降。总督巡抚尚未向皇帝禀报,张居正已经先知道这件事,边批:宰相不留心边事,那得先知!写信给王总督崇古查问事情确实与否,且反复筹谋说:“这件事关系重大，降服鞑靼的关键就在于此事。刚接获报告说俺答率兵到边境上来要人，正怕他放弃不要，那么我们守着失去价值的人质又结怨于俺答；现在他来要人，是我们的利好。只需勉励将士们，坚固壁垒肃清郊野以待敌人，并派人以好言来应酬他们。如果他们肯谦恭归顺，或者斩杀我方叛臣赵全等人，立誓数年之间不侵犯我国边境，就可以上奏朝廷，依礼节遣送巴汉那吉回去。但听说俺答到边境上既不抢掠，又不明说要回自己的孙子，这一定是赵全等人教他的，边批：看得透。要引诱我方边境将士挑衅他们作为借口，伺机钻我们的空子以掩饰他们攻其不备的想法。我们应该联合各堡寨的人共同坚守，不要轻易与他们作战，即使他们表现出软弱暴露短处，也不要乘机进攻他们。边批：我兵被劫，往往因此。多派间谍使对方疑心，或派遣精锐骑兵绕路，直接攻击他们的巢穴，使他们在荒野上无可掠夺，不出十天，势必自行离开，根本不必以斩获敌人为功劳。又听说巡抚方逢时派遣鲍崇德亲自去会见俺答云云，这些传闻未必都是事实。然而俺答关爱孙子的舐犊之情似乎还是真实的，他不用我方叛降的人来交换他的孙子，大概是耻于用不重要的人来换取重要的人，边批：看得透。而不是不忍心杀掉那些叛降的人。巴汉那吉这样小狗劣马一样乳臭未干的孩子，我们养着他有什么用呢？只是想要挟持他作为重要的人质，以在鞑靼那儿谋取利益罢了。现在应当派人宣布朝廷厚待他孙子的心意，以安顿俺答的心，但要令那吉穿着朝廷赏赐的红袍金带，向鞑靼使者夸耀展示。他们看到我们宠爱那吉，那么想要要回那吉的心意就更急切，而主动权在我们手中，然后慎重地与他们做交易，而我们想要的东西，一定会得到！俺答言语虽然哀怨恳切，但身边依然有大批军队驻扎在边境上，态势像是在要挟我们，尚未见到他们归服的诚意。一定要责令他将赵全这批叛逆的人，全部先送入边境，且撤回骑兵，然后我们才派官吏依礼送回他的孙子。如果他带兵来要回人质，两边在这种情况下交换人质，而鞑靼人不重亲情，恐怕中途有变；即便不是这样，他们随便以胁迫相从的几个不重要的人敷衍，岂不是严重损害国家的威望！至于封爵位、互市贸易两件事，都在可行与不可行之间。如果按我的意见，是认为边防的利害问题不在那吉送不送回去，而在于俺答求和有没有诚意。如果俺答果真出于至诚，就权且封给他爵位，准许互市贸易的机会，我们得以休养，趁机准备作战和守备的器械，大兴屯田的利益，使边境没有忧惧，农夫放心耕种。日后俺答如果重温旧盟，那么我们应该展示笼络怀柔的态度；他如果背叛盟约，那么我们派出问罪的军队，胜算掌握在我们手中，这是世代有利的事。那些叛逆的人入境后，立刻送到京师，举行献俘仪式后处死，将首级送到边境，使叛逆朝廷的人知道畏惧。先把那吉移送安顿在边境，那些叛逆的人先入境，那吉后放出去，他们如果劫持人质，立即砍下那吉的头向他们示威，关闭城门与他们作战。他们理屈我们理直，打仗没有不胜利的。阿力哥本来是引导那吉来投降的人，送给他们，一定会被酷刑处死。边批：牛僧孺把悉怛谋送还吐蕃，千古遗恨。如今他们既然留下周、元二人，那么这个人也可以留下作为旗鼓相当的人质，绝不可以给他们。留下这个人，将来的人会有大用处，希望您仔细考虑。”

后崇古驰谕虏营，俺答欲我先出那吉，我必欲俺答先献所虏获。俺答乃献被掳男妇八十余人。夷情最躁急，遂寇抄我云石堡[①]。崇古亟令守备范宗儒以嫡子范国囿及其弟宗伟、宗伊质虏营，易全等。俺答喜，收捕赵全等，皆面缚械系，送大同左卫。是时周、元闻变，饮鸩死，于是始出那吉，遣康纶送之归。那吉等哭泣而别。巡抚方逢时诫夷使火力赤猛克，谕以毋害阿力哥。既行，次河上，祖孙呜呜相劳，南向拜者五，使中军打儿汉等入谢，疏言：“帝赦我逋迁裔[②]，而建立之德无量，愿为外臣，贡方物。”请表笺楷式及长书表文者。

【注释】

①寇抄:抢劫,掠夺。云石堡:明长城大同镇关堡。

②逋迁裔:逃迁他处的子孙。

【译文】

后来王崇古派人骑马去鞑靼军营晓谕,俺答想要我方先交出那吉,我们一定要俺答先献出他俘获的人。俺答于是献出被他俘虏的八十多名男女。夷狄的情绪最容易急躁,接着劫掠我方的云石堡。王崇古立即命令守备范宗儒以长子范国囿及弟弟宗伟、宗伊到俺答军营为人质,交换赵全等叛徒。俺答很高兴,就收捕赵全等人,都反绑双手戴上手铐脚镣,送到大同左卫。此时叛降鞑靼的周、元二人听说状况有变,就饮毒酒自杀了,于是才把那吉带出来,派康纶送他回去。那吉等人哭着道别。巡抚方逢时告诫鞑靼使者火力赤猛克,告诉他不要加害阿力哥。那吉就走了,到了黄河边,祖孙相见哭着互相问候,向南方拜了五次,俺答又派中军打儿汉等人道谢,上疏说:"皇上赦免我逃亡的孙儿,而建立的恩德无量,我们愿意做附属的臣子,进贡我国的物产。"请求赐给他们上表的格式及擅长文书章奏的人。

江陵复移书总督曰:"封贡事,乃制虏安边大机大略,时人以狷嫉之心,持庸众之议,计目前之害,忘久远之利,遂欲摇乱而阻坏之,不唯不忠,盖亦不智甚矣。议者以讲和示弱,马市起衅,不知所谓和者,如汉之和亲、宋之献纳,制和者在夷狄,不在中国,故贾谊以为'倒悬'[①],寇公不肯主议[②]。今则彼称臣乞封,制和者在中国,不在夷狄,比之汉宋,万万不侔。至于昔年奏开马市,彼拥兵压境,恃强求市,以款段驽罢索我数倍之利[③],市易未终,遂行抢掠,故先帝禁不复行。今则因其入贡,官为开集市场,使与边民贸易,其期或三日二日，如辽开原事例耳[4]，又岂马市可同语乎？至于桑土之防[5]，戒备之虑，自吾常事，不以虏之贡不贡而有加损也。今吾中国，亲父子兄弟相约也，而犹不能保其不背，况夷狄乎！但在我制驭之策，自合如是耳。数十年无岁不掠，无地不入，岂皆以背盟之故乎！即将来背盟之祸，又岂有加于此者乎！议者独以边将不得捣巢，家丁不得赶马，计私害而忘公利，遂失此机会，故仆以为不唯不忠，盖亦不智甚矣。"已乃于文华殿面请诏行之，又以文皇帝封和宁、太平、贤义三王故事[6]，拣付本兵，因区画八策属崇古。崇古既得札，遂许虏，条上封贡便宜[7]，诏从之。俺答贡名马三十，乃封俺答为顺义王，余各封赏有差，至今贡市不绝。

【注释】

①倒悬：上下颠倒。贾谊《治安疏》："天下之势方倒县（悬）。凡天子者，天下之首，何也？上也。蛮夷者，天下之足，何也？下也。……足反居上，首顾居下，倒县（悬）如此。"

②寇公不肯主议：寇准反对与辽国议和，力主抗御。寇公，即寇准。

③款段驽罢：指疲陋之马。款段，马行迟缓的样子。驽，劣马。罢，通"疲"，困乏。

④辽开原：今辽宁开原。明朝在此处开设与东北边外民族交易的场所。

⑤桑土之防：比喻防患于未然。《诗经·豳风·鸱鸮》有"迨天之未阴雨，彻彼桑土，绸缪牖户。"朱熹《诗集传》说"我及天未阴雨之时，而往取桑根，以缠绵巢之隙穴，使之坚固，以备阴雨之患。"

⑥文皇帝：明成祖朱棣，谥文皇帝。封和宁、太平、贤义三王故事：永乐十一年（1413），北元汗廷太师阿鲁台遣使者至明廷求援，明

成祖封他为和宁王。成祖又封瓦剌马哈木为顺宁王，太平为贤义王。三王应为和宁、顺宁、贤义，此处有误。

⑦条：条陈，条奏。

【译文】

张居正又写信给总督说："封爵位、进贡的事，是控制夷狄安定边塞的重要方略，现在的人怀着狂妄嫉妒的心，坚持庸俗无知的建议，考虑眼前的利害，忘了久远的利益，于是想扰乱甚至破坏和议，这不只是不忠，更是愚昧至极。议论的人认为讲和是示弱，开放马匹交易会引发暴乱，这是不了解所谓和议的意义。例如汉朝的和亲、宋朝的献纳，控制和议的人在夷狄一方，不在中国，所以贾谊认为是'上下颠倒'，寇准反对和议。如今鞑靼称臣求封，控制和议的一方在中国，不在夷狄，比起汉朝和宋朝，根本不同。至于从前奏请开马市，夷狄带兵侵犯边境，仗恃强势要求互市，用疲陋的劣马索取我们数倍的利润，交易未完，就进行抢劫，所以先帝下令禁止不再开放。如今则借他们入朝进贡之机，官方为他们开办市场，让他们和边境人民进行交易，为期或三天或两天，这就像辽宁开原交易的事例，又哪里是马市可以相提并论的呢？至于防患于未然的守卫，戒备的谋虑，自然是我们常行不怠的事，不可因为夷狄入贡与否而有增减。如今我们中国，亲生父子兄弟互相约定，尚且不能保证不背叛，何况是夷狄呢！但在我们防御控制的政策上，自然应该是这样。鞑靼数十年来没有一年不入关侵略，没有不去劫掠的地方，难道这些都是违背盟约的缘故吗！就算将来发生违背盟约的祸患，又难道会比不和议时每年侵掠更严重吗？议论的人只以为守边的将领不能捣毁敌人的巢穴，平民百姓不能驱赶夺取马匹，考虑个人损失而忘记国家利益，于是失去了这个和议的机会，所以我认为这些人不只不忠，大概也是非常愚蠢的。"不久张居正在文华殿当面奏请皇帝下令实行，又将成祖封和宁、顺宁、贤义三王的旧例，拣出来交付兵部尚书，依此拟定处理鞑靼问题的八项策略交由王崇古负责执行。王崇古接获函札，就答应与俺答和议，逐条上奏封爵进贡的事宜利弊，皇上下诏批准。俺答每年进贡名马三十匹，于是封俺答为顺义王，其余的封赏各不相等，至今进贡互市依然没有断绝。

二

板升诸道既除[1]，举朝皆喜。张江陵语督抚曰："此时只宜付之不知，不必通意老酋，恐献以为功，又费一番滥赏，且使反侧者益坚事虏之心矣。此辈宜置之虏中，他日有用他处；不必招之来归，归亦无用。第时传谕以销兵务农，为中国藩蔽，勿生歹心；若有歹心，即传语顺义，缚汝献功矣。然对虏使却又云：'此辈背叛中华，我已置之度外，只看他耕田种谷，有犯法、生歹心，任汝杀之，不必来告。'以示无足轻重之意。"

【注释】

①板升诸道既除：隆庆四年（1570）十二月，俺答执赵全等九人献于明。第二年，俺答受封为顺义王，执赵全余党来献。板升遂消散，但大量汉人仍居旧地。板升，汉人奔于鞑靼，而占地自治的丰州滩（今内蒙古自治区呼和浩特）地区。

【译文】

板升各路叛乱之人除掉了，朝廷上下都非常高兴。张居正对总督巡抚说："这个时候只适合假装不知道，不一定通知俺答，恐怕让他知道献俘为功劳，又得耗费一番过度的赏赐，且会使那些反复的人更坚定了投靠鞑靼的心思。这些人还应把他们安置在鞑靼人当中，将来会有用到他们的地方；不一定非要招他们回来，他们回来也没用。只要不时训谕他们放下兵器去务农，为中国之屏障，勿生反叛之心；若有反叛之心，就会传话给顺义王俺答，要他抓他们来献功。然而面对鞑靼使者时却又说：

‘这些人背叛中华，我朝已置之度外，只监督他们耕田种谷就好，如果他们犯法、起了歹心，任凭你们杀他们，不一定来告知。’以表示这些人无足轻重的意思。”

安黎峒

顾岭《海槎余录》云[①]：儋耳七坊黎峒[②]，山水险恶，其俗闲习弓矢，好战。峒中多可耕之地，额粮八百余石[③]。弘治末，困于征求，土官符蚺蛇者恃勇为寇，屡败官军。后蚺蛇中箭死，余党招抚讫。嘉靖初，从侄符崇仁、符文龙争立，起兵仇杀，因而扇动诸黎，阴助作逆。余适拜官莅其境[④]，士民蹙额道其故[⑤]。余曰："可徐抚也。"未几，崇仁、文龙弟男相继率所部来见，劳遣之，徐知二人已获系狱，故发问曰："崇仁、文龙何不亲至？"众戚然曰："上司收狱正严。"余答曰："小事，行将保回安生。"众欣然感谢。郡士民闻之骇然，曰："此辈宽假，即鱼肉我民矣！"余不答。既而阅狱，纵系囚二百人，州人咸赏我宽大之度，黎众见之，尽磕首祝天曰："我辈冤业当散矣！"余随查该峒粮，俱无追纳，因黎众告乞保主，余谕之曰："事当徐徐，此番先保各从完粮，次保其主何如？"众曰："诺。"前此土官每石粮征银八九钱，余欲收其心，先申达土司，将该峒黎粮品搭见征无征，均照京价二钱五分征收，示各黎俱亲身赴纳，因其来归，人人抚谕，籍其名氏，编置十甲。办粮除排年外[⑥]，每排另立知数、协办、小甲各二名，又总置总甲、黎老各二名，共有百余人。则掌兵头目各有所事，乐于自专，不顾其主矣，日久浸向有司。

余密察识其情，却将诸首恶五十余名解至省狱二千里外，相继牢死⑦，大患潜消。后落窑峒黎闻风向化，亦告编版籍。粮差讫，州仓积存，听征粮斛准作本州官军俸粮敷散，地方平安。

【注释】

①顾岎：字汇堂。官至南安府知府。官儋州（在今海南）时作《海槎余录》一卷，记当地风土、物产。

②儋耳：指海南儋州。古称儋耳。

③额粮：赋税定额的粮食。

④莅（lì）：到，到任。

⑤蹙（cù）额：皱着额头。

⑥排年：轮流值年当差。

⑦牢死：在狱中死去。

【译文】

顾岎的《海槎余录》中说：儋州七坊黎峒一带，山水险恶，当地习俗是闲时操习弓箭，好斗成性。黎峒中有很多可耕种的田地，每年赋税定额的粮食是八百多石。孝宗弘治末年，苦于当地重税的课征，土官符蚺蛇仗恃勇武成为盗匪，屡次打败官军。后来符蚺蛇中箭而死，余党被官军招抚。世宗嘉靖初年，符蚺蛇的从侄符崇仁、符文龙争位，起兵互相仇杀，因而各自煽动各黎族部落，暗中协助准备叛乱。我正好到当地任职，百姓皱着眉头说出其中的原委。我说："可以慢慢安抚他们。"不久，符崇仁、符文龙的晚辈子弟相继率领部落的人来求见，我慰劳他们，后来逐渐了解到符崇仁、符文龙已被捕下狱，故意问他们："崇仁、文龙为什么不亲自来呢？"众人难过地说："官府把他们收押在监狱，管理严格。"我回答说："这是小事，我就去保他们平安回去。"众人都高兴地道谢。郡里的官民听了大惊，说："这些人放出来，就会来残害我们百姓了！"我不理会。不久我巡视监狱，放了在押的囚犯二百人，州人都称赞我宽宏的气度，黎族人见了我，都磕头向天祷告说："我们的冤屈终于可以消散了。"我随后详查该峒的税粮，都没有缴纳，趁着黎族百姓请求我保释他们的首领，我告诉他们说："事情要慢慢来，这次先保证各自纳粮完税，其次再谈保释首领怎么样？"众人说："好的。"前任土官每石粮食征收银子八九钱，我想笼络他们的心，先请求上司，将该峒黎族的各种粮品不管征没征过税，都按照京师的价格二钱五分来征收，并告诉黎族各家都亲自缴纳，趁着他们来缴税归附时，都加以安抚开导，登记他们的姓名，编成十甲。办理粮税除了当年轮值当差的人外，每排又设立知数、协办、小甲各两名，又总体上设立总甲、黎老各两名，共设立了一百多人。于是掌兵头目各有自己的事务，都很高兴行使自己的权力，便不顾原来的首领了，时间长了逐渐心向官府。我仔细明察了解各种情况，又将五十多名带头作乱的人押送两千里外的监狱，他们相继在狱中死去，于是大患遂消除。后来落窑峒的黎族听到这个消息，都归向朝廷，也都正式编入户口簿里。催收公粮的差事完成后，运到州府的粮仓积存，准许征收的公粮由掌准量斛的人分配作本州官军的俸粮，这地方才平安。

平军民变

浙故有幕府亲兵四千五百人[①]，分为九营，岁以七营防海汛。汛毕乃归，其饷颇厚。万历十年间，吴中丞善言奉新例减饷三之一，又半给新钱，钱法壅不行，诉之不听，遂为乱。其魁马文英、杨廷用实倡之，拥吴令至营所，窘辱备至，迫书朘削状[②]，以库金二千为酒食资，姑纵之。明日，二魁阳自缚诣吴及两台[③]，言："我实首事[④]，请受法，他无与也。"众皆匣刃以俟[⑤]。诸公惧稔祸[⑥]，姑好言慰遣，而具其事上闻。少司马张肖甫奉便宜命抚浙代吴[⑦]，未至而民变复作。初，杭城诸栅各设役夫司干掫[⑧]，边批：多事。应役者自募游手充之。前二岁始严其法，必亲受役。惮役者相率倚豪有力以免，而游手遂失募利，亦怨望。上虞人丁仕卿侨居，素舞文，与市大猾相结[⑨]，假利便言之监司守令，俱不听，意忿忿，且谓："官无如乱兵何，而如我何！"以此挑诸大猾。会仕卿坐他法荷校[⑩]，诸大猾遂鼓众劫之，响应至千人。于是焚劫诸豪有力家以快憾，遂破台使者门，监司而下悉窜匿。张公抵嘉禾闻变[⑪]，问候人曰："兵哨海者发耶？"曰："发矣。""所留二营无恙耶？"曰："然。"公曰："速驱之，尚可离而二也。"边批：兵民合则不可为矣。从者皆恐，公谈笑自如。既抵台治事，而群不逞啸聚益众[⑫]，揭竿立帜，执白刃而向台者可二千余，且欲毁垣以入。公乃从数卒乘肩舆出迎，谓之曰："汝曹毋反，反则天子移六师至族汝矣！且汝必有所苦与甚不平，何不告我？"众以司夜役不公为言[⑬]，公曰："易耳！奈何以一愤易一族！"即下令除之，众始散。然其气益张，夜复掠他巨室[⑭]，火光烛天。公秉烛草檄，谕以祸福。质明，张之通衢。众取裂之。

【注释】

①浙：此指杭州。

②朘削（juān xiāo）：剥削克扣。

③两台：即藩台和臬台。按察使与布政使。

④首事：为首起事。

⑤匣刃：藏刀于匣里，亦指随身带刀。

⑥稔（rěn）祸：酿成祸乱。稔，指事物酝酿成熟。

⑦张肖甫：张佳胤，字肖甫。嘉靖进士。隆庆间巡抚应天、保定。万历间先后巡抚陕西、宣府、浙江，平定杭州兵变，进兵部尚书。后官至太子太保。与王世贞诸人唱酬。

⑧干掫（zōu）：夜间巡逻戒备。掫，巡夜打更。

⑨大猾：狡黠奸诈的人。

⑩荷校：戴枷示众。

⑪嘉禾：今浙江嘉兴，距杭州约二百里。

⑫不逞：不逞之徒，指为非作歹的人。

⑬司夜：主管夜间报时。

⑭巨室：豪门望族。

【译文】

杭州原有幕府亲兵四千五百人，被划分为九营，每年有七座营寨负责防备海汛。等汛期结束，就会回归，他们在汛期的饷银颇为丰厚。万历十年间，中丞吴善言遵从新政要求，饷银减少三分之一，其中还有一半是给付新钱，随后新钱又因为法律被废止不再流通，亲兵们向上申诉又不得回应，于是就叛变为乱。乱兵的首领马文英、杨廷用是实际的倡导者，他们押解吴中丞到军营，十分窘迫地羞辱他，并且逼迫他写下剥削克扣军饷的情况，拿出府库中的两千金作为酒食资用，才暂且释放了他。第二天，两位带头作乱的人假装将自己绑起来，来见吴中丞以及巡抚、布政使，说："我们确实是带头起事的人，请求按罪接受惩处，他人与此无关。"其余兵众都暗藏兵器静观。几位官员担心再次引起兵乱，只好姑且好言劝慰遣散他们，同时将事情的具体经过奏明朝廷。少司马张肖甫奉命任浙江巡抚，便宜行事，并且接替吴中丞，他还没有抵达杭州，民众就再一次爆发变乱。起初，杭州城各个里巷都会设置役夫来巡夜，边批：

多事。应服役的人，经常会自己招募游手好闲的人来顶替自己。前两年才严格规定这项法度，一定要应募的人亲自去巡夜。害怕当役的人，互相勾结一同投靠豪强有势力的家族以免除劳役，而那些游手好闲的人就失去了响应招募的利益，也开始心生怨怒。上虞人丁仕卿寄居杭州，平时就喜欢舞文弄法，同市井中那些狡诈之徒相互勾结，于是借着便利机会向监司守令官员说起巡夜劳役这件事，但他的意见都没有被采纳，于是心中愤恨，就说："官吏对待动乱的士兵都无可奈何，又能拿我怎么样呢！"借此机会挑动那些有奸诈狡猾行径的人。适逢丁仕卿因触犯其他法律戴枷示众，这些奸诈之人于是就开始鼓动众人要去劫狱，响应的达到了千人。于是这些暴民焚烧劫掠了那些有权势的家族来发泄心中不满，并攻破台使者衙门，监司以下的官吏全都逃窜藏匿起来。张肖甫抵达嘉禾听闻兵变，问身旁听候的人说："看守海汛的哨兵调去了吗？"回答说："已经调去了。""所留的二营士兵安然无恙吗？"回答说："是的。"张公说："请赶快驱马快跑，尚且可以离间他们，将兵乱与民乱分隔开来。"边批：兵变、民变合并就没法办了。随从都十分惊恐，唯有张肖甫谈笑自若。张肖甫抵达府台治理政事，而不法之徒还在不断聚集增加，他们举起竿子制成旗帜，手执利刃奔向府台的大约有两千余人，并且想要毁坏墙垣攻入府衙。张肖甫于是就带着数名亲卒乘坐肩舆出门迎接，对他们说："你们不要造反，如若造反，天子就会派遣大军前来将你们灭族！况且你们一定有感到苦闷与很不公平的事情，为什么不向我报告呢？"众人将巡夜打更劳役不公的情况向张肖甫禀告，张公说："这很容易！为何用一时愤怒来交换整个家族被杀的命运呢？"即刻就下令废除这项制度，众人才散去了。然而他们的气焰更加嚣张，在晚上又劫掠其他富贵之家，纵火焚烧，火光冲天。张公点燃烛火草拟檄文，讲明福祸道理。等第二天天明的时候，将布告张贴在交通要道。众人扯下撕裂了布告。

公怒曰："吾奉命戢悍兵[①]，宜自悍民始。"已而计曰："过可使也，乌合可刈也。"命游击徐景星以二营兵入，召伍长抚之曰："前幕府诚用汝死力而不汝饷，汝宁无怏怏！"边批：先平其气，安其心而后用之。众唯唯。则又曰："市无赖子乱成矣。彼无他劳，非汝曹例。能为我尽力计捕之，我且令汝曹以功饱也。然无多杀，多杀不汝功。"众踊跃听命。复召马文英、杨廷用，密谓之曰："向自缚而请者汝耶？"二魁谢死罪。公曰："壮士故不畏死，虽然，死法无名。汝为我帅众捕乱，讵论赎，且赏矣。即不幸死，宁死义乎！"二魁亦踊跃听命。公乃召徐景星，出所从骁勇为中军；俾营兵次之，郡邑土团又次之[②]。严部伍，明约束，遂前薄乱民，连败之，缚百五十余人，而仕卿与焉。公讯得其倡谋、挟刃而腰金帛者凡五十余人，皆斩枭之辕门[③]，余悉释去，于是群不逞皆散。公念此悍卒犹未伏法，急之或生变，假他事罪之或密掩之则非法，因阳奖二魁功，予之冠带，榜于营，复其饷如初，咸帖然[④]。当二魁自缚时，要众曰："吾以一死蔽若等，姑予我棺殓，给妻子费。"众为敛金数百，既免而不复反橐，众颇恨。又各营倡乱者数十，公俱廉得之。届明年春汛，七营当复发，公于誓师时密令徐景星以名捕营各一人，数其首乱罪斩之，已后捕马、杨二魁至，曰："汝故自请死，今晚矣。且汝既倡乱，又欺众而攘其资，我即欲贷汝[⑤]，如众怒何！"又斩之，凡九首，陈辕门外，而使使驰赦诸营，曰："天子不忍尽僇汝[⑥]，汝自揣合死否？今而后当尽力为国御圉也[⑦]！"众尽感泣。

【注释】

①戢(jí):收敛,止息。

②土团:地方团练武装。

③枭(xiāo):斩首悬以示众。辕门:领兵将帅的营门。辕,车前的直木,用以套马。军队驻扎时,将车辕竖起,相对立为门,故名。

④帖然:顺从服气。

⑤贷:宽恕,赦免。

⑥僇(lù):与"戮"通。

⑦御圉(yǔ):捍御侵侮的卫士。圉,抵御,禁止。

【译文】

张公十分愤怒地说:"我奉命前来平息凶悍的叛兵,应当从凶悍的叛民开始。"不久又谋划说:"军营的士卒即使有过错也可以驱使,乌合之众可以因此剿灭。"于是命令游击徐景星带领两营军兵入城,召军队中的伍长来安抚道:"此前幕府确实用你们出死力却不给予你们足够的粮饷,你们想必心中一定怏怏不快!"边批:先抚平他们的怒气,安抚其心而后用之。兵众皆唯唯称是。于是又说:"市井无赖的反叛已经造成了动乱。他们没有任何辛劳,和你们不一样。若能尽力为我拘捕他们,我会令你们因战功而得到恩惠。然而请不要过度杀戮,滥杀无辜就不会为你们记功了。"兵众踊跃听从命令。于是张公又召见马文英、杨廷用,秘密地对他们说:"此前自己将自己捆缚起来请罪的是你们吧?"两位魁首叩谢死罪。张公说:"壮士一向不畏惧死亡,即便如此,也不能毫无名号地去死。如果你们为我统帅兵众来拘捕乱民,何止是抵赎罪责,如若有功,还会给予你们赏赐。即使不幸死去,不也是为义而死吗!"两位魁首于是也踊跃听从命令。张公于是召见徐景星,抽调他所率领的骁勇士兵当作中军;让营兵次之,郡邑当中的土团民兵又次之。严明部队行伍秩序,讲明法纪,于是就向前平息乱民,连续击败他们,抓获了一百五十余人,而丁仕卿也在被捕人群当中。张公审讯他们,抓获倡议谋乱、携带兵刃抢夺钱财布帛的一共五十余人，都将他们斩首，并将首级悬挂在军营门口，其余的人都释放了，于是为非作歹的群众不再逞乱，都散去了。张公考虑到这些凶悍的士兵尚未完全伏法，对待他们过于急迫，容易生出变故，如若假借其他事由惩罚或者私下捕捉他们都不符合法度，于是假装当众奖励两位首领的功劳，并且赏赐他们衣冠腰带，张榜于营中，恢复他们的粮饷如初，兵众都十分顺服。当初这两位头领自己捆缚自己的时候，要求众人说："我们用死亡来掩护你们，姑且给我们买棺材收殓尸首，给妻子儿女一些费用。"众人集资聚敛了数百金，而他们被免罪之后，也并未将财物返还给大家，众人都十分怨恨。另外各个营寨首倡作乱的数十人，张公也都私下探明。等到第二年春汛的时候，七营的士兵再征发去防汛，张公在誓师的时候，秘密派遣徐景星每营各拘捕一人，历数他们首倡起事的罪责然后全部处斩，之后逮捕马、杨两位首领前来，说："你们原来曾自己请求死罪，现在惩罚你们已经算晚了。况且你们带领众人作乱后，又欺骗众人然后窃取他们的钱财，我即使想要宽恕你们，那众人的愤怒又该如何平息？"又将他们二人斩首，一共九颗人头，陈放在军营门外，并且派遣使者奔赴各军营宣布赦免的命令，说："皇上不忍将你们全都屠杀，你们自己揣度是否应该被处死？从今以后，应当尽力为国守御！"众人都十分感激。

兵之变，未有不因朘削激成者；民之变，未有不因势豪激成者。至于兵民一时并变，危哉乎浙也！幸群不逞仓卒乌合，本无大志，而二魁恃好言之慰遣，自幸不死，故不至合而为一，于此便有个题目可做。张公此举，大有机权，大有次第，尤妙在于不多杀。若贪功之臣，我不知当如何矣！

【译文】

兵士叛变，没有不是因为被剥削太甚而激发愤怒导致的；民众叛变,没有不是因依从豪强而激发导致的。至于士兵与民众一时间一起叛变,杭州的形势十分危急啊!所幸失意的群众还只是仓促乌合,原本并无太大的野心,而两位带头人凭借着好言的劝慰,他们自己侥幸不死,因而不至于合而为一,于是便有可以回旋的余地。张公的这一举动,大有机智权谋,大有章法次第,尤其玄妙之处在于不妄杀无辜。如若是贪取功劳的臣子,我不知道结局会怎么样!

三受降城　钓鱼山

朔方军与突厥以河为境①,时默啜悉众西击突骑施②,总管张仁愿请乘虚夺取漠南地③,于河北筑三受降城④,首尾相应,以绝其南寇之路。六旬而成,以佛云祠为中城,距东、西城各四百余里,皆据津要,于牛头朝那山北置烽堠千八百所⑤。自是突厥不敢度山畋牧。

【注释】

①朔方军:唐、五代方镇名。开元九年(721)置,治所在灵州(今宁夏灵武)。

②默啜:后突厥可汗。武周长寿三年(694),继其兄骨咄禄为可汗。侵扰唐境,次年请降,受封归国公。因助唐击败契丹,又被封为立功报国可汗。由此渐强,屡次寇边。突骑施:西突厥之一部,时首领突骑施娑葛,为突骑施乌质勒(即莫或达干)之子。后西突厥为东突厥所攻,散亡殆尽。

③张仁愿:唐朝大臣。有文武才干,时为朔方军总管。率军击败突厥,在黄河北岸筑三受降城,斥地三百里而还。后官至同中书门下三品,累封韩国公。为官有知人之明,出将入相,号令严明。

④三受降城:都在黄河岸边。中受降城在黄河北岸,南去朔方治所

千三百余里。东受降城西南去朔方千六百余里。西受降城东南去朔方千余里。而三城相距各四百余里。张仁愿筑于唐中宗景龙二年（708）。

⑤牛头朝那山：山名。在今内蒙固阳。烽堠：亦作“烽候”，即烽火台。

【译文】

唐朝时朔方军和突厥以黄河为界，当时突厥首领默啜率领全军向西攻击突骑施，朔方总管张仁愿奏请乘突厥空虚之际夺取漠南之地，在黄河以北建筑三座受降城，首尾相应，以断绝突厥南侵的路。六十天完工，以佛云祠为中受降城，距东、西受降城各四百多里，都占据交通要道，在牛头朝那山北方设置烽火台一千八百座。从此突厥不敢越过山来狩猎放牧。

今皆弃为荒壤矣，惜哉！

【译文】

现在都弃置为荒地，可惜！

余玠帅蜀[①]，筑召贤馆于府左，供帐一如帅所[②]。时播州冉琎、冉璞兄弟隐居蛮中[③]，前后阃帅辟召[④]，皆不至，至是身自诣府。玠素闻其名，与之分庭均礼。居数月，无所言，玠乃为设宴，亲主之。酒酣，坐客纷纷竞言所长，琎兄弟卒默然。玠曰：“是观我待士之礼何如耳！”明日更辟馆以处之，因使人窥之，但见兄弟终日对踞，以垩画地为山川城池[⑤]，起则漫去。如是又旬日，乃请阶屏人言曰：“某蒙明公礼遇，今日思有以少报，其在徙合州城乎[⑥]？”玠不觉跃起，执其手曰：“此玠志也，但未得其所耳。”曰：“蜀中形胜之地莫如钓鱼山[⑦],请徙诸寨。若任得其人,积粟以守之,贤于十万师远矣。”玠大喜,密闻于朝,请不次官之[⑧]。卒筑青居、大获、钓鱼、云顶、天生凡十余城[⑨],皆因山为垒,棋布星分,于是臂指联络[⑩],蜀始可守。

【注释】

①余玠:字义夫。家贫,投淮东制置使赵葵做幕僚。未几,以功进工部郎官。与蒙古军作战有功,升淮东制置副使。淳祐二年(1242),任兵部侍郎、四川安抚制置使兼知重庆府、四川总领兼夔路转运使。至蜀,大改弊政,招募人才,轻徭薄征,大开屯田,发展生产;又采冉琎、冉璞兄弟计,在合州(治今重庆合川)钓鱼山等地筑城十余座,以抗蒙古。八年(1248),升兵部尚书。

②供帐:供设帷帐。泛指膳食待遇。

③播州:在今贵州遵义。冉琎、冉璞:宋理宗淳祐二年(1242),冉氏兄弟闻余玠贤能,便拜谒并献保西南计,主张“徙合州城”,修钓鱼山为主体的城堡联防工事。余玠采纳了冉氏兄弟的计策,密奏朝廷,封冉琎为承事郎,任合州知州;冉璞为承务郎,任合州通判。

④阃(kǔn)帅:地方军事统帅。

⑤垩(è):白灰。

⑥合州:今重庆合川区。

⑦钓鱼山:今重庆合川区之东。三面临江,崖壁峭险。余玠筑城于此。后蒙古蒙哥汗倾师来攻,累月不下,死于军中。

⑧不次:不依寻常次序,破格。

⑨青居:青居山,在今四川南充东南。大获:大获山,在今四川苍溪东南。云顶:云顶山,在今四川金堂南。余玠移蓬州治所于此。天生:天生城,在今重庆万州西北。四面峭立如墙,唯西北一线可上。

⑩臂指:像臂之使指。谓运用自如,指挥灵便。

【译文】

南宋余玠统率蜀地时，在帅府左侧建了召贤馆，膳食待遇等完全依照元帅府。当时播州人冉琎、冉璞兄弟隐居在少数民族之中，前后数任将帅屡次征召，他们都不来，到此时冉氏兄弟亲自到府拜访余玠。余玠一向听闻他们的大名，用完全对等的礼节对待他们。住了几个月，冉氏兄弟也没有说什么计策，余玠于是为他们准备酒宴，亲自招待他们。酒喝得高兴时，在座的客人纷纷抢着说自己的专长，而冉氏兄弟始终沉默不言。余玠心想："他们这是在观察我对待贤士的礼节如何罢了。"第二天，余玠新辟一座馆舍招待冉氏兄弟，并派人窥探他们举动，只见兄弟俩整天对坐，用白灰在地上画山川城池，起身就涂掉了。这样又过了十天，两兄弟就请余玠屏退其他人说："我们兄弟承蒙大人礼遇，现在想给大人少许报答，就是您是否有意迁移到合州城呢？"余玠不由得跳起来，握着他们的手说："这正是我的想法，但是没有找到合适的地方。"冉氏兄弟说："巴蜀中险要的地方没有胜过钓鱼山的，请您迁移到那里建筑堡寨。如果能任用合适的人，并积存粮食来防守，远胜过十万大军。"余玠非常高兴，秘密奏报朝廷，请求破格任命冉氏兄弟为官。最终筑造青居、大获、钓鱼、云顶、天生等共十余座城池，都依山势而成营垒，星罗棋布分布，在这里指挥联络自如，巴蜀才能固守。

张仁愿筑三受降城，而河北之斥堠始远[①]，吴玠筑钓鱼山十余城，而蜀之形胜始壮，皆所谓一劳而永逸、一费而百省者也。嘉靖中，大同巡抚张文锦议于镇城北九十里筑五堡[②]，徙镇卒二千五百家往戍之，堡五百家，为大同藩篱，此亦百世之利也。然五堡孤悬几百里，戍卒惮虏不愿往。必也兴屯田、葺庐舍，使民见可趋之利，而又置训练之将，严互援之条，使武备饬而有恃无恐，民谁不欣然而趋之？乃不察机宜，而徒用峻法以驱民于死地，所任贾鉴者[3]，又不能体国奉公，以犯众怒，遂致杀身辱国，赖蔡天祐相机抚定[4]，仅而无恙。欲建功任事者，先在体悉人情哉！

【注释】

①河北：此处指甘肃、宁夏一带黄河北部地区，时为突厥所据。斥堠：又作“斥候”。指哨所或哨兵。

②张文锦：弘治进士。正德年间迁安庆知府，以抗朱宸濠叛乱之功，拜右副都御史。嘉靖初巡抚大同时，因筑城操事急切，使兵士苦于工役，嘉靖十二年（1533）遭哗变被杀。

③贾鉴：大同参将。张文锦命其监督筑城之役，为乱兵所杀。

④蔡天祐：弘治年间进士。历山东副使、山西按察使。嘉靖时任大同巡抚、兵部右侍郎。张文锦被杀后，天祐曾代其位抚定大同兵变。

【译文】

唐朝张仁愿修建了三座受降城，而黄河以北的边防哨所才建得很远，宋朝的吴玠建造钓鱼山等十余座城池，而蜀地的优越地理位置才显得重要，这都是所谓的一劳永逸、一费而百省。嘉靖年间，大同巡抚张文锦建议朝廷在镇城北方九十里处建筑五座城堡，迁移镇守士兵二千五百家前往戍守，每座城堡五百户人家，作为大同的屏障，这也是百世之利。然而那五座城堡孤悬于几百里外，戍守的士卒畏惧胡虏不愿前往。因此一定要兴建屯田，修葺房舍，使民众看到可以追求的利益，而又设置训练有素的将领，严明互相帮助的条款，使得武备整饬而有所依靠不恐惧，这样民众谁不会欣然前往呢？但朝廷却不了解事理、时宜，而只是用严苛的法令将百姓赶入绝境，所任命的贾鉴，又不能体念国家奉公行事，触犯众怒，于是导致杀身辱国的灾祸，最后依赖蔡天祐把握时机安抚平定，仅仅是没出大问题。想要建功立业的人，首先得体察人情！

孟珙

淳祐中[1]，孟珙镇江陵。初至，登城周览，叹曰："江陵所恃三海[2]，不知沮洳有变为桑田者[3]。今自城以东，古岭先锋，直至三汊，无所限隔，敌一鸣鞭，不即至城外乎！"乃修复内隘十有一，而别作十隘于外。沮、漳之水旧自城西入江，则障而东之，俾绕城北入于汉，而三海遂通为一，随其高下，为匮蓄泄[4]。三百里间，渺然巨浸[5]，土木之工百七十万，而民不知役。

【注释】

①淳祐：宋理宗赵昀年号（1241—1252）。此条所载为淳祐五年（1245）事。

②三海：此海指湖泊。江陵在今湖北沙市，其东、北均为湖泊，南临大江。

③沮洳（jù rù）：沼泽湿地。

④匮（guì）：与"柜"字通，水柜，意即小型水库。

⑤渺然：广远的样子。巨浸（jìn）：大湖泊。浸，蓄水可灌溉的川泽。后亦泛指河泽湖泊。

【译文】

南宋淳祐年间，孟珙镇守江陵。在他初抵江陵的时候，登上城墙向四周眺览，感叹道："江陵所依恃的是三面环水，却不知沼泽湿地也会变为桑田。如今从城向东，前有古岭，直至三汊，一直没有阻隔，敌人一旦鸣响战鼓扬起马鞭，不就很快抵达城外了吗！"于是在城乡又修筑了十一座关隘，另外在城外修筑了十座关隘。沮水与漳水原本从城西流入长江，现在设置障碍而让它向东，使它绕过城北流入汉江，而使三片水域流通为一，并随着地势高低，在周围修筑小型水库蓄泄洪水。三百里之间，远远望去都是辽阔的湖泊，为此土木工程的工时为一百七十万，而老百姓没感到被征发徭役的苦恼。

中兴十策

建炎中[①]，大驾驻维扬[②]。康伯可上《中兴十策》[③]，一请皇帝设坛，与群臣六军缟素戎服[④]，以必两宫之归[⑤]；二请移跸关中[⑥]，治兵积粟，号召两河，为雪耻计，东南不足立事；三请略去常制，为“马上治”[⑦]，用汉故事，选天下英俊日侍左右，讲究天下利病，通达外情；四请河北未陷州郡，朝廷不复置吏，诏土人自相推择，各保乡社[⑧]，以两军屯要害为声援，滑州置留府，通接号令；五请删内侍、百司、州县冗员，文书务简，以省财便事；六请大赦，与民更始，前事一切不问，不限文武，不次登用，以收人心；七请北人避胡、挈郡邑南来以从吾君者，其首领皆豪杰，当待之以将帅，不可指为盗贼；八请增损保甲之法，团结山东、京东、两淮之民，以备不虞[⑨]；九请讲求汉、唐漕运，江淮道途置使，以馈关中；十请许天下直言便宜，州郡即日交奏，置籍亲览，以广豪杰进用之路。宰相汪、黄辈不能用[⑩]，惜哉！

【注释】

①建炎：南宋高宗赵构年号（1127—1130）。

②大驾：皇帝车驾。维扬：扬州别称。

③康伯可：康与之，字伯可，又字叔闻。建炎初以上《中兴十策》而闻名。后秦桧当国，谄媚秦桧。秦桧失势，身死。

④六军：天子统领的军队，后为军队的泛称。

⑤两宫：宋徽宗和宋钦宗。靖康年间，金人攻破宋都城，虏走二位皇帝。

⑥移跸（bì）：移驾。跸，皇帝的车驾或行幸之处。

⑦马上治：指不要宴安朝堂，而要把征伐恢复当成首位大事。《汉书·陆贾传》：陆贾常常在高帝前称说《诗》《书》。高帝骂之曰："乃公居马上得之，安事《诗》《书》！"贾曰："马上得之，宁可以马上治乎？"

⑧乡社：乡里，家乡。

⑨不虞：意料不到的事。

⑩汪、黄：汪伯彦、黄潜善。宋高宗即位后，二人共同为相，共谋南迁扬州，不作战守之计。

【译文】

建炎年间，皇帝停驻圣驾在扬州。康伯可呈上《中兴十策》，第一请求皇帝设置高坛宣誓祭拜，和群臣、军队一起穿着白色戎装，以表明一定迎接徽、钦二圣回国的决心；第二请求圣上移驾至关中，整治军队广积粮草，号召河南、河北地区军民，为一雪国耻做筹划，偏居东南不足以恢复大业；第三请求略去常规的制度，改为将征伐恢复旧疆当作头等要事的"马上治国法"，用汉代旧例，选拔天下英明有才之人每天侍伴左右，研究天下的利弊，并且通达外部情形；第四请求在黄河以北还未沦陷的州郡，朝廷不再派遣官吏，而是让当地人相互推举选任长官，各自保护自己的家乡，派两军屯戍要害地区作为声援，在滑州设置留府，沟通接收号令；第五请求削减内侍、百司、州县的官吏冗员，文书公文务必求简，以节省财政同时便于行事；第六请求大赦天下，给予百姓改过自新的机会，此前的罪责一概不问，不论文官武官，破格录用，来收拢人心；第七为北方躲避金人、携带州郡南渡追寻皇帝的人请求，他们的首领都是豪杰，应当以将帅的待遇来礼待他们，不要再指称他们为盗贼；第八请求增减修改保甲之法，团结山东、京东、两淮地区的百姓，以防备不测之事；第九请求研究汉、唐时期的漕运，在长江、淮河途中设置漕运使，将粮食运抵关中；第十请求允许天下百姓直言进谏、便宜行事，州郡当日就要交付奏议，设登记簿，让圣上亲览，来拓广天下有识之士进取录用之路。宰相汪伯彦、黄潜善等人未能采用这十策，实在可惜！

按，康伯可后来附会贼桧，擢为台郎，两宫宴乐，专应制为歌词，名节扫地矣。然此《十策》正大的确，虽李伯纪、赵元镇未或过也[1]，可以人废言乎？

【注释】

①李伯纪：即李纲，字伯纪。政和进士。官至宰相。金人南下，力主抗战，反对迁都。高宗即位后，屡次陈说抗金大计，未采纳，受排挤。赵元镇：即赵鼎，字元镇。崇宁进士。南渡后曾两度拜相，力荐岳飞出师，反对议和。

【译文】

按，康伯可后来投靠奸贼秦桧，被提拔为尚书郎，两宫设宴作乐时，专门作应制歌词，因而名节扫地。然而这篇《中兴十策》立意正大正确，即使是李纲、赵鼎也未必能超过他，可以因人废言吗？

李纲　二条

一

纲疏经略两河大要云[1]：河北、河东，国之藩蔽也。料理稍就②,然后中原可保,而东南可安。今河东所失者,恒、代、太原、泽、潞、汾、晋,余郡尚存也③。河北所失者,不过真定、怀、卫、浚四州而已,其余二十余郡④,皆为朝廷守。两路士民兵将,戴宋甚坚,皆推豪杰以为首领,多者数万,少亦不下万人。朝廷不因此时置司遣使,以大抚慰而援其危,臣恐粮尽力疲,危迫无告,愤怨必生,金人因得抚而用之,皆精兵也。莫若于河北置招抚司,河东置经制司,择有材略如张所、傅亮者为之⑤,使宣谕天子不忍弃两河于敌国之意,有能全一州复一郡者,即如唐藩镇之制,使自为守。如此,则不唯绝其从敌之心,又可资其御敌之力,最今日先务。

【注释】

①纲:李纲,靖康初年担任兵部侍郎。金人南侵,力主迎战。被贬。高宗即位,召为相,整修军政。为黄潜善等人所恶,为相仅七十余日,即被罢免。

②料理:整顿。

③恒:当作"忻"之误。北宋末年河东路共三府十四州八军,无恒州。

④其余二十余郡:河北东、西两路共七府十九州八军。

⑤张所:北宋末为监察御史。靖康金兵围城时,张所以蜡书招募河北兵。士民得书,喜曰:"朝廷弃我,犹有一张察院能拔而用之。"应募者共十七万人。因此张所之声震河北。傅亮:先以边功得官,尝治兵河朔。汴京被围时,傅亮率勤王兵三万人,屡立战功。宋高宗用李纲言,以张所为河北招抚使,傅亮为河东经制副使。

【译文】

李纲上疏言说经营谋划两河地区,大致内容说:河北、河东,是国家的藩篱和屏蔽。稍加整顿治理,然后中原就可以得以保全,而东南一带才可以安定。如今河东丧失的，不过恒（忻）、代、太原、泽、潞、汾、晋等地，其余郡县仍然还在。河北失陷的，也不过真定、怀、卫、浚四州而已，其余二十多座州郡，都还在朝廷的镇守之下。河北、河东两路士民兵将，对宋廷拥戴十分坚定，都推举豪杰担任义军首领，军队人数多的有数万人，人数少的也不下万人。朝廷不趁此时机设置安抚司派遣使臣，来招抚慰问他们以支援他们渡过危急关头，臣担心他们粮草耗尽兵力疲惫，形势急迫无处求告，一定会生出怨愤，金人若趁机招抚任用他们，都会变成精锐的士兵。不如在河北设置招抚司，河东设置经制司，选拔如张所、傅亮那样有才干和谋略的人来担任这项工作，来宣谕天子不忍心放弃两河之地给敌国的意图，有能保全一州或者收复一郡的人，就像唐代的藩镇制度一样，让他们自己镇守。这样一来，不仅可以断绝他们投靠敌人的想法，还能够借以增加他们抵御敌人的力量，是当今最应当首要考虑的事情啊！”

二

李纲当金人围城死守时[①]，有京师不逞之徒乘机杀伤内侍，取其金帛，而以所藏器甲弓剑纳官请功[②]。纲命集守御使司，以次纳讫，凡二十余人，各言姓名，皆斩之，并斩杀伤部队将者二十余人。及盗衲袄者、强取妇人绢一匹者、妄斫伤平民者[③]，皆即以徇。故外有强敌月余日，而城中窃盗无有也。

【注释】

①围城：指汴京被围困之事。

②所藏：内侍私藏兵器为非法行为，故交给官府而请功。

③衲袄：一种斜襟的夹袄或棉袄。

【译文】

李纲在金人围困、军民死守京城的时候,有京师内的不法之徒趁机杀伤内侍,夺取他们的财物布帛,并且还以内侍私藏的器物、盔甲、弓箭、刀剑交给官府来请功。李纲下令他们集中到守御使的官署,然后按次序缴纳物品,共计二十余人,各言姓名,全部都处斩了,伤害部队将领的二十余人,也一并被处斩了。至于那些盗窃布袄的人、抢夺妇女绢布一匹的人、肆意伤害平民的人,都即刻处死示众。所以虽然城外强敌围困超过一个月,但是城中并无盗贼。

沈晦

沈晦除知信州[①]。高宗如扬州,将召为中书舍人。侍御史张守论晦为布衣时事[②],帝曰:“顷在金营,见其慷慨;士人细行,岂足为终身累耶!”绍兴四年,用知镇江府、两浙西路安抚使,过行在面对[③],言:“藩帅之兵可用。今沿江千余里,若今镇江、建康、太平、池、鄂五郡[④],各有兵一二万,以本郡财赋易官田给之。敌至五郡,以舟师守江,步兵守隘,彼难自渡;假使能渡,五郡合击,敌虽善战,不能一日破诸城也。若围五郡,则兵分势弱。或以偏师缀我大军南侵[⑤],则五郡尾而邀之[⑥],敌安能远去!”时不能用。

【注释】

①沈晦:宣和间进士。任著作佐郎。金人围攻汴京,陪从肃王赵枢为人质于金军中。后得还,为给事中。高宗即位,除集英殿修撰,知信州,历明、处、婺三州。绍兴四年(1134),起知镇江府,为两浙西路安抚使。

②布衣：指平民。

③行在：即行宫。皇帝停驻之地。

④镇江、建康、太平、池、鄂五郡：此五郡为长江下游至中游的沿江州郡。

⑤偏师：主力军之外的少部分军队。缀（chuò）：牵制。

⑥尾：尾随，跟踪。邀：阻拦，截击。

【译文】

南宋初，沈晦到信州担任知州。高宗到扬州的时候，将要召见他担任中书舍人。侍御史张守谈论起沈晦还是布衣时候的经历，高宗说："此前在金军军营，我见他慷慨激昂；士大夫那些小节，怎么能成为终身的累赘呢？"绍兴四年，沈晦被任用为镇江知府、两浙西路安抚使，曾经在路过皇帝行宫时当面对皇帝说："各地将帅帐下的士兵可以驱用。如今沿江千余里，就如现在镇江、建康、太平、池州、鄂州等五郡，各自拥兵一两万人，用本郡的财物赋税来购买官田供给他们。敌人抵达五郡，以水师镇守长江，步兵把守关隘，敌人他们很难自行渡过长江；倘若能够突破防线渡过长江，五郡的守军一起合力攻击他们，敌人即使能征善战，也无法一天之内攻破各个城市。如若围困五郡，那么他们就会因为兵力分散而势力减弱。如若敌人以部分军队尾随我们的大军南侵，那我们就集合五郡守军追击袭扰他们，敌人哪里能够远去呢！"然而这个计策在当时并未被采用。

汪立信　文天祥

襄阳围急，将破[①]。立信遗似道书[②]，云："沿江之守，不过七千里，而内郡见兵尚可七十余万，宜尽出之江干，以实外御。汰其老弱，可得精锐五十万。于七千里中，距百里为屯，屯有守将；十屯为府，府有总督。其尤要害处，则参倍其兵[③]。无事则泛舟江、淮，往来游徼[④]，有事则东西互援，联络不断，以成率然之势[⑤]，此上策也！久拘聘使，无益于我，徒使敌得以为辞，莫若礼而归之，请输岁币以缓目前之急。俟边患稍休，徐图战守，此中策也！”后伯颜入建康[⑥]，闻其策，叹曰：“使宋果用之，吾安得至此！”

【注释】

①襄阳围急，将破：南宋末年，元军攻宋。计划攻破襄阳，自长江由上而下。襄阳被围五年而破，再五年宋亡。

②立信：汪立信，淳祐进士。襄阳被围时，历权兵部尚书、京湖安抚制置使、知江陵府。力主抗元。

③参：通“三”。

④游徼（jiào）：巡游。徼，巡视，巡逻。

⑤率然之势：首尾相顾的战势。《孙子兵法・九地》：“故善用兵，譬如率然。率然者，常山之蛇也。击其首则尾至，击其尾则首至，击其中则首尾俱至。”

⑥伯颜：元丞相，领河南等路行中书省。平定东南，其功最大。

【译文】

南宋末，元军攻宋，襄阳被围困的形势十分危急，就要被攻破了。汪立信给贾似道写信，说：“沿长江布置防守，不过七千里，而我们国内各郡士兵尚有七十余万人，宜将他们全都派遣到长江沿岸，来充实对外的防御。淘汰军队中的老弱士卒，可以得到五十万精锐士卒。在这七千里防线中，每隔百里设置一个军屯，每个军屯设置守将；每十个军屯定为一府，每个军府设有总督。在特别紧要的地方，就派驻三倍的守军。平时没有军情的时候，就在长江、淮河上泛舟，来回巡游；有军情的时候，就互相支援，保持联络以形成首尾相顾的形势，这是上策！长久地拘押元朝的使臣，对我们毫无益处，只会白白让敌人得以以此为口实，不如礼遇遣返使者，请求向元朝贡纳岁币来减缓目前危急的形势。等到边防的隐患稍微停息，我们再慢慢地图谋攻战防守，这是中等计策！”后来元丞相伯颜进入健康，听闻了汪立信的计策，感叹说：“倘若宋朝果真采用了汪立信的计策，我们哪里还会来到这里呢！”

北人南侵[①]，文天祥上疏[②]，言：“朝廷姑息牵制之意多，奋发刚断之意少。乞斩师孟衅鼓[③]，以作将士之气[④]。”且言：“宋惩五季之乱，削藩镇，建邑郡，一时虽足以矫尾大之弊[⑤]，然国以变弱。故敌至一州则一州破，至一县则一县残，中原陆沉，痛悔何及！今宜分天下为四镇，建都督统御于其中：以广西益湖广，而建阃于长沙；以广东益江西，而建阃于隆兴[⑥]；以福建益江东，而建阃于番阳[⑦]；以淮西益淮东，而建阃于扬州。责长沙取鄂，隆兴取蕲、黄，番阳取江东，扬州取两淮，使其地大力众，足以抗敌。约日齐备，有进无退，日夜以图之。彼备多力分，疲于奔命，而吾民之豪杰者，又伺间出于其中。如此，则敌不难却也！”

【注释】

①北人南侵：此条言宋恭帝德祐元年（1275）十月间事。元军在丞相伯颜的率领下，连克建康、太平、镇江、常州、平江府。十月，伯颜下令分兵进取临安（今杭州）。

②文天祥：南宋末年丞相。

③师孟：吕师孟，南宋兵部侍郎，叛将吕文焕之侄。吕文焕守襄阳，后以城降元，元丞相伯颜用为前驱，招降沿江州县，于是长江下游多为元军所得。吕师孟也暗通元军，而宋朝廷反擢升吕师孟为兵部尚书。衅鼓：古时军旅出征，以人血或牲血涂于鼓，以祭主兵之

神，称衅鼓。

④以作将士之气：杀师孟以示绝不与元言和，故可振作将士之气。

⑤尾大之弊：藩镇强而朝廷弱，遂成尾大不掉之势。

⑥隆兴：今江西南昌。

⑦番阳：即今江西鄱阳。番与“鄱”通。

【译文】

元人向南侵略，文天祥上疏说道：“朝廷抗敌多有姑息牵制之意，而少有奋发刚毅决断的决策。请求斩杀吕师孟来祭奠主兵之神，以此来振作将士们的士气。”并且又说道：“宋朝以五代纷乱为鉴，削弱藩镇，建立邑郡，虽然一时足够矫正地方尾大不掉的弊病，然而国家也因此变得羸弱。因而敌人抵达一座州府就会攻破一座州府，抵达一座县城就会导致一座县城残败，中原国土陷落，何其痛苦悔恨！现今应将天下分为四座军镇，每座军镇设置都督在其中统领防御：将广西并入湖广，然后在长沙建立军府；将广东并入江西，然后在隆兴建立军府；将福建并入江东，然后在番阳建立军府；将淮西并入淮东，在扬州建立军府。责令长沙取用鄂州物资，隆兴取用蕲、黄等地物资，番阳取用江东物资，扬州取用两淮物资，使其疆域广大人力众多，足以抵抗敌军。约定日期完成军备，一同进攻，只许前进不许后退，日夜进攻。敌人需要防备多处而兵力分散，疲于奔命，而我们那些豪杰人士，又伺机从中举事。如此，那么就不难退却敌人了。”

靖康有李纲不用，而用黄潜善、汪伯彦。咸淳有汪立信不用，而用贾似道。德祐有文天祥不用，而用陈宜中[①]。然则宋不衰于金，自衰也；不亡于元，自亡也。

【注释】

①陈宜中：景定三年（1262）进士。出仕后，附贾似道。累官至右丞

相兼枢密使，向元乞和无效，即请迁都。闻元兵迫近，潜逃回乡。畏缩犹豫，无所作为。陆秀夫、张世杰等在福建拥立赵昰为帝，召为左丞相。景炎二年（1277），以形势危急，逃往占城（今越南中南部），再逃暹国（今泰国）而死。

【译文】

靖康年间，有李纲不被任用，而任用黄潜善、汪伯彦。咸淳年间，有汪立信不被任用，而任用贾似道。德祐年间，有文天祥不被任用，而任用陈宜中。这样那么宋并非因为金而衰败，实属自己走向衰败；并非因元而灭亡，是因为自己走向灭亡。

察智部总序

【题解】

察智部含“得情”“诘奸”两卷，共97则。所谓“察智”，即善于分别辨析的智慧，表现为察得内情和质问奸邪。

“得情”“诘奸”各有表现。如“得情”卷“欧阳晔”一则中，欧阳晔因为犯人用左手拿筷子，破获死者伤在右边肋骨的杀人案，是观察入微；“奉使者”一则中，出巡官吏更改张老富翁遗言的断句，帮张氏妾生的儿子夺得财产，是知情善断，等等。“诘奸”卷“周文襄”一则中，周忱在记事册上详细记录每天的阴晴风雨，靠记录揭穿报告运粮船在江中突遇暴风的谎言，是有本可循；“维亭张小舍”一则中，张小舍凭借路人入厕用草而衣着光鲜、盲乞丐却能跳过水沟的反差，小偷晚上活动而白天疲倦的特点，判定了很多盗贼，是明察秋毫；“吉安老吏”一则中，老吏出主意以妓女假扮新妇，揭穿富豪娶妻之夜躲在床底下行窃的盗贼，是经验老成，等等。

分别辨析的智慧，靠的是对人的体察、对物的常识和对事的经验，把这些结合起来分析，许多反常的人和事就自然变得清晰明了。

冯子曰：智非察不神[①]，察非智不精。子思云[②]：“文理密察[③]。”必属于至圣。而孔子亦云：“察其所安[④]。”是以知察之为用，神矣广矣。善于相人者，犹能以鉴貌辨色，察人之富贵福寿贫贱孤夭，况乎因其事而察其心，则人之忠佞贤奸，有不灼然乎？分其目曰“得情”，曰“诘奸”，即以此为照人之镜而已。⑤

【注释】

①察：明察，善于分别辨析。

②子思：孔伋（jí），字子思，孔子之孙。受学于曾参，后世称“述圣”。

③文理密察：文章条理周密而洞悉时事。语出《礼记·中庸》。

④察其所安：了解他的精神寄托是什么。安，心安。语出《论语·为政》。

⑤按，总序有异文曰：冯子曰：语云：“察见渊鱼者不祥。”是以圣人贵夜行，游乎人之所不知也。虽然，人知实难，己知何害？目中无照乘摩尼，又何以夜行而不蹶乎？子舆赞舜，明察并举，盖非明不能察，非察不显明，譬之大照当空，容光自领，岂无覆盆，人不憾焉。如察察予好，渊鱼者避之矣。吏治其最显者，得情而天下无冤民，诘奸而天下无戮民，夫是之谓精察。

【译文】

冯梦龙说：智慧不明察就不神妙，明察不智慧就不精微。子思说：“文章条理周密而洞悉时事。”这必定属于天下至圣之人。而孔子也说：“了解他的精神寄托是什么。”因此知道明察的用途，神通而广大。善于给人看相的人，还能通过看容貌辨神色，看出一个人的富贵福寿和贫贱孤夭来，况且凭借他做的事情来观察他的内心，那么一个人的忠贞、谄谀、贤能、奸邪，有不明显显现的吗？划分这部分的标题为“得情”和“诘奸”，就是想以此为照见人心的明镜罢了。

察智部得情卷九

口变缁素[①]，权移马鹿[②]。
山鬼昼舞[③]，愁魂夜哭[④]。
如得其情，片言折狱[⑤]。
唯参与由[⑥]，吾是私淑[⑦]。
集《得情》[⑧]。

【注释】

①口变缁素：善辩的人能以口才颠倒黑白、混淆是非。缁，黑色。素，白色。

②权移马鹿：有权势的人能让人附和他们颠倒是非。秦二世时赵高专政，想要发动叛乱，设计检验群臣是否听话。赵高就拿鹿献给秦二世，说是马，秦二世说是鹿，又问左右大臣，或沉默，或阿谀赵高说是马。有说是鹿的，都被赵高暗地设计害死。

③山鬼昼舞：喻坏人猖狂。

④愁魂夜哭：喻含冤的人无处洗冤。

⑤片言折狱：用简单的几句话就能判决讼事。语出《论语·颜渊》："子曰：片言可以折狱者，其由也与？"

⑥唯参与由：参，曾参，字子舆。由，仲由，字子路。子路能片言折狱，见上注。孔子以为能于"政事"。曾参未闻有明察之事，且孔子明言其迟钝。此疑有误。

⑦私淑：不能亲受其教而宗仰其人。

⑧得情：察得其中内情。

【译文】

口才可以颠倒黑白，权势能够指鹿为马。

山鬼猖狂白天跳舞，愁魂含冤深夜痛哭。

如果查得其中内情，片言只语可决讼狱。

唯有曾参以及仲由，我敬重之如同恩师。

集此为《得情》一卷。

唐御史

李靖为岐州刺史[①]，或告其谋反，高祖命一御史案之。御史知其诬罔，边批：此御史恨失其名。请与告事者偕。行数驿，诈称失去原状，惊惧异常，鞭挞行典[②]，乃祈求告事者别疏一状。比验[③]，与原状不同，即日还以闻。高祖大惊，告事者伏诛。

【注释】

①李靖：本名药师。初仕隋朝，拜马邑郡丞。后转仕唐朝，因功拜尚书右仆射，封代国公，后改封卫国公，世称"李卫公"。岐州：唐武德元年（618）置，治所在今陕西凤翔。

②行典：主管行装的人。

③比验：对比验证。

【译文】

李靖任岐州刺史时，有人告他谋反。唐高祖李渊命令一位御史来考察此事。御史知道李靖是被诬陷的，边批：很遗憾丢失了这位御史的姓名。请求和告发的人同行。走过几个驿站后，御史谎称原状丢了，非常恐惧，鞭打主管行装的人，于是请求告发的人另外写一张状子。拿来一比对，内容与原状不同，当天就回京师报告给唐高祖。唐高祖十分震惊，告发的人因诬告而被杀。

张楚金

湖州佐史江琛，取刺史裴光书，割取其字，合成文理，诈为与徐敬业反书[①]，以告。差御史往推之，款云[②]："书是光书，语非光语。"前后三使并不能决。则天令张楚金勘之[③]，仍如前款。楚金忧懑[④]，仰卧西窗，日光穿透，因取反书向日视之，其书乃是补葺而成。因唤州官俱集，索一瓮水，令琛取书投水中，字字解散。琛叩头伏罪。

【注释】

①徐敬业：李敬业，李勣之孙。年轻时随李勣征战，颇有勇名。对武则天临朝不满，遂萌发政治野心。嗣圣元年（684）九月，与唐之奇、杜求仁、魏思温、骆宾王等人在扬州起兵，以匡复为辞，自称匡复上将，领扬州大都督，传檄州郡，举行叛乱，有兵卒十余万。同年十一月，叛乱被唐军镇压，遂与骆宾王等逃至海陵（今江苏泰州），准备入海投奔高丽，被部将王那相杀死。

②款：招供，供人。

③张楚金：唐高宗时累迁至刑部侍郎。武则天临朝，历任吏部侍郎、

秋官尚书(即刑部尚书),赐爵南阳侯。为酷吏周兴所陷,配流岭表,卒于徙所。

④忧懑:愁闷。

【译文】

唐朝湖州佐史江琛,拿刺史裴光的信,割取信中的文字,重新组合成文,诈称是裴光给徐敬业的谋反书信,以此告发裴光。武则天派御史去审问,裴光招供说:"字是裴光的笔迹,语句却不是裴光的文辞。"前后三个御史都不能决断。武则天命令张楚金再去调查,仍与之前的供词一样。张楚金非常愁闷,仰卧在西窗下,日光透过窗子射进来,于是拿出谋反信对着阳光看,发现信上的字是补缀而成。于是叫州官都聚集起来,要来一瓮水,命令江琛把信投入水中,信纸上的字一一散开。江琛叩头认罪。

崔思竞

崔思竞,则天朝或告其再从兄宣谋反[①],付御史张行岌按之[②]。告者先诱藏宣妾,而云:"妾将发其谋,宣乃杀之,投尸洛水。"行岌按略无状[③]。则天怒,令重按,奏如初。则天怒曰:"崔宣若实曾杀妾,反状自明矣。不获妾,如何自雪?"行岌惧,逼思竞访妾。思竞乃于中桥南北多置钱帛,募匿妾者[④]。数日略无所闻,而其家每窃议事,则告者辄知之。思竞揣家中有同谋者,乃佯谓宣妻曰:"须绢三百匹雇刺客杀告者。"而侵晨伏于台前[⑤]。宣家有馆客[⑥],姓舒,婺州人[⑦],为宣家服役,边批:便非端士[⑧]。宣委之同于子弟。须臾见其人至台,赂阍人以通于告者[⑨],告者遂称"崔家欲刺我”。思竞要馆客于天津桥[⑩]，骂曰：“无赖险獠[⑪]，崔家破家，必引汝同谋，何路自雪！汝幸能出崔家妾，我遗汝五百缣[⑫]，归乡足成百年之业；不然，亦杀汝必矣！”其人悔谢，乃引至告者之家，搜获其妾，宣乃得免。

【注释】

①再从兄：同曾祖而年长于己者，堂叔或堂伯的儿子。

②按：审问。

③无状：没有事实，没有根据。

④募：招求。

⑤侵晨：天快亮时，拂晓。台：古代中央政府的官署。常指御史台。

⑥馆客：门客。

⑦婺州：治今浙江金华。

⑧端士：正直、有操守的人。

⑨阍（hūn）人：守门人。

⑩要：胁迫。天津桥：又名洛桥。在今河南洛阳旧城西南，横亘洛水之上。

⑪险獠：阴恶狠毒的南蛮子。獠，本为对南方少数民族的侮称，后成为对南方人的侮称。

⑫缣（jiān）：一种丝织品，用为货币或赏赐酬谢的礼物。

【译文】

崔思竞，武则天朝有人告发他的堂兄崔宣谋反，交付御史张行岌审问。告发的人先引诱并藏匿崔宣的小妾，反而说：“小妾将要揭发崔宣的阴谋，崔宣就杀害了她，并把尸体投入洛水。”张行岌审问完全没有根据。武则天很生气，命令他重新再审，上奏结果依旧。武则天大怒，说：“崔宣如果真的杀死小妾，谋反的实情就自然明了。没有找到他的小妾，怎么自洗冤屈呢?”张行岌恐惧,逼着崔思竞去寻找崔宣的小妾。崔思竞于是在中桥南北放置了很多钱及布帛,招求藏匿崔宣小妾的人。几天没有任何消息,而家里每天私下讨论的事,告发的人却都知道。崔思竞推测家中有告发者的同谋,就假装对崔宣的妻子说:“要用三百匹绢去雇刺客杀告发的人。”然后拂晓时埋伏于御史台前。崔宣家有个门客,姓舒,是婺州人,为崔宣家劳动役使,边批:门客不是个有操守的人。崔宣待他如同子弟。不久,崔思竞看见这个人来到御史台前,贿赂看门的人去给告发的人通风报信,告发的人于是说“崔家要刺杀我”。崔思竞胁迫舒姓门客至天津桥,大骂道:“无赖阴险的南蛮子,崔家要是败了家,一定拉你作同谋,你有什么办法自己辩白罪过!你最好交出崔家的小妾,我送你五百匹缣,回乡足以建立百年的家业;不然的话,也一定杀了你!”舒姓门客后悔谢罪,于是带领崔思竞去告发人的家中,搜救出崔宣的小妾,崔宣因而得以赦免。

一个馆客尚然,彼食客三千者何如哉?虽然,鸡鸣狗盗[1],因时效用则有之,皆非甘为服役者也,故相士以廉耻为重。

【注释】

①鸡鸣狗盗:学雄鸡啼叫,装狗进行偷窃。语本《史记·孟尝君列传》。

【译文】

一个门客尚且如此,那些有三千食客的人怎么办呢?即便如此,鸡鸣狗盗这种低贱卑下的技能,在适当的时机会有效用,但都不是甘心效劳的人,所以鉴别人才要以廉耻为重。

边郎中

开封屠子胡妇，行素不洁，夫及舅姑日加笞骂。一日出汲不归，胡诉之官。适安业坊申有妇尸在眢井中者[①]，官司召胡认之，曰："吾妇一足无小指，此尸指全，非也。"妇父素恨胡，乃抚尸哭曰："此吾女也！久失爱于舅姑，是必挞死，投井中以逃罪耳！"时天暑，经二三日，尸已溃，有司权瘗城下[②]。下胡狱，不胜掠治[③]，遂诬服。宋法：岁遣使审覆诸路刑狱[④]。是岁，刑部郎中边某一视成案，即知冤滥[⑤]，曰："是妇必不死！"宣抚使安文玉执不肯改，乃令人遍阅城门所揭诸人捕亡文字，中有贾胡逃婢一人[⑥]，其物色与尸同[⑦]，所寓正眢井处也，贾胡已他适矣。于是使人监故瘗尸者，令起原尸。瘗者出曹门，涉河东岸，指一新冢曰："此是也。"发之，乃一男子尸。边曰："埋时盛夏，河水方涨。此辈病涉，弃尸水中矣。男子以青罽总发[⑧]，必江淮新子无疑[⑨]。"讯之果然。安心知其冤，犹以未获逃妇，不肯释。会开封故吏除洺州，一仆于迓妓中得胡氏妇[⑩]，问之，乃出汲时淫奔于人，转娼家，其事乃白。

【注释】

①眢（yuān）井：干枯的井。

②瘗（yì）：埋葬。

③掠治：拷打讯问。

④审覆：审查。

⑤冤滥：谓断狱冤枉失实。

⑥贾胡：西域人在中原经商者。

⑦物色：形貌。

⑧帑：裹头布巾。总发：束发。指童年或少年。

⑨新子：即新丁，方及成丁年龄之男子。

⑩迓（yà）妓：新官上任，地方摆宴设乐相迎接，多有妓女参加。迓，迎接。

【译文】

开封胡屠夫的妻子，向来不守贞洁，丈夫及公婆天天打骂她。有一天她出去汲水后再也没有回家，胡家就报告到官府。刚好安业坊申报有一具女尸在枯井中，官府便叫胡屠夫去辨认，胡屠夫说："我妻子有一只脚没有小指，这具尸体脚趾齐全，不是我妻子。"胡妻的父亲向来怨恨胡屠夫，就抚着尸体大哭说："这是我的女儿！长期失去公婆的喜爱，一定是被打死，胡家把她投入井中逃脱罪责！"当时天气炎热，经过两三天，尸体已经腐烂，官府暂且把尸体埋在城下。把胡屠夫关进监狱，胡屠夫受不了拷打，于是无辜服罪。宋朝法律规定：每年派特使审查各路的刑案。这一年，刑部郎中边某一看到这个案子，就知道断狱冤枉失实，说："这个妇人一定没死！"宣抚使安文玉坚持不肯改判，于是边郎中派人看遍城门所贴的抓捕逃亡人员的文字，其中有西域商人逃亡婢女一人，形貌和尸体相同，所住的地方正在枯井附近，但那名西域商人已经搬走了。于是边郎中派人去找之前埋尸的人，命他挖出原来的尸体。埋尸的人走出曹门，涉水渡河到东岸，指着一个新坟说："这个就是。"挖开一看，却是一具男尸。边郎中说："埋尸时是盛夏，河水刚涨起来，这些人怕涉水，就把尸体丢弃在水中了。男子用青巾扎束头发，一定是江淮间的少年男子无疑。"一问果然如此。安文玉内心知道胡屠夫是冤枉的，但还是以没有找到逃亡妇人为理由，不肯释放胡屠夫。正逢一名原来开封的吏员调任洺州，一个仆人在迎接新官上任的宴会的妓女中看到胡屠夫的妻子，问她，说是出去汲水时和人私奔，转到妓院，这件事才真相大白。

解思安狱

定州流人解庆宾兄弟坐事[①]，俱徙扬州。弟思安背役亡归[②]，庆宾惧后役追责，规绝名贯[③]，乃认城外死尸，诈称其弟为人所杀，迎归殡葬，颇类思安，见者莫辨。又有女巫杨氏，自云见鬼，说思安被害之苦、饥渴之意。庆宾又诬疑同军兵苏显甫、李盖等所杀，经州讼之。二人不胜楚毒，各诬服。狱将决，李崇疑而停之，密遣二人非州内所识者，伪从外来，诣庆宾告曰："仆住北州，比有一人见过，寄宿。夜中共语，疑其有异，便即诘问，乃云是流兵背役，姓解字思安。时欲送官，苦见求，乃称：'有兄庆宾，今住扬州相国城内，嫂姓徐，君脱矜愍为往告报[④]，见申委曲，家兄闻此，必相重报。今但见质[⑤]，若往不获，送官何晚。'是故相造。君欲见顾几何？当放令弟。若其不信，可现随看之。"庆宾怅然失色[⑥]，求其少停。此人具以报崇。摄庆宾问之，引伏[⑦]。因问盖等，乃云自诬。数日之间，思安亦为人缚送。崇召女巫视之，鞭笞一百。

【注释】

①流人：失业流亡的人。

②背役：逃避服刑。

③规绝名贯：谋划注销姓名籍贯。规，谋划。名贯，姓名与籍贯。

④脱：假如。矜愍：同"矜悯"，哀怜，怜悯。

⑤见质：把我作为人质。见，指称自己。

⑥怅然：失意不乐貌。

⑦引伏：同“引服”，认罪，服罪。

【译文】

定州流民解庆宾兄弟因事获罪，一同被流放扬州。弟弟解思安逃避服役逃回原籍，解庆宾害怕后来被追究责任，谋划抹掉弟弟在服役登记簿上的名字和籍贯，于是认领城外的死尸，谎称弟弟被人杀害，迎回安葬，死尸的模样很像解思安，见到的人都无法分辨。又有女巫杨氏，自称见到鬼魂，说解思安被害时的痛苦、又饥又渴的情形。解庆宾又诬陷怀疑弟弟被同军的士兵苏显甫、李盖等人杀害，到州里诉讼。苏、李两人受不了拷打，各自含冤认罪。案件将要判决时，李崇怀疑而命令停下，秘密派遣两个州内不认识的人，假装从外地来，拜访解庆宾告诉他说：“我们住在北面州里，近来见一个人路过，寄宿在我们那里。夜里一起谈话，怀疑他有异样之处，便马上询问他，他说是流放的士兵逃役，姓解字思安。当时我们想把他送到官府，他苦苦哀求，说：‘有个哥哥解庆宾，现在住在扬州相国城内，嫂子姓徐，你们如果怜悯我为我前去告诉他们，详细诉说我的情况，家兄听了，一定重重报答你们。而今只管把我作为人质，如果去了找不到，再把我送官府也不晚。’所以我们才来拜访你。你愿意照顾我们多少？合适的话就释放令弟。如果不信，可以跟我们去看他。”解庆宾失望得变了脸色，请求他们稍做停留。两人把实情都报告给李崇。李崇捉拿解庆宾来盘问，解庆宾俯首认罪。又询问李盖等人，说是受不了逼供而认罪。几天之内，解思安也被人捆着送来。李崇找女巫杨氏来看，打了她一百鞭。

欧阳晔

欧阳晔治鄂州①，民有争舟相殴至死者，狱久不决。晔自临其狱，出囚坐庭中，去其桎梏而饮食。讫，悉劳而还之狱，独留一人于庭，留者色动惶顾。公曰：“杀人者，汝也！”

囚不知所以。曰："吾观食者皆以右手持匕[②]，而汝独以左。今死者伤在右肋，此汝杀之明验也！"囚涕泣服罪。

【注释】

①欧阳晔：字日华。宋真宗时进士，历桂阳监，善决狱。

②匕（bǐ）：古代取食的用具，曲柄浅斗。状类后代的羹匙。

【译文】

宋朝人欧阳晔治理鄂州时，有州民为争船互殴而致人死亡，案子悬了很久没有判决。欧阳晔亲自到监狱，把囚犯带出来让他们坐在庭中，除去他们的手铐与脚镣而让他们吃喝。结束后，都善加慰问再送回监狱，只留一个人在庭中，留下的人神色变动惶恐四顾。欧阳晔说："杀人的，就是你！"囚犯不明白原因。欧阳晔说："我观察吃饭的人都使用右手拿餐具，只有你是用左手。现在被杀的人伤在右肋，这就是你杀人的明证！"这个人才哭着认罪。

尹见心

民有利侄之富者，醉而拉杀之于家[①]。其长男与妻相恶，欲借奸名并除之，乃操刃入室，斩妇首，并取拉杀者之首以报官。时知县尹见心方于二十里外迎上官[②]，闻报时夜已三鼓。见心从灯下视其首，一首皮肉上缩，一首不然，即诘之曰："两人是一时杀否？"答曰："然。"曰："妇有子女乎？"曰："有一女方数岁。"见心曰："汝且寄狱，俟旦鞫之。"别发一票[③]，速取某女来。女至，则携入衙，以果食之，好言细问，竟得其情。父子服罪。

【注释】

①拉杀之:以力拉折而杀之。

②尹见心:元时人。

③别发一票:另下一张传票。

【译文】

元朝时有个贪图侄儿财富的人,趁侄儿喝醉酒将他杀死在家里。他的长子与媳妇不和,想借助通奸的罪名一并除掉妻子,就拿着刀子进入卧室,斩下妻子的首级,连同被父亲杀死的堂兄弟的首级,一起拿到官府去报案。当时的知县尹见心正在二十里外迎接上司,听到报告时已是半夜三更。尹见心在灯下观察首级,一个皮肉已经上缩,一个没有,于是问报案的长子说:"这两个人是同时被杀的吗?"回答说:"是的。"尹见心问:"你媳妇有子女吗?"答道:"有一个女儿,才几岁。"尹见心说:"你暂且留在监狱,等天亮以后再查办。"尹见心另下一张传票,立即派人将他的女儿带来。女孩来到后,就带入衙门,尹见心给她果子吃,和善地详细问她,最终了解了实情。父子俩俯首认罪。

王佐

王佐守平江[①],政声第一,尤长听讼。小民告捕进士郑安国酒[②]。佐问之,郑曰:"非不知冒刑宪[③],老母饮药,必酒之无灰者[④]。"佐怜其孝,放去,复问:"酒藏床脚笈中[⑤],告者何以知之?岂有出入而家者乎?抑而奴婢有出入者乎?"以幼婢对。追至前得与民奸状,皆杖脊遣。闻者称快。

【注释】

①王佐:字宣子。绍兴十八年(1148)为进士第一,授承事郎、签书

平江军节度判官厅公事，后又两为平江知府。平江：平江府，治今江苏苏州。

②酒：此指私自酿酒。

③刑宪：刑法。宋朝实行酒类专卖制度，禁止民间私自酿酒。

④无灰：没有沉渣。

⑤笈：盛器。多竹、藤编织，常用以放置书籍、衣巾、药物等。

【译文】

王佐任平江知府时，政治声誉名列第一，尤其擅长审判诉讼案件。有个百姓报告说捉到进士郑安国私自酿酒。王佐问郑安国，郑安国说："不是不知道造酒违犯法令，只是老母吃药，必须要用无渣滓清酒。"王佐同情郑安国的孝心，要放他走，又问他："酒藏在床脚的箱子里，告你的人怎么会知道？难道有人出入你家？还是有奴婢出入呢？"郑安国回答有小奴婢。追究到底查到小奴婢与告发的人私通，将两人都处以杖脊之刑并遣散。听到的人都叫好。

殷云霁

正德中[①]，殷云霁，字近夫，知清江。县民朱铠死于文庙西庑中，莫知杀之者。忽得匿名书，曰："杀铠者某也。"某系素仇，众谓不诬。云霁曰："此嫁贼以缓治也[②]。"问左右："与铠狎者谁？"对曰："胥姚[③]。"云霁乃集群胥于堂，曰："吾欲写书[④]，各呈若字。"有姚明者，字类匿名书，诘之曰："尔何杀铠？"明大惊曰："铠将贩于苏，独吾候之，利其资，故杀之耳。"

【注释】

①正德:明武宗朱厚照年号(1506—1521)。

②嫁贼以缓治:移祸于人,转移侦破方向,以拖延案件。

③胥姚:姓姚的胥吏。胥,官府中的小吏。

④写书:抄写书籍。

【译文】

武宗正德年间,殷云霁,字近夫,任清江知县。县民朱铠死于文庙西边廊下,不知道杀他的凶手是谁。忽然得到一封匿名信,说:"杀死朱铠的是某人。"某人和朱铠有旧仇,大家认为很可能是他。殷云霁说:"这是真凶嫁祸他人,转移侦破方向。"殷云霁问左右的人:"与朱铠亲近的人是谁?"回答说:"姚姓小吏。"殷云霁就将所有属吏聚集于公堂,说:"我想要抄写书籍,各呈上你们的字。"属吏之中有叫姚明的,字像匿名信的笔迹,殷云霁就质问他:"你为什么杀朱铠?"姚明大惊,只好招认说:"朱铠将到苏州做生意,只有我探知这件事,因为贪图他的财物,所以杀了他。"

周纡

周纡为召陵侯相[①]。廷掾惮纡严明[②],欲损其威,侵晨,取死人断手足立寺门[③]。纡闻辄往,至死人边,若与共语状,阴察视口眼有稻芒,乃密问守门人曰:"悉谁载稿入城者[④]?"门者对:"唯有廷掾耳。"乃收廷掾,拷问具服,后人莫敢欺者。

【注释】

①周纡(yū):字文通。为人刻削少恩,好韩非之术。东汉章帝时迁

召陵侯相，征拜洛阳令，拜御史中丞。和帝时历任司隶校尉、骑都尉、将作大匠等职。疾恶如仇，敢于言事，不事贵戚，然用法严酷，故屡遭罢免。

②廷掾：县令的属官。汉代廷掾主祭祀，并兼有督邮之职，经常下乡，四处巡行。

③寺：衙署，官舍。

④悉：知道，了解。稿：稻、麦秆。

【译文】

东汉周纡任召陵侯相。廷掾忌惮周纡执法严明，想挫他的威严，天快亮时，把一个死人斩断手足立在衙署门前。周纡听说后立刻赶来，他走到死人身边，好像和死人讲话一样，暗中观察到死人口眼处有稻芒，就秘密问守门人说："知道昨晚有谁载稻秆入城吗？"守门人说："只有廷掾。"周纡就收押廷掾，拷问之后廷掾服罪，后来没有人敢再欺骗周纡。

高子业

高子业初任代州守[①]，有诸生江槔与邻人争宅址[②]，将哄，阴刃族人江孜等，匿二尸图诬邻人。邻人知，不敢哄[③]，全畀以宅[④]，槔埋尸室中。数年，槔兄千户楫枉杀其妻，槔嗾妻家讼楫[⑤]，并诬楫杀孜事。楫拷死，无后，与弟檠重袭楫职。讼上监司台[⑥]，付子业再鞫。业问槔以孜等尸所在，槔对曰："楫杀孜埋尸其室，不知所在。"曰："楫何事杀孜？"槔愕然，对曰："为槔争宅址。"曰："尔与同宅居乎？"对曰："异居。"曰："为尔争宅址，杀人埋尸己室，有斯理乎？"问吏曰："搜尸槔室否？"对曰："未也。"乃命搜槔室，掘地得二尸于槔居所，刃迹宛然，槔服罪。州人曰："十年冤狱，一旦得雪!”

【注释】

①高子业:高叔嗣,字子业,明嘉靖进士。曾为山西布政司左参政,官至湖广按察使。《明史·高叔嗣传》称其在山西任职期间“断疑狱十二事,人称为神”。任代州守:当指高叔嗣为山西布政司左参政。明代州属山西太原府,治今山西代县。

②诸生:古代经考试录取而进入中央、府、州、县各级学校,包括太学学习的生员。

③哄(hòng):相斗。

④畀(bì):给予。

⑤嗾(sǒu):教唆。

⑥监司:明称承宣布政使司、提刑按察使司为监司。

【译文】

高子业初任代州太守时,有诸生江棹和邻人争夺住宅基址,几乎发生殴斗,于是他暗中杀死族人江孜等人,把两具尸体藏起来图谋诬害邻人。邻人得知,不敢和他殴斗,把宅地都给了江棹,江棹将尸体埋在房子里。数年后,江棹的哥哥千户江楫误杀了妻子,江棹于是唆使江楫妻子的家人去告江楫,同时诬陷江楫杀死江孜等两人。江楫被拷打而死,没有后代,由弟弟江檠继承江楫的职位。讼案呈上监司衙门,交付高子业再审查。高子业问江棹江孜等人的尸体在哪里,江棹回答说:“江楫杀死江孜后,把尸体埋在他的房子里,不知道确切的地点。”高子业问:“江楫为什么要杀死江孜?”江棹大惊,回答说:“为我和邻人争夺宅基址。”高子业问:“你和他同住在一所住宅中吗?”回答说“不住一起。”高子业说:“他为你去争宅基址,杀人后把尸体埋在自己房子里,有这种道理吗?”又问差役说:“在江棹的房子里搜查过尸体没有?”差役回答:“还没有。”于是命人搜查江棹的房子,在房子地下挖到两具尸体,刀刃砍伤的痕迹还很清楚,江棒认了罪。州人说:“十年的冤狱,如今才昭雪!”

州豪吴世杰诬族人吴世江奸盗。拷掠死二十余命,世江更数冬不死。子业覆狱牍,问曰:“盗赃布裙一,谷数斛。世江有田若庐,富而行劫,何也?”世杰曰:“贼饵色。”即呼奸妇问之曰:“盗奸若何?”对曰:“奸也。”“何时?”曰:“夜。”曰:“夜奸何得识贼名?”对曰:“世杰教我贼名。”世杰遂伏诬杀人罪。

【译文】

州中的恶霸吴世杰诬害族人吴世江劫盗财物,强奸妇女。先后讯问拷打致死二十余人,吴世江幸而经过数年不死。高子业重新审查讼案的卷宗,问吴世杰说:“窃盗的赃物有布裙一条、谷物数斛。吴世江有田产和房子,富裕却去抢劫,为什么呢?”吴世杰说:“是要劫色。”立即叫来奸妇问道:“是盗窃还是强奸?”回答说:“强奸。”又问:“什么时候?”回答说:“半夜。”再问:“半夜强奸,怎么知道窃贼的名字?”回答说:“是吴世杰告诉我窃贼名字的。”吴世杰这才承认诬告杀人罪。

程戡

程戡知处州[①]。民有积仇者,一日诸子谓其母曰:“母老且病,恐不得更议,请以母死报仇!”乃杀其母,置仇人之门,而诉于官。仇者不能自明。戡疑之,僚属皆言无足疑。戡曰:“杀人而自置于门,非可疑耶!”乃亲自劾治[②],具得本谋。

【注释】

①程戡：字胜之。宋真宗天禧进士。宋仁宗时参知政事，改枢密副使，后判延州兼鄜延路经略安抚使，扩建延州城以御西夏。

②劾治：审问。

【译文】

宋朝人程戡任职处州。有州民与人结仇积年，一天这个人的几个儿子对他们的母亲说："母亲年老又生病，恐怕没有多少日子了，请以母亲的死来报仇！"于是杀死自己的母亲，放置在仇人家门前，再向官府控告。仇人没有办法自证清白。程戡怀疑这件事，同僚都说没有什么可怀疑的。程戡说："杀死人而将尸体放在自己家门前，不是很可疑吗！"于是亲自审问，把主谋都查出来了。

张举

张举为句章令[①]。有妻杀其夫，因放火烧舍，诈称夫死于火。其弟讼之。举乃取猪二口，一杀一活，积薪焚之，察死者口中无灰，活者口中有灰。因验夫口，果无灰，以此鞫之，妻乃服罪。

【注释】

①句章：古县名，秦置，在今浙江余姚东南。

【译文】

张举任句章县令。有妻子杀死丈夫，并放火烧掉房子，谎称丈夫死于火灾。丈夫的弟弟到官府控诉。张举就取来两口猪，一只死的，一只活的，堆积木柴焚烧它们，观察发现死猪口中没有柴灰，而活猪口中有柴灰。于是查验丈夫的口中，果然没有灰，以此来审问妻子，妻子于是认罪。

陈骐

陈骐为江西佥宪[①]。初至，梦一虎带三矢，登其舟，觉而异之。会按问吉安女子谋杀亲夫事，有疑。初女子许嫁庠生[②]，女富而夫贫，女家恒周给之。其夫感激，每告其友周彪。彪家亦富，闻其女美，欲求婚而无策。后贫士亲迎时，彪与偕行，谚谓之“伴郎”。途中贫士遇盗杀死，贫士父疑女家嫌其贫，使人故要于路，谋杀其子，意欲他适，不知乃彪所谋，欲得其女也。讼于官，问者按女有奸谋杀夫。骐呼其父问之，但云“女与人有奸”，而不得其主名；使稳婆验其女[③]，又处子。乃谓其父曰：“汝子交与谁最密？”曰：“周彪。”骐因思曰：“虎带三矢而登舟，非周彪乎？况彪又伴其亲迎，梦为是矣！”越数日，伪移檄吉安，取有学之士修郡志，而彪名在焉。既至，骐设馔以饮之，酒半，独召彪于后堂，屏左右，引手叹息，阳谓之曰：“人言汝杀贫士而取其妻，吾怜汝有学，且此狱一成，不可复反，汝当吐实，吾救汝。”彪错愕战栗，跪而悉陈。骐录其词，潜令人捕同谋者，一讯而狱成。一郡惊以为神。

【注释】

①陈骐：明朝人。佥宪：即佥都御史。明代都察院官员。

②庠（xiáng）生：明时称府、州、县学的生员为庠生。

③稳婆：以接生为业的妇女。

【译文】

陈骐任江西佥宪。初到任时，梦见一只老虎带着三支箭，登上他的船，睡醒后觉得很奇怪。当时正审问吉安女子谋杀亲夫的案件，陈骐认为此案有可疑的地方。起初女子许嫁给庠生，由于女家富有而夫家贫穷，女家常常接济夫家。丈夫心存感激，常常告诉朋友周彪。周彪家也很富有，听说该女子很漂亮，想求婚而没有办法。后来庠生迎亲时，周彪随行，民间称之为“伴郎”。途中庠生遇强盗被杀害，庠生父亲怀疑女家嫌弃自家贫穷，派人故意在半路拦截，谋杀他的儿子，再将女子改嫁，却不知道其实是周彪谋划的，目的是得到那个女子。诉讼到官府后，审问的官吏认为是女子有奸情而谋杀丈夫。陈骐叫来庠生父亲询问，只说“女子和别人有奸情”，但不知道对方姓名；派接生婆检查女子身体，仍是处女。于是对庠生父亲说：“你儿子和谁来往最密切？”答说：“周彪。”陈骐因而想到说：“老虎带三支箭登舟，不是周彪吗？何况周彪又伴随庠生去迎亲，梦中的情形果然是真的！”几天后，陈骐假意发公文到吉安，要邀请有学识的人士编修郡志，而周彪的姓名也在公文上。大家到后，陈骐设宴款待他们，酒喝到一半，陈骐单独叫周彪到后堂，屏退左右，握着周彪的手叹息，假意对他说：“别人说你杀害穷庠生而想娶他的妻子，我同情你有学问，而且这个案子一定，就无法平反，你应当说实话，我才能救你。”周彪错愕恐惧得发抖，跪倒在地，把经过都陈述了一遍。陈骐记录下他的供词，暗中派人捕捉同谋的人，一次审问就定了案。全郡的人都惊叹并以为神奇。

范槚

范槚为淮安守。时民家子徐柏，及婚而失之[①]。父诉府，槚曰：“临婚当不远游，是为人杀耶？”父曰：“儿有力，人不能杀也。”久之莫决。一夕秉烛坐，有濡衣者臂系甓[②]，偻而趋。默诧曰：“噫！是柏魂也，而系甓，水死耳！”明日问左右曰："何池沼最深者？吾欲暂游。"对曰某寺，遂舆以往。指池曰："徐柏尸在是。"网之不得，将还，忽泡起如沸，复于下获焉。召其父视之，柏也，然莫知谁杀。槚念柏有力人，杀柏当勍[3]。一日忽下令曰："今乱初已，吾欲简健者为快手。"选竟，视一人反袄[4]，脱而观之，血渍焉。呵曰："汝何杀人！"曰："前阵上涴耳[5]。"解其里，血渍沾纩[6]。槚曰："倭在夏秋，岂须袄？杀徐柏者汝也！"遂具服，云"以某童子故"。执童子至，曰："初意汝戏言也，果杀之乎？"一时称为神识。

【注释】

①及婚：将要举行婚礼。

②甓（pì）：砖。

③勍（qíng）：有强力。

④反袄：反穿棉袄。袄，为上衣的通称，此据下文当指棉袄。

⑤涴（wò）：浸渍，沾染。

⑥纩（kuàng）：棉絮。

【译文】

范槚任淮安太守。当时民家子弟徐柏，将举行婚礼时失踪了。他的父亲告到官府，范槚说："结婚前不应该远游，是被人杀害了吗？"父亲说："我儿子有力气，别人不可能杀他。"这件事经过很久不能决断。一天晚上范槚秉烛独坐，有个身穿湿衣手臂系着砖的人，弯着身子快步向前走来。范槚默默惊诧地说："啊！这是徐柏的鬼魂，绑着砖，是水中淹死的！"第二天范槚问左右的人说："哪一个池塘最深？我想去游览一下。"回答说在某座寺庙，于是乘车前往。范槚指着池塘说："徐柏的尸体在这里。"用网捞没捞到，将要回去时，忽然水泡翻起如沸腾，再捞一次，在下面找到了尸体。请徐父来看，是徐柏，然而不知道是谁杀的。范槚心想徐柏是有力气的人，杀害徐柏的人一定强壮有力。一天范槚忽然下令说："而今大乱刚刚平定，我想选一些健壮的人来当衙役。"选完以后，看到一个人反穿棉袄，脱下来看，里面都是血迹。范槚大声呵斥道："你为什么杀人！"那人说："是以前在战场上沾到的血。"再撕开棉衣看，血迹已沾到棉絮。范槚说："倭寇之乱是在夏秋之间，哪里需要穿棉袄？杀徐柏的人就是你！"那人于是认罪，说"因为某个童子的缘故"。把童子带来，说："开始以为你是开玩笑，果真杀了他吗？"一时间大家都称赞范槚见识卓越。

杨评事

湖州赵三与周生友善，约同往南都贸易[①]。赵妻孙不欲夫行，已闹数日矣。及期黎明，赵先登舟，因太早，假寐舟中。舟子张潮利其金，潜移舟僻所沉赵，而复诈为熟睡。周生至，谓赵未来，候之良久，呼潮往促。潮叩赵门，呼"三娘子"，因问："三官何久不来？"孙氏惊曰："彼出门久矣，岂尚未登舟耶！"潮复周[②]，周甚惊异，与孙分路遍寻，三日无踪。周惧累，因具牍呈县。县尹疑孙有他故，害其夫。久之，有杨评事者阅其牍曰[③]："叩门便叫三娘子，定知房内无夫也！"以此坐潮罪，潮乃服。

【注释】

①南都：明朝指南京。

②复：回去报告。

③评事：掌管刑狱的官。

【译文】

湖州赵三与周生很友好,相约一同到南都做生意。赵妻孙氏不想要丈夫远行,已经闹了好几天。出发当天黎明,赵三先上船,因为时间太早,在船中小睡。船夫张潮贪图他的钱财,偷偷将船划到偏僻地方,将赵三沉入水中淹死,自己又假装熟睡。周生到后,认为赵三还没来,等了很久,叫张潮前去催促。张潮敲赵家大门,叫"三娘子",问:"三官怎么这么久还不来?"孙氏惊讶地说:"他出门很久了,难道还没有上船吗!"张潮回来报告给周生,周生也十分惊异,与孙氏分路到处寻找,找了三天都没有踪迹。周生怕被连累,于是呈送文书给县府。县尹怀疑孙氏有其他原因,害死了丈夫。过了很久,有位杨评事阅览这个案卷说:"敲门就叫三娘子,一定知道她丈夫不在屋里!"因此判定张潮杀人,张潮才服罪。

杨茂清

杨茂清升直隶贵池知县[①]。池滨大江,使传往来如织[②],民好嚣讼[③]。茂清因俗为治,且遇事明决。时泾县有王赞者[④],逋青阳富室周鉴金而欲陷之[⑤],预构一丐妇蓄之,鉴至索金,辄杀妇诬鉴。讯者以鉴富为嫌,莫敢为白。御史以事下郡,郡檄清往按。阅其狱词,曰:"见知何不指里邻,而以五十里外麻客乎?赞既被殴晕地,又何能辨麻客姓名,引为之证乎?"又云:"其妻伏赞背护赞,又何能殴及胸胁死乎?"已乃讯证人,稍稍吐实[⑥]。诘旦至尸所,益审居民,则赞门有沟,沟布椽为桥[⑦],阳出妇与鉴争,堕桥而死。赞乃语塞,而鉴得免。

【注释】

①直隶：此指南直隶。相当今江苏、安徽两省大部和上海市。贵池：贵池县，今安徽池州贵池区，在长江南岸。杨茂清嘉靖间知贵池。

②使传：官府的使者、邮差。

③嚣讼：犹聚讼。

④泾县：今属安徽宣城，在贵池区东。

⑤逋：拖欠。青阳：今属安徽池州，在贵池与泾县之间。

⑥稍稍：全部。

⑦布：铺架。

【译文】

杨茂清升任南直隶贵池知县。贵池濒临大江，使者邮差往来不绝，百姓喜好聚讼。杨茂清依习俗来治理，而且处事明确果决。当时泾县有个叫王赞的人，欠青阳富翁周鉴钱因而想要陷害周鉴，他预先买来一个女乞丐养着，周鉴来要钱时，就杀死女乞丐然后诬陷周鉴。审问的人因为周鉴富有怕惹受贿嫌疑，都不敢为他辩白。御史将此交给郡里处理，郡里下公文命杨茂清前往审理。杨茂清看过诉讼记录后，说："证人为什么不找邻里，而要找五十里外的麻商呢？王赞既然被打晕倒在地上，又怎么能辨别麻商的姓名，从而引为证人呢？"又说："王赞的妻子伏在他背上来保护他，又怎么会被打伤胸部、两肋致死呢？"旋即传讯证人，全部说了实情。天亮后到命案现场，又审问当地居民，才知道王赞门前有一条大水沟，沟上铺椽木做桥，王赞假装让女乞丐装成妻子出来和周鉴争执，女乞丐坠落桥下而死。王赞于是再没话说，而周鉴也得以脱罪。

石埭杨翁生二子[①]，长子之子标。次子死，而妇与仆奸，翁逐之。仆复潜至家，翁不直斥为奸，而比盗扑杀之。时标往青阳为亲故寿，仆家谓标实杀之，而翁则诉己当复辜[2]。当道不听，竟以坐标。翁屡以诉，清密侦其事，得之，而当道亦以标富，惮于平反。清承檄，则逮青阳与标饮酒者十余人，隔而讯之，如出一口，乃坐翁，收赎而贷标[3]。后三年，道经其家，尽室男女，罗拜于道，且携一小儿告曰："此标出禁所生也，非公则杨氏斩矣[4]！"

【注释】

①石埭（dài）：今安徽池州石台。

②复辜：复，或为"伏"，担当其罪责。

③收赎：取赎金释放。贷：饶恕，宽免。

④斩：断绝。

【译文】

石埭杨翁生了两个儿子，长子的儿子名标。次子死了，而次子媳妇与仆人通奸，杨翁将他们赶出去。仆人又偷偷跑回杨家，杨翁不直接斥责仆人通奸，而以盗贼之名杀了他。当时杨标到青阳为亲戚祝寿，仆人的家人控诉杨标杀人，而杨翁则自首说自己才是罪人。主审官吏不听，竟判定杨标有罪。杨翁屡次为此申诉，杨茂清秘密侦查这件事，得到真相，而主审官吏也因为杨标富有，而不敢为他平反。杨茂清接到公文后，就抓捕了在青阳与杨标一起喝酒的十多人，隔离审问，所说的如出一口，于是将杨翁判罪，收取赎金释放了杨翁，并宽免了杨标。三年后，杨茂清路经杨家，杨氏一家男女老幼，在路上排列跪拜，并且带着一个小男孩，说："这是杨标被释放后所生的，如果没有大人那么杨氏就绝后了！"

又铜陵胡宏绪[1]，韩太守试冠诸生。有一家奴，挈其妻子而逃，宏绪诉媒氏匿之，踪迹所在，相与执缚之。其奴先是病甚，比送狱，当夕身死。其家亟陈于官，而客户江西人，其同籍也，纷至为证。御史按部，诉之，辄以下清。清三讯之，曰："所谓锁缚者，实以送县，非私家也，况奴先有病乎？"遂原胡生。会试且迫，夙夜以狱牒上，胡生遂得不坐，是年登贤书[②]。公之辨冤释滞多类此。

【注释】

①铜陵：今属安徽，明属池州府。

②登贤书：科举时代称乡试中式为登贤书。贤书，贤能之书，谓举荐贤能者之名籍。

【译文】

又铜陵胡宏绪，在韩太守主持的考试中名列第一。有一个家奴带着妻子逃走，胡宏绪控诉媒婆藏匿他们，追寻踪迹找到他们，把他们捆绑送进了官府。他的家奴先前病重，等送到监狱后，当天晚上就死了。家奴的家人一再向官府申诉，而客居胡家的一些江西人，是仆人的同乡，也都纷纷来作证。御史审查案件时，其家人又提出控告，就交给杨茂清办理。杨茂清多次审问，说："捆绑家奴是要送其到县府审讯，并没有用私刑，何况家奴已先得了重病呢？"于是判胡生无罪。正逢考试日期逼近，杨茂清急速呈上判决文书，胡生才得以不受牵连，而在这一年乡试中举。杨茂清辨明冤狱，释放无辜的人，大多如此。

郑洛书

郑洛书知上海县[①]，尝于履端谒郡[②]，归泊海口，有沉尸，压以石磨，忽见之，叹曰："此必客死，故莫余告也。"遣人侦之，近村民家有石磨失其牡[③]，执来相吻合，一讯即伏。果江西卖卜人，岁晏将归，房主利其财而杀之。

【注释】

①郑洛书:字启范。明正德进士,初知上海县,有善政。后拜御史,刚直敢言。

②履端:一年之始,即正月初一。

③牡:器物的凸起部分。此处指石磨的上扇。

【译文】

郑洛书任上海知县时,曾于正月初一拜见郡守,回来时船停泊在入海口,水中有一沉尸,被石磨压着,忽然浮现在郑洛书舟前,郑洛书叹息道:"这一定是客死异乡的人,所以没有人来向我报案。"郑洛书派人去侦查,查出近村一家百姓家里有口石磨遗失上半部,拿来果然与压尸石磨吻合,一问立即服罪。原来死者是江西的卜卦人,岁末将回家乡时,房主因贪图他的钱财而杀害了他。

许襄毅公等 三条

一

单县有田作者[①],其妇饷之[②],食毕,死。翁故曰[③]:"妇意也。"陈于官。不胜箠楚[④],遂诬服。自是天久不雨。许襄毅公时官山东[⑤],曰:"狱其有冤乎?"乃亲历其地,出狱囚遍审之。至饷妇,乃曰:"夫妇相守,人之至愿;鸩毒杀人,计之至密者也,焉有自饷于田而鸩之者哉?"遂询其所馈饮食,所经道路。妇曰:"鱼汤米饭,度自荆林,无他异也。"公乃买鱼作饭,投荆花于中,试之狗彘,无不死者。妇冤遂白,即日大雨如注。

【注释】

①田作:在田里耕作。

②饷:馈食于人。此指送饭到田里。

③翁:夫之父。

④箠(chuí)楚:本指棍杖之类,引申为拷打。箠,鞭子,棍杖。

⑤许襄毅公:许进,字季升。成化进士。历按甘肃、山东,皆有声。辨疑狱,人称神明。弘治年间擢右佥都御史巡抚大同,士马盛强,边防修整。巡抚甘肃,收复哈密。正德年间为兵部尚书,改吏部尚书。为权阉刘瑾所恶,致仕。能任人,性通敏。卒谥襄毅。

【译文】

单县有农夫在田里耕作,他的妻子送饭给他吃,吃完后就死了。公公说:"是媳妇故意杀人。"于是告到官府。妇人受不了鞭打之苦,只好含冤认罪。从此以后单县竟很久都没下雨。许进当时任职山东,说:"久不下雨,是不是因为有冤狱啊?"于是亲自到单县来,将囚犯一一提出来审问。问到送饭妇人案子时,他说:"夫妇相守,是人生最大的心愿;而用毒杀人,需要严密的计划,哪有自己送食物去田里毒死人的呢?"于是问她所送的是什么食物,所经过的道路。妇人说:"鱼汤米饭,从荆林通过,没有什么异样。"许进就叫人买鱼做饭,放入荆花,让猪狗来尝试,没有不死的。妇人的冤屈得以洗雪,当天就下起倾盆大雨。

二

苏人出商于外,其妻蓄鸡数只,以待其归。数年方返,杀鸡食之,夫即死。邻人疑有外奸,首之太守姚公[①]。鞫之,无他故,意其鸡有毒,令人觅老鸡,与当死囚遍食之,果杀二人,狱遂白。盖鸡食蜈蚣百虫,久则蓄毒,故养生家鸡老不食,又夏不食鸡。

【注释】

①首：检举，告发。

【译文】

有个苏州人出外经商，他的妻子养了几只鸡，等他回来慰劳他。好几年后苏州人才回家，妻子杀鸡煮给他吃，丈夫立即死亡。邻人怀疑妻子有奸情，向太守姚公检举。审讯之后，没有别的问题，于是猜想鸡有毒，派人找来老母鸡，煮给临刑的死囚吃，果然毒死两人，冤狱于是辨白。因为鸡吃蜈蚣等各种虫子，时间久了会在体内累积毒素，所以精于养生的人不吃老鸡，也不在夏天吃鸡。

三

张御史昺，字仲明，慈溪人。成化中[①]，以进士知铅山县。有卖薪者，性嗜鳝。一日自市归，饥甚，妻烹鳝以进，恣啖之[②]，腹痛而死。邻保谓妻毒夫[③]，执送官，拷讯无他据，狱不能具，械系逾年。公始至，阅其牍，疑中鳝毒。召渔者捕鳝得数百斤，悉置水瓮中，有昂头出水二三寸者，数之得七。公异之，召此妇面烹焉，而出死囚与食，才下咽，便称腹痛，俄仆地死。妇冤遂白。

【注释】

①成化：明宪宗朱见深年号（1465—1487）。

②恣啖：尽情地吃。

③邻保：邻居。

【译文】

御史张昺，字仲明，慈溪人。成化年间，以进士任铅山知县。有个卖柴的人，特别喜欢吃鳝鱼。一天从市场回来，肚子很饿，妻子煮鳝鱼给他吃，他尽情地吃，腹痛而死。邻居认为是妻子毒死了丈夫，将她抓起来送到官府，拷打审问没有别的证据，讼案不能结案，给妻子戴上枷锁监禁了一年多。张昺刚到任，阅览她的案卷，怀疑丈夫是中了鳝鱼的毒。请渔夫捉了几百斤鳝鱼，都放进水缸中，有鳝鱼昂头露出水面二三寸，一数有七条。张昺觉得怪异，找来这个妇人当面烹煮，叫出牢里的死囚给他们吃，才下咽，就称腹痛，不久倒地而死。妇人的冤情于是得以洗雪。

陆子远《神政记》载此事，谓公受神教而然，说颇诞。要之凡物之异常者，皆有毒，察狱者自宜留心，何待取决于冥冥哉[①]！

【注释】

①冥冥：泛指主宰人世祸福的神灵世界。

【译文】

陆子远《神政记》记载了这件事，说张公受神仙指引而如此做，说法颇为怪诞。总之大凡异常的事物，都有毒，审察讼案的人本来就应当留心，怎能等待取决于神灵呢！

藏金

李汧公勉镇凤翔[①]，有属邑耕夫得袁蹄金一瓮[②]，送于县宰。宰虑公藏之守不严[③]，置于私室；信宿视之[④]，皆土块耳。瓮金出土之际，乡社悉来观验[⑤]，遽有变更，莫不骇异，以闻于府。宰不能自明，遂以易金诬服；虽词款具存[⑥]，莫穷隐用之所[⑦]，以案上闻。汧公览之甚怒，俄有筵宴，语及斯事，咸共惊异。时袁相国滋在幕中[⑧]，俯首无所答。汧公诘之，袁曰："某疑此事有枉耳。"汧公曰："当有所见。非判官莫探情伪[⑨]。”袁曰：“诺。”俾移狱府中，阅瓮间，得二百五十余块，遂于列肆索金溶泻与块相等，始称其半，已及三百斤。询其负担人力，乃二农夫以竹担舁至县。计其金数非二人所担可举，明其在路时金已化为土矣。于是群情大豁，宰获清雪。

【注释】

①李汧（qiān）公勉：李勉，唐肃宗时为监察御史。代宗时为滑亳节度使，居镇八年，不威而治。德宗时以检校司空同平章事。在朝梗直廉介。封汧国公。

②袅（niǎo）蹄金：马蹄形的金锭。

③公藏：公库，官府仓库。

④信宿：谓两三日。

⑤乡社：乡里，乡里人。

⑥词款：供状。

⑦隐用：藏匿使用。

⑧袁相国滋：袁滋，字德深。历官尚书右丞、华州刺史。宪宗为太子监国，进拜中书侍郎同平章事。元和年间，任使相兼剑南东西川节度使，义成军节度使。任彰义节度使、隋唐邓申光等州观察使，因不愿与吴元济作战，且卑辞修好，使平淮西之役迟迟不能取胜，被贬。终湖南观察使。累封淮阳郡公。善书法，颇有古风。此时袁滋尚未为相，此探后言之。

⑨判官：唐地方行政及军事长官的所有幕职官通称为判官。此处指袁滋，时为李勉判官。

【译文】

唐朝汧国公李勉镇守凤翔时，所辖城邑中有一个农夫挖到马蹄形黄金一瓮，送到县里去。县令担心公库的防守不够严密，就放在自己家里；

隔了两三天打开一看，都是土块。瓮金出土的时候，乡里的人都来观看证实，突然变成土块，没有不惊异的，于是将此事报告给凤翔府。县令无法为自己辩白，只有含冤承认将黄金调包的罪名；虽然供词都有了，却说不出把黄金藏匿使用到何处，因而将此案报告给李勉。李勉看了以后非常生气，不久有个宴席，李勉谈到这件事，大家都很惊异。当时后来的相国袁滋为幕职官，低着头不说话。李勉问他，袁滋说："我怀疑这件事是冤枉的。"李勉说："应当会出现其他情况。不是袁判官没人能察明内情真相。"袁滋说："好。"于是袁滋将此案的资料证物调到凤翔府，观察瓮中，共有二百五十多个土块，就在市场店铺间找来金子溶化，大小与马蹄金块相等，才称了一半，已经重达三百斤了。询问运送马蹄金的人力，是两个农夫用竹担抬到县府的。计算金子的数量不是两个人能抬得动的，这表明在路上时金子就已经化为土块了。于是大家豁然开朗，知县的冤情得以洗雪。

甘露寺常住金

李德裕镇浙右，甘露寺僧诉交代常住什物被前主事僧耗用常住金若干两[①]，引证前数辈，皆有递相交领文籍分明，众词指以新得替人隐而用之，且云："初上之时，交领分两既明，及交割之日，不见其金。"鞫成具狱，伏罪昭然，未穷破用之所[②]。公疑其未尽，微以意揣之。僧乃诉冤曰："积年以来，空交分两文书，其实无金矣。众乃以孤立，欲乘此挤之。"公曰："此不难知也。"乃召兜子数乘[③]，命关连僧人对事，遣入兜子中，门皆向壁，不令相见；命取黄泥各摸交付下次金样以凭证据[④]。僧既不知形状，竟摸不成，前数辈皆伏罪。

【注释】

①常住：僧、道称寺舍、田地、什物等为常住物。

②破用：花用，耗费。

③兜子：只有座位而没有轿厢的便轿。

④摸（mó）：同“摹”。模仿，描绘，拓印。

【译文】

唐朝人李德裕镇守浙右时，甘露寺的僧侣控告在移交寺院固定物品时，前任主事僧耗费常住金若干两，引证前几任都有互相移交而且记载得很清楚，众僧也指证新接替的人隐没并挪用了常住金，而且说：“初上任时，移交的银两数目分明，到交出来时，却不见银两。”审判结束拟定判决，主事僧明白认罪，但没有追究出银两用到哪里。李德裕怀疑案子没有审问清楚，对僧人稍加试探。主事僧于是诉说冤情道：“这么多年来，都是只移交记录银两的文书，其实早就没有银两了。众僧因为我孤立，想趁此机会排挤我。”李德裕说：“这种事不难查清楚。”就找了几顶便轿，命令相关的僧侣来对证，让他们都进入便轿中，轿门对着墙壁，彼此看不见，再命人取黄泥来让每个僧侣捏出交付给下任的银两的模样作为证据。僧侣不知道形状，最终捏不出来，之前的数任僧侣俯首服罪。

藏钱

程颢为户县主簿[①]。民有借其兄宅以居者，发地中藏钱。兄之子诉曰：“父所藏也。”令曰：“此无证佐，何以决之？”颢曰：“此易辨尔。”问兄之子曰：“汝父藏钱几何时矣？”曰：“四十年矣。”“彼借宅居几何时矣？”曰：“二十年矣。”即遣吏取钱十千视之，谓借宅者曰：“今官所铸钱，不五六年即遍天下，此钱皆尔未藏前数十年所铸，何也？”其人遂服。

【注释】

①程颢：字伯淳，世称明道先生。北宋哲学家。嘉祐进士。与王安石政见相左，出为州县官。少偕弟颐受学于周敦颐，其学说称“洛学”。

【译文】

宋朝人程颢任户县主簿。百姓中有个借用哥哥宅第居住的人，挖掘出地下贮藏的钱。哥哥的儿子控诉说：“那是家父贮藏的。”县令说：“这件事没有证据，怎么判决呢？”程颢说：“这很容易辨别。”就问哥哥的儿子说：“你父亲钱藏多久了？”回答说：“四十年。”程颢问：“他借宅第居住有多久了？”回答说：“二十年了。”程颢立即派遣吏役去拿十千钱来看，然后对借住的人说：“现在官府所铸的钱，不到五六年就可以流行天下，这些钱都是在你未贮藏前几十年铸造的，怎么说是你的呢？”这个人于是心服。

李若谷

李若谷守并州[①]，民有讼叔不认其为侄者，欲擅其财[②]，累鞫不实。李令民还家殴其叔，叔果讼侄殴逆，因而正其罪，分其财。

【注释】

①李若谷：字子渊。历任宋太宗、真宗、仁宗三朝，仁宗时累官尚书工部侍郎、龙图阁学士、知开封府，拜参知政事。此条为其以枢密直学士知并州时事。

②擅：霸占。

【译文】

宋朝人李若谷知并州时，有个百姓控告叔叔不认他为侄子，想霸占他的家财，多次审查都查不出事实。李若谷于是命令此人回家殴打他的叔叔，叔叔果然来告侄子殴打忤逆，因而确定了叔叔的罪行，分其财产给侄子。

吕陶

吕陶为铜梁令①。邑民庞氏者，姊妹三人共隐幼弟田，弟壮，讼之官，不得直，贫甚，至为人佣奴。陶至，一讯而三人皆服罪吐田。弟泣拜，愿以田之半作佛事为报。陶晓之曰："三姊皆汝同气②，方汝幼时，非若为汝主，不几为他人鱼肉乎？与其捐米供佛，孰若分遗三姊？"弟泣拜听命。

【注释】

①吕陶：字元钧。北宋皇祐年间进士。因反对王安石新法，谪通判蜀州。哲宗时为殿中侍御史，上疏论章惇之奸，进给事中。其为铜梁令，在初仕时。

②同气：同胞，有血缘关系的亲属。

【译文】

宋朝人吕陶任铜梁县令。属下百姓有庞氏，姊妹三人共同吞没幼弟的田地，弟弟长大以后，向官府控诉，但都败诉，非常贫困，以致沦落为佣工。吕陶到任后，一审问三个人都服罪而且交出田地。弟弟感动得哭泣跪拜，愿意以一半田地供养佛祖来报答。吕陶劝他说："三个姊姊都是你的同胞，在你幼小时，如果不是她们为你做主，你不就要被他人欺凌了吗？与其捐一半田产供养佛祖，哪里比得上分给三位姊姊？"弟弟哭着拜谢，听从了吕陶的建议。

分遗而姊弟之好不伤，可谓善于敦睦，若出自官断，便不妙矣。

【译文】

分送田产而不伤姊弟之间的和睦，可说是善于敦亲，如果出自官府裁断，就不妙了。

裴子云　赵和

新乡县人王敬戍边，留牸牛六头于舅李进处[1]，养五年，产犊三十头。敬自戍所还，索牛，进云两头已死，只还四头老牛，余不肯还。敬忿之，投县陈牒。县令裴子云令送敬付狱[2]，叫追盗牛贼李进。进惶怖至县，叱之曰："贼引汝同盗牛三十头，藏于汝家！"唤贼共对。乃以布衫笼敬头，立南墙之下。进急，乃吐款云[3]："三十头牛总是外甥牸牛所生，实非盗得。"云遣去布衫，进见，曰："此外甥也！"云曰："若是，即还他牛。"但念五年养牛辛苦，令以数头谢之。一县称快。一作武阳令张允济事。

【注释】

①牸（zì）牛：母牛。

②裴子云：此则取自唐人张鷟的《朝野佥载》，故知裴子云为唐朝人。付狱：送入监狱关押。

③吐款：吐露真情。

【译文】

唐朝时新乡人王敬被派戍守边境，留下六头母牛在舅舅李进家，养了五年后，生下三十头小牛。王敬从边境戍所回来，想要回牛，李进说两头母牛已经死了，只还他四头老牛，其余不肯归还。王敬很生气，写好状子到县府投诉。县令裴子云下令将王敬送进监狱关押，然后派人追捕盗牛贼李进。李进惶恐地来到县府，裴子云斥责他说："偷牛贼说同你偷了三十头牛，藏在你家！"叫贼来对质。于是用布衫笼罩在王敬头上，让其站在南墙下。李进非常着急，就招供说："三十头牛都是外甥的母牛所生，实在不是偷来的。"裴子云叫人拿掉王敬头上的布衫，李进见了，说："他是我的外甥！"裴子云说："如果真是，就立即还他牛。"但顾念李进五年养牛的辛苦，命令王敬用几头牛作答谢。全县人都叫好。一说这是武阳令张允济的故事。

咸通初[①]，楚州淮阴县东邻之民[②]，以庄券质于西邻[③]，贷得千缗，约来年加子钱赎取[④]。及期，先纳八百缗，约明日偿足方取券。两姓素通家[⑤]，且止隔信宿，谓必无他，因不征纳缗之籍[⑥]。明日，赍余镪至[⑦]，西邻讳不认[⑧]。诉于县，县以无证，不直之；复诉于州，亦然。东邻不胜其愤，闻天水赵和令江阴[⑨]，片言折狱，乃越江而南诉焉。赵宰以县官卑，且非境内，固却之。东邻称冤不已，赵曰："且止吾舍。"思之经宿，曰："得之矣！"召捕贼之干者数辈，赍牒至淮壖口[⑩]，言："获得截江大盗，供称有同恶某，请械送来。"唐法：唯持刀截江，邻州不得庇护。果擒西邻人至，然自恃农家，实无他迹，应对颇不惧。赵胁以严刑，囚始泣叩不已。赵乃曰："所盗幸多金宝锦彩，非农家物，汝宜籍舍中所有辩之。"囚意稍解，且不虞东邻之越讼，遂详开钱谷金帛之数，并疏所自来，而东邻赎契八百缗在焉。赵阅之，笑曰："若果非江寇，何为讳东邻八百缗？”遂出诉邻面质，于是惭惧服罪，押回本土，令吐契而后罚之。

【注释】

①咸通：唐懿宗李漼年号（860—873）。

②淮阴：治今江苏淮安淮阴区，在长江北。

③庄券：田庄之地契。

④子钱：利息。

⑤通家：犹世交。世代有交往之家。

⑥不征纳缗之籍：没有索要交钱的凭据。

⑦镪（qiǎng）：成串的钱，泛指钱币。

⑧讳：隐瞒。

⑨江阴：治今江苏江阴澄江镇，在长江南。

⑩壖（ruán）：空地，边缘余地。

【译文】

唐懿宗咸通初年，楚州淮阴县东邻的百姓，把田契抵押给西邻，借贷一千缗，约定第二年加利息赎回。到期后，他先还八百缗，约定第二天还完钱后拿回田契。两姓一向是世交，而且只隔一夜，认为必定没有问题，因而没有写交钱的凭据。第二天，剩余的钱送到后，西邻却隐瞒交过的钱不认账。于是东邻就向县里提出控诉，县里认为没有证据，不认为他有理；东邻又向州里控诉，结果也一样。东邻非常愤怒，听说天水人赵和任江阴县令，只要几句话就能决断讼案，于是渡江向南去控诉。赵和因为县令官位低，而且不在自己管辖的地区，执意推辞。东邻不停地喊冤，赵和只好说：“你暂且留在我这里。”赵和想了一整夜，说：“有办法了！”于是叫来几名捕盗的能手，送公文到淮阴，说：“捉到截江大盗，供出有同伙某某，请求加铐锁送来。”唐朝法律规定：只要有持刀截江的恶徒，邻州不得庇护。果然把西邻捉拿过来。然而西邻仗着是农家，没有什么别的事，应对时颇不畏惧。赵和威胁说要动用严刑，西邻才不停地叩头哭泣。赵和于是说："所幸盗取的都是金银宝物丝锦之类的物品，不是农家物品，你应该登记家中的财物进行辩白。"西邻神情稍微缓和了，而且根本没想到东邻会越境诉讼，于是详细开列钱谷金帛的数目，并注明从哪里得来，而东邻赎田契的八百缗也写在里面。赵和看了后笑着说："你果然不是截江大盗，为什么要吞没东邻的八百缗呢？"随即把东邻叫出来对质，于是西邻惭愧惊惧而认罪，押回淮阴，令他拿出田契，然后责罚他。

何武　张咏

汉沛郡有富翁，家资二十余万，子才年三岁，失其母；有女适人，甚不贤。翁病困，为遗书，悉以财属女，但遗一剑，云："儿年十五，以付还之。"其后又不与剑，儿诣郡陈诉。太守何武录女及婿[①]，省其手书，顾谓掾吏曰："此人因女性强梁[②]，婿复贪鄙，畏残害其儿；又计小儿得此财不能全护，故且与女，实守之耳。夫剑者，所以决断。限年十五者，度其子智力足以自居，又度此女必复不还其剑，当关州县[③]，得见申转展[④]。其思虑深远如是哉！"悉夺取财与儿，曰："敝女恶婿，温饱十年，亦已幸矣！"论者大服。

【注释】

①何武：字君公。举贤良方正，拜谏大夫，迁扬州刺史，州中清平。后历任兖州刺史、司隶校尉、京兆尹、楚内史、沛郡太守、廷尉等职，绥和元年（前8）代孔光为御史大夫。成帝时改大司空，封汜乡侯。王莽专权，尽灭平帝外家卫氏，他亦受到株连，自杀。录：拘审。

②强梁：强横凶暴。

③关：禀告。

④转展：此指归还。

【译文】

汉朝沛郡有个富翁，家产二十多万，儿子才三岁，就失去母亲；有个女儿已经嫁人，很不贤惠。富翁病重时，写下遗书，把财产都交给女儿，只留下一把剑，说："儿子十五岁时，把剑交给他。"之后女儿却不把剑给儿子，儿子到郡里陈诉。太守何武拘审富翁的女儿及女婿，又看过遗书，回头对属官说："富翁因为女儿生性强横残暴，女婿卑鄙贪心，害怕他们残害儿子；又考虑到儿子得到财产后不能保全守护，所以暂且给女儿，实际是让女儿代为守护罢了。剑，是用来决断的。约定十五岁，是考虑到他儿子的智力足够自立了，又想到女儿一定不归还剑，儿子应当会禀告州县官吏，可以为他伸张正义归还此剑。他的思虑是这样深远啊！"何武将全部家产取回归还给富翁的儿子，说："不堪的女儿和恶劣的女婿，享受了十年温饱，已经很幸运了！"谈论的人都非常佩服。

张咏知杭州。杭有富民，病将死，其子三岁，富民命其婿主家资，而遗以书曰："他日分财，以十之三与子，而七与婿。"其后子讼之官，婿持父书诣府。咏阅之，以酒酹地曰[①]："汝之妇翁，智人也！时子幼，故以七属汝，不然，子死汝手矣！"乃命三分其财与婿，而子与七。

【注释】

①以酒酹（lèi）地：以酒浇地祭祀亡魂。此处表示钦佩。

【译文】

张咏任杭州太守。杭州有个富翁，病重将死，儿子才三岁，富翁命令他的女婿主管家产，而且留下遗书说："将来分财产，十分之三给儿子，十分之七给女婿。"后来儿子向官府控诉，女婿拿着岳父的遗书到官府。张咏看过之后，把酒洒在地上说："你的岳父是聪明人！当时儿子年幼，所以把七成给你，不然的话，他的儿子要死在你手上！"于是命令财产十分之三给女婿，而十分之七给儿子。

奉使者

有富民张老者，妻生一女，无子，赘某甲于家。久之，妾生子名一飞，育四岁而张老卒。张病时谓婿曰："妾子不足任，吾财当畀汝夫妇。尔但养彼母子，不死沟壑，即汝阴德矣。"于是出券书云："张一非吾子也，家财尽与吾婿，外人不得争夺。"婿乃据有张业不疑。后妾子壮，告官求分，婿以券呈官，遂置不问。他日奉使者至[①]，妾子复诉，婿乃前赴证。奉使者乃更其句读曰[②]："张一非，吾子也，家财尽与。吾婿外人，不得争夺。"曰："尔父翁明谓'吾婿外人'，尔尚敢有其业耶？诡书'飞'作'非'者，虑彼幼为尔害耳！"于是断给妾子，人称快焉。

【注释】

①奉使者：奉命巡视地方的使臣，此指巡察各道的御史。

②句读（dòu）：文辞休止、气息停顿处。

【译文】

有个富翁张老，妻子生了一个女儿，没有儿子，招赘某甲到家中做上门女婿。后来，张老的小妾生了一个儿子取名一飞，养到四岁时张老去世了。张老病重时对女婿说："妾生的儿子不足以担当重任，我的财产应该给你们夫妇。你只要赡养他们母子,不使他们死于沟壑,就是你的恩德了。”于是拿出契券写上:“张一不是我的儿子,家财都给我的女婿,外人不得争夺。”女婿毫不怀疑地占有了张家的产业。后来妾生的孩子长大了,向官府控告要求分家产,女婿把契券呈给官府,官府就不问了。后来奉命出巡的官吏来了,妾生的儿子又去控告,女婿还是拿着契券去应对。奉使官吏于是更改断句说:“张一非,是我的儿子,家财都给他。我的女婿是外人,不得争夺。”又说:“你岳父明确说‘我的女婿是外人’,你还敢拥有他的产业吗?故意将‘飞’错写作‘非’,是考虑到他儿子年幼会被你伤害罢了!”于是将产业判给妾生的儿子,众人都叫好。

张齐贤

戚里有分财不均者[①],更相讼。齐贤曰[②]:“是非台府所能决[③],臣请自治之。”齐贤坐相府,召讼者问曰:“汝非以彼分财多、汝分少乎?”曰:“然。”具款[④],乃召两吏,令甲家入乙舍,乙家入甲舍,货财无得动,分书则交易。明日奏闻,上曰:“朕固知非君不能定也!”

【注释】

①戚里:皇亲外戚聚居之处,或借指外戚。

②齐贤:张齐贤,字师亮。宋太平兴国进士。太宗、真宗时皆曾拜相,以司空致仕。谥文定。

③台府:中央政府机构。指朝廷。

④具款:使讼者签署供词以为凭证。

【译文】

宋朝时,外戚分割财产不均,因而互相控告。张齐贤对皇帝说:“这不是官府所能决断的，微臣请求亲自去处理。”张齐贤坐在相府里，召集互相控告的人问道：“你不就是认为他分的财产多，你分的少吗?”回答说：“是的。”于是让诉讼人签署供词以为凭证，再找两名役使，命将甲家搬入乙家，乙家搬入甲家，所有财物都不能动，分配财物的文件则交换一下。第二天就向皇帝奏报，皇帝说：“朕就知道不是你这事就不能解决！”

王罕

罕知潭州[①]，州有妇病狂，数诣守诉事，出语无章，却之则悖骂。前守屡叱逐。罕至，独引令前，委曲问之[②]。良久，语渐有次第，盖本为人妻，无子，夫死妾有子，遂逐而据其资，以屡诉不得直，愤恚发狂也。罕为治妾，而反其资，妇寻愈。罕，王珪季父[③]。

【注释】

①罕：王罕，字师言。历广东转运使。后知潭州，为政务适人情，官终光禄卿。潭州：原做“澶州”，据《宋史·王罕传》改。隋开皇九年（589）改湘州为潭州，治长沙县（今属湖南）。

②委曲：婉转。

③王珪：字禹玉。北宋名臣。庆历二年（1042），以榜眼及第。神宗熙宁年间为相十年。哲宗即位，封岐国公，卒谥文恭。文翰有名当时，典内外制十八年，朝廷典策，多出其手。季父：叔父。

【译文】

宋朝人王罕知潭州时，州中有一个疯妇人，多次去找知州控诉，说话毫无章法，赶她走就会大骂。前任知州屡次叱喝驱逐她。王罕到任后，独自叫她到面前来，亲切婉转地询问她。很久之后，她说话逐渐有了次序，原来她本为人妻子，没有孩子，丈夫死了而小妾有儿子，就把她赶走并霸占了她的家产，因为屡次控诉冤屈都得不到申雪，所以愤怒发狂。王罕为她审判小妾，返还家产，妇人不久就痊愈了。王罕，是王珪的叔父。

韩亿

韩亿知洋州[①]，大校李甲以财豪于乡里[②]，兄死，诬其兄子为他姓，赂里妪之貌类者，使认为己子，又醉其嫂而嫁之，尽夺其资。嫂、侄诉于州，积十余年，竟未有白其冤者。公至，又出诉，公取前后案牍视之，皆未尝引乳医为验[③]。一日，尽召其党至庭下，出乳医示之，众皆服罪，子母复归如初。

【注释】

①韩亿：字宗魏。北宋咸平进士。历知永城、洋州、相州，有治声。判大理寺丞时，执法不挠。曾出使契丹，应对得体。仁宗景祐年间拜相，一年即罢，出知应天等州府。

②大校：武官名。李甲：以“甲”“乙”代指人名，义同“某”。

③乳医：古代称产科医生。

【译文】

宋朝人韩亿知洋州时，大校李甲以财富豪横于乡里，哥哥死后，诬陷哥哥的儿子是别姓的人，收买乡里容貌与侄子相似的老妇，来认侄儿为儿子，又灌醉嫂子后将她改嫁，全数侵夺了哥哥的家产。嫂子与侄儿到州府控告，经过了十多年，始终没有官员为他们昭雪冤情。韩亿到任后，他们又来控诉，韩亿取出历年的案情记录观看，发现都未曾请接生婆来验证。有一天，韩亿将这群人全部召集到堂下，叫接生婆出来作证，众人才都认罪，母子得以像当初一样回家。

干文传

干文传迁乌程县尹[①]，有富民张某之妻王无子，张纳一妾于外，生子未晬[②]，王诱妾以儿来，寻逐妾，杀儿焚之。文传闻而发其事，得死儿余骨。王厚赂妾之父母，买邻家儿为妾所生，儿初不死[③]。文传令妾抱儿乳之，儿啼不受。妾之父母吐实，乃呼邻妇至，儿见之，跃入其怀，乳之即饮。王遂伏辜。

【注释】

①干文传：字寿道。元延祐进士。授同知昌国州事，累迁长洲、乌程两县尹，升婺源知州，又知吴江州。尤长于政事，所至俱有善政。预修《宋史》，书成，擢集贤待制。以礼部尚书致仕。按，底本作"于文传"，查此则出《元史·干文传传》，据改。

②晬（zuì）：婴儿满百日，称"百晬"。或以婴儿周岁为晬。

③初：本来。

【译文】

干文传调任乌程县尹，有富翁张某的妻子王氏没有儿子，张某在外面纳了一房小妾，生了个儿子尚未满百日，王氏诱骗小妾带儿子过来，不久又赶走小妾，杀儿焚尸。干文传得知便将事情揭发出来，并找到小孩剩余的尸骨。王氏以丰厚的财物贿赂小妾的父母，买来邻家的小孩假装是小妾所生，并说小孩本来没死。干文传命令小妾抱着小孩喂奶，小孩啼哭不肯吃。小妾的父母才说实话。又把邻家妇女叫来，小孩一见她，高兴地投入她的怀里，一喂奶就吃。王氏于是认罪。

张三翁

有富民张氏子，其父死，有老父曰："我，汝父也，来就汝居。"张惊疑，请辩于县。程颢诘之，老父探怀取策以进，记曰："某年某月日某人抱子于三翁家。"颢问张及其父年几何，谓老父曰："是子之生，其父年才四十，已谓之三翁乎？"老父惊服。

【译文】

有个张姓富翁的儿子，父亲死了，忽然有个老先生说："我，是你的父亲，来和你一起住。"张某震惊疑惑，请求县官为他辨别。程颢质问老先生，老先生从怀里取出一份文书呈上去，上面记着："某年某月某日，某人从三翁家抱走了一个儿子。"程颢问张某及他父亲的年纪，对老先生说："这个孩子出生时，他父亲才四十岁，已经称呼他为三翁了吗？"老先生惊惧认罪。

黄霸　李崇

颍川有富室，兄弟同居，妇皆怀妊。长妇胎伤①，弟妇生男，长妇遂盗取之。争讼三年，州郡不能决。丞相黄霸令走卒抱儿②，去两妇各十步，叱令自取。长妇抱持甚急，儿大啼叫，弟妇恐致伤，因而放与，而心甚怀怆。霸曰："此弟子！"责问乃伏。

【注释】

①胎伤：流产。

②丞相黄霸：黄霸，字次公。汉昭帝时为河南太守丞，时吏尚严酷，霸独宽和。宣帝时为廷尉正、丞相长史。后为颍川太守，郡大治，为天下第一，赐爵关内侯。迁御史大夫，又升丞相，封建成侯。此为黄霸为颍川太守时事，丞相为探后称之。

【译文】

汉朝时颍川有个富裕人家，兄弟住在一起，两人妻子都怀孕了。哥哥的妻子流产，弟弟的妻子生了男孩，长嫂便把男孩偷走。诉讼了三年，州郡不能决断。丞相黄霸命令差役抱着小孩，离两名妇女各十步，喝令她们自己来取。长嫂搂抱很紧，小孩大声哭叫，弟媳唯恐伤了孩子，只好放手，但是心里很悲伤。黄霸说："这是弟弟的儿子！"诘责究问后长嫂才认罪。

陈祥断惠州争子事类此。

【译文】

陈祥判断惠州争孩子的事与此类似。

○祥知惠州，郡民有二女嫁为比邻者，姊素不孕，一日妹生子，而姊之妾适同时产女，诡言产子，夜烧妹傍舍，乘乱窃其儿以归。妹觉之，往索，弗予。讼于府，无证。祥佯自语："必杀此儿，事即了耳！"乃置瓮水堂下，引二妇出曰："吾为汝溺此儿以解汝纷！"密谕一卒谨视儿而叱左右诈为投儿状，亟逐二妇使出，其妹失声争救不可得，颠仆堂下，而姊竟去不顾。祥即断儿归妹而杖姊、妾，一郡称神。

【译文】

陈祥知惠州时，郡中百姓有两个女儿嫁给相邻的两家，姐姐一直不孕，有一天妹妹生了儿子，而姐姐家的妾正好同时生了女儿，于是谎称生了儿子，半夜放火烧相邻的妹妹家的房子，趁乱偷了妹妹的儿子抱回家。妹妹发觉后，去讨要，姐姐不给。向州府控告，却没有证据。陈祥假装自言自语道："一定要杀死这个孩子，事情就能了结了！"就在堂下放置一瓮水，带两个妇人出来说："我为你们溺死这个孩子以解决你们的纠纷！"秘密告诉一个小卒谨慎看着孩子，而命令左右的人做出投孩子入水的样子，立即赶两名妇人出去，妹妹痛哭失声争抢着救孩子却救不到，跌倒在堂下，而姐姐竟然离开不管。陈祥即刻断定孩子归妹妹，并杖打姐姐及小妾，一郡的人都称他断案如神。

寿春县人苟泰，有子三岁，遇贼亡失，数年不知所在。后见在同县赵奉伯家，泰以状告，各言己子，并有邻证，郡县不能断。李崇令二父与儿分禁三处[①]，故久不问。忽一日，密遣人分告两父曰："君儿昨不幸遇疾暴死。"苟泰闻即号咷，悲不自胜，奉伯咨嗟而已[②]。崇察知之，乃以儿还泰。诘奉伯诈状，奉伯款引云[③]："先亡一子，姑妄认之。"

【注释】

①李崇：字继长，小名继伯。为北魏文成帝皇后之侄。孝文帝时，任荆州刺史，北魏、南齐两境交和，无复烽燧之警。任兖州刺史，村置一楼，楼置鼓，以防"盗贼"，诸州仿之。宣武帝初，镇压鲁阳、东荆州蛮族起义，后任扬州刺史，阻止梁军北进有功。孝明帝时，曾攻柔然，建议改镇为州，免府户为民。后镇压六镇起义，兵败免官。后复任相州刺史。断狱精审，沉深有将略，谥曰武康。

②咨嗟：叹息。

③款引：从实认罪。

【译文】

北魏寿春县人苟泰，有个儿子三岁，遇到盗贼丢失了，好几年都不知道在哪里。后来在同县赵奉伯家发现了，苟泰向县府控告，两人都说那是自己的儿子，并有邻居作证，郡县不能决断。李崇命令将两个父亲与儿子分别拘禁在三处，故意很久都不闻不问。忽然有一天，秘密派人分别告诉两个父亲说："你的儿子昨天不幸染疾突然去世了。"苟泰听到后立即伤心得嚎啕大哭，十分悲痛，奉伯却只是叹息而已。李崇察知这个情况，就把孩子还给苟泰。又质问奉伯欺诈之情，奉伯从实认罪说："我之前死了一个孩子，所以姑且非法冒认。"

宣彦昭　范邰

宣彦昭仕元，为平阳州判官。天大雨，民与军争簦[①]，各认己物。彦昭裂而为二，并驱出，使卒踵其后。军忿噪不已，民曰："汝自失簦，于我何与？"卒以闻，彦昭杖民，令买簦偿军。

【注释】

①簦（dēng）：雨伞。

【译文】

宣彦昭在元朝做官，担任平阳州判官。有一天下大雨，百姓与士兵争伞，都认为是自己的东西。宣彦昭将伞分裂为二，并将两人赶出门，派衙役跟随在后面。只见那个士兵气愤不已，而百姓说："你自己失去伞，与我有什么关系？"小吏把这个情况告诉给宣彦昭，宣彦昭杖责了百姓，并命令他买伞偿还给士兵。

范郃为浚仪令,二人挟绢于市互争,令断之,各分一半去。后遣人密察之,有一喜一愠之色。于是擒喜者。

【译文】

范郃任浚仪县令时,有两个人挟持一匹绢在市场上相互争夺,范郃命令将绢裁断,每人各取一半离去。之后派人暗中观察,一个有欢喜之色一个有愠怒之色。于是逮捕了有喜色的那个人。

李惠断燕巢事[①],即此一理所推也。魏雍州厅事有燕争巢[②],斗已累日。刺史李惠令人掩护,试命纪纲断之[③],并辞。惠乃使卒以弱竹弹两燕,既而一去一留。惠笑谓属吏曰:“此留者,自计为巢功重;彼去者,既经楚痛,理无固心。”群下服其深察。

【注释】

①李惠:北魏献文帝思皇后之父,历位征南大将军。长于思察。后为青州刺史,有治声。

②魏:此处指北魏。

③纪纲:仆人。

【译文】

北魏人李惠判断燕子争巢的事,就是这个道理的推广。北魏雍州官衙屋檐下有燕子争巢,争斗了好几天。刺史李惠派人将燕巢遮掩起来,试着让仆人来决断,并说出原因。李惠派士卒用细竹做的弹弓弹两只燕子,后来一只飞走一只留下来。李惠笑着对属下说:“这只留下的燕子,考虑到自己筑巢花了很大工夫;那只飞走的燕子,受过疼痛,就失去了坚持的心意。”属下都佩服他深入的观察。

安重荣　韩彦古

安重荣虽武人而习吏事[1]。初为成德节度，有夫妇讼其子不孝者，重荣拔剑，授其父使自杀之。其父泣不忍，其母从旁诟夫，面夺剑而逐其子。问之，乃继母也。重荣为叱其母出，而从后射杀之。

【注释】

①安重荣：小字铁胡。五代时人，善骑射，从石敬瑭。敬瑭建后晋，以重荣为成德军节度使。及敬瑭认契丹为父，重荣愤然。天福六年（941）起兵反后晋，企图夺取帝位，次年战败被斩。

【译文】

安重荣虽然是武人但熟习文吏的事。起初任成德节度使，有一对夫妇控告儿子不孝，安重荣拔出剑，交给父亲让他自己杀了儿子。父亲哭泣不忍下手，他的母亲却在旁边责骂丈夫，当面夺过剑来追赶儿子。问明原因，原来是继母。安重荣因而斥令那个母亲出去，并从后面射杀了她。

韩彦古字子师，延安人，蕲王世忠之子。知平江府[1]。有士族之母，讼其夫前妻子之者，以衣冠扶掖而来[2]，乃其嫡子也。彦古曰："事体颇重，当略惩戒之。"母曰："业已论诉，愿明公据法加罪。"彦古曰："若然，必送狱而后明，汝年老，必不能理对[3]，姑留扶掖之子，就狱与证，徐议所决。"母良久云："乞文状归家，俟其不悛，即再告理。"由是不敢复至。

【注释】

①韩彦古：字子师，宋名将韩世忠之子，官至户部尚书。平江府：北

宋政和三年（1113）升苏州置，治今江苏苏州。

②衣冠：此指穿戴齐整。扶掖（yè）：扶持，搀扶。

③理对：公堂对质。

【译文】

宋朝人韩彦古字子师，延安人，蕲王韩世忠的儿子。任平江知府。有一位读书人的母亲，控告她丈夫前妻的儿子，由一位穿戴整齐的士子搀扶着她来，是她的亲生子。韩彦古道："这个官司体统颇大，应当对他略加惩戒。"那位母亲说："已经诉讼到官府了，希望大人依法论罪。"韩彦古说："若是如此，就必须先关进监狱而后辨明，你已年老，必然难以在公堂上对质，姑且留下搀扶你的儿子，关进狱中参与查证，再慢慢商议决断。"那位母亲过了很久，说："请求撤回诉状回家，等他仍不悔改，便再状告对质。"于是那位母亲不敢再前来告状了。

孙宝

孙宝为京兆尹[①]，有卖馓馓者[②]，今之馓饼也，于都市与一村民相逢，击落皆碎。村民认赔五十枚，卖者坚称三百枚，无以证明。公令别买一枚称之，乃都秤碎者，细拆分两，卖者乃服。

【注释】

①孙宝：字子严。汉成帝时为益州刺史、冀州刺史，旋迁广汉太守，安辑蛮夷，吏民称道。征入为京兆尹，后免官。哀帝立，征为谏大夫，迁司隶校尉，免官复起为光禄大夫，迎立平帝，任大司农。

②馓馓：一种油炸面食，薄而脆。

【译文】

孙宝任京兆尹时，有个卖馓馓的人，馓馓即今天的馓饼，在城里和一个村民相撞,饼掉落地上全都碎了。村民认赔五十个,卖饼的人却坚持说有三百个,无法证明。孙宝于是命人另外买一个饼来称重,再将破碎的饼一起称,仔细折算斤两,卖饼的才信服。

杖羊皮　杖蒲团

魏李惠为雍州刺史,有负薪、负盐者同弛担憩树阴,将行,争一羊皮,各言藉背之物[1]。惠曰:“此甚易辨!”乃令置羊皮于席上,以杖击之,盐屑出焉。负薪者乃服罪。

【注释】

①藉背:垫背。

【译文】

北魏人李惠任雍州刺史时,有挑木柴与挑盐的两人同时放下担子在树荫下休息,将要上路时,争夺一张羊皮,都说是自己垫背的东西。李惠说:“这很容易分辨!”于是命令将羊皮放置在席上,用木杖拍击,盐屑掉落出来。挑木柴的人才认罪。

江淮省游平章显沿[1],为政清明。有城中银店失一蒲团,后于邻家认得,邻不服,争詈不置。游行马至,问其故,叹曰:“一蒲团直几何,失两家之好!杖蒲团七十,弃之可也!”及杖,得银星,遂罪其邻。

【注释】

①游平章显沿:平章,官职名。佐丞相主持军国大事,又称贰丞相。元行中书省亦置行省平章,为一省行政长官,掌领一省军、民、刑、

政。游，姓；显，名。沿，疑为“公”字之讹。游显，字子明。任元大名、彰德等路宣抚使、宣慰使。历任益都、南京、大都等路总管兼府尹，河北河南道、陕西四川道提刑按察使、浙西道宣慰使。升江淮行省平章，专领漕运。

【译文】

江淮行省平章游显，为政清明。城里有间银店遗失一个蒲团，后来在邻居家认出来，但邻居不服，双方争执责骂无法决断。游显骑马经过此地，询问其中缘故，叹息道：“一个蒲团才值多少钱，却伤了两家的和气！杖打蒲团七十下，把它丢弃就可以了！”等到杖打蒲团时，打出一些银屑，于是判邻居有罪。

傅琰

傅琰仕齐为山阴令[①]，有卖针、卖糖二老姥共争团丝，诣琰。琰取其丝鞭之，密视有铁屑，乃罚卖糖者。又二野父争鸡，琰各问何以食鸡，一云粟，一云豆，乃破鸡得粟，罪言豆者。

【注释】

①傅琰：字季珪。南北朝时人。初仕于宋，为武康令，入齐为山阴令，有能名，二县谓之“傅圣”。

【译文】

傅琰在南齐做山阴县令，有卖针、卖糖的两个老妇争夺一团丝，来见傅琰。傅琰把丝拿来鞭打，细看有铁屑，就处罚卖糖的人。又有两个乡下老翁争夺鸡，傅琰问他们各用什么喂鸡，一个说是粟，一个说是豆，于是杀鸡，在鸡肚子里取出了粟，于是判说喂豆的人有罪。

《南史》云：世传诸傅有《理县谱》[1]，子孙相传，不以示人。琰子刿代刘玄明为山阴令[2]，玄明以夙称能吏，政为天下第一。刿请教，玄明曰："吾有奇术，卿家谱所不载。"问："何术？"答曰："日食一升饭而莫饮酒，此第一义也！"刿子岐为如新令，世为循吏[3]。

【注释】

①诸傅：傅氏家族。《理县谱》：关于治理县邑的诀窍的书。

②刘玄明：历山阴令、建康令，政绩常为天下第一，终于司农卿。

③循吏：奉职守法的官吏。

【译文】

《南史》记载：传说傅氏家族有《理县谱》，子孙相传，不对外人展示。傅琰的儿子傅刿代替刘玄明为山阴令，刘玄明一向被称赞为能干的官吏，政绩天下第一。傅刿去请教，玄明说："我有奇妙的办法，是你们家的谱书所没有记载的。"问："什么方法？"回答说："每天吃一升饭而不喝酒，这是第一要义！"傅刿的儿子傅岐为如新县令，世代都是奉职守法的官吏。

孙主亮

亮出西苑[1]，方食生梅，使黄门至中藏取蜜渍梅[2]，蜜中有鼠矢[3]。亮问主藏吏曰[4]："黄门从汝求蜜耶？"曰："向求之，实不敢与。"黄门不服，左右请付狱推。亮曰："此易知耳！"令破鼠矢，里燥。亮曰："若久在蜜中，当湿透，今里燥，必黄门所为！"于是黄门首服。

【注释】

①亮：孙亮，三国吴孙权少子，继权为帝，被大将军孙綝废为会稽王，后又降为候官侯，遣送至其封国，途中自杀。

②黄门：此处指宦官。中藏：宫内仓库。

③矢：通“屎”。

④主藏吏：主管仓库的官吏。

【译文】

东吴主孙亮出游西苑，正吃生梅子，派宦官到宫内的仓库去取蜜浸渍梅子，却见蜜中有老鼠屎。孙亮便问管仓库的官吏说：“宦官是从你这儿拿的蜜吗？”回答说：“他刚刚来取蜜，实在不敢给。”宦官不服，左右的人请求交给狱官裁断。孙亮说：“这很容易弄清楚！”命人剖开老鼠屎，里面是干燥的。孙亮说：“如果长久泡在蜜中，应当浸透了，现在里面是干的，一定是宦官干的！”于是宦官俯首服罪。

乐蔼

梁时长沙宣武王将葬[①]，东府忽于库失油络[②]。欲推主者，御史中丞乐蔼曰[③]：“昔晋武库火，张华以为积油幕万匹，必燃。今库若有灰，非吏罪也。”既而检之，果有积灰。时称其博物弘恕。

【注释】

①长沙宣武王：萧懿，梁武帝之兄。齐末为东昏侯萧宝卷所害，此为重新举行葬仪。

②东府：南朝时以扬州刺史治所称东府。油络：古时车上悬垂的丝质绳网，因光亮油滑，故名。

③乐蔼：字蔚远，南朝梁人，官御史中丞，后为广州刺史。

【译文】

南朝梁时长沙宣武王即将安葬，东府仓库中忽然遗失了油络。想追究管理仓库的官员的过失，御史中丞乐蔼说："从前晋武帝时仓库大火，张华认为堆积涂油的帐幕一万匹，必然失火。现在仓库中如果有灰，就不是仓库官吏的罪过了。"接着派人去检查仓库，果然有积灰。当时的人都称赞他见识广博、心地宽宏。

李南公

李南公为河北提刑[①]，有班行犯罪下狱[②]，案之不服，闭口不食者百余日，狱吏不敢拷讯。南公曰："吾能立使之食。"引出问曰："吾以一物塞汝鼻，汝能终不食乎？"其人惧，即食，因具服罪。盖彼善服气[③]，以物塞鼻则气结，故惧。此亦博物之效也。

【注释】

①李南公：字楚老。宋神宗时累官龙图阁直学士。为吏六十年，明察干练，但反复无操守。提刑：官名，即提点刑狱公事，掌监察一省刑狱。

②班行：朝官。

③服气：吐纳。一种道家修炼法。

【译文】

宋朝人李南公任河北提刑时，有个朝官犯罪下狱，审问他不肯认罪，一百多天都闭口不吃饭，狱官不敢拷问他。李南公说："我能立即让他吃饭。"命人带他出来，问道："我用一样东西塞住你的鼻子，你能一直不吃饭吗?”那人一听就害怕了,立即吃饭,并全部招认了罪行。原来此人精于道家的吐纳术,用东西塞住鼻子就窒息了,所以害怕。这也是见识广博的效用。

韩绍宗

樊举人者,寿宁侯门下客也[①]。侯贵震天下,樊负势结勋戚贵臣[②],一切奏状皆出其手,然驾空无事实,为怨家所发,事下刑部。部郎中韩绍宗具知其实,乃摄樊举人[③],时樊匿寿宁侯所甚深,乃百计出之。下狱数日,韩一旦出门,见地上一卷书,取视,则备书樊举人罪状,宜必置之死,不死不可。韩笑曰:“此樊举人所自为书也!”诘之果服。同僚问樊:“何以自为此?”对曰:“韩公者,非可摇动以势,蕲生则必死[④]。今言死者,左计也[⑤]。”韩曰:“不然,若罪原不至死。”于是发戍辽。

【注释】

①寿宁侯:明弘治间封孝宗张皇后父张峦为寿宁侯。卒,子鹤龄袭爵。史称鹤龄纵家人为奸利,此寿宁侯或指张鹤龄。

②架空:比喻虚浮不实,没有基础。

③摄:拘捕。

④蕲(qí):通“祈”,祈求。

⑤左计:与事实相背的打算。

【译文】

樊举人是寿宁侯的门客。寿宁侯地位显贵,威震天下,樊举人仗势结交功勋权贵,寿宁侯的一切奏状都出自他的手笔,但所写多虚浮毫无事实依据,因此被仇家揭发,案子交给刑部办理。刑部郎中韩绍宗了解实情,就派人拘捕樊举人,当时樊举人躲在寿宁侯府中,藏得很深,想尽各种方法终于把他引诱出来。樊举人入狱几天后,韩绍宗一天早晨出门,看见地上有一卷书信,拿起来一看,信中详细记录着樊举人的罪状,应该必须处死,不处死不行。韩绍宗笑着说:"这是樊举人自己写的!"一问果然承认了。同僚问樊举人:"为什么要自己写罪状?"回答说:"韩公是没办法用威势去动摇其意志的,祈求生存反而必被处死。现在说要处死,是反其道而为之。"韩绍宗说:"不是这样,你的罪还不到处死的地步。"于是发配到辽东边境戍守。

察智部诘奸卷十

王轨不端[①],司寇溺职[②]。
吏偷俗弊[③],竞作淫慝[④]。
我思老农,剪彼蟊贼[⑤]。
摘伏发奸,即威即德。
集《诘奸》。

【注释】

①王轨:指朝廷的法度。

②司寇:周为六卿之一,曰秋官大司寇。掌管刑狱、纠察等事。溺职:失职。

③吏偷俗弊:官吏苟且偷安,风俗日益弊坏。

④淫慝(tè):邪恶不正。

⑤剪:除灭。蟊(máo)贼:吃禾苗的两种害虫。蟊,一种专吃庄稼根部的害虫。贼,专食庄稼苗节的害虫。

【译文】

朝廷法度偏离正轨,刑狱官员失职。

官吏苟且风俗败坏,竞相淫乱作恶。

我想如同老农一样，剪除蟊贼害虫。

除掉隐患揭发奸邪，宣扬威仪仁德。

集为《诘奸》一卷。

赵广汉 二条

一

赵广汉为颍川太守[①]。先是，颍川豪杰大姓，相与为婚姻，吏俗朋党，广汉患之。察其中可用者受计[②]，出有案问[③]，既得罪名，行法罚之。广汉故漏泄其语，令相怨咎；又教吏为缿筒[④]，及得投书，削其主名[⑤]，而托以为豪杰大姓子弟所言。其后强宗大族家家仇怨，奸党散落，风俗大改。

【注释】

①赵广汉：字子都。汉昭帝时为阳翟令，治行尤异，迁京辅都尉，守京兆尹。宣帝初迁颍川太守。精于吏治，不避贵戚，以善治民著称于世。因冒犯丞相魏相，被腰斩。

②受计：指领受太守的计策。

③出有案问：出行而有审理案件之事。

④缿（xiàng）筒：官府接受告密文书的器具。

⑤主名：检举者的姓名。

【译文】

赵广汉曾任颍川太守。早先，颍川豪门大族互相联姻，而官吏间也都互结朋党，赵广汉很为此事担忧。于是他考察部属中可以信用的领受计策，他外出审案时，故意抓住受计部属的罪过，再执行法律加以惩罚。赵广汉还故意泄露当事人的供词，目的在于制造朋党间的猜疑；此外又命属官设置检举箱，等得到投来的检举信，削掉检举者的姓名，向外假托这些信都是豪门大族的子弟写的。此后豪门大族家家翻脸成仇，结成的小集团都陆续解散，社会风气大为改善。

二

广汉尤善为钩钜以得事情[①]。钩距者，设欲知马价，则先问狗，已问羊，又问牛，然后及马，参伍其价[②]，以类相准，则知马之贵贱，不失实矣。唯广汉至精，能行之，他人效者莫能及。

【注释】

①钩钜：辗转推问，究得情实。

②参伍：错综反复比较，以为验证。

【译文】

赵广汉最擅长用辗转推问的“钩钜”法来获得实情。所谓“钩钜”，就是假如想要知道马的价钱时，就先打听狗的价钱，之后问羊价，又问牛价，然后才问到马价，错综反复比较价格，按照种类加以度量，就能够知道马价的贵贱，不违背实际情况。这种方法只有赵广汉最为精通，能够施行，其他模仿的人都不如他。

周文襄

周文襄公忱巡抚江南[①]，有一册历，自记日行事，纤悉不遗，每日阴晴风雨，亦必详记。人初不解。一日某县民告粮船江行失风[②]，公诘其失船为某日午前午后、东风西风，其人所对参错[③]。公案籍以质[④]，其人惊服。始知公之日记非漫书也。

【注释】

①周文襄公忱：周忱，谥文襄。明宣德年间以工部右侍郎巡抚江南。在江南凡二十二年，政绩卓著。

②失风：行船遇恶风失事。

③参（cēn）错：参差不合，错乱。

④质：对质，验证。

【译文】

文襄公周忱任江南巡抚时，有一本记事册，自行记录每天做的事，十分详细没有遗漏，就连每天的阴晴风雨，也一定详加记录。人们刚开始不理解。一天某县人报告运粮船在江中航行时遇暴风失事。周忱问他沉船发生在午前还是午后，当时刮的是东风还是西风，那个人所回答的与实际参差不合。周忱查考记录来验证，那个人惊叹佩服。众人才知道周忱的日记不是随意乱写的。

蒋颖叔为江淮发运[①]，尝于所居公署前立占风旗[②]，使日候之[③]，置籍焉[④]，令诸漕纲日程亦各记风之便逆[⑤]。每运至，取而合之，责其稽缓者[⑥]，纲吏畏服。文襄亦有所本。

【注释】

①蒋颖叔：蒋之奇，字颖叔。宋神宗时为殿中侍御史，以诬劾欧阳修遭贬官。后擢江淮荆浙发运使。发运：发运使简称。掌水陆联运。

②占风旗：占测风向的旗子。

③候：候望，观测。

④置籍：设置记录簿。

⑤漕纲：漕运船队的领队官吏。日程：按日排定行事程序。

⑥稽缓：迟延。

【译文】

蒋颖叔任江淮发运使时，曾在所居住的公署前竖立一面占风旗，派人每天观测风向，并设记录簿记录，要求各处漕运官每天也要排定程序各自记录风向的顺逆。每次船入港，取记录核对，责罚那些迟延的，漕运官因而畏惧服从。周文襄公的做法也是有来源的。

陈霁岩

陈霁岩为楚中督学[①]。初到任，江夏县送进文书千余角[②]，书办先将“照详”“照验”分为两处[③]。公夙闻先辈云：“前道有驳提文书难以报完者[④]，必乘后道初到时，贿嘱吏书，从‘照验’中混缴。”公乃费半日功，将“照验”文书逐一亲查，中有一件驳提，该吏者混入其中；先暗记之，命书办细查，戒勿草草。书办受贿，竟以无弊对。公摘此一件而质之，重责问罪革役[⑤]。后“照验”文书更不敢欺。

【注释】

①陈霁岩为楚中督学：陈允升曾为湖广提学佥事，相当于后来的学政。陈霁岩，陈允升，字晋卿，号霁岩。明隆庆进士。治行为畿辅第一。

②角：量词。份，封。

③书办：管办文书的属吏。照详、照验：文书呈交上司批示，有需请上司详细阅读的，称“照详”；有仅需略做查验的，称“照验”。

④前道：前任学道。驳提文书：驳回而未批准的文书。

⑤革役：革除差使。

【译文】

陈霁岩为楚中督学。刚到任，江夏县送来公文一千多封，书办先按“照详”“照验”分作两处。陈霁岩听前辈说：“前任学道有驳回而未批准的文书难以完成上报的，就会趁着新任学道初上任时，贿赂嘱咐书办，放在‘照验’一堆中蒙混上交。”于是陈霁岩花了半天工夫，将“照验”文书逐一亲自查验，其中有一件被驳回未批准的公文，这个书办混入其中；陈公先暗中做了记号，再命书办仔细核验，告诫他千万不可马虎草率。书办因接受贿赂，终究还是以没有问题来应对。陈公挑出那件被驳回的公文质问他，对他从重问罪革除了他的差使。之后“照验”的文书再也不敢欺瞒。

张敞　虞诩

长安市多偷盗，百贾苦之[①]。张敞既视事[②]，求问长安父老。偷盗酋长数人[③]，居皆温厚[④]，出从童骑[⑤]，闾里以为长者[⑥]。敞皆召见责问，因贳其罪[⑦]，把其宿负[⑧]，令致诸偷以自赎。偷长曰：“今一旦召诣府，恐诸偷惊骇，愿一切受署[⑨]。”敞皆以为吏，遣归休。置酒，小偷悉来贺，且饮醉，偷长以赭污其衣裾。吏坐闾阅出[⑩]，见污赭，辄收缚，一日捕得数百人。穷治所犯[⑪]，市盗遂绝。

【注释】

①百贾：各种行业的商人。

②张敞：字子高。汉宣帝初为豫州刺史，旋征为太中大夫。为胶东相，有能名。入为京兆尹，在任八年，恩威并用，市无偷盗，号为能吏。视事：就职治事。此指张敞就任京兆尹。

③酋长：盗贼的首领。

④温厚：富足。

⑤出从童骑：意谓出门时僮奴皆骑马跟从。童，僮仆，奴仆。按，底本作“出从重骑”，《汉书·张敞传》作“出从童骑”，此段文字本诸《汉书》，今据改。

⑥长者：指豪侠。

⑦贳（shì）：缓，宽缓。

⑧把：握持，掌握。宿负：以往犯的罪。

⑨受署：接受委任。

⑩闾：里巷的大门。

⑪穷治：彻底查办。

【译文】

汉朝时长安市场盗贼横行，各行各业的商人们都苦不堪言。张敞出任京兆尹，向长安父老打听求教。几个盗贼头目，家里都很富足，出门时皆有僮仆骑马跟从，邻居们认为他们是豪侠。张敞把他们都叫来诘责究问，于是宽缓他们的罪行，把他们以往所犯的罪行作为把柄，让他们招来其他盗贼为自己赎罪。盗贼头目说：“今天我们一旦召唤他们到官府，恐怕各位小偷都惊慌恐惧。情愿接受委任捕获小偷。”张敞将盗贼头目们都任命为小吏，让他们回去休息。盗贼头目们置办酒席，小偷都来祝贺，又都喝醉了，盗贼头目就用红土涂污他们的衣襟。官吏守在里巷门口检验出来的人，看见有红土污迹的人就逮捕，一日之内竟逮捕了几百人。张敞彻底查办了他们所犯的罪行，长安市场盗匪于是绝迹。

朝歌贼甯季等数千人攻杀长吏[①]，屯聚连年，州郡不能禁，乃以诩为朝歌长[②]。始到，谒河内太守马棱，愿假辔策[③]，勿令有所拘阂[④]。边批：要紧。及到官，设三科以募壮士[⑤]，自掾史而下，各举所知：其攻劫者为上，伤人偷盗者次之，不事家业者为下。收得百余人，诩为飨会[⑥]，悉贯其罪，使入贼中，诱令劫掠，乃伏兵以待之，遂杀贼数百人。又潜遣贫人能缝者佣作贼衣，以彩线缝其裾为识，有出市里者，吏辄擒之，贼由是骇散。

【注释】

①朝歌贼甯（nìng）季等数千人攻杀长吏：事在东汉安帝时。朝歌，在今河南淇县。长吏，指州县长官及其辅佐。

②诩（xǔ）：虞诩，字升卿。当时虞诩为郎中，对大将军邓骘放弃凉州持异议，安帝听从了虞诩的意见，因而邓骘嫉恨他，任虞诩为朝歌县长。虞诩好举劾奸恶，绝不曲护通融。数以此忤权臣贵戚，多次遭刑罚，而刚正之性，终老不屈。

③假辔策：放松约束。假，宽假，放松。辔策，御马的缰绳和马鞭。比喻控制的工具。

④拘阂（ài）：束缚阻碍。

⑤三科：即下文"攻劫者""伤人偷盗者""不事家业者"等三种犯罪人物。

⑥飨会：宴会。

【译文】

朝歌甯季等几千贼人攻杀州县长官，集聚到一起好多年，州郡不能阻止他们，于是派虞诩出任朝歌县长。他刚到朝歌，就去拜见河内太守马棱，希望马棱放松约束，不要让人阻挠。边批：要紧。虞诩上任后，设立上中下三种标准招募壮士，并通令属官，各自推荐所知道的人选：攻击掠夺的人为上等，伤人偷盗的人为中等，荒废家业的人为下等。招募到一百多人，虞诩设盛宴款待他们，都赦免他们的罪状，让他们潜伏到贼营中，诱使贼人出营抢掠，而自己派兵埋伏守候，于是剿灭贼匪几百人。他又秘密找到能做衣服的穷人雇佣他们制作贼人的衣服，用彩线缝在衣襟上作为标记，有穿这种衣服出现在市场里巷的人，官兵就捉拿他，贼众从此惊骇四散。

王世贞 二条

一

王世贞备兵青州，部民雷龄以捕盗横莱、潍间[①]，海道宋购之急而遁[②]，以属世贞。世贞得其处，方欲掩取[③]，而微露其语于王捕尉者，还报又遁矣。世贞阳曰："置之。"又旬月，而王尉擒得他盗，世贞知其为龄力也[④]，忽屏左右召王尉诘之："若奈何匿雷龄？往立阶下闻捕龄者非汝邪！"王惊谢，愿以飞骑取龄自赎[⑤]。俄龄至，世贞曰："汝当死，然汝能执所善某某盗来，汝生矣。"而令王尉与俱，果得盗。世贞遂言于宋而宽之。边批：留之有用。

【注释】

①莱、潍：莱州、潍县。莱州，治今山东莱州。潍县，治今山东潍坊。

②海道宋：姓宋的海道。海道，明自世宗嘉靖年间为防备倭寇，于山东登、莱、青三府设巡察海道副使，简称"海道"。

③掩取：乘其不备捕捉。

④力：效力。

⑤飞骑：快马。

【译文】

王世贞负责青州兵备时，辖区内的百姓雷龄以捕盗的名义横行莱、滩之间,宋海道急切地悬赏抓捕他而他却逃跑了。宋海道就把这个任务托付给王世贞。王世贞打听出雷龄藏匿处,正想要乘其不备抓捕他,却又稍微透露出一点信息给姓王的捕尉,王捕尉回来报告雷龄又逃走了。王世贞假装说:"算了吧。"又过了十多天,王捕尉擒获其他盗匪,王世贞知道他是为雷龄效力,忽然屏退左右的人叫来王捕尉质问他说:"你为什么要藏匿雷龄?那天站在台阶下偷听缉捕雷龄计划的不是你吗!"王捕尉大惊谢罪,请求以快马缉捕雷龄以赎罪。不久雷龄被抓来,王世贞对雷龄说:"按罪你理应处死,然而如果你能捉拿所交好的某某盗匪来,你还有一条生路。"于是命王捕尉与他一同前去,果然擒获盗匪。王世贞于是向宋海道报告而宽大处理了雷龄。边批:留下他有用。

二

官校捕七盗[①],逸其一。盗首妄言逸者姓名,俄缚一人至,称冤。乃令置盗首庭下差远[②],而呼缚者跽阶上[③]。其足蹑丝履,盗数后窥之。世贞密呼一隶,蒙缚者首,使隶肖之[④],而易其履以入。盗不知其易也,即指丝履者。世贞大笑曰:"尔乃以吾隶为盗!"即释缚者。

【注释】

①官校:泛指低级武官。

②差远:较远处。

③跽:跪。

④肖:仿效。此指假扮。

【译文】

官府中的校尉擒获了七名盗匪,但逃逸了一个。盗匪头谎报逃逸者的姓名,不久绑来一名人犯,但那人一直呼叫冤枉。王世贞于是下令把盗匪头带到庭下较远处，而叫来那名被绑的人跪在台阶上。这人脚上穿着一双丝鞋，盗匪头多次从后面偷看他。王世贞暗中叫来一名属吏，蒙住被绑人犯的头，让小吏打扮成那人的模样，并且换上他的丝鞋进来。盗匪头并不知道人已调包，就指认穿丝鞋的人。王世贞大笑说："你竟敢称我的属吏是匪盗！"立即释放了那名被绑的人。

王璥　王阳明

贞观中，左丞李行德弟行诠[①]，前妻子忠烝其后母[②]，遂私匿之，诡敕追入内行[③]。廉不知[④]，乃进状问[⑤]，奉敕推诘至急[⑥]。其后母诈以领巾勒项卧街中[⑦]。长安县诘之，云："有人诈宣敕唤去，一紫袍人见留宿[⑧]，不知姓名，勒项送至街中。"忠惶恐，私就卜问，被不良人疑之[⑨]，执送县。尉王璥引就房内推问，不允[⑩]。璥先令一人于褥下伏听，令一人走报长使唤璥，锁房门而去。子母相谓曰："必不得承！"并私密之语。璥至开门，案下人亦起，母子大惊，并具承伏法云。

【注释】

①左丞：尚书左丞，掌纠正省内之事。

②烝：与母辈通奸。

③诡敕：谎称有敕令。内行：此处指皇宫。

④廉：考察，查访。

⑤进状：呈上陈述事实的文书。

⑥推诘：审问。

⑦领巾：围衬脖子的丝巾。勒项卧街中：按，此即伪造被人谋害的现场。

⑧紫袍人:唐代三品以上高官方可穿紫袍。

⑨不良人:唐代官府管侦缉逮捕的小吏。

⑩不允:不诚实。

【译文】

唐太宗贞观年间,尚书左丞李行德的弟弟李行诠,他与前妻所生的儿子李忠和后母私通,于是私自把后母藏匿起来,谎称有敕令催迫后母入宫。李行诠查问却无人知道,于是呈上文书询问此事,奉敕令严厉查问。李忠的后母假装用领巾勒住脖子倒卧街头。长安县令质问她,她说:"有人假传官府敕命召唤我入宫,一个身穿紫袍的人强迫我留宿,不知道他的姓名,之后就被勒住脖子送到大街上。"李忠听说后非常害怕,私下去占卜询问,被缉捕小吏怀疑,逮捕后送到县衙。县尉王璥把他带进房间里审问,李忠不说实话。王璥事先命一个人躲在床铺下趴着偷听,让另一人跑来报告说长使召见王璥,王璥锁住房门就走了。于是母子两人互相说:"绝对不要承认!"又说了一些秘密的话。王璥回来打开门,床铺下偷听的人也起身,母子二人大惊,只好全都承认被依法判刑。

贼首王和尚攀出同伙有多应亨、多邦宰者[①],骁悍倍于他盗[②],招服已久。忽一日,应亨母从兵道告办一纸[③],准批下州,中引王和尚为证。公思之[④]:此必王和尚受财,许以辨脱耳[⑤]。乃于后堂设案桌,桌围内藏一门子[⑥],唤三盗俱至案前覆审[⑦]。预戒皂隶报以寅宾馆有客[⑧],公即舍之而出。少顷还入,则门子从桌下出云:"听得王和尚对二贼云:'且忍两夹棍,俟为汝脱也。'"三盗惶遽[⑨],叩头请死。

【注释】

①攀:牵扯。此指牵连供出。

②骁（xiāo）悍：勇猛强悍。

③兵道：兵备道的简称。明朝各省设守道、巡道、兵备道等道，兵备道掌所管地区的治安。告办：提出诉讼。

④公：王守仁。

⑤辨脱：辩白解脱。辨，通“辩”。

⑥门子：指官府中亲侍左右的仆役。

⑦覆审：再次审核。

⑧戒：命令。皂隶：官府差役。寅宾馆：官府设置的迎宾馆。

⑨惶遽：恐惧慌张。

【译文】

强盗首领王和尚牵连供出同伙有多应亨、多邦宰二人，骁勇强悍倍于其他盗匪，招认服罪已经很久了。忽然有一天，多应亨的母亲通过兵备道递上一封诉状，兵备道批准发下州里审理，中间攀引王和尚作证。王阳明思考这件事：这一定是王和尚接受了财物贿赂，答应为多某二人辩白脱罪。于是命令在衙门后堂设置案桌，让一个门子藏在桌围里，然后传唤那三名强盗到案前再次审讯。预先命令差役报告迎宾馆有客人来访，王阳明便抛下三个强盗出迎。不久王阳明回到后堂，门子从桌下出来报告道：“听到王和尚对那两个贼人说：‘你们暂且忍受一两顿夹棍，等会儿我就为你们开脱。’”三个强盗大惊失色，叩头请求饶命。

苏涣

苏涣知衡州时[①]，耒阳民为盗所杀而盗不获。尉执一人指其盗，涣察而疑之，问所从得。曰：“弓手见血衣草中[②]，呼其侪视之[③]，得其人以献。”涣曰：“弓手见血衣，当自取之以为功，尚肯呼他人？此必为奸[④]！”讯之而服。他日果得真盗。

【注释】

①苏涣:初字公群,后改字文父。苏轼伯父。宋天圣进士。历知祥符、衡州。至和二年(1055),擢提点利州路刑狱。累赠太中大夫。

②弓手:宋代吏役名目的一种,又称弓箭手。宋初多差富户充当,为县尉所属武装,负责巡逻、缉捕之事。

③侪(chái):辈,类。

④奸:伪,虚假。

【译文】

苏涣任衡州知州时,有位耒阳的百姓被盗贼所杀而凶手没抓到。尉官抓来一人指称他是凶手,苏涣讯问后觉得可疑,于是问尉官擒获凶手的经过。尉官说:"弓手发现草中有件血衣,招呼同伴来看,就抓到了这个人献上。"苏涣说:"弓手在看到血衣后,会自己擒下凶手领功,还肯招呼其他人吗?这一定是假的。"讯问后尉官服罪了。没多久果然抓到了真凶。

范槚

范槚[①],会稽人,守淮安。景王出藩[②],大盗谋劫王,布党起天津至鄱阳[③],分徒五百人,往来游奕[④]。一日晚衙罢,门卒报有贵客入僦潘氏园寓孥者[⑤],问:"有传牌乎[⑥]?"曰:"否。"命诇之[⑦],报曰:"从者众矣,而更出入。"心疑为盗,阴选健卒数十,易衣帽如庄农,曰:"若往视其徒入肆者,阳与饮,饮中挑与斗,相执絷以来。"而戒曰:"慎勿言捕贼也!"卒既散去,公命舆谒客西门,过街肆,持者前诉[⑧],即收之。比反,得十七人。阳怒骂曰:"王舟方至,官司不暇食,暇问汝斗乎!"叱令就系。入夜,传令儆备[⑨],而令吏饱食以需[10]。漏下二十刻[11]，出诸囚于庭，厉声叱之，吐实如所料。即往捕贼，贼首已遁；所留帑，妓也。于是飞骑驰报徐、扬诸将吏，而毙十七人于狱，全贼溃散。

【注释】

①范槚（jiǎ）：字养吾。明嘉靖进士。官至淮安知府。

②景王出藩：嘉靖四十年（1561），景王离开京城去往封国德安（今湖北安陆）。景王，明世宗第四子朱载圳。因世宗前二子早殇，景王长期在京，当时传有"夺嫡"之说。出藩，离开京师，去往封国。

③起天津至鄱阳：景王封国在德安，走水路起于天津，经运河南下。鄱阳，指鄱阳湖，德安濒临鄱阳湖。

④游奕：巡行察看。

⑤僦：租赁。帑（nú）：此处指家眷。

⑥传牌：贵客来时，应事先将有关事项以公文形式通知本地官府，即所谓传牌。牌，又称信牌或宪牌，明清时一种上行下的公文名称。

⑦诇（xiòng）：侦察，刺探。

⑧持者：于酒肆斗殴而相执者。

⑨儆备：警戒防备。

⑩需：等待。

⑪漏下二十刻：古时一昼夜分一百刻，冬至夜五十五刻，夏至夜三十五刻。二十刻是说自入夜过了二十刻，正值夜半。

【译文】

范槚是会稽人，任淮安知府。景王出京去封国时，某大盗谋划劫持景王，从天津到鄱阳都布置下党羽，派出五百名手下往来巡行打探。一天晚衙过后，门卒报告有贵客入城租了潘氏园寄住家眷。范槚问："有传牌吗？"答："没有。"于是范槚命人刺探对方举动，回报说："对方随从人员众多，而且不断进进出出。"范槚怀疑他们就是盗匪，暗中挑选几十名强健的士卒，换上便装，像村夫的模样，说："你们去看到那批人进酒馆，假装与他们一块儿喝酒，喝酒时故意挑起冲突相斗，然后一同闹进府衙来。"接着又告诫他们说："你们可千万不能谈及捕贼的事。"士卒散去后，范公立即命人准备车轿到西门拜谒贵客，经过街市，那些在酒馆斗殴的人前来告官，范槚命人全部收押，一共抓了对方十七人。他假意怒骂道："王爷的船就要到了，官府忙得吃饭都来不及，哪有空管你们打架的事！"下令将一干人全部关入牢中。到了半夜，范槚下令警戒，并要属下都吃饱等着。午夜一过，就要吏属将一干人带至庭上，厉声呵斥讯问，他们都说了实话，果真如范槚所猜测的是大盗手下。范槚立即率兵去捉贼，贼首已闻风逃走，而留下的家眷，原来是妓女。于是范槚飞骑紧急传报徐、扬各州官员，在监狱里杀死了十七个人，全部盗贼都溃败散退。

总辖察盗

临安有人家土库中被盗者[①]，踪迹不类人出入。总辖谓其徒曰[②]："恐是市上弄猢狲者，试往胁之[③]。不伏，则执之；又不伏，则令唾掌中。"如其言，其人良久觉无唾可吐，色变俱伏：乃令猢狲从天窗中入内取物。或谓总辖何以知之，曰："吾亦不敢取必[④]。但人之惊惧者，必无唾可吐。姑以卜之[⑤]，幸而中耳。"又一总辖坐在坝头茶坊内，有卖熟水人[⑥]，持两银杯。一客衣服济然若巨商者[⑦]，行过就饮。总辖遥见，呼谓曰："吾在此，不得弄手段！将执汝！"客惭悚谢罪而去。人问其故，曰："此盗魁也。适饮汤，以两手捧盂，盖阴度其广狭，将作伪者以易之耳。"比韩王府中忽失银器数件[⑧]，掌器婢叫呼，为贼伤手。赵从善尹京，命总辖往府中。

测试良久，执一亲仆，讯之立服。归白赵云：“适视婢疮口在左手，边批：拒刃者必以右手。盖与仆有私，窃器与之，以刃自伤，谬称有贼；而此仆意思有异于众，是以得之。”

【注释】

①土库：地窖。

②总辖：在京师临安府，设总辖房，掌京师治安或依御前承旨文字传呼有关官吏。总辖为临安府总辖房省称，其长官也称总辖。

③胁：逼迫，威吓。

④取必：保证其必然成功。

⑤卜：推断，猜测。

⑥熟水：开水。

⑦济然：衣冠鲜整的样子。

⑧比：近来。韩王：韩世忠，封蕲王。

【译文】

临安有户人家地窖被偷，现场痕迹不像是人出入造成的。总辖对属吏说：“恐怕是街上耍猴的人干的，试着去威吓他一下。不认罪，就抓起来；再不认罪，就让他朝手掌吐口水。”属吏照总辖所说去做，耍猴人试了很久发觉自己没有口水可吐，神色大变交代了所有罪行：原来他是命猴子从天窗进入地窖去窃取财物。有人问总辖如何知道的，总辖说：“我也没有绝对的把握。只是人惊恐害怕，就一定吐不出口水来。我姑且猜测一下，幸运的是被我猜中了。”另有一名总辖坐在坝头茶坊喝茶时，有个卖开水的人，拿着两只银杯。有位衣着鲜整俨然富商模样的客人路过凑过来买开水喝。总辖远远看见，呼喝客人说：“我在这儿，不许玩花样！否则抓你坐牢！”那名客人立刻羞惭地谢罪离去。别人问总辖是怎么回事，总辖说：“这是个大盗。刚才他喝热水时，用两手捧着银杯，事实上是在暗中测度银杯大小，准备做假的替换它。”近来韩王府中突然丢了几件银器，管银器的婢女大喊捉贼，被贼人砍伤了手。赵从善为临安知府，命总辖前去韩王府办案。总辖观察许久，逮捕了一名王爷亲信仆人，一经审讯，立即认了罪。总辖回府向赵从善报告说："我刚才检视婢女的伤口在左手，边批：抵挡刀刃的一定是右手。应该是与仆人有私情，偷了银器给他，再用刀割伤自己，谎称有贼；而我见这名仆人神色异于旁人，因此捕获了他。"

董行成

唐怀州河内县董行成能策贼[①]。有一人从河阳长店盗行人驴一头并皮袋，天欲晓至怀州。行成至街中一见，呵之曰："个贼在[②]！"即下驴承伏。人问何以知之，行成曰："此驴行急而汗，非长行也。见人则引驴远过，怯也。以此知之。"捉送县。有顷，驴主已踪至矣。

【注释】

①策贼：根据迹象推测查获盗贼。

②个：指示代词。这，这个；那，那个。在：停留，停下。

【译文】

唐朝怀州河内县董行成能根据迹象推测查获盗贼。有个贼人从河阳长店偷得路人一头驴及一只皮袋，在天快破晓时到了怀州境内。董行成在街上一看见他，就大声喝道："那个贼站住！"那人立即下驴认罪。有人问董行成怎么知道的，董行成说："这头驴因急行而流汗，不是远行的样子。而这人见了人就拉着驴远远绕开，是因为他心虚。因此知道他是贼。"众人抓住他送交县衙。不久，驴的主人也追踪而来。

维亭张小舍

相传维亭张小舍善察盗。偶行市中，见一人衣冠甚整，遇荷草者，捋取数茎，因如厕。张俟其出，从后叱之，其人惶惧，鞫之[①]，盗也。又尝于暑月游一古庙之中，有三四辈席地鼾睡，傍有西瓜劈开未食。张亦指为盗而擒之，果然。或叩其术[②]，张曰："入厕用草，此无赖小人，其衣冠必盗来者。古庙群睡，夜劳而昼倦；劈西瓜以辟蝇也[③]！"时为之语云："天不怕，地不怕，只怕维亭张小舍。"舍，吴音沙，去声。后遇瞽丐于途，疑而迹之[④]，见其跨沟而过，擒焉，果盗魁，其瞽则伪也。请以重赂免，期某日，过期不至。久之，张复遇诸途，责以渝约[⑤]。盗曰："已输于卧床之左足[⑥]，但夜至，不敢惊寝耳！"张犹未信，曰："以何为征？"盗即述是夜其夫妇私语，张始大骇。归视床足，有物系焉，如所许数，兼得一利刃，悚然曰："危哉乎！"自是察盗颇疏。

【注释】

①鞫（jū）：审讯。

②叩：询问。

③劈西瓜以辟（bì）蝇：切开西瓜，引蝇叮瓜，避免人被蝇虫搅扰。辟，避免，防止。

④迹：跟踪，追寻。

⑤渝约：不守约。

⑥输：交送。

【译文】

相传维亭的张小舍善于识别盗匪。某日他偶然走在街上，见到一个衣冠楚楚的人，遇到背着稻草的人，随手拔下几根草，就去厕所了。张小舍等这男子出来后，从后面大声呵斥他，这男子惊慌恐惧，经审问，果然是盗贼。又有一次，张小舍在一个大暑天到一座古庙游玩，庙中有三四人席地酣睡，旁边还放着切开没吃的西瓜。张小舍指着睡觉的三四人也说是盗匪给抓了起来，审问后果然是盗贼。有人询问张小舍识别盗贼的方法，张小舍回答说："上厕所用草，这是无赖之辈的行为，然而这人却衣着光鲜整齐，所以我断定那人的衣服是偷来的。那几个在古庙睡觉的人，因为小偷都是在晚上活动，所以白天才会疲倦，他们故意切开西瓜不吃，是为了避免蝇虫叮咬搅扰。"当时为此有俗语说："天不怕，地不怕，只怕维亭张小舍。"舍，吴地读音为沙，去声。后来张小舍在路上遇到一位盲乞丐，他一见就起了疑心，于是就在后跟踪，发现这名盲乞丐能跳过水沟，逮捕审讯，果然是名大盗，他的瞎是伪装的。大盗请求给张小舍一大笔钱来放过他，约定在某天交钱，可是过了期大盗却没来。很久后，张小舍又在路上遇见那名大盗，张小舍责备他不守约。大盗说："我已经把钱送去了，就放在你卧床的左脚，只不过因为我是半夜去的，所以不敢惊动你睡觉。"张小舍还不相信，说："用什么做凭证?"大盗随即述说了当晚他们夫妻间的私房话，张小舍这才感到十分惊恐。回到家看床脚，见有钱袋绑在那里，和当时许诺的钱数一样，同时还看到一柄刀，他害怕地说："好险哪!"从此识别盗匪的事就做得少了。

小舍智，此盗更智。小舍先察盗，智，后疏于察盗，更智!

【译文】

张小舍有智慧，这名盗匪更有智慧。张小舍先辨识盗匪，是智慧，后来放弃辨识盗匪，更是智慧。

苏无名

天后时[①],尝赐太平公主细器宝物两食盒[②],所直黄金百镒。公主纳之藏中,岁余,尽为盗所得。公主言之,天后大怒,召洛州长史谓曰[③]:“三日不得盗,罪死!”长史惧,谓两县主盗官曰:“两日不得贼,死!”尉谓吏卒、游徼曰[④]:“一日必擒之,擒不得,先死!”吏卒、游徼惧,计无所出。衢中遇湖州别驾苏无名[⑤],素知其能,相与请之。至县,尉降阶问计,无名曰:“请与君求对玉阶[⑥],乃言之。”于是天后问曰:“卿何计得贼?”无名曰:“若委臣取贼,无拘日月,且宽府县,令不追求,仍以两县擒盗吏卒尽以付臣,为陛下取之,亦不出数日耳。”天后许之。

【注释】

①天后:武则天。唐高宗咸亨五年(674),皇帝、皇后改称为天皇、天后。自此武则天即称天后。

②太平公主:唐高宗女,武则天所生。多权略,颇受武则天宠爱,故常预谋议。预谋诛张易之、张昌宗有功,进号镇国太平公主。参与李隆基发动的宫廷政变,杀韦后和安乐公主,拥立睿宗。开府置官属,多引天下之士为党羽,其势益横,把持朝政。玄宗立,公主阴谋废玄宗,被赐死。食盒:用以盛放食品、食具或其他礼物的,可提可挑的大盒子。

③洛州:今河南洛阳,当时为唐东都,太平公主居于此。长史:唐诸州各置州长史一人,权任颇重,可以替长官主持州府军政之事。

④游徼(jiào):掌捕盗贼的下级武吏。

⑤别驾:隋唐时诸州、府、军、王府一度皆设别驾,掌众曹务,职任甚

重。后改为长史。中唐时诸州、府别驾、长史并置，但职任已轻。

⑥玉阶：代指朝廷。

【译文】

武则天时，曾经赏赐太平公主两食盒贵重宝器，价值黄金百镒。公主把宝物收入仓库，过了一年多，都被盗贼偷走了。公主将宝物失窃的事禀告天后，天后大怒，召来洛州长史下令说："若三天之内抓不到小偷，就抵罪处死！"长史惊惧，对河南、洛阳两县主管捕盗的官员说："两天之内抓不到小偷，就处死！"县尉就对手下的捕役说："限你们今天必须抓到小偷，抓不到，就先杀掉你们！"捕役们害怕极了，不知该如何是好。正巧在街上碰到湖州别驾苏无名，捕役们早就知道他的能耐，便一起请他帮忙。到了县衙，县尉恭敬地走下台阶迎接苏无名，向他请教。苏无名说："我希望能与您一起到朝廷谒见天后，那时再说。"在朝廷上天后问道："卿有什么办法能抓到小偷呢？"苏无名答道："如果委托臣抓捕盗贼，不要限定时间，暂且对府县放宽要求，让他们不再追查此案，将两县中负责擒贼的吏卒全交由臣指挥，为陛下擒获贼人，也不过几天而已。"天后答应了苏无名的请求。

无名戒吏卒缓至月余，值寒食[①]，无名尽召吏卒约曰："十人五人为侣，于东门北门伺之，见有胡人与党十余，皆缞绖相随出赴北邙者[②]，可踵之而报。"吏卒伺之，果得，驰白无名曰："胡至一新冢，设奠，哭而不哀，既撤奠，即巡行冢旁，相视而笑。"无名喜曰："得之矣！"因使吏卒尽执诸胡，而发其冢，剖棺视之，棺中尽宝物也。奏之，天后问无名："卿何才智过人而得此盗？"对曰："臣非有他计，但识盗耳。当臣到都之日，即此胡出葬之时。臣见即知是偷，但不知其葬物处。今寒食节拜扫，计必出城，寻其所之[③]，足知其墓。

设奠而哭不哀，则所葬非人也；巡冢相视而笑，喜墓无损也。向若陛下迫促府县擒贼，贼计急，必取之而逃。今者更不追求，自然意缓，故未将出④。”天后曰：“善！”赠金帛，加秩二等⑤。

【注释】

①寒食：寒食节。在清明前一二日。

②北邙：北邙山，在洛阳城北，自东汉时即为洛阳人葬地，后世因袭。

③寻：追踪。

④将：携带。

⑤加秩：提升官位。秩，官职，品级。

【译文】

苏无名命令吏卒暂缓查案，一个多月后，到了寒食节，苏无名召集所有的吏卒和他们约定：“每十人或五人为一组，分别在东门、北门等候，发现有一伙十几个胡人，都披麻戴孝，结伙出门朝北邙山方向走，就在后面跟踪他们回来报告。”吏卒等着，果然发现这批胡人，赶紧报告苏无名说：“胡人们来到一座新坟前，陈设祭品祭拜，虽然号哭但并不哀伤，祭拜完毕，就在坟墓四周巡视，接着相互看着笑起来。”苏无名高兴地说：“抓到他们了！”于是命令吏卒将那批胡人全部逮捕，挖坟开棺检视，只见棺木中全是宝物。苏无名上奏，天后问苏无名：“贤卿有什么过人才智而抓到这些盗贼？”苏无名回答：“臣并没有什么奇计，只是能辨识盗贼罢了。臣抵达京城那天，就是这批胡人假出殡的日子。臣一见就知道他们是小偷，只是不知道埋藏赃物的地方。今天是寒食节，是扫墓的日子，臣料想他们一定会出城到埋藏宝物的墓地，追踪他们所到之处，就足以知道那处坟墓了。他们虽祭奠但哭声并不哀伤，那么坟中所埋的就不是死人；绕行坟墓四周，巡视后相互对看而笑，那是高兴坟墓完好无损。之前像陛下那样逼催府县缉捕盗贼，贼人想形势紧急，一定会挖取宝物出逃。而今不再追究，盗贼自然心态缓和，所以没有带出去。”天后说：“好！”赐给苏无名金帛，升官两级。

千里急

陈懋仁《泉南杂志》云[①]：城中一夕被盗，捕兵实为之[②]。招直巡两兵[③]，一以左腕、一以胸次，俱带黑伤而不肿裂，谓贼棍殴，意在抵饰[④]。当事督责司捕[⑤]，辞甚厉。余意棍殴处未有不致命且折，亦未有不肿且裂者，无之，是必赝作[⑥]。问诸左右曰：“吾乡有草可作伤色者，尔泉地云何？”答曰：“此名‘千里急’。”余令取捣碎，别涂两人如其处，少焉成黑。以示两兵，两兵愕然，遂得奸状。自是向道绝，而外客无所容矣[⑦]。

【注释】

①陈懋仁：字无功。曾为泉州府经历。《泉南杂志》：陈懋仁所作记载泉州地区人文、物产、历史的史料笔记。泉南，明泉州府（治今福建泉州）的别称。

②捕兵：官署中从事缉捕盗贼的官兵。

③直巡：值班巡逻。直，当值，值勤。

④抵饰：抵赖掩饰。

⑤当事：主事的人，长官。督责：督促要求。司捕：主管捕贼者，此指捕快。

⑥赝（yàn）作：伪造。

⑦外客：外寇。

【译文】

陈懋仁《泉南杂志》中记载：城里一天夜里遭强盗抢掠，其实是捕盗的官兵干的。招来值班巡逻的两名士兵，其中一名伤了左腕，另外一名则伤在胸前，两名士兵的伤口都呈黑色，但伤口四周却没有红肿肉裂的现象，说是遭盗匪棍棒殴伤，意在抵赖掩饰。长官督促要求捕快抓捕盗贼，言辞非常严厉。我认为遭棍棒殴打的地方没有不重伤致命而骨折的，也没有不红肿而肉裂的，没有这样的情形，一定是伪装受伤。于是我问左右人说："在我的家乡有一种草可以将皮肤染成类似伤口的颜色，这种草在你们泉州叫什么？"他们回答说："我们叫'千里急'。"于是我命人采来千里急捣碎后，分别涂在另外两人的左腕及前胸，不久皮肤果然呈黑青色。我展示给那两名自称遭盗匪殴伤的士兵，两人大为震惊，于是审出了他们犯罪的实情。从此过去的盗贼绝迹，外来的盗贼也无所容身了。

按《本草》[①]：千里急一名千里及，藤生道旁篱落间，叶细而厚，味苦平[②]，小有毒，治疫气结黄、疟、蛊毒[③]，煮汁服取吐下[④]，亦敷蛇犬咬，不入众药。此草可染肤黑，如凤仙花可染指红也。

【注释】

①《本草》：据下文所载，此当指唐人陈藏器所撰《本草拾遗》。原书已佚，其文多见于《医心方》《开宝本草》《嘉祐本草》《证类本草》引录。

②味苦平：味苦性平。中药药性理论，药物的性质和气味称为"性味"。性有寒、热、温、凉、平。味指药物的辛、甘、酸、苦、咸五种味道，后扩展为体现药物功能归类的标志。

③疫气结黄：因为感染瘟疫之气而导致的黄疸。

④吐下：呕吐下泻。中医的治病方法。

【译文】

考查《本草》所记：千里急一名千里及，是一种生长在路边篱笆旁的藤蔓植物，叶细长厚实，味苦性平，有小毒，能治疫气结黄、疟疾、蛊毒，煮成汁服下使病人呕吐下泻，也能敷治被蛇犬咬伤的伤口，不和众药同用。这种草可以把皮肤染黑，就如同凤仙花可染红手指甲一样。

京师指挥

京师有盗劫一家，遗一册，旦视之，尽富室子弟名，书曰"某日某甲会饮某地议事"，或"聚博挟娼"云云，凡二十条。以白于官，按册捕至，皆跅弛少年也[①]，良以为是。各父母谓诸儿素不逞[②]，亦颇自疑。及群少饮博诸事悉实，盖盗每侦而籍之也。少年不胜榜毒，诬服。讯赃所在，浪言埋郊外某处[③]，发之悉获。诸少相顾骇愕云："天亡我！"遂结案伺决。一指挥疑之而不得其故[④]，沉思良久，曰："我左右中一髯[⑤]，职豢马耳，何得每讯斯狱辄侍侧？"因复引囚鞫数四，察髯必至，他则否。猝呼而问之，髯辞无他。即呼取炮烙具[⑥]，髯叩头请屏左右，乃曰："初不知事本末，唯盗赂奴，令每治斯狱，必记公与囚言驰报，许酬我百金。"乃知所发赃，皆得报宵瘞之也[⑦]。髯请擒贼自赎，指挥令数兵易杂衣与往[⑧]，至僻境，悉擒之，诸少乃得释。

【注释】

①跅（tuò）弛：放荡不守规矩。

②不逞：泛指为非作歹。

③浪言：随口乱说。

④指挥：武官名。掌稽查京师所辖之地的命、盗及其他案件。

⑤髯：两腮的胡子。此处指长着大胡子的人。

⑥炮烙：古代酷刑，以烧红之铜铁具烫烙被审的人。

⑦瘞（yì）：埋藏。

⑧杂衣：各色衣装，即装扮成普通百姓。

【译文】

京师有一户人家遭窃，小偷遗落了一本小册子，早上打开一看，里面记载的都是富家子弟的名字，写道"某日某人与人在某地聚饮商议不正经的事"，或是"某人聚赌召妓"等等，一共有二十多条。失主将盗匪遗失的小册子呈送官府，官府按册子所记姓名捕人，都是纨绔子弟，人们都认为他们就是小偷。各家父母认为自己的儿子平常就为非作歹，自己也怀疑他们犯了罪。而那群恶少喝酒聚赌召妓等事都是事实，是因为小偷每每窥探记录了下来。恶少们受不了严刑拷问，都承认有罪。官府逼问他们赃物何在，他们随意说埋在郊外某处，官府派人挖掘，果然全部挖出。恶少们彼此对望，惊愕地说："这是天要我死！"于是结了案只待处决人犯。有一指挥总觉得事有蹊跷，但又说不出所以然来，沉思许久后说："我手下有一个长着大胡子的人，只是负责养马，为什么每次审讯这个案子就待在旁边？"于是又提审了恶少们好几次，发觉那个大胡子马夫每次必来，审问其他人犯时他就不来了。指挥突然叫来马夫问他是何缘故，马夫说没什么原因。指挥随即命人取来炮烙刑具，马夫才叩头请指挥屏退旁人后才说："我本来不清楚事情的本末。只是那强盗贿赂我，要我每次在审讯这个案件时，一定要记下大人与恶少们的对话立即报告他。他答应给我百金作为酬劳。"这才知道挖出的赃物，都是强盗得知恶少们所说的地点，连夜挖洞埋藏的。大胡子马夫主动请求抓住盗贼以赎罪，指挥命几名士兵换上便装与马夫一同前去缉捕，到了偏僻的地方，贼人果然全部落网，恶少们这才无罪开释。

成化中，南郊事竣[1]，撤器，失金瓶一。有庖人执事瓶所[2]，捕之系狱，不胜拷掠，竟诬服。诘其赃，谬曰："在坛前某地。"如言觅之，不获，又系之，将毙焉。俄真盗以瓶系金丝鬻于市，市人疑之，闻于官，逮至，则卫士也。招云："既窃瓶，急无可匿，遂瘗于坛前，只捩取系索耳[3]。"发地，果得之，比庖人谬言之处相去才数寸。使前发者稍广咫尺，则庖人死不白矣。岂必鬖马鬣在侧乃可疑哉！讯盗之难如此。

【注释】

①南郊事竣：祭天的典礼结束。古时帝王祭天于都城之南郊。

②执事：祭祀中从事所分派的工作。

③捩（liè）：拗折，折断。

【译文】

成化年间，南郊举行祭天礼结束后，撤除祭器，丢失了一只金瓶。有名厨子在摆设金瓶的地方做事，所以被当成嫌犯逮捕下狱。厨子受不了严刑拷打，最终含冤认罪。诘问厨子赃物的下落，厨子胡乱说道："埋在祭坛前某处。"按厨子所说的地点挖掘，并没有找到，又痛打厨子，厨子在拷打下已奄奄一息了。不久，真的小偷把瓶子上系着的金丝在市集上出售，有人觉得可疑，就向官府报告。等逮捕到衙，原来是名卫士。卫士招供说："窃得金瓶后，急切之间没有适合藏匿的地点，就埋在祭坛前，只折取了系在瓶上的金丝。"挖掘他说的地点，果然找到了金瓶，离厨子乱说的地点相距不过几寸。如果当初再挖宽一点，那厨子的冤枉到死也得不到辩白了。侦办案件难道一定要有类似大胡子马夫在旁才会觉得可疑吗！侦讯盗贼就是这样的困难。

耿叔台[①]

某御史巡按蜀中，交代[②]，亡其资。新直指至[③]，又穴而胠箧焉[④]。成都守耿叔台定力察胥隶皆更番[⑤]，独仍一饔人[⑥]，亟捕之。直指恚曰[⑦]："太守外不能诘盗，乃向吾外榻梗治耶[⑧]？"固以请，比至，诘之曰："吾视穴痕内出[⑨]，非尔而谁！"即咋舌伏辜[⑩]。

【注释】

①耿叔台：按，底本作"耿恭简"。耿恭简为耿定向（谥恭简），其人未做过成都知府。文中小字夹注"定力"，是其弟耿定力，号叔台，曾为成都知府。明积秀堂本作"耿叔台"，今据改。

②交代：指前后任相接替移交。

③直指：直指使者，巡按的古称。

④胠箧（qū qiè）：原谓撬开箱子。后亦泛指盗窃。胠，从旁撬开。箧，小箱子。

⑤耿叔台：按，底本作"耿恭简"，与标题同误。依明积秀堂本改。更番：轮流替换。

⑥饔（yōng）人：古官名。掌切割烹调之事。泛指厨师。

⑦恚（huì）：愤怒，怨恨。

⑧外榻：意谓家里人。梗治：强硬惩治。梗，强硬，凶猛。

⑨穴痕内出：墙洞的挖凿痕迹，是从内往外挖的。

⑩咋（zé）舌：谓因惊异而说不出话。

【译文】

某御史巡按蜀中，离任移交时，丢了钱财。新巡按到任后，又被人挖开墙壁偷了钱去。成都知府耿叔台名定力调查到府中差役都已更换了，只有一位厨师未被撤换，紧急命人逮捕。新巡按愤怒地说："大人不能从外面究办强盗，却强硬惩治本官家里人吗？"耿叔台坚决要求查办，等厨师带到，便诘问道："我看墙洞的挖凿痕迹是从内往外挖的，不是你是谁！"厨师惊讶得说不出话来，认罪伏法。

张鷟

张鷟为河阳县尉日[①]，有一客驴缰断，并鞍失之，三日访不获，告县。鷟推勘急[②]，夜放驴出而藏其鞍，可直五千钱。鷟曰："此可知也！"令将却笼头放之，驴向旧喂处，搜其家，得鞍于草积下。

【注释】

①张鷟（zhuó）：字文成。聪明早惠，文名远播。唐高宗调露初（一说上元二年）登进士第，授岐王府参军。历任河阳县尉、长安县尉、鸿胪寺丞。因行为轻浮，被流放岭南。开元中，入为司门员外郎，卒。

②推勘：审问，追查。

【译文】

唐朝人张鷟任河阳县尉时，有个旅客的驴被人割断缰绳偷走，连同鞍子一起丢失了，找了三天没找到，告到县里。张鷟追查得很紧，小偷夜里放驴出来却藏起了鞍子，鞍子值五千钱。张鷟说："这就可以知道了！"命人摘掉笼头放开驴子，驴子走到之前喂它的地方，搜查那个人的家，在草堆下找到了鞍子。

李复亨

李复亨年八十登进士第，调临晋主簿。护送官马入府，宿逆旅[①]，有盗杀马。复亨曰："不利而杀之[②]，必有仇者！"尽索逆旅商人过客，同邑人橐中盛佩刀，谓之曰："刀衊马血[③]，火煅之则刃青。"其人款伏[④]，果有仇。以提刑荐迁南和令。盗割民家牛耳，复亨尽召里人至，使牛家牵牛遍过之。至一人前，牛忽惊跃。诘之，乃引伏[⑤]。

【注释】

①逆旅：客舍，旅馆。

②不利：不希求利益。

③衊（miè）：用血涂染。

④款伏：服罪，招认。

⑤引伏：认罪，服罪。

【译文】

李复亨八十岁才考中进士，被任命为临晋县主簿。有一次他护送官马去府里，住在旅店中，有贼人杀了官马。李复亨说："不希求利益却将马杀死，必定是寻仇的人。"全部搜查住宿商人过客，发现有位同乡行囊中装着佩刀，于是对同乡说："刀刃如果沾有马血，经火煅烧会变成青色。"那个人服罪招认，果然与他有仇。不久李复亨被提刑官荐举擢升为南和令。有个盗贼割了百姓家牛的耳朵，李复亨把乡里的人都召集起来，让牛的主家牵着牛从所有人前走过。走到一人面前时，牛突然惊惶地跳了起来。一查问，那人就服罪了。

煅刀而得盗，所以贵格物也[①]。然庐州之狱官不能决，而老吏能决之，故格物又全在问察。

【注释】

①格物：推究事物的原理和规律。

【译文】

用火煅烧刀刃而找出凶手，这是崇尚推究事物的规律。然而庐州狱官断不了的案，而老狱吏能断，所以推究事物的原理和规律全都在切问体察。

〇太常博士李处厚知庐州县，有殴人死者。处厚往验，悉糟胾灰汤之法不得伤迹[①]。老书吏献计：以新赤油伞日中覆之，以水沃尸，其迹必见。如其言，伤痕宛然。

【注释】

①糟胾（zì）灰汤之法：古代验查尸伤的办法。胾，大块的肉。

【译文】

太常博士李处厚任庐州知县时，有打死人的。李处厚前去验尸，用尽了糟肉灰汤之类的检验方法，都没有发现什么伤痕。一个老书吏献计：用新红油伞在正午时罩在尸首上，以水浇尸体，伤痕一定会显现出来。李处厚依照他的话去做，伤痕果然显现了出来。

向敏中

向敏中在西京时[①]，有僧暮过村求寄宿，主人不许，于是权寄宿主人外车厢。夜有盗自墙上扶一妇人囊衣而出，僧自念不为主人所纳，今主人家亡其妇人及财，明日必执我。因亡去，误堕眢井[②]，则妇人已为盗所杀，先在井中矣。明日，主人踪迹得之，执诣县，僧自诬服：诱与俱亡，惧追者，因杀之投井中，暮夜不觉失足，亦坠；赃在井旁，不知何人取去。狱成言府，府皆平允[3]，独敏中以赃不获致疑，乃引僧固问，得其实对。敏中密使吏出访，吏食村店，店妪闻自府中来，问曰："僧之狱何如？"吏绐之曰[4]："昨已笞死矣！"妪曰："今获贼何如？"曰："已误决此狱，虽获贼亦不问也。"妪曰："言之无伤矣。妇人者，乃村中少年某甲所杀也！"指示其舍。就舍中掩捕获之。案问具服，并得其赃，僧乃得出。

【注释】

①向敏中：字常之。宋太宗时进士。真宗时曾任知河南府兼西京留守，拜右仆射。史称其"多智，晓民政，善处繁剧"。西京：北宋以洛阳为西京。

②眢（yuān）井：枯井。

③平允：公平允当。

④绐（dài）：欺诳。

【译文】

宋朝人向敏中任西京留守时，有名和尚路经一村落央求屋主借住一宿，屋主不答应，于是只好暂且栖身屋主停放在屋外的车厢里。到了半夜有个贼人扶着一名妇人提着包袱翻墙而出，和尚自己心中盘算不被屋主接纳，现在主人家丢失了妇女和财物，明天一定会捉我问罪。于是赶紧逃走，竟误坠一口枯井中，发现那个妇人已被强盗所杀，先弃尸井中了。第二天，屋主循着踪迹追踪到井边，把和尚送进官府，和尚自己含冤认罪：诱拐妇人携带财物与自己私奔，但因害怕主人追捕，于是杀了妇人投尸井中，而天黑自己也不小心失足落井；赃物就放在井边，不知被谁取走了。案子审结呈报府里，府里认为公允无误，只有向敏中因为没找到赃物心生怀疑，于是带出和尚反复审问，终于得知实情。向敏中秘密派出吏员去访查，吏员在村中小店吃饭，老板娘听说他从府里来，就问他："和尚杀人的案子怎么样了？"吏员故意骗她说："昨天已经把和尚打死了。"老板娘问："如果现在抓到真凶会怎么样呢？"吏员说："案件已结，虽是误判，即使抓到真凶也不会再过问了。"老板娘说："那现在说也没关系了。那妇人是村子里一个叫某甲的年轻人杀的。"把某甲的住处指给吏员看。于是官府派人乘其不备在家里逮捕了某甲。审问之下某甲承认罪状，并取出赃物，和尚这才得以无罪释放。

前代明察之官①，其成事往往得吏力，吏出自公举，故多可用之才。今出钱纳吏，以吏为市耳，令访狱，便鬻狱矣②，况官之心犹吏也，民安得不冤！

【注释】

①明察：观察入微，不受蒙蔽。

②鬻（yú）狱：用断案做交易而索贿受贿。

【译文】

前代明察事理的好官，他们之所以能成事往往得到属吏的大力协助，而属吏往往是经过公众荐举才任用，因此多半是可用之才。如今属吏都是交钱买的，把属吏职位当成商品买卖，让他去调查案件，他便用断案做交易而索贿受贿，更何况官员的心态一如属吏，百姓怎么能不受冤枉！

钱藻

钱藻备兵密云①，有二京军劫人于通州，获之，不服，州以白藻。二贼恃为京军，出语无状。藻乃移甲于大门之外，独留乙鞫问数四，声色甚厉，已而握笔作百许字，若录乙口语状，遣去。随以甲入，绐之曰："乙已吐实，事由于汝。乙当生，汝当死矣！"甲不意其绐也，忿然曰："乙本首事，何委于我！"乃尽白乙首事状，藻出乙证之，遂论如法。

【注释】

①钱藻：字自文。明嘉靖进士。授南京礼部主事，历官广东左参议、福建按察使、直隶密云兵备、湖北布政使等职。官至顺天府尹。胆识过人，谋略出众，史称其"为八面受敌之才，有万人不夺之勇"。

【译文】

钱藻任密云兵备时，有两名京军士兵在通州抢劫百姓，被逮捕后，不承认罪行，通州府于是呈报钱藻。两个贼人仗恃自己是京军，态度蛮横，说话无礼。钱藻于是命人把甲带至大门外，单独留下乙再三审问，声色俱厉，接着持笔写下百十来字，好像在记录乙的口供，然后将乙带走。随即把甲带进来，骗甲说："乙已全部招供，事情是你发起的。乙为从犯尚可活命，你是主谋应判死刑。"甲不知是骗他，生气地说："乙才是主谋，为什么要嫁祸给我！"于是将乙如何策划主谋全部招出，钱藻命人带出乙对质，按罪论处。

吉安老吏

吉安州富豪娶妇，有盗乘人冗杂，入妇室，潜伏床下，伺夜行窃。不意明烛达旦者三夕，饥甚奔出，执以闻官。盗曰："吾非盗也，医也。妇有癖疾[①]，令我相随，常为用药耳！"宰诘问再三，盗言妇家事甚详，盖潜伏时所闻枕席语也。宰信之，逮妇供证。富家恳免，不从，谋之老吏。吏白宰曰："彼妇初归[②]，不论胜负，辱莫大焉。盗潜入突出，必不识妇。若以他妇出对，盗若执之，可见其诬矣。”宰曰：“善！”选一妓，盛服舆至。盗呼曰：“汝邀我治病，乃执我为盗耶！”宰大笑，盗遂伏罪。

【注释】

①癖（pǐ）：中医指两胁间的积块。

②初归：初归于夫，指新出嫁。

【译文】

吉安州的富豪娶亲，有个窃贼趁着人多混乱之际，暗中潜入新妇卧室，躲在床下，想等到夜间伺机行窃。没想到一连三夜都灯火通明，窃贼实在饿急了奔出卧室，结果被抓住送至官府。窃贼说：“我不是强盗，是医生。新娘子有癖疾，命我随侍在侧，好随时用药。”县令再三讯问，窃贼说新娘家的事非常详细，原来是躲在床下时从他们夫妻说的话中听来的。县令相信了窃贼的话，准备叫新娘子来对质。富豪恳求县令不要传讯新娘子，县令不答应，富豪只好央求老吏。老吏对县令说：“这新娘子刚嫁过来，不论官司输赢，都是莫大羞辱。窃贼潜藏在卧室床下，后来夺门而出，所以一定没见过新娘子的模样。若是让别的妇女顶替新娘出堂对证，窃贼如果指认她是新娘子的话，就可证明窃贼说谎。”县令说：“好。”选了一名女妓盛装打扮，乘坐轿子来到县衙。窃贼对妓女大叫道：“你请我替你治病，为什么又要诬指我是盗匪？”县令听了大笑，窃贼只好俯首认罪。

周新异政 二条

一

周新按察浙江[①]，将到时，道上蝇蚋迎马首而聚[②]。使人尾之，得一暴尸[③]，唯小木布记在[④]，取之。及至任，令人市布，屡嫌不佳，别市之，得印志者。鞫布主，即劫布商贼也。

【注释】

①周新：字志新。明洪武中选授大理寺评事，以善于决狱著称。明成祖时为监察御史，贵戚震惧。巡按福建、浙江，擢云南、浙江按察使，多新政，人称周廉使。

②蝇蚋（ruì）：苍蝇和蚊子。

③暴尸：暴露于外的尸首。

④木布记：在所卖布匹上盖印以为识别的木章。

【译文】

周新任浙江按察使，快到任所时，路上蚊蝇迎着马头聚集。周新派人跟着蚊蝇去查看，发现了一具暴露在外的无名尸，身上只有一枚小小的为所卖布匹盖章用的木章，就取了回来。周新到达任所后，命人去买布，多次嫌布不好，再派人另外购买，终于买到一块盖有木章印记的布料。抓来布商审讯，正是劫杀布商的凶手。

二

一日视事，忽旋风吹异叶至前[①]。左右言城中无此木，独一古寺有之，去城差远。新悟曰："此必寺僧杀人，埋其下也，冤魂告我矣。"发之，得妇尸，僧即款服。

【注释】

①异叶：形状怪异的树叶。

【译文】

一天周新在办公，忽然有阵旋风把一片形状怪异的树叶吹到周新面前。左右说城里并没有这种树木，只有古寺中才有，而古寺离城甚远。

周新领悟道："一定是寺中和尚杀人，将尸首埋在树下，现在冤魂来告诉我了。"命人至古寺树下挖掘，果然挖出一具女尸，和尚随即认罪。

按新，南海人，由乡科选御史，刚直敢言，人称为"冷面寒铁"。公在浙多异政，时锦衣纪纲擅宠[①]，使千户往浙缉事[②]，作威受赂。新捕治之，千户走脱，诉纲，纲构其罪杀之[③]。呜呼！公能暴人冤，而身不能免冤死，天道可疑矣！

【注释】

①锦衣纪纲：明永乐年间锦衣卫指挥使纪纲。典亲军，司诏狱。深文周密，承帝旨恣行诛戮文武朝臣及内侍，贪赃不法，劣行昭著。后因谋反罪为人告发，凌迟处死。锦衣，锦衣卫。

②千户：明武官名。掌兵千人以下。

③构：罗织罪名。

【译文】

按，周新，是南海人，由乡试入选为御史，为人刚正，敢仗义执言，人称"冷面寒铁"。周新在治理浙江期间施用了很多新政，当时锦衣卫指挥使纪纲恃宠专权，曾派一名千户赴浙江缉拿人犯，千户作威作福，收受贿赂。周新将千户逮捕治罪，千户逃逸，向纪纲告状，纪纲就罗织罪名杀害了周新。唉！周公能替人申冤，而自己却不能免遭冤枉而身死，天道可疑啊！

吴复

溧水人陈德，娶妻林，岁余，家贫佣于临清。林绩麻自活，久之，为左邻张奴所诱，意甚相惬[①]。历三载，陈德积数十金囊以归。离家尚十五里，天暮且微雨，德虑怀宝为累，乃藏金于水心桥第三柱之穴中，徒步抵家。而林适与张狎[2]，闻夫叩门声，匿床下。既夫妇相见劳苦[3]，因叙及藏金之故。比晨往，而张已窃听，启后扉出，先掩有之矣[4]。林心不在夫，既闻亡金，疑其诳，怨詈交作[5]。时署县事者晋江吴复，有能声，德为诉之。吴笑曰："汝以腹心向妻，不知妻别有腹心也！"拘林至，严讯之。林呼枉，德心怜妻，愿弃金。吴叱曰："汝诈失金，戏官长乎？"置德狱中，而释林以归，随命吏人之黠者为丐容，造林察之，得张与林私问慰状。吴并擒治，事遂白。一云：此亦广东周新按察浙江时事。

【注释】

①惬（qiè）：快心，满足。

②狎：狎玩，亲热。

③劳苦：互相慰劳。

④掩：掩取，窃取。

⑤怨詈（lì）：埋怨责骂。詈，骂，责备。

【译文】

溧水县人陈德，娶妻林氏，过了一年多，由于家贫到临清县帮佣。林氏在家纺麻养活自己，时间久了，被左邻张奴引诱，情谊十分相投。过了三年，陈德攒下几十金装在袋子里回乡。离家还有十五里地时，天黑下来并且下着小雨，陈德担心身上带着这么多钱有负累，于是就把钱藏在水心桥下第三根柱子的孔洞里，空手走回家。而林氏正与张奴亲热，听见丈夫的敲门声，张奴躲到了床底下。夫妻两人见面互相慰劳之后，就谈及桥下藏钱的事。等早晨去取，而张奴已经偷听他们的谈话，开后门出去，抢先盗取了那些钱。林氏心思不在丈夫身上，听说丢钱之后，怀疑丈夫撒谎,又是埋怨又是咒骂。当时溧水县令是晋江人吴复,有善于断案的名声,陈德就为这事去报案。吴复笑着说:“你以真心对待妻子,不知道妻子别有心爱的人。”于是把林氏抓来,严厉审问。林氏大喊冤枉,陈德心疼妻子,愿意放弃钱财。吴复怒斥说:“你谎报丢钱,戏弄官长吗?”将陈德押入大牢里,却释放林氏回家,随后命机灵的属吏伪装成乞丐的样子,去林氏家察看,掌握了张奴和林氏暗地里相互问候的情况。吴复下令将林氏和张奴两人一并逮捕治罪,事情于是真相大白。一种说法是:这也是广东周新出任浙江按察使时办的案件。

彭城王浟

北齐高浟为定州刺史[①],有人被盗黑牛,背上有毛。浟乃诈为上符若甚急[②],市牛皮,倍酬价值。使牛主认之,因获其盗。定州有老母姓王,孤独,种菜三亩,数被偷。浟乃令人密往书菜叶为字。明日市中看叶有字,获贼。尔后境内无盗。

【注释】

①高浟(yóu):字子深。高欢第五子。北齐天保元年(550)进爵彭城王。为政严明,果于决断。东魏武定中为定州刺史,政化为当时第一。

②上符:皇帝下的檄令。

【译文】

北齐高浟任定州刺史时,有个人被偷走了一头黑牛,牛背上长有很长的毛。高浟于是谎称有皇帝的檄令,情势好像非常紧急,需买牛皮,出价比市价高一倍。买到牛皮后,高浟命牛主前来指认,因此抓获贼人。

定州有位王姓老太太,一人独居,种了三亩地的菜,多次被偷。高湝就派人暗中往菜叶上写字。第二天到市场看到有人卖的菜叶上有字,果然捕获贼人。此后定州境内再也没有盗贼。

高湝 杨津

北齐任城王湝领并州刺史[①]。有妇人临汾水浣衣,有乘马行人换其新靴,驰而去。妇人持故靴诣州言之,湝召居城诸妪,以靴示之,给云:"有乘马人于路被贼劫害,遗此靴焉,得无亲族乎?"一妪抚膺哭曰:"儿昨着此靴向妻家也!"捕而获之,时称明察。

【注释】

①任城王湝(jiē):高湝,高欢第十子。北齐天保元年(550)封任城王。历位司徒、太尉、太保、并州刺史,别封正平郡公。在州郡为政宽恕。

【译文】

北齐任城王高湝兼领并州刺史时,有位妇人在汾水边洗衣,被一个骑马而过的路人用旧靴偷换穿了她的新靴,骑马扬长而去。妇人拿着这双旧靴告到并州刺史这里,高湝叫来城中的所有老太太,把那双旧靴拿给她们仔细辨认,骗她们说:"有个骑马的人在路上被强盗抢劫杀害,留下了这双靴子,你们中间可能有人是这靴子主人的亲戚吧?"一名老太太捂着胸口哭道:"我儿子昨天就是穿着这双靴子到他妻子家去的呀!"高湝立即命人追捕到案,当时人称高湝明察秋毫。

杨津为岐州刺史[①],有武功人赍绢三匹,去城十里为贼所劫。时有使者驰驿而至[②]，被劫人因以告之。使者到州以状白津，津乃下教云[③]："有人着某色衣，乘某色马，在城东十里被杀，不知姓名。若有家人，可速收视。"有一老母行哭而出，云是己子。于是遣骑追收，并绢俱获。自是合境畏服。

【注释】

①杨津：字罗汉。本名延祚，北魏孝文帝赐名津。年十一，入侍禁中。先后出任岐州、华州、定州刺史。巨细躬亲，孜孜不倦。尔朱氏举兵围京师，孝庄帝以杨津为都督并、蔚等九州诸军事，兼尚书令、北道大行台讨乱。兵败，为尔朱氏所杀。

②驰驿：驾乘驿马疾行。

③教：文体的一种。为官府或长上的告谕。

【译文】

杨津为岐州刺史时，有一个武功人带着三匹绢，在离城十里的地方被强盗抢劫。当时正有一名朝廷使者骑着驿马经过，遭抢的人于是把情况告诉了他。使者到州里后将事情经过告诉了杨津，杨津于是颁下告谕说："有人穿某色衣服，骑着某色马，在城东十里处被人杀害，不知道姓名。如果有家人，尽快来收殓指认。"有位老太太从人群中哭着出来，说死者是她的儿子。于是杨津派官兵追捕，连人带绢一同带了回来。从此全境都畏惧而服从。

柳庆

柳庆领雍州别驾[①]，有贾人持金二十斤，寄居京师。每出，常自执钥，无何，缄闭不异而并失之[②]。郡县谓主人所窃，自诬服。庆疑之，问贾人置钥何处，曰："自带。"庆曰：

"颇与人同宿乎?"曰:"无。""与同饮乎?"曰:"日者曾与一沙门再度酬宴[3],醉而昼寝。"庆曰:"沙门乃真盗耳!"即遣捕,沙门乃怀金逃匿,后捕得,尽获所失金。又有胡家被劫,郡县按察,莫知贼所,邻近被囚者甚多。庆乃诈作匿名书,多榜官门,曰:"我等共劫胡家,徒侣混杂,终恐泄露。今欲首伏,惧不免罪,便欲来告。"庆乃复施免罪之牒。居一日,广陵王欣家奴面缚自告牒下,因此尽获余党。

【注释】

①柳庆:字更兴。北魏末,力主魏孝武帝西迁入关,入关后,迁大行台郎中,领北华州长史,除尚书都兵。在雍州执法不阿,使广陵王元欣等贵戚敛手。西魏时进位骠骑大将军。北周初,赐姓宇文氏,进爵平齐县公。柳庆性正直,机敏明辨,为众人推崇。

②缄(jiān)闭:封闭。

③沙门:僧侣,和尚。

【译文】

柳庆领雍州别驾时,有个商人携金二十斤,寄住在京师。商人每次出门,总是随身携带钥匙,然而没多久,宝箱封闭依旧而其中的钱却丢失了。郡县官府认为是客栈老板所偷,客栈老板含冤认罪。柳庆却有所怀疑,询问商人平日把钥匙放在哪里,商人说:"自己随身携带。"又问:"曾与人同宿吗?"答:"不曾。""曾与人一起喝酒吗?"答:"日前曾两次与一个和尚一起喝酒吃饭,喝醉后白天就睡着了。"柳庆说:"这和尚才是真正的小偷!"于是立即派人追捕,和尚已经偷得钱财后逃跑躲起来了,后来仍为柳庆捕获,寻回了所有丢失的钱财。又有一次,有个胡人家遭强盗抢劫,郡县搜索察捕,不知道强盗藏匿之处,邻近很多人因受牵连被囚禁。柳庆就伪造一封匿名信,张贴在官府门上,说:"我等共同抢劫胡人家，党羽混杂，恐怕终有形迹败露被捕的一天。现在我想自首，又怕官府不肯赦免我的罪行，所以特别先禀告。”柳庆又在官府外挂上免罪牒牌。隔天，广陵王元欣的家奴自己反绑双手来到免罪牒牌下，因此盗匪一网打尽。

刘宰

宰为泰兴令[①]，民有亡金钗者，唯二仆妇在，讯之，莫肯承。宰命各持一芦去，曰：“不盗者，明日芦自若；果盗，明旦则必长二寸。”明视之，则一自若，一去芦二寸矣，盖虑其长也。盗遂服。

【注释】

①宰：刘宰，字平国。南宋绍熙年间进士。历江宁尉、泰兴令、浙东仓司斡官。有能声。曾反对韩侂胄出兵攻金，理宗立，辞官不就。

【译文】

刘宰为泰兴令时，当地有百姓遗失了金钗。当时只有主人的两名女仆在，审讯她们，两人都不肯承认行窃。刘宰命两人各拿一根芦秆，说：“没偷金钗的，明天芦秆还是这样；偷了金钗的，明天早上芦秆就会长两寸。”第二天检视，其中一根不变，另外一根却短了两寸，原来那偷金钗的女仆害怕芦秆变长切去了两寸。小偷于是认罪了。

陈襄

襄摄浦城令[①]，民有失物者，贼曹捕偷儿数辈至，相撑拄[②]。襄曰：“某庙钟能辨盗，犯者扪之辄有声，否则寂。”乃遣吏先引盗行，自率同列诣钟所，祭祷而阴涂以墨，蔽以帷，命群盗往扪。少焉呼出，独一人手不污，叩之[3]，乃盗也。盖畏钟有声，故不敢扪云。

【注释】

①襄：陈襄，字述古。北宋庆历间进士，调建州浦城主簿，摄县令。神宗时官至侍御史，因反对青苗法，出知陈、杭等州。后以侍读判尚书都省。

②撑拄：抵赖。

③叩：审问。

【译文】

陈襄代理浦城县令时，有百姓丢失了财物，捕役抓来好几个小偷，小偷们互相抵赖。陈襄说："某庙的钟能分辨盗贼，偷盗的人触摸它，钟就会发出声音，否则钟就不出声。"于是派吏卒押着小偷们先行，自己率领官府中其他官员来到庙中大钟那里，对着钟祭祀祷告，而暗中在钟上涂满墨汁，再用帘幕遮住，这时才命小偷们一一上前摸钟。过了一会儿叫小偷们出来，只有一人手上没有墨汁，审问后，果然是真正的小偷。原来那名小偷害怕钟会发声，所以不敢摸。

按，襄倡道海滨[1]，与陈烈、周希孟、郑穆为友，号"四先生"云。

【注释】

①倡道海滨：指在沿海地区宣传倡明儒学。倡道，宣讲孔孟之道。海滨，指福建沿海地区。按，陈襄与下文之陈烈、郑穆、周希孟均为福建侯官人。

【译文】

按,陈襄在沿海地区宣讲孔孟之道,与陈烈、周希孟、郑穆是好朋友,当时人称“四先生”。

胡汲仲

胡汲仲在宁海日[①],有群妪聚佛庵诵经,一妪失其衣。适汲仲出行,讼于前。汲仲以牟麦置群妪掌中[②],令合掌绕佛诵经如故。汲仲闭目端坐,且曰:“吾令神督之,盗衣者行数周,麦当芽。”中一妪屡开视其掌,遂命缚之,果盗衣者。

【注释】

①胡汲仲:胡长孺,字汲仲。元时曾官翰林修撰、扬州儒学教授、宁海主簿等。晚年隐居杭州武林山以终。门人私谥为纯节先生。

②牟麦:大麦。

【译文】

胡汲仲在宁海为官时,有一群老太太群聚佛堂诵经,其中一名老太太丢失了衣物。正巧胡汲仲出行,老太太就上前告状。胡汲仲将大麦放在老太太们手掌中,让她们像之前那样合掌绕着佛像诵经。胡汲仲闭着眼睛端正地坐在一旁,并且说:“我让神明监督各位,偷衣物的人绕佛几圈后,手中的大麦就会发芽。”其中一名老太太多次打开察看手掌,于是胡汲仲命人将这个老太太拿下,果真就是偷衣服的人。

杨武

佥都御史杨北山公名武,关中康德涵之姊丈也[①]。为淄川令，善用奇。邑有盗市人稷米者[②]，求之不得。公摄其邻居者数十人，跪之于庭，而漫理他事不问。已忽厉声曰："吾得盗米者矣！"其一人色动良久。复厉声言之，其人愈益色动。公指之曰："第几行第几人是盗米者！"其人遂服。

【注释】

①康德涵：康海，字德涵。明弘治年间进士第一，授翰林院修撰。与李梦阳为诗友，正德初李梦阳下狱，他疏通刘瑾营救，刘瑾伏诛，受牵连罢官。归田三十余年，以山水声妓自娱。以文学著名，与李梦阳兴起古学，倡为秦汉派，名列"弘治十才子"。

②稷米：即粟米。

【译文】

佥都御史北山公名杨武，是关中康德涵的姐夫。在任淄川令时，以善用奇计破案而出名。有一次，城中有人偷了商贩的粟米，但一直抓不到小偷。杨公下令将失主的几十名邻居全带来，让他们跪在庭院中，而自己随意处理其他事物不予理会。过了一会儿忽然厉声说道："我找到那个偷米贼了！"这时跪在庭下的人群中有一人神色大变，很久才恢复。杨公又厉声说了一遍，那人的神色更加惊惶。杨公指着他说："第几行第几人就是偷米贼。"那人于是认了罪。

又有盗田园瓜瓠者[①]，是夜大风雨，根蔓俱尽。公疑其仇家也，乃令印取夜盗者足迹，布灰于庭，摄村中之丁壮者，令履其上，而曰："合其迹者即盗也！"其最后一人辗转有难色[②]，且气促甚。公执而讯之，果仇家而盗者也，瓜瓠宛然在焉[③]。

【注释】

①瓜瓠(hù):泛指瓜类作物。

②辗转:反复不定。

③宛然:真切、清晰的样子。

【译文】

又有一次发生了园中瓜被偷案,当晚风雨交加,根叶藤蔓全部被毁。杨公怀疑这是仇家所为,就命手下拓印当夜盗瓜者遗留下的脚印,然后在庭中铺上细灰,带来村中的青壮年男子,让他们在细灰上走,说:"脚印相合就是盗瓜贼。"其中最后一人转来转去面有难色,并且呼吸很急促。杨公命人抓住他审讯,果然是仇家而进行偷盗,偷的瓜还堆放在家中。

又,一行路者于路傍枕石睡熟[①],囊中千钱人盗去。公令舁其石于庭,鞭之数十,而许人纵观不禁。乃潜使人于门外候之,有窥觇不入者即擒之[②]。果得一人,盗钱者也。闻鞭石事甚奇,不能不来,入则又不敢。求其钱,费十文尔,余以还枕石者。

【注释】

①路傍(páng):路旁。傍,同"旁"。

②窥觇(chān):暗中察看,探察。

【译文】

又有一次,一位路人在路旁枕着石头熟睡,行囊中的一千钱遭人盗走。杨公命人将那块石头抬进官府,打了几十鞭,并且允许百姓任意观看不加禁止。然后暗中派人在官府门外等着,如果有人在府门外探头探脑却不入府来看就立即擒下。果然抓到一个人,就是那个偷钱的。他听说鞭打石头的事觉得好奇,不能不来,但又不敢进门看个究竟。杨公追讨那笔钱,那小偷只花了十几文,其余的还给了枕着石头睡觉的人。

劫麦

王恺为平原令[1]，有麦商夜经村寺被劫，陈牒于县[2]。恺故匿其事，阴令贩豆者和少熟豆其中，夜过寺门，复劫去。令捕兵易服，就寺僧货豆。中有熟者，遂收捕，不待讯而服。自是群盗屏迹。

【注释】

①王恺：字宗元。明成化年间举人，授平原令。

②陈牒：陈上呈文。此指递上讼状。

【译文】

王恺做平原令时，有位麦商在夜晚路过一所村中寺庙时遭抢劫，到县府报案。王恺故意不张扬此事，暗中命卖豆的人在生豆中掺杂少许的熟豆，故意在夜晚路过寺庙，果然又遭抢掠。王恺下令捕役换上便衣扮成商人，找寺中僧人买豆。发现其中果然掺杂了熟豆，于是下令擒下寺僧，寺僧未经侦讯就认罪了。从此县内盗匪绝迹。

窃茄

李亨为鄞令，民有业圃者，茄初熟，邻人窃而鬻于市，民追夺之，两诉于县。亨命倾其茄于庭，笑谓邻人曰："汝真盗矣。果为汝茄，肯于初熟时并摘其小者耶？"遂伏罪。

【译文】

李亨为鄞县县令时，有个经营菜园的人，茄子刚成熟，邻居偷去并在市场上卖，那个人追着邻居并且抢夺茄子，两人诉讼到官府。李亨命把茄子倒在庭内,笑着对邻居说:“你是真正的盗贼。如果真是你种的茄子,哪肯在茄子刚成熟时连那些小的一并摘下呢?”邻人于是认罪。

盗牛舌

包孝肃知天长县[①],有诉盗割牛舌者,公使归屠其牛鬻之。既有告此人盗杀牛者[②],公曰:“何以割其家牛舌,而又告之?”盗者惊伏。

【注释】

①包孝肃:包拯,初知天长县、端州,后为监察御史。宋仁宗时为龙图阁直学士,历知瀛、扬、庐等州,又权知开封府。立朝刚毅,卒谥孝肃。

②告此人盗杀牛:按,当时不准私自宰杀耕牛。

【译文】

包拯任天长县知县时,有人来告状说被人偷偷割断了所养牛的舌头。包公让他回去把牛杀了到市场出售。不久有人来告发这个人私自宰杀耕牛,包公对他说:“你为什么先前割了他家牛的舌头,而又诬告他呢?”盗贼大惊认罪。

盗石榴　盗樱

秦桧为相,都堂左揆前有石榴一株[①],每著实,桧默数焉。亡其二,桧佯不问。一日将排马[②],忽顾左右取斧伐树。有亲吏在旁,仓卒对曰:“实佳甚,去之可惜!”桧反顾曰:“汝盗食吾榴!”吏叩头服。

【注释】

①都堂：尚书省都堂，为中书、门下、尚书三省聚议之所。左揆：左丞相。按，本则出南宋岳珂《桯史》，原文作“左揆阁”，指六部中吏、户、礼三部的办公场所。

②排马：备马。排，安排，准备。

【译文】

秦桧为宰相时，都堂左揆阁前种有一株石榴，每次结果时，秦桧都默默数清果实的数目。一天突然少了两颗石榴，秦桧装作不过问。一天将备马外出，秦桧忽然回头让手下拿来斧头把石榴砍了。有个亲信正在旁边，急忙应对说：“这株石榴所结的果实很甜，砍掉太可惜了。”秦桧回头看着他说：“是你偷吃了我的石榴！”那名亲信立即叩头认错。

有献新樱于慕容彦超[①]，俄而为给役人盗食[②]，主者白之。彦超呼给役人，伪慰之曰：“汝等岂敢盗新物耶，盖主者诬执耳！勿怀忧惧。”各赐以酒，潜令左右入“藜芦散”[③]。既饮，立皆呕吐，新樱在焉，于是伏罪。

【注释】

①慕容彦超：五代时后汉高祖刘知远同母异父弟。后汉时先后拜镇宁军（澶州）节度使、郓州节度使同平章事，徙镇泰宁，为兖州节度使。后周时联络南唐、北汉，举兵反周，兵败被杀。

②给役人：服役者，役丁。

③藜芦散：以藜芦、白矾为主要组成药物的药方，服后令人呕吐。

【译文】

有人献给慕容彦超一些新樱桃，不久被服役的人偷吃了，管家把这事告诉慕容彦超。慕容彦超把服役的人叫来，假意安慰他们说：“你们哪里敢偷吃樱桃呢，一定是管家捏造罪名害你们！你们不要感到忧虑害怕。”每人赐予美酒，偷偷让手下人在酒中掺入“藜芦散”。服役的人喝下酒后，立即都不停呕吐，新樱桃就在呕吐物中，服役的人于是认了罪。

子产　严尊

郑子产晨出，过东匠之间，闻妇人之哭也，抚其御之手而听之[①]。有间，遣吏执而问之，则手绞其夫者也[②]。异日其御问曰：“夫子何以知之？”子产曰：“其声惧。凡人于其亲爱也，始病而忧，临死而惧，已死而哀。今夫哭已死不哀而惧，是以知其有奸也[③]！”

【注释】

①御：车夫。

②手绞：亲手勒死。

③奸：罪恶，邪恶。

【译文】

春秋时郑卿子产一天早晨出门，路过东匠的家门口时，听见妇人的哭声，就按住车夫的手示意停车并倾听哭声。过了一会儿，子产派吏员逮捕那妇人审问她，那妇人正是亲手勒死丈夫的凶手。另一天车夫问子产：“先生您是怎么知道的？”子产说：“那妇人的哭声中充满畏惧。一般人对于他所亲爱的家人，在他们初发病时一定会担忧，到病危临死时会害怕，亲人病逝后会悲哀。现在这妇人丈夫已死而哭声不哀伤却畏惧，所以我知道她有罪。”

严尊为扬州[①]，行部[②]，闻道旁女子哭而不哀，问之，云夫遭火死。尊使舆尸到，令人守之，曰：“当有物往。”更日有蝇聚头所。尊令披视，铁椎贯顶。考问，乃以淫杀人者。韩滉在润州事同[3]。

【注释】

①严尊：东汉人，为长安令，政治严明，迁扬州刺史。为当地百姓所爱戴。后当迁官他处，吏民拦路阻止他离去。

②行部：汉制，刺史、太守常于八月巡视所属郡县，考察刑政，称为行部。

③韩滉在润州事：见于《酉阳杂俎》，事同不录。

【译文】

汉朝人严尊任扬州刺史，巡行下属郡县时，听道路旁女子痛哭但并不悲哀，问她，回答说是丈夫被火烧死了。严尊派人将尸首用车运到官府，命人看守，说："应当会有一些不寻常的东西出现。"隔日，果然有苍蝇聚集在死者的头部。严尊命人拨开头发来看，发现铁椎刺穿了死者头顶。经拷问，原来是因为奸情而杀人。韩滉在润州的事与此相同。

元绛

江宁推官元绛摄上元令[1]，甲与乙被酒相殴，甲归卧，夜为盗断足。妻称乙，执乙诣县，而甲已死。绛敕其妻曰："归治夫丧，乙已服矣。"阴遣谨信吏迹其后[2]，望一僧迎笑，切切私语[3]。绛命取系庑下[4]，诘妻奸状，即吐实。人问其故，绛曰："吾见妻哭不哀，且与伤者共席而襦无血污，是以知之。"

【注释】

①元绛：字厚之。北宋天圣进士。小时敏悟，登进士第，调江宁推官，摄上元令。被范仲淹推荐为知永新县。后为翰林学士，历知

开封府、三司使，参知政事。元丰中贬知亳州、颍州。善断疑狱。

②谨信吏：办事稳重可靠的吏员。谨信，恭谨诚信。

③切切：形容声音轻细。

④庑（wǔ）：堂下周围的走廊、廊屋。泛指房屋。

【译文】

宋朝时江宁县推官元绛代理上元县令时，有甲、乙两个县民酒醉后互殴，甲回到家中就醉卧在床，半夜被人砍断了双脚。甲妻指称凶手是乙，将乙押送到县里，而甲已因伤重不治死亡。元绛对甲妻说："你回去料理你丈夫的后事吧，乙已招供认罪了。"暗中派了办事稳重可靠的县吏尾随甲妻，远远见一个僧人向甲妻笑着迎上来，轻声私语。元绛立即派人逮捕甲妻绑在屋檐下，审问甲妻通奸罪状，甲妻只好从实招供。事后有人请教元绛，元绛说："我见甲妻虽哭但并不悲伤，况且她与死者共睡一榻而衣服上却没有血污，所以我判断这其中必有奸情。"

张昪

张昪知润州日[①]，有妇人夫出数日不归。忽有人报菜园井中有死人，妇人惊往视之，号哭曰："吾夫也！"遂以闻官。公令属官集邻里，就井验是其夫与否，皆以井深不可辨，请出尸验之。公曰："众皆不能辨，妇人独何以知其是夫？"收付所司鞫问，果奸人杀其夫，而妇人与谋者。

【注释】

①张昪（biàn）：字杲卿。宋仁宗嘉祐间官至参知政事、枢密使。

【译文】

张昪任润州知州时，有位妇人的丈夫出门几天都没有回家。忽然有人称菜园井中发现有死人，妇人大惊前往菜园观看，哭喊着说："是我丈夫啊！"于是众人报官处理。张昇命属吏召集邻人，前往井边验看是不是她丈夫，邻人都说井太深无法辨认，请将尸首自井底弄出来再辨认。张昇说："众人都说井深无法辨认，这妇人怎么就知道死者一定是她丈夫？"于是交付官府拷问，果然是奸夫杀了她的丈夫，而妇人是同谋的人。

陆云

陆云为浚仪令[①]，有见杀者，主名不立[②]。云录其妻而无所问，十许日，遣出。密令人随后，谓曰："其去不远十里，当有男子候之与语，便缚至。"既而果然。问之具服，云与此妻通，共杀其夫。闻妻得出，欲与语，惮近县，故远相伺候[③]。于是一县称为神明。

【注释】

①陆云：字士龙。与兄陆机齐名，号二陆。吴亡，随兄入洛，官太子舍人。为浚仪令，一县称其神明。历官尚书郎、侍御史、清河内史等。后与兄同为成都王司马颖所杀。

②主名不立：凶手没有确定。

③伺候：守候观望。

【译文】

陆云为浚仪令时，有县民被杀，但凶手还不能确定。陆云逮捕县民的妻子却不加审讯，过了十多天就放了。陆云暗中命人跟在她后面，对他说："离开这里不出十里地，应该会有一名男子在那儿等着与这妇人说话，把他抓回来。"果然不出陆云所料。审问之下全部招认，说与县民的妻子通奸，两人共同谋杀了妇人的丈夫。听说妇人被释放，想向她探问消息，又怕离县城太近，所以才在远处等候。于是全县百姓都称颂陆云断案如神。

蒋恒

贞观中，衡州板桥店主张迪妻归宁，有卫三、杨真等三人投宿，五更早发。夜有人取卫三刀杀张迪，其刀却内鞘中[①]，真等不知之。至明，店人追真等，视刀有血痕，囚禁拷讯，真等苦毒[②]，遂自诬服。上疑之，差御史蒋恒覆推。恒命总追店人十五已上毕至，为人不足，且散。唯留一老婆，年八十，至晚放出，令狱典密觇之[③]，曰："婆出，当有一人与婆语者，即记其面貌。"果有人问婆："使君作何推勘？"如此三日，并是此人。恒令擒来鞫之，与迪妻奸杀有实[④]。上奏，敕赐帛二百段，除侍御史。

【注释】

①内：同"纳"，收入。

②苦毒：痛苦。

③狱典：掌率狱吏的头目。

④与迪妻奸杀有实：按，底本无"妻"字，不通。此事见于《朝野佥载》，有"妻"字，据补。

【译文】

唐太宗贞观年间，衡州板桥店主张迪的妻子回娘家探亲时，有卫三、杨真等三人到店投宿，五更就早早出发走了。夜里有人拿卫三的刀杀了张迪，这把刀又被放回刀鞘中，杨真等人毫不知情。到天亮，店里的人追上杨真等人，检视卫三的刀有血痕，就囚禁三人并严刑拷问，杨真等人痛苦不堪,只得含冤认罪。皇上怀疑这个案子,就派御史蒋恒重新审理。蒋恒下令把店里十五岁以上的人全部拘捕到官府,又因为人数不足,让他们暂且散去。只单独留下一个老太婆,已经八十岁了,直到晚上才放出来,命狱典暗中监视她,说:“老太婆出官府后,必定有一个人跟老太婆说话,就牢记对方的长相。”果然有人上前询问老太婆:“御史大人怎么审问你的?”这样一连三天,都是同一个人。于是蒋恒下令捉拿他来审问,确实与张迪妻子有奸情而杀害了张迪。蒋恒结案上奏,太宗敕命赐他帛二百匹,并任命他为侍御史。

张松寿为长安令,治昆明池侧劫杀事,亦用此术[①]。

【注释】

①“张松寿为长安令”事:按,据《朝野佥载》,唐朝人张松寿为长安令时,昆明池侧发生劫杀案,十日内须获贼。张松寿至行劫处寻踪迹,见一老太太在树下卖食,就用从骑将她驮来县里,供以酒食。过了三天,还用马送回旧处,令一心腹人看着,只要有人与老太太说话就捉来。很快有人来向老太太打听案情审理情况,县吏就用布衫蒙上他的头送到县里,审问之下全部招认,人赃并获。

【译文】

张松寿任长安令时,审理昆明池边百姓被劫杀的命案,也是用这样的手法。

杨逢春

南京刑部典吏王宗,闽人。一日当直[①],忽报其妾被杀于馆舍[②]。宗奔去旋来,告尚书周公用[③],发河南司究问。欲罪宗,宗云:“闻报而归,众所共见。且是妇无外行[④],素与宗欢[5]，何为杀之？”官不能决。既数月，都察院令审事，檄浙江道御史杨逢春。杨示约某夜二更后鞫王宗狱[6]。如期，猝命隶云：“门外有觇示者，执来！”果获两人。甲云：“彼挈某伴行[7]，不知其由。”乃舍之，用刑穷乙[8]，乙具服，言与王宗馆主人妻乱[9]，为其妾所窥，杀之以灭口。即置于法而释宗。杨曰：“若日间，则观者众矣，何由踪迹其人？人非切己事[10]，肯深夜来看耶？”由是称为神明。

【注释】

①当直：在官府值班。

②馆舍：租用的寓所。

③周公用：周用，字行之。明弘治进士。历任南京兵科给事中、广东布政司参议、南工部、刑部尚书。后以工部尚书总督河道，官至吏部尚书。卒谥恭肃。时为南刑部尚书。

④外行（xíng）：异行，过分的行为。外，异，超出。

⑤欢：交好，融洽。

⑥示：宣告。

⑦挈（qiè）：带领，率领。

⑧穷：穷追，逼问。

⑨馆主人：所租寓所的主人。

⑩切己：犹切身。和自己有密切关系。

【译文】

南京刑部典吏王宗，是福建人。一天在官署值班时，忽然有人来报说他的小妾在租住的寓所被人杀害。王宗立即赶回家中，不久又回到官署，将此事禀报尚书周用，于是交给河南司来审理。河南司想要判王宗有罪，王宗说：“我听人报知才赶回家，大家都看见了。再说这个小妾没有过分的行为，一向与我感情融洽，我为什么要杀她？”河南司官员不知如何断案。几个月过后，都察院下令审查此事，命浙江道御史杨逢春主审。杨逢春宣布定在某夜二更后审讯王宗一案。到了那晚，突然命令衙役说：“府衙外有人徘徊窥伺，抓进来！”果然抓到两人。甲说：“是乙拉我一起来的，我完全不知情。”于是释放甲，用刑逼问乙，乙据实招供，说他与王宗房东的妻子通奸，被王宗的小妾看到了，只好杀人灭口。杨逢春将乙绳之以法而释放了王宗。杨逢春说：“如果我在白天审案，前来围观的人一定很多，怎么能追查凶手呢？一般人如果事情不是和自己密切相关，谁肯在半夜时看审案？”从此杨逢春被称为断案如神。

马光祖

马裕斋知处州[①]，禁民捕蛙。一村民将生瓜切作盖，刳虚其腹[②]，实蛙于中，黎明持入城，为门卒所捕，械至庭[③]。公心怪之，问：“汝何时捕此蛙？”答曰：“夜半。”问：“有人知否？”曰：“唯妻知。”公疑妻与人通，逮妻鞫之，果然。盖人欲陷夫而夺其妻，故使妻教夫如此，又先诫门卒，以故捕得。公遂置奸淫者于法。

【注释】

①马裕斋：马光祖，字华父，一字实夫，号裕斋。南宋宝庆进士。两知处州，三知建康府兼沿江制置使、江东安抚使，兴学举才，犒军民，减租税。反对贾似道行公田法。咸淳间为参知政事，并知枢密院事。未几，被论罢。谥庄敏。

②刳（kū）：挖，挖空。

③械：枷杻、镣铐之类的刑具。

【译文】

马裕斋知处州时,禁止百姓捕蛙。有一村民将生瓜顶部切作盖,将中间挖空,把蛙藏在瓜中,黎明时拿着进城,被守城兵逮捕,戴上刑具押到庭下。马光祖感到奇怪,问:"你什么时候去捕蛙的?"答:"半夜。"问:"有人知道你半夜捕蛙的事吗?"答:"只有妻子知道。"马光祖怀疑村民的妻子与人有私情,于是拘捕她前来审问,果然不出他所料。原来奸夫想谋害村民而占有其妻,于是唆使妻子教村民这样做,又事先叮嘱守城兵,所以村民被捕。马公于是将奸淫者依法查办。

苻融

秦苻融为司隶校尉[①],京兆人董丰游学三年而反,过宿妻家。是夜妻为贼所杀,妻兄疑丰杀之,送丰有司,丰不堪楚掠[②],诬引杀妻。融察而疑之,问曰:"汝行往还,颇有怪异及卜筮否?"丰曰:"初将发,夜梦乘马南渡水,反而北渡,复自北而南,马停水中,鞭策不去。俯而视之,见两日在水下,马左白而湿,右黑而燥。寤而心悸,窃以为不祥。问之筮者,云:'忧狱讼。远三枕,避三沐。'既至,妻为具沐,夜授丰枕。丰记筮者之言,皆不从。妻乃自沐,枕枕而寝。"融曰:"吾知之矣。《易》:坎为水,马为离。乘马南渡,旋北而南者,从坎之离[③]。三爻同变,变而成离[④];离为中女,坎为中男。两日,二夫之象。马左而湿,湿,水也,左水右马,冯字也;两日,昌字也。其冯昌杀之乎?"于是推验,获昌,诘之,具首服[⑤],曰:"本与其妻谋杀丰,期以新沐枕枕为验,是以误中妇人。"

【注释】

①苻融:字博休。十六国时前秦主苻坚之弟,封阳平公。曾任司隶校尉、太子太傅等职。好施爱士,善谋略。曾劝谏苻坚勿轻易大攻东晋。淝水之战时被杀。

②楚掠:拷打。

③“乘马南渡”几句:按《周易·说卦传》,坎为水,离为马,又为火。水五行在北方,火五行在南方,故曰“旋北而南者,从坎之离”。

④三爻同变,变而成离:坎(☵)三爻皆阴阳变易,即为离(☲)。

⑤首服:同“首伏”,坦白认罪。

【译文】

前秦人苻融任司隶校尉时,有个京兆人叫董丰,在外游学三年后返乡,途中住宿在妻子娘家。这夜妻子被人杀害,妻子的哥哥怀疑是董丰杀的,于是将董丰送官治罪,董丰禁不住拷打,含冤招认了杀妻之罪。苻融复核案件时觉得可疑,就问董丰说:“你启程返乡前,有没有发生一些怪异的征兆,或者曾经占卜过?”董丰说:“我准备出发时,晚上梦到自己骑马渡水向南走,不料却朝北行,不久又由北往南,马站在河中央,怎么鞭打它就是不走。我低头向下看,见水中有两个太阳,马的左边是白色的,而且被河水沾湿,马的右边却是黑色,没有沾到水。我醒来后心中发慌,私下里怕是不祥的征兆。请教占卜的人,说:‘恐怕会有牢狱之灾。要远离枕头三次,避开沐浴三次。’我到妻子家后,妻子为我准备了洗澡水,夜里拿了一只枕头给我。我牢记卜者的话,都没听她的。我妻子就自行洗了澡,枕着枕头睡觉。”苻融说:“我明白了。在《周易》中坎代表水,离代表马。骑马渡水往南,不久又由北往南,是从坎变为离;坎三爻一起变化,就变成离;离为中女,坎为中男。梦中两个太阳是表示有二夫之象。马左边沾湿,湿是表示水,左水右马合成‘冯’字;两日合成‘昌’字。难道凶手是冯昌吗?”于是推问验证,捕获冯昌,审问他,他全部交代认罪说:“本来与董丰的妻子商议杀掉董丰,约定以新洗澡、枕着枕头睡觉为记号,不料却误杀了他妻子。”

王明

西川费孝先善轨革[1],世皆知名。有客王旻因售货至成都,求为卦。先曰:“教住莫住,教洗莫洗;一石谷捣得三斗米[2];遇明则活,遇暗则死。”再三戒之,令“诵此足矣”[3]。旻受乃行,途中值大雨,众趋憩一屋下。旻思曰:“‘教住莫住’,得非此邪?”因冒雨行。未几,屋倾覆,旻独免。旻之妻与邻之子有私,许以终身,候夫归杀之。旻既至,妻约所私曰:“今夕但洗浴者,乃夫也。”及夜,果呼旻洗浴,旻悟曰:“‘教洗莫洗’,得非此邪?”坚不肯沐。妇怒,乃自浴,壁隙中枪出被害。旻惊骇罔测[4]。明日,邻人首旻害妻[5],郡守酷刑,旻泣言曰:“死则死矣,冤不必言,但孝先所言无验耳!”守叩得其言,沉思久之,呼旻问:“汝邻比有康七否[6]?”曰:“有之。”曰:“杀汝妻者,必是人也!”捕至,果服罪,因语僚佐曰:“一石谷舂得三斗米,得非康七乎?”此郡守,乃王明也。

【注释】

①费孝先:按,底本作“黄孝先”。此事最早见于晋干宝《搜神记》,作“费孝先”,今据改。宋朝亦有一术士费孝先,非此人。轨革:古占验术之一。以图画占吉凶。

②石(dàn):量词。计算容量的单位。十斗为一石。捣:舂,用杵臼捣去谷物的皮壳。

③诵：背诵。

④罔测：不测，出乎意料。

⑤首：告发。

⑥康七：一石为十斗，减去三斗米，还剩七斗糠，谐音“康七”。

【译文】

西川人费孝先擅长以图画占吉凶的轨革术，远近知名。有个叫王旻的商人因做买卖到成都，求费孝先替他卜上一卦。费孝先说：“教你住不要住，教你洗不要洗；一石谷子磨出三斗米；碰到明就能活，遇到暗只有死。”再三告诫他，说“背熟这些话就足够了”。王旻接受告诫后就出发回家，途中遇上大雨，众人都跑到一处屋下避雨。王旻想：“‘教你住不要住’，莫非就是指这件事吗？”于是冒雨而行。不多久，那间屋子倒塌，只有王旻幸免。王旻的妻子与邻居的儿子有奸情，两人互许终身，想等王旻返家后杀死他。王旻回到家后，他妻子与奸夫约定：“今晚只要是洗澡的，就是我丈夫。”到了夜里，王妻果然要他洗澡，王旻醒悟到：“‘教你洗不要洗’，莫非就是指这件事吗？”坚持不肯洗。他妻子大怒，就自己去沐浴，壁缝中突然伸出一支长枪将王妻刺死。王旻惊慌害怕不知是怎么回事。第二天，邻人告发王旻谋害妻子，郡守对王旻严刑拷问，王旻哭着说：“死就死吧，冤枉就不必说了。只是费孝先所说的没有应验啊！”郡守细问下得知费孝先的卦辞，沉思许久，叫来王旻问：“你的邻居中有叫康七的人吗？”回答说：“有。”郡守说：“杀害你妻子的一定是这个人！”康七被抓捕归案，果然认罪。郡守对僚属说：“一石谷舂得三斗米，那不是还有米糠七斗吗？”这位郡守，就是王明。

范纯仁

参军宋儋年暴死，范纯仁使子弟视丧。小敛[①]，口鼻血出，纯仁疑其非命[②]。按得其妾与小吏奸，因会，置毒鳖肉中。纯仁问食肉在第几巡，曰："岂有既中毒而尚能终席者乎？"再讯之，则僭年素不食鳖，其曰毒鳖肉者，盖妾与吏欲为变狱张本以逃死尔[3]。寔僭年醉归[4]，毒于酒而杀之，遂正其罪。

【注释】

①小敛：即小殓。给死者沐浴、穿衣、覆衾。

②非命：因意外的灾祸而死。

③为变狱张本：为翻案预做的安排。张本，为事态的发展预先做的安排。

④寔：同"实"。

【译文】

宋朝参军宋僭年暴毙，范纯仁派子弟吊丧。小殓时，发现死者口鼻出血，因此范纯仁怀疑参军是死于非命。调查审问得知参军的小妾与小吏通奸，趁着聚会，在鳖肉中下了毒。范纯仁问鳖肉是第几道菜，说："哪有中毒后还能支撑到饭局结束的？"再审问两人，原来宋僭年从来不吃鳖肉，供说在鳖肉中下毒，只是妾与小吏为了日后翻案活命预做的安排。事实上是宋僭年酒醉回家后，他的小妾在酒里下毒将他毒死，于是按律治了两人之罪。

刘崇龟

刘崇龟镇海南[1]，有富商子少年泊舟江岸，见高门一妙姬[2]，殊不避人。少年挑之曰："黄昏当访宅矣！"姬微哂[3]。是夕，果启扉候之。少年未至，有盗入欲行窃。姬不知，就之；盗谓见执，以刀刺之，遗刀而逸。少年后至，践其血，仆地，扪之，见死者，急出，解维而去[4]。明日，其家迹至江岸，岸上云："夜有某客船径发。"官差人追到，拷掠备至，具实吐之，唯不招杀人。视其刀，乃屠家物。崇龟下令曰："某日演武，大飨军士[5]，合境庖丁集毬场以俟烹宰[6]。"既集，又下令曰："今日已晚，可翼日至[7]。"乃各留刀，阴以杀人刀杂其中，换下一口。明日各来请刀，唯一屠者后至，不肯持去。诘之，对曰："此非某刀，乃某人之刀耳。"命擒之，则已窜矣。乃以他死囚代商子，侵夜毙于市[8]。窜者知囚已毙，不一二夕果归，遂擒伏法。商子拟以奸罪，杖背而已。

【注释】

①刘崇龟：字子长。唐咸通进士。曾出任广州刺史、清海军节度、岭南东道观察处置使。

②高门：借指富贵之家。妙姬：美女。

③哂（shěn）：微笑。

④维：系舟的绳子。

⑤大飨（xiǎng）：以酒食慰劳下级。

⑥毬场：古代进行击毬游戏的场地。军中毬场也作屯兵、习武、集结之用。

⑦翼日：明日。翼，通"翌"。

⑧侵夜：入夜，夜晚。

【译文】

刘崇龟镇守海南时，有位年轻的富商子弟将船停泊在江岸，见一大户人家门前有位美人，一点也不回避陌生人。富商子挑逗她说："黄昏后到府上拜访你。"美女微微笑了笑。当晚，美人果然打开门等候富商子。富商子还没到，有个小偷入宅想要偷东西。美人不知道，就迎上来；小偷以为她是来抓自己，就用刀刺杀了她，留下凶刀逃走了。富商子随后到了，踏到血迹，摔倒在地，用手一摸，发现了死人，急忙出门，解缆开船离去。第二天，美女家循着血脚印追踪到江岸，岸边百姓说："昨晚半夜有某人的客船匆匆离去。"差官追捕到富商子，经过严刑拷问，富商子据实回答，只是不承认杀人。检视那把凶刀，是屠夫所用的刀。刘崇龟下令说："某日举行比武演习，要犒赏军士，境内所有厨师都要到毬场集合等候宰杀牲畜做饭。"厨师们集合之后，又下令说："今天时间已晚，明天再来。"于是让厨师们各自留下所携带的屠刀，暗中将那把凶刀混在其中，换下了其中一把。第二天，厨师们前来领刀，唯有一名屠夫后来才到，迟迟不肯领刀。问他原因，他回答说："这不是我的刀，是某某人的。"刘崇龟下令捉拿，那屠夫已先一步逃走了。于是刘崇龟用其他死囚犯假冒富商子，夜里在集市上杀死。那逃走的真凶得知富商子已被正法，不过一两天果然回家了，于是将他逮捕治罪。富商子拟定为通奸罪，杖打脊背而已。

郡从事

有人因他适回，见其妻被杀于家，但失其首，奔告妻族。妻族以婿杀女，讼于郡主[①]。刑掠既严，遂自诬服。独一从事疑之，谓使君曰[②]："人命至重，须缓而穷之。且为夫者，谁忍杀妻？纵有隙而害之，必为脱祸之计，或推病殒，或托暴亡。今存尸而弃首，其理甚明，请为更谳[③]。"使君许之。从事乃迁此系于别室，仍给酒食。然后遍勘在城仵作行人[④]，令各供近来与人家安厝坟墓多少文状[⑤]。既而一一面诘之，曰："汝等与人家举事[⑥]，还有可疑者乎？"中一人曰："某于一豪家举事，共言杀却一奶子[⑦]。于墙上舁过，凶器中甚似无物[8]。见在某坊。”发之，果得一妇人首。令诉者验认，则云非是。遂收豪家鞫之，豪家款伏。乃是与妇私好，杀一奶子，函首而葬之，以妇衣衣奶子身尸，而易妇以归，畜于私室。其狱遂白。

【注释】

①郡主：此处指郡守。

②使君：对州郡长官的尊称。

③更谳（yàn）：重新审理。谳，议罪，判定。

④仵作行人：指经营丧葬这一行业的人。仵作，以检验死伤、代人殓葬为业的人。

⑤安厝（cuò）：安葬。厝，停柩待葬。

⑥举事：此指办丧事。

⑦奶子：奶妈。

⑧凶器：此处指棺木。

【译文】

某人因为有事回家，发现妻子被人杀害在家里，但头颅却不见了，这人急忙奔告妻子的娘家。妻子亲族认为是女婿杀了女儿，于是向郡守控告他。这人禁不起严刑拷打，只得自己含冤招供认罪。独有一名从事觉得可疑，对郡守说：“人命最重要，应该慢慢地彻底追查。况且作为丈夫，谁狠得下心杀妻子？纵使有矛盾要杀害妻子，一定会想尽办法为自己脱罪，或者推说对方病死，或者说是暴毙。现在保留尸身却扔掉头颅，显而易见绝不是死者丈夫所杀，请允许我重审。”郡守答应了。于是从事把这人迁到别的囚室囚禁，又给他酒食吃。然后审问郡中所有从事丧葬业的人，要他们各自书面呈报最近为多少人家办丧事、修坟墓等情况。接着又一一当面询问他们：“你们为丧家办丧事，可有什么可疑的事吗？”其中一人说："我为一富豪家办丧事，丧家都说是杀了一个奶娘。当我们从墙头把棺木抬出去时，感觉棺材里面好像没有尸体。现在那口棺材就在某坊。"从事派人打开棺材，果然发现一颗妇女的头颅。让诉讼双方辨认，却说并非死者的头颅。从事于是抓来富豪审问，富豪认罪。原来富豪与这人的妻子有私情，于是杀了一名奶娘，把奶娘的头放在棺材里埋葬，把他妻子的衣服套在奶娘尸体上放在她家，把他妻子换过来带回家，养在自己家里。此案情于是真相大白。

徽商狱[1]

徽富商某，悦一小家妇，欲娶之，厚饵其夫[2]。夫利其金以语妇，妇不从，强而后可。卜夜为具招之[3]，故自匿，而令妇主觞[4]。商来稍迟，入则妇先被杀，亡其首矣。惊走，不知其由。夫以为商也，讼于郡。商曰："相悦有之，即不从，尚可缓图，何至杀之？"一老人曰："向时叫夜僧[5]，于杀人次夜遂无声，可疑也。"商募人察僧所在，果于傍郡识之。乃以一人着妇衣居林中，候僧过，作妇声呼曰："和尚还我头！"僧惊曰："头在汝宅上三家铺架上！"众出缚僧，僧知语泄，曰："向其夜门启，欲入盗，见妇盛装泣床侧，欲淫不可得，杀而携其头出，挂在三家铺架上。"拘上三家人至，曰："有之，当时惧祸，移挂又上数家门首树上。"拘又上数家人至，曰："有之，当日即埋着园中。"遣吏往掘，果得一头，乃有须男子，边批：天理。再掘而妇头始出。问头何从来，乃十年前斩其仇头，于是二人皆抵死。

【注释】

①徽商狱:按,底本作“商狱”。查此事见载于王同轨《耳谈增类》,标题为“徽富人某”,冯梦龙《二刻拍案惊奇》中“程朝奉单遇无头妇　王通判双雪不明冤”故事即由此事敷衍而成,亦云是徽州富商;明积秀堂本作“徽商狱”。当有“徽”字,今据补。正文第一句底本也无“徽”字,同补。

②饵:泛指引诱之物。

③卜夜:约定某夜。为具:设酒食。

④主觞(shāng):招待客人饮食。觞,请人喝酒。

⑤叫夜僧:每夜敲梆高叫,求人布施的和尚。

【译文】

徽州一名富商,喜欢上一位普通人家的妻子,想娶她,于是用厚礼收买女子丈夫。丈夫禁不住金钱诱惑就对妻子说了,妻子不肯,丈夫逼迫她才勉强同意。约定某天夜晚准备酒饭邀富商来家,丈夫故意躲起来,让妻子招待富商。富商来得稍晚了一点,进门发现女子已遭人杀害,头颅不见了。富商惊慌地逃走,不知道是什么缘故。丈夫以为是富商杀了自己妻子,于是告到郡府。富商说:“我喜欢那女子是实情,但即使是她不肯答应,还可以慢慢商量,何至于要杀了她呢?”一个老人说:“之前那个叫夜僧,在杀人案第二天后就再没来叫夜,这事很可疑。”富商雇人追查和尚行踪,果然在邻郡发现了他。于是让一个人穿上妇人的衣服在树林中等候,待和尚经过时,假冒妇人的声音大叫:“和尚还我头!”和尚在惊惶中脱口而出:“你的头在你家上首第三家铺子的铺架上。”众人拥出把和尚捆绑起来。和尚知道事情已经败露,招认说:“那夜我见她家大门开着,想进屋偷东西,见那女子盛装坐在床边哭泣,我想与她亲热,她不肯,只好杀了她带走了她的头,挂在她家上首第三家铺子的铺架上。”捕役拘来上首第三家铺子的人,说:“确有此事,当时害怕惹祸,把人头移走挂到再上首几家门口的树上了。”捕役拘来再上首几家的人,说:“确有此事,当晚就埋在后园中。”派吏卒去挖,果然挖出一颗人头,却是一名有胡须的男子的,边批:天理。再挖旁边才将女子的头挖出。质问那家人男子头从何而来,原来是十年前所斩的仇人的头,于是将和尚与这个人两人都判了死刑。

临海令

临海县迎新秀才适黉宫[①],有女窥见一生韶美[②],悦之。一卖婆在傍曰[③]:“此吾邻家子也。为小娘子执伐[④],成,佳偶矣!”卖婆以女意诱生,生不从。卖婆有子无赖,因假生夜往,女不能辨。一日,其家舍客,夫妇因移女,而以女榻寝之。夜有人断其双首以去。明发以闻于县,令以为其家杀之,而橐装无损[⑤],杀之何为?乃问:“榻向寝谁氏?”曰:“是其女。”令曰:“知之矣!”立逮其女,作威震之曰:“汝奸夫为谁?”曰:“某秀才。”逮生至,曰:“卖婆语有之,何尝至其家!”又问女:“秀才身有何记?”曰:“臂有痣。”视之无有。令沉思曰:“卖婆有子乎?”逮其子,视臂有痣,曰:“杀人者汝也!”刑之,即自输服。盖其夜扪得骈首[⑥],以为女有他奸,杀之。生由是得释。

【注释】

①黉(hóng)官:州、府、县学。

②韶美:俊美。

③卖婆:旧指出入人家买卖物品的老年妇女。

④执伐:为人做媒。

⑤橐(tuó)装:装在袋子里的财物。

⑥骈首：两头相并。

【译文】

临海县迎接新秀才去县学，有位少女偷看到其中一个秀才非常俊美，很喜欢他。一个卖婆在旁边说："这秀才是我邻居的儿子。我替你去说媒，说成了，就是一对佳偶。"于是卖婆就把少女的心意转达给秀才，秀才没同意。卖婆有个不长进的儿子，于是假冒书生趁夜去少女房中相会，少女也不能分辨真假。一天，少女家中留客住宿，夫妇俩就将少女移到其他房间，让客人睡在少女床上。当夜有人砍下两位客人的首级逃走了。第二天天亮事发到县里报了案，县令认为是少女的家里人杀的，可是被害人的财物不见短少，那又为什么杀他们呢？于是问道："之前是谁睡在这张床上？"回答说："是他家女儿。"县令说："我知道了！"立刻传讯少女，摆出威严的样子震吓她说："你的奸夫是谁？"少女回答说："是某秀才。"县令将秀才传来，秀才说："卖婆提到过那少女的意思，但我哪里去过少女家啊！"县令再问少女："秀才身上可有特征？"少女说："他胳膊上有一颗痣。"经查验，秀才的胳膊上并没有痣。县令沉思说："卖婆可有儿子？"于是传卖婆儿子来审讯，发现他的胳膊上有一颗痣，说："杀人的就是你！"对他用刑，他立即认了罪。原来他那夜一摸之下发现有两人并头而睡，以为少女有了其他奸夫，就将两人杀死了。秀才于是得以无罪释放。

王安礼

王安礼知开封府[①]，逻者连得匿名书告人不轨[②]，所涉百余人。帝付安礼令亟治之。安礼验所指略同，最后一书加三人，有姓薛者。安礼喜曰："吾得之矣！"呼问薛曰："若岂有素不快者耶[③]？"曰："有持笔求售者，拒之，鞅鞅去[④]，其意似见衔[⑤]。"即命捕讯,果其所为。枭其首于市,不逮一人,京师谓之神明。

【注释】

①王安礼:字和甫,王安石弟。宋嘉祐进士。神宗时为翰林学士,知开封府。

②逻者:侦察、巡逻的人。

③不快:此指有仇隙之人。

④鞅鞅:因不平或不满而郁郁不乐。鞅,通"怏",郁郁不乐。

⑤衔:怀恨。

【译文】

宋朝人王安礼任开封知府时,巡逻的人接连获得匿名信检举他人不法,涉及的官员有一百多人。皇帝命令王安礼急速查办。王安礼仔细核验后发现所有的匿名信所检举的人大致相同,只有最后一封多写了三个人的名字,其中有一位姓薛的官员。王安礼高兴地说:"我找到答案了。"于是叫来薛姓官员问道:"你平常是否曾与人有过节?"回答说:"前些日子,有人拿着笔向我兜售,我拒绝了他,他很不高兴地走了,我见他脸上好像有股恨意。"王安礼立即派人逮捕卖笔人讯问,果然是他所为。王安礼于是将这人在市中斩首悬挂示众,并没有牵连一人,当时京师无不称王安礼断案如神。

母讼子 二条

一

李杰为河南尹[①],有寡妇讼子不孝。杰物色非是[②],语妇曰:"若子法当死,得无悔乎?"答曰:"子无状[③],不悔也!"

边批：破绽。杰乃命妇出市棺为敛尸地，而阴令使踪迹之。妇出，乃与一道士语。顷之，棺至，杰捕道士按之，故与妇私，而碍于其子不得逞者。杰即杀道士，纳之棺。边批：快人！

【注释】

①李杰：本名务光。武则天朝举明经，为吏详敏，颇受称誉。玄宗开元初，出任河南尹，组织百姓在黄河与济水之间修复梁公堰，使公私俱获其利。

②物色：调查。非是：不实。

③无状：无礼。

【译文】

李杰当河南尹时，有寡妇控诉儿子不孝。李杰查证后发觉并不是寡妇说的那样，于是对寡妇说："你儿子依法该处死，你不会后悔吗？"寡妇说："儿子太无礼了，我不会后悔！"边批：破绽。李杰命寡妇到市场上买棺材为给儿子收尸做准备，暗中却派人跟踪她。寡妇出了衙门，就与一名道士交谈。不久，棺木送到衙门前，李杰下令逮捕道士讯问，原来道士过去与寡妇私通，但碍于寡妇的儿子不能达到目的。李杰就下令杀了道士，把尸首放进了那口棺材里。边批：大快人心。

二

包恢知建宁[①]，有母愬子者[②]，年月后作"疏"字[③]。恢疑之，呼其子问，泣不言。恢意母孀与僧通，恶其子谏而坐以不孝，状则僧为之也。因责子侍养勿离跬步[④]，僧无由至。母乃托夫讳日入寺作佛事[⑤]，边批：来了。以笼盛衣帛出[⑥]，旋纳僧笼内以归。恢廉知[⑦]，使人要其笼[⑧]，置诸库。逾旬，吏报笼中臭，恢乃命沉诸江，语其子曰："吾为若除此害矣！"

【注释】

①包恢：字宏父。南宋嘉定进士。历知台州、建宁，累迁刑部尚书。所至守法奉公，决狱明察，去奸吏，抑豪强。

②愬（sù）：诉说，告发。

③年月后作“疏”字：僧、道书写应用文字，常在年月后写一个“疏”字，有“述”的意思。

④跬（kuǐ）步：半步。指极近的距离。

⑤讳日：忌日。

⑥笼：竹编的衣箱。

⑦廉知：查访得知。廉，考察，查访。

⑧要：强行索要。

【译文】

包恢任建宁知府时，有位母亲控告儿子，状纸年月之后写有“疏”字。包恢对此起了疑心，就传妇人的儿子来问话，妇人的儿子哭着不说话。包恢推测这母亲孀居与和尚私通，厌烦儿子劝阻而强加给他一个不孝的罪名，状纸则是和尚写的。于是责令儿子奉养母亲要寸步不离，和尚于是没有机会再来。母亲只好借口在丈夫的忌日去寺庙做法事，边批：来了。出门时用竹箱盛放衣物钱帛，旋即让和尚躲进竹箱中抬回家。包恢查访得知，派人强行索要了箱子，放在府库里。过了十多天，小吏报告说箱子里发出恶臭，包恢就命人将竹箱投入江中，然后对那个儿子说：“我已为你除去那祸害了！”

僧寺求子 二条

一

广西南宁府永淳县宝莲寺有“子孙堂”，傍多净室[①]，相传祈嗣颇验，布施山积。凡妇女祈嗣，须年壮无疾者，先期斋戒，得圣筶方许止宿[2]。其妇女或言梦佛送子，或言罗汉，或不言；或一宿不再，或屡宿屡往。因净室严密无隙，而夫男居户外，故人皆信焉。闽人汪旦初莅县，疑其事，乃饰二妓以往，属云："夜有至者，勿拒，但以朱墨汁密涂其顶。"次日黎明，伏兵众寺外，而亲往点视。众僧仓惶出谒，凡百余人。令去帽，则红头墨头者各二，令缚之，而出二妓使证其状，云：钟定后[3]，两僧庚至[4]，赠调经种子丸一包。汪令拘讯他求嗣妇女，皆云无有。搜之，各得种子丸如妓，乃纵去不问。而召兵众入，众僧慑不敢动，一一就缚。究其故，则地平或床下悉有暗道可通[5]，盖所污妇女不知几何矣。

【注释】

①净室：寺院中的居室。

②筶（gào）：卜具。用类似黄牛角的弯竹蔸（dōu）剖半而成，占卜者在神前投掷，观其俯仰，以定吉凶。

③钟定：指夜深人静时刻。古代亥时（相当于21时至23时）以后，人们开始安息，称为人定。人定鸣钟为信，故称。

④庚至：更换来到。庚，通"更"，变更，更换。

⑤地平：此指地板。

【译文】

广西南宁府永淳县宝莲寺有座"子孙堂"，旁边设有许多净室，相传求子非常灵验，因此信徒布施的金银堆积如山。凡是前来求子的妇女，必须年轻身体健康的，要事先斋戒，占卜得到神明应允后才准许住宿。曾经留宿的妇女有的说梦到佛送子，有的说是罗汉送子，也有的不发一言；有的妇女住一夜就不再留宿，也有的多次前往留宿。因净室严密没有缝隙，而妇女的丈夫就住在净室外，所以人们都相信求子灵验。福建人汪旦初到永淳县任县令，对这件事感到怀疑，就让两名妓女扮成民妇入寺求子，并嘱咐她们说："如果夜晚有人到净室来，不要拒绝，只要暗中用红黑墨水涂在对方头顶就可以了。"第二天一大早，汪旦命士兵在寺外埋伏，自己亲自入寺查点验看。众僧急忙出迎，共一百多人。汪旦命众僧全部摘下僧帽，僧人中头顶涂有红墨水或黑墨水的各有两名，汪旦命人把他们捆绑起来，让两名妓女出面指证，说是：钟定过后，有两个和尚交替进入净室，赠给我们一包调经种子丸。汪旦命拘讯其他求子的妇女，她们却都说没有。汪旦命人搜查，都搜到了和妓女一样的种子丸，于是释放了妇女不加追究。然后召来埋伏的军队入寺，僧人们吓得不敢动，一一束手就缚。追查其中缘故，原来净室地板或床下都有地道可通，他们所奸污的妇女不知有多少。

既置狱，狱为之盈。住持名佛显，谓禁子凌志曰："我掌寺四十年，积金无算。自知必死，能私释我等暂归取来，以半相赠。"凌许三僧从显往，而自与八辈随之。既至寺，则窖中黄白灿然，恣其所取。僧阳束卧具，而阴收寺中刀斧之属，期三更斩门而出。汪方秉烛构申详稿[①]，忽心动，念百僧一狱，卒有变莫支，乃密召快手持械入宿[②]。甫集[③]，而僧乱起。僧所用皆短兵，众以长枪御之，僧不能敌，多死。显知事不谐[④]，扬言曰："吾侪好丑区别[⑤]，相公不一一细鞫，以此激变。然反者不过数人，今已诛死，吾侪当面诉相公。"汪令刑房吏谕曰："相公亦知汝曹非尽反者，然反者已死，可尽纳器械，明当庭鞫分别之。"器械既出，于是召僧每十人一鞫，以次诛绝。至明，百僧歼焉。究器械入狱之故，始知凌志等弊窦[⑥]，而志等则已死于兵矣。

【注释】

①构申详稿：构思起草申报此案详情的文稿。申详，向上级官府详细呈报。

②快手：捕快。旧时衙署中专管缉捕的差役。宿：守卫。

③甫（fǔ）集：刚集合。甫，刚刚。

④谐：办妥，办成。

⑤好丑区别：此指有好有坏。

⑥弊窦：产生弊害的漏洞。

【译文】

僧人们被押入狱后，牢房都满了。宝莲寺的住持法名叫佛显，对狱卒凌志说："我主持宝莲寺四十年，积财无数。我知道这次必死无疑，如果你能私下放我们暂时回寺取来，我愿意把一半的财宝赠给你。"凌志答应佛显带三名弟子回寺，自己也率八名士兵跟随。到了宝莲寺，地窖中堆放的一箱箱金银闪闪发光，佛显让凌志等人随意拿取。寺僧们假装收拾衣物寝具，暗中搜集寺中刀斧之类兵器暗藏其中，约定三更时分斩杀狱卒后逃跑。这时汪旦正在灯下起草申报此案详情的呈文，忽然心念一转，想到一百多名和尚囚禁在一所监狱中，万一有突发状况很难应付，于是秘密召唤捕快携带兵器进入监狱守卫。才集合完毕，僧人的暴动就发生了。僧人们使用的都是刀斧等短兵器，众捕快用长枪抵御，僧人不能抵挡，死伤惨重。佛显见大势已去，对外喊话道："我们这些僧人有好有坏，县官大人不一一细加审问，才会激发今天的暴乱。但主谋的不过几个人，如今已被杀死，我们希望面见大人陈诉。"汪旦令刑房属吏告知僧人说："相公也知道你们并非全部都参与了暴动，现在主谋者已死，你们只要交出全部武器，明天自会当庭审问加以区别。"僧人们交出武器后，汪旦让他们每十人一组加以审讯，按次序处斩。到天亮，一百多名僧人全部处决。追查兵器能够进入狱中的原因，才知道是凌志等人渎职造成的漏洞，而凌志等人已在暴乱中丧生了。

万历乙未岁[①],西吴许孚远巡抚八闽[②],断某寺绛衣真人从大殿蒲团下出,事略同。

【注释】

①万历乙未岁:万历二十三年,1595年。

②西吴:明清时湖州的别称。许孚远:字孟中。明嘉靖进士。万历二十年(1592)擢右佥都御史,巡抚福建,募民垦海滩,筑城建营舍,聚兵以抵御倭寇。后官至兵部左侍郎。八闽:元代分福建为福州、兴化、建宁、延平、汀州、邵武、泉州、漳州八路,明改为八府,总称福建为八闽。

【译文】

万历乙未年,西吴人许孚远任福建巡抚时,判某寺绛衣真人利用大殿蒲团下的秘道出来作恶一案,事情大体相同。

二

黄绂[①],封丘人,为四川参政时[②],过崇庆,忽旋风起舆前。公曰:"即有冤,且散,吾为若理!"风遂止。抵州,沐而祷于城隍[③],梦中若有神言州西寺者。公密访州西四十里,有寺当孔道[④],倚山为巢。公旦起,率吏民急抵寺,尽系诸僧。中一僧少而状甚狞恶,诘之,无祠牒[⑤],边批:今僧多无牒者,何如?即涂醋垩额上[⑥],晒洗之,隐有巾痕[⑦]。公曰:"是盗也!"即讯诸僧,不能隐,尽得其奸状。盖寺西有巨塘,夜杀投宿人沉塘中,众共分其赀;有妻女,则又分其妻女,匿之窖中,恣淫毒久矣[⑧]。公尽按律杀僧,毁其寺。

【注释】

①黄绂：字用章。明正统年间进士。宪宗成化时任四川左参政，官至南京左都御史。为人刚正廉洁，人称“硬黄”。

②参政：明代于各省布政使下设左、右参政。

③沐：沐浴，以示敬重。城隍：守护城池的神。明太祖下令各府、州、县均为立庙。

④当孔道：正当交通要道。孔道，必经之道，四通八达之地。

⑤祠牒：由礼部祠祭司所发的度牒，是成为合法僧人的凭证。

⑥垩（è）：白色泥土。

⑦巾：头巾。古代平民用以裹头。

⑧淫毒：奸淫残害。

【译文】

黄绂是封丘人，任四川参政时，路经崇庆，忽然车前刮起一阵旋风。黄绂说：“如果是因为有冤情的话，也请先散开，我为你理冤。”那股旋风于是就停息了。黄绂抵达州府，沐浴斋戒后到城隍庙祝祷，梦中似乎有神明说州西的一处寺庙。黄绂暗中寻访到在州西四十里处，有座庙正当交通要冲，倚山而建。黄绂天亮起身，率领吏民迅速赶到寺庙，擒下寺中所有僧人。其中一名年轻僧人面目甚是狰狞凶恶，经审问，发现他没有礼部颁发的度牒，边批：如今很多僧人没有度牒，怎么办？随即在他额头涂上醋和垩土，晒干后冲洗，隐隐有一道扎过头巾的痕迹。黄绂说：“这人就是盗匪！”随即审讯寺中其他僧人，僧人们不能隐瞒，于是得到了所有作恶的情况。原来寺西有个巨大的池塘，僧人们劫杀夜晚投宿寺庙的人，将尸体沉入池塘，然后众僧瓜分财物；如果死者有妻女，就分占妻女，把她们藏在地窖，肆意奸淫残害百姓已经很久了。黄绂按律杀掉了所有寺僧，并拆毁了寺庙。

鲁永清

成都有奸狱，一曰“和奸”[1]，一曰“强奸”，臬长不能决[2]，以属成都守鲁公[3]。公令隶有力者去妇衣，诸衣皆去，独里衣妇以死自持[4]，隶无如之何。公曰：“供作和奸。盖妇苟守贞，衣且不能去，况可犯邪！”

【注释】

①和奸：双方情愿的通奸。

②臬（niè）长：臬司的主管官员，即提刑按察使，主管一省刑狱。

③鲁公：鲁永清，字本端。明成化进士。为大理评事，断狱如神，出知成都府。

④自持：自守。

【译文】

成都发生一件奸案，男方说是通奸，女方说是强奸，按察使无法判决，于是就把全案移送成都知府鲁永清裁决。鲁公令身强体健的狱卒脱去女方的衣服，其他衣服都脱掉了，只有最后一件贴身内衣，女人拼死挣扎自守，狱卒束手无策。鲁公说：“通奸成立。因为女方果真守贞洁，内衣尚且脱不下来，又如何能强奸她呢？”

鲁公蕲水人，决狱如流。门外筑屋数椽[1]，锅灶皆备。讼者至，寓居之。一见即决，饭未尝再炊，有“鲁不解担”之谣[2]。

【注释】

①椽：指房屋的间数。

②不解担：意谓行李担子还没解开，案子就处理完了。

【译文】

鲁永清是蕲水人，断案迅速如流水。他在府门外盖了几间屋舍，锅灶都齐备。诉讼的人到了，就寓居在这里。案子只一次审问就可以判决，没有再做第二次饭的，有“鲁不解担”的民谣。

张辂[①]

石晋魏州冠氏县华林僧院[②]，有铁佛长丈余，中心且空。一旦云“铁佛能语”，徒众称赞，闻于乡县，士众云集，施利填委[③]。时高宗镇邺[④]，命衙将尚谦赍香设斋[⑤]，且验其事。有三传张辂请与偕行[⑥]，暗与县镇计[⑦]，遣院僧尽赴道场[⑧]。辂潜开僧房，见地有穴，引至佛座下[⑨]。乃令谦立于佛前，辂由穴入佛空身中，厉声俱说僧过，即遣人擒僧，取其魁首数人上闻，戮之。

【注释】

①张辂：底本作张辂，据《疑狱集》改。

②石晋：石敬瑭所建之五代时后晋。

③施利：施舍的财物。填委：纷集，堆积。

④高宗镇邺：高宗，指后汉高祖刘知远。后晋天福五年至六年（940—941），为晋之邺都留守、侍卫马步都指挥使。邺，在今河北临漳西南。

⑤衙将：唐代军府中的武官。泛指低级军官。设斋：向僧尼施食。

⑥三传：当时称多知古事、能说会唱的人为三传。

⑦县镇：冠氏县主管刑狱、贼盗、兵民等事的官吏。

⑧道场：释、道二教称诵经礼拜的场所。

⑨引：延伸。此指直通。

【译文】

后晋时魏州冠氏县有座华林僧院，寺中有一尊一丈多高的铁佛像，内部是空心的。有一天传说“铁佛显灵，开口说话”，信徒们纷纷称颂赞誉，各乡各县都听到了这个消息，百姓们迅速汇集而来，所布施的金银更是堆积如山。当时，刘知远正率军镇守邺州，命衙将尚谦带上香向众僧施斋饭，并查证铁佛显灵说话是否真有其事。有个三传人张辂请求与尚谦一起去，暗中与县镇商量，命令寺中所有僧侣赴道场诵经。张辂趁机潜入寺僧禅房，见禅房中有一地道，直通佛座下。于是他要尚谦立在佛前，而张辂自己由地道进入佛像身中，然后厉声数落和尚们的罪行，接着下令逮捕僧人，取为首欺众的几个僧人上奏，杀了他们。

慕容彦超

慕容彦超为泰宁节度使，好聚敛，在镇常置库质钱[①]。有奸民为伪银以质者，主吏久之乃觉。彦超阴教主吏夜穴库垣，尽徙金帛于他所，而以盗告。彦超即榜市，使民自言所质以偿。于是民争来言，遂得质伪银者。超不罪，置之深室，使教十余人为之，皆铁为之质而包以银，号“铁胎银”。

【注释】

①镇：方镇。此指所在方镇的任所所在地。库：典当铺。

【译文】

慕容彦超任泰宁节度使时，喜欢积敛财物，在任所常开典当铺来让人典当东西换钱。有个奸诈的百姓用假银子来典当，主管的官吏过了很长一段时间才发觉。慕容彦超私下里让主管官吏趁夜在库房墙上凿一大洞，将全部钱帛搬运到其他地方，再以库银遭窃上告。慕容彦超立即在市集张贴告示，要民众自行来报告所质押的东西以便偿还。于是民众争相来报告，终于抓到质押假银子的人。慕容彦超没有将他治罪，反而把他安置在一个幽深的房间，让他教十多个人学习伪造银子的技术，都是以铁为中心而用银包裹，称为“铁胎银”。

得质伪银者，巧矣；教十余人为之，是自为奸也。后周兵围城[①]，超出库中银劳军，军士哗曰：“此铁胎耳！”咸不为用，超遂自杀。此可为小智亡身之戒！

【注释】

①后周兵围城：后周广顺二年（952），后周太祖郭威亲率军队围兖州。慕容彦超性贪吝，无斗志。城破，彦超与妻投井死。

【译文】

抓到典押假银子的人，很高明；但教十多个人学习制造假银的技术，就是自己作恶了。后来后周士兵围城，慕容彦超拿出府库中的银子犒赏士兵，军士们大声喧哗说：“这是铁胎银！”都拒绝为他效命，慕容彦超于是被迫自杀。这可以作为卖弄小聪明却招致杀身之祸的警戒。

韩魏公

中书习旧弊[①]，每事必用例[②]。五房吏操例在手[③]，顾金钱唯意所去取：于欲与，即检行之[④]；所不欲，或匿例不见。韩魏公令删取五房例及刑房断例[⑤]，除其冗谬不可用者[⑥]，为纲目类次之[⑦]，封誊谨掌[⑧]，每用例必自阅。自是人始知赏罚可否出宰相，五房吏不得高下其间[⑨]。

【注释】

①习旧弊：因袭旧的弊端。习，通“袭”，因袭。

②例：此指处理各种公事的条例。

③五房：宋中书省下分管行政事务的五个部门，即孔目房、吏房、户房、兵礼房、刑房。

④检：翻检例条。

⑤删取：谓经过删除，取其精要。

⑥冗谬：繁冗错谬。

⑦纲目：大纲细目。类次：分类编次。

⑧封：封藏。誊（téng）：抄写，过录。

⑨高下其间：在条例掌握上忽高忽低、忽严忽宽，玩弄手段。

【译文】

宋朝中书省因袭旧的弊端，处理每件公务都要援用条例。五房吏员掌握管理各种条例，只看金钱任意援引或隐匿条例：对于想要给的，就翻检执行它；不想给的，就隐藏起来不让人知道。魏国公韩琦下令对五房吏掌握的条例和刑房断案依据的案例加以删取，删除其中繁冗错谬不可使用的，制作大纲细目分类编次，封藏抄录小心掌管，每到要用条例时一定要亲自翻阅。从此后人们才真正认识到赏罚可否出自宰相，而五房吏再也不能在其中玩弄手段。

“例”之一字，庸人所利，而豪杰所悲。用例已非，况出吏操纵，并例亦非公道乎？寇莱公作相时[①]，章圣语两府择一人为马步军指挥使[②]。公方拟议[③]，门吏有以文籍进者[④]，问之，曰：“例簿也。”公叱曰：“朝廷欲用一牙官[⑤]，尚须简例[⑥]，又安用我辈哉？坏国政者正此耳！”今日事事皆例，为莱公不能矣，能为魏公，其庶乎？

【注释】

①寇莱公：寇准，字平仲。宋真宗时累官同平章事，封莱国公。

②章圣：指真宗刘皇后，其尊号为“章献明肃”。宋真宗晚年久疾，朝廷事多决于皇后。两府：宋代的中书省和枢密院。

③拟议：草拟议案。

④文籍：文簿账册。

⑤牙官：副武官。亦泛指下属小官。

⑥简例：查检条例。简，检查，简择。

【译文】

“例”这一个字，对平庸无能的官员有利，而是豪杰之士的悲哀。事事拘泥于使用条例已是不对，何况条例还由贪鄙小吏操纵，连条例也不是公道的了呢？寇准当宰相时，真宗刘皇后希望两府选择一人担任马步军指挥使。寇公正准备草拟议案时，属吏呈上一本文籍，问他是什么，说：“是条例簿。”寇公斥责说：“朝廷想任命一名下级武官，尚且需要依条例简择，又用我们做什么呢？败坏朝廷纲纪的正是这个东西！”现在事事都援引条例，寇公所做的事做不成了，能做到韩魏公所做的，也差不多吧？

江点[①]

江点字德舆，崇安人，以特恩补官[②]。调郢州录参时[③]，郡常平库失银[④]。方缉捕，有刘福者因贸易得银一筒，上有“田家抵当”四字。一银工发其事，刘不能直[⑤]，籍其家[⑥]，约万余缗[⑦],法当死。点疑其枉,又见款牍不圆[⑧],除所发者余皆非正赃[⑨]。点反覆诘问,刘苦于煅冶[⑩],不愿平反。边批:可怜。点立言于守,别委推问,得实与点同。然未获正贼,刘终难释。未几,经总、军资两库皆被盗[⑪],失金以万计。点料必前盗也。州司有使臣李义者[⑫],馆一妓,用度甚侈,点疑之,未敢轻发。会制司行下[⑬],买营田耕牛[⑭]。点因而阴遣人袭妓家,得金一束,遂白于府,即简使臣行李[⑮],中皆三库所失之物,刘方得释。人皆服点之明见。

【注释】

①江点:按,此篇底本无,据明积秀堂本补。江点,南宋人。

②特恩:特殊恩典。古时科举,为官正途是进士出身,但有时会以特恩授落第举人为官。

③录参:录事参军的简称。

④常平库:应指存放调节物价的银两的仓库。

⑤直:胜诉。此指说明情况。

⑥籍其家:抄没家产。籍,谓登记家财,予以没收。

⑦缗(mín):量词。古代常以一千文为一缗。

⑧款牍不圆:记录供词的文件中有很多漏洞,不能说圆。

⑨正赃:指常平库所丢失的银子。

⑩煅冶:指严刑拷问。

⑪经总:即经总制钱,“经制钱”和“总制钱”的并称,宋代的附加杂税。

⑫使臣:宋代府属专管缉捕的官员。

⑬制司:制置司之省称。南宋军兴,沿江、沿边、要郡并沿海多设制置司,许便宜制置军事。行下:行文下达。

⑭营田:屯田。汉以后历代政府利用兵士或招募流民于驻扎地区种

田,以供军饷。此指屯田制之耕作地。

⑮筒:搜查。

【译文】

江点字德舆,是崇安人,因获特别恩典而补官。调任郢州录事参军时,郡中常平库丢失了银子。正追查窃贼,有个叫刘福的商人因做买卖得到了一筒银子,上面刻有“田家抵当”四个字。有个银工揭发了这件事,刘福无法解释银锭来历,被官府抄家,家产约值万余缗钱,按律应当判处死刑。江点怀疑刘福有冤屈,又见供词中有很多漏洞,除了被揭发的银子之外,其余的都不是常平库所丢失的。江点反复审问,刘福苦于之前的严刑拷问,不愿翻供平反。边批:可怜。江点即刻将自己的想法告诉太守,又换了人问讯,审得的实情和江点意见相同。但是没有捕获真正的盗贼,刘福的冤屈终究难以洗刷。没过多久,经总和军资两个库房都被偷了,失窃的银两以万计。江点怀疑这一定是之前偷窃常平库的盗贼干的。州衙里有个叫李义的使臣,包养了一个妓女,生活非常奢侈,江点怀疑他,但不敢轻易有所举动。恰巧制司行文下达,购买屯田所用耕牛。江点趁机暗中派人突然搜查妓女家,得到了一束库银,然后将此事上告官府,立即又搜查了李义的行李,其中都是三库所丢失的财物,刘福这才得以释放。人们都佩服江点的高明见地。

胆智部总叙

【题解】

胆智部含“威克”“识断”两卷，共39则。所谓“胆智”，即以胆量辅助的智慧，表现为以气魄取胜和以见识决断。

“威克”“识断”各有表现。如“威克”卷“侯生”一则中，侯嬴为信陵君献计，让如姬偷走晋鄙的兵符，又让屠夫朱亥协助信陵君，用四十斤的铁椎打死了晋鄙，信陵君于是率领晋鄙的军队大破秦军，是有谋有勇；“杨素”一则中，杨素斩杀留守的军士，又斩杀退还的军士，于是将士惊惧而有必死之心，战无不克，是杀一儆百。“识断”卷“周瑜等”一则中周瑜分析曹操的劣势，激发孙权的斗志，孙权抽出宝刀砍断桌角，并以此威慑将领，最终吴军在赤壁大败曹操，是善于激将；“段秀实　孔镛”一则中孔镛面对峒獠来进犯空虚的城池时，不畏艰险，独自前往丛林深处的贼营，以太守的身份恩威并施，劝降众人，是善用威仪，等等。

正如冯梦龙所说，承担大事要靠胆量，办成大事则要靠智慧。智慧可以生出胆量，而胆量无法生出智慧。我们所要做的是取他人的智慧，来增加自己的智慧，进而增加做事的胆量。

冯子曰：凡任天下事[①]，皆胆也；其济[②]，则智也。知水溺，故不陷；知火灼，故不犯。其不陷不犯，非无胆也，智也。

若自信入水必不陷，入火必不灼，何惮而不入耶？智藏于心，心君而胆臣[3]，君令则臣随。令而不往，与夫不令而横逞者[4]，其君弱。故胆不足则以智炼之，胆有余则以智裁之[5]。智能生胆，胆不能生智。刚之克也[6]，勇之断也，智也。赵思绾尝言"食人胆至千，刚勇无敌"[7]，每杀人，辄取酒吞其胆。夫欲取他人之胆益己之胆，其不智亦甚矣！必也取他人之智，以益己之智，智益老而胆益壮[8]，则古人中之以威克、以识断者，若而人，吾师乎！

【注释】

①任：承担。

②济：成功。

③君：主导因素。臣：辅助因素。

④横逞：放纵恣肆。

⑤裁：裁决去取。

⑥刚之克：刚强能被克制。

⑦赵思绾：五代人。初为后汉河中节度使赵赞牙将，后据永兴反叛。郭从义、王峻率师伐之。围城数月，粮尽，杀人充食。计穷乞降，授华州留后、检校太保。迟留不就镇，为郭从义等擒斩，并族其家。

⑧老：老练。

【译文】

冯梦龙说：凡是承担天下大事，都是靠胆量；办成大事，则要靠智慧。知道水会淹死人，所以不会沉进去；知道火会烧伤人，所以不会靠近它。这样不沉入水不靠近火，不是没有胆量，而是智慧。如果自信入水一定不会沉没，入火一定不会烧伤，那么还害怕什么而不进入呢？智慧藏在心底，心为主而胆为辅，智慧发出命令则胆量随从。智慧发出命令而没有胆量去做,与智慧不发出命令而靠胆量蛮横逞强,都是智慧处于弱势。所以胆量不足就要用智慧来锻炼它,胆量有余就要用智慧去约束它。智慧可以生出胆量,而胆量无法生出智慧。刚强能被克制,勇猛能被截断,靠的是智慧。赵思绾曾说"吃人胆到一千个,就可以刚强勇猛无敌",每回杀人,就拿酒来吞服人胆。妄想取他人的胆来增加自己的胆量,他也是非常愚蠢的啊!一定要取他人的智慧来增益自己的智慧,智慧越老道胆量就越强大,所以古人中以威猛克敌、以见识决断的,像这样的人,就是我的老师吧!

胆智部威克卷十一

履虎不咥[①]，鞭龙得珠。

岂曰溟涬[②]，厥有奇谟[③]。

集《威克》。

【注释】

①履虎不咥（dié）：《周易·履》："履虎尾，不咥人，亨。"履，踩。咥，咬啮。

②溟涬（mǐng xìng）：不着边际。

③谟（mó）：计谋，谋略。

【译文】

踩着老虎尾巴不被虎咬伤，鞭打蛟龙到龙的宝珠。

哪里是履虎鞭龙者不着边际，而是有制服龙虎的独特智谋。

集为《威克》一卷。

侯生

夷门监者侯嬴[①]，年七十余，好奇计。秦伐赵急[②]，魏王使晋鄙救赵，畏秦，戒勿战[③]。平原君以书责信陵君[④]，信陵君欲约客赴秦军，与赵俱死。谋之侯生，生乃屏人语曰："嬴闻晋鄙兵符在王卧内[⑤]，而如姬最幸，力能窃之。昔如姬父为人所杀，公子使客斩其仇头进如姬。如姬欲为公子死无所辞，顾未有路耳。公子诚一开口，如姬必许诺，则得虎符。夺晋鄙军，北救赵而西却秦，此五霸之功也！"公子从其计，请如姬。如姬果盗符与公子。公子行，侯生曰："将在外，主令有所不受。公子即合符，而晋鄙不授公子兵而复请之[⑥]，事必危矣！臣客屠者朱亥可与俱，此人力士，晋鄙听，大善，不听，可使击之！"于是公子请朱亥，朱亥笑曰："臣乃市井鼓刀屠者[⑦]，而公子亲数存之[⑧]，所以不报谢者，以为小礼无所用。今公子有急，此乃臣效命之秋也！"遂与公子俱。公子至邺，矫魏王令代晋鄙兵。晋鄙合符，果疑之，欲无听，朱亥袖四十斤铁椎椎杀晋鄙。边批：既矫王令，必责以逗遛之罪，非漫然为无名之诛也。公子遂将晋鄙兵进，大破秦军。

【注释】

①夷门：战国时魏都大梁（今河南开封）的东门。监者：监守城门的人。

②秦伐赵急：前258年，秦在长平大破赵军。次年，秦王先后命王陵、王龁、郑安平攻赵，赵一面顽强抵抗，一面求救于楚、魏等国。

③"魏王使晋鄙救赵"几句：魏王派将军晋鄙率十万人救赵。秦王派使者告诉魏王，敢救赵国的诸侯，攻下邯郸后一定先攻击它。魏王恐惧，让晋鄙驻军于邺，两端观望。魏王，魏安釐王。

④平原君：赵胜，赵武灵王之子，惠文王之弟。曾任惠文王、孝成王

相。聚门客数千人。其夫人为魏信陵君的姐姐,所以他多次求救于魏。信陵君:名无忌,称公子无忌,或称魏公子。魏昭王少子,安釐王异母弟。安釐王即位,封信陵君。礼贤下士,招养门客三千人,为“战国四公子”之一。窃符救赵后,留在赵国。秦攻魏,魏王复请无忌归,任上将军,率五国兵破秦军于河外。后为魏王所忌,夺其兵权,抑郁而死。

⑤兵符:征调军队的凭信。做成虎形,一剖为二,一由国君掌握,一由军队统帅掌握,相合方可调兵。卧内:卧室。

⑥复请:向魏王再行请示。

⑦鼓刀:谓摆弄刀子发出响声。宰杀牲畜时敲击其刀,使之发声,故曰鼓刀。

⑧存:慰问,关怀。

【译文】

战国时魏都大梁东门的守门人侯嬴,七十多岁,喜欢奇谋异策。当时秦国猛烈攻打赵国,魏王派将军晋鄙率军救赵,但是害怕秦国报复,又命令晋鄙不要出战。赵国平原君写信责备魏国信陵君,信陵君想要集合门客前去攻打秦军,与赵国共存亡。他与侯嬴谋划这件事,侯嬴支开旁人对他说:“我听说晋鄙的兵符放在魏王的寝宫里,而如姬最受宠爱,有能力偷得兵符。从前如姬的父亲被人杀害,公子派门客斩了仇人的头进献给如姬。如姬想要报答公子即使死都不推辞,但是没有机会。公子如果开口,如姬一定会答应公子的请求,就能偷得兵符。夺取晋鄙的军队,向北解救赵国向西打退秦国,这是如同五霸一样的功业!”信陵君依从侯嬴的计谋,向如姬请求。如姬果然偷来兵符给信陵君。信陵君临行,侯嬴说:“将领在外,可以不执行君主的命令。公子即使合上兵符,但晋鄙不把兵权交给你而再向魏王请示,那事情就危险了!我的朋友屠夫朱亥可以跟你一起去,这个人是大力士,晋鄙听令,最好,不听,可以让朱亥击杀他!”于是信陵君去邀请朱亥,朱亥笑着说:“我只是个在市井卖肉的屠夫，而公子亲自多次慰问我，我之所以不答谢公子，是因为小的礼节没有什么用处。而今公子有急事，这正是我效命的时候！”于是跟信陵君一起前往。信陵君到达邺地，假传魏王的命令要接管晋鄙的军队。晋鄙合了兵符，果然怀疑这件事，想要不听令，朱亥用袖子里四十斤的铁椎打死了晋鄙。边批：既然是假传魏王的命令，一定会以逗留不进之罪谴责晋鄙，不是随便没有名义地进行诛杀。信陵君于是率领晋鄙的军队前进，大破秦军。

信陵邯郸之胜，决于椎晋鄙；项羽巨鹿之胜，决于斩宋义[①]。夫大将且以拥兵逗遛被诛，三军有不股栗愿死者乎[②]？不待战而敌已破矣。儒者犹以擅杀议刑，是乌知扼要之策乎[③]！

【注释】

①宋义：原为楚国令尹，秦末从项梁伐秦。项梁不听其谏言而败亡，楚怀王以其知兵，以为上将军，号“卿子冠军”，北上巨鹿救援被秦围困的赵国，项羽等皆隶属之。至安阳，逗留不进，饮酒高会。项羽假怀王之命将其斩杀。

②股栗：两腿颤抖，形容恐惧。

③扼要：抓住要点，要领。

【译文】

信陵君在邯郸的胜利，关键在于椎杀晋鄙；项羽在巨鹿的胜利，关键在于斩杀宋义。大将尚且因为手握重兵却逗留观望而被杀，三军将士有不恐惧颤抖着情愿赴死的吗？不等到交战而敌人已经被打败了。儒者还议论要以擅自诛杀罪定刑，这哪里知道抓住关键策略啊！

班超

窦固出击匈奴[①],以班超为假司马[②],将兵别击伊吾[③],战于蒲类海[④],多斩首虏而还[⑤]。固以为能,遣与从事郭恂俱使西域[⑥]。超到鄯善[⑦],鄯善王广奉超礼敬甚备,后忽更疏懈。超谓其官属曰:"宁觉广礼意薄乎[⑧]? 此必有北虏使来[⑨],狐疑未知所从故也。明者睹未明,况已著耶[⑩]!"乃召侍胡[⑪],诈之曰:"匈奴使来数日,今安在?"侍胡惶恐,具服其状。

【注释】

①窦固:字孟孙。少时娶涅阳公主,后袭父爵为显亲侯。好览书传,喜兵法。东汉明帝永平十五年(72),率兵出屯凉州,又出张掖、酒泉、敦煌至天山,击北匈奴呼衍王,追至蒲类海。后复出玉门击西域,破白山,降车师。在边数年,羌胡服其恩信。后历官大鸿胪、光禄勋、卫尉等职。

②班超:字仲生,班彪次子,班固弟。汉明帝永平年间投笔从戎,后出使西域,五十余国皆纳贡,封定远侯,世称班定远。假司马:代理司马。假,未正式任命而代理其职。司马,武官名,为大将军、将军、校尉之属官。

③伊吾:西域古国名,又名伊吾卢。在今新疆哈密。时依附于匈奴。

④蒲类海:今新疆哈密北之巴里坤湖。

⑤斩首虏:即斩敌之首与俘获生敌。

⑥从事:汉以后三公及州郡长官皆自辟僚属,多以从事为称。

⑦鄯善:西域古国名,本名楼兰,汉昭帝时改称鄯善。故址在今新疆鄯善东南。时依附于匈奴。

⑧宁:乃,曾。

⑨北虏:此指匈奴。

⑩著:明显。

⑪侍胡:招待汉使臣的胡人。

【译文】

东汉窦固出击匈奴,让班超为代理司马,率领部队另外攻打伊吾,与匈奴军大战于蒲类海,斩获敌人首级、抓获俘虏很多,胜利回师。窦固认为班超有才能,就派他与从事郭恂一起出使西域。班超到鄯善时,鄯善王广招待班超礼仪敬意十分完备,后来突然间变得疏忽懈怠。班超就对部属说:“可曾觉得广对我们的礼仪敬意减少了吗?这必定是有匈奴使者来,他犹豫不决不知道顺从谁的缘故。明智的人能够看出还没露出的苗头,何况已经如此明显了呢!”于是叫来侍候的胡人,骗他说:“匈奴使者来了好几天了,现在在哪里?”侍候的胡人很惊慌,招认了所有情况。

超乃闭侍胡[①],悉会其吏士三十六人,与共饮。酒酣,因激怒之曰:“卿曹与我俱在西域,欲立大功以求富贵。今虏使到数日,而王广礼敬即废。如令鄯善收吾属送匈奴[②],骸骨长为豺狼食矣!为之奈何?”官属皆曰:“今危亡之地,死生从司马!”超曰:“不入虎穴,焉得虎子!当今之计,独有因夜以火攻虏,使彼不知我多少,必大震怖,可殄尽也[③]。灭此虏,则鄯善破胆,功成事立矣!”众曰:“当与从事议之。”超怒曰:“吉凶决于今日,从事文俗吏,闻此必恐而谋泄。死无所名,非壮士也!”众曰:“善!”初夜[④],遂将吏士往奔虏营。边批:古今第一大胆。会天大风,超令十人持鼓,藏虏舍后,约曰:“见火然后鸣鼓大呼。”余人悉持弓弩,夹门而伏。超乃顺风纵火,前后鼓噪[5]。边批:三十六人有千万人之势。虏众惊乱。超手格杀三人,吏兵斩其使及从士三十余级,余众百许人,悉烧死。

【注释】

①闭:禁闭,关押。

②收吾属:把我们这些人都抓起来。收,拘捕。

③殄:灭绝,绝尽。

④初夜:犹初更。

⑤鼓噪:喧嚷,呐喊。

【译文】

班超于是关押了侍候的胡人,将部下官吏兵士三十六人全部召集起来,与他们一起喝酒。喝到畅快时,班超趁机激怒他们说:"诸位跟我都在西域,想要立大功以求得富贵。如今匈奴使者到了才几天,而鄯善王广的礼仪敬意就懈怠了。如果让鄯善拘捕我们送给匈奴,那我们的骨骸就要永远被豺狼啃食了!你们看怎么办呢?"部属都说:"如今我们身陷危亡之地,不论生死都听从司马指挥。"班超说:"不到老虎洞里,怎么能抓到小老虎!如今的计策,唯有趁着夜里用火攻击匈奴,使他们不知道我们兵力的多少,他们必定大为震撼恐惧,可以将他们全部消灭。消灭了这伙敌人,那么鄯善就会吓破胆,功业可成大事可立!"众人说:"应该跟从事郭恂商量这件事。"班超生气地说:"是吉是凶取决于今天,从事是平庸的文官,听说这件事必定害怕而泄露计谋。死得毫无价值,不是壮士!"众人都说:"好!"入夜时分,班超就率领官兵奔往匈奴使者的营地。边批:古今以来第一大胆的人。正赶上天刮大风,班超命十个人手持战鼓,躲在匈奴营地后面,约定说:"见到火光之后就击鼓大叫。"其余人都拿着弓箭,在营地大门两侧埋伏。班超于是顺着风势放火,官兵们在匈奴营地前后敲鼓呐喊。边批:三十六人有成千上万人的气势。匈奴人惊慌大乱。班超亲手杀死三人,官兵斩杀匈奴使者及随从士兵三十多人,其余一百多人,都被烧死。

明日乃还告郭恂,恂大惊,既而色动[①]。超知其意,举手曰:“掾虽不行[②],班超何心独擅之乎[③]?”恂乃悦。超于是召鄯善王广,以虏使首示之,一国震怖。超晓告抚慰,遂纳子为质。还奏于窦固,固大喜,具上超功效,并求更选使使西域。帝壮超节[④],诏固曰:“吏如班超,何故不遣而更选乎?令以超为军司马,令遂前功[⑤]。”边批:明主。超复受使。因欲益其兵,超曰:“愿将本所从三十余人足矣!如有不虞[⑥],多益为累。”

【注释】

①色动:面色改变。

②掾:古代属官的通称。此处称郭恂。

③擅之:独占功劳。

④壮超节:赞许班超的气节豪迈。壮,推崇,赞许。

⑤遂:完成。

⑥不虞:不测,意料不到的事。

【译文】

第二天回去告诉郭恂,郭恂大为吃惊,接着面色大变。班超看出他的心意,于是举起手说:“您虽没有参加行动,但我班超怎么会想要独占功劳呢?”郭恂这才面露喜色。班超于是召见鄯善王广,把匈奴使者的头颅拿给他看,鄯善举国震惊。班超把这件事告诉他并加以抚慰,于是鄯善王把儿子送到汉朝做人质。班超回来禀报窦固,窦固大喜,详细地上奏班超的功劳,并请求另外选派使者出使西域。汉明帝赞许班超的气节，下诏给窦固说："像班超这样的下属，为什么不派遣却要另选他人呢？现在任命班超为军司马，让他完成之前未完的功业。"边批：明主。班超再次受命出使西域。窦固想要增加班超的兵力，班超说："我希望带领原来跟随我的三十多人就足够了！如果有什么不测，人多了反而是累赘。"

是时于阗王广德新攻破莎车[1]，遂雄张南道[2]，而匈奴遣使监护其国[3]。超既西，先至于阗。广德礼意甚疏，且其俗信巫，巫言神怒："何故欲向汉？汉使有䯄马[4]，急求取以祠我！"广德乃遣使就超请马。超密知其状，报许之，而令巫自来取马。有顷，巫至，超即斩其首以送广德，因辞让之[5]。广德素闻超在鄯善诛灭虏使，大惶恐，即攻杀匈奴使而降超。超重赐其王以下，因镇抚焉。

【注释】

①于阗：西域古国名。在今新疆和田。莎车：西域古国名。在今新疆莎车。

②雄张：谓势力扩张，旺盛。南道：当时往西域，分南、北两道。北道自敦煌经伊吾、车师、焉耆、龟兹、温宿等塔里木盆地以北诸国至疏勒，向西越过葱岭，通往大宛、康居等今中亚各古国。南道则自敦煌大体循今新疆南部塔里木河和阿尔金山脉、昆仑山脉间通道西行，经鄯善、且末、拘弥、于阗、莎车等盆地南部诸国至疏勒与北道汇合，西越葱岭，通往大月氏、安息等地。

③监护：监督，监领。

④䯄（guā）马：黑嘴的黄马。也指浅黄色的马。时为班超坐骑。

⑤辞让：责备。

【译文】

这时候于阗王广德刚攻破莎车国，在西域南道称雄，而匈奴派了使者监管他们的国家。班超到西域，先到于阗国。广德接待的礼节很疏慢，而且这个国家的风俗信奉巫术，巫师说神仙发怒说："为什么要亲近投靠汉朝？汉朝使者有一匹浅黄色的马，赶快牵来祭祀我！"广德就派使者到班超那里来要马。班超暗地里了解了这个情况，便回报答应把马给他，但要让那个巫师亲自来取。不久，巫师来了，班超就砍下他的头送给广德，并责备他。广德早就听说班超在鄯善国消灭匈奴使者的情形，非常害怕，就击杀匈奴使者而投降班超。班超重赏广德及其下属，于是将于阗国安抚下来。

必如班定远[①]，方是满腹皆兵，浑身是胆。赵子龙、姜伯约不足道也[②]。

【注释】

①班定远：即班超。班超封定远侯。

②赵子龙：赵云，字子龙，三国时蜀汉大将。刘备曾称其"浑身是胆"。姜伯约：姜维，字伯约。被杀时，人剖其腹，胆大如升。

【译文】

一定要像班超这样，才称得上是满腹都是用兵机谋，浑身都是豪壮胆气。赵云、姜维就不值得称道了。

辽东管家庄，长男子不在舍[①]，建州虏至[②]，驱其妻子去。三数日[③]，壮者归，室皆空矣。无以为生，欲佣工于人，弗售[④]，乃谋入虏地伺之。见其妻出汲，密约夜以薪积舍户外焚之，并积薪以焚其屋角。火发，贼惊觉，裸体起出户，壮者射之，贼皆死。挈其妻子[⑤]，取贼所有归。是后他贼惮之，不敢过其庄云。此壮者胆勇，一时何减班定远？使室家无恙，或佣工而售，亦且安然不图矣。人急计生，信夫！

【注释】

①长男子：成年男子。

②建州虏：指清朝前身后金，当时是明朝边患。建州，明置建州卫，在今辽宁东北、吉林南部、黑龙江东宁一带。所居多为女真人。

③三数日：几天后。

④弗售：指无人雇佣。

⑤挈（qiè）：携带，率领。

【译文】

辽东管家庄，有一家男人不在家，建州强盗来了，掳走了他的妻子。几天后，男人回来，家中都已被洗劫一空了。他没办法维持生活，想要给人做佣工，无人雇佣他，于是潜入贼人营地等待机会。正巧看到他的妻子出来打水，就和她秘密约定夜晚把柴火堆积在户外焚烧，并堆积柴火来焚烧屋角。大火燃起，贼人惊醒，裸体起来跑到户外，男人用箭射他们，贼人都被杀死。这人带着妻子，收取了贼人所有的财物回家。这之后其他贼人忌惮他，再也不敢经过他庄上了。这位壮士的胆识与勇气，当时哪里比班超逊色呢？假使他的家室没遭变故，或者被雇佣为佣工，也就安定下来而不做其他打算了。人急了就会谋求生路，确实啊！

耿纯

东汉真定王扬谋反[1]，光武使耿纯持节收扬[2]。纯既受命，若使州郡者。至真定，止传舍[3]。扬称疾不肯来，与纯书，欲令纯往。纯报曰："奉使见侯王牧守，不得先往，宜自强来！”时扬弟让、从兄绀皆拥兵万余[④]，扬自见兵强而纯意安静，即从官属诣传舍，兄弟将轻兵在门外[⑤]。扬入，纯接以礼，因延请其兄弟。皆至，纯闭门悉诛之。勒兵而出，真定震怖，无敢动者。

【注释】

①东汉真定王刘扬反：刘扬，或作刘杨、刘阳。汉景帝七世孙，袭封真定王。东汉光武帝建武二年(26)，刘扬制造谣谶说：“赤九之后，瘿杨为主。”他脖子上有赘瘤，想以此来惑乱民众，并与绵曼县贼寇勾结，密谋造反，为耿纯所杀。

②耿纯：字伯山。曾求学长安，授纳言士。归顺更始帝刘玄，拜骑都尉。率众投奔刘秀，拜为前将军，封耿乡侯。后平定宗室刘永和真定王刘扬叛乱，拜太中大夫、东郡太守，封东光侯。收：逮捕。

③传舍：驿舍。

④绀：《东观汉记》作“绀”，《后汉书》作“细”。

⑤轻兵：轻装的部队，行动迅疾。

【译文】

东汉时真定王刘扬起兵谋反，光武帝派耿纯持节抓捕刘扬。耿纯接受诏命后，装得好像是出使各州郡的使者。到了真定后，住在驿舍。刘扬自称有病不肯前来拜见，写信给耿纯，想让耿纯去他的住所。耿纯回复说：“我奉命出使接见侯王牧守等州郡长官，不能先去你的住所，你应该自己勉力前来！”当时刘扬的弟弟刘让、堂兄刘绀都拥兵万余人，刘扬自己盘算兵力强大而耿纯情绪安静，就带着属官来到驿舍，兄弟率轻装部队守在门外。刘扬进去，耿纯按礼节接待他，并邀请他的兄弟进屋。都进来后，耿纯关上门将他们全部斩杀。之后率兵而出，真定举国惊恐，没有再敢妄动的人。

温造

宪宗时[①]，戎羯乱华[②]，诏下南梁起甲士五千人[③]，令赴阙下[④]。将起，师人作叛，逐其帅[⑤]，因团集拒命岁余。宪宗深以为患。京兆尹温造请以单骑往[⑥]。至其界，梁人见止一儒生，皆相贺无患。及至，但宣召敕安存[⑦]，一无所问。然梁师负过出入者皆不舍器杖，温亦不诫之。他日毬场中设乐，三军并赴。令于长廊下就食，坐筵前临阶南北两行，设长索二条，令军人各于面前索上挂其刀剑而食。酒至，鼓噪一声，两头齐力抨举其索[⑧]，则刀剑去地三丈余矣。军人大乱，无以施其勇，然后合户而斩之。南梁人自尔累世不复叛。

【注释】

①宪宗：唐宪宗，806—820年在位。按，温造诛乱兵之事在唐文宗太和四年(830)，此处说“宪宗”，误。译文从实。

②戎羯：戎和羯，泛指西北少数民族。按，唐宪宗及文宗时都不见“戎羯乱华”记载。

③南梁：按新旧《唐书》，温造所平之叛乱为兴元军叛乱。兴元军为唐方镇，治所在今陕西汉中，原称梁州。

④阙下：宫阙之下，借指帝王所居宫廷、京城。

⑤师人作叛，逐其帅：太和四年(830)，兴元兵乱，杀节度使李绛。

⑥京兆尹温造：温造，字简舆。任京兆司录参军，说幽州节度使归附唐朝。在朗州刺史任上，开渠百里，溉田二千顷。召授侍御史，进御史中丞，执法刚直，不畏权贵。太和四年(830)，出任山南西道节度使，查办兴元兵乱事。入为兵部侍郎。官至礼部尚书。按，温造从未做过京兆尹。

⑦安存：安抚存恤。

⑧抨（pēng）举：拉紧绳索，使之像弓弦一样弹起。

【译文】

唐文宗时，戎羯等少数民族侵扰中原。皇上下诏从南梁征士兵五千人，命令他们开赴京城。军队将要出发时，兵士发动叛乱，驱逐了主帅，因此集体抗命长达一年多。唐文宗为此感到非常忧虑。京兆尹温造请求一人一马前去平乱。抵达南梁界内，南梁兵看到只有一名儒生，都相互道贺说没什么可担忧的。等温造到南梁的营地后，只宣读皇帝敕命并安抚存恤他们，其他事一概不问。然而南梁兵中有罪在身、往来出入的人兵器都不离手，温造也不禁止。一天温造在毬场中陈设宴乐，三军士兵都前往。温造让他们在长廊下用餐，座席前靠台阶的南北两行，架设两根长索，命令士兵各自在面前的绳索上挂好自己刀剑再吃饭。酒菜上来，鼓响一声，两头一齐用力拉紧绳索，绳索像弓弦一样弹起，于是刀剑离地三丈多高。南梁士兵大乱，没有兵器无法施展勇力，然后温造关起营门斩杀他们。南梁人自此世代不敢再反叛。

哥舒翰　李光弼

唐哥舒翰为安西节度使[①]，差都兵马使张擢上都奏事，逗留不返，纳贿交结杨国忠[②]。翰适入朝，擢惧，求国忠除擢御史大夫兼剑南西川节度使。敕下，就第谒翰。翰命部下捽于庭[③]，数其罪，杖杀之，然后奏闻。帝下诏褒奖，仍赐擢尸，更令翰决尸一百。边批：圣主。

【注释】

①哥舒翰：突厥哥舒部人。少读《春秋》，知大义，为河西、陇右节度

使王忠嗣署为衙将。唐玄宗天宝间为陇右节度使，于青海筑城池，建军事据点，使吐蕃不敢接近青海。后又兼河西节度使。安史之乱中，任兵马副元帅，率兵抵御，统二十万大军守潼关。后为杨国忠所忌，被迫出战，兵败被俘，囚于洛阳，不久被杀。

②杨国忠：本名钊，杨贵妃堂兄。少时不学无行，后因杨贵妃受宠而屡被提升，权倾内外。天宝十一载（752）拜相，专断朝政，选官贿赂公行。安史之乱中，力劝唐玄宗令哥舒翰出关作战，招致大败，潼关失守；后又劝唐玄宗入蜀，在马嵬驿，兵士哗变，被杀。

③捽（zuó）：抓住。

【译文】

唐朝名将哥舒翰任安西节度使时，派都兵马使张擢进京奏事，张擢逗留不归，行贿巴结杨国忠。后来哥舒翰正好入朝，张擢很害怕，就请求杨国忠任命他为御史大夫兼剑南西川节度使。任命的诏命下达后，张擢到府上去拜见哥舒翰。哥舒翰命令部下在庭中抓住他，历数他的罪状，乱棍打死，然后奏报朝廷。玄宗下诏褒奖哥舒翰处理得当，还把张擢的尸首赐给他，又让他鞭尸一百下。边批：圣主。

太原节度王承业，军政不修。诏御史崔众交兵于河东[①]。众侮易承业[②]，或裹甲持枪突入承业厅事，玩谑之[③]。李光弼闻之[④]，素不平。至是交众兵于光弼，众以麾下来[⑤]，光弼出迎，旌旗相接而不避[⑥]。光弼怒其无礼，又不即交兵，令收系之。顷中使至[⑦]，除众御史中丞，怀其敕，问众所在。光弼曰："众有罪，系之矣！"中使以敕示光弼。光弼曰："今只斩侍御史；若宣制命[⑧]，即斩中丞；若拜宰相，亦斩宰相！"中使惧，遂寝之而还[⑨]。翼日，以兵仗围众至碑堂下，斩之，威震三军，命其亲属吊之。

【注释】

①河东:此指河东节度使李光弼。

②侮易:欺凌轻视。

③玩谑:戏弄,开玩笑。

④李光弼:契丹族。世为酋长。善骑射,沉毅有大略。天宝中袭封营州都督、蓟郡公。以破吐蕃、吐谷浑,进云麾将军,累迁河西节度使、朔方节度副使。天宝十五载(756),经郭子仪推荐而任河东节度副使,东出井陉,参与平定安史叛军。乾元二年(759),接任天下兵马副元帅、朔方节度使,指挥河阳之战,挫败史思明南下的企图。封临淮郡王。安史之乱平定后,李光弼"战功推为中兴第一"。晚年为宦官所谗,在徐州病逝,谥武穆。

⑤麾下:部下。

⑥旌旗相接而不避:御史官卑于节度使,其仪仗应避李光弼仪仗。旌旗,此指仪仗队。

⑦中使:皇帝所派使者,为宦官充任。

⑧制命:敕命,帝王的诏令。

⑨寝之:指废止拜崔众御史中丞之事。寝,止息,废置。

【译文】

太原节度使王承业,军中事务治理不善。诏令御史崔众将王承业的部队转交给河东节度使李光弼。崔众欺凌轻视王承业,有时身披铠甲手持长枪闯进王承业的议事厅,戏弄他。李光弼听到后,一直愤愤不平。等到转交部队给李光弼,崔众率领部下前来,李光弼出营迎接,仪仗相会但是崔众不避让。李光弼对于他的无礼很生气,而崔众又不立即交出部队,于是李光弼下令逮捕监禁他。不久皇帝所派使者到了,要任命崔众为御史中丞,身怀敕书,问崔众在哪儿。李光弼答说:"崔众有罪,我已经将他囚禁了。"使者将诏书拿给李光弼看。李光弼说:"现在只杀一位侍御史;如果宣布诏命,那就杀一位御史中丞;如果被任命为宰相,也就杀一位宰相!”使者害怕,没拜崔众为御史中丞就回去了。第二天,李光弼率兵包围崔众并将他押到碑堂下,杀了他,威震全军,之后让崔众的亲属来祭吊他。

或问:擢与众诚有罪,然已除西川节度使及御史中丞矣,其如王命何?盖军事尚速,当用兵之际而逗遛不返、拥兵不交[①],皆死法也。二人之除命必皆夤缘得之[②],而非出天子之意者,故二将得伸其权,而无人议其后耳。然在今日,莫可问矣。

【注释】

①逗遛(liú):停留,暂时不继续前进。

②夤(yín)缘:攀附,钻营。

【译文】

有人问:张擢和崔众确实有罪,然而已经分别被任命为西川节度使和御史中丞,又能拿君王的命令怎么样呢?军中事务讲求神速,应当用兵的时候而逗留不归、把持部队不交,都在军法上犯了死罪。擢、众二人的任命一定都是攀附钻营得来的,而并非出于天子的意愿,所以哥舒翰和李光弼二位将领得以伸张权力,而没有人敢在他们背后议论。然而放在今天,就不可再问了。

柴克宏

后唐柴克宏[①],有将略。其奉命救常州也[②],枢密李徵古忌之[③],给以羸卒数千人,铠杖俱朽蠹者[④]。将至常州,徵古复以朱匡业代之[⑤],使召克宏。克宏曰:“吾计日破贼[⑥],汝来召我,必奸人也!”命斩之。使者曰:“李枢密所命。”克宏曰:"即李枢密来,吾亦斩之!"乃蒙船以幕,匿甲士其中,袭破吴越营。

【注释】

①后唐柴克宏:南唐人,初因父荫任郎将,后为宣州巡检使。中主李璟时为抚州刺史。以右卫将军救常州,大破吴越兵,因功升任奉化军节度使。同年病逝,谥威烈。后唐,此指南唐。

②救常州:后周显德三年(956),周世宗南下攻南唐淮南,吴越发兵助攻宣、常二州以响应,柴克宏奉命救援常州。

③李徵古:南唐中主保大年间为枢密副使。挟制中主,势焰熏灼。交泰元年(958),以枢密副使为镇南节度副使,同年十二月被削夺官爵,赐死于洪州。

④朽蠹(dù):朽腐虫蚀。

⑤朱匡业:初从李昪(即南唐烈祖)为军校。及李昪称帝,出为歙州刺史,旋召还授神卫统军。周攻淮南,他任内外巡检使,以驭军严肃著称。后主时任官至神武统军,加中书令。

⑥计日:形容短暂,为时不远。

【译文】

南唐柴克宏,有大将的谋略。他奉命援救常州时,枢密李徵古嫉妒他,拨给他数千名疲弱的士兵,配备的铠甲兵器都是朽腐虫蛀的。柴克宏将要抵达常州,李徵古又要用朱匡业替代柴克宏,并派人召回他。柴克宏说:"我很快就能打败贼兵,你来召回我,一定是奸人。"命人斩杀使者。使者说:"是李枢密命令的。"柴克宏说:"即使是李枢密亲自来,我也同样斩杀他。"于是在船外蒙上帐幕,把士兵藏在船中,突袭攻破吴越军营。

奸臣在内,若受代而还,安知不又以无功为罪案乎?破敌完城,即忌口亦无所施矣[①]。

【注释】

①忌口：谗言。

【译文】

奸臣在朝中，如果柴克宏接受被替代而回京，怎么知道不会又以无功为罪状呢？打败敌兵又保全城池，即使想进谗言也无从下手了。

杨素

杨素攻陈时[①]，使军士三百人守营。军士惮北军之强[②]，多愿守营。素闻之，即召所留三百人悉斩之。更令简留[③]，无愿留者。又对阵时，先令一二百人赴敌，或不能陷阵而还者[④]，悉斩之。更令二三百人复进，退亦如之。将士股栗，有必死之心，以是战无不克。

【注释】

①杨素：字处道。初事北周武帝，官车骑大将军。后从杨坚，率水军伐陈，大破陈水军，又平定江南、大破突厥。功高封多，历尚书右仆射、左仆射，遂掌朝政，多权略，善应变。与杨广交甚厚，参与谋废太子杨勇、杀隋文帝、拥立杨广等活动。炀帝即位，他率军镇压杨谅谋反，官司徒、楚国公。不久病卒。攻陈：攻打战阵。陈，战阵。按，此条所记为杨素平汉王杨谅反叛事，非灭陈事。

②北军：指杨谅叛军。杨谅一名杰，字德章，是隋文帝第五子。开皇元年（581）封为汉王。历官并州总管，辖黄河以北五十二州，特许便宜行事。仁寿四年（604），杨广杀文帝篡位，他拒不还朝，并发兵抗命。

③简留：挑选留守士兵。简，挑选，选用。

④陷阵：攻入敌人阵地。

【译文】

杨素攻打敌军战阵时，要派三百名士兵留守营地。士兵惧怕北方军队的强悍，多愿意留守营地。杨素听说，立即将留守的三百人都召来斩杀。然后下令另外挑选留守的人，没有人再愿意留守。又在对阵时，杨素先命令一二百人奔赴敌阵，有不能冲锋陷阵而退回的人，一律斩杀。然后命令二三百人再次进攻，退回的也同样处死。将士都十分害怕，有必死之心，于是与敌作战没有不获胜的。

素用法似过峻，然以御积惰之兵，非此不能作其气。夫使法严于上，而士知必死，虽置之散地[①]，犹背水矣[②]。

【注释】

①散地：古代兵家在自己领地内作战，士卒易于危急时逃散，故称散地。

②背水：背水作战，喻身陷绝境，决一死战。

【译文】

杨素用军法似乎过于严苛，然而统领怠惰成性的士兵，非这样做不能振作他们的士气。假使在上的将领立法严明，而士兵深知兵败必然也是一死，即使处在易于逃散的散地，也如同背水作战，能拼死战斗。

安禄山

安禄山将反前两三日[①]，于宅集宴大将十余人，锡赉绝厚[②]。满厅施大图，图山川险易、攻取剽劫之势。每人付一图，令曰："有违者斩！"直至洛阳，指挥皆毕。诸将承命，不敢出声而去。于是行至洛阳，悉如其画。出《幽闲鼓吹》[3]。

【注释】

①安禄山：本姓康，胡人。唐玄宗时为平卢、范阳、河东三镇节度使。天宝十四载（755）于范阳起兵反唐，先后陷洛阳及长安，称帝，国号燕。至德二载（757），为其子安庆绪所杀。

②锡赍（jī）：赏赐。锡，赐予。赍，送。

③《幽闲鼓吹》：唐末张固撰，记中晚唐朝野遗闻二十六则。

【译文】

安禄山将要谋反前两三天，在府宅召集宴请十多名大将，赏赐极为丰厚。整个府宅大厅放置了大幅地图，画出山川险阻平坦及进攻劫掠的形势。每人发给一幅小地图，并下令说："有违令的人处斩！"直到洛阳的进攻，都指挥部署完毕。各位将领接受命令，不敢出声，悄然离去。于是一直进军到洛阳，都如图上谋划的一样。出自《幽闲鼓吹》。

此虏亦煞有过人处，用兵者可以为法。

【译文】

这个胡虏也很有过人之处，调兵遣将的人可以作为参考。

吕公弼　张咏　三条

一

公弼[1]，夷简子。其治成都，治尚宽，人嫌其少威断。适有营卒犯法，当杖，扞不受[2]，曰："宁以剑死！"公弼曰："杖者国法，剑者自请。”为杖而后斩之，边批：妙甚。军府肃然。

【注释】

①公弼：吕公弼，字宝臣，吕夷简次子。宋仁宗时以枢密直学士知渭、延二州，徙知成都府。英宗时拜枢密副使。神宗时与王安石不合，出知太原府。

②扞（hàn）：抗拒，抵抗。

【译文】

宋朝吕公弼，是吕夷简的儿子。他治理成都时，管理崇尚宽松，人们怨他缺少威严果断。恰好有一名士兵触犯法纪，被处杖刑，他却抗拒不肯接受，说：“我宁可被剑斩杀！”吕公弼说：“处以杖打是国法规定的，用剑斩杀是你自己要求的。”先杖打而后斩杀了他，边批：妙极了！军府立时敬畏整肃。

二

张咏在崇阳[①]，一吏自库中出，视其鬓旁下有一钱，诘之，乃库中钱也。咏命杖之，吏勃然曰：“一钱何足道，乃杖我耶！尔能杖我，不能斩我也！”咏举判云：“一日一钱，千日千钱。绳锯木断，水滴石穿！”自仗剑下阶斩其首[②]，申府自劾[③]。崇阳人至今传之。

【注释】

①张咏在崇阳：张咏，字复之。少有大志，喜击剑，尚气节，重然诺。宋太宗时登进士第，为大理评事、知鄂州崇阳县。崇阳，即今湖北武昌。

②仗剑：持剑。

③申府：向府里呈文。申，旧时官府下级向上级行文。

【译文】

宋朝张咏在崇阳做知县时，一名小吏从府库中出来，张咏见他鬓发下夹带了一枚钱币，质问他，得知是府库里的钱。张咏下令杖打他，小吏生气地说："一枚钱币值什么，竟然要杖打我！你能杖打我，不能斩我吧！"张咏提笔判道："一天取一枚钱，千日就取得千枚。绳索也能锯断木头，滴水也能贯穿石头！"于是亲自提着剑走下台阶砍下他的头，再向府里呈文自我弹劾。崇阳百姓至今流传此事。

咏知益州时[①]，尝有小吏忤咏，咏械其颈。吏恚曰[②]："枷即易，脱即难！"咏曰："脱亦何难！"即就枷斩之。吏俱悚惧。

【注释】

①咏知益州：张咏在宋太宗、真宗时曾两知益州。

②恚（huì）：愤怒，怨恨。

【译文】

张咏任益州知州时，曾有一名小吏顶撞他，张咏就给小吏脖子上戴上枷锁。小吏愤怒地说："戴上枷锁很容易，卸下枷锁就很难了！"张咏说："卸下来有什么难的！"随即就着枷锁斩了他。其他属吏都很惊恐。

若无此等胆决，强横小人，何所不至！

【译文】

如果没有这样的胆识决断，强硬蛮横的小人，有什么不敢做的！

三

贼有杀耕牛逃亡者，公许自首。拘其母，十日不出，释之；再拘其妻，一宿而来。公断曰："拘母十夜，留妻一宿。倚门之望何疏[①]！结发之情何厚[②]！"就市斩之。于是首身者继至[③]，并遣归业[④]。

【注释】

①倚门之望：靠着家门向远处眺望，形容父母盼望子女归来的迫切心情。《战国策》载王孙贾的母亲对他说："汝朝出而晚来，则吾倚门而望；暮出而不还，则吾倚闾而望。"

②结发之情：夫妻之情。

③首身：自首。

④归业：归于所业，指放回家去种田。

【译文】

有贼杀了耕牛后畏罪逃亡，张咏允许他自行投案承认罪责。张咏扣留了他母亲，贼人十天不出来自首，就放了他母亲；又扣留了他的妻子，贼人一夜就来投案了。张咏判道："拘禁母亲十天不来，扣留妻子一夜便到。母子之间的感情为什么如此淡薄！夫妻之间的感情为什么如此浓厚！"就在市集上处斩了贼人。于是自首的人相继而来，张咏把他们全都遣返回去种田。

袁了凡曰："宋世驭守令之宽，每以格外行事、法外杀人[①]。故不肖者或纵其恶，而豪杰亦往往得借以行其志。今守令之权渐消，自笞十至杖百仅得专决[②]，而徒一年以上[③]，必申请待报，往返详驳[④]，经旬累月。于是文案益繁，而狴犴之淹系者亦多矣[⑤]。"子犹曰[⑥]：自雕虫取士[⑦]，资格困人，原未尝搜豪杰而汰不肖，安得不轻其权乎？吾于是益思汉治之善也。

【注释】

①格外：意同“法外”。格，法式，条例，制度。法外杀人：不受法律条文约束而处人死刑。

②笞、杖：皆属五刑，笞轻于杖。笞，用荆条或竹板敲打臀、腿或背。杖，用大荆条或大竹板捶击犯人的背、臀或腿部。

③徒：五刑之一。将罪犯拘禁于一定场所，剥夺其自由，并强制劳动。

④往返详驳：指公文的送往、返回、审察、批驳。

⑤狴犴（bì àn）：代指监狱。传说龙生九子，其四曰狴犴，形似虎，有威力，故立于狱门。淹系：长期关押。

⑥子犹：冯梦龙，字犹龙，又字耳犹、子犹。

⑦雕虫：指辞赋的雕章琢句。此处指科举中的八股文。

【译文】

袁了凡说：“宋朝时管理地方官员很宽松，地方官员时常可以在规矩之外办事、不受法律约束而杀人。所以不正派的人可能会放纵他的恶行，而豪杰之士也往往得以借机推行他的主张。如今地方官的权力逐渐削减，仅仅从笞十下到杖一百能够自行决断，而一年以上的徒刑，必须申报待批，公文的送往、返回、审察、批驳，要经过数十天甚至几个月。于是文书更加繁琐，而监狱中长期关押的人也多起来了。”我认为：自从八股取士，以资格限制住人，原本就未曾搜求豪杰之士而淘汰不正派的人，怎么能不削减地方官吏的权力呢？我于是更加怀念汉代治理的好处了。

黄盖　况钟

黄盖尝为石城长[①]。石城吏特难检御[②]，盖至，为置两掾，分主诸曹，教曰："令长不德[③]，徒以武功得官，不谙文吏事。今寇未平，多军务，一切文书，悉付两掾，其为检摄诸曹[④]，纠摘谬误[⑤]。若有奸欺者，终不以鞭朴相加[⑥]！"教下，初皆怖惧恭职。久之，吏以盖不治文书，颇懈肆[⑦]。盖微省之，得两掾不法各数事，乃悉召诸掾，出数事诘问之。两掾叩头谢。盖曰："吾业有敕：终不以鞭朴相加。不敢欺也！"竟杀之。诸掾自是股栗，一县肃清[⑧]。

【注释】

①黄盖：汉末三国人。初为郡吏，举孝廉，辟公府。孙坚讨董卓，黄盖随从。赤壁之战，献火攻计破曹操。官至偏将军。难治之县辄以黄盖为令长。曾为石城县长。石城：吴有两石城，一在今安徽当涂东北，一在今湖北钟祥。

②检御：督察驾驭。检，约束，限制。

③令长：县令县长。汉时大县称令，小县称长。此指黄盖自己。不德：无才德。

④检摄：约束管辖。摄，统率，管辖。

⑤纠摘：督察揭发。

⑥鞭朴：亦作"鞭仆"。用鞭子或棍棒抽打。

⑦懈肆：懈怠放肆。

⑧肃清：犹清平。多指国家、社会安定太平，法纪严明。

【译文】

黄盖曾做石城县长。石城的属吏特别难以督察驾驭，黄盖到任后，就设置两个主管掾吏，分别统领各部门。黄盖宣布教令说："我德行浅薄，只是以立战功而得官职，不熟悉文职官吏的事情。现在贼寇没有平定，军务繁多，一切文书都交给两位掾吏，负责约束监督各部门，督察揭发僚属失误。假如有奸邪欺瞒,也终究不会对你们施以鞭杖之刑。"教令下来,属吏们开始都害怕而能尽忠职守。时间久了,有些属吏认为黄盖不理会文书,很是怠惰放肆。黄盖稍稍省察后,得知两名主管掾吏各有几件不守法的事,于是把各位属吏都召集起来,举出几件事情来质问两名主管掾吏。两位主管掾吏叩头谢罪。黄盖说:"我已经有了命令:终究不会对你们施以鞭杖之刑。不敢欺骗你们!"最终杀了他们。各位僚属从此感到害怕,一县安定太平,法纪严明。

况钟字伯律①,南昌人②,始由小吏拔为郎,以三杨特荐为苏州守③。宣庙赐玺书④,假便宜。初至郡,提控携文书上⑤,不问当否,便判"可"。吏藐其无能,益滋弊窦。通判赵忱百方凌侮,公惟"唯唯"。既期月,一旦命左右具香烛,呼礼生来⑥。僚属以下毕集。公言:"有敕未宣,今日可宣之。"内有"僚属不法,径自拿问"之语,于是诸吏皆惊。礼毕,公升堂,召府中胥⑦,声言:"某日一事,尔欺我,窃贿若干,然乎?某日亦如之,然乎?"群胥骇服。公曰:"吾不耐多烦!"命裸之,俾隶有力者四人⑧,舁一胥掷空中,立毙六人,陈尸于市。上下股栗,苏人革面。

【注释】

①况钟:字伯律。早年为尚书吕震属下小吏,后被推荐为仪制司主事,迁郎中。宣德五年(1430)被荐擢为苏州知府。为官刚正廉洁,勤于政事,兴利除害,锄抑豪强,为"姑苏五太守"之一,深受百姓爱戴。

②南昌人:况钟是明南昌府靖安县(今江西宜春靖安)人。

③以三杨特荐为苏州守:三杨,杨溥、杨士奇、杨荣。皆永乐、洪熙、

宣德、正统四朝台阁重臣。按，据《明史·况钟传》，荐其任苏州知府者为尚书蹇义、胡濙等。

④宣庙：明宣宗朱瞻基，年号宣德。玺书：专指皇帝的诏书。

⑤提控：元代有吏员“提控案牍”，简称“提控”，掌文书。此处指负责管理文书的小吏。

⑥礼生：古代祭祀、典礼时，唱赞起、跪等仪式的司仪。

⑦胥：古代官府中的小吏。

⑧俾（bǐ）：使。

【译文】

况钟字伯律，南昌人，最初由小吏提拔为郎官，由杨士奇、杨溥、杨荣特别推荐做了苏州知府。宣宗赐他专门的诏书，准他变通行事。况钟初到苏州知府任上，提控小吏拿着文书呈上来，况钟不问对否，就批示“可以”。属吏轻视他无能，更滋长了弊病。通判赵忱百般欺负侮辱，况钟只是唯唯应答不置可否。到任一个月后，一天况钟命左右的人准备香烛，并召唤礼官前来。所有僚属都集合起来。况钟说：“有诏书没有宣布，今天可以宣读了。”其中有“下属官吏不守法，可自行捉拿审问”的话，于是属下官吏们都大惊失色。行礼完毕后，况钟登堂理事，召来府中小吏，厉声说：“某天有一件事，你欺骗我，私下收受贿款若干，对吗？某天也是如此，对吗？”群吏惊骇认罪。况钟说：“我不能忍受那么多烦琐程序！”命人脱光贪吏的衣服，让四名有力的衙役，抬起一名贪吏抛到空中，很快处死了六个人，将尸首陈列于市场。官民上下惊恐，苏州人彻底改变之前的面貌。

盖武人，钟小吏，而其作用如此。此可以愧口给之文人、矜庄之大吏矣①！

【注释】

①口给：言辞敏捷。矜庄：矜持庄重。

【译文】

黄盖本是武将，况钟出身小吏，而他们却有这样大的作为。这足以使言辞敏捷的文人、矜持庄重的高官惭愧！

〇王晋溪云[①]："司衡者[②]，要识拔真才而用之。甲未必优于科[③]，科未必皆优于贡[④]，而甲与科、贡之外，又未必无奇才异能之士。必试之以事，而后可见。如黄福以岁贡[⑤]，杨士奇以儒士[⑥]，胡俨以举人[⑦]，此皆表表名臣也[⑧]。国初，冯坚以典史而推都御史[⑨]，王兴宗以直厅而历布政使[⑩]。唯为官择人，不为人择官，所以能尽一世人才之用耳。"

【注释】

①王晋溪：字德华，号晋溪。成化进士。善理财，进为户部尚书、兵部尚书。后督陕西三边军务，有军功。

②司衡：主管，主宰。此指宰相。

③甲：指甲科，即进士。明朝科举，以进士为甲科，举人为乙科。科：指乙科，即举人。

④贡：贡生。明朝挑选府、州、县学秀才中成绩优异者，入京师国子监肄业，称贡生，有岁贡、选贡、恩贡、纳贡等名目。

⑤黄福：字如锡。明太祖洪武年间以贡生入太学，授项城主簿，转清源知县，后升工部右侍郎。明成祖时任工部尚书。镇交趾十九年，威惠兼行，民众爱戴。杨士奇谓黄福"清廉公直，秉心端正"。为人礼仪修整，不妄言笑，为官六朝，多有建树。岁贡：按每年分配名额，由府、州、县学选送的贡生。

⑥儒士：秀才。

⑦胡俨：字若思。博学多能，兼工书画，精天文地理诸学。明初以举人授华亭教谕，成祖即位，以翰林检讨直文渊阁，迁侍讲。累拜国子监祭酒。重修《明太祖实录》《永乐大典》《天下图志》，皆充总裁官。

⑧表表：卓然特出。

⑨冯坚以典史而推都御史：冯坚在明太祖时为南丰县典史，尝上书言事，太祖称其知时务、达事变，擢为左佥都御史。典史，明代为县令属官，掌管收发公文。如无县丞、主簿，则典史兼领其职。都御史，都察院长官，掌纠弹百官，评论朝廷政务，规谏皇帝。总领诸道监察御史。

⑩王兴宗以直厅而历布政使：王兴宗原为差役，明太祖用为金华知县。居三年，以治政成绩突出，累擢河南布政使。直厅，在官府大堂当值的差役。布政使，明地方最高行政长官。

【译文】

王晋溪说："宰相要能辨识提拔真正的人才而任用他们。进士不一定优于举人，举人不一定都优于贡生，而进士与举人、贡生之外，又未必没有怀奇才异能的人。一定要由做事来验证，而后才能得知。如黄福出身于贡生，杨士奇出身于秀才，胡俨出身于举人，这些都是卓然特出的名臣。大明初年，冯坚从典史而被提拔为都御史，王兴宗从当值的差役而擢升为布政使。只有为官职来择取人，而不是为人来选择官职，所以才能发挥一代人才的作用。

况守时，府治被火焚，文卷悉烬。遗火者[1]，一吏也。火熄，况守出坐砾场上，呼吏痛杖一百，喝使归舍。亟自草奏，一力归罪己躬，更不以累吏也。初吏自知当死，况守叹曰：

“此固太守事也，小吏何足当哉！”奏上，罪止罚俸。公之周旋小吏如此[②]，所以威行而无怨。使以今人处此，即自己之罪尚欲推之下人，况肯代人受过乎？公之品，于是不可及矣！

【注释】

①遗火：失火，引起火灾。

②周旋：照顾，周济。

【译文】

况钟任太守时，府衙遭火焚毁，文卷都烧为灰烬。引起火灾的人，是一名小吏。大火扑灭后，况钟出来坐在瓦砾堆中，叫来小吏痛打一百杖，然后喝令他回家去。之后急忙草拟奏章，一力归罪于自己，再不连累那名小吏。当初那名小吏自己明白该被处死，况钟叹气说：“这本就是太守的责任，小吏怎么能承当呢！”奏章呈上，降罪只罚减俸禄。况公能够这样照顾小吏，所以行事威严而从未招致怨恨。假使让如今的人处于这种境地，即使是自己的罪过尚且还想推脱给下面的人，何况肯替人受过呢？况公的人品，从这一点上来看已不可企及了！

宗威愍

金寇犯阙，銮舆南幸[①]。贼退，以宗公汝霖尹开封[②]。初至，而物价腾贵，至有十倍于前者，郡人病之。公谓参佐曰：“此易事。自都人率以饮食为先，当治其所先，缓者不忧不平也。”密使人问米面之值，且市之；计其值，与前此太平时初无甚增。乃呼庖人取面，令作市肆笼饼大小为之；及取糯一斛，令监军使臣如市酤醖酒[③]；各估其值，而笼饼枚六钱，酒每觚七十足。出勘市价[④]，则饼二十，酒二百也。

【注释】

①銮舆南幸：宋钦宗靖康二年（1127），北宋灭亡，康王赵构即位于南京（今河南商丘）。銮舆，指高宗赵构。

②宗公汝霖：宗泽，字汝霖。元祐年间进士，历知龙游、赵城、掖县，有政绩。靖康元年（1126），知磁州。金兵南侵，授河北义兵都总管，屡败金兵，擢河北兵马副元帅，屡破金兵。赵构即位，宗泽为龙图阁学士、知襄阳府，力主恢复。旋知开封府。前后上二十余疏，请高宗北归还都，高宗不听，忧愤而死。谥忠简。《中兴小纪》载，宗泽死后初谥威愍。

③醖酒：酿酒。

④勘：察看，核对。

【译文】

金兵进犯京师，宋高宗逃到南方。金兵退后，任命宗泽为开封府尹。宗泽初到开封时，物价暴涨，甚至有的货物价钱为之前十倍，百姓很不满。宗泽对部下说："这事简单。本来都城的人都以日常饮食为先，应当治理他们认为优先的，把饮食物价降下来，其他不着急的不愁不下降。"他暗中派人问米面的价钱，并买回来；估算它们的价钱，和以前太平时没有什么增长。于是叫来厨师取面粉，命他制作市场各种大小尺寸的笼饼；又取来一斛糯米，命监军使臣到市场买来酿酒；各自估算它们的价格，每块饼的成本是六钱，每觚酒七十钱足够。出去对比市价，饼是二十钱，酒是二百钱。

公先呼作坊饼师至，讽之曰[①]："自我为举子时来京师，今三十年矣。笼饼枚七钱，而今二十，何也？岂麦价高倍乎？”饼师曰：“自都城经乱以来，米麦起落，初无定价，因袭至此。某不能违众独减，使贱市也。”公即出兵厨所作饼示之，且语之曰：“此饼与汝所市重轻一等，而我以日下市直会计新面工值之费[2]，枚止六钱，若市八钱，则有二钱之息。今为将出令，止作八钱。敢擅增此价而市者，罪应处斩。且借汝头以行吾令也。”即斩以徇。边批：出令足矣，斩之效曹瞒故智[3]，毋乃太甚？明日饼价仍旧，亦无敢闭肆者。

【注释】

①讽：用委婉的语言暗示、劝告或讥刺、指责。

②会计：计算，核算。

③曹瞒故智：曹操出征时军中缺粮，命运粮官用小斛换下正常的斛给各军发粮，引起官兵不满。曹操对运粮官说：“特当借君死以厌众，不然事不解。”乃斩之。曹瞒，曹操，小字阿瞒，因呼为曹瞒。

【译文】

宗泽先叫来作坊里制饼的师傅，委婉地指责他说：“从我做举子时来到京师，至今已经三十年了。当初笼饼每个七钱，现在是二十钱，为什么呢？难道是麦价高了几倍？”制饼师傅说：“自从京师经历战乱以来，米麦的价钱涨跌，本没有固定的价格，沿袭到现在。我也不能违背众人独自降价，使市场售价降低。”宗泽就拿出军中厨役所做的笼饼给他看，并且对他说：“这饼和你所卖的轻重一样，而我用现今市场的价格计算新面价格加上做面工人的工资，每块饼成本只要六钱，如果卖八钱，那么就有二钱的利润。今天我将要颁布命令，每块饼只能卖八钱。敢擅自加价来卖的人，按罪当处斩。暂且借你的头来颁行我的命令。”说完就将制饼师傅处斩示众。边批：发布命令就足够了，斩杀制饼师傅仿效曹操过去的计策，不也太过分了吗？第二天饼价回复旧价，也没有敢关闭店铺的人。

次日呼官酤任修武至[①]，讯之曰："今都城糯价不增，而酒值三倍，何也？"任恐悚以对曰："某等开张承业[②]，欲罢不能。而都城自遭寇以来，外居宗室及权贵亲属私酿至多，不如是无以输纳官曲之值与工役油烛之费也[③]。"公曰："我为汝尽禁私酿，汝减值百钱，亦有利入乎？"任叩额曰："若尔，则饮者俱集，多中取息[④]，足办输役之费。"公熟视久之，曰："且寄汝头颈上！出率汝曹即换招榜[⑤]：一角止作百钱[⑥]。是不患乎私酝之搀夺也[⑦]。"明日出令："敢有私造曲酒者，捕至不问多寡，并行处斩！"于是倾糟破觚者不胜其数[⑧]。数日之间，酒与饼值既并复旧，其他物价不令而次第自减。既不伤市人，而商旅四集，兵民欢呼，称为神明之政。时杜充守北京[⑨]，号"南宗北杜"云。

【注释】

①官酤：官府掌管酒类酿造和销售的人。

②承业：遵命从事。

③官曲：官府造作的酒曲。按，宋代实行榷曲制度，不允许私人制作酒曲，必须从官府购买。

④多中取息：薄利多销。

⑤招榜：招牌，价目牌。

⑥一角止作百钱：宋代一角大约相当于今500毫升，与一斛相当。故前文估算及商讨酒价以"斛"为单位，此以"角"为单位亦可。

⑦搀夺：竞争。

⑧倾糟破觚（gū）：倾倒酒糟，打破酒觚。指不再做私酒。觚，古代饮酒器。

⑨杜充：字公美。喜功名，性残忍好杀。哲宗绍圣年间进士。靖康初年，知沧州。建炎元年（1127）为北京留守，二年（1128）代为东京留守。金人南侵，杜充放弃抗金起义不断的河北各地。建炎三年（1129），南逃建康府，拜为右相。后兵败降金。北京：大名府，治所在今河北大名。

【译文】

第二天，宗泽叫来掌管酒买卖的任修武，责问他说："现在京师糯米价格并没有涨，但酒价却涨了三倍，为什么呢？"任修武惊恐地答说："我们开张营业遵命从事，想要制止又没有能力。而京师自从遭到金人入侵以来，在外的皇帝宗族及权贵亲属私自酿酒的有很多，不这样加价无法缴纳官方酒曲的价钱和工人工资及蜡烛等费用。"宗泽说："我为你完全禁止私人酿酒，你减价一百钱，还有利润进账吗？"任修武叩头说："如果这样，那么喝酒的人都集中来买酒，薄利多销，足够支付税款及工钱等费用。"宗泽审视他许久后，说："你这颗脑袋暂且寄存在你脖子上！出去带着你的手下马上更换招牌：一角酒只要一百钱。这样就不担心私酿的竞争了。"第二天贴出告令："敢私自造曲酿酒的人，一经抓获，不问数量多少，一律处斩。"于是倾倒酒糟捣毁酒觚的人不计其数。几天之内，酒与饼的价钱都恢复旧价，其他物品价格没有命令也次第自行下降。既不伤害卖东西的人，又使得四方商人云集，士兵和百姓欢呼，称为神明的治理。当时杜充留守北京，人称"南宗北杜"。

借饼师头虽似惨，然禁私酿、平物价，所以令出惟行全不费力者，皆在于此，亦所谓权以济难者乎[①]？当湖冯汝弼《祐山杂记》云[②]：甲辰凶荒之后[③]，邑人行乞者什之三，逋负者什之九[④]。明年，本府赵通判临县催征，命选竹板重七斤者，检拶长三寸者[⑤]。邑人大恐。或诳行乞者曰："赵公领府库银三千两来赈济,汝何不往?”行乞者更相传播,须臾数百人相率诣赵。赵不容入,则叫号跳跃,一拥而进,逋负者随之。逐隶人,毁刑具,呼声震动。赵惶惧莫知所措。余与赵上莘辈闻变趋入,赵意稍安,延入后堂。则击门排闼,势益猖獗。问欲何为?行乞者曰:“求赈济!”逋负者曰:“求免征!”赵问为首者姓名,余曰:“勿问也。知其姓名,彼虑后祸,祸反不测,姑顺之耳。”于是出免征牌及县备豆饼数百以进,未及门辄抢去,行乞者卒不得食。抵暮,余辈出,则号呼愈甚,突入后堂矣!赵虑有他变,逾墙宵遁。自是民颇骄纵无忌。又二月,大守郭平川应奎推为首者数人于法⑥,即惕然相戒,莫敢复犯矣。向使赵不严刑,未必致变,郭不正法,何繇弭乱。宽严操纵,唯识时务者知之。

【注释】

①权:权变。

②当湖:浙江平湖东门外湖泊。冯汝弼:字惟良。浙江平湖(今属浙江)人,明嘉靖进士,官工科给事中。以言事谪潜山县丞,迁知太仓州。著《祐山杂说》一卷,自记生平琐事,颇多因果之说。《祐山杂记》:即《祐山杂说》。

③甲辰凶荒:此指嘉靖二十三年(1544)嘉兴一带的大饥荒。据载自嘉靖十七年(1538)开始,嘉兴连年灾荒,至二十三年遂成大荒,大旱导致蚕桑业全面瘫痪,城乡百姓饿死无数。

④逋(bū)负:拖欠赋税、债务。此处指欠官府租赋。

⑤拶:酷刑刑具之一。用绳联小木棍五根,套入手指而收紧,称拶指。其刑具叫拶。

⑥郭平川应奎:郭应奎,字致祥。明嘉靖进士,授礼科给事中,以建

言谪霍邱丞。历升工部郎中,移守嘉兴。

【译文】

宗泽借制饼师傅人头的做法虽然像是残忍,然而能禁酿私酒、平抑物价,命令发布即可推行毫不费力的原因,都在于这个举动。这也正是所谓的以权变来渡过难关吧?当湖人冯汝弼在《祐山杂说》中记载:甲辰荒年过后,县中行乞的人有十分之三,欠官府租赋的人有十分之九。第二年,府城赵通判到县城催讨租税,命人选七斤重的竹板,三寸长的拶子作为刑具。城中百姓大为恐慌。有人对行乞的人散播谣言说:“赵公从府库中领取了三千两银子来赈济百姓,你们为什么不去领取救济?”行乞的人相互传播,很快好几百人相继前去见赵通判。赵通判不让他们进门,他们就大声呼叫上蹿下跳,一下子全都拥了进去,欠租税的人也跟着进去了。他们驱逐属隶,毁坏刑具,喊声震天。赵通判惊慌恐惧不知所措。我与赵上莘等人听说有暴动就急忙赶来,赵通判才稍感安心,请我们进入后堂。而聚集的群众不停地撞击大门,声势更加猖獗。问他们想要干什么?行乞的人说:“要求救济!”欠租税的人说:“要求免除课税。”赵通判问他们带头人的姓名,我说:“不要问了。知道他的姓名,他顾虑官府日后追究,反而会带来意外灾祸,姑且顺从他们。”于是拿出免征牌及县里准备的数百块豆饼送给他们,还没到门口就被抢走,行乞的人都没有分到食物。接近晚上的时候,我们出来,而群众的吼叫声更大,最后突破防卫闯入后堂了。赵通判担心有其他变故,趁夜里翻墙逃走了。自此暴民颇为骄纵无所顾忌。两个月后,太守郭平川应奎推出为首的几个人依法惩处,其他暴民就惶恐而相互劝诫,没有再滋事的。当初假使赵通判不用严刑镇压,未必会导致民变,郭太守不将为首的暴民正法,又怎么能消除暴乱。宽严尺度的掌握,只有深识时务的人才能懂得。

杨守礼

嘉靖间，直隶安州值地震大变[①]，州人乘乱抢杀，目无官法。上司闻风畏避，莫知所出。杨少保南涧公讳守礼[②]。家食已二十余年矣[③]，先期出示，晓以朝廷法律。越二日，乱如故，公乃升牛皮帐[④]，用家丁，率地方知事者击斩首乱四人，悬其头于四城门，乱遂定。

【注释】

①直隶安州：今河北安新。

②杨少保南涧公：杨守礼，字秉节，号南涧。正德进士。官至兵部尚书，加太子少保。才器敏达，善用兵，中外以为能。

③家食：辞职家居。

④升牛皮帐：像军队征战一样搭起牛皮帐作为指挥部，自己升座指挥。

【译文】

嘉靖年间，直隶安州遭遇大地震，州人趁乱杀人抢夺财物，无视官府律法。州官听到风声畏惧躲避，不知该怎么办。南涧公杨少保名守礼。退休居家已经二十多年，事先出告示，向暴民讲明朝廷律法。过了两天，暴乱依旧，杨公于是搭起牛皮帐升座指挥，任用家丁，率领地方属官斩杀为首暴动的歹徒四人，把他们的脑袋分别悬挂在四个城门上，暴乱于是平息。

李彦和乐云[①]："公虽抱雄略，倘死生利害之念一萌于中，则不在其位而欲便宜行事，浩然之气不索然馁乎[②]？此豪杰大作用，难与拘儒道也。"

【注释】

①李彦和:李乐,字彦和。明隆庆进士,官至福建按察司佥事。著有《见闻杂记》。

②索然:离散零落的样子。馁:丧失勇气,害怕。

【译文】

李彦和名乐说:"杨公虽然有雄才伟略,倘若死生利害的念头萌发于心中,那么他没有官职不在其位而想要自行采取措施,正大刚直之气不就消散而丧失勇气了吗?这是豪杰的大用处,很难和固执不知变通的儒生谈论。"

苏不韦

东汉苏不韦,父谦[①],尝为司隶校尉李暠挟私忿论杀[②]。不韦时年十八,载丧归乡,瘗而不葬[③],仰天叹曰:"伍子胥独何人也[④]!"遂藏母武都山中,边批:要紧。变姓名,尽以家财募剑客,邀暠于诸陵间[⑤],不值。久之,暠迁大司农。时右校刍廥在寺北垣下[⑥],不韦与亲从兄弟潜入廥中,夜则凿地,昼则伏匿,如是者经月,遂达暠寝室。出其床下,会暠如厕,杀其妾及小儿,留书而去。边批:好汉!暠大惊,自是布棘于室[⑦],以板籍地[⑧],一夕九徙[⑨]。不韦知其有备,即日夜驰至魏郡,掘其父阜冢,取阜头以祭父,又标之市曰"李暠父头"[⑩]。暠心痛不敢言,愤恚呕血死。不韦于是行丧[⑪],改葬父。

【注释】

①父谦:苏不韦的父亲苏谦,初为郡督邮,仕至金城太守,后罢归乡里。

②尝为司隶校尉李暠（gào）挟私忿论杀：李暠字君迁，东汉桓帝时为美阳令，与中常侍具瑗勾结，贪暴为民患，被郡督邮苏谦纠劾，判罚入左校服劳役。李暠出狱后数迁为司隶校尉。按照汉代法律，免罢的郡守县令不得私自到京师。而苏谦罢官后私至洛阳，李暠逮捕他治死狱中，鞭尸发泄之前的仇怨。

③瘗而不葬：指掩埋尸体而不举行葬礼。

④伍子胥：春秋楚人，名员（yún）。其父伍奢遭平王冤杀，伍子胥逃出投奔吴王，帮助吴王伐楚，破楚都。当时楚平王已死，伍子胥掘墓鞭尸以报仇。

⑤邀：阻拦截击。

⑥右校：指右校尉所统军营。刍廥（kuài）：储存草料的仓库。寺：指大司农的官府。

⑦布棘：散布棘刺。

⑧籍：铺垫。

⑨九徙：此指多次挪移。

⑩标之市：悬挂在市场上。标，悬挂。

⑪行丧：举办葬礼。

【译文】

东汉人苏不韦，父亲苏谦，被任司隶校尉的李暠心怀私怨所杀。苏不韦当时才十八岁，带着父亲遗体回到家乡，埋起来却不举行葬礼，仰天长叹说："伍子胥是何等样人！"于是把母亲安顿在武都山中，边批：要紧。隐姓埋名，散尽家财来招募剑客，在各陵墓之间拦截李暠，没有遇到。过了很久，李暠调任为大司农。当时右校军营的草料仓库在大司农官府的北墙之下，苏不韦与同族兄弟们潜入仓库中，夜晚挖地道，白天就躲藏起来，这样经过一个月，终于挖到了李暠的卧室。苏不韦从他床下出来，赶上李暠去厕所，就杀死他的侍妾和小儿子，留下一封信离开了。边批：好汉！李暠大惊失色，从此在居室布满荆棘，并在地面铺上木板，一夜之间换好几个地方睡觉。苏不韦知道李暠有所防备,就日夜兼程赶往魏郡,挖开李暠父亲李阜的坟墓,取下李阜的头来祭奠自己的父亲,又挂在市场并写上“李暠父头”四个大字。李暠悲痛却不敢说话,激愤吐血而死。苏不韦于是为父亲补行丧礼,改葬父亲。

郭林宗论曰:“子胥犹见用强吴,凭阖闾之威,而苏子力止匹夫,功隆千乘,比子胥尤过云。”[①]子犹曰:李暠私忿不戢[②],辱及墓骨,妻子为戮,身亦随之,为天下笑,可谓大愚!然能以私忿杀其父,而竟不能以官法治其子,何也?将侠士善藏[③],始皇之威,犹不行于博浪[④],况他人乎?顾子房事秘[⑤],无可物色[⑥],而兹留书标市,显行其意,莫得而谁何之[⑦],不独过子胥,且过子房矣!东汉尚节义,或怜其志节而庇护之未可知。要之一夫含痛,不报不休,死生非所急也。不韦真杰士哉!

【注释】

①“郭林宗论曰”几句:语本《后汉书·苏不韦传》:“太原郭林宗闻而论之曰:‘子胥虽云逃命,而见用强吴,凭阖庐之威,因轻悍之众,雪怨旧郢,曾不终朝,而但鞭墓戮尸,以舒其愤,竟无手刃后主之报。岂如苏子单特孑立,靡因靡资,……出于百死,冒触严禁,陷族祸门,虽不获逞,为报已深。况复分骸断首,以毒生者,使暠怀忿结,不得其命,犹假手神灵以毙之也。力唯匹夫,功隆千乘,比之于员,不以优乎?’”郭林宗,郭泰,字林宗,汉末名士。善品题海内人士,然不为危言,故免于党锢之祸。按,底本作“郭林父”,据《后汉书》改。阖闾,又作阖庐,春秋时吴王。用伍子胥、孙武破强楚。功隆千乘,所成之功盛于千乘之君。千乘,战国时小诸侯国称千乘。

②戢：收敛。

③将：或，或许。

④始皇之威，犹不行于博浪：张良为报仇曾募壮士在博浪沙用铁椎击始皇，不中。始皇下令在国内全面搜捕，亦无所获。

⑤子房：张良，字子房。

⑥物色：访求，寻找。

⑦莫得而谁何：没人敢查问是谁做的。谁何，盘诘查问。

【译文】

郭林宗评论说："伍子胥还被强吴任用，凭借吴王阖闾的威势报仇，而苏不韦仅凭一人之力，事功却盛于千乘国君，比伍子胥还要强。"我认为：李暠泄私愤不加收敛，侮辱累及父亲尸骨，妻子儿子被杀，最后自己也被气死，被天下人耻笑，可以说是极其愚蠢！然而能挟私怨杀死苏不韦的父亲，而竟然不能以官法惩治儿子，为什么呢？或许是侠士善于隐藏自己，以秦始皇的威势，还无法通行于博浪沙，又何况其他人呢？然而张良刺杀秦始皇的事情高度保密，所以无法找到刺客，但苏不韦却留下书信并悬头于市场，显扬他的意图，但也没人敢查问，他的胆识不仅超过伍子胥，而且也超过了张良！东汉特别看重节操与义行，是不是有人激赏苏不韦的志气节操而庇护他也不得而知。总之一个人怀着仇痛，不报仇不罢休，死生都不是他所在乎的。苏不韦真是豪杰之士啊！

楚悼王薨[①]，贵戚大臣作乱，攻吴起[②]。起走之王尸而伏之。击起之徒因射起并中王尸。既葬，肃王即位[③]，使令尹尽诛为乱者，坐起夷宗者七十家[④]。齐大夫与苏秦争宠，使人刺之，不死，殊而走[⑤]。齐王求贼不得。苏秦且死，乃谓齐王曰："臣即死，车裂臣以徇于市[⑥]，曰：'苏秦作乱于齐。'如此则臣之贼必得矣。”于是如其言，而杀苏秦者果自出，齐王因而诛之。若起与秦，身死而能以术自报其仇，智更足多矣！

【注释】

①楚悼王：战国时楚国国君。前401—前380年在位。用吴起为令尹（即楚国宰相），裁不急之官，养战斗之士，南收扬越，据有苍梧，楚国一时称强。

②贵戚大臣作乱，攻吴起：吴起助楚悼王改革强国，得罪了楚国的贵族权臣，楚悼王一死，这些人就围攻他。

③肃王：楚悼王之子。前380—前369年在位。

④夷宗：夷灭宗族。

⑤殊而走：逃脱了。殊，离，断。

⑥车裂：古时酷刑，将人四肢分别系于车后，驱车以裂其躯干。徇于市：在市场上公开示众。徇，宣示于众。

【译文】

楚悼王死后，楚国的贵族大臣们发动叛乱，攻打吴起。吴起跑到悼王遗体前伏在遗体上。追杀吴起的人用箭射杀吴起时也射中了悼王的遗体。悼王下葬之后，肃王即位，命令尹处死所有叛乱的贵族，因为杀吴起被夷灭宗族的有七十家。齐国大夫与苏秦争宠，齐大夫派人刺杀苏秦，苏秦没死，逃脱了。齐王抓不到刺客。苏秦临死时，对齐王说：“我就要死了，请大王处我车裂重刑在市场上公开示众，说：‘苏秦在齐国叛乱。’这样一定能捉拿到刺杀我的凶手。”于是齐王就照苏秦的遗言做，而刺杀苏秦的凶手果然自己出来了，齐王于是诛杀了他。吴起和苏秦，自己死了而能运用智慧为自己报仇，智慧真是足够多了。

诛恶仆 二条

一

张咏少学剑于陈希夷[①]。客长安旅次，闻邻家夜哭。叩其故，此人游宦远郡[②]，尝私用官钱，为仆夫所持[③]，强要其长女为妻。咏明日至其门，阳假仆往探一亲。仆迟迟，强之而去。导马出城，至林麓中[④]，即疏其罪[⑤]。仆仓惶间，咏以袖椎挥之，坠崖而死。归曰："盛价已不复来矣[⑥]！速归汝乡，后当谨于事也！"

【注释】

①张咏少学剑于陈希夷：按，此事最早见于宋人笔记《闻见杂录》，并未记载张咏向陈希夷学剑之事。然底本及明积秀堂本等均有此说，姑留以存异。陈希夷，陈抟，号希夷先生。五代宋初著名道士。

②游宦：出外做官。

③持：挟持，要挟。

④林麓：山脚丛林。

⑤疏其罪：列举他的罪过。疏，陈列。

⑥盛价：亦作"盛介"，对对方仆人的尊称。价，读如"介"。

【译文】

张咏年少时曾跟陈抟学习剑术。他客居长安旅舍，听见邻家有人在夜里哭泣。仔细询问原因，原来是这个人出外做官到了离家很远的地方，曾经私自挪用公款，因此被仆人挟制，要强娶他的大女儿为妻。张咏第二天来到邻居家，假意要借这个仆人陪他探访一位亲戚。仆人行动迟缓，勉强他，他才上路。牵马出城后，到了山脚丛林，张咏一一数落恶仆罪状。趁恶仆震惊慌神时，张咏用袖中椎击打恶仆，恶仆坠崖而死。张咏回城后对那官员说:“你的仆人已经不会再来了!你赶紧辞官回家乡去,以后做事要谨慎!”

二

柳仲涂赴举时①,宿驿中,夜闻妇人哭声,乃临淮令之女。令在任贪墨,委一仆主献纳②。乃代还③,为仆所持,逼娶其女。柳访知之,明日谒令,假此仆一日。仆至柳室,即令往市酒果。夜阑,呼仆叱问,即奋匕首杀而烹之。翌日,召令及同舍饮,云“共食卫肉”④。饮散亟行,令追谢,问仆安在。曰:“适共食者是也!”

【注释】

①柳仲涂:柳开,字仲涂。倜傥重义,善射。宋开宝年间进士,累拜殿中侍御史。力主古文,开宋代古文之先。赴举:赴举人试。

②主献纳:主管收受贿赂的事务。

③代还:为新任代替而归乡。

④卫:驴的别名。

【译文】

柳仲涂去考举人时,住在驿站里,夜晚听见妇人的啼哭声,原来是临淮县令的女儿。临淮县令在任内贪污,托付一个仆人主管收受贿赂的事务。如今为新任代替而归乡,被这个仆人要挟,逼迫他要娶他女儿。柳仲涂问明原因,第二天拜谒临淮县令,借用这个仆人一天。仆人来到柳仲涂的住所,柳仲涂就命他到市集买来酒菜蔬果。深夜,叫来那名仆人呵斥问罪,然后挥动匕首杀了仆人并且烹煮了他。第二天,柳仲涂邀请临淮令及同住的人前来饮酒,说“一起吃驴肉”。酒宴散场柳仲涂着急走,临淮县令追上去道谢,询问仆人在哪里。柳仲涂说:“刚才我们一起吃的就是他!”

亦智亦侠,绝似《水浒传》中奇事。

【译文】

是智慧也是侠义,极像《水浒传》中的奇事。

张咏未第时,尝游荡阴,县令馈与束帛万钱,咏即负之而归。或谓此去遇夜,坡泽深奥[①],人烟疏阔,可俟徒伴偕行。咏曰:“秋暮矣,亲老未授衣[②]。”但捽一短剑去[③]。行三十余里,止一孤店,唯一翁洎二子[④]。夜始分[⑤],其子呼曰:“鸡已鸣,秀才可去矣!”咏不答,即推户。咏先以床拒左扉,以手拒右扉。其子既呼不应,即排闼[⑥],咏忽退立,其子闪身入[⑦]。咏擿其首毙之[⑧]。少时,次子又至,如前,复杀之。咏持剑视翁,翁方燎火爬痒,复断其首。老幼数人,并命于室[⑨],乃纵火,行二十余里,始晓。后来者相告曰:“前店失火,举家被焚也。”事亦奇,因附之。

【注释】

①深奥:幽深隐秘。

②授衣:制备寒衣。

③捽:抓着。

④洎(jì):至,及。

⑤夜始分:刚到半夜。夜分,夜半。

⑥排闼(tà):推门,撞开门。

⑦闪身:侧着身子。

⑧擿（zhāi）：折断，截断。

⑨并命：同时丧命。

【译文】

张咏在未中举人前，曾到荡阴游学，县令送他一束帛一万钱，张咏就背着回家。有人说这一去正赶上夜里，坡陡泽深，人烟稀少，可以等同伴一起走。张咏说："已是深秋了，父母年老还没有准备冬衣。"只提着一柄短剑就走了。走了三十多里路，住在一家孤零零的店里，店中只有一位老人及两个儿子。才到半夜，老人的儿子大叫说："鸡已经打鸣，秀才可以走了。"张咏没有答话，儿子就来推门。张咏先用床抵住左边门，用手抵住右边门。那个儿子见张咏不答话，就用力撞门，张咏突然退后，那个儿子侧着身子栽进来。张咏砍断他的脑袋杀了他。不一会儿，次子又来了，像前面一样，张咏也把他杀了。接着张咏拿着剑去看老人，老人正一边烤火一边挠痒，张咏也砍了他的头。老小几个人，同时丧命在屋里，张咏就放火烧了客店，他走了二十多里路，天才刚亮。后来的人告诉他说："前面的客店失火，全家都被烧死了。"事情也奇特，所以附上它。

窦建德

夏主窦建德微时[①]，有劫盗夜入其家。建德知之，立户下，连杀三盗。余盗不敢入，呼取其尸。建德曰："可投绳下系取去。"盗投绳而下，建德乃自系，使盗曳出，捉刀跃起，复杀数盗。由是益知名。

【注释】

①夏主窦建德：窦建德，隋末被征为二百人长，因助孙安祖起义而家属被杀，遂聚众起事。后逐渐占据河北各郡，称夏王。李世民攻

打王世充，窦建德援助王世充，战败被俘，斩于长安。

【译文】

夏主窦建德还是平民百姓时，有盗匪夜里闯入他家。窦建德发觉后，站在窗下，接连杀了三名盗匪。其他的盗匪吓得不敢进屋，喊着要运走尸体。窦建德说：“可以投下绳索绑住尸体取走。”盗匪扔下绳索，窦建德绑在自己身上，让强盗把他拽出去，拿着刀跳起来，又杀了几名盗贼。从此更加出名。

以诛盗为戏。

【译文】

以诛杀强盗为游戏。

陈星卿

嘉定、青浦之间有村焉[①]。陈星卿者，年少高才，贫不遇，训蒙村中，人未之奇也。村有寡妇，屋数间，田百余亩，有子方在抱。侄欺之，阴献其产于势家子[②]，得蝇头[③]，遁去。势家子择吉往阅新庄，而先期使干仆持告示往逐寡妇。寡妇不知所从来，抱儿泣于门。乡人俱愤愤，而爱莫能助。星卿适过焉，叩得其故，谓邻人曰：“从吾计，保无恙。”邻人许之，令寡妇谨避他处。明日，势家子御游船，门客数辈，箫鼓竞发，从天而下。既登岸，指挥洒扫、悬匾[④]，召谕诸佃[⑤]，粗毕，往田间布席野饮。星卿率乡之强有力者风雨而至，举枪揞其舟[⑥]，舟人出不意，奔告主人，主人趋舟，舟既沉矣。边批：快。遥望新庄，所悬匾已碎于街，众汹汹索斗[⑦]，乃惧而窜。方召主文谋讼之[8],而县牒已下。边批:又快。盖嘉定新令韩公颇以扶抑为己任[9],星卿率其邻即日往控,呈词既美,情复惨激,使捕衙往视,则匾及舟在焉。势家子使人居间[10],终不听,竟置诸干仆及寡妇之侄于法。寡妇鬻其产而他适。星卿遂名重郡邑间。张君山谈,是万历年间事。

【注释】

①嘉定、青浦:今皆属上海,两区相邻,嘉定在青浦东北,中间有吴淞江。

②势家子:权势之家的子弟。

③蝇头:蝇头小利。

④悬匾:悬挂匾额,表示为自己的财产。

⑤召谕:命人前来,明白告知。佃:佃户。租种地主土地的农户。

⑥摏(chōng):撞击。

⑦汹汹:形容声势盛大或凶猛的样子。

⑧主文:权势之家掌文书、撰拟文稿的人。

⑨扶抑:扶弱抑强。

⑩居间:在双方之间调解。

【译文】

嘉定、青浦之间有个村落。有人名叫陈星卿,年轻而才高,贫困不得志,在村里教导儿童,人们没觉得他有什么与众不同之处。村里有位寡妇,有几间屋舍,一百多亩地,有个儿子还在襁褓中。寡妇的侄儿欺负她,暗中将她的房舍田产献给权势之家的子弟,获得蝇头小利,就逃跑了。权势之家的子弟选了个吉日前往接收新产业,事先命得力奴仆拿着告示前去驱逐寡妇。寡妇不知道是怎么回事,抱着孩子在门口哭泣。乡人知道此事都愤愤不平,却又爱莫能助。陈星卿正好经过此地,问明原因,对乡邻们说:“听从我的计谋,保证你们安然无恙。”乡邻们答应了他，让寡妇谨慎地躲避到别处。第二天，权势之家的子弟驾着游船，带着几个门客，鼓乐齐奏，仿佛从天而降。上岸后，指挥仆人打扫屋舍、悬挂匾额，并叫来佃户们告知讲明，大致完成后，就去田间布置席子喝酒。陈星卿带领乡里一批强壮的村夫如疾风暴雨般来到，拿着长枪撞击他们的船，船夫完全没有想到，毫无防备，飞奔告知主人，等主人赶到船边，船早已沉入水中了。边批：快。远望新的田庄，所悬挂的匾额已被人砸烂在街上，又见众人气势汹汹来求斗，于是害怕而窜逃。权势家子弟正想叫来家中掌文墨的人商量为这件事发起诉讼，而县府的公文已经下达。边批：又是快。原来嘉定新上任的县令韩公很以扶弱抑强当作自己的责任，陈星卿率领乡邻们当天就赶往官府控诉，诉状文辞优美，情感又悲惨激烈，韩公命衙役前去查看，见匾额及船只等都在。权势之家的子弟让人在中间调停，但韩公不理会，最终将奴仆们和寡妇的侄子绳之以法。寡妇变卖了产业另迁他地。陈星卿于是在郡县间名声大振。这是张君山说的，是万历年间的事。

郡中得星卿数辈，势家子不复横矣。保小民，亦所以保大家也。虽然，星卿之敢于奋臂者[①]，乘新令扶抑之始，用其旦气耳[②]。星卿亦可谓智矣！

【注释】

①奋臂：振臂而起。

②旦气：泛指朝气。

【译文】

郡中如果有几个陈星卿这样的人，权势人家的子弟就不能再横行霸道了。保护百姓也就是保护大家族。即便如此，陈星卿敢于出手帮忙，是趁着新县令扶弱抑强的开端，利用他的朝气罢了。陈星卿也可以称为智慧了！

李福

唐李福尚书镇南梁[①]。境内多朝士庄产,子孙侨寓其间,而不肖者相效为非。前牧弗敢禁止,闾巷苦之。福严明有断,命织蒇笼若干,召其尤者,诘其家世谱第、在朝姻亲[②],乃曰:“郎君借如此地望[③],作如此行止,毋乃辱于存亡乎[④]? 今日所惩,贤亲眷闻之必快!”遽命盛以竹笼,沉于汉江。由是其侪惕息[⑤],各务戢敛[⑥]。

【注释】

①李福:字能之。唐太和年间进士。历任义成军、定难军、宣武军、西川节度使,迁刑部、户部尚书。唐僖宗时,充山南东道节度使,破王仙芝军,迁检校司空、同平章事、太子太傅。镇南梁:唐代南梁多指兴元府,因其又称梁州。其治所在今陕西汉中,正在汉江边。兴元府为山南西道节度使治所。但李福既未做过兴元府长官,亦未做过山南西道节度使。从下文沉笼汉江来看,此或指李福为山南东道节度使。山南东道节度使驻襄州(今湖北襄阳),正在汉江边。

②家世:门第或家族的世系。谱第:家谱上的系统。

③地望:高贵的门第。

④存亡:生者和死者。此指去世的先人与在世的亲属。

⑤惕息:谓心跳气喘,形容极其恐惧。

⑥戢敛:收敛,不敢放肆。

【译文】

唐朝尚书李福镇守南梁时,境内有许多朝廷官员的产业,他们的子孙寓居在这里,那些不正派的相互效仿作恶。前任太守不敢禁止他们,百姓深以为苦。李福做事严明果断，命人编了若干竹笼，再叫来作恶最多的子弟，盘问他们的家世谱系、在朝做官的亲戚族人，接着说："你们借着如此高贵的门第，做出如此恶劣的行为，不是辱没死去的祖先和在世的亲族吗？今天对你们的惩罚，你们的亲戚听说后一定会很高兴的！"于是命人将这些子弟装进竹笼，沉入汉江。从此那些子弟们惊惧不已，各自收敛。

薛元赏

李相石在中书[①]，京兆尹薛元赏尝谒石于私第[②]。故事，百僚将至相府，前驱不复呵[③]。元赏下马，石未之知，方在厅，若与人诉竞者。元赏问焉，曰："军中军将[④]。"元赏排闼进曰："相公朝廷大臣，天子所委任，安有军中一将而敢无礼如此！夫纲纪陵夷[⑤]，犹望相公整顿，岂有出自相公者耶！"即疾趋而去，顾左右："可便擒来！"时仇士良用事[⑥]，其辈已有诉之者。宦官连声传士良命曰："中尉奉屈大尹[⑦]！"元赏不答，即命杖杀之。边批：杖杀便了事。不然葛藤反不得断。士良大怒。元赏乃白衣请见士良[⑧]。士良出曰："何为擅杀军中大将？"元赏具言无礼状，且曰："宰相，大臣也，中尉，亦大臣也。彼既可无礼于此，此亦可无礼于彼乎？国家之法，中尉宜保守，一旦坏之可惜。某已白衫待罪矣！"士良以其理直，顾左右取酒饮之而罢。

【注释】

①李相石：李石，字中玉。李福之兄。唐元和进士，文宗时以户部侍

郎同中书门下平章事，进中书侍郎。后为仇士良所忌，遣刺客刺伤李石，李石于是辞去相位。

②薛元赏：唐文宗时为京兆尹，出为武宁节度使。武宗时复拜京兆尹。长于吏事，能推言时弊。

③前驱：前导。此指为官僚导行的仪仗。呵：呵道。封建时代官员出行，仪仗前列导引传呼，令行人回避。

④军中军将：神策军中的军将。

⑤纲纪：法度，纲常。陵夷：由盛到衰。衰颓，衰落。

⑥仇士良：宦官，字匡美。历顺、宪、穆、敬、文、武宗六朝，成为显赫的宦官首领。历任内外五坊使、左神策军中尉等职，专横跋扈。太和九年（835）十一月，文宗与宰相李训等谋诛宦官王守澄等，事泄，仇士良率兵杀李训、郑注、韩约等十余家，皆灭族，史称"甘露之变"。事后他趁势大肆屠杀朝官，操纵朝政二十余年。武宗时进观军容使，兼统神策左右军。曾杀二王一妃四宰相。

⑦中尉：指仇士良，当时为左神策军中尉。奉屈：犹言屈驾。大尹：京兆尹。

⑧白衣：平民穿的衣服。

【译文】

唐朝宰相李石在中书省时，京兆尹薛元赏曾经去私宅拜访李石。按照旧例，百官要到相府时，前面的仪仗队不可再呼喝开道。薛元赏在门口下马，但李石并不知道，正在厅里，像正与人争执。薛元赏问旁人，回答说："是神策军中的军将。"薛元赏推门进去说："相公您身为朝廷大臣，接受天子的任命委托，哪里有神策军中的一名军将敢对您如此无礼呢！当今朝廷纲纪衰落，还希望相公大力整顿，这种事怎么能出现在相公您身上呢！"立即疾行离去，并对左右的人说："把那军将抓起来！"当时正是仇士良当权，军将的同僚中已有人将此事报告给他。宦官接连传达仇士良的命令："中尉请您屈驾前往。"薛元赏没有应答，随即命人杖杀了军将。边批:杖杀就彻底完事了。不然纠缠不清反而不能了断。仇士良大怒。薛元赏于是穿着平民的白衣求见仇士良。仇士良出来说:“为什么擅自杀死军中大将?”薛元赏详细诉说了那名军将无礼的情形,并且说:“宰相是朝廷大臣,中尉也是朝廷大臣。这一方既然可以对那一方无礼,那一方也可以对这一方无礼吗?国家的礼法,中尉应当谨守维护,一旦破坏了十分可惜。我已经穿着白衣等待罪责了!”仇士良认为他有道理,命左右备酒款待他而不再追究。

罗点

罗点春伯为浙西仓司[①],摄平江府。忽有雇主讼其逐仆欠钱者[②],究问已服。而仆黠狡,反欲污其主,乃自陈尝与主馈之姬通[③]。既而访之,非实。于是令仆自供奸状,因判云:“仆既负主钱,又污主婢,事之有无虽不可知,然自供已明,合从奸罪[④],宜断徒配施行[⑤]。其婢候主人有词日根究[⑥]。”闻者莫不快之。

【注释】

①罗点春伯:罗点,字春伯。南宋淳熙年间进士,淳熙十三年(1186),调为浙西提举,开浚淀山湖,政绩颇著。宋光宗时试兵部尚书,宁宗时拜端明殿学士、签书枢密院事。仓司:宋提举常平司简称,南宋后提举常平司改称提举常平茶盐司,俗称仓司。掌常平仓、免役、市易、坊场、河渡、水利等事。

②逐仆欠钱:被逐仆人尚欠雇主钱。

③主馈之姬:掌管饮食的姬妾,即主掌家政的姬妾。

④合从奸罪:理合按奸罪处置。

⑤断：判罪，判决。徒配：徒刑或流放。

⑥有词：此指提起诉讼。根究：彻底追究。

【译文】

宋朝人罗点字春伯任浙西仓司，代理平江知府。忽然有位雇主控告被逐的仆人尚欠他钱，罗点追究讯问下仆人已经认罪。但仆人狡猾诡诈，反过来想败坏他主人名声，于是自己供说曾与主人掌管饮食的姬妾私通。后来查证，并非事实。于是罗点命仆人自己供诉奸情，于是判决说："仆人既欠主人钱，又玷污主人姬妾，有没有这回事虽然不可知，然而自己供述已经非常明白，理合按奸罪处置，应当判徒刑或流放并执行。至于那名姬妾，等主人提起诉讼时再彻底追究。"听说这事的人没有不痛快的。

胆智部识断卷十二

智生识，识生断。

当断不断，反受其乱。

集《识断》。

【译文】

智慧生见识，见识生决断。

当决断时不决断，必将反遭祸患。

集为《识断》一卷。

齐桓公

甯戚[①]，卫人，饭牛车下[②]，扣角而歌[③]。齐桓公异之，将任以政。群臣曰："卫去齐不远，可使人问之，果贤，用未晚也。"公曰："问之，患其有小过，以小弃大，此世所以失天下士也！"乃举火而爵之上卿[④]。

【注释】

①甯戚：春秋时卫国人，家贫，为人拉车，被齐桓公赏识，封为上卿，后升至国相。

②饭牛车下：在车下喂牛。一说在牛车下用饭。

③扣角：敲牛角。

④举火：点火。

【译文】

甯戚是卫国人，在车下喂牛时，一边敲打着牛角一边唱歌。齐桓公觉得他与众不同，想要任用他治理国家事务。大臣们说："卫国离齐国不远，可以先派人打听他的为人，如果他确实贤能，再任用也不迟。"齐桓公说："打听他，就怕他有小的过错，因为小的过错放弃大的优点，这就是世间失去天下智士的原因！"于是当夜点燃灯火，举行仪式封甯戚为上卿。

韩、范已知张、李二生有用之才，其不敢用者，直是无胆耳①。孔明深知魏延之才②，而又知其才之必不为人下，故未免虑之太深，防之太过，持之太严，宁使有余才，而不欲尽其用。其不听子午谷之计者③，胆为识掩也。呜呼，胆盖难言之矣！魏以夏侯楙镇长安④，丞相亮伐魏，魏延献策曰："楙怯而无谋，今假延精兵五千，直从褒中出⑤，循秦岭而东，当子午而北，不过十日，可到长安。楙闻延奄至，必弃城走，比东方相合，尚二十许日。而公从斜谷来⑥，亦足以达。如此则一举而咸阳以西可定矣！"亮以为危计，不用。

【注释】

①"韩、范已知张、李二生有用之才"几句：见卷一"假书"条。韩，韩琦。范，范仲淹。

②魏延：字文长。初为刘表部将，后以部曲随刘备入蜀，以勇猛闻名，数有战功。累迁征西大将军，封南郑侯。每随诸葛亮出师，及诸葛亮死，魏延有二心，为杨仪遣马岱杀之。

③子午谷：在今陕西秦岭山中，为川陕交通要道。三国时为魏、蜀进兵、交争的要道。

④夏侯楙（mào）：字子林，夏侯惇次子，尚魏文帝曹丕女清河公主。文帝时为安西将军，持节，镇守长安。明帝时召还为尚书。

⑤褒中：褒中县。治今陕西汉中西南。

⑥斜谷：山谷名。位于今陕西眉县西南之终南山，南口叫褒，北口叫斜，为古陕、蜀险要通道，也叫褒斜道。

【译文】

韩琦、范仲淹已经知道了张、李二位书生是可以重用的人才，还是不敢用的原因，只是缺乏胆量。诸葛亮深知魏延的才干，同时也知道以魏延的才干一定不愿意屈居人下，因此未免顾虑太深，防范太多，戒备太严，宁可让他有剩余的才华，也不想让他完全发挥。当初孔明不肯采纳魏延所献从子午谷袭魏的计策，就是孔明的胆气被识虑所蒙蔽。唉！胆识这件事大概很难说明白吧！曹魏派夏侯楙镇守长安，孔明发兵征魏，魏延献计说："夏侯楙怯懦无能，如果丞相能拨给我五千精兵，我径直从褒中出兵，沿着秦岭向东，到了子午谷向北行军，不到十天，就可到达长安。夏侯楙听说我突然到来，定会弃城逃走，等到与驻守在东方的魏国军队会师，还需要二十天左右。而丞相从斜谷出兵，也足以到达。这样咸阳以西的地方就可以一举平定！"诸葛亮认为这个计策过于危险，没有采纳。

任登为中牟令①，荐士于襄主曰瞻胥己②，襄主以为中大夫。相室谏曰③："君其耳而未之目也？为中大夫若此其易也！"襄子曰："我取登，既耳而目之矣。登之所取，又耳而目之，是耳目人终无已也。"此亦齐桓之智也。

【注释】

①任登：春秋时晋国赵氏的家臣。《吕氏春秋·知度》作“任登”，而《韩非子·外储说左上》作“王登”。

②襄主：即赵襄子，名无恤，赵简子之子。战国初，与韩、魏二氏共灭智氏，三分晋国。瞻胥己：《吕氏春秋》作“胆、胥己”，《韩非子》作“中章、胥己”，为二人。

③相室：初即为卿大夫管理家务的人，也称家臣，后实相当于诸侯国的宰相。

【译文】

任登做中牟令时，向赵襄子推荐了瞻胥己，赵襄子任命瞻胥己为中大夫。相室劝谏说：“您难道只是耳听推荐却不亲眼看看这个人吗？像这样任命中大夫太轻率了吧！”赵襄子说：“我任用任登，已经是既亲耳听见又亲眼审查过了。任登推荐的人，我又要像任用任登时那样耳闻目睹，那观察人就永远没有完了。”这也是齐桓公那样的智慧。

卫嗣君

卫有胥靡亡之魏[①]，嗣君以五十金买之[②]，不得，乃以左氏地名易之[③]。左右曰：“以一都买一胥靡，可乎？”嗣君曰：“治无小，乱无大。法不立，诛不必[④]，虽有十左氏无益也；法立诛必，虽失十左氏，无害也。”

【注释】

①胥靡：服劳役的刑徒。亡：逃跑，出逃。

②嗣君：卫嗣君，战国时卫成侯之孙，立五年而贬号为君。仅余濮阳

一邑。

③左氏：卫国邑名，在今山东定陶之西。

④必：坚持，坚决。

【译文】

卫国有一个服役的犯人逃亡到了魏国，卫嗣君用五十金赎买，没有成功，竟然拿左氏地名来交换。侍臣说："用一座城邑来换一名人犯，合适吗？"卫嗣君回答说："治理国家不放过小事，乱子就不会闹大。如果不制定法令，不严格执行惩罚，即使有十个左氏也没有用；明确立法，严格执法，即使失去十个左氏也没有关系。"

高洋

高洋内明而外晦[①]，众莫知也。独欢异之[②]，曰："此儿识虑过吾[③]！"时欢欲观诸子意识[④]，使各治乱丝，洋独持刀斩之，曰："乱者必斩！"

【注释】

①高洋：北齐文宣帝，字子进。北齐的建立者。550—559年在位。晦：昏聩，愚钝。

②欢：高欢，一名贺六浑。东魏权臣，高洋之父。北魏孝昌元年（525）参加杜洛周起义，继归葛荣，又叛归尔朱荣，率兵镇压各地义军。孝庄帝立，封铜鞮伯。及尔朱荣死，依靠鲜卑武力，联络山东世族，兵讨尔朱氏，逐渐掌握朝权，先后立后废帝、节闵帝，受封渤海王。孝武帝即位，为大丞相，总掌兵事。永熙三年（534），孝武帝集结军队，将讨高欢；高欢举兵反，南向洛阳。及孝武帝西奔关中，高欢另立孝静帝，迁都于邺。其后，握掌朝政达十四年之

久。武定五年（547）死，谥献武王。及高洋代魏，追崇为献武帝，庙号太祖。天统初，又改谥神武皇帝，庙号高祖。

③识虑：见识与谋略。

④意识：见识。

【译文】

高洋内心聪明外表看上去愚钝，众人不了解他。只有他的父亲高欢看出他与众不同，说："这孩子的见识与谋略在我之上！"有一次高欢想要测试儿子们的见识，让他们各自整理混乱的丝线，只有高洋拿起刀斩断乱丝，说："乱的就必须要斩断。"

周瑜等 三条

一

曹操既得荆州，顺流东下，遗孙权书，言："治水军八十万众，与将军会猎于吴[①]。"张昭等曰[②]："长江之险，已与敌共，且众寡不敌，不如迎之[③]。"鲁肃独不然[④]，劝权召周瑜于鄱阳[⑤]。瑜至，谓权曰："操托名汉相，实汉贼也。将军割据江东，兵精粮足，当为汉家除残去秽，况操自送死而可迎之耶？请为将军筹之：今北土未平，马超、韩遂尚在关西[⑥]，为操后患；而操舍鞍马，仗舟楫，与吴越争衡；又今盛寒，马无藁草；中国士众[⑦]，远涉江湖之险，不习水土，必生疾病。此数者，用兵之患也。瑜请得精兵五万人，保为将军破之！"权曰："孤与老贼誓不两立！"因拔刀砍案曰："诸将敢复言迎操者，与此案同！"竟败操于赤壁。

【注释】

①会猎:一同打猎。此指会战。

②张昭:字子布,孙吴重臣。孙策去世前,将弟弟孙权托付给张昭。权称帝后,昭以老病,上还官位及所统领。更拜辅吴将军,班亚三司,改封娄侯。年八十一卒,谥曰文侯。

③迎之:投降曹操。

④鲁肃:字子敬。为周瑜荐于孙权,主团结刘备而拒斥曹操。拜奋武校尉,恩威大行。善谈论,能属文,思虑弘远,有过人之明。

⑤周瑜:字公瑾。少与孙策友善,孙策时为建威中郎将。事孙权,破曹操于赤壁。拟进取蜀,卒于巴丘。此时在鄱阳湖中练水军。

⑥马超:字孟起。出身凉州豪族。随父马腾起兵,后出攻曹操,败于潼关,还据凉州,为杨阜所逐。后依张鲁,继归刘备,被封左将军,迁骠骑将军,领凉州牧。韩遂:字文约。与边章俱名著凉州,汉末大乱,凉州举边章及韩遂为主。边章死,遂据凉州。后马超、韩遂联兵,举关中背曹操,在潼关为曹所败。

⑦中国:指中原地区。

【译文】

曹操取得荆州后,顺流而下向东进军,写了一封信给孙权,说:“将率领八十万水军,与将军在东吴打猎。”张昭等人说:“长江天险,如今已经为敌我双方共有,再说敌众我寡,不如投降曹操。”只有鲁肃不这样认为,劝谏孙权召回在鄱阳的周瑜商议。周瑜赶回后,对孙权说道:“曹操假借汉相名义,其实却是汉朝的奸贼。将军占据江东,兵马精良,粮食充足,应当为汉室除去这股残暴、丑恶的势力,况且曹操自己前来送死,我们哪能投降他呢?请让我替将军您谋划:如今北方并未平定,马超和韩遂还在关西,是曹操的后患;同时曹操舍弃善战的骑兵,依赖船只,想与擅长水战的吴兵争高低;再加上现在正值隆冬时节,马匹没有干草补给;曹军里中原士兵众多,来到这遥远的江湖泽国,不服水土,一定会生病。

以上这些，都是用兵的不利情况。请求将军给我精兵五万人，我保证为您击败曹操！”孙权说：“我与曹操这老贼势不两立！”于是抽刀砍在书案上，说：“各位将领谁敢再说投降曹操，就和这书案同样下场！”后来吴军在赤壁大败曹操。

二

契丹寇澶州[①]，边书告急，一夕五至，中外震骇。寇准不发，饮笑自如。真宗闻之，召准问计。准曰：“陛下欲了此，不过五日。边批：大言。愿驾幸澶州。”帝难之，欲还内，准请毋还而行，乃召群臣议之。王钦若临江人[②]，请幸金陵[③]；陈尧叟阆州人[④]，请幸成都。准曰：“陛下神武，将臣协和，若大驾亲征，敌当自遁，奈何弃庙社远幸楚、蜀？所在人心崩溃，敌乘势深入，天下可复保耶？”帝乃决策幸澶州。准曰：“陛下若入宫，臣不得到，又不得见，则大事去矣！请毋还内。”驾遂发，六军、有司追而及之[⑤]。临河未渡。是夕内人相泣[⑥]。上遣人瞷准[⑦]，方饮酒鼾睡。明日又有言金陵之谋者，上意动，准固请渡河，议数日不决。准出见高烈武王琼[⑧]，谓之曰：“子为上将，视国危不一言耶？”琼谢之[⑨]，乃复入，请召问从官，至皆嘿然[⑩]。上欲南下，准曰：“是弃中原也！”又欲断桥因河而守，准曰：“是弃河北也！”上摇首曰：“儒者不知兵！”准因请召诸将，琼至，曰：“蜀远，钦若之议是也。上与后宫御楼船，浮汴而下，数日可至。”众皆以为然，准大惊，色脱。琼又徐进曰：“臣言亦死，不言亦死，与其事至而死，不若言而死。今陛下去都城一步，则城中别有主矣。吏卒皆北人,家在都下,将归事其主,谁肯送陛下者?金陵亦不可到也!”准又喜过望,曰:“琼知此,何不为上驾?”琼乃大呼逍遥子[11],准掖上以升[12],遂渡河,幸澶渊之北门。远近望见黄盖[13],诸军皆踊跃呼万岁,声闻数十里。契丹气夺,来薄城[14],射杀其帅顺国王挞览[15]。敌惧,遂请和。

【注释】

①契丹寇澶州:宋真宗景德元年(1004),辽军大举攻宋。澶州在今河南濮阳。

②王钦若临江人:王钦若,字定国,时任参知政事。为人奸邪险伪,与丁谓、林特、陈彭年、刘承珪交结,人称“五鬼”。

③金陵:今江苏南京。

④陈尧叟阆州人:陈尧叟,字唐夫。端拱二年(989)进士第一。历光禄寺丞、直史馆,任广南西路转运使多年。时岭南习俗,有病祷神而不求医,他将药方刻石于桂州驿,推广医药知识。又因地制宜,鼓励广植麻苎,以代桑柘。大中祥符间,拜同平章事,充枢密使。后以疾辞位。

⑤六军:天子所统领的军队。有司:泛指官吏。

⑥内人:宫女。

⑦瞯(jiàn):窥视,侦伺。

⑧高烈武王琼:高琼,字宝臣。太宗时为御龙直指挥使,侍卫步军都指挥使。宋真宗时升任殿前都指挥使。澶渊之盟后自请解除兵权,授检校太尉、忠武军节度使。后因曾孙女为英宗皇后,追封卫王,谥号“武烈”。

⑨谢:道歉。

⑩嘿(mò)然:沉默无言的样子。

⑪逍遥子：即逍遥辇，宋代帝王坐轿。

⑫掖（yè）：扶持，搀扶。

⑬黄盖：黄色的伞或黄色车盖。常借指皇帝的车驾。

⑭薄：逼近，靠近。

⑮顺国王挞（tà）览：萧挞览，一作萧挞凛，字驼宁。屡立战功，为契丹名将。封兰陵郡王。

【译文】

宋真宗时，契丹军队入侵澶州，边关报告军情紧急的文书，一夜间接连收到五次，朝廷内外震惊。寇准没有什么行动，像平常一样饮酒谈笑。真宗听说了这件事，召寇准到朝堂询问计策。寇准说："陛下想要结束这个危机，用不了五天。边批：大话。臣恳请陛下驾临澶州。"真宗颇感为难，想返回内宫，寇准恳请皇帝不要回宫而是直接出发，真宗于是召集群臣商议。王钦若是临江人，建议真宗避难金陵；陈尧叟是阆州人，则建议前往成都。寇准说："陛下英明勇武，文武大臣和谐融洽，如果陛下亲征，敌军一定会自己逃走，为什么要舍弃宗庙，远逃楚、蜀之地呢？澶州人心溃散，如果敌军乘势深入疆土，大宋江山哪里还可以保得住呢？"真宗于是下定决心前往澶州。寇准说："陛下如果回后宫，臣不能进去，又见不到您，那么大事无法挽回了！请您不要回宫。"于是真宗立即启驾，禁军和文武百官追了上来。走到黄河，没有渡河。这晚，宫女相对哭泣。真宗派人窥探寇准，他喝了酒正熟睡。第二天又有大臣向真宗建议避祸金陵，真宗有些心动，寇准坚持恳求真宗渡河，商议几天，真宗下不了决心。寇准出来见烈武王高琼，对他说："你身为上将，见国家情况危急，难道不说一句话吗？"高琼向寇准谢罪，于是寇准又再进入，建议真宗召见并询问其他官员的意见，召来的官员个个闭口不言。真宗表示希望南下，寇准说："这种做法是舍弃中原！"真宗又想毁坏桥梁，凭借黄河天险来防守，寇准说："这样黄河以北就拱手送敌了！"真宗摇头说："你是读书人，不懂得用兵之道！"寇准趁机请求真宗召见各位将领，高琼来了，说："蜀地相对偏远，王钦若到金陵的建议是对的。陛下与后宫妃嫔乘坐楼船，顺汴河而下，几天就可以抵达金陵。”在场众人都表示赞同，寇准大惊失色。高琼又不慌不忙地对皇帝说：“臣说也是死，不说也是死，与其事情发生时丧命，不如直言而死。今天陛下离开京师一步，那么京师就会改换主人。士兵们都是北方人，家小都在京师附近，到时将会返回城中侍奉新的君主，还有谁肯护送陛下？金陵也不能到达了！”寇准又大喜过望，说：“你明白这道理，为什么不为皇上开道呢？”高琼于是大声叫来逍遥辇，寇准搀扶着真宗请他坐上轿子，于是渡过黄河，御驾抵达澶州北门。远近士兵看见皇帝的车驾，都欢欣鼓舞，高呼万岁，欢呼声数十里外都听得到。契丹军队气势大减，来攻城时，统帅顺国王萧挞览被射杀。敌军畏惧，于是向宋请和。

按，是役，准先奏请：乘契丹兵未逼镇、定[①]，先起定州军马三万南来镇州，又令河东兵出土门路会合[②]，渐至邢、洺[③]，使大名有恃[④]，然后圣驾顺动。又遣将向东旁城塞牵拽，又募强壮入虏界，扰其乡村，俾虏有内顾之忧。又檄令州县坚壁，乡村入保，金币自随，谷不徙者，随在瘗藏。寇至勿战，故虏虽深入而无得。方破德清一城[⑤]，而得不补失，未战而困。若无许多经略，则渡河真孤注矣。

【注释】

①镇：镇州，治今河北正定。定：定州，治今河北定州。

②河东：今山西境内黄河以东地区。土门路：即井陉关。是从河东进入镇州必经之路。

③邢：邢州，治今河北邢台。洺：洺州，治今河北邯郸。

④大名：大名府，治今河北大名。当时是河北重镇。

⑤德清：宋德清军，治今河南清丰。

【译文】

按，这场战役，寇准事先奏请真宗：趁契丹兵马尚未逼近镇州、定州时，先调派定州三万军马南下镇州，又命令河东士兵从土门路前来会合，逐渐到达邢州、洺州一带，使得大名有所依靠，部署完才请真宗亲征。同时寇准派遣将领向东在其他城市要塞加以牵制，又招募强壮的百姓士兵混入契丹境内，骚扰契丹村庄，使契丹有内忧的困扰。另外寇准又发文命令各州县加固壁垒，乡村百姓进入城邑固守，货币财物随身携带，无法运走的谷物就地埋藏。契丹军队来了，不可与他们交手，因此契丹人虽然深入内地却毫无所获。刚攻下德清一座城，但得到的补偿不了损失，还没有与宋兵交战已陷入窘困。这样看，如果事先没有这么多筹划部署，那么真宗渡河亲征可真的是孤注一掷了。

三

金主亮南侵[①]，王权师溃昭关[②]，帝命杨存中就陈康伯议[③]，欲航海避敌。康伯延之入[④]，解衣置酒。帝闻之，已自宽。明日康伯入奏曰："闻有劝陛下幸海趋闽者，审尔[⑤]，大事去矣！盍静以待之？"一日，帝忽降手诏曰："如敌未退，散百官。"康伯焚诏而后奏曰："百官散，主势孤矣！"帝意始坚，康伯乃劝帝亲征。

【注释】

①金主亮：金废帝完颜亮。本名迭古乃，金太祖孙。熙宗时任丞相。皇统九年（1149）杀熙宗自立，年号天德。被废后降为海陵庶人。

②王权师溃昭关：王权，南宋将领。正隆六年（1161）完颜亮发兵南

伐。十月,金军至庐州(治今安徽合肥),令金将以箭射帛书于城中,以招降宋人。他遂释所俘金军十三人,但亦赍书数金主罪状。率十余军与金军战于柘皋镇、渭子桥,败绩。又在盱眙被金将徒单贞击败。再至和州南,又败。遂退至江之南岸。昭关,在今安徽含山县北。

③杨存中:本名沂中,字正甫。高宗曾将他比为郭子仪,卒谥武恭。陈康伯:字长卿。时为高宗宰相,力主抗金。

④延:引导,引入。

⑤审尔:果真如此。

【译文】

金主完颜亮入侵南宋,王权的军队在昭关大败,宋高宗命令杨存中找陈康伯商议,想要乘船到海上避敌。陈康伯请杨存中进府,脱下衣服,喝起酒来。高宗听说了这件事,不觉宽心不少。第二天,陈康伯入宫奏道:"臣听说有人劝陛下从海上去福建避难,果真如此,局势就无法挽回了!为什么不静心等待呢?"一天,高宗突然颁下手谕:"如果无法击退金兵,文武百官可各自离开避难。"陈康伯焚毁诏书,然后上奏说:"一旦百官离散,陛下的形势将更加孤立啊!"高宗意志才坚定起来,陈康伯于是力劝高宗亲征。

迟魏之帝者,一周瑜也;保宋之帝者,一寇准也;延宋之帝者,一陈康伯也。

【译文】

推迟了曹魏篡位称帝的,是周瑜;保住赵宋江山的,是寇准;延续了宋代国祚的,是陈康伯。

筑大虫巉堡

初，原州蒋偕建议筑大虫巉堡[①]，宣抚使王素听之[②]。役未具，敌伺间要击[③]，不得成。偕惧，来归死。王素曰："若罪偕，乃是堕敌计。"责偕使毕力自效。总管狄青曰[④]："偕往益败，不可遣！"素曰："偕败，则总管行；总管败，素即行矣！"青不敢复言，偕卒城而还。

【注释】

①原州蒋偕：原州知州蒋偕，字齐贤。西夏侵宋，蒋偕数次上书，为巩固西北边防献策，迁为同州（治今陕西大荔）通判。又以范仲淹的推荐，知原州（治今甘肃镇原）。大虫巉（chán）：即大虫岭，在陕西宝鸡东北。

②宣抚使：北宋时或传诏抚绥边境、宣布威灵，或统兵征伐、安内攘外，事毕即还阙罢使。王素：字仲仪，谥懿敏。宋仁宗时知渭州，并不是宣抚使，疑有误。

③敌：指西夏人。要击：拦击，截击。

④总管：武官名。诸路马步军都总管、州马步军总管省称。凡武官阶正任观察使、节度使系衔，则称都、副总管，凡武阶为团练、防御使，诸使、刺史系衔，为州总管。狄青：字汉臣。行伍出身。宝元初，宋夏战争起，任延州指使，以勇武善战，常为先锋，屡建战功，由范仲淹等所擢用，为大将。旋任彰化军节度使、知延州。皇祐上间为枢密副使，大破智高军，授枢密使。嘉祐初，被排挤去位，出判陈州而死。

【译文】

当初，原州知州蒋偕建议修筑大虫巉堡，宣抚使王素接纳了蒋偕的提议。工程还未完成，敌兵就窥伺时机袭击，因此堡垒没有筑成。蒋偕非常害怕，回来向王素请罪。王素说："如果治蒋偕的罪，那就中了敌人的奸计。"责令蒋偕全力修筑堡垒。总管狄青说："蒋偕前去还会失败，不可再派！"王素说："如果蒋偕失败，就派总管前去；总管再失败，我王素自己去！"狄青听了不敢再多说，蒋偕最终完成筑堡工程回来。

清涧城

种世衡既城宽州[①]，苦无泉，凿地百五十尺，见石，工徒拱手曰："是不可井矣！"世衡曰："过石而下，将无泉邪？尔其屑而出之，凡一畚[②]，偿尔一金！"复致力，过石数重，泉果沛然。朝廷因署为清涧城。

【注释】

①种世衡：字仲平。宋仁宗康定初，任鄜州签书判官。时宋夏交战，他在原宽州废垒筑成清涧城，以遏夏军通道。迁知环州，抚慰边族，劝民习射，募用羌兵，州境稍安。擢任环庆路兵马钤辖。复奉命筑细腰城，城成而卒。宽州：在今陕西清涧。

②畚（běn）：用草绳或竹篾编织的盛物器具。

【译文】

种世衡筑成宽州城后，苦于城中没有水源，凿地深达一百五十尺，看见了石块，工人拱手说："这地方打不出井了啊！"种世衡说："穿过这层石块再往下挖，难道没有泉水吗？你们把石块打成碎屑然后挖出来，每挖一畚，给你一金！"工人继续奋力挖掘，穿过数重石层后，泉水果然源源涌出。朝廷因此将这座城命名为清涧城。

韩浩

夏侯惇守濮阳[①]，吕布遣将伪降[②]，径劫质惇[③]，责取货宝。诸将皆束手，韩浩独勒兵屯营门外[④]，敕诸将案甲毋动[⑤]。诸营定，遂入诣惇所，叱劫质者曰："若等凶顽，敢劫我大将军，乃复望生耶！吾受命讨贼，宁能以一将军故纵若！"因涕泣谓惇曰："当奈国法何！"促召兵击劫质者，劫质者惶遽，叩头乞资物，浩竟捽出斩之[⑥]，惇得免。曹公闻而善之，因著令：自今若有劫质者，必并击，勿顾质。由是劫质者遂绝。

【注释】

①夏侯惇：字元让。初从曹操为裨将，以功累拜前将军。魏文帝时为大将军。谥为忠侯。

②吕布：字奉先。初事丁原，复事董卓，誓为父子，因失意于董卓，又与董卓婢女私通，内不自安，于是与王允共杀董卓，授奋威将军，封温侯。后为董卓余党所败，依袁术，又投袁绍。据濮阳、下邳，为曹操所擒，缢杀之。

③劫质：劫持人为质，借以勒索。

④韩浩：字元嗣。东汉末聚徒众护县，被河内太守王匡征召为从事，领兵在盟津抵御董卓。后夏侯惇奇其才，使韩浩领兵跟从征伐。后被曹操委以执掌禁军的重责。

⑤案甲：屯兵不动。

⑥捽（zhuó）：抓。

【译文】

曹操大将夏侯惇镇守濮阳时，吕布派将领前去假装投降，径直劫持夏侯惇为人质，责令夏侯惇的部下拿钱财宝物来交换。各位将领都束手无策，唯独韩浩陈兵驻守在营门外，命令诸将按兵不动。各营安定后，韩浩于是进入拘禁夏侯惇的营房，大声斥骂劫持人质的贼兵说："你们这些凶恶顽劣的贼徒，胆敢劫持我们大将军，还想要活命吗！我奉命讨伐凶贼，岂能因为一个将军的命纵容你们！"接着又哭着对夏侯惇说："有国法能怎么办呢！"于是催促带来的士兵攻击劫持人质的人，劫匪惊恐慌张，磕头乞求财物，韩浩命令拉出去斩首，夏侯惇得以保全了性命。曹操听说后称赞韩浩，于是制定法令：从今以后如果有劫持人质的，一定要击杀他，不必顾虑人质。因此劫持人质的事件就绝迹了。

寇恂

高峻久不下①，光武遣寇恂奉玺书往降之②。恂至，峻第遣军师皇甫文出谒③，辞礼不屈，恂怒，请诛之。诸将皆谏，恂不听，遂斩之。遣其副归，告曰："军师无礼，已戮之矣。欲降即降，不则固守！"峻恐，即日开城门降。诸将皆贺，因曰："敢问杀其使而降其城，何也？"恂曰："皇甫文，峻之腹心，其所取计者也。边批：千金不可购，今自送死，奈何失之。今来辞意不屈，必无降心。全之则文得其计，杀之则峻亡其胆，是以降耳。"

【注释】

①高峻：陇西军阀隗嚣部将，拥兵万人。隗嚣败死，高峻据高平郡坚守。汉建威大将军耿弇率兵围城，一年没有攻下。后投降寇恂，被押送回洛阳。

②寇恂（xún）：字子翼。随光武帝刘秀屡建战功，官至执金吾，封雍

奴倿。素好学，修乡校，教生徒。卒谥威。

③皇甫文：隗嚣部将，高峻军师。隗嚣败后，随高峻守高平郡。后被寇恂所杀。

【译文】

高峻据守高平郡久攻不下，汉光武帝派寇恂拿着诏书前去劝降。寇恂到后，高峻只是派军师皇甫文出面拜见，皇甫文言辞礼节不顺从，寇恂大怒，想要斩了他。诸位将领都来劝谏，寇恂没有理会，于是斩杀皇甫文。寇恂令皇甫文的副手回去，就说："军师态度无礼，已经被杀了。若有归顺之意请立即投降，否则就固守准备开战吧！"高峻惊恐，当天就打开城门投降。诸位将领都向寇恂道贺，并问道："敢问杀了高峻的使臣而高峻就开城投降，这是为什么？"寇恂说："皇甫文是高峻的心腹大臣，是为高峻出谋划策的人。边批：千金都无法购买，今天自己上门送死，怎么能错过这次机会。今天他来，言辞情意都不顺从，必定没有投降的心思。保全他那么他的诡计就能得逞，杀了他那么高峻就丧了胆，因此投降了。"

唐僖宗幸蜀[①]，惧南蛮为梗[②]，许以婚姻。蛮王命宰相赵隆眉、杨奇鲲、段义宗来朝行在[③]，且迎公主。高太尉骈自淮南飞章云[④]："南蛮心膂[⑤]，唯此数人，请止而鸩之。"迄僖宗还京，南方无虞。此亦寇恂之余智也。

【注释】

①唐僖宗幸蜀：唐僖宗，李儇（xuān），本名李俨，873—888年在位。在位期间，权宦田令孜把持朝政，政局日益混乱，引发王仙芝、黄巢起义。广明元年（880），黄巢军渡淮北上，克洛阳，入潼关，僖宗被迫逃往成都。

②南蛮：南诏。本乌蛮别支，姓蒙氏。称王为诏，本六诏，南诏居其南。开元二十六年（738），唐玄宗授南诏首领蒙归义（皮罗阁）为

云南王，遂统一六诏，建南诏国，属唐朝地方政权。南诏自咸通以来，两陷安南、邕管，一入黔中，四犯西川，唐朝为之疲弊。僖宗于广明元年幸蜀之前即已许其和亲。

③行在：皇帝巡幸时的驻地。时僖宗已至成都。

④高太尉骈：高骈，字千里。其家世仕禁军。时为淮南节度使、诸道行营都统。后因信用妖人吕用之，拒不从朝命，僖宗以王铎代之。飞章：报告急变或急事的奏章。

⑤心膂（lǚ）：腹心膂臂，喻主要辅佐人员，亦喻亲信得力之人。

【译文】

唐僖宗去蜀地时，害怕南诏人伺机作乱，答应联姻。南诏首领命宰相赵隆眉、杨奇鲲、段义宗前来拜谒僖宗，并且迎聘公主。太尉高骈从淮南飞马驰送奏章说："为南蛮划策和出力的，只有这几个人，请扣留并毒死他们。"果然直到僖宗回京，南方一直平安无事。这也是寇恂余留的智慧。

刘玺　唐侃

嘉靖中，戚畹郭勋怙宠①，率遣人市南物，逼胁漕统领俵各船②，分载入都以牟利。运事困惫，多缘此故。都督刘公玺时为漕总③，乃预置一棺于舟中，右手持刀，左手招权奸狠干④，言："若能死，犯吾舟。吾杀汝，即自杀卧棺中，以明若辈之害吾军也！吾不能纳若货以困吾军！"诸干惧而退，然终亦不能害公。

【注释】

①戚畹（wǎn）：外戚、亲贵。郭勋：明开国功臣郭英六世孙，袭封武

定侯。正德中镇两广。世宗嘉靖时以“大礼仪”附世宗大得宠幸,进翊国公,加太师。挟恩宠,揽朝权,擅作威福,网利虐民,贪纵不法。失世宗宠,下锦衣卫狱,论死。怙宠:倚仗恩宠。

②漕统领:明时漕运,除民运外,官运皆由军队承担,负责漕运的官员多为军职,如漕运总兵官、漕运总督、督运参将、运粮把总、指挥,各因其所管辖的军队编制及运粮区域有关。俵(biào):分派。

③刘公玺:刘玺,字国信。嘉靖中任督漕总兵,为官清廉。

④权奸:弄权作恶的奸臣。此指郭勋。狠干:凶恶的仆人。

【译文】

嘉靖年间,亲贵郭勋倚仗皇帝的恩宠,经常派人去买南方物产,胁迫漕运官分派到各船,分批载运入京以获取暴利。当时水道运输滞涩不顺,多半都是因为这个缘故。都督刘玺当时任漕运总官,于是事先在船中放置一副棺材,右手拿刀,左手指着郭勋的恶仆,说:“你们如果不怕死,就胁迫我的船载货。我杀了你们就自杀躺进棺材,以证明是你们这些人危害我们的军队!我不能接收你们的货物使我们的军队危困!”各位奴仆惊惧而退下,然而最终郭勋也不能伤害刘玺。

权奸营私,漕事坏矣。不如此发恶一番,弊何时已也!从前依阿酿弊者[①],只是漕总怕众狠干耳。众狠干岂敢与漕总为难、决生死哉!按刘玺字国信,居官清苦,号“刘穷”,又号“刘青菜”。御史穆相荐剡中曾及此语[②]。及推总漕,上识其名,喜曰:“是前穷鬼耶?”亟可其奏。则权奸之终不能害公也,公素有以服之也。

【注释】

①依阿:依附阿从。

②穆相：字伯寅。正德进士，授沂水令。官监察御史，政绩著闻，抗言直谏，人称“真御史”。荐剡（yǎn）：荐举人才的公牍。

【译文】

权奸谋取私利，漕运之事于是败坏。不这样发怒一回，流弊到何时才能消除！以前依附阿从酿成弊端的原因，只是漕运总官惧怕那些凶恶的奴仆罢了。那些奴仆们怎么敢与漕运总官为难，并一决生死呢！按，刘玺字国信，为官清贫，人称“刘穷”，又称“刘青菜”。御史穆相荐举的公文里曾提到这些话。等他被推为总漕，皇上记得他的名字，高兴地说：“是之前那个穷鬼吗？”立刻批准他的奏请。而权奸始终不能加害刘公，是因为他向来有制服权奸的德行。

〇公晚年禄入浸厚，自奉稍丰[①]。有觊代其职者，嗾言官劾罢之[②]，疏云：“昔为‘青菜刘’，今为‘黄金玺’。”人称其冤。因记陈尚书奉初为给谏[③]，直论时政得失，不弹劾人，曰：“吾父戒我勿作刑官枉人；若言官，枉人尤甚！吾不敢妄言也！”因于刘国信三叹。

【注释】

①自奉：自身日常生活的供养。

②嗾（sǒu）：教唆，指使。

③给谏：六科给事中之别称。明承前制，六科（即吏、户、礼、兵、刑、工）各置都给事中一人，左右给事中一人，给事中（从七品）若干人，协助皇帝处理相关政务，并监察六部，均为独立机构。

【译文】

刘公晚年俸禄收入逐渐优厚，自身日常供养稍微宽裕。有觊觎他职位想取替他的人，唆使谏官弹劾罢免他，奏疏说：“过去是‘青菜刘'，现在是'黄金玺'。"人们都为刘玺喊冤。记得陈尚书最初任命为给谏时，只议论政务得失，不弹劾官员，他说："我父亲告诫我不要做刑官以免冤枉好人；若是当谏官，冤枉人就更多了！我不敢随便说话！"因此为刘玺长叹三声。

章圣梓宫葬承天[①]，道山东德州。上官裒民间财甚巨以给行[②]，犹恐不称。武定知州唐侃丹徒人[③]，奋然曰："以半往足矣！"至则舁一空棺旁舍中[④]。诸内臣牌卒奴叱诸大吏[⑤]，鞭挞州县官，宣言"供帐不办者死"[⑥]，欲以恐吓钱。同事者至逃去，侃独留。及事急，乃谓曰："吾与若诣所受钱。"乃引之旁舍中，指棺示之，曰："吾已办死来矣，钱不可得也！"于是群小愕然相视，莫能难。及事办，诸逃者皆被罢，而侃独受旌[⑦]。

【注释】

①章圣：嘉靖三年（1524），世宗为其生母兴献王蒋妃加尊号"本生母章圣皇太后"。梓宫：帝后所用棺材，用梓木制成。此处指灵柩。承天：世宗升安陆州为承天府，治今湖北钟祥。

②裒（póu）：聚敛。

③武定：治今山东惠民。唐侃：字廷直。正德年间举人，知永丰县，进知武定州，政绩显著。官终刑部主事。丹徒：治今江苏镇江东丹徒镇。

④舁（yú）：抬，杠。

⑤牌卒：即牌军，衙门的役卒。此处指押运灵柩的役卒。奴叱：像对奴仆一样呵斥。大吏：独当一面的地方官。

⑥供帐：供使用的帷帐、用具、饮食等物。

⑦旌：表彰。

【译文】

章圣皇太后的灵柩将要回承天府安葬，取道山东德州。官员们搜刮了大量百姓财物以供给送葬队伍，仍害怕不称皇帝之心。武定知州唐侃是丹徒人，他激愤地说："以一半财力就足够了！"送葬队伍到了，唐侃就抬了一副空棺材放在旁边的屋里。各位宦官、役卒像对奴仆一样呵斥地方大员，鞭打州县官，扬言"当用的物品若不置办充足，就将你们统统处死"，想借此恐吓官员，让他们送钱来。与唐侃一同共事的人以致都逃走了，唯独唐侃留下来。等到事情很紧急了，唐侃于是告诉宦官、役卒说："我和你们去看所募集的钱。"于是带他们到旁边的房屋中，指着棺材给他们看，说："我是已经准备好后事来的，钱你们是拿不到的！"于是宦官、役卒们惊愕地面面相觑，没法再为难他。事情过后，各位逃走的官员都被免职，只有唐侃受到表彰。

人到是非紧要处，辄依阿徇人[①]，只为恋恋一官故。若刘、唐二公，死且不避，何有一官！毋论所持者正，即其气已吞群小而有余矣。蔺之渑池[②]，樊之鸿门[③]，皆是以气胜之。

【注释】

①徇（xùn）：顺从，依从。

②蔺之渑池：蔺相如在渑池斥秦王。

③樊之鸿门：樊哙在鸿门宴上正言项羽不应听小人言而害刘邦。

【译文】

人到是非紧要关头，就依附阿谀屈从别人，只因贪恋一个官职的缘故。像刘玺、唐侃二先生，连死都不逃避，一个官职又有什么！不要说他们所秉持的道义正大，就是那股气势就足以湮没那群小人而有余了。蔺相如在渑池之会、樊哙在鸿门宴，都是以气势取胜。

段秀实 孔镛

段秀实以白孝德荐为泾州刺史[①]。时郭子仪为副元帅[②],居蒲[③]。子晞以检校尚书领行营节度使[④],屯邠州[⑤]。邠之恶少窜名伍中[⑥],白昼横行市上,有不嗛[⑦],辄击伤人,甚至撞害孕妇。孝德不敢言。秀实自州至府白状,因自请为都虞候[⑧]。孝德即檄署府军。俄而晞士十七人入市取酒,刺杀酒翁,坏酿器。秀实列卒取之[⑨],断首置槊上,植市门外[⑩]。一营大噪[⑪],尽甲。秀实解去佩刀,选老躄一人控马[⑫],径造晞门。甲者尽出。秀实笑而入,曰:"杀一老兵,何甲也?吾戴吾头来矣!"甲者愕眙[⑬]。俄而晞出,秀实责之曰:"副元帅功塞天地,今尚书恣卒为暴,使乱天子边,欲谁归罪乎?罪且及副元帅矣!今邠恶子弟窜名籍中,杀害人籍籍如是[⑭]。人皆曰'尚书以副元帅故不戢士'[⑮],然则郭氏功名,其与存者几何?"晞乃再拜曰:"公幸教晞!"即叱左右解甲。秀实曰:"吾未晡食[⑯],为我设具。"食已,又曰:"吾疾作,愿一宿门下。"遂卧军中。晞大骇,戒候卒击柝卫之。明日,晞与俱至孝德所陈谢,邠赖以安。

【注释】

①段秀实:字成公。弃举业从军,以功至泾原郑颍节度使,吐蕃不敢犯境。唐德宗初年召为司农卿。朱泚反,段秀实当庭以笏板攻击朱泚,因此遇害。次年,获赠太尉,谥忠烈。白孝德:初为李光弼偏将,累功至北庭行营节度使,徙镇邠宁。屡破吐蕃兵,封昌化郡王。后担任太子少傅,卒追赠太子太保。泾州:治今甘肃泾川。

②郭子仪为副元帅：代宗广德元年（763），吐蕃入寇，诏以雍王李适为关内元帅，郭子仪为副元帅，镇咸阳以御吐蕃。

③蒲：蒲州，治今山西临猗。

④子晞：郭晞，郭子仪第三子。善骑射，曾屡建战功，任检校工部尚书，授太子宾客。

⑤邠（bīn）州：治今陕西彬州。

⑥窜名：谓以不正当手段列名其中。

⑦嗛（qiè）：通“慊”，满足。

⑧都虞候：官名。唐朝中后期诸节度使与神策军皆置，主治不法，为整肃军纪之职。

⑨列卒：排列士卒，即率兵成队而行捕杀事。

⑩植：树立，建立。

⑪大噪：大声喧哗。

⑫老躄（bì）：老而跛足。

⑬愕眙（chì）：惊视。眙，直视，瞪眼看。

⑭籍籍：众多貌。

⑮戢（jí）：约束。

⑯晡（bū）食：晚餐。

【译文】

唐朝人段秀实因白孝德的推荐做了泾州刺史。当时郭子仪为副元帅，驻守蒲州。儿子郭晞以检校尚书领行营节度使，屯兵邠州。邠州恶少混入郭晞部队中，白天横行街市，稍有不满，就出手伤人，甚至冲撞伤害孕妇。白孝德不敢明说。段秀实由州到府报告事情，因而自己请调为都虞候。白孝德立即发文至府军。不久郭晞手下十七个士兵到街市买酒，刺杀了卖酒的老头，砸坏了酿酒的器皿。段秀实率兵抓捕他们，砍下他们的脑袋悬挂在长矛上，竖立在市场门外。郭晞全营士兵大声喧哗，全都武装起来。段秀实解下身上的佩刀，选一名跛脚老人为他驭马，径直来到郭晞营门。全副武装的士兵都出来了。段秀实笑着走进营房，说："杀一名老兵，何必要全副武装呢？我顶着我的脑袋来了！"士兵们惊疑地瞪大眼看着他。不久郭晞出来，段秀实责备他说："副元帅功盖天地，而今尚书骄纵士兵横行暴虐，让他们扰乱天子的边境，将要归罪于谁呢？罪行要波及副元帅了！而今邠州的凶恶子弟混名在军籍中，杀害人如此之多。人们都说'尚书因为副元帅的缘故不管束士兵'，那么郭氏的功名，还能留存在多少呢？"郭晞于是再拜说："幸蒙段公教诲我！"立即呵斥身边的士兵脱下盔甲。段秀实说："我还没有吃饭，为我准备餐食。"等吃完饭，又说："我的宿疾发作，希望在门下借宿一晚。"于是就睡在营中。郭晞大为惊骇，告诫士兵巡逻击柝保卫段秀实。第二天，郭晞与段秀实一同来到白孝德处向他道歉，邠州仰赖段秀实得以安定。

孝宗时，以孔镛为田州知府[①]。莅任才三日，郡兵尽已调发，而峒獠仓卒犯城[②]。众议闭门守，镛曰："孤城空虚，能支几日？只应谕以朝廷恩威，庶自解耳。"众皆难之，谓"孔太守书生迂谈也"。镛曰："然则束手受毙耶？"众曰："即尔，谁当往？"镛曰："此吾城，吾当独行。"众犹谏阻。镛即命骑，令开门去。众请以士兵从，镛却之。贼望见门启，以为出战，视之，一官人乘马出，二夫控络而已[③]。门随闭。贼遮马问故，镛曰："我新太守也。尔导我至寨，有所言。"贼叵测，姑导以行。远入林菁间[④]，顾从夫，已逸其一，既达贼地，一亦逝矣。贼控马入山林，夹路人裸罥于树者累累[⑤]，呼镛求救。镛问人，乃庠生赴郡[⑥]，为贼邀去，不从，贼将杀之。镛不顾，径入洞。贼露刃出迎。镛下马，立其庐中，顾贼曰："我乃尔父母官，可以坐来，尔等来参见！"贼取榻置中，镛坐，呼众前。众不觉相顾而进。渠酋问镛为谁[7]，曰："孔太守也。"贼曰："岂圣人儿孙邪？"镛曰："然。"贼皆罗拜。镛曰："我固知若贼本良民，迫于冻馁，聚此苟图救死。前官不谅，动以兵加，欲剿绝汝。我今奉朝命作汝父母官，视汝犹子孙，何忍杀害？若信能从我，当宥汝罪。可送我还府，我以谷帛赉汝，勿复出掠。若不从，可杀我，后有官军来问罪，汝当之矣！"众错愕曰："诚如公言，公诚能相恤，请终公任，不复扰犯！"镛曰："我一语已定，何必多疑！"众复拜。镛曰："我馁矣，可具食。"众杀牛马，为麦饭以进。镛饱啖之，贼皆惊服。日暮，镛曰："吾不及入城，可即此宿。"贼设床褥，镛徐寝。明日复进食，镛曰："吾今归矣，尔等能从往取粟帛乎？"贼曰："然。"控马送出林间，贼数十骑从。镛顾曰："此秀才好人。汝既效顺，可释之，与我同返。"贼即解缚，还其巾裾，诸生竞奔去。镛薄暮及城[8]。城中吏登城见之，惊曰："必太守畏而从贼，导之陷城耳！"争问故，镛言："第开门[9]，我有处分！"众益疑拒。镛笑语贼："尔且止，吾当自入，出犒汝。"贼少却。镛入，复闭门。镛命取谷帛从城上投与之。贼谢而去，终不复出。

【注释】

①孔镛：字韶文。景泰年间进士，抚田州僮民后，历广西按察使，复回巡抚贵州。弘治初召为工部右侍郎，卒于赴召途中。田州：治今广西田阳。时为土州，由僮人自治。

②峒（dòng）獠：对西南地区部分少数民族的蔑称。

③络：马笼头。

④林菁(jīng):草木丛生的地方。菁,草木茂盛。

⑤罥(juàn):缠绕。此指捆绑。

⑥庠生:科举时代称府、州、县学的生员。

⑦渠酋:渠魁,首领。

⑧薄暮:傍晚,太阳快落山的时候。

⑨第:副词。姑且。

【译文】

孝宗时,任孔镛为田州知府。到任才三天,郡中的守备士兵全都调往他地,而少数民族部落又突然进犯城池。众人提议闭城固守,孔镛说:“孤城物资空虚,能支撑几天呢?只有宣谕朝廷的恩德威仪,或许能解除危机。”众人都责备他,说“孔太守所说完全是书生迂腐的论调”。孔镛说:“那么我们要束手投降而受死吗?”众人说:“即使照你说的做,该派谁去?”孔镛说:“这是我的城,我应当独自去。”众人又劝阻他。孔镛当即下令准备马匹,又命人打开城门。众人请求让土兵随行,孔镛拒绝了。贼人望见城门打开,以为是出城迎战,仔细一看,只见一位官员乘马出城,两名马夫牵马而已。城门又随即关闭。贼人拦下马匹盘问原委,孔镛说:“我是新上任的太守。你带我去你们营寨,我有话要说。”贼人不知孔镛用意,姑且带着孔镛前行。进入远处树林中时,孔镛回头看马夫,已经跑了一名,等到达贼营时,另一名马夫也不见了。贼人牵着马进入山林,路两边裸身捆绑在树上的人连续不断,呼喊着向孔镛求救。孔镛问贼人,原来是庠生赴郡参加考试,被贼人劫持去,因为不顺从,所以贼人准备杀掉他们。孔镛没管他们,直接进入贼人营寨。贼人露出刀刃出寨迎接。孔镛下马,站在他们屋内,环顾贼人说:“我是你们的父母官,应该拿座椅来,你们来向我参拜!”贼人取来坐榻放在屋子中间,孔镛坐定,喊众人上前。众人不觉相互对望后走上前来。首领问孔镛是谁,孔镛说:“我是孔太守。”贼人问:“难道是孔圣人的子孙?”孔镛说:“正是。”众贼都围绕跪拜。孔镛说:“我久已知道你们这些贼人本是善良百姓,只是迫于寒冷饥饿，聚集在此处苟且希望求得活路。前任官员不能体谅，动辄派官兵讨伐，想要杀绝你们。我现在奉朝廷之命成为你们的父母官，看待你们就像是我的子孙，哪里忍心杀害你们？如果你们相信并肯归顺我，我自当赦免你们的罪过。你们可以护送我回府城，我会把稻谷布帛赠送给你们，希望你们不要再出来抢掠。如果不肯归顺，可以杀了我，日后会有官军前来问罪，你们要承担责任！”众贼错愕说：“果真如太守所说，您确实能体恤我们，我等发誓在您任内，不再侵扰进犯！”孔镛说：“我说话算数，你们何必多疑！”众贼又拜谢。孔镛说：“我饿了，可以准备饭菜。”众贼杀牛马，煮麦饭端上来。孔镛饱食一顿，贼人都惊异叹服。傍晚，孔镛说：“我赶不及今晚进城，可以就在这里暂住。”贼人铺设床褥，孔镛安闲入睡。第二天又吃了饭，孔镛说：“我今天要回去了，你们能随我回府城搬运粮食布帛吗？”贼人说：“好。”于是牵马护送孔镛走出林间，贼人数十匹马跟在后面。孔镛回头对贼人说：“那些秀才是好人。你们既然已归顺，可以放了他们，让他们跟我一起返回府城。”贼人立即解开绳子，归还头巾衣服，诸生竞相奔逃而去。孔镛等人傍晚抵达城下。城中官员登城望见他，大惊说：“一定是太守怕死而投降了贼人，引导他们来攻城！”于是争相探问原因，孔镛说：“姑且开门，我自有打算！”众人一听更加怀疑，拒绝开门。孔镛笑着对贼人说：“各位暂且停住，我自己进城，然后出城犒赏你们。”贼人稍微后退一段距离。孔镛进城后，又关闭了城门。孔镛命人取来粮食布帛从城楼上投给他们。众贼叩谢离去，再不出来侵扰了。

晞奉汾阳家教[①]，到底自惜功名。段公行法时，已料之审矣。孔太守虽借祖荫[②]，然语言步骤，全不犯凶锋[③]。故曰：“天下之至柔，驰骋天下之至刚[④]。”

【注释】

①汾阳：汾阳王郭子仪。

②祖荫（yìn）：祖宗之荫庇。

③凶锋：犹凶焰。指凶猛的锐气。

④天下之至柔，驰骋天下之至刚：语出《老子》，“刚”原文作“坚”。

【译文】

郭晞秉承郭子仪家教，到底还是自惜功名。段秀实在执法前，早已审慎地考虑过了。孔太守虽借祖先荫庇，然而他的言行举止，丝毫不冒犯对方的锋芒。所以说：“天下最柔和的东西，能够役使天下最坚硬的东西。”

姜绾

姜绾以御史谪判桂阳州[①]，历转庆远知府[②]。府边夷，前守率以夷治。绾至，一新庶政[③]，民獠改观[④]。时四境之外皆贼窟。绾计先翦其渠魁，乃选健儿教之攻战，无何自成锐兵，贼盗稍息。初，商贩者舟由柳江抵庆远[⑤]，柳、庆二卫官兵在哨者，阳护之，阴实以为利。绾一日自省溯江归[⑥]，哨者假以情见迫，遽谨言贼伏陕[⑦]，讣绾陆行便[⑧]。绾曰：“吾守也，避贼，此江复何时行邪？”麾民兵左右翼，拥盖树帜，联商舟，徜徉进焉[⑨]。贼竟不敢出。自是舟行者无所用哨。

【注释】

①姜绾（wǎn）：字玉卿。明成化进士。擢御史，因劾宦官蒋琮，谪判桂阳。迁庆远知府，不久改任右江兵备副使。官终河南按察使。

②庆远：治今广西宜州东。

③庶政：各种政务。

④民獠（lǎo）：泛指少数民族。獠，泛指南方各少数民族。

⑤柳江：西江支流。在广西北部和贵州东南部。

⑥省：省府，时在临桂，即今桂林。

⑦讙（huān）言：谓众口嘈杂地传说。隩（yù）：水边深曲处。

⑧訹（xù）：受诱惑，诱惑。

⑨徜徉（cháng yáng）：徐行貌。

【译文】

姜绾由御史贬至桂阳州判，后转任庆远知府。庆远府与少数民族地区相邻，前任知府完全用治理夷人的方式来治理。姜绾到任，各种政务气象一新，少数民族习气改观。当时庆远府四面边境外都是贼窟。姜绾谋划先翦除贼寇的首领，于是挑选强健的男子，教导他们攻战防守技巧，不多久自然成为一支精锐部队，贼盗稍加收敛。起初，商贩的船由柳江抵达庆远，柳、庆两地卫所的官兵，表面上护着他们，私下实际上从中谋利。姜绾有一天从省府乘船逆江而上回庆远，哨兵故意谎报情况紧急，众口嘈杂地说有贼兵埋伏岸边，诱导姜绾取道陆路。姜绾说："我是太守，如果躲避贼人，这条江要到什么时候才能平安通行？"指挥民兵在左右护卫，簇拥伞盖，树立旗帜，联合其他商船，缓缓向前推进。盗贼最终不敢出动。从此乘船的人不再需要哨兵了。

决意江行，为百姓先驱水道，固是。然亦须平日训练，威名足以詟敌①，故安流无梗②。不然，尝试必无幸矣！

【注释】

①詟（zhé）：恐惧。

②梗：阻塞，断绝。

【译文】

姜绾决意沿江而行，为百姓前行开辟水道，这本是他的职责。然而也需要平日训练，威名足够震慑贼人，因此平安通过而没有阻碍。不然的话，轻易尝试必定无法幸免！

文彦博

潞公为御史时①，边将刘平战死②。监军黄德和拥兵观望，欲脱己罪，诬平降虏，而以金带赂平奴，使附己。边批：监军之为害如此。平家二百口皆冤系。诏彦博置狱河中③。彦博鞫治得实。德和党援谋翻狱④，已遣他御史来代之矣。彦博拒之，曰："朝廷虑狱不就，故遣君。今狱具矣。事或弗成，彦博执其咎，与君无与也！"德和并奴卒就诛。

【注释】

①潞公：文彦博，字宽夫。宋仁宗天圣进士。庆历七年（1047）任参知政事，以镇压贝州王则起义，拜相；皇祐中，被劾罢相；至和二年（1055）复相；嘉祐中，出判河南府等，封潞国公。英宗朝，入为枢密使。神宗熙宁初，反对王安石变法，谓天子与士大夫共治天下，不与百姓治天下；六年（1073），自枢密使出判河阳。哲宗元祐初，高太后临朝，司马光为相，废除新法，他为平章军国重事；五年（1090）致仕。历仕四朝约五十年。

②刘平：字士衡。进士及第。以寇准荐，为殿中丞，累迁邕州观察使。宋真宗天禧三年（1017）使辽。仁宗宝元二年（1039）以鄜延、环庆两路副都统与西夏战；康定元年（1040）被俘，被杀于兴州（今宁夏银川）。谥壮武。

③河中：治今山西永济西南。

④翻狱：推翻案件。

【译文】

宋朝潞国公文彦博做御史时，边将刘平作战阵亡。监军黄德和拥兵观望，事后想替自己脱罪，诬陷刘平投降西夏，并且用金带贿赂刘平的奴仆，让他们附和自己。边批：监军为害到了这种地步。刘平一族二百口人都蒙冤入狱。皇帝下诏命文彦博到河中处置案件。文彦博审理获得真相。可是黄德和一党却谋划翻案，朝廷已经派遣了其他的御史来代替文彦博。文彦博拒绝了那位御史，说："朝廷是担心我无法完成判决，所以派你来。现在案件已经全部审结。事情或许不能成功，我愿意承担一切过失，同你没有任何关系！"黄德和与刘平的奴仆全部被处死。

陆庄简公

平湖陆太宰光祖①，初为浚令②。浚有富民，枉坐重辟③。数十年相沿④，以其富，不敢为之白。陆至访实，即日破械出之，然后闻于台使者。边批：先闻则多掣肘矣。使者曰："此人富有声。"陆曰："但当闻其枉不枉，不当问其富不富。果不枉，夷、齐无生理⑤；果枉，陶朱无死法⑥。"台使者甚器之。后行取为吏部，黜陟自由⑦，绝不关白台省⑧。时孙太宰丕扬在省中⑨，以专权劾之。既落职，辞朝，遇孙公，因揖谓曰："承老科长见教⑩，甚荷相成⑪。但今日吏部之门，嘱托者众，不专何以申公道？老科长此疏实误也！"孙沉思良久，曰："诚哉，吾过矣！"即日草奏，自劾失言，而力荐陆。陆由是复起。时两贤之。

【注释】

①陆太宰光祖：陆光祖，字与绳。明嘉靖进士，万历中为工部右侍郎，忤张居正，引疾归。居正死，复起，官至吏部尚书。卒谥庄简。太宰，吏部尚书的古称。

②浚：浚县，治今河南浚县。

③重辟：极刑，死罪。

④相沿：历任县令相沿袭。

⑤夷、齐：伯夷、叔齐。商末孤竹国君之二子，因互让君位，双双离国。商亡，二人"义不食周粟"，采薇而食，饿死于首阳山。此处比喻清廉至极的人。

⑥陶朱：范蠡，字少伯。春秋末年越国大夫。越为吴所败。曾赴吴为人质二年。回越后，与勾践深谋二十多年，终于灭亡吴国。称上将军。后游齐国，改名鸱夷子皮。齐人闻其贤，以为相。他竟归相印，尽散其财，间行以去，止于陶（今山东定陶西北），又改名陶朱公，以经商致富，资累巨万。此处比喻至富可敌王侯的人。

⑦黜陟（chù zhì）：指人才的进退，官吏的升降。

⑧关白：禀报，通告。台省：都察院、六科通称。都察院称西台，六科称省垣，故有"台省"之连称。

⑨孙太宰丕扬：孙丕扬，字叔孝。嘉靖进士，性廉直。历任应天府尹、南京都察院右佥都御史，大理寺卿、户部右侍郎、刑部尚书、左都御史、吏部尚书。省中：此指都察院。时孙丕扬为左都御史。

⑩老科长：此为对御史的尊称。

⑪甚荷相成：甚蒙您扶持成全。官场上的客套话。

【译文】

平湖人太宰陆光祖，起初任浚县令。浚县有一位富人，被冤枉犯重罪。数十年间历任县令相沿袭，由于他富有，官员为避嫌不敢为他洗刷罪名。陆光祖到了后，访得实情，当日就卸下枷锁放他出狱，然后再呈报御史。边批:先报告就会有很多制约。御史说:“这人富有而有声名。”陆光祖说:“只应当问他冤不冤枉,不应当问他富不富有。如果他不冤枉,即使如伯夷、叔齐一样清廉也没有让他活着的道理;如果是冤枉的,即使如陶朱公般富有也没有处死他的理由。”御史从此很器重他。后来陆光祖升为吏部尚书,罢黜提拔全凭自己见解,绝不禀告都察院。当时太宰孙丕扬在都察院为左都御史,以独断专权的罪名弹劾他。陆光祖被免官后,辞别朝廷,遇到孙丕扬,对他作揖道:“承蒙老科长教导,甚蒙您成全。只是现今吏部的大门,嘱咐请托的人很多,不专断怎么伸张公道?老科长这次上疏实在是错误了!”孙丕扬沉思许久,说:“确实如此,我错了!”当天起草上奏,自我检举失言的过失,而极力保荐陆光祖。陆光祖于是重新起用。当时舆论认为两人都很贤明。

为陆公难,为孙公更难!

【译文】

做陆光祖正义果断难,做孙丕扬有过即改更难。

葛端肃以秦左伯入觐[①],有小吏注考“老疾”[②],当罢,公复为请留。太宰曰:“计簿出自藩伯[③],何自忘也?”公曰:“边吏去省远甚,注考徒据文书,今亲见其人甚壮,正堪驱策,方知误注。过在布政,何可使小吏受枉?”太宰惊服,曰:“谁能于吏部堂上自实过误?即此是贤能第一矣!”此宰与孙公相类。葛公固高,此吏部亦高。因记万历己未[④],闽左伯黄琮[⑤],马平人,为一主簿力争其枉。当轴者甚不喜[⑥],曰:“以二品大吏为九品官苦口,其伎俩可知。”为之注调[⑦]。人之识见不侔如此[⑧]!

【注释】

①葛端肃：葛守礼，字与立。嘉靖进士，官至户部尚书，卒谥端肃。秦左伯：陕西左布政使。左伯，左布政使的别称。明洪武九年(1376)撤销行中书省，陆续设布政使司，每司设左、右布政使。入觐：入宫朝见皇帝。

②注考：旧时考核官吏的成绩曰“考”；其考语亦曰“考”。老疾：年老有病。

③藩伯：明清时指布政使。

④万历己未：万历四十七年(1619)。

⑤黄琮：明神宗万历年间进士，任饶州府知府，官至福建布政使。

⑥当轴者：当权的人。

⑦注调：签注其应调离本任。

⑧不侔(móu)：不相等。

【译文】

葛端肃以陕西左布政使身份入朝觐见，有一名小吏的考核评语写着“年老多病”，应当免职，葛公又为小吏申请留任。太宰说：“这本记录簿出自你手，为什么自己忘了呢？”葛公说：“驻边小吏离省府太远，考核评语只是依据文书，今天我亲眼见到了这个人，身体很强壮，正好可以效命朝廷，才知道记录错了。过失在我，怎么可以让小吏受冤枉呢？”太宰不由惊叹佩服，说：“有谁能在吏部堂上自己承认过失？只此便是天下贤能第一！”这位太宰和孙公类似。葛公固然高明，这位吏部大人也高明。因此想起万历己未年间，福建左布政使黄琮，他是马平人，为一名主簿极力洗脱冤情。当政者非常不高兴，说：“以二品大吏为九品小官费口舌，可知这是耍花招。”为他签注调离。人的见识是如此不相等！

陆文裕

陆文裕树声为山西提学[①]。时晋王有一乐工，甚爱幸之。其子学读书，前任副使考送入学。公到任，即行文黜之[②]。晋王再四与言，公曰："宁可学宫少一人[③]，不可以一人污学宫！"坚意不从。

【注释】

①陆文裕：陆深，字子渊，谥文裕。明弘治进士。历官国子监祭酒、山西提学副使、四川左布政使。嘉靖十六年（1537）召为太常卿兼侍读学士。嘉靖南巡，掌行在翰林院印，进詹事府詹事。出入馆阁四十年，练达朝章，兼通今古。树声：此小字注有误。陆树声，字与吉，谥文定。这里是误将他与陆深混淆了。提学：掌州县学政的官员。

②黜之：黜落，废除。按，明朝乐户地位卑贱，按规定，乐户及其子女没有进入学堂和参加科举的资格。

③学官：学校的别称。

【译文】

陆文裕名树声任山西提学。当时晋王府中有一名乐工，深得晋王的宠爱。乐工的儿子想入学宫读书，前任提学副使就将他保送入学。陆公到任后，立即发文黜落了他的学籍。晋王一再求情，陆公说："学宫宁可少收一名学生，不能为一名学生而污损名誉！"执意不肯答应晋王的请托。

自学宫多假借[①]，而贱妨贵、仆抗主者纷纷矣[②]。得陆公一扩清[③]，大是快事。

【注释】

①假借：假托。

②纷纷：众多貌。

③扩清：廓清，肃清。

【译文】

长久以来，学宫学生多是请托冒名而来，身份低微的人妨碍贵人，仆人对抗主人的事件很多。陆公能一举肃清，真是大快人心！

韩魏公 二条

一

英宗初晏驾[①]，急召太子。未至，英宗复手动。曾公亮愕然[②]，亟告韩琦，欲止勿召。琦拒之，曰："先帝复生，乃一太上皇。"愈促召之。

【注释】

①晏驾：皇帝去世的委婉说法。

②曾公亮：字明仲。宋仁宗时累官端明殿学士、知郑州，嘉祐中拜同中书门下平章事。晚年推荐王安石于神宗，又暗助其变法。熙宁三年（1070），以年老自请罢相，出判永兴军。

【译文】

宋英宗刚刚崩逝，大臣急召太子入宫。太子尚未抵达，英宗的手又动了一下。曾公亮非常吃惊，急忙通知韩琦，想要他阻止太子入宫。韩琦拒绝了，说："如果先帝真的死而复活，就是太上皇。"越发催促太子入宫。

二

内都知任守忠奸邪反覆[①]，间谍两宫[②]。韩琦一日出空头敕一道[③]，参政欧阳修已佥书矣[④]，赵概难之[⑤]。修曰："第书之，韩公必自有说。"琦坐政事堂，以头子勾任守忠立庭下[⑥]，数之曰："汝罪当死！责蕲州团练副使蕲州安置！"取空头敕填之，差使臣即日押行。

【注释】

①内都知：宦官的宫内之职。

②间谍两宫：挑拨两宫关系。两宫，指宋英宗及慈寿宫高太后。

③空头敕：空白诏书。

④欧阳修：字永叔。宋仁宗天圣进士。庆历三年（1043），累官知谏院，擢知制诰，支持范仲淹改革。新政失败，出知滁州，后复召入，为翰林学士。嘉祐五年（1060），为枢密副使。次年，任参知政事。神宗即位，辞政，出知亳州。王安石变法，他指陈青苗法之弊。卒谥文忠。平生多奖掖后进，曾巩、王安石、苏洵父子等均受其称誉。佥（qiān）书：签字。

⑤赵概：字叔平。原名赵禋，梦神书"赵概"二字，遂即改名。官拜观文殿学士，赠太子太师，谥康靖。

⑥头子：亦称"宣头"。宋时枢密使不经由中书直行下达的札子。勾：拘捕，捉拿。

【译文】

内都知任守忠为人奸邪，反复无常，挑拨英宗与太后的关系。一天，韩琦发出一道空白的敕命，参知政事欧阳修已经签了名字，也让赵概签名，赵概感到为难。欧阳修说："你只管签字，韩公这么做，一定有他的理由。"只见韩琦坐在政事堂上，用札子拘捕任守忠，叫他站立庭下，列举他的罪状说:“你依罪该死!责令蕲州团练副使蕲州安置!”接着取出空白敕命填上内容,派遣差役当天押送他上路。

韩魏公生平从未曾以“胆”字许人,此等神通,的是无两。

【译文】

韩琦一生从未曾以“有胆量”来赞许别人,看他这等高超的本领,的确再无第二个人。

吕端

太宗大渐[①],内侍王继恩忌太子英明[②],阴与参知政事李昌龄等谋立楚王元佐[③]。端问疾禁中[④],见太子不在旁,疑有变,乃以笏书“大渐”二字,令亲密吏趣太子入侍。太宗崩,李皇后命继恩召端。端知有变,即绐继恩,使入书阁检太宗先赐墨诏,遂锁之而入。皇后曰:“宫车已晏驾,立子以长,顺也。”端曰:“先帝立太子,正为今日。今始弃天下,岂可遽违命有异议耶?”乃奉太子。真宗既立,垂帘引见群臣。端平立殿下,不拜,请卷帘升殿审视,然后降阶,率群臣拜呼“万岁”。

【注释】

①大渐:病危。渐,病重。

②王继恩:北宋宦官。又名张德钧。受太祖、太宗宠信,久在河北领兵。太宗淳化五年(994),为剑南两川招安使,领军入蜀,镇压李顺起义,攻陷成都,大肆屠杀,特授宣政使。太宗去世时,勾结参

知政事李昌龄，阴谋废立未遂。真宗即位，安置均州，卒于贬所。

③李昌龄：字天锡。以献诗被提拔为右拾遗，太宗末年担任参知政事。因与王继恩交结，罢政，贬官。楚王元佐：即赵元佐。北宋太宗长子。初名德崇，字惟吉。历封卫王、楚王，秦王赵廷美获罪，独他申救。廷美死，遂得狂疾。雍熙中，纵火焚宫，废为庶人。真宗即位，复封楚王。

④端：吕端，字易直。历知成都府、蔡州。太宗淳化四年（993），拜参知政事，至道元年（995），继吕蒙正为相。太宗称他“小事糊涂，大事不糊涂”。为相持重，政尚清简。真宗即位，加右仆射、监修国史，甚受尊崇。

【译文】

宋太宗病危，内侍王继恩忌惮太子英明，暗中与参知政事李昌龄等人谋划扶立楚王赵元佐。吕端进宫探望太宗，见太子不在皇上身边，疑心有人借机生变，就在手板上写上“大渐”二字，命令亲信催促太子进宫服侍太宗。太宗驾崩后，李皇后命王继恩召吕端入宫。吕端知道有变故发生，就骗王继恩，让他进御书房检视先皇遗墨诏命等物件，随即将他反锁在御书房，然后才进内宫。皇后说：“先皇已驾崩，立长子为帝，才正当合理。”吕端说：“先帝立太子，为的就是今天。如今先皇才刚崩逝，怎么可以立即违抗先皇遗命有不同的想法呢？”于是拥戴太子为帝，即宋真宗。真宗即位后，垂帘接见群臣。吕端直身站在殿阶下，不叩拜，请皇帝卷起帘幕后登上殿阶仔细端详，看清的确是真宗本人，才走下殿阶，率领百官跪拜，高呼“万岁”。

不糊涂，是识；必不肯糊涂过去，是断[①]。

【注释】

①“不糊涂”几句：太宗想任命吕端为宰相，有人说吕端糊涂，太宗

说："端小事糊涂，大事不糊涂。"糊涂，含混，敷衍。

【译文】

不糊涂，这是见识；遇大事一定不肯敷衍搪塞过去，这是决断。

辛起季

辛参政起季[①]，守福州。有主管应天启运宫内臣武师说[②]，平日群中待之与监司等[③]。起季初视事，谒入[④]，谓客将曰[⑤]："此特监珰耳[⑥]，待以通判[⑦]，已为过礼。"乃令与通判同见。明日，郡官朝拜神御[⑧]，起季病足，必扶掖乃能拜。既入，至庭下，师说忽叱候卒退[⑨]，曰："此神御殿也。"起季不为动，顾卒曰："但扶，自当具奏。"边批：有主意。雍容终礼[⑩]。既退，遂自劾待罪。朝廷为降师说为泉州兵官云。边批：处分是。

【注释】

①辛参政起季：辛次膺，字起季。宋徽宗政和进士。高宗绍兴间，累迁右正言，力谏和议，为秦桧排斥，知泉州，移福建帅。孝宗即位，召为御史中丞。隆兴初，迁同知枢密院事，旋参知政事，逾月罢政。立朝敢言，政尚清静。按，底本作"辛企季"，据《宋史》本传改。

②应天启运宫：启运宫起初是专为祭祀宋太祖赵匡胤而设立的，位于今河南洛阳，真宗时加"应天"二字。政和七年（1117），宋徽宗正式定名为"应天启运宫"，供奉所有宋帝神御。靖康之乱后，神御南迁，建炎四年（1130）三月，移至福州怀安开元寺。

③监司：有监察州县之权的地方长官简称。

④谒（yè）：名帖。

⑤客将：泛指书吏衙役。

⑥监珰：宦官。

⑦通判：官名。宋初始于诸州府设置，即共同处理政务之意。地位略次于州府长官，但握有连署州府公事和监察官吏的实权，号称监州。南宋通判地位下降，主要分掌常平、经总制钱等财赋之属，并以避嫌不敢与知州争事。

⑧神御：先朝帝王的肖像。御，御容。应天启运宫中供奉“七殿神御、四殿御容”，即宋太祖以下七位北宋皇帝像和太祖之高祖、曾祖、祖父和父亲的画像。

⑨候卒：侍候长官的士兵。

⑩雍容：从容不迫。

【译文】

参知政事辛起季镇守福州时，有个主管应天启运宫的宦官名叫武师说，平日官员们对待他和对待地方长官一样。辛起季初上任，武师说拜谒的帖子就送进来，辛起季对衙役说：“这只是个宦官，以对待通判的礼节对待他，已经是过度了。”于是命令武师说和通判一同来拜见。第二天，郡中官吏朝拜先帝的肖像，辛起季患有足疾，一定得人扶着才能参拜。进来之后，来到庭院中，武师说突然呵斥命令侍奉起季的士兵退下，说：“这是供奉先帝肖像的殿堂。”辛起季不为所动，回头对士兵说：“只管扶我，我自己会向朝廷上奏。”边批：有主见。从容不迫地完成参拜礼仪。退出宫后，立即上奏弹劾自己，等皇帝降罪。朝廷为此把武师说贬为泉州军官。边批：处分得当。

王安石

荆公裁损宗室恩[①]。数宗子相率马首陈状[②]，云：“均是宗庙子孙，那得不看祖宗面？”荆公厉声曰：“祖宗亲尽亦祧[3],何况贤辈[4]!”边批:没得说。

【注释】

①裁损宗室恩:裁减宗室子弟的优待。

②相率:相继,一个接一个。

③亲尽亦祧(tiāo):古代帝王立七庙,对其世次疏远之祖,则依次迁去神主藏于祧。祧,远祖庙。

④贤辈:敬辞,诸位。

【译文】

王安石裁减皇室宗亲的优待。多个宗室子弟相继拦道在马前陈情,说:“我们都是皇室亲族,哪能不看祖宗脸面?”王安石严厉地说道:“即便是祖宗,世次疏远了,也要迁离天子太庙另外祭祀,更何况是你们!”边批:没得说。

荆公议论皆偏,只此一语,可定万世宗藩之案[1]。

【注释】

①宗藩:指受天子分封的宗室诸侯。

【译文】

王荆公的言论都偏激,唯有这番话,可以确定万世皇室宗藩的规范。

毛澄

太仓毛文简公[1]。嘉靖初,上议选婚,锦衣卫千户女与焉。内侍并皇亲邵蕙俱得重赂,咸属意。公在左顺门厉声曰:“卫千户是卫太监家人,不知自姓[2],何以登玉牒[3]？此事礼部不敢担当,汝曹自为之!”众议遂息。

【注释】

①毛文简公:毛澄,字宪清。明弘治六年(1493)进士第一,授修撰,预修《会典》。正德时历侍讲学士、礼部侍郎,升任礼部尚书。频谏武宗微行。与大学士梁储等迎立世宗,加太傅。为“大礼议”,数忤帝旨,世宗敬惮,恩礼不衰。嘉靖二年(1523)病重告归,卒于途。谥文简。

②不知自姓:弄不清自己的姓氏。古时仆人常跟随主人姓,隔代后,本家的姓容易追查不清。

③玉牒:帝王族谱。

【译文】

太仓人毛澄,谥文简。嘉靖初年,皇上考虑挑选民女充纳后宫,锦衣卫千户的女儿也参与挑选。内侍和皇亲邵蕙都收受了卫千户的丰厚贿赂,都属意卫千户的女儿。有一天上朝,毛澄在左顺门严厉地说道:“卫千户是卫太监家人,不知道自己姓氏,日后如何名列帝王谱系？这件事礼部不敢承办,你们自己办吧!”众人的提议才得以平息。

祝知府

南昌祝守以廉能名。宁府有鹤[1],为民犬咋死[2],府卒讼之云:“鹤有金牌,乃出御赐!”祝公判云:“鹤带金牌,犬不识字。禽兽相伤,岂干人事!”竟纵其人。又两家牛斗,一牛死。判云:“两牛相斗,一死一生。死者同享[3],生者同耕。”

【注释】

①宁府:宁王府第,宁王即朱宸濠。

②咋(zé):啮,啃咬。

③享:享用。指大家一起吃掉。

【译文】

南昌的祝知府以廉洁能干出名。宁王府有一只仙鹤,被百姓的狗咬死,府吏把狗主人告到官府,说:"仙鹤有金牌,是御赐的!"祝知府判道:"鹤有金牌,狗不识字。禽兽相伤,岂干人事?"最终放了那狗的主人。又有一次,两家人所养的牛相斗,其中一头牛死了。祝知府判道:"两牛相斗,一死一生。死者同享,生者同耕。"

术智部总叙

【题解】

术智部含“委蛇”“谬数”“权奇”三卷,共94则。所谓“术智”,即以方法辅助的智慧,表现为婉转而不直行,隐匿而不显扬,诡谲而不失原则。

“委蛇”“谬数”“权奇”各有表现。如“委蛇”卷“孔融”一则中,孔融以齐国军队讨伐楚国,只责备他们不上贡包茅的事例,来劝谏先隐藏刘表祭祀天地的事情,以维护国家尊严,是持重体国;“王守仁”一则中王阳明命弟子投壶博戏、歌呼喝酒,以此来收服混迹于酒楼赌场的王畿,是用心高妙。“谬数”卷“武王”一则中,武王以百姓有捐一百鼓粟的可以不去服役的命令,使国库的米粮暴增二十倍,是声东击西;“何承矩”一则中,何承矩镇守澶州,装作每天与僚属泛舟饮酒,实则利用沼泽地蓄水,终成边防八百里屏障,是暗度陈仓。“权奇”卷“孔子”一则中,孔子被蒲地反叛的人拦截,因此与他们订立不去卫国的盟约,孔子从东门被放出就到了卫国,并说被要挟定下的盟约,神灵不会听从的,是权宜之计;“种世衡”一则中,种世衡让衙役扮成摔跤手,吸引全城人来看,实际上是要利用众人之力将庙梁抬上山,是驱众之法。

做事得法,则事半功倍。方法有惯常规矩,有权宜术道,前者不容忽视,而后者因为具体情形千变万化,尤其需要应变的智慧。正如冯梦龙所说,有智慧能生成办事的方法,有方法能转化为办事的智慧。常法、权计灵活应变，则方法取之不竭，智慧用之不尽。

冯子曰：智者，术所以生也；术者，智所以转也。不智而言术，如傀儡百变，徒资嘻笑，而无益于事。无术而言智，如御人舟子，自炫执辔如组[①]，运楫如风，原隰关津[②]，若在其掌，一遇羊肠太行、危滩骇浪[③]，辄束手而呼天，其不至颠且覆者几希矣。蠖之缩也[④]，蛰之伏也[⑤]，麝之决脐也[⑥]，蚺之示创也[⑦]，术也。物智其然，而况人乎？李耳化胡[⑧]，禹入裸国而解衣，孔尼较猎[⑨]，散宜生行贿[⑩]，仲雍断发文身[⑪]，裸以为饰。不知者曰：圣贤之智，有时而殚。知者曰：圣贤之术，无时而窘。婉而不遂[⑫]，谓之"委蛇"[⑬]；匿而不章，谓之"谬数"[⑭]；诡而不失，谓之"权奇"[⑮]。不婉者，物将格之[⑯]；不匿者，物将倾之；不诡者，物将厄之。呜呼！术神矣，智止矣！

【注释】

①组：丝带。

②原隰（xí）关津：平原、湿地、关隘、津梁。

③羊肠：喻指狭窄曲折的小路。

④蠖（huò）之缩也：蠖，尺蠖，虫名。体细长，行时一屈一伸。缩，即蠖屈身。比喻人不遇时屈身退隐。

⑤蛰（zhé）：动物冬眠，潜伏起来不食不动。

⑥麝：俗称香獐。雄麝脐与生殖器之间有腺囊，能分泌麝香。

⑦蚺（rán）：蟒蛇。相传其胆可治病。

⑧李耳化胡：李耳，即李聃，称老子，道家创始人。传说他西出函谷关，入西域，化为佛。

⑨孔尼：孔子，字仲尼。较猎：狩猎时争夺禽兽以祭祀，时以为吉祥。

⑩散宜生行贿：周文王被商纣王拘于羑里，散宜生与闳夭、吕尚以美女奇物献与纣王，文王得归。散宜生，周文王大臣。

⑪仲雍断发文身：周太王长子吴太伯，次子仲雍，少子季历。季历之子姬昌贤明。太王想传位于季历及姬昌，太伯、仲雍奔于荆蛮，文身断发，从荆蛮之俗，以示不可用。太伯为吴国始祖，后仲雍继立。断发文身，吴越人习俗，断其发，文画皮肤，以象龙子，使捕鱼时不为蛟龙伤害。

⑫遂：径直，直接。

⑬委蛇（wēi yí）：绵延曲折。

⑭谬数：隐蔽不露的计谋。

⑮权奇：权变而奇诡。

⑯格：限制。

【译文】

冯梦龙说：智慧，方法因此而生成；方法，智慧因此而转化。没有智慧而谈方法，如同木偶百般变化，只供笑闹，而对事情没有什么益处。没有方法而谈智慧，如同驾车行船的人，自夸手执缰绳如丝带般顺滑，掌控船桨如风一般麻利，平原、湿地、关隘、津梁，好像都在掌控之中，一遇到羊肠小道、巍峨太行、险要滩涂、惊涛骇浪，就束手无策而呼天喊地，不颠簸而倾覆的很少。蠖虫屈身隐退，动物冬眠暂时潜伏，麝断裂腺囊以剔除香气，蟒蛇展示伤口以表明无胆可取，是方法。动物已经这样智慧了，何况人呢？老子出关化为胡人佛陀，禹巡行至裸国而脱下衣服，孔子狩猎时争夺禽兽，散宜生向纣王行贿，仲雍剪断头发文画皮肤，裸露身体以此为装饰。不明白的人说：圣贤的智慧，有时会竭尽。明白的人说：圣贤的方法，没有任何时候会窘迫。婉转而不直行，称之为“委蛇”；隐匿而不显扬，称之为“谬数”；诡谲而不失原则，称之为“权奇”。不懂婉转的人，事物将扼制他；不懂隐藏的人，事物将倾陷他；不懂诡谲的人，事物将限制他。啊！方法无比神奇，智慧叹为观止！

术智部委蛇卷十三

道固委蛇，大成若缺[①]。

如莲在泥，入垢出洁。

先号后笑[②]，吉生凶灭。

集《委蛇》。

【注释】

①大成若缺：完美的事物，好似有残缺一样。出自《老子》："大成若缺，其用不敝。"

②先号（háo）后笑：先大哭后笑逐颜开。号，大哭。出自《周易》："先号咷而后笑。"

【译文】

道路本来绵延曲折，完满之中似有残缺。

如同莲花生在淤泥，入泥垢污出水净洁。

先大声哭后放声笑，吉祥生发凶险消灭。

集为《委蛇》一卷。

箕子

纣为长夜之饮而失日[1]，问其左右，尽不知也。使问箕子[2]。箕子谓其徒曰："为天下主，而一国皆失日，天下其危矣！一国皆不知，而我独知之，吾其危矣！"辞以醉而不知。

【注释】

①失日：忘记时间，谓无休无止。

②箕子：商朝大臣。子姓。纣王之叔，任太师。封于箕（今山西太谷东北）。纣王杀比干后，他惧祸佯狂为奴，遭纣王囚禁。周武王灭商后，被释，咨以国事，予以重用。其事迹载《尚书·洪范》篇，多系后人伪托。

【译文】

商纣王夜夜狂欢醉饮以致忘记时间，问左右侍臣，都不知道。派人去问箕子。箕子对他的学生说："身为天下之主，而一国的人都忘记了时间，天下将危急了！一国的人都不知道，而唯独我知道，我很危险了！"于是推辞说喝醉了不知道。

凡无道之世，名为"天醉"。夫天且醉矣，箕子何必独醒？观箕子之智，便觉屈原之愚[1]。

【注释】

①屈原之愚：屈原有"众人皆醉我独醒"的感叹，所以说他"愚"。

【译文】

凡是没有道义的时代，称之为"天醉"。连天尚且喝醉了，那箕子又何必独自醒着呢？看箕子装醉的智慧，就感到屈原"众人皆醉我独醒"

的痴傻了。

孔融

荆州牧刘表不供职贡[①]，多行僭伪[②]，遂乃郊祀天地，拟斥乘舆[③]。诏书班下其事[④]，孔融上疏[⑤]，以为："齐兵次楚，唯责包茅[⑥]。今王师未即行诛，且宜隐郊祀之事，以崇国体。若形之四方[⑦]，非所以塞邪萌。"

【注释】

①刘表：字景升。东汉末为大将军何进掾属。献帝时为荆州刺史，割据荆襄。职贡：藩属之国按时入贡。此指按时向朝廷纳贡。

②僭伪：指越礼不轨之事。

③拟斥乘舆：自比于天子。拟斥，谓仿效帝王制度。乘舆，以天子所乘车驾。代指天子。

④班：颁布。

⑤孔融：字文举。孔子二十世孙。幼有异才，长为名士，历北海相、青州刺史，无吏能。汉献帝都于许昌，征为将作大臣，迁少府，议论正直，名重朝廷。当时袁绍、曹操相争，孔融知道二人都有谋篡之心，两不相倚，及曹操专国政，孔融多有侮慢之辞，全家为曹操所诛。

⑥齐兵次楚，唯责包茅：《左传》记载，齐桓公伐楚，责楚人不进贡祭祀时用以滤酒的包茅，而不说楚君僭称"王"号的事。次，至，及。

⑦形：表现，显露。

【译文】

东汉献帝时，荆州牧刘表不向朝廷按时入贡，并多有僭越行为，竟然到郊外祭祀天地，自比于天子。汉献帝下诏书宣讨这件事，孔融上疏，认为："齐国军队讨伐楚国，只责备他们不上贡包茅。现在王师没有能力诛伐刘表，就应该隐藏祭祀天地的事情，以维护国家尊严。如果向天下宣扬，不是遏制奸邪骚动的办法。"

凡僭叛不道之事，骤见则骇，习闻则安。力未及剪除而章其恶，以习民之耳目，且使民知大逆之逋诛①，朝廷何震之有②？召陵之役③，管夷吾不声楚僭④，而仅责楚贡，取其易于结局，度势不得不尔。孔明使人贺吴称帝，非其欲也，势也。儒家"虽败犹荣"之说⑤，误人不浅。

【注释】

①逋（bū）诛：逃避诛罚。

②震：威望。

③召陵之役：齐桓公三十年（前656），齐会鲁、宋、陈、卫、郑、许、曹诸国之师攻蔡。蔡溃，进而攻楚，责以不贡包茅，与楚盟于召陵而还。

④管夷吾：管仲。任齐相，助桓公改革内政，土地按质量优劣核定税额，寓兵于农。分国为士农之乡十五，工商之乡六，实行士农工商分居，职业世袭。又利用官府力量控制山海之利。破格选用人才，注重赏勤罚惰。对外以"尊王攘夷"号召团结中原诸国，"九合诸侯，一匡天下"，使桓公成为春秋时期第一个霸主。

⑤虽败犹荣：不管敌我实力贸然出师，以为维护纲常道义，即使失败也是光彩的。

【译文】

凡是僭越叛乱不道义的事情，猛一听说就会震惊害怕，听多了就安然习惯了。如果朝廷力量尚不足以剪除就揭露他的奸恶，就会使百姓习惯于耳听目视这件事，而且让百姓知道逆贼逃避了诛罚，朝廷还有什么威望？春秋时齐桓公在召陵伐楚，管仲不声讨楚国僭越，而只责备楚王不纳贡赋，为的是容易收场，衡量当时局势不得不如此罢了。三国时诸葛亮派使臣祝贺孙权称帝，并非他真的想要这样，而是形势所迫。儒家“虽败犹荣”的观点，害人不浅。

翟子威

清河胡常[①]，与汝南翟方进同经[②]。常为先进[③]，名誉出方进下，而心害其能，议论不右方进[④]。方进知之，伺常大都授时[⑤]，谓总集诸生大讲。遣门下诸生至常所问大义疑难，因记其说。如此者久之，常知方进推己，意不自得，其后居士大夫间，未尝不称方进。

【注释】

①清河：西汉清河郡，治清阳，在今河北清河东南。胡常：字少子。西汉末年承统授业的鸿儒，孔安国三传弟子。以明《穀梁春秋》为博士，部刺史，又传《左氏春秋》。

②汝南：西汉汝南郡，治上蔡，在今河南上蔡西南。翟方进：字子威。少为小史，常为掾吏辱骂，后习《春秋》经，为博士。迁朔方刺史，有威名，入为丞相司直。汉成帝永始中为御史大夫，复擢丞相，封侯。同经：同试一经，同治一经。胡常与翟方进同习《穀梁春秋》，且皆好《左氏春秋》。

③先进：此处指资历及辈分在先。

④右：支持。

⑤大都授：汉代太学集合诸生而讲授经义。

【译文】

汉朝清河人胡常与汝南人翟方进同治一经。胡常是前辈,名声却在翟方进之下,因此内心嫉妒翟方进的才能,议论时反对翟方进。翟方进知道这种情况后,等到胡常大都授时,就是集合诸生而讲授。派自己门下的学生到胡常那里向他请教经学大义的疑难问题,并且记录他的说法。这样很长一段时间,胡常知道翟方进推许自己,心中感到很过意不去,之后在士大夫交游中,经常称赞翟方进。

尊人以自尊,腐儒为所用而不知。

【译文】

尊重他人以使他人尊重自己,迂腐的儒士被利用而不自知。

魏勃

勃少时[①],尝欲见齐相曹参[②],家贫无以自通,乃常独早扫齐相舍人门[③]。相舍怪,以为物而伺之,得勃。曰:“愿见相君无因,故为子扫,欲以求见耳。”于是舍人见勃于参。

【注释】

①勃:魏勃,西汉官吏。先为齐相曹参舍人,后曹参推荐于齐悼惠王,拜为内史,后为将军,说齐王发兵反吕氏。后因擅自用兵被革职。

②曹参:字敬伯。早年为秦沛县狱掾,后随刘邦起兵反秦,军功第一,赐爵平阳侯。惠帝时初为齐相,后接替萧何为相国。卒谥懿。

③舍人:战国及汉初王公贵人私门之官。

【译文】

汉朝人魏勃年轻时，曾经想求见齐相曹参，因家境贫寒没有门路自己去疏通关系，于是常常早起打扫齐相曹参舍人的门前。齐相舍人感到很奇怪，以为是什么怪物就暗中观察，抓到了魏勃。魏勃说："想见齐相而没有机会，所以为您扫地，想要以此来求见。"于是舍人带魏勃去拜见了曹参。

曹相国最坦易不为崖岸者[①]，魏勃犹难于一见如此，况其他乎？

【注释】

①坦易：平易近人。崖岸：比喻贵官自高位置，使人不得接近。

【译文】

曹参算最平易近人而没有官架子的人了，魏勃尚且如此难得一见，何况是其他人呢？

叔孙通

叔孙通初以儒服见汉王[①]，憎之。通即变服，服短衣楚制[②]，王喜。时从弟子百许，通无所言[③]，独言诸故群盗壮士进。诸儒皆怨。通闻之曰："诸生宁能斗乎？且待我，毋遽[④]！"

【注释】

①叔孙通：秦二世时为博士，后先事项羽，再投刘邦，为博士。刘邦为帝，叔孙通为汉制礼仪，拜奉常。

②楚制：楚地样式的服装。刘邦为楚地人。

③言：推荐。

④毋遽：不要着急。

【译文】

叔孙通初次穿着儒服拜见汉王刘邦，汉王很讨厌他。叔孙通就更换衣服，穿楚地式样的短服，汉王很高兴。当时叔孙通的随从弟子有一百多人，叔孙通谁也没有推荐，只是推荐那些过去的强盗壮士。儒生们都纷纷抱怨。叔孙通听了后说："你们难道能打仗吗？且等着我，不要着急！"

王守仁

王龙溪妙年任侠[①]，日日在酒肆博场中，阳明亟欲一会不能也。阳明却，日命门弟子六博投壶[②]，歌呼饮酒。久之，密遣一弟子瞯龙溪[③]，随至酒肆家，索与共赌。龙溪笑曰："腐儒亦能博乎？"曰："吾师门下，日日如此。"龙溪乃大惊，求见阳明，一睹眉宇，便称弟子。

【注释】

①王龙溪：王畿，号龙溪，受业王守仁之门。嘉靖年间进士，历官兵部武选司郎中。夏言斥为伪学，谢病归，益务讲学。传阳明之学，而渐失其本旨。妙年：少壮之年。任侠：负气仗义，为侠客之举。

②六博：古代一种博戏，共十二棋子，六黑六白，两人相博，故名。投壶：古人饮宴时的一种游戏，设特制之壶，宾主以次投矢壶中，中多者为胜，负者喝酒。

③瞯（jiàn）：监视。

【译文】

王畿年轻时负气仗义，每天都在酒楼赌场中，王阳明急着想要与他会面而未能实现。王阳明回来后，每天命门人弟子玩博戏投壶，唱歌喝酒。时间久了，暗中派一名弟子监视王畿，尾随他到酒楼，请求与他共同赌一局。王畿笑着说："腐儒也会赌博吗？"王阳明的弟子说："我们老师门下，每天都是这样。"王畿不由大吃一惊，请求见王阳明，一见王阳明的面，便自称弟子。

才如龙溪，阳明所必欲收也。然非阳明，亦何能得龙溪乎？使遇今之讲学者，且以酒肆博场获罪矣。耿楚侗欲收李卓吾而不能[①]，遂为勍敌[②]，方知阳明之妙用。

【注释】

①耿楚侗欲收李卓吾而不能：耿楚侗，即耿定向。字在伦，号楚侗。嘉靖进士。曾上疏劾吏部尚书吴鹏阿附严嵩父子。隆庆初，任大理寺右丞，讥首辅高拱褊浅无大臣气度。故屡受抑挫。万历六年（1578）以右佥都御史任福建巡抚，丈地亩，清浮粮，得内阁首辅张居正赞赏。后历刑部左右侍郎、南京右都御史，终官户部尚书。其学本王守仁，与李贽论辩道学，往往理屈词穷。晚年讲学天台山，人称天台先生。李卓吾，即李贽。本姓林，名载贽，后改姓李，名贽，字宏甫，号卓吾、思斋、温陵居士。嘉靖举人。万历九年（1581）辞官后，住黄安，依耿定向兄弟。十六年（1588）徙居麻城龙潭湖芝佛院，从事著述。风骨孤傲，本宗王学，后以异端自居，不守绳辙。反对以孔子学说为家法，抨击假道学。聚徒讲学，远近震动。李贽初与耿定向相善，耿定向想要以道学束缚他，李贽与其往返辩论，多载于《焚书》。

②勍（qíng）敌：强敌。

【译文】

有才能如王畿，王阳明一定希望收归门下。然而不是王阳明，又哪能得到王畿呢？假使遇到当今的讲学者，或许会因为在酒楼博场而被治罪。耿楚侗想要网罗李卓吾而没有成功，于是变成了强敌，才知道王阳明的高妙用心。

王曾

丁晋公执政[①]，不许同列留身奏事[②]，唯王文正一切委顺[③]，未尝忤其意。一日，文正谓丁曰："曾无子，欲以弟之子为后，欲面求恩泽，又不敢留身。"丁曰："如公不妨。"文正因独对，进文字一卷，具道丁事。丁去数步，大悔之。不数日，丁遂有珠崖之行[④]。

【注释】

①丁晋公：即丁谓，字谓之，一字公言。宋太宗淳化年间进士。真宗大中祥符元年(1008)权三司使。勾结王钦若，逢迎真宗，滥兴道观，屡上祥瑞，希求宠信。五年(1012)任参知政事。天禧四年(1020)排挤寇准去位，为相，封晋国公。交结宦官雷允恭，专擅朝政。仁宗即位后，贬崖州，后移雷州、道州。明道中，授秘书监致仕。

②留身：独留于皇帝身边。

③王文正：即王曾，字孝先。宋真宗咸平年间，王曾连中三元，以将作监丞通判济州。累官吏部侍郎，两拜参知政事。仁宗即位，拜中书侍郎、同中书门下平章事，以计智逐权臣丁谓，朝廷倚以为重。后封沂国公，卒谥文正。委顺：顺从。

④珠崖之行：指丁谓罢相，贬于崖州。珠崖，崖州的古称，治今海南三亚西北崖城镇。

【译文】

宋朝人丁谓当权时，不准许朝廷大臣在百官退朝后单独留下奏事，只有王曾完全顺从，从不违逆他的意思。一天，王曾对丁谓说："我没有儿子，想要过继弟弟的儿子为后嗣，想要面奏皇上恩准，但又不敢单独留下奏事。"丁谓说："像您的话留下禀奏没有关系。"王曾因此独自面对皇上，进呈文字一卷，详细说了丁谓的恶行。丁谓退朝后走了几步，非常后悔。没过几天，丁谓被贬往崖州。

王曾独委顺丁谓，而卒以出谓。蔡京首奉行司马光，而竟以叛光[1]。一则君子之苦心，一则小人之狡态。

【注释】

①蔡京首奉行司马光，而竟以叛光：元祐时，司马光秉政，蔡京支持恢复差役法。后来蔡京擅政，元祐诸臣贬窜略尽，意犹未足，又列"奸党"名目，以司马光为首，刻石颁布全国。

【译文】

王曾唯独曲意顺从丁谓，最后伺机将丁谓贬至崖州。蔡京最初奉行司马光的政策，最后却背叛司马光。一个是君子的良苦用心，一个是小人的狡诈姿态。

周忱　唐顺之

周文襄巡抚江南日[1]，巨珰王振当权[2]，虑其挠己也。时振初作居第，公预令人度其斋阁，使松江作剪绒毯遗之[3]，不失尺寸。振益喜，凡公上利便事[4]，振悉从中赞之[5]。江南至今赖焉。

【注释】

①周文襄：周忱，字恂如。明永乐进士。历刑部主事、员外郎。宣德五年（1430）以工部右侍郎巡抚江南，创“平籴法”，无论官民田均加耗米，铸造铁斛，取缔粮长大入小出私斛。奏请将京官于南京关支俸粮改折金花银；与苏州知府况钟减江南官田重赋；与陈瑄议民运至淮安、瓜州水次，交兑漕军运抵通州；疏浚吴淞江，设济农仓防灾。在江南凡二十二年，政绩卓著。后任户部尚书、工部尚书。以善理财而著称于世。景泰元年（1450）被劾致仕。四年病卒于家，谥文襄。

②巨珰（dāng）：当权宦官。王振：因善察人意受明宣宗喜爱，被授为东宫局郎，服侍太子朱祁镇。太子即位为英宗，升王振为司礼监掌印太监，勾结内外，擅作威福。后劝英宗亲征瓦剌，致英宗被俘，他也被杀。

③剪绒：一种绒毛短平的纺织品。

④上利便事：上书言江南兴利除弊的建议。

⑤赞：支持。

【译文】

文襄公周忱任江南巡抚期间，正值大宦官王振当权，周忱担心王振刁难自己。当时王振刚兴建宅第，周忱事先让人暗中测量他的书房的尺寸，命人到松江定制剪绒毯送给王振作为贺礼，尺寸丝毫不差。王振越发高兴，凡是周忱上书江南兴利除弊建议的公文，王振都从中支持他。江南到今天还仰赖这些措施。

秦桧构格天阁。有某官任江南，思出奇媚之，乃重赂工人，得其尺寸，作绒毯以进，铺之恰合。桧谓其伺己内事，大怒，因寻事斥之。所献同而喜怒相反，何也？谓忠佞意殊[①]，彼苍者阴使各食其报[②]，此恐未然。大抵振暴而骄，其机浅；

桧险而狡，其机深。振乐于招君子以沽名[3]，桧严于防小人以虑祸。此所以异与？

【注释】

①意殊：用意不同。

②彼苍者：苍天。

③沽名：猎取名誉。

【译文】

秦桧修建格天阁。有个任职江南的官员，想别出心裁巴结秦桧，就重金贿赂工人，取得楼阁尺寸，定制绒毯进献，铺上去尺寸正合适。秦桧认为他探察自己的隐私，非常生气，于是借事贬斥了他。所呈献的东西一样而接受礼物的人的喜怒却相反，为什么呢？有人说这是忠奸用意不同，苍天暗地里让他们各自得到回报，这恐怕不正确。大概是王振暴虐而骄横，但他心机浅；秦桧阴险而狡诈，但他心机重。王振喜欢招抚君子以获得名声，秦桧严于防范小人以预防祸患。这才是结果不同的原因吧？

世之訾文襄者[1]，不过以媚王振，及出粟千石旌其门[2]，又为子纳马得官二事，皆非高明之举。愚谓此二事亦有深意。时四方灾伤洊告[3]，司农患贫[4]，而公复奏免江南苛税若干万，唯是劝输、援纳为便宜之二策[5]，公故以身先之，明示旌门之为荣，而纳官之不为辱，欲以风励百姓。此亦卜式助边之遗意[6]，未可轻议也。

【注释】

①訾（zǐ）：诋毁，指责。

②旌其门：周忱于里第建牌坊以旌表自己。

③洊（jiàn）告：相继报告。洊，一次又一次。

④司农：大司农，掌管天下财赋。此处指户部。

⑤援纳：擢用接纳。此指鼓励人们纳资求官，官府以此充实府库。

⑥卜式助边：西汉卜式以牧羊致富。武帝方用事匈奴，仓府空，豪富皆争匿财，唯有他上书愿输家财之半助边。乃召拜为中郎，赐爵左庶长，田十顷，并布告天下，以风百姓。稍后迁至齐相。后南越反，西羌侵边，他上书，愿父子死南越。武帝下诏褒扬，赐爵关内侯，黄金六十斤，田四十顷。元鼎六年（前111）代石庆为御史大夫。因反对盐铁专卖，武帝不悦。元封元年（前110）以不习文章，贬为太子太傅。

【译文】

世人批评周文襄公，不过是认为他谄媚王振，以及他捐米千石建牌坊以旌表自己，又为儿子献马求官这两件事，都不是高明之举。我认为捐米、献马两件事也有他的深意。当时天下相继告灾，户部忧虑府库空虚，而文襄公又上奏朝廷请求免江南苛捐杂税数万，只有鼓励绅商捐资救荒及官府接受捐官所得来充实府库财源才是适宜的两项政策，文襄公特意首先以身作则，明示建牌坊以旌表自己是光荣的事情，而献金求官也不是可耻的事，想借此教化鼓励百姓。这也是卜式捐输家财助军的遗留精神，不可轻易批评。

倭躏姑苏，戟婴儿为戏[①]。唐公顺之时家居[②]，一见痛心，愤不俱生。时督师海上者赵文华[③]，严分宜幸客也[④]。公挺身往谒，与陈机略，且言非专任胡梅林不可[⑤]。赵乃首荐起职方郎中[⑥]，视师浙直，因任胡宗宪。宗宪亦厚馈严相以结其欢，故无掣肘之虞，始得展布，以除倭患。

【注释】

①戟（jǐ）婴儿：把婴儿用利刃挑起。

②唐公顺之：唐顺之，字应德。明嘉靖时状元。以兵部郎中视师浙江，屡破倭寇，擢右佥都御史，巡抚凤阳，途中病死。于学无所不窥，文章为一大宗。学者称荆川先生。

③赵文华：字元质。嘉靖进士。累官至工部尚书。认严嵩为父，奏疏经其手，皆先送严嵩，然后进呈世宗。嘉靖三十四年（1555），南下平倭。以总督张经、浙江巡抚李天宠不附己，诬之致死，又先后论罢总督周珫、杨宜等。与倭作战屡败，反诈奏平定，得准还朝。次年，以右副都御史总督江南、浙江诸军事，适胡宗宪平徐海、陈东，以大捷召回京。旋以骄纵失宠，回籍休养，继而黜为民。

④严分宜：严嵩，字惟中，江西分宜（今属江西）人。弘治进士。专权二十年。后渐为明世宗所厌。嘉靖四十一年（1562）御史邹应龙乘机上疏论严氏父子不法，遂罢官回乡。四十四年（1565），革职为民。

⑤胡梅林：胡宗宪，字汝贞、汝钦，号梅林。为明世宗宠信，晋兵部尚书。主持东南御倭期间，推荐戚继光任参将，并允其招募新军，使戚家军成为浙江御倭主力。与于谦并称“功勋最著者二臣”。严嵩败后，以严党而被逮自杀。

⑥职方郎中：官名。属兵部，掌天下地图舆籍。

【译文】

倭寇蹂躏姑苏城，倭贼用刀刺挑杀婴儿为游戏。唐顺之当时闲居在家，一见这样的情景就非常痛心，气愤得与倭寇不共戴天。当时海上督军赵文华，是严嵩的宠臣。唐顺之挺身前往拜谒，陈述制敌战略，而且说非专门任用胡宗宪不可。赵文华于是首先推荐唐顺之为职方郎中，在浙江督率军旅，因而又启用胡宗宪。胡宗宪也曾厚礼献给严嵩以讨严嵩欢心，所以没有被牵制干预的担忧，得以从容布置，以铲除倭寇的祸患。

焦弱侯曰[①]:应德顺之字晚年为分宜所荐,至今以为诟病。尝观《易》之《否》,以"包承小人"为大人吉[②],甚且包畜不辞。洁一身而委大计于沟渎,固志天下者所不忍也。汉人有言[③]:中世选士[④],务于清悫谨慎[⑤],此妇女之检柙[⑥],乡曲之常人耳。呜呼!世多隐情惜己之人[⑦],殆难与道此也。正德时逆瑾鸱张[⑧],刘健、谢迁皆逐去[⑨],而李东阳独留[⑩],益务沉逊,时时调剂其间,缙绅之祸,往往恃以获免。人皆责东阳不去为非,不思孝宗大渐时,刘、谢、李同在榻前,承受顾命,亲以少主付之。使李公又随二人而去,则国事将至于不可言,宁不负先帝之托耶?则李义不可去,有万万不得已者。李晚年,有人谈及此,辄痛哭不能已。呜呼!大臣心事,不见谅于拘儒者多矣,岂独应德哉!

【注释】

①焦弱侯:焦竑,字弱侯。万历十七年(1589)状元。性复刚直,官翰林修撰时,为执政者所恶,贬为福宁州同知。博览群书,为文典雅。

②以"包承小人"为大人吉:《周易·否卦·六二》:"包承,小人吉,大人否亨。"意谓被包容并顺从尊者,小人获得吉祥,大人不这样做可获亨通。这里从字面上理解,指包容顺承小人是大人的吉利。包承,包容顺承。

③汉人:此指仲长统,字公理。少好学,博涉书记,赡于文辞。年二十余,游学青、徐、并、冀之间。为人性倜傥,不拘小节,默语无常,时人或谓为"狂生",州郡命召,皆称疾不就。尚书令荀彧闻其名,举为尚事郎,后参丞相曹操军事。每论说古今及时俗行事,恒发愤叹息,因著《昌言》三十四篇,十余万言,以评议时政。其中不少建议,为曹魏统治者所采纳。

④中世:将衰之世。

⑤清悫(què):清廉诚实。

⑥检柙(xiá):规矩,法度。

⑦惜己:顾惜自己名声。

⑧逆瑾:即刘瑾。明宦官。本姓谈,依刘姓宦官以进,冒其姓。武宗即位,掌钟鼓司,以旧恩得宠,由内官监、总督团营升至司礼监太监。党羽马永成掌东厂,谷大用掌西厂,又设内行厂,缉事人四处活动,镇压异己。斥逐大臣,引进私党。诱武宗游宴微行,侵夺民间土地,增设皇庄至三百余处。正德五年(1510),宦官张永告他图谋反叛,被处死。鸱(chī)张:鸱鸟张开翅膀。比喻猖狂、嚣张。

⑨刘健:字希贤。明孝宗时为文渊阁大学士,代徐溥为首辅。武宗时刘瑾导帝游乐,刘健屡谏不听,辞官归乡,刘瑾又以其他事削其籍为民。谢迁:明孝宗时为太子少保、兵部尚书、东阁大学士,与刘健、李东阳同心辅政,而见事尤敏,时称贤相。武宗时,以请诛刘瑾没被接受,辞官归乡。

⑩李东阳:字宾之。天顺进士。弘治八年(1495)由礼部右侍郎进文渊阁大学士,参与机务。正德时官至少师兼太子太师、吏部尚书、华盖殿大学士。与刘瑾周旋,屡护缙绅。在内阁历二朝十八年。正德七年(1512)告归。

【译文】

焦竑说:应德唐顺之的字晚年被严嵩举荐,到今天还被人指责。曾经看《易经》的《否》卦,以为容纳小人是大人的吉利,甚至要包容不推辞。保持自身纯洁而抛弃天下大计于沟渠,本来是有志于天下的人所不忍心做的。汉朝人仲长统说:将衰之世选拔士人,努力寻求清廉诚实细心慎重,这是妇女一样的中规中矩,是乡里的平常之人罢了。唉,世上有很多审度情势而顾惜自己名声的人,大概是很难跟他们说这些的。正德年间,刘瑾专权嚣张,贤臣刘健、谢迁都被赶走，唯独李东阳留了下来，尽心在朝辅政，并且言行更加谨慎，时时居间调解刘瑾与朝臣间的冲突，许多官员的祸患，往往赖李东阳才幸免。世人都责备李东阳不走是不对的，不考虑孝宗垂危之时，刘健、谢迁、李东阳同在病床前，接受临终遗命，孝宗亲自把少主托付给他们。假如李东阳又随刘、谢二人而离去，那么国家大事将败坏到不可收拾的地步，这岂不是辜负孝宗的重托吗？李东阳不能辞官离开，实在有他万不得已的苦衷。李东阳晚年时，有人谈及此事，他就痛哭不能自已。唉！大臣的苦心，不为迂腐儒生所体谅，又何止是唐顺之一人啊！

杨一清

杨文襄一清与内臣张永同提兵讨安化王[①]。杨在军中语及逆瑾事，因以危言动永[②]，边批：可惜其言不传。即于袖中出二疏，一言平贼事，一言内变事。嘱永曰："公班师入京见上，先进宁夏疏[③]，上必就公问，公诡言请屏人语[④]，乃进内变疏。"永曰："即不济，奈何？"公曰："他人言，济不济未可知，公言必济。顾公言时，须有端绪[⑤]。万一不信公，公可顿首请上即时召瑾，没其兵器，劝上登城验之[⑥]：'若无反状，杀奴喂狗。'又顿首哭泣。上必大怒瑾。瑾诛，公大用，尽矫其所为。吕强、张承业[⑦]，与公千载三人耳！但须得请即行事，勿缓顷刻！"永勃然作曰："老奴何惜余年报主乎！"已而永入见，如公策，事果济。瑾初缚时，得旨降南京奉御[⑧]。瑾上白帖，乞一二敝衣盖体。上怜之，令与故衣百件。永惧，谋之内阁，令科道劾瑾[⑨]。劾中多波及阿瑾诸臣。永持疏至左顺门，谓诸言官曰："瑾用事时，我辈亦不敢言，况尔两班官[10]？今罪止瑾一人，勿动摇人情也！可领此疏去，急易疏进。"此疏入，瑾遂正法，止连及文臣张綵一人、武臣杨玉等六人而已。

【注释】

①杨文襄：杨一清，字应宁。成化年间进士，正德初年得罪权阉刘瑾，下锦衣卫诏狱，后在平定安化王朱寘鐇叛乱中，利用张永扳倒刘瑾，升任户部尚书，加太子少保。明世宗嘉靖年间，再次总督陕西三边军务，并出任内阁首辅。后被陷害夺官又复职。卒谥文襄。张永：字守庵。原为刘瑾党人，后不满刘瑾所为，接受杨一清建议，用计铲除刘瑾。安化王：弘治年间朱寘鐇袭封安化王，正德五年（1510）朱寘鐇在安化（今甘肃庆阳）发动叛乱。

②危言：直言。

③宁夏疏：关于宁夏之事的奏章。安化王朱寘鐇在宁夏，故称平安化王之疏为宁夏疏。

④诡言：假称，谎称。

⑤端绪：头绪。

⑥登城：登皇城以往外观。

⑦吕强、张承业：均为历史上有名的忠义宦官。吕强，字汉盛。东汉宦官。灵帝时按例封赐宦官，吕强推辞不接受。黄巾起义发生，吕强请诛左右贪浊者，大赦党人，整顿吏治。后为中常侍赵恽陷害，自杀。张承业，字继元。唐末五代宦官。帮李存勖除掉欲阴谋夺权的李克宁，又主掌太原军政事务，支援李存勖与后梁的作战，李存勖即帝位时曾力谏不可，后绝食而死，谥正宪。

⑧奉御：宦官官名。

⑨科道：六科给事中、都察院都御史至十三道监察御史之总名。

⑩两班：古代帝王朝会，官员依文武分成东西两列，谓之两班。亦借指文武官员。

【译文】

杨文襄名一清与宦官张永共同领兵讨伐安化王朱寘鐇叛乱。杨一清在军中谈及阉臣刘瑾的事，就直言劝说张永，边批：可惜他的言论没有流传下来。接着从衣袖中取出两道奏疏，一道陈述平定安化王谋反的事，另一道陈述刘瑾专权谋逆的事。杨一清叮嘱张永说："您率军回京拜见皇上，先进呈平定安化王的奏章，皇上一定向您询问，您假称让人退去才能说，然后再进呈刘瑾谋逆的奏章。"张永说："要是不成功，怎么办呢？"杨一清说："其他人说，成不成功不知道，您说一定成功。不过您说话时，一定要有条有理。万一皇上不相信您，您就叩头请皇上立即召刘瑾，下令没收他的兵器，劝请皇上登上城楼亲自查验，并说：'如果没有谋反的事情，请杀了我喂狗。'接着一边叩头一边痛哭。皇上必定对刘瑾大为生气。刘瑾被诛，您一定受皇上重用，可以尽全力矫正刘瑾的所作所为。那么吕强、张承业，与您可说是千年以来的三大忠臣！只是必须要立即行事，不能拖延片刻。"张永慷慨地说："我效忠皇上又吝惜什么剩余的年岁呢！"不久张永回京拜见皇上，按照杨一清的计划，事情果然成功。刘瑾刚被收押时，接到圣旨被降为南京奉御。刘瑾上奏，乞求皇上赐一两件旧衣蔽体。皇上怜惜他，下令赐他旧衣服百件。张永见此而惧怕，与内阁商议，让都察院弹劾刘瑾。弹劾奏章中多牵连到阿附刘瑾的大臣。张永拿着奏章来到左顺门，对各位谏官说："刘瑾专权时，我们都不敢直言，何况你们这些文武官员？今天只治刘瑾一人的罪，不要波及他人动摇人心！请收回这道奏章，赶紧换一道奏疏进呈。"这封奏疏呈上后，刘瑾就被正法，只牵连文臣张䌽一个人，武将杨玉等六个人而已。

除瑾除彬[①]，多借张永之力。若全仗外庭[②]，断不济事。

永不欲旁及多人，更有识见。然非杨文襄智出永上，永亦不为之用。吁！此文襄所以称“智囊”也！

【注释】

①彬：江彬，字文宜。明武宗宠臣，恃宠悖乱，权势显赫。世宗即位后将其处死。

②外庭：即外廷。国君听政的地方。对内廷、禁中而言。也借指朝臣。

【译文】

除去刘瑾、江彬，多是借了张永的力量。如果全都仰仗外臣，断然不能成功。张永不希望牵连到太多人，更是有见识的做法。然而若不是杨一清的智谋在张永之上，张永也不会为杨一清出力。啊！这就是杨一清被称为“智囊”的原因！

许武

阳羡人许武[①]，尝举孝廉，仕通显，而二弟晏、普未达。武欲令成名，一日谓二弟曰：“礼有分异之义[②]，请与弟析资[③]，可乎？”于是括财产三分之，武自取肥田广宅、奴婢强者，而推其薄劣者与弟。时乡人尽称二弟克让，而鄙武贪。晏、普竟用是名显，并选举。久之，武乃会宗亲，告之曰：“吾为兄不肖[④]，盗声窃位，二弟年长，未沾荣禄，所以向求分财，自取大讥，为二弟地耳。今吾意已遂，其悉均前产。”遂出所赢，尽推二弟。

【注释】

①阳羡：东汉属吴郡，在今江苏宜兴南。许武：东汉人。教导幼弟，

半读半耕。

②分异：兄弟分家异居。

③析资：分财产。

④不肖：不成材，没出息。

【译文】

东汉阳美人许武，曾被推举为孝廉，仕途通达显扬，而两个弟弟许晏和许普却没有声名。许武想要让两个弟弟早日成名，一天对两个弟弟说："按礼兄弟要分家异居，想要与你们分家产，可以吗？"于是汇总家产分成三份，许武自己拿了肥沃良田、宽大住宅和强壮奴仆，而把贫瘠的田地和破旧的房屋分给弟弟们。当时乡里父老都称赞两个弟弟能谦让，而鄙视许武贪婪。许晏和许普果然因为这件事情声名彰显，被乡人推举为孝廉。过了很久，许武就召集宗亲族人，告诉他们说："我作为兄长不称职，盗取名声地位，二位弟弟年龄大了，没有名声财产，所以之前请求分财产，自己主动招致乡人嘲笑，是为二位弟弟求得名声地位的打算。现在我的心愿已经达成，我希望再平分之前的家产。"于是拿出自己之前多分的部分，全都推让给两位弟弟。

让财犹易，让名更难。

【译文】

让财还算容易，让名声就更难了。

廉范

廉范字叔度[①]。永平初[②]，陇西太守邓融辟范为功曹[③]。会融为州所举案[④]，范知事遣难解，欲以权相济[⑤]，乃托病求去。融不达其意，大恨之。范乃东至洛阳，变姓名求代廷尉狱卒。未几，融果征下狱。范遂得卫侍左右，尽心护视。融怪其貌类范，而殊不意[⑥]，乃谓曰："卿何似我故功曹？"范诃之曰[⑦]："君困厄，瞀乱耳[⑧]！"后融释系出，病困，范随养视。及死，送丧至南阳，葬毕而去，终不言姓名。

【注释】

①廉范：字叔度。东汉儒者，有孝名。官云中太守，匈奴不敢犯。后为蜀郡太守，百姓歌颂他。

②永平：东汉明帝刘庄年号（58—75）。

③辟：征辟。功曹：官名。汉代郡守、县令长之佐吏，是佐吏中地位最高的。除掌人事外，有时甚至代行郡守及县令长之事，职总内外。

④举案：检举其罪而审理之。

⑤权：权变。济：救助。

⑥殊不意：很出意外。

⑦诃（hē）：大声斥责，责骂。

⑧瞀（mào）乱：眼睛昏花，精神错乱。

【译文】

廉范字叔度。东汉明帝永平初年，陇西太守邓融征辟廉范为功曹。正好赶上邓融被州里人检举，廉范知道此事将遭罪谴而难以解脱，想以权变之法救助他，于是推托有病请求离职。邓融不明白廉范的心思，很记恨他。廉范于是往东到洛阳，改名换姓后求得廷尉狱卒的差使。不久，邓融果然被捕下狱。廉范于是得以侍奉邓融左右，尽心照顾。邓融奇怪于狱卒的长相类似廉范，感到很意外，于是对他说："你怎么长得像我之前的功曹？"廉范大声斥责说："你受此困苦，老眼昏花精神错乱了！"后来邓融被释出狱，又遭病痛缠身，廉范随身照顾。邓融死后，廉范将其遗体送回南阳，安葬完毕才离去，始终没有说出自己是谁。

一辟之感，诎身求济[1]。士之于知己，甚矣哉！

【注释】

①诎（qū）：委屈。

【译文】

感念一次被征辟的恩情，而委身狱卒尽心救济。士人对于知己，也无可比拟了！

周新

周新为浙江按察使[1]，尝巡属县，微服触县官[2]，取系狱中。与囚语，遂知一县疾苦。明往迓[3]，乃自狱出。县官惭惧，解绶而去[4]。由是诸郡县闻风股栗，莫不勤职。

【注释】

①周新：初名志新，字日新，后更名新，字志新。洪武中以诸生入太学，选授大理寺评事，以善于决狱著称。成祖即位后，任监察御史，敢直言弹劾，贵戚震惧，称为“冷面寒铁”。巡按福建、浙江，擢云南、浙江按察使，多新政，人称周廉使。后遭锦衣卫指挥纪纲诬陷杀害。

②微服：为隐藏身份，避人注目改换常服。触：触犯。

③迓（yà）：迎接。

④解绶（shòu）：解下印绶，即辞官之意。

【译文】

周新为浙江按察使时，曾经巡视所属的州县，故意微服出巡触犯县官，被捕入狱。周新在狱中与囚犯聊天，于是得以了解县里百姓的疾苦。

第二天官员们前往迎接，周新自己从监狱中出来。县官自觉惭愧畏惧，解下印绶辞职而去。从此各州县的官员听到风声就两腿发抖，没有人不尽忠职守。

陈瓘

陈瓘尝为别试所主[①]。蔡卞曰[②]："闻陈瓘欲尽取史学而黜通经之士，意欲沮坏国是而动摇荆公之学也[③]。"卞既积怒，谋因此害瓘，而遂禁绝史学。计画已定，唯俟瓘所取士，求疵立说而行之。瓘固预料其如此，乃于前五名悉取谈经及纯用王氏之学者，卞无以发。然五名之下往往皆博洽稽古之士也。瓘尝曰："当时若无矫揉，则势必相激，史学往往遂废矣。故随时所以救时，不必取快目前也。"

【注释】

①陈瓘（guàn）：字莹中。元丰二年（1079）中探花，历任礼部贡院检点官，越州、温州通判，左司谏等职。仕途坎坷，四十二年间，调任凡二十三次，经历八省十九州县。宣和六年（1124）病逝于楚州。宋钦宗即位后，得以平反昭雪，谥号忠肃。别试所：唐代以礼部侍郎主选举，其亲友故人由考功主试，以避嫌疑，谓之别头。宋时称为别试，由别试所主持。

②蔡卞：字元度，蔡京弟，王安石女婿。善书法。宋神宗熙宁三年（1070），与胞兄蔡京同科举进士，调江阴主簿。绍圣四年（1097），拜尚书左丞，以"绍述"名义，推行新法。徽宗时诏以资政殿大学士知江宁府，后多有沉浮。

③国是：治国方针。荆公之学：代表为《三经新义》，即王安石所撰《周

官新义》及其子王雱所撰的《毛诗义》《尚书义》。是为变法寻找理论根据而重新对经典所做的注释。神宗熙宁四年(1071),王安石改科举法,罢诗赋及明经诸科,专以经义、论、策取士。《三经新义》长期为科举教材。

【译文】

宋朝人陈瓘曾经为别试所主选官。蔡卞说:"听说陈瓘想要全部录取博通的史学之士,而黜落通经之士,想要破坏治国方针,而动摇荆公所倡立的学说。"蔡卞已经积攒了很多怒气,谋划着借此机会陷害陈瓘,进而禁绝史学。谋划定了之后,只等陈瓘录取士人,找出陈瓘的过失借题发挥实施计划。陈瓘也料到蔡卞会这样,于是前五名都录取讨论经学及纯粹采用王氏学说的人,蔡卞没有攻击的机会。但五名以后往往都是学识广博、精研古史的学士。陈瓘曾说:"当时如果没有变通,那么两方势力一定会正面冲突,史学恐怕也就废止了。所以顺应时势以匡救时弊,不必求眼前一时的快意。"

元祐之君子与"甘露"之小人同败[1],皆以取快目前,故救时之志不遂。

【注释】

①元祐之君子:北宋元丰八年(1085)宋神宗去世,哲宗继位,由宣仁太后同处分军国事,同年司马光任宰相,全面废除王安石变法、恢复旧制。至此,支持变法的政治派别,被称为"元丰党人";反对变法一派,则被称为"元祐党人"。此处元祐之君子指反对变法一派。"甘露"之小人:指唐文宗甘露之变中谋诛宦官的李训、郑注等人。

【译文】

宋哲宗年间的元祐君子,与唐文宗甘露之变中谋刺宦官的小人都失败了，都是求眼前一时之快，所以拯救时弊的志向不顺遂。

王翦等 三条

一

秦伐楚，使王翦将兵六十万人①。始皇自送至灞上②。王翦行，请美田宅园地甚众。始皇曰："将军行矣，何忧贫乎？"王翦曰："为大王将，有功终不得封侯。故及大王之向臣③，臣亦及时以请园地，为子孙业耳。"始皇大笑。王翦既至关，使使还请善田者五辈④。或曰："将军之乞贷亦已甚矣！"王翦曰："不然。夫秦王恒中粗而不信人⑤，今空秦国甲士而专委于我，我不多请田宅为子孙业以自坚⑥，顾令秦王坐而疑我耶？"

【注释】

①王翦：战国末秦国大将，为秦王政所重用。用反间计使赵杀李牧，遂灭赵，复灭燕，灭魏，灭楚。以功封武城侯。

②始皇：按，此时秦尚未统一六国。秦王政称始皇是探后称法。灞（bà）上：地名。在今陕西西安东。

③向：偏爱，偏袒。

④五辈：五次。辈，单位名词。批、群、次等。

⑤粗：粗暴。

⑥自坚：稳固自己的位置。

【译文】

秦国攻打楚国，秦王嬴政派王翦率兵六十万人前去征战。秦王亲自送王翦大军到灞上。王翦临行前，请求秦王赏赐大批良田住宅园地。秦王说："将军出发吧，为什么还担忧生活贫穷呢？"王翦说："身为大王的将军，有功劳也始终无法封侯。所以趁大王重用臣下时，臣也及时请求赏赐园地，作为子孙的基业。"秦王听了大笑。王翦抵达关口后，连续五次派使者向秦王请求赏赐良田。有人说："将军要求封赏的举动有些过分了！"王翦说："不是这样。大王经常内心粗暴而不相信人，现在派出秦国所有的甲士而专门委任于我，我如果不多次请求田地住宅作为子孙基业以坚定大王的信任，难道要让秦王对我生疑吗？"

二

汉高专任萧何关中事[①]。汉三年[②]，与项羽相距京、索间[③]，上数使使劳苦丞相。鲍生谓何曰："今王暴衣露盖，数劳苦君者，有疑君心也。边批：晁错使天子将兵而居守[④]，所以招祸。为君计，莫若遣君子孙昆第能胜兵者[⑤]，悉诣军所。"于是何从其计，汉王大悦。

【注释】

①关中事：关中政事。刘邦外出征战，萧何守卫关中，管理户籍人口，征集粮草运送给前方军队，又常征发关中士卒补充军队缺额。

②汉三年：前204年。

③京、索间：京、索均为汉县名，在今河南荥阳附近。

④晁错：西汉大臣。初从张恢学申不害、商鞅"刑名"之术。文帝时，以文学举为太常掌故，曾奉命从故秦博士伏生受《尚书》。后历任太子舍人、门大夫、博士、太子家令等职，深为太子（即景帝刘启）器重，号"智囊"。景帝即位，迁内史，法令多所更定。景帝二年（前155），任御史大夫，又建议削夺王国封地，为景帝采纳。不久吴楚七国以"清君侧"为名，发动叛乱，景帝听信袁盎之

言，将他处死。

⑤昆第：即昆弟，兄弟。

【译文】

汉高祖刘邦专门委任萧何处理关中政事。汉王三年，刘邦与项羽在京、索一带相持不下，刘邦多次派使者慰劳丞相萧何。鲍生对萧何说："现在大王衣不蔽体，风餐露宿，却多次慰劳你，是有怀疑你的心思。边批：晁错让天子率领军队亲征，而自己居内镇守，因此招致祸患。为你打算，不如派遣你儿孙兄弟中能拿起兵器打仗的人，都前往军营。"于是萧何听从了他的计谋，汉王非常高兴。

三

吕后用萧何计诛韩信。上已闻诛信，使使拜何为相国，益封五千户，令卒五百人、一都尉为相国卫[①]。诸君皆贺，召平独吊[②]，曰："祸自此始矣！上暴露于外，而君守于内，非被矢石之难，而益封君置卫，非以宠君也。以今者淮阴新反[③]，有疑君心。愿君让封勿受，悉以家财佐军。"何从之，上悦。其秋黥布反[④]，上自将击之，数使使问相国何为。曰："为上在军，拊循勉百姓[⑤]，悉取所有佐军，如陈豨时[⑥]。"客又说何曰："君灭族不久矣！夫君位为相国，功第一，不可复加。然君初入关中，得百姓心十余年矣，尚复孳孳得民和[⑦]。上所为数问君，畏君倾动关中。今君胡不多买田地、贱贳贷以自污[⑧]？边批：王翦之智。上心必安。"于是何从其计。上还，百姓遮道诉相国[⑨]，上乃大悦。

【注释】

①卫：卫队。

②召平：秦朝时为东陵侯，负责看管始皇帝生母赵姬的陵寝。入汉沦为布衣，于长安城东南霸城门外种瓜，瓜味鲜美，皮有五色，世人称之“东陵瓜”。

③淮阴：淮阴侯韩信。初投项羽，因不被重用而奔刘邦，得萧何推荐任大将。伐魏举赵，破齐降燕，并与刘邦合兵垓下，共灭项羽，为汉朝建立立有大功，与萧何、张良被称为汉初三杰。初封齐王，转封楚王。高祖六年（前201），被诬谋反，降为淮阴侯。十一年（前196），又被诬谋反罪，为吕后所杀。

④黥（qíng）布：英布，因以罪黥面，故称黥布。秦末起兵追随项羽，屡破秦军，项羽封他为九江王。楚汉之际，黥布阴叛楚而与汉交，后为楚军所败，归汉。汉并天下，封为淮南王。后遭刘邦疑忌，被迫起兵反叛，兵败被杀。

⑤拊循勉百姓：安抚劝勉百姓。拊循，安抚，抚慰。

⑥如陈豨（xī）时：如同刘邦出征陈豨时一样。陈豨，随刘邦征战天下，平定赵、代时曾受韩信指挥，汉初封为阳夏侯。又任代相，据守边疆。后遭刘邦猜忌，高祖十年（前197），陈豨兴兵叛乱，自封代王，与韩王信、匈奴势力联合。刘邦亲征，会合天下之兵征讨陈豨等人。十二年（前195）遭周勃和樊哙合攻，兵败灵丘。

⑦孳孳（zī）：勤勉，努力不懈。

⑧贳（shì）：赊欠，出借。

⑨遮道：拦路。诉：控告。

【译文】

吕后用萧何的计谋诛灭韩信。高祖听说韩信已经被杀，就派使臣任命萧何为相国，加封五千户邑民，派士兵五百人和一名都尉作为相国的卫队。群臣都向萧何道贺，唯独召平表示哀悼，说：“祸患从此开始了！

皇上风吹日晒地统军在外，而您留守朝中，没有遭受弓箭炮石的战火灾难，反而增加您的封邑并设置卫队，并非以此宠信您。这是因为现在淮阴侯新近谋反，有怀疑您的心思。希望您辞让封赏不接受，把家产全都捐助军队。"萧何听从了他的建议，高祖果然非常高兴。这年秋天黥布反叛，高祖亲自率军征讨他，多次派使者询问萧相国在做什么。萧何说："因为皇上在军中，就在后方安抚勉励百姓，把自己的全部家产拿来捐助军队，和讨伐陈豨时一样。"门客又劝告萧何说："您灭族的日子不远了！您位居相国，功劳第一，不能再加封。然而您从当初进入关中，深得民心十多年了，还勤勉不懈地维持与百姓关系的和谐。皇上之所以多次询问您的情况，是害怕您倾覆动摇关中。如今您何不多买田地，贱赊高贷来败坏自己的名声呢？边批：王翦的智慧。这样皇上必然放心。"于是萧何听从了他的计谋。高祖平乱还朝，百姓挤满道路控告萧何，高祖于是十分高兴。

汉史又言：何买田宅必居穷僻处，不治垣屋[①]，曰："令后世贤，师吾俭；不贤，无为势家所夺。"与前所云强买民田宅似属两截。不知前乃免祸之权，后乃保家之策，其智政不相妨也。宋赵韩王普强买人第宅[②]，聚敛财贿，为御史中丞雷德骧所劾[③]。韩世忠既罢[④]，杜门绝客，口不言兵，时跨驴携酒，从一二奚童，纵游西湖以自乐。尝议买新淦县官田[⑤]，高宗闻之，甚喜，赐御札，号其庄曰"旌忠"。二公之买田，亦此意也。夫人主不能推肝胆以与豪杰功，至令有功之人，不惜自污以祈幸免，三代交泰之风荡如矣[⑥]！然降而今日，大臣无论有功无功，无不多买田宅自污者，彼又持何说耶？

【注释】

①垣屋：有围墙的房屋。

②赵韩王普：即赵普，字则平。北宋名臣。后周时为赵匡胤幕僚，策划在陈桥驿（今河南开封东北）发动兵变，助其夺取政权。宋初，请速平李筠、李重进之叛，累迁枢密使。乾德二年（964）为相，参决大政，提出强干弱枝、解除禁军将领兵权、削夺节镇兵权、财权，强化禁军，任命文臣知州，设置通判等项措施及先南后北、先易后难的统一方略，多为太祖所采纳。对辽力主防御，反对出兵收复燕云。及太祖晚年，其宠渐衰，出为河阳三城节度使。太宗时，又两度为相，两度外任。淳化三年（992）以老病致仕，封魏国公，后追封韩王。

③雷德骧：字善行。后周广顺进士。宋初，任殿中侍御史，改屯田员外郎、判大理寺。开宝元年（968），因不满其部属附会宰相赵普，贬为商州司户参军，复削籍徙灵武。六年（973），其子击登闻鼓申诉。赵普出镇河阳，他被召回，官户部侍郎、同知京朝官考课。端拱初，赵普再次入相，复遭降黜。

④韩世忠：字良臣。南宋名将。北宋末参加镇压方腊。宋金战争起，力战河北，后收散卒泛海南下。建炎三年（1129），平定苗傅、刘正彦发动的兵变，有功。次年，率海船至镇江，邀截金军归路，转战至黄天荡（在今江苏南京附近），相持四十日，重创金兵。后镇压范汝为起义。绍兴四年（1134），在大仪（今江苏扬州西北）大破金、齐联军。后开府楚州（治今江苏淮安），力谋恢复。十一年（1141），任枢密使，解除兵权。抗疏反对和议，又以岳飞冤狱，面诘秦桧。为避迫害，自请解职，号清凉居士，口不言兵，闲居而卒。死后追封蕲王。

⑤新淦（gàn）县：两宋属临江军，治今江西临江。官田：国家公田。

⑥交泰：原指天地阴阳之气融和贯通。此处以君臣比于天地阴阳，

说君臣推心置腹，共致太平。荡如：荡然无存。

【译文】

汉史又记载说：萧何购买田宅必定选择穷困偏远的地方，不建围墙。他说："假使后代子孙贤明，就学习我的节俭；假使不贤明，也不会被权势之家所掠夺。"这与前面所说的强行购置民间田产住宅似乎属于两种情况。这是不知道前者是免于祸患的权宜之计，后者是保全家族的计策谋略，其中的智慧正是不相妨害。宋朝韩王赵普，强行购买百姓宅第，聚敛财物收受贿赂，被御史中丞雷德骧弹劾。韩世忠罢官后，关门谢客，绝口不谈兵事，时常骑着驴子带着酒，带着一二童仆，畅游西湖以自娱。他曾商量购买新淦县的公田，宋高宗听说这事，非常高兴，赐下手诏，给他的庄园赐名"旌忠"。二位先生购买田产，也是这个用意。君主不能推心置腹地赞赏豪杰之士的功劳，以致让有功劳的人不惜玷污自己来祈求免于灾祸，三代君臣融和同心的风尚荡然无存！然而演变到现在，大臣无论有没有功劳，无不多买田产住宅来玷污自己，他们又持什么样的理由呢？

〇陈平当吕氏异议之际[①]，日饮醇酒，弄妇人。裴度当宦官薰灼之际[②]，退居绿野[③]，把酒赋诗，不问人间事。古人明哲保身之术，例如此，皆所以绝其疑也。国初，御史袁凯以忤旨引风疾归[④]。太祖使人觇之[⑤]，见凯方匍匐往篱下食猪犬矢。还报，乃免。盖凯逆知有此，使家人以炒面搅沙糖，从竹筒出之，潜布篱下耳。凯亦智矣哉！

【注释】

①陈平：西汉初大臣。陈胜兵起，依魏王咎，任太仆。不得志，从项羽入关，任都尉。后归刘邦，为护军中尉。楚汉战起，数出奇谋，

离间范增，笼络韩信。刘邦征匈奴，被围平城，又出秘计，使刘邦得以逃脱。封曲逆侯，历任惠帝、吕后、文帝相。吕后死，与周勃等谋诛诸吕，立文帝。

②裴度：字中立。唐朝宰相。贞元进士，由监察御史升为御史中丞。宪宗时力主削藩，升为宰相。元和十二年（817）督师破蔡州，擒吴元济，河北藩镇大惧，多表服从政府。唐藩镇叛乱局面暂告结束。晚年以宦官专权，辞官退居洛阳。

③绿野：绿野堂。裴度辞官后所建别墅，故址在今河南洛阳南。

④袁凯：字景文。博学有才辩，洪武中授御史。后因处事圆滑为太祖所恶，托病告归。

⑤觇（chān）：窥视，察看。

【译文】

陈平在吕氏对自己有猜疑时，整天痛饮美酒，戏弄妇人。裴度在宦官气焰正甚时，退隐居于绿野堂，饮酒赋诗，不问人间世事。古代人明哲保身的方法，通常是这样，都是为了杜绝猜疑。国朝初年，御史袁凯因为忤逆圣旨而假托疯病归隐。太祖派人窥探，只见袁凯正爬行到竹篱下吃猪狗粪便。密探回去报告，才得以幸免。原来袁凯早料到有这样的事情，让家人用炒面拌沙糖，从竹筒中挤出来，偷偷地散置在竹篱下。袁凯也是聪明人啊！

王戎

戎族弟敦[①]，有高名[②]。戎恶之。边批：先见。每候戎[③]，辄托疾不见。孙秀为琅琊郡吏[④]，求品于戎从弟衍[⑤]。衍将不许，戎劝品之。边批：更先见。及秀得志，有夙怨者皆被诛，而戎、衍并获济焉。

【注释】

①戎:王戎,字濬冲。西晋名士。少时颖悟,与阮籍为友。晋惠帝时依附贾后,官至司徒。敦:王敦,字处仲。晋武帝之婿。西晋末,支持琅邪王司马睿移镇建康(今江苏南京),任扬州刺史、都督征讨诸军事。以镇压杜弢起义,升镇东大将军、都督江、扬、荆、湘、交、广六州诸军事,握重兵屯武昌。西晋亡,与堂弟王导等拥司马睿建东晋政权,升任大将军、荆州牧。后以司马睿抑制王氏势力,于永昌元年(322)起兵攻入建康,杀刁协、周顗、戴渊等,自为丞相,回屯武昌(今湖北鄂州),遥制朝政。太宁二年(324)明帝乘其病危,下诏讨伐。他再进兵建康,病死而军败。

②高名:盛名,名声大。

③候:看望,问候。

④孙秀:初为琅琊长史,谄事赵王司马伦,与司马伦同谋杀贾后,逼惠帝禅位。为侍中监,多杀忠良,威权震朝廷。齐王司马冏讨伐赵王司马伦,孙秀也被杀。

⑤品:品第,品评。衍:王衍,字夷甫。晋时名士。善清谈,名倾当世,信口品评,朝野翕然,士人一经其品目,则名声顿起。官至司徒,后为石勒所杀。

【译文】

晋朝王戎的族弟王敦,有很大名气。王戎厌恶他。边批:先见之明。每次王敦来看望王戎,王戎就假托生病不见。孙秀为琅琊郡吏时,向王戎的堂弟王衍请求品评。王衍打算不答应,王戎劝他还是品评一下孙秀。边批:更有先见之明。等到孙秀得志,过去有仇怨的人都被杀,而王戎、王衍都得以平安度过。

借人虚名,输我实祸①,此便知衍不及戎处。

【注释】

①输：送。

【译文】

满足别人的虚荣名声，送走自身的实际灾祸，由此就可以看出王衍不及王戎的地方。

阮嗣宗

魏、晋之际，天下多故[①]，名士鲜有全者。阮籍托志酣饮[②]，绝不与世事。司马昭初欲为子炎求昏于籍[③]。籍一醉六十日，昭不得言而止。锺会数访以时事[④]，欲因其可否致之罪，竟以酣醉不答获免。

【注释】

①多故：政局多变动。指司马氏与曹魏的斗争。

②阮籍：字嗣宗。竹林七贤之一。博览群书，尤好《老》《庄》。善饮酒，不言世事，依违于曹氏、司马之间，最终免祸。

③司马昭：字子上。司马懿次子，继兄司马师为大将军，专国政，封晋王。司马昭死后数月，其子司马炎最终代魏称帝，为晋武帝。昏：指通婚。

④锺会：字士季。锺繇子。少聪慧，有才艺。历官秘书郎、中书及黄门侍郎。讨诸葛诞有功，迁司隶校尉。以智计才干为司马昭重要谋士，时人比之张子房。景元四年(263)，拜镇西将军、都督关中诸军事，统兵十余万伐蜀。次年蜀亡，谋据蜀反叛，兵败被杀。

【译文】

魏、晋之际，天下纷扰多事，名士很少有人能保全性命。阮籍寄托情志酣畅饮酒，绝意不参与世事。司马昭起初想为儿子司马炎向阮籍提亲。阮籍大醉六十天，司马昭没有机会说，只好终止此事。司马昭手下党羽锺会多次拜访阮籍请教时事，想凭借阮籍的是非评论治他的罪，而阮籍最终因为喝醉不答话而免于杀身之祸。

郭德成

洪武中[①]，郭德成为骁骑指挥[②]。尝入禁内，上以黄金二锭置其袖，曰："第归勿宣。"德成敬诺。比出宫门，纳靴，佯醉，脱靴露金。边批：示不能为密。阍人以闻[③]。上曰："吾赐也。"或尤之[④]，德成曰："九阍严密如此[⑤]，藏金而出，非窃耶？且吾妹侍宫闱，吾出入无间，安知上不以相试？"众乃服。

【注释】

①洪武：明太祖朱元璋年号（1368—1398）。

②郭德成：性嗜酒，淡于利禄。曾因酒醉失言，惧而自剃头发，太祖称为"疯汉"。后胡惟庸狱起，竟以此免祸。其妹为太祖妃。

③阍（hūn）人：看门人。

④尤：责怪。

⑤九阍：即九重。指皇宫。

【译文】

明洪武年间，郭德成任骁骑指挥。曾经进宫参拜，太祖把两锭黄金放在郭德成的袖子里，说："你回去不要宣扬此事。"郭德成恭敬地答应。等他走出宫门，把黄金放在靴子里，佯装喝醉，脱下靴子时故意露出黄金。边批：以此表示不能做秘密之事。守门的人上奏皇帝。太祖说："是我赏赐给他的。"有人责怪郭德成，郭德成说："宫中门禁如此森严，身藏黄金走出宫门，不是盗窃吗？况且我妹妹在宫里侍奉皇上，我出入宫中没有阻隔，怎么知道皇上不是以此试探我？”众人于是佩服他。

郭崇韬　宋主

郭崇韬素廉[①]，自从入洛，始受四方赂遗。故人、子弟或以为言，崇韬曰：“吾位兼将相，禄赐巨万[②]，岂少此耶？今藩镇诸侯多梁旧将，皆主上斩祛、射钩之人[③]，若一切拒之，能无疑骇？”明年，天子有事南郊，崇韬悉献所藏，以佐赏给。

【注释】

①郭崇韬（tāo）：字安时。官至兵部尚书、枢密使。劝后唐庄宗袭汴州，八日灭梁。尽忠国家，遇事切谏。后刘皇后使宦官矫诏杀之。

②巨万：极言数目之多。

③斩祛（qū）、射钩：借指旧怨。斩祛，春秋时期晋国寺人披奉命刺杀重耳，斩断重耳衣袖。后重耳回国为君，即晋文公，有人欲杀文公，寺人披求见文公，告其谋，文公得以免祸。射钩，春秋时齐襄公昏乱，其弟纠奔鲁，以管仲、召忽为师；小白奔莒，以鲍叔为师。襄公死，纠与小白争归齐国为君。管仲将兵遮莒道阻小白，射中其衣带钩。小白佯死，得先入为君，是为桓公。桓公即位后不记旧仇，任管仲为相，终成霸业。

【译文】

后唐郭崇韬一向清廉，自从任职洛阳后，开始收受各方赠送的财物。之前的朋友、部将及家中子弟有人因此批评他，郭崇韬说：“我现在身兼大将和宰相，俸禄赏赐无数，难道缺少这些财物吗？而今各藩镇诸侯多是后梁归降的将领，都是与皇上有旧怨的人，如果我全部拒绝，诸侯能没有疑惧吗?”第二年,皇帝在南郊祭祀,郭崇韬把所收到财物都献上去,供皇帝赏赐用。

南唐主以银五万两遗赵普[①],普以白宋主。主曰:“此不可不受,但以书答谢,少赂其使者可也。”普辞,宋主曰:“大国之体,不可自为削弱,当使之弗测。”及从善南唐主弟来朝[②],常赐外密赍白金[③],如遗普之数。唐君臣皆震骇,服宋主之伟度。

【注释】

①南唐主:此指南唐后主李煜,本名从嘉,字重光。961—975年在位。多留心诗词,而政治上庸弱无能,国势日渐衰弱。开宝八年(975)出降北宋,幽囚于汴京。宋太宗太平兴国三年(978)被毒杀。

②从善:李从善,字子师。南唐后主李煜之弟。官太尉、中书令。降宋后封南楚国公。

③赍(jī):送给。

【译文】

南唐李后主将五万两银子送给赵普,赵普将此事禀奏宋太祖。宋太祖说:“这银子不可不接受,只要写信表示感谢,稍微给使臣一些赏钱就可以了。”赵普推辞,不想接受,宋太祖说:“大国的体统,不可自己贬低身份,要让南唐觉得不可揣测。”等李从善南唐主的弟弟进京朝拜,太祖除了一般例行赏赐外,暗中又送给李从善白银,和南唐主送给赵普的数目一样。南唐君臣都惊惧,佩服宋太祖的非凡气度。

赂遗无可受之理,然廉士始辞而终受,而明主亦或教其臣以受,全要看他既受后作用如何,便见英雄权略[①]。三代以下将相②,大抵皆权略之雄耳!

【注释】

①权略:权术谋略。

②三代:指夏、商、周三代。

【译文】

本来贿金没有可以接受的理由,然而清廉之士起先拒绝而最终接受,而英明的君主也有时教导臣下接受,这完全要看他收取后怎么处置,由此便可以看出英雄人物的权谋智略。三代以后的将相,大抵上都是擅长权谋智略的杰出人物!

术智部谬数卷十四

似石而玉，以镎为刃[①]。

去其昭昭，用其冥冥。

仲父有言，事可以隐[②]。

集《谬数》。

【注释】

①镎（duì）：矛戟柄端的平底金属套。

②仲父有言，事可以隐：齐桓公称管仲为仲父。管仲对桓公说："君若欲速得志于天下诸侯，则事可以隐令，可以寄政。"（《国语·齐语第六·桓公自莒反于齐》）意思是有战事可以隐藏军令。

【译文】

像是石头实际是宝玉，以矛戟金属套作刀刃。

舍弃光明可见的用途，用它幽微隐秘的妙处。

管仲曾经对齐桓公说，有兵事可以隐藏军令。

集为《谬数》一卷。

宋祖

宋祖闻唐主酷嗜佛法，乃选少年僧有口辩者，南渡见唐主，论性命之说[①]。唐主信重，谓之“一佛出世”[②]，由是不复以治国守边为意。

【注释】

①性命之说：关于人的禀赋及命运的学说。

②一佛出世：佛教徒对修行圆满之人的称呼。

【译文】

宋太祖赵匡胤听说南唐主酷爱佛法，就挑选一个口才伶俐的年轻和尚，渡江到南唐拜见南唐主，讨论人的禀赋和命运学说。南唐主笃信敬重，称他为“一佛出世”，从此不再把治理国家守卫边境放在心上。

茅元仪曰[①]：“与越之西子何异[②]，天下岂独色能惑人哉！”

【注释】

①茅元仪：明末人，崇祯时佐孙承宗军务，官副总兵，守觉华岛。旋以士兵哗变遣戍漳浦。边事集，请募死士勤王，为庸奸所忌，悲愤而卒。有著作多种存世。

②越之西子：西施。越王勾践献西施于吴王夫差，使其沉湎酒色，堕落心志。

【译文】

茅元仪说：“宋太祖派和尚一事与越国派西施迷惑吴王有什么不同呢，天下难道只有美色才能迷惑人吗？”

武王

武王立重泉之戍[1]，令曰："民有百鼓之粟者不行[2]。"民举所最聚也粟以避重泉之戍[3]，而国谷二十倍。见《管子》。

【注释】

①武王：周武王姬发。

②鼓：古代量器名。四石为一鼓。

③最：积蓄。

【译文】

周武王要在重泉一地设立戍防，下令说："百姓有捐一百鼓粟的可以不去服役。"百姓拿出积蓄的粟米以避免重泉的戍防之役，国库的米粮增加二十倍。见《管子》。

假设戍名，欲人惮役而竞取粟，倘亦权宜之术，而或谓圣王不应为术以愚民，固矣！至若《韩非子》谓[1]：汤放桀欲自立[2]，而恐人议其贪也，让于务光[3]，又虞其受，使人谓光曰："汤弑其君，而欲以恶名予子。"光因自投于河。文王资费仲而游于纣之旁[4]，令之间纣以乱其心[5]。此则孟氏所谓"好事者为之"[6]，非其例也。

【注释】

①《韩非子》：战国末年法家学派的代表著作，现存五十五篇。

②汤放桀：汤灭夏，流放夏桀于南巢。

③务光：当时的隐士。

④文王资费仲：周文王送资财给费仲。费仲，商纣王的大臣，后于牧

野之战中战死。

⑤间：刺探。

⑥孟氏：孟轲。好事者为之：语出《孟子·万章上》。

【译文】

假意设立戍守的名头，想让人害怕服役而争相缴纳粟米，倘若这只是权宜之术，有人说圣贤的君王不应用权术来欺骗百姓，确实如此！至于《韩非子》说：商汤流放夏桀想自立为帝，而害怕世人讥评他贪念帝位，于是让位于务光，又怕务光真接受，就派人对务光说："汤弑杀他的君主，却想将弑君的罪名嫁祸给你。"务光因此投河自尽。文王重金贿赂费仲使他游说于纣王身边，让他刺探纣王而迷惑他的心智。这就是孟子所说的"好事之徒编造的"，不是一类事。

散谷　藏谷

桓公曰①："大夫多并其财而不出②，腐朽五谷而不散。"管子对曰③："请以令召城阳大夫而请之。"桓公曰："何哉？"管子对曰："城阳大夫嬖宠被絺绤④，鹅鹜含余秫⑤，齐钟鼓，吹笙篪⑥，而同姓兄弟寒不得衣，饥不得食，欲其尽忠于国人，能乎？"乃召城阳，灭其位，杜其门而不出。功臣之家皆争发其积藏，以予其远近兄弟。以为未足，又收国之贫病孤独老不能自食之萌⑦，皆得与焉，国无饥民，此之谓"谬数"。

【注释】

①桓公：春秋时的齐桓公。

②并：聚集。

③管子:管仲。

④嬖(bì)宠:被嬖幸、宠爱的姬妾。缔绤(chī xì):葛麻所织成的布,精者为缔,粗者为绤。

⑤鹜(wù):鸭子。秫(shú):黏高粱,可做烧酒。

⑥笙篪(shēng chí):均管乐器。篪,竹制,单管横吹。

⑦萌:通"氓",百姓。

【译文】

齐桓公说:"大夫多聚敛财富而不愿捐出,五谷腐烂而不散发救民。"管仲回答说:"请下令召城阳大夫请他进宫。"桓公说:"为什么?"管仲回答说:"城阳大夫府中宠妾身穿葛布做成的衣裳,鹅鸭吃的都是余下的高粱米,齐奏钟鼓,吹奏笙篪,而他同姓的兄弟却寒冷而没有衣服,饥饿而没有吃的,想要让他尽忠于国人,可能吗?"于是召来城阳大夫,免去他的官职,关闭他的家门不准他出去。功臣之家都争相分发他们积藏的钱粮,给予远近的兄弟。有些尚嫌不足,又收容国内贫穷多病孤独年老不能自食其力的人,使他们都得到赠予,从此国内再也没有饥民,这就叫作"谬数"。

既夺城阳之宠,又劝功臣之施。仲父片言,其利大矣!

【译文】

不但剥夺了城阳大夫的被宠,又劝勉功臣们施舍兄弟百姓。管仲短短几句话,益处却很大!

粜贱[①],桓公恐五谷之归于诸侯,欲为百姓藏之,问于管子。管子曰:"今者夷吾过市[②],有新成囷京者二家[③],君请式璧而聘之[④]。"桓公从之,民争为囷京以藏谷。

【注释】

①籴（dí）：买进谷物。

②夷吾：管仲，字夷吾。

③囷（qūn）京：粮仓。

④式璧：用玉璧做招聘的礼物，以示尊重。

【译文】

米价下跌，桓公担心五谷都囤积到其他诸侯国，他希望能为百姓多存米粮，于是向管仲请教。管仲说："今天我经过市集，见有两座新建成的粮仓，请大王用玉璧聘请它们的主人为官。"桓公采纳管仲的建议，百姓争相建粮仓以储藏米粮。

文王葬枯骨，而六州归心[①]；勾践式怒蛙[②]，而三军鼓气；燕昭市骏骨[③]，而多士响应；桓公聘囷京，而四境露积：诚伪或殊，其以小致大，感应之理则一也。

【注释】

①文王葬枯骨，而六州归心：周文王掩埋死人骸骨而六州归顺。

②勾践式怒蛙：勾践将伐吴，有怒蛙拦车。勾践俯凭车前横木表示敬意，并说蛙见了敌人而有怒气，于是三军振奋。式，通"轼"，俯凭车前横木以示敬意。

③燕昭市骏骨：燕昭王初即位，想招贤纳士。大臣郭隗以古人君派使者买马，使者以五百金买下死马，最终召来千里马的故事，劝谏燕昭王善待人才。燕昭王于是为郭隗筑宫室并且以师礼待他。于是乐毅、剧辛来投奔。昭王以乐毅为亚卿，最终使燕国强大。

【译文】

文王将乱葬的枯骨重新埋好，而六州百姓归顺；勾践俯凭车前横木礼敬怒蛙，而三军士气高昂；燕昭王效仿重金买千里马的骨头礼敬贤士，而各路人才纷纷响应投靠；齐桓公聘请粮仓主人为官，而齐国四境之内可见积存的粮食：是真诚还是虚伪或许不同，但他们办小事起到大效果，发挥作用的道理是一致的。

范仲淹

皇祐二年[1]，吴中大饥。时范仲淹领浙西，发粟及募民存饷，为术甚备。吴人喜竞渡，好为佛事。仲淹乃纵民竞渡，太守日出宴于湖上。自春至夏，居民空巷出游。又召诸佛寺主守，谕之曰："今岁工价至贱，可以大兴土木。"于是诸寺工作并兴。又新仓廒吏舍，日役千夫。监司劾奏杭州不恤荒政，游宴兴作，伤财劳民。公乃条奏[2]："所以如此，正欲发有余之财，以惠贫者，使工技佣力之人，皆得仰食于公私，不致转徙沟壑耳。"是岁唯杭饥而不害。

【注释】

①皇祐：宋仁宗赵祯年号（1049—1054）。

②条奏：逐条奏明。

【译文】

宋朝皇祐二年，吴中一带闹大饥荒。当时范仲淹治理浙西，散发米粮及招募民工、储备粮食，救荒措施非常完备。吴人喜欢赛舟，爱做佛事。范仲淹于是鼓励百姓赛舟，自己也每天在湖上宴饮。从春至夏，当地百姓全都离家出游。范仲淹又召集各佛寺住持，对他们说："今年工钱最低廉，可以大规模兴建佛寺建筑。"于是各寺庙建造兴盛。范仲淹又翻新官家谷仓及吏卒官舍，每天用工一千人。监察的官员弹劾上奏说杭州不体恤荒年财政困难，出游宴饮、大兴土木，既伤财又劳民。范仲淹于是逐条奏明:"我之所以这样做,正是想要开发利用有余的钱财,以惠及贫苦百姓,使得有技术和出卖劳力的人,都能依赖官府与民间的工作得以生活,不致饿死荒野。"这年只有杭州遭遇饥荒却没有严重损害。

《周礼》荒政十二[①],或兴工作以聚失业之人。但他人不能举行,而文正行之耳。

【注释】

①《周礼》荒政十二:《周礼·地官·大司徒》:"以荒政十有二聚万民,一曰散利,二曰薄征,三曰缓刑,四曰弛力,五曰舍禁,六曰去几,七曰眚礼,八曰杀哀,九曰蕃乐,十曰多婚,十有一曰索鬼神,十有二曰除盗贼。"

【译文】

《周礼》记载救治灾荒的政策十二条,就有大兴建设以聚集失业人口。但是其他人不能做到,而只有范仲淹做到了。

〇凡出游者,必其力足以游者也。游者一人,而赖游以活者不知几十人矣。万历时吾苏大荒,当事者以岁俭禁游船。富家儿率治馔僧舍为乐,而游船数百人皆失业流徙。不通时务者类如此。

【译文】

凡是可以外出宴游的人,一定是财力足够宴游的人。外出宴游的一个人,而靠此人宴游花费以生活的不知道有几十人。万历年间我们苏州一带闹饥荒,主政者因为荒年而禁止游船营业。富家子弟都在僧院置办饮食为乐,而靠划船生活的几百人都失业而背井离乡。不通时务的人大体如此。

服紫

桓公好服紫[①],一国之人皆服紫。公患之,访于管子。明日公朝,谓衣紫者曰:"吾甚恶紫臭[②],子毋近寡人!"于是国无服紫者矣。

【注释】

①紫:指紫色衣服。

②臭:气味。

【译文】

齐桓公喜欢穿紫色衣服,于是全国人都风行穿紫衣服。桓公为此困扰,向管仲请教。第二天桓公早朝,对穿紫衣的大臣说:"我十分讨厌紫衣服的气味,你不要靠近我。"于是国中再也没有穿紫衣服的人。

服练

王丞相善于国事[①]。初渡江,帑藏空竭,唯有练数千端[②]。丞相与朝贤共制练布单衣。一时士人翕然竞服,练遂踊贵[③]。乃令主者卖之,每端至一金。

【注释】

①王丞相:东晋王导。早年与琅琊王司马睿友善,后建议其移镇建邺,又为他联络南方士族,安抚南渡北方士族。东晋建立后,先拜骠骑大将军、仪同三司,封武冈侯,又进位侍中、司空、假节、录尚书事,领中书监。

②练:先将生丝煮熟,使之柔软洁白,然后织成的绢。端:古代量词。

帛的长度单位。

③踊（yǒng）贵：价格腾涨。

【译文】

晋朝丞相王导善于治国理政。初渡江时，国库空虚，只有几千端丝绢。王导于是与朝中大臣都制作丝绢单衣。一时之间官员及读书人都竞相穿丝绢衣服，于是丝绢价格暴涨。王导就下令管理府库的官员出售丝绢，每端售价一金。

此事正与“恶紫”对照。

【译文】

这件事情正好可以和桓公“恶紫”相对照。

〇谢安之乡人有罢官者，还，诣安。安问其归资，答曰：“唯有蒲葵扇五万。”安乃取一中者捉之。士庶竞市，价遂数倍。此即王丞相之故智。

【译文】

东晋谢安同乡中辞官的人，将要回乡，去拜访谢安。谢安问他回乡的旅费如何，同乡回答说：“只有五万把蒲葵扇。”谢安于是取一把中等的拿在手上。士人百姓争相购买，于是扇价翻了数倍。这就是王丞相使用过的智计。

禁毂击

齐人甚好毂击相犯以为乐[①]，禁之，不止。晏子患之[②]，乃为新车良马，出与人相犯也，曰：“毂击者不祥。臣其祭祀不顺、居处不敬乎?”下车弃而去之,然后国人乃不为。

【注释】

①毂(gǔ)击:以车毂相撞击。毂,车轮中间车轴穿入处的圆木,安装在车轮两侧轴上。

②晏子:春秋时齐相晏婴。

【译文】

齐人很喜欢以车毂撞击相互侵犯来取乐,官府多次禁止,不能见效。国相晏婴感到担忧,于是置办新车配备好马,出去故意与其他车相撞,说:“与人车毂相撞是不祥的征兆。难道是我祭拜神明时不够谨慎、平日居家待人不够敬重吗?”于是下车丢弃车马而离开,从此国人才不再以车毂相撞。

东方朔

武帝好方士[①],使求神仙、不死之药。东方朔乃进曰:“陛下所使取者,皆天下之药,不能使人不死。唯天上药,能使人不死。”上曰:“天何可上?”朔对曰:“臣能上天。”上知其谩诧[②],欲极其语[③],即使朔上天取药。朔既辞去,出殿门,复还曰:“今臣上天似谩诧者,愿得一人为信。”上即遣方士与俱,期三十日而返。朔既行,日过诸侯传饮,期且尽,无上天意。方士屡趋之[④],朔曰:“神鬼之事难豫言[⑤],当有神来迎我。”于是方士昼寝,良久,朔觉之曰:“呼君极久不应。我今者属从天上来[⑥]。”方士大惊,具以闻,上以为面欺,诏下朔狱。朔啼曰:“朔顷几死者再!”上曰:“何也?”朔对曰:“天帝问臣:‘下方人何衣?’臣朔曰:‘衣虫。’‘虫何若？'臣朔曰：'虫喙髯髯类马，色邠邠类虎[⑦]。'天公大怒，以臣为谩言，使使下问。还报曰：'有之，厥名蚕。'天公乃出臣。今陛下苟以臣为诈，愿使人上天问之。"上大笑曰："善！齐人多诈[⑧]，欲以喻我止方士也！"由是罢诸方士不用。

【注释】

①武帝：汉武帝刘彻。

②谩诧：说大话，诓骗。谩，欺骗。诧，夸耀。

③极其语：使其词穷而理屈。

④趋（cù）：催促。

⑤豫言：预先说出。

⑥属（zhǔ）：刚刚。

⑦邠邠（bīn）：文采盛貌。

⑧齐人：东方朔为平原郡人，古代属于齐地。

【译文】

汉武帝喜欢方士，派他们访求神仙和长生不老药。东方朔于是上奏道："陛下派人访求的仙药，其实都是人间的药，不能使人长生不死。只有天上的药，才能使人不死。"武帝说："天怎么能上去呢？"东方朔回答说："我能上天。"武帝知道东方朔在说大话诓骗人，想要让他理屈词穷，就命东方朔上天去取药。东方朔领命辞去，刚走出殿门，又折返回来说："现在臣要上天取药好像是说大话诓骗人，希望能派一个人为我作证。"武帝就派一名方士陪他一起，约定三十天后回宫复命。东方朔走后，每天去诸侯们家里饮酒作乐，眼看期限就要到了，没有上天的意思。随行的方士多次催促他，东方朔说："神鬼的事不能预先说出，会有神来迎接我上天。"于是有一天方士正好白天睡觉，过了很久，东方朔叫醒他说："我叫你许久都不答应。我如今刚从天上下来。"方士大为吃惊，详细向武帝禀奏，武帝认为东方朔当面欺骗他，下诏将东方朔投入监狱。东方朔哭着说："我之前差点死了两回。"武帝问："怎么回事?"东方朔回答说："天帝问臣：'下面的人穿什么衣服?'臣回答说：'虫吐的丝。'又问：'虫长什么样?'臣说：'虫嘴边多毛像马一样，颜色斑驳像虎一样。'天帝听了大怒，认为臣是胡说，派使者下凡界探问。使者回报说：'确有此事，虫名叫蚕。'天帝才释放臣。现在陛下如果认为臣在撒谎，希望派人上天查问。"武帝大笑说："很好！齐人多诈，你不过是想以此劝我停止听信方士！"从此武帝罢去诸方士不再任用。

留侯

高帝欲废太子[①]，立戚夫人子赵王如意[②]。大臣谏，不从。吕后使吕泽劫留侯画计[③]。留侯曰："此难以口舌争也。顾上有不能致者四人[④]，四人者老矣，以上慢侮人故，逃匿山中，义不为汉臣。然上高此四人。诚能不爱金帛，令辩士持太子书卑词固请，边批：辩士说四皓出商山[⑤]，必有一篇绝妙文章，惜不传。宜来，来以为客，时时从入朝，令上见之，则一助也。"吕后如其计。汉十二年，上疾甚，愈欲易太子。叔孙太傅称说古今[⑥]，以死争，边批：言者以为至理，听者以为常识。上佯许之，犹欲易之。及宴，置酒，太子侍，四人者从，年皆八十余，须眉皓然，衣冠甚伟。上怪而问之，四人前对，各言姓名，曰东园公、角里先生、绮里季、夏黄公。上乃大惊曰："吾求公数载，边批：谁谓高皇慢士？公避逃我，今何自从吾儿游乎?"四人皆曰："陛下轻士善骂，臣等义不受辱。窃闻太子仁孝，恭敬爱士，天下莫不延颈欲为太子死者，故臣等来耳。"上曰："烦公幸卒调护太子[⑦]。"四人为寿已毕，趋去，上目送之，曰："羽翼已成，难摇动矣。"

【注释】

①高帝：汉高帝刘邦。太子：吕后子刘盈，后为汉惠帝。

②戚夫人：高帝宠姬。刘邦死后，被吕后惨杀。

③吕泽：吕后长兄，封周吕侯。吕后次兄吕释之，封建成侯。《汉书·张良传》说："吕后乃使建成侯吕泽劫良。"此时吕泽已死，此处吕泽当为吕释之。留侯：张良，封留侯。

④致：招引，招抚。

⑤四皓：秦末四位博士东园公唐秉、夏黄公崔广、绮里季吴实、甪里先生周术。职掌通古今、辨然否、典教职。因不满秦始皇暴行而隐居商山。

⑥叔孙太傅：叔孙通，汉高帝九年（前198）为太子太傅。

⑦调护：调教保护。

【译文】

汉高帝准备废黜太子，立戚夫人的儿子赵王如意。大臣劝谏，高帝不听从。吕后派哥哥吕释之强邀留侯张良谋划对策。张良说："这事单凭口舌争辩是行不通的。皇上不能招抚的有四个人，这四个人年事已高，因为皇上轻慢侮辱人的缘故，宁愿逃亡隐居在山中，也不做汉朝的臣子。然而皇上敬重这四个人。如果能不惜金钱布帛，让善辩之士拿着太子写的信用谦恭的言辞坚定地邀请他们，边批：辩士劝说四皓出商山，一定有篇绝妙文章，可惜没有流传下来。他们应当会来，来了之后把他们当作尊贵的客人，请他们时时陪同太子入朝，让皇上看到他们，那么这是一大助益。"吕后依从张良的计策。汉高帝十二年，皇上病情恶化，愈发想要换太子。太傅叔孙通引用古今事例，为太子以死力争，边批：说的人认为是至理，听的人认为是常识。高帝假装答应，却仍然想换太子。等到一次宴会时，置办酒水，太子服侍，四位隐士相从，年纪都已超过八十岁，胡须眉毛洁白光亮,仪表神态端庄伟岸。高祖感到奇怪就问他们,四人上前应对,各自报出姓名,分别是东园公、角里先生、绮里季和夏黄公。高祖于是大惊说:"我邀请诸公几年了,边批:谁说高帝轻慢士人?诸公却躲避我,现在为什么跟我儿子交游呢?"四人都说:"陛下轻视士人经常任意漫骂,臣等坚决不肯受辱。私下听说太子仁厚孝顺,谦恭有礼尊重士人,天下没有不伸长脖子想要为太子效命而死的人,所以臣等出来侍奉太子。"高帝说:"烦劳诸公始终如一地调教保护太子吧。"四个人向高帝敬完酒,快走而去,高帝目送他们,说:"太子羽翼已成,很难再动摇了。"

左执殇中,右执鬼方①,正以格称说古今之辈。夫英明莫过于高皇,何待称说古今而后知太子之不可易哉!称说古今,必曰某圣而治,某昏而乱。夫治乱未见征,而使人主去圣而居昏,谁能甘之?此叔孙太傅所以窘于儒术也。四老人为太子来,天下莫不为太子死,而治乱之征,已惕惕于高皇之心矣②。为天下者不顾家,尚能惜赵王母子乎?王弇州犹疑此汉庭之四皓③,非商山之四皓④。毋论坐子房以欺君之罪,而高皇之目亦太眊矣⑤。夫唯义能不为高皇臣者,义必能不辞太子之招。别传称:子房辟谷后⑥,从四皓于商山,仙去。则四皓与子房自是一流人物,相契已久。使子房不出佐汉,则四皓中亦必有显者,固非藏拙山林、匏落樗朽可方也⑦!太子定,而后汉之宗社固,而后子房报汉之局终,而后商山偕隐之志可遂。则四皓不独为太子来,亦且为子房来矣。边批:绝妙《四皓论》。呜呼!千古高人,岂书生可循规而度、操尺而量者哉!

【注释】

①左执殇中,右执鬼方:语出《国语·楚语》,应作"左执鬼中,右执

殇官”。周灵王暴虐,大臣劝谏,王说:“余左执鬼中右执殇官,凡百箴谏,吾尽闻之矣,宁闻它言!”鬼中,录鬼簿。殇官,殇者的灵魂。灵王是说,鬼神都归我掌握,你们劝谏的话,我都知道,宁可听其他的话,以此拒绝劝谏。

②惕惕(tì):忧惧的样子。

③王弇州:王世贞,号弇州山人。嘉靖进士。与李攀龙同为“后七子”首领。

④非商山之四皓:汉高帝未见过商山四皓,所以王世贞怀疑张良另外找了四个老人,冒充商山四皓来骗高帝。

⑤眊(mào):眼睛昏花。

⑥辟谷:不食谷物。为道家修炼法之一。

⑦匏(páo)落樗(chū)朽:比喻徒有虚名而无实学的人。匏,葫芦,实大而内空。樗,大木而易朽。

【译文】

左手拿着录鬼簿,右手拿着殇者的灵魂,正是以此阻止称说古今之人。汉高帝如此英明,怎么会等到称说古今例证才知道太子不可以换呢?称说古今例证,必定说某君圣明而天下大治;某君昏聩而天下大乱。天下治乱未见征兆,而已把君主看成昏聩不圣明了,谁能开心呢?这就是叔孙通用儒家学说劝谏而行不通的原因。四位老人为太子而出山,天下人莫不争相为太子效命,天下治乱的征兆,已让高帝心中忧惧了。治理天下的人不会顾及小家,高帝还能怜惜赵王母子吗?王世贞还怀疑四人是汉朝的四位老者,而不是商山四皓。姑且不论张良犯了欺君之罪,那高帝的眼力也太差了!四皓决不做高帝的臣子,那就一定能不推辞太子的招抚。另有记载称:张良不吃五谷后,在商山中跟随四皓,一同仙去。那么四皓与张良自然是同一类人物,彼此交好已经很久了。假使张良不出来辅佐汉室,那么四皓中也必有出来辅佐汉室的人,他们本来就不是掩藏拙劣于山林、徒有虚名无实学的人可以比拟的！太子地位稳固，而后汉室宗庙社稷稳固，而后张良辅佐汉室之功圆满，而后与商山四皓偕同归隐的心愿可以实现。所以四皓不仅是为太子而来，也是为张良而来。边批：绝妙的《四皓论》。这样的千古高人，哪是书生可以遵照法度来计算、拿着标准来衡量的呢！

梁文康

正德中[①]，秦藩请益封陕之边地[②]，朱宁、江彬辈皆受赂[③]，许之。上促大学士草制[④]。杨廷和、蒋冕私念[⑤]：草制恐为后虞[⑤]，否则忤上意。俱引疾。独梁储承命草之曰[⑥]：“昔太祖著令曰：‘此土不畀藩封。’非吝也，念此地广且饶，藩封得之，多蓄士马，必富而骄，奸人诱为不轨，不利社稷。今王恳请畀地与王。王得地，毋收聚奸人，毋多养士马，毋听狂人导为不轨，震及边方，危我社稷。是时虽欲保亲亲不可得已！王慎之，勿忽！”上览制，骇曰：“若是可虞，其勿与！”事遂寝。

【注释】

①正德：明武宗朱厚照年号（1506—1521）。

②秦藩：指秦定王朱惟焯。明太祖子秦王朱樉之后。

③朱宁：即钱宁，赐姓朱。正德年间太监，时掌锦衣卫事，招权纳贿，贪墨无厌。后与江彬同被诛。

④草制：起草诏命。

⑤蒋冕：字敬之。成化进士。正德年间官礼部尚书，持正不挠。嘉靖三年（1524）为内阁首辅，议“大礼”时，因反对世宗尊崇生父

立庙，辞官还乡，任首辅仅两个月。三年后，被下诏夺去职衔。

⑥梁储：成化年间状元，正德时官至吏部尚书、华盖殿大学士。嘉靖时被弹劾，乞请还乡。卒谥文康。

【译文】

武宗正德年间，秦王向朝廷请求加封陕州边地。朱宁、江彬等人都收受贿赂，主张应允。武宗命大学士起草诏命。杨廷和、蒋冕私下想：起草诏命恐为将来留下祸患，不起草又违逆皇帝的意思，于是两人都称病。只有梁储受命起草道："从前太祖下令说：'这一带土地不可赏赐藩王。'这并非出于吝啬，念及这片土地广阔丰饶，藩王被封得到之后，多养蓄士兵马匹，一定会因为富庶而骄纵，容易受奸人引诱图谋不轨，不利于社稷。现在秦王恳请赏赐这块地给自己。秦王得到这块土地之后，一定不要聚集奸人，不要多蓄养兵马，不要听信狂人煽动图谋不轨，震动边地，危害我朝社稷。到那时朝廷即使想要保全血缘之亲也不可能！秦王一定要谨慎，不要疏忽！"武宗看了诏命，惊惧地说："如此值得忧患，不要封赏了！"事情于是搁置了。

英明之主，不可明以是非角，而未始不可明以利害夺。此与子房招四皓同一机轴[①]。

【注释】

①同一机轴：出于同一机杼。

【译文】

英明的君主，不能阐明是非来跟他较量，却未尝不能阐明利害关系来说服他。这和张良招请四皓道理一致。

傅珪

康陵好佛[①]，自称“大庆法王”。外廷闻之，无征以谏。俄内批礼部番僧请腴田千亩为大庆法王下院[②]，乃书大庆法王，与圣旨并。傅尚书珪佯不知[③]，执奏：“孰为大庆法王者，敢并至尊书！亵天子、坏祖宗法，大不敬！”诏勿问，田亦竟止。

【注释】

①康陵：即明武宗朱厚照，死后与皇后夏氏合葬康陵。

②内批：从宫内传出的皇帝旨意。下院：供奉某佛或菩萨的寺院，则称为某佛或某菩萨的下院，即下界的寺院。

③傅尚书珪：傅珪，字邦瑞。明成化年间进士。累迁礼部尚书。貌类木讷，及当大事，毅然不可夺。后因忤权幸辞官归乡。

【译文】

武宗喜欢佛法，自称“大庆法王”。官员们听说，却无法证实而加以劝谏。不久，从宫内传出来诏书给礼部，说番僧请求良田千亩作为大庆法王的下院，并署大庆法王和武宗的帝号。尚书傅珪假装不知道，持章表上奏：“谁是大庆法王，竟敢和皇上同时署名！亵渎天子，破坏祖宗家法，是大不敬！”武宗下令不再追问，赐良田的事也最终作罢。

洪武中老胥

洪武中，驸马都尉欧阳某偶挟四妓饮酒。事发，官逮妓急。妓分必死，欲毁其貌以觊万一之免。一老胥闻之[①]，往谓之曰：“若予我千金，吾能免尔死矣！”妓立予五百金。胥曰："上位神圣，岂不知若辈平日之侈，慎不可欺！当如常貌哀鸣，或蒙天宥耳。"妓曰："何如？"胥曰："若须沐浴极洁，仍以脂粉香泽治面与身，令香远彻，而肌理妍艳之极。首饰衣服，须以金宝锦绣，虽私服衣裙，不可以寸素间之②。务尽天下之丽，能夺目荡志则可。"问其词，曰："一味哀呼而已。"妓从之。比见上，叱令自陈，妓无一言。上顾左右曰："搒起杀了！"群妓解衣就缚，自外及内，备极华烂，缯采珍具，堆积满地，照耀左右，至裸体，装束不减，而肤肉如玉，香闻远近。上曰："这小妮子，使我见也当惑了，那厮可知！"遂叱放之。

【注释】

①老胥：官府中办理文书的老吏。

②寸素：一寸白色织品。

【译文】

太祖洪武年间，驸马都尉欧阳某偶尔一次带了四名妓女喝酒。事情泄露，官府紧急搜捕妓女。妓女们料想被捕后必死无疑，想要毁掉自己的容貌以希望能侥幸免死。一个办理文书的老吏听说了，去对妓女们说："如果给我千金，我能免你们一死。"妓女们立即先付五百金。老吏说："当今圣上英明，哪会不知道你们平日的奢侈，千万谨慎不可存心欺瞒。应当像平常一样装扮，哀痛哭号，或许可以得到皇上的宽宥。"妓女们说："怎么做呢？"老吏说："你们必须把全身洗得极干净，仍旧用脂粉香油涂抹脸和身体，让香气能飘到远处，而全身肌肤也光鲜艳丽之极。首饰衣服，必须是黄金珠玉和织锦刺绣，即使是私密贴身衣裙，也不能夹杂一寸素布。务必要极尽天下的华丽，能够抢夺眼球动摇意志才行。"问要说什么，老吏说："一概只是悲哀哭泣就行了。"妓女听从了他的话。

等见到太祖，叱令妓女们自陈罪状，妓女们不说一句话。太祖对左右说："绑起来杀了。"妓女们解开衣服服从绑缚，从外服到内衣，华丽至极，光彩缯帛珍贵首饰，堆积了一地，光彩照耀左右的人，等脱到裸体，装束不减分毫，而肌肤如玉，远近香气飘浮。太祖说："这些小妮子，假使我见了也会被迷惑，那小子就可想而知了。"于是呵斥释放了四位妓女。

王振

北京功德寺后宫像极工丽。僧云：正统时，张太后常幸此，三宿而返。英庙尚幼[①]，从之游，宫殿别寝皆具。太监王振以为：后妃游幸佛寺，非盛典也。乃密造此佛，既成，请英庙进言于太后曰："母后大德，子无以报，已命装佛一堂，请致功德寺后宫，以酬厚德。"太后大喜，许之，命中书舍人写金字藏经置东西房，自是太后以佛、经在，不可就寝，不复出幸。

【注释】

①英庙：明英宗朱祁镇，正统为其年号。即位时年方九岁。

【译文】

北京功德寺后宫的佛像极其精致华丽。僧人说：英宗正统年间，张太后常游幸这里，有次住了三夜才回宫。当时英宗年纪还小，随太后出游，寺内宫殿寝宫都有。太监王振认为：后妃游幸佛寺，不合宫廷典制。于是暗中塑造了这尊佛像，完成后，请英宗给太后进言说："母后德行广大，儿臣无以为报，已经命人修建一尊佛像，请恩准安置于功德寺后宫，以酬谢母后的厚德。"太后听了非常高兴，就答应了，并且命中书舍人用金字抄写藏经放在东西两侧厢房，从此太后因为有佛像、经书在，不适合就寝，所以不再游幸功德寺。

君子之智，亦有一短；小人之智，亦有一长。小人每拾君子之短，所以为小人；君子不弃小人之长，所以为君子。

【译文】

君子的智慧，也有短处；小人的智慧，也有长处。小人常常捡拾君子的短处，所以才为小人；君子不摒弃小人的长处，所以才为君子。

贺儒珍 二条

一

两宫工完，所积银犹足门工之费。户、兵二部原题协济银各三十万[①]，通未用也。西河王疏开矿与采木[②]，并奏部，久不覆。一日，文书房口传诘问工部不覆之故[③]，立等回话。部查无此疏，久之，方知停阁于户部也[④]。户部仓皇具咨稿，工堂犹恐见累。郎中贺儒珍曰："易耳！首叙'某月日准户部咨'云云，咨到日即具覆日。"复疏曰："照得两宫鼎建，事关宸居[⑤]，即一榱一桷[⑥]，纯用香楠、杉木，犹不足尽臣等崇奉之意。沿边不过油松杂木，工无所用，相应停采。"

【注释】

①协济银：由某部门拨发用以协助某项工程的银两。

②西河王：明太祖第三子晋王朱㭎之孙，正统年间封西河王，历六代至万历时国除。

③文书房：明朝宫廷所设处理敕诰等机密文书的办公机关。

④停阁：耽搁，滞留。

⑤宸居：皇帝起居的地方。

⑥一榱（cuī）一桷（jué）：榱、桷都是椽子。

【译文】

两宫工程完工，所剩下的银子还足够修建宫门。户部和兵部原来资助银子各三十万两，都没有使用。西河王上疏请求开采矿产和采伐林木，都上奏到工部，许久不见答复。一天，文书房口头传达质问工部不答复的原因，要求立刻回话。工部核查发现没有这封奏疏，过了很久，才知道积压在户部。户部急忙拟具咨文书稿，工部尚书也担心受到牵连。郎中贺儒珍说："这事容易处理！我们先说'某月某日准了户部某件咨文'等，咨文收到的日期就是回复的日期。"回复其疏文说："查得两宫的营建，事关皇帝起居住所，即使一榱一桷，都只用香楠、杉木，仍然不足以曲尽臣等崇奉之意。沿边一带不过是油松等杂木，工程中没有用处，应该停止采伐。"

按，此事关边防西河，特借大工为名耳。尔时事在必行[①]，公恐激成之，故从容具覆，但言其无所用，而不与争，事遂寝。

【注释】

①尔时：彼时，其时。

【译文】

按，这件事情关涉边防西河，特意找了大工程的借口。当时事在必行，贺公担心刺激他反而促成此事，所以从容一一答复，只说无所取用，而不与他争执，此事于是搁置下来。

二

工部一日得旨买金六千两。铺户极言一时难办[①]，必误，赔不惜也，且言户部有编定金行甚便[②]。公思：户部安肯代工部买金耶？唯有协济一项，今已不需，户部尚未知也。时司徒杨本庵胞弟毓庵正在衡司[③]。公夜过之，谓曰："户协工三十万金，欲具题，何如？"毓庵入言于兄，出告曰："吾兄深苦此事，欲求少减。"公曰："户果不足，如肯代工买金六千，则前银可无烦设处。"毓庵复入言，本庵亟许。公归，遂收工商买金之票。掌稿力禀不可[④]。公叱之出。及具题，掌稿复言户必不肯。公曰："第上之。"既报可，户无难色。公去部后，再有买金之事，仍如公行之户部，而户部怒裂其札。掌稿者竟不知所以也。

【注释】

①铺户：商户。

②编定金行：与政府机关有合同关系的私人金行。

③司徒：户部尚书的别称。衡司：工部下设有虞衡清吏司，简称衡司。

④掌稿：掌管文牍起草的官员。

【译文】

工部一天得到旨意买金六千。金银商户竭力陈说一时之间很难办到，必定会误了期限，若是赔偿就不划算了，并且说与户部合作的金行筹集起来十分便利。贺儒珍想：户部怎么肯代工部买金呢？只有户部协济银一项，现在已经用不着了，但户部尚未知晓。当时户部尚书杨本庵的胞弟杨毓庵在工部衡司任职。贺儒珍半夜过访，对他说："户部协助工部三十万金，想要申文提出，怎么样？"杨毓庵进去告诉兄长杨本庵，出来答复道："家兄深为此事苦恼，想要请求稍微减少一些。"贺儒珍说："户部果真经费不足，如果肯代工部买六千金，那么前面的银款可以不用再劳烦处置。"杨毓庵再进去禀告，杨本庵急忙答应。贺儒珍回到工部，便收回工部商户买金的票据。掌管文牍起草的掌稿极力禀告说不可以。贺儒珍将他斥骂出去。等到写好文书后，掌稿又说户部必然不肯。贺儒珍说："只管发文上奏。"报告上呈后即被批准，户部没有为难的意思。贺儒珍离开工部后，再有买金之事，仍然像贺儒珍一样到户部请求协办，而户部愤怒地撕碎了公文。掌稿终究不知道为什么会这样。

满宠　郭元振

太尉杨彪与袁术婚[①]，曹操恶之，欲诬以图废立[②]，收彪下狱，使许令满宠按之[③]。将作大匠孔融与荀彧嘱宠曰[④]："但受词，勿加考掠。"边批：惜客误客，书生之见。宠不报[⑤]，考讯如法[⑥]。数日，见操言曰："杨彪考讯无他词。此人有名海内，若罪不明白，必大失民望，窃为明公惜之。"操于是即日赦出彪。初，彧与融闻宠考掠彪，皆大怒，及因是得出，乃反善宠。

【注释】

①杨彪：字文先，东汉献帝时拜太尉。后为董卓奏免。卓死，复为太尉。曹操专权，忌之，诬以大逆，孔融等上言相救。及魏文帝立，欲拜为太尉，固辞。袁术：字公路。汉献帝时割据淮南，僭称帝号。僭位二年，粮尽众散，北走青州，为刘备击败。还寿春而死。

②图废立：图谋废除天子，另立新君。

③满宠：字伯宁。从曹操征战有功，及曹丕为帝，屡破吴兵。性格刚毅，勇而有谋。按：查办。

④荀彧（yù）：字文若。曹操谋士，军国事都咨询他。因不满于曹操进爵魏公，为曹操逼迫自杀。

⑤不报：不回复。

⑥考讯：拷问。

【译文】

太尉杨彪与袁术结儿女亲家，引起曹操不满，想诬陷他图谋废除天子另立新君，收押杨彪下狱，让许县县令满宠审理。掌管宫室修建的将作大匠孔融与荀彧嘱咐满宠说："只管讯问，不要用刑逼供。"边批：爱惜客人反而会害了他，真是书生之见。满宠不回复请托，仍旧用刑拷问。几天后，满宠晋见曹操，说："杨彪被拷问而没有别的话。这个人在海内很有名，如果不能以确凿证据来定他的罪，必定大失民望，私下为明公可惜。"曹操于是当天就释放了杨彪。当初，荀彧与孔融听说满宠拷问杨彪，都大怒，等杨彪因满宠一番话而获释，才反过来赞赏满宠。

郭元振迁左骁卫将军、安西大都护[①]。西突厥酋乌质勒部落强盛[②]，款塞欲和[③]。元振即其牙帐与之计事。会天雨雪，元振立不动，至夕冻冽，乌质勒已老，数拜伏，不胜寒冻，会罢即死。其子娑葛以元振计杀其父，谋勒兵来袭。副使解琬劝元振夜遁。元振不从，坚卧营中。边批：畏其袭者决不敢杀，敢杀则必有对之矣。明日，素服往吊，赠礼哭之甚哀，边批：奸甚。留数十日，为助丧事。娑葛感悦，更遣使献马五千、驼二百、牛羊十余万。

【注释】

①郭元振：郭震，字元振。咸亨进士。任侠使气，不拘小节。武则天时为凉州都督，后历任安西大都护、吏部尚书、朔方大总管、兵部尚书等职。

②乌质勒：西突厥突骑施部酋长。

③款塞：叩关塞之门。指前来通好。

【译文】

唐朝郭元振任左骁卫将军、安西大都护。西突厥酋长乌质勒统率的部落势力强盛，前来通好求和。郭元振来到乌质勒的军帐与他商议大计。正值天下大雪，郭元振站立不动，到夜晚更冷，乌质勒年事已高，多次伏地跪拜，由于不能承受寒冷，会谈结束后就死了。乌质勒的儿子娑葛认为郭元振用计杀了自己的父亲，谋划率兵袭击郭元振。副使解琬劝说郭元振趁夜晚逃跑。郭元振没有听从，坚持睡在营帐中。边批：害怕其袭击就决不敢杀乌质勒，敢杀就必有应对之策。第二天，郭元振穿着素衣前往乌质勒灵前吊祭，赠送礼物而且哭得非常伤心，边批：太奸猾了。又留在营地几十天，帮忙料理丧事。娑葛感动又喜悦，又派使者献给郭元振五千匹骏马、二百头骆驼及十万多头的牛羊。

考掠也，而反以活之；立语也，而乃以杀之：其情隐矣。怒我者，转而善我，知其情故也。欲袭我者，转而感悦我，不知其情故也。虽然，多智如曹公，亦不知宠之情，况庸才如解琬，而能知元振乎？

【译文】

严刑拷问，反而是让杨彪活命；站着说话，则是以此杀乌质勒：这些内情都很隐秘。对我发怒的人，转过来赞赏我，是知道内情的缘故。想要袭击我的人，转过来感谢喜欢我，是不知道内情的缘故。即使聪明如曹操，也不知道满宠的心意，更何况才能平庸如解琬，而能知道郭元振的想法吗？

梅衡湘

梅少司马衡湘初仕固安令[①]。固安多中贵[②]，狎视令长；稍强项[③]，则与之争。公平气以待。有中贵操豚蹄饷公，乞为征负[④]。公为烹蹄设饮，使召负者前，呵之。负者诉以贫。公叱曰："贵人债何债？而敢以贫辞乎！今日必偿，徐之，死杖下矣！"负者泣而去。中贵意似恻然。公觉之，乃复呼前，蹙额曰："吾固知汝贫甚，然无如何也。亟鬻而子与而妻[⑤]，持镪来[⑥]。虽然，吾为汝父母，何忍使汝骨肉骤离！姑宽汝一日，夜归与妻子诀，此生不得相见矣！"负者闻言愈泣。中贵亦泣，辞不愿征，为之破券[⑦]。嗣是中贵家征负者，皆从宽焉。

【注释】

①梅少司马衡湘：梅国桢，字克生，号衡湘。少司马，兵部侍郎的别称。固安：今属河北。

②中贵：宦官。

③强项：指官吏之不屈于势力的人。东汉初，董宣为洛阳令，搏击豪强，不避亲贵，光武帝因其不肯为长公主俯伏道歉，称之"强项令"。

④征负：逼追债务。

⑤鬻（yù）：卖。而：你，你的。

⑥镪（qiǎng）：钱币。

⑦破券：毁去债券。

【译文】

兵部侍郎梅衡湘初任固安县令。固安县多宦官，轻视县令；县令稍微不顺从，就跟县令争执。梅公能心平气和来应对。有一位宦官拿着猪蹄送给梅公，乞求梅公为他逼追债务。梅公为他烹猪蹄设宴，派人召欠钱的人前来，斥责他。欠钱的人诉说自己贫穷无法还债。梅公斥责说："贵人的债是什么债？而竟敢以穷来推辞赖账！今天一定要还清债务，拖延的话，就会死在杖下！”欠钱的人哭着离去。宦官内心似乎有些不忍的样子。梅公察觉到，就再次把欠钱的人叫来，皱着眉说：“我当然知道你很穷，然而我无可奈何。赶紧卖掉你的妻儿，拿钱来。即使如此，我作为你的父母官，怎么忍心让你骨肉骤然分离！姑且宽限你一天，夜晚回去就与妻儿诀别，此生不能再相见了！”欠债的人听说这话哭得更厉害。宦官也不禁掉泪，推辞不愿再讨债，毁去了债券。从此宦官家逼追债务的，都从宽处理。

甯越

齐攻廪丘[1]。赵使孔青将死士而救之，与齐人战，大败之，齐将死，得车二千，得尸三万，以为二京[2]。甯越谓孔青曰[3]：“惜矣！不如归尸以内攻之[4]，使车甲尽于战，府库尽于葬。”孔青曰：“齐不延尸[5]，如何？”甯越曰：“战而不胜，其罪一。与人出而不与人入，其罪二。与之尸而弗取，其罪三。民以此三者怨上，上无以使下，下无以事上，是之谓重攻之。”甯越可谓知用文武矣。武以力胜，文以德胜。

【注释】

①廪丘：在今山东郓城之西。战国初赵敬侯三年（前384），齐国攻打廪丘。

②京：京观。古代战争，胜利者为炫耀武功，聚敌方尸骸，封土成高冢，称为京观。

③甯越：战国时中牟人。相传他发愤读书，十五年后学成，周威公就聘他为师。

④归尸：将齐国战士的尸体归还齐国。

⑤延：认领。

【译文】

战国时齐国人攻打廪丘。赵国派孔青率领敢死之士救援，与齐国人大战，大败齐军，齐国将领战死，俘获战车两千辆，得到齐军尸体三万具，以此修建两座大坟。甯越对孔青说："可惜了！不如把齐兵尸体还给齐国人，从内部攻击齐国，使齐国的战车、兵甲都在战争中消耗净尽，并使其府库积蓄的财帛在办丧事中用光。"孔青说："万一齐国人不认领尸体，该怎么办？"甯越说："出征作战不能得胜，是它的罪过之一。带领百姓出征而没能带百姓返国，是它的罪过之二。给他们士兵的尸体不领取，是它的罪过之三。百姓因为这三项罪过怨恨君主，君主无法驱使百姓，百姓无心侍奉君主，这就叫作再次攻击它。"甯越可以说是懂得运用文武手段的人。武以暴力取胜，文以德行取胜。

慎子

楚襄王为太子之时[①]，质于齐。怀王薨[②]，太子辞于齐王而归，齐王隘之阨之也[③]："予我东地五百里，乃归子。不予，不得归！"太子曰："臣有傅，请退而问傅。"傅慎子曰[④]："献之地，所以为身也。爱地不送死父，不义，臣故曰献之便。"太子入，致命齐王曰："敬献地五百里。"齐王归楚太子。太子归，即位为王。齐使车五十乘来取东地于楚。楚王告慎子曰："齐使来求东地，为之奈何？"慎子曰："王明日朝群臣，皆令献其计。"上柱国子良入见[⑤]。王曰："寡人之得反，主坟墓、复群臣、归社稷也[⑥]，以东地五百里许齐。齐令使来求地，为之奈何？"子良曰："王不可不与也。王身出玉声[⑦]，许强万乘之齐而不与，则不信，后不可以约结诸侯，请与而复攻之。与之，信；攻之，武。臣故曰与之。”子良出，昭常入见。王曰：“齐使来求东地五百里，为之奈何？”昭常曰：“不可与也。万乘者，以地大为万乘，今去东地五百里，是去战国之半也，有万乘之号而无千乘之用也，不可。臣故曰勿与。常请守之。”昭常出，景鲤入见。王曰：“齐使来求东地五百里，为之奈何？”景鲤曰：“不可与也。虽然，楚不能独守。王身出玉声，许万乘之强齐也而不与，负不义于天下。楚亦不能独守，臣请西索救于秦。”景鲤出，慎子入。王以三大夫计告慎子曰：“子良见寡人曰：‘不可不与也，与而复攻之。’常见寡人曰：‘不可与也，常请守之。’鲤见寡人曰：‘不可与也。虽然，楚不能独守也，臣请索救于秦。’寡人谁用于三子之计？”慎子对曰：“王皆用之。”王怫然作色，曰：“何谓也！”慎子曰：“臣请效其说，而王且见其诚然也。王发上柱国子良车五十乘，而北献地五百里于齐。发子良之明日，遣昭常为大司马，令往守东地。遣昭常之明日，遣景鲤车五十乘，西索救于秦。”王如其策。子良至齐，齐使人以甲受东地。昭常应齐使曰：“我典主东地[8]，且与死生，悉五尺至六十[9]，三十余万，敝甲钝兵，愿承下尘[10]！”齐王谓子良曰：“大夫来献地，今常守之，何如？”子良曰：“臣身受命敝邑之王，是常矫也，王攻之！”齐王大兴兵攻东地，伐昭常。未涉疆，秦以五十万临齐右壤，曰：“夫隘楚太子弗出，不仁；又欲夺之东地五百里，不义！其缩甲则可，不然，则愿待战！”齐王恐焉，乃请子良南道楚，西使秦，解齐患。士卒不用，东地复全。

【注释】

①楚襄王:楚顷襄王,名横,前298—前263年在位。

②怀王薨:楚怀王三十年(前299),怀王与秦昭王会于武关,被秦扣留。同年楚太子横即自齐归楚即位,为顷襄王。而楚怀王之死,在楚顷襄王即位后三年,即前296年。此处说“怀王薨”,有误。

③隘:阻碍。

④慎子:慎到,赵国人。治黄老术。曾在齐国的稷下学官讲学。为楚太子傅不见于正史。

⑤上柱国:楚国地位最高的武官,居令尹、相国之下。原为保卫国都之官,柱国为国都之意。

⑥主坟墓:主持丧礼。

⑦玉声:金口玉言,形容庄重而不可更改的话。

⑧典主:掌管,统理。

⑨五尺:指童子。古代尺小,身高五尺仅为童子,但既足五尺,则须服役。六十:年龄至六十的老人。

⑩愿承下尘:愿意承受贵国军队出征的尘土,是准备迎战的外交辞令。

【译文】

楚襄王为太子时,曾被当作人质送往齐国。楚怀王去世,太子向齐王请辞回国。齐王阻止他:“给我东边的土地五百里,就放你回去。不给,就不能回去!”太子说:“臣有师傅,请允许臣退下去询问他。”太子的师傅慎子说:“献给齐王土地,是为了赎回自己。如果爱惜土地就不为死去的父亲送葬,不符合道义,臣因此说献给他为好。”太子入朝,向齐王复命说:“敬献土地五百里。”齐王放归楚国太子。太子回国后,即位为楚王。齐国派出五十辆兵车前来向楚国收取东边的土地。楚王对慎子说:“齐国使者来索取东边的土地,该怎么办?”慎子说:“大王明日早朝接见群臣时,让每位大臣都献上计策。”上柱国子良入朝觐见。楚王说:

“寡人所以能回国，为先王主持丧礼、平复群臣、巩固社稷，是因为答应把东边的土地五百里割给齐国。齐王派使者来要土地，怎么办呢？”子良说：“大王不可以不给他。大王金口玉言，许诺拥有万乘兵车的强大齐国而不给他，就是失信，以后就不能和诸侯订约结盟，请先把土地割给齐国，然后再发兵攻占回来。给齐王土地，是守信；发兵攻占，是武力。臣因此说给齐国土地。”子良出来，昭常入见。楚王问：“齐王使臣来要东边的土地五百里，怎么办呢？”昭常说：“不可以给。所谓万乘大国，因为土地广大而为万乘，现在割去东边的土地五百里，就等于割去战国一半的国土，如此只有万乘的名号而实际上没有千乘的功用，不可以。因此臣说不给齐国土地。臣请求镇守土地。”昭常出来，景鲤入见。楚王说：“齐王使臣来要东边的土地五百里，怎么办呢？”景鲤说：“不可以给齐国。即使这样，楚国无力独守。大王金口玉言，许诺万乘的强大齐国而不给它，在天下担负着不义的名声。楚国无力独守，臣请向西求救于秦国。”景鲤出来，慎子入见。楚王把前面三位大臣的计策告诉慎子说：“子良见寡人说：‘不可以不给它，给它之后再攻占那片土地。’昭常见寡人说：‘不可以给它，昭常请求守护它。’景鲤见寡人说：‘不可以给它。即使这样，楚国无力独守，臣请向西求救于秦国。’寡人应该采纳哪位大臣的计策？”慎子回答说：“大王可以全部采纳三人的意见。”楚王愤怒变了脸色，说：“你这话是什么意思？”慎子说：“臣请实现他们的说法，而大王就会知道臣的话有道理。大王拨发上柱国子良车五十辆，让他去北方向齐献地五百里。派出子良的第二天，派遣昭常为大司马，让他镇守东边的土地。派遣昭常的第二天，派景鲤带车五十辆，西去求救于秦国。”楚王依从他的计策。子良到了齐国后，齐国派人率兵接收东边的土地。昭常回应齐国使者说：“我掌管东边的土地，决心与它共存亡，从五尺之童到六十老翁全部征发，共三十多万部众，破旧的盔甲、锈钝的兵器，愿意承受贵国军队出征的尘土，随时迎战。”齐王对子良说：“大夫前来献土地，现在昭常又率军镇守，这是什么意思？”子良说：“臣亲奉敝国大王的命令，是昭常违反君命，大王可以发兵攻打他。”齐王派兵大举攻打东地，讨伐昭常。齐兵还没到达边界，秦国以五十万大军临近齐国西边的领土，说：“阻挠楚太子不让回国，这是不仁；又想要掠夺东边的土地五百里，这是不义！贵国退兵就算了，不然的话，我们愿意等待与齐开仗！”齐王害怕，就请子良向南取道楚国，向西出使秦国，解除齐国的忧患。不用士卒打仗，而东边土地得以保全。

颜真卿

真卿为平原太守①。禄山逆节颇著②，真卿托以霖雨修城浚壕，阴料丁壮③，实储廪，佯命文士饮酒赋诗。禄山密侦之，以为书生不足虞。未几禄山反，河朔尽陷，唯平原有备。

【注释】

①真卿：颜真卿，字清臣。唐开元年间进士。累迁侍御史，为杨国忠所恶，出任平原太守。揣度安禄山必然造反，私下做防备。安禄山叛变，只有平原郡完好。与堂兄杲卿等起兵讨贼，河朔诸郡推为盟主。肃宗时官至御史大夫，然屡遭贬黜。德宗时为卢杞所恶，赶上李希烈造反，卢杞建议颜真卿去宣慰，被李希烈胁迫，不屈遇害。

②逆节：叛逆的征兆。

③料：挑选。

【译文】

唐朝时颜真卿为平原太守。安禄山叛逆的征兆颇为显著，颜真卿借口雨季将来而修筑城池疏浚壕沟，暗中挑选勇士，充实粮仓，假装让文士喝酒作诗。安禄山暗中监视他，认为颜真卿不过是书生，不足以忧虑。不久安禄山造反，河朔一带完全陷落，唯有平原郡早有防备得以保全。

小寇以声驱之，大寇以实备之。或无备而示之有备者，杜其谋也；或有备而示之无备者，消其忌也。必有深沉之思，然后有通变之略。微乎，微乎，岂易言哉！

【译文】

小贼寇用声势驱赶他，大贼寇用实力防备他。有些没有防备而展示给人有防备的样子，是为杜绝对方的图谋；有些有防备而展示给人没有防备的样子，是为消除对方的猜忌。必须先有深沉圆融的思虑，然后才能有变通自如的谋略。微妙啊，微妙啊，哪里容易说明白！

李允则

雄州北门外居民极多，旧有瓮城甚窄[①]。刺史李允则欲大展北城，而以辽人通好，嫌于生事。门外有东岳祠，允则出白金为大香炉及他供器，道以鼓吹[②]，居人争献金帛。故不设备[③]，为盗所窃。乃大出募赏，所在张榜，捕贼甚急，久之不获。遂声言盗自北至，移文北界，兴版筑以护神祠，不逾旬而就，虏人亦不怪之。今雄州北关城是也。既浚濠，起月堤，岁修禊事[④]，召界河战棹为竞渡，纵北人游观，而不知其习水战也。州北旧多陷马坑，城下起楼为斥堠[⑤]，望十里。自罢兵后，人莫敢登。允则曰："南北既讲和矣，安用此为？"命撤楼夷坑，为诸军蔬圃，浚井疏洫，列畦陇，筑墙垣，纵横其中，植以荆棘，而其地益阻隘。因治坊巷，徙浮屠北原上[⑥]，州民旦夕登望三十里。下令安抚司：所治境有隙地悉种榆。榆满塞下。顾谓僚佐曰："此步兵之地，不利骑战，岂独资屋材耶？"

【注释】

①瓮城：城门之外的月城，为掩护城门、加强防御而建。因其外呈弧形，故称月城或瓮城。

②道：引导。

③故：故意。

④修禊（xì）事：古代民俗以农历三月上旬巳日（魏以后为三月三日），到水边嬉游，以祓除不祥，称为修禊。

⑤斥堠（hòu）：瞭望敌情的碉堡。

⑥浮屠：佛塔。

【译文】

宋朝雄州北门外居民非常多，原有的瓮城非常狭窄。刺史李允则想要扩建北城，但因当时朝廷与辽人修好，担心引发事端。北门外有一座东岳祠，李允则出银子做成大香炉及其他祭祀用的器皿，以鼓吹为引导，送去东岳祠，居民争相献上金钱布帛。李允则故意不设防备，钱财被盗匪偷走。于是重金悬赏，到处张贴告示，紧急追捕盗匪，很长时间都没有抓到。于是放出风声说盗匪是从北边来的，将官府公告送到北部边界，建设城墙以保护神祠，不到十天城墙就已筑成，辽人也不觉得奇怪。这就是现今的雄州北关城。在城墙四周挖掘濠沟，筑起一道弯月形的堤防，每年三月祭祀时，召集边境河道里的战船举行竞渡比赛，任由北方的辽人游览观赏，辽人却不知道这是在借赛舟来练习水战。州城北侧原来有许多陷马坑，城下建楼做瞭望塔，可以望到十里远。自从宋、辽停战后，就没人敢再登楼。李允则说："宋辽既然已经讲和，还用这些做什么？"于是命人拆毁楼台、填平坑洞，建成各驻军的菜园，挖掘水井疏通沟渠，条列田垄，修筑围墙，其中横横竖竖栽植了荆棘，这个地方更加狭窄难行。接着又建坊巷，把佛塔迁移到北原上，州民早晚登塔可以望见三十里。又命安抚司：所管辖的区域有空地都栽种榆树。榆树布满了关塞。李允则对属官说："这里是步兵的战场，不利于骑兵作战，种植榆树哪里只是积累建房子的材料呢？"

按：允则不事威仪，间或步出，遇民有可语者，延坐与语，以此洞知人情。子犹曰：即此便是舜之大智[①]。今人以矜慢为威严，以刚愎为任断；千金在握而不能构一谋臣，百万在籍而不能得一死士[②]；无事而猴冠[③]，有事则鼠窜。从自及矣，尚何言乎？

【注释】

①舜之大智：《礼记·中庸》："舜其大知也与？舜好问而好察迩言，隐恶而扬善，执其两端，用其中于民，其斯以为舜乎？"

②百万：百万民户。

③猴冠：沐猴而冠。喻徒具仪表而实无才能。

【译文】

按：李允则不喜欢摆官架子，有时走路外出，遇到可以交谈的民众，就请他们坐下跟他们闲谈，借以洞察民情。子犹说：只此便是舜的大智慧。现在的官员把傲慢当威严，把刚愎当果断；手握千金却不能引进一位谋臣，管理百万民户却得不到一名效死之士；太平无事时衣冠楚楚，一旦遇事就吓得抱头鼠窜。这都是自己造成的，还有什么可说的呢？

何承矩

瓦桥关北与辽为邻[①]，素无关河之阻。何承矩守澶州[②]，始议因陂泽之地，潴水为塞[③]。欲自相度，恐其谋泄，乃筑爱景台，植蓼花[④]，日会僚佐泛舟置酒。作《蓼花吟》数篇，令座客属和，画以为图，刻石传至京师。人谓何宅使爱蓼花，不知其经始塘泊也。庆历、熙宁中相继开浚[⑤]，于是自保州西北沉远泺，东尽沧州泥枯海口，几八百里，悉为潴潦，倚为藩篱。

【注释】

①瓦桥关：在今河北雄县。

②何承矩：字正则。宋太宗时跟随父亲继筠征讨北汉，历知河南府、潭州等。淳化间知沧、雄等州，能于边事。真宗时复知雄州，累迁团练使、缘边安抚史，抵御契丹有功。

③潴（zhū）：水积聚。

④蓼花：水蓼，花淡红色。

⑤庆历、熙宁：庆历为宋仁宗赵祯年号（1041—1048），熙宁为宋神宗赵顼年号（1068—1077）。何承矩卒于宋真宗时，距庆历元年已约四十年，此盖言其身后事。

【译文】

宋朝时瓦桥关北面与辽国交界，向来没有关隘河流阻碍。何承矩镇守澶州，才开始商量利用沼泽地，蓄水以为边防要塞。想要自己来度量，又怕谋划泄露，于是修建爱景台，种植蓼花，每天与僚属相聚泛舟饮酒。作《蓼花吟》数篇，要在座的宾客、僚属一起唱和，将饮酒赋诗的情景绘成图画，刻在石碑上传送到京师。人们都说何承矩喜欢蓼花，却不知道他在营建塘湖防线。庆历至熙宁年间，许多水塘相继开凿，于是从保州西北的沉远泺，东到沧州的泥枯海口，近八百里，都成为聚水的塘湖，倚仗为北方的屏障。

苏秦

苏秦、张仪尝同学，俱事鬼谷先生[①]。苏秦既以合纵显于诸侯[②]，然恐秦之攻诸侯败其约。念莫可使用于秦者，乃使人微感张仪[③]，劝之谒苏秦以求通。仪于是之赵，求见秦。秦诫门下人不为通，又使不得去者数日。已而见之，坐之堂下，赐仆妾之食，因而数让之曰："以子才能，乃自令困辱如此！吾宁不能言而富贵子，子不足收也！"谢去之。仪大失望，怒甚，念诸侯莫可事，独秦能苦赵，乃遂入秦。苏秦言于赵王，使其舍人微随张仪，与同宿舍，稍稍近就之，奉以车马金钱。张仪遂得以见秦惠王。王以为客卿，与谋伐诸侯。舍人乃辞去。仪曰："赖子得显，方且报德，何故去也？"舍人曰："臣非知君，知君乃苏秦也。苏君忧秦伐赵，败从约，以为非君莫能得秦柄，故感怒君，使臣阴奉给君资。今君已用，请归报。"张仪曰："嗟乎！此吾在术中而不悟，吾不及苏君明矣！吾又新用，安能谋赵乎？为我谢苏君，苏君之时，仪何敢言？且苏君在，仪宁渠能乎[④]！"自是终苏秦之世，不敢谋赵。

【注释】

①鬼谷先生：又作鬼谷子，因居于鬼谷，故称鬼谷先生。

②合纵：联合山东诸国以抗秦的策略。

③微感：暗中触动。

④渠能：哪里能够。渠，通"讵"，岂，哪里。

【译文】

苏秦与张仪曾经共同学习，都师事鬼谷先生。苏秦以联合六国以抗秦的策略显达于诸侯之间，然而担心秦国攻打诸侯破坏各国的盟约。念及没有可以派出见用于秦国的人，于是派人暗中触动张仪，劝他拜谒苏秦以求得出路。张仪于是到赵国，求见苏秦。苏秦告诫守门人不许为张仪引见，又迫使张仪好几天不能离开赵国。后来苏秦终于接见张仪，苏秦让他坐在堂下，赐给他与仆妾同样的食物，接着数落责备他说："以你的才能，竟让自己这样困顿受辱！我难道不能说句话使你富贵显达吗？只是你不值得我收留罢了！"拒绝并让他离开了。张仪大失所望，而且非常愤怒，想到诸侯中没有可以侍奉的，唯独秦国能困扰赵国，于是就到秦国去。苏秦向赵王禀告张仪入秦的事，又派他的舍人暗中跟随张仪，和他投宿同一客栈，慢慢接近他，并奉上车辆、马匹及金钱。张仪于是得以见到秦惠王。秦惠王拜张仪为客卿，与他谋划攻打诸侯。舍人于是告辞离开。张仪说："靠您的帮助我才得以显贵，正要报答您的恩德，为什么要离我而去呢？"舍人说："我并不能知遇您，知遇您的人是苏秦。苏秦担心秦国攻打赵国会破坏合纵的盟约，认为除了您没人能掌握秦国政权，所以感发激怒您，派我暗中供给您钱财。现在您已得到秦王重用，请让我回去复命。"张仪说："唉！这是我在谋术中而没有省悟，我确实不如苏秦！我又是刚被任用，怎么能图谋攻打赵国呢？请替我感谢苏秦，苏秦在的时候，我怎敢奢谈攻赵呢？况且有苏秦在，我哪里能和他作对！"从此终苏秦一生，张仪不敢图谋攻赵。

绍兴中[①]，杨和王存中为殿帅[②]。有代北人卫校尉[③]，曩在行伍中与杨结义[④]，首往投谒。杨一见甚欢，事以兄礼，且令夫人出拜，款曲殷勤。两日后忽疏之，来则见于外室。卫以杨方得路，志在一官，故间关赴之[⑤]，至是大失望。过半年，疑为人所谮[⑥]，乃告辞，又不得通。或教使伺其入朝回，遮道陈状，杨亦略不与语，但判云："执就常州于本府某庄内支钱一百贯。"卫愈不乐，然无可奈何，倘得钱，尚可治归装，而不识杨庄所在。正彷徨旅邸，遇一客，自云："程副将。便道往常、润[7]，陪君往取之。"既得钱，相从累日，情好无间，密语之曰："吾实欲游中原，君能引我偕往否？"卫欣然许之。迤逦至代郡，倩卫买田："我欲作一窟于此[8]。"卫为经营，得膏腴千亩。居久之，乃言曰："吾本无意于斯，此尽出杨相公处分。初虑公贪小利，轻舍乡里，当今兵革不用，非展奋功名之秋，故遣我追随，为办生计。"悉取券相授，约直万缗，黯然而别。此与苏秦事相类。

【注释】

①绍兴：宋高宗赵构年号（1131—1162）。

②杨和王存中：杨存中，本名沂中，字子甫。绍兴六年（1136），大败伪齐军，以功授保成军节度使、殿前都虞候，兼领马步帅；十一年（1141），与张俊、刘锜合兵击败宗弼军队，加检校少保、开府仪同三司兼领殿前都指挥使；二十年（1150），封恭国公；三十一年（1161），遭陆游等人抨击，罢殿前都指挥使，封太傅、醴泉观使，进封同安郡王。卒谥武恭，追封和王。殿帅：宋时殿前都指挥使或副都指挥使的别称。

③代北：泛指今山西北部。

④曩（nǎng）：从前。

⑤间关：道路崎岖难行而遥远。引申指辗转跋涉。

⑥谮（zèn）：谗毁，诬陷。

⑦常、润：常州、润州。润州在今江苏镇江。

⑧一窟：一份家业。

【译文】

宋高宗绍兴年间,和王杨存中为殿前都指挥使。有个代北人卫校尉,从前在军中与杨存中结拜兄弟,首次前去拜访。杨存中一见到他就非常高兴,以兄长之礼待他,并且命夫人出来拜见,倾诉衷肠,热情招待。两天后杨存中突然疏远他,卫校尉来也只在外厅接见。卫校尉以为杨存中正官居高位,希望谋得一官半职,所以不顾道路险远来投奔他,见到这种情形不免大失所望。半年过去,卫校尉怀疑被人诬陷,于是准备告辞回乡,但又没有机会跟杨存中通报。有人指点让他等杨存中上朝回家时,拦道述说情况,杨存中也不怎么跟他说话,只是批了一句话说:"拿着到常州在本府某庄内支取铜钱一百贯。"卫校尉听了更加不高兴,但又无可奈何,倘若拿到钱,尚且能置办回乡的行装,但是不知道杨庄在哪里。正在旅馆中发愁,遇到一位客人,自己说:"我是程副将。顺路去常州、润州,可以陪你去取钱。"拿到了钱,两人相处多日,交情很好没有隔阂,程副将悄悄对卫校尉说:"我实在想要游览中原,你能带我一同前往吗?"卫校尉欣然同意。两人一路缓行来到代郡,程副将请卫校尉代为购买田产说:"我想要在这里置办一份家业。"卫校尉为他筹划经营,于是得到肥沃的良田上千亩。住了很长一段时间,程副将才说:"其实我根本无意于在这里买田,这都出自杨相公的安排。当初杨相公怕你贪图眼前小利,轻易抛弃故里,现今天下没有战事,不是施展能力博取功名的好时机,所以派我一路追随先生,为你置办家业。"说完拿出全部契券交给卫校尉,大约价值一万缗,才黯然告别。这事和苏秦暗中资助张仪的事类似。

按,苏从张衡[①],原无定局。苏初说秦王不用,转而之赵,计不得不出于从。张既事秦,不言衡不为功,其势然也。独谓苏既识张才,何不贵显之于六国间,作自己一帮手,而激之入秦，授以翻局之资[②]，非失算乎？不知张之狡谲，十倍于苏，其志必不屑居苏下，则其说必不肯袭苏套。厚嫁之于秦，犹可食其数年之报；而并峙于六国，且不能享一日之安，季子料之审矣[③]。若杨和王还故人于代北，为之谋生，或豢之以待万一之用也。英雄作事，岂泛泛哉！

【注释】

①苏从张衡：苏秦主张合纵，张仪主张连横。

②翻局：推翻自己布局。

③季子：苏秦，字季子。

【译文】

按，苏秦主张合纵，张仪主张连横，原来并没有固定的局面。苏秦起初游说秦王不被重用，转而到了赵国，计谋不得不出于合纵。张仪既然投效秦国，不说连横就不能建功，这是形势使然。唯独说苏秦既然赏识张仪的才能，何不让张仪也在六国之间显贵，作为自己的一个得力帮手，反而刺激张仪投靠秦国，给予张仪推翻自己布局的资本，这不是失算了吗？这是不知道张仪的狡诈，十倍于苏秦，张仪的志向必定不屑于在苏秦手下，那么他的主张必然不肯沿袭苏秦的路数。大力资助张仪投效秦国，还能享有张仪几年的回报；而两人并立于六国之间，就不能享有一天的安宁，苏秦预料事情审慎啊。就像杨和王送结拜兄弟回代北，并为他谋求生计，也许是供养他以等待万一要用到的地方。英雄做事，岂是那样肤浅的！

杨和王有所亲爱吏卒，平居赐予无算，一旦无故怒而逐之。吏莫知其罪，泣拜而去。杨曰："无事莫来见我。"吏悟其意，归以厚资俾其子入台中为吏[①]。居无何，御史欲论杨干没军中粪钱十余万[②]。其子闻之,告其父,父奔告杨。即具札奏,言军中有粪钱若干,桩管某处[③],唯朝廷所用。不数日,御史疏上,高宗出存中札子示之,坐妄言被黜,而杨眷日隆。其还故人于代北,亦或此意。

【注释】

①台:御史台。

②干没:贪污。

③桩管:储存保管。

【译文】

杨和王有位亲信的吏卒,平日赏赐他不计其数,一天杨和王无缘由大发脾气驱逐了他。吏卒不知道自己犯了什么罪,哭着拜谢而离开。杨和王对他说:"没事不要来见我。"吏卒领悟了他的意思,回乡后花大笔钱让儿子进入御史台中做官吏。没多久,御史大夫想论奏杨和王贪污军中粪钱十多万。吏卒的儿子听说后,告诉了父亲,吏卒立即奔走告诉杨和王。杨和王立即上书奏报,说明军中有粪钱若干,保管在某处,专供朝廷派用。没几天,御史的奏疏上报,高宗拿出杨和王的札子给御史看,御史因诬告获罪被免官,而杨和王的恩宠却日渐深厚。他遣送结拜兄弟回代北,或许也是这个用意。

王尼

尼字孝孙[①],本兵家子,为护军府军士,然有高名。胡母辅之与王澄、傅畅等诸名士[②],迭属河南功曹及洛阳令[③],请解之[④],不许。辅之等一日赍羊酒诣护军门,门吏疏名呈护军,护军大喜,方欲出迓。时尼正养马,诸公直入马厩下,与尼炙羊饮酒，剧饮而去，竟不见护军。护军大惊，即与尼长假[⑤]。

【注释】

①尼：王尼，西晋人。居洛阳，卓荦不羁。东瀛公司马腾征辟为舍人，不接受。乱后避居江夏，饿死。

②胡母辅之：当作胡毋辅之，字彦国。少擅高名，有知人之鉴。起初不接受征辟，后因家贫，始求试守繁昌令，有能名。东晋时为湘州刺史。王澄：字平子，王衍弟。少历显位，为成都王司马颖从事中郎，惠帝末为荆州刺史。后为王敦所杀。傅畅：字世道。早年有重名。侍讲东宫，为秘书丞。后归石勒为大将军右司马。

③属：嘱咐，托付。

④解：解除军籍。

⑤长假：虽不解其军籍，但准其长期不在军中。

【译文】

晋朝的王尼字孝孙，本是兵家子弟，是护军府的军士，但有很大名气。胡毋辅之、王澄、傅畅等诸位名士，先后托付河南功曹及洛阳令，请求解除王尼的军籍，没有得到允许。胡毋辅之等人一天带着羊肉、美酒造访护军府，门房小吏将三人名片呈给护军。护军一见大为高兴，正想要出府迎接。当时王尼正在喂马，胡毋辅之等人直接来到马厩内，与王尼一起烤羊肉喝酒，痛饮而去，竟然不去见护军。护军大惊，立即放王尼长假。

《余冬序录》载[①]：杨文贞士奇在阁下时[②]，其婿来京。婿久之当归，念无装资，会有知府某犯赃千万，夤缘是婿[③]，赂至数千，为其求救。此知府已入都察院狱矣。杨不得已，于该道问理日，遣一吏持盒食至院，云："阁下杨与某知府送饭。"御史大惊，即命释其刑具。候饭毕，一切听令分雪，遂得还职。此与王尼事同，但所释者，名士墨吏既殊[④]；而释人者，畏名又与畏权势亦异。文贞贤相，果有此，未免白璧之瑕矣。

【注释】

①《余冬序录》：明何孟春著，共内篇二十五卷，外篇三十五卷，又闰五卷。《四库总目》收入"杂家"。

②杨士奇：原名寓，字士奇，以字行。英宗初年，与杨溥、杨荣共同辅政，并称"三杨"。

③夤（yín）缘：攀附。

④墨吏：贪赃的官吏。

【译文】

《余冬序录》记载：杨士奇为阁臣时，他的女婿来京探访。女婿在京城时间久了应当回去，想到没有置办行装的钱，正好有某位知府贪污赃款上千万，就攀附杨士奇的女婿，贿赂他数千金，希望他救自己。这位知府已经被关进了都察院的监狱。杨士奇不得已，在该部门审理案件的日子，派一名吏卒拿着食盒到都察院，说："阁臣杨大人给某知府送饭。"御史听了大为吃惊，立即命人卸下知府身上的刑具。等知府吃完饭菜后，完全听令洗刷罪愆，于是知府得以恢复官职。这事与王尼事类似，只是被开释的人，名士和贪官身份悬殊；而下令开释的人，畏惧名声又和畏惧权势也不同。杨士奇是一代贤相，果真有此事，未免有白璧之瑕的遗憾。

王随

王文惠公随举进士时[①]，甚贫，游翼城，逋人饭[②]，被执入县。石务均之父为县吏,为偿钱,又馆给之于其家,其母尤加礼焉。一日务均醉,令王起舞,舞不中节,殴之,王遂去。明年登第,久之为河东转运使,务均惧而窜。及文潞公为县[3],以他事捕务均,务均急往投王,王已为御史中丞矣。乃封一铤银至县,令葬务均之父,事遂解。

【注释】

①王文惠公随:王随,字子正。宋仁宗时为门下侍郎、同中书门下平章事,无所建树,罢为彰信军节度、判河阳。卒谥文惠。

②逋(bū)人饭:拖欠别人的饭钱。

③文潞公:文彦博,字宽夫。天圣进士。封潞国公。为县:为翼城县令。

【译文】

宋朝人王随考进士时,十分贫困,游历翼城时,拖欠别人饭钱,被抓进县府。当时石务均的父亲是县吏,替王随偿还了饭钱,又邀请他住在家里,石务均的母亲对王随更是殷勤有礼。一天石务均喝醉了酒,命令王随跳舞,王随跳舞时跟不上节拍,石务均就殴打他,王随于是离开石家。第二年王随中了进士,过了很久升为河东转运使,石务均因害怕而逃跑。直到文彦博做了翼城县令,因为其他事情抓捕石务均,石务均才急忙投奔王随,这时王随已经是御史中丞了。王随于是封了一锭银子送至县府,令县府安葬石务均的父亲,这件事情于是得以解决。

王忠嗣

王忠嗣[1],唐名将也。安禄山城雄武[2],扼飞狐塞[3],谋为乱,请忠嗣助役,欲留其兵。忠嗣先期至[4],不见禄山而还。

【注释】

①王忠嗣：唐玄宗时，以战功累官河西、陇右节度使，兼朔方、河东节度使，佩四将印，控制万里。后遭陷害，被贬汉阳太守，又贬至汉东郡。

②雄武：在今山西灵丘与河北蔚县、涞源间。天宝六年（747），安禄山筑城于此。后置军使。

③飞狐塞：又称飞狐关，在今河北涞源北，跨蔚县界。两崖峭立，一线微通，蜿蜒百里。南通紫荆、倒马二关，西入大同。

④先期：先于约定之期。

【译文】

王忠嗣是唐朝名将。安禄山在雄武筑城，控扼飞狐塞，预谋叛乱，邀请王忠嗣帮助他修筑城池，想要留下王忠嗣的兵卒。王忠嗣先于约定之期到了，没有见到安禄山就率军返回。

谢安　李郃

桓温病笃，讽朝廷加己九锡[①]。谢安使袁宏具草[②]，安见之，辄使宏改，由是历旬不就。温薨，锡命遂寝。

【注释】

①讽：暗示。九锡：古代帝王尊礼大臣所赐的九种器物，一般指车马、衣服、乐则、朱户、纳陛、虎贲、弓矢、斧钺、秬鬯。自西汉末年王莽在篡位之前先加九锡，后来魏、晋、南北朝掌政大臣在夺取政权之前，都加九锡，成为例行公事。

②谢安：字安石。孝武帝时桓温权震中外，暗生异心，谢安与王坦之尽忠匡翼。后苻坚率兵百万南下，京师震惊，谢安临危指挥，大破苻坚。卒谥文靖，赠太傅。袁宏：有逸才，文章绝美，为谢安参军，

又为桓温记室。著有《后汉纪》。具草:打草稿,拟稿。

【译文】

晋朝时桓温病危,暗示朝廷加自己九锡。谢安让袁宏起草加九锡诏书,谢安见了文稿,就让袁宏修改,于是延误了十多天还没完成。桓温死后,加九锡的事情就不再提了。

按,袁宏草成,以示王彪之[①]。彪之曰:"卿文甚美,然此文何可示人!"安之频改,有以也。

【注释】

①王彪之:字叔武。年二十胡须尽白,人称王白须。晋简文帝时为仆射,孝武时官尚书令。

【译文】

按,袁宏草拟完诏命,将文稿拿给王彪之看。王彪之说:"你的文笔非常好,然而这篇文章怎能给外人看!"谢安频频加以修改,一定有原因。

大将军窦宪内妻[①],郡国俱往贺。汉中太守亦欲遣使,户曹李郃谏曰[②]:"窦氏恣横,危亡可立俟矣!愿明府勿与通。"太守固遣。郃乃请自行,故所在迟留,以观其变。行至扶风[③],而宪已诛,诸交通者皆连坐,唯太守以不预得免。

【注释】

①窦宪:字伯度。汉和帝母窦太后之兄,曾自请击匈奴,大破匈奴八十余部,拜大将军,后专权用事,帝令自裁。内妻:娶妻。内,"纳"的古字。

②李郃（hé）：字孟节。通五经，善谶纬。举孝廉。后累官司空，数陈得失，有忠臣节。

③扶风：右扶风，在今陕西西安西。

【译文】

东汉大将军窦宪娶妻时，郡国官员都前往道贺。当时的汉中太守也想派使前往，户曹李郃劝谏说："窦氏专权骄横，灭亡指日可待！希望大人不要与他交往。"太守坚持派使者前往。于是李郃自请为使者，故意在路上拖延停留，以观察情况的变化。他到达扶风时，窦宪已经被诛，诸位与窦宪交往的官员都受牵连获罪，唯有汉中太守因为没有参与得以幸免。

李郃字孟节，即知二使星来益部者[①]，其决窦氏之败，或亦天文有征，然至理亦不过是。

【注释】

①即知二使星来益部者：李郃初为汉中南郑县幕门候史。和帝即位，分遣使者微服至各州县观采风谣。使者二人往益州，过汉中时投李郃候舍宿。时夏夕露坐，李郃仰观天文，问："二君离京师时，知道朝廷派遣了两个使者吗？"二人默然，吃惊地互相对视一眼说："不知。"又问李郃怎么知道的。李郃指着星星说："有二使星向益州分野，所以知道。"

【译文】

李郃字孟节，就是知道两位使者前往益州的人，他判断窦氏的败亡，或者也是从天象上看到了征兆，然而人间至理也不过如此。

段秀实　冯瓒

泾川王童之谋作乱，期以辛酉旦警严而发[①]。前夕有告之者，段秀实阳召掌漏者怒之[②]，以其失节[③]，令每更来白，辄延之数刻。遂四更而曙，童之不果发[④]。

【注释】

①辛酉旦：辛酉日的早晨。警严：严鼓而警夜。

②掌漏：掌管铜壶滴漏以报时的人。

③失节：报时失误。

④四更而曙，童之不果发：四更天亮，王童之未及发兵，事情于是败露。

【译文】

唐朝人泾川王童之谋划起兵作乱，约定辛酉日早晨严鼓警夜而发兵。起事前一天，有人向段秀实告密，段秀实召来报时的人假装怒斥他，认为他报时失误，下令每更都要来向自己报时，就延误了几刻时间。于是报四更时天已破晓，王童之没能发动叛乱。

吕翰据嘉州叛[①]。曹翰夺其城[②]。贼约三更复来攻。翰觇知，密戒司更使缓，向晨犹二鼓。贼众不集而溃，因而破之。

【注释】

①吕翰据嘉州叛：宋乾德三年(965)，吕翰因被主将无礼对待，杀嘉州知州武怀节，据嘉州反叛。

②曹翰：后周时历任枢密承旨、知雄州等官。入宋，平蜀、征太原。阴狡多智术，好夸诞，性贪财。

【译文】

吕翰占据嘉州反叛。曹翰率军夺下城池。吕翰贼兵约定三更再来攻城。曹翰探知，暗中告诫守更官吏让他延缓报更时刻，到早晨才报二更。贼人没来得及集合而溃散，因此曹翰攻破贼兵。

冯瓒知梓州[①]，才数日，会伪蜀军将上官进啸聚亡命三千余众[②]，劫村民，夜攻州城。瓒曰："贼乘夜掩至，此乌合之众，以棰梃相击耳[③]。可持重以镇之，待旦自溃矣！"城中止有骑兵三百，使守诸门。瓒坐城楼，密令促其更筹[④]，未夜分，击五鼓，贼惊遁。因纵兵追之，擒进斩于市，郡境以安。

【注释】

①冯瓒：字礼臣。五代时历仕后唐、后汉、后周。汉时为监察御史，周时至祠部郎中、充集贤院直学士。入宋，太祖十分宠幸，历知舒、庐、梓等州。为赵普所忌，以罪削籍，流沙门岛。

②伪蜀：此指十国时期的后蜀。

③以棰梃相击：《宋史·冯瓒传》原文为"以棰梃相击，必无固志"，是说亡命互相以棰梃相击戏耍，必定没有坚定的心志。

④更筹：更时，更点。

【译文】

宋朝人冯瓒任梓州知州，上任才几天，就碰到伪蜀将军上官进聚集三千多亡命之徒，抢劫村民，并趁夜攻打州城。冯瓒说："贼人利用夜晚突然而来，是乌合之众，他们用鞭子、棍棒相击戏耍，没有大志。可用谨慎稳重来震慑他们，等到天亮他们就会不攻自溃了。"当时城里只有三百骑兵，冯瓒命他们镇守各个城门。冯瓒自己坐在城楼上，暗中命令缩短每更报时的间隔，不到半夜，就已打五更鼓，贼人惊惶溃逃。于是出兵追击，活捉上官进并将他斩首于集市，全郡得以安宁。

孙膑减灶[①]，虞诩增之[②]；段秀实延更，冯瓒促之。事反功同，用之不穷。

【注释】

①孙膑减灶：孙膑，战国时仕于齐。魏与赵攻韩，韩向齐求救。齐派田忌为将救韩，孙膑为师，随军行。齐军直趋魏都大梁，魏将庞涓去韩而归，逐齐军。孙膑对田忌说："齐军入魏地为十万灶，明日为五万灶，又明日为三万灶。"庞涓行三日，大喜说："我固知齐军怯，入吾地三日，士卒逃亡过半矣！"于是弃步军，以轻锐兼程逐齐军，至马陵，为齐伏兵所击，庞涓败死。

②虞诩增之：东汉时，虞诩为武都太守，赴任时，羌人率众数千，阻挡虞诩。诩即停军不进，扬言上书请兵，待援军到后再走。羌人于是抄掠附近各县。诩见其兵力分散，日夜兼程行百余里，令吏士人各做两灶，次日加倍，再次日又加倍。羌人不敢追。有人问说："孙膑减灶而君增之，何也？"虞诩说："虏见吾灶日增，必谓郡兵来迎。孙膑见弱，吾今示强，势有不同故也。"

【译文】

孙膑减少火灶向庞涓示弱，虞诩增加火灶向羌人示强；段秀实延缓报更时刻，冯瓒缩短报更间隔。事情相反而功效相同，战术运用没有穷尽！

仆散忠义

仆散忠义为博州防御使①。一夕阴晦，囚徒谋反狱。仓卒间，将士皆皇骇失措。忠义从容，但使守更吏挝鼓鸣角②。囚徒以为天且晓，不敢出，自就桎梏。

【注释】

①仆散忠义：金熙宗时为博州防御使，有善于治理的名声。

②挝（zhuā）鼓：击鼓。鸣角：吹奏号角。

【译文】

金朝人仆散忠义为博州防御使。一天晚上天气阴沉晦暗，囚徒谋划越狱逃亡。仓促之间，狱中将士都惊慌失措。仆散忠义则不慌不忙，只是命守更小吏击鼓吹号。囚犯们以为天快亮了，不敢出来，又都自己戴上了枷锁。

晏婴

公孙接、田开疆、古冶子同事景公[①]，恃其勇力而无礼。晏子请除之，公曰："三子者搏之不得，刺之恐不中也。"晏子请公使人馈人二桃，曰："三子何不计功而食桃?"公孙接曰："接一搏豣[②]，而再搏乳虎[③]，若接之功，可以食桃而无与人同矣！"援桃而起。田开疆曰："吾伏兵而却三军者再。若开疆之功，亦可以食桃而无与人同矣！"援桃而起。古冶子曰："吾尝从君济于河，鼋衔左骖[④]，以入砥柱之流。当是时也，冶少不能游，潜行逆流百步，顺流九里，得鼋而杀之。左操骖尾，右挈鼋头，鹤跃而出。津人相惊，以为河伯[⑤]。若冶之功，亦可以食桃而无与人同矣！二子何不反桃！"抽剑而起。公孙接、田开疆曰："吾勇不子若，功不子逮。取桃不让，是贪也；然而不死，无勇也！"皆反其桃，挈领而死[⑥]。古冶子曰："二子死之，冶独生之，不仁！耻人以言而夸其声，不义！恨乎所行不死，无勇！"亦反其桃，挈领而死。使者复命，公葬之以士礼。其后诸葛亮作《梁甫吟》以哀之[⑦]。

【注释】

①景公：齐景公。

②豜（jiān）：大猪。

③乳虎：刚产子的母虎。

④鼋（yuán）：大鳖。左骖（cān）：古代三马同驾一车，左侧的马称左骖。

⑤河伯：黄河河神。

⑥挈领：执持脖颈。此处指引颈自刎。

⑦《梁甫吟》：一作《梁父吟》，乐府调名。今所传古辞相传为诸葛亮所作，辞曰：“步出齐城门，遥望荡阴里。里中有三墓，累累正相似。问是谁家墓，田疆古冶子。力能排南山，文能绝地纪。一朝被谗言，二桃杀三士。谁能为此谋，相国齐晏子。”

【译文】

春秋时公孙接、田开疆、古冶子共同侍奉齐景公，三人仗着自己的勇力而骄蛮无礼。晏子请求景公除掉这三个人，景公说：“这三个人打也没人打得过，刺又恐怕刺不中。”晏子请景公派人送他们两个桃子，说：“你们三个人为什么不计算功劳而确定谁该吃桃？”公孙接说：“我曾打死野猪，又再打死哺乳的老虎，论我的功劳，可以吃一个桃子而不用与别人共享。”就拿了一个桃子站起来。田开疆说：“我率伏兵阻退敌军两次，论我的功劳，也可以吃一个桃子而不用与别人共享。”也拿了一个桃子站起来。古冶子说：“我曾随景公渡河，一只大鳖衔住景公车驾左侧的马，将马拖入湍急的河水。当时我年少不会游泳，潜入水底逆流而上走了百步，再顺水漂流九里，找到那只河鳖杀了它。左手抓着马尾，右手提着鳖头，像鹤冲天般跃出水面。船夫相与惊叹，以为我是河神。论我的功劳，也可以吃一个桃子而不用与别人共享！你们二人为何还不放回桃子！”就拔剑站起来。公孙接、田开疆说：“我们的勇力不及你，功劳也不及你。拿着桃子不让，是贪心的表现；但不死在你面前，又是无勇的表现。”两人都放回手中的桃子,自刎而死。古冶子说:"你们二人因为桃子死了,我独自活着,是不仁!用言语羞辱别人而夸耀自己的名声,是不义!痛恨自己的行为而不赴死,是无勇!"也放回手中的桃子,自刎而死。使者回宫向景公复命,景公以士人之礼安葬他们。之后诸葛亮作《梁甫吟》来哀悼他们三人。

王守仁

逆濠反,张忠、朱泰诱上亲征[①],而守仁擒濠报至。群奸大失望,肆为飞语中公[②],又令北军肆坐慢骂,或故冲导以起衅[③]。公一不为动,务待以礼,预令巡捕官谕市人移家于乡,而以老羸应门[④]。始欲犒赏北军,泰等预禁之,令勿受。守仁乃传谕百姓:北军离家苦楚,居民当敦主客礼。每出遇北军丧,必停车问故,厚与之榇[⑤],嗟叹乃去。久之,北军咸服。会冬至节近[⑥],预令城市举奠。时新经濠乱,哭亡酹酒者,声闻不绝。边批:好一曲楚歌。北军无不思家,泣下求归。

【注释】

①张忠、朱泰:二人是明武宗亲信的宦官。

②飞语:谣言。

③冲导:冲闯王守仁的仪仗。

④老羸(léi):年老体弱之人。

⑤榇(chèn):棺材。此处指助葬的钱。

⑥冬至节:古代冬至时祭奠亡人,并有焚送"寒衣"的风俗。

【译文】

朱宸濠谋反,张忠、朱泰诱劝武宗亲征,而王守仁擒获朱宸濠的捷报已传到。众奸臣大失所望,肆意传播谣言中伤王守仁,又让北军列坐谩骂,甚至故意冲闯王守仁的仪仗以引发冲突。王守仁一点不为他们的言行所撼动,务必以礼相待,他先命巡捕官晓谕城中百姓搬迁到乡下,只派老弱之人守门。开始想要犒赏前来的北军,但朱泰等人事先禁止他们,命令他们不得接受犒赏。王守仁便传示百姓:北军背井离乡内心苦楚,百姓应敦行主客之礼。每次外出遇到北军有丧事,一定停车问明原因,给予丰厚的助葬费用,长声叹息才离去。时间长了,北军都拜服。等到冬至节将近,事先命在城中举行祭祀。当时刚经历朱宸濠兵变的战乱,哭吊亡魂以酒浇地的人,哀泣声不绝于耳。边批:好一首楚歌。北军听了无不思念家乡,流着泪要求返回家乡。

鸱夷子皮

鸱夷子皮事田成子[①]。田成子去齐,走而之燕。鸱夷子皮负传而从[②],至望邑。子皮曰:“子独不闻涸泽之蛇乎?涸泽蛇将徙,有小蛇谓大蛇曰:‘子行而我随之,人以为蛇之行者耳,必有杀子。不如相衔负我以行,人必以我为神君也。’今子美而我恶,以子为我上客,千乘之君也;以子为我使者,万乘之卿也。子不如为我舍人。”田成子负传而随之,至逆旅,逆旅之君待以甚敬[③],因献酒肉。

【注释】

①鸱夷子皮:春秋时有三位鸱夷子皮,一为楚国贤人,一为范蠡隐逸后所改之名,一为齐田氏的党人。此处所说是最后一位。田成子:田常,齐简公时杀子我及监止,复杀简公,立平公,自为相而专齐政。卒谥成子。

②传：出入关防之符信，以缯帛或木做成。

③逆旅之君：即旅店主人。

【译文】

鸱夷子皮侍奉田成子。田成子离开齐国，去往燕国。鸱夷子皮拿着关防符信随行，来到望邑。子皮说："您不曾听过干涸沼泽里的蛇的故事吗？干涸沼泽里的蛇将要搬家，有条小蛇对大蛇说：'您走而我在后面跟着您，人们认为这不过是行路之蛇，必然有人会杀死您。不如相互衔着，您背着我走，人们必然认为我是神君，就不敢杀您了。'现在您体面而我卑微，把您作为我的上等客人，人们会认为您是一个千乘国家的国君；把您作为我的使者，人们就会认为您是一个万乘大国的卿相。您不如做我的门客。"田成子因而背负着符信跟在鸱夷子皮后面。到了旅馆，旅馆的主人招待他们极其恭敬，还给他们献上酒肉。

严养斋

海虞严相公讷营大宅于城中[①]，度基已就，独民房一楹错入，未得方圆。其人鬻酒腐，而房其世传也。司工者请为价乞之，必不可，愤而诉公。公曰："无庸[②]，先营三面可也。"工既兴，公命每日所需酒腐皆取办此家，且先资其值。其人夫妇拮据[③]，日不暇给，又募人为助。已而鸠工愈众[④]，获利愈丰，所积米豆充牣屋中[⑤]，缸仗俱增数倍[⑥]，屋隘不足以容之。又感公之德，自愧其初之抗也，遂书券以献。公以他房之相近者易焉。房稍宽，其人大悦，不日迁去。

【注释】

①严相公：严讷，字敏卿，号养斋。明嘉靖进士。以善撰青词，由翰

林学士累官至吏部尚书、武英殿大学士。

②无庸：不必。

③拮据：此处指人力不足。

④鸠（jiū）工：招集劳工。

⑤充牣（rèn）：充实，充满。

⑥缸伏：泛指制酒腐所用工具及容器。

【译文】

海虞严相公名讷在城中营建一座大宅，已经测量好了地基，只有一间民宅错入，使严相公的新宅不能形成完整的布局。民宅主人是卖酒腐的，而房子是他们世代相传的祖产。管理工程的人请求作价把那房子买下来，屋主坚决不肯。管理工程的人非常生气而将事情禀告严相公。严相公说："不必买，你先盖房子其他三面就可以。"开工后，严相公命府中每天所需的酒腐都向那家购买，并且事先付款。这对夫妻人手不足，每天忙不过来，又请人来帮忙。不久雇佣的人越来越多，收获的利润越来越丰厚，所积累的米谷、豆子装满屋子，制酒腐的器皿数目也增加几倍，房屋狭小不足以容纳这些。夫妇又感念严相公的德行，对自己当初的拒绝感到惭愧，于是写下契据将屋舍献给严相公。严相公用其他相近的屋舍与他交换。房屋稍微宽敞，屋主非常高兴，没几天就搬走了。

势取不得，以惠取之，我不加费而人反诵德。游于其术而不知也，妙矣哉！

【译文】

如果靠权势无法取得，就施恩德来取，我没有增加花费而别人反过来称颂我的恩德。别人游走于我的智术中而不自知，实在妙啊！

周玄素

太祖召画工周玄素[1]，令画“天下江山图”于殿壁。对曰：“臣未尝遍迹九州，不敢奉诏。唯陛下草建规模，臣润色之。”帝即操笔，倏成大势，令玄素加润。玄素进曰：“陛下山河已定，岂可少动！”帝笑而唯之。

【注释】

①太祖：明太祖朱元璋。

【译文】

太祖召见画工周玄素，命他在殿壁画一幅“天下江山图”。周玄素说：“臣不曾游遍九州，不敢奉诏。恳请陛下先勾勒草图，臣再修改润色。”太祖听了立即拿起画笔，不一会儿就画出了大的形势，命周玄素加以修饰。周玄素进言说：“陛下的江山已经确定，怎么可以稍微变动！”太祖笑着作罢了。

举笔一不称旨，事且不测。玄素可谓巧于避祸矣！

【译文】

举起画笔万一不合太祖心意，事情就会不可预测。周玄素可以说是巧妙地避过了灾祸。

唐太宗

薛万彻尚丹阳公主[1]。太宗尝谓人曰：“薛驸马村气！”主羞之，不与同席数月。帝闻而大笑，置酒召对握槊[2]，赌所佩刀。帝佯不胜，解刀以佩之。罢酒，主悦甚，薛未及就马，遽召同载而还，重之逾于旧。

【注释】

①薛万彻：从唐高祖以战功授统军。贞观中曾率兵征高丽。高宗时为宁州刺史，入朝，与房遗爱谋立荆王，事泄被诛。尚：娶帝王之女为妻。

②握槊（shuò）：古代博戏，与“双陆”类似。

【译文】

唐朝人薛万彻娶丹阳公主为妻。唐太宗曾对人说：“薛驸马土气。”公主为此羞愧，几个月都不和驸马同席。太宗听说后大笑，设宴召薛万彻和公主玩握槊，赌太宗身上所佩的刀。太宗故意输了比赛，解下刀佩在薛万彻身上。酒宴过后，公主非常高兴。薛万彻还没来得及上马，公主就急忙召他同车而回，从此两人感情更胜往日。

省却多少调和力气。

【译文】

太宗这招省去多少调解的力气。

狄青

陕西豪士刘易多游边[①]，喜谈兵。韩魏公厚遇之[②]。狄青每宴设[③]，易喜食苦马菜，不得，即叫怒无礼。边地无之，狄为求于内郡。后每燕集，终日唯以此菜啖之。易不能堪，方设常馔。

【注释】

①游边：游于边塞。

②韩魏公：即韩琦，字稚圭。天圣进士。封魏国公。

③狄青：字汉臣。行伍出身，深受范仲淹、韩琦等器重，屡立战功。卒谥武襄。

【译文】

宋朝时陕西豪士刘易常游于边塞，喜欢谈论兵事。韩魏公礼遇他。狄青每每设宴款待他，刘易喜欢吃苦马菜，如果没吃到，就大叫发怒不顾礼仪。边境一带没有这种苦马菜，狄青为他从内地搜购。之后每次宴饮集会，整天都做这道菜吃。刘易终于不能忍受，狄青才安排正常饭菜。

王安石

王舒王越国吴夫人性好洁成疾[①]，王任真率，每不相合。自江宁乞骸归私第[②]，有官藤床，吴假用未还，郡吏来索，左右莫敢言。王一旦跣而登床，偃仰良久。吴望见，即命送还。

【注释】

①王舒王越国吴夫人：宋徽宗崇宁间，追封王安石为舒王。其妻吴氏封越国夫人。

②乞骸：古代官吏因年老请求退职。

【译文】

王安石的妻子越国夫人吴氏生性爱洁净几乎成癖，王安石个性率真，每每与她不合。王安石自江宁辞官后住在自己的私宅。有张官府的藤床，吴夫人借去用没有归还，郡吏前来索讨，左右的人不敢说。王安石有一天赤脚上床，在上面躺了很久。吴夫人看见了，立即命人将床送还。

术智部权奇卷十五

尧趋禹步①,父传师导。
三人言虎,逾垣叫跳②。
亦念其仪,虞其我暴③。
诞信递君④,正奇争效。
嗤彼迂儒,漫云立教⑤。
集《权奇》。

【注释】

①尧趋禹步:指帝王举止得宜,政局稳定清明。多作"尧趋舜步",《宋史·乐志十三》云:"皇帝降席,流云四开;尧趋舜步,下蹑天阶。"

②三人言虎,逾垣叫跳:《史记·樗里子甘茂列传》载:"鲁人有与曾参同姓名者杀人,人告其母曰'曾参杀人',其母织自若也。顷之,一人又告之曰'曾参杀人',其母尚织自若也。顷又一人告之曰'曾参杀人',其母投杼下机,逾墙而走。"后有乐府诗云:"三夫成市虎,慈母投杼趋。"

③虞:猜度,预料。

④君：主宰。

⑤立教：树立教化。

【译文】

帝尧快走大禹追随，父亲传授老师教导。

三人一辞让人怀疑，越过院墙大叫快逃。

也要顾念待人礼仪，更要防备别人施暴。

荒诞真诚递相主宰，常法变法争夺功效。

嘲笑那些迂腐儒生，满口胡说树立政教。

集为《权奇》一卷。

孔子

孔子居陈[①]，去，过蒲[②]，会公叔氏以蒲叛[③]。蒲人止孔子[④]，谓之曰："苟无适卫[⑤]，吾出子[⑥]。"与之盟，出孔子东门。孔子遂适卫。子贡曰："盟可负耶？"孔子曰："要盟也[⑦]，神不听。"

【注释】

①陈：陈国，在今河南周口淮阳区及安徽亳州一带。

②蒲：卫地，在今河南长垣境内。

③公叔氏：卫国公族。卫献公之孙发，国人谓之公叔，其后裔于是以公叔为氏。

④止：拘留，扣留。

⑤适：去，往。

⑥出：释放。

⑦要盟：胁迫之盟。

【译文】

孔子在陈地，离开后，前往蒲。适逢公叔氏依据蒲地反叛。蒲地的人拦住孔子，对他说："倘若你不去卫国的话，我们就放你走。"孔子答应了他们并且和他们盟誓，之后蒲人将孔子从东门放出。孔子于是就到了卫国。子贡说："盟约可以辜负吗？"孔子说："被要挟定下的盟约，神灵不会听从的。"

大信不信。

【译文】

大的信义不受狭隘的小信用约束。

淮南相

孝景三年[①]，七国反。吴使者至淮南，淮南王欲发兵应之[②]，其相曰："王必欲应吴，臣愿为将。"王乃属之。相已将兵，因城守，不听王而为汉。边批：败王不害为信[③]。淮南以故得完。

【注释】

①孝景：汉景帝刘启，前157—前141年在位。在位期间，继续推行汉初休养生息政策，使经济发展、社会稳定，与文帝统治时期合称"文景之治"。汉以孝治天下，诸帝谥前均冠以"孝"字。

②淮南王：刘安，好读书，工词赋。武帝时因谋反事泄自杀。

③败王不害：虽然欺骗了淮南王，但没有引起危害的后果。

【译文】

孝景帝三年，七国之乱发生。吴国使者来到淮南国请求淮南王发兵，淮南王想要发兵来响应吴王起事。此时，淮南国的国相说：“大王您如若一定要响应吴王，臣愿意担当将领。”淮南王于是就将军事托付给他。国相得到兵权后，借机守卫城池，不听淮南王的指挥，而为汉朝效力。边批：虽然欺骗了淮南王，却没有引起危害的后果，是为诚信。淮南也因此得以在七国之乱后保全。

若腐儒必痛言切谏[1]，如以水投石，何益？此事比郦寄卖友、嫁太尉于北军同一轴[2]，而更觉撇脱[3]。

【注释】

①切谏：恳切规劝。

②郦寄卖友：吕后既死，大臣欲诛诸吕，而太尉周勃不掌兵。曲周侯郦商之子郦寄，与吕禄关系好。周勃于是与陈平使人劫郦商，命其子郦寄骗吕禄交出兵权，吕禄信任郦寄，把北军交给了周勃。于是周勃灭诸吕，并杀吕禄。嫁太尉于北军：送太尉周勃入掌北军。

③撇脱：干脆，利落。

【译文】

如果是迂腐的儒生，一定会恳切地进谏，这就像将石头投入水中，对阻止淮南王参加叛乱有什么帮助呢？这件事跟郦寄出卖朋友吕禄、使得太尉周勃入掌北军的手段相似，而更觉利落。

王敬则

王敬则尝任南沙县[1]。时方兵荒，县有劫贼，群聚匿山中，为民患，官捕之不得。敬则遣人致劫帅曰：“若能自出首，当为申白，请盟之庙神，定无负。”盖县有庙神，甚酷烈，乡民多信之，故云。劫帅许之，即设宴庙中致帅。帅至，即席收之，曰："吾业启神矣：若负誓，当还神十牛。"遂杀十牛享神，而竟斩帅，贼遂散。

【注释】

①王敬则：南朝人，出身低微，初仕刘宋为南沙县令。后为南朝齐开国将领，齐明帝即位后，为大司马。后起兵被杀。

【译文】

王敬则曾经出任南沙县令。当时正值兵荒马乱，县城有劫匪盗贼，他们群聚隐匿在山中，成为百姓的祸患。官府出动，也无法捕获他们。王敬则派人找到匪首，对他说："如若可以出山自首，会为你们申辩无罪，请一同到庙神那里盟誓，一定不会辜负你们。"原来是因为县城有庙神，有负于他就会遭受十分残酷猛烈的报应，当地乡民都十分相信这个庙神，所以才会这么说。匪首同意了。王敬则就在庙中设宴，请匪首前来。匪首抵达后，王敬则就在席间拘捕了他，说："我已经禀明神明了：如若有负盟誓，就向神明祭献十头牛。"于是杀了十头牛祭神，而斩杀了匪首，山中的匪徒于是就作鸟兽散了。

宋太祖

艺祖既以杯酒释诸将兵权，又虑其所蓄不赀[①]。每人赐地一方盖第，所费皆数万。又尝赐宴，酒酣，乃宣各人子弟一人扶归。太祖送至殿门，谓其子弟曰："汝父各许朝廷十万缗矣！"诸节度使醒，问所以归，不失礼于上前否，子弟各以缗事对。疑醉中真有是言，翌日，各以表进如数。

【注释】

①所蓄不赀（zī）：所积蓄之钱财无数。赀，计算。

【译文】

宋太祖以杯酒释兵权解除各位节度使的兵权后，又担心他们积蓄的钱财太多，于是就每人赏赐他们一方土地用来建设宅第，每个人都耗费数万钱。有一次，他宴请各位将领，大家喝酒喝得酣畅大醉，就宣召各将领的子弟一人进宫，来搀扶他们回去。宋太祖将各位官员送到殿门口的时候，对他们的子弟说："你们的父亲答应各自给朝廷十万缗钱。"各位节度使醒酒后，询问是怎么回来的，是否曾在皇帝面前失礼，子弟们将贡入钱财的事情告诉了他们。他们怀疑在喝醉酒的时候真的说了这种话，第二天，各自上表，如数进贡了钱财。

宋太宗

宋太宗即位初年，京师某街富民某，有丐者登门乞钱，意未满，遂詈骂不休[①]。众人环观，靡不忿之。忽人丛中一军尉跃出，刺丐死，掷刀而去，势猛行速，莫敢问者。街卒具其事闻于有司[②]，以刀为征。有司坐富民杀人罪。既谳狱[③]，太宗问某："服乎？"曰："服矣。"索刀阅之，遂纳于室，示有司曰："此吾刀也。向者实吾杀之，奈何枉人！始知鞭笞之下，何罪不承，罗钳吉网[④]，不必浊世！"乃罚失入者而释富民，谕自今讯狱，宜加慎毋滥。

【注释】

①詈（lì）骂：用恶语侮辱人。

②街卒：负责街道治安、扫除等事的差役。

③谳（yàn）狱：狱成定案。

④罗钳吉网：唐玄宗时，宰相李林甫用酷吏罗希奭及吉温为爪牙，铲除异己，无人能逃脱，时人谓之“罗钳吉网”。

【译文】

宋太宗即位最初那几年，京师某条街道，有一位富庶的居民。有一个乞丐登门乞讨钱财，没有遂愿，于是就谩骂不休。众人围观，没有不觉得忿忿不平的。忽然人群中有一位军官跃出，刺死了乞丐，丢下刀具离开。此人势头迅猛，离开也十分迅速，没有敢询问他的人。街卒将这事详细地禀告给司法部门，并将刀作为物证。司法部门判定富人犯了杀人罪。已经定罪之后，太宗问富人：“服从判决吗？”说：“服从。”太宗把那把刀要来看了看，就藏在内室，跟司法部门说：“这是我的刀，此前实际是我杀了人，为何冤枉其他人呢？我这才知道，在严刑拷打之下，什么罪责都会承认的。罗织罪名误判，不只是混乱的世道才有的。”于是就惩罚胡乱判罚的人，释放了那个富人。并下令今后审讯案件，一定要更加慎重，不要冤枉无辜的人。

此事见宋小史[①]。更有一事：金城夫人得幸于太祖，颇恃宠。一日宴射后苑[②]。上酌巨觥劝晋王，晋王固辞。上复劝，晋王顾庭中曰：“金城夫人亲折此花来，乃饮。”上遂命之。晋王引弓射杀之，抱太祖足泣曰：“陛下方得天下，宜为社稷自重！”遂饮射如故。夫投鼠忌器，晋王未必卤莽乃尔，此事恐未然也。

【注释】

①小史：野史。

②宴射：古代射礼之一。聚饮时习射，称宴射。

【译文】

这件事见于宋代野史。还有一件事:金城夫人深得宋太祖宠爱,颇为恃宠而骄。一天,太祖在后苑举办宴会射箭。太祖酌满巨大的酒觥来劝晋王喝酒,晋王坚决推辞掉了。太祖再次劝酒,晋王回头望向庭中说:"金城夫人亲自折下那支花来,我就喝下此酒。"太祖于是就下令让金城夫人去折花。晋王于是张弓搭箭射杀了金城夫人,抱着太祖的脚哭着说:"陛下刚刚得到天下,应当为了社稷自重!"于是就饮酒射箭如故。投鼠尚且忌器,晋王未必如此鲁莽,这件事恐怕不是真的。

高皇帝

滁阳王二子忌太祖威名日著[①],阴置毒酒中,欲害之,其谋预泄。及二子来邀,上即与偕往,了无难色。二子喜其堕计。至半途,上遽跃起马上,仰天若有所见。少顷,勒马即转,因骂二子曰:"如此歹人!"二人问故,上曰:"适上天相告,尔设毒毒我。我不往矣!"二子大骇,下马拱立[②],连称"岂敢",自是息谋害之意。

【注释】

①滁阳王:郭子兴,元顺帝至正十二年(1352)起义于濠州,朱元璋也随从起兵。不久,郭子兴被芝麻李余部来投奔的彭大、赵君用所挟制。后朱元璋得滁州,郭子兴依附,想要称王,被朱元璋阻挠。后因与孙德崖不和,气愤得病而亡。洪武三年(1370),追封其为滁阳王。朱元璋妻马氏为郭子兴养女。

②拱立:恭敬地站立。

【译文】

滁阳王的两个儿子，忌惮明太祖的威名日益显赫，于是暗中在酒中放置毒药，想要加害太祖。他们的计谋事先泄露了。等到两人来邀请太祖赴宴饮酒，太祖即刻与他们一同前行，毫无为难的样子。两人很高兴太祖中了他们的计。到了半路上，明太祖突然从马上跃起，抬头望天好像看到了什么。不一会儿，勒马转头回去，还痛骂二人说："你们竟然是如此歹毒的人！"两人忙问太祖原因，太祖说："刚刚上天告诉我，你们下毒毒害我。我不再前往了！"两个人十分惊骇，下马恭敬地站立着，连说"岂敢"。从此，他们就打消了谋害太祖的意图。

吴官童

英庙在虏中[①]，也先以车载其妹，请配焉。上以问吴官童，官童，驿使也[②]。正统十三年使虏被拘[③]，至是自请从上。对曰："焉有天子而为胡婿者？后史何以载？然却之则拂其情。"乃绐之曰："尔妹朕固纳之，但不当为野合，使朕还中国以礼聘之。"也先乃止。又选胡女数人荐寝，复却之曰："留候他日为尔妹从嫁，当并以为嫔御。"也先益加敬焉。

【注释】

①英庙：明英宗朱祁镇，1436—1449年和1457—1464年两次在位，庙号英宗。正统十四年（1449），被王振挟持出征瓦剌，在土木堡兵败被俘。其弟朱祁钰登基称帝。后英宗回朝，称上皇。景泰八年（1457）发动夺门之变，复位称帝。

②驿使：传递公文、书信的人。

③正统：明英宗朱祁镇年号（1436—1449）。

【译文】

英宗被瓦刺俘获期间,也先用车载着自己的妹妹,向英宗请求联姻。英宗询问吴官童意见,吴官童,是驿使,在正统十三年出使瓦刺被拘扣,此时请求在敌营中侍奉皇上。吴官童说:"哪里有身为天子却又委身为胡虏夫婿的呢?后世的史书又该如何记载这件事呢?可是推辞却又有负他们的盛情。"于是就告诉英宗欺骗也先说:"你的妹妹,朕一定会迎娶的,但不应没有礼仪苟且行事,倘若朕回到中国,会按礼仪来迎娶她。"也先于是就不再提起这件事。他又挑选了几名胡女来给英宗侍寝,英宗也再次推辞了,说:"这些女子,暂且留着等候他日做你妹妹的随嫁吧,我会一并将她们立为嫔妃。"也先因此更加尊重英宗。

天子不当为胡婿,中国又可给胡人乎?如反正而胡人效女[①],虽纳之可也。厥后英庙复辟,虏使至,官童叩以不来效女之故。使者曰:"已送至边,为石亨杀媵而纳女[②]。"上命隐其事,而亨祸实基于此。

【注释】

①反正:天子复位。效:献。

②石亨:明朝将领。从于谦守卫京师。击退瓦刺军,立有军功,封武清伯。后拥英宗复位,以私怨杀于谦。天顺四年(1460)以叛逆罪死于狱。媵(yìng):此处指陪嫁之人。

【译文】

天子不应当成为胡虏的夫婿,但中国人又如何可以欺骗胡人呢?如果已经复位,而胡人送来女子,迎娶纳入后宫也是可以的。那件事之后,英宗复辟重登上位,瓦刺的使者前来,吴官童责问他们为何不如约送来也先之妹成婚。使者回答说:"也先妹已经送抵边境,但石亨杀掉了陪嫁之人,自己霸占了也先的妹妹。"皇帝下命隐匿这件事情，而石亨之祸也确实是由这件事开始的。

郑公孙申

鲁成公时，晋人执郑伯[①]。公孙申曰[②]："我出师以围许，示将改立君者，晋必归君。"故郑人围许，示不急君也[③]。晋栾书曰[④]："郑人立君，我执一人焉，何益？不如伐郑而归其君以求成[⑤]。"于是诸侯伐郑而归郑伯。

【注释】

①郑伯：郑成公。春秋鲁成公九年（前582），晋景公与诸侯会于蒲，郑成公赴晋，因有二心于楚，被晋人扣留。

②公孙申：又作叔申，郑国大夫。

③示不急君也：郑国向晋国表示，不以其君被扣为急务，尚有心力用兵围许国。

④栾书：晋大夫。

⑤成：讲和。

【译文】

鲁成公时期，晋国人扣留了郑伯。公孙申说："我们派遣军队来围困许国，并且对外表示将要改立新的国君，晋国一定会归还国君的。"因此，郑国人围困许国，表示对国君被扣押不感到急迫。晋国的栾书说："郑国人迎立了新的国君，我们扣留的就是个普通人，又有什么帮助呢？不如讨伐郑国，归还他们国君，借机讲和。"于是诸侯出兵郑国，而郑伯最终回到了郑国。

子鱼立而宋襄返[①]，叔武立而卫成还[②]，此春秋之已事[③]，亦非自公孙申始也。国朝土木之变，也先挟上皇为名，邀求叵测。于肃愍谢之曰[④]："赖社稷之神灵，已有君矣！"虏计窘，竟归上皇。识者以为得公孙申之谋。

【注释】

①子鱼立而宋襄返：子鱼为宋襄公庶兄，任国相。春秋鲁僖公二十一年（前639），宋与楚在鹿上（宋地，在今安徽阜南之南）会盟，要求楚国同意以宋为中原诸侯盟主。后楚人抓住宋襄公以攻打宋国，宋国子鱼设置守城器械抵抗楚国，楚人知道杀了宋公仍然得不到宋国，于是释放宋襄公。

②叔武立而卫成还：春秋鲁僖公二十八年（前632），晋文公攻打楚国的盟国曹、卫以激怒楚国。晋军破曹，抓住曹共公。卫成公害怕，请求结盟被晋人拒绝。后卫国人交出卫君以取悦于晋国。卫元咺立叔武为卫君，晋人于是使卫成公回到卫国。

③已事：往事。

④于肃愍：于谦，字廷益。永乐进士。正统十四年（1449），英宗亲征瓦剌被俘。景帝立，于谦任兵部尚书，击退瓦剌军。后英宗复位，以谋逆罪被杀。弘治年间平反昭雪，赠太傅，谥肃愍。万历中改谥忠肃。

【译文】

子鱼在国内被拥立上位，而宋襄公得以返回国内；叔武在国内得到拥立，而卫成公得以返回。这些都是春秋时期的事情，并非是从公孙申开始的。本朝土木堡之变，也先挟持英宗，以皇帝的名义，索求无度。于谦拒绝他们说："幸赖社稷神明护佑，已经新立国君了。"瓦剌的计谋难以施展，最终归还了英宗皇帝。有识之士认为是学习的公孙申的计谋。

王旦从真宗幸澶州[①]，雍王元份留守东京[②]，遇暴疾，命旦驰还，权留守事。旦曰："愿宣寇准[③]，臣有所陈。"准至，旦曰："十日之内无捷报，当如何？"帝嘿然良久[④]，曰："立皇太子！"此又用廉颇与赵王约故事[⑤]。大臣谋国，远虑至此，亦由君臣相得，同怀社稷之忧而无猜忌故也。

【注释】

①王旦：字子明。太平兴国进士。

②雍王元份：赵元份，宋宗室，大臣。宋真宗北征时期，任东京留守。

③寇准：字平仲。太平兴国进士。北宋政治家。

④嘿（mò）然：默不作声。

⑤廉颇与赵王约故事：战国时，秦王派使者告诉赵王，想要在渑池会盟。赵王畏惧秦国不想去。廉颇、蔺相如说："大王不去，显示赵国弱小而胆怯。"赵王于是前往，蔺相如随从。廉颇送到国境，与赵王约定："大王去了，估计路途和会期不超过三十天。三十天没回来，就请求立太子为王，以断绝秦国的奢望。"赵王答应了。

【译文】

王旦跟从宋真宗到达澶州。雍王赵元份留守东京处理日常事务，却突染凶暴的急症。于是真宗命令王旦尽快赶回东京，负责留守的各项事宜。王旦说："希望宣寇准觐见，为臣有话要说。"寇准抵达后，王旦说："如若十天之内澶州没有捷报，我当如何处理？"真宗默然无语良久，才说："拥立太子为皇帝。"这又是用廉颇同赵王相约故事的决策。大臣为国家谋划，远虑到这个程度，也是因为君臣相互信任，共同怀着对社稷政事的忧虑，并且互相之间毫不猜忌。

项羽欲烹太公[①]。高帝曰："我翁即若翁[②]，必欲烹而翁，愿分我一杯羹！"陈眉公谓太公以此归汉[③]，亦瓦注之意也[④]。

【注释】

①太公：刘邦的父亲。

②我翁即若翁：项羽与刘邦曾拜为兄弟，所以有此说。翁，父亲。

③陈眉公：陈继儒，号眉公。明代文人，工诗文，善书画。

④瓦注：赌博时以瓦为注。此处是说刘邦的话使其父成为了没有价值的赌注。

【译文】

项羽想要烹煮刘邦的父亲。刘邦说："我的父亲就是你的父亲，如果一定要烹煮了你的父亲，希望也能分我一杯羹。"陈眉公说太公能因此返回汉军军营，也是因为刘邦的话使他成为了没有价值的赌注。

胡松

绩溪胡大司空松[①]，号承庵，先为嘉兴推官，署印平湖[②]，有惠政。适倭寇猖獗，郡议筑城。公夜入幕府，曰："民难与虑始。请缚某居军前御倭，百姓受某恩，必相急，乃可举事。"从之，民大震，各任版筑[③]，不阅月城成[④]。

【注释】

①胡大司空松：胡松，字茂卿。正德进士。嘉靖时为工部尚书。大司空，古六官之一，此处指工部尚书。

②署印：代理官职。

③版筑：古时建城墙，以木板为框，中间填土夯筑。此处以版筑代指筑城士工。

④阅月：经历一个月。

【译文】

绩溪人工部尚书胡松，号承庵，此先曾担任嘉兴的推官，代理平湖县令，施政贤德惠明。适逢倭寇猖獗，郡中商议修筑城墙。胡松于是夜入府署，说："老百姓难以和他们谋划事情。请将我绑缚到军前来抵御倭寇。百姓承受过我的恩惠，一定会焦急，由此可以带领他们修筑城墙。"郡中听从了他的意见，百姓为此感到十分震惊，于是就争相修筑城墙，不到一个月，城墙就修好了。

狄青

南俗尚鬼。狄武襄征侬智高时[①]，大兵始出桂林之南，因祝曰："胜负无以为据。"乃取百钱自持之，与神约："果大捷，投此钱尽钱面[②]！"左右谏止："倘不如意，恐阻师。"武襄不听。万众方耸视，已而挥手倏一掷，百钱皆面。于是举军欢呼，声震林野。武襄亦大喜，顾左右取百钉来，即随钱疏密，布地而帖钉之，加以青纱笼[③]，手自封焉，曰："俟凯旋，当谢神取钱。"其后平邕州还师，如言取钱。幕府士大夫共视，乃两面钱也。

【注释】

①狄武襄：狄青，谥武襄。出身行伍，在对西夏战争中屡立战功。侬智高：广源州少数民族首领，宋仁宗皇祐元年（1049）反叛，惊扰邕州。四年（1052），陷邕、横诸州，围广州。宋师多次征讨无功。狄青当时为枢密副使，上表请求征伐，于是以为宣抚使，岭南诸军皆受狄青节制。五年（1053），大破侬智高于邕州。侬智高败走大理。

②钱面：明以前铜钱仅一面有文，称面。

③青纱笼：以青纱所制的罩子。

【译文】

南方的习俗，迷信崇尚鬼神。狄青在征讨侬智高的时候，部队刚刚从桂林南边出发，祝祷说："胜负没有什么可以作为凭证。"于是取出一百枚钱，手中拿着与神灵约誓道："如果真的可以取得大胜，投掷这些钱币出去，让它们都是正面向上！"左右劝谏想要阻止，说："如若这些钱币并非如我们所愿尽数向上，恐怕会妨碍军队行事。"狄青不听。就在数万之众的注视下，挥手一掷，一百枚钱都是正面向上。于是全军欢呼雀跃，声音震动树林原野。狄青也十分高兴，呼唤左右取来一百枚钉子，根据钱币疏密分布，在原地钉入土中，并用青纱笼盖上，狄青亲手封存，说："等到凯旋，一定酬谢神明，取回钱币。"之后，狄青率军平定了邕州的叛乱返回，按照此先约定取回钱币。随从的幕僚士大夫一起观看，原来是双面钱。

桂林路险，士心惶惑，故假神道以坚之。

【译文】

桂林的道路险远，士兵多感到疑惧，因此假借神明来坚定他们出征获胜的信心。

王琼

王晋溪在本兵时[①]，适湖州孝丰县汤麻九反，势颇猖獗，御史以闻。事下兵部。晋溪呼赍本人至兵部[②]，大言数之曰："汤麻九不过一毛贼，只消本处数十火夫缚之，何足奏报！欲朝廷发兵，殊伤国体。巡按不职，考察即当论罢矣！”赍本人回，传流此语，皆以本兵为玩寇，相聚忧之。贼知朝不发兵，遂恣劫掠，不设备。先是户部为查处钱粮差都御史许延光在浙，晋溪即请密敕许公讨之，边批：不别遣将。授以方略。许命彭宪副潜提民兵数千③，出其不意，乘夜往。贼方掳掠回，相聚酣饮，边批：毕竟小寇。兵适至，即时擒斩，遂平之。

【注释】

①在本兵：即任兵部尚书。本兵，明代对兵部尚书的别称。

②赍（jī）本人：递呈奏章的差官。

③宪副：按察副使。

【译文】

王晋溪任兵部尚书的时候，适逢湖州孝丰县汤麻九造反，势头十分猖獗，御史将此事报告朝廷。此事被派发兵部处理。王晋溪把呈递奏章的人叫到兵部，大声数落斥责他说：“汤麻九不过是一个小毛贼，只消当地几十个炊事兵就可以捉住他，哪里值得上奏汇报！想要让朝廷发兵征剿，实在是有伤国体。巡按御史失职，我一定严加考察他并且奏报罢免他！”递交奏报的这个人返回，将这话流传出去，大家都认为是兵部尚书轻视贼寇，于是大家聚在一起对此事表达了担忧。贼寇知道朝廷不会发兵征讨他们，于是就更加放肆地劫掠，不设防备。此先，户部为了查处钱粮，差都御史许延光抵达浙江。王晋溪请求朝廷秘密敕令许公前往征讨贼寇，边批：不再另派将领。并且授给他方略。许延光任命彭宪副暗中带领民兵数千人，出其不意，趁夜前往。贼寇刚刚劫掠返回，正相聚饮酒，边批：毕竟是小寇。民兵正好抵达，即刻就将他们擒拿斩杀，于是这场叛乱被平定了。

尔时若朝廷命将遣兵，彼必负固拒命，弄小成大。此举不烦一旅，不费一钱，而地方晏如[①]。晋溪之才，信有大过人者，虽人品未醇，何可废也。

【注释】

①晏如：安定，安宁。

【译文】

那个时候，如果朝廷派将遣军，贼寇一定会负隅顽抗，将小事闹成大事。这样处理，不耗费一支军队，也不多消耗一点钱财，而保证了地方平安。王晋溪的才干，实在是有十分过人的地方。虽然他的人品并不敦厚，但也不可因此否定他的才干。

杨云才

杨云才多心计，每有缮修，略以意指授之，人不知所为，及成，始服其精妙。为荆州同知日，当郡城改拓，时钱谷之额已有成命，而台使者檄下，欲增二尺许。监司谋诸守令，欲稍益故额。云才进曰："某有别画，不烦费一钱也。"次日驰至陶所[①]，命取其模以献，怒曰："不佳！"尽碎之，而出己所制模付之，曰："第如式为之！"诸人视其式，无以异也。然云才实于中阴溢二分许，积之得如所增数。城成，白其故，监司乃大服。

【注释】

①陶所：制砖瓦的地方。

【译文】

杨云才这个人颇有心计，每次有动土修缮的工程，只是略略授意他人，人们不知怎么回事，等到事情办成，才开始佩服他指点的精妙。在他担任荆州同知的时候，当地郡城改建拓宽。配发的钱粮谷物数额已确定。而台使者下发公文，又想要将城墙加高两尺多。监司同郡守、县令谋划此事，想要稍微增加一点钱财的配额。杨云才进言道："我别有计划，不需要多费一分钱。"第二天，他到达制造砖瓦的陶所，令他们取出砖模献上，杨在检查后生气地说："砖模做得不好！"于是尽数将砖模碎毁，拿出自己制作的砖模交给他们，说："按照这个样式来制作！"大家检视砖模的样式，没有觉得有什么异常。然而杨云才实际上在暗中将这个砖模增加了两分左右，所有的砖石堆积起来，多出来的尺寸，就和要增加的一样了。等待城墙修筑完毕，杨云才讲明了缘故，监司十分佩服他。

砖厚而陶者不知，城增而主者不费。心计之妙，侔于思神。

【译文】

砖石的厚度增加了，而制作砖瓦的人并不知情。城墙的尺寸得以增加而谋划的人却不用多费财物。心计之巧妙，可谓神机妙算。

种世衡

种世衡知渑池县。旁山有庙，世衡葺之。其梁重大，众不能举。世衡乃令县干剪发如手搏者[①]，驱数对于马前，云："欲诣庙中教手搏。"倾城人随往观。既至，谓观者曰："汝曹先为我致庙梁，然后观手搏。"众欣然趋下山，共举之，须舆而上。

【注释】

①县干：县衙中的干吏。手搏：摔跤。

【译文】

种世衡在渑池县担任县令。一旁的山上有一座庙，种世衡准备将其修葺一新。庙宇的房梁木十分巨大沉重，大家都不能抬起来。于是种世衡命令县衙中的干吏剪掉头发装扮成摔跤手，叫几对选手到马前，说："想要到庙中来教授摔跤。"然后全城的人都跟随着想要看一看。到达后，告诉观看的民众说："你们先为我架好庙宇的房梁，然后再来看摔跤。"民众们欣然跑到山下，一起将房梁抬起来，片刻就安上了。

近于欺矣！褒姒虽启齿[①]，恐烽火从此不灵也。必也真教手搏，为两得之。

【注释】

①褒姒：周幽王宠妃。有烽火戏诸侯故事。

【译文】

这种做法近乎欺骗！褒姒即使开口而笑，恐怕烽火从此也不灵验了。一定要真的教摔跤，才是一举两得。

雄山智僧

雄山在南安[①]，其上有飞瓦岩。相传僧初结庵时[②]，因山伐木，但恐山高运瓦之难，积瓦山下，诳欲作法，飞瓦砌屋，不用工师。卜日已定，远近观者数千人。僧伪为佣人挑瓦上山。观者欲其速于作法，争为搬运，顷刻都尽。僧笑曰："吾飞瓦只如是耳！"

【注释】

①南安：今属福建。

②结庵：建寺。

【译文】

雄山在南安，山上有飞瓦岩。相传有僧人当初建立庙庵时，在山上砍伐木材，但是因为忌惮山过高运送瓦片困难，就将瓦片都堆积在山下，并且诳言要施展法术，让瓦片自行飞抵山上完成修砌，不需要工匠师傅。到了占卜定下的那天，远近前来观看僧人施法的有几千人。僧人伪装成佣人开始挑瓦上山。旁观的人想要尽快看到僧人施法，于是争先恐后地将瓦搬上了山，顷刻间就搬运完毕了。僧人笑着说："我的飞瓦术就是这样的！"

李抱真　刘玄佐

李抱真镇潞州[①]，军资匮阙，计无所出。有老僧大为郡人信服，抱真因请之曰："假和尚之道以济军中，可乎？"僧曰："无不可。"抱真曰："但言择日鞠场焚身，某当于便宅凿一地道通连。候火作，即攒以相出。"僧喜从之，遂陈状声言。抱真命于鞠场积薪贮油，因为七日道场，昼夜香灯，梵呗杂作[②]。抱真亦引僧视地道，使之不疑。僧乃升坛执炉，对众说法。抱真率监军僚属及将吏膜拜其下，以俸入坛施堆于其旁。由是士女骈填[③]，舍财亿计。计满七日，遂聚薪发焰，击钟念佛。抱真密已遣人填塞地道。俄顷，僧薪且灰，籍所得货财，即日悉辇入军资库，别求所谓舍利者④，造塔贮焉。

【注释】

①李抱真：与兄李抱玉均为唐朝名将。代宗时倡策起用郭子仪以平仆固怀恩。历泽、怀二州刺史，怀、泽、潞观察留后，治军有绩。德宗时领昭义节度使。

②梵呗：僧侣做法事时唱经之声。

③骈填：人物密集状。

④舍利：僧人焚化后所余颗粒状物，称舍利子。

【译文】

李抱真在镇守潞州的时候，军用补给十分匮乏，无计可施。有一位老僧人，颇受当地人信服。李抱真于是就前往请他，说："借助您的力量来接济部队，可以吗？"僧人说："没有什么不可以的。"李抱真说："您只说择日在蹴鞠场焚烧肉身。我会在便宅开凿一条地道连通蹴鞠场。等到火烧起来的时候，就把您从地道中快速扶出去。"僧人欣然听从了，于是就对民众说了焚身的事并且散布出去。李抱真于是命令在蹴鞠场堆积薪柴火油，做了七日的道场，昼夜焚香明灯，僧人唱诵经文的声音不绝。李抱真也带着僧人来省视检查地道，来让僧人确信不疑。僧人于是就登坛执炉，对民众演讲佛法。李抱真带领监军、幕僚、下属还有军吏一起在坛下膜拜，他们将自己的薪俸等财物施放在法坛旁。因此善男信女摩肩接踵跟风布施，施舍的钱财以亿计。等到七天期满，就积聚薪柴引火，敲钟念佛。李抱真已经悄悄派人封塞了地道。不一会儿，僧人和薪柴都化为灰烬，李抱真统计了得到的财物，即日就全部用车送入军资库。另外找了所谓的舍利子，造塔存放。

汴州相国寺言佛有汗流。节度使刘玄佐遽命驾[1]，自持金帛以施。日中，其妻亦至。明日复起斋场，由是将吏商贾奔走道路，唯恐输货不及[2]。因令官为簿以籍所入。十日，乃闭寺，曰："佛汗止矣！"得钱巨万，以赡军资。

【注释】

①刘玄佐：唐代宗时为宋州刺史。德宗时大破叛镇李纳。李希烈反，攻取汴州，以功加汴宋节度使。性情豪纵，轻财厚赏，士卒乐于为其所用。

②输货：输送资财。

【译文】

汴州相国寺有传言，说是佛像有流汗的现象。节度使刘玄佐立刻派人驾车，亲自带着金银布帛布施给寺院。等到中午的时候，他的妻子也到场了。第二天，重新起设斋场，由此将士官吏及商人们在道路上争相奔走，唯恐给寺庙输送资财不及时。与此同时，命令官员将大家的捐赠登记在册。这样过了十天，就关闭了寺庙，并且对外宣布："佛像不再流汗了。"这一通得到的巨额资财，都补充军资了。

不仗佛力，军资安出？王者所以并存三教[1]，有所用之也！

【注释】

①三教：儒、道、释三教。

【译文】

不仰仗佛力，军费从哪里出呢？君主之所以并存儒、道、释三教，原来有实际的用途啊！

陕西铁钱

起居舍人毋湜[①]，至和中上言[②]，乞废陕西铁钱。朝廷虽不从，其乡人多知之，争以铁钱买物。卖者不肯受，长安为之乱，民多闭肆。僚属请禁之，文彦博曰："如此是愈惑扰也。"乃召丝绢行人，出其家缣帛数百匹，使卖之，曰："纳其直尽以铁钱，勿以铜钱也。"于是众知铁钱不废，市肆复安。

【注释】

①起居舍人：主修起居注的官员。

②至和：宋仁宗赵祯年号（1054—1056）。

【译文】

起居舍人毋湜，在至和年间上书皇帝，乞求废止陕西流通的铁钱。朝廷虽然没有听从他的意见，但他的乡党大多都听说了此事，争相用铁钱来购买物品。卖东西的商人不愿收受铁钱，长安因此陷入了混乱，许多市民甚至关闭了商肆。僚属请求下令禁止相关行为，文彦博说："如果这样，将会让形势更加混乱。"于是就召见丝绢行的商人，拿出自己家中几百匹绢帛，让他们卖掉。说："收钱时全部要铁钱，不要铜钱。"于是众人知道铁钱不会被废止，市场商肆因此得以恢复安稳。

出现钱

京下忽阙现钱[①]，市间颇皇皇[②]。忽一日，秦相桧呼一镊工栉发[③]，以五千当二钱犒之[④]，边批：示以贱征。谕曰："此钱数日有旨不使，可早用也。"镊工遂与外人言之。不三日，京下现钱顿出。又都下货壅，乏现镪[⑤]。府尹以闻，桧笑曰："易耳！"即召文思院官⑥，未至，促者络绎。奔而来，谕之曰："适得旨，欲变钱法。可铸样钱一缗进呈。废现镪不用。"约翌午毕事。院官唯唯而出，召工为之。富家闻者尽出宿镪市金票。物价大昂，钱溢于市。既而样钱上省，寂无闻矣。

【注释】

①京下：京师地面。

②皇皇：心不安。

③镊工：理发匠。栉（zhì）发：梳理头发。

④当二钱：一枚抵两枚的制钱。

⑤镪（qiǎng）：钱币。

⑥文思院：属少府监，下设美术工艺坊等。

【译文】

京城忽然十分缺少现钱，坊市之间为此扰动不安。忽然有一天，宰相秦桧招呼一位剃头匠前来梳头，用五千枚当二钱犒赏他，边批：表示不值钱。告诉他说："过几天就会有圣旨，这个钱不能再使用了，你可以早点花用。"剃头匠于是就和其他人说了此事。不到三天，京城的现钱突然就冒了出来。又有一次，京师货物拥塞，缺少现钱。府尹上报此事，秦桧笑着说："容易处理。"于是召见文思院的官员，官员还没到，就不断派人催促他们。等到文思院的官员奔跑着赶来，就告诉他们说："刚才得到圣旨，想要改变钱币的样式。可以铸造样钱一缗呈送上来。废止现在的钱币。"约定第二天中午完成此事。文思院的官员连连点头称是地出来，召集工匠来做这件事。富贵之家听说这件事，都用储存的钱币来兑换金票。物价因此变得十分昂贵，钱币充溢市面。而后，样钱呈上检查后，就再无消息了。

贱桧亦尽有应变之才可喜。然小人无才，亦不能为小人。

【译文】

奸贼秦桧也有应变的才能，值得赞赏。然而小人没有才能也就做不成小人。

令狐楚

令狐楚除守兖州[①]，州方旱俭[②]，米价甚高。迓使至，公首问米价几何？州有几仓？仓有几石？屈指独语曰："旧价若干，诸仓出米若干，定价出粜[③]，则可赈救。"左右窃听，语达郡中，富人竞发所蓄，米价顿平。

【注释】

①令狐楚：字悫士，卒谥文。能文章，尤善笺奏制令。唐德宗贞元年间进士。唐宪宗时为中书舍人，与皇甫镈、李逢吉结党而逐裴度。累升至检校尚书右仆射，封彭阳郡公。颇有政绩。

②旱俭：因旱灾歉收。

③粜（tiào）：卖出谷物。

【译文】

令狐楚被任命为兖州太守，当时州里因旱灾歉收，粮米的价格十分昂贵。迎接使者到来时，他先问现在的米价如何，州郡境内有几间粮仓，每间粮仓存有多少粮食，之后弯着手指头自言自语说："此前的米价是这样的，各个粮仓都输出多少，定价出售，那么就可以赈济灾情了。"左右偷偷听到了他说的话，告诉了郡中的人，富贵人家担心囤积的粮食因定价亏损，于是争相售出自己积蓄的粮食，米价立刻就平抑下来了。

俵马

俵马以高三尺八寸、齿少而形肥者为合式[①]。各州县无孳生驹，必从马贩买解[②]。开州居各县之中，马贩自外来，先被各县拦截买完，然后放过。州官比解严迫[③]，马头枉受鞭笞[④]，马价腾踊，求速反迟。陈霁岩为知州，洞知之，故缓其事。待马贩到齐，方出示看马。先一日，唤马头到堂，面问之云："各县俵马已行，汝知之乎？"咸叩头应曰："知之。"又密谕曰："我心甚忙，明日看马，只做不忙，汝辈宜知之。"又叩头感激而去。明日各马贩随马头带马，有高至四尺者，令辄置不用，曰："高低怕相形[⑤]，宁低一寸，我有禀帖到太仆寺[⑥]，只说是孳生驹耳。"众禀再迟三日，至临濮会上买，易得。公许之，不责一人而出。各马贩气索然[⑦]，争愿贱卖，两日而办。在他县争市高马，刻期早解[⑧]，以求保荐，腾价至四五十金。在本州无过二十余金者。

【注释】

①俵马：明代官府将官马分派给民户饲养，一定时期后再由民户将马送到指定地点，由官府验收。

②买解：买下然后解送上缴。

③比解严迫：上缴期限紧迫。

④马头：负责解马事务的役吏。

⑤高低怕相形：四尺马为高，如购高马，则其他马相形见低。

⑥太仆寺：朝廷负责马政的机关。

⑦索然：毫无兴味。

⑧刻期：限定日期。

【译文】

俵马以高三尺八寸、牙齿少而体型肥壮为合格。各个州县没有自行繁育的马驹，都需要从马贩手中购买上交朝廷。开州位于各个县的中心，马贩从外赶来，一定是先被其他县城拦截购买，然后才放行。州官被要求上交马匹的期限十分急迫，负责督办马匹事务的马头也因此遭受了鞭刑。马匹的价格也因而快速上升，越是想要赶快上交马匹，越是无法达成目的。陈霁岩担任知州，十分清楚相关情况，因而故意放缓这件事。等到马贩全都抵达后，才出来检示马匹。此前一日，将马头唤到厅堂当中，当面问他们说："各县上交朝廷的俵马已经出发了，你们知道吗？"马头都磕头回答说："知道。"又暗中告诉他们说："我心中对这件事感到十分焦急，明天看马的时候，我会装作不着急的样子，你们需要知道我的本意。"各位马头又都叩头感激告辞而去。第二天，各位马贩跟着马头带着马前来，有的马匹高至四尺，他下令弃置不用，说："马匹的高低怕放在一起比较，宁可矮一寸，不要高的。我已经写好禀帖到太仆寺了，就说我们的马匹是自行繁育的。"众人也禀告他说，再迟三天，在临濮会上购买，会更容易。陈霁岩准许了，没有责怪任何人就离开了。这些马贩子都感到很泄气，于是争先恐后地贱卖自己的马匹，两日就买好了。而其他的县都争着购买高大的马匹，限定日期早日解送，来求得保举推荐，为此马匹的价格上涨至四五十金。而在开州不过二十多金。

真心为民，实政及民，必然置保荐于度外。善保荐者，正不干求保荐者也。

【译文】

真心为了百姓，实际政策惠及百姓，必然把保举推荐放在考虑之外。善于保举推荐的，正是不求取保举推荐的人。

徐道覆

徐道覆，卢循妹夫也[1]。始与循密谋举事，欲治舟舰，使人伐材南康山，伪云："将下都货之。"后称力少，不能得致，即于郡减价发卖。居人贪贱，争取市，各储之家。如是数四，故船板大积。及道覆举兵，按卖券而取，无敢隐者，乃并力装船，旬日而办。

【注释】

①卢循：孙恩妹夫。东晋隆安三年（399）孙恩起兵反晋。及元兴元年（402）孙恩败死，卢循代领其众。徐道覆为卢循大将。至义熙七年（411），徐道覆与卢循相继败死。

【译文】

徐道覆，是卢循的妹夫。开始与卢循密谋造反时，想要打造战船，派人到南康山上砍伐木材，伪称道："将要到都城贩卖这些木材。"后又称因为能力不足，不能够将它们运过去，于是就在郡中减价出卖这些木材。当地人贪图便宜，争先抢购，各自储存在自己家中。这样干了几次，造船所需要的船板积累了很多。等到徐道覆举兵起事的时候，按照售卖时候的票证取回木材，没有人敢藏匿，于是合力组装船只，十天就完成了。

道覆虽草窃[1]，其才略有过人者，脱卢循能终用其计，何必遽为"水仙"[2]？其临死叹曰："吾为卢循所误！使吾得事英雄，天下不足定也！"呜呼！奇才策士郁郁不得志，而狼藉以死者比比矣！天后览骆宾王檄[3]，叹曰："使此人沉于下僚，宰相之过也！"知言哉！

【注释】

①草窃：草寇。

②遽为“水仙”：按，孙恩兵败投海自杀，从者谓其成“水仙”，多随之死者。卢循亦是兵败后投水自尽。

③天后：武则天。骆宾王檄：骆宾王，高宗末年为长安主簿，以言事得罪，贬临海丞。后从徐敬业起兵反武则天，为檄文，传布远近，至今称为名篇。兵败，不知所终。

【译文】

徐道覆虽为草寇，他的才能谋略也有过人之处，倘使卢循能自始至终听从他的计谋行事，也不必那么快而投水自杀。他临死前感叹说：“我是被卢循所耽误的！假使我得以侍奉英雄，天下不难平定！”唉，奇才谋士忧郁不得志，而狼狈去世的人到处都有！武则天看到骆宾王所写讨伐她的檄文，感叹说：“让这样的人才屈居于低下职位，是宰相的过失！”是深知人才的话。

秦王祯等　三条

一

魏秦王祯为南豫州刺史[①]。大胡山蛮时出抄掠。祯计召新蔡、襄城蛮首，使观射。先选左右能射者二十余人，而以一囚易服参其间。祯先自射，皆中。因命左右以次射。及囚，不中，即斩。蛮相视股栗。又预令左右取死囚十人，皆着蛮衣以候。祯临坐，会微有风动，辄举目瞻天，顾望蛮曰：“风气少暴，似有钞贼入境，不过十许人，当在西角五十里。”即命驰骑掩捕十人至。祯告诸蛮曰：“非尔乡里耶？作贼合死不？”即斩之。蛮慑服，不知其为死囚也。自是境无暴掠。

【注释】

①秦王祯：元祯，北魏宗室。胆气过人，孝文帝时拜南豫州刺史，爵沛郡公，未封秦王。其先祖拓跋翰曾追封秦王，当由此而误。南豫州：南朝梁以扬州改名，治所在今安徽寿县。

【译文】

北魏时期的秦王元祯，担任南豫州刺史。大胡山这个地方的蛮族，时常出来劫掠百姓。元祯设下计谋，召见新蔡、襄城等地蛮夷的首领，让他们来观看射箭。事先，元祯挑选了左右擅长射箭的大约有二十余人，而让一个囚徒换上衣服，站在他们当中。元祯率先射箭，都命中目标。于是就让左右按照次序射箭。等到那位囚徒射箭的时候，没有射中，当场就被斩首了。蛮族的首领互相看着，害怕得发抖。元祯事先又命令左右从狱中提出死囚十人，都穿着蛮族的衣服等待。元祯来到座位旁，恰好有微风吹过，就抬头看向天空，然后回头看着蛮族首领说："风中有少许暴虐之气，好像有抄掠入境的贼寇，不过十来个人，应当在西角五十里。"于是就下令让人骑马奔驰而去，抓了这十个人回来。元祯告诉这些蛮族说："不是你们的同乡吗？做贼寇不应当被处死吗？"于是立刻就斩杀了这些伪装的囚徒。蛮族因此慑服，不知道被处死的实际上是死囚。从此境内再无暴力掠夺的蛮族人了。

二

回纥还国[①]，恃功恣睢[②]，所过皆剽伤[③]。州县供饩不称[④]，辄杀人。李抱玉将馈劳[⑤]，宾介无敢往[⑥]。马燧自请典办具[⑦]。乃先赂其酋，与约得其旌章为信，犯令者得杀之。燧又取死囚给役左右，小违令，辄戮死。虏大骇，至出境，无敢暴者。

【注释】

①回纥还国：唐代宗宝应元年（762），朝廷遣使与回纥修旧好，且征兵讨史朝义。于是以雍王李适为元帅，仆固怀恩为副，会回纥兵攻史朝义。连战大胜，收复东京、郑、汴等州。次年，回纥登里可汗归国。

②恣睢（suī）：肆意放纵。

③剽（piào）伤：掠夺残害。

④供饩（xì）：供给的物品。

⑤李抱玉：唐朝蕃将。此时任陈郑、泽潞节度使。本姓安，安禄山反，耻与叛贼同姓，改姓李。玄宗时战河西有功。代宗时累官至兵部尚书，兼三节度、三副元帅。

⑥宾介：此处指宾客、官属。

⑦马燧：唐朝名将。沉勇多智略。时为赵城县尉。

【译文】

回纥军队回国时，仗恃军功，嚣张跋扈肆意妄为，经过的地方都有抢掠伤人。地方州县供给物资，稍有不称心的，他们就会杀人泄愤。李抱玉将要前往馈赠慰劳他们，属下没有敢前往的。马燧主动请求负责这件事。于是马燧先贿赂回纥人的首领，约定取得他们的旌章作为信物，凡是违令者可以处死。马燧又选取几名死囚放在身边役使，有小的过错就处死。于是回纥人十分惊骇，直至走出唐境，也再无人敢暴虐不守法纪。

三

真宗幸澶渊。丁谓知郓州，兼齐、濮等州安抚使。时契丹深入，民大惊，争趋杨刘渡[①]。舟人邀利，不急济。谓取死罪囚，诈作驾舟人，立命斩之，舟遂集，民乃得渡。遂立部分，使沿河执旗帜、击刁斗自卫[②]。契丹乃引去。

【注释】

①杨刘渡：黄河渡口，在山东东阿故杨刘镇。

②刁斗：古代行军用具。一说为铜器，受一斗，昼炊饭食，夜间击以巡更。一说为小铃，像宫中的侍夜铃。

【译文】

宋真宗驾临澶渊。丁谓任郓州知州，同时兼任齐州、濮州等地的安抚使。当时契丹人深入宋地，民众十分惊惧，争先恐后赶往杨刘渡。船夫为了获得更多的经济利益，不急着将人渡过黄河。丁谓选取几名犯了死罪的囚徒，假装他们是驾舟船的人，立刻下令斩杀他们。附近的船只立刻集中开始渡河，民众因此得以渡河。丁谓又立即组织布署百姓，让他们沿着河流打着旗帜，如遇警情则敲打刁斗来自卫。契丹人见状就引兵退去了。

死罪也，而亦不令徒死[①]：祯借之以威蛮，燧借之以威虏，谓借之以威兵，其大者为槜李之克敌[②]，而最下供御囚[③]，亦假之以代无辜之命。正如圣药王[④]，尘垢土木，皆入药料。

【注释】

①徒死：白白死去。

②槜（zuì）李之克敌：春秋鲁定公十四年（前496），吴王阖闾伐越，越王勾践御之于槜李。勾践患吴师之整，屡冲不动，于是用死囚列为三行，以剑横于颈，逐个自刎于阵前。吴师瞩目于死囚。越王勾践遂攻之，大败吴军，阖闾伤重死。槜李，在今浙江嘉兴南。

③供御囚：北齐文宣帝高洋性淫暴，群臣多无故被诛。于是取罪人随驾，称为“供御囚”，高洋常手自刃杀，持以为戏。

④圣药王：民间以神农、扁鹊为药王，建庙奉祀。

【译文】

犯了死罪的人，也不让他们白死：秦王祯借死囚威吓蛮人，马燧借死囚威震回纥，丁谓借死囚威慑士兵，死囚用处大的可以在檇李击败敌人，而最下等的供御囚，也可以借来替代无辜者的性命。正如药王，尘埃、土木，都可以做药材。

杨琎

杨琎授丹徒知县。会中使如浙，所至缚守令置舟中，得赂始释。将至丹徒，琎选善泅水者二人，令著耆老衣冠[1]，先驰以迎。边批：奇策奇想。中使怒曰：“令安在？汝敢来谒我耶！”令左右执之。二人即跃入江中，潜遁去。琎徐至，绐曰：“闻公驱二人溺死江中。方今圣明之世，法令森严，如人命何？”中使惧，礼谢而去，虽历他所，亦不复放恣云。

【注释】

①耆（qí）老：老年乡绅。

【译文】

杨琎被授予丹徒县县令的职位。适逢宫中使者抵达浙江，到达一地，就会将当地的守令捆缚起来，关在船上，拿到贿赂之后，才会将人释放。即将抵达丹徒的时候，杨琎选择两位善于潜水的人，命令他们穿着年迈乡绅的衣服戴着他们的帽子，率先驱驰前往迎接。边批：奇策奇想。宫中的使臣生气地说：“你们的县令在哪里？你们怎敢前来拜谒我呢！”

于是下令左右将他们抓起来。二人立即跳入江中,悄悄潜水而去。杨琎慢慢前来,骗他说:“听说你驱赶两人溺死在江中。如今是圣明的世道,法令森严,怎么会如此对待人命?”宫中使臣感到惊惧,施礼谢罪而去,即使之后到了其他地方,也不敢再嚣张跋扈了。

韩雍

公镇两广[①],防患甚严,心腹一二人外,绝不许登阶,亦多以权术威镇之。一日与乡人宴于堂后,蹴踘为戏。既散,潜使人置石炮。有观者,因指示曰:“此公适所蹴戏也。”众吐舌,咸以公为绝力。所张盖内藏磁石[②],以铁屑涂毛发间,每出坐盖下,须鬓翕张不已。貌既魁岸,复睹兹异,惊为神明焉。

【注释】

①公:韩雍,字永熙。明正统年间进士。初授御史,曾出巡河道及江西,参与平定浙江叶宗留起义及福建邓茂七起义。明宪宗时讨平大藤峡起义,平乱后以左副都御史之职提督两广军务。后被诬辞官。

②盖:伞盖。

【译文】

韩雍镇守两广的时候,防范隐患十分严密,除了一两位心腹之外,绝对不允许其他人登入厅堂,也时常会用权术来威吓镇住下属。一天,他与乡亲在厅堂后举行宴会,踢蹴鞠作为游戏。客散之后,暗中派人放置石炮。有看到的人,就指着石炮说:“这就是韩公方才嬉戏的球。”众人都惊讶地吐出舌头,都以为韩公拥有超人的力气。韩雍还曾在他的伞盖当中隐藏磁石，在自己的胡须毛发之间涂入铁屑，每次出行坐在伞盖下，韩雍的发须都开合不停。韩雍容貌魁梧伟岸，又看到这种异常情况，人们都大惊，认为他是神明。

夷悍而愚，因以愚之。

【译文】

南方的少数民族凶悍而愚鲁，因此来愚弄他们。

王导

王敦威望素著[①]，一旦举兵内向，众咸危惧。适敦寝疾[②]，王导便率子弟发哀。众闻，谓敦死，咸有奋志。

【注释】

①王敦：字处仲。出身士族，西晋末为琅琊王司马睿大将，握重兵驻武昌。后拥司马睿为帝建东晋，升任大将军、荆州牧，与王导分掌军政。晋明帝太宁二年（324），明帝任王导为大都督，讨王敦。王敦时病重，命王含等率兵赴建康，王敦不久病死。

②寝疾：有病卧床，病得起不了床。

【译文】

王敦的威望一向很高，突然发兵向都城进发，大家都感到十分危急恐惧。适逢王敦病重，王导便率领家族子弟发丧。大家听闻了这件事，认为王敦已死，因而都有了平定叛乱的决心。

程婴

屠岸贾攻赵氏于下宫[①]，杀赵朔、赵同、赵括、赵婴齐[②]，皆灭其族。赵朔妻，成公姊也[③]，有遗腹，走公宫匿。赵朔客曰公孙杵臼。杵臼谓朔友人程婴曰："胡不死？"程婴曰："朔之妇有遗腹，若幸而生男，吾奉之；即女也，吾徐死耳。"居无何，而朔妇娩身生男。屠岸贾闻之，索于宫中。夫人置儿裤中，祝曰："赵宗灭乎，若号；即不灭，若无声！"及索儿，竟无声。已脱，程婴谓公孙杵臼曰："今一索不得，后必且复索之，奈何？"公孙杵臼曰："立孤与死孰难[④]？"边批：只一问，便定了局。程婴曰："死易，立孤难耳。"公孙杵臼曰："赵氏先君遇子厚，子强为其难者；吾为其易者，请先死！"乃谋取他人婴儿负之[⑤]，衣以文葆[⑥]，匿山中。边批：妙计。程婴出，谬谓诸将军曰："婴不肖，不能立赵孤。谁能与我千金，我告赵氏孤处。"边批：更妙。诸将军皆喜，许之。发师随程婴攻公孙杵臼。杵臼谬曰："小人哉程婴！昔下宫之难不能死，与我谋匿赵氏孤儿，今又卖我。纵不能立，而忍卖之乎！"抱儿呼曰："天乎！天乎！赵氏孤儿何罪？请活之，独杀杵臼可也！"诸将不许，遂杀杵臼与孤儿。诸将以为赵氏孤儿良已死，皆喜。然赵氏真孤乃反在，程婴卒与俱匿山中。居十五年，晋景公疾，卜之："大业之后不遂者为祟[⑦]！"边批：安知非赂卜者使为此言？景公问韩厥，厥知赵孤在，边批：妙人。乃以赵氏对。景公问："赵尚有后子孙乎？"厥具以实告。于是景公乃与韩厥谋立赵孤儿，召而匿之宫中。诸将入问疾，景公因韩厥之众以胁诸将而见赵孤。赵孤名曰武。诸将不得已，皆委罪于屠岸贾。于是武、婴遍拜诸将，相与攻岸贾，灭其族。复与赵武田邑如故。及武既冠成人，婴曰："吾将下报公孙杵臼！"遂自杀。

【注释】

①屠岸贾：春秋时晋灵公宠臣，景公时为司寇。后为赵武灭其族。

②赵朔、赵同、赵括、赵婴齐：赵朔为晋国正卿赵盾之子，同、括、婴齐都为赵盾的弟弟。

③成公：晋成公，晋景公之父。

④立孤：使孤儿成人立业。

⑤谋取：设法取得。

⑥文葆：绣有花纹的婴儿小被子。

⑦大业：赵与秦的始祖。传说颛顼之苗裔有女修，女修吞玄鸟之卵，生大业。大业之后为伯益，为舜赐姓嬴氏。后又传至造父，为周穆王封于赵城，由此为赵氏。不遂：不振。

【译文】

屠岸贾在下宫攻杀赵氏，杀掉了赵朔、赵同、赵括、赵婴齐，将他们都灭族了。赵朔的妻子，是晋国成公的姐姐，已怀有身孕，逃到国君的宫中藏匿起来。赵朔有一位宾客叫作公孙杵臼。杵臼对赵朔的友人程婴说："为何不一同赴死？"程婴说："赵朔的妻子有孕，若有幸生个男孩，我就事奉他；如若是个女孩，那么我再死不晚。"不久后，赵朔的夫人分娩，生下了一个男婴。屠岸贾听说了，到宫中去搜捕这个男婴。赵朔的夫人将这个婴儿放置在裤子当中，祝祷说："赵氏宗族如若注定要灭亡，你就哭出声；如若不当灭，你就安静无声吧！"等到搜捕婴儿的时候，婴儿竟然始终保持安静无声。在摆脱了危险之后，程婴对公孙杵臼说："如今第一次搜捕,没有找到婴儿,之后一定会再次搜捕的,该怎么办?"公孙杵臼说:"使孤儿成人恢复赵氏的家业与死义哪个更难?"边批:这一问,就定了局。程婴说:"赴死更为容易,让孤儿成人复业难。"公孙杵臼说:"赵氏先君对待您十分优厚,请您勉强选择这个困难的选项吧;我选择容易的,请让我先赴死。"于是就谋划得到他人的婴儿,背在身上,让婴儿穿上有纹饰、显得很尊贵的襁褓佯装是赵氏的遗孤,藏匿在深山之中。边批:妙计。程婴出来,对众将军谎称:"程婴不肖,不能让赵氏遗孤成人恢复家业。谁能给予我千金,我就告诉他赵氏孤儿在哪里。"边批:更妙。各位将军都很欣喜,答应了他的要求。派出军队跟随程婴来攻杀公孙杵臼。公孙杵臼佯装说道:"程婴真是小人!昔日下宫之难不能同赵氏一同赴死,和我共同谋划一同藏匿赵氏孤儿,如今却又出卖我。纵然不能让赵氏孤儿成人恢复家业,怎能忍心出卖他呢!"于是他抱着孩子哭号道:"天啊!天啊!赵氏孤儿又有什么罪责呢!请求让他活命,只杀掉我吧!"各位将领没有答应,于是就杀掉了公孙杵臼和孤儿。各位将领以为赵氏孤儿确实已经死掉了,都十分欣喜。然而真正的赵氏孤儿还活着,程婴最终与赵氏孤儿藏匿在山中。过了十五年,晋景公生病,占卜得到的解释是:"赵氏先祖大业的后人不顺遂在作祟。"边批:怎知不是贿赂占卜的人,让他如此说?晋景公问韩厥,韩厥知道赵氏孤儿还在世,边批:妙人。于是就把赵氏的情况告诉了晋景公。景公问:"赵氏还有子孙在世吗?"韩厥将事情告诉了晋景公。于是晋景公就与韩厥谋划,复立赵氏孤儿,召回赵氏孤儿,将他藏匿在宫中。各位将领入宫来看望景公的病情,晋景公借助韩厥的势力,来胁迫各位将领与赵氏孤儿相见。赵氏孤儿名武。诸位将领没有办法,只好将罪责都推给了屠岸贾。于是赵武、程婴逐一拜见各位将领,一起攻杀屠岸贾,灭了他的族。将赵氏原来的田邑重新封给了赵武。等到赵武加冠成年,程婴说:"我将要到九泉之下,报答公孙杵臼的义气!"于是就自杀了。

赵氏知人，能得死士力，所以蹶而复起，卒有晋国。后世缙绅门下，不以利投，则以谀合，一旦有事，孰为婴、杵？

【译文】

赵氏懂得用人，能够得到死士的鼎力帮助，所以能够败而复振，最终瓜分晋国。后世缙绅的门下，不是因利益迎合，就是因阿谀逢迎投合。一旦有变故，谁能够充当程婴或者公孙杵臼呢？

○鲁武公与其二子括与戏朝周[①]，宣王爱戏，立为鲁世子。武公薨，戏立，是为懿公。时公子称最少，其保母臧[②]。寡妇与其子俱入宫养公子称。括死，而其子伯御与鲁人作乱，攻杀懿公而自立，求公子称，将杀之。臧闻之，乃衣其子以称之衣，卧于称处，伯御杀之。臧遂抱称以出，遂与称舅同匿之。十一年，鲁大夫知称在，于是请于周而杀伯御，立称，是为孝公。时呼臧为“孝义保”。事在婴、杵前，婴、杵盖袭其智也。然婴之首孤，杵之责婴，假装酷似，不唯仇人不疑，而举国皆不知，其术更神矣，其心更苦矣。

【注释】

①鲁武公：西周时鲁国国君，前825—前816年在位。

②保母：宫廷里负责抚养子女的女妾。

【译文】

鲁武公和他的两个儿子括还有戏一同朝见周天子，周宣王喜爱戏，于是就将戏立为鲁国的世子。鲁武公薨，戏立为国君，就是鲁懿公。当时公子称最为年少，他的保姆叫作臧。这位寡妇带着自己的孩子进宫，养育公子称。括死后，他的儿子伯御和鲁国的民众作乱，攻杀了懿公而自立为国君，四处搜求公子称，想要杀掉他。臧听说了这件事，于是就让自己的儿子穿上了公子称的衣服，躺卧在公子称平时休息的地方，伯御将臧的孩子当作称杀掉了。臧于是就抱着称出逃，与称的舅舅一同将孩子藏起来。十一年后，鲁国的大夫知道称还在世，于是向周天子请命，杀掉伯御，拥立称为国君，这就是鲁孝公。当时的人们都称呼臧为"孝义保"。这件事发生在程婴、公孙杵臼之前，程婴和公孙杵臼大概也是承袭了她的智谋。然而程婴出卖婴儿，公孙杵臼对程婴的责怪，虽然是假装为之，但也酷似真的。不仅是仇人深信不疑，乃至举国上下都不知道，他们的手段更加神通，也更费尽心思。

太史慈

北海相孔融闻太史慈避地东海[①]，数使人馈问其母。后融为黄巾贼所围，慈适还，闻之，即从间道入围，见融。融使告急于平原相刘备[②]。时贼围已密，众难其出。慈乃带鞬弯弓[③]，将两骑自从，各持一的持之[④]，开门出。观者并骇。慈径引马至城下堑内，植所持的射之，射毕还。明日复然，如是者再。围下人或起或卧，乃至无复起者，慈遂严行蓐食[⑤]，鞭马直突其围。比贼觉，则驰去数里许矣。竟从备乞兵解围。

【注释】

①太史慈：字子义。汉末名将，官至建昌都尉。善射，箭不虚发，后仕于孙策。

②告急：报告紧急情况，请求援助。

③鞬（jiān）：盛弓的袋子。

④的：箭靶。

⑤严行：装束整齐。蓐（rù）食：天不亮就在寝席上进食。指进餐时间很早。

【译文】

北海相孔融听闻太史慈避居在东海，多次派人前去慰问他的母亲，并且馈赠礼物。此后一次，孔融被黄巾军围困，适逢太史慈回来，听说了此事，即刻就从偏僻的小路闯入包围圈，与孔融会见。孔融让他向平原相刘备报告紧急情况，请求援助。当时，黄巾军的围困已经十分严密，大家都对突围出去感到困难。太史慈就背上箭袋带上弯弓，带领两个骑兵，让他们各自带上一个箭靶，开门出城。看到这一幕的人都十分惊骇。太史慈于是径直引马到城墙下的堑壕内，竖起他们带着的箭靶就开始射箭。射箭结束后，就返回城内。第二天还是这样，之后还是照旧。城下围困的人有的站立有的卧倒，直到大家看到了都不以为意不再起来。太史慈于是就严整行装早早吃过饭，策马冲出包围圈。等到贼寇警觉，已经奔驰出去好几里了。他最终从刘备那里讨来救兵，解除了北海之围。

陈子昂

子昂初入京[①]，不为人知。有卖胡琴者[②]，价百万，豪贵传视，无辨者。子昂突出，顾左右曰："辇千缗市之！"众惊问，答曰："余善此乐。"皆曰："可得闻乎？"曰："明日可集宣阳里。"如期偕往。则酒肴毕具，置胡琴于前。食毕，捧琴语曰："蜀人陈子昂，有文百轴，驰走京毂[③]，碌碌尘土，不为人知！此乐贱工之役，岂宜留心！"举而碎之，以文轴遍赠会者[④]，一日之内，声华溢都下[⑤]。

【注释】

①子昂:陈子昂。初唐诗人,善属文。

②胡琴:泛指西域乐器。

③京毂(gǔ):指京城。

④文轴:借指文章。因古人文章多装成卷轴,故云。

⑤声华:声名。

【译文】

陈子昂初入京师,不为人所知晓。有卖胡琴的人,出价百万,富豪与权贵争相传视,没有能够分辨了解的人。陈子昂突然出现,对身边仆从说:“用车拉一千缗钱买下它!”众人都惊讶地询问他关于胡琴的事情,陈子昂回答说:“我擅长这种乐器。”大家又问:“可以听您弹奏吗?”陈子昂说:“明天大家可以到宣阳里集合。”众人如期相偕前往。酒菜都准备好了,胡琴放置在大家面前。饮食结束后,陈子昂捧起胡琴说:“蜀人陈子昂,有文章百轴,在京师奔走,犹如碌碌尘土,不为人们所了解!弹奏胡琴是低贱的乐工所从事的工作,怎能多费心思呢!”于是将琴举起来摔碎,将文章遍赠参会的人。一天之内,陈子昂的名声就响遍京师了。

唐人重才,虽一艺一能,相与惊传赞叹,故子昂借胡琴之价,出奇以市名,而名果成矣。若今日,不唯文轴无用处,虽求一听胡琴者亦不可得,伤哉!

【译文】

唐朝重视人才,即使是一门技艺一项才能,也会相互之间传颂赞叹,所以陈子昂借助买胡琴的高价,出奇招以求取名声,而名声果然大震。如果在今天,不要说文章没有用处,就是想找一个听胡琴的人也找不到,可悲啊!

爰种等 三条

一

爰盎常引大体慷慨[①]。宦者赵谈以数幸[②]，常害盎。盎患之。兄子种为常侍骑[③]，谓盎曰："君众辱之，后虽恶君，上不复信。"于是上朝东宫[④]，赵谈骖乘[⑤]。盎伏车前曰："臣闻天子所与共六尺舆者[⑥]，皆天下英豪。今汉虽乏人，陛下独奈何与刀锯之余共载[⑦]？"于是上笑，下赵谈，谈泣下车。

【注释】

①爰盎：袁盎，字丝。西汉大臣，以胆识与见解为汉文帝所赏识。引大体：坚持原则。慷慨：情绪激昂。

②数：特指方术，比如占卜之类。

③常侍骑：又称"武骑常侍"，皇帝侍从。

④朝东宫：朝见太后。当时太后居东宫。

⑤骖（cān）乘：陪乘。

⑥六尺舆：帝王乘坐的车。

⑦刀锯之余：刑余之人。宦者受宫刑，故云。

【译文】

袁盎常常坚持原则而慷慨激昂。宦官赵谈因善长方术受到皇帝宠幸，经常陷害袁盎。袁盎为此感到十分担忧。他的侄子袁种担任武骑常侍，对袁盎说："您当众羞辱他，之后他即使再向君主进恶言，也不会被君主相信了。"于是就在皇帝要去朝见太后的时候，赵谈陪同乘车前往，袁盎伏在车前说："为臣听说，与天子一起乘坐六尺舆乘的，都是天下英豪。如今大汉虽然缺乏人才，陛下又为何与刑余之人同乘呢？"于是皇帝就笑了，让赵谈下车，赵谈哭着下了车。

二

王敦用温峤为丹阳尹[①]，置酒为别。峤惧钱凤有后言[②]，因行酒至凤，未及饮，峤伪醉，以手板击之堕帻[③]，作色曰："钱凤何人！温太真行酒，敢不饮！"凤不悦。敦以为醉，两释之。明日凤曰："峤与朝廷甚密，未必可信，宜更思之！"敦曰："太真昨醉，小加声色，岂得以此便相谗贰[④]！"由是峤得还都，尽以敦逆谋告帝。

【注释】

①温峤：字太真。性聪敏，有识量，博学能文。晋明帝即位，拜侍中，参预机密，转中书令。任为丹阳尹，赴任即奏王敦逆谋，与庾亮共谋讨王敦。苏峻反，温峤与陶侃讨平之。官至骠骑将军、开府仪同三司。

②钱凤：王敦重要谋士。后言：温峤走后而进的谗言。

③手板：笏板。帻（zé）：头巾。

④谗贰：谗害猜疑。

【译文】

王敦任命温峤为丹阳尹，为他设置酒宴送行。温峤担心钱凤在他走后说自己的坏话，于是在行酒到钱凤的时候，还没喝，温峤就假装醉了，用笏板打落了他的头巾，然后生气地说："钱凤你是什么人！我温峤为你敬酒，你竟敢不喝！"钱凤感到十分不悦。王敦以为是温峤喝醉了，于是就出来为他们两人和解。第二天，钱凤说："温峤和朝廷往来甚密切，未必值得相信，应当再次思考这件事！"王敦说："温峤昨天酒醉，对你发了些脾气，怎么能因此就谗害猜疑他呢！"由此，温峤得以返回都城，尽数将王敦谋反的信息报告了皇帝。

三

尔朱兆以六镇屡反[①]，诛之不止，问计于高欢[②]。欢谓宜选王心腹私将统之，有犯则罪其帅。兆曰："善！谁可行？"贺拔允时在坐[③]，劝请用欢。欢拳殴允，折其一齿，曰："生平天柱时[④]，奴辈伏处分如鹰犬。今天下安置在王，而允敢诬下罔上如此！"兆以欢为诚，遂委之。欢以兆醉，恐醒而悔之，遂出宣言："受委统州镇兵，可集汾东受号令[⑤]。"军士素乐欢，莫不皆至。欢去，遂据冀州。

【注释】

①尔朱兆：尔朱荣从子。骁勇善骑射，以军功任平远将军。530年，北魏孝庄帝杀尔朱荣，尔朱兆于是与尔朱世隆立长广王元晔为帝，率兵入洛阳，杀孝庄帝。次年，又废元晔，立广陵王元恭，被封为都督十州诸军事。残暴多杀，于是高欢起兵讨尔朱氏，后尔朱兆兵败自缢。六镇：北魏世祖拓跋焘破柔然，置降人于漠南，东自濡源，西至五原、阴山，分为六镇，为武川、抚冥、怀朔、怀荒、柔玄、御夷，六镇均在今河北、山西北部。

②高欢：六镇中的怀朔镇人，原为杜洛周及葛荣部将，葛荣败后，高欢投靠尔朱荣。当时为晋州刺史。

③贺拔允：仕魏累封燕郡公，兼侍中。与高欢结交，高欢入洛，进爵为王，为太尉，加侍中。

④生平：生前。天柱：指尔朱荣，加封天柱大将军。

⑤汾东：汾水之东。

【译文】

尔朱兆因为手下的六镇屡次反叛，诛杀讨伐而不能制止，于是就向高欢问计策。高欢说，应当挑选大王的心腹将领来统御他们，有作乱就惩罚将领。尔朱兆说："很好！谁可以担此重任呢？"贺拔允当时在座，劝尔朱兆启用高欢。高欢用拳头殴打贺拔允，打断了一颗牙齿，说："当年天柱大将军在世时，奴仆们如鹰犬一般听从他的命令。如今天下如何安置，都由大王决定，你怎敢如此诬下而欺瞒王上？"尔朱兆认为高欢十分忠诚，于是就委任他担任六镇统帅。高欢以为尔朱兆喝醉了说的，担心他酒醒了之后反悔，于是就出去宣布说："我受命统领州镇士兵，你们可以到汾河东岸聚集接受命令。"士兵们一向很拥护高欢，没有不前往的。高欢离去，割据了冀州。

王东亭

王绪[①]，素谗殷荆州于王国宝[②]，殷甚患之，求术于王东亭[③]，曰："卿但数诣王绪，往辄屏人，因论他事，如此则二王之好离矣！"殷从之。国宝见王绪，问曰："比与仲堪何所道？"绪云："故是常谈。"国宝谓绪于已有隐，情好日疏，谗言用息。

【注释】

①王绪：王国宝的从祖弟，为琅琊内史，以邪佞为琅琊王司马道子倚为心腹，后与国宝同被诛。

②殷荆州：殷仲堪，东晋孝武帝时授都督荆、益、宁三州军事，镇江陵。后为桓玄所败，被俘死。王国宝：王坦之之子，少无操行。其从妹为司马道子妃。道子辅政，以国宝为秘书丞，补侍中，迁中书令、中领军。王恭恶其乱政，讨伐他，道子乃委罪于国宝，赐死。

③王东亭：王珣，与谢玄俱为桓温掾属，为桓温所赏识。后为尚书右仆射，领吏部。封东亭侯。

【译文】

王绪一直在王国宝面前进殷仲堪的谗言。殷仲堪十分担忧此事，因此向王东亭询问计策。王东亭说："您只要经常去拜见王绪，去了之后就屏退其他人，然后讨论其他事情，这样一来，二王之间的亲密关系就会离析。"殷仲堪听从了他的计谋。王国宝见到王绪，问他："你刚才与殷仲堪谈论什么事情？"王绪说："只是一些日常谈话。"王国宝认为王绪对自己有所隐瞒，二人之间的情分日渐疏远，谗言也就不再起作用了。

此曹瞒间韩遂、马超之故智[①]。张濬杀平阳牧守[②]，亦用此术。平阳牧张姓，蒲帅王珂之大校。

【注释】

①曹瞒间韩遂、马超：曹操小字阿瞒。汉献帝建安十六年（211），马超、韩遂等十部反叛，曹操自将击之，屡为马超等击败，于是用贾诩之计，故意单独与韩遂谈话，并写信给他，故意涂抹字迹，离间马超、韩遂。

②张濬杀平阳牧守：唐昭宗时，张濬率师讨太原，还过平阳，牧守张某为河中节度使王珂大将。王珂变诈难测，张濬恐怕他遣张某袭击自己，于是设宴邀张某，使王珂生疑而杀张某。

【译文】

这是曹操用过的离间韩遂、马超的智谋。张濬杀平阳牧守，也是用类似的计谋。平阳牧姓张，是蒲帅王珂的大校。

吴质

丞相主簿杨修谋立曹植为魏嗣[①]。曹丕患之[②]，以车载废簏[③]，纳吴质[④]，与之谋。修白操。丕惧，告质。质曰："无害也!”明日复以簏载绢入。修复白之,推验无人,操由是不疑。

【注释】

①杨修:字德祖。好学有俊才,举孝廉,为丞相曹操主簿。为曹操所忌而诬杀。曹植:曹操子。善属文,封临淄侯。及曹丕为帝,不得志而死。

②曹丕:曹植同母兄。曹操死,为魏王,旋废汉献帝,建魏国。卒谥文帝。

③簏(lù):竹编的盛器。

④吴质:博学多才,少与曹丕、曹植以文学交,汉献帝时为五官将、朝歌长及元城令。曹丕建魏后,官至振威将军、都督河北诸军事,封列侯。

【译文】

丞相主簿杨修,谋立曹植为曹魏继承人。曹丕对此十分担忧,于是用车运载废弃的竹簏,将吴质藏于其中运进府中,同他商议这件事。杨修将这件事告诉了曹操。曹丕为此感到惊惧,询问吴质。吴质说:“没什么妨碍。”第二天,再次在簏中放置绢布运入府中。杨修再次禀告曹操。曹操派人推验检查,发现并没有人藏在里边,曹操由此不怀疑曹丕。

植之夺嫡,操固疑之。疑植,则其不疑丕也易矣。不然,多猜如操,何一推验而即止耶?其杀修也,亦以孤植而安丕。而说者谓“黄绢”取忌、“鸡肋”误军[①],亦浅之乎论操矣!

【注释】

①“黄绢”取忌、“鸡肋”误军:见本书“捷智部·敏悟”中“杨德祖”条。

【译文】

曹植谋夺继承人的地位，曹操本来就很怀疑他。既然怀疑曹植，那么他不怀疑曹丕也是正常的。不然，猜忌心很重的曹操，如何能推验一次就停止了呢？曹操处死杨修，也是为了孤立曹植，让曹丕的地位更加稳固。而有的人认为"黄绢"自取嫉妒、"鸡肋"延误了军情，这样评论曹操也太浅白了。

司马懿等　四条

一

曹爽擅政[①]，懿谋诛之[②]，惧事泄，乃诈称疾笃。会河南尹李胜将莅荆州[③]，来候懿。懿使两婢侍持衣，指口言渴。婢进粥，粥皆流出沾胸。胜曰："外间谓公旧风发动耳，何意乃尔！"懿微举声言："君今屈并州，并州近胡，好为之备。吾死在旦夕，恐不复相见，以子师、昭为托[④]。"胜曰："当忝本州[⑤]，非并州。"懿故乱其词曰："君方到并州？"胜复曰："忝荆州。"懿曰："年老意荒[⑥]，不解君语。"胜退告爽曰："司马公尸居余气[⑦]，形神已离，不足复虑！"于是爽遂不设备。寻诛爽。

【注释】

①曹爽：字昭伯，父亲曹真为曹操族子。魏明帝病重，拜曹爽为大将军，使与司马懿同受遗诏辅佐少主。骄奢淫逸，与司马懿争权，最终为司马懿所杀。

②懿：司马懿，字仲达。猜忌多权变。曹操时为太子中庶子，多出奇策，为曹丕所重。杀曹爽后专朝政，父子擅权，其孙司马炎终代

魏政。

③李胜:曹爽心腹,有才智,后与曹爽同被诛。

④师、昭:司马师、司马昭。司马懿之子。

⑤忝:忝居。自谦不称职而受任。本州:指荆州。

⑥意荒:精神恍惚。

⑦尸居余气:谓人形如死尸,其躯壳虽在,而仅存气息。

【译文】

曹爽专权,司马懿想要谋划诛杀他,担心事情泄露,于是就诈称自己病重。适逢河南尹李胜将要前往荆州任职,来看望司马懿。司马懿让两位婢女拿着衣服,指着嘴巴说口渴。婢女喂他吃粥,粥都从口中流出沾到胸前。李胜说:"外间说您旧有的风疾发作了,没想到到了这种程度!"司马懿微弱地说道:"如今您将要屈尊到并州去了,并州接近胡人,一定要好好地做好防备啊!我旦夕之间就会死去,恐怕没有机会再相见了,我将我的儿子司马师、司马昭托付给您。"李胜说:"我要去荆州,不是并州。"司马懿故意言语错乱说:"您刚到并州?"李胜又说:"是到荆州。"司马懿说:"我年纪大了,精神恍惚,不能理解您的意思。"李胜退出,告诉曹爽说:"司马懿人如死尸,只剩下一口气在了。身体与神智已经分离,不值得再忧虑了!"于是曹爽就不再防备。不久后,司马懿就诛杀了曹爽。

二

安仁义、朱延寿,皆吴王杨行密将也[①]。延寿又行密朱夫人之弟。淮、徐已定,二人颇骄恣,且谋叛。行密思除之,乃阳为目疾。每接延寿使者,必错乱其所见以示之。行则故触柱而仆,朱夫人挟之,良久乃苏,泣曰:"吾业成而丧明[②],此天废我也!诸儿皆不足任事,得延寿付之,吾无恨矣！”朱夫人喜，急召延寿。延寿至，行密迎之寝门，刺杀之。即出朱夫人[3]，而执斩仁义。

【注释】

①杨行密：字化源。唐末起兵于庐州。昭宗拜为淮南节度使，封吴王，悉有河南、江东地。后其子称帝，追尊行密为太祖。

②丧明：丧失视力。

③出：夫逐弃其妻。

【译文】

安仁义、朱延寿都是吴王杨行密的将领。朱延寿还是杨行密的夫人——朱夫人的弟弟。淮、徐已经平定，二人十分骄傲放肆，并且密谋叛乱。杨行密考虑要除掉他们，于是假装患上了眼疾。每次接见朱延寿的使者，一定会显示出他看东西颠倒错乱。他行走的时候故意撞到柱子摔倒，朱夫人扶起他，过了许久他才苏醒过来，哭着说：“我的功业初成但是却失明了，这真是上天要废我啊！我的儿子们都难堪大任，如若可以把我的家业托付给延寿，我就没什么遗憾了！”朱夫人十分欣喜，于是急忙召见朱延寿。朱延寿抵达后，杨行密在寝室门口迎接他，刺杀了朱延寿。立即休弃了朱夫人，而且捉住安仁义并处死了他。

三

孙坚举兵诛董卓，至南阳，众数万人，檄南阳太守张咨，请军粮。咨曰：“坚，邻二千石耳[1]，与我等，不应调发！”竟不与。坚欲见之，又不肯见。坚曰：“吾方举兵而遂见阻，何以威后？”遂诈称急疾，举兵震惶，迎呼巫医，祷祠山川，而遣所亲人说咨，言欲以兵付咨。咨心利其兵，即将步骑五百人，持牛酒诣坚营。坚卧见，亡何起[2]，设酒饮咨。酒酣，长沙主簿入白："前移南阳③，道路不治，军资不具，太守咨稽停义兵，使贼不时讨，请收按军法！"咨大惧，欲去，兵阵四围，不得出，遂缚于军门斩之。一郡震栗，无求不获，所过郡县皆陈糗粮以待坚军④。君子谓："坚能用法矣！法者，国之植也，是以能开东国⑤。"

【注释】

①邻二千石：时孙坚为长沙太守，与南阳太守张咨同为二千石。

②亡何：不久。

③移：移文。此处指以公文发往平行官府。

④糗（qiǔ）粮：干粮。

⑤开东国：在东方创立国家，指后来的吴国。

【译文】

孙坚举兵征讨董卓，行军至南阳，部众有数万人。孙坚传檄南阳太守张咨，请求供给军粮。张咨说："孙坚，不过是邻郡二千石的官员，与我等级相同，不应当向我征调军粮。"最终没有给予孙坚军粮。孙坚想要同张咨见面，张咨也不肯接见他。孙坚说："我才举兵，就遇到了阻碍，如何威慑后人呢？"于是就谎称患上了急症，孙坚全军听到了这个消息，都十分震惊惶恐，只得迎请巫医，并且向山川祈祷祭祀。同时派遣亲近的人去劝说张咨前来，告诉他孙坚想要将军队托付给他。张咨心中想要得到孙坚的军队，于是就带领步骑兵五百人，带着牛肉酒水前往孙坚的军营。孙坚躺在床上接见了他，不久就起身，摆设酒宴来招待张咨。大家饮酒正在兴头的时候，长沙主簿进来说："此前传檄南阳，道路没有修整，军用物资没有准备，太守张咨阻停义军，使得不能及时征讨贼寇，请求收押他，按照军法处置！"张咨感到十分惊惧，想要逃走。但士兵军阵已经四下将他围住，他无法逃出。于是就将他捆缚在军营门口，斩杀了。整个南阳郡都为此感到惊恐战栗，孙坚此时的需求也都得到满足。之后，孙坚军队途经的郡县，也都拿出粮草来等候孙坚的军队。君子说："孙坚能够使用法度啊！法度，是国家得以树立的根基，因此孙坚得以开辟吴国。"

四

正德五年[①]，安化王寘鐇反[②]，游击仇钺陷贼中[③]。京师讹言钺从贼，兴武营守备保勋为之外应。李文正曰[④]："钺必不从贼！勋以贼姻家，遂疑不用，则诸与贼通者皆惧，不复归正矣！"乃举勋为参将，钺为副戎[⑤]，责以讨贼。勋感激自奋。钺称病卧，阴约游兵壮士，候勋兵至河上，乃从中发为内应。俄得勋信，即嗾人谓贼党何锦[⑥]："宜急出守渡口，防决河灌城；遏东岸兵，勿使渡河！"锦果出，而留贼周昂守城。钺又称病亟。昂来问病，钺犹坚卧呻吟，言旦夕且死。苍头卒起[⑦]，捶杀昂，斩首。钺起披甲仗剑，跨马出门一呼，诸游兵将士皆集，遂夺城门，擒寘鐇。

【注释】

①正德五年：1510年。正德，明武宗朱厚照年号（1506—1521）。

②安化王寘鐇（fán）反：朱寘鐇，其祖永乐间封安化王，弘治间朱寘鐇继承王位。当时刘瑾擅权，而朱寘鐇向来有逆谋，于是以讨伐刘瑾为名，起兵于宁夏。

③游击仇钺陷贼中：仇钺为宁夏游击将军，时朱寘鐇谎称边塞有警报，仇钺听了，帅兵出营。无功而返，朱寘鐇派人招仇钺，命令他带兵来会合。仇钺帅众还镇。于是朱寘鐇夺走他的军队，仇钺单骑返回私宅。

④李文正：李东阳，字宾之。天顺年间进士。明朝重臣、文学家，茶陵诗派的核心人物。孝宗时官至文渊阁大学士，受顾命辅佐武宗。卒谥文正。

⑤副戎：副总兵。

⑥嗾（sǒu）：派人。

⑦苍头：奴仆。

【译文】

正德五年，安化王朱寘鐇谋反，游击仇钺身陷敌营。京城内讹传说仇钺投降了敌军，兴武营守备保勋是他们的外应。李东阳说："仇钺肯定不会投降敌人的！保勋同朱寘鐇有婚姻关系，如若因此就不任用他，那么跟贼寇有关系的人，都会恐惧，不会再归顺朝廷了。"于是他推举保勋担任参将，仇钺担任副总兵，让他们负责征讨贼寇。保勋十分感激，为此在战场上十分英勇。仇钺称病卧床，暗中约定游兵壮士，等保勋的军队来到黄河边上，就从中举事作为内应。不久得到了保勋的信息，于是就让人和叛贼的党羽何锦说："应当尽快出城守住渡口，防止敌人破坏河堤，倒灌城池；阻遏东岸的兵马，不要让他们渡河！"何锦果然出城，而留叛贼周昂守卫城池。仇钺又声称，自己的病情加剧。周昂前来探问疾病，仇钺还在卧床呻吟，说旦夕之间就会死去。他的奴仆突然就跳起来捶杀了周昂，砍下了他的首级。仇钺起身披上铠甲拿着宝剑，跨上战马出门高声呼喊，众游兵将士都聚集起来，夺得了城门，捉住了朱寘鐇。

杜畿

高干举并州反[①]，前河东太守王邑被征[②]，掾卫固、范先以请邑为名[③]，实与干通谋。曹操拜杜畿为河东太守[④]。固等以兵绝陕津[⑤]，畿不得渡。或谓宜须大兵，畿曰："河东三万户，非皆欲为乱也。今兵迫之急，必惧而听于固。固等势专，必以死战。讨之不胜，为难未已。讨之而胜，是残一郡之民也。边批：惟省念及此！吾单车直往，出其不意。固为人多计而无断，边批：贼已在掌中。必伪受吾[⑥]，得居郡一月，以计縻之足矣[⑦]！”遂诡道从郖津渡[⑧]。范先欲杀畿，固曰：“杀之何益？徒有恶名。且制之在我。”遂奉之。畿谓固、先曰：“卫、范，河东之望也[⑨]，吾仰成而已。然君臣有定义，成败同之，大事当共平议。”以固为都督，行丞事。将校吏兵三千余人，皆范先督之。边批：使之不疑。固等喜，虽阳事畿，不以为意。固欲大发兵，畿患之，说固曰：“夫欲为非常之事，不可动众心。今大发兵众，必扰，不如徐以资募兵。”固以为然，从之。调发数十日乃定[⑩]，诸将贪多应募而少遣兵。又入喻固等曰：“人情顾家，诸将掾吏可分遣休息，急缓召之不难。”固等恶逆众心，又从之。时善人在外，阴为己援，恶人分散，各还其家，则众离矣。会高干入濩泽[⑪]，上党诸县杀长吏，弘农执郡守。固等密调兵，未至。畿知诸县附己，因出单将数十骑，赴张辟拒守[⑫]，吏民多举城助畿者。比数十日，得四千余人。固等与干、晟共攻畿[⑬]，不下，略诸县，无所得。会大兵至，干、晟败，固等伏诛，其余党与皆赦之。

【注释】

①高干：字元才。袁绍外甥，能文武，为并州刺史。袁氏败，高干投降曹操，仍为并州刺史。建安十年（205），曹操平河北，高干复叛。

②被征：被征调入朝。

③请邑：请求朝廷仍以王邑为河东太守。

④杜畿：字伯侯。汉末举孝廉，除汉中府丞，天下乱，弃官客荆州。建安中，曹操用为司空司直，迁护羌校尉，领西平太守。平高干后，在河东十六年，治行常为天下最。魏文帝时官至尚书仆射。

⑤陕津：陕县黄河渡口，在今河南三门峡市附近。

⑥受吾：接纳我。

⑦縻：羁縻、束缚。

⑧诡道：密道，隐秘的别径。郖津：黄河渡口，具体位置不详。

⑨望：名门望族。

⑩调发：征发。

⑪濩泽：县名。在今山西阳城，以境内有濩泽得名。

⑫张：当系郡治附近地名。辟：通"壁"，壁垒。

⑬干：高干。晟：张晟，时张晟寇于崤、渑之间，南通刘表，为曹操之患。

【译文】

高干举并州之力反叛，前河东太守王邑被征召入朝，其属官卫固、范先名义上向朝廷请求仍用王邑为河东太守，实则是与高干相互勾结。曹操任命杜畿担任河东太守。卫固等人带领军队隔绝陕县黄河渡口，杜畿不能渡河。有人说，需要派遣重兵进攻，杜畿说："河东总计三万户百姓，并非都是想要跟随高干叛乱的人。如今发动重兵逼迫急了，一定会因为恐惧而听命于卫固。卫固等人的势力会更加强大，一定会死战。如若征讨他们却不能取胜，祸患就难以平息了。如若征讨战胜了他们，也会残害全郡的百姓。边批：难得能顾念到这些。我单车前往，出其不意。卫固这个人计谋很多但是不善于做决断，边批：寇贼已在掌握中。一定会佯装接纳我。在郡中能住上一个月，用计谋来擒拿他也足够了！"于是就走秘道从郖津渡过黄河。范先想要杀掉杜畿，卫固说："杀了他又有什么帮助呢？只是白白增加恶名罢了。而且现在他在我们的掌控中。"于是就以长官之礼事奉杜畿。杜畿对他们二人说："卫家、范家，都是河东的望族，我还要仰仗你们来办事。然而君臣之间有一定之义，我们成败共同承担，有大事应当一同平等商议。”于是就任命卫固担任都督，行守丞之职。军官士兵三千多人，都由范先统领。边批：使他不生疑心。卫固等人十分欣喜，虽然表面上事奉杜畿，实际上并不把他放在心里。卫固想要大规模地征发士兵，杜畿对此感到担忧，劝说卫固说：“如若想要完成不一般的事业，不可惊动众人之心。如今大举征发士兵，一定会搅扰百姓，不如慢慢地来用资财招募士兵。”卫固认为正确，就听从了他的意见。于是用了几十天才完成调发士兵之事。二人手下的各位将领，又多贪财，多报应招募员额但实际可以派发的兵士又很少。于是杜畿又来对他们二人说：“人的本性，都是顾恋家庭的。各位将领官吏可以分别让他们去休息，如若遇到紧急情况，再召集他们也不难。”卫固二人担心忤逆众人之心，又听从了他的意见。当时亲附杜畿的人都在外掌兵，暗中作为支援，而不听调遣的人，都各回其家了，如此，卫固等人就被孤立了。正好高干抵达濩泽县，上党各县诛杀官吏长官，弘农郡则捉住了郡守。卫固等人暗中调集士兵，还未等到集合。杜畿知道附近县城都是亲附自己的，因而孤身带领几十名骑兵，到张辟拒守，许多官吏民众带领全城人来协助杜畿。过了数十日，聚集了大约四千多人的军队。卫固与高干、张晟一同进攻杜畿，无法攻克城池，劫掠诸县，也没有抢到什么。等到大军抵达，高干、张晟被击败。卫固等人也伏法被诛杀，他们其余的党羽都被赦免了。

曹冲

曹公有马鞍在库，为鼠所伤，库吏惧，欲自缚请死。冲谓曰[1]：“待三日。”冲乃以刀穿其单衣，若鼠啮者，入见，谬为愁状。公问之，对曰：“俗言鼠啮衣不吉，今儿衣见啮，是以忧。”公曰：“妄言耳，无苦。”俄而库吏以啮鞍白，公笑曰：

“儿衣在侧且啮，况鞍悬柱乎？”竟不问。

【注释】

①冲：曹冲。曹操之子，幼年多智如成人。曹操用刑严刻，曹冲断狱则多平缓。早卒。

【译文】

曹操有一个马鞍放在库房中，被老鼠咬坏了。管理仓库的官吏十分恐惧，想要将自己捆缚起来向曹操请死。曹冲说：“且等三日。”曹冲于是用刀穿破他的单衣，好像被老鼠咬坏一般，而后入见曹操，假装愁苦的样子。曹操问他，他说：“俗话说衣服被老鼠咬破十分不吉利，今天儿子的衣服被老鼠咬破了，因而十分忧虑。”曹操说：“这都是毫无根据的话，不要苦恼。”不一会儿，管理仓库的官吏拿着被咬破的马鞍进来讲明情况，曹操笑着说：“我儿的衣服在身旁都被咬破了，何况悬挂在柱子上的马鞍呢？”最终没有追究责任。

杨倭漆

天顺间[①]，锦衣指挥门达用事[②]。同时有袁彬指挥者[③]，随英宗北狩有护跸功[④]。达恶其逼，令逻卒摭其阴私[⑤]，欲致于死。时有艺人杨暄一作埙者，善倭漆画器，宣庙喜倭漆之精，令暄往学。号杨倭漆，愤甚，乃奏达违法二十余事，且极称彬枉。疏入，上令达逮问。暄至，神色不变，佯若无所与者。达历询其事，皆曰“不知”，且曰：“暄贱工，不识书字，又与君侯无怨，安得有此？望去左右，暄以实告。”因告曰：“此内阁李贤授暄[⑥]，使暄投进，暄实不知所言何事。君侯若会众官廷诘我，我必对众言之，李当无辞。”达闻甚喜，劳以酒肉。早朝，以情奏，上命押诸大臣会问于午门外。方引暄至，达谓贤曰："此皆先生所命，暄已吐矣。"贤正惊讶，暄即大言曰："死则我死，何敢妄指！我一市井小人，如何见得阁老[⑦]？鬼神昭鉴，此实达教我指也！"因剖析所奏二十余条，略无余蕴[⑧]。达气沮。词闻于上，由是疏达。彬得分司南都[⑨]，居一载，驿召还职。后达坐怨望，谪戍广西以死。

【注释】

①天顺：明英宗朱祁镇第二次登基后的年号（1457—1464）。

②门达：正统中为锦衣卫百户，因助英宗复位有功，官进指挥使，专理刑狱，诬陷无辜，后进都指挥佥事，权势益盛。宪宗立，以罪流放边疆。

③袁彬：正统末以锦衣校尉随英宗北征，土木之变，从官奔散，独彬随侍左右。英宗复辟，历擢指挥使掌锦衣卫。以平曹钦功，进都指挥佥事。

④北狩：委婉指皇帝被掳到北方去。护跸（bì）：护卫帝王的车驾。

⑤摭（zhí）：搜集。

⑥李贤：字原德。宣德年间进士。当时为翰林学士、入直文渊阁。

⑦阁老：明代称大学士及翰林学士入阁办事者为阁老。

⑧余蕴：蕴藏于中而未全部显现。

⑨分司南都：分理南京锦衣卫。

【译文】

天顺年间，锦衣卫指挥门达专权。当时有袁彬也担任指挥，英宗被掳走时他护驾有功。门达厌恶袁彬权势逼人，于是让巡逻士卒搜集他的隐私，想要找机会置他于死地。当时有一位艺人叫作杨暄一作埙，非常善于用倭漆画器具，宣宗喜欢倭漆精美，让杨暄前往学习。号称"杨倭漆"。他对此感到十分气愤，于是就上奏门达违法的事项二十余件，并且极力言说袁彬是冤枉的。疏文进入大内，皇帝下令门达逮捕询问。杨暄被抓到后，神色不变，就好像事情根本不是他做的。门达一一询问他，他都说："不知道。"并且说："我是一个低贱的工人，不认识文字没有读过书，又未曾与君侯您结怨，怎会如此呢？希望您屏退左右，我就将实情告诉您。"别人退下后，杨暄告诉门达说："这是内阁李贤交给我，让我投递朝廷的，我实在不知道说的是什么事。君侯如若聚集众官当廷诘问我，我一定会当众告诉大家，那时候李贤一定会哑口无言。"门达听了十分欣喜，用酒肉犒劳他。在早朝的时候，门达将情况报告给皇帝，皇帝命令押解诸位大臣，到午门外会审。刚刚带着杨暄抵达，门达对李贤说："这都是您的命令，杨暄已经全部招供了。"李贤正在惊讶，杨暄则大声说："我死就死了，怎敢胡乱指认呢！我不过是一个市井小民，如何能够见到阁老？鬼神明鉴，这实在是门达让我这样指控您的！"于是趁机剖析自己所上奏的门达二十多条罪状，毫无保留。门达十分沮丧。这些话被皇帝听到了，由此开始疏远门达。袁彬因此得以分理南京锦衣卫。过了一年，诏命他官复原职。之后门达因为怨望而获罪，最终被贬戍广西而死去了。

此与张说斥张昌宗保全魏元忠事同轴[①]。然说故多权智，又得宋璟诸人再三勉励，而后收蓬麻之益[②]。杨暄一介小人，未尝读书通古，而能出一时之奇，抗天威而塞奸吻，不唯全袁彬，并全李贤，不唯全二忠臣，且能去一大奸恶。智既十倍于说，即其功亦十倍于说也。一时缙绅之流，依阿事达者不少，睹此事有不吐舌、闻此事有不愧汗者乎？岂非衣冠牵于富贵之累，而匹夫迫于是非之公哉？洪武时，上尝怒宋濂[③]，使人即其家诛之。马太后是日茹素。上问故，后曰："闻今日诛宋先生，妾不能救，聊为持斋以资冥福耳。"上悟，即驰驿使人赦之。薛文清瑄既忤王振[④]，诏缚诣市杀之。振有老仆，是日大哭厨下。振问："何哭？"仆对曰："闻今日薛夫子将刑故也！"振闻而怒解。适王伟申救[⑤]，遂得免。夫老仆之一哭，其究遂与圣母同功[⑥]，斯亦奇矣！语曰：是非之心，智也。智岂以人而限哉！

【注释】

①张说斥张昌宗保全魏元忠事：武则天长安三年（703），张昌宗兄弟诬魏元忠私议太后老了，不如扶持太子为长远打算。武则天大怒，将魏元忠打下牢狱，并让张昌宗与他在朝堂上对质。张昌宗以美官贿赂凤阁舍人张说，让其作伪证。第二天张、魏对质不能决断，张昌宗请召张说，宋璟、张廷珪、刘知幾等以名节相劝，最终张说在朝堂上说出作伪证实情并斥责张昌宗。

②蓬麻之益：收益甚微，如飞蓬、芝麻。

③宋濂：元末荐授翰林院编修，辞不赴，隐居著书十余年。后与刘基等受朱元璋聘请重用，为太子讲经。明初奉命以总裁官主修《元史》，官至翰林学士承旨、知制诰，被朱元璋誉为"开国文臣之首"，以老致仕。后其孙犯法，举家谪茂州，死于途。

④薛文清瑄：薛瑄，字德温。永乐年间进士。宣德中授御史。英宗时为大理寺少卿，后拜礼部右侍郎兼翰林院学士。卒谥文清。王振：明宦官。英宗朝时，任司礼监太监，把持朝政。

⑤王伟：当时为侍郎。

⑥圣母：此处指明太祖之马皇后。

【译文】

这件事与张说斥责张昌宗保全魏元忠事类似。然而张说本身就富有权谋，又得到宋璟等人的再三勉励，而后才收获了蓬麻一般微弱的利益。杨暄不过是一介小民，并未曾读书了解历史，却能想出一时奇谋,对抗皇帝的威严,阻塞奸佞的话语,不仅保全了袁彬,还保全了李贤。不仅保全了两位忠臣,最后还除掉了一大奸佞。智谋已经十倍于张说,他的功劳也已经十倍于张说了。当时的士大夫,一时间阿谀、依附门达的人不在少数,看到这件事能不吐舌头、听到此事能不惭愧地流汗吗?难道不是士大夫受到富贵的牵累,但是寻常人只是在乎是非是否公道吗?洪武年间,皇上曾经对宋濂感到气愤,派人到他家去诛杀他。马太后这天就吃素。皇上询问她原因,马太后说:"听说今日要诛杀宋先生,妾身不能救下他,权且吃斋来为他乞求冥福。"皇上醒悟了,于是赶紧派人驾乘驿马疾行去赦免他。薛瑄在触怒王振后,皇上下诏命将他绑缚起来到闹市诛杀。王振有一名老仆人,当日在厨房大哭。王振问他:"为何哭泣?"老仆人回答说:"听说今天薛夫子将被行刑了。"王振听了他的话,怒气就消散了。适逢王伟申辩搭救,薛瑄才得以免罪。老仆人之一哭,最终与马太后起到了同样的作用,这真是神奇。有言道:能判断是非就是智慧。智慧怎会因人而受到限制呢?

土木之变,内侍喜宁本胡种也[①],从太上于虏中[②],教导虏入寇,以败和议。上患之。袁彬言于太上,遣宁传命于宣府参将杨俊,索春衣,因使军士高磐与俱。彬刻木藏书,系磐髀间,以示俊,俾因其来执之。俊既得书,与宁饮城下,磐抱宁大呼,俊从兵遂缚宁解京,处以极刑。于是虏失向导,厌兵,遂许返跸[③]。按:彬周旋虏中,与英庙同起处,其宣力最多,而诛宁尤为要着,亦甯武子之亚也[④]。

【注释】

①喜宁:明英宗太监。土木堡之变,降于瓦剌首领也先,为瓦剌人南

侵向导。

②太上：太上皇，指英宗。土木堡之变后，景泰帝登极，尊英宗为太上皇。

③返跸（bì）：此指英宗返回都城。英宗于正统十四年（1449）八月被俘，次年八月获释还京师。跸，指帝王车驾。

④甯武子：甯俞，春秋时卫国大夫，谥武子。鲁僖公二十八年（前632），晋文公执卫成公交周天子处理，甯武子随侍卫成公。后晋文公使医者鸩杀卫成公，甯武子贿赂医者稀释毒药，卫成公得以不死回国。

【译文】

土木堡之变，内侍喜宁原本是胡人，随着英宗一起被俘虏，指导瓦剌部入侵，贼寇中原，破坏议和。皇上对此十分担忧。袁彬对太上皇说，派遣喜宁到宣府参将杨俊那里传达命令，索要春衣，同时让军士高磐和他一同前往。袁彬刻了一段木头，将书信藏在其中，系在高磐的大腿间，来给杨俊看，让他等喜宁到来的时候捉住他。杨俊得到了书信，与喜宁在城墙下饮酒。高磐抱着喜宁大声呼喊，杨俊的士兵将喜宁绑缚回京，判处极刑。瓦剌因此失去向导，对征伐感到厌倦，于是允许英宗返回京城。按：袁彬在瓦剌部落中周旋，与英宗一同起居，出力最多，其中以诛杀喜宁功劳最大，与春秋时期的甯武子不相上下。

乔白岩

武宗南巡[①]，江提督所领边兵[②]，皆西北劲兵，伟岸多力。乔白岩命于南方教师中[③]，取其最矮小而精悍者百人，每日与江相期，至教场中比试。南人轻捷，跳趯如飞[④]，北人粗坌[5],方欲交手,或撞其胁,或触其腰,皆倒地僵卧。江气大沮丧,而所蓄异谋,亦已潜折一二矣。

【注释】

①武宗南巡:明武宗正德十四年(1519)以征朱宸濠为名巡幸江南。

②江提督:江彬,字文宜。善于取悦明武宗,由此恃宠擅权。正德十二年(1517)进封平虏伯,十四年提督东厂兼锦衣卫,权势大张。武宗崩,在北安门被擒下狱,后被凌迟于市。

③乔白岩:乔宇,字希大,号白岩。成化进士。当时为南京兵部尚书。嘉靖初为吏部尚书。教师:此处指操演军卒的教官。

④跳趫(qiáo):跳跃。

⑤粗坌(bèn):粗笨。

【译文】

武宗南巡的时候,提督江彬所统领的边防军,都是西北强劲的士卒,高大勇武。乔宇命令在出身南方的士卒教官中,选出百名最矮小精悍的人,每天与江彬相约,到校场当中切磋比试。南方人身体轻捷,跳跃如飞。北方人粗犷反应迟钝,双方刚欲交手,就或被顶撞肋骨,或者被撞到腰部,都倒地僵卧。江彬因此十分沮丧,而他的密谋,也在暗中打消了一二分。

时应天府丞寇天叙[1],山西人,署尹事。每日带小帽,穿一撒衣坐堂[2],自供应朝廷外,毫不妄用。江彬有所虐索,每使至,佯为不见。直至堂上,方起立,呼为钦差。语之曰:“南京百姓穷,仓库竭,钱粮无可措办,府丞所以只穿小衣坐衙,专待拿问耳。”每次如此,彬无可奈何而止。此亦白岩一时好帮手也!又是时,边军于市横行,强买货物。寇公亦选矬矮精悍之人，每早晚祗候行宫[3]，必以自随。若遇此辈，即与相持，边军大为所挫，遂敛迹。想亦与白岩共议而为之者。

【注释】

①应天府：元至正十六年（1356）朱元璋改集庆路置，治上元、江宁二县（今江苏南京）。明初定都于此，永乐后定为南京。

②撒衣：小衣。

③祗（zhī）候：恭候。

【译文】

当时应天府的府丞寇天叙，山西人，代理府尹之职。每天戴着小帽子，穿着一身撒衣在堂中稳坐。除去供给朝廷的用度之外，丝毫不妄用。江彬时常会强行索要。每次派人前来，寇天叙都假装看不见。直到来人步入堂中，才起身，呼唤来人为钦差。并且对着来人说："南京的百姓穷困，仓库物资都空竭了，钱粮也没地方可以筹措。您看我都只好穿着小衣坐在府衙当中，只等着被抓捕审问。"每次江彬派人前来，寇天叙都是如此应对，江彬也无计可施，也就不再催要了。寇天叙也是乔白岩的好帮手。又在此时，边军在市井横行霸道，强买货物。寇天叙也选拔短小精悍的人，每日早晚恭候在行宫时都跟随左右。如若遇到横行的边军士卒，就同他们对峙，边军因此大受挫败，也就收敛了行径。想必寇天叙也是同乔白岩商议之后得出的计谋。

宗威愍

宗汝霖[1]，建中靖国间为文登令[2]。同年青州教授黄荣上书[3]，自姑苏编置某州[4]，道经文登，感寒疾不能前进。牙校督行甚厉，虽赂使暂留，坚不可得。不得已，使人致殷勤于宗[5]。宗即具供帐于行馆，及命医诊候。至调理安完，而了不知牙校所在。密讯其从行者，云：自至县，即为县之胥魁约饮于营妓[6]，而以次胥吏日更主席[7]。此校嗜酒而贪色，至今不肯出户。屡迫促之，乃始同进。

【注释】

①宗汝霖：宗泽，字汝霖，谥忠简。元祐进士。《中兴小纪》载，宗泽死后初谥威愍。

②建中靖国：宋徽宗赵佶年号（1101）。

③教授：宋时府、州儒学设教授主持地方学政。

④编置：编管、安置。宋代官吏得罪，轻者曰送某州居住，稍重曰安置，又重曰编管。编管在指定之地，受地方官约束，不得自由行动。

⑤致殷勤：表达亲切的情意。

⑥胥魁：差役的头目。

⑦以次：表示位次在后的。主席：主持筵席。

【译文】

宗泽在建中靖国年间担任文登县县令。与他同年中举的青州教授黄荣上书获罪，自姑苏被编置到某州，途经文登，感染了风寒，不能继续赶路。牙校督促前行十分严厉，即使贿赂他，想要短暂地停留休养，也坚决不允许。不得已，就派人来向宗泽表达情谊。宗泽于是就在行馆中准备好床帐，并命令医生诊断病情。等待黄荣调养完毕，而不知牙校人在何处。暗中询问牙校的随从，才知自从他们到了文登县境内，县里的差役头目就邀请他到营妓那里饮酒作乐，位次在后的小吏轮番做东。这位牙校嗜酒并且贪恋美色，至今不愿意出门。屡屡催促他上路，才开始一同前进。

探知嗜酒贪色，便有个题目可做，只用数胥吏，而行人之厄已阴解矣。道学先生道理全用不着。此公可与谈兵。

【译文】

在探知牙校好酒贪色后，便有个方向可以下手，只动用几名小吏，而黄荣的困境已经暗地解决了。道学先生的道理在这件事中全用不上。这个人可以和他谈论用兵。

张易

张易通判歙州[①]，刺史宋匡业使酒陵人，果于诛杀，无敢犯者。易赴其宴，先故饮醉，就席，酒甫行，寻其少失[②]，遽掷杯推案，攘袂大呼，诟责蜂起。匡业愕然不敢对，唯曰："通判醉，性不可当也。"易嵬峨喑哑自如[③]。俄引去，匡业使吏掖就马。自是见易加敬，不敢复使酒，郡事亦赖以济。

【注释】

①张易：字简能。性刚直，博学精识，仕南唐通判歙州，后主时判大理寺。

②少失：小过失。

③嵬峨：酒醉倾颓状。喑哑：嗓子干涩，声音嘶哑。

【译文】

张易担任歙州通判的时候，刺史宋匡业常常借着酒劲欺凌别人，诛杀果断，没人敢冒犯他。张易前往赴宋匡业的宴会，先故意喝醉，而后到席间坐下，刚开始行酒的时候，张易捉住宋的一个小过失，就把酒杯抛掷到地上，推翻了桌案，然后捋起袖子大声呼叫，招来周围人的指责。宋匡业十分惊愕，但是不敢应对，只是说："通判喝醉了，他的气性无法阻止。"张易倾颓醉倒，声音已经嘶哑，仍呼叫不停。不久张易就离去了，宋匡业派人扶着张易上马。从此宋匡业对待张易就更加恭敬，也不敢再肆意地使酒性了。郡府中的工作，也因此得以流畅地运转。

事虽琐，颇得先发制人之术，在医家为以毒攻毒法，在兵家为以夷攻夷法。

【译文】

事情虽然琐碎，但是颇得先发制人的方法，在医家是以毒攻毒的方法，在兵家是以夷治夷的方法。

张循王老卒

张循王俊尝春日游后圃[①]，见一老卒卧日中。王蹴之曰："何慵眠如是[②]！"卒起声喏对曰："无事可做，只索眠耳[③]！"王曰："汝会做甚事？"对曰："诸事薄晓，如回易之类亦粗能之[④]。"王曰："汝能回易，吾以万缗付汝，何如？"对曰："不足为也。"王曰："付汝五万！"对曰："亦不足为也！"王曰："汝需几何？"对曰："不能百万，亦五十万乃可耳！"王壮之，即予五十万，恣其所为。边批：大手段。其人乃造巨舰，极其华丽，市美女能歌舞者、乐者百余人，广收绫锦奇玩、珍羞佳果及黄白之器，募紫衣吏轩昂闲雅、若书司客将者十数辈[⑤]，卒徒百人。乐饮逾月，忽飘然浮海去。边批：奇想。逾岁而归，珠犀香药之外，且得骏马，获利几十倍。时诸将皆缺马，唯循王得此马，军容独壮。大喜，问其："何以致此?"曰："到海外诸国，称大宋回易使，谒戎王，馈以绫锦奇玩，为招其贵近，珍羞毕陈，女乐迭奏。其君臣大悦，以名马易美女，且为治舟载马，以犀珠香药易绫锦等物，馈遗甚厚，是以获利如此。"王咨嗟，褒赏赐予优隆。问："能再往乎?"对曰："此戏也。再往则败矣！愿退老园中如故。"

【注释】

①张循王：张俊，字伯英。在抗击西夏、金时，多有战功。时与韩世忠、刘锜、岳飞并为名将，所部称张家军。封清河郡王，拜太师。死后追封循王。

②慵眠：睡懒觉。

③只索：只得。

④回易：交易，贸易。

⑤书司：豪门中司掌文书的人。客将：泛指书吏衙役。

【译文】

张循王名俊曾经在春天游览后花园，见到一名老兵在太阳下躺卧。张俊就踢了踢他说："为何睡懒觉?"老兵起来唱喏后答曰："没什么事情可以做，就只好睡觉了。"张俊说："你会做什么事?"回答说："各种事情都略有了解，如贸易之类，也能略做一些。"张俊说："你会贸易，我就给你一万缗钱，如何?"回答说："不够。"张俊又说："给你五万钱!"回答："还是不够。"张俊问："你需要多少呢?"回答说："即使不能给我百万，也要五十万才可以!"张俊赞许他，于是就给了他五十万缗钱，让他随意所为。边批：大手段。这个老兵就开始建造巨大的舰船，装饰极其华丽，买来能歌善舞的美女、乐工百余人。广收绫罗绸缎、珍奇文玩、珍馐佳果，以及金银器，招募十几个穿着紫色衣服、气宇轩昂、气质闲雅像文书、衙役的人，士卒百人。聚众欢饮超过一个月，然后就飘然出海离去了。边批：奇想。过了一年才返回。除了珍珠犀角香料之外，还得到了骏马，获利几十倍。当时各位将领都缺少马匹，只有张俊得到这些骏马，军容也更加雄壮。张俊大喜，就问："你是如何做到的？"老兵说："我到海外各国，就说我是大宋的回易使，拜见他们的领袖，赠送给他们绫罗绸缎和珍奇文玩，召来他们的亲近贵人。珍贵的食物一一陈列，舞女音乐接连演奏。他们的国君和大臣都十分喜悦，就用骏马交换美女，并且为我们建造船只运载马匹，并且用犀角珍珠香料来交换绫罗绸缎等物品，馈赠十分丰厚，我因此获利十分丰厚。"张俊感叹，给了他非常丰沃的赏赐。问他："还可以再次前往吗？"老兵说："这只是戏弄他们。如若再次前往就会败露。希望您让我还回到花园中像以前一样睡觉吧。"

罗景纶云：一弊衣老卒，循王慨然捐五十万畀之[①]，不问其出入；此其度量恢弘，足使人从容展布、以尽其能矣[②]！勾践以四封内外分授种、蠡[③]，高帝捐黄金四十万斤于陈平[④]。由此其推也，盖不知其人而轻任之，与知其人而不能专任，皆不足以成功。老卒一往之后，辞不复再，又几于知进退存亡者，异哉！

【注释】

①畀（bì）：给予，付给。

②展布：施展、发挥。

③勾践以四封内外分授种、蠡：勾践以国内事交文种，国外事交范蠡，自己入吴为质，令文种守国，而范蠡随从。四封，国家四面封界。种，文种。蠡，范蠡。都为勾践谋臣。

④高帝捐黄金四十万斤于陈平：陈平献计于汉王刘邦，欲离间楚君

臣。刘邦听从，于是拿出黄金四万斤给陈平，恣其所为，不问如何处置。罗大经《鹤林玉露》误“四万”为“四十万”，冯梦龙亦因其误。

【译文】

罗景纶说：一个穿着破衣的老兵，循王张俊能够慷慨地给他五十万钱，而不问他如何处置；他的气度如此恢弘，足以使人从容地施展才华、尽其能力！越王勾践将领地内外事分别交给文种和范蠡处理，高皇帝刘邦拿出黄金四十万斤给陈平离间楚人。由此推断，大概不够了解这个人就轻易地任用他，和了解这个人却不能任用他，都不足以成功吧。老兵去了一次后，就推辞再不愿前往了，又能够明白进退存亡之道，真是十分奇异！

司马相如

卓文君既奔相如[①]，相如与驰归成都，家居徒四壁立。卓王孙大怒，不分一钱。相如与文君谋，乃复如临邛，尽卖其车骑，置一酒舍酤酒，而令文君当鲈[②]，身自穿犊鼻裈[③]，与庸保杂作[④]，涤器市中。王孙闻而耻之，不得已，分予文君僮百人、钱百万。乃复还成都为富人。

【注释】

①卓文君既奔相如：卓文君为蜀郡临邛富人卓王孙之女，时新寡。王孙设宴请临邛令，并请司马相如。文君好琴，相如以琴寄心挑之，文君慕相如才貌，遂夜奔相如。

②当鲈：指卖酒。

③犊鼻裈（kūn）：一种形似犊鼻的裤子，为贫贱劳作的人所穿。裈，满裆裤。

④庸保：佣役。

【译文】

卓文君与司马相如私奔后，司马相如和她驰归成都，家中很是贫穷。卓王孙十分愤怒，不分给他们一分钱。司马相如与卓文君谋划，于是就又回到临邛，将他们的车马骑乘尽数卖掉，开了一个酒馆卖酒。他让卓文君卖酒，自己身着下人才会穿着的类似牛鼻的裤子，与佣役一同劳作，在街市上洗涤餐具。卓王孙听闻此事，深以为耻，不得已，就分给卓文君僮仆百人、钱百万。于是司马相如与卓文君再次回到成都当起了富人。

卓王孙始非能客相如也，但看临邛令面耳；终非能婿相如也，但恐辱富家门面耳。文君为之女，真可谓犁牛骍角矣[①]！王吉始则重客相如[②]，及其持节喻蜀[③]，又为之负弩前驱[④]，而当鲈涤器时，不闻下车慰劳如信陵之于毛公、薛公也[⑤]，其眼珠亦在文君下哉！

【注释】

①犁牛骍（xīng）角：《论语·雍也》："犁牛之子骍且角。"犁牛，毛色驳杂的牛。骍，纯赤色。角，犄角周正。古时王公祭祀要用赤色公牛。毛色驳杂的牛也会生出可供祭祀用的小牛。孔子用此话勉励仲弓：父亲出身卑贱而无行，只要儿子有德才，照样可以为国家办事。

②王吉：临邛令。相如贫，王吉恭敬待之。

③持节喻蜀：司马相如在朝为官，当时唐蒙要沟通西南夷，巴蜀受到骚扰。汉武帝派司马相如喻告巴蜀父老骚扰的事非出于天子之意，此为"喻蜀"。不久，汉武帝又派相如持节出使西南夷。此为"持节"，与"喻蜀"为二事。

④又为之负弩前驱：相如持节出使邛、筰，先至蜀郡，太守以下郊迎，县令负弩矢先驱。此县令乃概指所过蜀郡各县县令，非特指临邛令。冯梦龙以为王吉负弩前驱，误。负弩，身背弓矢。前驱，导路。

⑤信陵之于毛公、薛公：信陵，信陵君，战国时魏安釐王之弟魏无忌。其窃符救赵后，不能返国，遂居于赵。闻赵有处士毛公隐身于博徒，薛公隐身于卖浆者，公子欲见二人，闻其所在，乃步行前往，与二人同游。

【译文】

起初，卓王孙并非真的把司马相如当贵客看待，只是看在临邛县令的面子上罢了；最终也没能接受司马相如成为自己的女婿，只是担心辱没了自己富贵家族的门面。卓文君作为他的女儿，真可谓是杂色的牛生出了犄角周正且毛色纯正的牛犊。王吉开始把司马相如当作贵客，等到他手持符节到蜀地宣喻的时候，又为他身背弓矢开路，但当司马相如当街洗涤餐具的时候，却不见王吉前来探问，他不能像信陵君对待毛公、薛公那样，看来王吉的眼光也在卓文君之下。

附：智医　二条

一

唐时京城有医人，忘其姓名。有一妇人，从夫南中[①]，曾误食一虫，常疑之，由是成疾，频疗不痊。请看之，医者知其所患，乃请主人姨妳中谨密者一人，预戒之曰："今以药吐泻，即以盘盂盛之。当吐之时，但言有一小虾蟆走去，然切不得令病者知是诳语也！"其妳仆遵之，此疾永除。

【注释】

①南中：南方。此处指岭南地区。

【译文】

唐朝时，京城有一位医生，忘记了他的姓名。有一妇女，跟从夫婿到达岭南地区。曾经误吞过一只小虫，时常对此感到疑虑，因此生了病，多次治疗也无法痊愈。于是请来这位名医给她看病。医生得知女子为何患病，于是就请主人家从女佣当中选了一名能够谨守秘密的人，预先告诫她说："我现在让她服药吐泻，你立即用盘盂接住。在她呕吐的时候，就说看到一只小虾蟆跑掉了，然而千万记得不要让病人知道是在哄骗她。"女佣依照他的话这样做，这位妇人的疾病自此永远消除了。

二

又有一少年，眼中常见一小镜子，俾医工赵卿诊之[①]。与少年期，来晨以鱼脍奉候[②]，少年及期赴之，延于内，且令从容，候客退后方接。俄而设台[③]，止施一瓯芥醋，更无他味。卿亦未出。迨久促不至，少年饥甚，闻醋香，不觉屡啜之，觉胸中豁然，眼花不见，因啜尽。赵卿乃出，少年惭谢。卿曰："郎君先因吃脍太多，饮醋不快，又有鱼鳞于胸中，所以眼花。适来所备芥醋，只欲郎君因饥以啜之，今果愈疾。烹鲜之会，乃权诈耳，请退谋朝餐。"

【注释】

①俾（bǐ）：使。

②奉候：招待。

③台：桌案。

【译文】

还有一位少年，眼中经常看到一面小镜子，请医工赵卿诊治。他同少年约定，第二天早晨以鱼脍招待他。少年如期赶赴约会，医工将他邀请到屋内，让他随意，等待客人离开后才能接待他。不一会儿，摆上桌子，只放了一瓶芥醋，没有其他食物。赵医工还未出来。等了许久，催促医工，也没来。少年十分饥饿，闻到醋很香，不由自主多次啜吸，觉得胸口顺畅了，眼花也没有了，于是就将芥醋都喝了。这时赵医工才出来，少年十分惭愧地向他道歉，赵医工说："郎君因为先前吃鱼脍太多，但是食醋不足，胸口又有鱼鳞，所以眼花。适才准备的芥醋，只是想要郎君饥渴的时候来啜饮，而今果然痊愈了。烹鲜的约会，只是欺骗你的，请你离开再另寻早餐吧。"

捷智部总叙

【题解】

捷智部含“灵变”“应卒”“敏悟”三卷，共130则。所谓“捷智”，即敏捷的智慧，表现为灵活应变、解难救急、敏捷颖悟。

“灵变”“应卒”“敏悟”各有表现。如“灵变”卷“王羲之”一则中，大将军王敦与钱凤商议谋反之事，睡在帐中的王羲之抠喉呕出口水弄脏脸和被褥，假装熟睡而保住性命，是灵变自救；“御史失篆”一则中，县令派童仆偷走了御史的官印，御史接受教谕建议在厨房中放火，趁乱将空的官印盒子交给县令，结果当县令还回盒子时，官印赫然在内，是设计治奸。“应卒”卷“张良”一则中，张良劝汉高祖封最讨厌的雍齿为什邡侯，于是群臣不再聚众议论封赏、争夺功劳，是维稳有谋；“孙权”一则中，曹军射箭，造成孙权所乘大船一侧偏重，孙权命人调转船头，另一侧也受箭而使船恢复平衡，是临危生智。“敏悟”卷“周之屏”一则中，官员上奏说瑶、壮两族的田地不便核查，张居正却厉声说只管丈量，周之屏悟到张居正只是言语上维护改革标准，并非不听劝谏，是通晓事理；“河水干”一则中，宰辅妙解宋王梦到的河水干为“可”，宋王高兴而疾病痊愈，是洞察人情。

世上的事情千变万化，要做好事情，化解危机，要求人能在极短的时间里做出有利的反应，或者用机敏的才智破解尴尬的境地。

冯子曰：成大事者，争百年，不争一息[①]。然而一息固百年之始也。夫事变之会，如火如风。愚者犯焉，稍觉，则去而违之，贺不害斯已也。今有道于此，能返风而灭火，则虽拔木燎原，适足以试其伎而不惊。尝试譬之足力，一里之程，必有先至，所争逾刻耳[②]；累之而十里百里，则其为刻弥多矣。又况乎智之迟疾，相去不啻千万里者乎！军志有之，“兵闻拙速，未闻巧之久”[③]。夫速而无巧者，必久而愈拙者也。今有径尺之樽[④]，置诸通衢，先至者得醉，继至者得尝，最后至则干唇而返矣。叶叶而摘之，穷日不能髡一树[⑤]；秋风下霜，一夕零落：此言造化之捷也。人若是其捷也，其灵万变，而不穷于应卒[⑥]，此唯敏悟者庶几焉。呜呼！事变之不能停而俟我也审矣，天下亦乌有智而不捷、不捷而智者哉！

【注释】

①一息：一呼一吸的短暂时间。

②刻：古代分一昼夜为一百刻，一刻相当于今天十四分二十四秒。

③兵闻拙速，未闻巧之久：语出《孙子·作战篇》，“未闻”原句作“未睹”。

④樽：盛酒器具。

⑤髡（kūn）：古代剃光头发的刑罚。此处指摘叶使树变秃。

⑥应卒：应付紧急的变故。

【译文】

冯梦龙说：成就大事的人，争的是百年，不争一时。然而一时确实是百年的开始。事情激变的时候，像风像火一样猛烈。愚昧的人往往遭受其害；稍微明智者，就能远离避开灾祸，但也只庆贺没有妨害自己罢了。真正的智者遇见这种情况，能够把风挡回去、把火灭掉，那么即使风拔起大树、火焚烧原野，也正好能试验他们的智术而不惊慌。我们可以用脚力来譬喻，一里的路程，必定有先到的，所争抢的是一刻之时；积累下来十里百里的路程，那么相差的时间就很长了。更何况智慧的迟钝和敏捷，相差就不止千万里了！兵法有这样的话，“军事上只听说过虽然指挥笨拙也要求速胜，没听说指挥巧妙而求旷日持久的”。讲究速度而不讲指挥巧妙的军队，必定是时间久了而越发笨拙的军队。现在有直径一尺的酒坛子，放在四通八达的路上，先到的人能痛饮大醉，之后到的人也能尝到酒味，最后到的人就只能口干舌燥地回去。一片一片叶子地来摘，一整天也不能摘光一棵树；秋风吹起降下霜雪，一夜之间叶子全部落光：这是说天地造化的迅捷。人若能如此敏捷，他的机敏千变万化，而不会窘迫于应付紧急的变故，这只有机敏颖悟的人差不多能做到。唉！事物的变化不会停下来等我是很清楚的，天下也没有聪明而不敏捷、不敏捷而聪明的人！

捷智部灵变卷十六

一日百战，成败如丝[①]。

三年造车，覆于临时[②]。

去凶即吉，匪夷所思[③]。

集《灵变》。

【注释】

①成败如丝：胜败的关键只在一刹那间。丝，形容时间如丝般短暂，机会转瞬即逝。

②临时：一时。

③匪夷所思：不是根据常理所能想到的。匪，通“非”。夷，常理。

【译文】

一日之内百次作战，胜败只在一刹那间。

用几年造一辆马车，因一时疏忽而翻覆。

躲避凶险趋向吉利，不能根据常理去想。

集为《灵变》一卷。

鲍叔

公子纠走鲁，公子小白奔莒①。既而国杀无知②，未有君。公子纠与公子小白皆归，俱至③，争先入。管仲扞弓射公子小白④，中钩⑤。鲍叔御，公子小白僵⑥。管仲以为小白死，告公子纠曰："安之⑦。公子小白已死矣！"鲍叔因疾驱先入，故公子小白得以为君。鲍叔之智，应射而令公子僵也，其智若镞矢也⑧！

【注释】

①公子纠走鲁，公子小白奔莒（jǔ）：据《左传·鲁庄公八年》记载：齐襄公继位后，举止无常，鲍叔牙预见齐国将乱，遂奉公子小白（即后来之齐桓公）出奔莒国。鲁庄公八年（前686），齐大夫连称、管至父杀襄公，立公孙无知，齐国乱。管仲奉公子纠投奔鲁国。按：公子纠、公子小白均为齐襄公之弟。二人之出奔，一在乱前，一在乱后，此处叙述失序。

②既而国杀无知：事在鲁庄公九年春。既而，不久。无知，公孙无知。齐庄公之孙。

③俱至：一同进入齐国境内。莒在齐之南，鲁在齐之西南，入齐时二人当走同一条路。

④扞（qiān）弓：拉弓。

⑤钩：带钩，古人用来系紧腰带的构件。

⑥僵：僵硬，不活动。

⑦安之：请放心。

⑧其智若镞（zú）矢：称赞鲍叔牙应变的机智像箭头一样迅速。

【译文】

春秋时期齐国动乱，公子纠走避鲁国，公子小白投奔莒国。不久齐人杀掉国君公孙无知，齐国没有了君主。为了成为齐国新君，公子纠与公子小白都返回齐国，二人一起到了齐国边境，争先进入。管仲拉弓射公子小白，正中腰带上的带钩。鲍叔牙为公子小白驾车，公子小白僵卧不动。管仲认为小白已死，便禀告公子纠说："请公子安心，公子小白已经死了。"鲍叔牙驾车疾行，先进入齐国，所以公子小白成为齐国的新君。原来是鲍叔牙临机应变，让公子小白中箭后僵卧不动，这种应变的机智像箭头一般迅捷。

王守仁以疏救戴铣，廷杖，谪龙场驿①。守仁微服疾驱，过江，作《吊屈原文》见志，寻为投江绝命词，佯若已死者②。词传至京师，时逆瑾怒犹未息，拟遣客间道往杀之③，闻已死，乃止。智与鲍叔同。

【注释】

①"王守仁以疏救戴铣"几句：戴铣，字宝之，明代官员。正德元年(1506)，因弹劾宦官得罪权宦刘瑾而获罪。王守仁，字伯安，号阳明，明代思想家、军事家。时王守仁上疏救戴铣，亦得罪刘瑾，被矫诏受杖刑，谪贵州龙场驿丞。

②"守仁微服疾驱"几句：据说王守仁为防备刘瑾追杀，在钱塘留下诗文，伪造投江自尽假象，躲避到武夷山中。但担心祸及家人，最终赶赴龙场驿。

③间道：小路，捷径。

【译文】

王守仁因上疏救戴铣，而遭受廷杖，被贬至贵州龙场驿。王守仁穿着便服快速赶往贬所，渡过长江时作了一篇《吊屈原文》以表明志向，不久又作了投江绝命词，让人以为他已经死了。词文传播到京师，本来逆臣刘瑾的怒气犹未平息，打算派刺客走小路赶去劫杀王守仁，听说王守仁已死，便打消了主意。王守仁的智慧可谓与鲍叔牙同等。

管夷吾

齐桓公因鲍叔之荐，使人请管仲于鲁[①]。施伯曰[②]："是固将用之也！夷吾用于齐[③]，则鲁危矣！不如杀而以尸授之！"边批：智士。鲁君欲杀仲。使人曰[④]："寡君欲亲以为戮，如得尸，犹未得也。"边批：亦会说。乃束缚而槛之[⑤]，使役人载而送之齐。管子恐鲁之追而杀之也，欲速至齐，因谓役人曰："我为汝唱，汝为我和。"其所唱适宜走，役人不倦，而取道甚速。

【注释】

①齐桓公因鲍叔之荐，使人请管仲于鲁：公子小白先入齐都，成为齐国国君，是为桓公。公子纠与管仲只好返回鲁国。不久齐鲁交战，鲁国战败。鲍叔牙举荐管仲可使齐国强大，桓公于是派遣使者，让鲁国杀公子纠，交出管仲，否则齐军将围攻鲁国。

②施伯：鲁庄公时大夫。

③夷吾：管仲，字夷吾。

④使人：此处为"使者"意。

⑤槛：关进囚车。

【译文】

齐桓公因为鲍叔牙的推荐，派人到鲁国索要管仲。施伯说："这一定是齐国想要重用他！如果管夷吾在齐国得到重用，那么鲁国就危险了！不如杀了他，把尸体交给齐国。"边批：智士。于是鲁庄公打算杀掉管仲。

齐国使者说："我国国君想要亲手杀死管仲，如果只得到了尸体，等同于没得到。"边批：也会说话。于是鲁庄公命人把管仲捆绑起来装进囚车，命差役押送他到齐国。管仲怕鲁庄公派人追杀，想尽快到达齐国，所以对押送他的差役说："我为你们唱歌，你们为我唱和。"管仲所唱的都是适合奔跑的曲子，差役感觉不到疲倦，赶路很快。

吕不韦曰[①]："役人得其所欲，管子亦得其所欲。"陈明卿曰[②]："使桓公亦得其所欲。"

【注释】

①吕不韦：战国末期人，因帮助秦公子子楚成为秦王而被任命为秦相。曾命门客编纂《吕氏春秋》，下文所引即出自该书。

②陈明卿：陈仁锡，字明卿。明末官员、学者。

【译文】

吕不韦说："管仲唱歌，差役得到了好处，管仲自己也得到了好处。"陈明卿说："这也使齐桓公得到了好处。"

延安老军校

宝元元年[①]，党项围延安七日[②]，邻于危者数矣。范侍御雍为帅[③]，忧形于色。有老军校出自言曰："某边人，遭围城者数次，边批：言之有据。其势有近于今日者。虏人不善攻，卒不能拔。今日万万无虞！某可以保任[④]。若有不可，某甘斩首！"范嘉其言壮人心，亦为之小安。事平，此校大蒙赏拔，言知兵善料敌者，首称之。或谓之曰："汝敢肆妄言，万一不验，须伏法！"校曰："若未之思也！若城果陷，谁暇杀我耶？聊欲安众心耳。”

【注释】

①宝元：宋仁宗赵祯年号（1038—1040）。

②党项：古族名。北宋时其族人李元昊称帝，建立西夏。

③范侍御雍：范雍，字伯纯。西夏战事起，拜振武军节度使、知延州。

④保任：担保。

【译文】

宝元元年，党项人围攻延安城七日，延安多次面临陷落危险。范雍当时知延州，忧虑的心情直接表露在脸上。有个老军校自己站出来说："我就是这边地的人，以前也曾多次遭到围城，边批：言之有据。形势有和今天差不多的。蛮族不善攻城，最后还是没能攻下来。今天也一定没有问题！我可以担保。如果有问题，我甘愿被斩首！"范雍赞赏老军校的话能增强人们的信心，也为此感到稍稍安定。战事平息后，老军校得到重赏和提拔。说起熟知兵法善于判断敌情的，大家会首先提起他。有人对老军校说："你竟敢放肆胡说，万一不能应验，你就得按照军法判处死刑！"老军校说："你是没想明白这件事！如果城池真的陷落了，谁还有空杀我？当时不过是想安定人心罢了。"

吴汉

吴汉亡命渔阳[1]，闻光武长者[2]，欲归，乃说太守彭宠[3]，使合二郡精锐附刘公击邯郸王郎[4]。宠以为然。官属皆欲附王郎，宠不能夺。汉乃辞出，止外亭，念所以谲众[5]，未知所出。望见道中有一人似儒生者，使人召之，为具食，问以所闻。生言："刘公所过，为郡县所归。邯郸举尊号者实非刘氏。”汉大喜，即诈为光武书移檄渔阳，边批：来得快。使生赍以诣宠，令具以所闻说之。汉随后入，宠遂决计焉。

【注释】

①吴汉亡命渔阳：吴汉，字子颜，东汉开国名将。新朝末年为亭长，因宾客犯法而亡命渔阳郡（治今北京密云区西南）。更始元年（23），被更始帝刘玄派遣到河北的使者任命为安乐县（治今北京顺义区西）令，为渔阳太守下属。

②光武：东汉光武帝刘秀。时更始帝命刘秀经营河北。下文“刘公”亦指刘秀。长者：此指德高望重的人。

③彭宠：字伯通，时任渔阳太守。

④二郡：指渔阳、上谷二郡。时二郡骑兵名闻天下。王郎：初以卜相为业，后诈称自己是汉成帝之子刘子舆，更始元年称帝，定都邯郸，史称赵汉。

⑤谲众：欺骗众人，谓以诈谋使众人同意依附刘秀。

【译文】

吴汉亡命至渔阳，听说刘秀是德高望重的人，就想要归顺他，于是游说渔阳太守彭宠联合两郡精锐跟从刘秀攻击据有邯郸的王郎。彭宠认为可行。彭宠属下都想要归附王郎，彭宠不能改变他们的主意。吴汉于是告辞出去，到外面的亭子停下，想用诈谋使众人同意依附刘秀，但不知该怎么办。忽然见到路上一人好像是儒生，便派人找来那人，为他布置了饭菜，向他打听都听说过什么。儒生说：“刘秀经过的郡县都归附于他。在邯郸使用尊号称帝的王郎，其实根本不是刘姓宗室。”吴汉非常高兴，立即伪造了刘秀的书信，向渔阳发布檄文，边批：来得快。让儒生带着去拜见彭宠，要求他以所听说的情况劝说彭宠。吴汉随后入见，彭宠于是下决心归顺刘秀了。

汉高帝

楚、汉久相持未决。项羽谓汉王曰:“天下汹汹①,徒以我两人,愿与王挑战决雌雄,毋徒罢天下父子为也②!”汉王笑谢曰:“吾宁斗智,不能斗力!”项王乃与汉王相与临广武间而语③。汉王数羽罪十,项王大怒,伏弩射中汉王④。汉王伤胸,乃扪足曰:“虏中吾指!”汉王病创卧,张良强起行劳军,以安士卒,毋令楚乘胜于汉。汉王出行军,病甚,因驰入成皋⑤。

【注释】

①汹汹:动荡不安。

②罢(pí):使疲敝。

③广武间:今河南荥阳北广武山上由南向东北的巨壑。间,当作“涧”。

④伏弩:埋伏弓箭手。

⑤成皋:在今河南荥阳西北,广武之西。

【译文】

楚汉两军对峙日久而没能决出胜负。项羽对汉王刘邦说:“天下动荡不安,只是因为咱们两人,我想与您单挑决胜负,不要再徒使天下百姓受苦了!”刘邦笑着拒绝说:“我宁可斗智,不能斗力!”后来项羽和刘邦隔着广武涧对话。刘邦列举项羽十条罪状,项羽大怒,埋伏弓箭手射中刘邦。刘邦伤到了胸部,却摸着脚说:“敌人射中我的脚趾了!”刘邦因创伤过重而卧床,张良强行让他起来慰劳军队,以使士卒安定,也是为了不让楚军乘胜进攻汉军。刘邦出来巡视军队,因伤势过重,奔驰进入成皋。

小白不僵而僵，汉王伤而不伤，一时之计，俱造百世之业。

【译文】

小白本不用僵卧却僵卧，刘邦重伤却佯装没有受伤。因一时的机变，两人都成就了百世的基业。

晋明帝

王敦将举兵内向[①]。明帝密知之[②]，乃乘巴賨骏马微行[③]，至于湖[④]，阴察敦营垒而出。有军人疑明帝非常人，又敦正昼寝，梦日环其城，惊起曰："此必黄须鲜卑奴来也！"帝母荀氏，燕代人，帝状类外氏[⑤]，须黄，故云。于是使五骑物色追帝[⑥]。帝亦驰去，见逆旅卖食妪，以七宝鞭与之[⑦]，曰："后有骑来，可以此示。"俄而追者至，问妪，妪曰："去已远矣。"因以鞭示之。五骑传玩，稽留良久，帝遂免。

【注释】

①王敦将举兵内向：王敦曾两次进兵建康。此指太宁二年（324），王敦再次进兵建康，欲篡夺帝位。王敦，字处仲，东晋权臣。内向，向京师用兵。

②明帝：司马绍，322—325年在位。

③巴賨（cóng）骏马：指巴地所产的骏马。古时巴人称赋税为賨，后遂以賨称巴人。

④湖：此指鄱阳湖。

⑤外氏：外祖父母家。

⑥物色：按一定标准去访求，即让骑兵以明帝的容貌特征为线索去

追赶他。

⑦七宝鞭：镶嵌有多种珍宝的马鞭。

【译文】

王敦准备向京师用兵。晋明帝暗中察觉此事，于是骑着巴地所产的骏马穿着便服出行，到鄱阳湖边，暗中观察王敦的军营后返回。有士兵怀疑明帝不是寻常百姓，又赶上王敦正在白天睡觉，梦到太阳环绕其城，惊觉起身说："这一定是黄须鲜卑奴来了！"晋明帝的母亲荀氏，是燕代人，晋明帝的外貌与外祖家相像，胡须发黄，所以这么称呼他。于是王敦命五名骑兵以明帝的容貌特征为线索去追赶他。明帝也策马离去，看到一家旅店卖吃食的老妇人，便把七宝鞭交给她，说："待会儿有士兵赶来，你就把这个给他们看。"一会儿追兵赶来，向老妇人打听，老妇人说："那人已经走远了。"又拿出七宝鞭给他们看。五名骑兵传看把玩七宝鞭，停留了好久，明帝因此逃脱。

尔朱敞

齐神武韩陵之捷[①]，尽诛尔朱氏。荣族子敞字乾罗，彦伯子。小随母养于宫中。及年十二，自窦而走[②]，至大街，见群儿戏，敞解所着绮罗金翠之服，易衣而遁。追骑寻至，便执绮衣儿，比究问，非是，会日暮，遂得免。

【注释】

①齐神武：高欢。北朝时北魏、东魏大臣。其子高洋代魏建北齐，追崇其为献武帝，天统初改谥神武皇帝。韩陵之捷：指北魏普泰二年(532)，高欢为了把持北魏朝政，与尔朱氏集团在韩陵（今河南安阳东北）开战，取得胜利。

②窦：洞。

【译文】

高欢在韩陵之战中，杀光了尔朱氏一族。尔朱荣家族中有一名子弟名叫尔朱敞，字乾罗，是尔朱彦伯的儿子。从小跟随母亲在宫中长大。尔朱敞当时才十二岁，从墙洞逃走，到了大街上，看见一群儿童在玩耍，便脱下华丽的衣服和一名儿童交换，然后逃走。追赶的骑兵不久就来了，就捉住了那个衣着华丽的儿童，等经过审讯，发现这名儿童不是尔朱敞时，已经日暮，尔朱敞因此逃脱。

韦孝宽

尉迟迥先为相州总管[①]。诏韦孝宽代之[②]，又以小司徒叱列长叉为相州刺史[③]，先令赴邺，孝宽续进。至朝歌，迥遣其大都督贺兰贵赍书候孝宽。孝宽留贵与语以察之，疑其有变，遂称疾徐行，又使人至相州求医药，密以伺之。既到汤阴，逢长叉奔还。孝宽密知其状，乃驰还，所经桥道，皆令毁撤，驿马悉拥以自随。又勒驿将曰："蜀公将至，可多备肴酒及刍粟以待之。"迥果遣仪同梁子康将数百骑追孝宽，驿司供设丰厚，所经之处皆辄停留，由是不及。

【注释】

①尉迟迥：字薄居罗，西魏、北周时将领。北周初，封蜀公，后外任相州总管。大象二年（580），起兵反对杨坚把持朝政，兵败自杀。相州：治所为邺城（今河北临漳西南）。

②韦孝宽：名叔裕，字孝宽，北朝将领。杨坚欲代北周，认为尉迟迥位高望重，将不利于己。韦孝宽附于杨坚，故被杨坚派遣代替尉

迟迥。

③小司徒：北周改官制为古称，小司徒相当于户部侍郎。叱列长叉：鲜卑人，生活于北朝后期至隋朝。

【译文】

尉迟迥先担任相州总管。朝廷下诏命韦孝宽接替他，又任命小司徒叱列长叉为相州刺史，并命令叱列长叉先赶往邺城，韦孝宽随后出发。行至朝歌，尉迟迥派手下的大都督贺兰贵拿着书信等待韦孝宽。韦孝宽留住贺兰贵，跟他谈话刺探情况。韦孝宽怀疑尉迟迥可能会起事，于是称病慢走，又派人到相州求医问药，实则暗中刺探情况。到达汤阴后，正好碰到叱列长叉逃回来。韦孝宽已秘密得知尉迟迥的情况，所以快马返回，沿途所经的桥梁道路都下令拆毁，各驿站的马匹也由他全部带走。又命令各处驿将说："蜀公马上要来了，你们赶紧多准备酒菜和草料迎接他。"尉迟迥果然派仪同大将军梁子康率领数百名骑兵追杀韦孝宽，然而受到各驿站人员丰厚款待，每经过一处都要停留，所以没有赶上韦孝宽。

宗典等 三条

一

晋元帝叔父东安王繇，为成都王颖所害，惧祸及，潜出奔[①]。至河阳[②]，为津吏所止[③]。从者宗典后至，以马鞭拂之，谓曰："舍长[④]，官禁贵人，而汝亦被拘耶？"因大笑。由是得释。

【注释】

①"晋元帝叔父东安王繇"几句：此条所载之事发生在西晋八王之乱期间。永兴元年（304），东海王司马越挟持晋惠帝司马衷亲征

邺城成都王司马颖，司马睿随行。司马越兵败，惠帝及司马睿等随军大臣被司马颖劫入邺城。司马睿叔父东安王司马繇因劝谏成都王司马颖归顺晋惠帝而遭到杀害。所以司马睿担心祸及自身而出逃。晋元帝，司马睿，字景文。时为琅琊王，后建立东晋。

②河阳：治今河南孟州西。

③津吏：把守渡口的官吏。

④舍长：蔑称。刘知幾《史通·杂说中》："轻加侮辱，号以仆夫、舍长。"此处称司马睿，以掩盖其身份。

【译文】

晋元帝司马睿的叔父东安王司马繇被成都王司马颖所杀害，司马睿害怕祸及自身，潜行逃出邺城。逃至河阳，被把守渡口的官吏拦下。随从宋典随后赶来，用马鞭轻扫司马睿，说："舍长，官府禁止贵人渡河，怎么你也被拘捕了？"继而大笑。司马睿因此被释放。

二

宇文泰与侯景战[①]。泰马中流矢，惊逸，泰坠地。东魏兵及之，左右皆散，李穆下马[②]，以策击泰背，骂之曰："笼东军士[③]，尔曹主何在？"追者不疑是贵人，因舍而过。穆以马授泰，与之俱逸。

【注释】

①宇文泰与侯景战：西魏大统四年（538），西魏丞相宇文泰与东魏大将侯景战于洛阳邙山。此战西魏先败，既而复振，大破东魏军。

②李穆：字显庆，西魏至隋朝名臣。时为宇文泰大将，官都督。

③笼东：溃败、不振作貌。

【译文】

宇文泰与侯景交战。宇文泰的马被流矢射中，受惊狂奔，把宇文泰摔到地上。这时东魏士兵赶了上来，而宇文泰的左右护卫都逃散了。李穆跳下马，用鞭子抽打宇文泰的后背，骂道："败兵，你们的主子在哪儿？"追兵没有怀疑宇文泰是身份高贵的人，便放过他向前追赶。李穆把自己的马让给宇文泰，两人一起逃走。

三

王廞之败[①]，沙门昙永匿其幼子华[②]，使提衣幞自随[③]。津逻疑之[④]，昙永呵华曰："奴子何不速行！"捶之数十，由是得免。

【注释】

①王廞：字伯舆，东晋人。隆安元年（397），兖州刺史王恭起兵讨伐仆射王国宝，任命时居母丧的王廞为吴国内史，令其起兵。未几，国宝死，王恭罢兵，同时命令王廞去职归丧。王廞不从，据吴都叛，被王恭击败，不知所终。

②沙门：和尚。

③衣幞（fú）：衣裳包裹。

④津逻：巡查渡口的士兵。

【译文】

王廞战败后，和尚昙永藏匿了王廞的幼子王华，命王华提着衣裳包裹跟着自己。巡查渡口的士兵怀疑王华的身份，昙永呵斥王华道："小奴才还不赶快走！"又捶打他了好几十下，王永因此得以逃脱。

王羲之

王右军幼时[①]，大将军甚爱之[②]，恒置帐中眠。大将军尝先起，须臾，钱凤入，屏人论逆节事[③]，都忘右军在帐中。右军觉，既闻所论，知无活理，乃剔吐污头面被褥[④]，诈熟眠。敦论事半，方悟右军未起，相与大惊曰："不得不除之！"及开帐，乃见吐唾纵横，信其实熟眠，由是得全。[⑤]

【注释】

①王右军：王羲之，字逸少。东晋书法家，王敦之从子。曾官右军将军，故世称王右军。

②大将军：王敦。

③逆节：违背臣节，指谋反。此处指太宁二年（324）王敦再次发动叛乱之事。

④剔吐：用指头抠喉头催吐。

⑤按，《晋书·王舒传》以此事为王允之事，而《世说新语》做王羲之事。羲之生于303年或321年，无论何年，当王敦谋逆之时，羲之均非十岁。当以做王允之事为是。

【译文】

王羲之年幼时，大将军王敦特别喜爱他，经常让他在自己的床帐中睡觉。有一次王敦先起床，不久，钱凤进门，二人屏退左右商议谋反之事，都忘了王羲之还在帐中。王羲之醒来，听见二人谈论的内容，知道没有活命的道理，于是抠喉呕吐弄脏了脸和被褥，假装熟睡。王敦谈事到一半，才想起王羲之还没起床，与钱凤一起吃惊地说："不得不除掉他！"等二人掀开床帐，看到王羲之吐得一塌糊涂，相信他仍在熟睡，因此王羲之保住了性命。

吴郡卒

苏峻乱，诸庾逃散[①]。庾冰时为吴郡[②]，单身奔亡。吏民皆去，唯郡卒独以小船载冰出钱塘口，以蘧篨覆之[③]。时峻赏募觅冰，属所在搜括甚急[④]。卒泊船市渚[⑤]，因饮酒醉还，舞棹向船曰："何处觅吴郡？此中便是！"冰大惊怖，然不敢动。监司见船小装狭，谓卒狂醉，都不复疑。自送过浙江，寄山阴魏家，得免。后事平，冰欲报卒，问其所愿。卒曰："出自厮下[⑥]，不愿名器[⑦]，少苦执鞭，恒患不得快饮酒。使酒足余年，毕矣！无所复须。"冰为起大舍，市奴婢，使门内有百斛酒终其身。时谓此卒非唯有智，且亦达生。

【注释】

①苏峻乱，诸庾逃散：苏峻，字子高。东晋将领，从平王敦之乱，拜冠军将军。成帝即位后，外戚庾亮执政。咸和二年（327），庾亮欲解除苏峻兵权，征其入朝。苏峻遂与祖约反。次年，苏峻军至建康，庾亮兄弟俱出逃。

②庾冰：字季坚，庾亮之弟。时为吴国（即吴郡）内史。

③蘧篨（qú chú）：竹苇编成的席子。

④属：嘱咐。

⑤市渚（zhǔ）：市中之泊船处。

⑥出自厮下：出身低贱。

⑦名器：官位与车服，表示身份等级。

【译文】

苏峻谋反，庾氏宗族四处逃散。庾冰当时担任吴郡内史，独自逃亡。吴郡的官员百姓都逃走了，只有一名郡中的士兵驾船载着庾冰逃出钱塘口，又用席子掩盖着庾冰。这时苏峻悬赏捉拿庾冰，嘱咐各地严格搜捕，十分紧急。士兵把船停在市中码头，饮酒醉后才回来，挥舞着船桨指着船说："哪里去找吴郡内史？这里边就是！"庾冰大为惊慌，但是不敢动弹。监察官员见船窄小，认为士兵说的是醉话，一点也不再怀疑他。士兵亲自把庾冰送过浙江，庾冰藏身在山阴县魏家，得以活命。苏峻之乱平定后，庾冰想要报答那个士兵，问他有什么愿望。士兵说："我出身低贱，不奢求荣华富贵，只是从小饱受执鞭之苦，一直遗憾不能痛快喝酒，要是后半辈子有足够的酒喝，就足够了！此外没有其他想要的。"庾冰给他造了一座大宅子，买来奴婢，使他家中贮有百斛美酒让他终身享用。当时的人认为这名士兵不仅有智谋，并且参透了人生。

伯颜

有告乃颜反者①，诏伯颜窥觇之②。乃多载衣裘，入其境，辄以与驿人。既至，乃颜为设宴，谋执之。伯颜觉，与其从者趋出，分三道逸去。驿人以得衣裘故，争献健马，遂得脱。

【注释】

①乃颜：元宗室，世据辽东为国王。海都叛，乃颜与通谋。至元二十四年（1287），乃颜反。忽必烈亲征，战于辽河，擒杀乃颜。

②伯颜：蒙古人，长于西域，事忽必烈。伐南宋建功颇多。深谋善断，廉洁奉公。

【译文】

有人告发乃颜谋反，忽必烈命伯颜前去查探。伯颜在车上装了很多衣裘，进入乃颜的辖境后，送给各驿站的人员。伯颜到后，乃颜设宴款待伯颜，想趁机擒拿他。伯颜察觉，与随从一起跑了出来，分三路逃走。各驿站的人因为先前得到了衣裘，争相把好马献上，伯颜因此脱险。

徐敬业

徐敬业十余岁，好弹射[①]。英公每曰[②]：“此儿相不善，将赤吾族[③]！”尝因猎，命敬业入林趁兽[④]，因乘风纵火，意欲杀之。敬业知无所避，遂屠马腹伏其中。火过，浴血而立，英公大奇之。

【注释】

①弹射：射弹丸。

②英公：徐勣，字懋功，后被赐国姓李。唐初名将，封英国公。徐敬业祖父。

③赤吾族：使我们家族被诛灭。赤，血染。

④趁：追赶。

【译文】

徐敬业十多岁时，喜欢射弹丸。英国公徐勣曾多次感叹说：“这孩子的面相不好，日后会使我们家族被诛灭！”曾经趁着打猎的时候，徐勣命徐敬业深入树林追赶野兽，趁着起风放起火来，想要除掉徐敬业。徐敬业知道无处可躲，便杀了马藏在马腹之中。大火熄灭后，徐敬业满身是血，站了起来，徐勣很是惊讶。

凡子弟负跅弛之奇者[①]，恃才不检，往往为家门之祸。如敬业破镶之兆[②]，见于童年。英公明知其为族祟[③]，而竟不能除之，岂终惜其才智乎？抑英公劝立武氏[④]，杀唐子孙殆尽，天故以敬业酬之也？诸葛恪有异才[⑤]，其父瑾叹曰：“此子不大昌吾宗，将赤吾族！”其后果以逆诛。隋杨智积文帝侄[⑥]。有五男，止教读《论语》《孝经》，不令通宾客。或问故，答曰："多读书，广交游，才由是益。有才亦能产祸！"人服其识。弘、正间[⑦]，胡世宁字永清，仁和人。有将略[⑧]，按察江西时，江西盗起。方议剿，军官来谒，适世宁他出，乃见其幼子继。继曰："兵素不习，岂能见我父哉？"边批：语便奇。军官跪请教，继乃指示进退离合之势甚详。凡三日，而世宁归，阅兵，大异之，顾军官不辨此，"谁教若者？"以实对。继初不善读书，父以愚弃之，至是叹曰："吾有子自不知乎？"自此每击贼，必从继方略。世宁十不失三，继不失一也。世宁上疏，乞以礼法裁制宁王。继跪曰："疏入，必重祸！"不听，果下狱。继因念父，病死。世宁母独不哭，曰："此子在，当作贼，胡氏灭矣！"此母亦大有见识。

【注释】

①跅（tuò）弛：放荡不循规矩。

②破辕：此处将徐敬业比作放荡不羁的骏马，任意奔驰，以致毁坏车辕。

③祟：祸害。

④英公劝立武氏：指唐高宗欲立武则天为后，众大臣反对，但徐勣表示"此陛下家中事，不必问外人"。

⑤诸葛恪：字元逊。诸葛瑾长子，少有才名。孙权神凤元年（252），孙权临终，受顾命，掌握吴国权柄。终因居功骄恣，独断专行，于孙亮建兴二年（253）被孙峻矫诏诛杀。

⑥杨智积：隋文帝杨坚弟杨整之子，其父杨整与杨坚不和，常恐致祸，故一生小心谨慎。

⑦弘、正：弘治（明孝宗朱祐樘年号，1488—1505）、正德（明武宗朱厚照年号，1506—1521）。

⑧胡世宁：性刚直，不畏权势。正德时为江西按察副使。因上疏揭露宁王朱宸濠反状，反被朱宸濠诬陷治罪。

【译文】

大凡子孙中有放荡不羁的奇才，又仗着聪明而不知检点的，往往会成为全家的祸害。如徐敬业将毁坏家门的征兆，在童年时就已显现。徐勣虽明知他是一族的祸害，却不能除掉他，是因为爱惜他的才智呢？还是因徐勣拥立过武则天，而武氏几乎杀尽李唐子孙，上天所以用徐敬业报复徐勣呢？诸葛恪有大才，他的父亲诸葛瑾叹息道："这孩子日后不能光耀门庭，就会害得我家被诛灭！"后来诸葛恪果然因为谋逆的罪名被诛杀。隋杨智积是文帝杨坚的侄子。家中有五个儿子，只教他们读《论语》《孝经》，不让他们结交宾客。有人问其中原由，杨智积回答说："多读书，多结交朋友，才智会有所长进。但是才智也可以产生灾祸！"人们都佩服他的见识。弘治、正德年间，胡世宁字永清，仁和人。有为将的才能，担任江西按察副使时，江西盗贼四起。在商议如何围剿的期间，有位军官前来求见，正好赶上胡世宁外出，只见到他的幼子胡继。胡继说："士兵平素没有操练，你怎能见我父亲？"边批：说的话就很奇异。军官跪地请教，胡继于是教给他带领部队前进后退分离聚合等阵势，十分详细。三天后，胡世宁回来，检阅部队，十分惊讶，认为手下军官没有这样的水准，询问："是谁教导你们的？"军官以实情回禀。胡继年幼时不爱读书，所以父亲胡世宁认为他愚钝而疏远他，直到这时胡世宁才感叹说："我有优秀的儿子，怎么反倒自己不清楚呢？"从这之后胡世宁每次剿匪都一定采用胡继的方法与策略。胡世宁能做到十次不失误三次，胡继却能做到十次不失误一次。后来胡世宁上疏，奏请以礼法制裁宁王。胡继跪下说："奏疏递上去，必定会招致大祸。"胡世宁不听，果然被下狱。胡继因想念父亲而病死。唯有胡世宁的母亲没有哭泣，说："这孩子要是活着，将来很可能成为叛贼，胡氏一门会因此覆灭！”这做母亲的也很有见识。

陈平

陈平间行仗剑亡[①]，渡河。船人见其美丈夫独行，疑其亡将，腰中当有金宝，数目之。平恐，乃解衣裸而佐刺船[②]。船人知其无有，乃止。

【注释】

①陈平：西汉开国功臣。少时家贫，好读书，初仕项羽，后惧得罪，乃乘间逃跑，背楚投汉。

②刺船：撑船。

【译文】

陈平随身带着剑秘密出逃，要乘船渡河。船夫见他是俊美的男子，又是单身出行，便怀疑他是逃亡的将军，身上一定藏有黄金珠宝，所以多次打量他。陈平害怕船夫有歹意，于是脱下衣服赤身裸体地帮助船夫划船。船夫看出来陈平身上没有钱财，就打消了谋害他的念头。

平事汉，凡六出奇计：请捐金行反间[①]，一也；以恶草具进楚使，离间亚父[②]，二也；夜出女子二千人，解荥阳围[③]，三也；蹑足请封齐王信[④]，四也；请伪游云梦缚信[⑤]，五也；使画工图美女，间遣人遗阏氏，说之，解白登之围[⑥]，六也。六计中，唯蹑足封信最妙。若伪游云梦，大错！夫云梦可游，何必曰伪？且谓信必迎谒，因而擒之。既度其必迎谒矣，而犹谓之反乎？察之可，遽擒之则不可。擒一信而三大功臣相继疑惧[⑦]，骈首灭族[⑧]，平之贻祸烈甚矣！

【注释】

①捐金行反间：指陈平劝说刘邦拿出黄金离间楚将锺离昧等人。

②以恶草具进楚使，离间亚父：此指刘邦行使的反间计。范增是项羽主要谋臣，被项羽尊为亚父。项羽曾向刘邦处派遣使者，刘邦方面先呈上盛宴，但看到使者时却说："原以为是亚父使者，却是项王使！"便撤下盛宴，以粗劣食物招待使者。使者归报项羽，项羽果然怀疑范增。恶草具，指粗劣的食物。

③夜出女子二千人，解荥阳围：项羽曾在荥阳城围困刘邦。刘邦想要割地求和，项羽不从。陈平趁夜放女子两千人扮成士兵出荥阳东门引诱项羽攻击，而刘邦等人从西门逃出。荥阳，在今河南荥阳东北。

④蹑足请封齐王信：韩信破齐，派遣使者请刘邦封自己为代理齐王，刘邦怒而大骂，陈平急忙去踩刘邦的脚。刘邦醒悟，厚待韩信使者，封韩信为齐王。最终韩信帮助刘邦打败项羽。

⑤请伪游云梦缚信：汉朝建立后，韩信被转封为楚王，被举报谋反。刘邦问计于陈平，陈平认为刘邦用兵不如韩信，建议刘邦假装游览云梦泽召见诸侯，趁机擒拿韩信。

⑥"使画工图美女"几句：汉高帝七年（前200），韩王信（此为封韩王之另一韩信）反，降匈奴。刘邦亲征，至平城（在今山西大同），为匈奴所围。陈平使画工图美女，派人送匈奴阏氏（单于正妻），称汉朝准备给单于献此美女。阏氏恐美女夺宠，劝说单于网开一面，刘邦得以逃脱。

⑦三大功臣：韩信、彭越、黥布。

⑧骈（pián）首：一并，接连。

【译文】

陈平辅佐汉王，共献出六条奇计：建议刘邦拿出黄金行反间计，这是第一条；故意用粗劣食物招待西楚使者，离间亚父范增与项羽的关系，这是第二条；夜里派出两千女子，解了荥阳之围，这是第三条；踩刘邦的脚示意封韩信为齐王，这是第四条；建议刘邦诈称游览云梦泽而擒拿韩信，这是第五条；让画工画下美女，暗中派人送给阏氏并游说她，解白登山之围，这是第六条。六计之中，只有踩刘邦的脚示意封韩信为齐王最为神妙。至于建议刘邦诈称游览云梦泽而擒拿韩信则最为糟糕。云梦泽本就是值得游赏的地方，何必诈称呢？而且说韩信一定会前来迎接谒见，因而擒拿了他。既然料定韩信必定前来迎接谒见刘邦，又怎么能说韩信要谋反呢？调察韩信是可以的，突然擒拿他是不稳妥的。擒拿一个韩信使三大功臣相继起疑恐惧，最终接连被灭族。陈平可谓是留下了天大的祸害。

有人舟行，出鍮石杯饮酒[①]，舟人疑为真金，频瞩之。此人乃就水洗杯，故堕之水中。舟人骇惜。因晓之曰："此鍮石杯，非真金，不足惜也！"又丘琥尝过丹阳，有附舟者，屡窥寝所，琥心知其盗也，佯落簪舟底，而尽出其衣箧，铺陈求之，又自解其衣以示无物。明日其人去，未几劫人于城中，被缚，语人曰："吾几误杀丘公！"此二事与曲逆解衣刺船之智相似[②]。

【注释】

①鍮（tōu）石：铜与炉甘石合炼而成的金属。

②曲逆：陈平，封曲逆侯。

【译文】

某人乘船出行时，用鍮石杯饮酒，船夫以为杯子是真金，频频注视。于是此人凑到水边洗杯子，故意把杯子掉到水中。船夫震惊心疼。此人趁机告诉船夫："这是鍮石杯，不是真金，不值得可惜。"另外，丘琥曾经路过丹阳，有个搭船的人，频频窥探丘琥睡觉的地方，丘琥心中知道此人是盗贼，假装有簪子掉落到船底了，拿出衣箱中所有的东西，铺展开来寻找簪子，又自己解开衣服显示身上没有财物。到了第二天那人就离开了，不久那人就在城中因抢劫而被捕，他对别人说："我差点误杀了丘公！"这两件事和陈平脱衣划船的智慧相似。

刘备

曹公素忌先主[①]。公尝从容谓先主曰："今天下英雄，唯使君与操耳！本初之徒[②]，不足数也！"先主方食，失匕箸[③]。适雷震，因谓公曰："圣人云：'迅雷风烈必变[④]。'良有以也，一震之威，乃至于此！"

【注释】

①先主：刘备，史称蜀先主。此则记录的是刘备在许都依附曹操期间的故事。

②本初：袁绍，字本初。

③匕箸：羹匙和筷子。

④迅雷风烈必变：语出《论语·乡党》。意为遇有疾雷大风必要改变脸色。言孔子敬天之怒。

【译文】

曹操一向忌惮刘备。曹操曾经从容地对刘备说："当今天下的英雄，只有你和我！至于袁本初之类的人，根本算不上数！"刘备正在吃饭，吓得掉落了羹匙和筷子。刚巧碰上打雷，刘备于是对曹操说："圣人说：'遇有疾雷大风必要改变脸色。'这确实有道理，难怪刚才打一雷，我就如此失态！"

相传曹公以酒后畏雷、闲时灌圃轻先主[1]，卒免于难。然则先主好结髦[2]，焉知非灌圃故智？

【注释】

①闲时灌圃：刘备在许都时，无事常闭门种菜。灌圃，浇菜。

②先主好结髦（máo）：刘备少时以贩履织席为业。为官后仍不忘旧习。结髦，亦作结毦。用羽毛编织饰物。

【译文】

相传曹操因刘备酒后害怕雷声、闲时浇园种菜而轻视他，刘备因此才免于遭难。然而刘备喜欢编结饰物，但怎知这不是和浇园种菜一样属于韬光养晦的智慧呢？

崔巨伦

北魏崔巨伦字孝宗尝任殷州别将[1]。州为贼陷，葛荣闻其才名[2]，欲用之。巨伦规自脱[3]。适五月五日会集百僚，命巨伦赋诗。巨伦诗曰："五月五日时，天气已大热，狗便呀欲死，牛半腹出舌。"闻者哄然发噱，以此自晦获免。已潜结死士数人，乘夜南走。遇逻骑，众危之。巨伦曰："宁南死一寸，岂北生一尺！"遽绐贼曰[4]："吾受敕行。"贼方执火观敕，巨伦辄拔剑斩贼帅，余众惊走，因得脱还。

【注释】

①崔巨伦：字孝宗。博览经史，文武兼能。北魏将领。殷州：北魏置，治所为广阿（今河北隆尧）。

②葛荣：北魏河北义军领袖，孝明帝孝昌二年（526）称天子，国号为

齐。后被尔朱荣、侯景击败。

③规：策划。

④绐（dài）：欺骗。

【译文】

北魏崔巨伦字孝宗曾担任殷州别将。殷州被贼兵攻陷后，葛荣听说过崔巨伦的才名，想要任用他。崔巨伦谋划要逃脱。适逢五月五日端阳佳节葛荣召集手下，命崔巨伦作诗。崔巨伦作诗道："五月五日时，天气已大热，狗便呀欲死，牛半腹出舌。"听众哄堂大笑，崔巨伦因自隐才能而被葛荣放过。崔巨伦暗中结交多名愿为他效死之人，趁着夜晚南逃，途中遇到巡逻骑兵，众人认为情况危急。崔巨伦说："宁可向南前进一寸而死，岂能靠北一尺而活！"于是欺骗贼兵说："我奉有敕令出行。"贼兵正举起火把检视敕令，崔巨伦立马抽剑斩杀贼兵首领，其余贼兵仓皇逃散，崔巨伦等人得以逃脱。

嘉靖中，倭乱江南，昆山夏生为倭所获，自称能诗。倭将以竹舆乘之，令从行，日与唱和，竟免祸。久之，夏乞归，厚赠而返。此又以不自晦获全者也。夏称倭将亦能诗，其咏《文菊》诗云："五尺阑干遮不尽，还留一半与人看。"

【译文】

嘉靖年间，倭寇祸乱江南，昆山有位夏姓书生被倭寇俘虏，夏生自称会作诗。倭将命他乘坐竹轿，跟随自己行动。崔生每日与倭将作诗唱和，就这样免于遭难。一段时间后，夏生向倭将请求回家，倭将送了夏生很多礼物并放了他。这又是不自隐才能而得以活命的事例。夏生说倭将也会作诗，其咏《文菊》诗为："五尺阑干遮不尽，还留一半与人看。"

仓卒治盗　二条

一

娄门二布商舟行[1]，有北僧来附舟，欲至昆山。舟子不可，二商以佛弟子容之。至河，胡僧拔刀插几上，曰："汝要好死要恶死？"二子愕曰："何也？"僧曰："我本非良士，欲得汝财耳！速跃入湖中，庶可全尸。"二子泣下曰："师容我饱餐，就死无恨。"笑曰："容汝作一饱鬼！"舟子为煮肉，复沃以汁，乃以巨钵盛之，呼二子肉已熟。二子应诺，舟子出僧不意，急举肉汁盖其顶，热甚。僧方两手推钵，二子即拔几上刀斩之，掷尸于湖，涤舟而去。

【注释】

①娄门：江苏苏州之东门。

【译文】

有两位布商从娄门乘船出行，有个北方和尚前来搭船，想要前往昆山。船夫不答应，但两位布商见他是佛门弟子，就同意了。船行到湖中，胡僧突然拔刀插到桌面上，说："你们要好死还是要惨死？"两位商人惊愕地说："你说什么？"和尚道："我本不是好人，只想获得你们的财物！赶快自己跳到湖中，还可以留个全尸。"两位商人哭道："请大师允许我俩饱餐一顿，死了也没有怨恨。"和尚笑道："就让你们做个饱死鬼。"船夫为他们煮肉，又浇上汤汁，用大碗盛好，呼唤二位商人肉已经熟了。二人答应，船夫趁和尚没注意，快速举起肉汤扣在和尚头上，肉汤滚烫。和尚只顾着用手把大碗推开，二位商人赶快拔出桌面上的刀斩杀了和尚，把和尚的尸体抛到湖里，把船清洗干净后离开。

二

吴有书生假借僧舍，见僧每出，必锁其房甚谨。一夕忘锁，生纵步入焉。房甚曲折，几上有小石磬。生戏击之，旁小门忽启，有少妇出，见生，惊而去。生亦仓惶外走。僧适挈酒一壶自外入，见门未钥，愕然，问生适何所见，答曰："无有。"僧怒，掣刀拟生曰[①]："可就死，不可令吾事败死他人手！"生泣曰："容我醉后，公断吾头，庶懵然无觉也。"僧许之。生佯举杯告曰："庖中盐菜乞一茎。"僧乃持刀入厨。生急脱布衫塞其壶口，酒不泄，重十许斤，潜立门背。伺僧至，连击其首数十下，僧闷绝而死[②]。问少妇，乃谋杀其夫而夺得者，分僧橐而遣之[③]。

【注释】

①拟：指向。

②闷绝：晕倒。

③橐（tuó）：盛装东西的袋子。此指囊中所藏财物。

【译文】

吴地有位书生借住在寺庙，发现和尚每次出门，一定要谨慎地锁好房门。有一天晚上和尚出门忘了锁门，书生信步走进和尚的房间。屋里十分曲折，桌上有个小石磬。书生试着敲了一下，旁边的小门忽然开启，走出一名少妇来，看见书生，吃惊离去。书生也匆忙地往外走。和尚刚好提着一壶酒从外边回来，见房门没上锁，吃了一惊，问书生刚才看见了什么，书生说："什么也没有。"和尚生气了，抽刀指向书生说："只好让你死了，决不能让我的事败露而死在他人之手！"书生哭着说："请让我喝醉后，您再砍我的头，或许可以懵然地没有感觉。"和尚答应了。书生假装端起酒杯说："请给我点厨房里的咸菜。"于是和尚提着刀进入厨房。

书生急忙脱下布衫塞住酒壶壶口，使酒流不出来。酒壶重有十来斤，书生暗中站在门后。等和尚一进门，书生用酒壶连敲和尚脑袋数十下，和尚晕倒而亡。书生询问少妇，原来少妇是和尚谋害她的丈夫而抢来的。二人分完和尚的行李，书生让少妇离开了。

张佳胤

张佳胤令滑[①]，巨盗任敬、高章伪称锦衣使来谒[②]，直入堂阶，北向立。公心怪之，判案如故。敬厉声曰："此何时，大尹犹倨见使臣乎[③]！"公稍动容，避席迓之。敬曰："身奉旨，不得揖也。"公曰："旨逮我乎？"命设香案。敬附耳曰："非逮公，欲没耿主事家耳。"时有滑人耿随朝任户曹，坐草场火系狱。公意颇疑，遂延入后堂。敬扣公左手，章拥背，同入室坐炕上。敬掀髯笑曰："公不知我耶？我坝上来[④]，闻公帑有万金，愿以相借。"遂与章共出匕首，置公颈。公不为动，从容语曰："尔所图非报仇也，我即愚，奈何以财故轻吾生？即不匕首，吾书生孱夫能奈尔何！边批：缓一着。且尔既称朝使，奈何自露本相？使人窥之，非尔利也。"贼以为然，遂袖匕首。公曰："滑小邑，安得多金？"敬出札记如数[⑤]，公不复辩，但请勿多取以累吾官。边批：又缓一着。反覆开谕。久之，曰："吾党五人，当予五千金！"公谢曰："幸甚！但尔两人橐中能装此耶？抑何策出此官舍也？"贼曰："公虑良是。边批：饵尽其计[⑥]。当为我具大车一乘，载金其上，仍械公如诏逮故事[⑦]，不许一人从，从即先刺公。俟吾党跃马去，乃释公身。"公曰："逮我昼行，邑人必困尔，即刺我何益？不若夜行便。”边批：语忠告，又缓他一着。二贼相顾称善。公又曰：“帑金易辨识[8]，亦非尔利，邑中多富民，愿如数贷之。既不累吾官，尔亦安枕。”二贼益善公计。公属章传语召吏刘相来[9]。相者，心计人也。相至，公谬语曰：“吾不幸遭意外事，若逮去，死无日矣！今锦衣公有大气力[10]，能免我。心甚德之，吾欲具五千金为寿！”相吐舌曰：“安得办此？”公蹑相足曰：“每见此邑人富而好义，吾令汝为贷。”遂取纸笔书某上户若干，某中户若干，共九人，符五千金数。九人，素善捕盗者。公又语相曰：“天使在，九人者宜盛服谒见，边批：讽使改装。勿以贷故作窭人状[11]！”相会意而出。公取酒食酬酢[12]，而先饮啖以示不疑，且戒二贼勿多饮。贼益信之。酒半，曩所招九人各鲜衣为富客，以纸裹铁器手捧之，陆续门外，谬云：“贷金已至，但贫不能如数。”作哀祈状。二贼闻金至，且睹来者豪状，不复致疑。公呼天平来，又嫌几小，索库中长几，横之后堂，二僚亦至。公与敬隔几为宾主，而章不离公左右。公乃持砝码语章曰：“汝不肯代官长校视轻重耶？”章稍稍就几，而九人者捧其所裹铁器竞前。公乘间脱走，大呼擒贼。敬起扑公不及，自刭树下。生缚章，考讯又得王保等三贼主名，亟捕之，已亡命入京矣。为上状，缇帅陆炳尽捕诛之[13]。

【注释】

①张佳胤：字肖甫。嘉靖进士。善诗文，与王世贞等合称“嘉靖七子”。时任滑县令。

②锦衣使：锦衣卫使者。

③大尹：明朝知县的别称。

④坝上：借指山贼山寨。坝，指险要处构筑的防护。

⑤记如数：指记录着官府的各项收入。

⑥餂（tiǎn）：诱取，哄骗。

⑦如诏逮故事：做出以诏令逮捕的老样子。

⑧帑（tǎng）金：官库之金银。凿有戳记，故易为辨识。

⑨属：嘱咐。

⑩气力：指权势。

⑪窭（jù）人：穷苦人。

⑫酬酢（zuò）：敬酒。酬，向客人敬酒。酢，向主人敬酒。

⑬缇（tí）帅：指锦衣卫指挥使。陆炳：其母为明世宗乳母，自幼随母入宫，受世宗宠信。

【译文】

张佳胤曾担任滑县令。时有大盗任敬、高章诈称锦衣卫使者前来拜见他。二人直上大堂台阶，面向北方站立。张佳胤心里觉得奇怪，但仍照旧判案。任敬厉声说："都什么时候了，县令大人还如此傲慢地接见使臣！"张佳胤稍稍有些动容，离开座位迎接二人。任敬说："圣旨在身，不能作揖。"张佳胤说："圣旨是要逮捕我吗？"又命人摆设香案。任敬在张佳胤耳边说道："不是要拘捕您，而是要抄耿主事的家。"当时有个叫耿随朝的滑县人担任户曹，因草场失火而受到牵连下狱。张佳胤觉得很可疑，于是请二人到后堂。任敬按住张佳胤左手，高章搂着张佳胤的背，一同进入房间坐到炕上。任敬摸着胡子笑着说："您不认识我吗？我从山寨来，听说官府库房中有万金，想借来一用。"说完与高章一起掏出匕首抵着张佳胤脖子。张佳胤不为所动，从容地说："既然你们的目的不是来寻仇，即使我再笨，又怎会为了钱财而轻生？就算你们不用匕首，我一个孱弱书生又能拿你们怎么样！边批：缓一着。况且你们自称朝廷钦差，怎能自露行迹？万一让人看到，对你们不利。"贼人觉得有理，就把匕首藏在袖中。张佳胤说:“滑县是个小地方,哪有那么多钱?”任敬掏出账本,上面记载着滑县的各项收入,张佳胤也就不再争辩了,只求他们不要拿得太多而妨碍自己的仕途。边批:又缓一着。之后张佳胤又反复劝说。过了很久,贼人说:“我们同伙五人,应当给我们五千金。”张佳胤感谢道:“太好了!但你们两人的行囊能装得下这么多钱吗?又有什么计策能走出这个官府呢?”贼人说:“您考虑得很对。边批:哄骗他们中计。应当为我们准备一辆大车,把钱装在车上。我们仍然像刚才那样做出以诏令逮捕您的老样子押着您,不许有人跟随,有人跟随就先刺杀您。等我们跳上马离开后,就放了您。”张佳胤说:“你们若是押着我白天走,一定会被百姓围困,就算杀了我又有什么用?不如夜里走方便。”边批:出言忠告,又缓了一着。二贼对视都说好。张佳胤又说:“官银容易辨识,这对你们也没好处。县中有不少富户,请让我从他们那里如数借来。这样既不会影响我的仕途,你们也可安枕无忧。”二贼更加称赞张佳胤的谋划。张佳胤嘱咐高章传话召唤小吏刘相前来。刘相是心眼多的人。刘相到来后,张佳胤撒谎说:“我不幸遭到意外之事,若被逮捕,很快就得死!现在锦衣卫大人有很大的权势,能免去我的罪过。我内心十分感激,想送五千金表达心意!”刘相吐了吐舌头说:“怎么才能筹措到这些钱?”张佳胤踩了刘相一脚说:“我常见本县的人富有且热心助人,我命你向他们借钱。”于是取来纸笔写下某大户多少,某中户又多少,共九人,加起来正好符合五千金的数量。这九人,其实是捕盗高手。张佳胤又对刘相说:“钦差大人在,让这九个人穿着光鲜的服装前来拜见,边批:暗示让这几个人换装。不要因为借钱就装作穷人的样子!”刘相理解了张佳胤的意图离开。张佳胤布置酒菜又敬酒,并且先吃喝以表示不用怀疑下毒,又劝诫二贼不要多喝。贼人更加信任张佳胤。饮宴过半,刚才所召的九人各自穿着光鲜的衣服,打扮得好像富豪,各自捧着纸包裹的兵器,陆续站在门外,谎称:“借的钱已经拿来了,但是因贫穷而没有那么多。”并做出哀求的样子。二贼听说钱已送来,再看到来人阔绰的样子,再不怀疑。张佳胤命人取天平来，又嫌桌子小，命人取出库房中的长桌，横着放在后堂。两名衙役也跟着进来。张佳胤与任敬分宾主隔着长桌，但高章不离张佳胤身旁。张佳胤于是拿着砝码对高章说：“你难道不肯替长官查看重量吗？”高章稍稍靠近长桌，九人立刻捧着手中裹着的铁器冲上前。张佳胤乘机脱身，大呼捉贼。任敬起身扑向张佳胤却没能来得及，在树下自刎。高章被生擒，拷问之下供出王保等三名贼人，立即下令捉拿，三人已逃入京师了。张佳胤上报，锦衣卫长官陆炳尽数将他们逮捕并诛杀。

祁尔光曰：“当命悬呼吸间，而神闲气定，款语揖让，从眉指目语外，另构空中硕画，歼厥剧盗，如制小儿。经济权略，真独步一时矣！”

【译文】

祁尔光说：“命悬一线之际，张佳胤仍能气定神闲，轻声有礼，在眉目传意之外，又暗中筹划大计，歼灭那些大盗，如同制服小孩。筹划谋略，真是一时无人可比！”

罗巡抚

罗某初出使川中，泊舟河边。川中有一处，男女俱浴于河，即嬉笑舟边。罗遣人禁之，边批：多事。男女鼓噪大骂，人多，卒不可治，反抛石舟中而去。乃诉之县，稍鞭数人。既而罗公巡抚蜀中，县民大骇。罗公心计之，是日又泊舟旧处，大言之曰：“此处民前被我惩创一番，今乃大变矣！”嗟叹良久。川民前猜遂解。

【译文】

有个姓罗的官员初次出使四川,把船停在河边。四川有一个地方,男女一起在河里沐浴,就在罗某的船边嬉闹。罗某派人禁止,边批:多事。但那群男女大声辱骂,因为他们人数众多,士兵压制不住,那群人反而向罗某的船里丢石头后才离开。罗某将此事告诉当地县令,县令稍微鞭打了几人。不久,罗某出任四川巡抚,县民大为惊恐。罗某心里考虑此事,这一天又停船在之前那个地方,大声说:"此地的百姓之前被我惩戒了一番,现在已经大大改善了!"又感叹了好久。四川百姓之前的猜疑就此消释了。

不但释其猜,且可诱之于善,妙哉!

【译文】

此举不但消除了四川百姓的猜疑,也诱导他们遵从良俗,真是巧妙!

沈括

沈括知延州时[①],种谔次五原[②],值大雪,粮饷不继。殿值刘归仁率众南奔[③],士卒三万人皆溃入塞[④],居民怖骇。括出东郊饯河东归师,得奔者数千,问曰:"副都总管遣汝归取粮,边批:谬言以安其心。主者为何人?"曰:"在后。"即谕令各归屯。未旬日,溃卒尽还。括出按兵,归仁至。括曰:"汝归取粮,何以不持兵符?"因斩以徇[⑤]。边批:众既安,则归仁一匹夫耳。

【注释】

①沈括：字存中。嘉靖年间进士。博学善文，于天文、方志、律历、音乐、医药无所不精。其《梦溪笔谈》为科技史名著。元丰三年（1080）知延州。延州：治今陕西延安。

②种谔：字子正。北宋名将。时为鄜延副总管，带兵征讨西夏。次：驻扎。五原：在今内蒙古自治区包头西北。

③殿值：宋军制，殿前司下设殿值，为皇帝的侍从武官。

④塞：此指长城。

⑤徇（xùn）：宣示于众。

【译文】

沈括担任延州知州时，种谔驻扎在五原，时值大雪，粮饷接继不上。殿值刘归仁率领军队南逃，有三万士兵溃逃入长城内，居民深感恐惧。沈括到延州东郊饯别从河东归来的军队，遇到了数千逃回来的士兵，向他们问道："副都总管派你们回来领军粮，边批：说谎以安定军心。领队是谁？"兵士回答："在后面。"沈括立刻命令士兵各自返回驻地。不到十天，所有逃兵都回来了。沈括出来安抚士兵，刘归仁也到了。沈括问："你回来取兵粮，怎么不拿兵符？"因此斩杀刘归仁示众。边批：既已安抚住了军士，那刘归仁就是一介匹夫了。

括在镇，悉以别赐钱为酒，命廛市良家子驰射角胜[①]。有轶群之能者[②]，自起酌酒劳之。边人欢激，执弓傅矢[③]，皆恐不得进。越岁，得彻札超乘者千余[④]。皆补中军义从[⑤]，威声雄他府。真有用之才也！

【注释】

①廛（chán）市：城市，街市。

②轶群：超群。

③傅矢：携箭。

④彻札：射箭能穿透铠甲。超乘：身披重甲而能跳上战车。此处喻勇武敏捷。

⑤义从：指自愿从军者。

【译文】

沈括在延州时，用朝廷额外赏赐的钱买酒，命令城中清白人家子弟比试骑马射箭。遇到有超群才能的人，沈括亲自起身斟酒慰劳。生活在边地的人众欢欣鼓舞，携带着弓箭，都怕不能参加比赛。过了一年，得到射箭能穿透铠甲、身披重甲而能跳上战车的猛士一千多人。沈括把他们都编入中军的义勇队，威名声势超过其他府。沈括真是个有用的人才！

河清卒

河清卒于法不他役[①]。时中人程昉为外都水丞[②]，怙势蔑视州郡[③]，欲尽取诸埽兵治二股河[④]。程颢以法拒之[⑤]。昉请于朝，命以八百人与之。天方大寒，昉肆其虐，众逃而归。州官晨集城门，吏报河清兵溃归，将入城。众官相视，畏昉，欲弗纳。颢言："弗纳，必为乱！昉有言，某自当之！"既亲往开门抚纳，谕归休三日复役。众欢呼而入。具以事上闻，得不复遣。后昉奏事过州，见颢，言甘而气慑。既而扬言于众曰："澶卒之溃，乃程中允诱之[⑥]，吾必诉于上！"同列以告。颢笑曰："彼方惮我，何能尔也！"果不敢言。

【注释】

①河清卒于法不他役：按照法律规定治理黄河的士兵不可调到别处

服役。河清卒，治理黄河的士兵。

②中人：宦官。程昉：宋神宗时王安石欲兴水利，认为宦官程昉有治河才能，任为外都水丞。外都水丞：都水丞，都水监属官，置二人，轮遣一人出外治河埽之事，故称此人为外都水丞。

③怙（hù）：依赖，倚仗。程昉因得王安石重用，仗势轻慢州郡。

④诸埽（sào）兵：修治诸堤埽之卒。二股河：宋代黄河东流的别称。庆历八年（1048）黄河在澶州（治今河南濮阳）决口，改道北流。嘉祐五年（1060）黄河北流又在魏县（今河北魏县东北）决口，东北流经一段西汉黄河故道，称二股河。

⑤程颢：字伯淳，号明道。北宋理学家。时为签书镇宁军判官。北宋镇宁军即澶州，临黄河。

⑥程中允：熙宁初，以程颢为太子中允，此时乃带中允衔出任外官。

【译文】

治理黄河的士兵按照法律不可调到别处服役。当时宦官程昉担任外都水丞，仗势蔑视州郡，想调用全部修治堤埽的士兵治理二股河。程颢以不合法律拒绝了他。程昉上奏请示朝廷，朝廷于是下令调拨八百人给程昉。当时天气十分寒冷，因为程昉肆意虐待，士兵们一起逃回。州官们早上聚集在城门，小吏禀报治理黄河的士兵逃归，马上就要进城了。众官面面相觑，因为害怕程昉，不想接纳士兵们。程颢说："如果不接纳他们，一定会发生祸乱！程昉要是有什么话说，我一人担当！"说完亲自前往，打开城门安慰士兵们，并宣布他们可以休假三天再回去服役。士兵们欢呼着进城。程颢将具体情形禀报朝廷，士兵们得以不用被再次调遣。之后程昉回朝奏事路过澶州，见到程颢，只敢说好话并且畏惧程颢。之后程昉当众扬言："澶州士兵溃逃的那件事，都是受了程颢的鼓动，我一定要奏明皇上！"有同僚把这话告诉了程颢。程颢笑着说："他正怕着我，怎敢那么做！"果然程昉没敢上奏。

此等事伊川必不能办[①]，纵能抚溃卒，必与昉诘讼于朝，安能令之心惮而不敢为仇耶？

【注释】

①伊川：程颢弟程颐，字叔正，世称伊川先生。兄弟二人合称“二程”。

【译文】

这样的事，伊川先生程颐一定不能办好。就算能安抚逃兵，也一定与程昉在朝廷对质，这样怎能令程昉畏惧而不敢报复呢？

吕颐浩

建炎之役[①]，及水滨，而卫士怀家流言[②]。吕相颐浩以大义谕解[③]，且怵以利曰[④]：“先及舟者，迁五秩[⑤]，署名而以堂印志之[⑥]。”其不逊倡率者[⑦]，皆侧用印记。事平，悉别而诛赏之。

【注释】

①建炎之役：当指建炎三年（1129）初，金粘没喝（完颜宗翰）南侵，宋高宗赵构时在扬州，遂仓皇渡江南奔之事。

②卫士：皇室侍卫。

③吕相颐浩：吕颐浩，字元直。元祐进士。建炎三年以资政殿大学士充江浙制置使兼知镇江府。之后曾两度拜相。

④怵（xù）：诱惑。

⑤五秩：五级。

⑥堂印：宰相居政事堂所用的官印。此时吕颐浩尚未拜相，不当用

堂印。

⑦倡率：引导，挑头。

【译文】

建炎年间赵构南渡，到达水边时，皇室侍卫们因想家而散布流言。吕颐浩用大义劝解安慰他们，更利诱他们说："率先赶到船边的人官升五级，你们签字我盖上官印担保。"对于侍卫中不服从命令挑头的人，都侧盖印记。战事平定后，根据印记分别予以诛杀或奖赏。

六合之战[①]，周士卒有不致力者。宋祖阳为督战[②]，以剑斫其皮笠[③]。明日遍阅皮笠有剑迹者数十人，悉斩之。由是部兵莫不尽死。此与吕相事异而智同。

【注释】

①六合之战：后周显德三年（956），周世宗柴荣亲征南唐，命赵匡胤屯六合（在今江苏扬州西北）。

②阳：借指表面上。

③皮笠：以牛皮所为之头盔。

【译文】

六合之战时，后周兵士中有不肯出力的人。赵匡胤借着督战，用剑在那些人的皮盔上砍出痕迹。第二天检查所有士兵的皮盔，上面有剑痕的有数十人，全部斩杀。从此兵士没有不拼命作战的。此事虽与吕颐浩之事情况不同但二人的智慧一样。

段秀实

段秀实为司农卿[①]。会朱泚反，时源休教泚追逼天子[②]，遣将韩旻领锐师三千疾驰奉天。秀实以为此系危逼之时，遣人谕大吏岐灵岳窃取姚令言印[③]，不获，乃倒用司农印，追其兵。旻至骆谷驿，得符而还[④]。

【注释】

①段秀实：字成公，唐朝中期将领。建中元年（780）因筑原州城事得罪宰相杨炎而被调回长安担任司农卿。建中四年（783），爆发泾原兵变，叛将朱泚攻入长安，唐德宗逃往奉天（今陕西乾县），段秀实身陷长安。后以笏板攻击朱泚，被害。司农卿：九卿之一，管理国家农业、仓储、宫廷百官供应。

②源休：本唐光禄卿，怀怨望，泾原兵变后投奔朱泚，劝朱泚僭号，泚称帝，以休为宰相。

③姚令言：本唐泾原节度使，助朱泚为乱，朱泚任之为元帅。

④符：兵符。此指倒用司农印的假军令。

【译文】

段秀实为司农卿时，遇到朱泚谋反，源休建议朱泚追击唐德宗，于是派将军韩旻率领精兵三千人急行军赶往奉天。段秀实认为此时形势危急，命人告诉大臣岐灵岳盗取姚令言的官印，但没能得手，只好在假军令上倒盖司农卿印，命人追赶韩旻带领的士兵。韩旻已经行军到骆谷驿，得到军令而返回。

按，《抱朴子》云[①]：古人入山，皆佩黄神白章之印[②]，行见新虎迹，以顺印印之，虎即去；以逆印印之，虎即还。今人追捕逃亡文书，但倒用印，贼可必得。段公倒印，亦或用此法。

【注释】

①《抱朴子》：东晋葛洪著。洪自号抱朴子，因以名其书。分内、外

篇，内篇论神仙、炼丹、符箓等事，外篇论时政得失、人事臧否。

②黄神白章之印：《抱朴子》云："其阔四寸，其字百二十。"系道教所用符印。白章，应作"越章"。

【译文】

按，《抱朴子》记载：古人入山都佩戴黄神白章之印，途中若看到新的老虎脚印，顺着脚印盖印，老虎就会离去；若逆着脚印盖印，老虎就会回来。现在的人发布抓捕逃犯的公文，只要倒盖印记，一定可以捕获贼人。段秀实倒盖司农卿印，或许就是用这种方法。

黄震

宋尝给两川军士缗钱①，诏至西川，而东川独不及，军士谋为变。黄震白主者曰②："朝廷岂忘东川耶？殆诏书稽留耳！"即开州帑给钱如西川，众乃定。

【注释】

①缗（mín）钱：用绳穿连成串的钱。

②黄震：《宋史》有二黄震，此为北宋真宗时之黄震，时通判遂州（治今四川遂宁）。

【译文】

宋朝时朝廷有一次用成串的铜钱犒赏两川士兵，诏书送达西川的时候，东川的诏书还没送到，士兵不满想要哗变。黄震对为首的士兵说："朝廷怎会忘了东川呢？一定是诏书在路上耽搁了！"立即打开州中府库发给士兵和西川一样多的钱，士兵们才安定。

赵葵

赵方[①]，宁宗时为荆湖制置使。一日方赏将士，恩不偿劳，军欲为变。子葵时年十二三，觉之，亟呼曰："此朝廷赐也，本司别有赏赉！"军心一言而定。

【注释】

①赵方：字彦直。淳熙进士。与二子范、葵俱为南宋后期名将。

【译文】

赵方在宋宁宗时担任荆湖制置使。一日正在犒赏军士，因为赏赐抵不上功劳，士兵们想要哗变。赵方的儿子赵葵当时十二三岁，发觉士兵的不满，立刻大声呼喊道："这是朝廷的赏赐，本官另有奖赏！"军心因这句话而安定。

按，赵葵字南仲，每闻警报，与诸将偕出，遇敌辄深入死战。诸将唯恐失制置子，尽死救之，屡以此获捷。

【译文】

按，赵葵字南仲，每次听到警报，都与诸将一同上阵，遇到敌人就深入敌阵死战。诸将唯恐制置使的儿子出事，都尽死力援救他，每每因此获胜。

周金

周襄敏公名金，字子庆，武进人。抚宣府[①]。总督冯侍郎以苛刻失众心。会诸军诣侍郎请粮，不从，且欲鞭之。众遂愤，轰然面骂，因围帅府。公时以病告，诸属奔窜，泣告公。公曰："吾在也，勿恐！"即便服出坐院门，召诸把总官阳骂曰[②]："是若辈剥削之过，不然，诸军岂不自爱而至此！"欲痛鞭之。军士闻公不委罪若也[③]，气已平，乃拥跪而前，为诸把总请曰："非若辈罪，乃总制者罔利不恤我众耳[④]！"公从容为陈利害，众嚣曰："公生我！"始解散去。

【注释】

①周襄敏公：周金。正德进士。谥襄敏。嘉靖初任宣府巡抚。宣府：明正统元年（1436）设巡抚宣府、大同，景泰二年（1451）另设大同巡抚。后时分时合。成化十四年（1478）始定设巡抚宣府地方，驻宣府镇（今河北宣化）。

②把总：明代陆军基层军官。

③委罪：推诿罪责。此指治罪。

④罔利：渔利。

【译文】

周襄敏公名金，字子庆，武进人。任宣府巡抚时，总督冯侍郎因为苛刻而失去人心。有一次士兵们拜见冯侍郎要军粮，冯侍郎不答应，还想要鞭打他们。士兵们很是气愤，大声当面怒骂冯侍郎，并包围了帅府。周金当时正在休病假，属下们跑着赶来，哭着向他报告。周金说："有我在，不用怕！"立刻穿便服出行坐在帅府门口，召集诸位把总假装骂道："一定是你们克扣粮饷的过错，否则的话，士兵们怎么会这么不自爱！"随即做出要狠狠鞭打他们的样子。军士们见周金不怪罪他们，怒气已平，于是一起上前跪倒，为把总们求情说："不是他们的错，是总督渔利不体恤我们！"周金从容地为士兵们分析利害，士兵们喊道："是您让我们活命！"这才解散离开。

徐文贞

留都振武军邀赏投帖[①]，词甚不逊，众忧之。徐文贞面谕操江都御史[②]："出居龙江关[③]，整理江操之兵，万一有事，即据京城调江兵，杜其入孝陵之路[④]。"且曰："事不须密，正欲其闻吾意，戒令各自为计！"变遂寝。

【注释】

①留都振武军：明朝廷驻守南京的军队。

②徐文贞：徐阶，字子升，谥文贞。嘉靖后期至隆庆初年内阁首辅。操江都御史：明代设提督操江，以副佥都御史为之，领上、下江防事。因以副佥都御史为之，亦有操江御史、操江都御史之称。

③龙江关：即今江苏南京西北部下关。

④孝陵：明太祖朱元璋之陵，在南京钟山之南。

【译文】

南京的振武军投递文书索要赏赐，言词不逊，众人担忧。徐文贞当面指示操江都御史："你前去镇守龙江关，整顿巡防江面的兵马，万一发生哗变，立刻踞守南京调遣长江水兵，堵住叛军进入孝陵的道路。"又说："事情不用保密，就是要让他们知晓我的用意，申诫他们为各自考虑！"因此哗变就没有发生。

王守仁

王公守仁至苍梧时[①]，诸蛮闻公先声，皆股栗听命[②]。而公顾益韬晦，以明年七月至南宁，使人约降苏、受[③]。受阳诺而阴持两端[④]，拥众二万人投降，实来观衅[⑤]。公遣门客龙光往谕意，受众露刃如雪，环之数十里，呼声震天。光坐胡床[⑥]，引蛮跪前，宣朝廷威德与军门宽厚不杀之意[⑦]，辞恳声厉，意志闲暇。光貌清古，鼻多髭，颇类王公。受故尝物色公貌[⑧]，窃疑公潜来，咸俯首献款[⑨]，誓不敢负，议遂定。然犹以精兵二千自卫。至南宁，投见有日矣。而公所爱指挥王佐、门客岑伯高雅知公无杀苏、受意[⑩]，使人言苏、受：须纳万金丐命。苏、受大悔，恚言[⑪]："督府诳我！且仓卒安得万金？有反而已！"守仁有侍儿，年十四矣，知佐等谋，夜入帐中告公。边批：强将手下不畜弱兵。公大惊，达旦不寐，使人告苏、受："毋信谗言，我必不杀若等！"受疑惧未决，言："来见时必陈兵卫。"公许之。受复言："军门左右祗候[⑫]，须尽易以田州人[⑬]，不易即不见。"公不得已，又许之。苏、受入军门，兵卫充斥，郡人大恐。公数之，论杖一百。苏、受不免甲而杖，杖人又田州人也。由是安然受杖而出，诸蛮咸帖[⑭]。

【注释】

①苍梧：泛指广西。广西古称苍梧。王守仁于嘉靖六年(1527)总督两广兼巡抚，至两广。

②股栗：大腿因害怕而颤抖。

③苏、受：卢苏、王受，二人为广西田州少数民族首领。原文似误作姓苏名受者一人。

④持两端：动摇不定，怀有二心。

⑤观衅：窥伺敌人的漏洞以便行动。

⑥胡床：一种可折叠的轻便坐具，类似马扎。

⑦军门：明清时对巡抚、提督的敬称。

⑧物色：察看。

⑨献款：归顺，投诚。

⑩雅知：深知。

⑪恚（huì）：愤怒，怨恨。

⑫祗候：官府衙役，仆从。

⑬田州：治今广西田阳。

⑭帖：平定，安定。

【译文】

王守仁到广西后，当地少数民族听说过王守仁先前的名声，都战战兢兢听从命令。但王守仁也更加韬光养晦，在第二年七月前往南宁，派人招降卢苏、王受。卢苏、王受表面接受实则动摇不定，率领两万人马前来投降，实则前来窥伺机会以便行动。王守仁派门客龙光前往传达命令，王受的部下露出刀刃，明晃晃一片好像雪一样，环绕数十里，喊声震天。龙光坐在胡床上，引导少数民族的首领们跪在前面，宣讲朝廷的威德与总督宽厚不杀他们的意思，言辞恳切，声音严厉，意态闲雅。龙光的容貌清雅古朴，鼻子下蓄着不少胡须，长得很像王守仁。王受曾察看过王守仁的长相，怀疑这是王守仁化名而来，所有人都低头归顺，发誓不再反叛，于是和议达成。但是卢苏、王受还是用二千精兵保护自己。二人到南宁后，很快就要拜见王守仁了。有名叫王佐的指挥和名叫岑伯高的门客，深受王守仁喜爱，二人虽深知王守仁没有杀卢苏、王受的意图，却派人告诉他们说必须献上万金乞求活命。卢苏、王受特别后悔，怨恨地说："总督大人欺骗我们！况且仓促之间哪里去找万金？只有造反了！"王守仁有一名侍童，当时十四岁，得知了王佐等人的阴谋，夜间进帐禀报王守仁。边批：强将手下不养弱兵。王守仁大惊，一直到早上都没睡，派人告诉卢苏、王受："不要听信谗言，我绝不杀你们。"卢苏、王受怀疑害怕而难以抉择，要求道："我们前去拜访您的时候一定要带兵自卫。"王守仁答应了。王受又说："大人您身边的手下，一定要全部换成田州人，不换的话我们就不去拜见。”王守仁不得已，又答应了。当卢苏、王受进入军营大门时，身边环绕着卫兵，郡中百姓大为恐慌。王守仁申斥了他们，按照军法应责打他们一百棍。行刑时卢苏、王受没有脱下铠甲，执行杖刑的人也是田州人，所以二人欣然受刑后离开，各少数民族都归顺了。

按，龙光字冲虚，吉水人，以县丞致仕。王公督军虔南日，辟为参谋。宸濠之变[①]，公易舟南趋吉安，光实赞之。一切筹画，多出自光。后九年，田州之役，公复檄光以从，卒定诸蛮——亦异人也！陈眉公惜其功赏废阁[②]，为之立传。

【注释】

①宸濠之变：明武宗正德十四年（1519），宁王朱宸濠发动的叛乱。

②陈眉公：陈继儒，字仲醇，号眉公。明代晚期画家、书法家、文学家。废阁：废置不用。

【译文】

按，龙光，字冲虚，吉水人，以县丞的身份退休。王守仁为虔南督军时，曾聘他为参谋。朱宸濠叛乱时，王守仁换船赶到吉安，龙光一直辅佐着他。平叛的一切筹划，也多出自龙光。九年后有田州之战，王守仁又征召龙光跟随，终于平定各少数民族——这也是位奇人！陈眉公很痛惜龙光有功迹却被废置不用，为他作传。

换字　添字

顾岕为儋耳郡守[①]。文昌海面当五月有大风飘至船只[②]，不知何国人，内载有金丝、鹦鹉、墨女、金条等件[③]，地方分金坑女，止将鹦鹉送县，申呈镇巡衙门[④]。公文驳行镇守府[⑤]，仍差人督责。原地方畏避，相率欲飘海。主其事者莫之为谋。岎适抵郡，咸来问计。岎随请原文读之，将“飘来船”作“覆来船”改申[⑥]，遂止。

【注释】

①顾岎：字汇堂。明嘉靖间曾任职儋州，记其见闻为《海槎余录》。儋耳：汉郡名，后废。明时为儋州，治今海南儋州。

②文昌：今属海南。

③墨女：或指黑皮肤的女性。

④镇巡衙门：明代中央政府派员巡抚边地，文为巡抚，武称镇守，统制一省的军政事务，后渐成定制，并合二为一，称镇巡官，其办公地点即镇巡衙门。

⑤驳行：公文被驳回。

⑥改申：重新申报。

【译文】

顾岎担任儋耳郡守时，五月文昌附近的海面上出现一艘因大风飘来的船，不知道是哪国人，船上装有金丝、鹦鹉、黑皮肤的女性、金条等物，当地人分了黄金坑杀了黑皮肤的女性，只将鹦鹉送到县里，上报镇巡衙门。公文被驳回镇守府，并命人前往调查。文昌地方官害怕获罪而想要躲避，相继想要逃到海上。主办官员也没有什么好办法。正巧顾岎到来，大家都来向他请教对策。顾岎随即要来原先的公文阅读，将文中的“飘来船”改为“覆来船”后重新申报，上级就不再追查了。

益民乔蠢[①]，小眚累累大辟[②]。耿恭简公定力为守[③]，多所平反。有男子妇死而论抵者[④]，牍曰：“妇詈夫兽畜[⑤]。”庭讯之，则曰：“詈侬为兽畜所生耳[⑥]。”遂援笔续二字于牍，而投笔出之。盖妇詈姑嫜[7],律故应死也。

【注释】

①益:益州,今四川。乔蠢:爱耍小聪明,而实则甚蠢。

②眚(shěng):过失。大辟:死刑。

③耿恭简公:耿定向,字在伦。嘉靖进士。明代后期官员、理学家,谥恭简。原文注为耿定力,误。耿定力为耿定向之弟。译文从实。

④论抵:判决抵命。

⑤詈(lì):骂,责备。

⑥侬:我。

⑦姑嫜:公婆。嫜,公爹。

【译文】

四川的百姓狡诈愚蠢,往往因小的过错累叠而造成死罪。耿恭简公名定向担任太守时,平反了许多案件。有个男子杀了老婆被判决应当偿命,案卷上写着:"妻子骂丈夫是畜生。"庭审的时候耿公向男子询问详情,男子说:"她骂我是畜生所生。"于是耿公拿起笔在案卷上多添了"所生"二字,就放下笔并放了男子。原来媳妇骂婆母公爹,按照法律该判处死刑。

只换一字,便省许多事。只添两字,便活一性命。是故有一字之贫[1],亦有一字之师[2]。

【注释】

①一字之贫:《文心雕龙》:"善为文者,富于万篇而贫于一字。"

②一字之师:唐人郑谷改僧齐己早梅诗"数枝开"作"一枝开",齐己非常佩服。时称郑谷为"一字师"。

【译文】

顾岕只换了一个字，就省却许多事端。耿定向只添了两个字，便救活一条人命。所以有为选择一个字而感到困难的，也有因为一个字而成为老师的。

胡兴

祁门胡进士兴，令三河，文皇封赵王[①]，择辅以为长史。汉庶人将反[②]，密使至，赵王大惊，将执奏之。兴曰：“彼举事有日矣，何暇奏乎？万一事泄，是趣之叛。”边批：大是。一日尽歼之。汉平，赵王让还护卫兵[③]。宣庙闻斩使事[④]，曰：“吾叔非二心者[⑤]！”赵遂得免。

【注释】

①文皇：明成祖朱棣。赵王：朱高燧。朱棣之子，永乐二年（1404）封赵王，国于彰德。

②汉庶人：朱高煦。朱棣子，仁宗同母弟，永乐二年封汉王。靖难之役时有功，有夺嫡之志。宣宗时，据乐安反，被平定。

③让还护卫兵：明初诸王府设护卫指挥使司，是一支相当可观的武装力量。朱高燧让还护卫，是为了解除宣宗对自己的猜疑。

④宣庙：明宣宗朱瞻基。

⑤吾叔：宣宗为仁宗子，赵王为宣宗叔父。

【译文】

进士胡兴是祁门人，曾担任三河县令，成祖朱棣册封赵王时，选择胡兴为辅佐赵王的长史。朱高煦将要谋反的时候，派密使求见赵王，赵王大惊，想扣押密使奏报朝廷。胡兴说：“汉王很快就要造反了，哪有时间上奏？万一事情泄露，是加速他叛乱。”边批：非常对。便在一日之内杀光了密使。朱高煦的叛乱被平定后，赵王让还护卫兵。宣宗听说赵王斩杀密使一事，说：“我叔叔不是有二心的人！”赵王因此没有受到牵连。

张浚

建炎初，驾幸钱塘[①]，而留张忠献于平江为后镇[②]。时汤东野字德广，丹阳人。适为守将，一日闻有赦令当至[③]，心疑之，走白张公。公曰：“亟遣吏属解事者往视，缓驿骑而先取以归[④]。”汤遣官发视，乃伪诏也。度不可宣，而事已彰灼[⑤]，卒徒急于望赐[⑥]，惧有变，复谋之张公。公曰：“今便发库钱，示行赏之意。”乃屏伪诏，而阴取故府所藏登极赦书置舆中[⑦]，迎登谯门[⑧]，读而张之，即去其阶禁，无敢辄登者。而散给金帛如郊赉时[⑨]。于是人情略定，乃决大计。

【注释】

①驾幸钱塘：指建炎三年（1129），因金兵南侵，高宗渡江南逃至杭州事。

②张忠献：张浚，字德远。南宋初年名将，谥忠献。平江：宋平江府，治今江苏苏州。

③赦令：皇帝颁布的减免罪刑或者赋役的命令。此则赦令当指建炎三年苗傅和刘正彦发动兵变逼迫高宗赵构内禅皇太子赵旉后发布的大赦天下的诏书，所以被张浚等人认定为伪诏。

④驿骑：驿马。此指乘马传递公文的人。

⑤彰灼：为众人所知。

⑥望赐：希冀赏赐。时每有赦令下，必颁赏众军以示庆。

⑦登极：宋高宗于建炎元年五月即位于南京（今河南商丘南）。

⑧谯门：建有望楼的城门。

⑨郊赉（lài）：帝王举行郊祭时给予臣下的赏赐。

【译文】

建炎初年，宋高宗到杭州，命张浚在平江殿后。汤东野字德广，丹阳人。正担任守将，一天听说会有赦令传来，心中感到奇怪，跑去报告张浚。张浚说："赶紧派个会办事的官吏前去查看，让驿站的骑兵缓一缓，先把赦令取回来。"汤东野派官吏查看，发现是伪诏。汤东野认为不能宣读伪诏，但是有赦令一事已为众人所知，士兵急于获得赏赐，所以他担心发生兵变，再次与张浚商量。张浚说："如今只好分发官库的钱，以表示赏赐的意思了。"于是藏起伪诏，暗中取出档案库里所收藏的高宗登基时的赦书放在轿子里，迎请登上城门，宣读并展示，随即命人撤去阶梯，使人们不敢轻易登上城门。犒赏军士金帛同举行郊祭时的赏赐一样多，于是人心大略安定，才确定了大计。

张咏　徐达

张乖崖守成都①，兵火之余②，人怀反侧。一日大阅，始出，众遂嵩呼者三③。乖崖亦下马，东北望而三呼，复揽辔而行。众不敢讙④。边批：石敬瑭斩三十余人犹不止，咏乃不劳而定。

【注释】

①张乖崖：张咏，字复之，号乖崖。北宋太宗、真宗两朝名臣，尤以治蜀著称。

②兵火之余：指至道二年（995），王小波、李顺起义刚被镇压后。

③嵩呼：指臣下祝颂帝王，高呼万岁。

④讙（huān）：喧哗。

【译文】

张咏治理成都时，战火初熄，人心并不安定。一天举行盛大阅兵，张咏刚出现，士兵们三呼万岁。张咏也下马，面向东北三呼万岁，之后拉着缰绳行走。士兵们不敢再次喧哗。边批：石敬瑭杀三十余人而不能制止，张咏这是不劳而定。

上尝召徐中山王饮[①]，迨夜，强之醉。醉甚，命内侍送旧内宿焉[②]。旧内，上为吴王时所居也。中夜，王酒醒，问宿何地，内侍曰："旧内也。"即起，趋丹陛下[③]，北面再拜三叩头乃出。上闻之，大说。

【注释】

①上：明太祖朱元璋。徐中山王：徐达，字天德。明朝开国名将，追封中山王。

②旧内：旧的皇宫。

③丹陛：宫殿的台阶，因漆成红色，故称。臣子朝见皇帝，均在阶下。

【译文】

太祖有一次召徐达饮酒，直到深夜，强迫徐达喝醉。徐达醉得厉害，太祖命内侍送徐达到旧内休息。旧内，是太祖为吴王时居住的地方。半夜，徐达酒醒，问内侍自己睡在哪里，内侍回答："是旧内。"徐达立即起身，跪在宫殿台阶下，朝北面拜了又拜，叩了三次头后才离去。太祖听说这件事后，非常高兴。

乖崖三呼而军哗顿息，中山三叩头而主信益坚。仓卒间乃有许大主张，非特恪谨而已[①]。

【注释】

①恪谨：恭谨。

【译文】

张咏三呼万岁顿时平息了军队的喧哗，徐达三叩头而加强了皇帝对他的信任。他们都是能在仓促之间迅速做出重要决定的人，不光是行事特别谨慎。

颜真卿 李揆

安禄山反，破东都[①]，遣段子光传李憕、卢奕、蒋清首[②]，以徇河北。真卿绐诸将曰[③]："吾素识憕等，其首皆非是！"乃斩光而藏三首。

【注释】

①东都：唐以洛阳为东都。

②李憕、卢奕、蒋清：李憕为唐东都留守，卢奕为御史中丞，蒋清为采访判官，皆死于东都陷后。

③真卿：颜真卿，字清臣。开元进士。时任平原太守，反抗安禄山。

【译文】

安禄山造反，攻陷洛阳，命段子光把李憕、卢奕、蒋清的首级，传递到河北展示以招降反抗他的人。颜真卿欺骗诸将说："我认识李憕等人，这些首级不是他们的！"于是颜真卿斩了段子光，又把三人的首级收藏起来。

李尚书揆素为卢杞所恶[①]，用为入蕃会盟使[②]。揆辞老，恐死道路，不能达命。帝恻然。杞曰："和戎当择练朝事者[3]，非揆不可。揆行则年少于揆者，后无所避矣。”边批：佞口似是。揆不敢辞。揆至蕃，酋长曰：“闻唐有第一人李揆，公是否？”揆畏留，因绐之曰：“彼李揆安肯来耶！”

【注释】

①李尚书揆：李揆，字端卿。开元进士。唐德宗时官终尚书左仆射，性警敏，美风仪，善文章。卢杞：字子良，以门荫入仕。性阴险，貌丑陋，但口才佳，唐德宗任其为相，常陷害忠良。

②入蕃会盟使：出使吐蕃会盟的使者。

③练：熟悉。

【译文】

尚书李揆一向被卢杞讨厌，所以被卢杞推荐为入蕃会盟使。李揆以自己年老、害怕死于途中、不能达成使命为由请辞。皇帝有不忍之心。卢杞说：“出使番邦一定要挑选熟悉政务的人，此事非李揆不可。李揆去了，那么之后比他年轻的人就无法推辞了。”边批：奸佞之言貌似有道理。于是李揆不敢再推辞。李揆到达吐蕃后，酋长说：“听说唐朝有第一等的人物李揆，就是您吗？”李揆害怕被强行扣留，所以就骗酋长说：“那个李揆怎么肯来呢！”

顾琛

宋文帝遣到彦之经略河南，大败[1]，悉委弃兵甲，武库为之空虚。帝宴会，有归化人在座[2]。帝问库部郎顾琛[3]：“库中仗有几许？”琛诡辞答：“有十万仗。旧库仗秘，不知多少。”帝既发问，追悔失言，得琛此对，甚喜。

【注释】

①宋文帝遣到彦之经略河南，大败：元嘉七年（430），宋文帝遣右将军到彦之率兵北伐攻北魏。魏兵先退后进。到彦之仓皇南撤，北伐失败。

②归化人：此为北魏人而降奔南朝者。

③库部郎：掌管邦国器械仪仗等事。

【译文】

南朝宋文帝派遣到彦之进攻河南，大败，士兵们纷纷抛弃武器盔甲，武库为此变得空虚。有一次宋文帝举行宴会，有北魏投降过来的人在座。宋文帝问库部郎顾琛："武库中有多少兵器？"顾琛用假话回答："有十万兵器。另外旧仓库的兵器保密，不知道有多少。"宋文帝发问之后，后悔说错了话，听了顾琛的回答，非常高兴。

李迪

真宗不豫[①]，李迪与宰执以祈禳宿内殿[②]。时仁宗幼冲，八大王元俨素有威名[③]，以问疾留禁中，累日不出。执政患之[④]，无以为计。偶翰林司以金盂贮熟水[⑤]，曰："王所需也。"迪取案上墨笔搅水中尽黑，令持去。王见之，大惊，意其毒也，即上马驰去。

【注释】

①不豫：天子有病的讳称。

②李迪：字复古。景德进士。于宋真宗、仁宗朝两度拜相，时称贤相。宰执：宰相、执政。祈禳（ráng）：祈祷福祐，禳除灾病。

③八大王元俨：宋太宗第八子，少颖敏，为太宗特爱。性严毅，天下

崇惮之。

④执政患之：惧真宗病危时，赵元俨可能会干预后事的安排，而影响太子的地位。

⑤翰林司：内廷供奉之官。

【译文】

宋真宗病重，李迪与宰相、执政因为皇帝祈福禳病而留宿宫中。当时宋仁宗年幼，八大王赵元俨一向有威名，以探病为由留宿在宫中，好几天都没出宫。执政很担心，但无计可施。偶然一次翰林司用金盆盛了热水，说："这是八大王所需要的。"李迪拿起桌案上毛笔把水搅黑后，再命翰林司端去。赵元俨见了，大吃一惊，认为有人下毒，立刻骑马奔驰离开。

叛卒 叛将

曹武穆玮知渭州[①]，号令明肃，西人惮之[②]。一日方召诸将饮，会有叛卒数千亡奔贼境。候骑报至[③]，诸将相视失色。公言笑如平时，徐谓骑曰："吾命也，汝勿显言！"西人闻，以为袭己，尽杀之。

【注释】

①曹武穆玮：曹玮，字宝臣，谥武穆。北宋将领，至道三年（997）任渭州知州。

②西人：此处指西夏人。

③候骑：侦察巡逻的骑兵。

【译文】

曹玮担任渭州知州时，军纪严明，西夏人都敬畏他。一天曹玮正召集诸将饮宴，正好有数千叛兵向西夏逃亡。侦察兵报告后，将领们彼此相看，惊得变了脸色。曹玮谈笑如同平时，慢慢地对侦察兵说："他们是我派去的，你不要张扬！”西夏人听说后，以为叛兵是来偷袭自己的，将他们全部杀光。

统制郦琼缚吕祉[1]，叛归刘豫[2]。张魏公方宴[3]，僚佐报至，满座失色。公色不变，乐饮至夜，乃为蜡书遣死士持遗琼[4]，言：“事可成成之，不可成，速全军以归。”虏得书，疑琼，分隶其众困苦之，边赖以安。

【注释】

①郦琼：字国宝。初为州学生，后弃文习武。时朝廷任王德为都统制，郦琼为副统制。兵部尚书吕祉密奏罢郦琼兵权，言泄于外，琼遂作乱。吕祉：字安老。宣和进士。郦琼与都统制王德不和，受命前往庐州节制。

②刘豫：字彦游。元符进士。宋高宗南渡后金朝扶植他为傀儡皇帝，国号齐。

③张魏公：张浚，封魏国公。

④蜡书：蜡丸内藏的密信。

【译文】

统制郦琼绑架了吕祉，投降刘豫。张浚正在宴请宾客，属下来报告此事，满座宾客惊得改变脸色。张浚面不改色，畅饮直到深夜，之后写了一封蜡丸密信派死士送给郦琼，信中说：“事情能办就办，不能办的话，赶快带全军回来。”金兵截获书信，怀疑郦琼的意图，把他的手下分散到各个兵营看管，边境因此得以安宁。

此即冯睢杀宫他之智。西周宫他亡之东周[1]，尽以国情输之。西周君大怒。冯睢曰：“臣能杀他。”君予金三十斤。睢使人操金与书问遗宫他云云。东周君杀宫他。

【注释】

①西周:战国时,周考王封其弟揭于河南(今河南洛阳西),是为西周桓公。桓公死,子威公代立。威公死,其少子公子根与太子公子朝争立,发生内乱,于是“西周”本身又分裂为西周国和东周国,史称其君为西周君、东周君。

【译文】

张魏公所用的,就是冯雎杀宫他的计谋。西周宫他投降东周,并把西周国内的情况全都泄露给东周。西周君大怒。冯雎说:“我能除掉宫他。”西周君给了他三十斤金。冯雎派人拿着书信与金送给宫他等等。东周君便杀了宫他。

曹克明

真宗时,克明官融桂等十州都巡检。既至,蛮酋来献药一器,曰:“此药凡中箭者傅之,创立愈!”克明曰:“何以验之?”曰:“请试鸡犬。”克明曰:“当试以人。”即取箭刺酋股,而傅以药,酋立死。群蛮惭惧而去。[①]

【注释】

①此条与卷七“曹克明”条重,文字略有差异。

【译文】

宋真宗时,曹克明担任融桂等十州都巡检。到任后,蛮夷酋长来献上一瓶药,说:“这种药凡是中箭的人敷上,创伤立刻痊愈。”曹克明说:“怎么验证药效呢?”酋长说:“请在鸡狗身上试验。”曹克明说:“应当用人来试。”随即取过箭刺伤酋长的大腿,再用药敷,酋长立即死了。蛮夷们都惭愧而恐惧地离开了。

太史慈

太史慈在郡[①]，会郡与州有隙[②]，曲直未分，以先闻者为善。时州章已去，郡守恐后之，求可使者。慈以选行，晨夜取道到洛阳，诣公车门[③]，则州吏才至，方求通。慈问曰："君欲通章耶？"吏曰："然。""章安在？题署得无误耶？"因假章看[④]，便裂败之[⑤]。吏大呼持慈，慈与语曰："君不以相与，吾以无因得败，祸福等耳，吾不独受罪，岂若默然俱去？"因与遁还，郡章竟得直。

【注释】

①太史慈：字子义，东汉末年孙权手下大将。少仕郡奏曹史。郡：指东莱郡（故治在今山东莱州）。

②郡与州有隙：东莱郡属青州刺史部。此指郡守与州刺史有隙。

③公车：汉代官署，设公车令。臣民上书和征召，皆由公车接待。

④因假章看：州吏不识太史慈，故慈可借取其奏章。

⑤败：毁坏奏章。

【译文】

太史慈在东莱郡为吏时，郡守与州刺史有冲突，曲直未辨之时，谁先将公文奏送朝廷对谁就比较有利。有一次州刺史的奏章已送出，郡守害怕落后，征求可完成任务的人。太史慈被选中前往，日夜兼程赶到洛阳，等他赶到公车门口时，州刺史的使者也才到，正要请人通报。太史慈问道："你是来呈送奏章的吗？"州吏说："正是。""奏章在哪儿？题署没有错误吗？"于是借过奏章来看，顺手就给撕了。使者大叫着抓住太史慈，太史慈却跟他说："你要是不把奏章给我，我也没办法撕，咱俩祸福相同，我不能独自领罪，不如装作没事一起回去吧？"于是两人一起逃回，郡守的奏章得以上奏，被判为有理。

涿人杨四

天顺中，承天门灾，阁臣岳正以草诏得罪[1]，降广东钦州同知。道漷[2]，以母老留阅月[3]。尚书陈汝言素憾正[4]，至是嗾逻者以私事中[5]，逮系诏狱，拷掠备至，谪戍肃州镇夷所。至涿州，夜宿传舍，手梏急[6]，气奔欲死[7]。涿人杨四者素闻正名，为之祈哀。解人不肯。因醉以醇酒，伺其熟睡，谓正曰："梏有封印，奈何？"正曰："可烧鏊令热[8]，以酒喷封纸，就炙之，纸得燥，自然昂起。"杨乃如其言，去钉脱梏，刳其中[9]，复钉而封之。其人既醒，觉有异，杨乃告曰："业已然，可如何？今奉银数十两为寿，不如纳之。"正以此得至戍所。

【注释】

①岳正：字季方。天顺初以翰林院修撰入阁，因忤逆石亨、曹吉祥被贬。博学能文，善长绘画、雕刻。

②漷（huǒ）：漷县，今北京通州区漷县镇。岳正为漷县人。

③阅月：一月。

④陈汝言：时为兵部尚书，阿附石亨、曹吉祥。憾：怨恨。

⑤嗾（sǒu）：教唆，指使。逻者：张网捕鸟的人。此指厂、卫所派侦刺吏民者。中：中伤。

⑥梏（gù）：古代木制手铐。

⑦气奔：病名。指皮肤痒不可忍。

⑧鏊（ào）：平底锅。

⑨刳（kū）其中：挖大内圈，使手腕被梏时较为宽松。刳，挖，挖空。

【译文】

天顺年间，承天门发生火灾，内阁大臣岳正因起草诏书不当获罪，被贬为广东钦州同知。路经漷县，因母亲年岁已大停留一个月。尚书陈汝言一直怨恨岳正，教唆密探以私事中伤他，把岳正抓到诏狱，严刑拷打，充军发配肃州镇夷所。路过涿州，夜里在客栈休息，岳正的手铐拷得太紧，皮肤瘙痒得要死。涿州人杨四从前就听闻过岳正的名声，为岳正求情。官差不答应。于是杨四用好酒把官差灌醉，趁官差睡熟，问岳正说："手铐上有封条，怎么办？"岳正说："可以把平底锅烧热，把酒喷在封条上再用锅烫一下，封条干燥后，自己会翘起来。"杨四按照岳正所说去做，拔下封钉脱下手铐，挖大手铐内圈，再安上封钉贴上封条。官差醒后，发现手铐有变化，杨四于是坦白说："事已至此，又能如何？现在我奉上白银几十两孝敬您，您不如收下。"岳正因此得以到达戍守的地方。

李文达

天顺初，德、秀等王皆当出阁[①]，英庙谕李文达公贤慎选讲读官[②]。文达以亲王四位，用官八员，翰林几去半矣，乃请于新进士内选人物俊伟、语言正当、学问优长者，授以检讨之职，分任讲读。遂为定例。

【注释】

①出阁：皇子离开朝廷，到自己的封地做藩王。

②英庙：明英宗朱祁镇。李文达公贤：李贤，字原德，谥文达。天顺年间迁翰林学士，入内阁。讲读官：朝廷为诸王设侍讲、侍读。

【译文】

天顺初年，德、秀等亲王都应该离开朝廷前往封地。英宗告诉李贤要慎重地遴选亲王的讲读官。李贤认为四位亲王，共配备八名讲读官，翰林中几乎就得离开一半的人，于是就奏请英宗准许从新科进士中遴选样貌英俊、言谈得体、学问优长的人，把他们任命为检讨官，分别担任讲读官。从此成为惯例。

周文襄

己巳之难[①]，也先将犯京城[②]，声言欲据通州仓。举朝仓皇无措，议者欲遣人举火烧仓，恐敌之因粮于我也[③]。时周文襄公忱适在京[④]，因建议，令各卫军预支半年粮，令其往取。于是肩负者踵接，不数日，京师顿实，而通州仓为之一空。

【注释】

①己巳之难：明朝正统十四年（1449）发生土木堡之变，当年为己巳年。

②也先：明代瓦剌贵族首领。

③因粮于我：用我之粮以攻我。

④周文襄公：周忱，字恂如，谥文襄。永乐进士。有理财之能。

【译文】

土木堡之变后，也先将要进攻京城，扬言要占领通州粮仓。满朝官员惊慌失措，有大臣建议派人用火烧毁粮仓，害怕敌人利用通州粮仓的粮食来进攻。当时文襄公周忱正在京城，提出建议，令各卫军兵预支半年军粮，到通州去取。于是肩上扛着米的士兵人挨着人，没几天，京师的粮食充实了，通州粮仓变空。

一云：己巳之变，议者请烧通州仓以绝虏望。于肃愍曰[1]："国之命脉，民之膏脂，奈何不惜！"传示城中有力者恣取之。数日粟尽入城。郦生以楚拔荥阳不坚守为失策，劝沛公急取敖仓[2]。又李密据黎阳仓，开仓恣民就食，浃旬得兵三十余万[3]。徐洪客献策谓[4]："大众久聚，恐米尽人散，难以成功，宜乘锐进取。"密不从而败。刘子羽守仙人关[5]，预徙梁、洋公私之积[6]。金人深入，馈饷不继，乃去。自古攻守之策，未有不以食为本者，要在敌未至而预图耳。若搬运不及，则焚弃亦是一策。古名将亦往往有之，决不可赍盗粮也。

【注释】

①于肃愍：于谦，字廷益，谥肃愍。时任兵部尚书。

②郦生以楚拔荥阳不坚守为失策，劝沛公急取敖仓：郦生，郦食其，刘邦谋士。汉三年（前204），项羽击汉拔荥阳而东还。谋士郦食其劝说刘邦夺取敖仓。敖仓，在荥阳东北，濒黄河，时为天下转输粮粟之处，存粮甚多。

③"李密据黎阳仓"几句：隋大业十三年（617），李密用徐世勣之计，率瓦岗军破黎阳仓。浃旬，即一旬，十天。

④徐洪客：泰山道士，时献书于李密而不至。

⑤刘子羽守仙人关：仙人关在今甘肃徽县南，为南宋抵御金兵的西线重镇之一。绍兴三年（1133），金兵入汉中。时吴玠守仙人关，刘子羽屯潭毒山（在今四川广元北）。本条言刘子羽守仙人关，误。

⑥梁、洋：梁州（治今陕西汉中）、洋州（治今陕西洋县）。公私之积：指官府与私人所储之粮粟。

【译文】

另一种说法是：土木堡之变后，商议的大臣建议烧毁通州粮仓以断绝瓦剌期望。于谦说："粮食是国家的命脉，人民用血汗换来的财富，怎能不珍惜！”下令城中有力量的人都可前往通州随便搬运粮食。数日间粮食都进入了京城。楚汉相争时，郦食其认为，项羽攻下荥阳却不坚守是失策之举，劝说刘邦赶快夺取敖仓。隋末李密占领黎阳仓，打开粮仓任百姓取粮，十日间就聚集了三十多万人。徐洪客献上计策说：“这么多人聚在一起，恐怕时间长了米尽人散，难以成就大事，应该趁着锐气进攻。”李密没有听从所以失败。宋朝时刘子羽守卫仙人关，事先运走梁州、洋州公私所贮藏的粮食。金人深入宋地，因粮饷不继，只好退兵。自古进攻防守的计策，没有不以粮食为根本的，关键要在敌人没来之前预先做打算。如果来不及搬运，那么烧毁也是一种策略。古时名将往往使用此招，决不可把粮食送给敌人。

韩襄毅 二条

一

韩雍弱冠为御史[①]，出按江西。时有诏下镇守中官[②]，而都御史误启其封[③]，惧以咨雍。雍请宴中官而身为解之。明日伪为封识，而藏旧封于怀，俟会间，使邮卒持以付己，佯不知而启之，稍读一二语，即惊曰：“此非吾所当闻！”遽令吏还中官，则已潜易旧封矣。雍起谢罪，复欲与邮卒杖。中官以为诚，反为救解，欢饮而罢。

【注释】

①韩雍：字永熙，谥襄毅。明正统七年（1442）二十岁进士及第后授御史，不久巡按江西。

②镇守中官：明朝皇帝派遣驻守各省，监察军政事务的太监。

③都御史：此指江西巡按御史。

【译文】

韩雍二十来岁时担任御史，巡按江西。有次英宗给镇守太监下达诏书，都御史误会是下达给自己的，就打开了封缄。都御史害怕，向韩雍请教对策。韩雍请求宴请镇守太监来亲自解决这个问题。第二天做了假的封缄，把原来的封缄藏在怀中，到了宴会中间，韩雍让邮卒把诏书交给自己，又佯装不知情而打开诏书，稍微读了一两句后，随即惊慌地说："这不是我该知道的！"赶紧命令邮卒把诏书递给太监，其实这期间已经把封缄换成了旧的。韩雍起身谢罪，又要打邮卒板子。太监认为韩雍很真诚，反而解救邮卒，宾主畅饮之后结束宴会。

此即王韶欺郭逵之计[①]，做得更无痕迹。

【注释】

①王韶：字子纯。嘉祐进士。献《平戎策》三篇，为宋神宗所信用。后任经略安抚史兼知熙州，收复河、洮、岷、宕、亹五州，形成包围西夏的形势。郭逵：字仲通，北宋名将。久戍西北边境，故后称西帅。

【译文】

这就是王韶欺骗郭逵的计谋，只是韩雍做得更为天衣无缝。

○郭逵为西帅。王韶初以措置西事至边[①]。逵知其必生边患，因备边财赋连及商贾，移牒取问[②]。韶读之，怒形颜色，掷牒于地者久之，乃徐取纳怀中，入而复出，对使者碎之。逵奏其事，上以问韶。韶以原牒进，无一字损坏也。上不悟韶计，不直逵言。自是凡逵论，诏皆不报，而韶遂得志矣。

【注释】

①王韶初以措置西事至边：神宗熙宁四年（1071），置洮河安抚司，欲收复沦陷于西夏诸州，以王韶领其事。

②移牒：平级官府来往公文。

【译文】

郭逵为西帅时，王韶初次被派到边境处理西部事务。郭逵知道王韶必然挑起边境战事，准备了一份边境各地的财赋概况及商家的资料，送给王韶征询意见。王韶读后，愤怒的神情表现在脸上，把资料扔在地上好长时间，后来又慢慢将资料揣入怀中，进入室内又出来，当着使者的面将资料撕毁。郭逵将此事上奏，皇帝询问王韶。王韶将原资料呈上，没有损坏一字。皇帝没有察觉王韶的计谋，认为郭逵没有说实话。从此郭逵上奏任何事，都得不到回音，而王韶更加得志。

二

韩襄毅在蛮中[①]，有一郡守治酒具进，用盒纳妓于内，径入幕府。公知必有隐物，召郡守入，开盒，令妓奉酒毕，仍纳于盒中，随太守出。

【注释】

①蛮中：指广西少数民族地区。成化元年（1465），韩雍前往广西讨平大藤峡起义。

【译文】

韩雍前往广西时，有一个郡守准备了酒菜献上，把一名妓女藏在箱中，直接送到韩雍幕府。韩雍知道箱子中必然藏了东西，召郡守进来，打开箱子，命妓女斟酒后，又让妓女回到箱中，随太守离开。

此必蛮守欲假此以窥公耳。公不拂其意，而处之若无事然。此岂死讲道理人所知！

【译文】

这一定是少数民族的郡守想借此机会试探韩雍。韩雍没有驳了他的心意，处理得好像没有事情发生。这不是讲死理的人能明白的！

耿司马

耿司马公定力知成都府[1]。益俗不丧而冠素[2]，亟禁之。适两台拨捕蝗[3]，公寝未发。道逢三素冠，皆豪子弟也，数之曰："法不汝贳[4]，能掠蝗自雪乎？"其人击颡[5]，遍募人掠之，蝗尽，民无扰者。

【注释】

①耿司马公：耿定力，耿定向之弟，官至兵部侍郎，故称司马。

②不丧而冠素：家无丧事而戴白帽子。

③两台：指一省之布政使司和按察使司。

④贳（shì）：赦免，宽纵。

⑤击颡（sǎng）：以额触地，指请罪。

【译文】

耿司马公名定力曾担任成都知府。当时四川有家无丧事而戴白帽子的风俗，耿定力立即下令禁止。适逢四川布政使司和按察使司下令捕蝗，耿定力将公文压下没有向下传达。他出来在路上碰到三位头戴白帽的人，都是富家子弟，耿定力责备他们说："法律不会宽容你们，你们能捕

【注释】

①神庙：明神宗朱翊钧，庙号神宗。

②郑贵妃：明神宗宠妃，生皇三子朱常洵，与太监相勾结，有夺嫡之谋。于是外廷群臣争言立储，卒以长子朱常洛为太子（即后之光宗），而封常洵为福王。然福王不归封国，郑妃夺嫡之疑时起，廷臣力争，方保住太子。

③王安：宦官，万历时为皇太子伴读，有调护太子之功。及光宗立，擢司礼秉笔太监。后为魏忠贤陷害而死。

④倾宫：倾尽宫中所有。畀之：赐予。

【译文】

神宗虽已册立太子，但郑贵妃有权谋又甚得宠爱。太子不无危疑，侍卫又少，又缺少开支，各种弥缝补救，司礼监王安出力很多。福王离开京城前往封地时，郑贵妃倾尽宫中所有送给他。有人为讨好太子，拦截了郑贵妃赠送给福王的最后十箱礼品，抬到了东宫门口。王安知道此事后，劝谏道："这不是太子该有的品行！"有人说："已经抬过来了，又能怎么办呢？"王安说："赶紧抬着还回去！"又找了十个样式差不多的箱子，装上器物钱财赠送过去。又对贵妃说："刚才在宫门前拦下箱子，只是想仿照箱子的样式。"皇上和贵妃都很高兴。

朴恒

尝有觅亲尸于战场，溃腐不可物色者。高丽臣朴恒父母殁于蒙古之兵[①]，恒从积尸中得相似者辄收瘗，凡三百余人。此亦一法。

【注释】

①高丽臣：高丽人而仕于宋朝者。

④弭：止息。

【译文】

颜常道说：有一年河水暴涨围困濮州，城墙漏洞疏于防护，夜里发出雷鸣般的响声，片刻之间城中巷道的积水已没过小腿。有士兵进献破衣堵洞的方法。它的要领是：取来棉絮，捆成团，大小不一，让善于浮水的士兵沿着城墙摸索漏洞就塞入棉团堵住，水势便平息了。工人们动工修补，城墙太平无事。

治堤

熙宁中[①]，睢阳界中发汴堤淤田[②]，汴水暴至，堤防颇坏陷，人力不可制。时都水丞侯叔献莅役相视[③]，其上数十里有一古城，急发汴堤注水入古城中，下流遂涸，使人亟治堤陷。次日，古城中水盈，汴流复行，而堤陷已完矣。徐塞古城所决，内外之水，平而不流，瞬息可塞。众皆伏其机敏。

【注释】

①熙宁：宋神宗赵顼年号（1068—1077）。

②发汴堤淤田：打开汴河河堤，放出河水将淤泥及沉积物引入农田增加农田肥力。这是侯叔献治理汴河沿岸盐碱地的措施。

③都水丞：也叫都水监丞，掌地方治河。侯叔献：字景仁。庆历进士，长于治水。宋神宗熙宁年间，提举沿汴淤田，引樊水和汴水淤田治理盐碱地，将汴河两岸荒芜之地变成四十万顷良田。后迁河北水陆转运判官兼都水监。主持引京、索二水，开挖河道，设置河闸，调节用水，既利灌溉，又利水运。后疏浚了白沟、刀马、自盟三条河流，修复废塞的朝宗闸，开河二千余里，大面积改善了当地

“有封章白事[③]，非印识无以防伪。”时行急，不及制。侍从杨士奇请以大行皇帝初授东宫图书权付太孙[④]，归即纳上。皇太子从之，复谓士奇曰：“汝言虽出权宜，亦事几之会[⑤]。昔大行临御，储位久虚，浮议喧腾。吾今就以付之，浮议何由兴也。”

【注释】

①梓宫至开平：按，此条底本无，据明积秀堂本补。梓宫，皇帝的灵柩。开平，明开平卫，治今内蒙古正蓝旗东北闪电河北岸，成祖永乐元年（1403）徙治京师，四年（1406）还旧治。

②皇太子：朱高炽。成祖朱棣长子，后即位为明仁宗。皇太孙：朱瞻基。后即位为明宣宗。

③封章：言机密之事的奏章皆用皂囊重封以进，故名封章。

④杨士奇：名寓，字士奇。永乐初入内阁典机务。成祖北巡，与蹇义、黄淮留辅太子。仁宗即位，任礼部侍郎兼华盖殿大学士。英宗初年，与杨溥、杨荣同辅政，并称“三杨”。大行皇帝：已死而未葬的皇帝。图书：印章。

⑤事几：同“事机”，行事的时机。

【译文】

成祖灵柩运到开平后，皇太子就派皇太孙前往迎灵，临行前太孙启奏道：“如果有需要密奏的事，没有印识就无法防止假冒而证明身份。”当时临行紧急，来不及制印识。侍从杨士奇请求以先帝所授东宫印章权且交给皇太孙以明身份，回京马上就归还。皇太子答应了，又对杨士奇说：“你的话虽然出于权宜之计，也是事情机缘巧合。从前先皇君临天下，储君之位长久空缺，流言喧嚣四起。我今天就把东宫印章交付太孙，流言又从哪里兴起。”

邵溥

靖康之变，金人尽欲得京城宗室。有献计者，谓宗正寺玉牒有籍可据[①]。虏酋立命取牒。须臾持至南薰门亭子[②]。会虏使以事暂还，此夜唯监交官物数人在焉，户部邵泽民溥其一也[③]，遽索视之，每揭二三板[④]，则掣取一板投火炉中[⑤]，叹曰："力不能遍及也。"通籍中被焚者十二三。俄顷虏使至，吏举籍授之，遂按籍以取。凡京城宗室获免者，皆泽民之力。

【注释】

①宗正寺：官司名。掌宗室名籍。奉宗庙、诸陵寝、园庙荐享等事。玉牒：记载帝王谱系、历数及政令因革之书。至宋代，每十年一修。

②南薰门：北宋东京外城的正南门，南北中轴线御街的南大出口，为北宋皇帝到南城祭天的通道。

③邵泽民：邵溥，字泽民，邵雍之孙。靖康初为户部侍郎。

④板：纸页。

⑤掣（chè）取：抽取。掣，抽。

【译文】

靖康之变，金人想把京城中所有皇族全部掳走。有人向金人献计，说宗正寺的皇族族谱有名籍可以查询。金人首领立即命令取来皇族族谱。不久族谱送至南薰门亭子。正值金人使者因有事情暂时先回去，因此这天夜里就只有几位监督上交官家财物的官员在。户部侍郎邵泽民名溥是其中之一，他急忙要来族谱检视，每翻二、三页，就抽出一页投入火炉中，叹息道："可惜能力不能遍及所有人。"整本族谱中被烧掉的有十分之二三。不久金人使者来了，小吏拿着族谱交给他，金人于是按照族谱的记载拘捕皇族。凡是京城中躲过劫难的皇族，都是邵泽民的功劳。

昔裴谞为史思明所得[①]，伪授御史中丞。时思明残杀宗室，谞阴缓之，全活者数十百人。乃知随地肯作方便者，皆有益于国家，视死抄忠孝旧本子者，不知孰愈？

【注释】

①裴谞（xū）：字士明。乱平后除太子中允，迁考功郎中。后历任饶、庐、亳三州刺史，入为右金吾将军。贞元初拜吏部侍郎，兼御史大夫。后官至河南尹、东都副留守。

【译文】

从前裴谞被史思明所俘，被任命为伪御史中丞。当时史思明残杀唐宗室，裴谞暗中救援，保全性命的皇族不下几十上百人。于是明白随处肯行方便的人，都是有益于国家，相比那些死抄忠孝书本的人，不知道谁的贡献更大呢？

盛文肃

盛文肃在翰苑日[①]，昭陵尝召入[②]，面谕："近日亢旱，祷而不应，朕当痛自咎责，诏求民间疾苦。卿只就此草诏，庶几可以商量，不欲进本往复也。"文肃奏曰："臣体肥，不能伏地作字，乞赐一平面子[③]。"上从之，逮传旨下有司而平面子至，则诏已成矣。上嘉其敏速，更不易一字。或曰："文肃属文思迟，乞平面子，盖亦善用其短也。"边批：反迟为速，妙妙！

【注释】

①盛文肃:盛度,字公量。宋端拱进士。累迁知制诰,为翰林学士。景祐年间拜参知政事,迁知枢密院事。后复坐事罢知扬州。谥文肃。翰苑:翰林院。

②昭陵:指宋仁宗,卒葬永昭陵。

③平面子:此处指桌子之类。

【译文】

文肃公盛度在任翰林学士的时候,宋仁宗曾经召他入宫,当面对他说:"近来大旱,祈神降雨又未应验,朕应当深切地自我责罚,下诏书了解民间疾苦。爱卿就在这儿起草诏书,差不多还可以商量,我不想奏章进呈往返费时。"盛文肃上奏说:"臣身体肥胖,不能伏在地上写字,乞请赐臣一个平面子。"皇帝答应了,等传旨到有关部门而平面子送到时,诏书已经拟好了。皇帝嘉许文肃才思敏捷,更是一字未改。有人说:"盛文肃写文章思维迟缓,乞赐平面子,大概也是善于利用自己的短处。"边批:反迟为速,妙妙!

中华经典名著

全本全注全译丛书

何汉杰◎译注

智囊全集 下

中華書局

目录

捷智部敏悟卷十八

剪彩成花，青阳笑之[①]。

人工则劳，大巧自如[②]。

不卜不筮，匪虑匪思。

集《敏悟》。

【注释】

①青阳：春天。

②大巧：最高的技巧，最好的技艺。自如：自然的，不刻意的。

【译文】

剪彩纸做成花朵，春天就会嘲笑他。

施以人工则劳苦，最高技艺是自然。

不用占卜和预测，不必多虑与深思。

集为《敏悟》一卷。

司马遹

晋惠帝太子遹[①]，自幼聪慧。宫中尝夜失火，武帝登楼望之[②]。太子乃牵帝衣入暗中。帝问其故，对曰："暮夜仓卒[③]，宜备非常，不可令照见人主。"时遹才五岁耳。帝大奇之。尝从帝观豕牢[④]，言于帝曰："豕甚肥，何不杀以养士，而令坐费五谷？"帝抚其背曰："是儿当兴吾家！"后竟以贾后谗废死[⑤]，谥愍怀[⑥]。吁，真可愍可怀也！

【注释】

①晋惠帝太子遹（yù）：司马遹，字熙祖，小字沙门。晋惠帝司马衷长子。幼称聪慧，祖父武帝司马炎爱之，惠帝即位后立为太子。贾后以其非己出，素忌太子有令誉，密使黄门阉宦导引其恣情纵欲，废为庶人，卒害死。

②武帝：晋武帝司马炎，字安世。魏元帝咸熙二年（265），在世家大族支持下，废曹奂自立，代魏称皇帝。咸宁六年（280）灭吴，统一全国。卒谥武帝，庙号世祖。

③仓卒：非常事变。

④豕牢：猪圈。牢，关养牲畜的栏圈。

⑤以贾后谗废死：惠帝元康九年（299），贾后以阴谋手段，令司马遹醉书杂字一纸，然后诬以谋反罪而废之为庶人，幽于许昌宫。次年，又矫诏杀死了司马遹。赵王伦、孙秀灭贾氏，迎其丧于许昌，谥曰愍怀。贾后，晋惠帝皇后，名南风。貌丑性妒而淫乱，酷虐多权诈，心怀野心。惠帝即位后她专政十年，先杀外戚杨骏，再杀楚王司马玮、汝南王司马亮，引发"八王之乱"。后为赵王司马伦所杀。

⑥愍怀：《逸周书·谥法解》："在国逢难曰'愍'"，"慈义短折曰'怀'"。愍，忧患，哀怜。怀，值得怀念、怀恋。

【译文】

晋惠帝的太子司马遹，从小就聪慧。宫中曾经夜间失火，武帝登楼观看火势。太子于是拉着武帝的衣角进入暗处。武帝问他原因，他回答说："夜晚发生非常事变，须小心防范意外，不能让火光照见君主。"当时司马遹才五岁。武帝认为他特别的非同寻常。司马遹曾经随同晋武帝去检查猪圈，他对晋武帝说："这些猪很肥，为什么不杀了来犒劳将士，反而让它们白白浪费粮食呢？"武帝轻抚太子的后背说："这孩子应当能兴旺我家！"日后竟然因为贾后的谗言而被废，之后惨死，卒谥愍怀。唉！真是值得怜悯和怀念！

此大智识人，何以不禄[①]？噫！斯人而禄也，司马氏必昌，而天道僭矣[②]。遹谥愍怀，而继惠世者，一怀一愍[③]，马遂革而为牛[④]，天之巧于示应乎？

【注释】

①不禄：死的讳称。禄，禄命，指人的富贵寿考。

②"斯人而禄也"几句：意谓司马氏以篡逆得天下，按天理本不应久享天下，如晋室因司马遹而得以昌盛，那么天理就不公平了。僭，过失，差误。

③一怀一愍：惠帝被毒死后，其弟司马炽即位，是为怀帝，在位七年，为汉主刘聪所杀。惠帝从侄秦王司马邺闻之，即位于长安，是为愍帝，在位四年。

④马遂革而为牛：愍帝死后，琅琊王司马睿在南京即位，偏安江左，为元帝。睿母夏侯氏，因与小吏牛氏私通而生睿，故此云"马"变为"牛"。马，指司马氏。

【译文】

司马遹是有大智慧和见识的人，为什么会早死呢？唉！这个人如果长命，司马氏必然昌盛，天道就出现差误了。司马遹谥愍怀，而继承惠帝之位的人，分别是怀帝和愍帝。马于是变而为牛，这是上天巧妙于暗示报应吗？

李德裕

李德裕神俊[①]，父吉甫每向同列夸之[②]。武相元衡召谓曰[③]："吾子在家，所读何书？"意欲探其志也。德裕不应。翌日，元衡具告吉甫。吉甫归责之，德裕曰："武公身为帝弼[④]，不问理国调阴阳[⑤]，而问所读书。书者，成均礼部之职也[⑥]。其言不当，是以不应。"吉甫复告，元衡大惭。

【注释】

①李德裕：字文饶。宰相李吉甫子。两次拜相，以器业自负，奖善嫉恶，明辨有风采，威名重于时。神俊：才智卓越超群。

②吉甫：李吉甫，字弘宪。历忠、郴、饶三州刺史，在江淮间十五年。宪宗时参与策划讨平西川节度副使刘辟之叛。元和二年（807）拜相。不久，因故出任淮南节度使，于高邮筑富人、固平二塘，溉田近万顷。六年（811），再任宰相，监修国史，封赵国公。裁减冗官八百员、吏千四百员。

③武相元衡：武元衡，字伯苍。唐德宗时官御史中丞，帝称之为"真宰相器"。宪宗元和二年（807）出任宰相。高崇文平蜀后，元衡出任剑南西川节度使，全力恢复刘辟之乱后的局势，使经济、吏治及与西南少数民族的关系趋于稳定。八年（813），复入为宰相。继李吉甫之后主持讨淮西吴元济事，为藩镇李师道所派刺客刺死。

④帝弼：帝王的辅弼。

⑤调阴阳：古时认为三公的职责在调和元气、燮理阴阳，使天下无水旱灾变。

⑥成均：古代的大学，见于《周礼》。古时学政属礼部掌握。

【译文】

唐朝人李德裕才智卓越超群，父亲李吉甫每每向同朝官员夸赞儿子。宰相武元衡叫来李德裕问他："你在家，读什么书？"想借此试探李德裕的志向。李德裕不回答。第二天，武元衡把这件事详细告诉了李吉甫。李吉甫回家后责备儿子，李德裕说："武公身为皇帝的辅弼，不问治理国家调和阴阳，而问我所读的书。读书，是大学礼部的职责。武公的问话不当，所以我不回答他。"李吉甫又将这话告诉了武元衡，武元衡大为惭愧。

便知是公辅之器[①]。

【注释】

①公辅：古代三公、四辅，均为天子之佐。借指宰相一类的大臣。

【译文】

由此就知道李德裕日后是做宰相的材料。

洪钟

崇仁洪钟[①]，生四岁，随父朝京以训导考满之京[②]。舟中朝京与客奕[③]，钟在旁谛观[④]，久之，悟其形势[⑤]，导父累胜。比至临清，见牌坊大字题额，索笔书之，遂得字体[⑥]。至京师，遂设肆鬻字。京师异为神童。宪宗闻之[⑦]，召见，命书，即地连画数字。又命书"圣寿无疆"四字，钟握笔久之，不动。上曰："汝容有不识者乎[⑧]？"钟叩头曰："臣非不识字，第为此字不敢于地上书耳。"上嘉其言，即命内侍舁几，复以踏凳立其上，书之，一挥而就。上喜，命翰林给廪读书[9]，其父升国子助教，以便其子。

【注释】

①洪钟：明弘治进士，历官礼部员外郎，年二十七而卒。

②训导：官名。即儒学训导，明朝于府、州、县学均设训导一员，位次于教授、学正、教谕。考满：旧时指官吏的考绩期限已满。一考或数考为一任，故考满亦常为任满。

③谛观：审视，仔细看。

④奕：通“弈”，下棋。

⑤形势：军阵，阵势。此指下棋的布局攻守等方法或关窍。

⑥字体：字的形体结构。

⑦宪宗：明宪宗朱见深，1465—1487年在位。

⑧容：或许，大概，也许。

⑨给廪：官府供给粮食。

【译文】

崇仁县洪钟，四岁时，随父亲洪朝京因儒学训导任满进京。在船上洪朝京与旅客下棋，洪钟在旁边仔细看，时间一长，他领悟了其中的攻守布局的关窍，指点父亲下棋连连获胜。等到临清时，看见牌坊上的大字匾额，他要来笔临摹，于是明白了字的形体结构。抵达京城后，就在市场摆摊卖字。京城人惊异地认为他是神童。明宪宗听说了，召见他，命他写字，他就在地上连写了几个字。又命他写“圣寿无疆”四个字，洪钟手握毛笔很久，但不动笔。宪宗说：“你也许是有不认识的字吧?”洪钟叩头说：“小民并非不识字，只是因为这几个字不敢在地上写罢了。”宪宗赞许他的话，立即命内侍抬来几案，又拿来踏凳让洪钟站在上面，洪钟书写这四个字，一挥而就。宪宗大喜，命翰林院拨发钱粮供他读书，他父亲也升任国子助教，以方便教导儿子。

按,钟弘治庚戌年十八[①],登进士,策授中书[②]。不幸婴疾[③],未三十而夭。岂佛氏所谓“修慧未修福”者耶[④]?

【注释】

①弘治庚戌:即弘治三年(1490)。弘治,明孝宗朱祐樘年号(1488—1505)。

②中书:中书舍人的省称。明于内阁设中书舍人,掌撰拟、缮写之事。

③婴疾:患病。

④修慧未修福:前世只修下此世的聪慧,而未修下此世的福禄。

【译文】

按,洪钟在孝宗弘治庚戌年十八岁时,考中进士,策命授他中书舍人。但他不幸患病,不满三十岁就死了。这难道是佛家所谓的“修慧未修福”吗?

高定

高定年七岁[①],读《尚书》至《汤誓》[②],问父郢曰:“奈何以臣伐君?”父曰:“应天顺人。”定曰:“‘用命赏于祖,不用命戮于社[③]。’岂是顺人?”父不能答。

【注释】

①高定:唐朝人,小字董二,早慧,仕至京兆府参军。其父高郢官至兵部尚书。

②《汤誓》:《尚书》中的一篇,相传为成汤伐夏桀时誓师所作。

③用命赏于祖,不用命戮于社:语出《汤誓》。意思是:服从命令的,要在远祖神主前给他行赏,不服从命令的,要在社神神主前处死

他。祖,此指天子出征时所载迁庙之主,即远祖的牌位。社,指社主,社稷神的牌位。

【译文】

唐朝人高定七岁时,读《尚书》读到《汤誓》篇,问父亲高郢说:“为什么臣子讨伐君王?”父亲说:“为了顺应天道人心。”高定说:“‘服从命令的,要在远祖牌位前给他行赏,不服从命令的,要在社主牌位前处死他。’难道是顺应人心?”父亲不能回答。

夷、齐争之千年[①],高童决之一语。彼獐鹿、松槐之对,徒齿牙得利,不足道矣。

【注释】

①夷、齐争之千年:周武王伐商,伯夷、叔齐二人扣马而谏,认为这是“以臣弑君”,不可谓仁。对此古人一直争论不休。夷、齐,伯夷、叔齐,为商末孤竹君的两个儿子。因互相让位,一起避于周。商亡,二人不食周粟,饿死于首阳山。

【译文】

伯夷、叔齐“以臣弑君”之说被争论了上千年,高姓小孩一句话就决断了。像獐鹿、松槐这样的应对,只能算是口舌言语上取得了胜利,不值一提。

〇贾嘉隐七岁,以神童召见。时长孙无忌、徐勣于朝堂立语[①]。徐戏之曰:“吾所倚何树?”曰:“松树。”徐曰:“此槐也,何言松?”贾云:“以公配木,何得非松?”长孙亦如徐问之,答曰:“槐树。”长孙曰:“不能复矫对耶[②]?”曰:“木旁加鬼,何烦矫对?”王雱数岁时[③],客有以一獐一鹿同器以献荆公者,问雱:“何者是鹿?何者是獐?”雱实未辨,乃熟视曰:“獐边者是鹿,鹿边者是獐。”客大奇之。

【注释】

①徐勣:即李勣,原名徐世勣,字懋功,后赐姓李,又避唐太宗李世民讳,去“世”字,单名勣。历事唐高祖、唐太宗、唐高宗三朝,历任兵部尚书、同中书门下三品、司空、太子太师等职,累封英国公。

②矫对:矫言应对,指违背事实以应对。

③王雱(pāng):字元泽,王安石之子。性聪敏早慧,二十岁前已著书数万言。治平年间中进士,才高志远,积极支持其父王安石变法,为确立变法的理论依据,参与修撰《诗》《书》《周官》三经新义。三十三岁病逝,获赠左谏议大夫。政和三年(1113),追封临川县伯。

【译文】

贾嘉隐七岁时,以神童被召见。当时长孙无忌、徐勣在朝堂上站着说话。徐勣逗贾嘉隐说:“我倚靠的是什么树?”贾嘉隐曰:“松树。”徐勣曰:“这是槐树,怎么说是松树呢?”贾嘉隐说:“以公的身份配木,怎么不是松?”长孙无忌也像徐勣一样问贾嘉隐,贾嘉隐回答说:“槐树。”长孙无忌说:“不能像上次那样诡辩应对了吗?”贾嘉隐说:“木旁有鬼,何须诡辩应对?”王雱还只有几岁时,有客人把一只獐和一只鹿装在同一个笼子里献给王安石,问王雱:“哪只是鹿?哪只是獐?”王雱其实分辨不出来,却仔细看了看说:“獐旁边的是鹿,鹿旁边的是獐。”客人大为惊奇。

杜镐

杜镐侍郎兄仕江南为法官[①]。尝有子毁父画像,为近亲所证者，兄疑其法未能决，形于颜色。镐尚幼，问知其故，辄曰："僧、道毁天尊、佛像，可以比也。"兄甚奇之。

【注释】

①杜镐：字文周。宋太宗时，历任直秘阁、集贤校理等官，拜右谏议大夫、龙图阁直学士。真宗时，累迁工部侍郎。博闻强记，治史严格，人称"杜万卷"。

【译文】

宋朝侍郎杜镐的哥哥在江南任法官。曾有个儿子撕毁父亲画像，而且有近亲作证，杜镐的哥哥估计这件事按律法不能决断，烦恼之情表现在脸上。杜镐年纪虽小，问哥哥知道了原因，就说："和尚、道人毁坏天尊、佛的画像，可以用来比照这件事。"哥哥对此十分惊奇。

文彦博　司马光

彦博幼时，与群儿戏击毬。毬入柱穴中，不能取。公以水灌之，毬浮出。司马光幼与群儿戏。一儿误堕大水瓮中，已没，群儿惊走。公取石破瓮，儿遂得出。

【译文】

文彦博小时候，和同伴嬉戏踢毬。毬掉进了柱子的空洞中，拿不出来。文彦博用水灌入洞中，毬就浮出来。司马光小时候和同伴嬉戏。一个小孩失足掉入大水缸中，被淹没了，同伴都惊惶而逃。司马光拿起石头砸破水缸，于是那个小孩被救出。

二公应变之才、济人之术，已露一班[①]。孰谓"小时了了者，大定不佳”耶[②]？

【注释】

①一班：一斑。比喻事物的一小部分。班，通“斑”。

②小时了了，大定不佳：东汉孔融十岁独自拜访河南尹李膺，以孔子和老子（李耳）同德比义而相师友，称自己与李膺为累世通家，获得赞赏。太中大夫陈炜听了之后说“小时了了，大未必奇”，孔融应对说：“观君所言，小时当是了了。”了了，聪明。

【译文】

文彦博、司马光二位的应变才能、救人本事，已经显露端倪。谁说“小时候聪明，长大后一定不好”呢？

王戎

王戎年七岁时[①]，尝与诸小儿游。瞩见道傍李树，有子扳折[②]，诸小儿竞走之，唯戎不动。人问之，答曰：“树在道傍而多子，此必苦李。”试之果然。

【注释】

①王戎：字濬仲。魏晋名士，崇老庄，好清谈，为“竹林七贤”之一。幼而聪颖，后官至司徒，位列三公。然贪吝好货，苟媚取容，故屡经政变，竟能保全，时人鄙之。

②扳折：攀折，折取。

【译文】

魏晋人王戎七岁时，曾经和同伴游戏。看见路旁有棵李子树，有果实压弯了枝条，同伴们争相跑去摘果，只有王戎站着不动。有人问他原因，回答说：“李树在路旁而有很多果实，这一定是苦李。”尝过之后果然是这样。

许衡少时[①]，尝暑中过河阳[②]，其道有梨，众争取啖之，衡独危坐树下自若[③]。或问之，曰："非其有而取之，不可。"曰："人亡世乱，此无主矣！"衡曰："梨无主，吾心独无主乎？"合二事观，戎为智，衡为义，皆神童也。

【注释】

①许衡：字仲平。金末元初学者，博学多通，慨然以道为己任。忽必烈即位前，任京兆提学，于关中大兴学校；即位后，命议事中书省，与刘秉忠等定朝仪官制，策划立国规模，官至集贤大学士兼国子祭酒。后领太史院事，与郭守敬等编定《授时历》。许衡与刘因、吴澄并称元三大理学家。卒封魏国公，谥文正。

②河阳：县名。隶孟州，治今河南孟州。

③危坐：端正严肃地坐着。

【译文】

许衡年轻时，曾在夏天暑热时经过河阳，路旁有梨树，众人争相摘来吃，许衡独自端坐在树下，镇静如常。有人问他原因，许衡说："不是自己拥有的却摘取它，不能这样做。"那人说："现在兵荒马乱，这棵梨树没有主人。"许衡说："梨树没有主人，我的心难道也没有主人吗？"综合两件事情来看，王戎是智慧，许衡是道义，两人都是神童。

曹冲

曹冲字仓舒自幼聪慧[①]。孙权尝致巨象于曹公[②]。公欲知其斤重，以访群下，莫能得策。冲曰："置一大船之上，而刻其水痕所至，称物以载之，一较可知矣。"冲时仅五六岁，公大奇之。

【注释】

①曹冲：字仓舒，曹操和环夫人之子。自幼聪明仁爱，曹操多次对群臣夸耀，有让他继嗣之意。惜未成年而病逝，年仅十三岁。

②致：给予，献出。

【译文】

曹冲字仓舒从小聪明。孙权曾经献给曹操一头巨大的大象。曹操想知道大象的重量，以此询问手下官员，都不能想出办法。曹冲说："把大象放到一只大船上，刻下船身吃水痕迹所到的地方，再把其他物品装在船上直到刻下的水痕处，一比较就能知道大象的重量。"曹冲当时只有五六岁，曹操对此十分惊奇。

张觷

张觷知处州时[①]，有人欲造大舟，不能计其所费，问之。觷云："可造一小舟，以寸分尺[②]，便可计算。"

【注释】

①张觷：字柔直。北宋政和年进士。为考功郎，升迁龙图阁，后为处州知州，又因荡平贼寇，加官秘阁修撰。

②以寸分尺：以小舟之寸当大舟之尺来分析。

【译文】

宋朝人张觷任处州知州时，有人想造一艘大船，但无法预估造船所需的费用，请教张辔。张辔说："可以先造一艘小船，按尺寸比例，就可以估算出来造大船的费用。"

戴颙

自汉世始有佛像，形制未工。宋世子铸丈六铜像于瓦官寺[①]。既成，恨面瘦，工人不能改。迎戴颙字仲若视之[②]，颙曰："非面瘦，乃臂胛肥耳[③]。"为减臂胛，遂不觉瘦。

【注释】

①宋世子：此指南朝刘宋世子。世子，曹魏以前，诸王嗣子称太子，自曹魏始，诸王嗣子改称世子。

②戴颙（yóng）：字仲若，戴逵之子。以孝行著称，继承父亲琴书之业。宋武帝累征不就，随父兄隐居。承家学，精音律，又善雕塑。有琴曲《游纮》《广陵》《止息》三调，与世异。著《逍遥论》述庄周大旨，并注《礼记》《中庸》等。

③臂胛：手臂肩膀。

【译文】

从汉朝才开始有佛像，但形式样貌不工巧。刘宋世子命人在瓦官寺铸造高一丈六的铜佛像。佛像铸成，太子遗憾佛面显瘦，但工人没办法修改。请戴颙字仲若来看，戴颙说："佛像不是脸瘦，而是手臂肩膀肥大。"工人缩减佛像的手臂肩膀，果然不再觉得佛面显瘦。

用侈便觉财匮，官贪便觉民贫，将弱便觉敌强。举隅善反[①]，所通者大。

【注释】

①举隅善反：善于举一而反三。语本《论语·述而》“举一隅不以三隅反，则不复也”。

【译文】

用度奢侈便觉得钱财匮乏，官员贪财便觉得百姓穷困，将领软弱便觉得敌人强大。善于举一反三，所通达的道理就很深刻。

杨佐

陵州有盐井[①]，深五十丈，皆石作底，用柏木为幹[②]，上出井口，垂绠而下，方能得水。岁久，幹摧败，欲易之，而阴气腾上，入者辄死。唯天雨则气随以下，稍能施工，晴则亟止。佐官陵州[③]，教工人用木盘贮水，穴隙洒之，如雨滴然，谓之水盘。如是累月，井幹一新，利复其旧。

【注释】

①陵州：治今四川仁寿东。北宋熙宁五年（1072）改陵井监。

②幹（hán）：井垣，井栏。

③佐：杨佐，字公仪。北宋时人，初为陵州推官，累迁至江淮发运使、天章阁待制。

【译文】

宋朝时陵州有盐井，深达五十丈，都以岩石作底，用柏木做井垣，上面高出井口，从井垣垂下绳索，才能汲取盐水。由于岁深日久，柏木井垣朽坏，想更换新木头，但井中阴气上腾，人下井就会中毒而死。只有天下雨时阴气随着雨水下降，勉强可以施工，一旦放晴就立即停工。杨佐当时在陵州做官，就教工人用大木盘盛水，在木盘上做出缝隙孔洞洒水，像雨滴的一样，称为水盘。这样就可以施工了，几个月后，井垣焕然一新，产盐之利恢复如旧。

尹见心

尹见心为知县。县近河，河中有一树，从水中生，有年矣，屡屡坏人舟。见心命去之。民曰："根在水中甚固，不得去。"见心遣能入水者一人，往量其长短若干。为一杉木大桶，较木稍长，空其两头，从树杪穿下，打入水中。因以巨瓢尽涸其水，使人入而锯之，木遂断。

【译文】

尹见心为知县。县靠近河，河中间有一棵树，树从水中长起来，有很多年了，多次毁坏路过的船只。尹见心命人砍去大树。有县民说："树根在水中非常牢固，不能移去。"尹见心派一名能潜水的人，潜入河底测量树的长短尺寸。再造一只杉木大桶，比树稍长一点，两头留空，从树梢套下去，打入水中。再用大瓢将桶中河水舀尽，派人入桶锯树，大树于是被砍断了。

怀丙

宋河中府浮梁[①]，用铁牛八维之[②]，一牛且数万斤。治平中[③]，水暴涨绝梁，牵牛没于河。募能出之者。真定僧怀丙以二大舟实土，夹牛维之，用大木为权衡状钩牛，徐去其土，舟浮牛出。转运使张焘以闻，赐之紫衣[④]。

【注释】

①河中府：治在今山西永济。浮梁：浮桥。

②维：系，拴缚。

③治平：宋英宗赵曙年号（1064—1067）。

④赐之紫衣：自唐以后，朝廷以赐僧人紫色袈裟示荣宠。

【译文】

宋朝河中府黄河上有浮桥，用八头铁牛拴住，一头牛就有几万斤。治平年间，河水暴涨冲毁浮桥，栓桥的铁牛沉入河底。官府招募能捞出铁牛的人。真定有位僧人用两艘大船装满泥土，夹在铁牛两边并拴住铁牛，用粗长的木头做成秤一样的杠杆状钩住铁牛，慢慢除去船上的土，船浮上来铁牛就跟着出水了。转运使张焘听说后，赐给僧人一件紫色袈裟以示嘉奖。

功德碑

成祖勒高皇帝功德碑于钟山[①]。碑既巨丽非常[②]，而龟趺太高[③]，无策致之。一日梦有神人告之曰："欲竖此碑，当令龟不见人，人不见龟。"既寤，思而得之。遂令人筑土与龟背平，而辇碑其上[④]，既定而去土，遂不劳力而毕。

【注释】

①成祖：明成祖朱棣。高皇帝：明太祖朱元璋，谥高皇帝。钟山：今南京钟山。

②巨丽：极其美好。

③龟趺：龟形碑座。

④辇：载运，运送。

【译文】

成祖为太祖在钟山上刻了一座功德碑。碑石非常华丽美好，但因龟形碑座太高，没有办法将碑石立上去。一天成祖梦到有神仙告诉他说："想竖起这座功德碑，应当让龟不见人，人不见龟。"他醒来，思考之后领悟到了。于是命人垒土与龟背齐平，用车把碑石运到龟背上，立定之后再除去泥土，于是不多耗费人力就大功告成。

修龙船腹

宋初，两浙献龙船，长二十余丈，上为宫室层楼，设御榻，以备游幸。岁久腹败，欲修治而水中不可施工。熙宁中①，宦官黄怀信献计，于金明池北凿大澳②，可容龙船，其下置柱，以大木梁其上。乃决汴水入澳，引船当梁上，即车入澳中，水完补讫，复以水浮船，撤去梁柱，以大屋蒙之，遂为藏船之室，永无暴露之患。

【注释】

①熙宁：宋神宗赵顼年号（1068—1077）。

②金明池：在宋东京开封府西边，周围九里余。五代周世宗凿，习水战以备伐南唐，宋时置神卫水军以习舟师。澳：可泊船的水湾。

【译文】

宋朝初年，两浙上贡龙船，船长二十多丈，上面建造宫室楼屋，设置御榻，以备皇上游乐。因时间久了船腹腐朽，想要整修但船在水中无法施工。神宗熙宁年间，宦官黄怀信献上计策，在金明池北边凿一个大船坞，可容龙船停泊，下面放置柱子，用大木在上面架梁。然后挖开汴河引水入船坞，把龙船拖进船坞停泊在梁架上，把水车放在船坞中，水排完船修好，再引水进坞让船浮起来，抽去梁柱，用大屋棚蒙在上面，于是就成了藏船的房子，龙船再也没有暴露在外的忧患。

苏郡葑门外有灭渡桥[1]。相传水势湍急，工屡不就。有人献策，度地于田中筑基建之，既成，浚为河，导水由桥下，而塞其故处，人遂通行，故曰"灭渡"。此桥巨丽坚久，至今伟观[2]。或云鲁般现身也[3]。事与修船相似。

【注释】

①苏郡：即苏州。葑门：苏州城东门。初名封门，以封禺山得名。又以周围多水塘，盛产葑（茭白），遂改为葑门。

②伟观：壮伟的景象，大观。

③鲁般：即鲁班。

【译文】

苏州葑门外有座灭渡桥。传说因水势湍急，工程始终无法完成。有人献计，在田中丈量一块地方打地基建桥，桥建成，把下面疏浚为河道，水从桥下过，再填上之前的河道，人就可以通行，所以叫"灭渡"。这桥瑰丽坚固，至今仍然宏伟壮观。有人说这是鲁班现身了。这事与修船相似。

虞世基

隋炀幸广陵[1]。既开渠，而舟至宁陵界[2]，每阻水浅。以问虞世基[3]，答曰："请为铁脚木鹅，长一丈二尺，上流放下，如木鹅住，即是浅处。"帝依其言验之，自雍丘至灌口[4]，得一百二十九处。

【注释】

①隋炀幸广陵：隋大业十二年（616），炀帝经运河乘舟赴江都游玩，浪费财力无数。广陵，即今扬州，隋朝名为江都。

②宁陵：在今河南宁陵。

③虞世基：字茂世。博学多才，善书法，炀帝时为内史侍郎，专典机密，参掌朝政。鬻官枉法，为朝野所恶。

④雍丘：在今河南杞县。灌口：在今江苏涟水东北。

【译文】

隋炀帝游广陵。虽已开辟渠道，但船行至宁陵界，常因水浅而受阻。炀帝以此问虞世基，虞世基回答说："请制作一只铁脚木鹅，长一丈二尺，从上游放往下游，如果木鹅停住，就表示是水浅处。"炀帝依照他的话去检验，从雍丘到灌口，共标识到一百二十九处浅滩。

周之屏

周之屏在南粤时[①]，江陵欲行丈量[②]，有司以猺、獞田不可问[③]。比入觐，藩、臬、郡、邑合言于朝[④]。江陵厉声曰："只管丈！"周悟其意，揖而出。众尚嗫嚅[⑤]，江陵笑曰："去者，解事人也。"众出以问云何，曰："相君方欲一法度以齐天下，肯明言有田不可丈耶？申缩当在吾辈[⑥]。"众方豁然。

【注释】

①周之屏：字长卿。明嘉靖年间进士。曾任贵州提学副使，转山东、河南，以文学著称。后擢升为广东布政司参政，转按察使。南粤：古地名，亦作"南越"。今广东、广西一带。

②江陵：张居正，江陵人，故称。丈量：张居正实行改革，曾丈量查核

天下田亩。

③猺（yáo）：旧时指瑶族。獞（zhuàng）：旧时指壮族。

④藩：藩司。明清时布政使的别称。主管一省民政与财务的官员。臬：臬司。明清提刑按察使司的别称。主管一省司法。也借称廉访使或按察使。郡：郡守。明朝指知府。邑：县令。

⑤嗫嚅（niè rú）：窃窃私语的样子。

⑥申缩：即“伸缩”。比喻在一定范围内的变通或变化。

【译文】

周之屏在南粤为官时，张居正想要推行改革丈量查核天下田亩，有关官员认为瑶、壮两族的田地不能丈量。等到入朝觐见时，藩司、臬司、郡守、县令一起向朝廷上奏。张居正严厉地说：“只管丈量！”周之屏领悟他的意思，拱手行礼就出来了。众官还在窃窃私语，张居正笑着说：“离开的那个，是通晓事理的人。”众官出来问周之屏什么意思，周之屏说：“相国正想统一法度以整治天下，怎能明说有些田不能丈量呢？变通处理应当看我们自己。”众官这才开悟。

杜琼　谯周

汉末杜琼字伯瑜尝言[①]：“古名官职，无言‘曹’者[②]。始自汉以来，官尽言‘曹’，吏言‘属曹’，卒言‘侍曹’[③]，此殆天意乎[④]？”谯周因曰[⑤]：“灵帝名二子曰史侯、董侯[⑥]，后即帝皆免为侯，亦此类矣。然则先帝讳备，备者，具也；后主讳禅，禅者，授也。言刘已具矣，当授他人也。”又言：“曹者，众也；魏者，大也。众而大，天下其当会也。具而授，其无后矣！”及蜀亡，竞神其语。周曰：“由杜君之词广之，非有独至之异也[⑦]。”咸熙二年[⑧]，周书板曰：“典午忽兮，月西没兮。”典午，谓司马[⑨]；月酉，八月也[⑩]。至八月而晋文王崩[⑪]。

【注释】

①杜琼：三国时蜀汉人，精卜筮，仕刘备为议曹从事，刘禅时迁太常。为人静默少言，阖门自守，不与世事。被蒋琬、费祎器重。

②曹：汉朝时称分职治事的官署为曹，郡县的属官也称曹。

③卒：随侍曹吏的差役。

④此殆天意乎：当时曹丕已经篡汉，所以杜谅认为汉代官名称“曹”“属曹”“侍曹”是汉朝被曹所灭的预兆。

⑤谯周：字允南。通经学，善书札，晓天文。蜀汉时出仕散官，后累迁至光禄大夫。景耀六年（263），魏将邓艾伐蜀，谯周力劝刘禅降魏。后被魏封为阳城亭侯，入晋拜骑都尉，后为散骑常侍。

⑥灵帝名二子曰史侯、董侯：汉灵帝二子为刘辩、刘协，刘辩出生后养在史道人家中，故称“史侯”，刘协由董太后抚养，故称“董侯”。刘辩（少帝），为帝不足一年，被董卓废为弘农王；刘协（献帝）被曹丕废为山阳公。

⑦独至之异：独到的卓见。

⑧咸熙二年：265年。咸熙，魏元帝曹奂年号（264—265）。

⑨典午，谓司马：典有“司”义，午在十二属相中为马。

⑩月酉，八月也：夏历建寅，正月为寅，则八月为酉。

⑪晋文王：司马昭。谥文王。其子司马炎称帝后追尊为文帝。

【译文】

汉末杜琼字伯瑜曾说：“古代命名官职，没有称‘曹’的。从汉朝以来，官名都称‘曹’，吏称‘属曹’，卒称‘侍曹’，这大概是天意吧！”谯周因而说：“汉灵帝的两个儿子分别叫史侯、董侯，后来登帝位后都被免为侯，也是这一类的事情。然而先帝名备，备是具备的意思；后主名禅，禅是传授的意思。是说刘氏已经具有的天下，应当授给他人。”又说：“曹是众多的意思，魏是大的意思。又多又大，天下应当统一于曹魏。具备了又授给别人，所以没有后继者！”等到蜀国灭亡，人们都竞相认为他的预言神奇灵验。谯周说：“这由杜琼的话推而广之，并非有独到的卓见。”魏元帝咸熙二年，谯周在板上写道：“典午忽兮，月酉没兮。”典午，即司马；月酉，指八月。到八月晋文王去世。

梁武帝

台城陷①，武帝语人曰：“侯景必为帝②，但不久耳。”破侯景字，乃成“小人百日天子”。景篡位，果百日而亡③。

【注释】

①台城陷：南朝称朝廷禁省为台，称宫城为台城，故址在今南京玄武湖畔。侯景反叛，直抵建康（南京），围台城四个半月，于549年攻陷台城。

②侯景：南北朝人，字万景。骁勇善智谋。东魏时，职位显赫，拥众十万，专制河南。后降西魏，又南依萧梁，受封河南王，任大将军。后为东魏慕容绍宗所败，损兵四万，渡淮而南，任南豫州刺史。他听说梁武帝对自己有戒心，于是密结梁宗室萧正德等举兵叛变，围攻建康。后为梁将陈霸先、王僧辩等击败，逃至壶豆洲，为部下羊鲲所杀。

③景篡位，果百日而亡：557年，侯景杀梁简文帝，立豫章王萧栋。十一月杀栋，自立为帝。次年三月侯景兵败于陈霸先，四月被杀。称帝百日。

【译文】

梁武帝时台城陷落，武帝对人说：“侯景必定会当皇帝，但为时不久。”拆开侯景二字，就是“小人百日天子”。侯景篡位，果然百日后就灭亡。

熊火

绍兴己酉[①]，有熊至永嘉城下[②]。州守高世则谓其倅赵允錙曰[③]："熊，于字为'能火'[④]。郡中宜慎火烛。"后数日，果烧官民舍十七八。弘治十年六月[⑤]，京师西直门有熊入城。兵部郎中何孟春亦以慎火为言[⑥]。未几，礼部火；又未几，乾清宫毁焉。

【注释】

①绍兴己酉：绍兴，宋高宗赵构年号（1131—1162）。按，绍兴期间并无己酉年。宋高宗在位时只有建炎三年（1129）干支是己酉。

②永嘉：宋温州永嘉郡，治今浙江温州南之永嘉。

③高世则：北宋勋臣高琼后代，英宗高皇后同族。以节度使镇温州。倅：副职，此指州同知。

④熊，于字为"能火"：熊，从能，炎省声。熊字下四点为"火"字。

⑤弘治十年：1497年。弘治，明孝宗朱祐樘年号（1488—1505）。

⑥何孟春：字子元。弘治年间进士，授兵部主事，历任兵部员外郎、兵部郎中。师事李东阳，学问赅博。

【译文】

宋高宗绍兴己酉年，有熊到永嘉城下。州太守高世则对州同知赵允錙说："熊，从字上来说是'能火'。郡中要小心防火。"几天后，果然火灾烧毁了十分之七八的官舍和民屋。孝宗弘治十年六月，京城西直门有熊进城。兵部郎中何孟春也说要小心火烛。不久，礼部失火；又不久，乾清宫失火被毁。

柏人　牛口

汉高祖过柏人[①]，欲宿，心动，询其地名，曰“柏人”。“柏人者，迫于人也”，不宿而去。已而闻贯高之谋[②]。高祖不礼于赵王，故贯高等欲谋弑之。

【注释】

①柏人：汉县名，在今河北隆尧。

②贯高之谋：汉高祖七年（前200），刘邦自平城还长安，过赵。赵王张敖以子婿之礼卑事刘邦，刘邦对其箕踞谩骂。赵相贯高等怒，想要杀刘邦。八年（前199），刘邦又从东垣还，过赵，贯高在柏人驿馆中埋伏武士，想要等刘邦休息时杀他，没有成功。汉九年（前198），贯高冤家向朝廷告发他的阴谋，贯高下狱自杀。

【译文】

汉高祖有一次路经柏人，想要留宿，心慌。问这个地方的名字，说是“柏人”。高祖认为“柏人，是被人迫害的意思”，于是没有留宿就离开了。不久就听说了贯高的阴谋。高祖曾对赵王不礼貌，所以贯高等人想谋划弑杀高祖。

窦建德救王世充[①]，悉兵至牛口[②]。李世民喜曰：“豆入牛口，必无全理！”遂一战擒之[③]。

【注释】

①窦建德救王世充：唐武德三年（620），秦王李世民讨王世充，王世充求救于自己称帝的夏主窦建德。王世充，字行满。本姓支。仕隋历为江都郡丞。大业九年（613）起，以镇压江南刘元进等部农

民起义军，坑杀降众三万余人，升江都通守。十三年（617），被调北援东都洛阳，为李密所败，遂入据洛阳以自固。及炀帝被杀，王世充立越王杨侗为帝，破李密，遂自称郑王，不久废越王侗，自己称帝。李世民讨伐他，他失败被俘，不久，为仇家独孤修德所杀。

②牛口：牛口峪，在河南汜水西北。窦建德败于成皋，逃至牛口，被擒。

③一战擒之：武德四年（621），窦建德救王世充进兵至成皋东原（今河南荥阳东北），为李世民所破，被俘。

【译文】

窦建德率兵救援王世充，全部军队行至牛口峪，李世民得知后高兴地说："豆（窦）入牛口，必定没有生还的道理。"于是一战就生擒窦建德。

后汉岑彭伐蜀[①]，至彭亡，遇刺客而死[②]。唐马燧讨李怀光[③]，引兵下营，问其地，曰"埋光村"。喜曰："擒贼必矣！"果然。辽主德光寇晋，回至杀胡岭而亡[④]。宋吴璘与金人战，大败于兴州之杀金坪[⑤]。弘治中，广西马参议玹与都司马某征猺，至双倒马关，皆为贼所杀。宁王反[⑥]，兵败于安庆，舟泊黄石矶[⑦]。问左右："此何地名？"左右以对。江西人呼"黄"如"王"音。濠叹曰："我固应'失机'于此！"无何就擒。谶其可尽忽乎[⑧]？文皇兵至怀来城[⑨]，毁五虎桥而进[⑩]，又如狼山、土墓、猪窝等处，俱不驻营，恶其名也。

【注释】

①岑彭：字君然。新莽时，为南阳棘阳（今河南新野东北）县长，继降绿林军，更始帝封彭为归德侯，属刘縯。再归刘秀，任刺奸大将军，从定河北。刘秀即位，任为廷尉，行大将军事。说降更始守将朱鲔。不久，封舞阴侯。曾镇压荆州等地的割据势力，后率军进

攻公孙述,进至成都附近,被公孙述派人刺死,谥曰壮侯。

②至彭亡,遇刺客而死:岑彭驻军彭亡山,闻地名而厌恶,想要迁营,赶上天黑而停止。当时公孙述所派的刺客伪装成逃亡奴婢,趁夜刺杀岑彭。彭亡,彭亡山,亦名平望,在今四川彭山东。

③马燧讨李怀光:唐德宗兴元元年(784),朔方节度使李怀光反。次年,马燧、浑瑊讨伐李怀光,至河西县,叛军多降,怀光自杀。马燧,字洵美。沉勇多智略,尤善兵法。大历十一年(776),与淮西节度使李忠臣联合讨平汴州李灵曜的叛乱,迁河东节度使。建中三年(782),击败河朔节镇田悦、李纳等的叛乱。贞元元年(785),与浑瑊等联兵,平定李怀光的叛乱。五年(789),与李晟等功臣皆图形凌烟阁。卒谥庄武。李怀光,本姓茹。其父为朔方部将,以战功赐姓李。怀光少从军,为郭子仪所信用。扼守泾水,吐蕃不敢南侵。建中元年(780),与朱泚讨平叛将刘文喜。四年(783),泾原兵变,率部救德宗,屡破朱泚叛军。兴元元年(784),以卢杞等谗,举兵叛唐,马燧、浑瑊讨之,贞元元年(785)战败,为部将牛名俊所杀。

④辽主德光寇晋,回至杀胡岭而亡:后晋高祖石敬瑭死后,其子石重贵继位,向辽称孙而不称臣。于是辽太宗耶律德光大举攻晋。946年,辽灭后晋。次年,耶律德光北归,至今河北栾城时病死。杀胡岭,史作"杀胡林",又名杀狄林、杀虎林。在今河北栾城北十五里。据说,唐武则天时,突厥入河北,为官军所袭,多死于此,故名。

⑤宋吴璘与金人战,大败于兴州之杀金坪:南宋绍兴末年,金海陵王完颜亮发兵南侵,吴璘督师转战汉中等地,收复秦凤、熙河、永兴三路所辖十六州军。吴璘,字唐卿。与兄吴玠守和尚原、仙人关,战功卓著。吴玠死,代领兵。收复秦州(今甘肃天水)及川陕多处军州,后皆因南宋议和而复失。守蜀二十余年,官至太傅。兴

州，南宋利州西路治，今陕西略阳。

⑥宁王：朱宸濠。

⑦黄石矶：在今安徽东北长江之滨。

⑧谶（chèn）：此处泛指谣谶。预言吉凶和天意的文字、图形或歌谣。

⑨文皇兵至怀来城：明成祖朱棣，谥为文皇帝。朱棣建都北京后，多次亲征漠北鞑靼等部，途经怀来。怀来，明怀来卫，在今河北张家口怀来县。

⑩五虎桥：原在怀来城东妫水河上，现已没入官厅水库。

【译文】

后汉岑彭讨伐蜀地，至彭亡山，遇到刺客而死。唐朝马燧讨伐李怀光，带兵扎营，问当地的地名，叫"埋光村"。马燧高兴地说："一定能擒获贼人了！"果真成功。辽主耶律德光侵犯后晋，返途走到杀胡岭身亡。宋大将吴璘与金人交战，大败金人于兴州的杀金坪。孝宗弘治年间，广西参议马玹与都司马某人征讨瑶民叛乱，行至双倒马关，都被贼人所杀。宁王朱宸濠谋反，兵败于安庆，船停泊在黄石矶。问左右的人说："这个地方叫什么名字？"左右的人告诉了他。江西人念"黄"如同"王"的音。朱宸濠感叹说："我本来就应该在这儿'失去战机'。"没过多久朱宸濠被擒，谶语难道可以全都忽略吗？文皇亲征漠北率兵行至怀来城，下令拆毁五虎桥而前进，又如狼山、土墓、猪窝等处，都不驻军扎营，因为厌恶它们的名字。

〇弘治乙丑[①]，昆山顾鼎臣为状元[②]。尹阁老值家居[③]，谓人曰："此名未善。"盖"臣"与"成"声相似。鼎成龙驾，名犯嫌讳[④]。至五月，果验。人谓尹之言亦有本也。景泰辛未状元乃柯潜[⑤]。时人云"柯"与"哥"同音，未几，英庙还自北，退居南宫[⑥]，固"哥潜"之谶。

【注释】

①弘治乙丑：弘治十八年（1505）。弘治，明孝宗朱祐樘年号（1488—1505）。

②顾鼎臣：字九和。弘治进士。工书法，能诗文。明嘉靖帝学道，好长生术，以善写青词获帝宠信。十七年（1538）入阁参与机务，柔媚不能有为。明代词臣以青词幸进，自鼎臣始，后与李春芳等均被讥为“青词宰相”。官至少保、太子太傅、武英殿大学士。卒谥文康。

③尹阁老：尹直，字正言。景泰进士。成化时入内阁，官至兵部尚书，进华盖殿大学士。明敏博学，谙熟朝章，而躁于进取，性矜忌，交结中官，因构陷江西巡抚闵珪等，引舆论哗然。孝宗立，薄其为人，令致仕。家居二十余年。

④鼎成龙驾，名犯嫌讳：传说上古时黄帝铸鼎，鼎成而上天降龙，黄帝乘龙而升天。后世以“鼎成”“鼎成龙去”“龙驭上宾（龙驾）”来表示皇帝死亡。

⑤景泰辛未：景泰二年（1451）。景泰，明代宗朱祁钰年号（1450—1457）。

⑥英庙还自北，退居南宫：明英宗被瓦剌俘获后，于次年送回，居于南宫，称“上皇”。英宗为景帝之兄，故称“哥”。退居南宫，未复帝位，对应“潜”。

【译文】

孝宗弘治乙丑年，昆山人顾鼎臣高中状元。阁老尹直正退休在家，对人说：“顾状元的名字不好。”原来“臣”与“成”声音相近。鼎成龙驾，名字犯了忌讳。到五月孝宗去世，果然应验了。有人说尹阁老的话也是有根据的。代宗景泰辛未年的状元是柯潜。当时人说“柯”与“哥”同音，不久，英宗从北方瓦剌回来，退居在南宫，应了“哥潜”的谶语。

曹翰

曹翰从征幽州[①]，方攻城，卒掘土得蟹以献。翰曰："蟹，水物，而陆居，失所也；且多足，彼援将至[②]，不可进拔之象。况蟹者，解也，其班师乎？"已而果验。

【注释】

①曹翰从征幽州：太平兴国四年（979）从太宗征辽。曹翰，初隶后周世宗帐下，入宋，督运军饷供应入蜀大军，先后参与镇压全师雄及吕翰领导的士兵起事。参与击平南唐，攻克江州（今江西九江）。从太宗灭北汉、攻辽，为幽州行营都部署。以私市兵器，流锢登州。雍熙间，起为右千牛卫大将军、分司西京。

②彼援将至：辽遣耶律休哥来援幽州。

【译文】

曹翰随太宗征讨幽州，正在攻城，士兵挖土掘得一只螃蟹献给曹翰。曹翰说："蟹，是水中生物，却跑到陆地上来，失去居所；而且蟹多脚，表示敌人援军将到，是不能攻克的征兆。况且蟹，有解的意思，大概我军是要班师吧？"不久果真应验。

郑钦说

钦说天性敏慧[①]，精历术[②]。开元后累官右补阙内供奉。初，梁之大同四年[③]，太常任昉于钟山圹中得铭曰[④]："龟言土，蓍言水，甸服黄钟起灵址[⑤]。瘗在三上庚，堕遇七中巳。六千三百浃辰交[⑥]，二九重三四百圮。"昉遍穷之，莫能辩，因遗戒子孙曰："世世以铭访通人，有得其解者，吾死无恨！”昉五世孙升之隐居商洛，写以授钦说。钦说时出使，得之于长乐驿，至敷水三十里辄悟，曰：“此卜宅者廋葬之岁月[7]，而先识墓圮日辰也[8]。‘甸服’，五百也[9]。‘黄钟’，十二也[10]。由大同四年却求汉建武四年[11]，凡五百一十二年。葬以三月十日庚寅，‘三上庚’也[12]。圮以七月十二日己巳，‘七中巳’也[13]。‘浃辰’，十二也[14]。建武四年三月至大同四年七月，六千三百一十二月；月一交[15]，故曰‘六千三百浃辰交’。‘二九’，十八也。‘重三’，六也。建武四年三月十日距大同四年七月十二日，十八万六千四百日，故曰‘二九重三四百圮’。”升之大惊，服其超悟。

【注释】

①钦说：郑钦说，唐玄宗开元初由新津丞请试五经擢第，官右补阙内供奉。通历术，以博物名于时。为李林甫所恶，因自殿中侍御史贬夜郎尉。

②历术：犹历法。

③大同四年：538年。大同，梁武帝萧衍年号（535—546）。

④任昉：字彦昇。八岁能文，初仕萧齐为太常博士，官至司徒右长史。曾与萧衍（梁武帝）同为竟陵王萧子良西邸旧友。萧衍执政，他专主文翰。及梁代齐，禅让文诰多出其手。入梁，参掌大选。手自雠校秘阁四部书，确定篇目。善属文，与沈约诗并称“任笔沈诗”。圹：墓穴。

⑤灵址：对坛基的美称。

⑥浃（jiā）辰：古代以干支纪日，称自子至亥一周十二日为“浃辰”。

⑦卜宅：占卜选择墓地。廋（sōu）：隐藏。

⑧识：记。

⑨"甸服",五百也:《尚书·禹贡》有"五百里甸服"句,此处以"甸服"隐指"五百"。

⑩"黄钟",十二也:黄钟为古音律六律六吕之一,且为六律六吕的基本音,此处以"黄钟"隐指"十二"。

⑪建武四年:28年。建武,汉光武帝刘秀年号(25—56)。

⑫三上庚:三月上旬庚日。

⑬七中巳:七月中旬巳日。

⑭"浃辰",十二也:浃辰本为十二日,此以浃辰代指数字十二。

⑮月一交:古代历法认为日月每月交汇一次。

【译文】

郑钦说天性聪慧,精通历法,唐开元后官至右补阙内供奉。起初,梁大同四年,太常任昉得到出自钟山墓穴中的一篇铭文,说:"龟言土,蓍言水,甸服黄钟起灵址。瘗在三上庚,堕遇七中巳。六千三百浃辰交,二九重三四百圮。"任昉多方探究它,不能辨读,因此留下遗言告诫子孙说:"世世代代拿着铭文寻访通达之人,有人能解读铭文,我虽然死了也没有遗憾了。"任昉五世孙任升之隐居商洛,写下铭文交给郑钦说。郑钦说当时正奉命出使,在长乐驿得到铭文,走到敷水三十里之间就恍然大悟,说:"这是占卜墓地的人隐藏埋葬的时间,且预先记下坟墓毁坏的时间。'甸服',代表五百。'黄钟',代表十二。由梁武帝大同四年往前推算至东汉光武帝建武四年,共五百一十二年。葬在三月十日庚寅,就是'三上庚'。毁在七月十二日己巳,就是'七中巳'。'浃辰',代表十二。建武四年三月到大同四年七月,六千三百一十二月;日月每月一交汇,所以说'六千三百浃辰交'。'二九',是十八。'重三',是六。建武四年三月十日距大同四年七月十二日,共十八万六千四百日,所以说'二九重三四百圮'。"任升之大惊,佩服郑钦说超常的悟性。

杨德祖 四条

一

杨修为魏武主簿[①]。时作相国门，始构榱桷[②]。魏武自出看，题门作“活”字，便去。杨见，便令坏之，曰：“门中活，阔字。王正嫌门大也！”

【注释】

①杨修：字德祖。博学多才。汉献帝建安中举孝廉，任郎中，后为丞相曹操主簿。为曹植谋划取魏太子地位。后曹植失宠，曹操因他有智谋，又是袁术之甥，虑有后患，遂借故杀之。魏武：曹操。此时为汉丞相、魏王。

②榱桷（cuī jué）：屋椽。

【译文】

杨修为曹操的主簿。当时修建相府大门，刚开始搭椽子。曹操亲自出来察看，在门上题了个“活”字，便离开了。杨修见了，便命人将门拆毁，说：“门中活，为阔字。魏王是嫌门太大了。”

二

人饷魏武一杯酪。魏武啖少许，盖头上题“合”字以示众[①]。众莫能解。次至杨修，修便啖之，曰：“公教人啖一口也[②]，复何疑！”

【注释】

①盖：杯上的盖。

②人啖一口：“合”字拆开，为“人一口”，每人一口。

【译文】

有人献给曹操一杯奶酪。曹操吃了一点,在杯盖上写了一个“合”拿给众官员。众官不能明白曹操的用意。传到杨修手上,杨修便吃了一口,说:“曹公让每人吃一口,还有什么迟疑的!”

三

魏武尝过曹娥碑下[①],杨修从。碑背上见题作“黄绢幼妇外孙齑臼”八字。魏武谓修曰:“解否?”答曰:“解。”魏武曰:“卿未可言,俟我思之。”行三十里,魏武乃曰:“吾已得!”令修别记所知。修曰:“黄绢,色丝,于字为‘绝’;幼妇,少女,于字为‘妙’;外孙,女之子也,于字为‘好’;齑臼,受五辛之器[②],于字为‘辞’[③]。所谓‘绝妙好辞’也!”魏武亦记之,与修同,叹曰:“吾才去卿乃三十里!”

【注释】

①曹娥碑:东汉上虞女子曹娥,因父溺死,亦投江而死,经五日,抱父尸出。邯郸淳为作诔辞,立石。蔡邕夜过碑下,摸其文读之,于碑阴题“黄绢幼妇”等八字。按,曹娥碑立石在会稽,而曹操、杨修终生未曾渡长江,不得见碑。此则为后人传说。

②齑(jī)臼,受五辛之器:齑臼是捣姜椒等辛辣食品用的器具。齑,同“齏”。五辛,指葱、蒜、韭、薤、兴蕖等五种辛味蔬菜。所以说是“受五辛之器”。

③于字为“辞”:辞,异体作“辤”。

【译文】

曹操曾过曹娥碑下,杨修随从。见碑背上题有“黄绢幼妇外孙齑臼”八个字。曹操问杨修说:“明白它的意思吗?”杨修回答说“明白。”

曹操说："你不要说出答案，等我想想。"走了三十里，曹操才说："我已经想到了。"就让杨修另外把自己的理解记下来。杨修写道："黄绢，是色丝，合成字是'绝'；幼妇，是少女，合成字是'妙'；外孙，是女儿的儿子，合成字是'好'；齑臼，是承受五辛的器具，合成字是'辞（辤）'。所以是'绝妙好辞'！"曹操也写下自己的理解，和杨修一样，曹操感叹说："我的才智比你差三十里。"

四

操既平汉中，欲讨刘备而不得进，欲守又难为功。护军不知进止[①]，操出教[②]，唯曰："鸡肋。"外曹莫能晓。杨修曰："夫鸡肋，食之则无所得，弃之则殊可惜。公归计决矣！"乃私语营中戒装。俄操果班师。

【注释】

①护军：武官名。"护"为都统之意。有护军将军、中护军，掌军将选用，并与领军将军、中领军同掌禁卫军，负责京师守卫。

②教：命令。

【译文】

曹操平定汉中后，想继续讨伐刘备却无法向前推进，想坚守汉中又很难有功劳。护军不知是进是退，曹操发出教令，只说："鸡肋。"将军们不明白曹操的意思。杨修说："鸡肋，吃起来没有什么肉，丢掉则又觉得可惜。曹公已经决定撤军了！"于是私下告诉兵士们准备行装。不久曹操果然班师回朝。

德祖聪颖太露，为操所忌，其能免乎？晋、宋人主多与臣下争胜诗、字。故鲍照多累句[①]，僧虔用拙笔[②]，皆以避祸也。

【注释】

①鲍照多累句：鲍照以文才驰名当世，与谢朓并称“鲍谢”。宋文帝好文章，自认为别人不能及，鲍照为文故意多鄙言累句以自损。鲍照，字明远。南朝刘宋文帝时为中书舍人，后为临海王刘子项参军，世称“鲍参军”。刘子项起兵失败，他被乱兵所杀。累句，病句。

②僧虔用拙笔：王僧虔承家学，好文史，喜音律，尤善隶书。著有《论书》，为书法史重要文献。宋孝武帝好书法，想要显扬书名，王僧虔不敢显露才能，所以常用拙劣的毛笔写字，以此见容。僧虔，南朝宋、齐之际人，入齐迁侍中、开府仪同三司。拙笔，劣等的毛笔。

【译文】

杨修的聪明太显露，遭曹操忌恨，他能免于杀身之祸吗？晋、宋两朝君主常与大臣在诗文、书法上争胜负。所以鲍照多鄙言累句，王僧虔用劣质毛笔写字，都是为了躲避灾祸。

刘显

梁时有沙门讼田[①]，武帝大署曰“贞”。有司未辨，遍问莫知。刘显曰[②]：“贞字文为‘与上人’[③]。”

【注释】

①梁：南朝萧梁。沙门：僧侣。讼田：因争田地而打官司。

②刘显：字嗣芳，本名颋。幼而聪敏，六岁时号神童。长而好学，博涉多通，识古文字，为任昉、沈约等人所赏异。傅昭撰国史，引其为佐。梁武帝擢中书郎，累迁尚书左丞。

③贞字文为“与上人”：“贞”繁体作“貞”，可拆成“与上人”三字。上人，和尚的尊称。梁武帝佞佛，故偏袒僧人。

【译文】

南朝梁时有个僧人因争田地而打官司，武帝写了一个大“贞”字。官员不明白武帝的意思，问遍百官也都不知道。刘显说：“贞字拆开是‘与上人’。”

东方朔

武帝尝以隐语召东方朔[①]。时上林献枣[②]，帝以杖击未央前殿，曰：“叱叱！先生束束！”朔至曰：“上林献枣四十九枚乎？”朔见上以杖击槛，两木为林，上林也；束束，枣也[③]；叱叱，四十九也[④]。

【注释】

①武帝：汉武帝刘彻。

②上林：上林苑，西汉皇帝的苑囿。

③束束，枣也：枣，繁体为“棗”。

④叱叱，四十九也：“叱”音形皆类“七”，七七四十九，故云。

【译文】

汉武帝曾用隐语召见东方朔。当时上林苑进献了枣，武帝用手杖敲击未央宫前殿的门槛，说：“叱叱，先生束束。”东方朔入宫后说：“上林苑进献四十九枚枣吗？”东方朔见皇上以手杖敲击门槛，两木是林，所以是上林；束束，合起来是“枣”；叱叱，是四十九。

开元寺沙弥

乾符末[①]，有客寓广陵开元寺，不为僧所礼，题门而去。

题云："龛龙去东涯，时日隐西斜，敬文今不在，碎石入流沙。"僧众皆不解。有沙弥知为谤语[2]，是"合寺苟卒"四字[3]。

【注释】

①乾符：唐僖宗李儇年号（874—879）。

②沙弥：佛教谓男子出家初受十戒者为沙弥。是寺院中的低级僧侣。

③是"合寺苟卒"四字："龛"去"龙"为"合"字。"时"繁体作"時"，隐去"日"即"寺"字。"敬"去"文"为"苟"字。"碎"去"石"为"卒"字。苟卒，不得善终。

【译文】

唐僖宗乾符末年，有人寄宿广陵开元寺，不被僧人礼遇，在寺门上题字而去。题字说："龛龙去东涯，时日隐西斜，敬文今不在，碎石入流沙。"众僧都不明白诗句含意。一位沙弥明白这是骂人的话，原来是"合寺苟卒"四个字。

令狐绹

令狐绹镇淮海日[1]，尝游大明寺，见西壁题云："一人堂堂，二曜同光，泉深尺一，点去冰旁，二人相连，不欠一边，三梁四柱烈火燃，除却双钩两日全。"诸宾幕莫辨，有支使班蒙[2]，一见知是"大明寺水，天下无比"八字[3]。

【注释】

①令狐绹：字子直。唐大（太）和进士。唐宣宗时为宰相，在相位近十年。懿宗时历任河中、宣武、淮南节度副大使、知节度事。僖宗时为凤翔节度使，封赵国公。精于文学。淮海：即唐方镇淮南，治

所在扬州(今属江苏)。

②支使:节度使、观察使的僚属,职责与掌书记相同。

③知是“大明寺水,天下无比”八字:“一人”合为“大”字。二曜为日月,合为“明”字。尺一为十一寸,合为“寺”字。“冰”异体字为“氷”,去点为“水”字。“二人”合为“天”字。“不”字缺欠一边为“下”字。“无”字繁体为“無”,三横为梁,四竖为柱,下四点为“火”。“日”字除去钩余“匕”字,二“匕”为“比”字。

【译文】

令狐绹为淮南节度副大使时,曾游览大明寺,见寺西壁上题写道:“一人堂堂,二曜同光,泉深尺一,点去冰旁,二人相连,不欠一边,三梁四柱烈火燃,除去双钩两日全。”各位幕僚都不明白意思,有个支使名叫班蒙,一看见就知道是“大明寺水,天下无比”八个字。

丁晋公

广州押衙崔庆成抵皇华驿[①],夜见美人,盖鬼也。掷书云:“川中狗,百姓眼,马扑儿,御厨饭。”庆成不解,述于丁晋公[②]。丁解云:“川中狗,蜀犬也[③];百姓眼,民目也[④];马扑儿,瓜子也[⑤];御厨饭,官食也[⑥]:乃‘独眠孤馆’四字。”

【注释】

①押衙:即“押牙”。唐宋官名。管领仪仗侍卫。

②丁晋公:丁谓。当时贬于崖州。

③川中狗,蜀犬也:“独”繁体作“獨”,由“蜀”“犬”合成。

④百姓眼,民目也:“民”与“目”合成“眠”字。

⑤马扑儿,瓜子也:马扑为掴(guāi),与瓜音近。儿,子。“瓜”与

"子"合成"孤"字。

⑥御厨饭,官食也:"馆"繁体作"館",由"官""食"合成。

【译文】

广州押衙崔庆成抵达皇华驿站,晚上看到一位美人,是个女鬼。女鬼丢了张字条给他,写着:"川中狗,百姓眼,马扑儿,御厨饭。"崔庆成不明白,告诉了丁谓。丁谓解释说:"川中狗,就是蜀犬;百姓眼,就是民目;马扑儿,就是瓜子;御厨饭,就是官食:是'独眠孤馆'四个字。"

相国寺诗

荆公柄国时[①],有人题相国寺壁云:"终岁荒芜湖浦焦,贫女戴笠落柘条。阿侬去家京洛遥,惊心寇盗来攻剽。"人皆以为夫出妇忧乱荒也。及荆公罢相,子瞻召还,诸公饮苏寺中,以此诗问之。苏曰:"于'贫女'句,可以得其人矣。'终岁',十二月也,十二月为'青'字。'荒芜',田有草也,草田为'苗'字。'湖浦焦',水去也,水傍去为'法'字。'女戴笠'为'安'字。'柘落木'为'石'字。'阿侬'乃吴言[②],合之为'误'字。'去家京洛'为'国'字。'寇盗攻剽'为贼民。盖隐'青苗法安石误国贼民'也!"

【注释】

①荆公:王安石,封荆国公。柄国:执掌国政。

②"阿侬"乃吴言:吴地方言,自称为阿侬,相当于我。

【译文】

王安石执掌国政时,有人在相国寺墙壁上题诗说:"终岁荒芜湖浦焦,贫女戴笠落柘条。阿侬去家京洛遥,惊心寇盗来攻剽。"人们都以为诗写的是丈夫外出妻子担忧兵荒马乱。等到王安石罢相，苏轼被召回朝廷，诸公在相国寺里请苏轼喝酒，有人拿这首诗问苏轼。苏轼说："从'贫女'一句，可以猜到这个人。'终岁'，是十二月，十二月是'青'字。'荒芜'，是田里有草，草田是'苗'字。'湖浦焦'，是水流去了，水字旁加去是'法'字。'女戴笠'是'安'字。'柘落条'是'石'字。'阿侬'是吴地方言，合起来是'误'字。'去家京洛'是'国'字。'寇盗攻剽'是贼民。诗中藏着'青苗法安石误国贼民'！"

李彪

后魏孝文尝宴群臣[①]，举卮言曰："三三横，两两纵，谁能辨之赐金钟[②]。"御史中尉李彪曰[③]："沽酒老妪瓮注瓨[④]，屠儿割肉与称同[⑤]。"尚书左丞甄琛曰[⑥]："吴人浮水自云工，技儿掷袖在虚空。"彭城王勰悟曰[⑦]："此'习'字也。"孝文即以金钟赐彪。

【注释】

①后魏孝文：即北魏孝文帝。复姓拓跋，名宏，又称元宏。471—499年在位。实行汉化改革，将都城从平城（今山西大同）迁到洛阳。庙号高祖。

②"三三横"几句：三三横，两两纵，拆"羽"字笔画；金钟是酒杯，古代又称"大白"。"羽"字加"白"合为"習（习）"字。

③李彪：字道固。少孤贫，有大志，笃学不倦。孝文帝初，任中书教学博士，累迁秘书丞、参著作事。前后六次出使南齐，又从驾南征，回京后迁御史中尉，领著作郎。性刚直，居官治事以严酷称。被李冲弹劾，除名还乡。宣武帝时在秘书省以白衣身份参与修史。

④瓨（dù）：小瓦缶，瓶。

⑤称（chèng）：秤。

⑥甄琛：字思伯。少敏悟，习经史。官至车骑将军。性轻简，好嘲谑，然处事有才干器局，在官清廉。

⑦彭城王勰：元勰，字彦和，孝文帝弟。性仁孝，博综经史。参决军国大政，封彭城王。孝文帝病，勰内侍医药，外总军国之务，远近肃然。宣武帝信谗以毒酒杀之，谥曰武宣王。其子孝庄帝即位，追号文穆皇帝，庙号肃祖。

【译文】

北魏孝文帝曾经宴请群臣，他举杯说道："三三横，两两纵，谁能辨之赐金钟。"御史中尉李彪曰："卖酒老妪把瓮里的酒准确倒入瓶中，屠户割肉与秤称的重量相同。"尚书左丞甄琛说："吴地人游水自来就很精通，杂技演员把袖子抛掷到半空。"彭城王元勰领悟后说："这是'习（習）'字。"孝文帝就将金钟赏赐给李彪。

刘瑊

辛未会试[①]，江阴袁舜臣作谜诗于灯上[②]，云："六经蕴籍胸中久，一剑十年磨在手。杏花头上一枝横，恐泄天机莫露口。一点累累大如斗，掩却半床何所有？完名直待挂冠归，本来面目君知否？"诸人不辨，唯刘瑊一见知之，乃"辛未状元"四字[③]。瑊，辛未榜眼，吴县人。

【注释】

①辛未：此处为隆庆五年，1571年。

②袁舜臣：嘉靖甲子举人，学问该洽，自天文地理、历律、兵刑，无不

精究。

③乃“辛未状元”四字：“辛”字取诗谜中一、二两句的“六”“一”“十”三字合成。“未”字取三、四句中“杏”字上加一横，去掉“口”。五句中“一点”及“大”字为“犬”；六句“床”繁体作“牀”，“半牀”为“爿”，两句合成“状”字。“元”字取七句中“完”字“挂冠”，即去掉上部。按，此科状元为山阴（今浙江绍兴）人张元忭，并非袁舜臣。

【译文】

辛未会试时，江阴袁舜臣作了一首谜诗写在花灯上，说：“六经蕴籍胸中久，一剑十年磨在手。杏花头上一枝横，恐泄天机莫露口。一点累累大如斗，掩却半床（牀）何所有？完名直待挂冠归，本来面目君知否？”大家都猜不出来，只有刘瑊看了一眼就知道，说这是“辛未状元”四个字。刘瑊，是辛未榜眼，吴县人。

木马谜

秦少游为谜难坡公①，云：“我有一间房，半间租与转轮王②。有时射出一线光③，天下邪魔不敢当。”坡公应声曰：“我有一张琴，琴弦藏在腹。凭君马上弹，弹尽天下曲。”小妹曰④：“我有一只船，一人摇橹一人牵。去时牵缆去，来时摇橹还。”三谜皆指木马⑤，而后二谜更胜。

【注释】

①秦少游：秦观，字少游。少豪隽善文，为苏轼赏识，荐为太学博士，累迁国史院编修。坡公：苏轼，号东坡居士。

②转轮王：十殿阎君的第十殿名转轮王。此指墨斗中的线轮。

③有时射出一线光：此指提起墨线画直线。

④小妹：苏小妹，传说为苏轼的妹妹。

⑤木马：木工画直线的工具墨斗。墨斗前端是一个圆斗形的墨仓，前后有一小孔，墨线从中穿过，墨仓内填有蚕丝、棉花、海绵之类的蓄墨的材料。墨线由木轮经墨仓细孔牵出，固定于一端，像弹琴弦一样将墨线提起弹在要划线的地方，用后转动线轮将墨线缠回，因而古代又称墨斗为“线墨”。

【译文】

秦少游制了一个谜语难为苏东坡，说：“我有一间房，半间租与转轮王。有时射出一线光，天下邪魔不敢当。”苏东坡随声应和说：“我有一张琴，琴弦藏在腹。凭君马上弹，弹尽天下曲。”苏小妹说：“我有一只船，一人摇橹一人牵。去时牵缆去，来时摇橹还。”三个谜语的谜底都是墨斗，而后面两个谜语更加精巧。

拆字谢石等　四条

一

谢石润夫[①]，成都人，宣和间至京师[②]，以拆字言人祸福。求相者但随意书一字，即就其字离析而言，无不奇中。名闻九重[③]，上皇因书一“朝”字[④]，令中贵人持往试之。石见字，即端视中贵人曰：“此非观察所书也[⑤]。”中贵人愕然曰：“但据字言之。”石以手加额曰：“朝字，离之为‘十月十日’字，非此月此日所生之天人，当谁书也[⑥]！”一座尽惊。中贵驰奏。翌日，召至后苑，令左右及宫嫔书字示之，论说俱有精理，锡赍甚厚[⑦]，补承信郎。缘此四方求相者，其门如市。

【注释】

①谢石润夫：谢石，字润夫，善测字卜人吉凶，后忤秦桧，死于戍所。

②宣和：宋徽宗赵佶年号（1119—1125）。

③九重：九重天上，指皇帝所居的宫禁。

④上皇：宋徽宗。靖康年间，徽宗内禅于钦宗，自号太上皇。

⑤观察：宋朝称缉捕使臣为观察，也泛指官府中人。此处当是宦官为缉捕使臣装束，所以谢石有此称呼。

⑥"离之为'十月十日'字"几句：十月十日为徽宗生辰，当时定为"天宁节"，所以民间都知道。

⑦锡赍：赏赐的东西。

【译文】

谢石字润夫，成都人，宋徽宗宣和年来到京城，用拆字法预测人的祸福。想算命的人只要随意写一个字，谢石就根据所写的字拆解来预测，没有说不中的。名声传到宫中，徽宗于是写一个"朝"字，命宦官拿着去测试谢石。谢石见了字，就凝视宦官说："这不是观察大人所写的字。"宦官惊愕地说："只根据字来说。"谢石把手放在额头上说："朝字，拆开是'十月十日'几个字，如果不是此月此日所生的天子，谁能写呢？"在场的人都大惊。宦官急忙回宫禀奏。第二天，徽宗召谢石到后苑，命大臣及嫔妃写字展示给谢石，谢石议论解说得都有精微的道理，徽宗赏赐丰厚，并封他为承信郎。为此各地来求测字的人很多，他门前像市场一样热闹。

有朝士，其室怀娠过月，手书一"也"字，令其夫持问。是日坐客甚众。石详视，谓朝士曰："此阁中所书否[①]？"曰："何以言之？"石曰："谓语助者，焉、哉、乎、也，固知是公内助所书。"问："盛年三十一否？"曰："是也。""以'也'字上为‘三十’,下为‘一’字也。”“然吾官寄此,当力谋迁动,还可得否?”曰:“正以此为挠耳。盖‘也’字着‘水’则为‘池’,有‘马’则为‘驰’。今池远则无水,陆驰则无马,是安可动也。又尊阁父母兄弟近身亲人,皆当无一存者。以‘也’字着‘人’则是‘他’字,今独见‘也’字而不见‘人’故也。又尊阁其家物产亦当荡尽否?以‘也’字着‘土’则为‘地’字,今不见‘土’只见‘也’。俱是否?”曰:“诚如所言。然此皆非所问者。贱室忧怀娠过月,所以问耳。”石曰:“是必十三个月也。以‘也’字中有‘十’字,并两旁二竖下画为十三也。”边批:或三十一,或十三,数而参之以理。石熟视朝士曰:“有一事似涉奇怪,固欲不言,则吾官所问,正决此事,可尽言否?”朝士因请其说。石曰:“‘也’字着‘虫’为‘虵’字[2],今尊阁所娠,殆蛇妖也。然不见‘虫’,则不能为害。谢石亦有薄术,可为吾官以药下验之,无苦也。”朝士大异其说,固请至家,以药投之,果下数百小蛇。都人益共神之,而不知其竟挟何术。

【注释】

①阁中:此处指妻子。下文“内助”义同。

②虵(shé):同“蛇”。

【译文】

有一官员,妻子怀孕已经过了月份,手写了一个“也”字,让她丈夫拿去测问。当天在座的客人很多,谢石仔细看过,对官员说:“这字是夫人所写的吗?”官员说:“为什么这么说?”谢石说:“人们说的语助词,是焉、哉、乎、也,所以知道是您夫人所写。”又问:“您夫人是三十一岁吗?”

回答说:"是。"谢石说:"因为'也'字上部是'三十',下部是'一'字。"官员问:"然而我做官寄居此地,想尽力谋划升迁调动,还能做到吗?"谢石答:"正因此而烦恼。因为'也'字沾'水'就是'池',有'马'就是'驰',现在'池'远没有水,陆'驰'没有马,这怎么能调动呢。另外,您夫人的父母兄弟及近身的亲人,应当没有一个在世的。因为'也'字有'人'则是'他'字,现在只见'也'字而不见'人'。还有,您夫人家里物产应当都耗尽了吧?因为'也'字有'土'则为'地'字,现在不见'土'只见'也'。这些都说对了吗?"官员说:"确实如您所说。然而这些都不是我所要问的。妻子担心怀孕过了月份,所以来问。"谢石说:"夫人一定是怀孕十三个月了。因为'也'字中有'十'字,加上两旁二竖及下面一画为十三。"边批:或者是三十一,或者是十三,数字的使用按常理参酌。谢石又仔细看着官员说:"有一件事似乎涉及奇怪之处,本不想说,但是您所问的,正决定了这件事,能都说了吗?"官员于是请谢石明说。谢石说:"'也'字加'虫'为'虵'字,现在您夫人所怀的,大概是蛇妖。然而不见'虫',所以不能害人。谢石也略有小法术,可以为长官用药催下来检验,没有痛苦。"官员对谢石的说法感到很奇怪,但仍然请谢石到家里,用药给夫人服下,果然产下几百条小蛇。京城的人都更加认为他神异,而不知道谢石究竟用的什么法术。

后石拆"春"字①,谓"秦"头太重,压"日"无光。忤相桧,死于戍。

【注释】

①后石拆"春"字:石,底本作"日",据明积秀堂本改。

【译文】

后来谢石测"春"字,说"秦"头太重,压得"日"无光。得罪宰相秦桧,死在充军戍守的地方。

二

建炎间[①],术者周生善相字。车驾至杭。时虏骑惊扰之余,人心危疑。执政呼周生,偶书“杭”字示之。周曰:“惧有警报!”乃拆其字,以右边一点配“木”上,即为“兀术”。不旬日,果传兀术南侵。当赵、秦庙谟不协[②],各欲引退。二公各书“退”字示之。周曰:“赵必去,秦必留。日者君象,赵书‘退’字,‘人’去‘日’远[③]。秦书‘人’字密附‘日’下,字在左笔下连,而‘人’字左笔斜贯之,踪迹固矣,欲退得乎?”既而皆验。

【注释】

①建炎:南宋高宗赵构年号(1127—1130)。

②赵、秦庙谟不协:绍兴八年(1138),赵鼎、秦桧并为相,矛盾尖锐,赵鼎为秦桧倾轧罢相。赵,赵鼎,字元镇。宋徽宗崇宁进士。南渡后,历殿中侍御史、御史中丞。绍兴初,两度为相,荐岳飞,收复重镇襄阳。主张迎回梓宫、母后,暂与金和,误以为秦桧可共大事。而秦桧则因其力辟和议,予以排斥。黜居潮州,再移吉阳军(今广东崖县)。知秦桧必欲其死,乃不食而卒。秦,秦桧。庙谟,指对朝廷大事的决策。

③“人”去“日”远:周生拆“退”内“艮”字为“人”“日”两字。

【译文】

宋高宗建炎年间,术士周生善于测字。高宗到达杭州。当时正值金人兵马侵扰之后,人心惶惶。执政叫来周生,偶然写“杭”字给他看。周生说:“恐怕将有战事!”于是拆解“杭”字,右边一点配于“木”字上,就是“兀术”。不到十天,果然传来兀术南侵的消息。当赵鼎、秦桧二人意见不合,都想要辞官隐退。秦、赵二人各写一个“退”字给周生看,周生说:"赵氏必然辞去,秦氏必然留任。日代表君主,赵鼎写'退'字,'人'离'日'远;秦桧的字里'人'紧紧依附在'日'下,字左笔下部勾连,而'人'字左笔斜着贯穿过去,行迹已经确定,想要隐退能实现吗?"不久果然都应验。

三

往年有叩试事者[①],书"串"字。术者曰:"不特乡闱得隽[②],南宫亦应高捷[③]。盖以'串'寓二'中'字也!"一生在傍,乃亦书"串"字令观。术者曰:"君不独不与宾兴[④],更当疾。"询其所以,曰:"彼以无心书,故当如字。君以有心书,'串'下加'心',乃'患'字耳。"已而果然。

【注释】

①试事:科举考试的事情。

②乡闱:乡试,由秀才考举人的考试,因在本省举行,故云乡试。隽:指在科举考试中考中。

③南宫:古代称礼部为南宫,此处以南宫代指礼部举行的考试,即由举人考进士的考试。

④不与宾兴:指考不中举人。宾兴,科举时代,地方官要设宴招待应举之士,称宾兴。后称乡试为宾兴。

【译文】

往年有询问科举考试情况的人,写了个"串"字。术士说:"你不仅乡试能得高中,会试也应该能高中。因为'串'字包含两个'中'字!"一位书生在旁边,也写下"串"字让术士看,术士说:"你不仅考不中举人,恐怕还会生病。"问术士原因,术士说:"他因为无心所写,所以应当按照他写的字测算。你因为有心而写,'串'下加个'心',就是'患'字。"不久果然应验。

四

相传文皇在燕邸时[1]，尝微行，诣一相字者，写“帛”字令看。其人即跪拜，称“死罪”。王惊问故。对曰：“‘皇’头‘帝’脚，必非常人也！”后有人亦书“帛”字，其人曰：“是为‘白巾’，君必遭丧！”

【注释】

①文皇在燕邸：朱棣尚为燕王时。文皇，明成祖朱棣。

【译文】

相传成祖为燕王时，曾经微服出行，拜访一个测字人，写了一个“帛”字让他看。相士立即跪拜，连称“死罪”。燕王惊奇地问他原因。相士回答说：“‘皇’头‘帝’脚，必定不是常人！”之后有人也写“帛”字，相士却说：“是‘白巾’，你家必会有丧事！”

苏黄迁谪

苏子瞻谪儋州[1]，以“儋”字与“瞻”相近也。子由谪雷州[2]，以“雷”字下有“田”字也。黄鲁直谪宜州[3]，以“宜”字类“直”字也。此章子厚谐谑之意[4]。当时有术士曰：“‘儋’字从立人，子瞻其尚能北归乎[5]？‘雷’字‘雨’在‘田’上，承天之泽也，子由其未艾乎[6]？‘宜’字有盖棺之义，鲁直其不返乎？”后子瞻归，至毗陵而卒[7]；子由老于颍[8]，十余年而终；鲁直竟没于宜。

【注释】

①苏子瞻谪儋州：宋哲宗绍圣元年（1094），因政见不合，苏轼贬知英州，未至贬所，又责贬惠州，四年（1097）再贬儋州。苏轼，字子瞻，元祐时官礼部尚书兼端明殿、翰林侍读两学士。儋州，治今海南儋州。北宋熙宁六年（1073年）改为昌化军。

②子由谪雷州：绍圣三年（1096），苏辙贬为化州（治今广东化州）别驾，雷州安置。苏辙，字子由，苏轼弟，官至尚书右丞、门下侍郎。雷州，治今广东雷州。

③黄鲁直谪宜州：绍圣初，黄鲁直为章惇等贬涪州（治今重庆涪陵）别驾。徽宗初召还，后又以文字罪除名，贬宜州，卒于其地。黄鲁直，黄庭坚，字鲁直，为“苏门四学士”之一。治平进士。哲宗即位，召为校书郎、《神宗实录》检讨官，迁著作佐郎，《实录》成，擢起居舍人。诗文与轼齐名，世称“苏黄”。论诗主张“无一字无来处”，有“夺胎换骨”“点铁成金”之说。创立江西诗派，在宋代影响颇大。亦能词。书擅行、草，为“宋四家”之一。宜州，治今广西宜州。

④章子厚：章惇（dūn），字子厚。嘉祐进士。王安石秉政，召为编修三司条例官。元丰三年（1080）任参知政事。哲宗即位，为知枢密院事，司马光复旧法，他与之争，被贬黜。绍圣元年（1094）哲宗亲政，起为尚书左仆射，兼门下侍郎，恢复青苗、免役等法，排击元祐党人。居相位五年。哲宗死，反对立徽宗。徽宗即位后被贬逐。谐谑：语言滑稽而略带戏弄。

⑤北归：指回归中原。宋徽宗立，苏轼北移舒、永等州，元符三年（1100），朝廷大赦，苏轼复任朝奉郎，北归途中，于建中靖国元年（1101）在常州逝世。

⑥未艾：未尽。此处指苏辙的禄命还未终了。苏辙于元符三年（1100）遇赦北归，复太中大夫。后致仕，寓居许昌颍水之滨，自

号颍滨遗老,杜门谢客十二年,直至政和二年(1112)病逝。

⑦毗陵:今江苏常州。

⑧老:告老。致仕退休。颍:此指颍水之滨的许昌(今属河南)。

【译文】

苏子瞻贬谪儋州,因为"儋"字与"瞻"字相近。苏子由贬谪雷州,因为"雷"字下有"田"字。黄鲁直贬谪宜州,因为"宜"字类似"直"字。这都有章子厚用人名和地名加以戏弄的意思。当时有位术士说:"'儋'字从立人,子瞻还能北归吧?'雷'字'雨'在'田'上面,承接上天的恩泽,子由的禄命还未终了吧?'宜'字有盖棺的含意,鲁直恐怕不能返回了吧?"后来苏轼北归,到常州逝世;苏辙致仕寓居颍水之滨,十多年后才逝世;鲁直最终死在宜州。

子犯

城濮之役[①],晋文公梦与楚子搏[②],楚子伏己而盬其脑[③],是以惧。子犯曰[④]:"吉!我得天[⑤],楚伏其罪[⑥],我且柔之矣[⑦]!"

【注释】

①城濮之役:春秋时期晋楚两国争霸之战。前633,晋率宋、齐、秦与楚及所率陈、蔡军战于城濮(今山东鄄城西南)。楚军大败。因战于卫地城濮,史称"城濮之战"。

②晋文公:名重耳,前636—前628年在位。春秋五霸之一。楚子:楚成王,名恽,前671—前626年在位。内施仁政,外结诸侯,向南开拓疆域千里。曾厚待逃亡中的晋公子重耳(即后来的晋文公)。搏:格斗。

③楚子伏己:楚子伏在自己身上。盬(gǔ):吸饮。

④子犯：狐偃，字子犯，春秋时晋卿。重耳舅父，亦称舅犯，一作咎犯。曾随重耳在外流亡十九年，后助重耳回国即位。他长于出谋划策，深受倚重。文公作三军，他任上军之佐，平定周的内乱，为创建霸业多所建功。

⑤我得天：晋文公仰卧，向上，所以说得天。

⑥楚伏其罪：楚王伏，向下，所以说伏罪。

⑦我且柔之矣：古代医经以脑属阴，阴为柔。以柔脑承受吸食，所以说柔之。

【译文】

春秋时晋、楚城濮之战，晋文公梦到与楚成王格斗，楚成王伏在自己身上吸食自己的脑浆，因此非常害怕。子犯说："大吉！咱们仰卧向天，而楚王趴着伏罪，脑是柔物，我们将以柔制服楚国。"

刘伯温

高祖方欲刑人①，刘伯温适入②，亟语之梦："以头有血而土傅之③，不祥，欲以应之④。"公曰："头上血，'众'字也⑤，傅以土，得众且得土也。应在三日。"上为停三日待之，而海宁降⑥。

【注释】

①高祖：明太祖朱元璋，谥高皇帝。刑人：处死人。

②刘伯温：刘基，字伯温，元至顺进士，后弃官还里。朱元璋慕名礼聘，陈时务十八策，备受宠信。进先图陈友谅，后取张士诚，再北伐中原之策，助元璋建立明朝，明初制度多出其手。官至御史中丞、太史令，封诚意伯。刘基博学饶才智，世人遂谬谓其能预知后

事,凡谶纬术数之说,皆附会之。

③傅:涂搽。

④应之:采取措施应对,即用杀人以消除不祥。

⑤头上血,"众"字也:众,繁体作"衆",上部为"血"字,下部为三个"人"字,所以说"头上血"。

⑥海宁:元海宁州,即今浙江海宁。时为吴王张士诚所据。

【译文】

太祖正要处死人,刘伯温恰好觐见,太祖急切地对他讲自己的梦:"因为头上有血而用土涂抹,认为不祥,想要用杀人来消除不祥。"刘伯温说:"头上血,是'众'字,以土涂抹,是得到民众也得到土地。三天之内就会应验。"太祖为此停三天来等消息,果然被张士诚占据的海宁州投降了。

董伽罗

通海节度使段思平[①],为杨氏所忌[②],逃之,剖野核桃,有文曰"青昔"。思平拆之曰:"青乃十二月,昔乃二十一日,吾当以是日举义。"遂借兵东方[③]。及河[④],欲渡,思平夜梦人斩其首,又梦玉瓶耳缺,又梦镜破,惧不敢进兵。军师董伽罗曰[⑤]:"三梦皆吉兆也!公为大夫,'夫'去首为'天',天子兆也。玉瓶去耳为'王'。镜中有影,如人相敌,镜破影灭,无对矣。"思平乃决,遂逐杨氏而有其国,改蒙曰大理[⑥]。

【注释】

①通海:故治在今云南通海附近。段思平:五代时云南白族大姓,南诏国功臣后裔。南诏被郑氏灭掉后,当地先后经历了郑氏大长和国、赵氏大天兴国、杨氏大义宁国三个短期政权。段思平当时在

云南颇有势力，暗中联系各部欲推翻杨氏政权。杨干贞欲杀段思平，段思平逃走，借云南爨民三十七部兵，在石城（今云南曲靖）会师，攻入太和城，逐杨氏而自立。后晋天福二年（937），建大理国。

②杨氏：大义宁国主杨干贞。929—937年在位。白蛮大姓。初仕大长和国为剑川节度使，后杀郑隆亶，拥立赵善政，建大天兴国。旋废赵善政自立，建大义宁国。后晋天福二年（937）为段思平废为僧，国灭。

③东方：指云南东部黑爨、松爨等三十七部。

④河：此指西洱河。源出云南西部洱海，经大理天生桥到平坡入澜沧江支流漾濞江。

⑤董伽罗：段思平建立大理国的功臣之一，后为大理国国师。

⑥蒙：指南诏国。隋唐时期云南有六诏，蒙舍诏最南，又称南诏。其王皮罗阁后统一六诏，建立了统一的南诏国，其王族为蒙氏，故又称"蒙"。

【译文】

五代时通海节度使段思平，为杨干贞所忌恨，于是逃亡，剖开野核桃，有文字写着"青昔"。段思平拆解开来说："青是十二月，昔是二十一日，我应当在那天举事。"于是向东方借兵。到西洱河边，想要渡河，段思平夜里梦到有人砍他的头，又梦到玉瓶耳残缺了，又梦到镜子破了，惧怕而不敢进兵。军师董伽罗说："三个梦都是大吉的征兆。您是大夫，'夫'去头就是'天'，是天子的征兆；'玉'瓶去掉耳是'王'。镜子中有影子，就像与人相敌对，镜子破裂影像消失，就没有敌人了。"段思平这才决定渡河，于是驱逐杨干贞而占有他的国家，改国号为大理。

小说载：秦王梦日落、山崩、海干、花谢。群臣莫能解者。甘罗年十二[①]，进曰："日落帝星现，山崩地大平，海干龙献宝，花谢子收成。"事虽不经，亦云善对。

【注释】

①甘罗：甘茂之孙，年十二，事秦相吕不韦使赵，赵王割五城而事秦。归国封上卿。

【译文】

小说记载：秦王梦到日落、山崩、海干、花谢。群臣没有能解释梦境寓意的。甘罗十二岁，进言说："日落帝星现，山崩地太平，海干龙献宝，花谢子收成。"事情虽然没有应验，也可以说是善于应对了。

河水干

宋王有疾，夜梦河水干，忧形于色，以为君者龙也，河无水，龙失其居，不祥。值宰辅问疾，以此询之。"或曰河无水乃'可'字。陛下之疾当可矣[①]。"帝欣然，未几疾愈。

【注释】

①可：疾愈。

【译文】

宋王生病了，夜里梦到黄河水干了，忧愁表现在脸上，他认为君王是龙，黄河没有水，龙失去居所，是不祥的征兆。正好宰辅来探问病情，宋王就以梦境问他。宰辅说："有人说河没有水是个'可'字。陛下的病应当马上就痊愈了。"宋王听了很高兴，没多久病就好了。

王昙哲等 三条

一

北齐文宣将受禅[①]，梦人以笔点额。王昙哲贺曰[②]：

"'王'上加点乃'主'字,位当进矣!"吴祚《国统志》载熊循占吴大帝之梦同此[3]。

【注释】

①北齐文宣受禅:高欢、高澄、高洋父子世专东魏政权。550年,齐王高洋以"禅让"形式废东魏孝静帝,自立为帝,国号齐,史称北齐。北齐文宣,北朝齐文宣帝高洋。字子进。东魏初以父功授散骑常侍、骠骑大将军,封太原郡开国公。东魏孝静帝武定(543—550)年间,历尚书令、中书监、丞相、都督中外诸军事等职,进爵齐王。后自立为帝,年号天保。550—559年在位。用汉族士人杨愔为尚书令,改定律令,委以政事。连年与柔然、突厥、南朝作战,修建长城东西三千余里。嗜酒昏狂,以淫乱残暴著称。谥文宣。

②王昙哲:高洋馆客,善应对。

③吴大帝:三国时吴国孙权。

【译文】

北齐文宣帝高洋将要受禅时,梦到有人用毛笔点他的额头。王昙哲祝贺说:"'王'上加点是'主'字,您的地位应当进为君主。"吴祚《国统志》记载熊循解释孙权的梦与此相同。

二

隋文帝未贵时,尝夜泊江中,梦无左手,觉甚恶之。及登岸,诣一草庵,中有一老僧,道极高,具以梦告之。僧起贺曰:"无左手者,独拳也,当为天子[1]!"后帝兴,建此庵为吉祥寺。

【注释】

①独拳也，当为天子：拳与“权”谐音，所以说当为天子。

【译文】

隋文帝还没有显贵时，曾经夜里泊船在江中，梦到自己没有左手，醒来十分厌恶这个梦。等上岸后，来到一座草庵，庵中有一位老和尚，道行极高，文帝详细地把梦告诉老和尚。和尚起身祝贺道：“少了左手，就是独拳，您一定能成为天子！”后来文帝登帝位，修建庵堂称为吉祥寺。

三

唐太宗与刘文静首谋之夜[①]，高祖梦堕床下，见遍身为虫蛆所食，甚恶之。询于安乐寺智满禅师，师曰：“公得天下矣！床下者，陛下也。群蛆食者，所谓群生共仰一人活耳！”高祖嘉其言。

【注释】

①唐太宗与刘文静首谋之夜：刘文静因系李密姻属，被系于郡狱。李世民私入狱中与他筹议起兵反隋事。刘文静，隋末为晋阳令，深自结托唐公李渊。天下大乱，文静与世民共谋起兵，卒成大业。李渊即位，文静为民部尚书，后因谗忌为李渊所杀。首谋，谋划起事。刘文静，底本作“刘文靖”，从史书改。

【译文】

唐太宗与刘文静谋划起事之夜，高祖李渊梦到自己翻落床下，见自己浑身被蛆虫所啃食，觉得十分厌恶。他就此咨询安乐寺智满禅师，禅师说：“您将得到天下！床下，代表陛下。群蛆啃食，就是天下众生全仰仗您一人而活。”高祖赞赏他的言辞。

先进场

昔一士子将赴试，梦先进场[①]，觉而语妻，喜曰："今秋必魁多士矣[②]！"妻曰："非也！子不忆《鲁论》'先进第十一'乎[③]？"后果名在十一。

【注释】

①先进场：第一个进入考场。

②魁多士：为众士子之魁，指考得第一名。多士，众多的贤士。此指众多考生。

③《鲁论》"先进第十一"：《鲁论》即今本《论语》。《论语》原有《鲁论》《齐论》《古论》三家，后仅存《鲁论》二十篇。第十一篇标目为"先进第十一"。

【译文】

从前有一位读书人将进京参加考试，梦到自己最先进入试场，醒来后告诉妻子，高兴地说："今年我一定高中状元。"他妻子说："不是这样！你不记得《鲁论》'先进第十一'章吗？"后来果然名列第十一。

曹良史

河东裴元质初举进士，明朝唱策[①]，夜梦一狗从窦出，挽弓射之，其箭遂擘[②]，以为不祥。曹良史曰[③]："吾往唱策之夜，亦为此梦。梦神为吾解之曰：狗者，'第'字头也[④]；弓，'第'字身也；箭者，'第'竖也；有擘，为'第'也[⑤]。"寻唱策，果如梦焉。

【注释】

①唱策:宣读新举进士名单。

②擎:同“撇”,掠过。此指箭射出后斜飞。

③曹良史:其人不详。

④狗者,“第”字头也:“狗”字形与“第”字上的“竹”字相近。

⑤有擎,为“第”也:此擎指“第”字笔画中最后的一撇,没有这一撇,就不成“第”字。

【译文】

唐朝河东裴元质考进士,第二天要宣读新进士名单,夜晚梦到有一只狗从洞中窜出,自己挽弓射狗,箭却斜飞出去了,认为这是不祥的征兆。曹良史说:“过去我放榜前夜,也做过这个梦。又梦到神明为我解梦说:狗,像‘第’字的头;弓,是‘第’字的身子;箭,是‘第’字的竖;有撇,就成了‘第’字。”不久放榜,果然应验梦境。

占状元 二条

一

孙龙光状元及第[①]。前一年,尝梦积木数百,龙光践履往复[②]。既而请一李处士圆之。处士曰:“贺郎君喜!来年必是状元!何者?已居众材之上。”

【注释】

①孙龙光:唐懿宗咸通四年(863)癸未科状元。

②践履:行走。

【译文】

孙龙光状元及第。前一年,曾梦见几百根堆积的木头,龙光在上面来回行走。不久请来一位李处士替他解梦。处士说："给郎君贺喜！来年必定是状元！为什么呢？你已经居于众材之上了。"

二

郭俊应举时，梦见一老僧着屐，于卧榻上蹒跚而行。既寤，甚恶之。占者曰："老僧，上座也①。著屐于卧榻上行，屐高也。君其巍峨矣②！"及见榜，乃状元也。

【注释】

①上座：受尊敬的座位，老僧在寺中资格最老，居于上座，故又尊称其为"上座"。

②巍峨：状元高居榜首，以巍峨代指状元。

【译文】

郭俊参加科举考试时，梦到一位老和尚穿着木屐，在卧榻上缓慢走动。醒来后，非常厌恶。解梦的人说："老僧，是上座。穿着木屐在卧榻上行走，是站得高。先生一定高中状元！"等到放榜，果然中了状元，

剃髭　剃发

宋李迪美须髯①，御试日②，梦剃削俱尽。占者曰："剃者，替也。解元是刘滋③，今替滋矣！"果状元及第。

【注释】

①李迪：宋真宗景德二年（1005年）状元及第，官资政殿大学士，两度担任同平章事，时称贤相。以太子太傅退休。

②御试：即廷试，或称殿试、廷对。由皇帝在宫殿内考试进士，试罢，

由皇帝赐进士及第，定榜次。

③解元：乡试第一名称解元。

【译文】

宋朝李迪有漂亮的胡须，殿试那天，梦到胡须全被剃光。解梦人说："剃，就是替的意思。解元是刘滋，而今先生要代替刘滋了！"果然李迪状元及第。

曹确判度支[①]，亦有台辅之望[②]。或梦剃发为僧，心甚恶之，有一士善占梦，确召而话之。此士曰："前贺侍郎，旦夕必登庸[③]！出家者，剃度也。度、杜同音，必代杜为相矣！"无何，杜相出镇江西[④]，而确大拜。

【注释】

①曹确：唐文宗开成二年（837）登进士第，历聘藩府。唐懿宗咸通五年（864），以本官同平章事，加中书侍郎、监修国史。累加右仆射，判度支事。其人器识方重，动循法度。屡次谏阻懿宗重用伶人。同当时宰相毕诚齐名。度支：指户部。户部有度支司。以郎中、员外郎为长贰，掌邦国财政预算开支。后置度支使专领其事。

②台辅：指三公宰相之位。

③登庸：举用，此指提升为宰相。

④杜相：杜审权，字殷衡。懿宗即位后，任吏部尚书，不久升任同中书门下平章事（宰相）。咸通九年（868）罢去相职，检校司空、任镇海节度使。出将入相，为当时重臣，时称"小杜公"。

【译文】

唐朝曹确为判度支，也有宰相的威望。一天梦到自己剃发为僧，心里很厌恶，有一个读书人擅长解梦，曹确召见并将梦告诉他。这位读书人说："提前贺喜侍郎，很快必登相位！出家，即是剃度。度、杜同音，必定代替杜审权为宰相！"不久，杜审权出京镇守江西，而曹确登宰相位。

舌生毛

马亮知江陵府[①]，任满当代，梦舌上生毛。僧占曰："舌上生毛，剃不得[②]，当再任。"果然。

【注释】

①马亮：字叔明。宋真宗时知江陵府，有智略，敏于政事，善识人。官至工部尚书。

②剃：与"替"谐音。

【译文】

宋朝马亮为江陵知府，官期任满应调他职，梦见舌头上长毛。和尚解梦说："舌上长毛，剃（替）不得，应当会留任。"果真如此。

季毅

王濬梦悬三刀于梁上[①]，须臾又益一刀。季毅曰："三刀为州，又益者，明府其临益州乎[②]？"果迁益州刺史。

【注释】

①王濬：西晋人，初为羊祜参军，荐为巴郡太守，迁益州刺史。伐吴之役，王濬治战舰发于成都，乘江而下，烧断吴人横江铁锁，直抵建康（今江苏南京），一举灭吴。官至抚军大将军。

②明府：汉人对太守的尊称。

【译文】

西晋王濬梦见梁柱上悬着三把刀,一会儿后又增加一把。季毅说:"三刀为州字,又增益一把,太守是要管理益州吗?"王濬果然升任益州刺史。

郭乔卿

后汉蔡茂家居[①],梦取得一束禾,又复失之。郭乔卿曰[②]:"禾失为秩,君必膺禄秩矣!"旬日内征为司徒。

【注释】

①蔡茂:字子礼。西汉哀帝、平帝时,以通儒学闻名,擢为议郎,迁侍中。王莽时以病不仕莽朝。刘秀即位,为广汉太守。对豪族犯禁,严加纠案,无所回避。建武二十年(44)为大司徒。家居:在家闲居。时蔡茂任广汉太守。

②郭乔卿:郭贺,字乔卿。蔡茂任广汉太守,郭贺为主簿。汉光武帝建武中为尚书令,拜荆州刺史,有殊政,百姓便之,帝赐以三公之服以示奖劝。明帝时为河南尹,为政清静。

【译文】

东汉人蔡茂在家闲居,梦到自己拿到一把稻禾,又丢失了。郭乔卿说:"禾失合起来是秩字,您必定要接受禄位!"十天内就征召为司徒。

李仙药 二条

一

给事陈安平子年满赴选[①],与乡人李仙药卧[②],夜梦十一月养蚕。仙药占曰："十一月养蚕，冬丝也，君必送东司[③]。"数日果送吏部。

【注释】

①赴选：前往吏部听候铨选授官。

②李仙药：唐武则天时善解梦者，其占法类于字卜。

③东司：唐代设于东都洛阳的官署总称。

【译文】

给事中陈安平的儿子到了年龄前往吏部听候铨选，与同乡人李仙药同睡一榻，夜晚梦到在十一月养蚕。李仙药占卜说："十一月养蚕，吐是冬丝，你必然会被选送到东司。"几天后果然被派到吏部。

二

饶阳李瞿昙勋官番满选[①]，夜梦一母猪极大，李仙药占曰："母猪，豘生也[②]，君必得屯主[③]。"数日，果如其言。

【注释】

①勋官番满选：唐代制度规定凡勋官（授给有功官员的一种荣誉称号）获得文武散官皆需番上（府兵制下府兵们的轮番值勤制度）服役，通过番上纳资后勋官便可结散官，但只是取得出身，需要经过再次上番直至番满为止。文散官番满后需通晓时务才能参与铨选，而武散官则需要再次番上和纳资。

②豘：同"豚"，小猪。

③屯主：指屯田之官。

【译文】

饶阳李瞿昙勋官番满参加铨选，夜里梦到一头极大的母猪，李仙药解梦说："梦到母猪，表示小猪将要出生，你一定会得到屯主之官。"几天后，果然如他所说。

杨廷式

伪吴毛贞辅[①]，累为邑宰。应选之广陵，梦吞日，既寐腹犹热。以问侍御史杨廷式。杨曰："此梦至大，非君所能当[②]。若以君言，当得赤坞场官也[③]。"果如其言。

【注释】

①伪吴：五代十国时杨行密建吴国，又称杨吴。前期都扬州，后都南京。

②非君所能当：杨廷式以为吞日当兆为帝王，所以说非毛贞辅所能承当。

③赤坞：地名，在今浙江吉安。太阳又称"赤乌"，此取其谐音。场官：铜、铁、盐场主管官通称。

【译文】

五代时吴国毛贞辅，长期任县令。他应铨选去广陵，梦到吞下太阳，醒来后腹部还是热的。他将这个梦请教侍御史杨廷式。杨廷式说："这梦太大，不是你所能承当的。如果从你来看，应当得一个赤坞场官。"果然如他所说。

索纨

晋索充梦舅脱去上衣。索纨占曰[①]："'舅'字去其上，乃'男'字也，当生男。"又张邈尝奉使[②]，梦狼啖一脚。索统曰："'脚'肉被啖，为'却'字，子必不行。"后二占俱验。又宋桷梦内有人著赤衣[③]，桷把两杖极打之。统曰："'内'有人，'肉'字。朱衣赤色，乃干肉也。两杖像箸，极打之，必饱食。"亦验。

【注释】

①索统（dǎn）：字叔彻。博综经籍，遂为通儒。明阴阳天文，善术数占候，尤善占梦。

②张邈：字孟卓。少以侠闻，赈穷救急，士多归之。后任陈留太守，人称"张陈留"。董卓之乱，与曹操等首先起兵反对。在汉末军阀浑战中被曹操所杀。

③宋桷：原书桷字写作"捅"形，据《晋书·索统传》改。

【译文】

晋朝人索充梦见舅舅脱掉上衣。索统解梦说："'舅'字去掉上部，就是'男'字，你应当是生儿子。"张邈曾奉命出使，梦到被狼吃掉一条腿。索统说："'脚'的肉被吃了，是'却'字，你必定无法成行。"后来这两次预测都应验了。宋桷梦到内室有人穿着赤色衣服，宋桷拿着两根棍子痛打他。索统说："'内'有人，是'肉'字。朱衣是赤色，是干肉。两根棍子代表筷子，痛打他，必定要饱食一顿。"也应验了。

周宣

魏周宣善占梦[①]。有人梦刍狗[②]，询之，宣曰："当得美食。"已验矣，其人复往，谬曰："吾夜来复梦刍狗。"宣曰："宜防倾蹶[③]！"未几因堕车损足。其人怪之，复谬云："夜来又梦刍狗。"宣曰："慎防失火！"俄而家中火起。乃诣宣问曰："吾梦刍狗，三占不同，而皆验，何也？"宣曰："刍狗，祭物，故始梦当得食；祭讫则车轹之矣[④]，故堕车伤足也；既经车轹，必且入樵爨[⑤]，故虞失火。"其人曰："吾前实梦，后二次妄言耳。"宣曰："吉凶悔吝生乎动[⑥]，汝意既动，与真梦同，是以占之皆验。"

【注释】

①周宣：字孔和。三国时魏人，占梦十中八九。

②刍狗：以刍草捆扎成的狗，供祭祀之用。

③倾蹶（jué）：跌下，摔倒。

④轹（lì）：车轮碾过。

⑤樵爨（cuàn）：当作干柴烧饭。爨，烧火煮饭。泛指焚烧。

⑥悔吝：灾祸。悔，过失，灾祸。吝，悔恨，遗憾。动：变动。此指意念变化。

【译文】

三国时魏人周宣善于解梦。有人梦见刍狗，向他请教，周宣说："应当得到美食。"应验以后，那人又来了，撒谎说："我夜里又梦见刍狗。"周宣说："应当预防跌倒！"不久就掉下车摔伤了脚。那个人感到奇怪，又撒谎说："夜里又梦见刍狗。"周宣说："要小心预防失火！"不久那人家中真失了火。他于是找周宣问道："我梦到刍狗，三次解梦答案不同，但三次都应验，为什么呢？"周宣说："刍狗，是祭品，所以第一次梦到会得到食物；祭祀完毕刍狗就会被车子碾轧，所以会掉下车摔伤脚；刍狗已经被车子碾过，必定被当作干柴烧饭，所以要预防失火。"那人说："我第一次是真梦到刍狗，后两次是谎称的。"周宣说："吉凶灾祸产生于意念中，你意念已动，就和真梦相同，因此解梦都会应验。"

顾琮

顾琮为补阙[1]，尝有罪系诏狱[2]，当伏法。琮忧愁，坐而假寐，忽梦见其母下体，琮谓不详之甚，愈惧，形于颜色。时有善解者，贺曰："子其免乎？太夫人下体，是足下生路也。重见生路，何吉如之！"明日，门下侍郎薛稷奏刑失人[3]，竟得免，琮后至宰相。

【注释】

①顾琮：武则天时官至王官侍郎、同凤阁鸾台平章事。补阙：唐时官名，负责侍从讽谏。

②诏狱：关押钦犯的牢狱。

③薛稷：字嗣通，好古博雅，工书法。初举进士，后累转中书舍人。唐中宗景龙末年为谏议大夫，昭文馆学士。睿宗时，累迁中书侍郎、掌制诰、参知政事。因窦怀贞等人政变，薛稷知情不报，被赐死狱中。刑失人：刑及无辜。

【译文】

唐朝人顾琮为补阙时，曾经因罪囚禁于诏狱，罪当处死。顾琮非常忧愁，坐在牢房中闭目假睡，忽然梦到他母亲的下体，顾琮认为十分不祥，更加害怕，表现在脸色上。当时有个擅长解梦的人，祝贺道："你或许能被免罪，太夫人的下体，是您出生的路径。重新见到生路，还有什么比这更吉利的！"第二天，门下侍郎薛稷上奏说有刑及无辜的错误，顾琮竟然得以免罪，后来官至宰相。

苻坚

苻坚将欲南伐，梦满城出菜，又地东南倾。其占曰："菜多，难为酱[①]；东南倾，江左不得平也。”

【注释】

①酱：与“将”谐音。难为将，指兵事不利。

【译文】

苻坚将要率兵南下攻晋，梦到满城长出青菜，又梦到地向东南方倾斜。占梦结果说：“菜多，很难把握酱的分寸；东南方倾斜，意味着江左晋国不能讨平。”

张猷

右丞卢藏用、中书令崔湜坐太平党[①]，被流岭南。至荆州，湜一夜梦讲坐下听法而照镜。占梦张猷谓卢右丞曰：“崔令公乃大恶！梦坐下听讲，法从上来也[②]。‘镜’字，‘金’旁‘竟’也[③]，其竟于今日乎？”得敕，令湜自尽。

【注释】

①卢藏用：字子潜。少有文名，举进士，未授官，隐居终南山学道。武则天时，召授左拾遗。中宗时官至黄门侍郎、尚书右丞。玄宗初，坐附太平公主流配岭南。改昭州司户参军，迁黔州长史，卒于始兴。《旧唐书·睿宗纪》谓坐太平公主、窦怀贞等谋逆时被诛。崔湜（shí）：字澄澜。少以文辞知名，举进士及第。则天朝累转左补阙，迁殿中侍御史。中宗时，大臣桓彦范等引为耳目，令伺察武三思动静。他见三思势大，反向之告密。又依附昭容上官婉儿、韦后及安乐公主，任中书侍郎、同中书门下平章事等职。睿宗时为太平公主之党，引为中书令。玄宗立，参与太平公主废玄宗之

逆谋，流岭南，中途赐死。

②法：佛法、刑法，皆为“法”。

③金：与“今”音同。

【译文】

唐玄宗时右丞卢藏用、中书令崔湜因附太平公主之党谋逆而获罪，被流放岭南。走到荆州，崔湜一天夜里梦到自己在讲台下听法师讲道并照镜子。占梦的人张猷对卢藏用说：“崔令公这次非常糟糕！梦见在讲台下听人讲道，表示法从上来。‘镜’字，是‘金’旁一个‘竟’，难道他性命结束于今日吗？”不久得到皇帝诏命，命崔湜自尽。

卫中行

卫中行为中书舍人时[①]，有故旧子弟赴选，投卫论嘱。卫欣然许之。驳榜将出[②]，其人忽梦乘驴渡水，蹶坠水中，登岸而靴不沾湿。选人与秘书郎韩众有旧，访之。韩被酒半戏曰：“公今手选事不谐矣！据梦：‘卫生相负[③]，足下不沾[④]。’”及榜出，果驳放[⑤]。

【注释】

①卫中行：字大受。唐宪宗时为中书舍人。中书舍人：掌提草诏令，参与机密。为亲近皇帝的机要之职。

②驳榜：驳回不用者的名单。

③卫生相负：驴子称卫。为驴所驮，所以说相负，又暗含卫中行辜负所约嘱。

④足下不沾：指你不能得到帮助。足下，脚下，又为对对方的尊称。不沾，没沾湿。又暗含不沾卫中行的恩惠。

⑤驳放：谓否定已发榜公布的中式者而贬黜之。放，舍弃，遣散。

【译文】

卫中行做中书舍人时，有个旧交的子弟来京城参加选官，拜访卫中行请他帮忙。卫中行欣然答应。驳回不用者的名单将要公布时，这名子弟忽然梦到骑着驴子渡河，跌落掉到水中，爬上岸却发现靴子没有沾湿。选官子弟和秘书郎韩众有旧交，去拜访他。韩众喝多了酒半开玩笑地说："你今年选官的事不会成功了！根据你的梦就是：'卫生背负你，你得不到恩惠。'"等到榜单公布，果然被驳斥遣回。

王戎

王戎梦有人以七枚椹子与之[①]，著衣襟中。既觉，得之，占曰："椹，桑子。"自后男女大小凡七丧。

【注释】

①椹（shèn）子：桑葚。椹，同"葚"。桑，与"丧"同音。

【译文】

王戎梦到有人将七枚桑葚送给他，放在衣襟中。睡醒后，真有七枚桑葚，占梦说："椹，就是桑子。"此后家里男女老少的亲人共有七位去世。

梦椹代丧，明用甚雅。

【译文】

梦到桑椹来代表丧事，神灵所用十分雅致。

曾进

江西曾迥当大比之秋[①]，梦抱一小儿，忽见此儿右边又生一耳。少顷，见此儿无两手。以为不祥，语其兄进。进曰："又添一耳，'耳'与'又'乃'取'字。小儿，子也，子无两手，乃'了'字。尔已取了！"已而果然。

【注释】

①大比：隋唐以后泛指科举考试。明代特称乡试，每三年一次。

【译文】

江西曾迥正当参加乡试那年，梦到抱着一个小孩，忽然看到这个小孩右边又长出一个耳朵。不一会儿，发现这个小孩没有两只手。他认为这是不祥的征兆，就告诉哥哥曾进。曾进说："又添一耳，'耳'与'又'是'取'字；小儿，是子，子没有两手，是'了'字。你已经取了！"后来曾迥果然中举。

挂冰

韩皋素与李锜不协[①]。锜一日梦万岁楼上挂冰[②]，因自解曰："冰者，寒也[③]；楼者，高也。岂韩皋来代我乎？"意甚恶之。皋果移镇浙右[④]。

【注释】

①韩皋：字仲闻。夙负令名，器质重厚，有大臣之度。德宗时累拜尚书右丞。宪宗元和时授忠武军节度使，入为吏部尚书兼太子少傅。穆宗时拜尚书右仆射，转左仆射，以本官为东都留守，行及戏

源驿暴卒。李锜：唐宗室后裔。德宗时以奇宝进献，得宠，遂专掌榷酒、漕运大权，并恃恩专横，招募私兵，任镇海军节度使。宪宗即位后反叛，不久兵败被杀。

②万岁楼：在今江苏镇江。镇海军为唐藩镇，德宗时治润州（今江苏镇江），又移治杭州（今属浙江）。

③冰者，寒也："寒"与"韩"谐音。

④皋果移镇浙右：按，宪宗初召李锜入朝，以御史大夫李元素代为镇海节度使，而非韩皋。浙右，即浙西。镇海军又称浙江西道节度使。

【译文】

韩皋和李锜向来就不合。李锜有一天梦到万岁楼上挂着冰柱，于是自己解梦说："冰，即是寒；楼，即是高。难道是韩皋代替我吗?"心理非常厌恶。后来韩皋果然来镇守浙右。

筮疾

有人父官刺史，得书云"有疾"。是人诣赵辅和馆[①]，别托相知者筮，遇《泰》。筮者云："甚吉[②]！"是人出后，辅和语筮者云："《泰》，乾下坤上，则父已入土矣[③]，岂得言吉？"果凶问至。顾士群母病，筮得《归妹》之《随》[④]，或以为"男女有家"之卦[⑤]，必无患。郭璞曰[⑥]："《归妹》，女之终也[⑦]，兑主秋[⑧]，至立秋日终矣。"果然。

【注释】

①赵辅和：北齐时术士，懂《周易》，善筮。馆：指卖卜的卦馆。

②甚吉：《泰》卦卦辞为："小往大来，吉亨。"所以说"甚吉"。

③乾下坤上，则父已入土：《泰》卦的卦象是乾为父在下，坤为土在

上,所以又说“父已入土”,意思是他的父亲已死。

④《归妹》之《随》:《归妹》卦变为《随》卦。《归妹》《随》,均为《周易》卦名。《归妹》兑下震上,《随》震下兑上。《归妹》九二、六五两爻变为六二、九五而成《随》。

⑤或以为“男女有家”之卦:《归妹·彖》曰:“归妹,天地之大义也。天地不交而万物不兴。归妹,人之终始也。说(悦)以动,所归妹也。”其六五爻辞有“帝乙归妹”的话,有嫁女之义。《随·彖》曰:“随,刚来而下柔,动而说(悦),随。”按《周易·说卦传》,兑为少女,震为长男。所以说两卦都为“男女有家”之卦。

⑥郭璞:字景纯。博学,讷于言词,精天文、历算、卜筮之术。东晋元帝任为著作佐郎,迁尚书郎。后为王敦记室参军。敦谋反,他筮曰“无成”,被敦所杀。

⑦《归妹》,女之终也:《周易·杂卦传》说:“归妹,女之终也。”

⑧兑主秋:《归妹》下卦为兑,兑为西方之卦,主秋。

【译文】

有人父亲官至刺史,接获家书说“有重病”。这个人到赵辅和卖卜的卦馆,假托为相识的人占卜,筮得《泰》卦。占卜的人说:“大吉!”这人离去后,赵辅和对占卜的人说:“《泰》卦,是乾下坤上,那么他父亲已经入土了,怎么能说大吉呢?”果然传来丧讯。顾士群的母亲生病,卜得《归妹》卦变成《随》卦,有人以为是“男女成婚”的吉卦,母亲必定没有祸患。郭璞说:“《归妹》卦,代表妇女的归宿,兑主秋,到立秋日她会去世。”果然应验。

占兄弟　占子

成化甲午[①],江西乡试。揭晓之期,泰和尹公直在京[②],命卜者占弟嘉言中否。得《明夷》卦,内离外坤[③],三爻五爻发[④]，二爻皆兄弟[⑤]。占者以书云“兄弟雷同难上榜”[⑥]，嗫嚅不敢对。公曰：“三为白虎，五为青龙[⑦]，龙虎榜动，有中之兆。兄弟发者，以兄问弟，弟当动而来矣。”不数日，喜报果至。

【注释】

①成化甲午：成化十年（1474）。成化，明宪宗朱见深年号（1465—1487）。

②泰和尹公直：尹直，明江西吉安府泰和（今江西太和）人。

③得《明夷》卦，内离外坤：《明夷》，《周易》卦名，下卦为离，上卦为坤。下卦又叫内卦，上卦又叫外卦。

④三爻五爻发：指三爻、五爻变动。发，动。

⑤二爻皆为兄弟：按纳甲法，《明夷》三爻、五爻都为兄弟爻。

⑥兄弟雷同难上榜：语出《周易》卦爻预测类书籍《海底眼》。

⑦三为白虎，五为青龙：本卦中三爻为白虎，五爻为青龙。《周易》中的六神为青龙、白虎、朱雀、玄武、螣蛇、勾陈。

【译文】

宪宗成化甲午年，江西举行乡试。即将放榜之际，泰和人尹直在京城，让占卜的人预测弟弟尹嘉言能否中举。卜得《明夷》卦，离下坤上，三爻五爻变动，二爻都代表兄弟。占卜人认为占卜书中说“兄弟雷同难上榜”，吞吞吐吐不敢直说。尹公说：“三爻是白虎，五爻是青龙，龙虎榜动，有高中的兆头。兄弟爻动，是因为兄长来为弟弟卜问，弟弟应当感应前来。”没过几天，喜报果然传来。

有父占子病者，卦得“父母当头克子孙”凶象[①]，而子孙爻又不上卦[②]。占者断其必死。父泣而归，途遇一友。问得其故，友曰："'父母当头克子孙'，使子孙上卦，则受克矣。今之生机，全在不上卦。譬如父持大杖欲击子，不相值则已耳。郎君必无恙！"未几果愈。

【注释】

①父母当头克子孙：占卜歌诀。意谓父母爻发动会克子孙。当头，发动。

②子孙爻又不上卦：指卦中没有子孙爻。不上卦，卦中没有出现。

【译文】

有位父亲占卜儿子的病情，卜卦得到"父母当头克子孙"的凶象，而卦中又没有子孙爻。占卜人断定儿子一定会死。父亲哭着回家，路上遇到一个朋友。问明原因，朋友说："'父母当头克子孙'，假使子孙爻出现在卦上，就会被克。今天的生机，全在卦中子孙爻没有出现。就好像父亲拿着大棍子要打孩子，没有遇上就会作罢。所以令郎必定没问题。"不久果然痊愈。

语智部总叙

【题解】

语智部含“辩才”“善言”两卷，共49则。所谓“语智”，即言语间的智慧，表现为善于辩论的才能和用心组织的语言。

“辩才”“善言”各有表现又相互联结。如“辩才”卷“鲁仲连”一则中，鲁仲连引经据典、分析形势，层层推进，陈说己见，向奉魏王之命怂恿赵王拥秦为帝的辛垣衍陈述秦王称帝的害处，最终辛垣衍被说服，秦军也后撤五十里，是铺陈周密；“狄仁杰”一则中，狄仁杰说，立儿子为太子，崩逝后会附祭于太庙，而立侄子则不会入太庙，以此说服武后不立武承嗣、武三思，是议论醒快。“善言”卷“昭陵”一则中，唐太宗在花园中搭建楼观，以便登楼眺望文德皇后下葬的昭陵，魏徵说以为皇上眺望高祖和皇后窦氏合葬的献陵，若是昭陵那他早就看见了，太宗于是哭泣悔悟，是进言有道；“谷那律”一则中，唐高宗出猎遇到下雨，问谷那律油布衣服怎么做才能不漏雨，谷那律回答说用瓦片做庇护就不漏，于是高宗就不再出猎，是公忠体国。

言语是交流的工具，能够使人的观点更清晰地得以呈现，雄辩的言辞可以使强敌屈服，巧妙的劝谏可以使君王悔过，这种情况有一个前提，即言说的双方在一种利害关系中，或是共同遵守一种行为准则。能言善辩的人除了口才、思维的敏捷之外，应当还有一种坚实的逻辑和坚守的信念。

冯子曰：智非语也，语智非智也；喋喋者必穷[①]，期期者有庸[②]，丈夫者何必有口哉！固也，抑有异焉。两舌相战，理者必伸；两理相质，辩者先售。子房以之师[③]，仲连以之高[④]，庄生以之旷达[⑤]，仪、衍以之富贵[⑥]，端木子以之列于四科[⑦]，孟氏以之承三圣[⑧]。故一言而或重于九鼎，单说而或强于十万师，片纸书而或贤于十部从事[⑨]，口舌之权顾不重与？“谈言微中，足以解纷[⑩]”；“言之无文，行之不远[⑪]”。君子一言以为智，一言以为不智，智泽于内，言溢于外。《诗》曰：“唯其有之，是以似之[⑫]。”此之谓也。

【注释】

①喋喋：不停地说话。

②期期：形容口吃的声音。有庸：有用。

③子房：张良。本为韩国贵族，后投靠刘邦。能言善辩，为汉初重要谋士。

④仲连：鲁仲连，善谋略，喜欢为人排难解纷。后世称其义不帝秦为高人。

⑤庄生：庄周，即庄子。曾为漆园吏，楚王闻其贤，厚币相迎，许以为相，辞不就。

⑥仪、衍：张仪、公孙衍。二人为战国纵横家。张仪，魏公族庶子，曾学于鬼谷子。初不得志，后为秦惠王信重，先后任客卿、相国。以连衡之策游说六国交好秦国。公孙衍，初出仕魏国，后为秦惠文王所用，为秦将，替秦国收复河西，受封大良造。后离秦再仕魏，首倡联合山东诸国共同抗秦。曾佩五国相印，名盛一时。

⑦端木子：端木赐，字子贡。孔门列德行、言语、政事、文学四科，子贡与宰我入“言语”科。

⑧孟氏：孟轲，为文雄辩善说理。三圣：指孔子、曾子、子思。

⑨十部从事：喻辅助官吏之多。《晋书·刘弘传》载，刘弘为荆州刺史，每有兴废，亲笔致书守相，叮咛款密，守相莫不感悦，说："得刘公一纸书，贤于十部从事。"从事，官名。按汉制，州刺史佐吏如别驾、治中、主簿、功曹等均称为从事。又有郡国从事史，每郡各一人，主管文书，察举非法。

⑩谈言微中，足以解纷：《史记·滑稽列传》："谈言微中，亦可以解纷。"是说言谈委婉而切中事理，可以解除纠纷。

⑪言之无文，行之不远：《左传·襄公二十五年》："言之无文，行而不远。"是说语言没有文采，就流传不到远方。

⑫唯其有之，是以似之：语出《诗经·小雅·裳裳者华》。原诗是说唯善人有此德，故其子能嗣续之。此处意为唯有智慧泽于内，故其言能传于后世。似，通"嗣"。

【译文】

冯梦龙说：智慧并非言语，言语的机巧也并非智慧；喋喋不休的人必定匮乏，口吃嘴拙的人反倒有用，大丈夫何必有好口才。确实如此，然而也有不同情况。两人激辩，有理的一方必然得到伸张；两种不同的道理对质，善辩的人先施展自己的观点。张良以能言而为帝王师，鲁仲连以善辩而获得高名，庄子以高谈而旷达无为，张仪、公孙衍以雄辩而富贵，端木赐以言语列于孔门四科，孟子以言辞继承三圣遗志。所以一句话有时重于九鼎，单口游说有时强过十万军队，一纸书信有时贤于十部佐吏，口舌的威力难道不大吗？"言谈委婉而切中事理，可以解除纠纷"；"语言没有文采，就流传不到远方"。君子由一句话表现他的智慧，也由一句话表现他的无知，智慧润泽内心，自然会通过言语流溢在外。《诗经》说："唯有智慧泽于内，所以其言能传于后世。"说的就是这个意思。

语智部辩才卷十九

侨童有辞，郑国赖焉①。

聊城一矢，名高鲁连②。

排难解纷，辩哉仙仙③。

百尔君子④，毋易繇言⑤。

集《辩才》。

【注释】

①侨童有辞，郑国赖焉：侨童，春秋时郑国正卿公孙侨，名侨，字子产。鲁襄公三十一年（前542），子产奉郑简公朝晋。馆舍低矮，门狭不能容车，子产下令毁坏馆墙以容纳车马。晋卿士匄责怪他。子产以雄辩反诘晋国无礼。晋国于是厚待郑简公而归。晋国叔向听了子产的话，说："子产有辞，诸侯赖之。"

②聊城一矢，名高鲁连：鲁连，又叫鲁仲连，战国时齐国人。有计谋，常周游各国，喜为人排难解纷。齐将田单攻聊城，燕将守之，一年多攻不下来，士卒多死。鲁仲连于是写了封信，绑在箭上射入聊城，与燕将反复陈述利害，燕将见信，哭了三天而自杀。田单遂破聊城。归来想要赐鲁连爵位，鲁连逃隐于海上。

③仙仙：形容善于言辞。

④百尔君子:众位君子。语出《诗经·邶风·雄雉》。

⑤毋易繇言:不要轻易听从别人的话。此处是说语言的作用很重要。繇,通“由”,听从。

【译文】

子产善于辞令,郑国赖以免辱。

书信射入聊城,鲁连名声高显。

排解困难纠纷,善于游说论辩。

众位明智君子,不要轻视语言。

集为《辩才》一卷。

子贡　二条

一

吴征会于诸侯[①]。卫侯后至,吴人藩卫侯之舍[②]。子贡说太宰嚭曰[③]:“卫君之来,必谋于其众,其众或欲或否,是以缓来。其欲来者,子之党也;其不欲来者,子之仇也。若执卫侯,是堕党而崇仇也。”嚭说[④],乃舍卫君。

【注释】

①吴征会于诸侯:春秋鲁哀公十三年(前482),吴王夫差会晋定公、鲁哀公、周卿士单平公于黄池(今河南封丘西南),吴与晋争夺中原霸主地位。征,征集,邀集。会,会盟。

②藩:包围。

③太宰嚭(pǐ):伯氏,名嚭,吴王夫差宠臣。本为楚人,奔吴,夫差用为太宰,受越贿赂,终使越灭吴。

④说:后作“悦”。

【译文】

吴王邀集诸侯会盟。卫侯迟到，吴人包围卫侯的馆舍。子贡游说太宰伯嚭说："卫侯来赴约，一定和众臣商议过，众臣有人赞成有人反对，所以来得晚。赞成卫侯前来的大臣，是您的同党；反对卫侯前来的人，就是您的仇敌。如果抓捕卫侯，是背弃同党而助长仇敌。"伯嚭听了很高兴，就释放了卫侯。

二

田常欲作乱于齐①，惮高、国、鲍、晏②，故移其兵③，欲以伐鲁。孔子闻之，谓门弟子曰："夫鲁，坟墓所处④，二三子何为莫出？"子路请出⑤，孔子止之。子张、子石请行⑥，孔子弗许。子贡请，孔子许之。遂行至齐，说田常曰："君之伐鲁，过矣⑦！夫鲁，难伐之国：其城薄以卑，其地狭以泄⑧，其君愚而不仁，大臣伪而无用，其士兵又恶甲兵之事，此不可与战。君不如伐吴。夫吴城高以厚，地广以深，甲坚以新，士选以饱⑨，重器精兵，尽在其中，又使明大夫守之，此易伐也。"

【注释】

①田常欲作乱于齐：田常即陈恒，谥成子。田常时专齐国之政，杀简公立平公。

②高、国、鲍、晏：四家为齐国大族，是田常取得齐国政权的主要障碍。

③故移其兵：田常希望调动四家军队对外作战，消耗他们的实力。

④夫鲁，坟墓所处：鲁国是祖宗坟墓所在的地方。

⑤子路：仲由，字子路，孔子门人。有勇力，后仕于卫，死于内乱。

⑥子张：颛孙师，字子张，孔子门人。注重谋求禄位之道。子石：公

孙龙,字子石,孔子门人。善辩说。

⑦过:错误。

⑧泄:《史记·仲尼弟子列传》作“泄”,《越绝书》作“浅”。

⑨选:精练。

【译文】

田常想要在齐国作乱,却忌惮高、国、鲍、晏四家的势力,所以想调动他们的军队去攻打鲁国。孔子听说这件事,对门下弟子们说:“鲁国,是祖宗坟墓所在的地方,诸位为什么不挺身而出呢?”子路请求前去,孔子制止了他。子张、子石请求前去,孔子不允许。子贡请求前去,孔子答应了他。子贡于是出发来到齐国,游说田常说:“您攻打鲁国,是错误的。鲁国,是难攻打的国家:它的城墙单薄而矮小,它的国土狭小,它的国君愚昧而不仁慈,大臣们虚伪而不中用,它的士兵又厌恶打仗,这样的国家不可以与它交战。您不如去攻打吴国。吴国城墙高大而厚实,土地广阔肥沃,铠甲坚固而崭新,士卒精练而精神饱满,贵重的兵器和精锐的部队,都在那里,又派英明的大臣守卫它,这样的国家是容易攻打的。”

田常忿然作色,曰:“子之所难,人之所易;子之所易,人之所难。而以教常,何也?”边批:正是辞端。子贡曰:“臣闻之:‘忧在内者攻强,忧在外者攻弱。’今君破鲁以广齐,战胜以骄主,破国以尊臣,而君之功不与焉,则交日疏于王。是君上骄主心,下恣群臣,求以成大事,难矣。夫上骄则恣,臣骄则争,是君上与主有郤[①],下与大臣交争也。如此则君之立于齐,危矣!故曰不如伐吴。伐吴不胜,民人外死,大臣内空,是君上无强臣之敌,下无民人之过,孤主制齐者,唯君也!”田常曰:“善!虽然,吾兵业已加鲁矣,去而之吴,大臣疑我,奈何?”子贡曰:“君按兵无伐,臣请往使吴王[②],令之救鲁而伐齐,君因以兵迎之。”田常许之,使子贡南见吴王。

【注释】

①郤:通“隙”,嫌隙。

②吴王:夫差。

【译文】

田常顿时忿怒而脸色一变,说:“你说难打的,是人家认为容易的;你说容易打的,是人家认为难的。用这些话来教我,为什么呢?”边批:正是游说开始的由头。子贡说:“我听说:‘忧患在国内的,要去攻打强大的国家;忧患在国外的,要去攻打弱小的国家。’现在您要攻占鲁国来扩充齐国的疆域,如果打胜了那么您的国君就更骄纵,攻破鲁国那么您国家的大臣就更尊贵,而您的功劳都不在其中,这样您和国君的关系会一天天疏远。这是您对上使国君产生骄纵之心,对下使大臣们放纵无羁,想要因此成就大业,很难了。国君骄纵就会无所顾忌,大臣骄纵就要争权夺利,这样您对上与国君感情上产生裂痕,对下和大臣们相互争夺。这样您在齐国的处境,就危险了。所以说不如攻打吴国。假如攻打吴国没有取得胜利,百姓死在国外,大臣在朝廷的势力空虚,这样您在上没有强臣的敌对,在下没有百姓的非难,孤立国君专制齐国的人,只有您了。”田常说:“好!虽然如此,我的军队已经开赴鲁国了,从鲁国撤军转而进兵吴国,大臣们怀疑我,怎么办?”子贡说:“您按兵不要进攻鲁国,我请求为您出使吴王,让他出兵救援鲁国而攻打齐国,您就趁机出兵迎击吴国。”田常答应了子贡,派他南下去见吴王。

说曰:“臣闻之:‘王者不绝世[①],霸者无强敌’;‘千钧之重,加铢而移’[②]。今以万乘之齐,而私千乘之鲁[③],与吴争强,窃为王危之!且夫救鲁,显名也[④],伐齐,大利也。以扶泗上诸侯[⑤],诛暴齐而服强晋[⑥],利莫大焉。名存亡鲁,实困强齐，智者不疑也。”吴王曰：“善！虽然，吾尝与越战，栖之会稽[⑦]。越王苦身养士，有报我心[⑧]。子待我伐越而听子。”子贡曰：“越之劲不过鲁，强不过齐[⑨]。王置齐而伐越，则齐已平鲁矣。且王方以存亡继绝为名[⑩]，夫伐小越而畏强齐，非勇也。夫勇者不避难，仁者不穷约[⑪]，智者不失时。今存越示诸侯以仁，救鲁伐齐，威加晋国，诸侯必相率而朝，吴霸业成矣！且王必恶越，臣请东见越王，令出兵以从，此实空越，名从诸侯以伐也。”吴王大说，乃使子贡之越。

【注释】

①王者不绝世：行王道的人，不会看着某一个诸侯国灭亡而不管。

②千钧之重，加铢而移：此处以衡器作比，两边各有千钧，势均力敌，但只要在一边加上一铢之重，平衡立刻就被打破了。铢，古代制衡中的重量单位。二十四铢为一两。

③私：据为己有。此处指齐国并吞鲁国。

④显名：显扬名声。

⑤泗上诸侯：泗水之滨各国，指鲁、郝、滕、薛等小国。

⑥强晋：晋国当时为中原霸主，吴王夫差一直想与晋国争霸。

⑦栖之会稽：使越王勾践困守于会稽山。吴王夫差二年（前494），于夫椒打败越国，攻入越境。越王勾践以残兵五千困于会稽山，派大夫文种通过吴太宰伯嚭求和，夫差许之。

⑧报：报复，复仇。

⑨强不过齐：《史记》作“吴之强不过齐”，此说为是。

⑩存亡继绝：保存将亡之国，接续将绝之嗣。“存亡国，继绝世”，为春秋时齐桓、晋文称霸时所标榜的口号。

⑪不穷约：不使人穷困。

【译文】

子贡游说吴王说："我听说：'施行王道的不会看着某个诸侯国灭绝，施行霸道的不能让另外的强敌出现'；'天平两侧都是同等的千钧重物，不管在哪一边再加上哪怕一铢重量，平衡立刻会被打破'。如今，拥有万辆战车的齐国占有千辆战车的鲁国，和吴国来争高低，我私下替大王感到危急。况且去援救鲁国，是显扬名声的事情；攻打齐国，是能获大利的事情。安抚泗水之滨的各国诸侯，讨伐强暴的齐国，而镇服强大的晋国，没有比这样获利更大的了。名义上保存危亡的鲁国，实际上阻遏了强大的齐国，这道理聪明人是不会怀疑的。"吴王说："好！虽然如此，我曾经和越国作战，使越王困守于会稽山。越王自我刻苦、蓄养士兵，有报复我的决心。你等我攻打越国后再按你的建议行事。"子贡说："越国的力量超不过鲁国，吴国的强大超不过齐国。大王搁置齐国而去攻打越国，那么齐国早已平定鲁国了。况且大王正标榜使灭亡之国复存、使断绝之嗣得续，攻打弱小的越国而害怕强大的齐国，这不是勇敢的表现。勇敢的人不回避艰难，仁慈的人不使人穷困，聪明的人不失掉时机。现在保存越国向各国诸侯显示您的仁德，救援鲁国攻打齐国，威慑晋国，各诸侯一定会竞相来朝见，吴国称霸天下的大业就成功了。如果大王真的顾虑越国，我请求东去会见越王，让他派出军队追随您，这实际上是使越国空虚，名义上是追随诸侯讨伐齐国。"吴王十分高兴，于是派子贡到越国去。

越王除道郊迎[①]，身御至舍，而问曰："此蛮夷之国，大夫何以惠然辱而临之[②]？"子贡曰："今者吾说吴王以救鲁伐齐，其志欲之而畏越，曰：'待我伐越乃可。'如此破越必矣！且夫无报人之志而令人疑之，拙也；有报人之意使人知之，殆也[③]；事未发而先闻，危也。三者举事之大患。"勾践顿首再拜，曰："孤尝不料力，乃与吴战，困于会稽。痛入于骨髓，日夜焦唇干舌，徒欲与吴王接踵而死，孤之愿也！”遂问子贡，子贡曰：“吴王为人猛暴，群臣不堪；国家敝以数战，士卒弗忍，百姓怨上；太宰嚭用事，顺君之过，以安其私，是残国之治也④。今王诚发士卒佐之，以徼其志⑤，重宝以说其心，卑辞以尊其礼，其伐齐必也。彼战不胜，王之福矣。战胜，必以兵临晋。臣请北见晋君，令共攻之，弱吴必矣。其锐兵尽于齐，重甲困于晋，而王制其敝，此灭吴必矣。”越王大说，许诺，送子贡金百镒、剑一、良矛二⑥。子贡不受，遂行。

【注释】

①除道郊迎：清除道路，迎于城郊。为迎接贵宾之礼。

②惠然：关怀而施惠。《史记》原作“俨然”。

③殆：危殆。

④残国：残害国家。

⑤徼（jiāo）其志：激其称霸中原之心。徼，激发。

⑥镒（yì）：古代重量单位。

【译文】

越王清扫道路，到郊外迎接子贡，亲自驾驭着车子到子贡下榻的馆舍，问他说：“这是个偏远落后的国家，大夫怎么施惠屈尊光临这里？”子贡回答说：“现在我已劝说吴王援救鲁国攻打齐国，他心里想要这么做却害怕越国，说：‘等我攻下越国以后才可以。’像这样攻破越国是必然的了！况且没有报复人的心思而让别人怀疑，太拙劣；有报复人的心思而又让人知道，太不安全；事情还没有行动就先让人知道，太危险。这三种情况是办事的大忌。”勾践叩头再拜说：“我曾不自量力，才和吴国交战，被围困在会稽。痛恨入于骨髓，日夜唇焦舌燥，只想要和吴王相继而死，这就是我的愿望！”于是问子贡，子贡说：“吴王为人凶猛残暴，大臣们难以忍受；国家因多次打仗而衰败，士兵不能忍耐，百姓怨恨国君；太宰嚭执政当权，顺应国君的过失，以保全自己的私利，这是残害国家的治国方法。现在大王果真能出兵辅佐吴王，激发他称霸的心志，用重金宝物来获取他的欢心，用谦卑的言辞表示对他的礼敬，他攻打齐国就是必然的了。如果那场战争不能取胜，就是大王您的福气了。如果打胜了，他一定会带兵逼近晋国。我请求北上会见晋国国君，让他共同攻打吴国，一定会削弱吴国的力量。等他精锐的部队都战死在齐国，重兵又被牵制在晋国，而大王趁他疲惫不堪的时候去攻打，这时候灭掉吴国就是必然的了。”越王非常高兴，答应了他。送给子贡金百镒、宝剑一把、良矛二支。子贡没有接受，就走了。

报吴王曰：“臣敬以大王之言告越王，越王大恐，曰：‘孤不幸，少失先人，内不自量，抵罪于吴，军败身辱，栖于会稽，国为虚莽[①]。赖大王之赐，使得奉俎豆而修祭祀，死不敢忘，何谋之敢虑！’”后五日，越使大夫种顿首言于吴王曰[②]：“东海役臣孤勾践使者臣种，敢修下吏问于左右：今窃闻大王将兴大义，诛强救弱，困暴齐而抚周室，请悉起境内士卒三千人，孤请自被坚执锐，以先受矢石。因越贱臣种奉先人藏器，甲二十领、屈卢之矛、步光之剑[③]，以贺军吏。”吴王大说，以告子贡曰：“越王欲身从寡人伐齐，可乎？”子贡曰：“不可。夫空人之国，悉人之众，又从其君，不义。君受其币，许其师，而辞其君。”吴王许诺，乃谢越王。于是吴王乃遂发九郡兵伐齐。

【注释】

①虚莽：废墟，野草丛生。

②大夫种：文种，越国大夫，修国政以强越，卒灭吴国，后为勾践所忌而赐死。

③领：量词。用于衣服、铠甲。

【译文】

子贡回报吴王说："我郑重地把大王的话告诉了越王，越王非常惶恐，说：'我很不幸，从小就失去了父亲，心里不自量力，触犯吴国而获罪，军队败退、自身受辱，困守会稽山，国家成了废墟草丛。仰赖大王的恩赐，使我能够捧着祭品而举行祭祀，至死也不敢忘记，怎么敢有其他的图谋！'"过了五天，越国派大夫文种叩首对吴王说："东海役使之臣勾践的使者文种，冒昧前来，向大王致以问候：如今我私下听说大王将要发动正义之师，讨伐强暴、援救弱小，困厄残暴的齐国而安抚周朝王室，我们请求全部出动境内的三千士卒，我勾践请求亲自披挂铠甲、拿着利器，在前面去冒弓箭、炮石的危险。因此派越国卑贱臣子文种进献祖先珍藏的宝器，铠甲二十领，还有屈卢矛、步光剑，用来犒劳将士。"吴王非常高兴，把这话告诉子贡说："越王想亲自跟随我讨伐齐国，可以吗？"子贡回答说："不可以。使人家国内空虚，调动人家所有的人马，还要人家的国君跟着出征，这是不道义的。您接受他的礼物，允许他派出军队，而辞却他的国君随行。"吴王答应了，就辞谢越王。于是吴王就调动九个郡的兵力去讨伐齐国。

子贡因去之晋，谓晋君曰："臣闻之：'虑不先定，不可以应卒①；兵不先辨②，不可以胜敌。'今夫吴与齐将战，彼战而胜，越乱之必矣。与齐战而胜，必以其兵临晋。"晋君大恐，曰："为之奈何？"子贡曰："修兵休卒以待之。"晋君许诺。子贡去而之鲁。吴王果与齐人战于艾陵③，大破齐师，获七将军之兵而不归，果以兵临晋。与晋人相遇黄池之上。吴、晋争强，晋人击之，大败吴师。越王闻之，涉江袭吴，去城七里而军。吴王闻之,去晋而归,与越战于五湖。三战不胜,城门不守。越遂围王宫,杀夫差而戮其相。破吴三年,东向而霸。故子贡一出,存鲁、乱齐、破吴,强晋而霸越,十年之中,五国各有变④。

【注释】

①应卒:应付仓促发生的事变。卒,后多作“猝”。

②辨(bàn):备办。

③艾陵:齐地,在今山东泰安附近。

④十年之中,五国各有变:吴、齐艾陵之战在鲁哀公十一年(前484),十三年(前482),吴、晋、鲁、周会于黄池。越王袭吴,夫差急回吴,与越言和。至哀公十七年(前478),越攻吴,败之于五湖。又过五年,即前473年,勾践灭吴,夫差自杀。是年勾践与齐、晋会于徐州,周王命其为伯(霸)。前后正好十年。

【译文】

子贡因而离开吴国前往晋国,对晋国国君说:“我听说:‘谋虑不事先定好,就不能应付突发情况;士兵不事先安排好,就不能战胜敌人。’现在吴国与齐国即将开战,如果吴国胜利了,越国必定趁机扰乱它。与齐国打仗胜利了,吴王一定会带他的军队逼近晋国。”晋君十分恐慌,说:“那该怎么办呢?”子贡说:“修整武器、休养士卒等着吴军的到来。”晋君答应了。子贡离开晋国前往鲁国。吴王果然和齐国人在艾陵打了一仗,把齐军打得大败,俘虏了七位将军的士兵而不肯班师,果然带兵逼近晋国。和晋国人在黄池相遇。吴、晋两国争雄,晋国人攻击吴国,大败吴军。越王听到消息,渡过江去袭击吴国,直打到离吴国都城七里的地方才安营驻军。吴王听到这个消息,离开晋国返回,与越国在五湖一带交战。多次交战都失败,连城门都守不住。越军于是包围吴国王宫,杀死吴王夫差和他的国相。灭掉吴国三年后,越国向东称霸。所以子贡一出使，保全了鲁国，扰乱了齐国，灭掉了吴国，使晋国强大而使越国称霸。十年之中，齐、鲁、吴、越、晋五国的形势各自有了变化。

直是纵横之祖，全不似圣贤门风。

【译文】

子贡真称得上是纵横家的祖师，完全不像圣贤的门风。

鲁仲连

秦围赵邯郸[①]，诸侯莫敢先救。魏王使客将军辛垣衍间入邯郸[②]，欲与赵尊秦为帝。鲁仲连适在赵[③]，闻之，见平原君胜。胜为介绍，而见之于辛垣衍。

【注释】

①秦围赵邯郸：前260年，秦大破赵于长平，前257年，秦围邯郸。赵求救于魏，魏王先遣大将晋鄙救赵。秦遣使恫吓魏王，魏王于是止晋鄙于邺，于是有信陵君窃符救赵事。而此条所载正在信陵君救赵之前。

②客将军：别国人在魏任将军者。辛垣衍：《资治通鉴》作“新垣衍”。战国时期魏国将军，奉魏王之命怂恿赵王拥秦为帝。间入：秘密进入。

③鲁仲连：齐国人，又作“鲁连”。

【译文】

秦军围攻赵都邯郸，诸侯都不敢带头出兵救援。魏王派客将军辛垣衍偷偷进入邯郸城，想与赵王一起尊秦王为帝。鲁仲连当时正好在赵国，听说这种情形，就去见平原君赵胜。赵胜为他介绍，见到辛垣衍。

鲁连见辛垣衍而无言。辛垣衍曰:“吾视居此围城之中者,皆有求于平原君者也。今观先生之玉貌,非有求于平原君者,曷为久居此围城之中而不去也?”鲁连曰:“秦弃礼义、上首功之国也①。权使其士,虏使其民。彼肆然而为帝,则连有赴东海而死耳,不忍为之民也!所为见将军者,欲以助赵也。”

【注释】

①上首功:崇尚杀敌斩首为功。秦法,斩首多为上功。斩一首者爵一级,为五十石之官;斩二首者爵二级,为百石之官。上,通“尚”。

【译文】

鲁仲连见到辛垣衍一言不发。辛垣衍说:“我以为住在这围城之中的人,都是有求于平原君的。现在我看先生的容貌,并非是有求于平原君的人,为什么长久住在这围城之中而不离开呢?”鲁仲连说:“秦国是个背弃礼义、崇尚杀人立战功的国家。以权术操纵它的士人,像对俘虏一样役使它的百姓。秦王如果无所顾忌地称帝,那么我宁可投东海而死,而不愿意做秦王的顺民!之所以来见将军,就是想要帮助赵国。”

辛垣衍曰:“助之奈何?”鲁连曰:“吾将使梁及燕助之①,齐、楚固助之矣。”辛垣衍曰:“燕吾不知,若梁,则吾乃梁人也,先生恶能使梁助之耶?”鲁连曰:“梁未睹秦称帝之害故也。使睹秦称帝之害,则必助赵矣。”

【注释】

①梁:魏国都是大梁(今河南开封),又称梁国。

【译文】

辛垣衍说:“要怎样帮助赵国呢?”鲁仲连说:“我将要说服魏、燕两国援助赵国,齐、楚两国本来就在援助赵国了。”辛垣衍说:“燕国我不清楚,至于魏,那我就是魏国人,先生怎么能够让魏国援助赵国呢?”鲁仲连说:“这是魏国还没看见秦王称帝的害处的缘故。假使能看到秦王称帝的害处,那么一定会援助赵国。”

辛垣衍曰:“秦称帝之害奈何?”鲁连曰:“昔齐威王尝为仁义矣[①],率天下诸侯而朝周。周贫且微,诸侯莫朝,而齐独朝之。居岁余,周烈王崩,诸侯皆到,齐后往,周怒,赴于齐曰[②]:‘天崩地坼,天子下席[③],东藩之臣田婴齐后至[④],则斩之!’威王勃然怒曰:‘叱嗟[⑤]! 而母婢也[⑥]!’卒为天下笑[⑦]。故生则朝周,死则叱之,诚不忍其求也。彼天子固然,其无足怪。”

【注释】

①齐威王:田氏,名因齐,一名婴齐,前356—前320年在位。即位九年,国政不修,诸侯并伐齐。而一朝奋发,富国强兵,击破赵、卫等国,一时称霸。

②赴:赴告,遣使前往宣告。

③天子下席:周天子因居丧离开寝宫,睡在草席上。

④田婴齐:齐威王。

⑤叱嗟:怒斥声。

⑥而母婢也:你母亲是婢女。而,你,你的。

⑦卒为天下笑:齐威王标榜仁义、尊王而终于暴露本相,所以为天下耻笑。据记载,周烈王死于前369年,后十余年齐威王始即位,无

朝周烈王事。

【译文】

辛垣衍说："秦王称帝的害处是什么呢？"鲁仲连说："从前齐威王曾推行仁政，带领天下诸侯朝拜周天子。周王朝既贫穷又弱势，诸侯都不肯朝贡，只有齐国称臣进贡。过了一年多，周烈王驾崩，诸侯都前去吊丧，齐国最后到达，周王大怒，派使臣前去告诉齐王说：'天崩地裂，周天子因居丧离开寝宫，东方藩国的臣子田婴齐迟来，应当斩杀！'齐威王勃然大怒说：'呸！你这个奴婢所生的！'最终为天下人耻笑。所以说活着时可以去朝拜他，死后却叱骂他，实在是受不了周天子的苛求。做天子的本来就是这样，不足为怪。"

辛垣衍曰："先生独未见夫仆乎？十人而从一人者，宁力不胜、智不若耶？畏之也。"鲁连曰："梁之比于秦若仆耶？"边批：激之。辛垣衍曰："然。"鲁连曰："然则吾将使秦王烹醢梁王[①]！"边批：重激之。辛垣衍怏然不悦[②]，曰："嘻！亦太甚矣！先生又恶能使秦王烹醢梁王？"鲁连曰："固也。待吾言之。昔者鬼侯、鄂侯、文王，纣之三公也。鬼侯有子而好[③]，故入之于纣。纣以为恶，醢鬼侯。鄂侯争之急，辩之疾，并脯鄂侯[④]。文王闻而叹息，拘于羑里之库百日[⑤]，而欲令之死。曷为与人俱称帝王，卒就脯醢之地也？齐湣王将之鲁[⑥]，夷维子执策而从[⑦]，谓鲁人曰：'子将何以待吾君？'鲁人曰：'吾将以十太牢待子之君[⑧]。'夷维子曰：'吾君天子也。天子巡狩，诸侯避舍，纳管键[⑨]，摄衽抱几，视膳于堂下，天子已食，退而听朝也！'鲁人投其钥[⑩]，不果纳。将之薛，假途于邹。当是时，邹君死，闵王欲入吊。夷维子谓邹之孤曰[11]：'天子吊，主人必将倍殡柩，设北面于南方，然后天子南面吊也。'邹之群臣曰：'必若此，吾将伏剑而死！'故不敢入于邹。邹、鲁之臣，生则不能事养，死则不得饭含[12]，边批：为齐强横故。然且欲行天子之礼于邹、鲁之臣，不果纳。今秦万乘之国，梁亦万乘之国，交有称王之名，睹其一战而胜，欲从而帝之，是使三晋之大臣，未如邹、鲁之仆妾也！且秦无已而帝，则且变易诸侯之大臣，彼将夺其所谓不肖，而予其所谓贤，夺其所憎，而予其所爱；彼又将使其子女谗妾为诸侯妃姬，处梁之宫，梁王安得晏然而已乎？而将军又何以得故宠乎？"

【注释】

①醢（hǎi）：做成肉酱。

②怏然：不高兴的样子。

③鬼侯：又作"九侯"，商朝时诸侯。

④脯（fǔ）：做成肉脯。

⑤羑（yǒu）里：古邑名。在今河南汤阴北。

⑥齐湣王：田氏，名地。齐威王之孙，前300—前284年在位。兵力强盛，想要并周室为天子，导致六国伐齐，湣王出逃卫国，由于傲慢，被逐至邹、鲁，不被接纳，逃亡到齐国莒，被楚将淖齿所杀。

⑦策：马鞭。

⑧太牢：牛、羊、豕各一头。

⑨管键：钥匙和锁。

⑩投其钥：扔掉钥匙。指不再开城门迎齐湣王入城。

⑪孤：此处指新嗣位的邹君。

⑫饭含：古代丧仪之一。在死者口中放入珠玉、贝米之类，称饭含。

亦作“饭唅”。不得饭含,极言邹鲁的穷乏。

【译文】

辛垣衍说:“先生没有见过仆人吗?十个人服从一个人,难道是力量不足、智慧不如吗?是畏惧那个人啊。”鲁仲连说:“魏国相对于秦国就如同仆人吗?”边批:是在激他。辛垣衍说:“是的。”鲁仲连说:“那么我将让秦王把魏王烹煮做成肉酱。”边批:再激他。辛垣衍很不高兴,说:“嘿!也太过分了!先生又怎么能让秦王把魏王烹煮做成肉酱呢?”鲁仲连说:“当然做得到。听我解释。当年鬼侯、鄂侯、文王,是纣王的三公。鬼侯有个女儿长得很漂亮,所以进献给纣王。纣王认为她不漂亮,就把鬼侯剁成肉酱。鄂侯与纣王激烈争辩,结果纣王又把鄂侯杀死晒成肉脯。文王听说后就长叹,结果被纣王囚禁在羑里的仓库里一百天,而想要让他死。为什么和纣王一样都称帝王,最终到了被杀死晒成肉干、剁成肉酱的地步?齐湣王将要去鲁国,夷维子驾车跟从,对鲁国人说:‘你们将怎么接待我们国君?’鲁国人说:‘将用十太牢款待你们国君。’夷维子说:‘我们国君是天子。天子到各地巡行时,诸侯都要避居宫外馆舍,交出国库钥匙,撩起衣裳抱着桌几,在殿堂下观看天子进餐,天子吃完,诸侯才能退下临朝听政!’鲁人扔掉钥匙,没接纳齐王入境。齐王将要前往薛国,向邹国借道。在那时候,邹君去世,湣王想要进去吊唁。夷维子对邹国新嗣位的君主说:‘天子来吊丧,主人一定要把灵柩倒过来,使之朝北,然后天子面向南方吊唁。’邹国的群臣说:‘如果一定要这样做,我们宁可伏剑而死!’因此齐湣王君臣也不敢进入邹国。邹、鲁两国的臣子,活着的时候不能侍奉供养,死了口中没有饭含,边批:因为齐国强横。然而想要在邹、鲁之臣面前行天子之礼,也不被接纳。而今秦国是拥有万辆兵车的大国,魏也是有万辆兵车的大国,都有王的名号。但是看见秦国打了一场胜仗,就想要顺从称秦王为帝,这是三晋的大臣,还远不如邹、鲁的仆妾!如果秦国贪心不足而称帝,那么就会更换诸侯的大臣。他将要罢免他认为不肖的人,换上他认为贤能的人,罢免他憎恶的人,换上他喜爱的人;他们又将让他们的女儿和搬弄是非的小妾嫁给诸侯做妃姬,住在魏国宫廷,魏王怎么能够得到安宁的生活呢?而将军您又怎么能够得到原先的宠信呢?”

于是辛垣衍起,再拜谢曰:“吾乃今知先生为天下之士也!吾请去,不敢复言帝秦矣!”秦将闻之,为却军五十里。

【译文】

于是辛垣衍站起来,向鲁仲连再拜谢罪说:“我今天才知道先生是天下杰出的高士!我请求离开,不敢再谈秦王称帝的事!”秦军主将听到这个消息,为此把军队后撤了五十里。

苏轼曰:“仲连辩过仪、秦[①],气凌髡、衍[②],排难解纷,功成而逃,实战国一人而已!”穆文熙曰[③]:“仲连挫帝秦之说,而秦将为之却军,此《淮南》之所谓‘庙战’也[④]!”

【注释】

①仪、秦:张仪、苏秦。

②髡、衍:淳于髡、公孙衍。

③穆文熙:字敬甫,明嘉靖进士,官吏部员外郎。编取《战国策》之文加以评语,成《七雄策纂》。

④《淮南》之所谓“庙战”也:《淮南子·兵略》:“庙战者帝,神化者王。所谓庙战者,法天道也;神化者,法四时也。”庙战,朝廷对于战事的筹划和决策。

【译文】

苏轼说:“鲁仲连的辩才胜过张仪、苏秦,气势超越淳于髡、公孙衍,排除国难解决纠纷,达成使命却逃隐海上,实在是战国谋士中第一人!”穆文熙说:“鲁仲连挫败尊秦为帝的说法,而秦国将军为此退军五十里,这就是《淮南子》所说的‘庙战’了!”

虞卿

秦攻赵于长平[①],大破之,引兵而归[②],因使人索六城于赵而讲。赵计未定,楼缓新从秦来[③],赵王与楼缓计之曰:“与秦城何如?不与何如?”楼缓辞让曰:“此非臣之所能知也。”王曰:“虽然,试言公之私。”楼缓曰:“王亦闻夫公甫文伯母乎[④]?公甫文伯官于鲁,病死,妇人为之自杀于房中者二人,其母闻之,不哭也。相室曰[⑤]:‘焉有子死而不哭者乎?’其母曰:‘孔子,贤人也,逐于鲁,是人不随。今死而妇人为死者二人,若是者,其于长者薄,而于妇人厚。’故从母言之,为贤母也;从妇言之,必不免于妒妇也。故其言一也,言者异,则人心变矣。今臣新从秦来,而言‘勿与’,则非计也,言‘与之’,则恐王以臣之为秦也,故不敢对。使臣得为王计之,不如予之。”王曰:“诺。”

【注释】

①秦攻赵于长平:公元前260年,秦、赵在长平大战,秦将白起坑杀赵降卒四十多万人。长平,赵邑,在今山西高平西北。

②引兵而归:秦相范雎嫉妒白起的功劳,下令召他回国。

③楼缓:战国时赵国人,原为赵臣,后往秦国任秦相。

④公甫文伯:姬姓,名歜,谥文伯。春秋末年鲁国上卿,三桓季孙悼子之后。公甫文伯的母亲是敬姜,《国语·鲁语》中记载了很多她对儿子公甫文伯的教训。

⑤相室：为卿大夫管理家务的人。男称家老，女称傅母，通称家臣。

【译文】

秦军在长平攻打赵军，大败赵军，就引兵回国了，于是秦国派人向赵国索取六座城邑来讲和。赵国的主意还没拿定，楼缓刚从秦国前来，赵孝成王与楼缓谋划说："给秦国城邑怎么样？不给怎么样？"楼缓推辞说："这不是我能知道的事情。"赵王说："即使这样，请试着说说您个人的看法。"楼缓说："大王听说过公甫文伯的母亲吗？公甫文伯在鲁国做官，病死了，妇人为他在房中自杀的有两个人，他母亲听说后，就不肯为他哭了。他家相室说：'哪里有儿子死了而不哭的人呢？'他的母亲说：'孔子是贤人，被鲁国驱逐在外，这个人没有追随。如今他死了却有两位妇人为他而死。像这样的人，他对长者情薄，而对妇人情谊深厚。'这话从他母亲嘴里说出来是贤良的母亲；如果从妇人的嘴里说出来，一定免不了被人称为爱嫉妒的女人。因此说出同样的话，由于说话人的身份不同，那么人们心中的看法也不同。如今我刚从秦国来，要说不割城，那不是好计谋；如果说割城，那么恐怕大王认为我是替秦国说话，所以不敢回答。假如让我为大王谋划，不如割给秦国。"赵王说："好吧。"

虞卿闻之[①]，入见王。王以楼缓言告之。虞卿曰："此饰说也[②]！"王曰："何谓也？"虞卿曰："秦之攻赵也，倦而归乎？王以其力尚能进，爱王而不攻乎？"王曰："秦之攻我也，不遗余力矣，必以倦而归也。"虞卿曰："秦以其力攻其所不能取，倦而归，王又以其力之所不能攻而资之，是助秦自攻也。来年秦复攻王，王无以救矣！"

【注释】

①虞卿：赵臣，姓虞，名已失传。

②饰说：巧辩之辞。

【译文】

虞卿听说这件事，入宫拜见赵王。赵王把楼缓的话告诉他。虞卿说："这是巧辩之辞。"赵王说："为什么这样说呢？"虞卿说："大王认为，秦国攻打赵国，是因为疲倦而退兵呢，还是他们的力量还能进攻，只是因为爱护大王才不进攻呢？"赵王说："秦国攻打我国，已经不遗余力了，一定是因为疲倦了才退兵的。"虞卿说："秦国以它的力量进攻它所不能夺取的城邑，疲倦而退兵，大王又把它力量所不能攻占的城邑割让给它，这是帮助秦国攻打自己。明年秦国再来攻打大王，大王就没有办法来自救了。"

王以虞卿之言告楼缓。楼缓曰："虞卿能尽知秦力之所至乎？诚知秦力之所不至，此弹丸之地犹不予也[①]，今秦来复攻[②]，王得无割其内而媾乎？"王曰："诚听子割矣，子能必来年秦之不得攻我乎？"楼缓对曰："此非臣之所敢在也。昔日三晋之交于秦，相善也，今秦释韩、魏而独攻王，王之所以事秦，必不如韩、魏也。今臣为足下解负亲之攻[③]，启关通币[④]，齐交韩、魏。至来年，而王独不取于秦，王之所以事秦者，必在韩、魏之后也。此非臣之所敢任也！"

【注释】

①弹丸之地：形容地狭小仅如弹丸。

②今：《战国策·赵策》作"令"。

③负亲之攻：赵曾经亲秦而又背叛，所以秦来攻打。

④启关通币：开放边关，通献币礼。指两国交好的举动。

【译文】

赵王又把虞卿的话转告楼缓。楼缓说："虞卿能够全部了解秦国兵力能打到哪里吗？如果确实知道秦国兵力所不能到的地方还好，如果不能，这点弹丸之地也不肯给，那秦国再来进攻，大王恐怕得割让内地城邑去讲和吧？”赵王说：“果真听您的话割让城邑，您一定能保证明年秦国不再来攻打我吗？”楼缓回答说：“这就不是我敢担保的了。从前韩、魏、赵三国和秦国结交，互相亲善，如今秦国放过韩、魏唯独攻打大王，大王用来事奉秦国的礼仪，一定不如韩国、魏国。如今臣下为您解除因背弃秦国而招致的进攻，开放边关、通献币礼，互相交好的程度等同韩国、魏国同秦国的交情。到了明年，大王还不能取悦于秦国，那么大王用来事奉秦国的礼仪，一定是落在了韩国、魏国后面。这不是我敢担保的了！”

王以楼缓之言告虞卿。虞卿曰：“楼缓言不媾，来年秦复攻王，得无更割其内而媾。今媾，楼缓又不能必秦之不复攻也。虽割何益？来年复攻，又割其力之所不能取而媾也。此自尽之术也！不如无媾。秦虽善攻，不能取六城；赵虽不能守，亦不至失六城。秦倦而归，兵必罢[①]。我以六城收天下以攻罢秦，是我失之于天下，而取偿于秦也，吾国尚利；孰与坐而割地，自弱以强秦？今楼缓曰：‘秦善韩、魏而攻赵者，必王之事秦不如韩、魏也。’是使王岁以六城事秦也，即坐而地尽矣。来年秦复求割地，王将予之乎？不予，则是弃前资而挑秦祸也；与之，则无地而给之。语曰：强者善攻，而弱者不能自守。今坐而听秦，秦兵不敝而多得地，是强秦而弱赵也。以益强之秦，而割愈弱之赵，其计固不止矣！且秦虎狼之国也，无礼义之心，其求无已，而王之地有尽。以有尽之地，给无已之求，其势必无赵矣！故曰‘此饰说也’，王必勿与！”王曰：“诺。”

【注释】

①罢：疲敝，疲乏。

【译文】

赵王把楼缓的话告诉虞卿。虞卿说："楼缓谈到不与秦国讲和，明年秦国又来攻打大王，难免不割让内地的城邑以求和。现在求和，楼缓又不能一定保证秦国不再来进攻。即使割地又有什么好处？明年秦国再来进攻，又割让它力量无法夺取的土地去求和，这是自取灭亡的办法！不如不求和。秦国即使善于进攻，也不能一下夺取六座城邑；赵国即使不善于防守，也不至于丢失六座城邑。秦国倦怠而退兵，士卒一定疲惫不堪。我们用六座城邑去换取天下诸侯的援助，去攻打疲惫的秦国，这样我们虽然失地于天下诸侯，却从秦国那里得到补偿，我们还是有利的；这与平白割地、削弱自己去壮大秦国哪个好？如今楼缓说：'秦国善待韩国、魏国而攻打赵国，一定是大王事奉秦国不如韩国、魏国。'这是让大王每年都用六座城邑去事奉秦国，也就是平白地把国土丢光。明年秦国再要求割让土地，大王准备给它吗？不给，就是抛弃前面已付出的代价来挑起秦军带来的战祸；给它，却没有土地可给了。俗话说：力量强大的善于进攻，而力量弱小的不能自卫防守。如今平白地听从秦国，秦兵不受任何损伤却多占了土地，这是增强秦国而削弱赵国啊。以此越发强大的秦国，宰割越发弱小的赵国，它的计谋一定不会停止的！况且秦国是猛虎恶狼一样的国家，没有礼义之心，它的索求没有穷尽，而大王的土地是有限的。用有限的土地，供给无穷尽的贪求，那形势发展的结果必然是灭亡赵国。所以说这是巧辩之辞，大王一定不要割让土地给秦国。"赵王说："好。"

楼缓闻之，入见于王，王又以虞卿之言告之。楼缓曰："不然。虞卿得其一，未知其二也。秦、赵构难[①]，而天下皆说[②]，何也？曰：我将因强而乘弱[③]。今赵兵困于秦，天下之贺战胜者，则必在于秦矣。故不若亟割地求和，以疑天下、慰秦心。不然，天下将因秦之怒，乘赵之敝而瓜分之。边批：连衡者皆持此说为恐吓，却被虞卿揭破。赵且亡，何秦之图？王以此断之，勿复计也！"

【注释】

①构难：结为怨仇，构成祸乱。

②说：后作"悦"。

③乘：欺凌，侵犯。

【译文】

楼缓听说后，入宫拜见赵王，赵王又把虞卿的话告诉了他。楼缓说："不是这样。虞卿只知其一，不知其二。秦国、赵国结为怨仇造成祸乱，而天下诸侯都高兴，为什么呢？他们说：我将要依靠强大的秦国而欺凌弱小的赵国。如今赵兵被秦国所困，天下祝贺战胜的人，必定在秦国一方。所以不如赶快割地求和，以此使天下诸侯心生疑虑，使秦称心。不这样做，天下诸侯将借着秦国的愤怒，趁着赵国破败而瓜分它。边批：倡议连横的人都用这种说法来恐吓六国，却被虞卿揭破了。赵国行将灭亡，还图谋什么秦国？大王就此做出决断，不要再打其他主意了。"

虞卿闻之，又入见王曰："危矣，楼子之为秦也！夫赵兵困于秦，又割地为和，是愈疑天下，而何慰秦心哉！不亦大示天下弱乎！且臣曰勿予者，非固勿予而已也。秦索六城于王，王以六城赂齐。齐，秦之深仇也，得王六城，并力而西击秦也。齐之听王，不待辩之毕也。是王失于齐，而取偿于秦，一举结三国之亲[1]，而与秦易道也。"赵王曰："善！"因发虞卿东见齐王，与之谋秦。虞卿未反，秦之使者已在赵矣。楼缓闻之，逃去。

【注释】

①结三国之亲：韩、魏本为赵的盟国，加上齐，即三国。

【译文】

虞卿听说后，又入宫拜见赵王说："险恶呀，楼缓是为秦国办事啊！赵兵被秦国所困，又去向秦国割地求和，这是越发使天下诸侯产生疑心，又怎么能让秦王称心呢！这不也是大肆地向天下诸侯显示赵国的弱小嘛！况且我说不给土地，不是一定不拿出土地。秦国向大王索要六座城邑，大王用六座城邑贿赂齐国。齐国、秦国有深仇大恨，齐国得到大王的六座城邑，就会与我们合力向西进攻秦国。齐国听从大王的旨意，不用等到把话说完。这就是大王虽失地于齐国，却能在秦国取得补偿，一个举动就可以与韩、魏、齐三国结成友好同盟，而与秦国变换了处境。"赵王说："好！"因此派遣虞卿向东去谒见齐王，与齐王谋划攻打秦国。虞卿还没有从齐国回来，秦国派来议和的使者已来到赵国。楼缓听到这个消息，就逃走了。

从来议割地之失，未有痛切快畅于此者。

【译文】

自古以来议论割地的弊端，没有像虞卿这样痛快淋漓的。

苏代 二条

一

雍氏之役[①]，韩征甲与粟于周[②]，周君患之，告苏代[③]。苏代曰："何患焉！代能为君令韩不征甲与粟于周，又能为君得高都④。”周君大悦，曰：“子苟能，寡人请以国听⑤。”苏代往见韩相国公仲⑥，曰：“公不闻楚计乎？昭应谓楚王曰⑦：‘韩氏罢于兵⑧，仓廪空，无以守城。吾攻之以饥，不过一月，必拔之。’今围雍氏五月不能拔，是楚病也⑨，楚王始不信昭应之计矣。今公乃征甲与粟于周，是告楚病也。昭应闻此，必劝楚王益兵守雍氏，雍氏必拔。”公仲曰：“善。然吾使者已行矣。”代曰：“公何不以高都与周？”公仲怒曰：“吾无征甲与粟于周，亦已多矣，何为与高都？”代曰：“与之高都，则周必折而入于韩。秦闻之，必大怒，而焚周之节⑩，不通其使。是公以敝高都得完周也。”公仲曰：“善！”不征甲与粟于周，而与高都。楚卒不拔雍氏而去。

【注释】

①雍氏之役：周赧王三年（前312），秦、韩败楚将屈匄于丹阳，楚怀王怨韩，于是派兵围雍氏。雍氏，韩国城邑，在今河南禹州东北。

②征甲与粟：索取兵甲与粮食。

③苏代：战国时纵横家。苏秦之弟。一说为苏秦之兄。以习纵横家言为燕谋主，约诸侯合纵。

④高都：韩国城邑，在今河南洛阳南。

⑤请以国听：愿以国政相托。

⑥韩相国公仲：公仲侈，韩国公族，当时为相国。

⑦昭应：楚国将领。昭氏为楚王族之一。

⑧罢：疲惫。

⑨病：困病，困境。

⑩焚周之节：谓断绝与周的使者来往。节，使者所持的符信。

【译文】

楚国攻打韩国的雍氏之战中，韩国向周征调兵甲与粮食，周王为此发愁，把情况告诉苏代。苏代说："何必发愁呢！臣能为您使韩国不向周调兵征粮，还能让您得到韩国的高都。"周王非常高兴，说："你如果能办到，寡人愿意以国政相托。"苏代前往拜见韩国相国公仲侈，说："相国没有听说楚国的计划吗？楚将昭应对楚怀王说：'韩国兵马疲困，仓库空虚，没有力量固守城池。我军乘韩国粮食不足时攻打它，不用一个月，就可以攻下雍氏。'如今包围雍氏五个月还没能攻下，这是楚国已经陷入困境，而楚王也开始怀疑昭应的计谋。现在相国竟然向周调兵征粮，这是把自己的困境告诉楚国。昭应听说这种情况，一定会劝楚王增兵围守雍氏，雍氏必然被攻下。"公仲侈说："好。然而我派的使者已经出发了。"苏代说："相国为什么不把高都送给周呢？"公仲侈很生气地说："我不向周调兵征粮，就已经够好了，凭什么还要送高都呢？"苏代说："送给周高都，那么周一定会转而投向韩国。秦国听说后，必然大怒，而焚毁周的符节，断绝使臣的往来。于是相国可以用一个破败的高都，换得一个完整的周。"公仲侈说："好！"于是公仲侈不但不向周调兵征粮，并且把高都送给周。楚国最终没能攻破雍氏而退兵了。

二

田需死[①]，昭鱼谓苏代曰[②]："田需死，吾恐张仪、薛公、犀首之有一人相魏者[③]。"代曰："然则相者以谁而君便之也？"昭鱼曰："吾欲太子之自相也。"代曰："请为君北见梁王[④]，必相之矣！"昭鱼曰："奈何？"代曰："若其为梁王，代请说君。"昭鱼曰："奈何？"对曰："代也从楚来，昭鱼甚忧。代曰：'君何忧？'曰：'田需死，吾恐张仪、薛公、犀首有一人相魏者。'代曰：'勿忧也。梁王，长主也[⑤]，必不相张仪。张仪相魏，必右秦而左魏。薛公相魏，必右齐而左魏。犀首相魏，必右韩而左魏。梁王长主也，必不使相也。'"王曰："然则寡人孰相？"代曰："莫如太子之自相。是三人皆以太子为非固相也[6]，皆将务以其国事魏，而欲丞相之玺。以魏之强，而持三万乘之国辅之，魏必安矣。故曰不如太子之自相也。"遂先见梁王，以此语告之，太子果自相。

【注释】

①田需：魏相。

②昭鱼：楚襄王大臣。

③薛公：此处指齐孟尝君田文。犀首：公孙衍，曾任魏国犀首之官，人称"犀首"。

④梁王：魏王。

⑤长主：此指英明的君主。

⑥非固相：不是长期的国相。魏王年老，一旦去世，太子即将嗣位。

【译文】

魏相田需死了，楚相昭鱼对苏代说："田需死了，我担心张仪、田文、公孙衍等人中有一人出任魏相。"苏代说："那么谁担任魏相，对你比较有利呢？"昭鱼说："我希望由太子自己出任国相。"苏代说："请让我为你北走见魏王，必能使太子出任国相。"昭鱼说："要怎么说呢？"苏代说："你假装是魏王，我来说服你。"昭鱼说："你怎么说？"苏代说："我从楚国来，楚相昭鱼非常担忧。我问：'相国担心什么？'昭鱼说：'田需死了，我担心张仪、田文、公孙衍等人中有一人出任魏相。'我说：'相国不用担心。魏王是英明的君主，一定不会任用张仪为相。张仪如果为魏相，必定亲近秦而疏远魏。田文如果为魏相，必定亲近齐而疏远魏。公孙衍如果为魏相，必定亲近韩而疏远魏。魏王是英明的君主，一定不会任命他们为相。'"昭鱼装作魏王说:"那么我该任命谁为相?"苏代说:"不如让太子自己做相。这三人都知道太子不会长久任国相,他们都将极力让他们的国家结交侍奉魏国,而想要得到魏国国相的位置。凭魏国的强大,再加上三个万乘盟国的辅助,魏国必然安全稳固。所以说不如由太子自己出任国相。"于是苏代先去见魏王,以这些话告诉他,太子果然被任命为国相。

陈轸

陈轸去楚之秦①。张仪谓秦王曰:"陈轸为王臣,常以国情输楚。仪不能与从事,愿王逐之,即复之楚,愿王杀之!"王曰:"轸安敢之楚也!"王召陈轸告之曰:"吾能听子,子欲何之?请为子约车②。"对曰:"臣愿之楚。"王曰:"仪以子为之楚,吾又自知子之楚,子非楚,且安之也?"轸曰:"臣出,必故之楚,以顺王与仪之策,而明臣之楚与否也。楚人有两妻者,人诽其长者③,长者詈之;诽其少者,少者许之。居无几何,有两妻者死。客谓诽者曰:'汝取长者乎,少者乎?''取长者。'客曰:'长者詈汝,少者和汝,汝何为取长者?'曰:'居彼人之所,则欲其许我也。今为我妻,则欲其为詈人也。'今楚王明主也④,而昭阳贤相也,轸为人臣,而常以国情输楚,楚王必不留臣,昭阳将不与臣从事矣。以此明臣之楚与不!"轸出,张仪入,问王曰,"陈轸果安之?"王曰:"夫轸,天下之辩士也,熟视寡人曰:'轸必之楚。'寡人遂无奈何也。寡人因问曰:'子必之楚也,则仪之言果信也。'轸曰:'非独仪之言,行道之人皆知之。昔者子胥忠其君[⑤]，天下皆欲以为臣；孝己爱其亲[⑥]，天下皆欲以为子。故卖仆妾不出里巷而取者，良仆妾也；出妇嫁于乡里者，善妇也。臣不忠于王，楚何以轸为忠？忠且见弃，轸不之楚而何之乎？’”王以为然，遂善待之。

【注释】

①陈轸：战国时楚国人，游说之士，历事秦、楚。

②约车：备车。

③诳（tiǎo）：以语言挑诱。

④楚王：指楚怀王。

⑤子胥：伍员，字子胥，因忠谏而为夫差所杀。原为楚国人，父亲、兄长被楚平王冤杀，伍子胥逃至吴国，投靠公子光门下。助公子光夺得王位，即吴王阖闾。佐之攻楚，入楚都。后反对吴王夫差放回勾践、规劝不要攻打齐国，被吴王疏远，后被赐剑自尽。

⑥孝己：殷高宗武丁之子，有贤孝行。其母早死，高宗惑于后妻之言，放孝己于外，孝己伤感而死，天下哀之。

【译文】

陈轸离开楚国到秦国为官。张仪对秦惠王说：“陈轸身为大王臣子，经常把秦国的国情透露给楚国。我不能和这种人同朝共事，希望大王驱逐他，如果他又要回楚国，那希望大王杀掉他！”秦惠王说：“陈轸怎么敢回楚国去！”惠王召来陈轸告诉他说：“我能同意你的要求，你想去哪儿？请让我为你准备车马。”陈轸回答说：“我愿意回楚国。”惠王说：“张仪认为你一定会回楚国，我也明白你将回楚国，你除了去楚国，又能在哪儿安身呢？”陈轸说：“我离开秦，必然特意回到楚国，以顺从大王和张仪的策略，来证明我是否把秦国的国情告诉了楚国。有个楚国人娶了两个妻子，有人言语引诱年长的，年长的就骂这人；引诱年少的，年少的却答应了。没过多久，有两个妻子的楚国人死了。有客人对引诱的人说：‘你会娶年长的，还是年少的呢？’引诱的人说：‘娶年长的。’客人说：‘年长的那位骂过你，而年少的那位却顺从你，你为什么要娶年长的呢？’引诱的人说：‘在别人家里，就想要她能接受我。而今一旦做了我的妻子，就想要拒绝我而骂人的那位。’现在楚王是位贤明的君王，而宰相昭阳也是位贤相，我身为大王的臣子，如果经常把国事泄漏给楚王，楚王必定不会收留我，昭阳也将不会愿意跟我同朝共事。以此表明我是否把秦国的国情告诉了楚国！”陈轸出来，张仪进去，问秦惠王说：“陈轸到底要去哪里？”惠王说：“陈轸，天下一流的辩手，认真看着我说：‘我一定会回楚国。’我就对他无可奈何。我接着问他说：‘你一定要到楚国，那张仪的话果真可以相信。’陈轸说：‘并非仅仅是张仪的话，路上走的人都知道了。从前伍子胥忠于他的国君，天下国君都希望他做自己的臣子；孝己孝敬他的双亲，因此天下父母都希望他做自己的儿子。所以有人卖仆妾不出里巷就被人买走，这是好仆妾；被休弃的妻子还能改嫁到同一乡里，这是好妻子。臣如果不忠于王，楚国怎么会认为我是忠诚的呢？忠诚却被遗弃，我不回楚国又将去哪里？’”惠王认为是这样，于是善待陈轸。

左师触龙

秦攻赵。赵王新立[①]，太后用事[②]，求救于齐。齐人曰：“必以长安君为质[③]。”太后不可。齐师不出。大臣强谏，太后怒甚，曰：“有复言者，老妇必唾其面！”左师触龙请见[④]，曰：“贱息舒祺最少[⑤]，不肖，而臣衰，窃爱之，愿得补黑衣之缺[⑥]，以卫王宫。愿及臣未填沟壑而托之[⑦]！”太后曰：“丈夫亦爱少子乎？”对曰：“甚于妇人。”太后笑曰：“妇人异甚！”对曰：“老臣窃以为媪之爱燕后[⑧]，贤于长安君[⑨]。”太后曰：“君过矣！不如长安君之甚。”左师曰：“父母爱其子，则为之计深远。媪之送燕后也，持其踵而哭[10]，念其远也，亦哀之矣。已行，非不思也，祭祀则祝之曰：'必勿使反！'岂非为之计长久，愿子孙相继为王也哉？"太后曰："然。"左师曰："今三世以前，至于赵王之子孙为侯者，其继有在者乎？"曰："无有。"曰："此其近者祸及身，远者及其子孙。岂人主之子侯则不善！位尊而无功，奉厚而无劳，而挟重器多也[11]！今媪尊长安之位，封以膏腴之地，多与之重器，而不及今令有功于赵，一旦山陵崩[12]，长安君何以自托于赵哉？"太后曰："诺。恣君之所使之。"于是为长安君约车百乘，质于齐。齐师乃出，秦师退。

【注释】

①赵王新立：公元前265年，赵惠文王死，太子丹继位，称赵孝成王。由于年少初立，故由太后赵威后掌权。

②太后：即赵威后，赵惠文王之后，孝成王之母。

③长安君：赵孝成王的同母弟。

④左师：春秋时官名，位同上卿。此时在赵为冗散官职，以优待老臣。

⑤贱息：对自己儿子的谦称。息，儿子。

⑥黑衣：戎服。此处指王宫卫队。

⑦填沟壑：填尸于沟壑，指死。

⑧燕后：赵太后之女，嫁于燕而为燕王后。

⑨贤：胜过。

⑩持其踵：握着女儿的脚后跟。女儿远嫁燕国，已登车将行，在车下仅能握到脚后跟。

⑪重器：鼎彝等，为权力地位的象征。

⑫山陵崩：对太后逝世的讳称。

【译文】

秦国攻打赵国。赵孝成王刚登位,赵太后掌理朝政,赵国向齐国求援。齐国人说:"一定要用长安君做人质。"太后不答应。齐国军队不出兵。大臣们都极力劝谏,太后十分生气,说:"有再劝我的人,我就往他脸上吐口水!"左师触龙请求觐见,说:"我的儿子舒祺年纪最小,不成材,而我老了,私下很疼爱他,希望他能补卫士的缺,来保卫王宫。希望趁我还没入土就托付给您!"赵太后说:"男人也会偏爱小儿子吗?"触龙回答说:"比妇女还厉害。"赵太后笑着说:"女人偏爱得更厉害!"触龙说:"老臣私下以为您疼爱燕后,胜过爱长安君。"赵太后说:"您错了!不像疼爱长安君那样厉害。"左师触龙说:"父母疼爱子女,就要替他们做长远计划。您送燕后时,握着她的脚后跟哭,顾念她嫁得很远,也是很难过了。她已经出嫁了,并非不想她,可在祭祀时就为她祝告说:'千万不要让她回来!'这难道不是为她的长远做打算,希望她的子孙相继做国君吗?"赵太后说:"是的。"触龙说:"而今追溯三代以前,赵王的子孙被封侯的,他们的继承人还有存在的吗?"赵太后说:"没有。"触龙说:"他们当中祸患来得早就会降临到自己头上,祸患来得晚的就降临到子孙头上。难道国君的子孙就一定不好吗?他们地位高而没有功勋,俸禄丰厚而没有劳绩,而占有的珍宝重器太多了!现在您使长安君地位尊贵,封给他肥沃的土地,赏给他重器珍宝,而都比不上现在让他对赵国有功劳。一旦您百年之后,长安君凭什么在赵国站住脚呢?"太后说:"好吧。任凭您指派他。"于是赵国替长安君准备了一百辆车,到齐国做人质。齐国于是发兵救赵,秦军退兵。

庸芮

秦宣太后爱魏丑夫[①]。太后病将死,出令曰:"为我葬,必以魏子为殉[②]!"魏子患之。庸芮为魏子说太后曰[③]:"以死者为有知乎？”太后曰：“无知也。”曰：“若太后之神灵明知死者之无知矣，何为空以生所爱葬于无知之死人哉？若死者有知，先王积怒之日久矣[4]，太后救过不赡[5]，何暇乃私魏丑夫乎？”太后曰：“善！”乃止。

【注释】

①秦宣太后：秦惠王之妃，昭襄王之母。魏丑夫：魏国人，仕于秦者，此时已为太后的内宠。

②殉：殉葬。

③庸芮：战国时秦国大臣。

④先王：指秦惠王。其妃与魏丑夫私通，若其灵魂有知，必定十分恼怒。

⑤救过不赡：补救过失都来不及。

【译文】

秦宣太后宠爱魏丑夫。太后重病将死，下令说：“为我下葬，必须让魏丑夫殉葬。”魏丑夫很担忧。庸芮为魏丑夫劝太后说：“太后认为人死了以后还有知觉吗？”太后说：“没有知觉。”庸芮说：“以太后之圣明，明明知道死人是没有知觉的，那为什么要用自己生前所宠爱的人白白殉葬毫无知觉的死人呢？假如死人有知觉，那先王对太后郁积愤怒已经很久了，到时候太后补救过失恐怕还来不及，哪还有空闲去宠爱魏丑夫呢？”太后说：“好！”就取消了殉葬的事。

狄仁杰

武承嗣、三思营求为太子[1]。狄仁杰从容言于太后曰：“姑侄与子母孰亲？陛下立子，则千秋万岁后，配食太庙；若立侄,则未闻侄为天子,而祔姑于庙者也[②]。”太后乃寤。

【注释】

①武承嗣:武则天之侄,官至左相。武则天擅政,即讽武后革命,去唐家子孙,诛杀不依附的大臣,又使人上书请立自己为皇太子,不得志,抑郁而死。

②祔(fù):把死者的灵位附祭于祖庙。

【译文】

武承嗣、武三思谋求做太子。狄仁杰从容地对武后说:“姑侄与母子哪种关系更亲密?陛下立自己儿子为太子,那么太后崩逝后,附祭于太庙享受供奉;如果立侄子为太子,那么从未听说侄儿成为天子后,而在太庙中供奉姑妈的。”太后于是明白过来。

议论到十分醒快处,虽欲不从而不可得。庐陵反正[①],虽因鹦鹉折翼及双陆不胜之梦[②],实姑侄子母之说有以动之。凡恋生前,未有不计死后者。

【注释】

①庐陵反正:683年底,唐高宗死,太子李显即位,是为唐中宗。次年初,武则天废中宗为庐陵王,后迁庐陵王到房州(治今湖北房县)。698年,武则天召还庐陵王,复立为太子。此即“庐陵反正”。705年,武则天病重,张柬之等诛二张,迎太子李显即位,复唐国号。

②鹦鹉折翼:《资治通鉴·唐纪二十二·则天顺圣皇后》记载:武则天对狄仁杰说:“朕梦大鹦鹉两翼皆折,何也?”狄仁杰回答说:“武者,陛下之姓;两翼,二子也。陛下起二子,则两翼振矣。”太后从此没有立承嗣、三思之意。武则天二子即李显及李旦。双陆

不胜:《资治通鉴·唐纪二十二·则天顺圣皇后》胡三省注转引《狄梁公传》记载:则天召狄仁杰入宫,问:“朕昨夜梦与人双陆,频不见胜,何也?”狄仁杰对曰:“双陆不胜,盖为宫中无子。此是上天之意,假此以示陛下,安可久虚储位耶?”双陆为古代棋戏,双方各有“宫”,宫中无棋子,所以失败。此处是用双关解梦。

【译文】

议论到十分明白痛快的地方,即使想要不听从都不行。武后复立废为庐陵王的李显为太子,虽说是因为鹦鹉折断翅膀以及玩双陆棋不胜的梦境,但其实是被狄仁杰那番姑侄、母子关系的议论所打动。凡是生前贪恋荣利,就没有不计较死后尊荣的人。

○时王方庆居相位[①],以其子为眉州司士参军[②]。天后问曰:“君在相位,子何远乎?”对曰:“庐陵是陛下爱子,今犹在远,臣之子,安敢相近?”此亦可谓善讽矣。然慈主可以情动,明主当以理格。则天明而不慈,故梁公辱昌宗而不怒[③],进张柬之而不疑[④],皆因其明而用之。

【注释】

①王方庆:王綝,字方庆,以字行。当时为鸾台侍郎同平章事。

②司士参军:官名。唐于州设置司士参军,掌桥梁、住屋建造。

③梁公辱昌宗而不怒:狄仁杰曾当面侮辱武则天宠臣张昌宗,昌宗诉之于武则天,武则天令他以后自己留意,而不指责狄仁杰。

④进张柬之而不疑:《资治通鉴·唐纪二十三·则天顺圣皇后》记载:武则天曾问狄仁杰:“朕欲得一佳士用之,谁可者?”仁杰曰:“未审陛下欲何所用之?”太后说:“欲用为将相。”仁杰说:“荆州长史张柬之,其人虽老,宰相才也。”太后擢柬之为洛州司马。几

天后，仁杰对太后说："臣所荐者可为宰相，非司马也。"于是迁柬之为秋官侍郎，卒用为相。

【译文】

当时王方庆位居宰相，让他儿子在眉州当司士参军。天后问他说："你居宰相之位，儿子为什么在那么远的地方为官呢？"王方庆回答说："庐陵王是陛下疼爱的儿子，而今尚且远在他乡，我的儿子，怎敢留在身边？"这也可以说是善于讽谏。然而仁慈的君主可以动之以情，英明的君主应当晓之以理。武则天英明而不仁慈，所以狄仁杰侮辱张昌宗而武则天不发怒，举荐张柬之而武则天不怀疑，都是顺着武则天的英明而加以利用。

陆贾等 二条

一

平原君朱建[①]，为人刚正而有口[②]。辟阳侯得幸吕太后[③]，欲知建[④]，建不肯见。及建母死，贫未有以发丧，方假贷。陆贾素善建[⑤]，乃令建发丧，而身见辟阳侯，贺之曰："平原君母死。"边批：奇语。辟阳侯曰："平原君母死，何乃贺我？"贾曰："前君侯欲知平原君，平原君义不知君，以其母故。夫相知者，当相恤其灾危。今其母死，君诚厚送丧，则彼为君死矣！"辟阳侯乃奉百金被祱[⑥]。列侯贵人以辟阳侯故，往赙凡五百金[⑦]。久之，人或毁辟阳侯，惠帝大怒，下吏[⑧]，欲诛之。吕太后惭不可言。大臣多害辟阳侯行，欲遂诛之。辟阳侯困急，使人欲见建。建辞曰："狱急，不敢见。"建乃求见孝惠幸臣闳孺[⑨]，说之曰："君所以得幸帝，天下莫不闻，今辟阳侯下吏，道路皆言君谗欲杀之。今日辟阳侯诛，旦日太后含怒，亦诛君。君何不肉袒[⑩]，为辟阳侯言于帝？帝听，出辟阳侯，太后大欢，两主俱幸，君之富贵益倍矣！”于是闳孺大恐，从其计，言帝。帝果出辟阳侯。辟阳侯始以建为背己，大怒。及其出之，乃大惊。吕太后崩，大臣诛诸吕。辟阳侯于诸吕至深，而卒免于诛，皆陆生、平原君之计画也。

【注释】

①平原君朱建：初为淮南王英布相，曾谏阻英布反汉。英布被杀，高祖赐号平原君，居长安。

②有口：能言善辩。

③辟阳侯：审食其。刘邦同乡，以舍人侍吕后，与吕后同时被项羽所俘，渐为吕后所亲信。后封辟阳侯。吕后时为左丞相，百官皆因决事。文帝时被免相，为淮南王刘长所杀。

④知：结交。

⑤陆贾：从刘邦定天下，以说服南越王赵佗归汉拜太中大夫。常于高帝前说《诗》《书》，著《新语》十二篇，论秦汉所以兴亡之故。

⑥祱（shuì）：赠送死者的衣被。

⑦赙（fù）：以财物助丧事。

⑧下吏：交付司法官吏审讯。

⑨闳孺：汉宦官，惠帝刘盈的男宠，又作“闳籍孺”。

⑩肉袒：解衣裸露出肉体，以此向对方表示恭敬或谢罪。

【译文】

汉朝平原君朱建，为人刚强正直而能言善辩。辟阳侯深得吕太后宠爱，想结交朱建，朱建不肯见他。等朱建的母亲去世时，因为家贫没有钱来料理丧事，正在借贷。陆贾一向与朱建交好，就要朱建先料理丧事，而自己动身去见辟阳侯，祝贺他说：“平原君的母亲去世了。”边批：奇语。辟阳侯说：“平原君的母亲去世，为什么要祝贺我？”陆贾说：“从前君侯您想结交平原君，平原君出于大义不和您结交，就是因为他母亲的缘故。相知的人，应当相互救济对方的危难。现在平原君的母亲去世了，您真诚地奉送丰厚的奠仪，那么他会为您效死命的。”辟阳侯于是奉送百金助丧。其他王侯贵人因为辟阳侯的缘故，去送助丧财物共有五百金。过了一段时间，有人诋毁辟阳侯，惠帝大怒，把他交付司法官吏审讯，想要杀他。吕太后心虚惭愧，不好意思替他说话。朝中大臣多以辟阳侯骄宠行为为祸患，于是想要诛杀他。辟阳侯困顿急迫，派人对朱建说想见他。朱建推辞说：“案情紧急，不敢见面。”朱建于是求见惠帝的宠臣闳孺，对他说：“您受惠帝宠爱的原因，天下人没有不知道的，而今辟阳侯受审讯，天下人都说是您进谗言想要杀他。今天辟阳侯被杀，明天太后含怨在心，也会杀了您。您为何不解衣露体，为辟阳侯进言皇上？皇上听了您的话，释放辟阳侯，太后一定非常高兴。皇上、太后两位都宠爱您，您的富贵就会翻倍了！”于是闳孺十分恐慌，听从了朱建的计谋，进言惠帝。惠帝果然释放了辟阳侯。辟阳侯开始以为朱建背叛自己，非常愤怒。等他被释放后，才大为吃惊。吕太后驾崩后，大臣诛杀吕姓诸侯。辟阳侯和吕姓诸侯交往极深，而最终能免于被诛，都是靠陆贾和平原君的计谋。

不但陆贾、朱建智，辟阳侯亦智。

【译文】

不只是陆贾、朱建有智慧，辟阳侯也有智慧。

二

梁孝王既刺杀袁盎[①]，事觉，惧诛，乃赍邹阳千金[②]，令遍求方略以解。阳素知齐人王先生，年八十余，多奇计，即往求之。王先生曰：“难哉！人主有私怨深怒[③]，欲施必行之诛，诚难解也！子今且安之？”阳曰：“邹、鲁守经学[④]，齐、楚多辩智,韩、魏时有奇节,吾将历问之。”王先生曰:“子行矣,还,过我而西。”阳行月余,莫能为谋者。乃还,过王先生,曰:“臣将西矣,奈何?”先生曰:“子必往见王长君⑤。”邹阳悟,辄辞去,不过梁,径至长安,见王长君。长君者,王美人兄也⑥。阳乘间说曰:“臣愿窃有谒也。臣闻长君弟得幸后宫⑦,天下无有,而长君行迹多不循道理。今陛下穷竟袁盎事⑧,即梁王恐诛,太后怫郁⑨,无所发怒,必切齿侧目于贵臣,而长君危矣!”长君瞿然曰⑩:“奈何?”阳曰:“第能为上言,得无竟梁事,则太后必德长君,金城之固也。”长君如其计,梁事遂寝。

【注释】

①梁孝王既刺杀袁盎:汉景帝弟梁孝王得太后宠爱,太后屡次请景帝死后传位于梁孝王。而梁孝王亦求为嗣。袁盎力阻之,孝王怨恨袁盎并派人刺杀他。

②邹阳:汉景帝时,与枚乘等仕吴王刘濞,能文善辩,知吴王有反谋,上书谏,不听,遂至梁国。后为佞臣羊胜所诬陷,下狱,上书自陈,被梁孝王释出,待为上客。

③人主有私怨深怒:景帝对梁孝王怀有深怨,正想以此案翦除孝王。

④邹、鲁:春秋时邹国、鲁国,在今山东曲阜及邹城一带,孔、孟等生于此,儒学昌盛。

⑤王长君:王信,字长君。景帝王皇后之兄。

⑥王美人:王娡,汉景帝第二任皇后,汉武帝生母。

⑦弟:妹,古代也称女弟。

⑧穷竟:彻底追究。

⑨怫郁:怨怒郁积。

⑩瞿然：吃惊的样子。

【译文】

汉朝时梁孝王刺杀袁盎，事情泄露，害怕被杀，于是送给邹阳一千金，让他四处寻求对策以脱罪。邹阳早就听说齐人王先生，八十多岁了，有很多奇特的计谋，就前去拜访他。王先生说："这事难啊！君主有私人积怨、深沉怒气，一定要杀了他，实在很难化解！你现在要往哪里去呢？"邹阳说："邹、鲁之人谨守经学，齐、楚之人多辩才智谋，韩、魏之人有奇特节操，我将一一拜访他们。"王先生说："那你就去吧，回来时，先来我这儿，再向西到长安。"邹阳走了一个多月，没有能为他谋划的人。于是回去，又去看王先生，说："我将要往西去了，怎么办呢？"王先生说："你一定要去见王长君。"邹阳突然领悟，立刻告辞，不回梁国，直接来到长安，拜见王长君。王长君，是王美人的哥哥。邹阳找机会说："我希望私下向您禀告。我听说您的妹妹在后宫很得宠幸，天下没有能比的，而您的行迹多不遵循常理。现在皇上要彻底追究梁王杀袁盎的事，梁王害怕被杀，太后怨怒郁积，没有可以发泄的地方，必定迁怒于贵族大臣，那么您的处境就危险了！"王长君吃惊地说："怎么办呢？"邹阳说："只要能向皇上进言，使得他不追究梁王的罪行，那么太后一定会感激您，您的地位就像金城一样稳固。"王长君遵从邹阳的建议，梁王刺杀袁盎的事于是平息。

朱建一篇程文抄得恰好[1]。不唯王先生智，邹阳亦智。

【注释】

①程文：范文，供人模仿的程式性文章。

【译文】

朱建一篇范文抄得恰到好处。不只是王先生有智慧，邹阳也有智慧。

厮养卒

赵王武臣遣韩广至燕[①]，燕人因立广为燕王。赵王与张耳、陈馀北略地至燕界。赵王间出，为燕军所得。燕将囚之，欲与分赵地半，乃归王。使者十辈，往辄见杀。张耳、陈馀患之。有厮养卒[②]，谢其舍中曰[③]："吾为公说燕，与王载归。"舍中皆笑。养卒走燕壁[④]，问燕将曰："知臣何欲？"燕将曰："若欲得赵王耳。"曰："君知张耳、陈馀何如人？"燕将曰："贤人也。"曰："知其志何欲？"曰："欲得王。"养卒笑曰："君未知此两人所欲也！夫武臣、张耳、陈馀，杖马棰下赵数十城[⑤]，此亦各欲南面而王，岂欲为卿相终已耶[⑥]？夫臣与主，岂可同日而道哉！顾其势初定，未敢参分而王[⑦]，且以少长，先王武臣，以持赵心。今赵地已服，此两人亦欲分赵而王，时未可耳。今乃囚赵王，此两人名为求赵王，实欲燕杀之，边批：剖明使者辈急于求王之意。此两人分赵自立。夫以一赵尚易燕[⑧]，况以两贤王，左提右挈而责杀王之罪[⑨]，灭燕必矣！"燕将以为然，乃归赵王，养卒为御而归[⑩]。

【注释】

①赵王武臣：秦朝末年，陈胜、吴广起义，建国号为张楚，陈胜自立为王，令陈人武臣与张耳、陈馀略赵地。武臣至邯郸，遂自立为赵王。韩广：原为秦上谷卒史，此时随武臣为将。

②厮养卒：劈柴养马的小卒。

③谢：辞别。

④壁：军营的壁垒。

⑤杖马棰：手持马鞭。是说不用兵力，只是策马巡逻。

⑥终已：终了，到头。

⑦参分：三分赵地。参，同“三”。

⑧易：轻视。

⑨左提右挈：互相扶持。

⑩御：驾车。

【译文】

赵王武臣派韩广到燕国，燕人于是拥立韩广为燕王。赵王和张耳、陈馀向北攻夺土地到达燕国边境。赵王私自出营地，被燕军俘获。燕军将领囚禁他，想要分一半赵国的领地，才肯放归赵王。赵国使者来了十批，去燕国就被杀。张耳、陈馀为此很忧心。有个劈柴养马的小卒辞别同宿舍的士卒说：“我可以为诸公说服燕人，与赵王乘车一起回来。”同宿舍的人都嘲笑他。小卒来到燕军营地，问燕军将领说：“知道我要来干什么吗？”燕军将领说：“想要接回赵王。”小卒说：“将军可知张耳、陈馀是什么样的人？”燕军将领说：“是贤人。”小卒说：“将军知道他们的志向是什么？”燕军将领说：“希望接回赵王。”小卒大笑说：“将军不知道这两个人所想要的东西！武臣、张耳、陈馀，手持马鞭就可以攻下赵国几十座城池，他们也各自想要南面称王，哪会是做个卿相就满足了呢？臣子和君主，怎么能相提并论呢！只是当时局势刚刚稳定，不敢三分赵地而各自称王，姑且以年龄长幼，以武臣为王，以稳定赵国的军心。而今赵地已经臣服，这两个人也想要瓜分赵国而各自称王，只是时机尚未成熟。现在囚禁了赵王，这两个人名义上是解救赵王，实际上希望燕人杀了他，边批：剖析清楚那几批使者着急要回赵王的深意。两个人好瓜分赵国自立为王。以一个赵王尚且藐视燕国，何况是两位贤明的君王，互相扶持，责怪燕国杀赵王的罪行，灭亡燕国是必然的！”燕国将领认为他说得有理，于是释放了赵王，小卒为赵王驾车而归。

杨善

土木之变[①],上皇在虏岁余[②],虏屡责奉迎,未知诚伪,欲遣使探问,而难其人。左都御史杨善慨然请往[③]。边批:尊官难得如此。其胸中已有主张矣。虏将也先密遣一人黠慧者田氏来迎,且探其意。相见,云:"我亦中国人,被虏于此。"因问:"向日土木之围,南兵何故不战而溃?"善曰:"太平日久,将卒相安,况此行只是扈从随驾,初无号令对敌,被尔家陡然冲突,如何不走?虽然,尔家幸而得胜,未见为福。今皇帝即位,聪明英武,纳谏如流。有人献策云:'虏人敢入中国者,只凭好马扒山过岭,越关而来。若令一带守边者,俱做铁顶橛子,上留一空,安尖头锥子,但系人马所过山岭,遍下锥橛,来者无不中伤。'即从其计。又一人献策云:'今大铜铳,止用一个石炮,所以打的人少。若装鸡子大石头一斗打去,迸开数丈阔,人马触之即死。'亦从其计。又一人献策云:'广西、四川等处射虎弩弓,毒药最快,若傅箭头,一着皮肉,人马立毙。'又从其计,已取药来,天下选三十万有力能射者演习,曾将罪人试验。又一人献策云:'如今放火枪者,虽有三四层,他见放了又装药,便放马来冲踩。若做大样两头铳,装铁弹子数个,擦上毒药,排于四层,候马来齐发,俱打穿肚。'曾试验三百步之外者,皆然。献计者皆升官加赏。天下有智谋者闻之,莫不皆来。所操练军马又精锐,可惜无用矣!"边批:收得妙。虏人曰:"如何无用?"善曰:"若两家讲和了,何用?"虏人闻言,潜往报知。

【注释】

①土木之变：明正统十四年（1449），英宗在宦官王振鼓动下亲自北伐，明朝军队在土木堡（今河北怀来东）败于瓦剌军队，王振被杀，明英宗被俘。

②上皇：明英宗被俘后，景帝登极，追尊其为太上皇。虏：此处指瓦剌军。

③左都御史：明代都察院主官。都察院掌弹劾百官，为天子耳目，主持重案会审。杨善：字思敬。英宗正统间为礼部左侍郎，随英宗北征，土木之变，乘间逃归，为左都御史。景泰元年（1450）出使瓦剌，迎英宗归。后英宗复辟，叙夺门功，封兴济伯。负才辩，以巧取功名，性情刚愎，为士人所不齿。

【译文】

土木之变后，英宗被瓦剌部囚禁了一年多。瓦剌人屡次派人通知明廷迎英宗回国，不知道是真心还是别有用心，明朝想派使者前去探问情况，很难决定人选。左都御史杨善慷慨请求前往。边批：高官难得如此。他心中已有主意了。瓦剌首领也先秘密派遣聪明狡黠的田氏迎接，想借机刺探杨善的主意。二人见面，田氏说："我本也是中国人，被瓦剌人俘虏到此地。"接着问："之前土木堡之围，明军怎么会没交战就溃败？"杨善说："太平的日子过久了，将帅士兵彼此和睦，况且那次只是护卫随驾，起初没有接获军令要抗敌，就被你们突然袭击，怎会不溃散逃跑？即使如此，你们侥幸获胜，未见得是福气。当今皇上即位，聪明英勇，善于接受谏言。有人献计说：'瓦剌人敢侵犯中国，只是凭借好马翻山越岭，越过关卡而来。如果令这一带的守边将士，都做铁顶橛子，上面留个小孔，安插尖头锥子，只需要在瓦剌人马所经过的山岭，遍地布下带锥的橛子，来的人没有不被扎伤的。'已经采纳了他的意见。又有一个人献策说：'现在的大铜铳，每次只用一个石炮，所以打的人少。若是换装鸡蛋大小的石头一斗打出去，四射开来有数丈宽，敌人的人马被打到就会死伤。'也已经采纳了他的意见。又有一个人献策说:‘广西、四川等地猎杀老虎的弩弓,用毒药最便捷,若涂在箭头上,一触到皮肉,人马立即毙命。’已经采纳了他的意见,并且已经取来了毒药,全国选拔三十万有力量能射箭的人演习,曾经以罪犯来练习试验。又有一个人献策说:‘现在放火枪的人,虽然有三四排,敌人见每次放枪之后又要重新装药,便趁间隙放马冲过来踩踏。如果建造大型双头火铳,一次装填数发铁弹子,涂上毒药,排成四排,等敌人的马冲过来时一齐发射,都会穿肠破肚。’曾经试验远在三百步之外的人马,杀伤力都是这样。献策的人都升官获赏。天下有智谋的人听说,无不都来献计。所操练的将士、马匹精练勇锐,可惜没有用处!”边批:收得妙。胡人田氏说:“怎么没有用处?”杨善说:“若是大明与瓦剌讲和了,还有什么用?”胡人听了杨善的话,偷偷回去报告也先。

次日,善至营,见也先。问:“汝是何官?”曰:“都御史。”曰:“两家和好许多年,今番如何拘留我使臣,减了我马价,与的段匹,一匹剪为两匹,将我使臣闭在馆中,不放出?这等计较如何?”善曰:“比先汝父差使臣进马,不过三十余人,所讨物件,十与二三,也无计较,一向和好。汝今差来使臣,多至三千余人,一见皇帝,每人便赏织金衣服一套,虽十数岁孩儿,也一般赏赐。殿上筵宴为何?只是要官人面上好看。临回时,又加赏宴,差人送去,何曾拘留?或是带来的小厮,到中国为奸为盗,惧怕使臣知道,边批:都是揄扬语。从小路逃去,或遇虎狼,或投别处,中国留他何用?若减了马价一节,亦有故。先次官人家书一封,着使臣王喜送与中国某人。会喜不在,误着吴良收了,进与朝廷。后某人怕朝廷疑怪,乃结权臣,因说:‘这番进马,不系正经头目,如何一般赏他?'以此减了马价。及某人送使臣去,反说是吴良诡计减了,意欲官人杀害吴良,不想果中其计。"也先曰:"者!"胡语"者",然词也。

【译文】

第二天,杨善到达军营,会见也先。也先问:"你是什么官职?"杨善说:"都御史。"也先说:"明与瓦剌友好很多年,这次为什么要扣留我们的使臣,降低马的价格,给我们的锦缎,也都一匹分剪为二匹,把我派去的使臣扣押在行馆中,不放出来?为什么要这么做?"杨善说:"从前你父亲派使臣进贡马匹,使者不过三十多人,所讨要的东西,赏赐十分之二三,也不加计较,两国一向友好。你如今派来的使臣,多达三千多人,一见了皇帝,每人便赏赐一套织金衣服,即使十几岁的孩童,也和成人般同样赏赐。为什么在大殿上举行宴会?只是为了让你面子上好看。使臣回瓦剌前,又再赐宴,并派人送回,哪里拘留过使者?或许是使臣带来的仆人,到中国来作奸为盗,害怕使臣知道,边批:都是赞扬的话。从小路逃走,或遇到虎狼,或是投靠别处,中国留下他们有什么用?至于降低马价一事,也是有原因的。先前你曾写了一封信,派使臣王喜送交给某个中国人。正巧王喜不在,误让吴良收了,进呈给朝廷。后来那个人怕朝廷怀疑怪罪,于是结交权臣,就说:'这次进献马匹,不是正经头目,为什么要一样地赏赐他?'因此降低了马价。等那个人送走使臣,反过来说是吴良使诡计降了马价,想要借你杀害吴良,没想到果然中了他的奸计。"也先说:"者!"胡语中的"者",是表示肯定的词。

又说买锅一节:"此锅出在广东,到京师万余里,一锅卖绢二匹。使臣去买,只与一匹,以此争斗,卖锅者闭门不卖,皇帝如何得知?譬如南朝人问使臣买马,价少便不肯卖,岂是官人分付他来？”也先笑曰：“者！”又说剪开段匹：“是回回人所为。边批：跟随使人者。他将一匹剪将两匹，若不信，去搜他行李，好的都在。”也先又曰：“者，者！都御史说的皆实。如今事已往，都是小人说坏！”善因见其意已和，乃曰：“官人为北方大将帅，掌领军马，却听小人言语，忘了大明皇帝厚恩，便来杀掳人民。上天好生，官人好杀。有想父母妻子脱逃者，拿住便剜心摘胆，高声叫苦，上天岂不闻知！”答曰：“我不曾着他杀，是下人自杀。”善曰：“今日两家和好如初，可早出号令，收回军马，免得上天发怒降灾。”也先笑曰：“者，者！”问：“皇帝回去，还做否？”善曰：“天位已定，谁再更换？”也先曰：“尧、舜当初如何来？”善曰：“尧让位于舜，今日兄让位于弟，正与一般。”有平章昂克问①：“汝来取皇帝，将何财物来？”善曰：“若将财物来，后人说官人爱钱了。若空手迎去，见得官人有仁义，能顺天道，自古无此好男子。我临修史书，备细写上，着万代人称赞。”也先笑曰：“者，者！御史写的好者！”次日，见上皇，又次日，也先遂设宴，与上皇送行。

【注释】

①平章：元代中书省平章政事省称，佐丞相主持军国大事。此为瓦剌高官名称。

【译文】

再说买锅一事：“这种锅出产于广东，运到京师有一万多里，一口锅定价两匹绢。你的使臣去买锅，只肯出一匹绢，因此争执起来，卖锅的人索性关门不卖了，皇帝怎么会知道这种事？好比明朝人向贵国使臣买马，出价太低而使者不肯卖，难道能是你吩咐他这样做？”也先笑着说：“者！”又说剪开锦缎：“是回回人做的。边批：跟随使者的人。他们将一匹锦缎剪成两匹，若你不信，去搜查他们的行李，整匹完好的锦缎都在他们行李中。”也先又说：“者，者！都御史说的都是实话。如今事情都过去了，都是小人谗言。”杨善见也先态度已经缓和，就说：“你是北方大将军，统帅军队，却听信小人谗言，忘了大明皇帝深厚的恩德，就来杀害掳掠百姓。上天爱惜生灵，你却喜好杀戮。有思念父母妻儿而逃脱的人，抓到便挖心摘胆，他们大声叫苦，上天怎么能不知道！”也先回答说：“我不曾下令杀人，都是下面的人杀的。”杨善说：“现在两国和好如初，可以尽快发出号令，撤回军队，免得上天发怒降下灾祸。”也先笑着说：“者，者！”又问：“皇帝回国后，还做皇帝吗？”杨善说：“帝位已经确定，谁能再更换？”也先说：“尧、舜时帝位是如何传承的？”杨善说：“尧让位给舜，而今兄让位给弟，正是一样。”有个叫昂克的平章问说：“你前来迎接皇帝，带了什么财物来？”杨善说：“若是携带财物而来，后世的人会嘲笑你们贪恋财物了。若是空手迎接皇帝回去，可以看出你们有仁义之心，能顺应天道，自古以来没有这样的好男子。我等到编修史书时，会详细写上，让后世万代人人称颂。”也先笑着说：“者，者！都御史好好写就是。”第二天，杨善拜见英宗，再隔一天，也先就设宴，为英宗饯行。

杨善之遣，止是探问消息，初未有奉迎之计。被善一席好语，说得也先又明白，又欢喜，即时遣人随善护送上皇来归，奇哉！晋之怀、愍[①]，度其必不得而不敢求者也；宋之徽、钦[②]，求之而不得者也，庶几赵之厮养卒乎？然机有可乘者三：耳、馀辈皆欲归王[③]，一也；继使者十辈之后，二也；分争之际，易以利害动，三也。虏狃于晋、宋之故事[④]，方以为奇货可居。而中朝诸臣，一则恐受虏之欺，二则恐拂嗣立者之意[⑤]，相顾推诿而莫敢任。善义激于心，慨然请往，不费尺帛半镪⑥，单辞完璧⑦，此又岂厮养卒敢望哉！

【注释】

①晋之怀、愍：西晋永嘉间，前汉主刘聪遣刘曜攻破晋都洛阳，掳晋怀帝。至建兴末，汉主又掳晋愍帝。二帝均为刘聪所杀。

②宋之徽、钦：北宋靖康末，金兵破汴京，掳上皇徽宗及钦宗，置于五国城。

③耳、馀：张耳、陈馀。

④狃（niǔ）：囿，局限。

⑤拂嗣立者之意：此句是说迎还英宗，景帝将不自安，群臣恐违逆景帝之心，不愿出面迎英宗。拂，违背。嗣立者，指明景帝。

⑥镪（qiǎng）：成串的钱。

⑦单辞：指诉讼中无对质无证据单方面的言辞。完璧：比喻将原物完好地归还或退回。

【译文】

杨善的出使，只是探问消息，开始没有奉迎英宗回国的计划。然而也先被杨善一番好话，说得心里既明白又高兴，当时就派人随杨善护送英宗回国，不可思议！晋朝的怀、愍二帝被俘，料想必然不能从敌人手上要回所以不敢有要求；宋朝的徽、钦二帝，却是要求送回而被拒绝，与赵国的劈柴养马的小吏差不多吧？然而赵国小吏有机可乘的因素有三点：张耳、陈馀等人都想要赵王回国，是其一；相继出使的人有十来批，是其二；纷争之时，容易以利害关系来说动对方，是其三。瓦剌囿于晋、宋的旧事，本以为俘虏英宗可以捞取大量利益。但朝中诸位大臣，一则害怕受到瓦剌的欺骗，二则害怕违背景帝的心意，相互推诿而不敢担任使臣。杨善的道义激荡于胸中，慷慨请求前往，不费一尺绢帛半串钱币，凭借无法对质没有证据的单方面言辞就迎奉英宗回国，这又哪是厮养卒所能比的！

○土木是一时误陷，与晋、宋之削弱不同。而也先好名，又非胡刘、女直残暴无忌之比，其强势亦远不逮，所以杨善之言易入。使在晋、宋往时，虽百杨善无所置喙矣[1]。然尔时印累累，绶若若[2]，而慨然请往，独一都御史也；即无善之口舌，独无善之心肝乎？

【注释】

①无所置喙（huì）：没有话可说。

②印累累，绶若若：《汉书·石显传》："印何累累，绶若若耶？"累累，形容官印连接成串的样子。绶，绶带，古时官吏用以系官印等物的丝带。若若，长而下垂的样子。

【译文】

土木堡之役只是一时误中也先的袭击，与晋、宋两朝的国势积弱不同。而也先重视名声，又与刘氏和金人的残暴无所顾忌不同，而瓦剌的势力也远远比不上刘氏和金人，所以杨善的话容易打动也先。假使在之前晋、宋时期，即使有一百个杨善也说不上一句话。然而当时位高权重的大臣，能慷慨自愿请求出任的，只有一个都御史杨善；即使没有杨善的口才，难道也没有杨善的正义之心吗？

富弼

契丹乘朝廷有西夏之忧[1]，遣使来言关南之地[2]。地是石晋所割[3]，后为周世宗所取[4]。富弼奉使[5]，往见契丹主曰："两朝继好，垂四十年[6]，一旦求割地，何也？"契丹主曰："南朝违约，塞雁门[7]，增塘水[8]，治城隍，籍民兵，将以何为？群臣请举兵而南。吾谓不若遣使求地，求而不获，举兵未晚。"

弼曰:"北朝忘章圣皇帝之大德乎[9]?澶渊之役[10],苟从诸将言,北兵无得脱者。且北朝与中国通好,则人主专其利,而臣下无所获。若用兵,则利归臣下,而人主任其祸。故劝用兵者,皆为身谋耳。今中国提封万里[11],精兵百万,北朝欲用兵,能保必胜乎?就使其胜,所亡士马,群臣当之与,抑人主当之与?若通好不绝,岁币尽归人主,群臣何利焉。"契丹主大悟,首肯者久之。弼又曰:"雁门者,备元昊也。塘水始于何承矩[12],事在通好前。城隍修旧,民兵亦补阙,非违约也。"契丹主曰:"虽然,吾祖宗故地,当见还耳。"弼曰:"晋以卢龙赂契丹[13],周世宗复取关南地,皆异代事。若各求地,岂北朝之利哉?"

【注释】

①西夏之忧:此条所载为宋仁宗庆历二年(1042)事,宋朝与西夏战事颇剧,而宋又新败。

②关南之地:关,瓦桥关,在今河北雄县南。契丹所要为瓦桥关以南的十县。

③石晋:即后晋。936年保义军节度使石敬瑭以割让燕云十六州为条件,请求契丹援助,灭亡后唐,建立后晋。

④周世宗:后周太祖郭威养子,后继郭威为帝,收复瓦桥、益津、淤口三关。

⑤富弼:字彦国,又称富韩公。历仕宋仁宗、英宗、神宗三朝。澶渊之盟后,回朝后升任枢密副使,与范仲淹等共同推行庆历新政。仁宗至和二年(1055),入朝授同平章事、集贤殿大学士,拜相。后以司空、韩国公退休。卒谥文忠。

⑥垂：将近。

⑦雁门：雁门关，在今山西代县西北。

⑧增塘水：指何承矩利用河北沼泽湖泊，建设陂塘，以防契丹骑兵南下事。

⑨章圣皇帝：宋真宗谥“文明武定章圣元孝皇帝”，简称章圣皇帝。

⑩澶渊之役：宋景德元年（1004），辽圣宗耶律隆绪及太后萧绰亲率大军南下，兵临澶州（今河南濮阳）城。在宰相寇准主持下，宋真宗亲征，双方隔河对峙。被契丹俘虏的宋将王继忠乘间调停，主南北议和。当年十二月，双方签订澶渊之盟，使宋辽维持约一百二十年的和平局面。

⑪提封：疆界以内的领土。

⑫何承矩：字正则。历知沧、雄、澶州，有治绩。

⑬晋以卢龙赂契丹：事在后唐清泰三年（936），石敬瑭父事契丹，割让燕云十六州以求得契丹的援助。卢龙即在此区域内。

【译文】

契丹趁宋朝正遭西夏侵扰时，派使者前来要求归还瓦桥关以南十县土地。地是五代石敬瑭为求契丹援助时所割，后由后周世宗夺回。富弼奉命出使，去见契丹主说：“两国修好，将近四十年，今天突然要求割地，是为什么？”契丹主说：“宋违背盟约，派兵防守雁门关，增辟水塘，整修城隍，登记民兵，将要做什么？我的大臣们都要求出兵南下。我说不如派使者要求割地，要求之后宋不答应，再出兵不迟。”富弼说：“你们北朝难道忘了真宗皇帝的大恩德？当年澶渊之战，如果真宗皇帝采纳将军们的意见，你们北方士兵没有能逃脱的。况且北朝与中国交好，那么您可独享好处，而臣下没有丝毫收获。如果出战，那么功劳归大臣们，而您却要承担战争的祸患。所以劝您用兵的人，都是为自身利益谋划。而今中国疆域万里，精兵百万，北朝想要出兵，能保证一定会获胜吗？就算获胜，所伤亡的兵马，是群臣应当承担，还是您应当承担呢？若是两国修好往来不绝,每年宋输纳的钱物都归您,大臣们有什么好处呢?”契丹主豁然醒悟,久久点头称是。富弼又说:“防守雁门关,是为防备西夏元昊。辟建水塘开始于何承矩,这事是在两国交好之前。城隍是修补老旧处,登记民兵也是递补军中遗缺,并没有违背盟约。”契丹主说:“即使这样,关南是我祖先的土地,应当归还我们。”富弼说:“后晋以卢龙地贿赂契丹,周世宗又从契丹手中取回关南土地,都是前朝的事。若是各自索讨旧地,难道对北朝利好吗?”

既退,刘六符曰[①]:“吾主耻受金币,坚欲十县,何如?”边批:占上风。弼曰:“本朝皇帝言:为祖宗守国,岂敢望以土地与人?北朝所欲,不过租赋耳。朕不忍多杀两朝赤子,故屈地增币以代之。边批:占上风。若必欲得地,是志在败盟,假此为辞耳。”

【注释】

①刘六符:进士出身,当时为契丹翰林学士。辽兴宗重熙十一年(1042),赴北宋索取关南十县,拜同平章事,出为长宁军节度使,入为三司使。

【译文】

富弼告辞退下,刘六符对富弼说:“我们契丹主耻于接受宋朝的钱财,坚持要关南十县,会怎么样呢?”边批:占据上风。富弼说:“本朝皇帝曾说:要为祖先固守国土,怎么敢随便把土地送给别人?北朝所想要的不过是租税田赋罢了。朕不忍心多杀两国纯良的百姓,所以才不要求归还土地而以增加岁币来代替。边批:占据上风。若是北朝一定要得到土地,就是有心毁弃盟约,借割地为说辞。”

明日契丹主召弼同猎，引弼马自近，谓曰："得地则欢好可久。"弼曰："北朝既以得地为荣，南朝必以失地为辱。兄弟之国，岂可一荣一辱哉？"猎罢，六符曰："吾主闻公荣辱之言，意甚感悟，今唯结姻可议耳。"弼曰："婚姻易生嫌隙。本朝长公主出嫁，赍送不过十万缗，岂若岁币无穷之利哉？"

【译文】

第二天契丹主召见富弼一同打猎，把富弼的马牵到自己近前，对他说："我们得到土地那么两国的交好可以保持长久。"富弼说："北朝既然以得到土地为光荣，宋朝必定以损失土地为耻辱。兄弟之国，怎能让一个觉得光荣一个觉得屈辱呢？"狩猎结束，刘六符说："我们主上听了您关于荣辱的议论，内心十分感叹，如今只有两国结为姻亲可以商议。"富弼说："婚姻容易产生猜疑、隔阂。本朝长公主出嫁，陪嫁不过十万缗钱，怎么比得上岁币无穷的利益呢？"

弼还报，帝许增币。契丹主曰："南朝既增我币，辞当曰'献'[①]。"弼曰："南朝为兄，岂有兄献于弟乎？"边批：占上风。契丹主曰："然则为'纳'[②]。"弼亦不可。契丹主曰："南朝既以厚币遗我，是惧我矣，于二字何有？若我拥兵而南，得无悔乎？"弼曰："本朝兼爱南北，边批：占上风。故不惮更成[③]，何名为惧？或不得已而至于用兵，则当以曲直为胜负，非使臣之所知也！"契丹主曰："卿勿固执，古有之矣。"弼曰："自古唯唐高祖借兵突厥[④]，当时赠遗，或称献纳。其后颉利为太宗所擒[⑤]，边批：占上风。岂复有此哉！"契丹主知不可夺，自遣人来议。帝用晏殊议[⑥]，竟以"纳"字与之。边批：可恨！

【注释】

①献：藩臣贡物，曰献。

②纳：意同贡献，附属国贡物的说辞。

③更成：再次议和，指重新修订交纳契丹银绢数量，即所谓“增币”事。

④唐高祖借兵突厥：隋末，太原留守、唐公李渊起兵，遣刘文静至突厥，见始毕可汗，请援兵，称臣。当时李渊尚未为帝。

⑤颉利为太宗所擒：唐初，突厥大为边患，唐采取和亲政策。太宗即位，突厥颉利可汗政乱，又为回纥所败，太宗遣李勣、李靖等击突厥，后擒颉利可汗。

⑥晏殊：字同叔。仁宗时累官同中书门下平章事。工诗词。

【译文】

富弼回国向仁宗禀报，仁宗答应增加岁币。契丹主说：“南朝既然答应增加给我们的岁币，言辞上应当说‘献’。”富弼说：“南朝是兄长，哪有兄长献给弟弟的道理？”边批：占据上风。契丹主说：“那就称为‘纳’。”富弼也不认可。契丹主说：“南朝既然将丰厚的钱帛赠送给我，是害怕我，在这两个字上有什么关系呢？如果我率兵南下，南朝能不会后悔吗？”富弼说：“我朝兼爱南北人民，边批：占据上风。所以不惜再次议和，怎么能说是怕呢？如果真不得已而到交战的地步，那么就会以理之曲直分胜负，这就不是作为使臣的我所能预知的了。”契丹主说：“你不要太固执，称‘献’‘纳’古代已有先例。”富弼说：“自古以来只有唐高祖向突厥人借兵，当时赠送钱帛，或称之为献纳。后来颉利可汗被唐太宗擒获，边批：占据上风。哪还再有那回事！”契丹主知道无法说服富弼，就派人到宋朝议和。仁宗任用晏殊去商议，竟然同意用“纳”字。边批：可恨！

富郑公与契丹主往复再四，句句占上风，而语气又和婉，使人可听。此可与李邺侯参看[①]，说辞之最善也。弼始受命往，闻一女卒；再往，闻一男生，皆不顾。得家书，未尝发，辄焚之，曰："徒乱人意！"有此一片精诚，自然不辱君命。

【注释】

①李邺侯：李泌，封邺县侯，世称"李邺侯"。事见卷七"李泌"条。

【译文】

富弼与契丹主对答多次，句句话占上风，而语气又温和委婉，让人听得进去。这可以和李泌的言辞对照来看，是说辞中最完美的。富弼刚开始奉命前往，听说一个女儿去世；再次前往，听说一个儿子出生，都不顾。收到家书，不曾拆阅，就顺手烧毁，说："白白扰乱我的情绪。"有这样一片至诚，自然能不辱没君主的使命。

王守仁

土官安贵荣[①]，累世骄蹇[②]，以从征香炉山[③]，加贵州布政司参政，犹怏怏薄之，乃奏乞减龙场诸驿[④]，以偿其功。事下督府勘议[⑤]。时兵部主事王守仁以建言谪龙场驿丞[⑥]，贵荣甚敬礼之。守仁贻书贵荣，略曰："凡朝廷制度，定自祖宗，后世守之，不敢擅改。改在朝廷，且谓变乱，况诸侯乎？纵朝廷不见罪，有司者将执法以绳之。即幸免一时，或五六年，或八九年，虽远至二三十年矣，当事者犹得持典章而议其后。若是，则使君何利焉？使君之先，自汉、唐以来千几百年，土地人民，未之或改。所以长久若此者，以能世守天子礼法，竭忠尽力，不敢分寸有所违越，故天子亦不得无故而加诸忠良之臣。不然，使君之土地人民，富且盛矣，朝廷悉取而郡县之，谁云不可？夫驿可减也，亦可增也，驿可改也，宣慰司亦可革也[7]，由此言之，殆甚有害，使君其未之思耶？所云奏功升职，意亦如此。夫划除寇盗[8]，以抚绥平良，亦守土常职。今缕举以要赏，则朝廷平日之恩宠禄位，顾将何为？使君为参政，已非设官之旧，今又干进不已，是无抵极也，众必不堪。夫宣慰，守土之官，故得以世有其土地人民。若参政，则流官矣[9]，东西南北，唯天子所使。朝廷下方尺之檄，委使君以一职，或闽或蜀，弗行，则方命之诛不旋踵而至[10]。若捧檄从事[11]，千百年之土地人民，非复使君有矣。由此言之，虽今日之参政，使君将恐辞之不速，又可求进乎？”后驿竟不减。

【注释】

①土官：即土司。

②骄蹇（jiǎn）：傲慢，不顺从。

③从征香炉山：香炉山在贵州凯里东南，四面陡绝。明正统间苗民起义据此，为总督王骥镇压。天顺中，再次起义，为巡抚邹文盛镇压。安贵荣参与了对苗民起义的镇压。

④龙场诸驿：明时于少数民族地区置驿，地属朝廷。龙场驿，在今贵州修文。

⑤督府：指云贵总督府。

⑥以建言谪龙场驿丞：明武宗正德元年（1506），王守仁因上疏营救戴铣，受廷杖，谪为龙场驿丞。

⑦宣慰司：宣慰使司的简称。明朝设在边境少数民族地区。

⑧刬(chǎn)除：废除。

⑨流官：与“土官”相对而言。土官为少数民族地区世袭而常守本土之官，流官则为在少数民族地区任命的官职，有任期，可调任。

⑩方命：违抗旨命。

⑪捧檄：此处指出仕。东汉人毛义有孝名，张奉去拜访他，刚好府檄至，要毛义去任守令，毛义拿到檄有喜色，张奉因此看不起他。后来毛义母死，毛义不再出去做官，张奉才知道他不过是为母亲而委屈做官。见《后汉书·刘平等传序》。

【译文】

土官安贵荣，家族几代人都傲慢自大，因为随军出征香炉山镇压苗民起义，加封贵州布政司参政的官职，仍不高兴，觉得封赏太少，于是奏请皇帝撤减龙场等驿交由土司管理，以补偿自己的功劳。朝廷将此事下发总督府审议。这时兵部主事王守仁因为上书营救戴铣被贬为龙场驿丞，安贵荣十分敬重并礼遇他。王守仁写信给安贵荣，内容大略为：“大凡朝廷的制度，都由祖先制定，后世子孙严守，不敢擅自更改。朝廷更改，尚且称为变乱，何况诸侯呢？纵使朝廷不降罪，有关部门也将按律法逮捕你。即使一时幸运免于处罚，但五六年，或者八九年，甚至远到二三十年后，当事人仍能够拿着典章而议论你。若是这样，对你有什么好处呢？你的先祖，自汉、唐以来一千几百年，拥有这片土地及人民，从没有变动过。所以能这样长久，是因为能世代遵守天子的礼法，竭尽忠心和能力，不敢有丝毫的违越，所以天子也不能没有缘由地对忠良的臣子加以剥夺。否则，你的土地人民，富庶而众多，朝廷都夺过来立为郡县，谁又敢说不行？驿站可撤减，也可以增加，如果驿站可以变动，宣慰司也可以革除，由此来说，大概这样很有坏处，你没有想过吗？你所说的按功劳升迁职务，也是同样的道理。剿灭盗匪，以安抚百姓，本来也是地方官的职责。现在你一一列举功劳邀赏，那么朝廷平日的恩宠俸禄，又是做什么的呢？将你任命为参政，已经超过设立官职的旧例，现在又不停地谋求仕进，这是贪得无厌，众大臣一定会觉得难以忍受。宣慰司，是守卫领土的官职，所以能世代保有土地人民。而参政官，是流官，东西南北调动，全凭皇上驱使。朝廷下达一纸公文，任命你一个官职，或是福建或是四川，你不去，那么违抗旨命的诛杀还没掉转脚跟立马就到了。若是奉命履职，千百年来世袭的土地人民，就不再归你所有。从这个角度来看，即使现在的参政之官，你恐怕推辞都来不及，怎么能再求仕进呢?”后来驿终究站没有撤减。

此书土官宜写一通置座右。

【译文】

这封信土官们应该抄写一遍放在座位右边作为激励。

张嘉言

张公嘉言司理广州时[①]，边海设有总兵、参、游等官[②]，幕下各数千防兵，每日工食三分。然参、游兵每岁涉远出汛[③]，而总兵官所辖兵，皆借口坐镇不远行。每三年五年修船，其参、游部下兵，止给每日工食之半。即非修船，而仅不出汛也，亦减工食每日三分之一，俱贮为修船之用。独总兵官部下兵毫无所减，当修船时，另凑处于民间。积习已久，彼此皆视为固然。忽巡道申详军门[④]，欲将总兵官所辖兵，以后稍裁其工食，留备修船之用。军门适与总兵有隙，乃仓卒允行。各兵哄然而哗，知张公为院道耳目[⑤]，直逼其堂。张公意色安闲，命呼知事者五六人登阶述其故。众兵俱拥而前。即叱下堂，曰："人言嚣乱，殊不便听。"众兵乃下。时天雨甚，兵衣尽湿，张公亦不顾，但令此六人者好言之。六人哓哓[6]，称旧无减例。张公曰："我亦与闻。汝等全不出汛，却难怪上人也。汝欲不减亦使得。虽然，亦非汝之利也。上司自今使汝等与参、游兵每岁更迭出汛，汝宁得不往乎？若往，则汝等且称参、游兵，工食减半矣。边批：怵之以害。汝所争而存者，非汝所能享，而参、游兵之来代者所得也。何不听其稍减，而汝等犹得岁岁称大将军兵乎？边批：歆之以利[7]。汝等试思之！"此六人俯首不能对，唯曰："愿爷爷转达宽恤。"张公曰："汝等姓名为谁？"各相顾不肯言。张公骂曰："汝等不言姓名，上司问我'谁来禀汝'，何以对之？不妨说来，自有处也。"乃始各言姓名而记之。张公曰："汝等传语诸人：此事自当有处，甚无哗！诸人而哗，汝之六人者各有姓名，上司皆斩汝首矣！"六人失色，唯唯而退。后议诸兵每月减银一钱，兵竟无哗者。

【注释】

①司理：明代州府推官的别称。张嘉言于万历二十二年（1594）任广州推官，后入朝为工部郎中，因贪赃为孙丕扬弹劾罢官。

②参、游：参将、游击，都为武官官名。

③出汛：出外巡逻。

④巡道：由按察使司派出巡查某一地方者。军门：明朝总督的别称。

⑤院道：抚院（巡抚）与道署。

⑥哓哓（xiāo）：唠叨，吵嚷。

⑦歆：引诱。

【译文】

张嘉言任广州推官时，海防设有总兵官、参将、游击等官职，各统领数千海防兵，每天每位士兵工钱三分银子。然而参将、游击部下的兵每年要走远路出外巡逻，而总兵官所管理的兵，都借口坐镇不到远处去。每隔三年、五年修一次船，参将、游击部下的兵，只发给每天工钱的一半。即使不修船，而仅是不外出巡逻，也要扣减每天工钱的三分之一，都积累起来作为修船的费用。唯独总兵官部下的兵一分钱都不扣减，等到修船时，另外向民间筹募款项。形成习惯已经很久了，彼此都看作理所当然。忽然巡道详细呈报总督，想将总兵官管辖的士兵，以后也稍微裁减工钱，留着准备做修船的费用。总督正好和总兵官之间有嫌隙，于是匆忙允许施行。总兵官的辖下士兵乱哄哄吵嚷起来，知道张嘉言是院道的耳目，径直逼近张嘉言的公堂。张嘉言神色从容，下令叫来五六个通晓事理的人登上台阶讲述原委。众多士兵也都拥挤着上前来。张嘉言立即叱责他们下堂，说："人多嘴杂，听不清楚。"众士兵于是退下去。这时天下大雨，士兵们的衣服都湿透了，张嘉言也不管，只让这六个人好好说。六个人吵嚷，说没有扣减工钱的旧例。张嘉言说："我也听说了。你们都不出外巡逻，也难怪长官会有这样的决定。你们想不扣减工钱也可以。即使如此，也未必是你们的好事。上司从现在开始让你们和参将、游击的士兵每年轮流出外巡逻，你们难道能不去吗？如果去了，那么你们也就和参将、游击的士兵一样，工钱减半。边批：用不利之处吓唬他们。你们极力所争取保留的，并非你们所能享受的，反而是来代替你们的参将、游击的士兵享受到了。为什么不听凭他稍微扣减，而你们还能年年称自己是大将军的兵吗？边批：用利益引诱他们。你们试想一下！"这六人低头答不出来，只有说："请爷爷代向长官转达宽恤我们。"张嘉言说："你们几个叫什么名字？"六人相视不肯说话。张嘉言骂道："你们不肯说姓名，上面长官问我'是谁来禀告你的'，我怎么回答呢？不妨说出来，我自有打算。"于是才各自说出自己的姓名并记下来。张嘉言说："你们传话给大家:这件事自当有解决办法,不要再吵闹!如果大家再闹,你们六人都留有名字,上司就会砍你们的头!”六人听了大惊失色,答应着告退了。后来决议每月每个士兵都减银一钱,士兵竟然没有再闹事的。

说得道理透彻,利害分明,不觉气平而心顺矣。凡以减省激变者,皆不善处分之过。

【译文】

张嘉言说得道理透彻,利害分明,士兵们听了不觉间气平心顺。凡是因为减省而激发动乱的,都是不善于处理的过错。

王维

弘治时[①],有希进用者上章[②],谓山西紫碧山产有石胆[③],可以益寿。遣中官经年采取,不获,民咸告病。按察使王维祥符人,令采小石子类此者一升,以示中官。中官怒,曰:“此搪塞耳!其物载诸书中,何以谓无?”公曰:“凤凰、麒麟,皆古书所载,今果有乎?”

【注释】

①弘治:明孝宗朱祐樘年号(1488—1505)。

②上章:向皇帝上书。

③石胆:矿物名,亦称胆矾。

【译文】

孝宗弘治年间,有个想要晋升的人向皇帝上书,说山西紫碧山出产石胆,服食可以延长寿命。朝廷于是派宦官连年开采,一直找不到,百姓都抱怨不已。按察使王维是祥符人,下令百姓采集类似石胆的小石子一升,呈交宦官。宦官见了大怒,说:"这简直是敷衍搪塞!石胆记载在书籍中,怎么说找不到呢?"王维说:"凤凰、麒麟,都是古书上记载的,今天果真有吗?"

秦宓

吴使张温聘蜀[①],百官皆集,秦宓字子敕独后至[②]。温顾孔明曰:"彼何人也?"曰:"学士秦宓。"温因问曰:"君学乎?"宓曰:"蜀中五尺童子皆学,何必我!"温乃问曰:"天有头乎?"曰:"有之。"曰:"在何方?"曰:"在西方。《诗》云'乃眷西顾'[③]。"温又问:"天有耳乎?"曰:"有。天处高而听卑。《诗》云'鹤鸣九皋,声闻于天'[④]。"曰:"天有足乎?"宓曰:"有。《诗》云'天步艰难'[⑤]。非足何步?"曰:"天有姓乎?"宓曰:"有姓。"曰:"何姓?"宓曰:"姓刘。"曰:"何以知之?"宓曰:"以天子姓刘知之。"温曰:"日生于东乎?"宓曰:"虽生于东,实没于西。"时应答如响,一坐惊服。

【注释】

①张温:字惠恕,三国时吴人。累官太子太傅。使蜀归,称蜀政美,为孙权所衔恨,终罢其官。聘:国与国之间遣使访问。

②秦宓:字子敕。诸葛亮任用为别驾中郎,后官至大司农。

③乃眷西顾:语出《诗经·大雅·皇矣》。意为于是回头望西方。

④鹤鸣九皋,声闻于天:语出《诗经·小雅·鹤鸣》。原句作"鹤鸣于九皋,声闻于天"。意为鹤鸣于沼泽,声音嘹亮传到天上。

⑤天步艰难:语出《诗经·小雅·白华》。意为命运不幸。

【译文】

三国时吴国派遣张温访问蜀国，蜀国官员都集合欢迎，只有秦宓字子敕后到。张温看着孔明说："那个人是谁？"孔明说："蜀国的学士秦宓。"张温便问秦宓说："你读过书吗？"秦宓说："在蜀国连五尺的孩童都念书，何况是我！"张温于是问他说："天有头吗？"秦宓说："有。"张温问："在哪个方向？"秦宓说："在西方。《诗经》上说'乃眷西顾'。"张温又问："天有耳朵吗？"秦宓说："有。天处于高处也能听到低处的声音。《诗经》上说'鹤鸣九皋，声闻于天'。"张温问："天有脚吗？"秦宓说："有。《诗经》上说'天步艰难'。没有脚怎么走路？"张温问："天有姓氏吗？"秦宓说："有。"张温问："姓什么？"秦宓说："姓刘。"张温说："怎么知道姓刘？"秦宓说："由天子姓刘知道的。"张温说："太阳是由东方升起吗？"秦宓说："太阳虽由东方升起，实际却由西方落下。"当时对答如流，在场百官无不惊叹佩服。

其应如响，能占上风，故特录之。他止口给者，概无取。

【译文】

秦宓对答如流，能占尽上风，所以特别选录他的话。其他仅只巧辩的，一概不录。

语智部善言卷二十

唯口有枢[①]，智则善转。

孟不云乎，言近指远[②]。

组以精神，出之密微。

不烦寸铁，谈笑解围。

集《善言》。

【注释】

①枢：门枢。口中有舌头，善言的人舌头转动如门枢一般灵活，所以有"舌枢"之说。

②孟不云乎，言近指远：指《孟子》中有"言近而指远者，善言也"的话。指，通"旨"。

【译文】

口中有舌如转轴，有智慧才善于运转。

孟子不是说了吗，言辞浅近意深远。

用心思组织语言，说出来缜密精微。

不需要寸铁武器，谈笑间便可解围。

集为《善言》一卷。

凌阳台

陈侯起凌阳之台[①],未终,而坐法死者数人。又执三监吏[②],群臣莫敢谏者。孔子适陈,见陈侯,与登台而观之。孔子前贺曰:"美哉台乎!贤哉主也!自古圣人之为台,焉有不戮一人而能致功若此者!"陈侯嘿然[③],使人赦所执吏。

【注释】

①陈侯:指陈惠公。春秋时陈国国君。

②监吏:监工的官吏。

③嘿(mò)然:沉默无言的样子。嘿,用同"默",不说话,不出声。

【译文】

春秋时陈惠公兴建凌阳台,还没有完工,而因犯法被杀的就有好几个人。又下令收押三名监工的官吏,大臣们没人敢进谏劝阻。正巧孔子来到陈国,拜见陈惠公,与他一起登台眺望。孔子上前祝贺说:"凌阳台真壮丽啊!大王真贤明啊!自古以来圣人修建楼台,哪里有不杀一个人就能成就这样功绩的呢!"陈惠公羞愧得哑口无言,命人释放了被抓的官吏。

说秦王

秦王与中期争论不胜[①]。秦王大怒,中期徐行而去。或为中期说秦王曰:"悍人耳[②]!中期适遇明君故也。向者遇桀、纣[③],必杀之矣!"秦王因不罪。

【注释】

①中期:战国时秦国辩士。通音律,曾为秦昭王臣。《战国策》作

“中期”,《说苑》作“申旗”。秦昭王轻视韩、魏,左右附和,他不以为然,与昭王辩论,劝昭王勿自满。

②悍人:刚强执拗的人。

③桀(jié)、纣:夏桀和商纣。均为古代暴君。

【译文】

秦昭王与中期发生争论,辩不过中期。秦昭王非常生气,中期却从容不迫地离开。有人替中期劝说昭王道:“真是刚强执拗的人!这是中期幸好遇到您这样贤明的君王的缘故。如果以前遇到桀、纣,一定会杀了他!”秦王于是没有怪罪中期。

晏子 二条

一

齐有得罪于景公者①,公大怒,缚置殿下②,召左右肢解之③:“敢谏者诛!”晏子左手持头④,右手磨刀,仰而问曰:“古者明王圣主肢解人,不知从何处始?”公离席曰:“纵之。罪在寡人。”

【注释】

①景公:齐景公,姜姓,名杵臼,前547—前490年在位。好筑宫室,聚狗马,厚赋重刑,奢侈无度。后任晏婴为卿,常为晏婴谏阻,稍有收敛。

②缚(fù):束,捆绑。

③肢解:又作“支解”,古代将人四肢割下而处死的酷刑。

④晏子:晏婴,春秋时齐国大夫、政治家。事齐灵公、庄公、景公三世,执政五十余年,以俭朴力行,恭谨下士重于齐。有《晏子春秋》一书记其言行。

【译文】

齐国有个得罪齐景公的人，景公非常生气，命人把他绑在大殿下，召来左右官吏准备将他分尸，说："有胆敢劝阻的人一律诛杀！"晏子左手抓住人犯的头，右手磨刀，抬头问景公说："古时圣王明君肢解人犯时，不知先从哪个部位开始？"景公起身离席说："放了他。罪过在我身上。"

二

时景公烦于刑，有鬻踊者①。踊，刖者所用②。公问晏子曰："子之居近市，知孰贵贱？"对曰："踊贵屦贱③。"公悟，为之省刑。

【注释】

①踊（yǒng）：受刖刑的人所穿的特制的鞋子。

②刖（yuè）：古代砍掉脚的酷刑。

③踊贵：因受刖刑的人多，假肢供不应求。

【译文】

齐景公时刑罚繁多，就有卖踊的人。踊，是受刖刑砍掉脚的人所用的特制鞋子。景公就问晏子说："你住的地方靠近集市，知道踊和鞋谁贵谁贱吗？"晏子回答说："踊贵鞋便宜。"景公突然醒悟，为国人减轻刑罚。

晏子之谏，多讽而少直，殆滑稽之祖也。其他使荆、使吴、使楚事①，亦皆以游戏胜之。觉他人讲道理者，方而难入。

【注释】

①荆：古国名。楚国的别称，指周代芈姓诸侯国，《诗经》及春秋早期一般称荆。《穀梁传》"何为谓之荆，狄之也"，荆为歧视性称

呼，楚人自称楚。

【译文】

晏子劝谏，多用讽喻而少用直言，大概算是滑稽一派的祖师。其他晏子出使荆国、出使吴国、出使楚国的事，也都在戏谑之间占上风。感觉其他正经讲道理的人，反而刚正难以接受。

〇晏子将使荆。荆王与左右谋，欲以辱之。王与晏子立语，有缚一人过王而行。王曰："何为者？"对曰："齐人也。"王曰："何坐？"对曰："坐盗。"王曰："齐人故盗乎？"晏子曰："江南有橘，取而树之江北，乃为枳[①]。所以然者，其地使然。今齐人居齐不盗，来之荆而盗，荆地固若是乎？"王曰："圣人非所与戏也，只取辱焉！"晏子使吴。王谓行人曰[②]："吾闻婴也，辩于辞，娴于礼。"命傧者[③]："客见则称天子。"明日，晏子有事，行人曰："天子请见。"晏子慨然者三，曰："臣受命敝邑之君，将使于吴王之所。不佞而迷惑，入于天子之朝。敢问吴王乌乎存？"然后吴王曰："夫差请见。"见以诸侯之礼。晏子使楚。晏子短，楚人为小门于大门之侧而延晏子[④]。晏子不入，曰："使狗国者，从狗门入。臣使楚，不当从此门。"傧者更从大门入[⑤]。见楚王，王曰："齐无人耶？"晏子对曰："齐之临淄三百闾[⑥]，张袂成帷[⑦]，挥汗成雨。何为无人？"王曰："然则何为使子？"晏子对曰："齐命使，各有所主，其贤者使贤主，不肖者使不肖主。婴最不肖，故使楚耳。"

【注释】

①枳：木如橘而小，叶多刺。果小味酸。

②行人：掌管接待朝觐宾客礼仪的官。

③傧（bīn）者：接引宾客的官。

④延：聘请，邀请。

⑤更：改。

⑥临淄：齐都城，在今山东淄博。闾：里巷。

⑦袂：衣袖。

【译文】

晏子将出使荆国。荆王与左右大臣们谋划，想借机羞辱晏子。荆王与晏子正站着交谈，差役捆着一个犯人从荆王面前经过。王问："那是什么人？"回答说："是齐国人。"王说："他犯了什么罪？"回答说："犯了盗窃罪。"王说："齐国人原来善于偷东西吗？"晏子说："江南有橘树，挖来种植到江北，就成了枳树。所以会这样，是因为地理环境的影响。而今齐人在齐国不偷东西，来到荆国就偷东西，荆地本来就是这样吗？"王说："圣人是不能同他开玩笑的，只会自取其辱。"晏子出使吴国。吴王对掌朝觐礼仪的行人说："我听说过晏婴，善于言辞，熟悉礼制。"命接引宾客的礼傧官："客人求见就称我为天子。"第二天，晏子进宫求见吴王，行人说："天子请你晋见。"晏子长叹三声，说："我受齐王之命，出使到吴王的国境。不才而被人迷惑，到了周天子的朝廷。请问吴王在哪里呢？"然后吴王说："夫差有请。"于是以诸侯身份的礼仪接待晏子。晏子出使楚国。晏子身材矮小，楚人在大门旁开了一个小门请晏子进去。晏子不进去，说："出使狗国的人从狗门进去。我出使楚国，不该从这个门进。"接引官带晏子改从大门进去。拜见楚王，楚王说："齐国没有人了吗？"晏子回答说："齐国都城临淄就有三百里巷七千五百户，张开衣袖可以成帷幕，挥洒汗水就像下雨一样。怎么能说没有人呢？"楚王说："那么为什么会派你出使？"晏子回答说："齐国任命使臣，各有所主，贤能的人出使贤能的君主，无能的人出使昏庸的君主。我最无能，所以出使楚国。"

马圉 中牟令

景公有马，其圉人杀之[1]。公怒，援戈将自击之。晏子曰："此不知其罪而死。臣请为君数之。"公曰："诺。"晏子举戈临之曰："汝为我君养马而杀之，而罪当死！汝使吾君以马之故杀圉人，而罪又当死！汝使吾君以马故杀圉人，闻于四邻诸侯，而罪又当死！"公曰："夫子释之，勿伤吾仁也！"

【注释】

①圉（yǔ）人：掌管养马放牧之事的官吏。

【译文】

齐景公有匹马，养马的官杀了这匹马。景公大怒，拿起戈想要亲手杀了养马的官。晏子说："这样的话他不知道自己的罪过就死了。我请求为大王列举他的罪状。"景公说："好。"晏子举起戈靠近养马的官说："你为我们的国君养马而杀了马，按罪行应当处死！你让我们的国君因为一匹马的缘故而杀养马官，按罪行又应当处死！你让我们的国君因为一匹马的缘故而杀养马官，被诸侯四邻知道了，按罪行还应当处死！"景公说："夫子放了他吧，不要损害我的仁德！"

后唐庄宗猎于中牟[1]，践蹂民田。中牟令当马而谏。庄宗大怒，命叱去斩之。伶人敬新磨率诸伶走追其令[2]，擒至马前，数之曰："汝为县令，独不闻天子好田猎乎？奈何纵民稼穑，以供岁赋？何不饥饿汝民，空此田地，以待天子驰逐？汝罪当死！亟请行刑！"诸伶复唱和。于是庄宗大笑，赦之。

【注释】

①后唐庄宗：即李存勖。五代后唐王朝的建立者。李克用之子。龙德三年（923）称帝于魏州，国号唐，史称后唐。无政治家器度，又贪财如命，任意杀戮。爱狩猎，常破坏民田，糟蹋庄稼。喜与伶人来往，放纵伶人干政，大误国事。中牟：中牟县。西汉置，治所在今河南中牟县东。

②伶人：古代乐人。敬新磨：五代时后唐著名乐工。

【译文】

后唐庄宗在中牟狩猎，践踏了百姓的田地。中牟县令挡在庄宗马前陈情谏阻。庄宗非常生气，呵斥将他拉下斩首。乐工敬新磨带领众乐工跑着追赶县令，把他抓到庄宗马前，数落他说："你身为县令，难道没有听说天子喜欢狩猎吗？为什么要纵容百姓耕种田地，以按时缴纳每年的赋税？为什么不让你的百姓忍饥受饿，荒芜田地，好让天子尽情驰骋逐猎呢？你的罪行应当处死！赶快请求行刑！"众乐工又附和。于是庄宗大笑，赦免了县令。

郑涉

刘玄佐镇汴[①]，尝以谗怒，欲杀军将翟行恭，无敢辨者。处士郑涉能谐隐[②]，见玄佐曰："闻翟行恭抵刑，愿付尸一观。"玄佐怪之。对曰："尝闻枉死人面有异，一生未识，故借看耳。"玄佐悟，乃免。

【注释】

①刘玄佐：唐朝大臣。本名洽，初为永平军衙将、宋州刺史，后收复汴州，官至汴宋节度使，赐名玄佐。在汴州多年，多权谋，性情豪纵，轻财好士。

②谐隐：寓规谏于谐谑之中。

【译文】

唐朝人刘玄佐镇守汴州时，曾因听到谗言而发怒，想要杀军将翟行恭，没有敢劝谏的人。处士郑涉善于用谐谑的方式规谏，见刘玄佐说："听说翟行恭将受刑，希望到时候让我去看他的尸体。"刘玄佐觉得奇怪。郑涉回应说："曾听说冤死的人脸上有怪异的表情，我平生从未见过，所以想借机见识一下。"刘玄佐醒悟了，于是就赦免了翟行恭。

李忠臣

辛京杲以私杖杀部曲①，有司奏：京杲罪当死。上将从之。李忠臣曰②："京杲当死久矣！"上问其故。忠臣曰："京杲诸父兄弟俱战死，独京杲至今日尚存。故臣以为久当死。"上恻然③，乃左迁京杲④。

【注释】

①辛京杲：唐朝将领。安史之乱时，从朔方节度使李光弼征战有功。肃宗召为鸿胪卿。代宗时迁左金吾卫大将军。后为工部尚书。封肃国公、晋昌郡王。朱泚叛乱，因老病不能从驾，西向恸哭而卒。

②李忠臣：本名董秦。安史之乱时，因率五百人背史思明投李光弼，肃宗赐此名。代宗时历汴州刺史、同中书门下平章事，封西平郡王。朱泚反叛，李忠臣从贼为司空，因朱泚败伏诛。

③恻然：悲伤的样子。

④左迁：贬职。

【译文】

唐朝人辛京杲因为私自用棍棒打死部下，官吏上奏朝廷：辛京杲论罪应处死。皇上也同意这样办。李忠臣说："辛京杲早该处死了！"皇上问其中的缘故。李忠臣说："辛京杲的诸父兄弟都战死了，只有辛京杲一个人到现在还活着。所以我认为他早就该死了。"皇上哀怜不已，于是只将辛京杲降职了。

武帝乳母

武帝乳母[①]，尝于外犯事。帝欲申宪[②]。乳母求东方朔，朔曰："此非唇舌所争。尔必望济者，将去时，但当屡顾帝，慎勿言！此或可万一冀耳。"乳母既至，朔亦侍侧，因谓之曰："汝痴耳！帝今已长，岂复赖汝乳哺活耶？"帝凄然，即敕免罪。

【注释】

①武帝：汉武帝刘彻。

②申宪：申明法律，即按律法论罪。

【译文】

汉武帝的奶妈，曾在宫外惹了祸。武帝想按律法论罪。奶妈求教东方朔，东方朔说："这不是用言辞可以争取的。你如果真想获救，在你向皇上辞别时，只当频频回头看皇上，千万不要开口求他！这或许能有万分之一的希望。"奶妈被带到武帝处，东方朔也侍奉在一旁，于是借机对奶妈说："你真是痴心妄想！皇上现在已经长大了，难道还要靠你的奶水养活吗？"武帝听了十分悲伤，就下旨赦免了奶妈的罪行。

简雍

先主时天旱[①]，禁私酿。吏于人家索得酿具，欲论罚。

简雍与先主游[②],见男女行道,谓先主曰:“彼欲行淫,何以不缚?”先主曰:“何以知之?”对曰:“彼有其具!”先主大笑而止。

【注释】

①先主:蜀先主刘备。

②简雍:三国时蜀官吏。本姓耿,字宪和。少与刘备相善,后随刘备至荆州,为从事中郎。常充当刘备的说客,入川后拜昭德将军。性滑稽,无拘束,被刘备亲重。

【译文】

刘备在位时遇到天旱粮食减产,禁止百姓私自用粮食酿酒。官吏从百姓家中搜出酿酒器具,都要问罪处罚。一天简雍与刘备出游,见一对男女在路上走,简雍对刘备说:“他们正想苟合,为什么不把他们抓起来?”刘备说:“你怎么知道?”简雍回答说:“因为他们身上有工具!”刘备大笑,于是废止这一规定。

昭陵

文德皇后既葬[①]。太宗即苑中作层观[②],以望昭陵[③]。引魏徵同升[④],徵熟视曰:“臣眊昏[⑤],不能见。”帝指示之。徵曰:“此昭陵耶?”帝曰:“然。”徵曰:“臣以为陛下望献陵[⑥],若昭陵,则臣固见之矣。”帝泣,为之毁观。

【注释】

①文德皇后:即唐太宗皇后长孙氏。出身世家,知书达礼,宽厚仁慈,为太宗贤内助。年三十六而亡,谥文德。

②层观：高达数层的楼观。

③昭陵：唐太宗李世民的陵寝。当时唐太宗虽尚在世，陵墓已修成，长孙皇后先葬于此。

④魏徵：唐代名臣。太宗时拜谏议大夫、检校侍中。为人正直，遇事敢谏，认为君如舟，民如水，“水能载舟，亦能覆舟”，深得太宗信任。晚年主持编修《隋书》，封郑国公。

⑤眊（mào）昏：眼睛视力昏花。

⑥献陵：唐高祖李渊的陵墓。

【译文】

文德皇后死后葬在昭陵。唐太宗就命人在苑中搭建一座数层高的楼观，以便登楼眺望昭陵。一天唐太宗邀魏徵一同登上楼观，魏徵仔细看后说：“臣老眼昏花，看不清楚。”太宗指给他看。魏徵说：“这是昭陵吗？”太宗说：“是的。”魏徵说：“老臣以为皇上眺望献陵，若是昭陵，那臣早就看见了。”太宗哭起来，因此拆毁楼观。

吴瑾

石亨矜功夺门功。恃宠[①]。一日上登翔凤楼[②]，见亨新第极伟丽，顾问恭顺侯吴瑾、抚宁伯朱永曰[③]：“此何人居？”永谢不知，瑾曰：“此必王府。”上笑曰：“非也。”瑾顿首曰：“非王府，谁敢僭妄如此！”上不应，始疑亨。

【注释】

①石亨：陕西渭南人。出身将家。正统十四年（1449），从于谦守北京，击退瓦剌军。景泰八年（1457），与宦官曹吉祥等迎英宗复位，进爵忠国公。以私仇杀于谦，独揽大权，恃功骄横。

②上：明英宗朱祁镇。

③吴瑾：字廷璋，蒙古族人，擅骑射。恭顺伯吴允诚之孙、邠国公吴克忠之子。土木之变时，随父叔北征瓦剌，力战被擒，后放归，袭爵恭顺侯。天顺五年（1461），告发曹钦叛乱，使其不得攻入宫城，力战而死。卒赠凉国公，谥忠壮。朱永：字景昌。明中期重要将领。抚宁伯朱谦之子。早年随父征战，后袭封抚宁伯。明宪宗成化年间，讨平第一次荆襄流民起义，进封抚宁侯。累官至后军都督府掌府事、太师兼太子太师。卒追封宣平王，谥武毅。

【译文】

石亨自恃功劳迎英宗复位之功受到宠幸。一日英宗登上翔凤楼，看见石亨新建的府邸极为雄壮华丽，回头问恭顺侯吴瑾、抚宁伯朱永说："这是谁的宅邸？"朱永推辞说不知道，吴瑾说："这一定是王府。"英宗笑着说："不是。"吴瑾叩首说："如果不是王府，谁敢如此僭越狂妄！"英宗没有回应，但已开始怀疑石亨。

香草根

炀帝幸榆林[①]，长孙晟从[②]。晟以牙中草秽[③]，欲令突厥可汗染干亲自芟艾[④]，以明威重，乃故指帐前草谓曰："此根大香。"染干遽嗅之，曰："殊不香也！"晟曰："天子行幸，所在诸侯躬亲洒扫，芸除御路[⑤]，以表至敬。今牙中芜秽，谓是留香草耳。"染干乃悟，曰："是奴罪过！"遂拔所佩刀，亲自芟草。诸部贵人争效之。自榆林东达蓟[⑥]，长三千里，广百步，皆开御道。

【注释】

①炀帝幸榆林：隋大业三年（607），隋炀帝北巡至榆林。榆林，隋大

业三年改胜州置，治所在今内蒙古准格尔旗西北。

②长孙晟（shèng）：字季晟。性通敏，善弹射。隋文帝时突厥南侵，长孙晟口陈形势，手画山川，敌人的虚实尽在掌握中，拜车骑将军，上开府仪同三司。隋炀帝时为右骁卫将军。子为唐朝名相长孙无忌，女为文德皇后长孙氏。

③牙：牙帐，主将所居的营帐，此处指隋炀帝所居的军帐。

④突厥可汗染干：即突厥启民可汗，名染干。时隋炀帝北巡，启民可汗召所部酋长数十人集于榆林接驾。芟（shān）艾：割除杂草。

⑤芸除：清除，清理。芸，通"耘"，除草。

⑥蓟：今天津蓟州区。

【译文】

隋炀帝北巡榆林，长孙晟随从。长孙晟因为营帐中杂草丛生，想要让接驾的突厥可汗染干亲自割草整治营地，以显扬天子声威，于是故意指着帐前的野草对染干说："这草根很香。"染干赶快闻了闻野草，说："一点也不香！"长孙晟说："天子临幸的地方，当地诸侯都亲自洒水扫地，清理御道，以表示至高的尊敬。现在帐中杂草丛生，所以说是保留的香草。"染干才明白过来，说："是奴才的罪过！"于是拔出佩刀，亲自割草。各部的首领争相效仿他。自榆林向东到蓟县，长三千里，宽一百步，都开辟出御道。

贾诩

贾诩事操[①]。时临淄侯植才名方盛[②]，操尝欲废丕立植。一日屏左右问诩，诩默不对。操曰："与卿言，不答，何也？"对曰："属有所思。"操曰："何思？"诩曰："思袁本初、刘景升父子[③]。"操大笑，丕位遂定。

【注释】

①贾诩：字文和。以善计谋称，人以为有张良、陈平之才。原为董卓部将，后为张绣谋士。官渡之战时归曹操，迁冀州牧。曹操破袁绍、韩遂、马超等，皆用其计。后改任太中大夫。魏文帝时为太尉。

②临淄侯植：曹植，封临淄侯。

③袁本初、刘景升父子：袁本初（即袁绍）爱少子袁尚，于是以袁尚代替长子袁谭为嗣。袁绍死后，二子各树党羽，互相攻击，先后被曹操所灭。刘景升（即刘表）爱少子刘琮，于是废长子刘琦而以刘琮为嗣，亦为曹操所灭。

【译文】

三国时贾诩侍奉曹操。这时临淄侯曹植才名正盛，曹操曾有意废世子曹丕而改立曹植。一天曹操屏退左右询问贾诩，贾诩沉默不回答。曹操说："我跟你说话，你不作声，为什么呢？"贾诩回答说："属下正在想一件事。"曹操又问："想什么事？"贾诩说："我在想袁绍和刘表两家父子的事。"曹操听了大笑，曹丕的地位于是稳定下来。

卫瓘"此座可惜"一语[①]，不下于诩。晋武悟而不从，以致于败。

【注释】

①卫瓘"此座可惜"一语：西晋武帝时，朝野皆知太子司马衷昏愚，不堪为嗣，当时卫瓘为尚书令，每次想启奏而不敢。等到侍宴时，卫瓘装醉，跪在武帝床前说："我有话想要上奏。"武帝说："你想要说什么？"卫瓘多次欲言又止，就用手抚着床说："此座可惜（这个位置可惜了）！"武帝心里明白他的意思，于是假装说："你真是大醉了！"后来，武帝密封疑难奏章，送东宫让太子决断。太子妃贾氏就请外人代笔，然后由太子抄写。武帝看了非常高兴，最终

以司马衷为嗣。后来司马衷即位为惠帝,贾氏擅权,终因此事而诛卫瓘父子。

【译文】

晋朝时卫瓘“此座可惜”一句话,机智含蓄与贾诩的话不相上下。晋武帝领悟后却不采纳,以致失败。

解缙 二条

一

解缙应制题“虎顾众彪图”①,曰:“虎为百兽尊,谁敢触其怒。唯有父子情,一步一回顾。”文皇见诗有感②,即命夏原吉迎太子于南京③。

【注释】

①解缙:字大绅。明洪武年间进士。成祖时擢侍读学士,入直文渊阁,参预机务,累擢翰林学士。以赞立太子,为汉王朱高煦所恶,数构谗言。后入京奏事,会成祖北征,见太子后辞去。朱高煦谮之,以私见太子,无人臣礼,下诏狱死。应制:应皇帝之命而作诗文。彪:此处指小老虎。

②文皇:明成祖朱棣。谥号文皇帝。朱棣为燕王时,已立长子朱高炽为世子。朱棣即位后,虽立高炽为太子,但颇不信任,几次想废他而立受宠的弟弟朱高煦。至永乐九年(1411),立太子的儿子为太孙,太子地位才稳定。

③夏原吉:洪武时以乡荐入太学,擢为户部主事,历事五朝,累官户部尚书,宣宗时入阁参机务。

【译文】

解缙应成祖之命为“虎顾众彪图”题诗,说:“虎为百兽尊,谁敢触其怒。唯有父子情，一步一回顾。”成祖看了诗句深有感触，立即命夏原吉到南京迎接太子回宫。

二

文皇与解缙同游。文皇登桥，问缙：“当作何语?”缙曰：“此谓‘一步高一步’。”及下桥，又问之。缙曰：“此谓‘后面更高似前面’。”

【译文】

成祖与解缙一同出游。成祖登上桥，就问解缙：“这情景应当怎么形容?”解缙说：“这叫‘一步高过一步’。”等到下桥时，成祖又问同样的问题。解缙说：“这叫‘后面更比前面高’。”

史丹

汉元帝不喜太子[①]。时中山哀王薨[②]，太子前吊。哀王者，帝之少弟，与太子同学，相长大。上望见太子，感念哀王，悲不自止。睹太子不哀，大恨曰：“安有人不慈仁而可奉宗庙、为民父母者乎!”太傅史丹免冠谢曰[③]：“臣诚见陛下哀痛中山王，至于感损[④]。向者太子当进见，臣切戒属[⑤]：无涕泣感伤陛下。罪乃在臣，当死!”上以为然，意乃解。

【注释】

①汉元帝不喜太子：汉元帝当时爱其次子中山孝王刘兴，有易嗣之意。汉元帝，即刘奭，前49—前33年在位。太子刘骜即后来的汉成帝。

②中山哀王：即刘竟，汉宣帝第五个儿子，初立为清河王，次年徙中山，因年幼未到封国，居京师，汉元帝建昭四年（前35），死于京师，谥哀王。

③史丹：字君仲，汉大司马、车骑将军史高之子。汉元帝时为驸马都尉侍中。曾谏元帝止声乐，主立太子刘骜，使刘骜终为帝嗣。成帝即位，升任长乐卫尉、左将军、光禄大夫等职，赐爵关内侯，后封武阳侯。

④感损：因感伤而损害身体。

⑤属：委托、嘱咐。

【译文】

汉元帝不喜欢太子。当时中山哀王去世，太子前往吊祭。哀王是元帝的小弟弟，和太子一同学习，相伴长大成人。元帝看见太子，想念哀王，悲伤不已。看到太子表情不哀伤，大为怨恨地说："难道有人不慈善仁爱而可以继承祖先事业、为百姓父母的吗！"太傅史丹摘下官帽请罪说："我确实见到陛下您哀痛中山哀王，到了因感伤而损害身体的地步。刚才太子要来进见时，我严肃地叮嘱：千万不要痛哭流泪以免再加深陛下的感伤。罪过在我，应当以死谢罪！"元帝知道是这样，情绪才有所缓解。

此与上官桀"意不在马"之对同[①]。而忠佞自分。

【注释】

①上官桀"意不在马"之对：上官桀卑微时为汉武帝掌舆马事。一次，武帝生病，等到痊愈，看见马瘦弱了很多，大怒，责备上官桀没有养好马，想把他交付司法官吏审讯。上官桀叩头说："我听说皇上身体不好，日夜担忧，心思确实不在马身上。"话没说完，就流下眼泪。汉武帝认为他忠诚，因此信任他，升他为太仆。等武帝病危，竟然让上官桀与霍光等同受遗诏辅佐汉昭帝。后因谋反被诛。

【译文】

这和上官桀“意不在马”的回答一样。但一忠一奸自有分别。

谷那律

高宗出猎遇雨[①],问谷那律曰[②]:“油衣若为不漏[③]?”对曰:“以瓦为之则不漏[④]。”上因此不复出猎。

【注释】

①高宗:指唐高宗李治。

②谷那律:博览群书,褚遂良称之为“九经库”,拜国子博士,迁谏议大夫,兼弘文馆学士。

③油衣:用桐油涂制而成的雨衣。若为:如何,怎样。

④以瓦为之:指不出屋舍。

【译文】

唐高宗外出狩猎时遇到大雨,就问谷那律说:“雨衣怎么做才能不漏雨?”谷那律回答说:“以瓦片做就不会漏雨。”高宗因此不再出猎。

裴度

裴度为相时[①],宪宗将幸东都,大臣切谏[②],不纳。度从容言:“国家建别都,本备巡幸。但自艰难以来[③],宫阙署屯[④],百司之区,荒圮弗治[⑤]。必假岁月完新,然后可行。仓卒无备,有司且得罪。”帝悦曰:“群臣谏朕不及此。如卿言,诚有未便,安用往耶?”因止不行。

【注释】

①裴度：字中立。贞元年间进士。唐宪宗时累迁御史中丞。力主削藩，升为宰相。平定淮西之乱，以功封晋国公，世称“裴晋公”。为将相二十余年，辅佐宪宗实现“元和中兴”。

②切谏：极力劝谏。

③艰难以来：指安史之乱以来。

④宫阙署屯：皇宫、官署和军营。

⑤荒圮（pǐ）：荒废坍塌。圮，毁坏，坍塌。

【译文】

裴度为宰相时，唐宪宗将要巡幸东都洛阳，大臣们极力劝阻，宪宗不接受。裴度不慌不忙地说：“国家建造东都，本来就是预备皇上巡游的。但自安史之乱以来，皇宫、官署和军营，百官的住处，荒废坍塌没有修理。必须要花费一些时间才能修整如新，然后皇上就可以巡幸了。匆忙没有准备，有关官吏会因迎驾不周而获罪。”宪宗高兴地说：“群臣劝谏我都没有谈及这一点。果如你所言，确实有不方便处，何必非要去呢？”于是打住没去东都。

李纲

李纲欲用张所[①]，然所尝论宰相黄潜善[②]，纲颇难之。一日遇潜善，款语曰[③]：“今当艰难之秋，负天下重责，而四方士大夫，号召未有来者。前议置河北宣抚司，独一张所可用，又以狂妄有言得罪。如所之罪，孰谓不宜？第今日势迫，不得不试用之。如用以为台谏[④]，处要地，则不可；使之借官为招抚，冒死立功以赎过，似无嫌。”潜善欣然许之。

【注释】

①李纲：字伯纪，宋徽宗政和二年（1112），登进士第，官至太常少卿。金人南下，力主抗战，高宗即位后多次上疏陈说抗金大计，未被采纳。后为幸臣黄潜善、汪伯彦所排斥，被免为观文殿大学士。张所：北宋青州人。徽宗时进士。宋高宗时，官监察御史，上疏论黄潜善、汪伯彦奸邪，谪江州。李纲荐为河北招抚使，方招集豪杰义士，以图恢复，而李纲罢相，张所也落职。

②论：劾奏。

③款语：亲切交谈，轻声细语。

④台谏：御史台官与谏官合称。唐宋时以专掌纠弹的御史为台官，以职掌建言的给事中、谏议大夫等为谏官。两者虽各有所司，而职责常相混，因此多以“台谏”泛称。

【译文】

宋朝时李纲想要任用张所，然而张所曾劾奏宰相黄潜善，李纲颇感为难。一天李纲遇到黄潜善，亲切诚恳地说：“现在国家处在艰难时刻，朝廷命官负有维系天下安危的重任，然而各地的士大夫，号召而没有愿意前来的人。之前提议设置河北宣抚司，只有一个张所可以任用，但他又因狂妄的言辞冒犯相国。像张所犯的罪，谁说不应该惩处他？只是今天国家情势紧迫，不得不试着任用他。如果任用他为台谏，身居要职，那么万万不可；让他领虚衔为招抚使，冒死立功以赎罪过，似乎无妨。”黄潜善欣然同意。

苏子由

《元城先生语录》云[①]：东坡下御史狱[②]，张安道致仕在南京[③]，上书救之，欲附南京递进，府官不敢受，乃令其子恕至登闻鼓院投进[④]。恕徘徊不敢投。久之，东坡出狱。其后东坡见其副本，因吐舌色动。人问其故，东坡不答。后子由见之，曰："宜吾兄之吐舌也，此事正得张恕力！"仆曰[⑤]："何谓也？"子由曰："独不见郑昌之救盖宽饶乎[⑥]？疏云'上无许、史之属，下无金、张之托'[⑦]，此语正是激宣帝之怒耳。且宽饶何罪？正以犯许、史辈得祸。今再讦之[⑧]，是益其怒也。今东坡亦无罪，独以名太高，与朝廷争胜耳。安道之疏乃云'实天下之奇才'，独不激人主之怒乎？"仆曰："然则尔时救东坡者，宜为何说？"子由曰："但言本朝未尝杀士大夫，今乃是陛下开端，后世子孙必援陛下以为例。神宗好名而畏义，疑可以止之。"

【注释】

①《元城先生语录》：又名《元城语录》，宋代马永卿所编笔记，所录为其师刘安世之语。

②东坡下御史狱：神宗元丰二年（1079），苏轼知湖州，御史中丞李定等摘苏轼诗句，诬蔑其讥切时政，致苏轼下狱，不久贬为黄州团练副使，本州安置。史称"乌台诗案"。

③张安道：即张方平，字安道。为人慷慨有气节，与苏轼兄弟相友善，苏轼入狱，他上书救之。致仕：辞官退休。

④登闻鼓院：古代帝王为听取臣下谏议或冤情而设的机构，悬鼓于朝堂外，允许击鼓上闻，谓之登闻鼓。宋真宗时设登闻鼓院，掌收臣民章奏。

⑤仆：我。此处指刘安世。冯梦龙用《元城语录》原文。

⑥独不见郑昌之救盖宽饶乎：汉宣帝时，盖宽饶为司隶校尉，刺举无所回避，公卿贵戚都惧怕他。又好言事讥切，干犯帝意。时汉宣帝用刑法，信任宦官，盖宽饶上书言事，说"方今圣道浸废，儒术

不行，以刑余（宦官）为周、召，以法律为《诗》《书》”，又说汉帝当效法古时五帝禅让天下给贤者。谏大夫郑昌同情盖宽饶忠直忧国，上书为他辩护，说宽饶“居不求安，食不求饱，进有忧国之心，退有死节之义。上无许、史之属，下无金、张之托，职在司察，直道而行”。汉宣帝不听，要将盖宽饶投入监狱，盖宽饶引佩刀自刎于北阙下。

⑦上无许、史之属，下无金、张之托：四人均为当时权势很大的外戚及近臣。许，许伯，汉宣帝皇后的父亲。史，史高，汉宣帝祖母史良娣的兄弟史恭的长子。金，金日磾。张，张安世。

⑧讦（jié）：揭发、攻击他人的隐私、过错或短处。

【译文】

《元城先生语录》说：东坡被御史弹劾下狱，张方平辞官住在南京，上书为东坡求情，想附于南京官府递送京师的公文而进呈皇帝，可是府官不敢受理，于是张方平就命儿子张恕到登闻鼓院递奏本。张恕徘徊许久不敢投递。过了一段时间，东坡出狱了。之后东坡见到张方平为他求情的奏章副本，不禁吐着舌头变了脸色。别人问他原因，东坡没回答。后来苏辙看了副本，说：“哥哥是应该要吐舌头，他平安出狱这件事正是靠了张恕胆小的力。”我说：“怎么说？”苏辙说：“你难道没听说郑昌营救盖宽饶的事吗？郑昌上疏说：‘盖宽饶在上没有许伯、史高等外戚的照应，在下没有金日磾、张安世等近臣的依托。’这话正激发了汉宣帝的怒火。况且盖宽饶有什么罪呢？他正是冒犯许伯、史高等权贵而惹来的祸患。郑昌现在又攻击许、史等人，这更增加了宣帝的怒火。现在东坡也没有罪，唯独因为名气太大，和朝廷争胜罢了。张方平的奏疏却说‘东坡实在是天下的奇才’，怎么能不激起皇上的怒气呢？”我说：“那么当时要救东坡的人，应该说什么呢？”苏辙说：“只能说大宋立朝不曾杀过士大夫，而今是陛下开了恶例，后世子孙必定援引陛下的做法为先例。神宗好美名而怕道义，或许可以平息这件事。”

此条正堪为李纲荐张所于黄潜善语参看。

【译文】

这一条正可以与李纲向黄潜善推荐张所的说辞对照着看。

施仁望

南唐周邺为左衙使[①],信州刺史本之子也[②],与禁帅刘素有隙。刘即长公主婿。升元中[③],金陵告灾,邺方潜饮人家,醉不能起。有闻于主者[④],主顾亲信施仁望曰:“率卫士十人诣灾所,见其驰救则释,不然,就戮于床!”仁望既往,亟使召邺家语之。邺大怖,衣女子服,奔见仁望。仁望留之。洎火息,复命,至便殿门,会刘先至,亦将白灾事[⑤]。仁望揣刘意不能蔽邺,又惧与偕罪,计出仓卒,遽排刘,越次见主,曰:“火不为灾,邺诚如圣旨。”主曰:“戮之乎?”仁望曰:“邺父本方临敌境,臣未敢即时奉诏。”主抚几大悦曰:“几误我事!”仁望自此大获奖用,邺乃全恕。

【注释】

①左衙使:掌领天子禁军、护卫京师的官吏。

②本:周本,五代时吴国将领。为吴王杨行密部将,勇冠三军。杨行密惊奇于他的才能,用为信州刺史。

③升元:南唐烈祖李昪年号(937—943)。

④主:指南唐国主李昪。南唐开国皇帝。称帝后,致力于治理吴国旧地,与后晋、吴越修好,息兵安民。又轻赋税,奖励耕垦,发展农桑。

⑤白:禀告,禀报。

【译文】

南唐周邺做掌管天子禁军的左衙使，是信州刺史周本的儿子，与禁军元帅刘素有仇怨。刘素是长公主夫婿。升元年间，金陵起大火，周邺正私自与别人在家里喝酒，醉得不能起身。有人将这件事告诉皇上，皇上回头对亲信施仁望说："率领十名卫士前往火灾现场，如果见到周邺奔赴现场指挥救援就罢了，如果他醉倒没去，就在床上杀了他。"施仁望赶往火灾现场，又急忙派人到周邺家告诉他。周邺大为惊恐，慌忙间穿了妇人的衣服，跑着去见施仁望。施仁望留下周邺。等大火扑灭后，回朝复命，到便殿门，赶上刘素先到殿门，也要向皇上禀报灾情。施仁望揣度刘素的心思肯定不能庇护周邺，又怕自己受连累与周邺共同担罪，情急中生出一计，突然推开刘素，越过位次拜见皇上，说："起火没有造成灾害，周邺确实像皇上所说的那样。"皇上说："你杀了他吗？"施仁望说："周邺的父亲周本正兵临敌军国境，我不敢立即执行您的旨意。"皇上拍着几案十分高兴地说："差点耽误了我的大事！"施仁望从此以后大获皇上赏识而重用，周邺的失职完全得以赦免。

李晟

李怀光密与朱泚通谋[①]，事迹颇露。李晟累奏[②]，恐其有变，为所并，请移军东渭桥[③]。上犹冀怀光革心，收其力用，奏寝不下。怀光欲缓战期，且激怒诸军，言："诸军粮赐薄，神策独厚[④]，厚薄不均，难以进战。"上以财用方窘，若粮赐皆比神策，则无以给之，不然，又逆怀光意，恐诸军觖望[⑤]，乃遣陆贽诣怀光营宣慰[⑥]。因召李晟参议其事。怀光欲晟自乞减损，使失士心，沮败其功，乃曰："将士战斗同，而粮赐异，何以使之协心？"贽未有言，数顾晟。晟曰："公为元帅，得专号令。晟将一军，受指纵而已。至于增减衣食，公当裁之。”怀光嘿然。

【注释】

①李怀光密与朱泚通谋：唐德宗建中四年（783），朱泚谋反，据长安。朔方节度使李怀光先破朱泚军，然后顿兵不进，一面与朱泚勾结，一面要挟朝廷。至次年也叛变。

②李晟（shèng）：唐宰相、大将。字良器。大历八年（773），入为右神策军都将，宿卫长安。建中四年（783），泾原兵变之后，亲往奉天（今陕西乾县）勤王，拜尚书左仆射、同平章事、诸道兵马副元帅。兴元元年（784），平定朱泚之乱，拜司徒兼中书令，册封西平郡王。卒谥忠武。

③恐其有变，为所并，请移军东渭桥：朱泚叛变，李晟勤王，驻军东渭桥；李怀光也来勤王，驻军咸阳。李怀光仗着兵力胁迫德宗贬谪奸相卢杞，因内心不安而生异志，又担心李晟独当一面分去自己的功劳，奏请与李晟合军。德宗答应了，于是李晟与李怀光会师于咸阳西。李怀光屯兵咸阳数月不动，暗中与朱泚勾结。李晟于是决意将所率军迁离咸阳，回东渭桥。东渭桥，在今陕西西安东北。

④神策：神策军。李晟时为神策行营节度使。

⑤觖（jué）望：因不满意而怨恨。

⑥陆贽：唐代宗大历六年（771）进士。德宗即位，召为翰林学士，转祠部员外郎。建中四年（783）和兴元元年（784），在德宗避朱泚之乱于奉天和避李怀光之乱于梁州时，他辅佐左右，被视为“内相”，又因敢谏而迁为谏议大夫。贞元八年（792），为中书侍郎，同平章事。死后追赠兵部尚书，谥号宣，世称“陆宣公”。

【译文】

唐朝时李怀光暗中与朱泚勾结谋反,事情泄露出来。神策行营节度使李晟多次上奏,恐怕李怀光叛变,自己的兵力被他吞并,请求把军队移到东渭桥。德宗还希望李怀光改变心意弃暗投明,收编他的军队为朝廷效力,所以李晟的奏折被搁置没有批复。李怀光想要延缓作战日期,并激怒各路军队,说:"各路军队的粮饷少,唯独神策军粮饷多,多寡分配不均,难以进军作战。"德宗认为朝廷财政正短缺,如果粮饷都比照神策军,那么就没有足够的粮饷来分配,不这样的话,又违背了李怀光的意思,恐怕各路军队因不满而怨恨,于是派陆贽到李怀光军营中抚慰将士。又召来李晟参与讨论这件事。李怀光想要李晟自己请求减少粮饷,使他失去军心,挫败他的功业,就说:"将士同样战斗,而粮饷不同,怎么能让他们齐心协力?"陆贽没有说话,几次看向李晟。李晟说:"李公是元帅,掌握号令大权。我只是带领一支军队,接受指挥罢了。至于衣食的增减,应当由李公定夺。"李怀光哑口无言。

折契丹 二条

一

契丹遣使与中国书,所称"大宋""大契丹",似非兄弟之国,今辄易曰"南朝""北朝"。上诏中书、密院共议,辅臣多言:"不从将生隙。"梁庄肃曰[①]:"此易屈耳。但答言宋盖本朝受命之土[②],契丹亦北朝国号,无故而自去,非佳兆。"其年贺正使来[③],复称"大宋"如故。

【注释】

①梁庄肃:梁适,字仲平。宋真宗时进士,知淮阳军。累官同中书门

下平章事、集贤殿大学士，太子太傅。卒谥庄肃。

②宋盖本朝受命之土：宋开国皇帝太祖赵匡胤，后周时任殿前都点检、检校太尉、归德节度使。归德军在宋州，所以定国号为宋。受命，受天命为天子。

③贺正使：宋辽讲和时期，双方每逢岁交各派使者贺正，称贺正使，或称贺正旦使。贺正，古代称祝贺新年。

【译文】

契丹派使者给中国带来书信，上面说之前所称呼的"大宋""大契丹"，看起来不像是兄弟之国，而今就改称"南朝""北朝"。皇帝下诏中书省和枢密院共同商议，大臣们大多说："不答应将生出两国之间的嫌隙。"梁适说："这很容易处理。只回答说宋是本朝当初接受天命的地方，契丹也是北朝的国号，没有原因而自己去掉国号，不是好的征兆。"当年契丹的贺正使前来，仍如以往一样称"大宋"。

二

皇祐末[①]，契丹请观太庙乐人。帝以问宰相，对曰："恐非享祀[②]，不可习也。"枢密副使孙公沔曰[③]："当以礼折之，云：'庙乐之作，皆本朝所以歌咏祖宗功德也，他国可用耶？使人如能助吾祭[④]，乃观之。'"仁宗从其言，使者不敢复请。

【注释】

①皇祐：宋仁宗赵祯年号（1049—1054）。

②享祀：祭祀祖先鬼神。

③孙公沔：孙沔，字元规。宋真宗天禧年间进士，才智过人，论事正直。宋仁宗时历监察御史、陕西转运使。知庆州，后任湖南、江西路安抚使，兼广南东、西路安抚使，因会同狄青平定侬智高有功，

迁枢密副使。

④使人：犹“使者”，出使之人。

【译文】

宋仁宗皇祐末年，契丹请求观赏太庙乐工奏乐。仁宗以此询问宰相，宰相回答说：“恐怕契丹人观乐不是为了祭祀，不能让他们观赏学习。”枢密副使孙沔说：“应当以礼仪来折服他们，对他们说：‘太庙乐曲的演奏，都是本朝用来歌咏祖宗功德的，别的国家能使用吗？使者如果能帮助我们祭祀，就可以观赏了。’”仁宗听从了孙沔的话，使者不敢再提请求了。

韩亿

亿奉使契丹[①]。时副使者为章献外姻[②]，妄传太后旨于契丹，谕以南北欢好传示子孙之意，亿初不知也。契丹主问亿曰：“皇太后即有旨，大使何不言？”亿对曰：“本朝每遣使，皇太后必以此戒约，非欲达之北朝也。”契丹主大喜曰：“此两朝生灵之福！”是时副使方失词，而亿反用以为德，时推其善对。

【注释】

①亿：韩亿。宋仁宗时，韩亿曾以龙图阁待制身份奉命出使契丹，应对得体。后知益州，疏导九升江口，灌田数千顷。

②章献：宋真宗赵恒第三任皇后刘娥，尊号章献明肃。仁宗朝，称真宗刘皇后为太后，与谥号章献连称章献太后。

【译文】

宋仁宗时韩亿奉命出使契丹。当时副使者是章献太后的外戚，错误地给契丹传达了太后的旨意，向他们表示南北交好以传达告知子孙的意思，韩亿起初不知道这个信息。契丹主问韩亿说："皇太后既然有旨意，大使怎么不早说呢？"韩亿回答说："本朝每次派遣使者，皇太后必定以此来告诫约束，并非要传达给北朝。"契丹主很高兴地说："这是南北两朝人民的福气！"这时副使才知道自己失言了，而韩亿却反过来利用这件事宣扬仁德，当时人推扬他善于应对。

冯当世

王定国素为冯当世所知[①]，而荆公绝不乐之。一日，当世力荐于神祖[②]，荆公即曰："此孺子耳！"当世忿曰："王巩戊子生，安得谓之孺子！"边批：尖甚、恶甚！盖巩之生与同天节同日也[③]。荆公愕然，不觉退立。

【注释】

①王定国：即王巩，字定国，长于诗画。与苏轼友善，苏轼获罪，王巩受牵连被贬岭南宾州，受罚最重，数岁得还，豪气不减。后官止于宗正寺丞。冯当世：冯京，字当世。举进士，连中三元，后拜翰林学士、知开封府。神宗时，为参知政事，数次与王安石争议新法，被贬出知亳州，历知渭州、成都府、河阳府。

②神祖：宋神宗。

③同天节：四月十日为宋神宗生日，宋时立嘉名称同天节。

【译文】

宋朝人王巩一向被冯京赏识，而王安石一点也不喜欢他。一天，冯京向神宗极力推荐王巩，王安石马上说："他只是个乳臭未干的小子罢了！"冯京生气地说："王巩是戊子年出生的，怎能说是乳臭未干的小子呢！"边批：太尖锐、太狠了！原来王巩的生日和神宗生日同天节是同一天。

王安石大惊，不由得退后站在一旁。

邵康节

司马公一日见康节曰[①]："明日僧颙修开堂说法，富公、吕晦叔欲偕往听之[②]。晦叔贪佛，已不可劝。富公果往，于理未便。某后进[③]，不敢言，先生曷止之？"康节唯唯。明日康节往见富公，曰："闻上欲用裴晋公礼起公[④]。"公笑曰："先生谓某衰病能起否？"康节曰："固也。或人言'上命公，公不起；僧开堂，公即出'，无乃不可乎？"公惊曰："某未之思也！"时富公请告[⑤]。

【注释】

①司马公：司马光。死后追封温国公。康节：邵雍。宋代学者。字尧夫，自号安乐先生，卒谥康节。

②富公：即富弼，字彦国。天圣八年（1030），累迁知谏院。庆历三年（1043），拜枢密副使，与范仲淹等推行庆历新政。至和二年（1055），召拜同中书门下平章事。英宗即位，拜枢密使，封郑国公。熙宁二年（1069），拜相。后出判亳州。吕晦叔：即吕公著，字晦叔。吕夷简之子。庆历进士。仕仁宗、英宗等朝，官至龙图阁直学士。熙宁二年为御史中丞。反对王安石变法，称吕惠卿奸邪不可用，遂出知颍州。元丰中，拜同知枢密院事，屡言用兵西夏之害。哲宗立，拜尚书左丞。元祐元年（1086），拜尚书右仆射兼中书侍郎，与司马光共为宰相，废除新法。

③某后进：司马光小富弼十五岁。司马光于仁宗宝元初中进士时，富弼已为达官。

④裴晋公：裴度，字中立。贞元进士。历官河阴县尉、监察御史。元和九年（814）为御史中丞。十二年（817），以宰相兼任淮西宣慰处置使、充彰义军节度使，督师进讨淮西叛镇，以功封晋国公，世称裴晋公。裴度罢相后，为山南西道节度使，出居兴元。至敬宗时，人多称裴度贤能，不宜弃之藩镇，敬宗屡次遣使至兴元问候裴度，暗示他还朝期限。裴度于是请求入朝，再次为相。起：起用。

⑤请告：告病辞官。

【译文】

司马光有一天见到邵雍说："明天僧人颙修开堂讲佛法，富公、吕公著想一同前去听讲。吕公著沉迷佛法，已经劝不动他了。富公果真前去听讲，在情理上就说不通了。我是晚辈，不敢劝阻，先生何不劝阻他呢？"邵雍连声答应。第二天邵雍前去拜见富弼，说："听说皇上想要用敬宗起用裴度的礼节来起用您。"富弼笑着说："先生认为我衰弱多病还能被起用吗？"邵雍说："当然可以。有人说'皇上请您出山，您推脱不去；僧人开堂讲法，您立马前往'，这恐怕不合适吧？"富弼吃惊地说："这我倒没想到！"当时富弼已向皇帝告病辞官。

谢庄

庄字希逸[①]，孝武尝赐庄宝剑[②]，庄以与鲁爽[③]。后爽叛，帝偶问及剑所在，答曰："昔与鲁爽别，窃借为陛下杜邮之赐矣[④]！"

【注释】

①庄：谢庄，字希逸。七岁能文，善为诗赋。元嘉中除太子中庶子。后历官吏部尚书、吴郡太守、金紫光禄大夫。

②孝武：南朝宋孝武帝刘骏，宋文帝刘义隆第三子。

③鲁爽:少有才艺,为南朝宋司州刺史,迁征虏将军、豫州刺史。孝武帝即位,他与南郡王刘义宣起兵谋反,兵败而死。

④杜邮之赐:指赐死。据《史记·白起王翦列传》,战国时秦将白起因拒绝出兵攻打邯郸,被黜为士卒,出咸阳。白起因病未能马上出发,秦昭王派人催促白起不得留在咸阳,白起动身走到杜邮,秦昭王又对群臣说:"白起闷闷不乐不服气,有怨言。"就派使者赐剑命他自刎。

【译文】

谢庄字希逸,南朝宋孝武帝曾赐谢庄一把宝剑,谢庄把剑转送给鲁爽。后来鲁爽叛变,孝武帝偶然问起宝剑的下落,谢庄回答说:"当年与鲁爽分别时,我暗中借它来替陛下行'杜邮之赐'了!"

裴楷等 四条

一

晋武始登阼[①],采策得一[②]。王者世数[③],视此多少。帝既不悦,群臣失色。侍中裴楷进曰[④]:"臣闻:天得一以清,地得一以宁,侯王得一以为天下贞[⑤]。"帝悦,群臣叹服。

【注释】

①晋武:西晋武帝司马炎。登阼(zuò):即登上皇帝位。阼,本指大堂前东面的台阶。天子、诸侯等皆以阼为主人之位。此处借指帝位。

②采策:指占卜。策,占卜所用的蓍草。

③世数:所传世代的数目。

④裴楷:字叔则。弱冠知名,尤精《老》《易》。曹魏时被锺会推荐,充吏部郎。武帝登基,拜散骑侍郎,累迁侍中。惠帝时为中书令,与张华、王戎共同掌管机要。性宽厚恬淡,不慕名位。

⑤“天得一以清”几句：语出《老子》。一，是齐、同、统一的意思。下文“一”字义同。贞，君长、首领。

【译文】

晋武帝初登基时，占卜得到“一”字。帝王所传世代的数目，就看这个占卜数的多少。晋武帝很不高兴，大臣们也大惊失色。侍中裴楷进言说：“我听说：天得到一而清明，地得到一而宁静，侯王得到一而成为天下的首领。”晋武帝转而高兴起来，大臣们赞叹佩服裴楷的妙解。

二

梁武帝问王侍中份①：“朕为有耶，为无耶②？”对曰：“陛下应万物为有，体至理为无。”

【注释】

①王侍中份：王份，字季文。南朝刘宋时为宁远将军、始安内史。袁粲被诛，亲故没有敢探视的，王份独自前往表达哀恸，因此显名。累迁太常卿、太子右率、散骑常侍。梁时为侍中。

②朕为有耶，为无耶：有、无是魏晋以来玄学辩论的一大题目。何晏、王弼主张“贵无”，以无为本，而裴頠则提“崇有”。“贵无”在政治上主张“无为”，这是梁武帝不愿接受的。所以王份以“陛下应万物为有”来回答，“应万物”即主宰天下命运。梁武帝又醉心佛教学说，否认世界的真实存在，与“贵无”一脉相通，所以王份又说他“体至理为无”，“体至理”即指信奉佛教学说。在这里王份把“有”“无”折衷，适应梁武帝要做人间帝王，又追求极乐世界的心理。

【译文】

梁武帝问侍中王份说：“朕是有，还是无呢？”王份回答说：“陛下主宰天下万物是有，信奉佛教学说是无。”

三

宋文帝钓天泉池[①]，垂纶不获[②]。王景文曰[③]："良由垂纶者清，故不获贪饵。"

【注释】

①宋文帝：南朝宋文帝刘义隆。

②垂纶：放钓线钓鱼。纶，钓丝。

③王景文：王彧，字景文。美风姿，好玄理，宋文帝十分倚重。宋明帝时，累官至中书监、太子太傅，领扬州刺史。

【译文】

南朝宋文帝在天泉池钓鱼，钓了许久没有收获。王景文说："确实是因为钓鱼的人高洁，所以钓不到贪吃饵食的鱼。"

四

元魏高祖名子恂、愉、悦、怿[①]。崔光名子劭、勖、勉[②]。高祖曰："我儿名旁皆有心，卿儿名旁皆有力。"对曰："所谓君子劳心，小人劳力[③]。"

【注释】

①元魏高祖：元魏即北朝拓跋氏建立的魏，自孝文帝改姓元，称元魏。高祖即魏孝文帝元宏。名子：给儿子取名。

②崔光：本名孝伯，字长仁，"光"为孝文帝赐名，拜中书博士，转著作郎，为孝文帝所知重。

③君子劳心，小人劳力：君子从事脑力劳动，小人从事体力劳动。语出《左传·襄公九年》"君子劳心，小人劳力，先王之制也"。《孟子·滕文公上》又有"劳心者治人，劳力者治于人"。

【译文】

北魏孝文帝给皇子们分别取名恂、愉、悦、怿。大臣崔光则分别为儿子们取名劭、勖、勉。孝文帝说:“我儿子的名字偏旁都有心字,你儿子的名字偏旁都有力字。”崔光回答说:“这就是君子劳心,小人劳力。”

王弇州曰[①]:诸人虽取捷供奉,然语不妨雅致。若桓玄篡位,初登御床而陷,殷仲文曰[②]:“将由圣德深厚,地不能载。”梁武帝门灾,谓群臣曰:“我意方欲更新。”何敬容曰[③]:“此所谓先天而天弗违[④]。”又武帝即位[⑤],有猛虎之建康郭[⑥],象入江陵,上意不悦,以问群臣,无敢对者。王莹曰[⑦]:“昔击石拊石,百兽率舞[⑨],陛下膺箓御图[⑧],虎象来格[⑩]。”纵极赡辞[⑪],不能不令人呕秽。

【注释】

①王弇州:即王世贞,字元美,号凤州、弇州山人。嘉靖进士。万历时官至南京刑部尚书。与李攀龙同为“后七子”首领,主盟文坛。

②殷仲文:有才藻,美姿容,为桓温的女婿,官新安太守。后投靠桓玄,颇被礼重,桓玄篡位,殷仲文为侍中。桓玄兵败,殷仲文又归顺晋,后因谋反被杀。

③何敬容:初尚南齐武帝女长城公主,拜驸马都尉。入梁官至尚书右仆射,参掌选事。聪明识达,有政绩。

④先天而天弗违:意为帝王行事,虽然先于天意,但天也不肯违逆。语出《周易·乾·文言》:“大人者,与天地合其德,与日月合其明,与四时合其序,与鬼神合其吉凶。先天而天弗违,后天而奉天时。天且弗违,况于人乎?况于鬼神乎?”

⑤武帝:南朝梁武帝萧衍。

⑥建康郭：南京外城。

⑦王莹：字奉光，初尚南朝宋临淮公主，为驸马都尉。入齐为义兴太守、宣城太守、东阳太守，有治绩。梁武帝即位，为侍中、抚军将军，迁丹阳尹。

⑧击石拊石，百兽率舞：语出《尚书·舜典》："夔曰：於！予击石拊石，百兽率舞。"夔为舜的大臣，掌管乐律，赞颂舜德政的言辞，说他敲击石磬，百兽都起舞。石，石磬。拊，击。

⑨膺箓（yīng lù）御图：或作"膺图受箓"。帝王亲受符命河图。箓，符命。图，河图，有"河出图，洛出书"，是帝王圣贤受命的祥瑞。

⑩来格：降临。

⑪赡辞：善于言辞。

【译文】

王世贞说：许多人虽然靠口舌敏辩以侍奉、取悦帝王，然而用语仍应力求雅致。如桓玄篡位后，初次登龙床时床塌陷了，殷仲文说："这是由于陛下圣德过于深厚，大地都承载不住。"梁武帝时宫门起火，武帝对群臣说："我正想重修宫门。"何敬容说："这就是帝王行事先于天意而天也不肯违逆。"又武帝即位时，有猛虎到了建康外城，大象进入江陵，武帝心里不高兴，以此询问大臣们的看法，没有敢应对的人。王莹说："从前圣人敲击石磬，百兽随着节拍起舞，现在陛下亲受符命河图，所以虎象纷纷降临。"纵然极其善于言辞，也不能不令人作呕。

杨廷和　顾鼎臣

辛巳[①]，肃庙入继大统[②]，方在冲年[③]。登极之日，御龙袍颇长，上俯视不已。大学士杨廷和奏云："陛下垂衣裳而天下治[④]。"圣情甚悦。

【注释】

①辛巳：明武宗正德十六年（1521），这一年武宗去世。

②肃庙入继大统：明世宗朱厚熜本为宪宗之孙，武宗之堂弟，兴献王朱祐杬长子。武宗死，无嗣，遗诏以朱厚熜嗣皇帝位。当时朱厚熜在安陆（兴献王封地），被诸臣迎至京师继位。明世宗谥号为肃帝，所以此处称肃庙。大统，帝业，帝位。

③冲年：幼年，孩童时期。朱厚熜即位时年仅十五岁。

④垂衣裳而天下治：称颂帝王无为而治的套语。语出《周易·系辞》："黄帝、尧、舜垂衣裳而天下治。"垂衣裳，本指定衣服之制，示天下以礼，此处指衣服长大而垂下来。

【译文】

正德十六年武宗去世，世宗入京继承皇位，正在幼年。登基当天，穿的龙袍太长，皇上频频低头俯视。大学士杨廷和上奏说："陛下垂下衣裳而天下太平。"皇上听了龙心大悦。

嘉靖初，讲官顾鼎臣讲《孟子》"咸丘蒙"章[①]，至"放勋殂落"语[②]，侍臣皆惊。顾徐云："尧是时已百二十岁矣！"众心始安。

【注释】

①顾鼎臣：弘治进士，授编修。正德时任左谕德。嘉靖初直经筵，东南赋役不均，屡陈其弊，因有所改正。世宗好长生术，以善写青词获宠信，屡任礼、吏二部侍郎。"咸丘蒙"章：《孟子·万章上》中的一节，以首句为"咸丘蒙问曰"而称之。咸丘蒙，孟子弟子。

②放勋：即帝尧。陶唐氏，名放勋，史称唐尧。殂（cú）落：死亡。

【译文】

嘉靖初年，讲读官顾鼎臣讲解《孟子》"咸丘蒙"章时，讲到"放勋殂落”一句，侍读大臣都惊惧不已。顾鼎臣不慌不忙地说：“帝尧这时已经一百二十岁了。”大臣们的心才安定下来。

世宗多忌讳。是时科场出题，务择佳语，如《论语》“无为而治”节①，《孟子》“我非尧舜之道”二句题②，主司皆获谴。疑“无为”非有为，“我非尧舜”四字似谤语也。又命内侍读乡试录，题是“仁以为己任，不亦重乎③”，上忽问：“下文云何？”内侍对曰：“下文是‘兴于诗’云云。”此内侍亦有智。

【注释】

①《论语》“无为而治”节：语出《论语·卫灵公》：“子曰：无为而治者，其舜也与？夫何为哉？恭己正南面而已矣。”

②《孟子》“我非尧舜之道”：语出《孟子·公孙丑下》：“我非尧舜之道，不敢以陈于王前，故齐人莫如我敬王也。”

③仁以为己任，不亦重乎：语出《论语·泰伯》：曾子曰：“士不可以不弘毅，任重而道远。仁以为己任，不亦重乎？死而后已，不亦远乎？”下一则是：子曰：“兴于诗，立于礼，成于乐。”

【译文】

世宗平常有许多忌讳。当时科举考试出题，一定要选择佳句名言，例如《论语》“无为而治”一节，《孟子》“我非尧舜之道”两句为题目，主考官都遭到过世宗责骂。质疑“无为”就是指没有作为，而“我非尧舜”四个字似乎是诽谤自己的话。又命内臣读乡试题目，有题目是“仁以为己任，不亦重乎”，世宗突然问：“下句是什么？”内臣回答说：“下句是‘兴于诗’等等。”这位内臣也是很有智慧的。

宗汝霖

宗汝霖泽政和初知莱州掖县时[1]，户部着提举司科买牛黄[2]，以供在京惠民和剂局合药用[3]，督责急如星火[4]。州县百姓竞屠牛以取黄，既不登所科之数[5]，则相与敛钱以赂吏胥祈免。边批：弊所必至。汝霖独以状申提举司，言："牛遇岁疫则多病有黄，今太平日久，和气充塞，县境牛皆充腯[6]，无黄可取。"使者不能诘，一县获免，无不欢戴。

【注释】

①宗汝霖：即宗泽，字汝霖。不顾赵构、汪伯彦等人的阻挠，率兵奋战，多次挫败金军。其忠贞、节操为历代所歌颂。政和：宋徽宗赵佶年号（1111—1118）。

②提举司：宋代所置主管某种具体事务的官，加"提举"二字，为户部所设总管各"提举"事务的部门。如提举茶盐、提举水利等。科买：征购。牛黄：牛胆囊中的结石，为珍贵中药，有强心、解热等作用。

③惠民和剂局：官营配制药剂的部门。

④急如星火：像流星从空中急闪而过，形容非常急促紧迫。星火，流星。

⑤登：足。

⑥充腯（tú）：肌肉肥壮。腯，肥壮。

【译文】

宗汝霖名泽在宋徽宗政和初年任莱州掖县知县时，户部命提举司征购牛黄，以供京城惠民和剂局调配药物使用，督促责问非常紧迫。州县百姓竞相杀牛以取牛黄，杀完还不够所征派的数量，就共同凑钱以贿赂吏卒请求免征。边批：一定会导致这种弊病。唯独宗泽以公文上书提举司，说："牛感染每年的疫疠才会多病有牛黄，现在天下太平好多年了，祥瑞之气充盈，县境内的牛都肌肉肥壮，没有牛黄可取。"提举司无法反驳，于是全县得以免征牛黄，百姓无不欢欣拥护。

潘京

晋良吏潘京为州所辟[①]，谒见射策[②]，探得"不孝"字。刺史戏曰："辟士为不孝耶？"答曰："今为忠臣，不得为孝子。"

【注释】

①潘京：字世长。初辟郡主簿，继辟于州，举秀才。有机智辩才，后加勤学，为一代谈宗。历巴丘、邵陵、泉陵三县令，明于政术，时号良吏。

②射策：古代取士的一种方法。由主考官出题，书于简策，列于案上，应试者随意取答，主试官按题目难易和所答内容定优劣。答对，犹投射而中，故名。

【译文】

晋朝贤能官吏潘京被州官征召，拜见主考官进行射策，抽到"不孝"的字样。刺史开玩笑说："受征召的人是不孝吗？"潘京回答说："现在做了朝廷忠臣，也就不能以身事亲再做孝子了。"

布政司吏

相传某布政请按台酒[①]。坐间，布政以多子为忧，按君止一子，又忧其寡。吏在傍云："子好不须多。"布政闻之，因谓曰："我多子，汝又云何？"答曰："子好不愁多。"二公大称赏，共汲引之[②]。

【注释】

①布政：布政使，明代一省的行政长官。按台：即按司，提刑按察使司别称。明代主管一省刑狱的长官。

②汲引：提拔。

【译文】

相传某个布政使请按察使喝酒。席间，布政使因为儿女太多而担忧，而按察使只有一个儿子，又担忧太少了。小吏在一旁说："子女好就不需要太多。"布政使听了这话，就对他说："那我儿女多，你又该说什么？"小吏回答说："子女好就不担忧太多。"二位长官大为夸赞，共同提拔了这个小吏。

朱文公

廖德明字子晦[①]，朱文公高弟也[②]。少时梦谒大乾[③]，阍者索刺[④]，出诸袖，视其题字云"宣教郎廖某"，遂觉。后登第改秩，以宣教郎宰闽，思前梦，恐官止此，不欲行。亲友相勉，为质之文公[⑤]。公沉思良久，曰："得之矣！"因指案上物曰："人与器不同，如笔止能为笔，不能为砚；剑止能为剑，不能为琴；故其成毁久远有一定不易之数。唯人不然，有朝为跖暮为舜者[⑥]，故其吉凶祸福亦随而变，难以一定言。今子赴官，但当力行好事，前梦不足芥蒂！"廖拜而受教，后把麾持节[⑦]，官至正郎。

【注释】

①廖德明:宋孝宗乾道年间进士。以宣教郎知莆田县,重风教,抑豪强,累迁吏部左选郎官。少学释氏,读杨时书,遂尽弃所学从朱熹学。

②朱文公:朱熹,谥文。

③大乾:大乾惠应祠神。神为隋代洛阳人欧阳佑,曾任泉州太守。调任蒲西时,途经邵武之大乾河,听说隋代已被唐所灭,带领家人跳河溺死。后人祀之,盛于宋代。应举士人多祈梦,好事者辑成《大乾梦录》。

④阍(hūn)者:守门人。阍,宫门。刺:名帖。

⑤质:询问,请教。

⑥跖:古人名。指盗跖。春秋时大盗,相传他"从卒九千人,横行天下"。

⑦把麾持节:手拿军旗身持符节,指身居要职掌握大权。

【译文】

宋朝人廖德明字子晦,是朱熹的学生。年轻时曾梦到自己拜见大乾惠应祠神,守门人索要名帖,廖德明从袖子中抽出来,看见上面的题字是"宣教郎廖某",就惊醒了。后来廖德明考中进士被委任官职,以宣教郎的身份治理福建,他想起之前的梦境,怕自己的官职止于宣教郎,不想赴任。亲友都劝勉他,为此去请教朱熹。朱熹沉思良久,说:"我知道了。"于是指着案上的物品说:"人和器物不同,像笔只能是笔,不能做砚台;剑只能是剑,不能为琴;所以它们存在的年限长短都有固定不变的命数。唯有人不一样,有早晨是盗跖晚上成为舜的,所以人的吉凶祸福也随之改变,难以有定论。而今你赴任做官,只应尽力做好事,之前的梦不必耿耿于怀。"廖德明拜谢而接受教导,后来身居要职掌握大权,官至正郎。

吴山

丹徒靳文僖贵之继夫人①，年未三十而寡，有司为之奏请旌典②，事下礼部，而仪曹郎与靳有姻娅③，因力为之地。礼部尚书吴山曰④："凡义夫节妇、孝子顺孙诸旌典，为匹夫匹妇发潜德之光⑤，以风世耳。若士大夫，何人不当为节义孝顺者？靳夫人既生受殊封，奈何与匹夫争宠灵乎？"确论名言。会赴直入西苑，与大学士徐阶遇。阶亦以为言，山正色曰："相公亦虑阁老夫人再醮耶⑥？"阶语塞而止。

【注释】

①靳文僖：靳贵，字充道、先遂，号戒庵。弘治进士。正德九年（1514）进礼部尚书、文渊阁大学士，预机务，又改户部尚书，进太子太保、武英殿大学士。谥文僖。

②旌典：旌表的仪典。古代对忠孝贞烈的人，由朝廷建牌坊以为表彰，即旌表。

③仪曹郎：三国魏始置，隶尚书台，掌礼仪之事。姻娅：姻亲。

④吴山：嘉靖进士，累官礼部尚书。为人正直，不媚权贵，为严嵩所构陷，被弹劾放归。穆宗时，召为南京礼部尚书，不赴任。

⑤潜德：蕴藏于本性中的美德。

⑥阁老夫人：指靳贵的遗孀。再醮：再嫁。

【译文】

丹徒靳文僖名贵的继室，不到三十岁就守寡，有关官员为她奏请立贞节牌坊的仪典，皇帝把事情交给礼部办理，而仪曹郎与靳家有姻亲，于是极力为她促成此事。礼部尚书吴山说："凡为义夫节妇、孝顺儿孙举行旌表仪典，是发扬普通百姓蕴藏于本性中的美德，以教化世人。至于士大夫，哪个不应当做节义、孝顺的人呢？靳夫人既然在世就接受特别的册封，为什么还要和普通百姓争荣宠呢？”真理名言。恰好前往当值去西苑，路上与大学士徐阶相遇。徐阶也为靳夫人说话，吴山严肃地说：“相公也怕靳夫人再嫁吗？”徐阶一时语塞不再多说。

今日“节义”“孝顺”诸旌典，只有士大夫之家，可随求随得。其次则富家，犹间可力营致之。匹夫匹妇绝望矣。若存吴宗伯之说，使士大夫还而自思所以求旌异其亲者，反以薄待其亲，庶乎干进之路稍绝[①]，而富家营求之余，或可波及卑贱，世风稍有振乎？推之“名宦”“乡贤”[②]，莫不皆然。名宦载在《祭统》，非有大功德及民者不祀，乡贤则须有三不朽之业[③]，若寻常好官好人，分内之事，何以祠为？又推之“乡饮”亦然[④]。乡饮须年高有德望者，乃可以表帅一乡。今封公无不大宾者[⑤]，而介必以贿得[⑥]，国家尊老礼贤之典，止以供人腹诽而已。此皆吴宗伯所笑也。

【注释】

①干进：钻营进取。

②名宦、乡贤：古代于各州县立名宦、乡贤之祠，祭祀以往在本乡为官而有政绩的官员及本乡贤者。

③三不朽：立德、立功、立言，古称三不朽。出自《左传·襄公二十四年》：“太上有立德，其次有立功，其次有立言，虽久不废，此之谓不朽。”

④乡饮：乡饮酒礼的简称。这里指主持乡饮的宾介。明、清时主持乡饮的均为各州县遴选的年高德重的士绅，一人为宾，其次为介，又次为众宾，乡里提名报督抚，经批准后方可为宾、介。所以宾、

介也成为地方士绅争夺的名位。

⑤封公：以子孙显贵而受封典的人。大宾：即宾。称大宾，是为了区别于众宾。

⑥介：传宾主之言的人。

【译文】

今天“节义”“孝顺”等旌表仪典，只有士大夫家，可以随时求取随时得到。其次是富家大户，还可以偶尔用力钻营得到。普通百姓就根本不用想。若是保留吴山的意见，让士大夫们回家自我反省为自己的亲戚请求旌表的行为，反而是亏待了自己的亲戚，差不多钻营进取的路径能稍微杜绝，而富家大户在钻营求取之余，或许可以惠及卑微百姓，世风能稍有提振吧？推广到“名宦”“乡贤”这些名头，都是这样。名宦记载于《祭统》，若不是对百姓有极大功德的人不予祭祀，乡贤则必须有立德、立功、立言的三不朽功业，若是普通好官好人，做了分内的事，建祠堂做什么呢？又推广到“乡饮”也是这样。主持乡饮的必须是年高有道德声望的人，才可以做一乡的表率。现在因子孙显贵受封典的人没有不是做宾的，而介的身份也一定要行贿才能得到，国家尊敬老者礼遇贤人的仪典，只是供人心中嘲讽罢了。这都是吴山所耻笑的！

附：奇谈 二条

一

东汉宋均常言[①]：“吏能宏厚[②]，虽贪污放纵犹无所害。边批：甚言之[③]。唯苛察之人[④]，身虽廉，而巧黠刻剜，毒加百姓。”识者以为确论。边批：廉吏无后，往往坐此[⑤]。

【注释】

①宋均:字叔庠。东汉初为九江太守。其郡多虎患,屡捕不绝。他认为猛虎之患,咎在暴吏,为政务退奸贪,进忠善。其境大治,虎亦东游渡江而去。明帝时拜尚书令,后出为河内太守。在任政行大化,有政绩。

②宏厚:宽厚。

③甚言:极言,说极端的话。

④苛察:以苛刻烦琐为明察。

⑤坐此:因此。

【译文】

东汉宋均常常说:"官吏若能心地宽厚,即使贪污放纵也不会造成大害。边批:极端的话。倒是以苛刻烦琐为明察的官吏,虽然自身廉洁,但是狡猾刻薄,就会荼毒百姓。"有识之士认为这是恰当的言论。边批:廉吏无后,往往因为这一点。

二

唐卢坦[①],字保衡,始仕为河南尉。时杜黄裳为尹[②],召坦谕曰:"某巨室子[③],与恶人游,破产,盍察之[④]?"坦曰:"凡居官廉,虽大臣无厚蓄。其能积财者,必剥下致之。如子孙善守,是天富不道之家,不若恣其不道[⑤],以归于人也。"黄裳惊异其言。

【注释】

①卢坦:字保衡。曾为义成军节度判官,后官河南寿安令,体谅民情,因使县民迁延交纳赋税时限而受处罚,远近闻名。

②杜黄裳:字遵素。唐朝宰相。初为郭子仪朔方属吏,后入朝为侍

御史。唐德宗贞元末年迁太常卿。官至门下侍郎、同中书门下平章事。力主削平藩镇，整肃纲纪。

③巨室：豪富官宦之家。

④盍：表示反问。犹何不。

⑤恣：放纵，放任。

【译文】

唐朝人卢坦，字保衡，开始出仕时任河南尉。当时杜黄裳为河南尹，召见卢坦告诉他说："有个大官的儿子，与坏人交游，家财败尽，为什么不调查一下呢?"卢垣说："凡是为官清廉，即使位高权重也没有丰厚家产。那些能够积累巨额财富的人，一定是剥削百姓累积而来。假如子孙善守财，那是上天要使不道义的人家富有，不如放纵他们的不道义，让钱财再散归于百姓。"杜黄裳对卢坦的言论大感惊奇。

只说得"酷""贪"二字，但议论痛快，便觉开天。

【译文】

只是说到"酷""贪"两个字，只议论痛快，便觉得启发人的天性。

兵智部总叙

【题解】

兵智部含“不战”“制胜”“诡道”“武案”四卷，共132则。所谓“兵智”，即用兵的智慧，表现为不战而屈人之兵，制服对方取得胜利，诡诈之术和对成功战例的总结。

“不战”“制胜”“诡道”“武案”各有表现。如“不战”卷“高昭元”一则中，高颎利用南北农田收获时间的差异，以少量兵力引诱陈国荒废农时，趁陈国军队迟疑不决时增兵进攻，再顺风势不断纵火烧仓库，最终使陈国衰败，是不战耗敌；“高仁厚”一则中，高仁厚利用叛将阡能的间谍，劝说叛军手下百姓归顺，继而利用投降士卒向下一个进攻目标的士卒传播抚恤消息，如此反复，六天讨平五个贼将，是借力平敌。“制胜”卷“威宁伯”一则中，王越与侦察敌情的千户聊天，被千户对敌情的明晰分析打动，赐千户金杯、美姬，千户于是对王越竭忠效命，是士遇知己；“陶鲁”一则中，陶鲁向韩雍自荐，挑选精兵三百人，每天操练，与他们同甘共苦，造就无人能敌的陶家军，是将逢别才。“诡道”卷“厨人濮等”一则中，宋元公与判臣华氏交战失败，厨邑大夫濮巡行全军，说挥舞旗帜的就是国君的战士，华氏败走，濮背着用裙裳包裹的砍下的脑袋奔跑，说已经擒杀华登了，于是华氏被击败，是善用诈术；“李光弼”一则中，李光弼搜选五百匹母马，拴住它们的马驹，再牵着母马出城，史思明的马看见母马，都浮水渡河，进入唐军城中，是深谙物性。“武案”卷“九军阵法”一则中，郭固等人讨论九军阵法，九个军阵都背靠背相接，面对面相向，敌人所接触的地方都可以作为阵首，既能各自为战，又能互相配合；“撒星阵”一则中，张威意创“撒星阵”，转眼间便能实现分开聚合的变动；“鸳鸯阵”一则中，戚继光创“鸳鸯阵”，交战时，狼筅兵、盾牌兵，长枪兵、短刀兵协同作战，每次都得以取胜；皆是精研战术。

用兵的智慧，自古以来讨论不绝，《左传》等史书中记录了很多著名的战役，《孙子兵法》等兵书中总结了实际作战的经验，《三国演义》等小说将战争描绘得波澜壮阔，但无论如何，战是为了不战，为了和平。在战争中表现的智慧，也是为了以最小的牺牲换来最大的利益，如此，关于作战的智慧，值得我们深思。

冯子曰：岳忠武论兵曰[①]：“仁、智、信、勇、严，缺一不可。”愚以为“智”尤甚焉。智者，知也。知者，知仁、知信、知勇、知严也。为将者，患不知耳。诚知，差之暴骨，不如践之问孤[②]；楚之坑降，不如晋之释原[③]；偃之迁延，不如罃之斩嬖[④]；季之负载，不如孟之焚舟[⑤]。虽欲不仁、不信、不严、不勇，而不可得矣。又况夫泓水之襄败于仁[⑥]，鄢陵之共败于信[⑦]，阆中之飞败于严[⑧]，邲河之縠败于勇[⑨]；越公委千人以尝敌[⑩]，马服须后令以济功[⑪]，李广罢刁斗之警[⑫]，淮阴忍胯下之羞[⑬]。以仁、信、勇、严而若彼，以不仁、不信、不勇、不严而若此，其故何哉？智与不智之异耳。愚遇智，智胜；智遇尤智，尤智胜。故或不战而胜，或百战百胜；或正胜[⑭]，或谲胜[⑮]；或出新意而胜，或仿古兵法而胜。天异时，地异利，敌异情[⑯]，我亦异势[⑰]。用势者，因之以取胜焉。往志之论兵者备矣[18]，其成败列在简编，的的可据[19]。吾于其成而无败者，择著于篇：首“不战”[20]，次“制胜”，次“诡道”，次“武案”。岳忠武曰：“运用之妙，在乎一心。”“武案”则运用之迹也[21]。儒者不言兵，然儒者政不可与言兵[22]。儒者之言兵恶诈，智者之言兵政恐不能诈。夫唯能诈者能战；能战者，斯能为不战者乎？

【注释】

①岳忠武：岳飞，宋孝宗时追谥武穆，宁宗时追封鄂王，改谥忠武。

②差之暴骨，不如践之问孤：这是说“知仁”。差之暴骨，吴王夫差为争霸屡次出征，暴露战士尸骨于中原。差，吴王夫差。践之问孤，越王勾践被夫差打败后，励精图治，抚恤死难，慰问孤寡，以求民心。践，越王勾践。问，慰问。

③楚之坑降，不如晋之释原：这是说“知信”。楚之坑降，指项羽入关前坑杀秦降卒二十余万人，秦人失望。楚，此指项羽，后为西楚霸王。晋之释原，前635年，晋文公围原邑，命士兵携三日之粮。原邑不降，文公命撤兵。当时间谍报告说原邑就要投降了，军吏建议稍候。文公说：“信，国之宝也，民之所庇也。得原失信，何以庇之？”于是晋军撤军三十里而原邑投降。

④偃之迁延，不如罃（yīng）之斩燮：这是说“知严”。偃之迁延，前559年，晋率诸侯伐秦，中军主帅为荀偃，由于栾黡不服从荀偃命令，擅自撤军，至使晋军无功，晋人称此为“迁延之役”。迁延，徘徊不前，此处指荀偃对栾黡姑息迁就，治军不严。罃之斩燮，前563年，晋与诸侯之师伐偪阳，久攻不克，晋荀偃、士匄向中军主帅知罃请求退兵，知罃大怒说：“伐偪阳是你们的主意，现在你们又要撤军。限你们七日取下偪阳，否则我必定杀死你们！”于是

荀偃、士匄亲自上阵，灭偪阳。蓉，知蓉。知蓉严军只此一事，与“斩嬖”不合。“蓉”或为“苴”字，指司马穰苴斩庄贾事，见本卷“高仁厚”条评。

⑤季之负载，不如孟之焚舟：这是说“知勇”。季之负载，前487年，吴伐鲁，攻克东阳，驻军泗上。鲁国子服景伯劝季康子不要受城下之盟，季康子不从，子服景伯乃背负载书，与吴盟于莱门。季，此指鲁国执政者季康子，使子服景伯负载出盟。负，携带。载，载书，盟书。孟之焚舟，前624年，为报崤之役战败之仇，秦穆公派孟明视将兵伐晋，渡河焚船，自绝退路，以示必死，晋军不敢应战。孟，指秦大夫孟明视，姓百里，名视，字孟明。崤之战战败，仍为穆公重用，后卒雪耻。

⑥泓水之襄败于仁：春秋时齐桓公死后，宋襄公欲图霸业。前638年，宋攻郑，楚伐宋以救郑，宋与楚战于泓水。宋襄公不在楚军半渡时、渡河后阵列未成时发动攻击，于是宋军大败，襄公重伤。宋国人怨襄公，襄公说：“君子不攻击已受伤的人，不俘虏花白头发的人。古代打仗，不凭仗山川险隘。寡人不在敌人未成阵列之前发动攻击。”襄，宋襄公。

⑦鄢陵之共败于信：前575年，楚军与晋军战于鄢陵（今属河南）。自晨至昏，双方未分胜负，约次日再战。楚共王夜召主将子反谋议战事，子反沉醉。共王说：“天败楚也夫！余不可以待。”就在夜里撤军，被晋师追击而打败。楚共王遵守次日再战的诺言，不能战则撤军，而给晋军追击的机会。共，楚共王，又作楚恭王。

⑧阆中之飞败于严：三国时蜀将张飞守阆中。孙权杀关羽，刘备决计东征，张飞当率兵自阆中会江州。张飞平日不体恤士卒，刑杀过度。临出兵，部将张达、范彊杀张飞，携其首级投奔孙权。

⑨邲（bì）河之縠败于勇：前597年，楚庄王攻郑，郑降。晋荀林父率师救郑，至黄河，听说郑已附楚，想要回去。中军佐先縠不肯，率所

部先渡河，诸军不得已而跟从。晋、楚战于邲（今河南武陟东南），晋军大败。

⑩越公委千人以尝敌：这是说以“不仁”取胜。隋越国公杨素为立威，战前常派数百人冲锋，凡不能死战逃回者立斩。尝敌，试探敌人实力的强弱。

⑪马服须后令以济功：这是说以“不信”取胜。战国时，赵国名将赵奢救阏与，初下令军中有敢以军事谏者死，后军士许历入谏，赵奢用其计取胜，许历自请依令伏诛，赵奢说且等以后的命令。马服，赵奢封马服君。须，等，等待。

⑫李广罢刁斗之警：这是说以“不严”取胜。西汉名将李广治军尚宽，行军不设刁斗警戒，士卒都乐于被任用。刁斗，古代行军用具。斗形有柄，铜质；白天用作炊具，晚上击以巡更。

⑬淮阴忍胯下之羞：这是说以“不勇”成功。淮阴侯韩信微贱时，有少年当众羞辱他说：“你不怕死，就刺杀我；否则从我胯下钻过去。”于是韩信忍辱从他胯下钻过，被众人嘲笑。后韩信为刘邦大将，佐其打败项羽，建立汉朝。

⑭正胜：以常规战法取胜。

⑮谲（jué）胜：以奇计诡诈取胜。

⑯“天异时”几句：天时、地利、敌情都是不断变化的。

⑰势：军事学中的重要概念。指如何合理调配、正确使用各种战争力量以取得胜利。

⑱志：书志。指兵书。

⑲的的：明白，昭著。

⑳不战：即《孙子兵法》所谓“不战而屈人之兵，上之上者也”。

㉑运用之迹：运用的实例。

㉒政：通“正”，正好，恰好。

【译文】

冯梦龙说：岳飞论用兵说："仁爱、智慧、信义、勇敢、严厉，缺一不可。"我以为"智慧"更重要。智慧，就是知道。知道，就是知道仁爱、知道信义、知道勇敢、知道严厉。作为将领，就怕没有智慧。真的有智慧，那么夫差暴露战士尸骨于中原，不如勾践抚死问孤；项羽坑杀秦军降兵，不如晋文公撤除对原邑的包围；荀偃对栾黡撤军的姑息迁就，不如荀䓨斩杀宠幸的人；季孙氏让人拿着盟书与吴在莱门结盟，不如孟明视焚船以自绝退路。即使想要不仁、不信、不严、不勇，也做不到。更何况泓水之战中宋襄公败于仁爱，楚共王在鄢陵之战中败于守信，张飞守阆中被杀败于太严厉，晋国先縠在邲之战中败于勇猛冒进；越国公杨素派千人去试探敌人兵力虚实，赵奢让许历等之后的命令来成就功业，李广不设刁斗警戒，韩信忍受胯下之辱。以仁爱、信义、勇敢、严厉而像那样获得成功，以不仁爱、不信义、不严厉、不勇敢而像这样也获得成功，这是为什么呢？是智慧与不智慧的差异罢了。愚蠢的碰到智慧的，则智慧的胜；智慧的遇到更智慧的，则更智慧的胜。因此有的不战而获胜，有的百战而百胜；有的以常规方法获胜，有的以奇绝计谋获胜；有的自出新意而获胜，有的仿效古代兵法而获胜。天时不断变化，地利不断变化，敌情也不断变化，我们也要根据变化采用不同的取胜之势。能利用势，就可以顺着它来取得胜利。之前的兵书对用兵的论述已经很完备了，成败得失都罗列在书籍中，清晰明白可为依据。我对那些用兵成功而没有失败的事迹，挑选出来编著成篇：首先是"不战"，其次是"制胜"，其次是"诡道"，其次是"武案"。岳飞说："用兵的奥妙，全在于用心思考。""武案"就是巧妙用兵的实例。儒者不屑于谈论军事，然而也确实不能跟儒者谈论军事。儒者谈论军事厌恶欺诈的战术，智者谈论军事正是怕不能用欺诈的战术。能运用欺诈战术的人能够指挥作战；能指挥作战的人，他能够做到不战而屈人之兵吗？

兵智部不战卷二十一

形逊声[1],策绌力[2]。

胜于庙堂[3],不于疆埸[4];

胜于疆埸,不于矢石[5]。

庶可方行天下而无敌[6]。

集《不战》。

【注释】

①形逊声:意谓有形不如无形。形,指具体的兵力、装备等战斗物资和战场作战。声,指无形的政治措施、外交手段等战争之外的谋略等。

②绌:通"黜",贬斥。引申为压制,胜过。

③庙堂:此处指在庙堂的谋划。

④疆埸(yì):指战场。埸,边境,国界。

⑤矢石:弓箭炮石。

⑥方行:横行。

【译文】

有形不如无形,谋划胜过蛮力。

能胜在庙堂谋划，就不靠战场指挥；
能胜在战场指挥，就不靠弓箭炮石。
这样差不多就可以横行天下而没有对手了。
集为《不战》一卷。

荀罃　伍员

鲁襄时[①]，晋、楚争郑[②]。襄公九年，晋悼公帅诸侯之师围郑[③]。郑人恐，乃行成[④]。荀偃曰[⑤]："遂围之，以待楚人之救也，而与之战；不然，无成。"边批：亦是。知罃曰[⑥]："许之盟而还师以敝楚[⑦]。吾三分四军[⑧]，与诸侯之锐，以逆来者[⑨]，于我未病，楚不能矣。犹愈于战[⑩]，暴骨以逞[⑪]，不可以争。大劳未艾[⑫]。君子劳心，小人劳力，先王之制也[⑬]。"乃许郑成。后三驾郑[⑭]，而楚卒道敝[⑮]，不能争，晋终得郑。

【注释】

①鲁襄：鲁襄公，前572—前542年在位。

②晋、楚争郑：春秋时晋、楚争为霸主，而郑在两国之间，战略位置重要，一直是两国争夺的焦点。

③襄公九年，晋悼公帅诸侯之师围郑：因郑于去年与楚讲和，又于本年六月朝楚，故晋于本年十月合齐、鲁、宋、卫、曹、莒、邾、滕、薛、杞、郳共十二诸侯伐郑。襄公九年，鲁襄公九年，前564年。

④行成：求和。

⑤荀偃：又称中行偃、中行献子。时为晋上军帅。

⑥知罃：又称荀罃、知武子。时为晋中军帅。

⑦许之盟而还师以敝楚：晋与郑结盟而撤军，楚人必讨伐郑国而导

致疲敝。

⑧三分四军：当时晋有上、中、下、新四军，分为三部，轮番作战。

⑨逆：迎击。

⑩愈：胜于。

⑪暴骨以逞：与楚决战而使白骨暴露于野而求一时痛快。逞，快心，满意。

⑫大劳未艾：是说将有更大的战争在后面，此时宜蓄养兵力。艾，止息。

⑬制：法度，规制。

⑭后三驾郑：后来晋又在鲁襄公十年（前563）、十一年（前563）两年之中三次帅诸侯对郑用兵，郑国服从晋国。驾，兵车。

⑮道敝：疲敝于道路奔波。

【译文】

春秋鲁襄公时，晋、楚两国争夺郑国。鲁襄公九年，晋悼公率领其他诸侯的军队围攻郑国。郑人害怕，于是求和。荀偃说："完成对郑国的包围，以等待楚人救援，和他们作战；不这样，就没有真正的媾和。"边批：也对。知䓨说："答应郑国结盟然后退兵，以使楚人攻打郑国而导致疲敝。我们把四军分成三部分，加上诸侯的精锐部队，以迎击前来的楚军，对我们来说并不困乏，而楚国就受不了。这样还是比决战好，暴露战士白骨以求得到一时的快意，不能用这样的方式争胜。更大的战争还没有止息。君子运用智慧，小人耗费体力，是先王的法度。"于是就允许郑国媾和。后来晋人又三次对郑用兵，而楚人最终因道路奔波而疲惫不堪，不能与晋国争胜，晋国最终得到郑国。

吴阖闾既立①，问于伍员曰②："初而言伐楚③，余知其可也，而恐其使余往也，又恶人之有余之功也。今余将自有之矣，伐楚何如？"对曰："楚执政众而乖，莫适任患④。若为三师以肄焉[⑤]，一师至，彼必皆出。彼出则归，彼归则出，楚必道敝。亟肄以罢之[⑥]，多方以误之[⑦]。既罢，而后以三军继之，必大克之。”阖闾从之，楚于是乎始病。

【注释】

①吴阖闾既立：前515年，吴与楚战被困。吴公子光利用时机，设宴请吴王僚赴会，遣专诸刺杀吴王僚，光即位，是为阖闾。

②伍员：伍子胥，父兄被楚平王杀后奔吴，为公子光门客，多次请求伐楚。

③而：你。

④楚执政众而乖，莫适（dí）任患：时楚昭王尚幼，执政者众多而不和，无人敢承担责任。乖，互相违离。适，做主。

⑤肄：读为肆，劳苦。这里指突然袭击而又退却，使楚军劳苦疲惫。

⑥亟：屡次。罢：疲乏。

⑦多方以误之：用多种方法使楚军失误。

【译文】

吴王阖闾即位后，问伍员说：“起初你说攻打楚国，我知道可行，但恐怕吴王僚派我前去，又不愿意让他占有我的功劳。现在我将自己据有伐楚的功劳，去攻打楚国怎么样？”伍员回答说：“楚国执政的人多而不和，没有人能做主承担责任。如果组织三支军队对楚国突然袭击而又迅速撤退，一支军队到那里，他们必然都出来应战。他们出战，我们就撤退；他们撤军，我们就出战，楚国必然疲于奔命。屡次突袭又快速撤军而使他们疲惫，用多种方法使他们失误。他们疲乏以后，再派三军一起进攻，必然大败楚军。”阖闾听从了，楚国从此开始陷于困顿疲乏。

晋、吴敝楚，若出一辙。然吴能破楚，而晋不能者，终少柏举之一战也[①]。宋儒乃以城濮之战咎晋文非王者之师[②]，噫！有此议论，所以养成南宋为不战之天下[③]，而竟奄奄以亡[④]。悲夫！

【注释】

①柏举之一战：前506年，吴与蔡、唐攻楚，大破楚囊瓦军于柏举（今湖北麻城东），乘胜攻入郢都。

②宋儒乃以城濮之战咎晋文非王者之师：前633年，晋文公帅师与楚军在城濮大战，击败楚军，成为中原霸主。战后晋文公召周天子前来与诸侯相会。孔子已批评晋文公不应以臣召君。宋儒更认为晋文公将曹国的土地分给宋国、私下答应恢复曹卫、拘留楚国使者、退避三舍等行为都是欺诈手段，不是王者之师。城濮，春秋时卫地。在今山东鄄城西南。

③不战之天下：不能战斗、一味求和的国家。

④奄奄：衰弱不振。

【译文】

晋与吴削弱楚国实力，方式差不多。然而吴人能大破楚军，而晋人却不能灭楚，终究是少了柏举之战那样的战斗。宋儒却以晋、楚在卫国城濮的大战责难晋文公并非王者之师，唉！有这种言论，所以影响南宋成为不战而求和的国家，而最终衰弱不振而灭亡。可悲！

按，吴璘制金[①]，亦用此术。虏性忍耐坚久，令酷而下必死，每战非累日不决。于是选据形便[②]，出锐卒，更迭挠之[③]，与之为无穷[④]，使不得休暇，以沮其坚忍之气[⑤]，俟其少怠，出奇胜之。

【注释】

①吴璘：字唐卿。善骑射，曾任检校太尉、奉国军节度使、四川宣抚使等，与兄长吴玠经营和尚原，在饶风关、仙人关等地屡败金军，为保卫秦陇、屏障巴蜀立下大功。吴氏兄弟先后镇守川蜀数十年，安抚人民，辅宁国家。

②形便：有利地形。

③挠：扰乱，骚扰。

④与之为无穷：意谓没完没了地骚扰他们。

⑤沮（jǔ）：败坏，毁坏。

【译文】

按，宋将吴璘对付金兵，也用这种方法。金兵生性忍耐持久，命令严酷而一旦令下必誓死执行，每次战斗没有好几天不能决出胜负。吴璘于是选择占据有利地形，派出精锐兵卒，轮番骚扰金兵，跟他们无休止地纠缠，让他们不能休息，来败坏他们坚忍的士气，等到他们稍有惰怠，就派出奇兵大胜他们。

高昭玄

开皇初[①]，帝尝问高颎以取陈之策[②]。颎曰：“江北地寒，田收差晚，江南土热，水田早熟。量彼收获之际，微征士马，声言掩集[③]。彼必屯兵御守，便可废其农时。及彼聚兵，我还解甲。再三若此，贼以为常，后更集兵，彼必不信。犹豫之顷，我忽济师[④]，出其不意，破贼必矣。又江南土薄，舍多竹茅，所以储积[⑤]，皆非地窖。密遣行人[⑥]，因风纵火，待彼修立，更复烧之。不出数年，自可令彼财力俱困。”帝用其策，卒以敝陈。

【注释】

①开皇：隋文帝杨坚年号（581—600）。

②高颎（jiǒng）：一作独孤颎，一名敏，字昭玄。北周时任内史下大夫。丞相杨坚招为相府司马。入隋，任尚书左仆射，参与国家制度和重要法令的拟订。开皇八年（588）任元帅长史，佐杨广伐陈，次年灭陈。凡军事进止，均由他裁定。炀帝时以诽谤朝政罪被杀。当朝二十年，汲引名士，朝野推服。

③掩集：突然集结。

④济师：增兵。

⑤储积：储备积存。亦指贮积的财物。

⑥行人：差役。此指间谍。

【译文】

隋文帝开皇初年，文帝曾问高颎攻取陈国的策略。高颎说："江北气候寒冷，农田收成稍晚；江南气温高，水田收成早。估量他们忙着收获的时候，少量征调兵马，扬言突然集结。他们必定屯兵防守，这样就可以荒废他们的农时。等他们集聚兵力，我们就撤兵回来。多次这样，敌军习以为常，之后我们再集结士兵，他们必定不相信我军会真进攻。他们迟疑不决的时候，我们忽然增兵，出其不意，必定能攻破陈国。另外江南土层薄，房舍多半是用竹子茅草搭建，用来储备积存财物的仓库，都不是地窖。我们暗中派遣间谍，顺着风势纵火烧仓，等他们修整好，再放火烧掉。不出几年，自然可以让他们财用、人力都困乏。"文帝采用高颎的计策，最终使陈国疲敝衰败。

周德威

晋王存勖大败梁兵[①]，梁兵亦退。周德威言于晋王曰[②]："贼势甚盛，宜按兵以待其衰。"王曰："吾孤军远来，救人之急，三镇乌合[③]，利于速战。公乃欲按兵持重，何也？”德威曰：“镇、定之兵，长于守城，短于野战。吾所恃者骑兵，利于平原旷野，可以驰突。今压城垒门[④]，骑无所展其足。且众寡不敌，使彼知吾虚实，则事危矣。”王不悦，退卧帐中。诸将莫敢言。德威往见张承业[⑤]，曰：“大王骤胜而轻敌[⑥]，不量力而务速战。今去贼咫尺，所限者一水耳[⑦]。彼若造桥以薄我，我众立尽矣。不若退军高邑[⑧]，诱贼离营。彼出则归，彼归则出，别以轻骑，掠其馈饷[⑨]，不过逾月，破之必矣！”承业入，褰帐抚王曰[⑩]：“此岂王安寝时邪？周德威老将知兵，言不可忽也！”王蹶然而兴，曰：“予方思之。”时梁王闭垒不出，有降者，诘之，曰：“景仁方多造浮桥[⑪]。”王谓德威曰：“果如公言！”

【注释】

①晋王存勖大败梁兵：梁太祖开平四年（910），梁以王景仁为元帅，谋划攻打赵国镇、定二州，赵王王镕向晋求救。李存勖派周德威前往救援。周德威引千余精锐骑兵击梁兵两端，左右驰突，出入多次，俘获一百多人，边战边退，渡过野河而止，梁兵也撤退。晋王存勖，五代后唐庄宗李存勖，灭梁前称晋王。

②周德威：字镇远。勇而多智谋，能望尘以知敌人数量多少。事晋王为骑将，勇冠天下。虽为大将，常务持重，伺隙以取胜。后遇梁军，其建议不被晋王听取，于是战死。

③三镇：此处是说镇州、定州及晋为三镇。

④压城：形容敌人众多。垒门：形容逼近营门。

⑤张承业：宦官，原姓康，内常侍张泰养子。李克用时，任河东监军。

后辅佐李存勖，除掉欲阴谋夺权的李克宁。长期主掌太原军政事务，配合李存勖在前线与后梁军作战。后闻存勖欲自立，苦谏不从，不食而卒。

⑥骤胜：屡次胜利。

⑦一水：指野河，在今河北柏乡。

⑧高邑：县名。治今河北柏乡西北。

⑨馈饷：指粮饷。

⑩褰（qiān）：用手掀起。

⑪景仁：王景仁，本名茂章。唐末五代时先后为吴国、吴越、后梁将领，骁勇刚悍。后梁时，领宁国节度使，加检校太傅、同平章事，后授北面行营都招讨使，领兵与晋国对峙于柏乡，大败而回。

【译文】

唐末晋王李存勖大败梁兵后，梁兵也撤退。周德威对晋王说："敌人气势很盛，应该先按兵不动以等待梁兵疲乏。"晋王说："我孤军远道而来，救别人的急难，三镇军队临时凑合起来，适合速战。你却想要按兵不动，为什么呢？"周德威说："镇、定二州的士兵，善于守城，不善于野外作战。我们所仗恃的是骑兵，在平原旷野中最有利，可以驰骋冲击。现在敌军众多逼近营门，骑兵没有办法施展。而且我们兵力少，比不上梁兵，让他们知道了我军虚实，那么事情就危险了。"晋王不高兴，就回到营帐中躺着。诸位将军不敢说话。周德威去见张承业，说："大王几次胜利后就轻视敌人，不衡量自身的力量而一定要速战。现在离敌军近在咫尺，所隔的只有一条野河罢了。他们如果造浮桥来攻击我们，我们立即就会全军覆没。不如退军到高邑，引诱贼兵离开营地。他们出来我们就回去，他们回去我们就出来，另外派一支骑兵，抢夺他们的粮饷，不出一个月，必然能攻破他们！"张承业进入晋王营帐，掀起床帐拍抚着晋王说："这哪里是您安心就寝的时间呢？周德威是老将，懂得用兵之道，他的话可不能忽视！"晋王迅速从床上跳起来，说："我正在想这件事。"当时梁王关闭营垒不出战，有梁兵前来投降，审问他，他说："王景仁正在大量建造浮桥。"晋王对周德威说："果然像您所说的那样。"

诸葛恪

诸葛恪有才名[①]，吴王欲试以事[②]，令守节度[③]。节度掌钱谷，文书繁猥[④]，非其好也。武侯闻之[⑤]，遗陆逊书[⑥]，陆公以白吴主，即转恪领兵。恪启吴主曰："丹阳山险[⑦]，民多果劲[⑧]。虽前发兵，徒得外县平民而已，其余深远，莫能擒尽。恪请往为其守，三年可得甲士四万。"朝议皆以为：丹阳地势险阻，周旋数千里[⑨]，山谷万重，其幽邃人民，未尝入城邑、对长吏，皆伏兵野逸[⑩]，白首于林莽；逋亡宿恶[⑪]，咸共逃窜，铸山为甲兵[⑫]；俗好武习战，高气尚力，其升山赴险，抵突丛林[⑬]，若鱼之走渊，猨狖之腾木也[⑭]；时观间隙，出为寇盗。每致兵征伐，寻其窟藏[⑮]，战则蜂至，败则鸟窜，自前世以来，不能驭而羁也。恪固言其必捷。吴主拜恪丹阳太守。

【注释】

①诸葛恪：字元逊。吴大将军诸葛瑾长子，蜀汉丞相诸葛亮之侄。少有才名，弱冠拜骑都尉，后任丹杨太守。陆逊病故，代为大将军。孙亮即位，为托孤首辅，掌握权柄。初期锐意革新，甚有威望；后期自满独断，民怨深重。后被孙峻联合孙亮设计诛杀，并夷三族。

②吴王：孙权。

③节度：《三国志·吴书·诸葛恪传》引《江表传》曰："权为吴王，初置节度官，使典掌军粮，非汉制也。"

④繁猥：繁琐猥杂。

⑤武侯：诸葛亮，封武乡侯。时为蜀汉丞相。

⑥书：《三国志·吴书·诸葛恪传》引《江表传》诸葛亮致陆逊书说："家兄（诸葛瑾）年老，而恪性疏，今使典主粮谷，粮谷军之要最，仆虽在远，窃用不安。足下特为启至尊转之。"

⑦丹阳：故治宛陵（今安徽宣城），东汉建安二十五年（220），孙权移郡治建业（今江苏南京）。辖境相当今安徽长江以南、江苏大茅山及浙江天目山脉以西、安徽黄山一线以北地区。东与吴郡、新都郡相邻，南与会稽郡相邻，西与鄱阳郡相接。

⑧果劲：果敢强劲。

⑨周旋：环绕，盘曲。

⑩伏兵：当依《三国志·吴书·诸葛恪传》作"仗兵"，意即拿着兵器。野逸：放纵不羁。

⑪逋亡宿恶：逃犯及有罪的人。

⑫铸山为甲兵：《三国志·吴书·诸葛恪传》："山出铜铁，自铸甲兵。"

⑬抵突：触犯，逼近。

⑭猨狖（yuán yòu）：泛指猿猴。猨，同"猿"。狖，古书上说的一种猴，黄黑色，长尾巴。

⑮窟藏：隐匿之所。

【译文】

三国时诸葛恪以有才干出名，孙权想要用政事测试他的才干，就认命他为节度官。节度官掌管钱粮，文书繁琐猥杂，不是他喜欢的。诸葛亮听说这种情况，就给陆逊写信，陆逊把这事禀告孙权，就改派诸葛恪带兵。诸葛恪禀告孙权说："丹阳郡山势险阻，山民果敢剽悍。虽然之前派兵征讨，只平定了深山之外各县的平民罢了，其余在深山远路的山民，不能都抓到。我请求前去做丹阳太守，三年内可招抚四万士兵。"朝中官员都认为：丹阳地势险阻，盘曲几千里，山谷上万重，其中偏僻地方的百姓，从未进过城市、面对官长，都拿着兵器不受管束，到老不出山林；逃犯及有罪的人，都一起窜逃回山里，铸造山中所出铜铁为兵器；民风喜好武功熟习战斗，看重义气崇尚蛮力，他们登高山赴险境，在丛林中冲突奔跑，好像鱼游走在深水，猿猴跳跃于树木；平时看准官兵松懈时机，就出山做盗贼。每次出兵征伐，找到他们藏匿之处，开战他们就蜂拥而至，打败就做鸟兽状四处逃散，从前朝以来，就不能控制而使他们归顺。诸葛恪坚定地说他一定会成功。孙权任命诸葛恪为丹阳太守。

恪至府，乃遗书四部属城长吏①，令各保其疆界，明立部伍②，其从化平民③，悉令屯居④。乃分内诸将罗兵幽阻⑤，但缮藩篱，不与交锋，候其谷熟，辄引兵芟刈⑥，使无遗种。旧谷既尽，新田不收，平民屯居，略无所得，于是山民饥穷，渐出降首⑦。恪乃复敕下曰："山民去恶从化，皆当抚慰，徙出外县，不得嫌疑，有所执拘。"长吏胡伉获降民周遗。遗，旧恶民，困迫暂出，内图叛逆。伉执送于恪，恪以伉违教，遂斩以徇。民闻伉坐戮，知官唯欲出之而已，于是老幼相携而出。岁期⑧，人数皆如本规⑨。

【注释】

①四部：《三国志·吴书·诸葛恪传》作"四郡"。指与丹阳郡接境的吴、会稽、新都、鄱阳四郡。

②部伍：军队的编制单位，部曲行伍。《汉书·李广传》颜师古注："《续汉书·百官志》云：'将军领军，皆有部曲。大将军营五部，部校尉一人。部下有曲，曲有军候一人。'"

③从化：服从教化，归化。

④屯居：聚成村寨而居。

⑤乃分内诸将罗兵幽阻：意谓令诸将分别入扼幽阻之地。内，同“纳”，纳入，使进入。罗兵，陈兵。幽阻，奥深险阻之地。

⑥芟刈（shān yì）：收割。

⑦降首：出降自首。

⑧岁期：期岁，过了一年。

⑨本规：犹成议，成约。

【译文】

诸葛恪上任到达，就写信给吴、新都、会稽、鄱阳四郡下属城邑的长官，命令他们各自保卫自己的疆界，明确整编军队部伍，那些归化的平民，都让他们聚成村寨而居。于是分配各位将领陈兵于奥深险阻之地，只是修缮屏障，不可与山民冲突，等到稻谷成熟时，就带兵抢先收割，不留一粒谷粮。旧的稻谷吃完了，新粮食没有收上来，平民聚成村寨而居，没有收获，于是山民饥饿贫困，逐渐出来投降自首。诸葛恪又下令说：“山民抛弃邪恶顺从教化，都应当抚恤安慰，迁移到深山之外的县城，不能怀疑他们，而随意扣押逮捕。”长吏胡伉抓获了一个叫周遗的山民。周遗，是之前的恶民，因困顿而暂时出来，内心却想伺机作乱。胡伉把周遗抓住送给诸葛恪，诸葛恪却以胡伉违抗军令，于是杀了他并示众。山民听说胡伉因触法而被杀，知道官府只是想让自己出山而已，于是老幼相互提携着出山投降。过了一年，招降的人数正如诸葛恪所保证的一样。

杨侃

魏雍州刺史萧宝夤反[①]，攻冯翊[②]。尚书仆射长孙稚讨之[③]。左丞杨侃谓稚曰[④]：“昔魏武与韩遂、马超据潼关相拒。遂、超之才，非魏武敌，然而胜负久不决者，扼其险要故也。今贼守御已固，不如北取蒲坂[⑤]，渡河而西，入其腹心，置兵死地，则华州之围不战自解[6]，长安可坐取也。”稚曰：“子之计则善矣。然今薛修义围河东[7]，薛凤贤据安邑[8]，宗正珍孙守虞坂[9]，兵不得进，如何？”曰：“珍孙行阵一夫，因缘为将[10]，可为人使，安能使人？河东治在蒲坂，西逼河漘[11]，封疆多在郡东[12]。修义驱率士民，西围郡城，其父母妻子，皆留旧村。一旦闻官军至，皆有内顾之心，势必望风自溃矣。”稚乃使其子彦与侃帅骑兵，自恒农北渡[13]，据石锥壁[14]。侃声言：“停此以待步兵，且以望民情向背。而今送降名者[15]，各自还村，俟台举三烽[16]，即举烽相应。其无应烽者，乃贼党也，当进击屠之，以所获赏军士。”于是村民转相告语，虽实未降者，亦诈举烽。一宿之间，火光遍数百里。贼围城者不测，各自散归。修义亦逃还，与凤贤俱请降。稚克潼关，遂入河东，宝夤出奔。

【注释】

①萧宝夤（yín）：字智亮。齐明帝萧鸾第六子。梁武帝萧衍克建康，他奔北魏，请兵南攻，封齐王。以无功撤退，被免官削籍。永平四年（511），复领兵，屡败梁师。官尚书左仆射，制定考官制度。后出为徐州刺史，以勤于政治而获吏民拥爱。因保全关中，封雍州刺史、西讨大都督，自关以西，皆受节制。孝昌三年（527）据长安反叛，自号为齐，兵败，投万俟丑奴，为太傅。丑奴失败，他为尔朱天光所擒，押至洛阳杀死。

②冯翊：三国魏改左冯翊，置冯翊郡，治临晋（今陕西大荔），辖境为今陕西韩城、黄龙以南，白水、蒲城以东和渭河以北地区。

③长孙稚：字承业，原名冀归。北魏太和末年为前将军，随孝文帝南

征。孝昌三年(527)为行台,讨平萧宝夤,授车骑大将军,雍州刺史,兼尚书仆射、西道行台。后封上党王,改冯翊王,又封开国子。

④杨侃:字士业。袭父爵为华阴伯,从长孙稚平萧宝夤有功。北魏末,先与尔朱荣共谋攻破元颢,后与庄帝谋诛尔朱荣,为尔朱氏所恨,后为尔朱天光所杀。此时官为行台左丞。

⑤蒲坂:此指蒲坂津,黄河津渡名。又作蒲津、蒲阪津,以东岸在蒲坂(今山西永济西南)得名。为古代兵家必争之地。

⑥华州:即冯翊郡,后魏置华州。

⑦河东:此指河东郡治蒲坂县,在今山西永济西南。

⑧安邑:在今山西夏县西北禹王城。

⑨虞坂:古山名。中条山的一支,又称颠軨坂。在今山西平陆北,为南北交通要道。

⑩因缘:凭借别人而被提升。

⑪河漘(chún):黄河边。漘,水边。

⑫封疆多在郡东:河东郡治蒲坂在郡西南,其他地盘多在郡东。

⑬恒农:东汉灵帝将弘农县改名为恒农县,治所在今河南灵宝北故函谷关城。

⑭石锥壁:河东郡虞乡县有石锥山,于此筑垒壁,在今山西永济虞乡东中条山支峰石锥山上。石,底本作"右",《资治通鉴》作"石"。

⑮送降名:写上名字递送官军投降。

⑯烽:烽火。

【译文】

北魏雍州刺史萧宝夤叛乱,攻打冯翊郡。尚书仆射长孙稚征讨他。左丞杨侃对长孙稚说:"以前魏武帝曹操在潼关与韩遂、马超对峙。韩遂、马超的才智,不是曹操的对手,然而胜负久久不能决出,就是韩、马据守要塞的缘故。如今贼兵守备已经很坚固,不如向北攻取蒲坂津,渡过黄河向西,进入敌人要害处,让士兵置于必死的境地,那么华州的围困不用出战就能自解,长安可以轻易攻取了。”长孙稚说:“你的计策很好。然而现在薛修义围困河东郡城,薛凤贤据守安邑,宗正珍孙镇守虞坂,我们的军队不能前进,怎么办呢?”杨侃说:“珍孙只是军队里的一个莽夫,凭借别人而被提升为将军,只能受人驱使,怎能指挥别人呢?河东的治所在蒲坂,西面临近黄河边,河东的土地多集中在郡东。薛修义驱使率领军民,在西边围困郡城,他们的父母妻儿,都留在原来的村子。一旦听说官兵来了,都有顾虑家人的心思,势必会听到风声就自行崩溃。”长孙稚于是派自己的儿子长孙彦与杨侃一同率领骑兵,从恒农北渡黄河,据守石锥壁。杨侃扬言说:“驻扎在此地以等待步兵前来,暂且先观察民心向背。现在写上名字递送官军投降的人,各自回乡,等到高台上燃起三把烽火时,就点起烽火回应。那些没有响应点起烽火的人,就是敌党,定当进攻杀了他们,以所获得的战利品赏赐将士。”于是村民争相转告,即使那些其实没有投降的人,也假装点起烽火。一夜之间,火光照遍几百里。围困郡城的敌兵不知道情况,各自溃散回乡。薛修义也逃回家,与薛凤贤一起请求投降。长孙稚攻占潼关,就进攻河东,萧宝夤逃跑了。

高仁厚

邛州牙将阡能叛[①],侵扰蜀境。都招讨高仁厚帅兵讨之[②]。未发前一日,有鬻面者到营中,逻者疑,执而讯之,果阡能之谍也。仁厚命释缚,问之。边批:善用间者,因敌间而用之。对曰:“某村民。阡能囚其父母妻子于狱,云汝诇事归[③],得实则免汝家,不然尽死。某非愿尔也。”仁厚曰:“诚知汝如是,我何忍杀汝,今纵汝归,救汝父母妻子。但语阡能云:‘高尚书来日发,所将止五百人,无多兵也。’然我活汝一家,汝当为我潜语寨中人,云:‘仆射愍汝曹皆良人,为贼所制,情非得已,尚书欲拯救湔洗汝曹④。尚书来,汝曹各投兵迎降,尚书当使人以'归顺'二字书汝背,遣汝还复旧业。所欲诛者,阡能、罗浑擎、句胡僧、罗夫子、韩求五人耳。必不使横及百姓也。'"谍曰:"此皆百姓心上事,尚书尽知而赦之,其谁不舞跃听命⑤!"遂遣之。

【注释】

①牙将:牙军将领。唐朝节度使的亲兵称牙军。主将所居的城邑因建有牙旗,称牙城;节度使的官署称使牙;节度使专门组织一支保护牙城与使牙的军队,称牙军。

②高仁厚:初事西川节度使陈敬瑄为营使。唐僖宗时因讨平韩秀升、韩求,授检校尚书左仆射、眉州刺史,后官至剑南东川节度使。僖宗光启二年(886),据梓州绝敬瑄,陷汉州,攻成都。后被唐军击败斩杀。

③诇(xiòng):侦察。

④湔(jiān)洗:洗雪,洗刷罪名以恢复清白。

⑤舞跃:拜舞欢跃。

【译文】

唐朝时邛州牙军将领阡能反叛,侵扰蜀郡边境。都招讨高仁厚率军征讨他。在发兵前一天,有个卖面的人到营地中,巡逻的人觉得可疑,抓住并审问他,果然是阡能派来的间谍。高仁厚命人为他松绑,询问他。边批:善于使用间谍的人,因便使用敌人的间谍。那人回答说:"我是某村村民。阡能把我的父母妻儿囚禁在监狱里,说你侦察敌情回来,所得情报属实就释放你的家人,否则全家都处死。我并不愿意这样做。"高仁厚说:"确实知道你的情况是这样,我怎么忍心杀你,今天放你回去,救你的父母妻儿。你只对阡能说:'高尚书明天发兵,所率领的只有五百人,没有多余的兵力。'然而我救活你全家,你应当替我暗中告诉营寨里的人,说:'仆射体恤你们都是善良百姓,被贼人胁迫,情况出于不得已,高尚书想要解救你们为你们洗刷罪名。高尚书来时,你们各自放下兵器迎接投降,高尚书会让人将"归顺"两个字写在你们背上,遣送你们回乡复归旧业。想要诛杀的,只有阡能、罗浑擎、句胡僧、罗夫子、韩求五个人罢了。一定不祸及无辜百姓。'"间谍说:"这都是百姓心里想的事情,尚书都知道而又赦免我们的罪过,有谁不鼓舞雀跃听尚书命令!"于是遣送那人回去。

明日仁厚兵发,至双流,把截使白文现出迎①。仁厚周视堑栅②,怒曰:"阡能役夫③,其众皆耕民耳。竭一府之兵,岁余不能擒,今观堑栅,重复牢密如此,宜其可以安眠饱食、养寇邀功也!"命引出斩之。监军力救,乃免。命悉平堑栅,留五百兵守之,余兵悉以自随。又召诸寨兵,相继皆集。阡能闻仁厚将至,遣浑擎立五寨于双流之西,伏兵千人于野桥箐④,以邀官军。仁厚诇知,遣人释戎服,入贼中告谕如昨所以语谍者。贼大喜呼噪,争弃甲来降。仁厚因抚谕,书其背,使归语寨中未降者。寨中余众争出,浑擎狼狈逾堑走,其众执以诣仁厚。仁厚械送府,悉命焚五寨及其甲兵,唯留旗帜。

【注释】

①把截使:武官名。唐僖宗广明年间为堵截黄巢西进所设置的各路统兵官,齐克让为汝、郑把截制置都指挥使,张承范为把截潼关制置使。其后偶有设置。

②堑栅:壕沟营栅。

③役夫:詈词。卑贱的人。

④野桥箐（qìng）：地名。箐，山间大竹林。云贵一带多有此称。亦泛指竹木丛生的山谷。

【译文】

第二天高仁厚发兵，行军到双流，把截使白文现出来迎接。高仁厚环顾军营四周的壕沟栅栏，生气地说："阡能一个鄙贱莽夫，他手下人都是耕田的农民。竭尽全府的兵将，一年多无法擒获，现在看到营地的壕沟栅栏，如此重叠密实牢固，难怪可以安然大睡饱食终日，豢养贼寇求取功劳！"于是下令将白文现拉出去斩首。监军竭力求情挽救，才得以赦免。高仁厚命人全部平掉壕沟栅栏，留下五百士兵把守双流，其余士兵都跟随自己。又召集各营寨的军队，相继来集合。阡能听说高仁厚将要来攻，派罗浑擎在双流西边设立五座营寨，在野桥箐埋伏一千士兵，以截击官军。高仁厚侦查得知阡能的计谋，就派人脱掉兵服，混入敌营中散布昨天对间谍说的话。敌兵高兴得大声欢呼，争相放下武器来投降。高仁厚于是安抚劝导，把"归顺"写在他们背上，让他们回去告诉寨中尚未投降的人。寨中其余的士兵争相出来投降，罗浑擎狼狈地跨过壕沟逃跑，他的士兵擒住他送给了高仁厚。高仁厚给他戴上刑具押送到官府，命令全部焚毁五座营寨和铠甲兵器，只留下旗帜。

明旦，仁厚谓降者曰："始欲即遣汝归，而前途诸寨百姓未知吾心，借汝曹为我前行，过穿口、新津寨下，示以背字，告谕之。比至延贡，可归矣。"乃取浑擎旗倒系之，每五十为队，授以一旗，使前扬旗疾呼曰："罗浑擎已生擒，送使府[①]。大军且至，汝寨中速如我出降，立得为良人，无事矣！"至穿口，句胡僧置十一寨，寨中人争出降。胡僧大惊，拔剑遏之。众投瓦石击之，共擒以献仁厚，其众五千人皆降。明旦又焚寨，使降者又执旗先驱。至新津，韩求置十三寨，皆迎降，求自投深堑死。将士欲焚寨，仁厚止之，曰："降人皆未食，先运出资粮，然后焚之。"新降者竞炊爨[②]，与先降来告者共食之，语笑歌吹[③]，终夜不绝。明日，仁厚候双流、穿口降者先归，使新津降者执旗前驱，且曰："入邛州境，亦可散归矣。"罗夫子置九寨于延贡，其众前夕望新津火光，已待降不眠矣。及新津人至，罗夫子脱身弃寨奔阡能。明日，罗夫子、阡能谋悉众决战，计未定。日向暮，延贡降者至。阡能走马巡塞，欲出兵，众皆不应。明旦大军将近，呼噪争出，执阡能、罗夫子，泣拜马首。出军凡六日，五贼皆平。

【注释】

①使府：官署名。唐朝节度使、留后之军府。为节度使、留后及其幕僚办公之所。

②炊爨（cuàn）：烧火煮饭。爨，烧火煮饭。

③歌吹：歌声和乐声。

【译文】

第二天早上，高仁厚对投降的人说："本来想要立即遣送你们回乡，但前路各寨的百姓不了解我的心意，请你们替我前行，到穿口、新津两处营寨下，给他们展示背上的字，并明白告诉他们。等到了延贡，就可以回家了。"于是取出罗浑擎的军旗倒着系起来，每五十个人为一队，发给一面旗子，让前面的人挥动旗子大声呼喊："罗浑擎已被活捉，押送军府。大军就要来了，你们寨中的人赶快像我们一样出来投降，立即就可恢复良民身份，平安无事！"行至穿口，句胡僧设立十一个营寨，寨中士兵争相出来投降。句胡僧大为震惊，拔剑阻止众人。众人投掷瓦片石头击打他，一起擒住他献给高仁厚，他的兵众五千人全部投降。第二天早上又焚毁营寨,命投降的人又举着旗子走在前面。来到新津,韩求在此设置十三个营寨,寨中人全部出来迎接唐军并投降,韩求自己跳入深沟身亡。将士想要焚毁营寨,高仁厚阻止他们,说:“投降的士兵都没吃饭,先运出物资粮食,然后再焚毁营寨。”新投降的人争着烧火做饭,与之前投降来劝告的人一起吃饭,欢歌笑语,整夜不停。第二天,高仁厚等双流、穿口投降的人先行返乡,就让新津投降的人举着旗子走在前面,并且对他们说:“进入邛州县境,你们也可以解散回家了。”罗夫子在延贡设置了九个营寨,他的兵众前一天晚上望见新津的火光,已经等待投降而彻夜不眠了。等新津投降的人到了,罗夫子逃脱放弃营寨投奔阡能。第二天,罗夫子、阡能谋划以全部兵力决一死战,计策还没定下来。天逐渐晚了,延贡投降的人来了。阡能骑马巡视要塞,想要出兵,众人都不答应。第二天早上大军就要压近,寨中人大叫着争相出营,抓住阡能、罗夫子,哭泣跪拜在高仁厚马前。高仁厚出兵一共六天,五位贼将都被讨平。

只用彼谍一人,而贼已争降矣。只用降卒数队,而二十四寨已望风迎款矣①。必欲俘馘为功者②,何哉?

【注释】

①迎款:迎降。款,归顺,求和。

②俘馘(guó):生俘的敌人和被杀的敌人的左耳。馘,战争中割下敌人左耳以计功绩。

【译文】

只利用他们一名间谍,而贼兵已经争相投降。只利用几队降兵,而二十四个贼寨就已经远望准备迎接投降了。一定要以俘获敌人为战功的人,是为什么呢?

岳飞

杨么为寇[①]。岳飞所部皆西北人,不习水战。飞曰:"兵何常,顾用之何如耳!"先遣使招谕之。贼党黄佐曰:"岳节使号令如山[②],若与之敌,万无生理,不如往降,必善遇我。"遂降。飞单骑按其部,拊佐背曰:"子知逆顺者,果能立功,封侯岂足道!欲复遣子至湖中,视其可乘者擒之,可劝者招之,如何?"佐感泣,誓以死报。时张浚以都督军事至潭[③]。参政席益与浚语,疑飞玩寇[④],边批:庸才何知大计?欲以闻。浚曰:"岳侯忠孝人也[⑤]。兵有深机[⑥],何可易言!"益惭而止。黄佐袭周伦砦[⑦],杀伦,擒其统制陈贵等。会召浚还防秋[⑧],飞袖小图示浚。浚欲待来年议之,飞曰:"王四厢以王师攻水寇[⑨],则难。飞以水寇攻水寇,则易。水战,我短彼长,以所短攻所长,所以难。若因敌将用敌兵,夺其手足之助,离其腹心之托,使孤立,而后以王师乘之,八日之内,当俘诸酋。"浚许之。

【注释】

①杨么(yāo):名太。南宋高宗建炎四年(1130)随从锺相起义,活动于洞庭湖地区,因在起义军首领中年龄最小,所以称杨么。锺相死后,他与夏诚、黄佐、周伦、杨钦等率余部坚持战斗。绍兴五年(1135),宋高宗调岳飞前往镇压,又派宰相张浚督战。黄佐、杨钦降宋,杨么力战,被岳飞所破,被俘杀。

②节使:节度使的省称。时岳飞为镇宁、崇信军节度使。

③潭:潭州。治今湖南长沙。

④玩寇：消极抗敌。

⑤岳侯：时岳飞为武昌郡开国侯。

⑥深机：犹秘诀。事物内在的关键性要素。

⑦砦（zhài）：守卫用的栅栏、营垒。

⑧防秋：游牧民族常于秋季草长马肥之时入侵中原，中原调兵防御，谓之防秋。

⑨王四厢：王瓔。时为御前大军都统制，龙、神卫四厢都指挥使。四厢，官名。宋禁军上四军（捧日、天武、龙卫、神卫）各分左、右厢，即殿前司捧日、天武四厢，侍卫司龙卫、神卫四厢都指挥使，各省称“四厢”。

【译文】

南宋时杨么起义。岳飞所统率的部队都是西北人，不习惯水战。岳飞说：“用兵之道哪有什么常规，只看怎么用罢了！”先派使者前去招抚他。贼党黄佐说：“岳节使号令如山，若是与他为敌，万万没有生还的道理，不如前往投降，必定会善待重用我。”于是投降。岳飞独自骑马视察黄佐的营寨，拍抚他的背说：“你是懂得顺逆大势的人，如果能够立功，封侯哪里值得一提！想要再派你回洞庭湖，看到有机可乘的贼众头目就生擒他们，可以劝服的就招抚他们，怎么样？”黄佐感动得流泪，发誓要以死报答。当时张浚因为视察军事到潭州。参政席益向张浚汇报，怀疑岳飞消极抗敌，边批：平庸的人怎能明白大计。想要上奏。张浚说：“岳侯是忠孝的人。用兵自有秘诀，怎么能轻易发表意见！”席益惭愧地不再说话了。黄佐袭击周伦的营寨，杀了周伦，擒获统制陈贵等人。赶上皇帝召张浚回朝防御游牧民族秋天入侵，岳飞取出袖中的小战略图给张浚看。张浚想要等来年再商议讨平杨么的计划，岳飞说：“王四厢用官军攻打水寇，就很难。我用水寇攻打水寇，就容易。水战，是我军的短处敌人的长处，以我军的短处攻打敌人的长处，所以很难。若是依靠敌人将领来调用敌兵，剥夺他们兄弟般的相助，离间他们诚意的嘱托，使他们孤立，而后再以官军乘机攻打他们，八天之内，就可以俘虏各位贼军首领。”张浚同意岳飞的计划。

飞遂如鼎州[①]。黄佐招杨钦来降，飞喜曰：“杨钦骁悍，既降，贼腹心溃矣！”表授钦武义大夫，礼遇甚厚，乃复遣归湖中。两日，钦说全琮、刘锐等降。飞诡骂曰：“贼不尽降，何来也？”杖之，复令入湖。是夜掩敌营，降其众数万。么负固不服[②]，方浮舟湖中，以轮激水，其行如飞；旁置撞竿，官舟迎之，辄碎。飞伐君山木为巨筏，塞诸港汊。又以腐木乱草，浮上流而下。择水浅处，遣善骂者挑之，且行且骂。贼怒来追，则草壅积，舟轮碍不行。飞亟遣兵击之，贼奔港中，为筏所拒。官军乘筏，张牛革以蔽矢石，举巨木撞其舟，尽坏。么投水中，牛皋擒斩[③]。飞入贼垒，余酋惊曰：“何神也！”俱降。飞亲行诸砦慰抚之，纵老弱归籍，少壮为军，果八日而贼平。浚叹曰：“岳侯神算也！”

【注释】

①鼎州：治今湖南常德。建炎四年（1130），武陵人锺相在县境唐封乡起义，称楚王。鼎、澧、潭、岳、辰等州凡十九县均响应，声势浩大，宋廷震撼。

②负固：依恃自己的根据地。

③牛皋：字伯远。初在京西聚众抗金，后归宋，隶岳飞军，战功甚著。岳飞遇害后仍反对议和，被秦桧派人毒死。

【译文】

岳飞于是到了鼎州。黄佐招抚杨钦来投降，岳飞高兴地说：“杨钦骁勇强悍，投降之后，贼军的中心要害就崩溃了！”上表请求授杨钦武义大夫的官职，以优厚的礼节待他，就又派他回到洞庭湖一带。两天后，杨钦说服全琮、刘锐等人投降。岳飞假装骂道：“贼人没有全部投降，为什么回来？”杖责他们，又命他们回到洞庭湖。当天夜里岳飞偷袭敌人营寨，降服贼众几万人。杨么依恃自己的根据地不降服，又行船在湖中，用轮子拍打水面，船行像飞一样；旁边安置撞竿，官船迎面拦截它，就被撞碎。岳飞命人砍伐君山大树做成巨型木筏，堵住各个港口河汊。又命人用腐木杂草，从上游顺流飘浮而下。选择水浅的地方，派擅长骂阵的兵士挑战，边走边骂。贼兵发怒来追赶，杂草堆积，船的轮子被阻碍不能运转。岳飞立即派兵攻击他们，贼兵窜逃到港口，又遭木筏所阻。官兵乘坐木筏，架起牛皮以抵挡弓箭炮石，举起巨大的木头撞击贼船，贼船全都被撞坏。杨么跳入水中，牛皋擒获并斩杀了他。岳飞进入贼营，残余首领大惊说：“多么神勇！”全部投降。岳飞亲自到各营寨安抚众人，释放老弱士兵还乡，年轻力壮的编入部队，果然八天贼人就平服。张浚叹服说：“岳侯真是神算！”

按，杨么据洞庭，陆耕水战，楼船十余丈。官军徒仰视，不得近。岳飞谋亦欲造大舟。湖南运判薛弼谓岳曰[①]：“若是，非岁月不胜。且彼之所长，可避而不可斗也。边批：名言。可以触类。今大旱，河水落洪，若重购首[②]，勿与战，遂绝断江路，藁其上流[③]，使彼之长坐废，而精骑直捣其垒，则彼坏在目前矣。”岳从之，遂平么。人知岳侯神算，平么于八日之间，而不知计出薛弼。从来名将名相，未有不资人以成功者[④]。

【注释】

①薛弼：字直老。宋政和年间进士。靖康初年，金兵攻汴京，支持李

纲坚守。绍兴年间为湖南转运判官，助岳飞镇压杨么，代王彦接管八字军，改任岳飞参谋官。岳飞父子被害，薛弼以与秦桧、万俟卨有旧独免贬谪，后为秦桧所用。

②首：起义军各舟的首领。

③藁（gǎo）：同“稿”，禾秆。即前文所说的“腐木乱草”。

④资人：借助别人的力量。

【译文】

按，杨么盘踞洞庭湖，在陆上耕种、水上作战，楼船高达十多丈。官兵只能仰望，不能靠近。岳飞考虑也想造大船。湖南转运判官薛弼对岳飞说：“如果这样，要取胜非要一年半载不可。况且水战是他们所擅长的，只能避开而不能硬斗。边批：名言。可以触类旁通。今年大旱，河水水位下降，如果重金收买贼军首领，不与他们交战，而截断洞庭湖通往长江的出口，用腐木杂草从上游顺流飘浮而下，使他们的长项废弃不能用，而以精锐的骑兵直攻贼军营垒，那么摧毁他们就在眼前了。”岳飞听从了他的话，于是平定了杨么。人们知道岳飞神机妙算，平定杨么只用了八天，而不知道计谋出于薛弼。从来名将名相，没有不借助别人的力量而成功的。

○岳忠武善以少击众，尝以八百人破群盗王善等五十万众于南薰门[①]，以八千人破曹成十万众于桂岭[②]；其战兀术于颍昌，则以背嵬八百[③]，于朱仙镇则以五百[④]，皆破其众十余万。凡有所举，尽召诸统制与谋。谋定而后战，故有战无败。猝遇敌，不动，敌人为之语曰：“撼山易，撼岳家军难！”其御军严而有恩。卒有取民麻一缕以束刍者[⑤]，立斩以徇。卒夜宿，民开门愿纳，无敢入者。军虽冻死不折屋，饿死不卤掠[⑥]。卒有疾，则亲为调药。诸将远戍，则遣妻问劳其家。死事者[⑦]，哭之而育其孤，或以子婚其女。凡有颁赏，分给军吏，秋毫不私。每有功，必归之将士。吁！此则其制胜之本也！近日将官事事与忠武反，欲功成，得乎？

【注释】

①以八百人破群盗王善等五十万众于南薰门：《宋史·岳飞传》："（建炎）三年，贼王善、曹成、孔彦舟等合众五十万，薄南薰门。飞所部仅八百，众惧不敌，飞曰：'吾为诸君破之。'左挟弓，右运矛，横冲其阵，贼乱，大败之。"南薰门，北宋都城开封外城的正南门。

②以八千人破曹成十万众于桂岭：《宋史·岳飞传》："（曹）成又自桂岭置砦至北藏岭，连控隘道，亲以众十余万守蓬头岭。飞部才八千，一鼓登岭，破其众，成奔连州。"桂岭，在今广西贺州东北。

③其战兀术于颍昌，则以背嵬八百：《宋史·岳飞传》载，绍兴十年（1140）郾城大捷后，岳飞料定金兵必还攻颍昌，派其子岳云驰援王贵。"既而兀术果至，贵将游奕、云将背嵬战于城西。云以骑兵八百挺前决战，步军张左右翼继之，杀兀术婿夏金吾、副统军粘罕索孛堇，兀术遁去。"颍昌，今河南许昌。背嵬，岳飞、韩世忠军中所设勇健的亲军。

④于朱仙镇则以五百：颍昌大捷后，岳飞进军朱仙镇，与兀术对垒而阵，大破之，兀术遁还汴京。朱仙镇，在今河南开封西南。

⑤束刍：捆扎马草。

⑥卤掠：掳掠。

⑦死事：死于国事。

【译文】

岳飞擅长以少胜多，曾在南薰门以八百人击败贼人王善等五十万人，在桂岭以八千人攻破曹成十万大军；他在颍昌战败兀术，则是调用了亲军八百人，在朱仙镇则是调用了五百人，都攻破敌众十多万人。凡是要打仗，都将各位统制全部召集来与他们商议。谋划定了之后再开战，所以只要交战就没有失败的。突然遇到敌人，不轻举妄动，敌人为此感叹说："撼动山容易，撼动岳家军难！"岳飞治军严厉而有情义。有士兵拿了百姓家的一根麻绳来捆扎马草，立即将其处斩示众。士卒夜里住宿，百姓开门愿意留宿他们，士卒没有敢进门的。军兵即使冻死也不毁坏民宅，饿死也不抢劫财物。士卒有病，岳飞就亲自为他们调药。将领戍守远方，岳飞就派妻子慰问他们的家人。对作战牺牲的将领，岳飞为他们恸哭并抚育他们的孤儿，甚或让儿子娶他们的女儿。凡是有朝廷赏赐，就分发给将士，一点也不私留。每有功劳，一定归功于将士。啊！这就是岳飞取胜的原因啊！近来将官每件事都与岳飞反着来，想要成就功业，可能吗？

李愬 三条

一

宪宗讨吴元济[①]。唐邓节度使高霞寓既败[②]，袁滋代将[③]，复无功。李愬求自试，遂为隋唐邓节度使。愬以军初伤夷[④]，士气未完，乃不为斥候部伍。或有言者，愬曰："贼方安袁公之宽，我不欲使震而备我。"乃令于军中曰："天子知愬能忍耻，故委以抚养。战非我事也。"边批：能而示之不能。齐人以愬名轻[⑤]，果易之。愬沉鸷[⑥]，能推诚待士。贼来降，辄听其便。或父母与孤未葬者，给粟帛遣还，劳之曰："而亦王人也[⑦]，无弃亲戚！"众愿为愬死。故山川险易，与贼情伪，一能晓之。边批：虏在目中，不然不轻战。

【注释】

①宪宗讨吴元济：事在元和十年至十二年（815—817）。淮西节度使吴元济拥兵割据，与李师道、王承宗勾结，烧河阴仓，杀宰相武元衡，重伤裴度。元和十年正月，宪宗决定对淮西用兵。元和十二年，李愬袭破蔡州生擒吴元济，送京斩首。

②高霞寓：元和元年（806）跟随高崇文击刘辟，屡立战功，拜彭州刺史。元和五年（810）随诸将讨伐王承宗，独有功。元和十一年（816），讨伐吴元济，为唐邓隋节度使。高霞寓虽称勇敢，素无机略，至于统制，尤非所长。至文城栅（一名铁城，在今河南遂平西南），被伏兵掩杀，大败，霞寓仅以身免，坐贬归州刺史。

③袁滋：字德深，起家校书郎，迁工部员外郎、尚书右丞，出任华州刺史。为政清简，专以慈惠为本。宪宗监国时，任中书侍郎、同中书门下平章事。后继韦皋为剑南西川节度使。高霞寓败后，袁滋为彰义军节度使，隋唐邓申光等州观察使，与吴元济对垒，因淹留无功，贬为抚州刺史。

④伤夷：指受创伤或被挫伤。

⑤齐人：应为蔡人。《新唐书·李愬传》正作"蔡人"。译文从之。

⑥沉鸷：性情深沉勇猛。

⑦而：你们。王人：天子的人民。

【译文】

唐宪宗讨伐吴元济。唐邓节度使高霞寓失败后，袁滋代替他为将，也徒劳无功。李愬自愿请求尝试讨伐，于是任命他为隋唐邓节度使。李愬认为官军刚刚蒙受挫败，士气尚未恢复，于是不进行侦查与整编部队。有人提出疑义，李愬说："贼人正安于袁大人的宽仁作风，我不想让他们惊恐而防备我。"就在军中下令说："皇上知道我能忍受耻辱，所以委派我安抚休养军队。打仗不是我的职责。”边批:能战却显示不能战。蔡人因李愬没什么名声,果然轻视他。李愬性情深沉勇猛,能够以真诚对待士卒。贼人来投降,就听任他们自由活动。有人父母或者子女没有下葬,就赠给米粮布帛送他们回乡,慰问他们说:“你们也是天子的百姓,不可遗弃亲人。”众人愿意为李愬效命而死。所以山川的险要平易,与敌军的形势虚实,他都能知晓。边批:敌情已看在眼中,不然不轻易作战。

居半岁,知士可用,乃请济师[①]。于是缮铠厉兵,攻马鞍山[②],下之。拔道口栅[③],战楂枒山[④],以取炉冶城,平青陵城[⑤]。擒骠将丁士良,异其才,不杀,署捉生将[⑥]。士良策曰:“吴秀琳以数千兵不可破者,陈光洽为之谋也。我能为公取之!”乃擒以献。于是秀琳举文城栅降。遂以其众攻吴房[⑦],残外垣。始出攻,吏曰:“往亡日[⑧],法当避”。愬曰:“彼谓我不来,此可击也。”众决死战,贼乃走。或劝遂取吴房,愬曰:“不可。吴房拔,则贼力专,不若留之,以分其力。”

【注释】

①济师:增派军队。

②马鞍山:此处指河南舞阳马鞍山。

③道口栅:在今河南遂平西南。

④楂枒山:即嵖岈山,又名嵯峨山。在今河南遂平西境,是兵家要地。

⑤青陵城:在今河南漯河西南。

⑥捉生将:节度使所属武官名,和特种侦察兵类似,掌侦察和抓获活的敌人。

⑦吴房:县名。治今河南遂平。

⑧往亡日:凶日名,也叫天门日。旧历每月都有,这一天多所禁忌。

【译文】

半年后，李愬知道可以用这些士卒作战了，就请求增派军队。于是修理铠甲、磨砺武器，攻打马鞍山，一举攻下。夺取道口栅，大战楂枒山，以攻取炉冶城，平定青陵城。李愬擒获悍将丁士良，惊异于他的才能，不杀他，委任他为捉生将。丁士良献计说："吴秀琳凭借数千兵力而不可被攻破，是因为陈光洽为他出谋划策。我可以为您擒获他！"就擒获陈光洽献给李愬。于是吴秀琳带领整个文城栅投降。李愬就用他的士兵攻打吴房县，破坏了外城墙。官兵刚出击时，军吏说："往亡凶日，依法应当避开不出兵。"李愬说："敌人以为我不会来攻，这是可以进攻的好时机。"众军士一决死战，贼兵于是溃逃。有人劝他顺势夺取吴房县，李愬说："不行。夺取吴房，那么贼人兵力就会集中，不如保留吴房，以分散贼人兵力。"

初，秀琳降，愬单骑抵栅下与语，亲释缚，署以为将。秀琳为愬策曰："必破贼，非李祐无以成功者。"祐，贼健将也，守兴桥栅[①]，其战常易官军[②]。愬候祐护获于野，遣史用诚以壮士三百伏其旁，见羸卒若将燔聚者[③]。祐果轻出，用诚擒而还。诸将素苦祐，请杀之。边批：能苦诸将，定是有用之人。愬不听，以为客将[④]。间召祐及李忠义[⑤]，屏人语至夜艾[⑥]。忠义亦贼将。军中多谏此二人不可近，愬待益厚。乃募死士三千为突将自教之[⑦]。会雨，自五月至七月不止。军中以为不杀祐之罚，边批：不通。将吏杂然不解[⑧]。愬力不能独完祐，乃持以泣，曰："天不欲平贼乎？何见夺者众耶？"则械而送之朝，表言："必杀祐，无与共谋蔡者。"诏释以还愬。愬乃令佩剑出入帐下，署六院兵马使[⑨]，祐奉檄呜咽[⑩]。诸将乃不敢言。由是始定袭蔡之谋矣。

【注释】

①兴桥栅：在今河南遂平东南。

②易：轻视。

③见：同“现”，故意暴露。燔聚：郊外置炊聚餐。

④客将：以客礼对待，虽为将领，而不为部下。

⑤间：私下。

⑥夜艾：夜深。

⑦突将：冲突敌营的兵将。此处为兵号，非官职。

⑧杂然：都，共同。

⑨六院兵马使：当时唐州、随州牙队（节度使卫队）三千人，号六院兵马，为山南东道八州的精锐士卒。

⑩檄：文体名。古官府用以征召、晓喻、声讨的文书。

【译文】

当初，吴秀琳投降时，李愬只身骑马到营寨下与他交谈，亲自为他松绑，任命他为将领。吴秀琳为李愬献计说：“一定要攻破敌人的话，非擒获李祐不能成功。”李祐，是贼人英勇善战的将领，防守兴桥栅，他打仗时常常轻视官军。李愬等到李祐在郊野保护收割庄稼时，派史用诚率三百名壮士埋伏在他旁边，故意暴露羸弱士卒好像要置炊聚餐的样子。李祐果然轻率出营，史用诚擒获他并带回来。诸位将领素来被李祐困扰，请求杀了他。边批：能让各位将领感到困扰，一定是有用的人。李愬没有听从，任命他为客将。他私下召见李祐和李忠义，屏退旁人与他们谈到半夜。李忠义也是敌军将领。军官们多劝谏说这两个人不可亲近，而李愬待他们却更加优厚。于是招募三千敢死士卒为冲突敌营的兵将，亲自训练他们。赶上下大雨，从五月下到七月不停。军中的人以为是不杀李祐的惩罚，边批：不通。军官们都不理解。李愬以一个人的力量不能保全李祐，于是拉着他哭着说："上天不想让我平定贼寇吗？为什么反对我的人这么多呢？"就给李祐戴上刑具送交朝廷，并上表说："一定要杀李祐的话，就没有与我共同谋划攻取蔡州的人了。"宪宗下诏释放李祐回到李愬身边。李愬于是让他佩剑出入军营中，任命他为六院兵马使。李祐手捧公文感动得流泪。诸位将领才不敢多说。由此才制定袭击蔡州的计谋。

不械送祐，则谤者不息。此与司马懿祁山请战奉诏而止同一机轴①，皆成言先入②，度其必不迕而后行之者也。辛毗持节而蜀师老③，李祐还幕而吴寇平。虽将之善，君亦与焉。

【注释】

①司马懿祁山请战奉诏而止：魏青龙二年（234），蜀相诸葛亮出兵祁山，屯兵五丈原，与司马懿相持。司马懿奉魏明帝诏，拒守不出兵。相守百余日，诸葛亮多次挑战，司马懿坚守不出。诸葛亮于是送司马懿女人的衣服。司马懿大怒，上表请求出战。明帝派卫尉辛毗持符节为大将军军师以牵制他。蜀护军姜维对诸葛亮说："辛毗持符节而来，贼人不会出兵了。"诸葛亮说："司马懿本来就不想出战，之所以一定要上表请求出战，是要在兵众面前显示武力。将在军中，君命有所不受，他如果能战胜我，怎么会上表千里之外来请战呢！"机轴：心计，机智。

②成言：此处指既定的战略。

③蜀师老：蜀军利在速战，如今长期相持，粮草不继，士气疲惫。不久，诸葛亮即因病卒于五丈原。

【译文】

不给李祐戴上刑具押送京城，那么毁谤的人就不会止息。这和司马懿在祁山请求出战又奉皇帝诏令而停止，用的是同一种心计，都是既定的战略先呈进，料想皇帝一定不违背既定战略而后才做出这种举动。辛毗手持符节前来而蜀军疲惫，李祐重回军帐而吴寇平定。即使是将领善于用兵，贤君也参与其中。

岳侯平杨么，李愬克元济，无一不资才于敌，亦由威信素孚、操纵在手故也。后人漫然学之[①]，鲜不堕敌之间矣[②]。岑彭、费祎亡其身[③]，俱为降人刺杀。曹瞒、苻坚亡其师，赤壁之役，操信黄盖之降以取败。淝水之战，降将朱序谋归晋，阴导晋取秦。彼皆老于兵事者，而犹如此，可不慎与？

【注释】

①漫然：随便的样子。

②间：派入的间谍。

③岑彭、费祎亡其身：岑彭为汉光武帝大将，讨伐蜀地，蜀主公孙述派刺客伪装成逃亡的人投降，趁夜间刺杀岑彭。费祎为三国时蜀国大将军，泛爱而不疑于人，宴会诸将，魏国投降的郭循在座，乘醉刺杀费祎。

【译文】

岳飞平定杨么，李愬打败吴元济，无一不是从敌人那儿借助人才，也是将帅威望素来令人信服、情势全都掌握在手的缘故。后人随意学习他们，很少不败于敌人的间谍之手。岑彭、费祎丧失生命，都是被投降的敌人刺杀。曹操、苻坚折损兵力，赤壁之战，曹操盲信黄盖的投降而导致兵败。淝水之战，投降将领朱序谋划逃回东晋，暗中引导晋军攻取前秦。他们都是有着丰富用兵经验的人而尚且如此，能不谨慎吗？

二

李愬之将袭蔡也，旧令敢舍谍者族[①]，愬刊其令[②]，一切抚之。故谍者反效以情，愬益悉贼虚实。

【注释】

①族：诛灭全家。

②刊：改。

【译文】

李愬将要袭击蔡州时，旧的命令说敢于窝藏敌军间谍的人就诛灭全家，李愬更改旧令，对敌人间谍一律安抚。所以间谍反而把敌方军情提供给李愬以为报答，李愬更加能掌握敌人的虚实情况。

能用谍，不妨舍谍。然必先知谍，方能用谍；必能使民不隐谍，方能知谍；必恩威有以服民，方能使民不隐谍。呜呼，难言矣！

【译文】

能运用间谍，不妨保留间谍。然而一定先了解间谍，才能运用间谍；一定要能让百姓不隐藏间谍，才能了解间谍；一定要恩威并济让百姓信服，才能让百姓不隐藏间谍。哎，很难说啊！

〇近有邑宰，急欲弭盗[①]，谓诸盗往往获自妓家，必驱妓出境，乃清盗薮[②]。夫妓家果薮盗，正宜留之，以为捕役耳目之径。若薮之境外与薮之境内庸愈[③]？假令盗薮民家，亦将尽民而驱之乎？不深严捕役之督，而求盗无薮，斯无策之甚者也。

【注释】

①弭盗：消除强盗。弭，消除，止息。

②盗薮:盗窟,盗匪聚集隐身的地方。

③庸愈:怎样更好。

【译文】

近来有一位县令,急着想要消灭盗贼,认为盗贼们往往从妓女家抓获,一定要驱逐妓女出境,才能肃清盗窟。如果妓女家果真聚集盗贼,正应该留下她们,把她们当作缉捕差役缉查的线索。让盗匪聚集在县境外与让他们聚集在县境内哪样更好?假如盗贼聚集在百姓家,也将要将全部百姓驱逐出境吗?不深入严格督责缉捕差役,而要求得盗贼没有落脚地,这是没有对策到极点了。

三

时李光颜战数胜①。元济率锐师屯洄曲以抗光颜②。愬知其隙可乘,乃夜起师。祐以突将三千为前锋,李忠义副之,愬率中军三千,田进诚以下军殿③,出文城栅,令曰:"引而东,六十里止。"袭张柴④,歼其戍⑤。敕士少休,益治鞍铠,发刃彀矢⑥。会大雨雪,天晦,凛风偃旗裂肤,马皆缩栗,士抱戈冻死于道十一二。张柴之东,陂泽阻奥⑦,众未尝蹈也,皆谓投不测。始发,吏请所向,愬曰:"入蔡州取吴元济!"边批:抖然⑧。士失色,监军使者泣曰:"果落祐计!"然业从愬,人人不敢自为计。边批:士有必死之心矣。愬分轻兵断桥道,以绝洄曲道,又以兵绝朗山道⑨。行七十里,夜半,至悬瓠城⑩,雪甚。城旁皆鹅鹜池,愬令击之,以乱军声。贼吴房、朗山戍晏然无知者。祐等坎墉先登⑪,众从之,杀门者,开关,留持柝⑫,传夜自如⑬。黎明雪止,愬入驻元济外宅。蔡吏惊曰:"城陷矣!"元济尚不信,曰:"是洄曲子弟来索褚衣耳⑭。”及闻号令曰“常侍传语”始惊，曰：“何常侍得至此！”率左右登牙城⑮。田进诚进兵薄之。愬计元济且望救于董重质⑯，乃访其家慰安之，使无怖，以书召重质。重质以单骑白衣降。进诚火南门。元济请罪，梯而下，槛送京师。

【注释】

①李光颜：字光远。善骑射。先为河东军裨将，后随高崇文平蜀。当时为忠武军节度使，连破吴元济师于时曲及小殷河，拔凌云栅。敬宗时平叛军李岕，拜司徒、河东节度使。

②洄曲：在今河南漯河市沙河与澧河会流处。溵水于此洄曲，故名。

③殿：殿后。

④张柴：张柴砦，城堡名。在唐河南道蔡州（治今河南汝南）境，故址位于今河南遂平东偏南、汝河支流南岸。

⑤戍：戍卒。

⑥发刃彀矢：磨砺兵刃，备好弓矢。发刃，磨快刀斧。彀，张弓。

⑦阻奥：道途阻隔遥远。

⑧抖然：突然。

⑨朗山：县名。治在今河南确山县。吴元济屯重兵于此，李愬曾经攻打他，受挫。

⑩悬瓠城：一作悬壶城，即今河南汝南。唐为蔡州治所，大历后，为淮西节度使治所，李希烈、吴元济等先后据此。

⑪坎墉（yōng）：凿城墙为坎。墉，城墙。坎，坑。

⑫留持柝：留下持柝巡更的士卒不杀。柝，巡夜打更用的梆子。

⑬传夜：夜间巡逻。

⑭褚衣：棉衣。

⑮牙城：唐代卫护节度使住宅的内城。

⑯董重质:原为淮西牙将,勇悍有谋,后为吴元济主谋,屡破官军。

【译文】

当时李光颜打了几次胜仗。吴元济率领精兵驻扎在洄曲以对抗李光颜。李愬知道有机可乘,就在入夜时发兵。李祐率三千突将担任前锋,李忠义为副将协助,李愬亲率三千人为中军,田进诚以下军殿后,出文城栅,下令说:“引兵向东,前进六十里停下。”袭击张柴砦,歼灭了那里的戍卒。命令士卒稍事休息,又修整马鞍、盔甲,磨砺兵刃,备好弓矢。赶上天降大雪,天色昏暗,凛冽寒风吹倒军旗、冻裂皮肤,连马都畏缩战栗,士兵抱着兵器冻死在路上的有十分之一二。张柴砦的东边,湖泽阻隔遥远,没人曾经走过,大家都认为前进将难以预料。部队刚出发,军吏前来请示前进的目的地,李愬说:“进入蔡州捉拿吴元济!”边批:突然。士卒听后大惊失色,监军使者哭着说:“果真中了李祐的计谋!”然而已经追随李愬,人人都不敢私自做打算。边批:官兵有必死之心了。李愬派出轻装士兵截断桥道,以断绝去往洄曲的路,又派兵切断往朗山的路。行军七十里,半夜,来到悬瓠城,雪下得很大。城边都是饲养鹅、鸭的池塘,李愬命人击打它们,以遮掩兵马声。在吴房、朗山的敌军戍卒安宁没有觉察到的。李祐等人在城墙上凿出坑坎率先登城,众兵跟从他们,杀死城门守卫,打开城门,留下持柝巡更的士卒,像平常一样打更巡逻。黎明时分大雪停了,李愬进入吴元济屯兵的外城。蔡州官吏惊恐地说:“城已失陷了!”吴元济还不相信,说:“是洄曲的士兵前来索要棉衣罢了。”等到听号令说“常侍传令”才惊惧,说:“怎么会有常侍到这里!”急忙率领左右亲信登上牙城。田进诚领兵围住他们。李愬料想吴元济一定寄望董重质前来救援,于是探访董家安慰他们,让他们不要惊慌,并以文书招降董重质。董重质只身匹马、一身白衣来投降。田进诚火烧南门。吴元济请罪,沿着城梯下来,被关入牢车押送京师。

赵充国[①]

先零、罕、开皆西羌种[②]，各有豪[③]，数相攻击，成仇。匈奴连合诸羌，使解仇作约。充国料其到秋变必起[④]，宜遣使行边预为备。于是两府白遣义渠安国行视诸边[⑤]，分别善恶。安国至，召先零诸豪三十余人，以尤桀黠[⑥]，皆斩之，纵兵击斩千余级，诸降羌悉叛，攻城邑，杀长吏。上问："谁可将者？"充国对曰："无逾于老臣者矣！"充国时年七十余。上问："将军度羌虏何如？当用几人？"充国曰："百闻不如一见，兵难隃度[⑦]。臣愿驰至金城，图上方略。"

【注释】

①赵充国：按，底本无此则，明积秀堂本在此卷末。

②先零（lián）、罕（hǎn）、开（kān）：三部都为羌族。先零为大部，最初居于今甘肃、青海的湟水流域，后渐与西北各族融合。罕、开为小部，居住在金城即今甘肃兰州一带。为汉朝所破后，被安置于天水郡置罕开县（今甘肃天水南）。

③豪：酋长。

④充国：赵充国，字翁孙。善骑射，有谋略，熟悉边情。汉武帝时以假司马从李广利征匈奴。昭帝时以大将军护军都尉击武都氐人，升后将军兼水衡都尉。与大将军霍光定策尊立宣帝，封营平侯。宣帝时，为蒲类将军征匈奴。又与羌人作战，屯田西北，对巩固边防多所贡献。按，此时为神爵元年（前61），赵充国七十六岁，官后将军兼少府。

⑤两府：丞相与御史府并称"二府"，亦称"两府"。义渠安国：时为光禄大夫。

⑥桀黠：凶悍狡黠。桀，凶悍，横暴。黠，狡猾。

⑦隃（yáo）度：遥测。隃，通“遥”，遥远。

【译文】

汉朝先零、罕、开都是西羌种族，各有酋长，彼此多次互相攻击，成为仇家。匈奴联合各羌族部落，让他们化解仇恨、订立盟约。赵充国料到他们到秋天必定发起叛乱，认为应该派遣使者巡视边境预做防备。于是丞相和御史两府就禀告说派遣义渠安国去巡视各处边境，判别善恶。义渠安国到了羌地，召集先零酋长三十多人，怪罪他们凶悍狡猾，将他们全都斩杀了，还出兵击杀一千多羌人，投降的各部族羌人都起来反抗，攻占城池，杀死长吏。汉宣帝问：“谁可以出任将军平叛？”赵充国回答说：“没有超过老臣的人了！”赵充国当时七十多岁。宣帝问：“将军估计羌贼势力怎么样？应当用多少士兵？”赵充国说：“百闻不如一见，用兵难以遥测。我愿意赶到金城，再谋划进献方略。”

充国至金城，须兵满万骑，方渡河，恐为虏所遮，即夜遣三校衔枚先渡[①]，渡辄营阵[②]。及明，以次尽渡。虏数十百骑来，出入军旁。充国意此骁骑难制，且虑为诱，戒军勿击[③]，曰：“吾士马新倦，不可驰逐，击虏以殄灭为期[④]，小利不足贪也！”遣骑候四望峡中[⑤]，地名。亡虏[⑥]。夜引兵至洛都[⑦]，谓诸校司马曰：“吾知羌无能为矣！使发数千人守杜四望峡中[⑧]，吾岂得入哉！”遂西至西部都尉府[⑨]，日飨军士，士皆欲为用。虏数挑战，充国坚守。边批：节节持重。

【注释】

①校：古代军队的一种建制。衔枚：古代行军时口中衔枚，以防出声。枚，形如筷子，两端有带，可系于颈上。

②营阵：指军队的结营布阵。

③戒：命令。

④殄灭：歼灭。

⑤候：侦察。

⑥亡虏：无敌人。亡，通“无”。

⑦洛都：《汉书·赵充国传》作“落都”。山名。

⑧杜：堵截使不能相通。

⑨西部都尉府：在金城，即今甘肃兰州。

【译文】

赵充国到了金城，等到人马满了一万，才准备渡过黄河，又害怕遭到羌人截击，便趁夜派三校人马先悄悄渡河，渡河之后立刻就扎营布阵。到了天亮，全军依次全部渡河。羌人派了数百骑兵，在汉军左右出没骚扰。赵充国想这些骁勇的骑兵难以制服，并且担心是羌人所行诱敌之计，下令让军士们不要攻击，说：“我军兵马刚渡河困倦，不能驱驰追击，攻击羌贼要以消灭他们为目标，小的胜利不足贪求！”赵充国又派骑兵去四望峡侦察，四望峡是地名。没有敌军。于是趁夜率领军队到达落都山，对各部军官说：“我就知道羌人没什么能耐！假使他们调派几千人在四望峡防守堵截，我军哪能向前推进呢！”于是向西推进到西部都尉府，每天飨宴军士，士卒都希望为他效力。羌人几次前来挑衅，赵充国都坚守不出。边批：节节持重。

初，罕、开豪靡当兒使弟雕库来告都尉曰：“先零将反！”后数日，果反。雕库种人颇在先零中[①]，都尉即留雕库为质。充国以为亡罪，遣归告种豪[②]：“大兵诛有罪，毋取并灭，能相捕斩者，除罪：斩大豪有罪者一人，赐钱四十万，中豪十五万，下豪二万，大男三千[③]，女子及老小千钱，又以所捕妻子财物与之。”欲以威信招降罕、开及劫略者，解散虏谋。酒泉太守辛武贤上言：“今虏朝夕为寇，土地寒苦，汉马不能冬，可益马食，以七月上旬赍三十日粮，分兵并出张掖、酒泉，合击罕、开。”天子下其议，充国以为：“佗负三十日食[④]，又有衣装兵器，难以追逐。虏据前险，守后厄，以绝粮道，必有伤危之患。且先零首为畔逆，宜捐罕、开暗昧之过[⑤]，先诛先零以震动之。”朝议谓：“先零兵盛而负罕、开之助[⑥]，不先破罕、开，则先零未可图。”边批：似是而非。天子遂敕充国进兵。

【注释】

①种人：部族的人。

②种豪：部族首领。

③大男：成年男子。

④佗（tuó）：同“驮”，负载。

⑤捐：放弃，此处指宽恕不追究。暗昧：愚昧，昏庸。

⑥负：依恃，依靠。

【译文】

起初，罕、开的酋长靡当兒派他的弟弟雕库来告诉都尉说：“先零人将要造反。”过了几天，先零人果然造反了。雕库的族人有许多在先零的部队里，都尉便留下雕库做人质。赵充国认为雕库无罪，便放他回去告诉部族首领：“汉朝大军诛讨有罪的人，并不是对所有羌人赶尽杀绝，能够俘虏斩杀有罪的人，可以免罪：斩杀有罪的大头目一人，赏钱四十万，中头目一人十五万，小头目一人二万，成年男子一人三千，女子及老人小孩一人一千钱，还将被捕获者的妻儿财物赏赐给他。”想要凭借威信去招降罕、开及被劫持反叛的人，瓦解先零人的阴谋。酒泉太守辛武贤上奏说:“现在羌人经常来骚扰边境,羌地苦寒,汉马无法越冬,可以增加马粮,在七月上旬带上三十天的粮草,分兵从张掖、酒泉出击,合攻罕、开两部。”宣帝把奏章交给大臣们商议,赵充国认为:“马匹背负三十天的粮食,再加上衣服、武器等装备,难以追击敌军。如果羌人前据险要,后守厄塞,以断绝汉军粮道,必定有伤亡危险的祸患。况且先零首先谋反,应该宽恕罕、开愚昧追随的过失,先诛讨先零来威震他们。”朝廷的决议说:“先零兵力强大而又依恃罕、开的帮助,不先击败罕、开,那么先零就不能谋取。”边批:似是而非。宣帝于是下令赵充国进兵。

充国上书谢罪,因陈利害曰:“臣闻兵法:‘攻不足者守有余。’‘善战者致人[①],不致于人。’即罕羌欲为寇,宜简练以俟其至[②],以逸代劳,必胜之道也。今释致虏之术,而从为虏所致之道,愚以为不便。先零羌欲为背畔,故与罕、开解仇结约,然其私心,亦恐汉兵至而罕、开背之,其计常欲先赴罕、开之急[③],以坚其约。先击罕羌,先零必助之。今虏马肥、食足,击之未见利,适使先零得施德于罕羌以坚其约。党坚势盛,附者浸多,臣恐国家之忧不二三岁而已。于臣之计,先诛先零,则罕、开不烦兵而服。如其不服,须正月击之未晚[④]。”上从充国议。

【注释】

①致:施加,牵制。

②简练:演习训练。

③赴:往救。

④须:等待。《汉书·赵充国传》作“涉”,义为过。

【译文】

赵充国上书谢罪，并陈述利害关系说：“我听说兵法说：‘敌人兵力不足我们就进攻，敌人兵力多时我们就防守。’‘善于作战的人能牵制敌人，却不会被敌人所牵制。’目前罕羌想要做贼寇，我们应该训练战士以等待他们的到来，以逸待劳，是必胜的方法。如今放弃牵制敌人的方法，而采取被敌人牵制的路子，愚臣以为不可行。先零羌人想要反叛，所以才和罕、开化解仇恨、订立盟约，然而他们的私心，也害怕汉朝军队到了而罕、开会背叛他们，先零的考虑是想要先往救被攻打的罕、开的急难，以坚定彼此的盟约。先攻打罕羌，先零必定帮助它。现在敌人马匹肥壮、粮食充足，攻击他们讨不到好处，还正好让先零有机会向罕羌施舍恩德以巩固他们的盟约。同党团结势力壮大，依附的人日渐增多，我担心国家的忧患将不只是两三年而已。依我的计谋，先诛灭先零，那么罕、开不用出兵就会归顺。如果他们不归服，过了正月再攻击他们也不迟。”宣帝听从了赵充国的意见。

充国引兵至先零。虏久屯聚，解弛，望见大军，弃车重，欲渡湟水①，道厄狭，充国徐行驱之。边批：又持重。或曰：“逐利宜亟。”充国曰：“此穷寇，不可迫也，缓之则走不顾，急之则还致死②。”诸校皆曰：“善。”虏赴水溺死数百，降及斩首五百余人。兵至罕地，令军毋燔聚落刍牧田中③。罕羌闻之，喜曰：“汉果不击我矣！”豪靡忘来自归，充国赐饮食，遣还谕种人，时羌降者万余人。充国度羌必坏④，请罢骑兵，留万人屯田，以待其敝。

【注释】

①湟水：在今宁夏境内。

②致死：拼死而战。

③刍牧：割草放牧。

④坏：衰败。

【译文】

赵充国率兵到先零。先零人长久屯集，防备松懈，望见汉朝大军，丢下辎重车等装备，想要渡湟水逃命，道路狭隘，赵充国缓慢行军驱赶他们。边批：又持重。有人说："追逐获利应当动作迅速。"赵充国说："这些都是走投无路的贼寇，不可以逼迫他们，缓慢追赶他们就会逃走不顾其他，逼急的话他们就会回头拼死而战。"诸将都说："好。"结果敌军逃往水中渡河淹死几百人，投降或被砍头的有五百多人。汉军士兵到了罕羌居住的地方，下令军士不得焚烧村落及在田中割草、放牧。罕羌人听说此事，高兴地说："汉军果然不攻击我们！"酋长靡忘自动前来归顺，赵充国赐他酒食，放他回去劝告其他族人，当时羌人投降的有一万多人。赵充国预料羌人必定会衰败，请求撤回骑兵，留下一万名兵士在当地屯田，以等待他们自行凋敝。

析公

晋、楚遇于绕角①。栾武子书不欲战②，析公曰："楚师轻窕③，易震荡也。若多鼓钧声④，以夜军之，楚师必遁！"晋人从之，楚师宵溃。

【注释】

①晋、楚遇于绕角：春秋鲁成公六年（前585），楚军将领子重攻打郑国，晋卿栾书率师救郑，与楚军遇于绕角。楚军退，晋军攻打楚国的盟国蔡国。绕角，在今河南鲁山东南。

②栾武子：栾书，谥武子。景公时，任下军佐，参与晋齐鞍之战，大胜齐国。景公时，拜中军将，援救郑国，迫使楚国退军。后击败秦国，屡建功勋。晋厉公失政，栾书与中行偃弑之而拥立悼公。

③轻窕：轻浮不沉稳。

④多鼓钧声：用很多鼓齐声擂动。钧，齐声。

【译文】

春秋时晋、楚两军在绕角相遇。晋卿栾武子名书不想发动战斗，析公说："楚军人心轻浮不稳，很容易受煽动。如果用很多鼓齐声擂动，趁夜里发动进攻，楚军一定会逃走！"晋国人听从了他的话，楚军在夜里溃逃。

王德用

王德用为定州路总管[①]，日训练士卒，久之，士殊可用。会契丹有谍者来觇[②]，或请捕杀之。德用曰："第舍之，吾正欲其以实还告。百战百胜，不如以不战胜也！"明日故大阅[③]，士皆踊跃思奋，乃阳下令："具糗粮，听吾旗鼓所向[④]！"觇者归告，谓："汉兵且大入。"遂来议和。

【注释】

①王德用：字元辅。早年荫补衙内都指挥使，后随父王超出击西夏李继迁。宋仁宗时，为签书枢密院事，拜枢密副使，累迁定国节度使、宣徽南院使。又降知随州、曹州等地。后拜同中书门下平章事，至和元年（1054）复为枢密使。有谋略，治军有方，闻名边地。因面黑，人称"黑王相公"。

②觇：窥视，察看。

③大阅：大规模地检阅军队。

④糗粮：干粮。

【译文】

宋朝人王德用任定州路总管时，每天训练士卒，时间长了，士卒很可以用来作战了。正巧有契丹间谍来窥探，有人请求捕杀间谍。王德用说："尽管放了他，我正想要他以实情回去报告。百战百胜，不如用不战的方法来获胜！"第二天故意大规模检阅军队，士卒都情绪高涨意气奋发，于是假意下令说："准备好干粮，听候向我旗鼓所指的方向进军！"窥探的人回去禀报，说："汉军就要大举进攻了。"于是契丹来求和。

韩世忠

广西贼曹成拥余众在郴、邵[1]。世忠既平闽寇[2]，旋师永嘉[3]，若将就休息者。忽由处、信径至豫章[4]，连营江滨数十里。群贼不虞其至，大惊。世忠遣人招之，成遂降，得战士八万。

【注释】

①郴：郴州，治崇宁，在今湖南郴州。邵：邵州，治邵阳，即今湖南邵阳。

②闽寇：福建范汝为领导的起义军。

③永嘉：今属浙江。

④处：处州，治今浙江丽水。信：信州。治今江西上饶。豫章：豫章郡，宋隆兴府，治今江西南昌。

【译文】

南宋时广西贼寇曹成拥有众多军队盘踞在郴州、邵州一带。韩世忠讨平福建贼寇后，随即班师回永嘉，好像就要休息的样子。忽然从处州、信州直接到豫章,在江边扎营绵延数十里。贼人没有料到他会突然到来,大为惊恐。韩世忠派人招降他们,曹成于是投降,宋军获得战士八万人。

程昱

程昱守鄄城[①],兵仅七百人。操闻袁绍在黎阳将南渡[②],欲以兵三千益之。昱不肯,曰:“袁绍拥十万众,自以所向无前。今见昱兵少,必不来攻。若益以兵,则必攻,攻则必克。”绍果以昱兵少,不肯攻。操谓贾诩曰:“程昱之胆,过于贲、育[③]。”

【注释】

①程昱:字仲德。曹操谋臣,言语多应验,累迁都督兖州事。魏文帝时为卫尉,进封安乡侯。鄄(juàn)城:在今山东菏泽。

②操:曹操。黎阳:今河南浚县东。东汉置黎阳营于此,为当时军事重镇。其地有黄河渡口黎阳津,河南岸即白马津。

③贲、育:孟贲、夏育,皆为古代勇士。孟贲,水行不避蛟龙,陆行不避豺狼,发怒吐气,声响动天。夏育,战国时卫国人,传说能力举千钧。

【译文】

程昱戍守鄄城,只有七百士兵。曹操听说袁绍将从黎阳渡河往南,想要调三千士兵增援程昱。程昱不答应,说:“袁绍拥有十万兵力,自以为所指向的地方谁也无法阻挡。现在见我兵力少,必然不来进攻。如果增加兵力,那么他必然进攻,进攻就必然会攻克。”袁绍果真因为程昱兵少,不肯来攻打。曹操对贾诩说:“程昱的胆识,强过孟贲、夏育。”

七百与三千，均非十万敌也，而益兵之名，足以招寇。昱之见胜于曹公远矣！

【译文】

七百与三千，都不是十万大军的对手，但增兵的名头，足以招来贼寇。程昱的见识比曹操深远多了！

陆逊

嘉禾五年[①]，孙权北征[②]，使陆逊与诸葛瑾攻襄阳。逊遣亲人韩扁赍表奉报，还遇敌于沔中[③]，钞逻得扁[④]。瑾闻之甚惧，书与逊云："大驾已旋，贼得韩扁，具知我阔狭[⑤]，且水干，宜当急去！"逊未答，方催人种葑豆[⑥]，与诸将奕棋射戏如常。瑾曰："伯言多智略[⑦]，其当有以。"自来见逊。逊曰："贼知大驾已旋，无所复蹙[⑧]，得专力于吾，又已守要害之处。兵将已动，且当自定以安之，施设变术[⑨]，然后出耳。今便示退，贼当谓吾怖，仍来相蹙，必败之势！"乃密与瑾立计，令瑾督舟船，逊悉兵马以向襄阳城。敌素惮逊，遽还赴城。瑾便引舟出，逊徐整部伍，张拓声势[⑩]，走趋船。敌不敢干[⑪]，全军而退。

【注释】

①嘉禾五年：236年。嘉禾，三国时吴大帝孙权年号（232—238）。按，下文所记之事《三国志·吴书·吴主传》在嘉禾三年（234），此处当有误。译文从实。

②孙权北征：嘉禾三年（234），孙权入居巢湖口，率兵号十万，攻魏合肥新城，又派陆逊等奔向襄阳，孙韶等奔向广陵、淮阴。蜀相诸葛亮出武功以配合。魏明帝曹叡亲自援助合肥。孙权攻新城，魏将军张颖等拒守力战，孙权退走，孙韶等亦退。

③沔中：地区名。一名汉中。故地相当今陕西西南汉中地区。

④钞逻：巡逻搜查。

⑤阔狭：军情的虚实。此时孙权、孙韶两路兵已撤。

⑥葑（fēng）：即蔓菁。

⑦伯言：陆逊，字伯言。

⑧蹙：紧迫，不安。

⑨变术：指出敌不意的战术。

⑩张拓：声张夸大。

⑪干：进逼。

【译文】

嘉禾三年，孙权北征曹魏，命陆逊与诸葛瑾攻打襄阳。陆逊派亲信韩扁带着表章奏报孙权，回营时在沔中遇到敌军，敌军巡逻搜查俘获韩扁。诸葛瑾听到消息非常害怕，写信给陆逊说："主上大驾已经回朝，贼人俘获韩扁，完全掌握了我们的虚实底细，而且现在江水干涸，应当赶紧撤军。"陆逊没有回信，只是催人种蔓菁和豆子，与诸位将领下棋、射箭如同平常一样。诸葛瑾说："陆伯言足智多谋，他这样做一定有缘故。"就亲自前来拜见陆逊。陆逊说："贼人知道主上大驾已经回朝，没有什么再值得担忧，可以集中精力对付我们，且又据守险要之地。我军将士军心已见动摇，我们应当镇定自己以稳定军心，施展出其不意的战术，然后出兵。现在就表示要退兵，贼人一定认为我们惧怕，仍然前来进逼，这是必败的形势！"于是秘密与诸葛瑾订立计划，让诸葛瑾督率船队，陆逊带领全部兵马向襄阳城进发。敌人向来惧怕陆逊，立即退兵回城内。诸葛瑾便带领船队出来，陆逊从容整顿队伍，虚张声势，缓步上船。敌军不敢进逼，吴军全军安然撤退。

高仁厚

高仁厚攻东川杨师立[①]。夜二鼓，贼党郑君雄等出劲兵掩击城北副使寨[②]。杨茂言不能御，帅众弃寨走，其旁寨见副走，亦走。贼直薄中军。仁厚令大开寨门，设炬火照之，自帅士卒为两翼，伏道左右。贼见门开，不敢入，还去。仁厚发伏击之，贼大败。仁厚念诸弃寨者所当诛杀甚众，乃密召孔目官张韶[③]，谕之曰："尔速遣步探子将数十人，分道追走者，自以尔意谕之曰：'仆射幸不出寨[④]，皆不知，汝曹速归！来旦牙参如常[⑤]，勿忧也！'"边批：不惟省事，且积德。韶素长者，众信之。至四鼓，皆还寨。唯杨茂言走至张把乃追及之[⑥]。仁厚闻诸寨漏鼓如初，喜曰："悉归矣！"诘旦，诸将牙集，以为仁厚诚不知也。坐良久，谓茂言曰："昨夜闻副使身先士卒，走至张把，有诸？"对曰："闻贼攻中军，左右言仆射已去，遂策马骖随[⑦]，既而审其虚，乃复还耳。"曰："仁厚与副使俱受命天子，将兵讨贼。若仁厚先走，副使当叱下马，行军法，代总军事，然后奏闻。边批：近日辽阳之役[⑧]，制闻者若识此一着，何至身名俱丧。今副使既先走，又为欺罔，理当何如？"茂言拱手曰："当死。"仁厚曰："然。"命左右扶下斩之。诸将股栗。仁厚乃召昨夜所获俘虏数十人，释缚纵归。君雄闻之惧，曰："彼军法严整如是，又可犯乎！"自是兵不复出。后君雄斩师立，出降。

【注释】

①高仁厚攻东川杨师立:唐僖宗中和四年(884),高仁厚为陈敬瑄部将、眉州防御使,屯兵德阳,杨师立派将军郑君雄、张士安据鹿头关以拒高仁厚。郑君雄坚壁不出战,高仁厚于是列十二寨围攻他。杨师立,东川节度使,与西川节度使陈敬瑄不和,闻陈敬瑄以高仁厚代己,有怨言。陈敬瑄讽帝召师立以本官兼尚书右仆射,师立益怒,互相攻战。

②副使:指杨茂言。当时以杨茂言为行军副使,地位仅次于高仁厚。

③孔目官:孔目本指档案目录,后作为掌管文书官吏名称。《资治通鉴》胡三省注:"孔目官,衙前吏职也,唐世始有此名,言凡使司之事,一孔一目皆须经由其手也。"

④仆射:高仁厚以平阡能等功绩,进检校仆射。幸不出寨:按,底本作"幸不入寨"。此文本《资治通鉴》,作"幸不出寨",意更明白,据改。

⑤牙参:行营诸将领,每天早晨必赴大将营中参拜。牙,古称军中长官住所。

⑥张把:《资治通鉴》胡三省注引《九域志》:"梓州郪县有张杷镇。'把',当作'杷'。"张杷,在今四川三台南。

⑦驂随:追随。驂,通"参",陪。

⑧辽阳之役:明天启元年(1621)三月,后金军谋攻明辽东重镇辽阳。明军奋勇抗击,仍不敌失败,辽阳失陷。将领中虽主帅袁应泰、张铨、朱万良等死战殉国,但高出、胡嘉栋等五监军及一些将领却临阵而逃,这也是此役失败的重要原因。

【译文】

高仁厚攻打东川杨师立。夜晚二更时分,敌将郑君雄等出动精兵袭击城北副使杨茂言的营寨。杨茂言不能抵御,率领兵众弃营逃走,旁边的营寨见副使逃走,也都逃走。贼人直逼中军。高仁厚命人大开营门,并设置火炬照亮营寨，亲自领军士卒兵分两路，埋伏在道路两侧。贼人见营门大开，不敢进去，准备离开。高仁厚发动埋伏的士兵攻击他们，贼兵大败。高仁厚念及应当诛杀的弃营的将领太多，于是秘密召见孔目官张韶，告诉他说："你赶快派步探子带领数十人，分头追赶逃走的将领，就用你的口吻告诉他们：'元帅所幸没有出营寨，根本不知道你们逃走的事，你们赶紧回营！明天早晨照常参拜，不要担心！'"边批：不仅明白事理，而且积累了德行。张韶一向是宽厚长者，众人都相信他的话。到四更时分，溃逃将士都已回营。只有杨茂言逃到张把才追上。高仁厚听到各营寨的更鼓声像平常一样，高兴地说："都回来了！"第二天早上，各将领齐集牙帐，以为高仁厚真的不知道逃走的事情。过了许久，高仁厚对杨茂言说："昨天夜里听说副使亲自带头冲在前面，行军到张把，有这样的事吗？"杨茂言回答说："听说贼人攻打中军，左右的人说元帅已经离营，我于是骑马追随，不久发觉传闻错误，就又回来了。"高仁厚说："我与副使都接受皇帝的命令，率兵讨贼。若我先逃走，副使应当叱令我下马，以军法论处，代行统军之职，然后上奏朝廷。边批：最近辽阳之役，决策者如果明白这一着，何至身败名裂。如今副使已经先行逃走，又说谎欺骗，按理该如何处置？"杨茂言拱手说："该处死。"高仁厚说："对。"就命令左右的人将他扶下去斩杀了。各位将领恐惧得两腿战栗。高仁厚于是召来昨夜所俘获的贼兵几十人，命人松绑放他们回去。郑君雄听说后很害怕，说："他们的军法如此严整，还能进犯吗！"从此不再出兵。后来郑君雄杀杨师立，出城投降。

孙武戮宠姬以徇阵[①]，穰苴斩幸臣齐景幸臣庄贾。以立法。法行则将尊，将尊则士致死。士有必死之气，则敌有必败之形矣。仁厚用法固善，尤妙在遣张韶一事。不尽杀之，威胜于尽杀；更驱而用之，不患逃卒不尽为死士也。

【注释】

①狥：同“徇”，示众。

【译文】

孙武杀吴王宠姬以遍示部伍，司马穰苴杀幸臣齐景公幸臣庄贾。以确立法纪。法纪施行则将帅受人尊敬，将帅受尊敬则士卒肯效死命。士卒抱有必死的决心，则敌人有必定溃败的形势。高仁厚运用军法确实很好，尤其高妙在派遣张韶这件事上。不尽杀逃兵，而威慑胜于尽杀；再驱使任用他们，不怕曾溃逃的士卒不都为效死之士。

〇孙武子，齐人，以兵法见于吴王阖庐。阖庐曰：“子之十三篇[①]，吾尽观之矣。可以小试勒兵乎[②]？”对曰：“可。”阖庐曰：“可试以妇人乎？”曰：“可。”于是出宫中美女，得百八十人。孙子分为二队，以王之宠姬二人各为队长，边批：主意欲借之以立威。皆令持戟。令之曰：“汝知而心与左右手、背乎？”妇人曰：“知之。”孙子曰：“前则视心，左视左手，右视右手，后即视背。”妇人曰：“诺。”约束既布[③]，乃设斧钺，即三令五申之。于是鼓之右，妇人大笑。孙子曰：“约束不明，申令不熟，将之罪也。”复三令五申，而鼓之左，妇人复大笑。孙子曰：“约束不明，申令不熟，将之罪也。既已明，而不如法者[④]，吏士之罪也[⑤]！”乃欲斩左右队长。吴王从台上观，见且斩爱姬，大骇，趣使使下令曰：“寡人知将军能用兵矣！寡人非此二姬，食不甘味，愿勿斩也！”孙子曰：“臣既已受命为将。将在军，君命有所不受[⑥]。”遂斩队长二人以狥，用其次为队长。于是复鼓之，妇人左右前后跪起皆中规矩绳墨[⑦]，无敢出声。于是孙子使使报王曰：“兵既整齐，王可试下观之。唯王所欲用[⑧]，虽赴水火犹可也！”吴王曰：“将军罢休就舍，寡人不愿下观。”孙子曰：“王徒好其言，不能用其实！”于是阖庐知孙子能用兵，卒以为将，西破强楚，入郢[9]，北威齐、晋[10]，显名诸侯，孙子与有力焉。

【注释】

①十三篇：即后世所传《孙子兵法》十三篇。

②勒兵：治军，操练或指挥军队。

③约束：规章，法令。

④如法：遵守法令，遵守规则。如，依照，按照。

⑤吏士：军官。

⑥将在军，君命有所不受：《孙子兵法·九变》：“将受命于君……君命有所不受。”

⑦规矩绳墨：规、矩，校正圆形、方形的两种工具；绳墨，木匠画直线所用的工具。多比喻标准法度。

⑧唯：听凭，任随。

⑨西破强楚，入郢：吴王阖庐九年，楚昭王十年，前506年，吴军大举伐楚，攻入楚国国都郢。

⑩北威齐、晋：据《史记·十二诸侯年表》，吴国曾于夫差十一年（前485）、十二年（前484）两次北上伐齐；又于十四年（前482）与晋定公在黄池会盟，争霸主之位。

【译文】

孙武是齐国人，以兵法进见吴王阖庐。阖庐说：“你的十三篇兵法，我都看过了。可以小试一下操练军队吗？”回答说：“可以。”阖庐说：“可以用妇女来试吗？”回答说：“可以。”于是吴王派出宫中美女，有一百八十人。孙武把她们分为两队，以吴王宠爱的妃子二人各自为队长，边批：用意是想借她们树立威信。并令所有人都拿着戟。命令她们说：“你们知道你们的心口和左右手、后背吗？”妇人说："知道。"孙武说："向前就看心口方向，向左看左手方向，向右看右手方向，向后就看后背方向。"妇人说："是。"军规宣布后，就陈设斧钺，当即多次命令和告诫她们。于是击鼓发令向右，妇女们大笑。孙武说："军规没解释明白，命令没让部下熟悉，是将帅的罪过。"又反复命令和告诫，然后击鼓发令向左，妇女们又大笑。孙武说："军规没解释明白，命令没让部下熟悉，是将帅的罪过。既然已经反复说明，而不执行军令，就是军官的罪过！"于是要斩左右队长。吴王从台上观看，看见孙武将要杀他宠爱的妃子，大为惊骇，急忙派使臣传下命令说："我已经知道将军善于用兵了！我没有这两个妃子，吃饭都觉得没有味道，希望不要杀她们！"孙武说："我既然已经接受任命担任将军，将军在军队中，国君的命令有些可以不接受。"就斩杀队长二人以示众，让其他的人做队长。于是再次用鼓声指挥她们，妇女们向左向右向前向后、跪下起立全都合乎规矩要求，没有人敢出声。于是孙武派使者回报吴王说："士兵已经训练整齐，大王可以试着下台观看。任凭大王想怎么使用她们，即使赴汤蹈火也可以！"吴王说："将军停止练兵请回客舍，我不愿下台观看。"孙武说："大王只不过喜欢我书上的话，不能把它运用到实际中！"于是阖庐知道孙武善于用兵，终于任他为将，吴国向西击破强楚，攻入郢都，向北威慑齐国、晋国，扬名于诸侯，孙子出了不少力。

〇齐景公时，师败于燕、晋。晏婴荐司马穰苴[①]，公以为将军。穰苴曰："臣素卑贱，人微权轻，边批：实话。愿得君之宠臣以监军。"边批：少不得下此一着。公使庄贾往。苴与贾约：日中会于军门。苴先驰至军，立表下漏待贾[②]。夕时贾始至。苴曰："何后期？"贾曰："亲戚送之，故留。"苴曰："将受命之日，则忘其家；临军约束，则忘其亲；援枹鼓之急[③]，则忘其身，何相送乎?”召军正问曰[④]:“军法期而后至,云何?”对曰:“当斩!”贾始惧,使人驰报景公求救。未及返,遂斩贾以狥三军。久之,公遣使者持节赦贾,驰入军中。穰苴曰:“将在军,君命有所不受。”问军正曰:“军中不驰。今使者驰,云何?”对曰:“当斩!”苴曰:“君之使不可斩。”乃斩其仆、车之左驸、马之左骖[⑤],以狥三军。乃阅士卒,次舍井灶饮食[⑥],问疾医药,身自抚循之[⑦]。悉取将军之资粮飨士卒,而自比其羸弱者[⑧]。三日而后勒兵,于是病者皆求行,争出赴战,大败晋师。

【注释】

①司马穰苴:春秋时齐人,为田氏之庶族,以其为大司马之官,故称司马穰苴。

②立表下漏:设置日晷(guǐ)、漏刻以计时。立表,立直木为表以视日影。下漏,以漏壶计算时间。

③援枹(fú)鼓:敲响战鼓以进军。枹,鼓槌。

④军正:军中执法官。

⑤仆:车夫。左驸:车厢左边外侧的立木。左骖:古代驾车用三马,后用四马,其左边的马叫左骖。

⑥次舍:所居的房舍。

⑦抚循:安抚,抚慰。

⑧而自比其羸弱者:《史记·司马穰苴列传》“而自”作“最”,冯梦龙据己意改为“而自比”,意为分粮资时自比于最羸弱士卒,仅食小份粮食。古代军中按士兵的体力状况定口粮标准。

【译文】

齐景公时,齐军大败于燕国、晋国。晏婴向景公推荐司马穰苴,景公命他为将军。穰苴说:“我素来卑贱,地位低权力轻,边批:实话。

希望请大王的宠臣担任监军。”边批：少不得下这一着。齐景公派庄贾前往。穰苴和庄贾约定：明天中午在军营会面。第二天穰苴先赶到军营，立直木、下漏壶等庄贾来。傍晚庄贾才赶到。穰苴说：“为什么晚来？”庄贾说：“亲友为我送行，所以停留了。”穰苴说：“将领接受命令的那天，就要忘掉自己的家；到达军营下达军令，就要忘掉自己的亲友；擂鼓进军战况紧急时，就要忘掉自己的生命，哪里还有什么送行之说呢？”召来军中执法官问道：“军法规定约定时间而迟到，怎么处置？”回答说：“应当处斩。”庄贾这才开始害怕，派人赶紧报告景公求救。没等到使者回来，穰苴就斩杀了庄贾向三军示众。不久，齐景公派使者手持符节要释放庄贾，车马飞奔直入军营。穰苴说：“将领在军中，国君的命令有些可以不接受。”又问军中执法官说：“军营中不能疾驰。今天使者在军营驾车奔驰，按军法该怎样处置？”回答说：“应当处斩。”穰苴说：“国君的使臣不能杀。”于是斩杀他的车夫、砍断车厢外左边的立木、杀掉车前左边的马，向三军示众。接着检阅士卒，士兵们安营扎寨、挖井立灶、饮水吃饭、探病吃药等事，穰苴都亲自过问并抚慰他们。把自己的薪饷、军粮全部拿出来犒赏士卒，而比照最羸弱士卒领取粮资。经过三天之后再操练军队，于是连伤病的士兵都请求同行，争相出来奔赴战场，于是大败晋军。

李光弼

史思明屯兵于河清[①]，欲绝光弼粮道。光弼军于野水渡以备之[②]。既夕，还河阳，留兵千人，使将雍希颢守其栅，曰：“贼将高廷晖、李日越，皆万人敌也，至勿与战，降则俱来。”诸将莫谕其意，皆窃笑之。既而思明果谓日越曰：“李光弼长于凭城[3]，今出在野。汝以铁骑宵济[4]，为我取之。不得，则勿反！”日越将五百骑，晨至栅下，问曰：“司空在乎？”希颢曰：“夜去矣。”日越曰：“失光弼而得希颢，吾死必矣。”遂请降。希颢与之俱见光弼，光弼厚待之，任以心腹。高廷晖闻之，亦降。或问光弼：“降二将何易也？”光弼曰：“思明常恨不得野战，闻我在外，以为可必取。日越不获我，势不敢归。廷晖才过于日越，闻日越被宠任，必思夺之矣。”

【注释】

①河清：在今河南孟州西南。唐肃宗乾元二年（759），史思明复称大燕皇帝，南下渡河，攻陷汴州（治浚仪，在今河南开封西北）。李光弼放弃洛阳，退守河阳（今河南孟州南）。

②野水渡：在河阳以北，今河南沁阳。

③凭城：据城以守。

④宵济：夜间渡河。

【译文】

史思明在河清屯兵，想阻断官军李光弼的粮食补给通道。李光弼屯兵野水渡防备他。夜晚，李光弼回河阳，留下一千士兵，命将领雍希颢守卫营寨，并对他说：“敌军将领高廷晖、李日越，都是力敌万人的勇将，来攻时不要与他们作战，来投降就一起来见我。”众将领不理解他的意思，都暗自讥笑他。不久史思明果真对李日越说：“李光弼善于守城作战，今天他出师郊野。你率铁骑夜间渡河，为我把他抓来。抓不到，就不准回来。”李日越率领五百骑兵，早晨来到营寨下，问道：“司空在吗？”雍希颢说：“昨晚已经走了。”李日越心里说：“跑掉李光弼而俘获雍希颢，我必然被处死。”于是请求投降。雍希颢与他一同去见李光弼，李光弼对他礼遇优厚，任用他为心腹。高廷晖听说这件事，也来投降。有人问李光弼："降服两位将领为何这么容易?"李光弼说："史思明常常遗憾不能与我野战,听说我在郊野,以为必定可以生擒我。李日越抓不到我,势必不敢回去。高廷晖的才略胜过李日越,听说李日越投降后被宠信重用,必定想要取代李日越。"

传云："作事威克其爱,虽小必济[①]。"然过威亦复偾事[②],史思明是也。

【注释】

①作事威克其爱,虽小必济:语出《左传·昭公二十三年》。克,战胜,胜过。济,成功。

②偾(fèn)事:败坏事情。偾,毁坏,败坏。

【译文】

《左传》说："做事情威严胜过爱惜,即使弱小也一定成功。"然而过分威严也会败坏事情,史思明就是这样。

兵智部制胜卷二十二

危事无恒[①]，方随病设。

躁或胜寒，静或胜热。

动于九天，入于九渊。

风雨在手[②]，百战无前[③]。

集《制胜》。

【注释】

①无恒：变化无常。

②风雨在手：传说神龙能兴风雨。以龙喻智者。

③无前：无在前者，谓向前无所阻碍。

【译文】

危险兵事变化无常，如医生随疾病开处方。

有时以燥热抵御寒症，有时以清静克服热病。

善攻者如高空雷震，善守者如潜藏深渊。

智者如龙呼风唤雨，身经百战一往无前。

集为《制胜》一卷。

孙膑 二条

一

孙子同齐使之齐[①]，客田忌所[②]。忌数与齐诸公子逐射[③]。孙子见其马足不甚相远[④]，马有上、中、下，乃谓忌曰："君第重射[⑤]，臣能令君胜。"忌然之，与王及诸公子逐射千金。及临质[⑥]，孙子曰："今以君之下驷与彼上驷[⑦]，取君上驷与彼中驷，取君中驷与彼下驷。"既驰三辈毕，而田忌一不胜而再胜，卒得五千金。

【注释】

①孙子：此指孙膑，战国时人，孙武后裔。与魏国庞涓同学兵法于鬼谷子。庞涓自以为才能不及孙膑，派人召见孙膑，借故对他处以膑刑（去膝盖骨），并囚禁他。齐国使者到魏国，偷偷把他载回齐国。由田忌荐于齐威王，以之为军师，于马陵破魏军，杀庞涓。

②田忌：齐国王族，当时为齐国将军。

③逐射：以赛马赌金。

④马足：马力。

⑤重射：以重金押注。

⑥质：对质，双方出马比赛。

⑦下驷：劣等马。当时赛马，以四马驾车，人乘车驰逐。四马一驾，称驷。

【译文】

孙膑和齐国使者一起去齐国，借住在田忌家。田忌屡次和齐国公子们赛马赌金。孙膑看到田忌的马脚力与其他马相差不多，马有上、中、下三等，于是告诉田忌说："您只管以重金押注，我能让您获胜。"田忌同意了，与齐王和诸位公子下注千金赛马。到了临近比赛时，孙膑说："现在用您的下等马和对方的上等马比赛，用您的上等马和对方的中等马比赛，用您的中等马与对方的下等马比赛。"驰马三次比赛结束后，田忌第一次输了后两次赢了，最终得到了五千金。

唐太宗尝言："自少经略四方，颇知用兵之要，每观敌阵，则知其强弱。常以吾弱当其强，强当其弱。彼乘吾弱[①]，奔逐不过数百步。吾乘其弱，必出其阵后，反而击之，无不溃败。"盖用孙子之术也。

【注释】

①乘：掩袭，追逐。

【译文】

唐太宗曾说："我从年轻时拓张疆土，很懂用兵的要领，每次看敌人的兵阵，就知道他们的强弱。经常用我方弱军迎战敌方强军，用我方强军迎战敌方弱军。敌人攻打我方弱军，向前追逐只不过数百步。我军攻打敌方弱军，一定会绕到他们阵势后方，从反方向打击他们，敌军没有不溃败的。"大概唐太宗是用了孙子的战术。

○宋高宗问吴璘以胜敌之术[①]，璘曰："弱者出战，强者继之。"高宗亦曰："此孙膑驷马之法[②]。"

【注释】

①吴璘：字唐卿，南宋初年名将，四川宣抚使吴玠之弟。与吴玠守和尚原、仙人关等地，屡败金军，保卫秦陇，屏障巴蜀。兄弟先后镇守川蜀数十年。

②驷：驾驭，乘。

【译文】

宋高宗询问吴璘战胜敌人的战术，吴璘回答说："先让弱的军队出战，再让强的军队接续。"高宗也说："这是孙膑赛马的方法。"

二

魏伐赵[①]，赵急请救于齐。齐威王欲将孙膑，膑以刑余辞[②]，乃将田忌，而孙子为师[③]，居辎车中，坐为计谋。田忌欲引兵救赵，孙子曰："夫解纷者不控卷[④]，救斗者不搏撠[⑤]；批亢捣虚[⑥]，形格势禁[⑦]，则自为解耳。今梁、赵相攻，轻兵锐卒必尽于外，老弱罢于内。君不若引兵疾走大梁[⑧]，冲其方虚。边批：致人。彼必释赵而自救，是我一举解赵之困，而收敝于魏也。"忌从之，魏果去邯郸，与齐战于桂陵。边批：致于人。大破梁军。

【注释】

①魏伐赵：事在前353年，即齐威王四年。

②刑余：受过肉刑之人。

③师：军师。

④卷：即"拳"，握拳击打。

⑤搏撠（jǐ）：揪住。打击，参与搏斗。

⑥批亢（gāng）捣虚：打击要害及防备不周的地方。亢，咽喉，喉咙。喻指要害处。

⑦形格势禁：相斗的人被形势阻止。

⑧大梁：魏都大梁（今河南开封）。

【译文】

魏国讨伐赵国，赵国紧急向齐国请求救援。齐威王想让孙膑做主将，孙膑以自己受过肉刑为理由谢绝，于是齐威王派田忌做主将，而让孙膑做军师，坐在有帷盖的车子里，为田忌出谋划策。田忌想带兵营救赵国，孙膑说："解开纷乱的丝线不能靠挥拳头，劝解斗殴的人不能出手搏斗；看准双方的要害，双方受到形势限制，争斗自然就解开了。现在魏国赵国交战，精锐部队一定全部出兵在外，老弱残兵留在国内。您不如带兵迅速进攻大梁，攻击他们虚弱的内部。边批：牵制别人。魏国一定会停止攻赵而班师回国自救，这样我军一举解除赵国的困境，从而使魏军兵疲力竭。"田忌听从了他的建议，魏军果然离开邯郸，和齐国在桂陵交战。边批：受人牵制。齐国击败了魏军。

赵奢

秦伐韩，军于阏与[①]。赵王问廉颇："韩可救否？"对曰："道远险狭，难救。"又问乐乘，如颇言。及问赵奢[②]，奢对曰："道远险狭，譬之两鼠斗于穴中，将勇者胜。"乃遣奢将而往。去邯郸三十里，而令军中曰："有以军事谏者，死！"边批：主意已定，不欲惑乱军心也。秦军军武安西，鼓噪勒兵，屋瓦皆振。军中候有一人言急救武安[③]，奢立斩之。坚壁留二十八日，不行，复益增垒。边批：坚秦人之心。秦间来入[④]，奢善食而遣之。间以报秦将，秦将大喜曰："夫去国三十里而军不行，乃增垒，阏与非赵地也！"奢既遣秦间，乃卷甲而趣之[⑤]，一日一夜至。边批：出其不意。令善射者去阏与五十里而军。军垒成，秦人闻之，悉甲而至。军士许历请以军事谏，奢曰："内之。"许历曰："秦人不意赵师至，此其来气盛，将军必厚集其阵以待之，不然必败！"奢许诺。许历请就诛，奢曰："胥后令[6]，至邯郸[7]。"历复请谏，曰："先据北山上者胜，后至者败。"奢许诺，即发万人趋之。秦兵后至，争山不得上。奢纵兵击之，大破秦军，遂解阏与之围。

【注释】

①秦伐韩，军于阏与：事在公元前270年，时为秦昭王三十七年，赵惠文王二十九年。阏与，赵地，在今山西和顺。

②赵奢：初为赵国田部吏，收租税，平原君家不肯出租，赵奢依法处理。受平原君赏识，被推荐给赵王。赵王用赵奢主管全国赋税，民富而府库实。秦伐韩，赵奢率兵往救，破秦军，解阏与之围，以功封马服君，与廉颇、蔺相如同位。

③候：武官。

④间：间谍、暗探。

⑤卷甲：卷起铠甲。形容轻装疾行。

⑥胥后令：等着我后面要下的命令。胥，同"须"，等待。

⑦至邯郸：《史记》原文无"至"字，《索隐》以为"邯郸"二字为"欲战"之误，是说临战时，许历再次劝谏。

【译文】

秦国攻打韩国，驻扎在赵国的阏与。赵王问廉颇："可以派兵营救韩国吗？"廉颇回答说："路途遥远加上道路艰险狭窄，难救。"赵王又问乐乘，和廉颇的回答一样。等到问赵奢时，赵奢回答说："路途遥远加上道路险狭，就像两只老鼠在洞穴里打斗，勇猛的将会获胜。"赵王于是派赵奢带兵前往。行军离开邯郸三十里时，赵奢向全军下令："有在军事上进谏的人，处死！"边批：主意已定，不想让其他意见扰乱军心。秦军驻扎在武安西方，击鼓呐喊训练军队，房屋瓦片都被震动了。军中有个武官建议快去营救武安，赵奢马上处死了他。加强防御连续驻留二十八天，不行军，只是加强防御。边批：坚定秦人的心意。秦军间谍混入赵营，赵奢很好地款待他后将他送回。间谍把情况报告给秦军将领，将领非常高兴说："赵军离开都城三十里就不敢行进了，只是修筑壁垒，阏与将不再是赵国的领土了！"赵奢送走秦军间谍后，就令士兵卷起铠甲轻装快速向阏与进发，一天一夜后到达。边批：出其不意。让善于射箭的士兵在距离阏与五十里处驻扎。营地修成，秦人知道后，都穿好战甲来对阵。军士许历请求以军事进谏，赵奢说："让他进来。"许历说："秦人没想到赵军到达，此次他们来势凶猛，将军一定要集中大量兵力严阵以待，不这样的话一定会失败！"赵奢答应了他。许历请求处死自己，赵奢说："等回邯郸以后的命令吧。"许历又请求进谏，说："先占领北山山头的获胜，后到的失败。"赵奢同意，立即派一万士兵奔上北山。秦兵后来赶到，想争夺北山却上不去。赵奢出兵猛攻，大破秦军，于是解除了阏与的围困。

孙子曰："反间者，因敌间而用之。"又曰："我得亦利，彼得亦利，为争地①。"阏与之捷是也。许历智士，不闻复以战功显，何哉？于汉广武君亦然②。

【注释】

①争地：双方相争的地盘。

②汉广武君：指李左车。韩信攻赵国，李左车为赵国出谋划策，但不被陈馀所用。赵亡，韩信引为谋士，用其计灭齐。后再未闻李左车事迹。

【译文】

孙子说："反间的意义，在于顺应敌人的间谍而利用他。"又说："我军得到有利，敌军得到也有利，这就是兵家必争之地。"阏与之战的胜利体现的就是这个原则。许历这名足智多谋的人，没听闻他再因为战功扬名，为什么呢？汉代的李左车也是这样。

李牧

李牧[①]，赵北边良将也。尝居雁门备匈奴，以便宜置吏[②]，市租皆输入幕府[③]，为士卒费；日击牛飨士，习骑射；谨烽火，多间谍；厚遇战士，为约曰："匈奴即入盗，急入收保。有敢捕虏者，斩！"如此数岁，匈奴以牧为怯，虽赵边兵亦以为吾将怯。赵王让李牧，牧如故。赵王怒，召之，使他人代将。岁余，匈奴每来，出战数不利，失亡多，边不得田畜，乃复请李牧。牧固称疾，赵王强起之。牧曰："必用臣，臣如前，乃可奉令。"王许之。李牧如故约，匈奴终岁无所得，然终以为怯。边士日得赏赐而不用，皆愿一战。于是乃具选车得千三百乘，选骑得万三千匹，百金之士五万人[④]，彀者十万人[⑤]，悉勒习战。大纵畜牧，人民满野。匈奴小入，佯北[⑥]，以数千人委之。单于闻之，大率众来入。牧多为奇阵，张左右翼击之，大破，杀匈奴十余万骑。单于奔走，其后十余岁，不敢近边。

【注释】

①李牧：久居雁门关防备匈奴，屡避匈奴劲旅。后养精蓄锐，设奇阵大破匈奴。赵王迁时为大将军，大破秦军，封武安君。秦惧怕李牧，实行反间计，诽谤李牧想要反叛。赵王迁杀李牧，秦灭赵，俘虏赵王迁。

②便宜：见机行事，自行决断处理。

③市租：市场的税收。

④百金之士：能破敌擒将受赏百金的人，即勇猛善战的士兵。

⑤彀（gòu）者：善于射箭的士兵。

⑥北：败，败逃。

【译文】

李牧，是赵国北方边境的良将。曾经驻守雁门关防备匈奴，自行设置军吏，市场的税收都收进幕府中，做士卒的军费；每天杀牛犒劳将士，训练骑马射箭；小心看守烽火台，多派侦察敌情的人员；优厚对待战士，与他们约定说："匈奴即将入境行盗，要赶忙入境收兵自保。有胆敢抓捕俘虏的人，斩！"这样过了几年，匈奴认为李牧胆怯，即使赵国边境的士兵也以为自己的将领胆怯。赵王责备李牧，李牧依然如故。赵王发怒，召回李牧，让其他人代替他为将领。一年多，匈奴兵经常来犯，赵兵出战多次不能获胜，损失伤亡很多，边境不能安心种田放牧，于是又去请李牧。李牧坚持称有病在身。赵王强制起用他。李牧说："一定要用我的话，我还是要按照以前的方式，才可以接受召令。"赵王答应了他。李牧到雁门关后还按照之前的约定，匈奴整年一无所获，然而始终认为李牧胆怯。边境士兵每天得到赏赐而不使用，都愿意拼死一战。于是就挑选兵车得到一千三百辆，选择战马得到一万三千匹，勇猛善战的士兵五万人，善于射箭的士兵十万人，全部组织起来训练作战。让大批牲畜到处放牧，放牧的人满山遍野。匈奴小股人马入侵，就假装失败，让几千人被匈奴活捉去。单于听到这个消息，大肆率领众兵马来入侵。李牧布下许多奇阵，用左右包抄的方法反击匈奴，大破匈奴军，杀掉十几万匈奴骑兵。单于逃跑，此后十多年，匈奴不敢靠近赵国边境。

厚其遇，故其报重；蓄其气，故气发猛。故名将用死士。兵之力，往往一试而不再，亦一试而不必再也。今之所谓兵者，除一二家丁外，率丐而甲、尪而立者耳[①]。呜呼！尪也，丐也，又多乎哉！

【注释】

①丐：兵士待遇极薄如乞丐。尪（wāng）：孱弱，瘦弱。

【译文】

优厚部属的待遇，所以部属回报很大；积蓄兵将的士气，所以士气爆发猛烈。因此名将任用敢死的士兵。士兵的力量，往往只试一次而不试第二次，也试了一次不必试第二次。今天所谓的兵卒，除了一两名家丁之外，都是待遇如穿着盔甲的乞丐、孱弱多病而勉强站立的人罢了。呜呼！孱弱多病，待遇极薄，像这样的又有多少啊！

周亚夫 二条

一

吴、楚反[①]，景帝拜周亚夫太尉击之[②]。既发，至霸上。赵涉遮说之曰[③]："吴王怀辑死士久矣[④]。此知将军且行，必置人于殽、渑阸狭之间[⑤]。且兵事尚神密，将军何不从此右去[⑥]，走蓝田[⑦]，出武关[⑧]，抵洛阳，间不过差一二日，直入武库，击鸣鼓。诸侯闻之，以为将军从天而下也。"太尉如其计，至洛阳，使搜殽、渑间，果得伏兵。

【注释】

①吴、楚反：景帝三年（前154），景帝采取晁错建议，削吴、楚封地，吴王刘濞、楚王刘戊为首，与赵、胶东、胶西、淄川、济南诸王串通，以"清君侧"为名请诛晁错，举兵叛乱。史称"吴楚七国之乱"。

②周亚夫：周勃之子。文帝时，为将军屯细柳营，军令严整，帝以为真将军。景帝时，以太尉平吴、楚反，拜丞相。后为景帝所忌，因事下狱，绝食而死。

③赵涉:周亚夫平定吴、楚之乱时,赵涉为护军。遮说:拦路进辞。

④怀辑死士:招纳敢死之士。

⑤殽(yáo)、渑:崤山、渑池一带,在今河南渑池之西,是由长安正东往洛阳的必经之道。时吴、楚前军在梁国,由长安须经洛阳东行。殽,同"崤"。阸(ài)狭:险隘,地势险要的关口、通道。

⑥右:由长安往洛阳,则面朝东,右手为南。

⑦蓝田:在长安东南,今陕西蓝田。

⑧武关:在蓝田东南,今陕西商南县南,陕、豫、鄂三省交界处。时为由关中往荆州的通道。由此向东到南阳,再北上到洛阳。

【译文】

汉景帝时吴、楚等国谋反,景帝拜周亚夫为太尉平定叛乱诸国。大军出发,来到霸上。赵涉拦路向周亚夫进言说:"吴王招纳敢死之士很久了。这次他知道将军将要率兵而来,一定会布置伏兵在殽山、渑池一带险要通道之间。况且用兵之事讲究神秘莫测,将军为什么不从这里向南进发,经蓝田,出武关,再到洛阳,其间不过相差一两天,将军直接率军入军械库,敲击战鼓。诸侯听到鼓声,会以为将军是从天而降。"周亚夫听从了赵涉的计谋,到了洛阳后,派人探查殽山、渑池一带,果然俘虏了吴王的伏兵。

二

太尉会兵荥阳,坚壁不出[①]。吴方攻梁急,梁请救。太尉守便宜,欲以梁委吴,不肯往。梁王上书自言。帝使使诏救梁。太尉亦不奉诏,而使轻骑兵绝吴、楚后。吴兵求战不得,饿而走。太尉出精兵击破之。

【注释】

①坚壁:坚守壁垒。

【译文】

太尉周亚夫在荥阳聚集兵力，坚守不出。吴国正紧急攻打梁国，梁王请求救援。周亚夫握持在外见机行事的权力，打算把梁国舍弃给吴国，不肯前往救援。梁王又上书景帝陈说自己的情况。景帝派使者下诏命周亚夫救援梁王。周亚夫也不奉行诏命，而是派轻骑兵断绝吴、楚等军的后路。吴国军队想要打仗而不得，粮草耗尽因饥饿而逃走了。周亚夫出动精锐兵力击破了他们。

吴王之初发也①，其大将田禄伯曰②："兵屯聚而西，无他奇道，难以立功。臣愿得五万人，别循江、淮而上，收淮南、长沙，入武关，与大王会，此亦一奇也。"边批：魏延子午谷之计相似。吴太子谏曰："王以反为名，若借人兵，亦且反王。"边批：何不谏他勿反。于是吴王不许。少将桓将军说王曰："吴多步兵，利险③；汉多车骑，利平地。愿大王所过城不下④，直去疾西，据洛阳武库，食敖仓粟⑤，阻山河之险，以令诸侯，虽无入关，天下固已定矣！大王徐行，留下城邑，汉军车骑至，驰入梁、楚之郊，事败矣！"吴老将皆言："此少年摧锋可耳⑥，安知大虑！"吴王于是亦不许。假令二计得行，亚夫未遽得志也。亚夫之功，涉与吴王分半。而后世第功亚夫，竟无理田、桓二将军之言者，悲夫！

【注释】

①初发：开始出征。

②田禄伯：西汉景帝时人。事吴王刘濞，刘濞联合楚、赵等七国叛乱，任大将军。

③利险：利于在险恶地形作战。

④下：攻克。
⑤敖仓：秦时所建粮仓。在河南荥阳东北敖山上。
⑥摧锋：《汉书》作"推锋"，指冲锋陷阵。

【译文】

吴王开始出征时，他的大将军田禄伯说："军队屯聚向西推进，若没有其他奇妙战略，难以立功。我愿意率领五万士卒，另外沿着江、淮向上游前进，收复淮南、长沙，进入武关，和大王会师，这也算是一个奇招。"边批：魏延子午谷之计与此类似。吴太子劝阻说："大王以反叛为名，如果把军队交给他人，别人又会反叛大王。"边批：为什么不劝谏吴王不要反叛。于是吴王没有答应。小将桓将军游说吴王说："吴国多步兵，利于在险恶地形作战；汉军多车马，利于在平坦地带作战。希望大王不要攻占沿途所经过的城邑，直接离开快速向西，攻占洛阳的军械库，抢食敖仓的粮食，凭恃山河的险阻，以号令诸侯，即使没有入关，天下就已经安定！如果大王缓慢行军，滞留攻克城邑，汉军的车马到了，快速驰入梁、楚的郊野，那样事情就失败了！"吴国老将都说："这是年轻人冲锋陷阵的本领罢了，他们怎么知道长远谋略！"吴王于是也没有答应。假使这两项计谋得以实行，周亚夫就不能迅速得志平乱。周亚夫的功劳，赵涉与吴王要各占一半。但后世只归功周亚夫，终究没人理会田、桓二位将军的建言，可悲！

〇李牧、周亚夫，皆不万全不战者，故一战而功成。赵括以轻战而败[①]，夫差以累战而败。君知不可战而不禁之，子玉之败是也[②]；将知不可战而迫使之，杨无敌之败是也[③]。

【注释】

①赵括以轻战而败：战国长平之战时，赵括代廉颇为将，秦将白起听

说后，调遣奇兵，佯装败走，而断绝赵国的粮道。赵括轻敌追击，被困绝粮，最终覆败。

②子玉之败：楚成王三十五年（前637），子玉因伐陈的战功被子文推为令尹。楚成王四十年（前632）城濮之战时，楚成王知晋不可敌而退走，子玉坚持请战，成王只得派给他少量军队。子玉最终被晋军打败。成王怒责之，乃自杀。子玉，成氏，名得臣，字子玉。

③杨无敌之败：杨无敌即杨业，曾败契丹十万之众于雁门关。雍熙三年（986），宋大举攻辽，他助潘美领西路出雁门，收复云、应、寰、朔四州（均在今山西北部）。不久，宋军主力在河北战败，奉命撤退。杨业也想要避其锋芒撤退，而被迫接受主帅潘美和监军王侁之命，孤军奋战于陈家谷口（今陕西朔县南），终以寡不敌众，身陷绝地，伤重被俘，不食而死。其事迹后世演为《杨家将演义》。

【译文】

李牧、周亚夫，都是没有万全把握不轻易出战的人，所以一次战役就能成就功业。赵括因为轻敌而战败，吴王夫差因长期征战而失败。君王知道不能交战而不制止他，子玉失败就是这样；将领知道不可交战而强迫他，杨无敌失败也是这样。

周访

贼帅杜曾屡败官军[①]，威震江、沔[②]。元帝命周访击之[③]。访有众八千，进至沌阳[④]。曾等锐气甚盛。访曰："先人有夺人之心，军之善谋也。"使将军李常督左甄[⑤]，许朝督右甄，访自领中军，高张旗帜。曾果畏访，先攻左右甄。曾勇冠三军，访甚恶之，自于阵后射雉以安众心[⑥]。令其众曰："一甄败，鸣三鼓；两甄败，鸣六鼓。"赵胤兵属左甄，力战，败而复合。胤驰马告访。访怒叱，令更进。胤号哭复战。自旦至申[7]，两甄皆败[8]。访闻鼓音，选精锐八百人，自行酒饮之，敕不得妄动，闻鼓响乃进。贼未至三十步，访亲鸣鼓，将士皆腾跃奔赴。边批：出其不意。曾遂大溃。杀千余人。访夜追之，诸将请待明日，访曰："曾骁勇善战，向之败也，彼劳我逸，是以克之，宜及其衰，乘之可灭。"鼓行而进，遂定汉沔。曾等走固武当。访出不意，又击破之，获曾。

【注释】

①杜曾：少时骁勇绝人，始为镇南参军，迁南蛮校尉。凡有战阵，勇冠三军。永嘉之乱时，据竟陵而叛晋，后被周访平定。

②江、沔：江水、沔水一带，指今湖北洪湖以北地区。

③周访：字士达。为人沉毅、谦让，有好施之名。初任寻阳功曹，后被察举为孝廉。晋元帝渡江初，为参镇东军事，不久为扬烈将军，斩华轶，破杜弢，平杜曾，时称中兴名将。累官至安南将军、梁州刺史，封寻阳县侯。

④沌阳：在今湖北汉阳西。

⑤左甄：左翼。甄，翼。此为晋人称呼。

⑥射雉：一种射猎野鸡的游戏。

⑦自旦至申：从早晨到下午。旦，早晨。申，申时，即今下午三点到五点之间。

⑧两甄：两翼，左右两军。

【译文】

晋朝时叛军将领杜曾屡次打败官兵，威名震惊江水、沔水一带。晋元帝派周访打击他。周访有八千部众，进军到达沌阳。杜曾等人锐气十分旺盛。周访说："行动在敌人之前而有夺取敌人的决心，这是作战的好计谋。”派将军李常指挥左军，许朝指挥右军，周访亲自率领中军，高举旗帜。杜曾果然畏惧周访，先攻打左、右两军。杜曾勇力为三军第一，周访十分憎恨他，亲自在阵后射箭来安定众人。对部众下令说：“一军败，击鼓三次；两军败，击鼓六次。”赵胤部队属于左军，奋力作战，失败了又再战。赵胤骑马疾行报告周访。周访大怒斥责他，命令他再进兵。赵胤哭喊着再次开战。战斗从早晨到下午，左右两军都战败了。周访听到鼓声，挑选精兵八百人，亲自倒酒请他们喝，命令他们不可轻举妄动，听到鼓声后才能前进。贼兵还有三十步远就来到时，周访亲自击鼓，将士都跳起来冲上前去。边批：出其不意。杜曾于是大败。杀死了一千多贼兵。周访趁夜追击杜曾，许多将领请求等到天亮再追，周访说：“杜曾骁勇善战，刚才的战败，他们疲劳而我军精力充沛，因此战胜他们，应在他们衰败的时候，乘胜追击便可以消灭他们。”击鼓前进，于是平定了汉、沔一带。杜曾等人逃跑到武当驻守。周访出其不意，又攻破了他，擒获杜曾。

先委之以两甄，以敝其力，以骄其气，卒然乘之，乃可奏功。然兵非素有节制，两甄先不为尽力矣。

【译文】

周访先把左、右两军丢给他们，以消耗杜曾的兵力，助长他的骄气，再突然乘机攻打他，就可以成功。然而士兵如果不是一向训练有素，左右两军开始不会为他拼尽全力。

陆逊　陆抗

昭烈率众伐吴①，自巫峡至夷陵，连营七百余里，而先遣吴班将数千人，平地立营以挑战。吴诸将皆欲击之，陆逊不许，曰："此必有谲[②]。"坚壁良久。昭烈知计不行，乃引伏兵从谷中出，凡八千人。逊谓诸将曰："所以不听击班者，正为此也！今而后吾知所以破之矣！"乃敕于暮夜，人各持茅一把，每间一营，辄攻一营，同时火举，首尾不能相救。于是四十余营，一战俱破。

【注释】

①昭烈率众伐吴：221年，刘备亲自率军击孙权。孙权遣使求和，刘备不许，遣吴班等破巫县吴军，进兵秭归，率兵四万余人。昭烈，即刘备，谥昭烈帝。

②谲：诡诈。

【译文】

三国时刘备率军伐吴，自巫峡到夷陵，连缀营地长达七百多里，先派遣吴班率几千人，在平地扎营以挑战吴军。吴国将帅都想要攻击他，陆逊不答应，说："这其中必定有诈。"按兵坚守很久。刘备知道计谋不可行，于是率领埋伏的士兵从谷地出来，共有八千人。陆逊对诸位将领说："之所以不听各位建议去攻击吴班，正是为了这个！从今以后我知道怎么攻破敌军了！"于是在夜里下令，每人各拿一把茅草，每间隔一个敌营，就攻打一个敌营，同时放火，让敌军首尾不能互相救援。于是四十多个营地，一战都攻破了。

魏文帝闻昭烈树栅连营状，顾谓群臣曰："备不知兵，必破矣！岂有七百里连营，而可以拒敌者乎！包、原、隰、险、阻以营军者[①]，必为敌擒，此兵忌也！"后七日，而孙权捷书至。以昭烈之老于行间，而识不及曹丕，何也？岂所谓"老将至而耄及之"乎[②]？

【注释】

①包、原、隰（xí）、险、阻：五种地势。包，通“苞”，草木茂盛之地。视野受阻，易遭火攻。原，广阔平坦之地。四面受敌，难于防守。隰，低洼潮湿之地。扎营不便，易生瘟疫。险，险峻要冲之地。难于扎营，易遭攻击。阻，行动受阻之地。行动受限，易于被困。

②髦（máo）：古代称幼儿垂在前额的短头发，代指年轻后辈。

【译文】

魏文帝曹丕听说刘备构筑栅栏连缀营地的情况，回头对群臣说：“刘备不懂用兵，一定会被攻破！哪里有连缀七百里的营地，而可以抵御敌军的呢！在草木丛、平阔处、低湿地、险要处、受阻地设立营地的军队，一定会被敌人擒获，这是兵家大忌！”七天后，孙权的捷报就到了。以刘备身经百战，而见识不如曹丕，为什么呢？难道真是所谓“年纪大了，后辈小子就赶上来了”吗？

昭烈之伐吴，苻坚之寇晋，皆倾国之兵也。然昭烈之谋狡，故宜静以待之；苻坚之气骄，故宜急以挫之。狡谋穷则敌困，骄气挫则敌衰，所以虽众无所用之也。按，淝水之役，苻融攻硖石[①]，坚留大军于项城，自引轻骑八千就之。朱序私于谢石曰[②]：“若秦兵尽至，诚难与为敌。今乘诸军未集，宜速击之。若败其前锋，则彼已夺气，可遂破也。”石从之。

【注释】

①苻融：苻坚之弟，封平阳公。多次劝阻苻坚伐晋。未被苻坚采纳，被任为征南大将军，统大军二十五万为前锋，淝水之战时马翻被杀。

②朱序：字次伦。世为名将。镇襄阳时，屡次击败前秦苻坚的围攻，后因督护李伯护密与苻坚通，襄阳陷没，被俘。苻坚任为尚书。太元中，苻坚南侵，谢石率晋军拒之。苻坚派他说降谢石，他献策

于谢石，趁苻坚军未众集时袭击。淝水之战，秦军稍却，他于军后大喊“坚败”，风声鹤唳，秦军大溃。乃得归晋。谢石：字石奴，太傅谢安之弟。初拜秘书郎，升尚书仆射。后以功封兴平县伯，淝水之战，为东晋主将，胜利后升中军将军、尚书令，进封南康郡公。

【译文】

刘备讨伐吴国，苻坚攻打东晋，都是倾尽全国的兵力。然而刘备的计谋狡诈，所以应该静观以消耗他；苻坚的士气骄躁，所以要急攻以挫败他。狡诈的计谋无法施展则敌人就陷入困境，骄躁的士气受挫则敌人就衰败，所以即使兵力众多也没有用武之地。按，淝水之战，苻融攻击硖石，苻坚把大军驻留在项城，自己率领八千轻骑兵跟随他。朱序私下对谢石说：“若是前秦军队都来，实在难以与他们为敌。如今趁着各路军队还没有集结，应当迅速攻击他们。若是打败他们的前锋，那么他们已经被挫伤锐气，可以顺利攻破了。”谢石听从了建议。

西陵督步阐以城降晋[①]。抗闻[②]，日夜督兵赴西陵，别筑严围，使内可围阐，外可御寇，而不攻城。诸将咸谏曰：“及兵之锐，宜急攻阐。比晋救至，阐必拔矣。何事于围，而以敝士民之力？”抗曰：“此城甚固，而粮又足，其缮修备御具皆抗所亲规[③]。攻之急未能克，而救且至；救至而无备，表里受敌，何以御之？”诸将犹不谓然。抗欲服众，乃听令一攻，果不利，于是围备始力。未几，晋杨肇帅兵来救。时我军都督俞赞忽亡诣肇。抗曰：“赞，军中旧吏也，知吾虚实。吾尝虑夷兵素不简练[④]，若敌来攻，必先此处。”是夜易夷兵，而悉以旧将统之。明日，肇果攻故夷兵处，抗击之，矢石雨下。肇夜遁，抗不追，而但令鸣鼓发喊，若将攻者。肇大溃，引去。遂复西陵，诛阐。

【注释】

①步阐:字仲思,吴丞相步骘次子。继承父、兄之业,为西陵(今湖北宜昌东南)督,加昭武将军,封西亭侯。世代居西陵,当时吴主召步阐,步阐害怕谗言,于是向晋投降。

②抗:陆抗,陆逊之子。以镇军大将军都督信陵、西陵诸军事。凤凰元年(272),率众击破降晋的西陵督步阐,与晋将羊祜抗衡,攻陷西陵。后拜大司马。

③亲规:亲自规划。陆抗曾督西陵。

④夷兵:吴军中的少数民族军队。简练:演习训练。

【译文】

西陵督步阐带领城池向晋投降。陆抗听说后,急忙日夜兼程指挥士兵奔赴西陵,另行建筑坚固的城墙,使其对内可以包围步阐,对外可以抵御晋军,却不下令攻打步阐据守的城池。将领们都劝谏说:“趁着士兵的锐气,应该急速攻打步阐。等到晋国援军到了,步阐一定脱身获救。何必辛苦地建筑城墙,而来耗损军士百姓的气力呢?”陆抗说:“这座城非常坚固,而城内粮食又充足,它的修缮防御都是我亲自规划的。仓促攻打不能克敌,而救援的军队就快到了;救援到了而我们又无法防备,内外受敌,用什么来抵御他们呢?”将领们还不以为然。陆抗想让众人心服,就听任他们攻一次城,果然失利,于是包围守备才开始齐心合力。不多久,晋国杨肇率兵来救援步阐。当时吴军都督俞赞忽然逃走去投靠杨肇。陆抗说:“俞赞是军中的老军官,知道我军的虚实。我曾担忧军中的少数民族部队一向未经训练,如果敌人来攻击,一定先打这里。”当夜就把少数民族部队换掉,而全部用老部将来管理这些地方。第二天,杨肇果然攻打原来少数民族部队防守的地方,陆抗反击他们,利箭炮石如同雨下。杨肇趁夜逃走,陆抗没有追击,而只是下令敲鼓呐喊,像是将要攻击的样子。杨肇大败溃逃,率兵离开。于是光复西陵,诛杀步阐。

陆逊、陆抗，是父是子！

【译文】

陆逊、陆抗，真是有其父必有其子！

邓艾

邓艾与郭淮合兵以拒姜维[①]。维退，淮因西击羌。艾曰："贼去未远，或能复还。宜分诸军以备不虞。"于是留艾屯白水北[②]。三日，维遣廖化自水南向艾结营[③]。艾谓诸将曰："维今卒还[④]，吾军少，法当来渡，而不作桥。边批：棋逢对手。此维使化持吾[⑤]，令吾不得动，维必自东袭取洮城矣[⑥]！"洮城在水北，去艾屯六十里。艾即夜潜军径到洮城。维果来渡，而艾先至据城，得以不破。

【注释】

①邓艾与郭淮合兵以拒姜维：魏嘉平元年（249），蜀将姜维攻打魏雍州，依麴山（今甘肃岷县东南）筑二城。魏征西将军郭淮派陈泰、邓艾击败蜀军，夺取其城。邓艾时为郭淮下属，"合兵"说法不准确。邓艾，曹魏大将。初为司马懿掾属，后为魏镇西将军，与蜀将姜维相拒，同锺会分军灭蜀，后为锺会所构陷，被杀。郭淮，建安中举孝廉，入魏历任雍州刺史、征西将军，都督雍、凉诸军事。姜维，字伯约。本为魏将，诸葛亮北伐时投降蜀汉，被重用，后独掌军权，北伐曹魏，多遭大臣反对。后被魏军所杀。

②白水：今甘肃白龙江。

③廖化：初为前将军关羽主簿，关羽战败后，诈降东吴。后诈死，带

着母亲逃回蜀国，途中被刘备封为宜都太守。后历任右车骑大将军、并州刺史等，封中乡侯。

④卒：同“猝”，突然。

⑤持：牵制。

⑥洮城：在今甘肃临潭西南。

【译文】

三国时魏将邓艾与郭淮合力抵御姜维。姜维撤兵后，郭淮于是向西攻打羌人。邓艾说：“敌人还没有逃远，有可能还会回来。应当分开各路兵马以防不测。”于是留下邓艾驻守白水以北。过了三天，姜维派廖化从白水南边朝着邓艾扎营。邓艾对各位将领说：“姜维今天突然卷土重来，我军兵力薄弱，按理他们应当渡河来攻，但没有造桥。边批：棋逢对手。这是姜维派廖化来牵制我，使我不得动弹，姜维一定会从东边袭击攻取洮城！”洮城在白水北边，距邓艾屯驻地六十里。邓艾立即趁夜暗中行军径直到达洮城。姜维果然渡河而来，而邓艾已经先到并占领洮城，得以保全洮城不被攻破。

唐太宗　三条

一

唐兵围洛阳[①]，夏王窦建德悉众来援[②]。诸将请避其锋，郭孝恪曰：“世充穷蹙，垂将面缚。建德远来助之，此天意欲两亡之也！宜据武牢之险以拒之[③]，伺间而动，破之必矣！”记室薛收曰[④]：“世充府库充实，所将皆江淮精锐，但乏粮食，故为我持。建德自将远来，亦当挫其精锐。边批：亦是朱序破苻秦之策。若纵之至此，两寇合从[⑤]，转河北之粟，以馈洛阳，则战争方始，混一无期。今宜分兵守洛阳，深沟高垒，勿与战。大王亲帅骁锐，先据成皋[6]，以逸待劳，决可克也！建德既破，世充自下，不过二旬，两主就缚矣！”世民从之。由是夏王迫于武牢，不得行。

【注释】

①唐兵围洛阳：唐武德三年（620），秦王李世民讨伐王世充，进至洛阳。时王世充称郑帝，都洛阳。次年，夏王窦建德支援王世充。

②窦建德：隋末反隋首领之一。后自称长乐王，连续攻克信都、清河等重镇，并于河间击灭隋将薛世雄所部。不久，几乎控制河北之境。改称夏王，年号五凤，立都乐寿。与王世充关系紧密。李世民围攻王世充于洛阳，建德往援，为世民所败，被杀于长安。

③武牢：即虎牢，唐讳“虎”，改为武牢。在今河南汜水西北，即“虎牢关”。

④记室：掌书记之官。薛收：薛道衡之子，年十二能属文。因薛道衡为隋炀帝所杀，誓不仕隋。归高祖李渊，为秦王主簿。此时为记室参军。

⑤合从：联合。从，读如“纵”。

⑥成皋：别称虎牢。

【译文】

唐朝大军讨伐王世充，包围洛阳，夏王窦建德率全部兵马前来援救。各位将领请避开窦建德军队的锋芒，郭孝恪却说：“王世充处境困顿，很快就要投降。窦建德远道赶来帮助他，这是天意想要他们两个一起灭亡！应该凭借武牢的险要地势抵御他们，等待机会出兵，一定能打败他们！”记室薛收说：“王世充府库财物、兵器充实，所率领的都是江、淮的精锐部队，只是缺乏粮食补给，所以才被我军牵制。窦建德亲率大军远来救援，也应当迅速挫败他的精锐部队。边批：朱序破前秦苻坚的计策也是如此。若是放任窦建德到达此地，两方敌军联合，转运河北的粮食，来补给洛阳,那么战争就才开始,统一遥遥无期。如今应该分兵把守洛阳,挖深沟、筑高垒,不与王世充交战。大王亲率精兵,先占据成皋,以我军强盛待敌军困顿,决战就能打败他!窦建德一旦被攻破,王世充自然也就拿下了,不出二十天,两位主将就被擒获!”李世民听从了建议。因此窦建德大军被困在武牢关,不能前进。

按,是时凌敬言于建德曰:“大王宜悉兵济河,攻取怀州、河阳,使重将守之。遂建旗鼓,逾太行,入上党,徇汾晋趣薄津,蹈无人之境,拓地收兵,则关中震惧,而郑围自解矣。”妻曹氏亦曰:“祭酒之言是也。”夫此特孙子旧策[①],妇人犹知之,而建德不能用,以至败死,何哉?

【注释】

①孙子旧策:凌敬此策,是孙膑围魏救赵之策的翻版。

【译文】

按,当时凌敬对窦建德说:“大王应率全部军队渡河,攻取怀州、河阳,派大将防守。于是树旌旗、鸣战鼓,翻越太行山,进入上党,由汾晋进逼薄津,如踏无人之境,开拓土地、收取兵士,那么关中震惊,而洛阳之围自然解除。”窦建德妻子曹氏也说:“祭酒的话是对的。”这其实是孙膑围魏救赵的老计谋,连妇人都知道,而窦建德却不能采纳,以致失败丧命,为什么呢?

二

谍告[①]:“夏主伺唐牧马于河北[②],将袭武牢。”世民乃北济河,南临广武而还[③],故留马千余匹,牧于河渚以疑之。建德果悉众出牛口,置阵亘二十里,鼓行而进。诸将皆惧。世民升高望之，谓诸将曰："贼起山东，未尝见大敌，今度险而嚣，是无纪律；逼城而阵，有轻我心。我按兵不出，彼勇气自衰，阵久卒饥，势将自退，追而击之，无不克矣！"建德列阵，自辰至午，士卒饥倦，皆坐列，又争饮水。世民命宇文士及将三百骑④，经建德阵西，驰而南上。建德阵动。世民曰："可击矣！"帅轻骑先进，大军继之，直薄其阵。方战，世民又率史大奈等卷旆而入⑤，出于阵后，张唐旗帜。夏兵见之，惊溃。

【注释】

①谍：唐军间谍。

②唐牧马于河北：当时唐军马草匮尽，所以牧马于黄河之北。

③广武：在今山西山阴。

④宇文士及：宇文述第三子。其兄宇文化及谋杀隋炀帝，因士及为炀帝女婿，所以未告知他。后归唐，以从征王世充有功，封郢国公，为中书令。

⑤史大奈：本为突厥将领。本姓阿史那。事隋炀帝，从征辽东，封金紫光禄大夫。后归唐，以功多赐姓史。从世民平薛举、王世充等，封窦国公，官至右武卫大将军。卷旆（pèi）而入：卷起旗帜而冲入敌阵，可减少敌人注意力。

【译文】

间谍报告说："夏主窦建德窥探唐军在黄河以北牧马，将袭击武牢关。"李世民于是向北渡过黄河，往南临近广武才返回，故意留下一千多匹牧马，在河边放牧以引起敌人的怀疑。窦建德果然率全军出牛口峪，布阵绵延二十里，击鼓进军。李世民的各位将领都心生恐惧。李世民登高眺望他们，对各位将领说："贼人起于山东，不曾遇过强敌，如今军行险地而军士喧哗，这是毫无纪律的表现；逼近城池布阵，这有轻视我们的意思。我军按兵不动，他们的勇气自然衰竭，长久列阵士兵们一定口干腹饥，势必将要自行退兵，那时再追击他们，没有不能攻克的！”窦建德排列阵式，自早晨辰时直到中午午时，士兵饥饿疲倦，都纷纷坐着列阵，又争相饮水。李世民命宇文士及率三百骑兵，经过窦建德阵地西面，急驰南上。窦建德的阵式因此骚动起来。李世民说：“可以攻击了！”于是率领轻骑兵先进攻，大军紧跟在后，直逼敌阵。正交战，李世民又率史大奈等人卷起旗帜冲入，从敌阵后方杀出，扬起唐军的旗帜。窦建德的士兵见了唐旗，大惊溃散。

三

秦王世民至高墌[①]。薛仁杲使宗罗睺将兵拒之[②]。世民坚壁不出。诸将请战，世民曰：“我军新败[③]，士气沮丧。贼恃胜而骄，有轻我心，宜闭垒以待之。彼骄我奋，可一战而克也！”乃令军中曰：“敢言战者，斩！”相持六十余日，仁杲粮尽，所部多降。世民乃命梁实营于浅水原以诱之[④]。罗睺大喜，尽锐攻之。数日，世民度其已疲，谓诸将曰：“可以战矣！”使庞玉阵于原南。罗睺并兵击之，玉几不能支。世民乃引大军自原北出其不意，自帅骁骑陷阵。罗睺军溃。世民帅骑追之。窦轨叩马苦谏[⑤]，世民曰：“破竹之势，不可失也！”遂进围之。仁杲将士多叛，计穷出降，得其精兵万人。诸将皆贺，因问曰：“大王一战而胜，遽舍步兵，又无攻具，直造城下，众皆以为不可，而卒取之，何也？”世民曰：“罗睺所将，皆陇外骁将悍卒，吾特出其不意破之，斩获不多。若缓之，则皆入城，仁杲抚而用之，未易克也。急之则散归陇外，折墌虚弱[⑥]，仁杲破胆，不暇为谋，此吾所以克也。”众皆悦服。

【注释】

①高墌（zhí）：在今陕西长武北。

②薛仁杲：《通鉴》作“仁果”。隋末地方割据势力。薛举之子。随父起兵，占据陇西之地。多力善射，然而性贪好杀，苛虐无恩。嗣位后攻唐泾州（今甘肃泾川北），几乎要攻陷。同年，李世民至高墌，薛仁杲被攻破，到长安被杀。

③新败：这一年唐军败于浅水原，士卒牺牲十分之五六，高墌失守。

④浅水原：在今陕西长武东北。

⑤窦轨：字士则。性刚果，有威仪。隋时为郡掾，辞官归乡。李渊起兵时，窦轨集千人响应，有功。贞观初授右卫大将军。

⑥折：《资治通鉴》胡三省注以为当作“析”，义为“分裂”。

【译文】

秦王李世民率军到高墌。薛仁杲派宗罗睺领兵抵御。李世民坚守不出战。诸位将领请求出战，李世民说：“我军刚刚战败，士气沮丧。贼兵倚仗胜利而骄傲，有轻视我们的心理，这时应该关闭营垒等待机会。等到他们骄傲轻敌而我军士气振奋时，可以一战而克敌制胜。”于是在军中下令说：“敢再说出战的人，斩首！”相持了六十多天，薛仁杲粮食用尽，手下部将大都投降了。李世民于是命梁实在浅水原扎营以引诱敌兵。宗罗睺很高兴，出动所有精兵进攻他。几天后，李世民估计敌兵已经疲惫，对诸将说：“可以出战了！”于是派庞玉在浅水原南边布阵。宗罗睺集合兵力攻击他，庞玉几乎不能抵挡攻势。李世民于是带领大军从浅水原北边出其不意地突袭，亲自率领骁勇骑兵冲锋陷阵。宗罗睺的部队溃败。李世民率领骑兵去追击他。窦轨拦马苦苦劝阻，李世民说：“现在情势有如破竹，机会不可失去！”于是进兵围攻敌军。薛仁杲的将士多半叛变，他计谋穷尽出来投降，李世民俘获薛仁杲精兵一万多人。诸位将领都向李世民道贺，趁机问说："大王一战而胜利，立刻舍弃步兵，又没有攻城器械，径直逼近城下，众人都认为不能攻取，而最终夺取了城池，这是为什么呢？"李世民说："宗罗睺所率领的，都是陇西骁勇强悍的将士，我只能出其不意地攻破他，斩杀俘获的兵士并不多。若是我放慢攻势，那么敌军都进入城中，薛仁杲安抚重用他们，就不容易攻克了。快速追击他们则会溃散回到陇西，攻破高墌而敌军防备虚弱，薛仁杲心虚害怕，就没有功夫谋划反攻，这就是我战胜的原因。"众人都心悦诚服。

李靖

萧铣据江陵[①]。诏李靖同河间王孝恭安辑[②]，阅兵夔州。时秋潦[③]，涛濑涨恶[④]，铣以靖未能下，不设备。诸将亦请江平乃进，靖曰："兵事以速为神。今士始集，铣不及知，若乘水傅垒[⑤]，是震雷不及塞耳，仓卒召兵，无以御我，此必擒也。"孝恭从之。帅战舰二千余艘东下，拔其荆门、宜都二镇，进至夷陵。萧铣之罢兵营农也[⑥]，才留宿卫数千人，闻唐兵至，大惧。仓卒征兵，皆在江岭之外，道途阻远，不能遽集，乃悉见兵出拒战。孝恭将击之，李靖止之曰："彼救败之师，策非素立[⑦]，势不能久。不若且驻南岸，缓之一日，彼必分其兵，或留拒我，或归自守。兵分势弱，我乘其懈而击之，蔑不胜矣[⑧]。今若急之，彼则并力死战，楚兵剽锐，未易当也！"孝恭不从，留靖守营，自帅锐师出战。果败走，趣南岸。铣众委舟，收掠军资，人皆负重。靖见其众乱，纵兵奋击，大破之。乘胜直抵江陵，入其外郭，大获舟舰。李靖使孝恭尽散之江中。诸将皆曰："破敌所获，当借其用，奈何弃以资敌？"靖曰："萧铣之地，南出岭表，东距洞庭。吾悬军深入，若攻城未拔，援兵四集，吾表里受敌，进退不获，虽有舟楫，将安用之？今弃舟舰，使塞江而下，援兵见之，必谓江陵已破，未敢轻进，往来窥伺，动淹旬月，吾取之必矣！"铣援兵见舟舰，果疑不进。

【注释】

①萧铣（xǐ）：隋炀帝时为罗县令。大业末，岳州校尉董景珍反叛，萧铣被推为梁公，称帝。唐武德元年（618），梁徙都江陵。南方各地，相继依附。武德四年（621），李孝恭及李靖攻江陵，萧铣败降，至长安被杀。

②河间王孝恭：李孝恭，唐高祖李渊堂侄，沉敏有胆识。为山南道招慰大使，巡行巴蜀，破朱粲、萧铣、辅公祏，攻取江南地区。初为赵郡王，后进河间王，贞观初为礼部尚书。安辑：安抚，平定。

③潦：古同"涝"，雨水过多。

④濑（lài）：急流。

⑤乘水傅垒：趁涨水下行直抵敌人城垒。傅，迫近，靠近。

⑥罢兵营农：620年，萧铣因诸将恃功恣横，于是宣言罢兵务农，以夺取诸将的权力。

⑦策非素立：并非预先制定好的策略。

⑧蔑：无，没有。

【译文】

唐朝时萧铣占据江陵。皇帝诏命李靖同河间王李孝恭去平定，在夔州检阅军队。这时正值秋季水涝，波涛急流涨势凶险，萧铣认为李靖不能顺流而下，因此不设防备。诸位将领也请求江水平静后再进攻，李靖说:“用兵之事以神速为高明。现在士卒刚集结,萧铣还来不及获知,如果趁涨水下行直抵敌人城垒,就是迅雷不及掩耳,萧铣匆忙召集兵力,不能抵御我们,此举一定能擒获他。”李孝恭听从他的话。率领战舰二千多艘顺流而下,攻下敌军荆门、宜都二镇,进兵夷陵。萧铣解散军队让他们务农,才留下几千卫兵,听说唐兵到来,大为恐惧。匆忙征兵,兵士却都在长江、五岭之外,路途险阻遥远,不能立即集结,只好将现有兵力全部派出去抵抗。李孝恭想要攻打他们,李靖阻止他说:“他们是挽救危败的军队,并非预先制定好策略,势必不能耐久。不如暂且驻扎南岸,缓他一天,敌军必然会分兵部署,有的留下抵御,有的回营自守。兵力分散自然势力衰弱,我们趁敌军势弱松懈时再攻击他们,就不会不赢。现在如果急忙进攻,敌军一定合力拼死战斗,楚地士兵剽悍勇猛,不容易抵挡。”李孝恭不听从,留下李靖守营,自己率领精锐部队出战。果然战败,逃回南岸。萧铣的部众弃去舟船,抢夺军需物资,人人都背负重物。李靖见敌军阵势纷乱,发兵奋力袭击,大败敌军。乘胜直抵江陵,进入敌军外城,缴获许多大船。李靖让李孝恭把船都散置到江中。诸位将领都说:“攻破敌人所缴获的船,应当善加利用,为什么要弃置来资助敌人呢?”李靖说:“萧铣的地盘,南出岭南,东到洞庭湖。我们孤军深入,若是攻城攻不下,他们援军从四方集合,我军里外受敌,进退不得,即使有舟船,又有什么用呢?现在放弃舟船,让它们占满江面顺流而下,援军看见了船,必定以为江陵已被攻破,不敢贸然进兵,再三观望等待,一拖延就是十天半月,我们攻取他们就是必然的了!”萧铣的援兵看见江面的舟船,果然生起疑心不敢进兵。

朱儁

黄巾贼党韩忠,以十万人据宛。诏朱儁以八千人讨之[①]。儁张围结垒,起土山以临城内,鸣鼓攻其西南。贼悉众赴西南。儁自将精兵五千掩其东北，乘城而入。忠乃退保子城[②]，惶惧乞降。时司马张超等议听之[③]，儁曰："不可。今海内一统，独黄巾造逆，纳降徒长逆萌，非长计！"急攻之，不克。儁乃登土山望之，顾谓张超曰："吾知之矣。贼外围周固，乞降不受，欲出不得，所以死战。不如撤围，并兵入城。忠见围解，势必自出，出则意散，易破之道也。"既解围，忠果出，因击，大破之。

【注释】

①朱儁：字公伟。好义轻财。举孝廉，官谏议大夫。黄巾起义爆发，拜右中郎将，以镇压黄巾军得力，以功封侯。

②子城：附属大城的小城，即内城及附郭的瓮城或月城（遮挡城门的半圆形城墙）。

③张超：张良之后。有文才。灵帝时，曾从车骑将军朱儁镇压黄巾起义，为别部司马。

【译文】

东汉末黄巾贼将韩忠，率十万人盘踞宛城。汉灵帝诏令朱儁率八千人讨伐他。朱儁展开包围修筑营垒，堆起土山以俯瞰城内，击鼓进攻宛城西南。贼军全部奔赴城西南。朱儁亲自率五千精兵从东北偷袭，登城攻入城里。韩忠于是撤退保护内城，惶恐惊惧乞求投降。当时司马张超等人议论主张接受韩忠的请降，朱儁说："不可以。现在天下一统，唯独黄巾造反叛乱，接受投降只会助长叛逆的趋势，不是长久之计。"就急攻贼军内城，没有攻克。朱儁于是登上土山眺望城内，回头对张超说："我明白了。贼军外围被围得周密坚固，请求投降不被接受，想要突围又不能，所以拼死战斗。不如撤掉包围，集合兵力进城。韩忠见包围解除，势必会自己出城，出来就士气涣散，这是容易攻破贼军的办法。"解除包围后，韩忠果然出来，趁此出击，大败贼军。

耿弇

张步弟蓝[①]，将精兵二万守西安[②]，而诸郡合万人守临淄，相距四十里。耿弇进军二城之间[③]，视西安城小而坚，临淄虽大实易取。乃下令：后五日攻西安。蓝闻，日夜警备。至期，夜半，弇敕诸将皆蓐食[④]。及旦，径趋临淄，半日拔其城。蓝惧，弃城走。诸将曰："敕攻西安而乃先临淄，竟并下之，何也？"弇曰："西安闻吾攻，必严守具。临淄出不意而至，必自警扰，攻之必立拔。拔临淄则西安孤，此击一而得二也！若先攻西安，顿兵坚城，死伤必多。即拔之，吾深入其地，后乏转输[⑤]，旬月间不自困乎？"诸将皆服。

【注释】

①张步：字文公。王莽新朝地方割据者。聚众数千，据本郡起兵。刘秀派使者拜其为东莱太守，张步杀使者。建武五年（29），被耿弇攻破，投降汉朝。不久想要起兵入海，被琅邪太守击斩。

②西安：县名。在今山东临淄西北。当时张步都于剧县（今山东昌乐西）。

③耿弇（yǎn）：字伯昭，喜好兵事，随父耿况投奔刘秀，授偏将军，参与平定河北。刘秀称帝，授其为建威大将军、封好畤县侯。后破彭宠，讨张步，攻占齐地城阳、琅邪等十二郡，又随诸将西击隗嚣，屡建战功。卒谥愍侯。

④蓐食：未起床而于床蓐间进食。此处指夜间进食。

⑤转输：粮草供应。

【译文】

张步的弟弟张蓝，率精兵二万人据守西安县，而其他各郡县则集结一万人守临淄，两城之间相距四十里。汉将耿弇率军来到两城之间，发现西安城小坚牢，临淄虽然大而其实容易攻取。于是下令：五天后进攻西安。张蓝听说后，日夜警惕戒备。到了日子，半夜时分，耿弇下令各位将士都夜间进食。等到天亮，径直奔赴临淄，半天就攻取了临淄城。张蓝惊惧，弃守西安城逃走。各位将领说："下令进攻西安而先攻打临淄，结果两城一并攻下，这是什么原因？"耿弇说："西安城听说我军将要进攻，必定加强防守戒备。我们出乎敌军意料而进攻临淄，他们必定自己惊动扰乱，进攻他们一定能立刻破城。攻取临淄那么西安就孤立无援，这就是进攻一座城而得到两座城的原因！如果先攻打西安，军队在坚固城池下受挫，死伤必然惨重。即使夺取西安，我军深入敌境，后方缺乏粮草供应，十天半个月之间不就自己陷入困境吗？"各位将领都很叹服。

韦叡 三条

一

梁天监四年①，王师北伐②，命韦叡督军③，攻小岘城④。既至，城中忽出数百人，阵于门外。叡曰："城中二千余人，闭门坚守，足以自完。而无故出人于外，此必其骁劲者也。先挫其劲，城一鼓可拔。"诸将疑不前，叡指其节曰⑤："朝廷授此，非以为饰，法不可犯也！"兵遂进，殊死战，魏兵大溃。急攻之，城遂拔。

【注释】

①天监：梁武帝萧衍年号（502—519）。

②王师北伐：天监四年（505）冬，梁武帝大举攻魏，命王公以下各出租谷以助军饷，以临川王萧宏为帅，屯于洛口（今安徽淮南东），声势浩大。次年大战，双方各有胜负。又次年，韦叡、曹景宗解钟离之围，大破魏军。

③韦叡：刘宋时官右军将军。入齐为上庸太守，从雍州刺史萧衍起兵，多建策功。梁初，迁豫州刺史。天监四年（505），率军攻北魏，取合肥。攻小岘城在天监五年（506），韦叡时为豫州刺史。

④小岘（xiàn）城：在今安徽肥东，位于岘山西侧。此处有一天然隘口，古为庐州通往巢县、和县、全椒、含山、南京的咽喉，为战略要地。

⑤节：符节。

【译文】

南朝梁天监四年，梁武帝发兵北伐攻魏，命令韦叡率领军马，进攻小岘城。到了城外，城中忽然冲出来几百人，在城门外列阵。韦叡说："城中两千多人，只要闭门坚守，足够自我保全。现在无故派人出城门外，这一定是他们最勇敢善战的军士。先挫败他们的劲兵，那么小岘城一敲战鼓就可以夺取了。"各位将领迟疑不前，韦叡指着他的符节说："朝廷颁赐符节，不是用来当装饰的，法令不可违犯！"士兵于是前进，拼死作战，魏军大败。乘胜紧急进攻，小岘城很快被攻下了。

二

进攻合肥，先按行山川[①]，曰："吾闻之：'汾水可灌平阳，绛水可灌安邑[②]。'"乃为之堰肥水[③]。堰成，而魏援兵大至。诸将惧，请表益兵[④]。叡笑曰："贼已至而请兵，虽鞭之长，能及马腹乎？"初战不利，诸将议退巢湖，又议走保三叉。叡怒曰："将军死绥[⑤]，有前无却，妄动者斩！"乃取伞扇麾幢树堤下[⑥]，示无动意，而更筑垒于堤以自固。久之，堰水满。魏救兵无所用，城竟溃。

【注释】

①按行：巡视。

②汾水可灌平阳，绛水可灌安邑：意为如果晋国内乱不止，可以利用汾水和绛水淹没两个重要城市。平阳本为韩都，安邑本为魏都。

③肥水：即淝水。

④表：上奏。

⑤死绥（suí）：临阵退却导致军队失败，因此被处死。绥，临阵退却。

⑥麾幢：仪仗中的旗帜。

【译文】

韦叡进攻合肥，先巡视山川地势，说："我听说：'汾水可灌平阳，绛水可灌安邑。'"于是筑堰拦住淝水。堤堰筑成，而魏国大批援兵到了。各位将领深感恐惧，请求上奏增派援兵。韦叡笑着说："敌人已经兵临城下才请求援兵，即使鞭子再长，能触及马肚子吗？"开始战况不利，将领们议论想要退守巢湖，又议论想撤退驻守三叉。韦叡生气地说："将军死于临阵退却，只有前进没有后退，轻率行动的人处斩！"于是命人拿来伞扇及旗帜树立在堤堰下，表示决不后退的决心，又在堤堰上修筑营垒巩固防御。很久，堤堰里的水蓄满。魏军的援兵无法发挥作用，合肥城最终被攻破。

三

魏中山王元英[①]，以百万众寇北徐州[②]，围刺史昌义之于钟离[③]。帝遣曹景宗将大兵往救[④]，敕叡帅所部往会之。叡自合肥径进。时魏兵声势甚盛，诸将惧，请缓行。叡曰：

“钟离望救甚急，车驰卒奔，犹恐其后，而可缓乎？魏兵深入，已堕吾腹中，勿忧也！”不旬日，至。遂于景宗营前二十里，一夜掘长堑，树鹿角，截土为城，比晓而营立。元英惊以为神。英先于邵阳洲两岸为两桥，树栅数百步，跨淮通道。叡乃装大艘，乘淮水暴涨，竞发以临其垒。而令小船载苇藁，灌之膏油，乘风纵火，烟焰障天，倏忽之间，桥栅尽坏。我军乘势奋勇，呼声动天地，无不一当百，魏兵大溃，元英仅以身免。昌义之得报，不暇语，但直叫曰：“更生⑤！更生！”

【注释】

①元英：北魏宗室，字虎儿。博闻强记，善骑射，通声律。孝文帝时为梁州刺史。宣武帝时以战功封中山王，官至尚书仆射。

②北徐州：南朝侨置北徐州于安徽凤阳，以安置北方来的人民。

③昌义之：为北徐州刺史，镇守钟离。官终护军将军。钟离：北徐州治所，在今安徽凤阳。北魏元英围钟离在梁天监六年（507）。

④曹景宗：少以胆勇闻名。仕于齐，以军功累加游击将军。历任竟陵太守、郢州刺史。此时为右卫将军。与韦叡救钟离，败魏将杨大眼，进爵为公，拜侍中、领军将军、中卫将军等。

⑤更生：死而重生。

【译文】

北魏中山王元英，率部百万众进犯北徐州，在钟离城包围刺史昌义之。皇帝派曹景宗率大军去救援，并命韦叡率领部下前往会合。韦叡从合肥直接赶到钟离。当时魏兵声势浩大，将领们畏惧，请求韦叡放慢行军速度。韦叡说：“钟离城等待救援情势十分危急，车马急驰、士卒奔跑，还恐怕嫌太迟，怎么能放慢速度呢？魏兵孤军深入，已经掉到我们包围里了，不要担心。”不到十天，韦叡部众就到了。于是在曹景宗营前二十里，一夜之前掘出一条长沟，树立鹿角，垒土筑城，到天亮时营寨已筑好。元英惊叹他为神人。元英先前在邵阳洲两岸架设两座桥，树立几百步的围栅，跨过淮水连通道路。韦叡于是武装大船，乘着淮水暴涨，争先进发以攻击元英营垒。又命令用小船载着芦苇秆，灌上油脂，顺着风势放火，烟尘火焰遮蔽天空，刹那间，桥的围栅全都烧毁。我方军队乘势奋勇杀敌，呼喊声震天动地，没有一个人不是以一当百，魏兵大败，元英只身逃走。昌义之得到报告，来不及说话，只是一直喊说："重生了！重生了！"

时魏人歌曰："不畏萧娘与吕姥①，但畏合肥有韦虎。"韦即叡；吕，吕僧珍；萧者，临川王宏也。

【注释】

①萧娘：即临川王萧宏，萧衍之弟，天监中封临川王，以扬州刺史都督北讨诸军事，为北征统帅，屯于洛口。天监五年（506），前军攻克梁城，各位将领想要乘胜深入，萧宏生性懦怯，部署失当，想要撤军。魏人知道萧宏怯懦，送给他妇人的头巾、发饰，并且作歌嘲笑说："不畏萧娘与吕姥，但畏合肥有韦虎。"吕姥：即吕僧珍。齐末从萧衍为中兵参军，为萧衍心腹。任为辅国将军、步兵校尉。梁朝建，迁冠军将军、前军司马，封平固县侯。转左卫将军，总管宫廷宿卫。天监五年（506），赴萧宏军，时魏军大集，萧宏因害怕而欲退兵，他称"知难而退，不亦善乎"，被魏人嘲为"吕姥"。

【译文】

当时魏国人作歌唱道："不畏萧娘与吕姥，但畏合肥有韦虎。"韦是指韦叡，吕是指吕僧珍，萧是指临川王萧宏。

马燧

马燧既败田悦[①]，会救至[②]，悦复振。悦壁洹水[③]，淄青军其左，恒冀军其右[④]。燧进屯邺，请益兵。诏河阳李芃以兵会[⑤]，次于漳[⑥]。悦遣将王光进以兵守漳之长桥，筑月垒以扼军路[⑦]。燧于下流以铁锁维车数百绝河，载土囊遏水而渡。悦知燧食乏，坚壁不战。燧令士赍十日粮，进营仓口，与悦夹洹而军，造三桥，逾洹日挑战。悦不出，阴伏万人，欲以掩燧。边批：亦谲。燧令诸军夜半食，鸡鸣时鸣鼓角，而潜师并洹趋魏州[⑧]，边批：攻其所必救。下令曰："须贼至，止为阵。"留百骑持火匿桥旁，待悦众尽渡，乃焚桥。燧行十余里，悦果率众逾桥，乘风纵火，鼓噪而前。燧令兵士无动，除蓁莽广百步，勇士五千人先为阵以待悦。边批：以逸待劳。比悦至，火止[⑨]，气少衰。燧将兵奋击，大败之。悦还走，而三桥已焚矣。悦众赴水死者不可胜计。

【注释】

①马燧：字洵美。沉勇多智略，善兵法。大历十四年（779），迁河东节度使，建中二年（781），加检校兵部尚书，三年，与李晟、李抱真合兵，击败河朔节镇田悦、李纳等的叛乱。后在讨伐吐蕃时，轻信吐蕃求和，遭吐蕃伏兵袭击，被夺兵权。田悦：唐朝节度使。魏博节度使田承嗣之侄。建中二年（781），田悦与成德镇李惟岳、淄青镇李正己连兵拒命。田悦攻临洺（今河北永年），为马燧所破，死一万余人。

②救至：时淄青镇李正己已死，其子李纳为帅，遣兵一万人，成德镇

李惟岳遣兵三千人来援，田悦残兵也有二万余人。

③洹水：县名。在今河北魏县西南。

④恒冀：即成德军，治所在恒州（今河北正定）。大历年间据恒、易、深、定、赵、冀、沧七州。

⑤河阳李艽：河阳节度使李艽。

⑥漳：漳河，在洹水西南。

⑦月垒：弯月形的城垒，两头抱河。

⑧并洹：沿着洹水。魏州：魏州为魏博镇治，即田悦老巢。

【译文】

唐朝时马燧打败田悦，但赶上敌人援兵到，田悦势力重又振作起来。田悦在洹水筑营，淄青军驻扎在他左边，成德军驻扎在他右边。马燧前进屯兵邺城，并报请朝廷增兵支援。朝廷诏令河阳节度使李艽率兵与马燧会合，屯驻在漳河。田悦派部将王光进带兵把守漳河上的长桥，修筑弯月形营垒以扼制官军的进路。马燧在下游用铁锁连接几百辆车横跨漳河，用填满土的袋子阻断流水而渡河。田悦知道马燧军粮缺乏，坚守营地不出战。马燧让士兵携带十天口粮，进兵驻屯仓口，与田悦部队在洹水两岸对峙，又建三座桥，每天渡越洹水到田悦营前挑战。田悦不出战，却暗中埋伏一万人，想突袭马燧。边批：也是狡诈。马燧下令士兵半夜起床吃饭，鸡鸣时鸣响鼓角，却暗中让主力沿着洹水移师魏州，边批：攻击他必须援救的地方。下令说："必须等贼兵到，才能停止而列阵御敌。"同时留下一百名骑兵拿着火把藏匿在桥旁，等田悦的士兵全部渡河后，就焚毁桥道。马燧率军走了十多里，田悦果然率兵众过桥来，隐藏的骑兵乘着风势纵火，并高声叫嚣着前进。马燧下令兵士按兵不动，清除阵前百步内的草丛，命勇士五千人先列阵以等待田悦。边批：以逸待劳。等田悦部众到跟前时，火已灭，士气跟着衰竭。马燧发兵奋力攻击，大败田悦。田悦转身逃跑，但是三座桥已经被焚毁。田悦军中跳水淹死的人难以计数。

郑子元 李晟

桓王怒郑不朝[①]，以诸侯伐之。王为中军；虢公林父将右军[②]，蔡人、卫人属焉；周公黑肩将左军[③]，陈人属焉。郑子元请为左拒[④]，以当蔡人、卫人；为右拒，以当陈人，曰："陈乱[⑤]，民莫有斗心，若先犯之，必奔。王卒顾之[⑥]，必乱。蔡、卫不支[⑦]，固将先奔。既而萃于王卒[⑧]，可以集事。"从之。曼伯为右拒[⑨]，祭仲为左拒，原繁、高渠弥以中军奉郑伯，为鱼丽之阵。先偏后伍，二十五乘为偏，五人为伍。伍承弥缝[⑩]。战于繻葛[⑪]，命二拒曰："旝大将之麾。动而鼓[⑫]！"蔡、卫、陈皆奔，王卒乱。郑师合以攻之，王卒大败。

【注释】

①桓王怒郑不朝：春秋鲁桓公五年（前707），周桓王不以郑庄公任周政，郑庄公不朝周。平王东迁之后，周政由虢、郑共辅，郑伯为王左卿士，虢公为右卿士。

②虢公林父：林父为虢公之名，当时为王右卿士。

③周公黑肩：黑肩为周公之名，当时也为王卿士。

④郑子元：即公子突，字子元，郑庄公次子，后为郑厉公。拒：或写作"矩"，方阵。

⑤陈乱：当时陈桓公死，国内争杀混乱。

⑥顾：照顾。

⑦不支：支持不住。

⑧萃：集中兵力。

⑨曼伯：即公子忽，字曼伯，郑庄公长子，后为郑昭公。

⑩先偏后伍，伍承弥缝：《左传》杜预注："《司马法》：车战二十五乘

为偏，以车居前，以伍次之，承偏之隙而弥缝缺漏也。五人为伍，此盖鱼丽阵法。”即先锋排列二十五辆战车，其次是每排五人的五排步兵，列阵在两车之间，组成敌人无法切断的阵势。

⑪繻（rú）葛：又名长葛，郑国邑名。在今河南长葛东北二十余里。

⑫旝（kuài）：大将所用的军旗，用绛帛，无画饰。

【译文】

春秋时周桓王因郑庄公不朝拜而发怒，率诸侯征讨郑国。周桓王指挥中军；虢公林父指挥右军，蔡、卫两军隶属右军；周公黑肩指挥左军，陈军隶属左军。郑子元请求设立左边方阵，以抵挡蔡、卫两军；再设立右边方阵，以抵抗陈军，他说：“陈国内乱，百姓都没有战斗的意志，如果先攻打陈军，他们一定狼狈奔逃。周王的军队要照顾陈国溃兵，必然自身混乱。蔡、卫两军支持不住，当然也会先溃逃。接着再集中兵力攻打周王的中军，就可以获胜。”郑庄公听从了他的建议。派曼伯为右阵，祭仲为左阵，原繁、高渠弥率领中军跟着郑庄公，组成鱼丽之阵。先锋排列二十五辆战车，其次是每排五人的五排步兵，二十五辆战车为一偏，五人为一伍。列阵在两车之间弥合缝隙。在繻葛交战，郑庄公下令左右方阵说：“大旗大将之旗。挥动就击鼓进军！”蔡、卫、陈三军都溃逃了，周桓王的军队大乱。郑军合兵攻打桓王，周军大败。

吐蕃尚结赞兵逾陇岐[①]。李晟选兵三千[②]，使王佖伏汧阳旁[③]，诫之曰：“蕃军过城下，勿击首尾，首尾纵败，中军力全。但候其前军已过，见五方旗、武豹衣，则其中军也。突其不意，可建奇功。”佖如晟节度，遇结赞，即出奋击，贼皆披靡。佖军不识结赞，故结赞仅而免。

【注释】

①吐蕃尚结赞兵逾陇岐：贞元二年（786）八月，吐蕃尚结赞大举进犯泾、陇、邠、宁等州。其游骑逼近好畤（陕西乾县），德宗想要离开京师以避吐蕃。尚结赞，唐时吐蕃人。有谋略，大历时任大相。屠害异己，独揽大权。建中四年（783），与唐陇右节度使张镒在清水（今属甘肃）会盟。贞元二年（786）攻唐，为李晟所败。次年，卑辞求和，请在平凉川会盟。会盟时伏精骑三万，几擒唐使浑瑊，后又多次进攻泾、陇、邠、宁、庆、鄜等州。

②李晟（shèng）：唐代宰相，大将。初为西北边镇裨将，从王忠嗣讨吐蕃等作战有功，号称万人敌，累迁左羽林军大将军。代宗时任右神策军都将。德宗时为神策先锋都知兵马使，率军讨伐藩镇田悦、朱滔等人的叛乱。建中四年（783），泾原兵变，朱泚叛据长安，他率孤军力战，收复京师长安。任凤翔、陇右、泾原节度使，兼管内诸军及四镇、北庭行营兵马副元帅，封西平郡王。

③王佖（bì）：唐朝将领。李晟外甥，善骑射。尝从李晟出师河曲、河北。朱泚叛乱时，王佖与叛兵血战于光泰门，败叛兵，以功封神策将。吐蕃攻泾原，王佖率伏兵击尚结赞，几获之，深为吐蕃所惧，李晟厚遇之。入为左卫上将军。汧（qiān）阳：今陕西陇县东。

【译文】

唐朝时吐蕃尚结赞率兵入侵陇、岐。李晟选了三千士兵，派大将王佖率领埋伏在汧阳城旁，并告诫他说："吐蕃兵经过城墙下，不要攻击首尾的部队，即使首尾部队打败了，而中军实力仍然保全。只要等他们前锋部队过去，看到五方旗、虎豹图案战服，那就是他们的中军。出其不意地突袭，可以建立奇功。"王佖按照李晟的部署，遇到尚结赞，立即出兵奋力攻击，贼军都溃散而逃。王佖的士卒不认识尚结赞，所以尚结赞只身逃脱了。

犯王不祥，而三国非郑敌，故先动其左右以摇之。尚结赟劲而狡，小挫未可得志，故专力于中军，出不意以突之。若鄢陵之战[①]，苗贲皇言于晋侯曰[②]："楚之良，在于中军王族，请分良以击其左右，而以三军萃于王卒，必大败之。"此又因晋、楚力敌而然[③]。故曰：知彼知己，兵法何常之有？

【注释】

①鄢陵之战：春秋鲁成公十六年（前575），晋、楚战于鄢陵。

②苗贲（bēn）皇：本为楚人，逃亡晋国，被任为大夫，所以十分熟悉楚军虚实。从晋厉公参加晋楚鄢陵之战，终击败楚军。

③力敌：力量相当。

【译文】

侵犯天子不祥，但蔡、卫、陈三国都不是郑国的对手，所以郑子元先动摇左、右两军以瓦解他们。尚结赟悍劲狡诈，小败不能挫伤他的锐气，所以集中力量攻击他的中军，出其不意地突袭他。晋楚鄢陵之战时，苗贲皇对晋侯说："楚国的精兵，在于中军的王族，请分派部分精兵攻击左右两军，而集中三军力量攻击中军王族组成的军队，必定大败楚军。"这又是因为晋、楚力量相当的缘故。所以说：要了解敌我双方的情况，兵法哪有固定不变的规则呢？

刘锜

刘锜字叔信。赴官东京[①]。至涡口[②]，方食，忽暴风拔坐帐。锜曰："此贼兆也，主暴兵。"即下令兼程而进。闻金人败盟南下[③]，已陷东京。锜与将佐舍舟陆行，急趋至顺昌[④]。知府陈规见锜问计。锜询知城中有米万斛，乃议敛兵入城，为守御计。诸将谓金不可敌，请以精锐遮老稚顺流还江南[⑤]。锜曰："东京虽失，幸全军至此，有城可守，奈何弃之？敢言去者，斩！"置家寺中，积薪于门，戒守者曰："脱有不利[⑥]，即焚吾家！"边批：李光弼纳刀于韝中[⑦]，相似。乃分命诸将守诸门，明斥堠[⑧]，募土人为间谍。于是军士皆奋。时守备一无可恃，锜督取车轮辕埋城上，又撤民户扉，周匝蔽之。凡六日，粗毕，而金兵已至城下矣。

【注释】

①刘锜：字信叔，善射，自少随父征战。建炎四年（1130），为泾原经略使，富平之战，力战有功。绍兴十年（1140），任东京副留守，率王彦旧部八字军赴任。至顺昌（今安徽阜阳），金兵突至，遂据城拒战，大破兀术精锐。次年援淮西，与张俊、杨沂中于柘皋（今安徽巢县西北）再败兀术军。

②涡口：在安徽怀远东北，为涡水入淮口。

③败盟南下：绍兴十年五月，金破坏和议，再取河南、陕西。金兀术渡河入汴。败盟，背弃盟约。

④顺昌：今安徽阜阳。

⑤遮老稚：掩护老幼。

⑥脱：假使，万一。

⑦韝（gōu）：臂套。

⑧斥堠（hòu）：亦作斥候，侦察，也指侦察的人。

【译文】

宋朝刘锜字叔信（应为信叔）。赶赴东京开封任官。走到涡口，正要吃饭时，忽然一阵暴风把坐帐拔起来。刘锜说："这是贼兵兴乱的凶兆，预示着将有凶暴之师。"立即下令以加倍速度赶路。果然听说金人背弃盟约南下入侵，已经攻陷了东京。刘锜和副将弃船走陆路，急行赶到顺昌城。知府陈规见到刘锜问他御敌之计。刘锜询问得知城中有米粮万斛，于是商议收兵进城，做防守打算。各位将领说金兵不可抵御，请求派精锐部队掩护老幼顺流而下返回江南。刘锜说："东京虽然失陷，但幸亏全部军队到了这里，有城可以据守，为什么要弃城呢？再敢说弃城的人，处斩！"他把家安在寺庙中，在庙门堆积柴草，告诫守卫说："假如情况不利，就点火烧毁我家！"边批：李光弼把刀收入套中，与此相似。于是分别命令各位将领把守各个城门，明确侦察士卒的职责，招募当地人做间谍。于是军士都大为振奋。当时守备没有什么防御工事可以依靠，刘锜督促人取来车轮辕固定在城墙上，又拆来百姓家的大门板，把城墙四周围上。共六天，大致部署完毕，而金兵已经来到城下。

初锜傅城筑羊马垣①，穴垣为门，至是蔽垣为阵。金人纵矢，皆自垣端轶著于城②，或止中垣上，锜用破敌弓，翼以神臂、强弩，自城上或垣门射敌，无不中者，敌稍却，即以步兵邀击，溺河水死者无算。金兵移砦二十里③。锜遣阎充募壮士五百人夜斫其营。是夕，天欲雨，电光四起，见辫发者辄歼之，金兵复退十五里。锜复募百人以往，命折竹为器，如市井儿以为戏者，人持一以为号，直犯金营，电一闪则奋击，电止则匿不动。敌众大乱。百人者闻吹声而聚，边批：用百人如一人，又如千人万人，兵至此神矣。金人益不能测，终夜自战，积尸盈野。

【注释】

①傅：迫近，靠近。羊马垣：又称羊马城。于城外四面壕内，离城十步，再立小隔城，厚六尺，高五尺，仍立女墙（矮墙），以备守城。

②轶：越过，超越。

③砦：营寨。

【译文】

当初刘锜靠近城墙修筑了羊马垣，在垣上挖洞为门，到这时用垣墙作掩护布阵。金人射箭，都从羊马垣顶上射到城墙上，有的只射到羊马垣上，刘锜用破敌弓，辅以神臂、强弩，从城上或垣门射击敌人，没有射不中的，敌人稍有退却，立即出动步兵追击，金兵溺水而死的不计其数。金兵迁移营寨退后二十里。刘锜派阎充招募五百壮士乘夜攻击金军营地。这天夜里，天要下雨，闪电四起，见到留辫子的人就扑杀，金兵再败退十五里。刘锜又招募一百勇士前往，命他们砍折竹子为武器，如同市井嬉戏追逐的儿童，每人拿一根竹子以为暗号，径直进攻金兵营地，电光一闪就奋勇击杀，电光停止就潜伏不动。敌兵大乱。一百勇士听到号角声便齐聚进攻，边批：用百人如同一人，又如同千万人，用兵到这个境界已如神了。金人更加无法推测情形，整夜自相混战，尸体堆满了野外。

兀术在汴闻之，即索靴上马，帅十万众来援。诸将谓："宜乘方胜之势，具舟全军而归。"锜曰："敌营甚迩，而兀术又来，吾军一动，彼蹑其后，则前功俱废矣！"锜募得曹成等二人，谕之曰："遣汝作间，事捷重赏。第如吾言，敌必不杀汝。今置汝绰路骑中[①]，汝遇敌，则佯坠马，为敌所得。敌帅问我何如人，则曰'太平边帅子[②]，喜声妓。朝廷以两国讲好，使守东京，图逸乐耳。'"已而二人果如其言，兀术大喜，边批：兀术之败，只为太自恃轻敌故。即置鹅车炮具不用[③]。翌日，锜登城，望见二人来，缒而上之。乃敌械成等来归[④]，以文书一卷系于械上。锜惧惑军，立焚之。边批：有主意。兀术至城下，谴责诸将。诸将皆曰："南朝用兵非昔比，元帅临城自见。”适锜遣耿训请战，兀术怒曰：“刘锜何敢与吾战！以吾力破尔城，直用靴尖趯倒耳[5]！”训曰：“太尉非但请与太子战，且谓太子必不敢济河，愿献浮桥五所，济而大战。”边批：怒而致之。迟明[6]，锜果为五浮桥于河上，敌用以济。锜遣人毒颍上流及草中，戒军士虽渴死，毋饮于河，饮者夷其族。时大暑，敌远来，昼夜不解甲。锜军番休更食羊马垣下[7]。而敌人马饥渴，饮食水草者辄病。方晨气清凉，锜按兵不动。逮未申间[8]，敌气已索。忽遣数百人，出西门接战。俄以数千人出南门，戒令勿喊，但以锐斧犯之。敌大败，兀术遂拔营北去。

【注释】

①绰（chāo）：巡查，巡回。

②边帅子：刘锜的父亲刘仲武为泸川军节度使。

③鹅车：攻城战具，形如鹅。

④械：枷锁。

⑤趯：通“踢”字。

⑥迟明：黎明，天快亮时。

⑦番休更食：轮番休息进食。

⑧未申：下午一点至五点。

【译文】

金兀术在汴京听到战败消息，立即拿来靴子骑上战马，率领十万兵众前来救援。将领们说：“应该趁着刚胜利的形势，准备舟船全军返回。”刘锜说：“敌营很近，而兀术又率兵来，我军一行动，金兵跟在后面，那么之前的功劳就都废弃了！”刘锜召募到曹成等二人，对他们说：“派你们去当密探，事成后有重赏。只要照我说的去做，金人一定不杀你们。现在把你们放到巡哨的骑兵中，你们遇到敌人，就佯装坠马，被敌人俘获。敌帅问我是怎样的人，就答说：‘一个太平年代边地将军的儿子，喜欢声色歌妓。朝廷因为两国修好，派他镇守东京，他不过贪图安逸享乐罢了。’”后来二人果然按照刘锜所说的做，兀术非常高兴，边批：兀术之所以失败，只是因为他太自大轻敌。就把鹅车、大炮等攻城战具放置一旁不用。第二天，刘锜登城，望见二人回来，用绳索把他们拉上来。原来是敌人给曹成等上了枷锁放回来，把一卷文书系在枷锁上。刘锜深恐动摇军心，立刻把文书烧毁。边批：有主意。兀术来到城下，先斥责失败的各位将领。将领们都说：“南朝用兵已非昔日可比，元帅亲自攻城就能见识到。”正巧刘锜派耿训请求交战，兀术大怒说：“刘锜怎么敢跟我挑战！凭我的兵力攻破你们的城墙，简直是和用靴尖踢倒一件东西一样！”耿训说：“太尉非但请求与太子决战，并且说太子一定不敢渡河，愿意献上五座浮桥，帮你们渡河来大战。”边批：激怒他让他上当。第二天天快亮时，刘锜果然在河上架起五座浮桥，敌军用来渡河。刘锜派人在颍水上游和草中都撒下毒药，并告诫军士即使渴死，也不要喝河里的水，喝了的人诛杀他的家族。当时是大暑天，敌军从远处来，日夜都不敢解下盔甲。刘锜的军队在羊马垣下轮番休息进食。而敌军人马又饥又渴，喝水吃草的人马都病倒。正值早晨天气清凉，刘锜一直按兵不动。等到下午未时、申时之间，敌军士气已经懈怠。突然派几百人，冲出西门交战。不一会儿派几千人冲出南门，告诫命令他们不要叫喊，只用锋利的斧头砍杀敌军。金兵大败，金兀术只好拔营向北逃去。

是役也，锜兵不盈二万，出战仅五千人。金兵数十万，营西北，亘十五里，每暮，鼓声震山谷，营中喧哗，终夜有声。而我城中肃然不闻鸡犬。唯能以逸待劳，是以大胜。

【译文】

这场战役，刘锜的兵力不到两万人，出战的只有五千人。金军有几十万兵力，扎营西北，绵延十五里，每到晚上，战鼓声震动山谷，军营中喧嚣吵嚷，整夜都有声音。而我军城中肃静得连鸡狗声都听不到。唯有能以逸待劳，所以才能大胜。

朱晦庵曰[①]："顺昌之役，正值暑天，刘锜分部下兵五千为五队，先备暑药，饮酒食肉，以一副兜牟与甲[②]，晒之日下，时令人以手摸，看热如火不可着手，乃换一队。军至，令吃酒饭，少定，与暑药，遂各授兵出西门战。少顷，又换一队，出南门。如此数队，分门迭出迭入，虏遂大败。缘虏众多，其立无缝，仅能操戈，更转动不得。而我兵执斧直入人丛，掀其马甲以断其足。一骑才倒，即压数骑，杀伤甚众。虏人至是方有怯中国之意，遂从和议耳。"

【注释】

①朱晦庵：即朱熹，字元晦，号晦庵。南宋哲学家。

②兜牟：也作"兜鍪"，头盔。

【译文】

朱熹说："顺昌之战，正当暑热天，刘锜把部下五千士兵分为五队，先准备好避暑药，喝酒吃肉，把一副头盔与铠甲，放在太阳下晒，不时让人用手去摸，到热得像火不能上手时，就换一队。军官来了，让他们喝酒吃饭，稍微停一会儿，给他们避暑药，就各自授予他们兵力冲出西门战斗。一会儿，又换一队，冲出南门。这样几支队伍，分别从不同的门出出进进，敌军于是大败。因为敌军人数众多，站着都没有空隙，仅仅能够拿着戈矛，完全动弹不得。而我军手执斧头径直冲进人堆，掀开马的铠甲以砍断马脚。一匹马刚倒，随即压倒几匹马，伤亡惨重。金人至此才有畏惧中原的心理，于是同意议和。”

韩世忠

世忠驻镇江[①]。金人与刘豫合兵分道入侵[②]。帝手札命世忠饬守备，图进取，辞旨恳切。世忠遂自镇江渡师，俾统制解元守高邮，候金步卒；亲提骑兵驻大仪[③]，当敌骑。伐木为栅，自断归路。会遣魏良臣使金[④]。世忠撤炊爨，绐良臣："有诏移屯守江。"边批：灵变。良臣疾驰去。世忠度良臣已出境，而上马令军中曰："视吾鞭所向！"于是引军至大仪，勒五阵，设伏二十余所，约闻鼓即起击。良臣至金军，金人问王师动息，具以所见对。聂儿孛堇闻世忠退[⑤]，喜甚，引兵至江口，距大仪五里。别将挞孛也引千骑过五阵东。世忠传小麾，鸣鼓，伏兵四起，旗色与金人旗杂出。金军乱，我军迭进，背嵬军各持长斧[⑥]，上椹人胸[⑦]，下斫马足。敌披重甲，陷泥淖。世忠麾劲骑四面蹂躏，人马俱毙，遂擒挞孛也等。

【注释】

①世忠驻镇江：绍兴四年（1134），韩世忠以建康、镇江、淮东宣抚使驻镇江。

②刘豫：字彦游。降金，被金太宗册立为皇帝，国号齐。

③大仪：在今江苏扬州北。

④魏良臣使金：当时因金与伪齐刚入侵，宋派魏良臣等赴金求和。魏

良臣，字道弼，官至参知政事。

⑤聂儿：人名。孛堇：金部族酋长名号。

⑥背嵬军：南宋初，诸大将韩世忠、岳飞等自置亲军，最为骁勇，号“背嵬”。

⑦椹（zhēn）：同“砧”。切、砍时垫在下面的用具。此处作砍、切义。

【译文】

南宋名将韩世忠驻守镇江。金人与刘豫整合兵力分路入侵宋境。宋高宗亲笔下诏命韩世忠整顿守备，图谋进取，言辞意旨恳切。韩世忠于是由镇江率军渡河，命统制官解元防守高邮，抗御金人步兵；自己亲率骑兵驻守大仪，抵挡金人骑兵。韩世忠命人伐木作成营栅，自己阻断退路。正遇到朝廷派魏良臣出使金国。韩世忠撤去烧火做饭的东西，欺骗魏良臣：“有诏令让移营防守长江。”边批：灵活变通。魏良臣疾驰而去。韩世忠估计魏良臣已出边境，就上马命令军中将士说：“看我马鞭所指的方向！”于是率领军队到大仪，列成五个军阵，在二十多处设置埋伏，约定听到鼓声就起来出击。魏良臣到达金人营地，金人询问宋军的动静，魏良臣都以所见的情形来回答。聂儿孛堇听说韩世忠退兵，非常高兴，率兵来到江口，距大仪五里路。副将挞孛也率领一千名骑兵经过宋军五阵的东面。韩世忠传递小军旗，击战鼓，埋伏的士兵从四处赶来，宋军的旗帜与金人的旗帜混杂出现。金兵大乱，宋军连续进击，亲随军各自拿着长斧头，上面砍人胸部，下面砍马腿。金兵穿着笨重的盔甲，陷在泥潭里。韩世忠指挥精锐骑兵从四面击杀，人马都被杀，于是擒获挞孛也等人。

曹玮

曹玮知渭州，时年十九。尝出战小捷，虏引去[①]。玮侦虏去已远，乃缓驱所掠牛马辎重而还。虏闻玮逐利行迟，师又不整，遽还兵来袭。将至，玮使谕之曰：“军远来，必甚疲，我不乘人之急，请休憩士马，少选决战。”虏方甚疲，欣然解严，歇良久。玮又使谕之：“歇定，可相驰矣[②]！”于是鼓军而进，大破之。因谓其下曰：“吾知虏已疲，故为贪利以诱之。比其复来，几行百里矣。若乘锐以战，犹有胜负。远行之人，小憩则足痹，不能立，人气亦阑[③]，吾以此取之。”玮在军，得人死力，平居甚暇，及用师，出入若神。一日，张乐饮僚吏，中坐失玮所在，明日徐出视事，而贼首已掷庭下矣。贾同造玮[④]，欲按边，邀与俱。同问：“从兵安在？”曰：“已具。”既出就骑，见甲士三千环列，初不闻人马声。

【注释】

①虏：指西夏人。

②相驰：骑兵相斗。

③阑：衰竭。

④贾同：始补历城主簿。为大理评事，通判兖州。尚义敢言。仁宗时，上书责丁谓造符瑞欺骗先帝，又为寇准鸣冤。

【译文】

北宋曹玮任渭州知州，当时才十九岁。曾经出战有小的胜利，西夏人引兵退去。曹玮侦探得知敌军退去很远，才缓慢驱使所掠得的牛马、辎重返回营地。敌军听说曹玮贪求战利品行军迟缓，军队纪律也不严整，突然调转军队来袭击。敌军将到时，曹玮派人告诉他们说：“你们大军远来，一定非常疲惫，我不愿乘人危机的时候战斗，请休整士卒马匹，稍事休息再决一死战。”敌军正非常疲乏，就欣然解除戒备，休息良久。曹玮又派人对他们说：“休息够了，可以相互战斗了！”于是击鼓进军，大破敌军。曹玮于是对属下说：“我知道敌军已经疲乏，所以做出贪图利益的样子引诱他们。等他们再回来，几乎走了上百里。如果乘着他们的锐气开战，还会有胜负。远行的人，稍事休息后双脚就会酸麻，不能站立，士气也衰竭，我们因此击溃了他们。”曹玮在军中，能得到士卒为他效死力，平常十分悠闲，等到用兵时，却能进退如神。一天，设乐宴请僚属，中间曹玮离座，第二天曹玮从容出来巡视部队，而贼人首级已经扔在庭下了。有一次贾同前去拜访曹玮，想要视察边防，邀曹玮一起巡视。贾同问：“跟随的士兵们在哪儿？”曹玮说：“已经列队准备好。”出了营帐准备上马，看见三千名甲士环列帐外，而事先听不到一点人马声。

只看城中肃然不闻鸡犬，便知刘锜必能胜敌。只看甲士三千环列，初不闻人马声，便知敌必不能犯曹玮。

【译文】

只见顺昌城中一片寂静甚至听不到鸡鸣犬吠声，就知道刘锜必定能战胜敌军。只看三千装备齐全的战士环列帐前，事先听不到人马的声响，就知道敌人必定不能侵犯曹玮。

狄武襄

狄青字汉臣，汾州人。在泾原[①]，常以寡当众。密令军中闻钲一声则止[②]，再声则严阵而阳却，声止即大呼驰突。士卒皆如教，才遇敌，未接，遽声钲[③]，士卒皆止，再声再却。虏大笑曰：“孰谓狄天使勇！”钲声止，忽前突之，虏兵大乱，相蹂多死。追奔数里，前临深涧，虏忽壅遏山隅[④]，青遽鸣钲而止，虏得引去。时将佐悔不追击，青曰：“奔命之际，忽止而拒我，安知非谋？军已大胜，残寇不足贪也！”

【注释】

①狄青：字汉臣。行伍出身。在对西夏战争中屡立战功，与士卒共劳苦，名动边陲。宋仁宗时，为秦州刺史、泾原路副都总管。皇祐四年（1052），为枢密副使，受命赴广南击侬智高。次年，夜度昆仑关，大破智高军，收复邕州。

②钲：军中所用乐器。此处实指锣。

③声：击之使有声。

④壅遏：阻塞，阻止。

【译文】

北宋将领狄青字汉臣，汾州人。戍守泾原时，常常以少胜多。他暗中下令军中士卒听到钲响一声就停止进军，两声就严阵待敌而假装退却，钲声停止就立即大喊向前奔驰突击。士卒都能遵守狄青的教令，刚遇到敌人，没有交手，突然敲击一声钲，士卒都停止进军，响两声士卒又往后退。敌人大笑说："谁说狄青勇猛！"钲音停止，士卒突然向前袭击敌军，敌兵阵势大乱，相互践踏多有死伤。乘胜追击几里路，前方面临深涧，敌军忽然阻挡在山脚，狄青立即敲钲而止住士卒，敌军得以逃脱而去。当时副将们后悔没有追击，狄青说："亡命奔逃之际，忽然止步来对抗我军，怎么知道其中没有诈谋？我军已经大获全胜，残兵败寇不足以贪功计较。"

侬智高反邕州[①]。诏以青为宣抚使击之。或言："贼标牌不可当。"青曰："标牌，步兵也，遇骑兵必不能施。愿得西边蕃落民自从。"或又言："南方非骑兵所宜。"青曰："蕃部善射，耐艰苦，上下山如平地，当瘴未发时，疾驰破之，必胜之道也！"及行，日不过一驿。所至州，辄休士一日。边批：未战养力。至潭州，遂立行伍，明约束。军人有夺逆旅菜一把者，立斩以徇。于是一军肃然。时智高还守邕州。青惧昆仑关险厄为所据[②]，乃按兵不动，下令宾州具五日粮[③]，休士卒。值上元节，令大张灯烛，首夜宴将佐，次夜宴从军官，三夜飨军校。首夜乐饮彻晓，次夜大风雨，二鼓时，青忽称病，暂起如内。久之，使人谕孙沔[④]，令暂主席行酒，少服药乃出。数使劝劳座客，至晓，客未敢退。忽有驰报者，云："夜时三鼓，元帅已夺昆仑关矣！"边批：自营中且不知，况敌人乎？青既渡，喜曰："贼不知守此，无能为也！"已近邕州，贼方觉，逆战于归仁铺。青登高望之。贼据坡上，我军薄之。青使步卒居前，匿骑兵于后。蛮使骁勇者当前，尽执长枪。前锋孙节战不利，死。将士畏青，莫敢退。边批：畏主将，必不畏敌矣。青登高山，执五色旗，麾骑兵为左右翼，出其后，断蛮军为三。旋而击之，左者右，右者左，已而右者复左，左者复右，贼不知所为。贼之标牌军，为马军所冲突，皆不能驻。枪立如束，我军又纵马上铁连枷击之，遂皆披靡。智高焚城遁去。

【注释】

①侬智高反邕州：宋仁宗皇祐元年（1049），广源州少数民族首领侬智高起兵，称南天国，扰邕州（今广西南宁）。四年，破邕州，称帝。又破沿江九州，围广州，岭外骚动。朝廷屡出师讨伐，均失败。

②昆仑关：在今广西宾阳西南。

③宾州：今广西宾阳。

④孙沔：先于狄青为安抚使讨伐侬智高，无功。狄青至，合其兵力，受狄青节制。

【译文】

侬智高在邕州反叛。皇帝下诏命狄青为宣抚使征讨他。有人说：“贼军标牌兵不可抵挡。”狄青说：“标牌，是步兵，碰到骑兵必然无法施展。希望得到西边的少数民族的士卒跟随自己。”又有人说：“南方的地形不适宜骑兵作战。”狄青说：“少数民族善于射箭，耐得艰苦，上下山如行走平地，趁着瘴气未发时，疾速奔驰攻破敌军，这是必胜的办法！”等大军出发，每天行军路程不超过一个驿站。每到一州，就令士卒休假一天。边批：战斗之前畜养兵力。到潭州后，于是整编部伍，明确军纪。士兵有抢夺行人一把菜的，立即处斩示众。于是全军秩序良好。当时侬智高回师驻守邕州。狄青害怕昆仑关险要被侬智高占据，于是先按兵不动，下令在宾州准备全军五日的军粮，休整士卒。正逢上元节，狄青命人张灯结彩，第一晚宴请副将，第二晚宴请各营军官，第三晚犒劳军吏。第一晚欢饮直至天明破晓，第二晚碰上大风雨，二鼓时分，狄青忽然称病，暂时离席到内室。过了一段时间，狄青命人告诉孙沔，请他暂代主持酒宴，自己稍微吃点药就出来。席中数次派人劝客饮酒，一直到天亮，客人都不敢离席。忽然有人骑着马前来禀报说：“昨夜三更时分，元帅已攻占昆仑关了。”边批：自己营中尚且不知道，何况敌人呢？狄青过了昆仑关后，高兴地说：“敌军不知道守卫这里，就不能做出什么事了！”狄青率军逼近邕州时，贼人才发觉，在归仁铺迎战官军。狄青登上高处观望交战情形。贼人据守土坡，我军进逼他们。狄青命步兵为前锋，隐藏骑兵在后面。贼人派出骁勇的人在阵前，都拿着长枪。前锋孙节出战不利，战死。将士们畏惧狄青，不敢退却。边批：畏惧主将，就必定不畏惧敌人。狄青登上高山，手执五色旗，指挥骑兵分别为左、右两阵，从敌人后面出击，将贼人队伍截成三段。调转过来攻击敌军，左边阵营的向右，右边阵营的向左，不久右军又向左，左军又向右，敌军不知道宋军要干什么。贼军的标牌军，也被骑兵冲散，都不能驻守。贼人的长枪用不上，立起来排列如林，我军又骑马用铁连枷冲击他们，于是都溃散。侬智高焚毁城池逃走。

按，是役，谏官韩绛言："青武人，不足专任，请以侍从文臣为之副。"边批：顾其人何如，岂在文武！时庞籍独为相[①]，边批：赖有此人。对曰："属者王师屡败[②]，皆由大将轻，偏裨自用[③]，不能制也。今青起于行伍，若以侍从之臣副之，号令复不得行。青昔在鄜延[④]，居臣麾下，沉勇有智略。若专以智高事委之，必能办贼。"边批：兵法：将能而君不御者胜。于是诏岭南用兵，皆受节制。边批：成功在此。青临行，上言："古之俘馘奏凯，割耳鼻则有之，不闻以获首者。秦、汉以来，获一首，赐爵一级，因谓之'首级'，故军士争首级，以致相杀。又其间多以首级为货，售于无功不战之人，边批：大弊。愿一切皆罢之。"二条皆名言，可为命将成功之法。

【注释】

①庞籍：庆历初，任鄜延都总管、经略安抚缘边招讨使，狄青为其部将。仁宗时，召庞籍为枢密副使，力主专任狄青征侬智高。

②属者：近来。

③偏裨：偏将、裨将。

④鄜（fū）延：路名。治所在延州（今陕西延安）。宋康定二年（1041），分陕西路沿边地置鄜延路经略安抚使。

【译文】

按，这场战争前，谏官韩绛上言："狄青是个武人，不能单独担大任，请任命侍从文臣作为他的副手。"边批：看一个人的才能如何，哪里在于是文臣还是武将。当时庞籍独自为宰相，边批：幸亏有这个人。反驳说："近来官军多次战败，都是由于大将权轻，偏将不懂兵法又固执己见，不能制衡。如今狄青出身军旅，若是派侍从大臣为副将，号令又无法推行。狄青从前在鄜延，曾是我的部下，为人沉稳勇敢有智谋。若将平定侬智高的事全权交付给他,他一定能平定乱贼。”边批:兵法说:将领有能力而君主不干预的就能获胜。于是下诏征伐岭南的兵事,全都受狄青指挥。边批:成功就在于这一点。狄青临出发前,上奏说:“古时俘获斩杀敌人获得胜利,有以割敌人耳朵、鼻子来计数战功,却不曾听说有砍敌人首级的。秦、汉以来,取敌人一颗脑袋,就赐爵位一级,所以称之为‘首级’,所以军士争夺敌人首级,以致自相残杀。另外这中间有很多把敌军的脑袋当成货物,卖给那些不作战没有功劳的人,边批:大弊端。希望这些都能废除。”这两条都是至理名言,可以作为任命将军获得成功的方法。

〇又青行时,有因贵近求从行者。青谓之曰:“君欲从行甚善,然智高小寇,至遣青行,可以知事急矣。从青之士,击贼有功,当有厚赏。不然,军中法重,青不能私。君自思之,愿行则即奏取君矣。”于是无复敢言求从行者。即此一节,知青能持法,必能成功。又青既入邕州①,敛积尸内有衣金龙之衣者,又得金龙楯于其旁②。或言:“智高已死,当亟奏。”青曰:“安知非诈?宁失智高,敢欺朝廷耶?”合观二事,不唯不敢使人冒功,即已亦不敢冒不可知之功。

【注释】

①邕(yōng)州:州名。唐武德四年(621),置南晋州,治宣化县(今广西南宁)。贞观六年(632),改为邕州。

②楯:盾牌。

【译文】

另外,狄青出发前,有依附显贵近臣请求同行的人。狄青告诉他们说:“先生想要随军出征非常好,然而侬智高只是小毛贼,至于派我狄青出征，可以知道事情紧急。随我出征的人，杀贼有功，必有重赏。否则，军队中法纪严苛，我不能徇私。先生自己想清楚，愿意出征，我就立即上奏招先生同行。”于是没有再敢说请求随从出征的人。仅就这一件事，就知道狄青能严守法纪，必定能成功。另外狄青进驻邕州后，收敛堆积的尸体，里面有个穿金龙衣的人，又在他身旁发现了金龙盾牌。有人说：“侬智高已经死了，应当赶快上奏。”狄青说：“怎么知道不是假扮的呢？宁可让侬智高逃掉，敢欺骗朝廷吗？”综合看这两件事，狄青不但不敢让人贸然求功，即使自己也不敢冒领不能确定的功劳。

威宁伯

王越抚大同①。一日大雪，方坐地炉，使诸妓抱琵琶捧觞侍，而一千户诇虏还②，即召入，与谈虏事甚析，大喜，曰：“寒矣！”手金卮饮之。复谈则益喜，命弦琵琶而侑酒③，即并金卮与之。边批：高。已又谈，则又喜，指妓中最姝丽者曰：“欲之乎？以乞汝④！”边批：更高。自是千户所至为效死力，积功至指挥。其夜袭虏帐，将至，风暴起，尘翳目，众惑欲归，一老卒前曰：“天赞我也！去而风，使虏不觉。归而卒遇虏人掠者还，而我据上游。皆是风也！”越不觉下马拜。功成，推卒功以为千户。边批：今人谁肯！

【注释】

①王越：字世昌，明景泰年间进士。历官兵部尚书、提督军务。封威宁伯，总制大同及延绥甘宁军务。三次出塞，收复河套。身经十余次战斗，出奇制胜，动有成算。

②诇（xiòng）：侦察，刺探。

③弦：拨弦而弹。侑（yòu）酒：劝酒，为饮酒者助兴。

④乞：赠送。

【译文】

王越出任大同巡抚。一天下大雪，王越正坐在地炉边，命歌妓们抱着琵琶捧着酒杯侍候饮酒，正巧有一个千户侦察敌情回来，王越立即召他入府，与他谈论敌人情势，千户说得很明晰，王越十分高兴，说："好冷的天！"手持金杯请千户喝酒。边批：高明。再谈则更加高兴，命歌妓弹琵琶为饮酒助兴，亲手把酒和金杯送给千户。接着又谈，王越又十分高兴，指着歌妓中最美艳的一位说："想要吗？送给你！"边批：更高明。从此千户到哪里都为王越竭忠效死力，累积战功官至指挥官。一天夜里王越突袭敌人营地，快到时，刮起风暴，尘土遮蔽眼睛，众人迷惑想要回营，一名老兵上前说："这是天助我军！去的时候刮大风，让敌人无法察觉。回去时如果突然遇上入城掠夺的敌军回来，而我们占据上风处。都是因为风！"王越不禁下马拜谢。得胜后，推举老兵的功劳让他做了千户。边批：现在的人谁肯这样做！

平蔡乘雪，夺昆关乘雨，破大同虏乘风，而皆以夜，所谓出其不意也。威宁恩结千户，是大手段。至推功小卒，即淮阴北面左车[①]，意何以加此？文臣中那得此等快士！其雄略又出韩襄毅、杨文襄上矣[②]，百陈钺何敢望之[③]？而阿丑以"两钺"为戏[④]，老、韩同传[⑤]，非公论也。

【注释】

①淮阴北面左车：韩信于井陉口破陈馀后，李左车被俘。韩信亲自松绑，面向西边对着他，以师礼事之。此处说"北面"，也是尊重侍奉的意思。

②韩襄毅、杨文襄：二人都是有雄略的文臣。韩雍，谥襄毅，因平大藤峡，有威名。杨一清，谥文襄，三为陕西三边总制，设计谋诛杀刘瑾。

③陈钺（yuè）：成化年间为辽东巡抚，请讨海西，边兵畏怯不出兵，陈钺隐匿不上奏。阿附权宦汪直，被时论攻击。

④阿丑以“两钺”为戏：当时有个叫阿丑的太监，善诙谐，常在皇帝面前作院本（杂剧之类），有谲谏之风。一天，阿丑模仿汪直衣冠，持双斧踉跄而行。有人问他原因，回答说：“吾将兵，唯仗此两钺（斧）耳。”问“两钺”叫什么名字，说：“王钺（越）、陈钺也。”王越也阿附宦官汪直。

⑤老、韩同传：《史记》中有《老子韩非列传》。老子讲道德，韩非尚刑名，人格不相类。宋朝寇准曾说：“与韩非同传，于老子何伤？”

【译文】

李愬平蔡州是趁着下雪，狄青夺昆仑关是趁着下雨，王越破大同敌人是趁着刮风，而三者都是在夜里，正是所谓的出其不意。威宁伯王越以恩结交千户，是非常高明的手段。至于把功劳归于小卒，就是当年淮阴侯韩信以师礼对待李左车，胸怀怎么能超过这些事呢？文臣中哪能有这等豪爽人物！他的雄才大略又超出韩雍和杨一清之上，即使一百个陈钺又怎么比得上呢？而阿丑以“两钺”为戏，《史记》把老子与韩非子列为一传，都不是公正的论断。

尔朱荣

葛荣举兵向京师[①]，众百万。相州刺史李神隽闭门自守[②]。尔朱荣率精骑七千[③]，马皆有副，倍道兼行，东出滏口[④]。葛荣列阵数十里，箕张而进[⑤]。荣潜军山谷为奇兵，分督将以上三人为一处，处有数百骑，令所在扬尘鼓噪，使贼不测多少。又以人马逼战，刀不如棒，密勒军士，马上各赍袖棒一枚[⑥]。至战时，虑废腾逐，不听斩级[⑦]，边批：斩级大误事。使以棒棒之而已。号令严明，将士同奋。荣身自陷阵，出于敌后。表里合击，大破之，擒葛荣，余众率降。荣以贼徒既众，若即分辖，恐其疑惧，乃普令各从所乐，亲属相随，任所居止。于是群情喜悦，数十万众，一朝散尽。待出百里之外，乃始分道押领，随便安置，咸得其宜。擢其渠帅[⑧]，量才授用，新附者咸安。时人服其处分机速[⑨]。

【注释】

①葛荣：北魏河北起义军领袖。与杜洛周、鲜于修礼等发动起义，鲜于修礼被部下元洪业所杀，欲降北魏，葛荣杀元洪业，破魏军，自称天子，国号齐。复杀杜洛周，并其部众，拥兵数十万。号称百万。后兵败被尔朱荣所擒，至洛阳被杀。

②相州：北魏于邺建相州。在今河北临漳西。李神儁：北魏孝明帝时任相州刺史，孝庄帝时官吏部尚书。后逃至民间，尔朱氏灭亡才归朝，任侍中。

③尔朱荣：北魏秀容部酋长。前后镇压各族起义，兵势强盛，为大丞相、都督河北畿外诸军事，专擅朝政。破葛荣，败元颢，平万俟丑奴等反魏起义军，骄暴自恣，朝廷忌惮。后被孝庄帝斩杀。

④滏口：滏口陉，太行八陉的第四陉，在今河北武安南。因滏水（滏阳河）发源于此，故称。

⑤箕张：如簸箕状张开。

⑥袖棒：短棒。

⑦斩级：斩首以计功。

⑧擢：原作“获”，据《资治通鉴》改。

⑨机速：机敏果决。

【译文】

北魏时葛荣率兵向京师洛阳进攻，兵众有百万人。相州刺史李神儁紧闭城门坚守。尔朱荣率精锐骑兵七千人，马匹都有备用的，加速日夜赶路，东出滏口救援。葛荣军队列阵绵延几十里，由两冀围成簸箕状前进。尔朱荣在山谷中埋伏军队为奇兵，划分督将以上的军士三人为一处，每处有几百骑兵，命他们在守备位置扬起尘土、击鼓喊叫，让贼人弄不清到底有多少兵力。又认为人马逼近交战，刀剑不如棍棒，秘密命令军士，在马上各配备一支短棒。到交战时，考虑到不能奔腾追逐，不让按斩首计功，边批：斩首计功非常误事。让他们用短棒棒打敌人而已。号令严明，将士一同奋勇向前。尔朱荣亲自冲入敌阵，攻于敌后。里外夹杀，大破敌军，擒获葛荣，其余部众都纷纷投降。尔朱荣见投降敌军人数太多，若是立即分开管辖，怕敌军心生疑惧，就下令众人各自去往想去的地方，亲友相随，也听任他们自由行动。于是众人情绪喜悦，几十万兵众，一会儿就散尽了。等大军行到百里之外，才开始分道管领，按方便的原则安置，每人都得到合适的去处。提拔他们的首领，衡量才能授官任用，新归顺的人都安定了。当时人人佩服尔朱荣处理事情机敏果决。

刘江 二条

一

建文三年七月[①]，平安自真定率兵攻北平[②]，营于平村，离城五十里，扰其耕牧。世子督众固守[③]。上闻北平被围[④]，召刘江宿迁人。问策[⑤]。江慷慨请行，遂与上约曰："臣至北平，以炮响为号。一次炮响，则决围，二次则进城，若不闻第三次炮响，则臣战死矣。臣若得入城，守城者闻救至，勇气自倍。宜令军士人带十炮。俟三次炮响后，为殿者放炮常不绝声[⑥]，则远近皆谓大军继至，平安必骇散矣！”江遂进兵，与安战，悉如其策，大败之。

【注释】

①建文：明惠帝朱允炆年号（1399—1402）。

②平安：朱元璋养子。骁勇善战，当时为北伐军先锋，屡破燕军。后兵败被擒，燕王朱棣惜其材勇，任为北平都指挥使。永乐年间，闻成祖北巡，惧而自杀。真定：今河北正定。

③世子：燕世子朱高炽。朱棣之子，后为仁宗。当时朱棣率师在外，由朱高炽留守北平。

④上：指燕王朱棣。

⑤刘江：初名江，后改为荣，抗击倭人有功，封广宁伯。

⑥为殿者：殿后的人。

【译文】

惠帝建文三年七月，平安从真定率兵进攻北平，驻扎在平村，离北平城只有五十里路，部众常侵扰百姓的耕牧。世子朱高炽率众坚守防卫。燕王朱棣听说北平被包围，召刘江宿迁人。询问对策。刘江慷慨请求率兵救援，并与燕王约定说：“我到北平后，以炮声为信号。第一次炮响，就是已经冲破包围，第二次炮响就是率兵入城，若是听不到第三次炮响，那么就是我战死了。我如果能进城，守城的人听说援兵到了，勇气自然加倍。应该让军士每人携带十枚炮弹。等第三次炮声响过后，殿后的部队一直放炮响声不停，那么远近的人都认为大军相继到来，平安一定恐惧溃散！”刘江于是率兵进攻，与平安交战，一切按照他的计策行事，大败平安。

二

永乐十七年，江为左都督，镇守辽东，巡视诸岛，相度地形，以金州卫金线岛西北之望海埚，地高可望，诸岛寇所必由，实滨海襟喉之地[①]，请筑城堡，立烟墩瞭望[②]。一日，瞭者言“东南夜举火有光”。江计寇将至，亟遣马步官军赴埚上小堡备之，令犒师秣马，略不为意。以都指挥徐刚伏兵于山下，百户姜隆帅壮士潜烧贼船，截其归路，乃与之约曰：“旗举炮鸣，伏兵奋击，不用命者，斩！”翌日，倭贼二千余人乘海鳝直逼埚下登岸[③]，鱼贯而行，如入无人之境。江被发举旗鸣炮，伏兵尽起，为两翼而进。贼大败，横尸草莽，余众奔樱桃园空堡中。官兵环而攻之。将士欲入堡剿杀，江不许，故开西壁以纵之，俾两翼夹击，生擒数百，斩首千余级，有遁入鳝者，悉为隆所缚，无一人得免。师还，诸将请曰：“明公见敌，意思安闲[④]。及临阵披铠而战，追贼入堡，不杀而纵之，何也？”江曰：“寇远来必饥且劳。我以逸待劳，以饱待饥，固兵家治力之法耳。贼始鱼贯而来，成长蛇阵，故作真武阵以镇服之。贼既入堡，有死之心，我师攻之，宁无伤乎？故纵之出路而后掩击，即围城必缺之意耳[⑤]。此皆在兵法，诸君未察乎？”

【注释】

①襟喉：要害。

②烟墩：烽火台。

③海鳝（qiū）：生于海中的一种形如泥鳅的鱼。此处指一种船身狭

小灵活的船只。

④意思：神态。

⑤围城必缺：包围城池，必留一个缺口，使敌人有遁逃之心，否则必拼死而战。

【译文】

成祖永乐十七年，刘江为左都督，镇守辽东，曾巡视各岛，侦察地形，发现金州卫金线岛西北的望海埚，地势高适合眺望，是往来各岛间倭寇的必经之地，实在是滨海的要害处，于是请求修筑城堡，设立烽火台以瞭望。一天，瞭望员报告"东南方在夜晚有火光"。刘江猜测倭寇将要来了，立即派遣马步官军赶往望海埚上的小城堡戒备，下令犒赏士兵、喂饱战马，做出不把倭寇当回事的姿态。又派都指挥徐刚在山下埋伏士兵，派百户姜隆带领勇士暗中烧毁贼船，阻断倭寇的退路，于是与各军约定说："军旗举起、炮弹鸣响，埋伏的士兵就奋起攻击，不听命令的人，处斩！"第二天，倭寇两千多人乘坐海鳍船直逼望海埚下登岸，依次行进，就像进入无人之境。刘江披着头发举旗鸣炮，埋伏的士兵全都跳起来，从两边包夹进军。倭兵大败，横尸山野，残余的倭寇逃往樱桃园的空堡中。官兵包围城堡攻击他们。将士们想冲入堡中剿杀倭寇，刘江不允许，故意让开西边的壁垒以放走倭兵，再让官兵由两边夹击，生擒几百人，斩杀一千多人，有逃到海鳍船的倭寇，都被姜隆擒获，没有一人能够幸免。部队回营，将领们问说："元帅见到敌人，神态安闲。等到阵前披上铠甲战斗，追击倭寇遁入空堡，不追杀反而放了他们，为什么呢？"刘江说："倭寇远道而来，一定又饿又累。我军以逸待劳，以饱待饥，这本是兵家调动战斗能力的方法。倭贼开始依次而来，形成长蛇阵，所以摆出真武阵以镇服他们。倭贼进入空堡后，有必死之心，我军攻击他们，能没有伤亡吗？所以放开出路而后袭击，就是包围城池必留缺口的意思了。这些都在兵书上，各位没有看过吗？"

马隆

晋太始中[①]，凉州刺史杨欣失羌戎之和[②]，马隆陈其必败[③]。俄而欣败后，河西断绝。帝每有西顾之忧[④]，临朝叹曰："谁能为我讨此虏，通凉州者？"隆进曰："陛下若能任臣，臣能平之。"帝曰："必能灭贼，何为不任？顾卿方略何如耳。"隆曰："陛下任臣，当听臣自任。边批：名言。臣请募勇士三千人，无问所从来。率之鼓行而西，禀陛下威德，丑虏不足灭也！"乃以隆为武威太守。公卿佥谓不宜横设赏募，帝不听。隆募限要引弩三十六钧、弓四钧，立标简试[⑤]，自旦至申，得三千五百人。隆曰："足矣！"因请自至武库选仗[⑥]，并给三年军资。隆随西渡温水。虏树机能等众万许，乘险遇隆，边批：要紧。或设伏以绝隆后。隆依"八阵图"作扁箱车[⑦]，地广则为鹿角车营，路狭则为木屋施于车上，且战且前，弓矢所及，应弦而倒。奇谋间发，出敌不意，转战千里，河西遂通。

【注释】

①太始：应作"泰始"。晋武帝司马炎年号（265—274）。

②凉州刺史杨欣失羌戎之和：晋泰始六年（270），鲜卑族秃发树机能在凉州起兵反晋，连败晋军。至咸宁元年（275），树机能求降。二年（276），杨欣率众袭杀当地部族所推敦煌太守令狐宏，以此大失羌戎之和。四年，杨欣与树机能部将若罗拔能战于武威，败死。故杨欣虽于泰始年间已为凉州刺史，但期间却没有与树机能争战之事。此处"泰始中"应作"咸宁中"。译文从实。

③马隆:西晋将领。字孝兴。少有智勇。咸宁四年(278),羌族陷凉州,他自请募勇士三千五百,任武威太守,率军西征。次年,破羌人秃发树机能部,平凉州。

④西顾之忧:咸宁五年(279),秃发树机能攻陷武威(凉州治所),时晋武帝正筹划向东大举伐吴,所以说有西顾之忧。

⑤立标:立下箭靶。

⑥仗:武器兵仗。

⑦八阵图:传为诸葛亮所创的一种作战阵法。此处指诸葛亮所著兵书,里面载有对各种战具的制作图形。扁箱车:车箱窄扁的车。可载衣粮器械,配有枪炮、弓弩、刀牌,及甲士十人。因山路险窄,箱宽则难行且不灵活。

【译文】

晋武帝咸宁年间,凉州刺史杨欣与羌戎发生冲突,马隆上书陈说他一定会失败。不久杨欣战败后,通往河西的道路断绝。武帝常常有西顾之忧,在朝堂上叹息道:"有谁能为我征讨羌戎,打通凉州的道路啊?"马隆进见说:"陛下若是能任用我,我能讨平羌戎。"武帝说:"如果一定能剿灭贼兵,为什么不能任用你呢?我得听听你的策略是什么样的。"马隆说:"陛下任用我,应当听凭我自己安排。边批:名言。我请求招募三千名勇士,不问他们的出身来历。率领他们鸣鼓向西前行,禀持陛下的威仪德行,羌戎还不够剿灭的!"于是任马隆为武威太守。公卿都说不应该随意设定赏格招募士卒,武帝不听。马隆招募规定应募勇士要能拉开三十六钧的弩、四钧的弓,设置箭靶简选,从早上到傍晚申时,募得三千五百人。马隆说:"足够了!"接着请求让他们自己到军械库挑选武器,并发给够三年用的军用物资。马隆随即率兵西渡温水。敌方首领秃发树机能率领一万多士兵,扼守险要迎战马隆,边批:要紧。有的设立埋伏以断绝马隆的后路。马隆依照"八阵图"制作扁箱车,地形宽广就设鹿角车营,道路狭窄就做木屋架在车上,边战斗边前进,弓箭所到的地方,敌人纷纷应弦而倒。奇特的谋略不断出现，出乎敌人意料之外，就这样转战千里，往河西的路于是打通了。

陶鲁

天顺初[1]，韩襄毅公征广东峒贼[2]。忧其险阻难下，方食踌躇，适新会丞陶鲁直膳在侧[3]，公顾之，问曰："丞揣我何意？"鲁曰："得非谋贼耶？"雍曰："然。丞能为我击贼否？"曰："匪直能，且易耳！"边批：韩公异人，非大言不足以动之。公怒曰："吾部下文武百千人，熟视无可当吾寄者。边批：真无当。若妄言，合笞！"鲁不拜，抗言曰："夫贼难攻者，非贼难也，我难其攻贼者也。公特未悉我能耳！"公异之，改容问曰："若所将几何而办？"曰："三百人足矣。"公曰："何少也？"曰："兵在精不在多。"公曰："唯汝择。"鲁乃标式曰[4]："孰能力举百钧、矢射二百步者。"军士凡十五万，其比于式者，才二百五十人。曰："未也！"复下令募数日，始足。鲁乃为别将[5]，日操练阵法，劳以牛酒，甘苦共之。士乐为死，率以先登，大破贼，斩首无算。所得贼穴中金帛，悉分给三百人，己无与者。边批：要紧。贼闻陶家军至，不遁即降，无敢抗。语有之："一夫决[6]，万夫避。"况三百人乎？

【注释】

①天顺初：天顺为明英宗朱祁镇年号（1457—1464）。景泰七年（1456），广西大藤峡起义军进至广东高（茂名）、雷（海康）一带，天顺中，军势更盛。至成化元年（1465），兵部尚书王竑推荐浙江左

参政韩雍为右佥都御史，赞理军务，率兵镇压。此处说“天顺初”有误。译文从实。

②韩襄毅公：韩雍，字永熙。明英宗正统年间进士。初授御史，代宗时擢右佥都御史、巡抚江西，以弹劾宁王获罪辞官。后复官，任大理少卿、兵部右侍郎。成化元年（1465），以右佥都御史讨平广西大藤峡瑶、壮各族起义，后迁左副都御史，提督两广军务。至成化十四年（1478）病逝，明武宗时追谥“襄毅”。峒（dòng）贼：指瑶、壮、侗、苗等少数民族起义军。

③陶鲁：字自强，有智谋。善于安抚士卒，屡建奇功。曾身兼湖广布政使、广东按察副使，并治广西兵备，权力及于三地，时人称为“三广公”。

④标式：提出标准。

⑤别将：与主力军配合作战的将领。

⑥决：决死，拼命。

【译文】

成化初年，韩雍出兵征讨广东少数民族叛军。担忧峒蛮地形险阻难以攻克，正在吃饭踌躇不决时，正巧新会县丞陶鲁在一旁陪同吃饭，韩雍转头看他，问说：“县丞猜我在想什么？”陶鲁说：“莫不是谋划破贼的对策？”韩雍说：“对。县丞能为我击败贼军吗？”陶鲁说：“不但只是能，而且轻而易举！”边批：韩公与别人不同，不说大话不足以说动他。韩雍生气地说：“我的部下文武官成百上千人，仔细观察没有可以值得我托付重任的人。边批：真的没有可以托付重任的人。你若胡言乱语，要受鞭打！”陶鲁没有下拜，反而大声说：“贼军难以攻下的原因，并非贼军本身顽强难以攻克，而是我们难以找出攻克贼军的人。您只是不了解我的本领罢了！”韩雍对他大感惊异，改变神色问说：“你要带多少兵马平定？”陶鲁说：“三百人足够了。”韩雍说：“为什么这么少？”陶鲁说：“兵在精良不在人多。”韩雍说：“任凭县丞挑选。”陶鲁于是提出标准说：“要那些力气能举起百钧、射箭能远达二百步的人。”韩雍军士共有十五万人,合乎标准的,才二百五十人。陶鲁说:“人数不够!”韩雍又下令招募了几天,才凑足人数。陶鲁于是被任为别将,每天操练阵法,以酒肉犒劳士兵,与他们同甘共苦。士卒都甘心为他效命,攻城时率领他们先登城,大破贼军,斩杀敌军不计其数。所缴获贼军中的金钱布帛,都分给三百勇士,自己丝毫不取。边批:要紧。贼军听说陶家军来了,不是逃跑就是自动投降,没有人敢对抗。有话说:“一人拼命,万夫躲避。”何况是三百人呢?

今塞下征兵,动数十万,其中岂无三百人哉?谁为鲁者?即有鲁,谁为用鲁者?噫!

【译文】

如今边塞征兵,动辄几十万,其中难道没有三百勇士吗?那么谁是陶鲁呢?即使有陶鲁这样的人才,谁又是重用陶鲁的人呢?唉!

〇王弇州云[①]:“鲁机明内运,而神观不足[②],具事多不治。或从令、尉列见上官,时时昏睡,虽督榜不恤也[③]。韩公威严拟王者,三司长吏见,长跪白事,慑悚失措[④]。鲁事之,若不为意。”诚异人哉!使在今日,先以不治事、不敬上官罢去久矣,孰知此丞之有用如是乎?

【注释】

①王弇州:王世贞,字元美,号弇州山人。明代文学家,复古派“后七子”领袖,累官南京刑部尚书。

②神观:神态。

③督榜:督责,体罚。

④慑（shè）悚：恐惧。

【译文】

王世贞说："陶鲁足智多谋，但外表神态却看不出来，具体事务多荒废。有时随县令、县尉列席参见长官，常常打瞌睡，即使督责他也不在意。韩雍威严堪比王者，三司长官拜见，都是跪着禀报事务，恐惧不知所措。陶鲁侍奉他，好像漫不经心。"实在是奇人！假使在今天，早以不治理政事、不敬重长官免职很久了，谁会知道这个县丞有如此的才干呢？

韩雍 二条

一

天顺初[①]，两广乱，韩公雍往讨。师次大藤峡，道隘，旁夹水田。有儒生、里老数百人，跪持香曰："我辈苦贼久矣。今幸天兵至，得为良民，愿先三军锋[②]！"公遽叱曰："是皆贼也！为我缚斩之！"左右初亦疑，既缚而袂中利刃出。乃悉断颈，截手足，刳肠胃，分挂箐棘中[③]，累累相属[④]。贼大惊沮。

【注释】

①天顺初：应为"成化初"。译文从实。

②先三军锋：为三军前锋。

③箐棘：竹丛。

④属（zhǔ）：继续，接连。

【译文】

成化初年，两广少数民族作乱，韩雍前去讨伐。大军屯驻在大藤峡，前方道路狭窄，两旁都是水田。有数百名儒生、里长模样的人，跪在路上手拿着香说:"我们苦于叛贼侵扰很久了。今天有幸等到天兵来,得以做良民,我们愿意为三军前锋!"韩雍立刻大声怒叱说:"这些都是贼匪!给我绑起来拿下斩首!"左右的人起初也有些迟疑,绑了之后,他们衣袖中的利刃就露出来。于是都砍下他们的脑袋,截断四肢,挖出肠胃,分别挂在竹丛里,一个挨一个连起来。贼匪大为惊惧。

二

公尝出兵,令五鼓战。将领闻贼已觉,恐迟失事,二更即发,大破之。公赏其功,而问以违令之罪,以军令当斩,乃具闻请释[①],曰:"万一不用命而败,奈何?"人谓公得将将之体。

【注释】

①具闻:写明事情的缘由上奏。

【译文】

韩雍曾有次出兵,命令五更出战。将领听说贼人已经察觉,害怕迟了耽误大事,二更就出发,大破贼军。韩雍奖赏他的功劳,又追究他违抗军令的罪过,按军令应当斩首,于是众人写明事情的缘由上奏请求赦免,韩雍说:"万一不按命令执行而战败,怎么办呢?"人们说韩雍深得带将之道。

街亭马谡、好水川任福之败[①],皆以违令致之。必不贪功,而后功成于万全,公之虑远矣!

【注释】

①街亭:指街亭之败。228年,诸葛亮首次出祁山攻魏,马谡在街亭(今甘肃天水)违背诸葛亮调度,舍弃水源,据守南山,而不占据山下城镇,被魏将张郃断绝水道后攻破。好水川之败:宋康定二

年(1041),西夏赵元昊入侵渭州,韩琦命环庆路副总管任福为将抵御。临行前,韩琦再三告诫说,如果违反指挥,有功也要处斩。任福出兵小胜,不顾韩琦部署,轻骑至好水川(今宁夏隆德西),被元昊十万精兵包围,大败而亡。

【译文】

马谡在街亭、任福在好水川的失败,都是因为违抗军令导致的。将帅一定不要贪功,然后功劳才能成就于万无一失,韩雍的思虑深远啊!

李继隆

淳化中①,李继捧为定难军节度使②,阴与弟继迁谋叛。朝廷遣李继隆率兵讨之③。继隆夜入绥州,欲径袭夏州④。或谓夏州贼帅所在,我兵少,恐不能克,不若先据石堡以观贼势。继隆曰:"不然。我兵既少,若径入夏州,出其不意,彼亦未能料我众寡。若先据石堡,众寡一露,岂能复进!"乃引兵驰入抚宁县,继捧犹未觉。遂进攻夏州,继捧狼狈出迎,擒之以归。

【注释】

①淳化:宋太宗赵光义年号(990—994)。

②李继捧:宋党项人,世代据夏州。太平兴国七年(982),李继捧率家属入朝,授彰德军节度使。同年,其族弟李继迁叛变,骚扰西边,且受辽封为夏国王。端拱元年(988),宋以李继捧为定难军节度使,又命他镇夏州以招抚李继迁。此后李继迁忽降忽叛。

③李继隆:宋初名将李处耘之子。平后蜀、南唐均有功,被宋太祖器

重。宋太宗时从征太原，为先锋攻辽有功。淳化五年（991），为河西部部署征讨李继迁。真宗时官加同中书门下平章事。严于治军，谦以保身。

④夏州：治今陕西靖边。

【译文】

宋太宗淳化年间，李继捧为定难军节度使，暗中与弟弟李继迁图谋反叛。朝廷派李继隆率兵征讨他们。李继隆夜里进入绥州，想径直袭击夏州。有人说夏州是叛贼将帅所在地，我军兵力少，恐怕不能攻克，不如先占据石堡以观察贼兵的形势。李继隆说："不是这样。我军兵力少，若是径直攻入夏州，出乎贼军意料，他们也无法估计我军兵力的多少。若是先占据石堡，我军兵力多少一暴露，哪能再前进呢！"就率兵疾驰进入抚宁县，李继捧还没有察觉。于是进攻夏州，李继捧狼狈出营迎战，李继隆擒获他而回朝。

吴成器

休宁吴成器由吏员为余姚主簿时，胡梅林用兵之际[①]，闻倭至绍兴，欲择能事者往探。县令已遣丞，丞惧，不欲行。吴大言曰："探一信便畏缩，况交锋耶！"丞以告令，令壮其言，荐于院[②]。胡公召见，问："吴簿能探贼乎？"曰："能。"公曰："若果能往，当以某部二千人畀汝[③]，听汝指挥。"吴曰："不须如许，但容某自选择，乃可从之。"吴于教场立格，选得五百人，帅之往，见所过山村俱束装谋遁，吴谕之："无畏，大兵随后至矣！但尔曹须从我戒。"众唯唯听命。吴指山间草积，谓曰："尔若遁，此皆非汝有。今与汝约：以炮声为号，为我举火焚之，我为尔杀贼。"众许诺。夜半行至陶家畈，探知倭船十三只泊河下，群倭掳掠既饱，聚饮村中，搂妇人而卧。乃分遣五百人歼其守船者，徙其舟，连举大炮。山民如约，皆举火。倭于梦中闻炮声，惊起，则火光烛天，疑大兵至，争窜至河下，已失舟。方彷徨寻觅，吴率众呼噪而至，斩获数百级。倭自此绝不敢犯绍兴。胡公上其功，随升绍兴府判，后升佥事。

【注释】

①胡梅林：胡宗宪，字汝贞，号梅林。嘉靖进士。任浙江巡按御史，御倭有方，累升总督。结交权奸严嵩、赵文华等，以固权位。严嵩父子事败，被言官弹劾为严党，死于狱中。任总督时，命幕僚郑若曾辑《筹海图编》，记嘉靖御倭时事，并附有布防、战船、兵器详图。

②院：按院，此处指巡抚衙门。

③畀（bì）：委派，给予。

【译文】

休宁县吴成器从吏员升任余姚主簿时，正值胡宗宪对倭寇用兵之际，听说倭寇到了绍兴，想挑选能干事的人前往侦探。县令已经派了县丞，县丞害怕，不想去。吴成器大声说："打探一个消息就畏缩，更何况交战呢！"县丞把这话转告县令，县令欣赏吴成器的豪言，把他推荐到巡抚衙门。胡宗宪召见他，问道："吴主簿能打探倭寇的消息吗？"吴成器说："能。"胡宗宪说："若是果真能前往，就拨某部两千人交给你，听你指挥。"吴成器说："不需要这么多，只希望能让我自行挑选，才可以听从您。"吴成器在教场设立标准，挑选出五百人，率领他们前往，看见所经过的山村百姓都收拾行装准备逃走，吴成器告诉他们："不要害怕，大部队随后就到了！只是你们必须听从我的命令。"众人恭敬点头听命。吴成器指着山间的积草，对他们说："你们若逃走，这些草堆都不再是你们所有了。现在和你们约定：以炮声为信号，你们为我放火焚烧草堆，我为你们斩杀贼寇。”众人答应。半夜时行军到陶家畈，探知十三艘倭船停泊在河边，一群倭寇抢劫得满足之后，在村中聚集喝酒，搂着女人睡觉。于是分派五百精兵杀了守船的人，移走他们的船，接着连发大炮。村民遵照约定，都放火。倭寇在梦中听到炮声，大惊而起，只见火光照天，怀疑大部队来了，争相逃窜到河边，但船已不见了。正慌张寻找时，吴成器率兵喊杀而来，斩杀几百个倭寇的首级。倭寇从此再不敢侵扰绍兴。胡宗宪奏报吴成器的战功，随即晋升他为绍兴府判官，后升任佥事。

如此吏员，恐科甲中亦不易得也[①]。

【注释】

①科甲：进士出身的人。

【译文】

像吴成器这样的吏员，恐怕进士出身的人里也不容易求得。

王阳明

王阳明以勘事过丰城[①]，闻逆濠之变，兵力未具，亟欲溯流趋吉安[②]。舟人闻濠发千余人来劫公，畏不敢发。公拔剑馘其耳[③]，遂行。薄暮，度不可前，潜觅渔舟，以微服行，留麾下一人服己冠服，居舟中。濠兵果犯舟，得伪者，知公去远，乃罢。

【注释】

①王阳明：即王守仁，字伯安。以勘事过丰城：当时福州三卫军人作乱，兵部派王阳明奉命到福州勘察，需要经过丰城（今江西丰

城）。时任提督南赣军务都御史。

②溯（sù）流：逆着水流方向。

③馘（guó）：古代战争中割取敌人的左耳计数献功。此处指“割”这个动作。

【译文】

王阳明因为勘察福州叛乱的事途经丰城，听说宁王朱宸濠叛乱，由于自己兵力不足，想尽快逆流而上到吉安征调兵力。船家听说朱宸濠派一千多人来截杀王阳明，害怕得不敢搭载他。王阳明拔剑割下船家一只左耳朵，船家才终于发船。傍晚时分，王阳明估量无法搭乘大船继续前行，于是暗中找了一条小渔船，换上普通百姓的衣服前行，留了一名部下穿上自己的官服，继续待在大船上。朱宸濠的叛兵果然拦阻搜捕大船，抓到那名假扮者，知道王阳明早已走远，这才作罢。

公至中途，恐濠速出，乃为间谍，假奉朝廷密旨，行令两广、湖襄都御史及南京兵部，各命将出师，暗伏要害地方，以俟宁府兵至袭杀。复取优人数辈[①]，各将公文置夹衣絮中。将发间，又捕捉伪太师家属至舟尾[②]，令其觇知[③]，公即佯怒，牵之上岸处斩，已而故纵之，令其奔报。濠获优，果于衣中搜得公文，遂迟疑不发。公到吉安，调度兵粮粗备，始传檄征兵，暴濠罪恶。

【注释】

①优人：扮演杂戏的艺人。

②伪太师：致仕侍郎李士实。朱宸濠所拜太师。士实参与逆谋，为朱宸濠左丞相，后被诛。

③觇（chān）知：暗中得知。

【译文】

王阳明在赶往吉安途中，害怕朱宸濠短时间内会出兵，于是派出间谍，假装奉朝廷密旨，号令两广、湖襄都御史及南京兵部，各自派出将领出兵，暗中埋伏在要害地方，等宁王朱宸濠的兵一到就袭击格杀。又招来数位优人，各自将公文放在夹衣棉絮中。将出发之前，又捕捉伪太师李士实的家属到船上，让他们窥探得知公文的秘密，王阳明就假装发怒，拉着他们上岸处斩，不久又故意放他们逃走，让他们跑到朱宸濠处报告。朱宸濠捕获优人，果然从他们衣服中搜到公文，于是犹疑不敢贸然发兵。王阳明到达吉安，调动兵马粮草差不多齐备了，才发布檄文调兵，揭发朱宸濠的罪行。

濠知为公所卖，愤然欲出。公谓："急犯其锋，非计也。宜示以自守不出之形，必俟其出，然后尾而图之。先复省城[1]，以倾其巢。彼闻，必回兵来援，我则出兵邀而击之，此全胜之策！"濠果使人探公不出，乃留兵万余守省城，而自引兵东下。公闻濠已出，遂急促各府兵，刻期会于丰城[2]。时濠兵已围安庆。众议宜急往救，公谓："九江、南康皆已为贼所据[3]，而南昌城中精悍万余，食货重积。我兵若抵安庆，贼必回军死斗。安庆之兵仅足自守，必不能出而夹攻。贼令南昌兵绝我粮道，九江、南康合势挠摄[4]，而四方之援又不可望，事其危矣！今我师骤集，先声所加，城中必恐，并力急攻，其势必下，此孙子救韩趋魏之计也！"侦者言"新旧厂伏兵万余，以备犄角"。公遣兵从间道袭破之。溃卒入城，城中知王师雨集，皆大骇。遂一鼓下之。

【注释】

①省城：南昌。

②刻期：在严格规定的期限内。

③南康：南康府，在今江西星子（庐山南）。

④挠摄：扰乱而伺机进取。

【译文】

朱宸濠知道被王守仁蒙骗了，愤怒地想要发兵。王阳明说："此时急迫地与朱宸濠硬碰硬，并不是上策。应该摆出坚守不战的姿态，一定要等朱宸濠出兵，再尾随其后，创造良机。先光复南昌，攻击朱宸濠的老巢。朱宸濠听说了，一定回兵来救，我们再出兵截击他们，这是全胜的计策！"朱宸濠果然派人侦察到王阳明坚守不出的信息，就留下一万多部众守卫南昌，而自己却率大军向东进发。王阳明听说朱宸濠已离开南昌，就急忙催促各府兵马，在规定期限内在丰城会师。当时朱宸濠的大军已包围安庆。诸将认为应该赶紧去救安庆，王阳明说："九江、南康都已被朱宸濠攻占，而南昌城中有一万名精兵，粮食充足。我军如果前往安庆救援，叛贼一定回军拼死迎战。安庆的兵力仅能自保，一定不能出城与我军配合夹击叛贼。如果叛贼命南昌兵马断绝我军粮道，九江、南康合力伺机夹击我军，四方援军又指望不上，情势一定危急了！现在我军迅速会师，先声夺人，南昌贼兵一定心生恐惧，我军合力进攻，必能一举破城，这是孙子救韩趋魏的计谋。"这时侦察的人报告"新旧厂有伏兵一万多人，准备互为犄角之势"。王阳明派遣士兵从小路袭击并打败他们。溃败的士兵退入城中，城中听说官军来得又快又多，都十分害怕。于是王阳明一鼓作气就攻破此城。

濠闻我兵至丰城，即欲回舟。李士实谏，以为"必须径往南京，既登大宝，则江西自服"。濠不听，遂解安庆之围，移兵泊阮子江，为归援计。公闻濠兵且至，召众议之。众云："宜敛兵入城，坚壁待援。"公曰："不然。彼闻巢破，胆已丧矣。先出锐卒，要其惰归[1]，一挫其锐，将不战而溃，所谓'先声有夺人之气'也。"乃指授伍文定等方略：先以游兵诱之，复佯北以致之。俟其争前趋利，然后四面合击，伏兵并起。又虑城中宗室或内应为变，亲慰谕之，出给告示：凡胁从者不问；虽尝受贼官职，能逃归者，皆免死；能斩贼徒归降者，皆给赏。使内外居民及乡导人等四路传布。又分兵攻九江、南康，以绝其援。于是群力并举，逆首就擒。

【注释】

①要：拦阻，截击。惰归：疲惫而归的士兵。

【译文】

朱宸濠听说官军到达丰城，就想调转船头。李士实劝谏，认为"必须直接进攻南京，夺得天子之位之后，江西自然归服"。朱宸濠不听，于是解除对安庆的围攻，移兵停泊在阮子江边，做回兵救援南昌的打算。王阳明听说朱宸濠回兵将要到来，召集诸将商议。诸将说："我们应该收兵入城，坚守不战，等待援军。"王阳明说："不是这样。贼兵听说老巢已破，已经丧胆。我们先派出精锐部队，迎击他们疲惫归来的士兵，一举挫伤他们的锐气，贼兵将会不战而败，这就是'先发制人能够夺人气势'"。于是指示教给伍文定等诸将应战方略：先用游击兵诱敌，再假装败走让贼兵来追。等他们争着向前追逐时，然后四面合围，埋伏的士兵一起围攻。王阳明又考虑城中宗室有人可能是朱宸濠的内应会发生事变，于是亲自安慰晓谕他们，并且出公文告示：凡过去曾受朱宸濠胁迫而为内应者，一律不予追究；虽曾接受朱宸濠任命的官职，现在能逃回来的，也一律免去死罪；而能杀贼兵归降者，都给予奖赏。王阳明还派城内外百姓和向导等四处传播散布。同时又分兵攻打九江、南康，来断绝两地的救援。终于群策合力，叛兵首领朱宸濠被擒获了。

按，陈眉公《见闻录》[①]，谓宸濠之败，虽结于江西，而实溃于安庆；虽收功于王阳明，而实得力于李梧山。李讳充嗣，四川内江人。正德十四年巡抚南畿，闻宸濠请增护卫，叹曰："虎而翼，祸将作矣！"遂力陈反状。廷议难之。公乃旦夕设方略、饬武备，以御贼为念。谓安庆畿辅[②]，适当贼冲，非得人莫守。当诸将庭参，于众中独揖指挥使杨锐而进之曰："皖城保障，委之于子，毋负我！"十五年[③]，贼兵陷九江。公自将万人，屯采石，以塞上游之路，飞檄皖城，谕以忠义。锐感激思奋，相机应敌，发无不捷。节发间谍火牌云[④]："为紧急军情事，该钦差太监总兵等官，统领边官军十万余，一半将到南京，一半径趋安庆，并调两广狼兵、湖广土兵，即日水陆并进，俱赴安庆会集，刻期进攻江西叛贼。今将火牌飞报前路官司，一体同心防守，预备粮草，听候应用等因。"宸濠舟至李阳河，遇火牌，览之惊骇，由是散亡居半。继又发水卒千人，盛其标帜，乘飞舰百余艘，鼓噪而进，声为安庆应援。城中望见，士气百倍。锐即开门出敌，水陆夹攻，贼遂大溃。时宸濠营于黄石矶，闻败将遁。公自将兵逐北。宸濠奔入鄱阳湖，适遇巡抚王公阳明引兵至湖，遂成擒焉。后论功竟不及公。胡御史洁目击其事，特为论列，不报。故今人盛称阳明，而不及梧山，亦有幸有不幸欤？

【注释】

①陈眉公《见闻录》：明陈继儒撰，共八卷。记载明代朝士事实，典章制度。其中记载的李充嗣抵御朱宸濠叛兵事，在史料中没有详

细记载。陈眉公,即陈继儒,号眉公。

②安庆畿辅:安庆是南京附近的地区。畿辅,京城附近的地区。

③十五年:应作“十四年”,朱宸濠正德十四年六月反,陷九江,至七月,就已被擒。译文从实。

④火牌:古代军中传达紧急命令时所用的符信,持火牌者,一路可由驿站供给口粮。

【译文】

按,陈眉公《见闻录》记载,认为朱宸濠的失败,虽结束于江西,实际上却是在安庆种下的败因;虽然战功首推王守仁,实际上却应归功李梧山。李梧山名叫李充嗣,是四川内江人。正德十四年,巡抚南京附近地区时,听说朱宸濠请求增加护卫,叹息说:“猛虎添翼,恐怕兵祸将要发生了!”于是上书力陈朱宸濠的造反迹象。朝廷大臣责难梧山。李梧山于是日夜设计方略、整理军备,时刻惦记着抵御贼寇。他认为安庆在南京附近,位置正对着贼人要来的方向,不是得力的人不能防守。当诸位将领在庭院参见时,在众人中唯独向指挥使杨锐行礼并说道:“我把保卫皖城的重任,托付给您,您不要辜负我的期望!”正德十四年,朱宸濠反军攻陷九江。李梧山亲自率领一万名士兵,驻扎在采石矶,来堵塞上游的路,派人紧急通知皖城戒备,并以忠义勉励杨锐。杨锐感激奋进,根据时机应敌,战无不胜。另外派遣间谍持火牌说:“因紧急军情的缘故,特命钦差太监总兵等官,统领边官军十余万人,一半派赴南京,一半直接派赴安庆,并征调两广狼兵、湖广土兵,即日起水、陆同时出发,都到安庆会师,限期进攻江西剿灭叛贼。今日以火牌飞报前路各衙门,各将领需一体同心防守戒备,预备粮草,听候调遣等。”朱宸濠的战船走到李阳河,截下火牌,一看之下大为惊慌,因此贼兵四散逃走一半。李梧山接着又派一千水兵,多插旗帜,搭乘百余艘船舰,擂鼓、大喊向前,为安庆声援。城中守兵看到后,士气倍增。杨锐立即打开城门率兵迎敌，水陆两路夹攻，贼兵于是大溃而逃。当时朱宸濠在黄石矶扎营，听到失败消息要趁夜逃走。李梧山亲自率兵追击。朱宸濠逃至鄱阳湖，正巧碰上巡抚王阳明率兵到鄱阳湖，于是被擒。后来论功竟不提及李梧山。御史胡洁曾目睹整个事件的经过，专门为梧山论次评定，朝廷没有回复。因此今天的人盛赞王阳明，而不提及李梧山的功绩，也是幸运不幸运的缘故吧？

又按，宸濠兵起，声言直取南京。道经安庆，太守张文锦与守备杨锐等合谋，令军士鼓噪登城大骂，激怒逆濠，使顿兵挫锐于坚城之下，而阳明得成其功。虽天夺其魄，而张、杨诸公之智，亦足述矣！

【译文】

又按，朱宸濠起兵之初，曾扬言要直攻南京。路经安庆时，太守张文锦与守备杨锐等人合谋，命令军士击鼓叫喊，登上城楼辱骂，激怒朱宸濠，使他在安庆城下驻军挫伤锐气，而王阳明才能一举擒获朱宸濠。朱宸濠之败虽是天意，但张文锦、杨锐等人的智谋，也值得称道啊！

杨锐

杨锐守备九江、安庆诸郡。既获江贼，监司喜，公曰：“江贼何足忧，所虞者豫章耳[①]！”意指宸濠也。又谓九江为鄱阳上流，不可恃。湖最要害，当以九江中左所一旅，置戍于湖口县之高岭，可以远望，有警即可达。乃绘图呈南部及各台[②]，又请造战舰若干艘，习水战于江上。城中治兵食，多浚井。闻宁濠变作，先引军设钩距于江侧[3]，禁勿泄。比寇到，船二百余艘抵岸，为钩距所破。寇攻城后败去。濠泊船南岸，闻不克，大怒，率众分攻五门，各首举木为蔽，甚急。公裂帛布覆纸裹火药千数，散投所蔽木上，火发，尽弃走，火光周匝不绝，寇无所遁。寇复于北濠结木为栈，与城接，挟兵而进。城中大惊，公曰："事急矣！"乃诡以"大将军"火铳实石被绯[4]，金鼓迎置城上[5]。寇兵望见，惊惧未进。潜使一卒从间道出，烧栈绝。寇众解结[6]，且溽暑，力惫，夜鼾睡去。公募善泅者数人，于船中闻鼾声即斩首，绝其缆，放之中流。又遣一二强卒，突入岸上营，举火炮，城上应之。乘胜捕杀，声震数里。濠浩叹出涕，举帆顺风而返。

【注释】

①豫章：豫章郡。治今江西南昌，辖境相当今江西省地。

②南部：南京兵部。

③钩距：古代一种兵器，又叫"钩镶"。其作用是"退者钩之，进者拒之"。

④诡：要求。大将军：炮铳名。在当时火炮威力最大。被绯：披上红布。

⑤金鼓：敲锣打鼓。

⑥解结：懈力，溃散。

【译文】

杨锐镇守九江、安庆各郡。捕获水盗后，监司很高兴，杨锐说："水盗不值得担忧，所担忧的是豫章郡！"意思是指朱宸濠。又说九江位居鄱阳湖上游，不足以凭恃。鄱阳湖是最要害的地方，应当把九江中左所一支兵马，放在湖口县的高岭戍守，可以向远处眺望，有警报就可以送达。于是绘制地图呈送南京兵部及各府台，又请求建造若干艘战舰，在江上训练士兵熟悉水战。城中治办兵器粮草,疏通很多水井。听说宁王朱宸濠起兵叛变,杨锐先率兵在江边设置钩距,禁令士兵泄露。等贼寇到了,二百多艘战船靠岸,被钩距破坏。贼寇攻城后大败散去。朱宸濠在南岸停船,听说没有攻克,大怒,率领兵众分别攻打五座城门,各位首领举起木板为遮蔽,情势十分危急。杨锐命人撕裂帛布覆以纸张包裹火药做成数千枚火药包,分散投在所遮蔽的木板上,火烧起来,都舍弃木板逃走,火光四起不断,贼寇没有地方可逃。贼寇又在北面的城壕连结木头架成栈道,与城墙相接,领兵进攻。城中大为惊惧,杨锐说:"事情紧急!"于是要求把"大将军"火铳填满石块、披上红布,敲锣打鼓放置在城墙上。贼兵望见火铳,惊惧而不敢前进。杨锐暗中派一名士卒由小道出城,焚毁栈道。贼寇懈怠溃散下来,况且正值大热暑天,人力疲倦,夜里打呼噜睡去。杨锐召募善于游泳的几个士兵,在贼船中听见鼾声就割下人头,再割断缆绳,让贼船顺水漂流。杨锐又派一两名强壮士兵,突然潜入岸边贼营,发射火炮,城上也放炮应和他。乘胜捕杀贼兵,声音远震几里。朱宸濠长叹而流下眼泪,升帆顺风回营。

安庆不守,则阳明之功不成,故以杨锐附阳明之后。

【译文】

安庆城不能坚守,那么王阳明的功劳就无法达成,所以将杨锐的事迹附在王阳明之后。

沈希仪

沈都督希仪[1],初为右江参将[2]。右江城外五里,即贼巢。贼诇者耳目遍官府,即闺闼中稍动色[3],贼在溪洞数百里外辄知。希仪至,顾令熟瑶恣出入[4],嬉游城中,而求得与瑶通商贩者数十人，厚抚之，使为诇[⑤]。边批：军中用诇，是第一义。于是贼动静声息，顾往往为我所先得。每出剿，即肘腋亲近不得闻[⑥]。至期鸣号，则诸兵立集听令。边批：曹玮后身。令曰："出某门！"旗头即引诸军贸贸行[⑦]。问旗头，旗头自不知。顷之扎营。贼众到，战方合而伏又左右起，贼大败去。已贼寇他所，官军又已先在。虽绝远村聚，贼度官军所不至者，寇之，军又未尝不在。贼惊以为神，即官军亦不知希仪何自得之也。所剿必其剧巢[⑧]，缚管绳为记，无妄杀。得妇女牛畜，果邻巢者，悉还之。唯阴助贼者，还军立剿，曰："若奈何阴助贼战？"或刀弩而门瞷者[⑨]，曰："罚若牛五，若奈何刀弩瞷师？"于是贼惊服，无敢阴助贼及门瞷者。

【注释】

①沈都督希仪：沈希仪，字唐佐。正德年间，多次带兵镇压西南少数民族起义，被提升为都指挥同知。嘉靖中，以参将身份驻柳州，积功至都督同知。

②右江：指广西柳州。

③闺闼（tà）：闺门，家庭。

④熟瑶：汉化较深的瑶族人。

⑤诇（xiòng）：密告，侦探。

⑥肘腋：比喻亲近的人。

⑦贸贸：茫然不知。

⑧剧巢：重要的巢穴。

⑨刀弩而门瞷（jiàn）者：手持武器从门内窥伺的人。

【译文】

都督沈希仪，最初担任右江参将。右江城外五里处，就是贼人的巢穴。贼人的密探遍及官府，即使闺房中稍有风吹草动，盗匪在数百里外的溪洞里就会一清二楚。沈希仪到任后，只准许汉化较深的瑶族人任意出入城内，在城中游玩，接着找到与瑶人通商的小贩几十人，给予他们优厚的报偿，让他们充当密探。边批：军中用密探，是第一要义。从此盗贼的一举一动，反而常常被我方先获知。沈希仪每次出兵剿贼，事先连最亲近的部属也不能知道。到了时间鸣号通知，全军将士立刻集合听令。边批：曹玮转世。发令说："由某城门出城。"掌旗官就带领大军茫然前进。问掌旗官目的地是哪里，掌旗官自己也不知道。不久军队驻扎安营。盗匪到来，双方刚战在一处，伏兵又从左右两侧包抄，盗匪大败逃走。然后当贼兵袭击其他地方时，却发觉官军早已先一步在那里守候了。即便是最偏远的村落，贼兵估计官军不会到达的地方，贼兵去侵袭，官军又不曾不在。贼兵惊讶地认为沈希仪用兵如神，就连官军自己也不知道沈希仪从哪里得到的消息。沈希仪剿灭的必定是叛贼的重要巢穴，还会捆上管绳作记号，来避免滥杀。掳获的妇女和牲畜，如果查明确属邻村的，都予以遣还。只有对那些暗中勾结、协助贼人的，回军立刻剿灭，并责备说："你为什么暗中帮助贼匪作战？"有拿着武器从门内窥伺的人，说："罚你出五头牛犒军，你为什么拿着武器窥伺我的队伍呢。"于是贼匪惊讶叹服，再也没有敢私下通敌和探听消息的人了。

常欲剿一巢，乃佯卧病。所部入问病，谢不见。明日入问，希仪起曰："吾病，思鸟兽肉，若辈能从我猎乎？"边批：裴行俭袭都支①。即起出猎。去贼一二里而止营，军中乃知非猎也。最后计擒其尤黠猾善战者，支解之，四悬城门，见者股栗。

【注释】

①裴行俭袭都支：唐仪凤四年（679），西突厥阿史那都支联合吐蕃

进攻安西，裴行俭以送波斯王回国为名到西州，集兵袭擒都支。

【译文】

沈希仪曾经想剿灭一个贼人巢穴，就假装生病卧床休息。部下进来探视，他都推辞不见。第二天，又前来探病，他才起身说："我生病，想吃点野味开胃，你们愿不愿意跟我出去打猎？"边批：裴行俭突袭都支的做法。于是率领部下出猎。当晚就在离贼营一二里处扎营休息，将士才明白沈希仪根本不是真的要打猎，最后用计擒获贼营中最狡猾善战的人，把他们的尸首肢解后，悬挂在四面城门示众，看见的人腿都直哆嗦。

常以悲风凄雨、天色冥冥夜，察诸贼所止宿，散遣人赍火若炮，衣毳帽[①]，与草色同，潜贼巢中。夜炮举，贼大骇曰："老沈来矣！"挈妻子逃至山顶，儿啼女咷，往往寒冻死，或触崖石死。妻子相怨："汝作贼何利至此！"明诇之，则寂无人，已相闻，愈益惊。阴诇之，则老沈固在参府不出也。边批：的是鬼神不测。自此贼胆落，或易面为熟瑶，而柳城旁一童子牵牛行深山，无敢诇者矣。后熟瑶既闻公威信，征调他巢，虽惧仇，不敢不往。甚而大雨，瑶惧失期，泅溪水以应。论者以为自广西为将，韩观、山云之伦[②]，能使瑶不为贼，希仪则使瑶人攻贼，前此未有也。

【注释】

①毳帽：毛皮所制的帽子。

②韩观：明初人，在广西为将。山云：宣德中以总兵身份镇守广西。

【译文】

沈希仪经常在凄风苦雨、天色昏暗的夜晚，侦察到贼众宿营的地方，派人分散携带火炮，穿戴上与草同色的帽子，潜入贼的巢穴中。半夜里点火发炮，贼兵惊慌失措，高喊："老沈来了！"带着妻子孩子逃到山顶，一时间，孩子哭老婆叫，常常因为寒冷冻死，有的撞崖石而死。导致妻儿都埋怨丈夫："你做贼的好处怎么到了这种程度！"第二天天亮，贼兵回巢查探，发现老巢竟空无一人？更加心惊胆战。再派人暗中打探，老沈坚守参将府衙，根本不曾外出。边批：的确是鬼神不测。从此贼人更为丧胆，有的洗心革面做了被汉化的瑶人，柳城旁一个孩童牵牛走在深山里，都没有人敢来骚扰打探。后来，熟瑶知道了沈公的威严，每当沈希仪征调他们攻击其他贼巢时，虽然又怕又恨，也不敢不去。有时候碰到下大雨，他们怕误了规定的期限，从溪水游也要游过去。评论的人认为到广西做将军的，像韩观、山云这样的人，能让瑶人不成为贼盗，而沈希仪能让瑶人攻击贼人，这种事是过去从未有过的。

赵臣

岑璋者，归顺州土官也[①]，多智略，善养士。田州岑猛[②]，其婿也。猛不法，督抚上反状。诏诸土官能擒贼猛者，赐秩一级，畀半地[③]；党助者并诛。都御史姚镆将举兵[④]，而虑璋合谋，咨于都指挥沈希仪。沈知部下千户赵臣与璋善，召臣问计曰："微闻璋女失宠，璋颇恨猛。吾欲役璋破猛，如何？"臣对曰："璋多智而持疑，直语之，必不信，可以计遣，难以力役也。"沈曰："计将安出？"臣曰："镇安、归顺[⑤]，世仇也。公使人归顺，则镇安疑；使人镇安，则归顺疑。公若遣臣征兵镇安，璋必邀臣询故，而端倪可动也。"沈如计遣臣。

【注释】

①归顺州：在今广西靖西。

②田州：治今广西田阳东。

③畀（bì）半地：将岑猛土地的一半送给能擒获岑猛的人。

④姚镆：字英之。弘治六年（1493）进士。嘉靖四年（1525）升右都御史，提督两广军务兼巡抚。讨平田州土官岑猛叛乱。

⑤镇安：土州名。在今广西德保。与归顺土州相邻。

【译文】

岑璋，是归顺州的土官，足智多谋，善于收罗人才。田州的岑猛，是他的女婿。岑猛触犯法律，督抚奏告岑猛谋反的罪行。皇帝下诏说各州土官能擒获逆贼岑猛的，赐爵位一级，另外将岑猛一半的田地赐给他；勾结帮助岑猛的人一律格杀。都御史姚镆准备出兵，顾虑岑璋与岑猛合谋，于是询问都指挥沈希仪。沈希仪知道部下千户赵臣和岑璋交好，召来赵臣询问计谋，说："我大略听说岑璋的女儿婚后失宠，为了女儿的事，岑璋很痛恨岑猛，我想借岑璋攻破岑猛，怎么样？"赵臣回答说："岑璋多智谋而生性多疑，直接对他说，他一定不相信，可以用计谋来调遣，难以用武力役使。"沈希仪说："如何制定计谋呢？"赵臣说："镇安、归顺两州是世仇。您派人前往归顺，那么镇安一定起疑；派人到镇安，那么归顺又会起疑。您若派我到镇安征兵，岑璋一定会请我去询问原委，就有头绪可寻了。"沈希仪就照计派遣赵臣。

臣枉道诣璋所，坐而叹息。璋叩之，不言。明日，璋置酒款臣，固叩之："军门督过我耶？璋受侮邻仇，将逮勘耶？"臣皆曰："否，否！"璋愈疑，乃挽臣卧内，跪叩之。臣潸然泣下，璋亦泣，曰："嗟乎赵君！璋今日死即死耳，君何忍秘厄我①！"臣曰："与君异口骈心②，有急不敢不告。今日非君死，即我死矣！"璋曰："何故？"臣曰："军门奉旨征田州，谓君以妇翁党猛③，将檄镇安兵袭君。我不言，君必死矣。我言之，而君骤发，败机事，我必死，是以泣耳！”璋大惊，顿息曰[④]：“今日非赵君，我族矣！”遂强臣称病，留传舍，而亟遣人驰军门，备陈猛反状，恐波及，愿自效。沈许之，遂以白镆。镆始专意攻猛。

【注释】

①秘厄：暗中为难。

②骈心：二心相连。

③妇翁：岳父。党：结党，勾结。

④顿息：深深叹息的样子。

【译文】

赵臣故意绕道到岑璋住所，坐下就不断叹气。岑璋问他，他也不说话。第二天，岑璋置办酒菜款待赵臣，执意问他：“军门都督怪罪我吗？我被邻近仇家侮辱诬陷，要逮捕审查我吗？”赵臣都说：“不是，不是！”岑璋越发疑心，于是挽着赵臣进入内室，跪着问赵臣。赵臣动情地流下眼泪，岑璋也跟着哭，说：“哎，赵先生啊！我今天要死就死了，您怎么忍心暗中为难我！”赵臣说：“我与您二心相连，有紧急的事不敢不告诉你。今天不是你死，就是我死！”岑璋说：“什么缘故？”赵臣说：“军门奉旨出征田州，说您以岳父身份勾结岑猛，将要发公文征镇安兵来攻击您。我不说，您必定死。我告诉您，而您突然发兵叛变，泄露军机，我必定被处死，所以才流泪！”岑璋大惊，深深叹息说：“今天要不是您赵先生，我就被灭族了！”于是强要赵臣称病，留宿传舍，又急忙派人快马前往军门，详细陈述岑猛谋反的罪状，恐怕受连累，愿意效力官军。沈希仪答应了他，就将此事告诉姚镆。姚镆才全力攻伐岑猛。

猛子邦彦守工尧隘[①]。璋阳遣千人助之，使为内应，皆以寸帛缀裾为识，而潜以告沈。时田州兵死守隘，众莫敢前。沈独往，战三合，沈以奇兵千余骑间道绕隘侧，旗帜闪闪。归顺兵呼曰："天兵从间道入矣！"边批：朱序间秦兵类此。田州兵惊溃。沈乘之，斩首数千，邦彦死。猛闻败，欲自经。璋诱之，使走归顺，奉以别馆。边批：多事。

【注释】

①工尧隘：在今广西田东县东南。为险要之地。

【译文】

岑猛的儿子岑邦彦把守工尧隘。岑璋表面派一千人帮助他，实际让这些人做官军内应，都以一寸帛布缝在衣摆上为标识，而暗中报告沈希仪。当时田州士兵死守隘道，众人不敢前进。沈希仪独自带兵前往，战了三个回合，沈希仪率一千多名精兵由小路绕到隘道侧面，军旗飘动。归顺兵大喊道："天兵从小路攻入了！"边批：朱序离间前秦兵与此类似。田州兵惊慌溃散。沈希仪乘胜追击，斩杀数千人，岑邦彦战死。岑猛听说战败，想上吊自杀。岑璋劝诱他，让他逃到归顺，安排他住在别馆中。边批：多事。

而别将胡尧元等嫉沈功，边批：可恨。欲以万人捣归顺[①]。璋先觉之，遣人持百牛千酝，迎军三十里，谓尧元曰："昨猛败，将越归顺走交南。璋邀击之，猛目集流矢南去，不知所往。急之，恐纠虏为变。幸缓五日，当搜致。"尧元许之。璋复构茅舍千间，一夕而讫。边批：有用之才。诸军安之，无进志。璋还诡猛曰："天兵退矣！然非陈奏不白。"猛曰："然。顾安得属草者[②]？"璋即令人为猛具草，促猛出印封之。既知猛印所在，乃置酒贺猛。鼓乐殷作[③]，酒半，璋持鸩饮献曰："天兵索君甚急，不能相庇！"猛大呼曰："堕老奸矣！"遂饮药死。璋斩其首，并印从间道驰诣军门，而斩他囚贯猛尸，诣掷诸军。诸军嚣争，击杀十余人；飚驰军门，则猛首已枭一日矣。诸将大恚恨，遂浸淫毁璋。而布政某等复阴害镆，倡言猛实不死，死者道士钱一真也。御史石金遂劾镆落职，边批：好御史！而希仪等功俱不叙[④]。璋怏怏，遂黄冠学道。见田汝成《留青日札》[⑤]。

【注释】

①捣（dǎo）：冲击，攻打。

②属草：起草奏文。

③殷作：大作。

④叙：按功劳的大小给予奖励。

⑤田汝成《留青日札》：似应是田汝成《炎徼纪闻》。《留青日札》为田艺蘅作。译文从实。

【译文】

而别将胡尧元等人嫉妒沈希仪的战功，边批：可恨。想要以一万兵力直捣归顺。岑璋先察觉到了，派人带着一百头牛及一千坛好酒，到三十里外迎接官军，对胡尧元说："昨天岑猛大败，他打算经由归顺逃往交南。我拦击他，他眼睛中箭后向南逃窜，不知逃到哪里了。着急追捕，恐怕他纠集贼虏再生事变。希望您缓五天，一定擒获他送给将军。"胡尧元答应了他。岑璋又搭盖一千间茅舍，一夜建成。边批：有用之才。官军们安心住下，没有进攻的意志。岑璋回去骗岑猛说："官军撤退了！然而不上书奏报不能表明你的清白。"岑猛说："是啊。哪里有起草奏文的人？"岑璋立即命人为岑猛准备起草，催促岑猛拿出印封上奏信。已经知道岑猛印信藏放的地方，于是置办酒席向岑猛道贺。鼓乐大作，酒宴进行一半时，岑璋拿着毒酒进献说："官军紧急搜捕你，我不能庇护你！"岑猛大叫说："我上了你这老狐狸的当！"于是喝下毒酒而死。岑璋砍下岑猛的脑袋，连同印信由小路快马送交军门沈希仪处，而斩杀别的囚犯连同岑猛的尸体一起，前去扔到众军士前。军士们争功吵闹，击杀十多人；快马来到军门，却发现岑猛的首级已经挂在城门上一天了。将领们十分愤恨，于是渐渐诋毁岑璋。而布政使某人等又暗中陷害姚镆，公开说岑猛其实没死，死的是道士钱一真。御史石金于是弹劾姚镆，免去他的官职，边批：真是"好御史"！而沈希仪等人的战功都没有给予奖励。岑璋闷闷不乐，就戴上黄冠去学道了。见田汝成《炎徼纪闻》。

田汝成曰："岑猛之伏诛也，岑璋掎之[①]，赵臣启之，沈希仪主之，而功皆不录，其何以劝后？两广威令浸不行于土官，类此。书生无远略，琐琐戚戚[②]，兴谗参嫉，宁惜军国重轻哉！"

【注释】

①掎：牵制。

②琐琐戚戚：猥琐而胆小。

【译文】

田汝成说："岑猛伏法被诛，是因为岑璋牵制，赵臣献计，沈希仪主导，但功劳都不记录，那拿什么劝勉后人呢？两广的威严政令都不能在土官中推行，都与此类似。书生没有远见，猥琐胆小，兴起谗言产生嫉妒，哪里顾惜军国的轻重呢！"

〇王弇州一代史才，其叙岑猛事，亦谓猛实不死，岂惑于石侍御之言耶？李福达之狱[①]，朝是暮非，迄无确见，不知异日又何以定真伪也。

【注释】

①李福达之狱：嘉靖年间，有“妖人”李福达以弥勒教聚众起兵，被官兵镇压后，李福达逃走，改名为张寅，后又挟重资到京师，以炼丹术与武定侯郭勋往来。至嘉靖五年，被捕处死。当时李福达是真是假一事轰动朝廷，郭勋、张璁、桂萼力辩张寅非李福达，并借以打击政敌。次年，认为张寅即李福达的台谏诸臣或死或贬，达四十多人。四十年后，明穆宗即位，才为台谏诸臣平反。

【译文】

王世贞是一代史家，他叙述岑猛事件时，也说岑猛其实没有死，难道是被御史石金的话迷惑了吗？今人李福达的刑狱，变来变去，至今没有定论，不知道日后又凭什么判定真假。

王式

浙东贼裘甫作乱①，以王式为观察使讨平之②。诸将诣于式曰：“公始至，军食方急③，而遽散之，何也？”式曰：“贼聚谷以诱饥人。吾给之食，则彼不为盗。且诸县无守兵，贼至，则仓谷适足资之耳。”“不置烽燧④，何也？”式曰：“烽燧所以趋救兵也。今兵尽行，徒惊士民耳。”“使懦卒为候骑而少给兵⑤，何也？”式曰：“彼勇卒操利⑥，遇敌则不量力而斗，斗死则贼至不知矣。”皆拜曰：“非所及也！”

【注释】

①裘甫作乱：唐大中十三年(859)，浙东裘甫起义，攻克象山，进逼剡县(今浙江嵊州)。次年，大破官军，兵众达三万，连续攻陷唐兴(今浙江天台)、余姚、上虞等县。为王式所败。

②王式：举贤良方正科，迁殿中侍御史。通过郑注结交权宦王守澄，遭弹劾，贬为江陵少尹。裘甫叛乱，王式被任为浙东观察使，至越州，发流配江淮之吐蕃、回鹘人为骑兵，擒杀裘甫。后因屡次镇压农民起义有功，官至左金吾大将军。

③军食：供应军队的粮食。

④不置烽燧：当时有人建议王式设烽火台以侦察敌人的远近众寡，王式笑而不应。

⑤候骑：担任侦察巡逻任务的骑兵。

⑥利：锋利的兵器。

【译文】

唐朝浙东贼匪裘甫起义，朝廷任王式为观察使讨平他。得胜后，将领们去拜访王式说："您刚到的时候，正急需军粮，您却命各县立刻开仓散粮，是为什么？"王式说："贼匪聚集稻谷来引诱饥饿的百姓。我给他们粮食，那么他们就不会沦为盗匪。况且各县城都没有守兵，贼匪到后，那么仓中稻谷正好资助了他们。"又问："您不设烽火台，是为什么？"王式说："设烽火台是为了催促救兵。如今士兵全部出征，设烽火台只会白白地惊扰军士百姓。"又问："您派懦弱的士兵为侦察骑兵而少给他兵器，是为什么？"王式说："那些勇猛的士兵拿着锋利的兵器，遇到敌人就会不考量自身力量而战斗，如果战死，那么贼兵到了也不知道了。"众人都拜服说："您的智谋非我们所能及。"

兵智部诡道卷二十三

道取其平，兵不厌诡①。
实虚虚实，疑神疑鬼。
彼暗我明，我生彼死。
出奇无穷，莫知所以。
集《诡道》。

【注释】

①诡：诡诈。

【译文】

为人之道要取平和，用兵不能排斥诡诈。
虚中有实实中有虚，能让敌人胡乱猜疑。
敌在暗处我在明处，我方生还敌人战死。
出奇制胜变化无穷，使敌人不知道原委。
集为《诡道》一卷。

郑公子突

北戎侵郑[①]，郑伯御之[②]，患戎师，曰："彼徒我车[③]，惧其侵轶我也[④]。"公子突曰[⑤]："使勇而无刚者，尝寇而速去之，君为三覆以待之[⑥]。戎轻而不整，贪而无亲，胜不相让，败不相救。先者见获，必务进；进而遇覆，必速奔。后者不救，则无继矣[⑦]，乃可以逞。"从之。戎人之前遇覆者奔，祝聃逐之[⑧]，衷戎师[⑨]，前后击之，尽殪[⑩]，戎师大奔。

【注释】

①北戎侵郑：春秋鲁隐公九年（前714），北戎侵扰郑国。北戎，指居于今山西交城一带的戎人。

②郑伯：即郑庄公，名寤生。

③徒：步兵。

④侵轶：从后面超越来袭击。

⑤公子突：郑庄公之子，后为郑厉公。

⑥三覆：伏兵分三批，是为三覆。覆，埋伏的士兵。

⑦无继：无救援之兵。

⑧祝聃：郑大夫，当为伏兵的统帅。

⑨衷：通"中"，截断，中断。

⑩殪（yì）：歼灭。

【译文】

春秋时北戎入侵郑国，郑庄公想率兵抵御，又担心北戎军战斗力强，说："他们是步兵，我军是车兵，害怕他们从后面超越来袭击我们。"公子突说："派一批勇敢而不刚强的士兵，与北戎军一接触就迅速撤退，您可设下三批伏兵等着北戎军。戎人轻率而不整肃，贪婪而不团结，战胜时为争战功互不相让,战败时为活命互不相救。走在前面的看见有所掳获,必定拼命前进;前进遇到伏兵,必定快速逃跑。后面的戎军不肯救援,就等于没有援军,我们就可以取胜。"郑庄公听从了公子突的建议。戎人的先头部队遇到伏兵就奔逃了,郑大夫祝聃追击他们,截断戎军,前后夹击,全部歼灭,戎人后继部队拼命奔逃。

茅元仪曰[①]:"千古御戎,不出数语,今则反是,戎安得不逞!"

【注释】

①茅元仪:明末人。好谈兵,知古今用兵方略及九边厄塞形势,出谋划策皆得要领。崇祯年间历官副总兵。志不得伸,抑郁而卒。

【译文】

茅元仪说:"千古以来抵御戎人的战术,不超过几句话,而现在则相反,戎人怎么会不得逞呢!"

夫概王

吴败楚师于柏举[①],追及清发[②],将击之。阖闾之弟夫概王曰[③]:"困兽犹斗,况人乎!若知不免而致死[④],必败我。若使先济者知免,后者慕之,蔑有斗心矣。半济而后可击也。"从之,大败楚人,五战及郢。

【注释】

①吴败楚师于柏举:吴王阖闾九年(前506),吴与蔡、唐大举攻楚,在柏举(今湖北麻城)大破楚囊瓦军,囊瓦奔郑。吴师继续追击败兵。

②清发：河名。为涢水支流，有人认为就是涢水，在今湖北安陆。

③夫概：阖闾九年（前506），他率领五千人从吴王共击楚，楚败，昭王出奔，吴兵遂入郢都。秦军救楚伐吴，吴师败。他趁机逃归吴，自立为吴王。阖闾闻知，乃引兵归国击之，他兵败奔楚。楚昭王因此得以复入郢都，并把他封于堂谿（今河南遂平），号曰堂谿氏。

④致死：拼命死战。

【译文】

吴王阖闾在柏举大败楚军，追到清发河时，将要攻击残余楚军。阖闾的弟弟夫概王说："被围困的野兽还要拼死搏斗，何况是人呢！若是楚军知道不能免死而拼命死战，必定打败我们。若是让先渡河的人知道可以免于身死，后面的人羡慕他们，就没有战斗的心思了。他们渡河到一半时，就可以攻击。"吴王听从了弟弟的计谋，大败楚军，经过五次战役一直打到楚国郢都。

斗伯比

楚武王侵随[①]，使求成焉[②]，而军瑕以待之[③]。随人使少师董成[④]。斗伯比曰[⑤]："我之不得志于汉东也[⑥]，我则使然：我张吾三军[⑦]，以武临之，彼则惧而协以谋我，故难图也。汉东之国，随为大，随张[⑧]，必弃小国，小国离，楚之利也。少师宠，请羸师以张之。"少师归，请追楚师。季梁谏曰[⑨]："楚之羸，其诱我也！"乃止。

【注释】

①楚武王侵随：事在春秋鲁桓公六年（前706）。随，国名。故城在今湖北随县。

②求成：要求讲和。

③瑕：随国地名。

④少师：官名，其姓名已不可知。董成：主持和谈。

⑤斗伯比：楚国大夫。令尹子文之父。前706年，武王伐随，他请羸师以诱随。后二年，随少师侈而有宠，他请伐随，遂败随师。前699年，楚莫敖屈瑕率师伐罗，他送之，回来时对其车夫曰："莫敖必败，举趾高，心不固。"遂告楚王，王使人追之，弗及，莫敖屈瑕果败死。

⑥得志：此处指扩张领土。汉东：汉水东边，多姬姓小国。

⑦张：扩张。

⑧张：骄傲自大。

⑨季梁：春秋时随国大夫、贤人。对随、楚的关系格局影响重大。

【译文】

春秋时楚武王入侵随国，先派人去求和，而把军队驻扎在瑕地以等候消息。随国派少师主持和谈。楚大夫斗伯比对楚武王说："我国在汉水以东不能得志，是我们自己造成的。我国扩张军备，以武力凌驾各国，他们害怕就联合起来对抗我们，所以很难图谋离间他们。汉水以东的国家，以随国最为强大，随国要是骄傲自大，必然会抛弃小国，小国离心，对楚国有益。少师骄宠狂妄，请君王让他们看到疲弱的士卒以使他更加自大。"少师回国后，请求追击楚军。季梁劝阻说："楚国的展示疲弱士卒，是在引诱我们！"于是停止出兵。

当时微季梁[①]，几堕楚计。楚子反有言[②]："围者，柑马而秣之，使肥者应客[③]。"故凡示弱者皆诱也。

【注释】

①微：无。

②子反：公子侧，楚庄王时为司马，邲之战大败晋师。楚共王晋楚鄢陵之战时，因酒醉误战，楚军败，引咎自杀。

③“围者”几句：指被围困的人的示弱手段。语出《公羊传·宣公十五年》。柑马而秣之，以木衔马口而喂马，马不能食粟，敌方见了以为马厌粮食，城中蓄粮必多。柑，以木衔马口。秣，以粟喂马。

【译文】

当时没有季梁的话，随国几乎就要中了楚国的奸计。楚国子反说：“被围困的人，以木衔于马口来喂它，让肥胖的人来接待客人。”所以凡是示弱的情况都是诱敌之计。

〇汉兵乘胜追匈奴。高帝闻冒顿居上谷[1]，使人觇之。冒顿匿其壮士肥牛马，见老弱羸畜。使者十辈来，皆言匈奴可击。上复使刘敬往[2]，敬还报曰：“两国相击，此宜矜夸见所长。今臣往，徒见羸瘠老弱，此必欲见短，伏奇兵以争利。愚以为匈奴不可击。”上不听，果围于白登[3]。

【注释】

①冒顿：汉初时匈奴单于。英武有权略，势力强大。常南下侵扰，构成对西汉王朝的巨大威胁。

②刘敬：齐人，本姓娄，高祖赐姓刘。劝高祖迁都关中，拜郎中，号奉春君，后封关内侯，号建信侯。以和亲稳定汉与匈奴的关系，又建议迁徙六国大族后裔至关中，以削弱各地富豪势力。

③围于白登：汉高祖七年（前200），刘邦被匈奴围于白登（在今山西大同之东），后用陈平之计，才得以逃脱。

【译文】

〇汉兵乘胜追击匈奴。汉高帝听说匈奴单于冒顿居上谷，派人侦察匈奴情势。冒顿隐藏起精壮的士兵和肥壮的牛马，只让间谍看到老弱残兵及瘦弱牲畜。汉朝派出十波密探，都报告说匈奴可以进攻。高祖又派刘敬前往匈奴，刘敬回来报告说："两国交战时，应该会各自夸耀展示自己的优势。现在我到匈奴去，只看到瘦残老弱的牲畜和士兵，这一定是故意要暴露弱点，埋伏奇兵以夺取胜利。我认为不能贸然攻击匈奴。"高祖不听，果然被围困在白登。

〇天后中[①]，契丹李尽忠、孙万荣之破营府也[②]，以地牢囚汉俘数百人。闻麻仁节等诸军将至[③]，乃令守者绐之曰："家口饥寒，不能存活，待国家兵到即降耳。"一日引出诸囚，与之粥，慰曰："吾等乏食养汝，又不忍杀汝，纵放归，若何？"众皆拜伏乞命，乃纵去。至幽州，具言其故，兵士闻之，争欲先入。至黄銮峪，贼又令老者投官军，送遗老牛瘦马于道侧。仁节等弃步卒，将马先入。贼设伏，横截将军，生擒仁节等，全军皆没。二事皆类此。

【注释】

①天后中：指武周万岁通天元年（696）。

②契丹李尽忠、孙万荣之破营府：当时唐营州都督刚愎，契丹人饥荒，营州都督不救济，而且将李尽忠等酋长当奴仆看待，所以李、孙二人怨怒而反叛，攻陷营州，杀都督。营府，在今辽宁朝阳。

③麻仁节：武周年间，官至司农少卿。当时与曹仁师、张玄遇等共二十八将讨伐契丹。不久被叛军击败。

【译文】

武则天时，契丹人李尽忠、孙万荣起兵攻破营州，用地牢囚禁汉俘虏几百人。听说麻仁节等部队快来了，就命令看守的人骗囚犯说："家人饥寒交迫，难以活命，等朝廷大军一到我们就投降。"一天放出众囚犯，给他们喝粥，劝慰他们说："我们缺少粮食供养你们，又不忍心杀你们，释放你们回去，怎么样？”众俘虏都伏地跪拜请求饶命，于是都放回去。回到幽州，详细上报敌军情况，兵士听说契丹缺粮，争着想要先去进攻。到了黄銮峪，契丹又派老弱士卒投降官军，把老牛瘦马放在路边送给官军。麻仁节等人就放弃步兵，骑着马先去进攻。契丹设下埋伏，拦截官军，生擒麻仁节等人，官军全军覆没。这两件事都与此类似。

芍贾

楚大饥，庸人率群蛮叛楚[①]。麇人帅百濮聚于选[②]，将伐楚。于是申、息之北门不启[③]。楚人谋徙于阪高[④]。边批：无策。芍贾曰[⑤]：“不可，我能往，寇亦能往。不如伐庸。夫麇与百濮谓我饥不能师，故伐我也。若我出师，必惧而归。百濮离居[⑥]，将各走其邑，谁暇谋人？”乃出师侵庸，及庸方城[⑦]。庸人逐之，囚子扬窗[⑧]，三宿而逸，曰：“庸师众，群蛮聚焉，不如复大师，且起王卒，合而后进。”边批：庸策。师叔曰：“不可。姑又与之遇以骄之。彼骄我怒，而后可克，先君蚡冒所以服陉隰也[⑨]。”又与之遇，七遇皆北。庸人曰：“楚不足与战矣！”遂不设备。楚子乘驲[⑩]，会师于临品，分为二队以伐庸。群蛮从楚子盟，遂灭庸。

【注释】

①庸：国名。在今湖北竹山西南。当时为楚国附庸。群蛮：指散居湖北境内的各部族。

②麇（jūn）：国名。在今湖北郧县。百濮：古代称西南少数民族，因其各部族散居，故称百濮。选：楚地。在今湖北枝江。

③申、息之北门不启：申、息原为二国，后被楚灭，为楚国北边重镇。当时城的北门不开，是为防范中原诸侯。

④阪（bǎn）高：在今湖北当阳东北。

⑤蔿（wěi）贾：字伯嬴。楚大夫。少有大智，十三岁即从子玉治兵看出其“太刚则折”，不堪大用，后子玉果在城濮之战中大败。后为楚国司马。其子即楚庄王时贤相孙叔敖。

⑥离居：各部散居。

⑦庸方城：地名。竹山东有山，上部平坦，四面险固，山南有城，即庸的方城。

⑧子扬窗：楚国将领。

⑨蚡（fén）冒：即楚厉王。在位期间开疆拓土，征服陉隰，使楚国实力增强。厉王死后，弟弟杀厉王之子而自立，为楚武王。陉隰（xíng xí）：此处指处于山林湿地中的各部族。

⑩驲（rì）：传车，即古代驿站用来送信的车。

【译文】

春秋时楚国发生大饥荒，庸国人率领蛮人部族背叛楚国。麇国人率领百濮各部聚集在选地，将攻打楚国。在这时候，申、息两地的北门不再打开。楚国人谋划着迁徙到阪高去。边批：没办法了。蔿贾说：“不可以，我们能去，敌人也能去。不如攻打庸国。麇国和百濮都认为我国发生饥荒不能出兵，所以才攻打我国。如果我们出兵，他们一定恐惧而退兵。百濮散居各地，将各自逃回自己的城邑，谁还有空打别人的主意？”于是楚国出兵攻打庸国，到了庸国方城。庸国人赶走了楚军，囚禁了子扬窗。过了三个晚上，子扬窗逃跑回来，说：“庸国军队人数众多，各蛮族都聚集在那里，不如再多派军队，同时出动国君的直属部队，会合后再进攻。”边批：愚策。楚大夫师叔说：“不可以。姑且再与他们交锋让他们骄傲。他们骄傲我们奋发，然后可以打败他们，先王蚡冒就是这样使陉隰部族归服的。”楚军又与庸军交锋，七次交战都失败。庸人说：“楚国不能够与我们交战了！”于是不再设防。楚庄王乘坐驿站的传车，在临品会师，分成两队去攻打庸国。各蛮族跟从楚王并与他结盟，于是消灭了庸国。

楚以不徙而存，宋以南渡而削。我朝土木之变，徐武功倡言南迁[①]，赖肃愍诸公不惑其言[②]。不然，事未可知矣。

【注释】

①徐武功：即徐有贞。初名珵，官侍讲，有盛名。当时太监兴安召徐有贞问计，徐有贞说：“验之星象历数，天命已去，请幸南京。”兴安呵斥他，请他出去。后以迎英宗复辟功，拜华盖殿大学士、兵部尚书。以诬杀于谦、王文为时人诟病。

②肃愍：于谦，追谥肃愍。

【译文】

楚国因为没有迁徙而存续，宋朝因为南下渡江而衰弱。我朝土木之变后，徐有贞大言鼓吹迁都南京，幸赖于谦等诸公不被他的话蛊惑。否则，国家情势就不可知了。

田单

燕昭王卒[①]，惠王立，与乐毅有隙。边批：肉先腐而虫生。田单闻之[②]，乃纵反间于燕，宣言曰：“齐王已死[③]，城之不拔者二耳。乐毅畏诛不敢归，以伐齐为名，实欲连兵南面而王齐[④]。齐人未附，故且缓攻即墨，以待其事。齐人所惧，唯恐他将来，即墨残矣。”燕王以为然，使骑劫代毅。毅归赵[⑤]，燕军共忿。而田单乃令城中，食必祭其先祖于庭。飞鸟悉翔舞下食，燕人怪之。田单因宣言曰：“神来下教我。”乃令城中曰:“当有神人为我师。”有一卒曰:“臣可以为师乎?”边批:此卒通窍。因反走。田单乃起,引还,东向坐,师事之。卒曰:“臣欺君,实无能也。”单曰:“子勿言!”因师之。每出约束[⑥],必称神师,乃宣言曰:“吾唯惧燕军之劓所得齐卒[⑦],置之前行与我战,即墨败矣。”燕人闻之,如其言。城中人见齐诸降者悉劓,皆坚守,唯恐见得。单又宣言:“吾惧燕人掘吾城外冢墓,僇先人[⑧],可为寒心。”燕军尽掘垄墓、烧死人。边批:骑劫愚一至此。即墨人从城上望见,皆涕泣,俱欲出战,怒自十倍。田单知士卒之可用,乃身操版锸,与士卒分功,妻妾编于行伍之间,尽散饮食飨士。令甲卒皆伏,使老弱女子乘城。遣使约降于燕,燕皆呼“万岁”。田单乃收民金,得千镒,令即墨富豪遗燕将,曰:“即墨即降,愿无掳掠吾族家妻妾。”燕将大喜,许之。燕军由此益懈。单乃收城中,得千余牛,为绛缯衣,画以五采龙文,束兵刃于其角,而灌脂束苇于尾;烧其端,凿城数十穴,夜纵牛,壮士五千人随其后。牛尾热,怒而奔。燕军夜大惊。牛尾炬火光炫耀,燕军视之,皆龙文,边批:应神师。所触尽死伤。五千人因衔枚击之,城中鼓噪从之,老弱皆击铜器为声,声动天地。燕军大骇,败走,遂杀骑劫。

【注释】

①燕昭王卒:前315年,燕国内乱。次年,齐宣王乘机攻破燕都。赵国送公子职入燕复国,是为昭王。昭王招贤纳士,国家因此富强,至昭王二十八年(前284),以乐毅为上将军,率燕、秦、韩、赵、魏

五国的军队讨伐齐国,攻破齐都临淄。当时齐国七十余城都被攻破,仅剩莒、即墨二城。至三十三年(前279),昭王死,惠王即位。

②田单:守即墨城的齐国将领。当燕将乐毅率军几乎把齐国灭亡时,巧施反间计,使燕惠王以骑劫代乐毅,用火牛阵大败燕军,收复失地。封为安平君。

③齐王:齐湣王。乐毅破临淄时,齐湣王逃亡到莒地。楚国派大将淖齿救援齐国,齐湣王任以为齐相。而淖齿杀齐湣王,与燕国瓜分齐国土地及宝器。齐湣王死后,其子法章被莒人拥立,是为齐襄王。

④南面:王者坐北面南。此指"称王"。

⑤毅归赵:乐毅明白燕惠王派骑劫代替自己,不怀好意,害怕回国被杀,就向西投降赵国,赵国封他为望诸君。

⑥约束:军中的命令。

⑦劓(yì):割去鼻子的刑罚。

⑧僇(lù)先人:侮辱祖先的尸骨。

【译文】

战国时燕昭王去世,儿子惠王即位,惠王和乐毅有矛盾。边批:肉先腐烂而虫子生。田单听说此事,就向燕国施行反间计,散布谣言说:"齐王已经去世,攻不下的城池只有两座。乐毅害怕被杀而不敢回国,借着攻打齐国的名义,实际上是想集结军队在齐国称王。齐人不肯归附,所以暂且慢慢攻打即墨,以等待成事时机。齐国人所畏惧的,只担心换其他将军来,即墨就保不住了。"燕王认为是这样,就派骑劫代替乐毅。乐毅投奔赵国,燕国将士群情愤恨。而田单就命令城中百姓,吃饭时一定要在庭院中祭拜祖先。飞鸟都飞舞下来觅食,燕人觉得很奇怪。田单于是散布谣言说:"神仙下界来教导我。"就在城中传令说:"应当有神人做我的老师。"有一名士兵说:"我可以做你的老师吗?"边批:这个小兵聪明。接着转身走开。田单就起身,把他拉回来,面向东坐着,以神师之礼侍奉他。士兵说:"我欺骗了您,其实没什么能力。"田单说:"你不要再说了!"于是以神师礼待他。每次发布军中命令,必称他为神师,又散布谣言说:"我们只怕燕国军队割掉俘虏的齐兵的鼻子,然后放在阵前与我们交战,那么即墨就战败了。"燕人听说此事,果真按照他的话去做。城中人见齐国投降的人都被割掉鼻子,都坚定守城,唯恐被擒获。田单又散布谣言说:"我们害怕燕国人挖掘我们城外的祖坟,侮辱祖先的尸骨,真让人心惊胆寒。"结果燕军把齐人坟墓都挖了、烧毁尸骨。边批:骑劫愚蠢至极。即墨人从城上望见这种情形,人人痛哭流涕,都想要出城决战,愤怒的情绪增加十倍。田单知道士兵可以上阵作战了,就亲自拿着建筑器具,和士兵们一起修筑工事,把自己的妻子姬妾都编在队伍中,把食物酒水都拿出来犒劳士兵。田单命令穿盔甲的士兵都埋伏起来,派老弱妇女登城守卫。又派使者与燕国商议投降,燕军兵士都高呼"万岁"。田单于是募集百姓家的黄金,共得一千镒,令即墨城的富豪赠送给燕国将领,说:"即墨马上要投降,希望不要掳掠我们的妻子姬妾。"燕国将领十分高兴,答应他们。燕国军队自此更加松懈。田单又在城中征集,得到一千多头牛,为牛缝制红色丝衣,画上五彩龙纹,在牛角绑上锋利的刀刃,另在牛尾上捆上苇草、灌上油脂;点燃苇草一端,在城墙上凿开几十个洞,夜里放出牛来,五千名壮士跟在牛后面。牛尾巴烧热了,发怒狂奔。燕军夜里大惊。牛尾巴上的火把火光闪耀,燕军看见牛,都是龙纹,边批:照应神师一说。凡是碰触到的都或死或伤。五千壮士就衔着木棒击杀燕军,城中军民敲鼓喊叫着跟从他们,老弱都敲击铜器发出声响,声音震天动地。燕军十分惊骇,溃败逃跑,于是杀了骑劫。

胜、广假妖以威众,陈胜与吴广谋举事,欲先威众,乃丹书在帛曰"陈胜王",置人所罾鱼腹中。卒买鱼,烹食,得腹中书,怪之。又令广于旁近丛祠中,夜篝火作狐鸣,呼曰:"大楚兴,陈胜王。"于是卒皆夜惊。旦相率语,往往指目胜。世充托梦以誓师,王世充欲击李密,恐众心不一,乃假托鬼神，言梦见周公，乃立祀于洛水之上，遣巫言"周公欲令仆射急讨李密，当有大功，不则兵皆疫死"。世充兵皆楚人，信巫，故以惑之。众皆请战，遂破密。皆神师之遗教也。

【译文】

陈胜、吴广借用妖言以威服众人，陈胜和吴广商量发动起义，想要先在众人面前立威，就用红笔在帛上写道"陈胜王"，藏在别人所捕的鱼肚子里。士兵买鱼，烹煮，得到鱼肚子里的红书，觉得很奇怪。又派吴广在近旁的乡野林间神祠中，夜晚燃起篝火装狐狸叫，叫声说："大楚兴，陈胜王。"于是士卒都在夜晚被惊醒。白天相互议论，纷纷指点目视陈胜。**王世充托梦以训告军队**，王世充打算攻打李密，害怕人心不齐，于是假托鬼神，说梦见了周公，就在洛水上举行祭祀，派巫师说："周公想让仆射赶紧攻打李密，应当会立下大功，否则士兵都染瘟疫而死。"王世充手下士兵全是楚人，相信巫师，所以用这种方法蛊惑士兵。众人都请求出战，于是击破李密。**都是神师留下的教导。**

○王德征秀州贼邵青[①]。谍言将用火牛。德曰："此古法也，可一不可再。彼不知变，只成擒耳。"先命合军持满，阵始交，万矢齐发，牛皆反奔。我师乘之，遂残贼众。此可为徒读父书者之戒[②]。陈涛斜之车战亦犹是[③]。

【注释】

①王德：北宋末，曾为将抵御金人。南宋绍兴初，平定秀州邵青，讨伐郦琼叛军。后又在紫金山大败兀术。秀州：今浙江嘉兴。

②徒读父书者：这里指赵括。赵王想用赵括为将，蔺相如劝谏说："括徒能读其父书传，不知合变也。"赵王不听，于是导致长平之败。

③陈涛斜之车战：安史之乱中，宰相房琯率兵在陈涛斜与叛将安守

忠部相遇,房琯用古兵书上的车战法,以牛车二千乘,两旁配以步骑,冲向敌阵。安军顺风擂鼓呐喊,牛闻声惊骇;安军又纵火焚烧,唐军人畜大乱;安军乘机冲杀,唐军死伤四万余人。陈涛斜,地名。在今陕西咸阳东。

【译文】

王德征讨秀州叛贼邵青。间谍汇报说叛贼打算用火牛阵。王德说:"这是古人的方法,可以用一次不能用第二次。他们不知道变通,只能被擒获。"王德先命令全军拉满弓弦,刚一交战,万箭齐发,火牛都朝反方向奔跑。我们的军队乘机进攻,于是打败贼军。这可以当作那些只死读父辈之书的人的警戒。陈涛斜的车战也是这样。

伯比羸师以张之,芀贾则累北以诱之[①],至于田单,直请降矣。其诈弥深,其毒弥甚。勾践以降吴治吴,伯约以降会谋会[②]。真降且不可信,况诈乎?汉王之诳楚[③],黄盖之破曹[④],皆以降诱也。岑彭、费祎,皆死于降人之手。噫,降可以不察哉!必也,谅已之威信可以致其降者何在,而参之以人情,揆之以兵势,断之以事理,度彼不得不降,降而必无变计也,斯万全之策矣。

【注释】

①累北:屡次战败。

②伯约以降会谋会:263年,蜀汉灭亡,姜维当时坚守剑阁,魏将锺会不能攻克他。不久,姜维奉蜀主刘禅之命投降锺会,锺会谋叛魏,他伪与合作,实际上谋划拟杀锺会恢复蜀汉,后因兵变事败。

③汉王之诳楚:灭秦后,刘邦假装接受项羽赐封,为汉王,据巴、蜀、汉中,都南郑(今湖北汉中),后伺机向东出兵,与项羽争天下。

④黄盖之破曹：赤壁之战中，吴将黄盖假说要投降曹操，当时东南风急，黄盖以船载枯柴，又在其中灌油，飞渡江北，乘风发火，导致曹操大败。

【译文】

斗伯比用疲弱的士卒以使随军骄傲，芀贾则用屡次战败来引诱庸国，到了田单，直接请求投降。他的欺诈程度更深，他的毒辣程度更狠。勾践用投降吴国来反击吴国，姜维以投降锺会来谋杀锺会。真投降尚且不可信，何况是诈降呢？刘邦欺哄项羽，黄盖打败曹操，都是用投降来引诱。岑彭、费祎，都死在了投降的人手里。哎，投降可以不明察吗！一定要明察，考量自己的威信可以致使别人投降的地方在哪里，然后以人情参考，以兵势估量，以事理判断，揣度他不得不投降的理由，投降后一定没有叛变的打算，这才是万全的策略。

江东桥

陈友谅既陷太平①，据上流，遣人约张士诚同侵建康②。或劝上自将击之，上曰："敌知我出，以偏师缀我，而大军顺流，直趋建康，半日可达。吾步骑急回，百里趋战，兵法所忌。"乃召康茂才③，谓曰："二寇相合，为患必深。若先破友谅，则东寇胆落矣。汝能速之使来乎？"茂才曰："家有老阍者④，旧尝事友谅，今往必信。"遂令阍者赍书，乘小舸径至伪汉军中，许以内应。友谅果信之，甚喜，问："康公目今何在？"曰："见守江东桥。"又问："桥何如？"曰："木桥也。"赐食遣还，嘱曰："吾即至，至则呼老康为号。"阍者还告，上曰："虏落吾彀中矣⑤！"乃使人撤木桥，易以铁石，一宵而成。冯胜、常遇春率三万人，伏于石灰山侧，徐达等军于南门外，杨璟驻兵大胜港，张德胜、朱虎率舟师出龙江关外。上总大军于卢龙山，令持帜者偃黄帜于山之右，偃赤帜于山之左，戒曰："寇至则举赤帜，闻鼓声则举黄帜，伏兵皆起。"是日，友谅果引舟师东下，至大胜港，水路狭，遇杨璟兵，即退出大江，径以舟冲江东桥，见桥皆铁石，乃惊疑。连呼"老康"，莫应，始觉其诈。即分舟师千余向龙江，先遣万人登岸立栅，势甚锐。时酷暑，上度天必雨，令诸军且就食。时天无云，忽风起西北，雨大至。赤帜举，诸军竞前拔栅。友谅麾军来争，战方合，适雨止。命发鼓，鼓声震，黄帜举，伏发。徐达兵亦到，舟师并集，内外合击，友谅军大败。乘胜逐之，遂复太平。

【注释】

①陈友谅既陷太平：至正二十年（1360），陈友谅杀徐寿辉，自称汉帝，为朱元璋西面的强敌。并攻陷太平，守将战死。当时朱元璋定都建康（今南京），太平正处上游。陈友谅约张士诚共同攻打建康，张士诚只求自保，不敢答应。陈友谅，出身渔家，元末从徐寿辉起义，领兵为元帅，势力渐强，占据江西、湖广之地。太平，今安徽当涂。

②张士诚：出身盐贩，至正十三年（1353）起兵，攻占泰州、高邮、兴化等地，自称诚王，国号周。十六年（1356）迁都平江，次年投降元朝。此后，张士诚集团日渐腐败，并以每年数十万石粮由方国珍从海道运至大都（今北京），支持元廷。二十七年（1367），朱元璋发兵攻破平江，他被俘至应天（今江苏南京），自缢死。

③康茂才：元末任淮西宣慰使。后归降朱元璋，帮助朱元璋引诱击

败陈友谅，又屡败张士诚，下平江，升任同知大都督府事；后随徐达经略中原。此时为指挥。

④老阍（hūn）：看门的老仆人。

⑤彀（gòu）中：弓弩射程以内的范围。比喻圈套，牢笼。彀，张满弓弩。

【译文】

元朝末年陈友谅攻陷太平后，占据长江上游，派人邀约张士诚一同攻打建康。有人建议朱元璋亲自率兵迎战他，朱元璋说："敌人知道我出兵，以主力外的偏军牵制我，而主力部队顺流而下，直接奔赴建康，半天就可以到了。我们的步兵和骑兵急忙赶回去，百里奔波去战斗，这是兵法所忌讳的。"于是召见康茂才，对他说："二位贼寇相联合，造成的祸患必定深重。如果先击败陈友谅，那么张士诚就会闻风丧胆。你能迅速引他来进攻吗？"康茂才说："我府里有个看门老仆人，从前曾经侍奉过陈友谅，现在让他前去必定能取得信任。"就让看门人带着书信，乘小船径直到伪汉的军营中，答应做他的内应。陈友谅果然相信了他，十分高兴，问："如今在哪里？"答："镇守江东桥。"又问："桥怎么样？"答："是座木桥。"陈友谅招待以丰盛的酒食，再送他回去，叮嘱他说："我的大军马上就到，到了就喊老康为暗号。"看门人回来报告，朱元璋说："敌人落进我的圈套中了！"就派人拆除木桥，换成铁石桥，一夜就建成了。冯胜、常遇春率领三万人，埋伏在石灰山侧，徐达等人镇守在南门外，杨璟驻军于大胜港，张德胜、朱虎率领水军出龙江关外。朱元璋总领大军于卢龙山，令手持旗帜的人隐藏黄色旗帜在山的右侧，隐藏红色旗帜在山的左侧，告诫说："贼寇来犯就举起红旗，听到战鼓声就举起黄旗，这时埋伏的士兵全都出去。"这天，陈友谅果然率领水军顺江东下，到大胜港后，水路狭窄，遭遇杨璟的军队，立即退出长江，径直以船冲击江东桥，看见桥都是铁石建成，就心惊起疑。连声大喊"老康"，没有回应，才觉察到他的诡诈。陈友谅立即分出一千多名水军驶向龙江，先派一万人上岸设立营栅，气势很盛。当时正值酷暑，朱元璋估计天一定会下雨，传令各路军队姑且先吃饭。当时天空没有云彩,忽然风从西北吹起来,大雨来了。红旗举起来,众军士竞相前往攻取营栅。陈友谅指挥军队前来争夺,两方正交锋,刚巧大雨停止。朱元璋下令击鼓,鼓声震天,黄旗高举,伏兵出击。徐达的部队也赶到,水陆军一同集结,内外夹击,陈友谅部队大败。乘胜追击他,于是收复太平。

张子房

沛公欲以兵二万人击秦峣下军[①]。张良说曰:"秦兵尚强,未可轻。臣闻其将屠者子,贾竖易动以利[②]。愿公且留壁[③],使人先行,为五万人具食,益张旗帜诸山上,为疑兵,令郦食其持重宝啖秦将[④]。"秦将果叛,欲连和俱西袭咸阳。沛公欲听之,良曰:"此独其将欲叛耳。恐士卒不从,不如因其懈击之。"沛公乃引兵,击破秦军。

【注释】

①击秦峣下军:楚怀王派项羽救赵,派刘邦伐秦,与诸将约定"先入关者王之"。于是刘邦引兵西进,破宛,入武关。峣下,峣关之下。峣关在武关西面,距咸阳仅约三百里。

②贾竖:对商人的蔑称。

③留壁:驻军设防。

④啖:利诱。

【译文】

沛公刘邦想用两万兵力进攻秦峣关之下的军队。张良劝说道:"秦军还很强大,不可轻视。我听说他们的将领是屠夫的儿子,商人很容易以利益动摇他。希望主公暂且驻军设防,派人先去,为五万人准备食物,并在各山上增立旗帜，让秦军误以为是我军士兵，再派郦食其拿着贵重宝物利诱秦军将领。”秦军将领果然叛变，想要联手一起向西袭击咸阳。沛公正想听从他的建议，张良说：“这只是秦军将领想叛变罢了。恐怕士兵不听从，不如趁他们松懈攻击他们。”沛公于是率兵进攻，击败秦军。

郦生既说下齐，而韩信袭击，遂至临淄[①]。颉利兵败求和[②]，太宗遣鸿胪卿唐俭等慰抚之。颉利外为卑顺，内实犹豫。李靖谋曰：“颉利虽败，其众尚十余万，若走度碛北[③]，则难图矣！今诏使至彼，虏必自宽。若选万骑袭之，不战可擒也，唐俭辈何足惜！”遂勒兵夜发，大破之。二事俱同此。

【注释】

①“郦生既说下齐”几句：楚汉时，汉王刘邦派使者郦食其赴齐说服田广、田横同意与汉王共同对付项羽。汉将韩信趁齐国懈怠，夜里袭击齐国，田横、田广大怒，烹杀了郦食其。韩信袭破历下（今山东济南），攻陷齐都临淄。田广逃亡中被杀，田横在海岛（即今田横岛）自立为王。

②颉利兵败求和：唐贞观三年（629），太宗派李靖率大军袭击突厥。次年，在阴山大破突厥颉利可汗。颉利派使者假装谢罪，请求归降，而实际想等草青马肥，逃亡漠北。

③碛（qì）北：漠北。

【译文】

郦食其已经说服齐国联手，而韩信趁机袭击齐国，于是进攻到临淄。颉利可汗兵败后派使者求和，太宗派鸿胪卿唐俭等人抚慰他。颉利表面上谦卑顺从，内心其实犹豫不服。李靖盘算说：“颉利虽然失败，他的兵众尚有十多万人，若是逃往漠北，那么就难以谋取了！现在下诏派使者前往颉利营地，敌军必定放松戒备。若是挑选一万骑兵袭击他们，不用战斗就可以擒获颉利，唐俭等人哪里值得可惜！”于是指挥军队趁夜里进发，大败突厥军队。两件事都与张良的谋略相同。

李广 王越

广与百余骑独出[①]，望匈奴数千骑，见广，以为诱骑，皆惊，上山陈[②]。广之百骑皆大恐，欲驰还走。广曰：“吾去大军数十里，今如此以百骑走，匈奴追射，我立尽。今我留，匈奴必以我为大军之诱，必不敢击。”乃令诸骑曰：“前！”未到匈奴阵二里所，止，令曰：“皆下马解鞍！”其骑曰：“虏多且近，即有急，奈何？”广曰：“彼虏以我为走，今皆解鞍以示不走。”于是胡骑遂不敢击。有白马将出护其兵[③]，广上马，与十余骑奔射杀胡白马将，而复还至其骑中，解鞍，令士皆纵马卧。会暮，胡兵终怪之，不敢击。夜半，疑汉伏军欲夜取之，皆引去。平旦，广乃归大军。

【注释】

①广与百余骑独出：汉景帝时，李广为上郡太守。当时匈奴入侵上郡，汉景帝派宦官跟随李广袭击匈奴。一天，宦官带几十名骑兵出去，三个匈奴人射伤宦官，几乎要杀尽他带的骑兵。宦官逃回来报告李广，李广说：“一定是射雕的人！”于是与一百多名骑兵追击。李广亲自射杀二人，生擒一人，果然是匈奴射雕的人。刚绑了那个匈奴人上马，就望见前面匈奴有几千骑兵。

②上山陈：上山布阵。陈，同“阵”。

③护：整顿。

【译文】

汉景帝时，上郡太守李广与一百多名骑兵单独追击，望见匈奴有几千骑兵，匈奴兵看见李广，以为是来诱敌的骑兵，都很吃惊，上山布阵。李广的一百多名骑兵都非常恐慌，想要飞奔往回逃跑。李广说："我们离大部队几十里，现在这样凭一百多名骑兵逃跑，匈奴追击射杀我们，我们都会立即丧命。如果现在我们留在原地，匈奴一定认为我们是大部队的诱敌之兵，必定不敢袭击。"于是命令所有骑兵说："前进！"快到离匈奴兵阵二里的地方，停下来，下令说："都下马解下马鞍！"骑兵说："敌兵人数多而且离得近，假如有紧急情况，怎么办？"李广说："那些匈奴兵以为我们会逃跑，现在我们都解下马鞍来表示不会逃跑。"于是匈奴骑兵就不敢袭击。有一位骑白马的匈奴将军出来整顿匈奴的骑兵，李广跳上马，与十多名骑兵飞奔射杀了匈奴白马将军，而又回到骑兵中间，解下马鞍，命令士兵都放任马匹躺着休息。等到黄昏，匈奴兵始终觉得奇怪，不敢袭击。半夜，匈奴军怀疑汉朝伏军想要趁夜里攻取他们，都率兵离开。第二天天亮后，李广等人才回归大部队。

威宁伯王越与保国公朱永帅千人巡边。虏猝至，主客不当[①]。永欲走，越止之，为阵列自固。虏疑未敢前。薄暮，令骑皆下马衔枚，鱼贯行，毋反顾。自率骁勇殿。从山后走五十里，抵城。虏不觉。明日乃谓永曰："我一动，虏蹑击，无噍类矣[②]。结阵，示暇形以惑之也[③]。次第而行，且下马，无军声，故虏不觉也。"

【注释】

①主客不当：我军与敌军实力相差悬殊。

②噍（jiào）类：指活着或活下来的人。

③示暇形：显示出从容不迫的样子。

【译文】

威宁伯王越与保国公朱永率领一千士兵巡察边境。敌兵突然出现，我军与敌军实力相差悬殊。朱永想逃走，王越阻止他，命兵士列阵守卫。敌兵怀疑不敢前进。黄昏时，命令骑兵都下马口衔木棒，挨个依次向前走，不准回头看。王越自己率领勇敢善战的士兵殿后。从山后面走了五十里路，抵达城内。胡人没有觉察。第二天王越才对朱永说："我军一跑，敌兵就会追击，就没人能活命了。排列阵式，显示出从容不迫的样子以迷惑他们。依次行走，并且下马，没有行军的声响，所以敌兵没有觉察。"

吕蒙　马隆

吕蒙既领汉昌太守①，与关羽分土接境。知羽有并兼之心，且据上流，乃外倍修好。后羽讨樊②，留兵将备公安、南郡。蒙上疏曰："羽讨樊，而多留备兵，必恐蒙图其后故也。蒙常有病，乞分士众还建业，以治病为名。羽闻之，必撤备兵尽赴襄阳。昼夜驰上，袭其空虚，则南郡可下，而羽可擒也！"遂称病笃。权乃露檄召蒙还③，阴与图计。蒙以陆逊才堪负重而未有远名，乃荐逊自代。逊遗书与羽，极其推让。羽意大安，稍撤兵以赴樊。权闻之，遂行，先遣蒙在前。蒙至浔阳，尽伏其精兵䑸䑽中④，使白衣摇橹，作商贾人服，昼夜兼行，羽所置江边屯候，尽收缚之，故羽不闻知。直抵南郡，傅士仁、糜芳皆降⑤。蒙入据城，尽得羽及将士家属，皆抚慰。有取民一笠以覆官铠者，其人系蒙乡里，垂涕斩之。于是军中震栗，道不拾遗。蒙旦暮使亲近存恤耆老，问所不足。病者给医药，饥寒者赐衣粮。府藏财宝，皆封闭以待权至。羽还，在道路数使人与蒙相问。蒙辄厚遇其使，周游城中，家家致问，或手书示信。使还，私相参信[6]，咸知家门无恙，见待过于平时，故吏士无斗心，羽遂成擒。

【注释】

①吕蒙既领汉昌太守：鲁肃死后，吕蒙代之屯兵陆口（在今湖北嘉鱼西南，吴国西边要镇），再拜汉昌太守，实际仍驻军于陆口。关羽驻军江陵（今湖北江陵，南郡治所），在陆口上游。

②羽讨樊：建安二十四年（219），关羽留兵守江陵，亲自率兵向北攻取曹操的樊城（今湖北襄樊），攻破曹将于禁、庞德。曹操几乎要迁都，派徐晃援助曹仁守樊城。

③露檄：发布公告，以使关羽得知。

④艨艟：大船名。

⑤傅士仁、糜芳：皆为关羽部将。傅士仁，字君义，当时屯驻公安。糜芳，字子方，当时为南郡太守。

⑥参信：《三国志·吴书》作“参讯”，讯问家属安危。

【译文】

三国时吕蒙出任汉昌太守，与关羽管辖的地盘接壤。吕蒙知道关羽有兼并天下的雄心，并且占据长江上游，所以表面上加倍与关羽修好。后来关羽攻打樊城，留下兵马来防御公安、南郡。吕蒙上疏说：“关羽讨伐樊城，却留下许多后备兵，一定是害怕我图谋袭击他背后的缘故。我经常生病，请求分一些兵众回建业，以治病为名。关羽听说此事，一定会撤走后备部队全部赶往襄阳。我们昼夜兼程疾驰而上，袭击他防卫空虚的地方，那么南郡就可以攻下，而关羽也可以擒获了！”于是吕蒙对外宣称病重。孙权就明令召回吕蒙，又暗中与他谋划。吕蒙认为陆逊之才能够肩负重任而未有名声，于是推荐陆逊接替自己。陆逊写信给关羽，非常谦卑。关羽大为心安，逐渐撤走后备部队前往樊城。孙权听说此事，就发动军队攻击关羽，先派吕蒙打前阵。吕蒙到浔阳，把他的精兵全部埋伏在艕艒大船中，命人伪装成普通百姓摇桨，穿上商人的衣服，日夜赶路，关羽设置的江边侦察员，都被捆绑起来，所以关羽毫不知情。吕蒙军队直抵南郡，傅士仁、糜芳都投降。吕蒙进去占据城池，抓获关羽及将士的家属，都一一安抚他们。有拿了百姓一顶斗笠来覆盖官军盔甲的士兵，这人是吕蒙的同乡，吕蒙流着泪斩杀了他。于是军中震惊，路不拾遗。吕蒙早晚派亲信慰抚老人，询问他们缺少的东西。生病的人给予治疗药物，饥寒的人赐予衣服粮食。府库中收藏的财宝，都封存以等孙权来处理。关羽返回南郡，沿途多次派人和吕蒙联系。吕蒙都厚遇关羽的使者，让他在城中到处参观，拜访各家百姓，有的士兵家属亲笔写信托使者带回。使者回去，将士私下讯问家属安危，都知道家中平安无事，而关照超过平时，所以将士没有战斗的心思，关羽于是被擒获。

太康初，南虏成奚每为边患。西平太守马隆帅军讨之。虏据险拒守。隆令军士皆负农器，将若田者。虏以隆无征讨意，御众稍怠。隆因其无备，进兵击破之。毕隆之政，不敢为寇。

【译文】

晋武帝太康初年，西平郡（治今青海西宁）南境部族首领成奚常常成为边境祸患。西平太守马隆率兵讨伐他们。南境部族凭借险要地形坚守抵抗。马隆命将士都背着农具，装作耕田的人。南境部族以为马隆没有征讨的心思，防御的众人逐渐懈怠。马隆趁着他们没有防备，进兵攻破他们。在马隆任政期间，南境部族不敢再侵扰边境。

孙膑　虞诩

魏庞涓攻韩[1]。齐田忌救韩，直走大梁[2]。涓闻之，去韩而归，齐军已过而西矣。孙子谓田忌曰："彼三晋之兵，素悍勇而轻齐。齐号为怯。善战者，因其势而利导之。兵法：'百里而趣利者，蹶上将[3]；五十里而趣利者，军半至[4]。'"使齐军入魏地，为十万灶。明日为五万灶，又明日为三万灶。涓行三日，大喜曰："吾固知齐军怯，入吾地三日，士卒亡者过半矣！"乃弃其步军，与其轻锐兼程逐之。孙子度其行，暮当至马陵[5]。马陵道狭，而旁多阻隘，可伏兵。乃斫大树，白而书之，曰："庞涓死此树下。"边批：奇计独造。于是令齐军善射者万弩夹道而伏，期曰："暮见火举而俱发！"涓果夜至斫木下，见白书，乃钻火烛之。读未毕，齐军万弩俱发。魏军乱，大败，庞涓自刭。

【注释】

①魏庞涓攻韩：前342年，魏国进攻韩国。次年，齐威王以田忌、田婴为将，孙膑为师，救韩国。

②走：急趋。大梁：魏国都城，在今河南开封西北。

③蹶：颠扑，损失。

④半至：军队因趋利，或先或后，不相连属，所以半至半不至。

⑤马陵：在今河北大名东南。

【译文】

魏国庞涓发兵攻打韩国。齐国田忌率军救援韩国，直奔魏都大梁。庞涓听到这个消息，立即离开韩国回去，齐国军队已经越过边境向西挺进了。孙膑对田忌说："那三晋的士兵，向来凶悍勇猛，看不起齐兵。齐兵号称胆小懦弱。善于作战的将领，就要顺应这样的趋势加以引导。兵法上说：'行军一百里而争利的，可能折损上将；行军五十里而争利的，士兵可能有一半掉队。'"命齐兵进入魏国境内，先砌十万人吃饭的灶。第二天砌五万人吃饭的灶，第三天砌三万人吃饭的灶。庞涓行军三日，特别高兴地说："我本来就知道齐军怯懦，进入我国境内才三天，士兵逃亡的就过半了！"于是放弃了他的步兵，率他轻装精锐的部队日夜兼程追击齐军。孙膑估量他们的行程，傍晚应当到达马陵。马陵道路狭窄，而路旁多是险要的地方，适合埋伏军队。于是命人砍削大树，在露出白木的地方写上："庞涓死于这棵树下。"边批：独创的奇计。于是命令一万名善于射箭的齐兵在路两旁埋伏，约定说："晚上见到火光亮起就一起发箭！"庞涓果然夜里来到砍削的大树下，看见白木上的字，就点火照亮。还没读完，齐军万箭齐发。魏军阵势混乱，大败，庞涓举剑自刎。

李温陵曰[①]："世岂有十万之师，三日之内减至三万，而犹不知其计者乎！"

【注释】

①李温陵：即李贽。明代思想家。别号温陵居士。

【译文】

李贽说："世上哪有十万大军，三天之内减到三万，而还不知道是敌人计谋的！"

羌寇武都[①]，迁虞诩为武都太守[②]。羌乃率众数千，遮诩于陈仓崤谷。诩军停车不进，而宣言"上书请兵，须到乃发"。羌闻之，乃分钞旁县[③]。诩因其兵散，日夜进道，兼行百余里。令军士各作两灶，日增倍之。羌不敢逼。或问曰："孙膑减灶，而君增之，兵法曰'行不过三十里'，而今且二百里，何也？"诩曰："虏众我寡，徐行则易为所及，速进则彼所不测。虏见吾灶日增，必谓郡兵来迎。众多行速，必惮追我。孙膑见弱，吾今示强，势不同也。"既到郡，兵不满三千，而羌众万余，攻围赤亭数十日。诩乃令军中使强弩勿发，而潜发小弩。羌以为矢力弱不能至，并兵急攻。诩于是使二十强弩共射一人，发无不中。羌大震退。诩因出城奋击，多所杀伤。明日悉阵其众，令从东郭门出，北郭门入，贸易衣服④，回转数周。羌不知其数，更相恐动。诩计贼当退，乃潜遣五百余人，浅水设伏，候其走路。虏果大奔，因掩击，大破之。

【注释】

①武都：在今甘肃成县西。

②虞诩（xǔ）：字升卿。精学《尚书》，事亲至孝。初授郎中，历任朝歌县长，平定朝歌叛乱。出任武都太守，以增灶之计，大破羌军。累任司隶校尉、尚书仆射、尚书令等。

③钞：掠夺。

④贸易：更换。

【译文】

东汉时羌人进犯武都，皇帝命虞诩为武都太守。羌人于是率兵众几千人，在陈仓崤谷阻击虞诩。虞诩的军队停下马车不前进，而扬言"上书请求增兵，等援兵到了才出发"。羌人听说后，就分兵掠夺旁边的州县。虞诩趁着羌人兵力分散，日夜兼程，行进一百多里。命令军士每人砌两个灶，每天增加一倍。羌人不敢逼近。有人问虞诩说："孙膑每天减少炉灶，而您每天增加炉灶，兵法上说：'每日行军不得超过三十里'，而现在行军将近二百里，为什么呢？"虞诩说："敌众我寡，缓慢行军就容易被他们追上，迅速行进他们就难以揣测。敌人见我们的炉灶每天增加，必定认为州郡的兵马来迎接我们。我军人数众多行军迅速，他们必定害怕追我们。孙膑显示力弱，我现在显示兵强，是因为情势不同。"到达武都郡后，虞诩兵力不足三千人，而羌人兵众有一万多人，进攻包围赤亭几十天。虞诩于是下令士兵强弩不发射，而暗中发射小弓。羌人以为官军弓箭的力量弱不能射到，就合兵急速进攻。虞诩于是令二十只强弩共同射杀一个人，发箭没有不命中的。羌人大为震惊而退兵。虞诩趁机出城奋力追击，杀伤很多敌人。第二天让兵众全部列阵，令他们从东城门出，从北城门进，更换衣服，来回转几圈。羌人不知道虞诩的士兵人数，更为惊恐躁动。虞诩推断羌人应当会撤退，就暗中派遣五百多人，在浅水边设立埋伏，守候在羌人逃跑的路上。羌人果然溃逃，伏兵趁机袭击，大破羌人。

祖逖等 三条

一

祖逖将韩潜与后赵将桃豹分据陈川故城[①]，相守四旬。逖以土囊盛土，使千余人运以馈潜，又使数人担米息于道。豹兵逐之，即弃而走。豹兵久饥，以为逖士众丰饱，大惧，宵遁。

【注释】

①祖逖（tì）：字士稚。少有大志，半夜闻鸡起舞，有恢复中原之志。南

渡后，晋元帝任用为豫州刺史，率军渡江北伐，中流击桨，发誓平定中原。与后赵石勒相持，击破赵军，黄河以内，都为晋朝领土。陈川故城：指陈川在浚仪所建的城池。陈川，本为蓬陂坞主，自称陈留太守，占据浚仪（今开封），反叛晋朝归降石勒。太兴二年（319），祖逖进攻陈川。石勒派石虎救援，在浚仪交战，祖逖兵败。

【译文】

晋朝祖逖率军北伐，其手下将领韩潜与后赵将领桃豹分别据守陈川老城，相持四十天。祖逖用装土袋装上泥土，命一千多人搬运去送给韩潜，又派几个人挑着米在路边休息。桃豹的士兵追击他们，他们就丢弃而逃跑。桃豹的士兵饿了很久，以为祖逖的士兵们粮食充裕吃得饱，非常害怕，连夜逃走了。

二

宋檀道济伐魏[①]，累胜。至历城，魏以轻骑邀其前后[②]，焚烧谷草。道济军食尽，引还。有卒亡降魏，具告之。魏人追之，众汹惧将溃。道济夜唱筹量沙[③]，以所余少米覆其上。及旦，魏兵见之，谓道济资粮有余，以降者为妄而斩之。道济全军以归。

【注释】

①檀道济：世居京口（今江苏镇江）。晋末，为刘裕北伐前锋，灭后秦，迁征虏将军、琅邪内史。南朝宋文帝元嘉七年（430），到彦之北伐北魏，后失败撤退，宋改派檀道济率军北讨，进至济水一带，连战多捷，到历城（今山东济南），粮尽而返。后被冤杀。

②邀：拦截。

③唱筹量沙：用量器量沙子，而口中高唱所量数目。

【译文】

南朝宋檀道济讨伐北魏，多次战胜。到历城后，魏军以轻骑兵拦截檀道济的前后部队，焚毁他的粮草。檀道济的军粮耗尽，引兵撤退。有一名士兵逃跑投降魏军，把檀道济的情况都告诉魏军。魏人追击檀道济，众人扰攘惊惧将要溃散。檀道济于是在夜晚用量器量沙子，而口中高唱所量数目，用所剩少量的米覆盖在沙子上。到早上，魏兵看见这种情形，认为檀道济物资粮食充裕，以为投降的士兵说谎就杀了他。檀道济全军得以归营。

三

岳飞奉诏，招抚岭表贼曹成。不从，乃上奏："群盗力强则肆横，力屈则就招。不加剿而遽议招，未易也。"遂率兵入。会得成谍者，缚之帐下。飞出帐，调兵食[①]。吏白曰："粮尽矣，奈何？"边批：飞使之。飞阳曰："且反茶陵[②]。"已而顾谍作失意状，顿足而入，阴令逸之。计谍归告，成必来追，即下令蓐食[③]，潜趣绕岭。未明，已逼贼垒，出不意，惊呼曰："岳家军至矣！"飞乘之，遂大溃。自是连夺其险隘，贼穷。飞乃曰："招今可行矣。"

【注释】

①调兵食：筹调军需食粮。

②反：同"返"。

③蓐（rù）食：早晨未起身，在床席上进餐。也指早上很早吃饭。

【译文】

岳飞奉诏命，招抚岭南贼人曹成。曹成不听从，岳飞于是上奏说："盗匪们势力强大就肆意横行，势力衰竭就依从招抚。不进行围剿而骤然主张招抚，不容易达成。”于是率兵进攻。正好抓获曹成派来的间谍，把他绑在营帐之下。岳飞走出营帐，筹调军需食粮。官吏对他说：“粮食耗尽了，怎么办？”边批：岳飞让他这么说的。岳飞假装说：“暂且返回茶陵。”之后回头看间谍表现出失于算计的样子，一跺脚进入帐内，暗中让间谍逃脱。岳飞估计间谍回去报告，曹成一定会来追击，就命令士兵早早吃饭，悄悄绕过山岭。天没亮，已经逼近贼营，出其不意，贼人惊叫道：“岳家军到了！”岳飞乘机进攻，贼军于是大败。从此连续夺下贼人据守的险要处，贼人走投无路。岳飞于是说：“招抚现在可以进行了。”

孙膑强而示之弱，虞诩弱而示之强。祖逖、檀道济饥而示之饱，岳忠武饱而示之饥。

【译文】

孙膑兵力强大而向庞涓显示懦弱，虞诩势力薄弱而向羌人显示强大。祖逖、檀道济粮食匮乏而向敌人显示军粮充足，岳飞粮食充足而向敌人显示军粮匮乏。

臧宫等 三条

一

建武十一年[①]，臧宫将兵至中卢[②]，屯骆越[③]。时公孙述将田戎、任满与岑彭相拒于荆门[④]。彭战数不利。越人谋叛从蜀。宫兵少，力不能制。会属县送委输车数百乘至。宫夜使锯断城门限[⑤]，令车声回转出入至旦。越人候伺者闻车声不绝而门限断，相告以汉兵大至，其渠帅乃奉牛酒劳军。宫陈兵大会，击牛酾酒[⑥]，飨赐慰纳之。越人由是遂安。

【注释】

①建武十一年:35年。建武,汉光武帝刘秀年号(25—56)。

②臧宫:字君翁,以骁勇著称。追随刘秀参与平定河北。刘秀即位,拜骑都尉、侍中,册封成安侯。又参与平定巴蜀公孙述,授广汉太守,进封酂侯。中卢:县名。在今湖北襄樊南。

③骆越:本为古时少数民族“百越”之一,散居西南各地。此处是因为骆越人迁徙到此,所以称骆越。

④公孙述:字子阳。王莽时自立为蜀王。光武帝出兵征讨,并修书劝降。不听,后被打败。岑彭:字君然。王莽新朝末年,为棘阳县令。归顺刘秀后,率军进攻公孙述,后被公孙述的刺客暗杀。荆门:山名。在湖北宜都西北江边。

⑤门限:门槛。

⑥釃(shāi)酒:滤酒,斟酒。

【译文】

东汉建武十一年,臧宫率兵到中卢,屯驻骆越。当时公孙述手下将领田戎、任满与岑彭在荆门对峙。岑彭出战几次失利。当地越人谋划叛逃归降蜀主公孙述。臧宫兵少,力量不足以牵制。正好属地县府送来几百辆转运物资的车。臧宫夜里命人锯断城门的门槛,让这些车的声音来回出入直到天亮。越人侦察员听到车声整夜不停而门槛都断了,争相报告汉朝大军到了,他们的首领就牵牛献酒犒劳臧宫军队。臧宫让士兵列阵集会,杀牛斟酒,宴飨、赏赐、安抚越人。越人从此就安定下来。

二

周访击斩张彦于豫章[①],访亦中流矢,折前两齿,形色不变。及暮,访与贼隔水,贼众数倍。自知力不敌,乃密遣人如樵采者而出,于是结阵鸣鼓而来,大呼曰:“左军至!”士卒皆呼“万岁”。至夜,令军中多布火而食[②]。贼谓官军益至，未晓而退。访谓诸将曰："贼虽引退，然终知我无救军，当还掩袭。宜促渡水北。"既渡，断桥讫，而贼果至，隔水不得进。

【注释】

①周访：东晋初名将。为人谦让而果决。元帝渡江，参镇东军事。后为扬烈将军。斩华轶，破杜弢，进龙骧将军，为豫章太守。累官梁州刺史。在襄阳（治今湖北襄樊）务农训卒，远近悦服，慨然有平河洛之志。

②布火：安置炉火。

【译文】

东晋名将周访在豫章斩杀张彦，周访也被乱箭射伤，折断了两颗门牙，神色不变。到傍晚，周访与贼人隔水对阵，贼兵人数是周访的好几倍。周访自知力量不能对抗，就秘密派人打扮成樵夫模样出城，于是周访兵列队鸣鼓回营，大声喊道："左军来了！"士兵们都高喊"万岁"。到夜里，周访让军营中多安置炉火来做饭吃。贼人以为增援官兵大批赶到，不到天亮就退兵了。周访对众将领说："贼人虽然退兵，然而终究会知道我们没有援军，应当会回来突袭。我们应尽快渡河往北。"渡河后，刚弄断桥梁，贼兵果然追来，隔着河不能进攻。

三

陈独孤永业守金墉[①]。周主攻之，不克。永业通夜办马槽二千。周人闻之，以为大军且至，惮之。适周主有疾，遂引还。

【注释】

①陈：应为"北齐"。译文从实。独孤永业：本姓刘，幼年丧父，随母

改嫁独孤氏，更姓独孤。颇有军事才干，熟习弓马，仕北齐，除洛州刺史、河阳行台左丞，封临川郡王。后降北周，授上柱国。金墉：在河南洛阳东。

【译文】

北齐大将独孤永业驻守金墉。北周武帝攻打他，攻不下。独孤永业命人连夜打造二千马槽。北周人听说这件事，以为大军将要来了，心生忌惮。正巧北周武帝生病，于是率兵撤退了。

贺若弼

贺若弼谋攻京口[①]，先以老马多买陈船而匿之[②]，买弊船五六十艘，置于渎内[③]。陈人觇之，以为中国无船。又令缘江防人交代之际，必集广陵，大列旗帜、营幕被野。陈人以为隋兵大至，急发兵为备；既而知之，不复戒严。又缘江时猎，人马喧噪。及是济江，陈人遂不知觉。

【注释】

①贺若弼：字辅伯。慷慨骁勇，博学善文。隋文帝时，献攻取陈国的十项计策，文帝赐以宝刀，命其为伐陈的行军总管。从广陵（今江苏扬州）渡江。京口：今江苏镇江。

②陈船：陈国人的船只。

③渎：水沟，河沟。

【译文】

隋朝贺若弼谋划攻打京口，先用老马多多换取陈国人的船只并藏起来，又买了五六十艘破船，放置在河沟里。陈国人侦察后，认为中原没有可用的船只。贺若弼又命令沿江防守的人交接时，一定要在广陵集合，大张军旗、营帐遍布旷野。陈国人以为隋军大举来攻，急忙调军加强防备;不久知道实情,不再戒严。贺若弼又经常沿江边狩猎,人马喧闹。等到这时隋军渡江,陈人竟然毫无知觉。

按,贺若弼攻京口。任忠言于陈主曰[①]:"兵法:'客贵速战,主贵持重'。今国家足食足兵,宜固守台城,缘淮立栅。北军虽来,勿与交战。分兵断江,勿令彼信得通。给臣精兵一万,金翅三百艘[②],下江径掩六合。彼大军必谓其渡江将士已被俘获,自然挫气。淮南之人,与臣旧相知悉。今闻臣往,必皆景从[③]。臣复扬声欲往徐州,断彼归路,则诸军不击自去。此良策也!"陈主不从,以至于亡。

【注释】

①任忠:字奉诚,小名蛮奴。多计略,善骑射。陈后主时为领军将军,不久出为吴兴内史。贺若弼渡江时,自吴兴归建康,屯守朱雀门。后投降隋朝。

②金翅:战船名。

③景从:如影随形。景,同"影"。

【译文】

按,贺若弼攻打京口。任忠对陈国君主说:"兵法说:'异地作战贵在速战速决,本土作战贵在稳扎稳打'。现在国家有充足的粮草和兵力,应该坚守台城,沿着淮河设立营垒。隋军即使来攻,也不要与他们交战。分兵截断长江水路,不要让他们的信息得以沟通。拨给我精兵一万人,战舰三百艘,顺江而下径直攻占六合。他们的大部队必定认为他们渡江的将士已经被俘获,自然挫伤士气。淮河以南的人,与我从前就相互熟悉。现在听说我去了,一定都如影随形。我再扬言想要前往徐州,截断隋军后路,那么各路军队就不战自退了。这是很好的办法!"陈国君主不听从,以至于亡国。

用间 三条

一

东魏将段琛据宜阳[1]，遣其扬州刺史牛道恒煽诱边民。韦孝宽患之[2]，乃遣谍人访获道恒书迹，令善学书者习之。因伪作道恒与孝宽书，论归款意，又为落烬烧迹[3]，若灯下书者，还令谍人送琛。琛得书，果疑道恒，不用其谋，遂相继被擒。

【注释】

①段琛：有武略。跟从高欢起兵，后为兖州刺史。宜阳：治今河南宜阳。

②韦孝宽：北魏末为统军，参与平定萧宝夤之役，后从宇文泰。西魏大统八年（542），任晋州刺史，镇玉壁（今山西稷山）。十二年（546），高欢来攻，他坚守不动，使高欢智力俱困。授骠骑大将军，进爵建忠郡公。

③落烬：灯捻烧后所落的灰烬。

【译文】

东魏将领段琛据守宜阳，派扬州刺史牛道恒煽动招诱西魏边境的百姓。韦孝宽为此深感忧虑，就派间谍访求得到牛道恒的手写字迹，让善于模仿笔迹的人临习他的字。于是伪造牛道恒写给韦孝宽的信，表明归降的意愿，又伪造出灯灰烧残纸的痕迹，好像这封信是在灯下写的，再命间谍将信送交段琛。段琛拿到信，果然怀疑牛道恒，不再取用他的谋略，于是牛道恒等人先后被擒。

齐相斛律明月多智用事[1]。孝宽令参军曲岩作谣曰：“百升飞上天，明月照长安。”“百升”，斛也。又言：“高山不摧自崩，槲树不扶自竖。”令谍人广传于邺下。时祖孝徵正与明月隙[②]，既闻，复润色奏之[③]，明月竟坐诛。孝宽真熟于用间者！

【注释】

①斛（hú）律明月：斛律光，字明月。善骑射。高欢爱将，袭父爵为咸阳王，屡败周兵，拜左丞相，为邻国所忌惮。后被祖珽、陆令萱等谗害而死。

②时祖孝徵正与明月隙：当时祖珽势倾朝野，行为不节，斛律光为此厌恶他。祖孝徵，即祖珽，字孝徵。为高欢知赏，虽屡犯法而不被追究。北齐后主时拜尚书右仆射，为人权谲多智，行事反复，然而也能推崇名流，延用士人。

③润色奏之：祖珽在韦孝宽编造的歌谣后续了几句：“盲老公背受大斧，饶舌老母不得语。”并让人唱奏。其中“盲老公”指祖珽，“饶舌老母”指女侍中陆令萱。祖珽又以此向后主高纬奏报进谗言。

【译文】

北齐相国斛律明月足智多谋而且身居高位。韦孝宽命参军曲岩作歌谣说：“百升飞上天，明月照长安。”“百升”，是斛。又说：“高山不摧自崩，槲树不扶自竖。”让间谍在邺城中广为传播。当时祖孝徵正与斛律明月有嫌隙，听了歌谣后，又添油加醋上奏君主，斛律明月最终因此降罪被杀。韦孝宽真是个善于用反间的人！

二

岳飞知刘豫结粘罕[①]，而兀术恶刘豫，可以间而动。会军中得兀术谍者，飞阳责之曰：“汝非吾军中人张斌耶？吾向遣汝至齐[②]，约诱致四太子[③]，汝往不复来。吾继遣人问齐，已许我今冬以会合寇江为名，致四太子于清河。汝所持书竟不至，何背我耶！”谍冀缓死，即诡服。乃作蜡书，言与刘豫同谋诛兀术事，因谓谍曰：“吾今贷汝，复遣至齐，问举兵期。”刲股纳书④，戒勿泄。谍归，以书示兀术。兀术大惊，驰白其主，遂废豫。

【注释】

①粘罕：完颜宗翰，原名粘没喝，汉语讹为粘罕。金太祖时大破辽军，太宗时为左副元帅，多次侵扰宋朝。1126年，攻克汴京，掳走徽、钦二帝。

②齐：刘豫在金人扶持下建国，号齐。

③四太子：兀术为金太祖第四子，江南呼为四太子。

④刲（kuī）股：割开大腿肉。

【译文】

岳飞知道刘豫与金国将领粘罕勾结，但金兀术厌恶刘豫，因而可以离间他们。正巧军中抓获兀术派来的间谍，岳飞假装认识并责骂他说：“你不是我营中的小兵张斌吗？我之前派你去齐国，约定引诱四太子兀术前来，你去了就不再回来。我后来派人探问齐国的消息，已经答应我今年冬天以联合入侵长江为名，把四太子引到清河。你拿的信最终没有送到，为什么要背叛我呢！”间谍希望能拖延不被处死，立即假意服罪。岳飞于是写了信用蜡封起来，谈与刘豫共同谋划诛杀兀术的事情，接着对间谍说：“我现在宽恕你，再派你到齐国，探问出兵的日期。”割开间谍的大腿把书信放进去，告诫他不要泄露。间谍回去，将信给兀术看。兀术大为惊恐，急驰奏报金国君主，于是废了刘豫。

三

元昊有腹心将，号野利王、天都王者，各统精兵，最为毒害。种世衡谋欲去之。野利尝令浪里、赏乞、媚娘三人诣世衡乞降。世衡知其诈,曰:“与其杀之,不若因以为间。”留使监税,出入骑从甚宠。有紫山寺僧法崧,世衡察其坚朴可用,诱令冠带[①]。因出师以获贼功,白于帅府,表授三班阶职[②],充指挥使。又为力办其家事,凡居事骑从之具,无不备。崧酗酒狎博,无所不为,世衡待之愈厚。崧既感恩。

【注释】

①诱令冠带:诱使他还俗为官。

②三班阶职:宋朝武职,分东、西、横三班。入仕者先为三班阶职,转三班奉职,以次递迁,最高可至节度使。

【译文】

北宋时西夏主元昊有两名心腹将领,被称为野利王和天都王,各自统领精锐部队,危害最大。种世衡谋划想要除去他们。野利王曾派浪里、赏乞、媚娘三人拜见种世衡请求投降。种世衡知道他们是诈降,心想:“与其杀了他们,不如利用他们行反间计。”就留下并派他们监督税收,出入都车马随从,十分宠信他们。有个紫山寺的僧人法崧,种世衡观察他坚贞质朴可担大任,就诱使他还俗为官。因为他率兵出击擒获贼人的功劳,上报给帅府,授予他三班阶职,充任指挥使。又为他尽力张罗他的家事,凡是日常起居车马随从的用具,无不齐备。法崧酗酒狎妓赌博,没有不干的,种世衡待他更加优厚。法崧很感恩。

一日世衡忽怒谓崧曰:“我待汝如子,而阴与贼连,何相负也!”边批:苦肉计。械系数十日,极其楚毒,崧终不怨,曰:“崧,丈夫也。公听奸人言,欲见杀,有死耳!”居半年,世衡察其不负,为解缚沐浴,延入卧内,厚抚谢之,曰:“汝无过,聊相试耳。欲使为间,其苦有甚于此者,汝能为我卒不言否?”崧泣允之。世衡乃草野利书,膏蜡致衲衣间,密缝之,仍祝之曰:“此非濒死不得泄。若泄时,当言‘负恩,不能成将军之事也’。”又以画龟一幅、枣一蔀遗野利。野利见枣、龟,边批:影“早归”。度必有书,索之。崧目左右,又对“无有”。野利乃封信上元昊。元昊召崧并野利至数百里外,诘问遗书。崧坚执无书,至箠楚极苦,终不说。又数日,私召至其宫,乃令人问之,曰:“不速言,死矣!”崧终不说。乃命曳出斩之,崧乃大号而言曰:“空死,不了将军事矣!吾负将军!吾负将军!”其人急追问之,崧于是褫衲衣①,取书进入。边批:书中必以及浪里等三人,使视之而可信。

【注释】

①褫(chǐ):脱下。

【译文】

一天,种世衡突然生气地对法崧说:“我待你像儿子一样,而你暗中与贼人勾结,为什么辜负我!”边批:苦肉计。用刑具把他拘禁起来几十天,用尽酷刑,法崧始终没有怨恨,说:“法崧是大丈夫。种公听信奸人谗言,要杀我,只有一死罢了!”过了半年,种世衡观察法崧仍不背弃,为他解开捆绑沐浴更衣,请他进入内室,极力向他安抚致歉,说:“你没有错,只是以此试探你罢了。想让你出使当间谍,有比这更厉害的苦刑,你能为我始终不泄密吗?”法崧哭着答应了他。种世衡才草草写就给野利王的信,用膏蜡封好藏在僧衣里面,再严密地缝上衣服,又叮嘱法崧说:“这信不到临死时不可泄露。如果泄露时,应当说‘辜负了恩情,不能完成将军交托的任务’。”又以龟图一幅、枣一蔀送给野利王。野利王见到枣、龟,边批:暗指“早归”。猜测一定有信,向法崧要。法崧看了看左右,又回答说“没有”。野利王于是写信上报元昊。元昊在几百里外召见法崧及野利王，质问索要书信。法崧坚持说没有信，到了鞭打极其狠毒时，始终不说。又过了几天，元昊私下召法崧到他的宫殿，又命人审问他，说："不快说出来，处死！"法崧始终不说。于是命人拖出去要杀了他，法崧才大声哭叫着说："我白死了，无法完成将军交付的任务了！我辜负了将军！我辜负了将军！"那人急忙追问他，法崧于是脱下僧衣，取出书信进呈。边批：信中一定会提及浪里等三人，让他看了才可信。

移刻，命崧就馆，而阴遣爱将假为野利使，使世衡。世衡疑是元昊使，未即相见，只令官属日即馆舍劳问。问及兴州左右则详①，至野利所部多不悉。边批：可知非野利使。适擒生虏数人，世衡令于隙中密觇之，生虏因言使者姓名，果元昊使。乃引见使者，厚遗之。边批：只觉恶草具进项王使其策未工。世衡度使返，崧即还，而野利报死矣。世衡既杀野利，又欲并去天都，因设祭境上，书祭文于版②，述二将相结，有意本朝，悼其垂成而败。其祭文杂纸币中。有虏至，急爇之以归。版字不可遽灭，虏得之以献元昊，天都亦得罪。元昊既失腹心之将，悔恨无及，乃定和议。崧复姓为王嵩③，后官至诸司使，至今边人谓之"王和尚"。

【注释】

①兴州：元昊所置，号兴庆府。在今宁夏东南，为元昊所据之地。

②版：木版。

③复姓：恢复俗姓。

【译文】

很快，元昊命法崧在别馆住下，而暗中派心腹爱将假扮成野利王的使者，谒见种世衡。种世衡怀疑是元昊派来的使者，没有马上接见，只令属下官吏每天到宾馆慰问。问到兴州附近的情况使者就回答得很详细，问到野利王管辖的地方多不熟悉。边批：可知不是野利王的使者。正好擒获好几个俘虏，种世衡命俘虏在门缝中暗中窥视他，俘虏于是叫出使者姓名，果然是元昊的使者。于是召见使者，赠厚礼送他回去。边批：只感觉刘邦以粗劣的饭菜招待项王使者的计策不够工巧。种世衡估计使者返回，法崧就会回来，而野利王的死讯就到了。种世衡借力杀了野利王后，还想将天都王一并除去，于是在边境设立祭坛，在木版上书写祭文，述说西夏两名大将结交，有意归降本朝，祭悼他们将要成功时惨遭失败。那篇祭文夹杂在纸钱中。有西夏兵来，急忙烧了归营。木版上的字不能立即烧毁，西夏兵拿到后献给元昊，天都王也因此获罪。元昊损失两名心腹爱将，悔恨都来不及，只好与宋朝签订议和。法崧恢复俗姓叫王嵩，后来官至诸司使，到现在边境人还称他“王和尚”。

沈存中《补笔谈》亦载此事[①]。云：“世衡厚遣崧，以军机密事数条与之，曰：‘可以此借手[②]。’临行，解所服絮袍赠之，曰：‘虏地苦寒，以此为别。至彼须万计求见遇乞，即野利王。非此人无以得其心腹。’崧如所教，间关求通遇乞。虏人觉而疑之，执于有司。数日，或发其袍领中，得世衡与遇乞书，词甚款密。崧初不知领中书，虏人苦之备至，终不言情，虏人因疑遇乞，杀之，迁崧于北境，亡归。”事稍异。据《笔谈》，则领中书并崧不知，崧胆才壮，似更奇。

世衡又尝以罪怒一番将，杖其背，僚属为请，皆莫能得。其人杖已，即奔元昊，元昊甚亲信之。岁余，尽得其机密以归。乃知世衡能用间也。

【注释】

①沈存中《补笔谈》：沈存中即沈括，有《梦溪笔谈》二十六卷，《补笔谈》三卷。

②借手：凭借它们博得敌人的信任。

【译文】

沈括《补笔谈》也记载这件事。说："种世衡厚遇派遣法崧，将几项军事机密交给他，说：'可以凭借它们博得敌人的信任'。临行前，解下所穿的棉袍送给法崧，说：'西夏地方极其寒冷，以棉袍当作分别礼物。到了那里要用一切办法求见遇乞，即野利王。不是这个人就没办法得到李元昊的心腹。'法崧按照所教的，想方设法求见遇乞。西夏人觉察到并怀疑他，将他抓到官府。几天后，有人撕开他棉袍的领子里面，得到种世衡写给遇乞的信，言辞十分亲密。法崧起初不知道袍领中的信，西夏人用尽酷刑折磨他，他始终不说实情，西夏人因此怀疑遇乞，杀了他，放逐法崧到北方边境，他又逃亡回来。"事情稍有不同。根据《补笔谈》，那么袍领中的信连法崧都不知道，法崧的胆气才豪壮，这样似乎更为奇异。

种世衡又曾经因为罪过怒责一名番将，杖打他的脊背，部属为番将求情，都没能见效。那个人被杖打完后，立即投奔元昊，元昊十分亲近宠信他。一年多后，番将取得元昊的全部机密回来。才知道种世衡善于利用间谍。

内应 二条

一

李光弼募军中[①]，有少技皆取之，人尽其用。有钱工三者，善穿地道。史思明寇太原，光弼遣人诈为约降，而穿地道周贼营中，楮之以木[②]。至期，遣裨将将数千人出，如降状，咸皆属目。俄而营中地忽陷，死者千余人。贼众惊乱，官军鼓噪乘之，俘斩万计。

【注释】

①李光弼：天宝十五载（756），任河东节度使，与郭子仪合军下井陉，在河北击败史思明。旋闻潼关失陷，主动西撤。至德二载（757），守太原五十余日，击退史思明、蔡希德等军。乾元二年（759）邺郡败后，代郭子仪为朔方节度使、副元帅，守河阳（今河南孟县）。

②楮（zhī）：支撑。

【译文】

唐朝时李光弼在军中招募，稍有才能的都招揽，让每个人都能发挥所长。有三个钱工，善于挖掘地道。史思明攻打太原时，李光弼派人假装约定日期投降，而挖地道环绕贼人军营，用桩木支撑。到了约降的日子，李光弼派副将带领数千士兵出来，装作投降的样子，众人都注视着。一会儿营中地面忽然下陷，死了一千多人。贼众惊慌混乱，官军敲鼓呐喊趁机进攻，俘获斩杀的人数以万计。

二

李元平至汝州[①]，募工徒葺理郛郭[②]。李希烈阴使勇士应募[③]，执役版筑[④]，凡入数百人，元平不之觉。希烈遣将以数百骑突至其城，执役者应于内，缚元平驰去。

【注释】

①李元平：唐宗室。好危言高论。后被推荐担任汝州别驾，抵御淮

西节度使李希烈叛乱，兵败，投降李希烈，伪任宰相。李希烈去世后，流放贺州而死。

②郛（fú）郭：外城。

③李希烈：淮西节度使李忠臣的侄子。代宗末年，李希烈驱逐李忠臣，自领淮西。与朱滔、田悦、王武俊等藩镇同称王，不久称楚帝，后被部将陈仙奇毒杀。

④版筑：筑土墙，即在夹版中填入泥土，用杵夯实。

【译文】

唐朝宗室李元平到任汝州，招募工人整修外城。李希烈暗中派勇士应征，担任筑土墙的役吏，总共加入的有几百人，李元平毫无察觉。李希烈派将领率领几百骑兵突然进逼汝州城，担任役吏的勇士在城内接应，绑了李元平疾驰而去。

嘉靖四十一年，倭入寇，围兴化府[①]。都督刘显奉敕赴援。去府城三十里，隔一江，逗留不进。久之，惧罪，遣五卒赍文诣府，约欲率兵越城御敌。贼获五卒，杀之，用其职衔[②]，伪为显文，约："某日夜某时率兵潜入应援，城中勿举火作声，恐贼惊觉。"择奸细五人，诈充刘卒，赍入，城中信之。至期，贼冒刘兵入城，遂陷之。夫中国所以能制夷狄者，智也；今智反在夷狄，可不为寒心哉！

【注释】

①兴化府：今福建莆田。

②其：指刘显。

【译文】

嘉靖四十一年，倭寇入侵，围攻兴化府。都督刘显奉皇帝诏命前去支援。离府城还有三十里，隔着一条江，逗留不进军。过了很长一段时间，怕皇帝降罪，刘显就派五名士兵带着公文前往府城，约定要率兵越过城墙防御敌军。倭寇俘虏了五名士兵，杀了他们，冒用刘显的职衔，伪造刘显的公文，约定："某天夜里某时率兵潜入城中支援，城中不要点火出声，恐怕贼人受到惊动而有所察觉。"挑选五名倭兵奸细，谎充刘显的士兵，送信进城，城中人相信了他们。到了约定日期，倭寇冒充刘显部队进城，于是府城失陷。中原能制服夷狄的原因，是智慧；现在智慧反而在夷狄那里，能不为此寒心吗！

刘鄩 二条

一

刘鄩[①]，安丘人，初事青州王师范[②]。唐昭宗幸凤翔，朱温率师迎于岐下。师范欲乘虚据兖州[③]。鄩先遣人诈为鬻油者，觇城内虚实及出入所。视罗城下一水窦[④]，可引众而入，遂志之。鄩乃告师范，请步兵五百，自水窦衔枚而入，边批：不虞之道。一夕而定。军城宴然[⑤]，市民无扰。

【注释】

①刘鄩：先为王师范属下，后降朱温，为都押衙。后梁末帝时，领镇南军节度使，被后唐庄宗打败。

②王师范：年十六继其父王敬武为平卢节度使，以忠义自许，治理有声望。朱温围凤翔夺昭宗之权，王师范起兵勤王，派众将讨伐朱温，唯刘鄩有功。后被朱温所杀。

③欲乘虚据兖州：当时王师范分派各位将领乔装打扮，进入朱温占据的汴、徐、兖等十多个州，约定同一天发兵，讨伐朱温。到各州

的人多因事情泄露被擒获。唯独驻兖州的泰宁节度使葛从周将其兵屯驻在邢州,兖州空虚,刘鄩于是乘虚占据兖州。

④罗城:城墙外面的大城。水窦:水道。

⑤军城:唐代设兵戍守的城镇。宴然:安然。

【译文】

唐朝刘鄩是安丘人,最初在青州王师范属下做事。唐昭宗临幸凤翔时,朱温率军在岐下迎接。王师范想趁城内空虚占据兖州。刘鄩先派人伪装成卖油的小贩,探查城内守备虚实及进出城的地方。看到城墙外面的大城下有一条水道,可以率兵众从这里进城,就做了标记。刘鄩于是报告王师范,请求带领五百步兵,从水道含木棒进城,边批:没有料到的路。一个晚上就占领兖州城。军城安然无恙,百姓不受惊扰。

二

朱温遣大将葛从周来攻城[①],良久,外援俱绝。鄩料简城中[②],凡不足当敌者,悉出之于外,与将士同甘苦。一日,副使王彦温逾城走[③],守陴者从之[④],不可止。鄩即遣人从容告彦温曰:"请少将人出,非素遣者[⑤],勿带行。"又扬言于众曰:"素遣从副使行者,即勿禁;其擅去者,族之!"外军果疑彦温,即戮于城下。于是守军遂固。鄩后从师范降梁。

【注释】

①葛从周:先为黄巢起义军将领,后投降朱温。曾力战救朱温于危难。协助朱温对付河东李克用、幽州刘仁恭等,屡立战功,朱温奏授为泰宁军节度使。后梁建立,拜左金吾卫上将军。

②料简:清点统计。

③副使:节度副使。

④陴（pí）：城上的矮墙。

⑤素遣者：原已决定被派遣出城的人。

【译文】

朱温派大将葛从周来攻城，攻了很久，守城的刘鄩的外援都断绝了。刘鄩清点统计城中，凡是不足以抵挡敌人的人，都放出城外，自己与留守的将士们同甘共苦。一天，副使王彦温越过城墙逃走，守城的士兵有追随他而去的，难以制止。刘鄩立即派人不慌不忙地告诉王彦温说："请少带士兵出城，不是原已决定被派遣出城的人，不要带走。"又对士兵宣布说："原来派遣跟从副使同行的人，绝不禁止；其他擅自离城的人，就灭族！"外面围城的军队果然怀疑王彦温，就在城下斩杀他。于是城内守军才稳定下来。刘鄩后来随王师范投降后梁。

止追者 二条

一

刘鄩败晋王于河曲[①]，欲乘胜潜走太原[②]。虑为晋军追，乃结刍为人，缚旗于上，以驴负之，循堞而行[③]。数日，晋人方觉[④]。

【注释】

①刘鄩败晋王于河曲：此处叙述有误。后梁贞明元年（915），晋军东下收魏博精兵银枪效节都。梁将刘鄩进逼魏县，与晋王李存勖夹漳河对峙。一日，晋王李存勖率一百多骑兵循漳河而上，窥探刘鄩军营。正巧天气阴沉，刘鄩在河曲丛林间埋伏五千士兵，鸣鼓喧哗冲出来，包围晋王。晋王跃马大呼，所向披靡，杀敌数百人，而仅损失七位骑兵。此处说"败晋王于河曲"，与史实不合。

②潜走太原：偷袭太原。太原为晋王根据地。

③堞:城上凹凸状的矮墙,也称女墙。

④晋人方觉:晋王察觉后,急忙发骑兵追击。晋将李嗣恩先入晋阳,城中已有防备,刘鄩只得返军。

【译文】

刘鄩在河曲击败晋王李存勖,想乘胜偷袭太原。担心被晋军追击,就扎草做草人,把军旗绑在草人身上,用驴驮着草人,沿着城墙边走。几天后,晋人才察觉上当了。

二

毕再遇尝与金人对垒[①]。一夕拔营去,留旗帜于营,豫缚生羊,置其前二足于鼓上,击鼓有声。金人不觉为空营,复相持数日。及觉,欲追之,则已远矣。

【注释】

①毕再遇:容貌魁伟,智勇双全。南宋开禧北伐,率敢死军为前锋,屡屡获捷,名震朝野,官至武信军节度使,淮东安抚使。

【译文】

宋朝时毕再遇曾与金人对阵。一夜之间,毕再遇拔营离去,在营中留下军旗,并事先命人绑缚活羊,把羊的两只前蹄放在军鼓上,羊挣扎击鼓发出声响。金人没有察觉到那是座空营,又相持了几天。等到金人察觉,想要追击他们,毕再遇已经走远了。

侯渊

魏尔朱荣使大都督侯渊讨韩楼[①],配卒甚少。或以为言,荣曰:"侯渊临机设变[②],是其所长。若总大众,未必能用。”渊遂广张军声，多设攻具，帅数百骑深入。去蓟百余里，值贼。渊潜伏以乘其背，大破之，虏五千人。皆还其马杖，纵使入城。左右皆谏，渊曰：“我兵少，不可力战。为奇计以间之，乃可克也。”度其已入，帅骑夜进。昧旦，叩其城门。楼果疑降卒为内应，遂走。追擒之。

【注释】

①韩楼：为河北起义军葛荣部将。葛荣被尔朱荣击败擒杀后，韩楼又招集残部据幽州反北魏。后被侯渊镇压。

②侯渊：北魏大臣。为人机警有胆略。早年投靠尔朱荣，屡立战功。后投靠高欢，拜齐州刺史。最终众叛亲离，在投奔南梁途中被杀。

【译文】

北魏尔朱荣派大都督侯渊率兵征讨韩楼，但分给他的兵力很少。有人想为侯渊说话争取增兵，尔朱荣说：“侯渊随机应变，这是他所擅长的。若是统率大军，未必能用得上。”侯渊于是大张军队的声势，多设置攻城器械，率领数百骑兵前往。离蓟地一百多里的地方，遇上敌兵。侯渊暗中埋伏以攻击敌军背后，大败敌兵，虏获五千人。都返还他们的战马兵器，任由他们进城。左右的人都劝阻，侯渊说：“我军兵力少，不能拼命奋战。用奇计以离间敌人，才能战胜。”侯渊估计释放的降兵已经进城，就率骑兵连夜进军。天刚亮，就叩打敌军城门。韩楼果真怀疑之前投降的士兵是侯渊的内应，就弃城逃跑。侯渊追击擒获了他。

韩信 三条

一

汉王以信为左丞相，击魏[①]。魏盛兵蒲阪[②]，塞临晋[③]。

信乃益为疑兵，陈船欲渡临晋，而伏兵从夏阳以木罂渡军④，袭安邑⑤。遂虏魏王豹，定河东⑥。

【注释】

①魏：指魏豹治理的西魏国。

②蒲阪：在今山西永济西。

③临晋：在今陕西大荔东，与蒲阪隔黄河相望。

④夏阳：在今陕西韩城，位于临晋北约二百里，东临黄河。

⑤安邑：魏都。在今山西夏县。

⑥河东：魏地。在秦为河东郡，以安邑为治所。

【译文】

汉王刘邦以韩信为左丞相，攻打魏国。魏国在蒲阪结集重兵，阻断了去临晋的路。韩信就增设疑兵，排列船只装作要渡河到临晋，而让伏军从夏阳用木罂渡江，袭击魏都安邑。于是掳获魏王豹，平定河东。

二

信既破魏、代，遂与张耳东下井陉击赵①。赵王歇、成安君馀闻之②，聚兵井陉口，号二十万。广武君李左车说成安君曰："信乘胜远斗，其锋不可当。臣闻'千里馈粮，士有饥色；樵苏后爨③，师不宿饱④'。今井陉之道，车不得方轨⑤，骑不得成列。行数百里，其势粮食必在其后。愿假臣奇兵三万人，从间道绝其辎重。足下深沟高垒，勿与战。彼前不得斗，退不得还。吾奇兵绝其后，野无所掠。不十日，而两将之头可致麾下。"成安君不听。

【注释】

①井陉：在今河北井陉，为太行八陉之一。

②成安君馀：陈馀，封成安君。好儒术，与张耳为刎颈之交。陈胜起义后，二人同往上谒，以为左右校尉，与卒三千人，使往北略赵地。先后立武臣、赵歇为赵王，自己为大将军。项羽分封诸侯王时，张耳为常山王，其不得封，因而不满，与张耳反目，击走张耳，自立为代王。汉王三年（前206），汉将韩信击赵，他率二十万大军迎战，刚愎自用，不听属下李左车坚营疲敌之计，遂为韩信所破，被杀。

③樵苏后爨：现打柴草然后烧火做饭。樵，打柴；苏，割草。

④宿饱：经常饱。

⑤方轨：两车并行。

【译文】

韩信击破魏国、代国后，就与张耳东下井陉攻击赵国。赵王歇、成安君陈馀听到这消息，在井陉口聚集兵马，号称二十万大军。广武君李左车劝成安君说："韩信乘胜远征，他的锐气难以抵挡。我听说'从千里外补给粮饷，士兵常面有饥色；现打柴草烧火做饭，军队经常吃不饱。'现在井陉的道路，车辆不能并行，骑兵不能成列。行军数百里，按照形势粮食一定在他们队伍后面。希望能拨给我奇兵三万人，从小路阻截他们的军用物资。您只要挖深壕沟、架高营垒，不与他们交战。他们往前不能战斗，撤退不能返回。我们的奇兵阻绝他的后路，荒野没有什么可掠夺的。不出十天，两位将领的脑袋就可以送到您帐下。"成安君没有听从。

信使间视，边批：精细。知其不用，乃敢引兵遂下。未至井陉口三十里，止舍。夜半传发[1]，选轻骑二千人，人持一赤帜，从间道望赵军，诫曰："赵见我走，必空壁逐我，若疾入赵壁，拔赵帜，立汉帜。"令其裨将传飧[2]，曰："今日破赵会食[3]。"诸将皆莫信，佯应曰："诺。"乃使万人先行，出背水阵[④]。边批:创法。赵兵望见大笑。平旦,信建大将旗鼓,鼓行出井陉口[⑤]。边批:欲以致敌。赵开壁击之,大战。良久,信、耳佯弃鼓旗,走水上军[⑥]。水上军开入之。赵果空壁争汉旗鼓,逐信、耳。信、耳已入水上军,军皆殊死战,不可败。于是赵军还归壁,见壁皆汉帜,大惊,以为汉皆已得赵王将矣,遂乱走。汉兵夹击,大破之,斩陈馀,擒赵王歇。

【注释】

①传发:传令军中使出发。

②传飧(sūn):传送饭食。

③会食:会餐。

④背水阵:背靠河流而为阵。

⑤鼓行:击鼓而行。

⑥水上军:河边的军阵,即为背水阵的军队。

【译文】

韩信派人侦察窥视,边批:精细。知道成安君不用李左车的计策,才敢率兵前进。离井陉口还有三十里,停下来宿营。半夜传令出发,挑选轻骑兵二千人,每人手持一面红色军旗,从小路上山远望赵军,告诫士兵说:"赵军见我军败逃,一定会出动全营兵力追击我军,你们火速冲进赵营,拔掉赵军旗帜,插上汉军红旗。"又让他的副将传令置办饭食,说:"今天击破赵军之后会餐。"将领们都不信,假意答应说:"好。"就派一万人先前进,摆出背靠河流的军阵。边批:创新之法。赵军望见了都大笑。天亮后,韩信设置大将的军旗和战鼓,击鼓而行出井陉口。边批:想要引诱敌人。赵军大开营门迎击韩信,双方大战。过了很久,韩信、张耳假装丢弃战鼓、军旗,逃回河边的军阵。河边的军队打开营门让他们进来。赵军果然全军出动争夺汉军军旗、战鼓,追击韩信、张耳。韩信、张耳已经加入河边的军阵，士兵都拼死作战，无法击败。于是赵军退兵回营，看到营寨都是汉军旗帜，大为吃惊，以为汉军都已经擒获了赵王将领，于是大乱逃走。汉兵夹击他们，大破赵军，斩杀陈馀，擒获赵王歇。

诸将效首虏毕[①]，因问信曰："兵法'右倍山陵[②]，前左水泽'，今反以背水阵取胜，何也？"信曰："此在兵法，顾左右不察耳。法不曰'陷之死地而后生，投之亡地而后存'乎？且信非得素拊循士大夫也[③]，所谓驱市人而战之。其势非置之死地，使人人自为战。即予之生地，皆走，宁尚得而用之乎？"诸将乃服。

【注释】

①效首虏：呈报斩首及擒获数目。

②倍：通"背"。

③拊（fǔ）循：安抚，抚慰。

【译文】

将领们呈报完斩首及擒获数目，接着问韩信说："兵法上说'行军布阵应该右边和背后靠山岳，前面和左边临水泽'，今天反而以背靠河流为阵而取胜，为什么？"韩信说："这也在兵法中，只是你们没有留心体察罢了。兵法上不是说'陷之死地而后生，投之亡地而后存'吗？况且我不能平素抚慰将士，这就是所说的赶着街市上的百姓去打仗。这种情势下不置士兵于死地，使他们人人为自己战斗，如何取胜？如果给他们留有生路，就都逃走了，怎么还能用他们取胜呢？"将领们于是拜服。

秦姚丕守渭桥以拒晋师[①]。王镇恶溯渭而上[②]，乘蒙冲小舰[③]。行船者皆在舰内，秦人但见舰进，惊以为神。至渭桥，镇恶令军士食毕，皆持仗登岸，后者斩。既登，即密使人解放舟舰。渭水迅急，倏忽不见。乃谓士卒曰："此为长安北门，去家万里。舟楫衣粮，皆已随流。今进战而胜，则功名俱显；不胜，则骸骨不返矣！"乃身先士卒，众腾踊争进，大破丕军。

【注释】

①秦姚丕守渭桥以拒晋师：东晋末年，刘裕北伐后秦，攻克许昌，进入洛阳。417年，晋将王镇恶、檀道济等入潼关，王镇恶请求率水军自黄河入渭以趋长安，刘裕答应他。此时后秦主姚泓下令姚丕守渭桥。

②王镇恶：前秦丞相王猛的孙子，后跟从刘裕征战，多次立功。攻破长安，俘虏姚泓，消灭后秦。后被同僚沈田子诬陷杀害。

③蒙冲：或作"艨艟"，战舰。

【译文】

后秦姚丕镇守渭桥以抵御晋军。王镇恶由渭水逆流而上，搭乘小型战舰。划船的人都在战舰里面，后秦人只见战舰前进，惊以为神。抵达渭桥后，王镇恶命士兵吃完饭，都手持兵器上岸，落后的人处斩。上岸后，就暗中派人解开并放走战舰。渭水湍急，一会儿战舰就不见了踪影。于是对士兵说："这里是长安北门，离家一万里。船桨、衣服、粮食，都已随水流走。现在进军作战得胜，那么功劳名声都可以显扬；不能得胜，那么尸骨就不能返乡了！"于是带头冲在前面，兵众踊跃奋进，大败姚丕军队。

〇李复乱[①]，宣抚使檄韩世忠追击。所部不满千人，乃分为四队，布铁蒺藜，自塞归路，令曰："进则胜，退则死，走者命后队剿杀！"于是莫敢反顾，皆死战，大败之，斩复。此皆背水阵之故智也。

【注释】

①李复乱:北宋钦宗时,军校李复鼓动众人叛乱,淄、青等地依附者数万。

【译文】

李复叛乱,宣抚使命韩世忠追击。韩世忠部下不满一千人,于是把士兵分为四队,在路上放置铁蒺藜,自己堵塞后撤的路,下令说:"进攻就会胜利,后退就是死亡,逃跑的人就命令后面的士兵剿杀!"于是没有人敢回头看,都拼死战斗,大败叛军,斩杀李复。这些都是背水阵的老办法。

沈存中曰:"韩信袭赵,先使万人背水阵,乃建大将旗鼓,出井陉口,与赵人大战。佯败,弃旗鼓走水上军。背水而阵,已是危道;又弃旗鼓而趋之,此必败势也。而信用之者,陈馀老将,不以必败之势邀之,不能致也。信自知才过馀,乃敢用此策。设使馀少黠于信,信岂得不败!此所谓知己知彼,量敌为计。后之人不量敌势,袭信之迹,决败无疑。"又曰:"楚、汉决胜于垓下,信将三十万,自当之,孔将军居左,费将军居右,高帝在其后,绛侯、柴武在高帝后[①]。信先合不利,孔将军、费将军纵,楚兵不利[②],信复乘之,大败楚师。信时威震天下,籍所惮者独信耳。信以三十万人不利而却,真却也,然后不疑,故信与二将得以乘其隙。信兵虽却,而二将维其左右,高帝军其后,绛侯、柴武又在其后,异乎背水之危。此所以待项籍也。用破赵之迹,则歼矣。此皆信之奇策。班固为《汉书》,乃削此一事[③],盖固不察所以得籍者,正在此一战耳。"

【注释】

①绛侯：指汉周勃。其以布衣从高祖定天下，赐爵列侯，食绛八千一百八十户，号绛侯。柴武：西汉开国功臣，史书又称其“柴将军”。参加垓下之战，配合布阵与项羽军会战，击溃项羽军。

②纵：纵兵攻击。

③削此一事：上述垓下战事载于《史记·高祖本纪》，班固《汉书》删掉此事。

【译文】

沈括说：“韩信袭击赵国，先派一万人背对河水列阵，接着设置大将的军旗和战鼓，出井陉口，与赵军大战。装作战败，丢弃旗鼓逃往河边军阵。背水列阵，已经是险招；又丢弃旗鼓而逃跑，这是必败的态势。但韩信采用这种战术的原因，在于陈馀是老将，不用必败的态势招引他，不能达到目的。韩信自知才略高过陈馀，才敢用这种计策。假使陈馀比韩信稍微聪明一点，韩信怎么能不被打败！这就是所谓了解自己和对方，估量敌人的实力拟定战略。后来人不估量敌人的形势，沿袭韩信的行迹，必败无疑。”又说：“楚、汉在垓下决战，韩信率领三十万大军，自己抵挡楚军，孔将军率领左军，费将军率领右军，高祖刘邦的队伍在后面，绛侯、柴武又在高祖军队后面。韩信先战失利，孔将军、费将军纵兵攻击，楚军失利，韩信又乘虚还击，大败楚军。韩信当时威名震天下，项羽所害怕的人唯有韩信。韩信以三十万大军战败退兵，这样项羽才不怀疑是真退兵，所以韩信与孔、费两位将军得以有机可乘。韩信的军队虽然撤退，但两位将军护卫他左右，高祖率军在他后面，绛侯、柴武又在高祖后面，与背水列阵的危险不同。这是对付项羽的办法。沿用破赵的旧计，就会遭到歼灭。这些都是韩信的奇策。班固作《汉书》，竟然删掉此事，大概班固不明白之所以能够击溃项羽，正在于这一战。”

三

信已袭破齐临淄，遂东追齐王[①]。楚使龙且将兵救齐[②]。或说龙且曰："汉兵远斗穷战[③]，其锋不可当。齐、楚自居其地战，兵易败散。不如深壁，使齐王遣其信臣招所亡城，亡城闻其王在，楚又来救，必反汉。汉兵二千里居齐，齐城皆反之，其势无所得食，可不战而降也。"龙且轻韩信为易与[④]，遂战。与信夹潍水而阵。信乃夜令人为万余囊，盛沙，壅水上流。引兵半渡击龙且，佯不胜，还走。龙且果喜曰："固知信怯！"遂追信，渡水。信使人决壅囊，水大至。龙且军大半不得渡，即急击，杀龙且。

【注释】

①齐王：田广。齐王田荣之子。汉王二年（前205），田荣为项羽败杀后，他被叔叔田横立为齐王。后刘邦遣郦生劝其联汉，他亦有意，但韩信却乘机袭破齐军。他怒烹郦生，东逃高密（今山东高密），求救于楚，不久被韩信、曹参攻杀。

②龙且：又作龙苴、龙沮。起初隶属项梁，任司马，后归项羽。曾屡败秦军。楚汉战争中，韩信击齐地，他奉项羽之命往救，与韩信军夹潍水而阵。韩信用沙袋堵塞潍水上游，引兵半渡，佯不胜而退。他率军追击，韩信命决堤放水，尽淹楚军，他兵败被杀。

③远斗穷战：自远方来战斗，只能拼死一战。

④易与：容易对付。

【译文】

韩信攻破齐国临淄后，就往东追捕齐王。项羽派龙且率军援救齐国。有人劝龙且说："汉军远道而来只能拼死一战，他们的锋锐不可抵挡。齐、楚两军在自己的地盘上作战，士兵容易挫败退散。不如深筑垒沟，请齐王派亲信大臣去招抚失陷的城邑，失陷城邑的百姓听说齐王还在，楚兵又来救援，一定会反叛汉军。汉兵行军二千里驻扎齐地，齐国城邑都反叛他们，他们势必没有地方获得粮草，可以让他们不战就投降。”龙且轻视韩信认为他容易对付，于是不听劝告准备战斗。与韩信在潍水两岸分别布阵。韩信于是在夜里令人制作一万多个沙袋，盛满沙子，堵住河水上游。带领一半兵力渡水攻打龙且，佯装失败，往回逃跑。龙且果然高兴地说：“本来就知道韩信胆怯！”于是渡潍水追击韩信。韩信派人决开堆积的沙袋，河水急流而至。龙且的军队大半不能渡河，韩信立即急速反击，杀了龙且。

使左车之谋行，信必不能得志于赵。使或人之说用，信必不能得志于龙且。绕朝曰[①]：“子无谓秦无人，吾谋适不用也[②]！”士固有遇不遇哉！

【注释】

①绕朝：春秋时秦国大夫。

②子无谓秦无人，吾谋适不用也：语出《左传》。秦康公元年（前620），晋士会奔秦，晋侯担忧秦用士会，让魏寿馀引诱士会回国。绕朝说：“魏寿馀前来，大概是想要得到士会，国君不要答应他。”魏寿馀到秦国后，请求把魏地并入秦国，秦康公答应了，并以士会为使者出使魏国。士会临行，绕朝说：“子无谓秦无人，吾谋适不用也。”

【译文】

假使李左车的计谋能施行，韩信必定不能在赵国得志。假使劝龙且的人的劝说奏效，韩信必定不能在龙且身上得志。绕朝说：“您可别说秦国没有人才，我的计谋正好不被采用罢了！”士人本来就有受重用和不受重用啊！

张弘范 二条

一

张弘范[①]字仲畴。讨李璮于济南[②]。其父柔戒之曰[③]："汝围城勿避险地。汝无怠心[④]，则兵必致死。主者虑其险[⑤]，苟有来犯，必攻救，可因以立功。勉之！"弘范营城西。璮出军突诸将营，独不向弘范。弘范曰："我营险地，璮乃示弱于我，必以奇兵来袭。"遂筑长垒，内伏甲士，而外为壕，开东门以待之[⑥]。夜令士卒浚壕，益深广。璮不知也，明日果拥飞桥来攻[⑦]，未及岸，军陷壕中。得跨壕而上者，遇伏皆死。

【注释】

①张弘范：南宋降将。元世宗时为都元帅，督兵伐宋，执文天祥于五坡岭，破张世杰、陆秀夫于崖山，因以亡宋。

②李璮：本为蒙古江淮大都督，后据济南反叛，归于南宋。后被史天泽进剿，被俘杀。

③柔：张柔，金人。金亡后归元，拜河北东西等路都元帅。

④怠心：懒怠、松懈之心。

⑤主者：主帅。

⑥东门：营垒东门。因扎营于城西，所以东门对着城内。

⑦飞桥：攻城器械。

【译文】

元朝都元帅张弘范字仲畴。在济南征讨叛将李璮。他的父亲张柔告诫他说："你在围困城池时不要避开险要之地。你没有懈怠的心思，那么手下的军士一定也会拼死杀敌。主帅考虑到你身处险要之地，如果有敌人进犯，一定会去救援，可以趁此机会建立军功。你要尽力啊！"张弘范在济南城西扎营。李璮派遣军队突击各位将领的营寨，唯独没有攻击张弘范。张弘范说："我们扎营在险要之地，李璮才向我们示弱，一定会派遣奇兵来偷袭我们。"于是就建筑很长的营垒，里面埋伏甲士，而在营垒外挖掘壕沟，然后打开军营东门来等待李璮进攻。夜晚命令士兵疏浚壕沟，让壕沟更加深广。李璮不知情，第二天果然带着攻城的器械飞桥前来进攻，还没到沟岸，军队就深陷壕沟当中。能够侥幸跨越壕沟上去的人，也都遭遇伏兵被杀死了。

二

元兵逼宋少帝于崖山[①]。或请先用炮，弘范曰："火起则舟散，不如战也。"明日四分其军，军其东、南、北三面，弘范自将一军，相去里余，下令曰："闻吾乐作，乃举[②]，违令者斩！"先麾北面一军，乘潮而战，不克。李恒等顺潮而退。乐作，宋将以为且宴，少懈。弘范舟师犯前，众继之。预构战楼于舟尾，以布幕障之，命将士负盾而伏。令曰："闻金声起，战。先金而妄动者，死！"飞矢集如猬，伏盾者不动。舟将接，鸣金撤障，弩弓火石交作，顷刻并破七舟。宋师大溃，少帝赴水死。

【注释】

①元兵逼宋少帝于崖山：1278年，陆秀夫等立卫王赵昺为帝，时年八岁。避元迁居崖山（今广东新会南）。次年，张弘范、李恒至崖山，宋军大败，陆秀夫背着幼帝赵昺投海而死，宋灭亡。

②举：开战。

【译文】

元军把宋少帝逼到崖山。有人请求先用火炮轰击宋军，张弘范说：

“舟船着火就会散开,不如短兵相接作战。”第二天,张弘范将军队分为四队,驻守在东、南、北三面,张弘范亲自率领一支军队,相隔一里多,他下令说:“听到我奏乐,就发兵开战,违抗命令的人处斩!”先指挥北面的军队,趁着涨潮前进作战,未能取胜。李恒等人就顺着退潮的时机撤退了。音乐响起,宋朝将领以为元军将要举行宴会,就稍有松懈。张弘范率领水师前往进攻,其他部队相继跟进。张弘范事先在战船船尾搭建战楼,用布幔遮蔽起来,并且让将士都背负盾牌埋伏其中。张弘范下令说:“听到鸣金声音响起,就作战。在鸣金声响之前而轻举妄动的人,处死!”这时宋军飞来的箭矢密集得如刺猬身上的刺,背负盾牌埋伏的士兵都一动不动。在两军舟船将要接触的时候,张弘范鸣响金锣,撤去障幔,船上的弓弩火石交相发射,顷刻间就一起攻破了七艘宋船。宋军大败,少帝跳海而死。

越勾践　柴绍

吴阖闾伐越。越子勾践御之,陈于槜李[①]。勾践患吴之整也[②],使死士再禽焉[③],不动。使罪人三行,属剑于颈[④],而辞曰:“二君有治[⑤],臣奸旗鼓[⑥],不敏于君之行前,不敢逃刑,敢归死[⑦]!”遂自刭也。吴师属目[⑧],越子因而伐之,大败之。

【注释】

①槜(zuì)李:古地名。在今浙江嘉兴西南。

②整:军队整肃。

③禽:冲锋陷阵。

④属:连接,接近。

⑤治:治军旅,率军作战。

⑥奸:干犯。旗鼓:军令。

⑦归死：自请死。

⑧属目：注目，注视。

【译文】

吴王阖闾讨伐越国。越王勾践抵御吴国，在槜李列阵。勾践担心吴军军队严整，派遣敢死之士两次冲击吴军，吴军阵脚不动。于是派罪犯排成三行，用剑抵住脖子，说道："两国君主率军作战，下臣触犯军令，在君主的队列前显示出无能，不敢逃脱刑罚，只好自请一死！"于是就自刎而死。吴国军队都注目观看，越王趁机讨伐吴军，大败吴军。

吐谷浑寇洮、岷二州[①]。遣柴绍救之[②]，为其所围。虏乘高射之，矢下如雨。绍遣人弹胡琵琶，二女子对舞。虏怪之，相与聚观。绍察其无备，潜遣精骑，出虏阵后；击之，虏众大溃。

【注释】

①吐谷浑寇洮、岷二州：唐高祖武德六年（623）四月，吐谷浑接连入侵洮、岷等州。五月，朝廷派遣岐州刺史柴绍前往救援。

②柴绍：字嗣昌，任侠仗义，矫捷勇武。初仕隋，娶唐国公李渊之女平阳公主。晋阳起兵后，领马军总管，封右光禄大夫、临汾郡公。后随秦王李世民平定四方，屡立功勋，进封霍国公。屡次破突厥，拜右骁卫大将军。参与平定梁师都，改封谯国公。

【译文】

吐谷浑入侵洮、岷二州。朝廷派遣柴绍前往救援二州，被吐谷浑围困。敌军占据高地向柴绍的军队射箭，箭矢密集如雨。柴绍派人弹奏胡人的琵琶，并让两位女子相对而舞。敌人对此感到奇怪，相互聚集观看。柴绍察觉到敌人没有防备，暗中派遣精锐骑兵，袭击敌人军阵后方；攻击敌人，吐谷浑部大败。

罪人胜如死士，女子胜如劲卒。是皆创奇设诱，得未曾有。

【译文】

戴罪之人胜过视死如归的战士，女子胜过强劲的士卒。这些都是创立奇计、设置诱饵，取得了前所未有的成功。

朱儁　周亚夫

黄巾贼十万人据宛[①]。朱儁围之[②]，起土山以临城内，鸣鼓攻其西南。贼悉众赴西南。儁自将精兵五千，掩东北，边批：弯弓南指，情实西射。遂乘城而入。

【注释】

①宛：宛城，今河南南阳。

②朱儁（jùn）：字公伟。举孝廉，授兰陵令。光和间，任交阯刺史，功封都亭侯，召为谏议大夫。黄巾起义爆发，任右中郎将，与皇甫嵩等镇压黄巾军，曾屠杀南阳黄巾军二万余。

【译文】

黄巾叛贼十万人占据宛城。朱儁包围城池，堆起土山居高临下俯视城内，并击打战鼓攻城池西南。叛贼率众都奔赴城池西南方向。朱儁亲自率领精兵五千，袭击城池东北，边批：弯弓向南指，实际上是向西射。于是就登城攻入城内。

太尉周亚夫击吴、楚，坚壁不战。吴兵乏粮，数挑战，终不出。后吴奔壁东南陬[①]，太尉使备西北。边批：即朱儁之计。已而精兵果奔西北，不得入。

【注释】

①陬（zōu）：隅，角落。

【译文】

太尉周亚夫进攻吴国、楚国，坚守营垒不和叛军交战。吴兵缺少粮草，多次挑战，周亚夫始终不出击。后来吴军奔向营垒东南角，太尉周亚夫让士兵守备西北角。边批：朱儁的计策。不久吴军精兵果然奔向西北方向，没能攻入营垒。

合观二条，可识用兵之变。

【译文】

把这两条事例合起来看，就可以知道用兵的变化之道。

宇文泰

高欢督诸军伐魏[①]，遣司徒高昂趣上洛[②]，窦泰趣潼关[③]，欢军蒲阪，造三浮桥欲渡河。宇文泰军广阳，谓诸将曰："贼犄吾三面[④]，作浮桥以示必渡，此欲缀吾军[⑤]，使窦泰西入耳。欢自起兵以来，窦泰常为前锋，其下多锐卒，屡胜而骄，今袭之必克。克泰，则欢不战自走矣！"诸将皆曰："贼在近，舍而袭远，脱有蹉跎，悔何及也！不如分兵御之。"泰曰："欢再攻潼关[⑥]，吾军不出坝上。今大举而来，谓吾亦当自守，有轻我之心。乘此袭之，何患不克！贼虽作浮桥，未能径渡。不过五日，吾取窦泰必矣！”乃声言欲保陇右，而潜军东出。至小关，窦泰猝闻军至，自风陵渡河。宇文泰击破之，士众皆尽，窦泰自杀，传首长安。

【注释】

①高欢：东魏权臣。曾叛降尔朱荣，成为亲信都督。后起兵信都，攻入洛阳，拥立孝武帝元修。又消灭尔朱氏残余势力，自领大丞相、渤海王，总掌兵事。永熙三年（534），孝武帝元修谋划讨伐高欢，失败，出逃关中，高欢改立孝静帝元善见即位，迁都邺城，史称东魏。其后执掌朝政十四年，数次与西魏宇文泰交战。

②高昂：字敖曹，高欢大将。胆力过人，曾助高欢破尔朱兆，屡有战功。后为西魏军所杀。

③窦泰：善骑射，有勇略。当时为东魏大都督。天平四年（537），与宇文泰战于小关，全军覆没而自杀。

④犄（jī）：成犄角之势。

⑤缀：牵制。

⑥欢再攻潼关：以前高欢曾两次攻潼关，一在534年，一在535年。

【译文】

高欢督导各路军队征伐西魏，派遣司徒高昂前往上洛，大都督窦泰前往潼关，而高欢自己率军驻扎蒲阪，命人搭建三座浮桥想要渡河。西魏宇文泰驻军广阳，对众将领说：“贼军盘踞在我们三面，搭建浮桥以表示必定要渡河，这是要牵制我军，让窦泰的军队能从西边进攻罢了。高欢自起兵以来，窦泰常常是他的先锋部队，他手下有很多精锐士卒，因多次胜利而骄傲，现在突袭他们，一定可以击败。打败窦泰，那么高欢就不战自退了。”将领们都说：“高欢军队在近前，舍弃他们而攻打远方的窦泰，倘若有闪失，后悔都来不及！不如分兵抵御他们。”宇文泰说：“高欢两次攻打潼关，我军都防守没有攻出坝上。现在大规模带兵前来，会认为我军也应当自我坚守,有轻视我们的心理。趁这机会偷袭他们,何愁打不赢!敌人虽然造了浮桥,但不会轻易直接渡河。不出五天,我一定击败窦泰!"于是宇文泰公然扬言要保护陇右地区,而暗中率军从东出击。到达小关,窦泰突然听说宇文泰率军到来,由风陵渡河迎战。宇文泰攻破了他,窦泰士兵都战死了,窦泰自杀,他的脑袋被传送至长安。

韩世忠①

金人与刘豫合兵,分道入侵。时韩世忠驻镇江,俾统制解元守高邮,候金步卒。亲提骑兵驻大仪,当敌骑。会遣魏良臣使金。世忠撤炊爨,绐良臣曰:"诏移屯守江。"良臣去,世忠即上马,令军中曰:"视吾鞭所向!"于是引军次大仪,勒五阵,设伏二十余所,约闻鼓即起。良臣至金,孛堇闻世忠师退,即引兵至江口,距大仪五里。副将挞孛也拥铁骑,过五阵东。世忠传小麾鸣鼓,伏兵四起,旗色与金人旗杂出。金军乱,我军迭进,背嵬军各持长斧,上揕人胸,下砍马足。敌披甲,陷泥淖。世忠麾劲骑蹂之,人马俱毙,遂擒挞孛也。

【注释】

①此条与卷二十二"韩世忠"条内容重复,文字略有差异。

【译文】

金人与刘豫整合兵力,分头入侵宋境。当时韩世忠驻守镇江,命统制官解元防守高邮,抗御金人步兵。自己亲率骑兵驻守大仪,抵挡金人骑兵。正遇到朝廷派魏良臣出使金国。韩世忠撤去烧火做饭的东西,欺哄魏良臣说:“有诏令让移营防守长江。”魏良臣离开,韩世忠立即上马命令军中将士说:“看我马鞭所指的方向!”于是率领军队到大仪,列成五个军阵,在二十多处设置埋伏,约定听到鼓声就起来出击。魏良臣到达金人营地,聂儿孛堇听说韩世忠的军队撤退了,立即率兵来到江口,距大仪五里路。副将挞孛也率领精锐骑兵,经过宋军五阵的东面。韩世忠传递小军旗,击战鼓,埋伏的士兵从四处赶来,宋军的旗帜与金人的旗帜混杂出现。金兵大乱,我军连续进击,亲随军各自拿着长斧头,上面砍人胸部,下面砍马腿。金兵穿着笨重的盔甲,陷在泥潭里。韩世忠指挥精锐骑兵击杀他们,人马都被杀,于是擒获挞孛也。

冯异　王畯

冯异与赤眉战[①],使壮士变服与赤眉同,伏于道侧。旦日,赤眉使万人攻异前部。贼见势弱,遂悉众攻异。异乃纵兵大战。日昃[②],贼气衰,伏兵卒起,服色相乱。赤眉不复识别,众遂惊溃。异追击,大破之。

【注释】

①冯异:字公孙。初为郡掾,后归顺刘秀,拜为偏将军。为人谦退不骄,治军严整。每宿营,诸将并坐论功,异独坐树下,军中号为“大树将军”,军士多愿随之。时赤眉军暴乱,大司徒邓禹不能定,冯异代邓禹讨之,收降赤眉,威行关中。封征西大将军、阳夏侯。赤眉:王莽末年,起兵于今山东一带的农民起义军,为区别敌我,将眉涂成赤色,称赤眉军。拥众多至三十万人,奉汉宗室刘盆子为帝,一度攻入长安。后为刘秀击败。

②日昃(zè):太阳偏西,约午后二时。

【译文】

汉朝时冯异与赤眉军大战，命精壮士兵换上与赤眉军相同的衣服，埋伏在路旁。第二天，赤眉发动一万人攻打冯异的先锋部队。贼兵见冯异兵力薄弱，就发动全部人马攻击冯异。冯异于是放开兵力奋勇应战。午后，贼兵气势衰竭，这时潜伏的士兵突然出击，衣服颜色与贼兵相同。赤眉兵无法辨识敌我，众人于是惊慌溃散。冯异下令追击，大败赤眉军。

吐蕃寇临洮，次大来谷。安北大都护王晙率所部二千①，与临洮兵合。料奇兵七百②，易胡服，夜袭敌营。去贼五里，令曰："前遇寇大呼，鼓角应之。"贼惊，疑伏兵在旁，自相斗，死者万计。

【注释】

①王晙（jùn）：唐中宗景龙间为桂州都督，后迁鸿胪少卿，充朔方军副大总管、安北大都护。玄宗开元二年（714），大败吐蕃，移并州大都督府长史。因讨突厥有功，迁朔方行军大总管，封清源公。

②料：别择，挑选。

【译文】

唐朝时吐蕃入侵临洮，停在大来谷。安北大都护王晙率领部下士兵二千人，与临洮守军会合。王晙挑选七百奇兵，换上吐蕃军服，趁夜袭击敌营。在离敌营五里处，下令说："前面遇到敌兵就大声喊叫，然后击鼓吹号与之响应。"贼兵大惊，怀疑伏兵就在身边，自相残杀，杀死的人以万计。

达奚武

宇文泰遣达奚武觇高欢军①。武从三骑，皆效欢将士衣服，日暮，去营数百步，下马潜听，得其军号[②]。因上马历营[③]，若警夜者，有不如法，往往挞之[④]，具知敌之情状而还。

【注释】

①达奚武：初为贺拔岳别将，贺拔岳死后，跟从宇文泰。西魏时为东泰州刺史，历雍、同二州，累积战功，封郑国公。

②军号：军中口令。

③历营：巡视高欢军营。

④挞：鞭打。

【译文】

宇文泰派达奚武侦察高欢军情。达奚武带着三名骑兵，都穿上仿制的高欢将士的军服，天快黑时，离高欢营地几百步，下马暗中偷听，得知高欢军中口令。接着再上马巡视军营，好像巡夜的军官，有不守军法的士兵，往往鞭打他们，详细了解了敌军的情况而回营。

厨人濮等　四条

一

华氏叛宋，宋公讨之[①]。华登以吴师救华氏[②]，败于鸿口[③]。华登帅其余以败宋师。公欲出[④]，厨人濮曰："吾小人，可借死，而不能送亡，君请待之。"乃徇曰："扬徽者[⑤]，公徒也[⑥]！"众从之。华氏北[⑦]，复即之[⑧]。厨人濮以裳裹首而荷以走[⑨]，曰："得华登矣！"遂败华氏于新里。

【注释】

①华氏叛宋，宋公讨之：春秋鲁昭公二十年（前522），宋元公忌惧华

氏、向氏，二族作乱，事败出奔。次年，华、向二族的逃亡者又入宋国，宋元公讨伐他们。

②华登：宋国大司马华费遂之子。逃亡于吴国。此时率领吴兵前来救援华氏，而宋元公有齐、晋、卫各国军队来助。

③鸿口：在今河南商丘东。

④出：出奔，逃亡到外国。

⑤徽：标志。此处指旗帜。

⑥徒：徒党。

⑦北：败。

⑧即：紧追。

⑨首：砍下的脑袋。

【译文】

春秋时华氏背叛宋国，宋元公讨伐他们。逃亡到吴国的华登率领吴国军队援救华氏，在鸿口被打败。华登又率领残余部队击败宋军。宋元公想要逃亡，厨人濮说："我是小人，可以为国君死难，而不能护送逃亡，请求您等待一下。"于是巡行全军说："挥舞旗帜的，就是国君的战士。"众人听从他的号召。华氏败走，宋军又紧追他们。厨人濮用衣裳包裹砍下的脑袋，背着快跑，说："捉住华登了！"于是在新里击败华氏。

厨人濮一奋，而众皆扬徽；王孙贾一呼，而市皆左袒[①]。忠义在，人心不泯也，难其倡之者耳！

【注释】

①王孙贾一呼，而市皆左袒：战国时齐国王孙贾，十五岁时侍奉齐湣王，乐毅破齐，湣王出走，为楚将淖齿所杀。王孙贾到集市中说："淖齿乱齐国，杀死湣王，想要与我一同诛杀他的人，袒露右臂！"集市上跟从的有四百人，共同刺杀淖齿。左袒，意为支持他。

【译文】

厨人濮一振臂，而众军士都挥舞旗帜；齐国大臣王孙贾一高呼，而集市上的人都袒露右臂支持他。有忠贞义气在，人心就不会泯灭，难得的是那个首倡忠义的人！

二

桓玄既败[①]，西走江陵，留何澹之守湓口[②]。澹之空设羽仪旗帜于一舟，而身寄他舟。时何无忌欲攻羽仪所在者[③]，诸将曰："澹之不在此舟，虽得无益。"无忌曰："固也。彼既不在此，守卫必弱。我以劲兵攻之，成擒必矣！擒之，彼且以为失军主，而我徒扬言已得贼帅，则我气盛，而彼必惧；惧而薄之[④]，迎刃之势也！"果一鼓而舟获，遂鼓噪唱曰："斩何澹之矣！"贼骇惑以为然，竟瓦解。

【注释】

①桓玄既败：403年，桓玄废晋安帝，自称帝。次年，刘裕等在京口起兵讨伐桓玄，桓玄兵败，返回江陵被杀。

②何澹之：桓玄篡位，任其为龙骧将军。留他与郭铨等守湓口，与何无忌军战，大败。桓玄被杀后，奔后秦姚兴。湓口：在江西九江西，为湓水入长江处。

③何无忌：初为东晋广武将军，后与刘裕等起兵讨伐桓玄有功。封安城郡开国公。后征卢循，战败而死。

④薄：逼近。

【译文】

晋朝时桓玄叛变失败后，向西逃到江陵，留下何澹之防守湓口。何澹之在一艘船上空设了羽饰旗帜，而自己却待在其他船上。当时何无忌想攻击插有旗帜的船，众将领说："何澹之不在这条船上，即使得手也没什么好处。"何无忌说："确实。何澹之既然不在这艘船上，守卫一定薄弱。我用强兵进攻它，一定能成功擒获！擒获这艘船，敌军就会以为失去了主帅，而我们只要高喊已经擒拿贼军主帅，那么我军就会士气高涨，而敌军必定惧怕；敌军惧怕而我军再逼近他们，气势就不可阻挡了！"果然一举就擒获贼船，于是敲鼓大喊道："已经斩杀了何澹之！"敌军惊骇疑惑信以为真，最终溃散了。

三

李密与王世充战[①]。世充先索得一人貌类密者，缚而匿之。战方酣，使牵以过阵前，噪曰："已获李密矣！"士皆呼万岁，密军乱，遂溃。

【注释】

①李密：字玄邃。深受权臣杨素赏识，遂与其子杨玄感结为至交。大业九年（613），杨玄感在黎阳（今河南浚县）起兵反隋，李密为谋主，兵败后被捕，不久逃脱。后投奔翟让领导的瓦岗起义军，深受重用，成为首领。王世充：隋末唐初地方割据者。深受隋炀帝赏识。大业十四年（618），隋炀帝死，其拥立杨侗为帝，并击败李密瓦岗军。次年（619）废杨侗，自称皇帝，年号开明，国号郑。故后有"郑国公""郑王"之称。后被唐所灭。

【译文】

李密与王世充交战。王世充先找到一个长相类似李密的人，把他捆住藏起来。双方打得正激烈时，派人牵着像李密的人经过队伍前，大声喊道："已经擒获李密了！"士兵都高呼万岁，李密部队阵脚大乱，于是溃败。

四

王文成与宁王战[1]，尚锐。值风不便，我兵少挫。急令斩取先却者头，知府伍文定等立于铳炮之间，方奋督各兵殊死抵战。贼兵忽见一大牌，书“宁王已擒，我军毋得纵杀”，一时惊扰，遂大溃。次日，贼兵既穷促，宸濠思欲潜遁，见一渔船隐在芦苇之中，宸濠大声叫渡。渔船移棹请渡，竟送中军，诸将尚未知也。其神运每如此！

【注释】

①王文成：王守仁，谥文成。宁王：朱宸濠。

【译文】

王守仁与宁王朱宸濠交战，宁王叛军士气尚旺。遇上风向不顺，我方军队略有损伤。王守仁急忙下令砍掉先后退的士兵的头，知府伍文定等人站在火炮队伍中间，正奋力督促各部士兵拼死抵抗。贼兵忽然看见一面大牌子，写着“宁王已经被擒，我军不要再拼命滥杀”，一时间贼兵惊扰混乱，于是大败。第二天，贼兵已经困顿，朱宸濠想暗中逃跑，看见一艘渔船隐藏在芦苇之中，朱宸濠大声喊着要渡河。渔人划船靠近请他上船渡河，竟然把他押送至王守仁中军帐下，这时众将领还不知情。王守仁用兵如神每每如此！

狄青

狄青为延州指挥使，党项犯塞[1]。时新募万胜军未习战阵，遇寇多北。青一日尽将万胜旗号付虎翼军，使之出战。边批：陆抗破杨肇之计类此[2]。虏望其旗，易之[3]，全军径趋，为虎翼所破。

【注释】

①党项:党项羌人,即元昊建立的西夏。

②陆抗:吴国名将,与父亲陆逊皆为吴国的中流砥柱。

③易:轻视。

【译文】

北宋狄青为延州指挥使时,党项人侵扰边境。当时新招募的万胜军部队不熟悉战斗阵法,遇到贼寇常常战败。狄青有一天把万胜军的全部旗号交给虎翼军,命虎翼军出战。边批:陆抗破杨肇的计策和这类似。党项军看见万胜军的旗号,轻视他们,全军径直进攻,被虎翼军打败。

朱景　傅永

梁之渡淮而南也[①],表其可涉之津[②]。霍丘守将朱景浮表于木[③],徙置深渊。及梁兵败还,视表而涉,溺死大半。

【注释】

①梁:五代后梁。

②表:标示,标出。

③朱景:唐末霍丘土豪,后跟从杨行密为将军。

【译文】

五代后梁军队渡过淮河南下,在河道标出可渡河的渡口。霍丘守将朱景命人把标识浮在木头上,迁移到水深处。等到梁兵战败撤退时,看着标识渡河,淹死大半。

齐将鲁康祚侵魏[①]。齐、魏夹淮而阵。魏长史傅永曰[②]:"南人好夜斫营[③],必于淮中置火,以记浅处。"乃夜分兵为二部,伏于营外。又以瓢贮火,密使人于深处置之,戒曰:“见火起,亦然之[4]!”是夜,康祚等果引兵斫营。永伏兵夹击之。康祚等走趋淮。火既竞起,不辨浅深处,溺死及斩首不知其数。

【注释】

①齐:南朝齐。

②傅永:幼年习武,通经史。仕北魏,为伏波将军、中书博士、兖州刺史等,屡拒齐师有功。孝文帝说他上马能击贼,下马草露布(即写通报)。八十岁为兖州刺史,还能骑马射箭。

③斫营:偷袭军营。

④然:同“燃”。

【译文】

南朝齐国将领鲁康祚侵犯魏国,齐、魏两军隔淮河对阵。魏国长史傅永说:“齐人喜欢乘夜偷袭军营,必定会在淮河中放置灯火,以标记水浅的地方。”傅永于是在夜里把军队分为两路,埋伏在营外。又用瓢盛装火种,暗中派人在水深处放置,告诫说:“看见对方火起,也点燃火种!”这天夜里,鲁康祚等人果然率兵偷袭军营。傅永的伏兵两面夹击他们。鲁康祚等人逃跑奔向淮河。火种已经争相燃起来,不能辨别深浅处,被淹死及斩杀的齐兵不计其数。

张齐贤

齐贤知代州[1]。契丹入寇,齐贤遣使期潘美以并师来会战[2]。使为契丹所执。俄而美使至云:“师出至柏井,得密诏,不许出战,已还州矣。”齐贤曰:“敌知美之来,而不知美之退。”乃夜发兵二百人,人持一帜,负一束刍,距州西南三十里，列炽燃刍[③]。契丹兵遥见火光中有旗帜，意谓并师至，骇而北走。齐贤先伏卒二千于土镫砦，掩击，大破之。

【注释】

①齐贤：张齐贤，字师亮。太平兴国进士。雍熙三年(986)，宋师北伐，杨业战殁，齐贤请行，知代州，与潘美同领缘边兵马。辽军攻至代州城下，被他设伏击退。后升参知政事，不久拜吏部侍郎、同中书门下平章事。

②潘美：字仲询，仕后周为引进使。与宋太祖赵匡胤关系深厚，入宋后，在宋灭南汉、南唐、北汉时，担任大将，都有功劳。累官忠武军节度使，进封韩国公。雍熙北伐时，潘美指挥失当，致名将杨业被俘而死。并师：并州的军队。

③列炽：《宋史·张齐贤传》作“列帜”，“炽”字误。

【译文】

张齐贤任代州知州。契丹入侵，张齐贤派使者与潘美约定以并州的军队来会同作战。使者被契丹人劫持。不久，潘美的使者来到张齐贤营地说：“我军发兵到柏井时，接获密诏，不许出战，军队已经回到并州了。”张齐贤说：“敌人只知道潘美的军队前来，而不知道潘美的军队撤退。”于是乘夜派出士兵二百人，每人手持一面军旗，身背一束稻草，在离代州西南三十里处，排列旗帜、燃烧稻草。契丹兵远远望见火光中有军旗，认为潘美率领的并州军队到了，惊骇得向北逃跑。张齐贤事先在土镫砦埋伏两千士卒，袭击他们，大破契丹兵。

藁人　三条

一

令狐潮围睢阳[①]。城中矢尽，张巡缚藁为人[②]，披黑衣，夜縋城下。潮兵争射之，得箭数十万。其后复夜缒人，贼笑不设备。乃以死士五百斫潮营，焚垒幕，追奔十余里。

【注释】

①令狐潮围睢阳：唐天宝末年，安禄山叛乱，河北沦陷。雍丘（今河南杞县）令令狐潮以县降安禄山，安禄山用其为将。真源县令张巡打败他，占据雍丘，屡次攻破令狐潮。后张巡入睢阳，与许远合力守城，后城陷，张巡遇害而死。令狐潮无围睢阳之事，此处当是围雍丘之误。译文从实。

②藁：通"稿"，禾秆。

【译文】

唐朝时令狐潮投降安禄山，围攻雍丘。城中的箭用完了，张巡命人捆绑禾秆扎成草人，给草人披上黑色衣服，夜晚用绳索由城墙放下。令狐潮的士兵争相射草人，由此得到几十万支箭。后来又在夜间用绳子悬放下士兵，贼兵大笑以为又是草人，不设防备。张巡就用这个办法，派五百名敢死队员袭击令狐潮的军营，焚烧贼兵的营垒帐幕，追杀十多里路。

二

开禧中[1]，毕再遇被围于六合[2]。军中矢尽，再遇令人张青盖往来城上。金人意主兵官也，争射之。须臾矢集楼墙如猬，获矢二十余万。又敌尝以水柜败我[3]。再遇夜缚藁人数千，衣以甲胄，持旗帜戈矛，俨立戎行。昧爽，鸣鼓。敌虏惊视，急放水柜。旋知其非真也，意甚沮。急出师攻之，敌遂大败。

【注释】

①开禧：宋宁宗赵扩年号（1205—1207）。开禧二年（1206），韩侂胄发动北伐。

②毕再遇被围于六合：开禧二年北伐开始，年近六十的毕再遇率敢死军为前锋，先攻克泗州，前往攻取徐州，途遇宿州败兵，于是退还守灵璧。金人攻淮，奉命援楚州，袭烧金军粮屯于淮阴，六合（今属江苏）情势危急，于是毕再遇引兵赴六合，金人随即以十万骑兵包围他。

③水柜：军事上的一种防御设施。

【译文】

南宋开禧年间，毕再遇被贼人围困于六合。城中的箭射尽了，毕再遇命人撑开青色伞盖在城楼上往来穿梭。金人以为是主将来了，争相射箭。一会儿箭聚集在城墙上有如刺猬一般，共得到二十多万支箭。又一次，金人曾利用水柜击败宋军。毕再遇命人夜里捆扎几千个草人，给草人穿上盔甲，手持旗帜戈矛，整齐地排列成军阵。黎明时分，敲击战鼓。金人见了大惊，急忙放水柜。不久就知道士兵不是真人，心情十分沮丧。这时毕再遇迅速出兵攻击金人，金人于是大败。

三

沅州蛮叛[①]，荆湖制置遣兵讨之[②]。蛮以竹为箭，傅以毒药，血濡缕立死[③]。官军畏之，莫敢前。乃束藁人，罗列焜耀。蛮见之，以为官军，万矢俱发。伺其矢尽，乃出兵攻之，直捣其穴。

【注释】

①沅州：宋代沅州潭阳郡，治今湖南沅陵。

②制置：制置使，掌经营、谋划一方军务，与明、清的总督相当。

③濡缕：指沾湿一缕衣衫。形容沾湿的范围极小。

【译文】

沅州蛮人叛乱，荆湖制置使派兵讨伐他们。蛮人削竹为箭，涂上毒药，出血沾湿一缕衣衫人就立刻毒死。官军害怕这种毒箭，不敢上前。于是捆扎草人，排成很大的阵式。蛮人见了，以为是官军，万箭齐发。等到蛮人箭都射尽后，才出兵进攻他们，直捣蛮人的巢穴。

认贼将　二条

一

张巡守睢阳[①]。安庆绪遣尹子奇将劲兵十余万来攻[②]。巡厉士固守，日中二十战[③]。巡欲射子奇而不识，因刻蒿为矢。中者谓巡矢尽，走白子奇。巡乃使南霁云射之[④]，一发中其左目。子奇乃退。

【注释】

①张巡守睢阳：唐肃宗至德二载（757）初，安庆绪以尹子奇为汴州刺史、河南节度使，率兵十三万进军睢阳。睢阳守将许远求助张巡，张巡带兵进入睢阳。到十月，睢阳城弹尽粮绝，失陷于叛军之手，张巡遇难。前后大小四百余战，张巡率军杀敌十余万。

②安庆绪：安禄山之子。当时已与部下合谋杀安禄山，自立为帝。后为郭子仪击败，求救于史思明，被史思明所杀。

③日中二十战：有时一日之中战二十合，并非每日均战二十合。

④南霁云：睢阳守将，善骑射。睢阳被攻陷后，与张巡同被杀。

【译文】

张巡镇守睢阳。安庆绪派尹子奇率领十多万精锐部队来攻打睢阳。

张巡激励士卒坚守城池，有时一天之内交锋二十次。张巡想要射杀尹子奇，但不认识他，就削尖了蒿秆当作箭射出去。被射中的贼兵以为张巡的箭用光了，跑去告诉尹子奇。张巡于是让南霁云射尹子奇，南霁云一箭射中了尹子奇的左眼。尹子奇才退兵。

二

宝元中[①]，党项犯边，有明珠族首领骁悍[②]，最为边患。种世衡为将，欲以计擒之。闻其好击鼓，乃造一马持战鼓，以银裹之，极华焕，密使谍者阳卖之。后乃择骁卒数百人，戒之曰："凡见负银鼓自随者，并力擒来！"一日，羌酋负鼓而出，遂为世衡所擒。

【注释】

①宝元：宋仁宗赵祯年号（1038—1040）。

②明珠族：羌人的一个部族。

【译文】

宋仁宗宝元年间，党项人侵犯边境，党项人中有个明珠族的首领骁勇强悍，对边关侵扰最多。种世衡当时是边将，想用计擒服他。听说他喜好击鼓，就打造一面骑马时能手持的战鼓，外层镶银，极其华丽，暗中命间谍假扮成商人卖给他们。之后种世衡就挑选几百名精壮善战的勇士，告诫他们说："但凡见到那个随身背着银鼓的人，一定合力捉来！"一天，有一羌人首领背着银鼓出现，于是被种世衡擒获。

裴行俭

调露元年[①]，大总管裴行俭讨突厥[②]。先是馈粮数为虏钞，行俭因诈为粮车三百乘，车伏壮士五辈，赍陌刀劲弩[3]，以羸兵挽进。又伏精兵踵其后。虏果掠车，羸兵走险。贼驱就水草，解鞍牧马。方取粮车中，而壮士突出，伏兵至，杀获几尽。自是粮车无敢近者。

【注释】

①调露：唐高宗李治年号（679—680）。

②裴行俭讨突厥：调露元年（679），唐高宗任命裴行俭为定襄道行军大总管，率兵三十万讨伐突厥，用反间计，于第二年大破突厥。裴行俭，精通兵法，善于用兵，常领兵出征。平生待人和蔼，有知人之明，提拔之人皆为一代名将。

③陌刀：长柄大刀。

【译文】

唐高宗调露元年，大总管裴行俭征讨突厥。先前裴行俭派人送的粮饷多次被突厥人抢掠，裴行俭于是假造三百辆粮车，车上埋伏五名壮士，每个人都带着长柄大刀、强劲弓箭，让一些羸弱的士兵拉车前进。又埋伏精锐的部队跟在后面。突厥兵果然前来劫粮，羸弱士兵逃走避险。突厥兵驾着粮车到水草边，解下马鞍放马吃草。正要从车里搬运粮食，车里埋伏的壮士突然跳出，跟踪在后面的伏兵也追击而至，突厥兵几乎被歼灭。从此，粮车没有突厥人敢接近了。

贺若敦

后周时[1]，陈将侯瑱等围逼襄州[2]，贺若敦奉命往救[3]，相持于湘、罗之间。初，土人密乘轻船，载米粟及笼鸡鸭，以饷瑱军。敦患之，乃伪为土人，装船伏甲士于中。瑱军人望见，谓饷船至，竞来取。敦伏甲尽擒杀之。又敦军数有叛人乘马投瑱者。敦别取一马，牵以趋船，令船中逆以鞭鞭之，如是者再三，使马畏船不肯上；后伏兵江岸，使人乘畏船马，诈投附以招陈军。陈军竞来牵马，马既畏船不上，伏兵发，又尽杀之。以后，实有馈及亡奔瑱者，并疑不受。

【注释】

①后周：这里指南北朝时宇文氏建立的北周。

②侯瑱（tiàn）：字伯玉。梁时为南豫州刺史。陈文帝时累战功，历官司空、太尉。曾督军大破王琳及北齐军，又败北周独孤盛等。授湘州刺史。襄州：应为湘州，今湖南长沙，当时属北周。译文从实。

③贺若敦：北周武将。善骑射，多智谋，屡立大功。武成元年（559）入为军司马。陈将侯瑱等围湘州，他赴援，相持年余，全军而返。因恃功骄横，被宇文护逼令自杀。

【译文】

北周时，南朝陈国将领侯瑱等人围攻北周湘州，贺若敦奉命前往救援，两军在湘、罗一带对峙。起初，当地人就暗中乘着小船，装载粮食和笼装的鸡鸭，来补给侯瑱的军队。贺若敦为此很担忧，于是命人装扮成当地人，装船并在其中埋伏士兵。侯瑱士兵远远看见，以为是补给船来了，争着来取食物。船内埋伏的士兵将他们全部擒杀。另外，贺若敦的军中经常有骑着马投降侯瑱的反叛者。贺若敦另外挑选一匹马，牵着马靠近船只，命令船里兵士迎面用鞭子鞭打它，像这样反复再三，使马害怕船，不敢上船；然后埋伏士兵在江边，命人骑着这匹怕上船的马，伪装成投降的人来引诱陈军。陈军争相来牵马上船，但马儿已经害怕，不肯上船，这时贺若敦埋伏的士兵突然袭击，又大破侯瑱军。自此以后，真有当地人馈赠以及真正逃去投降侯瑱军的，侯瑱一概怀疑不再理会。

李光弼

史思明有良马千余匹，每日出于河南渚浴之，循环不休。李光弼命索军中牝马，得五百匹，絷其驹而出之[①]。思明马见之，悉浮渡河，尽驱入城。思明怒，泛火船欲烧浮桥。光弼先贮百尺长竿，以巨木承其根，毡裹铁叉，置其首，以迎火船而叉之。船不能进，须臾自焚尽。

【注释】

①絷（zhí）其驹：拴住马驹，母马一定会回城。絷，拴。

【译文】

史思明有一千多匹好马，每天带到黄河南岸的沙洲上洗澡，分批轮流，没有停歇，意在炫耀军容。李光弼命人搜选军中母马，得到五百匹，把它们所生的马驹拴住，却牵着母马出城。史思明的马看见母马，都游过黄河，最后全都被唐军驱赶入城。史思明知道后非常生气，让着火的小船飘过黄河，想要烧毁浮桥。李光弼事先贮存了百尺长竿，用巨大的木头抵住长竿的根部，用毛毡包裹着铁叉，安置在长竿头部，用长竿迎着火船叉住。火船不能向前漂流，不久就自己焚烧殆尽了。

虞翻

吕蒙既诱麋芳出降[①]，未入郡城[②]，而召诸将高会作乐。翻曰[③]：“今区区一心者，麋将军也，城中之人，岂可尽信？何不急入城，持其管钥乎？”蒙从之。翻曰：“未也。设城中有伏，吾与将军休矣！”复将芳入城，而翻代芳教曰：“芳得间归[④]，愿共死守。有能破吴军者，吾当低首拜之。”于是谋伏兵者皆前[5]。翻尽按诛之，蒙乃入。

【注释】

①吕蒙既诱麋芳出降：指三国时吕蒙白衣渡江夺荆州事。当时麋芳守江陵，被吕蒙劝降。麋芳，字子方。世代商贾，家资巨亿。随刘备入益州。后拜南郡太守，与关羽共事。因与关羽有嫌隙，叛迎孙权，使蜀失荆州。

②郡城：指南郡治所江陵。

③翻：即虞翻，字仲翔。少好学，初任孙策功曹，后任富春长，孙策死，孙权以为都骑尉。以犯颜直谏触怒孙权，后因专事学术。

④间归：乘机而归。

⑤谋伏兵者：策划埋伏兵士来歼灭吴国军队的人。

【译文】

三国吴大将吕蒙已经引诱麋芳献城投降，还没有进江陵，就召集各位将领举行盛大宴会庆祝取乐。虞翻说："如今一心一意有投降之心的，只是麋将军一人，至于城中其他人，难道可以全都相信吗？为什么不赶紧进城，手握城池的管理大权呢？"吕蒙听从了他。虞翻又说："还不行。假设城里有埋伏，我与将军就完了！"又带领麋芳入城，并教麋芳对城中人说："我麋芳能够乘机逃脱回城，愿与你们共同死守此城。有谁能击败吴军的，我就向他低头拜谢。"于是那些策划设伏的兵都现身上前。虞翻全都逐一诛杀，吕蒙才安然进城。

有此谋伏辈，南郡自足死守。未战而下，芳真奴才也！总是玄德不定都荆州之误。

【译文】

有这等谋划设伏袭击吴军的勇士，南郡本来足以坚守不破。最终不战而破，糜芳真是个奴才！这也是刘备不定都荆州的过错。

程昱

昱[①]，东阿人。黄巾贼起，县丞王度反应之。吏民皆负老幼，东奔渠丘山。度出城西五六里止屯。昱因谓县中大姓薛房曰：“度得城郭而不居，其志可知，此不过欲掠财物耳。何不相率还城而守之？”吏民不肯从。昱谓房等“愚民不可计事”，乃密遣数骑举幡东山上，令房等望见，因大呼曰：“贼至矣！”便下山趣城。吏民奔走相随，昱遂与之共守。度来攻，昱击破之。

【注释】

①昱：即程昱，字仲德。东汉末曹操谋臣。曹操征徐州，使程昱与荀彧留守鄄城。张邈等叛迎吕布，郡县响应。程昱与荀彧、薛悌等协谋，坚守鄄城、东阿。为东中郎将，领济阴太守，都督兖州事。魏文帝时为卫尉。

【译文】

程昱是东阿人。东汉末年黄巾起义，东阿县县丞王度反叛响应。东阿官员百姓都扶老携幼，向东逃到渠丘山。王度率兵出城，往西走了五六里让军队驻扎下来。程昱于是告诉县中大姓薛房说：“王度攻占城池却不住在城里，他的心思很明显，这不过是想抢夺财物罢了。我们为什么不率百姓回到城里据守呢？”官吏百姓都不愿听从。程昱认为薛房等人是“愚民不可以商计大事”，于是秘密派遣几人骑马高举着旗帜到东山上，让薛房等人远远看到，程昱乘机大喊道：“贼兵来了！”然后下山急奔县城。官吏百姓奔走相告，也都跟着回县城，程昱就与他们共同防守县城。王度来攻城，程昱击败了他。

度尚

桓帝延熹中，长沙、零陵贼反[①]，交趾守臣望风逃溃。帝诏度尚为荆州刺史。尚至，设方略击破之，穷追入南海。军士大获珍宝。然贼帅卜阳、潘鸿遁入山谷，聚党犹盛。尚拟尽歼之，而士卒骄富，莫有斗志。尚乃宣言："阳、鸿作贼十年，习于战守。我兵甚寡，未易轻进。当须诸郡悉至，并力攻之，军中且恣听射猎。"兵士大喜，皆空营出猎为乐。尚乃密遣所亲，潜焚诸营，珍宝一时略尽。猎者还，无不涕泣。尚乃亲出慰劳，深自引咎，因曰："阳、鸿等财宝山积，诸卿但并力一战，利当十倍，些些何足介也[②]！"众且愤且跃。尚遂敕秣马蓐食。明旦，出不意赴贼屯。贼不及拒，一鼓尽歼之。

【注释】

①长沙、零陵贼反：汉桓帝延熹五年（162），长沙郡发生起义，屡平屡起，至七年，方才被度尚最后镇压。

②些些：一点儿，少许。介：介意。

【译文】

汉桓帝延熹年间，长沙、零陵贼反叛，交趾守臣听到风声逃跑溃散。桓帝诏命度尚为荆州刺史。度尚到任，设计击破贼人，一直把他们追到南海。军士获得了大批珍宝。但为首的贼匪卜阳、潘鸿却逃入山谷，聚集的贼党仍然很多。度尚计划全部歼灭他们，可是士卒们已拥有许多珠宝，骄奢乐富毫无斗志。度尚于是宣布说："卜阳、潘鸿做贼十年，深深了解攻守战术。我们兵力很少,不能轻易进攻。应当等各郡的部队都来后,再合力围剿贼人,军中暂且随意听凭你们打猎。”士兵们很高兴,都全部出营打猎为乐。度尚就暗中派亲信,偷偷火烧各营房,兵士所获得的珍宝一时间差不多都烧光了。士兵们打猎回来,没有不落泪的。度尚于是亲自出营慰劳兵士们,深深自责,将错误归到自己身上,然后乘机对士兵们说:“卜阳、潘鸿等人的财宝堆积如山,只要你们能合力一战,所得的财物要比被火烧掉的多上十倍,现在损失的这点儿哪里值得放在心上!”众人一听,又愤慨又振奋。度尚于是下令军中,喂饱战马,让士兵吃饱。第二天天一亮,出其不意直捣贼窝。贼人来不及抗拒,度尚军一鼓作气全部歼灭了他们。

孔镛

阿溪者,贵州清平卫部苗也①,桀骜多智,雄视诸苗。有养子曰阿剌,膂力绝伦,被甲三袭,运二丈矛,跃地而起,辄三五丈。两人谋勇相资,横行夷落。近苗之弱者,岁分畜产,倍课其入②。旅人经其境者,辄诱他苗劫之。官司探捕,必谒溪请计。溪则要我重贿③,而捕远苗之不可用者,诬为贼以应命。于是远苗咸惮而投之,以为寨主。监军、总帅④,率有岁赂,益恣肆无忌,时讧官、苗⑤,以收鹬蚌之利。

【注释】

①清平卫:明朝设立,在今贵州炉山。

②课:征收赋税。

③要:索取。

④监军、总帅:明朝廷所委派的官吏。总帅,即总兵。

⑤讧（hòng）：扰乱，使挑拨相斗。

【译文】

阿溪，是贵州清平卫部的苗人，性情凶悍而足智多谋，傲视当地众多苗族部落。阿溪有个养子叫阿剌，力量超乎常人，身披三重盔甲，挥动二丈长矛，从地上跳跃起来，就有三五丈高。父子两人谋略和勇力相结合，横行于少数民族部落。对邻近势单力薄的苗部百姓，每年都要强分他们的牲畜、物产，对他们的收入加倍征收赋税。对经过他们地界的旅客，就引诱其他苗部抢劫他们。地方官员侦察捕盗，必定谒见阿溪向他询问计策。阿溪就索取官方重金作为酬谢，而抓捕偏远地区不能被他利用的苗人，诬指他们为贼人以应付官府差事。于是远方的苗部都畏惧而投靠他，把他当作寨主。监军、总帅等官员，阿溪每年都有贿赂，所以更加肆无忌惮，还不时挑起官府和苗人的矛盾，以收鹬蚌相争的利益。

弘治间，都御史孔公镛巡抚贵州[①]，廉得其状。询之监军、总帅，皆为溪解。公知不可与共事，乃自往清平，访部曲之良者[②]，得指挥王通，厚礼之，扣以时事。通亹亹条答[③]，独不及溪。公曰："闻此中事，唯阿溪为大，若何秘不言也？"通不对。固扣之，通曰："言之而公事办，则一方受福；不则公且损威，而吾族赤矣！"公笑曰："第言之，何患弗办！"通遂慷慨陈列始末。公曰："为阿溪通赂上官者，谁也？"通曰："指挥王曾、总旗陈瑞也。公必劫此两人方可。"公曰："诺。"翌日，将佐庭参。公曰："欲得一巡官，若等来前，吾自选之。"乃指曾曰："庶几可者。"众既出，公私诘曾曰，"若何与贼通？"曾惊辩不已。公曰："阿溪岁赂上官，汝为居间，辩而不服，吾且斩汝矣！"曾叩头不敢言。公曰："勿惧。

汝能为我取阿溪乎？”曾因陈溪、剌谋勇状，且曰：“更得一官同事乃可。”公令自举，乃曰：“无如陈总旗也。”公曰：“可与偕来。”少选，瑞入。公讯之如讯曾者，瑞屡顾曾，曾曰：“勿讳也，吾等事公已悉知，第当尽力以报公耳。”瑞亦言难状。公曰：“汝第诱彼出寨，吾自能取之。”瑞诺而出。

【注释】

①都御史：都察院之长官。掌纠弹百官，评论朝廷政务，规谏皇帝诸事。孔公镛：即孔镛，字韶文。官都昌知县，成化元年（1465）升高州知府，平境内乱民暴动。累右副都御史巡抚贵州，弘治二年（1489）召为工部右侍郎。

②部曲：此处指明朝在少数民族地区所安置的驻守部队。

③亹（wěi）亹：滔滔不绝的样子。

【译文】

弘治年间，都御史孔镛巡抚贵州，考察得知阿溪的情况。询问监军、总帅，都为阿溪辩解。孔镛知道不能与这些官员共事，就亲自前往清平，访求驻守部队中良善公正的人，认识了指挥使王通，十分礼遇他，向他探问时事。王通滔滔不绝地一一回答，唯独不谈阿溪的事。孔镛说：“听说这里的事务，以阿溪为最严重，为什么如此神秘避而不谈呢？”王通不回答。孔镛坚持探问，王通说：“如果说了而您能秉公处理，那么一方享受福佑；否则损害您的威名，而我的族人也必遭诛灭！”孔镛笑着说：“你只管说，怎么会担心不办理呢！”王通于是慷慨激昂地陈述事情的前后经过。孔镛问：“为阿溪打通关节行贿上级长官的人，是谁？”王通答：“是指挥王曾与总旗陈瑞。您一定要收服这两个人才能办案。”孔镛说：“好。”第二天，将领、副官们上庭参拜。孔镛说：“我想要一名巡官，你们都上前来，我要亲自挑选。”说完就指着王曾说：“差不多就是你了。”众官员出来后，孔镛私下质问王曾说："你是如何和贼人勾结的？"王曾大惊而辩解不停。孔镛说："阿溪每年贿赂上级长官，你都从中牵线，你还狡辩不服气，我要杀了你！"王曾连连叩头不敢再多说话。孔镛说："你也不要怕。你能为我擒获阿溪吗？"王曾于是描述阿溪、阿刺多谋勇猛的情形，并且说："能再有一位官员共同去办才可以。"孔镛让他自己举荐，王曾就说："没有比总旗陈瑞更适合的人。"孔镛说："可以带他一起来。"一会儿，陈瑞入府。孔镛如同质问王曾般质问他，陈瑞多次回头看王曾，王曾说："不必隐瞒了，我们的事情大人已经都知道了，应当尽力以报答大人。"陈瑞也说了捉拿阿溪困难的情况。孔镛说："你只要引诱他出寨，我自有办法擒住他。"陈瑞答应后告辞出来。

苗俗喜斗牛，瑞乃觅好牛，牵置中道，伏壮士百人于牛旁丛薄间，乃入寨见溪。溪曰："何久不来？"瑞曰："都堂新到[①]，故无暇。"溪问："都堂何如？"曰："懦夫，无能为也。"溪曰："闻渠在广东时杀贼有名，何谓无能？"瑞曰："同姓者，非其人也。"溪曰："赂之何如？"瑞曰："姑徐徐，何以遽舍重货？"溪遂酌瑞，纵谈斗牛事。瑞曰："适见道中牛，恢然巨象也，未审比公家牛若何？"溪曰："宁有是，我当买之。"瑞曰："贩牛者似非土人，恐难强之入寨。"溪曰："第往观之。"顾阿刺同行，瑞曰："须牵公家牛往斗之，优劣可决也。"

【注释】

①都堂：都察院堂上官，因总督、巡抚亦加都御史、佥都御史之衔，故亦有此称。

【译文】

苗人习俗喜欢斗牛，陈瑞于是挑选上等的牛，牵着置于路中间，埋伏一百名壮士在牛旁边的茂密草丛中，才进入苗寨拜见阿溪。阿溪说："怎么这么久不来？"陈瑞答："新任都御史刚来，所以抽不出空。"阿溪问："新任都御史怎么样？"陈瑞答："是个懦夫，不能做什么。"阿溪说："听说他在广东时以杀贼出名，怎么说他懦弱无能呢？"陈瑞说："那是与他同姓的，并不是他这个人。"阿溪说："贿赂他怎么样？"陈瑞说："姑且慢慢来，何必急着送出贵重财物？"阿溪于是请陈瑞喝酒，尽情谈论斗牛的事。陈瑞说："刚才看见路中间有头牛，庞大得像一头大象，不知道比起您家的牛怎么样？"阿溪说："果真有这样的好牛，我就买下它。"陈瑞说："贩牛的人好像不是本地人，恐怕很难强邀他入寨。"阿溪说："这就去看看。"回头让阿刺一起去，陈瑞说："那必须牵着您家的牛前去打斗一番，优劣才可以决出来。"

苗俗信鬼，动息必卜。溪以鸡卜，不吉。又言："梦大网披身，出恐不利。"瑞曰："梦网得鱼，牛必属公矣。"遂牵牛联骑而出。至牛所，观而喜之。两牛方作斗状，忽报："巡官至矣！"瑞曰："公知之乎？乃王指挥耳。"溪笑曰："老王何幸，得此荣差！俟其至，吾当嘲之。"瑞曰："巡官行寨，公当往迎，况故人也！"溪、刺将策骑往。瑞曰："公等请去佩刀。恐新官见刀，以为不利。"溪、刺咸去刀见曾。曾厉声诘溪、刺曰："上司按部，何不扫廨舍、具供帐，而洋洋至此何为！"溪、刺犹谓戏语，漫拒之。曾大怒曰："谓不能擒若等耶！"溪、刺犹笑傲。曾大呼，伏兵起丛薄间，擒溪、刺。刺手搏，伤者数十人，竟系之。驰贵州见公，磔于市[①]，一境始宁。

【注释】

①磔（zhé）：酷刑。车裂或凌迟。

【译文】

苗人习俗迷信鬼神，动止起居都要占卜。阿溪用鸡卜卦，结果不吉利。又说："我梦到大网覆盖在自己身上，出寨恐怕不吉利。"陈瑞说："梦到网就会得到鱼，那头牛必定属于您了。"于是牵着牛并肩骑马出苗寨。来到那头牛所在的地方，阿溪看了很喜欢那头牛。两头牛正要打斗，忽然有人上报："巡官来了！"陈瑞说："您知道巡官是谁吗？是王指挥。"阿溪笑着说："老王怎么这么幸运，得到这份荣耀的差事！等他来了，我要嘲笑他一番。"陈瑞说："巡官视察苗寨，您应当前去迎接，何况是老朋友！"阿溪、阿刺准备驱马前去迎接。陈瑞说："您二位请解下佩刀。恐怕新官见了刀，认为不吉利。"阿溪、阿刺都解下佩刀去见王曾。王曾大声诘问阿溪、阿刺说："上级长官视察苗部，为何不清扫屋舍，准备宴饮帷帐、用具饮食，而得意洋洋地到这里来做什么！"阿溪、阿刺还以为是玩笑话，随意地拒斥他。王曾大怒说："你们以为我不能抓你们吗！"阿溪、阿刺还傲慢嬉笑。王曾大声喝令，埋伏的士兵从茂密草丛中跃起，擒拿阿溪、阿刺。阿刺空手搏斗，打伤了几十人，最后还是被绑住了。快马解送贵州见孔镛，在市集肢解他们，贵州境内才得安宁。

兵智部武案卷二十四

学医废人，学将废兵。

匪学无获，学之贵精。

鉴彼覆车[①]，借其前旌[②]。

青山绿水，画本分明[③]。

集《武案》[④]。

【注释】

①覆车：比喻失败的教训。

②前旌：帝王官吏仪仗中前行的旗帜。此借指前人的经验。

③画本：绘画的范本。此喻指高超的战略战术案例。

④武案：军事家成功战例的总结。

【译文】

死读医书残害病人，死读兵书折损士兵。

不愿学习一无所获，学习本领贵在专精。

吸取前车倾覆教训，借鉴前人经验指引。

直接取法青山绿水，学画样本清晰显明。

集为《武案》一卷。

项梁　司马师

项梁尝杀人[①]，与籍避仇吴中[②]。吴中贤士大夫皆出梁下。每有大繇役及丧[③]，梁尝主办[④]，阴以兵法部勒宾客、子弟[⑤]，边批：知兵者无处非兵法。以知其能。后果举事[⑥]，使人收下县[⑦]，得精兵八千人，部署豪杰为校尉、候、司马[⑧]。有一人不得官，自言。梁曰："某时某丧，使公主某事，不能办，以故不任公。"众乃皆服。

【注释】

①项梁：战国时楚将项燕之子。陈胜起义，他与项羽在会稽起兵响应。陈胜败亡后，所部楚军成为反秦主力，屡败秦军，斩杀秦三川守李由。从此骄傲轻敌，于定陶（今山东定陶西北）被秦少府章邯击杀。

②籍：项羽，名籍，字羽。项梁的侄子。吴：秦县名。县治即今江苏苏州。

③大繇役：大规模征发徭役。

④尝：通"常"。

⑤部勒：部署，指使。

⑥举事：陈胜起义后，项梁杀会稽郡守以响应。

⑦下县：会稽郡属下各县。

⑧校尉、候、司马：均为武官名。秦汉军制，《后汉书·百官志》："大将军营五部，部校尉一人，比二千石；军司马一人，比千石。部下有曲，曲有军候一人，比六百石。"

【译文】

秦朝末年项梁曾经杀人，与项羽到吴地躲避仇人。吴地的贤士大夫都出自项梁门下。每次有大规模的徭役和丧事，项梁常常主持办理，他暗中以兵法部署门下宾客、弟子，边批：明白兵法的没有地方不是兵法。以了解他们的才能。后来他果然响应陈胜而起义，派人收编会稽郡辖下各县人马，得到精兵八千人，又安排各位豪杰为校尉、候、司马等军官。有一个人没有得到官职，自己提出异议。项梁说："某一天某家丧事，派您主持某件事，没能办成，所以不任用您。"众人于是都拜服。

司马师阴养死士三千[①]，散在人间[②]。诛爽时[③]，一朝而集，竟莫知其所自来。

【注释】

①司马师：字子元，司马懿的长子。沉毅多大略，助司马懿杀曹爽。司马懿死后，以抚军大将军辅政，实际把持魏国国政，废魏帝曹芳，立高贵乡公曹髦。其侄司马炎代魏称帝，建立晋朝，追尊为景帝。

②人间：民间。

③诛爽：魏正始十年（249），司马懿趁魏主曹芳与大将军曹爽兄弟朝高平陵之际，发动政变，控制洛阳，杀曹爽、何晏、丁谧等。从此魏国政权由司马氏掌控。爽，曹爽。

【译文】

司马师暗中蓄养敢死的勇士三千人，散居在民间。诛杀曹爽时，一个早晨就全部集合起来，最终没有人知道他们从哪里来。

李纲

李纲云：古者自五、两、卒、旅，积而至于二千五百人为师，又积而万二千五百人为军[①]。其将、帅、正、长皆素具[②]，故平居恩威，足以相服，行阵节制，足以相使，若身运臂，臂使指，无不可者，所以能御敌而成功。今宜法古，五人为伍，中择一人为伍长；五伍为甲，别选一人为甲正；四甲为队，有队将正副二人；五队为部，有部将正副二人；五部为军，有正副统制官；节制统制官有都统，节制都统有大帅，皆平时选定。闲居则阅习[③]，有故则出战，非特兵将有以相识，而恩威亦有以相服。又置赏功司，凡士卒有功，即时推赏，后有不实，坐所保将帅[④]。其败将逃卒必诛，临阵死敌者，宽主帅之罚，使必以实告而优恤之。又纳级计功之法[⑤]，有可议者，如选锋精骑陷阵却敌[⑥]，神臂弓、强弩劲弓射贼于数百步外[⑦]，岂可责以斩首级哉！若此类，宜令将帅保明[⑧]，全军推赏。

【注释】

①“古者自五、两、卒、旅”几句：《周礼·地官·小司徒》：“五人为伍，五伍为两，四两为卒，五卒为旅，五旅为师，五师为军。”故一师二千五百人，一军一万二千五百人。

②其将、帅、正、长皆素具：古代兵寓于农，兵制由田制派生，战时的将、帅、正、长，即平时的各级乡官。

③阅习：训练演习。

④坐所保将帅：保举他的将帅连带定罪。坐，连坐，连带受罚。保，保举，保荐。

⑤纳级计功：根据所交敌人首级计算功劳。

⑥选锋：挑选精锐士兵组成的突击队。

⑦神臂弓：相传为宋熙宁中民间李宏所造弓。弓置架上，以足踩蹬张弓发射，距三百步，能穿重札，故名。

⑧保明：负责向上申明。

【译文】

李纲说：古人从五人为一伍，五伍为一两，四两为一卒，五卒为一旅，累积到二千五百人为一师，又累积到一万二千五百人为一军。他们的将、帅、正、长都是素来就有的，所以平日的恩惠威仪，足以服众，战时的指挥管辖，足以用人，像是身体运用手臂，手臂驱使手指，没有不能施行的，所以能够抵御敌人获得胜利。今天也应当效法古制，每五人编为一伍，选择其中一人为伍长；合五伍为一甲，再另选一人为甲长；四甲为一队，有正、副队长二人；五队为一部，有部将正、副二人；五部为一军，有正、副统制官；管辖统制官的有都统，管辖都统的有大帅，都在平时选定。平日闲暇就训练演习，遇有战事就出兵战斗，不仅兵将彼此相识，而且将领的恩惠威仪也能够让士兵服从。再设置赏功司，凡是士卒有功劳，立即推重行赏，之后发现有不真实的，保举他的将帅连带定罪。失败的将军、临阵脱逃的士兵一律诛杀，在冲锋陷阵中战死的，宽宥主帅的惩罚，使他一定以实相告而优厚抚恤他。至于古制中按斩敌人首级计功的方法，有值得商议的地方，如精锐骑兵冲锋陷阵打败敌人，用神臂弓、强弩劲弓射杀贼人于几百步之外的士卒，怎能要求他砍下敌人首级呢！像这类情形，应该让将帅负责向上申明，全军推重奖赏。

其法本于管子，但彼寄军令于内政[1]，犹是“井田”遗意，此则训练长征[2]，尤今日治兵第一务。

【注释】

①寄军令于内政：《国语·齐语》载管仲“作内政而寄军令”。管仲制国，五家为轨，轨为之长；十轨为里，里有司；四里为连，连为之长；十连为乡，乡有良人。至战时，则五人为伍，轨长帅之；十轨为里，即五十人为小戎，里有司帅之。把军队制度寄于行政土地制

度之中,这是与当时的井田制密切相关。

②长征:长征军,即常备军。

【译文】

李纲的方法源自管子,但管子把军队制度寄于行政土地制度之中,还是有"井田制"遗留的意味,这里则是训练常备军,可说是今日治理兵事的第一要务。

战车

李纲请造战车,曰:"虏以铁骑胜中国,其说有二[①],而非车不足以制之。边批:论车战莫详于此。步兵不足以当其驰突,一也;用车则驰突可御。骑兵,马弗如之,二也;用车则骑兵在后,度便乃出。战卒多怯,见敌辄溃,虽有长技,不得而施,三也;用车则人有所依,可施其力,部伍有束,不得而逃,则车可制胜明矣。靖康间,献车制者甚众,独总制官张行申者可取。其造车之法:用两竿双轮,推竿则轮转;两竿之间,以横木筦之[②],设架以载巨弩;其上施皮篱以捍矢石[③],绘神兽之象,弩矢发于口中,而窍其目以望敌[④];其下施甲裙以卫人足;其前施枪刃两重,重各四枚,上长而下短,长者以御人也,短者所以御马也;其两旁以铁为钩索,止则联属以为营。

【注释】

①二:据下文,应为"三"。

②筦:同"管",此处指连接固定。

③皮篱：皮篷。

④窍其目：在眼睛的位置挖孔。

【译文】

李纲请求建造战车，说：“胡人能以重骑兵战胜中国，有三个原因，而不用战车不足以制服胡人。边批：论车战没有比这更详尽的。步兵不足以抵挡骑兵的疾驰猛冲，是第一条；用战车则疾驰猛冲可以防御。我们的骑兵，马不如他们，是第二条；用战车则骑兵在后面，可以审度有利时机再出战。士兵多胆怯，遇上敌人就溃散，即使有擅长的本领，也不能施展，是第三条；用战车则士兵有所依靠，可以施展他们的本领，军队有所约束，不能临阵脱逃，那么战车可以克敌制胜的道理就很明白了。靖康年间，呈献战车式样图的人很多，唯独总制官张行申呈献的车图可以采用。他造车的方法：用两根各有双轮的长竿，推动长竿车轮就能转动；两竿之间用横木连接固定，在横木上设置架子以架载巨型弩箭；战车上方罩皮篷以抵挡弓箭炮石，皮篷上绘神兽图像，弩箭从兽口中发射，在兽眼部位开孔来观察敌军；战车下方设置铠甲护裙以保卫士兵的脚；战车前方设置两重枪刀，每重各四把，上面长而下面短，长的用来对付人，短的用来对付马；战车两侧用铁做成钩带，驻军时就联结成军营。

“其出战之法：则每车用步卒二十五人，四人推竿以运车，一人登车望敌以发弩矢，二十人执牌、弓弩、长枪、斩马刀[①]，列车之两旁，重行[②]，行五人；凡遇敌，则牌居前，弓弩次之，枪刀又次之；敌在百步内，则偃牌，弓弩间发以射之[③]；既逼近，则弓弩退后，枪刀进前，枪以刺人，而刀以斩马足；贼退则车徙，鼓噪相联以进，及险乃止，以骑兵出两翼，追击以取胜。其布阵之法：则每军二千五百人，以五分之一凡五百人为将佐、卫兵及辎重之属[④]，余二千人为车八十乘；欲布方阵，则面各用车二十乘，车相联，而步卒弥缝于其间[5]，前者其车向敌，后者其车倒行，左右者其车顺行；贼攻左右而掩后[6]，则随所攻而向之；前后左右，其变可以无穷；而将佐、卫兵及辎重之属，皆处其中，方圆曲直，随地之便；行则鳞次以为阵[7]，止则钩联以为营，不必开沟堑、筑营垒，最为简便而完固。”

【注释】

①牌：盾牌。

②重行：两行。左右两侧各两行，每行五人，共四行，二十人。

③间发：交替发射。间，交替，更替。

④辎重：此指管理辎重的后勤部队。

⑤弥缝：填补空当。

⑥掩后：从后方掩杀。掩，冲杀。

⑦鳞次：像鱼鳞那样依次排列。

【译文】

“出战的方法：是每辆战车配备步兵二十五人，四个人推动长竿来运行战车，一个人在车上观望敌人并发射弩箭，二十个人拿着盾牌、弓弩、长枪、斩马刀，排列在战车两侧，每侧两行，每行五人；凡是遇到敌兵，那么盾牌在前面，弓弩在盾牌后面，枪刀又在弓弩后面；敌军在百步之内，就放倒盾牌，弓弩交替发射以射敌军；敌人逼近后，那么弓弩就退后，枪刀兵冲上前去，用长枪刺人，用刀砍马脚；敌军撤退则战车移动，敲鼓呐喊相互联结前进，碰到险要地形就停止，命骑兵从两侧冲出，追击敌军以求得胜利。布阵的方法：每支军队二千五百人，用五分之一共五百人为将领、佐吏、卫兵及后勤部队，其余二千人分乘八十辆战车；想要列成方形战阵，那么每面各用战车二十辆，战车相连，而步兵在战车之间填补空隙，前面的车面向敌军，后面的车倒着推行，左右两侧的车顺势前行；敌军攻击左右两侧及从后面冲杀，就随着敌军进攻的方向迎敌；前后左右，它的变化可以无穷无尽；而将领、佐吏、卫兵及后勤部队，都处在方阵之中，阵型的方圆曲直，随地形的便利；行军就依次排列成阵，驻军就钩挂联结成营，不用挖掘沟堑、筑造营垒，最为简单便利而完好坚固。”

先臣余子俊言①：“大同、宣抚地方②，地多旷衍③，车战为宜，器械干粮，不烦马驮，运有用之城，策不饲之马④。”边批：二句尽车之利。因献图本。及兵部造试，所费不赀⑤，而迟重难行⑥，卒归于废，故有“鹧鸪车”之号，谓“行不得”也⑦。夫古人战皆用车，何便于昔而不便于今？殆考之未精，制之未善，而当事者遂以一试弃之耳。且如秦筑长城，万世为利，而今之筑堡筑垣者，皆云沙浮易圮。赵充国屯田⑧，亦万世为利，而今之开屯者，亦多筑舍无成。是皆无实心任事之人合群策以求万全故也，法曷故哉？呜呼！苟无实心任事之人，即尽圣祖神宗之法制，皆题之曰“鹧鸪”可也⑨！

【注释】

①余子俊：字士英。明景泰进士。官户部主事、员外郎，在部十年，以廉干著称。出任延绥巡抚，力主沿边筑墙建堡，为久远之计。移抚陕西，于西安开渠，经汉故城以达渭水，人称余公渠。又于泾阳凿山引水，溉田千顷；通南山道直抵汉中，以便行旅。后官兵部尚书、户部尚书，总督大同、宣府军务。

②宣抚：或当作“宣府”，明正统元年（1436）设巡抚宣府、大同，景泰二年（1451）另设大同巡抚。后时分时合。成化十四年（1478）始定设巡抚宣府地方，驻宣府镇（即今河北宣化）。

③旷衍：开阔平坦。

④运有用之城，策不饲之马：战车可连成城垒，又可代马运输。所以以“城”“马”作比。

⑤不赀（zī）：不可计量，形容十分昂贵。赀，计量。

⑥迟重：笨重，缓慢而吃力。

⑦故有“鹧鸪车”之号，谓“行不得”也：鹧鸪叫声像是说“行不得也哥哥”。

⑧赵充国屯田：西汉宣帝时为打击、平定河湟羌人叛乱，在湟水流域的军事屯田活动。赵充国提出屯田“内有亡费之利，外有守御之备”，请罢骑兵而留万人屯田，为肢解羌人之具。汉军在湟水流域屯田，羌人见汉军做长期打算，便不断前来投诚。赵充国见羌乱已定，遂结束屯田，领兵回朝。

⑨题之曰“鹧鸪”：即“行不得”之意。

【译文】

前朝大臣余子俊说：“大同、宣府地方，地势多空旷平坦，战车作战很适宜，武器干粮，不需要靠马来驮，就像操纵可以利用的城垒，驱赶无需喂养的马匹。”边批：这两句说尽了车战的好处。于是呈献战车图样。等兵部制造测试，所花费的钱不少，而车缓慢笨重难以行进，最终废弃不用，所以有“鹧鸪车”的称号，是说“行不得”。古人作战都用战车，为什么之前便利而现在不便利？大概是考证不精确，制作不完善，而负责的人以一次尝试失败就放弃了。就像秦朝修筑长城，万世得利，而如今修筑城堡、城墙的人，都说沙土疏松容易坍塌。赵充国施行屯田，也是万世得利，而如今开荒屯田的人，也多是建造后又舍弃而没有成效。这都是没有真心做事的人集思广益以求万全的缘故，方法哪里过时了呢！呜呼！如果没有真心做事的人，即使用尽圣祖神宗的法令制度，也都可以被称为“鹧鸪”了！

吴玠 吴璘

吴玠每战[①]，选劲弓强弩，命诸将分番迭射[②]，号“注队矢”，连发不绝，繁如雨注，敌不能当。

【注释】

①吴玠：字晋卿。北宋末从军。善骑射，通兵法，抗西夏御边，屡立战功。南宋建炎中任秦凤副总管兼知凤翔府，参与富平之战。与弟吴璘扼守和尚原（今陕西宝鸡西南），先后取得和尚原、饶风关（今陕西石泉西）等大捷，力保川蜀。绍兴年间收复凤、秦、陇等州。官至四川宣抚使。与弟吴璘均称中兴名将。

②分番：轮流。

【译文】

宋朝人吴玠每次作战，都挑选强弓劲弩，命令各位将领轮流交替射击，号称“注队矢”，连续发射不间断，繁密得如同大雨灌注，敌人不能抵挡。

吴璘仿车战余意，立“叠阵法”，每战以长枪居前，坐不得起；次最强弓；次强弩，跪膝以俟；次神臂弓。约贼相搏，至百步内，则神臂先发，七十步，强弓并发。次阵如之。凡阵，以拒马为限[①]，铁钩相连，伤则更代之，遇更代则以鼓为节。骑为两翼蔽于前，阵成而骑退，谓之叠阵。战士心定，则能持满[②]，敌虽锐，不能当也。

【注释】

①拒马：古代防御用的战具，是一种可以移动的障碍物，用以堵塞道路，阻止敌方骑兵行动。

②持满：拉满弓弦。指保持精气神充足饱满。

【译文】

吴璘仿照车战留下的办法，创立“叠阵法”，每次作战把长枪兵列在阵前，坐在地下不许站起来；其次是最强劲的弓；再次是强弩，士兵膝盖跪地以待敌人；又次是神臂弓。约定与敌人交战时，到百步之内，就由神臂弓先发射，到七十步，强弓也一起发射。下一阵也和这一样。凡是列阵，用拒马来阻隔，拒马用铁钩相连接，有人受伤就要更换他，遇到更换就以鼓声为信号。骑兵为两翼在前面掩护，军阵完成骑兵就退后，叫做叠阵。战士心态安定，就能保持精气神饱满，敌人即使强悍，也不能抵挡。

璘著兵法二篇，大略谓：金人有四长，我有四短，当反我之短，制彼之长。四长曰骑兵、曰坚忍、曰重甲、曰弓矢。吾集番、汉所长，兼收而用之，以分队制其骑兵，以番休迭战制其坚忍，以劲弓强弩制其重甲，以远克近、强制弱制其弓矢。布阵之法，则以步军为阵心，翼以马军，为左右肋，而拒马布两肋之间。

【译文】

吴璘著有兵法两篇，大意是说：金人有四项长处，我军有四项短处，应当调转我军的短处，扼制金人的长处。金人的四项长处是骑兵、坚忍、重甲、弓箭。我军集合外族、汉人的长处，兼采而运用优长，以分散军队牵制金人的骑兵，以轮番休息交替战斗来消耗金人的坚忍，以强劲的弓弩对付金人厚重的甲胄，以射程远的攻击射程近的、力量强的压制力量弱的来制服金人的弓箭。布阵的方法，是以步兵为兵阵的核心，两翼布置骑兵，为左右的辅助，而拒马设置在两肋之间。

九军阵法

熙宁中，使六宅使郭固等讨论“九军阵法”[①]，著之为书，颁下诸帅府，副藏秘阁[②]。固之法：九军共为一营阵，行则为阵，住则为营。以驻队绕之。若依古法：人占地二步，马四步，军中容军，队中容队，则十万人之阵，占地方十里余。天下岂有方十里之地无丘阜沟涧林木之碍者？兼九军共以一驻队为篱落[③]，则兵不复可分，如九人共一皮，分之则死，此正孙武所谓“縻军”也[④]。予再加详定[⑤]，谓九军当使别自为阵，虽分列左右前后，而各占地利，以驻队外向自绕，纵越沟涧林薄[⑥]，不妨各自成营。金鼓一作，则卷舒合散，浑浑沦沦[⑦]，而不可乱。九军合为一大阵，则中分四衢，如井田法[⑧]。九军皆背背相承，面面相向，四头八尾，触处为首[⑨]。上以为然[⑩]，亲举手曰：“譬如此五指，若共为一皮包之，则何以施用？”遂著为令。出《补笔谈》[⑪]。

【注释】

①六宅使：唐宋时皇帝诸子年长后分院居住，并置十宅、六宅使负责管理诸宅院事务。后只称六宅使。北宋为武职官阶名。九军阵法：宋神宗时期根据传说诸葛亮八阵图沿袭并创制的阵法。九军阵为方阵：前后二军，左右虞候各一军，为二虞候军，左右厢各二军，为四厢军，加中军共为九军。

②副：副本。秘阁：宫中收藏珍贵图书之处。

③篱落：屏障。

④縻军：受牵制而不能灵活机动的军队。《孙子兵法》：“不知军之不

可以进而谓之进，不知军之不可以退而谓之退，是谓縻军。”

⑤予再加详定：熙宁八年(1075)，沈括重新详定九军阵法。予，《补笔谈》作者宋代学者沈括。详定，考察订定。

⑥林薄：交错丛生的草木。

⑦浑浑沦沦：浑沦，自然淳朴的状态。

⑧如井田法：即九军以两纵两横四条通道分开，如“井”字。

⑨触处为首：敌军接触的任何一处，都可以作为兵阵之首。

⑩上：此指宋神宗。

⑪《补笔谈》：《梦溪补笔谈》。沈括撰成《梦溪笔谈》以后，又写了些补稿，经他自己或后人编成《补笔谈》。

【译文】

熙宁年间，宋神宗命六宅使郭固等人讨论“九军阵法”，写成兵书，颁发给各帅府，副本典藏于秘阁。郭固的办法：九个军共同组成一个营阵，行军就摆成阵，驻扎就形成营。以驻守部队环绕它。如果依照古人的办法：每人占地两步，每匹马占地四步，军中容纳军，队中容纳队，那么十万人的军阵，阵地方圆十多里。天下哪有方圆十里而没有山丘沟涧林木等障碍的地方？合并九军共同以一个驻队为屏障，那么士兵不再能分开，如同九个人共同拥有一层皮，分割之后就都死了，这正是孙武所说的受牵制而不能灵活机动的军队。我再加以考察确定，认为九个军应该使它们各自组成一个军阵，即使分别排列在左右前后不同方位，而各自占据有利地势，自行以驻扎部队环绕在外，纵使跨越沟涧林木草丛，也不妨碍各自组成阵营。金鼓信号一响，就卷起展开、集合离散，自然浑朴，而不会混乱。九个军合成一个大阵，中间以四条通道分开，如同井田法。九个军都背靠背相接，面对面相向，四头八尾，敌人所接触的地方都可以作为阵首。神宗认为说得对，举起自己的手说：“就好像这五根手指，若是共用一张皮包住，那么怎么能使用？”于是写下来作为诏令。出自《梦溪补笔谈》。

撒星阵

张威自行伍充偏裨[①]，其军行，必若衔枚，寂不闻声。每战必克，金人惮之。荆鄂多平野，利骑不利步。威曰："彼铁骑一冲，则吾技穷矣！"乃以意创"撒星阵"，分合不常，闻鼓则聚，闻金则散。每骑兵至则声金，一军辄分数十簇；金人随分兵，则又趋而聚之，倏忽间分合数变，金人失措。然后纵击之，以此辄胜。

【注释】

①张威：字德远。南宋宁宗时将领。初策选锋军骑兵，后因屡立战功，提拔为将领，在川、陕一带与金人作战，善于御众，以勇见称，每战必胜。官终扬州观察使。偏裨：偏将、裨将。

【译文】

宋朝人张威从士兵提拔为偏将，他行军时，一定像是咬住木棒一样，静得听不到声音。每战必胜，金人惧怕他。荆、鄂地方多平原，适合骑兵而不利于步兵。张威说："金人铁骑一攻击，那我军就没有办法了！"于是凭自己的想法创立"撒星阵"，分合无常，听到鼓声就聚集，听到锣响就分散。每次骑兵来就敲锣，一支军队立即分成几十簇；金兵随之分散兵力，宋军就又迅速聚集，转眼间分开聚合几次变动，金兵不知所措。然后张威纵兵攻击金兵，用这种办法就能取胜。

威临阵，战酣则两眼皆赤，时号"张红眼"云。

【译文】

张威身临战阵时，战斗激烈两眼就都会赤红，当时人称"张红眼"。

鸳鸯阵

戚继光每以“鸳鸯阵”取胜[①]。其法：二牌平列，狼筅各跟一牌[②]；每牌用长枪二枝夹之，短兵居后。遇战，伍长低头执挨牌前进[③]，如已闻鼓声而迟留不进，即以军法斩首。其余紧随牌进。交锋，筅以救牌，长枪救筅，短兵救长枪。牌手阵亡，伍下兵通斩。

【注释】

①戚继光：字元敬。倜傥有奇气，好读书。嘉靖中历浙江参将，招募兵士，亲自训练，用兵号令严，赏罚信，令行禁止，威名显赫，号称“戚家军”。破倭贼，升福建总督。隆庆初，以都督同知总理蓟州、昌平、保定三镇练兵事。

②狼筅（xiǎn）：戚继光创造的一种长柄多枝形兵器。用大毛竹制，前有利刃，节密枝坚。长一丈五六尺，重约七斤。又叫筤筅，狼牙筅。

③挨牌：一种木制盾牌。

【译文】

戚继光经常靠“鸳鸯阵”取胜。它的阵法：两名盾牌兵并列，狼筅兵各自跟着一名盾牌兵；每位盾牌兵用两支长枪夹护，短刀兵在最后面。遇到战斗，伍长作为盾牌兵低头拿着盾牌前进，如果已经听到战鼓声而迟滞不前进，就以军法斩首。其余士兵紧跟着盾牌兵前进。交战时，狼筅兵负责支援盾牌兵，长枪兵负责支援狼筅兵，短刀兵负责支援长枪兵。盾牌兵阵亡，本伍士兵一律处斩。

郭忠武

定襄侯郭登[①]，智勇兼备，一年百战，未尝挫衄。以己意设为“搅地龙”“飞天网”：凿深堑，覆土木，人马通行，如履实地；贼入围中，令人发其机，自相击撞，顷刻十余里皆陷。

【注释】

①郭登：字元登。博闻强记，好谈兵事。景泰初以都督佥事守大同，以破敌功封定襄伯。成化八年（1472）去世，获赠定襄侯，谥忠武。

【译文】

定襄侯郭登，智勇双全，一年经历上百次战斗，不曾失败。他凭自己的想法设置“搅地龙”“飞天网”：挖凿深坑，盖上土木，人马通行，如同走在实地上；贼军进到包围中，就命人发动机关，自相撞击，瞬间十多里地都深陷下去。

今其法想尚存，何不试之？

【译文】

现在他的方法想来还存在，为什么不试试呢？

轮囤

政和中，晏州夷酋卜漏反[①]。漏据轮囤[②]，其山崛起数百仞，林箐深密[③]；垒石为城，外树木栅，当道穿坑井，仆巨枿[④]，布渠答[⑤]，夹以守障。官军不能进。时赵遹为招讨使[⑥]，环按其旁[⑦]，有崖壁峭绝处，贼恃险不设备。又山多生猱[⑧]，乃遣壮丁捕猱数千头，束麻作炬，灌以膏蜡[9]，缚之猱背。于是身率正兵攻其前[10]，旦夕战，羁縻之[11]。而阴遣奇兵[12]，从险绝处负梯衔枚，引猱上。既及贼栅，出火燃炬，猱热狂跳，贼庐舍皆茅竹，猱窜其上，辄发火。贼号呼奔扑，猱益惊，火益炽。官军鼓噪破栅。遹望见火，直前迫之，前后夹攻，贼赴火堕崖，死者无算。卜漏突围走，追获之。

【注释】

①晏州夷酋卜漏反：北宋徽宗政和五年（1115），晏州的彝人受官府压榨，首领卜漏起事，攻破梅岭堡（今四川兴文北）等地，屡败泸南招讨使赵遹，然不久为赵遹等所破。晏州，治今四川兴文。卜漏，多罔部少数民族首领。

②轮囤：《宋史·赵遹传》作"轮多囤"。

③林箐（qìng）：成片生长的竹木。

④桥（niè）：树木砍伐后留下的根株。

⑤渠答：铁蒺藜，守城御敌的战具。

⑥赵遹（yù）：徽宗时为梓州路转运使。卜漏造反，赵遹为泸南招讨使（晏州在泸州南边）。后为兵部尚书，因与童贯有仇怨，力请辞职。

⑦环按：四面巡视。按，巡行，巡视。

⑧猱（náo）：猿猴。

⑨膏蜡：皆油质易燃物。

⑩正兵：正面作战的部队。与"奇兵"相对。

⑪羁縻：牵制。

⑫奇兵：突然袭击的部队。

【译文】

宋徽宗政和年间，晏州夷人首领卜漏造反。卜漏占据轮囤，轮囤的山耸立几百仞高，竹木幽深茂密；他垒起石头做成城墙，外围树立木栅栏，路中间挖凿深坑陷阱，砍倒巨大的树，布置铁蒺藜，守卫屏障夹道设立。官军不能进去。当时赵遹为招讨使，在轮囷旁四面巡视，有一处崖壁陡峭耸立的地方，贼兵依仗险要而不设防备。另外山上有很多猿猴，就派壮丁捕捉了几千头猿猴，捆扎麻草做成火炬，灌上膏蜡，绑在猿猴背上。于是赵遹亲自率领正面作战的士卒攻打贼人前寨，日夜战斗，牵制贼军。而暗中派奇兵，从险要处背着梯子含着木棒，拉着猿猴上山。到了贼军营栅，拿出火种点燃火炬，猿猴被烧热狂奔跳跃，贼军房舍都用茅草、竹子建造，猿猴窜到房子上，就引发大火。贼兵大叫着奔走捕捉，猿猴更惊慌，火势也更旺盛。官军敲鼓呐喊攻破营栅。赵遹望见起火，径直前进逼近敌军，前后夹击，贼兵跳进火场、坠下悬崖，死的人不计其数。卜漏突围逃跑，官军追击并将他擒获。

邓艾自阴平袭蜀[①]，行无人之地七百余里，凿山通道，造作桥阁，山高谷深，至为艰险。艾以毡自裹，推转而下。将士皆攀木缘崖，鱼贯而进。其功甚奇，而其事甚险。夫计程七百，非一日之行也；凿山构阁，非一日之工也。即平日不知儆备，而临时岂无风闻？岂皓等蒙蔽[②]，庸禅怡堂[③]，如所谓置羽书于堂下者乎[④]？不然，艾必无幸矣。赵遹之用猱，出于创奇，亦由贼不设备而然。故曰："凭险者固，恃险者亡。"

【注释】

①阴平：今甘肃文县。

②皓：黄皓，蜀后主刘禅时宦官。善逢迎，为蜀汉后主所宠信。初为黄门丞，后任中常侍、奉车都尉。操弄威柄，独专国政。抑制大将军姜维，使姜维不敢还成都，国政日渐倾坏，终至覆国。邓艾本想

杀他，黄皓贿赂邓艾左右得免。

③庸禅：指蜀汉后主刘禅，为昏庸之主。怡堂：安逸享乐。

④置羽书于堂下：昏庸之主一心享乐，告急文书置于堂下，无人拆阅。此处用陈后主故事。高颎攻打陈国，前方告急，陈后主置羽书于堂下，行乐不止。羽书，军情告急文书。

【译文】

邓艾由阴平偷袭蜀国，在无人荒地行军七百多里，一路开山辟路，修造栈道，沿途山高谷深，十分艰险。邓艾用毛毡裹住自己，翻滚下山。将士们都攀着树木沿着悬崖，一个接一个地前进。他的功劳很奇伟而事迹很艰险。七百里路，不是一天的行程；开山造桥，也不是一天的工夫。即使平日不知道戒备，临时难道没有听说？难道是黄皓等人故意蒙蔽，庸碌的刘禅只知安逸享乐，如同所谓的把告急文书置于堂下吗？不然的话，邓艾一定不能平蜀成功。赵遹用猿猴，出自创造的奇计，也是由于贼军不设防备造成的。所以说："占据险要之地的人稳固，依赖险要之地的人灭亡。"

〇李光弼军令严肃，虽寇所不至，警逻不少解[①]，贼不能入。如是则必无阴平、轮囤之失矣。

【注释】

①解：通"懈"。松懈，懈怠。

【译文】

李光弼军令严明，即使贼寇不到的地方，警戒巡逻也不稍微松懈，贼军不能攻入。如果这样那么必定没有阴平、轮囤失守的情况。

《元史》：金人恃居庸之塞，冶铁锢关门，布铁蒺藜百余里，守以精锐。元祖进师[①]，距关百里，不能前，召扎八儿问计[2]。对曰："从此而北，黑树林中有间道，骑行可一人。臣向尝过之。若勒兵衔枚以出，终夕可至。"元祖乃令扎八儿轻骑前导。日暮入谷，黎明诸军已在平地。疾趋南口，金鼓之声，若自天下。金人犹睡未知也，比惊起，已莫能支。关门既破，中都大震，金人遂迁汴[3]。夫以极险之地，迫于至近而金不知备，此又非阴平之可比矣！

【注释】

①元祖进师：1213年，成吉思汗入紫荆关（今河北易县西北），大破金兵于五回岭，攻下涿、易二州，派哲别自长城内向北攻下南口、居庸关，接着逼近金中都（今北京）。元祖，元太祖铁木真，即成吉思汗。

②扎八儿：扎八儿火者，穆罕默德后裔，故有赛夷（即赛义德 Saiyid）之称。火者，尊称。雄勇善骑射。铁木真初起时，即去漠北投奔。铁木真兵败逃至班朱尼河，从者仅十九人，他是其中之一。成吉思汗统一各部建立大蒙古国后，他随成吉思汗伐金，率军为先锋，突破居庸关，破南口，迫使金国迁汴，奉命守中都（今北京）。因其战功显赫，成吉思汗授予黄河以北、铁门以南天下都达鲁花赤。卒时一百一十八岁，追封凉国公，谥武定。

③汴：今河南开封。

【译文】

《元史》记载：金人凭恃居庸关的险要地势，炼铁浇筑堵塞关门，设置一百多里铁蒺藜，并派精锐部队把守。元太祖进军，在距离关口一百里处，不能向前推进，召来扎八儿询问计策。扎八儿回答说："从这里向北，在黑树林中有一条小道，只能容一人骑马前行。臣以前曾经走过这条路。若是率领士卒衔枚悄悄走出去，一晚上就可以到达。"太祖于是令扎八儿率轻骑兵为先锋。黄昏时入谷，天亮时各路军马已经到了平地。元军迅速直奔南口,鸣金敲鼓的声音,好像从天而降。金兵尚在沉睡中毫不知情,等他们惊醒起来,已经不能抵御。居庸关被攻破后,中都大为震惊,金人于是迁都到汴京。从极其危险的小路,行进到最近的关门而金人不知道防备,这又不是邓艾阴平道行军可以比拟的。

凯口囤

嘉靖十六年[①],阿向与土官王仲武争田搆杀[②]。仲武出奔,阿向遂据凯口囤为乱[③]。囤围十余里,高四十丈,四壁斗绝[④],独一径尺许,曲折而登。山有天池,虽旱不竭,积粮可支五年。变闻,都御史陈克宅、都督佥事杨仁调水西兵剿之[⑤]。宣慰使安万铨[⑥],素骄抗不法[⑦],邀重赏乃行[⑧]。提兵万余,屯囤下,相持三月,抑视绝壁,无可为计者。独东北隅有巨树,斜科偃蹇半壁间[⑨],然去地二十丈许。万铨令军中曰:“能为猿猱上绝壁者,与千金!”边批:重赏之下,无不应者。有两壮士出应命。乃锻铁钩傅手足为指爪,人腰四徽一剑[⑩],约至木憩足,即垂徽下引人,人带铳炮长徽而起[⑪]。候雨霁,夜昏黑不辨咫尺时,爬缘而上。边批:□□□平之饵亦□是□。微闻剌剌声,俄若崩石,则一人坠地,骸骨泥烂矣。俄而长徽下垂,始知一人已据树。乃遣兵四人,缘徽蹲树间。壮士应命者复由木间爬缘而上,至囤顶。适为贼巡檄者鸣锣而至[⑫],壮士伏草间,俟其近,挥剑斩之,鸣锣代为巡檄者。贼恬然不觉也。垂徽下引树间人,树间人复引下人,累累而起。至囤者可二三十人,便举火发铳炮,大呼曰:“天兵上囤矣!”贼众惊起,昏黑中自相格杀,死者数千人。夺径而下,失足坠崖死者又千人。黎明,水西军蚁附上囤,克宅令军中曰:“贼非斗格而擅杀,及黎明后殿者[13],功俱不录!”边批:非严也,刻也,所以表功。自是一军解体,相与卖路走贼,阿向始与其党二百人免,囤营一空。焚其积聚,乃班师。留三百官兵戍囤。月余,阿向复纠烂土黑苗袭囤,尽杀官兵。

【注释】

①嘉靖十六年:1537年。嘉靖,明世宗朱厚熜年号(1522—1566)。

②阿向:都匀苗王。土官:元、明、清时期于西北、西南地区设置的由少数民族首领充任并世袭的官职。

③凯口囤:在今贵州都匀西南。“凯口”系布依语音译,意为“狗场”。

④斗绝:陡峭峻险。斗,通“陡”。

⑤水西:在今贵州黔西。明朝为土司所治,安氏世代守护。

⑥宣慰使:土司官名。

⑦骄抗:骄纵不逊。

⑧邀:请求,谋求。

⑨斜科:倾斜身躯。科,当作“柯”。偃蹇:屈曲。

⑩徽:绳索。

⑪铳(chòng):火铳。用火药发射弹丸的管形火器。

⑫巡檄:巡逻警戒。

⑬后殿:最后。

【译文】

嘉靖十六年,阿向与土官王仲武因争田地而结怨仇杀。王仲武逃走,阿向就占据凯口囤发动叛乱。凯口囤方圆十多里,高四十丈,四面山崖陡峭峻险,只有一条小路一尺多宽,蜿蜒曲折而上。山顶有天然池塘,即使天旱也不干涸，囤积的粮食可以支撑五年。叛乱的消息传出来，都御史陈克宅、都督佥事杨仁征调水西士兵围剿他们。宣慰使安万铨，一向骄纵不逊，谋求了重赏才出动。他率领一万多士兵，屯驻在凯口囤下，相持了三个月，仰望陡峭山崖，没有可以施行的计策。凯口囤唯独东北角有一颗巨大的树，树干倾斜屈曲，生长在半山间，然而离地面二十多丈高。安万铨传令军中说："能像猿猴一样攀上陡峭崖壁的人，赐给他一千金！"边批：重赏之下，没有不应召的。有两名勇士出来应召。于是锻造铁钩绑在手脚上作为指爪，每人腰间挂着四根绳索及一把利剑，约定爬到大树处歇脚，就垂下绳索拉人上去，众人带着火铳炮石长绳出动。等到雨停，夜色昏暗咫尺之间都看不清时，两名勇士攀缘而上。边批：□□□平之饵亦□是□。只听见刺刺的声响，不一会儿像是山石崩塌，一名勇士失手坠地，尸骨血污粉碎如泥。再过一会儿长绳垂下来，才知道另一名勇士已经攀上大树。于是派四名士兵，顺着绳索上去蹲在树上。应召的勇士再从树上攀缘而上，爬到囤顶。正碰上巡逻警戒的贼兵敲着锣鼓而来，勇士埋伏在草丛中，等到贼兵靠近，挥剑斩杀他，敲着锣鼓替代巡逻警戒的人。贼军安然无所觉察。勇士垂下绳索把树上的人拉上来，树上的人又把下面的人拉上来，士兵连续不断地上了囤。到囤顶的有二三十人，就点火发射火铳炮石，大叫说："天兵上了囤了！"贼军惊慌而起，昏暗中自己人相互击杀，杀死几千人。其余的人抢夺小路往下逃，失足坠下山崖而死的人又有一千人。黎明时分，水西军蚂蚁般挨着爬上囤顶，陈克宅传令军中说："不经格斗而擅自杀死贼兵，及黎明时分落在后面的人，功劳都不记录！"边批：这不是严格，而是苛刻，用以表功。于是军队瓦解，纷纷出卖通行资格放走贼兵，阿向才与他的党羽二百人免于一死，囤营里一个人也没剩。明军焚烧贼军累积的物资，就撤军了。留下三百名官兵驻守囤营。一个多月后，阿向又纠集烂土的黑苗袭击囤营，把官兵都杀了。

凯口之功奇矣，顾都御史幕下岂乏二壮士，而必令出自水西乎？宜土官之恃功骄恣，乱相寻而不止也。至于阿向之局未结，而遽尔班师，使薄戍孤悬，全无犄角[①]。善后万全之策果如是乎？致贼党复炽，尽杀戍卒。向以中敌，今还自中。复忽按察佥事田汝成之戒[②]，轻兵往剿[③]，自取挫衄[④]，昔日奇功，付之煨烬[⑤]。吁！书生之不足与谈兵也久矣，岂独一克宅哉！田汝成上克宅书，谈利害中窾[⑥]，今略附于左。

【注释】

①犄角：成犄角之势以相互援助的人。

②田汝成：字叔禾。嘉靖进士，授南京刑部主事，历贵州佥事、广西右参议，分守右江。以诛土酋及平民乱功，迁福建提学副使，寻罢归。博学多才，工于文章。历官西南，通晓先朝遗事。

③轻兵：指人数少、力量弱的部队。

④挫衄（nǜ）：挫折，失败。

⑤煨烬：灰烬。

⑥中窾（kuǎn）：切中要害。

【译文】

凯口囤的战功很奇特，但是都御史手下难道缺少二位勇士，而一定要下令出动水西兵吗？难怪当地土官会恃功骄横，叛乱连续不断而没有休止。至于阿向的事情没有完结，就仓促撤兵，使得薄弱的防守孤立无依，完全没有成犄角之势以相互援助的部队。善后的万全之策果真像这样吗？以致之后一个多月，阿向又纠集党羽袭击凯口囤，杀死所有戍守官兵。过去用来打败敌人的方法，如今反过来用以打败自己。又忽略按察佥事田汝成的告诫，率轻兵前去剿贼，自己招来挫败，往日的奇特战功，付之灰烬。哎！不能和书生谈论兵事由来已久，又何止是一个陈克宅呢！田汝成上书陈克宅，谈论讨贼的形势切中要害，现在大略附录于后面。

○汝成闻克宅复勒兵剿囤，献书曰："窃料今日贼势，与昔殊科[①]，攻伐之策，亦当异应。往往一二枭獍[②]，负其窟穴草窃为奸者[③]，皆内储糇糒[④]，外翼党与，包藏十有余年，乃敢陆梁[⑤]，以延岁月。今者诸贼以亡命之余，忧在沟壑，冒万死一生之计，讙呼而起[⑥]，非有旁寨渠酋，通谍结纳，拥群丑以张应援也。守弹丸之地，跧伏其中，无异瓮缶。襁升斗之粮，蹑尺五之道，束腓而登[⑦]，无异哺鷇[⑧]；非素有红粟朽贯积之仓庾[⑨]，广蓄大豕肥牛以资击剥也[⑩]。失此二者，为必败之形，而欲摄枵腹[⑪]，张空拳，睅目而前[⑫]，以膺貔虎[⑬]，是曰'刀锯之魂'，不足虑也。

【注释】

①殊科：形势不同。

②枭獍：旧说枭为恶鸟，生而食母；獍为恶兽，生而食父。因此以它们比喻忘恩负义之徒或狠毒的人。此处指大逆不道的人。

③草窃：掠夺，盗窃。

④糇糒：粮草。糇，干粮。糒，干饭。

⑤陆梁：猖獗横行。

⑥讙（huān）呼：喧哗呼叫。

⑦束腓：在小腿肚缠上绑腿。

⑧哺鷇（kòu）：在巢中嗷嗷待哺的幼雏。

⑨红粟朽贯：粟米红腐，钱贯朽烂。此处比喻有多年积蓄。仓庾：贮藏粮食的仓库。

⑩击剥：击杀剥皮。指屠宰牲畜。

⑪枵（xiāo）腹：空腹，指饥饿。

⑫睅（hàn）目：鼓出眼睛，圆睁眼睛。睅，眼睛大睁而突出的样子。

⑬膺（yīng）：伐击。貔虎：貔和虎，亦泛指猛兽。比喻勇猛的将士。

【译文】

田汝成听说陈克宅又率兵围剿凯口囤，上书说："我私下想今天贼人的形势，与之前不同，攻伐的策略，也应当根据形势改变。往往一两个枭贼，盘踞他的窟穴掠夺为奸贼的，都在内储备干粮，向外勾结党羽，隐藏十多年，才敢造反，以延续时日。现在贼众在亡命之余，担忧死在野外，顶着万死一生的计谋，呼叫着起兵，并非有旁边村寨的首领，传达谍报相互结交，聚集贼众以扩大接应援助。他们据守弹丸之地，蜷缩埋伏在其中，与处于瓮缶之中没有差别。他们背负升斗的粮食，脚踩一尺五的小路，绑上绑腿登上去，与嗷嗷待哺的雏鸟没有区别；他们并非素来有粟米红腐、钱贯朽烂堆积的仓库，大量储存肥猪肥牛以供屠宰食用。失掉这两项，是必败的形势，而想要忍受饥饿，展开空拳，瞪大眼睛前进，去袭击勇猛的将士，这叫做'刀锯下的亡魂'，不值得考虑。

"然窃闻之，首祸一招[①]，而合者三四百人，课其十日之粮[②]，亦不下三四十石，费亦厚矣。而逾旬不馁者，无乃有间道捷径偷输潜輓以给其中者乎[③]？不然何所恃以为生也？夫蛮陬夷落之地[④]，事异中原，譬之御寇于洞房委巷之中[⑤]，搏击无所为力。故征蛮之略，皆广列伏候、扼险四塞以困之[⑥]。是以诸贼虽微，亦未可以蓐食屠剪[⑦]。惟在据其要害，断其刍粟之途，重营密栅，勤其间觇[⑧]，严壁而居，勿与角利，使彼进无所乘，退无所逸，远不过一月，而羸疲之尸槁磔麾下矣[⑨]。

【注释】

①首祸：祸首。犹罪魁。指酿成祸患的主要人物。

②课:计算。

③輓(wǎn):车运,运输。

④蛮陬夷落:少数民族所居住的偏僻地区。陬、落,都是角落的意思。

⑤洞房:深邃的房屋。委巷:僻陋曲折的小巷。

⑥伏候:潜藏的暗探。候,斥候,军候。军中任侦察之事者。

⑦蓐食屠剪:指短时间彻底消灭。蓐食,在床褥上吃饭。此处指天未亮,草草进食。屠剪,屠杀劫掠。

⑧间觇:侦察。

⑨稿磔(zhé):处死。稿,谷物植物的茎,常用来做席。古代处死人,在受刑人身下铺以稿席。磔,古代酷刑,分裂人体陈列于市,五代后改为凌迟。

【译文】

“然而我私下听说,祸首阿向举臂一招,而应和的有三四百人,计算他们十天的粮食,也不下三四十石,消耗也是很多的。而超过十天不挨饿,是不是有小路捷径暗中输送粮食以补给囤营之中呢?不然他们靠什么为生呢?少数民族居住的偏僻地区,情况与中原不同,就好像在深邃的房屋、偏僻曲折的小巷中抵御敌人,去搏击却无法施展身手。所以征讨蛮人的策略,都是广布侦探、据守四境险要以围困他们。所以贼众虽然力量薄弱,也不能短时间彻底剿灭。唯有占据要害之地,截断他们的粮草之路,设立重重营垒和紧密栅栏,勤加侦察,严守营垒驻扎,不要与他们争胜,使他们进攻没有可乘之机,退守没有所逃之地,最多不超过一个月,而羸弱疲惫的敌人就会被处死陈尸在军旗之下了。

“若夫我军既固,彼势益孤,食竭道穷,必至奔突[①],则溃围之战,不可不鏖也[②]。相持既久,观望无端,我忽而衰,彼穷而锐,或晨昏惰卧,刁斗失鸣,则劫营之虞不可不备也。防御既周，奸谋益窘，必甘辞纳款，以丐残息，目前虽可妥帖，他日必复萌生，则招抚之说不可从也。肤见宵人[3]，狃于诡道[4]，欲出不意以徼一获。彼既鉴于前车，我复袭其故辙，不惟徒费，抑恐损威，则偷围之策不可不距也[5]。至于事平之后，经画犹烦"云云。

【注释】

①奔突：横冲直撞。此指拼命冲杀。

②鏖：苦战。

③肤见宵人：见识浅薄的小人。宵人，宵小，小人。

④狃（niǔ）：贪图。诡道：诡诈之术。

⑤距：通"拒"。拒绝，排斥。

【译文】

"至于我军守备已经稳固，贼兵势力更加孤弱，他们粮食耗尽道路封死，必然要拼命突击，那么突破包围的战斗，就不得不艰苦而激烈了。相持长久，不断观望，我军疏忽而衰怠，贼军困顿而勇猛，如果有人早晚怠惰卧躺，巡更失度不鸣，那么贼兵劫营的忧患不能不防备。防御周到，贼军的奸计更窘迫，一定甜言蜜语来归降，以求活命，眼下虽然能够安定，日后必定又兴乱，所以招抚的建议不能听从。见识浅薄的小人，贪图诡诈之术，想要出其不意以谋求一次胜利。贼军吸取之前的教训，我军还沿袭旧有的套路，不仅白费工夫，更恐怕会损及威名，所以偷袭围营的策略不能不拒绝。至于叛乱平定之后，经营筹划也很烦琐"等等。

太子晃

魏主以轻骑袭柔然[1]，分兵为四道。魏主至鹿浑谷[2]，遇敕连可汗[③]。太子晃曰[④]:“贼不意大军猝至,宜掩其不备,速进击之!”尚书刘絜曰[⑤]:“贼营尘盛,其众必多,不如须大军至击之。”晃曰:“尘盛者,军士惊扰也,何得营上而有尘乎?”魏主疑之,不急击。柔然遁,追之不及,获其候骑,曰:“柔然不觉魏军至,惶骇北走,经六七日,知无追者,始乃徐行。”魏主深悔之。

【注释】

①魏主:北魏太武帝拓跋焘。一名佛狸。423—452年在位。在位期间,任用汉族世族地主,改定律令,解除封禁良田之令,任民耕种,垦田大增。破柔然,俘三十余部落。灭夏、北燕、北凉,又取南朝宋虎牢、滑台等河南地,统一了中国北方。大举攻宋,直抵瓜步(今江苏六合东南),受到抵抗后北还。与西域龟兹、疏勒、乌孙、悦服等互相通使。后为宦官宗爱所杀。柔然:或作蠕蠕,本为拓跋的一部,后脱离拓跋氏,兼并高车诸部,雄踞漠北,活动在今甘肃敦煌、张掖北部,逐渐成为北魏边患,魏太武帝想要对南朝用兵,忌惮柔然从背部骚扰,于是多次攻击,大败柔然。

②鹿浑谷:山谷名。在今蒙古后杭爱省沃勒吉特东南鄂尔浑河之东。

③敕连可汗:柔然可汗。名吴提,号敕连可汗。即位之初,与北魏和亲。娶北魏西海公主,送其妹为拓跋焘左昭仪。后与北魏关系破裂,双方多次发生战争。

④太子晃:魏太武帝晚年攻打南朝宋,留太子监国。太子晃为政精察,与中常侍宗爱有仇怨,宗爱向太武帝诋毁他,太子晃忧郁而卒。一说被太武帝所杀。谥景穆太子。

⑤刘絜:拓跋焘为太子监国时,刘絜与古弼共同主持军国大事。拓跋焘即位,刘絜深受信任,其建议多被采纳,迁尚书令,恃宠自专,

443年，太武帝伐柔然，刘絜持意反对，且矫诏延误军期，致使军事失败。后为太武帝所杀。抄没家产，财富巨万。

【译文】

魏主拓跋焘派轻骑兵袭击柔然，分兵为四路。魏主行军到鹿浑谷，遭遇敕连可汗。太子晃说："柔然人没料到我们的大军突然到达，应该趁着他们毫无防备时，迅速进攻他们。"尚书刘絜说："柔然军营中尘土冲天，他们的兵众必然很多，不如等大军到齐再攻击他们。"太子晃说："尘土冲天，是柔然军士惊动扰乱，不然军营之上怎么有尘土呢？"魏主怀疑太子的说法，不急于攻击。柔然军队逃跑，没有追上，俘获他们的侦察骑兵，说："柔然事先不知道魏军到来，惊慌害怕向北逃跑，过了六七天，确定没有追击的军队，于是才慢慢行军。"魏主后悔不已。

栾枝使舆曳柴而伪遁[①]，是又诈扬尘以诱敌，不可不知。

【注释】

①栾枝使舆曳柴而伪遁：前632年，晋、楚在城濮大战。列阵后，栾枝以车拖柴装作逃跑。楚军飞奔追击他，晋国以中军、上军冲杀，楚军溃败。栾枝，春秋晋文公时为卿，率领下军。

【译文】

栾枝让车拖柴装作逃跑，这又是假装制造飞扬尘土以引诱敌军，不能不了解。

冰城

司马楚之别将督军粮[①]，柔然欲击之。俄军中有告失驴耳者，楚之曰："此必贼遣奸人入营觇伺，割以为信耳。贼至不久，宜急为备！"乃伐柳为城，以水灌之，城立而柔然至。

冰坚滑不可攻，乃散走。

【注释】

①司马楚之：字德秀。晋朝宗室。刘裕自立为皇帝后，他拥兵于汝、颍之间，对抗刘裕。后投降北魏，封琅邪王，后随驾征凉州，伐柔然，屡立战功。拜朔州刺史。镇守边境二十余年，以清俭著称。别将：配合主力军作战的部队将领。

【译文】

司马楚之作为别将督运军粮，柔然人想要出兵截击他。不久军营中有人报告驴子耳朵被人割掉，司马楚之说："这一定是柔然人派奸细混入军营窥察侦伺，割掉驴耳朵作为凭据。贼军不久就会到来，应该紧急加强防备！"于是砍伐柳树筑成城栅，再用水灌注柳栅，城栅建好，柔然军队就来了。城栅上的冰又硬又滑无法攻击，柔然兵就分散撤退了。

张魏公

绍兴中，虏趋京，所过城邑，欲立取之。会天大寒，城池皆冻。虏籍冰梯城，不攻而入。张魏公在大名[1]，闻之，先弛濠鱼之禁[2]，人争出取鱼，冰不得合。虏至城下，睥睨久之，叹息而去。

【注释】

①张魏公在大名：张浚，孝宗时封魏国公。张浚一生没有在大名任官，据《宋史》，此为张永之事。张永，大名人，奉宗泽之命守大名，孤城无援，城池陷落，全家遇害。

②濠鱼之禁：在护城河中捕鱼的禁令。

【译文】

南宋绍兴年间，金人进逼京城，所经过的城邑，都想立即攻取。正值天气酷寒，护城河都结了冰。金人借着冰面缘梯登城，不用攻击就能进城。张魏公驻守大名，听说这事，就先放开在护城河中捕鱼的禁令，人们争相出来凿冰捕鱼，池中冰层无法冻结。金人来到城下，观望许久，叹息离去。

垣崇祖

魏师二十万攻豫州[①]，刺史垣崇祖欲治外城[②]，堰肥水以自固[③]。众恐劳而无益，且众寡不敌。崇祖曰："若弃外城，虏必据之，外修楼橹[④]，内筑长围[⑤]，则坐成擒矣！"乃于城西北堰肥水，堰北筑小城，周为深堑，使数千人守之，曰："虏见城小，以为一举可取，必悉力攻之，以谋破堰。吾临水冲之，皆为流尸矣。"魏果攻小城，崇祖着白纱帽，肩舆上城，决堰下水，魏人溺死千数，遂退走。

【注释】

①魏师二十万攻豫州：480年，北魏遣刘昶攻寿春。豫州，南齐豫州州治寿阳，即寿春（今安徽寿县），在淝水东面。

②垣崇祖：字敬远，一字僧宝，有才干谋略，每自比韩信、白起。宋明帝时为兰陵太守，依附萧道成，参预机谋。萧道成禅位后，为豫州刺史，封望蔡县侯。后齐武帝时以无君怀贰之罪被杀。

③堰：筑坝堵塞。肥水：即淝水。源出今安徽合肥西北将军岭，为今东肥河和南肥河的总称。东肥河又称金城河，西北流经寿县入淮；南肥河古名施水，俗称金斗河，东南流经合肥入巢湖。

④楼橹:古代供守兵瞭望敌军的无顶盖高台。

⑤长围:环绕一城一地的较长工事,用于围攻或防守。

【译文】

北魏二十万大军进攻豫州,豫州刺史垣崇祖想整治外城,建坝拦截淝水以保护自身安全。众人恐怕筑坝辛劳而没有作用,况且敌众我寡不能抵抗魏兵。垣崇祖说:"如果弃守外城,敌兵一定会占据,在外面修建瞭望高台,在里面筑造围攻长墙,那么我们只能坐等被擒了!"于是就在城的西北边筑坝拦截淝水,水坝北边建一座小城,四周挖掘深沟,派几千人防守小城,说:"敌人见城小,认为一次战斗就可以攻取,必定出动全部兵力进攻,以谋求损毁水坝。我们管理水坝放水冲击,敌兵就全成浮尸了。"魏军果然攻打小城,垣崇祖戴着白纱帽,坐着轿子登上城墙,命人掘开水坝放水,魏军淹死一千多人,于是败退撤军。

柴潭

孟珙攻蔡[①],蔡人恃柴潭为固[②],外即汝河,潭高于河五六丈,城上金字号楼伏巨弩,相传下有龙,人不敢近,将士疑畏。珙召麾下饮酒,再行,谓曰:"此潭楼非天造地设,伏弩能及远,而不可射近。彼所恃,此水耳,决而注之[③],涸可立待。"遣人凿其两翼,潭果决。实以薪苇,遂济师,攻城克之。

【注释】

①孟珙攻蔡:宋理宗绍定五年(1232),蒙古围攻金汴京。次年,金哀宗南逃至归德(今河南商丘南),汴京沦陷。哀宗又由归德逃至蔡州(今河南汝南)。蒙古派使者至襄阳,约定与宋共同攻打蔡州,当时孟珙镇守襄阳。当年十月,孟珙、江海率兵与蒙古会

师。十二月,攻破蔡州外城。次年,攻破蔡州,哀宗自杀,金朝灭亡。孟珙,字璞玉。灭金后屡拒蒙古军,坐镇荆襄,以恢复中原为任。卒谥忠襄。

②柴潭:在今河南汝南汝水南。

③决而注之:此指挖开潭水堤坝注入汝河。

【译文】

宋朝时孟珙攻打蔡州,蔡州人凭恃柴潭来固守,潭外就是汝河,柴潭比汝河高出五六丈,潭边城上有金字匾额的城楼下隐藏着巨大的弓弩,相传下面有龙,人不敢靠近,将士也疑心畏惧。孟珙召集手下将士喝酒,两次斟酒后,对将士说:“这座潭楼并非自然形成的,隐藏的巨弩能射远处,而不能射近处。敌军所凭恃的,就是这个潭罢了,掘开潭水让它注入汝河中,潭水可以立等干涸。”于是派人凿开水潭两侧,水潭果然流空。在潭底填上木柴、苇草,于是军队渡过水潭,攻下蔡州城。

宗泽

宗泽以计败却金人,念敌众十倍我,今一战而退,势必复来,使悉其铁骑夜袭吾军,则危矣,乃暮徙其军。金人夜果至,得空营,大惊,自是惮泽不敢犯。

【译文】

宗泽用计击退金兵,想到金人兵众十倍于我军,现在一次战败退却,势必再来,假如金人发动全部重骑兵夜晚突击我军,那么我军就危险了。于是在傍晚迁移军队。金兵夜里果然来偷袭,发现是空营,大感惊讶,从此忌惮宗泽不敢进犯。

浮梁 二条

一

晋副总管李存进造浮梁于德胜[①]。旧制浮梁须竹笮、铁牛、石囷[②]。存进以苇笮维巨舰，系于土山巨木，逾月而成。浮梁之简便，自存进始。

【注释】

①李存进：唐末晋王李克用的养子。本姓孙，名重进。以功历任行营马步军都虞候，慈、沁二州刺史、振武军节度使。后唐庄宗时官招讨使，战死于军阵。浮梁：浮桥。德胜：德胜渡，在今河南濮阳，为黄河重要渡口。五代后梁时，晋将在此处筑南、北两城，称为夹寨，梁、晋在此相争于此，大小战斗一百多次。

②竹笮：竹索。笮，竹篾拧成的绳索。石囷（qūn）：圆形石仓。此指巨石。用于固定竹索。

【译文】

后梁时晋国副总管李存进在德胜渡建造浮桥。按照旧制浮桥需要竹索、铁牛、巨石。李存进用苇草绳索连接巨型战舰，系在土山的大树上，一个多月就造好了。浮桥的简化便利，从李存进开始。

二

唐池州人樊若水[①]，举进士不第，因谋归宋。乃渔钓于采石江上[②]，乘小舟，载系绳维南岸，疾掉抵北岸[③]，以度江之广狭。因诣阙上书，请造浮梁以济。议者谓江阔水深，古未有浮梁而济者。帝不听，擢若水右赞善大夫，遣石全振往荆湖[④]，造黄黑龙船数千艘。又以大舰载巨竹絙[⑤]，自荆渚而下[⑥]，先试于石碑口，移置采石，三日而成，不差寸尺。

【注释】

①唐：五代十国的南唐。

②采石江上：采石矶一带的长江。采石，即采石矶，又名牛渚矶。在今安徽当涂北长江东岸，为牛渚山突出长江中而成。地形险要，为古代江防重地。

③掉：用同“棹”，划船，划。

④荆湖：宋初置荆湖南路、荆湖北路，雍熙二年（985）合并为荆湖路，治江陵府（今湖北荆州）。

⑤竹絙：用竹篾绞成的粗索。

⑥荆渚：今湖北江陵，江陵旧为荆州治所，春秋时有渚宫，所以称荆渚。

【译文】

南唐池州人樊若水，参加进士考试落榜，就谋划投归宋朝。于是在采石矶一带的长江上钓鱼，乘着小船，载着系在南岸的绳子，快速划船到北岸，以测量江面的宽窄。接着赴京都上书，请求建造浮桥来渡河。议论的人说江宽水深，自古没有浮桥来渡河。太祖不听从，提拔樊若水为右赞善大夫，派石全振前往荆湖，建造黄黑龙船几千艘。又用大船装载巨型竹索，从荆渚顺流而下，先在石碑口试搭浮桥，再移动放置在采石矶，三天就完成，不差一尺一寸。

韦孝宽

魏韦孝宽镇玉壁[①]。高欢倾山东之众来攻，连营数十里，直至玉壁城下。城南起土山，欲乘之以入城。城上先有两楼，直对土山，孝宽更缚木接之，令极高。欢遂于城南凿地道，又于城北起土山，攻具昼夜不息。孝宽掘长堑，简战士屯堑，每穿至堑，战士辄擒杀之。又于堑外积柴贮火，敌人有在地道者，便下柴火，以皮排吹之[2]，火气一冲，咸即灼烂。城外又造攻车，车之所及，莫不摧毁，虽有排楯[3]，亦莫能抗。孝宽令缝布为幔，随其所向，布悬空中，车不能坏。城外又缚松于竿，灌油加火，欲以烧布焚楼。孝宽使作长钩利刃，火竿一来，以钩刃遥割之。城外又四面穿地，作二十一道，分为四路，于其中各施梁柱，以油灌柱，放火烧之，柱折，城并崩陷。孝宽随其崩处，竖木栅以捍之，敌终不得入。欢智勇俱困，因发疾遁去，遂死。

【注释】

①韦孝宽：见卷六"韦孝宽"条。玉壁：古城名。在今山西稷山西南。西魏大统四年（538）东道行台王思政筑。城周八十里，四面临深谷。

②皮排：古代冶炼时用的鼓风工具，以皮为囊，压挤出风。

③排楯：巨型盾牌，攻城时用以抵挡弓箭、炮石。

【译文】

西魏时韦孝宽镇守玉壁城。东魏高欢出动山东全部兵力来攻击，营地绵延几十里，一直到玉壁城下。高欢在城的南面堆起土山，想要利用土山进入城中。城上原先有两座楼台，正对着土山，韦孝宽再绑木架接在楼台上，让楼台变得很高。高欢于是在城的南面挖掘地道，又在城的北面堆起土山，攻城器械昼夜不停。韦孝宽挖了一条很长的深沟，挑选战士驻守深沟，每次高欢的军队挖掘地道到深沟时，沟内战士就抓住并杀掉他们。又在深沟外堆积木柴贮存火种，有在地道的敌人，就投下木柴、火把，用鼓气的皮囊吹火，火气一冲出来，都立即把敌人烧得焦烂。高欢在城外又制造攻城车，攻城车所到的地方，没有不被摧毁的，即使有巨型盾牌,也不能抵抗。韦孝宽命人把布缝接起来做成帐幕,随着敌人来攻的方向,把帐幕悬在空中,攻城车无法破坏它。高欢在城外又把松枝绑在竹竿上,灌上油脂点火,想要来焚烧帐幕和城楼。韦孝宽命人制造长钩装上锋利刀刃,敌人的火竿一伸出来,就用长钩刀远远地把它割断。高欢又在城外四面挖凿,挖出二十一条地道,分为四路,各在其中建造梁柱,用油来浇灌柱子,放火烧柱子,柱子折断,城墙也崩塌下陷。韦孝宽随着崩塌下陷的地方,树立木栅栏来抵御敌人,敌军始终不能进城。高欢智慧勇力都陷入困顿,因而发病撤退,不久就死了。

羊侃　杨智积

侯景之围台城也[1],初为尖顶木驴来攻[2],矢石不能制。侃作雉尾炬[3],施铁镞,灌以油,掷驴上,焚之立尽。俄又东西两面起土山临城,城中惊骇。侃命为地道,潜引其土,山不能立。贼又作登城楼车,高十余丈,欲临射城内。侃曰:“车高堑虚,彼来必倒,可卧而观之,无劳设备矣!”车动果倒。贼既频攻不克,乃筑长围。朱异等议出击之[4],侃曰:“不可。贼久攻不克,其立长围,欲引城中降人耳。今击之,兵少,不足破贼;若多,万一失利,门隘桥小,自相蹂躏,必大挫衄,此自弱也!”异不从,一战败退,争桥赴水死者大半。后大雨,城内土崩,贼乘之,垂入,侃令多掷火把,为穴城以断其路[5],而徐于内筑城,贼卒不能进。未几,侃遘疾卒,城遂陷。

【注释】

①侯景之围台城:梁武帝太清二年(548),侯景叛梁,接连攻下谯州(今安徽滁州)、历阳(今安徽和县),渡江抵达采石矶,直攻建康

（今江苏南京）。石头城守军投降，于是包围台城（今南京鸡鸣山南）。台城，东晋、南朝台省（中央政府）和宫殿所在地。

②尖顶木驴：攻城器具。长一丈，径一尺多，高七尺；以木为脊，下安六脚，下阔上尖；内可容纳六人，以湿牛皮蒙住，人可躲避在内直抵城下，木石铁火不能损坏。

③侃：羊侃，字祖忻。北魏时任尚书令，抵御羌人起义，立下首功，为征东大将军，晋爵钜平侯。后归梁，授安北将军、徐州刺史，累迁都官尚书。侯景叛乱，进攻京城建康，羊侃拼死抵御，病逝台城。羊侃魁伟雄勇，膂力绝人，雅爱文史，尤好《左氏春秋》《孙吴兵法》。雉尾炬：旧有燕尾炬，以苇草编成，后部分成两股，像燕尾状，灌以油蜡，点燃后从城上投下，可以烧木驴。雉尾炬与此相似。

④朱异：字彦和，博学多艺，为梁武帝所重，累迁散骑常侍，加侍中。后贪财受贿，欺上瞒下，被朝野憎恨。侯景叛乱，即以诛杀朱异为名，围城期间，在羞愧交加中发病而死。

⑤穴城：穴，《梁书·羊侃传》作“火”，此误。

【译文】

南朝梁时侯景包围台城，刚开始用尖顶木驴去攻城，城上弓箭、炮石不能反制。羊侃制作雉尾火炬，装上铁箭头，灌上油膏，投掷到木驴上，立即把木驴全部烧毁。不久侯景又在东西两边堆起土山攻击台城，城中百姓震惊惧怕。羊侃命人挖掘地道，暗中拉走山下的土，土山不能立住。贼军又制作登城楼车，高十几丈，想从高处往下射击城内。羊侃说：“楼车高立壕沟土虚，他们来必定会倾倒，可以躺着观赏他们摔下来的样子，不用费力防备！”楼车出动果然倾倒。贼军频繁进攻而攻不下来，于是修筑很长的围墙。朱异等人商议出城攻击贼军，羊侃说：“不可以。贼军长时间进攻而不能攻克，他们修筑长围墙，想要引诱城中投降的人罢了。现在攻击他们，兵力太少，不足以击败贼军；如果兵力太多，万一战败，城门低小桥梁狭窄，自己相互践踏，必定严重挫败，这是自己削弱自己！”

朱异不听，一交战就战败退却，争抢过桥落水淹死的人有一大半。后来下大雨，城墙内侧崩塌，敌人乘机进攻，将要破城而入，羊侃命士兵大量投掷火把，为火城阻断贼军进路，而从容地在城内再修筑城墙，贼军最终不能进城。不久，羊侃患病去世，台城于是陷落。

杨智积[①]，隋文帝侄也。杨玄感反，攻城，烧城门。智积于内益薪以助火势，贼不能入。

【注释】

①杨智积：隋文帝杨坚弟弟杨整的儿子，隋朝初年承袭父爵，授同州刺史。因父亲与文帝不和，在听政之余，埋头读书，不置家财，不事交往。炀帝时，为弘农太守，把政事委任给僚佐。杨玄感反叛，设计阻止杨玄感军队西进，直到杨玄感败亡。

【译文】

杨智积是隋文帝的侄子。杨玄感起兵造反，攻击城楼，火烧城门。杨智积在城内增加木柴以助长火势，贼人不能进城。

张巡

尹子奇围睢阳[①]，张巡应机守备[②]。贼为云梯[③]，势如半虹，置精卒二百于其上，推之临城，欲令腾入。巡预于城潜凿三穴，候梯将至，一穴中出大木，末置铁钩，钩之使不得退；一穴中出一大木，柱之使不得进；一穴中出一木，末置铁笼，盛火焚之。贼又以钩车钩城上棚阁[④]，巡以大木置连锁大环，拨其钩而截之。贼又造木驴攻城，巡镕金汁灌之[⑤]。贼又以土囊积柴为磴道[⑥]，欲登城，巡潜以松明、干蒿投之[⑦]，积十余日，使人顺风持火焚之。贼服其智，不敢复攻。

【注释】

①尹子奇：安禄山部将，官封河南节度使。至德二载（757）率同罗、仆骨精兵十余万围困睢阳，多次为张巡所破。

②张巡：博通群书，精通军事。开元年间进士，初任太子通事舍人，后调清河县令、真原县令。至德二载（757）移守睢阳（今河南商丘南）。尹子奇围攻睢阳，太守许远把军政大权委托给张巡，他常用奇谋击退敌人，固守数月，救兵不至。城陷被害。

③云梯：攻城器具。以大木为底座，底部装车轮，上面装可上下仰俯的梯子。

④棚阁：今谓之敌楼。城上架木建棚，伸出城外四五尺，上有屋宇可以遮蔽风雨，战士在内可以临御外敌。

⑤镕：后作“熔”。给金、石等加热使变成液态。

⑥磴道：登城的台阶。

⑦松明：山松多油脂，劈成细条，燃以照明，叫“松明”。

【译文】

唐朝时尹子奇围攻睢阳，张巡随机应变全力守备。贼兵制造云梯，形状像半道彩虹，在上面部署二百名精锐士兵，推着靠近城墙，想要让士兵跳入城中。张巡事先在城墙上暗中挖凿三个洞，等云梯将要靠近，一个洞中伸出大木棍，末端设置铁钩，钩住云梯使它不能后退；一个洞中伸出一根大木棍，抵住云梯使它不能前进；一个洞中伸出一根木棍，末端设置铁笼，装上火焚烧云梯。贼兵又用钩车来钩城上的棚阁，张巡在大木棍上装上连锁大环，套住钩车的钩头并截断它。贼兵又制造木驴攻城，张巡把金属烧熔成汁灌烫木驴。贼兵又用装满土的布袋和堆在一起的木柴做成登城阶梯，想要登上城楼，张巡暗中将松明、干草投在柴堆中，一连十多天，又派人顺风势拿着火焚烧柴梯。贼兵佩服张巡的机智，不敢再攻城。

王禀守城

金粘没喝攻太原[①],悉破诸县,独城中以张孝纯、王禀固守不下[②]。其攻城之具,曰砲石、洞子、鹅车、偏桥、云梯、火梯[③],凡有数千。每攻城,先列克列砲三十座[④]。凡举一砲,听鼓声齐发,砲石入城者大于斗,楼橹中砲[⑤],无不坏者。赖总管王禀先设虚棚,下又置糠布袋在楼橹上,虽为所坏,即时复成。粘罕填壕之法,先用洞子,下置车转轮,上安居木[⑥],状如屋形,以生牛皮缦上,又以铁叶裹之,人在其内,推而行之,节次相续,凡五十余辆,人运土木柴薪于中。粘罕填壕,先用大板薪,次以荐覆,然后置土在上,增覆如初。王禀每见填,即先穿壁为窍,致火鞴在内[⑦],俟其薪多,即便放灯于水中,其灯下水寻木,能然湿薪;火既渐盛,令人鼓鞴,其焰亘天,至令不能填壕。其鹅车亦如鹅形,下亦用车轮,冠之以皮铁,使数十百人推行,欲上城楼。王禀于城中亦设跳楼,亦如鹅形,使人在内迎敌。鹅车至,令人在下以搭钩及绳拽之,其车前倒,又不能进。其云梯、火梯亦用车轮,其高一如城楼。王禀随机应变,终不能攻。

【注释】

①粘没喝攻太原:徽宗宣和七年(1125)底,完颜宗翰进攻太原,次年破城,围城二百六十日,军民饿死十分之八九。粘没喝,又译作“粘罕”,即完颜宗翰。在金灭辽、灭北宋时都是主要将领。

②张孝纯：当时为知府。城破后被俘，投降金人。王禀：当时为副都总管，城破后投汾水而死。

③洞子：一种攻城器具。又叫“洞屋”。一个接一个，中间相通，犹似坑道。前面接连鹅车。鹅车：一种攻城器具。立一井形木架，中设梯档，外蒙牛皮。顶端横板如桥，高与城齐，下安轮轴。整体看去，形似大鹅，故称。攻城时，与洞子配合，分批推近城池，横板搭上城头，士卒从洞子跑向鹅车，登攀而上，由桥板登城。偏桥：简陋小桥。

④克列砲：克列部所造大砲。克列，又作“克烈”，漠北强部。游牧于鄂尔浑河和土拉河流域，东邻蒙古诸部。

⑤楼橹：古代军中用以瞭望、攻守的无顶盖的高台。

⑥居木：硬木。

⑦火鞴：鼓风吹火的皮囊。

【译文】

宋朝时金将粘没喝进攻太原，各县全都被攻破，唯独城中因为张孝纯、王禀坚守而攻不下来。金人攻城的工具，有砲石、洞子、鹅车、偏桥、云梯、火梯等，总共有几千件。每次攻城时，先排列克列砲三十座。凡是发射砲石，听到鼓声同时发砲，落入城中的砲石比斗还大，中砲的瞭望台，没有不损坏的。幸好总管王禀事先设置了一层虚的栅栏，下面又放置粗布袋于瞭望台上，虽然被砲石损坏，但能立即修复。粘罕填充守城壕沟的方法，是先用洞子，下面设置车轮，上面安装硬木支撑，形状像屋一样，用生牛皮罩上，又用铁皮包裹住，人在洞子里，推着向前走，依次相连，共五十多辆，金兵可在其中运送土木柴薪。粘罕填充壕沟，先用大板木柴，再用草席覆盖，然后在上面填沙土，接着再像这样覆盖。王禀每次见金人填沟，就先穿墙挖洞，在内部放置吹火皮囊，等到金兵堆放的木柴很多了，就在壕沟水中放置油灯，油灯下水碰到木头，能点燃湿木柴；火力逐渐旺盛，就命人鼓动皮囊扇火，火焰冲天，让金兵无法再填壕沟。金兵的鹅车也像鹅的形状，下面也安装车轮，用牛皮铁皮包裹，由几十上百人推动前进，想要利用鹅车登上城楼。王禀在城内也设置跳楼，也像鹅的形状，派士兵在里面迎击敌军。鹅车到了，命人在下面用搭钩和绳子拽住它，鹅车向前倾倒，不能前进。金人的云梯、火梯也用车轮，高度跟城楼一样。王禀根据情况灵活应对，金兵始终不能攻克。

孟宗政

孟宗政权枣阳军①。金完颜讹可拥步骑薄城②，宗政囊糠盛沙以覆楼棚③，列瓮潴水以堤火④。募砲手击之，一砲辄杀数人。金人选精骑二千，号“弩子手”，拥云梯、天桥先登⑤。又募凿银矿石工，昼夜陷城⑥，运茅苇，直抵围楼下，欲焚楼。宗政先毁楼，掘深坑防地道，创战棚防城陨⑦。穿井才透，即施毒烟烈火，鼓鞴以熏之，金人窒以湿毡，析路以刳土⑧，城颓楼陷，宗政撤楼益薪⑨，架火山以绝其路。列勇士，以长枪劲弩备其冲。距楼陷所亟筑偃月城⑩，袤百余尺⑪，翼傅正城⑫，深坑培仞⑬，躬督役，五日而成。金人卒不得志。

【注释】

①孟宗政：字德夫，岳飞部将孟林之子。少从父抗金，豪伟有胆略。开禧年间以抗金有功补枣阳令。后连败金军，又援枣阳解围，以功兼权枣阳军节度使。官至荆鄂都统制。权：暂时代理。枣阳军：治今湖北枣阳。

②完颜讹可：金军将领。

③楼棚:城上的棚阁。用于防守。

④潴:蓄积。堤火:防火。堤,用同“提”。

⑤天桥:攻城用的桥形木架。

⑥陷城:在城外挖掘地道,让城墙塌陷。

⑦战棚:防守用的活动棚屋。

⑧析路:分路。刳土:挖土。

⑨撤楼:拆除围楼。

⑩距楼陷所亟筑偃月城:《宋史·孟宗政传》“楼陷所”后有“数丈”二字,意思更明确。偃月城:半月形城墙。

⑪袤:长。

⑫翼傅:从侧面辅助。

⑬培仞:《宋史·孟宗政传》作“倍仞”。古代七尺或八尺为一仞。倍仞即十五六尺。

【译文】

宋朝时孟宗政代理掌管枣阳军。金军将领完颜讹可率步、骑兵逼近枣阳城,孟宗政用袋子装盛糠、沙覆盖在楼棚上,摆开陶瓮储水以防火。招募砲手射击金兵,一砲就能击杀几个人。金人精选两千精锐骑兵,号称“弩子手”,拥着云梯、天桥先来登城。又招募开凿银矿的采石工人,日夜挖掘地道想让城墙塌陷,又运来茅草,直接抵达围楼之下,想要焚烧围楼。孟宗政先拆毁围楼,挖掘深坑防止金人由地道攻城,设立活动棚屋以防城墙塌陷。金兵才刚挖好地道,孟宗政命人立即施放毒烟大火,鼓动皮囊以烟熏金兵,金兵用湿毡子来堵塞,分路挖土,城墙倾颓楼台下陷,孟宗政拆除城楼,派人增加木柴,架起火山以断绝金兵道路。排列勇士,以长枪劲弩防备金兵冲杀。在距离城楼塌陷的地方几丈处快速修筑偃月城,长一百多尺,在一侧辅助正城,挖掘深达十五六尺的坑道,孟宗政亲自督工,五天就完成了。金人始终无法如愿攻城。

刘馥

刘馥为扬州刺史[①]，高为城垒，多积木石，编作草苫数千万枚[②]，益贮鱼膏数千斛，为战守备。边批：预备有用。建安十三年[③]，孙权十万众攻围合肥城百余日。时天连雨，城欲崩，于是以苫蓑覆之，夜然脂照城外，视贼所作而为备，贼破走。

【注释】

①刘馥：字元颖。汉献帝建安初，为曹操辟为掾，不久，又表为扬州刺史。任内，立州治、设学校、广屯田，兴水利，归附他的百姓数以万计。扬州：东汉建安年间，扬州移州治于合肥，即今安徽合肥。

②草苫：草垫。

③建安十三年：208年。

【译文】

刘馥为扬州刺史时，高筑城墙营垒，多积存木石，编织草垫几千万张，又贮存鱼膏几千斛，为战争做防备。边批：预备有用。建安十三年，孙权十万大军围攻合肥城一百多天。当时天气连日下雨，城墙快要崩塌，于是刘馥命人用草垫蓑衣覆盖城墙，夜晚点燃油脂照亮城外，察看贼军的行动而做防备，贼军败退。

盛昶

盛昶为监察御史[①]，以直谏谪罗江县令[②]，为政廉明，吏畏而民信之。时邑寇胡元昂啸集称叛，昶进檄谕散其党。邻邑德阳寇赵铎者[③]，僭称赵王，所至屠戮。攻成都，官军覆陷，杀汪都司[④]，势叵测。罗江故无城，昶令引水绕负县田[⑤]。边批：以水为城，亦一法。昼开四门，市中各闭户，藏兵于内，约砲响兵出。又伏奇兵山隈[⑥]。阳示弱，遣迎贼。入室未半，昶率义勇士闻砲声，兵突出，各横截贼。贼不相救，山隈伏兵应声夹攻，殊死斗，贼大北，斩获不记数，俘获子女财物尽给其民，邑赖以完。父老泣曰："向微盛公，吾属俱罹锋镝矣[⑦]！"

【注释】

①盛昶：字允高。明景泰年间进士，得御史职，曾请求免除山东百姓赋税，出京巡察广东，弹劾巡抚失职。因为直谏被贬为罗江县令，后升任叙州知府。

②罗江县：今四川罗江。

③德阳：今四川德阳。在罗江南。

④都司：明朝为都指挥使司的简称。四川、云南土官中亦设有，称为土都司。

⑤负县：近县，挨着县城。

⑥山隈（wēi）：山的弯曲处。隈，山水弯曲隐蔽处。

⑦锋镝：刀刃和箭镞。借指战争。

【译文】

盛昶为监察御史时，因直言上谏被贬为罗江县令，他为官廉洁清明，官吏敬畏而百姓信赖他。当时罗江县贼寇胡元昂结伙叛乱，盛昶发文书晓谕贼寇解散党羽。邻县德阳的贼寇赵铎，妄称自己为赵王，所到之处，大行杀戮。赵铎攻打成都，官军大败，赵铎杀了汪都司，形势不可预测。罗江县本没有城墙，盛昶命人引水环绕近县的田地。边批：用水为城，也是一种方法。白天打开四边大门，集市中各家紧闭门户，把士兵埋伏在里面，约定听到炮声士兵就出击。又在山弯里埋伏奇兵。他表面上示弱,派人迎接贼兵。贼人进城不到一半,盛昶率领勇士,听到炮声,市中伏兵突然出击,各自从中拦截叛贼。贼寇首尾不能相救,山弯埋伏的士兵听到声音就来夹攻,与贼兵殊死搏斗,贼兵大败,斩杀、俘获不计其数。俘虏的子女、收获的财物全部分给罗江百姓,罗江县靠着盛昶得以保全。县里百姓流着泪说:"如果没有盛公,我们都要死于贼寇之手了!"

许逵

许逵①,河南固始人,令乐陵,期月,令行禁止。时流贼势炽②,逵预筑城浚隍③,贫富均役,边批:要紧。逾月而成。又使民各筑墙,高过屋檐,仍开墙窦如圭④,仅可容一人。家令一壮丁执刀,俟于窦内,其余人皆入队伍。令曰:"守吾号令,视吾旗鼓,违者从军法。"又设伏巷中,洞开城门。未几,贼果至,火无所施,兵无所加。旗举伏发,尽擒斩之。

【注释】

①许逵:字汝登。明正德间进士。任乐陵知县。以镇压刘七等农民起义军功迁兵备佥事,擢升江西按察司副使,裁抑宁王朱宸濠党羽。朱宸濠反叛,被杀。

②流贼:此指刘七起义军。

③隍:护城河。

④圭:玉制礼器,上尖下方。古代帝王、诸侯举行隆重仪式时所用。

【译文】

许逵是河南固始人,他在任乐陵县令时,只用一个月,就让乐陵县做到了令行禁止。当时流寇势头正旺,许逵想预先修筑城墙,疏浚护城河,无论贫富都要服役,边批:要紧。一个多月完工。他又让百姓各自修筑院墙，院墙要高过屋檐，墙上还开一个上尖下方的小孔，只能容纳一个人。各家命令一个壮丁拿着刀，躲在这个洞里，剩下的人都编入军队。他下令说："遵守我的号令，看我的旗帜、听我的鼓声行事，违反的人按照军法治罪。"他又在巷子里设下埋伏，然后大开城门。不久，流寇果然来了，他们没办法放火，也没办法用兵。许逵举起旗帜，伏兵突然冲出，将贼寇全部擒获斩杀。

愚谓：近城要地，皆当仿此立墙，可使寇不临城矣。

【译文】

我认为：靠近城池的重要地方，都应该仿照许逵这样修建城墙，可以让贼寇不靠近城池。

王濬　王彦章

吴人于江碛要害处[①]，并以铁锁横截之；又作铁锥，长丈余，暗置江中，以逆拒舟舰。濬作大筏数十万[②]，令善水者以筏先行，遇铁锥，锥辄着筏而去。又作大炬，灌以麻油，遇锁燃炬烧之，须臾，镕液断绝，舟行无碍。

【注释】

①吴人：三国时吴国人。江碛：长江水浅有沙石的地方。

②濬：王濬，字士治。出身世家，博学多闻，多谋善战。泰始八年（272），任广汉太守，平定益州叛乱，迁益州刺史。咸宁六年（280），率兵顺流而下，熔毁横江铁链，攻克丹阳郡，攻取石头城，接受吴末帝孙皓投降，完成西晋统一大业。拜辅国将军、步兵校

尉，册封襄阳侯。数十万：《晋书·王濬传》作“数十”，按理“数十万”有误。

【译文】

三国时吴国人在长江水浅有沙石的险要地方，用铁锁链横着拦截起来；又制造铁锥子，长一丈多，暗中放置在江水中，来阻挡船舰通行。王濬命人制作几十只大竹筏，命令善于游水的士兵划着竹筏在前面先走，遇到铁锥，铁锥就插在竹筏上飘流而去。又命人制作大火把，灌上麻油，遇到铁链就点上火燃烧它，片刻之间，铁链熔成铁水断绝，船舰通行无阻。

晋王尽有河北①，以铁锁断德胜口②，筑河南、北为两城③，号“夹寨”。王彦章受命至滑州④。他置酒大会，阴遣人具舟于杨村，命甲士六百人，皆持巨斧，载冶者，具鞴炭，乘流而下。彦章会饮酒半，佯醉，起更衣，引精兵千，沿河以趋德胜。舟兵举火镕锁，因以巨斧斩断浮桥，而彦章引兵急击南城，遂破之。

【注释】

①晋王：李存勖。

②德胜口：德胜渡，在今河南濮阳，为黄河重要渡口。

③筑河南、北为两城：北城即今濮阳，在黄河北岸，南城在南岸。

④王彦章：字贤明（一作子明）。因持一铁枪，故军中号“王铁枪”，以骁勇闻名。后梁末帝时为澶州刺史，屡立战功，北面行营副招讨使，深为李存勖父子所畏忌。后在与后唐军战斗中战败被擒，不屈被杀。滑州：今河南滑县，在梁都汴梁（今河南开封）北二百余里。

【译文】

五代时晋王李存勖拥有全部河北之地，用铁锁截断德胜口，在黄河南、北建造两座城池，号称“夹寨”。王彦章奉命到滑州御敌。他置办酒食大宴将领，暗中派人在杨村准备舟船，命六百士兵，都手持巨斧，载着冶炼工匠，备好鼓风囊和木炭，顺流而下。王彦章等酒喝到一半，假装喝醉，起来上厕所，率领一千精兵，沿着河边奔向德胜口。船上士兵点火烧熔锁链，接着用巨斧砍断浮桥，王彦章率兵急攻南城，于是攻破了它。

韩世忠

世忠与兀术相持于黄天荡①，以海舰进泊金山下②，预用铁绠贯大钩，授骁健者。明旦，敌舟噪而前。世忠分海舟为两道，出其背，每缒一绠，则拽一舟沉之。兀术穷蹙。

【注释】

①黄天荡：在今江苏南京东北。建炎四年（1130），韩世忠与兀术在此相持。

②海舰：也叫“海舟”。宋代水军中用于航海作战的大型风帆船。甲板宽平，底尖如刃，每船十橹，大桅高十丈，每舰水手六十人。金山：原在江苏镇江大江中，今已与岸相接。

【译文】

宋朝名将韩世忠与金兀术在黄天荡相持，韩世忠把海舰停泊在金山下，事先用铁链贯穿大铁钩，交给勇猛强健的士兵。第二天早上，金兵船舰呐喊前进。韩世忠把海舰分成两队，绕到敌舰背后，每悬下一条铁链，就拖拽一艘敌船弄沉它。金兀术困厄而败。

嘉靖间，倭寇猖獗吴郡，亦有黄天荡之捷[1]。时贼掠民舟，扬帆过荡，官军无敢抗者。乡民愤甚，敛河泥船数十只追之，以泥泼其船头。倭足滑不能立，而舟人皆蹑草履，用长脚钻能及远。倭覆溺者甚众。

【注释】

①黄天荡之捷：黄天荡有两处，此处为今苏州附近的黄天荡。

【译文】

嘉靖年间，倭寇在吴郡一带很猖獗，也曾有过一次黄天荡大捷。当时倭寇抢夺民船，开船经过黄天荡，官军没有敢抵抗的。乡民极为愤恨，就约集几十只河泥船追击贼船，用河泥泼贼船的船头。倭寇脚滑不能站立，而船夫都穿着草鞋，用长脚钻能够刺到远处。倭寇翻船溺水的人很多。

船置草

杨素袭蒲城[1]，夜至河际，收商贾船，得数百艘，置草其中，践之无声，遂衔枚而济。

【注释】

①杨素袭蒲城：此为北周武帝时的事情，杨素当时为车骑大将军，征伐北齐。蒲城，在今陕西蒲城。

【译文】

杨素突袭蒲城，夜晚来到河边，收买商人船只，得到几百艘，在船中放上草，踩上去没有声音，于是士兵衔枚悄悄渡了河。

破铁铠

马隆讨树机能[①]。虏兵劲，皆负铁铠。隆于夹道累磁石，贼行不得前。而隆卒悉被犀甲，无所留碍，遂大破之。

【注释】

①马隆讨树机能：参见卷二十二“马隆”条。

【译文】

马隆征讨秃发树机能。鲜卑士兵强悍，都身穿铁制铠甲。马隆在道路两侧堆放磁石，贼兵行军无法前进。而马隆的士兵都穿着犀牛皮盔甲，没有阻碍，于是大败贼兵。

柴断险道

周瑜使甘宁前据夷陵[①]。曹仁分众围宁，宁困急请救。蒙说瑜分遣三百人[②]，柴断险道，贼走可得其马。瑜从之。军到夷陵，即日交战，所杀过半。敌夜遁去，行遇柴道，骑皆舍马步走。兵追蹙之，获马三百匹。

【注释】

①周瑜使甘宁前据夷陵：此为建安十三年（208）赤壁之战后的事情。甘宁，字兴霸。先依附刘表，后归吴。跟随周瑜破曹操，攻曹仁，拜西陵太守。时称“江表虎臣”。夷陵，今湖北宜昌。

②蒙：吕蒙，当时为横野中郎将。

【译文】

三国时周瑜派甘宁前去占据夷陵。曹仁分兵包围甘宁，甘宁困顿危急请求支援。吕蒙劝周瑜分别派遣三百人,用木柴阻断险道,敌兵逃跑时可以获得他们的马匹。周瑜听从了吕蒙的建议。吴军到了夷陵,当天就交战,杀死曹军超过一半。敌军夜里逃走,行军遇到木柴堆积的险道,骑兵都舍弃马匹步行逃跑。周瑜的士兵追逼敌军,俘获三百匹马。

纵烟 二条

一

隋兵与陈师战,退走数四,贺若弼辄纵烟以自隐[①]。

【注释】

①贺若弼:字辅伯。隋初,任吴州总管。灭陈之战,为大将,与韩擒虎夹攻建康(今江苏南京)。以功进位上柱国,官至右武候大将军。他居功自恃,终被炀帝所杀。

【译文】

隋军与陈国军队交战,屡次败退,隋朝大将贺若弼就释放烟雾以隐蔽自己。

二

哥舒翰追贼入隘道[①]。贼乘高下木石,击杀甚众。翰以毡车驾马为前驱,欲以冲贼。会东风暴急,贼将崔乾祐以草车数十乘,塞毡车之前,纵火焚之。烟所被,官军不能开目,妄自相杀。

【注释】

①哥舒翰追贼入隘道:唐天宝十四载(755),安禄山反叛,唐玄宗派

哥舒翰守潼关。次年，玄宗用杨国忠的建议，逼哥舒翰出潼关。在灵宝遇到安禄山大将崔乾祐。崔乾祐出兵不过万人，诱使几万官军进入险阻狭窄的小路。

【译文】

哥舒翰追杀贼兵进入险阻狭窄的小路。贼军在高处向下投掷木石，击杀很多官军。哥舒翰以毡车驾着马做先锋，想要冲击贼军。赶上东风猛烈急速，贼军将领崔乾祐用几十辆装草的马车，横阻在毡车前面，放火焚烧草车。烟雾弥漫，官军睁不开眼睛，胡乱自相残杀。

李勣

薛延陀教习步战[①]，每五人，以一人经习战阵者使执马，而四人前战，克胜，即援马以追奔；失于应接，罪至死，没其家口，以赏战人。及入寇，李勣拒之[②]。延陀弓矢俱发，伤我战马。勣令去马步战，率长矟数百为队[③]，齐奋以冲之，其众溃散。薛万彻率数千骑[④]，收其执马者。众失马，莫知所从，遂大败。

【注释】

①薛延陀：古代民族名、政权名。隋末唐初的铁勒十五部之一。其族由薛部和延陀部组合而成，因号为薛延陀部。其风俗大抵同于突厥。唐初，为西突厥附庸，侵扰唐边境。唐太宗破突厥，授薛延陀首领为可汗，统领漠北回纥诸部。贞观二十年（646），唐朝利用其国内乱，遂联合回纥等一举将其破灭，并于其地设置羁縻府州。

②李勣：即徐世勣，字懋功，赐姓李，高宗时避讳去掉“世”字。

③长矟（shuò）：长矛，槊。

④薛万彻：初事太子李建成，玄武门事变后逃入南山，太宗屡次遣人招谕始出。贞观三年（629），以行军总管从李靖击破突厥颉利可汗，后又副李勣击薛延陀。高宗时，因与房遗爱谋反被杀。

【译文】

唐朝时薛延陀教授步战，每五个人，让一个熟习战阵的人牵着马，而四人在前面作战，打胜了，立即上马追击；如果失去接应，按罪要处死，没收口粮、家眷，以赏给其他战士。等到薛延陀入侵大唐时，李勣率军抵御。薛延陀的军队一起发射弓箭，射伤唐军战马。李勣命士兵下马步行战斗，拿着长矛几百人为一队，齐力奋进以冲击敌军，敌人兵众溃散。薛万彻率领几千名骑兵，俘获敌军牵马的士兵。贼人兵众失去马匹，不知跟随何人作战，于是大败。

拐子马　铁浮图

兀术有劲兵，皆重铠，贯以韦索[①]，三人为联，名“拐子马”，又号长胜军。每于战酣时，用以攻坚，官军不能当。郾城之役[②]，以万五千骑来。岳飞戒兵率以麻扎刀入阵，勿仰视，但斫马足。拐子马相连，一马仆，二马不能行。官军奋击，大败之。

【注释】

①韦索：皮革所制的绳索。

②郾城之役：绍兴十年（1140）五月，金人破坏和议，完颜宗弼（兀术）率大军南侵。七月，岳飞大军在颍昌，命诸将分道出战，自己以轻骑驻扎郾城（今河南漯河西），兵势十分勇猛。兀术以为将帅们容易打败，唯独岳飞不可抵挡，想要诱来岳飞的军队，合力一

战。岳飞于是打败他。

【译文】

金兀术有精锐的部队，都身穿重铠甲，用皮绳相连，三个人为一联，名为“拐子马”，又号称长胜军。每次在战斗激烈时，用来攻击强兵或坚固工事，官军无法抵挡。郾城之战，金兀术率一万五千骑兵来袭。岳飞命士兵用麻扎刀冲入敌阵，不可抬头向上看，只须低头砍马脚。拐子马三马相连，一马倒地，另外两匹马也不能前进。官军奋力攻击，大败金兵。

慕容绍宗引兵十万击侯景[①]，旗甲耀日，鸣鼓长驱而进。景命战士皆被甲，执短刀，入东魏阵，但低视，斫人胫马足。边批：此即走板桥戒勿旁视之意。飞不学古法，岂暗合乎？

【注释】

①慕容绍宗：初从尔朱氏，尔朱兆败，归降高欢，东魏时为尚书左仆射。侯景造反，慕容绍宗在涡阳讨伐侯景，被侯景打败。

【译文】

东魏慕容绍宗率兵十万攻击侯景，旌旗盔甲光辉映日，敲着战鼓迅速前进。侯景命士兵都披上盔甲，手持短刀，冲入东魏军阵，只管低头看，砍人小腿和马脚。边批：这就是走在板桥上命令不要向旁边看的用意。岳飞不学习古人阵法，难道是暗合吗？

兀术有牙兵[①]，皆重铠甲，戴铁兜牟[②]，周匝缀长檐，三人为伍，贯以韦索，号“铁浮图”。顺昌之役[③]，方大战时，兀术被白袍，乘甲马，以三千人来。刘锜令壮士以枪摽去其兜牟[④]，大斧断其臂，碎其首。

【注释】

①牙兵：亲兵。

②兜牟：头盔。

③顺昌之役：1140年，兀术亲自率领的金军主力进攻顺昌（今安徽阜阳），刘锜指挥军民坚守城邑，打退了金军。此战是金军南侵以来遭到的最重大的惨败之一。

④摽（biāo）：刺、挑。

【译文】

金兀术有牙兵，都穿重铠甲，戴铁头盔，周围缀有长边，三个人为一伍，用皮绳贯连，号称“铁浮图”。顺昌之役，正当大战时，金兀术身披白袍，骑着披甲的战马，率领三千人来攻。刘锜命令勇士用枪挑去金兵的头盔，用大斧头砍断金兵的手臂，剁碎金兵的脑袋。

钱传瓘

吴越王镠遣其子传瓘击吴[①]。吴人拒之，战于狼山[②]。吴船乘风而进，传瓘引舟避之。既过，自后随之。边批：反逆为顺。吴回船与战，传瓘使顺风扬灰，吴人不能开目。及船舷相接，传瓘使散沙于己船，而散豆于吴船。豆为战血所渍，吴人践之皆僵仆。因纵火焚吴船，吴兵大败。

【注释】

①吴越王镠遣其子传瓘击吴：919年，钱传瓘当时为节度副大使，率战舰五百艘攻击吴国。传瓘，钱传瓘，钱镠第七子。钱镠死，承嗣吴越王，改名元瓘，善抚将士，好儒学，性奢侈。

②狼山：在今江苏南通。

【译文】

吴越王钱镠派儿子钱传瓘攻击吴国。吴国人抵御他，两军大战于狼山。吴国的船舰乘风前进，钱传瓘移开船躲避他们。吴国的船舰开过后，就率船舰从后面紧跟他们。边批：反逆风为顺风。吴国人调转船头与钱传瓘交战，钱传瓘命人顺着风势散扬灰土，吴国人睁不开眼睛。等到两军的船舷相接，钱传瓘命士兵在自己的船上洒沙，却在吴军的船上洒豆。豆子被战斗的血水浸泡，吴国人踩上去都摔倒在地。于是放火烧了吴船，吴军大败。

杨璇

杨璇为零陵太守①。时苍梧、桂阳贼相聚攻郡县，贼众多而璇力弱，吏忧恐。璇乃特制马车数十乘，以排囊盛石灰于车上②，系布索于马尾，又为兵车，专彀弓弩③。克期会战④，乃令马车居前，顺风鼓灰。贼不得视，因以火烧布，布然马惊，奔突贼阵。后车弓弩乱发，钲鼓鸣震⑤，群盗骇散，追逐伤斩无数，枭其渠帅，郡境以清。

【注释】

①杨璇：字机平。初举孝廉，灵帝时为零陵太守。迁勃海太守，有殊绩。后征拜尚书仆射，以病乞还，卒于家。

②排囊：鼓风用的皮囊。

③彀：张满弓弩。引申为发射。

④克期：约定日期。

⑤钲鼓：钲和鼓。古代行军时用以指挥进退、动静的两种乐器。

【译文】

东汉杨璇为零陵太守。当时苍梧、桂阳的贼寇聚集攻打郡县。贼兵势力大而杨璇兵力薄弱，官员们都忧心恐惧。杨璇于是特制了几十辆马车，以鼓风用的皮囊装满石灰放在车上，在马尾系上布条，又造兵车，专门发射弓弩。约定日期交战，就让马车在前面，顺着风势扬撒石灰。贼人张不开眼睛，接着用火烧马尾上的布条，布条燃起战马受惊，横冲直撞地奔向贼人军阵。后车的弓弩乱箭发射，钲鼓响天震地，贼众惊骇四散，官军追击，杀伤砍死不计其数，斩杀贼人首领悬挂他的人头示众，全郡境内恢复平静。

竹筒

刘锜顺昌之战，戒甲士带一竹筒，其中实以煮豆，入阵则割弃竹筒，狼籍其豆于下[1]。虏马饥，闻豆香，低头食之，又多为竹筒所滚，脚下不得地，以故士马俱毙。

【注释】

①狼籍：狼藉。散乱的样子。

【译文】

刘锜在顺昌之战时，告诫士兵每人带一个竹筒，筒中装满煮好的豆子，冲入敌军阵地后就割开丢弃竹筒，把豆子胡乱撒在地上。金兵的马匹饿了，闻到豆香，就低头吃豆子，又多被竹筒滚滑，脚下不能着地站稳，因此士兵马匹全都倒毙。

毕再遇尝引敌与战[1]，且前且却，至于数四，视日已晚，乃以香料煮黑豆布地上，复前搏战，佯败走。敌乘胜追逐，其马已饥，闻豆香，就食，鞭之不前。我师反攻之，遂大胜。

【注释】

①毕再遇：字德卿，一作德清。善挽强弓。开禧北伐起，率敢死军为前锋，克泗州东西两城，复败金军于灵璧（今属安徽）。以功为左骁卫将军。金军攻淮，奉命援楚州，解楚州之围。为镇江都统制兼知扬州，淮东安抚使。

【译文】

毕再遇曾经引诱敌人与他交战，边战边退，打了好几仗，见天色已晚，就命人用香料煮黑豆撒在地上，又前进拼杀战斗，佯装败退。敌军乘胜追击，他们的马已经饿了，闻到豆子香，就低头吃豆，鞭打它们也不前进。我军返回来攻击敌军，于是大胜。

假兽 四条

一

鲁庄公十年，齐师、宋师次于郎[①]。公子偃曰[②]："宋师不整，可败也。宋败齐必还。"乃自雩门窃出[③]，蒙皋比而先犯之[④]，大败宋师，齐师乃还。

【注释】

①齐师、宋师次于郎：两国军队驻扎在郎地以讨伐鲁国。次，军队驻扎。郎，鲁邑，在曲阜附近。

②公子偃：鲁国大夫。

③雩门：鲁国南城西门。窃出：未经鲁君允许而私自出击。

④皋比：虎皮。

【译文】

鲁庄公十年，齐、宋两国军队驻扎在郎地准备讨伐鲁国。鲁国大夫公子偃说："宋军军纪不严整，可以打败他们。宋军战败，齐军必定撤退。"于是从南城西门私自出击，给马蒙上虎皮先袭击宋军，大败宋军，齐军于是撤退。

城濮之战，胥臣蒙马以虎皮[1]，先犯陈、蔡，本此。

【注释】

①胥臣：春秋时晋国大夫。胥氏，名臣，字季子，因食邑于臼，故又称"臼季"，为司空之官，又称"司空季子"。晋文公时任下军佐。

【译文】

城濮之战时，胥臣把虎皮蒙在马身上，先进犯陈，蔡二国，就是源于此事。

二

魏主为南阳太守房伯玉所败，乃自引兵袭克宛[1]。伯玉婴内城拒守[2]。宛城东南有桥，魏主过之。伯玉使勇士数人衣班衣[3]，戴虎头帽，伏窦下，突出击之，魏主人马俱惊。

【注释】

①魏主为南阳太守房伯玉所败，乃自引兵袭克宛：495年北魏将领薛真度攻南阳被房伯玉打败，497年北魏孝文帝亲征南阳，攻克外城。魏主，北魏孝文帝元宏。房伯玉，北魏献文帝时为河间太守，后投南齐为南阳太守。495年，北魏军进攻沔北，他坚守南阳，击退魏军。498年，孝文帝克南阳，遂降。宣武帝时，出为冯翊相。

为人果敢有将略。宛，今河南南阳。

②婴：围绕，环绕。

③班衣：虎皮花纹的衣服。班，虎。

【译文】

魏主因薛真度所率部队被南阳太守房伯玉打败，就亲自率兵攻打宛城。房伯玉围绕内城据城坚守。宛城东南有座桥，魏主经过这座桥。房伯玉派几名勇士穿着虎皮花纹的衣服，戴着虎头帽，埋伏在桥洞下，突然冲出攻击他，魏主人马都大为惊惧。

三

檀和之等攻林邑①。林邑王倾国来战，以具装被象②，前后无际。宗悫曰③："吾闻外国有狮子，威服百兽。"乃制其形，与象相拒。象果奔走，遂克林邑。

【注释】

①檀和之等攻林邑：446年，林邑王范阳迈父子屡次攻扰南朝刘宋边境，宋派檀和之、宗悫等讨伐。当年平定，范阳迈逃跑。檀和之，元嘉中任龙骧将军、交州刺史。败林邑王，率军攻魏济州（治今山东茌平西南）。历任雍、豫、南兖诸州刺史。后坐罪免官禁锢。林邑，南海古国名，五代时称占城，在今越南中南部。

②具装：马的铠甲。此指铠甲。

③宗悫（què）：字元幹。少有大志，称"愿乘长风破万里浪"。元嘉中以振武将军随交州刺史檀和之克林邑，收其异宝杂物，一无所取，帝甚嘉之。刘劭杀文帝自立，他以南中郎谘议参军随刘骏（孝武帝）出兵击杀劭。孝武帝即位，为左卫将军，累迁豫州刺史监五州诸军事。前废帝时，任雍州刺史。

【译文】

南朝时檀和之等人攻打林邑国。林邑王倾尽全国兵力来应战，以铠甲披在大象身上，象阵前后绵延无边。宗悫说："我听说外国有狮子，能威服百兽。"于是命人造了狮子的形状，与象阵对抗。象群果然逃走，于是平定林邑国。

四

朱滔围深州[①]。李惟岳以田悦援兵至[②]，惟岳将王武俊以骑三千[③]，方阵横进。滔绘帛为狻猊象[④]，使猛士百人蒙之，鼓噪奋驰。贼马惊乱，因击破之。

【注释】

①朱滔围深州：唐德宗建中二年（781），成德李惟岳、魏博田悦、淄青李正己三藩镇连兵抗命。卢龙节度使朱滔奉命讨伐李惟岳，次年，朱滔与成德将张孝忠在束鹿（今河北束鹿东北）攻破李惟岳，于是进军围攻深州。朱滔，继兄朱泚为卢龙节度使。以讨李惟岳功，领节度，赐德（今属山东）、棣（治今山东惠民）二州。旋与田悦、王武俊等叛，自称冀王。朱泚据长安称帝，得为皇太弟。攻占田悦所据贝州（治今山东临清东北），又为王武俊、李抱真所败，降唐。深州，德宗时治陆泽县（今河北深州东南）。

②李惟岳以田悦援兵至：按，此李、田所至为束鹿，非深州。《旧唐书·朱滔传》说：朱滔包围深州后，李惟岳就率一万多兵众及田悦援兵包围束鹿。此处省略失当，以致文意不明。李惟岳，成德节度使李宝臣子。建中二年（781），父死，军中推为留后，求袭父位，朝廷不允。乃勾结魏博田悦、淄青李正己共拒朝命。次年，被部将王武俊所杀。田悦，时为魏博节度使。

③王武俊：字元英。初为恒州刺史李宝臣部将，劝宝臣降唐，宝臣死，从其子惟岳叛唐。建中三年（782），杀惟岳降唐，任恒州刺史、恒冀都团练观察使。后又与朱滔、田悦联合叛唐，自称赵王。兴元元年（784）降唐，封琅邪郡王及检校兵部尚书、成德军兼幽州、卢龙两道节度使等职。朱滔反叛，同李抱真共击之，因破敌之功受封赏甚厚。

④狻猊（suān ní）：古代神话中的神兽，形似狮子。

【译文】

唐朝时朱滔包围深州。李惟岳因为田悦的援兵来到，包围了束鹿。李惟岳的部将王武俊以骑兵三千人，列成方阵勇猛推进。朱滔在丝帛上画上狻猊像，命一百猛士蒙上，击鼓大叫奋力疾驰。贼军马匹惊慌错乱，于是打败贼军。

师马　师蚁

齐桓公伐山戎[①]，道孤竹国[②]，前阻水，浅深不可测。夜黑迷失道，管仲曰："老马善识途。"放老马于前而随之，遂得道。行山中无水。隰朋曰[③]："蚁冬居山之阳，夏居山之阴。蚁壤一寸而仞有水[④]。"乃掘地，遂得水。以管仲之圣而隰朋之智，不难于师老马与蚁，今人不知以其愚心而师圣人之智，不亦过乎[⑤]！

【注释】

①齐桓公伐山戎：山戎伐燕，燕告急于齐，所以齐桓公讨伐它。事在鲁庄公三十年（前664）。山戎，古代北方民族名，又称北戎，匈奴的一支。活动地区在今河北北部。

②孤竹国：古国名，在今河北卢龙到辽宁朝阳一带。

③隰朋：春秋时齐国大夫。齐庄公曾孙。与管仲、鲍叔牙等辅佐齐桓公，齐国大治。管仲病重时荐他自代，与管仲同年死。

④蚁壤：犹蚁穴。仞：古代计量高度的单位，八尺为一仞。

⑤“以管仲之圣而隰朋之智”几句：按，此条引自《韩非子》，这是韩非所发议论。

【译文】

齐桓公攻打山戎，路过孤竹国，前面有水阻挡，深浅不可估量。夜里天黑迷了路，管仲说：“老马善于认路。”就放开老马在前面走而自己跟着它，最终找到了路。走到山里时没有了饮水。隰朋说：“蚂蚁冬天住在山南边，夏天住在山北边。蚁穴一寸而地下八尺就有水。”于是掘地，就找到了水。以管仲的聪明和隰朋的智慧，不难师法老马和蚂蚁，现在人却不懂得以自己愚笨的心去学习圣人的智慧，不也是错误吗？

古圣开天制作，皆取师于万物，独济一时之急哉！

【译文】

古代圣人开天辟地、制礼作乐，都向万物取法，难道仅仅是救一时的急难吗！

无底船

襄城之围[①]，张贵为无底船百余艘[②]，中竖旗帜，各立军士于两舷以诱之。敌皆竞跃以入，溺死者万余。亦昔人未有之奇也。

【注释】

①襄城之围：南宋度宗咸淳四年（1268）始，蒙古都元帅阿术围攻宋襄阳，至咸淳九年（1273）城被攻破，共围五年。襄城，襄阳。

②张贵：咸淳八年（1272），张贵与张顺应招从汉水逆流而上，突破重围直抵襄阳城下，张顺战死，张贵入襄阳。后又率兵突围，顺流而下，迎接郢州援军。至龙尾洲（今湖北襄阳东南），为元军所袭，力战牺牲。

【译文】

宋朝时襄阳被围，张贵命人建造一百多艘没有船底的战船，中间竖立旗帜，船两侧各站立军士以引诱敌兵。敌兵竞相纷纷跳跃上船，淹死的人有一万多。这也是前人没有的奇计。

铁菱角　火老鸦

流贼犯江阴，县人以铁菱角布城外淖土中[①]，纵牲畜其间。贼争掠豕，悉陷，着菱角，不能起。擒数十人，后更不敢近城。

【注释】

①铁菱角：又名铁蒺藜，用尖锐铁片连缀成串，形如蒺藜。淖土：沼泽。

【译文】

时流贼侵犯江阴县，江阴百姓用铁菱角散布在城外的沼泽中，又驱赶牲畜到沼泽里。流贼争相捕猪，都陷在沼泽里，被铁菱角刺中，无法起来。共擒获数十贼人，这以后贼人更不敢接近江阴县了。

流贼刘七等[①]，舟泊狼山下[②]。苏人有应募献计用火攻,其名“火老鸦”[③],藏药及火于炮,水中发之。又为制形如鸟喙,持之入水,以喙钻船,而机发之,以自运转,转透船可沉。试用之,已破一船。贼骇谓:“江南兵能水中破船,是神兵也!”乃舍舟登山,遂为守兵所蹙[④]。

【注释】

①刘七:即刘宸,正德五年(1510),与其兄刘六(刘宠)联合齐彦名在京师附近发动起义,主要转战于山东、河北、河南、山西等地。正德七年(1512)自河南入湖广,刘六战死,刘七遂顺江东下,死于南通州(今江苏南通)。

②狼山:亦名狼五山,在今江苏南通。为江防要塞。

③火老鸦:祝允明《江海歼渠记》中作“水老鸦”。

④蹙:追逼,困窘。

【译文】

流贼刘七等人,将贼船停泊在狼山下。当地有应官府招募献计的人,献计用火攻,火器名叫“火老鸦”,是将火药和火藏在炮筒中,在水中发射。又把它的形状做得像鸟嘴一样,拿它放进水里,用鸟嘴在船底钻孔,机关发动,鸟嘴就会自行转动,钻透后船就可以沉。试用此计,已凿穿一艘贼船。贼人震惊,说道:“江南兵能在水中凿破船只,这是上天在帮助他们啊!”于是纷纷弃船上岸,最终被守卫的官兵围歼。

分兵　合兵

越伐吴[①],军于江南[②]。吴王军于江北。越王中分其师,为左右军,以其私卒君子六千人为中军[③]。明日将战,及昏乃令左军衔枚溯江五里以须[④],亦令右军衔枚逾江五里以须[5]。夜中，乃令左军右军鸣鼓中水以须。吴师闻之，大骇曰："越人分为二师，将以夹攻我！"乃不待旦，亦中分其师，将以御越。越王乃令其中军衔枚潜涉，不鼓不噪，以袭攻之。吴师大北，遂围吴[6]。

【注释】

①越伐吴：在鲁哀公十七年（前478）。

②江：指今吴淞江。

③私卒君子：君王军队中所亲近的贤良之士。

④溯江：逆流而上，到江上游。须：等待。

⑤逾江：渡江。

⑥围吴：这次战役越国仅打败吴国，并没有围吴。围吴事在鲁哀公二十年（前475）。

【译文】

越王勾践率军攻打吴国，驻扎在吴淞江以南。吴国军队驻扎在江北。越王把他的军队分开，为左、右两军，又用他所亲近的贤良之士六千人作为中军。第二天两军将要交战，等今天黄昏时，勾践就命令左军口中衔枚溯流到吴淞江上游五里处待命，也命令右军同样不许出声渡江五里后待命。半夜时分，勾践命令左、右军在水中央击鼓，但不攻击。吴军听到鼓声，十分惊惧，说："越国人分为两路军队，将要来夹击我军。"于是不等到天亮，也分开军队，准备抵御越国。越王勾践于是命令他的中军口中衔枚悄悄渡河，不击鼓不吵闹，袭击吴军。吴军大败，于是越国围困吴国。

桓温伐汉[1]。议者欲分为两军，异道俱进，以分敌势。袁乔曰[2]："今悬军深入[3]，当合势力，以取一战之捷。万一偏败，大事去矣！”乃全军而进，弃去釜甑[④]，持三日粮，以示必死。遂败汉兵，直逼成都。

【注释】

①桓温伐汉：事在东晋永和二年（346）。成汉君主李势骄奢淫逸，不理政事，加以饥荒，使成汉国势更加衰落。东晋安西将军桓温趁机出兵伐成汉。汉，此指成汉，氐族人建立的政权，都今四川成都。

②袁乔：博学有文才，为江夏相，支持桓温伐汉并担任先锋。

③悬军：孤军。

④釜甑：釜和甑。古代炊具。釜相当于锅，甑类似蒸笼。

【译文】

晋朝桓温准备讨伐成汉。有人提议想要兵分两军，从不同的道路同时向前推进，来分散敌兵的兵力。袁乔说：“现在我们孤军深入，应当集结所有兵力，争取一战而胜。假如军分两路，有一路被打败，那就大势已去了。”于是晋军全军进发，丢弃烧饭用的炊具，只带着三天的干粮，表示只有战死没有退还的决心，终于大败成汉军队，直逼成都。

分兵用其计，合兵用其锐。有分而胜者，锺会牵姜维于剑阁，而邓艾别由阴平道袭蜀是也；有合而胜者，吴夫差三万人为方阵[①]，以势攻，晋人畏之是也；有分而败者，黥布为三军，欲以相救，或言兵在散地，偏败必皆走，布不听而败是也[②]；有合而败者，兀术顺昌之战，兵集城下，太众，不能转动是也。

【注释】

①吴夫差三万人为方阵：鲁哀公十三年（前482），吴王夫差与晋定

公、鲁哀公、单平公在黄池会盟。吴、晋两国争先，事情未定，得到越王勾践率军队袭击吴国的消息。吴王既急于回国击越，又要在黄池争长，于是列士卒，每万人一方阵，三万人成三方阵。距离晋军一里地，鸣钟鼓，声振天地。晋军大惊，不敢出兵，于是让吴国为先。

②"黥布为三军"几句：据《汉书·英布传》，英布反叛，先攻击荆地，然后渡淮击楚。楚王刘交发兵，与英布战于徐、潼之间，楚分为三军，想彼此为奇兵相救。有人劝诫楚将说："英布善于用兵，百姓一直畏惧他。并且兵法说：诸侯在自己领地内作战，士卒危急时容易离散。如今分军为三，敌军打败我方一军，剩下的都逃走了，怎么能互相救援？"楚将不听。英布果然攻破一军，剩余二军四散逃走。这里"为三军"的不是英布，而是楚军。

【译文】

分散兵力用的是它的计谋，集合兵力用的是它的锐气。有因分散兵力而获胜的事例，锺会在剑阁牵制姜维，邓艾另外率军从阴平道偷袭蜀国就是这样；也有集合兵力而获胜的事例，吴王夫差以三万人为方阵，靠气势进攻，晋人畏惧就是这样；也有分散兵力而失败的事例，黥布分军队为三军，想互相救援，有人说士兵在容易离散的地方，一军溃退必然三军都败逃，黥布不听而战败就是这样；有集合兵力而失败的，金兀术在顺昌的战役，金兵结集城下，因为人数太多，以致无法灵活运动而失败就是这样。

晁错

匈奴数苦边[①]。晁错上言兵事曰："臣闻用兵临战，合刃之急有三[②]：一曰得地形，二曰卒服习[③]，三曰器用利。故兵法：'器械不利，以其卒予敌也；卒不可用，以其将予敌也；

将不知兵，以其主予敌也；君不择将，以其国予敌也。’四者兵之至要也。臣又闻以蛮夷攻蛮夷，中国之形也[4]。今匈奴地形技艺与中国异。上下山阪，出入溪涧，中国之马弗与也[5]；险道倾仄，且驰且射，中国之骑弗与也；风雨罢劳，饥渴不困，中国之人弗与也；此匈奴之长技也。若夫平原易地[6]，轻车突骑[7]，则匈奴之众易挠乱也；劲弩长戟，射疏及远[8]，长短相杂，游弩往来[9]，什伍俱前[10]，则匈奴之兵弗能当也；材官驺发[11]，矢道同的[12]，则匈奴之革笥木荐弗能支也[13]；下马地斗，剑戟相接，去就相薄，则匈奴之足弗能给也；此中国之长技也。以此观之，匈奴之长技三，中国之长技五[14]。帝王之道，出于万全。今降胡义渠来归者数千[15]，长技与匈奴同，可赐之坚甲利兵，益以边郡之良骑；平地通道，则以轻车材官制之。两军相为表里，此万全之术也。”

【注释】

①苦边：骚扰边境，使边民不安。

②合刃：交兵。

③卒服习：士兵训练精强。服习，习熟武艺。

④中国之形：中原国家对付蛮夷的布局、策略。形，指战争中布局。

⑤弗与：不如。

⑥易地：平地。

⑦突骑：言其骁锐可用冲击敌人。

⑧劲弩长戟，射疏及远：劲弩可以远射，长戟可以远刺。疏，远。

⑨游弩：往来游击的持弩骑兵。

⑩什伍：五人为伍，二伍为什。为古代军队最小的军事单位。

⑪材官驺发：弓弩手骤然发射箭弩。材官，汉代士卒有材官、轻车、骑士、楼船等名目，即兵种，材官为弩手。驺发，骤然发箭。驺，通“骤”。

⑫矢道同的：众材官的箭同中一个目标，是说其射技精良。

⑬革笥（sì）：皮革制成的甲胄。木荐：木板制作的盾牌。

⑭中国之长技五：按上文，中国长技只有四项。据《汉书·晁错传》，“劲弩长戟，射疏及远”下有“则匈奴之弓弗能格也”，加上这一项才是五项。这里少了一句，使前后不相应。

⑮义渠：古民族名，西戎之一，分布在今甘肃庆阳及泾川一带。

【译文】

汉朝时匈奴屡次侵扰边境。晁错上书议论用兵之事说：“我听说用兵作战，交兵时紧迫的事有三件：一是占得地利优势，二是士兵训练精强，三是武器装备精良。所以兵法上说：‘武器不精良，就是把士兵送给敌人；士兵不能任用，就是把将领送给敌人；将领不懂用兵之道，就是把国君送给敌人；国君不能挑选将领，就是把国家送给敌人。’这四种情形是用兵的关键。我又听说用蛮夷对付蛮夷，是中国的策略。如今匈奴的地理形势、战斗技巧与中国不同。上山下坡，渡河涉溪，中国的马不如匈奴；险要道路倾斜逼仄，一边骑马一边射箭，中国的骑兵不如匈奴；在风雨中疲劳作战，饥饿干渴不困顿，中国的百姓不如匈奴；这些是匈奴擅长的本领。至于在平原、平地，用轻便的战车、骁锐的骑兵冲锋，那么匈奴的兵众容易慌乱；用强劲的弓弩远射、长柄的戟远刺，与坚甲利兵长短配合，持弩骑兵往来穿梭，士兵列队冲锋向前，那么匈奴的士兵不能抵挡；弩手骤然发箭，射中同一个目标，那么匈奴的皮制甲胄、木制盾牌不能支撑；下马在平地战斗，剑戟等武器交接，推挤纠缠相搏击，那么匈奴兵的脚不听使唤；这是中国擅长的本领。由此来看，匈奴的优势技能有三项，中国的优势技能有五项。帝王的行事之道，出于万全的把握。而今投降胡人义渠人来归顺的有几千人，擅长的技能与匈奴相同，可以赐给他们坚固的盔甲、锐利的武器，再加上边境州郡的优良战马；在平地大路，就用轻便战车和弓箭手制服敌人，两支军队互为表里，这是万全的策略。”

错又上言：“胡貉之人①，其性耐寒；扬粤之人②，其性耐暑。秦之戍卒③，不耐水土，见行如往弃市④。陈胜先倡，天下从之者，秦以威劫而行之之敝也。不如选常居者为室庐、具田器，以便为城堑丘邑⑤，募民免罪拜爵⑥，复其家⑦，予衣廪，胡人入驱而能止所驱者，以其半予之⑧。如是则邑里相救助，赴胡不避死，非为德上也，欲生亲戚而利其财也。此与东方之戍卒⑨，不习地势而心畏胡者，功相万也⑩。”上从其言，募民徙塞下。

【注释】

①胡貉：对北方匈奴等少数民族的蔑称。

②扬粤：指秦时居于扬州（古九州之扬州，大江以南至海的广大地区）的粤（越）人国家。

③秦之戍卒：指秦时北征胡貉、南征扬粤的士兵。

④弃市：本指受刑罚的人皆在街头示众，民众共同鄙弃之，后以“弃市”专指死刑。

⑤城堑：城池。丘邑：村落。

⑥免罪拜爵：谓有罪者免其罪，无罪者授予爵级。秦、汉时代不仅官僚有爵级，普通士民亦有爵级。此爵级可以由战场立功而得，也可以是皇帝赐爵，又可以向国家交纳钱粮而买得。士民可以用此爵级赎罪、冲抵徭役，也可以卖钱。

⑦复其家：免除他们家的赋税徭役。

⑧胡人入驱而能止所驱者，以其半予之：颜师古注：“言胡人入为寇，

驱略汉人及畜产也。人能止得其所驱者，令其本主以半赏之。”驱，驱赶。

⑨东方之戍卒：秦时征发旧日关东六国的百姓为戍卒远征。东方，指关东地区。

⑩功相万：功效相差万倍。

【译文】

晁错又进言：“北方民族的人，生性耐寒冷；扬州粤国的人，生性耐暑热。秦国的士兵，不能适应水土气候，把戍守边境看作如同前往死亡之地。陈胜首先高呼起义，天下人群起追随，这是秦朝靠武力威胁强迫士兵出征的积弊。不如挑选长住在边地的人为他们建造房屋、置办农具，视方便修造城池村落，募集民众前来，免除他们的罪过、授予爵级，免除他们家的赋税徭役，赐予他们衣服粮食，胡人入境抢掠家畜时凡是能阻止掠夺的，就把一半畜产赏给他。如此一来城邑乡里就相互救助，抵御胡人不避死亡，并非为了感恩皇上，而是想要保护亲戚又求得财富。这与秦时关东戍卒，不熟悉地理环境而内心畏惧胡兵，功效相差万倍。”皇帝听从晁错的建议，招募百姓迁徙到边境。

万世制虏之策，无能出其范围。

【译文】

万代制服北方少数民族的策略，都不能超出这个范围。

范雎策秦

范雎说秦王曰[①]：“以秦国之大，士卒之勇，以治诸侯[②]，譬走韩卢而搏蹇兔也[③]。而闭关十五年，不敢窥兵于山东者，是穰侯为秦不忠[④]，而大王之计亦有所失也。”王跽曰：

"愿闻失计!"睢曰:"夫穰侯越韩、魏而攻齐,非计也。今王不如远交而近攻,得寸则王之寸也,得尺则王之尺也。今夫韩、魏,中国之处[5],而天下之枢也。王必亲中国以为天下枢,以威楚、赵,楚、赵必皆附,楚、赵附,齐必惧矣。如是韩、魏因可虏也!"王曰:"善!"

【注释】

①秦王:此为秦昭王,又称秦昭襄王,名稷,一名则(或侧)。前306—前251年在位。

②治:较量。

③韩卢:战国时韩国称犬为卢,韩卢为天下名犬。蹇兔:跛足之兔。

④穰侯:魏冉,秦昭王母宣太后之弟,代替楼缓做秦相国,举荐白起为将,威服三晋,因功封于穰地,号穰侯。因伐齐被范睢攻击,后罢相。

⑤中国之处:处于华夏的中心。之,此处其义同"是"。

【译文】

范睢对秦昭襄王说:"凭借秦国强大的国力,勇猛的士兵,来与诸侯较量,就好像驱使跑得飞快的韩卢犬去追捕跛脚的兔子一般。但十五年来秦国却紧闭函谷关,不敢伺机向崤山以东进兵,这是相国穰侯的谋国不忠,再加上大王的策略也有错误。"秦昭襄王跽坐挺直上身说:"寡人很愿意听一听失误在哪里!"范睢说:"穰侯率军越过韩国、魏国而去攻打齐国,这是不对的。大王不如采取'结交远国、攻伐近国'的策略,多扩张一寸土地,那么大王就多得一寸地;多扩张一尺土地,大王就多拥有一尺地。如今韩、魏处于中原中心,是天下的枢纽。大王必须敦睦中原各国来成为天下枢纽,进而威胁楚、赵两国。楚、赵一定都来归附,楚、赵一旦归附,齐国必然会害怕。像这样韩、魏两国也乘势可以取得。"秦昭襄王说:“说得好!”

王朴策周

周世宗时[①],拾遗王朴献《平边策》[②],略云:“攻取之道,从易者始。当今惟吴易图[③],东至海,南至江,可挠之地二千里[④]。从少备处先挠之,备东则挠其西,备西则挠其东,彼奔走以救弊。则奔走之间,我可窥其虚实,避实击虚,所向无前,则江北诸州举矣。既得江北,用彼之民,扬我之兵,江南亦不难下也。江南下,而桂、广、岷、蜀[⑤],可飞书召之矣。吴、蜀既平,幽必望风而至[⑥],惟并为必死之寇[⑦],必须强兵力攻,然不足为边患也。”世宗奇之,未及试。其后宋兴,卒如其策[⑧]。

【注释】

①周世宗:五代后周世宗柴荣,周太祖郭威养子,954—959年在位。即位后励精图治,威震四邻。

②王朴:后周名臣。字文伯,少善文,晓音律,通历法。后汉乾祐进士。柴荣镇澶州时,用为掌书记。官至枢密使。进《平边策》时为显德二年(955),王朴为比部郎中,并非文中所说拾遗。《平边策》:平定割据政权和边境的策略。周世宗时,割据政权有南唐、吴越、后蜀、北汉、南汉、荆南、楚,另外契丹还占有幽燕大片土地。

③吴:指南唐部分领土。南唐在今江苏、安徽中南部,江西全省,福建南部,广西北部等。

④挠:削弱,使屈服。此处可引申为攻伐。

⑤桂、广:指南汉,在今广东及广西南部等地。岷、蜀:指后蜀,在今

四川大部、甘肃东南部、陕西西南部、湖北西部等地。

⑥幽：指契丹，当时占有今天的河北北部。望风而至：听到风声就来归附。

⑦并：指北汉，北汉占据今山西，古为并州。必死之寇：北汉与后周是世仇，因此称并州必死而不肯归降。

⑧卒如其策：宋朝基本按照王朴策略初定天下，只有契丹未平定。

【译文】

后周世宗时，拾遗王朴进献平边策略，大意是："攻城掠地的方法，是要从容易的地方着手。当今天下，只有吴地容易攻占，东到大海，南至长江，可以用兵攻伐的地方将近两千里。我们从防备薄弱的地方开始进攻，他们防备东方，我们就进攻西方；他们守备西方，我们就侵袭东方，他们往来奔走救援薄弱地方，那在他们奔救之间，我们就可以窥探他们的虚实，然后避开防卫坚固的地方，攻击武力薄弱的地方，这样我们兵戈所向，无人能挡，那么长江北岸的各州都将归我们所有。取得江北之后，再利用江北的百姓，显扬我军军威，那么江南也不难取得了。江南一旦到手，那么桂、广、岷、蜀等地，传送谕示文书便足以教他们投降。吴、蜀既已平定，那么燕地一定闻风归附，只有并州是拼死也不会归附的匪寇，必须要出动强大的兵力来攻取，但也不足以构成我国的边患。"周世宗赞赏他的对策，可惜没来得及尝试。后来宋朝兴起，就是按照王朴的策略。

任瓌等

李渊兵发晋阳①，入临汾，去霍邑五十余里。隋将宋老生帅精兵二万屯霍邑，大将军屈突通将骁骑数万屯河东以拒渊②。诸将请先攻河东。任瓌说渊曰③："关中豪杰，皆企踵以待义兵。瓌在冯翊积年④，知其豪杰，请往谕之，必从风而靡。义师自梁山济河[⑤]，指韩城[⑥]，逼郃阳[⑦]，萧造文吏[⑧]，必望尘请服。然后鼓行而进，直据永丰[⑨]。虽未得长安，关中固已定矣。”裴寂曰[⑩]：“屈突通拥众据城，吾舍之而去，若进攻长安不克，退为河东所踵，腹背受敌，此危道也。”边批：此亦常理。李世民曰：“不然，兵贵神速，吾席累胜之威[⑪]，抚归附之众，鼓行而西，长安之人，望风震骇，智不及谋，勇不及断，取之若振槁叶耳。若淹留时日，敝于坚城之下，彼得成谋修备以待，我坐费日月，众心离沮，则大事去矣！且关中蜂起之将[⑫]，未有所属，不可不早怀也。屈突通自守虏耳，不足为虑！”

【注释】

①李渊兵发晋阳：617年唐公李渊率兵十三万从晋阳（今山西太原）起兵。

②“入临汾”几句：此处有误。李渊先至贾胡堡（在今山西灵石富家滩），堡距霍邑（今山西霍州）五十余里，攻克霍邑后，才到临汾。下文“诸将请先攻河东”至“会久雨”前，均为攻克霍邑，杀宋老生之后的事。而“会久雨”以下则为“克霍邑”事，应该颠倒过来。宋老生，隋末将领。大业末任虎贲郎将。屈突通，炀帝时官至左骁卫大将军。曾镇压关中起义军刘迦论部，后奉命镇守河东（今属山西），被李渊击败，乃降唐。后从李世民，屡立战功。贞观年间，图形于凌烟阁，与房玄龄等配享太宗庙廷。

③任瓌（guī）：当时为隋河东县户曹，后投奔唐高祖李渊，颇受礼遇，为银青光禄大夫，参与太原起兵。多有军功。李渊称帝后，为谷州刺史。

④在冯翊积年：隋文帝时，任瓌曾为冯翊韩城尉。冯翊，隋冯翊郡，

治冯翊县（今陕西大荔）。辖境相当今陕西韩城、合阳、澄城、蒲城、白水和大荔等县市之地。

⑤梁山：山名。在韩城界内。

⑥韩城：县名。今陕西韩城，在黄河西岸，隔河与山西相望。

⑦郃阳：治今陕西合阳。在韩城西南方。

⑧萧造：时为韩城县令。

⑨永丰：粮仓名。隋大业初，改广通仓为永丰仓。故地在今陕西华阴东北渭河入黄河处。

⑩裴寂：字玄真。隋末为晋阳宫副监，与李渊交情深厚，襄赞李渊太原起兵，攻入长安后，劝李渊称帝。李渊即位，累迁尚书左仆射，贵震当时。才能平庸，出师多败绩。后被唐太宗免官，放归故里。后流放静州（今广西昭平）而死。

⑪席：凭借。

⑫蜂起之将：指各股农民起义军首领。

【译文】

隋朝末年，李渊从晋阳发兵，进入临汾郡，离霍邑有五十多里路。隋将宋老生率精兵两万人驻守霍邑，另有大将军屈突通带领数万骑兵戍守河东，共同抗拒李渊。诸位将领请求先攻打河东。任瓌劝李渊说："关中的豪杰，都踮起脚来等待义军。我在冯翊多年，知道那些豪杰，请让我前去晓谕他们，他们一定顺从时势不再抵抗。我们义军从梁山渡过黄河，直指韩城，进逼郃阳，韩城县令萧造是一名文官，必定一听说大军来到就请求归顺。然后我们再击鼓进兵，直接占据永丰仓。虽然尚未攻下长安城，关中就已经平定了。"裴寂说："屈突通率大军据守城池，我们舍下他而前进，如果进攻长安不成功，败退时被屈突通的河东兵追击，腹背受敌，这是很危险的做法。"边批：这也是常理。李世民说："不是这样，用兵作战贵在行动快速，我们借着多次胜利威猛的气势，一路抚慰归顺的士兵、百姓，大张旗鼓向西进军，长安的人，看到动静就震惊害怕，他们的智慧还来不及思考谋划，勇气还来不及做下决断，我们攻下长安就如同摇撼树上的枯叶一样容易。如果拖延时日，在坚固城池下弄得疲敝不堪，敌人得以完成谋划、修治军备严阵以待，而我们因为浪费时间，人心离散消磨，那么大事就毁了。况且关中蜂拥而起的将领们，还没有归属，不可以不早加招抚。屈突通是个只知道守城的敌将罢了，不值得顾虑。"

会久雨，渊不能进，军中乏粮，刘文静请兵于始毕可汗[①]，未返。或传突厥与刘武周乘虚袭晋阳[②]，渊欲还救根本。世民曰："今禾菽被野，何忧乏粮！老生轻躁，一战可擒；李密顾恋仓粟[③]，未遑远略；武周与突厥外虽相附，内实相猜，武周虽远利太原，岂可近忘马邑[④]！本兴大义，奋不顾身，以救苍生，当先入咸阳，号令天下。今遇小敌，遽已班师，恐从义之徒，一朝解体，还守太原一城之地为贼尔，何以自全！"渊不听。世民将复入谏，会渊已寝，不得入，号哭于外，声闻帐中。渊召问之，世民曰："今兵以义动，进战则克，退还则散；众散于前，敌乘于后，死亡无日，何得不悲？"渊乃悟曰："兵已发，奈何？"世民曰："右军严而未发，左军去亦未远，请自追之。"乃与建成分道夜进，追左军复还。已而太原运粮亦至。诱老生战，斩之。日已暮，无攻城具，将士肉薄而登，遂克霍邑。

【注释】

①刘文静请兵于始毕可汗：太原起兵后，刘文静受李渊之命出使突厥，争取始毕可汗支持。刘文静，字肇仁。曾与李世民共同谋划起兵反隋。始毕可汗，名咄吉。隋末大业年间立为可汗，不久势

大，契丹、室韦、吐谷浑、高昌等皆役属，连隋末一些起义军如窦建德、刘武周、薛举、梁师都、王世充、李轨等也曾向其纳臣，拥兵百万，前所未有。

②刘武周：隋时为鹰扬府校尉，善骑射，喜交游，617年杀太守反隋。南据雁门（今山西代县），北附突厥，突厥立他为定杨可汗，称帝。619年在山西境内与唐军激战，进占太原。620年为李世民所败，北走突厥，为突厥所杀。

③李密顾恋仓粟：时李密占据回洛仓（今河南洛阳故城北），围攻洛阳。

④马邑：在今山西朔州。为刘武周根据地，濒临突厥。

【译文】

这期间赶上一直下雨，李渊不能进兵，军中缺乏粮食，刘文静向突厥的始毕可汗请求援兵，还没有回来。有传言说突厥和刘武周乘虚偷袭晋阳，李渊想回救大本营。李世民说："现在谷豆遍布原野，担心什么缺粮！宋老生轻率急躁，一场战斗就可擒拿他；李密顾念留恋回洛仓中的米谷，没有时间顾及长远的打算；刘武周和突厥表面虽然亲善，内心其实相互猜疑，刘武周虽想以远处的太原为利，又哪能忘记近在咫尺的马邑呢？我们起兵本是崇尚大义，就该奋不顾身，来救苍生，应当先进咸阳号召天下。现在遇到小小的敌人，就迅速调回军队，恐怕趋就正义的军士，一时间离散解体，我们回去防守太原一座城的地方就成了叛贼，靠什么保全自己！"李渊不听他的意见，李世民要再进帐劝谏，恰巧李渊已经睡了，李世民无法进帐，只有在帐外号哭，哭声传到帐内。李渊召他询问，李世民说："如今我军靠道义出兵，进军作战就会成功，后退回家就会离散；士卒离散在前，敌军乘危于后，不久就要命丧黄泉，我怎么能不悲伤？"李渊于是觉悟，说："军队已经出发了，怎么办？"李世民说："右军严整装备还未出发，左军走得也不远，请让我去追赶他们。"于是与哥哥李建成分道在夜里前进，追上左军又回来。不久太原运送的粮食也到了。接着引诱宋老生出战，斩杀了他。这时天色已暗，没有攻城的器械，将士徒手搏斗而登城，终于攻下霍邑。

按，任瓌之策[①]，即李密说杨玄感，魏思温说徐敬业者，特太原用之而胜[②]，二逆不用而败耳。

【注释】

①任瓌之策：按，任瓌的计策与李密、魏思温比较，相同处在于都主张先攻占关键战略要地。

②太原：此指李渊、李世民父子。

【译文】

按，任瓌的计策，就是李密游说杨玄感、魏思温游说徐敬业的计策，只是李渊、李世民采纳而取胜，两位叛逆者不用而败亡罢了。

〇杨玄感之谋逆也，李密进三策曰："天子远在辽海[①]，公若长驱入蓟[②]，直扼其喉，前有高丽，退无归路，不战而擒，此上计也。关中四塞[③]，吾鼓行而西，经城勿攻，直取长安，收其豪杰，抚其士民，据险而守之，天子虽还，失其根本，可徐图也。若随近先向东都，以号令四方，但恐彼知固守，若攻之百日不克，援兵四至，非吾所知矣！"玄感曰："不然。今百官家口，俱在东都，若先取之，足以动其心。且经城不拔，何以示威？公之下计，乃为上策。"密知计不行，退谓人曰："楚公好反而不求胜[④]，吾属为虏矣！"未几，玄感败。

【注释】

①天子远在辽海：隋大业九年（613），杨玄感起兵反隋，当时隋炀帝渡辽水击高丽。

②蓟：自晋至隋，幽州刺史皆治于蓟县，县治在今北京西南隅。

③关中四塞：东函谷关（东汉后被潼关取代），西大散关，南武关，北萧关。四塞，指四境皆有天险，可作屏障。

④楚公：杨玄感袭爵楚国公。

【译文】

〇杨玄感谋划造反，李密进献三计说："天子远征辽海，您若率军直入蓟县，控制险要，天子前有高丽国，归路又被您阻断，可不战而擒住天子，这是上策；关中四塞，形势险要，我们长驱直入向西进军，沿途不攻城镇，直取长安，安抚当地豪杰，招抚当地百姓，占据要塞严加防守，天子即使回来，已失大本营，我们就可从长计议了。如果就近先攻打东都洛阳，来号令四方士民，只怕敌人知道后坚守，如果百日之内无法取胜，等天子援军一到，胜败的结果，就不是我所能预料的了。"杨玄感说："不对。朝廷百官的家属都在东都，如果先取得东都，就会动摇他们的斗志；再说大军经过城邑却不攻占，又如何显示军威呢？我认为你所说的下策，才是上策。"李密知道计策无法施行，退出后对别人说："楚公想造反却不想求胜，我们快成为阶下囚了。"不久，杨玄感兵败。

徐敬业举兵[①]，问计于军师魏思温[②]，对曰："公既以太后幽系天子[③]，宜身自将兵，直趋洛阳。山东韩、魏知公勤王，附者必众，天下指日定矣！"敬业曰："不然。金陵负江，王气尚在，宜先并常、润为霸基[④]，然后鼓行而北。"边批：此谋反，非勤王也，何以服众？思温曰："郑、汴、徐、亳[⑤]，士皆豪杰，不愿武后居上，蒸麦为饭，以待我师，奈何欲守金陵、投死地乎？"敬业不从，使敬猷屯淮阴[⑥]，韦超屯都梁山[⑦]，而自引兵击润州，下之。思温叹曰："兵忌分，敬业不知席卷渡淮，率山东士先袭东都，吾知无能为矣!”

【注释】

①徐敬业:本名李敬业。李勣之孙,袭爵英国公。反对武则天临朝,与骆宾王、魏思温等在扬州起兵,自称匡复府上将,领扬州大都督,举行叛乱,有兵卒十余万。后为武后击败,被杀。

②魏思温:高宗时,任监察御史、周至尉,屡被贬官。

③太后幽系天子:当时武则天废唐中宗为庐陵王,立豫王李旦为帝,但朝政由武氏把持。

④常:常州,治今江苏常熟西北。润:润州,治今江苏镇江。

⑤郑:郑州,治今河南许昌。汴:汴州,治今河南开封西北。徐:徐州,治今江苏徐州。亳:治今安徽亳州。

⑥敬猷(yóu):徐敬猷,徐敬业之弟。曾为周至令,武则天临朝后,因事被贬在扬州。

⑦韦超:徐敬业部将。都梁山:山名。在今江苏盱眙城南。

【译文】

徐敬业举兵后,向军师魏思温询问计策。魏思温回答说:“您既然因为太后幽禁天子起兵讨伐,就该亲自率军直攻洛阳。山东韩、魏之地知道您是救援天子,响应的人一定很多,天下也就指日可定了。”徐敬业却说:“不对,金陵有长江为天险,仍有王者之气,应该先攻取常州、润州作为称霸根基,然后再北攻中原。”边批:这是谋反,不是勤王,怎么能够让大家信服?魏思温说:“郑州、汴州、徐州、亳州,这些地区的士人都是豪杰,不愿意武后专政,他们蒸麦为饭,等待我军,为什么想死守金陵,置自己于死地呢?”徐敬业不接纳,命令徐敬猷驻扎淮阴,韦超驻扎都梁山,自己带兵攻打润州,并顺利攻下。魏思温叹气说:“用兵忌讳兵力分散,徐敬业不知道集中兵力渡过淮河,率领山东豪杰先攻取洛阳,我知道他做不成什么了。”

○李密为玄感策何智，自为策又何愚也[①]！思温之谋善矣，而敬业本谋，实不为勤王，奈何从之！李士实亦劝逆濠直捣南都[②]，勿攻安庆，亦李、魏之故智。濠不听而败。夫隋炀弑虐，则天篡统，二李举兵[③]，犹曰有名，彼逆濠何为者哉！天不佑叛贼，即直捣南都，亦未见其必胜也。

【注释】

①自为策又何愚也：隋恭帝义宁间，李密率瓦岗军围洛阳，久不下。柴孝和献计让李密带兵西袭长安，然后向东再平河洛。李密不听，仍主攻洛阳，不久被王世充打败，瓦岗军瓦解。

②李士实：字若虚。成化进士。授刑部主事，累迁至山东左布政使，终官右都御史，年七十二致仕归。其家颇近宁王朱宸濠府，因得交于宁王。宁王谋反，因以士实为太师、左丞相，赞画军事。次年宸濠兵败，士实被执入狱死。南都：明人称南京为南都。

③二李：指李渊、徐敬业（李敬业）。

【译文】

李密替杨玄感进献的策略是何等明智，为自己策划却又多么愚蠢！魏思温的谋略是好的，而徐敬业本是谋反，实际不是平王室之乱，为什么要跟随他呢！李士实也曾劝逆贼朱宸濠直攻南京，不要出兵安庆，也是李密、魏思温的旧智谋。朱宸濠不听终致失败。隋炀帝杀父自立，武则天篡窃皇统，李渊、徐敬业起兵，还算是师出有名，但朱宸濠有什么理由呢？老天不保佑叛贼，我看即使朱宸濠直取南都，恐怕也不见得能取胜。

习马炼刀法

北虏马生驹数日，则系骒马于山半[①]，驹在下盘旋，母子哀鸣相应，力挣而上，乃得乳。渐移系高处，驹亦渐登，故能陟峻如砥[②]。今养马宜就高山所在放牧，亦仿其法，马自可用。又倭国每生儿，亲朋敛铁相贺，即投于井中，岁取锻炼一度。至长成，刀利不可当。今勋卫之家[③]，世武为业，而家无锐刃。愚意亦宜仿此，箕裘弓冶[④]，不足为笑也。

【注释】

①骒（kè）马：母马。

②陟峻如砥：登险坡如履平地。

③勋卫：侍卫官名。古时多以功臣子弟担任。

④箕裘弓冶：《礼记·学记》说："良冶之子，必学为裘；良弓之子，必学为箕。"良冶、良弓，指冶金、造弓的能手。冶金的人常补铜器，必须使铜柔软才能补合，类似于治裘皮。造弓必须使木弯曲，类似于以杨柳条弯编成箕，这里指子侄继承父辈的事业。

【译文】

北方胡人的马生下小马后几天，就把母马拴在半山腰上，小马在山下盘旋，母子哀鸣声相应和，小马极力挣扎上山，才能吃到母乳。逐渐迁移母马拴在高处，小马也逐渐登高，所以能登险坡如履平地。现在养马应该在靠近高山的地方放牧，也是效仿胡人的方法，这样马自然好用。另外，倭国人每回生下儿子，亲朋好友携带铁器来祝贺，然后就投进主人家水井中，每年取出铁器锻造冶炼一次。等婴儿长大，刀已经锋利不可抵挡。而今侍卫之家，世代以武为业，但家中却没有锋利的武器。我认为也应当仿照这个办法，继承父辈的事业，没什么可耻笑的。

闺智部总叙

【题解】

闺智部含“贤哲”“雄略”两卷，共77则。所谓“闺智”，即女性的智慧，表现为贤明睿智和雄才谋略。

“贤哲”“雄略”各有表现。如“贤哲”卷“孙太学妓”一则中，与孙太学交好的妓女，在织布的地方埋藏一千两黄金，供孙太学选官，是情深义重；“陶侃母”一则中，陶侃的母亲湛氏辛勤地纺织供给陶侃日常所需，还想尽办法要他结交才识高的朋友，最终成就了陶侃，是无私奉献。“雄略”卷“艺祖姊”一则中，宋太祖回家诉说军中打算拥立自己为天子的传言，他姐姐拿起擀面杖打他，并说大丈夫临事要自己拿主意，是泼辣果决；“红拂”一则中，红拂女仰慕并投奔李靖，又与气质不凡的虬髯客结为兄妹，是侠骨多情。

女性在古代常居于弱势地位，但她们是妻子，也是母亲，要为生活增添柔情，也要承担抚养子女的责任。女性的柔情有时能胜过铁骨，于是人们便赞美她们辅佐劝谏男性的明智与贤能，欣赏她们在柔情中迸发出的坚韧与侠义。

冯子曰：语有之：“男子有德便是才，妇人无才便是德。”其然，岂其然乎！夫祥麟虽祥，不能搏鼠；文凤虽文，不能攫免。世有申生、孝己之行[①]，才竟何居焉？成周圣善，首推邑姜[②]，孔子称其才与九臣埒[③]，不闻以才贬德也。夫才者，智而已矣，不智则懵。无才而可以为德，则天下之懵妇人毋乃皆德类也乎？譬之日月：男，日也，女，月也；日光而月借，妻所以齐也；日殁而月代，妇所以辅也。此亦日月之智、日月之才也。令日必赫赫，月必曀曀[④]，曜一而已[⑤]，何必二？余是以有取于闺智也。贤哲者，以别于愚也；雄略者，以别于雌也[⑥]。吕、武之智横而不可训也[⑦]。灵芸之属智于技[⑧]，上官之属智于文[⑨]：纤而不足，术也。非横也，非纤也，谓之才可也，谓之德亦可也。若夫孝义节烈，彤管传馨[⑩]，则亦闺阃中之麟祥凤文，而品智者未之及也。

【注释】

①申生：春秋晋献公太子。献公宠骊姬，姬欲立己子，遂谮言申生欲弑君。献公怒，赐申生死。申生为了不让父亲伤心，不为自己分辩，自缢而死。孝己：商朝高宗武丁之子。有贤孝之行。其母早死，高宗惑于后妻之言，将他流放而死。

②邑姜：周武王之妻，成王之母。太公望之女。

③孔子称其才与九臣埒（liè）：《尚书·泰誓》中载周武王说："予有乱臣十人。"乱臣，善于治国的臣子。十人指周公旦、召公奭、太公望、毕公、荣公、太颠、闳夭、散宜生、南宫适，另一人即邑姜。《论语·泰伯》载孔子语曰："才难，不其然乎？唐、虞之际，于斯为盛。有妇人焉，九人而已。"埒，并列。

④曀曀（yì）：阴沉昏暗貌。

⑤曜（yào）：古人称日月为二曜。

⑥雌：雌伏。比喻屈居下位，无所作为。

⑦吕：吕雉。武：武则天。训：典式，准则。

⑧灵芸：薛灵芸。魏文帝美人。容貌绝世，妙手针工，能暗中裁剪，人称为“针神”。

⑨上官：上官婉儿。通晓文词，明习吏事。年十四，即为武则天掌诏命。圣历以后，百司表奏，多令参决。中宗即位，专掌制命，进拜昭容。又代朝廷品评天下诗文。开元初曾编录其诗文集，张说为之作序，称为“才华绝代”。

⑩彤管传馨：载以史册，流芳千古。彤管，即赤管笔。古时王后、诸侯夫人有女史以彤管记事。

【译文】

冯梦龙说：俗语说：“男子有德便是才，妇人无才便是德。”它这么说，哪里是这样呢！麒麟虽然吉祥，但不能捕鼠；凤凰虽然美丽，但不能猎兔。世上有申生、孝己的德行，他们的才能最终发挥在哪里呢？周朝聪明贤良的母德，首推邑姜，孔子赞她的才能可以和周公旦等九位能臣并列，没听说孔子因为邑姜的才能而贬低她的德行。所谓的才能，便是智慧罢了，没有智慧便是昏昧。没有才干若等于有德，那么天下的昏昧妇人岂不都是德行高洁的人吗？用日月来比喻：男子是太阳，女子是月亮；太阳发光月亮借光，就像妻子要追随丈夫；日落之后月亮替代，就像妻子要辅佐丈夫。这就是日月之智、日月之才。如果让太阳一定要明亮，月亮一定要昏暗，那就只有一个主星，何必称“二曜”呢？我因此对女子的智慧进行编集。采集贤哲的人，是为了与愚蠢者相区别；采集雄略的人，是为了与雌伏相区别。吕雉、武则天的智慧专横凶暴而不可学习。薛灵芸等人在技能上有智，上官婉儿等人在文学上有智：这些都是细枝末节，属于术的范畴。不凶暴专横，也不细小琐屑，就可以称为才，也可以称为德。那些孝烈节义的女子，已载入史册流芳百世，也是闺阁之中的麒麟凤凰，而品评智慧的人还没有涉及她们。

闺智部贤哲卷二十五

匪贤则愚，唯哲斯肖。

嗟彼迷阳[①]，假途闺教[②]。

集《贤哲》。

【注释】

①迷阳：无所用心，诈狂。出自《庄子·人间世》："迷阳迷阳，无伤吾行。"此处借用指头脑糊涂的男人。

②闺教：本意指女子的闺范教育，此处借指闺房中的妻子对丈夫的指教。

【译文】

不是贤明那就是愚蠢，希望有个智者来仿效。

可叹头脑糊涂的男子，要借助于女子的指教。

集为《贤哲》一卷。

高皇后

高皇帝初造宝钞[①]，屡不成，梦人告曰："欲钞成，须取秀才心肝为之。”觉而思曰:“岂欲我杀士耶?”马皇后启曰[②]:“以妾观之,秀才们所作文章,即心肝也。”上悦,即于本监取进呈文字用之,钞遂成。

【注释】

①高皇帝:明太祖朱元璋,谥高皇帝。宝钞:纸币。明朝在洪武八年(1375)发行“大明通行宝钞”。

②马皇后:滁阳王郭子兴养女,朱元璋结发妻子,洪武元年(1368),朱元璋称帝,立马氏为皇后。启:启奏。这里也可以理解为开导、启发。

【译文】

太祖最初制造纸钞时,尝试多次没有成功,梦见有人告诉他说:“若想制成纸钞,必须取秀才心肝来做。”太祖醒来思考说:“难道是要我杀读书人吗?”马皇后提醒太祖说:“依臣妾看来,秀才们所写的文章,就是心肝。”太祖很高兴,立即命有关官员取士人进呈的文章采纳意见,纸钞就顺利制成了。

赵威后

齐王使使者问赵威后[①],书未发[②],威后问使者曰:“岁亦无恙耶?民亦无恙耶?王亦无恙耶?”使者不悦,曰:“臣奉使使威后,今不问王而先问岁问民,岂先贱而后尊贵者乎?”威后曰:“不然。苟无岁,何有民?苟无民,何有君?有舍本而问末者耶?”乃进而问之曰:“齐有处士锺离子[③],无恙耶?是其为人也,有粮者亦食[④],无粮者亦食,有衣者亦衣,无衣者亦衣,是助王养其民者也,何以至今不业也[⑤]?叶阳子无恙乎？是其为人，哀鳏寡，恤孤独，振困穷，补不足，是助王息其民者也[6]，何以至今不业也？北宫之女婴儿子无恙耶[7]？撤其环瑱[8]，至老不嫁，以养父母，是皆率民而出于孝情者也[9]，胡为至今不朝也[10]？此二士不业、一女不朝，何以王齐国、子万民乎？於陵子仲尚存乎？是其为人也，上不臣于王，下不治其家，中不索交诸侯，此率民而出于无用者，何为至今不杀乎？"

【注释】

①赵威后：战国时赵国太后。赵惠文王的王后，赵孝成王的母亲。重视民生，体恤百姓，颇有威信。

②书未发：未发其封识。

③处士：隐士。

④食：给予食物。下文"衣"字用法相同。

⑤不业：不在官位。

⑥息：生息。

⑦北宫之女婴儿子："婴儿子"为"北宫之女"之名。

⑧环瑱（tiàn）：玉质耳饰，泛指首饰。

⑨率：劝导，鼓励。出：行。

⑩不朝：不令之入朝受封赏。

【译文】

齐王派遣使者送信问候赵威后，书信尚未打开，赵威后问使者说："今年田地的收成还好吧？百姓生活是否都好？大王的身体也康健吧？"使者不高兴，说："我奉王命出使前来看望您，现在您不先问齐王近况，却先问田地的收成和百姓的生活，这不是把卑贱的放在前面而把尊贵的放在后面吗？"赵威后说："不是这样的。假使田地没有收成，哪里有百姓安居乐业？假使没有百姓，哪里有君王？哪里有舍弃根本询问细枝末节的呢？”接着赵威后又问：“齐国有位叫锺离子的隐士，他目前的生活还好吧？他为人行事，对有粮食吃的给予食物，对没有粮食吃的也给予食物，对有衣服穿的送给衣服，对没有衣服穿的也送给衣服，他是帮助大王养育人民的人，为什么到现在还没有做官？叶阳子还好吗？他同情鳏夫和寡妇，抚恤孤儿和失去子女的老人，赈济穷困的人，补助缺衣少食的人，这也是个帮助大王养育人民的人，为什么到现在还没有做官？北宫之女婴儿子好吗？她摘掉首饰，到老也没有出嫁，以奉养父母，这是能够引导民众行孝的人，为什么到今天还没让她入朝加封？这两位贤士没有做官、一位孝女没有受封，齐王靠什么统治齐国、做万民的父母呢？於陵子仲还活着吗？这个人上不能臣服于王，下不能治理家庭，中不求结交诸侯，这是引导百姓做无益之事的人，为什么到今天还不把他杀了呢？”

刘娥

刘聪妻刘氏[①]，名娥，甚有宠于聪。既册后，诏起鹑仪殿以居娥。廷尉陈元达切谏[②]，聪大怒，将斩之。娥私敕左右停刑，手疏上[③]，略曰：“廷尉之言，关国大政，忠臣岂为身哉！陛下不唯不纳，而又欲诛之。陛下此怒，由妾而起；廷尉之祸，由妾而招。人怨国怨，咎皆归妾；拒谏戮忠，唯妾之故。自古败亡之辙，未有不因于妇人者也。妾每览古事，忿忿忘食，何意今日妾自为之！后人视妾，亦犹妾之视前人也，复何面目仰侍巾栉[④]？请归死此堂，以塞陛下色荒之过[⑤]。”聪览毕，谓群下曰：“朕愧元达矣！”因手娥表，示元达曰：“外辅如公，内辅如娥，朕复何忧！”

【注释】

①刘聪：一名载，字玄明。十六国时汉国国君，310—318年在位。河瑞二年(310)，刘渊死，杀兄而夺取帝位。后派刘曜等攻破洛阳、长安，俘晋怀、愍二帝。在位时穷兵黩武，广建宫殿，奢侈无度，沉溺酒色，宠任太子粲。刘曜、石勒擅兵于外，身死国乱。

②廷尉：掌刑法诉讼之事。陈元达：字长宏。本姓高。刘渊称汉王，征为黄门郎，屡进忠言。刘聪继位，为廷尉，以谏议不从，愤而自杀。

③手疏：亲手书写奏章。

④侍巾栉(zhì)：侍奉洗脸梳头，代指为人妻妾。

⑤色荒：沉迷于女色。

【译文】

刘聪的妻子刘氏，名叫娥，很受刘聪宠爱。被册立为皇后之后，刘聪下令建造鹑仪殿给刘娥居住。廷尉陈元达言辞激切地劝谏，刘聪大为震怒，要斩陈元达。刘娥私自命令左右停止行刑，亲笔写了奏章呈上，大意是说："廷尉的话，关系着国家大政，忠臣进言哪里会顾及自己的身家性命呢！陛下不仅不采纳他的忠言，反而要诛杀他。陛下这次震怒，是因臣妾而起；廷尉的杀身之祸，是由臣妾招致。人怨国怨，都归咎在臣妾身上；陛下拒绝进谏杀害忠良，都是因为臣妾的关系。自古以来国家败亡的缘由，没有不源于妇人的。臣妾每次阅读古代历史，都悲愤得吃不下饭，哪想到今天自己就做出这种事！后人看臣妾，也就像臣妾看前人，臣妾还有什么脸面来服侍陛下？请求就死在这堂下，以弥补陛下沉迷女色的过失。"刘聪看完奏章，对群臣说："朕实在愧对元达！"于是手拿刘氏表章，展示给陈元达看，说："外有像您这样的大臣辅佐，内有像刘娥这样的贤妻辅佐，朕还有什么可忧虑的呢！"

姜后、樊姬、徐惠妃一流[①]。

【注释】

①姜后：指西周宣王姜后。一日宣王早卧晚起，姜后脱簪珥，待罪于永巷，使人通言于宣王曰："妾不才，使君王失礼而晚朝，以见君王乐色而忘德也，敢请罪。"宣王曰："寡人不德，非夫人之罪也。"从此宣王晚卧早起，勤于政事，卒成中兴之业。樊姬：春秋楚庄王夫人。庄王即位，好狩猎。樊姬谏之不止，乃不食禽兽之肉。王改过，勤于政事，卒成霸业。徐惠妃：唐太宗妃，名惠。贞观末，太宗好征伐，治宫室，百姓劳怨。徐妃上书极谏。

【译文】

刘氏和姜后、樊姬、徐惠妃是同样的贤德之人。

李邦彦母

李太宰邦彦父曾为银工①。或以为诮，邦彦羞之，归告其母。母曰："宰相家出银工，乃可羞耳。银工家出宰相，此美事，何羞焉？"

【注释】

①李太宰邦彦：李邦彦，字士美。宋徽宗宣和六年（1124）加少宰兼中书侍郎。善蹴毬，常以俚语为词曲，自号"李浪子"，人称"浪子宰相"。靖康初，加太宰，兼门下侍郎。金军迫京城，力主割地议和。高宗即位，被贬逐。

【译文】

李邦彦的父亲曾是银匠。有人用这件事讥讽李邦彦，李邦彦觉得很羞耻，回到家将这件事告诉给母亲。母亲说："宰相家庭出了银匠，才是令人羞耻的。银匠家庭出了宰相，这是好事情，有什么羞耻的呢？"

狄武襄不肯祖梁公[①],我圣祖不肯祖文公[②],皆此义。

【注释】

①狄武襄:狄青,北宋名将,出身行伍,谥武襄。梁公:狄仁杰,死后追封梁国公。

②圣祖:明太祖朱元璋。文公:朱熹,卒后追谥“文”。

【译文】

宋朝的狄青不肯攀附狄仁杰为祖先,我朝太祖不肯冒认朱熹为祖先,都是这个道理。

肃宗朝公主

肃宗宴于宫中[①],女优弄假戏[②],有绿衣秉简为参军者。天宝末,番将阿布思伏法[③],其妻配掖庭[④],善为优,因隶乐工,遂令为参军之戏。公主谏曰[⑤]:“禁中妓女不少,何须此人?使阿布思真逆人耶,其妻亦同刑人,不合近至尊之座;若果冤横,又岂忍使其妻与群优杂处,为笑谑之具哉!妾虽至愚,深以为不可。”上亦悯恻,遂罢戏而免阿布思之妻,由是咸重公主。公主,即柳晟母也[⑥]。

【注释】

①肃宗:唐肃宗李亨,玄宗之子,756—762年在位。

②假戏:即参军戏。主要由参军、苍鹘两个角色做滑稽诙谐的表演,引人发笑,用以嘲讽时政或社会现象。其中参军一角穿绿衣,执牙简。

③阿布思:突厥人,统突厥兵为唐番将。被安禄山诬告谋反而被斩。

④配掖庭:即入宫为奴。掖庭,宫中官署,掌后宫贵人采女事,以宦官为令丞。

⑤公主:和政公主,唐肃宗之女。性情敏惠,尚节俭,会理财,曾自赀军用。郭千仞谋反时,她鼓励丈夫与叛军英勇作战。代宗初立时,她屡陈人间利弊、国家盛衰之事,多为代宗接纳。

⑥柳晟(shèng):唐肃宗外孙。少丧父,代宗养宫中。使与诸王同学。德宗即位,因与晟幼同学,尤亲之。建中四年(783),朱泚反,晟从德宗至奉天(今陕西乾县)。晟因与贼帅多有旧,遂自请入京诱说之,为朱泚擒,晟乘夜穿垣破械逃出,断发为僧,间道归奉天,迁将作少监。宪宗元和初,为山南西道节度使,出使回鹘,奉册立可汗,迁左金吾大将军。

【译文】

唐肃宗在宫中欢宴,有女艺人表演参军戏,有一人穿着绿衣、手持牙简表演参军角色。天宝末年,番将阿布思获罪被杀,他的妻子被没人宫廷为奴,因擅长表演,于是被编入乐工,然后让她表演参军戏。和政公主进谏说:"宫中女乐工已经够多了,哪里还需要这名女子?假如阿布思真是叛将,他的妻子也同样是犯人,不应该靠近皇上;如果阿布思是含冤横死,皇上又怎么忍心让他的妻子与艺人们混在一起,成为别人娱兴助乐的工具呢!臣妾虽然很愚笨,但深切地认为不该这样。"肃宗也起了同情心,于是停止演出并赦免了阿布思的妻子,从此对公主更加敬重。这位公主就是柳晟的母亲。

房景伯母

房景伯为清河太守[①],有民母讼子不孝。景伯母崔曰:"民未知礼,何足深责?"召其母,与之对榻共食,使其子侍立堂下,观景伯供食。未旬日,悔过求还。崔曰:"此虽面惭，其心未也，且置之。”凡二旬余，其子叩头出血，母涕泣乞还，然后听之。卒以孝闻。

【注释】

①房景伯：字长晖。少以孝闻，累迁北魏齐州辅国长史，敕行州事。为政宽简，百姓安之。后除清河太守，迁司空长史。

【译文】

房景伯做清河太守时，有位民妇诉讼儿子不孝。房景伯的母亲崔氏说：“百姓们不知礼教，怎能重责呢？”于是叫来民妇，和她对面坐着一起吃饭，让她的儿子在堂下一旁站着，观看房景伯侍奉母亲饮食。不到十天，民妇的儿子便表示悔过，请求与母亲一同回家。崔氏说：“这个孩子虽然脸上有惭愧的神色，但心中并没有真正的悔改，暂时再留他们一段时间。”过了二十多天，民妇的儿子磕头磕出血来，民妇也哭着请求回家，崔氏这才答应他们。后来民妇的儿子因孝顺而闻名。

此即张翼德示马孟起以礼之智[①]。

【注释】

①张翼德示马孟起以礼：见卷一“张飞”条。

【译文】

这就是张飞用行动教马超知礼的智慧。

柳氏婢

唐仆射柳仲郢镇郪城[①]，有婢失意[②]，于成都鬻之。刺史盖巨源，西川大将[③]，累典支郡[④]，居苦竹溪。女侩以婢导至[5]，巨源赏其技巧。他日巨源窗窥通衢，有鬻绫罗者，召之就宅，于束缣内选择[6]，边幅舒卷，第其厚薄[7]，酬酢可否[8]。时婢侍左[9]，失声而仆，似中风。边批：诈。命扶之去，都无言语，但令还女侩家。翌日而瘳，诘其所苦，青衣曰[10]："某虽贱人，曾为仆射婢，死则死矣，安能事卖绫绢牙郎乎[11]？"蜀都闻之，皆嗟叹。

【注释】

①仆射：唐代仆射即为尚书省长官。左右仆射为宰相之职，唐中宗以后，不加同中书门下平章事者，即不为宰相。柳仲郢：字谕蒙。柳公绰之子。唐元和年间进士，咸通初年，任兵部尚书，封河东县男，终官天平节度使。为政宽惠，执法果敢。郪城：郪县，治今四川三台。

②失意：为主人所不满。

③西川大将：西川节度使属下大将。

④典：掌管。支郡：西川属下州郡。

⑤女侩（kuài）：专为人做买卖婢女之中间人者。

⑥束缣：整匹的缣帛。缣，双丝织的浅黄色的细绢。

⑦第：品评。

⑧酬酢：考虑，斟酌。

⑨侍左：侍立于旁。

⑩青衣：女婢多着青衣，故用为代称。

⑪牙郎：旧时居于买卖双方之间，从中撮合，以获取佣金的人。

【译文】

唐朝仆射柳仲郢镇守郪城时，有个婢女令他不满意，于是在成都卖了她。刺史盖巨源，是西川大将，接连管理西川属下州郡，住在苦竹溪。

女侩把这婢女带给他，盖巨源很欣赏这名婢女心灵手巧，便买下了她。一天，盖巨源从窗内往街上看，看到一个卖绫罗的商贩，叫他进宅，在捆扎成束的缣帛里挑来拣去，看缣帛边缘的舒卷情况，比较它们的薄厚，反复考虑哪个合适。当时这名婢女站在旁边侍奉，突然叫了一声便倒地不起，好像中风一般。边批：有诈。盖巨源叫人扶她离开，她什么话也说不出，只好将她送回女侩家。第二天婢女病愈，人们问她有什么苦楚，婢女说："我虽是个出身卑贱的人，但毕竟曾经是仆射的婢女，我死便死了，哪能侍奉一个卖绫绢的小贩呢？"蜀都的人听说了，都感叹不已。

此婢胸中志气殆不可测，愧杀王濬冲一辈人[①]！

【注释】

①王濬冲：王戎，字濬冲。好清谈，为"竹林七贤"之一。然性极贪吝，苟媚取容，为人所鄙。

【译文】

这名婢女胸中的气节几乎高不可测，王戎那种人和她比起来可要惭愧死了！

崔敬女　络秀

唐冀州长史吉懋欲为男顼取南宫县丞崔敬女[①]，敬不许。因有故[②]，胁以求亲，敬惧而许之。择日下函，并花车卒然至门。敬妻郑氏初不知，抱女大哭曰："我家门户低，不曾有吉郎[③]！"女坚卧不起。其小女白其母曰："父有急难，杀身救解。设令为婢，尚不合辞；姓望之门，何足为耻？姊若不可，儿自当之！"遂登车而去。顼后贵至拜相。

【注释】

①吉懋：按，据《新唐书·吉顼》，其父名哲。本则取自《朝野佥载》，作“吉懋”。顼：吉顼，唐朝酷吏，多权谋。武则天时以告发刘思礼谋反事，并造成大狱，得升任右肃政台中丞。既得志，乃言来俊臣诬杀忠良，罪恶如山，使武则天决心杀俊臣。又以代张易之兄弟谋自全计的机会，劝二人请则天召还相王（睿宗）、庐陵王（中宗）。官至天官侍郎、同平章事。

②有故：崔敬犯有过错。

③我家门户低，不曾有吉郎：唐时婚嫁极重门第，崔氏、郑氏均为名门，崔敬官阶虽低于吉懋，仍不肯下嫁于吉家。此言“门户低”，乃反语。

【译文】

唐冀州长史吉懋想要为儿子吉顼娶南宫县丞崔敬的女儿为妻，崔敬不同意。于是吉懋抓住崔敬把柄，胁迫崔敬嫁女，崔敬畏惧并答应了他。吉懋选了个良辰吉日下聘书，和花车一起突然到了崔敬家门口。崔敬的妻子郑氏一开始不知道这回事，抱着女儿痛哭说：“我家门第低，也不曾有吉家的人做女婿！”女儿坚持躺在床上不起身。崔敬的小女儿对母亲说：“父亲遭逢危难，女儿当以死解救。假使要做奴婢，尚且不该推辞；嫁到门第低的人家，哪里算耻辱？姐姐如果不愿意嫁，我来代替！”于是坐上花车离开。吉顼后来身居高位做到宰相。

周顗母李氏[①]，字络秀，少在室[②]，顗父浚时为安东将军[③]，因出猎遇雨，止秀家。会秀父兄出，乃独与一婢为具数十人馔，甚精腆[④]，寂不闻人声。浚怪觇之，见秀甚美，因求为妾，父兄不许。秀曰：“门户单寒，何惜一女，焉知非福？”已归浚，生顗及嵩、谟，已三子并贵显。秀谓曰：“我屈节为汝门妾，计门户耳。汝不与吾家为亲亲者，吾亦何惜余年[⑤]！”颛等敬诺，自是李氏遂振。

【注释】

①周颛（yǐ）：字伯仁。袭父爵武城侯。少有重名，太兴初，更拜太子少傅，转尚书左仆射。因经常酒醉不醒，时人号为“三日仆射”。及王敦叛乱，有人主张尽杀王氏，他力称王导无罪。王敦攻入建康（今江苏南京），王导不知其曾救己，不劝阻王敦，周颛被杀。

②在室：女子未出嫁前称在室。

③浚：周浚，晋汝南安成（今河南平舆南）人。性果烈，以才理见知。初任魏，后随王浑伐吴，以功封侯。汝南周氏为当时名门。

④精腆（tiǎn）：精美而丰盛。

⑤吾亦何惜余年：我又爱惜什么剩余的岁月。意谓准备自杀。

【译文】

周颛的母亲李氏，字络秀，年少待字闺中时，周颛的父亲周浚任安东将军，因为外出打猎遇到大雨，投宿在络秀的家中。正巧这天络秀的父兄外出，她就独自与一名婢女做了数十人的饭菜，非常精美而且丰盛，而家中寂静得听不到人声。周浚觉得很奇怪，就往室内偷看，看到络秀非常美丽，就请求纳她为妾，络秀的父亲和哥哥不允许。络秀说：“我们家门户孤单贫寒，哪里用吝惜一个女儿，怎么知道这不是好事呢？”络秀嫁给周浚为妾后，生了周颛和周嵩、周谟，三个儿子都尊贵显赫。络秀对儿子们说：“我之所以愿意降低身份嫁来你们家做妾，图的就是周家的门第。如果你们不把我的娘家当亲戚，我又爱惜什么剩下的岁月！”周颛等人恭敬遵命，从这开始李家就兴旺起来。

绝无一毫巾帼气。“生男勿喜女勿悲”[①]，此诗正堪为二女咏耳。

【注释】

①生男勿喜女勿悲:司马迁《史记·外戚世家》载汉武帝时民谣:"生男无喜,生女无怒,独不见卫子夫霸天下。"

【译文】

绝没有一点小女人气。"生男勿喜女勿悲",这句诗正好可以咏叹这两位奇女子。

乐羊子妻 三条

一

乐羊子尝于行路拾遗金一饼[①],还以语妻。妻曰:"志士不饮盗泉[②],廉士不食嗟来[③],况拾遗金乎?"羊子大惭,即捐之野。

【注释】

①乐羊子:东汉人,其事不显。

②盗泉:《尸子》卷下:"(孔子)过于盗泉,渴矣而不饮,恶其名也。"

③嗟来:嗟来之食。多指侮辱性的施舍。《礼记·檀弓下》载:齐国大饥,黔敖在路上摆设食物,以待饥饿的人来吃。有个饥饿的人摇摇晃晃地走来,黔敖左手拿着食物,右手拿着水,说:"嗟!来食!"其人抬眼看着他说:"我就是因为不吃嗟来之食,才到这个地步!"不食而死。

【译文】

乐羊子有次在路边捡到一块金子,回家后把这件事告诉给妻子。妻子说:"有志节的人不喝盗泉的水,刚直的人不吃嗟来之食,更何况是捡来的金子呢?"乐羊子听了大为惭愧,立即将金子放回路边。

二

乐羊子游学，一年而归。妻问故，羊子曰："久客怀思耳。"妻乃引刀趋机而言曰[①]："此织自一丝而累寸，寸而累丈，丈而累匹。今若断斯机，则前功尽捐矣[②]。学废半途，何以异是！"羊子感其言，还卒业，七年不返。

【注释】

①机：织机。

②捐：废弃，舍弃。

【译文】

乐羊子离家求学，一年就回了家。妻子问他原因，乐羊子说："久居异乡心中想家罢了。"妻子就拿着剪刀走到织布机旁说："这匹绢布是由一丝一线织成一寸长，再一寸寸积累成丈，一丈丈积累成匹。现在要是剪断这台织机上的绢布，那么先前的功夫就全都作废了。你求学半途而废，和这有什么区别！"乐羊子被妻子这番话所感动，返回完成学业，七年不曾返家。

三

乐羊子游学，其妻勤作以养姑[①]。尝有他舍鸡谬入园[②]，姑杀而烹之。妻对鸡不餐而泣。姑怪问故，对曰："自伤居贫，不能备物，使食有他肉耳。"姑遂弃去不食。

【注释】

①姑：婆婆。

②谬（miù）：谬误，差错。

【译文】

乐羊子离家求学期间，妻子辛勤持家照顾婆婆。曾经有邻家的鸡误入园中，婆婆把它杀了做菜吃。乐羊子妻看着鸡流泪，一口不吃。婆婆感到奇怪，问她原因，乐羊子妻回答说："我是难过家里太穷，不能做出好菜，才让您的食物里有别人家的肉。"婆婆于是丢弃了鸡，不再食用。

返遗金，则妻为益友；卒业，则妻为严师；谕姑于道，成夫之德，则妻又为大贤孝妇。

【译文】

劝勉丈夫放回无主的金子，乐羊子妻可说是益友；鼓励丈夫坚持完成学业，乐羊子妻可说是严师；用道理晓谕婆婆，保全丈夫的名声，又可说是有大贤德的孝妇了。

孙太学妓

嘉靖间[①]，娄东有孙太学者[②]，与妓某善，誓相嫁娶，为之倾赀[③]。无何孙丧妇，家益贫落，亲友因唆使讼妓。妓闻之，以计致孙饮食之，与申前约，以身委焉。孙故不善治产，妓所携簪珥，不久复费尽。妓日夜勤辟以奉之[④]，饘粥而已。如是十余年，孙益老成悔过[⑤]。选期已及[⑥]，自伤无赀，中夜泣。妓审其诚，于日坐辟绩处，使孙穴地得千金，皆妓所阴埋也。孙以此得选县尉，迁按察司经历。宦橐稍润[⑦]，妓遂劝孙乞休归，享小康终其身。

【注释】

①嘉靖:明世宗朱厚熜年号(1522—1566)。

②娄东:即今江苏太仓。因位于娄水之东,故称娄东。太学:此处指监生。明洪武元年(1368)南京设国子学,十五年(1382)改为国子监,内设太学。永乐元年(1403)又在北京设国子监。

③赀:通"资",货物,钱财。

④辟(bì):把缉过的麻搓成线,此处指纺线。

⑤老成:老实稳重。

⑥选期:指赴吏部报到听候选用的日期。

⑦宦橐(tuó):做官得来的钱财。

【译文】

嘉靖年间,娄东有位姓孙的监生,和一个妓女交往密切,发誓娶她,为了她散尽家财。不久孙生的夫人去世,孙家更加贫困衰落,亲友们于是唆使孙生去官府告这个妓女。妓女听说后,就设计请孙生来吃饭,席间向他申明两人之前的盟约,并嫁他为妻。孙生本来就不善于治理家产,妓女陪嫁过来的首饰珠宝,不久又都花光了。妓女日夜辛勤纺织养活他,也仅够喝粥而已。这样过了十多年,孙生逐渐变得老实稳重后悔年轻时的荒唐。选官的时间快到了,孙生苦恼自己没有钱财,深夜哭泣。妓女察知孙生的诚心,在平日坐着织布的地方,让孙生掘地挖出千金,都是妓女悄悄埋藏的。孙生凭借这些钱财被选为县尉,后来调升按察司经历。做官积累钱财渐渐多起来,妓女就劝孙生辞官回家,安享小康生活,终此一生。

既成就孙,而身亦得所归,可谓两利。所难者,十余年坚忍耳。

【译文】

妓女既成就了孙监生，自己也有了一个好归宿，可说是双方得利。困难的是这十多年的坚持忍耐。

吴生妓

真定吴生有声于庠①，性不羁。悦某妓，而橐中实无余钱。妓怜其才，因询所长，曰："善樗蒲②。"妓乃馆生他室中，所遇凡爱樗蒲者，辄令生变姓名与之角③。生多胜，因以供生灯火费。妓暇则就生宿，生暇则读书。后生成进士，欲娶妓，而妓适死，因为制服执丧，葬之以礼，每向人言，则流涕。

【注释】

①庠：府、州、县的官学。

②樗蒲（chū pú）：古代的一种博戏。

③角：对局角逐。

【译文】

真定有个姓吴的书生在官学中小有名声，性情豪迈不拘。他喜欢一名妓女，但兜里实在没有多余的钱。妓女爱惜吴生的才华，就问他擅长什么，吴生说："我擅长樗蒲赌博。"妓女就把吴生安置在另一个房间，凡是遇到喜欢樗蒲的客人，就要吴生改名换姓和他对局。吴生经常赢，于是就有余钱充当生活费。妓女有空就和吴生住在一起，吴生有空就读书。后来吴生高中进士，想迎娶妓女，而妓女却在这时去世，于是吴生身穿丧服，为她主持丧事，按礼节厚葬她，每逢向人道及妓女的种种往事，必会流下泪来。

吴生从未出丑，此妓胜汧国夫人多多矣[①]。

【注释】

①汧（qiān）国夫人：指李娃。唐传奇《李娃传》载：荥阳郑生眷恋妓女李娃，挥霍金钱，以致囊空如洗。后李娃忽设计骗郑生离开妓院，撒手不管。郑生衣食无着，以致沦落到为人送殡。后为其父所知，几乎打死，丢在路上。郑生被人救活，从此乞讨为生，遇李娃。李娃脱离妓院，供养督促郑生读书，终于中进士，仕显要。李娃也被封为汧国夫人。此句"出丑"指为人送殡及乞讨事。

【译文】

吴生从没有像《李娃传》中的郑生那样出丑，这妓女真是胜过汧国夫人很多呀。

陶侃母

陶侃母湛氏[①]，豫章新淦人。初侃父丹聘为妾，生侃。而陶氏贫贱，湛每纺绩赀给之[②]，使交结胜己。侃少为浔阳县吏，尝监鱼梁[③]，以一封鲊遗母[④]。湛还鲊，以书责侃曰："尔为吏，以官物遗我，非唯不能益我，乃以增吾忧矣。"鄱阳范逵素知名，举孝廉。投侃宿，时冰雪积日，侃室如悬磬[⑤]，而逵仆马甚多。湛语侃曰："汝但出外留客，吾自为计。"湛头发委地，下为二髲[⑥]，卖得数斛米；斫诸屋柱，悉割半为薪；剉卧荐以为马草[⑦]。遂具精馔，从者俱给。逵闻叹曰："非此母不生此子！"至洛阳，大为延誉[⑧]，侃遂通显。

【注释】

①陶侃：字士行，陶渊明的曾祖父。早孤贫，初为县吏，渐至郡守。以击败杜弢有功，任荆州刺史，镇武昌。旋为王敦所忌，调为广州刺史，敦败后，仍还荆州。太宁三年（325），挫败苏峻、祖约作乱。后任荆江二州刺史，都督八州诸军事。他勤慎军务，三十年如一日，不喜浮华与清谈，常勉人当惜分阴，为后世所称。

②赀给：资助，供给。赀，通“资”。

③鱼梁：一种捕鱼设施。用土石横截流水，留缺口，以竹笼承之，鱼随水流入竹笼，不能游出。

④鲊（zhǎ）：腌制的鱼。

⑤悬磬：形容空无所有，喻极贫。

⑥髲（bì）：假发。

⑦剉（cuò）：铡切，斩剁。卧荐：床上所用草垫。

⑧延誉：播扬声誉。

【译文】

东晋陶侃的母亲湛氏，是豫章新淦人。当初陶侃的父亲陶丹纳她为妾，生下陶侃。而陶家贫困卑贱，湛氏每日辛勤地纺织供给陶侃日常所需，还要他结交才识高的朋友。陶侃年轻时做浔阳县吏，曾监管修筑鱼梁，送给母亲一条腌鱼。湛氏退还腌鱼，写了封信责备陶侃说：“你身为官吏，把公家的东西送给我，非但对我没有好处，反而增加我的忧虑。”鄱阳的范逵一向很有名望，被举为孝廉。一次他投宿陶侃家，正逢连日冰雪，陶侃家中空无一物，而范逵随行仆从马匹非常多。湛氏对陶侃说：“你只管请客人留下，我自有办法。”湛氏的头发长度及地，剪下来做成两套假发，卖掉买了几斛米；又砍削各屋的柱子，每个都砍细一半做柴薪；切碎床上的草垫做马匹的粮草。就这样准备了精美的餐食，使范逵主仆受到周全的招待。范逵感叹说：“不是这样的母亲生不出这样的儿子！”范逵到洛阳后，对陶侃大加赞誉推荐，陶侃于是显达起来。

李畲母

监察御史李畲母[①]，清素贞洁。畲请禄米送至宅，母遣量之，剩三石。问其故，令史曰[②]："御史例不概[③]。"又问脚钱几[④]，又曰："御史例不还脚车钱。"母怒，令送所剩米及脚钱，以责畲，畲乃追仓官科罪[⑤]，边批：既沿例亦不必科罪。诸御史皆有惭色。

【注释】

①李畲（shē）：唐朝人，历官汜水主簿、监察御史、国子司业，为官清白。

②令史：为低级事务性官员，六部诸司皆有设置。

③概：以升斗量米麦时，刮平冒出量具部分，使数量准确。刮平所用器具称"概"，其动作也称"概"。

④脚钱：搬运费。

⑤仓官：管理仓库的官员。科罪：定罪。

【译文】

唐朝监察御史李畲的母亲，清廉朴素，坚贞纯洁。李畲让人把自己的俸米送回家，李母命人称量，多出三石。问小吏原因，小吏说："按惯例御史的俸米称量时不用刮平冒出的部分。"李母又问要给搬夫多少工钱，小吏答："按惯例御史不用给搬运费。"李母听了很生气，命人把多领的俸米及搬运费送还，并责备李畲，李畲就追究管理仓库的官员定罪，边批：既然是惯例，不必追究定罪。其他的御史都面有愧色。

王孙贾母

齐湣王失国[①]，王孙贾从王，失王之处。其母曰："汝朝出而晚来，则吾倚门而望。汝暮出而不还，则吾倚闾而望[②]。汝今事王，不知王处，汝尚何归？”贾乃入市呼曰：“从我者左袒[③]！”从者三百人，相与攻杀淖齿[④]，求王子奉之[⑤]，卒复齐国。

【注释】

①齐湣王失国：前284年，燕将乐毅带领五国联军攻破齐都临淄，齐湣王出逃，被楚国将领淖齿所杀。

②闾：里巷大门。古代以二十五家为一闾。

③左袒：袒露左臂。

④淖齿：战国时楚国将领。乐毅伐齐，他奉楚王命率军救齐，被齐湣王任为齐相。湣王逃至莒（今山东莒县），他将湣王杀死。

⑤王子：齐湣王之子法章，后为齐襄王。

【译文】

齐湣王兵败出逃，王孙贾追随齐湣王，失去了齐湣王的去向。他的母亲说：“你早出晚归，我总是倚门盼望你回来。你晚出不归，我就倚着里巷大门盼望你回来。你现在事奉君王，连君王在哪里都不知道，你还回来做什么呢？”王孙贾于是来到市场上大喊道：“想要跟随我讨伐淖齿的人，露出左臂来！”有三百人愿意跟随他，与他一起讨伐杀掉了淖齿，并找到湣王的儿子拥立为王，最后恢复了齐国。

不杀淖齿，则乐毅之势不孤，而兴复难于措手，非但仇不共戴天已也。张伯起作《灌园记》传奇[①]，只谱私欢，而于王孙母子忠义不录，大失轻重，余已为改正矣。

【注释】

①张伯起：张凤翼，字伯起，明代人。《灌园记》：一名《新灌园》，演齐

湣王太子法章与莒太史敫之女相恋的事。

【译文】

不杀淖齿，那燕国乐毅的兵势就不会孤立，如此则齐国不仅无法报杀君之仇，更谈不上复兴了。张伯起著有《灌园记》传奇，但只记叙男女情爱，对于像王孙贾母子这般忠义的事迹却不予记载，严重地失去著书立论的重点，我已加以改正了。

赵括母　柴克宏母

秦、赵相距长平[①]，赵王信秦反间[②]，欲以赵奢之子括为将而代廉颇。括平日每易言兵[③]，奢不以为然。及是将行，其母上书言于王曰："括不可使将。"王曰："何以？"对曰："始妾事其父，时为将，身所奉饭饮而进食者以十数，所友者以百数；大王及宗室所赏赐者，尽以予军吏；受命之日，不问家事。今括一旦为将，东向而朝，军吏无敢仰视之者；王所赐金帛，归藏于家，而日视便利田宅可买者实之。父子异志，愿王勿遣！"王曰："母置之，吾已决矣。"括母因曰："王终遣之，即有不称，妾得无坐。"王许诺。括既将，悉变廉颇约束，兵败身死。赵王亦以括母先言，竟不诛也。

【注释】

①秦、赵相距长平：前260年开始，秦、赵两国争夺上党（今山西长治北）之地，在长平（今山西高平）对峙。

②赵王信秦反间：秦应侯范雎派人携带千金到赵国施行反间计，并散布流言说："廉颇很容易对付，秦国最害怕的是马服君赵奢的儿子赵括。"赵孝成王信之。

③易：轻率。

【译文】

秦国、赵国军队在长平对峙，赵王中了秦国的反间计，想派赵奢的儿子赵括代替廉颇做主将。赵括平时常常轻率地谈论兵法，赵奢不认同他。到了赵括即将率兵启程时，他的母亲上书劝谏赵王说："不能让赵括做主将。"赵王问："为什么？"赵母回答："当初臣妾侍奉赵括的父亲，他做将军的时候，屈身亲奉饮食的人就有十几个，和他结交为友的则有一百多位；大王及宗室所赏赐东西，全都分给官兵；自接受命令之日起，便不问家事专心于军事。现在赵括刚做将军，向东接受参见，军官没有人敢抬头看他；大王赏赐的金帛财物，都拿回家收藏起来，每天留意良田美宅能买就买下来。父子的心志不同，希望大王不要派他去！"赵王说："老太太你的意见还是放在一边吧，我已经决定了。"赵母便说："大王最终决定要派他去，如果他不称职，我希望不要受到株连。"赵王答应了。赵括做了主将后，把廉颇原有的纪律和规定都更改了，最终兵败身死。赵王因赵母先前说的话，最终没有诛杀赵母。

括母不独知人，其论将处亦高。

【译文】

赵母不仅仅是了解自己的儿子，谈论带兵之道也颇为高明。

后唐龙武都虞候柴克宏[①]，再用之子也[②]。沉嘿好施[③]，不事家产，虽典宿卫，日与宾客博奕饮酒[④]，未尝言兵，时人以为非将帅才。及吴越围常州，克宏请效死行阵，其母亦表称克宏"有父风，可为将，苟不胜任，分甘孥戮"[⑤]。元宗用为左武卫将军[⑥]，使救常州，大破敌兵。

【注释】

①龙武都虞候：侍卫军中属官，本以戒严执法为任，后逐渐演变成相当于副帅的军职。柴克宏：南唐将领。事元宗李璟，任抚州刺史。周世宗征南唐，吴越出兵助攻常、宣二州，他受命出兵解常州围，大破之。

②再用：柴再用，唐朝末年至五代十国时期名将。

③沉嘿（mò）：即沉默。不说话，不出声。

④博奕：又作“博弈”，下棋。

⑤孥戮：诛及子孙。

⑥元宗：南唐元宗李璟。

【译文】

南唐龙武都虞候柴克宏，是柴再用的儿子。平日话不多但喜欢帮助别人，不经营家产，虽然掌管禁宫警卫，但每天与客人下棋饮酒，从未谈论用兵之道，当时的人认为他不是将帅之才。后来吴越围攻常州，柴克宏请求加入军队效劳，他的母亲也上表章说柴克宏“有他父亲的风貌，可以做将领，如果不能胜任，愿意全家领罪被处死”。元宗任命他为左武卫将军，派他救援常州，果然大破敌兵。

括唯不知兵，故易言兵；克宏未尝言兵，政深于兵。赵母知败，柴母知胜，皆以其父决之，异哉！

【译文】

正因赵括不懂兵法，才敢轻率地谈论兵事；柴克宏不曾谈论兵事，正是因为深懂用兵之道。赵母知道儿子带兵必败，柴母知道儿子为将必胜，两位母亲都是由他们的父亲来评断儿子日后的作为，真是令人称奇啊！

婴母 陵母

东阳少年起兵[1]，欲立令史陈婴为王[2]。婴母曰："暴得大名不祥[3]，不如有所属，事成封侯，不成，非世所指名也。"婴乃推项梁[4]。

【注释】

①东阳少年起兵：秦二世时，陈胜起义，东阳少年遂杀县令，相聚数千人反秦。东阳，秦县名，在今江苏盱眙东。

②陈婴：东阳起义军首领，后归汉，封堂邑侯。

③大名：尊崇的名号。

④项梁：秦末义军领袖。楚国名将项燕之子，西楚霸王项羽的叔父。

【译文】

东阳县的年轻人起兵反秦，想拥立令史陈婴为王。陈婴的母亲说："突然获致尊荣不是好事，不如依附他人，如果起义成功，日后仍能封侯，如果失败，也不致成为后世指名叫骂的对象。"陈婴于是推举项梁为王。

王陵以兵属汉[1]，项羽取陵母置军中。陵使至，则东向坐陵母[2]，欲以招陵。陵母私送使者，泣曰："愿为妾语陵，善事汉王，汉王长者，毋以老妾故持二心！"遂伏剑而死。边批：干净。

【注释】

①王陵：刘邦同乡，西汉开国功臣之一，封安国侯，惠帝时继曹参为相。

②东向：面向东。古代以东为上方、尊位。

【译文】

王陵率兵投靠汉王刘邦，项羽把王陵的母亲请来安置在军中。王陵派人前来，项羽就让王陵母亲东向坐，想以此招降王陵。王陵的母亲偷偷送走使者，哭着说："希望你替我转告王陵，好好事奉汉王，汉王是个仁厚长者，不要因为我的缘故对汉王抱持二心！"然后引剑自杀。边批：干脆利落。

婴母知废，胜于陈涉、韩广、田横、英布、陈豨诸人[①]。陵母知兴，胜于亚父、蒯通、贯高诸人[②]。

【注释】

①陈涉：陈胜，字涉，起义反秦称王，数月即被杀。韩广：陈胜、吴广起义时自立为燕王，被项羽迁为辽东王，后被杀。田横：在齐王田广被擒后自立为齐王，旋为汉所破。英布、陈豨：在汉得天下后谋反被杀。

②亚父：范增，项羽谋臣，尊称为亚父。后项羽不用其言，疽发背死。蒯（kuǎi）通：楚汉相争时，说韩信背汉，三分天下。贯高：汉之封国赵王相，曾谋杀刘邦未遂。

【译文】

陈婴的母亲知道自己起义必败，这点就强过陈涉、韩广、田横、英布、陈豨等人。王陵的母亲知道刘邦必胜，强过亚父、蒯通、贯高等人。

〇姜叙讨贼，其母速之。马超叛[①]，杀刺史、太守，叙议讨之，母曰："当速发，勿顾我！"超袭执叙母，母骂超而死，明大义也。乃楚项争衡，雌雄未定，而陵母预识天下必属长者，而唯恐陵失之，且伏剑以绝其念，死生之际，能断决如此，女子中伟丈夫哉！徐庶之不终于昭烈也[②]，其母存也；陵母不伏剑，陵亦庶也。

【注释】

①马超叛：建安十八年（213），马超率羌人击陇上诸郡县，攻破冀城，杀刺史、太守，自称征西将军、领并州牧。后在姜叙、杨阜的讨伐下兵败逃亡。

②徐庶：刘备谋士，后因母亲被曹操虏获而投曹操。昭烈：刘备。谥昭烈皇帝。

【译文】

〇姜叙讨伐叛乱，母亲鼓励他尽快发兵。马超谋叛，杀了刺史、太守，姜叙商议讨伐他，母亲说："你要快点发兵，不要顾及我！"马超袭击挟持了姜母，姜母骂马超而死，这是深明大义。楚汉相争，胜负未定时，王陵的母亲提早知道天下必属于汉王，唯恐王陵失去机会，引剑自杀了断王陵心中的杂念，生死之际，能如此果断，真是女子中的伟丈夫啊！徐庶最后没有辅佐刘备，是因为他的母亲在世；如果王陵的母亲不伏剑自杀，王陵也会像徐庶一样。

叔向母

初，叔向晋大夫羊舌肸欲娶于申公巫臣氏[①]，其母欲娶其党[②]。叔向曰："吾母多而庶鲜[③]，吾惩舅氏矣[④]。"其母曰："子灵之妻夏姬也杀三夫、一君、一子，而亡一国两卿矣[⑤]，可无惩乎？吾闻之：甚美必有甚恶。昔有仍氏生女[⑥]，发黑而美，光可以鉴[⑦]，名曰玄妻。乐正后夔取之[⑧]，生伯封，实有豕心[⑨]，贪惏无厌[⑩]，忿纇无期[⑪]，谓之封豕。有穷后羿灭之，夔是以不祀。今三代之亡[⑫]，共子之废[⑬]，皆是物也，汝何以为哉？夫有尤物，足以移人[⑭]，苟非德义，则必有祸！"叔向惧，不敢取，平公强使取之，生伯石。伯石始生，叔向之母视之，及堂，闻其声而还，曰："是豺狼之声也！狼子野心，非是，莫丧羊舌氏矣[15]！"遂弗视。

【注释】

①叔向：羊舌肸（xī），字叔向，春秋时晋大夫。申公巫臣氏：屈巫，一名巫臣，字子灵，在楚封申公。

②党：亲族。

③母：庶母。古时妾媵为姐妹随嫁，故叔向之庶母是其母家人。庶：庶母所生庶子。

④惩：鉴戒。叔向认为舅家之女不宜生育。

⑤杀三夫、一君、一子，而亡一国两卿矣：夏姬先嫁子蛮，使其夭死，次嫁御叔，御叔旋亦死，巫臣则为其所嫁之第三夫。据史载，此时夏姬仅死二夫。杀一君指陈灵公，一子指夏徵舒，亡一国指陈，两卿指孔宁、仪行父。

⑥有仍氏：夏朝诸侯。

⑦鉴：照。

⑧乐正：官名。乐官之长。

⑨实有豕心：伯封的"封"字，即有大豕意，此处是说他不仅名为封，实际也如封猪一样贪心。

⑩惏（lán）：贪婪。

⑪忿颣（lèi）无期：狂戾至极。

⑫三代之亡：指夏桀宠妺喜，殷纣宠妲己，周幽王宠褒姒，皆因妖艳之女灭亡。

⑬共子：春秋时晋献公太子申生，以献公宠骊姬而被骊姬陷害，最终自缢。

⑭移人：使人迷失本性。

⑮莫丧羊舌氏矣：叔向母认为伯石将会使羊舌氏灭亡。叔向子扬食我，字伯石，鲁昭公二十八年（前514），因参与祁盈之乱，为晋顷

公所杀。晋公遂灭祁氏、羊舌氏二族，分羊舌氏之田为三县。

【译文】

当初，春秋时叔向晋大夫羊舌肸想娶申公巫臣的女儿为妻，他的母亲却希望他娶自己娘家的人。叔向说："我的庶母多但庶兄弟却很少，我得吸取舅家之女不宜生育的教训。"他母亲说："子灵的妻子夏姬害死了三个丈夫、一个国君、一个儿子，导致一个国家和两位卿大夫灭亡，这能不警戒吗？我听说：过分美丽的女人必然带来凶险万端的灾祸。古时有仍氏生了个女儿，头发又黑又美，光亮得可照出人影，人们称她为玄妻。乐正后夔娶她为妻，生了个儿子名叫伯封，伯封的性情像猪一样，贪婪无厌，狂戾至极，所以人们叫他封豕。有穷国的后羿杀了伯封，夔氏因此断了祭祀。如今三代的灭亡，晋太子申生的被陷害，祸端都出自美女，你为什么还要娶美女呢？有诱人美貌的女子，足以迷惑人心，如果不是品德高尚之人，那就一定会带来灾祸！"叔向很害怕，不敢娶申公巫臣的女儿了，但晋平公强逼叔向娶她，生了伯石。伯石刚出生时，叔向的母亲去探视他，才到堂前，听见婴儿的哭声就掉头返回，说："这是豺狼的声音！狼子野心，不是他的话，也没有别人会灭亡羊舌氏了！"于是不肯探视孙子。

严延年母

严延年守河南①，酷烈好杀，号曰"屠伯"。其母从东海来②，适见报囚③，大惊，便止都亭④，不肯入府，因责延年曰："天道神明，人不可独杀⑤。我不意当老见壮子被刑戮也！行矣，去汝东归，扫除墓地。"遂去归郡。后岁余，果败诛。东海莫不贤智其母。

【注释】

①严延年：西汉宣帝时著名酷吏。

②东海：严延年为东海郡下邳（今江苏邳州南）人。

③报囚：判决囚犯。

④都亭：郡治在城外所设的亭舍。

⑤人不可独杀：意为杀人者，也当被杀。

【译文】

严延年做河南太守，手段残暴好杀人，人们称他为“屠伯”。他的母亲从老家东海郡来，正好碰上他在处决囚犯，大为震惊，便留在城外亭舍，不肯进入郡府，斥责严延年说：“天道神明在上，人不可能杀人而没有报应。我不想在年老的时候看到自己正值壮年的儿子受刑被处死！我要走了，离开你向东回家，去整理墓地。”于是离开，回了东海郡。后来过了一年多，严延年果然出事被诛杀。东海郡的人都认为他母亲贤明智慧。

伯宗妻

晋伯宗朝①，以喜归，其妻曰：“子貌有喜，何也？”曰：“吾言于朝，诸大夫皆谓我智似阳子阳处父②。”对曰：“阳子华而不实，主言而无谋，是以难及其身③，子何喜焉？”伯宗曰：“我饮诸大夫酒而与之语，尔试听之。”曰：“诺④。”其妻曰：“诸大夫莫子若也；然而民不能戴其上久矣，难必及子，盍亟索士，慭赖也。庇州犁焉⑤？州犁，伯宗子。”得毕阳。后诸大夫害伯宗⑥，毕阳实送州犁于荆⑦。初伯宗每朝，其妻必戒之曰：“盗憎主人，民怨其上⑧。子好直言，必及于难。”

【注释】

①伯宗：春秋时晋国厉公时大夫。

②阳子：阳处父，春秋时晋国襄公时太傅。

③难及其身：春秋鲁文公六年（前621），晋襄公死，执政赵盾欲立公子雍，遣先蔑、士会赴秦迎公子雍。而贾季（狐射姑）却派人去陈国接公子乐，欲立乐为君。于是赵盾派人杀公子乐。阳处父为赵盾之党，贾季怨之，遣人杀阳处父而奔于狄。

④诺：表同意。文中省略了设宴接谈过程的叙述。

⑤憖（yìn）：愿意。

⑥诸大夫害伯宗：鲁成公十五年（前576），晋三郤（郤锜，郤犨，郤至）杀害伯宗。

⑦荆：楚国别称。后来伯州犁为楚人用为太宰。

⑧盗憎主人，民怨其上：谓盗欲窃物，惧主人察知，不能不恨主人；而百姓亦不能不憎恶统治者。

【译文】

晋国大夫伯宗上早朝后，高兴地回到家里，他的妻子说："你脸上有高兴的表情，因为什么呢？"伯宗说："我在朝上奏事，诸位大夫都说我像阳子阳处父一样有智慧。"妻子回答说："阳处父有外表而无内在，爱夸夸其谈却没有谋略，因此灾祸降临到他头上，你为什么因这件事高兴呢？"伯宗说："我请各位大夫来喝酒并和他们交谈，你试着听一听辨别我们的才智。"妻子说："好。"宴饮结束后，他的妻子说："各位大夫都比不上你；但百姓不拥戴国君很久了，有灾祸一定会殃及你，为什么不快点招募侍卫，赖以庇护州犁呢？州犁，是伯宗的儿子。"找到了毕阳。后来大夫们杀害了伯宗，毕阳把州犁护送到楚国。当初伯宗每次上朝，他的妻子一定提醒他说："盗贼憎恨财物的主人，百姓怨恨统治者。夫君喜欢直言进谏，一定会招致祸患。"

李新声

李新声者，邯郸李岩女。太和中①，张谷纳为家妓，长而有宠。刘从谏袭父封[②]，谷以穷游佐其事。新声谓谷曰："前日天子授从谏节钺[③]，非有拔城野战之功，特以先父挈齐还我[④]，去就间未能夺其嗣耳。自刘氏奄有全赵[⑤]，更改岁时[⑥]，未尝以一履一蹄为天子寿。且章武朝数镇倾覆[⑦]，彼皆雄才杰器，尚不能固天子恩，况从谏擢自儿女子手中耶[⑧]！以不法而得，亦宜以不法而终。公不幸为其属，若不能早折其肘臂以作天子计，则宜脱旅西去[⑨]。大丈夫勿顾一饭恩[⑩]，以骨肉腥健儿衣食[⑪]。"言毕悲泣不已。谷不决，竟从逆死[⑫]。

【注释】

①太和：唐文宗李昂年号（827—835）。

②刘从谏：唐敬宗时袭父刘悟位为昭义军节度使。文宗即位，进检校司空。入朝归藩，加同中书门下平章事。公卿多托以私，众心颇附，遂心轻朝廷。甘露之变后，刘从谏不平，讥切宦官，宦官气焰因之稍有收敛。

③节钺：符节与斧钺，古代授予将帅，作为权力的标志。

④挈（qiè）齐还我：指刘悟杀李师道，以古齐地郓、青等十二州归朝廷事。

⑤奄有全赵：刘氏昭义军治相州（治今河南安阳），领邢、洺、贝、磁、卫等州，为古赵地。

⑥更改岁时：指旧岁既过，迎来新岁。按制度，每至新岁，各地要向朝廷致贺纳献。

⑦章武朝：唐宪宗之时。章武，唐宪宗李纯尊号为章武皇帝。

⑧从谏擢自儿女子手中：刘从谏主要是靠贿赂宰相李逢吉及宦官王守澄等得以袭位为留后。

⑨脱旅西去：脱弃寄身之处而归朝廷。唐都长安在相州西。

⑩一饭恩：偶然而轻易的小恩惠。

⑪以骨肉腥健儿衣食：用自己的生命来给士兵们换衣食，指成为逆贼而为朝廷讨灭。

⑫从逆死：843年，刘从谏死，朝廷不准其侄刘稹袭位之请，刘稹反叛败亡。张谷等十余家同时被诛。

【译文】

李新声，是邯郸人李岩的女儿。唐文宗太和年间，张谷把李新声纳为家妓，长期宠爱她。刘从谏承袭父亲的官职，张谷因困顿而与他交往为他做事。李新声对张谷说："前几日天子授予刘从谏符节与斧钺，并不是因为他有攻城野战的战功，只是因为他去世的父亲收回了齐地十二州交还朝廷，皇帝权衡他的去留，最后没能剥夺他的继承权罢了。自从刘从谏占有赵地，每逢新年，从未用丝毫物品向天子致贺纳献。而且宪宗时好几个藩镇被灭，那些节度使都是杰出的人物，尚且不能长久蒙受天子皇恩，更何况刘从谏是通过走亲贵宦官的门路得到提拔的呢！凡是用不正当的手段获取的东西，到头来也会以同样的方式失去它。您不幸身为刘从谏的属下，如果不能削弱他的羽翼爪牙为天子做打算，那就该脱离这个寄身之处，向西归顺朝廷。大丈夫千万不要念及对方的小恩小惠，用自己的生命来给士兵们换衣食。"说完后难过得不停地流泪。张谷没能下定决心，最后跟随刘氏被杀。

娄妃

宁藩将反[①]，娄妃尝泣谏之[②]，不听。既就擒，槛车北上，与监押官言往事即痛哭，且曰："昔纣用妇言而亡天下，吾不用妇言而亡家国，悔恨何及！"

【注释】

①宁藩：明宁王朱宸濠。

②娄妃：朱宸濠嫡妻娄氏，理学家娄谅孙女。宸濠败，她投水而死。

【译文】

宁王朱宸濠将要举兵谋反，娄妃曾哭着劝阻，朱宸濠不听从。后来朱宸濠兵败被擒，被关在囚车中押送北方，与监督押送的官吏谈起往事就痛哭，说道："从前纣王听信妇人的话而亡了商朝，我没有听从妇人的话却亡了家国，现在后悔哪来得及呢！"

仆固怀恩之母劝其子勿反[①]。谢综等赴东市[②]，综母独不出视。皆能识大义者，与妃而三耳。

【注释】

①仆固怀恩：唐朝铁勒部人。从郭子仪讨安史之乱，有殊功。代宗广德二年（764）起兵反。

②谢综：南朝刘宋时官吏。有才艺，善隶书，为太子中舍人。因谋迎立彭城王刘义康为帝，以谋反罪被杀。东市：古时京师处决死刑犯人在东市或西市。

【译文】

仆固怀恩的母亲劝儿子不要谋反。谢综等人被绑赴东市斩首时，谢母独不外出看望。她们都是懂得大义的人，和娄妃加起来共三人。

董氏

则天朝，太仆卿来俊臣之强盛[①]，朝官侧目[②]。上林令侯敏偏事之，其妻董氏谏曰："俊臣国贼也，势不可久，一朝事坏，奸党先遭，君可敬而远之。”敏稍稍而退，俊臣怒，出为涪州武隆令。敏欲弃官归，董氏曰：“但去莫求住。”遂行至州，投刺参州将，错题一张纸，边批：故意。州将展看尾后有字，大怒曰：“修名不了③，何以为县令！”不放上。敏忧闷无已，董氏曰：“但住莫求去。”停五十日，忠州贼破武隆，杀旧县令，略家口并尽，敏以不许上获全。后俊臣诛，逐其党流岭南，敏又获免。

【注释】

①来俊臣：武则天时著名酷吏。

②侧目：不敢正视，表示畏惧。

③修名：置备名帖，以为通报姓名之用。

【译文】

武则天时期，太仆卿来俊臣权重气骄，朝中官员对他十分畏惧。上林令侯敏却为来俊臣做事，侯敏的妻子董氏劝谏说：“来俊臣是戕害国家的贼人，权势不会长久，如果一旦失势获罪，他的党羽一定会先遭殃，您不妨对他敬而远之。”侯敏渐渐疏远来俊臣，来俊臣很生气，侯敏被贬为涪州武隆县令。侯敏想辞官回乡，董氏说：“只管去报到，不要请求停留。”侯敏就前往涪州报到，在给州将呈递名帖时，写错了一张纸，边批：故意。州将展开名帖看到纸的最后有字，生气地说：“连张名帖都写不好，怎么当县令？”就搁置他前来报到的公文。侯敏忧心忡忡，董氏说：“只管留下，不要请求离开。”留了五十天后，忠州贼匪攻破武隆，杀了武隆县的旧县令，其家人全部被杀害，侯敏因不得上任而保全一命。后来来俊臣被诛杀，朝廷把他的党羽流放岭南，侯敏又免于灾祸。

王章妻

王章为诸生[①],学长安,独与妻居。章疾病,无被,卧牛衣中[②],与妻诀[③],涕泣。其妻呵怒之曰:“仲卿,在朝廷贵人谁逾仲卿者!今疾病困厄,不自激昂,乃反涕泣,何鄙也!”后章历位至京兆,欲上封事[④],妻又止之曰:“人当知足,独不念牛衣中涕泣时耶?”边批:遭乱世不得不尔。章曰:“非女子所知。”书遂上,果下廷尉狱[⑤],妻子皆收系。章小女年可十二,夜起,号哭曰:“平日狱上呼囚[⑥],数常至九,今八而止。我君素刚,先死者必君!”明日问之,章果死。

【注释】

①王章:字仲卿。汉成帝时为京兆尹,刚直敢言。诸生:太学生。

②牛衣:供牛御寒用的披盖物。如蓑衣之类。

③诀:诀别,言不欲生也。

④封事:密封的奏章。时大将军王凤专国政,王章欲上书弹劾王凤。

⑤廷尉狱:汉代中央监狱,主要关押官员。

⑥呼囚:点犯人名。

【译文】

王章是太学生时,在长安求学,只与妻子住在一起。王章病重,没有被子,躺在牛衣里,和妻子诀别,痛哭流涕。妻子生气地叱责王章说:“仲卿,朝廷的官员有谁的才学能比得上你!现在你病重困顿,不自我激励奋发,却反倒流泪怨叹,多么让人瞧不起啊!”后来王章做到了京兆尹,想上书密奏弹劾王凤,妻子又劝阻他说:“人应该知足,你难道忘了当年在牛衣中流泪的时候吗?”边批:遭逢乱世不得不如此。王章说:“国家大事不是你们女人懂得的。”于是仍上书弹劾,果然获罪下狱,妻子儿女也都被收捕入狱。当时王章的小女儿只有十二岁，半夜时惊醒，大哭着说："平常狱吏点数犯人，数目都是到九，今天到八就停下了。父亲一向个性刚直，先被处死的一定是他！"第二天询问狱吏，王章果然死了。

吴长卿曰：妻能料生，女能料死。虽然，其妻可及也，其女不可及也。

【译文】

吴长卿说：妻子能指出如何明哲保身，女儿能推断出死期。然而，王章妻子的保身哲学可以企及，但他女儿的智慧就非常人所及了。

陈子仲妻　王霸妻

楚王聘陈子仲为相①。仲谓妻曰："今日为相，明日结驷连骑②，食方于前矣③！"边批：陋甚！妻曰："结驷连骑，所安不过容膝；食方于前，所甘不过一肉。今以容膝之安、一肉之味，而怀楚国之忧。乱世多害，恐先生之不保命也！"于是夫妻遁去，为人灌园。

【注释】

①陈子仲：即於陵子仲。据《高士传》：陈仲子，字子终，齐人。兄陈戴相齐，食禄万钟。以兄禄为不义，乃适楚，居於陵。楚王闻其名，聘以为相，乃夫妻逃去，为人灌园。

②结驷连骑：高车骏马，连结成队。形容出行排场盛大。驷，古代套四匹马的车。骑，古称一人一马为骑。

③食方于前：食方，食前方丈，进膳时肴馔列于前，至占地一丈。形容饮食豪华。

【译文】

楚王想聘陈子仲做国相。陈子仲对妻子说："今天我做了国相，明天就能坐上豪车、随从簇拥，吃上满桌的山珍海味了！"边批：太粗俗了！妻子说："乘坐豪车随从簇拥，坐的地方也不过仅仅容下双膝；满桌的山珍海味，美味的只不过是一份肉。今天你只是为一点空间、一份肉食，就担负楚国兴亡的忧患。目前世事纷扰处境艰危，我担心你保不住性命！"于是夫妻两人逃走了，为人浇灌园地谋生。

王霸与同郡令狐子伯为友[①]。子伯为楚相，子为郡功曹[②]。子伯遣子奉书于霸，客去，久卧不起。妻怪问之，霸曰："向见令狐子容甚光，举措自适。而我儿蓬发历齿[③]，未知礼则，见客而有惭色。父子恩深，不觉自失耳。"妻曰："君少修清节，不顾荣禄。今子伯之贵孰与君之高？奈何忘夙志而惭儿女子！"霸决起而笑曰："有是哉！"遂共终身隐遁。

【注释】

①王霸：东汉初隐士。

②郡功曹：官名。汉制，郡守属吏有功曹，为郡守自选之属吏中地位较高者，主选署功劳，议论赏罚，为郡守的左右手。

③蓬发：头发蓬乱。历齿：牙齿稀疏不整齐。

【译文】

王霸和同郡令狐子伯是好朋友。子伯做楚国相，儿子是郡功曹。令狐子伯派儿子送信给王霸，客人走后，王霸长时间躺在床上不起来。妻子觉得奇怪，问他原因，王霸说："刚才看令狐子伯的儿子容光焕发，举止合宜。可我的儿子头发蓬乱、牙齿稀疏，不懂礼仪，见了客人有惭愧之色。父子间有养育深恩，我不觉自己若有所失。”妻子说：“夫君从年少开始就修养清高的节操，不贪慕官禄荣华。今天令狐子伯的显贵哪比得上夫君的清高？为什么忘了自己以往所坚持的理念，而因子女感到惭愧呢！”王霸一跃而起，笑着说：“是这样的啊！”于是夫妻二人一起终身隐居。

孟光梁鸿妻、桓少君鲍宣妻得同心为匹[①]，皆能删华就素，遂夫之高。而子仲、王霸之妻，乃能广其夫志，使炎心顿冷，优游无患，丈夫远不逮矣。

【注释】

①孟光：西汉末至东汉初人，与丈夫梁鸿共同隐遁。桓少君：西汉末人。鲍宣年少时求学于桓少君之父门下，家境贫寒。桓少君从夫过简朴生活。

【译文】

梁鸿的妻子孟光、鲍宣的妻子桓少君嫁了志同道合的丈夫，都能放弃奢华安于朴素，成就丈夫的高洁品行。而陈子仲、王霸的妻子，竟能开阔丈夫的心志，让丈夫功名心冷却，生活闲适没有祸患，这种远见卓识是世间一般男子远远比不上的。

屈原姊

屈原既放逐，其姊闻之，亦来归，责原矫世[①]，喻令自宽[②]，故其地名“姊归县”[③]。《离骚》曰[④]：“女媭之婵媛兮[⑤]，申申其詈余[⑥]。”楚人谓女曰媭。

【注释】

①矫世:矫正世俗。

②自宽:自我宽慰。

③姊归县:今作"秭归",在湖北西部长江北岸。以屈原之姐来归释县名,是民间传说附会。

④《离骚》:屈原代表作,我国古代第一篇长诗。

⑤女媭(xū):为楚人妇女之通称。因后汉贾逵有楚人谓姊曰"媭"的说法,王逸注《楚辞》时,即释为屈原之姊。婵媛:旧释或以为淑美之貌,或以为眷恋、牵持之义。

⑥申申:犹刺刺不休。詈(lì):责备。

【译文】

屈原遭到放逐后,他姐姐听说了,就前去探望屈原,责备他矫正世俗太过耿直,要他自我宽慰放开心怀,所以当地被称为"姊归县"。《离骚》写道:"贤姊姊情思萦怀,责备我刺刺不休。"楚人把女子叫作"媭"。

梁公委蛇[①],其姊讽之以方正[②]。仁杰往候卢姨,欲为表弟求官。卢曰:"姨只一子,不欲其事女主。"仁杰大惭。屈平方正,其姊进之以委蛇。各具卓识,而姊之作用大矣。

【注释】

①委蛇:随顺,顺应貌。

②姊:似有误,疑应为"姨"。方正:指人行为、品性正直无邪。

【译文】

唐朝的狄仁杰接受武则天任命的官职,他的姐姐讽喻他要端方正直。狄仁杰去看望卢姓姨妈,想为表弟谋一官职。卢姨说:"姨只有这一个儿子,不希望他为女主效命。"狄仁杰大感惭愧。屈原太过刚直,他姐姐劝他顺应现实。两人各有卓越的见识,而姐姐的作用是很大的。

僖负羁妻

晋公子重耳至曹[①]，曹共公闻其骈胁[②]，使浴而窥之。曹大夫僖负羁之妻曰："吾观晋公子之从者皆足以相国[③]，若以相，夫子必反其国[④]。反其国，必得志于诸侯[⑤]。得志于诸侯而诛无礼，曹其首也[⑥]。子盍早自贰焉[⑦]？"乃馈盘飧，置璧焉[⑧]。公子受飧反璧。及重耳入曹[⑨]，令无入僖负羁之宫。

【注释】

①晋公子重耳至曹：晋献公宠骊姬，骊姬谗害诸公子，重耳时守蒲城，遂奔狄，处狄十二年，至卫。卫文公不礼之，至齐。又由齐至曹。

②骈胁：肋骨紧密连接为一片，就像一块骨头。

③相国：为国之辅相。

④反其国：返回晋国为君。

⑤得志于诸侯：称霸于诸侯。

⑥曹其首也：曹共公不礼于重耳，故重耳欲诛无礼，首当伐曹。

⑦自贰：表示自己对重耳的忠心。僖负羁为曹大夫，向外人示好，对曹君为"贰"。

⑧置璧：献璧，是纳交之意。然人臣无外交，故将璧藏于盘飧之中，以免令人发觉。

⑨及重耳入曹：晋文公五年（前632），伐曹，破之，执曹共公。

【译文】

晋公子重耳到达了曹国，曹共公听说重耳天生肋骨连成一片，就让重耳洗澡自己去偷看他。曹大夫僖负羁的妻子说："我看晋公子重耳的随从个个都能做国之辅相，如果用他们辅佐，重耳日后一定能重返晋国。返回晋国登上王位后，一定能在诸侯当中称霸。重耳称霸后诛伐曾对他无礼的国家，曹国恐怕就是第一个遭殃的。你为什么不趁早结交重耳呢？”于是僖负羁派人送了一盘食物给重耳，并在里面放了一块玉璧。重耳接受了食物返还了玉璧。后来重耳攻打曹国，下令军队不得侵入僖负羁的住宅。

僖负羁始不能效郑叔詹之谏[1]，而私欢晋客。及晋报曹，又不能夫妻肉袒为曹君谢罪，盖庸人耳。独其妻能识人，能料事，有不可泯没者。

【注释】

①郑叔詹之谏：重耳流亡路过郑国，郑文公不以礼相待。叔詹劝谏郑文公优待重耳，郑文公不听，叔詹建议如果不能礼遇重耳，就杀掉他。详见《国语·晋语》。叔詹，郑大夫，郑文公之弟。郑，底本作“卫”，误。

【译文】

僖负羁起初不能效仿郑国叔詹那样劝谏国君，却私下结交重耳。等晋国报复攻打曹国，又不能夫妻脱去上衣为曹君谢罪，不过只是个平庸的人罢了。唯独他的妻子能慧眼识人，能推断事理，有不可埋没的才能。

漂母

韩信始为布衣时[1]，贫无行，尝从人寄食，人多厌之。尝就南昌亭长食数月[2]，亭长妻患之，乃晨炊蓐食[3]，食时信往，不为具食。信觉其意，竟绝去。信钓于城下，诸母漂[4]，有一母见信饥，饭信，竟漂数十日。信喜，谓漂母曰："吾必有以重报母！"边批：信之受祸以责报故[5]。母怒曰："大丈夫不能自食，吾哀王孙而进食[6]，岂望报乎！"信既贵，酬以千金。

【注释】

①布衣：平民。

②南昌：古亭名。在今江苏淮安淮阴东南。

③蓐（rù）食：早晨未起身，在床席上进餐。谓早餐时间很早。

④漂：以水冲洗衣物。

⑤责报：有功于人，要求别人酬报自己。

⑥王孙：犹言公子，对少年人的美称。

【译文】

韩信起初还是平民时，贫穷又没有好品行，曾经寄居在别人家吃闲饭，很多人都讨厌他。韩信曾在南昌亭长家白吃白住了好几个月，亭长的妻子讨厌他，就早早做饭吃饭，正常吃饭时间韩信来了，就不给他准备饭菜。韩信察觉到他们的心思，就离开了。韩信在城下钓鱼，许多老妇人在附近漂洗棉絮，其中一个见韩信饿着，就拿饭给他吃，在漂洗棉絮的几十天里都是如此。韩信很高兴，对老妇人说："我将来一定要重重报答您！"边批：韩信之所以遭祸，就是因为要求刘邦回报。老妇人生气地说："男子汉大丈夫养不活自己，我可怜你才给你饭吃，难道指望你的报答！"韩信显贵后，以千金酬谢那位老妇人。

刘季、陈平皆不得于其嫂[1]，何亭长之妻足怪！如母厚德，未数数也。独怪楚汉诸豪杰，无一人知信者，虽高祖亦不知，仅一萧相国，亦以与语故奇之，而母独识拔于邂逅憔悴之中，真古今第一具眼矣[②]！淮阴漂母祠有对云："世间不少奇男子，千古从无此妇人。"亦佳，惜祠大隘陋，不能为母生色[③]。

【注释】

①刘季：汉高祖刘邦，字季。陈平：西汉开国功臣，后为丞相。不得：不被人礼重。

②具眼：谓有识别事物的眼力。

③生色：增添光彩。

【译文】

刘邦、陈平等人都曾遭嫂嫂的白眼，亭长妻子的举动哪里值得奇怪！像老妇人这般宅心仁厚的人，实在少之又少。只是令人感到奇怪的是，当时楚汉的英雄豪杰们，竟没有一个人知遇韩信，即使汉高祖也不例外，唯有一个萧何，也是在和韩信谈话时才认定韩信是个奇才，而唯独老妇人认出偶遇的落魄的韩信有过人才识，真是古今第一识人慧眼啊！淮阴县漂母祠有副对联写道："世间不少奇男子，千古从无此妇人。"正是最佳写照，可惜祠堂太狭窄简陋，不足为漂母增添光彩。

刘道真少时尝渔草泽[①]，善歌啸，闻者莫不留连。有一老妪识其非常人，边批：具眼。甚乐其歌啸，乃杀豚进之。道真食豚尽，了不谢。边批：果非常人。妪见不饱，又进一豚，食半而去。后为吏部郎，妪儿时为小令史，道真超用之。不知其故，问母，母言之。此母亦何愧漂母，而道真胸次胜淮阴数倍矣！

【注释】

①刘道真：刘宝，字道真。西晋时官至都督幽并州诸军事，赐爵关内侯。

【译文】

刘道真年轻时曾在水泽捕鱼为生，善于唱歌吟啸，听到的人没有不流连不舍离去的。有一位老妇人知道他绝非普通人，边批：有慧眼。非常喜欢他的歌啸，就杀了一头小猪请他吃。刘道真吃完小猪，并不向老妇人道谢。边批：果然不是普通人。老妇人见他没吃饱，又给他一头小猪，刘道真吃了一半就离开了。后来刘道真做吏部侍郎，老妇人的儿子当时只是名小令史，刘道真越级拔擢他。老妇人的儿子不知道原因，问他母亲，母亲就讲出了当年的事情。这位老妇人不比漂母差，而刘道真的心胸却胜过韩信数倍啊！

何无忌母

何无忌夜于屏风里草檄文[①]，其母，刘牢之姊也[②]，登凳密窥之，泣曰："汝能如此，吾复何忧！"问所与谋者，曰："刘裕[③]。"母尤喜，因为言玄必败、事必成以示之。

【注释】

①何无忌：晋朝人，少有大志，为广武将军。桓玄篡位，无忌与刘裕等起兵，击败桓玄。

②刘牢之：东晋名将。字道坚。初为谢玄参军，以骁勇统"北府兵"精锐。淝水之战，首战破敌，因功任龙骧将军、彭城内史。他握重兵，先后为王恭、司马元显所用。又曾镇压孙恩起义。后附桓玄，权被夺后自杀。

③刘裕：字德舆，小字寄奴。南朝宋的建立者，420—422年在位。少事樵耕，后为北府兵将领，从刘牢之镇压孙恩、卢循起义。击败桓玄，遂掌朝政。出兵灭南燕、巴蜀、后秦。位至相国，封宋王。元熙二年（420）代晋称帝，国号宋。谥武。

【译文】

何无忌夜里在屏风后面草拟讨伐桓玄的檄文，他的母亲是刘牢之的姐姐，站在矮凳上偷看何无忌的举动，流着泪说："你能这样做，我还有什么好担心的！"问他共谋大事的人是谁，何无忌说："刘裕。"母亲听了更为高兴，接着分析桓玄必败、他们起兵必成的原因给他听。

既识大义，又能知人。

【译文】

何母既深明大义，又有知人之明。

王珪母

王珪始隐居时[①]，与房、杜善[②]。母李尝曰："儿必贵，然未知所与游者何如人，试与偕来。"会玄龄等过其家，李窥见，大惊，敕具酒食，尽欢。喜曰："二客公辅才，尔贵不疑！"见《新唐书》。一说：珪妻剪发供客，窥坐上数公皆英俊，末及最少年虬髯者[③]，曰："汝等成名，皆因此人！"少年乃太宗也。杜子美有诗纪其事[④]。

【注释】

①王珪：字叔玠。初事李建成，后唐太宗召为谏议大夫。每推诚直谏，善品评人物。与房玄龄、李靖、魏徵等同辅政，官终礼部尚书。

②房：房玄龄。杜：杜如晦。后均为唐初贤相。

③虬髯：蜷曲的连鬓胡须。

④杜子美有诗纪其事：杜甫，字子美。《送重表侄王砅（lì）评事使南海》记录此事，王砅高祖为王珪。

【译文】

王珪最初隐居时，与房玄龄、杜如晦交好。王珪的母亲李氏曾说："我儿一定会显贵，但不知平日交往的都是什么样的人，不妨请他们一起到家中坐坐。"正巧有一天房玄龄等人到他家拜访，李氏偷偷察看，非常惊异，立即准备丰盛的酒菜款待他们，宾主尽欢。李氏高兴地说："两位客人都是辅佐国家的人才，日后你必会显贵！"出处见《新唐书》。此事另有一种说法：王珪的妻子剪掉头发卖钱招待来客，偷看座上客人们，都是才智出众的人，最后看到最年轻的胡须卷曲的人，说："你们以后成名显贵，全靠这个人！"这名年轻人就是唐太宗。杜甫有诗记录这件事。

潘炎妻

潘炎侍郎①，德宗时为翰林学士，恩渥极异②。妻刘晏女③。有京兆谒见不得，赂阍者三百缣④。夫人知之，谓潘曰："为人臣，而京兆尹愿一谒见，遗奴三百缣，其危可知也！"劝潘公避位。子孟阳初为户部侍郎，夫人忧惕，谓曰："以尔人材，而在丞郎之位，吾惧祸之必至也！"户部解喻再三，乃曰："试会尔同列，吾观之。"因遍召客至，夫人垂帘观之。既罢会，喜曰："皆尔俦也⑤，不足忧矣！"边批：轻薄。问末座惨绿少年何人⑥，曰："补阙杜黄裳⑦。"夫人曰："此人全别，必是有名卿相！"

【注释】

①潘炎：唐代宗大历末为太子右庶子，后迁礼部侍郎。

②恩渥：谓帝王给予的恩泽。

③刘晏：字士安。七岁举神童，授秘书省正字。宝应二年（763），擢

为吏部尚书、同平章事,领度支盐铁转运租庸使。寻罢相,仍领江淮等道转运、租庸、盐铁、常平等使。疏浚运河,改革漕运,整理盐政,行常平法。大历后,迁吏部尚书。前后理财二十年,使安史乱后府库耗竭旧貌改观。德宗立,又加关内河东三川转运、盐铁及诸道青苗使。旋为杨炎构陷而死,时人冤之。理财有方,为官清廉。及没其家,仅杂书两乘、米麦数斛。

④阍者:守门掌通报的仆人。缣:双股丝织成的细绢。

⑤俦:同类。

⑥惨绿少年:本指穿浅绿色衣服的少年。后称风度翩翩的青年男子为“惨绿少年”。

⑦杜黄裳:字遵素。宝应进士。初为郭子仪朔方从事,曾代主留后事务。贞元末为太常卿,反对王叔文用事,宪宗以太子总军国事时,拜门下侍郎同中书门下平章事,后力主讨伐割据蜀地的刘辟,削弱藩镇。元和二年(807)以检校司空为河中晋绛节度使,封邠国公。

【译文】

礼部侍郎潘炎,唐德宗时任翰林学士,极受德宗恩宠。他的妻子是刘晏的女儿。一个京兆尹有事想拜见潘炎但见不到,贿赂看门人三百匹细绢。夫人知道后,对潘炎说:“你只是一名朝臣,而京兆尹想见你一面,竟要给看门人三百匹细绢,其中的危机可想而知了!”劝潘炎辞官。潘炎的儿子潘孟阳当初做户部侍郎,潘炎夫人担心忧虑,说:“以你的学识才能,在侍郎的官位上,我担心祸事一定会临头!”潘孟阳再三解释宽慰母亲,母亲才说:“请你的同事来聚会,让我看看他们。”于是潘孟阳把同事都请来,潘母在帘后窥视。聚会结束后,夫人高兴地说:“他们都和你差不多,不用担心了!”边批:轻薄。潘母问席间坐在最后面风度翩翩的年轻人是谁,潘孟阳说:“补阙杜黄裳。”潘母说:“这人和其他人截然不同,日后一定是有名的卿相!”

辛宪英 二条

一

晋羊耽妻辛宪英，魏侍中毗女[①]，有才鉴。初曹丕得立为世子，抱毗项谓曰："知吾喜不？"毗归语之，宪英叹曰："世子，代君主国者也。代君不可不戚，主国不可不惧。宜戚宜惧而反喜，魏其不昌乎？"弟敞为曹爽参军[②]，宣帝谋诛爽[③]，或呼敞同赴爽[④]，敞难之。宪英曰："爽与太傅同受顾命而独专恣，于王室不忠。此举度不过诛爽耳。"敞曰："然则敞无出乎？"宪英曰："为人执鞭而弃其事[⑤]，不祥，安可不出？若夫死难，则亲昵之任也。汝从众而已。"敞遂出。宣帝果诛爽。敞叹曰："吾不谋诸姊，几不获于义！"

【注释】

①魏侍中毗：辛毗，字佐治。初从袁绍为谋臣，曹操荐为议郎，迁丞相长史。曹丕即位，为侍中。

②弟敞：辛敞，字泰雍。正始末为大将军曹爽参军，咸熙中为河内太守。入晋，官至卫尉。曹爽：字昭伯，曹真之子。与司马懿并为明帝曹叡托孤大臣。少帝曹芳即位之后加侍中，改封武安侯。被司马懿诛灭。

③宣帝：司马懿。司马炎代魏称帝建立晋朝，追尊他为宣帝。时为太傅。

④或呼敞同赴爽：当时曹爽被拒于洛阳城外，司马懿父子占据洛阳，故曹爽之党呼辛敞出城助曹爽。

⑤执鞭：服役，效劳。辛敞为大将军幕官。

【译文】

晋人羊耽的妻子辛宪英，是魏国侍中辛毗的女儿，颇有才识。当初曹丕被立为世子，抱着辛毗的脖子说："你知道我高兴吗？"辛毗回家后将此事告诉给辛宪英，辛宪英叹口气说："世子，是接替君王主掌宗庙社稷的人。继位为君不能不忧戚，主持国政不得不戒慎。应该忧戚戒慎却反而高兴，魏国大概不会昌盛了吧？"辛宪英的弟弟辛敞做曹爽的参军，司马懿想要诛杀曹爽，有人叫辛敞出城一起去曹爽处，辛敞觉得很为难。辛宪英说："曹爽与太傅一同接受先皇顾命辅佐朝政，而曹爽专断独行，对王室不忠诚。太傅这样做想来不过是要诛杀曹爽罢了。"辛敞说："那么我能不出城吗？"辛宪英说："为别人效劳却不能尽忠职守，不祥，你怎么能不出城呢？至于为他赴死，则是他的亲信该做的事情。你不过是随从众人而已。"于是辛敞出了城。司马懿果然诛杀了曹爽。辛敞感叹说："若不是我和姐姐商议，差点就失去道义了！"

二

钟会为镇西将军，宪英谓耽从子祜曰[①]："钟士季何故西出？"曰："将伐蜀。"宪英曰："会任事纵恣，非持久处下之道，吾畏其有他志也！"及会行，请其子琇为参军[②]。宪英忧曰："他日吾为国忧，今难至吾家矣！"琇固辞，文帝不听。宪英谓琇曰："行矣。戒之：军旅之间，唯仁恕可以济。"会至蜀，果反，琇守其戒，竟全归。

【注释】

①耽从子祜：羊耽的侄子羊祜，字叔子。魏末任相国从事中郎，参与司马昭的机密。武帝受禅，为尚书左仆射、卫将军，总枢机之重。镇守襄阳十年，开屯田，储军粮，作一举灭吴的准备。怀柔吴军

民，被称为羊公。又为征南大将军，屡请出兵灭吴。临终，举杜预自代。

②琇（xiù）：羊琇，伐蜀时参锺会军事。锺会谋反，琇苦谏。晋武帝时官中护军，加散骑常侍。

【译文】

锺会任镇西将军，辛宪英问丈夫羊耽的侄子羊祜说："锺会为什么率军西行？"羊祜说："要攻打蜀汉。"辛宪英说："锺会任性放纵，不是长久处于臣下位置该有的做法，我怕他有其他的打算！"到了锺会即将出发时，请辛宪英的儿子羊琇做参军。辛宪英担忧地说："以前我替国家忧心，现在灾祸到了我家里了！"羊琇坚决拒绝任职，文帝不答应。辛宪英对羊琇说："去吧。告诫你：身在军旅，只有心存仁恕才能渡过难关。"锺会到了蜀地，果然谋反，羊琇谨遵母亲的告诫，最终平安归来。

许允妇

魏许允为吏部[①]，选郡守多用其乡里，明帝遣虎贲收之[②]。妇阮氏跣出[③]，谓允曰："明主可以理夺，难以情求。"既至，帝核问之，允对曰："'举尔所知[④]。'臣之乡人，臣所知也。陛下检校为称职与否[⑤]，若不称职，臣受其罪。"既检校，皆得人，乃释允。及出为镇北将军也，喜谓其妇曰："吾其免矣[⑥]！"妇曰："祸见于此，何免之有！"允与夏侯玄、李丰善，事未发而以他事见收[⑦]，竟如妇言。允之收也，门生奔告其妇。妇坐机上，神色不变，曰："早知尔耳。"门生欲藏其子，妇曰："无预诸儿事。"乃移居墓所。大将军遣锺会视之[⑧]，曰："及父便收[⑨]。"儿以语母，母曰："汝等虽佳，才具不多，率胸怀与会语[⑩]，便自无忧。不须极哀，会止便止，不可数问朝事。”儿从之。大将军最猜忌，二子卒免于祸者，母之谋也。

【注释】

①吏部：《世说新语·贤媛》中为“吏部郎”。

②明帝：魏明帝曹叡。虎贲：勇士的通称。

③跣（xiǎn）出：赤脚而出，事急未及穿鞋。

④举尔所知：此处引孔子语，出自《论语·子路》。

⑤检校：查核。

⑥吾其免矣：时司马师兄弟方杀夏侯玄、李丰。许允与夏侯玄、李丰相善，惧怕祸端。及被任为镇北将军，当离京师，故云可免祸。

⑦事未发而以他事见收：许允受命为镇北将军后，尚未出发就任，有司奏他此前挥霍官府物资，于是被捕入狱。后许允死于流放途中。

⑧大将军：司马师。

⑨及父：才能可及其父。

⑩率胸怀：直任胸怀，无须做作。

【译文】

三国魏人许允在吏部任官时，选派郡守常任用他的同乡，魏明帝派卫士收押许允。他的妻子阮氏赤脚而出，对许允说：“明理的君主可以用道理说服他，很难用私意向他求情。”许允来到明帝面前后，明帝问他任用同乡的原因，许允回答说：“孔子说：‘举荐你了解的人才。’臣的同乡，就是臣所了解的人才。请皇上检验他们的能力和职位是否相称，如果他们不称职，臣接受责罚。”经过检试后，每个人都能胜任其职，明帝就将许允释放了。后来许允出任镇北将军，高兴地对妻子说：“我应该能避开祸事了！”妻子说：“祸事就显现在这里，哪里避得开呢！”许允与夏侯玄、李丰往来密切，还未出发上任就因其他事被捕入狱，果真如他妻子所说一样。许允被收押后，他的学生急忙赶来告诉他的妻子。许妻坐在织布机前，神色不变，说："我早就知道会这样了。"学生们想将许允的儿子藏起来，许妻说："和儿子们无关。"就搬到墓地去住。大将军派锺会探视他们，说："儿子的才能如果达到父亲的程度，就抓捕他们。"儿子们将这话告诉给母亲，母亲说："你们虽然不错，但才识不足，只要坦率地与锺会交谈，自然会平安无事。不须表现出极度的哀伤，话说完了就不要再多说，不可以多问朝廷发生的事。"儿子们听从了母亲的话。大将军猜忌之心最重，许允的两个儿子最终能免于灾祸，全靠母亲的智谋。

李衡妻

丹阳太守李衡[①]，数以事侵琅琊王[②]。其妻习氏谏之，不听。及琅琊即位，衡忧惧不知所出。妻曰："王素好善慕名，方欲自显于天下，终不以私嫌杀君明矣。君宜自囚诣狱，表列前失，明求受罪。如此当逆见优饶[③]，非止活也。"衡从之。吴主诏曰："丹阳太守李衡以往事之嫌，自拘司狱[④]，其遣衡还郡。"

【注释】

①李衡：字叔平。三国时吴人。为诸葛恪司马，诸葛恪被诛，他求为丹阳太守。

②琅琊王：孙休，孙权少子，封琅琊王，居丹阳。258年，孙綝废吴主孙亮为会稽王，立孙休为帝，是为吴景帝。

③优饶：宽容，优待。

④司狱：掌管刑狱的官员。

【译文】

丹阳太守李衡，多次因事冒犯琅琊王。他的妻子习氏劝说他，他不听从。到了琅琊王即位，李衡非常惊恐，不知如何是好。妻子说："琅琊王向来喜好为善，注重名声，现在正是想显扬美名于天下的时候，终究不会因为私人的嫌隙而杀你。你应该把自己关进监狱，一一列举以前的过失，诚心请求定罪受罚。这样应该反而会被优待，不仅仅能保全性命。"李衡采纳了妻子的建议。吴王下诏说："丹阳太守李衡因为过去的嫌隙，自己把自己关进监狱，把李衡送回丹阳郡仍续任太守。"

庾玉台妇

庾友妇[①]，桓宣武温弟豁女也[②]。桓诛庾希[③]，将及友。桓女徒跣求进，阍禁不纳[④]，女厉声曰："是何小人！我伯父门不听我前！"因突入，号泣请曰："庾玉台友小字。脚短三寸，常因人[⑤]，当复能作贼不？"宣武笑曰："婿故自急。"遂原庾友一门。

【注释】

①庾友：东晋官吏。司空庾冰第三子，时为东阳太守。

②桓宣武：桓温，谥号宣武。

③桓诛庾希：晋简文帝咸安元年（371），桓温以庾希为江南强宗，决意除去之。庾希，庾冰长子。

④阍禁：宫内门户，亦指守卫。

⑤因人：凭人扶持。

【译文】

庾友的妻子，是桓宣武名温弟弟桓豁的女儿。桓温杀了庾希，将要祸及庾友。桓女赤着脚求见桓温，看门的人不让进入，她厉声骂道："你这个奴才！竟敢不让我进我伯父的大门！"于是强行闯入，号啕大哭着请求说："庾玉台友小字。脚比别人短了三寸，走路常被人搀扶，还能去做贼吗？"桓温笑着说："侄女婿自己多心了。"于是饶了庾友全家。

李文姬

李固既策罢[①]，知不免祸，乃遣二子归乡里。时燮年十三[②]。姊文姬为同郡赵伯英妻，贤而有智，见二兄归，具知事本，默然独悲，曰："李氏灭矣！自太公以来[③]，积德累仁，何以遇此！"密与二兄谋，豫藏匿燮，托言还京师，人咸信之。有顷难作，下郡收固三子，二兄受害。文姬乃告父门生王成，边批：知人。曰："君执义先公[④]，有古人之节，今委君以六尺之孤，李氏存灭，其在君矣！"成感其义，乃将燮乘江东下，入徐州界内，令变姓名为酒家佣，而成卖卜于市。各为异居，阴相往来，燮从受学。酒家异之，意非常人，以女妻燮。燮专精经学。十余年间，梁冀既诛[⑤]，为灾眚屡见[⑥]，明年，史官上言："宜有赦令，又当存录大臣冤死者子孙。"于是大赦天下，并求固后嗣。燮乃以本末告酒家。酒家具车，重厚遣之，皆不受，遂还乡里。姊弟相见，悲感旁人。既而戒燮曰："先公正直，为汉忠臣，而遇朝廷倾乱，梁冀肆虐，令吾宗祀血食将绝[⑦]。今弟幸而得济，岂非天耶！宜杜绝众人，勿妄往来，慎无以一言加于梁氏。边批：尤大见识。加梁氏则连主上，祸重至矣，唯引咎而已。"

【注释】

①李固：字子坚。东汉司徒李郃之子。汉冲帝时为太尉，与大将军

梁冀参录尚书事。梁冀鸩杀质帝,朝议立嗣,李固与司徒胡广等主张立清河王刘蒜,逆梁冀意。梁冀遂说太后策免李固太尉。次年(桓帝建和元年,147),清河刘文与南郡刘鲔谋立刘蒜,事败被杀。梁冀诬李固、杜乔与文、鲔交通,均下狱死。策罢:策免。

②燮:李固之子李燮,字德公。

③太公:指司徒李郃。

④执义先公:先公指李固。谓执守与李固之师徒之义。

⑤梁冀:字伯卓。汉顺帝皇后梁氏之兄,继其父梁商为大将军辅政,暴恣非法。冲帝死,梁冀立质帝,帝知梁冀骄横,称为"跋扈将军"。梁冀闻之,遂毒杀质帝而立桓帝。后被桓帝灭门。

⑥灾眚(shěng):灾殃,祸患。

⑦血食:谓受享祭品。古代杀牲取血以祭,故称。

【译文】

李固被免官后,知道自己躲不过灾祸,就将两个儿子遣送回乡。当时李燮才十三岁。他的姐姐文姬是同郡赵伯英的妻子,贤德有智慧,见两个兄弟回乡,就知道了事情的原委,在一旁沉默着独自悲伤,说:"李氏一门要灭亡了!自从太公以来,李家积累仁德,怎会遭到这种灾祸呢!"暗地里与两个兄弟商议,预先将李燮藏起来,借口说送他回京师,别人都相信了。不久祸事发生,朝廷下令收押李固的三个儿子,两个兄弟遇害。李文姬就告诉父亲的门生王成,边批:识人。说:"您执守与先父之间的师徒之义,有古人的气节,今天我将李氏孤儿托付给您,李氏的存续灭亡,就看您了!"王成被李氏的节义所感动,就带着李燮顺江东下,进入徐州界内,让李燮改名换姓投身酒家做佣工,而自己在市场中为人卜卦。两人各自分开居住,暗中保持联系,李燮在王成的指导下学习知识。酒家老板觉得他与众不同,认为他绝非普通人,把女儿嫁他为妻。李燮潜心研究经学。十多年间,梁冀被诛杀后,经常有自然灾害发生,第二年,史官上书天子说:"请颁下特赦令,又应当存恤录用当年含冤而死的大臣的子孙。”皇帝于是大赦天下,并访求李固的后代。李燮这才将自己的身世告诉丈人。丈人备好车辆,准备了丰厚的财物为他送行,李燮都没有收取,然后回到故乡。姐弟相见,悲喜交集,一旁的人也大为感动。然后李文姬告诫弟弟说:“先父为人正直,是汉朝的忠臣,却遭逢朝廷变乱,梁冀专横跋扈,让我李氏一门香火几乎断绝。如今弟弟幸运地得救活下来,岂不是老天保佑!你应该远离朋党,不要随便交友,千万不要有任何对梁氏不满的言辞。边批:真有大见识。对梁氏不满就是间接批评皇上,又会再度招致灾祸,那样就只能自领过失了。”

王佐妾

都指挥使王佐掌锦衣篆而陆松佐之[①]。松子炳未二十[②],佐器其才貌,教以爰书、公移之类[③],曰:“锦衣帅不可不精刀笔[④]。”炳甚德焉。后佐卒,炳代父职,有宠,旋掌篆,势益张。而佐有孽子不肖[⑤],纵饮博,有别墅三,炳已计得其二。最后一墅至雄丽,炳复图之,不得,乃陷以狎邪中罪[⑥],捕其党与其不才奴一二,使证成佐子罪而后捕之,死杖下者数人矣。佐子窘甚,而会其母故妾也,名亦在捕中。既入对,炳方与其僚列坐,张刑具而胁之[⑦]。其子初亦固抗,母膝行而前,道其子罪甚详。其子恚[⑧],呼母曰:“儿顷刻死,忍助虐耶!”母叱曰:“死即死,何说!”指炳坐而顾曰:“而父坐此非一日矣,作此等事亦非一,而生汝不肖子,天道也!复奚言!”炳颊发赤,伪旁顾,汗下,趣遣出,事遂寝。

【注释】

①掌锦衣篆:执掌锦衣卫大印,谓为锦衣卫总首领。陆松:从兴献王

至安陆，选为仪卫司典仗。世宗入承皇位大统后，陆松被升为锦衣卫副千户。后来累升到后府都督佥事，协理锦衣卫事务。

②炳：陆炳，字文孚。其母为明世宗朱厚熜乳母，陆炳自小随母出入宫禁。嘉靖二十四年（1545），掌锦衣卫事。官累后军都督府左都督。

③爰书：记录囚犯口供的文书，此概指治狱之文书。公移：官府来往文书。

④刀笔：本义是在竹简上写字时删改的工具，后指公文案卷。

⑤孽子：庶子。妾生之子。

⑥狎邪：行为放荡，品行不端。

⑦胁：恐吓。

⑧恚（huì）：怨恨，愤怒。

【译文】

都指挥使王佐是锦衣卫总首领，陆松辅佐他。陆松的儿子陆炳还没满二十岁，王佐器重陆炳的才学，教他学习司法文书和行政文书等公牍，说："锦衣卫首领不可不精通公文案牍。"陆炳非常感激王佐。后来王佐去世，陆炳接替父亲的职务，得到天子宠信，不久就当上锦衣卫首领，权势越来越大。而王佐有个妾生的儿子品行不正，放纵于喝酒赌博，有三座庄院，陆炳用计夺得两座。最后一座最雄伟华丽，陆炳又想夺取它，没有成功，就用品行不端的罪名陷害王佐的儿子，逮捕了他的几个朋友和几个不成器的奴仆，让他们作证、罗织王佐儿子的罪名然后逮捕他，死在刑杖之下的人有好几个。王佐儿子走投无路，刚好他的母亲本来是王佐的妾，名字也在逮捕名单中。二人进入公堂，陆炳正和他的同事高高上坐，把刑具排列出来恐吓他们。王佐儿子起初执意反抗，他的母亲跪行到陆炳面前，非常详细地述说儿子的罪状。王佐儿子很愤怒，对母亲大喊说："我马上就要死了，您怎么忍心帮着做坏事呢！"母亲叱责说："死就死了，有什么好说的！"指着陆炳的坐椅回头对儿子说："你父亲坐在这个位子不是一两天的时间，做这种事也不止一次，却生下你这个不成器的儿子，是老天的报应啊！还有什么好说的呢！”陆炳脸上羞得通红，假装看别处，流着汗，催促手下把他们母子打发出去，事情就这样平息了。

王冀公孙女

陈恭公执中当国日[①]，曾鲁公由起居注除待制[②]。恭公弟妇，王冀公孙女[③]，曾氏出也[④]。岁旦拜恭公，公迎谓曰：“六新妇，曾三除从官喜否？”王固未尝归外家，辄答曰：“三舅甚荷相公收录[⑤]，但太夫人不乐，责三舅曰：‘汝三人及第，必是全废学，丞相姻家，备知之，故除待制也。’”恭公嘿然，未几改知制诰[⑥]。盖恭公不由科举，失于查考。女子之警敏如此。

【注释】

①陈恭公执中：陈执中，字昭誉。宋仁宗时为同中书门下平章事、昭文馆大学士，政绩无可称述。卒谥恭。

②曾鲁公：曾公亮，字明仲，天圣进士。行三，故称曾三。封鲁国公。起居注：官名，记录皇帝言行。待制：待诏，宋朝在各殿阁皆设待制之官，备皇帝顾问之用。

③王冀公：王钦若，封冀国公。

④曾氏出也：其母为曾家人。

⑤荷：承受恩德。

⑥知制诰：官名。掌草拟皇上诏令。

【译文】

陈恭公执中主持国事时，曾公亮由起居注转任为待制。陈恭公的弟媳，是王钦若的孙女，曾氏所生。过年时她去拜见陈恭公，陈恭公对她说："六媳妇，曾三被任命为待制你高兴吗？"王氏出嫁后尚未回过娘家，就回答说："三舅很感激您的照顾，只是太夫人不高兴，责备三舅说：'你们三兄弟虽高中科举，但一定全都荒废了学业，丞相是亲家，知道得很清楚，所以才把你调为待制。'"陈恭公说不出话来，不久曾鲁公的官职改为知制诰。大概陈恭公没经过科举考试而做官，没有做好对人才的考察。女子竟如此机警敏锐。

袁隗妻

袁隗妻①，马融女也②，字伦，有才辩。家世丰豪，资妆甚盛。初成礼，隗问之曰："妇奉箕帚而已，何过珍丽乎？"对曰："慈亲垂爱，不敢逆命。君若慕鲍宣、梁鸿之高者，妾亦请从少君、德曜之事矣③。"隗又曰："弟先兄举，世以为笑④，处姊未适⑤，先行可乎？"对曰："妾姊高行殊貌，未遭良匹，不似鄙薄⑥，苟然而已⑦。"边批：隗应大惭。又问曰："南郡君学穷道奥⑧，文擅词宗，而所在动以贿闻，何也？"对曰："孔子大圣，蒙毁武叔⑨；子路大贤，见愬伯寮⑩。家君获此，固其宜耳。"隗默然，不能屈。

【注释】

①袁隗（wěi）：字次阳。少历显官。东汉献帝初平元年（190）以族子袁绍起兵山东，为董卓所杀。

②马融：字季长。东汉末年大儒。卢植、郑玄皆其徒，遍注五经，学问博洽。

③少君：桓少君。从夫过简朴生活。德曜：孟光之字。与丈夫梁鸿共同

隐遁。

④弟先兄举，世以为笑：弟弟比哥哥先举孝廉，因其不能让兄，故为世所笑。

⑤处姊未适：姐姐处于室中尚未嫁人。

⑥鄙薄：鄙陋浅薄。此为自谦之称。

⑦苟然：随便，马马虎虎。

⑧南郡君：马融曾任南郡太守，故称。道奥：学识学问深奥。

⑨武叔：鲁大夫叔孙州仇，谥武。

⑩愬（sù）：毁谤。伯寮：《论语·宪问》："公伯寮愬子路于季孙。"时子路为季氏宰。公伯寮，亦孔子弟子，鲁人。

【译文】

袁隗的妻子，是马融的女儿，字伦，有才智，机敏善辩。家世显赫，嫁妆非常丰厚。婚礼刚结束，袁隗问妻子说："妇人只是操持家务罢了，为什么嫁妆要这么珍奇华丽呢？"妻子回答说："慈爱的双亲关怀我，不敢违逆他们的意思。夫君如果仰慕鲍宣、梁鸿高洁的气节，妾身也愿追随桓少君、孟光的行为。"袁隗又说："弟弟比哥哥先举了孝廉，世人就会讥笑他；你姐姐还在家未嫁，你先出嫁可以吗？"妻子回答说："我的姐姐品高貌美，还没找到匹配的郎君，不像我，马马虎虎也就算了。"边批：袁隗应深感惭愧。袁隗又问："老丈人学识渊博，文赋泰斗，可是他任官之地时常有贿赂的传闻，为什么呢？"妻答："像孔子这般的圣人，也遭武叔毁谤；像子路这般的贤者，也遭伯寮诬陷。我父亲遇到这种事，也是很正常的了。"袁隗沉默，不能压过妻子。

李夫人

李夫人病笃[①]，上自临候之[②]，夫人蒙被谢曰："妾久寝病，形貌毁坏，不可以见帝，愿以王及兄弟为托。"李生昌邑哀王。上曰："夫人病甚，殆将不起[③]，属托王及兄弟，岂不快哉！"夫人曰："妇人貌不修饰，不见君父。妾不敢以燕婧见帝[④]。"上曰："夫人第一见我，将加赐千金，而予兄弟尊官。"夫人曰："尊官在帝，不在一见。"上复言，必欲见之。夫人遂转向嘘唏而不复言[⑤]。于是上不悦而起。夫人姊妹让之曰："贵人独不可一见上，属托兄弟耶？何为恨上如此？"夫人曰："夫以色事人者，色衰而爱弛，爱弛则恩绝。上所以恋恋我者，以平生容貌故。今日我毁坏，必畏恶吐弃我，边批：识透人情。尚肯复追思闵录其兄弟哉！所以不欲见帝者，乃欲以深托兄弟也[⑥]。"及夫人卒，上思念不已。

【注释】

①李夫人：汉武帝宠妃。妙丽善舞。其兄李延年精音律，长兄则为贰师将军李广利。生一男，即昌邑哀王刘髆。

②上：汉武帝。临候：亲临探视。

③殆：大概，恐怕。

④燕婧（duò）：仪容不整。

⑤转向：转过脸。嘘唏：抽泣。

⑥深托兄弟：托付兄弟。李夫人死后，武帝以夫人兄李广利为贰师将军，封海西侯，李延年为协律都尉。

【译文】

李夫人病重，汉武帝亲临探视，李夫人用被子蒙着脸感谢说："臣妾长时间因病卧床，形容憔悴，不能这样见皇上，只希望能将臣妾的儿子和兄弟托付给皇上。"李夫人生了昌邑哀王。武帝说："夫人病得严重，恐怕要不行了，当面托付儿子和兄弟，那样不是更好吗？"夫人说："妇人容貌未经修饰妆扮，不能见君主和父亲。臣妾不敢仪容不整地见皇上。"武帝说："夫人只要见朕一面，立即赐予千金，封夫人兄弟高官。"夫人说："封官是陛下的恩典，和一次见面没有关系。"武帝又说，一定要见她。夫人就背过脸抽泣着不再讲话。于是武帝不高兴地起身离去。夫人的姊妹责备她说："你为什么就不肯见皇上一面，托付兄弟呢？为什么让皇上这样怨恨呢？"夫人说："以容貌事奉君王的人，一旦容貌衰老，对方的宠爱也会跟着衰退；宠爱一衰退，则恩情也将断绝。皇上之所以对我还恋恋不忘，是由于我往日的美貌。今天我容貌衰败，皇上一定会讨厌唾弃我，边批：看透人情。哪里还肯念及往日的恩情照顾我的兄弟！我之所以不想见皇上，就是为了好好托付兄弟啊。"李夫人死后，武帝对她思念不已。

张说女

张说女嫁卢氏[①]。女尝为其舅求官[②]，说不语，但指搘床龟示之[③]。归告其夫曰："舅得詹事矣[④]！"

【注释】

①张说：字道济、说之。唐睿宗景云二年（711）拜相，又于玄宗开元元年（713）、开元九年（721）两次拜相。前后三度秉政，深受唐玄宗宠信。

②舅：公公。

③搘（zhī）：支撑。

④詹事：唐设詹事府，设太子詹事一人，少詹事一人，总东宫内外庶务。詹事，音谐占事，故张说指"搘床龟"，龟甲常用以占卜之事故也。

【译文】

张说的女儿嫁入卢家。张女曾为公公向父亲乞求谋一官职，张说不说话，只是指着支床的乌龟给她看。张女回家告诉丈夫说："公公得到詹事一职了！"

唐湖州妓

湖守饮饯[①]，客有献木瓜[②]，所未尝有也，传以示客。有中使即袖归曰[③]："禁中未曾有，宜进于上。"顷之解舟而去。郡守惧得罪，不乐，欲撤饮。官妓作酒纠者立白守曰[④]："请郎中尽饮。某度木瓜经宿，必委中流也！"守征其说[⑤]，曰："此物芳脆，初因递观，手掐必损，何能入献？"会送使者还，云："果溃烂弃之矣！"守因召妓，厚赍之[⑥]。

【注释】

①湖守：湖州刺史，又称郡守。饮饯：以酒饯行。

②木瓜：落叶灌木，其实椭圆平滑，可蜜渍食之，能入药。

③中使：宦官使者。

④酒纠：酒宴中掌行酒令者，亦称酒录事。

⑤征：询问。

⑥赍：送。

【译文】

湖州郡守为人饯行，有客人献上木瓜，当地未曾有过，传给在座的客人轮流观赏。有位宦官使者把木瓜放进袖子里要带回去说："这珍果连宫中都不曾有，应该献给皇上。"不一会儿就解船离去了。郡守担心获罪，很不高兴，想解散酒席。有个掌行酒令的官妓马上对郡守说："请您尽情畅饮。我推断这木瓜过了今晚，一定会被丢弃到河里！"郡守询问她为什么，她说："木瓜这东西皮肉细嫩，一开始客人传递着观赏，经过手掐一定会损坏，哪里还能进献给皇上呢？"等到送使者的人回来，说："木瓜果然溃烂被丢弃了！"郡守就叫来那名官妓，重重赏赐了她。

谚云："智妇胜男。"即不胜，亦无不及。吾于赵威后诸人得"见大"焉，于崔敬女、络秀诸人得"远犹"焉[①]，于柳氏婢得"通简"焉，于侯敏、许允、辛宪英妇得"游刃"焉[②]，于叔向母、伯宗妻得"知微"焉[③]，于李新声、潘炎妻等得"亿中"焉[④]，于王陵、赵括、柴克宏诸母得"识断"焉[⑤]，于屈原姊、娄江妓得"委蛇"焉[⑥]，于王佐妾得"谬数"焉[⑦]，于李文姬得"权奇"焉[⑧]，于陶侃母得"灵变"焉[⑨]，于张说女得"敏悟"焉[⑩]。所以经国祚家、相夫勖子[⑪]，其效亦可睹已！

【注释】

①远犹：长远打算，远大谋略。

②游刃：比喻做事从容自如，轻松利落。

③知微：预知事情机微。

④亿中：料事能中。

⑤识断：有见地和决断。

⑥委蛇：随顺，从容自得。

⑦谬数：诈伪权术。此指以退为进、正反相生等策略。

⑧权奇：形容人智谋出众。

⑨灵变：灵敏机变。

⑩敏悟：机敏颖悟。

⑪经国祚家：管理国家，赐福家族。相夫勖子：协助丈夫，勉励儿子。

【译文】

谚语说："智慧的妇人胜过男人。"即使不能胜过，也没有赶不上。我在赵威后等人身上看到"见识远大"，在崔敬女儿、络秀等人身上看到"谋略长远"，在柳氏婢身上看到"通达不拘"，在侯敏妻、许允妻、辛宪英身上看到"从容自如"，在叔向母、伯宗妻身上看到

“预知机微”，在李新声、潘炎妻等身上看到“料事能中”，在王陵、赵括、柴克宏等人的母亲身上看到“见地决断”，在屈原姊、娄江妓身上看到“随顺从容”，在王佐妾身上看到“反正相生”，在李文姬身上看到“智谋出众”，在陶侃母亲身上看到“灵活机变”，在张说女身上看到“机敏颖悟”。这些智慧用来管理国家、兴旺家族、协助丈夫、勉励儿子，效果也是可以看到的！

闺智部雄略卷二十六

士或巾帼[①]，女或弁冕[②]。

行不逾阈[③]，谟能致远[④]。

睹彼英英[⑤]，惭余谫谫[⑥]。

集《雄略》。

【注释】

①巾帼：古代妇女用来覆盖头发的头巾和发饰，后以巾帼称女子。

②弁（biàn）冕：弁、冕都是古代男子戴的帽子。此处代指男子。

③阈（yù）：门槛。

④谟：计谋，谋略。

⑤英英：杰出，有才华。

⑥谫（jiǎn）谫：十分浅薄。

【译文】

男子有时不如女子，女人有的强过男子。

女子虽不能出大门，但谋略却能很深远。

看她们杰出的事迹，常惭愧自己的浅薄。

集为《雄略》一卷。

君王后

秦王使人献玉连环于君王后，齐襄王之后，太史氏。曰："齐人多智，能解此环乎？"君王后取椎击碎之，谢使者曰："已解之矣。"

【译文】

秦王派使者献玉连环给君王后，她是齐襄王的王后，太史氏。使者说："听说齐国人大都很聪明，能解开这个玉连环吗？"君王后拿槌子击碎了玉连环，告诉使者说："已经解开了。"

君王后识法章于佣奴之中[①]，可谓具眼[②]。其椎碎连环，不受秦人戏侮，分明女中蔺相如矣。汉惠时，匈奴为书以谑吕后[③]，耻莫大焉，而乃过自贬损，为好语以答之。平、勃皆在[④]，无一君王后之智也，何哉？

【注释】

①法章：田氏，齐湣王太子。公元前284年，燕、秦、韩、赵、魏五国攻打齐国，齐湣王兵败逃亡被杀，太子法章改换姓名在太史敫家做佣人。太史敫的女儿认为法章不是普通人，常偷偷拿衣服食物给他，并与他私通。后来法章被拥立为君，即齐襄王；齐襄王立太史氏的女儿为王后，即君王后。

②具眼：具有识别事物的眼力。

③匈奴为书以谑吕后：汉惠帝时，匈奴强盛，冒顿单于写信给高后说："孤偾之君（冒顿自称），生于沮泽之中，长于平野牛马之域，

数至边境,愿游中国。陛下独立,孤偾独居,两主不乐,无以自娱,愿以所有,易其所无。”吕后见信大怒,然而最终听从季布的对策,命令负责宣布诏命的大谒者张泽回信说:“单于不忘弊邑,赐之以书,弊邑恐惧。退日自图,年老气衰,发齿堕落,行步失度。单于过听,不足以自污。弊邑无罪,宜在见赦。”

④平、勃:陈平、周勃。汉惠帝时名臣。

【译文】

君王后在佣人中辨别出法章不是普通人,可以说是独具慧眼。她用槌子打碎玉连环,不受秦人戏弄侮辱,分明是女性中的蔺相如。汉惠帝时,匈奴王写信来戏谑吕后,对汉朝而言,没有比这更大的耻辱了,然而竟然过分地贬低自己,用谦卑的话语答复了匈奴。当时陈平、周勃等名臣都在,却没有一人有君王后的智慧,为什么呢?

齐姜　张后

晋公子重耳出亡至齐,齐桓妻以宗女[①],有马二十乘。公子安之,留齐五岁,无去心。赵衰、咎犯辈乃于桑下谋行[②]。蚕妾在桑上闻之[③],以告姜氏。姜氏杀之,劝公子趣行。公子曰:“人生安乐,孰知其他?”姜氏曰:“子一国公子,穷而来此,数子者以子为命[④],子不疾反国,报劳臣,而怀女德,窃为子羞之!且不求,何时得功?”乃与赵衰等谋醉重耳,载以行。

【注释】

①宗女:君主同宗室的女儿,即宗室女。

②赵衰:跟随晋文公重耳流亡十九年,文公之立,他与狐偃功劳最大。

咎犯：狐氏，名偃。重耳舅父。随其流亡十九年，佐其夺取君位。

③蚕妾：宫中养蚕的女奴。

④数：亲密，亲近。引申为追随。

【译文】

晋国公子重耳出逃到齐国，齐桓公把同宗室的女儿齐姜嫁给她，并且送给他二十乘车马。重耳安于在齐国的生活，留在齐国五年，仍然没有离开的心思。随行的臣子赵衰、狐偃等人于是在一棵桑树下商议回国的事。有一个养蚕的女奴在桑树上听到了他们的计划，把消息告诉了姜氏。姜氏杀了养蚕女，劝重耳赶紧离开齐国。重耳说："人生不过是求安乐，谁还知道其他的事？"姜氏说："夫君是一国的公子，形势困窘才来到这里，追随您的臣子个个愿为您效死，您不赶紧返回晋国，回报这些辛劳的臣子，却留恋女色，我私下为夫君感到羞愧！况且您如果不追求，什么时候才能建立功业呢？"于是姜氏和赵衰等人合谋灌醉重耳，抬上车载着离开齐国。

五伯桓、文为盛[①]，即一女一妻，已足千古。

【注释】

①伯：同"霸"。

【译文】

春秋五霸中，以齐桓公、晋文公的声名最盛，就凭这位宗室女、文公妻，也足以名传千古。

张氏，司马懿后也[①]，有智略。懿初辞魏武命[②]，托病风痹不起[③]。一日晒书，忽暴雨至，懿不觉自起收之。家唯一婢见，后即手杀婢以灭口，而亲自执爨。

【注释】

①后：晋初，追尊司马懿妻为后。

②辞魏武命：曹操任司空时，命司马懿到府中任职，司马懿假托风痹，辞不赴命。魏武，曹操。曹丕篡汉后追尊曹操为魏武帝。

③风痹（bì）：因风邪引起的手足麻木等病症。

【译文】

张氏，是司马懿的妻子，聪明有谋略。司马懿最初推辞曹操的任命，借口患有手足麻木病，起不来床。有一天司马家晒书，忽然暴雨来袭，司马懿不自觉地自己起来收书。家里只有一个婢女看见了，张氏立即亲手杀了婢女灭口，然后亲自管做饭的事。

艺祖姊

宋太祖将北征[①]，京师喧言“军中欲立点检为天子”。太祖告家人曰：“外间汹汹如此，将若之何？”太祖姊方在厨，引面杖击太祖，逐之曰：“丈夫临大事，可否当自决于怀，乃来家间恐怖妇女何为耶？”太祖嘿而出。

【注释】

①宋太祖将北征：后周恭帝显德七年（960），契丹入侵，朝廷命殿前都点检赵匡胤出兵抵御。后行至开封东北四十里的陈桥驿，与弟赵光义等发动兵变，即皇帝位，建立宋朝，定都汴梁（今河南开封）。

【译文】

宋太祖赵匡胤在后周时任殿前都点检，将要北上抵御敌军，京师谣传说“军队中打算拥立点检为天子”。赵匡胤告诉家人说：“外面这么骚乱不安，该怎么办呢？”他姐姐正在厨房做饭，拿起面杖就打他，还追着他说："大丈夫遇到大事，可不可以做应当自己拿主意，你却来家里吓唬女人，是想干什么？"太祖默默无语出去了。

分明劝驾。

【译文】

显然是鼓励赵匡胤接受拥立为帝。

刘太妃 二条

一

太妃刘氏[①]，晋王克用妻也[②]。克用追黄巢，还军过梁，朱温阳为欢宴[③]，阴伏兵，夜半攻之。克用逃归，即议击温。刘谏曰："公本为国讨贼，今梁事未暴[④]，而遽反兵相攻，天下闻之，莫分曲直。不若敛军还镇，自诉于朝，然后可声罪也。"克用悟，从之，天下于是不直温[⑤]。

【注释】

①太妃刘氏：李克用正室。其子李存勖建立后唐后，尊生母为皇太后，嫡母为皇太妃。

②晋王克用：李克用，唐末将领。沙陀族人。唐僖宗乾符六年(879)，黄巢起义军攻克长安，被荐为雁门节度使。率兵入关中，连败义军守将，迫黄巢撤离长安，以功授河东节度使，封陇西郡王，加检校太师兼中书令。唐昭宗乾宁二年(895)，讨平凤翔李茂贞、邠州王行瑜之乱，以功赐"忠正平难功臣"，进封晋王。后割据河东，长期与占据汴州（今河南开封）的朱温对峙，战争连年。后梁

开平二年（908）病死。其子李存勖灭后梁，建立后唐，追谥武皇帝，庙号太祖。

③朱温：早年追随黄巢，后降唐，与李克用等人一起镇压黄巢。

④暴：暴露，显露。

⑤直：认为不正直。

【译文】

太妃刘氏，是晋王李克用的妻子。李克用追击黄巢军队，回军时经过梁王领地，朱温假意设盛宴招待李克用，暗中埋伏军队，半夜围攻他。李克用逃回自己的营区后，立即商议攻打朱温。刘氏劝谏说："夫君本是为国征讨贼寇，如今朱温在汴州围攻夫君的事，天下无人知晓，如果夫君突然调转军队攻击他们，天下人得知，并不能分辨是非曲直。不如收军回到藩镇，自己向朝廷申诉，然后可以声讨朱温的罪行了。"李克用醒悟，听从了刘氏的话，天下人于是认为朱温不正直。

按，克用困上源驿[①]，左右先脱归者，以汴人为变告刘。刘神色不动，立斩之，阴召大将约束，谋保军以还。此其智勇，岂克用所可及哉！假令克用不幸而死，必能为张茂之妻；设犹幸未死，必能为邵续之女。虽然，为张茂之妻、邵续之女易，为刘太妃难。何也？其勇可及，其智不可及也。

【注释】

①克用困上源驿：即前述遭朱温暗算事。李克用驻扎汴州城外，与占据汴州的朱温对峙，朱温盛情邀请入城，李克用入城住在上源驿。席间，李克用乘酒劲惹怒朱温，于是朱温夜围上源驿。李克用力战才得以逃脱。

【译文】

按，当李克用被朱温围困在上源驿时，先脱逃回来的亲信，将汴人发动军变的消息报告刘氏。刘氏不动声色,立刻杀了他,然后暗中召集将领部署,策划保护军队回镇。这等智谋勇略,岂是李克用比得上的!如果李克用不幸身亡,那么刘氏一定会像张茂的妻子那样为夫报仇;如果李克用不死而只是被围,刘氏也一定会像邵续的女儿那样救夫突围。即使这样,做张茂的妻子、邵续的女儿容易,而做刘太妃难。为什么呢?二人的勇气可以赶得上刘氏,智慧却比不上刘氏。

○张茂为吴郡守[①],被沈充所害[②]。妻陆氏率茂部曲为先登讨充。充败,遂为陆所杀[③]。邵续女嫁刘遐。遐为石季龙所困[④],女将数骑拔围,出遐于万人之中。

【注释】

①张茂:东晋人,字伟康。有志行,为乡里敬信。先为吴兴内史,后为吴郡太守。沈充反,他与三子并被害。

②沈充:东晋初王敦部将。晋元帝永昌元年(322),王敦于武昌举兵,沈充攻杀吴郡守张茂响应王敦。晋明帝太宁二年(324),王敦举兵造反,沈充又起兵响应,兵败被杀。

③遂为陆所杀:此处记陆氏杀沈充事与史实不合。沈充造反兵败后,想逃回吴兴,听说张茂妻陆氏在途中守候,要为夫报仇。沈充绕道逃窜,迷路误入故将吴儒家,为吴儒所杀。

④遐:刘遐。果敢坚毅,弓马娴熟。受冀州刺史邵续器重。石季龙:即石虎。

【译文】

张茂做吴郡太守时,被沈充杀害。张茂的妻子陆氏率张茂部下为先锋,征讨沈充。沈充兵败,终为陆氏所杀。邵续的女儿嫁刘遐为妻。刘遐被石虎围困,邵续女率数名骑兵突围,从一万多贼兵包围下救出刘遐。

二

太原被围，克用屡败[①]，忧窘不知所为。时大将李存信劝且亡入北边[②]，以图后举。克用以语刘，刘骂曰：“存信代北牧羊奴，何足与计成败！公尝笑王行瑜弃邠州走[③]，卒为人擒，今乃躬蹈之耶？昔公亡走鞑靼[④]，几不能自脱，赖天下多故，乃得南归。今屡败之兵，人无固志，一失守，谁复从公者？北边其可至乎？”克用悟，乃止。

【注释】

①太原被围，克用屡败：唐昭宗天复二年（902），晋将李嗣昭、周德威等进逼晋、绛二州。李克用军先被梁将氏叔琮破于蒲南，丧师一万余人。后又被氏叔琮、朱友宁攻破。梁军于是进入河东，取三州，围晋阳。李克用昼夜守城，不得饮食。此处说“屡败”，是指太原被围前的败绩。

②李存信：回鹘部人。本姓张，少善骑射，通少数民族语言，随李克用入关镇压黄巢起义军，以功任马步军都指挥使，为李克用养子。

③王行瑜弃邠州走：王行瑜早年随邠宁节度使朱玫镇压黄巢起义。光启二年（886），朱玫拥立襄王李煴为帝，授王行瑜天平军节度使；王行瑜又倒戈攻杀朱玫，被授邠宁节度使；以功授检校中书令兼侍中。唐昭宗乾宁二年（895），王行瑜求任尚书令，遭到宰相韦昭度抵制，逼杀韦昭度，图谋废黜唐昭宗，遭到河东节度使李克用讨伐，被逼至邠州，弃城逃跑，至庆州境为部下所杀。

④昔公亡走鞑靼：唐僖宗乾符五年（878），云中（治今山西大同）兵变，身为云中守捉使的李克用乘机杀害云州防御使段文楚，请自为留后。唐廷遣兵征讨，他与父亲李国昌（朱邪赤心）北逃入鞑靼。六年（879），黄巢起义军攻克长安，唐廷任命河东节度使陈

景思为代北起军使，招募沙陀等少数民族军队入援，并荐李克用为雁门节度使，李克用得以南归。

【译文】

当初太原被围，李克用屡战屡败，忧心困窘不知该怎么办。当时大将李存信劝李克用暂且逃到北方边塞，日后再图谋反攻。李克用把李存信的建议告诉刘氏，刘氏骂道："李存信是个代北牧羊奴，哪里值得与他商议成败大事！您曾经讥笑王行瑜放弃邠州逃跑，最终被人擒获，如今您竟然要亲蹈他的覆辙吗？从前您逃亡到鞑靼，几乎无法脱身，幸好天下纷扰多变，才能重返南方。如今多次战败的军队，人们没有坚定的信心，一旦失守离开，谁还会继续追随您？北方又怎能到得了呢？"李克用醒悟，才打消了念头。

苻坚妻

坚妻张氏，明辨，有才识。坚将寇晋，群臣切谏不从。张氏进曰："妾闻圣王御天下，莫不因其性而鬯之[①]。汤、武灭夏、商，因民欲也[②]，是以有因成，无因败。今朝臣上下，皆言不可，陛下复何所因乎？术士有言：'鸡夜鸣者，不利行师；犬群嗥者，宅室必空；兵动马惊，军败不归。'秋冬以来，每夜犬嗥鸡鸣，又闻厩马惊逸[③]，武库兵器，无故作声。即天道崇远，非妾所知，遽斯人事，未见其可。愿陛下熟思之。"坚曰："军旅之事，岂妇人所知？"遂兴兵。张氏请从。坚败[④]，氏即自杀。

【注释】

①鬯：通"畅"，顺畅。

②因:顺应。

③惊逸:因受惊而逃逸,奔走。

④坚败:指晋太元八年(383),前秦苻坚伐晋,败于淝水,这就是著名的淝水之战。两年后,前秦被西燕大败,苻坚出逃,被后秦姚苌俘虏并杀死。

【译文】

前秦苻坚的妻子张氏,能明辨是非,有才干见识。苻坚将要攻打东晋,群臣极力劝阻,苻坚不肯听从。张氏进言:“臣妾听说圣王统治天下,没有不顺应万物的天性并使它们畅达的。商汤、周武覆灭夏桀、商纣,是顺从百姓的意愿,因此顺民意者能成功,不顺民意者会失败。现在上下朝臣,都说不可以攻伐,陛下顺应的又是什么呢?术士说:‘夜里鸡鸣,代表行军不利;狗群嗥叫,表示屋宅将有丧事发生;兵器震动、马匹惊恐,是军队失利不能归来的先兆。’自秋冬以来,每夜狗叫鸡鸣,又听闻马厩里有战马惊恐奔逃,武库中的兵器,更是无故发出声响。虽然天道高远,不是臣妾能知道的,只是这类生活中的事理,不能表明这件事的可行。希望陛下仔细思量。”苻坚说:“行军打仗的事,难道是女人能懂得的吗?”于是出兵伐晋。张氏请求随军同行。后来苻坚在淝水之战中兵败,张氏即自杀而亡。

刘智远夫人

刘智远至晋阳[①],议率民财以赏将士[②]。夫人李氏谏曰:“陛下因河东创大业,未有惠泽及民,而先夺其生资,殆非新天子所以救民之意也。请悉出军中所有劳军,虽复不厚,人无怨言。”智远从之,中外大悦。

【注释】

①刘智远：一名刘知远，后改名为刘暠。沙陀部人。世居太原，初事后唐明宗，后晋立，为河东节度使、北京留守，封太原王、北平王。后晋灭亡后，建立后汉。

②率民财：按照比率征收百姓的钱财。率，按比率计算。

【译文】

刘智远到晋阳后，商议按比率征收百姓的财产来犒赏将士。夫人李氏劝谏说："陛下凭借河东之地才拥有江山，还没有惠泽百姓的措施，却先剥夺百姓生活的资产，这恐怕不是初登帝位的天子拯救百姓的意思。请陛下把军中的财物都拿出来犒赏军队，即使赏赐不算丰厚，人们也不会有怨言。"刘智远采纳夫人的建议，军营内外都非常高兴。

李景让母

唐李景让母郑氏[①]，性严明。景让宦达，发已斑白，小有过，不免捶楚。其为浙西观察使，有牙将逆意[②]，杖之而毙。军中愤怒，将为变。母闻之，出坐厅事，立景让于庭而责之曰："天子付汝以方面[③]，岂得以国家刑法为喜怒之资，而妄杀无罪！万一致一方不宁，岂唯上负朝廷？使垂老之母含羞入地，何以见汝之先人哉！"命左右褫其衣[④]，将挞其背。将佐皆为之请，良久乃释，军中遂安。

【注释】

①李景让：字后己，事母以孝闻。唐敬宗时为右拾遗，累迁商州刺史、中书舍人。宣宗时官太子少保。

②牙将：节度使麾下将的泛称。级别较低的军官。

③方面：一方之地。

④褫（chǐ）：亦作“裭”，夺去或解下衣服。

【译文】

唐朝李景让的母亲郑氏，性格严肃公正。李景让显达时，头发已经花白，但只要有一点小过错，仍免不了母亲的鞭打。李景让做浙西观察使时，有位副将违反李景让的命令，李景让杖打副将至死。军中因此愤恨不平，将要发动兵变。李母听到消息，出来到厅堂坐下，让李景让站在庭下，责备他说：“天子把一方土地交付给你，怎么能拿国家刑法作为你个人喜怒的倚仗，妄杀无罪的人！万一导致一方动乱，难道仅仅是对上辜负朝廷的厚恩？你让老母亲含羞而死后，拿什么脸面去见你的祖先呢！”郑氏命左右侍从脱去儿子的衣服，就要鞭打他的脊背。将官们都为李景让求情，过了许久母亲才放了他，军中于是安定下来。

按，郑氏早寡，家贫子幼，母自教之。宅后墙陷，得钱盈船，母祝之曰：“吾闻无劳而获，身之灾也。天若矜我贫[①]，则愿诸孤学问有成，此不敢取。”遽掩而筑之，盖妇人中有大见识者。景让弟景庄，老于场屋[②]。每被黜，母辄挞景让。此事可笑。然景让终不肯属主司[③]，曰：“朝廷取士，自有公道，岂可效人求关节乎？”其渐于义方深矣[④]。

【注释】

①矜：怜悯。

②老于场屋：指久不登第。场屋，考场。

③属：嘱托。

④渐于义方：受熏染于家教。

【译文】

按，郑氏很早开始守寡，家境贫穷儿子年幼，郑氏亲自教导儿子。有一天,房子的后墙崩塌了,发现了能装满一艘船那么多的钱,郑氏祝祷说:"我听说不劳而获,会招致灾祸。上天如果可怜我穷,就请保佑众孤儿能学有所成,这笔钱我不敢动用。"赶快将这笔钱用土掩埋筑到墙里,这郑氏可说是妇人中有大见识的。李景让的弟弟景庄,科考一辈子始终没有中。每次落榜,李母就鞭打景让。这事很可笑。但李景让始终不肯委托主官,他说:"朝廷取士,自有公道,我怎可效仿他人,求人打通关节呢?"他受家教的影响很深。

杨敞妻

霍光与张安世谋废立①,议既定,使大司农田延年报杨敞②。敞惊惧,不知所言,汗出浃背。延年起更衣③,敞夫人遽从东厢谓敞曰④:"此国家大事,今大将军议已定,使九卿来报君,君不疾应,与大将军同心,犹豫无决,先事诛矣!"延年更衣还,夫人与延年参语许诺⑤。

【注释】

①霍光与张安世谋废立:前74年,汉昭帝死,迎立昌邑王刘贺。刘贺立后,荒淫无度。大将军霍光为此忧闷不已,向亲近故吏大司农田延年问计。田延年劝霍光废帝,更选贤王立之,霍光于是引田延年与车骑将军张安世图谋废刘贺。

②田延年:西汉大臣。字子宾。早年供职霍光幕府,以才略深受赏识,迁为长史。后历官河东太守、大司农。昭帝死后,与霍光共议废黜之事,因功封阳成侯。杨敞:初为霍光军司马,为霍光厚遇,后迁御史大夫。此时为丞相。

③更衣:去厕所的委婉说法。

④敞夫人:杨敞的夫人,为司马迁之女。

⑤参语:三人共语。

【译文】

大将军霍光与张安世谋划废刘贺立宣帝,商议已定,派大司农田延年报告丞相杨敞。杨敞惊慌恐惧,不知道该说什么,汗流浃背。田延年站起身去厕所,杨敞夫人急忙从东厢房出来对杨敞说:"这是国家大事,现在大将军商议已定,派大司农来报告你,你不赶快回应,表明和大将军同心协力,却迟疑不决断,会在事前招来杀身之祸啊!"田延年上厕所回来,夫人和杨敞一起跟田延年说同意霍光的计划。

此何等事,而妇人乃了然于胸中,不唯敞不如,即大将军亦不如。

【译文】

这是何等大事,而杨敞夫人心中竟然十分明白,不但杨敞不如她,即使大将军霍光也不如她。

莒妇

莒有妇人[①],莒子杀其夫[②],已为嫠妇[③]。及老,托于纪鄣[④],纺焉以度而去之[⑤]。及师至[⑥],则投诸外。或献诸子占,子占使师夜缒而登[⑦]。登者六十人,缒绝。师鼓噪,城上之人亦噪,莒公惧,启西门而走。

【注释】

①莒:春秋时莒国,在今山东莒县。后被楚灭。

②莒子：莒国国君，为子爵。

③嫠（lí）妇：寡妇。

④纪鄣：莒国邑名。在今山东莒南县东。

⑤去（jǔ）：收藏。

⑥及师至：春秋鲁昭公十九年（前523），齐景公以莒子不附于齐，派大夫高发率军伐莒，莒君出奔纪鄣。高发又派子占讨伐他。此处的“师”指子占所率的齐师。

⑦缒（zhuì）：用绳子拴上人或物下或上。此指拉住绳子登城。

【译文】

春秋时，莒国有位妇人，国君杀了她丈夫，她就成了寡妇。等她年老，寄居在纪鄣城，纺织搓绳时用绳量了城墙的高度并把绳收藏起来。等到子占攻莒的齐军到来，就把绳子扔出去。有人把绳子献给子占，子占命军队在夜里攀绳登城。登上城墙有六十个人时，绳子断了。军队击鼓呐喊，登上城墙的人也呐喊，莒公害怕，打开西门逃跑了。

莒妇之为嫠且老矣，血恨积中，卒以灭国[①]。人亦何可轻杀也！君犹不能得之一嫠妇，一嫠妇犹能报之其君，况他乎！

【注释】

①灭国：前431年，莒国被灭。

【译文】

莒国妇人为寡妇并且年老，血海深仇积郁心中，最终灭掉莒国。人怎么能轻易杀掉呢！君主尚且不能抚慰一位老寡妇的心，一个老寡妇却能对她的君主报仇，更何况其他人呢！

孟昶妻

孟昶妻周氏[①]，昶弟觊妻，又其从妹也。二家并丰财产。初桓玄尝推重昶，而刘迈毁之[②]，昶独自惋失。及刘裕将建义，与昶定谋。昶欲尽散财物以充军粮。其妻非常妇，可语大事，乃谓曰："刘迈毁我于桓公，便是一生沦陷[③]，决当作贼。卿幸可早尔离绝，脱得富贵，相迎不晚。"周氏曰："君父母在堂，欲建非常之谋，岂妇人所谏！事之不成，当于奚官中奉养大家[④]，义无归志也！"昶怆然久之而起[⑤]。周氏追昶坐云："观君举厝，非谋及妇人者，不过欲得财物耳。"因指怀中所生女曰："此而可卖，亦当不惜，况资财乎！"遂倾资给之，而托以他用。及将举事，周氏谓觊妻云："吾昨梦殊恶，门内宜浣濯沐浴以除之，且不宜赤色，当悉取作七日藏厌[⑥]。"觊妻信之，所有绛色者，悉敛以付焉。乃置帐中，潜自剔绵[⑦]，以绛与昶，遂得数十人被服赫然，悉周氏所出，而家人不之知也。

【注释】

①孟昶：东晋末官吏。初从桓弘为主簿。桓玄称帝后，与刘裕等谋举兵讨桓玄，其妻周氏倾资产以给军粮。元兴三年(404)，杀桓弘起兵，占据广陵，后畏罪自杀。累迁吏部尚书，加尚书右仆射。

②初桓玄尝推重昶，而刘迈毁之：桓弘派孟昶到建康(今南京)，桓玄见到后很喜欢他，对参军刘迈说："在普通士人中得到一位尚书郎，你与他同居京口，认识他吗？"刘迈一向与孟昶不和，回答说："我在京口时，没听说孟昶有独特的才能。"桓玄于是打消了念

头。孟昶听说后痛恨刘迈。

③一生沦陷:一生沉沦,此处指桓玄不用他,仕途无望。

④奚官:官署名,指官府中的奴婢。多以罪犯从坐的家属为之。大家:晋、宋间,儿媳妇称婆母为大家。

⑤怆然:《晋书》作"怅然"。

⑥藏厌:厌胜,古代一种巫术,谓能用诅咒或祈祷来压制人、物或魔怪。

⑦剔绵:抽去被褥或衣物中的绵絮。

【译文】

晋朝孟昶的妻子为周氏,孟昶弟弟孟觊的妻子,又是周氏的本家妹妹。两家都有丰厚的家产。当初桓玄曾器重孟昶,但刘迈诋毁他,孟昶独自怨恨失意。等到刘裕将要兴义军声讨桓玄,与孟昶商定谋略。孟昶想要散尽全部财物用以充实军粮。他的妻子不是一般的妇女,可以和她谈论大事,孟昶于是对妻子说:"刘迈在桓玄面前诋毁我,我于是一生沉沦,我决定起兵讨伐桓玄做贼寇。你幸好可以及早跟我分开,如果我能获得富贵,再迎你也不晚。"周氏说:"夫君父母健在,想要做一番非常的事业,岂是妇人所能劝阻的!万一起事失败,我就做官府的奴婢奉养婆母,绝没有回去的念头!"孟昶怅然若失很久后才起身。周氏追着孟昶的坐骑又说:"观察夫君的举止,并非顾及妻儿,不过是想取得家中财物罢了。"就指着怀中所生的女儿说:"如果这女儿可以卖,也不会顾惜,何况是家财呢!"于是将所有家财都交给孟昶,而借口说另有他用。等到快起事时,周氏对孟觊的妻子说:"我昨晚做梦十分凶险,家里应该打扫沐浴以除晦气,而且不宜有红色,应当都取来作七天的厌胜法术。"孟觊妻子相信了她,所有暗红色的东西,都收起来交给周氏。周氏就把这些都放在屋帐中,暗自抽去绵纱,交给孟昶,于是得到几十人用的光彩鲜亮的衣服,这些都是周氏一人做的,而家里人都不知道。

周氏非常妇,其夫犹知之未尽。

【译文】

周氏真是位非凡的妇人，她的丈夫还没有完全了解她。

邓曼

楚屈瑕伐罗①，斗伯比送之。还，谓其御曰："莫敖②官名，即屈瑕。必败，举趾高，心不固矣。"遂见楚子，曰："必济师③！"楚子辞焉，入告夫人邓曼。邓曼曰："大夫其非众之谓④，其谓君抚小民以信，训诸司以德，而威莫敖以刑也。莫敖狃于蒲骚之役⑤，先是屈瑕败郧人于蒲骚。将自用也⑥，必小罗。君若不镇抚，其不设备乎！夫固谓君训众而好镇抚之，召诸司而训之以令德，见莫敖而告诸天之不假易也⑦。不然，夫岂不知楚师之尽行也⑧！"楚子使赖人追之⑨，不及。莫敖果不设备，师败而缢。

【注释】

①楚屈瑕伐罗：春秋鲁桓公十二年（前700），楚国伐绞（在今湖北郧县），罗（熊姓国，在今湖北宜城）人想要袭击楚军，曾派人侦察楚军人数。次年，楚国即派屈瑕伐罗。屈瑕，楚武王之子公子瑕，被封在屈，所以以屈为氏。

②莫敖：楚国官名。当时屈瑕任莫敖。

③济师：增加兵力。

④大夫：指斗伯比。

⑤狃：习惯。蒲骚之役：鲁桓公十一年（前701），时屈瑕将与贰、轸两国结盟，郧人驻军于蒲骚，将与随、绞、州、蓼各国讨伐楚军，屈瑕在蒲骚打败郧人。

⑥自用：自以为是。

⑦假易：宽纵，宽恕。

⑧尽行：全部出动。

⑨赖人：指赖国在楚国做官的人。赖，国名。

【译文】

春秋时，楚国屈瑕攻打罗国，斗伯比为他送行。回来时，斗伯比对他的车夫说："莫敖官名，即屈瑕。一定会失败，走路把脚抬得很高，心意就游移不定。"于是进见楚王，说："一定要增派兵力！"楚王拒绝了，进屋告诉夫人邓曼。邓曼说："斗伯比的意思并不在兵员的多少，他是说君王要以信用来安抚百姓，以美德来训诫官员，而以刑法来威慑莫敖。莫敖已经习惯于蒲骚之战的胜利，早先屈瑕在蒲骚打败郧人。将会自以为是，必定轻视罗国。君王如果不加督察安抚，他会不设防备的吧！斗伯比所说的本是请君王训诫众人时好好安抚他们，召集各位官员而以美德训诫他们，见到莫敖而告诉他上天不会宽恕他的过错。不这样，他难道不知道楚军已经全部出动了吗？"楚王派赖国人追赶他，没追上。莫敖果然不设防备，兵败自缢身亡。

冼氏 二条

一

高凉冼氏[①]，世为蛮酋，部落十余万家。有女，多筹略，罗州刺史冯融聘以为子宝妇[②]。融虽世为方伯[③]，非其土人，号令不行。冼氏约束本宗，使从民礼；参决词讼，犯者虽亲不赦。由是冯氏得行其政。高州刺史李迁仕遣使召宝，宝欲往，冼氏止之曰："刺史被召援台[④]，时台城被围。乃称有疾，铸兵聚众而后召君，此必欲质君以发君之兵也[⑤]。愿且勿往，以观其变。”数日，迁仕果反，遣主帅杜平虏将兵逼南康[⑥]。陈霸先使周文育击之[⑦]。冼氏谓宝曰：“平虏今与官军相拒，势不得还，迁仕在州，无能为也。君若自往，必有战斗，宜遣使卑词厚礼，告之曰：‘身未敢出，欲遣妇参[⑧]。’彼必喜而无备。我将千余人步担杂物，昌言输赕[⑨]，得至栅下，破之必矣。”宝从之。迁仕果不设备，冼氏袭击，破走之，与霸先会于灨石[⑩]。还谓宝曰：“陈都督非常人也，甚得众心，必能平贼，宜厚资之。”及宝卒，岭表大乱，夫人怀集百粤，数州宴然，共奉夫人为“圣母”。

【注释】

①高凉：治今广东阳江，时为高州治州。

②罗州刺史冯融：南朝时梁官吏。其祖先为十六国时北燕冯氏。北燕亡，昭成帝冯弘奔高丽，使其族人冯业以三百人浮海奔宋，因留于新会，自冯业（祖）至冯融（孙）一百余年，世为罗州刺史。罗州，治今广东化州。宝：冯宝，时为高凉太守。

③方伯：州刺史。

④援台：援救台城。549年，侯景反，围梁建康台城，至次年三月，台城陷落。

⑤质君：以你为人质。

⑥南康：在今江西赣州。

⑦陈霸先：初为梁高要太守，因讨平卢子略等有功，授交州刺史。与王僧辩讨平侯景，镇京口。不久杀王僧辩，迎梁敬帝萧方智复位，自为相国，封陈王。557年，受禅为帝，国号陈，为陈武帝，在位三年卒。

⑧参：下属参见上级。

⑨输赕（tàn）：捐献财物，运送贡物。

⑩灨石：在江西南康之南，时李迁仕将杜平虏驻兵于此。

【译文】

南北朝时高凉冼氏，世代为蛮人酋长，部落里有十多万户人家。冼氏有个女儿，富有谋略，罗州刺史冯融为儿子冯宝迎娶她为妻子。冯融虽然世代为州刺史，但不是当地土人，号令不能施行。冼氏管束本族人，让他们遵守民间礼法；参与判决诉讼，犯人即使是亲属也不宽赦。由此冯氏得以推行他的政策。高州刺史李迁仕派使者召请冯宝，冯宝正要前去，冼氏阻止他说："刺史被召去援救台城，当时台城被围。他却称说有病，铸造兵器、聚集兵众而后召见你，这一定是要以你为人质以胁迫征发你的兵力。希望你暂且不要去，以观察情况的变化。"几天后，李迁仕果然造反，派主帅杜平虏率兵进逼南康。陈霸先派周文育迎击他。冼氏对冯宝说："杜平虏如今与官军对抗，势必不能回去，李迁仕在高州，也不能做什么。夫君若是自行前往，必然会发生战斗，应该派使者用谦卑的言辞带着厚礼，报告他说：'我不敢出兵，想要派妻子参拜。'他一定高兴而没有防备。我再率领一千多人步行挑着杂物，称说以捐献财物，能够到营寨栅栏之下，击破他就是必然的了。"冯宝听从了妻子的话。李迁仕果然不设防备，冼氏袭击李迁仕，一举击破他，与陈霸先在灨石会师。回来后冼氏对冯宝说："陈都督不是普通人，深得众人之心，必定能够平定乱贼，应当多多资助支持他。"等冯宝死后，岭南地区发生大乱，冼氏安抚百粤各族百姓，数州安定下来，共同尊奉冼夫人为"圣母"。

智勇具足，女中大将。

【译文】

冼氏智勇双全，堪称女中大将。

二

隋文帝时，番州总管赵讷贪虐[①]，诸俚獠多叛[②]。夫人遣长史上封事，论安抚之宜，并言讷罪状。上置讷于法，敕夫人招慰亡叛[③]。夫人亲载诏书，自称使者，历十余州，宣述上意，所至皆降。及卒，谥“诚敬夫人”。

【注释】

①番州：隋朝改广州为番州。

②俚獠：指广东各少数民族。

③敕夫人招慰亡叛：隋开皇九年（589），隋灭陈，平江南。洗夫人命其孙冯魂迎隋官，岭南平定。次年，岭南陈时故将又叛乱，洗氏亲自披甲助隋平叛。隋文帝册封洗氏为谯国夫人，开幕府，置长史以下官属，听发六州兵马，可便宜行事。

【译文】

隋文帝时，番州总管赵讷贪财暴虐，各少数民族多有叛乱的。洗夫人派长史呈上密奏，建言安抚部族的方案，并列举赵讷的罪状。文帝依法处置赵讷，命洗夫人招抚逃亡反叛的部族。洗夫人亲自带着皇帝的诏书，自称是朝廷使者，遍访十多个州，宣扬文帝安抚的旨意，所到州郡都投降了。到她死后，谥为“诚敬夫人”。

白瑾妻

白瑾妻，山阴葛氏女也。瑾素弱，葛善为调节，使读书。成化中[①]，以进士为分宜令[②]，葛与俱往。其明年，瑾病逾时，而库所贮折银尚数千两[③]。邻境有因饥作乱者，聚徒百人，将劫取。县固无城郭[④]，寇卒至，诸簿丞挈家去匿。葛独分命家人力拒其两门，乃迁白公于他室，边批：不慌不忙，有条有理。埋其银污池中，著公之服，升堂以候贼。贼至，则阳为好语相劳苦，尽出其所私藏钗珥衣服诸物以与贼。贼谢而去，不知阴已表识⑤，竟物色捕得之⑥。

【注释】

①成化：明宪宗朱见深年号（1465—1487）。

②分宜：治今江西分宜南，本宜春县之安仁镇，析置新县，以地分自宜春而得名。

③折银：赋税银两。因将粮帛折成银两交纳，故称折银。

④城郭：城墙。

⑤表识：将钗珥等物做记号。

⑥物色：访求，寻找。引申为搜捕。

【译文】

白瑾的妻子，是山阴葛家的女儿。白瑾一向虚弱，葛氏善于为他调理，让他能够读书。成化年间，白瑾以进士身份被任命为分宜县令，葛氏与他一同赴任。第二年，白瑾病了很久，而县库里贮存的赋税银子尚有几千两。相邻地区有因为饥荒而发动叛乱的人，聚集了上百人，想要劫取银子。分宜县本没有城墙，盗贼突然而至，县衙各佐官带着家小逃难躲藏。唯独葛氏命令家人分别尽力守住两个大门，再把丈夫白瑾安顿在其他屋子里，边批：不慌不忙，有条有理。把银子埋在污水池中，穿上丈夫的官服，坐在大堂上等待贼人。贼人来了，就表面上说好话劝慰他们，拿出自己所藏的全部钗珥衣服等财物分给贼人。贼人感谢后离去，不知道葛氏暗中早已做了记号，后来官府最终根据记号抓捕了贼人。

白公衣，合让与此妇穿戴。

【译文】

白瑾的官服，应该让给这位妇人穿戴。

夫人城

朱序镇襄阳[①]，苻坚遣其将苻丕率众围之。先是序母韩氏亲登城审势，谓西北角当先受敌，乃率百余婢并城中女丁，于其角头预斜筑城二十余丈。其后贼攻城，西北角果溃，凭新筑处固守，得完。襄阳人遂号其筑为"夫人城"。

【注释】

①朱序：东晋孝武帝时官吏。字次伦，出身将门。太元二年（377），出任南中郎将、梁州刺史等，镇守襄阳。屡次抵御前秦进攻，后因督护李伯护密与苻坚通，致襄阳城破，降于苻坚。淝水之战中，前秦军稍却，他于军后倡言"坚败"，风声鹤唳，秦军大溃。

【译文】

朱序镇守襄阳时，苻坚派他的大将苻丕率领兵众围攻襄阳城。此前朱序的母亲韩氏亲自登上城楼观察形势，认为西北角会先遭受敌人攻击，就率领一百多名婢女和城中的女子，在西北角城头预先斜着修筑新城墙二十多丈。后来敌人攻城，西北角果然崩溃，凭借新修筑的城墙坚守，得以保全。襄阳人于是称韩夫人修筑的城墙为"夫人城"。

娘子军

唐平阳昭公主[①]，大穆皇后所生[②]，下嫁柴绍[③]。初，高祖兵兴，主居长安，绍曰："尊公将以兵清京师，我欲往，恐不能偕[④]，奈何？”主曰：“公行矣，我自为计。”绍诡道走并州，主奔鄠[⑤]，发家资，招南山亡命，得数百人以应帝。遣家奴马三宝谕降名贼何潘仁，因略地至盩厔、武功。纪律严明，远近咸附，勒兵七万，威震关中。帝渡河，绍以数百骑从南山来，主引精兵万人，与秦王会渭北[⑥]。绍及主对置幕府。京师号“娘子军”。

【注释】

①平阳昭公主：李渊之女。唐时封平阳公主，卒谥昭。

②大穆皇后：李渊之妻，窦氏。

③柴绍：少时矫悍有勇力，好任侠，妻高祖女平阳公主。李渊起兵时，居长安，招兵响应。后随李世民征伐，以功封霍国公，拜右骁卫大将军。

④偕：同行。

⑤鄠：治今陕西鄠邑。时柴绍在鄠有庄园。

⑥秦王：李世民。隋末劝其父起兵反隋。唐武德元年，为尚书令，进封秦王。

【译文】

唐朝平阳昭公主，是大穆皇后窦氏所生，下嫁给柴绍。当初，高祖李渊想起兵时，公主住在长安，柴绍说：“你父亲将要率兵扫荡京师，我想要前去，恐怕不能带公主同行，怎么办呢？”公主说：“夫君先去，我自有打算。”柴绍抄便道赶到并州，公主则直奔鄠州，散家财，招募南山的亡命之徒，得到好几百人响应李渊。又派家奴马三宝劝谕招降有名的贼寇何潘仁，于是一路占领土地到盩厔、武功。公主的部队军纪严明，远近的人都来归附，统率军兵七万人，威名震动关中。高祖渡河时，柴绍率数百骑兵从南山而来，公主率上万精兵，与秦王李世民在渭北会合。柴绍与公主各设幕府相对。京师称为“娘子军”。

李侃妇

建中末[1]，李希烈陷汴州，谋袭陈[2]。李侃为项城令[3]，欲逃去。妇曰：“寇将至，当守，力不足则死，焉逃之？若重赏募死士，可守也。”侃乃召吏民告之曰：“令诚若主，然满岁则去[4]，非如吏民生此土地，坟墓皆在，宜相与竭力死守。”众皆泣。乃徇曰[5]：“以瓦石击贼者，赏钱千；以刀矢杀贼者，赏钱万！”得数百人，率以乘城。妇自炊爨以享众，使报贼曰：“项城父老，义不下贼。得吾城不足为威，徒失和，无益也！”会侃中流矢，走还。妻怒曰：“君不在，人谁肯守！死于外，不犹愈于床乎？”侃乃登城，贼引去，县卒完。

【注释】

①建中末：唐德宗建中四年（783），淮西节度使李希烈叛唐，接连攻陷邓州、汴州（开封）。建中，唐德宗李适年号（780—783）。

②陈：陈州，治今河南淮阳。

③项城：今河南项城。在陈州南。

④满岁：任期满。

⑤徇：当众宣令。

【译文】

唐朝建中末年，李希烈攻陷汴州后，又谋划袭击陈州。李侃为项城县令，想弃城逃走。李侃妻子说：“叛贼来了，应当防守，兵力不足就战死，怎么能逃走呢？如果重金悬赏招募敢死的勇士，就能够防守。”李侃就召集官吏百姓告诉他们说：“县令确实是你们的父母官，然而任期满了就会离开，不像各位官员百姓生长在这片土地上，祖坟都在这里，应该一起尽力拼死守城。”众人都感动落泪。于是当众宣令说：“用瓦石击打贼兵的人，赏一千钱；用刀箭杀贼兵的人，赏一万钱！”得到勇士几百人，率领他们登城守卫。妻子亲自做饭给众人吃，派人告诉贼兵说：“项城父老乡亲，绝不投降贼人。得到我们的城池也不足以显示威力，只徒然失去民心，毫无益处！”恰逢李侃中了敌人的流箭，跑回来。妻子大怒说：“你不在城上，别人谁还肯守城！战死在外面，不比躺在床上好吗？”李侃于是带伤登城，贼军引兵退去，项城终获保全。

晏恭人

晏氏，宁化人，嫁福之曾氏[①]。夫死，守幼子不嫁。宋绍定间[②]，寇大举。晏依山为砦，召田丁谕曰：“汝曹衣食吾家，可念主母，各当用命，不胜即杀我！”因解藏橐悉散与之，田丁莫不感奋。晏自捶鼓，令诸婢鸣金。贼退散，乡人挈家归砦者甚众，晏以家粮助不给者。拓砦为伍，互相援应，贼弗能攻，全活老幼以数万计。事闻，封恭人[③]，赐冠帔[④]，补其子承信郎。

【注释】

①福：福州。

②绍定：南宋理宗赵昀年号（1228—1233）。

③恭人：按宋制，中散大夫以上官员的母亲与妻子封恭人。

④冠帔（pèi）：古代妇女之礼服。帔，披肩。宋代通常由朝廷赏赐。

【译文】

宋朝晏氏，是宁化人，嫁给福州的曾氏。丈夫死后，她守着幼子不再嫁。宋绍定年间，贼寇大举进攻。晏氏依山建立山寨，召集田丁告诉他们说："你们靠我曾家吃饭穿衣，可念在我这个主母情分上，各自应当效命防御，防不住就杀了我！"于是打开储藏的口袋将家财全部拿出来分给田丁，田丁无不感激振奋。晏氏亲自击鼓，命各位婢女鸣金。贼人退散后，乡人带领家人回寨里的非常多，晏氏拿出家里粮食帮助没饭吃的人。在寨中将人们划分为伍，各个伍之间，相互支援照应，贼人不能攻破，救活了男女老少几万人。朝廷听说了这件事，封晏氏为恭人，赏赐她凤冠霞帔，补授她的儿子为承信郎。

汉天子曰[①]："吾独不得廉颇、李牧为将，岂忧匈奴哉！"虽然，何必颇、牧，诚得李侃妇、晏恭人以守，邵续女、崔宁妾以战，刘太妃为上将，平阳昭公主副之，邓曼、洗氏为参军，荀崧女为游奕使[②]，虽方行天下可也！

【注释】

①汉天子：汉文帝刘恒。

②游奕使：掌管巡逻守卫的武官。

【译文】

汉文帝刘恒说："朕只是得不到廉颇、李牧为大将，否则怎么会忧虑匈奴之患！"虽然如此，何必有廉颇、李牧这样的大将，如果真能得到李侃妻、晏恭人来防守，邵续女、崔宁妾来战斗，刘太妃为上将，平阳昭公主为副将，邓曼、洗氏为参军，荀崧女儿为巡逻官，即使驰骋天下也可以了！

〇大历中，杨子琳袭成都据之，崔宁屡战力屈[①]。宁妾任氏魁伟果干，出家财十万募勇士，信宿间得千人，设队伍将校，手自麾兵，以逼子琳，琳拔城自溃。荀崧小女灌[②]，有奇节。崧守襄城，为杜曾所围③，力弱食尽，求救于故吏平南将军石览，计无从出。灌时年十三，乃率勇士数十人，逾城突围夜出。贼追甚急，灌且战且走，卒获免。自诣览乞师，又为崧书，与南中郎将周访请援。贼闻救至，遂散走。

【注释】

①崔宁屡战力屈：崔宁当作“崔宽”。崔宁原名崔旰，初为蜀将，唐代宗时袭取成都，杀剑南节度使郭英。大历二年（767），以贿赂得西川节度使。三年，崔旰入朝，赐名宁。崔旰入朝时以弟崔宽为留后，泸州刺史杨子琳率数千精锐骑兵乘虚突入成都。崔宽与杨子琳战斗，多次失利。译文从实。

②荀崧：字景猷。志操清纯，雅好文学。西晋泰始中为侍中。后为襄城太守。东晋元帝初拜尚书仆射，与刁协共定礼仪。

③崧守襄城，为杜曾所围：西晋愍帝建兴三年（315），荀崧迁都督荆州江北诸军事，屯兵宛城，而非守襄城。时襄城太守为荀崧故吏石览。译文从实。是年陶侃破叛将杜曾，乘胜击杜曾，因轻敌而败，杜曾于是引兵围宛城。杜曾，本是新野王司马歆帐下的南蛮司马，勇冠三军。永嘉之乱中斩叛将胡亢，后为周访所杀。

【译文】

唐代宗大历年间，杨子琳袭击成都并据守城池，崔宽多次激战而力不从心。崔宁妾任氏体格魁伟、行事果决，拿出十万家财招募勇士，一夜间募得上千人，整编队伍设立将校官，亲自指挥军队，以进逼杨子琳，杨子琳弃城溃退。晋朝人荀崧的小女儿荀灌，有奇节。荀崧镇守宛城，被杜曾围困，兵力薄弱粮食将尽，向之前的部下平南将军石览求援，却没有办法出去。荀灌当时只有十三岁，就率领数十名勇士，越过城墙突破包围乘夜逃出去。贼兵追击十分紧迫，荀灌边战边走，终于摆脱追击。她亲自面见石览请求救援，又代父亲荀崧写信,向南中郎将周访请求支援。贼兵听说援兵将至,于是溃散逃跑。

窦女

李希烈入汴时[①],强取参军窦良之女[②]。女顾其父曰:“慎无戚,我能灭贼!”边批:奇。女闻希烈将陈仙奇忠勇,因劝希烈任之。又闻其妻亦窦姓,言于希烈,愿与通家往来,以结其心。及希烈有疾,窦女乘间谓仙奇妻曰:“贼虽强,终必败,奈何!”妻以告仙奇,仙奇始悟,赂医人使毒杀之[③]。希烈已死,子不肯发丧,欲悉诛诸将而自立。适有献桃者,窦女请分遗诸将以示暇[④],因染帛裹絮如桃状,而藏书信于中。仙奇妻剖桃,始知希烈凶信。仙奇乃率兵入,斩希烈子,并枭希烈一门共七首[⑤],献诸天子,诏拜淮西节度使。

【注释】

①李希烈:唐朝藩镇将领。建中三年(782),勾结李纳、田悦、朱滔各自称王,公然反叛。四年底,占领汴州,自称皇帝,国号楚,后战败,退守淮西,被部将陈仙奇毒死。

②窦良之女:据杜牧《窦烈女传》,窦良女名桂娘。

③医人:据《唐书》,医人名陈山甫。

④示暇:表示府内安然无事,以稳定众心。

⑤枭:斩首悬挂示众。

【译文】

唐朝李希烈攻入汴州时,强娶汴州参军窦良的女儿。窦女转头对父亲说:“千万不要悲伤,我能消灭贼子!”边批:奇。窦女听说李希烈的部将陈仙奇忠诚勇猛，就劝李希烈重用他。又听说陈仙奇的妻子也姓窦，就对李希烈说，希望与他妻子结交互通往来，以笼络人心。等李希烈患病时，窦女利用机会对陈仙奇的妻子说："贼人虽然强大，但终将败亡，怎么办呢！"妻子将这话告诉陈仙奇，陈仙奇才领悟，便贿赂医生让他毒杀李希烈。李希烈死后，他儿子不肯发丧，想要把各将领全部杀掉以自立为王。正巧有献桃的人，窦女建议将桃分送诸将以表示府内安然无事，于是用染色的帛布裹棉絮做成桃的形状，而藏书信于其中。陈仙奇妻子剖开假桃，才知道李希烈已死的消息。陈仙奇于是率兵入府，斩杀李希烈的儿子，并砍下李希烈一家七人的头，呈献给皇帝，皇帝下诏拜陈仙奇为淮西节度使。

王翠翘

王翠翘，临淄妓也，初曰马翘儿，能新声①，善胡琵琶，以计脱假母②，而自徙居海上，更今名。倭寇江南，掠翠翘去。寨主徐海越人，号明山和尚。绝爱幸之，尊为夫人，凡一切计画，唯翘指使。乃翘亦阳昵之，实阴幸其败事，冀一归国以老也。会督府遣华老人招海降③，海怒，缚老人将杀之。翘谏曰："降不降在君，何与来使事？"亲解其缚，而赠之金，且劳苦之。边批：示之以意。老人者，海上人，翘故识之，而老人亦私觑所谓"王夫人"似翘④，不敢泄，归告督府曰："贼未可图也，第所爱幸王夫人者，臣视之有外心，可借以磔贼耳⑤。"督府曰："善！"乃更遣罗中军诣海说⑥，而益市金珠宝玉以阴贿翘。翘日在帐中从容言："大事必不可成，不如降也。江南苦兵久，降且得官，终身共富贵。"海计遂决。

督府大整兵，佯称逆降[⑦]，迫海寨。海信翘言不为备。边批：愚人。官兵突入，斩海首而生致翘，倭人歼焉。凯旋，督府设大飨于辕门，令翘歌而行酒，诸参佐皆起为寿。督府酒酣心动，降阶与翘戏。夜深，席大乱。明日悔之，而以翘功高，不忍杀，乃以赐所调永顺酋长[⑧]。翘去，渡钱塘，叹曰："明山遇我厚，我以国事诱杀之。杀一酋，更属一酋，何面目生乎！"夜半，投江死。边批：可怜。

【注释】

①新声：时新曲调。

②假母：养母，即鸨儿。

③督府：时总督为胡宗宪。

④觇：窥视，偷看。

⑤磔（zhé）：斩杀，捕杀。

⑥罗中军：罗龙文，江湖中称小华道人。翠翘为妓时，龙文与之交好，后又与徐海结交。此时则投胡宗宪幕下。胡宗宪以其与徐海、王翠翘均有旧交，故派他为说客。后罗龙文依附严世蕃，被斩。

⑦逆降：迎受降兵。

⑧永顺：在今广西，明时设土司。

【译文】

王翠翘是临淄城的妓女，初名马翘儿，能唱时新曲调，善弹胡琵琶，她用计摆脱妓馆养母，而独自搬迁住在海边，改为现在的名字。倭寇侵扰江南，掳去王翠翘。寨主徐海越人，号明山和尚。十分宠爱她，尊她为夫人，凡是一切谋划，任凭她指挥。而王翠翘也是表面上亲近他，实际上暗中希望徐海失利，只希望有一天能归国以终老。赶上督府派华老人招降徐海，徐海大怒，绑了华老人将要杀他。王翠翘劝阻说："投不投降在你，与前来招降的使者有什么关系?”于是亲自为华老人松绑,又赠送他金钱,并且慰问他的辛劳。边批:向他表示亲近之意。华老人,是海上人,王翠翘以前就认识他,而华老人也暗自窥视所谓的“王夫人”像是王翠翘,但不敢暴露,回去告诉督府说:“海贼不可谋取,只是他所宠爱的王夫人,我看她似乎有二心,可以借她来捕杀海贼。”督府说:“好!”于是又派罗中军去游说徐海,而且又多买金珠宝玉暗中贿赂王翠翘。王翠翘每天在营中轻描淡写地说:“大事必定是不能成功,不如投降。江南一带苦于战争很久了,投降尚且能谋得官职,终身共享富贵荣华。”徐海于是决定投降。督府大规模点校军队,谎称迎受降兵,逼近徐海营寨。徐海相信王翠翘的话不加防备。边批:愚人。官兵突然攻入,砍下徐海首级而保全了王翠翘,倭寇全部歼灭。官军获胜归来,督府在军门大设庆功宴,席间命王翠翘唱歌敬酒,各位将领都举杯向督府道贺。督府喝醉心意浮动,走下台阶调戏王翠翘。夜色深沉,酒席大乱。第二天督府后悔前晚的行为,而因为王翠翘功劳很高,不忍心杀她,于是把她赐给调来助阵的永顺酋长。王翠翘离开,渡钱塘江,感叹说:“徐海待我情义深厚,但我因为国家大事诱杀了他。杀了一名酋长,又跟随另一名酋长,还有什么颜面活下去!”半夜,投江而死。边批:可怜。

鸟尽弓藏,红颜薄命,翠翘兼之。始疑西子沉江[①],真有是事!胡梅林脱略边幅[②],其乱而悔,悔而使翘不得志以死,此举殊不脱酸腐气。吾谓翠翘有功,言于朝,旌之可也;若侠骨相契,虽纳之犹可也。不则开笼放雪衣[③],亦庶几不负其归老之初意乎?梅林之功而获罪[④],或者其天道与?

【注释】

①西子沉江:传说越王勾践献美女西施于吴,使其惑乱夫差之心。

后灭吴，勾践沉西施于江。

②胡梅林：即胡宗宪，字汝贞，号梅林。为明朝抗倭名将。脱略边幅：不修边幅。

③开笼放雪衣：苏轼《常润道中，有怀钱塘，寄述古》诗："去年柳絮飞时节，记得金笼放雪衣。"雪衣，指白鸽。

④梅林之功而获罪：胡宗宪在浙江平倭时，与严嵩亲信赵文华是同僚。赵文华疲软不敢前进，而胡宗宪则亲自督战。胡宗宪曲意事赵文华，权力渐重。至嘉靖四十一年（1562），胡宗宪渐次平息浙江倭患。这一年严嵩被罢官，其子严世蕃被逮，胡宗宪是由严嵩亲信赵文华的举荐而升迁的，很多大臣认为他属于严党。胡宗宪由此被免职，后自杀。

【译文】

飞鸟射尽弓箭就藏起来，美丽女子命运多坎坷，王翠翘兼而有之。我才疑心西施后来被沉江，是真有这样的事情！胡梅林不修边幅，他乱了礼法而又后悔，他后悔而使得王翠翘不能实现愿望含恨而死，这种行为实在是没有摆脱酸腐道学气。我认为王翠翘有功劳，上奏朝廷，表彰她是可行的；若是侠义相投，即使纳她为妾也是可以的。否则就打破束缚放走她，也大概不辜负她归乡终老的最初心意吧？胡梅林有功而获罪，或许这就是天道吧？

孙翊妻

孙翊为丹阳守[①]，妫览时为都督督兵[②]，戴员为郡丞，与左右亲信边洪等数患苦翊。会翊送客，洪从后斫杀翊，迸走入山[③]。翊妻徐氏，购募追捕得洪，杀之。览遂入军府，悉取翊嫔妾及左右侍御，欲复取徐。徐恐见害，乃绐之曰[④]："乞须晦日设祭除服乃可[5]。"览听之。徐潜使人语翊旧将孙高、傅婴等,高、婴相与涕泣,共誓合谋。至晦日,徐氏设祭讫,乃除服,薰香沐浴,更于他室安施帏帐,言笑欢悦。览密觇,无复疑意。徐先呼高、婴与诸婢罗列户内,览入。徐出户拜览,即大呼,高、婴俱出,共杀览,余人就外杀员。徐乃还缞绖[6],奉览、员首以祭翊,举军震骇。

【注释】

①孙翊:字叔弼,三国吴主孙权的弟弟。以偏将军领丹阳太守。

②妫(guī)览:三国吴将领。与戴员二人由吴郡太守盛宪举孝廉。孙权忌盛宪高名,枉杀了他。妫览、戴员逃匿山中。至建安八年(203),孙翊为丹阳太守,以礼招引,任妫览为都督,戴员为郡丞。

③迸:逃,奔。

④绐(dài):欺诳。

⑤晦日:每月最后一天。除服:除去丧服。

⑥缞绖(cuī dié):丧服。也指服丧。

【译文】

三国时孙翊为丹阳太守,妫览当时为都督督兵,戴员为郡丞,与左右亲信边洪等人非常厌恨孙翊。趁孙翊送客时,边洪从后面砍杀了孙翊,逃入山中。孙翊的妻子徐氏,悬赏招募武士追捕擒获边洪,杀了他。妫览于是住进军府,接收孙翊所有的嫔妾和左右侍卫,想要再强占徐氏。徐氏恐怕被杀害,于是欺骗妫览说:"乞求您让我在月末最后一天摆设祭台、除去丧服才可以。"妫览听从了她。徐氏暗中派人告诉孙翊的昔日部将孙高、傅婴等人,孙高、傅婴一起哭泣,共同发誓合力谋划。到了月底这天,徐氏祭拜完成,就脱下丧服,薰香沐浴,又在其他房间放置帏帐,谈笑风生,欢欣喜悦。妫览暗中观察,不再有怀疑的心思。徐氏事先让孙高、傅婴与各位婢女排列在门内，等妫览进来，徐氏出门拜见妫览，就大声叫喊，孙高、傅婴都出来了，共同击杀妫览，其余人在外面击杀戴员。徐氏于是重新穿上丧服，奉上妫览、戴员的首级祭拜孙翊，全军震惊。

申屠希光

申屠氏，长乐人，慕孟光之为人[①]，自名希光。有诗才，既适侯官秀才董昌[②]，绝不复吟，食贫作苦，宴如也[③]。郡中大豪方六一闻希光美，心悦之，乃使人诬昌阴重罪，罪至族。六一复阳为居间[④]，边批：恶极。得轻比[⑤]，独昌报杀，妻子俱免。因使侍者通殷勤，强委禽焉[⑥]。希光具知其谋，谬许之，密寄其孤于昌之友人。边批：要紧着。乃求利匕首，挟以往，好言谢六一，因请葬夫而后成礼。边批：大事。六一大喜，使人以礼葬昌。希光则伪为色喜，艳妆入室。六一既至，即以匕首刺之帐中，六一立死。因复杀其侍者二人。至夜中，诈谓六一暴病，以次呼其家人，至则皆杀之，尽灭其宗。因斩六一头，置囊中，至昌葬所祭之。明日悉召村民，告以故，且曰："吾将从夫地下！"遂缢而死。时靖康二年事[⑦]。

【注释】

①孟光：东汉隐士梁鸿之妻。夫妻二人隐于霸凌山中。后至吴，每为梁鸿具食，皆举案齐眉，以示敬爱。后为古代贤妻的典型。

②适：出嫁。侯官：县名。在今福建福州。

③宴如：安然，安定平静的样子。

④居间：从中解救。

⑤轻比：根据较轻律条来判罪。

⑥委禽：致送聘礼。古时定亲纳聘，男方要送女方一只雁。

⑦靖康：宋钦宗赵桓年号（1126—1127）。

【译文】

宋朝申屠氏，是长乐人，仰慕东汉孟光的为人，自己取名为希光。有作诗的才情，嫁给侯官县秀才董昌之后，就不再吟诗，衣食贫贱、家务劳苦，她也安然处之。郡中豪强方六一听说希光貌美，心里很喜欢她，于是派人诬陷董昌阴谋有重大罪行，罪罚至于灭族。方六一又假装从中解救，边批：恶极。得以按较轻律条来判罪，只处斩董昌一人，妻子儿女都赦免无罪。接着派侍者向希光献殷勤，强行致送聘礼。希光全都知道方六一的阴谋，假装答应他，暗中把儿子托付给董昌的好友。边批：要紧的一步。然后求得一把锋利的匕首，携带匕首前往，好言好语感谢方六一，于是请求他安葬丈夫而后再依礼结为夫妻。边批：大事。方六一听了很高兴，派人按照礼节安葬董昌。希光假装露出喜悦之色，浓妆艳抹进入内室。方六一到后，希光就用匕首在帐中刺杀他，方六一当场毙命。接着又杀了他的两个侍从。到半夜，假称方六一突发急病，陆续叫来他的家人，到了就都杀了他们，全部灭了方家一门。接着砍下方六一的头，放在袋子中，到董昌坟前祭吊他。第二天希光召集所有村民，告诉他们事情的原委，并且说："我要去地下追随我丈夫！"就上吊而死。这是宋钦宗靖康二年的事。

六一陷人于族，乃人不族而己族矣。以一文弱妇人，奋其白刃，全家为戮，义愤所激，鬼神助之。有志竟成，岂必须眉丈夫哉！

【译文】

方六一陷害董昌至灭族之罪，但别人没有灭族而自己被灭族。

凭一位文弱的妇女，挥动手中的匕首，他全家就被杀光，是由义愤激发，连鬼神都帮助她。有决心事情终究会成功，何必一定是男子汉大丈夫呢！

邹仆妻

梁末[①]，襄州都军务邹景温移职于徐，亦管都军之务。有劲仆自恃拳勇，独与妻策驴而行。至芒砀泽间，大声曰："闻此素多豪客[②]，岂无一人与吾曹决胜乎！"边批：太恃。言毕，有五六盗自丛薄间跃出，一夫自后双手交抱，搏而仆之，抽短刃以断其喉，盖掩其不备也。唯妻在侧，殊无惶骇，边批：好急智。但矫而大呼曰[③]："快哉！今日方雪吾之耻也！吾以良家之子，遭其俘掠，以致于此。孰谓无神明哉！"贼谓其诚而不杀，与行李并二驴，驱以南迈。近五六十里，至亳之北界达孤庄南而息焉。庄之门有器甲，盖近戍巡警之卒也。此妇遂径入村人之中堂[④]。盗亦谓其谋食，不疑。乃泣拜其总首，且告其夫遭屠之状。总首潜召其徒，一时执缚，唯一盗得逸。械送亳城，咸弃市。妇返襄阳，为尼终焉。

【注释】

①梁：五代后梁。

②豪客：此处指强盗。

③矫：假装。

④中堂：即村公所之类的地方。

【译文】

五代后梁末年，襄州掌管军务的邹景温被调职到徐州，还是掌管监督军队的事务。有个强悍的仆人自己仗着拳术勇武，单独与妻子骑着驴前行。走到芒砀泽之间，大声喊道："听说这里一向多有强盗，难道没有一个人与我等一较胜负吗！"边批：太骄傲。话刚说完，有五六名强盗从茂密的草丛中跳出来，一名强盗从仆人身后双手将他抱住，击打并扑倒他，抽出短刀割断他的咽喉，趁他没有防备的时候杀了他。只有仆人的妻子在一旁，竟然完全没有惊惶害怕，边批：好急智。只是假装大叫说："痛快啊！今天才洗雪我的耻辱！我本是良家女子，遭这贼人绑架，才来到此地。谁说没有神明呢！"强盗认为她说的是实话而不杀她，带着行李和两头驴，赶着向南走。走了近五六十里路，到亳州北界达孤庄南边休息。庄门放有武器盔甲，原来附近有守卫巡逻的士卒。这位妇人就径直走进村里人的中堂。强盗也以为妇人去讨要食物，就没有起疑。妇人于是哭着拜见村中的总头领，并且告知她丈夫遭到屠杀的惨状。总头领暗中召来士兵，很快就抓住强盗，只有一个强盗逃脱了。将他们戴上刑具送往亳州城，都斩首示众。妇人返回襄阳，终身为尼。

徐氏、申屠氏、邹仆之妻，皆能为夫报仇于身后者也。徐，贵人之妇，而又宿将合谋于外，诸婢协力于内，以制一粗疏不备之妫览，如击病鼠耳。申屠氏则难矣，然仇迹未露，犹可从容而图之。邹仆妻则又难矣，变起仓卒，亲见群凶攒刃于其夫，即秦舞阳旁观[1]，不能不动色，而意中遂作复仇之算，甘言诳贼，不逾日而以计擒灭，可不谓大智大勇者乎！生于下贱，何曾读书知礼义，而临变不乱，处分绰如。世之自命读书知理义者，吾不知有此手段乎否也？

【注释】

①秦舞阳：战国末燕国勇士。年十三杀人，人不敢逆视。燕太子丹

谋刺秦王嬴政,使其为荆轲副手入秦。荆轲见秦王时,他奉地图匣进献,畏秦王威仪而色变。荆轲刺秦王不中,同被杀。

【译文】

徐氏、申屠氏、邹仆的妻子,都是能在丈夫死后为丈夫报仇的人。徐氏,是显贵之人的妻子,而又能在外与昔日部将联合谋划,在内与各位婢女同心协力,来制伏一个粗疏无防备的妫览,就如同击杀一只病鼠。申屠氏则处境艰难,然而她复仇的心迹最初没有显露,还可以从容来谋划。邹仆的妻子则处境更艰难,变故起于仓促之间,目睹一群强盗持利刃杀了她丈夫,即使是秦舞阳在一旁看了,都不能不动声色,但她却心中作复仇的盘算,美言诳骗强盗,不过一天就用计谋擒灭强盗,能不说她是大智大勇的人吗!她出身贫贱,何曾读圣贤书知晓礼义,却能面临变故不慌乱,处理从容自如。世上那些自认为饱读诗书知晓礼义的书生们,我不知道他们有这样的手段没有?

谢小娥

谢小娥者,豫章估客女也[①],生八岁,丧母,嫁历阳段氏,故二姓常同舟,贸易江湖间。小娥年十四,始及笄[②],父与夫皆为劫盗所杀,二姓之党歼焉。小娥亦伤脑折足,漂流水中,为他船所获,经夕而活。因流转乞食,至上元县,依妙果寺尼净悟。初,小娥父死时,梦父谓曰:“杀我者‘车中猿、门东草’。”又数日后,梦其夫谓曰;“杀我者‘禾中走、一日夫’。”小娥不能解,常书此语,广求智者辨之,历年不得。

【注释】

①估客：商人。

②及笄（jī）：结发，用笄贯之。一般在15周岁。

【译文】

谢小娥，是豫章商人的女儿，长到八岁时，母亲去世，许配给历阳段氏，所以两家常同乘一条船，往来江湖之间做生意。谢小娥十四岁，才刚及笄，父亲与丈夫都被劫匪所杀，两家的亲友都被杀害。谢小娥也脑袋受伤、腿脚骨折，漂流在水中，被其他商船救起，经过一夜才醒过来。于是流浪辗转乞讨度日，来到上元县，投靠妙果寺尼姑净悟。当初，谢小娥父亲刚死时，她梦到父亲对她说："杀我的人是'车中猿、门东草'。"又过了几天后，梦到丈夫对她说："杀我的人是'禾中走、一日夫'。"谢小娥不理解，就经常写下这些话，到处访求智者解释，经过多年没有解开。

至元和八年[①]，李公佐罢江西从事[②]，泊舟建业，登瓦官寺阁，僧齐物为李述之。李凭栏书空，疑思嘿虑，忽然了悟。令寺童疾召小娥，谓之曰："杀汝父者申兰，杀汝夫者申春也。其曰'车中猿'者，车字之中乃申字[③]，申非属猴乎？草下有门，门中有东，兰字也[④]。又'禾中走'，是穿田过，亦是申字。'一日夫'者，夫上更一画，下一日，是春字，其为申兰、申春可明矣！"小娥恸哭再拜，密书四字于衣，誓访二贼以复其冤。更为男子服，佣保江湖间。岁余，至浔阳郡，见纸榜子召佣者[⑤]，娥应召，问其主，果申兰也。娥心愤貌顺，边批：大有心人。在兰左右，积二岁余，甚见亲爱，金帛出入之数无不委之。每睹谢之衣物器具，未尝不暗泣。兰与春，宗昆弟也[⑥]。春家在大江北独树浦，往来密洽。一日春携大鲤兼酒诣兰，至夕，群贼毕至，酣饮。暨诸凶既去，春沉醉卧于内室，兰亦覆寝于庭。小娥潜锁春于内，边批：贼在掌中，从容摆布。抽佩刃先斩兰首，呼号邻人并至，春擒于内，兰死于外，获赃货至数千万。初，兰、春有党数十人，暗记其名，悉擒就戮。时浔阳太守张公嘉其孝节，免死。娥竟剪发为尼以终。边批：还当旌异⑦，岂特免死！

【注释】

①元和：唐宪宗李纯年号（806—820）。

②李公佐：唐朝进士。唐宪宗元和年间为江南西道观察使判官。所作传奇小说有《南柯太守传》《谢小娥传》等。

③车字之中乃申字：车，繁体为“車”，去上下两横，中间为“申”字。

④兰字：兰，繁体为“蘭”，其中“柬”部，古人常写作“東”。

⑤纸榜子：招贴。

⑥宗昆弟：同宗兄弟。

⑦旌异：旌表，褒奖。

【译文】

到唐宪宗元和八年，李公佐被免去江西从事职务，乘船停在建业，登上瓦官寺楼阁，僧人齐物对李公佐讲了这件事。李公佐靠着栏杆在空中比划，默默地沉思冥想，忽然明白过来。让寺中小童急忙召来谢小娥，对她说：“杀你父亲的人是申兰，杀你丈夫的人是申春。他们说‘车中猿’，车（車）字的中间是‘申’字，申不是属猴吗？草下面有门，门中间有东，是‘兰（蘭）’字。而‘禾中走’，是穿田而过，也是‘申’字。‘一日夫’，夫上面多一画，下面一个日字，是‘春’字，这可以明确是申兰、申春了！”谢小娥听了痛哭着两次拜谢，暗中在衣服内里写下这四个字，发誓一定要找到这两个贼人以报父亲、丈夫的冤屈。谢小娥改换男人服装，在江湖上做佣工。一年多后，来到浔阳郡，看见招贴上招佣工，谢小娥前往应召，询问主人姓名，竟然是申兰。谢小娥内心愤恨表面温顺，边批：是个有心人。在申兰左右，干了两年多，很受喜爱，金银布帛收支的数目没有不委任给她的。每当见到谢家的衣物器具，没有不暗自流泪的。申兰与申春是同宗兄弟。申春家在大江北独树浦，兄弟往来很密切。一天申春带着大鲤鱼和酒来拜访申兰，到了晚上，众贼人都来了，放肆饮酒。等到各位凶贼都走了，申春大醉躺在内室，申兰也趴着睡在外庭。谢小娥暗暗把申春反锁在内室，抽出佩刀先砍下申兰的脑袋，然后呼喊邻居都过来，申春被擒锁在内室，申兰被杀死在外庭，缴获赃款几千万。当初，申兰、申春有同伙几十人，谢小娥暗中记下他们的姓名，全都擒获并斩杀。当时浔阳太守张公嘉许谢小娥的孝行节义，免她死罪。谢小娥最终削发为尼以终老。边批：还当旌表，岂能只免死。

其智勇或有之，其坚忍处，万万难及！

【译文】

她的智慧勇气有人可能有，她的坚忍之处，却是万万难以企及！

吕母

王莽时，琅琊海曲有吕母者[①]，子为县吏，犯小罪，宰杀之。吕母怨，思报宰。母家故丰资[②]，乃益酿醇酒，买刀剑衣服。少年来沽者，辄奢与之[③]；衣敝者辄假衣，不问直。数年而财尽。少年欲相与偿之。母泣曰："所为厚诸君，非求利也，徒以县宰枉杀吾子故。诸君肯哀之乎？"少年壮之，皆许诺。遂招合亡命数千，吕母自称将军，引兵攻破海曲，执宰,数其罪。诸吏叩首请宰,母曰:“吾子不当死,为宰枉杀。杀人者死,又何请乎?”遂斩宰,以头祭子冢。因以众属刘盆子[④]。边批:更高。

【注释】

①琅琊海曲:琅琊郡海曲县,在今山东日照。吕母:新莽末年农民起义军首领。其子为县吏,为县宰所冤杀,她遂散家财买兵弩,交结贫穷少年,得数百人,于天凤四年(17),攻杀海曲(今山东日照)县宰以祭其子。引兵入海,众至万人。

②丰资:家资丰厚。

④奢与之:多给他。

④刘盆子:汉皇室,因是城阳王刘章之后,被立为皇帝,后降于光武帝。光武帝怜之,以其为赵王郎中。

【译文】

王莽执政时,琅琊海曲有位吕母,她儿子是县吏,犯了小罪,县令就杀了他。吕母十分怨恨,想要报复县令。吕母本来家资丰厚,就多酿醇酒,买刀剑衣服。少年来打酒,就多给他;碰到衣衫破烂的就借给他们衣物,不谈价钱。几年间家财散尽。少年们想要一起把钱还给她。吕母哭着说:“之所以厚待各位,不是求利,只是因为县令冤杀我儿子的缘故。各位肯可怜我这老妇人吗?”少年们为她愤恨,都答应为她复仇。于是招纳了几千亡命之徒,吕母自称为将军,率兵攻陷海曲,擒拿县令,数落他的罪状。各位官员磕头为县令求情,吕母说:“我儿子罪不该死,却被县宰冤杀。杀人的人该死,又何必为他求情呢?”于是杀掉县令,用县令人头祭拜儿子的坟墓。接着让众人归附了刘盆子。边批:更高。

世间有此等奇妇人,酷吏或少知警。

【译文】

世间有这样的奇伟妇人,严苛的官吏应稍知警惕。

李诞女

东越闽中有庸岭[①],高数十里,其西北隰中有大蛇[②],长七八丈,围一丈。土俗常惧。东冶都尉及属城长吏多有死者[③]。祭以牛羊,故不得福。或与人梦,或喻巫祝,欲得啖童女年十二三者。都尉、令长患之,共求人家生婢子兼有罪家女养之[④],至八月朝祭送蛇穴口[⑤],蛇辄夜出吞啮之。累年如此,前后已用九女。一岁将祀之,募索未得。将乐县李诞家有六女,无男,其小女名寄,应募欲行。父母不听,寄曰:"父母无相留,今唯生六女,无有一男,虽有如无。女无缇萦济父母之功[⑥],既不能供养,徒费衣食。生无所益,不如早死。卖寄之身,可得少钞以供父母,岂不善耶?"父母慈怜不听去,终不可禁止。寄乃行,请好剑及咋蛇犬[⑦]。至八月朝,怀剑将犬诣庙中坐。先作数石米餈蜜麨[⑧],以置穴口。蛇夜便出,头大如囷[⑨],目如二尺镜,闻餈香气,先啖食之。寄便放犬,犬就啮咋。寄从后斫蛇,因踊出,至庭而死。寄入视穴,得其九女髑髅,悉举出,咤言曰[⑩]:"汝曹怯弱,为蛇所食,甚可哀愍!"于是寄女缓步而归。越王闻之,聘寄为后,拜其父为将乐令,母及姊皆有赏赐。自是东冶无复妖邪。

【注释】

①东越:在今闽、浙一带。

②隰（xí）：低湿的地方。

③东冶：今福建福州。各本及干宝《搜神记》均作"东治"，闽无东治，《晋书·地理志》有东冶，据改。

④家生婢子：家奴所生的女儿。

⑤朝：初，始。

⑥缇萦济父母之功：汉文帝时，齐太仓令淳于公有罪当处以肉刑，下诏将他押赴长安囚禁。淳于公没有儿子，只有五个女儿，临行时，骂他女儿说："生子不生男，缓急非有益！"小女儿缇萦于是随父亲到长安，上书说："愿没入为官婢，以赎父刑罪，使父得改过自新。"文帝览奏章，哀怜她，就废除肉刑。

⑦咋（zé）蛇犬：能咬蛇的猎犬。咋，啮，啃咬。

⑧先作数石米餈（cí）蜜麨（chǎo）：干宝《搜神记》作"先将数石米餈，用蜜麨灌之。"米餈，米饼。蜜麨，当为用蜜所拌的麨。麨，米麦炒熟后磨成粉。

⑨囷（qūn）：圆形的谷仓。

⑩咤（zhà）言：痛惜地说。咤，痛惜，慨叹。

【译文】

东越闽中有庸岭，高几十里，山岭西北低湿处有一条大蛇，长七八丈，径围一丈。当地人一直惧怕它。东冶都尉和所属城邑的长官多有因此而丧生的。用牛羊祭拜，仍然没有得到福佑。有时给人托梦，有时告诉巫祝，想要吃十二三岁的女童。都尉、长官都担忧这件事，共同寻访别人家奴所生的女儿和罪犯家的女儿来养着，到八月初祭拜时送到大蛇洞口，大蛇就夜里出来吞咬她们。多年如此，前后已经用了九名女童。有一年将要祭拜大蛇，招募寻访没有找到女童。将乐县李诞家有六个女儿，没有儿子，他的小女儿名叫寄，响应招募想要前去。父母都不答应，李寄说："父母不要留我，如今家里只生了六个女儿，却没有一个男孩，虽然有孩子却像没有一样。女儿没有缇萦救父母的功劳，既然不能供养父母,只是白白耗费衣服食物。活着没有用处,不如早些去死。卖了我的身体,可以得到一些钱供养父母,难道不好吗?”父母爱怜她不让她去,最终不能阻止她。李寄于是上路,求得一把好剑以及能咬蛇的猎犬。到八月初,李寄怀抱利剑手牵猎犬到庙中坐着。先做了数石重的米饼灌上蜂蜜,放在蛇洞口。大蛇夜晚便出来,蛇头大如谷仓,蛇眼如二尺长的镜子,闻到米饼香气,就先吞食米饼。这时李寄就放开猎犬,猎犬向前撕咬大蛇。李寄从后面用剑砍蛇,于是蛇跳跃出来,到庭下就死了。李寄进去看蛇洞,发现九位女童的骷髅,全都运出洞外,痛惜地说:“你们胆怯懦弱,被大蛇吞食,真让人同情!”于是李寄缓步走回家。越王听说这事,聘娶李寄为王后,拜她父亲为将乐令,她母亲和姐姐们也都各有赏赐。从此东冶境内再没有妖邪了。

刘季斫杀蛇,遂作帝[①];李寄斫杀蛇,遂作后。天下未尝无对。

【注释】

①刘季斫杀蛇,遂作帝:据说,刘邦与十几个壮士逃亡进入大泽,夜晚赶路,一人回来报告说:“前有大蛇挡道。”刘邦醉酒,说:“壮士赶路,怕什么!”就继续往前,拔剑斩蛇。蛇分为两段,路就开了。后来有人来到斩蛇的地方,有一老妇人夜晚哭泣,说:“我儿子是白帝之子,化为蛇挡在路上,如今赤帝之子杀了他,所以哭泣。”说罢,忽然就不见了。刘季,即刘邦,字季。汉朝开国皇帝。

【译文】

刘邦斩杀大蛇,就做了皇帝;李寄斩杀大蛇,就做了王后。天下未尝没有相通成对的事。

红拂

杨素守西京日[1]，李靖以布衣献策。素踞床而见。靖长揖曰："天下方乱，英雄竞起，公为重臣，须以收罗豪杰为心，不宜倨见宾客。"素敛容谢之[2]。时妓妾罗列，内有执红拂者[3]，有殊色，独目靖。靖既去，而执拂者临轩指吏曰："问去者处士第几？住何处？"边批：见便识李靖。靖具以对，妓诵而去。靖归逆旅[4]，其夜五更初，忽闻叩门而声低者。靖启视，则紫衣纱帽人，杖一囊。问之，曰："杨家红拂妓也。"延入，脱衣去帽，遽向靖拜。靖惊答之，再叩来意，曰："妾侍杨司空久，阅天下之人多矣，无如公者，故来相就耳！"靖曰："如司空何？"曰："彼尸居余气[5]，边批：又识杨素。不足畏也！诸妓知其无成，去者甚众矣，边批：如何方是有成，须急着眼。彼亦不甚逐也。计之详矣，幸无疑焉。"问其姓，曰"张"。问其伯仲之次，曰"最长"。观其肌肤仪状，言辞气语，真天人也[6]。靖不自意获之，愈喜愈惧，万虑不安，而窥户者无停履。数日，亦闻追讨之声，意亦非峻。乃雄服乘马[7]，排闼而去[8]，将归太原。

【注释】

①西京：西边的京城。隋炀帝时，长安为西京。

②敛容：正容，显出端庄的神色。

③红拂：红色拂尘。

④逆旅：客舍，旅馆。

⑤尸居余气：像尸体一样但还有一口气，指人将要死亡；也比喻人暮

气沉沉，无所作为。

⑥天人：天仙，仙女。

⑦雄服：盛装，华丽的装扮。

⑧排闼：推门，撞开门。

【译文】

隋朝杨素镇守西京长安时，李靖以平民身份进献计策。杨素伸腿坐在床上，态度轻慢地接见李靖。李靖拱手高举深深行礼说："天下正大乱，英雄争相起事，您身为国家重臣，应当用心网罗豪杰，不应该傲慢地接见宾客。"杨素改换了端庄的神情，向李靖道歉。当时杨素身边侍妾环绕，其中有一位手拿红色拂尘的侍妾，非常美丽，独自看着李靖。李靖离开后，手拿红色拂尘的女子临窗指派一个小吏说："问问刚才离开的客人排行第几？现在家住何处？"边批：初见便赏识李靖。李靖全都回答了，红拂女默默记诵着走开。李靖回到旅店，当天夜里五更初，忽然听见有人低声敲门。李靖打开房门一看，只见一位身穿紫衣、头戴纱帽的人，手里拿着一只袋子。问是谁，回答说："杨素家那位手持红拂的侍妾。"李靖请她进屋，侍妾脱去外衣、摘下纱帽，马上向李靖行礼。李靖惊慌答礼，然后问她的来意，她说："我服侍杨司空很长时间了，见过的天下豪杰也不少，但没有一位能与您相比，所以前来投靠。"李靖问道："杨司空怎么办？"红拂女回答说："他不过是一具行尸走肉而已，边批：又识杨素。不值得畏惧！许多侍妾知道他终将不成事，离开的很多，边批：如何才是有成，须急着眼。而他也不怎么追究。我考虑得很周密，希望您不要怀疑了。"李靖问她的姓氏，回答说"姓张"。问她家中排行，回答说"排行老大"。李靖看她容貌举止，言辞和说话的语气，简直是天仙一般。李靖没料到红拂女会投奔自己，越是高兴越是害怕，焦虑不安，而且偷窥门户的人前脚接后脚。几天后，也听说了追讨红拂女的风声，红拂女也没有急切之意。两人于是盛装骑马，推门离开，将要回太原。

行次灵石旅舍，既设床，炉中烹肉且熟。张氏以发长委地，立梳床前；靖方刷马。忽有一客，中形，赤髯如虬，策蹇驴而来，投革囊于驴前，取枕欹卧[①]，看张梳头。边批：便知非常人。靖怒甚，欲发。张熟视客，一手映身摇示靖，令勿怒。边批：又识虬髯客。急梳毕，敛衽前问其姓[②]。客卧而答之，曰："姓张。"对曰："妾亦姓张，合是妹。"遽拜之，问其第几，曰："行三"。亦问妹第几，曰："最长"。客喜曰："今日幸逢一妹！"张氏遥呼："李郎，且来见三兄！"靖骤拜之，遂环坐。问煮何肉，曰："羊肉，计已熟矣。"客曰饥，靖出市胡饼[③]，客抽腰间匕首，切肉共食。复索酒饮，于是开革囊，取下酒物，乃一人首并心肝。却头囊中，以匕首切心肝共食之，曰："此人乃天下负心者。衔之十年，今始获之。"又曰："观李郎贫士，何以得致异人？"靖不敢隐，具言其由。曰："然，故知非君所致也。今将何之？"曰："将避地太原。"曰："望气者言太原有奇气，吾将访之。"靖因言州将子李世民。客与靖期会于汾阳桥，遂乘驴疾去。及期候之，相见大喜。靖诈言客善相，因友人刘文靖得见。"世民真天子矣！"废然而返，遂邀靖夫妇至家，令其妻出见，酒极奢，因倾家财付靖，文簿匙锁，共二十床，曰："赠李郎佐真主立功业也。"与其妻戎服跃马，一奴从之，数步遂不复见。靖竟佐命，封卫公[④]。

【注释】

①欹（qī）：倾斜，歪斜。

②敛衽：整理衣襟，女子行礼时的动作。

③胡饼:烧饼。制作之法出于胡地,故名。

④靖竟佐命,封卫公:此则为传说,与史实无关。李靖本为隋名将韩擒虎外甥,与杨素本应相识,没有以平民身份献策杨素的事。李靖与李渊有仇怨,李渊起兵,李靖当时为隋马邑郡丞,要先告发,被李渊逮捕,李渊要杀他,因李世民求情获免,由此入李世民幕府。

【译文】

两人途中在灵石县客栈留宿,已经摆好了床,炉火上煮的肉快要熟了。红拂女因长发拖地,就站在床前梳头;李靖正在门外洗马。突然有一位客人,中等身材,两颊的红色胡须弯弯曲曲如同蛟龙,他骑着一头跛驴来,在驴前扔下一个皮囊,进门取过枕头斜卧在床,看红拂女梳头。边批:便知非常人。李靖非常生气,正准备发火。红拂女仔细观察来客,一只手在身后摇摆示意李靖,要他不要动怒。边批:又识虬髯客。红拂女赶紧梳完头,整衣行礼上前问客人姓氏。客人躺着回答道:“姓张。”红拂女回答道:“我也姓张,算起来应该是妹妹。”立即向他行礼,又问虬髯客家中排行,虬髯客回答:“排行老三。”虬髯客也问了这位妹妹排行,红拂女说:“我排行老大。”虬髯客高兴地说:“今天有幸遇到一妹!”红拂女远远地招呼李靖:“李郎,快来见三哥!”李靖急忙拜见虬髯客,于是三人围坐闲聊。虬髯客问炉上煮的是什么肉,李靖回答:“羊肉,估计快熟了。”虬髯客说肚子饿了,李靖拿出买来的胡饼,虬髯客从腰间抽出匕首,切了羊肉一起吃。虬髯客又要来酒喝,在这时候打开了皮囊,取出下酒物,原来是一颗人头和一副心肝。虬髯客把人头放回囊中,用匕首切开心肝,邀李靖一起吃,并且说:“这个人是天下最忘恩负义的人。我恨了他十年,如今才砍下他的脑袋。”接着又说:“看李郎是穷书生模样,是如何得到这位绝世美人的?”李靖不敢隐瞒,把结识红拂女的经过详细说给虬髯客听。虬髯客说:“原来如此,我就知道不是你招来的。如今你们将要去哪里?”李靖说:“想到太原避一阵子。”虬髯客说:“望气的术士说太原上空有不寻常的云气,我也想去太原看看。”李靖于是谈到了州将之子李世民。虬髯客与李靖约定在太原汾阳桥见面，就骑着驴飞快离开了。到了约定的日子，李靖到汾阳桥等候虬髯客，两人见了面都非常高兴。李靖假称虬髯客善于看相，通过友人刘文靖让虬髯客见到了李世民。见后慨叹："李世民是真天子啊！"虬髯客颓丧地返回，于是邀请李靖夫妇到自己家中，让自己的妻子出来相见，招待的酒菜十分奢侈，于是将全部家产交给李靖，文簿锁匙，共二十床，说："赠给李郎辅佐真主建立功业。"自己却与妻子穿着军装跨上快马，带着一名奴仆飘然而去，走了几步就不见了踪影。李靖最终辅佐李世民统一天下，被封为卫国公。

吴长卿曰："红拂见卫公，自以为不世之遇，视杨素蔑如矣；孰知又有一虬髯也，视李郎又蔑如矣。惜哉，不及见李公子也。"

【译文】

吴长卿说："红拂女见到李靖，自认为遇见当世奇才，认为杨素不如他；谁知世上又有一位虬髯客，看李靖又远不如他了。可惜啊，当时红拂女没能见到李世民。"

沈小霞妾

锦衣卫经历沈錬以攻严相得罪[①]，谪佃保安[②]。时总督杨顺、巡按路楷皆嵩客，受世蕃指："若除吾疡[③]，大者侯，小者卿。"顺因与楷合策，捕诸白莲教通虏者，窜錬名籍中，论斩，籍其家。顺以功荫一子锦衣千户，楷候选五品卿寺。顺犹怏怏曰："相君薄我赏，犹有不足乎？"取錬二子杖杀之，而移檄越[④]，逮公长子诸生襄。至则日掠治，困急且死。会顺、楷被劾，卒奉旨逮治，而襄得末减问戍[5]。襄之始来也，只一爱妾从行，及是与妾俱赴戍所。中道微闻严氏将使人要而杀之，襄惧欲窜，而顾妾不能割。妾曰："君一身，沈氏宗祧所系[6]，第去勿忧我。"边批：自度力能摆脱群小故。襄遂给押者："城中有年家某[7]，负吾家金钱，往索可得。"押者恃妾在，不疑，纵之去。久之不返，押者往年家询之，云："未尝至。"还复叩妾，妾把其襟大恸曰："吾夫妇患难相守，无倾刻离，今去而不返，必汝曹受严氏指，戕杀我夫矣！"观者如市，不能判，闻于监司。监司亦疑严氏真有此事，不得已，权使妾寄食尼庵，而立限责押者迹襄[8]。押者物色不得，屡受笞，乃哀恳于妾，言："襄实自窜，毋枉我。"因以间亡命去。久之，嵩败，襄始出讼冤，捕顺、楷抵罪，妾复相从。襄号小霞，楚人江进之有《沈小霞妾传》。

【注释】

①沈链：嘉靖年间进士。为人刚直，嫉恶如仇。历任溧阳、茌平、清丰三地县令，后为锦衣卫经历。曾因上疏弹劾严嵩十大罪，贬谪屯耕保安，办学教边民。后受诬被斩。

②佃：耕作。此处指屯垦。保安：在今陕西保安。

③疡：头疮。此处指心头之患沈链。

④移檄越：移公文于越。沈链为越（会稽）人，时其长子沈襄在家。

⑤末减：从轻论罪或减刑。

⑥宗祧（tiāo）所系：是说沈襄的生死关系着家族香火的断续。宗祧，宗庙。

⑦年家：科举时代同年登科的人两家之间的互称，即同年。

⑧立限：规定期限。迹：追踪。

【译文】

明朝锦衣卫经历沈錬因攻击丞相严嵩而获罪，被贬到保安屯耕。当时总督杨顺、巡按路楷都是严嵩的同党，受严嵩之子严世蕃指使："若是能除掉我的心头之患沈錬，功大者封侯，功小者封卿。"杨顺于是与路楷合力谋划，拘捕有通敌嫌疑的白莲教徒，将沈錬也列入名单中，判了他斩首，抄没他的家。杨顺因功庇荫一个儿子当上锦衣千户，路楷则候选五品卿寺。杨顺还是不高兴地说："丞相给我的赏赐少，我还有不足之处吗？"抓来沈錬的两个儿子用杖打死他们，而移公文于会稽，逮捕沈錬的长子生员沈襄。抓到就每天拷打讯问，被逼迫得将要死掉。正巧赶上杨顺、路楷被弹劾，最终奉旨逮捕两人治罪，而沈襄得以减罪，只发配边地戍守。沈襄刚来时，只有一名爱妾随行，到这时便与爱妾共同前往戍边之地。中途隐约听到严嵩将派人来拦截杀他，沈襄害怕想要趁机逃走，但考虑到爱妾不能割舍。爱妾说："夫君一人，关系到沈氏家族香火的继续，只管逃走不要担心我。"边批：自己估量能摆脱群小。沈襄于是哄骗押解的吏卒："城中有同年登科的某人家，欠我家金钱，去要就能讨得。"押解的吏卒仗着沈妾在，没有怀疑，放他去了。过了许久没有回来，押解吏卒前往同年登科的人家询问，人家说："没有来过。"回来又询问沈妾，沈妾拉住吏卒的衣襟大哭说："我们夫妻患难相守，没有片刻分离，今天我丈夫离开就没再回来，必定是你们受了严嵩的指使，杀了我丈夫！"围观的人多得像集市，押送吏卒不能处理，只好报告监司。监司也怀疑严嵩真有这样的指使，没有办法，权且让沈妾寄住尼姑庵，而规定期限责令押解的吏卒追踪沈襄。吏卒遍寻不到，多次遭到鞭打，就哀求沈妾，说："沈襄确实是私自逃走，不要冤枉我们。"接着趁机逃命离开。很久之后，严嵩倒台，沈襄才出来诉讼申冤，朝廷抓捕杨顺、路楷抵罪，爱妾又跟从了他。沈襄号小霞，楚人江进之著有《沈小霞妾传》。

严氏将要襄杀之，事之有无不可知，然襄此去实大便宜、大干净。得此妾一番撒赖，即上官亦疑真有是事，而襄始安然亡命无患矣。顺、楷辈死，肉不足喂狗。而此妾与沈氏父子并传，忠智萃于一门，盛矣哉！

【译文】

严嵩将拦截沈襄杀害他，这件事情到底有没有不得而知，然而沈襄这次逃走实在是占了许多便宜、落得一身干净。加上沈妾一番撒泼耍赖，就连上面的官员也怀疑真有这样的事，而沈襄才得以安然逃命没有后患。杨顺、路楷等人被处死，肉不足以喂狗。而这位爱妾与沈氏父子一起流传，忠贞智慧集于一家，真是好啊！

邑宰妾

万历中，政务宽缓[①]，刑部囚人多老死者。某乡科[②]，北人，为邑宰，坐事入诏狱，久之不得雪，且老矣。已分必死，而自伤无子，乃尽鬻其产，营一室于近处，置所爱妾，而厚赂典狱者，阴出入焉。有侄颇不肖，稍窃其资，入博场中，为逻者所疑，穷诘之，因尽吐，且云："家有一青骡子，叔行必乘之，无事则出赁，请以骡为验。"逻者伺数日，果如其言。宰方与妾对食中堂，群逻至，惊失箸。妾遽起迎曰："翁胆薄，毋相迫，尔曹与翁有隙耶？"曰："无之。"曰："若然，不过欲多得金耳。金属我掌，第随我行，当以饱汝。"逻者顾妇人貌美而言甘，乃留一人守视宰，而群尾妾入房。妾指所卧床曰："金在其颠。"携小梯而登，众自下谑之，殊不怒，笑声达于外。须臾，捧一匣下，发之多金。妾曰："未也。"再捧一巨箱下，大镪实焉[③]。众攫金，声愈哄。守者贪分金，不能忍，足不觉前，宰以间潜逸。众怀金既餍[④]，出视失宰，惧欲走。妾择弱者一人力持之，大呼："攫金贼在！"众奋拳齐殴，齿甲俱集[⑤]，妾且死，终不释，声愈厉，动外人。外人入，众窜，获其一，并妾所持者两人，送巡城潘御史。妾诉群凶淫贪状，兼具所失鬻产银数。此两人不能讳，尽供其党姓名。顷之，悉擒至，银犹在怀也，而以犯官逸出为解。御史使视诏狱，则宰在焉。众语塞，乃委罪于不肖侄。御史收侄，尽毙之箠下。妾取故金归，籍数报宰。病数日，乃死。

【注释】

①政务宽缓：各政府部门办事拖沓，案件审理、公事批转往往稽滞多年。

②乡科：代指举人出身而为官的人。

③大镪（qiǎng）：成串的大钱。

④餍（yàn）：满足。

⑤齿甲俱集：又用牙咬，又用指掐。

【译文】

万历年间，政务松弛拖沓，刑部囚犯有很多老死的人。有个举人出身的官员，是北方人，做了县令，因受牵连进了诏狱，许久得不到昭雪，年纪日渐老了。自己料想必定死在狱中，而暗自伤心没有儿子，就卖掉全部家产，在近处建造了一处房子，安置爱妾，又重金贿赂典狱官，暗中进出。县令有个侄子很不成器，偷了一些他的钱财，进入赌场里，被巡逻的人怀疑，追究盘问他，于是他全部招供，并且说："叔父家有头青骡子，叔父出行一定骑着它，没事时就将骡子出租，请以骡子来验证。"巡逻的人暗中探察了几天，果真如他所说。一天县令正与妾在中堂对坐吃饭，一群巡逻的人闯入,县令吓得掉了筷子。妾连忙起身迎接说:“我丈夫胆子小,请不要逼迫他,你们与我丈夫有仇怨吗?”回答说:“没有。”妾说:“如果是这样,你们不过想要多得钱财罢了。钱财由我掌管,各位只管跟我来,定当满足你们。”巡逻的人看到妇人容貌美丽又说话动听,就留下一个人看守县令,而其他人尾随妾进入房间。妾指着睡觉的床说:“金子就藏在这上面。”拿了一架小梯子登上去,众人在下面戏弄她,她一点不生气,笑声都传到外面去了。不一会儿,妾捧着一只匣子下来,打开匣子里面有很多钱。妾说:“还有。”再捧一个巨大的箱子下来,成串的大钱装满箱子。众人抢夺钱财,声音越发吵闹。看守的人贪图分钱,忍不住,双脚不觉走向前来,县令乘机逃走。众人拿着钱满足之后,出来看县令已经不见了,都害怕得想逃跑。妾挑准一个瘦弱的人用力抓住他,大喊:“抢钱的贼人在这儿!”众人抡起拳头一起打她,用牙咬用指掐,妾已奄奄一息,但始终不松手,叫喊声也更大,惊动了外面的人。外面的人进来,众贼逃跑,抓住其中一个,加上妾抓住的一共两人,送交巡城潘御史。妾控诉群凶贪得无厌的样子,并说出失窃的卖家产的钱数。这两个人见不能隐瞒,就全部供出同党的姓名。不久,所有人都被抓来,银子还在怀里,而他们以犯罪的官员逃出为理由来开解。御史派人察看诏狱,而县令在里面。众人无话可说,就将罪过推卸给县令不成器的侄子。御史收押县令的侄子,在鞭打下丧命。妾取走原有的金银回去,登记数目告诉县令。病了几天,就死了。

狱中囚私出入,非法也,诏狱甚矣。方群逻押至,不以宰为奇货哉?言胆薄坚其志,言多金中其欲,忍谑以坚之,空橐以饵之[①],怠守者而逸宰,固已在吾算中矣。出其不意,持一弱以羁众强。假令身毙老拳之下,罪人其免乎!至群凶先我死,而目可瞑也。妇之智不必言,独其猝不乱,死不怵,从容就功,有丈夫之智所不逮者。惜传者逸其名,虽然,千秋而下，知有一邑宰妾在浣纱女、锐司徒妻、车中女子之俦[②]，斯不为无友也已！

【注释】

①空囊：倾囊，把钱财全部拿出来。

②浣纱女：传说伍员奔吴，一路饥饿，至濑水，见一浣纱女，向她乞食。当时后有追兵，伍员害怕泄漏行踪，浣纱女于是投江而死，以明其志。锐司徒妻：据《左传》记载，成公二年（前589），晋与鲁、卫在鞍地（今济南）大破齐师。齐顷公仅得免于被俘，回去途中见到一名女子，问他："国君免于祸难了吗？"回答说："免了。"她又问："锐司徒免于祸难了吗？"回答说："免了。"女子说："国君和我父亲免于祸难，还要怎样。"齐侯认为她有礼。不久查访才知道她是辟司徒的妻子。据此，"锐司徒妻"当为"辟司徒妻"。车中女子：唐人小说中的女剑侠。见于《太平广记》。

【译文】

狱中囚犯私自出入，是犯法的，诏狱中的囚犯更是严重。当一群巡逻官吏到县令家，不认为县令奇货可居吗？说胆子小坚定了他们的意图，说钱财多暗合了他们的贪欲，强忍戏谑以稳定他们，拿出钱财来诱惑他们，让看守的人懈怠而使县令逃走，本来已经在小妾的掌握之中。超出对方意料，抓住一个瘦弱的人来牵制众多强壮的人。假使妾死在巡逻人的拳脚之下，他们罪人的结局能逃过吗！至于这群凶贼先于妾而死，那么眼睛就可以闭上了。妇人的智慧不必多说，单是她处变不乱，临死不惧，从容完成计划，就有男子的智慧所不及的地方。可惜记述的人遗漏了她的名字，即使如此，千年之后，能知道有一位县令的妾室在浣纱女、辟司徒妻、车中女子等女中豪杰之列，这也不能说没有志同道合的人了。

崔简妻

唐滕王极淫[①]，诸官美妻，无得白者[②]，诈言妃唤，即行无礼。时典签崔简妻郑氏初到[③]，王遣唤。欲不去，则惧王之威，去则被王之辱。郑曰："无害。"遂入王中门外小阁。王在其中，郑入，欲逼之。郑大叫左右曰："大王岂作如是，必家奴耳！"取只履击王头破，抓面流血。妃闻而出，郑乃得还。王惭，旬日不视事。简每日参候，不敢离门。后王坐，简向前谢，王惭，乃出。诸官之妻曾被唤入者，莫不羞之。

【注释】

①滕王：即李元婴，唐高祖李渊子。封滕王，食禄山东滕县（今山东滕州）。因骄纵淫逸，迁苏州刺史，不久转为洪州（今江西南昌）都督，在赣江之滨建滕王阁。后改任隆州（今四川阆中）刺史。

②白：清白，不受玷污。

③典签：州府佐吏，掌管文书。

【译文】

唐朝滕王李元婴十分贪淫，各官员的美丽妻子，没有能得清白的，假传王妃召唤，就对她们行无礼之事。当时典签崔简的妻子郑氏刚到，滕王就派人召唤她。崔简不想让妻子去，但又畏惧滕王的威权，去了则要遭受滕王的侮辱。郑氏说："不怕。"于是来到王府中门外的小阁。滕王在里面，郑氏进去，他就想逼郑氏就范。郑氏对左右的人大喊说："大王怎么会做这样的事情，你一定是大王的家奴！"脱下一只鞋子打破滕王的头，并用手把滕王抓得满脸是血。王妃听到打骂声出来，郑氏才得以脱身回家。滕王觉得羞惭，十多天不到官府处理公事。崔简每天到王府外参拜问候，不敢离开门口。后来滕王遭贬，崔简前往道歉，滕王非常惭愧，就让他出去了。那些曾被召唤进王府的各官员妻子，没有不感觉羞愧的。

不唯自全，又能全人，此妇有胆有识。

【译文】

崔简的妻子不仅保全了自己，又能保全别人，这位妇人有胆量有见识。

蓝姐

绍兴中[①]，京东王寓新淦之涛泥寺[②]。尝宴客，中夕散，主人醉卧。俄而群盗入，执诸子及群婢缚之。群婢呼曰："司库钥者蓝姐也！"蓝即应曰："有。毋惊主人。"付匙钥，秉席上烛指引之，金银酒器首饰尽数取去。主人醒，方知，明发诉于县。蓝姐密谓主人曰："易捕也。群盗皆衣白，妾秉烛时，尽以烛泪污其背，当密令捕者以是验。"后果皆获。事见《贤奕编》。

【注释】

①绍兴：宋高宗赵构年号（1131—1162）。

②京东王寓新淦（gàn）之涛泥寺：宋洪迈《夷坚丙志》卷十三有"蓝姐"条，此句作"东京人王知军者，寓居临江新淦之青泥寺"。冯梦龙此条引自明人刘元卿所编《贤奕编》，疑《贤奕编》采自《夷坚丙志》而刊刻致误。新淦，在今江西吉安。

【译文】

南宋绍兴年间，东京人王知军寓居新淦青泥寺。曾经宴请宾客，半夜才散席，主人酒醉睡下。不久一群盗匪闯入，抓住儿子们和婢女们绑起来。婢女们大喊说：“掌管府库钥匙的是蓝姐！”蓝姐立即回应说：“有钥匙。不要惊动了主人。”于是交出钥匙，拿起宴席上的蜡烛为盗匪引路，家中金银、酒器、首饰都被盗匪拿走。主人酒醒后，才知道这事，第二天向官府告发诉讼。蓝姐暗中告诉主人说：“很容易追捕。这群盗匪都穿白衣服，我拿蜡烛照路时，都把蜡油滴在他们背上，应当暗中让追捕的人以蜡油为验证。”后来果真全部抓获了强盗。故事见于《贤奕编》。

新妇处盗

某家娶妇之夕，有贼来穴壁，已入矣，会其地有大木，贼触木倒，破头死。烛之，乃所识邻人，仓惶间，惧反饵祸。新妇曰：“无妨。”令空一箱，纳贼尸于内，舁至贼家门首，剥啄数下①。贼妇开门见箱，谓是夫盗来之物，欣然收纳。数日夫不还，发视，乃是夫尸。莫知谁杀，因密瘗之而遁②。

【注释】

①剥啄：象声词。笃笃的敲门声。

②瘗（yì）：埋葬。

【译文】

某一家娶媳妇的晚上，有小偷来挖墙，已经挖通进了屋内，碰巧地上有一根大木头，小偷把木头碰倒，头部被砸破死了。用烛火一照，原来是熟识的邻居，匆忙之间，害怕反而会惹祸上身。新媳妇说：“不要紧。”她让丈夫挪出一只空箱，把小偷的尸首放进去，一起抬到小偷家门口，然后轻敲几下大门。小偷的妻子打开门看见箱子，以为是丈夫偷来的财物，很高兴地把箱子抬进屋内。过了几天丈夫还不回来，打开箱子一看，竟然是丈夫的尸体。也不知道是谁杀的，于是秘密埋下尸体逃走了。

辽阳妇

辽阳东山虏剽掠[①]，至一家，男子俱不在，在者唯三四妇人耳。虏不知虚实，不敢入其室，于院中以弓矢恐之。室中两妇引绳，一妇安矢于绳，自窗绷而射之。数矢后，贼犹不退，矢竭矣，乃大声诡呼曰："取箭来！"自绷上以麻秸一束掷之地，作矢声。贼惊曰："彼矢多如是，不易制也！"遂退去。

【注释】

①东山虏：指明代开始为边患的女真人。

【译文】

辽阳东山女真盗匪抢劫掠夺，到了一家，家中男人都不在，只有三四名妇人在家。盗匪不知道家里情况，不敢进入屋内，在院子里用弓箭恐吓他们。屋里两名妇人拉起绳子，一名妇人把箭放在绳子上，从窗口绷紧后射出去。射了几箭之后，盗匪还不退去，箭射完了，就假装大声喊道："拿箭来！"从绳子上把一束麻秸秆扔在地上，假作箭的声音。盗匪惊讶地说："他们的箭这么多，不容易制服！"于是退走。

妇引绳发矢，犹能退贼，始知贼未尝不畏人，人自过怯，让贼得利耳。

【译文】

几位妇人拉绳发箭，尚且能够吓退盗贼，才知道盗贼也不是不怕人，一般人自己太过怯懦，才会让盗贼得逞获利。

李成梁夫人

相传李帅成梁夫人乃辽阳民家女也①。辽民时苦寇掠，往往掘深井以藏货财。此家以避寇去，独留女伏守井中。有二寇入其室，觉井中有人，一人悬缒而下，得女甚喜，呼党先牵女上。党复临视，欲下缒。女自后遽推堕，即以物压盖之。得系马于门，跨而走。数日寇退，父母俱还家。女言其故，相与毙二寇，取首邀赏。李帅时在伍②，闻女智略，求为妇，后为一品夫人。

【注释】

①李帅成梁：李成梁，英毅骁健，有大将才。隆庆四年（1570）以都督佥事升为辽东总兵，先后镇辽二十二年，累官至太傅。封宁远伯。

②在伍：在行伍之中。

【译文】

相传镇辽大将李成梁的夫人是辽阳百姓家的女子。辽阳百姓当时正苦于强盗劫掠，常常挖掘深井以藏纳财产。李成梁夫人的家人因为躲避强盗离开了，只留她一个女孩蹲守在深井里。有两个强盗进到她家里，发觉井里有人，其中一人垂下绳索入井，发现那个女孩，非常高兴，就叫同党先拉她上去。同党拉上来后又靠近井边往下看，想要垂绳子下去。女孩从后面猛地把他推下去，立即用重物压盖上井口。找到强盗栓在家门口的马，骑上马跑了。几天后强盗退去，父母都回到家了。女孩讲述原委，一起杀死两名盗寇，取下首级去请赏。李元帅当时在军中，听说女孩的智勇谋略，请求娶女孩为妻，后来这个女孩成为一品夫人。

木兰等 三条

一

秦发卒戍边[1]，女子木兰悯父年老，代之行。在边十二年始归，人无知者。

【注释】

①秦：古乐府歌辞有《木兰诗》，讲述木兰代父从军的事。其年代，有说南朝梁者，有说北朝者，还有说隋唐之间者。此处秦，或指十六国的前秦。

【译文】

前秦征发士卒去驻守边境，女子木兰怜悯父亲年老，代父从军。驻守边境十二年才回家，没有人知道她是女儿身。

二

韩氏，保宁民家女也[1]。明玉珍乱蜀[2]，女恐为所掠，乃易男子饰，托名从军。调征云南，往返七年，人无知者，虽同伍亦莫觉也。后遇其叔，一见惊异，乃明是女，携归四川。当时皆呼为“贞女”。

【注释】

①保宁：明保宁县，治今四川理县东北。

②明玉珍乱蜀：明玉珍为元末农民起义军领袖，初率众投靠徐寿辉

部。至正十七年(1357),由巫峡入川,占领成都。陈友谅杀徐寿辉称帝,他不服,称陇蜀王。二十二年(1362)称帝,国号夏。死后其子明升嗣位。明洪武四年(1371),明军入蜀,明升败降。

【译文】

韩氏,是保宁民家女子。元末明玉珍在蜀地叛乱,韩氏女怕被贼兵掳掠,就改成男子打扮,假托姓名从军。她被调往云南,前后往返共七年,没有人知道她的身份,即使是战友也没有察觉。后来遇到她叔父,一见到就大惊,才说明她是个女子,带她回到四川。当时都称她为"贞女"。

三

黄善聪,应天淮清桥民家女[①],年十二,失母。其姊已适人,独父业贩线香[②]。怜善聪孤幼,无所寄养,乃令为男子装饰,携之旅游庐、凤间者数年[③],父亦死。善聪即诡姓名曰张胜,边批:大智术。仍习其业自活。同辈有李英者,亦贩香,自金陵来,不知其女也,约为火伴。同寝食者逾年,恒称有疾,不解衣袜,夜乃溲溺[④]。弘治辛亥正月[⑤],与英皆返南京,已年二十矣。巾帽往见其姊,乃以姊称之。姊言:"我初无弟,安得来此!"善聪乃笑曰:"弟即善聪也!"泣语其故。姊大怒,边批:亦奇人。且詈之曰:"男女乱群,玷辱我家甚矣!汝虽自明,谁则信之!"因逐不纳。善聪不胜愤懑,泣且誓曰:"妹此身苟污,有死而已!须令明白以表寸心!"其邻即稳婆居[⑥],姊聊呼验之,乃果处子,始相持恸哭,手为易去男装。越日,英来候,再约同往,则善聪出见,忽为女子矣。英大惊,骇问,知其故,怏怏而归,如有所失,盖恨其往事之愚也。乃告其母,母亦嗟叹不已。时英犹未室,母贤之，即为求婚。善聪不从，曰："妾竟归英，保人无疑乎？"边批：大是。交亲邻里来劝，则涕泗横流，所执益坚。众口喧传，以为奇事。厂卫闻之[7]，边批：好媒人。乃助其聘礼，判为夫妇。

【注释】

①应天：明代应天府，即南京。

②线香：用香料末制成的细长如线的香。

③庐、凤：庐州、凤阳，都在今安徽省。

④溲溺：解大小便。

⑤弘治辛亥：即弘治四年（1491）。弘治，明孝宗朱祐樘年号（1488—1505）。

⑥稳婆：接生婆。

⑦厂卫：东、西厂与锦衣卫的合称。因其势力极大，官府民间都惧怕而不敢不从。

【译文】

黄善聪，是应天府淮清桥畔的民家女子，十二岁时，母亲去世。她姐姐已经嫁人，只有父亲以卖线香为生。父亲怜悯黄善聪孤独年幼，没有人可以托付抚养，就让她改扮成男孩装束，带着她奔波庐州、凤阳之间好几年，父亲也去世了。黄善聪就改换姓名叫张胜，边批：大智术。仍然承袭父亲的旧业养活自己。同辈中有个叫李英的年轻人，也贩香，从金陵来，不知道她是女子，相约结为同伴。同吃同住一年多，黄善聪一直称自己有病，不脱衣服袜子，到半夜才解大小便。弘治四年正月，黄善聪与李英都返回南京，这时她已经二十岁了。黄善聪头戴男子巾帽前去探望姐姐，以姐姐相称呼。她姐姐说："我原来没有弟弟，你怎么会来这里！"黄善聪于是笑着说："弟弟就是善聪啊！"又哭着告诉姐姐原委。姐姐大怒，边批：也是奇人。并且责骂她说："男女混乱群居，太玷污我们家了！你虽然自己明白,但谁会相信!”于是驱逐不接纳她。黄善聪不胜愤懑,大哭并发誓说:“妹妹的身子如果被玷污了,我去死了算了!但一定要让你明白以表我的心意!”姐姐的邻居就住着一个接生婆,姐姐姑且喊她来检验,妹妹果然是处子之身,这时她才抱着妹妹痛哭起来,亲手为她换下男装。过了一天,李英前来探望,又约黄善聪一同卖香,结果黄善聪出来相见,忽然变成女子。李英大吃一惊,惊讶地询问,知道了原因,闷闷不乐地回到家,像丢了什么似的心神不定,大概是埋怨自己过去太迟钝。他就把事情告诉了母亲,母亲也嗟叹不已。当时李英还没有成家,他母亲认为善聪贤惠,就为儿子说媒求婚。黄善聪不答应,说:“我要是嫁给李英,确保别人不会怀疑我的清白吗?”边批:太对了。亲朋邻里都来劝说,黄善聪则眼泪鼻涕横流,更加坚持不嫁。众人交口传说,认为是件奇事。厂卫听说这事,边批:好媒人。就帮助李英下聘礼,判定二人为夫妻。

木兰十二年,最久,韩贞女七年,善聪逾年耳,至于善藏其用,以权济变,其智一也。若南齐之东阳娄逞①,五代之临邛黄崇嘏②,无故而诈为丈夫,窜入仕宦,是岂女子之分乎!至如唐贞元之孟妪,年二十六而从夫,夫死而伪为夫之弟,以事郭汾阳。郭死,寡居一十五年,军中累奏兼御史大夫。忽思茕独,复嫁人,时年已七十二,又生二子,寿百余岁而卒。斯殆人妖与?又不可以常理论矣。

【注释】

①娄逞:女扮男装,知围棋,解文义,遍游公卿之间,官至扬州议曹从事。后为人察觉,明帝令她还乡,她才穿上女装离去。

②黄崇嘏:五代前蜀女子,常女扮男装,游历两川。因失火事下狱,献诗于蜀相周庠,因应对明敏,被释放,荐为摄府司户参军。善政

事。周庠很喜爱她，想要把女儿嫁给他，黄崇嘏于是作诗自陈为女子。

【译文】

木兰改扮男儿十二年，时间最久，韩贞女是七年，黄善聪是一年多，至于善于隐藏行迹，以随机应变的计谋应对变化，她们的智慧是一样的。像南齐时东阳的娄逞，五代时临邛的黄崇嘏，毫无缘由而假扮成男子，为官任职，这又哪里是女子的本分呢！至于像唐朝贞元年间的孟老太，二十六岁嫁人，丈夫死后就伪装成丈夫的弟弟，侍奉郭子仪。郭子仪死后，寡居十五年，军中多次上奏，最终她官至御史大夫。有一天忽然想到自己孤独无依，就再嫁人，当时已经七十二岁，又生了两个儿子，活到一百多岁才死。这恐怕是人妖吧？又不可用常理去推论。

练氏

章郇公得象之高祖[①]，建州人[②]，仕王氏为刺史，号章太傅。其夫人练氏[③]，智识过人。太傅尝用兵，有二将后期[④]，欲斩之。夫人置酒，饰美姬进之。太傅欢甚，迨夜欢醉，夫人密摘二将使亡去。二将奔南唐，后为南唐将攻建州。时太傅已死，夫人居建州。二将遣使厚以金帛遗夫人，且以一白旗授之，曰："吾且屠城，夫人可植旗为识，吾戒士卒令勿犯。"夫人反其金帛，曰："君幸思旧德，愿全合城性命。必欲屠之，吾家与众俱死，不愿独生也！"二将感其言，遂止不屠。

【注释】

①章郇公之高祖：即章仔钧，五代时仕王审知，官为福建之高州刺

史、检校太傅、西北行营招讨制置使。在官有仁政。章郇公,即章得象,北宋咸平年间进士,官至同中书门下平章事,封郇国公。

②建州:今福建建瓯。

③练氏:姓杨,因家住练湖,世称练夫人。

④后期:未按时率兵赶到。

【译文】

章郇公得象的高祖父,是建州人,仕王审知任刺史,号为章太傅。他的夫人练氏,才智胆识过人。章太傅曾率兵出征,有两名将领未按时率兵赶到,太傅要杀他们。夫人准备酒菜,并装扮美人进呈太傅。太傅很高兴,到夜里高兴得喝醉了,夫人秘密放了两位将领让他们逃走。两位将领投奔南唐,后来作为南唐将领围攻建州。那时太傅已经去世,夫人住在建州。两名将领派使者以丰厚的金钱布帛赠送给夫人,并且把一面白旗交给她,说:"我们即将屠城,夫人可以树立白旗为标志,我们告诫士卒让他们不去侵犯夫人。"夫人返还金钱布帛,说:"你们幸而顾念旧时我对你们的恩德,希望保全全城人的性命。一定要屠杀他们的话,我们家与大家一起死,不愿意独自活着!"两位将领被练氏的话打动,于是不再屠城。

夫人之免二将,必预知其为有用之才而惜之,或先请于太傅,不从,故释去耳。不然,军法后期者死,夫人肯曲法以市恩乎[1]?至于后之食报,何其巧也!夫人免二将之死,而二将且因夫人以免一城之死,夫人之所收者厚矣!按,太傅十三子,其八为夫人出。及宋兴,子孙及第至达官者甚众,皆出八房。阴德之报,岂诬也哉!

【注释】

①市恩:以私废公,收买人心。

【译文】

夫人赦免两位将领，一定是提前知道他们是有用的人才而爱惜他们，或者是事先曾向太傅求情，太傅拒绝，所以才用计释放他们。否则，依军法未按时率兵赶到的人该处死，夫人肯违犯军法而出卖人情吗？至于日后这两人的报恩，是多么巧合啊！夫人赦免两位将领的死罪，而两位将领因为夫人而免除一城人被杀死，夫人所得的回报实在丰厚！按，太傅有十三个儿子，其中八个是夫人所生。等到宋朝兴起，子孙高中科举做到高官的人很多，都出自这八房。积阴德的善报，难道是胡说吗！

陈觉妻

陈觉微时[①]，为宋齐丘之客[②]。及为兵部侍郎也，其妻李氏妒悍，亲执匕爨[③]，不置妾媵。齐丘选姿首之婢三人与之[④]，李亦无难色，奉侍三婢若舅姑礼[⑤]。问其故，李曰："此令公宠幸之人，见之若面令公，何敢倨慢？"三婢既不自安，求还宋第。宋笑而许之。

【注释】

①陈觉：五代南唐人。曾事宋齐丘，官至枢密使，与李征古同擅权柄。宋齐丘兵败，陈觉亦被贬饶州，后被诛于道。

②宋齐丘：先为李昪谋士，李昪建南唐，为丞相，拜司空。结党营私，败坏朝政，被贬为镇南军节度使。又被召回抵御后周，任太师、封魏国公，后因好权植党被罢放。

③匕爨（cuàn）：指做饭。

④姿首：姣好的面容。

⑤舅姑：公婆。

【译文】

南唐人陈觉未显达时，曾是宋齐丘的门客。等官至兵部侍郎，他妻子李氏凶悍而嫉妒心重，亲自做饭，不肯蓄养婢妾。宋齐丘挑选了三名容貌姣好的婢女送给陈觉，李氏也没有为难的神色，侍奉三位婢女如对待公婆之礼一般。问她这么做的原因，李氏说："这是宋先生宠爱的人，见了她们如同面对宋先生，我怎么敢怠慢？"三名婢女自觉寝食难安，请求回到宋府。宋齐丘笑着允许了她们。

近有一甲科丧偶[1]，眷一土妓[2]。及继娶，每托言宿于外馆，深夜潜诣妓家，辨色即归[3]。继夫人察知之，绝不漏言。伺其再往，于五鼓集其童仆轿伞，往彼迎接，传夫人之命。甲科大惭，遂止。亦善于用妒者也。

【注释】

①甲科：明清通称进士科为甲科。

②眷：垂爱，依恋。

③辨色：即黎明。谓天色将明，能辨清东西的时候。

【译文】

近来有一位进士死了配偶，迷上当地一名妓女。等娶了继室，常借口有事住在客舍，深夜偷偷到妓女家过夜，天刚亮就回家。继夫人察觉了这件事，绝口不提一句。等到他再去，在五更时分召集他的家童、仆人抬着车轿，前往妓女家迎接，扬言是奉继夫人的命令。进士大为惭愧，于是不再去。继夫人也是善于用嫉妒手段的人。

杂智部总叙

【题解】

杂智部含“狡黠”“小慧”两卷，共77则。所谓“杂智”，即狡黠、细小的智慧，表现为诡诈圆滑和小聪明。

“狡黠”“小慧”各有表现。如“狡黠”卷“曹操”一则中，曹操军粮不足，召见管理军中粮草的官吏，用小斛给大家分粮，最后又杀了他来稳定军心，是嫁祸他人；“干红猫”一则中，孙三以染马缨的办法染出干红色的猫，又把猫藏起来不让人看，吊足人们的好奇心，最终以三百千钱卖给内侍，而猫却不久就变成白色，是蓄意行骗。“小慧”卷“薛公”一则中，齐王夫人去世，薛公给七位贵妾献上七副耳饰，有一副十分精美，第二天看那副精美耳饰戴在谁耳朵上，就劝齐王册立她为夫人，是试君献媚；“石鞑子”一则中，石鞑子冒充和尚调戏少妇，逼得和尚搬离小楼，而他自己住了进去，是损人渔利。

智慧表现为一种处理事情的方式，正直的人和奸邪的人似乎都能在处理事情时表现出机智的一面，但是二者终究初心不同，所以我们面对他们的态度也必须严格区别。

冯子曰：智何以名杂也？以其黠而狡、慧而小也。正智无取于狡，而正智或反为狡者困；大智无取于小，而大智或反为小者欺。破其狡，则正者胜矣；识其小，则大者又胜矣。况狡而归之于正，未始非正，小而充之于大，未始不大乎？一饧也[1]，夷以娱老，跖以脂户，是故狡可正，而正可狡也。一不龟手也[2]，或以战胜封，或不免于洴澼洸[3]，是故大可小，而小可大也。杂智具而天下无余智矣。难之者曰：大智若愚，是不有余智乎？吾应之曰：政唯无余智[4]，乃可以有余智。太山而却撮土[5]，河海而辞涓流，则亦不成其太山河海矣。鸡鸣狗盗，卒免孟尝，为薛上客[6]，顾用之何如耳。吾又安知古人之所谓正且大者，不反为不善用智者之贼乎？是故以"杂智"终其篇焉。得其智，化其杂也可；略其杂，采其智也可。

【注释】

①饧（xíng）：即麦芽糖。

②不龟（jūn）手：让手不皴裂的药方。

③洴澼洸（píng pì guāng）：水中漂洗棉絮。此段故事见于《庄子·内篇》："庄子曰：'夫子固拙于用大矣！宋人有善为不龟手之药者，世世以洴澼絖为事。客闻之，请买其方百金。聚族而谋曰："我世世为洴澼絖，不过数金。今一朝而鬻技百金，请与之。"客得之，以说吴王。越有难，吴王使之将。冬，与越人水战，大败越人，裂地而封之。能不龟手，一也。或以封，或不免于洴澼絖，则所用之异也。'"洴澼，漂洗。洸，应为絖（kuàng）之讹。絖，同"纩"，棉絮。

④政：通"正"。

⑤却：辞让，拒绝。

⑥薛：孟尝君封于薛，在今山东滕州东南。

【译文】

冯梦龙说：智谋为何称为“杂”呢？因为它有狡黠、聪慧而卑小之处。正派的智慧不会从狡诈中有所体现，但是正派的智慧有时反而会被狡诈的计谋困扰；大的智慧也不会从卑小的地方有所吸取，但大的智谋有时反而会被卑小的计策欺骗。如果能识破狡诈，那么正派的智谋会胜出；能识破卑小，那么大的智谋又会胜出。更何况将狡诈用于正途，也未必就不正义；将卑小的谋略进一步扩充为正大的智慧，又哪里不是大的智谋呢？同样的一块饧糖，伯夷用来取悦老人，而盗跖用来润滑门枢以偷盗，因此狡诈可以正用，而正智也会沦入狡诈。一种让手不皴裂的药方，有人可以用它取得战争胜利获得封赏，有人只是以漂洗棉絮为业，因此大智可小用，小智可大用。杂智具备，那么天下智慧没有剩余的了。发难的人说：大智若愚，这不是还有剩余的智慧吗？我对此的回答是：正因为没有多余的小聪明，才能有余下的大智慧。泰山如若推却一撮小土，江海如果放弃细流，那么也不能成为泰山与江海。鸡鸣狗盗之徒，最终也让孟尝君得以免除灾祸，成为他的座上宾，只是要考虑如何运用罢了。我又哪里知道古人所谓正派广大的智谋，不会被不善的人利用而产生灾害呢？因此我以“杂智”作为本书的终结篇。可以得到他们的智谋，化解其中狡诈卑小的部分；也可以忽略狡诈卑小，采用他们的智谋。

杂智部狡黠卷二十七

英雄欺人①，盗亦有道②。
智日以深，奸日以老。
象物为备，禹鼎在兹。
庶几不若，莫或逢之③。
集《狡黠》。

【注释】

①英雄欺人：指非凡人物逞才欺世。

②盗亦有道：盗贼也有其为盗之准则。语出《庄子·胠箧》："故跖之徒问于跖曰：'盗亦有道乎？'跖曰：'何适而无有道邪！夫妄意室中之藏，圣也；入先，勇也；出后，义也；知可否，知也；分均，仁也。五者不备而能成大盗者，天下未之有也。'"

③"象物为备"几句：《左传·宣公三年》记载，大禹之时，把远方的各种东西画成图象，让九州官长进贡青铜，铸成九只大鼎，并把各地的奇怪东西都铸在上面，无一遗漏，以使百姓知道哪些是神物，哪些是恶物。所以百姓们进入川泽山林，就不会遇上魑魅魍魉这些不利于自己的东西了。不若，犹言不祥或不祥的事物。指传说中的魑魅魍魉等害人之物。

【译文】

非凡人物逞才欺世，盗匪也有为盗之道。

智谋因岁月而深邃，奸诈因年月而老道。

将万物形象罗列齐，铸鼎在此告示众人。

希望这些魑魅魍魉，让人避免与其相逢。

集为《狡黠》一卷。

吕不韦

秦太子妃曰华阳夫人[①]，无子[②]。夏姬生子异人[③]，质于赵，秦数伐赵，赵不礼之，困不得意。阳翟大贾吕不韦适邯郸[④]，见之曰："此奇货可居[⑤]！"乃说之曰："太子爱华阳夫人而无子，子之兄弟二十余人，子居中，不甚见幸，不得争立。不韦请以千金为子西游[⑥]，立子为嗣。"异人曰："必如君策，秦国与子共之！"不韦乃厚赀西见夫人姊，而以献于夫人，因誉异人贤孝，日夜泣思太子及夫人。不韦因使其姊说曰："夫人爱而无子，异人贤，自知中子不得为適，诚以此时拔之，是异人无国而有国，夫人无子而有子也，则终身有宠于秦矣。"夫人以为然，遂与太子约以为嗣，使不韦还报异人。异人变服逃归，更名楚。不韦娶邯郸姬绝美者与居，知其有娠。异人见而请之，不韦佯怒，既而献之，期年而生子政[⑦]，嗣楚立，是为始皇。

【注释】

①秦太子：指秦昭襄王次子嬴柱，一名"式"。初封安国君。秦昭襄

王四十二年（前265），昭襄王长子死，他被立为太子。五十六年，昭襄王死，他嗣立。时年已五十三岁。第二年病死。谥孝文。

②无子：华阳夫人未生子，而安国君实有子二十余人。

③夏姬：安国君的姬妾。

④阳翟（dí）：当时为韩国都城，在今河南禹州。

⑤奇货可居：谓商人把稀有的东西囤积起来，等待高价卖出去。

⑥西游：西入咸阳。

⑦期年：一年。

【译文】

秦国太子安国君的妃子叫华阳夫人，她没有儿子。妃子夏姬生的儿子叫异人，在赵国当人质，秦国多次讨伐赵国，赵国因此不礼待异人，异人也因此感到困窘不得意。阳翟的大商人吕不韦正好到邯郸去，见到异人说："这真是珍奇的货物，可以囤积占有！"于是就对异人说："太子宠爱华阳夫人而她没有儿子，您的兄弟总计有二十余人，您排行居中，又不太被宠幸，不能够争取被立为继承人。我请求用千金为您西入咸阳游说，将您立为继承人。"异人说："如若真能实现您的计策，秦国将来就与您共同执掌！"于是吕不韦就带着丰厚的资财西去拜见华阳夫人的姐姐，并且求献于华阳夫人，接着就称赞异人十分贤孝，日夜哭泣，思念太子和华阳夫人。吕不韦趁机也让华阳夫人姐姐劝华阳夫人："您备受宠爱，却并无子嗣，异人贤孝，也知道自己排名居中无法被立，如果此时您能够提拔他，异人原本无国而变得有国，夫人原本没有儿子现在就有儿子了，如此就可以终身在秦国享受荣宠。"华阳夫人也认同这种看法，于是就和太子约定让异人为继承人，又派吕不韦回去报告给异人。异人换了衣服逃回秦国，改名楚。吕不韦娶了邯郸绝美的女子与之同居，知道她怀有身孕。异人见到了这名美女就向吕不韦索求，吕不韦假装生气，后来又把这名美女献给了异人，一年后，生下了儿子政，被异人立为继承人，就是之后的秦始皇。

真西山曰[①]:"秦自孝公以至昭王,国势益张,合五国百万之众,攻之不克,而不韦以一女子,从容谈笑夺其国于衽席间。不韦非大贾,乃大盗也!"

【注释】

①真西山:即真德秀,号西山。南宋大儒。庆元进士。曾出使金朝贺宣宗即位。驻边境,因金中都被围折回。宋端平元年(1234)为翰林学士,次年拜参知政事,于时政多所建言,奏疏不下数十万字。

【译文】

真德秀说:"秦国自孝公以来到昭王,国家的势力日益扩张,就是联合东方五国百万之众,攻击秦国也无法战胜,而吕不韦用一女子,从容谈笑间在床褥枕席之上就将国家夺取了。吕不韦不是大商人,而是大盗匪。"

陈乞

齐陈乞将立公子阳生[①],而难高、国[②],乃伪事之,每朝,必骖乘焉[③]。所从,必言诸大夫曰:"彼皆偃蹇[④],将弃子之命。其言曰:'高、国得君必逼我,盍去诸[⑤]?'固将谋子,子早图之!图之莫如尽灭之,需[⑥],事之下也。"及朝,则曰:"彼虎狼也,见我在子之侧,杀我无日矣,请就之位。"又谓诸大夫曰:"二子恃得君而欲谋二三子,曰:'国之多难,贵宠之由[⑦],尽去之而后君定。'既成谋矣,盍及其未作也先诸?作而后悔,亦无及也!"大夫从之。夏六月,陈乞及诸大夫以甲入于公宫[⑧]。国夏闻之,与高张乘如公[⑨],战败奔鲁。

【注释】

①陈乞:即田乞,田成子之父,谥僖子。齐景公时为大夫,其收赋税于民,以小斗受之,而予民以大斗,行阴德于民,遂得众心。景公卒,命其相国夏(惠子)、高张(昭子)立荼,即晏孺子。而陈乞欲立公子阳生。阳生:即齐悼公。姜姓,名阳生,景公之子。原流亡于鲁国,周敬王三十二年(前488)由田乞迎归立为国君。即位后,诛杀晏孺子。在位四年被杀。

②高、国:即高张和国夏。高张,姜姓,高氏,名张。正卿高偃之子。齐景公后期继其父任卿,曾率师伐鲁。孔子适齐,曾引孔子见景公。景公卒,与国夏奉景公遗命立少子荼。不久被大夫田乞袭杀,谥昭子。一说他出奔鲁。国夏,姜姓,国氏。齐景公时为相。受景公遗命,与高张共立景公少子荼为君。高张被杀后,他出奔莒,从此田氏专齐政。

③骖(cān)乘:古代乘车时居右边陪乘的人。

④偃蹇(yǎn jiǎn):傲慢不驯。

⑤盍:何不。

⑥需:迟疑,观望。

⑦贵宠:指得宠的权贵。

⑧以甲:全副武装。

⑨乘如公:驾车奔往晏孺子所在的地方。

【译文】

齐国的陈乞想要拥立公子阳生,却对高张、国夏两人感到为难,于是阳奉阴违地侍奉他们,每次朝会,一定和他们同车,而自己在右边陪乘。跟从他们时,就会说其他大夫的坏话:“那些大夫都傲慢狂妄,以后会摒弃你们的命令。他们说:‘高、国二人得到国君的宠幸,一定会逼迫我们,为何不除去他们二人呢?’他们想要图谋二位,你们应当早做应对啊!图谋此事,不如将他们全都铲除,犹豫的话,就会让这件事向不好的方向发展。”到了朝中,则又和他们二人说:“他们这些大夫,都是凶狠的虎狼之徒,看到我在你们身旁,不久就会杀掉我,请让我回到自己的位置上吧。”陈乞又和其他大夫说:“高、国二人仗着国君的势力,想要谋害你们,说:‘国家之所以多灾多难,都是得宠的权贵造成的,只有将他们全都除去,才能让国君安定。’他们的计谋已经成形,为什么不在他们还没有施行的时候抢先行动?他们下了手再后悔,就毫无挽回的余地了!”各位大夫听从了他的建议。夏季六月,陈乞和各位大夫全副武装进入国君的宫殿。国夏听闻这件事,就和高张一起乘车到国君之所,双方激战,国、高二人失利,逃奔鲁国。

初,景公爱少子荼,谋于陈乞,欲立之。陈乞曰:“所乐乎为君者,废兴由我故也。君欲立荼,则臣请立之。”阳生谓陈乞曰:“吾闻子盖将不立我也!”陈乞曰:“夫千乘之王,废正而立不正,必杀正者。吾不立子,所以生子也。走矣!”与之玉节而走之①。景公死,荼立,陈乞使人迎阳生置于家。除景公之丧,诸大夫皆在朝。陈乞曰:“常之母有鱼菽之祭②,愿诸大夫之化我也。”诸大夫皆曰:“诺。”于是皆之陈乞之家。陈乞使力士举巨囊而至于中霤③,诸大夫见之皆色然而骇④。开之,则闯然公子阳生也⑤!陈乞曰:“此君也已!”诸大夫不得已,皆逡巡北面再拜稽首而君之⑥,自是往弑荼。

【注释】

①与之玉节:断玉分给公子阳生一半,以为节信,为日后迎立的凭证。

②常之母:陈常的母亲,即陈乞的妻子。鱼菽(shū)之祭:鱼、豆是常用食品,表明祭品菲薄。齐国风俗,妇人为首祭。菽,豆类的总称。

③中霤(liù):房间的中央。

④色然:惊骇变色的样子。

⑤闯然:伸着头的样子。

⑥逡巡:倒退而行,恭顺的样子。

【译文】

起初,齐景公偏爱小儿子荼,向陈乞寻求建议,想要立他为继承人。陈乞说:"人之所以想做君主,是因为废兴可以全由自己做主。国君您想要立荼,那么臣就请求立他为太子。"阳生对陈乞说:"我听说您不会提出立我为君!"陈乞说:"千乘之国的国君,废除嫡长子而立庶子,一定会设法杀害嫡长子。我不提出立您,是在为您谋求生机。请您快逃走。"于是就给阳生玉节让他出走。齐景公死后,荼立为国君,陈乞派人迎阳生到家中。服景公丧期期满,各位大夫都在朝中。陈乞说:"家中妻子设有薄陋的祭坛,希望各位同我一起回家祭拜。"诸位大夫都说:"好。"各位大夫都跟随陈乞到他家中。陈乞让一名壮士举着巨大的囊袋来到房间中央,各位大夫见此情景都十分惊骇。打开,看到公子阳生伸出头来!陈乞说:"这是我们的国君!"各位大夫不得已,都倒退而行,恭顺地朝北向新国君行礼,又从这里前去杀了荼。

自陈氏厚施,已有代齐之势矣,所难者,高、国耳。高、国既除,诸大夫其如陈氏何哉!弑荼立阳生,旋弑阳生立壬[①],此皆禅国中间过文也[②]。六朝之际,此伎俩最熟,陈乞其作俑者乎[③]!

【注释】

①弑阳生立壬:陈乞既立阳生,为悼公,而乞自为相。四年后,陈乞复杀悼公,立其子壬,为简公。

②过文:借指过渡形式。

③作俑者：始作俑者，比喻恶劣风气的创始者。

【译文】

自从陈氏丰厚地施舍，已经出现了代替齐国的势头，唯一感到难办的，就是高、国两氏。高、国既然已经除掉，各位大夫又能对陈氏怎么样呢！杀荼而立阳生，之后又杀阳生而拥立壬，这些都是禅让国家中间的过渡形式。六朝之际，这样的伎俩最常见，陈乞可以说是他们的始作俑者。

徐温

初，张颢与徐温谋弑其节度使杨渥[①]。温曰："参用左右牙兵，必不一[②]，不若独用吾兵。"边批：反言之。颢不可，温曰："然则独用公兵。"边批：本意如此。颢从之。后穷治逆党，皆左牙兵，由是人以温为实不知谋。

【注释】

①张颢与徐温谋弑其节度使杨渥：张颢为淮南左牙指挥使，徐温为右牙指挥使，二人专制军政。淮南节度使（吴王）杨渥心不能平，想要除掉他们而不能。二人不自安，于后梁开平二年（908）谋杀杨渥。徐温，十国吴大臣。字敦美。少从杨行密贩盐为盗。吴国立，以功授右卫指挥使。与张颢谋杀吴王杨渥。后复杀张颢，遂专国政。累官至大丞相。封东海郡王。奸诈多谋，善用将吏，但不知书。卒谥忠武。

②不一：行动不易一致。

【译文】

起初，张颢与徐温谋划杀他们的节度使杨渥。徐温说："如果我们同时遣用左右近卫牙兵，那么一定无法统一号令，不如单独使用我的士兵。”边批：说反话。张颢没有同意，徐温说：“那么就单独使用您的士兵吧。”边批：本意如此。张颢听从了建议。之后追究清算逆党，被捕的都是左牙兵，因此人们认为徐温实际上并未参与这场阴谋。

荀伯玉

或言萧道成有异相[①]，宋主疑之，征为黄门侍郎[②]。道成无计得留，荀伯玉教其遣骑入魏境[③]。魏果遣游骑行境上。宋主闻而惧，乃使道成复本任。

【注释】

①萧道成：南朝齐政权的建立者。字绍伯，小字斗将。479—482年在位。宋明帝泰始六年（470），萧道成为南兖州刺史，镇广陵。民间传言道成“龙颡（sǎng）钟声，鳞文遍体”，当为天子。

②黄门侍郎：官名。秩六百石，掌侍从左右，关通中外，省尚书事。两晋南朝沿之。

③荀伯玉：字弄璋。宋泰始初，随刘子勋举事，封新亭侯。事败，归居占卜为业。萧道成镇淮阴，他常卫左右，深见委信。及道成即帝位，封南丰县子，任辅国将军。武帝在东宫，专断用事，颇逾制度，他密启之，武帝因深衔恨，永明初被诛。

【译文】

有人说萧道成有天子相，宋明帝为此产生疑心，于是将他征调为黄门侍郎。萧道成无计可施，只能接受新职，荀伯玉告诉他可以派遣骑兵侵扰魏国边境。魏国果然也派遣骑兵巡游边境。宋明帝听闻后十分惊惧，于是就让萧道成回归原职。

高欢

欢计图尔朱兆[①]，阴收众心。乃诈为兆书，将以六镇人配契胡为部曲[②]，众遂愁怨。又伪为并州符[③]，征兵讨步落稽[④]，发万人，将遣之，而故令孙腾、尉景伪请留五日，如此者再。欢亲送之郊，雪涕执别。于是众皆号哭，声动地。欢乃喻之曰："与尔俱失乡客，义同一家，不意乃尔！今直向西[⑤]，当死；后军期，又当死；配胡人，又当死。奈何！"众曰："唯有反耳！"欢曰："反是急计，须推一人为主。"众愿奉欢。欢曰："尔等皆乡里，难制，虽百万众，无法终灰灭。今须与前异，不得欺汉儿，不得犯军令，否者，吾不能取笑天下！"众皆顿首："生死唯命！"于是明日遂椎牛享士，攻邺，破之。

【注释】

①欢计图尔朱兆：北魏永安三年（530），魏孝庄帝杀尔朱荣后，尔朱兆遂起兵入洛阳。高欢给尔朱兆写信说不宜害天子，尔朱兆不听，执孝庄帝而杀之。高欢见尔朱兆狂悖，知其势不久，决计脱离他。尔朱兆，字万仁，尔朱荣之侄。少骁猛、善骑射，为尔朱荣爪牙。进攻洛阳时，尔朱兆为前锋都督。参与镇压邢杲起义，平息元颢的反叛，杀魏孝庄帝，立前废帝，任柱国大将军、录尚书事、大行台、都督十州诸军事，世袭并州刺史。进爵为王。后与高欢等反目。永熙二年（533），与高欢大战于秀容，战败，自杀。

②六镇人：指随葛荣起义之六镇流民。六镇，北魏初年于都城平城（今山西大同东）以北，自西而东设置沃野、怀朔、武川、抚冥、柔玄、怀荒六个军事重镇，合称六镇。契胡：民族名。分布于今山西北部地区。

③并州符：尔朱兆当时掌控并、汾等州。

④步落稽：即稽胡。古族名，又称山胡。居今山西、陕西北部山谷间。

⑤向西：当时高欢驻信都（治今河北冀州），发兵赴晋、汾，所以是向西。

【译文】

高欢计划图谋尔朱兆，暗中收拢部众的人心。于是假借尔朱兆名义写了一封书信，将要把跟随葛荣起义的六镇流民配发给契胡当部众，众人既担心又怨恨。同时又伪造并州的兵符，征发士兵去讨伐步落稽，总计征发了万余人，就要派遣他们出发，而故意让孙腾、尉景假装停留五日，如此两次。高欢亲自到郊外送别军队，擦着眼泪告别。于是军中众人都哭号起来，声音响彻天地。高欢就告诉他们说："我与你们都是失去了家乡在外漂泊的人，情义如同一家人，没想到会落此下场！如今径直向西行进，只有一死；延误军期，也只有一死；为胡人当部众，还是只有一死。我们怎么办呢！"众人齐声道："只有造反了！"高欢说："造反是急乱中的计策，必须要推举一人为主事。"众人都愿意遵奉高欢。高欢说："你们都是乡里乡亲，难以管制，即使有百万之众，没有法度也最终会被消灭。现在我们要与之前有所差别，不能欺辱汉人，不能触犯军令，不这样的话，我宁愿不干也不能被天下耻笑！"众人都俯身叩头说："生死都听从您的命令！"于是第二天就杀牛宴享士卒，进攻邺城，大破敌军。

潘崇

楚成王以商臣为太子[①]，既而又欲立公子职[②]。商臣闻之，未察也，告其傅潘崇曰[③]："若之何而察之？"潘崇曰："飨江芈成王嬖。而勿敬也[④]。"商臣从其策，江芈果怒，曰："呼！役夫[⑤]！宜君王之欲废汝而立职也！"商臣曰："信矣！"

【注释】

①楚成王：芈姓，熊氏，名恽，杀兄自立。周襄王二十六年（前626），欲废太子商臣而更立庶子职，太子商臣发动兵变，他被迫自缢，谥成。

②公子职：商臣的庶弟。

③潘崇：春秋时楚国大臣。成王时，为太子商臣傅。成王欲废商臣，改立庶子职，他与太子合谋，杀成王，商臣自立为楚君，是为穆王。穆王即位后，以其功大，赐予太子宫，并拜为太师，执楚国政。

④江芈（mǐ）：一说为成王之妹嫁于江国者，一说为成王宠姬。嬖（bì）：被宠爱的人。

⑤役夫：詈词。贱货、贱胚。

【译文】

楚成王将商臣立为太子，不久又想要改立公子职为太子。商臣听说了此事，无法坐实是否为真，于是告诉他的老师潘崇说："如何才能知道此事的真假呢？"潘崇说："请江芈成王的宠妾。吃饭，但不要敬重她。"商臣听从了他的计策，江芈果然十分生气，斥责他说："呸！你这个贱骨头！怪不得君王想要废你改立公子职！"商臣一听，说："果真如此！"

阳山君相卫[①]，闻卫君之疑己也，乃伪谤其所爱樛竖以知之[②]。术同此。

【注释】

①阳山君：疑当作"山阳君"，山阳，魏地，而山阳君见于《战国策》，为魏人。

②樛（jiū）竖：樛，姓。竖，宦者。

【译文】

阳山君到卫国担任国相，听闻卫国国君怀疑自己，于是就佯装毁谤他宠信的近臣樛竖，来了解国君是否还信任自己。计策与此相同。

曹操 四条

一

魏武常行军，廪谷不足，私召主者问[①]："如何？"主者曰："可行小斛足之[②]。"曹公曰："善！"后军中言曹公欺众，公谓主者曰："借汝一物，以厌众心[③]。"乃斩之，取首题徇曰[④]："行小斛，盗官谷。"军心遂定。

【注释】

①主者：掌管军中粮草的军吏。

②斛（hú）：量器。

③厌：使人心服。

④徇：宣示于众。

【译文】

曹操曾行军在外，军中粮草不足，于是私下召见管理军中粮草的官吏，问他："如何应对这种情况呢？"主管官员说："用小斛量就足够了。"曹操说："好的！"之后军中有人说曹操欺骗大家，曹操就对管理粮草的官吏说："我跟你借一件东西，来使大家心服。"于是就处斩了官吏，拿他的首级题字宣示于众道："用小斛来给大家分粮，盗窃官家的谷物。"军心于是就稳定下来了。

二

曹公尝云："我眠中不可妄近，近便斫人，亦不自觉，左右宜慎之！"一日阳眠[①]，所幸一人窃以被覆之，因便斫杀，复卧。既觉,问:"谁杀我侍者?"自是每眠人不敢近。

【注释】

①阳眠:假装睡觉。阳,假装。

【译文】

曹操曾经说:"我在睡眠当中不可随便接近,有人接近我就会砍杀,我自己也无法觉察,左右侍从你们应该慎重对待这件事!"一天,曹操假装睡着了,他宠信的一个人悄悄来给他盖被子,曹操顺势把他砍杀了,接着又回去躺下了。醒来后,曹操还问:"是谁杀害了我的侍从?"从此,每次曹操睡着就没人敢接近了。

三

魏武言人欲危己,己辄心动。因语所亲小人曰:"汝怀刃密来我侧,我必说心动,执汝使行刑,汝但勿言,保无他故,当厚相报。"亲者信焉,不以为惧,遂斩之。此人至死不知也。左右以为实,谋逆者挫气矣。

【译文】

魏武帝曹操说,如若有人想要危害自己,自己心中就会有所感应。于是就对他亲近的下人说:"你怀揣着刀悄悄来到我身旁,我一定会说心中有所感应,捉住你让人行刑,你只要不说话,保证不会受到伤害,我一定会以厚礼报答你。"这名亲信相信了曹操的话,并不感到恐惧,最后还是被曹操斩杀了。这个近侍到死也不知道为何会被杀害。曹操身边的其他人,也认为情况确实如曹操所说,有心谋逆的人也因此被挫败了气焰。

四

操少时，尝与袁绍观人新婚，因潜入主人园中，夜叫呼云："有偷儿贼！"青庐中人皆出观[①]，操乃入，抽刃劫新妇。与绍还出，失道，坠枳棘中[②]，绍不能得动，操复大叫云："偷儿在此！"绍惶迫，自掷出，遂以俱免。

【注释】

①青庐：古代婚俗，以青布搭成帐篷为屋，于其中交拜迎妇，称青庐。

②枳（zhǐ）棘：枳与棘皆多刺，故称恶木曰枳棘。

【译文】

曹操年少的时候，曾经和袁绍一同观看别人婚礼，趁机潜入主人的庄园，在晚上的时候呼喊道："有小偷！"青庐中的人都出来观看，曹操就趁机潜入，拔出刀挟持新娘。和袁绍一同退出，后来二人迷路，坠落到枳棘当中，袁绍被困住不能动弹，曹操又大喊道："小偷在此！"袁绍惊慌紧迫，自己挣脱而出，两人于是都得以逃脱。

《世说》又载[①]：袁绍曾遣人夜以剑掷操，少下不着。操度后来必高，因帖卧床上，剑至，果高。此谬也。操多疑，其儆备必严，剑何由及床？设有之，操必迁卧，宁有复居危地、以身试智之理。

【注释】

①《世说》：南朝宋刘义庆组织编纂的《世说新语》。主要记载东汉后期到晋宋间名士的言行与逸事。

【译文】

《世说新语》还记载：袁绍曾经派人在晚上用剑来掷击曹操，高度稍低,没有击中。曹操考虑之后的攻击一定会高一些,于是就紧贴在床上卧倒,第二剑到来,果然偏高。这样的记载是有错误的。曹操生性多疑,他的防备一定会十分严密,剑怎么能抵达床铺?即使有这事,他也一定会搬迁卧榻,哪里有还留在危险的境地、用自己的身家性命来检验智慧的道理呢?

田婴　刘瑾

田婴相齐①,人有说王者曰:"终岁之计②,王盍以数日之间自听之③?不然,无以知吏之奸邪得失也。"王曰:"善。"田婴即遽请于王而听其计。王将听之矣,田婴令官具押券斗石参升之计④,王自听计。计不胜听,罢食后复坐,不复暮食矣。田婴复谓曰:"群臣所终岁日夜不敢偷怠之事也,王以一夕听之,则群臣有为劝勉矣。"王曰:"诺。"俄而王已睡矣,吏尽偷刀削其押券升石之计。王终不能听,于是尽以委婴。

【注释】

①田婴:战国时齐国大臣。妫姓,田氏。齐威王少子,田文(孟尝君)之父。封于薛(今山东滕州南),故称"薛公",号"靖郭君"。曾与田忌等指挥桂陵、马陵之战,大败魏军。齐宣王九年(前311)为齐相,在位十一年。

②终岁之计:全年国家总财政收入的统计。

③听:过问。

④押券:即右券,契券由债权人所持的部分。斗石参升:均为量具。参,或为"区"字之误,区,齐国量具名。计:计簿。

【译文】

田婴担任齐国的国相，有人对齐王说："国家全年总计的财政收入，大王何不用几天的时间亲自听一听官员的汇报呢？不这样的话，就无法知道官吏的奸邪和政治得失。"齐王说："好的。"田婴立刻向齐王请求听取他的统计。齐王将要开始听他汇报了，田婴让官员拿出所有的财务账簿，齐王亲自听他统计。慢慢就听不下去了，吃过饭后又坐下听报告，也不再吃晚饭。田婴又对齐王说："各级官员一年来日夜操劳不敢懈怠的各项事情，大王您愿意花一个晚上认真听完，群臣一定会很受激励。"齐王说："对。"不久之后，齐王累得已经睡着了，官员暗地里全用刀把押券、升石的统计都刮掉了。齐王最终不能听完统计，于是全部委任给田婴处理了。

刘瑾欲专权[①]，乃构杂艺于武庙前[②]，候其玩弄，则多取各司章奏请省决。上曰："吾用尔何为，而一一烦朕耶！宜亟去！"如此者数次，后事无大小，唯意裁决，不复奏。

【注释】

①刘瑾：明宦官。武宗即位，掌钟鼓司，以旧恩得宠，由内官监、总督团营升至司礼监太监。镇压异己，斥逐大臣，引进私党。诱武宗游宴微行，侵夺民间土地，增设皇庄至三百余处。正德五年（1510），宦官张永告他谋反，被处死。

②武庙：明武宗。年号正德。1506—1521年在位。专事逸乐嬉游，朝政紊乱。

【译文】

刘瑾想要专权，于是就搜罗杂艺送到武宗面前，等皇帝玩耍的时候，就经常拿来各个部门的奏章来请皇帝决断。皇帝说："我用你是干什么的，还拿这些事情一件一件地来烦我！快走开！"如此这般多次，后来事情无论大小，都由刘瑾的意思裁决，不再向皇帝奏报。

赵高 李林甫

赵高既劝二世深居[1]，而己专决。李斯病之[2]。高乃见斯曰："关东群盗多，而上益发繇治阿房宫[3]，臣欲谏，为位卑，此真君侯之事，君何不谏？"斯曰："上居深宫，欲见无间。"高曰："请候上间语君。"于是待二世方燕乐[4]，妇女居前，使人告斯："可奏事矣！"斯至上谒，二世怒。高因言丞相怨望欲反，下斯狱，夷三族。

【注释】

①赵高：秦宦官。通狱法，始皇举为中车府令。始皇死，与李斯谋废扶苏而立胡亥。二世立，赵高为郎中令，族灭大臣及始皇诸子、公主。拜中丞相，封侯，遂专朝政。及天下反秦，赵高逼杀二世，立子婴，后为子婴所杀。

②李斯：楚人，从荀卿学帝王之术，西入秦，为吕不韦舍人，复为秦王拜为客卿。后为赵高所构，夷灭三族。

③发繇（yáo）：征调无偿劳动力的徭役。

④燕乐：燕私之乐，多指房中之乐。

【译文】

赵高劝秦二世深居内宫，而自己专断朝政。李斯对此感到忧虑。赵高就来见李斯说："关东有许多盗贼匪寇，而皇帝又增加征调的徭役人数来修建阿房宫，臣想要劝谏，但是地位低下，这件事应由您来做，您为何不劝谏皇上呢？"李斯说："皇上身处深宫当中，想要见到他也没有机会。"赵高说："请等皇上有空闲的时候来告诉您。"于是赵高等到秦二世刚刚摆好酒宴准备玩乐，妇女都在殿前时，派人告诉李斯说："可以奏请事项了！"李斯到皇帝面前上书，秦二世十分生气。赵高于是趁机说丞相李斯心中有怨恨想要谋反，就将李斯投入监狱，夷灭三族。

李林甫谓李适之曰[①]："华山有金矿，采之可以益国，上未之知也。"边批：使金果可采，林甫何不自言？他日适之言之，上以问林甫，对曰："臣久知之，但华山陛下本命[②]，王气所在，凿之非宜，故不敢言。"上以林甫为爱己，而疏适之，遂罢政事。

【注释】

①李林甫：唐朝宰相。性柔佞狡黠，有权术，人称口蜜腹剑。唐玄宗时累拜兵部尚书、同中书门下三品，进兼中书令。厚结宦官妃嫔，察帝动静，故奏对皆称旨。在朝十九年，专政自恣，卒酿成安史之乱。李适之：唐太宗所废太子李承乾之孙，有才干。开元中累官刑部尚书，天宝初为左丞，为李林甫所构陷，自杀。

②华山陛下本命：玄宗曾制《华岳碑》云："予小子之生也，岁景戌，月仲秋，膺少之盛德，协太华之本命，故常寤寐灵岳，肸响神交。"玄宗生于秋天，秋天配西方，少皞为西方之帝，华山为西岳。

【译文】

李林甫对李适之说："华山有金矿，开采之后可以有益国家，皇上还未知晓此事。"边批：如果金矿果真可以开采，李林甫为何不自己跟皇上说？某天，李适之说起这件事，皇上问李林甫的看法，李林甫回答说："臣知道这件事很久了，但是华山是陛下的本命之山，帝王之气的居所，开凿它不太适宜，所以不敢说起这件事。"皇帝因此认为李林甫忠爱自己，而疏远李适之，随后罢免了他的官职。

严挺之徙绛州刺史[①]。天宝初，帝顾林甫曰："严挺之安在？此其才可用。"林甫退召其弟损之，与道旧，谆谆款曲，且许美官，因曰："天子视绛州厚要，当以事自解归，得见上，且大用。"边批：天子果欲大用，何待见乎？因绐挺之使称疾，愿就医京师。林甫已得奏，即言挺之春秋高，有疾，幸闲官得养。帝恨咤久之[②]，乃以为员外詹事，诏归东郡。挺之郁郁成疾。

【注释】

①严挺之：唐朝官吏。开元中为给事中，典贡举，时号平允，以忤宰相李元纮出为刺史。张九龄为相，用为尚书左丞，知吏部选事。后为李林甫所排挤，郁郁而终。

②恨咤：惋惜叹息。

【译文】

严挺之调任绛州刺史。天宝初年，皇上回头问李林甫："严挺之在哪里？他的才能可以任用。"李林甫告退后召见了严挺之的弟弟严损之，和他叙旧，言语十分诚恳，态度十分恭敬，并且许诺日后可以让他得到肥缺，然后趁机说："天子十分看重绛州刺史，如若自称有事主动辞职，归来京师，能拜见皇帝，那么肯定会被重用。"边批：天子果真想要重用，还用等到自己来拜见吗？于是欺骗严挺之让他称病，想要回京师就医。李林甫已经得到奏章，就对皇帝说严挺之年岁已高，身患疾病，最好给他比较清闲的官职来修养。皇帝为此遗憾叹息了许久，于是就让严挺之担任员外詹事，下诏让他回归东郡。严挺之为此闷闷不乐，最终真的身患疾病。

帝尝大陈乐勤政楼，既罢，兵部侍郎卢绚按辔绝道去[①]。帝爱其蕴藉[②]，称美之。明日，林甫召绚子，曰："尊府素望，上欲任以交、广[③]，若惮行，且当请老。”绚惧，从之，因出为华州刺史。绚由是废。

【注释】

①卢绚：唐朝大臣。唐玄宗时曾为兵部侍郎，获玄宗宠爱，被宰相李林甫忌恨。惧怕李林甫，上表请出朝为官，任华州（今陕西华州）刺史。后又任太子员外詹事等职。

②蕴藉：含蓄清雅。

③交、广：即交州、广州。交州，治今越南河内西北。广州，治今广州。

【译文】

皇帝曾经在勤政楼大摆歌舞，结束后，兵部侍郎卢绚骑马路过。皇帝爱惜他含蓄清雅的气质，就称道赞美他。第二天，李林甫召见卢绚的儿子，说：“你的父亲一向很有威望，皇帝想要让他到交州、广州去任职，如若忌惮行程路远，就应当以年迈请辞。”卢绚听了十分害怕，就听从了他的建议，于是出任华州刺史。卢绚由此在官场上就不被重视了。

三人皆在林甫掌股中，为所玩弄而不知，信奸人之雄矣。然使适之不贪富贵之谋，挺之不起大用之念，卢绚不惮交、广之远，则林甫虽狡，亦安所售其计哉！愚谓此三人之愚，非林甫之智也。

【译文】

这三人都在李林甫的股掌之间，被玩弄了也不知情，李林甫确实是奸诈之人当中的翘楚。然而倘若李适之不贪图富贵的谋略，严挺之不萌生被重用的想法，卢绚不忌惮交、广之地遥远的路途，那么李林甫即使十分狡猾，哪里可以实行他的诡计呢！我认为这三人愚蠢，并不是李林甫有智谋。

石显

石显[①]，自知擅权，恐天子一旦入间言[②]，乃时归诚，取一言为验。显尝使至诸官有所征发[③]，先白上，曰："恐漏尽宫门闭[④]，请诏吏开门。"上许之。显于是故投夜还[⑤]，称诏开门入。旦果有人上书，告显矫诏开宫门者。天子得书，笑以示显。显因泣曰："陛下过私小臣，群下嫉妒，欲陷臣。"上以为然，愈宠信之。

【注释】

①石显：西汉宦官。字君房。少坐法受腐刑。汉宣帝时为中黄门，元帝时为中书令，裁决政事，贵幸倾朝。成帝时失权免官。

②间言：非议的话。

③征发：此处指公文的收发。

④漏尽：古代以漏壶计时，至午夜而漏壶中水尽。此指午夜时分。

⑤投夜：趁夜深。

【译文】

西汉宦官石显，自己知道专权，担心天子有朝一日听信别人非议的话语，会危及自身，于是就想要显示一下自己的忠诚，用一句话作为验证。石显曾受命到各官府办理公文收发之事，他事先将这件事禀明皇帝，说："担心返回的时候午夜时分宫门关闭，请皇上诏令小吏打开宫门。"皇上准许了这件事。于是石显故意在深夜返回宫内，并以皇帝的诏命要求打开宫门进入皇宫。第二天果然有人上书皇帝言明此事，状告石显假托诏令打开宫门。天子得到上书,笑着拿给石显看。石显趁机哭着说:"陛下您对待小臣过于私爱,下面的群臣十分妒忌,想要陷害我。"皇上也认为是这样,更加宠爱信任他了。

蓝道行

世庙时①,方士蓝道行以乩得幸②。上故有所问,密封使中官至乩所焚之,不能答,则咎中官秽,不能格真仙③。中官以密封授道行,使自焚,道行乃为伪封付火,而匿其真迹,所答具如旨。上以为神,益信之。

【注释】

①世庙:明世宗,年号嘉靖,1521—1566年在位。

②蓝道行:嘉靖中以问卜得幸。世宗曾问"天下何以不治",蓝道行借占卜数落严嵩奸罪,正巧御史邹应龙弹劾严嵩的奏疏呈上,世宗即罢免了严嵩。不久,严嵩知道是蓝道行所为,私下贿赂世宗的侍从,揭发蓝道行怙宠招权等不法之事,蓝道行最终死于狱中。乩(jī):问卜。

③格:致,到达。真仙:仙人。

【译文】

世宗时,方士蓝道行因为可以占卜吉凶得到皇帝的宠信。皇帝之前有所求问,就密封所求问的内容,让宦官拿到占卜的场所焚烧,蓝道行无法给出答案,就归咎于宦官身上污秽,无法领悟仙人的真意。宦官于是将密封的问题交给蓝道行,让他自行焚烧,蓝道行就暗中伪造书信,放入火中焚烧,而将真正的密封书信藏匿起来,因而能十分详细地回答出皇帝求问的内容。皇帝认为他有神通,于是就更加信任他了。

蓝诈矣，然廷臣卒赖其力，假神仙以去严嵩，则诈亦有用处也。

【译文】

蓝道行十分狡诈，但朝廷官员还是依赖他的力量，借助神仙之力除掉了严嵩，那么他的欺诈也是有所用处的。

严嵩

伊庶人为王时[①]，以残暴历见纠于台使者，迫则行十万余金于嵩，得小缓[②]。及嵩败家居[③]，则遣军卒十辈造嵩家，胁偿金。嵩置酒款之，而好语曰："所惠金十万，实无之，仅得半耳，而又半费，请以二万金偿。"因尽以上所赐金有印识者予之。既去而闻于郡曰："有江盗劫吾家二万金去矣。速掩之，可获也！"郡发卒追得金，悉捕军卒下狱论死。

【注释】

①伊庶人：伊王朱典楧，嘉靖二十一年（1542）袭封伊王，藩洛阳。贪纵而刚愎，在藩多不法。四十三年（1564）因罪废为庶人。

②小缓：略微缓和，指治罪时处理稍轻。

③嵩败家居：嘉靖四十一年，严嵩罢政，犹给以岁禄，令回其家乡分宜（今属江西）居住。

【译文】

伊庶人朱典楧还是王爷的时候，因为残暴而数次被御史台使者弹劾，形势严峻时，向严嵩行贿了十万余金，才得以稍微缓和。等到严嵩势力败落居家时，伊王就派遣军士十名到严嵩家中，威胁他偿还之前的贿赂。严嵩置备酒席款待他们，并且好言好语说道："给我的十万金，实际上没有收到那么多，仅得到了一半而已，上下疏通又花费了一半，现在就只能还给你们两万金了。"于是就拿出全部皇帝赏赐的带印识的金钱还给了他们。等到他们离开之后，就告诉郡守说："有江洋大盗劫掠我家两万金逃离了。速去追捕他们，还可以捕获！"郡守于是派遣士卒追回了金钱，将这些军卒全部抓获，下狱处死。

吉温

李适之为兵部尚书，李林甫恶之，使人发兵部诠曹奸利事①，收吏六十余人，付京兆尹。尹使法曹吉温鞫之②。温入院，先于后厅取二重囚讯问，或杖或压，号呼之声，所不忍闻。兵部吏素闻温惨酷，及引入，皆自诬服，顷刻狱成，而囚无榜掠③。适之遂得免。

【注释】

①诠（quán）曹：掌诠选将吏的部门。

②法曹：掌刑狱诉讼之事。吉温：唐朝酷吏。京兆尹萧炅荐之于李林甫，为法曹。狡猾，善于谄事人。鞫（jū）：审讯。

③榜掠：鞭笞拷打。

【译文】

李适之担任兵部尚书，李林甫厌恶他，派人揭发兵部掌管选任将吏的部门不法图利之事，收押六十多人，一并交付京兆尹审判。京兆尹派遣法曹吉温来审问此案。吉温来到庭院当中，先从后厅带来两名重刑犯审讯，或杖打，或重压，犯人痛苦哀号的声音让人不忍心听。兵部官吏一向听闻吉温办案凶残严酷，等被带到厅堂的时候，都自己捏造事实，认罪伏法,瞬间案件都得以定谳,而囚徒也没有被拷打的痕迹。李适之因此被免官。

阳虎

阳虎之败[①],鲁人闭门而捕之,围之三匝。虎奔及门,门者曰:“天下探之不穷,我今出子!”虎因扬剑提戈而出,边批:句有味。顾反取戈以伤出之者。出之者怨之曰:“我非故与子友也,为子脱死被罪,而反伤我!”鲁君闻失虎,大怒,问所出之门,有司拘之[②],不伤者被罪,而伤者独蒙厚赏。

【注释】

①阳虎:一作“阳货”。初为鲁国季孙氏家臣,事季平子。季平子卒,阳虎遂专季氏政,欲去三桓(孟孙、叔孙、季孙三家)。鲁定公八年(前502),阳虎劫鲁定公与叔孙氏以伐孟孙氏,兵败,脱甲往宫中,取宝玉大弓,据阳关(今山东泰安)以叛。次年,鲁师伐阳关,阳虎奔齐,为齐景公所囚。又奔晋,依赵氏。此处阳虎之败,即指定公八年之兵败。

②有司:有关官吏。古代设官分职,各有专司,故称。

【译文】

阳虎讨伐孟孙氏失败之后,鲁国人关闭城门来拘捕他,里外围困三圈。阳虎跑到城门口,守卫城门的人说:“天下追捕你的人无穷无尽,我如今放你出逃!”阳虎于是举起宝剑,提起戈跑出去了,边批:这句话有余味。又回过头来,用戈击伤了放他出逃的人。放他出来的人怨恨他说:“我以前与你不是朋友,为放你出逃会牵连获罪,你怎么还反过来伤害我!”鲁国国君听说阳虎逃亡了,十分生气,责问放出阳虎的门卫,有关官吏将门卫们拘捕起来，那些没有受伤的人都被判罪，唯独受伤的人得到了丰厚的奖赏。

伪孝 二条

一

东海孝子郭纯丧母，每哭则群鸟大集。使检有实，旌表门间[①]。复讯，乃是每哭即撒饼于地，群鸟争来食之。其后数数如此，鸟闻哭声，莫不竞凑，非有灵也。

【注释】

①旌表门闾（lǘ）：谓于乡里立牌坊赐匾额以表彰之。门闾，原为城门与里门。喻家族，乡里。

【译文】

东海孝子郭纯母亲亡故，每次痛哭的时候，都有许多飞鸟集聚。有关部门派人调查这件事，确有实情，于是就在乡里立牌坊表彰他的孝行。再次问询他，发现实际是每次他开始哭的时候，就在地上撒饼，然后群鸟就会争相前来食用。之后每次都如此操作，群鸟听到哭声，没有不争相凑过来的，并非鸟群感受到了灵性。

田单妙计[①]，可惜小用。然撒饼亦资冥福[②]，称孝可矣。

【注释】

①田单妙计：田单被围即墨，令城中每食必祭其先祖于庭，飞鸟都翔舞下食，燕人认为很奇怪，怀疑有神降。田单，战国时齐国将领。

②冥福：迷信谓死者在阴间所享之福。

【译文】

田单的妙计，可惜被用在了小地方。然而郭纯撒饼也可以助长冥福，也可以说得上是孝顺了。

二

河东孝子王燧家猫、犬互乳其子[①]，言之州县，遂蒙旌表。讯之，乃是猫、犬同时产子，取其子互置窠中，饮其乳，惯遂以为常。

【注释】

①互乳：互相哺乳。

【译文】

河东孝子王燧家中的猫、狗互相哺乳幼子，他将这件事告诉州县，于是得到了表彰。查问之后才知道，原来是猫狗同时产子，将它们的孩子互换放到彼此的巢中，让他们喝彼此的乳汁，于是他们就习以为常了。

即使非伪，与孝何干！

【译文】

即使不是假的，又与孝行有何干系呢！

丁谓　曹翰

丁谓既窜崖州[①]，其家寓洛阳。尝作家书，遣使致之洛守刘烨[②]，祈转付家，戒使者曰："伺烨会僚众时呈达。"烨得书，遂不敢隐，即以闻。帝启视，则语多自刻责，叙国厚恩，戒家人无怨望。帝感恻，遂徙雷州[3]。

【注释】

①丁谓既窜崖州：乾兴元年（1022），宋仁宗即位，丁谓罢相，又贬为崖州司户参军。崖州，治今海南三亚。

②刘烨：字耀卿。历官知龙门县、通判益州、右正言、龙图阁直学士等，乾兴元年使辽。知河中府时卒。

③雷州：治今广东雷州。

【译文】

丁谓被贬崖州的时候，他的家眷还寄居洛阳。他曾写了一封家书，派遣使者交给洛阳守刘烨，希望他转交给自己的家人，并且告诫使者说："等到刘烨会见臣属僚众的时候再呈送书信。"刘烨得到书信，也不敢有所隐瞒，立刻就呈送皇帝。皇帝打开书信，看到其中内容大多都是自我苛责，叙述皇帝恩德厚重，告诫家人不要有所怨恨。皇帝因此动了恻隐之心，于是将他改徙到雷州。

曹翰贬汝州[1]，有中使来，翰泣曰："众口食贫不能活，以袱封故衣一包，质十千。"中使回奏之，太宗开视，乃一画障[2]，题曰"下江南图"[3]，恻然怜之，因召还。

【注释】

①曹翰：北宋大臣。阴狡多智，贪冒货赂，征敛苛酷。其贬汝州及召还事，史不载。汝州：治今河南汝州。

②画障：有画的屏风。障，屏风。

③下江南图：宋伐江南时，命曹翰先赴荆南，攻克池州、江州。

【译文】

曹翰被贬到汝州，有宦官前来，曹翰哭着说："家中人口多，食不果腹，不能存活下去，我用包袱包了一包旧衣服，麻烦您帮我典押十千钱。"宦官返回禀奏此事，太宗打开包袱一看，发现里面是一个画屏，上面题字"下江南图"，于是皇帝动了恻隐之心，十分怜悯他，就召他回京了。

秦桧

秦桧用事，天下贡献先入其门，而次及官家[①]。一日，王夫人常出入禁中[②]，显仁太后言[③]："近日子鱼大者绝少[④]。"夫人对曰："妾家有之，当以百尾进。"归告桧，桧咎其失言，明日进糟青鱼百尾。显仁拊掌笑曰："我道这婆子村[⑤]，果然！"又程厚子山与桧善，为中舍时[⑥]，一日邀至府第内阁，一室萧然，独案上有紫绫缥一册[⑦]，写《圣人以日星为纪赋》，尾有"学生类贡进士秦埙呈"[⑧]，文采艳丽。程兀坐静观，反复成诵，唯酒肴问劳沓至，及晚，桧竟不出，乃退，程莫测也。后数日，差知贡举宣押入院[⑨]，始大悟，即以此命题。此赋擅场[⑩]，埙遂首选[⑪]。

【注释】

①官家：皇帝。

②王夫人：秦桧妻王氏。

③显仁太后：宋高宗母，徽宗韦妃，靖康时被掳，后南归，卒谥显仁。

④子鱼：即鲻鱼，因色黑，故名。大者二尺，小者数寸。

⑤村：粗俗、土气。

⑥中舍：即中舍人，亦称太子中舍人。为东宫属官，掌文翰。

⑦紫绫缥:以紫绫为书套的书卷。

⑧秦埙:秦桧孙,秦熺子。试进士,省殿试皆第一。廷试时,论策都是秦桧、秦熺的话,遂降为第三。

⑨知贡举:宋时特派主持进士考试的大臣。宣押:指宣布朝廷签署的文告。

⑩擅场:技艺超群。

⑪首选:科举时代以第一名登第的人。

【译文】

秦桧当权的时候,天下的贡品,先到秦桧家,之后再到皇宫。一天,秦桧的妻子王夫人曾出入皇宫当中,显仁太后对她说:“最近很少见到大的鲻鱼了。”王夫人对答说:“臣妾家中有,应当给您进献一百尾。”她回到家告诉秦桧这件事,秦桧责怪她说错了话,第二天进献了糟青鱼一百尾。显仁皇太后拍掌笑着说:“我说这个婆子土气没见过世面,果然如此!”又有一个人叫程厚,字子山,与秦桧关系亲密,在担任太子中书舍人的时候,一天,秦桧邀请他来到府第内阁当中,屋内空无一物,仅桌案上有一册紫绫为书套的书卷,上面写的是《圣人以日星为纪赋》,结尾有“学生类贡进士秦埙呈”的文字,这篇文章文采艳丽。程厚独自坐着静静观读,反复看了几次都可以背出来了,期间那些酒菜等慰劳他的东西纷纷送来,直到很晚,秦桧最终没有出来与他相见,程厚就告退离开,他也不知道秦桧是什么用意。过了几天,程厚收到了负责贡举考试的文告,才幡然领悟,于是就以那天在秦桧府中看到的文章作为题目。这篇赋文采超群,秦埙于是高中榜首。

李道古

李道古便佞巧宦[①],常以酒肴棋博游公卿门。角赌之际,伪为不胜而厚偿之,故得一时虚名,而嗜利者悉与之狎。

【注释】

①李道古：唐宪宗时累官左金吾将军。宪宗喜服金丹图长生，道古于是推荐方士柳泌。不久宪宗死，穆宗即位，他被贬为循州（治今广东惠州）司马，最终服丹呕血而死。便佞：花言巧语，阿谀逢迎。巧宦：善于钻营谄媚的官吏。

【译文】

李道古是善于奉承谄媚的官吏，常常通过置办酒菜、下棋赌博等跟公卿贵族交游。赌博时，他经常佯装失败而故意输给对方很多钱，因此一时间获得了虚假的名声，而那些贪图利益的人都会与他亲近。

邹老人

邹老人，吴之猾徒也。有富人王甲夜杀其仇家李乙而事露，有司捕置于狱，以重贿求老人。老人索百金，怀之走南都[①]，纳交于刑曹徐公[②]，往来渐密。时留宿，忽中夜出金献徐，诉以内亲王甲枉狱[③]。徐曰："吾不吝为谋，然吴越事隔，何可致力？"老人曰："不难，昨公捕得海盗二十余人，内两人吴产也。公第敕二盗认李乙为其夜杀，则此不加罪，而彼得再生矣。"徐许之。老人退，又密访二盗妻子，许以养育，二盗亦许之。及鞫，刑曹问："若吴人，曾杀人否？"二盗即招某月日杀李乙于家，掠其资。老人抱案还吴，令王甲之子鸣于官，竟得释。甲自狱归，遇李乙于门，竟死。

【注释】

①南都：明朝时指南京。

②刑曹：分管刑事的属官。

③内亲：家中女眷的亲戚。

【译文】

邹老人，是吴地狡诈有计谋的人。有一位富人王甲在夜晚杀害了仇家李乙而最终事情败露，官府将他抓捕后投入监狱，这位富人以重金行贿求助邹老人。老人跟他索要百金，带着钱来到了南京，结识了负责刑狱的官吏徐公，他们之间交往也逐渐密切起来。邹老人在徐公家中留宿时，忽然在半夜拿出百金献给徐公，告诉他自己的内亲王甲因为冤枉而被下狱。徐公说："我不吝惜为你出谋划策，但是吴越两地的事情互相阻隔，我如何能够起到作用呢？"老人说："不难，昨天您捕获二十多名海盗，其中有两人从吴地前来。您让这两位盗贼承认李乙是他们在夜晚杀害的，那么他们二人这里不会获得额外的罪责，而我的内亲也能获得再生了。"徐公答应了下来。邹老人告退，又暗中拜访那两位盗匪的妻子，许诺给她们养育费用，两位盗匪也就同意了。等到审讯的时候，刑曹问："你们是吴地的人，曾经杀过人吗？"两位盗匪立刻就招供某月某日他们在李乙家中将其杀害，并且抢掠了他的财产。邹老人拿着案件卷宗回到吴地，让王甲的儿子到官府鸣冤，最终王甲得以释放。王甲从狱中回家，在门口遇到李乙的鬼魂，最后也惊吓致死。

啮耳讼师

浙中有子殴七十岁父而堕其齿者，父取齿讼诸官。子惧甚，迎一名讼师问计[①]，许以百金。师摇首曰："大难事！"子益金固请，许留三日思之。至次日，忽谓曰："得之矣！辟人[②]，当耳语若。"子倾耳相就，师遽啮之，断其半轮，血污衣。子大惊，师曰："勿呼，是乃所以脱子也！然子须善藏，俟临鞫乃出。"既庭质，遂以父啮耳堕齿为辩。官谓耳不可以自啮，老人齿不固，啮而堕，良是。竟免。

【注释】

①讼师：旧时以替打官司的人出主意、写状纸为职业的人。

②辟（bì）：通“避”，回避。

【译文】

浙中有个儿子殴打自己七十岁的父亲，打掉了他的牙齿，这位父亲拿着掉了的牙齿到官府状告自己的儿子。儿子十分惊惧，于是就请来一名讼师询问解决办法，许诺给他百金。讼师摇摇头说：“这件事十分困难！”这个儿子增加酬金，坚持请他帮忙，并准许他留三天来思考。到了第二天，这位讼师忽然对他说：“想到办法了！请屏退他人，我耳语告诉你。”这个儿子侧过耳朵靠近讼师，讼师突然就咬住了他的耳朵，并且咬掉了半只，鲜血都染红了衣服。儿子大为吃惊，讼师说：“不要叫喊，这就是帮你脱罪的办法！然而你应当先将耳朵藏起来，等到临审讯时再露出。”到了庭审对质的时候，这个儿子便以父亲咬断自己的耳朵而导致牙齿脱落为由为自己辩解。官员认为儿子不可能自己咬掉耳朵，老人的牙齿不牢固，咬耳朵的时候牙齿掉落，应当如此。这个儿子最终得以免罪。

殴父而以计免，讼师之颠倒王章①，可畏哉！然其策亦大奇矣。

【注释】

①王章：王法，国家法律。

【译文】

殴打父亲却以小计得以免罪，讼师颠倒王法，真是可怕！然而讼师的计策也是很新奇的。

土豪张

北京城外某街，有张姓者，土豪也，能以财致人死力[①]，凡京中无赖皆归之。忽思乞儿一种未收，乃于隙地创土室，招群丐以居，时其缓急而周之[②]。群丐感恩次骨[③]，思一报而无地。久之，先用以征债，债家畏丐嬲[④]，无不立偿者。已而诇人有营干之事[⑤]，辄往拜，自请居间；或不从，则密喻群丐嬲之，复阴使人为之画策，谓非张某不解。及张至，瞋目一呼，群乞骇散。人服其才，因倩营干，任意笼络，得钱不赀。

【注释】

①致人死力：招致别人为他卖命。

②缓急：危急。偏义复词，“缓”无实义。

③次骨：入骨。形容程度极深。

④嬲（niǎo）：纠缠，烦扰。

⑤诇（xiòng）：侦察，刺探。营干：经营，办事。

【译文】

北京城外的某条街道上，有一个姓张的人，是一名土豪，能用钱财招致别人为他卖命，京城当中的无赖都归从他。一次他忽然想到，手下没有乞丐一类人供使唤，于是就在空闲的土地上盖了一间土房子，招揽乞丐来居住，在他们生活危急时周济他们。这些乞丐都从心底感激他，想要回报张某，但是苦无机会。过了很长时间，张某先用这些乞丐去收债，那些欠债的人担心乞丐纠缠，没有不立刻偿还的。不久侦察到有人经办事务，张某前往拜会，自己请求当中间人，有的人不同意，张某就秘密地让乞丐们前去捣乱，之后又暗中找人为当事人出谋划策，说这件事非张某不能解决。等张某抵达现场之后，瞪着眼睛一呼喊，这群乞丐就都散去了。当事人佩服他的才干，就请他帮忙经办事务，张某任意收钱，得到的钱款不计其数。

复以小嫌怒一徽人。其人开质库者[①]，张遣人伪以龙袍数事质银，意似匆遽，嘱云："有急用故，且不索票，为我姑留外架[②]，晚即来取也。"别使人首之法司，指为违禁。袍尚存架，而籍无质银者姓名，遂不能直，立枷而死[③]。逾年，张坐他事系狱，徽人子讼父冤，尽发其奸状，且大出金钱为费。张亦问立枷，而所取枷，即上年所用以杀徽人者，封识姓名尚存。人或异之。张竟死。边批：天道不远，巧于示人，然则天更智矣。

【注释】

①质库：当铺。

②外架：门市的货架。

③立枷：明、清两代刑具。用木笼，顶开圆孔，以束犯人颈部，使昼夜站立致死。

【译文】

之后张某又因为一件小事怨怒一位安徽人。这名安徽人是开当铺的，张某就派人做了几件假龙袍去典押当银，看上去神色匆匆，并且嘱咐道："我有急用，暂且不跟你们索要当票，你们暂且帮我留在堂外的货架上，我稍晚过来取。"张某又另外派人前去法司告发他们，说他们那里有违禁品。龙袍还在货架上，但登记册上没有典当人的名字，开当铺的人因此不能申明原委，最后立枷而死。第二年，张某犯了其他的罪入狱，安徽人的儿子去申诉父亲的冤屈，尽数告发他奸诈的罪状，并且花了大笔金钱作为诉讼费。张某也因此被判立枷，而张某所用的枷，正是去年他谋害的安徽人所用的枷，上面封印标记的姓名信息还在。有的人对此感到十分惊异。张某最终也死了。边批：天道不远，会巧妙地展示给世人，所以天更有智慧。

丐，废人也，而以智役之，能得其用。彼坐拥如林[①]，而指臂不相运掉者[②]，何哉？张之俭狡不足道，乃其才亦有过人者，若虞诩设三科募士[③]，堪作一队长矣！

【注释】

①坐拥：安坐而拥有。如林：形容多。

②指臂：手指与臂膀。比喻得力的助手。掉：运转。

③虞诩（xǔ）：东汉人。虞诩为朝歌长时，有宁季等数千人攻杀长吏，屯聚连年，官府无策。虞诩遂设令三科，以募求壮士：其攻劫者为上，伤人偷盗者为次，带丧服而不事家业者为下。收得百余人，尽恕其罪，使入宁季之众中，诱令劫掠，而已伏兵以待之，遂杀获数百人。

【译文】

乞丐，是废人，而通过智力来役使他们，能够为己所用。那些拥有众多仆从，而无法驱使他们的人，又是因为什么呢？张某的狡诈自然不足称道，但是他的才干还是有过人之处，若逢虞诩设下三科招募壮士，张某凭借智谋也足以成为一队人马的队长！

皦生光

万历间[①]，皦生光以妖书事论死，京都快之。生光才而狡，往往以术制人为利。有缙绅媚一权贵，求得玉杯为寿，偶询之生光。不三日，生光持杯一双来售，云："出自中官家，价可百金，只索五十金。"缙绅欣然鬻之。逾数日，忽有厂校束缚二人噪而来[2]，势甚急，视之则生光与中官也。生光蹙额言："前杯本大内物，中官窃出。今事觉不能讳，唯有速还原物，彼此可保无害。"缙绅大窘，杯已馈去，无可偿，反求计于生光。生光有难色，久之，乃为料理纳贿[3]："某中官若干，某衙门若干，庶万一可以弥缝。"缙绅不得已，从之，费几及千金，后虽知生光狡计，无如何矣。

【注释】

①万历：明神宗朱翊钧年号（1573—1620）。

②厂校：东、西厂校尉。

③料理：指点。

【译文】

万历年间，皦生光因为妖书之事被判死刑，京城内外都为此拍手称快。皦生光有才干但十分狡诈，经常通过计谋制约别人来为自己谋利。有一名缙绅想要谄媚一名权贵，希望求得一对玉杯为其祝寿，偶然间问到了皦生光。不出三天，皦生光带着一对玉杯前来售卖，说："这双玉杯出自宦官之家，价值百金，而今我只向您索要五十金。"这名缙绅十分欣喜地买下了。过了几天，忽然有东、西厂校尉捆绑二人喧哗而来，形势十分紧急，一看原来是皦生光和一个宦官。皦生光皱着眉头说："之前的玉杯是皇宫内的物品，宦官盗窃了出来。现在事情被察觉不能再隐瞒了，只有尽快归还物品，我们才能确保平安无事。"这名缙绅十分窘迫，玉杯已经赠给他人，无法偿还，反而向皦生光询问计策。皦生光面露难色，思考良久，为缙绅指点行贿赂之事："给某个宦官多少多少钱，给某个府衙多少多少钱，希望可以弥补些许过失。"这名缙绅不得已，只能听从他的话，花费了千金，之后虽然知道这是皦生光的奸计，却也无可奈何。

永嘉舟子

湖中小客货姜于永嘉富人王生，酬直未定[①]，强秤之，客语侵生，生怒，拳其背，仆户限死[②]。生扶救，良久复苏，以酒食谢过，遗之尺绢。还次渡口，舟子问："何处得此？"具道所以，且曰："几作他乡鬼矣！"时数里间有流尸，舟子因生心，从客买其绢，并丐�篮[③]。客既去，即撑尸近生居，脱衫裤衣之，走叩生门，仓皇告曰："午后有湖州客过渡，云为君家捶击垂死，浼我告官[④]，呼骨肉直其冤，留绢与篮为证，今已绝矣。"生举家惧且泣，以二百千赂舟子，求瘗尸深林中。后为黠仆要胁，闻于官。生因徙居，忘故瘗处，拷掠病死。而明年姜客具土仪来访[⑤]，言买绢之故。其家执仆诉冤，官并捕舟子毙死。

【注释】

①酬直：酬金，偿付所值价钱。

②户限：门槛。

③筠篮：竹篮。

④浼（měi）：恳求。

⑤土仪：地方土产。

【译文】

湖州有一商贩卖姜给永嘉富人王生，价钱没有谈定，王生强行过秤，客商言语冒犯了王生，王生十分气愤，用拳头击打了商贩的后背，导致他跌倒摔在门槛上昏死。王生急忙将他扶起救护，过了很久才苏醒过来，王生准备酒食道歉，并赠送给他几尺绢布。商贩回家时停在渡口，渡船的船夫问他："哪里得来的绢布呢？"这个商贩就把事情的经过都告诉了他，并且说："差点就成了异乡鬼啊！"当时数里内外偶尔会有漂流的尸首，船夫于是心生一计，从这名商贩手中买过了绢布和放绢布的篮子。商贩离去后，这个船夫就撑船载着尸首来到王生家附近，脱下衣衫给尸首穿上，走过去敲王生家的门，仓惶地告诉他说："午后有一个湖州来的客人渡船，说他被您捶击，快要死了，请我报告官府，叫他的亲人为他申冤，留下了绢布和竹篮作为物证，现在他已经死去了。"王生全家十分恐惧，哭泣起来，用二百千钱贿赂船夫，请求他把尸首埋在树林深处。后来王生被一个狡黠的仆人要挟，将此事报告了官府。王生因为搬家，忘记了此前埋藏尸首的地方，被拷打病死。直到第二年，卖姜的商贩带着地方特产来访，说起了之前船夫买走绢布的事情。王生家人抓住仆人去官府诉冤，官府将那名船夫一并逮捕判处死罪。

干红猫

临安北门外西巷，有卖熟肉翁孙三者，每出，必戒其妻曰："照管猫儿，都城并无此种，莫令外人闻见；或被窃去，绝吾命矣！我老无子，此与我子无异也！"日日申言不已[①]。乡里数闻其语，心窃异之，觅一见不可得。一日，忽拽索出到门，妻急抢回，其猫干红色[②]，尾足毛须尽然，见者无不骇羡。孙三归，责妻慢藏，棰詈交至。已而浸淫达于内侍之耳，即遣人啖以厚直[③]，孙峻拒。内侍求之甚力，反复数四，仅许一见。既见，益不忍释，竟以钱三百千取去。孙涕泪，复棰其妻，竟日嗟怅。内侍得猫喜极，欲调驯然后进御[④]。

已而色泽渐淡，才及半月，全成白猫。走访孙氏，已徙居矣。盖用染马缨法积日为伪，前之告戒棰怒，悉奸计也。

【注释】

①申言：再次陈说，重复述说。

②干红：深红色。

③啖：利诱。

④进御：进献给皇帝。

【译文】

临安北门外的西巷，有一个卖熟肉的老翁，名叫孙三，每次外出，都会告诫他的妻子说："看管好猫咪，都城里并没有这个品种，不要让外人知晓我们有这只猫；如若被偷走，那简直是要我的命！我年迈没有儿子，这只猫和我的儿子没有什么不同！"孙三每天都在不停地重复这些话。他的邻居也多次听他说起这些，心中暗暗惊奇，想要找机会看一看猫，但是苦无机会。一天，这只猫突然扯断绳索跑出门口，孙妻急忙将猫抢回来，这只猫周身深红色，尾巴、脚上的毛发都是深红色的，见到这只猫的人没有不感到惊讶和羡慕的。孙三回来后责怪妻子怠慢没有藏好猫，对妻子又是棒打又是责骂。不久，猫的消息慢慢传到了皇宫内侍的耳中，宫中内侍于是派人前来，许以重金想要买这只猫，孙三严厉地拒绝了。内侍十分恳切地请求，反复许多次，也仅答应见一见。内侍见到这只猫后，更加不忍放手了，最后用三百千钱买走了这只猫。孙三哭泣不已，又责打了他的妻子，整天叹息不已。内侍得到这只猫十分喜欢，想要调教驯服之后进献给皇帝。不久这只猫毛色逐渐淡化，才半个月，就变成了白猫。他们回去询问孙氏，发现他已经搬走了。大概这只猫是用染马缨的办法长期作假的，之前对妻子的告诫、捶打还有发怒，都是奸计。

铁牛

绍兴间，淮堧有一道人求乞[①]，手持一铁牛，高呼“铁牛道人”。在浮光数月，忽一日入富家典库乞钱[②]。主人问：“铁牛何用？”曰：“能粪瓜子金。”主人欲以资财易之，道人坚不肯。后议只赁一宿，令置密室。来早开视，果粪瓜子金数星。道人至，取铁牛去。主人妄想心炽，寻访道人，欲买此牛，道人不从，百色宛转方允[③]。议以日得金计之，偿以一岁金价。在家数日，粪金如前，未几遂止。视牛尾后有一窍，无他异。忽家中一婢暴疾，召其夫赎去。后有人云：“道人预卖此妇人，密持其金在其家，前后粪金，皆此妇人所为。”急寻之，已遁矣。出《赵灌园就日录》。

【注释】

①堧（ruán）：同“壖”。城下、宫庙及水边等处的空地或田地。

②典库：当铺。

③百色：百种，诸般。

【译文】

南宋绍兴年间，淮河岸边有一个四处行乞的道士，他手中持有一个铁牛，高声呼喊“铁牛道人”。他在浮光好几个月，忽然一天，他闯入一户富庶人家的当铺乞要钱财。主人问他：“你的铁牛有什么用？”他说：“它可以拉出瓜子般大小的金粒。”主人想要用钱财来交换铁牛，道士坚决不肯。后来二人商议，只租给主人一晚，让他放置在密室当中。等到第二天早上过来检视，铁牛果然拉出了星星点点的瓜子金。道人过来，取回铁牛离开。主人妄想得到铁牛的心情十分迫切，四处寻访道人，想买下这个铁牛，道人不答应，在主人百般请求下道人终于答应。他们商议以每日所得黄金的数量计算，主人付给一年得到的黄金的价钱。在家几天，起先铁牛还会像之前一样拉出金子，但是不久就停下了。检查铁牛，发现尾后有一个小孔，其余并无异常。忽然，主人家中有一婢女染上了暴疾，就召见他的夫婿将她赎身回家。后来有人说："道人事先买通了这名妇人，暗中拿着金子在主人家中，铁牛前后拉出的金子，都是这名妇人所为。"主人急忙寻找这个婢女，发现她早已逃遁。出自《赵灌园就日录》。

若能粪金，尚须乞钱耶？其伪甚明，而竟为贪心所蔽。"利令智昏"，信哉！

【译文】

如若铁牛可以拉出金子，那么哪里还需要乞讨钱财呢？此事不实的情况十分明显，而富商最终被贪心蒙蔽了理智。"因贪图私利而使头脑发昏"，确实如此啊！

京邸中贵

嘉靖间一士人候选京邸。有官矣，然久客橐空[①]，欲贷千金，与所故游客谈。数日报命，曰："某中贵允尔五百。"士人犹恨少，客曰："凡贷者例以厚贽先[②]，内相性喜谀[③]，苟得其欢，即请益非难也。"士人拮据，凑贷器币，约值百金。为期入谒及门，堂轩丽巨，苍头庐儿皆曳绮缟[④]，两壁米袋充栋，皆有御用字。久之，主人出，状横肥，以两童子头抵背而行，边批：极力装扮。享礼微笑[⑤]，许贷八百。庐儿曰："已晚，须明日。"主人可之。士人既出，喜不自胜，客复属耳："当早至，我俟于此。"及明往，寥然空宅，堂下煤土两堆，皆袋所倾。问主宅者,曰:“昨有内相赁宅半日,知是谁何?”客亦灭迹,方悟其诈。

【注释】

①橐(tuó):盛物的袋子。

②厚贽(zhì):丰厚的见面礼。

③内相:对太监的尊称。

④苍头庐儿:对奴仆的称呼。

⑤享礼:接受礼物。

【译文】

嘉靖年间,有一名士人在京候选官职。等到有官职的时候,因为长久地客居他乡,资费已经花光,想借款千金,便和认识的另一个客居的人说起这件事。几天后得到回信,说:“某位宦官答应借你五百金。”士人还遗憾较少,那位游客说:“凡是借钱的人按照惯例都需要先献上厚礼,宦官喜欢别人奉承他,如若得到他欢心,再请多借款也不难。”士人十分拮据,于是变卖器物,凑齐大概百金。等到约定日期,前去拜见那位宦官,到门口的时候,发现厅堂富丽堂皇,奴仆也都穿着华贵,墙壁两旁堆积的米袋都到了房梁,而且袋袋都有御用的字。过了许久,主人走出,整个人脑满肠肥,需要两个童子用头抵住后背才可以行走,边批:极力装扮。接受了士人的礼物后,主人微笑,表示可以借款八百。一旁的侍从说:“今天天色已晚,需要等到明天才可拿出钱财。”主人同意了。士人出了门后,抑制不住内心的喜悦,客人再次在他耳边嘱咐他说:“明天应当早些赶来,我在这里等着你。”等到第二天前往此地,发现房屋已经空无一人,堂屋下有两堆煤土,都是之前米袋倾倒出来的。士人前去问看宅子的人,说:“昨天有个宦官租借宅院半天,不知那人是谁。”客人也已经消失不见,这才发觉其中的奸诈。

一钱诓百金

胠箧唯京师最黠[①]。有盗能以一钱诓百金者。作贵游衣冠，先诣马市，呼卖胡床者[②]，与一钱，戒曰："吾即乘马，尔以胡床侍。"其人许诺。乃谓马主："吾欲市骏，试可乃论价。"马主谨奉羁靮[③]。其人设胡床，盗上马，疾驰而去。马主初意设胡床者其仆也，已知其非，乃亟追之。盗径扣官店[④]，维马于门[⑤]，云："吾某太监家下，欲缎匹若干，以马为质，用则奉价。"店睹良马，不之疑，如数畀之，负而去。俄而马主踪迹至店，与之争马，成讼。有司不能决，为平分其马价云。

【注释】

①胠箧（qū qiè）：偷窃，此处泛指偷盗及拐骗。

②胡床：一种可以折叠的轻便坐具，自西域传入。

③羁靮（dí）：马络头与马缰。

④官店：供商贾使用的官营店房。

⑤维：系。

【译文】

盗窃拐骗之术，唯独京师的盗贼最为狡黠。有可以用一文钱诓骗百金的盗贼。他故意穿着华贵的衣冠，先到马市，招呼一名卖胡床的人，给他一枚钱币，告诉他说："我将要去骑马，你带着胡床在一旁侍候。"那个人答应了。盗贼又对卖马的主人说："我想要买一匹骏马，试骑一下才能跟你讨论价格。"于是马主人就将马络头和马缰恭敬地交给这个人。卖胡床的人摆设好胡床，盗贼踩着胡床翻身上马，疾驰而去。马主人最开始以为这个摆设胡床的人是盗贼的奴仆，已知道并非如此后，就急忙追赶盗贼。盗贼骑着马直接来到官店，将马匹系在店门口，说："我是某位太监的家仆，想要绸缎若干匹，将这匹马当作抵押，如果愿意就照价给钱。"店家看到骏马，不再怀疑，将绸缎如数都给了他，他带着绸缎离开了。不多久马匹的主人循着踪迹来到店里，和店主人争夺马匹，一直争到官府。官府也不能决断，于是就让他们二人平分马匹的价钱。

老妪骗局

万历戊子[①]，杭郡北门外有居民，年望六而丧妻，二子妇皆美，而事翁皆孝敬。一日忽有老妪立于门，自晨至午，若有期待而不至者。翁出入数次，怜其久立，命二子妇询其故。妇曰："吾子忤逆，将诉之官，期姐子同往，久候不来，腹且枵矣[②]。"子妇怜而饭之，言论甚相惬。至暮期者不来，因留之宿。一住旬日，凡子妇操作，悉代其劳，而女工尤精。子妇唯恐其去也，谓妪无夫而子不孝，茕茕无归，力劝翁娶之，翁乃与合。又旬余，妪之子与姐子始寻觅而来，拜跪告罪，妪犹厉詈不已。翁解之，乃留饮，其人即拜翁为继父，喜母有所托也。如此往来三月，一日妪之孙来，请翁一门，云已行聘。妪曰："子妇来何容易，吾与翁及两郎君来耳。"往则醉而返。又月余，其孙复来请云："某日毕姻，必求二姆同降[③]。"子妇允其请，且多贷衣饰，盛妆而往。妪子妇出迎，面黄如病者。日将晡，妪子请二姆迎亲，且曰："乡间风俗若是耳。"妪佯曰："汝妻虽病，今日称姑矣，何以不自往迎，而烦二位乎？"其子曰："规模不雅[④]，无以取重，既来此，何惜一往？"妪乃许之。于是妪与病妇及二子妇俱下船去。更余不返，妪子假出觇，孙又继之，皆去矣。边批：金蝉脱壳计。及天明，遍觅无踪，访之房主，则云："五六月前来租房住，不知其故。"翁父子怅怅而归，亲友来取衣饰，倾囊偿之。而二妇家来觅女不得，讼之官。翁与子恨极，因自尽。

【注释】

①万历戊子：即万历十六年（1588）。

②枵（xiāo）：指腹空，谓饥饿。

③姆：姆妈，伯母或婶母。

④规模：指人物的才具气概。

【译文】

神宗万历十六年，杭州北门外有个居民，年纪快六十岁而妻子去世了，两个儿媳妇都很貌美，而且侍奉公公都很孝顺。一天忽然有一位老太太站在他家门口，从早晨一直站到中午，好像在等人而对方却没来。老头进出好几次，可怜老太太站得太久，就让两个儿媳妇去问老太太原因。老太太说："我儿子不孝，我要到官府告他，等待姐姐的孩子同我一起去，等了这么久他却没有来，我肚子都饿了。"儿媳妇同情她并给她饭吃，彼此交谈非常愉快。到晚上等的人还不来，于是就留老太太过夜。老太太一住就是十天，凡是儿媳妇的家务，老太太都帮她做，女红尤其精巧。儿媳妇唯恐老太太离去，就说老太太丈夫过世，儿子不孝，孤苦无依，极力劝公公娶老太太为妻，老头于是与她成婚。又过了十多天，老太太的儿子和她姐姐的儿子才找来，跪地认罪，老太太仍大声怒骂不止。老头帮他们和解，于是留他们喝酒，老太太的儿子就拜老头为继父，庆幸母亲有了依靠。这样往来三个月后，一天老太太的孙子来邀请老头一家，说他已经为娶妻下了聘礼。老太太说："两个儿媳妇哪能那么容易走得开，我和老头还有他两个儿子去吧。"几个人去了，喝醉了才回来。又过了一个多月，老太太的孙子又来邀请说："某日是我完婚的日子，务必请二位婶婶一同前来。”儿媳妇答应了他的邀请,而且多借了衣服首饰,盛装前去。老太太的儿媳妇出来迎接,她面色蜡黄如同病人。时间将到傍晚,老太太的儿子请二位婶婶迎接新妇,并且说:“乡间的习俗是这样。”老太太假意说:“你媳妇虽然病了,今天做了婆婆,为什么不亲自去迎接,而要烦劳这两位呢?”老太太的儿子说:“媳妇样貌不雅观,不能表示尊重,二位既然来了这里,怎么会吝惜去一趟呢?”老太太才答应他。于是老太太与生病的媳妇及老头的两位儿媳妇一同下船去迎亲。到晚上一更天还不回来,老太太的儿子假意出去打探,孙子也借口查探,都相继离开。边批:金蝉脱壳之计。到第二天天亮,老头父子找遍各处不见踪影,询问房主,房主说:“他们五六个月前来租房子住,不知他们的来历。”老头父子只好怅然而回,亲友们来索取借给他们家的衣服首饰,老头父子倾尽积蓄偿还。而两个儿媳妇的娘家来找女儿却不见踪影,就把他们告到官府。老头和儿子悔恨不已,于是自杀了。

乘驴妇

有三妇人雇驴骑行,一男子执鞭随之。忽少妇欲下驴择便地[①],呼二妇曰:“缓行俟我!”因倩男子佐之下,即与调谑,若相悦者。已乘驴,曰:“我心痛,不能急行。”男子既不欲强少妇,追二妇又不可得,乃憩道旁,而不知少妇反走久矣。是日三驴皆失。

【注释】

①便地:方便的地方。

【译文】

有三位妇人雇佣驴子骑行,一名男子拿着鞭子跟随她们。突然一个年纪轻的妇女想要下驴找个方便的地方，就呼喊两名同伴说："你们慢慢走着，在前边等我！"于是请这名男子帮着她下驴，并且跟男子打情骂俏，好像二人相好一般。等重新坐上驴子，说："我感到心痛，不能快走。"男子不想强迫这名妇人，追赶之前的两名妇人又追赶不上，于是就在道路旁边小憩，而不知道那名在后缓行的少妇早就向相反的方向走了。这一天三头驴都丢了。

卜者朱生

瞽者朱化凡[①]，居吴江[②]，善卜，就卜者如市，家道浸康。一日晡时[③]，忽有青衣二人传主人命[④]，欲延朱子舟中问卜，其主人，贵公子也。朱辞以明晨，青衣不可，曰："主人性下急[⑤]，且所占事不得缓。"固请同行，因左右翼而去。步良久，至一舟，似僻地，而人甚伙。坐定，且饮食之，谓朱曰："吾侪探囊者[⑥]，实非求卜。今宵拟掠一大姓，借汝为魁。"朱大悲，自云："盲人无用。"答曰："无他，但乞安坐堂中，以木拍案，高叫'快取宝来'而已，得财当分惠汝，不然者，斫汝数段，投波中矣！"朱惧而从之，夜半如前翼之而行。到一家，坐朱堂中，朱如其戒，且拍且叫。群盗罄所藏而去，朱犹拍呼不已。主人妻初疑贼尚在，未敢出，久之，窃视，止一人，而其声颇似习闻者，因前缚，举火照之，乃其夫也。所劫即化凡家物！惊问其故，方知群贼之巧。

【注释】

①瞽（gǔ）：失明的人。

②吴江：今江苏苏州吴江区。

③晡（bū）时：傍晚。

④青衣：此处指童仆。

⑤卞急：急躁。

⑥探囊：到袋中摸取，指偷盗。

【译文】

盲人朱化凡，在吴江居住，擅长占卜，来找他占卜的人很多，门庭若市，他的家境也慢慢富裕起来。一天傍晚，忽然有两名青衣仆人来传达主人的命令，想要邀请朱化凡到船上占卜，仆人的主人是富贵的公子。朱化凡推辞说第二天早晨再去，两名青衣仆人不允许，说："主人脾气急躁，并且占卜的事情不能延迟。"坚持邀请他一同前往，于是分别在左右两边架着朱化凡走了。他们步行许久，来到一艘船上，好似偏僻的地区，但是船上人却很多。落座之后，给朱化凡吃东西，告诉朱化凡说："我们是偷盗的人，并非来占卜的。今天晚上计划抢掠一家大户，想要借你当首领。"朱化凡十分悲伤，自己说："盲人派不上用场。"这些人回答说："没什么事，只是希望你能在堂屋当中安坐，用木拍击桌案，高声叫喊'快取宝来'就行，所得财物也会分给你的，不然就将你砍成几段，投入水中！"朱化凡惧怕，就听从了他们，半夜还是像之前一样有两名青衣仆人翼护前行。到了一户人家，让朱化凡在堂中端坐，朱化凡就按照告诉他的话，一边拍击一边喊叫。这群盗匪抢尽收藏的财物离开，朱化凡还在不停地喊叫。主人的妻子开始怀疑盗贼还在，不敢出门，过了很久，偷偷一看，发现原来只有一个人，而他的声音非常像以前经常听到的，于是带人上前将其捆绑起来，举火照明，竟然是自己的丈夫。盗匪抢掠的是朱化凡自己家中的财物！妻子惊讶地询问他缘由，才知道这群盗贼的巧计。

黄铁脚

黄铁脚，穿窬之雄也[①]。邻有酒肆，黄往贳[②]，肆吝与。黄戏曰："必窃若壶，他肆易饮。"是夕肆主挈壶置卧榻前几上，镐户甚固[③]，遂安寝。比晓失壶，视镐如故，亟从他肆物色，壶果在，问所得，曰："黄某。"主诣黄问故，黄自言用一小竿窍其中，俾通气，以猪溺囊系竿端，从霤引竿[④]，纳囊于壶，乃嘘气胀囊，举而升之，故得壶也。

【注释】

①穿窬（yú）：穿壁翻墙，指行窃。

②贳（shì）：赊账。

③镐（jué）：上锁。

④霤（liù）：屋檐。

【译文】

黄铁脚，是善于盗窃的豪杰。邻家有一个酒肆，黄到那里去赊账，酒肆吝啬地给他很少。黄铁脚就开玩笑说："一定会偷走你们的酒壶，到其他酒肆换酒喝。"这天傍晚，酒肆的主人把酒壶放到卧榻前的几案上，大门锁得十分牢固，就安然地就寝了。等第二天天亮后酒壶不见了，看看门锁如同之前，没有被破坏的痕迹，立刻到其他酒肆寻找酒壶，果然找到了自己的那个，问起这个壶从哪得来，回答说："从黄铁脚那里得来。"于是酒壶的主人就找到黄铁脚，问他是怎么做到的，黄铁脚说用一个小竹竿，将它中间贯通让它可以通气，再把猪膀胱系在竹竿头，从屋檐伸下竹竿，把猪膀胱放到酒壶当中，吹气让猪膀胱膨胀起来，再举起酒壶，慢慢抬升，最后取得酒壶。

窃磬

乡一老妪，向诵经，有古铜磬[①]。一贼以石块作包，负之至媪门外，人问何物，曰："铜磬，将鬻耳。"入门见无人，弃石于地，负磬，反向门内曰："欲买磬乎？"曰："家自有。"贼包磬复负而出，内外皆不觉。

【注释】

①磬：诵经用的钵形打击乐器。

【译文】

乡间的一位老妇人，平时诵经，自家有一个古代铜磬。一个盗贼将石头包裹起来，背着到老妇人的门外，有人问他背的是什么东西，盗贼就回复说："是一个铜磬，将要卖掉。"盗贼走进老妇人的家门，看见没人，将石头丢到地上，背上老妇人的磬，反身向门内说："想要买我的磬吗？"老妇人说："我自己家里有。"盗贼就包上磬又背着出去了，家门内外的人都没有察觉。

躄伪　跛伪

阊门有匠[①]，凿金于肆。忽一士人，巾服甚伟，跛曳而来[②]，自语曰："暴令以小过毒挞我[③]，我必报之！"因袖出一大膏药，薰于炉次，若将以治疮者。俟其熔化，急糊匠面孔。匠畏热，援以手，其人即持金奔去。又一家门集米袋，忽有躄者[④]，垂腹甚大，盘旋其足而来[⑤]，坐米袋上。众所共观，不知何由。匿米一袋于胯下，复盘旋而去。后失米，始知之。盖其腹衬塞而成，而躄亦伪也。

【注释】

①阊（chāng）门：城门名。在今江苏苏州城西。

②跛曳：跛足曳行。

③暴令：残暴的县令。

④躄（bì）：腿瘸。

⑤盘旋：跛行摇摆的样子。

【译文】

阊门附近有一位工匠，在市场当中凿制金器为生。忽然有一位士人，衣着看上去很讲究，拖着一条瘸腿过来，自己说："残暴的县令因为小的过错就毒打我，我一定会报仇的！"于是从袖子当中拿出一大份膏药，在炉火上熏烤，像要敷在身上治疗疮伤。等到药膏融化，迅速糊在工匠脸上。工匠怕热，就伸手去挡，这个人立刻拿着金子逃走了。还有一户人家在门口堆集了许多米袋，忽然有一个腿瘸的人，腹部下垂很大，一瘸一拐走过来，坐在了米袋上。大家都看到了他，不知道他从哪里来。这个人将一袋米偷偷藏在了胯下，又一瘸一拐地走了。后来那户人家发现丢了大米，才知道是这个人偷走了。大概这个人硕大的腹部是用东西衬在里面塞成那样的，他跛脚的状态也是伪装的。

躄盗

有躄盗者，一足躄，善穿窬。尝夜从二盗入巨姓家[①]，登屋翻瓦，使二盗以绳下之。搜资入之柜，命二盗系上，已复下其柜，入资上之，如是者三矣。躄盗自度曰："柜上，彼无置我去乎？"遂自入坐柜中。二盗系上之，果私语曰："资重矣，彼出必多取，不如弃去！"遂持柜行大野中，一人曰："躄盗称善偷，乃为我二人卖。"一人曰："此时将见主人翁矣！”相与大笑欢喜，不知躄盗乃在柜中。顷二盗倦，坐道上，躄盗度将曙，又闻远舍有人语笑，从柜中大声曰：“盗劫我！”二盗惶讶遁去，躄盗顾乃得金资归。何大复作《躄盗篇》②。

【注释】

①巨姓：豪族。

②何大复：何景明，明文学家，字仲默，号大复，与李梦阳、康海等倡古文，称“前七子”，所著有《大复集》。

【译文】

有一个跛脚的盗贼，他的一只脚瘸了，但善于盗窃。他曾在夜里跟从两名盗贼潜入豪族家中，登上屋顶，翻开瓦片，让这两个盗贼用绳子把他送下去。他将搜罗的财物放到柜子中，再命两位盗贼在柜子上系上绳子拉上来，然后再放下柜子，再将财物拉上来，如此操作了三次。这个跛脚的盗贼暗自揣度说：“柜子被拉上去，他们不会放任我不管就离开了吧？”于是自行坐到柜子当中。两个盗贼将柜子系上升起，果然窃窃私语道：“柜中财物如此沉重，他出来后一定会拿走更多，不如抛弃他离开！”于是他们二人就抱着柜子在荒野中行走，一个人说：“那个跛脚的盗贼声称善于偷盗，却被我们二人耍了。”另一个人说：“此时此刻他可能将要被主人家发现了！”说罢，两个人一起哈哈大笑起来，不知那个跛脚的盗贼此刻正在柜子当中。不一会儿，两位盗贼累了，就坐在路上，跛脚的盗贼估计天要亮了，又听到远处屋舍中有人说笑的声音，就从柜子里大声呼喊：“盗贼劫走了我！”两位盗贼惊惶地逃走了，跛脚的盗贼反而得到金钱财物回去了。何景明为此创作了《躄盗篇》。

京都道人

北宋时，有道人至京都，称得丹砂之妙[①]，颜如弱冠[②]，自言三百余岁。贵贱咸争慕之，输货求丹、横经请益者门如市肆[③]。时有朝士数人造其第，饮啜方酣，阍者报曰："郎君从庄上来，欲参觐。"道士作色叱之。坐客或曰："贤郎远来，何妨一见？"道士颦蹙移时[④]，乃曰："但令入来！"俄见一老叟须发如银，昏耄伛偻[⑤]，趋前而拜。拜讫，叱入中门，徐谓坐客曰："小儿愚骙[⑥]，不肯服食丹砂，以至此，都未及百岁，枯槁如斯。常日斥至村墅间耳。"坐客愈更神之。后有人私诘道者亲知，乃云："伛偻者，即其父也！"

【注释】

①丹砂：朱砂，此处指道士所炼的丹。

②弱冠：二十岁的男子。古时男子二十岁为成人，行冠礼，初加冠，因体犹未壮，故称弱冠。

③横经请益：陈列道教经典以请教。

④颦蹙：皱眉蹙额。移时：稍大一会儿。

⑤昏耄（mào）：衰老，老迈。

⑥愚骙（ái）：愚笨痴呆。

【译文】

北宋的时候，有一位道士来到京都，自称得到炼丹之法的奥妙，他的容颜好似二十岁的人，但是自称三百多岁了。京都无论贵贱都争相倾慕他，赠送财物以求丹药、陈列道教经典来请教的人络绎不绝，门庭若市。当时有几名朝臣一起到他的府邸造访，饮酒刚到兴头上，看门的人突然来报说："郎君从庄园前来，想要来参拜您。"道士脸色很难看地斥责他扰乱了兴致。坐客中有人说："您的儿子远道而来，何不见一面？"道士皱着眉头许久，才说："让他进来！"不久见到一位老翁银发银须，老眼昏花身躯佝偻，走到面前拜见行礼。礼毕，道士呵斥他退到中门，慢慢跟客人说："小儿愚笨，不愿意服用丹药，以至如此，还不满百岁，已经枯槁成了这样。平常我都驱逐他居住在乡村房舍中。"座中客人更将其视为神人。后来有人私下诘问道士的亲近友人，友人说："那个佝偻的老人，就是他的父亲！"

丹客 二条

一

客有炫丹术者，舆从甚盛，携美妾日饮于西湖，所罗列器皿，望之灿然，皆黄白[①]。一富翁见而艳之，前揖问曰："公何术而富若此？"客曰："丹成，特长物耳[②]！"富翁遂延客并其妾至家，出二千金为母[③]，使炼之。客入铅药，炼十余日，密约一长髯突至，绐曰："家罹内艰[④]，求亟返！"客大恸，谓主人曰："事出无奈，烦主君同余婢守炉，余不日来耳。"客实窃丹去[⑤]，又嘱妇私与主媾[⑥]，而不悟也，遂堕计中，绸缪数宵而客至[⑦]。启炉视之，大惊曰："败矣！似有触之者！"因詈主人无行，欲掠治妾。主人不能讳，复出厚镪谢罪[⑧]，客作怏怏状去，主君犹以得遣为幸，而不知银器皆伪物，妾则典妓为骗局也[⑨]。翁中于贪淫，此客亦黠矣哉！

【注释】

①黄白：黄金和白银。

②长物：有余的物品。

③母：丹母，指炼丹的元母。

④内艰：母丧。

⑤丹：指二千金的丹母。

⑥媾：男女交合。

⑦绸缪（chóu móu）：缠绵的样子。

⑧厚镪（qiǎng）：重金。

⑨典：租赁。

【译文】

有一位外乡人时常吹嘘自己的炼丹术，他的车辆仆从很多，每日带着美丽的侍妾在西湖饮酒，他陈列使用的器皿，远远望去金光灿灿，都是黄金白银制成。一个富翁见此情景，十分羡慕，上前行礼问道："您靠着什么方法而如此富庶呢？"外乡人说："炼丹，是最能增长财物的方法。"富翁于是就邀请这名外乡人和他的侍妾到家中，拿出二千金作为丹母，让他炼丹。这名外乡人加入铅药，炼了十余日后，暗中约一名长髯的人突然前来，告诉他说："您家中老母去世，请赶快返回！"外乡人十分悲恸，对主人说："事出无奈，麻烦您和我的侍妾共同守护丹炉，我不久就会返回。"这名外乡人实际上盗走了二千金的丹母，又暗中嘱咐侍妾与富翁私通，而富翁没有察觉，于是就中计了，与侍妾缠绵多日，直至外乡人返回。他打开丹炉，惊慌地说道："失败了！好像触碰了不洁的事情！"于是责骂主人没有德行，还想殴打侍妾。富翁无法隐瞒，又拿出重金来赔罪，这名外乡人假装生气地离开了，富翁还在为免除罪责而庆幸，却不知道这名外乡人所有的金银器物都是假的，他的侍妾是租赁的妓女，用来做骗局的。这名富翁因为贪图淫乐而被欺骗，而这名外乡人也实属狡诈！

二

嘉靖中，松江一监生，博学有口而酷信丹术[①]。有丹士，先以小试取信，乃大出其金而尽窃之。生惭愤甚，欲广游以冀一遇。忽一日，值于吴之阊门，丹士不俟启齿，即邀饮肆中，殷勤谢过，既而谋曰："吾侪得金，随手费去。今东山一大姓，业有成约，俟吾师来举事。君肯权作吾师，取偿于彼，易易耳。"生急于得金，许之，乃令剪发为头陀②，事以师礼。大姓接其谈锋③，深相钦服，日与款接，而以丹事委其徒辈，且谓师在，无虑也。一旦复窃金去，执其师，欲讼之官，生号泣自明，仅而得释。及归，亲知见其发种种④，皆讪笑焉。

【注释】

①有口：善谈。

②头陀：此处指行脚乞食的僧人。

③谈锋：言谈的机锋。

④种种：头发短少的样子。

【译文】

嘉靖年间，松江地区有一名监生，博学善谈却十分相信炼丹术。有一名丹士，先以小技取得了他的信任，等到监生大量投入财产就全都骗走。监生十分羞愧又十分愤怒，想周游四方希望以遇到这名丹士。忽然有一天，正巧在苏州的阊门遇到了这名丹士，丹士不等监生开口，就邀请他到市场中饮酒，十分殷勤地向他道歉，之后又谋划说："我辈得到了钱财后，随手就挥霍了。如今东山有一豪族，已经和我约好，等我的师父来了为他们做炼丹的事。您如果愿意暂且装作我的师父，从他们那里得到赔偿，就非常容易了。"这位监生急于得到钱财，答应了他，丹士于是让监生剃发装作僧人，以师父之礼来侍奉他。东山的大族和他交谈得十分投机，十分钦佩他，每日款待他，还将炼丹的事情委托给他的徒弟，并且认为丹士的师父在，就无可忧虑了。一天这名丹士又盗取钱财逃走了，这家人抓住了师父，想要将他送到官府，监生哭着表明了身份和始末，也仅仅得以释放。等他回到家中，亲属见到他头发光秃的样子，都嘲笑他。

以金易色，尚未全输，但缠头过费耳[①]。若送却头发博“师父”一声，尤无谓也。

【注释】

①缠头：嫖资。

【译文】

用钱财来交易美色，还算不上完全失败，只是嫖资过于昂贵罢了。像葬送头发博取一声“师父”的事，尤其没有意义。

○近年昆山有一家，为丹客所欺，去千金，忿甚，乃悬重赏物色之。逾数日，或报丹客在东门外酒肆中聚饮，觇之信然[①]，索赏而去。主人入肆，丹客欢然起迎。主人欲言，客遽止之，曰：“勿扬吾短，原物在，且饮三杯，当璧还耳。”主人喜，正剧饮间，丹客起小便，伺间逸去。问同席者，皆云“偶此群饮，初不相识”，方知报信者亦其党，来骗赏银耳。

【注释】

①觇（chān）：窥视，侦察。

【译文】

近年来昆山有一户人家，被炼丹之人欺骗，失去了千金，十分气愤，于是就重金悬赏来寻找这个丹客。过了几天，有人报告说丹客正在东门外的酒肆中与人聚会饮酒，暗中观察，确实是这个人，报信的人就索要赏金离去了。被欺骗的主人走入酒肆，丹客也欣然起立迎接。主人刚想说话，这名丹客立刻制止了他，说："您别宣扬我的过错，您的钱财原物在此，先喝三杯酒，您的东西我完璧归赵。"主人听了十分欣喜，正在欢畅地饮酒时，丹客离座去方便，寻找机会就逃走了。被骗的主人发觉后，问起同席饮酒的人，都说"偶然在此聚集饮酒，原本并不相识"，主人才明白刚才报信的人也是他们一伙的，只是来诈骗赏钱罢了。

谲僧

有僧异貌，能绝粒[①]，瓢衲之外[②]，丝粟俱无。坐徽商木筏上，旬日不食不饥。商试之，放其筏中流[③]，又旬日，亦如此。乃相率礼拜，称为"活佛"，竞相供养。曰："无用供养，我某山寺头陀，以大殿毁，欲从檀越乞布施[④]，作无量功德。"因出疏[⑤]，令各占甲乙毕，仍期某月日入寺相见。及期，众往询寺，绝无此僧，殿即毁，亦无乞施者。方与僧骇之，忽见伽蓝貌酷似僧[⑥]，怀中有簿，即前疏。众诧神异，喜施千金，恐泄语有损功德，戒勿相传。后乃知始塑象时，因僧异貌，遂肖之，作此伎俩；而不食，乃以干牛肉脔大数珠数十颗[⑦]，暗噉之，皆奸僧所为。阌乡一村僧[⑧]，见田家牛肥硕，日伺牛在野，置盐己首，俾牛舔之，久遂闲习。僧一夕至田家，泣告曰："君牛乃吾父后身，父以梦告我，我欲赎归。"主驱牛出，牛见僧即舔僧首，主遂以牛与僧。僧归，杀牛，丸其肉置空竹杖中，又以坐关不食欺人焉[⑨]。后有孟知县者，询僧便溺，始穷其诈。

【注释】

①绝粒：断食。

②瓢衲：游方僧化缘的瓢钵和衲衣。

③中流：江河中央。

④檀越：佛家对布施者的敬称。

⑤疏：化缘簿。

⑥伽蓝：即伽蓝神，佛教中的护法神。

⑦脔（luán）：切成块的肉。数珠：佛教徒念经时用以计数的珠串。

⑧阌（wén）乡：治今河南灵宝西。

⑨坐关：即坐饿关。僧人封闭龛内，绝食修悟，为坐饿关。

【译文】

有一名僧人，容貌十分奇异，可以不吃东西，除了化缘的瓢钵和衲衣，一点布匹和粮食都不携带。他坐在徽商的木筏上，十天不吃东西也不感到饥饿。商人为了测试他，就将他的木筏放在河中，又过了十天，也还是如此。于是就带着众人向他礼拜，称他为"活佛"，争相供养他。僧人说："不需要供养我，我是某座山寺当中的僧人，因为寺庙的大殿被毁，想要跟各位施主乞求布施，做功德无量的事。"接着就拿出化缘簿，让众人各录入钱粮和姓名，并且和大家约定某月某日在寺中相见。等到了日期，众人一同前往寺庙问询，根本没有这位僧人，寺庙的大殿就要倒塌了，但没有僧人去乞讨布施。众人正与寺庙的僧人感到惊骇，忽然见到寺庙中的伽蓝神像与这名僧人的容貌十分相似，塑像的怀中正好有一化缘簿，就是众人此前登记的那一本。众人对这一神异的事情感到十分惊诧，欢喜地布施千金，又担心泄露天机会有损功德，相互告诫不要外传此事。事后他们才知道寺庙为伽蓝塑像的时候，因为那名僧人容貌奇异，于是根据他的容貌塑造了那尊神像，然后想出了这个伎俩；至于僧人为何可以不吃东西，是因为他将干牛肉做成了佛珠，有几十颗，暗自吞下充饥，这都是奸佞的僧人做的事情。阌乡有一位村僧，见到田家的牛十分肥硕，白天就在原野中等着牛来，在自己头上涂抹盐，让牛来舔舐，时间一长，牛就习以为常了。一天僧人来到田家，哭着告诉这家人说："您的牛乃是我父亲转世投胎之身，父亲托梦告诉我，我想要把它赎回去。"这家人将牛赶出来，牛看到僧人就开始舔舐他的头，主人于是就将牛送给了僧人。僧人回去后，将牛杀掉，将牛肉做成了肉丸，放在了空心的竹杖当中，又用坐饿关不吃东西那一套把戏来欺骗别人。后来有一位孟知县，检查了僧人的粪便，才明白了僧人欺诈的始末。

白铁余

白铁余者，延州稽胡也①，埋一铜佛像于穷谷中柏树之下②，俟草遍生，宣言佛光现。乃集数百人设斋以出圣佛，佯从他所斸之③，不得，谓是众诚未至，不布施耳。盖舍者百余万，即斸埋处，获像焉。求见圣佛者日益众，乃以绀紫绯黄绫为袋数重盛像，观者去其一重，一回布施。数百里老少士女就之若狂，遂作乱，自称"光王军师"④。程务挺讨斩之⑤。

【注释】

①延州稽胡：据《新唐书》，延州当作绥州（治今陕西绥德）。稽胡，又作"稽胡"，即步落稽。

②穷谷：深谷，幽谷。

③斸（zhú）：挖。

④自称"光王军师"：白铁余举兵于唐高宗弘道元年（683），据城平县（今陕西清涧西北），自称"光明圣皇帝"，置百官。当年为右武卫将军程务挺与夏州都督王方翼讨平。

⑤程务挺：唐朝名将程名振之子。少时跟随父亲征讨，以勇力闻名。

中宗时，官单于道安抚大使，突厥害怕他。后为武则天所杀。

【译文】

白铁余，是延州的嵇胡人，他在深谷中的柏树下埋下了一尊铜佛像，等到草长满后，就四处说看到了佛光显现。于是就召集了几百人设置斋坛请出圣佛，他先是假装从其他地方挖掘，没有找到佛像，他就说众人诚心未能传达到佛祖那里，是因为没有布施的缘故。等信众们的施舍达到了一百多万，他就挖掘埋藏佛像的地方，挖出佛像。想要求见佛像圣容的人日益增多，白铁余就用深紫绯黄的丝绸做成袋子，将佛像包裹好几层，前来观瞻的信众每布施一次，就除去一层。数百里的男女老少趋之若鹜，像发狂一样，白铁余于是趁机作乱，自称“光王军师”。后来程务挺带兵征讨，将他斩杀。

一智也，善用之即李抱真、刘玄佐[①]；不善用之则白铁余矣。于智何尤哉！

【注释】

①李抱真、刘玄佐：见卷十五“李抱真、刘玄佐”条。

【译文】

一种智谋，善加利用，就如李抱真、刘玄佐一样增加府库收入；不善加利用，就成为白铁余之流制造祸乱。这能责怪人的智谋吗？

刘龙子

唐高宗时，有刘龙子者，作一金龙头藏袖中，以羊肠盛蜜水绕系之。每聚众，出龙头，言“圣龙吐水，百病皆差[①]”，遂转羊肠水于龙口中出，与人饮之，皆罔云“病愈”[②]，施舍无数，后以谋逆被诛。

【注释】

①差（chài）：痊愈。

②罔：欺骗。

【译文】

唐高宗的时候，有个叫刘龙子的人，做了一个金龙头藏在袖子当中，并且将羊肠灌满蜜水缠绕着它。每次众人聚集的时候，就拿出龙头，说："圣龙吐出圣水，百病都能消除。"然后就转动羊肠的水，从龙头中放出，给人饮用，那人都谎称"病好了"，刘龙子用这样的方法得到了无数施舍，最后因为谋反而被诛杀。

马太守

兴古太守马氏在官，有亲故人投之[1]，求恤焉。马乃令此人出外住，诈云是神人道士，治病无不手下立愈，又令辩士游行，为之虚声云："能令盲者登视[2]，躄者即行。"于是四方云集，礼之如市，而钱帛固已积山矣。又敕诸求治病者："虽不便愈，当告人言愈也，如此则必愈；若告人未愈者，则后终不愈也。道法正尔[3]，不可不信。"于是后人问前来人，辄告云"已愈"，无敢言未愈者也。旬日之间，乃致巨富焉。

【注释】

①亲故：亲戚故旧。

②登：登时，立刻。

③正尔：正是如此。

【译文】

兴古太守马氏在职时，有亲友来投奔他，请求周济。马太守就让这个人外出居住，谎称这个人是神人道士，治疗疾病没有不手到病除的，同时又让能言善辩的人四处走动，为他虚张声势说："这个神人可以让盲者立刻重见光明，跛脚的人立即走路。"于是四方的人都云集到此，礼拜他的人门庭若市，而钱币布帛等财物已经堆积如山了。马太守又吩咐那些求医问药的人说："即使病症还未痊愈，但是也应告诉他人说已经好了，这样做最后一定可以痊愈；如果告诉别人来此看诊并未痊愈，那么最终病症也无法痊愈。这个神人的法术就是如此，不可不相信。"于是后来来看病的人问之前来看病的人，这些人就告诉他们"病已经好了"，没有人敢说病没有好。十天的时间，马太守的亲友就已经成为巨富了。

大安国寺奸民

唐懿宗屡微行游寺观[①]。奸民闻大安国寺有江淮进奏官寄吴绫千匹在院[②]，于是暗集其群，内选一人肖上之状者，衣上私行之服，多以龙脑诸香薰袭，引二三小仆，潜入寄绫小院。其时有丐者一二人至，假服者遗之而去。逡巡[③]，诸色丐求之人接迹而至，给之不暇。假服者谓院僧曰："院中有何物可借之？"僧未诺间，小仆掷眼向僧[④]，僧惊骇，曰："柜内有人寄绫千匹，唯命是听。"于是启柜罄而给之。小仆谓僧曰："来早于朝门相觅，可奏引入内，所酬不轻。"假服者遂跨卫而去[⑤]。僧自是经月访于内门[⑥]，杳无所见，乃知群丐并是奸党。

【注释】

①唐懿宗:859—873年在位,佞佛,怠于政事,于禁中设讲席,自唱经,又屡游佛寺,施与无度。

②进奏官:掌朝廷与藩镇间章奏、诏令及各种文书的承传和投递。寄:寄存。

③逡巡:一会儿,顷刻间。

④掷眼:使眼色。

⑤跨卫:骑驴子。卫,驴的别称。

⑥经月:整月。

【译文】

唐懿宗屡次微服出行游历寺庙。有奸佞的民众听说大安国寺院中有一江淮进奏官寄存的吴地丝绸千匹,于是暗中集结群伙,他们从中挑选了一名相貌和皇帝近似的人,穿上皇帝微服出行的服饰,并且多用龙脑等香料熏过,带上二三仆人,暗中潜入寄存丝绸的小院。当时正有一两名乞丐也一起抵达了,假扮皇帝的人给了他们一些施舍,就打发他们走了。不多久,各色各样乞讨的人接踵而来,假皇帝忙着施舍,应接不暇。他对寺院的僧人说:“寺院中有没有什么东西可以借给我施舍给这些乞丐?”僧人还未及应答,假皇帝身旁的仆从开始给僧人使眼色,僧人十分惊惧,说:“柜子当中有人寄存了千匹绸缎,听凭您处置。”于是就打开柜子,全都给了假皇帝。假皇帝的仆人跟和尚说:“明天早上到朝门找我,可以上奏皇帝将您引入皇宫,给您的报酬不会少的。”假皇帝之后就骑着驴离开了。僧人从此一个月内每天到宫门外寻访,结果什么都没看到,这才知道那群乞丐也是奸党。

南京道者

万历丙午间[①],南京有山西贾人,鬻羢货于三山街[②]。

忽一日，有客偕一道者至，单开羢货，约百余金，体制俱异，先留定银一大锭，俟货足兑绝。自是以催货为名，频频到店，到则两人耳语，指天画地，若甚秘密事。贾人疑而问之，不言，再问，乃屏人语曰："吾道兄善望气者[3]。昔秦皇谓江南有天子气，因埋金千万以厌之，故曰'金陵'。从来莫知其处，夜来道兄见宝气腾空，知藏金久当出世，未卜其处。今详察宝气所腾之处，在尊店第三重屋下。诚祷祠而发之，富可敌国。"贾人贪，信之，乃曰："第三重乃吾内室也，发之当如何？"客曰："此事须问吾道兄。"道者曰："可引吾一观乎？"贾人曰："可。"既审视，曰："的矣！自此至彼，三丈余皆金穴也！此金数千年而气上腾，的是天数。足下若非莫大之福，亦不能遇吾至也。今唯择吉，具牲醴，祭告天地，集耰锄数十辈[4]，于人静后，齐工发掘，至五尺余，便可知矣。"贾人信其言，与之订期。至日午后，客与道者偕来，祭奠极诚，道者复披发仗剑作法事良久。使众皆饱食，俟深夜，耰锄并举，发至五尺深，并无所见。天已大明，忽闻门外呵殿之声[5]，则督府某以通家红帖来拜[6]。贾人方惊讶，而某衣花绣登堂，固请相见。贾人强出，拜伏于地。某掖起之，因曰："闻秦皇埋金为足下所发，其富敌国，某特奉贺。方今边饷告匮，诚以数万佐国家之急，万户侯不足道也！某当为足下奏闻。"贾人觳觫谢无有[7]。某直入内室，见户外杯盘狼籍，地下开垦纵横，而客与道士俯伏前谒，言"埋金实有之，但不甚多"。贾人不能白，惧祸，不得已，馈三千金求免，并还定货之银，由是毡业遂废。

【注释】

①万历丙午：万历三十四年（1606）。

②羢（róng）货：皮毛货。羢，细羊毛。

③望气：望空中云气附会人事，以卜吉凶及人之富贵贫贱，为古代占卜的一种方法。

④耰（yōu）：农具。形似榔头，用以碎土平地。

⑤呵殿：谓古代官员出行，仪卫前呵后殿，喝令行人让道。

⑥通家：世代有交谊的人家。旧时与人通交，往往冒充“通家”。

⑦觳觫（hú sù）：恐惧战栗的样子。

【译文】

万历三十四年，南京有一位从山西来的商人，在三山街贩卖皮毛货。忽然有一天，有一位客人带着一名道士前来，货单上开列的想要买的皮毛货，约值百余金，索要的形制也都十分奇异，他们先留下了一大锭定银，等到货物齐全后再来全部交清尾款。从此就经常以催办货物的名义，频繁来到店里，到店之后，两个人就会窃窃耳语，指天画地，好像在商议什么秘密的事情。商人疑惑因而询问他们，他们两个人就不再言语，再次追问，就屏退旁人说道：“我这位道兄是善于望气的人。昔日秦始皇说江南有天子气，于是就在此埋下千万金来镇压这股天子气，因而将南京命名为‘金陵’。然而从来没有人知道秦始皇将金子埋在什么地方了，近来夜间我这位道兄看到了宝气腾空，知道藏起来的金子这么久该出世了，只是还未能占卜到埋藏的地方。如今详细考察之后，发现宝气升腾的地点就在您店铺的第三进房屋之下。虔诚地祈祷之后再来发掘它，就富可敌国了。”商人贪图财物，相信了他们的话，于是就说：“第三进房屋是我的内室，发掘会怎样呢？”这名客人说：“这件事应当问我的道兄。”道士就说：“可以带我去看一下现场吗？”商人说：“可以的。”审视现场情形之后，道士说：“宝藏确实在这里！从这里到那里，三丈多的地方都是埋藏黄金的洞穴！这些黄金埋藏了数千年而有气上腾，确实是天数。您如若不是有天大的福分，也不能遇到我来到此地。现在只要选择吉日，准备祭祀的牲畜和醴酒，祭告天地，聚集数十名工人带着挖掘工具，等到夜深人静的时候，一起发掘，大概到五尺多的时候，就可以知道宝藏的情况了。”商人听信了他的话，和道士约定了日期。等到午后，客人和道士一同前来，非常虔诚地祭祀天地，道士又披发持剑做了好久的法事。让众人都吃饱后，等到深夜，工具齐发，挖掘至地下五尺深的时候，却并没有什么发现。天已经大亮，忽然听到门外有官员出行喝道的声音，原来是督府手持通家的拜帖前来。商人正惊讶，督府衣着光鲜地登入厅堂，坚持要请主人出来相见。商人勉强出来，拜伏于地。这个人扶起商人，便说：“我听说秦始皇埋藏的金子被您发现了，这些宝藏富可敌国，于是我特地前来恭贺。如今边疆士卒饷银就要耗尽，如若可以用数万金银来帮助国家缓解燃眉之急，即使封一个万户侯也不算什么！我可以为您向皇帝上奏。”商人发抖谢罪，说并没有发现宝藏。这个人径直走入内室，看到门外杯盘狼藉，地下也被挖掘得横七竖八，客人和道士匍匐在地向前禀告，说道：“确实是有埋藏的宝藏，只是金银没有那么多。”商人无法辩解，也怕惹祸上身，不得已就拿出三千金来免除灾祸，并退还了客人订货的银锭，由此，他的生意也就衰败了。

《太平广记》载：薛氏二子野居伊阙[①]，有道士叩关求浆。薛氏钦其道气[②]，接谈甚洽。道士因夸所居气色甚佳：“自此东南百步，有五松虬偃[③]，在境内否？”曰：“是某良田也。”道士遂屏人语：“此下有黄金百金，宝剑二口，其气隐隐浮张、翼间[④]，某寻之久矣。黄金可以施德，其龙泉自佩[⑤]，当位极人臣。某亦请其一，效斩魔之术。”二子惑之。道士择日起土，索灰缠三百尺，五色采缣甚多，又用祭坛十座，器皿俱用中金[⑥]，约费数千。又言：“某善点化之术[⑦]，视金银如粪土。今有囊箧寄太微宫，欲暂寄。”须臾令人负箧而至，封镉甚固，重不可举。至某夜，与其徒设法于五松间，戒勿妄窥，俟法事毕，当相召。及晓杳然⑧，二子往视之，但见轮蹄之迹，所陈设为之一空矣。事颇相类。

【注释】

①野居：居于郊外。伊阙：两山对峙，伊水中流，如天然门阙，所以称伊阙。在今河南洛阳南。

②钦：钦佩。

③虬偃：形容松枝如龙一样委曲宛转。

④张、翼：二十八宿中的二宿。

⑤龙泉：指宝剑。

⑥中金：白银。

⑦点化：点铁成金之类的法术。

⑧杳然：无影无踪。

【译文】

《太平广记》记载：薛氏的两个儿子，在伊阙居住，有一名道士叩门求水喝。薛氏钦佩他的气质与谈吐，与他交谈十分融洽。道士于是夸赞他们居住的地方风水甚佳：“从这里向东南百步之地，有五颗松树相互盘绕如龙之宛转，是否在你们的土地范围内？”回答说：“是我们的田地。”道士于是屏退旁人说：“这个地方埋有黄金百金，宝剑二口，宝物之气升腾在张、翼两个星宿之间，我已经寻找它很久了。黄金可以布施积德，宝剑自行佩戴，你们可以位极人臣。我想要其中一把宝剑，来施展斩妖除魔之术。”薛氏二子被迷惑住了。道士于是择日破土，索要灰缠三百尺，以及很多五彩的绢布，又起了十座祭坛，祭祀的器具也都是使用白银做的，花费大约数千。又说：“我善于点铁成金之术，视金钱如粪土。现有行李寄存在太微宫，想要暂且寄住在你们家。”不久就请人背着行李过来，封锁得十分牢固，重得难以举起来。等到某天夜里，道士和他的徒弟在这五棵松树之间开始施展法术，告诫薛家人切勿随便偷看，等到法事结束，就会召他们前来。等天亮之后，道士一行人无影无踪，二子前去查看，只见地上有轮子和蹄子的痕迹，之前陈设的东西已经空无一物。这件事和山西商人的故事十分相似。

文科 二条

一

江南有文科者，衣冠之族，性奸巧，好以术困人而取其资。有房一所，货于徽人，业经改造久矣。科执原直取赎，不可，乃售计于奴[①]，使其夫妇往投徽人为仆。徽人不疑也。两月余，此仆夫妇潜窜还家，科即使他奴数辈谓徽人曰：“吾家有逃奴某，闻靠汝家，今安在?”徽人曰：“某来投，实有之，初不知为贵仆，昨已逸去矣。”奴辈曰：“吾家昨始缉知在宅[②]，岂有逸去之事！必汝家匿之耳，吾当搜之!”徽人自信不欺，乃屏家眷于一室，而纵诸奴入视。诸奴搜至酒房，见有土松处，佯疑，取锄发之，得死人腿一只，乃哄曰：“汝谋害吾家人矣！不然，此腿从何而来？当执此讼官耳!”徽人惧，乃倩人居间。科曰：“还吾屋契，当寝其事耳。”徽人不得已，与之期而迁去。向酒房之人腿，则前投靠之奴所埋也。

【注释】

①售计：授计。

②缉：缉拿，搜捕。

【译文】

江南有一个叫文科的人，出身士族之家，但是性情奸诈虚伪，喜欢用计谋困扰别人，再谋取他们的钱财。曾经他有一所房屋，卖给了徽州人，已经被新主人改造许久了。文科坚持用原先卖房子的价钱赎回房屋，徽州人不同意，于是就传授计策给自己的家奴，让他们夫妇投靠徽州人家做奴仆。徽州人也并不怀疑。两个多月后，这对夫妇偷偷逃窜回老家，文科立刻让其他几名家仆找到徽州人说："我家有逃跑的奴仆，听说投靠你家了，现在人在何处呢？"徽州人说："他们之前确实来投靠过我，当初不知道是你们家的仆人，昨天已经逃走了。"这些来要人的家仆又说："我家昨天才搜寻到他们逃在你们的宅子，怎么会今天就逃走了！一定是你家把他们藏起来了，我们要搜索一番！"徽州人自信并没有骗人，于是就将家眷集中在一个房间，放任这些家仆进来搜查。这些家仆搜索至酒房，看到有一些土是松动的，假装十分疑惑，找来锄头发掘，找到了一条死人的腿，于是纷纷说道："你谋害我们家的人！不然，这条腿是从何而来？我们要拿着这条人腿去告官！"徽州人十分害怕，于是请人居间调停。文科说："还我房契，就平息此事。"徽州人不得已，和他约定日期就搬走了。此前酒房当中的人腿，就是之前佯装投靠的家仆偷偷埋下的。

二

科尝为人居间公事，其人约于公所封物[①]，正较量次，有一跛丐，右持杖，左携竹篮，篮内有破衣，捱入乞赏[②]。科拈零星与之[③]，丐嫌少。科佯怒，取元宝一锭掷篮中，叱曰："汝欲此耶！"丐悚惧，曰："财主不添则已，何必怒。"双手捧宝置几上而去。后事不谐[④]，其人启封，则元宝乃伪物，为向丐者易去矣。丐者，即科党所假也。

【注释】

①公所：官府。

②捱入：畏缩着进入。

③零星：零星碎银。

④不谐：不成。

【译文】

文科曾经为别人从中调解公事，那人与文科约定在官府封查物品，正在检查数量等级，突然有一个跛脚的乞丐，右手拄着拐杖，左手挎着竹篮，篮子里有破旧的衣物，畏缩地前行乞讨赏钱。文科拈起零星的碎银子给他，乞丐嫌少。文科就假装发怒，拿起一锭元宝扔到竹篮中，责骂道："难不成你还想要这个吗！"乞丐十分惊惧，说："您不添加财物就算了，何必生气呢。"接着双手捧起元宝放在几案上就离开了。后来事情没有成功，那人开启封条后，发现元宝是假的，被那个乞丐调换了。那名乞丐，是文科的党羽假扮的。

苏城四方辐凑之地[①]，骗局甚多。曾记万历季年，有徽人叔侄争坟事，结讼数年矣。其侄先有人通郡司理[②]，欲于抚台准一词发之。忽有某公子寓阊门外，云是抚公年侄[③]，衣冠甚伟，仆从亦都[④]。徽侄往拜，因邀之饮，偶谈及此事。公子一力承当，遂封物为质[⑤]。及朝，公子公服，取讼词纳袖中，径入抚台之门。徽侄从外伺之，忽公事已毕而门闭矣，意抚公留公子餐也，询门役，俱莫知。及晚衙[⑥]，公子从人丛中酒容而去，意气扬扬，云："抚公相待颇厚，所请已谐。"抵徽寓，出官封袖中，印识宛然。徽侄大喜，复饮食之。公子索酬如议而去。明日，徽侄以文书付驿卒。此公子私从驿卒索文书自投，驿卒不与。公子言是伪封不可投，驿卒大惊，还责徽侄。急访公子，故在寓也，反叱徽人用假批假印，欲行出首⑦。徽人惧，复出数十金赂之始免。后访知此棍惯假宦、假公子为骗局。时有春元谒见抚院⑧，彼乘闹混入，潜匿于土地堂中，众不及察，遂掩门。渠预藏酒糕啖之，以烧酒制糕，食之醉饱。晚衙复乘闹出。封筒印识皆预造藏于袖中者。小人行险侥幸至此，亦可谓神棍矣⑨。

【注释】

①辐凑：比喻人或物聚集于某个中心。

②司理：掌刑狱的官。

③年侄：科举中试的人对同年之子的称谓。

④都：美好，闲雅。

⑤质：信物。

⑥晚衙：旧时官署长官一日早晚两次坐衙，受属吏参拜治事。傍晚申时坐衙称晚衙。

⑦出首：到官府告发。

⑧春元：称举人。

⑨神棍：无赖，恶徒。要弄手法的骗子。

【译文】

苏州城是四方聚集之地，骗局很多。还记得万历末年，有一对徽州叔侄争夺坟地的事情，往来诉讼已经好多年了。其中的侄儿先打算买通郡中掌刑狱的官员，想要抚台一句话来帮助自己胜诉。忽然出现一位贵公子寄住在阊门之外，自称是巡抚大人的年侄，他的衣着十分华丽，仆从也很闲雅。这名徽州来的侄子前往拜见他，趁机邀请他饮酒，偶然间谈及自己的官司。公子立刻就答应下来，还留下信物作为抵押。等到第二天早上，这名公子穿上公服，将诉状放到衣袖当中,径直走进抚台的大门。侄子就在门外等候他,直到府衙结束办公,关上了大门,他觉得可能是巡抚大人挽留公子进餐,询问门房,也都不知道具体情况。等到晚上府衙开门办公,那名公子跟从人群满脸醉意地走出大门,一脸得意地说:"抚台大人盛情款待了我,请求都已妥当。"等回到侄子住处,从袖子当中取出官府的文书,官印清晰。侄子十分高兴,再次请他饮食。公子索要了他们约定的报酬之后就离开了。第二天,侄子将文书交给驿站的吏卒。这名贵公子私下向驿站的士卒索要文书,想要自行投递,驿卒不给他。贵公子说上面的官印是假的,不可投递,驿卒十分惊惧,就把文书还给了侄子,并把他责骂了一顿。侄子急忙去拜访贵公子,这名公子还在寓所当中,反而责骂侄子使用了假的批文和假的印信,要到官府去告发他。徽州人感到恐惧,又拿出数十金贿赂这名公子,才得以免除罪责。后来四处寻访才得知这个无赖惯用假冒官员、公子的身份设下骗局。当时有举人前往拜见抚台,这个人也就趁乱混入,暗中藏在土地堂中,府院中的人还未来得及发觉,就关上了门。他吃了事先藏好的酒糕,用烧酒制成的糕点,吃后饱且醉。等到晚间府衙开始办公,就再次趁着人多混出府院。文书官印等都是事先伪造好藏在衣袖当中的。小人冒险行事侥幸到了这个程度,也可以说是神棍了。

猾吏 二条

一

包孝肃尹京日[①],有民犯法当杖脊。吏受赇[②],与约曰:"今见尹必付我责状[③],汝第呼号自辩,我与汝分此罪。"既而包引囚问毕,果付吏责状。囚如吏教,分辩不已。吏大声呵之曰:"但受杖出去,何用多言!"包谓其市权[④],捽吏于庭[5]，杖之七十，特宽囚罪以抑吏势，不知为所卖也。

【注释】

①包孝肃：包拯，字希仁。宋仁宗时除龙图阁直学士，历知开封府，官至礼部侍郎。卒谥孝肃。尹京：指为开封府尹。

②赇（qiú）：贿赂。

③责状：责问犯人罪状。

④市权：以权谋私。

⑤捽（zuó）：抓住头发。亦泛指抓，揪。

【译文】

包拯在担任开封府尹的时候，有一个百姓犯法，按律应当杖打脊背。小吏接受了这个人的贿赂，和他约定道："今天见府尹时他一定会让我责问你的罪状，到时你就只管呼号为自己辩解，我来与你分担这项罪责。"之后包拯引来囚犯询问，结束后果然交付给小吏责问罪状。囚徒就按照小吏所说的，一直为自己辩解。小吏大声呵斥他说："只管出去接受杖刑，哪里用得着说这么多！"包拯认为他以权谋私，当庭捉住这名吏卒，判他杖责七十，特意宽恕囚犯的罪责，来压抑小吏的势头，但不知自己实际上也被利用了。

"包铁面"尚尔，况他人乎！

【译文】

"包铁面"都会被诓骗，更何况他人呢！

二

有县令监视用印，暗数已多一颗，检不得，严讯吏，亦不承。令乃好谓曰："我明知汝盗印，今不汝罪矣，第为我言藏处。"此令素不食言者，于是吏叩头谢罪曰："实有之，即折置印匣内，俟后开印时方取出耳。"又闻某按院疑一吏书途中受贿[①]，亲自简查，无迹而止。盖按院止搜其通身行李，而串铃与马鞭、大帽明置案前[②]，贿即在内，不及察也。吏之奸弊，何所不至哉！

【注释】

①按院：明代巡按御史的别称。

②大帽：官帽。

【译文】

有一位县令检查用印情况，暗中检数发现多用了一下，搜检没有找到，严厉地审问属吏，属吏也不承认。县令于是好言对他说："我知道你盗用了印章，现在我也不怪罪你，只要你告诉我多印的藏在哪里。"这位县令平常从不食言，于是属吏就磕头谢罪说："确实有这回事，就折叠藏在印匣当中，等之后用印的时候才取出。"又听闻一位按院怀疑文吏在途中收受贿赂，于是亲自前往检查，但没有找到线索就不了了之了。大概是因为按院只是搜索了文吏随身的行李，而串铃与马鞭、大帽等正大光明地摆在桌案之前，贿赂就在其中，按院没有察觉到。属吏的奸邪弊病，有什么到不了的地方呢！

袁术诸妇

司隶冯方女有国色[①]，避乱扬州。袁术登城见而悦之[②]，遂取焉。诸妇教以"将军贵人，重志节，宜数涕泣以示忧愁也。若此，必加重"。冯女后见术，每垂泣，术果以为有心，益宠之。诸妇乃共绞杀，陷之于厕，言其哀怨自杀。术以其不得志而死，厚加殡敛。

【注释】

①冯方：东汉官吏。中常侍曹节女婿。灵帝时为郎。因桓彬与刘歆、杜希常好聚饮，未约冯方同饮，乃言桓彬等为酒党，致桓彬等免官禁锢。

②袁术：字公路。东汉末为河南尹、虎贲中郎将。董卓叛乱，避于南阳。汉献帝时据寿春，领扬州事，僭帝号。后为刘备打败，病死。

【译文】

司隶冯方的女儿有倾国之色，在扬州避乱。袁术进城看到她，十分倾心，于是就娶为妾。袁术的各位妻妾告诉她："将军作为贵族，看重有志向节气的人，你见到将军应当多次哭泣表示心中愁苦。如此，将军一定会更加宠爱你。"冯女见到袁术之后，经常会垂泪哭泣，袁术果然认为她是有情意的人，也更加宠爱她了。后来，各位妻妾合谋将冯女勒死，并投入厕中，告诉袁术她因为忧伤过度所以自杀了。袁术也以为冯女是因为不得志而死去，于是就厚葬了她。

达奚盈盈

达奚盈盈者[①]，天宝中贵人之妾，姿艳冠绝一时。会同官之子为千牛者失[②]，索之甚急。明皇闻之[③]，诏大索京师，无所不至，而莫见其迹。因问近往何处，其父言"贵人病，尝往候之"。诏且索贵人之室。盈盈谓千牛曰："今势不能自隐矣，出亦无甚害。"千牛惧得罪，盈盈因教曰："第不可言在此。如上问何往，但云所见人物如此，所见帘幕帷帐如此，所食物如此，势不由己，决无患矣。”既出，明皇大怒，问之，对如盈盈言。上笑而不问。边批：错认了。后数日，虢国夫人入内[④]，上戏谓曰：“何久藏少年不出耶？”夫人亦大笑而已。边批：亦错认。

【注释】

①达奚：复姓，源于鲜卑。

②同官：同僚。千牛：官名。掌执御刀，宿卫侍从。

③明皇：唐玄宗李隆基。

④虢国夫人：杨贵妃之姐，貌美而性荡。天宝七年（748）封虢国夫人。

【译文】

达奚盈盈，是天宝年间一位富贵人家的侍妾，她姿色美艳冠绝一时。正巧与她夫君同侪官员的儿子担任千牛卫走失了，家人找他十分焦急。唐玄宗听闻此事，下诏在京城中大肆搜索，无所不至，却没能找到他的踪迹。于是就问他的父亲最近千牛卫去了哪里，其父就说：“我那位贵人朋友生病了，他去探望。”于是皇帝就下令搜索这位富贵之人的家。达奚盈盈就和千牛卫说：“现在的形势，你已经无法再藏下去了，你现身也不会有什么危害。”千牛卫担心因此获罪，达奚盈盈就告诉他说：“你只是不能说藏在这里。如果皇上问你去了哪里，你只管说见到的人是这样的，见到的帘幕帷帐是这样的，吃的东西是这样的，自己也是身不由己，那么你一定不会有祸患。”这名年轻人出来后，唐玄宗十分生气，就问他这些天去哪里了，于是千牛卫就按达奚盈盈所教的那样来回答。皇帝就笑笑不再问了。边批：误会了。几天后，虢国夫人进入皇宫，皇上开玩笑地对她说：“为何藏匿少年这么久不让他离开？”虢国夫人也大笑不止。边批：也误会了。

妇人之智可畏。

【译文】

妇人的智慧真可怕。

杂智部小慧卷二十八

熠熠隙光[①]，分于全曜[②]。
萤火难嘘[③]，囊之亦照。
我怀海若[④]，取喻行潦[⑤]。
集《小慧》。

【注释】

①熠熠（yì）：形容闪光发亮。隙光：缝隙中透出的光。

②曜（yào）：日光。又日、月、五星都称曜。

③嘘：吹，此处指吹亮。

④海若：海神名，又名北海若。此处指大海。

⑤行潦（lǎo）：道路上的积水。

【译文】

闪闪发亮的缝隙光，它分属于整个日光。
萤火虫光难以吹亮，收集囊中也能朗照。
我的胸怀阔如大海，取类于路上的积水。
集为《小慧》一卷。

周主

周主亡玉簪[①],令吏求之,三日不能得也。周主令人求,而得之家人之屋间。边批:自置自得,以欺众目。周主曰:“我知吏之不事事也[②]!”于是吏皆悚惧,以为神明。

【注释】

①周主:此处指战国时期的东周国君。

②不事事:不尽职。

【译文】

周主遗失了一支玉簪,命官吏搜寻它,三天都没有找到。后来周主又命其他人去寻找,结果在周主家人的屋子里找到了。边批:自置自得,以欺骗众人的眼睛。周主说:“我就知道官吏不尽职!”于是官吏都惊惧不已,认为周主有如神明。

商太宰

商太宰使少庶子之市[①],顾反而问之曰:“何见于市?”曰:“无见也。”太宰曰:“虽然,何见?”对曰:“市南门之外,甚众牛车,仅可以行耳。”太宰因诫使者:“毋敢告人吾所问于汝。”因召市吏而诮之曰:“市门之外,何多牛屎?”市吏甚怪太宰知之疾也,乃悚惧其所也[②]。

【注释】

①商太宰:即宋太宰。周封商人后裔于宋,所以商称宋。太宰,辅佐天子治理国家的重臣。少庶子:年轻的家臣。

②悚（sǒng）惧：畏怯恐惧。

【译文】

宋国太宰派年轻家臣到市集去，家臣回来后，太宰问他说："在市集里见到什么了？"家臣说："没看见什么。"太宰说："即使这样，总该看见了什么东西吧？"家臣回答说："市集南门之外，有许多牛车堵路，只可以慢慢走。"太宰接着告诫家臣："不要告诉别人我问你的话。"于是召来管理市集的官吏责备他们说："市集大门外，哪来这么多牛屎？"管市集的官吏很奇怪太宰知道得这么快，于是就诚惶诚恐地谨守自己的职责。

韩昭侯　子之

韩昭侯握爪而佯亡一爪[①]，求之甚急。左右因割其爪而效之[②]。昭侯以此察左右之诚。

【注释】

①韩昭侯：战国时韩国国君。用法家申不害为相，修术治道，国内以治，诸侯不敢来伐。爪：手指。

②效：贡献，进献。

【译文】

战国时，韩昭侯握住自己的手指而假装断了一根手指，很着急地要一根手指接上。随从于是割下自己的手指献给他。韩昭侯凭借这个来考察随从的忠诚。

子之相燕[①]，坐而佯言曰："走出门者何白马也？"左右皆言不见，有一人走追之，报曰："有。"子之以此知左右之不诚信。

【注释】

①子之相燕：战国时，燕王哙（前320—前312年在位）用子之为相，委任国事，后又效仿尧、舜禅位于子之，子之南面行王事，哙反为臣。子之为王三年，国内大乱。

【译文】

子之为燕相时，坐在厅堂上假装说："怎么有一匹白马跑出门去了？"左右的人都说没看见，只有一人跑出去追，回来禀报说："确实有一匹白马。"子之借这事知道随从是否诚信。

綦母恢

韩咎立为君[①]，未定也[②]，弟在周[③]，周欲重之，而恐韩咎不立也。不立其弟。綦母恢曰[④]："不若以车百乘送之。得立，因曰力戒；不立，则曰来效贼也[⑤]。"

【注释】

①韩咎：韩公子咎。后为韩釐（lí）王，前295—前273年在位。

②未定也：韩襄王十二年（前300），公子咎、公子虮瑟争立。次年，立公子咎为太子。

③弟在周：弟，指虮瑟。按，此条引自《韩非子·说林下》，《战国策·韩策》及《史记·韩世家》皆说虮瑟在楚为人质，在周的弟弟或许为另一个人。

④綦（qí）母恢：战国时西周大臣。事迹见《战国策》。綦母，亦作"綦毋"，复姓。

⑤效：进献。

【译文】

韩公子咎被立为嗣君，还没有正式确定。弟弟在周，周王室想要推重他而立为太子,但又怕立韩咎而不立弟弟。不立弟弟。周臣綦母恢说:“不如以一百辆兵车护送他弟弟回韩国。如果他弟弟能够立为国君,就可以说是兵车是为护卫公子;如果不能立为太子,就说是来押献叛徒的。”

苏代

苏代自燕之齐[①],见于章华南门。齐王曰[②]:“嘻,子之来也!秦使魏冉致帝[③],子以为何如?”对曰:“王之问臣也卒[④],而患之所从生者微。今不听,是恨秦也;听之,是恨天下也。不如听之以为秦,勿庸称也以为天下。秦称之,天下听之,王亦称之;先后之事,帝名为无伤也。秦称之而天下不听,王因勿称,于以收天下,此大资也。”

【注释】

①苏代:战国纵横家,苏秦之弟。此条引自《战国策·齐策四》,苏代本作“苏秦”。《史记》作“苏代”,冯氏遂据《史记》而改。但缪文远《战国策考辨》仍主张以“苏秦”为是,事在周赧王二十七年(前288)。

②齐王:齐湣王。

③魏冉:即穰侯,当时为秦相。致帝:致帝号于齐,劝齐王称帝。

④卒:急。

【译文】

苏代从燕国来到齐国,在章华南门进见齐王。齐湣王对他说:“啊,先生来了!秦国派魏冉尊寡人称帝,先生认为怎么样?”苏代回答说:“大王问我这个问题也太突然了,而祸患是从很微小的地方生起的。如果现在不听从秦国的建议,一定会招致秦国的怨恨;但如果听从秦国,又会招致天下诸侯的愤恨。不如姑且口头答应以应付秦国，不过大王先不用公开称帝号以对天下诸侯有所交代。秦王称帝后，天下诸侯服从，大王也可以跟着称帝；这是称帝有先后的事，对称帝的名声是没有损伤的。如果秦称帝而天下诸侯不服从，大王就不必称帝了，于此以收揽天下人心，这才是上上策。”

薛公

齐王夫人死[①]，有七孺子皆近[②]。薛公欲知王所立[③]，乃献七珥[④]，美其一。明日视美珥所在，劝王立为夫人。

【注释】

①齐王：此条出自《战国策·齐策三》，《韩非子·外储说右上》作“齐威王”。有人以为威王之子宣王，又有以为湣王。

②孺子：贵妾。

③薛公：指孟尝君田文的父亲田婴，封于薛（今山东滕州东南），称薛公。号“靖郭君”。

④珥：珠玉做的耳饰。

【译文】

齐王夫人去世，有七位贵妾都受齐王宠幸。薛公想知道齐王会册立哪一位，就献上七副耳饰，其中有一副十分精美。第二天看那副精美耳饰戴在谁的耳朵上，就劝齐王册立她为夫人。

江西日者

赵王李德诚镇江西[①]。有日者[②]，自称世人贵贱一见辄分。王使女妓数人与其妻滕国君同妆梳服饰[③]，立庭中，请辨良贱。客俯躬而进曰:“国君头上有黄云。”群妓不觉皆仰视。日者因指所视者为国君。

【注释】

①李德诚:五代时人。初事杨行密,为润州刺史,历镇南军节度使。南唐受禅,封赵王。

②日者:以占卜看相为业的人。

③国君:命妇的封号,位在公主之下。

【译文】

五代时,南唐赵王李德诚镇守江西。有个占卜看相的术士,自称世人身份的贵贱看一眼就能分辨出来。赵王让几名女妓和他的王后滕国君梳同样的发型穿戴同样的服饰,站在庭院中,让术士分辨贵贱。术士俯身鞠躬进来说:“国君头顶有黄云。”女妓们不自觉地都抬头朝王后头上看。术士于是指出众人所看的人为国君。

江虨

诸葛令女[①],庾氏妇[②]。既寡,誓云:“不复重出!”此女性甚正强,无有登车理[③]。恢既许江思玄虨婚[④],乃移家近之,初诳女云:“宜徙于是。”家人一时去,独留女在后。比其觉,已不复得出。江郎暮来,女哭詈弥甚[⑤],积日渐歇。江暝入宿,恒在对床上。后观其意转帖[⑥],江乃诈魇[⑦],良久不寤,声气转急。女乃呼婢云:“唤江郎觉!”江于是跃然就之,曰:“我自是天下男子,魇何与卿事,而烦见唤?既尔相关,那得不共语!”女嘿然而惭[⑧],情意遂笃。

【注释】

①诸葛令:诸葛恢,字道明。晋元帝为安东将军、镇东将军,历署主簿,江宁令,故称。

②庾氏妇:嫁给庾氏为妇。按,诸葛令女名文彪,嫁给庾亮之子庾会,庾会在苏峻之乱中被杀。

③登车:出嫁时登上车到夫家。理:媒人。

④江思玄:即江虨(bīn),字思玄,江统之子。官至国子祭酒。

⑤哭詈(lì):哭骂,责备。

⑥帖:服帖,平稳。

⑦诈魇:假装梦魇。

⑧嘿然:沉默不语的样子。

【译文】

诸葛恢的女儿,嫁给庾亮之子庾会为妇。守寡之后,发誓说:"不再重新嫁人。"这位女子个性非常倔强固执,没有媒人能让她登车再嫁。诸葛恢已经答应把她许配给江虨,于是搬家挨近他,起初骗女儿说:"应该迁到这里。"搬家后家人一时间全都离开了,只留下她一人在后面。等她发觉后,已经不再能出去了。江虨晚上过来,诸葛恢的女儿对他哭骂不停,一连好多天才渐渐缓和。江虨晚上进屋睡觉,一直在对面床上。后来见她情绪逐渐平稳,江虨就假装梦魇,很久不醒来,气息逐渐急迫。诸葛恢女儿便呼叫婢女说:"叫江郎醒来!"江虨于是迅速跳起来凑近她,说:"我本是堂堂男子,梦魇关你什么事,竟劳烦被你叫醒?既然关心我,那为什么不和我说话!"女子沉默不语,羞惭得说不出话来,从此两人的情意日渐深厚。

孙兴公

王文度坦之弟阿智处之[①],字文将。恶乃不翅[②],当年长而无人与婚。孙兴公绰有女阿恒[③]，亦僻错[④]，无复嫁娶理。孙因诣文度，求见阿智。既见，便佯言："此定可，殊不如人所传，那得至今未有婚处！我有一女，乃不恶，但吾寒士，不宜与卿计，欲令阿智娶之。"文度欣然而启蓝田王述云[⑤]："兴公欲婚吾家阿智。"蓝田惊喜。既成婚，女之顽嚚殆过阿智[⑥]，方知兴公之诈。

【注释】

①王文度：名坦之，字文度。弱冠时与郗超并为桓温长史，俱有重名。累官中书令，兼徐、兖二州刺史，与谢安同辅朝政。史称其忠公慷慨，雅贵有识量。"处之"原作"虔之"，据徐震堮《世说新语校笺》改。阿智：即王处之，字文将，小字阿智。

②恶：顽劣。不翅：即不啻，不止。翅，通"啻"。

③孙兴公：孙绰，字兴公。博学善属文，少有高尚之志，居于会稽，游放山水十余年。除著作佐郎，转永嘉太守，迁散骑常侍，领著作郎。

④僻错：怪僻乖戾，与人不合。

⑤蓝田：王述，王坦之父。祖、父并有高名。王述少孤，因袭爵蓝田侯，故称王蓝田。代殷浩为扬州刺史，加征虏将军。为政清廉。

⑥顽嚚（yín）：愚顽与奸诈。

【译文】

晋朝王文度名坦之的弟弟阿智名处之，字文将。顽劣得难以形容，年龄已大却没有人和他结婚。孙兴公名绰有个女儿叫阿恒，也怪僻乖戾，没有媒人为她张罗嫁娶之事。孙绰于是去拜访王坦之，求见阿智。见到之后，便假装说："这阿智一定不错，完全不像别人传言的那样，怎会到现在还没有结婚呢！我有一个女儿，很不错，但我是个门第低下的读书人，不应该跟你计议婚事，想要阿智娶她。"王坦之高兴地禀报父亲王蓝田名王述说："孙兴公想要把女儿嫁给我们家阿智。"王述十分惊喜。成婚之后，女方阿恒的性情愚顽奸诈几乎超过阿智，才知道孙绰的狡诈。

阿恒得夫，阿智得妻，一人有智，方便两家。

【译文】

阿恒嫁夫，阿智娶妻，一个人有智慧，便利两家。

科试郊饯

科试故事，邑侯有郊饯①。酒酸甚，众哗席上，张幼于令勿喧②，保为易之，因索大觥③，满引为寿④。侯不知其异也，既饮，不觉攒眉⑤，怒惩吏，易以醇。

【注释】

①邑侯：对县令的美称。

②张幼于：即张献翼，字幼于。出身商家，少与兄凤翼、弟燕翼并有才名。嘉靖时为国子监生。平生行止放诞，不羁礼法，精《易经》。

③觥（gōng）：盛酒或饮酒器。

④为寿：敬酒。

⑤攒（cuán）眉：皱起眉头。

【译文】

科举考试的先例，县令会为本乡子弟在郊外饯别。某次准备的酒太酸，众人在席上大喊不满，张幼于劝众人不要喧嚷，他保证为大家换酒，于是要来一只大酒杯，斟满酒向县令敬酒。县令不知道这酒和自己所喝的不同，接过酒杯喝完，不由得皱起眉头，大怒而惩罚负责的小吏，并换上醇酒。

唐类函

吴中镂书多利[1]，而甚苦翻刻[2]。俞羡章刻《唐类函》将成[3]，先出讼牒[4]，谬言新印书若干，载往某处，被盗劫去，乞官为捕之。因出赏格[5]，募盗书贼，由是《类函》盛行，无敢翻者。

【注释】

①镂书：雕版印书。

②翻刻：也称翻印。用原刻本影写重新翻刻在木板上。这样可以省去抄写、校勘之劳。

③俞羡章：疑作“俞羡长”。俞安期，字羡长，汇纂《唐类函》二百卷并刊印，此本至今尚存。《唐类函》：类书。此书取唐人类书，删除重复，汇为一函，分为四十三部。

④讼牒：诉讼状。

⑤赏格：悬赏所定的报酬条件。

【译文】

吴中地区雕版印书利润很大，而盗版翻刻让出版商十分苦恼。俞羡长刊刻《唐类函》即将完成，他先向官府呈上诉讼状，假称他新印的若干本书，用车运往他处时，被盗匪劫走，乞求官府为他缉捕盗匪。并且出钱悬赏，缉捕盗书贼，自此《唐类函》大为畅销，没有敢翻刻的人。

孟佗

张让在桓帝时[1]，权倾中外。让有监奴主家[2]，扶风富人孟佗倾囊结奴[3]。奴德之，问佗何欲，欲为成就。佗曰：

"望汝曹为我一拜耳。"时公卿求谒让者车每填门,佗一日诣让,壅不得前。监奴望见,为率诸巷头迎拜于路,共舆入。时宾客大惊,谓让厚佗,遂争赂佗,旬日积资巨万。

【注释】

①张让:东汉宦官。汉桓帝时为小黄门,以诛梁冀功封侯。以能搜括聚敛,甚得汉灵帝宠信,操纵朝政,招权纳贿,大修官室。后袁绍诛宦官,张让投河而死。

②监奴:监管家务的奴仆头子。

③孟佗:一作孟他。字伯郎。东汉官员,以巨资结交张让家奴,贿赂张让,得任凉州刺史。

【译文】

张让在东汉桓帝时,权势压倒朝廷内外。张让有个监奴主掌家中事务,扶风富人孟佗倾尽家财结交监奴。监奴因而感激孟佗,就问孟佗有什么想要的,要为他成就一番事。孟佗说:"希望你为我提供机会去拜见你家主人。"当时朝廷公卿中求见张让的人很多,车辆每每堵塞门口,孟佗一天去拜访张让,被堵在路上不能前去。监奴望见孟佗,就率各位奴仆到巷口路边迎拜孟佗,并与他一同乘车进入张府。当时宾客大感惊讶,以为张让厚待礼遇孟佗,于是争相贿赂孟佗,孟佗十天就积累了上万的巨资。

无故而我结者,必有以用我矣。孟佗善贾,较吕不韦术更捷。

【译文】

没有缘故就巴结我的人,必定有事要利用我。孟佗善于经商,比吕不韦的致富术更快捷。

窦公

唐崇贤窦公善治生，而力甚困。京城内有隙地一段，与大阉相邻[①]，阉贵欲之，然其地止值五六百千而已。窦公欣然以此奉之，殊不言价。阉既喜甚，乃托故欲往江淮[②]，希三两护戎缄题[③]。阉为致书，凡获三千缗，由是甚济。东市有隙地一片，洼下停污，乃以廉值市之，俾婢妪将蒸饼盘就彼诱儿童，若抛砖瓦中一指标，得一饼。儿童奔走竞抛，十填六七，乃以好土覆之，起一店停波斯[④]，日获一缗。

【注释】

①大阉：有权势的宦官。

②托故：借口某种原因，借故。

③护戎缄题：给地方大员的书信，以保证旅途安全。护戎，指监察军务的官员。缄题，信函的封题，代指书信。

④停：留宿，招待。波斯：此指西域商人。

【译文】

唐代崇贤馆窦公善于做生意，但财力十分困乏。他在京城内有一块空地，与大宦官相邻，大宦官想要这块地，但这块地才值五六百千钱而已。窦公高兴地将这块地送给大宦官，根本不谈价钱。宦官非常高兴，窦公于是借口说想要前往江淮一带，希望能有两三封保证旅途安全的给地方大员的介绍信。大宦官为他写信，窦公借此共赚了三千缗钱，从此十分富有。东市有一块空地，地势低洼常有积水，于是窦公用很低廉的价钱买下，让婢女老仆带蒸饼盘到空地上引诱儿童，如果他们抛掷砖瓦击中地面的某个靶标，就可以得到一块饼。儿童们奔走相告竞相抛掷砖瓦石块，十之六七的洼地被填上了，于是用好土盖在表面，建起一家旅店招待波斯商人，每日可获利一缗。

窦义

扶风窦义年十五[①]，诸姑累朝国戚，其伯工部尚书，于嘉令坊有庙院。张敬立任安州归，安州土出丝履，敬立赍十数緉[②]，散诸甥侄。咸竞取之，义独不取。俄而所剩之一緉，又稍大，义再拜而受，遂于市鬻之，得钱半斤密贮之。潜于锻炉作二支小锸，利其刃。五月初，长安盛飞榆荚，义扫聚得斛余。遂往诣伯所，借庙院习业，伯父从之。义夜则潜寄褒义寺法安上人院止，昼则往庙中，以二锸开隙地，广五寸，深五寸，共四十五条，皆长二十余步，汲水喷之，布榆荚于其中。寻遇夏雨，尽皆滋长。比及秋，森然已及尺余，千万余株矣。及明年，已长三尺余，义伐其并者，相去各三寸，又选其条枝稠直者悉留之，所斫下者作围束之，得百余束。遇秋阴霖，每束鬻值十余钱。又明年，汲水于旧榆沟中。至秋，榆已有大者如鸡卵，更选其稠直者以斧去之，又得二百余束，此时鬻利数倍矣。后五年，遂取大者作屋椽，约千余茎，鬻之，得三四万钱。其端大之材在庙院者，不啻千余，皆堪作车乘之用。此时生涯已有百余，遂买麻布，雇人作小袋子，又买内乡新麻鞋数百緉，不离庙中。长安诸坊小儿及金吾家小儿等[③]，日给饼三枚、钱十五文，付与袋子一口，至冬拾槐子实其内，纳焉。月余，槐子已积两车矣。又令小儿拾破麻鞋，每三緉以新麻鞋一緉换之，远近知之，送破麻鞋者云集，数日获千余緉。然后鬻榆材中车轮者，此时又得百余千。雇日佣人于宗贤西门水涧[4]，洗其破麻鞋，曝干，贮庙院中。又坊门外买诸堆积弃碎瓦子，令工人于流水涧洗其泥滓，车载积于庙中。然后置石觜碓五具，锉碓三具，西市买油靛数石，雇人执爨，广召日佣人，令锉其破麻鞋，粉其碎瓦，以疏布筛之，合槐子、油靛，令役人日夜加工烂捣，从臼中熟出，命二人并手团握，例长三尺以下，圆径三寸，垛之，得万余条，号为“法烛”。建中初[5]，六月，京城大雨，巷无车轮，义乃取此法烛鬻之，每条百文，将燃炊爨，与薪功倍，又获无穷之利。先是西市秤行之南，有十余亩坳下潜污之地，目为“小海池”，为旗亭之内众污所聚。义遂求买之，其主不测，义酬钱三万。既获之，于其中立标悬幡子，绕池设六七铺，制造煎饼及团子，召小儿掷瓦砾，击其幡标，中者以煎饼团子啖[6]。不逾月，两街小儿竞往，所掷瓦已满池矣。遂经度造店二十间，当其要害，日收利数千。店今存焉，号为窦家店。

【注释】

①窦义：唐代商人，被称为“唐朝扶风小儿”。

②緉：古代计算鞋的单位，相当于“双”。

③金吾：此处指禁城卫军。

④日佣人：以日为期的短工。

⑤建中：唐德宗李适年号（780—783）。

⑥啖：吃。

【译文】

扶风人窦义年仅十五岁，诸位姑姑是朝廷的皇亲国戚，伯父是工部尚书，在嘉令坊有座庙院。张敬立任职安州期满返乡，安州盛产丝鞋，张敬立带回来十多双，送给各位外甥侄子。大伙都争相挑选，只有窦义不抢着去拿。不一会儿只剩下一双，又稍微大点，窦义拜谢两次后收下这双鞋，于是拿着鞋到市集变卖，得到半斤钱秘密储藏起来。又暗中在锻炉中打造两支小铁铲，把刃磨得锋利。五月初，长安城到处可见飞落的榆荚，窦义将地面的榆荚扫作一堆得到一斛多。于是前去拜访伯父，借庙院温习课业，伯父答应了他的请求。窦义夜晚暗中寄居在褒义寺法安上人的院中，白天则前往庙中，用两支铁铲开垦空地，宽五寸，深五寸，共开垦了四十五条长沟，每条沟长二十多步，汲水喷上去，又把榆荚埋入沟中。不久赶上夏天下雨，榆荚全都开始抽芽。到秋天时，榆苗十分茂盛，已长到一尺多高，共有千万余株了。到第二年，榆树已经长到三尺多高了，窦义把并排生长得较密集的榆株砍去，使每株榆树间隔各三寸，又挑选茂盛挺直的枝条都留下来，砍下的榆枝捆成束，得到一百多束。碰到秋季阴天下雨，每束可卖十几文钱。又过了一年，到去年的榆树沟中打水。到秋天，榆树大的已经有像鸡蛋那么粗，又选择其中茂盛直挺的枝条用斧头砍掉，又得到二百多束，这时卖榆树枝已得到几倍的利润。五年后，就选取大的用作屋椽，大约有一千多根，卖掉，得三四万文钱。在庙院的笔直粗大的树干，不止一千多棵，都十分适合用来制作车乘。这时候已经有很多富余的财富，于是他又买进大批麻布，雇人做成小麻袋，又从内乡买进几百双新麻鞋，都放在庙里。长安各坊市的小孩儿及禁城卫士家的小孩儿等，每天给他们每人饼三块、钱十五文，再交给他们每人一口麻袋，到冬天捡拾槐子放在麻袋内，收起来。一个多月后，槐子已经积累了两车。又要小孩们拾破麻鞋，每三双破麻鞋换一双新麻鞋，远近的人都知道了，来送破麻鞋的人大量聚集，几天就换得一千多双破麻鞋。然后窦义卖掉可以制成车轮的榆材，这时候又赚到一百多千钱。雇短工到宗贤西门的溪水中，清洗收来的破麻鞋，晒干后，储存在庙院中。又在坊门外购买各处堆积的碎瓦片，让工人到溪水中洗去瓦片上的泥渣，用车运送堆积到庙院中。然后置办五具石嶶碓，三具锉碓，在西市买几石含有油质的蓝靛，雇人烧火，广召短工，让他们把破麻鞋捣烂，把碎瓦片磨成粉状，以疏布筛拣，加入槐子、油靛，让工人日夜加工捣烂，从臼盆中取出来，让两个人联手搓捏，搓成三尺以下、直径三寸的麻条，码成垛子，做成一万多条，称为“法烛”。建中初年，六月，京城下大雨，街巷不通车，窦义于是拿法烛来卖，每条卖一百文钱，用法烛烧火煮饭，比柴火的功效翻倍，又获得数不清的利润。最初西市秤行的南边，有十多亩地势低潜藏污水的洼地，人们称为“小海池”，是酒楼中众多污秽的聚集地。窦义于是请求买下这块地，主人不测算地价，窦义出价三万。买到之后，就在洼地设立标柱挂上旗幡，绕着洼地设立六七个铺子，制作煎饼及饭团，招唤附近小孩儿投掷瓦块，击打旗幡，击中的人免费吃煎饼或饭团。不到一个月，街上的小孩竞相前往，所投掷的瓦片已经填满洼地了。于是经过衡量在此开设二十家店铺，因处于交通要道，每天获利数千。这些店铺至今犹存，称为窦家店。

石鞑子

吴中有石子，貌类胡，因呼为石鞑子，善谑多智。尝困倦，步至一邸舍[①]，欲少憩。有一小楼颇洁，先为僧所据矣。石登楼窥之，僧方掩窗昼寝，窗隙中见两楼相向，一少妇临窗刺绣。石乃袭僧衣帽，微启窗向妇而戏。妇怒，以告其夫。夫因与僧闹，僧茫然莫辨，亟移去，而石安处焉。

【注释】

①邸舍：旅店，客舍。

【译文】

吴中有个姓石的人，相貌很像胡人，人们就叫他石鞑子，为人幽默机智。曾经有一次困乏疲惫时，走到一所旅店，想要稍微休息一下。旅舍有一座小楼颇为干净，先前被一位和尚占据了。石鞑子上楼去看，和尚刚关上窗户休息，从窗缝里看到这座楼与另一座楼相对，一位少妇在对面楼靠近窗户刺绣。石鞑子于是偷偷穿上和尚的衣帽，稍微打开窗户向对面的少妇调戏。少妇很生气，就把事情告诉丈夫。丈夫于是前来找和尚吵闹，和尚茫然无法辩驳，赶忙离开了小楼，于是石鞑子在小楼安居下来。

黠童子

一童子随主人宦游，从县中索骑，彼所值甚驽下[①]。望后来人得骏马，驰而来，手握缰绳，佯泣于马上。后来问曰："何泣也?"曰："吾马奔逸绝尘，深惧其泛驾而伤我也[②]。"后来以为稚弱可信，意此马更佳，乃下地与之易。童子既得马，策而去。后来人乘马，始悟其欺，追之不及。

【注释】

①所值：此处指分配时所轮上的马。

②泛驾：覆驾，不受驾驭。

【译文】

有一童子随主人外出做官，从县里求得马匹，他分配的马很差。他远远望见后来的人分到一匹骏马，飞奔而来，就手握着缰绳，假意在马上哭泣起来。后来的人问："为什么哭呢?"童子说："我的马跑起来速度极快，我很担心它不受控制而伤到自己。"后来的人认为童子年幼可以相信，心想童子的马应该更好，就下马与童子交换。童子得到骏马，策马急驰而去。后来的人骑上童子的马，才明白童子是骗人的，但已经追不上了。

黠竖子

西邻母有好李，苦窥园者[①]，设阱墙下，置粪秽其中。黠竖子呼类窃李[②]，登垣，陷阱间，及其衣领，犹仰首于其曹[③]，曰："来，此有佳李！"其一人复坠，方发口，黠竖子遽掩其两唇，呼"来！来！"不已。俄一人又坠，二子相与诟病。黠竖子曰："假令三子者有一人不坠阱中，其笑我终无已时。"

【注释】

①窥园：此处指窥伺园中的果实。

②黠竖子：心眼很多的坏小子。

③曹：同类，同伴。

【译文】

西边邻家妇人有棵好李子树，苦于偷窃园中果实的人多，就在墙下设置陷阱，并把粪便倒在陷阱内。有个心眼很多的坏小子喊着同伴去偷李子，登上墙，掉进陷阱里，粪便到了衣领处，仍然抬头对同伴说："来吧，这里有好李子！"另一位同伴也掉进陷阱，正要张口大叫，坏小子赶紧捂住他的嘴，不停地大叫"来！来！"。不久又一个人掉进去，二人共同大骂坏小子。坏小子说："如果三个人中有一个人不掉进陷阱，他就会没完没了嘲笑我。"

小人拖人下浑水，使开口不得，皆用此术。或传此为唐伯虎事，恐未然。

【译文】

小人故意拖人下浑水，使人想开口而不能，都是用这种方法。有人传说这是唐伯虎的事情，恐怕不是这样。

节日门状

刘贡父为馆职①，节日，同舍遣人以书筒盛门状②，遍散人家。刘知之，乃呼所遣人坐于别室③，犒以酒肴，因取书筒视之，凡与己一面之旧者，尽易以己门状。其人既饮食，再三致谢，遍走巷陌，实为刘投刺，而主人之刺遂已。

【注释】

①刘贡父：刘攽（bān），字贡父。庆历年间进士。反对王安石变法。长于史学，与司马光共同编纂《资治通鉴》。喜谐谑，不修威仪。馆职：馆阁官之通称。按宋制，凡在直史馆、昭文馆、集贤院任职的人称馆职。

②门状：即名刺，又称名帖，古代拜谒时用的帖子。与今天的名片类似。

③别室：正室以外的房间。

【译文】

宋朝人刘贡父担任馆职时，正值节日，同舍的人派下人用书筒装上名片，遍投各家。刘贡父知道后，就叫来同舍所派的人坐到旁边的房间里，用酒菜犒劳他，接着拿走书筒看，凡是跟自己有一面之交的人，都换上自己的名片。那人吃饱喝足后，再三道谢，然后走遍大街小巷，其实是为刘贡父投送名片，而主人的名片没有送到。

事虽小，却是损人利己。

【译文】

事情虽然小，却是损人以利己。

智胜力

王下于军中置宴，一角牴夫甚魁岸[1]，负大力，诸健卒与较，悉不敌。坐间一秀才自言能胜之，乃以左指略展，魁岸者辄倒。下以为神，叩其故，秀才云："此人怕酱，预得之同伴；先入厨，求得少许酱，彼见辄倒耳。"

【注释】

①角牴（dǐ）夫：摔跤手。

【译文】

王下在军中设宴，有一位摔跤手十分魁梧，有大力气，各位勇士与他较量，都败在他手下。席间有位秀才自称能战胜他，于是秀才用左指略微伸展开，摔跤手就摔倒了。王下以为秀才是神人，问他原因，秀才说："这个人怕酱，我事先从他同伴那里得知这个情况；就先到厨房，要了少许酱，他见我手上沾有酱汁就倒地了。"

定远弓手

濠州定远县一弓手善用矛，有一偷亦精此技，每欲与决生死。一日弓手因事至村，值偷适在市饮，势不可避，遂曳矛而斗，观者如堵。久之，各未能进。弓手忽谓偷曰："尉至矣，我与尔皆健者[①]，汝敢与我尉前决生死乎？"偷曰："诺。"弓手应声刺之而毙，盖乘其隙也。又有人曾遇强寇，斗方接刃，寇先含水满口，忽噀其面[②]，其人愕然，刃已揕胸[③]。后有一壮士复与寇遇，已先知噀水之事，寇复用之，反为所刺。

【注释】

①健者：武艺高强的人。

②噀（xùn）：含在口中喷出，喷水。

③揕（zhèn）：击刺。

【译文】

濠州定远县有一名弓箭手善于用矛，有一名小偷也擅长这项技能，常常想要跟他较量一决生死。一天弓箭手因为有事到村中，赶上小偷正在集市喝酒，按情势躲避不开，于是各持一矛决斗，围观的人像一堵墙一样。决斗许久，各自都不能占上风。弓箭手突然对小偷说："县尉来了，我跟你都是武艺高强的人，你敢跟我在县尉面前决生死吗？"小偷说："好！"弓箭手听了这话就刺向小偷一击毙命，原来是要乘虚而入。又有一个人曾经遇到强盗，两人打斗刚兵器相接，强盗先含了一口水，忽然喷向对方的脸上，那人惊愕停顿，瞬间刀已经击刺到胸膛。后来有位壮士又碰上这个强盗，已经事先了解喷水的事，强盗又用这个计谋，反而被壮士刺杀。

种氏取虎

忻、代种氏子弟[①]，每会集讲武，多以奇胜为能。一夕步月庄居，有庄户迎曰："数夕来，每有一虎至麦场软藁间[②]，转展取快，移时而去[③]。宜徐往也。"或请以一矢毙之，一子弟在后笑曰："我不烦此，当以胶黐取之[④]，如粘飞雀之易。"众责其夸，曰："请醵钱五千具饮[⑤]，若不如所言，我当独出此钱。"众许之。翌晨，集庄户置胶黐斗余，尽涂场间麦杆上，并系羊为饵，而共伺其旁。至月色穿林，虎果至，遇系羊，攫而食之，意若饱适，即顾麦场转舒其体。数转之后，胶杆丛身，牢不可脱。畜性刚烈，大不能堪，于是伏地大吼，腾跃而起，几至丈许。已而屹立不动。久之，众合噪前视，已死矣。

【注释】

①忻、代：宋时二州，均在今山西北部。

②藁（gǎo）：稻、麦等的秆。

③移时：过了一段时间。

④黐（chī）：木胶，用细叶冬青的茎部内皮捣碎制成，可以粘鸟。

⑤醵（jù）钱：凑钱，集资。具饮：备下酒菜。

【译文】

宋代忻州、代州种氏子弟们，每次集会比武，多以出奇制胜为能事。一天傍晚走到月庄居，有庄户迎上来说："几个晚上以来，常有一只老虎到打麦场的软麦秆之间，翻滚游戏取乐，一段时间后才离去。你们应该暂缓前往。"有人请求用一箭将老虎射杀，一名种氏子弟在后面笑着说："我不必这样，我要用木胶来捕获它，像粘飞雀那样容易。"众人责备他吹牛，他说："请各位凑五千钱准备酒菜，如果不像我说的那样，我就独自出这个钱。"众人答应了他。第二天早晨，这个种氏子弟邀集庄户置办一斗多木胶，都涂在打麦场的麦秆上，并绑上一头羊作为诱饵，而众人都等候在一旁。等到月光穿过林间,老虎果然来了,看到绑着的那头羊,抓住并吃了它,看样子像是吃饱闲适的样子,就来到麦场舒展身体。转了几圈后,涂了胶的麦秆沾满身体,牢固不可挣脱。老虎性情刚烈,实在不能忍受,于是趴在地上大声吼叫,又跳跃起来,差不多到一丈多高。不久就站立不动了。过了很久,众人喧哗着向前去看,老虎已经死了。

术制继母

王阳明年十二,继母待之不慈。父官京师。公度不能免,以母信佛,乃夜潜起,列五托子于室门[①]。母晨兴,见而心悸。他日复如之,母愈骇,然犹不悛也[②]。公乃于郊外访射鸟者,得一异形鸟,生置母衾内。母整衾,见怪鸟飞去,大惧,召巫媪问之。公怀金赂媪,诈言:"王状元前室责母虐其遗婴[③],今诉于天,遣阴兵收汝魂魄,衾中之鸟是也。"后母大恸,叩头谢不敢,公亦泣拜良久。巫故作恨恨,乃蹶然苏[④]。自是母性骤改。

【注释】

①托子:承托杯碗的类似托盘的器皿。

②悛(quān):悔改。

③王状元:王守仁之父王华,成化间状元。

④蹶然:突然,忽然。

【译文】

王阳明十二岁时,继母对他不好。他父亲远在京师做官。王阳明预估不能避免继母的虐待,因为继母笃信佛教,于是半夜悄悄起床,将五个托盘摆放在母亲房门外。继母早晨起来,见了之后心里害怕。接连几天都如此,继母愈发害怕,然而她仍然不知悔改。王阳明便在郊外寻访捕鸟的人,得到一只外形怪异的鸟,活着放在继母被子里面。继母整理被子时,看见一只怪鸟飞走,非常害怕,便请来巫婆问询。王阳明已经用钱贿赂巫婆,巫婆假装说:"王状元前妻责备继母虐待她留下的孩子,现在上诉天庭,派阴兵下凡拘捕你的魂魄,被子中的怪鸟就是阴兵的化身。"继母听了吓得大哭,叩头谢罪表示不敢再这样了,王阳明也哭着跪拜很久。巫婆故意装出愤恨的样子,才忽然苏醒。从此继母的性情大变。

制妒妇

《艺文类聚》[①]:京邑士人妇大妒,尝以长绳系夫脚,唤便牵绳。士密与巫妪谋,因妇眠,士以绳系羊,缘墙走避。妇觉,牵绳而羊至,大惊,召问巫。巫曰:"先人怪娘积恶,故郎君变羊。能悔,可祈请。"妇因抱羊痛哭悔誓。巫乃令七日斋,举家大小悉诣神前祈祝。士徐徐还。妇见,泣曰:"多日作羊,不辛苦耶?"士曰:"犹忆啖草不美,时作腹痛。"妇愈悲哀。后略复妒,士即伏地作羊鸣,妇惊起,永谢不敢。

【注释】

①《艺文类聚》:类书名。唐欧阳询等奉敕编。一百卷。唐高祖李渊因古今图书日渐繁多,欲了解事物源流颇难寻究,故于武德五年(622)命欧阳询等修纂。共有子目七百二十七条,每目之下"事居于前,文列于后",在古代类书中体例最完密。辑录经史百家诸书中有关故事、传说等资料以记事,摘抄有关诗文、赋颂、歌赞等文体中的段、句以为文,逐一注明出处。所引书大多今已不存,所以此书尤为可贵。

【译文】

《艺文类聚》记载：京城有个士人的妻子嫉妒心很重，曾经用一根长绳绑住丈夫的脚，有事呼唤丈夫就拉动长绳。士人暗中与巫婆商量，趁妻子熟睡后，士人把绳子解开绑在羊腿上，就沿着墙跑出去躲避着。妇人睡醒后，拉动绳子而过来一只羊，妇人大惊，就召来巫婆询问。巫婆说："你家祖宗怪你作恶太多，因此把你丈夫变成一只羊。如果你能悔过，我可以为你祈求神灵饶恕。"妇人于是抱着羊痛哭立誓悔过。巫婆就让她斋戒七天，全家老小都要到神前祈祷。士人这时缓缓走回家。妇人见了他，哭着问："你变成羊好多天，辛不辛苦？"士人说："依然记得吃草很难受，常常肚子痛。"妇人听了更是难过。后来妇人只要稍显妒意，士人就立刻趴在地上学羊叫，妇人惊慌不已，谢罪永远不敢再犯。

敖上舍

韩侂胄既逐赵汝愚至死[①]，太学生敖陶孙赋诗于三元楼壁吊之[②]。方投笔，饮未一二行，壁已舁去矣[③]。敖知必为韩所廉[④]，急更衣持酒具下楼。正逢捕者，问："敖上舍在否[⑤]？"对曰："方酣饮。"亟亡命走闽。韩败，乃登第一。

【注释】

①韩侂胄（tuō zhòu）：字节夫。韩琦曾孙。宁宗即位，任宜川观察使兼枢密都承旨，进保宁军承宣使，与宰相赵汝愚不合。庆元元年（1195），赵汝愚罢相，朱熹、彭龟年等因指责过他，均得罪。二年，加开府仪同三司，兴"庆元党禁"，赵汝愚被指为伪学罪首，朱熹等五十九人为伪学逆党。赵汝愚：乾道进士。绍熙二年（1191），召为吏部尚书。四年（1193），除同知枢密院事。五年（1194），与韩侂胄共立宁宗，兼权参知政事，悉召朱熹等在外

士君子回朝。除枢密使,进右丞相,寻遭韩侂胄排挤,被韩侂胄以“同姓居相位,将不利于社稷”为由,黜知福州,继责永州安置,途经衡州,暴疾死。

②敖陶孙:庆元年间进士。绍熙末为太学生,朱熹被贬,以诗送行。后赵汝愚贬死,又以诗相吊,大忤韩侂胄,变姓名逃避拘捕。登科后,历漳州教授、广东转运司主管文字,仕终泉州通判。与刘克庄相交往。属“江湖派”诗人。吊之:悼念赵汝愚。

③舁(yú):抬,扛。

④廉:追查,查访。

⑤上舍:对太学生的敬称。

【译文】

韩侂胄贬逐污蔑赵汝愚至死后,太学生敖陶孙在三元楼墙壁上题诗悼念他。他刚停笔,还没喝几口酒,壁板已被人抬走。敖陶孙知道一定被韩侂胄追查到了,急忙换了衣服拿着酒器下楼。正巧碰到拘捕他的人,问:“敖陶孙在不在?”回答说:“他正在楼上痛饮。”于是赶紧逃命跑到福建。韩侂胄后来事败,敖陶孙才考中第一名。

金还酒债

荆公素喜俞清老[①]。一日谓荆公曰:“吾欲为浮屠[②],苦无钱买祠部牒耳[③]。”荆公欣然为具僧资[④],约日祝发。过期寂然,公问故,清老徐曰:“吾思僧亦不易为,祠部牒金且送酒家还债。”公大笑。

【注释】

①荆公:王安石,封荆国公。世称荆公。俞清老:俞澹,字清老。能歌,晓音律,滑稽诙谑,一生不娶。

②浮屠：僧人。

③祠部牒：即度牒，官府发给出家僧尼的凭证。执牒者可免地税、徭役。唐、宋时僧尼由祠部掌管，度牒也由祠部发放。官府可通过出卖度牒补充财政收入。

④具：准备。

【译文】

王安石素来喜欢俞清老。一天清老对王安石说："我想出家当和尚，但苦于没钱买度牒。"王安石高兴地为他准备出家的钱，并约定日期削发出家。过了约定时间却没有消息，王安石问原因，俞清老不慌不忙地说："我寻思当和尚也不是件容易的事，你给我买度牒的钱就送给酒家还债了。"王安石听了大笑。

肯出钱与买僧牒，何不肯偿酒债，清老似多说一谎。

【译文】

肯出钱给他买僧牒，为什么不肯替他还酒债，俞清老似乎多说了一次谎。

下马常例

宋时有世赏官王氏[①]，任浙西一监。初莅任日，吏民献钱物几数百千，仍白曰"下马常例"[②]。王公见之，以为污己，便欲作状[③]，并物申解上司。吏辈祈请再四，乃令取一柜，以物悉纳其中，对众封缄，置于厅治[④]，戒曰："有一小犯，即发！"由是吏民警惧，课息俱备[⑤]。比终任荣归，登舟之次，吏白厅柜。公曰："寻常既有此例，须有文牍。"吏赍案至。俾舁柜于舟,载之而去。

【注释】

①世赏官:因祖上有大功,历代由朝廷颁赏官职的人。

②下马常例:迎接新官到任的惯例。

③状:申报上司的文书。

④厅治:官府办公的厅堂。

⑤课息:税金本息。

【译文】

宋朝有位王氏,家中历代由朝廷颁赏官职,任浙西监官。刚上任的那天,官员百姓献上钱财物品达几百千钱,还解释说这是"迎接新官到任的惯例"。王公见了这些东西,认为是玷污自己,便要写文书,连同财物呈报上级处置。吏卒们多次解释求情,才命人取来一个柜子,将所献财物全部放入其中,当着众人的面贴上封条,放在官府大堂上,告诫属下官员说:"只要有人犯小错,就揭发。"从此官员百姓都警戒畏惧,各种赋税都交纳得很齐备。等到王公官期任满光荣回京,要登船离开的时候,小吏提醒他存放在官府大堂的柜子。王公说:"平常既然有这样的旧例,必须要有官府的文书凭证。"小吏拿来文书。王公命人把柜子抬到船上,载着柜子离开了。

不矫不贪,人己两利,是大有作用人,不止巧宦已也。

【译文】

王姓官员不矫作不贪财,于人于己两相便利,是大有作为的人,不只是个投机耍诈的官员。

吞舍利

《广记》[①]:唐洛中顷年有僧持数粒所谓“舍利”者[②],贮于琉璃器中,昼夜香火,檀越之礼日无虚焉[③]。有贫士子无赖,因诣僧请观舍利子。僧出瓶授与,遽取吞之。僧惶骇无措,复虑外闻之。士子曰:“与我钱,当服药出之耳。”赠二百缗,乃服巴豆泻下,僧欢然濯而收之。

【注释】

①《广记》:《太平广记》。北宋李昉等编,搜引自汉至宋的野史小说约五百种,极为繁富,按题材分九十二大类,一百五十余细目。因成书于太平兴国(926—984)年间,故名《太平广记》。

②舍利:又称舍利子,佛骨。

③檀越:指施主。即施与僧众衣食,或出资举行法会等的信众。

【译文】

《太平广记》载:唐朝洛阳近年有位僧人拿着几粒所谓“舍利”的东西,贮存在琉璃瓶中,日夜香火不断,施主的供奉没有一天间断。有个落魄的书生无赖,借机拜访僧人请求见识舍利子。僧人拿出琉璃瓶给他看,书生突然取出舍利子吞下去。僧人惊慌害怕手足无措,又担心外人知道这件事。书生说:“只要你给我钱,我就吃药排出舍利子。”僧人给书生二百缗,书生就吃巴豆泻出舍利子,僧人欢喜地洗干净收进瓶中。

陈五

京师闾阎多信女巫[①]。有武人陈五者,厌其家崇信之笃,莫能治。一日含青李于腮,绐家人疮肿痛甚[②],不食而卧者竟日。其妻忧甚，召女巫治之。巫降，谓五所患是名疔疮，以其素不敬神，神不与救。家人罗拜恳祈[3]，然后许之。五佯作呻吟甚急，语家人云："必得神师入视救我可也！"巫入案视，五乃从容吐青李视之，捽巫[4]，批其颊而叱之门外[5]。自此家人无信祟者。

【注释】

①闾阎：里巷内外的门，借指民间或平民百姓。

②绐（dài）：欺哄。

③罗拜：围于四周跪拜。

④捽（zuó）：抓住。

⑤批：用手击。

【译文】

京城百姓多半迷信女巫。有个当兵的人叫陈五，厌恶家里人迷信过头，不能改变。一天陈五含了青李子在腮帮里，骗家人口内肿胀生疮十分痛苦，整天不吃不喝地躺在床上。陈五的妻子非常担心，召来女巫医治丈夫。女巫来后，说陈五所患的病叫疔疮，因为他平日一向不敬重神明，神明不肯救他。家人围在女巫四周跪拜恳请她救治，女巫这才答应。陈五佯装大声呻吟十分急迫，告诉家人说："一定要请神师亲自入室救我才行！"女巫进入内室探视，陈五才从容地吐出口中青李子给女巫看，接着抓住女巫，抽打她的脸把她赶出门外。从此陈五的家人没有再迷信巫术的。

以舍利取人，即有借舍利以取之者；以神道困人，即有诡神道以困之者。无奸不破，无伪不穷[1]，信哉！

【注释】

①穷：揭穿，识破。

【译文】

以舍利子取财于人，就有借舍利子来勒索他的人；用神道愚弄百姓，就有假借神道来愚弄他的人。没有奸邪不被揭穿，没有作伪不会被识破的，的确是这样！

易术

凡幻戏之术[①]，多系伪妄。金陵人有卖药者，车载大士像问病[②]，将药从大士手中过，有留于手不下者，则许人服之，日获千钱。有少年子从旁观，欲得其术。俟人散后[③]，邀饮酒家，不付酒钱，饮毕竟出[④]，酒家如不见也。如是三，卖药人叩其法，曰："此小术耳，君许相易，幸甚。"卖药人曰："我无他，大士手是磁石，药有铁屑则粘矣。"少年曰："我更无他，不过先以钱付酒家，约客到绝不相问耳。"彼此大笑而罢。

【注释】

①幻戏之术：即为今天的魔术。

②大士：此处指观世音菩萨。

③俟（sì）：等，待。

④竟：直接，一直。

【译文】

凡是变幻戏法的魔术，多是虚伪荒诞的。金陵有位卖药的人，用车拉着观音大士的法像看病，让药从大士的手中过一下，如果有停留在大士手中掉不下来的，就允许人服用，每天赚取一千钱。有个少年人从旁观察，想学得其中的法术。等人群散去后，就邀卖药人到酒家喝酒，不付酒钱，喝完直接走出酒家，酒家像没看见一样。如此三次，卖药的人探问他的方法，少年人说："这是小法术，如果您允许以您的法术交换，那我就太幸运了。"卖药的人说："我的法术没有别的，大士的手是一块磁石，药中有铁屑就能黏附。"少年人说："我的更没什么，只不过事先付钱给酒家，约定好等客人来了绝不问我们罢了。"两人相视大笑作罢。

诱出户

朱古民文学善谑[①]，冬日在汤生斋中，汤曰："汝素多智术，假如今坐室中[②]，能诱我出户外乎？"朱曰："户外风寒，汝必不肯出。倘先立户外，我则以室中受用诱汝，汝必信矣。"汤信之，便出户外立，谓朱曰："汝安诱我入户哉？"朱拍手笑曰："我今诱汝出户矣！"

【注释】

①文学：指县学官，如教谕、教授的古称。

②假如：譬如，例如。

【译文】

朱古民学官擅长开玩笑，冬天在汤姓朋友书房里，汤说："你向来有很多智慧巧术，譬如我现在坐在室内，你能骗我走出室外吗？"朱古民说："室外风大天寒，你一定不肯出去。倘若你先到室外，我就以室内很好来诱惑你，你一定会相信我。"汤相信了他，就出门站在户外，对朱古民说："你怎么诱惑我进入室内呢？"朱古民拍手大笑说："我现在已经骗你走出室外了。"

谢生

长洲谢生嗜酒，尝游张幼于先生之门。幼于喜宴会，而家贫不能醉客。一日得美酒招客，童子率斟半杯。谢生苦不足，因出席小遗①，纸封土块，招童子密授之，嘱曰："我因脏病发，不能饮，今以数文钱劳汝，求汝浅斟吾酒也。"发封得块②，恨甚，故满斟之。谢是日独得倍饮。

【注释】

①小遗：小便。

②发：打开。

【译文】

长洲谢生酷爱饮酒，曾经与张幼于先生交往。张幼于喜欢宴请会客，但因家境贫穷不能让客人喝醉尽兴。一天张幼于得到好酒邀请客人来，家童给每位客人斟酒只半杯。谢生苦于酒少，于是离席小便，用纸包土块，招来小童偷偷塞给他，叮嘱说："我因内脏病发，不能多喝，现在以几文钱劳烦你，拜托你给我少斟些酒。"家童打开纸包发现是土块，十分憎恨谢生，故意斟满他的酒杯。那天只有谢生自己得以多喝一倍的酒。

中华经典名著
全本全注全译丛书
（已出书目）

周易
尚书
诗经
周礼
仪礼
礼记
左传
春秋公羊传
春秋穀梁传
孝经·忠经
论语·大学·中庸
尔雅
孟子
春秋繁露
说文解字
释名
国语
晏子春秋
穆天子传
战国策
史记
吴越春秋
越绝书
华阳国志
水经注
洛阳伽蓝记
大唐西域记
史通
贞观政要
营造法式
东京梦华录
唐才子传
廉吏传
徐霞客游记
读通鉴论
宋论
文史通义
老子

道德经
鹖冠子
黄帝四经·关尹子·尸子
孙子兵法
墨子
管子
孔子家语
吴子·司马法
商君书
慎子·太白阴经
列子
鬼谷子
庄子
公孙龙子(外三种)
荀子
六韬
吕氏春秋
韩非子
山海经
黄帝内经
素书
新书
淮南子
九章算术(附海岛算经)
新序
说苑
列仙传
盐铁论
法言
方言
论衡
潜夫论
政论·昌言
风俗通义
申鉴·中论
太平经
伤寒论
周易参同契
人物志
博物志
抱朴子内篇
抱朴子外篇
西京杂记
神仙传
搜神记
拾遗记
世说新语
弘明集
齐民要术
刘子
颜氏家训
中说
帝范·臣轨·庭训格言
坛经

大慈恩寺三藏法师传
蒙求·童蒙须知
茶经 · 续茶经
玄怪录 · 续玄怪录
酉阳杂俎
历代名画记
二十四诗品 · 续诗品
化书 · 无能子
梦溪笔谈
北山酒经(外二种)
容斋随笔
近思录
洗冤集录
传习录
焚书
菜根谭
增广贤文
呻吟语
了凡四训
龙文鞭影
长物志
智囊全集
天工开物
溪山琴况 · 琴声十六法
温疫论
明夷待访录 · 破邪论
陶庵梦忆
西湖梦寻
幼学琼林
笠翁对韵
声律启蒙
老老恒言
随园食单
阅微草堂笔记
格言联璧
曾国藩家书
曾国藩家训
劝学篇
楚辞
文心雕龙
文选
玉台新咏
词品
闲情偶寄
古文观止
聊斋志异
唐宋八大家文钞
浮生六记
三字经 · 百家姓 · 千字文 · 弟子规 · 千家诗
经史百家杂钞

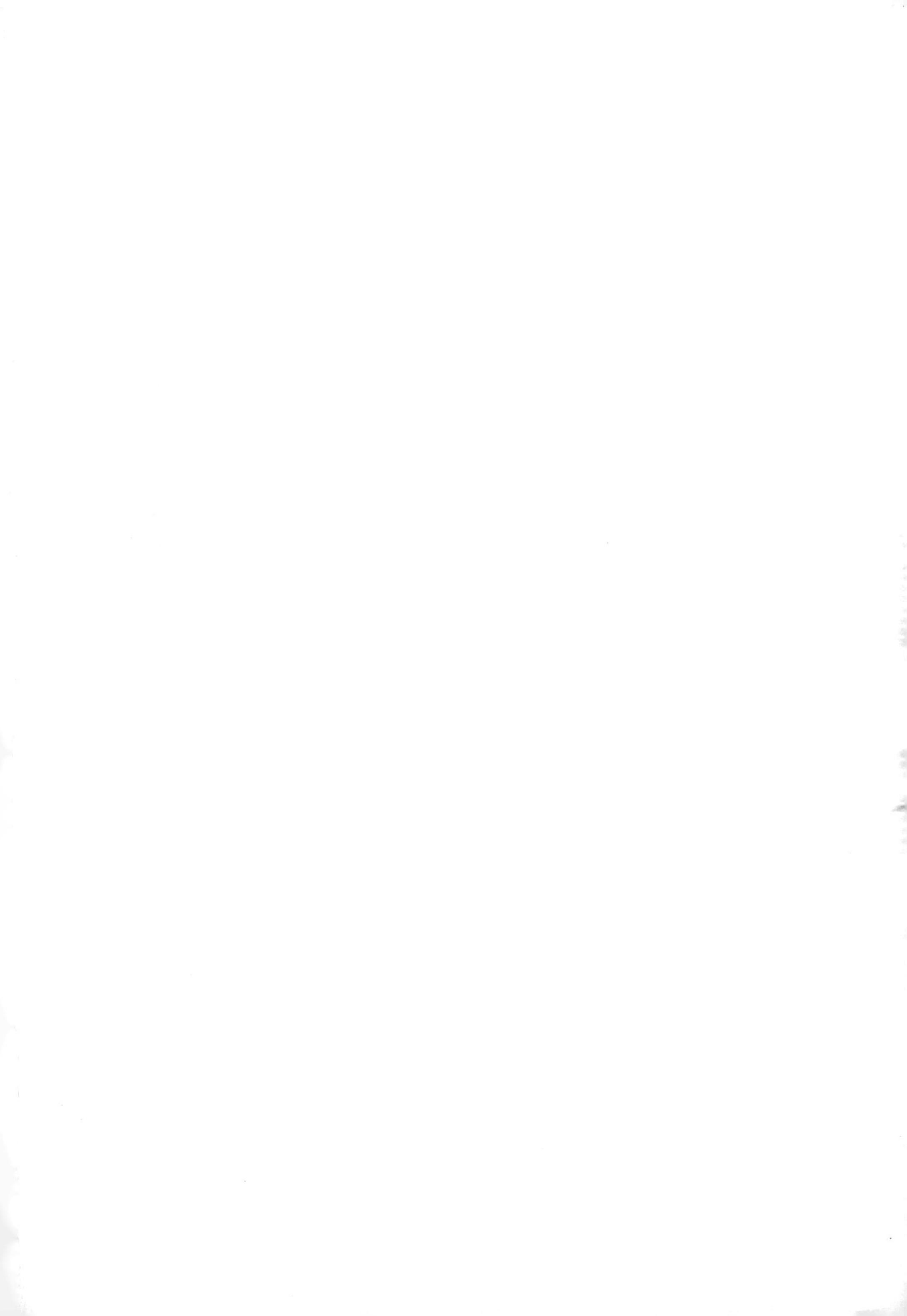